U0063967

The ICS Ancient Chinese Texts Concordance Series
Philosophical works No.26
先秦兩漢古籍逐字索引叢刊子部第二十六種

# 荀子逐字索引

# A CONCORDANCE TO THE XUNZI

香港中文大學中國文化研究所
先秦兩漢古籍逐字索引叢刊

叢刊主編：劉殿爵　　陳方正
計劃主任：何志華
顧　　問：張雙慶　　黃坤堯　　朱國藩
版本顧問：沈　津
程式統籌：何玉成
系統主任：何國杰
程式顧問：梁光漢
研究助理：陳麗珠
程式助理：梁偉明
資料處理：黃祿添　　洪瑞强

本《逐字索引》乃據「先秦兩漢一切傳世文獻電腦化資料庫」編纂而成，而資料庫之建立，有賴香港大學及理工撥款委員會資助，謹此致謝。

CUHK.ICS.
The Ancient Chinese Texts Concordance Series

SERIES EDITORS　D.C. Lau　Chen Fong Ching
PROJECT DIRECTOR　Ho Che Wah
CONSULTANTS　Chang Song Hing　Wong Kuan Io　Chu Kwok Fan
TEXT CONSULTANT　Shum Chun
COMPUTER PROJECT MANAGER　Ho Yuk Shing
COMPUTER PROJECT OFFICER　Ho Kwok Kit
PROGRAMMING CONSULTANT　Leung Kwong Han
RESEARCH ASSISTANT　Uppathamchat Nimitra
PROGRAMMING ASSISTANT　Leung Wai Ming
DATA PROCESSING　Wong Luk Tim　Hung Sui Keung

THIS CONCORDANCE IS COMPILED FROM THE ANCIENT CHINESE TEXTS DATABASE, WHICH IS ESTABLISHED WITH A RESEARCH AWARD FROM THE UNIVERSITY AND POLYTECHNIC GRANTS COMMITTEE OF HONG KONG, FOR WHICH WE WISH TO ACKNOWLEDGE OUR GRATITUDE.

---

子部：二十六
荀子逐字索引

編　　輯 ： 劉殿爵
執行編輯 ： 何志華
研究助理 ： 陳麗珠
校　　對 ： 何志華　　陳麗珠

系統設計 ： 何國杰
程式助理 ： 梁偉明

Philosophical works No. 26
***A Concordance to the Xunzi***

EDITOR　D.C. Lau
EXECUTIVE EDITOR　Ho Che Wah
RESEARCH ASSISTANT　Uppathamchat Nimitra
PROOF-READERS　Ho Che Wah　Uppathamchat Nimitra

SYSTEM DESIGN　Ho Kwok Kit
PROGRAMMING ASSISTANT　Leung Wai Ming

香港中文大學中國文化研究所
The Chinese University of Hong Kong
Institute of Chinese Studies

The ICS Ancient Chinese Texts Concordance Series
Philosophical works No.26
先秦兩漢古籍逐字索引叢刊子部第二十六種

# 荀子逐字索引

# A CONCORDANCE TO THE XUNZI

商務印書館
The Commercial Press

**CUHK ICS THE ANCIENT CHINESE TEXTS CONCORDANCE SERIES**

Philosophical works No. 26
**A Concordance to the Xunzi**

**Series editors:** D.C. Lau Chen Fong Ching

**Publication editor:** Chan Man Hung

**Executive editor:** Ho Che Wah

**Published by:** THE COMMERCIAL PRESS (HONG KONG) LTD.
8/F., Eastern Central Plaza, 3 Yiu Hing Road,
Shau Kei Wan, Hong Kong.
http://www.commercialpress.com.hk

**Distributed by:** SUP PUBLISHING LOGISTICS (H.K.) LTD.
3/F., C&C Building, 36 Ting Lai Road,
Tai Po, New Territories.

**Printed by:** ELEGANCE PRINTING & BOOK BINDING CO., LTD.
Block A, 4/F., Hoi Bun Industrial Building,
6 Wing Yip St., Kwun Tong, Kln.

**Edition/Impression:** 1st Edition / 2nd Impression July 2006

ISBN 13 - 978 962 07 4309 2
ISBN 10 - 962 07 4309 1
Printed in Hong Kong

香港中文大學中國文化研究所
先秦兩漢古籍逐字索引叢刊

子部第二十六種
荀子逐字索引

叢刊主編：劉殿爵　陳方正
出版策劃：陳萬雄
執行編輯：何志華
出 版 者：商務印書館（香港）有限公司
香港筲箕灣耀興道3號東滙廣場8樓
http://www.commercialpress.com.hk
發　　行：香港聯合書刊物流有限公司
香港新界大埔汀麗路36號中華商務印刷大廈3字樓
印 刷 者：美雅印刷製本有限公司
九龍官塘榮業街6號海濱工業大廈4樓A室
版　　次：2006年7月第1版第2次印刷

ISBN 13 - 978 962 07 4309 2
ISBN 10 - 962 07 4309 1
Printed in Hong Kong

## 主編者簡介

劉殿爵教授（Prof. D. C. Lau）早歲肄業於香港大學中文系，嗣赴蘇格蘭格拉斯哥大學攻讀西洋哲學，畢業後執教於倫敦大學達二十八年之久，一九七八年應邀回港出任香港中文大學中文系講座教授。劉教授於一九八九年榮休，隨即出任中國文化研究所榮譽教授至今。劉教授興趣在哲學及語言學，以準確嚴謹的態度翻譯古代典籍，其中《論語》、《孟子》、《老子》三書之英譯，已成海外研究中國哲學必讀之書。

陳方正博士（Dr. Chen Fong Ching），一九六二年哈佛（Harvard）大學物理學學士，一九六四年拔蘭（Brandeis）大學理學碩士，一九六六年獲理學博士，隨後執教於香港中文大學物理系，一九八六年任中國文化研究所所長至今。陳博士一九九零年創辦學術文化雙月刊《二十一世紀》，致力探討中國文化之建設。

# 目 次

出版說明
Preface
凡例
Guide to the use of the Concordance
漢語拼音檢字表 .......... 1
威妥碼 — 漢語拼音對照表 .......... 27
筆畫檢字表 .......... 29
通用字表 .......... 38
徵引書目 .......... 45
增字、刪字、誤字改正說明表 .......... 47
荀子原文 .......... 1-150
1 勸學篇第一 .......... 1
2 脩身篇第二 .......... 5
3 不苟篇第三 .......... 8
4 榮辱篇第四 .......... 12
5 非相篇第五 .......... 17
6 非十二子篇第六 .......... 21
7 仲尼篇第七 .......... 25
8 儒效篇第八 .......... 27
9 王制篇第九 .......... 35
10 富國篇第十 .......... 42
11 王霸篇第十一 .......... 49
12 君道篇第十二 .......... 57
13 臣道篇第十三 .......... 63
14 致士篇第十四 .......... 66
15 議兵篇第十五 .......... 68
16 彊國篇第十六 .......... 75
17 天論篇第十七 .......... 79
18 正論篇第十八 .......... 83
19 禮論篇第十九 .......... 90
20 樂論篇第二十 .......... 98
21 解蔽篇第二十一 .......... 102
22 正名篇第二十二 .......... 107
23 性惡篇第二十三 .......... 113

24 君子篇第二十四 ........ 118
25 成相篇二十五 ........ 120
26 賦篇第二十六 ........ 123
27 大略篇第二十七 ........ 126
28 宥坐篇第二十八 ........ 138
29 子道篇第二十九 ........ 141
30 法行篇第三十 ........ 143
31 哀公篇第三十一 ........ 144
32 堯問篇第三十二 ........ 148
逐字索引 ........ 151-782
附錄(Appendix)：
全書用字頻數表 ........ 783-790

# 出版說明

一九八八年，香港中文大學中國文化研究所獲香港「大學及理工撥款委員會」撥款資助，並得香港中文大學電算機服務中心提供技術支援，建立「漢及以前全部傳世文獻電腦化資料庫」，決定以三年時間，將漢及以前全部傳世文獻共約八百萬字輸入電腦。資料庫建立後，將陸續編印《香港中文大學中國文化研究所先秦兩漢古籍逐字索引叢刊》，以便利語言學、文學，及古史學之研究。

《香港中文大學先秦兩漢古籍逐字索引叢刊》之編輯工作，將分兩階段進行，首階段先行處理未有「逐字索引」之古籍，至於已有「逐字索引」者，將於次一階段重新編輯出版，以求達致更高之準確度，與及提供更爲詳審之異文校勘紀錄。

「逐字索引」作爲學術研究工具書，對治學幫助極大。西方出版界、學術界均極重視索引之編輯工作，早於十三世紀，聖丘休（Hugh of St. Cher）已編成《拉丁文聖經通檢》。

我國蔡耀堂（ 廷幹 ）於民國十一年(1922)編刊《老解老》一書，以武英殿聚珍版《道德經》全文爲底本，先正文，後逐字索引，以原書之每字爲目，下列所有出現該字之句子，並標出句子所出現之章次，此種表示原句位置之方法，雖未詳細至表示原句之頁次 、行次，然已具備逐字索引之功能。《老解老》 一書爲非賣品，今日坊間已不常見，然而蔡氏草創引得之編纂，其功實不可泯滅。 我國大規模編輯引得， 須至一九三零年，美國資助之哈佛燕京學社引得編纂處之成立然後開始。此引得編纂處，由洪業先生主持，費時多年，爲中國六十多種傳統文獻，編輯引得，功績斐然。然而漢學資料卷帙浩繁，未編成引得之古籍仍遠較已編成者爲多。本計劃希望能利用今日科技之先進產品 —— 電腦，重新整理古代傳世文獻；利用電腦程式，將先秦兩漢近八百萬字傳世文獻，悉數編爲「逐字索引」。俾使學者能據以掌握文獻資料，進行更高層次及更具創意之研究工作。

一九三二年，洪業先生著《引得說》，以「引得」對譯 Index，音義兼顧，巧妙工整。Index 原意謂「指點」，引伸而爲一種學術工具，日本人譯爲「索引」。而洪先生又將西方另一種逐字索引之學術工具 Concordance 譯爲「堪靠燈」。Index 與 Concordance 截然不同；前者所重視者乃原書之意義名物，只收重要之字、詞，不收虛字及連繫詞等，故用處有限；後者則就文獻中所見之字，全部收納，大小不遺，故有助於文辭訓詁，語法句式之研究及字書之編纂。洪先生將選索性之 Index 譯作「引得」，將字字可索的 Concordance 譯作「堪靠燈」，足見卓識，然其後於一九三零年間，主持哈佛燕京學社編纂工作，所編成之大部分《引得》，反屬全索之「堪靠燈」，以致名實混淆，實爲可惜。今爲別於選索之引得(Index)，本計劃將全索之 Concordance 稱爲「逐字索引」。

利用電腦編纂古籍逐字索引，本計劃經驗尚淺，是書倘有失誤之處，尚望學者方家不吝指正。

# PREFACE

In 1988, the Institute of Chinese Studies of The Chinese University of Hong Kong put forward a proposal for the establishment of a computerized database of the entire body of extant Han and pre-Han traditional Chinese texts. This project received a grant from the UPGC and was given technical support by the Computer Services Centre of The Chinese University of Hong Kong. The project was to be completed in three years.

From such a database, a series of concordances to individual ancient Chinese texts will be compiled and published in printed form. Scholars whether they are interested in Chinese literature, history, philosophy, linguistics, or lexicography, will find in this series of concordances a valuable tool for their research.

The *ICS Ancient Chinese Texts Concordance Series* is planned in two stages. In the first stage, texts without existing concordances will be dealt with. In the second stage, texts with existing concordances will be redone with a view to greater accuracy and more adequate textual notes.

In the Western tradition, the concordance was looked upon as one of the most useful tools for research. As early as c. 1230, appeared the concordance to the *Vulgate*, compiled by Hugh of St. Cher.

In China, the first concordance to appear was *Laozi Laojielao* in the early nineteen twenties. Cai Yaotang who produced it was in all probability unaware of the Western tradition of concordances.

As the *Laojielao* was not for sale, it had probably a very limited circulation. However, Cai Yaotang's contribution to the compilation of concordances to Chinese texts should not go unmentioned.

The *Harvard-Yenching Sinological Concordance Series* was begun in the 1930s under the direction of Dr. William Hung. Unfortunately, work on this series was cut short by the Second World War. Although some sixty concordances were published, a far greater number of texts remains to be done. However, with the advent of the computer the establishment of a database of all extant ancient works become a distinct possibility. Once such a database is established, a series of concordances can be compiled to

cover the entire field of ancient Chinese studies.

Back in 1932, William Hung in his "*What is Index ?*" used the term 引得 for "Index" in preference to the Japanese 索引, and the term 堪靠燈 for concordance. However, when he came to compile the *Harvard Yenching Sinological Concordance Series*, he abandoned the term 堪靠燈 and used the term 引得 for both index and concordance. This was unfortunate as this blurs the difference between a concordance and an index. The former, because of its exhaustive listing of the occurrence of every word, is a far more powerful tool for research than the latter. To underline this difference we decided to use 逐字索引 for concordance.

The *ICS Ancient Chinese Texts Concordance Series* is compiled from the computerized database. As we intend to extend our work to cover subsequent ages, any ideas and suggestions which may be of help to us in our future work are welcome.

# 凡　例

一．《荀子》正文：

1．本《逐字索引》所附正文據《四部叢刊》影古逸叢書本。由於傳世刊本，均甚殘闕，今除別本、類書外，並據其他文獻所見之重文，加以校改。校改只供讀者參考，故不論在「正文」或在「逐字索引」，均加上校改符號，以便恢復底本原來面貌。

2．（　）表示刪字；〔　〕表示增字。除用以表示增刪字外，凡誤字之改正，例如 a 字改正爲 b 字，亦以（ a ）〔 b 〕方式表示。

例如：〔而〕亂生乎小人 9/35/20

表示《四部叢刊》本脫「而」字。讀者翻檢《增字、刪字、誤字改正說明表》，即知增字之依據爲《群書治要》卷子本卷38頁19。

例如：玉在山而（草）木潤 1/3/4

表示《四部叢刊》本衍「草」字。讀者翻檢《增字、刪字、誤字改正說明表》，即知刪字之依據爲王念孫《讀書雜志》（總頁633）。

例如：近（世）〔舉〕則病傭 5/19/17

表示《四部叢刊》本作「世」，乃誤字，今改正爲「舉」。讀者翻檢《增字、刪字、誤字改正說明表》，即知改字之依據爲俞樾《諸子平議》（頁238）。

3．本《逐字索引》據別本，及其他文獻對校原底本，或改正底本原文，或只標注異文。有關此等文獻之版本名稱，以及本《逐字索引》標注其出處之方法，均列《徵引書目》中。

4．本《逐字索引》所收之字一律劃一用正體，以昭和四十九年大修館書店發行之《大漢和辭典》，及一九八六至一九九零年湖北辭書出版社、四川辭書出版社出版之《漢語大字典》所收之正體爲準，遇有異體或譌體，一律代以正體。

例如：往迎爾相 27/127/12

《四部叢刊》本原作「徃迎爾相」，據《大漢和辭典》，「往」、「徃」乃異體字，音義無別，今代以正體「往」字。爲便讀者了解底本原貌，凡異體之改正，均列《通用字表》中。

5．異文校勘主要參考王先謙《荀子集解》（一九八八年北京中華書局）。

5.1.異文紀錄欄

a．凡正文文字右上方標有數碼者，表示當頁下端有注文。

例如：揚人之美[18] 3/9/19

當頁注 18 注出「美」字有異文「善」。

b．數碼前加‧ ‧，表示範圍。

例如：‧法禮‧[2]也 2/8/4

當頁注 2 注出「禮法」爲「法禮」二字之異文。

c．異文多於一種者：加 A. B. C. 以區別之。

例如：瓠巴鼓瑟而流[3]魚出聽 1/3/3

當頁注 3 下注出異文及出處：

A.沉《大戴禮記‧勸學》第7.3篇 B.潛《韓詩外傳》第6.14章

表示兩種不同異文分見不同文獻。

d．異文後所加按語，外括〈 〉號。

例如：梧[28]鼠五技而窮 1/2/15

當頁注 28 注出異文及出處後，再加按語：

鼫《大戴禮記‧勸學》第7.3篇〈楊倞云：「梧鼠」當爲「

䶅鼠」，蓋本誤爲「䶅」字，傳寫又誤爲「梧」耳。〉

5.2.校勘除選錄不同版本所見異文之外，亦選錄其他文獻、類書等引錄所見異文。

5.3.讀者欲知異文詳細情況，可參看王先謙《荀子集解》。凡據別本，及其他文獻所紀錄之異文，於標注異文後，均列明出處，包括書名、篇名、頁次，有關所據文獻之版本名稱，及標注其出處之方法，請參《徵引書目》。

二．逐字索引編排：

1．以單字爲綱，旁列該字在全文出現之頻數（書末另附《全書用字頻數表》〔附錄〕，按頻數次序列出全書單字），下按原文先後列明該字出現之全部例句，句中遇該字則代以「○」號。

2．全部《逐字索引》按漢語拼音排列；一字多音者，只於最常用讀音下，列出全部例句，異讀請參《漢語拼音檢字表》。

3．每一例句後加上編號 a/b/c 表明於原文中位置，例如 1/2/3，「1」表示原文的篇章次、「2」表示頁次、「3」表示行次。

三．檢字表：

備有《漢語拼音檢字表》、《筆畫檢字表》兩種：

1．漢語拼音據《辭源》修訂本（一九七九年至一九八三年北京商務印書館）及《漢語大字典》。一字多音者，按不同讀音在音序中分別列出；例如「說」字有 shuō, shuì, yuè, tuō 四讀，分列四處。聲母、韻母相同之字，按陰平、陽平、上、去四聲先後排列。讀音未詳者，一律置於表末。

2．《逐字索引》中某字所出現之頁數，在《漢語拼音檢字表》中所列該字任一讀音下皆可檢得。

3．筆畫數目、部首歸類均據《康熙字典》。畫數相同之字，其先後次序依部首排列。

4．另附《威妥碼 – 漢語拼音對照表》，以方便使用威妥碼拼音之讀者。

# Guide to the use of the Concordance

## 1. Text

1.1 The text printed with the concordance is based on the *Sibu congkan* (*SBCK*) edition. As all extant editions are marred by serious corruptions, besides other editions, parallel texts in other works have been used for collation purposes. As emendations of the text have been incorporated for the reference of the reader, care has been taken to have them clearly marked as such, both in the case of the full text as well as in the concordance, so that the original text can be recovered by ignoring the emendations.

1.2 Round brackets signify deletions while square brackets signify additions. This device is also used for emendations. An emendation of character a to character b is indicated by (a)〔b〕, e.g.,

〔而〕亂生乎小人 9/35/20

The character 而 missing in the *SBCK* edition, is added on the authority of the *Qunshuzhiyao* (Juanzi edition) chapter 38 (p.19).

玉在山而(草)木潤 1/3/4

The character 草 in the *SBCK* edition, being an interpolation, is deleted on the authority of Wang Nian-sun's comment in the *Xunzi* section of his *Dushu Zazhi* (p.633).

近(世)〔舉〕則病傭 5/19/17

The character 世 in the *SBCK* edition has been emended to 舉 on the authority of Yuyue's *Zhuzi pingyi* (p.238).

A list of all additions, deletions and emendations is appended on p.47 where the authority for each is given.

1.3 Where the text has been emended on the authority of other editions or the

parallel text found in other works, such emendations are either incorporated into the text or entered as footnotes. For explanations, the reader is referred to the Bibliography on p.45.

1.4 For all concordanced characters only the standard form is used. Variant or incorrect forms have been replaced by the standard forms as given in Morohashi Tetsuji's *Dai Kan-Wa jiten*, (Tokyo : Taishūkan shōten, 1974), and the *Hanyu da zidian* (Hubei cishu chubanshe and Sichuan cishu chubanshe 1986-1990), e.g.,

往迎爾相 27/127/12

The *SBCK* edition has 徃 which, being a variant form, has been replaced by the standard form 往 as given in the *Dai Kan-Wa jiten*. A list of all variant forms that have been in this way replaced is appended on p.38.

1.5 The textual notes are mainly based on Wang Xian-qian's *Xunzi jijie* (Beijing Zhonghua Shuju, 1988).

1.5.1.a A figure on the upper right hand corner of a character indicates that a collation note is to be found at the bottom of the page, e.g.,

揚人之美[18] 3/9/19

the superscript [18] refers to note 18 at the bottom of the page.

1.5.1.b A range marker ‧ ‧ is added to the figure superscribed to indicate the total number of characters affected, e.g.,

‧法禮‧[2]也 2/8/4

The range marker indicates that note 2 covers the two characters 法禮.

1.5.1.c Where there are more than one variant reading, these are indicated by A, B, C, e.g.,

瓠巴鼓瑟而流[3]魚出聽 1/3/3

Note 3 reads A.沉《大戴禮記・勸學》第7.3篇 B.潛《韓詩外傳》第6.14章, showing that for 流 one work reads 沉, while another work reads 潛.

1.5.1.d A comment on a collation note is marked off by the sign〈 〉, e.g.,

梧[28]鼠五技而窮 1/2/15

Note 28 reads: 鼯《大戴禮記・勸學》第7.3篇〈楊倞云:「梧鼠」當爲「鼫鼠」,蓋本誤爲「鼯」字,傳寫又誤爲「梧」耳。〉.

1.5.2 Besides readings from other editions, readings from quotations found in encyclopaedias and other works are also included.

1.5.3 For further information on variant readings given in the collation notes the reader is referred to Wang Xian-qian's *Xunzi Jijie*, and for further information on references to sources the reader is referred to Bibliography on p.45.

## 2. Concordance

2.1 In the entries the concordanced character is replaced by the ○ sign. The entries are arranged according to the order of appearance in the text. The frequency of appearance of the character concerned in the whole text is shown, and a list of all the concordanced characters in frequency order is appended. (Appendix)

2.2 The entries are listed according to Hanyupinyin. In the body of the concordance only the most common pronunciation of a character is listed under which all occurrences of the character are located.

2.3 Figures in three columns show the chapter, page and line in which the first character in the text cited appears, e.g., 1/2/3,

1 denotes the chapter.
2 denotes the page.
3 denotes the line.

## 3. Index

A Stroke Index and an Index arranged according to Hanyupinyin are included.

3.1 The pronunciation given in the *Ciyuan* (The Commercial Press, Beijing, 1979-1983) and the *Hanyu da zidian* is used. Where a character has two or more pronunciations, it can be found under any of these in the Index. For example : 説 which has four pronunciations : shuō, shuì, yuè, tuō is to be found under any one of these four entries. Characters with the same pronunciation but different tones are listed according to tone order. Characters of which the pronunciation is unknown are relegated to the end of the Index.

3.2 In the body of the Concordance only the most common pronunciation of a character is listed, but in the Index all alternative pronunciations of the character are given.

3.3 In the stroke Index, characters with the same number of strokes appear under the radicals in the same order as given in the *Kangxi zidian*.

3.4 A correspondence table between the Hanyupinyin and the Wade-Giles systems is also provided.

# 漢語拼音檢字表

ā
阿(ē) 231

āi
哀 151
埃 151

ài
艾 151
阨(è) 231
愛 151
隘 151
僾 152

ān
安 152
陰(yīn) 652
闇(àn) 154

án
犴 153

ǎn
晻 153

àn
犴(án) 153
岸 153
按 153
案 153
儑 154
闇 154

áng
卬 154

áo
敖 154
熬 154
螯 154
謸 154
囂(xiāo) 577

ǎo
夭(yāo) 601

ào
敖(áo) 154
奧 154
傲 154
澆(jiāo) 327
謸(áo) 154

ba
罷(bà) 154

bā
八 154
巴 154

bá
拔 154
弊(bì) 165

bà
伯(bó) 170
罷 154
霸 154

bái
白 155

bǎi
百 155
柏(bó) 170

bài
拜 157
敗 157
排(pái) 401

bān
般 157
班 157

bǎn
反(fǎn) 256
阪 157
版 157

bàn
半 157
辨(biàn) 166
辦 157

bāng
邦 157
彭(péng) 402

bàng
並(bìng) 169
旁(páng) 402

bāo
炮 157
苞 157

bǎo
保 157
飽 157
寶 158

bào
抱 158
豹 158
報 158
暴 158
鮑 158

bēi
卑 158
陂 158
背(bèi) 159
庳 159
埤(pí) 402
悲 159
痺 159
裨(pí) 402

běi
北 159

bèi
北(běi) 159
貝 159
佛(fú) 267
拔(bá) 154
勃(bó) 170
背 159
悖 159
被 159
倍 159
偝 159
備 159
憊 160

bēn
奔 160
賁(bì) 164
犇 160

běn
本 160

bèn
奔(bēn) 160

bēng
崩 160

běng
紺 161

bī
偪 161

bí
鼻 161

bǐ
比 161
妣 161
卑(bēi) 158
彼 161
鄙 162

bì
必 162
服(fú) 267
陂(bēi) 158
拂(fú) 267
被(bèi) 159
畢 164
閉 164
庳(bēi) 159
敝 164
跛(bǒ) 171
費(fèi) 261
賁 164
痺(bēi) 159
辟(pì) 402
幣 165
弊 165
嬖 165
蔽 165
避 165
臂 165
璧 165

biān
編 165
鞭 165
邊 165

biǎn
扁 165
褊 165
辨(biàn) 166

biàn
卞 165

弁 165
抃 166
扁(biǎn) 165
便 166
覍 166
徧 166
編(biān) 165
辨 166
辯 167
變 167

biāo
剽(piào) 404
瀌 168

biǎo
表 168
剽(piào) 404

biē
虌 168

bié
別 168

bīn
賓 168
濱 168

bìn
賓(bīn) 168
臏 168
殯 168

bīng
并(bìng) 169
冰 168
兵 168
屏(píng) 405

bǐng
秉 169
屏(píng) 405
偋(bìng) 170
稟 169

bìng
并 169
併 169
並 169
屏(píng) 405
病 170
偋 170

bō
剝 170
般(bān) 157
發(fā) 253
番(fān) 255
撥 170
播 170

bǒ
百(bǎi) 155
伯 170
佛(fó) 263
帛 170
柏 170
勃 170
剝(bō) 170
亳 170
悖(bèi) 159
博 170
搏 170
駁 170
蒲(pú) 405
暴(bào) 158
魄(pò) 405
駮 170
薄 170
簿(bù) 189

bǒ
跛 171
播(bō) 170

bò
辟(pì) 402
薄(bó) 170

bú
樸(pǔ) 405

bǔ
卜 171
補 171

bù
不 171
布 188
步 188
部 189
簿 189

cái
才 189
材 189
財 189
裁 189

cǎi
采 189
採 189

cài
采(cǎi) 189
菜 189
蔡 190

cān
飡 190
參(shēn) 467
驂 190

cán
殘 190
蠶 190

cǎn
慘 190
憯 190

càn
參(shēn) 467
粲 190
操(cāo) 190

cāng
倉 190
滄 190
蒼 190

cáng
臧(zāng) 689
藏 190

cǎng
蒼(cāng) 190

cāo
操 190

cáo
曹 190
傮(zāo) 690

cǎo
屮(chè) 194
草 190

cè
側 190
策 190
測 191

cēn
參(shēn) 467

céng
曾(zēng) 701
增(zēng) 701

chā
差 191
捷(jié) 330

chá
苴(jū) 340
察 191

chà
差(chā) 191

chāi
拆 191
差(chā) 191

chái
豺 191

chǎi
茝 191

chài
差(chā) 191
瘥(cuó) 209
蠆 191

chán
單(dān) 214
亶(dǎn) 214
漸(jiàn) 324
廛 191
蟬 191
讒 191

chǎn
產 192
幝 192
諂 192

chāng
昌 192
倀 192
倡 192

cháng
長 192
尙(shàng) 464
常 193
場 193
裳 193
嘗 193

chàng
倡(chāng) 192
唱 194

cháo
巢 194
啁(zhōu) 765
朝(zhāo) 703
潮 194

chē
- 車 194

chě
- 尺(chǐ) 199

chè
- 屮 194
- 宅(zhái) 702
- 徹 194

chén
- 臣 194
- 沈 195
- 辰 195
- 陳 195
- 湛(zhàn) 702
- 塡(tián) 523
- 塵 195

chèn
- 稱(chēng) 195

chēng
- 稱 195
- 鎗(qiāng) 419

chéng
- 成 196
- 承 197
- 城 197
- 乘 197
- 盛 198
- 程 198
- 誠 198
- 徵(zhēng) 718
- 懲 198

chěng
- 騁 198

chèng
- 稱(chēng) 195

chī
- 笞 198
- 鴟 199
- 螭 199
- 離(lí) 358

chí
- 池 199
- 弛 199
- 治(zhì) 756
- 持 199
- 馳 199
- 箎 199
- 踟 199
- 篪 199
- 遲 199
- 謘 199
- 謘 199

chǐ
- 尺 199
- 斥(chì) 200
- 赤(chì) 200
- 侈 200
- 恀 200
- 恥 200
- 移(yí) 626
- 齒 200
- 褫 200

chì
- 斥 200
- 赤 200
- 飭 200

chōng
- 充 200
- 种(zhòng) 764
- 舂 200
- 衝 200

chóng
- 重(zhòng) 763
- 崇 200
- 蟲 200

chǒng
- 龍(lóng) 371
- 寵 200

chóu
- 惆 200
- 酬 200
- 幬 200
- 儔 201
- 疇 201
- 籌 201
- 讎 201

chǒu
- 醜 201

chòu
- 臭 201

chū
- 出 201
- 初 202

chú
- 助(zhù) 769
- 除 202
- 芻 202
- 涂(tú) 527
- 屠(tú) 527
- 著(zhù) 769
- 諸(zhū) 766
- 躕 202

chǔ
- 處 202
- 楚 202

chù
- 畜 203
- 絀 203
- 處(chǔ) 202
- 詘(qū) 429
- 觸 203

chuāi
- 揣(chuǎi) 203

chuǎi
- 揣 203

chuān
- 川 203
- 穿 203

chuán
- 傳 203
- 摶(tuán) 527

chuǎn
- 喘 203

chuàn
- 串 203

chuāng
- 創 203
- 蔥(cōng) 207

chuáng
- 床 203

chuàng
- 倉(cāng) 190
- 創(chuāng) 203

chuī
- 吹 203
- 炊 203

chuí
- 垂 204
- 倕 204
- 捶 204

chuì
- 吹(chuī) 203

chūn
- 春 204

chún
- 肫(zhūn) 770
- 純 204
- 鶉 204

chǔn
- 春(chūn) 204

chuò
- 啜 204
- 淖(nào) 394
- 綴(zhuì) 770
- 輟 204
- 嚽 204

cī
- 疵 204
- 差(chā) 191
- 恣(zì) 777
- 訾(zǐ) 776

cí
- 子(zǐ) 771
- 茨 204
- 兹(zī) 770
- 雌 204
- 慈 204
- 辭 204

cǐ
- 此 205

cì
- 次 206
- 伺(sì) 505
- 刺 207
- 恣(zì) 777
- 賜 207

cōng
- 從(cóng) 207
- 蔥 207
- 聰 207
- 總(zǒng) 777

cóng
- 從 207

còu
- 奏(zòu) 778
- 族(zú) 780

cū
- 粗 208
- 麤 208

cù
取(qǔ) 429
卒(zú) 779
戚(qī) 405
酢(zuò) 782
趣(qù) 430
數(shù) 498
趨(qū) 429
蹙 208
蹴 208

cuán
鑽(zuān) 780

cuàn
篡 208
竄 208

cuī
衰(shuāi) 499
摧 208
榱 208

cuǐ
洒(sǎ) 455

cuì
卒(zú) 779
崒(zú) 780
焠 208
毳 208
萃 208
粹 208
顇 208

cún
存 208

cùn
寸 209

cuō
差(chā) 191
瑳 209

cuó
痤 209
瘥 209

cuò
昔(xī) 562
挫 209
措 209
摧(cuī) 208
錯 209

dá
妲 209
沓(tà) 515
達 209
憚(dàn) 214

dà
大 210

dài
大(dà) 210
代 212
毒(dú) 226
待 213
殆 212
迨 213
怠 213
帶 213
逮 213
遞(dì) 224
戴 214

dān
丹 214
單 214
堪(kān) 348
湛(zhàn) 702
噡(zhān) 702

dǎn
單(dān) 214
亶 214
膽 214

dàn
旦 214
妲(dá) 209
倓(tán) 516
啖 214
淡 214
亶(dǎn) 214
誕 214
憚 214
彈 214
澹 214
壇(tán) 516
禫 214
贍(shàn) 461

dāng
當 214

dǎng
黨 215

dàng
愓 215
湯(tāng) 516
當(dāng) 214
蕩 215

dāo
刀 215

dǎo
倒 215
道(dào) 216
導 215
蹈 215
禱 215

dào
到 215
倒(dǎo) 215
陶(táo) 517
盜 215
敦(dūn) 229
道 216
稻 219
幬(chóu) 200

dé
得 219
悳 221
德 221

dēng
登 222

děng
等 222

dèng
鄧 222

dī
氐(dǐ) 223
隄 222

dí
狄 222
的(dì) 224
迪 222
條(tiáo) 523
翟 222
敵 222
適(shì) 494
覿 222
糴 222

dǐ
氐 223
抵 223
砥 223

dì
弔(diào) 225
地 223
弟 224
的 224
帝 224
遞 224
諦 224

diān
嵮 224
蹎 224
顛 224

diǎn
典 224

diàn
田(tián) 522
甸 224
塡(tián) 523
簟 224

diāo
刁 224
彫 224
敦(dūn) 229
琱 225
雕 225
錭(táo) 517

diǎo
鳥(niǎo) 399

diào
弔 225
趙(zhào) 704
調(tiáo) 523

diē
跌 225

dié
佚(yì) 645
垤 225
涉(shè) 466
絰 225

dǐng
頂 225

dìng
定 225

dōng
冬 225
東 225

dòng
洞 226
凍 226
動 226
棟 226

dōu
兜 226

dǒu
斗 226
豆(dòu) 226
兜(dōu) 226

dòu
豆 226
投(tóu) 526
瀆(dú) 227
讀(dú) 227
鬭 226

dū
都 226

dú
毒 226
頓(dùn) 229
獨 227
瀆 227
犢 227
讀 227

dǔ
堵 227
睹(shǔ) 497
睹 227
篤 227
覩 227

dù
土(tǔ) 527
杜 227
妒 227
妬 228
度 228
塗(tú) 527
蠹 228

duān
端 228

duǎn
短 228

duàn
斷 229

duī
敦(dūn) 229

duì
兌 229
隊 229
敦(dūn) 229
對 229
銳(ruì) 453

dūn
純(chún) 204
惇 229
敦 229

dùn
豚(tún) 528
鈍 229
敦(dūn) 229
頓 229
遁 229

duō
多 229
咄 230

duó
度(dù) 228
奪 230

duǒ
埵 230

duò
惰 231
墮 231

ē
阿 231

é
俄 231
蛾 231

è
厄 231
阨 231
曷(hé) 300
鬲(lì) 366
惡 231
軛 232
遏 232
隘(ài) 151
餓 232
閼 232

ēn
恩 233

ér
而 233
兒 252
唲 252
濡(rú) 452
臑(nào) 394

ěr
尒 252
耳 252
爾 252
餌 252
邇 252

èr
二 253
貳 253

fā
發 253

fá
乏 253
伐 253
汎(fàn) 257
罰 253
撥(bō) 170

fǎ
法 254

fà
髮 255

fān
反(fǎn) 256
番 255
幡 255
潘(pān) 401
蕃(fán) 256
藩 255

fán
凡 255
般(jí) 316
番(fān) 255
煩 256
蕃 256
繁 256

fǎn
反 256

fàn
反(fǎn) 256
氾 257
犯 257
汎 257
范 257
販 257
飯 257

fāng
方 257
妨(fáng) 258
汸(pāng) 402
放(fàng) 258
芳 258

fáng
方(fāng) 257
防 258
妨 258
房 258

fǎng
放(fàng) 258

fàng
放 258

fēi
非 258
飛 260
匪(fěi) 260
菲(fěi) 260

féi
肥 260
賁(bì) 164

fěi
非(fēi) 258
匪 260
菲 260
誹 260

fèi
吠 260
怫(fú) 267
沸 261
菲(fěi) 260
費 261
廢 261

fēn
分 261
芬 262
匪(fěi) 260
紛 262

fén
芬(fēn) 262
賁(bì) 164
棼 262

fèn
分(fēn) 261
忿 262
賁(bì) 164
棼(fén) 262
奮 262
糞 262

**fēng**
封 262
風 262
逢(féng) 263
鳳(fèng) 263
鋒 262
豐 262
蠭 263
麷 263

**féng**
汎(fàn) 257
逢 263
馮 263
縫 263

**fěng**
諷 263

**fèng**
奉 263
風(fēng) 262
鳳 263
賵 263
縫(féng) 263

**fó**
佛 263

**fōu**
不(bù) 171

**fǒu**
不(bù) 171
否 263

**fū**
不(bù) 171
夫 263
拊(fǔ) 268
鈇 266
傅(fù) 271
溥(pǔ) 405
膚 266

**fú**
夫(fū) 263
弗 266
伏 266
佛(fó) 263
扶 267
拂 267
服 267
怫 267
浮 267
祓 267
偪(bī) 161
符 267
鳬 268
福 268
輻 268
黻 268

**fǔ**
父(fù) 269
甫 268
府 268
附(fù) 269
斧 268
拊 268
俛(miǎn) 381
俯 268
脯 268
腐 268
輔 268
撫 269
黼 269

**fù**
父 269
付 269
伏(fú) 266
服(fú) 267
阜 269
附 269
負 269
赴 270
婦 270
復 270
傅 271
富 270
報(bào) 158
腹 271
賦 271
縛 271
賻 271
覆 271

**gǎi**
改 271

**gài**
蓋 271
概 271

**gān**
干 271
甘 272
玕 272
矸(gàn) 272
泔 272
竿 272

**gǎn**
扞(hàn) 296
敢 272
感 272

**gàn**
个(gè) 274
矸 272
竿(gān) 272
詌 272
贛(gòng) 278

**gāng**
剛 272
綱 273

**gāo**
咎(jiù) 339
高 273
皐 273
睪 273
槁(gǎo) 273
橋(qiáo) 420

**gǎo**
槁 273
稾 273
槀 273

**gào**
告 273
誥 273
稾(gǎo) 273

**gē**
戈 273
格(gé) 274
割 273
歌 274

**gé**
革 274
格 274
鬲(lì) 366
假(jiǎ) 321
愅 274
葛 274
隔 274
膈 274
輅 274
鞷 274

**gě**
合(hé) 298
蓋(gài) 271

**gè**
个 274
各 274

**gēn**
根 274

**gèn**
艮 274

**gēng**
更 274
耕 274
羹 274

**gěng**
綆 275

**gèng**
更(gēng) 274
恆(héng) 301

**gōng**
弓 275
工 275
公 275
功 276
共(gòng) 278
攻 277
供 277
肱 277
恭 277
宮 278
躬 278
訟(sòng) 506

**gǒng**
共(gòng) 278
拜 278
拱 278
鞏 278

**gòng**
共 278
供(gōng) 277
貢 278
恐(kǒng) 353
贛 278

**gōu**
勾 278
句 278
拘(jū) 339
枸(jǔ) 340
區(qū) 429
軥(qú) 429
鉤 278
溝 278
構(gòu) 279

**gǒu**
狗 278
苟 279
枸(jǔ) 340

**gòu**
勾(gōu) 278

句(gōu) 278
區(qū) 429
訽 279
詬 279
構 279

gū
孤 279
姑 279
皋(gāo) 273
家(jiā) 320
辜 279

gǔ
古 279
谷 280
角(jué) 343
姑(gū) 279
股 280
苦(kǔ) 354
罟 280
骨 280
淈 280
賈 280
滑(huá) 308
鼓 280
穀 280
轂 280
瞽 280

gù
告(gào) 273
固 280
故 281
顧 286

guā
瓜 286
栝 286

guǎ
寡 287

guà
卦 287
挂 287

guāi
乖 287

guài
怪 287

guān
官 287
冠 288
矜(jīn) 333
棺 288
關 288
鰥 288
觀 288

guǎn
莞 289
管 289

guàn
串(chuàn) 203
冠(guān) 288
貫 289
涫 289
棺(guān) 288
關(guān) 288
觀(guān) 288

guāng
光 289
洸 289
潢(huáng) 310

guǎng
廣 289

guàng
撗 289

guī
珪 289
規 289
傀 290
嵬(wéi) 543
閨 290
瞡 290
龜 290
歸 290
蘬(kuī) 355

guǐ
佹 290
鬼 290
詭 290

guì
貴 290
跪 291
劌 291
蹶(jué) 343

gǔn
卷(juàn) 342
混(hùn) 311
裷 291

guō
郭 291
過(guò) 294
蜮(yù) 679

guó
國 292
膕 294

guǒ
果 294
椁 294
槨 294

guò
過 294

hǎi
海 295

hài
害 295
蓋(gài) 271
駭 296

hān
唅(hàn) 296

hán
汗(hàn) 296
唅(hàn) 296
寒 296
韓 296

hǎn
罕 296

hàn
汗 296
扞 296
旱 296
泔(gān) 272
唅 296
悍 296
感(gǎn) 272
漢 296

háng
行(xíng) 583

hàng
行(xíng) 583

háo
皋(gāo) 273
毫 296
號 296
豪 296

hǎo
好 296

hào
好(hǎo) 296
耗 298
皓 298
睪(gāo) 273
鄗 298
號(háo) 296
滈 298
皥 298

hē
何(hé) 298
阿(ē) 231
苛(kē) 348

hé
禾 298
合 298
何 298
河 300
和 299
曷 300
洽(qià) 418
盉 300
害(hài) 295
盍 300
貉 300
蓋(gài) 271
翮 300
闔 300
齕 300

hè
何(hé) 298
和(hé) 299
渴(kě) 352
葛(gé) 274
暍(yē) 602
褐 301
赫 301
壑 301
鶴 301

hēi
黑 301

hěn
很 301

hèn
恨 301

héng
恆 301
衡 301
横 301

hèng
横(héng) 301

**hóng**
弘 301
降(jiàng) 327
閎 301
鴻 301

**hòng**
鴻(hóng) 301

**hóu**
侯 301

**hòu**
后 302
後 303
厚 302
候 305
詬(gòu) 279

**hū**
乎 305
呼 306
曶 307
忽 307
芴(wù) 561
武(wǔ) 559
惡(è) 231
戲(xì) 564

**hú**
抇 307
狐 307
弧 307
胡 307
斛 307
瓠 307
壺 307
號(háo) 296

**hǔ**
虎 307
許(xǔ) 591
箎(chí) 199

**hù**
互 307
戶 307
笏 307
瓠(hú) 307
楛 307
護 307

**huā**
華(huá) 308

**huá**
咶 307
華 308
滑 308
猾 308
譁 308
驊 308

**huà**
化 308
華(huá) 308

**huái**
徊(huí) 310
槐 308
懷 308

**huài**
壞 309

**huān**
嚾 309
歡 309
讙 309
驩 309

**huán**
桓 309
圜(yuán) 681
環 309
還 309

**huǎn**
緩 309

**huàn**
眩(xuàn) 592
患 309
渙 310
豢 310

**huāng**
荒 310

**huáng**
皇 310
凰 310
黃 310
喤 310
潢 310

**huǎng**
芒(máng) 378
洸(guāng) 289
潢(huáng) 310

**huàng**
潢(huáng) 310

**huī**
恢 310
暉 310
煇 310
睢(suī) 508
墮(duò) 231
輝 310
麾 310
戲(xì) 564

**huí**
回 310
徊 310

**huǐ**
悔 310
毀 310
蘬(kuī) 355

**huì**
晦 310
惠 311
稅(shuì) 500
會 311
誨 311
慧 311
諱 311
蕙 311
穢 311
壞(huài) 309

**hūn**
昏 311
婚 311
惛 311
湣(mǐn) 384
葷 311

**hún**
昆(kūn) 355
渾 311
魂 311

**hùn**
混 311
渾(hún) 311

**huó**
越(yuè) 685

**huǒ**
火 311

**huò**
或 311
呼(hū) 306
掝 312
貨 312
瓠(hú) 307
惑 312
猧 312
禍 312
霍 313
獲 313
藿 313

**jī**
几 313
肌 313
机 313
居(jū) 339
其(qí) 406
奇(qí) 415
姬 313
迹 313
笄 313
倚(yǐ) 644
基 313
飢 313
朞 313
幾(jǐ) 317
期(qī) 406
隔(gé) 274
畸 313
資(zī) 771
箕 313
齊(qí) 415
稽 313
激 314
積 314
機 314
績 315
擊 314
雞 315
譏 315
鷄 315
齎 315

**jí**
及 315
汲 315
即 315
革(gé) 274
急 315
亟 315
疾 316
[illegible] 316
集 316
揖(yī) 625
嫉 316
極 316
楫 316
瘠 316
藉(jiè) 332
籍 317

**jǐ**
几(jī) 313
己 317
紀(jì) 319
掎 317

幾 317
戟 318
給 318
擠 318
濟(jì) 319
蟣 318

jì
吉 318
忌 318
技 318
季 318
近(jìn) 334
其(qí) 406
洎 319
紀 319
計 319
既 318
記 319
寄 319
祭 319
結(jié) 330
幾(jǐ) 317
跡 319
資(zī) 771
齊(qí) 415
稷 319
冀 319
濟 319
繼 320
驥 320

jiā
加 320
夾 320
家 320
浹 320
挾(xié) 580
葭 320
嘉 321

jiá
夾(jiā) 320
揳(xiè) 580
頡(xié) 580

jiǎ
甲 321
夏(xià) 569
假 321
賈(gǔ) 280
暇(xià) 570

jià
假(jiǎ) 321
嫁 321
賈(gǔ) 280
駕 321
稼 321

jiān
肩 321
姦 321
咸(xián) 571
兼 321
堅 322
淺(qiǎn) 419
間 322
菅 322
閒(xián) 571
鈃(xíng) 587
湛(zhàn) 702
漸(jiàn) 324
監 322
餰 322
纖(xiān) 571

jiǎn
柬 322
前(qián) 419
齊(qí) 415
儉 322
踐(jiàn) 324
險(xiǎn) 573
檢 322
蹇 323
簡 323
簡 323
繭 323
騫(qiān) 419

jiàn
見 323
建 324
健 324
間(jiān) 322
閒(xián) 571
漸 324
僭 324
監(jiān) 322
踐 324
劍 324
賤 324
諫 325
薦 325
濫(làn) 356
譖(zèn) 701
鑒 325

jiāng
江 325
姜 325
將 325
漿 327
彊(qiáng) 420
疆 327

jiàng
匠 327
降 327
將(jiāng) 325
强(qiáng) 419
彊(qiáng) 420
疆(jiāng) 327

jiāo
交 327
佼(jiǎo) 327
姣 327
郊 327
教(jiào) 328
焦 327
蛟 327
椒 327
喬(qiáo) 420
鄗(hào) 298
僬 327
潐 327
憍 327
噍(jiào) 328
徼(jiào) 328
橋(qiáo) 420
鮫 327
驕 327

jiǎo
糾(jiū) 338
佼 327
狡 327
姣(jiāo) 327
校(jiào) 328
腳 328
僥(yáo) 602
徼(jiào) 328
橋(qiáo) 420
矯 328
譑 328
蹻(qiāo) 420

jiào
窌 328
校 328
斛(hú) 307
教 328
較 328
僬(jiāo) 327
槀(gǎo) 273
噍 328
潐 328
徼 328
醮 328
覺(jué) 343

jie
家(jiā) 320

jiē
皆 328
接 329
階 330
菨 330

jié
刦 330
劫 330
拾(shí) 476
桀 330
接(jiē) 329
捷 330
絜 330
傑 330
結 330
渴(kě) 352
詰 331
楬 331
節 330
蝎 331
潔 331
頡(xié) 580

jiě
解 331

jiè
介 332
价 332
戒 332
界 332
借 332
解(jiě) 331
誡 332
藉 332
籍(jí) 317

jīn
巾 332
斤 332
今 332
金 333
津 333
矜 333
筋 333
祲 333
禁(jìn) 335

jǐn
僅 333
盡(jìn) 335
錦 333
謹 333
覲(jìn) 336

jìn
吟(yín) 652

近 334
晉 334
進 334
僅(jǐn) 333
搢 335
禁 335
盡 335
殣 336
縉 336
薦(jiàn) 325
覲 336

jīng
莖 336
婧(jìng) 338
經 336
兢 336
精 336
驚 336

jǐng
井 336
剄 336
景 336
頸 336
憼 336
警 337

jìng
勁 337
徑 337
竟 337
脛 337
敬 337
靖 338
傹 338
境 338
靜 338
檠(qíng) 425
競 338

jiū
究 338
糺 338
糾 338
鳩 338
噍(jiào) 328

繆(móu) 391

jiǔ
九 338
久 338
句(gōu) 278
糺(jiū) 338
酒 338

jiù
咎 339
柩 339
救 339
就 339
廄 339
舊 339

jū
且(qiě) 421
車(chē) 194
沮(jǔ) 340
拘 339
居 339
苴 340
俱 340
娵 340
裾 340
駒 340

jú
告(gào) 273
局 340

jǔ
巨(jù) 341
去(qù) 430
拒(jù) 341
沮 340
枸 340
矩 340
莒 340
舉 340
䊯 341

jù
句(gōu) 278
巨 341
足(zú) 778
沮(jǔ) 340
拒 341
具 341
俱(jū) 340
倨 341
冣 341
距 341
渠(qú) 429
裾(jū) 340
鉅 341
聚 342
劇 342
窶 342
據 342
屨 342
瞿(qú) 429
懼 342

juān
勬(juàn) 342
捐 342
涓 342
蠲 342

juǎn
卷(juàn) 342

juàn
卷 342
倦 342
勬 342
眷 342

juē
祖(zǔ) 780
嗟 342

jué
角 343
決 342
抉 343
玦 343
屈(qū) 428
掘 343
絕 343
厥 343
矞(yù) 679
較(jiào) 328
蟨 343
爵 343
闕(què) 432
譎 343
蹶 343
蹻(qiāo) 420
覺 343
攫 343

jūn
君 343
均 343
軍 348
鈞 348
龜(guī) 290

jùn
俊 348
逡(qūn) 432
駿 348

kāi
開 348

kǎi
豈(qǐ) 416
愷 348
慨 348

kān
堪 348

kǎn
坎 348

kāng
康 348
糠 348

kàng
伉 348
抗 348
康(kāng) 348

kǎo
考 348
槁(gǎo) 273

kào
槁(gǎo) 273
稾(gǎo) 273
槀(gǎo) 273

kē
苛 348
柯 348
軻 348
魁(kuí) 355

kě
可 348
軻(kē) 348
渴 352

kè
可(kě) 348
克 352
刻 352
客 352
恪 352

kěn
肯 352

kēng
脛(jìng) 337

kōng
空 352

kǒng
孔 353
空(kōng) 352
恐 353

kòng
空(kōng) 352

kǒu
口 353

kòu
扣 354
寇 354

kū
刳 354
枯 354
哭 354
掘(jué) 343
堀 354

kǔ
苦 354
楛(hù) 307

kù
庫 354
酷 354

kuā
夸 354
華(huá) 308

kuà
夸(kuā) 354
跨 354

kuài
快 354
塊 354
會(huì) 311
魁(kuí) 355
澮 354

kuān
寬 354

kuǎn
款 355

kuāng
匡 355
俇(wāng) 530
皇(huáng) 310
筐 355

kuáng
狂 355

kuàng
兄(xiōng) 589
況 355
皇(huáng) 310
壙 355
曠 355
纊 355

kuī
規(guī) 289
窺 355
蘬 355

kuí
魁 355
夔 355

kuǐ
頃(qǐng) 425
傀(guī) 290
魁(kuí) 355
窺(kuī) 355
蹞 355

kuì
臾(yú) 671
喟 355
愧 355
匱 355
潰 355
歸(guī) 290
饋 355

kūn
卵(luǎn) 374
昆 355

kǔn
齫(yǔn) 687

kùn
困 356

kuò
括 356
栝(guā) 286
會(huì) 311
廓 356
鬠 356

là
剌 356

lái
來(lài) 356
萊 356
釐(lí) 358

lài
來 356
厲(lì) 366
賴 356

lán
藍 356
蘭 356

lǎn
濫(làn) 356

làn
濫 356

láng
狼 356
琅 356
羹(gēng) 274

láo
牢 356
勞 356

lǎo
老 357
潦 357

lào
牢(láo) 356
烙(luò) 376
勞(láo) 356
潦(lǎo) 357
樂(yuè) 685

lè
樂(yuè) 685

léi
累(lěi) 357
雷 357
壘(lěi) 357
羸 357

lěi
累 357
誄 357
壘 357

lèi
累(lěi) 357
壘(lěi) 357
類 357

lī
裏(lǐ) 360

lí
狸 358
黎 358
釐 358
離 358
麗(lì) 366
蔾 358
劙 358

lǐ
李 358
里 358
理 359
裏 360
禮 360
醴 362

lì
力 362
立 363
吏 364
利 364
戾 366
栗 366
鬲 366
蒞 366
詈 366
厲 366
歷 366
翮(hé) 300
隸 366
離(lí) 358
麗 366
礪 366
攦 366

lián
令(lìng) 369
苓(líng) 369
連 366
廉 366
憐 366
簾 366

liǎn
斂 366

liàn
練 367

liáng
良 367
梁 367
量(liàng) 367
粱 367
糧 367

liǎng
良(liáng) 367
兩 367
量(liàng) 367

liàng
兩(liǎng) 367
量 367

liāo
撩 368

**liáo**
- 窌(jiào) 328
- 聊 368
- 勞(láo) 356
- 僇 368
- 潦(lǎo) 357
- 撩(liāo) 368
- 遼 368
- 繆(móu) 391
- 繚 368

**liǎo**
- 潦(lǎo) 357

**liào**
- 撩(liāo) 368

**liè**
- 列 368
- 戾(lì) 366
- 烈 368
- 栗(lì) 366
- 獵 368

**lín**
- 林 368
- 鄰 368
- 臨 368
- 麟 368

**lǐn**
- 稟(bǐng) 169
- 廩 368
- 懍 368

**lìn**
- 吝 369
- 賃 369
- 臨(lín) 368

**líng**
- 令(lìng) 369
- 苓 369
- 陵 369
- 靈 369

**lǐng**
- 領 369

**lìng**
- 令 369
- 領(lǐng) 369

**liú**
- 斿(yóu) 658
- 流 369
- 留 370
- 游(yóu) 658
- 旒 370
- 騮 370

**liǔ**
- 柳 370
- 留(liú) 370
- 僂(lǚ) 373

**liù**
- 六 370
- 窌(jiào) 328

**lóng**
- 隆 370
- 龍 371
- 礱 371
- 籠 371
- 聾 371

**lǒng**
- 龍(lóng) 371
- 隴 371
- 壟 371
- 籠(lóng) 371

**lóu**
- 牢(láo) 356
- 僂(lǚ) 373
- 漏(lòu) 371
- 樓 371

**lòu**
- 陋 371
- 漏 371
- 鏤 371

**lú**
- 慮(lǜ) 373
- 盧 371
- 廬 371
- 鏤(lòu) 371
- 蘆 371

**lǔ**
- 虜 371
- 魯 371

**lù**
- 六(liù) 370
- 角(jué) 343
- 谷(gǔ) 280
- 鹿 372
- 路 372
- 祿 372
- 輅 372
- 僇(liáo) 368
- 綠(lǜ) 373
- 戮 372
- 慮(lǜ) 373
- 錄 372
- 露 372

**lǘ**
- 閭 372

**lǚ**
- 呂 373
- 旅 373
- 僂 373
- 屢 373
- 履 373
- 膢 373
- 縷 373

**lǜ**
- 律 373
- 率(shuài) 499
- 綠 373
- 慮 373
- 壘(lěi) 357

**luán**
- 鸞 374

**luǎn**
- 卵 374

**luàn**
- 亂 374

**lūn**
- 輪(lún) 376

**lún**
- 倫 375
- 輪 376
- 論(lùn) 376

**lùn**
- 論 376

**luǒ**
- 果(guǒ) 294
- 倮 376
- 累(lěi) 357
- 儽 376

**luò**
- 格(gé) 274
- 烙 376
- 路(lù) 372
- 落 376
- 樂(yuè) 685

**lüè**
- 略 376
- 擽 376

**má**
- 麻 376

**mǎ**
- 馬 376

**mà**
- 貉(hé) 300

**mái**
- 埋 377
- 薶 377

**mài**
- 賣 377

**mán**
- 瞞 377
- 謾 377
- 蠻 377

**mǎn**
- 滿 377

**màn**
- 曼 377
- 僈 377
- 漫 377
- 慢 377
- 嫚 378
- 槾 378
- 謾(mán) 377

**máng**
- 芒 378
- 盲 378
- 龍(lóng) 371

**máo**
- 毛 378
- 矛 378
- 茅 378
- 秏(hào) 298
- 旄 378

**mǎo**
- 卯 378

**mào**
- 茂 378
- 秏(hào) 298
- 旄(máo) 378
- 貿 378
- 貌 378
- 瞀 378
- 貇 378
- 懋 378

**méi**
- 眉 378

媒 378
墨(mò) 390
糜(mí) 380

měi
每 378
美 378

mèi
每(měi) 378
妹 379
昧 379
寐 379
媚 379
媒(méi) 378
魅 379

mén
門 379
瞞(mán) 377
亹(wěi) 544

mèn
滿(mǎn) 377

méng
虻 380
盟 380
夢(mèng) 380
蒙 380
蝱 380

měng
猛 380

mèng
孟 380
盟(méng) 380
夢 380

mí
迷 380
糜 380
彌 380
靡(mǐ) 380

mǐ
米 380
辟(pì) 402
彌(mí) 380
靡 380

mì
密 380
蜜 380

mián
緜 380
瞑(míng) 387

miǎn
免 380
勉 381
俛 381
娩 381
冕 381
湎 381
絻(wèn) 551
靦(tián) 523

miàn
面 381
湣(mǐn) 384
瞑(míng) 387

miáo
苗 381

miǎo
妙(miào) 381
眇 381

miào
妙 381
眇(miǎo) 381
廟 381
繆(móu) 391

miè
滅 381
蔑 381

mín
民 382
岷 383
珉 384

mǐn
昏(hūn) 311
敏 384
閔 384
湣 384

míng
名 384
明 385
冥 387
盟(méng) 380
鳴 387
銘 387
瞑 387

mìng
命 387

miù
繆(móu) 391
謬 387

mó
莫(mò) 388
無(wú) 553
募(mù) 392
嫫 387
磨 388
靡(mǐ) 380

mò
末 388
百(bǎi) 155
沒 388
歿 388
秣 388
莫 388
貉(hé) 300
漠 390
墨 390
嘿 390
默 390

磨(mó) 388

móu
毋(wú) 553
牟 390
侔 391
敄(wù) 561
眸 391
謀 391
繆 391
鍪 391

mǔ
母 391
牡 391
畝 391

mù
木 391
目 392
牟(móu) 390
沐 392
牧 392
莫(mò) 388
募 392
睦 392
墓 392
暮 392
慕 392
穆 393
繆(móu) 391

ná
南(nán) 393

nà
內(nèi) 394
吶(nè) 394
納 393

nǎi
乃 393

nài
奈 393
耐 393
柰 393

能(néng) 395

nán
男 393
南 393
難 393

nàn
難(nán) 393

náng
囊 394

náo
撓 394
橈 394

nào
淖 394
澆(jiāo) 327
臑 394

nè
吶 394

něi
餒 394
餧(wèi) 549

nèi
內 394

néng
而(ér) 233
耐(nài) 393
能 395

ní
尼 399
兒(ér) 252
泥 399

nǐ
尼(ní) 399
泥(ní) 399
疑(yí) 626
儗 399

擬 399

nì
泥(ní) 399
逆 399
匿 399
溺 399

nián
年 399

niǎn
輦 399

niàn
念 399

niǎo
鳥 399

niào
溺(nì) 399

niè
泥(ní) 399
涅 399
孽 399
蘗 399
攝(shè) 466

níng
冰(bīng) 168
甯 399
寧 400
疑(yí) 626
凝 400

nìng
佞 400
甯(níng) 399
寧(níng) 400

niú
牛 400

niǔ
忸 400

紐 400

nóng
農 400

nòu
耨 400

nú
駑 400

nǔ
弩 400

nù
怒 400

nǚ
女 401

nǜ
女(nǚ) 401

nuán
濡(rú) 452

nuǎn
煖 401

nuó
難(nán) 393

nuò
諾 401
懦 401

nüè
虐 401

ōu
區(qū) 429
嘔 401
毆(qū) 429
甌 401
謳 401

óu
齵 401

ǒu
偶 401
嘔(ōu) 401
耦 401

òu
嘔(ōu) 401

pái
俳 401
徘 401
排 401

pān
番(fān) 255
潘 401

pán
弁(biàn) 165
般(bān) 157
番(fān) 255
槃 401
潘(pān) 401
盤 401
繁(fán) 256

pàn
反(fǎn) 256
半(bàn) 157
泮 401
叛 401
畔 402

pāng
滂 402

páng
方(fāng) 257
房(fáng) 258
旁 402
逄 402
逢(féng) 263
彭(péng) 402
蠭(fēng) 263

páo
炮(bāo) 157

pào
炮(bāo) 157
窌(jiào) 328

pèi
佩 402
斾 402
配 402
旆 402
轡 402

pén
盆 402

pēng
彭(péng) 402

péng
朋 402
逢(féng) 263
彭 402
蓬 402

pěng
奉(fèng) 263

pī
皮(pí) 402
被(bèi) 159
鈹 402

pí
比(bǐ) 161
皮 402
陂(bēi) 158
庳(bēi) 159
埤 402
辟(pì) 402
裨 402
罷(bà) 154
蕃(fán) 256

pǐ
匹 402

否(fǒu) 263

pì
匹(pǐ) 402
埤(pí) 402
辟 402
僻 403
譬 403
闢 403

piān
扁(biǎn) 165
偏 403
徧(biàn) 166

pián
平(píng) 404
便(biàn) 166
胼 403
徧(biàn) 166
駢 404
辯(biàn) 167

piàn
辨(biàn) 166

piāo
飄 404

piáo
剽(piào) 404
瓢 404

piào
僄 404
剽 404

piē
蔽(bì) 165

pín
貧 404

pìn
牝 404
娉(pīng) 404
聘 404

pīng
娉 404

píng
平 404
屏 405
馮(féng) 263

pō
朴(pò) 405
陂(bēi) 158
頗 405

pó
番(fān) 255
繁(fán) 256

pǒ
頗(pō) 405

pò
朴 405
柏(bó) 170
迫 405
破 405
魄 405
霸(bà) 154

pōu
朴(pò) 405
剖 405

pǒu
附(fù) 269
部(bù) 189

pū
朴(pò) 405
剝(bō) 170

pú
扶(fú) 267
脯(fǔ) 268
蒲 405

pǔ
朴(pò) 405
圃 405
普 405
溥 405
樸 405

pù
暴(bào) 158

qī
七 405
妻 405
倛 405
戚 405
捿 406
攲 406
期 406
棲 406
欺 406
蹊(xī) 563

qí
其 406
奇 415
俟(sì) 505
耆 415
旂 415
跂 415
幾(jǐ) 317
琦 415
祺 415
齊 415
旗 415
綦 416
蟣(jǐ) 318
騏 416
蘄 416
齎(jī) 315
鰭 416
騹 416

qǐ
起 417
豈 416
跂(qí) 415
啓 417
幾(jǐ) 317
稽(jī) 313

qì
切(qiē) 421
妻(qī) 405
泣 417
亟(jí) 315
契 417
挈(qiè) 421
氣 418
跂(qí) 415
棄 418
器 418

qià
洽 418
楬(jié) 331

qiān
千 418
允(yǔn) 687
牽 419
愆 419
鉛 419
嗛(xián) 571
遷 419
蹇(jiǎn) 323
謙 419
騫 419
纖(xiān) 571

qián
拑 419
前 419
虔 419
健(jiàn) 324
鉗 419
漸(jiàn) 324
潛 419

qiǎn
淺 419
嗛(xián) 571

qiàn
牽(qiān) 419
嗛(xián) 571
謙(qiān) 419

qiāng
羌 419
將(jiāng) 325
椌 419
瑲 419
慶(qìng) 426
鎗 419

qiáng
强 419
彊 420
牆 420

qiǎng
强(qiáng) 419
彊(qiáng) 420

qiàng
鎗(qiāng) 419

qiāo
鄗(hào) 298
墝 420
橋(qiáo) 420
蹻 420

qiáo
招(zhāo) 703
焦(jiāo) 327
喬 420
䱁 421
橋 420

qiǎo
巧 421
悄 421
愀 421

qiào
削(xuē) 592
箾(shuò) 502

qiē
切 421

qiě
且 421

qiè
切(qiē) 421
妾 421
怯 421
契(qì) 417
挈 421
捷(jié) 330
嗛(xián) 571
篋 421
鍥 421
竊 421

qīn
侵 421
衾 422
親 422

qín
秦 422
琴 423
禽 423
勤 423

qǐn
侵(qīn) 421
寢 423

qìn
親(qīn) 422

qīng
青 423
卿 423
頃(qǐng) 425
清 423
傾 424
輕 424
慶(qìng) 426

qíng
情 424
請(qǐng) 426
檠 425
黥 425

qǐng
頃 425

請 426

qìng
慶 426
請(qǐng) 426
磬 426

qióng
窮 426

qiū
丘 427
秋 427
區(qū) 429
蚯 427
龜(guī) 290

qiú
仇 427
囚 427
求 427
球 428
裘 428
鰌 428

qū
去(qù) 430
曲 428
取(qǔ) 429
屈 428
胠 429
淈(gǔ) 280
區 429
紶 429
詘 429
毆 429
趣(qù) 430
趨 429
軀 429
騶(zōu) 777

qú
句(gōu) 278
劬 429
絇 429
渠 429
軥 429
鉤(gōu) 278
瞿 429
懼(jù) 342
衢 429

qǔ
曲(qū) 428
取 429
紶(qū) 429
麹 430

qù
去 430
趣 430
趨(qū) 429

quán
全 430
卷(juàn) 342
泉 431
純(chún) 204
權 431

quǎn
犬 431
甽 431

quàn
券 431
勸 431

quē
屈(qū) 428
闕(què) 432

què
卻 431
愨 431
爵(jué) 343
闋 432
鵲 432

qūn
囷 432
逡 432
遁(dùn) 229

qún
群 432

rán
呥 432
然 432

rǎn
冉 436

ráng
壤(rǎng) 437
攘 436
穰 436

rǎng
攘(ráng) 436
壤 437
穰(ráng) 436
讓(ràng) 437

ràng
攘(ráng) 436
讓 437

ráo
橈(náo) 394
蕘 437
饒 437

rǎo
擾 437

rě
若(ruò) 453

rè
熱 437

rén
人 437
仁 446
任(rèn) 448

rěn
忍 447

rèn
刃 448
仞 448
任 448
訒 448
軔 448

rì
日 448

róng
戎 449
容 449
訟(sòng) 506
隔(gé) 274
頌(sòng) 506
榮 449

róu
柔 450
輮 450

ròu
肉 450

rú
如 450
茹 452
偄(ruǎn) 453
儒 452
濡 452

rǔ
女(nǚ) 401
汝 452
乳 452
辱 452

rù
入 453
蓐 453

ruǎn
偄 453
蝡 453

ruì
兌(duì) 229
瑞 453
蜹 453
銳 453

rùn
潤 453

ruò
若 453
弱 455
楉 455

sǎ
洒 455
鞈(gé) 274

sà
殺(shā) 458
蔡(cài) 190

sāi
思(sī) 503

sài
塞(sè) 458

sān
三 455
參(shēn) 467

sǎn
參(shēn) 467
散(sàn) 457
糝 457

sàn
散 457

sāng
桑 457
喪(sàng) 457

sǎng
顙 457

sàng
喪 457

sāo
慅 457
臊 457

sào
臊(sāo) 457
燥(zào) 690

sè
色 457
瑟 458
嗇 458
塞 458

shā
沙 458
殺 458

shá
奢(shē) 465

shǎ
傻 459

shà
沙(shā) 458
舍(shè) 465
翣 459

shài
殺(shā) 458

shān
山 459
埏(yán) 598
潸 459

shàn
訕 459
剡(yǎn) 599
單(dān) 214
善 459
澹(dàn) 214
擅 461
壇(tán) 516
蟺 461
贍 461
饘(zhān) 702

shāng
商 461
惕(dàng) 215
湯(tāng) 516
傷 461
賫 461
觴 461

shǎng
上(shàng) 462
賞 461
賫(shāng) 461

shàng
上 462
尚 464
賞(shǎng) 461

shāo
燒 464

sháo
招(zhāo) 703
韶 464

shǎo
少 464

shào
少(shǎo) 464
召(zhào) 704
削(xuē) 592
詔(zhào) 704
燒(shāo) 464
燿(yào) 602

shē
奢 465

shé
它(tuō) 528
舌 465
蛇 465

shě
舍(shè) 465

shè
社 465
舍 465
拾(shí) 476
涉 466
射 466
赦 466
設 466
葉(yè) 622
歙(xī) 563
懾 466
攝 466

shēn
申 466
身 466
伸 466
信(xìn) 582
紳 468
深 467
參 467

shén
什(shí) 476
神 468

shěn
沈(chén) 195
審 468

shèn
甚 468
慎 468

shēng
升 469
生 469
狌 471
牲 471
笙 471
勝(shèng) 472
聲 471

shéng
繩 471

shěng
省(xǐng) 587

shèng
甸(diàn) 224
乘(chéng) 197
盛(chéng) 198
勝 472
聖 472

shī
尸 473
失 473
施 474
師 474
鉈 475
詩 475
溼 475

shí
十 476
什 476
石 476
拾 476
食 476
時 477
提(tí) 517
實 478
碩 478
識 478

shǐ
史 478
矢 478
弛(chí) 199
豕 479
始 479
使 479
施(shī) 474
縱 481

shì
士 481
氏 482
世 482
仕 482
示 482
市 482
式 483
舍(shè) 465
侍 483
事 483
侈(chǐ) 200
咶(huá) 307
室 486
是 486
耆(qí) 415
埶(yì) 646
視 493
弒 493
試 493
嗜 493
筮 493
勢 493
飾 493
誓 494
適 494
澤(zé) 700
識(shí) 478

shōu
收 494

shǒu
手 494
守 494
首 495

shòu
受 495
售 495
授 495
壽 495
獸 495

shū
叔 496
殊 496
書 496
淑 496
荼(tú) 527

姝(zhū) 766
舒 496
菽 496
疏 496
踈 496
銖 496
樞 496
蔬 496
輸 496

shú
孰 496
贖 497

shǔ
黍 497
睹 497
蜀 497
暑 497
鼠 497
數(shù) 498
屬 497

shù
束 498
恕 498
庶 498
術 498
疏(shū) 496
踈(shū) 496
數 498
豎 499
樹 499

shuā
選(xuǎn) 592

shuāi
衰 499

shuài
帥 499
率 499

shuāng
霜 500

shuǎng
爽 500

shuí
誰 500

shuǐ
水 500

shuì
稅 500
說(shuō) 501

shùn
順 500
舜 501

shuō
說 501

shuò
碩(shí) 478
數(shù) 498
箾 502
燿(yào) 602

sī
司 502
私 503
思 503
斯 503
絲 503
緦 504

sǐ
死 504

sì
四 504
司(sī) 502
汜 505
似 505
伺 505
祀 505
兕 505
俟 505
食(shí) 476
思(sī) 503
嗣 505
肆 505
駟 505
蕼 506

sōng
松 506

sǒng
從(cóng) 207
竦 506
縱(zòng) 777

sòng
宋 506
送 506
訟 506
頌 506
誦 506

sōu
藪(sǒu) 506

sǒu
藪 506

sū
蘇 506

sú
俗 506

sù
夙 507
素 507
宿 507
速 507
粟 507
肅 507
愬 507
數(shù) 498
遬 507
蘇(sū) 506

suān
酸 507

suàn
選(xuǎn) 592

suī
睢 508
雖 508

suí
綏 509
隨 509

suì
術(shù) 498
隊(duì) 229
碎 509
歲 509
遂 509
粹(cuì) 208
隧 509
檖 509
燧 509
繐 509
襚 509

sūn
孫 509

sǔn
損 510

suō
獻(xiàn) 574

suǒ
所 510
索 515
瑣 515

tā
他 515
佗(tuō) 528

tà
沓 515
達(dá) 209
鞈(gé) 274
誻 515

tái
能(néng) 395
臺 515

tài
大(dà) 210
太 515
汰 515
能(néng) 395
泰 515
態 515

tān
貪 515
探 516

tán
沈(chén) 195
倓 516
淡(dàn) 214
彈(dàn) 214
談 516
澹(dàn) 214
壇 516

tàn
貪(tān) 515
探(tān) 516
歎 516

tāng
湯 516
蕩(dàng) 215

táng
唐 516
堂 516
愓(dàng) 215
糖 516

tǎng
黨(dǎng) 215

tàng
湯(tāng) 516

tāo
挑(tiāo) 523
慆 517
謟 517

táo
逃 517
桃 517
陶 517
跳(tiào) 523
綯 517
鞉 517
錭 517

té
螣 517

tè
忒 517
貣 517
特 517
匿(nì) 399
貳(èr) 253

téng
螣(té) 517
騰 517

tí
折(zhé) 704
偍 517
啼 517
提 517
諦(dì) 224

tǐ
體 517

tì
狄(dí) 222
弟(dì) 224
倜 518
涕 518
悌 518
適(shì) 494
錫(xī) 563
躍(yuè) 686

tiān
天 518

tián
田 522
甸(diàn) 224
恬 523
填 523
寘(zhì) 760
靦 523
顛(diān) 224

tiǎn
殄 523
栝(guā) 286
填(tián) 523
銛(xiān) 571

tiàn
瑱 523

tiāo
佻 523
挑 523
條(tiáo) 523

tiáo
佻(tiāo) 523
苕 523
脩(xiū) 590
條 523
調 523

tiǎo
挑(tiāo) 523
窕 523

tiào
窕(tiǎo) 523
跳 523

tiě
鐵 523

tīng
聽 523

tíng
廷 524
亭 524
挺(tǐng) 524
庭 524
蜓 524
霆 524

tǐng
挺 524
珽 524

tìng
庭(tíng) 524

tōng
通 524

tóng
同 525
彤 526
洞(dòng) 226
重(zhòng) 763
童 526

tǒng
統 526

tòng
痛 526

tōu
偷 526
愉(yú) 671

tóu
投 526
頭 526

tū
吐(tǔ) 527
禿 526
突 526

tú
徒 526
涂 527
荼 527
途 527
屠 527
塗 527
圖 527

tǔ
土 527
吐 527

tù
吐(tǔ) 527

tuán
專(zhuān) 769
敦(dūn) 229
揣(chuǎi) 203
剸 527
塼 527
摶 527
鶉(chún) 204

tuàn
稅(shuì) 500
緣(yuán) 681

tuī
推 527

tuí
弟(dì) 224

tuì
侻(tuò) 528
退 527
脫(tuō) 528
稅(shuì) 500
蛻 528

tūn
哼 528

tún
純(chún) 204
豚 528
敦(dūn) 229

tuō
它(tuō) 528
他(tā) 515
它 528
佗 528
託 528
脫 528
稅(shuì) 500
說(shuō) 501

tuó
它(tuō) 528
池(chí) 199
佗(tuō) 528
鼉 528

tuǒ
綏(suí) 509

tuò
柝 528
侻 528
魄(pò) 405

wā
汙(wū) 552
唲(ér) 252
窳(yǔ) 676
鼃 528

wǎ
瓦 528

wà
瓦(wǎ) 528

wài
外 528

wān
貫(guàn) 289
關(guān) 288

wán
丸 529
抏 529
完 529

玩 529
翫 529

wǎn
宛 529
娩(miǎn) 381
晚 529
輓 529

wàn
萬 529
槾(màn) 378

wāng
匡(kuāng) 355
汪 530
尫 530

wáng
亡 530
王 531

wǎng
方(fāng) 257
王(wáng) 531
罔 534
枉 534
往 534

wàng
王(wáng) 531
妄 534
忘 534
盲(máng) 378
往(wǎng) 534
望 535

wēi
危 535
委(wěi) 543
威 536
畏(wèi) 545
微 536

wéi
韋 543
爲 536
惟 543
僞(wěi) 543
帷 543
唯 543
圍 543
違 543
嵬 543
維 543
魏(wèi) 549

wěi
尾 543
委 543
偉 544
唯(wéi) 543
僞 543
葦 544
緯 544
亹 544

wèi
未 544
位 545
味 545
畏 545
尉 546
蜹(ruì) 453
謂 546
衛 546
遺(yí) 626
餧 549
魏 549

wēn
溫 549

wén
文 549
蚊 550
聞 550

wěn
刎 551
歾(mò) 388
昧(mèi) 379

wèn
文(wén) 549
免(miǎn) 380
問 551
絻 551
聞(wén) 550

wēng
翁 551

wěng
翁(wēng) 551

wèng
甕 551

wō
薶(mái) 377

wǒ
我 552
果(guǒ) 294

wò
沃 552
臥 552

wū
汙 552
杅(yú) 666
巫 552
於(yú) 666
屋 552
烏 553
惡(è) 231
嗚 553
誣 553

wú
亡(wáng) 530
毋 553
吳 553
吾 553
梧 553
無 553
廡(wǔ) 560

wǔ
五 558
午 559
伍 559
武 559
侮 560
務(wù) 561
舞 560
廡 560

wù
勿 560
芴 561
物 560
敄 561
悟 561
掘(jué) 343
梧(wú) 553
務 561
惡(è) 231
誤 562
鶩 562

xī
夕 562
兮 562
西 562
希 562
析 562
昔 562
息 562
奚 563
捿(qī) 406
棲(qī) 406
喜(xǐ) 564
犀 563
翕 563
熙 563
膝 563
錫 563
歙 563
谿 563
蹊 563
戲(xì) 564
諰 563
蠡(lí) 358
醯 563
犧 563

xí
席 563
習 563
覡 564
隰 564
襲 564

xǐ
洒(sǎ) 455
洗 564
徙 564
喜 564
諰 564

xì
郤(què) 431
郄 564
係 564
氣(qì) 418
細 564
隙 564
綌 564
赫(hè) 301
潝 564
謑 564
戲 564
繫 564

xiā
瑕(xiá) 565

xiá
甲(jiǎ) 321
夾(jiā) 320
狎 564
浹(jiā) 320
狹 564
假(jiǎ) 321
陜 564
葭(jiā) 320
暇(xià) 570
瑕 565

xià
下 565

- 夏 569
- 假(jiǎ) 321
- 暇 570

xiān
- 先 570
- 銛 571
- 鮮 571
- 纖 571

xián
- 咸 571
- 絃 571
- 閑 571
- 閒 571
- 嗛 571
- 嫌 571
- 銜 571
- 賢 571
- 鹹 572

xiǎn
- 洒(sǎ) 455
- 洗(xǐ) 564
- 省(xǐng) 587
- 險 573
- 鮮(xiān) 571
- 顯 573
- 韅 573

xiàn
- 見(jiàn) 323
- 限 573
- 軒(xuān) 592
- 陷 573
- 羨 573
- 僩 573
- 憲 574
- 縣 573
- 鮮(xiān) 571
- 獻 574

xiāng
- 香 575
- 相 574
- 鄉 575
- 薌 575
- 襄 575

xiáng
- 降(jiàng) 327
- 庠 575
- 祥 575
- 詳 576

xiǎng
- 享 576
- 鄉(xiāng) 575
- 薌(xiāng) 575
- 嚮(xiàng) 576
- 攘(ráng) 436
- 饗 576
- 響 576

xiàng
- 巷 576
- 相(xiāng) 574
- 象 576
- 鄉(xiāng) 575
- 像 576
- 嚮 576

xiāo
- 肖(xiào) 578
- 消 577
- 宵 576
- 梟 577
- 箾(shuò) 502
- 蕭 577
- 簫 577
- 囂 577
- 驕(jiāo) 327

xiáo
- 姣(jiāo) 327
- 校(jiào) 328

xiǎo
- 小 577
- 宵(xiāo) 576
- 曉 578
- 簫(xiāo) 577

xiào
- 孝 578
- 肖 578
- 校(jiào) 328
- 宵(xiāo) 576
- 笑 579
- 效 579

xiē
- 曷(hé) 300

xié
- 邪 579
- 脅 580
- 挾 580
- 偕 580
- 絜(jié) 330
- 頡 580
- 歙(xī) 563
- 諧 580

xiè
- 泄 580
- 契(qì) 417
- 屑 580
- 械 580
- 揳 580
- 解(jiě) 331
- 榭 580
- 豫(yù) 679
- 懈 580
- 褻 580
- 謝 580
- 蟹 580

xīn
- 心 580
- 辛 582
- 欣 582
- 新 582
- 親(qīn) 422
- 薪 582

xìn
- 信 582

xīng
- 牲(shēng) 471
- 星 583
- 腥 583
- 興 583

xíng
- 行 583
- 刑 585
- 形 586
- 鈃 587

xǐng
- 省 587

xìng
- 行(xíng) 583
- 姓 587
- 性 588
- 幸 588
- 興(xīng) 583

xiōng
- 凶 589
- 兄 589
- 匈 589
- 恟 589
- 胸 589

xióng
- 雄 589

xiū
- 休 589
- 修 589
- 脩 590
- 羞 590

xiǔ
- 朽 590
- 滫 591

xiù
- 臭(chòu) 201
- 宿(sù) 507
- 繡 591

xū
- 于(yú) 666
- 吁 591
- 呼(hū) 306
- 盱 591
- 胥 591
- 須 591
- 虛 591
- 矞(yù) 679
- 嘔(ōu) 401
- 蔬(shū) 496
- 鬚 591

xú
- 邪(xié) 579
- 涂(tú) 527
- 徐 591

xǔ
- 休(xiū) 589
- 許 591

xù
- 序 591
- 卹 591
- 恤 591
- 䘏 591
- 畜(chù) 203
- 掝(huò) 312
- 敘 592
- 蓄 592
- 續 592

xuān
- 宣 592
- 軒 592
- 儇 592
- 翾 592

xuán
- 玄 592
- 旋 592
- 琁 592
- 滋 592
- 縣(xiàn) 573
- 還(huán) 309
- 懸 592

**xuǎn**
選 592

**xuàn**
涓(juān) 342
眩 592
旋(xuán) 592
選(xuǎn) 592

**xuē**
削 592
薛 592

**xué**
穴 592
學 593

**xuě**
雪 593

**xuè**
血 593
決(jué) 342
閱(yuè) 685
瞲 593

**xūn**
煇(huī) 310
葷(hūn) 311
塤 593

**xún**
巡 593
紃 593
荀 593
循 594
尋 594
遁(dùn) 229
詢 594

**xùn**
孫(sūn) 509
訊 594
遜 594
選(xuǎn) 592

**yā**
烏(wū) 553
雅(yǎ) 594
猒(yàn) 599
厭(yàn) 599

**yá**
牙 594
崖 594

**yǎ**
雅 594

**yà**
軋 594
御(yù) 678

**yái**
崖(yá) 594

**yān**
身(shēn) 466
弇(yǎn) 599
殷(yīn) 652
焉 594
煙 596
鄢 596
厭(yàn) 599
閼(è) 232
燕(yàn) 599

**yán**
巡(xún) 593
延 598
言 596
埏 598
羨(xiàn) 573
鈆 598
鉛(qiān) 419
筵 598
閻 598
險(xiǎn) 573
顏 598
嚴 598
鹽 598

**yǎn**
衍 599
匽 599
弇 599
剡 599
淡(dàn) 214
偃 599
掩 599
晻(ǎn) 153
揜 599
厭(yàn) 599
蝘 599
闇(àn) 154
黭 599
儼 599

**yàn**
宴 599
晏 599
猒 599
厭 599
鴈 599
閻(yán) 598
燕 599
讌 599
驗 599
鹽(yán) 598

**yāng**
央 600
殃 600
鞅 600

**yáng**
羊 600
佯 600
愓(dàng) 215
陽 600
揚 600
湯(tāng) 516
詳(xiáng) 576

**yǎng**
卬(áng) 154
仰 600
養 600

**yāo**
夭 601
妖 601
要 601
祅 601
訞 601
徼(jiào) 328

**yáo**
佻(tiāo) 523
姚 602
陶(táo) 517
窕(tiǎo) 523
堯 602
猶(yóu) 658
搖 602
遙 602
僥 602
瑤 602
踰(yú) 673
謠 602
繇 602

**yǎo**
要(yāo) 601

**yào**
幼(yòu) 666
要(yāo) 601
窔 602
樂(yuè) 685
燿 602
藥 602

**yē**
暍 602

**yé**
邪(xié) 579
耶 602

**yě**
也 602
冶 621
鉈(shī) 475
野 622

**yè**
夜 622
抴 622
射(shè) 466
業 622
葉 622
謁 622

**yī**
一 622
衣 624
伊 625
依 625
挹(yì) 646
敧(qī) 406
壹 625
揖 625
意(yì) 648
醫 625

**yí**
夷 625
佗(tuō) 528
宜 625
怡 626
怠(dài) 213
施(shī) 474
蛇(shé) 465
鉈(shī) 475
移 626
焉(yān) 594
羨(xiàn) 573
疑 626
儀 626
遺 626

**yǐ**
乙 626
已 626
以 627
矣 640
依(yī) 625
扆 644
倚 644
蛾(é) 231

yì
失(shī) 473
艾(ài) 151
亦 644
衣(yī) 624
佚 645
邑 645
抑 645
役 645
泄(xiè) 580
易 645
食(shí) 476
施(shī) 474
枻 646
羿 646
射(shè) 466
悒 646
挹 646
益 646
埶 646
移(yí) 626
異 647
詍 648
睪(gāo) 273
肆(sì) 505
義 648
偯 651
溢 648
意 648
厭(yàn) 599
毅 651
億 651
儗(nǐ) 399
劓 651
澤(zé) 700
隸(lì) 366
翼 651
瞖 651
億 651
藝 651
議 651

yīn
因 651
姻 651
音 651
殷 652
茵 652
陰 652
壹(yī) 625
煙(yān) 596
蔭 652

yín
吟 652
淫 652
銀 652

yǐn
引 652
尹 652
殷(yīn) 652
靷 652
飲 652
檃 653
螾 653
隱 652

yìn
陰(yīn) 652
飲(yǐn) 652
蔭(yīn) 652
隱(yǐn) 652

yīng
央(yāng) 600
英 653
應 653
嬰 653
纓 654
鷹 654

yíng
迎 654
盈 654
楹 654
嬴 654
營 654
贏 654

yǐng
郢 654
景(jǐng) 336
穎 654
影 654

yìng
迎(yíng) 654
應(yīng) 653
繩(shéng) 471

yōng
庸 654
傭 654
雍 654
壅 654
雝 654

yóng
顒 654

yǒng
永 654
勇 654
臾(yú) 671
蛹 655

yòng
用 655

yōu
攸 657
幽 657
悠 657
憂 657
繇(yáo) 602
優 657

yóu
尤 658
由 658
肬 658
斿 658
庮 658
郵 658
猶 658
游 658
遊 659
蝣 659
輶 659
繇(yáo) 602

yǒu
又(yòu) 665
友 659
有 660
幽(yōu) 657
羌(qiāng) 419
脩(xiū) 590
牖 665

yòu
又 665
幼 666
右 666
有(yǒu) 660
宥 666
囿 666
誘 666

yū
汙(wū) 552
迂 666

yú
于 666
予(yǔ) 673
吾(wú) 553
邪(xié) 579
杅 666
於 666
盂 666
俞 671
臾 671
竽 671
魚 671
雩 671
隅 672
喻(yù) 678
愉 671
愚 672
虞 672
與(yǔ) 674
旟 672
窬 672
踰 673
餘 672
諛 672
輿 673
歟 673

yǔ
予 673
羽 673
宇 673
雨 673
禹 673
臾(yú) 671
梧(wú) 553
寓 674
庾 674
傴 674
語 676
與 674
窳 676

yù
玉 676
聿 676
谷(gǔ) 280
育 676
或(huò) 311
雨(yǔ) 673
郁 676
浴 676
雩(yú) 671
域 678
御 678
尉(wèi) 546
欲 676
矞 679
裕 679
喻 678
馭 678
粥(zhōu) 765
奧(ào) 154
遇 679
愈 679
與(yǔ) 674
語(yǔ) 676
蜮 679
獄 679
瘉 679
閼(è) 232
諭 679
豫 679

禦 679
譽 679
鬻 680
鬱 680

yuān
宛(wǎn) 529
淵 680
裷(gǔn) 291
嫚(màn) 378
鳶 680

yuán
元 680
垣 680
爰 680
原 680
員 680
援 680
園 680
圓 680
源 680
隕(yǔn) 687
緣 681
圜 681
黿 681

yuǎn
遠 681

yuàn
怨 681
原(yuán) 680
瑗 682
愿 682
願 682

yuē
曰 682
約 684

yuè
月 684
兌(duì) 229
悅 685
稅(shuì) 500
越 685

蛻(tuì) 528
鉞 685
說(shuō) 501
樂 685
閱 685
嶽 686
躍 686
籥 686

yún
云 687
均(jūn) 343
芸 687
員(yuán) 680
耘 687
雲 687

yǔn
允 687
隕 687
殞 687
齳 687

yùn
孕 687
均(jūn) 343
怨(yuàn) 681
煇(huī) 310
溫(wēn) 549
慍 687

zá
洒(sǎ) 455
雜 687
囋 687

zāi
災 687
哉 687
菑(zī) 771

zǎi
宰 688
載(zài) 689

zài
在 688

再 688
載 689

zān
簪 689

zàn
贊 689

zāng
臧 689
藏(cáng) 190

zàng
葬 690
臧(zāng) 689
藏(cáng) 190

zāo
傮 690
糟 690

zǎo
早 690
蚤 690
棗 690

zào
造 690
燥 690
躁 690

zé
則 690
措(cuò) 209
責 700
睪(gāo) 273
賊 700
嘖 700
擇 701
澤 700

zè
昃 701
側(cè) 190

zèn
譖 701

zēng
曾 701
增 701
憎 701
繒 701

zèng
贈 701

zhā
苴(jū) 340

zhà
作(zuò) 781
詐 701

zhāi
齊(qí) 415

zhái
宅 702
翟(dí) 222

zhài
祭(jì) 319
責(zé) 700

zhān
占 702
噡 702
邅 702
飦(jiān) 322
瞻 702
饘 702
鱣 702

zhǎn
展 702
斬 702

zhàn
占(zhān) 702
湛 702
戰 702

zhāng
張 703
章 702
彰 703
璋 703

zhǎng
長(cháng) 192
掌 703
黨(dǎng) 215

zhàng
丈 703
杖 703
長(cháng) 192
張(zhāng) 703

zhāo
招 703
昭 703
炤(zhào) 704
朝 703
著(zhù) 769

zhǎo
爪 704
沼 704
炤(zhào) 704

zhào
召 704
兆 704
炤 704
詔 704
趙 704

zhé
折 704
哲 704
喆 704
適(shì) 494
磔 704
謫 704
攝(shè) 466

zhě
者 704

赭 717

zhēn
珍 717
貞 717
振(zhèn) 717
眞 717
斟 717
箴 717

zhěn
枕 717
振(zhèn) 717

zhèn
甽(quǎn) 431
枕(zhěn) 717
振 717
陳(chén) 195
塡(tián) 523
瑱(tiàn) 523

zhēng
正(zhèng) 718
爭 717
政(zhèng) 719
征 717
烝 718
蒸 718
徵 718
諍(zhèng) 720

zhěng
承(chéng) 197

zhèng
正 718
爭(zhēng) 717
政 719
烝(zhēng) 718
諍 720
鄭 720
靜(jìng) 338

zhī
氏(shì) 482
支 720
之 720
知 748
芝 752
枝 748
胝 752
祗 752
智(zhì) 760
織 752

zhí
直 752
値 752
執 752
埴 752
殖 753
植 753
跖 753
遲(chí) 199
職 753
躑 753

zhǐ
止 753
抵(dǐ) 223
芷 753
指 754
茝(chǎi) 191
砥(dǐ) 223
耆(qí) 415
視(shì) 493
徵(zhēng) 718

zhì
至 754
志 755
忮 756
治 756
制 758
炙 759
知(zhī) 748
致 759
秩 760
彘 760
智 760
置 760
寘 760
滯 760
質 760
遲(chí) 199
贄 760
職(zhí) 753
織(zhī) 752
識(shí) 478
觶 760
櫛 760

zhōng
中 760
忠 761
衷 762
終 762
衆(zhòng) 764
鍾 762
鐘 762

zhǒng
冢 762
種 763
踵 763

zhòng
中(zhōng) 760
仲 763
神 764
重 763
衷(zhōng) 762
衆 764
種(zhǒng) 763

zhōu
州 764
舟 764
周 764
啁 765
粥 765
調(tiáo) 523
鬻(yù) 680

zhòu
宙 765
注(zhù) 769
紂 765
祝(zhù) 769
晝 766
啄(zhuó) 770
軸 766
繇(yáo) 602
騶(zōu) 777
驟 766

zhū
朱 766
侏 766
邾 766
珠 766
株 766
誅 766
銖(shū) 496
豬 767
諸 766

zhú
竹 767
逐 767
躅 767
钃 767

zhǔ
主 767
柱(zhù) 769
渚 769
屬(shǔ) 497

zhù
助 769
注 769
柷 769
柱 769
除(chú) 202
祝 769
庶(shù) 498
紵 769
著 769
箸 769
築 769

zhuān
專 769
剸(tuán) 527
摶(tuán) 527
塼(tuán) 527

zhuǎn
轉 769

zhuàn
傳(chuán) 203
摶(tuán) 527
轉(zhuǎn) 769

zhuāng
莊 769

zhuàng
壯 769
狀 769
撞 770
贛(gòng) 278
戇 770

zhuī
隹 770
揣(chuǎi) 203
錐 770

zhuì
隊(duì) 229
綴 770
墜 770
隧(suì) 509
贅 770

zhūn
肫 770
純(chún) 204
啍(tūn) 528
頓(dùn) 229

zhǔn
純(chún) 204
準 770

zhuō
拙 770
掘(jué) 343

zhuó
汋 770
灼 770

酌 770
淖(nào) 394
啄 770
琢 770
著(zhù) 769
斲 770
濁 770
躅(zhú) 767

zī
次(cì) 206
玆 770
訾(zǐ) 776
菑 771
訿(zǐ) 776
資 771
齊(qí) 415
錙 771
齋 771
齎(jī) 315

zǐ
子 771
姊 776
紫 776
笫 776
訾 776
訿 776

zì
自 776
事(shì) 483
恣 777
菑(zī) 771
胾 777
漬 777
瘠(jí) 316

zōng
宗 777
從(cóng) 207
總(zǒng) 777
縱(zòng) 777

zǒng
從(cóng) 207
揔 777
縱(zòng) 777
總 777

zòng
從(cóng) 207
總(zǒng) 777
縱 777

zōu
騶 777
齺 777

zǒu
走 777
奏(zòu) 778

zòu
奏 778
族(zú) 780

zū
苴(jū) 340
諸(zhū) 766

zú
足 778
卒 779
族 780
崒 780
顇(cuì) 208

zǔ
作(zuò) 781
阻 780
俎 780
祖 780
組 780
詛 780

zuān
鑽 780

zuǎn
纂 780

zuàn
鑽(zuān) 780

zuì
最 780
罪 780
醉 780

zūn
尊 780
遵 781
罇 781

zǔn
尊(zūn) 780
僔 781
噂 781
撙 781

zuō
作(zuò) 781

zuó
作(zuò) 781
捽 781

zuǒ
左 781
佐 781

zuò
左(zuǒ) 781
作 781
坐 782
怍 782
胙 782
挫(cuò) 209
酢 782
鑿 782

# 威妥碼－漢語拼音對照表

| | |
|---|---|
| **A** | |
| a | a |
| ai | ai |
| an | an |
| ang | ang |
| ao | ao |
| **C** | |
| cha | zha |
| ch‘a | cha |
| chai | zhai |
| ch‘ai | chai |
| chan | zhan |
| ch‘an | chan |
| chang | zhang |
| ch‘ang | chang |
| chao | zhao |
| ch‘ao | chao |
| che | zhe |
| ch‘e | che |
| chei | zhei |
| chen | zhen |
| ch‘en | chen |
| cheng | zheng |
| ch‘eng | cheng |
| chi | ji |
| ch‘i | qi |
| chia | jia |
| ch‘ia | qia |
| chiang | jiang |
| ch‘iang | qiang |
| chiao | jiao |
| ch‘iao | qiao |
| chieh | jie |
| ch‘ieh | qie |
| chien | jian |
| ch‘ien | qian |
| chih | zhi |
| ch‘ih | chi |
| chin | jin |
| ch‘in | qin |
| ching | jing |
| ch‘ing | qing |
| chiu | jiu |
| ch‘iu | qiu |
| chiung | jiong |
| ch‘iung | qiong |
| cho | zhuo |
| ch‘o | chuo |
| chou | zhou |
| ch‘ou | chou |
| chu | zhu |
| ch‘u | chu |
| chua | zhua |
| ch‘ua | chua |
| chuai | zhuai |
| ch‘uai | chuai |
| chuan | zhuan |
| ch‘uan | chuan |
| chuang | zhuang |
| ch‘uang | chuang |
| chui | zhui |
| ch‘ui | chui |
| chun | zhun |
| ch‘un | chun |
| chung | zhong |
| ch‘ung | chong |
| chü | ju |
| ch‘ü | qu |
| chüan | juan |
| ch‘üan | quan |
| chüeh | jue |
| ch‘üeh | que |
| chün | jun |
| ch‘ün | qun |
| **E** | |
| e | e |
| eh | ê |
| ei | ei |
| en | en |
| eng | eng |
| erh | er |
| **F** | |
| fa | fa |
| fan | fan |
| fang | fang |
| fei | fei |
| fen | fen |
| feng | feng |
| fo | fo |
| fou | fou |
| fu | fu |
| **H** | |
| ha | ha |
| hai | hai |
| han | han |
| hang | hang |
| hao | hao |
| he | he |
| hei | hei |
| hen | hen |
| heng | heng |
| ho | he |
| hou | hou |
| hsi | xi |
| hsia | xia |
| hsiang | xiang |
| hsiao | xiao |
| hsieh | xie |
| hsien | xian |
| hsin | xin |
| hsing | xing |
| hsiu | xiu |
| hsiung | xiong |
| hsü | xu |
| hsüan | xuan |
| hsüeh | xue |
| hsün | xun |
| hu | hu |
| hua | hua |
| huai | huai |
| huan | huan |
| huang | huang |
| hui | hui |
| hun | hun |
| hung | hong |
| huo | huo |
| **J** | |
| jan | ran |
| jang | rang |
| jao | rao |
| je | re |
| jen | ren |
| jeng | reng |
| jih | ri |
| jo | ruo |
| jou | rou |
| ju | ru |
| juan | ruan |
| jui | rui |
| jun | run |
| jung | rong |
| **K** | |
| ka | ga |
| k‘a | ka |
| kai | gai |
| k‘ai | kai |
| kan | gan |
| k‘an | kan |
| kang | gang |
| k‘ang | kang |
| kao | gao |
| k‘ao | kao |
| ke | ge |
| k‘e | ke |
| kei | gei |
| ken | gen |
| k‘en | ken |
| keng | geng |
| k‘eng | keng |
| ko | ge |
| k‘o | ke |
| kou | gou |
| k‘ou | kou |
| ku | gu |
| k‘u | ku |
| kua | gua |
| k‘ua | kua |
| kuai | guai |
| k‘uai | kuai |
| kuan | guan |
| k‘uan | kuan |
| kuang | guang |
| k‘uang | kuang |
| kuei | gui |
| k‘uei | kui |
| kun | gun |
| k‘un | kun |
| kung | gong |
| k‘ung | kong |
| kuo | guo |
| k‘uo | kuo |
| **L** | |
| la | la |
| lai | lai |
| lan | lan |
| lang | lang |
| lao | lao |
| le | le |
| lei | lei |
| leng | leng |
| li | li |
| lia | lia |
| liang | liang |
| liao | liao |
| lieh | lie |
| lien | lian |
| lin | lin |
| ling | ling |
| liu | liu |
| lo | le |
| lou | lou |
| lu | lu |
| luan | luan |

| | |
|---|---|
| lun | lun |
| lung | long |
| luo | luo |
| lü | lü |
| lüeh | lüe |
| **M** | |
| ma | ma |
| mai | mai |
| man | man |
| mang | mang |
| mao | mao |
| me | me |
| mei | mei |
| men | men |
| meng | meng |
| mi | mi |
| miao | miao |
| mieh | mie |
| mien | mian |
| min | min |
| ming | ming |
| miu | miu |
| mo | mo |
| mou | mou |
| mu | mu |
| **N** | |
| na | na |
| nai | nai |
| nan | nan |
| nang | nang |
| nao | nao |
| ne | ne |
| nei | nei |
| nen | nen |
| neng | neng |
| ni | ni |
| niang | niang |
| niao | niao |
| nieh | nie |
| nien | nian |
| nin | nin |
| ning | ning |
| niu | niu |
| no | nuo |
| nou | nou |

| | |
|---|---|
| nu | nu |
| nuan | nuan |
| nung | nong |
| nü | nü |
| nüeh | nüe |
| **O** | |
| o | o |
| ou | ou |
| **P** | |
| pa | ba |
| p‘a | pa |
| pai | bai |
| p‘ai | pai |
| pan | ban |
| p‘an | pan |
| pang | bang |
| p‘ang | pang |
| pao | bao |
| p‘ao | pao |
| pei | bei |
| p‘ei | pei |
| pen | ben |
| p‘en | pen |
| peng | beng |
| p‘eng | peng |
| pi | bi |
| p‘i | pi |
| piao | biao |
| p‘iao | piao |
| pieh | bie |
| p‘ieh | pie |
| pien | bian |
| p‘ien | pian |
| pin | bin |
| p‘in | pin |
| ping | bing |
| p‘ing | ping |
| po | bo |
| p‘o | po |
| p‘ou | pou |
| pu | bu |
| p‘u | pu |
| **S** | |
| sa | sa |

| | |
|---|---|
| sai | sai |
| san | san |
| sang | sang |
| sao | sao |
| se | se |
| sen | sen |
| seng | seng |
| sha | sha |
| shai | shai |
| shan | shan |
| shang | shang |
| shao | shao |
| she | she |
| shei | shei |
| shen | shen |
| sheng | sheng |
| shih | shi |
| shou | shou |
| shu | shu |
| shua | shua |
| shuai | shuai |
| shuan | shuan |
| shuang | shuang |
| shui | shui |
| shun | shun |
| shuo | shuo |
| so | suo |
| sou | sou |
| ssu | si |
| su | su |
| suan | suan |
| sui | sui |
| sun | sun |
| sung | song |
| **T** | |
| ta | da |
| t‘a | ta |
| tai | dai |
| t‘ai | tai |
| tan | dan |
| t‘an | tan |
| tang | dang |
| t‘ang | tang |
| tao | dao |
| t‘ao | tao |
| te | de |

| | |
|---|---|
| t‘e | te |
| teng | deng |
| t‘eng | teng |
| ti | di |
| t‘i | ti |
| tiao | diao |
| t‘iao | tiao |
| tieh | die |
| t‘ieh | tie |
| tien | dian |
| t‘ien | tian |
| ting | ding |
| t‘ing | ting |
| tiu | diu |
| to | duo |
| t‘o | tuo |
| tou | dou |
| t‘ou | tou |
| tsa | za |
| ts‘a | ca |
| tsai | zai |
| ts‘ai | cai |
| tsan | zan |
| ts‘an | can |
| tsang | zang |
| ts‘ang | cang |
| tsao | zao |
| ts‘ao | cao |
| tse | ze |
| ts‘e | ce |
| tsei | zei |
| tsen | zen |
| ts‘en | cen |
| tseng | zeng |
| ts‘eng | ceng |
| tso | zuo |
| ts‘o | cuo |
| tsou | zou |
| ts‘ou | cou |
| tsu | zu |
| ts‘u | cu |
| tsuan | zuan |
| ts‘uan | cuan |
| tsui | zui |
| ts‘ui | cui |
| tsun | zun |
| ts‘un | cun |

| | |
|---|---|
| tsung | zong |
| ts‘ung | cong |
| tu | du |
| t‘u | tu |
| tuan | duan |
| t‘uan | tuan |
| tui | dui |
| t‘ui | tui |
| tun | dun |
| t‘un | tun |
| tung | dong |
| t‘ung | tong |
| tzu | zi |
| tz‘u | ci |
| **W** | |
| wa | wa |
| wai | wai |
| wan | wan |
| wang | wang |
| wei | wei |
| wen | wen |
| weng | weng |
| wo | wo |
| wu | wu |
| **Y** | |
| ya | ya |
| yang | yang |
| yao | yao |
| yeh | ye |
| yen | yan |
| yi | yi |
| yin | yin |
| ying | ying |
| yo | yo |
| yu | you |
| yung | yong |
| yü | yu |
| yüan | yuan |
| yüeh | yue |
| yün | yun |

# 筆畫檢字表

## 一畫
一 一 622
乙 乙 626

## 二畫
一 七 405
丿 乃 393
乙 九 338
二 二 253
人 人 437
入 入 453
八 八 154
几 几 313
刀 刁 224
刀 215
力 力 362
十 十 476
卜 卜 171
又 又 665

## 三畫
一 下 565
上 462
三 455
丈 703
丨 个 274
丶 丸 529
丿 久 338
乙 也 602
二 于 666
亠 亡 530
几 凡 255
刀 刃 448
十 千 418
口 口 353
土 土 527
士 士 481
夕 夕 562
大 大 210
女 女 401
子 子 771
寸 寸 209
小 小 577
尸 尸 473
屮 屮 194
山 山 459
巛 川 203
工 工 275
己 己 317
已 626
巾 巾 332
干 干 271
弓 弓 275
手 才 189

## 四畫
一 不 171
丨 中 760
丶 丹 214
丿 之 720
亅 予 673
二 互 307
井 336
五 558
云 687
人 今 332
介 332
仁 446
仇 427
什 476
儿 允 687
元 680
入 內 394
八 公 275
六 370
兮 562
凵 凶 589
刀 分 261
切 421
勹 勾 278
勿 560
匕 化 308
匚 匹 402
十 升 469
午 559
卜 卞 165
卩 卬 154
厂 厄 231
又 反 256
及 315
友 659
大 夫 263
天 518
太 515
夭 601
子 孔 353
小 少 464
尢 尤 658
尸 尺 199
尹 652
己 巴 154
弓 弔 225
引 652
心 心 580
戈 戈 273
戶 戶 307
手 手 494
支 支 720
文 文 549
斗 斗 226
斤 斤 332
方 方 257
日 日 448
曰 曰 682
月 月 684
木 木 391
止 止 753
毋 毋 553
比 比 161
毛 毛 378
氏 氏 482
水 水 500
火 火 311
爪 爪 704
父 父 269
牙 牙 594
牛 牛 400
犬 犬 431
玉 王 531

## 五畫
一 且 421
世 482
丘 427
丶 主 767
丿 乎 305
乏 253
人 代 212
付 269
令 369
他 515
仞 448
仕 482
以 627
儿 充 200
兄 589
冂 冉 436
冫 冬 225
凵 出 201
力 功 276
加 320
匕 北 159
十 半 157
卜 占 702
卩 卯 378
厶 去 430
口 句 278
古 279
可 348
史 478
司 502
右 666
召 704
囗 囚 427
四 504
夕 外 528
大 失 473
央 600
子 孕 687
宀 它 528
小 尒 252
尸 尼 399
工 巨 341
巧 421
左 781
巾 布 188
市 482
干 平 404
幺 幼 666
廾 弁 165
弓 弘 301
弗 266
心 必 162
斤 斥 200
日 旦 214
木 本 160
末 388
未 544
止 正 718
毋 母 391
氏 氐 223
民 382
水 氾 257
永 654
犬 犯 257
玄 玄 592
玉 玉 676
瓜 瓜 286
瓦 瓦 528
甘 甘 272
生 生 469
用 用 655
田 甲 321
申 466
田 522
由 658
白 白 155
皮 皮 402
目 目 392
矛 矛 378
矢 矢 478
石 石 476
示 示 482
禾 禾 298
穴 穴 592
立 立 363

## 六畫
亠 交 327
亦 644
人 伏 266
伐 253
伉 348
价 332
任 448
伍 559
休 589
仰 600
伊 625
仲 763
儿 光 289
先 570
兆 704
入 全 430
八 共 278
冂 再 688
冫 冰 168
刀 列 368
刎 551
刑 585
勹 匈 589
匚 匠 327
匡 355
卩 危 535
口 各 274
合 298
后 302
吏 364
名 384
吉 318
同 525
吁 591
吐 527
囗 回 310
因 651
土 地 223
在 688
夕 多 229
夙 507
大 夸 354
夷 625
女 好 296
如 450
妄 534
子 存 208
宀 安 152
守 494
宅 702
宇 673
巛 州 764
干 并 169
年 399
弋 式 483
弓 弛 199
戈 成 196
戎 449
手 扞 296
扣 354
攴 收 494
日 早 690
曰 曲 428
月 有 660
木 机 313
朴 405
朽 590
朱 766
欠 次 206
止 此 205
歹 死 504
水 池 199
汎 257
汗 296
江 325
汝 452

汜 505
汙 552
汮 770
牛 牝 404
牟 390
犬 犴 153
白 百 155
竹 竹 767
米 米 380
羊 羊 600
羽 羽 673
老 老 357
考 348
而 而 233
耳 耳 252
聿 聿 676
肉 肌 313
肉 450
臣 臣 194
自 自 776
至 至 754
舌 舌 465
舟 舟 764
艮 艮 274
色 色 457
艸 艾 151
血 血 593
行 行 583
衣 衣 624
襾 西 562

## 七畫

丨 串 203
人 伯 170
佛 263
何 298
佞 400
似 505
伸 466
伺 505
位 545
佗 528
佚 645
佐 781
作 781
儿 兌 229
免 380
克 352
八 兵 168
冫 冶 621
刀 別 168
初 202
利 364
刦 330
力 劫 330
劬 429
助 769
卩 即 315
卵 374
口 吹 203
吠 260
否 263
告 273
吝 369
君 343
吶 394
呂 373
吳 553
吾 553
呥 432
吟 652
囗 困 356
土 坎 348
均 343
坐 782
士 壯 769
大 夾 320
女 妨 258
妒 227
妣 161
妙 381
妖 601
子 孝 578
宀 完 529
宋 506
尸 局 340
尾 543
巛 巡 593
工 巫 552
巾 希 562
广 床 203
序 591
廴 延 598
廷 524
弓 弟 224
彡 彤 526
形 586
彳 役 645
心 忌 318
快 354
忸 400
忍 447
忘 534
忒 517
忮 756
志 755
戈 戒 332
我 552
手 扞 166
抇 307
扶 267
抗 348
抉 343
技 318
投 526
抏 529
抑 645
折 704
攴 攻 277
改 271
攸 657
日 旱 296
曰 更 274
木 杜 227
材 189
李 358
束 498
杅 666
杖 703
止 步 188
毋 每 378
水 沈 195
沒 388
汲 315
決 342
汸 402
沐 392
沃 552
求 427
汪 530
汰 515
沙 458
火 灼 770
災 687
牛 牢 356
牡 391
犬 狄 222
狂 355
玉 玕 272
用 甫 268
田 甸 224
男 393
矢 矣 640
禾 秃 526
私 503
穴 究 338
糸 糺 338
网 罕 296
肉 肖 578
育 676
艮 良 367
艸 芒 378
見 見 323
角 角 343
言 言 596
谷 谷 280
豆 豆 226
豕 豕 479
貝 貝 159
赤 赤 200
走 走 777
足 足 778
身 身 466
車 車 194
辛 辛 582
辰 辰 195
辵 迂 666
邑 邦 157
邪 579
邑 645
里 里 358
阜 防 258
阪 157

## 八畫

一 並 169
丿 乖 287
乙 乳 452
亅 事 483
亠 享 576
人 供 277
侈 200
併 169
佹 290
佼 327
來 356
佩 402
佻 523
侍 483
俇 530
使 479
侏 766
佯 600
依 625
儿 兒 252
兕 505
入 兩 367
八 典 224
其 406
具 341
刀 到 215
刺 207
刳 354
刻 352
券 431
制 758
十 卑 158
卒 779
卜 卦 287
卩 卷 342
卹 591
又 叔 496
取 429
受 495
口 呼 306
和 299
咄 230
咎 339
命 387
味 545
周 764
囗 固 280
囷 432
土 垂 204
夕 夜 622
大 奉 263
奇 415
奈 393
女 姑 279
妬 228
姐 209
妻 405
妹 379
姓 587
委 543
始 479
姜 421
姊 776
子 孤 279
孟 380
季 318
宀 官 287
定 225
宛 529
宗 777
宜 625
宙 765
小 尚 464
尸 居 339
屈 428
山 岸 153
岷 383
巾 帛 170
干 幸 588
广 府 268
弓 弧 307
弩 400
彳 彼 161
往 534
征 717
心 怫 267
忽 307
忿 262
怪 287
念 399
怯 421
性 588
怍 782
怡 626
忠 761
戈 或 311
戶 房 258
戾 366
所 510
手 拆 191
拂 267
拊 268
拜 278
抱 158
承 197
拔 154
抵 223
拘 339
拒 341
拑 419
招 703
抴 622
拙 770
攴 放 258
政 719
斤 斧 268
方 於 666
日 曶 307
昌 192
昏 311
明 385
昆 355
昔 562
易 645
昃 701
月 服 267
朋 402
木 東 225
果 294
林 368
枉 534
松 506
析 562
枕 717
枝 748
欠 欣 582
止 武 559
歹 歿 388
毋 毒 226
水 沸 261
泔 272
法 254
河 300
泥 399

泹 340
洋 401
況 355
泣 417
沓 515
泄 580
沼 704
注 769
治 756
火 炊 203
炙 759
爪 爭 717
片 版 157
牛 牧 392
物 560
犬 狗 278
狐 307
狌 471
狎 564
狀 769
玉 玦 343
玩 529
田 甽 431
白 的 224
皿 盂 666
目 盲 378
盱 591
直 752
矢 知 748
石 矸 272
示 祀 505
社 465
禾 秉 169
穴 空 352
糸 糾 338
网 罔 534
肉 肱 277
肥 260
股 280
肩 321
肯 352
肬 658
肫 770
臣 臥 552
舌 舍 465
艸 芳 258
芬 262
芴 561
芷 753
芝 752
芸 687
虍 虎 307
衣 表 168
車 軋 594
辵 近 334
迎 654
釆 采 189
金 金 333
長 長 192
門 門 379
阜 陀 231
阜 269
附 269
阿 231
陂 158
阻 780
隹 隹 770
雨 雨 673
青 青 423
非 非 258

## 九畫

二 亟 315
亠 亭 524
人 便 166
侯 301
俄 231
保 157
俛 381
俊 348
係 564
俟 505
侮 560
信 582
侵 421
俗 506
俔 528
俎 780
入 俞 671
冖 冠 288
刀 剄 336
剌 356
削 592
前 419
則 690
力 勃 170
勉 381
勁 337
勇 654
匚 匽 599
十 南 393
卩 卻 431
厂 厚 302
又 叛 401
口 哀 151
咶 307
咸 571
哅 589
哉 687
囗 囿 666
土 城 197
垤 225
垣 680
大 奔 160
契 417
奏 778
女 姜 325
姦 321
姬 313
姣 327
威 536
姚 602
姻 651
宀 客 352
室 486
宣 592
宥 666
寸 封 262
尸 屏 405
屋 552
屑 580
己 巷 576
巾 帝 224
帥 499
幺 幽 657
广 度 228
庠 575
廴 建 324
廾 弇 599
彳 待 213
後 303
很 301
律 373
徊 310
心 恆 301
恨 301
恀 200
怠 213
恪 352
恈 391
急 315
恢 310
怒 400
恤 591
思 503
恬 523
怨 681
戶 扁 165
手 挂 287
持 199
按 153
拱 278
拜 157
括 356
挑 523
拾 476
指 754
支 故 281
敄 561
方 旆 402
施 474
斿 658
无 既 318
日 春 204
昧 379
是 486
星 583
昭 703
曰 曷 300
木 柏 170
枯 354
枸 340
柩 339
柬 322
柰 393
柳 370
柯 348
柔 450
柝 528
柷 769
柱 769
柑 646
歹 殆 212
殄 523
殃 600
水 洸 289
洞 226
洎 319
津 333
洒 455
洽 418
泉 431
洗 564
火 炮 157
爲 536
炤 704
爪 爰 680
牛 牲 471
犬 狡 327
玉 珉 384
珍 717
甘 甚 468
田 界 332
畏 545
白 皇 310
皆 328
皿 盆 402
盈 654
目 眇 381
眉 378
相 574
省 587
矛 矜 333
示 祅 601
神 764
禸 禹 673
禾 秋 427
穴 穿 203
突 526
竹 竿 272
竽 671
糸 紀 319
紃 593
紂 765
約 684
羊 美 378
羽 羿 646
老 者 704
而 耐 393
耳 耶 602
肉 胡 307
背 159
胥 591
胠 429
胙 782
胝 752
至 致 759
臼 臾 671
艸 范 257
苟 279
苞 157
苛 348
茅 378
苗 381
茂 378
苓 369
苴 340
苦 354
苕 523
若 453
英 653
虍 虐 401
虫 虿 380
血 卹 591
行 衍 599
襾 要 601
言 計 319
貝 負 269
貞 717
走 赴 270
車 軍 348
辵 迪 222
迨 213
迫 405
邑 郊 327
郄 564
邾 766
郁 676
里 重 763
阜 降 327
陋 371
限 573
面 面 381
革 革 274
韋 韋 543
音 音 651
風 風 262
飛 飛 260
食 食 476
首 首 495
香 香 575

## 十畫

丿 乘 197
亠 亳 170
人 倕 204
俯 268
候 305
倒 215
倡 192
倉 190
倀 192
倍 159
倫 375
倦 342
倛 405
倮 376
俱 340
借 332
倨 341
俳 401
倓 516
倜 518
修 589
倚 644
值 752
八 兼 321
冖 冣 341
冥 387
冢 762
冫 凍 226
刀 剝 170
剛 272
剖 405
剡 599
力 勌 342
匚 匪 260
厂 原 680
口 唅 296

| | | | | | | |
|---|---|---|---|---|---|---|
| 哭 354 | 戶 扆 644 | 牛 特 517 | 耘 687 | 酉 配 402 | 囗 國 292 | 惟 543 |
| 唐 516 | 手 挫 209 | 犬 狸 358 | 肉 胼 403 | 酒 338 | 土 埵 230 | 悠 657 |
| 員 680 | 捐 342 | 狼 356 | 能 395 | 酌 770 | 埤 402 | 戈 戚 405 |
| 哲 704 | 挈 421 | 狹 564 | 脅 580 | 阜 除 202 | 基 313 | 手 捶 204 |
| 囗 圃 405 | 挾 580 | 玉 珪 289 | 胸 589 | 馬 馬 376 | 堅 322 | 採 189 |
| 土 埃 151 | 挺 524 | 班 157 | 自 臭 201 | 骨 骨 280 | 堀 354 | 措 209 |
| 埋 377 | 振 717 | 珠 766 | 舟 般 157 | 高 高 273 | 堂 516 | 掘 343 |
| 埏 598 | 挹 646 | 田 畜 203 | 艸 茨 204 | 鬲 鬲 366 | 域 678 | 掎 317 |
| 夊 夏 569 | 攴 效 579 | 畝 391 | 茝 191 | 鬼 鬼 290 | 埴 752 | 捷 330 |
| 大 奚 563 | 方 旂 415 | 留 370 | 芻 202 | | 執 752 | 排 401 |
| 女 娩 381 | 旄 378 | 畔 402 | 草 190 | 十一畫 | 埶 646 | 接 329 |
| 娉 404 | 旆 402 | 疒 病 170 | 荒 310 | 人 偋 170 | 女 婦 270 | 捿 406 |
| 子 孫 509 | 旅 373 | 疵 204 | 茹 452 | 偪 161 | 婚 311 | 掝 312 |
| 宀 害 295 | 旁 402 | 疾 316 | 荀 593 | 側 190 | 娵 340 | 掩 599 |
| 宮 278 | 日 晉 334 | 白 皋 273 | 茲 770 | 偝 159 | 子 孰 496 | 探 516 |
| 家 320 | 時 477 | 皿 盍 300 | 茵 652 | 假 321 | 宀 密 380 | 授 495 |
| 宵 576 | 晏 599 | 盇 300 | 虍 虔 419 | 健 324 | 寄 319 | 推 527 |
| 容 449 | 曰 書 496 | 益 646 | 虫 蚊 550 | 偏 403 | 寇 354 | 捽 781 |
| 宴 599 | 木 格 274 | 目 眩 592 | 蚤 690 | 偶 401 | 宿 507 | 攴 敖 154 |
| 宰 688 | 案 153 | 眞 717 | 衣 被 159 | 偕 580 | 寸 將 325 | 敗 157 |
| 寸 射 466 | 根 274 | 矢 矩 340 | 衾 422 | 偷 526 | 尉 546 | 教 328 |
| 尸 展 702 | 栝 286 | 石 砥 223 | 衰 499 | 偉 544 | 專 769 | 敏 384 |
| 工 差 191 | 栗 366 | 破 405 | 衷 762 | 偍 517 | 山 崇 200 | 救 339 |
| 巾 席 563 | 桓 309 | 示 祓 267 | 言 記 319 | 僞 543 | 崩 160 | 敘 592 |
| 師 474 | 桀 330 | 神 468 | 訊 594 | 偃 599 | 崖 594 | 斗 斛 307 |
| 广 庫 354 | 校 328 | 祖 780 | 託 528 | 偄 453 | 崒 780 | 斤 斬 702 |
| 庭 524 | 桑 457 | 祗 752 | 訒 448 | 儿 兜 226 | 巛 巢 194 | 方 旋 592 |
| 庮 658 | 桃 517 | 祝 769 | 訕 459 | 冂 冕 381 | 巾 常 193 | 族 780 |
| 弓 弱 455 | 歹 殊 496 | 禾 秣 388 | 豆 豈 416 | 几 凰 310 | 帶 213 | 日 晦 310 |
| 彳 徑 337 | 殳 殷 652 | 秦 422 | 豸 豺 191 | 力 動 226 | 帷 543 | 晚 529 |
| 徐 591 | 气 氣 418 | 秩 760 | 豹 158 | 務 561 | 广 庳 159 | 晝 766 |
| 徒 526 | 水 海 295 | 穴 窌 328 | 貝 貢 278 | 匚 匿 399 | 康 348 | 曰 曹 190 |
| 心 悖 159 | 浮 267 | 竹 笏 307 | 財 189 | 區 429 | 庶 498 | 曼 377 |
| 恭 277 | 涅 399 | 笄 313 | 貣 517 | 卩 卿 423 | 庸 654 | 月 望 535 |
| 恥 200 | 流 369 | 笑 579 | 走 起 417 | 厶 參 467 | 廾 弆 166 | 木 梁 367 |
| 悍 296 | 涓 342 | 糸 純 204 | 身 躬 278 | 口 唲 252 | 弓 强 419 | 械 580 |
| 恩 233 | 浹 320 | 紛 262 | 車 軒 592 | 唱 194 | 張 703 | 梟 577 |
| 恐 353 | 消 577 | 紐 400 | 軔 448 | 啖 214 | 彡 彫 224 | 條 523 |
| 悔 310 | 涕 518 | 納 393 | 辰 辱 452 | 啜 204 | 彳 從 207 | 梧 553 |
| 息 562 | 涂 527 | 素 507 | 辵 逆 399 | 啓 417 | 得 219 | 欠 欲 676 |
| 恕 498 | 泰 515 | 索 515 | 迹 313 | 商 461 | 徘 401 | 殳 殺 458 |
| 悟 561 | 涉 466 | 网 罟 280 | 逢 402 | 唯 543 | 徙 564 | 毛 毫 296 |
| 悌 518 | 浴 676 | 羊 羗 419 | 迷 380 | 售 495 | 御 678 | 水 涫 289 |
| 悄 421 | 火 烙 376 | 羽 翁 551 | 退 527 | 啍 528 | 心 惆 200 | 淡 214 |
| 悅 685 | 烈 368 | 老 耆 415 | 送 506 | 問 551 | 惇 229 | 淈 280 |
| 悒 646 | 烏 553 | 耒 耗 298 | 逃 517 | 啄 770 | 患 309 | 淖 394 |
| 恣 777 | 烝 718 | 耕 274 | 邑 郢 654 | 啁 765 | 情 424 | 混 311 |

| 部首 | 字 | 頁 |
|---|---|---|
| | 淺 | 419 |
| | 淑 | 496 |
| | 深 | 467 |
| | 清 | 423 |
| | 淵 | 680 |
| | 淫 | 652 |
| 火 | 焉 | 594 |
| 爻 | 爽 | 500 |
| 牛 | 牽 | 419 |
| 犬 | 猛 | 380 |
| 玄 | 率 | 499 |
| 玉 | 琅 | 356 |
| | 理 | 359 |
| | 斑 | 524 |
| | 球 | 428 |
| | 琁 | 592 |
| 瓜 | 瓠 | 307 |
| 生 | 產 | 192 |
| 田 | 畢 | 164 |
| | 略 | 376 |
| 目 | 眸 | 391 |
| | 眷 | 342 |
| | 衆 | 764 |
| 示 | 祭 | 319 |
| | 祥 | 575 |
| 禾 | 移 | 626 |
| 穴 | 窕 | 523 |
| | 窔 | 602 |
| 立 | 竟 | 337 |
| | 章 | 702 |
| 竹 | 符 | 267 |
| | 笞 | 198 |
| | 笙 | 471 |
| | 第 | 776 |
| 米 | 粗 | 208 |
| 糸 | 絀 | 203 |
| | 累 | 357 |
| | 絇 | 429 |
| | 細 | 564 |
| | 紶 | 429 |
| | 絃 | 571 |
| | 紳 | 468 |
| | 紸 | 769 |
| | 終 | 762 |
| | 組 | 780 |
| | 紫 | 776 |
| 羊 | 羞 | 590 |
| 羽 | 習 | 563 |
| 耳 | 聊 | 368 |
| 肉 | 脯 | 268 |
| | 脛 | 337 |
| | 脩 | 590 |
| | 脫 | 528 |
| 臼 | 舂 | 200 |
| 艸 | 莅 | 366 |
| | 莒 | 340 |
| | 莫 | 388 |
| | 莖 | 336 |
| | 荼 | 527 |
| | 莊 | 769 |
| 虍 | 處 | 202 |
| 虫 | 蚯 | 427 |
| | 蛇 | 465 |
| 行 | 術 | 498 |
| 衣 | 袾 | 766 |
| 見 | 規 | 289 |
| 角 | 觖 | 316 |
| 言 | 許 | 591 |
| | 設 | 466 |
| | 訟 | 506 |
| | 訞 | 601 |
| 豕 | 豚 | 528 |
| 貝 | 販 | 257 |
| | 貫 | 289 |
| | 貨 | 312 |
| | 貧 | 404 |
| | 貪 | 515 |
| | 責 | 700 |
| 赤 | 赦 | 466 |
| 足 | 趾 | 415 |
| 辵 | 逢 | 263 |
| | 連 | 366 |
| | 途 | 527 |
| | 速 | 507 |
| | 逡 | 432 |
| | 通 | 524 |
| | 逐 | 767 |
| | 造 | 690 |
| 邑 | 部 | 189 |
| | 郭 | 291 |
| | 郵 | 658 |
| 里 | 野 | 622 |
| 金 | 釶 | 475 |
| 門 | 閉 | 164 |
| 阜 | 陳 | 195 |
| | 陵 | 369 |
| | 陶 | 517 |
| | 陷 | 573 |
| | 陰 | 652 |
| 雨 | 雪 | 593 |
| | 雩 | 671 |
| 頁 | 頂 | 225 |
| | 頃 | 425 |
| 食 | 飡 | 190 |
| | 飢 | 313 |
| 魚 | 魚 | 671 |
| 鳥 | 鳥 | 399 |
| 鹿 | 鹿 | 372 |
| 麻 | 麻 | 376 |
| **十二畫** | | |
| 人 | 備 | 159 |
| | 傅 | 271 |
| | 傀 | 290 |
| | 傑 | 330 |
| 冫 | 滄 | 190 |
| 刀 | 創 | 203 |
| | 割 | 273 |
| 力 | 勞 | 356 |
| | 勝 | 472 |
| 十 | 博 | 170 |
| 厂 | 厥 | 343 |
| 口 | 喘 | 203 |
| | 單 | 214 |
| | 喟 | 355 |
| | 喤 | 310 |
| | 喬 | 420 |
| | 喪 | 457 |
| | 啼 | 517 |
| | 善 | 459 |
| | 喜 | 564 |
| | 喻 | 678 |
| | 喆 | 704 |
| 囗 | 圍 | 543 |
| 土 | 報 | 158 |
| | 場 | 193 |
| | 堪 | 348 |
| | 堯 | 602 |
| 士 | 壺 | 307 |
| | 壹 | 625 |
| 大 | 奢 | 465 |
| 女 | 媚 | 379 |
| | 媒 | 378 |
| 宀 | 寒 | 296 |
| | 富 | 270 |
| | 寐 | 379 |
| | 寓 | 674 |
| 寸 | 尋 | 594 |
| | 尊 | 780 |
| 尢 | 就 | 339 |
| 尸 | 屠 | 527 |
| 巾 | 帾 | 227 |
| 幺 | 幾 | 317 |
| 广 | 庾 | 674 |
| 弋 | 弒 | 493 |
| 彐 | 彘 | 760 |
| 彡 | 彭 | 402 |
| 彳 | 徧 | 166 |
| | 復 | 270 |
| | 循 | 594 |
| 心 | 惰 | 231 |
| | 悲 | 159 |
| | 悳 | 221 |
| | 愓 | 215 |
| | 惡 | 231 |
| | 愅 | 274 |
| | 惛 | 311 |
| | 惑 | 312 |
| | 惠 | 311 |
| | 愀 | 421 |
| | 愉 | 671 |
| 戈 | 戟 | 318 |
| 手 | 揣 | 203 |
| | 揳 | 580 |
| | 揜 | 599 |
| | 提 | 517 |
| | 揚 | 600 |
| | 援 | 680 |
| | 掌 | 703 |
| | 揔 | 777 |
| | 揖 | 625 |
| 支 | 敝 | 164 |
| | 敦 | 229 |
| | 敢 | 272 |
| | 散 | 457 |
| 斤 | 斯 | 503 |
| 日 | 晻 | 153 |
| | 普 | 405 |
| | 景 | 336 |
| | 智 | 760 |
| 曰 | 曾 | 701 |
| | 最 | 780 |
| 月 | 期 | 406 |
| | 朞 | 313 |
| 木 | 棺 | 288 |
| | 椁 | 294 |
| | 棟 | 226 |
| | 棲 | 406 |
| | 椒 | 327 |
| | 椌 | 419 |
| | 棄 | 418 |
| | 棗 | 690 |
| | 植 | 753 |
| 欠 | 款 | 355 |
| | 欹 | 406 |
| | 欺 | 406 |
| 歹 | 殘 | 190 |
| | 殖 | 753 |
| 毛 | 毳 | 208 |
| 水 | 測 | 191 |
| | 渙 | 310 |
| | 渾 | 311 |
| | 湎 | 381 |
| | 湣 | 384 |
| | 渴 | 352 |
| | 渠 | 429 |
| | 湯 | 516 |
| | 渚 | 769 |
| | 游 | 658 |
| | 湛 | 702 |
| 火 | 焚 | 262 |
| | 焠 | 208 |
| | 焦 | 327 |
| | 然 | 432 |
| | 無 | 553 |
| 牛 | 犇 | 160 |
| | 犀 | 563 |
| 犬 | 猶 | 658 |
| | 猒 | 599 |
| 玉 | 琱 | 225 |
| | 琦 | 415 |
| | 琴 | 423 |
| | 琢 | 770 |
| 用 | 甯 | 399 |
| 田 | 番 | 255 |
| | 異 | 647 |
| 疒 | 痤 | 209 |
| | 痛 | 526 |
| 癶 | 發 | 253 |
| | 登 | 222 |
| 白 | 皓 | 298 |
| 皿 | 盜 | 215 |
| | 盛 | 198 |
| 矛 | 矞 | 679 |
| 矢 | 短 | 228 |
| 示 | 祲 | 333 |
| 禾 | 程 | 198 |
| | 稅 | 500 |
| 立 | 竦 | 506 |
| | 童 | 526 |
| 竹 | 等 | 222 |
| | 策 | 190 |
| | 筐 | 355 |
| | 筋 | 333 |
| 米 | 粟 | 507 |
| | 粥 | 765 |
| 糸 | 絰 | 225 |
| | 絜 | 330 |
| | 絕 | 343 |
| | 給 | 318 |
| | 結 | 330 |
| | 絲 | 503 |
| | 統 | 526 |
| 羊 | 羨 | 573 |
| 羽 | 翕 | 563 |
| 肉 | 胾 | 777 |
| 舌 | 舒 | 496 |
| 舛 | 舜 | 501 |
| 艸 | 華 | 308 |
| | 萃 | 208 |
| | 菜 | 189 |
| | 菲 | 260 |
| | 萊 | 356 |
| | 菨 | 330 |
| | 菅 | 322 |
| | 菽 | 496 |
| | 菑 | 771 |
| 虍 | 虜 | 371 |
| | 虛 | 591 |
| 虫 | 蛟 | 327 |
| 衣 | 補 | 171 |
| | 裁 | 189 |
| | 裕 | 679 |
| 見 | 視 | 493 |
| 言 | 詬 | 279 |
| | 詌 | 272 |
| | 詈 | 366 |
| | 詘 | 429 |
| | 詍 | 648 |
| | 訿 | 776 |
| | 詛 | 780 |
| | 訾 | 776 |
| | 詐 | 701 |
| | 詔 | 704 |
| 豕 | 象 | 576 |
| 貝 | 貴 | 290 |
| | 貳 | 253 |
| | 費 | 261 |
| | 賁 | 164 |
| | 貿 | 378 |
| 走 | 越 | 685 |
| 足 | 跋 | 171 |
| | 跌 | 225 |
| | 距 | 341 |
| | 跖 | 753 |
| 車 | 軛 | 232 |
| | 軻 | 348 |
| | 軥 | 429 |
| 辛 | 辜 | 279 |
| 辵 | 逮 | 213 |
| | 進 | 334 |
| 邑 | 都 | 226 |
| 酉 | 酢 | 782 |
| 里 | 量 | 367 |
| 金 | 鈇 | 266 |
| | 鈍 | 229 |
| | 鈞 | 348 |
| | 鈃 | 587 |
| | 鈆 | 598 |
| 門 | 閎 | 301 |
| | 開 | 348 |
| | 閔 | 384 |
| | 間 | 322 |
| | 閒 | 571 |
| | 閑 | 571 |
| 阜 | 隊 | 229 |
| | 隄 | 222 |
| | 隆 | 370 |

階 330
陝 564
隅 672
陽 600
隹 集 316
雄 589
雅 594
雨 雲 687
頁 順 500
須 591
馬 馮 263
馭 678
黃 黃 310
黍 黍 497
黑 黑 301

## 十三畫

乙 亂 374
亠 亶 214
人 傳 203
傲 154
僈 377
僅 333
僄 404
傹 338
僇 368
僂 373
傻 459
傾 424
傷 461
傭 654
傯 651
傮 690
傴 674
刀 剽 404
剸 527
力 募 392
勤 423
勢 493
口 嗟 342
嗣 505
嗚 553
嗛 571
嗇 458
嗜 493
囗 圓 680
園 680
土 塊 354
塞 458
塤 593
塡 523
塗 527
大 奧 154
女 嫁 321
嫉 316
嫌 571
宀 寘 760
山 嵊 224
嵬 543
广 廉 366
彳 微 536
心 愛 151
感 272
愷 348
愧 355
慅 457
愆 419
慆 517
愼 468
慍 687
愚 672
意 648
愈 679
手 搏 170
搢 335
損 510
搖 602
攴 敬 337
斗 斟 717
斤 新 582
方 旒 370
无 旤 312
日 暉 310
暇 570
睹 497
暑 497
暍 602
曰 會 311
木 楚 202
楛 307
極 316
楫 316
楬 331
楷 455
楹 654
業 622
止 歲 509
殳 毀 310
水 滈 298
滑 308
溝 278
溺 399
溥 405
滅 381
溼 475
滋 592
溫 549
準 770
源 680
溢 648
火 煩 256
煖 401
煇 310
煙 596
犬 猾 308
玉 瑟 458
瑞 453
瑕 565
瑗 682
田 當 214
畸 313
疒 痺 159
皿 盟 380
目 睪 273
睦 392
睢 508
石 碎 509
示 祿 372
祺 415
禁 335
内 禽 423
禾 稟 169
竹 筦 289
節 330
筮 493
筵 598
米 粲 190
粱 367
糸 綆 275
經 336
綏 509
綄 551
綌 564
网 置 760
罪 780
羊 群 432
義 648
耳 聘 404
聖 472
聿 肆 505
肅 507
肉 腹 271
腳 328
腥 583
艸 葛 274
葱 207
葷 311
落 376
葭 320
葦 544
萬 529
葬 690
著 769
葉 622
虍 號 296
虞 672
虫 蛾 231
蜕 528
蜓 524
蜀 497
蛹 655
衣 裷 291
裨 402
裏 360
裾 340
裘 428
角 解 331
言 誠 198
詬 279
詭 290
誅 357
詰 331
詩 475
試 493
詳 576
詢 594
誄 766
豕 豢 310
豸 貉 300
貝 賈 280
賃 369
賂 372
賊 700
資 771
足 跪 291
路 372
跨 354
跡 319
跣 496
跳 523
車 較 328
載 689
辛 辟 402
辰 農 400
辵 過 294
道 216
遁 229
達 209
遏 232
遂 509
違 543
遇 679
遊 659
邑 鄗 298
鄉 575
酉 酬 200
金 鉤 278
鈹 402
鉅 341
鉗 419
鉛 419
鉞 685
阜 隔 274
隘 151
隙 564
隕 687
隹 雎 204
雍 654
雨 雷 357
青 靖 338
革 靷 652
頁 頓 229
頌 506
食 飯 257
飭 200
飲 652
馬 馳 199
鳥 鳧 268
鳩 338
鼓 鼓 280
鼠 鼠 497

## 十四畫

人 僭 324
僬 327
像 576
僩 573
僥 602
僔 781
儿 兢 336
匚 匱 355
厂 厭 599
口 嘗 193
嘉 321
嘔 401
嘖 700
囗 圖 527
土 塵 195
境 338
墓 392
塼 527
士 壽 495
夕 夢 380
大 奪 230
女 嫚 378
嫫 387
宀 寡 287
察 191
寧 400
實 478
寢 423
寸 對 229
尸 屢 373
幺 㡭 343
广 廄 339
廓 356
彡 彰 703
心 慘 190
慈 204
慢 377
慨 348
態 515
愨 431
愬 507
愿 682
手 摧 208
摶 527
斤 斲 770
方 旗 415
木 槐 308
榱 208
槀 273
構 279
槁 273
槃 401
榭 580
榶 516
榮 449
欠 歌 274
歹 殞 687
水 漢 296
漠 390
漫 377
潐 327
漸 324
滿 377
漏 371
滫 591
滯 760
漬 777
火 熙 563
爻 爾 252
犬 獄 679
玉 瑳 209
瑣 515
瑱 523
瑲 419
瑤 602
疋 疑 626
疒 瘉 679
皿 盡 335
監 322
目 睹 227
瞀 378
石 碩 478
示 福 268
禍 312
内 禺 672
禾 稱 195

種 763
穴 窬 672
立 端 228
竭 331
竹 管 289
箎 199
箕 313
米 粹 208
精 336
糸 綱 273
綦 416
綠 373
綯 517
維 543
綴 770
网 罰 253
羽 翟 222
翣 459
耳 聚 342
聞 550
肉 膈 274
腐 268
臣 臧 689
至 臺 515
臼 與 674
舛 舞 560
艸 蒼 190
蓋 271
蒙 380
蒲 405
蓄 592
蓴 453
蒸 718
虫 蜜 380
蜹 453
蜮 679
衣 裳 193
褐 301
褊 165
見 覡 564
言 誥 273
誕 214
誨 311
誠 332
誣 553
說 501
誤 562
誓 494
誦 506
誘 666
語 676
豕 豪 296
豸 貌 378
貝 賓 168
赤 赫 301
走 趙 704
足 踈 496
車 輔 268
輓 529
輕 424
辵 遞 224
遜 594
遙 602
遠 681
邑 鄙 162
鄢 596
酉 酷 354
酸 507
金 銘 387
銛 571
銜 571
銖 496
銀 652
門 閨 290
革 靻 766
鞅 600
音 韶 464
頁 頗 405
領 369
食 飽 157
飾 493
馬 駁 170
鬼 魂 311
魁 355
鳥 鳳 263
鳴 387
鳶 680
鼻 鼻 161
齊 齊 415

## 十五畫

人 僾 152
僻 403
儉 322
儇 592
億 651
儀 626
刀 劌 291
劍 324
劇 342
厂 厲 366
口 嘿 390
噍 328
噂 781
土 墮 231
墨 390
墝 420
墜 770
增 701
宀 寬 354
審 468
尸 履 373
巾 幡 255
幝 192
幣 165
广 廛 191
廣 289
廢 261
廟 381
廡 560
廾 弊 165
弓 彈 214
彡 影 654
彳 徹 194
德 221
徵 718
心 憯 190
憚 214
憐 366
慧 311
慮 373
慕 392
憍 327
慶 426
憂 657
憎 701
戈 戮 372
手 撫 269
撗 289
撥 170
播 170
撓 394
撩 368
撙 781
撞 770
攴 敵 222
數 498
毆 429
日 暴 158
暮 392
木 概 271
槨 294
槾 378
樓 371
樞 496
樂 685
欠 歎 516
歹 殣 336
殳 毅 651
水 潮 194
潢 310
漿 327
潦 357
潔 331
潐 328
潰 355
潘 401
潤 453
潛 419
潝 564
潸 459
潁 654
火 熬 154
熱 437
片 牖 665
玉 璋 703
疒 瘥 209
瘠 316
白 皞 298
皿 盤 401
目 瞑 387
石 磔 704
禾 稻 219
穀 280
稾 273
稷 319
稼 321
稽 313
穴 窮 426
窳 676
竹 箭 502
篋 421
箸 769
箴 717
米 糕 457
糸 紂 161
編 165
練 367
緜 380
緩 309
緯 544
緦 504
緣 681
网 罷 154
羽 翫 529
耒 耦 401
肉 膚 266
膕 294
膝 563
艸 蔡 190
蓬 402
蔑 381
蔬 496
蔭 652
虫 蝱 380
蝘 599
蝡 453
蝣 659
行 衝 200
衣 褫 200
言 誹 260
諂 192
論 376
諸 515
請 426
調 523
誰 500
談 516
諍 720
豆 豎 499
貝 賜 207
賦 271
賤 324
賣 377
賞 461
賢 571
賚 461
質 760
走 趣 430
足 踟 199
踐 324
車 輟 204
輦 399
輝 310
輪 376
辵 遨 507
適 494
遷 419
邑 鄧 222
鄰 368
鄭 720
酉 醉 780
金 鋒 262
銳 453
門 閭 372
閱 685
雨 霆 524
革 鞏 278
鞈 274
鞉 517
頁 頡 580
食 餌 252
養 600
馬 駑 400
駒 340
駕 321
駟 505
髟 髮 255
鬼 魄 405
魅 379
魚 魯 371
鳥 鴈 599
麻 麾 310
黍 黎 358
齒 齒 200

## 十六畫

人 儑 154
儗 399
儒 452
八 冀 319
冫 凝 400
刀 劓 651
口 器 418
噲 702
囗 圜 681
土 壇 516
壅 654
大 奮 262
女 嬖 165
嬴 654
子 學 593
寸 導 215
广 廩 368
弓 彊 420
彳 徼 328
心 憊 160
懍 368
懈 580
憲 574
戈 戰 702
手 操 190
據 342
擅 461
擇 701
日 曉 578
木 橫 301
樸 405
機 314
橈 394
橋 420
樹 499
欠 歙 563
止 歷 366
水 澹 214
澮 354
激 314
濁 770
澤 700
火 燒 464
燕 599
犬 獨 227
瓜 瓢 404
瓦 甌 401
皿 盧 371
目 瞯 290
瞞 377
石 磨 388
磬 426

示 禦 679
禾 穆 393
積 314
穴 窶 342
窺 355
竹 篡 208
篤 227
篪 199
築 769
糸 縛 271
縉 336
縣 573
羽 翮 300
耒 耨 400
臼 興 583
艸 蕩 215
蔽 165
蕃 256
蕭 577
蕘 437
虫 螣 517
行 衡 301
衛 546
見 覦 227
親 422
言 諦 224
諷 263
諜 391
諾 401
諱 311
諫 325
謂 546
諰 564
諧 580
諟 564
謁 622
諸 766
諭 679
諛 672
豕 豬 767
豫 679
貝 賵 263
賴 356
赤 赭 717
足 踰 673
踵 763
車 輻 268
輮 450
輸 496
輶 659
辛 辦 157
辨 166
辵 遲 199
遼 368
選 592
遵 781
遺 626
金 錯 209
錦 333
錄 372
鋼 517
錫 563
錙 771
錐 770
門 閼 232
閻 598
阜 隧 509
險 573
隨 509
隹 雕 225
雨 霍 313
青 靜 338
面 靦 523
頁 頷 378
頸 336
頭 526
食 餓 232
餒 394
餘 672
馬 駮 170
駭 296
魚 鮑 158
鮇 421
鳥 鴟 199
麥 麩 430
黑 默 390
龍 龍 371
龜 龜 290

十七畫
人 償 373
優 657
土 壑 301
女 嬰 653
尸 屨 342
山 嶽 686
巾 幬 200
弓 彌 380
心 懃 336
懋 378
懦 401
應 653
戈 戲 564
手 擠 318
擬 399
擊 314
攴 斂 366
木 檢 322
檖 509
檠 425
檃 653
水 濱 168
濟 319
濫 356
濡 452
火 燧 509
燥 690
營 654
爿 牆 420
犬 獲 313
玉 環 309
目 瞷 593
矢 矯 328
示 禪 214
米 糞 262
糠 348
糟 690
糸 繁 256
縫 263
縷 373
繆 391
績 315
縰 481
繇 602
縱 777
總 777
羽 翼 651
耳 聰 207
聲 471
肉 膽 214
臂 165
臊 457
臣 臨 368
臼 舉 340
艸 薄 170
薦 325
薈 311
薌 575
薢 506
薛 592
薪 582
虫 螯 154
螭 199
螾 653
衣 襄 575
褻 580
言 謘 199
謙 419
謝 580
謟 517
謑 563
謠 602
谷 谿 563
貝 賻 271
走 趨 429
足 蹈 215
蹎 224
蹇 323
蹊 563
車 轂 280
輿 673
辵 避 165
還 309
邅 702
酉 醜 201
金 鍪 391
鍥 421
鍾 762
門 闇 154
阜 隰 564
隱 652
隶 隸 366
隹 雖 508
雨 霜 500
韋 韓 296
頁 顇 208
食 餧 549
馬 騁 198
駿 348
魚 鮫 327
鮮 571
鳥 鴻 301
鹿 麋 380
黹 黻 268
黽 黿 681

十八畫
人 億 651
土 壘 357
壙 355
戈 戴 214
手 擽 376
擾 437
斤 斷 229
欠 歟 673
止 歸 290
歹 殯 168
水 瀕 168
瀆 227
火 燿 602
爪 爵 343
犬 獵 368
玉 璧 165
瓦 甕 551
目 瞽 280
瞿 429
瞻 702
示 禮 360
禭 509
禾 穢 311
穴 竄 208
竹 簞 224
簡 323
簡 323
簫 577
簪 689
米 糧 367
糸 繚 368
繡 591
繐 509
織 752
繒 701
繜 781
耳 職 753
肉 臏 168
臑 394
臼 舊 339
艸 藏 190
藉 332
藸 377
藍 356
虫 蟬 191
蟲 200
蟣 318
襾 覆 271
見 覲 336
角 觴 461
言 謷 154
謧 199
謳 401
謾 377
謬 387
謹 333
謫 704
豆 豐 262
貝 贅 760
贄 770
贀 651
足 蹷 208
蹞 355
身 軀 429
車 轉 769
辵 邇 252
酉 醫 625
里 釐 358
金 鎗 419
門 闔 300
闕 432
隹 雞 315
雝 654
雜 687
革 鞭 165
頁 顏 598
顒 654
食 餰 322
馬 騏 416
騈 404
鬼 魏 549
魚 鯈 201
齒 齕 300

十九畫
口 嚮 576
土 壞 309
壠 371
子 孽 399
宀 寵 200
广 廬 371
心 懷 308
懲 198
日 曠 355
木 櫛 760
牛 犢 227
犬 獸 495
田 疇 201
疆 327
示 禱 215
竹 簿 189
簾 366
糸 繭 323
繫 564
繩 471
羊 羹 274
羸 357
羽 翾 592
艸 藩 255
藜 358
藪 506
藥 602
藝 651
虫 蠆 191
蟹 580
蟺 461
角 觶 760
言 譁 308
譏 315
譎 343
譑 328
識 478
譖 701
貝 贈 701
贊 689
足 蹴 208
蹶 343
蹻 420
辛 辭 204
辵 邊 165
酉 醮 328

醯 563
金 鏤 371
門 關 288
阜 隴 371
隹 難 393
離 358
非 靡 380
革 鞏 274
頁 顛 224
類 357
顙 457
願 682
馬 騖 562
鳥 鶉 204
鵲 432
鹿 麗 366
黹 黼 269
黽 黿 528

### 二十畫

力 勸 431
口 嚴 598
土 壤 437
夊 夔 355
子 孽 399
宀 寶 158
心 懸 592
手 攘 436
牛 犧 563
犬 獻 574
石 礪 366
立 競 338
竹 籌 201
籍 317
糸 繼 320
纂 780
艸 蘄 416
蘆 371
藿 313
蘇 506
衣 䙰 771
見 覺 343
角 觸 203
言 譬 403
警 337
議 651
貝 贍 461
贏 654
足 躁 690
躅 767
酉 醴 362
金 鐘 762
雨 露 372
風 飄 404
馬 騮 370
騰 517
騫 419
騶 777
魚 鰌 428
鹵 鹹 572
黑 黨 215
黥 425

### 廿一畫

口 囓 204
嚾 309
囂 577
尸 屬 497
心 懼 342
懾 466
手 攝 466
石 礱 371
糸 纊 355
續 592
艸 蘭 356
蘬 355
言 護 307
譽 679
足 躍 686
辛 辯 167
金 鐵 523
門 闢 403
雨 霸 154
頁 顧 286
食 饋 355
饒 437
馬 驂 190
騹 416
魚 鰥 288
鰭 416
鳥 鶴 301
鷄 315
黑 黯 599
齊 齎 315

### 廿二畫

亠 亹 544
人 儼 599
口 囊 394
囋 687
木 權 431
欠 歡 309
禾 穰 436
穴 竊 421
竹 籠 371
米 糴 222
糸 繹 341
耳 聾 371
聽 523
衣 襲 564
見 覿 222
言 讀 227
貝 贖 497
足 躕 202
躑 753
車 轡 402
金 鑒 325
音 響 576
食 饗 576
饘 702
馬 驊 308
驕 327
髟 鬚 591
鬲 鬻 680
齒 齬 687

### 廿三畫

人 儽 376
刀 劙 358
手 攫 343
竹 籥 686
糸 纖 571
纓 654
虫 蠱 263
蠲 342
言 讎 201
變 167
讌 599
革 韅 573
頁 顯 573
馬 驚 336
驗 599
骨 體 517
髟 鬛 356
魚 鱉 168
鹿 麟 368

### 廿四畫

手 攬 366
虫 蠹 228
蠶 190
行 衢 429
言 讒 191
讓 437
貝 贛 278
雨 靈 369
馬 驟 766
鬥 鬭 226
魚 鱣 702
鳥 鷹 654
鹵 鹽 598
齒 齲 401

### 廿五畫

虫 蠻 377
見 觀 288
言 讙 309
黽 鼉 528
齒 齺 777

### 廿七畫

金 鑽 780
馬 驥 320

### 廿八畫

心 戇 770
金 鑿 782
馬 驩 309

### 廿九畫

金 钃 767
鬯 鬱 680
麥 麷 263

### 三十畫

鳥 鸞 374

### 卅三畫

鹿 麤 208

# 通用字表

| 編號 | 本索引用字 | 原底本用字 | 章/頁/行 | 內文 |
| --- | --- | --- | --- | --- |
| 1 | 醯 | 醯 | 1/2/6 | 醯酸而蜹聚焉 |
| 2 | 聽 | 聴 | 1/2/15 | 耳不能兩聽而聰 |
| | | | 6/23/13 | 聰明聖知不以窮人 |
| | | | 8/29/7 | 是聰耳之所不能聽也 |
| | | | 11/53/8 | 聰明君子者 |
| | | | 11/53/11 | 則莫若聰明君子矣 |
| | | | 12/60/17 | 不聽而聰 |
| | | | 15/69/2 | 必將聰明警戒 |
| | | | 20/100/8 | 耳目聰明 |
| | | | 23/113/20 | 可以聽之聰不離耳 |
| | | | 23/113/20 | 目明而耳聰 |
| | | | 23/114/2 | 可以聽之聰不離耳 |
| | | | 23/114/2 | 目明而耳聰也 |
| | | | 24/118/6 | 不聽而聰 |
| | | | 26/126/2 | 以聾爲聰 |
| 3 | 群 | 羣 | 1/3/10 | （群）類之綱紀也 |
| | | | 1/4/19 | 群衆不能移也 |
| | | | 4/15/20 | 以相群居 |
| | | | 4/16/16 | 以群則和 |
| | | | 4/17/2 | 是夫群居和一之道也 |
| | | | 6/22/13 | 而群天下之英傑而告之以大古 |
| | | | 6/24/4 | 合群者也 |
| | | | 8/29/9 | 乃始率其群徒 |
| | | | 8/34/18 | 禮者、人主之所以爲群臣寸尺尋丈檢式也 |
| | | | 9/39/10 | 人能群 |
| | | | 9/39/10 | 彼不能群也 |
| | | | 9/39/11 | 人何以能群 |
| | | | 9/39/15 | 故人生不能無群 |
| | | | 9/39/15 | 群而無分則爭 |
| | | | 9/39/17 | 君者、善群也 |
| | | | 9/39/17 | 群道當則萬物皆得其宜 |
| | | | 9/39/18 | 群生皆得其命 |
| | | | 9/41/10 | 是使群臣百姓皆以制度行 |
| | | | 10/42/15 | 則群衆未縣也 |
| | | | 10/42/15 | 群衆未縣 |
| | | | 10/42/17 | 群而無分則爭 |
| | | | 10/42/18 | 則莫若明分使群矣 |

| 編號 | 本索引用字 | 原底本用字 | 章/頁/行 | 內文 |
| --- | --- | --- | --- | --- |
| | | | 10/43/9 | 不能無群 |
| | | | 10/43/9 | 群而無分則爭 |
| | | | 10/44/5 | 百姓之群 |
| | | | 10/45/1 | 黿鼉、魚鱉、鰌鱣以時別一而成群 |
| | | | 11/49/18 | （主）之所極然帥群臣而首鄉之者 |
| | | | 11/56/11 | 則夫朝廷群臣亦從而成俗於不隆禮義而好傾覆也 |
| | | | 11/56/11 | 朝廷群臣之俗若是 |
| | | | 12/59/11 | 能群也 |
| | | | 12/59/11 | 能群也者何也 |
| | | | 12/59/13 | 夫是之謂能群 |
| | | | 13/64/3 | 率群臣百吏而相與彊君橋君 |
| | | | 15/71/4 | 群物皆正 |
| | | | 16/76/6 | 群臣享其功 |
| | | | 17/83/5 | 則群衆無門 |
| | | | 18/89/11 | 故率其群徒 |
| | | | 19/96/4 | 因以飾群 |
| | | | 19/96/10 | 今夫大鳥獸則失亡其群匹 |
| | | | 19/96/15 | 彼安能相與群居而無亂乎 |
| | | | 19/97/4 | 人所以群居和一之理盡矣 |
| | | | 21/102/16 | 故群臣去忠而事私 |
| | | | 25/120/4 | 主忌苟勝、群臣莫諫必逢災 |
| | | | 28/138/20 | 故居處足以聚徒成群 |
| | | | 28/138/23 | 慍于群小 |
| | | | 32/148/17 | 群臣莫能逮 |
| | | | 32/148/18 | 群臣莫逮 |
| | | | 32/148/20 | 群臣莫能逮 |
| | | | 32/148/21 | 今以不穀之不肖而群臣莫吾逮 |
| 4 | 棄 | 弃 | 2/6/2 | 保利棄義謂之至賊 |
| | | | 2/6/8 | 怠慢僄棄 |
| | | | 2/7/3 | 人莫不棄 |
| | | | 3/10/10 | 窮則棄而儑 |
| | | | 4/15/19 | 則莫不棄此而取彼矣 |
| | | | 5/18/2 | 棄其親家而欲奔之者 |
| | | | 6/23/10 | 是天下之所棄也 |
| | | | 8/29/6 | 治世之所棄而亂世之所從服也 |
| | | | 16/77/12 | 人知貴生樂安而棄禮義 |
| | | | 21/107/10 | 則廣焉能棄之矣 |
| | | | 22/110/22 | 是君子之所棄 |
| | | | 26/124/17 | 棄其耆老 |
| | | | 27/136/16 | 是棄國捐身之道也 |
| 5 | 鱉 | 鼈 | 2/7/13 | 跛鱉千里 |
| | | | 2/7/14 | 豈若跛鱉之與六驥足哉 |

| 編號 | 本索引用字 | 原底本用字 | 章/頁/行 | 內文 |
|---|---|---|---|---|
| | | | 2/7/15 | 然而跛鱉致之 |
| | | | 9/39/19 | 黿鼉、魚鱉、鰌鱣孕別之時 |
| | | | 9/39/21 | 故魚鱉優多而百姓有餘用也 |
| | | | 9/40/5 | 養山林、藪澤、草木、魚鱉、百（索）〔素〕 |
| | | | 10/45/1 | 黿鼉、魚鱉、鰌鱣以時別一而成群 |
| | | | 14/66/17 | 川淵深而魚鱉歸之 |
| | | | 30/144/1 | 夫魚鱉黿鼉猶以淵爲淺而堀〔穴〕其中 |
| 6 | 鉤 | 鈎 | 3/9/2 | 鉤有須 |
| | | | 19/95/8 | 縉紳而無鉤帶矣 |
| 7 | 閉 | 閇 | 3/10/9 | 見閉則怨而險 |
| | | | 8/32/2 | 故外闔不閉 |
| 8 | 翾 | 獧 | 3/10/9 | 喜則輕而翾 |
| 9 | 總 | 緫 | 3/11/17 | 總天下之要 |
| | | | 6/22/13 | 若夫總方略 |
| | | | 9/39/3 | 萬物之總也 |
| | | | 11/52/19 | 三公總方而議 |
| | | | 11/54/15 | 三公總方而議 |
| | | | 31/146/9 | 總要萬物於風雨 |
| 10 | 彘 | 彘 | 4/13/4 | 乳彘不觸虎 |
| | | | 4/13/5 | 則是人也而曾狗彘之不若也 |
| | | | 4/13/13 | 有狗彘之勇者 |
| | | | 4/13/14 | 是狗彘之勇者也 |
| | | | 4/16/6 | 方知畜雞狗豬彘 |
| | | | 18/88/14 | 竊其豬彘 |
| | | | 25/122/7 | 孰公長父之難、厲王流于彘 |
| 11 | 狗 | 狥 | 4/13/4 | 乳狗不遠遊 |
| | | | 4/13/5 | 則是人也而曾狗彘之不若也 |
| | | | 4/13/13 | 有狗彘之勇者 |
| 12 | 酸 | 䤀 | 4/15/8 | 口辨酸鹹甘苦 |
| 13 | 嘗 | 甞 | 4/15/17 | 今使人生而未嘗睹芻豢稻粱也 |
| | | | 4/15/19 | 嘗之而甘於口 |
| | | | 8/31/10 | 未嘗有也 |
| | | | 8/33/3 | 所未嘗聞也 |
| | | | 8/33/4 | 所未嘗見也 |
| | | | 9/35/15 | 嘗試之說鋒起 |
| | | | 9/35/20 | 未嘗聞也 |

| 編號 | 本索引用字 | 原底本用字 | 章/頁/行 | 內文 |
|---|---|---|---|---|
| | | | 10/45/6 | 胡不嘗試相與求亂之者誰也 |
| | | | 12/58/10 | 未嘗聞為國也 |
| | | | 12/58/12 | 未嘗聞為國也 |
| | | | 12/62/4 | 則未嘗相識也 |
| | | | 13/63/23 | 齊之孟嘗 |
| | | | 14/66/26 | 未嘗聞也 |
| | | | 17/82/21 | 貫之大體未嘗亡也 |
| | | | 18/84/11 | 則天下未嘗合於桀、紂也 |
| | | | 18/84/12 | 則（天下）未嘗有說也 |
| | | | 19/91/11 | 成事之俎不嘗也 |
| | | | 19/98/8 | 如或嘗之 |
| | | | 21/103/25 | 心未嘗不臧也 |
| | | | 21/103/26 | 心未嘗不滿也 |
| | | | 21/103/26 | 心未嘗不動也 |
| | | | 21/104/3 | 故心未嘗不動也 |
| | | | 21/105/11 | 未嘗有兩而能精者也 |
| | | | 22/111/24 | 所欲未嘗粹而來也 |
| | | | 22/112/9 | 有嘗試深觀其隱而難（其）察者 |
| | | | 23/116/18 | 未嘗不可以相為也 |
| | | | 23/116/20 | 然而未嘗有能徧行天下者也 |
| | | | 23/116/21 | 未嘗不可以相為事也 |
| | | | 23/116/21 | 然而未嘗能相為事也 |
| | | | 31/146/17 | 寡人未嘗知哀也 |
| | | | 31/146/17 | 未嘗知憂也 |
| | | | 31/146/18 | 未嘗知勞也 |
| | | | 31/146/18 | 未嘗知懼也 |
| | | | 31/146/18 | 未嘗知危也 |
| | | | 32/148/17 | 亦嘗有以楚莊王之語聞於左右者乎 |
| 14 | 流 | 汓 | 4/16/12 | 其流長矣 |
| 15 | 皋 | 臯 | 5/17/22 | 皋陶之狀 |
| 16 | 卻 | 却 | 5/21/5 | 足以為奇偉偃卻之屬 |
| | | | 14/67/3 | 卻賢者、行也 |
| 17 | 䵣 | 鼺 | 6/21/14 | 是它䵣、魏牟也 |
| 18 | 往 | 徃 | 6/22/8 | 案往舊造說 |
| | | | 9/41/16 | 非往行之也 |
| | | | 16/77/6 | 故自四五萬而往者彊勝 |
| | | | 16/77/6 | 自數百里而往者安固 |
| | | | 24/119/10 | 無所往而不聽 |
| | | | 24/119/10 | 國事無所往而不用 |

| 編號 | 本索引用字 | 原底本用字 | 章/頁/行 | 內文 |
|---|---|---|---|---|
| | | | 27/127/12<br>27/135/8 | 往迎爾相<br>疾今之政以思往者 |
| 19 | 恥 | 耻 | 6/24/14 | 不恥不見用 |
| 20 | 豎 | 竪 | 7/25/7<br>7/25/18<br>27/135/21<br>28/139/12 | 五尺之豎子言羞稱乎五伯<br>五尺之豎子言羞稱乎五伯<br>衣則豎褐不完<br>百仞之山而豎子馮而游焉 |
| 21 | 姊 | 姉 | 7/25/8 | 內行則姑姊妹之不嫁者七人 |
| 22 | 熇 | 熇 | 7/26/18 | 猶恐及其熇 |
| 23 | 寇 | 寇 | 8/28/5<br>9/40/11<br>11/56/3<br>12/57/20<br>15/73/13<br>17/82/1 | 仲尼將爲魯司寇<br>司寇之事也<br>卒有寇難之事<br>寇難忘死<br>大寇則至<br>寇難並至 |
| 24 | 規 | 規 | 8/28/19 | 設規矩 |
| 25 | 皋 | 皐 | 8/30/3<br>25/121/13<br>27/135/4 | 鶴鳴于九皋<br>得益、皋陶、橫革、直成爲輔<br>皋如也 |
| 26 | 怍 | 怎 | 8/33/4 | 無所儗怍 |
| 27 | 陷 | 陥 | 8/33/14<br>17/82/22<br>17/83/1<br>18/88/6<br>27/127/4<br>27/127/5<br>27/128/19<br>27/129/22 | 其道百舉而百陷也<br>表不明則陷<br>民陷乃去<br>以欺愚者而潮陷之以偷取利焉<br>使人無陷<br>故民迷惑而陷禍患<br>動斯陷矣<br>必顛蹶陷溺 |
| 28 | 斲 | 斵 | 9/38/16<br>19/95/10<br>23/114/10<br>23/115/21 | 農夫不斲削、不陶冶而足械用<br>木器不成斲<br>故工人斲木而成器<br>工人斲木而生器 |
| 29 | 畝 | 畒 | 10/44/15 | （掩）〔撩〕地表畝 |

| 編號 | 本索引用字 | 原底本用字 | 章/頁/行 | 內文 |
|---|---|---|---|---|
| | | | 10/44/21<br>11/52/15 | 則畝數盆<br>百畝一守 |
| 30 | 凫 | 鳧 | 10/45/2 | 然後飛鳥凫鴈若煙海 |
| 31 | 蹶 | 蹷 | 10/48/3<br>15/71/15<br>25/120/7<br>25/121/4<br>27/129/22 | 夫是之謂國蹶<br>遠者竭蹶而趨之<br>賢能遁逃國乃蹶<br>辭不蹶<br>必顛蹶陷溺 |
| 32 | 博 | 愽 | 12/57/6<br>17/82/11<br>26/125/7 | 雖博傳<br>則煇潤不博<br>功業甚博 |
| 33 | 概 | 槩 | 12/57/13<br>12/57/17<br>28/140/7 | 斗、斛、敦、概者<br>不待斗、斛、敦、概而嘖<br>盈不求概 |
| 34 | 胸 | 匈 | 15/68/16<br>16/79/11<br>21/107/11 | 若手臂之扞頭目而覆胸腹也<br>白刃扞乎胸<br>不少頃干之胸中 |
| 35 | 劍 | 劒 | 15/70/2<br>18/88/14<br>23/117/13 | 冠軸帶劍<br>則援劍戟而逐之<br>此皆古之良劍也 |
| 36 | 兜 | 兠 | 15/71/24 | 是以堯伐驩兜 |
| 37 | 鄰 | 隣 | 16/77/21<br>31/146/10 | 北與胡、貉爲鄰<br>百姓（淺）〔淡〕然不識其鄰 |
| 38 | 怪 | 恠 | 17/79/18<br>17/79/20<br>18/86/18 | 袄怪不能使之凶<br>袄怪未（至）〔生〕而凶<br>食飲則重大牢而備珍怪 |
| 39 | 昏 | 昬 | 17/83/1<br>19/91/11<br>19/93/16<br>25/122/3 | 昏世、大亂也<br>〔大〕昏之未發齊也<br>以昏殣<br>悖亂昏莫不終極 |
| 40 | 皞 | 皥 | 18/87/13 | 自太皞、燧人莫不有也 |
| 41 | 臥 | 卧 | 21/105/16 | 有子惡臥而焠掌 |

| 編號 | 本索引用字 | 原底本用字 | 章/頁/行 | 內文 |
| --- | --- | --- | --- | --- |
| 42 | 檠 | 檄 | 23/117/12 | 然而不得排檠則不能自正 |
| 43 | 畝 | 畂 | 25/121/11<br>27/130/24 | 舉舜甽畝、任之天下身休息<br>故家五畝宅、百畝田 |
| 44 | 柏 | 栢 | 27/133/13 | 無以知松柏 |
| 45 | 岷 | 崏 | 29/142/28 | 江出於岷山 |
| 46 | 昃 | 昗 | 31/147/4 | 日昃而退 |
| 47 | 豺 | 犲 | 31/147/16 | 譬之其豺狼也 |
| 48 | 巡 | 廵 | 32/148/22 | 武侯逡巡再拜曰 |

# 徵 引 書 目

| 編號 | 書名 | 標注出處方法 | 版本 |
|---|---|---|---|
| 1 | 荀子 | 卷/頁 | 四部叢刊初編縮本影常熟瞿氏藏元本，臺灣：商務印書館，1965年 |
| 2 | 盧文弨、謝墉校本荀子 | 卷/頁/總頁 | 二十二子本，先知出版社影光緒二年浙江書局校刊嘉善謝氏本 |
| 3 | 王先謙荀子集解 | 頁數 | 新編諸子集成本，北京：中華書局 1988年 |
| 4 | 梁啓雄荀子簡釋 | 頁數 | 北京：中華書局 1983年 |
| 5 | 王念孫讀書雜志 | 頁數 | 江蘇古籍出版社1985年版 |
| 6 | 王引之經義述聞 | 頁數 | 江蘇古籍出版社1985年版 |
| 7 | 陶鴻慶讀諸子扎記 | 頁數 | 北京：中華書局 1959年 |
| 8 | 俞樾諸子平議 | 頁數 | 上海商務印書館1935年版，國學基本叢書 |
| 9 | 左傳 | 篇/章/總頁 | 左傳注疏本，臺北藝文印書館1985年影印清嘉慶二十年南昌學府刊十三經注疏本 |
| 10 | 毛詩 | 篇/章/總頁 | 毛詩注疏本，臺北藝文印書館1985年影印清嘉慶二十年南昌學府刊十三經注疏本 |
| 11 | 周易 | 篇/章/總頁 | 周易注疏本，臺北藝文印書館1985年影印清嘉慶二十年南昌學府刊十三經注疏本 |
| 12 | 孟子 | 篇/章/總頁 | 孟子注疏本，臺北藝文印書館1985年影印清嘉慶二十年南昌學府刊十三經注疏本 |
| 13 | 穀梁傳 | 篇/章/總頁 | 穀梁傳注疏本，臺北藝文印書館1985年影印清嘉慶二十年南昌學府刊十三經注疏本 |
| 14 | 論語 | 篇/章/總頁 | 論語注疏本，臺北藝文印書館1985年影印清嘉慶二十年南昌學府刊十三經注疏本 |
| 15 | 尙書 | 篇/章/總頁 | 尙書注疏本，臺北藝文印書館1985年影印清嘉慶二十年南昌學府刊十三經注疏本 |
| 16 | 王闓運補注尙書大傳 | 卷/頁 | 靈鶼閣叢書本 |
| 17 | 禮記 | 篇/章/總頁 | 禮記注疏本，臺北藝文印書館1985年影印清嘉慶二十年南昌學府刊十三經注疏本 |
| 18 | 戴德大戴禮記 | 篇/章 | 四部叢刊影無錫孫氏小綠天藏明袁氏嘉趣堂本 |
| 19 | 韓嬰韓詩外傳 | 篇/章 | 四部叢刊影上海涵芬樓藏明沈氏野竹 |

| 編號 | 書名 | 標注出處方法 | 版本 |
|---|---|---|---|
| | | | 齋刊本 |
| 20 | 爾雅 | 篇/章/總頁 | 爾雅注疏本，臺北藝文印書館1985年影印清嘉慶二十年南昌學府刊十三經注疏本 |
| 21 | 陸德明經典釋文 | 頁數 | 上海古籍出版社1985年 |
| 22 | 卷子本群書治要 | 卷/頁 | 鎌倉時代寫，清原教隆加點，金澤文庫舊藏，宮內廳書陵部藏，日本：汲古書院 |
| 23 | 李昉等太平御覽 | 卷/頁/總頁 | 北京：中華書局影上海涵芬樓影宋本，1985年 |
| 24 | 歐陽詢藝文類聚 | 卷/頁 | 上海古籍出版社1965年版 |
| 25 | 徐堅等初學記 | 頁數 | 北京中華書局1962年版 |
| 26 | 老子 | 篇/章/總頁 | 河上公注本，四部叢刊初編縮本影常熟瞿氏藏宋本，臺灣：商務印書館，1965年 |
| 27 | 呂不韋呂氏春秋 | 頁數 | 臺北藝文印書館1974年影明刻本 |
| 28 | 劉安淮南子 | 頁數 | 臺北藝文印書館1974年影鈔北宋本 |
| 29 | 莊周莊子 | 頁數 | 臺北藝文印書館1983年影續古逸叢書本 |
| 30 | 孔子家語 | 篇/章 | 臺灣：中華書局影宋蜀本，1968年 |
| 31 | 董仲舒春秋繁露 | 卷/頁（a、b爲頁之上下面） | 四部叢刊影武英殿聚珍版本 |
| 32 | 應劭風俗通義 | 篇/章/總頁 | 四部叢刊初編縮本影常熟瞿氏藏元本，臺灣：商務印書館，1965年 |
| 33 | 管仲管子 | 卷/頁（a、b爲頁之上下面） | 四部叢刊影常熟瞿氏鐵琴銅劍樓藏宋刊本 |
| 34 | 劉向說苑 | 卷/頁（a、b爲頁之上下面） | 四部叢刊影平湖葛氏傳樸堂藏明鈔本 |
| 35 | 劉向新序 | 卷/頁（a、b爲頁之上下面） | 四部叢刊影江南圖書館藏明覆宋刊本 |
| 36 | 王充論衡 | 卷/頁（a、b爲頁之上下面） | 四部叢刊影上海涵芬樓藏明通津草堂本 |
| 37 | 國語 | 卷/頁（a、b爲頁之上下面） | 黃丕烈士禮居叢書重雕天聖明道本 |
| 38 | 逸周書 | 卷/頁（a、b爲頁之上下面） | 四部叢刊影江陰繆氏藝風堂藏明嘉靖癸卯刊本 |
| 39 | 司馬遷史記 | 頁數 | 北京：中華書局標點本，1982年版 |
| 40 | 班固漢書 | 頁數 | 北京：中華書局標點本，1962年 |
| 41 | 司馬光資治通鑑 | 頁數 | 北京：中華書局標點本，1956年 |
| 42 | 劉殿爵《語言與思想之間》，香港中文大學吳多泰中國語文研究中心出版，1993年 | | |

# 增字、刪字、誤字改正說明表

| 編號 | 原句 / 位置（章/頁/行） | 校改依據 |
|---|---|---|
| 1 | 而絕江（河）〔海〕 1/1/14 | 王念孫說，見讀書雜志總頁630 |
| 2 | 〔白沙在涅〕 1/1/19 | 王念孫說，見讀書雜志總頁631 |
| 3 | 〔與之俱黑〕 1/1/20 | 王念孫說，見讀書雜志總頁631 |
| 4 | 禽獸群（焉）〔居〕 1/2/5 | 王念孫說，見讀書雜志總頁631 |
| 5 | 伯牙鼓琴〔而〕六馬仰秣 1/3/3 | 王先謙荀子集解頁10 |
| 6 | 玉在山而（草）木潤 1/3/4 | 王念孫說，見讀書雜志總頁633 |
| 7 | （群）類之綱紀也 1/3/10 | 王念孫說，見讀書雜志總頁633 |
| 8 | 口耳之閒則四寸〔耳〕 1/3/15 | 盧文弨、謝墉校本卷1頁6b總頁34 |
| 9 | 則（末）〔沒〕世窮年 1/4/1 | 荀子・解蔽篇 |
| 10 | 以戈（春）〔舂〕黍也 1/4/3 | 王先謙荀子集解頁16 |
| 11 | （諂）〔諂〕諛我者 2/5/5 | 盧文弨、謝墉校本卷1頁10a總頁41 |
| 12 | （諂）〔諂〕諛者親 2/5/7 | 盧文弨、謝墉校本卷1頁10a總頁41 |
| 13 | 以脩身自〔强〕 2/5/11 | 王引之說，見王念孫讀書雜志總頁635 |
| 14 | （名則）〔則名〕配堯、禹 2/5/11 | 王引之說，見王念孫讀書雜志總頁635 |
| 15 | 由禮則治（通）〔達〕 2/5/12 | 王引之說，見王念孫讀書雜志總頁636 |
| 16 | 以不善先人者謂之（諂）〔諂〕 2/5/18 | 盧文弨、謝墉校本卷1頁11a總頁43 |
| 17 | 體倨固而心（執）〔埶〕詐 2/7/1 | 王引之說，見王念孫讀書雜志總頁638 |
| 18 | 亦或遲或速、或先或後〔耳〕 2/7/9 | 群書治要卷子本卷38頁8 |
| 19 | 其出（入）〔人〕不遠矣 2/7/17 | 王念孫說，見讀書雜志總頁638-639 |
| 20 | 好（交）〔文〕也 2/8/15 | 王念孫說，見讀書雜志總頁640 |
| 21 | 君子易（知）〔和〕而難狎 3/9/7 | 王念孫說，見讀書雜志總頁640 |
| 22 | 言辯而不（辭）〔亂〕 3/9/8 | 王念孫說，見讀書雜志總頁640 |
| 23 | （寡）〔直〕立而不勝 3/9/15 | 王念孫說，見讀書雜志總頁640 |
| 24 | 非（諂）〔諂〕諛也 3/9/19 | 盧文弨、謝墉校本卷2頁3a總頁61 |
| 25 | （惡）非毀疵也 3/10/1 | 韓詩外傳第6.19章 |
| 26 | 君子大心則〔敬〕天而道 3/10/6 | 王念孫說，見讀書雜志總頁641 |
| 27 | 若端（拜）〔拜〕而議 3/11/16 | 王念孫說，見讀書雜志總頁642 |
| 28 | 而不敢以其所獨（甚）〔是〕 3/11/24 | 王念孫說，見讀書雜志總頁643-644 |
| 29 | 傷人（之）〔以〕言 4/12/18 | 王念孫說，見讀書雜志總頁644 |
| 30 | 恈恈然惟（利）飲食之見 4/13/14 | 王引之說，見王念孫讀書雜志總頁645 |
| 31 | 果敢而（振）〔很〕 4/13/15 | 王引之說，見王念孫讀書雜志總頁645 |
| 32 | 則君子（汪）〔注〕錯之當 4/14/23 | 王先謙荀子集解頁61 |
| 33 | 彼臭之而（無）嗛於鼻 4/15/19 | 王念孫說，見讀書雜志總頁648 |
| 34 | （幾不）長慮顧後而恐無以繼之故也 4/16/8 | 王念孫說，見讀書雜志總頁649 |
| 35 | 非〔順〕孰脩爲之君子 4/16/13 | 王念孫說，見讀書雜志總頁649 |
| 36 | 然後使（愨）〔穀〕祿多少厚薄之稱 4/17/2 | 俞樾諸子平議頁235 |
| 37 | 相（人）古之人無有也 5/17/10 | 王念孫說，見讀書雜志總頁651 |
| 38 | （而）論議之卑爾 5/18/4 | 王先謙荀子集解頁76 |
| 39 | 人有此（三）數行者 5/18/10 | 王引之說，見王念孫讀書雜志總頁651 |
| 40 | （故）曰 5/18/18 | 王念孫說，見讀書雜志總頁652 |

| 編號 | 原句 / 位置（章/頁/行） | 校改依據 |
|---|---|---|
| 41 | 文久而（息）〔滅〕 5/18/18 | 王念孫說，見讀書雜志總頁652 |
| 42 | 其〔所〕以治亂者異道 5/18/24 | 王念孫說，見讀書雜志總頁652 |
| 43 | 聖人何以不〔可〕欺 5/19/2 | 王念孫說，見讀書雜志總頁652 |
| 44 | 古今一（度）也 5/19/4 | 王念孫說，見讀書雜志總頁652 |
| 45 | 傳者久則（論）〔俞〕略 5/19/6 | 俞樾諸子平議頁237-238 |
| 46 | 近則（論）〔俞〕詳 5/19/7 | 俞樾諸子平議頁237-238 |
| 47 | 聞其（詳）〔小〕而不知其大也 5/19/8 | 王念孫說，見讀書雜志總頁653 |
| 48 | 故君子之於（言）〔善〕也 5/19/11 | 王引之說，見王念孫讀書雜志總頁750 |
| 49 | 近（世）〔舉〕則病傭 5/19/17 | 俞樾諸子平議頁238 |
| 50 | 近（世）〔舉〕而不傭 5/19/18 | 俞樾諸子平議頁238 |
| 51 | 府然苦（渠）〔梁〕匽檃栝之於己也 5/20/1 | 王引之說，見王念孫讀書雜志總頁653 |
| 52 | 因（求）〔衆〕以成天下之大事矣 5/20/3 | 王念孫說，見讀書雜志總頁654 |
| 53 | （分別）〔譬稱〕以諭之 5/20/7 | 王念孫說，見讀書雜志總頁654 |
| 54 | （譬稱）〔分別〕以明之 5/20/8 | 王念孫說，見讀書雜志總頁654 |
| 55 | 夫是之謂（爲）能貴其所貴 5/20/9 | 王引之說，見王念孫讀書雜志總頁654 |
| 56 | 故（言）君子必辯 5/20/15 | 王念孫說，見讀書雜志總頁654 |
| 57 | 見端不如（見）本分 5/20/16 | 王引之說，見王念孫讀書雜志總頁655 |
| 58 | （下脩）〔不循〕而好作 6/21/22 | 王念孫說，見讀書雜志總頁656 |
| 59 | （及）〔反〕紃察之 6/22/1 | 王引之說，見王念孫讀書雜志總頁656 |
| 60 | 甚察而不（惠）〔急〕 6/22/4 | 王念孫說，見讀書雜志總頁656 |
| 61 | （斂）〔歙〕然聖王之文章具焉 6/22/14 | 王引之說，見王念孫讀書雜志總頁657 |
| 62 | 佛然（乎）〔平〕世之俗起焉 6/22/14 | 韓詩外傳第4.22章 |
| 63 | （則）六說者不能入也 6/22/15 | 王念孫說，見讀書雜志總頁657 |
| 64 | （言）無用而辯 6/23/8 | 王念孫說，見讀書雜志總頁657-658 |
| 65 | （辯）不（給）（惠）〔急〕而察 6/23/8 | 王念孫說，見讀書雜志總頁657-658 |
| 66 | 齊給速通不（爭）〔以〕先人 6/23/13 | 王念孫說，見讀書雜志總頁658 |
| 67 | 古之所謂（士仕）〔仕士〕者 6/24/4 | 王念孫說，見讀書雜志總頁658 |
| 68 | 今之所謂（士仕）〔仕士〕者 6/24/5 | 王念孫說，見讀書雜志總頁658 |
| 69 | 離（縱）〔縰〕而跂訾者也 6/24/10 | 荀子楊倞注、王念孫說，見讀書雜志總頁658 |
| 70 | 士君子之所能〔爲〕不能爲 6/24/12 | 王念孫說，見讀書雜志總頁659 |
| 71 | 酒食聲色之中〔則〕瞞瞞然 6/24/20 | 王先謙荀子集解頁104 |
| 72 | 仲尼之門（人） 7/25/7 | 王念孫說，見讀書雜志總頁659 |
| 73 | （如）彼固曷足稱乎大君子之門哉 7/25/10 | 王念孫說，見讀書雜志總頁659 |
| 74 | （出）忘其讎 7/25/12 | 王念孫說，見讀書雜志總頁659 |
| 75 | 然而仲尼之門（人） 7/25/18 | 王念孫說，見讀書雜志總頁659 |
| 76 | 彼非（本）〔平〕政教也 7/25/18 | 王引之說，見王念孫讀書雜志總頁659 |
| 77 | 〔謹〕畜積 7/25/19 | 王引之說，見王念孫讀書雜志總頁660 |
| 78 | 脩鬭〔備〕 7/25/20 | 王引之說，見王念孫讀書雜志總頁660 |
| 79 | 致賢（能而）〔而能〕以救不肖 7/25/21 | 群書治要卷子本卷38頁15 |
| 80 | 至於成王則安（以）無誅矣 7/26/2 | 王念孫說，見讀書雜志總頁660 |
| 81 | 財利至則（言）善而不及也 7/26/8 | 王念孫說，見讀書雜志總頁660 |
| 82 | （理）任大事 7/26/14 | 俞樾諸子平議頁242 |
| 83 | （能）耐任之 7/26/15 | 王念孫說，見讀書雜志總頁660-661 |
| 84 | （能）而不耐任 7/26/15 | 王念孫說，見讀書雜志總頁660-661 |

| 編號 | 原句 / 位置（章/頁/行） | 校改依據 |
|---|---|---|
| 85 | 傾窮則（從之）疾力以申重之 7/27/4 | 久保愛說，見梁啓雄荀子簡釋頁76 |
| 86 | 履天（下）〔子〕之籍 8/27/15 | 王念孫說，見讀書雜志總頁661 |
| 87 | 變勢次序〔之〕節然也 8/27/22 | 王引之說，見王念孫讀書雜志總頁661 |
| 88 | （之）〔貴〕道誠存也 8/28/3 | 群書治要卷子本卷38頁16 |
| 89 | 有所（正）〔止〕矣 8/28/18 | 王念孫說，見讀書雜志總頁664 |
| 90 | 不卹是非、然不（然）之情 8/28/20 | 王引之說，見王念孫讀書雜志總頁664 |
| 91 | 若夫（譎）〔譎〕德而定次 8/28/21 | 王念孫說，見讀書雜志總頁664 |
| 92 | 言必（治當）〔當理〕 8/29/2 | 群書治要卷子本卷38頁18 |
| 93 | （行事）〔事行〕失中謂之姦事 8/29/5 | 王念孫說，見讀書雜志總頁664 |
| 94 | 是杅杅亦（當）〔富〕人已 8/29/20 | 王先謙荀子集解頁127 |
| 95 | 遵（道）〔遁〕則積 8/29/23 | 王念孫說，見讀書雜志總頁666 |
| 96 | 務積德於身而處之以遵（道）〔遁〕 8/30/1 | 王念孫說，見讀書雜志總頁666 |
| 97 | 故（不）能小而事大 8/30/7 | 王先謙荀子集解頁129 |
| 98 | 億萬之眾而（博）〔摶〕若一人 8/30/16 | 王念孫說，見讀書雜志總頁667 |
| 99 | （分分）〔介介〕兮其有終始也 8/30/19 | 王念孫說，見讀書雜志總頁667 |
| 100 | 脩脩兮其（用）統類之行也 8/31/1 | 王引之說，見王念孫讀書雜志總頁668 |
| 101 | （如是） 8/31/2 | 王念孫說，見讀書雜志總頁667 |
| 102 | （則可謂聖人矣） 8/31/3 | 王念孫說，見讀書雜志總頁667 |
| 103 | 盡善挾（洽）〔治〕之謂神 8/31/3 | 王念孫說，見讀書雜志總頁751 |
| 104 | 〔曷謂固〕 8/31/4 | 王引之說，見王念孫讀書雜志總頁751 |
| 105 | 〔曰〕 8/31/4 | 王引之說，見王念孫讀書雜志總頁751 |
| 106 | 故《詩》、《書》、《禮》、《樂》之〔道〕歸是矣 8/31/5 | 劉台拱說，見王先謙荀子集解頁133 |
| 107 | 至（氾）〔氾〕而汎 8/31/16 | 汪中說，見王念孫讀書雜志總頁668 |
| 108 | （厭旦）〔旦厭〕於牧之野 8/31/19 | 俞樾諸子平議頁244 |
| 109 | 然而不知惡（者） 8/32/18 | 王念孫說，見讀書雜志總頁668-669 |
| 110 | （偯）〔億〕然若終身之虜而不敢有他志 8/32/21 | 王念孫說，見讀書雜志總頁669 |
| 111 | 人無師法則隆（情）〔性〕矣 8/33/18 | 盧文弨、謝墉校本卷4頁15b總頁170 |
| 112 | 有師法則隆（性）〔積〕矣 8/33/19 | 盧文弨、謝墉校本卷4頁15b總頁170 |
| 113 | 所得乎（情）〔積〕 8/33/19 | 荀子楊倞注、王念孫說，見讀書雜志總頁670 |
| 114 | 〔性〕不足以獨立而治 8/33/20 | 王念孫說，見讀書雜志總頁670 |
| 115 | （情）〔積〕也者、非吾所有也 8/33/20 | 荀子楊倞注、王念孫說，見讀書雜志總頁670 |
| 116 | 然而可爲（乎）〔也〕 8/34/1 | 盧文弨、謝墉校本卷4頁16a總頁171 |
| 117 | 〔是〕王者之政也 9/35/8 | 王念孫說，見讀書雜志總頁671 |
| 118 | 故公平者、（職）〔聽〕之衡也 9/35/17 | 劉台拱說，見王先謙荀子集解頁151 |
| 119 | 〔而〕亂生乎小人 9/35/20 | 群書治要卷子本卷38頁19 |
| 120 | 然后君子安位〔矣〕 9/36/7 | 群書治要卷子本卷38頁20 |
| 121 | 未及爲政（者）也 9/36/15 | 王念孫說，見讀書雜志總頁672 |
| 122 | 未及脩禮（者）也 9/36/16 | 王念孫說，見讀書雜志總頁672 |
| 123 | 是（以）大者之所以反削也 9/37/1 | 俞樾諸子平議頁248 |
| 124 | 知彊（大）〔道〕者不務彊也 9/37/2 | 王引之說，見王念孫讀書雜志總頁673 |
| 125 | 則諸侯疏（之）矣 9/37/8 | 王念孫說，見讀書雜志總頁673 |
| 126 | 天下無王（霸）主 9/37/10 | 王念孫說，見讀書雜志總頁674 |

| 編號 | 原句 / 位置（章/頁/行） | 校改依據 |
|---|---|---|
| 127 | 王者之〔法〕 9/38/9 | 王念孫說，見讀書雜志總頁674-675 |
| 128 | 東海則有紫、（紶）〔綌〕、魚、鹽焉 9/38/15 | 王引之說，見王念孫讀書雜志總頁752 |
| 129 | 君子（之始）也 9/39/3 | 王引之說，見王念孫讀書雜志總頁752 |
| 130 | 故喪祭、朝聘、（師旅）一也 9/39/6 | 王引之說，見王念孫讀書雜志總頁752 |
| 131 | （以）義 9/39/11 | 王念孫說，見讀書雜志總頁675 |
| 132 | 塞（備）〔滿〕天地之閒 9/39/23 | 王引之說，見王念孫讀書雜志總頁676 |
| 133 | 養山林、藪澤、草木、魚鱉、百（索）〔素〕 9/40/5 | 王引之說，見王念孫讀書雜志總頁676 |
| 134 | 使（賓）〔貿〕旅安而貨財通 9/40/10 | 王引之說，見王念孫讀書雜志總頁676 |
| 135 | 使百吏（免盡）〔盡免〕而衆庶不偷 9/40/12 | 王念孫說，見讀書雜志總頁752 |
| 136 | 是非功名之所就也、非存亡安危之所（墮）〔隨〕也 9/41/1 | 俞樾諸子平議頁249 |
| 137 | 存亡安危之所（墮）〔隨〕 9/41/2 | 俞樾諸子平議頁249 |
| 138 | 以觀夫暴國之相（卒）〔捽〕也 9/41/4 | 俞樾諸子平議頁250 |
| 139 | 而兵剸天下〔之〕勁矣 9/41/5 | 王先謙荀子集解頁172 |
| 140 | 案（然）脩仁義 9/41/5 | 俞樾諸子平議頁250 |
| 141 | 〔天下〕莫不願 9/41/16 | 陶鴻慶讀諸子札記頁230 |
| 142 | 立身則輕（楛）〔楛〕 9/42/3 | 盧文弨、謝墉校本卷5頁16b總頁208 |
| 143 | （人）之所以接下之人百姓者 9/42/5 | 盧文弨、謝墉校本卷5頁16b總頁208 |
| 144 | 不善擇〔之〕者亡 9/42/7 | 盧文弨、謝墉校本卷5頁17a總頁209 |
| 145 | 而善臧其餘〔也〕 10/42/23 | 群書治要卷子本卷38頁22 |
| 146 | 夫君子奚患乎無餘〔也〕 10/42/25 | 群書治要卷子本卷38頁22 |
| 147 | 夫是之謂以政裕民〔也〕 10/43/6 | 群書治要卷子本卷38頁23 |
| 148 | 或佚（或）樂 10/43/12 | 王念孫說，見讀書雜志總頁678 |
| 149 | 或劬（或）勞 10/43/12 | 王念孫說，見讀書雜志總頁678 |
| 150 | 固以爲（王）〔一〕天下 10/43/19 | 王先謙荀子集解頁180 |
| 151 | 爲之出死斷亡而〔不〕愉者 10/44/1 | 王念孫說，見讀書雜志總頁678 |
| 152 | （掩）〔撩〕地表畝 10/44/15 | 王引之說，見王念孫讀書雜志總頁752 |
| 153 | 是天（下）之事也 10/44/17 | 王念孫說，見讀書雜志總頁679 |
| 154 | 夏日則與之（爪）〔瓜〕麩 10/46/6 | 王先謙荀子集解頁189 |
| 155 | 是又（不可）偷偏者也 10/46/9 | 王先謙荀子集解頁189 |
| 156 | （徒）〔徙〕壞墮落 10/46/9 | 王先謙荀子集解頁189 |
| 157 | 爲之出死斷亡而〔不〕愉者 10/46/13 | 王念孫說，見讀書雜志總頁678 |
| 158 | 速乎急疾〔矣〕 10/46/15 | 王念孫說，見讀書雜志總頁679 |
| 159 | 威乎刑罰〔矣〕 10/46/16 | 王念孫說，見讀書雜志總頁679 |
| 160 | 其防表明〔也〕 10/47/1 | 群書治要卷子本卷38頁28 |
| 161 | 是闇（王）〔主〕已 10/47/11 | 盧文弨、謝墉校本卷6頁13a總頁235 |
| 162 | 凡主相臣下百吏之（俗）〔屬〕 10/47/11 | 俞樾諸子平議頁251 |
| 163 | 上好（攻取）功則國貧 10/47/20 | 王念孫說，見讀書雜志總頁680 |
| 164 | 夫是之謂至（貪）〔貧〕 10/48/5 | 王先謙荀子集解頁195 |
| 165 | 是愚（王）〔主〕之極也 10/48/5 | 盧文弨、謝墉校本卷6頁15a總頁239 |
| 166 | 其所以（夫）〔失〕之一也 10/48/6 | 盧文弨、謝墉校本卷6頁15a總頁239 |
| 167 | 則（忿之）〔爲忿〕者不攻也 10/48/15 | 王引之說，見王念孫讀書雜志總頁681 |
| 168 | （君）〔若〕盧屋妾 10/49/3 | 劉台拱說，見王先謙荀子集解頁200 |
| 169 | 則不足以（爲）持國安身 10/49/4 | 王念孫說，見王先謙荀子集解頁201 |

| 編號 | 原句 / 位置（章/頁/行） | 校改依據 |
|---|---|---|
| 170 | 〔之〕所與爲之者之人 11/49/17 | 王先謙荀子集解頁203 |
| 171 | 〔之〕所以爲布陳於國家刑法者 11/49/18 | 王先謙荀子集解頁203 |
| 172 | （主）之所極然帥群臣而首鄉之者 11/49/18 | 王引之說，見王念孫讀書雜志總頁682 |
| 173 | 〔啖啖〕然常欲人之有 11/50/11 | 王念孫說，見讀書雜志總頁683 |
| 174 | 錯（之）險則危 11/50/20 | 王念孫說，見讀書雜志總頁683 |
| 175 | 則亦王〔矣〕 11/50/22 | 群書治要卷子本卷38頁32 |
| 176 | 則亦霸〔矣〕 11/51/1 | 群書治要卷子本卷38頁32 |
| 177 | 則亦亡〔矣〕 11/51/1 | 群書治要卷子本卷38頁32 |
| 178 | 是（憚憚）〔嬋嬋〕 11/51/4 | 郝懿行說，見王先謙荀子集解頁208 |
| 179 | 改（王）〔玉〕改行也 11/51/5 | 荀子楊倞注、王念孫說，見讀書雜志總頁683 |
| 180 | （故）一朝之日也 11/51/5 | 王念孫說，見讀書雜志總頁683 |
| 181 | 闇君者必將（急）〔荒〕逐樂而緩治國 11/52/5 | 王念孫說，見讀書雜志總頁684 |
| 182 | 一日而曲（列）〔別〕之 11/52/8 | 王念孫說，見讀書雜志總頁684 |
| 183 | 則〔功〕一天下 11/52/10 | 王引之說，見王念孫讀書雜志總頁684 |
| 184 | （人）〔之〕主者、守至約而詳 11/52/10 | 王念孫說，見讀書雜志總頁684 |
| 185 | 人主胡不廣焉無邮親疏、無（偏）〔倫〕貴賤 11/53/22 | 王念孫說，見讀書雜志總頁685 |
| 186 | 則人臣輕職（業）讓賢而安隨其後〔矣〕 11/53/23 | 王念孫說，見讀書雜志總頁685、群書治要卷子本卷38頁37 |
| 187 | 則（禹、舜）〔舜、禹〕還至 11/53/23 | 王先謙荀子集解頁218 |
| 188 | （在）下偏而國危 11/54/5 | 王念孫說，見讀書雜志總頁753 |
| 189 | 桀、紂即（序）〔厚〕於有天下之勢 11/54/8 | 王念孫說，見讀書雜志總頁685 |
| 190 | 是百王之所（以）同也 11/54/13 | 王念孫說，見讀書雜志總頁685-686 |
| 191 | 以是（用）〔周〕挾於萬物 11/54/17 | 王念孫說，見讀書雜志總頁686 |
| 192 | 莫得不循乎制（度數）〔數度〕量 11/54/18 | 王念孫說，見讀書雜志總頁686 |
| 193 | 成王用周公（且）〔旦〕 11/55/1 | 王先謙荀子集解頁222 |
| 194 | 百姓莫敢不敬分安制以（禮）化其上 11/55/8 | 王念孫說，見讀書雜志總頁686 |
| 195 | 〔過〕、猶不及也 11/55/13 | 王念孫說，見讀書雜志總頁686 |
| 196 | 主好詳則百事荒〔矣〕 11/55/16 | 群書治要卷子本卷38頁39 |
| 197 | 所以接（天）下之人百姓〔者〕 11/55/25 | 王念孫說，見讀書雜志總頁686、群書治要卷子本卷38頁40 |
| 198 | （適）人之所以來我也 11/56/4 | 王念孫說，見讀書雜志總頁687 |
| 199 | 則士大夫莫不（敬）〔敄〕節死制者矣 11/56/16 | 王引之說，見王念孫讀書雜志總頁687 |
| 200 | 則商旅安、貨（通財）〔財通〕 11/56/21 | 王念孫說，見讀書雜志總頁687 |
| 201 | 〔而〕無貪利之心 12/57/16 | 群書治要卷子本卷38頁42 |
| 202 | 明達（用）〔周〕天地、理萬變而不疑 12/58/6 | 王念孫說，見讀書雜志總頁688 |
| 203 | 〔民者、景也〕 12/58/10 | 王念孫說，見讀書雜志總頁689 |
| 204 | 民（之）不親不愛 12/58/15 | 王念孫說，見讀書雜志總頁689 |
| 205 | 敵至而求無危削、（不）滅亡 12/58/17 | 王念孫說，見讀書雜志總頁689 |
| 206 | 而求安樂是〔聞〕 12/58/18 | 王念孫說，見讀書雜志總頁689 |
| 207 | 〔不亦難乎〕 12/58/18 | 王念孫說，見讀書雜志總頁689 |
| 208 | 〔是〕狂生者也 12/58/18 | 王念孫說，見讀書雜志總頁689 |
| 209 | 狂生者不胥時而（樂）〔落〕 12/58/18 | 淮南子・說林總頁520 |
| 210 | 欲脩政美（國）〔俗〕 12/59/1 | 王念孫說，見讀書雜志總頁689 |

| 編號 | 原句 / 位置（章/頁/行） | 校改依據 |
|---|---|---|
| 211 | 然而（于是）〔是子〕獨好之 12/59/3 | 王念孫說，見讀書雜志總頁689 |
| 212 | 以天下之民莫（欲）〔爲〕之也 12/59/3 | 王念孫說，見讀書雜志總頁689 |
| 213 | 然而（于是）〔是子〕獨爲之 12/59/4 | 王念孫說，見讀書雜志總頁689 |
| 214 | 然而（于是）〔是子〕（獨）猶將爲之也 12/59/4 | 王念孫說，見讀書雜志總頁690 |
| 215 | 是其人（者）也 12/59/6 | 王念孫說，見讀書雜志總頁690 |
| 216 | 君〔之所〕道也 12/59/11 | 王念孫說，見讀書雜志總頁690 |
| 217 | 皆使（其）人載其事而各得其所宜 12/59/18 | 王念孫說，見讀書雜志總頁690 |
| 218 | 重味而（成）（珍備）〔備珍〕〔怪〕 12/60/3 | 俞樾諸子平議頁254 |
| 219 | 賞（克）〔免〕罰偷則民不怠 12/60/10 | 王念孫說，見讀書雜志總頁690 |
| 220 | 故職分而民不（探）〔慢〕 12/60/14 | 王念孫說，見讀書雜志總頁690 |
| 221 | 循（乎）道之人 12/61/2 | 王念孫說，見讀書雜志總頁690 |
| 222 | 人主欲得善射〔射〕遠中微者 12/61/13 | 群書治要卷子本卷38頁47 |
| 223 | 〔則〕縣貴爵重賞以招致之 12/61/13 | 韓詩外傳第4.15章 |
| 224 | 欲得善馭〔及〕速致遠者 12/61/14 | 王念孫說，見讀書雜志總頁691 |
| 225 | 將內以固（誠）〔城〕 12/61/17 | 韓詩外傳第4.15章 |
| 226 | 無私人以官職事業〔者〕 12/61/21 | 韓詩外傳第4.15章 |
| 227 | 滅亡無日〔矣〕 12/62/1 | 韓詩外傳第4.15章 |
| 228 | 〔故惟明主能愛其所愛〕 12/62/2 | 韓詩外傳第4.15章 |
| 229 | 〔闇主則必危其所愛〕 12/62/2 | 韓詩外傳第4.15章 |
| 230 | 非（于是）〔是子〕莫足以舉之 12/62/6 | 王先謙荀子集解頁243 |
| 231 | 故舉（于是）〔是子〕而用之 12/62/6 | 王先謙荀子集解頁243 |
| 232 | 其（辨）〔辯〕說足以解煩 12/62/21 | 王先謙荀子集解頁244 |
| 233 | 不還（秩）〔私〕 12/62/22 | 王念孫說，見讀書雜志總頁691 |
| 234 | 一（內）〔日〕而曲辨之 12/63/10 | 王念孫說，見讀書雜志總頁684 |
| 235 | 從命而不利君謂之（諂）〔諂〕 13/63/28 | 盧文弨、謝墉校本卷9頁3a總頁313 |
| 236 | 故明主好同而闇（王）〔主〕好獨 13/64/12 | 盧文弨、謝墉校本卷9頁4a總頁315 |
| 237 | 無（諂）〔諂〕諛 13/64/16 | 盧文弨、謝墉校本卷9頁4a總頁315 |
| 238 | 諫諍而不（諂）〔諂〕 13/64/22 | 盧文弨、謝墉校本卷9頁5a總頁317 |
| 239 | 故君子安禮樂（利）〔樂〕 13/65/22 | 王念孫說，見讀書雜志總頁694 |
| 240 | 然後（士）〔出〕其刑賞而還與之 14/66/12 | 王引之說，見王念孫讀書雜志總頁694 |
| 241 | 而在乎〔不〕誠必用賢 14/67/3 | 王念孫說，見讀書雜志總頁695 |
| 242 | 凡用兵攻戰之本在乎壹民〔也〕 15/68/6 | 群書治要卷子本卷38頁54 |
| 243 | 故兵要在乎（善）附民而已 15/68/8 | 王念孫說，見讀書雜志總頁695 |
| 244 | 〔夫〕兵之所貴者埶利也 15/68/9 | 新序・雜事三第3.2章、韓詩外傳第3.36章 |
| 245 | （滑）〔渙〕然有離德者也 15/68/13 | 王引之說，見王念孫讀書雜志總頁753 |
| 246 | 〔若〕以指撓沸 15/68/14 | 群書治要卷子本卷38頁55 |
| 247 | 若子之事父、弟之事兄〔也〕 15/68/15 | 新序・雜事三第3.2章 |
| 248 | 和（傳）〔摶〕而一 15/69/2 | 王念孫說，見讀書雜志總頁667 |
| 249 | 案（角）鹿埵、隴種、東籠而退耳 15/69/4 | 劉台拱說，見王先謙荀子集解頁269 |
| 250 | 〔民〕不齊者弱 15/69/17 | 王念孫說，見讀書雜志總頁696 |
| 251 | 是〔其氣力〕數年而衰而〔復利〕未可奪也 15/70/2 | 漢書・形法志頁1086、資治通鑑・秦紀一・昭襄王五十二年頁191 |
| 252 | 〔將〕所以不受命於主有三 15/71/2 | 資治通鑑・秦紀一・昭襄王五十二年頁193 |

| 編號 | 原句 / 位置(章/頁/行) | 校改依據 |
| --- | --- | --- |
| 253 | (失)〔夫〕是之謂大吉 15/71/5 | 盧文弨、謝墉校本卷10頁9b總頁348 |
| 254 | 遠方慕其(德)〔義〕 15/71/26 | 王念孫說，見讀書雜志總頁697 |
| 255 | 所以得(夫)〔天〕下也 15/72/9 | 韓詩外傳第4.10章、史記・禮書頁1164 |
| 256 | 不由〔之〕 15/72/10 | 韓詩外傳第4.10章、史記・禮書頁1164 |
| 257 | 故堅甲利兵不足以爲(勝)〔武〕 15/72/10 | 韓詩外傳第4.10章 |
| 258 | 爲炮(烙)〔格〕〔之〕刑 15/72/20 | 韓詩外傳第4.10章、段玉裁說，見王念孫讀書雜志頁698 |
| 259 | 然而國晏然不畏外而(明)(內)〔固〕者 15/73/5 | 王念孫說，見讀書雜志總頁698 |
| 260 | 明道而(分鈞)〔鈞分〕之 15/73/5 | 王念孫說，見讀書雜志總頁698 |
| 261 | 〔則〕下之和上也如影(鄉)〔響〕 15/73/6 | 韓詩外傳第4.10章、史記・禮書頁1166 |
| 262 | 然后(誅)〔俟〕之以刑 15/73/7 | 王念孫說，見讀書雜志總頁699 |
| 263 | 是故刑罰省而威〔行如〕流 15/73/8 | 韓詩外傳第4.10章、史記・禮書頁1167 |
| 264 | 其所以接下之〔人〕百姓者 15/73/12 | 王念孫說，見讀書雜志總頁699 |
| 265 | 焉慮率用賞慶、刑罰、埶詐、(除)〔險〕阸其下 15/73/12 | 王念孫說，見讀書雜志總頁699 |
| 266 | 然後百姓曉然皆知(脩)〔循〕上之法 15/74/1 | 王念孫說，見讀書雜志總頁700 |
| 267 | 則必發夫(掌)〔稟〕窌之粟以食之 15/74/14 | 王引之說，見王念孫讀書雜志總頁701 |
| 268 | 然而〔其〕禁暴也察 16/75/15 | 韓詩外傳第6.26章 |
| 269 | 執拘則(最)〔取〕 16/75/17 | 王引之說，見王念孫讀書雜志總頁701 |
| 270 | 子發將(西)〔而〕伐蔡 16/76/1 | 王念孫說，見讀書雜志總頁701 |
| 271 | 好利之民莫不願以(爲)齊爲歸 16/76/19 | 盧文弨、謝墉校本卷11頁5a總頁375 |
| 272 | (曷若)兩者孰足爲也 16/76/23 | 王念孫說，見讀書雜志總頁702 |
| 273 | (天)〔夫〕桀、紂 16/76/24 | 王先謙荀子集解頁297 |
| 274 | (汗)〔汙〕漫、爭奪、貪利是也 16/77/3 | 王先謙荀子集解頁298 |
| 275 | 所以養生、(安樂)〔樂安〕者莫大乎禮義 16/77/12 | 王念孫說，見讀書雜志總頁702 |
| 276 | 諰諰〔然〕常恐天下之一合而軋己也 16/77/17 | 王先謙荀子集解頁300 |
| 277 | 〔此所謂廣大乎舜、禹也〕 16/78/3 | 汪中說，見王念孫讀書雜志總頁703 |
| 278 | 諰諰〔然〕常恐天下之一合而軋己也 16/78/4 | 王先謙荀子集解頁302 |
| 279 | (此所謂廣大乎舜、禹也) 16/78/4 | 汪中說，見王念孫讀書雜志總頁703 |
| 280 | (而)聽咸陽 16/78/6 | 盧文弨、謝墉校本卷11頁9a總頁383 |
| 281 | 則雖爲之築明堂(於塞外)而朝諸侯 16/78/7 | 荀子楊倞注、王念孫說，見讀書雜志總頁703 |
| 282 | 可以時(託)〔記〕也 16/78/24 | 俞樾諸子平議頁264 |
| 283 | 王者之功名不可勝〔數〕 16/78/24 | 王念孫說，見讀書雜志總頁703 |
| 284 | 〔可以〕日志也 16/78/25 | 俞樾諸子平議頁264 |
| 285 | 則郊草不(瞻曠)芸 16/79/11 | 王念孫說，見讀書雜志總頁703 |
| 286 | (脩)〔循〕道而不(貳)〔貣〕 17/79/17 | 王念孫說，見讀書雜志總頁703 |
| 287 | 故水旱不能使之飢(渴) 17/79/18 | 劉台拱說，見王先謙荀子集解頁307-308 |
| 288 | 祅怪未(至)〔生〕而凶 17/79/20 | 王念孫說，見讀書雜志總頁704 |
| 289 | 夫是之謂天〔功〕 17/80/6 | 荀子楊倞注、王念孫說，見讀書雜志總頁704 |
| 290 | 已其見(知)〔和〕之可以治者矣 17/80/19 | 荀子楊倞注、王念孫說，見讀書雜志總頁704 |

| 編號 | 原句 / 位置（章/頁/行） | 校改依據 |
|---|---|---|
| 291 | 〔禮義之不愆〕 17/81/2 | 俞樾諸子平議頁265-266 |
| 292 | 若夫（心）〔志〕意脩 17/81/4 | 王念孫說，見讀書雜志總頁705 |
| 293 | 而慕（在其）〔其在〕天者 17/81/7 | 王先謙荀子集解頁312 |
| 294 | 夫是之謂人祆〔也〕 17/82/1 | 群書治要卷子本卷38頁59 |
| 295 | 無安國〔矣〕 17/82/1 | 群書治要卷子本卷38頁59 |
| 296 | 書不說〔也〕 17/82/2 | 韓詩外傳第2.6章 |
| 297 | 棄而不治〔也〕 17/82/3 | 群書治要卷子本卷38頁60 |
| 298 | 珠玉不（睹）〔睹〕乎外 17/82/11 | 王念孫說，見讀書雜志總頁706 |
| 299 | 孰與物畜而（制）〔裁〕之 17/82/15 | 王念孫說，見讀書雜志總頁706 |
| 300 | 望時而（侍）〔待〕之 17/82/15 | 盧文弨、謝墉校本卷11頁18a總頁401 |
| 301 | 孰與（聘）〔騁〕能而化之 17/82/16 | 盧文弨、謝墉校本卷11頁18b總頁402 |
| 302 | （水行）〔行水〕者表深 17/82/22 | 俞樾諸子平議頁267 |
| 303 | 則上下無以相（有）〔胥〕也 18/83/12 | 王先謙荀子集解頁321 |
| 304 | 惡之者衆則危〔矣〕 18/83/20 | 群書治要卷子本卷38頁61 |
| 305 | 親有天下之籍則（不）然 18/83/24 | 王引之說，見王念孫讀書雜志總頁707 |
| 306 | 則（天下）未嘗有說也 18/84/12 | 王念孫說，見讀書雜志總頁707 |
| 307 | 其行（之）爲至亂也 18/84/15 | 王引之說，見王念孫讀書雜志總頁708 |
| 308 | 桀、紂（者）〔是〕也 18/84/18 | 王先謙荀子集解頁325 |
| 309 | 故可以有奪（人）國 18/84/19 | 王先謙荀子集解頁326 |
| 310 | 不可以有奪（人）天下 18/84/19 | 王先謙荀子集解頁326 |
| 311 | （可以）奪之者可以有國 18/84/20 | 王念孫說，見讀書雜志總頁708 |
| 312 | 〔而〕不可以有天下 18/84/21 | 王先謙荀子集解頁326 |
| 313 | 〔剕〕慅嬰 18/85/5 | 王念孫說，見讀書雜志總頁708 |
| 314 | 菲、（對）〔紨〕屨 18/85/6 | 荀子楊倞注 |
| 315 | 縣之赤（旂）〔旆〕 18/85/12 | 王念孫說，見讀書雜志總頁708 |
| 316 | 是王者之（至）〔制〕也 18/86/1 | 王念孫說，見讀書雜志總頁709 |
| 317 | （圖）〔決〕德而定次 18/86/9 | 四部叢刊本舊校引別本、王念孫說，見讀書雜志總頁664 |
| 318 | 《雍》而徹〔乎〕五祀 18/86/18 | 王先謙荀子集解頁334 |
| 319 | 猶有善於是者、（與不）〔不與〕 18/87/2 | 俞樾諸子平議頁268 |
| 320 | （至）天下之善教化者也 18/87/8 | 準上文文例刪 |
| 321 | 不能以撥弓、曲矢中〔微〕18/87/11 | 陳奐說，見王念孫讀書雜志總頁710 |
| 322 | （足）則以重有餘也 18/87/19 | 盧文弨說，見王念孫讀書雜志總頁710 |
| 323 | 皆使（當）〔富〕厚、優猶（不）知足 18/87/19 | 荀子楊倞注、王念孫說，見讀書雜志總頁710 |
| 324 | 故不扣〔也〕 18/88/6 | 王先謙荀子集解頁340 |
| 325 | （是）〔莫〕非以聖王爲師 18/88/23 | 王引之說，見王念孫讀書雜志總頁753 |
| 326 | 將使人知情（欲之）〔之欲〕寡也 18/89/12 | 荀子楊倞注、王念孫說，見讀書雜志總頁754 |
| 327 | 今子宋子以（是）〔人〕之情爲欲寡而不欲多也 18/89/18 | 王念孫說，見讀書雜志總頁754 |
| 328 | 成文（曲）〔典〕 18/89/20 | 王念孫說，見讀書雜志總頁711 |
| 329 | 五味調（香）〔盉〕 19/90/6 | 王念孫說，見讀書雜志總頁711 |
| 330 | 寢兕、（持）〔特〕虎、蛟韅、絲末、彌龍 19/90/13 | 段玉裁說，見王念孫讀書雜志總頁712 |

| 編號 | 原句 / 位置（章/頁/行） | 校改依據 |
|---|---|---|
| 331 | 故大路之馬必（倍）〔信〕至教順然後乘之 19/90/13 | 史記・禮書頁1162 |
| 332 | （居）若者必危 19/90/16 | 盧文弨、謝墉校本卷13頁3a總頁449 |
| 333 | 所以別〔尊卑〕 19/91/2 | 大戴禮記・禮三本第1.4章 |
| 334 | 故有天下者事（十）〔七〕世 19/91/3 | 荀子楊倞注、王先謙荀子集解頁351 |
| 335 | 俎〔尚〕生魚 19/91/7 | 史記・禮書頁1168 |
| 336 | 〔大〕饗、尚玄尊而用酒醴 19/91/7 | 史記・禮書頁1168、大戴禮記・禮三本第1.4章 |
| 337 | 〔食〕、先黍稷而飯稻（梁）〔粱〕 19/91/8 | 史記・禮書頁1169、大戴禮記・禮三本第1.4章 |
| 338 | 祭、齊〔先〕大羹而飽庶羞 19/91/8 | 史記・禮書頁1169 |
| 339 | 以歸（大）〔太〕一 19/91/9 | 史記・禮書頁1169、大戴禮記・禮三本第1.4章 |
| 340 | 〔大〕昏之未發齊也 19/91/11 | 史記・禮書頁1169、大戴禮記・禮三本第1.4章 |
| 341 | 哭之不（文）〔反〕也 19/91/13 | 盧文弨說，見王先謙荀子集解頁354 |
| 342 | 尚拊（之）膈 19/92/1 | 王先謙荀子集解頁355 |
| 343 | 復情以歸（大）〔太〕一也 19/92/4 | 史記・禮書頁1170、大戴禮記・禮三本第1.4章 |
| 344 | （貳）〔貣〕之則喪也 19/92/6 | 王念孫說，見讀書雜志總頁703 |
| 345 | 然而不法禮、不（足）〔是〕禮 19/92/16 | 王念孫說，見讀書雜志總頁754 |
| 346 | 法禮、（足）〔是〕禮 19/92/16 | 王念孫說，見讀書雜志總頁754 |
| 347 | 加好〔之〕者焉 19/92/18 | 王先謙荀子集解頁357 |
| 348 | 故天子棺槨（十）〔七〕重 19/93/11 | 王引之說，見王念孫讀書雜志總頁754 |
| 349 | 然後皆有衣（衾）〔食〕多少厚薄之數 19/93/12 | 盧文弨說，見王念孫讀書雜志總頁713 |
| 350 | 然後月朝卜（日）〔宅〕 19/93/23 | 王引之說，見王念孫讀書雜志總頁713-714 |
| 351 | 月夕卜（宅）〔日〕 19/93/23 | 王引之說，見王念孫讀書雜志總頁713-714 |
| 352 | 麤（衰）〔惡〕、哭泣、憂戚 19/94/10 | 王念孫說，見讀書雜志總頁714 |
| 353 | 芻豢、稻粱、酒醴、（餰鬻）〔魚肉〕 19/94/16 | 俞樾諸子平議頁272 |
| 354 | （魚肉）〔餰鬻〕 19/94/16 | 俞樾諸子平議頁272 |
| 355 | 菽藿、（酒）〔水〕漿 19/94/16 | 王念孫說，見讀書雜志總頁714 |
| 356 | （卑）〔弁〕絻、黼黻、文織 19/94/17 | 王念孫說，見讀書雜志總頁714-715 |
| 357 | 薄器不成（內）〔用〕 19/95/10 | 荀子楊倞注、王念孫說，見讀書雜志總頁715 |
| 358 | （竿）〔竽〕笙具而不和 19/95/11 | 盧文弨、謝墉校本卷13頁15a總頁473 |
| 359 | 不能（養）〔食〕之 19/97/9 | 王念孫說，見讀書雜志總頁716 |
| 360 | 祭者、志意思慕之（情）〔積〕也 19/97/20 | 王念孫說，見讀書雜志總頁716 |
| 361 | 則其於志意之（情）〔積〕者 19/97/21 | 王念孫說，見讀書雜志總頁716 |
| 362 | 祭者、志意思慕之（情）〔積〕也 19/98/1 | 王念孫說，見讀書雜志總頁716 |
| 363 | 《汋》、《桓》、《箾》、（《簡》）、《象》 19/98/4 | 王念孫說，見讀書雜志總頁716 |
| 364 | 聲音、動靜、生術之變盡〔於〕是矣 20/98/15 | 史記・樂書頁1220 |
| 365 | 使其文足以辨而不（諰）〔諰〕 20/98/17 | 盧文弨說，見王念孫讀書雜志總頁716 |

| 編號 | 原句 / 位置（章/頁/行） | 校改依據 |
|---|---|---|
| 366 | 先王〔之〕喜怒皆得其齊焉 20/99/10 | 史記・樂書頁1221、禮記・樂記第19.28章 |
| 367 | 竽笙（簫）〔肅〕和 20/100/19 | 王引之說，見王念孫讀書雜志總頁717 |
| 368 | 塤（箎）〔篪〕翁博 20/100/19 | 盧文弨、謝墉校本卷14頁4a總頁495 |
| 369 | 竽笙（簫和）、〔筦〕籥似星辰日月 20/101/1 | 王引之說，見王念孫讀書雜志總頁717、盧文弨、謝墉校本卷14頁4b總頁496 |
| 370 | 眾積意（譁譁）〔譁譁〕乎 20/101/3 | 盧文弨、謝墉校本卷14頁4b總頁496 |
| 371 | 〔孔子曰〕 20/101/6 | 盧文弨說，見王念孫讀書雜志總頁717 |
| 372 | 不酢而〔降〕 20/101/12 | 盧文弨、謝墉校本卷14頁5a總頁497、王念孫說，見讀書雜志總頁717 |
| 373 | 終於沃〔洗〕者焉 20/101/17 | 盧文弨、謝墉校本卷14頁5a總頁497、王念孫說，見讀書雜志總頁717 |
| 374 | 是以與治（雖）〔離〕走而是己不輟也 21/102/8 | 王念孫說，見讀書雜志總頁718 |
| 375 | 桀死於（亭）〔鬲〕山 21/102/17 | 王念孫說，見讀書雜志總頁718 |
| 376 | 其聲若（蕭）〔簫〕 21/102/22 | 盧文弨、謝墉校本卷15頁3a總頁503 |
| 377 | 有（鳳）〔凰〕有（凰）〔鳳〕 21/102/23 | 王念孫說，見讀書雜志總頁718 |
| 378 | 而不（知）合於道人 21/103/20 | 俞樾諸子平議頁277 |
| 379 | （曰） 21/103/21 | 俞樾諸子平議頁278 |
| 380 | 不以（已所）〔所已〕臧害所將受謂之虛 21/104/1 | 王念孫說，見讀書雜志總頁719 |
| 381 | 〔虛〕則（人）〔入〕 21/104/5 | 王引之說，見王念孫讀書雜志總頁719 |
| 382 | 〔壹〕則盡 21/104/5 | 王引之說，見王念孫讀書雜志總頁719 |
| 383 | （盡）將思道者〔之〕靜 21/104/5 | 王引之說，見王念孫讀書雜志總頁719 |
| 384 | 〔靜〕則察 21/104/6 | 王引之說，見王念孫讀書雜志總頁719 |
| 385 | 〔夫〕是之謂大人 21/104/10 | 盧文弨、謝墉校本卷15頁7b總頁512 |
| 386 | 其（情）〔精〕之至也不貳 21/104/13 | 王先謙荀子集解頁398 |
| 387 | （貳）〔貣〕則疑惑 21/104/15 | 王念孫說，見讀書雜志總頁704 |
| 388 | 精於道〔者〕也 21/105/1 | 盧文弨、謝墉校本卷15頁8b總頁514 |
| 389 | 〔非〕精於物者也 21/105/1 | 俞樾諸子平議頁278 |
| 390 | 則足以見鬚眉而察〔膚〕理矣 21/105/5 | 郝懿行說，見王先謙荀子集解頁401 |
| 391 | 則不足以決（麤）〔庶〕理矣 21/105/8 | 盧文弨、謝墉校本卷15頁9b總頁516 |
| 392 | （乘）〔桑〕杜作乘馬 21/105/11 | 王念孫說，見讀書雜志總頁721 |
| 393 | 必以其感忽之閒、疑玄之時（正）〔定〕之 21/106/14 | 王念孫說，見讀書雜志總頁721 |
| 394 | （類）以務象效其人 21/106/23 | 王念孫說，見讀書雜志總頁721 |
| 395 | 則謂之（懼）〔攫〕 21/107/1 | 王引之說，見王念孫讀書雜志總頁721 |
| 396 | 故析辭擅作（名）以亂正名 22/108/4 | 王念孫說，見讀書雜志總頁722 |
| 397 | 易使則（公）〔功〕 22/108/6 | 顧千里說，見王先謙荀子集解頁414 |
| 398 | 與所緣（有）〔以〕同異 22/108/10 | 王念孫說，見讀書雜志總頁722 |
| 399 | 異物名實（玄）〔互〕紐 22/108/12 | 王念孫說，見讀書雜志總頁722 |
| 400 | 香、臭、芬、鬱、腥、臊、（洒）〔漏〕、（酸）〔庮〕、奇臭以鼻異 22/108/17 | 荀子楊倞注、王念孫說，見讀書雜志總頁723 |
| 401 | 說、故、喜、（怨）〔怒〕、哀、樂、愛、惡、欲以心異 22/108/18 | 盧文弨、謝墉校本卷16頁4b總頁536 |
| 402 | 猶使（異）〔同〕實者莫不同名也 22/109/7 | 荀子楊倞注、王念孫說，見讀書雜志總頁 |

| 編號 | 原句 / 位置（章/頁/行） | 校改依據 |
|---|---|---|
| | | 723 |
| 403 | 有時而欲（徧）〔偏〕舉之 22/109/8 | 俞樾諸子平議頁281 |
| 404 | 約之以命（實） 22/109/10 | 王念孫說，見讀書雜志總頁724 |
| 405 | 驗之所（以）爲有名而觀其孰行 22/109/17 | 王引之說，見王念孫讀書雜志總頁755 |
| 406 | 驗之所緣（無）以同異而觀其孰調 22/109/18 | 王引之說，見王念孫讀書雜志總頁755 |
| 407 | 辭也者、兼異實之名以（論）〔諭〕一意也 22/110/5 | 王念孫說，見讀書雜志總頁724 |
| 408 | 是（以）聖人之辨說也 22/110/11 | 盧文弨、謝墉校本卷16頁9a總頁545 |
| 409 | 不（治）〔冶〕觀者之耳目 22/110/15 | 王念孫說，見讀書雜志總頁725 |
| 410 | 不賂貴〔者〕之權埶 22/110/15 | 盧文弨、謝墉校本卷16頁9b總頁546 |
| 411 | （吐）〔咄〕而不奪 22/110/16 | 俞樾諸子平議頁282 |
| 412 | 〔性之具也〕 22/111/5 | 王念孫說，見讀書雜志總頁725 |
| 413 | 〔所〕受乎心也 22/111/7 | 俞樾諸子平議頁282 |
| 414 | 制於所受乎心之多〔求〕 22/111/7 | 準文意補 |
| 415 | （性之具也） 22/111/15 | 王念孫說，見讀書雜志總頁725 |
| 416 | 故人無動而（不）可以不與權俱 22/111/24 | 王念孫說，見讀書雜志總頁725 |
| 417 | 有嘗試深觀其隱而難（其）察者 22/112/9 | 王念孫說，見讀書雜志總頁725 |
| 418 | 志輕理而不〔外〕重物者 22/112/9 | 顧千里說，見王先謙荀子集解頁431 |
| 419 | 假而得（問）〔間〕而嗛之 22/112/12 | 王念孫說，見讀書雜志總頁725 |
| 420 | （屋）〔局〕室、（廬庾）〔蘆簾〕、（葭）稾蓐、尙机筵而可以養形 22/112/19 | 王念孫說，見讀書雜志總頁726 |
| 421 | 其（和）〔私〕樂少矣 22/112/21 | 王念孫說，見讀書雜志總頁726 |
| 422 | 合於犯（分）〔文〕亂理而歸於暴 23/113/5 | 俞樾諸子平議頁285 |
| 423 | 而不察〔乎〕人（人）之性僞之分者也 23/113/16 | 盧文弨、謝墉校本卷17頁2a總頁563 |
| 424 | 不可學、不可事（而）〔之〕在人者謂之性 23/113/18 | 顧千里說，見王先謙荀子集解頁436 |
| 425 | 〔其善者僞也〕 23/113/22 | 王念孫說，見讀書雜志總頁726 |
| 426 | 然則器生於（工）〔陶〕人之僞 23/114/9 | 荀子楊倞注 |
| 427 | 謂之（生於）僞 23/114/13 | 王引之說，見王念孫讀書雜志總頁755 |
| 428 | 僞起（於信）而生禮義 23/114/14 | 王念孫說，見讀書雜志總頁726 |
| 429 | 則〔有〕惡用聖王 23/115/2 | 盧文弨、謝墉校本卷17頁5b總頁570 |
| 430 | 然而〔秦人〕於父子之義、夫婦之別不如齊、魯之孝（具）〔共〕敬（父）〔文〕者 23/116/2 | 荀子楊倞注、王念孫說，見讀書雜志總頁727 |
| 431 | （不然） 23/116/10 | 俞樾諸子平議頁286 |
| 432 | 今〔不然〕 23/116/11 | 俞樾諸子平議頁286 |
| 433 | （然則）〔則然〕 23/116/19 | 盧文弨、謝墉校本卷17頁9a總頁577 |
| 434 | 則欲與天下（同）（苦）〔共〕樂之 23/117/7 | 王念孫說，見讀書雜志總頁727 |
| 435 | 然而（前必）〔必前〕有銜轡之制 23/117/14 | 王念孫說，見讀書雜志總頁728 |
| 436 | 莫敢犯（大）上之禁 24/118/11 | 群書治要卷子本卷38頁68 |
| 437 | 天下曉然皆知夫盜竊之（人）不可以爲富也 24/118/11 | 王念孫說，見讀書雜志總頁728 |
| 438 | 皆知夫賊害之（人）不可以爲壽也 24/118/12 | 王念孫說，見讀書雜志總頁728 |
| 439 | 皆知夫〔犯〕上之禁不可以爲安也 24/118/12 | 盧文弨、謝墉校本卷17頁13b總頁586 |
| 440 | （治）世曉然皆知夫爲姦則雖隱竄逃亡之由不足以免也 24/118/14 | 王念孫說，見讀書雜志總頁756 |

| 編號 | 原句 / 位置（章/頁/行） | 校改依據 |
|---|---|---|
| 441 | 則（動）知所出矣 24/119/9 | 俞樾諸子平議頁288 |
| 442 | 愚闇愚闇墮賢（艮）〔良〕 25/120/3 | 盧文弨、謝墉校本卷18頁1a總頁593 |
| 443 | 上能尊主（愛下）〔下愛〕民 25/120/6 | 王念孫說，見讀書雜志總頁730 |
| 444 | 卑其志意、大其園囿高其臺（榭） 25/120/8 | 盧文弨、謝墉校本卷18頁2a總頁595 |
| 445 | 武王善之、封〔之〕於宋立其祖 25/120/9 | 盧文弨、謝墉校本卷18頁2a總頁595 |
| 446 | 〔人〕而有埶、直而用抴必參天 25/120/16 | 郝懿行說，見王先謙荀子集解頁461 |
| 447 | 暴人芻豢仁（人）糟糠 25/120/16 | 王引之說，見王念孫讀書雜志總頁731 |
| 448 | 精神相（反）〔及〕、一而不貳為聖人 25/121/3 | 王引之說，見王念孫讀書雜志總頁731 |
| 449 | 禹勞（心）力 25/121/10 | 王引之說，見王念孫讀書雜志總頁731-732 |
| 450 | 隱（諱）〔過〕疾賢、（良）〔長〕由姦詐鮮無災 25/122/1 | 陶鴻慶讀諸子扎記頁255、王念孫說，見讀書雜志總頁732 |
| 451 | 阪為（先）〔之〕 25/122/2 | 王念孫說，見讀書雜志總頁732 |
| 452 | 正（是）〔直〕惡 25/122/4 | 盧文弨、謝墉校本卷18頁6a總頁603 |
| 453 | 邪枉辟回（夫）〔失〕道途 25/122/4 | 盧文弨、謝墉校本卷18頁6a總頁603 |
| 454 | 己無郵人、我獨自美豈（獨）無故 25/122/5 | 盧文弨、謝墉校本卷18頁6a總頁603 |
| 455 | 恨（後）〔復〕遂過不肯悔 25/122/5 | 王念孫說，見讀書雜志總頁733 |
| 456 | 爭寵嫉賢（利）〔相〕惡忌 25/122/6 | 王念孫說，見讀書雜志總頁733 |
| 457 | 欲（衷對）〔對衷〕 25/122/9 | 俞樾諸子平議頁291-292 |
| 458 | 利（往）〔隹〕卬上、莫得擅與孰私得 25/122/14 | 王引之說，見王念孫讀書雜志總頁734 |
| 459 | 請牧（祺）〔基〕 25/123/1 | 俞樾諸子平議頁292 |
| 460 | 明有（基）〔祺〕 25/123/2 | 俞樾諸子平議頁292 |
| 461 | 五聽（循）〔脩〕領、莫不理（續）〔績〕（主執）〔孰主〕持 25/123/2 | 盧文弨、謝墉校本卷18頁8a總頁607、王念孫說，見讀書雜志總頁734 |
| 462 | 臣謹（修）〔循〕 25/123/6 | 王念孫說，見讀書雜志總頁735 |
| 463 | 以（示）〔施〕下民 26/123/17 | 王念孫說，見讀書雜志總頁735 |
| 464 | （帝）〔常〕不齊均 26/123/17 | 王念孫說，見讀書雜志總頁735 |
| 465 | 明達純粹而無疵（也） 26/124/4 | 王引之說，見王念孫讀書雜志總頁735 |
| 466 | 精微乎毫毛而〔充〕盈（大乎）〔乎大〕寓（宙） 26/124/8 | 王念孫說，見讀書雜志總頁756 |
| 467 | 行遠疾速而不可託訊（者與） 26/124/12 | 王念孫說，見讀書雜志總頁737 |
| 468 | 請占之五（帝）〔泰〕 26/125/1 | 盧文弨、謝墉校本卷18頁11b總頁614 |
| 469 | 〔五〕（帝）〔泰〕占之曰 26/125/1 | 盧文弨、謝墉校本卷18頁11b總頁614 |
| 470 | 夏生而（而）惡暑 26/125/3 | 盧文弨、謝墉校本卷18頁12a總頁615 |
| 471 | 幽（晦）〔闇〕登昭 26/125/13 | 王念孫說，見讀書雜志總頁737 |
| 472 | （反見）〔見謂〕從（撗）〔橫〕 26/125/14 | 王念孫說，見讀書雜志總頁737、盧文弨、謝墉校本卷18頁13b總頁618 |
| 473 | 憋革（二）〔戒〕兵 26/125/15 | 王念孫說，見讀書雜志總頁738 |
| 474 | 以其教（出）〔士〕畢行 27/126/23 | 王念孫說，見讀書雜志總頁738 |
| 475 | （背）〔皆〕禮（者）也 27/127/22 | 盧文弨、謝墉校本卷19頁4b總頁630 |
| 476 | 仁、非其里而（虛）〔處〕之 27/127/28 | 王念孫說，見讀書雜志總頁739 |
| 477 | 非（禮）〔仁〕也 27/127/28 | 王念孫說，見讀書雜志總頁739 |
| 478 | 審節而不（知）〔和〕 27/128/1 | 王念孫說，見讀書雜志總頁739 |
| 479 | （設）〔褻〕衣不踰祭服 27/129/15 | 王念孫說，見讀書雜志總頁739 |
| 480 | 和（樂）〔鸞〕之聲 27/129/27 | 顧千里說，見王先謙荀子集解頁496 |

| 編號 | 原句 / 位置（章/頁/行） | 校改依據 |
|---|---|---|
| 481 | 君子聽律習容而后（士）〔出〕 27/129/27 | 王念孫說，見讀書雜志總頁738 |
| 482 | 冰泮殺〔止〕 27/130/3 | 王引之說，見王念孫讀書雜志總頁739 |
| 483 | 立視前六尺而（大）〔六〕之 27/130/5 | 王引之說，見王念孫讀書雜志總頁740 |
| 484 | 明（十）〔七〕教 27/130/25 | 王念孫說，見讀書雜志總頁740 |
| 485 | 天下、國有（傻）〔俊〕士 27/131/5 | 盧文弨、謝墉校本卷19頁10a總頁641 |
| 486 | 士不〔言〕通貨財 27/132/4 | 劉師培說，見梁啓雄荀子簡釋頁375 |
| 487 | 冢卿不脩幣〔施〕 27/132/5 | 俞樾諸子平議頁296 |
| 488 | 大夫不爲場（園）〔圃〕 27/132/5 | 王念孫說，見讀書雜志總頁740 |
| 489 | 貧窶者有所竄其手〔矣〕 27/132/6 | 群書治要卷子本卷38頁67 |
| 490 | 上好（羞）〔義〕 27/132/12 | 王念孫說，見讀書雜志總頁741 |
| 491 | 二者、〔治〕亂之衢也 27/132/12 | 劉台拱說，見王念孫讀書雜志總頁741 |
| 492 | 差（祿爵）〔爵祿〕 27/132/20 | 盧文弨、謝墉校本卷19頁13a總頁647 |
| 493 | 臨患難而不忘（細）〔茵〕席之言 27/133/13 | 郝懿行說，見王念孫讀書雜志總頁741 |
| 494 | （人）〔夫〕盡小者大 27/133/16 | 盧文弨、謝墉校本卷19頁14a總頁649 |
| 495 | 和〔氏〕之璧、井里之厥也 27/134/7 | 王念孫說，見讀書雜志總頁741 |
| 496 | 爲天（子）〔下〕寶 27/134/7 | 王念孫說，見讀書雜志總頁741 |
| 497 | 未問則不（立）〔言〕 27/134/12 | 王念孫說，見讀書雜志總頁741 |
| 498 | 少不諷〔誦〕 27/134/16 | 王念孫說，見讀書雜志總頁741 |
| 499 | 其人〔也〕 27/135/18 | 王念孫說，見讀書雜志總頁742 |
| 500 | 其人（也）而不教 27/135/18 | 王念孫說，見讀書雜志總頁742 |
| 501 | 子夏〔家〕貧 27/136/1 | 梁啓雄荀子簡釋頁382 |
| 502 | （乘）其出者 27/136/18 | 王念孫說，見讀書雜志總頁743 |
| 503 | 〔禍之〕所由生也 27/136/20 | 盧文弨說，見王念孫讀書雜志總頁743 |
| 504 | 未問則不（立）〔言〕 27/136/22 | 王念孫說，見讀書雜志總頁741 |
| 505 | （泔）〔洎〕之 27/137/4 | 王念孫說，見讀書雜志總頁743 |
| 506 | （泔）〔洎〕之傷人 27/137/4 | 王念孫說，見讀書雜志總頁743 |
| 507 | 多（少）〔言〕無法而流喆然 27/137/10 | 盧文弨、謝墉校本卷19頁21a總頁663 |
| 508 | 有（夫）分義 27/137/13 | 梁啓雄荀子簡釋頁384 |
| 509 | 〔今〕嫚令謹誅、賊也 28/139/5 | 王念孫說，見讀書雜志總頁744 |
| 510 | （今）〔生也〕有時 28/139/5 | 王念孫說，見讀書雜志總頁744、盧文弨、謝墉校本卷20頁3a總頁671 |
| 511 | 綦三年而百姓（往）〔從〕〔風〕矣 28/139/8 | 王念孫說，見讀書雜志總頁744 |
| 512 | （邪民）〔躬行〕不從 28/139/8 | 王念孫說，見讀書雜志總頁744 |
| 513 | 是何〔也〕 28/140/4 | 說苑・雜言第17.46章、大戴禮記・勸學第7.2章、孔子家語・三恕第9.5章 |
| 514 | 夫水、（大）徧與諸生而無爲也 28/140/5 | 王念孫說，見讀書雜志總頁744 |
| 515 | 其萬（拆）〔折〕也必東 28/140/8 | 盧文弨、謝墉校本卷20頁5a總頁675 |
| 516 | 還復瞻被（九）〔北〕蓋 28/141/13 | 荀子楊倞注 |
| 517 | 皆（繼）〔繼〕 28/141/13 | 王念孫說，見讀書雜志總頁745 |
| 518 | 亦（常）〔嘗〕有說 28/141/14 | 盧文弨、謝墉校本卷20頁7a總頁679 |
| 519 | 則何（以）爲而無孝之名也 29/142/17 | 王念孫說，見讀書雜志總頁746 |
| 520 | 〔意者所友非仁人邪〕 29/142/18 | 王念孫說，見讀書雜志總頁746 |
| 521 | （奮）〔愼〕於言者〔不〕華 29/143/3 | 韓詩外傳第3.32章、俞樾諸子平議頁300 |
| 522 | （奮）〔愼〕於行者〔不〕伐 29/143/3 | 韓詩外傳第3.32章、俞樾諸子平議頁300 |
| 523 | 公輸不能加於繩〔墨〕 30/143/20 | 顧千里說，見王先謙荀子集解頁533 |

| 編號 | 原句 / 位置（章/頁/行） | 校改依據 |
|---|---|---|
| 524 | 不亦（遠）〔反〕乎 30/143/24 | 王念孫說，見讀書雜志總頁746 |
| 525 | 不（以）〔亦〕（反）〔遠〕乎 30/143/24 | 盧文弨、謝墉校本卷20頁11b總頁688 |
| 526 | 夫魚鱉黿鼉猶以淵爲淺而堀〔穴〕其中 30/144/1 | 俞樾諸子平議頁300 |
| 527 | （五）〔吾〕欲論吾國之士 31/144/27 | 盧文弨、謝墉校本卷20頁14a總頁693 |
| 528 | 敢問何如〔取〕之邪 31/144/27 | 盧文弨、謝墉校本卷20頁14a總頁693 |
| 529 | 然則夫章甫、絇屨、紳〔帶〕而搢笏者 31/145/2 | 王念孫說，見讀書雜志總頁747 |
| 530 | 此〔皆〕賢乎 31/145/2 | 王念孫說，見讀書雜志總頁747 |
| 531 | 心不知（色色）〔邑邑〕 31/145/8 | 郝懿行說，見王先謙荀子集解頁539 |
| 532 | 不知選賢人善士〔而〕託其身焉以爲己憂 31/145/9 | 大戴禮記・哀公問五義第1.2章 |
| 533 | （勤）〔動〕行不知所務 31/145/9 | 王引之說，見王念孫讀書雜志總頁747 |
| 534 | 止（交）〔立〕不知所定 31/145/10 | 王引之說，見王念孫讀書雜志總頁747 |
| 535 | 百姓（淺）〔淡〕然不識其鄰 31/146/10 | 郝懿行說，見王先謙荀子集解頁542 |
| 536 | 〔則哀〕將焉〔而〕不至矣 31/147/2 | 盧文弨說，見盧文弨、謝墉校本卷20頁17b總頁700 |
| 537 | 則憂將焉〔而〕不至矣 31/147/4 | 盧文弨說，見盧文弨、謝墉校本卷20頁17b總頁700 |
| 538 | 則勞將焉〔而〕不至矣 31/147/5 | 盧文弨說，見盧文弨、謝墉校本卷20頁17b總頁700 |
| 539 | 則懼將焉〔而〕不至矣 31/147/6 | 盧文弨說，見盧文弨、謝墉校本卷20頁17b總頁700 |
| 540 | 則危將焉〔而〕不至矣 31/147/7 | 盧文弨說，見盧文弨、謝墉校本卷20頁17b總頁700 |
| 541 | 〔子亦聞〕東野（子）〔畢〕之善馭乎 31/147/20 | 盧文弨說，見王念孫讀書雜志總頁748 |
| 542 | 是〔以〕舜無失民 31/148/5 | 盧文弨說，見王念孫讀書雜志總頁748 |
| 543 | 今東野畢之馭〔也〕 31/148/6 | 孔子家語・顏回第18.1章 |
| 544 | 聞之（日）〔曰〕 32/149/5 | 盧文弨、謝墉校本卷20頁22a總頁709 |
| 545 | 今相國有此三者而不得罪〔於〕楚之士民 32/149/17 | 準下文文例改 |
| 546 | 多其功而不（息）〔惪〕 32/149/22 | 王引之說，見王念孫讀書雜志總頁748 |
| 547 | 然則孫卿（將懷）〔懷將〕聖之心 32/150/6 | 盧文弨、謝墉校本卷20頁24b總頁714 |
| 548 | 所（遇）〔過〕者化 32/150/9 | 盧文弨、謝墉校本卷20頁25a總頁715 |
| 549 | 足以爲（綱紀）〔紀綱〕 32/150/11 | 盧文弨、謝墉校本卷20頁25a總頁715 |

# 正　　文

# 1 勸學篇第一

君子曰：學不可以已。青、取之於藍[1]而青於藍；冰、水爲之而寒於水。木直中繩，輮以爲輪，其曲中規，雖有槁暴，不復挺者，輮使之然也。故木受繩則直，金就礪則利，君子博學而日參省[2]乎己，則智明而行無過矣。

故不登高山，不知天之高也；不臨深谿，不知地之厚也；不聞先王之遺言，不知學問之大也。干、越、夷、貉之子，生而同聲，長而異俗，教使之然也。《詩》曰：「嗟爾君子，無恆安息。靖共爾位，好是正直。神之聽之，介爾景福[3]。」神莫大於化道，福莫長於無禍。

吾[4]嘗終日而思矣，不如須臾之所學也，吾嘗跂而望矣，不如登[5]高之博見也。登[6]高而招，▸臂非◂[7]加長也，而見者遠；順風而呼，▸聲非◂[8]加疾也，而聞者彰[9]。假輿馬者，非利足也，而致千里；假舟楫者，非能水也，而絕江（河）〔海〕[10]。君子生[11]非異也，善假於物也。

南方有鳥焉，名曰▸蒙鳩◂[12]，以羽爲巢，而編之以髮，繫之葦苕，風至苕折，卵破子死。巢非不完也，所繫者然也。西方有木焉，名曰射干，莖長四寸，生於高山之上而臨百仞之淵；木莖非能長也，所立者然也。蓬生麻中，不扶而[13]直，〔白沙在涅〕，〔與之俱黑〕[14]。▸蘭槐之根◂[15]是爲芷。其漸之滫，君子不近，庶人不服。其質非不美

1. 盧文弨云：元刻作「青出之藍」，無「於」字。王念孫云：《困學紀聞》云：「『青出之藍』作『青取之於藍』，監本未必是，建本未必非。」是王以作「出」者爲是也。元刻作「出之藍」，即本於建本，監本作「取之於藍」者，用《大戴記》改之也。《荀子》本文自作「出於藍」。
2. 編者按：《荀子》全書「省」後接「乎」字者僅此一見，而「參於天地」則屢見，「省」字疑後人所加。
3. 見《詩・小雅》第207篇《小明》。
4. 《大戴禮記・勸學》第7.3篇「吾」上有「孔子曰」三字。
5. 升《大戴禮記・勸學》第7.3篇
6. 升《大戴禮記・勸學》第7.3篇
7. 非臂《大戴禮記・勸學》第7.3篇
8. 非聲《大戴禮記・勸學》第7.3篇
9. 著《大戴禮記・勸學》第7.3篇
10. 王念孫云：「江河」本作「江海」，「海」與「里」爲韻，下文「不積小流，無以成江海」，亦與「里」爲韻，今本「海」作「河」，則失其韻矣。《文選・海賦注》引此正作「絕江海」，《大戴記・勸學篇》、《說苑・說叢篇》竝同。
11. 王念孫云：「生」，讀爲「性」，《大戴記》作「性」。
12. 蟯鳩《大戴禮記・勸學》第7.3篇
13. 自《大戴禮記・勸學》第7.3篇
14. 王念孫云：此下有「白沙在涅，與之俱黑」二句，而今本脫之。《大戴記》亦脫此二句。今本《荀子》無此二句，疑後人依《大戴》刪之也……《洪範・正義》云：「《荀卿書》云：『蓬生麻中，不扶自直，白沙在涅，與之俱黑。』」
15. 蘭氏之根，懷氏之苞《大戴禮記・勸學》第7.3篇

也，所漸者然也。▸故君子居必擇鄉◂[1]，遊必就士，所以防邪僻而近中正也。

物類之起，必有所始。榮辱之來，必[2]象其德。肉腐生[3]蟲，魚枯生蠹。怠慢忘身，禍災乃作。强自取柱[4]，柔自取束。邪穢在身，怨之所構。施[5]薪若「一」[6]，火就燥也；平地若一，水就溼也。草木疇生，禽獸群（焉）〔居〕[7]，物各從其類也。是故▸質的◂[8]張而弓矢至焉，林木茂而斧斤至焉，樹成蔭而衆鳥息焉，醯酸而蜹聚焉。故言有召禍也，行有招辱也，君子慎其所立乎[9]！

積土成山，風雨興焉；積水成淵[10]，蛟龍生焉；積善成德，而神明自得[11]，聖心備[12]焉。▸故◂[13]不積蹞[14]步，無以至[15]千里；不積小流，無以成▸江海◂[16]。騏驥一躍，不能十步；駑馬▸十駕◂[17]，功在不舍。鍥而舍之，朽木不折[18]；鍥而不舍，金石可鏤。蚯螾無爪牙之利、筋骨[19]之强，上食埃[20]土，下飲黃泉，用心一也。蟹▸六跪而二螯◂[21]，非蛇蟺之穴▸無可◂[22]寄託者，用心躁也。是故無▸冥冥◂[23]之志者，無昭昭之明；無▸惛惛◂[24]之事者，無赫赫之功。行▸衢道◂[25]者不至，事兩君者不容。目不能兩視而明，耳不能兩聽而聰。螣[26]蛇無足而飛[27]，梧[28]鼠五技而窮。《詩》曰：「尸鳩在

1. 是故君子靖居恭學，修身致志，處必擇鄉《大戴禮記・勸學》第7.3篇
2. 各《大戴禮記・勸學》第7.3篇　3. 出《大戴禮記・勸學》第7.3篇
4. 王引之云：「柱」，當讀爲「祝」，哀十四年《公羊傳》「天祝予」，十三年《穀梁傳》「祝髮文身」，何、范《注》竝曰：「祝，斷也。」此言物强則自取斷折，所謂太剛則折也。《大戴記》作「强自取折」，是其明證矣。
5. 布《大戴禮記・勸學》第7.3篇
6. 編者按：「一」謂「一」字也。參劉殿爵〈《荀子・勸學篇》「施薪若一，火就燥也；平地若一，水就溼也」解〉，見《語言與思想之間》，吳多泰中國語文研究中心出版，1993年，香港。
7. 劉台拱云：「群焉」，當從《大戴禮》作「群居」。王念孫云：「群居」與「疇生」對文，今本「居」作「焉」者，涉下文四「焉」字而誤。
8. 正鵠《大戴禮記・勸學》第7.3篇
9. 焉《大戴禮記・勸學》第7.3篇　10. 川《大戴禮記・勸學》第7.3篇
11. 傳《大戴禮記・勸學》第7.3篇
12. 循〈劉台拱云：「備」，古音與「德」「得」爲韻。王念孫云：此言積善成德而通於神明，則聖心於是乎備也。「成德」與「聖心備」上下正相應。〉
13. 是故《大戴禮記・勸學》第7.3篇
14. 跬《大戴禮記・勸學》第7.3篇、《群書治要》卷子本卷38頁7
15. 致《大戴禮記・勸學》第7.3篇　16. A.江河　B.河海《治要》卷子本卷38頁7
17. 無極《大戴禮記・勸學》第7.3篇
18. 知《大戴禮記・勸學》第7.3篇　19. 脈《大戴禮記・勸學》第7.3篇
20. 晞《大戴禮記・勸學》第7.3篇　21. 二螯八足《大戴禮記・勸學》第7.3篇
22. 而無所《大戴禮記・勸學》第7.3篇
23. 憤憤《大戴禮記・勸學》第7.3篇
24. 綿綿《大戴禮記・勸學》第7.3篇
25. 跂塗《大戴禮記・勸學》第7.3篇
26. 騰《大戴禮記・勸學》第7.3篇　27. 騰《大戴禮記・勸學》第7.3篇
28. 鼫《大戴禮記・勸學》第7.3篇〈楊倞云：「梧鼠」當爲「鼫鼠」，蓋本誤爲「鼯」字，傳寫又誤爲「梧」耳。〉

桑，其子七兮。淑人君子，其儀一兮。其儀一兮，心如結兮[1]。」故君子‣結於一也◂[2]。

昔者，瓠巴鼓瑟而流[3]魚出聽，伯牙鼓琴〔而〕六馬仰秣。故聲[4]無小[5]而不聞，行無隱而不形；玉在[6]山而（草）[7]木潤，淵生珠而崖[8]不枯。爲善不[9]積邪[10]？‣安有不聞者乎◂[11]？

學惡乎始？惡乎終？曰：其數則始乎誦經，終乎讀禮；其義則始乎爲士，終乎爲聖人。眞積力久則入，學至乎沒而後止也，故學數有終，若其義則不可須臾舍也。爲之，人也；舍之，禽獸也。故《書》者、政事之紀也，《詩》者、中聲之所止也，《禮》者、法之大分，（群）[12]類之綱紀也，故學至乎《禮》而止矣。夫是之謂道德之極。《禮》之敬文也，《樂》之中和也，《詩》、《書》之博也，《春秋》之微也，在天地之間者畢矣。

君子之學也：入乎耳，箸乎心，布乎四體，形乎動靜。端而言，蝡而動，一可以爲法則。小人之學也：入乎耳，出乎口。口耳之閒則四寸〔耳〕，曷足以美七尺之軀哉！

古之學者爲己，今之學者爲人。君子之學也，以美其身；小人之學也，以爲禽犢。故不問而告謂之傲，問一而告二謂之囋。傲、囋，非也；君子如嚮矣。

學莫便乎近其人。《禮》、《樂》法而不說，《詩》、《書》故而不切，《春秋》約而不速。方其人之習、君子之說，則尊以徧矣，周於世矣。故曰：學莫便乎近其人。

學之經[13]莫速乎好其人，隆禮次之。上不能好其人，下不能隆禮，安特將學雜識

1. 見《詩・曹風》第152篇《鳲鳩》。
2. 其結於一也《大戴禮記・勸學》第7.3篇
3. A.沉《大戴禮記・勸學》第7.3篇 B.潛《韓詩外傳》第6.14章
4. 編者按：「聲」爲「聲聞」之「聲」，非「聲音」之「聲」。
5. 細《大戴禮記・勸學》第7.3篇、《韓詩外傳》第6.14章
6. 居《大戴禮記・勸學》第7.3篇
7. 王念孫云：「玉在山而草木潤，淵生珠而崖不枯」，元刻無「草」字。案元刻是也。「木」與「崖」對文，故上句少一字。
8. 岸《大戴禮記・勸學》第7.3篇
9. 王念孫云：「不積」之「不」，涉上下文而衍，當依《群書治要》刪。編者按：《大戴禮記・勸學》第7.3篇作「爲善而不積乎」亦有「不」字。
10. 也《治要》卷子本卷38頁7
11. 豈有不至哉《大戴禮記・勸學》第7.3篇
12. 王念孫云：元刻無「群」字，元刻是也……「類」者，謂與「法」相類者也。
13. 王念孫云：「經」讀爲「徑」，即下文所謂蹊徑。言入學之蹊徑莫速乎好賢，而隆禮次之。

志、順《詩》、《書》而已爾，則（末）〔沒〕[1]世窮年，不免爲陋儒而已。將原先王、本仁義，則禮正其經緯蹊徑也。若挈裘領，詘五指而頓[2]之，順者不可勝數也。不道[3]禮憲，以《詩》、《書》爲之，譬之猶以指測河也，以戈（春）〔舂〕黍也，以錐飡[4]壺也，不可以得之矣。故隆禮，雖未明，法士也；不隆禮，雖察辯，散儒也。

問楛者勿告也，告楛者勿問也，說楛者勿聽也，有爭氣者勿與辨也。故必由其道至，然後接之，非其道則避之。故禮恭而後可與言道之方，辭順而後可與言道之理，色從而後可與言道之致。故未可與言而言謂之傲，可與言而不言謂之隱，不觀氣色而言謂之瞽[5]。故君子不傲、不隱、不瞽，謹愼[6]其身。《詩》曰：「匪交匪舒，天子所予[7]。」此之謂也。

百發失一，不足謂善射；千里蹞步不至，不足謂善御；倫類不通，仁義不一，不足謂善學。學也者，固學一之也。一出焉，一入焉，涂巷之人也。其善者少，不善者多，桀、紂、盜跖也。全之盡之，然後學者也。

君子知夫不全不粹之不足以爲美也，故誦數以貫之，思索以通之，爲其人以處之[8]，除其害者以持養之，使目非是無欲見也，使耳非是無欲聞也，使口非是無欲言也，使心非是無欲慮也。及至其致好之也，目好之五色[9]，耳好之五聲，口好之五味，心利之有天下。是故權利不能傾也，群衆不能移也，天下不能蕩也。生乎由是，死乎由是，夫是之謂德操。德操然後能定，能定然後能應；能定能應，夫是之謂成人。天見其明，地見其光[10]，君子貴其全也。

---

1. 編者按：《解蔽篇》「則沒世窮年不能徧也」，字作「沒」，按作「沒」者是也，今據正。
2. 王念孫云：「頓」者，引也。言挈裘領者詘五指而引之，則全裘之毛皆順也。《廣雅》曰：「扽，引也。」曹憲音「頓」。古無「扽」字，借「頓」爲之。
3. 王念孫云：「道」者，由也。言作事不由禮法而以《詩》、《書》爲之，則不可以得之也。
4. 飧
5. 編者按：參《論語・季氏》16.6章。
6. 順
7. 見《詩・小雅・采菽》。今本《詩》作「彼交匪紓」。
8. 劉台拱云：雖誦數思索而不體之於身，則無以居之，故必自爲其人以居其道也。
9. 編者按：「目好之五色」謂目好之甚於好五色，下同。
10. 編者按：兩「見」字學者多讀爲「現」，以爲上「其」字指「天」，下「其」字指「地」，蓋未得其解。按兩「見」字並讀如字，三「其」字並指「君子」而言。此段論君子貴全，唯其全，故天見其明，地見其光。《解蔽篇》云：「明參日月……是之謂大人。」《不苟篇》：「言己之光美……參於天地，非夸誕也。」正足以證成此說。

# 2 脩身篇第二

見善、脩然，必有以自存[1]也；見不善、愀然，必以自省也。善在身、介然，必以自好也；不善在身、菑然，必以自惡也。故非我而當者，吾師也；是我而當者，吾友也；（諂）〔諂〕[2]諛我者，吾賊也。故君子隆師而親友，以致惡其賊[3]。好善無猒，受諫而能戒，雖欲無進，得乎哉！小人反是，致亂而惡人之非己也，致不肖而欲人之賢己也，心如虎狼、行如禽獸而又惡[4]人之賊己也。（諂）〔諂〕諛者親，諫爭者疏，脩正為笑，至忠為賊；雖欲無滅亡，得乎哉！《詩》曰：「潝潝訿訿，亦孔之哀。謀之其臧，則具是違：謀之不臧，則具是依[5]。」此之謂也

扁[6]善之度[7]，以治氣養生[8]，則‣後◂[9]彭祖；以脩身自〔强〕，（名則）〔則名〕配堯、禹。宜於時[10]通[11]，利以處窮[12]，禮信是也[13]。凡用血氣、志意、知慮，由禮則治（通）〔達〕[14]，不由禮則勃亂提僈[15]；食飲、衣服、居處、動靜，由禮則和[16]節，不由禮則觸[17]陷生疾；容貌、態度、進退、趨行[18]，由禮則雅，不由禮則夷固僻違[19]，庸眾而野。故人無禮則‣不生◂[20]，事無禮則不成，國家無禮則不寧。《詩》云：「禮儀卒度，笑語卒獲[21]。」此之謂也。

以善先人者謂之教，以善和人者謂之順；以不善先人者謂之（諂）〔諂〕[22]，以不

1. 王念孫云：《爾雅》：「在、存、省、察也。」見善必以自存者，察己之有善與否也。見不善必以自省者，察己之有不善與否也。
2. 王念孫云：「諂諛」即「導諛」也。
3. 編者按：此句有誤，疑衍「以」字而「而」字當在「親友」下。
4. 怨《治要》卷子本卷38頁8
5. 見《詩・小雅》第195篇《小旻》。
6. 王念孫云：「扁」，讀為「徧」。《韓詩外傳》作「辯」，亦古「徧」字也。「徧善」者，無所往而不善也。
7. 《韓詩外傳》第1.6章作「君子有辯善之度」。
8. 性《韓詩外傳》第1.6章
9. 身後《韓詩外傳》第1.6章
10. 王引之云：「時」亦「處」也。言既宜於處通，而又利以處窮也。《莊子・逍遙遊篇》「猶時女也」，司馬彪曰：「時女，猶處女也。」是「時」與「處」同義。
11. 《韓詩外傳》第1.6章「通」作「則達」。
12. 《韓詩外傳》第1.6章作「厄於窮則處」。
13. 《韓詩外傳》第1.6章作「信禮者也」。編者按：「信」猶「誠」也。「禮信是也」猶禮誠是也。
14. 王引之云：下文以「節」「疾」為韻，「雅」「野」為韻，「生」「成」「寧」為韻，唯此二句韻不相協，「通」，疑當依《外傳》作「達」，「達」與「僈」為合韻。
15. 《韓詩外傳》第1.6章無「提僈」二字。編者按：《外傳》作「不由禮則悖亂」，則以「亂」字與「達」字為韻。
16. 知《韓詩外傳》第1.6章
17. 墊《韓詩外傳》第1.6章
18. 步《韓詩外傳》第1.6章
19. 《韓詩外傳》第1.6章無「僻違」二字。
20. 不行《韓詩外傳》第1.6章
21. 見《詩・小雅》第209篇《楚茨》。
22. 王念孫云：「諂」之言「導」也，導人以不善也，故曰「以不善先人者謂之諂」。而《莊子・漁父篇》亦曰：「希意道言謂之諂。」

善和人者謂之諛。是是、非非謂之智，非是、是非謂之愚。傷良曰讒，害良曰賊。是謂是、非謂非曰直。竊貨曰盜，匿行曰詐，易言曰誕，趣舍無定謂之無常，保利棄義謂之至賊。多聞曰博，少聞曰淺；多見曰閑，少見曰陋。難進曰偍，易忘曰漏。少而理曰治，多而亂曰秏[1]。

治氣養心之術：血氣剛强，則柔[2]之以調和；智慮漸[3]深，則一之以易良[4]；▸勇膽猛戾◂[5]，則輔之以道順[6]；齊給便利[7]，則▸節之以動止◂[8]；狹隘褊小，則廓之以廣大；卑溼[9]、重遲、貪利，則抗之以高志；▸庸衆駑散◂[10]，則刦之以師友；怠慢僄棄，則炤[11]之以禍災；▸愚款◂[12]端愨，則合之以禮樂，通之以思索[13]。凡治氣養心之術，莫徑由禮，莫要[14]得師，莫神一好[15]。夫是之謂治氣養心之術也。

志意脩則驕富貴，道義重則輕王公，內省而外物輕矣。《傳》曰：「君子役物，小人役於物。」此之謂也。身勞而心安，爲之；利少而義多，爲之。事亂君而通，不如事窮君而順焉[16]。故良農不爲水旱不耕，良賈不爲折閱不市，士君子不爲貧窮怠乎道。

體恭敬而心忠信，術禮義而情愛人[17]，横[18]行天下，雖困四夷，人莫不貴。勞苦之事則爭先，饒樂之事則能讓，端愨誠信，拘守而詳，横行天下，雖困四夷，人莫不任。

1. 王念孫云：「秏」，讀爲「眊」。「眊」，亂也。《漢書・董仲舒傳》曰：「天下眊亂」是也。「眊」與「秏」，古同聲而通用。
2. 務《韓詩外傳》第2.31章
3. 王念孫云：「漸」，讀爲「潛」。《韓詩外傳》正作「潛」……《漢書・谷永傳》「忘湛漸之義」，《漢山陽太守祝睦後碑》「漸心於道」，《太尉劉寬碑》「演策沈漸」，「漸」竝與「潛」同。
4. 諒《韓詩外傳》第2.31章
5. 勇毅强果《韓詩外傳》第2.31章
6. 術《韓詩外傳》第2.31章〈俞樾云：「順」，當讀爲「訓」，古「順」「訓」字通用。《國語・周語》「能導訓諸侯者」，《史記・魯世家》「訓」作「順」。此文「道順」正與彼同，「道順」即「導訓」也。〉
7. 捷《韓詩外傳》第2.31章
8. 安之以靜退《韓詩外傳》第2.31章
9. 王念孫云：「卑溼」，謂志意卑下也。
10. 容衆好散《韓詩外傳》第2.31章
11. 慰《韓詩外傳》第2.31章
12. 愿婉《韓詩外傳》第2.31章
13. 俞樾云：自「血氣剛强，則柔之以調和」以下八句，文法皆同，此獨多「通之以思索」五字，與上文不一律。據《韓詩外傳》無此五字，當爲衍文。
14. 優《韓詩外傳》第2.31章
15. 王念孫云：「一好」，謂所好不二也，《儒效篇》曰「并一而不二，則通於神明」，《成相篇》曰「好而壹之神以成」，皆其證。
16. 顧千里云：「窮」、「順」二字，疑當互錯，「順君」、「亂君」對文也，「而通」、「而窮」亦對文也。
17. 王引之云：「人」，讀爲「仁」。言其體則恭敬，其心則忠信，其術則禮義，其情則愛仁也。愛仁，猶言仁愛。「恭敬」「忠信」「禮義」「愛仁」皆兩字平列，下文之「倨固」「埶詐」「順墨」「雜汙」亦兩字平列。
18. 王引之云：「横」，讀爲「廣」。

體倨固而心（執）〔埶〕詐[1]，術順墨而精雜汙，橫行天下，雖達四方，人莫不賤。勞苦之事則偷儒轉脫，饒樂之事則佞兌而不曲，辟違[2]而不慤，程役而不錄，橫行天下，雖達四方，人莫不棄。

行而供冀[3]，非漬淖也；行而俯頃，非‣擊戾◂[4]也；偶視而先俯，非恐懼也。然夫士欲獨脩其身，不以得罪於此俗[5]之人也。

夫驥一日而千里，駑馬十駕則亦及之矣。將以窮無窮、逐無極與？其折骨絕筋、終身不可以相及也。將有所止之，則千里雖遠，亦或遲或速、或先或後〔耳〕，胡爲乎其不可以相及也？不識步道者，將以窮無窮、逐無極與？意亦有所止之與？夫堅白、同異、有厚無厚之察，非不察也，然而君子不辯，止之也；倚魁之行，非不難也，然而君子不行，止之也。故學曰遲[6]，彼止而待我，我行而就之，則亦或遲或速，或先或後，胡爲乎其不可以同至也？故蹞[7]步而不休，跛鱉千里；累土而不輟，丘山崇成；厭其源，開其瀆，江河可竭；一進一退，一左一右，六驥不致。彼人之才性之相縣[8]也，豈若跛鱉之與六驥足哉？然而跛鱉致之，六驥不致，是無他故焉，或爲之，或不爲爾[9]。

道雖邇[10]，不行不至；事雖小，不爲不成。‣其爲人也◂[11]多暇日者，其出（入）〔人〕[12]不遠矣。好法而行，士也；篤志而體[13]，君子也；齊明[14]而不竭，聖人也。人無法，則倀倀然；有法而無志其義，則渠渠然[15]；依乎法而又深其類，然後溫溫然。

---

1. 王引之云：「執詐」當爲「埶詐」，字之誤也。《議兵篇》曰：「兵之所貴者埶利也，所行者變詐也。」又曰：「隆埶詐，尙功利。」又曰：「焉慮率用賞慶刑罰埶詐，險阸其下，獲其功用而已矣。」「埶」與「詐」義相近。
2. 王念孫云：「僻」「違」皆邪也。《周語》「動匱百姓，以逞其違」，《晉語》「若有違質，教將不入」，韋《注》竝曰：「違，邪也。」
3. 楊倞云：「冀」當爲「翼」。
4. 了戾〈王念孫云：《淮南・主術篇》曰：「木擊折轊，水戾破舟。」又曰：「文武備具，動靜中儀，舉動廢置，曲得其宜，無所擊戾，無不畢宜。」然則「擊戾」者，謂有所抵觸也。「行而俯項，非擊戾也」者，謂非懼其有所抵觸，而俯項以避之也，與上下文同一例。〉
5. 編者按：「此俗」義不可通。盧文弨校本改「此」爲「比」，亦未必是。本書「世俗」屢見，「此俗」疑爲「世俗」之誤也。
6. 編者按：「學曰遲」，猶言「學雖云遲」也。
7. 跬《治要》卷子本卷38頁8
8. 懸《治要》卷子本卷38頁9
9. 耳《治要》卷子本卷38頁9
10. 近《韓詩外傳》第4.28章
11. 每自《韓詩外傳》第4.28章
12. 王念孫云：「出入」當爲「出人」，言爲學而多暇日，則或作或輟，其出人必不遠也。若云「出入不遠」，則義不可通……《韓詩外傳》曰：「道雖近，不行不至；事雖小，不爲不成，日日多者，出人不遠矣。」義本《荀子》。今據以訂正。
13. 王念孫云：《爾雅》：「篤，固也。」「體」，讀爲「履」。篤志而體，謂固其志以履道。
14. 王引之云：「齊」者，智慮之敏也，故以「齊明」連文。
15. 陳奐曰：「渠渠」猶「瞿瞿」。《齊風》《傳》云：「瞿瞿，無守之貌。」

禮者、所以正身也，師者、所以正禮也。無禮何以正身？無師，吾安知禮之爲是也？禮然而然，則是情安禮也；師云而云，則是知若師也。情安禮，知若師，則是聖人也。故非禮，是無法也；非師，是無師也。不是師法而好自用，譬之是猶以盲辨色，以聾辨聲也，舍亂妄無爲也[1]。故學也者，▸法禮◂[2]也。夫師、以身爲正儀而貴自安者也，《詩》云：「不識不知，順帝之則[3]。」此之謂也。

端愨順弟，則可謂善少者矣；加好學遜敏焉，則有鈞無上，可以爲君子者矣。偷儒憚事，無廉恥而嗜乎飲食，則可謂惡少者矣；加惕悍而不順，險賊而不弟焉，則可謂不詳[4]少者矣，雖陷刑戮可也。老老而壯者歸焉，不窮窮而通者積[5]焉，行乎冥冥而施乎無報而賢不肖一焉。人有此三行，雖有大過，天其不遂乎。

君子之求利也略，其▸遠害◂[6]也早，其避辱也懼[7]，其行道理也勇。君子貧窮而志廣，富貴而體恭，安燕而血氣不惰，勞勧而容貌不枯[8]，怒不過奪，喜不過予。君子貧窮而志廣，隆仁也；富貴而體恭，殺埶也；安燕而血氣不惰，柬理也；勞勧而容貌不枯，好（交）〔文〕[9]也。怒不過奪，喜不過予，是法勝私也。《書》曰：「無有作好，遵王之道；無有作惡，遵王之路[10]。」此言君子之能以公義勝私欲也。

## 3 不茍篇第三

君子行不貴茍難，說不貴茍察，名不貴茍傳，唯其當之爲貴。故懷[11]負石而赴

1. 王念孫云：「舍亂妄無爲」，言所爲皆亂妄耳。 2. 禮法
3. 見《詩・大雅》第241篇《皇矣》。
4. 楊倞云：「詳」當爲「祥」。王先謙云：「不詳少」，承上「惡少」言之，謂少年而不祥者，猶言不祥人矣，知其將陷刑戮也。
5. 編者按：「積」疑當作「至」，聲之誤也。「至」與「歸」相對爲文。
6. 遠思
7. 王引之云：「懼」者，怯也，故與「勇」對文。《呂氏春秋・知度篇》：「工拙、愚智、勇懼」，亦以「懼」對「勇」。
8. 王念孫云：「枯」，讀爲「楛」。言君子雖安燕而血氣不懈惰，雖勞勧而容貌不楛優。楛優，猶茍且也。
9. 王念孫云：「交」當爲「文」……上言「柬理」，下言「好文」，「理」與「文」皆謂禮也。《禮論篇》云：「孰知夫禮義文理之所以養情也。」又云：「貴本之謂文，親用之謂理。」《性惡篇》云：「出於辭讓，合於文理。」《賦篇・禮賦》云：「非絲非帛，文理成章。」凡《荀子書》言文理者，皆謂禮也。故曰：「安燕而血氣不惰，柬理也；勞勧而容貌不楛，好文也。」 10. 見《尚書・洪範》。
11. 《韓詩外傳》第3.33章無「懷」字，又《外傳》1.26章「遂抱石而沉於河。」又《新序・節士》7.23章「遂負石沉於河」，《說苑・談叢》16.174章「負石赴淵」並無「懷」字。

河[1]，是行之難爲者也，而申徒狄能之；然而君子不貴者，非禮義之中也。山淵平，天地比，齊秦襲，入乎耳，出乎口，鉤[2]有須[3]，卵有毛，是說之難持者也，而惠施、鄧析能之；然而君子不貴者，非禮義之中也。盜跖▸吟口◂[4]，名聲若日月，與▸禹、舜◂[5]俱傳而不息；然而君子不貴者，非禮義之中也。故曰：君子行不貴苟難，說不貴苟察，名不貴苟得[6]，唯其當之爲貴。《詩》曰：「物其有矣，唯其時矣[7]。」此之謂也。

君子易（知）〔和〕[8]而難狎[9]，易懼而▸難脅◂[10]，畏患而不避義死，欲[11]利而不爲所非，交親而不比，言辯而不（辭）〔亂〕[12]。▸蕩蕩乎其有以殊於世也◂[13]。

君子能亦好，不能亦好；小人能亦醜，不能亦醜。君子能則寬容▸易直◂[14]以開道人，不能則恭敬縛絀以畏事人；小人能則倨傲僻違以驕溢人，不能則妬嫉怨誹以傾覆人。故曰：君子能則人榮學焉，不能則人樂告之；小人能則人賤學焉，不能則人羞告之。是君子小人之分也。

君子寬而不僈，廉而不劌，辯而不爭，察而不激，（寡）〔直〕立而不勝[15]，堅彊而不暴，柔從而不流，恭敬謹慎而容[16]，夫是之謂至文。《詩》曰：「溫溫恭人，惟德之基[17]。」此之謂也。

君子崇人之德，揚人之美[18]，非（諂）〔諂〕[19]諛也；正義[20]直指，舉人之過，

---

1. 淵《說苑・談叢》第16.174章
2. 俞樾云：「鉤」，疑「姁」之叚字，《說文・女部》：「姁，嫗也。」嫗無須而謂之有須，故曰「說之難持者也。」 3. 鬚《韓詩外傳》第3.33章
4. 凶貪《說苑・談叢》第16.174章
5. 舜、禹《韓詩外傳》第3.33章、《說苑》第16.174章
6. 傳《韓詩外傳》第3.33章
7. 見《詩・小雅》第170篇《魚麗》，今本《詩》「唯」作「維」。
8. 和《韓詩外傳》第2.18章〈王念孫云：案《外傳》是也。「和」與「狎」義相近，「懼」與「脅」義相近，故曰：「易和而難狎，易懼而難脅。」今本「和」作「知」，則於義遠矣。〉 9. 《韓詩外傳》第2.18章「狎」下有「也」字。
10. 不可劫也《韓詩外傳》第2.18章 11. 好《韓詩外傳》第2.18章
12. 不亂《韓詩外傳》第2.18章〈王念孫云：「不辭」二字，文不成義，亦當依《外傳》作「不亂」。〉
13. 編者按：《韓詩外傳》第2.18章作「邉邉乎其易不可失也，磏乎其廉而不劌也，溫乎其仁厚之光大也，超乎其有以殊於世也。」疑今本《荀子》「蕩蕩乎」下蓋有脫文。
14. 直易《治要》卷子本卷38頁9
15. 王念孫云：「寡立」當爲「直立」，字之誤也。「勝」，讀若「升」。《漸・六四》：「終莫之勝」，虞翻曰：「勝，陵也。」……此言君子雖特立獨行而不以陵人。
16. 王念孫云：「容」之言「裕」也。言君子敬慎而不局促，綽綽有裕也。
17. 見《詩・大雅》第256篇《抑》。今本《詩》「惟」作「維」。 18. 善
19. 道《韓詩外傳》第6.19章
20. 王引之云：案「義」讀爲「議」。《韓詩外傳》作「正言直行，指人之過」，「言」亦「議」也。《韓策》曰：「嚴遂政議直指，舉韓傀之過」，是其證。

（惡）非毀疵也；言己之光美，擬於▸禹、舜◂[1]，參於天地，非夸誕也；與時屈伸，柔從若蒲葦，非懾怯也；剛彊猛毅，靡所不信，非驕暴也。以義變應[2]，知當曲直故也。《詩》曰：「左之左之，君子宜之；右之右之，君子有之[3]。」此言君子▸能◂[4]以義屈信變應故也。

君子、小人之反也，君子大心則〔敬〕天而道[5]，小心則畏義而節；知則明通[6]而類，愚則端愨而法；見由則恭而止，見閉則敬而齊；喜則和而理[7]，憂則靜而理[8]；▸通則文而明◂[9]，窮則約而詳。小人則不然，大心則慢而暴，小心則流[10]淫而傾，知則攫盜而漸[11]，愚則毒賊而亂，見由則兌[12]而倨，見閉則怨而險；喜則輕而翾，憂則挫而懾；通[13]則驕而偏，窮則棄而儑[14]。《傳》曰：「君子兩進，小人兩廢。」此之謂也。

君子治治，非治亂也。曷謂耶？曰：禮義之謂治，非禮義之謂亂也。故君子者、治禮義者也，非治非禮義者也。然則國亂將弗治與？曰：國亂而治之者，非案亂而治之之謂也，去亂而被之以治；人汙而脩[15]之者，非案汙而脩之之謂也，去汙而易之以脩。故去亂而非治亂也，去汙而非脩汙也。治之爲名，猶曰君子爲治而不爲亂，爲脩而不爲汙也。

君子絜其辯[16]而同焉者合矣[17]，善其言而類焉者應矣[18]。故馬鳴而馬應之[19]，非知

1. 舜、禹
2. 王先謙云：「以義變應」者，以義變通應事也。義本無定，隨所應爲通變，故曰「變應」。孔子言「無適無莫，義之與比」，孟子言「言不必信，行不必果，惟義所在」，正以義變應之謂。
3. 見《詩・小雅》第214篇《裳裳者華》。
4. 之能
5. 王念孫云：「天而道」三字，文義不明，當依《韓詩外傳》作「敬天而道」，與「畏義而節」對文。
6. 達《韓詩外傳》第4.23章
7. 治《韓詩外傳》第4.23章〈編者按：今本《荀子》作「理」者蓋避唐諱改。〉
8. 違《韓詩外傳》第4.23章〈楊倞云：皆當其理。劉台拱云：案注云「皆當其理」，則楊氏所據本兩句竝是「理」字。……《仲尼篇》云「福事至則和而理，禍事至則靜而理」，與此文義略同。彼注云：「理，謂不失其道。和而理，謂不充屈。靜而理，謂不隕穫也。」亦竝是「理」字……竊疑《荀子》本文上句作「治」，下句作「理」。唐初避諱，凡「治」字悉改作「理」，中葉以後，又復回改作「治」，惟此兩處文義相混，校書者不能定其孰爲本文，故仍而不革。〉
9. 達則寧而容《韓詩外傳》第4.23章
10. 《韓詩外傳》第4.23章無「流」字。
11. 微《韓詩外傳》第4.23章〈王引之云：「漸」，詐欺也。小人之智，則攫盜而已矣，詐欺而已矣。〉
12. 編者按：「兌」與「怨」相對爲文，「兌」蓋讀爲「悅」。
13. 達《韓詩外傳》第4.23章
14. 纍《韓詩外傳》第4.23章
15. 俞樾云：「修」，當讀爲「滌」。《周官・司尊彝職》曰「凡酒修酌」，鄭注云：「修，讀如『滌濯』之滌。」是其證也。
16. 身《韓詩外傳》第1.11章
17. 焉《韓詩外傳》第1.11章
18. 焉《韓詩外傳》第1.11章
19. 編者按：《韓詩外傳》第1.11章此下有「牛鳴而牛應之」句，疑今本《荀子》誤脫。

也，其勢然也。故新浴者振其衣，新沐者彈其冠，人之情也。其誰能以己之潐潐受人之掝掝者哉[1]！

君子養心莫善於誠，致誠則無它事[2]矣，唯仁之爲守，唯義之爲行。誠心守仁則形，形則神，神則能化矣；誠心行義則理，理則明，明則能變矣。變化代興，謂之天德。天不言而人推高焉，地不言而人推厚焉，四時不言而百姓期焉。夫此有常，以至其誠者也。君子至德，嘿[3]然而喻，未施而親，不怒而威。夫此順命，以愼其獨者也。善之爲道者，不誠則不獨，不獨則不形，不形則雖作於心，見於色，出於言，民猶若未從也，雖從必疑。天地爲大[4]矣，不誠則不能化萬物；聖人爲知矣，不誠則不能化萬民；父子爲親矣，不誠則疏；君上爲尊矣，不誠則卑。夫誠者、君子之所守也，而政事之本也，唯所居以其類至。操之則得之，舍之則失之。操而得之則輕，輕則獨行，獨行而不舍，則濟矣；濟而材盡，長遷而不反其初，則化矣。

君子位尊而志恭，心小而道大，所聽視者近，而所聞見者遠。是何邪？則操術然也。故千人萬人之情，一人之情是也；天地始者，今日是也；百王之道，後王是也。君子審後王之道而論於百王之前，若端（拜）〔拜〕[5]而議。推禮義之統，分是非之分，總天下之要，治海內之衆，若使一人，故操彌約而事彌大。五寸之矩，盡天下之方也。故君子不下室堂而海內之情舉積此者，則操術然也。

有通士者，有公士者，有直士者，有愨士者，有小人者。上則能尊君，下則能愛民，物至而應，事起而辨[6]，若是，則可謂通士矣。不下比以闇上，不上同[7]以疾下，分爭於中，不以私害之，若是，則可謂公士矣。身之所長，上雖不知，不以悖君；身之所短，上雖不知，不以取賞；長短不飾，以情自竭[8]；若是，則可謂直士矣。庸言必信之，庸行必愼之，畏法流俗，而不敢以其所獨（甚）〔是〕[9]，若是，則可謂愨士矣。

1. 《韓詩外傳》第1.11章作「莫能以己之皭皭容人之混污然」。
2. 王念孫云：君子非仁不守，非義不行，故曰「無它事」。下文「唯仁之爲守，唯義之爲行」，是其明證。
3. 默《治要》卷子本卷38頁11
4. 火《治要》卷子本卷38頁11
5. 楊倞云：「拜」猶言端拱……拜揖而議。言其從容不勞也。王念孫云：古無拜而議事之禮，且「端拜」二字義不相屬。「拜」當爲「拜」，今「拱」字也，……端拱而議，即楊注所云「從容不勞也」。楊云「端拜，猶端拱」，近之，乃又云「拜揖而議」，則未知「拜」爲「拜」之譌耳。編者按：《莊子・山木》「顏回端拱還目而窺之」（頁382）。
6. 王念孫云：「辨」者，治也。謂事起而能治之，非謂事有疑而能辨之也。
7. 王先謙云：「上同」，苟合於上。《成相篇》云：「愚而上同，國必禍。」
8. 郝懿行云：「情」，實也。「竭」，舉也。言短長皆以實偁說，不加文飾，所以爲直士。
9. 王念孫云：「甚」，當爲「是」，言不從流俗而亦不敢用其所獨是也。

言無常信，行無常貞，唯利所在，無所不傾，若是，則可謂小人矣。

公生明，偏生闇，端愨生通，詐僞生塞，誠信生神，夸誕生惑。此六生者，君子愼之，而禹、桀所以分也。

欲惡取舍之權[1]：見其可欲也，則必前後慮其可惡也者；見其可利也，則必前後慮其可害也者；而兼權之，孰計之，然後定其欲惡[2]取舍。如是，則常不大[3]陷矣。凡人之患，偏傷之也。見其可欲也，則不慮其可惡也者；見其可利也，則不顧其可害也者。是以動則必陷，爲則必辱，是偏傷之患也。

人之所惡者，吾亦惡之。夫富貴者、則類傲之，夫貧賤者、則求柔之，是非仁[4]人之情也，是姦人將以盜名於晻世者也，險莫大焉。故曰：盜名不如盜貨。田仲、史鰌不如盜也。

## 4 榮辱篇第四

憍泄[5]者、人之殃也，恭儉者、偋[6]五兵也。雖有戈矛之刺，不如恭儉之利也。故與人善言，煖於布帛；傷人（之）〔以〕[7]言，深於矛戟。故薄薄之地，不得履之。非地不安也。危足無所履者也[8]。凡在言也。巨涂則讓，小涂則殆[9]，雖欲不謹，若云不使。

快快而亡者，怒也；察察而殘者，忮也；博之而窮者，訾也；清之而俞濁者，口也；豢之而俞瘠者，交也；辯而不說[10]者，爭也；直立而不見知者，勝也；廉而不見貴者，劌也；勇而不見憚者，貪也；信而不見敬者，好剸行也：此小人之所務而君子之所不爲也。

1. 顧千里云：案「欲惡取舍之權」，疑當作「欲惡利害，取舍之權」，脫「利害」二字。
2. 顧千里云：「然後定其欲惡取舍」，疑當作「然後定其取舍」，衍「欲惡」二字。《榮辱篇》「其定取舍楛僈」，上下文皆即此義明甚。
3. 失
4. 俞樾云：「仁」字衍文也。上文……蓋言遇富貴者率傲慢之，遇貧賤者務柔屈之，此非人情也，正與上文「人之所惡者，吾亦惡之」相應。
5. 王念孫云：「憍泄」即「驕泰」之異文。
6. 楊倞云：「偋」，當爲「屏」，卻也。
7. 王念孫云：「傷人之言」，「之」本作「以」。謂以言傷人，較之以矛戟傷人者爲更深也。今本「以」作「之」，則與下句不甚貫注矣。《非相篇》「故贈人以言重於金石珠玉，勸人以言美於黼黻文章，聽人以言（王念孫自注云：今本以「以」字亦誤作「之」。）樂於鍾鼓琴瑟」，三「以」字與此文同一例。
8. 元刻本無「也」字。
9. 王念孫云：「殆」，讀爲「待」。言共行於道涂，大道可竝行，則讓之；小道只可單行，則待其人過乃行也。
10. 楊倞云：或讀爲「悅」。

鬬者、忘其身者也，忘其親者也，忘其君者也。行其少頃之怒而喪終身之軀，然且爲之，是忘其身也；家室立殘，親戚不免乎刑戮，然且爲之，是忘其親也；君上之所惡也，刑法之所大禁也，然且爲之，是忘其君也。憂[1]忘其身，內忘其親，上忘其君，是刑法之所不舍也，聖王之所不畜也。乳彘不觸虎，乳狗[2]不遠遊，不忘其親也。人也、憂忘其身，內忘其親，上忘其君，則是人也而曾狗彘之不若也。凡鬬者、必自以爲是而以人爲非也。己誠是也，人誠非也，則是己君子而人小人也，以君子與小人相賊害也。憂以忘其身，內以忘其親，上以忘其君，豈不過甚矣哉！是人也，所謂「以狐父之戈钃牛矢」也。將以爲智邪？則愚莫大焉。將以爲利邪？則害莫大焉。將以爲榮邪？則辱莫大焉。將以爲安邪？則危莫大焉。人之有鬬，何哉？我欲屬之狂惑疾病邪，則不可，聖王又誅之。我欲屬之鳥鼠禽獸邪？則不可，其形體又人，而好惡多同，人之有鬬，何哉？我甚醜之！

有狗彘之勇者，有賈盜之勇者，有小人之勇者，有士君子之勇者：爭飲食，無廉恥，不知是非，不辟死傷，不畏眾彊，恈恈然[3]惟（利）[4]飲食之見，是狗彘之勇者也。爲事利，爭貨財，無辭讓，果敢而（振）〔很〕[5]，猛貪而戾，恈恈然唯利之見，是賈盜之勇也。輕死而暴，是小人之勇也。義之所在，不傾於權，不顧其利，舉國而與之不爲改視，重死持義而不橈[6]，是士君子之勇也。

鯈魾[7]者、浮陽之魚也，胠[8]於沙而思水，則無逮矣。挂於患而欲謹，則無益矣。自知者不怨人，知命者不怨天。怨人者窮，怨天者無志[9]。失之己，反之人，豈不迂[10]乎

1. 楊倞云：或曰：當爲「下忘其身」，誤爲「夏」，又「夏」轉誤爲「憂」字耳。
2. 編者按：「乳彘」、「乳狗」於古雖多指母彘、母狗，《淮南・說林》：「乳狗之噬虎也，伏雞之搏狸也。」以「乳狗」與「伏雞」對舉，即其例也。惟此文之「乳彘」、「乳狗」則指初生之小彘、小狗而言，故曰「不忘其親」也。
3. 編者按：《禮記・檀弓下》4.62章「有餓者蒙袂輯屨貿貿然來。」「恈恈然」即「貿貿然」，《禮記》鄭《注》云：「目不明之貌。」意與此文正合。
4. 王引之云：「飲食」上本無「利」字。唯飲食之見，言狗彘唯見有飲食也。下文「恈恈然唯利之見」，與此文同一例。
5. 王引之云：「振」當爲「很」，字之誤也。「果敢而很，猛貪而戾」，二句一意相承。故《廣雅》曰：「戾，很也。」若「振」，則非其類矣。
6. 楊倞云：雖重愛其死而執節持義，不橈曲以苟生也。俞樾云：此本作「重死而持義不橈」，故楊注曰：「雖重愛其死而執節持義，不橈曲以苟生也」。是楊氏所據本「而」字在「持義」之上。
7. 王念孫云：疑「魾」爲「魱」字之誤。《爾雅》云：「魴，魱。」「魱」即「魴」之異名，則「鯈」、「魱」爲二魚也。
8. 王引之云：案「胠」當爲「俗」……「俗」者，窮困之謂。言魚困於沙而思水，則無及也。
9. 王念孫云：「志」，讀爲「知識」之「識」。不知命而怨天，故曰無識。《法行篇》正作「怨天者無識」。
10. 王念孫云：《廣雅》曰：「迂，遠也。」《韓詩外傳》曰：「身不善而怨他人，不亦遠乎」，語意正與此同。

哉！

榮辱之大分，安危利害之常體：先義而後利者榮，先利而後義者辱；榮者常通，辱者常窮；通者常制人，窮者常制於人：是榮辱之大分也。材[1]愨者常安利，蕩悍者常危害；安利者常樂易，危害者常憂險；樂易者常壽長，憂險者常夭折；是安危利害之常體也。

夫天生蒸民，有所以取之。志意致脩，德行致厚，智慮致明，是天子之所以取天下也。政令法，舉措時，聽斷公，上則能順天子之命，下則能保百姓，是諸侯之所以取國家也。志行脩，臨官治，上則能順上，下則能保其職，是士大夫之所以取田邑也。循法則、度量、刑辟、圖籍，不知其義，謹守其數，愼不敢損益也。父子相傳，以持王公，是故三代雖亡，治法猶存，是官人百吏之所以取祿秩也。孝弟愿愨，軥錄疾力，以敦比[2]其事業而不敢怠傲，是庶人之所以取煖衣飽食長生久視以免於刑戮也。飾邪說，文姦言，爲倚事，陶[3]誕、突盜，惕、悍、憍、暴，以偷生反側於亂世之閒，是姦人之所以取危辱死刑也。其慮之不深，其擇之不謹，其定取舍楛僈，是其所以危也。

材性知能，君子小人一也。好榮惡辱，好利惡害，是君子小人之所同也，若其所以求之之道則異矣。小人也者，疾[4]爲誕而欲人之信己也，疾爲詐而欲人之親己也，禽獸之行而欲人之善己也。慮之難知也[5]，行之難安也，持之難立也，成則必不得其所好，必遇其所惡焉。故君子者，信矣，而亦欲人之信己也；忠矣，而亦欲人之親己也；脩正治辨矣，而亦欲人之善己也。慮之易知也，行之易安也，持之易立也，成則必得其所好，必不遇其所惡焉。是故窮則不隱，通則大明，身死而名彌白。小人莫不延頸舉踵而願曰：「知慮材性，固有以賢人矣。」夫不知其與己無以異也，則君子（汪）〔注〕錯[6]之當，而小人注錯之過也。故孰察小人之知能，足以知其有餘可以爲君子之所爲

1. 汪中云：「材」疑當作「朴」，字之誤也。
2. 王引之云：「敦」、「比」，皆治也。
3. 王念孫云：「陶」，讀爲「謟」。「謟」「誕」雙聲字，「謟」亦「誕」也。《性惡篇》曰「其言也謟，其行也悖」，謂其言誕也，即上所謂「飾邪說，文姦言」也。……《彊國篇》曰：「陶誕比周以爭與，汙漫突盜以爭地」，「陶誕」「突盜」四字，義竝與此同。
4. 王念孫云：「疾」，猶力也。言力爲誕，力爲詐也。上文云：「軥錄疾力，以敦比其事業」，《仲尼篇》云：「疾力以申重之」，是「疾」與「力」同義。
5. 王念孫云：此言小人之慮事不能知也。蓋公生明，私生暗，小人之思慮不足以知事，故曰「慮之難知」。下文「行之難安」，「持之難立」，與此文同一例。編者按：王說未當，「慮之難知也」三句皆就事言，非就人言，蓋謂上舉各項，思之則於理難通，行之則難安，而持之則難立也。
6. 楊倞云：「注錯」……亦與措置義同也。

也。譬之越人安越，楚人安楚，君子安雅[1]，是非知能材性然也，是注錯習俗[2]之節異也。

仁義德行，常安之術也，然而未必不危也；汙僈[3]、突盜，常危之術也，然而未必不安也。故君子道其常，而小人道其怪也。

凡人有所一同：飢而欲食，寒而欲煖，勞而欲息，好利而惡害，是人之所生而有也，是無待而然者也，是禹、桀之所同也。目辨白黑美惡，而[4]耳辨音聲清濁，口辨酸鹹甘苦，鼻辨芬芳腥臊，骨體膚理辨寒暑疾養，是又人之所常[5]生而有也，是無待而然者也，是禹、桀之所同也。可以爲堯、禹，可以爲桀、跖，可以爲工匠，可以爲農賈，在勢[6]注錯習俗之所積爾，▸是又人之所生而有也，是無待而然者也，是禹、桀之所同也◂[7]。爲堯、禹則常安榮，爲桀、跖則常危辱；爲堯、禹則常愉佚，爲工匠農賈則常煩勞。然而人力[8]爲此而寡爲彼，何也？曰：陋也。堯、禹者，非生而具者也，夫起於變故，成乎脩脩之爲，待盡而後備者也。人之生固小人，無師無法則唯利之見爾。人之生固小人，又以遇亂世、得亂俗，是以小重小也，以亂得亂也。君子非得勢以臨之，則無由得開內焉。今是[9]人之口腹，安知禮義？安知辭讓？安知廉恥隅積？亦呥呥而噍，鄉鄉而飽已矣。人無師無法，則其心正其口腹也。今使人生而未嘗睹芻豢稻粱也，唯菽藿糟糠之爲睹，則以至足爲在此也。俄而粲然有秉芻豢而至者，則瞲然視之曰：「此何怪也？」彼臭之而（無）[10]嗛於鼻，嘗之而甘於口，食之而安於體，則莫不棄此而取彼矣。今以夫先王之道，仁義之統，以相群居，以相持養，以相藩飾，以相安固邪？以夫桀、跖之道，是其爲相縣也，幾直夫芻豢稻粱之縣糟糠爾哉！然而人力[11]爲此而寡爲彼，何也？曰：陋也。陋也者、天下之公患也，人之大殃大害也。故曰：仁者好告示

1. 王引之云：「雅」，讀爲「夏」，「夏」，謂中國也，故與「楚」、「越」對文。《儒效篇》「居楚而楚，居越而越，居夏而夏」，是其證。
2. 王念孫云：「習」「俗」雙聲字，「俗」即是「習」。
3. 楊倞云：「僈」當爲「漫」，「漫」亦「汙」也。
4. 王先謙《荀子集解》無「而」字。
5. 王先謙云：「常」字，以文義求之不當有。上下文「所生而有」句竝無「常」字，此「常」字緣上下文而衍。
6. 王先謙云：「埶」字無義。以上文言「注錯習俗」證之，則「埶」字爲衍文。
7. 王念孫云：案此二十三字，涉上文而衍。下文「爲堯、禹則常安榮，爲桀、紂則常危辱」云云，與上文「在注錯習俗之所積」句，緊相承接，若加此二十三字，則隔斷上下語脈，故知爲衍文。
8. 編者按：「力」疑當作「多」，與「寡」對文。
9. 王念孫云：「今是」，猶言今夫也。
10. 王念孫云：「無」衍字也，「嗛」，苦簟反，快也。「臭之而嗛於鼻」，「嘗之而甘於口」，「食之而安於體」，三句文同一例，若「嗛」上有「無」字，則與下文不合矣。
11. 編者按：「力」疑當作「多」，與「寡」對文。

人。告之示之，靡之儇之[1]，鉛之重之，則夫塞者俄且通也，陋者俄且僩[2]也，愚者俄且知也。是若不行[3]，則湯、武在上曷益？桀、紂在上曷損？湯、武存，則天下從而治；桀、紂存，則天下從而亂。如是者，豈[4]非人之情固可與如此可與如彼也哉！

人之情，食欲有芻豢，衣欲有文繡，行欲有輿馬，又欲夫餘財蓄積之富也；然而窮年累世不知不足[5]，是人之情也。今人之生也，方知畜雞狗豬彘，又畜牛羊，然而食不敢有酒肉；餘刀布，有囷窌，然而衣不敢有絲帛；約[6]者有筐篋之藏，然而行不敢有輿馬。是何也？非不欲也，（幾不）[7]長慮顧後而恐無以繼之故也。於是又節用禦欲，收斂畜藏以繼之也，是於己長慮顧後，幾不甚善矣哉！今夫偷生淺知之屬，曾此而不知也，‣食太侈‹[8]，不顧其後，俄則屈安窮矣；是其所以不免於凍餓，操瓢囊爲溝壑中瘠[9]者也。況夫先王之道，仁義之統，《詩》、《書》、《禮》、《樂》之分乎。彼固天下之大慮也，將爲天下生民之屬長慮顧後而保萬世也，其流長矣，其溫[10]厚矣，其功盛姚遠[11]矣，非〔順〕[12]孰脩爲之君子，莫之能知也。故曰：短綆不可以汲深井之泉，知不幾[13]者不可與及聖人之言。夫《詩》、《書》、《禮》、《樂》之分，固非庸人之所知也。故曰：一之而可再也，有之而可久也，廣之而可通也，慮之而可安也，反鉛察之而俞可好也。以治情則利，以爲名則榮，以群則和，以獨則足樂，意者其是邪？

夫貴爲天子，富有天下，是人情之所同欲也。然則[14]從人之欲，則勢不能容、物不

1. 王引之云：「靡之儇之」，即《賈子》所云「服習積貫」也。……《方言》曰：「還，積也。」還與儇聲近而義同，是「靡之儇之」皆積貫之意也。
2. 編者按：《修身篇》云：「多見曰閑，少見曰陋。」
3. 王念孫云：「是若不行」，「是」字承上文「告之示之」四句而言。言民從告示，故湯、武在上則治，桀、紂在上則亂。若民不從告示，則湯、武在上何益？桀、紂在上亦何損乎？
4. 王念孫云：「豈」，本作「幾」，古「豈」字也。今作「豈」者，後人不識古字而改之耳。案上文「幾直夫芻豢稻粱之縣糟糠爾哉」，注云：「幾，讀爲豈，下同。」下文「幾不甚善矣哉」，注云：「幾，亦讀爲豈。」後注既言「幾，亦讀爲豈。」則前注不須更言「下同」，所謂「下同」者，正指此「幾」字而言。
5. 楊倞云：「不知不足」，當爲「不知足」，剩「不」字耳。
6. 俞樾云：《淮南子・主術篇》「所守甚約」，高注曰：「約，要也。」《漢書・禮樂志》「治本約」，師古曰：「約，讀曰要。」是「約」與「要」一聲之轉，古亦通用。
7. 王念孫云：案「非不欲也」二句，文意緊相承接，中不當有「幾不」二字，蓋涉下文「幾不甚善」而衍。下文「幾」字有音而此無音，則爲衍文明矣。
8. 糧食太侈
9. 王念孫云：「瘠」，讀爲「掩骼埋胔」之「胔」。露骨曰骼，有肉曰胔。言凍餓而轉死於溝壑，故曰「爲溝壑中胔」。
10. 王引之云：「溫」讀爲「蘊」，「蘊」，積也。
11. 王引之云：「盛」，讀爲「成」。「成」，亦功也，「姚」，亦遠也。言其功甚遠也。
12. 王念孫云：《禮論篇》曰「非順孰脩爲之君子，莫之能知也。」此文脫「順」字……當從《禮論篇》補「順」字。
13. 編者按：「不幾」與「不可與及」連用，則「幾」蓋「幾及」之「幾」。
14. 王念孫云：「然則」猶言「然而」也。

能贍也。故先王案爲之制禮義以分之，使貴賤之等，長幼之差，知賢愚、能不能之分，皆使人載其事而各得其宜，然後使（慤）〔穀〕[1]祿多少厚薄之稱，是夫群居和一之道也。故仁人在上，則農以力盡田，賈以察盡財，百工以巧盡械器，士大夫以上至於公侯，莫不以其仁厚知能盡官職，夫是之謂至平。故或祿天下而不自以爲多，或監門、御旅、抱關、擊柝而不自以爲寡。故曰：「斬而齊，枉而順，不同而一。」夫是之謂人倫。《詩》曰：「受小共大共，爲下國駿蒙[2]。」此之謂也。

## 5 非相篇第五

相（人）[3]古之人無有也，學者不道也。古者有姑布子卿，今之世，梁有唐舉，相人之形狀顏色而知其吉凶妖祥，世俗稱之。古之人無有也，學者不道也。故相形不如論心，論心不如擇術。形不勝心，心不勝術。術正而‧心順‧[4]，則形相雖惡而心術善，無害爲君子也；形相雖善而心術惡，無害爲小人也。君子之謂吉，小人之謂凶。故長短、小大、善惡形相，非吉凶也。古之人無有也，學者不道也。

蓋帝堯長，帝舜短；文王長，周公短；仲尼長，子弓短。昔者，衛靈公有臣曰公孫呂，身長七尺，面長三尺，焉廣三寸，鼻目耳具，而名動天下。楚之孫叔敖，期思之鄙人也，突禿長左，軒較之下，而以楚霸。葉公子高微小短瘠，行若將不勝其衣。然白公之亂也，令尹子西、司馬子期皆死焉；葉公子高入據楚，誅白公，定楚國，如反手爾，仁義功名善[5]於後世。故士不揣長，不揳大，不權輕重，亦將志乎心[6]爾。長短、小大、美惡形相，豈論也哉！且徐偃王之狀，目可瞻馬[7]；仲尼之狀，面如蒙倛；周公之狀，身如斷菑；皋陶之狀，色如削瓜；閎夭之狀，面無見膚；傅說之狀，身如植鰭；伊尹之狀，面無須麋；禹跳，湯偏，堯、舜參牟子，從者將論志意、比類文學邪？直將差長短、辨美惡，而相欺傲邪？

古者桀、紂長巨姣美，天下之傑也，筋力越[8]勁，百人之敵也。然而身死國亡，爲天下大僇，後世言惡則必稽焉。是非容貌之患也，聞見之不眾，論議之卑爾。

1. 俞樾云：「慤」當作「穀」。《孟子・滕文公篇》「穀祿不平」，趙注曰：「穀，所以爲祿也。」此文言「穀祿」，正與彼同，作「慤」者，聲之誤也。
2. 見《詩・殷頌》第304篇《長發》。今本《詩》「蒙」作「厖」。
3. 王念孫云：元刻「相」下無「人」字，宋龔本同。案無「人」字者是。此謂古無相術，非謂古無相人也；謂學者不道相術，非謂不道相人也。下文云「長短、小大、善惡形相，古之人無有也，學者不道也」，是其證。
4. 心順之
5. 王引之云：「善」字文義不明，疑「著」字之譌。俞樾云：「善」乃「蓋」字之誤。
6. 盧文弨云：「心」字衍。
7. 焉
8. 王念孫云：「越」者，輕也。言筋力輕勁也。《說文》云「赳，輕勁有材力。」是也。

今世俗之亂君，鄉曲之儇子，莫不美麗姚冶，奇衣婦飾，血氣態度擬於女子；婦人莫不願得以爲夫，處女莫不願得以爲士，棄其親家而欲奔之者，比肩並起。然而中君羞以爲臣，中父羞以爲子，中兄羞以爲弟，中人羞以爲友；俄則束乎有司而戮乎大市，莫不呼天啼哭，苦傷其今而後悔其始。是非容貌之患也，聞見之不衆，（而）[1]論議之卑爾。然則從者將孰可也？

人有三不祥：幼而不肯事長，賤而不肯事貴，不肖而不肯事賢，是人之三不祥也。人有三必窮：爲上則不能愛下，爲下則好非其上，是人之一必窮也。鄉則不[2]若，偝則謾之，是人之二必窮也。智行淺薄，曲直有以相縣矣，然而仁人不能推，知士不能明，是人之三必窮也。人有此（三）數行[3]者，以爲上則必危，爲下則必滅。《詩》曰：「雨雪瀌瀌，宴然聿消。莫肯下隧，式居屢驕[4]。」此之謂也。

人之所以爲人者，何已也？曰：以其有辨也。飢而欲食，寒而欲煖，勞而欲息，好利而惡害，是人之所生而有也，是無待而然者也，是禹、桀之所同也。然則人之所以爲人者，非特以二足而無毛也，以其有辨也。今夫狌狌形笑，亦二足而毛也，然而君子啜其羹，食其胾。故人之所以爲人者，非特以其二足而無毛也，以其有辨也。夫禽獸有父子而無父子之親，有牝牡而無男女之別，故人道莫不有辨。辨莫大於分，分莫大於禮，禮莫大於聖王。聖王有百，吾孰法焉？（故）[5]曰：文久而（息）〔滅〕[6]，節族久而絕，守法數之有司極禮而褫[7]。故曰：欲觀聖王之跡，則於其粲然者矣，後王[8]是也。彼後王者，天下之君也，舍後王而道上古，譬之是猶舍己之君而事人之君也。故曰：欲觀千歲，則數今日；欲知億萬，則審一二；欲知上世，則審周道；欲知周道，則審其人、所貴君子。故曰：以近知遠，以一知萬，以微知明。此之謂也。

夫‧妄人‧[9]曰：「古今異情，其〔所〕以治亂者異道[10]。」而衆人惑焉。彼衆人

1. 王先謙云：「而」字，案文不當有，今從宋台州本刪。
2. 編者按：「不」字疑衍。《書‧益稷》云：「汝無面從，退有後言」，意與此相同。
3. 王引之云：「三數行」，文不成義，當作「有此數行」。數行，謂上文之「三不祥」與「三必窮」也。其「三」字即涉上文而衍。
4. 見《詩‧小雅》第223篇《角弓》。今本《詩》作「雨雪瀌瀌，見晛曰消。莫肯下遺，式居婁驕。」
5. 王念孫云：「故」衍字也。自「曰：文久而息」以下，皆與上文「聖王有百，吾孰法焉」二句自相問荅，則「曰」上不當有「故」字明矣。
6. 王念孫云：下文曰「是以文久而滅，節族久而絕。」「滅」與「絕」爲韻，則此亦當然，今本「滅」作「息」，則失其韻矣。
7. 王念孫云：「褫」之言「弛」也。如疲於禮而廢弛也。
8. 劉台拱云：「後王」，謂文、武也。
9. 詐人者《韓詩外傳》第3.28章
10. 王念孫云：此文本作「其所以治亂者異道」，謂古今之所以治亂者，其道不同也……《韓詩外傳》正作「其所以治亂異道」。

者，愚而無說[1]，陋而無度者也。其所見焉，猶可欺也，而況於千世之傳[2]也！▸妄人◂[3]者，門庭之閒，猶▸可誣◂[4]欺也，而況於千世之上乎！聖人[5]何以不〔可〕欺[6]？曰：聖人者、以己▸度◂[7]者也。故▸以人度人◂[8]，以情度情，以類度類，以說度功，以道觀盡，古今一（度）也[9]。類不悖，雖久同理，故▸鄉乎邪曲◂[10]而不迷，觀乎雜物而不惑，以此度之。五帝之外[11]無傳人，非無賢人也，久故也。五帝之中無傳政，非無善政也，久故也。▸禹、湯◂[12]有傳政，而不若▸周◂[13]之察也，非無善政也，久故也。傳者久則（論）〔俞〕略，近則（論）〔俞〕詳[14]，略則舉大，詳則舉小[15]。愚者聞其略而不知其詳，聞其（詳）〔小〕[16]而不知其大也，是以文久而滅，節族久而絕。

凡言不合先王，不順禮義，謂之姦言；雖辨，君子不聽。法先王，順禮義，黨學者，然而不好言，不樂言，則必非誠士也。故君子之於（言）〔善〕[17]也，志好之，行安之，樂言之。故君子必辯。凡人莫不好言其所善，而君子爲甚。故贈人以言，重於金石珠玉；觀人以言，美於黼黻文章；聽人以言，樂於鍾鼓琴瑟。故君子之於言無厭。鄙夫反是，好其實，不卹其文，是以終身不免埤汙傭俗。故《易》曰：「括囊，無咎無譽[18]。」腐儒之謂也。

凡說之難，以至高遇至卑，以至治接至亂。未可直至也，遠舉則病繆，近（世）〔舉〕[19]則病傭。善者於是閒也，亦必遠舉而不繆，近（世）〔舉〕而不傭，與時遷

1. 知《韓詩外傳》第3.28章
2. 後《韓詩外傳》第3.28章
3. 彼詐人《韓詩外傳》第3.28章
4. 挾《韓詩外傳》第3.28章
5. 《韓詩外傳》第3.28章「聖人」上有「然則」二字。
6. 王念孫云：「不欺」當作「不可欺」。聖人不可欺，正對上文「衆人可欺」而言。下文「鄉乎邪曲而不迷」云云，正所謂聖人不可欺也。今本脫「可」字，則失其義矣……《外傳》正作「不可欺」。
7. 度人《韓詩外傳》第3.28章
8. 以心度心《韓詩外傳》第3.28章
9. 王念孫云：「古今一度也」，當作「古今一也」。言自「以人度人」以下皆無古今之異，故曰「古今一也」。《彊國篇》：「治必由之，古今一也。」《正論篇》：「有擅國，無擅天下，古今一也。」《君子篇》：「……敬賢者存，慢賢者亡，古今一也。」文意竝與此同。……《外傳》無。
10. 性緣理《韓詩外傳》第3.28章
11. 前《韓詩外傳》第3.28章
12. 虞夏《韓詩外傳》第3.28章
13. 殷周《韓詩外傳》第3.28章
14. 俞樾云：兩「論」字皆「俞」字之誤。「俞」，讀爲「愈」……《韓詩外傳》正作「久則愈略，近則愈詳」，可據訂。
15. 細《韓詩外傳》第3.28章
16. 王念孫云：「聞其詳」，本作「聞其小」，「略」與「詳」對，「小」與「大」對……《外傳》作「聞其細，不知其大。」「細」亦小也。編者按：兩句疑本作「聞其略而不知其祥，聞其大而不知其細（「細」字从《外傳》）」，「略」謂粗略，與「大」同義，「細」謂「細節」，與「詳」同義，故今連語猶云「大略」、「詳細」。
17. 王引之云：「言」，當爲「善」。……「志好之，行安之，樂言之」，三「之」字皆指善而言。下文云「凡人莫不好言其所善，而君子爲甚」，是其明證矣。
18. 見《周易・坤卦六四爻辭》，今本《易》「無」並作「无」。
19. 俞樾云：「世」字當作「舉」，「遠舉」「近舉」相對爲文。

徙，與世偃仰，緩急嬴絀，府然苦（渠）〔梁〕[1]匽檃栝之於己也，曲得所謂焉，然而不折傷。故君子之度己則以繩，接人則用枻[2]。度己以繩，故足以爲天下法則矣。接人用枻[3]，故能寬容，因（求）〔衆〕[4]以成天下之大事矣。故君子賢而能容罷，知而能容愚，博而能容淺，粹而能容雜，夫是之謂兼術。《詩》曰：「徐方既同，天子之功[5]。」此之謂也。

談說之術：‧矜莊以莅之‹[6]，端誠以處之，堅彊以持之，（分別）〔譬稱〕以諭之，（譬稱）〔分別〕[7]以明之，‧欣驩芬薌‹[8]以送之，寶之珍之，貴[9]之神之，如是，則說常[10]無不‧受‹[11]。雖不說人，人莫不貴，夫是之謂（爲）[12]能貴其所貴。《傳》曰：「唯君子爲能貴其所貴。」此之謂也。

君子必辯。凡人莫不好言其所善，而君子爲甚焉。是以小人辯言險，君子[13]辯言仁也。言而非仁之中也，則其言不若其默也，其辯不若其吶也；言而仁之中也，則好言者上矣，不好言者下也。故仁言大矣。起於上、所以導於下，政令是也；起於下、所以忠於上，謀救[14]是也。故君子之行仁也無厭。志好之，行安之，樂言之，故（言）[15]君子必辯。小辯不如見端，見端不如（見）[16]本分。小辯而察，見端而明，本分而理，聖人

1. 楊倞云：「渠匽」所以制水。王引之云：正文、注文「渠」字，疑皆「梁」字之誤。《爾雅》：「隄謂之梁。」鄭仲師注《周官・𢾾人》云：「梁，水偃也。」「偃」與「匽」通，即「堰」字也。梁與匽同義，故以「梁匽」連文。
2. 抴
3. 抴
4. 王念孫云：「因求」二字，義不可通，「求」當爲「衆」，字之誤也。唯寬容，故能因衆以成事。
5. 見《詩・大雅》第263篇《常武》。
6. 齊莊以立之《韓詩外傳》第5.22章、《說苑・善說》第11.1章
7. 王念孫云：「分別」當在下句，「譬稱」當在上句。譬稱所以曉人，故曰「譬稱以喻之」；分別所以明理，故曰「分別以明之」。今本「譬稱」與「分別」互易。《韓詩外傳》及《說苑・善說篇》引此竝作「譬稱以喻之，分別以明之」。
8. A.歡忻芬芳《韓詩外傳》第5.22章 B.歡欣憤滿《說苑・善說》第11.1章
9. 貴《韓詩外傳》第5.22章、《說苑・善說》第11.1章
10. 恆《韓詩外傳》第5.22章〈編者按：今本《荀子》作「常」者蓋避漢諱改。〉
11. 行矣《韓詩外傳》第5.22章、《說苑・善說》第11.1章
12. 王引之云：「爲」字涉下「爲」字而衍。《韓詩外傳》、《說苑》皆作「夫是之謂能貴其所貴」，無「爲」字。
13. 王先謙《荀子集解》頁87「君子」上有「而」字。
14. 王念孫云：「謀救」二字，於義無取，……「謀救」當爲「諫救」，字之誤也。《周官》有司諫，司救。《說文》：「救，止也。」《論語・八佾篇》：「女弗能救與」，馬注與《說文》同。然則諫止其君之過謂之諫救，故曰：「起於下、所以忠於上，諫救是也」。
15. 王念孫云：「故君子必辯」爲一句，「故」下本無「言」字。此言君子志好之，行安之，樂言之，是以必辯也。上文云：「故君子之於言也，志好之，行安之，樂言之，故君子必辯」，是其證。今本作「故言君子必辯」，「言」字乃涉上文而衍。
16. 王引之云：「本分」上本無「見」字，此涉上兩「見端」而衍。本分者，本其一定之分也……下文「小辯而察，見端而明，本分而理」，皆承此文言之，而「本分」上無「見」字，故知「見」爲衍文。

士君子之分具矣。有小人之辯者，有士君子之辯者，有聖人之辯者：不先慮，不早謀，發之而當，成文而類，居[1]錯遷徙，應變不窮，是聖人之辯者也。先慮之，早謀之，斯須之言而足聽，文而致[2]實，博而黨正，是士君子之辯者也。聽其言則辭辨而無統，用其身則多詐而無功，上不足以順明王，下不足以和齊百姓，然而口舌之於[3]噡唯則節，足以爲奇偉偃卻之屬，夫是之謂姦人之雄。聖王起，所以先誅也。然後盜賊次之。盜賊得變，此不得變也。

# 6 非十二子篇第六

假今之世，飾邪說，文姦言，以⿰氵梟[4]亂天下，欺惑愚眾，矞宇[5]嵬瑣，使天下混然不知是非治亂之所存者，有人矣。

縱情性，安恣睢，禽獸行，不足以合文通治；然而其持之有故，其言之成理，足以欺惑愚眾，是它囂、魏牟也。

忍情性，綦谿利跂，苟以分異人爲高，不足以合大眾、明大分；然而其持之有故，其言之成理，足以欺惑愚眾，是陳仲、史鰌也。

不知一天下、建國家之權稱，上[6]功用，大[7]儉約，而僈差等，曾不足以容辨異、縣君臣；然而其持之有故，其言之成理，足以欺惑愚眾，是墨翟、宋鈃也。

尙法而無法，（下脩）〔不循〕[8]而好作，上則取聽於上，下則取從[9]於俗，終日言

1. 王念孫云：「居」，讀爲「舉」。言或舉或錯，或遷徙，皆隨變應之而不窮也。
2. 王念孫云：「致」，讀爲「質」。「質」，信也。謂信實也。「致實」與「黨正」對文。　　3. 均
4. A.梟 B.鴞〈楊倞注：「⿰氵梟」與「僥」同。編者按：《韓詩外傳》第4.22章無「⿰氵梟」字。〉
5. 楊倞云：「矞」與「譎」同，詭詐也……「宇」，未詳。或曰「宇」，大也。俞樾云：讀「矞」爲「譎」，是矣，訓「宇」爲「大」，則與「譎」誼不倫。「宇」，當讀爲「訏」。《說文・言部》：「訏，詭譌也。」然則「矞宇」猶言譎詭矣。
6. 王念孫云：「上」與「尙」同。
7. 王念孫云：「大」亦尙也。謂尊尙儉約也。
8. 王念孫云：「下脩而好作」，義不可通。「下脩」當爲「不循」，謂不循舊法也。編者按：準下文，則此文之「尙」「下」亦當爲「上則」「下則」之意，而「法而無法」，「脩而好作」，皆由反義詞中隔以「而」字而成句。王謂「修」當作「循」是也，但改「下」爲「不」則非是，此兩句本作「尙（與「上」同）法而無法，下循而好作」，謂其行爲自相矛盾也。
9. 王念孫云：「取聽」「取從」，言能使上下皆聽從之耳。

成文典，（及）〔反〕[1]紃察之，則倜然無所歸宿，不可以經國定分，然而其持之有故，其言之成理，足以欺惑愚眾，是慎到、田駢也。

不法先王，不是禮義，而好治怪說，玩琦辭，甚察而不（惠）〔急〕[2]，辯而無用，多事而寡功，不可以為治綱紀；然而其持之有故，其言之成理，足以欺惑愚眾，是惠施、鄧析也。

略法先王而不知其統，▸然而猶◂[3]材劇志大，聞見雜博。案往舊造說，謂之五行，甚僻違而無類，幽隱而無說，閉約而無解。案飾其辭而祗敬之曰：此眞先君子之言也。子思唱之，孟軻和之，世俗之溝猶瞀儒，嚾嚾然不知其所非也，遂受而傳之，以為仲尼、子游為茲厚於後世，是則子思、孟軻之罪也。

若夫總方略，齊言行，壹統類，而群天下之英傑而告之以大古[4]，教之以至順，▸奧窔◂[5]之閒，簟[6]席之上，（斂）〔歙〕[7]然聖王之文章具焉，佛[8]然（乎）〔平〕世之俗起[9]焉，（則）[10]六[11]說者不能入也，十二子者不能親也，無置錐之地，而王公不能與之爭名，在一大夫之位，則一君不能獨畜，一國不能獨容，成名況乎[12]諸侯，莫不願以為臣，是聖人之▸不得埶◂[13]者也，仲尼、子弓是也。

一天下，財萬物[14]，長養人民，兼利天下，通達之屬，莫不從服，六說者立息，十二子者遷化，則是聖人之得勢者，舜、禹是也。

1. 王引之云：元刻「及」作「反」，是也。「反」，復也。謂復紃察之也。
2. 王念孫云：「惠」當為「急」，字之誤也。「甚察而不急」，謂其言雖甚察而不急於用，故下句云「辯而無用」也……《天論篇》云：「無用之辯，不急之察。」《性惡篇》云：「雜能旁魄而無用，析速粹孰而不急。」皆其明證也。　3. 猶然而
4. 道《韓詩外傳》第4.22章　5. 隩要《韓詩外傳》第4.22章
6. 衽《韓詩外傳》第4.22章
7. 王引之云：古無以「斂然」二字連文者，「斂」當為「歙」，字之誤也。「歙然」者，聚集之貌。言聖王之文章歙然皆聚於此也。　8. 沛《韓詩外傳》第4.22章
9. 趨《韓詩外傳》第4.22章
10. 王念孫云：元刻無「則」字，是也。上文「若夫」二字，總領下文十九句，而結之曰「是聖人之不得埶者也」。此二十句皆一氣貫注，若第十一句上加一「則」字，則隔斷上下語脈矣。《韓詩外傳》無「則」字。　11. 工《韓詩外傳》第4.22章
12. 王引之云：「成名況乎」下有脫文，不可考。編者按：王說非是，《儒效篇》亦有「成名況乎諸侯，莫不願得以為臣」二句，即使有脫文，亦不應在「乎」字下。
13. 未得志《韓詩外傳》第4.22章
14. 王念孫云：財，如《泰象傳》「財成天地之道」之「財」，「財」，亦成也。「財萬物」與「（養長生）〔長養人〕民，兼利天下」連文，是「財萬物」即「成萬物」，《繫辭傳》曰「曲成萬物而不遺」是也。

今夫仁人也，將何務哉？上則法舜、禹之制，下則法仲尼、子弓之義，以務息十二子之說，如是，則天下之害除，仁人之事畢，聖王之跡箸矣。

信信，信也；疑疑，亦信也。貴賢，仁也；賤不肖，亦仁也。言而當，知也；默而當，亦知也。故知默由知言也。故多言而類，聖人也；少言而法，君子也；多少無法而流湎然，雖辯、小人也。故勞力而不當民務，謂之姦事；勞知而不律先王，謂之姦心；辯說譬諭、齊給便利而不順禮義，謂之姦說。此三姦者，聖王之所禁也。知[1]而險，賊而神，爲詐而巧，（言）無用而辯，（辯）不（給）（惠）〔急〕而察[2]，治之大殃也。行辟而堅，飾非而好[3]，玩姦而澤，言辯而逆，古之大禁也。知而無法，勇而無憚，察辯[4]而操僻，淫大[5]而用之[6]，好姦而與眾，利足而迷，負石而墜，是天下之所棄也。

兼服天下之心：高上尊貴不以驕人，聰明聖知[7]不以窮[8]人，齊[9]給▸速通◂[10]不（爭）〔以〕[11]▸先◂[12]人，▸剛毅勇敢◂[13]不以傷[14]人；不知則問，不能則學，雖能必讓，然後爲德[15]。遇君則脩臣下之義，遇[16]鄉則脩長幼之義。遇▸長◂[17]則脩▸子弟◂[18]之義，遇▸友◂[19]則脩▸禮節辭讓◂[20]之義，遇▸賤而少◂[21]者則脩告導寬容[22]之義。無不愛也，無不敬也，無與人爭也，恢[23]然如天地之苞萬物。如是，則賢者貴之，不肖者親之。如是而不服者，則可謂訞怪狡猾之人矣，雖則[24]子弟之中，刑及之而宜。《詩》

1. 王念孫云：「知而險」與「賊而神」對文，則知非美稱。「知」者，巧也。
2. 王念孫云：此本作「無用而辯，不急而察」。辯者、智也，慧也。……「無用而辯」，即辯而無用，非謂言無用而辯也。（王念孫自注：今本「言」字涉下文「言辯」而衍。）「不急而察」，即察而不急，非謂辯不惠而察也。（王念孫自注：今本「辯」字涉上句而衍。）
3. 王念孫云：「飾非而好」，言其飾之工也。「好」字，當讀上聲，不當讀去聲。
4. 王念孫云：「察辯」二字平列。言能察能辯，而所操皆僻淫之術也。
5. 俞樾云：「大」讀「汏」，「淫汏」連文。《仲尼篇》曰：「若是其險汙淫汏也」，是其證。
6. 俞樾云：「之」者，「乏」之壞字。
7. 智《治要》卷子本卷38頁13
8. 幽《韓詩外傳》第6.7章
9. 資《說苑・敬慎》第10.20章
10. A.便捷《韓詩外傳》第6.7章 B.疾速《說苑・敬慎》第10.20章
11. 王念孫云：「不爭先人」，當依上下文作「不以先人」，今本「以」作「爭」，涉下文「與人爭」而誤也。《韓詩外傳》作「不以欺誣人」，《說苑・敬慎篇》作「無以先人」，文雖不同，而「以」字則同。
12. 欺誣《韓詩外傳》第6.7章
13. A.勇猛强武《韓詩外傳》第6.7章 B.剛毅勇猛《說苑・敬慎》第10.20章
14. A.侵《韓詩外傳》第6.7章 B.勝《說苑・敬慎》第10.20章
15. 知《韓詩外傳》第6.7章
16. 出《韓詩外傳》第6.7章
17. 長老《韓詩外傳》第6.7章
18. 弟子《韓詩外傳》第6.7章
19. 等夷《韓詩外傳》第6.7章
20. 朋友《韓詩外傳》第6.7章
21. 少而賤《韓詩外傳》第6.7章
22. 裕《韓詩外傳》第6.7章
23. 曠《韓詩外傳》第6.7章
24. 編者按：「則」當作「在」。《儒效篇》「雖在鳥獸之中」，句式與此正相同。

云：「匪上帝不時，殷不用舊。雖無老成人，尚有典刑。曾是莫聽？大命以傾[1]。」此之謂也。

古之所謂（士仕）〔仕士〕[2]者，厚敦者也，合群者也，樂富[3]貴者也，樂分施者也，遠罪過者也，務事理者也，羞獨富者也。今之所謂（士仕）〔仕士〕者，汙漫者也，賊亂者也，恣睢者也，貪利者也，觸抵[4]者也，無禮義而唯權埶之嗜者也。

古之所謂處士者，德盛者也，能靜者也，脩正者也，知命者也，箸是[5]者也。今之所謂處士者，無能而云能者也，無知而云知者也，利心無足而佯無欲者也，行僞險穢而彊高言謹愨者也，以不俗爲俗，離（縱）〔縰〕[6]而跂訾者也。

士君子之所能〔爲〕[7]不能爲：君子能爲可貴，不能使人必貴己；能爲可信，不能使人必信己；能爲可用，不能使人必用己。故君子恥不脩，不恥見汙；恥不信，不恥不見信；恥不能，不恥不見用。是以不誘於譽[8]，不恐於誹，率道而行，端然正己，不爲物傾側，夫是之謂誠君子。《詩》云：「溫溫恭人，維德之基[9]。」此之謂也。

士君子之容：其冠進，其衣逢，其容良，儼然，壯然，祺然，蕼然，恢恢然，廣廣然，昭昭然，蕩蕩然，是父兄之容也。其冠進，其衣逢，其容愨，儉然，恀然，輔然，端然，訾然，洞然，綴綴然，瞀瞀然，是子弟之容也。吾語汝學者之嵬容：其冠絻，其纓禁緩，其容簡連；塡塡然，狄狄然，莫莫然，瞡瞡然，瞿瞿然，盡盡然，盱盱然，酒食聲色之中〔則〕瞞瞞然，瞑瞑然；禮節之中則疾疾然，訾訾然；勞苦事業之中則儢儢然，離離然，偷儒而罔，無廉恥而忍▸謑詢◂[10]：是學者之嵬也。

▸弟佗◂[11]其冠，神禫[12]其辭，禹行而舜趨，是子張氏之賤儒也。正其衣冠，齊其顏

1. 見《詩・大雅》第255篇《蕩》。
2. 王念孫云：「士仕」當爲「仕士」，與下「處士」對文。今本「仕士」字倒轉。下文同。 3. 王先謙云：「富」字當是「可」字之誤。
4. 王念孫云：「觸抵」，謂觸罪過也。此對上文「遠罪過」而言。
5. 劉台拱云：「著是」，疑當作「著定」，與上文「盛」「靜」等字爲韻。言有定守，不流移也。
6. 楊倞云：或曰：「縱」當爲「縰」，傳寫誤耳。王念孫云：楊謂「縱」爲「縰」之誤，是也。《莊子・在宥篇》「儒、墨乃始離跂攘臂乎桎梏之間」，「離跂」疊韻字。《荀子》云「離縰而跂訾」，「離縰」「跂訾」亦疊韻字。大抵皆自異於衆之意也。
7. 王念孫云：此文本作「士君子之所能爲不能爲」，乃總冒下文之詞。下文「君子能爲可貴，不能使人必貴己」六句，皆承此文而言。
8. 舉《治要》卷子本卷38頁14 9. 見《詩・大雅》第256篇《抑》。
10. 謑詢 11. 第作 12. 楊倞云：「神禫」，當爲「沖澹」，謂其言淡泊也。

色，嗛然而終日不言，是子夏氏之賤儒也。偷儒憚事，無廉恥而耆飲食，必曰君子固不用力，是子游氏之賤儒也。彼君子則不然，佚而不惰，勞而不優，宗原應變，曲得其宜，如是，然後聖人也。

## 7 仲尼篇第七

仲尼之門（人）[1]，五尺之豎子言羞稱乎[2]五伯。是何也？曰：然。彼誠可羞稱也。齊桓、五伯之盛者也，前事則殺兄而爭國；內行則姑姊妹之不嫁者七人，閨門之內，般樂奢汰，以齊之分奉之而不足；外事則詐邾、襲莒，并國三十五。其事行也若是其險汙淫汰也。（如）彼[3]固曷足稱乎大君子之門哉！若是而不亡，乃霸，何也？曰：於乎！夫齊桓公有天下之大節焉，夫孰能亡之？倓然見管仲之能足以託國也，是天下之大知也。安忘其怒，（出）[4]忘其讎，遂立以為仲父，是天下之大決也。立以為仲父，而貴戚莫之敢妬也；與之高、國之位，而本朝之臣莫之敢惡也；與之書社三百，而富人莫之敢距也。貴賤長少，秩秩焉莫不從桓公而貴敬之，是天下之大節也。諸侯有一節如是，則莫之能亡也；桓公兼此數節者而盡有之，夫又何可亡也？其霸也宜哉！非幸也，數也。

然而仲尼之門（人），五尺之豎子言羞稱乎五伯，是何也？曰：然。彼非（本）〔平〕[5]政教也，非致隆高也，非綦文理也，非服人之心也。鄉方略，審勞佚，〔謹〕畜積，脩鬪〔備〕[6]，而能顛倒其敵者也。詐心以勝矣。彼以讓飾爭，依乎仁而蹈利者也，小人之傑也，彼固曷足稱乎大君子之門哉！彼王者則不然。致賢（能而）〔而能〕以救不肖，致彊而能以寬弱，戰必能殆之而羞與之鬪，委然[7]成文以示之天下，而暴國

1. 王念孫云：「仲尼之門人」，「人」字後人所加也。下文同。下文兩言「曷足稱乎大君子之門」，皆與此「門」字相應，則無「人」字明矣。《春秋繁露・對膠西王篇》「仲尼之門，五尺之童子言羞稱五伯。」……《風俗通義・窮通篇》「孫卿小五伯，以為仲尼之門羞稱其功」，語皆本於《荀子》而亦無「人」字。
2. 之《治要》卷子本卷38頁14
3. 王念孫云：宋、錢本「險污淫汰也」下有「如彼」二字，元刻無「如」字，以「彼」字屬下讀，元刻是也。下文云「彼固曷足稱乎大君子之門哉」，正與此句相應，則「彼」字屬下讀明矣。
4. 王念孫云：「安」，語詞。「忘其怒」，「忘其讎」，「遂立以為仲父」，三句文義甚明，則「忘其讎」上不當有「出」字，蓋衍文也。
5. 王引之云：五伯亦有政教，不得言五伯非本政教，「本」，當為「平」，字之誤也。
6. 王引之云：「脩鬪」二字，殊為不詞……《王霸篇》作「鄉方略，審勞佚，謹畜積，脩戰備」，疑此亦本作「謹畜積，脩鬪備」，而傳寫有脫文也。
7. 王引之云：「委然」，文貌也。「委」，讀如「冠緌」之「緌」。《儒效篇》「綏綏兮其有文章也」，楊彼注云：「綏，或為『葳蕤』之『蕤』。」「蕤」與「緌」同音。此云「委然成文」，即所謂「綏綏有文章」也。

安自化矣，有災繆者然後誅之。故聖王之誅也，綦省矣。文王誅四，武王誅二，周公卒業，至於成王則安（以）[1]無誅矣。故道豈不行矣哉！文王載[2]百里地而天下一，桀、紂舍之，厚於有天下之勢而不得以匹夫老。故善用之，則百里之國足以獨立矣；不善用之，則楚六千里而爲讎人役。故人主不務得道而廣有其埶，是其所以危也。

持寵處位終身不厭之術：主尊貴之，則恭敬而僔；主信愛之，則謹愼而嗛[3]；主專任之，則拘守而詳；主安近之，則愼比[4]而不邪；主疏遠之，則全一而不倍；主損絀之，則恐懼而不怨。貴而不爲夸，信而▸不忘◂[5]處謙，任重而不敢專，財利至則（言）[6]善而不及也，必將盡辭讓之義然後受。福事至則和而理[7]，禍事至則靜而理；富則施廣，貧則用節；可貴可賤也，可富可貧也，可殺而不可使爲姦也。是持寵處身不厭之術也。雖在貧窮徒處之埶，亦取象於是矣；夫是之謂吉人。《詩》曰：「媚茲一人，應侯順德。永言孝思，昭哉嗣服[8]。」此之謂也。

求善處大重，（理）[9]任大事，擅寵於萬乘之國，必無後患之術：莫若好同之，援賢博施，除怨而無妨害人。（能）[10]耐任之，則愼行此道也。（能）而不耐任，且恐失寵，則莫若早同之，推賢讓能而安隨其後。如是，有寵則必榮，失寵則必無罪，是事君者之寶而必無後患之術也。故知兵者之舉事也，滿則慮嗛，平則慮險，安則慮危，曲重其豫，猶恐及其旤，是以百舉而不陷也。孔子曰：「巧而好度，必節；勇而好同，必勝；知而好謙，必賢。」此之謂也。愚者反是。處重擅權，則好專事而妬賢能，抑有功而擠有罪，志驕盈而輕[11]舊怨，以吝嗇而不行施道乎上，爲重招權於下以妨害人，雖欲無危，得乎哉！是以位尊則必危，任重則必廢，擅寵則必辱，可立而待也，可炊而傹[12]

1. 王念孫云：「安」下本無「以」字，此後人不知「安」爲語詞而誤以爲「安定」之「安」，故妄加「以」字耳。《大略篇》「至成、康則案無誅已」，「案」下無「以」字，是其明證。
2. 顧千里云：「載」下當有「之」字。「載之」「舍之」對文，二「之」字皆指道也。《富國篇》「以國載之」，是其證。
3. 王引之云：「嗛」與「謙」同。 4. 王引之云：「愼比」即「順比」。
5. 不
6. 王念孫云：元刻無「言」字，是也。據楊注云「善而不及。而，如也。」則「善」上無「言」字明矣。
7. 編者按：「和而理」，又見《不苟篇》，但《外傳》重文作「和而治」，疑此文亦當作「和而治」，今作「理」者蓋避唐諱改。
8. 見《詩・大雅》第243篇《下武》。
9. 俞樾云：「理」字衍文也。「處大重」，「任大事」相對，皆蒙「善」字爲義。
10. 王念孫云：「能耐任之」，「能而不耐任」，兩「能」字皆衍文。「耐」即「能」字也。
11. 王念孫云：「輕」，謂輕忽也。以其處重擅權，故志驕盈而輕忽舊怨，以爲莫如予何也。
12. 郝懿行云：洪氏頤煊以「傹」爲「滰」，引《說文》「滰浙而行」。

也。是行也？則墮之者眾而持之者寡矣。

天下之行術：以事君則必通，以為仁則必聖，立隆而勿貳也。然後恭敬以先之，忠信以統之，慎謹以行之，端愨以守之，頓窮則（從之）[1]疾力以申重之。君雖不知，無怨疾之心；功雖甚大，無伐德之色；省求，多功，愛敬不倦：如是，則常無不順矣。以事君則必通，以為仁則必聖，夫是之謂天下之行術。

少事長，賤事貴，不肖事賢，是天下之通義也。有人也，埶不在人上而羞為人下，是姦人之心也。志不免乎姦心，行不免乎姦道，而求有君子聖人之名，辟之是猶伏而咶天，救經而引其足也，說必不行矣，俞務而俞遠。故君子時詘則詘，時伸則伸也。

## 8 儒效篇第八

大儒之效：武王崩，成王幼，周公屏成王而及武王以屬[2]天下，惡天下之倍周也。履天（下）〔子〕[3]之籍[4]，聽天下之斷，偃然如固有之，而天下不稱貪焉；殺管叔，虛殷國，而天下不稱戾焉；兼制天下，立七十一國，姬姓獨居五十三人，而天下不稱偏焉。教誨開導成王，使諭於道，而能揜迹於文、武。周公歸周，反籍於成王，而天下不輟事周，然而周公北面而朝之。天子也者，不可以少當也，不可以假攝為也。能則天下歸之，不能則天下去之，是以周公屏成王而及武王以屬天下，惡天下之離周也。

成王冠，成人，周公歸周反籍焉，明不滅主之義也。周公無天下矣，鄉有天下，今無天下，非擅也；成王鄉無天下，今有天下，非奪也：變勢次序〔之〕[5]節然也。故以枝代主而非越也，以弟誅兄而非暴也，君臣易位而非不順也。因天下之和，遂文、武之業，明枝主之義，抑亦變化矣，天下厭然猶一也。非聖人莫之能為，夫是謂大儒之效。

秦昭王問孫卿子曰：「儒無益於人之國？」孫卿子曰：「儒者法先王，隆禮義，謹乎臣子而致貴其上者也。人主用之，則勢[6]在本朝而宜；不用，則退編百姓而愨，必為

1. 梁啓雄云：今本「疾」上衍「從之」二字，據久保愛據元本、孫鑛本刪。
2. 王念孫云：「屬」，繫也。天子者，天下之所繫。
3. 王念孫云：「天下」當為「天子」……《文選・江淹雜體詩注》引此正作「履天子之籍」，《淮南・氾論篇》：「周公履天子之籍，聽天下之政。」語即本於《荀子》。
4. 王念孫云：「籍」者，位也。謂履天子之位也。下文言「周公反籍於成王」，是籍與位同義。
5. 王引之云：「節」上有「之」字，而今本脫之，則文義不明。此言周公鄉有天下而今無，成王鄉無天下而今有，皆變埶次序之節如此也。
6. 王念孫云：「埶」者，位也。言位在本朝也。

順下矣。雖窮困凍餧，必不以邪道爲貪；無置[1]錐之地而明於持社稷之大義；嗚呼而莫之能應，然而通乎財萬物、養百姓之經紀。勢在人上則王公之材也，在人下則社稷之臣、國君之寶也。雖隱於窮閻漏[2]屋，人莫不貴，（之）〔貴〕[3]道誠存也。

「仲尼將爲魯司寇，沈猶氏不敢朝飲其羊，公愼氏出其妻，愼潰氏踰境而徙，魯之粥牛馬者不豫[4]賈，必蚤正以待之也。居於闕黨，闕黨之子弟‵罔不分‹[5]，有親者取多，孝弟以化之也。儒者在本朝則美政，在‵下位‹[6]則美俗，儒之爲人下如是矣。」王曰：「然則其爲人上何如？」孫卿曰：「其爲人上也廣大矣：志意定乎內，禮節脩乎朝，法則度量正乎官，忠信‵愛利形‹[7]乎下，行一不義、殺一無罪而得天下，不爲也。此君[8]子義信乎人矣，通於四海，則天下應之如讙。是何也？則貴名白而天下治[9]也。故近者歌謳而樂之，遠者竭蹶而趨之，四海之內若一家，通達之屬莫不從服，夫是之謂人師。《詩》曰：『自西自東，自南自北，無思不服[10]。』此之謂也。夫其爲人下也如彼，其爲人上也如此，何謂其無益於人之國也？」昭王曰：「善。」

先王之道，仁之隆也，比中而行之。曷謂中？曰：禮義是也。道者、非天之道，非地之道，人之所以道也，君子之所道也。君子之所謂賢者，非能偏能人之所能之謂也；君子之所謂知者，非能偏知人之所知之謂也；君子之所謂辨者，非能偏辨人之所辨之謂也；君子之所謂察者，非能偏察人之所察之謂也：有所（正）〔止〕[11]矣。相高下，視墝肥，序五種，君子不如農人：通財貨，相美惡，辨貴賤，君子不如賈人；設規矩，陳繩墨，便備用，君子不如工人；不卹是非、然不（然）[12]之情，以相薦撙，以相恥怍，君子不若惠施、鄧析也[13]。若夫（讁）〔譎〕[14]德而定次，量能而授官，使賢不肖皆得

1. 署《治要》卷子本卷38頁15　　2. 陋《治要》卷子本卷38頁16
3. 王先謙云：《群書治要》作「人莫不貴，貴道誠存也」，言人所以莫不貴此人者，其可貴之道在也，文義爲長。
4. 王引之云：豫，猶誑也。《周官・司市》注曰：「使定物賈，防誑豫」是也。
5. 罔不必分　　6. 其位　　7. 受愛利《治要》卷子本卷38頁16
8. 王先謙《荀子集解》頁120「君」下無「子」字。王念孫云：「君」當爲「若」，字之誤也。此「若義」，猶云此義。「若」，亦此也。
9. 顧千里云：「治」，疑當作「願」。《榮辱篇》「身死而名彌白，小人莫不延頸舉踵而願」，楊注：「願，猶慕也。」
10. 見《詩・大雅》第244篇《文王有聲》。
11. 楊倞云：或曰「正」，當爲「止」。言止於禮義也。王念孫云：是也。《解蔽篇》曰：「夫學也者，固學止之也。惡乎止之？曰：止諸至足。曷謂至足？曰：聖王也。」是其證。《群書治要》正作「有所止矣」。
12. 王引之云：「然不然」，本作「然不」，即「然否」也。《哀公篇》：「情性者，所以理然不、取舍也」，是其證。「取舍」與「然不」對文。「是非」與「然不」亦對文，後人不知「不」爲「否」之借字，故又加「然」字耳。
13. 元刻本無「也」字。
14. 論《治要》卷子本卷38頁18〈楊倞注云：本多作「譎」，「譎」與「決」同。王念孫云：作「譎」者是也，作「讁」者「譎」之譌耳。「譎」「決」古字通，謂決其德之大小而定位次也，下文「譎德而序位」，是其明證。〉

其位，能不能皆得其官，萬物得其宜，事變得其應，愼、墨不得進其談，惠施、鄧析不敢竄其察。言必（治當）〔當理〕，事必當務，是[1]，然後君子之所長也。

凡事行，有益於治者立之，無益於理者廢之，夫是之謂中事。凡知說，有益於理者爲之，無益於理者舍之，夫是之謂中說。（行事）〔事行〕[2]失中謂之姦事，知說失中謂之姦道。姦事姦道，治世之所棄而亂世之所從服也。若夫充虛之相施易也，堅白、同異之分隔也，是聰耳之所不能聽也，明目之所不能見也，辯士之所不能言也，雖有聖人之知，未能僂指也，不知無害爲君子，知之無損爲小人；工匠不知，無害爲巧；君子不知，無害爲治。王公好之則亂法，百姓好之則亂事。而狂惑戇陋之人，乃始率其群徒，辨其談說，明其辟稱，老身長子，不知惡也。夫是之謂上愚[3]，曾不如好相鷄狗之可以爲名也。《詩》曰：「爲鬼爲蜮，則不可得。有靦面目，視人罔極。作此好歌，以極反側[4]。」此之謂也。

我欲賤而貴，愚而知，貧而富，可乎？曰：其唯學乎。彼學者，行之，曰士也；敦慕[5]焉，君子也；知之，聖人也。上爲聖人，下爲士君子，孰禁我哉！鄉也，混然涂之人也，俄而並乎堯、禹，豈不賤而貴矣哉！鄉也，效[6]門室之辨，混然曾不能決也，俄而原仁義，分是非，圖回天下於掌上而[7]辨白黑，豈不愚而知矣哉！鄉也，胥靡[8]之人，俄而治天下之大器舉在此，豈不貧而富矣哉！今有人於此，屑然藏千溢之寶，雖行貣而食，人謂之富矣。彼寶也者，衣之不可衣也，食之不可食也，賣之不可僂售也，然而人謂之富，何也？豈不大富之器誠在此也？是杅杅[9]亦（當）〔富〕人已，豈不貧而富矣哉！故君子無爵而貴，無祿而富，不言而信，不怒而威，窮處而榮，獨居而樂，豈不至尊、至富、至重、至嚴之情舉積此哉！故曰：貴名不可以比周爭也，不可以夸誕有也，不可以勢重脅也，必將誠此然後就也。爭之則失，讓之則至，遵（道）〔遁〕[10]則積，

1. 編者按：「是」當作「如是」，《非十二子》「如是，然後聖人也」，是其比。
2. 王念孫云：宋錢本及各本「行事」皆作「事行」，上文云：「事行無益於理者廢之，知說無益於理者舍之。」此皆承上文而言，則作「事行」者是也。
3. 劉台拱云：「上愚」，猶言極愚。
4. 見《詩・小雅》第199篇《何人斯》。
5. 王引之云：「敦」、「慕」，皆勉也。
6. 王引之云：「效」者，考也，驗也。考驗門室之別，曾混然不能決，言其愚也。
7. 盧文弨云：「而」與「如」同。編者按：下文「脩百王之法若辨白黑」，足以證成盧說。
8. 王引之云：「胥靡」者，空無所有之謂，故《荀子》以況貧。「胥」之言「疏」也。
9. 王引之云：《方言》：「于，大也。」……《檀弓》「易則易，于則于」，《正義》亦曰：「于謂廣大。」重言之則曰「于于」。上文曰「治天下之大器在此」，又曰「大富之器在此」，是言學之富如財之富也。故曰「是杅杅亦富人已」。
10. 王念孫云：「道」當爲「遁」，字之誤也。「遵遁」，即「逡巡」。

夸誕則虛。故君子務脩其內而讓之於外，務積德於身而處之以遵（道）〔遁〕；如是，則貴名起如日月，天下應之如雷霆。故曰：君子隱而顯，微而明，辭讓而勝。《詩》曰：「鶴鳴于九皋，聲聞于天[1]。」此之謂也。鄙夫反是。比周而譽[2]俞少，鄙爭而名俞辱，煩勞以求安利，其身而[3]俞危。《詩》曰：「民之無良，相怨一方。受爵不讓，至于已斯亡[4]。」此之謂也。

故（不）能小而事大，辟之是猶力之少而任重也，舍粹[5]折無適也。身不肖而誣賢，是猶傴身[6]而好升高也，指其頂者愈衆。故明主譎德而序位，所以爲不亂也；忠臣誠能然後敢受職，所以爲不窮也。分不亂於上，能不窮於下，治辨之極也。《詩》曰：「平平左右，亦是率從[7]。」是言上下之交不相亂也。

以‹從俗›[8]爲善，以貨財爲寶，以養生爲己至道，是民[9]德也。行法至[10]堅，不以私欲亂所聞；如是，則可謂勁士矣。行法至堅，好脩正其所聞以橋[11]飾其情性，其言多當矣而未諭也，其行多當矣而未安也，其知慮多當矣而未周密也，上則能大其所隆，下則能開道不己若者；如是，則可謂篤厚君子矣。脩百王之法若辨白黑，應當世之變若數一二，行禮要節[12]而安之，若生四枝；要時立功之巧，若詔四時；平正和民之善，億萬之衆而（博）〔摶〕[13]若一人；如是，則可謂聖人矣。

井井兮其‹有理›[14]也，嚴嚴兮其能敬己也，（分分）〔介介〕[15]兮其有終始也，猒

1. 見《詩．小雅》第184篇《鶴鳴》。
2. 王念孫云：「譽」，非「名譽」之「譽」，即「與」字也。言雖比周以求黨與，而黨與愈少也。
3. 王先謙《荀子集解》頁128無「而」字。編者按：「而」字當在「其身」上。
4. 見《詩．小雅》第223篇《角弓》。
5. 楊倞云：「粹」讀爲「碎」。
6. 王先謙《荀子集解》頁129作「伸」。劉台拱云：「伸」，蓋即「僂」字之譌。
7. 見《詩．小雅》第222篇《采菽》。
8. 容俗
9. 王念孫云：「民」字對下「士」「君子」「聖人」而言。
10. 楊倞云：行法，謂行有法度。劉台拱云：《韓詩外傳》引此作「行法而志堅」。據楊注「行有法度」，明「行法」與「志堅」對舉，不當作「至」。王先謙云：《荀書》「至」「志」通借。
11. 撟
12. 編者按：「要節」猶「中節」也。
13. 劉台拱云：「博若一人」，「博」，當爲「傅」，《議兵篇》「和傳而一」，亦當作「和傅」，皆字之誤也。「而一」，如一也。億萬之衆，親附若一人，即所謂和傅如一也。王念孫云：「博」與「傳」，皆「摶」字之誤也，「摶」即「專一」之「專」，億萬之衆而專若一人，即所謂「和專如一」也。
14. 有條理
15. 王念孫云：「分分」當爲「介介」，字之誤也。《修身篇》「善在身，介然必以自好也」，楊彼注云「介然，堅固貌」，引《繫辭傳》「介如石焉」。此「介介」，亦堅固貌也。

猒兮其能長久也，樂樂兮其執道不殆也，炤炤兮其用知之明也，脩脩[1]兮其（用）[2]統類之行也，綏綏兮其有文章也，熙熙兮其樂人之臧也，隱隱兮其恐人之不當也，（如是），（則可謂聖人矣）[3]。此其道出乎一。曷謂一？曰：執神而固。曷謂神？曰：盡善挾（洽）〔治〕[4]之謂神。〔曷謂固〕？〔曰〕[5]：萬物莫足以傾之之謂固。神固之謂聖人。聖人也者、道之管也，天下之道管是矣，百王之道一是矣，故《詩》、《書》、《禮》、《樂》之〔道〕[6]歸是矣。《詩》言是，其志也；《書》言是，其事也；《禮》言是，其行也；《樂》言是，其和也；《春秋》言是，其微也。故《風》之所以爲不逐者，取是以節之也；《小雅》之所以爲小者，取是而文之也；《大雅》之所以爲大者，取是而光之也；《頌》之所以爲至者，取是而通之也：天下之道畢是矣。鄉是者臧，倍是者亡，鄉是如不臧，倍是如不亡者，自古及今，未嘗有也。

客有道曰：「孔子曰：『周公其盛乎！身貴而愈恭，家富而愈儉，勝敵而愈戒。』」應之曰：「是殆非周公之行，非孔子之言也。武王崩，成王幼，周公屏成王而及武王，履天子之籍，負扆而坐[7]，諸侯趨走堂下。當是時也，夫又誰爲恭矣哉！兼制天下，立七十一國，姬姓獨居五十三人焉，周之子孫苟不狂惑者，莫不爲天下之顯諸侯，孰謂周公儉哉！武王之誅紂也，行之日以兵忌，東面而迎太歲，至（氾）〔汜〕[8]而汎，至懷而壞，至共頭而山隧。霍叔懼曰：『出三日而五災至，無乃不可乎？』周公曰：『刳比干而囚箕子，飛廉、惡來知政，夫又惡有不可焉？』遂選馬[9]而進，朝食於戚，暮宿乎百泉，（厭旦）〔旦厭〕[10]於牧之野，鼓之而紂卒易鄉，遂乘殷人▸而誅紂◂[11]。蓋殺者非周人，因殷人也。故無首虜之獲，無蹈難之賞，反而定三革，偃五

1. 王念孫云：「脩」，讀爲「條」。《春秋繁露・如天之爲篇》曰：「行而無留，若四時之條條然」，是「條條」爲行貌，故曰「條條兮其統類之行也」，作「脩」者，借字耳。
2. 王引之云：「統類」上不當有「用」字，蓋涉上句而衍。
3. 王念孫以爲此二句乃涉上文「如是，則可謂聖人矣」而衍。今據刪。
4. 呂、錢本「洽」竝作「治」。王念孫云：呂、錢本是也，「挾」與「浹」同，全體皆善，故曰「盡善」；全體皆治，故曰「浹治」。
5. 王引之云：此上當有「曷謂固，曰」四字。「萬物莫足以傾之之謂固」，與「曷謂固」上下正相呼應。「曷謂固」與上文之「曷謂一」「曷謂神」皆文同一例。「曷謂神」「曷謂固」承上「執神而固」言之；下文「神固之謂聖人」又承上「曷謂神」「曷謂固」言之。今本脫去「曷謂固，曰」四字，則與上下文不相應矣。
6. 劉台拱云：「之」下當有「道」字，與上兩「之道」對文。
7. 盧文弨云：「坐」當作「立」。
8. 王念孫云：汪氏中曰：「氾當作汜，音汎。」其說是也。然《荀子》所謂「至汜」者，究不知爲今何縣地。
9. 俞樾云：《詩・猗嗟》《傳》曰：「選，齊也。」此「選」字亦當訓齊。
10. 俞樾云：「厭旦」當作「旦厭」，「厭」，讀爲「壓」。《彊國篇》「如牆厭之」，注曰：「厭，讀爲壓。」此文「厭」字正與彼同。「旦壓於牧之野」，與上文「朝食」「暮宿」文義一律。
11. 而進誅紂

兵，合天下，立聲樂，於是《武》、《象》起而《韶》、《護》廢矣。四海之內莫不變心易慮以化順之，故外闔不閉，跨天下而無蘄。當是時也，夫又誰爲戒矣哉！」

造父者、天下之善御者也，無輿馬則無所見其能。羿者、天下之善射者也，無弧[1]矢則無所見其巧。大儒者、善調一天下者也，無百里之地則無所見其功。輿固馬選矣，而不能以至遠，一日而千里，則非造父也。弓調矢直矣，而不能以射遠中微，則非羿也。用百里之地，而不能以調一天下、制▸强暴◂[2]，則非大儒也。彼大儒者，雖隱於[3]窮閻[4]漏屋，無置錐之地，而王公不能與之爭名；在一大夫之位，則一君不能獨畜，一國不能獨容，成名況乎諸侯，莫不願得以爲臣[5]；用百里之地而[6]千里之國莫能與之爭勝，笞捶暴國，齊一天下，而▸莫◂[7]能傾也。是大儒之徵也。其言有類，其行有禮，其舉事無悔，其持險應變曲當，與時遷徙，與世偃仰，千舉萬變，其道一也。是大儒之稽也。其窮也，俗儒笑之；其通也，英傑化之，嵬瑣逃之，邪說畏之，衆人愧之。通則一天下，窮則獨立貴名，天不能死，地不能埋，桀、跖之世不能汙，非大儒莫之能立，仲尼、子弓是也。

故有俗人者，有俗儒者，有雅儒者，有大儒者。▸有不學問◂[8]，▸無正義◂[9]，以[10]富利爲隆，是俗人者也。逢衣淺[11]帶，解果其冠，略法先王而足亂世，術繆學雜，舉不知法後王而一制度，不知隆禮義而殺《詩》、《書》；其衣冠行僞[12]已同於世俗矣，然而不知惡（者）[13]；其▸言議談說◂[14]已無所以異於墨子矣，然而明不能▸分別◂[15]，呼先王以欺愚者而求衣食焉，得委積足以揜其口則揚揚如也；隨其長子，事其便辟，舉[16]其上客，（億）〔僡〕[17]然若終身之虜而不敢有他志：是俗儒者也。法後王，一制度，隆禮義而殺《詩》、《書》，其言行已有大法矣，然而明不能齊[18]法教之所不及，聞見之所

1. 弓《韓詩外傳》第5.5章 2. 四夷《韓詩外傳》第5.5章
3. 居《韓詩外傳》第5.5章 4. 巷《韓詩外傳》第5.5章
5. 楊倞云：已解《非十二子篇》。盧文弨云：案此段「在一大夫之位」云云，當爲衍文，《韓詩外傳》卷五無，此徑接下文，語勢方吻合。王念孫云：此三十二字涉《非十二子篇》而衍。 6. 則《韓詩外傳》第5.5章 7. 莫之《韓詩外傳》第5.5章
8. 耳不聞學《韓詩外傳》第5.5章 9. 行無正義《韓詩外傳》第5.5章
10. 《韓詩外傳》第5.5章「以」上有「迷迷然」三字。
11. 博《韓詩外傳》第5.5章
12. 劉台拱云：《荀子書》言「僞」者，義皆作「爲」。此「行僞」，《韓詩外傳》作「行爲」。
13. 王念孫云：「然而不知惡」與下「然而明不能別」對文，則「惡」下不當有「者」字。
14. 言談議說《韓詩外傳》第5.5章 15. 別
16. 王念孫云：「舉」，讀爲「相與」之「與」。
17. 王念孫云：「億」，蓋「僡」字之誤。《說文》：「僡，安也，從人，意聲。」《左傳》、《國語》通作「億」，「億」行而「僡」廢矣。「僡然」，安然也。言俗儒居人國中，苟圖衣食，安然若將終身而不敢有他志也。 18. 濟《韓詩外傳》第5.5章

未至，則知不能類也，知之曰知之，不知曰不知，內不自[1]以誣外，外不自以欺內，以是尊賢畏[2]法，而不敢怠傲[3]，是雅儒者也。法先[4]王，統禮義，一制度，以淺持博，以古持今，以一持萬，苟仁義之類也，雖在鳥獸之中，若別白黑，倚[5]物怪變，所未嘗聞也，所未嘗見也，卒然起一方，則舉統類而應之，無所儗怍，張[6]法而度之，則晻然若合符節，是大儒者也。

故人主用俗人，則萬乘之國亡；用俗儒，則萬乘之國存；用雅儒，則千乘[7]之國安；用大儒，則百里之地久；而後三年，天下為一，諸侯為臣，用萬乘之國，則舉錯而定，一朝而伯[8]。

不聞不若聞之，聞之不若見之，見之不若知之，知之不若行之，學至於行之而止矣。行之、明也，明之為聖人，聖人也者，本仁義，當是非，齊言行，不失豪釐，無他道焉，已乎行之矣。故聞之而不見，雖博必謬；見之而不知，雖識必妄；知之而不行，雖敦必困。不聞不見，則雖當，非仁也，其道百舉而百陷也。

故人無師無法而知，則必為盜，勇則必為賊，云[9]能則必為亂，察則必為怪，辨則必為誕。人有師有法而知，則速通；勇則速威，云[10]能則速成，察則速盡，辨則速論[11]。故有師法者，人之大寶也；無師法者，人之大殃也。人無師法則隆（情）〔性〕矣，有師法則隆（性）〔積〕矣，而師法者，所得乎（情）〔積〕[12]，非所受乎性，〔性〕[13]不足以獨立而治。性也者、吾所不能為也，然而可化也；（情）〔積〕[14]也

1. 王先謙《荀子集解》頁140此二句作「內不自以誣，外不自以欺。」王念孫云：《唐風羔裘》《傳》曰：「自，用也。」言內不用之以誣己，外不用之以欺人也。
2. 敬《韓詩外傳》第5.5章
3. 《韓詩外傳》第5.5章「傲」下有「焉」字。
4. 楊倞云：「先生」當為「後王」，「以古持今」當為「以今持古」，皆傳寫誤也。劉台拱云：「後王」，謂周也。「以古持今」，亦謂以文、武、周公之德持今世。楊謂當為「以今持古」，非。
5. 奇《韓詩外傳》第5.5章
6. 援《韓詩外傳》第5.5章
7. 里《韓詩外傳》第5.5章
8. 王念孫云：「伯」，讀為「白」。「白」，顯著也。言一朝而名顯於天下也。
9. 王念孫云：「云」者，有也。言無師無法而有能，則必為亂。
10. 王念孫云：「云」者，有也。有師有法而有能，則其成必速也。楊注《非十二子篇》引《愼子》曰：「云能而害，無能則亂也。」「云能」，有能也。
11. 王念孫云：「論」，決也。言辯事則速決也。
12. 楊倞云：或曰：「情」，當為「積」，所得乎積習，非受於天性；既非天性則不可獨立而治，必在化之也。王念孫云：楊所稱或說改「情」為「積」者，是也。下文皆言「積」，不言「情」，是其證。
13. 王念孫云：「不足以獨立而治」上當更有一「性」字，言性不足以獨立而治，必待積習以化之也。編者按：此文「所受乎性」四字疑當重，今本誤脫。
14. 楊倞云：或曰：「情」，亦當為「積」。積習與天然有殊，故曰「非吾所有」。王念孫以為或說是也。

者、非吾所有也，然而可爲（乎）〔也〕。注錯習俗，所以化性也；并一而不二，所以成積也。習俗移志，安久移質，并一而不二，則通於神明、參於天地矣。

故積土而爲山，積水而爲海[1]，旦暮積謂之歲。至高謂之天，至下謂之地，宇中六指謂之極；涂之人百姓，積善而全盡謂之聖人。彼求之而後得，爲之而後成，積之而後高，盡之而後聖。故聖人也者，人之所積也。人積耨耕而爲農夫，積斲削而爲工匠，積反貨而爲商賈，積禮義而爲君子。工匠之子莫不繼事，而都國之民安習其服。居楚而楚，居越而越，居夏而夏，是非天性也，積靡使然也。故人知謹注錯，愼習俗，大積靡，則爲君子矣；縱情性而不足問學，則爲小人矣。爲君子則常安榮矣，爲小人則常危辱矣。凡人莫不欲安榮而惡危辱，故唯君子爲能得其所好，小人則日徼其所惡。《詩》曰：「維此良人，弗求弗迪；維彼忍心，是顧是復。民之貪亂，寧爲荼毒[2]。」此之謂也。

人論[3]：志不免於曲私而冀人之以己爲公也，行不免於汙漫[4]而冀人之以己爲脩也，甚愚陋溝瞀而冀人之以己爲知也，是衆人也。志忍私，然後能公；行忍情性，然後能脩；知而好問，然後能才。公、脩而才，可謂小儒矣。志安公，行安脩，知通統類，如是，則可謂大儒矣。大儒者、天子三公也，小儒者、諸侯大夫士也，衆人者、工農商賈也。禮者、人主之所以爲群臣寸尺尋丈檢式[5]也，人倫盡矣。

君子言有壇宇[6]，行有防表，道有一隆。言道德之求，不下於安存；言志意之求，不下於士，言道德之求，不二後王。道過三代謂之蕩，法二後王謂之不雅，高之下之，小之臣[7]之，不外是矣，是君子之所以騁志意於壇宇宮庭也。故諸侯問政，不及安存，則不告也；匹夫問學，不及爲士，則不教也；百家之說，不及先[8]王，則不聽也。夫是之謂君子言有壇宇，行有防表也。

---

1. 積土謂之山，積水謂之海。　2. 見《詩・大雅》第257篇《桑柔》。
3. 王念孫云：「人論」二字，乃目下之詞。「論」，讀爲「倫」。「倫」，類也，等也。謂人之等類，即下文所謂「衆人」「小儒」「大儒」也。
4. 王念孫云：「漫」，亦汙也。　5. 王念孫云：「檢」、「式」，皆法也。
6. 王念孫云：「壇」，堂基也。「宇」，屋邊也。「言有壇宇」，猶曰「言有界域」，即下文所謂「道不過三代，法不二後王」。
7. 楊倞云：「臣」當爲「巨」。雖高下小大，不出此壇宇防表也。　8. 後

# 9 王制篇第九

請問爲政？曰：賢能不待次而舉，▸罷不能◂[1]不待▸頃◂[2]而廢，元惡不待教而誅，中庸雜民[3]不待政而化。分未定也，則有昭繆也。雖▸王公士大夫◂[4]之子孫也，不能屬於禮義，則歸之庶人。雖庶人之子孫也，積文學，正身行，能屬於禮義，則歸之卿相士大夫。故姦言、姦說、姦事、姦能、遁逃反側之民，職而教之，須而待之，勉之以慶賞，懲之以刑罰。安職則畜，不安職則棄。五疾，上收而養之，材而事之，官施而衣食之，兼[5]覆無遺。才行反時者，▸死◂[6]無赦。夫是之謂天德[7]，〔是〕[8]王者之政也。

聽政之大分：以善至者，待之以禮；以不善至者，待之以刑。兩者分別，則賢不肖不雜，是非不亂。賢不肖不雜，則英傑至；是非不亂，則國家治。若是，名聲日聞[9]，天下願，令行禁止，則王者之事畢矣。

凡聽，威嚴猛厲而不好假導人，則下畏恐而不親，周閉而不竭；若是，則大事殆乎弛，小事殆乎遂[10]。和解調通，好假導人而無所凝止之，則姦言並至，嘗試之說鋒起，若是，則聽大事煩，是又傷之也。故法而不議，則法之所不至者必廢；職而不通，則職之所不及者必隊；故法而議，職而通，無隱謀，無遺善，而百事無過，非君子莫能。故公平者、（職）〔聽〕[11]之衡也，中和者、聽之繩也。其有法者以法行，無法者以類舉，聽之盡也；偏黨而無經，聽之辟也。故有良法而亂者有之矣，有君子而亂者，自古及今，未嘗聞也。《傳》曰：「治生乎君子，〔而〕亂生乎小人。」此之謂也。

分均則不偏[12]，埶齊則不壹，衆齊則不使。有天有地而上下有差，明王始立而處國

1. 不肖《韓詩外傳》第5.3章
2. 須與《韓詩外傳》第5.3章
3. 王先謙《荀子集解》頁148「中庸雜民」作「中庸民」。王念孫云：「元惡」「中庸」對文，「中庸」下不當獨有「民」字……《韓詩外傳》無「民」字。
4. 公卿大夫《韓詩外傳》第5.3章
5. 王《韓詩外傳》第5.3章
6. 死之《韓詩外傳》第5.3章
7. 誅《韓詩外傳》第5.3章
8. 王念孫云：「王者」上當有「是」字。「是王者之政也」，乃總承上文之詞。下文「是王者之人也」，「是王者之制也」，「是王者之論也」，皆與此文同一例。今本脫「是」字，則語意不完。《韓詩外傳》有「是」字。
9. 王念孫云：「名聲日聞」，本無「聞」字，「日」本作「白」。名聲白者，白、明也，顯也，謂名聲顯著於天下也。《致士篇》曰：「貴名白，天下願，令行禁止，王者之事畢矣」，文正與此同。「貴名白」即「名聲白」也。
10. 劉台拱云：「遂」，如「大夫無遂事」之「遂」。王念孫云：「遂」，讀爲「墜」。「墜」與「弛」義相近。
11. 劉台拱云：「職之衡」，當作「聽之衡」，此涉上文「職」字致誤。
12. 王念孫云：「偏」，讀爲「徧」。

有制，夫兩貴之不能相事，兩賤之不能相使，是天數也。埶位齊而欲惡同，物不能澹則必爭，爭則必亂，亂則窮矣。先王惡其亂也，故制禮義以分之，使有貧、富、貴、賤之等，足以相兼臨者，是養天下之本也。《書》曰：「維齊非齊[1]。」此之謂也。

馬駭輿，則君子不安輿；庶人駭政，則君子不安位。馬駭輿，則莫若靜之；庶人駭政，則莫若惠之。選賢良，舉篤敬，興孝悌，收孤寡，補貧窮；如是，則庶人安政矣。庶人安政，然后君子安位〔矣〕。《傳》曰：「君者、舟也，庶人者、水也。水則載舟，水則覆舟。」此之謂也。

故君人者欲安，則莫若平政愛民矣；欲榮，則莫若隆禮敬士矣；欲立功名，則莫若尚賢使能矣；是君人者之大節也。三節者當，則其餘莫不當矣；三節者不當，則其餘雖曲當，猶[2]將無益也。孔子曰：「大節是也，小節是也，上君也。大節是也，▸小節非也，一出焉◂[3]，一入焉，中君也。大節非也，小節雖是也，吾無觀其餘矣。」

成侯、嗣公，聚斂計數之君也，未及取民也；鄭子產、取民者也，未及爲政（者）也[4]；管仲、爲政者也，未及脩禮（者）也。故脩禮者王，爲政者彊，取民者安，聚斂者亡。故王者富民，霸者富士，僅存之國富大夫，亡國富筐篋，實府庫。筐篋已富，府庫已實，而百姓貧，夫是之謂上溢而下漏[5]。入不可以守，出不可以戰，則傾覆滅亡可立而待也。故我聚之以亡，敵得之以彊。聚斂者，召寇、肥敵、亡國、危身之道也，故明君不蹈也。

王、奪之人，霸、奪之與，彊、奪之地。奪之人者臣諸侯，奪之與者友諸侯，奪之地者敵諸侯。臣諸侯者王，友諸侯者霸，敵諸侯者危。用彊者，人之城守，人之出[6]戰，而我以力勝之也，則傷人之民必甚矣。傷人之民甚，則人之民惡我必甚矣；人之民惡我甚，則日欲與我鬭。人之城守，人之出戰，而我以力勝之，則傷吾民必甚矣。傷吾民甚，則吾民之惡我必甚矣；吾民之惡我甚，則日不欲爲我鬭。人之民日欲與我鬭，吾民日不欲爲我鬭，是彊者之所以反弱也。地來而民去，累多而功少，雖守者益，所以守

1. 見《尙書・呂刑》，今本《書》「維」作「惟」。
2. 由《治要》卷子本卷38頁21
3. 小節一出焉
4. 王念孫云：元刻「未及爲政」「未及脩禮」下皆無「者」字，宋龔本同，案元刻是也。此兩「者」字皆涉上下文而衍。《韓詩外傳》、《群書治要》及《文選・永明十一年策秀才文注》引此，皆無兩「者」字。
5. 王引之云：「溢」，滿也。「漏」之言「漉」也。
6. 俞樾云：「出」當爲「士」，字之譌也……守必以城，戰必以士；人之城守，人之士戰，正相對成文。

者損，是（以）[1]大者之所以反削也。諸侯莫不懷交接怨而不忘其敵，伺彊大之間，承彊大之▸敝也◂[2]。▸知彊大之敝◂[3]，此彊大之殆時也。知彊（大）〔道〕[4]者不務彊也，慮[5]以王命全其力、凝其德。力全則諸侯不能弱也，德凝則諸侯不能削也，天下無王霸主則常勝矣。是知彊道者也。

彼霸者不然，辟田野，實倉廩，便備用[6]，案謹募[7]選閱材技之士，然後漸慶賞以先之，嚴刑罰以糾之。存亡繼絕，衛弱禁暴，而無兼并之心，則諸侯親之矣；脩友敵之道，以敬接諸侯，則諸侯說之矣。所以親之者，以不并也，并之見，則諸侯疏（之）[8]矣；所以說之者，以友敵也，臣之見，則諸侯離矣。故明其不并之行，信其友敵之道，天下無王（霸）[9]主，則常勝矣。是知霸道者也。

閔王毀於五國，桓公劫於魯莊，無它故焉，非其道而慮之以王也。

彼王者不然，仁眇[10]天下，義眇天下，威眇天下。仁眇天下，故天下莫不親也；義眇天下，故天下莫不貴也；威眇天下，故天下莫敢敵也。以不敵之威，輔服人之道，故不戰而勝，不攻而得，甲兵不勞而天下服。是知王道者也。知此三具者，欲王而王，欲霸而霸，欲彊而彊矣。

王者之人：飾[11]動以禮義，聽斷以類，明振毫末，舉錯應變而不窮。夫是之謂有原。是王者之人也。

---

1. 俞樾云：「以」字衍文。「是大者之所以反削也」，與上文「是彊者之所以反弱也」正相對。　2. A.敝 B.弊　3. 元刻無此五字，盧文弨以爲五字衍文。
4. 王引之云：「彊大」當爲「彊道」。「彊道」，謂所以致彊之道，即下文所謂「以王命全其力，凝其德」也。
5. 王念孫云：「慮」，猶大氐也。言知彊道者，不務以力勝人，大氐以王命全其力、凝其德也。
6. 王念孫云：「備用」二字平列。「備」……《淮南．修務篇》注云：「備，猶用也。」故或謂之器用，或謂之器備。「便備用」，猶言「便器用」耳。
7. 俞樾云：「募」乃「纂」字之譌。……「纂」與「選」聲近義同，故此以連文。「纂」、「選」，皆具也。
8. 王念孫云：元刻無「之」字，是也。下文「則諸侯離矣」，「離」下無「之」字，是其證。
9. 王念孫云：「天下無王霸主」，本作「天下無王主」。上文說彊者之事云「天下無王霸主，則常勝矣」，言天下無王霸主，則彊者常勝也。此文說霸者之事云「天下無王主，則常勝矣」，言天下無王主，則霸者常勝也。「王主」二字之間不當更有「霸」字，蓋涉上文「王霸主」而衍。
10. 王念孫云：「眇」者，高遠之稱。言仁高天下，義高天下，威高天下耳。
11. 王念孫云：「飾」，讀爲「飭」。言動作必以禮義自飭也。

王者之制：道不過三代，法不貳後王。道過三代謂之蕩，法貳後王謂之不雅。衣服有制，宮室有度，人徒有數，喪祭械用皆有等宜[1]，聲、則凡非雅聲者舉廢，色、則凡非舊文者舉息，械用、則凡非舊器者舉毀。夫是之謂復古。是王者之制也。

王者之論[2]：無德不貴，無能不官，無功不賞，無罪不罰，朝無幸位，民無幸生，尚賢使能而‧等位不遺‧[3]，析愿[4]禁悍而刑罰不過，百姓曉然皆知夫為善於家而取賞於朝也，為不善於幽而蒙刑於顯也。夫是之謂定論。是王者之論也。

王者之〔法〕[5]：等賦，政事，財萬物，所以[6]養萬民也。田野什一，關市幾而不征，山林澤梁以時禁發而不稅，相地而衰政，理[7]道之遠近而致貢，通流財物粟米，無有滯留，使相歸移也。四海之內若一家，故近者不隱其能，遠者不疾其勞，無幽閒隱僻之國莫不趨使而安樂之。夫是之謂人師，是王者之法也。

北海則有走馬吠犬焉，然而中國得而畜使之；南海則有羽翮、齒革、曾青、丹干焉，然而中國得而財之；東海則有紫、（紶）〔綌〕[8]、魚、鹽焉，然而中國得而衣食之；西海則有皮革、文旄焉，然而中國得而用之。故澤人足乎木，山人足乎魚，農夫不斲削、不陶冶而足械用，工賈不耕田而足菽粟。故虎豹為猛矣，然而君子剝而用之。故天之所覆，地之所載，莫不盡其美、致其用，上以飾賢良，下以養百姓而安樂之。夫是之謂大神[9]。《詩》曰：「天作高山，大王荒之。彼作矣，文王康之[10]。」此之謂也。

1. 王念孫云：「宜」，讀為「儀」，「儀」與「等」義相近。
2. 王先謙云：「論」，亦當讀為「倫」，「倫」者，等也。言為君者能行此政，則是王者之等也。　3. 等級不踰《韓詩外傳》第3.4章
4. 折暴《韓詩外傳》第3.4章〈王念孫云：「析愿」二字，義不可通，當從《韓詩外傳》作「折暴」，字之誤也。「折暴」與「禁悍」對文。下文曰：「如是而可以誅暴禁悍矣」，《富國篇》曰：「不足以禁暴勝悍」，皆以「暴」「悍」對文，則此亦當作「折暴禁悍」明矣。及後於《荀子補遺》王念孫又云：「析」當為「折」，「折」之言「制」也，「愿」讀為「傆」，《說文》：「傆，黠也。」言制桀黠之民，使畏刑也。〉
5. 王念孫云：「之」下當有「法」字。「王者之法」，乃總目下文之詞。下文「是王者之法也」，正與此句相應。上文「王者之人」，「王者之制」，「王者之論」，皆上下相應，此文脫「法」字，則上下不相應矣。
6. 劉台拱云：「所以」字當在「財萬物」上。
7. 王念孫云：《小雅・信南山》《傳》曰：「理，分地里也。」謂貢以遠近分也。上句「相地而衰政」，「衰」與「分」，義相近。
8. 王引之云：下文云「中國得而衣食之」，則「紫」、「紶」為可衣之物，「魚」、「鹽」，為可食之物，較然甚明。「紫」與「茈」通。……「紶」當為「綌」，……葛精曰絺，麤曰綌。
9. 郝懿行云：《釋詁》：「神者，治也。」然則「大神」謂「大治」。
10. 見《詩・周頌》第270篇《天作》。

以類行雜，以一行萬，始則終，終則始[1]，若環之無端也，舍是而天下以衰矣。天地者、生之始也，禮義者、治之始也，君子者、禮義之始也。爲之，貫之，積重之，致好之者，君子（之始）[2]也。故天地生君子，君子理天地。君子者、天地之參也，萬物之總也，民之父母也。無君子，則天地不理，禮義無統，上無君師，下無父子、夫婦，是之謂至亂。君臣、父子、兄弟、夫婦，始則終，終則始，與天地同理，與萬世同久，夫是之謂大本。故喪祭、朝聘、（師旅）[3]一也，貴賤、殺生、與奪一也，君君、臣臣、父父、子子、兄兄、弟弟一也，農農、士士、工工、商商一也。

水火有氣而無生，草木有生而無知，禽獸有知而無義，人有氣、有生、有知，亦且有義，故最爲天下貴也。力不若牛，走不若馬，而牛馬爲用，何也？曰：人能群，彼不能群也。人何以能群？曰：分。分何以能行？曰：（以）義[4]。故義以分則和，和則一，一則多力，多力則彊，彊則勝物，故宮室可得而居也。故序四時，裁萬物，兼利天下，無它故焉，得之分義也。

故人生不能無群，群而無分則爭，爭則亂，亂則離，離則弱，弱則不能勝物，故宮室不可得而居也，不可少頃舍禮義之謂也。能以事親謂之孝，能以事兄謂之弟，能以事上謂之順，能以使下謂之君。君者、善群也。群道當則萬物皆得其宜，六畜皆得其長，群生皆得其命。故養長時則六畜育，殺生時則草木殖，政令時則百姓一、賢良服。聖主之制也，草木榮華滋碩之時，則斧斤不入山林，不夭其生，不絕其長也；黿鼉、魚鱉、鰌鱣孕別之時，罔罟毒藥不入澤，不夭其生，不絕其長也；春耕、夏耘、秋收、冬藏，四者不失時，故五穀不絕而百姓有餘食也；汙池、淵沼、川澤，謹其時禁，故魚鱉優多而百姓有餘用也；斬伐養長不失其時，故山林不童而百姓有餘材也。聖王之用也，上察於天，下錯於地，塞（備）〔滿〕[5]天地之閒，加施萬物之上，微而明，短而長，狹而廣，神明博大以至約。故曰：一與一是爲人者，謂之聖人也。

1. 王念孫云：「始」「終」二字，泛指治道而言。下文曰：「君臣、父子、兄弟、夫婦，始則終，終則始」，義亦同也。
2. 王引之云：「君子之始也」，「之始」二字蓋涉上三「之始」而衍。此言禮義爲治之始，而爲之，貫之，積重之，致好之者，則君子也，故君子又爲禮義之始。
3. 楊倞云：此已下，明君子禮義之始，爲之制喪祭、朝聘之禮。王引之云：「師旅」二字，後人以意加之也。此言祭祀、賓客、喪紀之事，而師旅不與焉，故楊注但言「喪祭」、「朝聘」而不言「師旅」，則本無「師旅」二字明矣。
4. 王念孫云：元刻無「以」字，是也。「曰義」與「曰分」對文，則不當有「以」字。宋本有「以」字者，涉上兩「以」字而衍。
5. 王引之云：「塞備」二字，義不相屬，「備」當爲「滿」，字之誤也。「塞滿天地之閒」，即承上「上察於天，下錯於地」而言。

序官：宰爵知賓客、祭祀、饗食、犧牲之牢數，司徒知百宗、城郭、立器之數，司馬知師旅、甲兵、乘白[1]之數。脩憲命，審詩商[2]，禁淫聲，以時順脩，使夷俗邪音不敢亂雅，大師之事也。脩隄梁，通溝澮，行水潦，安水臧，以時決塞；歲雖凶敗水旱，使民有所耘艾，司空之事也。相高下，視肥墝，序五種，省農功，謹蓄臧，以時順脩，使農夫樸力而寡能，治田之事也。脩火憲，養山林、藪澤、草木、魚鱉、百（索）〔素〕[3]，以時禁發，使國家足用而財物不屈，虞師之事也。順州里，定廛宅，養六畜，閒[4]樹藝，勸教化，趨孝弟，以時順脩，使百姓順命，安樂處鄉，鄉師之事也。論百工，審時事，辨功苦，尚完利，便備用，使彫琢文采不敢專造於家，工師之事也。相陰陽，占祲兆，鑽龜陳卦，主攘擇五卜，知其吉凶妖祥，傴巫、跛擊之事也。脩採清，易道路，謹盜賊，平室律，以時順脩，使（賓）〔賨〕[5]旅安而貸[6]財通，治市之事也。‧抃急‧[7]禁悍，防淫除邪，戮之以五刑，使暴悍以變，姦邪不作，司寇之事也。本政教，正法則，兼聽而時稽之，度其功勞，論其慶賞，以時順脩，使百吏（免盡）〔盡免〕[8]而衆庶不偷，冢宰之事也。論禮樂，正身行，廣教化，美風俗，兼覆而調一之，辟公之事也。全道德，致隆高，綦文理，一天下，振毫末，使天下莫不順比從服，天王之事也。故政事亂，則冢宰之罪也；國家失俗，則辟公之過也；天下不一，諸侯俗反，則天王非其人也。

具具而王，具具而霸，具具而存，具具而亡。用萬乘之國者，威彊之所以立也，名聲之所以美也，敵人之所以屈也，國之所以安危臧否也，制與在此，亡乎人[9]。王、霸、安存、危殆、滅亡，制與在我，亡乎人。夫威彊未足以殆鄰敵也，名聲未足以懸天下也，則是國未能獨立也，豈渠得免夫累乎！天下脅於暴國，而黨爲吾所不欲於是者，

1. 王引之云：「白」與「伯」同。《逸周書・武順篇》：「五五二十五曰元卒，四卒成衛曰伯」，是百人爲伯也。昭二十一年《左傳》：「不死伍乘，軍之大刑也」，彼言「伍乘」，猶此言「乘伯」也。
2. 王引之云：「商」，讀爲「章」。太師掌教六詩，故曰「審詩章」。
3. 王引之云：「百索」二字，義不可通，「索」當爲「素」，字之誤也。「百素」即「百蔬」。《富國篇》曰：「葷菜百蔬。」《魯語》曰：「能殖百穀、百蔬。」作「素」者，借字耳。
4. 王念孫云：「閒」與「閑」同。《爾雅》：「閑，習也。」謂習樹藝之事也。
5. 王引之云：賓客之事，非治市者所掌，且與通貨財無涉，「賓」當爲「賨」，字之誤也。《說文》：「賨，行賈也，從貝，商省聲。」今通用「商」字。《考工記》「通四方之珍異以資之，謂之商旅」，鄭注曰：「商旅，販賣之客也。」
6. 編者按：「貸」即「貿」字。盧文弨校本作「貨」。
7. 楊倞云：「抃」當爲「析」，「急」當爲「愿」。
8. 王念孫云：「免盡」，當爲「盡免」。「免」與「勉」同。「盡勉」，皆勉也。「勉」與「偷」對文。《君道篇》曰：「賞免罰偷。」
9. 王念孫云：「與」，讀爲「舉」。「舉」，皆也。「亡」，不在也。言其制皆在此而不在乎人也。下文「制與在我，亡乎人」同。

日與桀同事同行，無害爲堯，是非功名之所就也、非存亡安危之所（墮）〔隨〕[1]也。功名之所就，存亡安危之所（墮）〔隨〕，必將於愉殷赤心之所。誠以其國爲王者之所，亦王；以其國爲危殆滅亡之所，亦危殆滅亡。殷之日，案以中立無有所偏而爲縱橫之事，偃然案兵無動，以觀夫暴國之相（卒）〔捽〕[2]也。案平政教，審節奏，砥礪百姓，爲是之日，而兵剸天下〔之〕[3]勁矣；案（然）[4]脩仁義，伉隆高，正法則，選賢良，養百姓，爲是之日，而名聲剸天下之美矣。權者重之[5]，兵者勁之，名聲者美之。夫堯、舜者、一天下也，不能加毫末於是矣。

故權謀傾覆之人退，則賢良知聖之士案自進矣；刑政平，百姓和，國俗節，則兵勁城固，敵國案自詘矣；務本事，積財物，而勿忘棲遲薛越也，是使群臣百姓皆以制度行，則財物積，國家案自富矣。三者體此而天下服，暴國之君案自不能用其兵矣。何則？彼無與至也。彼其所與至者，必其民也，其民之親我也歡若父母，好我芳若芝蘭；反顧其上則若灼黥，若仇讎。彼人之情性也，雖桀、跖，豈有肯爲其所惡，賊其所好者哉！彼以奪矣。

故古之人有以一國取天下者，非往行之也，脩政其所，〔天下〕[6]莫不願，如是而可以誅暴禁悍矣。故周公南征而北國怨，曰：「何獨不來也？」東征而西國怨，曰：「何獨後我也？」孰能有與是鬬者與？安以其國爲是者王。殷之日，安以靜兵息民，慈愛百姓，辟田野，實倉廩，便備用，安謹募選閱材技之士；然後漸賞慶以先之，嚴刑罰以防之，擇士之知事者使相率貫也，是以厭然畜積脩飾而物用之[7]足也。兵革器械者，彼將▸日日◂[8]暴露毀折之中原，我今將脩飾之、拊循之、掩蓋之於府庫；貨財粟米者，彼將▸日日◂[9]捿遲薛越之中野，我今將畜積并聚之於倉廩；材技股肱、健勇爪牙之士，彼將▸日日◂[10]挫頓竭之於仇敵，我今將來致之、并閱之、砥礪之於朝廷。如是，則彼日積敝，我日積完；彼日積貧，我日積富；彼日積勞，我日積佚。君臣上下之閒者，彼將

1. 俞樾云：「墮」字義不可通，當作「隨」，字之誤也。「隨」，從也。言非存亡安危之所從也。
2. 俞樾云：「卒」，當作「捽」。《國語・晉語》「戎夏交捽」，韋注曰：「捽，交對也。」彼云「交捽」，云「相捽」，義正同。
3. 王先謙云：此句與下「名聲剸天下之美矣」相配爲文，「勁」上當有「之」字。「剸」，讀與「專」同。
4. 俞樾云：「然」，衍字。「案」乃語詞。上文云：「案平政教，審節奏，砥礪百姓」，與此文一律，可證。
5. 王先謙云：下「兵勁」「名聲美」，皆承上言之。此云「權者重之」，上無所承，疑有奪文。
6. 陶鴻慶云：「修政其所」爲句，「莫不願」上當奪「天下」二字……上文云：「名聲日聞，天下願。」《致士篇》云：「貴名白，天下願。」
7. 王先謙云：「之」字衍。　8. 日月　9. 日月　10. 日月

厲厲焉日日相離疾也，我今將頓頓焉日日相親愛也，以是待其敝。安以其國爲是者霸。立身則從傭俗，事行則遵傭故，進退貴賤則舉傭士，之所以接下之百姓者則庸寬惠，如是者則安存。立身則輕（楛）〔楛〕，事行則蠲疑，進退貴賤則舉佞侻，之所以接下之人百姓者則好取侵奪，如是者危殆。立身則憍暴，事行則傾覆，進退貴賤則舉幽險詐故，（人）[1]之所以接下之人百姓者，則好用其死力矣，而慢其功勞；好用其籍斂矣，而忘其本務，如是者滅亡。此五等者不可不善擇也，王、霸、安存、危殆、滅亡之具也。善擇者制人，不善擇者人制之；善擇之者王，不善擇〔之〕者亡。夫王者之與亡者，制人之與人制之也，是其爲相懸也亦遠矣。

## 10 富國篇第十

萬物同宇而異體，無宜而有用爲人，數也[2]。人倫並處，同求而異道，同欲而異知，生[3]也。皆有可也，知愚同；所可異也，知愚分。埶同而知異，行私而無禍，縱欲而不窮，則民心奮而不可說也。如是，則知者未得治也，知者未得治，則功名未成也；功名未成，則群衆未縣也，群衆未縣，則君臣未立也。無君以制臣，無上以制下，天下害生縱欲。欲惡同物，欲多而物寡，寡則必爭矣。故百技所成，所以養一人也。而能不能兼技，人不能兼官，離居不相待則窮，群而無分則爭[4]。窮者、患也，爭者、禍也，救患除禍，則莫若明分使群矣。强脅弱也，知懼愚也，民下違上，少陵長，不以德爲政；如是，則老弱有失養之憂，而壯者有分爭之禍矣。事業所惡也，功利所好也，職業無分；如是，則人有樹事之患，而有爭功之禍矣。男女之合，夫婦之分，婚姻娉內送逆無禮；如是，則人有失合之憂，而有爭色之禍矣。故知者爲之分也。

足國之道，節用裕民，而善臧[5]其餘〔也〕。節用以禮，裕民以政。彼裕民，故多餘。裕民則民富，民富則田肥以易，田肥以易則出實百倍。上以法取焉，而下以禮節用之。餘若丘山，不時焚燒，無所臧之；夫君子奚患乎無餘〔也〕？故知節用裕民，則必有仁義聖良之名，而且有富厚丘山之積矣。此無佗故焉，生於節用裕民也。不知節用裕民則民貧，民貧則田瘠以穢，田瘠以穢則出實不半；上雖好取侵奪，猶將寡獲也，而或以無禮節用之，則必有貪利糾譑[6]之名，而且有空虛窮乏之實矣。此無佗故焉，不知節用裕民也。《康誥》曰：「弘覆乎天，若德裕，乃身不廢在王庭[7]。」此之謂也。

1. 盧文弨云：「人」字衍，元刻無。
2. 王念孫云：「爲」，讀曰「于」。言萬物於人，雖無一定之宜，而皆有用於人，數也。「數也」云者，猶言道固然也。
3. 王念孫云：「生」，讀爲「性」。
4. 編者按：下文作「群而無分則爭，爭則亂，亂則窮矣。」疑此文「爭」下亦當有「爭則亂，亂則窮矣」二句。
5. 藏《治要》卷子本卷38頁22
6. 王念孫云：「糾」，收也。「譑」，讀爲「撟」，取也。言貪利而收取之也。
7. 元刻無「不廢在王庭」句，盧文弨以爲衍文。又今本《尚書・康誥》作「弘于天，若德裕，乃身不廢在王命。」

禮者、貴賤有等，長幼有差，貧富輕重皆有稱者也。故天子袾裷衣冕，諸侯玄裷衣冕，大夫裨冕，士皮弁服。德必稱位，位必稱祿，祿必稱用。由士以上則必以禮樂節之，眾庶百姓則必以法數制之。量地而立國，計利而畜民，度人力而授事，使民必勝事，事必出利，利足以生民，皆使衣食百用出入相揜[1]，必時臧餘，謂之稱數。故自天子通於庶人，事無大小多少，由是推之。故曰：「朝無幸位，民無幸生。」此之謂也。輕田野之稅，平關市之征，省商賈之數，罕興力役，無奪農時，如是，則國富矣。夫是之謂以政裕民〔也〕。

人之生，不能無群，群而無分則爭，爭則亂，亂則窮矣。故無分者，人之大害也；有分者，天下之本[2]利也；而人君者，所以管分之樞要也。故美之者，是美天下之本也；安之者，是安天下之本也；貴之者，是貴天下之本也。古者先王分割而等[3]異之也，故使或美或惡，或厚或薄，或佚（或）樂，或劬（或）勞[4]，非特以為淫泰夸麗之聲，將以明仁之文、通仁之順也。故為之雕琢、刻鏤、黼黻、文章，使足[5]以辨貴賤而已，不求其觀；為之鍾鼓、管磬、琴瑟、竽笙，使足以辨吉凶、合歡定和而已，不求其餘；為之宮室臺榭，使足以避燥溼、養德、辨輕重而已，不求其外。《詩》曰：「雕琢其章，金玉其相。亹亹我王，綱紀四方[6]。」此之謂也。

若夫重色而衣之，重味而食之，重財物而制之，合天下而君之，非特以為淫泰也，固以為（王）〔一〕[7]天下，治萬變，材[8]萬物，養萬民，兼制天下者，為莫若仁人之善也夫！故其知慮足以治之，其仁厚足以安之，其德音足以化之，得之則治，失之則亂。百姓誠賴[9]其知也，故相率而為之勞苦以務佚之，以養其知也；誠美其厚也，故為之出死斷亡以覆救之，以養其厚也；誠美其德[10]也，故為之雕琢、刻鏤、黼黻、文章以藩飾

1. 王念孫云：《爾雅》曰：「弇，同也。」《方言》曰：「掩，同也。」《周頌・執競》《傳》曰：「奄，同也。」「弇」、「奄」、「掩」、「揜」竝通。出入相同，謂不使出數多於入數也。
2. 楊倞云：「本」當為「大」。
3. 節《治要》卷子本卷38頁24
4. 王念孫云：二句本作「或佚樂，或劬勞」。「美」與「惡」對，「厚」與「薄」對，「佚樂」與「劬勞」對。今本「樂」上「勞」上又有兩「或」字。即涉上文而衍。
5. 之《治要》卷子本卷38頁24
6. 見《詩・大雅》第238篇《棫樸》。今本《詩》「雕」作「追」，「亹亹」作「勉勉」。
7. 王先謙云：「王天下」，「王」字無義。此自屬人君言，不得更言「王天下」，「王」當為「一」，字之誤也。《儒效》、《王制》、《王霸》、《君道》、《彊國》諸篇，屢言「一天下」。
8. 王先謙云：《非十二子》、《儒效》、《王制》、《富國》諸篇，並作「財萬物」，「材」，疑當為「財」。《群書治要》作「裁」，《王制篇》一作「裁」。
9. 編者按：「賴」讀為「利」。
10. 意《治要》卷子本卷38頁26

之，以養其德也。故仁人在上，百姓貴之如帝，親之如父母，爲之出死斷亡而〔不〕愉[1]者，無它故焉；其所是焉誠美，其所得焉誠大，其所利焉誠多。《詩》曰：「我任我輦，我車我牛，我行既集，蓋云歸哉[2]！」此之謂也。

故曰：「君子以德，小人以力。」力者、德之役也。百姓之力，待之而後功[3]；百姓之群，待之而後和；百姓之財，待之而後聚；百姓之埶，待[4]之而後安；百姓之壽，待之而後長。父子不得不親，兄弟不得不順，男女不得不歡[5]。少者以長，老者以養。故曰：「天地生之，聖人成之。」此之謂也。

今之世而不然：厚刀布之斂以奪之財，重田野之稅以奪之食，苛關市之征以難其事。不然而已矣，有掎挈伺詐，權謀傾覆，以相顛倒，以靡敝之，百姓曉然皆知其汙漫暴亂而將大危亡也。是以臣或弑其君，下或殺其上，粥其城，倍[6]其節，而不死其事者，無它故焉，人主自取之。《詩》曰：「無言不讎，無德不報[7]。」此之謂也。

兼足天下之道在明分。（掩）〔撩〕[8]地表畝，刺屮殖穀，多糞肥田，是農夫衆庶之事也。守時力民，進事長功，和齊百姓，使人不偷，是將率之事也。高者不旱，下者不水，寒暑和節，而五穀以時孰，是天（下）[9]之事也。若夫兼而覆之，兼而愛之，兼而制之，歲雖凶敗水旱，使百姓無凍餒之患，則是聖君賢相之事也。

墨子之言昭昭[10]然爲天下憂不足。夫不足、非天下之公患也，特墨子之私憂過計也。今是土之生五穀也，人善治之，則畝數盆，一歲而再獲之，然後瓜桃棗李一本數以

1. 王念孫云：「愉」，讀爲「偷」。「愉」上當有「不」字。「出死斷亡而不愉」者，民皆死其君事而不偷生也。下文「爲之出死斷亡而愉」，「愉」上亦脫「不」字。《王霸篇》曰：「爲之出死斷亡而不愉」，《群書治要》引作「不偷」，足正此篇之誤。
2. 見《詩・小雅》第227篇《黍苗》。
3. 王念孫云：「力」者，功也。「待之而後功」，「功」者，成也，言百姓之功，待君而後成也。王先謙云：王說辨矣。然此「功」字不訓成。今案：「待之而後功」者，待之而後有功也。有功爲功，《荀書》自有此語。《王霸篇》「事至佚而功」，《彊國篇》「不煩而功」，《君道篇》、《君子篇》「不�而功」，《臣道篇》「戾然後功」，下文「使而功」，及「愛而後用之，不如愛而不用者之功也」，義並與此同。編者按：「功」字此處用作形容詞。
4. 得《治要》卷子本卷38頁26
5. 勸《治要》卷子本卷38頁27
6. 背《治要》卷子本卷38頁27
7. 見《詩・大雅》第256篇《抑》。
8. 王引之云：「掩地」二字，義不可通。「掩」，疑「撩」之譌。《說文》：「撩，理也。」……「撩地表畝」，謂理其地，表其畝也。
9. 王念孫云：「天下之事」，當作「天之事」。「不旱」，「不水」，「寒暑和節」，此皆出於天，而非人之所能爲，故曰「是天之事」，正對下文「是聖君賢相之事」而言。
10. 王念孫云：「昭昭」，小也。言墨子之所見者小也。

盆鼓，然後葷菜百䟽以澤量，然後六畜禽獸一而剸車，黿鼉、魚鱉、鰌鱣以時別一而成群，然後飛鳥鳧鴈若煙海，然後昆蟲萬物生其閒，可以相食養者，不可勝數也。夫天地之生萬物也，固有餘足以食人矣；麻葛、繭絲、鳥獸之羽毛齒革也，固有餘足以衣人矣。夫有餘[1]不足，非天下之公患也，特墨子之私憂過計也。

天下之公患，亂傷之也。胡不嘗試相與求亂之者誰也？我以墨子之「非樂」也，則使天下亂；墨子之「節用」也，則使天下貧；非將墮之也，說不免焉。墨子大有天下，小有一國，將蹙然衣麤食惡，憂戚而非樂；若是，則瘠；瘠則不足欲，不足欲則賞不行。墨子大有天下，小有一國，將少人徒，省官職，上功勞苦[2]，與百姓均事業，齊功勞。若是，則不威；不威，則賞[3]罰不行。賞不行，則賢者不可得而進也；罰不行，則不肖者不可得而退也。賢者不可得而進[4]，不肖不可得而退[5]，則能不能不可得而官也。若是，則萬物失宜，事變失應，上失天時，下失地利，中失人和，天下敖[6]然，若燒若焦。墨子雖爲之衣褐帶索，嚽菽飲水，惡能足之乎？既以伐其本，竭其原，而焦天下矣。

故先王聖人爲之不然。知夫爲人主上者不美不飾之不足以一民也，不富不厚之不足以管下也，不威不强之不足以禁暴勝悍也。故必將撞大鐘、擊鳴鼓、吹竽笙、彈琴瑟以塞其耳，必將錭琢、刻鏤、黼黻、文章以塞其目，必將芻豢稻粱、五味芬芳以塞其口，然後衆人徒、備官職、漸慶賞、嚴刑罰以戒其心。使天下生民之屬皆知己之所願欲之舉在于是也，故其賞行；皆知己之所畏恐之舉在于是也，故其罰威。賞行罰威，則賢者可得而進也，不肖者可得而退也，能不能可得而官也。若是，則萬物得其宜，事變得其應，上得天時，下得地利，中得人和，財[7]貨渾渾如泉源，汸汸如河海，暴暴如丘山，不時焚燒，無所臧之，夫天下何患乎不足也？故儒術誠行，則天下大而富，使[8]而功，

1. 王先謙云：此二句與上文同，荀反復申重以明墨之非。以文義求之，「不足」上不當有「有餘」二字，此緣上文兩「有餘」而誤衍。編者按：王說非是。上文「固有餘足以食人矣」「固有餘足以衣人矣」，並謂「有餘之足以食人」、「有餘之足以衣人」，而此文「夫有餘不足，非天下之公患也」，亦謂有餘之不足〔以衣食人〕，非天下之公患也。
2. 編者按：上文「少人徒」、「省官職」並三字爲句，（下文「均事業」、「齊功勞」同）則此句疑亦當作「上功勞」，「苦」字蓋衍文。
3. 盧文弨云：「賞」字衍。編者按：如盧說「賞」字衍，則「罰不行」下當有「不□，則賞不行」句。
4. 王先謙《荀子集解》頁186此下有「也」字。
5. 王先謙《荀子集解》頁186此下有「也」字。
6. 楊倞云：「敖」讀爲「熬」。
7. 王先謙《荀子集解》頁187「財」上有「則」字。
8. 劉台拱云：當作「佚而功」，形近而譌也。王念孫云：劉說是也。《王霸篇》「守至約而詳，事至佚而功」，是其證。

撞鐘擊鼓而和。《詩》曰：「鐘鼓喤喤，‧管磬瑲瑲‧[1]，降福穰穰。降福簡簡，威儀反反。既醉既飽，福祿來反[2]。」此之謂也。故墨術誠行，則天下尙儉而彌貧，非鬭而日爭，勞苦頓萃而愈無功，愀然憂戚非樂而日不和。《詩》曰：「天方薦瘥，喪亂弘多。民言無嘉，憯莫懲嗟[3]。」此之謂也。

垂事養民，拊循之，唲嘔之，冬日則爲之饘粥，夏日則與之（爪）〔瓜〕麮，以偷取少頃之譽焉，是偷道也；可以少頃得姦民之譽，然而非長久之道也。事必不就，功必不立，是姦治者也。傮然要時務民，進事長功，輕非譽而恬失民，事進矣，而百姓疾之，是又（不可）[4]偷偏者也。（徒）〔徙〕[5]壞墮落，必反無功。故垂事養譽、不可，以遂功而忘民、亦不可，皆姦道也。

故古之人爲之不然，使民夏不宛暍，冬不凍寒，急不傷力，緩不後時，事成功立，上下俱富；而百姓皆愛其上，人歸之如流水，親之歡如父母，爲之出死斷亡而〔不〕愉[6]者，無它故焉，忠信、調和、均辨[7]之至也。故君國長民者欲趨時遂功，則和調累解，速乎急疾〔矣〕；忠信均辨，說乎賞慶矣；必先脩正其在我者，然後徐責其在人者，威乎刑罰〔矣〕[8]。三德者誠乎上，則下應之如影嚮，雖欲無明達，得乎哉！《書》曰：「乃大明服，維民其力懋和。而有疾[9]。」此之謂也。

故不教而誅，則刑繁而邪不勝；教而不誅，則姦民不懲；誅而不賞，則勤屬[10]之民不勸；誅賞而不類，則下疑俗儉[11]而百姓不一。故先王明禮義以壹之，致忠信以愛之，尙賢使能以次之，爵服‧慶賞‧[12]以申重之，時其事、輕其任以調齊之，潢然兼覆之，養長之，如保赤子。若是，故姦邪不作，盜賊不起，而化善者勸勉矣。是何邪？則其道

1. 磬筦將將
2. 見《詩・周頌》第274篇《執競》。今本《詩》「管磬瑲瑲」作「磬筦將將」。
3. 見《詩・小雅》第191篇《節南山》。
4. 王先謙云：「不可」二字衍文。上言「是姦治者也」，此言「是又偷偏者也」，二語相應，「偷偏」上不得有「不可」字明矣。
5. 元刻作「徙壞」。王先謙云：「徙壞墮落」，相配爲文，作「徒」者，「徙」之譌耳。
6. 王念孫云：「愉」讀爲「偷」。
7. 王念孫云：「辨」，讀爲「平」……「忠」與「信」，「調」與「和」，「均」與「辨」，皆同義。
8. 王念孫云：「速乎急疾」、「威乎刑罰」下，皆當有「矣」字，與「說乎賞慶矣」對文。
9. 見《尙書・康誥》，今本《書》作「乃大明服，惟民其勑懋和。若有疾。」
10. 楊倞云：「屬」或爲「厲」。王念孫云：作「厲」者是也。「厲」，勉也。《群書治要》作「勤勵」，「勵」即「厲」之俗書，則本作「厲」明矣。
11. 險《治要》卷子本卷38頁28〈楊倞云：「儉」，當爲「險」。「險」，謂徼幸免罪，苟且求賞也。〉
12. 賞慶《治要》卷子本卷38頁28

易，其塞固，其政令一，其防表明〔也〕。故曰：上一則下一矣，上二則下二矣，辟之若中木，枝葉必類本。此之謂也。

不利而利之，不如利而後利之之利也；不愛而用之，不如愛而後用之之功也。利而後利之，不如利而不利者之利也；愛而後用之，不如愛而不用者之功也。利而不利也、愛而不用也者，取天下矣。利而後利之、愛而後用之者，保社稷矣。不利而利之、不愛而用之者，危國家也[1]。

觀國之治亂臧否，至於疆易而端已見矣。其候徼支繚，其竟關之政盡察，是亂國已。入其境，其田疇穢，都邑露[2]，是貪主已。觀其朝廷，則其貴者不賢；觀其官職，則其治者不能；觀其便嬖，則其信者不愨；是闇（王）〔主〕已。凡主相臣下百吏之（俗）〔屬〕[3]，其於貨財取與計數也，須孰盡察；其禮義節奏也，芒軔僈楛，是辱國已。其耕者樂田，其戰士安難，其百吏好法，其朝廷隆禮，其卿相調議，是治國已。觀其朝廷，則其貴者賢；觀其官職，則其治者能；觀其便嬖，則其信者愨；是明主已。凡主相臣下百吏之屬，其於貨財取與計數也，寬饒簡易；其於禮義節奏也，陵[4]謹盡察，是榮國已。賢齊則其親者先貴，能齊則其故者先官，其臣下百吏，汙者皆化而脩，悍者皆化而愿，躁[5]者皆化而愨，是明主之功已。

觀國之强弱貧富有徵：上不隆禮則兵弱，上不愛民則兵弱，已諾不信則兵弱，慶賞不漸則兵弱，將率不能則兵弱。上好（攻取）[6]功則國貧，上好利則國貧，士大夫衆則國貧，工商衆則國貧，無制數度量則國貧。下貧則上貧，下富則上富。故田野縣鄙者，財之本也；垣窌倉廩者，財之末也；百姓時和、事業得敘者，貨之源也；等賦府庫者，貨之流也。故明主必謹養其和，節其流，開其源，而時斟酌焉，潢然使天[7]下必有餘，

1. 王念孫云：「取天下矣」，「保社稷也」〈今本《荀子》「也」作「矣」。〉，「危國家也」，本作「取天下者也」，「保社稷者也」，「危國家者也」。今本或作「矣」，或作「也」，文義參差不協，當依《文選・五等諸侯論注》所引改正。
2. 王念孫云：「露」者，敗也。謂都邑敗壞也。《方言》曰：「露，敗也。」
3. 俞樾云：「俗」，當爲「屬」，聲近而譌也。下文又曰「凡主相臣下百吏之屬」，可證「俗」字之譌。
4. 王念孫云：「陵」謂嚴密也。「陵謹」與「寬饒」相反。
5. 王引之云：「躁」，讀爲「剿」。「剿」，謂狡猾也。《方言》曰：「剿，獪也。」
6. 元刻無「攻取」二字。王念孫云：上文以「不隆禮」、「不愛民」對文，以「已諾不信」、「慶賞不漸」、「將率不能」對文，此以「好功」、「好利」對文，則不當有「攻取」二字。
7. 王先謙云：此文「上」「下」對舉，下「上下俱富」亦以「上下」對文，則「下」字上不應有「天」字。「天」，當爲「夫」，字之誤也。《荀書》「夫」俱訓彼，此篇迭見。「夫下」者，彼下也。

而上不憂不足。如是，則上下俱富，交無所藏之，是知國計之極也。故禹十年水、湯七年旱而天下無菜色者，十年之後，年穀復孰，而陳積有餘。是無它故焉，知本末源流之謂也。故田野荒而倉廩實，百姓虛而府庫滿，夫是之謂國蹶。伐其本，竭其源，而并之其末[1]，然而主相不知惡也，則其傾覆滅亡則可立而待也。以國持[2]之而不足以容其身，夫是之謂至（貪）〔貧〕[3]，是愚（王）〔主〕之極也。將以求富而喪其國，將以求利而危其身，古有萬國，今有十數焉。是無它故焉，其所以（夫）〔失〕之一也。君人者亦可以覺矣。百里之國足以獨立矣。

凡攻人者，非以爲名，則案以爲利也，不然則忿之也。仁人之用國，將脩志意，正身行，伉[4]隆高，致忠信，期文理[5]。布衣紃屨之士誠是，則雖在窮閻漏屋，而王公不能與之爭名；以國載[6]之，則天下莫之能隱匿也。若是，則爲名者不攻也。將辟田野，實倉廩，便備用，上下一心，三軍同力，與之遠舉極戰，則不可。境內之聚也保固，視可，午其軍，取其將，若撥麷。彼得之不足以藥[7]傷補敗。彼愛其爪牙，畏其仇敵，若是，則爲利者不攻也。將脩小大強弱之義以持愼之，禮節將甚文，珪璧將甚碩，貨賂將甚厚，所以說之者，必將雅文辨慧之君子也。彼苟有人意焉，夫誰能忿之？若是，則（忿之）〔爲忿〕[8]者不攻也。爲名者否，爲利者否，爲忿者否，則國安于盤石，壽於旗、翼[9]。人皆亂，我獨治；人皆危，我獨安；人皆失喪之，我按起而制之。故仁人之用國，非特將持其有而已矣，又將兼人。《詩》曰：「淑人君子，其儀不忒。其儀不忒，正是四國[10]。」此之謂也。

持國之難易：事強暴之國難，使強暴之國事我易。事之以貨寶，則貨寶單而交不結；約信[11]盟誓，則約定而畔[12]無日；割國之▸錙銖◂[13]以賂之，則割定而欲無猒。事之

1. 顧千里云：「末」下疑脫「□之其流」四字，承上「知本末源流之謂也」言之。
2. 王念孫云：「持」，載也，《中庸》曰：「辟如地之無不持載」是也。
3. 王先謙云：「貪」，疑爲「貧」。此言觀國之貧富有徵，伐本竭源，覆亡立見，故雖倉廩實，府庫滿，而謂之至貧也。
4. 王念孫云：「伉」者，極也。《廣雅》曰：「亢，極也。」……「伉隆高，致忠信，期文理」，「伉」、「致」、「期」，皆極也。「伉隆高」，猶言致隆高。
5. 楊倞云：「期」，當爲「綦」。極文理，謂其有條貫也。
6. 王念孫云：「載」，持也。《中庸》曰：「辟如地之無不持載」是也。
7. 俞樾云：「藥」，當讀爲「瘵」。《說文・疒部》：「瘵，治也。或作療。」古書每以「藥」爲之。
8. 王引之云：「忿之」當作「爲忿」。上文云：「則爲名者不攻也」、「則爲利者不攻也」，下文云：「爲名者否，爲利者否，爲忿者否」，皆其證。
9. 楊倞云：「旗」，讀爲「箕」。「箕」、「翼」，二十八宿名。
10. 見《詩・曹風》第152篇《鳲鳩》。
11. 契《韓詩外傳》第6.23章
12. 反《韓詩外傳》第6.23章
13. 強乘《韓詩外傳》第6.23章

彌煩[1]，其侵人愈甚，必▸至於資◂[2]單國舉然後已。雖左堯而右舜，未有能以此道得免焉者也。辟之是猶使處女嬰寶珠、佩寶玉、負戴黃金而遇中山之盜也，雖爲之逢蒙視[3]，詘要橈膕，（君）〔若〕[4]盧屋妾，由將不足以免也。故非有一[5]人之道也，▸直將巧繁◂[6]拜請而畏事之，則不足以（爲）持國安身[7]，故明君不道也。必將脩禮以齊朝，正法以齊官，平政以齊民[8]，然後節奏齊於朝，百事齊於官，衆庶齊於下。如是，則近者競親，▸遠方致願◂[9]，上下一心，三軍同力；名聲足以暴[10]炙之，威强足以▸捶笞◂[11]之，拱揖指麾[12]，而强暴之國莫不趨使，譬之是猶烏獲與焦僥搏也。故曰：「事强暴之國難，使强暴之國事我易。」此之謂也。

## 11 王霸篇第十一

國者、天下之制利用也[13]，人主者、天下之利勢[14]也。得道以持之，則大安也，大榮也，積美之原也。不得道以持之，則大危也[15]，大累也[16]，有之不如無之，▸及其綦也◂[17]，索爲匹夫不可得也，齊湣、宋獻是也。故人主、天下之利勢也，然而不能自安也，安之者必將道也。故用國者、義立而王，信立而霸，權謀立而亡。三者、明主之所謹擇也，仁人之所務白也。▸挈國◂[18]以呼禮義而無以害之，行一不義、殺一無罪而得天下，仁者不爲也，擽[19]然扶持心、國，且若是其固也。〔之〕[20]所與爲之者之人，則舉義士也；〔之〕所以爲布陳於國家刑法者，則舉義法也；（主）[21]之所極然帥群臣而首鄉之者，則舉義志也。如是，則下仰上以義矣，是綦[22]定也。綦定而國定，國定而天下定。仲尼無置錐之地，誠義乎志意，加義乎身行，箸之言語，濟之日，不隱乎天下，名垂乎後世。今亦以天下之顯諸侯誠義乎志意，加義乎法則度量，箸之以政事，案申重之

1. 順《韓詩外傳》第6.23章　2. 致寶《韓詩外傳》第6.23章
3. 王念孫云：「逢蒙視」，微視也……《淮南》謂之「籠蒙」，皆微視之貌。
4. 劉台拱云：「君盧屋妾」，「君」，疑作「若」。言詘要橈膕若盧屋之妾也。
5. 聖《韓詩外傳》第6.23章
6. 持以巧繁《韓詩外傳》第6.23章〈王引之云：「繁」，讀爲「敏」。「巧敏」，謂便佞也。《臣道篇》云：「巧敏佞說，善取寵乎上」是也。〉
7. 《韓詩外傳》第6.23章「身」下有「矣」字。　8. 下《韓詩外傳》第6.23章
9. 遠者願至《韓詩外傳》第6.23章　10. 薰《韓詩外傳》第6.23章
11. 一齊《韓詩外傳》第6.23章　12. 揮
13. 楊倞云：天下用之利者，無過於國。「制」，衍字耳。
14. 勞《治要》卷子本卷38頁29　15. 矣《治要》卷子本卷38頁29
16. 矣《治要》卷子本卷38頁29　17. 有也，及其綦也　18. 故挈國
19. 櫟　20. 盧文弨云：「之」字宋本無，元刻有，次下同。
21. 王引之云：「之所」上本無「主」字，此後人不曉文義而妄加之也。「之」，猶其也。言其所極然帥群臣而首嚮之者，則皆義志也。上文「之所與」、「之所以」，「之」上皆無「主」字。
22. 劉台拱云：此「綦」亦訓極，義如「皇極」之極。

以貴賤殺生，使襲[1]然終始猶一也；如是，則夫名聲之部[2]發於天地之閒也，豈不如日月雷霆然矣哉！故曰：以國齊[3]義，一日而白，湯、武是也。湯以亳，武王以鄗[4]，皆百里之地也，天下爲一，諸侯爲臣，通達之屬莫不從服，無它故焉，以濟[5]義矣。是所謂義立而王也。德雖未至也，義雖未濟也，然而天下之理略奏[6]矣，刑賞已諾信乎天下矣，臣下曉然皆知其可要也。政令已陳，雖覩利敗，不欺其民；約結已定，雖覩利敗，不欺其與。如是，則兵勁城固，敵國畏之，國一綦[7]明，與國信之，雖末在僻陋之國，威動天下，五伯是也。非本政教也，非致隆高也，非綦文理也，非服人之心也，鄉方略，審勞佚，謹畜積，脩戰備，齺然上下相信，而天下莫之敢當也。故齊桓、晉文、楚莊、吳闔閭、越句踐，是皆僻陋之國也，威動天下，彊殆中國，無它故焉，略信也。是所謂信立而霸也。挈國以呼功利，不務張其義、齊[8]其信，唯利之求，內則不憚詐其民而求小利焉，外則不憚詐其與而求大利焉，內[9]不脩正其所以有，〔啖啖〕然[10]常欲人之有。如是，則臣下百姓莫不以詐心待其上矣。上詐其下，下詐其上，則是上下析也，如是，則敵國輕之，與國疑之，權謀日行，而國不免危削，綦之而亡，齊閔、薛公是也。故用彊齊，非以脩禮義也，非以本政教也，非以一天下也，緜緜常以結引馳外爲務。故彊，南足以破楚，西足以詘秦，北足以敗燕，中足以舉宋。及以燕、趙起而攻之，若振槁然，而身死國亡，爲天下大戮，後世言惡，則必稽焉。是無它故焉，唯其不由禮義而由權謀也。三者、明主之所以謹擇也，而仁人之所以務白也。善擇者制人，不善擇者人制之。

國者、天下之大器也，重任也，不可不善爲擇所而後錯之，錯（之）險則[11]危；不可不善爲擇道然後道之[12]，涂薉則塞，危塞則亡。彼國錯者，非封焉之謂也，何法之道[13]，誰子之與也？故[14]道[15]王者之法，與王者之人爲之，則亦王〔矣〕；道霸者之

1. 王念孫云：「襲然」，合一之貌。《周語》及《淮南・天文篇》注竝云：「襲，合也。」
2. 王先謙云：「部」是「蔀」之消字。《易》「豐其蔀」，虞注：「蔀，蔽也。」《易略例》：「大闇謂之蔀。」先蔀而後發，其光愈大，其聲愈遠，故曰「部發」。
3. 編者按：準下文「以濟義矣」，則此文「齊義」亦應作「濟義」。
4. 鎬《治要》卷子本卷38頁29
5. 《治要》卷子本卷38頁29重「濟」字。
6. 王念孫云：「奏」，讀爲「湊」。《廣雅》：「湊，聚也。」謂天下之理略聚於此也。
7. 劉台拱云：「綦」亦訓極。極，猶言標準。
8. 濟《治要》卷子本卷38頁30
9. 顧千里云：「內」字，疑不當有，涉上「內則不憚詐其民」而衍也。下文「不好修正其所以有」，無「內」字，是其證矣。又案：「不」下疑亦同下文，當有「好」字，蓋上衍下脫。
10. 王念孫云：下文言「啖啖然」，則上文「然」上亦當有「啖啖」二字，而今本脫之。王引之云：「啖啖」猶欲欲也。
11. 王念孫云：宋錢本作「錯險則危」，無「之」字……案「錯險則危」與「塗薉則塞」對文，則無「之」字者是也。
12. 王念孫云：「道之」，行之也，故下文云「塗薉則塞」。
13. 王念孫以爲「道」者，行也。
14. 王引之云：「故」，當爲「曰」。上文「何法之道」云云，是問詞，此文「曰道王者之法」云云，是荅詞。下文兩設問荅之詞，皆有「曰」字，則此亦當然。今本「曰」作「故」，則義不可通。編者按：《治要》卷子本卷38頁31引亦作「故」，與今本同。
15. 王念孫以爲「道」者行也。

法，與霸者之人爲之，則亦霸〔矣〕；道亡國之法，與亡國之人爲之，則亦亡〔矣〕。三者、明主之所以謹擇也，而仁人之所以務白也[1]。

故國者、重任也，不以積持之則不立。故國者、世所以新者也，是（憚憚）〔嬋嬋〕[2]，非變也，改（王）〔玉〕[3]改行也。（故）[4]一朝之日也，一日之人也，然而厭焉有千歲之固[5]，何也？曰：援夫千歲之信法以持之也，安與夫千歲之信士爲之也。人無百歲之壽，而有千歲之信士，何也？曰：以夫千歲之法自持者，是乃千歲之信士矣。故與積禮義之君子爲之則王，與端誠信全之士爲之則霸，與權謀傾覆之人爲之則亡。三者、明主之所以謹擇也，而仁人之所以務白也。善擇之者制人，不善擇之者人制之。

彼持國者必不可以獨也，然則彊固榮辱在於取相矣。身能，相能，如是者王；身不能，知恐懼而求能者，如是者彊；身不能，不知恐懼而求能者，安唯便僻左右親比己者之用，如是者危削，綦之而亡。國者、巨用之則大，小用之則小，綦大而王，綦小而亡，小巨分流者存。巨用之者，先義而後利，安不卹親踈，不卹貴賤，唯誠能之求，夫是之謂巨用之。小用之者，先利而後義，安不卹是非，不治曲直，唯便辟親比己者之用，夫是之謂小用之。巨用之者若彼，小用之者若此；小巨分流者▸亦一若彼，一若此也◂[6]。故曰：「粹而王，駮而霸，無一焉而亡。」此之謂也。

國無禮則不正。禮之所以正國也，譬之猶衡之於輕重也，猶繩墨之於曲直也，猶規矩之於方圓也，既錯之而人莫之能誣也。《詩》曰：「如霜雪之將將，如日月之光明，爲之則存，不爲則亡。」此之謂也。

國危則無樂君，國安則無憂民[7]。亂則國危，治則國安。今君人者急逐[8]樂而緩治國，豈不過甚矣哉！譬之是由好聲色而恬[9]無耳目也，豈不哀哉！夫人之情，目欲綦

1. 編者按：上下節結尾並有「善擇之者制人，不善擇之者人制之」二句，疑此節末亦當有此二句。
2. 郝懿行云：「憚」疑「嬋」字之形譌。《毛詩》「檀車嬋嬋」，《傳》云：「嬋嬋，敝貌。」與此義合。「敝」正對「新」而言。
3. 楊倞云：或曰：《國語》襄王謂晉文公曰：「先民有言曰：『改玉改行。』」玉，佩玉。行，步也。王念孫云：《群書治要》正作「改玉改行」。
4. 王念孫云：「故」字涉上下文而衍。「一朝之日」云云，是問詞，則不當有「故」字明矣。《群書治要》無「故」字。
5. 國《治要》卷子本卷38頁32
6. 亦一若彼也，亦一若此也
7. 顧千里云：「民」，疑當作「君」。此文憂與樂皆言君，不言民也。
8. 遂《治要》卷子本卷38頁33
9. 俞樾云：「恬」當作「姡」，字之誤也。《爾雅・釋言》：「靦，姡也」。《釋文》引李巡、孫炎注竝曰：「人面姡然也。」是姡然爲人面之貌……「姡無耳目」，猶言姡然無耳目。

色，耳欲綦聲，口欲綦味，鼻欲綦臭，心欲綦佚。此五綦者，人情之所必不免也。養五綦者有具，無其具，則五綦者不可得而致也。萬乘之國，可謂廣大、富厚矣，加有治辨、彊固之道焉，若是，則恬愉無患難矣，然後養五綦之具具也。故百樂者生於治國者也，憂患者生於亂國者也，急逐[1]樂而緩[2]治國者，非知樂者也。故明君者必將先治其國，然後百樂得其中；闇君者必將（急）〔荒〕[3]逐[4]樂而緩治國，故憂患不可勝校也，必至於身死國亡然後止也，豈不哀哉！將以爲樂，乃得憂焉；將以爲安，乃得危焉；將以爲福，乃得死亡焉。豈不哀哉！於[5]乎！君人者亦可以察若言矣。故治國有道，人主有職。若夫貫日而治詳，‧一日而曲（列）〔別〕‧[6]之，是所使夫百吏官人爲也，不足以是傷游玩安燕之樂。若夫論一相以兼率之，使臣下百吏莫不宿道鄉方而務，是夫人主之職也。若是，則〔功〕[7]一天下，名配堯、禹。（人）〔之〕[8]主者、守至約而詳，事至佚而功，垂衣裳、不下簟席之上而海內之人莫不願得以爲帝王。夫是之謂至約，樂莫大焉。

人主者、以官人爲能者也；匹夫者、以自能爲能者也。人主得使人爲之，匹夫則無所移之。百畝一守，事業窮，無所移之也。今以一人兼聽天下，日有餘而治不足者，使人爲之也。大有天下，小有一國，必自爲之然後可，則勞苦耗顇[9]莫甚焉，如是，則雖臧獲不肯與天子易埶業。以是縣天下，一四海，何故必自爲之？爲之者、役夫之道也，墨子之說也。論德使能而官施之者，聖王之道也，儒之所謹守也。《傳》曰：「農分田而耕，賈分貨而販，百工分事而勸，士大夫分職而聽，建國諸侯之君分土而守，三公總方而議，則天子‧共己而矣‧[10]。」出若入若，天下莫不平均，莫不治辨，是百王之所同也，而禮法之大分也。

百里之地，可以取天下，是不虛，其難者在於人主之知之也。取天下者，非負其土

1. 遂《治要》卷子本卷38頁33　　2. 忘《治要》卷子本卷38頁33
3. 王念孫云：錢本及元刻、世德堂本「急」竝作「荒」……案《逸周書・謚法篇》曰「好樂怠政曰荒」，《管子・戒篇》曰「從樂而不反謂之荒」，故曰「荒逐樂」。宋監本作「急逐樂」者，據上文改之也。　　4. 遂《治要》卷子本卷38頁33
5. 嗚《治要》卷子本卷38頁34
6. 劉台拱云：「一日」當作「一目」。立一條目而委曲具列之，若簿書之類。王念孫云：「一日」與「貫日」相對爲文，則「日」非「目」之譌也。《君道篇》作「一日而曲辨之」，「辨」與「別」古字通，則「列」爲「別」之譌也。
7. 王引之云：「一天下」上有「功」字，而今本脫之，則與下句不對。下文「功壹天下，名配舜、禹」，是其證。
8. 王念孫云：錢本「人」作「之」，元刻、世德堂本同……案錢本是也。「之主」者，是主也。是主者，指上文「功一天下，名配堯、禹」之主而言，非泛論人主也。編者按：《治要》卷子本卷38頁34亦作「人」。　　9. 萃《治要》卷子本卷38頁35
10. 拱己止矣《治要》卷子本卷38頁36

地而從之之謂也，道足以壹人而已矣。彼其人苟壹，則其土地且奚去我而適它？故百里之地，其等位爵服足以容天下之賢士矣，其官職事業足以容天下之能士矣，循其舊法，擇其善者而明用之，足以順服好利之人矣。賢士一焉，能士官焉，好利之人服焉，三者具而天下盡，無有是其外矣。故百里之地足以竭埶矣，致忠信，箸仁義，足以竭人矣。兩者合而天下取，諸侯後同者先危。《詩》曰：「自西自東，自南自北，無思不服[1]。」一人之謂也。

羿、蠭門者，善服射者也；王良、造父者，善服馭者也；聰明君子者，善服人者也。人服而勢從之，人不服而勢去之，故王者已於服人矣。故人主欲得善射，射遠中微則莫若羿、蠭門矣；欲得善馭，及速致遠，則莫若使王良、造父矣；欲得調壹天下，制秦、楚，則莫若聰明君子矣。其用知甚簡，其為事不勞而功名致大，甚易處而綦可樂也。故明君以為寶，而愚者以為難。夫貴為天子，富有天下，名為聖王，兼制人，人莫得而制也，是人情之所同欲也，而王者兼而有是者也。重色而衣之，重味而食之，‧重財物‧[2]而制之，合天下而君之；飲食甚厚，聲樂甚大，臺謝[3]甚高，園囿甚廣，臣使諸侯，一天下，是又人情之所同欲也，而天子之禮制如是者也。制度以陳，政令以挾[4]；官人失要則死，公侯失禮則幽，四方之國有侈[5]離之德則必滅，名聲若日月，功績如天地，天下之人應之如影響，是又人情之所同欲也。而王者兼而有是者也。故人之情，口好味而臭味莫美焉，耳好聲而聲樂莫大焉，目好色而文章致繁婦女莫眾焉，形體好佚而安重閒靜莫愉焉，心好利而穀祿莫厚焉，合天下之所同願兼而有之，睪牢天下而制之若制子孫，人苟不狂惑戇陋者，其誰能睹是而不樂也哉！欲是之主並肩而存，能建是之士不世絕，千歲而不合，何也？曰：人主不公，人臣不忠也。人主則外賢而偏舉，人臣則爭職而妒賢，是其所以不合之故也。人主胡不廣焉無卹[6]親疏、無（偏）〔倫〕[7]貴賤，唯誠能之求？若是，則人臣輕職（業）[8]讓賢而安隨其後〔矣〕，如是，則（禹、舜）〔舜、禹〕還至，王業還起[9]。功壹天下，名配舜、禹，物由有可樂如是‧其美焉‧[10]者乎？嗚呼！君人者亦可以察若言矣。揚朱哭衢涂，曰：「此夫過舉蹞步而覺跌千里者夫[11]！」哀哭之。此亦榮辱安危存亡之衢已，此其為可哀甚於衢涂。嗚呼！哀哉！君人

1. 見《詩‧大雅》第244篇《文王有聲》。 2. 重財
3. 楊倞云：「謝」與「榭」同。 4. 編者按：「挾」同「浹」。
5. 王念孫云：「侈」，亦「離」也。《爾雅》曰：「誃，離也。」《說文》曰：「誃，離別也。」作「侈」者，借字耳。 6. 恤《治要》卷子本卷38頁37
7. 王念孫云：「偏」，當為「倫」，字之誤也。「倫」與「論」同。言不卹親疏，不論貴賤也。《臣道》、《性惡》二篇竝云：「不卹是非，不論曲直。」是其證。
8. 王念孫云：「輕職」下，本無「業」字。「輕職讓賢」，與上文「爭職妬賢」正相反，多一「業」字，則累於詞矣。
9. 王念孫云：「還至」，即至也。「還起」，即起也。
10. 其美《治要》卷子本卷38頁37
11. 王先謙云：衢涂過舉蹞步，即覺其跌至千里，喻人一念得失，可知畢生，不必果至千里而後覺其差也。

者千歲而不覺也。

無國而不有治法，無國而不有亂法；無國而不有賢士，無國而不有罷士；無國而不有愿民，無國而不有悍民；無國而不有美俗，無國而不有惡俗。兩者並行而國在，上偏而國安，（在）[1]下偏而國危，上一而王，下一而亡。故其法治，其佐賢，其民愿，其俗美，而四者齊，夫是之謂上一。如是，則不戰而勝，不攻而得，‧甲兵‧[2]不勞而天下服。故湯以亳，武王以鄗，皆百里之地也，天下爲一，諸侯爲臣，通達之屬莫不從服，無它故焉，四者齊也。桀、紂即（序）〔厚〕[3]於有天下之勢，索爲匹夫而不可得也，是無它故焉，四者並亡也。故百王之法不同若是，所歸者一也。

上莫不致愛其下而制之以禮，上之於下，如保赤子。政令制度，所以接下之人百姓，有不理者如豪末，則雖孤獨鰥寡必不加焉。故下之親上歡如父母，可殺而不可使不順。君臣上下，貴賤長幼，至于庶人，莫不以是爲隆正[4]。然後皆內自省以謹於分，是百王之所（以）[5]同也，而禮法之樞要也。然後農分田而耕，賈分貨而販，百工分事而勸，士大夫分職而聽，建國諸侯之君分土而守，三公總方而議，則天子共己而止矣。出若入若，天下莫不平均，莫不治辨，是百王之所同，而禮法之大分也。若夫貫日而治平，權物而稱用，使衣服有制，宮室有度，人徒有數，喪祭械用皆有等宜，以是（用）〔周〕[6]挾於萬物，尺寸尋丈，莫得不循乎制（度數）〔數度〕量[7]，然後行，則是官人使吏之事也，不足數於大君子之前。故君人者、立隆政本朝而當，所使要百事者誠仁人也，則身佚而國治，功大而名美，上可以王，下可以霸；立隆政本朝而不當，所使要百事者非仁人也，則身勞而國亂，功廢而名辱，社稷必危；是人君[8]者之樞機也。故能當一人而天下取，失當一人而社稷危，不能當一人而能當千人百人者，說無之有也。既能當一人，則身有何勞而爲，垂衣裳而天下定。故湯用伊尹，文王用呂尚，武王用召公，

1. 王念孫云：「國在」，謂國存也，「在」字不屬下讀。「下偏」與「上偏」相對，「下偏」上不當有「在」字。 2. 用兵
3. 王念孫云：「序」字義不可通，「序」當爲「厚」，字之誤也。言桀、紂有天下之勢雖厚，曾不得以匹夫終其身也。 4. 王先謙云：「隆正」，猶中正。
5. 王念孫云：「是百王之所以同」，「以」，衍文也。上文皆云「是百王之所同，而禮法之大分也」，《禮論篇》云：「是百王之所同，古今之所一也」，皆言「所同」，不言「所以同」，則「以」爲衍文明矣。
6. 王念孫云：案「用挾」二字，文義不明，「用」當爲「周」，字之誤也。「周挾」，即「周浹」，《君道篇》曰：「先生審禮，以方皇周浹於天下。」《禮論篇》曰：「方皇周挾，曲得其次序」。
7. 盧文弨云：各本作「制數度量」，今從宋本。王念孫云：作「制數度量」者是也。《富國篇》曰「無制數度量則國貧」，是其證。宋人「數度」二字互誤耳。《禮記．王制》「度量數制」……「數制」即「制數」。
8. 楊倞云：「人君」當爲「君人」也。

成王用周公（且）〔旦〕。卑者五伯，齊桓公閨門之內懸樂奢泰游抏之脩，於天下不見謂脩，然九合諸侯，一匡天下，爲五伯長，是亦無它故焉，知一政於管仲也，是君人者之要守也。知者易爲之興力而功名綦大，舍是而孰足爲也？故古之人有大功名者，必道是者也；喪其國、危其身者，必反是者也。故孔子曰：「知者之知，固以多矣，有以守少，能無察乎！愚者之知，固以少矣，有以守多，能無狂乎！」此之謂也。

治國者，分已定，則主相、臣下、百吏各謹其所聞，不務聽其所不聞；各謹其所見，不務視其所不見。所聞所見誠以齊矣，則雖幽閒隱辟，百姓莫敢不敬分安制以（禮）[1]化其上，是治國之徵也。

主道治近不治遠，治明不治幽，治一不治二。主能治近則遠者理，主能治明則幽者化，主能當一則百事正。夫兼聽天下，日有餘而治不足者如此也，是治之極也。既能治近，又務治遠；既能治明，又務見[2]幽；既能當一，又務正百：是過者也。〔過〕[3]、猶不及也，辟之是猶立直木而求其影之枉也。不能治近，又務治遠；不能察明，又務見幽；不能當一，又務正百：是悖者也，辟之是猶立枉木而求其影之直也。故明主好要而闇主好詳。主好要則百事詳，主好詳則百事荒〔矣〕。君者、論一相，陳一法，明一指，以兼覆之，兼炤之，以觀其盛者也。相者、論列百官之長，要百事之聽，以飾朝廷臣下百吏之分，度其功勞，論其慶賞，歲終奉其成功以效於君。當則可，不當則廢，故君人勞於索之，而休於使之。

用[4]國者，得百姓之力者富，得百姓之死者彊，得百姓之譽者榮。三德者具而天下歸之，三德者亡而天下去之；天下歸之之謂王，天下去之之謂亡。湯、武者，循[5]其道，行其義，興天下同利，除天下同害，天下歸之。故厚德音以先之，明禮義以道之，致忠信以愛之，賞[6]賢使能以次之，爵服賞慶以申重之，時其事、經其任以調齊之，潢然兼覆之，養長之，如保赤子。生民則致寬，使民則綦理，辯政令制度，所以接（天）[7]下之人百姓〔者〕，有非理者如豪末，則雖孤獨鰥寡，必不加焉。是故百姓貴之如帝，親之如父母，爲之出死斷亡而不愉[8]者，無它故焉，道德誠明，利澤誠厚也。

1. 王念孫云：元刻無「禮」字者是也。主相、臣下、百吏各謹其所見聞，而民自化之，故曰：「莫敢不敬分安制以化其上」，「化」上不當有「禮」字。
2. 治《治要》卷子本卷38頁39
3. 王念孫云：元刻作「過，猶不及也」，語意較足。《群書治要》與元刻同。
4. 周　5. 修　6. 楊倞云：「賞」當爲「尚」。
7. 王念孫云：「天下之人百姓」，「天」字後人所加也。「下」者，對上而言。上文云「上之於下，如保赤子，政令制度，所以接下之人百姓，有不理者如豪末，則雖孤獨鰥寡必不加焉。」，文正與此同。
8. 王先謙云：「愉」，讀爲「偷」。

亂世不然：汙漫、突盜以先之，權謀傾覆以示之，俳優、侏儒、婦女之請謁以悖之，使愚詔知，使不肖臨賢，生民則致貧隘，使民則綦勞苦。是故百姓賤之如佢[1]，惡之如鬼，日欲司閒而相與投藉之，去逐之。卒有寇難之事，又望百姓之爲己死[2]，不可得也，說無以取之焉。孔子曰：「審吾所以適人，（適）[3]人之所以來我也。」此之謂也。

傷國者何也？曰：以小人尚民而威，以非所取於民而巧，是傷國之大災也。大國之主也，而好見小利，是傷國；其於聲色、臺榭、園囿也，愈厭而好新，是傷國；不好循正其所以有，啖啖[4]常欲人之有，是傷國。三邪者在匈中，而又好以權謀傾覆之人斷事其外，若是，則權輕名辱，社稷必危，是傷國者也。大國之主也，不隆本行，不敬舊法，而好詐故[5]，若是，則夫朝廷群臣亦從而成俗於不隆禮義而好傾覆也。朝廷群臣之俗若是，則夫衆庶百姓亦從而成俗於不隆禮義而好貪利矣。君臣上下之俗莫不若是，則地雖廣，權必輕；人雖衆，兵必弱；刑罰雖繁，令不下通。夫是之謂危國，是傷國者也。

儒者爲之不然，必將曲辨：朝廷必將隆禮義而審貴賤，若是，則士大夫莫不（敬）〔敄〕[6]節死制者矣。百官則將齊其制度，重其官秩，若是，則百吏莫不畏法而遵繩矣。關市幾而不征，質律禁止而不偏，如是，則商賈莫不敦慤而無詐矣。百工將時斬伐，佻其期日而利其巧任，如是，則百工莫不忠信而不楛矣。縣鄙將輕田野之稅，省刀布之斂，罕舉力役，無奪農時，如是，則農夫莫不朴力而寡能矣。士大夫務節死制，然[7]而兵勁。百吏畏法循繩，然後國常不亂。商賈敦慤無詐，則商旅安、貨（通財）〔財通〕[8]，而國求給矣。百工忠信而不楛，則器用巧便而財不匱矣。農夫朴力而寡能，則上不失天時，下不失地利，中得人和，而百事不廢。是之謂政令行、風俗美，以守則固，以征則彊，居則有名，動則有功。此儒之所謂曲辨也。

---

1. 編者按：《荀子・正論》：「譬之是猶傴巫、跛匡大自以爲有知也。」彼文楊倞注云：「『匡』讀爲『尪』，廢疾之人。《王霸篇》曰：『賤之如佢』，與此『匡』同。」
2. 爲之死《治要》卷子本卷38頁40
3. 王念孫云：下「適」字涉上「適」字而衍……《群書治要》無下「適」字。
4. 王引之云：「啖啖」，猶欿欿也。《說文》：「欿，欲得也，讀若貪。」「欿」與「啖」聲近而字通。
5. 王念孫云：「故」，亦「詐」也。
6. 王引之云：「敬」，當作「敄」，「敄」與「務」，古字通。「務節」，謂以節操爲務也。《曲禮》曰：「士死制。」「務節」與「死制」同義。下文云「士大夫務節死制」，是其證。
7. 王念孫云：「然」，如是也。言如是而兵勁也。
8. 王念孫云：「商旅安，貨通財」，當作「商旅安，貨財通」。「貨財通」與「商旅安」對文，今本作「貨通財」，則義不可通。《王制篇》「使賓旅安而貨財通」，是其證。

# 12 君道篇第十二

有亂君，無亂國；有治人，無治法。羿之法非亡也，而羿不世中：禹之法猶存，而夏不世王。故法不能獨立，類不能自行，得其人則存，失其人則亡。法者、治之端也，君子者、法之原也。故有君子，則法雖省，足以徧矣；無君子，則法雖具，失先後之施，不能應事之變，足以亂矣。不知法之義而正法之數者，雖博傳[1]，臨事必亂。故明主急得其人，而闇主急得其埶。急得其人，則身佚而國治，功大而名美，上可以王，下可以霸；不急得其人而急得其埶，則身勞而國亂，功廢而名辱，社稷必危。故君人者勞於索之，而休於使之。《書》曰：「唯文王敬忌，一人以擇。」此之謂也。

合符節、別契券者，所以爲信也；上好權謀，則臣下百吏誕詐之人乘是而後欺。探籌、投鉤者，所以爲公也；上好曲私，則臣下百吏乘是而後偏。衡石、稱縣者，所以爲平也；上好傾覆，則臣下百吏乘是而後險。斗[2]、斛、敦、概者，所以爲嘖也；上好貪利，則臣下百吏乘是而後豐取刻與以無度取於民。故械數者、治之流也，非治之原也；君子者、治之原也。官人守數，君子養原，源清則流清，源濁則流濁。故上好禮義，尚賢使能，〔而〕無貪利之心，則下亦將綦辭讓、致忠信而謹於臣子矣。如是，則雖在小民，不待合符節、別契券而信，不待探籌、投鉤而公，不待衡石、稱縣而平，不待斗、斛、敦、概而嘖。故賞不用而民勸，罰不用而民服，有司不勞而事治，政令不煩而俗美；百姓莫敢不順上之法，象上之志，▸而勸上之事◂[3]，而安樂之矣。故藉斂忘費，事業忘勞，寇難忘死，城郭不待飾而固，兵刃不待陵而勁，敵國不待服而詘，四海之民不待令而一。夫是之謂至平。《詩》曰：「王猶允塞，徐方既來[4]。」此之謂也。

請問爲人君？曰：以禮分施，均徧而不偏。請問爲人臣？曰：以禮待君，忠順而不懈。請問爲人父？曰：寬惠而有禮。請問爲人子？曰：敬愛而致文[5]。請問爲人兄？曰：慈愛而見友。請問爲人弟？曰：敬詘而不苟[6]。請問爲人夫？曰：致功而不流，致▸臨◂[7]而有辨。請問爲人妻？曰：夫有禮，則▸柔從聽待◂[8]；夫無禮，則恐懼而自竦也。▸此道也◂[9]，偏立而亂，俱立而治，其足以稽矣。請問兼能之奈何？曰：審之禮也。古者先王審禮▸以方皇周浹於天下◂[10]，動無不當也。故君子恭而不難[11]，敬而不鞏[12]，貧

1. 王先謙《荀子集解》頁230無「傳」字。
2. 勝
3. 勤上之事
4. 見《詩・大雅》第263篇《常武》。
5. 恭《韓詩外傳》第4.11章
6. A.悖 B.慢《韓詩外傳》第4.11章
7. 照臨《韓詩外傳》第4.11章
8. 柔順而聽從《韓詩外傳》第4.11章
9. 此全道也《韓詩外傳》第4.11章
10. 以惠天下，故德及天地
11. 王引之云：「難」讀《詩》「不戁不竦」之「戁」。編者按：王氏引《詩》見《商頌》第304篇《長發》。
12. 王引之云：「鞏」讀《方言》「蛩烘，戰栗也」之「蛩」。

窮而不約，富貴而不驕，並遇▸變應◂[1]而不窮，審之禮也。故君子之於禮，敬而安之；其於事也，徑而不失；其於人也，寡怨寬裕而無阿；其所爲身也，謹脩飾而不危[2]；其應變故也，齊給便捷而不惑[3]；其於天地萬物也，▸不務說其所以然而致善用其材◂[4]；其於百官之事、技藝之人也，不與之爭能而致善用其功；其待上也，忠順而不懈；其使下也，均徧而不偏；其交游也，▸緣義而有類◂[5]；▸其居鄉里也◂[6]，容而不亂。是故窮則必有名，達則必有功，仁厚[7]兼覆天下而不閔[8]，明達（用）〔周〕[9]天地、理▸萬◂[10]變而不疑[11]，血氣▸和平◂[12]，志意廣大，行義塞於天地之閒，仁智之極也。夫是之謂聖人，審之禮也。

請問爲國？曰：聞脩身，未嘗聞爲國也。君者、儀也，〔民者、景也〕，儀正而景正；君者、槃也，民者、水也，槃圓而水圓；君者、盂也，盂方而水方[13]。君射則臣決。楚莊王好細要，故朝有餓人，故曰：聞脩身，未嘗聞爲國也。

君者、民之原[14]也，源清則流清，源濁則流濁。故有社稷者而不能愛民、不能利民，而求民之親愛己，不可得也。民（之）[15]不親不愛，而求其爲己用、爲己死，不可得也。民不爲己用、不爲己死，而求兵之勁、城之固，不可得也。兵不勁，城不固，而求敵之不至，不可得也。敵至而求無危削、（不）[16]滅亡，不可得也。危削滅亡之情舉積此矣，而求安樂是〔聞〕，〔不亦難乎〕？〔是〕[17]狂生[18]者也。狂生者不胥時而

1. A.變態 B.應變《韓詩外傳》第4.11章〈王念孫云：「竝遇變態而不窮」者，「竝」，猶普也，徧也，言徧遇萬事之變態而應之不窮也。〉
2. 王念孫云：「危」讀爲「詭」。言君子修飭其身而不詭於義也。
3. 累《韓詩外傳》第4.11章　　4. 不拂其所而謹裁其盛《韓詩外傳》第4.11章
5. 緣類而有義《韓詩外傳》第4.11章
6. 其於鄉曲也《韓詩外傳》第4.11章　　7. 義《韓詩外傳》第4.11章
8. 窮《韓詩外傳》第4.11章
9. 王念孫云：「用天地而不疑」，義不可通。「用」當爲「周」，字之誤也。言其智足以周天地、理萬變而不疑。編者按：「疑」，惑也。正上文「其應變故也，齊給便捷而不惑」之意。　10. 萬物　11. 疑　12. 平和《韓詩外傳》第4.11章
13. 盧文弨云：《帝範》注引「君者儀也」下，有「民者景也」句，「君者槃也」下，有「民者水也」句，無「君者盂也」二句。王念孫云：《廣韻》「君」字注所引，與《帝範》注同。既言「儀正而景正」，則當有「民者景也」句；既言「槃圓而水圓」，則當有「民者水也」句；〈宋錢本有「民者水也」句〉，既以槃喻君，則不必更以盂喻。二書所引有「民者景也」、「民者水也」，而無「君者盂也」二句，於義爲長。
14. 源《治要》卷子本卷38頁43
15. 王念孫云：元刻無「之」字。案無「之」字者是也。下文「民不爲己用，不爲己死，而求兵之勁，城之固，不可得也」，「民」下無「之」字，是其證。《韓詩外傳》無「之」字。
16. 王念孫云：元刻無上「不」字，元刻是也……「無」亦「不」也。「無危削、滅亡」，即不危削、滅亡也。《外傳》作「不危削，滅亡」，是其證。
17. 王念孫云：今本脫「聞不亦難乎是」六字，元刻亦僅存「聞」「難」二字，《外傳》作「夫危削滅亡之情皆積於此，而求安樂是聞，不亦難乎，是枉生者也。」
18. 編者按：「狂生」即《淮南・覽冥》所謂「皆狂生而無其本者也」（頁174）又《淮南・說林》「華太（旱）〔早〕者不胥時〔而〕落」與下文相同。

（樂）〔落〕。故人主欲彊固安樂，則莫若反之民；欲附下一民，則莫若反之政；欲脩政美（國）〔俗〕[1]，則莫若求其人。彼或蓄積而得之者不世絕，彼其人者，生乎今之世而志乎古之道。以天下之王公莫好之也，然而（于是）〔是子〕[2]獨好之；以天下之民莫（欲）〔爲〕[3]之也，然而（于是）〔是子〕獨爲之；好之者貧，爲之者窮，然而（于是）〔是子〕（獨）[4]猶將爲之也，不爲少頃輟焉。曉然獨明於先王之所以得之、所以失之，知國之安危臧否若別白黑。是其人（者）[5]也，大用之，則天下爲一，諸侯爲臣；小用之，則威行鄰敵；縱不能用，使無去其疆域，則國終身無故。故君人者愛民而安，好士而榮，兩者無一焉而亡。《詩》曰：「价[6]人維藩，太師[7]維垣[8]。」此之謂也。

道者何也？曰：君〔之所〕[9]道也。君者何也？曰：能群也。能群也者何也？曰：善生養人者也，善班治人者也，善顯設人者也，善藩飾人者也。善生養人者人親之，善班治人者人安之，善顯設人者人樂之，善藩飾人者人榮之。四統者俱而天下歸之，夫是之謂能群。不能生養人者，人不親也；不能班治人者，人不安也；不能顯設人者，人不樂也；不能藩飾人者，人不榮也。四統者亡而天下去之，夫是之謂匹夫。故曰：道存則國存，道亡則國亡。省工賈，眾農夫，禁盜賊，除姦邪，是所以生養之也。天子三公，諸侯一相，大夫擅官，士保職，莫不法度而公，是所以班治之也。論[10]德而定次，量能而授官，皆使（其）[11]人載其事而各得其所宜。上賢使之爲三公，次賢使之爲諸侯，下

1. 王念孫云：《外傳》作「脩政美俗」是也。上文曰：「政令不煩而俗美」。《儒效篇》曰：「在本朝則美政，在下位則美俗。」《王霸篇》曰：「政令行，風俗美。」皆以「政」與「俗」竝言之，蓋二者恆相因也。
2. 王念孫云：三「于是」，皆義不可通，當依《外傳》作「是子」。「是子」二字，對上文「王公」與「民」而言。下文曰「非于是子莫足以舉之，故舉是子而用之」，是其證。
3. 王念孫云：「莫欲之」，亦當依《外傳》作「莫爲之」，「莫好之」與「獨好之」相應，「莫爲之」亦與「獨爲之」相應。
4. 王念孫云：當作「是子猶將爲之」，言雖好之者貧，爲之者窮，而是子猶將爲之也，「猶」上不當有「獨」字，蓋涉上文兩「獨」字而衍。《外傳》無。
5. 王念孫云：衍「者」字。此句或爲結上之詞，或爲起下之詞，皆不當有「者」字。《外傳》作「則是其人也」，無「者」字。 6. 介
7. 俞樾云：「『大師』，毛無《傳》，以《荀》義求之，則『師』當訓眾，『大師』者，大眾也，所謂民也。」編者按：「大師」一詞《詩》凡三見，《小雅》第191篇《節南山》「尹氏大師」，鄭《箋》以爲官名；《大雅》第263篇《常武》「大師皇父」，毛《傳》以爲官名。《板》此詩鄭云「大師，三公也。」似不可輕易以「大師」爲「大眾」也。 8. 見《詩・大雅》第254篇《板》。
9. 王念孫云：《韓詩外傳》作「道者何也？曰：君之所道也」，於義爲長。「君之所道」，謂君之所行也。《儒效篇》曰：「道者，人之所道也」，與此文同一例。今本蓋脫「之所」二字。
10. 王念孫云：「論」，當爲「譎」。「譎」、「決」古字通。
11. 王念孫云：「人載其事而各得其所宜」，謂人人皆載其事而得其宜也。「使」下不當有「其」字，蓋涉下兩「其」字而衍。《榮辱篇》曰「皆使人載其事而各得其宜」，《正論篇》曰「皆使民載其事而各得其宜」，「使」下皆無「其」字。

賢使之爲士大夫，是所以顯設之也。脩冠弁、衣裳、黼黻、文章、琱琢、刻鏤，皆有等差，是所以藩飾之也。故由天子至於庶人也，莫不騁其能，得其志，安樂其事，是所同也。衣煖而食充，居安而游樂，事時制明而用足，是又所同也。若夫重色而成文章，重味而（成）（珍備）〔備珍〕〔怪〕[1]，是所衍也。聖王財衍以明辨異，上以飾賢良而明貴賤，下以飾長幼而明親疏，上在王公之朝，下在百姓之家，天下曉然皆知其所非以爲異也，將以明分達治而保萬世也。故天子諸侯無靡費之用，士大夫無流淫之行，百吏官人無怠慢之事，衆庶百姓無姦怪之俗，無盜賊之罪，其能以稱義徧矣。故曰：「治則衍及百姓，亂則不足及王公。」此之謂也。

至道大形，隆禮至法則國有常，尚賢使能則民知方，纂論公察則民不疑，賞（克）〔免〕[2]罰偷則民不怠，兼聽齊明則天下歸之。然後明分職，序事業，‧材技‧[3]官能，莫不治理，則公道達而私門塞矣，公義明而私事息矣。如是，則德厚者進而佞說者止，貪利者退而廉節者起。《書》曰：「先時者殺無赦，不逮時者殺無赦[4]。」人習其事而固，人之百事如耳目鼻口之不可以相借官也，故職分而民不（探）〔慢〕[5]，次定而序不亂，兼聽齊明而百事不留。如是，則臣下百吏至于庶人莫不脩己而後敢安正[6]，誠能而後敢受職；百姓易俗，小人變心，姦怪之屬莫不反愨。夫是之謂政教之極。故天子不視而見，不聽而聰，不慮而知，不動而功，塊[7]然獨坐而天下從之如一體，如四支[8]之從心。夫是之謂大形。《詩》曰：「溫溫恭人，維德之基[9]。」此之謂也。

爲人主者，莫不欲彊而惡弱，欲安而惡危，欲榮而惡辱，是禹、桀之所同也。要此三欲，辟此三惡，果何道而便？曰：在愼取相，道莫徑是矣。故知而不仁，不可；仁而不知，不可。既知且仁，是人主之寶也，而王霸之佐也。不急得，不智；得而不用，不仁。無其人而幸有其功，愚莫大焉。

今人主有六患：使賢者爲之，則與不肖者規之；使智者慮之，則與愚[10]者論之；使

1. 俞樾云：「珍備」二字無義。此本作「重味而備珍怪」。《正論篇》「食飲則重太牢而備珍怪」，是其證也……《韓詩外傳》作「重色而成文，累味而備珍」，上句無「章」字，下句無「怪」字，然「成文」「備珍」，正本《荀子》，可據以訂正。
2. 王念孫云：「克」，當爲「免」，字之誤也。「免」與「勉」同。言勉者賞之，偷者罰之也。《王制篇》曰「百吏免盡而衆庶不偷」，是其證也。
3. 拔材《治要》卷子本卷38頁44
4. 見《書‧胤征》，今本書「逮」作「及」。
5. 王念孫云：「不探」二字，義不可通。《外傳》作「不慢」，是也。下文曰：「臣下百吏至於庶人，莫不脩己而後敢安正，誠能而後敢受職」，正所謂「職分而民不慢」也。
6. 梁啓雄《荀子簡釋》引《世德堂》本「正」作「止」，又引久保愛云：「『止』，謂己所立之位也。」
7. 愧《治要》卷子本卷38頁45
8. 肢
9. 見《詩‧大雅》第256篇《抑》。
10. 過《治要》卷子本卷38頁45

脩士行之，則與汙邪之人疑之。雖欲成功，得乎哉！譬之是猶立直木而恐其景之枉也，惑莫大焉。語曰：「好女之色，惡者之孽[1]也。公正之士，衆人之痤也。循（乎）[2]道之人，汙[3]邪之賊也。」今使汙[4]邪之人論其怨賊而求其無偏，得乎哉！譬之是猶立枉木而求其景之直也，亂莫大焉。

故古之人爲之不然。其取人有道，其用人有法。取人之道，參之以禮；用人之法，禁之以等。行義動靜，度之以禮；知慮取舍，稽之以成；日月積久，校之以功。故卑不得以臨尊，輕不得以縣重，愚不得以謀知，是以萬舉不過也。故校之以禮，而觀其能安敬也；與之舉錯遷移，而觀其能應變也；與之安燕，而觀其能無▸流慆◂[5]也；接之以聲色、權利、忿怒、患險，而觀其能無離守也。彼誠有之者與誠無之者若白黑然，可詘邪哉！故伯樂不可欺以馬，而君子不可欺以人，此明王之道也。

人主欲得善射〔射〕[6]遠中微者，〔則〕縣貴爵重賞以招致之。內不可以阿子弟，外不可以隱遠人，能中是者取之，是豈不▸必得之之道也哉◂[7]！雖聖人不[8]能易也。欲得善馭〔及〕[9]速致遠者，一日而千里，縣貴爵重賞以招致之，內不可以阿子弟，外不可以隱遠人，能致是者取之，是豈不必得之之道也哉！雖聖人不能易也。欲治國馭民，調一上下，將內以固（誠）〔城〕，外以拒難，治則制人，人不能制也，亂則危辱[10]滅亡可立而待也。然而求卿相輔佐，則獨▸不若是其公也◂[11]，案唯便嬖親比己者之用也，▸豈不過甚矣哉◂[12]！故有社稷者莫不欲彊，俄則弱矣；莫不欲[13]安，俄則危矣；莫不欲存，俄則亡矣。古有萬國，今有數千[14]焉，是無它故，莫不失之[15]是也。故明主有私人以金石珠玉，無私人以官職事業〔者〕，是何也？曰：本[16]不利於所私也。彼不能而主

1. 王念孫云：「孽」，猶害也。下文云「衆人之痤」，「汙邪之賊」，義竝與此同。
2. 王念孫云：「循道之人」，與「好女之色」、「公正之士」對文，則「循」下不當有「乎」字。《群書治要》無。
3. 姦《治要》卷子本卷38頁45
4. 姦《治要》卷子本卷38頁46
5. 陷〈盧文弨云：「流慆」，疑即「流淫」。〉
6. 及《韓詩外傳》第4.15章
7. 謂之大道也哉《韓詩外傳》第4.15章
8. 編者按：《韓詩外傳》第4.15章作「弗」，此文作「不」者蓋避漢諱改。
9. 王念孫云：「欲得善馭速致遠者」，元刻、世德堂本「速」上有「及」字。案有「及」字者是也。「及速」與「致遠」對文。行速則難及，道遠則難致，故唯善馭者乃能及速致遠，非謂其致遠之速也，則不得以「速致遠」連讀。「善馭及速致遠」與「善射射遠中微」對文，若無「及」字，則與上文不對。
10. 削《韓詩外傳》第4.15章
11. 不如是之公《韓詩外傳》第4.15章
12. 豈不謂過乎《韓詩外傳》第4.15章
13. 《韓詩外傳》第4.15章脫「彊，俄則弱矣；莫不欲」八字。
14. 王先謙《荀子集解》頁242「數千」作「數十」。王念孫云：《富國篇》「數十」作「十數」，是也。當荀子著書時，國之存者已無數十矣。編者按：《韓詩外傳》第4.15章作「古之國千餘，今無數十。」
15. 於《韓詩外傳》第4.15章
16. 王先謙云：「本」字無義，「大」之誤也。編者按：《韓詩外傳》第4.15章亦作「本」。

使之，則是主闇也；臣不能而誣能，則是臣詐也。主闇於上，臣詐於下，滅亡無日〔矣〕，俱害之道也。〔故惟明主能愛其所愛〕，〔闇主則必危其所愛〕[1]。夫文王非無貴戚也，非無子弟也，非無便嬖也，倜[2]然乃舉太公於州[3]人而用之，豈私之也哉！以爲親邪？則周姬姓也。而彼姜姓也，以爲故也[4]？則未嘗相識也。以爲好麗邪？則▸夫人行◂[5]年七十有二，齳[6]然兩齒墮矣。然而用之者，夫文王欲立貴道，欲白貴名，▸以惠天下◂[7]，而不可以獨也，非（于是）〔是子〕莫足以舉之，故舉（于是）〔是子〕而用之。於是乎貴道果立，貴名果明[8]，兼制天下，立七十一國，姬姓獨居五十三[9]人，周之子孫苟不狂惑者，莫不爲天下之顯諸侯，如是者，能愛人也。故舉天下之大道，立天下之大功，然後隱其所憐所愛，其下猶足以爲天下之顯諸侯。故曰：「唯明主爲能愛其所愛，闇主則必危其所愛。」此之謂也。

牆之外，目不見也；里之前，耳不聞也；而人主之守司，遠者天下，近者境內，不可不略知也。天下之變，境內之事，有弛易齵差者矣，而人主無由知之，則是拘脅蔽塞之端也。耳目之明，如是其狹也；人主之守司，如是其廣也；其中不可以不知也，如是其危也。然則人主將何以知之？曰：便嬖左右者，人主之所以窺遠收衆之門戶牖嚮也，不可不早具也。故人主必將有便嬖左右足信者然後可，其知慧足使規物，其端誠足使定物然後可，夫是之謂國具。人主不能不有游觀安燕之時，則不得不有疾病物故之變焉。如是[10]國者，事物之至也如泉原，一物不應，亂之端也。故曰：人主不可以獨也。卿相輔佐，人主之基、杖也，不可不早具也。人主必將有卿相輔佐足任者然後可，其德音足以塡[11]撫百姓，其知慮足以應待萬變然後可，夫是之謂國具。四鄰諸侯之相與，不可以不相接也，然而不必相親也。故人主必將有足使喻志決疑於遠方者然後可。其（辨）〔辯〕說足以解煩，其智慮足以決疑，其齊斷足以拒難，不還（秩）〔私〕[12]，不反君，然而應薄[13]扞患足以持社稷然後可，夫是之謂國具。故人主無便嬖左右足信者之謂闇，無卿相輔佐足任者之謂獨，所使於四鄰諸侯者非人之謂孤，孤獨而晻謂之危。國雖

1. 編者按：《韓詩外傳》第4.15章有「故惟明主能愛其所愛，闇主則必危其所愛」二句，準《荀子》此段下文有「故曰：『唯明主爲能愛其所愛，闇主則必危其所愛』」，則此二句當有，否則下文「故曰」無所指矣，今據補。
2. 超《韓詩外傳》第4.15章
3. 舟《韓詩外傳》第4.15章
4. 耶《韓詩外傳》第4.15章
5. 太公《韓詩外傳》第4.15章
6. 齳《韓詩外傳》第4.15章
7. 兼制天下，以惠中國《韓詩外傳》第4.15章
8. 顧千里云：「明」，疑當作「白」。《荀子》屢言「貴名白」。上文「欲白貴名」，下文亦作「白」，不作「明」，又屢言「白」，皆其證也。《韓詩外傳》四有此句，正作「貴名果白」。
9. 二《韓詩外傳》第4.15章
10. 梁啓雄云：「如是」下似有奪文。
11. 鎭
12. 王念孫云：「秩」，當爲「私」，字之誤也。「還」，讀爲「營」。言不營私，不叛君也。「營」與「還」，古同聲而通用。
13. 俞樾云：「薄」之言「迫」也。

若存，古之人曰亡矣。《詩》曰：「濟濟多士，文王以寧[1]。」此之謂也。

材人：愿愨拘錄，計數纖嗇而無敢遺喪，是官人史吏之材也。脩飭端正，尊法敬分而無傾側之心，守職循業，不敢損益，可傳世也，而不可使侵奪，是士大夫官師之材也。知隆禮義之為尊君也，知好士之為美名也，知愛民之為安國也，知有常法之為一俗也，知尚賢使能之為長功也，知務本禁末之為多材也，知無與下爭小利之為便於事也，知明制度、權物稱用之為不泥也，是卿相輔佐之材也，未及君道也。能論官此三材者而無失其次，是謂人主之道也。若是，則身佚而國治，功大而名美，上可以王，下可以霸，是人主之要守也。人主不能論此三材者，不知道此道，安值將卑埶出勞，併耳目之樂，而親自貫日而治詳，一（內）〔日〕而曲辨之，慮與臣下爭小察而綦偏能，自古及今，未有如此而不亂者也。是所謂「視乎不可見，聽乎不可聞，為乎不可成」，此之謂也。

## 13 臣道篇第十三

人臣之論[2]：有態臣者，有篡臣者，有功臣者，有聖臣者。內不足使一民，外不足使拒難；百姓不親，諸侯不信；然而巧敏佞說，善取寵乎上，是態臣者也。上不忠乎君，下善取譽乎民，不卹公道通義，朋黨比周，以環[3]主圖私為務，是篡臣者也。內足使以一民，外足使以拒難，民親之，士信之，上忠乎君，下愛百姓而不倦，是功臣者也。上則能尊君，下則能愛民，政令教化，刑[4]下如景，應卒遇變，齊給如響，推類接譽，以待無方，曲成制象，是聖臣者也。故用聖臣者王，用功臣者彊，用篡臣者危，用態臣者亡。態臣用，則必死；篡臣用，則必危；功臣用，則必榮；聖臣用，則必尊。故齊之蘇秦，楚之州侯，秦之張儀，可謂態臣者也。韓之張去疾，趙之奉陽，齊之孟嘗，可謂篡臣也。齊之管仲，晉之咎犯，楚之孫叔敖，可謂功臣矣。殷之伊尹，周之太公，可謂聖臣矣。是人臣之論也，吉凶、賢不肖之極也，必謹志之而慎自為擇取焉，足以稽矣。

從命而利君謂之順，從命而不利君謂之（謟）〔諂〕；逆命而利君謂之忠，逆命而不利君謂之篡；不卹[5]君之榮辱，不卹國之臧否，偷合苟容、以持祿養交而已耳，謂之

1. 見《詩・大雅》第235篇《文王》。
2. 王念孫云：「論」亦讀為「倫」，謂人臣中有此四等也。
3. 王念孫云：「環」讀為「營」，「營」，惑也，謂營惑其主也。
4. 王念孫云：「刑」如「刑于寡妻」之「刑」。「刑」，法也。言下之法上，如影之從形。
5. 恤《治要》卷子本卷38頁49

國賊。君有過謀過事，將危國家、殞社稷之懼也，大臣‧父子兄弟‧[1]有能進言於君，用則可，不用則去，謂之諫；有能進言於君，用則可，不用則死，謂之爭；有能比知同力，率群臣百吏而相與彊君橋[2]君，君雖不安，不能不聽，遂以解國之大患，除國之大害，成於尊君安國，謂之輔；有能抗君之命，竊君之重，反君之事，以安國之危，除君之辱，功伐足以成國之大利，謂之拂[3]。故諫、爭、輔、拂[4]之人，社稷之臣也，國君之寶也，明君之所尊所厚也，而闇主惑之[5]，以爲己賊也。故明君之所賞，闇君之所罰也；闇君之所賞，明君之所殺也。伊尹、箕子，可謂諫矣；比干、子胥，可謂爭矣；平原君之於趙也，可謂輔矣；信陵君之於魏也，可謂拂矣。《傳》曰：「從道不從君。」此之謂也。

故正義之臣設，則朝廷不頗；諫、爭、輔、拂[6]之人信，則君過不遠；爪牙之士施，則仇讎不作；邊境之臣處，則疆垂不喪。故明主好同[7]而闇（王）〔主〕好獨，明主尚賢使能而饗其盛，闇主妬賢畏能而滅其功。罰其忠，賞其賊，夫是之謂至闇，桀、紂所以滅也。

事聖君者，有聽從，無諫爭；事中君者，有諫爭，無（謟）〔諂〕諛；事暴君者，有補削[8]，無撟拂。迫脅於亂時，窮居於暴國，而無所避之，則崇其美，揚其善，違[9]其惡，隱其敗，言其所長，不稱其所短，以爲成俗。《詩》曰：「國有大命，不可以告人，防其躬身。」此之謂也。

恭敬而遜，聽從而敏，不敢有以私決擇也，不敢有以私取與也，以順上爲志，是事聖君之義也。忠信而不諛，諫諍而不（謟）〔諂〕，撟然剛折，端志而無傾側之心，是案曰是，非案曰非，是事中君之義也。調而不流，柔而不屈，寬容而不亂，曉然以至道而無不調和也，而能化易，時關[10]內之，是事暴君之義也。若馭其樸馬，若養赤子，若食餧人，故因其懼也，而改其過；因其憂也，而辨其故[11]；因其喜也，而入其道；因其

1. 父兄《治要》卷子本卷38頁50
2. A.撟 B.矯《治要》卷子本卷38頁50
3. 弼《治要》卷子本卷38頁50
4. 弼《治要》卷子本卷38頁51
5. 君《治要》卷子本卷38頁51
6. 弼《治要》卷子本卷38頁51
7. 因《治要》卷子本卷38頁51
8. 王引之云：「聽從」「諫爭」「諂諛」「補削」「撟拂」，皆兩字同義。「補削」，謂彌縫其闕也。「削」者，縫也。
9. 王念孫云：「違」，讀爲「諱」。「諱其惡」，與「隱其敗」同意。
10. 楊倞云：或曰：以道關通於君之心中也。王念孫云：或說近之。凡通言於上曰關。《周官‧條狼氏》「誓大夫曰『敢不關，鞭五百』」，先鄭司農曰：「不關，謂不關於君也。」
11. 王念孫云：「辨」，讀爲「變」。「變其故」，謂去故而就新也。

怒也，而除其怨；曲得所謂焉。《書》曰：「從命而不拂，微諫而不倦，爲上則明，爲下則遜[1]。」此之謂也。

事人而不順者，不疾者也；疾而不順者，不敬者也；敬而不順者，不忠者也；忠而不順者，無功者也；有功而不順者，無德者也。故無德之爲道也，傷疾、墮功、滅苦[2]，故君子不爲也。

有大忠者，有次忠者，有下忠者，有國賊者。▸以德復君◂[3]而化之，大忠也；以德調君而補[4]之，次忠也；▸以是諫非而怒之◂[5]，下忠也；不卹[6]君之榮辱，不卹[7]國之臧否，偷合苟容[8]、以之[9]持祿養交而已耳，國賊也。若周公之於成王也，可謂大忠矣；若管仲之於桓公，可謂次忠矣；若子胥之於夫差，可謂下忠矣；若曹觸龍之於紂者，可謂國賊矣。

仁者必敬人。凡人非賢，則案不肖也。人賢而不敬，則是禽獸也；人不肖而不敬，則是狎虎也。禽獸則亂，狎虎則危，災及其身矣。《詩》曰：「不敢暴虎，不敢馮河。人知其一，莫知其它[10]。戰戰兢兢，如臨深淵，如履薄冰[11]。」此之謂也。故仁者必敬人。敬人有道：賢者則貴而敬之，不肖者則畏而敬之；賢者則親而敬之，不肖者則疏而敬之。其敬一也，其情二也。若夫忠信端愨而不害傷，則無接而不然，是仁人之質也。忠信以爲質，端愨以爲統，禮義以爲文，倫類以爲理，喘而言，臑而動，而一可以爲法則。《詩》曰：「不僭不賊，鮮不爲則[12]。」此之謂也。

恭敬、禮也，調和、樂也，謹慎、利也，鬬怒、害也。故君子安禮樂（利）〔樂〕[13]，謹慎而無鬬怒，是以百舉不過也。小人反是。

1. 參《書‧伊訓》，今本《書》云：「從諫弗咈，先民時若。居上克明，爲下克忠。」
2. 王念孫云：「苦」當爲「善」，字之誤也。「疾」與「功」已見上文，「善」即上文之「忠」、「敬」也；「傷疾」、「墮功」、「滅善」皆承上文言之。
3. A.以道覆君《韓詩外傳》第4.3章 B.以得覆君《治要》卷子本卷38頁52
4. 輔《韓詩外傳》第4.3章
5. 以諫非君而怨之《韓詩外傳》第4.3章
6. 恤《治要》卷子本卷38頁52
7. 恤《治要》卷子本卷38頁52
8. 同《韓詩外傳》第4.3章
9. 《韓詩外傳》第4.3章、《治要》卷子本卷38頁52引文並無「之」字。
10. 見《詩‧小雅‧小旻》，今本《詩》「它」作「他」。王引之云：《荀子》引《詩》，至「莫知其佗」而止，其「戰戰兢兢」三句，則後人取《詩》詞增入也。
11. 見《詩‧小雅》第195篇《小旻》。
12. 見《詩‧大雅》第256篇《抑》。
13. 王念孫云：「樂利」，當爲「樂樂」，「樂樂」與「安禮」對文。「安禮樂樂」，承上「禮」「樂」而言，「謹慎而無鬬怒」，承上「謹慎」「鬬怒」而言。今本作「樂利」者，涉上「利也」而誤。

通忠之順，權險之平，禍亂之從聲，三者、非明主莫之能知也。爭然後善，戾然後功，出死無私，致忠而公，夫是之謂通忠之順，信陵君似之矣。奪然後義，殺然後仁，上下易位然後貞，功參天地，澤被生民，夫是之謂權險之平，湯、武是也。過而通情，和而無經，不卹是非，不治曲直，偷合苟容，迷亂狂生，夫是之謂禍亂之從聲，飛廉、惡來是也。《傳》曰：「斬而齊，枉而順，不同而壹。」《詩》曰：「受小球大球，為下國綴旒[1]。」此之謂也。

## 14 致士篇第十四

衡聽、顯幽、重明、退姦、進良之術：朋黨比周之譽，君子不聽；殘賊加累之譖，君子不用；隱忌雍蔽之人，君子不近；貨財禽犢之請，君子不許。凡流言、流說、流事、流謀、流譽、流愬、不官而衡至者，君子慎之。聞聽而明譽之，定其當而當，然後（士）〔出〕[2]其刑賞而還與之，如是，則姦言、姦說、姦事、姦謀、姦譽、姦愬莫之試也，忠言、忠說、忠事、忠謀、忠譽、忠愬莫不明通，方起以尚盡矣。夫是之謂衡聽、顯幽、重明、退姦、進良之術。

川淵深而魚鱉歸之，山林茂而禽獸歸之，刑政平而百姓歸之，禮義備而君子歸之。故禮及身而行脩，義及國而政明，能以禮[3]挾而貴名白，天下願，令行禁止，王者之事畢矣。《詩》曰：「惠此中國，以綏四方[4]。」此之謂也。川淵者、龍魚之居也，山林者、鳥獸之居也，國家者、士民之居也。川淵枯則龍魚去之，山林險[5]則鳥獸去之，國家失政則士民去之。

無土則人不安居[6]，無人則土不守，無道法則人不至，無君子則道不舉。故土之與人也，道之與法也者，國家之本作[7]也。君子也者，道法之摠要也，不可少頃曠也。得之則治，失之則亂；得之則安，失之則危；得之則存，失之則亡。故有良法而亂者有之矣，有君子而亂者，自古及今，未嘗聞也。《傳》曰：「治生乎君子，亂生乎小人。」此之謂也。

---

1. 見《詩・商頌》第304篇《長發》。
2. 王引之云：「士」字義不可通，「士」當為「出」，字之誤也。高注《淮南・說林篇》曰：「當猶實也。」言定其善惡之實而當，然後出其刑賞而還與之也。
3. 顧千里云：「禮」下，疑當有「義」字，承上「禮義備而君子歸之，故禮及身而行修，義及國而政明」言之。
4. 見《詩・大雅・民勞》。
5. 王念孫云：「險」乃「儉」借字。山林儉，則鳥獸無所依而去之。
6. 編者按：準下三句句式，此句「居」字疑衍。
7. 王念孫云：「國家之本作」，「道法之摠要」，相對為文。「作」者，始也，「始」，亦本也。「摠」亦「要」也。

得眾動天。美意延年。誠信如神。夸誕逐魂。

人主之患，‣不在乎言用賢◂[1]，而在乎〔不〕誠必用賢[2]。夫言用[3]賢者、口也，卻賢者、行也，口行相反，而欲賢者之至、不肖者之退也，不亦難乎！夫燿蟬者務在明其火、振其樹而已，火不明，雖振其樹無益也。今人主有能明其德，則天下歸之，若蟬之歸明火也。

臨事接民而以義，變應寬裕而多容，恭敬以先之，政之始也；然後中和察斷以輔之，政之隆[4]也；然後進退誅賞之，政之終也。故一年與之始，三年與之終。用其終爲始，則政令不行而上下怨疾，亂所以自作也。《書》曰：「義刑義殺，勿庸以即，汝惟曰『未有順事[5]』。」言先教也。

程者、物之準也，禮者、節之準也。程以立數，禮以定倫，德以敘位，能以授官。凡節奏欲陵[6]，而生民欲寬，節奏陵而文[7]，生民寬而安。上文下安，功名之極也，不可以加矣。

君者、國之隆也，父者、家之隆也。隆一而治，二而亂，自古及今，未有二隆爭重而能長久者。

師術有四，而博習不與焉：尊嚴而憚，可以爲師；耆艾而信，可以爲師；誦說而不陵不犯，可以爲師；知微而論，可以爲師。故師術有四，而博習不與焉。水深而[8]回，樹落則糞本，弟子通利則思師。《詩》曰：「無言不讎，無德不報[9]。」此之謂也。

賞不欲僭，刑不欲濫，賞僭則利及小人，刑濫則害及君子。若不幸而過，寧僭無濫；與其害善，不若利淫。

1. 不在乎不言《治要》卷子本卷38頁52
2. 王念孫云：當作「而在乎不誠必用賢」，言用賢之不誠不必也。
3. 困《治要》卷子本卷38頁52　　4. 王念孫云：「政之隆」，謂政之中也。
5. 參《書・康誥》，今本《書》作「用其義刑義殺，勿庸以次汝封。乃汝盡遜，曰時敘；惟曰未有遜事。」
6. 王念孫云：「陵」，謂嚴密也，故與「寬」相反。
7. 王念孫云：「而」，猶則也。言節奏陵則文，生民寬則安也。　　8. 則
9. 見《詩・大雅》第256篇《抑》。

# 15 議兵篇第十五

臨武君與孫卿子議[1]兵於趙孝成王‣前◂[2]。

王曰：「請問‣兵要◂[3]。」臨武君對曰：「上得天時，下得地利，觀敵之變動，後之發，先之至，此用兵之要術也。」孫卿子曰：「不然。‣臣所聞◂[4]古之道，凡用兵‣攻戰◂[5]之本在乎壹民〔也〕。弓矢不調，則羿不能以中微；六馬不和，則造父不能以致[6]遠；士民不親附，則湯、武不能以必[7]勝也。故善附民者，是乃善用兵者也。故兵要在乎（善）[8]附民而已。」臨武君曰：「不然。〔夫〕兵之所貴者埶利也，所行[9]者‣變詐◂[10]也。善用兵[11]者，‣感忽悠闇◂[12]，莫知其所從出；孫、吳用之，無敵於天下，豈必待附民哉[13]！」孫卿子曰：「不然。臣之所道，仁人之兵、王者之志也。君之所貴，權謀埶利也；所行[14]，攻奪變詐者[15]、諸侯之事也。仁人之兵，不可詐也。彼可詐者，怠慢者也，路亶[16]者也，君臣上下之閒[17]，（滑）〔渙〕[18]然有離德者也。故以桀詐桀，猶巧拙有幸焉。以桀詐堯，譬之若以卵投石，〔若〕以指撓沸，‣若赴水火◂[19]，入焉[20]焦沒耳。‣故仁人上下，百將一心，三軍同力◂[21]。臣之於君也，下之於上也，若子之事父、弟之事兄〔也〕，若手臂[22]之扞[23]頭目而覆胸腹也，詐而襲之‣與◂[24]先驚而後

1. 論《資治通鑑・秦紀一・昭襄王五十二年》頁188
2. 之前《資治通鑑・秦紀一・昭襄王五十二年》頁188、《韓詩外傳》第3.36章
3. 兵之要《韓詩外傳》第3.36章
4. 臣之所聞《新序・雜事三》第3.2章
5. 戰攻《治要》卷子本卷38頁53
6. 御《新序・雜事三》第3.2章
7. 戰《韓詩外傳》第3.36章
8. 王念孫云：元刻無「善」字。案無「善」字者是也。下文「臨武君曰……『豈必待附民哉』」，正對此句而言，則無「善」字明矣。宋本有「善」字者，涉上文「善附民者」而衍。《群書治要》亦無「善」字。
9. 上《新序・雜事三》第3.2章
10. 變詐攻奪《新序・雜事三》第3.2章
11. 之《治要》卷子本卷38頁54
12. A.奄忽焉《新序・雜事三》第3.2章 B.猶脫兔《韓詩外傳》第3.36章
13. 乎《治要》卷子本卷38頁54
14. 上《新序・雜事三》第3.2章
15. 也《新序・雜事三》第3.2章
16. A.落單《新序・雜事三》第3.2章 B.露袒《資治通鑑・秦紀一・昭襄王五十二年》頁189〈王念孫云：「路單」，猶羸憊也。上不恤民，則民皆羸憊，故下句云：「君臣上下之閒滑然有離德也」。〉
17. 際《韓詩外傳》第3.36章
18. 王引之云：「滑」，當爲「渙」。《說卦》曰：「《渙》者，離也。」《雜卦》曰：「渙，離也。」下文「事大敵堅，則渙然離耳」，是「渙」爲離貌，故曰「渙然有離德」……《新序・雜事篇》正作「渙然有離德」，《韓詩外傳》作「突然有離德」，「突」乃「奐」之譌，「渙」、「奐」古字通。
19. A.若羽蹈烈火《新序・雜事三》第3.2章 B.抱羽毛而赴烈火《韓詩外傳》第3.36章
20. 則《新序・雜事三》第3.2章、《韓詩外傳》第3.36章〈編者按：作「焉」者是也，「入焉」謂入於水火也。〉
21. 故仁人之兵或將，三軍同力，上下一心
22. 足《新序・雜事三》第3.2章
23. 捍《新序・雜事三》第3.2章
24. 之與《治要》卷子本卷38頁55

擊之，一也。且仁人之用十里之國，則將有百里之聽；用百里之國，則將有千里之聽；用千里之國，則將有四海之聽。必將聰明警戒，和（傳）〔摶〕[1]而一。故仁人之兵聚則成卒，散則成列，延[2]則若莫邪之長刃，嬰之者斷；兌[3]則若莫邪之利鋒，當之者潰；圜居而方正，則若盤石然，觸之者▸角摧◂[4]，案（角）[5]鹿埵、隴種、東籠而退耳。且夫暴國[6]之君，將誰與至哉？彼其所與至者，必其民也。而其民之親我，▸歡◂[7]若▸父母◂[8]；其好我，芬[9]若椒蘭；彼反顧其上，則若灼黥、若仇讎。人之情，雖桀、跖，豈又肯為其所惡，賊[10]其所▸好者◂[11]哉！是猶使人之子孫自賊其父母也，彼必將來告之，夫又何可詐也？故仁人用，國日明，諸侯先順者安，後順者危，慮敵之者削，反之者亡。《詩》曰：『武王載發，有虔秉鉞，如火烈烈，則莫我敢遏[12]。』此之謂也。」

孝成王、臨武君曰：「善！請問王者之兵設何道[13]？何行而可？」孫卿子曰：「凡在大王，將率、末事也。臣請遂道王者諸侯强弱存亡之效、安危之埶，君賢者，其國治；君不能者，其國亂；隆禮貴義者，其國治；簡禮賤義者，其國亂。治者强，亂者弱，是强弱之本也。上足卬，則下可用也；上不足卬[14]，則下不可用也。下可用則强，下不可用則弱，是强弱之常也。隆禮效功，上也；重祿貴節，次也；上功賤節，下也；是强弱之凡也。好士者强，不好士者弱；愛民者强，不愛民者弱；政令信者强，政令不信者弱；民齊者强，〔民〕[15]不齊者弱；賞重者强，賞輕者弱；刑威者强，刑侮者弱；械用兵革攻[16]完便利者强，械用兵革窳楛不便利者弱；重用兵者强，輕用兵者弱；權出一者强，權出二者弱：是强弱之常也。

「齊人隆技擊，其技也，得一首者則賜贖錙金，無本賞矣。是事小敵毳則偷可用也，事大敵堅則渙然離耳。若飛鳥然，傾側反覆無日，是亡國之兵也，兵莫弱是矣，是其出[17]賃市、傭而戰之幾矣。

---

1. 王念孫云：「傳」，「摶」字之誤也。「摶」即「專一」之「專」。編者按：「和傳」，《通鑑》頁189作「和傳」。 2. 鋌《新序・雜事三》第3.2章
3. 銳《新序・雜事三》第3.2章、《韓詩外傳》第3.36章
4. 摧角《韓詩外傳》第3.36章
5. 劉台拱云：「鹿埵」上「角」字，涉上而誤衍。「案」，語詞。
6. 亂《新序・雜事三》第3.2章 7. 驩然《新序・雜事三》第3.2章
8. 父子《韓詩外傳》第3.36章 9. 芳《新序・雜事三》第3.2章
10. 《新序・雜事三》第3.2章「賊」上有「而」字。 11. 至愛《韓詩外傳》第3.36章
12. 見《詩・商頌》第304篇《長發》。今本《詩》「發」作「旆」，「遏」作「曷」。
13. 王念孫云：「道」，術也。
14. 楊倞云：「卬」，古「仰」字。「不仰」，不足仰也。盧文弨云：以注觀之，正文當本是「上不卬」，衍「足」字。
15. 王念孫云：元刻「不齊」上亦有「民」字，是也。上文之「政令」，下文之「賞」「刑」「械用兵革」，皆於上下句兩見，則「民」字亦當兩見。
16. 楊倞云：「攻」，當為「功」，「功」，精好加功者也。 17. 去

「魏氏之武卒，以度取之，衣三屬之甲，操十二石之弩，負服[1]矢五十个，置戈其上，冠軸帶劍，贏三日之糧，日中而趨百里，中試則復其戶，利其田宅，是〔其氣力〕[2]數年而衰而〔復利〕[3]未可奪也，改造則不易周也。是故地雖大，其稅必寡，是危國之兵也。秦人、其生民也陿阸[4]，其使民也酷烈，劫之以埶，隱之以阸，忸之以慶賞，鰌之以刑罰，使天[5]下之民所以要利於上者，非鬭無由也。阸而用之，得而後功之，功賞相長也，五甲首而隸五家，是最爲衆强長久，多地以正。故四世有勝，非幸也，數也。

「故齊之技擊不可以遇魏氏之武卒，魏氏之武卒不可以遇秦之銳士，秦之銳士不可以當桓、文之節制，桓、文之節制不可以敵湯、武之仁義，有遇之者，若以焦熬投石焉。兼是數國者，皆干賞蹈利之兵也，傭徒鬻賣之道也，未有貴上、安制、綦節之理也；諸侯有能微妙之以節，則作而兼殆之耳。故招近[6]募選，隆埶詐，尙功利，是漸之也；禮義教化，是齊之也。故以詐遇詐，猶有巧拙焉；以詐遇齊，辟之猶以錐刀墮大山也，非天下之愚人莫敢試。故王者之兵不試。湯、武之誅桀、紂也，拱揖[7]指麾而强暴之國莫不趨使，誅桀、紂若誅獨夫。故《泰誓》曰『獨夫紂』，此之謂也。故兵大齊則制天下，小齊則治鄰敵。若夫招近募選，隆埶詐、尙功利之兵，則勝不勝無常，代翕代張，代存代亡，相爲雌雄耳矣。夫是之謂盜兵，君子不由也。

「故齊之田單，楚之莊蹻，秦之衛鞅，燕之繆蟣，是皆世俗之所謂善用兵者也；是其巧拙强弱則未有以相君也，若其道一也，未及和齊也；掎契司詐，權謀傾覆，未免盜兵也。齊桓、晉文、楚莊、吳闔閭、越句踐，是皆和齊之兵也，可謂入其域矣，然而未有本統也；故可以霸而不可以王。是强弱之效也。」

孝成王、臨武君曰：「善！請問爲將。」孫卿子曰：「知莫大乎棄疑，行莫大乎無過，事莫大乎無悔。事至無悔而止矣，成不可必也。故制號政令，欲嚴以威；慶賞刑罰，欲必以信；處舍收臧，欲周以固；徙舉進退，欲安以重，欲疾以速；窺敵觀變，欲潛以深，欲伍以參；遇敵決戰，必道[8]吾所明，無道吾所疑；夫是之謂六術。無欲將而

1. 盧文弨云：元刻無「服」字，與《漢書》同。俞樾云：「服」字實不可無，「服」者，「箙」之叚字。《說文．竹部》：「箙，弩矢箙也。」經傳通以「服」爲之。王念孫云：此本作「服矢五十箇」。「服矢」，即「負矢」。
2. 編者按：據《漢書．刑法志》頁1086補，《資治通鑑》頁191同。
3. 編者按：據《資治通鑑．秦紀一．昭襄王五十二年》頁191補。　4. 狹隘
5. 顧千里云：「天」字疑不當有。此以「下之民」與「要利於上」相對爲文，謂秦民，非謂天下之民明甚。宋本與今本同，蓋皆誤。
6. 楊倞云：「近」，當爲「延」，傳寫誤耳。「招延」，謂引致之也。　7. 挹
8. 王念孫云：「道」，當訓爲行。編者按：兩「道」字《資治通鑑．秦紀一．昭襄王五十二年》頁193並作「行」。

惡廢，無急勝而忘敗，無威內而輕外，無見其利而不顧其害，凡慮事欲孰而用財欲泰，夫是之謂五權。〔將〕所以不受命於主有三：可殺而不可使處不完，可殺而不可使擊不勝，可殺而不可使欺百姓，夫是之謂三至。凡受命於主而行三軍，三軍既定，百官得序，群物皆正，則主不能喜，敵不能怒，夫是之謂至臣。慮必先事而申之以敬，愼終如始，終始如一，（失）〔夫〕是之謂大吉。凡百事之成也，必在敬之；其敗也，必在慢之。故敬勝怠則吉，怠勝敬則滅；計勝欲則從，欲勝計則凶。戰如守，行如戰，有功如幸。敬謀無壙。敬事無壙，敬終無壙，敬眾無壙，敬敵無壙：夫是之謂五無壙。愼行此六術、五權、三至，而處之以恭敬無壙，夫是之謂天下之將，則通於神明矣。」

臨武君曰：「善！請問王者之軍制。」孫卿子曰：「將死鼓，御死轡，百吏死職，士大夫死行列。聞鼓聲而進，聞金聲而退，順命為上，有功次之。令不進而進，猶令不退而退也，其罪惟均。不殺老弱，不獵禾稼，服者不禽，格者不舍，犇命者不獲。凡誅、非誅其百姓也，誅其亂百姓者也。百姓有扞其賊，則是亦賊也。以故順刃者生，蘇刃者死，犇命者貢。微子開封於宋，曹觸龍斷於軍，殷之服民[1]所以養生之者也無異周人。故近者歌謳而樂之，遠者竭蹶而趨之，無幽閒辟陋之國，莫不趨使而安樂之，四海之內若一家，通達之屬莫不從服，夫是之謂人師。《詩》曰：『自西自東，自南自北，無思不服[2]。』此之謂也。王者有誅而無戰，城守不攻，兵格不擊。上下相喜則慶之。不屠城，不潛軍，不留眾，師不越時。故亂者樂其政，不安其上，欲其至也。」臨武君曰：「善！」

陳囂問孫卿子曰：「先生議兵，常以仁義為本。仁者愛人，義者循理，然則又何以兵為？凡所為有兵者，為爭奪也。」孫卿子曰：「非女所知也。彼仁者愛人，愛人，故惡人之害之也；義者循理，循理，故惡人之亂之也。彼兵者，所以禁暴除害也，非爭奪也。故仁人之兵，所存者神，所過者化，若時雨之降，莫不說喜。是以堯伐驩兜，舜伐有苗，禹伐共工，湯伐有夏，文王伐崇，武王伐紂，此四帝兩王，皆以仁義之兵行於天下也。故近者親其善，遠方慕其（德）〔義〕[3]；兵不血刃，遠邇來服，德盛於此，施及四極。《詩》曰：『淑人君子，其儀不忒[4]。』此之謂也。」

1. 王先謙云：「服民」，當作「民服」，此誤倒耳。
2. 見《詩・大雅》第244篇《文王有聲》。
3. 王念孫云：「慕其德」，「德」本作「義」，後人改「義」為「德」，以與「服」「極」為韻，而不知與下文「德」字相複也。《文選・為袁紹檄豫州文注》、《石闕銘注》、《太平御覽・兵部》五十三引此竝作「義」。
4. 見《詩・曹風》第152篇《鳲鳩》。陳奐云：玩上文語意，其下尚有「其儀不忒，正是四國」二句，今脫之也。「儀」即「義」也。王念孫云：此正承上文「遠方慕義」而言，所引《詩》，蓋本作「其義不忒」，今本「義」作「儀」者，後人據《詩》改之耳。

李斯問孫卿子曰：「秦四世有勝，兵強海內，威行諸侯，非以仁義爲之也，以便從事而已。」孫卿子曰：「非女所知也。女所謂便者，不便之便也；吾所謂仁義者，大便之便也。彼仁義者，所以脩政者也，政脩則民親其上、樂其君，而輕爲之死。故曰：『凡在於軍，將率、末事也。』秦四世有勝，諰諰然常恐天下之一合而軋己也，此所謂末世之兵，未有本統也。故湯之放桀也，非其逐之鳴條之時也；武王之誅紂也，非以甲子之朝而後勝之也，皆前行素脩也，此所謂仁義之兵也。今女不求之於本而索之於末，此世之所以亂也。」

禮者、治辨之極也，強國之本也，威行之道也，功名之揔[1]也。王公由之，所以得[2]（夫）〔天〕下▸也◂[3]；不[4]由〔之〕，所以隕[5]社稷也。▸故◂[6]堅甲利兵不足以爲（勝）〔武〕[7]，高城深池不足以爲固，嚴令繁刑不足以爲威。由其道則行，不由其道則廢。

楚人[8]鮫革犀兕▸以◂[9]爲甲，鞈[10]如金石；▸宛鉅鐵釶◂[11]，慘[12]如蠭蠆；輕利▸僄遬◂[13]，卒如飄風；然而兵殆於▸垂沙◂[14]，▸唐蔑◂[15]死。莊蹻起，楚分而爲三四。是豈無堅甲利兵也哉？其所以統之者非其道故也。汝、潁[16]以爲險，江、漢以爲池，限[17]之以鄧林，緣之以方城，然而秦師至而[18]鄢、郢舉，若振槁然。是豈無固塞▸隘阻◂[19]也哉？其所以統之者非其道故也。

紂刳比干，▸囚箕子◂[20]，爲炮（烙）〔格〕[21]〔之〕刑，▸殺戮無時，臣下懍然莫

1. 統《韓詩外傳》第4.10章
2. 一《韓詩外傳》第4.10章、《史記・禮書》頁1164
3. 臣諸侯也《史記・禮書》頁1164
4. 編者按：《史記・禮書》頁1164作「弗」，此文及《韓詩外傳》第4.10章作「不」者蓋避漢諱改。
5. 捐《史記・禮書》頁1164
6. 是故《韓詩外傳》第4.10章
7. 編者按：《韓詩外傳》第4.10章作「武」，是也。此文以「武」、「固」爲韻，「威」、「廢」爲韻，今據改。
8. 《韓詩外傳》第4.10章「楚人」上有「昔」字。
9. 所以《史記・禮書》頁1164
10. 堅《韓詩外傳》第4.10章、《史記・禮書》頁1164
11. A.宛如鉅虵《韓詩外傳》第4.10章 B.宛之鉅鐵施《史記・禮書》頁1164
12. 鑽《史記・禮書》頁1164
13. A.剛疾《韓詩外傳》第4.10章 B.剽遬《史記・禮書》頁1164
14. 垂涉《史記・禮書》頁1164〈王念孫云：「垂」字古讀若「陀」，「垂沙」蓋地名之疊韻者。〉
15. A.唐子《韓詩外傳》第4.10章 B.唐昧《史記・禮書》頁1164
16. 淮《韓詩外傳》第4.10章
17. 阻《史記・禮書》頁1164
18. 《韓詩外傳》第4.10章「而」作「於」，《史記・禮書》頁1164無「而」字。
19. A.限險《韓詩外傳》第4.10章 B.險阻《史記・禮書》頁1164
20. 而囚箕子《韓詩外傳》第4.10章
21. 盧文弨云：本作「炮格之刑」，「格」讀如「庋格」之「格」，古「閣」「格」一也。王念孫云：此段氏若膺說也，說見《鍾山札記》。

必其命•[1]，然而周師至而令不行乎下，不能用其民。是豈令不嚴、刑不繁[2]也哉？其所以統之者非其道故也。

古之兵、戈矛弓矢而已矣，然而敵國不待試而詘；城郭不辦[3]，溝池不抇[4]，固塞不樹，機變不張，然而國晏然不畏外而（明）（內）〔固〕[5]者，無它故焉，明道而（分鈞）〔鈞分〕[6]之，時使而誠愛之，〔則〕下之和[7]上也如影（嚮）〔響〕，有不由令者，然后（誅）〔俟〕[8]之以刑[9]。故刑一人而天下服，罪人不郵其上，知罪之在己也。是故刑罰省而威〔行如〕流，無它故焉，由其道故也[10]。古者，帝堯之治天下也，蓋殺一人、刑二人而天下治。《傳》曰：「威厲而不試，刑錯而不用[11]。」此之謂也。

凡人之動也，爲賞慶爲之，則見害傷焉止矣。故賞慶、刑罰、埶詐不足以盡人之力、致人之死。爲人主上者也，其所以接下之〔人〕[12]百姓者，無禮義忠信，焉慮率用賞慶、刑罰、埶詐、（除）〔險〕阸其下，獲其功用而已矣[13]。大寇則[14]至，使之持危城則必畔，遇敵處戰則必北，勞苦煩辱則必犇，霍焉離耳，下反制其上。故賞慶、刑罰、埶詐之爲道者，傭徒粥賣之道也，不足以合大眾、美國家，故古之人羞而不道也。故厚德音以先之，明禮義以道之，致忠信以愛之，尚賢使能以次之，爵服慶賞以申之，時其事、輕其任以調齊之、長養之，如保赤子。政令以定，風俗以一，有離俗不順其上，則百姓莫不敦惡，莫不毒孽，若祓不祥，然後刑於是起矣。是大刑之所加也，辱孰

1. A.殺戮無時，群下愁怨，皆莫冀其命《韓詩外傳》第4.10章 B.殺無辜，時臣下懍然，莫必其命《史記・禮書》頁1164
2. 陖《史記・禮書》頁1165
3. 集《史記・禮書》頁1166
4. 掘《史記・禮書》頁1166
5. 楊倞云：「內」，當爲「固」。《史記》作「晏然不畏外而固」也。王念孫云：此當依《史記》作「不畏外而固」。今本「而」下有「明」字者，涉下文「明道」而衍。
6. 王念孫云：《史記》、《韓詩外傳》並作「均分」，「均」與「鈞」通，亦當依《史記》、《外傳》乙轉。
7. 應《韓詩外傳》第4.10章、《史記・禮書》頁1167
8. 王念孫云：「誅之以刑」，本作「俟之以刑」，此後人不解「俟」字之義而妄改之也。《韓詩外傳》、《史記》皆作「俟之以刑」，《正義》訓「俟」爲「待」。《王制篇》曰：「以不善至者，待之以刑」，足與此互相證明矣。
9. 《史記・禮書》頁1167此下有「則民知辠矣」句。
10. 《史記・禮書》頁1167此下有「故由其道則行，不由其道則廢」二句。
11. 王念孫云：「厲」，猛也。「錯」，置也。「置」，設也。言威雖猛而不試，刑雖設而不用也。
12. 王念孫云：「人百姓」，衆百姓也，今本無「人」字，乃後人不曉古義而妄刪之。
13. 王念孫以爲此文當作「其所以接下之人百姓者無禮義忠信，焉慮率用賞慶、刑罰、埶詐、除阸其下，獲其功用而已矣」。並云：「焉」，語詞也。「慮」，大凡也。「除阸」二字，義不相屬。「除」當爲「險」，俗書之誤也。「險」與「阸」同義，馮衍《顯志賦》「悲時俗之險阸」是也。
14. 王念孫云：「大寇則至」，「則」者，若也，與下三「則」字異義。

大焉？將以爲利耶？則大刑加焉，身苟不狂惑戇陋，誰睹是而不改也哉！然後百姓曉然皆知（脩）〔循〕[1]上之法，像上之志而安樂之。於是有能化善、脩身、正行、積禮義、尊道德，百姓莫不貴敬，莫不親譽，然後賞於是起矣。是高爵豐祿之所加也，榮孰大焉？將以爲害邪？則高爵豐祿以‵持養′[2]之，生民之屬孰不願也？雕雕焉縣貴爵重賞於其前，縣明刑大辱於其後，雖欲無化，能乎哉！故民歸之如流水，所存者神，所爲者‵化，而′[3]順，暴悍勇力之屬爲之化而愿，旁辟[4]曲私之屬爲之化而公，矜糺收繚之屬爲之化而調，夫是之謂大化至一。《詩》曰：「王猶允塞，徐方既來[5]。」此之謂也。

凡兼人者有三術：有以德兼人者，有以力兼人者，有以富兼人者。彼貴我名聲，美我德行，欲爲我民，故辟門除涂以迎吾入，因其民，襲其處，而百姓皆安，立法施令莫不順比。是故得地而權彌重，兼人而兵俞强，是以德兼人者也。非貴我名聲也，非美我德行也，彼畏我威、劫我埶，故民雖有離心，不敢有畔慮，若是，則戎甲俞眾，奉養必費，是故得地而權彌輕，兼人而兵俞弱，是以力兼人者也。非貴我名聲也，非美我德行也，用貧求富，用飢求飽，虛腹張口來歸我食，若是，則必發夫（掌）〔稟〕[6]窌之粟以食之，委之財貨以富之，立良有司以接之，已朞[7]三年，然後民可信也；是故得地而權彌輕，兼人而國俞貧，是以富兼人者也。故曰：以德兼人者王，以力兼人者弱，以富兼人者貧。古今一也。

兼并易能也，唯堅凝之難焉。齊能并宋而不能凝也，故魏奪之；燕能并齊而不能凝也，故田單奪之；韓之上地，方數百里，完全富足而趨趙，趙不能凝也，故秦奪之。故能并之而不能凝，則必奪；不能并之又不能凝其有，則必亡。能凝之，則必能并之矣。得之則凝，兼兵無强。古者湯以薄，武王以滈，皆百里之地也，天下爲一，諸侯爲臣，

1. 王念孫云：「脩」，當爲「循」，字之誤也。「循」，順也。謂順上之法也。《君道篇》曰：「百姓莫敢不順上之法，象上之志而勸上之事，而安樂之矣」，文略與此同，「順」與「循」古同聲而通用也。
2. 王念孫云：「持養」二字平列，「持」，亦「養」也。
3. 王先謙云：「化而」二字衍。此文本作「所存者神，所爲者順」，文義甚明。後人因《孟子》「所存者神，所過者化」二語，妄於「者」下加「化」字，傳寫者緣下文三「化而」句例，復於「化」下加「而」字，本文遂不可通矣。王念孫引汪中云：「而順」上疑脫九字，此句與下三句一類，句末當是「爲之化而順」，因上有「化」字，遂相承脫去耳。
4. 王先謙云：旁辟，猶便辟。「旁」「便」雙聲字。
5. 見《詩・大雅》第263篇《常武》。
6. 王引之云：「掌」，當爲「稟」。「稟」，古「廩」字也。《榮辱篇》「有囷窌」，楊倞注云：「圜曰囷，方曰廩。」彼言「囷窌」，猶此言「稟窌」。
7. 王引之云：「朞」者，周也。謂已周三年也。俞樾云：《荀子書》多用「綦」字作窮極之義，此「朞」字蓋亦「綦」字之誤。「已綦三年」，猶云「已極三年」也。《宥坐篇》「綦三年而百姓往矣」，可證此文之誤。

無它故焉，能凝之也。故凝士以禮，凝民以政，禮脩而士服，政平而民安。士服民安，夫是之謂大凝。以守則固，以征則强，令行禁止，王者之事畢矣。

## 16 彊國篇第十六

刑范正，金錫美，工冶巧，火齊得，剖刑而莫邪已。然而不剝脫，不砥厲，則不可以斷繩；剝脫之，砥厲之，則劙槃盂、刎牛馬，忽然耳。彼國者，亦彊國之剖刑已。然而不教不誨，不調不一，則入不可以守，出不可以戰；教誨之，調一之，則兵勁城固，敵國不敢嬰也。彼國者亦有砥厲，禮義節奏是也。故人之命在天，國之命在禮。人君者隆禮尊賢而王，重法愛民而霸，好利多詐而危，權謀、傾覆、幽險而亡。

▸威有三◂[1]：有道德之威者，有暴察之威者，有狂妄之威者。此三威者、不可不孰[2]察也。禮樂則脩，分義則明，舉錯則時，愛利則形[3]。如是，▸百姓◂[4]貴之如▸帝◂[5]，高之如天，親之如父母，畏之如神明，故賞不用而民勸，罰不用[6]而威行。夫是之謂道德之威。禮樂則不脩，分義則不明，舉錯則不時，愛利則不形[7]；然而〔其〕▸禁暴也察◂[8]，其誅不服也▸審◂[9]，其刑罰重而信，其誅殺猛而必，黭[10]然而[11]雷擊之，如牆厭之。如是，百姓劫則致畏，嬴[12]則敖上，執拘則（最）〔冣〕[13]，▸得閒◂[14]則散，敵中則奪，非劫之以形埶，非[15]振之以誅殺，則無以有其下。夫是之謂暴察之威。無愛人之心，無利人之事，而日為亂人之道，百姓▸讙敖◂[16]，則從而執縛之，刑灼之，不和人之心。如是，▸下比周賁潰以離上矣◂[17]，傾覆滅亡，可立而待也。夫是之謂狂妄之威。此三威者，不可不孰察也。道德之威成乎安[18]彊，暴察之威成乎危弱，狂妄之威成乎滅亡也。

1. 威有三術《韓詩外傳》第6.26章
2. 審《韓詩外傳》第6.26章
3. 刑《韓詩外傳》第6.26章
4. 則民姓《韓詩外傳》第6.26章
5. 帝王《韓詩外傳》第6.26章
6. 加《韓詩外傳》第6.26章
7. 刑《韓詩外傳》第6.26章
8. 禁非也暴《韓詩外傳》第6.26章
9. 繁審《韓詩外傳》第6.26章
10. 闇《韓詩外傳》第6.26章
11. 劉台拱云：《韓詩外傳》作「如雷擊之」。此「而」字義亦作「如」。
12. 怠《韓詩外傳》第6.26章
13. 聚《韓詩外傳》第6.26章〈楊倞云：「最」，聚也。王引之云：《說文》：「冣，積也。」徐鍇曰：「古以聚物之聚為冣。」「冣」與「最」字相似，世人多見「最」，少見「冣」，故書傳中「冣」字皆譌作「最」。《韓詩外傳》作「執拘則聚」，即「冣」字也。〉
14. 遠聞《韓詩外傳》第6.26章
15. 《韓詩外傳》第6.26章無「非」字。
16. 讙譁《韓詩外傳》第6.26章
17. 編者按：《韓詩外傳》第6.26章作「百姓上困於暴亂之患，而下窮衣食之用，愁哀而無所告訴，比周憤潰以離上」，疑今本《荀子》「下」字上下並有脫文。
18. 衆《韓詩外傳》第6.26章

公孫子曰：「子發將（西）〔而〕[1]伐蔡，克蔡，獲蔡侯；歸致命曰：『蔡侯奉其社稷而歸之楚，舍屬[2]二三子而治其地。』既，楚發其賞，子發辭曰：『發誡布令而敵退，是主威也；徙舉相攻而敵退，是將威也；合戰用力而敵退，是衆威也。臣舍不宜以衆威受賞。』」譏之曰：「子發之致命也恭，其辭賞也固。夫尙賢使能，賞有功，罰有罪，非獨一人爲之也，彼先王之道也，一人之本也，善善惡惡之應也，治必由之，古今一也。古者明王之舉大事、立大功也，大事已博，大功已立，則君享其成，群臣享其功，士大夫益爵，官人益秩，庶人益祿。是以爲善者勸，爲不善者沮，上下一心，三軍同力，是以百事成而功名大也。今子發獨不然，反先王之道，亂楚國之法，墮興功之臣，恥受賞之屬，無僇乎族黨而抑‧卑乎‧[3]後世，案獨以爲私廉，豈不過甚矣哉！故曰：子發之致命也恭，其辭賞也固。」

荀卿子說齊相曰：「處勝人之埶，行勝人之道，天下莫忿，湯、武是也；處勝人之埶，不以行勝人之道，厚於有天下之埶，索爲匹夫不可得也，桀、紂是也。然則得勝人之埶者，其不如勝人之道遠矣。夫主相者、勝人以埶也，是爲是，非爲非，能爲能，不能爲不能，併[4]己之私欲，必以道夫公道通義之可以相兼容者，是勝人之道也。今相國上則得專主，下則得專國，相國之於勝人之埶，亶[5]有之矣。然則胡不敺此勝人之埶，赴勝人之道，求仁厚明通之君子而託王焉，與之參國政，正是非？如是，則國孰敢不爲義矣？君臣上下，貴賤長少，至于庶人，莫不爲義，則天下孰不欲合義矣？賢士願相國之朝，能士願相國之官，好利之民莫不願以（爲）齊爲歸，是一天下也。相國舍是而不爲，案直爲是世俗之所以爲，則女主亂之宮，詐臣亂之朝，貪吏亂之官，衆庶百姓皆以貪利爭奪爲俗，曷若是而可以持國乎？今巨楚縣[6]吾前，大燕鰌吾後，勁魏鉤吾右，西壤之不絕若繩，楚人則乃有襄賁、開陽以臨吾左。是一國作謀，則三國必起而乘我。如是，則齊必斷而爲四三[7]，國若假城然耳，必爲天下大笑。（曷若）[8]兩者孰足爲也？（天）〔夫〕桀、紂，聖王之後子孫也，有天下者之世也，埶籍[9]之所存，天下之宗室[10]也，土地之大，封內千里，人之衆數以億萬，俄而天下倜然舉去桀、紂而犇湯、

1. 王念孫云：蔡在楚北，非在楚西，不得言「西伐蔡」。「西」，當爲「而」。言子發將兵而伐蔡也。 2. 王念孫云：「屬」，會也。言會諸臣以治之也。 3. 卑其
4. 楊倞云：「併」讀曰「屏」。 5. 楊倞云：或曰：「亶」，誠也。
6. 王念孫云：「縣」當爲「縣」，字之誤也。（見《讀書雜志》頁760）
7. 劉師培云：「三」字係衍文。
8. 王念孫云：「曷若」二字，與上下文義不相屬，此涉上文「曷若是」而衍。「兩者」二字，指上文「勝人之道」與「勝人之埶」而言，則不當有「曷若」二字明矣。
9. 王念孫云：「籍」，亦位也。《儒效篇》曰「周公履天子之籍」，又曰「反籍於成王」，是「籍」與「位」同義。
10. 高亨云：「室」當爲「宔」，字之誤也。《說文》：「宔，宗廟宔祏。」宗尊祖廟也。凡言宗主皆當作「宗宔」。

武，反然舉疾惡桀、紂而貴帝湯、武，是何也？夫桀、紂何失？而湯、武何得也？是無他故焉，桀、紂者善爲人之所惡，而湯、武者善爲人之所好也。人之所惡者何也？曰：（汗）〔汙〕漫、爭奪、貪利是也。人之所好者何也？曰：禮義、辭讓、忠信是也。今君人者，辟[1]稱比方則欲自並乎湯、武，若其所以統之，則無以異於桀、紂，而求有湯、武之功名，可乎？故凡得勝者，必與人也；凡得人者，必與道也。道也者何也？曰：禮義、辭讓、忠信是也。故自四五萬而往者彊勝，非衆之力也，隆在信矣；自數百里而往者安固，非大之力也，隆在脩政[2]矣。今已有數萬之衆者也，陶誕比周以爭與；已有數百里之國者也，汙漫、突盜以爭地。然則是棄己之所以安彊，而爭己之所以危弱也，損己之所以不足，以重己之所以有餘，若是其悖繆也，而求有湯、武之功名，可乎？辟之是猶伏而咶天，救經而引其足也；說必不行矣，俞務而俞遠。爲人臣者不恤己行之不行，苟富[3]利而已矣，是渠衝入穴而求利也，是仁人之所羞而不爲也。故人莫貴乎生，莫樂乎安；所以養生、（安樂）〔樂安〕[4]者莫大乎禮義。人知貴生樂安而棄禮義，辟之是猶欲壽而歾[5]頸也，愚莫大焉。故君人者愛民而安，好士而榮，兩者無一焉而亡。《詩》曰：『价人維藩，大師維垣[6]。』」此之謂也。

力術止，義術行。曷謂也？曰：秦之謂也。威彊乎湯、武，廣大乎舜、禹，然而憂患不可勝校也；諰諰〔然〕常恐天下之一合而軋己也，此所謂力術止也。曷謂乎[7]威彊乎湯、武[8]？湯、武也者，乃能使說己者使耳。今楚父死焉，國舉焉，負三王之廟而辟於陳、蔡之閒，視可，伺閒，案欲剡[9]其脛而以蹈秦之腹，然而秦使左案左，使右案右，是能[10]使讎人役也；此所謂威彊乎湯、武也。曷謂廣大乎舜、禹也？曰：古者百王之一天下、臣諸侯也，未有過封內千里者也。今秦南乃有沙羡與俱，是乃[11]江南也，北

1. 楊倞云：「辟」，讀爲「譬」。
2. 王念孫云：「政」，非「政事」之政，「脩政」，即「脩正」也。言必自脩自正，然後國家可得而安也。《富國篇》曰「必先脩正其在我者」，《王霸篇》曰「內不脩正其所以有」，皆其證。 3. 得
4. 王念孫云：「安樂」當爲「樂安」。「養生樂安」與「貴生樂安」竝承上「莫貴乎生，莫樂乎安」而言。今本「樂安」二字倒轉，則與上下文不合。
5. 楊倞云：「歾」當爲「刎」。王念孫云：《說文》「歾」或作「殁」。《呂氏春秋・高義篇》「石渚殁頭乎王庭」，「殁頭」即「刎頭」也。「歾」、「刎」皆從「勿」聲，故「歾」字又讀爲「刎」。 6. 見《詩・大雅》第254篇《板》。
7. 編者按：準文例，「乎」字衍。
8. 「武」字下，王先謙云：以下文例之，此處當有「曰」字，而今本脫之。
9. 楊倞云：「剡」，亦「斬」也。王念孫云：斬脛以蹈秦之腹，義不可通。《玉藻》：「弁行剡剡起屨。」是「剡剡」爲起屨之貌。然則「剡其脛以蹈秦之腹」，亦謂起其脛以蹈秦之腹也。《漢書・賈誼傳》「剡手以衝仇人之匈」，義與此同。編者按：鄭玄以「剡剡」爲起屨貌，則是以「剡剡」爲副詞，不能遂以「剡」字爲他動詞，王說未必是。
10. 乃
11. 楊倞《注》云：是有江南也。梁啓雄云：據《注》，「乃」字當作「有」。

與胡、貉爲鄰，西有巴、戎，東在楚者乃界於齊，在韓者踰常山乃有臨慮，在魏者乃據圍[1]津，即去大梁百有二十里耳，其在趙者剡然有苓而據松柏之塞，負西海而固常山，是地徧天下也。威動海內，彊殆中國，〔此所謂廣大乎舜、禹也〕[2]。然而憂患不可勝校也，諰諰〔然〕常恐天下之一合而軋己也，（此所謂廣大乎舜、禹也）。然則奈何？曰：節威反文，案用夫端誠信全之君子治天下焉，因與之參國政，正是非，治曲直，（而）[3]聽咸陽，順者錯之，不順者而後誅之，若是，則兵不復出於塞外而令行於天下矣；若是，則雖爲之築明堂（於塞外）[4]而朝諸侯，殆可矣。假今之世，益地不如益信之務也。

應侯問孫卿子曰：「入秦何見？」孫卿子曰：「其國塞險，形埶便，山林川谷美，天材之利多，是形勝也。入境，觀其風俗，其百姓樸，其聲樂不流汙，其服不挑，甚畏有司而順，古之民也。及都邑官府，其百吏肅然莫不恭儉、敦敬、忠信而不楛，古之吏也。入其國，觀其士大夫，出於其門，入於公門；出於公門，歸於其家，無有私事也。不比周，不朋黨，倜然莫不明通而公也，古之士大夫也。觀其朝廷，其朝閒，聽決百事不留，恬然如無治者，古之朝也。故四世有勝，非幸也，數也。是所見也。故曰：『佚而治，約而詳，不煩而功，治之至也。』秦類之矣。雖然，則有其諰矣。兼是數具者而盡有之，然而縣[5]之以王者之功名，則倜倜然其不及遠矣。是何也？則其殆無儒邪！故曰：『粹而王，駮而霸，無一焉而亡。』此亦秦之所短也。」

積微：月不勝日，時不勝月，歲不勝時。凡人好敖慢小事，大事至，然後興之務之，如是，則常不勝夫敦比於小事者矣。是何也？則[6]小事之至也數，其縣日也博，其爲積也大；大事之至也希，其縣日也淺，其爲積也小。故善日者王，善時者霸，補漏者危，大荒者亡。故王者敬日，霸者敬時，僅存之國危而後戚之。亡國至亡而後知亡，至死而後知死，亡國之禍敗不可勝悔也。霸者之善箸焉，可以時（託）〔記〕[7]也，王者之功名不可勝[8]〔數〕，〔可以〕日志也。財物貨寶以大爲重，政教功名反是，能積微

1. 圉　　2. 此句原在下文「然則奈何」句上，今據汪中說移正。
3. 盧文弨校本卷十一頁九上，總頁383無「而」字，今據刪。
4. 楊倞云：「明堂」，天子布政之宮。「於塞外」三字衍也。以前有「兵不復出於塞外」，故誤重寫此三字耳。
5. 王先謙云：「縣」，猶「衡」也。謂衡之以王者之功名則不及也。《荀書》或言「縣衡」，或單言「縣」，單言「衡」，其義竝同。
6. 編者按：「何也？」「何則？」同義，「也」「則」兩字必衍其一。
7. 俞樾云：「託」乃「記」字之譌。言霸者之善，所以明著者，以其可以時記也。下文云「王者之功名，不可勝日志也」，正王者敬日、霸者敬時之意。「記」、「志」義同，「記」譌作「託」，則「時託」與「日志」不倫矣。
8. 楊倞云：日記識其政事，故能功名不可勝數。王念孫云：玩楊注，則正文「不可勝」下當有「數」字。俞樾云：「日志也」上亦當有「可以」二字，與「可以時記也」一例。

者速成。《詩》曰：「德輶如毛，民鮮克舉之[1]。」此之謂也。

凡姦人之所以起者，以上之不貴義、不敬義也。夫義者、所以限禁人之為惡與姦者也。今上不貴義、不敬義，如是，則下之人百姓皆有棄義之志，而有趨姦之心矣，此姦人之所以起也。且上者、下之師也，夫下之和上，辟之猶響之應聲，影之像形也。故為人上者，不可不順[2]也。夫義者、內節於人而外節於萬物者也，上安於主而下調於民者也。內外、上下節者，義之情也。然則凡為天下之要，義為本，而信次之。古者禹、湯本義務信而天下治，桀、紂棄義背信而天下亂，故為人上者必將慎禮義、務忠信然後可。此君人者之大本也。

堂上不糞，則郊草不（瞻曠）[3]芸；白刃扞[4]乎胸，則目不見流矢；拔戟加乎首，則十指不辭斷。非不以此為務也，疾養[5]緩急之有相先者也。

## 17 天論篇第十七

天行[6]有常，不為堯存，不為桀亡。應之以理[7]則吉，應之以亂則凶。彊本而節用，則▸天◂[8]不能貧，養備而動時，則天不能病；（脩）〔循〕道而不（貳）〔貣〕[9]，則天不能禍。故水旱不能使之飢（渴）[10]，寒暑不能使之疾，祆怪不能使之凶。本荒而用侈，則天不能使之富；養略而動罕，則天不能使之全；倍道而妄行，則天不能使之吉。故水旱未至而飢，寒暑未薄而疾，祆怪▸未（至）〔生〕◂[11]而凶。受時與治世同，而殃禍與治世異，不可以怨天，其道然也。故明於天人之分，則可謂至人矣。

---

1. 見《詩・大雅》第260篇《烝民》。
2. 編者按：「順」讀為「信」，下文「義為本，而信次之」，正承此而言。
3. 王念孫云：此言事當先其所急，後其所緩，故堂上不糞除，則不暇芸野草也。「芸」上不當有「瞻曠」二字，不知何處脫文，闌入此句中也。
4. 王念孫云：「扞」之言「干」也。「干」，犯也。謂白刃犯胸，則不暇顧流矢也。
5. 楊倞云：「養」與「癢」同。
6. 道《說苑・談叢》第16.52章
7. 編者按：「理」疑本作「治」，與「亂」字對文，作「理」蓋避唐諱改。
8. 天下《治要》卷子本卷38頁57
9. 王念孫云：「脩」，當為「循」，字之誤也。「循」，順也。「貳」，當為「貣」，亦字之誤也。「貣」與「忒」同。「忒」，差也。言所行皆順乎道而不差，則天不能禍也。下文曰「倍道而妄行，則天不能使之吉」，正與此相反。
10. 劉台拱云：「渴」字衍，「飢」當作「饑」。此承上文而言：彊本節用，故水旱不能使之饑。
11. 王念孫云：「未至」二字，與上文複。《群書治要》「至」作「生」，是也。下文「祆是生於亂」，即其證。

不為而成，不求而得，夫是之謂天職。如是者，雖深，其人不加慮焉；雖大，不加能焉；雖精，不加察焉；夫是之謂不與天爭職。天有其時，地有其財，人有其治，夫是之謂能參。舍其所以參，而願其所參，則惑矣。

列星隨旋，日月遞炤，四時代御，陰陽大化，風雨博施，萬物各得其和以生，各得其養以成，不見其事而見其功，夫是之謂神。皆知其所以成，莫知其無形，夫是之謂天〔功〕[1]。唯聖人為不求知天。

天職既立，天功既成，形具而神生，好惡、喜怒、哀樂臧焉，夫是之謂天情。耳目鼻口形能[2]，各有接而不相能也，夫是之謂天官。心居中虛以治五官，夫是之謂天君。財非其類，以養其類，夫是之謂天養。順其類者謂之福，逆其類者謂之禍，夫是之謂天政。闇其天君，亂其天官，棄其天養，逆其天政，背其天情，以喪天功，夫是之謂大凶。聖人清其天君，正其天官，備其天養，順其天政，養其天情，以全其天功。如是，則知其所為，知其所不為矣，則天地官而萬物役矣。其行曲治，其養曲適，其生不傷，夫是之謂知天。

故大巧在所不為，大知在所不慮。所志於天者，已[3]其見象之可以期者矣；所志於地者，已其見宜之可以息者矣；所志於四時者，已其見數之可以事者矣；所志於陰陽者，已其見（知）〔和〕[4]之可以治者矣。官人守天而自為守道也。

「治亂天邪？」曰：「日月、星辰、瑞歷，是禹、桀之所同也；禹以治，桀以亂，治亂非天也。」「時邪？」曰：「繁啓蕃長於春夏，畜積收臧於秋冬，是又禹、桀之所同也；禹以治，桀以亂；治亂非時也。」「地邪？」曰：「得地則生，失地則死，是又禹、桀之所同也；禹以治，桀以亂，治亂非地也。《詩》曰：『天作高山，大王荒之，彼作矣，文王康之[5]。』此之謂也。」

天不為人之惡寒也輟冬，地不為人之惡遼遠也輟廣，君子不為小人之匈匈[6]也輟

1. 楊倞云：或曰：當為「夫是之謂天功」，脫「功」字耳。王念孫云：或說是也。人功有形而天功無形，故曰「莫知其無形，夫是之謂天功」。「天功」二字，下文凡三見。
2. 王念孫云：「形能」當連讀，「能」，讀為「態」。《楚辭・招魂注》曰：「態，姿也。」形態，即形也。言耳目、鼻口、形態各與物接而不能互相為用也。
3. 編者按：「已」讀「學不可以已」之「已」。「已」猶止也，謂止限於也。下同。
4. 楊倞云：「知」或為「和」。王念孫云：作「和」者是也。上文云「陰陽大化」，「萬物各得其和以生」，是其證。陰陽見其和，而聖人法之以為治，故曰「所志於陰陽者，以其見和之可以治者矣。」
5. 見《詩・周頌》第270篇《天作》。
6. 凶凶《治要》卷子本卷38頁58

行。天有常道矣，地有常數矣，君子有常體矣。君子道其常，而小人計其功。《詩》曰：「〔禮義之不愆〕[1]，何恤人之言兮！」此之謂也。

楚王後車千乘，非知也；君子啜菽飲水，非愚也：是節然也。若夫（心）〔志〕[2]意脩，德行厚，知慮明，生於今而志乎古，則是其在我者也。故君子慕[3]其在己者，而不慕其在天者；小人錯其在己者，而慕其在天者；君子敬[4]其在己者，而不慕其在天者，是以日進也；小人錯其在己者，而慕（在其）〔其在〕天者，是以日退也。故君子之所以日進，與小人之所以日退，一也。君子、小人之所以相縣者在此耳。

星隊、木鳴，國人皆恐。曰：「是何也？」曰：「無何也，是天地之變、陰陽之化，物之罕至者也。怪之，可也；而畏之，非也。夫日月之▸有食◂[5]，風雨之不時，怪星[6]之黨[7]見，是無世而不▸常有之◂[8]。上明而政平，▸則是雖並世起◂[9]，無傷也；上闇而政險，則是雖無一至者，無益也。夫星之隊、木之鳴，是天地之變、陰陽之化，物之罕至者也；怪之，可也；而畏之，非也。

「物之已至者，人祅則可畏也：楛耕傷稼，耘耨失薉[10]，政險失民，田薉[11]稼惡，糴貴民飢，道路有死人，夫是之謂人祅。政令不明，舉錯不時，本事不理，夫是之謂人祅[12]。勉力不時，則牛馬相生，六畜作祅，禮義不脩，▸內外◂[13]無別，男女淫亂，則[14]

1. 俞樾云：「何恤」上本有「禮義之不愆」五字而今奪之。《文選・答客難篇》：「《傳》曰：『天不為人之惡寒而輟其冬』……《詩》云：『禮義之不愆，何恤人之言。』」李善《注》曰：「皆孫卿子文。」是其證也。《正名篇》引此《詩》曰：「禮義之不愆兮，何恤人之言兮。」亦其證也。
2. 王念孫云：「心意」當為「志意」，字之誤也。《荀子書》皆言「志意脩」，無言「心意脩」者。《脩身篇》曰「志意脩則驕富貴」，《富國篇》曰：「脩志意，正身行」，皆其證。又《榮辱篇》曰「志意致脩，德行致厚，智慮致明」，《正論篇》曰「志意脩，德行厚，知慮明」，皆與此文同一例，尤其明證也。
3. 敬
4. 俞樾云：「敬」，當為「苟」。《說文・苟部》：「苟，自急敕也。」經典通作「亟」。《爾雅・釋詁》「亟，疾也」，《釋文》曰：「字又作苟」，是也。「君子苟其在己者」，猶云「君子急其在己者」，正與「小人錯其在己者」相對成義。
5. 薄蝕《韓詩外傳》第2.6章
6. 異《治要》卷子本卷38頁58
7. 王念孫云：「黨」，古「儻」字，「儻」者，或然之詞。「怪星之黨見」，與「日月之有蝕，風雨之不時」對文，謂怪星之或見也。
8. 嘗有也《韓詩外傳》第2.6章
9. 是雖並至《韓詩外傳》第2.6章
10. 盧文弨云：「耘耨失薉」，《韓詩外傳》二作「枯耘傷歲」，「枯」與「楛」同，疑是也。王念孫云：盧說是也。「楛耘失歲」，上對「楛耕傷稼」，下對「政險失民」。今本作「耘耨失薉」，則文不成義。
11. 穢《韓詩外傳》第2.6章
12. 王念孫云：此句當在下文「六畜作祅」之下，乃總上之詞，今倒在「勉力不時」之上，則文義不順。「政令不明」、「舉錯不時」、「本事不理」、「勉力不時」四句相連。
13. 外內《治要》卷子本卷38頁59
14. 王念孫云：「內外無別」二句為一類，「父子相疑」二句為一類，「父子」上不當有「則」字。《群書治要》無「則」字，《韓詩外傳》亦無。

父子相疑，上下乖離，寇難並[1]至，夫是之謂人袄〔也〕。袄是生於亂；三者錯[2]，無安國〔矣〕。其說甚爾，其菑甚慘。可怪也，而不可畏也[3]。《傳》曰：『萬物之怪，書不說〔也〕。無用之辯[4]、不急之察[5]，棄而不治〔也〕。』若夫君臣之義、父子之親、‧夫婦‧[6]之別，則日切瑳而不舍也。」

「雩而雨，何也？」曰：「無佗[7]也，猶不雩而雨也。日月食而救之，天旱而雩，卜筮然後決大事，非以爲得求也，以文之也。故君子以爲文，而百姓以爲神。以爲文則吉，以爲神則凶也。」

在天者莫明於日月，在地者莫明於水火，在物者莫明於珠玉，在人者莫明於禮義。故日月不高，則光輝不赫；水火不積，則煇[8]潤不博；珠玉不（睹）〔睹〕[9]乎外，則王公不以爲寶；禮義不加於國家，則功名不白。故人之命在天，國之命在禮。君人者隆禮尊賢而王，重法愛民而霸，好利多詐而危，權謀、傾覆、幽險而盡[10]亡矣。

大天而思之，孰與物畜而（制）〔裁〕[11]之？從天而頌之，孰與制天命而用之？望時而（侍）〔待〕之，孰與應時而使之？因物而多之，孰與（聘）〔騁〕能而化之？思物而物之，孰與理物而勿失之也？願於物之所以生，孰與有物之所以成？故錯人而思天，則失萬物之情。

百王之無變，足以爲道貫。一廢一起，應之以貫，理貫不亂。不知貫，不知應變，貫之大體未嘗亡也。亂生其差，治盡其詳。故道之所善，中則可從，畸則不可爲，匿[12]則大惑。（水行）〔行水〕[13]者表深，表不明則陷；治民者表道，表不明則亂。禮者、

1. 曰《治要》卷子本卷38頁59
2. 王念孫云：「錯」，交錯也。言此三袄交錯於國中，則國必危也。
3. 王引之云：「不可畏也」，當作「亦可畏也」……上文云：「物之已至者，人袄則可畏也」，正與此句相應。
4. 變《韓詩外傳》第2.6章
5. 災《韓詩外傳》第2.6章
6. 男女《韓詩外傳》第2.6章
7. 何《韓詩外傳》第2.6章
8. 暉
9. 王念孫云：「不睹乎外」四字，文義不明，「睹」，當爲「睹」。《說文》：「睹，旦明也，從日，者聲。」《玉篇》：「丁古切。」「睹」之言「著」也。上言「日月不高，則光煇不赫；水火不積，則煇潤不博」，則此言「珠玉睹乎外」，亦謂其光采之著乎外，故上文云「在物者莫明於珠玉」也。
10. 王先謙云：「盡」字無義，衍文也。《彊國篇》四語與此同，無「盡」字。
11. 王念孫云：「物畜而制之」，「制」，當爲「裁」。「思」「裁」爲韻，「頌」「用」爲韻，「待」「使」爲韻，「多」「化」爲韻。「思」「裁」二字，於古音竝屬「之部」，「制」字於古音屬「祭部」，不得與「思」爲韻也。
12. 王念孫云：「匿」與「慝」同。「慝」，差也。言大惑生於差慝也。上文曰「亂生其差」，正謂此也。
13. 俞樾云：「水行」，當作「行水」。「行水者表深」，與下文「治民者表道」一律。《孟子・離婁篇》「如智者，若禹之行水也」，此「行水」二字之證。

表也，非禮、昏世也，昏世、大亂也。故道無不明，外內異表，隱顯有常，民陷乃去。

萬物爲道一偏，一物爲萬物一偏，愚者爲一物一偏，而自以爲知道，無知也：愼子有見於後，無見於先；老子有見於詘，無見於信；墨子有見於齊，無見於畸；宋子有見於少，無見於多。有後而無先，則群衆無門；有詘而無信，則貴賤不分；有齊而無畸，則政令不施；有少而無多，則群衆不化。《書》曰：「無有作好，遵王之道；無有作惡，遵王之路[1]。」此之謂也。

## 18 正論篇第十八

世俗之爲說者曰：「主道利周。」是不然：主者、民之唱也，上者、下之儀也。彼將聽唱而應，視儀而動。唱默則民無應也，儀隱則下無動也。不應不動，則上下無以相（有）〔胥〕[2]也。若是，則與無上同也，不祥莫大焉。故上者、下之本也，上宣明，則下治辨矣；上端誠，則下愿愨矣；上公正，則下易直矣。治辨則易一，愿愨則易使，易直則易知。易一則彊，易使則功，易知則明，是治之所由生也。上周密，則下疑玄矣；上幽險，則下漸詐矣；上偏曲，則下比周矣。疑玄則難一，漸詐則難使，比周則難知。難一則不彊，難使則不功，難知則不明，是亂之所由作也。故主道利明不利幽，利宣不利周。故主道明則下安；主道幽則下危。故下安則貴上，下危則賤上。故上易知，則下親上矣；上難知，則下畏上矣。下親上則上安，下畏上則上危。故主道莫惡[3]乎難知，莫危乎使下畏己。《傳》曰：「惡之者衆則危〔矣〕。」《書》曰：「克明明德[4]。」《詩》曰：「明明在下[5]。」故先王明之，豈特玄之耳哉！

世俗之爲說者曰：「桀、紂有天下，湯、武簒而奪之。」是不然。以桀、紂爲常有天下[6]之籍則然，親有天下之籍則（不）[7]然，天下謂[8]在桀、紂則不然。古者天子千官，諸侯百官。以是千官也，令行於諸夏之國，謂之王；以是百官也，令行於境內，國

1. 見《書・洪範》。
2. 楊倞云：「上不導其下，則下無以效上，是不相須也。」王先謙云：「有」，當爲「胥」，字之誤也。據注云「是不相須也」，則正文非「相有」明甚。《詩・桑扈》《疏》：「胥、須，古今字。」《孟子・萬章篇》趙注：「胥，須也。」是「胥」「須」字義竝同。
3. 要《治要》卷子本卷38頁61
4. 楊倞云：《書・多方》曰：「成湯至于帝乙，罔不明德愼罰。」
5. 見《詩・大雅》第236篇《大明》。
6. 王先謙云：兩「天下之籍」，並當作「天子之籍」。
7. 王引之云：「則不然」，亦當作「則然」。「親有天下之籍則然，天下謂在桀、紂則不然」者，言桀、紂雖親有天下之籍，而天下之人心已去桀、紂而歸湯、武也。
8. 編者按：「天下謂」疑當作「謂天下」，今本誤倒。

雖不安，不至於廢易遂[1]亡，謂之君。聖王之子也，有天下之後也，埶籍之所在也，天下之宗室也；然而不材不中[2]，內則百姓疾之，外則諸侯叛之；近者境內不一，遙者諸侯不聽，令不行於境內。甚者，諸侯侵削之、攻伐之；若是，則雖未亡，吾謂之無天下矣。聖王沒，有埶籍者罷不足以縣天下，天下無君；諸侯有能德明威積，海內之民莫不願得以爲君師，然而暴國獨侈安能[3]誅之，必傷害無罪之民，誅暴國之君若誅獨夫，若是，則可謂能用天下矣。能用天下之謂王。湯、武非取天下也，脩其道，行其義，興天下之同利，除天下之同害，而天下歸之也。桀、紂非去天下也，反禹、湯之德，亂禮義之分，禽獸之行，積其凶，全其惡，而天下去之也。天下歸之之謂王，天下去之之謂亡。故桀、紂無天下，而湯、武不弒君，由此效之也。湯、武者，民之父母也；桀、紂者，民之怨賊也。今世俗之爲說者，以桀、紂爲君而以湯、武爲弒，然則是誅民之父母而師民之怨賊也，不祥莫大焉。以天下之合爲君，則天下未嘗合於桀、紂也。然則以湯、武爲弒，則（天下）[4]未嘗有說也，直墮之耳。故天子唯其人。天下者、至重也，非至彊莫之能任；至大也，非至辨莫之能分；至衆也，非至明莫之能和。此三至者、非聖人莫之能盡。故非聖人莫之能王。聖人備道全美者也，是縣天下之權稱也。桀、紂者，其知慮至險也，其至[5]意至闇也，其行（之）[6]爲至亂也；親者疏之，賢者賤之，生民怨之，禹、湯之後也，而不得一人之與；刳比干，囚箕子，身死國亡，爲天下之大僇，後世之言惡者必稽焉；是不容妻子之數[7]也。故至賢疇[8]四海，湯、武是也；至罷不容妻子，桀、紂（者）〔是〕也。今世俗之爲說者，以桀、紂爲有天下而臣湯、武，豈不過甚矣哉！譬之是猶傴巫、跛匡[9]大自以爲有知也。故可以有奪（人）國，不可以有奪（人）[10]天下；可以有竊國，不可以有竊天下也。（可以）[11]奪之者可以有國，〔而〕不可以有天下；竊[12]可以得國，而不可以得天下。是何也？曰：國、小具也，可

1. 王先謙云：「遂」，讀爲「墜」。
2. 王念孫云：「中」，讀「中正」之「中」。《孟子・離婁篇》：「中也養不中，材也養不材」，是其證。
3. 王先謙云：以上下文義求之，「能」字不當有。此以「安」代「則」字用，「暴國獨侈，安誅之」者，暴國獨侈則誅之也。此「能」字緣上下文「能」字而衍。
4. 楊倞云：「自古論說，未嘗有此。」王念孫云：「天下未嘗有說」，「天下」二字涉上文而衍。據楊注云「自古論說，未嘗有此」，則本無「天下」二字明矣。
5. 楊倞云：「至意」，當爲「志意」。王先謙云：《荀書》「至」「志」通借。
6. 王引之云：「知慮」、「志意」、「行爲」相對爲文，則「行」下不當有「之」字。
7. 王念孫云：「數」，猶「道」也。言是不容妻子之道也。
8. 俞樾云：「疇」者，保也。《國語・楚語》「臣能自壽也」，韋注：「壽，保也。」……《管子・霸言篇》：「國在危亡而能壽者，明聖也。」「能壽」即「能保」也。此文作「疇」者，古字通耳。
9. 楊倞云：「匡」，讀爲「尪」，廢疾之人。
10. 王先謙云：以下「竊國」「竊天下」例之，兩「人」字當衍。下文「有擅國，無擅天下」，句例亦同。
11. 王念孫云：「奪之」上不當有「可以」二字，此涉上下文而衍。
12. 編者按：「竊」下疑奪「之者」二字。

以小人有也，可以小道得也，可以小力持也；天下者、大具也，不可以小人有也，不可以小道得也，不可以小力持也。國者、小人可以有之，然而未必不亡也；天下者、至大也，非聖人莫之能有也。

世俗之爲說者曰：「治古無肉刑，而有象刑：墨黥[1]；〔劓〕慅嬰[2]；共[3]、艾畢；菲、（對）〔紨〕[4]屨；殺、赭衣而不純[5]。治古如是。」是不然。以爲治邪？則人固莫觸罪，非獨不用肉刑，亦不用象刑矣。以爲人或觸罪矣，而直輕其刑，然則是殺人者不死、傷人者不刑也。罪至重而刑至輕，庸人不知惡矣，亂莫大焉。凡刑人之本，禁暴惡惡，且徵其未[6]也。殺人者不死，而傷人者不刑，是謂惠暴而寬賊也，非惡惡也。故象刑殆非生於治古，並起於亂今也。治古不然。凡爵列、官職、賞慶、刑罰，皆報也，以類相從者也。一物失稱[7]，亂之端也。夫德不稱位，能不稱官，賞不當功，罰不當罪，不祥莫大焉。昔者，武王伐有商，誅紂，斷其首，縣之赤（旂）〔旆〕[8]。夫征暴誅悍，治之盛也；殺人者死，傷人者刑，是百王之所同也；未有知其所由來者也。刑稱罪則治，不稱罪則亂。故治則刑重，亂則刑輕；犯治之罪固重，犯亂之罪固輕也。《書》曰：「刑罰世輕世重[9]。」此之謂也。

世俗之爲說▸者◂[10]：「湯、武不能禁令，是何也？」曰：「楚、越不受制。」是不然。湯、武者，至天下之善禁令者也。湯居亳，武王居鄗，皆百里之地也，天下爲一，諸侯爲臣，通達之屬莫不振動從服以化順之，曷爲楚、越獨不受制也？彼王者之制也，視形埶而制械用，稱遠近而等貢獻，豈必齊哉！故魯人以榶，衛人用柯，齊人用一革，土地刑制不同者，械用備飾不可不異也。故諸夏之國同服同儀[11]，蠻、夷、戎、狄之國同服不同制。封內甸服，封外侯服，侯、衛賓服，蠻夷要服，戎狄荒服。甸服者祭，侯服者祀，賓服者享，要服者貢，荒服者終[12]王。日祭、月祀、時享、歲貢，夫是之謂視

1. 王念孫云：「墨黥」二字，語意未完，當有脫文，以《愼子》言「畫跪當黥」，《書大傳》言「下刑墨幪」知之。
2. 王念孫云：「慅嬰」上，蓋脫「劓」字，以《愼子》言「草纓當劓」知之。
3. 劉台拱云：「共」當作「宮」。
4. 楊倞云：「對」，當爲「紨」，傳寫誤耳。「紨」，枲也，《愼子》作「紨」。
5. 劉台拱云：「共」當作「宮」，「菲」當作「剕」，「殺」當如字讀。言犯墨黥之罪者，以草纓代之，宮罪以艾畢代之，刖罪以紨屨代之，殺罪以赭衣不純代之。
6. 編者按：「未」謂「未然」也。
7. 王先謙云：「稱」，權稱也。「失稱」，謂失其平。
8. 王念孫云：宋錢本「旂」作「旆」，元刻、世德堂本同。案《解蔽篇》云「紂縣於赤旆」，則作「旆」者是。
9. 見《書‧呂刑》。
10. 者曰
11. 王念孫云：「儀」，謂制度也。下文「蠻、夷、戎、狄之國同服不同制」，正與此相反。
12. 顧千里云：「終」字，疑不當有。觀上文四句「祭」「祀」「享」「貢」，不言「日」「月」「時」「歲」，知此句「王」不言「終」明甚。

形勢而制械用，稱遠近而等貢獻，是王者之（至）〔制〕[1]也。彼楚、越者，且時享、歲貢、終王之屬也，必齊之日祭、月祀之屬然後曰受制邪？是規磨之說也，‧溝中之瘠也，則未足與及王者之制也‧[2]。語曰：「淺不可與測深，愚不足與謀知，坎井之鼃不可與語東海之樂。」此之謂也。

世俗之為說者曰：「堯、舜擅讓。」是不然。天子者、埶位至尊，無敵於天下，夫有誰與讓矣？道德純備，智惠甚明，南面而聽天下，生民之屬莫不振動從服以化順之，天下無隱士，無遺善，同焉者是也，異焉者非也，夫有惡擅天下矣？曰：「死而擅之。」是又不然。聖王在上，（圖）〔決〕[3]德而定次，量能而授官，皆使民載其事而各得其宜；不能以義制利，不能以僞飾性，則兼以為民。聖王已沒，天下無聖，則固莫足以擅天下矣。天下有聖而在後[4]者，則天下不離；朝不易位，國不更制，天下厭然與鄉無以異也；以堯繼堯，夫又何變之有矣？聖不在後子而在三公，則天下如歸，猶復而振之矣，天下厭然與鄉無以異也，以堯繼堯，夫又何變之有矣？唯其徙朝改制為難。故天子生則天下一隆致順而治，論[5]德而定次；死則能任天下者必有之矣。夫禮義之分盡矣，擅讓惡用矣哉？曰：「老衰而擅。」是又不然。血氣筋力則有衰，若夫知慮取舍則無衰。曰：「老者不堪其勞而休也。」是又畏事者之議也。天子者、埶至重而形至佚，心至愉而志無所詘，而形不為勞，尊無上矣。衣被則服五采，雜間色，重文繡，加飾之以珠玉；食飲則重大牢而備珍怪，期[6]臭味，曼[7]而饋，‧代睪‧[8]而食，《雍》而徹〔乎〕五祀[9]，執薦者百人侍西房；居則設張容，負依而坐[10]，諸侯趨走乎堂下；出戶而巫覡有事，出門而宗祀[11]有事，乘大路、趨越席以養安，側載睪芷以養鼻，前有錯衡以養目，和鸞之聲，步中《武》、《象》，騶中《韶》、《護》以養耳，三公奉軶持

1. 王念孫云：「至」，當為「制」。上文云：「彼王者之制也，視形埶而制械用，稱遠邇而等貢獻」，下文云：「則未足與及王者之制也」，皆其證。
2. 俞樾云：此文當在「東海之樂」下。《荀子》原文，蓋云「語曰『淺不足與測深，愚不足以謀知，坎井之鼃不可與語東海之樂，溝中之瘠，未足與及王者之制』，此之謂也。」。「坎井之鼃」二句，所謂「淺不足與測深」也；「溝中之瘠」二句，所謂「愚不足以謀知」也。傳寫誤倒在上，又衍兩「也」字，一「則」字。
3. 原底本舊校云：「一本作『決德而定次』。」王念孫云：當以作「決」者為是。
4. 俞樾云：「後」下當有「子」字。下文云：「聖不在後子，而在三公，則天下如歸。」楊注曰：「後子，嗣子。」
5. 王念孫以為「論」當為「譎」，「譎」、「決」古字通。
6. 楊倞云：「期」，當為「綦」，極也。
7. 楊倞云：「曼」，當為「萬」。「饋」，進食也。列《萬》舞而進食。
8. 劉台拱云：「代睪」，當為「伐皋」。《主術訓》注引《詩》「鼓鐘伐鼛」，《考工記・韗人》作「皋鼓」。
9. 劉台拱云：此當以「《雍》而徹乎五祀」為句。「徹乎五祀」，謂徹於竈也。
10. 王念孫引汪中云：「坐」，當為「立」。古無坐見諸侯之禮。鈔者淺陋，以意改之。
11. 楊倞云：「祀」，當為「祝」。

納，諸侯持輪挾輿先馬，大侯編後，大夫次之，小侯、元士次之，庶士介而夾道，庶人隱竄莫敢視望。居如大神，動如天帝；持老養衰，猶有善於是者、（與不）〔不與〕[1]？老者、休也，休猶有安樂恬愉如是者乎？故曰：諸侯有老，天子無老。有擅國，無擅天下，古今一也。夫曰「堯、舜擅讓」，是虛言也，是淺者之傳、陋者之說也，不知逆順之理，小大、至不至之變者也，未可與及天下之大理者也。

世俗之爲說者曰：「『堯、舜不能教化。』是何也？曰：『朱、象不化。』」是不然也。堯、舜者，（至）[2]天下之善教化者也，南面而聽天下，生民之屬莫不振動從服以化順之；然而朱、象獨不化，是非堯、舜之過，朱、象之罪也。堯、舜者，天下之英也；朱、象者，天下之嵬、一時之瑣也。今世俗之爲說者不怪朱、象而非堯、舜也，豈不過甚矣哉！夫是之謂嵬說。羿、蠭門者，天下之善射者也，不能以撥弓、曲矢中〔微〕[3]；王梁、造父者，天下之善馭者也，不能以辟馬毀輿致遠；堯、舜者，天下之善教化者也，不能使嵬瑣化。何世而無嵬？何時而無瑣？自太皞、燧人莫不有也。故作者不祥，學者受其殃，非者有慶。《詩》曰：「下民之孽，匪降自天；噂沓背憎，職競由人[4]。」此之謂也。

世俗之爲說者曰：「大古[5]薄葬，棺厚三寸，衣衾三領，葬田不妨田，故不掘也。亂今厚葬，飾棺，故掘也。」是不及知治道，而不察於扣不扣者之所言也。凡人之盜也，必以有爲，不以備不足，（足）[6]則以重有餘也。而聖王之生民也，皆使（當）〔富〕[7]厚、優猶[8]（不）[9]知足，而不得以有餘過度。故盜不竊、賊不刺，狗豕吐菽粟，而農賈皆能以貨財讓；風俗之美，男女自不取於涂，而百姓羞拾遺。故孔子曰：「天下有道，盜其先變乎！」雖珠玉滿體，文繡充棺，黃金充椁，加之以丹矸，重之以曾青，犀象以爲樹，琅玕、龍茲、華覲[10]以爲實，人猶且莫之扣也。是何也？則[11]求利之詭[12]緩，而犯分之羞大也。

1. 俞樾云：此當作「猶有善（與）〔於〕是者不與」，「不」，讀爲「否」，傳寫誤倒在「與」下。
2. 編者按：「至」乃「者」之誤，後人不悟，復加「者」字，遂不成文義。
3. 陳奐云：「中」下脫「微」字，「撥弓、曲矢」不能中微，與下文「辟馬、毀輿」不能致遠，句法相同。
4. 見《詩・小雅》第193篇《十月之交》。
5. 編者按：本篇例以「治古」與「亂今」對文，此文「大古」乃「治古」之誤。
6. 盧文弨云：下「足」字衍。
7. 王念孫云：「當厚」二字不詞。「當厚」蓋「富厚」之誤。下文「優猶知足」，正承「富厚」言之。
8. 王念孫云：「優猶」即優游。（見《讀書雜志・管子五》頁456）
9. 楊倞云：「不知足」，「不」字衍耳。言聖王之養民，輕賦薄斂，皆使寬泰而知足也。
10. 楊倞云：「覲」，當爲「瑾」。
11. 編者按：「也」「則」二字疑衍其一。
12. 郝懿行曰：「詭」者，責也。言扣人冢墓以求利，國法必加罪責也。

夫亂今然後反是：上以無法使，下以無度行；知者不得慮，能者不得治，賢者不得使。若是，則上失天性，下失地利，中失人和；故百事廢、財物詘而禍亂起。王公則病不足於上，庶人則凍餒[1]羸瘠於下；於是焉桀、紂群居，而盜賊擊奪以危上矣；必禽獸行、虎狼貪，故脯巨人而炙嬰兒矣。若是，則有[2]何尤抇人之墓、抉人之口而求利矣哉？雖此倮而埋之，猶且必抇也，安得葬薶哉？彼乃將食其肉而齕其骨也。夫曰：「大古薄葬，故不抇〔也〕；亂今厚葬，故抇也。」是特姦人之誤於亂說，以欺愚者而潮[3]陷之以偷取利焉，夫是之謂大姦。《傳》曰：「危人而自安，害人而自利。」此之謂也。

子宋子曰：「明見侮之不辱，使人不鬬。人皆以見侮爲辱，故鬬也；知見侮之爲不辱，則不鬬矣。」應之曰：「然則亦以人之情爲不惡侮乎？」曰：「惡而不辱也。」曰：「若是，則必不得所求焉。凡人之鬬也，必以其惡之爲說，非以其辱之爲故也。今倡優、侏儒、狎徒詈侮而不鬬者，是豈鉅知[4]見侮之爲不辱哉？然而不鬬者，不惡故也。今人或入其央[5]瀆，竊其豬彘，則援劍戟而逐之，不避死傷，是豈以喪豬爲辱也哉？然而不憚鬬者，惡之故也。雖以見侮爲辱也，不惡則不鬬；雖知見侮爲不辱，惡之則必鬬。然則鬬與不鬬邪，亡於辱之與不辱也，乃在於惡之與不惡也。夫今子宋子不能解人之惡侮，而務說人以勿辱也，豈不過甚矣哉！金舌弊口[6]，猶將無益也。不知其無益，則不知；知其無益也，直以欺人，則不仁。不仁不知，辱莫大焉。將以爲有益於人，則與[7]無益於人也，則得大辱而退耳。說莫病是矣。」

子宋子曰：「見侮不辱。」應之曰：「凡議，必將立隆正然後可也。無隆正，則是非不分而辨訟不決。故所聞曰：『天下之大隆，是非之封界，分職名象之所起，王制是也。』故凡言議期命，（是）〔莫〕[8]非以聖王爲師，而聖王之分，榮辱是也。是有兩端矣：有義榮者，有埶榮者；有義辱者，有埶辱者。志意脩，德行厚，知慮明，是榮之由中出者也，夫是之謂義榮。爵列尊，貢祿厚，形埶勝，上爲天子諸侯，下爲卿相士大夫，是榮之從外至者也，夫是之謂埶榮。流淫、汙優[9]，犯分、亂理，驕暴、貪利，是

1. 餧　　2. 王先謙云：「有」讀爲「又」。
3. 盧文弨云：「潮」，當作「淖」。
4. 王念孫云：「豈鉅知」者，豈知也。「鉅」，亦豈也，古人自有複語耳。
5. 梁啓雄引久保愛云：「央」，當作「缺」。高亨云：「央」當作「穴」，形近而誤。
6. 俞樾云：此文當作「金口弊舌」。
7. 王念孫云：「與」，讀爲「舉」。「舉」，皆也，言其說皆無益於人也。梁啓雄云：此文本作「將以爲有益於人與？則無益於人也。」「與」「則」二字誤顛倒了。
8. 楊倞云：「皆以聖王爲法也。」王引之云：「是非」，當作「莫非」。正文云「莫非以聖王爲師」，故楊注云「皆以聖王爲師」，「皆」字正釋「莫非」二字。
9. 楊倞云：「優」，當爲「漫」。

辱之由中出者也，夫是之謂義辱。詈侮捽搏，捶笞、臏腳，斬、斷、枯[1]、磔，藉、靡、舌纆，是辱之由外至者也，夫是之謂埶辱。是榮辱之兩端也。故君子可以有埶辱，而不可以有義辱；小人可以有埶榮，而不可以有義榮。有埶辱無害爲堯，有埶榮無害爲桀。義榮、埶榮，唯君子然後兼有之；義辱、埶辱，唯小人然後兼有之。是榮辱之分也。聖王以爲法，士大夫以爲道，官人以爲守，百姓以成俗，萬世不能易也。

「今子宋子案不然：獨詘容爲己，慮一朝而改之，說必不行矣。譬之是猶以塼塗塞江海也，以僬僥而戴太山也，蹎跌碎折不待頃矣。二三子之善於子宋子者，殆不若止之，將恐得傷其體也。」

子宋子曰：「人之情欲寡[2]，而皆以己之情爲欲多[3]，是過也。」故率其群徒，辨其談說，明其譬稱，將使人知情（欲之）〔之欲〕[4]寡也。應之曰：「然則亦以人之情爲欲[5]。目不欲綦色，耳不欲綦聲，口不欲綦味，鼻不欲綦臭，形不欲綦佚。此五綦者，亦以人之情爲不欲乎？」曰：「人之情欲是已。」曰：「若是，則說必不行矣。以人之情爲欲此五綦者而不欲多，譬之是猶以人之情爲欲富貴而不欲貨也，好美而惡西施也。

「古之人爲之不然。以人之情爲欲多而不欲寡，故賞以富厚而罰以殺損也，是百王之所同也。故上賢祿天下，次賢祿一國，下賢祿田邑，愿愨之民完衣食。今子宋子以（是）〔人〕[6]之情爲欲寡而不欲多也。然則先王以人之所不欲者賞，而以人之所欲者罰邪？亂莫大焉。今子宋子嚴然而好說，聚人徒，立師學，成文（曲）〔典〕[7]，然而說不免於以至治爲至亂也，豈不過甚矣哉！」

1. 楊倞云：「或者『枯』與疈辜義同歟？」王念孫云：「是也。《周官・掌戮》『殺王之親者辜之』，鄭注曰：『「辜」之言「枯」也，謂磔之。』」
2. 王念孫云：「『人之情』三字連讀，『欲寡』二字連讀，非以『情欲』連讀。
3. 王念孫云：「『己之情』三字連讀，『欲多』二字連讀。謂人皆以己之情爲欲多不欲寡也。
4. 楊倞云：「情欲之寡」，或爲「情之欲寡」也。王念孫云：案或本是也。此謂宋子將使人知情之欲寡不欲多也。下文云「古之人以人之情爲欲多而不欲寡」，「今子宋子以人之情爲欲寡而不欲多也」，是其證。
5. 盧文弨云：此「欲」字衍，句當連下。
6. 王念孫云：「人之情」三字，上文凡七見，今據改。
7. 楊倞云：「『文曲』，文章也。」王念孫云：「『成文曲』，義不可通，『曲』當爲『典』，字之誤也。故楊注云：『「文典」，文章也。』『成文典』，謂作《宋子》十八篇也。」

# 19 禮論篇第十九

「禮起於何也？」曰：「人生而有欲，欲而不得，則不能無求；求而無度量分界，則不能不爭；爭則亂，亂則窮。先王惡其亂也，故制禮義以分之，以養人之欲，給人之求，使欲必不窮乎物，物必不屈於欲，兩者相持[1]而長，是禮之所以起也。故禮者、養也，芻豢稻粱，五味調（香）〔盉〕[2]，所以養口也；椒蘭芬芳，所以養鼻也；彫琢、刻鏤、黼黻、文章，所以養目也；鍾鼓管磬、琴瑟、竽笙，所以養耳也；䟽房檖貌、越席、床笫、几筵，所以養體也。故禮者、養也。」

「君子既得其養，又好其別。曷謂別？」曰：「貴賤有等，長幼有差，貧富輕重皆有稱者也。故天子大路越席，所以養體也；側載睪芷，所以養鼻也；前有錯衡，所以養目也；和鸞之聲，步中《武》、《象》，趨中《韶》、《護》，所以養耳也；龍旗九斿，所以養信也；寢兕、（持）〔特〕[3]虎、蛟韅、絲末、彌龍，所以養威也；故大路之馬必（倍）〔信〕至教順然後乘之，所以養安也。孰知夫出死要節之所以養生也！孰知夫出費用之所以養財也！孰知夫恭敬辭讓之所以養安也！孰知夫禮義文理之所以養情也！故人苟生之為見，若者必死；苟利之為見，若者必害；苟怠惰偷懦之為安，（居）若者必危；苟情說之為樂，若者必滅。故人一之於禮義，則兩得之矣；一之於情性，則兩喪之矣。故儒者將使人兩得之者也，墨者將使人兩喪之者也，是儒、墨之分也。」

禮有三本：天地者、生[4]之本也，先祖者、類之本也，君師者、治之本也。無天地惡[5]生？無先祖惡[6]出？無君師惡[7]治？三者偏亡焉，‧無安人‧[8]。故禮、上事天，下事地，‧尊‧[9]先祖而隆[10]君師，是禮之三本也。

---

1. 梁啓雄云：「持」借作「待」……《史記・禮書》正作「待」。
2. 王念孫云：「香」，臭也，非「味」也，與「五味調」三字義不相屬。下文云「椒蘭芬苾，所以養鼻」，是「香」以養鼻，非以養口也。「香」，當為「盉」。《說文》：「盉，調味也，從皿，禾聲」。今通作「和」。昭二十年《左傳》曰：「和如羹焉。水火醯醢鹽梅，以亨魚肉，宰夫和之，齊之以味，濟其不及，以洩其過，君子食之，以平其心。」故曰「五味調盉，所以養口也。」
3. 盧文弨云：「持」當為「特」，字之誤也。「寢兕特虎」，謂畫輪為飾也。王念孫云：此亦段若膺說。
4. 性《大戴禮記・禮三本》第1.4篇
5. 焉《大戴禮記・禮三本》第1.4篇
6. 焉《大戴禮記・禮三本》第1.4篇
7. 焉《大戴禮記・禮三本》第1.4篇
8. A.無安之人《大戴禮記・禮三本》第1.4篇 B.則無安人《史記・禮書》頁1167
9. 宗事《大戴禮記・禮三本》第1.4篇
10. 寵《大戴禮記・禮三本》第1.4篇

故王者天太祖，諸侯不敢壞[1]，大夫士有常宗，所以別貴始[2]。▸貴始◂[3]、得[4]之本也。郊止[5]乎天子，而社▸止於◂[6]諸侯，道及[7]士大夫，所以別〔尊卑〕，尊者事尊，卑者事卑，宜大[8]者巨，宜小者小也。故有天下者事（十）〔七〕[9]世，有一國者事五世，有五乘之地者事三世，有三乘之地者事二世，▸持手◂[10]而食者不得立▸祭廟◂[11]，所以別積厚，積厚[12]者流澤廣，積薄者流澤狹[13]也。

大饗尚玄尊，俎〔尚〕[14]生魚，先大羹，貴食飲之本也。〔大〕饗、尚玄尊而用酒醴，〔食〕、先黍稷而飯稻（梁）〔粱〕；祭、齊〔先〕大羹而▸飽◂[15]庶羞，貴本而親用也。貴本之謂文，親用之謂理，兩者合而成文，以歸（大）〔太〕一，夫是之謂大隆。故尊之尚玄酒[16]也，俎之尚生[17]魚也，豆之先大羹也，一也。利爵之▸不醮◂[18]也，成事之俎不[19]嘗也，三臭[20]之不食也，一也。〔大〕昏之未發[21]齊也，太廟之未入尸也，始卒[22]之未小斂也，一也。大路之素▸未集◂[23]也，郊之麻絻也，喪服之先散麻[24]也，一也。三年之喪，哭之不（文）〔反〕[25]也；《清廟》之歌，一倡而三歎也；縣一

1. 懷《大戴禮記・禮三本》第1.4篇、《史記・禮書》頁1167
2. 賤《史記・禮書》頁1167
3. 貴賤治《史記・禮書》頁1167
4. 德《大戴禮記・禮三本》第1.4篇〈楊倞云：「得」，當爲「德」。〉
5. 疇《史記・禮書》頁1168
6. 至乎《史記・禮書》頁1168
7. 函及《史記・禮書》頁1168〈王念孫云：「道及」者，「覃及」也。〉
8. 鉅《大戴禮記・禮三本》第1.4篇、《史記・禮書》頁1168
9. 楊倞云：「『十』，當爲『七』。《穀梁傳》作『天子七廟』。」王先謙云：「《大戴禮》、《史記》皆作『七』。」
10. A.待年《大戴禮記・禮三本》第1.4篇 B.有待牲《史記・禮書》頁1168
11. 宗廟《大戴禮記・禮三本》第1.4篇、《史記・禮書》頁1168
12. 《大戴禮記・禮三本》第1.4篇、《史記・禮書》頁1168並不重「積厚」二字。王念孫云：不重者是也。上文「所以別尊者事尊，卑者事卑」，與此文同一例，則「積厚」二字不當重。編者按：王說未必是也。《大戴禮記・禮三本》第1.4篇上文作「所以別尊卑，尊者事尊，卑者事卑。」與《荀子》此文重「積厚」二字者上下文文例正同，則重者是也，今據《大戴禮記》於上文補「尊卑」二字。又今本《大戴禮記》此文不重「積厚」二字者蓋誤脫，亦當據《荀子》此文補正。
13. 卑《大戴禮記・禮三本》第1.4篇
14. 編者按：《史記・禮書》頁1168作「俎上腥魚」，「上」讀爲「尚」，是也。《荀子》下文云「俎之尚生魚也」是其證，今於「俎」下補「尚」字。
15. 飽乎《大戴禮記・禮三本》第1.4篇
16. 尊《史記・禮書》頁1169
17. 腥《史記・禮書》頁1169
18. A.不卒《大戴禮記・禮三本》第1.4篇 B.弗啐《史記・禮書》頁1169〈編者按：《史記・禮書》作「弗」，則《荀子》、《大戴禮記》此文作「不」者，蓋並避漢諱改。〉
19. 弗《史記・禮書》頁1169〈編者按：《史記・禮書》作「弗」，則《荀子》、《大戴禮記》此文作「不」者，蓋並避漢諱改。下句「不食也」同。〉
20. 侑《大戴禮記・禮三本》第1.4篇、《史記・禮書》頁1169
21. 廢《史記・禮書》頁1169
22. 絕《史記・禮書》頁1169
23. A.幭《大戴禮記・禮三本》第1.4篇 B.幬《史記・禮書》頁1169
24. 帶《大戴禮記・禮三本》第1.4篇
25. 楊倞云：「『不文』，謂無曲折也。《禮記》曰：『斬衰之哭，若往而不反。』」盧文弨云：「『不文』，《大戴禮》、《史記》皆作『不反』。觀《注》意，此亦似本作『不反』，『文』字疑誤。」

鍾，尚拊（之）[1]膈，朱絃而通越也，一也。

凡禮、始乎稅[2]，成乎文，終乎‧悅校‧[3]。故至備，情文俱盡；其次，情文‧代勝‧[4]；其下，復情以歸（大）〔太〕一也。天地以合，日月以明，四時以序[5]，星辰以行，江河以流，萬物以昌；好惡以節，喜怒以當；以為下則順，以為上則明，萬物變而[6]不亂，（貳）〔貣〕[7]之則喪也。

禮豈不至矣哉！立隆以為極，而天下莫之能損益也。本末相順，終始相應，至文以[8]有別，至察以有說。天下從之者治，不從者亂；從之者安，不從者危；從之者存，不從者亡。小人不能測也。

禮之理誠深矣。「堅白」「同異」之察入焉而溺；其理誠大矣，擅作典制辟陋之說入焉而喪；其理誠高矣，暴慢、恣睢、輕俗以為高之屬入焉而隊。故繩墨誠陳矣，則不可欺以曲直；衡誠縣矣，則不可欺以輕重；規矩誠設矣，則不可欺以方圓；君子審於禮，則不可欺以詐偽。故繩者、直之至，衡者、平之至，規矩者、方圓之至，禮者、人道之極也。然而不法禮、不（足）〔是〕[9]禮，謂之無方之民；法禮、（足）〔是〕禮，謂之有方之士。禮之中焉能思索，謂之能慮；禮之中焉能勿易，謂之能固。能慮能固，加好〔之〕[10]者焉，斯聖人矣。故天者、高之極也，地者、下之極也，無窮者、廣之極也，聖人者、道之極也。故學者固學為聖人也，非特學為無方之民也。

禮者、以財物為用，以貴賤為文，以多少為用，以隆殺為要。文理繁，情用省，是禮之隆也；文理省，情用繁，是禮之殺也；文理、情用相為內外表裏，並行而雜[11]，是

1. 王先謙云：《大戴禮》「鍾」作「罄」，與「磬」同，「拊膈」作「拊搏」，無「之」字，《史記》亦無，明此「之」字衍。
2. 脫《大戴禮記‧禮三本》第1.4篇、《史記‧禮書》頁1170
3. A.隆《大戴禮記‧禮三本》第1.4篇 B.稅《史記‧禮書》頁1170
4. 佚興《大戴禮記‧禮三本》第1.4篇〈編者按：「佚」當作「迭」，「迭」，代也。〉
5. 洽《大戴禮記‧禮三本》第1.4篇
6. 顧千里云：「物」字、「而」字，疑不當有。《大戴記‧禮三本篇》無此二字，可以為證。
7. 王念孫云：「貳」當為「貣」，「貣」與「忒」同，又作「貸」。「忒」，差也，言禮能治萬變而不亂，若於禮有所差忒，則必失之也。《大戴記‧禮三本篇》作「貸之則喪」，是其證。
8. 王念孫云：「以」猶「而」也。
9. 王念孫云：「足」當為「是」。《爾雅》曰：「是，則也。」「則」亦「法」也。《非十二子篇》曰：「不法先王，不是禮義。」猶此言「不法禮，不是禮」也。
10. 王先謙云：《史記》「者」作「之」。此句當作「加好之者焉」，《史記》引刪「者」字，《荀書》奪「之」字。
11. 王念孫云：「雜」，讀為「集」。《爾雅》：「集，會也。」言文理、情用竝行而相會也。「集」「雜」古字通。

禮之中流也。故君子上致其隆，下盡其殺，而中處其中。步驟、馳騁、厲騖不外是矣，是君子之壇宇、宮廷也。人有是[1]，士君子也；外是，民也；於是其中焉，方皇周挾[2]，曲得其次序，是聖人也。故厚者、禮之積也，大者、禮之廣也，高者、禮之隆也，明者、禮之盡也。《詩》曰：「禮儀卒度，笑語卒獲[3]。」此之謂也。

禮者、謹於治生死者也。生、人之始也，死、人之終也：終始俱善，人道畢矣。故君子敬始而慎終。終始如一，是君子之道、禮義之文也。夫厚其生而薄其死，是敬其有知而慢其無知也，是姦人之道而倍叛之心也。君子以倍叛之心接臧穀，猶且羞之，而況以事其所隆[4]親乎！故死之爲道也，一而不可得再復也，臣之所以致重其君，子之所以致重其親，於是盡矣。故事生不忠厚、不敬文，謂之野；送死不忠厚、不敬文，謂之瘠。君子賤野而羞瘠，故天子棺槨（十）〔七〕[5]重，諸侯五重，大夫三重，士再重，然後皆有衣（衾）〔食〕[6]多少厚薄之數，皆有翣菨[7]文章之等以敬飾之，使生死終始若一；一足以爲人願，是先王之道，忠臣孝子之極也。天子之喪動四海、屬[8]諸侯；諸侯之喪動通國、屬大夫；大夫之喪動一國、屬修士；修士之喪動一鄉、屬朋友；庶人之喪合族黨，動州里。刑餘罪人之喪不得合族黨，獨屬妻子，棺椁三寸，衣衾三領，不得飾棺，不得晝行，以昏殣，凡緣而往埋之，反無哭泣之節，無衰麻之服，無親疏月數之等，各反其平，各復其始，已葬埋，若無喪者而止，夫是之謂至辱。

禮者、謹於吉凶不相厭者也。紸纊聽息之時，則夫忠臣孝子亦知其閔已，然而殯斂之具未有求也；垂涕恐懼，然而幸生之心未已，持生之事未輟也；卒矣，然後作、具之。故雖備家、必踰日然後能殯，三日而成服，然後告遠者出矣，備物者作矣。故殯、久不過七十日，速不損五十日。是何也？曰：遠者可以至矣，百求可以得矣，百事可以成矣；其忠至矣，其節大矣，其文備矣。然後月朝卜（日）〔宅〕，月夕卜（宅）〔日〕[9]，然後葬也。當是時也，其義止，誰得行之？其義行，誰得止之？故三月之

1. 王念孫云：「是」，謂禮也。「有」讀爲「域」。《孟子・公孫丑篇》注曰：「域，居也。」「人域是」，人居是也，故與「外是」對文。
2. 楊倞云：「挾」讀爲「浹」，帀也。
3. 見《詩・小雅》第209篇《楚茨》。
4. 王引之云：「隆」，尊也。「隆親」二字平列。「所隆」，謂君也。「所親」，謂父母也。下文曰：「臣之所以致重其君，子之所以致重其親。」是其證。
5. 王引之云：「十」，疑當作「七」。禮自上以下，降殺以兩，天子七重，故諸侯減而爲五，大夫減而爲三也。
6. 楊倞云：「衣」，謂衣衾。《禮記》所謂「君陳衣于庭，百稱」之比者也……「食」，謂遣車所苞。盧文弨云：正文「衣衾」，案注，當本作「衣食」。王念孫云：盧說是也。正文本作「然後皆有衣食多少厚薄之數」。
7. 楊倞云：「翣菨」當爲「蔞翣」。
8. 王念孫云：「屬」，合也。
9. 王引之云：當作「月朝卜宅，月夕卜日」。今本「宅」「日」二字上下互誤耳，斷無先卜日後卜宅之理。劉師培云：「月朝」之「月」當作「日」。

葬，殯其䫉以生設飾死者也，殆非直留死者以安生也；是致隆思慕之義也。

‧卒禮‧[1]之凡：變而飾，動而遠，久而平。故死之爲道也，不飾則惡，惡則不哀；尒則翫，翫則厭，厭則忘，忘則不敬。一朝而喪其嚴親，而所以送葬之者不哀不敬，則嫌於禽獸矣；君子恥之。故變而飾，所以滅惡也；動而遠，所以遂敬也；久而平，所以優生也。

禮者、斷長續短，損有餘，益不足，達愛敬之文，而滋成行義之美者也。故文飾、麤惡，聲樂、哭泣，恬愉、憂戚，是反也；然而禮兼而用之，時[2]舉而代御。故文飾、聲樂、恬愉，所以持平奉吉也；麤（衰）〔惡〕[3]、哭泣、憂戚，所以持險奉凶也。故其立文飾也不至於窕冶；其立麤衰也，不至於瘠棄；其立聲樂恬愉也，不至於流淫惰慢；其立哭泣哀戚也，不至於隘懾傷生：是禮之中流也。故情貌之變足以別吉凶、明貴賤親䟽之節，期[4]止矣；外是，姦也，雖難、君子賤之。故量食而食之，量要而帶之。相高以毀瘠，是姦人之道也，非禮義之文也，非孝子之情也，將以有爲者也。故說豫娩[5]澤，憂戚萃惡，是吉凶憂愉之情發於顏色者也。歌謠謸笑，哭泣諦號，是吉凶憂愉之情發於聲音者也。芻豢、稻粱、酒醴、（餰鬻）〔魚肉〕，（魚肉）〔餰鬻〕[6]，菽藿、（酒）〔水〕[7]漿，是吉凶憂愉之情發於食飲者也。（卑）〔弁〕[8]絻、黼黻、文織，資麤、衰絰、菲繐、菅屨，是吉凶憂愉之情發於衣服者也。䟽房、檖䫉、越席、床笫、几筵，屬茨、倚廬、席薪、枕塊，是吉凶憂愉之情發於居處者也。兩情者、人生固有端焉。若夫斷之繼之，博之淺之，益之損之，類之盡之，盛之美之，使本末終始莫不順比純備，足以爲萬世則，則是禮也，非順孰修爲之君子莫之能知也。

---

1. 喪禮
2. 王念孫云：此「時」字非謂天時，「時」者，更也。謂文飾與麤惡，聲樂與哭泣，恬愉與憂戚，皆更舉而代御也。《方言》曰：「蒔，更也。」古無「蒔」字，故借「時」爲之。
3. 王念孫云：「麤衰」，本作「麤惡」……「麤惡」對「文飾」，「哭泣」對「聲樂」，「憂戚」對「恬愉」，皆見上文。「麤惡」二字，所包者廣，不止「麤衰」一事，不得改「麤惡」爲「麤衰」也。
4. 楊倞云：「期」，當爲「斯」。
5. 王念孫云：「娩」，讀若「問」。「娩澤」，謂顏色潤澤也。……《內則》「免薨」，鄭注：「免，新生者。薨，乾也。」《釋文》：「免音問。」「娩」「免」古字通。
6. 俞樾云：「魚肉」二字，當在「餰鬻」二字之上。蓋芻豢、稻粱、酒醴、魚肉屬吉，餰鬻、菽藿、水漿屬凶，方與上下文一律。
7. 王念孫云：「酒漿」，當爲「水漿」。「芻豢」、「稻粱」、「酒醴」、「魚肉」，吉事之飲食也；「餰鬻」、「菽藿」、「水漿」，凶事之飲食也。今本「水漿」作「酒漿」，則既與凶事不合，又與上文「酒醴」相複矣。
8. 王念孫云：「卑絻」，疑當爲「弁絻」，「弁」，即今「弁」字也。「弁絻、黼黻、文織」，皆二字平列。

故曰：性者、本始材朴也；僞者、文理隆盛也。無性則僞之無所加，無僞則性不能自美。性僞合然後成聖人之名，一天下之功於是就也。故曰：天地合而萬物生，陰陽接而變化起，性僞合而天下治。天能生物，不能辨物也；地能載人，不能治人也；宇中萬物、生人之屬，待聖人然後分也。《詩》曰：「懷柔百神，及河喬嶽[1]。」此之謂也。

卒[2]禮者、以生者飾死者也，大象其生以送其死也。故如死如生，如[3]存如亡，終始一也。始卒，沐浴、鬠體、飯唅、象生執也。不沐則濡櫛三律而止，不浴則濡巾三式而止。充耳而設瑱，飯以生稻，唅以槁骨，反生術矣。設褻衣，襲三稱，縉紳而無鉤帶矣。設掩面儇目，鬠而不冠笄矣。書其名，置于其重，則名不見而柩獨明矣。薦器則冠有鍪而毋縰，甕廡、虛而不實，有簟席而無床笫，木器不成斲，陶器不成物，薄器不成（內）〔用〕[4]。（竿）〔竽〕笙具而不和，琴瑟張而不均。輿藏而馬反，告不用也，具生器以適墓，象徙之道也。略而不盡，貌而不功，趨輿而藏之，金革轡靷而不入，明不用也。象徙道，又明不用也，是皆所以重哀也。故生器文而不功，明器貌而不用。凡禮、事生，飾歡也；送死、飾哀也；祭祀、飾敬也；師旅、飾威也：是百王之所同，古今之所一也，未有知其所由來者也。故壙壠其貌象室屋也；棺椁其貌象版蓋斯象拂也；無[5]帾[6]絲歶[7]縷翣其貌以象菲[8]帷幬[9]尉[10]也；抗折其貌以象槾茨番閼也[11]。故卒[12]禮者、無他焉，明死生之義，送以哀敬而終周藏也。故葬埋、敬葬其形也，祭祀、敬事其神也；其銘、誄、繫世，敬傳其名也。事生、飾始也，送死、飾終也。終始具而孝子之事畢、聖人之道備矣。

1. 見《詩・周頌》第273篇《時邁》。　　2. 喪
3. 俞樾云：「如死如生，如存如亡」，義不可通，當作「事死如生，事亡如存」，上兩「如」字誤也。篇末云「哀夫敬夫，事死如事生，事亡如事存」，可知此文之譌，當據以訂正。
4. 楊倞云：「內」，或爲「用」。《禮記》曰：「竹不成用，瓦不成味」，鄭云「成，善也。竹不可善用，謂邊無縢也。」王念孫云：案作「用」者是，「內」即「用」之譌。
5. 楊倞云：「無」，讀爲「幠」。王念孫云：「幠」者，柳車上覆，即《禮》所謂「荒」也。《喪大記》曰「飾棺，君龍帷，黼荒，素錦褚，加僞荒」，鄭注曰：「荒，蒙也。」……「荒」、「幠」一聲之轉，皆謂覆也。
6. 王念孫云：「帾」，即「素錦褚」之「褚」。「幠」、「帾」皆所以飾棺，「幠」在上，象幕；「帾」在下，象幄。
7. 楊倞云：「絲歶」，未詳，蓋亦喪車之飾也。或曰：「絲」，讀爲「綏」。「歶」，讀爲「魚」。
8. 楊倞云：「菲」，謂編草爲蔽……或曰：「菲」當爲「匪」，隱也，謂隱奧之處也。或曰：「菲」，讀爲「扉」，戶扇也。
9. 楊倞云：「幬」，讀爲「幬帳」之「幬」。
10. 楊倞云：「尉」，讀爲「罻」。「罻」，網也。
11. 編者按：此數句無法句讀，今從梁啓雄《荀子簡釋》。　　12. 喪

刻死而附生謂之墨[1]，刻生而附死謂之惑，殺生而送死謂之賊。大象其生以送其死，使死生終始莫不稱宜而好善，是禮義之法式也，儒者是矣。

三年之喪，何也？曰：稱情而立文，因以飾群，別親疏、貴賤之節，而不可益損也，故曰：無適不易之術也。創巨者其日久，痛甚者其瘉遲；三年之喪，稱情而立文，所以為至痛極也；‵齊衰′[2]、苴杖、‵居廬′[3]、食粥、‵席薪′[4]、枕塊，所以為至痛飾也。三年之喪，二十五月而畢；哀痛未盡，思慕未忘，然而禮以是斷之者，豈不以送死有已，復生有節也哉！

凡生乎天地之閒者，有血氣之屬，必有知；有知之屬，莫不愛其類。今夫大鳥獸則[5]失亡[6]其群匹，越月踰時[7]，則必反鉛[8]，過[9]故鄉，則必‵徘徊′[10]焉，鳴號焉，躑躅焉，踟躕焉，然後‵能′[11]去之也。小者‵是′[12]燕爵，猶有啁噍之頃焉，然後‵能′[13]去之。故有血氣之屬，莫知於人，故人之於其親也，至死無窮。

將由夫愚陋淫邪之人與？則彼朝死而夕忘之，然而縱之，則是曾鳥獸之不若也，彼安能相與群居而無亂乎？

將由夫脩飾之君子與？則三年之喪，二十五月而畢，若駟之過隙，然而遂之，則是無窮也。

故先王聖人安為之立中制節，一使足以成文理，則舍[14]之矣。

然則何以‵分之′[15]？曰：至親以期斷。是何也？曰：天地則已易矣，四時則已徧[16]矣，其在‵宇中′[17]者，莫不更始矣，故先王案以此象之也。

1. 王念孫云：「墨」與「惑」、「賊」對文，則「墨」非「墨子」之謂……《樂論》云：「亂世之徵，其養生無度，其送死瘠墨。」又以「瘠墨」連文。
2. 斬衰《禮記・三年問》第39.1章
3. 居倚廬《禮記・三年問》第39.1章
4. 寢苫《禮記・三年問》第39.1章
5. 王念孫云：「則」，若也。
6. 喪《禮記・三年問》第39.2章
7. 《禮記・三年問》第39.2章此下有「焉」字。
8. 巡《禮記・三年問》第39.2章
9. 《禮記・三年問》第39.2章「過」下有「其」字。
10. 翔回《禮記・三年問》第39.2章
11. 乃能《禮記・三年問》第39.2章
12. 至於《禮記・三年問》第39.2章
13. 乃能《禮記・三年問》第39.2章
14. 釋《禮記・三年問》第39.5章
15. 至期也《禮記・三年問》第39.6章
16. 變《禮記・三年問》第39.6章
17. 天地之中《禮記・三年問》第39.6章

然則三年何也？曰：˹加隆焉，案使倍之˺[1]，故再期也。

由九月以下，何也？曰：案使不[2]及也。故三年以爲隆，緦、小功以爲殺，期、九月以爲閒。上取象於天，下取象於地，中取則於人，人所以群居和一之理盡矣。故三年之喪，人道之至文者也，夫是之謂至隆；是百王之所同，古今之所一也。

君之喪所以取三年，何也？曰：君者、治辨之主也，文理之原也，情貌之盡也，相率而致隆之，不亦可乎！《詩》曰：「愷悌君子，民之父母[3]。」彼君子[4]者，固有爲民父母之說焉。父能生之，不能（養）〔食〕[5]之；母能食之，不能教誨之；君者、已能食之矣，又善教誨之者也，三年畢矣哉！乳母、飲食之者也，而三月；慈母、衣被之者也，而九月；君、曲備之者也，三年畢乎哉！得之則治，失之則亂，文之至也；得之則安，失之則危，情之至也。兩至者俱積焉，以三年事之猶未足也，直無由進之耳。故社、祭社也，稷、祭稷也，郊者、并百王[6]於上天而祭祀之也[7]。

三月之殯，何也？曰：大之也，重之也；所致隆也，所致親也，將舉錯之，遷徙之，離宮室而歸丘陵也，先王恐其不文也，是以繇其期，足之日[8]也。故天子七月，諸侯五月，大夫三月，皆使其須[9]足以容事，事足以容成，成足以容文，文足以容備，曲容備物之謂道矣。

祭者、志意思慕之（情）〔積〕[10]也。愅詭、悒僾而不能無時至焉。故人之歡欣和合之時，則夫忠臣孝子亦愅詭而有所至矣。彼其所至者甚大動也；案屈然已，則其於志意之（情）〔積〕者，惆然不嗛；其於禮節者，闕然不具。故先王案爲之立文，尊尊親

1. 加隆焉爾也，焉使倍之《禮記・三年問》第39.7章
2. 編者按：「不」，《禮記・三年問》第39.8章作「弗」，則此文作「不」者蓋避漢諱改。
3. 見《詩・大雅》第251篇《泂酌》，今本《詩》「愷悌」作「豈弟」。
4. 俞樾云：「子」字衍文。
5. 楊倞云：「養」，或謂「食」。王念孫云：作「食」者是也。下文……兩「食」字，竝承此「食」字而言。
6. 楊倞云：「百王」，百神也，或「神」字誤爲「王」。
7. 郭嵩燾云：「故社」以下數語，在此終爲不類，疑當在下「尊尊親親之義至矣」下。言社以報社，稷以報稷，郊者并百神而盡報之，皆志意思慕之積也。
8. 王引之云：「繇」，讀爲「遙」。「遙其期」，謂遠其葬期也。「足之日」，謂足其日數也。 9. 王引之云：「須」者，遲也。謂遲其期，使足以容事也。
10. 王念孫云：「情」與「志意」，義相近，可言「思慕之情」，不可言「志意思慕之情」，「情」，當爲「積」，字之誤也。志意思慕積於中而外見於祭，故曰「祭者，志意思慕之積也」。又下文「則其於志意之情者，惆然不嗛」，「情」，亦當爲「積」，言志意之積於中者不慊也。

親之義至矣。故曰：祭者、志意思慕之（情）〔積〕也，忠信愛敬之至矣，禮節文貌之盛矣，苟非聖人，莫之能知也。聖人明知之，士君子安行之，官人以為守，百姓以成俗。其在君子，以為人道也；其在百姓，以為鬼事也。故鍾鼓、管磬，琴瑟、竽笙，《韶》、《夏》、《護》、《武》，《汋》、《桓》、《箾》、（《簡》）、《象》[1]，是君子之所以為悖詭其所喜樂之文也。齊衰、苴杖、居廬、食粥、席薪、枕塊，是君子之所以為悖詭其所哀痛之文也。師旅有制，刑法有等，莫不稱罪，是君子之所以為悖詭其所敦[2]惡之文也。卜筮視日，齊戒修塗[3]，几筵、饋、薦、告祝，如或饗之；物取而皆祭之，如或嘗之；毋利舉爵[4]，主人有尊，如或觴之；賓出，主人拜送，反易服，即位而哭，如或去之。哀夫！敬夫！事死如事生，事亡如事存，狀乎無形影，然而成文。

## 20 樂論篇第二十

夫樂者、樂也，人情之所▸必不◂[5]免也，故人不能無樂。樂則必發於聲音，形於動靜，▸而人之道◂[6]。聲音、動靜、生[7]術之變盡〔於〕是[8]矣。故人不能不[9]樂，樂則不能無形，形而不為道[10]，則不能無亂。先王惡[11]其亂也，故制《雅》、《頌》之聲以道之，使其聲足以樂而不流，使其文足以辨而不（諰）〔諰〕[12]，使其曲直、繁省[13]、廉肉、節奏足以感動人之善心[14]，使夫邪汙之氣無由得接焉。是先王立樂之方也，而墨子非之，奈何！

▸故◂[15]樂在宗廟之中，則君臣上下同聽之，莫不和敬；閨門之內，則父子兄弟同聽之，莫不和親；鄉里族長之中，則長少[16]同聽之，莫不和順。故樂者、審一以定和者

1. 王念孫云：「《箾》、《象》」，即《左傳》之「《象》、《箾》」也。自「鐘鼓管磬」以下，皆四字為句，則「《箾》、《象》」之閒不當有「簡」字，疑即「《箾》」字之誤而衍者。
2. 梁啓雄云：「敦」借為「憝」，《周書》注：「憝，惡也。」
3. 王念孫云：「塗」，讀為「除」。《周官・典祀》「若以時祭祀，則帥其屬而脩除」，鄭注曰：「脩除，芟埽之。」「脩除」二字，專指廟中而言，作「塗」者，借字耳。
4. 楊倞云：當云「無舉利爵」，即上文云「利爵之不醮也」。
5. 不能《史記・樂書》頁1220
6. 人道也《史記・樂書》頁1220
7. 性《史記・樂書》頁1220
8. 此《史記・樂書》頁1220
9. 無《史記・樂書》頁1220
10. 梁啓雄云：「道」借為「導」。
11. 恥《禮記・樂記》第19.27章
12. 盧文弨云：《禮記・樂記》作「論而不息」，《史記・樂書》作「綸而不息」，此作「諰」，乃「諰」之訛。
13. 瘠《禮記・樂記》第19.27章
14. 《禮記・樂記》第19.27章、《史記・樂書》頁1220此下並有「而已矣」三字。
15. 是故《禮記・樂記》第19.28章、《史記・樂書》頁1220
16. 幼《禮記・樂記》第19.28章、《史記・樂書》頁1220

也，比物以飾節者也，節奏合以成文，足以率一道，足以治萬變。是先王立樂之術也，而墨子非之，奈何！

故聽其《雅》、《頌》之聲，而志意得廣焉；執其干戚，習其俯仰屈申，而容貌得莊焉；行其綴兆，要其節奏，而行列得正焉，進退得齊焉。故樂者、出所以征誅也，入所以揖讓也。征誅、揖讓，其義一也。出所以征誅，則莫不聽從；入所以揖讓，則莫不從服。故樂者、▸天下之大齊也◂[1]，中和之紀也，人情之所▸必不◂[2]免也。是先王立樂之術也，而墨子非之，奈何！

且樂者、先王之所以飾喜也；軍旅鈇鉞者、先王之所以飾怒也。▸先王◂[3]〔之〕喜怒皆得其齊焉。是故喜而[4]天下和之，▸怒而暴亂畏之◂[5]。先王之道，禮樂▸正其盛者也◂[6]，而墨子非之。故曰：墨子之於道也，猶瞽之於白黑也，猶聾之於清濁也，猶欲之楚而北求之也。

夫聲樂之入人也深，其化人也速，故先王謹為之文。樂中平，則民和而不流；樂肅莊，則民齊而不亂。民和齊，則兵勁城固，敵國不敢嬰也。如是，則百姓莫不安其處、樂其鄉，以至足其上矣。然後名聲於是白，光暉於是大；四海之民莫不願得以為師。是王者之始也。樂姚冶以險，則民流僈鄙賤矣。流僈則亂，鄙賤則爭。亂爭則兵弱城犯，敵國危之。如是，則百姓不安其處、不樂其鄉，不足其上矣。故禮樂廢而邪音起者，危削侮辱之本也。故先王貴禮樂而賤邪音。其在序官也，曰：「脩憲命，審誅賞[7]，禁淫聲，以時順脩，使夷俗邪音不敢亂雅，大師之事也。」墨子曰：「樂者、聖王之所非也，而儒者為之，過矣。」君子以為不然。

樂者、聖人之所樂也，而可以善民心，其感人深，其▸移風易俗◂[8]，故先王導之以禮樂而民和睦。夫民有好惡之情而無喜怒之應，則亂。先王惡其亂也，故脩其行，正其樂，而天下順焉。故齊衰之服、哭泣之聲，使人之心悲；帶甲嬰軸[9]，歌於行伍，使人

1. A.天地之命《禮記・樂記》第19.28章 B.天地之齊《史記・樂書》頁1220〈王念孫云：「齊」，同也。「天下之大齊」，謂天下之大同也……「紀」與「齊」皆是統同之義。（見王引之《經義述聞》頁372）〉
2. 不能《禮記・樂記》第19.28章、《史記・樂書》頁1220
3. 故先王《禮記・樂記》第19.28章、《史記・樂書》頁1221
4. 則《禮記・樂記》第19.28章、《史記・樂書》頁1221
5. 怒則暴亂者畏之《禮記・樂記》第19.28章、《史記・樂書》頁1221
6. 可謂盛矣《禮記・樂記》第19.28章、《史記・樂書》頁1221
7. 王先謙云：「序官」以下，語見《王制篇》。「審誅賞」，當為「審詩商」之誤。
8. 風移俗易《史記・樂書》頁1206
9. 梁啓雄云：《漢書・陳湯傳》集注：「嬰，猶帶也。」「軸」同「冑」。

之心傷[1]；姚冶之容，鄭、衛之音，使人之心淫；紳端章甫，舞《韶》歌《武》，使人之心莊。故君子耳不聽淫聲，目不視女色，口不出惡言。此三者、君子慎之。

凡姦聲感人而逆氣應之，逆氣成象而亂生焉[2]；正聲感人而順氣應之，順氣成象而治生焉[3]。唱和有應，善惡相象，故君子慎其所去就也。

君子以鍾鼓導志，以琴瑟樂心，動以干戚，飾以羽毛[4]，從以磬[5]管。故其清明象天，其廣大象地，其俯仰周旋[6]有似於四時。故樂行而志[7]清，禮脩而行成，耳目聰明，血氣和平，移風易俗，天下皆寧，美善相樂。故曰：「樂者、樂也。」君子樂得其道，小人樂得其欲。以道制欲，則樂而不亂；以欲忘道，則惑而不樂。故樂者、所以道樂也，金石絲竹、所以道德也。樂行而民鄉方矣。故樂者、治人之盛者也，而墨子非之。

且樂也者、和之不可變者也；禮也者、理之不可易者也。樂合同，禮別異。禮樂之統，管乎人心矣。窮本極變，樂之情也；著誠去僞，禮之經也。墨子非之，幾遇刑也。明王以沒，莫之正也。愚者學之，危其身也。君子明樂，乃其德[8]也。亂世惡善，不此聽也。於乎哀哉！不得成也。弟子勉學，無所營也。

聲樂之象：鼓天麗[9]，鍾統實，磬廉制，竽笙（籥）〔肅〕[10]和，筦籥發猛，塤（箎）〔篪〕翁[11]博，瑟易良，琴婦好，歌清盡，舞意天道兼。鼓、其樂之君邪！故鼓

1. 俞樾云：「歌於行伍」，何以使人心傷？義不可通。「傷」，當爲「惕」……「惕」與「蕩」同字。
2. 而淫樂興焉《禮記・樂記》第19.13章、《史記・樂書》頁1210
3. 而和樂興焉《禮記・樂記》第19.13章、《史記・樂書》頁1210
4. 旄《禮記・樂記》第19.13章、《史記・樂書》頁1211
5. 籥《禮記・樂記》第19.13章、《史記・樂書》頁1211
6. 隨還
7. 倫《禮記・樂記》第19.13章、《史記・樂書》頁1211
8. 顧千里云：「德」字，疑當作「人」，與上下韻。俞樾云：自「窮本極變，樂之情也」，至「弟子勉學，無所營也」十八句，皆有韻之文，獨「德」字不入韻，當必有誤。《荀子》原文，疑作「乃斯聽也」。「斯」與「此」文異義同。「乃斯聽也」，與「不此聽也」，反復相明。古人用韻，不避重複。
9. 大麗〈劉師培云：「麗」當作「讙」……《禮記・樂記》「鼓鼙之聲讙。」……又《說文》訓「讙」爲「譁」，則「鼓大讙」者，猶言鼓聲大而喧也。〉
10. 王引之云：「籥」當爲「肅」。言竽笙之聲，既肅且和也。《漢書・劉向傳》曰「雜遝眾賢，罔不肅和」是也。「竽笙肅和，筦籥發猛，塤篪翁博」，三句相對爲文……又下文云「鼓似天，鐘似地，磬似水，竽笙筦籥似星辰日月」，今本「竽笙」下有「籥和」二字，亦因上文而衍。
11. 俞樾云：「翁」，當爲「滃」。《文選・江賦》曰：「氣滃渤以霧杳。」「翁博」，猶「滃渤」也。「博」與「渤」亦一聲之轉。

似天，鍾似地，磬似水，竽笙（簫和）[1]、〔筦〕籥似星辰日月，鞉、柷、拊、鞷、椌、楬似萬物。曷以知舞之意？曰：目不自見，耳不自聞也，然而治俯仰、詘信、進退、遲速莫不廉制，盡筋骨之力以要鍾鼓俯會之節，而靡有悖逆者，衆積意（譁譁）〔謘謘〕[2]乎！

〔孔子曰〕[3]：「吾觀於鄉，而知王道之易易也。」

主人親速賓及介，而衆賓皆[4]從之，至于門外，主人拜賓及介，而衆賓皆[5]入，貴賤之義別矣。

三揖至于階，三讓以賓升，拜至、獻、酬、辭讓之節繁。及其介省矣。至于衆賓升受，坐祭，立飲，不酢而〔降〕[6]；隆殺之義辨[7]矣。

工入，升歌三終，主人獻之；笙入三終，主人獻之；閒歌三終，合樂三終，工告樂備，遂出。二[8]人揚觶，乃立司正焉，知其能和樂而不流也。

賓酬主人，主人酬介，介酬衆賓，少長以齒，終於沃〔洗〕[9]者焉。知其能弟長而無遺也[10]。降，脫屨升坐，脩爵無數。飲酒之節，朝不廢朝，暮不廢夕。賓出，主人拜送，節文終遂焉。知其能安燕而不亂也。

貴賤明，隆殺辨，和樂而不流，弟長而無遺，安燕而不亂；此五行者，是足以正身安國矣。彼國安而天下安。故曰：「吾觀於鄉，而知王道之易易也。」

亂世之徵：其服組[11]，其容婦，其俗淫，其志利，其行雜，其聲樂險[12]，其文章匿[13]而采，其養生無度，其送死瘠墨，賤禮義而貴勇力，貧則爲盜，富則爲賊。治世反

1. 王引之云：「簫和」二字因上文而衍。
2. 盧文弨云：「譁」，《說文》作「謘」，云：「語諄謘也。」直离切，元刻正同。
3. 盧文弨云：案《禮記・鄉飲酒義》，此爲孔子之言，句首「孔子曰」三字似當有。
4. 自《禮記・鄉飲酒義》第46.7章
5. 自《禮記・鄉飲酒義》第46.7章
6. 盧文弨云：元刻「而」下有「降」字，與《禮記》同。王念孫云：元刻是。
7. 別《禮記・鄉飲酒義》第46.8章
8. 一《禮記・鄉飲酒義》第46.9章
9. 盧文弨云：元刻「沃」下有「洗」字，與《禮記》同。王念孫云：元刻是。
10. 矣《禮記・鄉飲酒義》第46.10章
11. 王先謙云：《書・禹貢》馬注：「組，文也。」「服組」，謂華侈。
12. 王先謙云：《廣雅・釋詁》：「險，衺也。」
13. 王念孫云：「匿」，讀爲「慝」，「慝」，邪也。言文章邪慝而多采飾也。

是也。

## 21 解蔽篇第二十一

凡人之患，蔽於一曲而闇於大理。治則復經，兩疑[1]則惑矣。天下無二道，聖人無兩心。今諸侯異政，百家異說，則必惑是惑非，‣惑治惑亂◂[2]。亂國之君，亂家之人，此其誠心莫不求正而以自為也，妬繆於道而人誘其所迨也。私其所積，唯恐聞其惡也；倚其所私以觀異術，唯恐聞其美也。是以與治（雖）〔離〕[3]走而是己不輟也，豈不蔽於一曲而失正求也哉！心不使焉，則白黑在前而目不見，雷鼓在側而耳不聞，況於使[4]者乎！德道[5]之人，亂國之君非之上，亂家之人非之下，豈不哀哉！

故為蔽：欲為蔽，惡為蔽，始為蔽，終為蔽，遠為蔽，近為蔽，博為蔽，淺為蔽，古為蔽，今為蔽。凡萬物異則莫不相為蔽，此心術之公患也。

昔人君之蔽者，夏桀、殷紂是也。桀蔽於末喜、斯觀，而不知關龍逄，以惑其心而亂其行；紂蔽於妲己、飛廉，而不知微子啓，以惑其心而亂其行。故群臣去忠而事私，百姓怨非[6]而不用，賢良退處而隱逃，此其所以喪九牧之地而虛宗廟之國也。桀死於（亭）〔鬲〕山[7]，紂縣於赤旆；身不先知，人又莫之諫，此蔽塞之禍也。成湯鑒於夏桀，故主其心而慎治之，是以能長用伊尹而身不失道，此其所以代夏王而受九有也。文王監於殷紂，故主其心而慎治之，是以能長用呂望而身不失道，此其所以代殷王而受九牧也。遠方莫不致其珍，故目視備色，耳聽備聲，口食備味，形居備宮，名受備號，生則天下歌，死則‣四海哭◂[8]，夫是之謂至盛。《詩》曰：「鳳凰秋秋，其翼若干，其聲若（蕭）〔簫〕。有（鳳）〔凰〕有（凰）〔鳳〕[9]，樂帝之心。」此不蔽之福也。

---

1. 俞樾云：「兩」，讀如「兩政」之「兩」。桓十八年《左傳》：「竝后、匹嫡、兩政、耦國。」是「兩」與「匹」、「耦」義同。「疑」，讀如「疑妻」「疑適」之「疑」。
2. A.或治或亂 B.或理或亂〈編者按：作「理」者蓋避唐諱改。〉
3. 楊倞云：「雖」，或作「離」。王念孫云：作「離」者是也。言與治離走而自是不已也。
4. 俞樾云：「使」字乃「蔽」字之誤。白黑之形，雷鼓之聲，尚且不見不聞，況於蔽者乎！此承上文「蔽於一曲」而言，下文「欲為蔽，惡為蔽」諸句，又承此而極言之，故篇名《解蔽》也。
5. 王念孫云：「德道」，即得道也。
6. 楊倞云：「非」，或為「誹」。編者按：《不苟篇》「不能則妬嫉怨誹以傾覆人」，正作「誹」。
7. 楊倞云：「亭山」，南巢之山，或本作「鬲山」。王念孫云：案作「鬲山」者是也。「鬲」讀與「歷」同。字或作「歷」。《太平御覽・皇王部七》引《尸子》曰：「桀放於歷山。」《淮南・修務篇》「湯整兵鳴條，困夏南巢，譙以其過，放之歷山」，高注曰：「歷山，蓋歷陽之山。」
8. 天下哭
9. 王念孫云：「有鳳有皇」，本作「有皇有鳳」。「秋」「簫」為韻，「鳳」「心」為韻。《說文》：「鳳從凡聲」，古音在「侵部」，故與「心」為韻。「鳳」從「凡」聲而與「心」為韻，猶「風」從「凡」聲而與「心」為韻也。《藝文類聚・祥瑞部》，《太平御覽・人事部》、《羽族部》，引此竝作「有皇有鳳」。

昔人臣之蔽者，唐鞅、奚齊是也。唐鞅蔽於欲權而逐載子，奚齊蔽於欲國而罪申生，唐鞅戮於宋，奚齊戮於晉。逐賢相而罪孝兄，身爲刑戮，然而不知，此蔽塞之禍也。故以貪鄙、背叛、爭權而不危辱滅亡者，自古及今，未嘗有之也。鮑叔、甯戚、隰朋仁知且不蔽，故能持管仲而名利福祿與管仲齊；召公、呂望仁知且不蔽，故能持周公而名利福祿與周公齊。《傳》曰：「知賢之謂明，輔賢之謂能。勉之彊之，其福必長。」此之謂也。此不蔽之福也。

昔賓孟[1]之蔽者，亂家是也。墨子蔽於用而不知文，宋子蔽於欲而不知得，慎子蔽於法而不知賢，申子蔽於埶而不知知，惠子蔽於辭而不知實，莊子蔽於天而不知人。故由用謂之，道盡利矣[2]；由俗[3]謂之，道盡嗛矣[4]；由法謂之，道盡數矣；由埶謂之，道盡便矣；由辭謂之，道盡論矣；由天謂之，道盡因矣；此數具者，皆道之一隅也。夫道者、體常而盡變，一隅不足以舉之。曲知之人，觀於道之一隅而未之能識也，故以爲足而飾之，內以自亂，外以惑人，上以蔽下，下以蔽上，此蔽塞之禍也。

孔子仁知且不蔽，故學亂術足以爲先王者也。一家得周道，舉而用之，不蔽於成積也。故德與周公齊，名與三王並，此不蔽之福也。聖人知心術之患，見蔽塞之禍，故無[5]欲無惡，無始無終，無近無遠，無博無淺，無古無今，兼陳萬物而中縣衡焉。是故衆異不得相蔽以亂其倫也。何謂衡？曰：道。故心不可以不知道。心不知道，則不可道而可非道。人孰欲得恣而守其所不可以禁其所可？以其不可道之心取人，則必合於不道人，而不（知）[6]合於道人，以其不可道之心，與▸不可道之人◂[7]論道人，亂之本也。夫何以知！（曰）[8]：心知道，然後可道；可道，然後能守道以禁非道。以其可道之心取人，則合於道人，而不合於不道之人矣。以其可道之心，與道人論非道，治之要也。何患不知？

故治之要在於知道。人何以知道？曰：心。心何以知？曰：虛壹而靜。心未嘗不臧也，然而有所謂虛；心未嘗不滿[9]也，然而有所謂一，心未嘗不動也，然而有所謂靜。

---

1. 俞樾云：「孟」當讀爲「萌」……《呂氏春秋・高義篇》載墨子之言曰：「比於賓萌，未敢求仕。」高《注》曰：「賓，客也；萌，民也。」
2. 也
3. 楊倞云：「俗」，當爲「欲」。
4. 也
5. 梁啓雄云：「無」借爲「毋」。
6. 俞樾云：「知」字衍文也。下文云：「以其可道之心取人，則合於道人，而不合於不道人」，正與此文相對。彼云「不合」，而不云「不知合」，則此文亦無「知」字明矣。
7. 不道人
8. 俞樾云：「曰」字衍文也。「心知道，然後可道」，與上文「心不知道，則不可道而可非道」相對成文，皆承「故心不可以不知道」而言。
9. 楊倞云：「滿」，當爲「兩」。「兩」，謂同時兼知。

人[1]生而有知，知而有志。志也者、臧也，然而有所謂虛，不以（已所）〔所已〕[2]臧害所將受謂之虛。心生而有知，知而有異，異也者、同時兼知之。同時兼知之，兩也，然而有所謂一，不以夫一害此一謂之壹。心、臥則夢，偷則自行，使之則謀。故心未嘗不動也，然而有所謂靜，不以夢劇亂知謂之靜。未得道而求道者，謂之虛壹而靜。作之[3]，則將須道者之虛，〔虛〕則（人）〔入〕；將事道者之壹，〔壹〕則盡；（盡）將思道者〔之〕靜，〔靜〕則察。知道、察，知道、行，體道者也。虛壹而靜，謂之大清明[4]。萬物莫形而不見，莫見而不論，莫論而失位。坐於室而見四海，處於今而論[5]久遠，疏觀萬物而知其情，參稽治亂而通其度，經緯天地而材官萬物，制割大理，而宇宙裏[6]矣。恢恢廣廣，孰知其極！睪睪[7]廣廣[8]，孰知其德！涫涫紛紛[9]，孰知其形[10]！明參日月，大滿八極，〔夫〕是之謂大人。夫惡有蔽矣哉！心者、形之君也，而神明之主也，出令而無所受令。自禁也，自使也，自奪也，自取也，自行也，自止也。故口可劫而使墨[11]云，形可劫而使詘申，心不可劫而使易意，是之則受，非之則辭。故曰：心容，其擇也無禁，必自見，其物也雜博，其（情）〔精〕[12]之至也不貳。《詩》云：「采采卷耳，不盈頃筐。嗟我懷人，寘彼周行[13]。」頃筐、易滿[14]也，卷耳、易得也，然而不可以貳周行。故曰：心枝則無知，傾則不精，（貳）〔貣〕[15]則疑惑。以贊稽之，萬物可兼知也。身盡其故則美。類不可兩也，故知者擇一而壹焉。農精於田而不可以為田師，賈精於市而不可以為市師，工精於器而不可以為器師。有人也，不能此三

1. 梁啓超云：下文「心生而有知。」此文「人」字疑亦當作「心」。
2. 盧文弨云：「已所臧」，元刻作「所已臧」。王念孫云：「所已臧」與「所將受」對文，元刻是也。
3. 王引之云：此當以「作之」二字絕句。下文當作「則將須道者之虛，虛則入；將事道者之壹，壹則盡；將思道者之靜，靜則察。」此承上文「虛一而靜」言之。「將」，語詞也。「道」者，即上所謂「道人」也。言心有動作，則將須道者之虛，虛則能入；將事道者之壹，壹則能盡；將思道者之靜，靜則能察也。「虛則入」者，「入」，納也，猶言虛則能受也……今本「入」誤作「人」，其餘又有脫文衍文耳。
4. 清明
5. 聞
6. 楊倞云：「裏」當為「理」。
7. 楊倞云：「睪」，讀為「皞」。「皞皞」，廣大貌。
8. 顧千里云：「廣廣」，疑當有誤，與上文「恢恢廣廣」重出二字。以楊注「『睪』讀為『皞』」例之，則此句「廣」讀為「曠」也。
9. 楊倞云：「涫涫」，沸貌。「紛紛」，雜亂貌。
10. 顧千里云：「孰知其形」，「形」字不入韻，疑當作「則」。
11. 陳奐云：「墨」與「默」同。
12. 盧文弨云：元刻「情」作「精」。王先謙云：元刻作「精」，是也。作「情」者，「精」之借字。
13. 見《詩・周南》第3篇《卷耳》。
14. 編者按：《詩・卷耳》毛《傳》云：「頃筐，畚屬，易盈之器也。」義本《荀子》，而作「易盈」，疑《荀子》本亦作「易盈」，今本此文作「易滿」者，「滿」字蓋後人傳鈔避漢惠帝諱改。
15. 王念孫云：「貳」當為「貣」，字之誤也。「貣」與「忒」同，「忒」，差也。言差忒則生疑惑也……此以「枝」、「知」為韻，「傾」、「精」為韻，「貣」、「惑」為韻……「貳」則非韻矣。

技而可使治三官，曰：精於道〔者〕也，〔非〕[1]精於物者也[2]。精於物者以物物，精於道者兼物物[3]。故君子壹於道而以贊稽物。壹於道則正，以贊稽物則察，以正志行察論，則萬物官矣。昔者，舜之治天下也，不以事詔而萬物成。處一‣之危‹[4]，其榮滿側；養一之微，榮矣而未知。故《道經》曰：「人心之危，道心之微。」危微之幾[5]，惟明君子而後能知之。故人心譬如槃水，正錯而勿動，則湛濁在下而清明在上，則足以見鬒眉而察〔膚〕[6]理矣。微風過之，湛濁動乎下，清明亂於上，則不可以得大[7]形之正也。心亦如是矣。故導之以理，養之以清，物莫之傾，則足以定是非、決嫌疑矣。小物引之，則其正外易，其心內傾，則不足以決（麤）〔庶〕[8]理矣。故好書者衆矣，而倉頡獨傳者、壹也；好稼者衆矣，而后稷獨傳者、壹也；好樂者衆矣，而夔獨傳者、壹也；好義者衆矣，而舜獨傳者、壹也。倕作弓，浮游作矢，而羿精於射；奚仲作車，（乘）〔桑〕[9]杜作乘馬，而造父精於御。自古及今，未嘗有兩而能精者也。曾子曰：「是[10]其庭可以搏鼠，惡能與我歌矣[11]！」

空石之中有人焉，其名曰觙，其爲人也，善射以好思。耳目之欲接，則敗其思；蚊虻之聲聞，則挫其精。是以闢耳目之欲，而遠蚊蝱之聲，閑居靜思則通。思仁若是，可謂微乎？孟子惡敗而出妻，可謂能自彊矣；有子惡臥而焠掌，可謂能自忍矣；未及好也。闢耳目之欲，可謂能自彊矣，未及思也。蚊蝱之聲聞則挫其精，可謂危矣[12]，未可謂微也。夫微者、至人也。至人也，何彊？何忍？何危？故濁明外景，清明內景。聖人縱[13]其欲、兼其情而制焉者理矣。夫何彊？何忍？何危？故仁者之行道也，無爲也；聖

1. 俞樾云：「精於物」上，疑當有「非」字。言此人不能三技而可治三官者，精於道，非精於物也。下文云「精於物者以物物，精於道者兼物物，故君子一於道而以贊稽物」，可證其義。今本奪「非」字，則「精於道者也，精於物者也」兩語平列，而其義違矣。
2. 盧文弨云：此句當在「不可以爲器師」之下，誤脫在此。王念孫云：此汪中說也。
3. 編者按：「物物」謂「物物之人」，亦即上文之「農」、「賈」、「工」。
4. 危之〈阮元以爲作「危之」者是也，並云：「『危之』者，懼蔽於欲而慮危也。」〉
5. 編者按：「危微之幾」謂危微之始，差之止以毫釐，及其至也，一以致危，一以致微。
6. 郝懿行云：「鬒」，古止作「須」，今俗作「鬚」。「理」上當脫「膚」字。《榮辱篇》及《性惡篇》竝云「骨體膚理」，是矣。
7. 王先謙云：「大」字無義。上言槃水見鬚眉膚理，非能見身之全形也。「大形」疑當爲「本形」。《富國篇》「天下之本利也」，「本」當爲「大」，明二字互誤。
8. 盧文弨云：「庶理」，宋本作「麤理」，今從元刻。
9. 楊倞云：《世本》云：「相土作乘馬。」王念孫云：「乘杜」蓋「桑杜」之誤，「相」、「桑」古同聲，故借「桑」爲「相」。
10. 楊倞云：「是」，蓋當爲「視」。
11. 乎
12. 郭嵩燾云：下兩言「何彊？何忍？何危」，則此七句正作三項言之。疑此「可謂能自彊矣」六字衍，「未及思也」句當在前「可謂能自彊」下。忍堅於彊，好甚於思。「出妻」，猶身外也，「焠掌」則及身矣。蛟蝱之聲，即係之耳目者，二句究屬一義，不應分言，故知此段文句有誤倒，亦有衍文。王先謙云：郭說是也。此承上「觙之好思」言之，不分二事。上言「可謂微乎」，故此答以「未可謂微也」。
13. 王先謙云：「縱」，當爲「從」。聖人無縱欲之事。「從其欲」，猶言從心所欲。

人之行道也，無彊也。仁者之思也恭，聖人之思也樂。此治心之道也。

凡觀物有疑，中心不定，則外物不清，吾慮不清，則未可定然否也。冥冥而行者，見寢木以爲伏虎也，見植林以爲後[1]人也，冥冥蔽其明也。醉者越百步之溝，以爲蹞步之澮也，俯而出城門，以爲小之閨也。酒亂其神也。厭目而視者，視一以爲兩；掩耳而聽者，聽漠漠而以爲哅哅：埶亂其官也。故從山上望牛者若羊，而求羊者不下牽也，遠蔽其大也；從山下望木者，十仞之木若箸，而求箸者不上折也，高蔽其長也。水動而景搖，人不以定美惡，水埶玄也。瞽者仰視而不見星，人不以定有無，用精惑也。有人焉，以此時定物，則世之愚者也。彼愚者之定物，以疑決疑，決必不當。夫苟不當，安能無過乎？

夏首之南有人焉，曰涓蜀梁，其爲人也，愚而善畏。明月而宵行，俯見其影，以爲伏鬼也；卬視其髮，以爲立魅也；背而走，▸比至其家者◂[2]，失氣而死，豈不哀哉！凡人之有鬼也，必以其感忽之閒、疑玄之時（正）〔定〕[3]之。此人之所以無有而有無之時也。而己以正事，故傷於溼而擊鼓鼓痺，則必有敝鼓喪豚之費矣，而未有俞疾之福也[4]。故雖不在夏首之南，則無以異矣。

凡以知，人之性也；可以知，物之理也。以可以知人之性，求可以知物之理而無所疑止之，則沒世窮年不能徧也。其所以貫理焉雖億萬，已不足以浹[5]萬物之變，與愚者若一。學、老身長子而與愚者若一，猶不知錯，夫是之謂妄人。故學也者、固學止之也。惡乎止之？曰：止諸至足。曷謂至足？曰：聖[6]也。聖也者、盡倫者也，王也者、盡制者也。兩盡者足以爲天下極矣。故學者、以聖王爲師，案以聖王之制爲法，▸法其法◂[7]，以求其統類，（類）[8]以務象效其人。嚮是而務，士也；類是而幾，君子也；知

1. 俞樾云：上文「見寢石以爲伏虎也」，「伏」與「寢」義相應。此云「後人」，則與「植林」不相應矣。植林豈必在後乎？疑《荀子》原文本作「立人」，「立」與「植」正相應。下文曰：「俯見其影，以爲伏鬼也；卬視其髮，以爲立魅也。」亦以「伏」、「立」對文，可證也。　　2. 比至其家
3. 王念孫云：「正」，當爲「定」，聲之誤也。下文「正事」同。「必以其感忽之間、疑玄之時定之」者，必以感忽之間、疑眩之時而定其有鬼也。據楊注云：「必以此時定其有鬼」，則所見本是「定」字明矣。「定」字上文凡六見。
4. 王念孫云：自「鼓痺」以上，脫誤不可讀，似當作「故傷於溼而痺，痺而擊鼓烹豚，則必有弊鼓喪豚之費矣，而未有俞疾之福也」。楊云：「傷於溼則患痺，反擊鼓烹豚以禱神，何益於愈疾乎？」是其證。
5. 王先謙云：《荀書》以「挾」代「浹」。此亦當爲「挾」，作「浹」者，後人所改。
6. 楊倞云：或曰：「聖」下更當有「王」字，誤脫耳。言人所學當止於聖人之道及王道，不學異術也。聖王之道，是爲至足也。　　7. 治其法
8. 王念孫云：元刻無下「類」字。案元刻是也。「法其法，以求其統類，以務象效其人」，三句一氣貫注，若多一「類」字，則隔斷上下語脈矣。宋本下「類」字即涉上「類」字而衍。

之、聖人也。故有知非以慮是，則謂之（懼）〔攫〕[1]；有勇非以持是，則謂之賊；察孰非以分是，則謂之篡；多能非以脩[2]蕩是，則謂之知；辨利非以言是，則謂之詍。《傳》曰：「天下有二：非察是，是察非。」謂合王制與不合王制也。天下有不以是爲隆正也，然而猶有能分是非、治曲直者邪？若夫非分是非，非治曲直，非辨治亂，非治人道，雖能之無益於人，不能無損於人[3]。案直將治怪說，玩奇辭，以相撓滑也；案彊鉗[4]而利口，厚顏而忍詬[5]，無正而恣睢，妄辨而幾利；不好辭讓，不敬禮節，而好相推擠：此亂世姦人之說也，則天下之治說者方多然矣。《傳》曰：「析辭而爲察，言物而爲辨，君子賤之；博聞彊志，不合王制，君子賤之。」此之謂也。

爲之無益於成也，求之無益於得也，憂戚之無益於幾也，則廣焉能[6]棄之矣。不以自妨也，不少頃干之胸中。不慕往，不閔來，無邑憐之心，當時則動，物至而應，事起而辨，治亂可否，昭然明矣。

周而成，泄而敗，明君無之有也；宣而成，隱而敗，闇君無之有也。故君人者周則讒言至矣，直言反矣，小人邇而君子遠矣。《詩》云：「墨以爲明[7]，狐狸其[8]蒼。」此言上幽而下險也。君人者宣則直言至矣，而[9]讒言反矣，君子邇而小人遠矣。《詩》曰：「明明在下，赫赫在上[10]。」此言上明而下化也。

## 22 正名篇第二十二

後王之成名：刑名從商，爵名從周，文名從《禮》。散名之加於萬物者，則從諸夏之成俗，曲期遠方異俗之鄉則因之而爲通。散名之在人者：生之所以然者謂之性，性之和所生，精合感應，不事而自然謂之性。性之好、惡、喜、怒、哀、樂謂之情。情然而心爲之擇謂之慮。心慮而能爲之動謂之僞。慮積焉、能習焉而後成謂之僞。正利而爲謂之事。正義而爲謂之行。所以知之在人者謂之知。知有所合謂之智。智[11]所以能之在人

1. 王引之云：「懼」字義不可通，「懼」當爲「攫」，字之誤也。「攫」，謂攫取之也。《不苟篇》：「小人知則攫盜而漸。」故曰：「有知非以慮是，則謂之攫。」
2. 王引之云：「脩」，讀爲「滌」。謂滌蕩使潔清也。
3. 編者按：「人」疑當作「己」。
4. 王念孫云：《方言》：「鉗，惡也。南楚凡人殘罵謂之鉗。」然則「彊鉗」者，既彊且惡也。編者按：「厚顏」、「無正」、「妄辨」皆非並列之辭。「彊鉗」不應獨異。
5. 王念孫：「詬」，恥也。
6. 王念孫云：「能」，讀爲「而」。曠焉而棄之，謂遠棄之也。
7. 朗
8. 而
9. 王先謙云：「讒言」上「而」字衍。
10. 見《詩・大雅》第236篇《大明》。
11. 盧文弨云：句首「智」字衍。

者謂之能。能有所合謂之能。性傷謂之病。節遇謂之命。是散名之在人者也，是後王之成名也。

故王者之制名，名定而實辨，道行而志通，則愼率民而一焉。故析辭擅作（名）[1]以亂正名，使民疑惑，人多辨訟，則謂之大姦；其罪猶爲符節、度量之罪也。故其民莫敢託爲奇辭以亂正名。故其民愨，愨則易使，易使則（公）〔功〕[2]。其民莫敢託爲奇辭以亂正名，故壹於道法而謹於循令矣。如是，則其迹長矣。迹長功成，治之極也，是謹於守名約之功也。今聖王沒，名守慢，奇辭起，名實亂，是非之形不明，則雖守法之吏，誦數[3]之儒，亦皆亂。若有王者起，必將有循於舊名，有作於新名。然則所爲有名，與所緣（有）〔以〕[4]同異，與制名之樞要，不可不察也。

異形離心交喻，異物名實（玄）〔互〕[5]紐，貴賤不明，同異不別；如是，則志必有不喻之患，而事必有困廢之禍。故知者爲之分別制名以指實，上以明貴賤，下以辨同異。貴賤明，同異別；如是，則志無不喻之患，事無困廢之禍，此所爲有名也。然則何緣而以同異？曰：緣天官[6]。凡同類同情者，其天官之意物也同，故比方之疑似而通，是所以共其約名[7]以相期也。形體、色理[8]以目異，聲音、清濁、調竽奇聲以耳異，甘、苦、鹹、淡、辛、酸、奇味以口異，香、臭、芬、鬱、腥、臊、（洒）〔漏〕[9]、（酸）〔庮〕[10]、奇臭以鼻異，疾、養、滄[11]、熱、滑、鈹[12]、輕、重以形體異，說、

1. 王念孫云：「析辭擅作」下本無「名」字，有「名」字則成累句矣。此「名」字涉下「正名」而衍。下文「離正道而擅作」，「作」下無「名」字，即其證。
2. 顧千里云：「公」，疑當作「功」，《荀子》屢言「功」，可以爲證。下文「則其迹長矣，迹長功成，治之極也」，承此「功」言之，不作「公」明甚。
3. 王先謙云：「誦數」，猶「誦說」。
4. 王念孫云：元刻「有」作「以」。案作「以」者是也。下文云「然則何緣而以同異」，又云「此所緣而以同異也」，三「以」字前後相應。
5. 王念孫云：「名實互紐」，即上文所謂「名實亂」也。
6. 梁啓雄云：《天論》：「耳、目、鼻、口、形，各有接而不相能也，夫是之謂之天官。」
7. 王念孫云：「約名」，猶言「名約」。上文云「是謹於守名約之功也」，楊彼注云「約，要約」，是也。編者按：「約名」謂「約定俗成」之名義，與「名約」異。
8. 王引之云：「色理」，膚理也。《榮辱》、《性惡》二篇竝云：「骨體膚理。」彼言「骨體膚理」，此言「形體色理」。「形體」，猶「骨體」也。「色理」，猶「膚理」也。
9. 楊倞云：或曰：「洒」當爲「漏」。《禮記》曰：「馬黑脊而般臂，漏。」鄭音「螻，螻蛄臭」者也。王念孫云：楊以「洒」爲「漏」之誤，是也。
10. 王念孫云：「酸」乃「庮」字之誤……《周官・內饔》及《內則》竝云：「牛夜鳴則庮。」先鄭司農云：「庮，朽木臭也。」《內則注》曰：「庮，惡臭也。」。
11. 滄
12. 楊倞云：或曰：「滑」如字。「鈹」，當爲「鈒」，傳寫誤耳，與「澀」同。

故、喜、（怨）〔怒〕、哀、樂、愛、惡、欲以心異。心有徵知。徵知，則緣耳而知聲可也，緣目而知形可也，然而徵知必將待天官之當簿其類然後可也；五官簿[1]之而不知，心徵之而無說，則人莫不然謂之不知，此所緣而以同異也。

然後隨而命之：同則同之，異則異之；單足以喻則單，單不足以喻則兼；單與兼無所相避則共；雖共、不爲害矣。知異實者之異名也，故使異實者莫不異名也，不可亂也，猶使（異）〔同〕[2]實者莫不同名也。故萬物雖衆，有時而欲徧舉之，故謂之物。物也者、大共名也。推而共之，共則有[3]共，至於無共然後止。有時而欲（徧）〔偏〕[4]舉之，故謂之鳥獸。鳥獸也者、大別名也。推而別之，別則有別，至於無別然後止。名無固宜，約之以命，約定俗成謂之宜，異於約則謂之不宜。名無固實，約之以命（實）[5]，約定俗成謂之實名。名有固善，徑易而不拂，謂之善名。物有同狀而異所者，有異狀而同所者，可別也。狀同而爲異所者，雖可合，謂之二實。狀變而實無別而爲異者，謂之化。有化而無別，謂之一實。此事之所以稽實定數也，此制名之樞要也。後王之成名，不可不察也。

「見侮不辱」，「聖人不愛己」，「殺盜非殺人也」[6]，此惑於用名以亂名者也。驗之所（以）[7]爲有名而觀其孰行，則能禁之矣。「山淵平」，「情欲寡」，「芻豢不加甘，大鐘不加樂」，此惑於用實以亂名者也。驗之所緣（無）[8]以同異而觀其孰調，則能禁之矣。「非而謁楹」，「有牛馬，非馬也」，此惑於用名以亂實者也。驗之名約，以其所受悖其所辭，則能禁之矣。凡邪說辟言之離正道而擅作者，無不類於三惑者矣。故明君知其分而不與辨也。

1. 郭嵩燾曰：「簿」，猶記錄也。心徵於耳目而後有知，所聞所見，心徵而知之，由耳目之記籍其名也。
2. 楊倞云：或曰：「異實」當爲「同實」。言使異實者異名，其不可相亂，猶如使同實者莫不同名也。王念孫云：此說是也。上文「同則同之，異則異之」，是其證。
3. 王念孫云：「共則有共」之「有」，讀爲「又」。謂「共而又共」，至於無共然後止也。
4. 俞樾云：此「徧」字乃「偏」字之誤。上云「徧舉之」，乃普徧之義，故曰「大共名也」。此云「偏舉之」，乃一偏之義，故曰「大別名也」。「偏」與「徧」形似，因而致誤。王念孫則以爲「徧」字當作「別」。
5. 王念孫云：「約之以命實」，「實」字涉上下文而衍。上文「名無固宜，約之以命」，楊注云「約之以命，謂立其約而命之」，則此言「約之以命」，義亦與上同。若「命」下有「實」字，則義不可通。
6. 楊倞云：「見侮不辱」，宋子之言；「聖人不愛己」，未聞其說，似莊子之意；「殺盜非殺人」亦見《莊子》。
7. 楊倞云：「驗其所爲有名……」。王引之云：「驗之所」下「以」字，後人所增。據注云「驗其所爲有名」，則無「以」字明甚。
8. 楊倞云：「驗其所緣同異……」。王引之云：「驗之所緣」下「無」字，後人所增。據注云「驗其所緣同異」，則無「無」字明甚。

夫民易一以道而不可與共故，故明君臨之以勢，道之以道，申之以命，章之以論，禁之以刑。故其民之化道也如神，辨埶[1]惡用矣哉！今聖人沒，天下亂，姦言起，君子無埶以臨之，無刑以禁之，故辨說也。實不喻然後命，命不喻然後期，期不喻然後說，說不喻然後辨。故期、命、辨、說也者，用之大文也，而王業之始也。名聞而實喻，名之用也。累而成文，名之麗也。用、麗俱得，謂之知名。名也者、所以期累[2]實也。辭也者、兼異實之名以（論）〔諭〕[3]一意也。辨說也者，不異實名以喻動靜之道也。期命也者，辨說之用也。辨說也者，心之象道也。心也者、道之工宰[4]也，道也者、治之經理也。心合於道，說合於心，辭合於說，正名而期，質請[5]而喻。辨異而不過，推類而不悖，聽則合文，辨則盡故。以正道而辨姦，猶引繩以持曲直，是故邪說不能亂，百家無所竄。有兼聽之明而無奮矜之容，有兼覆之厚而無伐德之色。說行則天下正，說不行則白道而不冥窮，是（以）聖人之辨說也。《詩》曰：「顒顒卬卬，如珪如璋，令問令望。愷悌君子，四方爲綱[6]。」此之謂也。

辭讓之節得矣，長少之理順矣；忌諱不稱，祆辭不出。以仁心說，以學心聽，以公心辨。不動乎衆人之非譽，不（治）〔冶〕[7]觀者之耳目，不賂貴〔者〕之權埶，不利傳[8]辟者之辭；故能處道而不貳，（吐）〔咄〕[9]而不奪，利而不流，貴公正而賤鄙爭，是士君子之辨說也。《詩》曰：「長夜漫兮，永思騫兮。大古之不慢兮，禮義之不愆兮，何恤人之言兮！」此之謂也。

君子之言涉然而精，俛然而類，差差然而齊。彼正其名、當其辭以務白其志義者也。彼名辭也者、志義之使也，足以相通則舍之矣；苟之、姦也。故名之足以指實，辭足以見極，則舍之矣。外是者謂之訒，是君子之所棄，而愚者拾以爲己實。故愚者之言、芴然而粗，嘖然而不類，誻誻然而沸。彼誘其名，眩其辭，而無深於其志義者也。故窮藉而無極，甚勞而無功，貪而無名。故知者之言也，慮之易知也，行之易安也，持

1. 盧文弨云：「辨埶」乃「辯說」之訛。
2. 楊倞云：或曰：「累實」，當爲「異實」。言名者所以期於使實各異也。
3. 王念孫云：「論」當爲「諭」，字之誤也。「諭」，明也。言兼說異實之名以明之也。
4. 陳奐曰：「工宰」者，「工」，官也。「官宰」，猶言主宰。
5. 王念孫云：「質」，本也，「請」讀爲「情」，「情」，實也，言本其實而曉喻之也。
6. 見《詩・大雅》第252篇《卷阿》。今本《詩》「珪」作「圭」，「問」作「聞」，「愷悌」作「豈弟」。
7. 王念孫云：「治」字義不可通。「治」當爲「冶」，字之誤也。「不冶觀者之耳目」，謂不爲祆辭以惑衆人之耳目也。「冶」與「蠱」，古字通。
8. 梁啓雄云：「傳」當爲「便」，形近而訛。
9. 俞樾云：「吐」當爲「咄」，形似而誤……「咄」者，「詘」之叚字……「詘而不奪，利而不流」，二句相對，言雖困詘而不可劫奪，雖通利而不至流蕩也。

之易立也，成則必得其所好而不遇其所惡焉。而愚者反是。《詩》曰：「爲鬼爲蜮，則不可得，有靦面目，視人罔極。作此好歌，以極反側[1]。」此之謂也。

凡語治而待去欲者，無以道欲而困於有欲者也。凡語治而待寡欲者，無以節欲而困於欲多者也。有欲無欲，異類也，生死也，〔性之具也〕[2]，非治亂也；欲之多寡，異類也，情之數也，非治亂也。欲不待可得，而求者從所可。欲不待可得，所受乎天也；求者從所可，〔所〕受[3]乎心也。所受乎天之一欲，制於所受乎心之多〔求〕[4]，固難類所受乎天也。人之所欲，生甚矣；人之所惡，死甚矣；然而人有從生成死者，非不欲生而欲死也，不可以生而可以死也。故欲過之而動不及，心止之也，心之所可中理，則欲雖多，奚傷於治！欲不及而動過之，心使之也。心之所可失理，則欲雖寡，奚止於亂！故治亂在於心之所可，亡於情之所欲。不求之其所在，而求之其所亡，雖曰我得之，失之矣。

性者、天之就也，情者、性之質也，欲者、情之應也。以所欲以爲可得而求之，情之所必不免也；以爲可而道之，知所必出也。故雖爲守門，欲不可去，（性之具也）；雖爲天子，欲不可盡。欲雖不可盡，可以近盡也；欲雖不可去，求可節也。所欲雖不可盡，求者猶近盡；欲雖不可去，所求不得，慮者欲節求也。道者、進則近盡，退則節求，天下莫之若也。

凡人莫不從其所可，而去其所不可。知道之莫之若也而不從道者，無之有也。假之有人而欲南無多，而惡北無寡，豈爲夫南者之不可盡也，離南行而北走也哉？今人所欲無多，所惡無寡，豈爲夫所欲之不可盡也，離得欲之道而取所惡也哉？故可道而從之，奚以損之而亂！不可道而離之，奚以益[5]之而治！故知者論道而已矣，小家珍說之所願皆衰矣。凡人之取也，所欲未嘗粹而來也；其去也，所惡未嘗粹而往也。故人無動而（不）[6]可以不與權俱。衡不正，則重縣於仰而人以爲輕，輕縣於俛而人以爲重，此人

1. 見《詩・小雅》第199篇《何人斯》。
2. 王念孫云：「生死也」三字，與上下文義不相屬……「生死也」，當作「性之具也」。下文「性之具也」，即此句之衍文。有欲無欲，是生而然者也，故曰「性之具也」。「性之具也」，「情之數也」，二句相對爲文。編者按：王說不盡然。「生死也」三字不誤，謂有欲與無欲之不同，猶之乎有生之物與無生之物也，但其下「性之具也」四字，則如王說當補。
3. 俞樾云：「受乎心也」上，當有「所」字。「所受乎心」，與「所受乎天」正相對。下文亦以「所受乎天」「所受乎心」竝言，則此文有「所」字明矣，當據補。
4. 編者按：荀子以爲「欲」受乎天故劃一，因謂之「一欲」；「求」受乎心，因人而異，故謂之「多求」，今以意補「求」字。
5. 梁啓雄引劉念親云：「損」、「益」字疑互誤。
6. 王念孫云：上「不」字衍。此言人之擧動，不可不與權俱。不與權俱，則必爲欲惡所惑，故曰「人無動而可以不與權俱」。今本「可」上有「不」字者，涉注文而衍。

所以惑於輕重也。權不正，則禍託於欲而人以爲福，福託於惡而人以爲禍，此亦人所以惑於禍福也。道者、古今之正權，離道而內自擇，則不知禍福之所託。

易者以一易一，人曰無得亦無喪也；以一易兩，人曰無喪而有得也；以兩易一，人曰無得而有喪也。計者取所多，謀者從所可。以兩易一，人莫之爲，明其數也。從道而出，猶以一易兩也，奚喪？離道而內自擇，是猶以兩易一也，奚得？其累百年之欲，易一時之嫌，然且爲之，不明其數也。

有嘗試深觀其隱而難（其）[1]察者，志輕理而不〔外〕[2]重物者，無之有也；外重物而不內憂者，無之有也。行離理而不外危者，無之有也；外危而不內恐者，無之有也。心憂恐則口銜芻豢而不知其味，耳聽鍾鼓而不知其聲，目視黼黻而不知其狀，輕煖平[3]簟而體不知其安。故嚮萬物之美而不能嗛也，假而得（問）〔閒〕[4]而嗛之，則不能離也。故嚮萬物之美而盛憂，兼萬物之利而盛害。如此者，其求物也？養生也？粥壽也？故欲養其欲而縱其情，欲養其性而危其形，欲養其樂而攻其心，欲養其名而亂其行，如此者，雖封侯稱君，其與‧夫盜‧[5]無以異；‧乘軒‧[6]戴絻，其與無足無以異。夫是之謂以己爲物役矣。

心平愉，則色不及傭而可以養目，聲不及傭而可以養耳，蔬食菜羹而可以養口，麤布之衣、麤紃之履而可以養體，（屋）〔局〕室、（廬庾）〔蘆簾〕、（葭）槀蓐[7]、尙机筵而可以養形。故無萬物之美而可以養樂，無埶列之位而可以養名。如是而加天下焉，其爲天下多，其（和）〔私〕[8]樂少矣，夫是之謂重己役物。

無稽之言，不見之行，不聞之謀，君子愼之。

---

1. 楊倞云：雖隱而難察。王念孫云：「隱而難其察」，「其」字涉上文而衍。據楊注云「隱而難察」，則無「其」字明矣。
2. 顧千里云：案「不」下疑當有「外」字。下文「外重物而不內憂者，無之有也，行離理而不外危者，無之有也，外危而不內恐者，無之有也」，一氣承接，「外重物」，與「外危」二句爲同例也。
3. 俞樾云：「平」乃席名，故與「簟」並言。
4. 王念孫云：「得問」二字，義不可通，「得問」當爲「得閒」，字之誤也。言憂恐在心，則雖享萬物之美而心不慊，即使暫時得閒而慊之，而其不慊者仍在也。
5. 盜
6. 雖乘軒
7. 王念孫云：《初學記‧器物部》引作「局室、蘆簾、槀蓐」，於義爲長。《說文》：「局，促也。」「局室」，謂促狹之室。「蘆簾」、「槀蓐」，謂以蘆爲簾，以槀爲蓐也。「屋室」蓋「局室」之誤，「廬庾」蓋「蘆廉」之誤。「槀蓐」與「蘆廉」對文，則「槀」上不當有「葭」字，且「葭」即「蘆」也，又與「蘆」相複。
8. 王念孫云：「和」，當爲「私」，字之誤也。言以是不貪之心治天下，則其爲天下必多，而爲己之私樂必少也。

# 23 性惡篇第二十三

人之性惡，其善者僞也。今人之性，生而有好利焉，順是，故爭奪生而辭讓亡焉；生而有疾惡焉，順是，故殘賊生而忠信亡焉；生而有耳目之欲，有[1]好聲色焉，順是，故淫亂生而禮義文理亡焉。然則從人之性，順人之情，必出於爭奪，合於犯（分）〔文〕[2]亂理而歸於暴。故必將有師法之化、禮義之道[3]，然後出於辭讓、合於文理而歸於治。用此觀之，然則人之性惡明矣，其善者僞也。

故枸木必將待檃括、烝、矯然後直，鈍金必將待礱、厲然後利。今人之性惡，必將待師法然後正，得禮義然後治。今人無師法則偏險[4]而不正，無禮義則悖亂而不治。古者聖王以人之性惡，以爲偏險而不正，悖亂而不治，是以爲之起禮義、制法度以矯飾人之情性而正之，以擾[5]化人之情性而導之也[6]，使皆出於治、合於道者也。今之人，化師法、積文學、道禮義者爲君子；縱性情、安恣睢而違禮義者爲小人。用此觀之，然則人之性惡明矣，其善者僞也。

孟子曰：「人之學者，其性善。」曰：是不然。是不及知人之性，而不察〔乎〕人（人）[7]之性僞之分者也。凡性者、天之就也，不可學，不可事。禮義者、聖人之所生也，人之所學而能，所事而成者也。不可學、不可事（而）〔之〕[8]在人者謂之性，可學而能、可事而成之在人者謂之僞。是性、僞之分也。今人之性，目可以見，耳可以聽。夫可以見之明不離目，可以聽之聰不離耳；目明而耳聰，不可學明矣。孟子曰：「今人之性善，將皆失喪其性故也[9]。」曰：若是，則過矣。今人之性，生而離其朴[10]，離其資，必失而喪之。用此觀之，然則人之性惡明矣，〔其善者僞也〕[11]。

---

1. 王先謙云：下「有」字疑衍。
2. 俞樾云：「犯分」，當作「犯文」。此本以「文」「理」相對。上文曰：「順是，故淫亂生而禮義文理亡焉」，下文曰：「合於文理，而歸於治」，竝其證也。
3. 楊倞云：「道」與「導」同。
4. 王念孫云：《廣雅》：「險，衺也。」《成相篇》曰：「險陂傾側。」《大戴記・衛將軍文子篇》曰：「如商也，其可謂不險矣。」
5. 楊倞云：「擾」，馴也。
6. 編者按：「也」字疑衍。
7. 盧文弨校本卷17頁2a總頁563「察」下有「乎」字。今據補。又「人」字不重，今據刪。
8. 顧千里云：「而在人者」，「而」，疑當作「之」。
9. 楊倞云：「孟子言失喪本性，故惡也。」梁啓雄云：據楊《注》「故惡也」，正文「故」下似奪一「惡」字。
10. 郝懿行曰：「朴」，當爲「樸」。「樸」者，素也。言人性生而已離其質樸與其資材，其失喪必矣，非本善而後惡。
11. 王念孫云：此亦當有「其善者僞也」句。「人之性惡」，「其善者僞也」二句，前後凡九見，則此亦當然。

所謂性善者，不離其朴而美之，不離其資而利之也。使夫資朴之於美，心意之於善，若夫可以見之明不離目，可以聽之聰不離耳，故曰：目明而耳聰也。今人之性，飢而欲飽，寒而欲煖，勞而欲休，此人之情性也。今人飢，見長而不敢先食者，將有所讓也；勞而不敢求息者，將有所代也。夫子之讓乎父，弟之讓乎兄；子之代乎父，弟之代乎兄，此二行者，皆反於性而悖於情也。然而孝子之道，禮義之文理也。故順情性則不辭讓矣，辭讓則悖於情性矣。用此觀之，然則人之性惡明矣，其善者僞也。

問者曰：「人之性惡，則禮義惡生？」應之曰：凡禮義者，是生於聖人之僞，非故生於人之性也。故陶人埏埴而爲器，然則器生於（工）〔陶〕[1]人之僞，非故生於人之性也。故工人斲木而成器，然則器生於工人之僞，非故生於人之性也。聖人積思慮、習僞故以生禮義而起法度，然則禮義法度者，是生於聖人之僞，非故生於人之性也。若夫目好色，耳好聲，口好味，心好利，骨體膚理好愉佚，是皆生於人之情性者也；感而自然、不待事而後生之者也。夫感而不能然、必且待事而後然者，謂之（生於）僞[2]。是性、僞之所生，其不同之徵也。故聖人化性而起僞，僞起（於信）[3]而生禮義，禮義生而制法度。然則禮義法度者，是聖人之所生也。故聖人之所以同於衆，其不異[4]於衆者，性也；所以異而過衆者，僞也。夫好利而欲得者，此人之情性也。假之人有弟兄[5]資財而分者，且順情性，好利而欲得；若是，則兄弟相怫奪矣；且化禮義之文理，若是，則讓乎國人矣。故順情性則弟兄爭矣，化禮義則讓乎國人矣。凡人之欲爲善者，爲性惡也。夫薄願厚，惡願美，狹願廣，貧願富，賤願貴，苟無之中者，必求於外；故富而不願財，貴而不願埶，苟有之中者，必不及[6]於外。用此觀之，人之欲爲善者，爲性惡也。今人之性，固無禮義，故彊學而求有之也；性不知禮義，故思慮而求知之也。然則生[7]而已，則人無禮義，不知禮義。人無禮義則亂；不知禮義則悖。然則生[8]而已，則悖亂在己。用此觀之，人性惡明矣，其善者僞也。

---

1. 楊倞云：或曰：「工人」當爲「陶人」。
2. 王引之云：「僞」音「爲」。「謂之僞」三字中，不當有「生於」二字，此涉上「生於」而衍也。上文曰「可學而能、可事而成之在人者謂之僞」，《正名篇》曰「慮積焉、能習焉而後成謂之僞」，皆其證。
3. 盧文弨校本卷十七頁四上總頁567「於信」作「於性」。王念孫云：宋錢佃校本云：「諸本作『僞起而生禮義』，無『於性』二字。」案諸本是也。上文云「凡禮義者，是生於聖人之僞，非故生於人之性也」，則不得言「僞起於性而生禮義」明矣。
4. 俞樾云：「同於衆」，即不異於衆也，於文複矣。據下文云「所以異而過衆者，僞也」，疑此文亦當作「所以同於衆而不過於衆者，性也。」「而」譌作「其」，「過」譌作「異」，而詞意俱不可通矣。
5. 王先謙云：據下文言「讓乎國人」，則非兄弟分財之謂，明「弟兄」二字衍文也。有資財而分，順情性則兄弟相奪，化禮義則讓乎國人，文義正相對待，若兄弟分財而讓及國人，非情理所有矣。
6. 編者按：準上文「必求於外」，此文「及」亦當作「求」。
7. 性
8. 性

孟子曰：「人之性善。」曰：是不然。凡古今天下之所謂善者，正理平治也；所謂惡者，偏險悖亂也；是善惡之分也已。今誠以人之性固正理平治邪？則〔有〕[1]惡用聖王？惡用禮義矣哉？雖有聖王禮義，將曷加於正理平治也哉？今不然，人之性惡。故古者聖人以人之性惡，以為偏險而不正，悖亂而不治，故為之立君上之埶以臨之，明禮義以化之，起法正以治之，重刑罰以禁之，使天下皆出於治、合於善也。是聖王之治而禮義之化也。今當[2]試去君上之埶，無禮義之化；去法正之治，無刑罰之禁；倚[3]而觀天下民人之相與也，若是；則夫彊者害弱而奪之，衆者暴寡而譁之，天下之悖亂而相亡不待頃矣。用此觀之，然則人之性惡明矣，其善者僞也。

故善言古者必有節[4]於今，善言天者必有徵於人。凡論者貴其有辨合、有符驗。故坐而言之，起而可設，張而[5]可施行。今孟子曰「人之性善」，無辨合、符驗，坐而言之，起而不可設，張而不可施行，豈不過甚矣哉！故性善則去聖王、息禮義矣；性惡則與聖王、貴禮義矣。故檃栝之生，為枸木也；繩墨之起，為不直也；立君上，明禮義，為性惡也。用此觀之，然則人之性惡明矣，其善者僞也。

直木不待檃栝而直者，其[6]性直也；枸木必將待檃栝、烝、矯然後直者，以其性不直也。今人之性惡，必將待聖王之治、禮義之化，然後皆出於治、合於善也。用此觀之，然則人之性惡明矣，其善者僞也。

問者曰：「禮義積僞者，是人之性，故聖人能生之也。」應之曰：是不然。夫陶人埏埴而生瓦，然則瓦埴豈陶人之性也哉？工人斲木而生器，然則器木豈工人之性也哉？夫聖人之於禮義也，辟亦陶埏而生之也；然則禮義積僞者，豈人之本性也哉？凡人之性者，堯、舜之與桀、跖，其性一也；君子之與小人，其性一也。今將以禮義積僞為人之性邪？然則有[7]曷貴堯、禹？曷貴君子矣哉？凡所貴堯、禹、君子者，能化性，能起僞，僞起而生禮義。然則聖人之於禮義積僞也，亦猶陶埏而生之也。用此觀之，然則禮義積僞者，豈人之性也哉？所賤於桀、跖、小人者，從其性，順其情，安恣睢，以出乎貪利爭奪。故人之性惡明矣，其善者僞也。

1. 楊倞《注》：「有」讀為「又」。
2. 王先謙云：「當」，是「嘗」之借字。「當試」，猶嘗試。
3. 王念孫云：「倚」者，立也。言立而觀之也。《說卦傳》「參天兩地而倚數」，虞翻曰：「倚，立也。」
4. 王引之云：「節」，亦驗也。《禮器注》云：「節，猶驗也。」
5. 編者按：「而」字疑衍，文本作「起而可設張，可施行。」「設張」與「施行」相對成文。
6. 梁啓雄云：據下文「其」上似奪一「以」字。
7. 楊倞云：「有」讀為「又」。

天非私曾、騫、孝己而外衆人也。然而曾、騫、孝己獨厚於孝之實而全於孝之名者，何也？以綦於禮義故也。天非私齊、魯之民而外秦人也，然而〔秦人〕[1]於父子之義、夫婦之別不如齊、魯之孝（具）〔共〕敬（父）〔文〕[2]者，何也？以秦人之從情性、安恣睢、慢於禮義故也。豈其性異矣哉？

「塗之人可以爲禹」，曷謂也？曰：凡禹之所以爲禹者，以其爲仁義法正也。然則仁義法正有可知可能之理，然而塗之人也，皆有可以知仁義法正之質，皆有可以能仁義法正之具；然則其可以爲禹明矣。今以仁義法正爲固無可知可能之理邪？然則唯[3]禹不知仁義法正、不能仁義法正也。將使塗之人固無可以知仁義法正之質，而固無可以能仁義法正之具邪？然則塗之人也，且內不可以知父子之義，外不可以知君臣之正。（不然）[4]。今〔不然〕，塗之人者，皆內可以知父子之義，外可以知君臣之正，然則其可以知之質、可以能之具，其在塗之人明矣。今使塗之人者以其可以知之質、可以能之具，本夫仁義之可知之理、可能之具，然則其可以爲禹明矣。今使塗之人伏術[5]爲學，專心一志，思索孰察，加日縣久，積善而不息，則通於神明、參於天地矣。故聖人者，人之所積而致矣。

曰：「聖可積而致，然而皆不可積，何也？」曰：可以而不可使也。故小人可以爲君子而不肯爲君子，君子可以爲小人而不肯爲小人。小人、君子者，未嘗不可以相爲也；然而不相爲者，可以而不可使也。故塗之人可以爲禹[6]，（然則）〔則然〕；塗之人能爲禹，未必然也。雖不能爲禹，無害可以爲禹。足可以徧行天下，然而未嘗有能徧行天下者也。夫工匠、農、賈，未嘗不可以相爲事也，然而未嘗能相爲事也。用此觀之，然則可以爲，未必能也；雖不能，無害可以爲。然則能不能之與可不可，其不同遠矣，其不可以相爲明矣。

堯問於舜曰：「人情何如？」舜對曰：「人情甚不美，又何問焉？妻子具而孝衰於親，嗜欲得而信衰於友，爵祿盈而忠衰於君。人之情乎！人之情乎！甚不美，又何問

1. 王念孫云：「於父子之義，夫婦之別」上，當有「秦人」二字，而今本脫之。
2. 楊倞云：「敬父」，當爲「敬文」，傳寫誤耳。王念孫云：「孝具」二字不詞，且與「敬文」不對，「具」當爲「共」，字之誤也。「孝共」，即「孝恭」，正與「敬文」對。
3. 楊倞《注》：「唯」讀爲「雖」。
4. 俞樾云：「不然」二字，當在「今」字之下，「今不然」三字爲句。上文云「今不然，人之性惡」，是其例也。
5. 郝懿行曰：「伏」與「服」，古字通。「服」者，事也。王念孫云：「術」者，道也。「服術」，猶言事道。
6. 盧文弨引元刻本此下有「未必然也，塗之人可以爲禹」十一字。

焉？」唯賢者爲不然。有聖人之知者，有士君子之知者，有小人之知者，有役夫之知者：多言則文而類，終日議其所以，言之千舉萬變，其統類一也，是聖人之知也。少言則徑而省、論[1]而法，若佚[2]之以繩，是士君子之知也。其言也諂，其行也悖，其舉事多悔[3]，是小人之知也。齊給、便敏而無類，雜能、旁魄而毋用[4]，析速、粹孰而不急，不恤是非，不論曲直，以期勝人爲意，是役夫之知也。有上勇者，有中勇者，有下勇者；天下有中，敢直其身；先王有道，敢行其意；上不循於亂世之君，下不俗[5]於亂世之民；仁之所在無貧窮，仁之所亡無富貴[6]；天下知之，則欲與天下（同）（苦）〔共〕[7]樂之，天下不知之，則傀[8]然獨立天地之間而不畏：是上勇也。禮[9]恭而意儉，大齊[10]信焉而輕貨財，賢者敢推而尙之，不肖者敢援而廢之，是中勇也。輕身而重貨，恬禍而廣解，苟免[11]，不恤是非、然不然之情以期勝人爲意，是下勇也。

繁弱、鉅黍，古之良弓也，然而不得排檠則不能自正。桓公之葱，大公之闕，文王之錄，莊君之曶，闔閭之干將、莫邪、鉅闕、辟閭，此皆古之良劍也，然而不加砥厲則不能利，不得人力則不能斷。驊騮、騹驥、纖離、綠耳，此皆古之良馬也，然而（前必）〔必前〕[12]有銜轡之制，後有鞭策之威，加之以造父之馭，然後一日而致千里也。夫人雖有性質美而心辨知，必將求賢師而事之，擇賢友而友之。得賢師而事之，則所聞者堯、舜、禹、湯之道[13]也；得良友而友之，則所見者忠信敬讓之行也。身日進於仁義而不自知也者，靡[14]使然也。今與不善人處，則所聞者欺誣詐僞也，所見者汙漫、淫邪、貪利之行也，身且加於刑戮而不自知者，靡使然也。《傳》曰：「不知其子視其

1. 郝懿行云：「論」，猶「倫」也。古「論」「倫」字亦通。
2. 俞樾云：「佚」，當讀爲「秩」。「秩」之言「次」也，「序」也。
3. 編者按：參《議兵》「事莫大乎無悔，事至無悔而止矣。」
4. 無用
5. 王念孫云：「不俗」，不習也。
6. 盧文弨云：「此言仁之所在，雖貧窮、甘之；仁之所亡，雖富貴、去之也。」王念孫云：此汪中說也。
7. 楊倞云：「苦」，或爲「共」也。王念孫云：作「共」者是也。此本作「欲與天下共樂之」。上言「仁之所在無貧窮，仁之所亡無富貴」，則此言「與天下共樂之」者，謂共樂此仁也，「樂」上不當有「苦」字。今本作「同苦樂之」者，「共樂」誤爲「苦樂」，後人又於「苦樂」上加「同」字耳。
8. 楊倞云：或曰：「傀」與「塊」同，獨居之貌也。
9. 梁啓雄引久保愛云：「禮」，當作「體」。
10. 王念孫云：《爾雅》：「齊，中也。」言大中信而輕貨財也。
11. 盧文弨云：「苟免」上當脫三字，以上二句例之自明。王念孫云：此亦汪說也，汪又云：「苟免」或是注文混入。
12. 王念孫云：「前必有」，本作「必前有」。「前有」「後有」，皆承「必」字而言，若作「前必有」，則與下句不貫矣。《群書治要》及《初學記・人部中》、《太平御覽・人事部》四十五，竝引作「必前有」。
13. 行《治要》卷子本卷38頁63
14. 編者按：《儒效篇》：「是非天性也，積靡使然也。」此文之「靡」即彼文之「積靡」。

友，不知其君視其左右。」靡而已矣，靡而已矣。

## 24 君子篇第二十四

天子無妻，告人無匹也。四海之內無客禮，告無適也。足能行，待相者然後進；口能言，待官人然後詔。不視而見[1]，不聽而聰，不言而信，不慮而知，不動而功，告至備也。天子也者，埶至重，形至佚，心至愈，志無所詘，形無所勞，尊無上矣。《詩》曰：「普天之下，莫非王土；率土之濱，莫非王臣[2]。」此之謂也。

聖王在上，分義行乎下，則士大夫無流淫之行，百吏官人無怠慢之事，衆庶百姓無姦怪之俗，無盜賊之罪，莫敢犯（大）上之禁[3]。天下曉然皆知夫盜竊之（人）不可以為富也，皆知夫賊害之（人）[4]不可以為壽也，皆知夫〔犯〕上之禁不可以為安也。由其道，則人得其所好焉；不由其道，則必遇其所惡焉：是故刑罪綦省而威行如流。（治）世[5]曉然皆知夫為姦則雖隱竄逃亡之由不足以免也，莫不服罪而請[6]。《書》曰：「凡人自得罪[7]。」此之謂也。

故刑當罪則威，不當罪則侮；爵當賢則貴，不當賢則賤。古者刑不過罪，爵不踰德，故殺其父而臣其子，殺其兄而臣其弟。刑罰不怒罪，爵賞不踰[8]德，分然各以其誠通。是以為善者勸，為不善者沮，刑罰綦省而威行如流，政令致明而化易[9]如神。

1. 梁啓雄引久保愛云：「見」疑當作「明」。
2. 見《詩・小雅》第205篇《北山》，今本《詩》「普」作「溥」。
3. 俞樾云：此當作「莫敢犯上之大禁」，傳寫倒之耳。下文云「皆知夫犯上之禁不可以為安也」，不言「犯大上之禁」，可知此文之誤矣。王先謙云：《群書治要》正作「莫敢犯上之禁」，無「大」字。編者按：今據《治要》刪「大」字。
4. 王念孫云：「盜竊之」、「賊害之」下，皆本無「人」字，後人加兩「人」字，而以「盜竊之人」、「賊害之人」與「犯上之禁」對文，謬矣。盜竊不可以為富，賊害不可以為壽，皆指其事而言，非指其人而言，不得加入兩「人」字也。《群書治要》無「人」字。
5. 盧文弨云：元刻無「治」字。王念孫云：無「治」字者是也。「世曉然」，猶上文言「天下曉然」，則「世」上不當有「治」字。自「聖王在上」以下至此，皆治世之事，則無庸更言「治世」，「治」字即上「流」字之誤而衍者。
6. 俞樾云：「請」當讀為「情」……「情」，實也。
7. 見《書・康誥》，今本《書》「人」作「民」。編者按：《荀子》此文作「人」者疑避唐諱改，下同。
8. 王念孫云：「怒」、「踰」，皆過也。《方言》曰：「凡人語而過，東齊謂之㢮。」又曰：「㢮，猶怒也。」是「怒」即「過」也。上言「刑不過罪」，此言「刑罰不怒罪」，其義一而已矣。
9. 俞樾云：「易」，當讀為「施」。《詩・皇矣篇》「施于孫子」，鄭《箋》曰：「施，猶易也。」

《傳》曰：「一人有慶，兆人賴之[1]。」此之謂也。

亂世則不然；刑罰怒罪，爵賞踰德，以族論罪，以世舉賢。故一人有罪而三族皆夷，德雖如舜，不免刑均，是以族論罪也。先祖當[2]賢，後[3]子孫必顯，行雖如桀、紂，列從必尊，此以世舉賢也。以族論罪，以世舉賢，雖欲無亂，得乎哉！《詩》曰：「百川沸騰，山冢崒崩；高岸為谷，深谷為陵。哀今之人，胡憯莫懲[4]！」此之謂也。

論法聖王，則知所貴矣；以義制事，則知所利矣。論知所貴，則知所養[5]矣；事知所利，則（動）[6]知所出矣。二者、是非之本，而得失之原也。故成王之於周公也，無[7]所往而不聽，知所貴也。桓公之於管仲也，國[8]事無所往而不用，知所利也。吳有伍子胥而不能用，國至乎亡，倍道失賢也。故尊聖者王，貴賢者霸，敬賢者存，慢賢者亡，古今一也。故尚賢使能，等貴賤，分親疏，序長幼，此先王之道也。故尚賢、使能，則主尊下安；貴賤有等，則令行而不流[9]；親疏有分，則施行而不悖；長幼有序，則事業捷成而有所休。故仁者、仁此者也，義者、分此者也，節者、死生此者也，忠者、惇慎[10]此者也。兼此而能之，備矣。備而不矜，一自善也，謂之聖。不矜矣，夫故天下不與爭能[11]而致善用其功。有而不有也，夫故為天下貴矣。《詩》曰：「淑人君子，其儀不忒，其儀不忒，正是四國[12]。」此之謂也。

---

1. 見《尚書・呂刑》。今本《書》「兆人」作「兆民」。
2. 楊倞云：「當」，或為「嘗」也。王念孫云：案「先祖當賢」，即「先祖嘗賢」，作「當」者，借字耳。《正名篇》曰：「嘗試深觀其隱而難察者」，《性惡篇》曰「當試去君上之勢」，「當試」，即「嘗試」也。
3. 王念孫云：元刻無「後」字，《群書治要》同。
4. 見《詩・小雅》第193篇《十月之交》。
5. 陳奐云：「養」，取也。「知所養」，知所取法也。
6. 俞樾云：四句相對成文，下句不應多「動」字……「動」字衍文也。
7. 陶鴻慶云：「無」上當有「論」字。
8. 陶鴻慶云：「國」字衍文。
9. 王念孫云：「流」，讀為「留」。貴賤各安其分，則上令而下從，故令行而不留也。《君道篇》曰「兼聽齊明而百事不留」是也。《群書治要》正作「令行而不留」，作「流」者，借字耳。
10. 俞樾云：「敦慎」，當作「敦慕」。《儒效篇》曰：「敦慕焉，君子也」，王氏引之云：「敦、慕，皆勉也。」郝懿行云：「慎，誠也。言能惇厚誠信於此五者謂之忠。」
11. 編者按：「不矜矣，夫故天下不與爭能」，用《老子》。《老子》第22章云：「不自矜故長，夫唯不爭，故天下莫能與之爭。」則此文疑亦當作「夫故天下不能與之爭」，今本脫「之」字，「能」又誤置「爭」字後。
12. 見《詩・曹風》第152篇《鳲鳩》。

# 25 成相篇二十五

請成相[1]，世之殃，愚闇愚闇[2]墮賢（艮）〔良〕，人主無賢、如瞽無相何倀倀！請布基，愼[3]聖人[4]，愚而自專事不治，主忌苟勝、群臣莫諫必逢災。論臣過，反其施，尊主安國尙賢義[5]，拒諫飾非、愚而上同國必禍。曷謂罷？國多私，比周還[6]主黨與施，遠賢近讒、忠臣蔽塞主勢移。曷謂賢？明君臣，上能尊主（愛下）〔下愛〕[7]民，主誠聽之、天下爲一海內賓。主之孽，讒人達，賢能遁逃國乃蹶，愚以重愚、闇以重闇成爲桀。世之災，妬賢能，飛廉知政任惡來，卑其志意、大其園囿高其臺（榭）[8]。武王怒，師牧野，紂卒易鄉啓乃下，武王善之、封〔之〕於宋立其祖。世之衰，讒人歸，比干見刳箕子累[9]，武王誅之、呂尙招麾殷民懷。世之禍，惡賢士，子胥見殺百里徙，穆公得之、强配五伯六卿施。世之愚，惡大儒，逆斥不通孔子拘，展禽三絀、春申[10]道綴基畢輸[11]。請牧基，賢者思，堯在萬世如見之，讒人罔極、險陂傾側此之疑[12]。基必施[13]，辨賢、罷[14]，文、武之道同伏戲，由之者治、不由者亂何疑爲？凡成相，辨法方，至治之極復後王，愼、墨、季、惠，百家之說誠不詳[15]。治復一，脩之吉，君子執之心如結，眾人貳之、讒夫棄之形[16]是詰。水至平，端不傾，心術如此象聖人。〔人〕[17]而有埶、直而用抴必參天。世無王，窮賢良，暴人芻豢仁（人）[18]糟糠，禮樂

---

1. 盧文弨云：「相」乃樂器，所謂舂牘。又古者瞽必有相。審此篇音節，即後世彈詞之祖。篇首即稱「如瞽無相何倀倀」，義已明矣。首句「請成相」，言請奏此曲也。
2. 王念孫云：《大戴記・曾子制言篇》「是以惑闇惑闇終其世而已矣」，亦重言「惑闇」。
3. 楊倞云：「愼」，讀爲「順」。
4. 顧千里云：「人」字，疑當有誤，不入韻。本篇「人」字，下文兩見：一、「平」「傾」「人」「天」韻，一、「精」「榮」「成」「人」韻。此上韻「基」，下韻「治」「災」，互爲歧異，非原文耳。俞樾云：「人」字不入韻，疑有誤，當作「愼聽之」。「聖」與「聽」，音近而譌。
5. 俞樾云：「義」，讀爲「儀」。「儀」亦賢也。
6. 王念孫云：「還」，讀爲「營」。「比周營主」，謂朋黨比周以營惑其主也。
7. 王念孫云：「愛下民」，當作「下愛民」，與「上能尊主」對文。《不苟》、《臣道》二篇竝云「上則能尊君，下則能愛民」，是其證。
8. 元刻無「榭」字。盧文弨云：「以韻讀之，元刻是也。」今據刪。
9. 楊倞云：「累」，讀爲「縲」。《書》曰：「釋箕子之囚。」
10. 盧文弨云：「春申」二字有誤。
11. 王念孫云：「輸」者，墮也。言基業盡墮壞也。
12. 王念孫云：「疑」，恐也、畏也。「此之疑」，此是畏也。言此險陂傾側之讒人，甚可畏也。
13. 王念孫云：「施」，張也。言必欲張大其基業，當先辨賢、罷也。下文曰「道古賢聖基必張」，上文曰「請布基」，「布」與「張」亦同義。
14. 楊倞云：「罷」，讀曰「疲」也。
15. 楊倞云：「詳」，或爲「祥」。王念孫云：「祥」、「詳」，古字通。「不祥」，不善也。
16. 楊倞云：或曰：「形」，當爲「刑」。無德化，唯刑戮是詰。言苛暴也。
17. 郝懿行云：「而有埶」句之上，疑脫「人」字，蓋與「聖人」「人」字相涉而誤脫也。
18. 王引之云：下「人」字涉上「人」字而衍。上已言「暴人」，則下「人」字可蒙上而省。此篇之例，兩三字句下皆用七字句，以是明之。

滅息、聖人隱伏墨術行。治之經，禮與刑，君子以修百姓寧，明德愼罰、國家既治四海平。治之志，後埶富，君子誠之好以待，處之敦固、有[1]深藏之能遠思。思乃精，志之榮，好而壹之神以成，精神相（反）〔及〕[2]、一而不貳爲聖人。治之道，美不老，君子由之佼以好，下以教誨子弟、上以事祖考。《成相》竭，辭不蹷，君子道[3]之順以達，宗其賢良、辨其殃孽[4]。

請成相，道[5]聖王，堯、舜尚賢身辭讓，許由、善卷，重義輕利行顯明。堯讓賢，以爲民，氾利兼愛德施均，辨治上下、貴賤有等明君臣。堯授能，舜遇時，尚賢推德天下治，雖有賢聖、適不遇世孰知之？堯不德，舜不辭，妻以二女任以事，大人哉舜、南面而立萬物備。舜授禹，以天下[6]，尚得推賢不失序，外不避仇、內不阿親賢者予。禹勞（心）[7]力，堯有德，干戈不用三苗服，舉舜甽畝、任之天下身休息。得后稷，五穀殖，夔爲樂正鳥獸服，契爲司徒、民知孝弟尊有德。禹有功，抑下鴻，辟除民害逐共工，北決九河、通十二渚疏三江。禹溥[8]土，平天下，躬親爲民行[9]勞苦，得益、皋陶、橫革、直成爲輔[10]。契玄王，生昭明，居於砥石遷于商，十有四世、乃有天乙是成湯。天乙湯，論舉當，身讓卞隨舉[11]牟光，道古賢聖基必張[12]。

---

1. 梁啓雄云：「有」借爲「又」。
2. 王引之云：「反」，當爲「及」，字之誤也。「精神相及」，故一而不貳。
3. 王念孫云：「道」，行也。言君子能行此言，則順以達也。
4. 顧千里云：此句以前後例之，應十一字，今存八字，疑尙少三字，無可補也。（下文「道古賢聖基必張」，亦應十一字，今存七字，尙少四字。）又下文「託於成相以喻意」，案此句例之，應十一字，亦疑尙少四字。本篇之例，兩三字句、一七字句、一十一字句爲一章，每章凡四句，每句有韻。其十一字句，或上八下三，或上四下七，各見本篇。
5. 王念孫云：「道聖王」，從聖王也。下文「道古賢聖基必張」，義與此同。
6. 王念孫云：此不言「舜以天下授禹」，而言「舜授禹，以天下」者，倒文以合韻耳，「禹」「下」爲韻。
7. 王引之云：「力」上本無「心」字，後人以《左傳》言「君子勞心，小人勞力」，故以意加「心」字耳。不知禹抑洪水，本是勞力於民，故《淮南・氾論篇》、《論衡・祭意篇》竝言「禹勞力天下」，非「小人勞力」之謂也。
8. 楊倞云：「溥」，讀爲「敷」。孔安國云「洪水泛溢，禹分布治九州之士」也。
9. 楊倞云：「行」，讀如字，謂所行之事也。
10. 盧文弨云：《困學紀聞》曰：「《呂氏春秋》：『得陶、化益、眞窺、橫革、之交五人佐禹，故功績銘乎金石，著於盤盂。』陶，即皋陶也；化益，即伯益也；眞窺，即直成也；併橫革、之交二人，皆禹輔佐之名。」案「窺」與「成」音同，與「窺」形似，《呂氏春秋》蓋本作「窺」，傳寫誤爲「窺」耳。「直」與「眞」亦形似。《呂氏》語見《求人篇》。王念孫云：盧說是也。「橫革、直成爲輔」，此句例當用七字，今本脫一字，或在「爲」上，或在「爲」下，俱未可知。
11. 俞樾云：「舉」，當讀爲「與」，古「舉」「與」字通。
12. 王念孫云：「道」，從也。「道」上當有一四字句而今本脫之。

願陳辭[1]，世亂惡善不此治，隱（諱）〔過〕[2]疾賢、（良）〔長〕[3]由姦詐鮮無災。患難哉！阪爲（先）〔之〕[4]，聖知不用愚者謀，前車已覆、後未知更何覺時！不覺悟，不知苦，迷惑失指易上下，忠不上達、蒙揜耳目塞門戶。門戶塞，大迷惑，悖亂昏莫不終極，是非反易、比周欺上惡正直。正（是）〔直〕惡，心無度，邪枉辟回（夫）〔失〕道途，己無郵人、我獨自美豈（獨）[5]無故！不知戒，後必有[6]，恨（後）〔復〕[7]遂過不肯悔，讒夫多進、反覆言語生詐態[8]。人之態，不如備，爭寵嫉賢（利）〔相〕[9]惡忌，妬功毀賢、下斂黨與上蔽匿。上壅蔽，失輔埶，任用讒夫不能制，孰公長父之難、厲王流于彘。周幽、厲，所以敗，不聽規諫忠是害，嗟我何人、獨不遇時當亂世！欲（衷對）〔對衷〕[10]，言不從，恐爲子胥身離凶，進諫不聽、剄而[11]獨鹿棄之江。觀往事，以自戒，治亂是非亦可識，託於《成相》以喻意[12]。

請成相，言治方，君論有五約以明，君謹守之、下皆平正國乃昌。臣下職，莫游食，務本節用財無極，事業聽上、莫得相使一民力。守其職，足衣食，厚薄有等明爵服，利（往）〔隹〕[13]卬上、莫得擅與孰私得？君法明，論有常，表儀既設民知方，進退有律、莫得貴賤孰私王？君法儀[14]，禁不爲，莫不說教名不移，修之者榮、離之者辱

1. 王引之云：「願陳辭」下，脫一三字句。
2. 陶鴻慶云：「隱諱」二字，語意未明，當作「隱過」。「隱過」與「疾賢」相對成文，故《注》以「隱諱過惡，疾害賢良」釋之。
3. 楊倞云：隱諱過惡，（病）〔疾〕害賢良，長用〔姦〕詐，少無災也〈編者按：《四部叢刊》本楊注「疾」誤「病」，又脫「姦」字，今並據盧文弨校本卷十八頁五下總頁602補正。〉。王念孫云：「良」，當爲「長」，楊注「長用姦詐」，是其證。今本「長」作「良」者，涉注文「疾害賢良」而誤。
4. 王念孫云：「阪爲先」，「先」，疑當作「之」。此言爲治者當進聖知而退愚，今不用聖知而用愚，是反爲之也……「之」字正與「辭」「治」「災」「哉」「謀」「時」爲韻。
5. 楊倞云：或曰：下無「獨」字。盧文弨云：無「獨」字則與全篇句法合。
6. 盧文弨云：「後必有」三字爲句。「有」，讀曰「又」，所謂貳過也。
7. 王念孫云：「恨後遂過」四字，義不相屬。「恨」與「很」同。「後」，當爲「復」，字之誤也，「復」與「愎」同。言很愎不從諫以遂其過也。《莊子・漁父篇》曰：「見過不更，聞諫愈甚，謂之很。」《逸周書・謚法篇》曰：「愎很遂過曰刺」。
8. 王念孫云：「態」，讀爲「姦慝」之「慝」。言言語反覆，則詐慝從此生也。
9. 王念孫云：「利惡忌」三字，義不相屬，「利」，當爲「相」，字之誤也。「相惡忌」，正承「爭寵嫉賢」言之。
10. 俞樾云：「對」字當在「衷」字上。「對」，讀爲「遂」。《爾雅・釋言》：「對，遂也。」……「欲對衷」者，欲遂衷也。言欲遂其衷忱，而無如言之不從也。
11. 王念孫云：「而」，猶「以」也。謂剄以獨鹿也。古者「而」與「以」同義。
12. 顧千里云：案此句例之，應十一字，亦疑尙少四字。
13. 王引之云：「往」，字文義不順，「往」，當爲「隹」。「隹」，古「唯」字也。言臣民之利，唯仰於上，莫得擅有所與也。
14. 俞樾云：「君法儀」之「儀」，當讀爲「俄」。《說文・人部》「俄，行頃也。」……上云「君法明，論有常」，此云「君法儀，禁不爲」，言君法明盛，則其論有常；君法傾邪，則當禁之使不爲也。

孰它師？刑稱陳[1]，守其銀，下不得用輕私門，罪禍有律、莫得輕重威不分。請牧（祺）〔基〕，明有（基）〔祺〕[2]，主好論議必善謀，五聽（循）〔脩〕領[3]、莫不理（續）〔績〕[4]（主執）〔孰主〕[5]持。聽之經[6]，明其請[7]，參伍明謹施賞刑，顯者必得、隱者復顯民反誠。言有節，稽其實，信、誕以分賞罰必，下不欺上、皆以情言明若日。上通利，隱遠至，觀法不法見不視，耳目既顯、吏敬法令莫敢恣。君教出，行有律，吏謹將之無鈹滑，下不私請、各以宜舍巧拙[8]。臣謹（修）〔循〕[9]，君制變，公察善思論[10]不亂，以治天下、後世法之成律貫。

## 26 賦篇第二十六

爰有大物，非絲非帛，文理成章。非日非月，爲天下明。生者以壽，死者以葬，城郭以固，三軍以强。粹而王，駁而伯，無一焉而亡。臣愚不識，敢請之王。王曰：此夫文而不采者與？簡然易知而致有理者歟？君子所敬而小人所不者與？性不得則若禽獸，性得之則甚雅似者歟？匹夫隆之則爲聖人，諸侯隆之則一四海者歟？致明而約，甚順而體，請歸之禮。禮[11]。

皇天隆物，以（示）〔施〕[12]下民，或厚或薄，（帝）〔常〕[13]不齊均。桀、紂以亂，湯、武以賢。涽涽淑淑，皇皇穆穆，周流四海，曾不崇日。君子以脩，跖以穿室。

1. 王念孫云：「陳」者，道也。言刑之輕重，皆稱乎道而各守其限也。
2. 俞樾云：上文云「請牧基，賢者思」，此文亦當作「請牧基，明有祺」，傳寫者誤倒「基」「祺」兩字耳。
3. 王念孫云：「領」，猶治也，理也。言五聽皆脩理也。
4. 王念孫云：「續」，當爲「績」。
5. 王念孫云：「主執持」，當爲「孰主持」。「莫不理續孰主持」者，《爾雅》曰：「績，事也」，言百官莫不各理其事，夫孰得而主持之也。上文曰「莫得輕重威不分」，正所謂「孰主持」也。又曰「莫得擅與孰私得」，又曰「莫得貴賤孰私王」，竝與此文同一例。
6. 王先謙云：「經」，道也。
7. 楊倞云：「請」，當爲「情」。聽獄之經，在明其情。
8. 盧文弨云：「各以宜舍巧拙」，句中脫一字，據楊注云：「各以所宜不苟求也」，或當作「各以所宜舍巧拙」。
9. 王念孫云：「脩」，當爲「循」，字之誤也。此言臣當謹循舊法而不變其制，變則在君也。「循」與「變」「亂」「貫」爲韻。此篇之例，首句無不入韻者。今本「循」作「脩」，則既失其義，而又失其韻矣。
10. 王念孫云：謂君臣之倫之不亂也。「倫」「論」，古字通。
11. 盧文弨云：此目上事也。如《禮記・文王世子》子貢問樂之比，下放此。
12. 王念孫云：「隆」與「降」同。「示」，本作「施」，俗音之誤也。《廣雅》曰：「施，予也。」
13. 王念孫云：「帝」，本作「常」，字之誤也。「物」字，即指智而言。言皇天降智，以予下民，厚薄常不齊均，故有桀、紂、湯、武之異也。

大參于天，精微而無形。行義以正，事業以成。可以禁暴足窮，百姓待之而後寧泰[1]。臣愚而不識，願問其名。曰：此夫安寬平而危險隘者邪？修潔之爲親而雜汙之爲狄[2]者邪？甚深藏而外勝敵者邪？法禹舜而能弇迹者邪？行爲動靜待之而後適者邪？血氣之精也，志意之榮也。百姓待之而後寧也，天下待之而後平也，明達純粹而無疵（也）[3]，夫是之謂君子之知。知。

有物於此，居則周靜致下，動則綦高以鉅。員者中規，方者中矩。▸大參◂[4]天地，德厚堯、禹？精微乎毫毛而〔充〕盈（大乎）〔乎大〕寓（宙）[5]。忽兮其極之遠也，攭兮其相逐而反[6]也，卬卬兮天下之咸蹇[7]也。德厚而不捐，五采備而成文。往來惛憊，通于大神，出入甚極[8]，莫知其門。天下失之則滅，得之則存。弟子不敏，此之願陳，君子設辭，請測意[9]之。曰：此夫大而不塞者歟？充盈大宇而不窕[10]，入郄穴而不偪[11]者歟？行遠疾速而不可託訊（者與）[12]？往來惛憊而不可爲固塞者歟？暴至殺傷而不億[13]忌者歟？功被天下而不私置[14]者歟？託地而游宇，友風而子雨。冬日作寒，夏日作暑。廣大精神，請歸之雲。雲。

有物於此，儳儳[15]兮其狀，屢化如神。功被天下，爲萬世文。禮樂以成，貴賤以分。養老長幼，待之而後存。名號不美，與暴爲鄰[16]。功立而身廢，事成而家敗。棄其

1. 楊倞云：「寧泰」，當爲「泰寧」也。
2. 王念孫云：「親」，近也。「狄」，讀爲「逖」。「逖」，遠也……此言智之爲德，近於脩潔而遠於雜汙也。
3. 王引之云：「疵」「知」爲韻。「也」字涉上文而衍，《藝文類聚》無。
4. 大齊
5. 王念孫云：呂、錢本作「盈大乎寓宙」，蓋本作「充盈乎大寓」，後脫「充」字，「乎大」又譌作「大乎」，後人又因注內兩言「宇宙」而增「宙」字。案「盈大」文不成義，「寓」與上文「下」「鉅」「矩」「禹」爲韻，「寓」下不得有「宙」字。
6. 王念孫云：「忽」，遠貌。《楚辭・九歌》曰「平原忽兮路超遠」，《九章》曰「道遠忽兮」，是「忽」爲遠貌。「極」，至也。言忽兮其所至之遠也。「攭」者，雲氣旋轉之貌。「反」，亦旋也。故曰「攭兮其相逐而反也」。
7. 俞樾云：「蹇」當讀爲「攓」，《方言》：「攓，取也。」
8. 楊倞《注》：「極」，讀爲「亟」，急也。
9. 王引之云：「意」者，度也。言請測度之也。
10. 王念孫云：「窕」者，間隙之稱，言充盈大宇而無間隙也。
11. 王念孫云：「偪」，不容也。「偪」與「窕」義正相反。
12. 王念孫云：「訊」下「者與」二字，蓋因上下文而衍。
13. 王念孫云：「億」，讀爲「意」。「意」，疑也。言暴至殺傷，而曾無所疑忌也。
14. 王念孫云：「置」，讀爲德。言功被天下而無私德也。
15. 楊倞云：「儳」，讀如「其蟲倮」之「倮」。儳儳，無毛羽之貌。
16. 編者按：本段以「蠶」字目上之事。楊倞云：侵暴者亦取名於蠶食，故曰「與暴爲鄰」也。王引之云：如楊說，則「蠶」下必加「食」字，而其義始明。竊謂《方言》：「慘，殺也。」《說文》：「慘，毒也。」字或作「憯」。《莊子・庚桑楚篇》曰：「兵莫憯于志，鏌鎁爲下。」「慘」、「蠶」、「憯」聲相近，故曰「與暴爲鄰」。

耆老，收其後世。人屬所利，飛鳥所害。臣愚而不識，請占之五（帝）〔泰〕。〔五〕（帝）〔泰〕[1]占之曰：此夫身女好而頭馬首者與？屢化而不壽者與？善壯而拙老者與？有父母而無牝牡者與？冬伏而夏游，食桑而吐絲，前亂而後治，夏生而（而）惡暑，喜[2]溼而惡雨。蛹以爲母，蛾以爲父。三俯三起，事乃大已。夫是之謂蠶理。蠶。

有物於此，生於山阜，處於室堂。無知無巧，善治衣裳。不盜不竊，穿窬而行。日夜合離，以成文章，以能合從，又善連衡。下覆百姓，上飾帝王。功業甚博，不見賢良。時用則存，不用則亡。臣愚不識，敢請之王。王曰：此夫始生鉅其成功小者邪？長其尾而銳其剽者邪？頭銛達而尾趙繚者邪？一往一來，結尾以爲事。無羽無翼，反覆甚極。尾生而事起，尾邅而事已。簪[3]以爲父，管以爲母。既以縫表，又以連裏。夫是之謂箴理。箴。

天下不治，請陳佹詩：天地易位，四時易鄉。列星隕[4]墜，旦暮晦盲。幽（晦）〔闇〕[5]登昭，日月下藏。公正無私，（反見）〔見謂〕[6]從（撗）〔橫〕，志愛公利，重樓疏堂，無私罪人，憼革（二）〔戒〕[7]兵。道德純備，讒口將將[8]。仁人絀約，敖暴擅强，天下幽險，恐失世英。螭龍爲蝘蜓，鴟梟爲鳳皇。比干見刳，孔子拘匡。昭昭乎其知之明也，郁郁乎其遇時之不祥也。拂乎其欲禮義之大行也[9]，闇乎天下之晦盲也。皓天不復，憂無疆也。千歲必反，古之常也。弟子勉學，天不忘也。聖人共手，時幾將矣。與愚以疑，願聞反辭。其《小歌》也[10]：「念彼遠方，何其塞[11]矣！仁人詘約，暴人衍矣。忠臣危殆，讒人服[12]矣。」

---

1. 盧文弨云：此與下文「五泰」，宋本皆作「五帝」，今從元刻。王念孫云：「敗」、「世」、「害」、「泰」古音竝屬「祭」部。
2. 王念孫云：蠶性惡溼，不得言「喜溼」，《太平御覽・資產部五》引作「疾濕而惡雨」，是也。俞樾云：注曰：「溼謂浴其種，既生之後則惡雨也。」其說甚得荀子之意，蓋此句與上文「夏生而惡暑」相對……《太平御覽・資產部》引作「疾溼而惡雨」，蓋人疑蠶性惡溼，不得言「喜溼」，故妄改之。言「疾溼」，又言「惡雨」，辭複而意淺，非《荀子》原文也。
3. 俞樾云：「簪」，當爲「鐕」。《禮記・喪大記》「用雜金鐕」，《正義》曰：「鐕，釘也。」釘與箴，形質皆同，磨之琢之，而後成箴。方其未成箴之時，則箴亦一鐕而已矣。故曰「鐕以爲父」，作「簪」者，叚字耳。
4. 殞
5. 王念孫云：元刻作「幽闇」，是也。楊注：「幽闇之人」，是其證。
6. 王念孫云：「反見從橫」四字，文不成義。此本作「見謂從橫」，言公正無私之人，反以從橫見謂於世也……《藝文類聚・人部八》引此正作「見謂從橫。」
7. 王念孫云：「貳兵」二字，文義不明。「貳」，當爲「戒」，字之誤也。「戒兵」，與「憼革」同義。
8. 王念孫云：「將將」，集聚之貌也。
9. 楊倞云：「郁郁」，有文章貌。「拂」，違也。此蓋誤耳。當爲「拂乎其遇時之不詳也，郁郁乎其欲禮義之大行。」
10. 曰
11. 盧文弨云：「衍」不與「塞」「服」爲韻，「服」字本有作「般」者，則「塞」或「蹇」字之誤。
12. 楊倞云：「服」，用也。本或作「讒人般矣」。

琁、玉、瑤、珠不知佩也，雜布[1]與錦不知異也。閭娵、▸子奢◂[2]莫之媒也，嫫母、▸刁父◂[3]是之喜也。以盲為明，以聾為聽。▸以危為安◂[4]，以吉為凶。嗚呼！上天！曷維其同！

## 27 大略篇第二十七

大略[5]。君人者、隆禮尊賢而王，重法愛民而霸，好利多詐而危。

欲近四旁，莫如中央，故王者必居天下之中，禮也。

天子外屏，諸侯內屏，禮也。外屏、不欲見外也，內屏、不欲見內也。

諸侯召其臣，臣不俟駕，顛倒衣裳而走，禮也。《詩》曰：「顛之倒之，自公召之[6]。」天子召諸侯，輦輿就馬，禮也。《詩》曰：「我出我輿，于彼牧矣。自天子所，謂我來矣[7]。」

天子山冕，諸侯玄冠，大夫裨冕，士韋弁，禮也。

天子御珽，諸侯御荼，大夫服笏，禮也。

天子彫弓，諸侯彤弓，大夫黑弓，禮也。

諸侯相見，卿為介，以其教（出）〔士〕[8]畢行，使仁居守。

聘人以珪，問士以璧，召人以瑗，絕人以玦，反絕以環。

人主仁心設焉，知、其役也，禮、其盡也。故王者先仁而後禮，天施然也。

---

1. 王念孫云：此謂「布」與「錦」雜陳於前而不知別異，言美惡不分也。
2. 子都《韓詩外傳》第4.25章
3. 力父《韓詩外傳》第4.25章
4. 以是為非《韓詩外傳》第4.25章
5. 楊倞云：舉為標首所以起下文也。
6. 見《詩・齊風》第100篇《東方未明》。
7. 見《詩・小雅》第168篇《出車》。今本《詩》「輿」作「車」。
8. 王念孫云：「教出」，當為「教士」，謂常所教習之士也。《大戴禮・虞戴德篇》云「諸侯相見，卿為介，以其教士畢行」，文與此同也。

《聘禮》志曰：「幣厚則傷德，財侈則殄禮。」「禮云禮云，玉帛云乎哉[1]！」《詩》曰：「物其指矣，唯其偕矣[2]。」不時宜，不敬交，不驩欣，雖指、非禮也。

水行者表深，使人無陷；治民者表亂，使人無失。禮者、其表也，先王以禮表天下之亂。今廢禮者，是去表也。故民迷惑而陷禍患，此刑罰之所以繁也。

舜曰：「維予從欲而治[3]。」故禮之生，爲賢人以下至庶民也，非爲成聖也，然而亦所以成聖也。不學不成：堯學於君疇，舜學於務成昭，禹學於西王國。

五十不成喪，七十唯衰存。

親迎之禮，父南鄉而立，子北面而跪，醮而命之：「往迎爾相，成我宗事，隆率以敬先妣之嗣，若則有常。」子曰：「諾。唯恐不能，敢忘命矣！」

夫行也者、行禮之謂也，禮也者、貴者敬焉，老者孝焉，長者弟焉，幼者慈焉，賤者惠焉。

賜予其宮室，猶用慶賞於國家也；忿怒其臣妾，猶用刑罰於萬民也。

君子之於子，愛之而勿面，使之而勿貌，導之以道而勿彊。

禮以順人心爲本，故亡於《禮經》而順人心者，（背）〔皆〕禮（者）也[4]。

禮之大凡：事生、飾驩也，送死、飾哀也，軍旅、飾威也。

親親、故故、庸庸、勞勞，仁之殺也。貴貴、尊尊、賢賢、老老、長長，義之倫也。行之得其節，禮之序也。仁、愛也，故親。義、理也，故行。禮、節也，故成。仁有里，義有門。仁、非其里而（虛）〔處〕之，非（禮）〔仁〕[5]也。義、非其門而由

1. 見《論語・陽貨》17.11章。
2. 見《詩・小雅》第170篇《魚麗》，今本《詩》「指」作「旨」，「唯」作「維」。
3. 今本《書・大禹謨》作「俾予從欲以治。」
4. 盧文弨云：「皆禮也」，各本作「背禮者也」，誤。
5. 王念孫云：「虛」，當爲「處」，字之誤也。下文云「君子處仁以義」，是其證。「非禮也」當作「非仁也」。此文云「仁，非其里而處之，非仁也；義，非其門而由之，非義也。」下文云「君子處仁以義，然後仁也，行義以禮，然後義也」，前後正相呼應，以是明之。

之，非義也。推恩而不理，不成仁；遂理而不敢[1]，不成義；審節而不（知）〔和〕[2]，不成禮；和而不發，不成樂。故曰：仁、義、禮、樂，其致一也。君子處仁以義，然後仁也。行義以禮，然後義也。制禮反本成末，然後禮也。三者皆通，然後道也。

貨財曰賻，輿馬曰賵，衣服曰襚，玩好曰贈，玉貝曰唅。賻、賵所以佐生也，贈、襚所以送死也。送死不及柩尸，弔生不及悲哀，非禮也。故吉行五十，犇喪百里，賵、贈及事，禮之大也。

禮者、政之輓也。爲政不以禮，政不行矣。

天子即位，上卿進曰：「如之何憂之長也！能除患則爲福，不能除患則爲賊。」授天子一策。中卿進曰：「配天而有下土者，先事慮事，先患慮患。先事慮事謂之接，接則事優成：先患慮患謂之豫，豫則禍不生。事至而後慮者謂之後，後則事不舉；患至而後慮者謂之困[3]，困[4]則禍不可禦。」授天子二策。下卿進曰：「敬戒無怠[5]。慶者在堂，弔者在閭。禍與福鄰，莫知其門。豫[6]哉！豫[7]哉！萬民望之！」授天子三策。

禹見耕者耦立而式，過十室之邑必下。

殺大蚤，朝大晚，非禮也。治民不以禮，動斯陷矣。

平衡曰拜，下衡曰稽首，至地曰稽顙。

大夫之臣拜不稽首，非尊家臣也，所以辟君也。

一命齒於鄉，再命齒於族，三命，族人雖七十，不敢先。

上大夫，中大夫，下大夫[8]。

吉事尚尊，喪事尚親。

1. 陶鴻慶云：「敢」當爲「敬」字之誤。
2. 楊倞云：「知」，或爲「和」。王念孫云：作「和」者是也。「禮以和爲貴」，故審節而不和，則不成禮。下文「和而不發」，正承此「和」字言之。
3. 因《治要》卷子本卷38頁65
4. 因《治要》卷子本卷38頁65
5. 哀《治要》卷子本卷38頁66
6. 務《治要》卷子本卷38頁66
7. 務《治要》卷子本卷38頁66
8. 梁啓雄云：這九個字疑是錯簡。

君臣不得不尊，父子不得不親，兄弟不得不順，夫婦不得不驩。少者以長，老者以養。故天地生之，聖人成之[1]。

聘、問也，享、獻也。私覿、私見也。

言語之美，穆穆皇皇。朝廷之美，濟濟鎗鎗。

爲人臣下者，有諫而無訕，有亡而無疾，有怨而無怒。

君於大夫，三問其疾，三臨其喪；於士，一問一臨。諸侯非問疾弔喪，不之臣之家。

既葬，君若父之友，食之則食矣，不辟粱肉，有酒醴則辭。

寢不踰廟，（設）〔讌〕[2]衣不踰祭服，禮也。

《易》之《咸》，見夫婦。夫婦之道，不可不正也，君臣父子之本也。咸、感也，以高下下，以男下女，柔上而剛下。

聘士之義，親迎之道，重始也。

禮者、人之所履也，失所履，必顛蹶陷溺。所失微而其爲亂大者，禮也。

禮之於正國家也，如權衡之於輕重也，如繩墨之於曲直也。故人無禮不生，事無禮不成，國家無禮不寧[3]。

和（樂）〔鸞〕[4]之聲，步中《武》、《象》，趨中《韶》、《護》。君子聽律習

1. 汪中云：「君臣」以下四十一字錯簡，當在後「國家無禮不甯」之下，此因上「尚尊」、「尚親」之文而誤。編者按：此文已見《富國篇》，在「百姓之壽，待之而後長」句下，無「君臣不得不尊」句，末二句作「故曰：『天地生之，聖人成之。』」準此，則此文「故」下疑脫「曰」字。
2. 王念孫云：「設」當爲「讌」，字之誤也。「寢」對「廟」而言，「讌衣」對「祭服」而言。《王制》「燕衣不踰祭服，寢不踰廟」，是其證。
3. 汪中以爲上文「喪事尚親」下「君臣不得不尊，父子不得不親，兄弟不得不順，夫婦不得不驩，少者以長，老者以養，故天地生之，聖人成之」四十一字當在此。
4. 楊倞云：或曰：此「和樂」謂在車和鸞之聲，步驟之節也。顧千里云：疑或說是也。《正論篇》、《禮論篇》「樂」皆作「鸞」，可以爲證。梁啓雄《荀子簡釋》（頁371）據顧說改作「鸞」，今從之。

容而后（士）〔出〕[1]。

霜降逆女，冰泮殺〔止〕。內[2]十日一御。

坐視膝，立視足，應對言語視面。立視前六尺而（大）〔六〕[3]之，六六三十六，三丈六尺。

文貌[4]情用，相爲內外表裏，禮之中焉。能思索謂之能慮。

禮者、本末相順，終始相應。

禮者、以財物爲用，以貴賤爲文，以多少爲異。

下臣事君以貨，中臣事君以身，上臣事君以人。

《易》曰：「復自道，何其咎[5]？」《春秋》賢穆公，以爲能變也。

士有妒友，則賢交不親；君有妒臣，則賢人不至。蔽公者謂之昧，隱良者謂之妒，奉妒昧者謂之交[6]譎。交譎之人、妒昧之臣，國之薉[7]孽也。

口能言之，身能行之，國寶也。口不能言，身能行之，國器也。口能言之，身不能行，國用也。口言善，身行惡，國袄也。治國者敬其寶，愛其器，任其用，除其袄。

不富無以養民情，不教無以理民性。故家五畝宅、百畝田，務其業而勿奪其時，所以富之也。立太學，設庠序，脩六禮，明（十）〔七〕[8]教，所以道之也。《詩》曰：

1. 王念孫云：「士」，當爲「出」，言必聽律習容而後出也。
2. 王引之云：此文本作「霜降逆女，冰泮殺止」，謂霜降始逆女，至冰泮而殺止。《召南・摽有梅》及《陳風・東門之楊・正義》兩引此文，皆作「冰泮殺止」……「冰泮殺止」，指嫁娶而言，「內」字下屬爲句。
3. 王引之云：「大之」，當爲「六之」。言以六尺而六之，則爲三丈六尺也。
4. 王念孫云：「文貌」在外，「情用」在內，故曰「相爲內外表裏」。《禮論篇》曰：「文理繁，情用省，是禮之隆也……。」彼言「文理」，猶此言「文貌」。
5. 見《周易・小畜初九爻辭》。
6. 俞樾云：「交」，讀爲「狡」……「狡」與「譎」同義。下文曰「交譎之人，妒昧之臣」，是「交譎」與「妒昧」皆兩字平列。
7. 楊倞云：「薉」與「穢」同。
8. 楊倞云：「十」或爲「七」。王念孫云：《王制》曰：「司徒脩六禮以節民性，明七教以興民德。」「六禮：冠、昏、喪、祭、鄉、相見；七教：父子、兄弟、夫婦、君臣、長幼、朋友、賓客。」則作「七教」者是也。

「飲之食之，教之誨之[1]。」王事具矣。

武王始入殷，表商容之閭，式箕子之囚，哭比干之墓，天下鄉善矣。

天下、國有（儁）〔俊〕士，世有賢人。迷者不問路，溺者不問遂，亡人好獨。《詩》曰：「我言維服，勿用爲笑。先民有言，詢于芻蕘[2]。」言博問也。

有法者以法行，無法者以類舉。以其本，知其末；以其左，知其右，凡百事異理而相守也。

慶賞刑罰，通類而後應。致教習俗，相順而後行。

八十者一子不事，九十者舉家不事，廢疾非人不養者，一人不事。父母之喪，三年不事。齋[3]衰大功，三月不事。從諸侯不[4]與新有昏朞不事。

子謂子家駒續然大夫，不如晏子，晏子、功用之臣也，不如子產；子產、惠人也，不如管仲。管仲之爲人力功不力義，力智不力仁，野人也，不可以爲天子大夫。

孟子三見宣王不言事。門人曰：「曷爲三遇齊王而不言事？」孟子曰：「我先攻其邪心。」

公行子之之燕，遇曾元於塗，曰：「燕君何如？」曾元曰：「志卑。志卑者輕物，輕物者不求助。苟不求助，何能舉？氐、羌之虜也。不憂其係壘也，而憂其不焚也。利夫秋豪，害靡[5]國家，然且爲之，幾[6]爲知計哉！」

今夫亡箴者，終日求之而不得，其得之，非目益明也，眸[7]而見之也。心之於慮亦然。

1. 見《詩・小雅》第230篇《緜蠻》。
2. 見《詩・大雅》第254篇《板》，今本《詩》「用」作「以」。　　3. 齊
4. 楊倞云：「不」當爲「來」。謂從他國來，或君之人入菜地。
5. 王念孫云：「靡」者，滅也。言利不過秋豪，而害乃至於滅國家也。《方言》：「靡，滅也。」　　6. 梁啓雄云：「幾」讀爲「豈」。
7. 俞樾云：「眸」，當讀爲「瞀」。《說文・目部》：「瞀，低目視也，從目，冒聲。」與「牟」聲相近。

義與利者、人之所兩有也。雖堯、舜不能去民之欲利，然而能使其欲利不克其好義也。雖桀、紂亦不能去民之好義，然而能使其好義不勝其欲利也。故義勝利者爲治世，利克義者爲亂世。上重義則義克利，上重利則利克義。故天子不言多少，諸侯不言利害，大夫不言得喪，士不〔言〕[1]通▸貨財◂[2]，有國之君不息牛羊，錯質之臣不息鷄豚，冢卿不脩幣〔施〕[3]，大夫不爲場（園）〔圃〕[4]，從士以上皆羞利而不與民爭業，樂分施而恥積臧。然故[5]民不困財，貧窶者有所竄其手〔矣〕。

文王誅四，武王誅二，周公卒業，至成、康則案無誅已。

多積財而羞無有，重民任而誅不能，此邪行之所以起，刑罰之所以多也。

上好（羞）〔義〕[6]，則民闇飾矣；上好富，則民死利矣。二者、〔治〕[7]亂之衢也。民語曰：「欲富乎？忍恥矣，傾絕矣，絕故舊矣，與義分背矣。」上好富，則人民之行如此，安得不亂？

湯旱而禱曰：「政不節與？使民疾與？何以不雨至斯極也！宮室榮與？婦謁盛與？何以不雨至斯極也！苞苴行與？讒夫興與？何以不雨至斯極也！」

天之生民，非爲君也。天之立君，以爲民也。故古者列地建國，非以貴諸侯而已；列官職，差（祿爵）〔爵祿〕，非以尊大夫而已。

主道知人，臣道知事。故舜之治天下，不以事詔而萬物成。農精於田而不可以爲田師，工賈亦然。

以賢易不肖，不待卜而後知吉。以治伐亂，不待戰而後知克。

---

1. 梁啓雄云：今本「通」上奪「言」字，據劉師培據《外傳》校補。
2. 財貨《韓詩外傳》第4.14章
3. 俞樾云：據《韓詩外傳》作「冢卿不脩幣施」，疑此文奪「施」字。「幣」乃「敝」字之誤，「施」，當爲「柂」，古同聲叚借字也。「柂」，即今「籬」字。
4. 王念孫云：「場園」，當爲「場圃」，字之誤也。《韓詩外傳》作「不爲場圃」。
5. 王念孫云：「然故」猶「是故」也。
6. 王念孫云：「羞」，當爲「義」……上好義則民闇飾者，言上好義則民雖處隱闇之中，亦自脩飾，不敢放於利而行也。「上好義」與「上好富」對文，故下文又云「欲富乎」，「與義分背矣」。上好義則民闇飾，上好富則民死利，即上文所云：「上重義則義克利，上重利則利克義」也。
7. 劉台拱云：「二者」二字，承上兩句而言，則「亂」上當有「治」字。

齊人欲伐魯，忌卞莊子，不敢過卞。晉人欲伐衛，畏子路。不敢過蒲。

不知而問堯、舜，無有而求天府。曰：先王之道，則堯、舜已；六貳[1]之博，則天府已。

君子之學如蛻，幡然遷之。故其行效，其立效，其坐效，其置顏色、出辭氣效。無留善，無宿問。

善學者盡其理，善行者究其難。

君子立志如窮，雖天子三公問正[2]，以是非對。

君子隘窮[3]而不失，勞倦而不苟，臨患難而不忘（細）〔茵〕[4]席之言。歲不寒，無以知松柏；事不難，無以知君子無日不在是。

雨小，漢[5]故潛。（人）〔夫〕盡小者大，積微者著，德至者色澤洽，行盡而[6]聲問[7]遠。小人不誠於內而求之於外。

言而不稱師謂之畔，教而不稱師謂之倍。倍畔之人，明君不內，朝士大夫遇諸塗不與言。

不足於行者說過，不足於信者誠言。故《春秋》善胥命，而《詩》非屢盟，其心一也。善為《詩》者不說，善為《易》者不占，善為《禮》者不相，其心同也。

曾子曰：「孝子言為可聞，行為可見。言為可聞，所以說遠也；行為可見，所以說近也。近者說則親，遠者說則附。親近而附遠，孝子之道也。」

1. 盧文弨云：「貳」，當作「藝」，聲之誤也，即《六經》也。編者按：下文云：「學問不厭，好士不倦，是天府也。」盧說本此。
2. 梁啓雄云：「正」讀為「政」。
3. 盧文弨云：「隘窮」，即「阨窮」。
4. 郝懿行曰：「細席」，恐「茵席」之形譌。蓋「茵」假借為「絪」，「絪」又譌為「細」耳。王念孫云：郝說是也。《漢書・霍光傳》「加畫繡絪馮」，如淳曰：「『絪』亦『茵』」，是其證。茵席之言，謂昔日之言，即《論語》所謂「平生之言」也。
5. 俞樾云：「漢」字，疑衍文。「雨小故潛」者，《爾雅・釋言》曰：「潛，深也。」言雨小，故入地深也。下文云：「夫盡小者大，積微者箸」，是其義矣。
6. 王先謙云：「而」，蓋「者」之誤，四句一例。
7. 梁啓雄云：「問」借為「聞」。

曾子行，晏子從於郊，曰：「嬰聞之，君子贈人以言，庶人贈人以財。嬰貧無財，請假於君子，贈吾子以言：乘輿之輪、太山之木也，示諸檃栝，三月五月，爲幬菜敝而不反其常。君子之檃栝不可不謹也，慎之。蘭茝、槀本，漸於蜜醴，一佩易之。正君漸於香酒，可讒而得也；君子之所漸，不可不愼也。」

人之於文學也，猶玉之於琢磨也。《詩》曰：「如切如瑳，如琢如磨。」謂學問也。和〔氏〕之璧、井里之厥[1]也，玉人琢之，爲天（子）〔下〕[2]寶。子贛、季路，故鄙人也，被文學，服禮義，爲天下列士。

學問不厭，好士不倦，是天府也。

君子疑則不言，未問則不（立）〔言〕[3]，道遠日益矣。

多知而無親，博學而無方，好多而無定者，君子不與。

少不諷〔誦〕[4]，壯不論議，雖可，未成也。

君子壹教，弟子壹學，亟成。

君子進則能益上之譽而損下之憂。不能而居之，誣也；無益而厚受之，竊也。學者非必爲仕，而仕者必如學。

子貢問於孔子曰：「賜倦於學矣，願息事君。」孔子曰：「《詩》云：『溫恭朝夕，執事有恪[5]。』事君難，事君焉可息哉！」「然則賜願息事親。」孔子曰：「《詩》云：『孝子不匱，永錫爾類[6]。』事親難，事親焉可息哉！」「然則賜願息於妻子。」孔子曰：「《詩》云：『刑于寡妻，至于兄弟，以御于家邦[7]。』妻子難，妻

1. 盧文弨云：「厥」同「橜」。《說文》：「橜，門梱也。」謂門限也。王念孫云：此段說也。
2. 王念孫云：《文選・劉琨荅盧諶詩序》：「天下之寶，當爲天下共之。」《注》引此「和」下有「氏」字，「爲天子寶」作「爲天下寶」，於義爲長。下文亦云：「子贛、季路，爲天下列士。」
3. 王念孫云：「立」字義不可通。「立」，亦當爲「言」。「疑則不言，未問則不言」，皆謂君子之不易其言也。
4. 王念孫云：「少不諷」，當從《大戴記》作「少不諷誦」。「諷誦」與「論議」對文，少一「誦」字，則文不足意矣。
5. 見《詩・商頌》第301篇《那》。
6. 見《詩・大雅》第247篇《既醉》。
7. 見《詩・大雅》第240篇《思齊》。

子焉可息哉」！「然則賜願息於朋友。」孔子曰：「《詩》云：『朋友攸攝，攝以威儀[1]。』朋友難，朋友焉可息哉！」「然則賜願息耕。」孔子曰：「《詩》云：『晝爾于茅，宵爾索綯。亟其乘屋，其始播百穀[2]。』耕難，耕焉可息哉」！「然則賜▸無息者乎◂[3]？」孔子曰：「望其壙，皋[4]如也，嵮[5]如也，鬲[6]如也，▸此則知所息矣◂[7]。」子貢曰：「▸大哉死乎◂[8]！君子息焉，小人休焉。」

《國風》之好色也，《傳》曰：「盈其欲而不愆其止。其誠可比於金石，其聲可內於宗廟。」《小雅》不以於汙上，自引而居下，疾今之政以思往者，其言有文焉，其聲有哀焉。

國將興，必貴師而重傅，貴師而重傅[9]，則法度存。國將衰，必賤師而輕傅，賤師而輕傅，則人有快；人有快，則法度壞。

古者匹夫五十而士。

天子、諸侯子十九而冠，冠而聽治，其教至也。

君子也者而好之，其人〔也〕，其人（也）[10]而不教，不祥。非君子而好之，非其人也，非其人而教之，齎盜糧、借賊兵也。

不自嗛其行者言濫過。古之賢人，賤爲布衣，貧爲匹夫，食則饘粥不足，衣則豎褐不完，然而非禮不進，非義不受，安取此？

1. 見《詩・大雅》第247篇《既醉》。
2. 見《詩・豳風》第154篇《七月》。
3. 將無所息者也《孔子家語・困誓》第22.1章
4. 睪《孔子家語・困誓》第22.1章
5. 楊倞云：「嵮」與「填」同，謂土填塞也。盧文弨云：「嵮」讀爲「顛」，山頂也。編者按：《孔子家語・困誓》第22.1章作「填」。
6. 隔《孔子家語・困誓》第22.1章
7. 此其所以息也矣《孔子家語・困誓》第22.1章
8. 大哉乎死也《孔子家語・困誓》第22.1章
9. 俞樾云：下文云「國將衰，必賤師而輕傅；賤師而輕傅，則人有快；人有快，則法度壞。」據此，則「貴師而重傅」下疑有闕文。
10. 王念孫云：「其人也而不教」，「也」字當在上句「其人」下。下文「非君子而好之，非其人也，非其人而教之，齎盜糧，借賊兵也」，上「非其人」下有「也」字，下「非其人」下無「也」字，是其證。

子夏〔家〕[1]貧，衣若縣鶉。人曰：「子何不仕？」曰：「諸侯之驕我者，吾不爲臣；大夫之驕我者，吾不復見。」

柳下惠與後門者同衣而不見疑，非一日之聞也[2]。

爭利如蚤甲而喪其掌[3]。

君人者不可以不愼取臣，匹夫不可以不愼取友。友者、所以相有也。道不同，何以相有也？均薪施火，火就燥；平地注水，水流溼。夫類之相從也，如此之箸也，以友觀人焉所疑？取友善人，不可不愼，是德之基也。《詩》曰：「無將大車，維塵冥冥[4]。」言無與小人處也。

藍苴路作，似知而非。偄弱易奪，似仁而非。悍戇好鬬，似勇而非。

仁義禮善之於人也，辟之若貨財、粟米之於家也，多有之者富，少有之者貧，至無有者窮。故大者不能，小者不爲，是棄國捐身之道也。

凡物有乘而來，（乘）[5]其出者，是其反者也。

流言滅之，貨色遠之。〔禍之〕所由生也，生自纖纖也[6]，是故君子蚤絕之。

言之信者，在乎區[7]蓋之閒。疑則不言，未問則不（立）〔言〕。

知者明於事、達於數，不可以不誠事也。故曰：「君子難說，說之不以道，不說也。」

---

1. 梁啓雄云：今本「貧」上奪「家」，據《御覽》校補。
2. 盧文弨云：「柳下惠」一條，不當蒙上文。
3. 盧文弨云：此亦當別爲一條。
4. 見《詩．小雅》第206篇《無將大車》。
5. 王念孫云：下「乘」字，疑涉上「乘」字而衍。「凡物有乘而來」者，「乘」，因也。言凡物必有所因而來。反乎我者，即出乎我者也，故曰：「其出者，是其反者也。」
6. 盧文弨云：元刻作「禍之所由生，自纖纖也」，與《大戴．曾子立事篇》同。王念孫云：汪從元刻。
7. 楊倞云：器名「區」者，與「丘」同義。《漢書．儒林傳》「唐生、褚生應博士弟子選，試誦說，有法，疑者丘蓋不言」，「丘」與「區」同也。

語曰：「流丸止於甌、臾，流言止於知者。」此家言邪學之所以惡儒者也。是非疑則度之以遠事，驗之以近物，參之以平心，流言止焉，惡言死焉。

曾子食魚，有餘，曰：「（泔）〔洎〕之。」門人曰：「（泔）〔洎〕[1]之傷人，不若奧[2]之。」曾子泣涕曰：「有異心乎哉！」傷其聞之晚也。

無用吾之所短遇人之所長。故塞而避所短，移而從所仕[3]。疏知而不法，察辨而操辟，勇果而亡禮，君子之所憎惡也。

多言而類、聖人也，少言而法、君子也。多（少）〔言〕無法而[4]流喆[5]然，雖辨，小人也。

國法禁拾遺，惡民之串以無分得也。有（夫）[6]分義，則容天下而治；無分義，則一妻一妾而亂。

天下之人，唯[7]各特意哉，然而有所共予也。言味者予易牙，言音者予師曠，言治者予三王。三王既已定法度、制禮樂而傳之，有不用而改自作，何異於變易牙之和、更師曠之律？無三王之法，天下不待亡，國不待死。

飲而不食者、蟬也，不飲不食者、浮蝣也[8]。

虞舜、孝己孝而親不愛，比干、子胥忠而君不用，仲尼、顏淵知而窮於世。劫迫於

1. 王念孫云：「泔」，當為「洎」。《周官・士師》「洎鑊水」，鄭注曰：「洎，謂增其沃汁。」襄二十八年《左傳》「去其肉而以其洎饋」，《正義》曰：「添水以為肉汁，遂名肉汁為洎。」然則添水以為魚汁，亦得謂之「洎」。「洎之」，謂添水以漬之也。
2. 盧文弨云：《說文》：「奧，宛也。」「宛，奧也。」「奧」與「宛」皆與「鬱」音義同。今人藏魚之法，醉魚則用酒，醃魚則用鹽，置之甀中以鬱之，可以經久且味美。王念孫云：「奧」與「宛」「鬱」同義而不同音……以「宛」「鬱」釋「奧」則可，讀「奧」為「宛」「鬱」則不可。
3. 俞樾云：「仕」，疑「任」字之誤。《莊子・秋水篇》「任士之所勞」，《釋文》引李注曰：「任，能也。」然則移而從所任者，移而從所能也，於義較捷矣。
4. 王先謙云：「而」，當訓為如，通用字。
5. 楊倞云：「喆」，當為「湎」。《非十二子篇》有此語，此當同。或曰：當為「楛」也。
6. 梁啓雄《荀子簡釋》據元刻刪「夫」字，今從之。
7. 盧文弨云：「唯」，元刻作「雖」。王念孫云：「唯」，即「雖」字也。
8. 郝懿行云：二句義似未足，文無所蒙，容有缺脫。汪中云：此二語別是一義，與上文不相蒙。

暴國而無所辟[1]之，則崇其善，揚其美，言其所長，而不稱其所短也。▸惟惟◂[2]而亡者，誹也；博而窮者，訾也；清之而俞濁者，口也。

君子能爲可貴，不能使人必貴己；能爲可用，不能使人必用己。

誥誓不及五帝，盟詛不及三王，交質子不及五伯。

## 28 宥坐篇第二十八

孔子觀於魯桓公之廟，有欹器焉。孔子問於守廟者曰：「此爲何器？」守廟者曰：「此蓋爲▸宥坐◂[3]之器。」孔子曰：「吾聞▸宥坐◂[4]之器者，虛則欹，中則正，滿則覆。」孔子顧謂弟子曰：「注水焉！」弟子挹水而注之，中而正，滿[5]而覆，虛而欹[6]。孔子喟然而歎曰：「▸吁◂[7]！惡有滿而不覆者哉！」子路曰：「敢問▸持滿◂[8]有道乎」？孔子曰：「聰明聖[9]知，守之以愚；▸功被◂[10]天下，守之以讓；勇力撫[11]世，守之以怯；富有四海，守之以謙。此所謂▸挹而損之◂[12]之道也。」

孔子爲魯攝相，朝七日而誅少正卯。門人進問曰：「夫少正卯、魯之聞人也，夫子爲政而始誅之，得無失乎」？孔子曰：「居！吾語汝其故。人有惡者五，而盜竊不與焉：一曰心達而險，二曰行辟而堅，三曰言僞而辨，四曰記醜而博，五曰順非而澤。此五者有一於人，則不得免於君子之誅，而少正卯兼有之。故居處足以聚徒成群，言談足以飾邪營眾，强足以反是獨立，此小人之桀雄也，不可不誅也。是以湯誅尹諧，文王誅潘止，周公誅管叔，太公誅華仕，管仲誅付里乙，子產誅鄧析、史付，此七子者，皆異世同心，不可不誅也。《詩》曰：『憂心悄悄，慍于群小[13]。』小人成群，斯足憂矣。」

---

1. 楊倞云：「辟」，讀爲「避」。言賢者不遇時，危行言遜。
2. 楊倞云：「惟」讀爲「唯」，「唯唯」，聽從貌。
3. A.右坐《說苑・敬慎》10.4章 B.宥座《韓詩外傳》3.30章
4. A.右坐《說苑・敬慎》第10.4章 B.宥座《韓詩外傳》第3.30章
5. 編者按：《淮南子・道應》頁364作「盈」，此章其餘各「滿」字蓋本亦作「盈」，今本並作「滿」者乃避漢諱改。
6. 《淮南子・道應》頁364無此句。
7. 嗚呼《說苑・敬慎》第10.4章、《韓詩外傳》第3.30章、《孔子家語・三恕》9.4章
8. 持盈《淮南子・道應》頁364
9. 叡《淮南子・道應》頁364、《孔子家語・三恕》第9.4章
10. 德施《淮南子・道應》頁364
11. 振《孔子家語・三恕》第9.4章
12. 損之又損之《孔子家語・三恕》第9.4章
13. 見《詩・邶風》第26篇《柏舟》。

孔子爲魯司寇，有父子訟者，孔子拘之，三月不別也。其父請止，孔子舍之。季孫聞之不說，曰：「是老也欺予，語予曰：『爲國家必以孝。』今殺一人以戮不孝，又舍之。」冉子以告。孔子慨然歎曰：「嗚呼！上失之，下殺之，其可乎！不教其民而聽其訟，殺不辜也。三軍大敗，不可斬[1]也；獄犴[2]不治，不可刑也，罪不在民故也。〔今〕[3]嫚令謹誅、賊也，（今）〔生也〕[4]有時，斂也無時，暴也；不教而責成功、虐也。已此三者，然後刑可即也。《書》曰：『義刑義殺，勿庸以即，予維曰未有順事[5]。』言先教也。」故先王既陳之以道，上先服之；若不可，尚賢以綦[6]之；若不可，廢不能以單[7]之；綦三年而百姓（往）〔從〕〔風〕[8]矣。（邪民）〔躬行〕[9]不從，然後俟之以刑，則民知罪矣。《詩》曰：「尹氏大師，維周之氐，秉國之均，四方是維，天子是庳，卑民不迷[10]。」是以威厲而不試，刑錯而不用，此之謂也。今之世則不然：亂其教，繁其刑，其民迷惑而墮焉，則從而制[11]之，是以刑彌繁而邪不勝。三尺之岸而虛車不能登也，百仞之山任負[12]車登焉，何則？陵遲[13]故也。數仞之牆而民不踰也，百仞之山而豎子馮[14]而游焉，陵遲故也。‣今夫世◂[15]之陵遲亦久矣，而能使民勿踰乎！《詩》曰：「周道如砥，其直如矢。君子所履，小人所視。眷焉顧之，潸焉出涕[16]！」豈不哀哉！

1. 誅《說苑・政理》第7.11章、《韓詩外傳》第3.22章
2. A.訟《說苑・政理》第7.11章 B.讞《韓詩外傳》第3.22章
3. 王念孫云：「今」字當在「嫚令謹誅」上，總下三事言之，文義方順。
4. 楊倞注：言生物有時，而賦斂無時，是陵暴也。盧文弨云：「生也」二字，各本皆脫，今案注增。
5. 見《書・康誥》。今本《書》作「用其義刑義殺，勿庸以次汝封。乃汝盡遜。曰時敘；惟曰未有遜事。」
6. 梁啓雄引久保愛云：「綦」當作「惎」……「惎」，教也。
7. 楊倞云：「單」，或爲「殫」。盧文弨云：《家語・始誅篇》作「尚賢以勸之，又不可，而後以威憚之」。此注「『單』，或爲『殫』」，元刻作「或爲『憚』」，與《家語》同。
8. 盧文弨云：「往」乃「從」之誤。王念孫云：「從」下當有「風」字……據楊注云：「百姓從化」，「化」字正釋「風」字，《太平御覽・治道部五》引此正作「百姓從風」，《韓詩外傳》及《說苑・政理篇》竝同。
9. 王念孫云：「邪民」本作「躬行」。上文云「上先服之」，「三年而百姓從風」，「服」者，行也，即此所謂「躬行」也，故云「躬行不從，然後俟之以刑」……《說苑》正作「躬行不從，而后俟之以刑」。
10. 見《詩・小雅》第191篇《節南山》。今本《詩》「庳」作「毗」，「卑」作「俾」。
11. 梁啓雄引久保愛云：「制」當作「刑」，字似而誤。
12. 王念孫云：「負」，亦任也。《魯語》注曰：「任，負荷也。」連言「任負」者，古人自有複語耳。
13. 盧文弨云：「陵遲」，猶池邐陂陀之謂。
14. 王念孫云：「馮」者，登也……故《外傳》作「童子登而遊焉。」《說苑》作「童子升而游焉」。「升」，亦登也。
15. 今是仁義《說苑・政理》第7.11章
16. 見《詩・小雅》第203篇《大東》，今本《詩》「眷焉」作「睠言」。

《詩》曰：「瞻彼日月，悠悠我思。道之云遠，曷云能來[1]！」子曰：「伊稽首，不其有來乎？」

孔子觀於東流之水，子貢問於孔子曰：「君子之所以見大水必觀焉者，是何〔也〕？」孔子曰：「夫水、（大）[2]偏與諸生而無[3]爲也，似德[4]；其流也[5]埤下▸裾拘◂[6]，必循其理，似義；其洸洸[7]乎不淈盡，似道；若有決行之，其應佚[8]若聲響，其赴百仞之谷不懼[9]，似勇；主量必平，似法；盈不求概，似正[10]；淖約微達，似察；以出以入，▸以就鮮絜◂[11]，似善化；▸其萬（拆）〔折〕也必東◂[12]，似志。是故君子見大水必觀焉。」

孔子曰：「吾有恥也，吾有鄙也，吾有殆也：幼不能强學，老無以教之，吾恥之。去其故鄉，事君而達，卒遇故人，曾無舊言，吾鄙之。與小人處者，吾殆之也。」

孔子曰：「如垤而進，吾與之；如丘而止，吾已矣。」今學曾未如肬贅，則具然[13]欲爲人師。

孔子南適楚，厄於陳、蔡之閒，七日不火食，藜羹不糂，弟子皆有飢色。子路進問之，曰：「由聞之：爲善者天報之以福，爲不善者天報之以禍。今夫子累德、積義、懷

1. 見《詩・邶風》第33篇《雄雉》。
2. 王念孫云：「偏與」上不當有「大」字，蓋涉上文「大水」而衍。《初學記・地部中》引此無「大」字，《大戴記・勸學篇》、《說苑・雜言篇》、《家語・三恕篇》竝同。
3. 不《孔子家語・三恕》第9.5章
4. 編者按：《大戴禮記・勸學》第7.3章此下有「所及者生，所不及者死，似仁」一段，《說苑・雜言》第17.46章亦有「所及者生，似仁」六字。
5. 行《大戴禮記・勸學》第7.3章
6. A.句倨《說苑・雜言》第17.46章 B.倨句《大戴禮記・勸學》第7.3章 C.倨拘《孔子家語・三恕》第9.5章
7. 王念孫云：「洸洸」，當從《家語》作「浩浩」，字之誤也。《王制》曰：「有餘曰浩。」故曰「浩浩乎不屈盡」。《初學記》引《荀子》正作「浩浩」，則所見本尙未誤。《太平御覽・地部》二十三同。王先謙云：《說文》：「洸，水涌光也。」作「洸洸」義通，似不必改作「浩浩」。
8. 王念孫云：「佚」，讀爲「呹」。「呹」，疾貌也。言其相應之疾，若響之應聲也。
9. 疑《大戴禮記・勸學》第7.3章
10. A.度《說苑・雜言》第17.46章 B.厲《大戴禮記・勸學》第7.3章
11. 萬物就此化絜《孔子家語・三恕》第9.5章
12. 發源必東《孔子家語・三恕》第9.5章
13. 牟庭《詩切》云：「居然」，謂無故而然也。「居」、「具」聲同。《荀子・宥坐篇》曰：「今學者曾未如肬贅，則具然欲爲人師」，「具然」即「居然」矣。（頁1989-1990）

美，行之日久矣，奚居之隱也？」孔子曰：「由不識，吾語汝。汝以知者爲必用邪？王子比干不見剖心乎！女以忠者爲必用邪？關龍逢不見刑乎！女以諫者爲必用邪？吳子胥不磔姑蘇東門外乎！夫遇、不遇者，時也；賢、不肖者，材也。君子博學、深謀不遇時者多矣。由是觀之[1]，不遇世者眾矣，何獨丘也哉！」且夫芷蘭生於深林，非[2]以無人而不芳。君子之學，非爲通也；爲窮而不困，憂而意不衰也，知禍福終始而心不惑也。夫賢、不肖者，材也；爲、不爲者，人也；遇、不遇者，時也；死生者，命也。今有其人不遇其時，雖賢、其能行乎？苟遇其時，何難之有？故君子博學、深謀、修身、端行以俟其時。孔子曰：「由！居！吾語汝，昔晉公子重耳霸心生於曹，越王勾踐霸心生於會稽，齊桓公小白霸心生於莒。故居不隱者思不遠，身不佚者志不廣。女庸安知吾不得之桑落之下乎哉」！

子貢觀於魯廟之北堂，出而問於孔子曰：「鄉者[3]，賜觀於太廟之北堂，‣吾亦未輟◂[4]，還復瞻被（九）〔北〕[5]蓋，皆（繼）〔㡭〕[6]，被[7]有說邪？匠‣過絕◂[8]邪？」孔子曰：「太廟之堂，亦（常）〔嘗〕[9]有說。官致良工，因麗[10]節文，非無良材也，蓋曰貴文[11]也。」

## 29 子道篇第二十九

入孝出弟，人之小行也；上順下篤，人之中行也；從道不從君，從義不從父，人之大行也。若夫志以禮安，言以類使[12]，則儒道畢矣，雖舜，不能加毫末於是也。孝子所以不從命有三：從命則親危，不從命則親安，不從命乃衷[13]；從命則親辱，不從命則親

1. 俞樾云：「由是觀之」四字，當在「君子博學深謀」句上。
2. 不《孔子家語・在厄》第20.1章 3. 也《孔子家語・三恕》第9.6章
4. 未既，輟《孔子家語・三恕》第9.6章
5. 楊倞云：「九」，當爲「北」，傳寫誤耳。
6. 王念孫云：「繼」與「輟」「說」「絕」，韻不相協，「繼」當爲「㡭」，字之誤也。《說文》「㡭，古文『絕』」，正與「輟」「說」「絕」爲韻……《家語》作「北蓋皆斷」，「斷」，亦絕也。
7. 楊倞云：「被」，皆當爲「彼」。編者按：《孔子家語・三恕》第9.6章正作「彼」。
8. 之過《孔子家語・三恕》第9.6章
9. 王念孫云：「嘗」，讀爲「當」。言太廟之堂所以北蓋皆斷絕者，亦當有說也。下文「蓋曰貴文也」，正申明「亦當有說」之意。
10. 王念孫云：「麗」，非美麗之謂，「麗」者，施也。言因良材而施之以節文也。《家語》作「匠致良材，盡其功巧」，正謂施之以節文也。
11. 久《孔子家語・三恕》第9.6章
12. 盧文弨云：「言以類使」，元刻作「言以類接」。
13. 俞樾云：「衷」與「忠」通。言孝子之不從命，乃其忠也。下文「孝子不從命乃義」……「孝子不從命乃敬」，「忠」與「義」「敬」正一律，作「衷」者，叚字耳。

榮，孝子不從命乃義；從命則禽獸，不從命則脩飾，孝子不從命乃敬。故可以從而不從，是不子也；未可以從而從，是不衷也。明於從不從之義，而能致恭敬、忠信、端愨以愼行之，則可謂大孝矣。《傳》曰：「從道不從君，從義不從父。」此之謂也。故勞苦彫萃而能無失其敬，災禍患難而能無失其義，則不幸不順見惡而能無失其愛，非仁人莫能行。《詩》曰：「孝子不匱[1]。」此之謂也。

魯哀公問於孔子曰：「子從父命，孝乎？臣從君命，貞乎」？三問，孔子不對。孔子趨出，以語子貢曰：「鄉者，君問丘也，曰：『子從父命，孝乎？臣從君命，貞乎』？三問而丘不對，賜以爲何如？」子貢曰：「子從父命，孝矣；臣從君命，貞矣，夫子有奚對焉」？孔子曰：「小人哉！賜不識也。昔萬乘之國有爭臣四人，則封疆不削；千乘之國有爭臣三人，則社稷不危；百乘之家有爭臣二人，則宗廟不毀。父有爭子，不行無禮；士有爭友，不爲不義。故子從父，奚子孝？臣從君，奚臣貞？審其所以從之之謂孝、之謂貞也。」

子路問於孔子曰：「有人於此，夙興夜寐，耕耘樹藝，手足胼胝以養其親，然而無孝之名，何也？」孔子曰：「意者身不敬與？辭不遜與？色不順與？古之人有言曰：『衣與，繆與，不女聊。』今夙興夜寐，耕耘樹藝，手足胼胝以養其親，無此三者，則何（以）[2]爲而無孝之名也，〔意者所友非仁人邪〕[3]？」孔子曰：「由，志之，吾語汝：雖有國士之力，不能自舉其身，非無力也，勢不可也。故入而行不脩，身之罪也；出而名不章，友之過也。故君子入則篤行，出則友賢，何爲而無孝之名也？」

子路問於孔子曰：「魯大夫練而床，禮邪？」孔子曰：「吾不知也。」子路出，謂子貢曰：「吾以夫子爲無所不知，夫子徒有所不知。」子貢曰：「女何問哉？」子路曰：「由問魯大夫練而床，禮邪？夫子曰：『吾不知也。』」子貢曰：「吾將爲汝問之。」子貢問曰：「練而床，禮邪？」孔子曰：「非禮也。」子貢出，謂子路曰：「女謂夫子爲有所不知乎？夫子徒無所不知，汝問非也。禮、居是邑不非其大夫。」

子路盛服見孔子，孔子曰：「由，是裾裾何也？昔者，江出於岷山，其始出也，其

1. 見《詩・大雅》第247篇《既醉》。
2. 王念孫云：「以」字衍。《韓詩外傳》無「以」字，下文「何爲而無孝之名也」，亦無「以」字。
3. 王念孫云：《外傳》此句下有「意者所友非仁人邪」一句。玩本書亦似當有此句，下文「雖有國士之力」四句，正承此句而言。又下文「入而行不脩，身之罪也」，承上「身不敬」三句而言；「出而名不章，友之過也」，則承此句而言，若無此句，則與下文不相應矣。

源可以濫觴，及其至江之津也，不放[1]舟、不避風則不可涉也，非唯下流水多邪？今汝衣服既盛，顏色充盈，天下且孰肯諫汝矣？由！」子路趨而出，改服而入，蓋猶若也。孔子曰：「志之，吾語女：（奮）〔慎〕[2]於言者〔不〕華，（奮）〔慎〕於行者〔不〕伐，色知而有能者、小人也。故君子知之曰知之，不知曰不知，言之要也；能之曰能之，不能曰不能，行之至也。言要則知，行至則仁。既知且仁，夫惡有不足矣哉！」

子路入，子曰：「由，知者若何？仁者若何？」子路對曰：「知者使人知己，仁者使人愛己。」子曰：「可謂士矣。」子貢入，子曰：「賜，知者若何？仁者若何」？子貢對曰：「知者知人，仁者愛人。」子曰：「可謂士君子矣。」顏淵入，子曰：「回，知者若何？仁者若何」？顏淵對曰：「知者自知，仁者自愛。」子曰：「可謂明君子矣。」

子路問於孔子曰：「君子亦有憂乎」？孔子曰：「君子，其未得也，則樂其意，既已得之，又樂其治，是以有終身之樂，無一日之憂。小人者，其未得也，則憂不得，既已得之，又恐失之，是以有終身之憂，無一日之樂也。」

## 30 法行篇第三十

公輸不能加於繩〔墨〕[3]，聖人莫能加於禮。禮者、眾人法而不知，聖人法而知之。

曾子曰：「無內人之疏而外人之親，無身不善而怨人，無刑已至而呼天。內人之疏而外人之親，不亦（遠）〔反〕乎！身不善而怨人，不（以）〔亦〕（反）〔遠〕乎[4]！刑已至而呼天，不亦晚乎！《詩》曰：『涓涓源水，不雝不塞。轂已破碎，乃大其輻。事已敗矣，乃重大息。』其云益乎！」

1. 楊倞云：「放」讀爲「方」。
2. 俞樾云：《韓詩外傳》〔第3.32章〕作「慎於言者不譁，慎於行者不伐。」當從之。「華」即「譁」之省文。
3. 楊倞《注》：「繩墨之外亦不能加也。」顧千里云：正文「繩」字下，據《注》，疑亦當有「墨」字，宋本同。
4. 王念孫云：「遠」當爲「反」，「反」當爲「遠」。內人親而外人疏，今疏內而親外，是「反」也，故曰「不亦反乎」。身不善而怨人，是舍近而求遠也，故曰「不亦遠乎」。下文曰「失之己而反諸人，豈不亦迂哉」，「迂」即「遠」也，是其證……《韓詩外傳》正作「內疏而外親，不亦反乎，身不善而怨他人，不亦遠乎」。

曾子病，曾元持足。曾子曰：「元，志之！吾語汝：夫魚鱉黿鼉猶以淵為淺而堀〔穴〕[1]其中，鷹鳶猶以山為卑而增[2]巢其上，及其得也，必以餌。故君子苟能無以利害義，則恥辱亦無由至矣。」

子貢問於孔子曰：「君子之所以貴玉而賤珉者，何也？為夫玉之少而珉之多邪？」孔子曰：「惡！賜，是何言也？夫君子豈多而賤之、少而貴之哉！夫玉者、君子比德焉，溫潤而澤，仁也；栗[3]而理，知也；堅剛而不屈，義也；廉而不劌，行也；折而不橈，勇也；瑕適[4]並見，情也；扣之，其聲清揚而遠聞，其止輟然，辭也。故雖有珉之雕雕，不若玉之章章。《詩》曰：『言念君子，溫其如玉[5]。』此之謂也。」

曾子曰：「同遊而不見愛者，吾必不仁也；交而不見敬者，吾必不長也；臨財而不見信者，吾必不信也。三者在身，曷怨人？怨人者窮，怨天者無識[6]。失之己而[7]反諸人，豈不亦迂[8]哉！」

南郭惠子問於子貢曰：「夫子之門，何其雜也？」子貢曰：「君子正身以俟，欲來者不距，欲去者不止。且夫良醫之門多病人，隱栝之側多枉木，是以雜也」。

孔子曰：「君子有三恕。有君不能事，有臣而求其使，非恕也；有親不能報，有子而求其孝，非恕也；有兄不能敬，有弟而求其聽令，非恕也。士明於此三恕，則可以端身矣。」

孔子曰：「君子有三思，而不可不思也。少而不學，長無能也；老而不教，死無思也；有而不施，窮無與也。是故君子少思長則學，老思死則教，有思窮則施也。」

## 31 哀公篇第三十一

魯哀公問於孔子曰：「（五）〔吾〕欲論吾[9]國之士，與之˒治國˓[10]，敢問何如

1. 俞樾云：「堀」下當有「穴」字，「堀穴其中」，「增巢其上」相對為文。
2. 梁啓雄云：「增」讀為「橧」。《禮記・禮運》：「夏則居橧巢。」《注》：「聚薪柴居其上。」
3. 王引之云：「栗」者，秩然有條理之謂，故有似於智。
4. 王念孫云：「適」，讀為「謫」。「謫」，亦瑕也。《老子》曰「善言無瑕謫」，是也。
5. 見《詩・秦風》第128篇《小戎》。
6. 梁啓超云：「識」同「志」，謂志氣也，《榮辱篇》此句「識」正作「志」。
7. 《榮辱篇》無「而」字。
8. 《榮辱篇》「迂」下有「乎」字。
9. 魯《孔子家語・五儀解》第7.1章
10. A.為政《大戴禮記・哀公問五義》第1.2章 B.為治《孔子家語・五儀解》第7.1章

〔取〕之邪」？孔子對曰：「▸生◂[1]今之世，志古之道，居今之俗，服古之服，舍[2]此而爲非者，不亦鮮乎！」哀公曰：「然則▸夫◂[3]章甫、絇屨、紳〔帶〕而搢笏者，此〔皆〕[4]賢乎？」孔子對曰：「不[5]必然。▸夫◂[6]端衣、玄裳、絻而乘路者，志不在於食葷；斬衰、菅屨[7]、杖而啜粥者，志不在於▸酒肉◂[8]。▸生◂[9]今之世，志古之道，居今之俗，服古之服，舍此而爲非者，雖有、不亦鮮乎！」哀公曰：「善。」

孔子曰：「人有五儀[10]：有庸人，有▸士◂[11]，有君子，有賢人，有大聖。」哀公曰：「敢問何如斯可謂庸人矣？」孔子對曰：「所謂庸人者，口不能道善言，心不知（色色）〔邑邑〕[12]；不知選賢人善士〔而〕託其身焉以爲己憂，（勤）〔動〕行不知所務，止（交）〔立〕[13]不知所定；日選擇於物，不知所貴；從物如[14]流，不知所歸；五鑿爲正，心從而壞；如此，則可謂庸人矣。」

哀公曰：「善！敢問何如斯可謂士矣？」孔子對曰：「所謂士者，雖不能盡道術[15]，必有▸率◂[16]也；雖不能徧[17]美善，必有▸處◂[18]也。是故知不務多，務審其所知；言不務多，務審其所謂；行不務多，務審其所由。故知既已知之矣，言既已謂[19]之矣，行既已由之矣，則若性命▸肌膚◂[20]之不可易也。故富貴不足以益也，卑[21]賤不足以損也，如此，則可謂士也[22]。」

1. 生乎《大戴禮記・哀公問五義》第1.2章
2. 陶鴻慶云：「舍」當讀去聲，訓爲「處」。
3. 今夫《大戴禮記・哀公問五義》第1.2章
4. 王念孫云：《大戴記・哀公問五義篇》、《家語・五儀篇》「紳」下有「帶」字，「賢」上有「皆」字，竝於義爲長。
5. 《大戴禮記・哀公問五義》第1.2章「不」上有「否」字。
6. 今夫《大戴禮記・哀公問五義》第1.2章
7. 菲《孔子家語・五儀解》第7.1章
8. 飲食《大戴禮記・哀公問五義》第1.2章
9. 故生乎《大戴禮記・哀公問五義》第1.2章
10. 梁啓雄云：「儀」，等也。
11. 士人《孔子家語・五儀解》第7.1章
12. 郝懿行云：「色」，當爲「邑」，字形之誤，《大戴記》作「志不邑邑」……「邑邑」與「悒悒」同，「悒悒」，憂逆短氣貌也。
13. 盧文弨云：「止交」，《大戴禮》、《韓詩外傳四》皆作「止立」。王引之云：作「止立」者是。「止交」二字文不成義，「勤行」亦當依《大戴》作「動行」，皆字之誤也。「動行」與「止立」對文，《外傳》作「動作」。
14. 而《大戴禮記・哀公問五義》第1.2章、《韓詩外傳》第4.32章
15. 《孔子家語・五儀解》第7.1章此下有「之本」二字。
16. 所由《大戴禮記・哀公問五義》第1.2章
17. A.盡《大戴禮記・哀公問五義》第1.2章 B.備《孔子家語・五儀解》第7.1章
18. 所處《大戴禮記・哀公問五義》第1.2章
19. A.順《大戴禮記・哀公問五義》第1.2章 B.道《孔子家語・五儀解》第7.1章
20. 之形骸《孔子家語・五儀解》第7.1章
21. 貧《大戴禮記・哀公問五義》第1.2章、《孔子家語・五儀解》第7.1章
22. 矣《大戴禮記・哀公問五義》第1.2章

哀公曰：「善！敢問何如斯可謂之君子矣？」孔子對曰：「所謂君子者，‣言‹[1]忠信而心不德[2]，仁義在身而色不伐，思慮明通而辭不爭[3]，故猶然‣如將可及者‹[4]，君子也。」哀公曰：「善！敢問何如斯可謂賢人矣？」孔子對曰：「所謂賢人者[5]，行中規[6]繩而不傷於本，言足法於天下而不傷[7]於身，富有天下而無怨財，布施天下而不病貧，如此，則謂賢人矣。」

哀公曰：「善！敢問何如斯可謂大聖矣？」孔子對曰：「所謂大聖者，知通乎大道，應變而不窮，‣辨乎‹[8]萬物之情性者也。大道者、所以變化遂[9]成萬物也，情性者、所以理然不[10]、取舍也。是故其事大辨[11]乎天地，明察乎日月，總要萬物於風雨，繆繆肫肫[12]，其事不可循，若天之嗣[13]，其事不可識，百姓（淺）〔淡〕[14]然‣不識其鄰‹[15]，若此，則可謂大聖矣，」哀公曰：「善！」

魯哀公問舜冠於孔子，孔子不對。三問，不對。哀公曰：「寡人問舜冠於子，何以不言也？」孔子對曰：「古之王者，有務[16]而拘領[17]者矣，其政好生而惡殺焉，是以鳳在列樹，麟在郊野，烏鵲之巢可俯而窺也。君不此問而問舜冠，所以不對也。」

魯哀公問於孔子曰：「寡人生於深宮之中，長於婦人之手，寡人未嘗知哀也，未嘗知憂也，未嘗知勞也，未嘗知懼也，未嘗知危也。」孔子曰：「君之所問，聖君之問

1. A.躬行《大戴禮記・哀公問五義》第1.2章 B.言必《孔子家語・五儀解》第7.1章
2. 怨《孔子家語・五儀解》第7.1章
3. 專《孔子家語・五儀解》第7.1章
4. 若將可越，而終不可及者《孔子家語・五儀解》第7.1章
5. 《大戴禮記・哀公問五義》第1.2章此下有「好惡與民同情，取舍與民同統。」
6. 矩《大戴禮記・哀公問五義》第1.2章
7. 害《大戴禮記・哀公問五義》第1.2章
8. 能測《大戴禮記・哀公問五義》第1.2章
9. 凝《大戴禮記・哀公問五義》第1.2章
10. 王先謙云：「然不」，猶「然否」，與「取舍」對文。
11. 配《大戴禮記・哀公問五義》第1.2章〈王念孫云：「辨」，讀爲「徧」。言其事大則徧乎天地，明則察乎日月也，與上「辨乎萬物之情性」不同。〉
12. 郝懿行云：《大戴記》作「穆穆純純，其莫之能循」。「穆穆」，和而美也。「純純」，精而密也。「穆」「繆」，古字通，「純」「肫」，聲相借耳。
13. 王念孫云：「嗣」，讀爲「司」。《鄭風・羔裘傳》曰：「司，主也。」言若天之主司萬化，其事不可得而知也。「司」「嗣」，古字通。《大戴記》正作「若天之司」。
14. 盧文弨云：「淺然」，《大戴》作「淡然」。郝懿行云：「淺然」，當依《大戴記》作「淡然」。此言百姓不識，不知，謂帝力於我何有耳。
15. 不知其善《大戴禮記・哀公問五義》第1.2章
16. 梁啓超云：「務」讀爲「鍪」。
17. 郝懿行云：《尚書大傳》作「冒而句領」。古讀「冒」、「務」音同，「拘」，讀若「句」。鄭注：「冒，覆項也。句領，繞頸也。」按「句」者，曲也。

也。丘、小人也，何足以知之？」曰：「非吾子無所聞之也。」孔子曰：「君入廟門而[1]右，登自胙[2]階，仰視榱棟[3]，俛見[4]几筵，其器▸存◂[5]，其人亡，君以此思哀，〔則哀〕將焉〔而〕[6]不至矣！君昧爽而櫛冠，平明[7]而聽朝，一物▸不應◂[8]，▸亂◂[9]之端也，君以此思憂，則憂將焉〔而〕不至矣！君平明而聽朝，日昃而退，諸侯之子孫必有在君之末庭者，君以此思勞，則勞將焉〔而〕不至矣！君出魯之四門以望魯四郊，亡國之虛則必有數蓋焉，君以此思懼，則懼將焉〔而〕不至矣！且丘聞之：君者、舟也，庶人者、水也。水▸則◂[10]載舟，▸水則◂[11]覆舟；君以此思危，則危將焉〔而〕不至矣！」

魯哀公問於孔子曰：「紳、委、章甫，有益於仁乎？」孔子蹴然曰：「君號[12]然也！▸資衰◂[13]、苴杖者▸不聽樂◂[14]，非耳不[15]能聞也，服使然也。黼衣、黻裳者不茹葷，非口不能味也，服使然也。且丘聞之，好肆不守折，▸長◂[16]不爲市。竊[17]其有益與其無益，君其知之矣。」

魯哀公問於孔子曰：「請問取人？」孔子對曰：「無取健，無取詌，無取口啍。健、貪也，詌、亂也，口啍、誕也。故弓調而後求勁焉，馬服而後求良焉，士信愨而後求知能焉。士不信愨而有[18]多知能，譬之其豺狼也，不可以身尒也。語曰：『桓公用其賊，文公用其盜。』故明主任計不信怒，闇主信怒不任計。計勝怒則強，怒勝計則[19]亡。」

定公問於顏淵曰：「〔子亦聞〕東野（子）〔畢〕[20]之善馭乎？」顏淵對曰：「善

1. 如《孔子家語・五儀解》第7.1章
2. 楊倞注：「胙」與「阼」同。
3. 桷《孔子家語・五儀解》第7.1章
4. 察《孔子家語・五儀解》第7.1章
5. 皆存《孔子家語・五儀解》第7.1章
6. 盧文弨云：正文「將焉」下，元刻有「而」字，下四句竝同。「而」，當訓爲能，若以爲衍，不應五句皆誤。王念孫云：盧說是也。《文選・王文憲集序注》引此有「而」字，其引此無「而」字者，皆後人不知古訓而刪之也。古書多以「而」爲「能」。
7. 旦《孔子家語・五儀解》第7.1章
8. 失理《孔子家語・五儀解》第7.1章
9. 亂亡《孔子家語・五儀解》第7.1章
10. 所以《孔子家語・五儀解》第7.1章
11. 亦所以《孔子家語・五儀解》第7.1章
12. 胡《孔子家語・好生》第10.12章〈楊倞云：「號」讀爲「胡」，聲相近，字遂誤矣。〉
13. 衰麻《孔子家語・好生》第10.12章
14. 志不存乎樂《孔子家語・好生》第10.12章
15. 編者按：「不」，《孔子家語・好生》第10.12章作「弗」，今本《荀子》作「不」者蓋避漢諱改。
16. 而長者《孔子家語・好生》第10.12章
17. 梁啓雄《荀子簡釋》（頁404）據《孔子家語注》改「竊」爲「察」。
18. 楊倞云：「有」讀爲「又」。
19. 者《治要》卷子本卷38頁64
20. 盧文弨云：《家語・顏淵篇》作「子亦聞東野畢之善御乎？」此脫「子亦聞」三字。王念孫云：「東野子」亦當作「東野畢」，下文皆作「東野畢」，是其證。《韓詩外傳》作「善哉東野畢之御也」，《新序・雜事篇》同。

則善矣。雖然，其馬將失[1]。」定公▸不悅◂[2]，入謂左右曰：「君子固讒[3]人乎？」三日而▸校來謁◂[4]，曰：「東野畢之馬失。兩驂列[5]，兩服入廄。」定公[6]越席而起，曰：「趨駕召顏淵！」顏淵至，定公曰：「前日，寡人問吾子[7]，吾子曰：『東野畢之馭，善則善矣。雖然，其馬將失。』不識吾子何以知之？」顏淵對曰：「臣以政知之，昔舜巧於使民而造父巧於使馬。舜不窮其▸民◂[8]，造父不窮其▸馬◂[9]，是〔以〕[10]舜無失民，造父無失馬也。今東野畢之馭〔也〕，▸上車◂[11]執轡，銜體正矣；步驟馳騁，朝禮畢矣；歷險致遠，馬力盡矣。然猶求馬不已，是以知之也。」定公曰：「善！可得少進乎？」顏淵對曰：「臣聞之：鳥窮則啄，獸窮則攫，人窮則詐。自古及今，未有窮其下而能無危者也。」

## 32 堯問篇第三十二

堯問於舜曰：「我欲致天下，爲之柰何？」對曰：「執一無失，行微無怠，忠信無勌，而天下自來。執一如天地，行微如日月，忠誠盛於內、賁於外，形於四海。天下其在一隅邪！夫有[12]何足致也？」

魏武侯謀事而當，群臣莫能逮，退朝而有喜色。吳起進曰：「亦嘗有以楚莊王之語聞於左右者乎？」武侯曰：「楚莊王之語何如？」吳起對曰：「楚莊王謀事而當，群臣莫逮，退朝而有憂色。申公巫臣進問曰：『王朝而有憂色，何也？』莊王曰：『不穀謀事而當，群臣莫能逮，是以憂也。其在《中蘬》之言也，曰：「諸侯自爲得師者王，得友者霸，得疑[13]者存，自爲謀而莫己若者亡。」今以不穀之不肖而群臣莫吾逮，吾國幾於亡乎！是以憂也。』楚莊王以憂，而君以喜。」武侯逡巡再拜曰：「天使夫子振[14]寡人之過也。」

1. 楊倞云：「失」讀爲「逸」，奔也。下同。
2. 色不悅《孔子家語・顏回》第18.1章
3. 誣《孔子家語・顏回》第18.1章
4. 牧來訴之《孔子家語・顏回》第18.1章
5. 曳《孔子家語・顏回》第18.1章
6. 《孔子家語・顏回》第18.1章「公」下有「聞之」二字。
7. 《孔子家語・顏回》第18.1章此下有「以東野畢之御」六字。
8. 民力《孔子家語・顏回》第18.1章
9. 馬力《孔子家語・顏回》第18.1章
10. 盧文弨云：《新序》、《家語》「是」下皆有「以」字。王念孫云：《太平御覽・工藝部三》引此亦有「以」字，《韓詩外傳》同，當據補。
11. 升馬《孔子家語・顏回》第18.1章
12. 楊倞云：「有」讀爲「又」。
13. 劉師培云：此「疑」字當作「擬」。
14. 王念孫云：「振」，救也。《史記・蒙恬傳》曰：「過可振而諫可覺。」故曰「振寡人之過」。

伯禽將歸於魯，周公謂伯禽之傅曰：「女將行，盍志而子美德乎！」對曰：「其爲人寬，好自用，以愼。此三者，其美德已。」周公曰：「嗚呼！以人惡爲美德乎！君子好以道德，故其民歸道。彼其寬也，出無辨矣，女又美之。彼其好自用也，是所以窶小[1]也。君子力如牛，不與牛爭力；走如馬，不與馬爭走；知如士，不與士爭知。彼爭者、均者之氣也，女又美之。彼其愼也，是其以淺也。聞之（日）〔曰〕：無越踰不[2]見士。見士問曰：『無乃不察乎？』不聞[3]，即物少至，少至則淺。彼淺者、賤人之道也，女又美之乎？吾語女：我、文王之爲子，武王之爲弟，成王之爲叔父。吾於天下不賤矣，然而吾所執贄而見者十人，還贄而相見者三十人，貌執之士者[4]百有餘人，欲言而請畢事者千有餘人，於是吾僅得三士焉，以正吾身，以定天下。吾所以得三士者，亡於十人與三十人中，乃在百人與千人之中。故上士吾薄爲之貌，下士吾厚爲之貌。人人皆以我爲越踰好士，然故士至，士至而後見物，見物然後知其是非之所在。戒之哉！女以魯國驕人，幾矣！夫仰祿之士猶可驕也，正身之士不可驕也。彼正身之士，舍貴而爲賤，舍富而爲貧，舍佚而爲勞，顏色黎黑而不失其所，是以天下之紀不息、文章不廢也。」

語曰：「繒丘之封人見楚相孫叔敖曰：『吾聞之也：處官久者士妒之，祿厚者民怨之，位尊者君恨之。今相國有此三者而不得罪〔於〕[5]楚之士民，何也？』孫叔敖曰：『吾三相楚而心瘉卑，每益祿而施瘉博，位滋尊而禮瘉[6]恭，是以不得罪於楚之士民也。』」

子貢問於孔子曰：「賜爲人下而未知也。」孔子曰：「爲人下者乎？其猶土也？深抇之而得甘泉焉，樹之而五穀播焉，草木殖焉，禽獸育焉，生則立焉，死則入焉，多其功而不（息）〔悳〕[7]。爲人下者，其猶土也。」

---

1. 王念孫云：「窶」亦「小」也，言其好自用也，是其器局之所以窶小也。
2. 梁啓雄引久保愛云：「不」字當在「無」字下。
3. 王念孫云：「聞」，即「問」字也。言不問則所知之事少也。「問」字正承上文「見士問曰」而言。　　4. 王先謙云：文義不當有「者」字，此緣上下文「者」字而誤衍。
5. 編者按：準下文「是以不得罪於楚之士民也」，則此句「不得罪」下亦當有「於」字，今本蓋誤脫矣。今據補。
6. 盧文弨云：「瘉」與「愈」同，元刻即作「愈」。
7. 劉台拱云：「不息」，《韓詩外傳》、《春秋繁露・山川頌》、《說苑・臣術篇》竝作「不言」。王引之云：「言」與「息」，形聲皆不相近，若本是「言」字，無緣誤爲「息」。「息」，當爲「悳」。「悳」，古「德」字，《繫辭傳》曰「有功而不德」是也。《韓詩外傳》、《春秋繁露》、《說苑》作「不言」，意與「不德」同……《太平御覽・地部二》正引作「多其功而不德」。

昔虞不用宮之奇而晉并之，萊不用子馬而齊并之，紂刳王子比干而武王得之。不親賢用知，而[1]身死國亡也。

爲說者曰：「孫卿不及孔子。」是不然。孫卿迫於亂世，鰌於嚴刑，上無賢主，下遇暴秦，禮義不行，教化不成，仁者詘約，天下冥冥，行全刺之，諸侯大傾。當是時也，知者不得慮，能者不得治，賢者不得使，故君上蔽而無覩，賢人距而不受。然則孫卿（將懷）〔懷將〕聖[2]之心，蒙佯狂之色，視天下以愚。《詩》曰：「既明且哲，以保其身[3]。」此之謂也。是其所以名聲不白，徒與不衆，光輝不博也。今之學者得孫卿之遺言餘教，足以爲天下法式表儀，所存者神，所（遇）〔過〕[4]者化。觀其善行，孔子弗過，世不詳察，云非聖人，柰何！天下不治，孫卿不遇時也。德若堯、禹，世少知之。方術不用，爲人所疑。其知至明，循道正行，足以爲（綱紀）〔紀綱〕[5]。嗚呼！賢哉！宜爲帝王。天地[6]不知，善桀、紂，殺賢良。比干剖心，孔子拘匡；接輿辟世，箕子佯狂；田常爲亂，闔閭擅强。爲惡得福，善者有殃。今爲說者又不察其實，乃信其名。時世不同，譽何由生？不得爲政，功安能成？志修德厚，孰謂不賢乎！

1. 故　　2. 盧文弨云：「懷將聖」，宋本作「將懷聖」，誤。今訂正。
3. 見《詩・大雅》第260篇《烝民》。
4. 盧文弨云：「所過」，宋本作「所遇」，誤。古音「存」「神」一韻，「過」「化」一韻，此句中之韻也。
5. 盧文弨云：「紀綱」，舊本誤倒，與上下韻不協。
6. 梁啓雄云：「地」當作「下」。

# 逐字索引

**哀 āi** 45

亦孔之○ 2/5/8
豈不○哉 11/51/24
11/52/6,11/52/7,21/102/10
21/106/13,28/139/15
○哭之 11/53/26
此其爲可○甚於衢涂 11/53/26
○哉 11/53/26
好惡、喜怒、○樂臧焉 17/80/9
惡則不○ 19/94/3
而所以送葬之者不○不敬 19/94/4
其立哭泣○戚也 19/94/12
是皆所以重○也 19/95/13
送死、飾○也 19/95/14
27/127/24
送以○敬而終周藏也 19/95/17
○痛未盡 19/96/7
是君子之所以爲憛詭其所○痛之文也 19/98/6
○夫 19/98/9
於乎○哉 20/100/17
性之好、惡、喜、怒、○、樂謂之情 22/107/23
說、故、喜、（怨）〔怒〕、○、樂、愛、惡、欲以心異 22/108/18
○今之人 24/119/6
弔生不及悲○ 27/128/6
其聲有○焉 27/135/8
魯○公問於孔子曰 29/142/7
31/144/27,31/146/17,31/147/9
31/147/14
○公曰 31/145/2,31/145/5
31/145/7,31/145/13,31/146/1
31/146/3,31/146/7,31/146/11
31/146/13
魯○公問舜冠於孔子 31/146/13
寡人未嘗知○也 31/146/17
君以此思○ 31/147/2
〔則○〕將焉〔而〕不至矣 31/147/2

**埃 āi** 1

上食○土 1/2/12

**艾 ài** 3

使民有所耘○ 9/40/3
耆○而信 14/67/20
共、○畢 18/85/5

**愛 ài** 73

術禮義而情○人 2/6/16
下則能○民 3/11/20,13/63/20
爲上則不能○下 5/18/8
無不○也 6/23/16
主信○之 7/26/6
○敬不倦 7/27/5
忠信○利形乎下 8/28/9
則莫若平政○民矣 9/36/10
慈○百姓 9/41/18
我今將頓頓焉日日相親○也 9/42/1
兼而○之 10/44/17
而百姓皆○其上 10/46/13
致忠信以○之 10/46/20,11/55/24
15/73/16
不○而用之 10/47/4
不如○而後用之之功也 10/47/4
○而後用之 10/47/5
不如○而不用者之功也 10/47/5
利而不利也、○而不用也者 10/47/5
利而後利之、○而後用之者 10/47/6
不利而利之、不○而用之者 10/47/6
上不○民則兵弱 10/47/19
彼○其爪牙 10/48/13
上莫不致○其下而制之以禮 11/54/11
敬○而致文 12/57/24
慈○而見友 12/57/25
故有社稷者而不能○民、不能利民 12/58/14
而求民之親○己 12/58/15
民（之）不親不○ 12/58/15
故君人者○民而安 12/59/7
16/77/13
〔故惟明主能○其所○〕 12/62/2
〔闇主則必危其所○〕 12/62/2
能○人也 12/62/8
然後隱其所憐所○ 12/62/9
唯明主爲能○其所○ 12/62/9
闇主則必危其所○ 12/62/10
知○民之爲安國也 12/63/5
下○百姓而不倦 13/63/19
○民者强 15/69/16
不○民者弱 15/69/16
仁者○人 15/71/21,29/143/10
彼仁者○人 15/71/22
○人 15/71/22
時使而誠○之 15/73/6
重法○民而霸 16/75/10,17/82/13
27/126/7
○利則形 16/75/13
○利則不形 16/75/15
無○人之心 16/75/18
達○敬之文 19/94/8
莫不○其類 19/96/10
忠信○敬之至矣 19/98/1
說、故、喜、（怨）〔怒〕、哀、樂、○、惡、欲以心異 22/108/18
聖人不○己 22/109/16
上能尊主（○下）〔下○〕民 25/120/6
氾利兼○德施均 25/121/8
志○公利 26/125/14
○之而勿面 27/127/20
仁、○也 27/127/27
○其器 27/130/22
虞舜、孝己孝而親不○ 27/137/22
則不幸不順見惡而能無失其○ 29/142/4
仁者使人○己 29/143/8
仁者自○ 29/143/11
同遊而不見○者 30/144/11

**隘 ài** 6

狹○褊小 2/6/7
生民則致貧○ 11/56/2
是豈無固塞○阻也哉 15/72/17
不至於○懾傷生 19/94/12
此夫安寬平而危險○者邪 26/124/2
君子○窮而不失 27/133/13

**僾 ài** 1

愅詭、悒○而不能無時至焉 19/97/20

**安 ān** 190

無恆○息 1/1/9
○有不聞者乎 1/3/4
○特將學雜識志、順《詩》、《書》而已爾 1/3/23
身勞而心○ 2/6/13
吾○知禮之爲是也 2/8/1
則是情○禮也 2/8/2
情○禮 2/8/2
夫師、以身爲正儀而貴自○者也 2/8/4
○燕而血氣不惰 2/8/13,2/8/14
非地不○也 4/12/18
將以爲○邪 4/13/9
○危利害之常體 4/14/3
材慤者常○利 4/14/4
○利者常樂易 4/14/5
是○危利害之常體也 4/14/5
行之難○也 4/14/19
行之易○也 4/14/21,22/110/24
譬之越人○越 4/15/1
楚人○楚 4/15/1
君子○雅 4/15/1
常○之術也 4/15/4
然而未必不○也 4/15/4
爲堯、禹則常○榮 4/15/12
○知禮義 4/15/16
○知辭讓 4/15/16
○知廉恥隅積 4/15/16
食之而○於體 4/15/19
以相○固邪 4/15/20
俄則屈○窮矣 4/16/10
慮之而可○也 4/16/15
行○之 5/19/11,5/20/15
○恣睢 6/21/13,23/115/26
○忘其怒 7/25/12
而暴國○自化矣 7/25/22
至於成王則○（以）無誅矣 7/26/2
主○近之 7/26/7
推賢讓能而○隨其後 7/26/16
○則慮危 7/26/17
煩勞以求○利 8/30/4
其行多當矣而未○也 8/30/14
行禮要節而○之 8/30/16
則千乘之國○ 8/33/7
○久移質 8/34/2
而都國之民○習其服 8/34/7
爲君子則常○榮矣 8/34/9
凡人莫不欲○榮而惡危辱 8/34/10
志○公 8/34/16
行○脩 8/34/16
不下於○存 8/34/20
不及○存 8/34/22
○職則畜 9/35/7
不○職則棄 9/35/7
則君子不○輿 9/36/5
則君子不○位 9/36/5
則庶人○政矣 9/36/6
庶人○政 9/36/7
然后君子○位〔矣〕 9/36/7
故君人者欲○ 9/36/10
取民者○ 9/36/16
無幽閒隱僻之國莫不趨使而○樂之 9/38/11
下以養百姓而○樂之 9/38/18
○水臧 9/40/3
○樂處鄉 9/40/7
使（賔）〔賓〕旅○而貨財通 9/40/10
國之所以○危臧否也 9/40/19
王、霸、○存、危殆、滅亡 9/40/19
是非功名之所就也、非存亡○危之所（墮）〔隨〕也 9/41/1
存亡○危之所（墮）〔隨〕 9/41/2
○以其國爲是者王 9/41/18
○以靜兵息民 9/41/18
○謹募選閱材技之士 9/41/19
○以其國爲是者霸 9/42/1
如是者則○存 9/42/2
王、霸、○存、危殆、滅亡之具也 9/42/6
○之者 10/43/11
是○天下之本也 10/43/11
其仁厚足以○之 10/43/20
待之而後○ 10/44/6
其戰士○難 10/47/13
則國○于盤石 10/48/16
我獨○ 10/48/17
則不足以（爲）持國○身 10/49/4
則大○也 11/49/12
然而不能自○也 11/49/14
○之者必將道也 11/49/15
○與夫千歲之信士爲之也 11/51/6
○唯便僻左右親比己者之用 11/51/12
○不卹親疏 11/51/14
○不卹是非 11/51/15
國○則無憂民 11/51/23
治則國○ 11/51/23
將以爲○ 11/52/6
不足以是傷游玩○燕之樂 11/52/8
形體好佚而○重閒靜莫愉焉 11/53/18
則人臣輕職（業）讓賢而○隨其後〔矣〕 11/53/23
此亦榮辱○危存亡之衢已 11/53/26
上偏而國○ 11/54/4
百姓莫敢不敬分○制以（禮）化其上 11/55/8
則商旅○、貨（通財）〔財通〕 11/56/21
而○樂之矣 12/57/19
敬而○之 12/58/1
而求○樂是〔聞〕 12/58/18
故人主欲彊固○樂 12/59/1
知國之○危臧否若別白黑 12/59/6
故君人者愛民而○ 12/59/7,16/77/13
善班治人者人○之 12/59/12
人不○也 12/59/14
○樂其事 12/60/2
居○而游樂 12/60/3
則臣下百吏至于庶人莫不脩己而後敢○正 12/60/15
欲○而惡危 12/60/20
而觀其能○敬也 12/61/8
與之○燕 12/61/9
莫不欲○ 12/61/19
人主不能不有游觀○燕

之時 12/62/17
知愛民之爲○國也 12/63/5
○值將卑埶出勞 12/63/9
君雖不○ 13/64/3
成於尊君○國 13/64/4
以○國之危 13/64/4
故君子○禮樂（利）〔樂〕 13/65/22
無土則人不○居 14/66/23
得之則○ 14/66/25,19/97/11
生民寬而○ 14/67/14
上文下○ 14/67/14
諸侯先順者○ 15/69/8
臣請遂道王者諸侯强弱存亡之效、○危之埶 15/69/12
未有貴上、○制、綦節之理也 15/70/11
欲○以重 15/70/26
莫不趨使而○樂之 15/71/15
不○其上 15/71/18
像上之志而○樂之 15/74/2
而百姓皆○ 15/74/10
政平而民○ 15/75/1
士服民○ 15/75/1
道德之威成乎○彊 16/75/21
自數百里而往者○固 16/77/6
然則是棄己之所以○彊 16/77/8
莫樂乎○ 16/77/12
所以養生、（○樂）〔樂○〕者莫大乎禮義 16/77/12
人知貴生樂○而棄禮義 16/77/12
上○於主而下調於民者也 16/79/6
無○國〔矣〕 17/82/1
故主道明則下○ 18/83/18
故下○則貴上 18/83/18
下親上則上○ 18/83/19
國雖不○ 18/83/25
然而暴國獨侈○能誅之 18/84/5
乘大路、趨越席以養○ 18/86/20
休猶有○樂恬愉如是者乎 18/87/3
○得葬薶哉 18/88/5
危人而自○ 18/88/7
所以養○也 19/90/14
孰知夫恭敬辭讓之所以養○也 19/90/15
苟怠惰偷儒之爲○ 19/90/16
無○人 19/90/21
從之者○ 19/92/9
殆非直留死者以○生也 19/94/1
彼○能相與群居而無亂乎 19/96/15
故先王聖人○爲之立中制節 19/96/21
士君子○行之 19/98/2
則百姓莫不○其處、樂其鄉 20/99/16
則百姓不○其處、不樂其鄉 20/99/19
知其能○燕而不亂也 20/101/19
○燕而不亂 20/101/21
是足以正身○國矣 20/101/21
彼國○而天下○ 20/101/22
○能無過乎 21/106/9
輕煖平簟而體不知其○ 22/112/11
縱性情、○恣睢而違禮義者爲小人 23/113/13
以秦人之從情性、○恣睢、慢於禮義故也 23/116/3
皆知夫〔犯〕上之禁不可以爲○也 24/118/12
則主尊下○ 24/119/13
尊主○國尙賢義 25/120/4
此夫○寬平而危險隘者邪 26/124/2
以危爲○ 26/126/2
○得不亂 27/132/14
○取此 27/135/22
女庸○知吾不得之桑落之下乎哉 28/141/9
若夫志以禮○ 29/141/20
不從命則親○ 29/141/21
功○能成 32/150/14

### 犴 án 1

獄○不治 28/139/4

### 晻 ǎn 3

是姦人將以盜名於○世者也 3/12/12
則○然若合符節 8/33/4
孤獨而○謂之危 12/62/24

### 岸 àn 2

高○爲谷 24/119/6
三尺之○而虛車不能登也 28/139/11

### 按 àn 1

我○起而制之 10/48/17

### 案 àn 37

非○亂而治之之謂也 3/10/13
非○汙而脩之之謂也 3/10/14
故先王○爲之制禮義以分之 4/17/1
○往舊造說 6/22/8
○飾其辭而祗敬之曰 6/22/9
○謹募選閱材技之士 9/37/6
○以中立無有所偏而爲縱橫之事 9/41/3
偃然○兵無動 9/41/4
○平政教 9/41/4
○（然）脩仁義 9/41/5
則賢良知聖之士○自進矣 9/41/9
敵國○自詘矣 9/41/10
國家○自富矣 9/41/11
暴國之君○自不能用其兵矣 9/41/11
則○以爲利也 10/48/9
○申重之以貴賤殺生 11/49/21
○唯便嬖親比己者之用也 12/61/18
是○曰是 13/64/22
非○曰非 13/64/23
則○不肖也 13/65/14
○（角）鹿埵、隴種、東籠而退耳 15/69/4
○獨以爲私廉 16/76/9
○直爲是世俗之所以爲 16/76/20
○欲剡其脛而以蹈秦之腹 16/77/19
然而秦使左○左 16/77/19
使右○右 16/77/19
○用夫端誠信全之君子治天下焉 16/78/5
今子宋子○不然 18/89/7

故先王○以此象之也 19/96/24
○使倍之 19/97/1
○使不及也 19/97/3
○屈然已 19/97/21
故先王○爲之立文 19/97/22
○以聖王之制爲法 21/106/22
○直將治怪說 21/107/5
○彊鉗而利口 21/107/5
至成、康則○無誅已 27/132/8

## 儑 àn 1

窮則棄而○ 3/10/10

## 闇 àn 31

不下比以○上 3/11/21
偏生○ 3/12/3
是○（王）〔主〕已 10/47/11
○君者必將（急）〔荒〕逐樂而緩治國 11/52/5
故明主好要而○主好詳 11/55/15
而○主急得其埶 12/57/7
則是主○也 12/62/1
主○於上 12/62/1
〔○主則必危其所愛〕 12/62/2
○主則必危其所愛 12/62/10
故人主無便嬖左右足信者之謂○ 12/62/23
而○主惑之 13/64/6
○君之所罰也 13/64/6
○君之所賞 13/64/7
故明主好同而○（王）〔主〕好獨 13/64/12
○主妬賢畏能而滅其功 13/64/13
夫是之謂至○ 13/64/13
感忽悠○ 15/68/10
○其天君 17/80/12
上○而政險 17/81/12
其至意至○也 18/84/15
蔽於一曲而○於大理 21/102/5
○君無之有也 21/107/14
愚○愚○墮賢（艮）〔良〕 25/120/3
愚以重愚、○以重○成爲桀 25/120/7
幽（晦）〔○〕登昭 26/125/13
○乎天下之晦盲也 26/125/17
則民○飾矣 27/132/12
○主信怒不任計 31/147/17

## 卬 áng 8

上足○ 15/69/14
上不足○ 15/69/14
○視其髮 21/106/13
顒顒○○ 22/110/11
利（往）〔隹〕○上、莫得擅與孰私得 25/122/14
○○兮天下之咸蹇也 26/124/9

## 敖 áo 9

楚之孫叔○ 5/17/17,13/63/24
天下○然 10/45/12
贏則○上 16/75/17
百姓讙○ 16/75/19
凡人好○慢小事 16/78/20
○暴擅强 26/125/15
繒丘之封人見楚相孫叔○曰 32/149/16
孫叔○曰 32/149/17

## 熬 áo 1

若以焦○投石焉 15/70/10

## 螯 áo 1

蟹六跪而二○ 1/2/12

## 謸 áo 1

歌謠○笑 19/94/15

## 傲 ào 9

故不問而告謂之○ 1/3/18
○、囋 1/3/18
故未可與言而言謂之○ 1/4/8
故君子不○、不隱、不瞽 1/4/9
小人能則倨○僻違以驕溢人 3/9/11
夫富貴者、則類○之 3/12/11
以敦比其事業而不敢怠○ 4/14/12
而相欺○邪 5/17/24
而不敢怠○ 8/33/2

## 奧 ào 2

○窔之閒 6/22/13
不若○之 27/137/5

## 八 bā 2

大滿○極 21/104/10
○十者一子不事 27/131/13

## 巴 bā 2

瓠○鼓瑟而流魚出聽 1/3/3
西有○、戎 16/78/1

## 拔 bá 1

○戟加乎首 16/79/11

## 罷 bà 7

故君子賢而能容○ 5/20/3
○不能不待頃而廢 9/35/3
無國而不有○士 11/54/3
有埶籍者○不足以縣天下 18/84/4
至○不容妻子 18/84/17
曷謂○ 25/120/5
辨賢、○ 25/120/13

## 霸 bà 40

而以楚○ 5/17/18
乃○ 7/25/10
其○也宜哉 7/25/15
○者富士 9/36/17
○、奪之與 9/36/22
友諸侯者○ 9/36/23
天下無王○主則常勝矣 9/37/3
彼○者不然 9/37/6
天下無王（○）主 9/37/10
是知○道者也 9/37/10
欲○而○ 9/37/16
具具而○ 9/40/18

王、○、安存、危殆、
滅亡　9/40/19
安以其國為是者○　9/42/1
王、○、安存、危殆、
滅亡之具也　9/42/6
信立而○　11/49/15
是所謂信立而○也　11/50/9
道○者之法　11/50/22
與○者之人為之　11/51/1
則亦○〔矣〕　11/51/1
與端誠信全之士為之則○　11/51/8
駮而○　11/51/17,16/78/18
下可以○　11/54/20,12/57/7
12/63/8
而王○之佐也　12/60/22
故可以○而不可以王　15/70/22
重法愛民而○　16/75/10,17/82/13
27/126/7
善時者○　16/78/22
○者敬時　16/78/23
○者之善箸焉　16/78/24
貴賢者○　24/119/11
昔晉公子重耳○心生於
曹　28/141/8
越王勾踐○心生於會稽　28/141/8
齊桓公小白○心生於莒　28/141/9
得友者○　32/148/20

## 白 bái　31

〔○沙在涅〕　1/1/19
夫堅○、同異、有厚無
厚之察　2/7/10
身死而名彌○　4/14/22
目辨○黑美惡　4/15/8
然○公之亂也　5/17/18
誅○公　5/17/19
則貴名○而天下治也　8/28/10
堅○、同異之分隔也　8/29/6
圖回天下於掌上而辨○黑　8/29/17
脩百王之法若辨○黑　8/30/15
若別○黑　8/33/3
司馬知師旅、甲兵、乘
○之數　9/40/1
仁人之所務○也　11/49/16
一日而○　11/50/2
而仁人之所以務○也　11/50/17
11/51/2,11/51/9
知國之安危臧否若別○黑　12/59/6
彼誠有之者與誠無之者
若○黑然　12/61/10
欲○貴名　12/62/5
能以禮挾而貴名○　14/66/18
○刃扞乎胸　16/79/11
則功名不○　17/82/12
「堅○」「同異」之察
入焉而溺　19/92/12
猶瞽之於○黑也　20/99/12
然後名聲於是○　20/99/17
則○黑在前而目不見　21/102/9
說不行則○道而不冥窮　22/110/10
彼正其名、當其辭以務
○其志義者也　22/110/20
齊桓公小○霸心生於莒　28/141/9
是其所以名聲不○　32/150/8

## 百 bǎi　223

生於高山之上而臨○仞
之淵　1/1/18
○發失一　1/4/12
四時不言而○姓期焉　3/11/6
○王之道　3/11/15
君子審後王之道而論於
○王之前　3/11/15
下則能保○姓　4/14/9
是官人○吏之所以取祿
秩也　4/14/12
○工以巧盡械器　4/17/3
○人之敵也　5/17/26
聖王有○　5/18/18
下不足以和齊○姓　5/21/4
與之書社三○　7/25/13
文王載○里地而天下一　7/26/2
則○里之國足以獨立矣　7/26/3
是以○舉而不陷也　7/26/18
則退編○姓而慤　8/27/27
然而通乎財萬物、養○
姓之經紀　8/28/2
○姓好之則亂事　8/29/9
脩○王之法若辨白黑　8/30/15
○王之道一是矣　8/31/5
暮宿乎○泉　8/31/19
無○里之地則無所見其功　8/32/5
用○里之地　8/32/7
用○里之地而千里之國
莫能與之爭勝　8/32/9
則○里之地久　8/33/8
其道○舉而○陷也　8/33/14
涂之人○姓　8/34/5
○家之說　8/34/23
而○事無過　9/35/17
而○姓貧　9/36/18
○姓曉然皆知夫為善於
家而取賞於朝也　9/38/6
下以養○姓而安樂之　9/38/18
政令時則○姓一、賢良服　9/39/18
故五穀不絕而○姓有餘
食也　9/39/21
故魚鱉優多而○姓有餘
用也　9/39/21
故山林不童而○姓有餘
材也　9/39/22
司徒知○宗、城郭、立
器之數　9/40/1
養山林、藪澤、草木、
魚鱉、○（索）〔素〕
9/40/5
使○姓順命　9/40/7
論○工　9/40/7
使○吏（免盡）〔盡免〕
而衆庶不偷　9/40/12
砥礪○姓　9/41/4
養○姓　9/41/6
○姓和　9/41/9
是使群臣○姓皆以制度行　9/41/10
慈愛○姓　9/41/18
之所以接下之○姓者則
庸寬惠　9/42/2
之所以接下之人○姓者
則好取侵奪　9/42/3
（人）之所以接下之人
○姓者　9/42/5
故○技所成　10/42/16
田肥以易則出實○倍　10/42/24
衆庶○姓則必以法數制之　10/43/3
皆使衣食○用出入相揜　10/43/4
○姓誠賴其知也　10/43/21
○姓貴之如帝　10/44/1,16/75/13
○姓之力　10/44/5
○姓之群　10/44/5

○姓之財 10/44/6
○姓之埶 10/44/6
○姓之壽 10/44/6
○姓曉然皆知其汙漫暴
亂而將大危亡也 10/44/11
和齊○姓 10/44/16
使○姓無凍餒之患 10/44/18
然後葷菜○蔬以澤量 10/45/1
與○姓均事業 10/45/9
而○姓疾之 10/46/8
而○姓皆愛其上 10/46/13
則下疑俗儉而○姓不一 10/46/20
凡主相臣下○吏之（俗）
〔屬〕 10/47/11
其○吏好法 10/47/13
凡主相臣下○吏之屬 10/47/14
其臣下○吏 10/47/16
○姓時和、事業得敘者 10/47/22
○姓虛而府庫滿 10/48/3
○里之國足以獨立矣 10/48/7
○事齊於官 10/49/5
皆○里之地也 11/50/2
11/54/7,15/74/22,18/85/18
則臣下○姓莫不以詐心
待其上矣 11/50/12
人無○歲之壽 11/51/6
故○樂者生於治國者也 11/52/3
然後○樂得其中 11/52/5
是所使夫○吏官人為也 11/52/8
使臣下○吏莫不宿道鄉
方而務 11/52/9
○畝一守 11/52/15
○工分事而勸 11/52/19,11/54/14
是○王之所同也 11/52/20
18/85/13,18/89/17
○里之地 11/52/23
故○里之地 11/53/1
故○里之地足以竭埶矣 11/53/4
故○王之法不同若是 11/54/9
所以接下之人○姓 11/54/11
是○王之所（以）同也 11/54/13
是○王之所同 11/54/16,19/95/14
19/97/5
所使要○事者誠仁人也 11/54/19
所使要○事者非仁人也 11/54/20
不能當一人而能當千人
○人者 11/54/22

則主相、臣下、○吏各
謹其所聞 11/55/7
○姓莫敢不敬分安制以
（禮）化其上 11/55/8
主能當一則○事正 11/55/12
又務正○ 11/55/13,11/55/15
主好要則○事詳 11/55/16
主好詳則○事荒〔矣〕 11/55/16
相者、論列○官之長 11/55/17
要○事之聽 11/55/17
以飾朝廷臣下○吏之分 11/55/17
得○姓之力者富 11/55/21
得○姓之死者彊 11/55/21
得○姓之譽者榮 11/55/21
所以接（天）下之人○
姓〔者〕 11/55/25
是故○姓貴之如帝 11/55/26
是故○姓賤之如伛 11/56/2
又望○姓之為己死 11/56/3
則夫衆庶○姓亦從而成
俗於不隆禮義而好貪
利矣 11/56/12
○官則將齊其制度 11/56/17
則○吏莫不畏法而遵繩
矣 11/56/17
○工將時斬伐 11/56/18
則○工莫不忠信而不楛
矣 11/56/19
○吏畏法循繩 11/56/21
○工忠信而不楛 11/56/22
而○事不廢 11/56/23
則臣下○吏誕詐之人乘
是而後欺 12/57/11
則臣下○吏乘是而後偏 12/57/12
則臣下○吏乘是而後險 12/57/13
則臣下○吏乘是而後豐
取刻與以無度取於民 12/57/14
○姓莫敢不順上之法 12/57/19
其於○官之事、技藝之
人也 12/58/3
下在○姓之家 12/60/5
○吏官人無怠慢之事 12/60/6
24/118/10
衆庶○姓無姦怪之俗 12/60/7
24/118/10
治則衍及○姓 12/60/7
人之○事如耳目鼻口之

不可以相借官也 12/60/14
兼聽齊明而○事不留 12/60/15
則臣下○吏至于庶人莫
不脩己而後敢安正 12/60/15
○姓易俗 12/60/16
其德音足以塡撫○姓 12/62/19
○姓不親 13/63/17
下愛○姓而不倦 13/63/19
率群臣○吏而相與彊君
橋君 13/64/3
是以○舉不過也 13/65/23
刑政平而○姓歸之 14/66/17
○將一心 15/68/15
則將有○里之聽 15/69/1
用○里之國 15/69/1
日中而趨○里 15/70/2
可殺而不可使欺○姓 15/71/3
○官得序 15/71/3
凡○事之成也 15/71/5
○吏死職 15/71/10
凡誅、非誅其○姓也 15/71/12
誅其亂○姓者也 15/71/13
○姓有扞其賊 15/71/13
其所以接下之〔人〕○
姓者 15/73/12
則○姓莫不敦惡 15/73/18
然後○姓曉然皆知（脩）
〔循〕上之法 15/74/1
○姓莫不貴敬 15/74/3
而○姓皆安 15/74/10
方數○里 15/74/20
○姓劫則致畏 16/75/17
○姓讙敖 16/75/19
是以○事成而功名大也 16/76/8
衆庶○姓皆以貪利爭奪
為俗 16/76/20
自數○里而往者安固 16/77/6
已有數○里之國者也 16/77/8
古者○王之一天下、臣
諸侯也 16/77/20
即去大梁○有二十里耳 16/78/2
其○姓樸 16/78/11
其○吏肅然莫不恭儉、
敦敬、忠信而不楛 16/78/12
聽決○事不留 16/78/14
則下之人○姓皆有棄義
之志 16/79/4

而○姓以爲神 17/82/7
○王之無變 17/82/20
諸侯○官 18/83/25
以是○官也 18/83/25
內則○姓疾之 18/84/2
執薦者○人侍西房 18/86/19
而○姓羞拾遺 18/87/21
故○事廢、財物詘而禍亂起 18/88/2
○姓以成俗 18/89/5,19/98/2
○求可以得矣 19/93/22
○事可以成矣 19/93/22
懷柔○神 19/95/4
郊者、并○王於上天而祭祀之也 19/97/13
其在○姓 19/98/3
則○姓莫不安其處、樂其鄉 20/99/16
則○姓不安其處、不樂其鄉 20/99/19
○家異說 21/102/6
○姓怨非而不用 21/102/17
醉者越○步之溝 21/106/4
○家無所竄 22/110/9
其累○年之欲 22/112/6
○川沸騰 24/119/5
子胥見殺○里徙 25/120/10
○家之說誠不詳 25/120/14
君子以修○姓寧 25/121/1
○姓待之而後寧泰 26/124/1
○姓待之而後寧也 26/124/4
下覆○姓 26/125/7
犇喪○里 27/128/6
故家五畝宅、○畝田 27/130/24
凡○事異理而相守也 27/131/8
其始播○穀 27/135/3
綦三年而○姓（往）〔從〕〔風〕矣 28/139/8
○仞之山任負車登焉 28/139/12
○仞之山而豎子馮而游焉 28/139/12
其赴○仞之谷不懼 28/140/6
○乘之家有爭臣二人 29/142/11
○姓（淺）〔淡〕然不識其鄰 31/146/10
貌執之士者○有餘人 32/149/8
乃在○人與千人之中 32/149/10

## 拜 bài 9

若端（○）〔拜〕而議 3/11/16
直將巧繁○請而畏事之 10/49/3
主人○送 19/98/8,20/101/18
主人○賓及介 20/101/8
○至、獻、酬、辭讓之節繁 20/101/11
平衡曰○ 27/128/21
大夫之臣○不稽首 27/128/23
武侯逡巡再○曰 32/148/22

## 敗 bài 18

歲雖凶○水旱 9/40/3,10/44/18
彼得之不足以藥傷補○ 10/48/13
雖覩利○ 11/50/5,11/50/5
北足以○燕 11/50/15
隱其○ 13/64/18
無急勝而忘○ 15/71/1
其○也 15/71/5
亡國之禍○不可勝悔也 16/78/24
則○其思 21/105/14
孟子惡○而出妻 21/105/16
泄而○ 21/107/14
隱而○ 21/107/14
所以○ 25/122/8
事成而家○ 26/124/17
三軍大○ 28/139/4
事已○矣 30/143/26

## 班 bān 4

善○治人者也 12/59/12
善○治人者人安之 12/59/12
不能○治人者 12/59/14
是所以○治之也 12/59/17

## 般 bān 1

○樂奢汰 7/25/8

## 阪 bǎn 1

○爲（先）〔之〕 25/122/2

## 版 bǎn 1

棺椁其貌象○蓋斯象拂也 19/95/15

## 半 bàn 1

田瘠以穢則出實不○ 10/42/27

## 辦 bàn 1

城郭不○ 15/73/4

## 邦 bāng 1

以御于家○ 27/134/26

## 苞 bāo 2

恢然如天地之○萬物 6/23/17
○苴行與 27/132/17

## 炮 bāo 1

爲○（烙）〔格〕〔之〕刑 15/72/20

## 保 bǎo 13

○利棄義謂之至賊 2/6/2
下則能○百姓 4/14/9
下則能○其職 4/14/10
將爲天下生民之屬長慮顧後而○萬世也 4/16/12
如○赤子 10/46/22
11/54/11,11/55/25,15/73/17
○社稷矣 10/47/6
境內之聚也○固 10/48/12
士○職 12/59/17
將以明分達治而○萬世也 12/60/6
以○其身 32/150/7

## 飽 bǎo 6

是庶人之所以取煖衣○食長生久視以免於刑戮也 4/14/13

鄉鄉而○已矣 4/15/16
既醉既○ 10/46/2
用飢求○ 15/74/14
祭、齊〔先〕大羹而○
庶羞 19/91/8
飢而欲○ 23/114/2

寶 bǎo 19

○之珍之 5/20/8
是事君者之○而必無後
患之術也 7/26/16
在人下則社稷之臣、國
君之○也 8/28/2
屑然藏千溢之○ 8/29/18
彼○也者 8/29/19
以貨財爲○ 8/30/12
人之大○也 8/33/18
事之以貨○ 10/48/21
則貨○單而交不結 10/48/21
辟之是猶使處女嬰○珠
、佩○玉、負戴黃金
而遇中山之盜也 10/49/2
故明君以爲○ 11/53/12
是人主之○也 12/60/22
國君之○也 13/64/5
財物貨○以大爲重 16/78/25
則王公不以爲○ 17/82/11
國○也 27/130/21
治國者敬其○ 27/130/22
爲天（子）〔下〕○ 27/134/7

抱 bào 1

或監門、御旅、○關、
擊柝而不自以爲寡 4/17/4

豹 bào 1

故虎○爲猛矣 9/38/17

報 bào 7

行乎冥冥而施乎無○而
賢不肖一焉 2/8/9
無德不○ 10/44/13,14/67/22
皆○也 18/85/10
爲善者天○之以福 28/140/18
爲不善者天○之以禍 28/140/18
有親不能○ 30/144/18

暴 bào 59

雖有槁○ 1/1/4
堅彊而不○ 3/9/15
非驕○也 3/10/2
大心則慢而○ 3/10/8
輕死而○ 4/13/16
惕、悍、憍、○ 4/14/14
而○國安自化矣 7/25/22
以弟誅兄而非○也 8/27/23
而不能以調一天下、制
彊○ 8/32/7
答捶○國 8/32/10
衛弱禁○ 9/37/7
使○悍以變 9/40/11
天下脅於○國 9/40/21
以觀夫○國之相（卒）
〔捽〕也 9/41/4
○國之君案自不能用其
兵矣 9/41/11
如是而可以誅○禁悍矣 9/41/16
彼將日日○露毀折之中原 9/41/21
立身則憍○ 9/42/4
百姓曉然皆知其汙漫○
亂而將大危亡也 10/44/11
不威不彊之不足以禁○
勝悍也 10/45/17
○○如丘山 10/45/22
事彊○之國難 10/48/21,10/49/7
使彊○之國事我易 10/48/21
10/49/8
名聲足以○炙之 10/49/6
而彊○之國莫不趨使 10/49/7
事○君者 13/64/16
窮居於○國 13/64/17
是事○君之義也 13/64/24
不敢○虎 13/65/15
且夫○國之君 15/69/4
拱揖指麾而彊○之國莫
不趨使 15/70/14
所以禁○除害也 15/71/23
○悍勇力之屬爲之化而愿 15/74/6
有○察之威者 16/75/12
然而〔其〕禁○也察 16/75/15
夫是之謂○察之威 16/75/18
○察之威成乎危弱 16/75/21
然而○國獨侈安能誅之 18/84/5
誅○國之君若誅獨夫 18/84/5
禁○惡惡 18/85/8
是謂惠○而寬賊也 18/85/9
夫征○誅悍 18/85/12
驕○、貪利 18/88/26
○慢、恣睢、輕俗以爲
高之屬入焉而隊 19/92/13
怒而○亂畏之 20/99/11
合於犯（分）〔文〕亂
理而歸於○ 23/113/5
衆者○寡而譁之 23/115/7
○人芻豢仁（人）糟糠 25/120/16
可以禁○足窮 26/124/1
○至殺傷而不億忌者歟 26/124/12
與○爲鄰 26/124/17
敖○擅彊 26/125/15
○人衍矣 26/125/19
劫迫於○國而無所辟之 27/137/22
○也 28/139/5
下遇○秦 32/150/4

鮑 bào 1

○叔、甯戚、隰朋仁知
且不蔽 21/103/3

陂 bēi 1

讒人罔極、險○傾側此
之疑 25/120/12

卑 bēi 20

○溼、重遲、貪利 2/6/7
不誠則○ 3/11/10
論議之○爾 5/17/27
（而）論議之○爾 5/18/4
以至高遇至○ 5/19/17
○者五伯 11/55/1
故○不得以臨尊 12/61/7
安値將○埶出勞 12/63/9
無僇乎族黨而抑○乎後世 16/76/9
所以別〔尊○〕 19/91/2

○者事○ 19/91/2
（○）〔羿〕絻、黼黻
、文織 19/94/17
○其志意、大其園囿高
其臺（榭） 25/120/8
志○ 27/131/22
志○者輕物 27/131/22
○民不迷 28/139/10
鷹鳶猶以山爲○而增巢
其上 30/144/2
○賤不足以損也 31/145/16
吾三相楚而心瘉○ 32/149/18

庳 bēi 1

天子是○ 28/139/10

悲 bēi 2

使人之心○ 20/99/26
弔生不及○哀 27/128/6

痺 bēi 1

故傷於溼而擊鼓鼓○ 21/106/15

北 běi 17

然而周公○面而朝之 8/27/18
自南自○ 8/28/12,11/53/5
15/71/16
○海則有走馬吠犬焉 9/38/14
故周公南征而○國怨 9/41/17
○足以敗燕 11/50/15
遇敵處戰則必○ 15/73/14
○與胡、貉爲鄰 16/77/21
猶欲之楚而○求之也 20/99/12
而惡○無寡 22/111/21
離南行而○走也哉 22/111/21
○決九河、通十二渚疏
三江 25/121/13
子○面而跪 27/127/12
子貢觀於魯廟之○堂 28/141/12
賜觀於太廟之○堂 28/141/12
還復瞻被（九）〔○〕
蓋 28/141/13

貝 bèi 1

玉○曰唅 27/128/5

背 bèi 7

桀、紂棄義○信而天下亂 16/79/8
○其天情 17/80/12
噂沓○憎 18/87/14
故以貪鄙、○叛、爭權
而不危辱滅亡者 21/103/3
○而走 21/106/13
（○）〔皆〕禮（者）
也 27/127/22
與義分○矣 27/132/13

被 bèi 10

去亂而○之以治 3/10/14
澤○生民 13/66/3
衣○則服五采 18/86/17
慈母、衣○之者也 19/97/10
功○天下而不私置者歟 26/124/13
功○天下 26/124/16,28/138/14
○文學 27/134/8
還復瞻○（九）〔北〕
蓋 28/141/13
○有說邪 28/141/13

悖 bèi 20

不以○君 3/11/22
類不○ 5/19/4
是○者也 11/55/15
俳優、侏儒、婦女之請
謁以○之 11/56/1
若是其○繆也 16/77/9
而靡有○逆者 20/101/3
以其所受○其所辭 22/109/20
推類而不○ 22/110/8
無禮義則○亂而不治 23/113/10
○亂而不治 23/113/11,23/115/4
皆反於性而○於情也 23/114/5
辭讓則○於情性矣 23/114/6
不知禮義則○ 23/114/22
則○亂在己 23/114/22
偏險○亂也 23/115/2
天下之○亂而相亡不待
頃矣 23/115/7
其行也○ 23/117/3
則施行而不○ 24/119/13
○亂昏莫不終極 25/122/3

倍 bèi 14

則全一而不○ 7/26/7
惡天下之○周也 8/27/14
○是者亡 8/31/10
○是如不亡者 8/31/10
田肥以易則出實百○ 10/42/24
○其節 10/44/12
○道而妄行 17/79/19
故大路之馬必（○）
〔信〕至教順然後乘
之 19/90/13
是姦人之道而○叛之心也 19/93/8
君子以○叛之心接臧穀 19/93/8
案使○之 19/97/1
○道失賢也 24/119/11
教而不稱師謂之○ 27/133/19
○畔之人 27/133/19

偝 bèi 1

○則譏之 5/18/8

備 bèi 43

聖心○焉 1/2/9
待盡而後○者也 4/15/14
脩鬬〔○〕 7/25/20
便○用 8/28/20,9/37/6
9/40/8,9/41/19,10/48/12
塞（○）〔滿〕天地之閒 9/39/23
然後衆人徒、○官職、
漸慶賞、嚴刑罰以戒
其心 10/45/19
脩戰○ 11/50/8
重味而（成）（珍○）
〔○珍〕〔怪〕 12/60/3
禮義○而君子歸之 14/66/17
養○而動時 17/79/17
○其天養 17/80/13
聖人○道全美者也 18/84/14

械用○飾不可不異也 18/85/21
道德純○ 18/86/7,26/125/15
食飲則重大牢而○珍怪 18/86/18
不以○不足 18/87/19
故至○ 19/92/3
故雖○家、必踰日然後能殯 19/93/21
○物者作矣 19/93/21
其文○矣 19/93/23
使本末終始莫不順比純○ 19/94/20
終始具而孝子之事畢、聖人之道○矣 19/95/18
君、曲○之者也 19/97/11
文足以容○ 19/97/17
曲容○物之謂道矣 19/97/17
工告樂○ 20/101/14
故目視○色 21/102/21
耳聽○聲 21/102/21
口食○味 21/102/21
形居○宮 21/102/21
名受○號 21/102/21
告至○也 24/118/6
○矣 24/119/15
○而不矜 24/119/15
大人哉舜、南面而立萬物○ 25/121/9
不如○ 25/122/6
五采○而成文 26/124/9

憊 bèi 2

往來惛○ 26/124/9
往來惛○而不可爲固塞者歟 26/124/12

奔 bēn 1

棄其親家而欲○之者 5/18/2

犇 bēn 5

○命者不獲 15/71/12
○命者貢 15/71/14
勞苦煩辱則必○ 15/73/14
俄而天下倜然舉去桀、紂而○湯、武 16/76/25
○喪百里 27/128/6

本 běn 76

將原先王、○仁義 1/4/1
而政事之○也 3/11/10
見端不如(見)○分 5/20/16
○分而理 5/20/16
而○朝之臣莫之敢惡也 7/25/13
彼非(○)〔平〕政教也 7/25/18
則勢在○朝而宜 8/27/27
儒者在○朝則美政 8/28/7
○仁義 8/33/12
是養天下之○也 9/36/3
夫是之謂大○ 9/39/6
○政教 9/40/11
務○事 9/41/10
而忘其○務 9/42/6
天下之○利也 10/43/10
是美天下之○也 10/43/10
是安天下之○也 10/43/11
是貴天下之○也 10/43/11
然後瓜桃棗李一○數以盆鼓 10/44/21
既以伐其○ 10/45/13
枝葉必類○ 10/47/2
財之○也 10/47/22
知○末源流之謂也 10/48/2
伐其○ 10/48/3
非○政教也 11/50/7
非以○政教也 11/50/14
故君人者、立隆政○朝而當 11/54/19
立隆政○朝而不當 11/54/20
不隆○行 11/56/10
○不利於所私也 12/61/21
知務○禁末之爲多材也 12/63/6
國家之○作也 14/66/24
樹落則糞○ 14/67/22
凡用兵攻戰之○在乎壹民〔也〕 15/68/6
是强弱之○也 15/69/14
無○賞矣 15/69/21
然而未有○統也 15/70/21
常以仁義爲○ 15/71/21
未有○統也 15/72/5
今女不求之於○而索之於末 15/72/6
强國之○也 15/72/9
一人之○也 16/76/5
義爲○ 16/79/7
古者禹、湯○義務信而天下治 16/79/7
此君人者之大○也 16/79/9
彊○而節用 17/79/16
○荒而用侈 17/79/18
○事不理 17/81/17
故上者、下之○也 18/83/13
凡刑人之○ 18/85/8
禮有三○ 19/90/20
天地者、生之○也 19/90/20
先祖者、類之○也 19/90/20
君師者、治之○也 19/90/20
是禮之三○也 19/90/22
貴始、得之○也 19/91/1
貴食飲之○也 19/91/7
貴○而親用也 19/91/8
貴○之謂文 19/91/9
○末相順 19/92/8
使○末終始莫不順比純備 19/94/20
性者、○始材朴也 19/95/1
危削侮辱之○也 20/99/19
窮○極變 20/100/15
亂之○也 21/103/20
豈人之○性也哉 23/115/22
○夫仁義之可知之理、可能之具 23/116/13
二者、是非之○ 24/119/9
務○節用財無極 25/122/13
禮以順人心爲○ 27/127/22
制禮反○成末 27/128/3
君臣父子之○也 27/129/17
禮者、○末相順 27/130/10
以其○ 27/131/8
蘭茝、槀○ 27/134/3
行中規繩而不傷於○ 31/146/3

崩 bēng 3

武王○ 8/27/14,8/31/13
山冢崒○ 24/119/6

絣 bĕng 1

菲、（對）〔○〕屨 18/85/6

偪 bī 1

入郄穴而不○者歟 26/124/11

鼻 bí 11

○辨芬芳腥臊 4/15/9
彼臭之而（無）嗛於○ 4/15/19
○目耳具 5/17/17
○欲綦臭 11/52/1
人之百事如耳目○口之不可以相借官也 12/60/14
耳目○口形能 17/80/9
側載睪芷以養○ 18/86/20
○不欲綦臭 18/89/13
所以養○也 19/90/6,19/90/11
香、臭、芬、鬱、腥、臊、（洒）〔漏〕、（酸）〔庮〕、奇臭以○異 22/108/17

比 bǐ 44

天地○ 3/9/1
交親而不○ 3/9/8
不下○以闇上 3/11/21
以敦○其事業而不敢怠傲 4/14/12
從者將論志意、○類文學邪 5/17/23
○肩並起 5/18/2
則愼○而不邪 7/26/7
○中而行之 8/28/15
貴名不可以○周爭也 8/29/22
○周而譽俞少 8/30/3
剸○干而囚箕子 8/31/18
使天下莫不順○從服 9/40/14
安唯便僻左右親○己者之用 11/51/12
唯便辟親○己者之用 11/51/15
案唯便嬖親○己者之用也 12/61/18
朋黨○周 13/63/18
有能○知同力 13/64/2
○干、子胥 13/64/7
朋黨○周之譽 14/66/10
紂剸○干 15/72/20
立法施令莫不順○ 15/74/10
下○周賁潰以離上矣 16/75/20
辟稱○方則欲自並乎湯、武 16/77/4
陶誕○周以爭與 16/77/7
不○周 16/78/14
則常不勝夫敦○於小事者矣 16/78/21
則下○周矣 18/83/16
○周則難知 18/83/16
剸○干 18/84/16
使本末終始莫不順○純備 19/94/20
○物以飾節者也 20/99/1
○至其家者 21/106/13
故○方之疑似而通 22/108/15
○周還主黨與施 25/120/5
○干見剸箕子累 25/120/9
是非反易、○周欺上惡正直 25/122/4
○干見剸 26/125/16
哭○干之墓 27/131/3
其誠可○於金石 27/135/7
○干、子胥忠而君不用 27/137/22
王子○干不見剖心乎 28/141/1
夫玉者、君子○德焉 30/144/6
紂剸王子○干而武王得之 32/150/1
○干剖心 32/150/12

妣 bǐ 1

隆率以敬先○之嗣 27/127/12

彼 bǐ 88

○止而待我 2/7/12
○人之才性之相縣也 2/7/14
然而人力爲此而寡爲○ 4/15/13
4/15/21
○臭之而（無）嗛於鼻 4/15/19
則莫不棄此而取○矣 4/15/19
豈非人之情固可與如此可與如○也哉 4/16/3
○固天下之大慮也 4/16/11
○後王者 5/18/19
○衆人者 5/18/24
○君子則不然 6/25/2
○誠可羞稱也 7/25/7
（如）○固曷足稱乎大君子之門哉 7/25/10
○非（本）〔平〕政教也 7/25/18
○以讓飾爭 7/25/20
○固曷足稱乎大君子之門哉 7/25/21
○王者則不然 7/25/21
夫其爲人下也如○ 8/28/12
○學者 8/29/14
○寶也者 8/29/19
○大儒者 8/32/7
○求之而後得 8/34/5
維○忍心 8/34/11
○霸者不然 9/37/6
○王者不然 9/37/14
○作矣 9/38/19,17/80/25
○不能群也 9/39/10
○無與至也 9/41/12
○其所與至者 9/41/12,15/69/5
○人之情性也 9/41/13
○以奪矣 9/41/14
○將日日暴露毀折之中原 9/41/21
○將日日捿遲薛越之中野 9/41/22
○將日日挫頓竭之於仇敵 9/41/23
則○日積敝 9/41/23
○日積貧 9/41/24
○日積勞 9/41/24
○將厲厲焉日日相離疾也 9/41/24
○裕民 10/42/23
○得之不足以藥傷補敗 10/48/13
○愛其爪牙 10/48/13
○苟有人意焉 10/48/15
○國錯者 11/50/21
○持國者必不可以獨也 11/51/11
巨用之者若○ 11/51/16
小巨分流者亦一若○ 11/51/16
○其人苟壹 11/53/1
○或蓄積而得之者不世絕 12/59/2
○其人者 12/59/2
○誠有之者與誠無之者若白黑然 12/61/10
○不能而主使之 12/61/21

| | |
|---|---|
| 而○姜姓也 | 12/62/4 |
| ○可詐者 | 15/68/12 |
| ○反顧其上 | 15/69/6 |
| ○必將來告之 | 15/69/7 |
| ○仁者愛人 | 15/71/22 |
| ○兵者 | 15/71/23 |
| ○仁義者 | 15/72/3 |
| ○貴我名聲 | 15/74/9 |
| ○畏我威、劫我埶 | 15/74/12 |
| ○國者 | 16/75/7 |
| ○國者亦有砥厲 | 16/75/9 |
| ○先王之道也 | 16/76/5 |
| ○將聽唱而應 | 18/83/11 |
| ○王者之制也 | 18/85/19 |
| ○楚、越者 | 18/86/1 |
| ○乃將食其肉而齕其骨也 | 18/88/5 |
| 則○朝死而夕忘之 | 19/96/15 |
| ○安能相與群居而無亂乎 | 19/96/15 |
| ○君子者 | 19/97/8 |
| ○其所至者甚大動也 | 19/97/21 |
| ○國安而天下安 | 20/101/22 |
| 寘○周行 | 21/104/14 |
| ○愚者之定物 | 21/106/9 |
| ○正其名、當其辭以務白其志義者也 | 22/110/20 |
| ○名辭也者、志義之使也 | 22/110/21 |
| ○誘其名 | 22/110/23 |
| 念○遠方 | 26/125/19 |
| 于○牧矣 | 27/126/14 |
| 瞻○日月 | 28/140/1 |
| ○其寬也 | 32/149/3 |
| ○其好自用也 | 32/149/3 |
| ○爭者、均者之氣也 | 32/149/4 |
| ○其愼也 | 32/149/5 |
| ○淺者、賤人之道也 | 32/149/6 |
| ○正身之士 | 32/149/12 |

## 鄙 bǐ 13

| | |
|---|---|
| 期思之○人也 | 5/17/17 |
| ○夫反是 | 5/19/13,8/30/3 |
| ○爭而名俞辱 | 8/30/3 |
| 故田野縣○者 | 10/47/21 |
| 縣○將輕田野之稅 | 11/56/19 |
| 則民流慢○賤矣 | 20/99/18 |
| ○賤則爭 | 20/99/18 |
| 故以貪○、背叛、爭權而不危辱滅亡者 | 21/103/3 |
| 貴公正而賤○爭 | 22/110/16 |
| 故○人也 | 27/134/7 |
| 吾有○也 | 28/140/11 |
| 吾○之 | 28/140/12 |

## 必 bì 277

| | |
|---|---|
| 故君子居○擇鄉 | 1/2/1 |
| 遊○就士 | 1/2/1 |
| ○有所始 | 1/2/3 |
| ○象其德 | 1/2/3 |
| 故○由其道至 | 1/4/6 |
| ○有以自存也 | 2/5/3 |
| ○以自省也 | 2/5/3 |
| ○以自好也 | 2/5/3 |
| ○以自惡也 | 2/5/4 |
| 雖從○疑 | 3/11/9 |
| 庸言○信之 | 3/11/23 |
| 庸行○愼之 | 3/11/24 |
| 則○前後慮其可惡也者 | 3/12/6 |
| 則○前後慮其可害也者 | 3/12/6 |
| 是以動則○陷 | 3/12/8 |
| 爲則○辱 | 3/12/9 |
| 凡鬭者、○自以爲是而以人爲非也 | 4/13/5 |
| 成則○不得其所好 | 4/14/19 |
| ○遇其所惡焉 | 4/14/20 |
| 成則○得其所好 | 4/14/21 |
| ○不遇其所惡焉 | 4/14/22 |
| 然而未○不危也 | 4/15/4 |
| 然而未○不安也 | 4/15/4 |
| 後世言惡則○稽焉 | 5/17/27 |
| 人有三○窮 | 5/18/8 |
| 是人之一○窮也 | 5/18/8 |
| 是人之二○窮也 | 5/18/9 |
| 是人之三○窮也 | 5/18/10 |
| 以爲上則○危 | 5/18/10 |
| 爲下則○滅 | 5/18/10 |
| 則○非誠士也 | 5/19/11 |
| 故君子○辯 | 5/19/12 |
| 亦○遠舉而不繆 | 5/19/18 |
| 君子○辯 | 5/20/12 |
| 故（言）君子○辯 | 5/20/15 |
| 雖能○讓 | 6/23/14 |
| 不能使人○貴己 | 6/24/12, 27/138/4 |
| 不能使人○信己 | 6/24/12 |
| 不能使人○用己 | 6/24/13, 27/138/4 |
| ○曰君子固不用力 | 6/25/1 |
| 戰○能殆之而羞與之鬭 | 7/25/22 |
| ○將盡辭讓之義然後受 | 7/26/9 |
| ○無後患之術 | 7/26/14 |
| 有寵則○榮 | 7/26/16 |
| 失寵則○無罪 | 7/26/16 |
| 是事君者之寶而○無後患之術也 | 7/26/16 |
| ○節 | 7/26/18 |
| ○勝 | 7/26/18 |
| ○賢 | 7/26/19 |
| 是以位尊則○危 | 7/26/21 |
| 任重則○廢 | 7/26/21 |
| 擅寵則○辱 | 7/26/21 |
| 以事君則○通 | 7/27/3,7/27/5 |
| 以爲仁則○聖 | 7/27/3,7/27/6 |
| 說○不行矣 | 7/27/10,16/77/10, 18/89/7 |
| ○爲順下矣 | 8/27/27 |
| ○不以邪道爲貪 | 8/28/1 |
| ○蚤正以待之也 | 8/28/6 |
| 言○（治當）〔當理〕 | 8/29/2 |
| 事○當務 | 8/29/2 |
| ○將誠此然後就也 | 8/29/23 |
| 雖博○謬 | 8/33/13 |
| 雖識○妄 | 8/33/13 |
| 雖敦○困 | 8/33/14 |
| 則○爲盜 | 8/33/16 |
| 勇則○爲賊 | 8/33/16 |
| 云能則○爲亂 | 8/33/16 |
| 察則○爲怪 | 8/33/16 |
| 辨則○爲誕 | 8/33/16 |
| 則法之所不至者○廢 | 9/35/16 |
| 則職之所不及者○隊 | 9/35/16 |
| 物不能澹則○爭 | 9/36/1 |
| 爭則○亂 | 9/36/2 |
| 則傷人之民○甚矣 | 9/36/24 |
| 則人之民惡我○甚矣 | 9/36/24 |
| 則傷吾民○甚矣 | 9/36/25 |
| 則吾民之惡我○甚矣 | 9/36/26 |
| ○將於愉殷赤心之所 | 9/41/2 |
| ○其民也 | 9/41/12,15/69/5 |

寡則○爭矣 10/42/16
則○有仁義聖良之名 10/42/25
則○有貪利糾譑之名 10/42/28
德○稱位 10/43/2
位○稱祿 10/43/2
祿○稱用 10/43/2
由士以上則○以禮樂節之 10/43/2
衆庶百姓則○以法數制之 10/43/3
使民○勝事 10/43/3
事○出利 10/43/4
○時臧餘 10/43/4
故○將撞大鐘、擊鳴鼓、吹竽笙、彈琴瑟以塞其耳 10/45/17
○將錭琢、刻鏤、黼黻、文章以塞其目 10/45/18
○將芻豢稻粱、五味芬芳以塞其口 10/45/18
事○不就 10/46/7
功○不立 10/46/7
○反無功 10/46/9
○先脩正其在我者 10/46/15
枝葉○類本 10/47/2
故明主○謹養其和 10/47/23
潢然使天下○有餘 10/47/23
○將雅文辨慧之君子也 10/48/15
○至於資單國舉然後已 10/49/1
○將脩禮以齊朝 10/49/4
安之者○將道也 11/49/15
則○稽焉 11/50/16
彼持國者○不可以獨也 11/51/11
人情之所○不免也 11/52/1, 20/98/14, 20/99/7
故明君者○將先治其國 11/52/4
闇君者○將（急）〔荒〕逐樂而緩治國 11/52/5
○至於身死國亡然後止也 11/52/6
○自爲之然後可 11/52/16
何故○自爲之 11/52/17
四方之國有侈離之德則○滅 11/53/16
則雖孤獨鰥寡○不加焉 11/54/12
社稷○危 11/54/21, 11/56/10, 12/57/8
○道是者也 11/55/3
○反是者也 11/55/4
○不加焉 11/55/26
權○輕 11/56/13
兵○弱 11/56/13
○將曲辨 11/56/16
朝廷○將隆禮義而審貴賤 11/56/16
臨事○亂 12/57/6
是故窮則○有名 12/58/5
達則○有功 12/58/6
是豈不○得之之道也哉 12/61/14, 12/61/16
〔闇主則○危其所愛〕 12/62/2
闇主則○危其所愛 12/62/10
故人主○將有便嬖左右足信者然後可 12/62/16
人主○將有卿相輔佐足任者然後可 12/62/19
然而不○相親也 12/62/21
故人主○將有足使喻志決疑於遠方者然後可 12/62/21
則○死 13/63/22
則○危 13/63/22
則○榮 13/63/22
則○尊 13/63/22
○謹志之而慎自爲擇取焉 13/63/25
仁者○敬人 13/65/14
故仁者○敬人 13/65/16
而在乎〔不〕誠○用賢 14/67/3
則湯、武不能以○勝也 15/68/8
豈○待附民哉 15/68/10
○將聰明警戒 15/69/2
彼○將來告之 15/69/7
其稅○寡 15/70/3
成不可○也 15/70/25
欲○以信 15/70/26
○道吾所明 15/70/27
慮○先事而申之以敬 15/71/4
○在敬之 15/71/5
○在慢之 15/71/5
臣下懍然莫○其命 15/72/20
使之持危城則○畔 15/73/13
遇敵處戰則○北 15/73/14
勞苦煩辱則○犇 15/73/14
奉養○費 15/74/12
則○發夫（掌）〔稟〕窌之粟以食之 15/74/14
則○奪 15/74/21
則○亡 15/74/21
則○能并之矣 15/74/21
其誅殺猛而○ 16/75/16
治○由之 16/76/5
○以道夫公道通義之可以相兼容者 16/76/15
則三國○起而乘我 16/76/22
則齊○斷而爲四三 16/76/23
○爲天下大笑 16/76/23
○與人也 16/77/5
○與道也 16/77/5
故爲人上者○將愼禮義、務忠信然後可 16/79/8
○傷害無罪之民 18/84/5
後世之言惡者○稽焉 18/84/17
然而未○不亡也 18/85/2
豈○齊哉 18/85/20
○齊之日祭、月祀之屬然後曰受制邪 18/86/2
死則能任天下者○有之矣 18/86/14
○以有爲 18/87/19
○禽獸行、虎狼貪 18/88/3
猶且○扫也 18/88/5
則○不得所求焉 18/88/12
○以其惡之爲說 18/88/12
惡之則○鬬 18/88/15
○將立隆正然後可也 18/88/21
則說○不行矣 18/89/14
使欲○不窮乎物 19/90/5
物○不屈於欲 19/90/5
故大路之馬○（倍）〔信〕至教順然後乘之 19/90/13
若者○死 19/90/16
若者○害 19/90/16
（居）若者○危 19/90/16
若者○滅 19/90/17
故雖備家、○踰日然後能殯 19/93/21
○有知 19/96/10
則○反鉛 19/96/11
則○徘徊焉 19/96/11
樂則○發於聲音 20/98/14
則○惑是惑非 21/102/6
其福○長 21/103/5
則○合於不道人 21/103/19

○自見 21/104/13
決○不當 21/106/9
○以其感忽之間、疑玄之時（正）〔定〕之 21/106/14
則○有敝鼓喪豚之費矣 21/106/15
○將有循於舊名 22/108/9
則志○有不喻之患 22/108/12
而事○有困廢之禍 22/108/13
然而徵知○將待天官之當簿其類然後可也 22/109/2
成則○得其所好而不遇其所惡焉 22/111/1
情之所○不免也 22/111/14
知所○出也 22/111/15
○出於爭奪 23/113/5
故○將有師法之化、禮義之道 23/113/6
故枸木○將待檃括、烝、矯然後直 23/113/9
鈍金○將待礱、厲然後利 23/113/9
○將待師法然後正 23/113/9
○失而喪之 23/113/22
夫感而不能然、○且待事而後然者 23/114/13
○求於外 23/114/19
○不及於外 23/114/20
故善言古者○有節於今 23/115/10
善言天者○有徵於人 23/115/10
枸木○將待檃栝、烝、矯然後直者 23/115/16
○將待聖王之治、禮義之化 23/115/17
未○然也 23/116/20
未○能也 23/116/22
然而（前○）〔○前〕有銜轡之制 23/117/14
○將求賢師而事之 23/117/16
則○遇其所惡焉 24/118/13
後子孫○顯 24/119/4
列從○尊 24/119/5
主忌苟勝、群臣莫諫○逢災 25/120/4
拒諫飾非、愚而上同國○禍 25/120/5
基○施 25/120/12
〔人〕而有埶、直而用抴○參天 25/120/16
道古賢聖基○張 25/121/15
後○有 25/122/5
主好論議○善謀 25/123/2
顯者○得、隱者復顯民反誠 25/123/3
信、誕以分賞罰○ 25/123/4
千歲○反 26/125/18
故王者○居天下之中 27/126/9
過十室之邑○下 27/128/17
○顛蹶陷溺 27/129/22
學者非○爲仕 27/134/20
而仕者○如學 27/134/21
○貴師而重傅 27/135/11
○賤師而輕傅 27/135/11
爲國家○以孝 28/139/2
君子之所以見大水○觀焉者 28/140/4
○循其理 28/140/6
主量○平 28/140/7
其萬（拆）〔折〕也○東 28/140/8
是故君子見大水○觀焉 28/140/8
汝以知者爲○用邪 28/141/1
女以忠者爲○用邪 28/141/2
女以諫者爲○用邪 28/141/2
○以餌 30/144/2
吾○不仁也 30/144/11
吾○不長也 30/144/11
吾○不信也 30/144/12
不○然 31/145/3
○有率也 31/145/14
○有處也 31/145/14
諸侯之子孫○有在君之末庭者 31/147/4
亡國之虛則○有數蓋焉 31/147/5

## 閉 bì 5

見○則敬而齊 3/10/7
見○則怨而險 3/10/9
○約而無解 6/22/9
故外闔不○ 8/32/2
周○而不竭 9/35/14

## 畢 bì 22

在天地之閒者○矣 1/3/11
仁人之事○ 6/23/2
天下之道○是矣 8/31/9
則王者之事○矣 9/35/12
王者之事○矣 14/66/18,15/75/2
共、艾○ 18/85/5
人道○矣 19/93/6
終始具而孝子之事○、聖人之道備矣 19/95/18
二十五月而○ 19/96/7,19/96/18
三年○矣哉 19/97/10
三年○乎哉 19/97/11
展禽三絀、春申道綴基○輸 25/120/11
以其教（出）〔士〕○行 27/126/23
則儒道○矣 29/141/20
〔子亦聞〕東野（子）〔○〕之善馭乎 31/147/20
東野○之馬失 31/148/2
東野○之馭 31/148/3
今東野○之馭〔也〕 31/148/6
朝禮○矣 31/148/6
欲言而請○事者千有餘人 32/149/8

## 敝 bì 7

承彊大之○也 9/37/1
知彊大之○ 9/37/2
則彼日積○ 9/41/23
以是待其○ 9/42/1
以靡○之 10/44/11
則必有○鼓喪豚之費矣 21/106/15
爲幬菜○而不反其常 27/134/2

## 賁 bì 3

下比周○潰以離上矣 16/75/20
楚人則乃有襄○、開陽以臨吾左 16/76/22
忠誠盛於內、○於外 32/148/14

幣 bì 2

〇厚則傷德 27/127/1
冢卿不脩〇〔施〕 27/132/5

弊 bì 1

金舌〇口 18/88/17

蔽 bì 52

則是拘脅〇塞之端也 12/62/13
隱忌雍〇之人 14/66/11
〇於一曲而闇於大理 21/102/5
豈不〇於一曲而失正求也哉 21/102/8
故爲〇 21/102/12
欲爲〇 21/102/12
惡爲〇 21/102/12
始爲〇 21/102/12
終爲〇 21/102/12
遠爲〇 21/102/12
近爲〇 21/102/12
博爲〇 21/102/12
淺爲〇 21/102/12
古爲〇 21/102/13
今爲〇 21/102/13
凡萬物異則莫不相爲〇 21/102/13
昔人君之〇者 21/102/15
桀〇於末喜、斯觀 21/102/15
紂〇於妲己、飛廉 21/102/16
此〇塞之禍也 21/102/18
21/103/2,21/103/13
此不〇之福也 21/102/23
21/103/6,21/103/16
昔人臣之〇者 21/103/1
唐鞅〇於欲權而逐載子 21/103/1
奚齊〇於欲國而罪申生 21/103/1
鮑叔、甯戚、隰朋仁知且不〇 21/103/3
召公、呂望仁知且不〇 21/103/4
昔賓孟之〇者 21/103/8
墨子〇於用而不知文 21/103/8
宋子〇於欲而不知得 21/103/8
愼子〇於法而不知賢 21/103/8
申子〇於埶而不知知 21/103/9
惠子〇於辭而不知實 21/103/9
莊子〇於天而不知人 21/103/9
上以〇下 21/103/13
下以〇上 21/103/13
孔子仁知且不〇 21/103/15
不〇於成積也 21/103/15
見〇塞之禍 21/103/16
是故衆異不得相〇以亂其倫也 21/103/17
夫惡有〇矣哉 21/104/10
冥冥〇其明也 21/106/4
遠〇其大也 21/106/6
高〇其長也 21/106/7
遠賢近讒、忠臣〇塞主勢移 25/120/5
妬功毀賢、下斂黨與上〇匿 25/122/7
上壅〇 25/122/7
〇公者謂之昧 27/130/18
故君上〇而無覩 32/150/6

嬖 bì 7

觀其便〇 10/47/11,10/47/14
案唯便〇親比己者之用也 12/61/18
非無便〇也 12/62/3
便〇左右者 12/62/15
故人主必將有便〇左右足信者然後可 12/62/16
故人主無便〇左右足信者之謂闇 12/62/23

避 bì 10

非其道則〇之 1/4/7
其〇辱也懼 2/8/12
畏患而不〇義死 3/9/7
使足以〇燥溼、養德、辨輕重而已 10/43/15
而無所〇之 13/64/17
不〇死傷 18/88/14
單與兼無所相〇則共 22/109/5
外不〇仇、內不阿親賢者予 25/121/10
故塞而〇所短 27/137/7
不放舟、不〇風則不可涉也 29/143/1

臂 bì 2

〇非加長也 1/1/13
若手〇之扞頭目而覆胸腹也 15/68/16

璧 bì 3

珪〇將甚碩 10/48/14
問士以〇 27/126/25
和〔氏〕之〇、井里之厥也 27/134/7

編 biān 3

而〇之以髮 1/1/17
則退〇百姓而愨 8/27/27
大侯〇後 18/87/1

鞭 biān 1

後有〇策之威 23/117/15

邊 biān 1

〇境之臣處 13/64/12

扁 biǎn 1

此之謂也〇善之度 2/5/9

褊 biǎn 1

狹隘〇小 2/6/7

卞 biàn 3

身讓〇隨舉牟光 25/121/15
忌〇莊子 27/133/1
不敢過〇 27/133/1

弁 biàn 3

士皮〇服 10/43/2
脩冠〇、衣裳、黼黻、文章、琱琢、刻鏤 12/60/1
士韋〇 27/126/17

抃 biàn 1

○急禁悍 9/40/11

便 biàn 34

學莫○乎近其人 1/3/20,1/3/21
齊給○利 2/6/7
辯說譬諭、齊給○利而不順禮義 6/23/7
○備用 8/28/20,9/37/6,9/40/8,9/41/19,10/48/12
事其○辟 8/32/20
觀其○嬖 10/47/11,10/47/14
安唯○僻左右親比己者之用 11/51/12
唯○辟親比己者之用 11/51/15
則器用巧○而財不匱矣 11/56/22
齊給○捷而不惑 12/58/3
果何道而○ 12/60/21
案唯○嬖親比己者之用也 12/61/18
非無○嬖也 12/62/3
○嬖左右者 12/62/15
故人主必將有○嬖左右足信者然後可 12/62/16
故人主無○嬖左右足信者之謂闇 12/62/23
知無與下爭小利之爲○於事也 12/63/6
械用兵革攻完○利者强 15/69/18
械用兵革窳楛不○利者弱 15/69/18
以○從事而已 15/72/1
女所謂○者 15/72/2
不○之○也 15/72/2
大○之○也 15/72/2
形埶○ 16/78/10
道盡○矣 21/103/10
齊給、○敏而無類 23/117/4

舁 biàn 1

（卑）〔○〕絻、黼黻、文織 19/94/17

徧 biàn 18

則尊以○矣 1/3/21
非能○能人之所能之謂也 8/28/16
非能○知人之所知之謂也 8/28/17
非能○辨人之所辨之謂也 8/28/17
非能○察人之所察之謂也 8/28/18
足以○矣 12/57/5
均○而不偏 12/57/23,12/58/5
其能以稱義○矣 12/60/7
是地○天下也 16/78/3
四時則已○矣 19/96/23
則沒世窮年不能○也 21/106/19
有時而欲○擧之 22/109/7
有時而欲（○）〔偏〕擧之 22/109/8
足可以○行天下 23/116/20
然而未嘗有能○行天下者也 23/116/20
夫水、（大）○與諸生而無爲也 28/140/5
雖不能○美善 31/145/14

辨 biàn 93

有爭氣者勿與○也 1/4/6
譬之是猶以盲○色 2/8/3
以聾○聲也 2/8/3
事起而○ 3/11/21,21/107/11
脩正治○矣 4/14/20
目○白黑美惡 4/15/8
而耳○音聲清濁 4/15/8
口○酸鹹甘苦 4/15/8
鼻○芬芳腥臊 4/15/9
骨體膚理○寒暑疾養 4/15/9
直將差長短、○美惡 5/17/23
以其有○也 5/18/13,5/18/15
5/18/16
故人道莫不有○ 5/18/17
○莫大於分 5/18/17
雖○ 5/19/10,27/137/10
聽其言則辭○而無統 5/21/3
曾不足以容○異、縣君臣 6/21/19
君子之所謂○者 8/28/17
非能徧○人之所○之謂也 8/28/17
○貴賤 8/28/19
○其談說 8/29/10,18/89/11
效門室之○ 8/29/16
圖回天下於掌上而○白黑 8/29/17
治○之極也 8/30/9
脩百王之法若○白黑 8/30/15
○則必爲誕 8/33/16
○則速論 8/33/17
○功苦 9/40/8
使足以○貴賤而已 10/43/13
使足以○吉凶、合歡定和而已 10/43/14
使足以避燥溼、養德、○輕重而已 10/43/15
忠信、調和、均○之至也 10/46/14
忠信均○ 10/46/15
必將雅文○慧之君子也 10/48/15
加有治○、彊固之道焉 11/52/2
莫不治○ 11/52/20,11/54/16
必將曲○ 11/56/16
此儒之所謂曲○也 11/56/24
致臨而有○ 12/57/25
聖王財衍以明○異 12/60/4
其（○）〔辯〕說足以解煩 12/62/21
一（內）〔曰〕而曲○之 12/63/10
而○其故 13/64/25
禮者、治○之極也 15/72/9
則下治○矣 18/83/14
治○則易一 18/83/14
非至○莫之能分 18/84/13
則是非不分而○訟不決 18/88/21
不能○物也 19/95/3
君者、治○之主也 19/97/7
使其文足以○而不（諰）〔諰〕 20/98/17
隆殺之義○矣 20/101/12
隆殺○ 20/101/21
○利非以言是 21/107/2
非○治亂 21/107/4
妄○而幾利 21/107/6
言物而爲○ 21/107/7
名定而實○ 22/108/4
人多○訟 22/108/5
下以○同異 22/108/13
故明君知其分而不與○也 22/109/21

○埶惡用矣哉 22/110/2
故○說也 22/110/3
說不喻然後○ 22/110/4
故期、命、○、說也者 22/110/4
○說也者 22/110/6,22/110/7
○說之用也 22/110/7
○異而不過 22/110/8
○則盡故 22/110/9
以正道而○姦 22/110/9
是（以）聖人之○說也 22/110/11
以公心○ 22/110/14
是士君子之○說也 22/110/17
凡論者貴其有○合、有符驗 23/115/10
無○合、符驗 23/115/11
夫人雖有性質美而心○知 23/117/16
○賢、罷 25/120/13
○法方 25/120/13
宗其賢良、○其殃孽 25/121/5
○治上下、貴賤有等明君臣 25/121/8
察○而操辟 27/137/7
三曰言僞而○ 28/138/19
○乎萬物之情性者也 31/146/8
是故其事大○乎天地 31/146/9
出無○矣 32/149/3

## 辯 biàn 30

雖察○ 1/4/4
然而君子不○ 2/7/11
言○而不（辭）〔亂〕 3/9/8
○而不爭 3/9/15
君子絜其○而同焉者合矣 3/10/18
○而不說者 4/12/22
故君子必○ 5/19/12
君子必○ 5/20/12
是以小人○言險 5/20/12
君子○言仁也 5/20/12
其○不若其吶也 5/20/13
故（言）君子必○ 5/20/15
小○不如見端 5/20/16
小○而察 5/20/16
有小人之○者 5/21/1
有士君子之○者 5/21/1
有聖人之○者 5/21/1
是聖人之○者也 5/21/2
是士君子之○者也 5/21/3
○而無用 6/22/4
雖○、小人也 6/23/6
○說譬諭、齊給便利而不順禮義 6/23/7
（言）無用而○ 6/23/8
（○）不（給）（惠）〔急〕而察 6/23/8
言○而逆 6/23/9
察○而操僻 6/23/10
○士之所不能言也 8/29/7
○政令制度 11/55/25
其（辨）〔○〕說足以解煩 12/62/21
無用之○、不急之察 17/82/3

## 變 biàn 65

以義○應 3/10/2
此言君子能以義屈信○應故也 3/10/3
明則能○矣 3/11/5
○化代興 3/11/5
夫起於○故 4/15/13
應○不窮 5/21/2
盜賊得○ 5/21/5
此不得○也 5/21/6
宗原應○ 6/25/2
○勢次序〔之〕節然也 8/27/22
抑亦○化矣 8/27/24
事○得其應 8/29/1,10/45/21
應當世之○若數一二 8/30/15
四海之內莫不○心易慮以化順之 8/32/1
其持險應○曲當 8/32/11
千舉萬○ 8/32/11
倚物怪○ 8/33/3
舉錯應○而不窮 9/37/19
使暴悍以○ 9/40/11
治萬○ 10/43/19
事○失應 10/45/12
非○也 11/51/5
不能應事之○ 12/57/6
並遇○應而不窮 12/58/1
其應○故也 12/58/2
明達（用）〔周〕天地、理萬○而不疑 12/58/6
小人○心 12/60/16
而觀其能應○也 12/61/9
天下之○ 12/62/13
則不得不有疾病物故之○焉 12/62/17
其知慮足以應待萬○然後可 12/62/20
應卒遇○ 13/63/20
○應寬裕而多容 14/67/8
觀敵之○動 15/68/5
所行者○詐也 15/68/9
攻奪○詐者、諸侯之事也 15/68/12
窺敵觀○ 15/70/26
機○不張 15/73/5
是天地之○、陰陽之化 17/81/10, 17/81/13
百王之無○ 17/82/20
不知應○ 17/82/20
夫又何○之有矣 18/86/12, 18/86/13
小大、至不至之○者也 18/87/5
盜其先○乎 18/87/22
萬物○而不亂 19/92/5
○而飾 19/94/3
故○而飾 19/94/5
故情貌之○足以別吉凶、明貴賤親疏之節 19/94/12
陰陽接而○化起 19/95/2
聲音、動靜、生術之○盡〔於〕是矣 20/98/15
足以治萬○ 20/99/1
且樂也者、和之不可○者也 20/100/14
窮本極○ 20/100/15
夫道者、體常而盡○ 21/103/11
已不足以浹萬物之○ 21/106/19
狀○而實無別而爲異者 22/109/12
言之千舉萬○ 23/117/2
君制○ 25/123/6
以爲能○也 27/130/16
何異於○易牙之和、更師曠之律 27/137/17
應○而不窮 31/146/8
大道者、所以○化遂成萬物也 31/146/8

瀌 biāo 2

雨雪○○ 5/18/11

表 biǎo 21

行有防○ 8/34/20
行有防○也 8/34/24
（掩）〔撩〕地○畝 10/44/15
其防○明〔也〕 10/47/1
（水行）〔行水〕者○深 17/82/22
○不明則陷 17/82/22
治民者○道 17/82/22
○不明則亂 17/82/22
禮者、○也 17/82/22
外內異○ 17/83/1
文理、情用相爲內外○裏 19/92/22
○儀既設民知方 25/122/14
既以縫○ 26/125/10
水行者○深 27/127/4
治民者○亂 27/127/4
禮者、其○也 27/127/4
先王以禮○天下之亂 27/127/4
是去○也 27/127/5
相爲內外○裏 27/130/8
○商容之閭 27/131/3
足以爲天下法式○儀 32/150/9

鱉 biē 9

跛○千里 2/7/13
豈若跛○之與六驥足哉 2/7/14
然而跛○致之 2/7/15
黿鼉、魚○、鰌鱣孕別之時 9/39/19
故魚○優多而百姓有餘用也 9/39/21
養山林、藪澤、草木、魚○、百（索）〔素〕 9/40/5
黿鼉、魚○、鰌鱣以時別一而成群 10/45/1
川淵深而魚○歸之 14/66/17
夫魚○黿鼉猶以淵爲淺而堀〔穴〕其中 30/144/1

別 bié 37

有牝牡而無男女之○ 5/18/17
（分○）〔譬稱〕以論之 5/20/7
（譬稱）〔分○〕以明之 5/20/8
然而明不能分○ 8/32/19
若○白黑 8/33/3
兩者分○ 9/35/10
黿鼉、魚鱉、鰌鱣孕○之時 9/39/19
黿鼉、魚鱉、鰌鱣以時○一而成群 10/45/1
一日而曲（列）〔○〕之 11/52/8
合符節、○契券者 12/57/11
不待合符節、○契券而信 12/57/17
知國之安危臧否若○白黑 12/59/6
內外無○ 17/81/18
若夫君臣之義、父子之親、夫婦之○ 17/82/3
又好其○ 19/90/10
曷謂○ 19/90/10
所以○貴始 19/91/1
所以○〔尊卑〕 19/91/2
所以○積厚 19/91/4
至文以有○ 19/92/8
故情貌之變足以○吉凶、明貴賤親疏之節 19/94/12
○親疏、貴賤之節 19/96/4
禮○異 20/100/14
貴賤之義○矣 20/101/8
同異不○ 22/108/12
故知者爲之分○制名以指實 22/108/13
同異○ 22/108/14
鳥獸也者、大○名也 22/109/9
推而○之 22/109/9
○則有○ 22/109/9
至於無○然後止 22/109/9
可○也 22/109/12
狀變而實無○而爲異者 22/109/12
有化而無○ 22/109/13
然而〔秦人〕於父子之義、夫婦之○不如齊、魯之孝（具）〔共〕敬（父）〔文〕者 23/116/2
三月不○也 28/139/1

賓 bīn 16

宰爵知○客、祭祀、饗食、犧牲之牢數 9/40/1
使（○）〔賓〕旅安而貨財通 9/40/10
侯、衛○服 18/85/22
○服者享 18/85/23
○出 19/98/8,20/101/18
主人親速○及介 20/101/8
而衆○皆從之 20/101/8
主人拜○及介 20/101/8
而衆○皆入 20/101/8
三讓以○升 20/101/11
至于衆○升受 20/101/11
○酬主人 20/101/17
介酬衆○ 20/101/17
昔○孟之蔽者 21/103/8
主誠聽之、天下爲一海內○ 25/120/6

濱 bīn 1

率土之○ 24/118/8

臏 bìn 1

捶笞、○腳 18/89/1

殯 bìn 5

然而○斂之具未有求也 19/93/19
故雖備家、必踰日然後能○ 19/93/21
故○、久不過七十日 19/93/21
○其須以生設飾死者也 19/94/1
三月之○ 19/97/15

冰 bīng 3

○、水爲之而寒於水 1/1/3
如履薄○ 13/65/16
○泮殺〔止〕 27/130/3

兵 bīng 76

恭儉者、偋五○也 4/12/17

故知○者之舉事也 7/26/17
行之日以○忌 8/31/16
偃五○ 8/31/20
甲○不勞而天下服 9/37/16
11/54/6
司馬知師旅、甲○、乘白之數 9/40/1
偃然案○無動 9/41/4
而○剸天下〔之〕勁矣 9/41/5
○者勁之 9/41/6
則○勁城固 9/41/9
11/50/6,16/75/8,20/99/16
暴國之君案自不能用其○矣 9/41/11
安以靜○息民 9/41/18
○革器械者 9/41/20
上不隆禮則○弱 10/47/19
上不愛民則○弱 10/47/19
已諾不信則○弱 10/47/19
慶賞不漸則○弱 10/47/19
將率不能則○弱 10/47/20
○必弱 11/56/13
然而○勁 11/56/21
○刃不待陵而勁 12/57/20
而求○之勁、城之固 12/58/16
○不勁 12/58/16
臨武君與孫卿子議○於趙孝成王前 15/68/3
請問○要 15/68/5
此用○之要術也 15/68/6
凡用○攻戰之本在乎壹民〔也〕 15/68/6
是乃善用○者也 15/68/8
故○要在乎（善）附民而已 15/68/8
〔夫〕○之所貴者埶利也 15/68/9
善用○者 15/68/10
仁人之○、王者之志也 15/68/11
仁人之○ 15/68/12
故仁人之○聚則成卒 15/69/2
請問王者之○設何道 15/69/11
械用○革攻完便利者強 15/69/18
械用○革窳楛不便利者弱 15/69/18
重用○者強 15/69/18
輕用○者弱 15/69/18
是亡國之○也 15/69/22
○莫弱是矣 15/69/22
是危國之○也 15/70/3
皆干賞蹈利之○也 15/70/11
故王者之○不試 15/70/14
故○大齊則制天下 15/70/15
隆埶詐、尙功利之○ 15/70/16
夫是之謂盜○ 15/70/17
是皆世俗之所謂善用○者也 15/70/19
未免盜○也 15/70/20
是皆和齊之○也 15/70/21
○格不擊 15/71/17
先生議○ 15/71/21
然則又何以○爲 15/71/21
凡所爲有○者 15/71/22
彼○者 15/71/23
故仁人之○ 15/71/24
皆以仁義之○行於天下也 15/71/25
○不血刃 15/71/26
○強海內 15/72/1
此所謂末世之○ 15/72/4
此所謂仁義之○也 15/72/6
故堅甲利○不足以爲（勝）〔武〕 15/72/10
然而○殆於垂沙 15/72/15
是豈無堅甲利○也哉 15/72/15
古之○、戈矛弓矢而已矣 15/73/4
兼人而○俞強 15/74/11
兼人而○俞弱 15/74/13
兼○無強 15/74/22
則○不復出於塞外而令行於天下矣 16/78/6
亂爭則○弱城犯 20/99/18
�革（二）〔戒〕○ 26/125/15
齎盜糧、借賊○也 27/135/19

## 秉 bǐng 3

俄而粲然有○務象而至者 4/15/18
有虔○鉞 15/69/9
○國之均 28/139/9

## 稟 bǐng 1

則必發夫（掌）〔○〕窌之粟以食之 15/74/14

## 并 bìng 19

○國三十五 7/25/9
○一而不二 8/34/1,8/34/2
而無兼○之心 9/37/7
以不○也 9/37/8
○之見 9/37/8
故明其不○之行 9/37/9
我今將畜積○聚之於倉廩 9/41/22
我今將來致之、○閱之、砥礪之於朝廷 9/41/23
而○之其末 10/48/3
兼○易能也 15/74/19
齊能○宋而不能凝也 15/74/19
燕能○齊而不能凝也 15/74/19
故能○之而不能凝 15/74/20
不能○之又不能凝其有 15/74/21
則必能○之矣 15/74/21
郊者、○百王於上天而祭祀之也 19/97/13
昔虞不用宮之奇而晉○之 32/150/1
萊不用子馬而齊○之 32/150/1

## 並 bìng 15

比肩○起 5/18/2
俄而○乎堯、禹 8/29/16
則姦言○至 9/35/15
人倫○處 10/42/12
欲是之主○肩而存 11/53/20
兩者○行而國在 11/54/4
四者○亡也 11/54/9
○遇變應而不窮 12/58/1
辟稱比方則欲自○乎湯、武 16/77/4
則是雖○世起 17/81/12
寇難○至 17/82/1
○起於亂今也 18/85/10
○行而雜 19/92/22
名與三王○ 21/103/16
瑕適○見 30/144/8

## 併 bìng 2

○耳目之樂 12/63/9
○己之私欲 16/76/15

病 bìng　11

我欲屬之狂惑疾○邪　4/13/9
遠舉則○繆　5/19/17
近（世）〔舉〕則○傭　5/19/17
則不得不有疾○物故之變焉　12/62/17
則天不能○　17/79/17
王公則○不足於上　18/88/2
說莫○是矣　18/88/19
性傷謂之○　22/108/1
曾子○　30/144/1
且夫良醫之門多○人　30/144/16
布施天下而不○貧　31/146/4

偋 bìng　1

恭儉者、○五兵也　4/12/17

剝 bō　3

然而君子○而用之　9/38/17
然而不○脫　16/75/6
○脫之　16/75/7

播 bō　2

其始○百穀　27/135/3
樹之而五穀○焉　32/149/22

撥 bō　2

若○麷　10/48/13
不能以○弓、曲矢中〔微〕　18/87/11

伯 bó　14

○牙鼓琴〔而〕六馬仰秣　1/3/3
五尺之豎子言羞稱乎五○　7/25/7, 7/25/18
齊桓、五○之盛者也　7/25/8
一朝而○　8/33/9
五○是也　11/50/7
卑者五○　11/55/1
爲五○長　11/55/2
故○樂不可欺以馬　12/61/11
穆公得之、强配五○六卿施　25/120/10
駮而○　26/123/12
交質子不及五○　27/138/6
○禽將歸於魯　32/149/1
周公謂○禽之傅曰　32/149/1

帛 bó　4

煖於布○　4/12/18
然而衣不敢有絲○　4/16/7
非絲非○　26/123/11
玉○云乎哉　27/127/1

柏 bó　2

其在趙者剡然有苓而據松○之塞　16/78/2
無以知松○　27/133/13

勃 bó　1

不由禮則○亂提僈　2/5/13

亳 bó　3

湯以○　11/50/2
故湯以○　11/54/7
湯居○　18/85/18

博 bó　36

君子○學而日參省乎己　1/1/5
不如登高之○見也　1/1/12
《詩》、《書》之○也　1/3/11
多聞曰○　2/6/3
○之而窮者　4/12/21
○而能容淺　5/20/4
○而黨正　5/21/3
聞見雜○　6/22/8
援賢○施　7/26/14
億萬之衆而（○）〔摶〕若一人　8/30/16
以淺持○　8/33/2
雖○必謬　8/33/13
神明○大以至約　9/39/24
雖○傳　12/57/6
而○習不與焉　14/67/20, 14/67/21
大事已○　16/76/6
其縣日也○　16/78/21
風雨○施　17/80/5
則煇潤不○　17/82/11
○之淺之　19/94/20
塤（竾）〔篪〕翁○　20/100/19
○爲蔽　21/102/12
無○無淺　21/103/17
其物也雜○　21/104/13
○聞彊志　21/107/8
功業甚○　26/125/7
言○問也　27/131/6
六貳之○　27/133/3
○學而無方　27/134/14
○而窮者　27/138/2
四曰記醜而○　28/138/19
君子○學、深謀不遇時者多矣　28/141/3
故君子○學、深謀、修身、端行以俟其時　28/141/7
每益祿而施瘉○　32/149/18
光輝不○也　32/150/8

搏 bó　3

譬之是猶烏獲與焦僥○也　10/49/7
冒侮捽○　18/89/1
是其庭可以○鼠　21/105/12

駁 bó　1

○而伯　26/123/12

駮 bó　2

○而霸　11/51/17, 16/78/18

薄 bó　19

故○○之地　4/12/18
然後使（慤）〔穀〕祿多少厚○之稱　4/17/2
智行淺○　5/18/9
或厚或○　10/43/12, 26/123/17
然而應○扞患足以持社稷然後可　12/62/23

如履○冰 13/65/16
古者湯以○ 15/74/22
寒暑未○而疾 17/79/20
大古○葬 18/87/17,18/88/5
積○者流澤狹也 19/91/5
夫厚其生而○其死 19/93/7
然後皆有衣（衾）〔食〕多少厚○之數 19/93/12
○器不成（內）〔用〕 19/95/10
夫○願厚 23/114/19
厚○有等明爵服 25/122/13
故上士吾○爲之貌 32/149/10

## 跛 bǒ 5

○鱉千里 2/7/13
豈若○鱉之與六驥足哉 2/7/14
然而○鱉致之 2/7/15
傴巫、○擊之事也 9/40/9
譬之是猶傴巫、○匡大自以爲有知也 18/84/19

## 卜 bǔ 6

主攘擇五○ 9/40/9
○筮然後決大事 17/82/7
然後月朝○（日）〔宅〕 19/93/23
月夕○（宅）〔日〕 19/93/23
○筮視日 19/98/7
不待○而後知吉 27/132/25

## 補 bǔ 5

○貧窮 9/36/6
彼得之不足以藥傷○敗 10/48/13
有○削 13/64/17
以德調君而○之 13/65/8
○漏者危 16/78/22

## 不 bù 2453

學○可以已 1/1/3
○復挺者 1/1/4
故○登高山 1/1/7
○知天之高也 1/1/7
○臨深谿 1/1/7
○知地之厚也 1/1/7
○聞先王之遺言 1/1/7
○知學問之大也 1/1/7
○如須臾之所學也 1/1/12
○如登高之博見也 1/1/12
巢非○完也 1/1/18
○扶而直 1/1/19
君子○近 1/1/20,14/66/11
庶人○服 1/1/20
其質非○美也 1/1/20
故○積蹞步 1/2/10
○積小流 1/2/10
○能十步 1/2/11
功在○舍 1/2/11
朽木○折 1/2/11
鍥而○舍 1/2/11
行衢道者○至 1/2/14
事兩君者○容 1/2/14
目○能兩視而明 1/2/14
耳○能兩聽而聰 1/2/15
故聲無小而○聞 1/3/3
行無隱而○形 1/3/3
淵生珠而崖○枯 1/3/4
爲善○積邪 1/3/4
安有○聞者乎 1/3/4
若其義則○可須臾舍也 1/3/8
故○問而告謂之傲 1/3/18
《禮》、《樂》法而○說 1/3/20
《詩》、《書》故而○切 1/3/20
《春秋》約而○速 1/3/20
上○能好其人 1/3/23
下○能隆禮 1/3/23
○免爲陋儒而已 1/4/1
順者○可勝數也 1/4/2
○道禮憲 1/4/2
○可以得之矣 1/4/4
○隆禮 1/4/4
可與言而○言謂之隱 1/4/8
○觀氣色而言謂之瞽 1/4/8
故君子○傲、○隱、○瞽 1/4/9
○足謂善射 1/4/12
千里蹞步○至 1/4/12
○足謂善御 1/4/12
倫類○通 1/4/12
仁義○一 1/4/12
○足謂善學 1/4/12
○善者多 1/4/13
君子知夫○全○粹之○足以爲美也 1/4/16
是故權利○能傾也 1/4/19
群衆○能移也 1/4/19
天下○能蕩也 1/4/19
見○善、愀然 2/5/3
○善在身、菑然 2/5/4
致○肖而欲人之賢己也 2/5/6
謀之○臧 2/5/9
○由禮則勃亂提僈 2/5/13
○由禮則觸陷生疾 2/5/13
○由禮則夷固僻違 2/5/14
故人無禮則○生 2/5/15
事無禮則○成 2/5/15
國家無禮則○寧 2/5/15
以○善先人者謂之（諂）〔諂〕 2/5/18
以○善和人者謂之諛 2/5/18
○如事窮君而順焉 2/6/13
故良農○爲水旱○耕 2/6/14
良賈○爲折閱○市 2/6/14
士君子○爲貧窮怠乎道 2/6/14
人莫○貴 2/6/16,5/20/9,8/28/3
人莫○任 2/6/17
人莫○賤 2/7/1
饒樂之事則佞兌而○曲 2/7/2
辟違而○愨 2/7/2
程役而○錄 2/7/2
人莫○棄 2/7/3
○以得罪於此俗之人也 2/7/6
其折骨絕筋、終身○可以相及也 2/7/8
胡爲乎其○可以相及也 2/7/9
○識步道者 2/7/10
非○察也 2/7/11
然而君子○辯 2/7/11
非○難也 2/7/11
然而君子○行 2/7/11
胡爲乎其○可以同至也 2/7/13
故蹞步而○休 2/7/13
累土而○輟 2/7/13
六驥○致 2/7/14,2/7/15
或○爲爾 2/7/15
○行○至 2/7/17
○爲○成 2/7/17
其出（入）〔人〕○遠矣 2/7/17
齊明而○竭 2/7/18

○是師法而好自用 2/8/3
○識○知 2/8/5
加惕悍而○順 2/8/8
險賊而○弟焉 2/8/8
則可謂○詳少者矣 2/8/8
○窮窮而通者積焉 2/8/9
行乎冥冥而施乎無報而
賢○肖一焉 2/8/9
天其○遂乎 2/8/10
安燕而血氣○惰 2/8/13,2/8/14
勞勸而容貌○枯 2/8/13,2/8/14
怒○過奪 2/8/13,2/8/15
喜○過予 2/8/13,2/8/15
君子行○貴苟難 3/8/20,3/9/4
說○貴苟察 3/8/20,3/9/4
名○貴苟傳 3/8/20
然而君子○貴者 3/9/1,3/9/3,3/9/4
與禹、舜俱傳而○息 3/9/3
名○貴苟得 3/9/4
畏患而○避義死 3/9/7
欲利而○爲所非 3/9/7
交親而○比 3/9/8
言辯而○（辭）〔亂〕 3/9/8
○能亦好 3/9/10
○能亦醜 3/9/10
○能則恭敬縛絀以畏事人 3/9/11
○能則妒嫉怨誹以傾覆人 3/9/11
○能則人樂告之 3/9/12
○能則人羞告之 3/9/12
君子寬而○僈 3/9/15
廉而○劌 3/9/15,30/144/7
辯而○爭 3/9/15
察而○激 3/9/15
（寡）〔直〕立而○勝 3/9/15
堅彊而○暴 3/9/15
柔從而○流 3/9/16
靡所○信 3/10/2
小人則○然 3/10/8
猶曰君子爲治而○爲亂 3/10/15
爲脩而○爲汙也 3/10/15
天○言而人推高焉 3/11/6
地○言而人推厚焉 3/11/6
四時○言而百姓期焉 3/11/6
○怒而威 3/11/7,8/29/21
○誠則○獨 3/11/8
○獨則○形 3/11/8

○形則雖作於心 3/11/8
○誠則○能化萬物 3/11/9
○誠則○能化萬民 3/11/9
○誠則疏 3/11/10
○誠則卑 3/11/10
獨行而○舍 3/11/11
長遷而○反其初 3/11/12
故君子○下室堂而海內
之情舉積此者 3/11/18
○下比以闇上 3/11/21
○上同以疾下 3/11/21
○以私害之 3/11/22
上雖○知 3/11/22,3/11/23
○以悖君 3/11/22
○以取賞 3/11/23
長短○飾 3/11/23
而○敢以其所獨（甚）
〔是〕 3/11/24
無所○傾 3/12/1
則常○大陷矣 3/12/7
則○慮其可惡也者 3/12/8
則○顧其可害也者 3/12/8
盜名○如盜貨 3/12/12
田仲、史鰌○如盜也 3/12/12
○如恭儉之利也 4/12/17
○得履之 4/12/18
非地○安也 4/12/18
雖欲○謹 4/12/19
若云○使 4/12/19
辯而○說者 4/12/22
直立而○見知者 4/12/22
廉而○見貴者 4/12/22
勇而○見憚者 4/12/23
信而○見敬者 4/12/23
此小人之所務而君子之
所○爲也 4/12/23
親戚○免乎刑戮 4/13/2
是刑法之所○舍也 4/13/3
聖王之所○畜也 4/13/4
乳彘○觸虎 4/13/4
乳狗○遠遊 4/13/4
○忘其親也 4/13/4
則是人也而曾狗彘之○
若也 4/13/5
豈○過甚矣哉 4/13/7,11/51/24,
12/61/19,16/76/9,18/84/18
18/87/10,18/88/17,18/89/21
23/115/12

則○可 4/13/9,4/13/10,10/48/12
○知是非 4/13/14
○辟死傷 4/13/14
○畏衆彊 4/13/14
○傾於權 4/13/16
○顧其利 4/13/16
舉國而與之○爲改視 4/13/16
重死持義而○橈 4/13/17
自知者○怨人 4/13/19
知命者○怨天 4/13/20
豈○迂乎哉 4/13/20
○知其義 4/14/11
慎○敢損益也 4/14/11
以敦比其事業而○敢怠傲 4/14/12
其慮之○深 4/14/15
其擇之○謹 4/14/15
成則必○得其所好 4/14/19
必○遇其所惡焉 4/14/22
是故窮則○隱 4/14/22
小人莫○延頸舉踵而願曰 4/14/22
夫○知其與己無以異也 4/14/23
然而未必○危也 4/15/4
然而未必○安也 4/15/4
則莫○棄此而取彼矣 4/15/19
是若○行 4/16/2
然而窮年累世○知○足 4/16/5
然而食○敢有酒肉 4/16/6
然而衣○敢有絲帛 4/16/7
然而行○敢有輿馬 4/16/7
非○欲也 4/16/8
（幾○）長慮顧後而恐
無以繼之故也 4/16/8
幾○甚善矣哉 4/16/9
曾此而○知也 4/16/9
○顧其後 4/16/10
是其所以○免於凍餓 4/16/10
短綆○可以汲深井之泉 4/16/13
知○幾者○可與及聖人
之言 4/16/14
則勢○能容、物○能贍也 4/16/18
知賢愚、能○能之分 4/17/1
莫○以其仁厚知能盡官職 4/17/4
故或祿天下而○自以爲多 4/17/4
或監門、御旅、抱關、
擊柝而○自以爲寡 4/17/4
○同而一 4/17/5

學者○道也 5/17/10,5/17/11
5/17/14
故相形○如論心 5/17/11
論心○如擇術 5/17/12
形○勝心 5/17/12
心○勝術 5/17/12
行若將○勝其衣 5/17/18
故士○揣長 5/17/20
○揳大 5/17/20
○權輕重 5/17/20
聞見之○衆 5/17/27,5/18/4
莫○美麗姚冶 5/18/1
婦人莫○願得以爲夫 5/18/1
處女莫○願得以爲士 5/18/2
莫○呼天啼哭 5/18/3
人有三○祥 5/18/7
幼而○肯事長 5/18/7
賤而○肯事貴 5/18/7
○肖而○肯事賢 5/18/7
是人之三○祥也 5/18/7
爲上則○能愛下 5/18/8
鄉則○若 5/18/8
然而仁人○能推 5/18/9
知士○能明 5/18/9
故人道莫○有辨 5/18/17
聖人何以○〔可〕欺 5/19/2
類○悖 5/19/4
故鄉乎邪曲而○迷 5/19/4
觀乎雜物而○惑 5/19/4
而○若周之察也 5/19/6
愚者聞其略而○知其詳 5/19/7
聞其（詳）〔小〕而○
知其大也 5/19/8
凡言○合先王 5/19/10
○順禮義 5/19/10
君子○聽 5/19/10,14/66/10
然而○好言 5/19/11
○樂言 5/19/11
凡人莫○好言其所善 5/19/12
5/20/12
○卹其文 5/19/14
是以終身○免埤汙傭俗 5/19/14
亦必遠舉而○繆 5/19/18
近（世）〔舉〕而○傭 5/19/18
然而○折傷 5/20/1
則說常無○受 5/20/9
雖○說人 5/20/9
則其言○若其默也 5/20/13
其辯○若其吶也 5/20/13
○好言者下也 5/20/14
小辯○如見端 5/20/16
見端○如（見）本分 5/20/16
○先慮 5/21/1
○早謀 5/21/1
應變○窮 5/21/2
上○足以順明王 5/21/4
下○足以和齊百姓 5/21/4
此○得變也 5/21/6
使天下混然○知是非治
亂之所存者 6/21/10
○足以合文通治 6/21/13
○足以合大衆、明大分 6/21/16
○知一天下、建國家之
權稱 6/21/19
曾○足以容辨異、縣君臣 6/21/19
（下脩）〔○循〕而好作 6/21/22
○可以經國定分 6/22/1
○法先王 6/22/4
○是禮義 6/22/4
甚察而○（惠）〔急〕 6/22/4
○可以爲治綱紀 6/22/5
略法先王而○知其統 6/22/8
嚾嚾然○知其所非也 6/22/10
（則）六說者○能入也 6/22/15
十二子者○能親也 6/22/15
而王公○能與之爭名 6/22/15
8/32/8,10/48/10
則一君○能獨畜 6/22/16,8/32/8
一國○能獨容 6/22/16,8/32/8
莫○願以爲臣 6/22/16
是聖人之○得埶者也 6/22/17
莫○從服 6/22/19
賤○肖 6/23/4
故勞力而○當民務 6/23/6
勞知而○律先王 6/23/6
辯說譬諭、齊給便利而
○順禮義 6/23/7
（辯）○（給）（惠）
〔急〕而察 6/23/8
高上尊貴○以驕人 6/23/13
聰明聖知○以窮人 6/23/13
齊給速通○（爭）〔以〕
先人 6/23/13
剛毅勇敢○以傷人 6/23/14
○知則問 6/23/14
○能則學 6/23/14
無○愛也 6/23/16
無○敬也 6/23/17
○肖者親之 6/23/17
如是而○服者 6/23/18
匪上帝○時 6/24/1
殷○用舊 6/24/1
以○俗爲俗 6/24/10
士君子之所能〔爲〕○
能爲 6/24/12
○能使人必貴己 6/24/12
27/138/4
○能使人必信己 6/24/12
○能使人必用己 6/24/13
27/138/4
故君子恥○脩 6/24/13
○恥見汙 6/24/13
恥○信 6/24/13
○恥○見信 6/24/13
恥○能 6/24/14
○恥○見用 6/24/14
是以○誘於譽 6/24/14
○恐於誹 6/24/14
○爲物傾側 6/24/14
嗛然而終日○言 6/25/1
必曰君子固○用力 6/25/1
彼君子則○然 6/25/2
佚而○惰 6/25/2
勞而○優 6/25/2
內行則姑姊妹之○嫁者
七人 7/25/8
以齊之分奉之而○足 7/25/9
若是而○亡 7/25/10
秩秩焉莫○從桓公而貴
敬之 7/25/14
彼王者則○然 7/25/21
致賢（能而）〔而能〕
以救○肖 7/25/21
故道豈○行矣哉 7/26/2
厚於有天下之勢而○得
以匹夫老 7/26/3
○善用之 7/26/3
故人主○務得道而廣有
其埶 7/26/4
持寵處位終身○厭之術 7/26/6
則愼比而○邪 7/26/7

則全一而○倍 7/26/7
則恐懼而○怨 7/26/8
貴而○為夸 7/26/8
信而○忘處謙 7/26/8
任重而○敢專 7/26/8
財利至則（言）善而○
及也 7/26/8
可殺而○可使為姦也 7/26/10
是持寵處身○厭之術也 7/26/10
（能）而○耐任 7/26/15
是以百舉而○陷也 7/26/18
以吝嗇而○行施道乎上 7/26/20
君雖○知 7/27/4
愛敬○倦 7/27/5
則常無○順矣 7/27/5
○肖事賢 7/27/8
埶○在人上而羞為人下 7/27/8
志○免乎姦心 7/27/9
行○免乎姦道 7/27/9
說必○行矣 7/27/10,16/77/10
18/89/7
而天下○稱貪焉 8/27/15
而天下○稱戾焉 8/27/16
而天下○稱偏焉 8/27/16
而天下○輟事周 8/27/17
○可以少當也 8/27/18
○可以假攝為也 8/27/18
○能則天下去之 8/27/19
明○滅主之義也 8/27/21
君臣易位而非○順也 8/27/23
○用 8/27/27
必○以邪道為貪 8/28/1
沈猶氏○敢朝飲其羊 8/28/5
魯之粥牛馬者○豫賈 8/28/5
闕黨之子弟罔○分 8/28/6
行一○義、殺一無罪而得天下
8/28/9,11/49/16
○為也 8/28/9
通達之屬莫○從服 8/28/11
11/50/3,11/54/7,15/71/16
無思○服 8/28/12,11/53/5
15/71/17
君子○如農人 8/28/19
君子○如賈人 8/28/19
君子○如工人 8/28/20
○卹是非、然○（然）
之情 8/28/20
君子○若惠施、鄧析也 8/28/21
使賢○肖皆得其位 8/28/21
能○能皆得其官 8/29/1
慎、墨○得進其談 8/29/1
惠施、鄧析○敢竄其察 8/29/1
是聰耳之所○能聽也 8/29/7
明目之所○能見也 8/29/7
辯士之所○能言也 8/29/7
○知無害為君子 8/29/8
工匠○知 8/29/8
君子○知 8/29/8
○知惡也 8/29/10
曾○如好相鷄狗之可以
為名也 8/29/10
則○可得 8/29/11,22/111/1
豈○賤而貴矣哉 8/29/16
混然曾○能決也 8/29/16
豈○愚而知矣哉 8/29/17
豈○貧而富矣哉 8/29/18,8/29/20
衣之○可衣也 8/29/19
食之○可食也 8/29/19
賣之○可僂售也 8/29/19
豈○大富之器誠在此也 8/29/20
○言而信 8/29/21,24/118/6
豈○至尊、至富、至重
、至嚴之情舉積此哉 8/29/21
貴名○可以比周爭也 8/29/22
○可以夸誕有也 8/29/22
○可以勢重脅也 8/29/23
受爵○讓 8/30/4
故（○）能小而事大 8/30/7
身○肖而誣賢 8/30/7
所以為○亂也 8/30/8
所以為○窮也 8/30/9
分○亂於上 8/30/9
能○窮於下 8/30/9
是言上下之交○相亂也 8/30/10
○以私欲亂所聞 8/30/12
下則能開道○己若者 8/30/14
樂樂兮其執道○殆也 8/31/1
隱隱兮其恐人之○當也 8/31/2
故《風》之所以為○逐者 8/31/7
鄉是如○臧 8/31/10
倍是如○亡者 8/31/10
周之子孫苟○狂惑者 8/31/15
12/62/7
莫○為天下之顯諸侯 8/31/15
12/62/8
無乃○可乎 8/31/17
夫又惡有○可焉 8/31/18
四海之內莫○變心易慮
以化順之 8/32/1
故外闔○閉 8/32/2
而○能以至遠 8/32/6
而○能以射遠中微 8/32/6
而○能以調一天下、制
強暴 8/32/7
莫○願得以為臣 8/32/9
天○能死 8/32/13
地○能埋 8/32/13
桀、跖之世○能汙 8/32/13
有○學問 8/32/16
舉○知法後王而一制度 8/32/17
○知隆禮義而殺《詩》
、《書》 8/32/18
然而○知惡（者） 8/32/18
然而明○能分別 8/32/19
（億）〔億〕然若終身
之虜而○敢有他志 8/32/21
然而明○能齊法教之所
○及 8/32/22
則知○能類也 8/33/1
○知曰○知 8/33/1,29/143/4
內○自以誣外 8/33/1
外○自以欺內 8/33/1
而○敢怠傲 8/33/2
○聞○若聞之 8/33/11
聞之○若見之 8/33/11
見之○若知之 8/33/11
知之○若行之 8/33/11
○失豪釐 8/33/12
故聞之而○見 8/33/13
見之而○知 8/33/13
知之而○行 8/33/13
○聞○見 8/33/14
〔性〕○足以獨立而治 8/33/20
性也者、吾所○能為也 8/33/20
并一而○二 8/34/1,8/34/2
工匠之子莫○繼事 8/34/7
縱情性而○足問學 8/34/9
凡人莫○欲安榮而惡危辱 8/34/10
志○免於曲私而冀人之
以己為公也 8/34/14
行○免於汙漫而冀人之

以己爲脩也 8/34/14
○下於安存 8/34/20
○下於士 8/34/21
○二後王 8/34/21
法二後王謂之○雅 8/34/21
○外是矣 8/34/22
○及安存 8/34/22
則○告也 8/34/23
○及爲士 8/34/23
則○教也 8/34/23
○及先王 8/34/23
則○聽也 8/34/23
賢能○待次而舉 9/35/3
罷○能○待頃而廢 9/35/3
元惡○待教而誅 9/35/3
中庸雜民○待政而化 9/35/3
○能屬於禮義 9/35/4
○安職則棄 9/35/7
以○善至者 9/35/10
則賢○肖○雜 9/35/10
是非○亂 9/35/11,9/35/11
賢○肖○雜 9/35/11
威嚴猛厲而○好假導人 9/35/14
則下畏恐而○親 9/35/14
周閉而○竭 9/35/14
故法而○議 9/35/16
則法之所○至者必廢 9/35/16
職而○通 9/35/16
則職之所○及者必隊 9/35/16
分均則○偏 9/35/22
埶齊則○壹 9/35/22
衆齊則○使 9/35/22
夫兩貴之○能相事 9/36/1
兩賤之○能相使 9/36/1
物○能澹則必爭 9/36/1
則君子○安輿 9/36/5
則君子○安位 9/36/5
則其餘莫○當矣 9/36/11
三節者○當 9/36/11
入○可以守 9/36/18
出○可以戰 9/36/18,16/75/8
故明君○蹈也 9/36/19
則日○欲爲我鬭 9/36/26
吾民日○欲爲我鬭 9/36/26
諸侯莫○懷交接怨而○
忘其敵 9/37/1
知彊（大）〔道〕者○
務彊也 9/37/2
力全則諸侯○能弱也 9/37/3
德凝則諸侯○能削也 9/37/3
彼霸者○然 9/37/6
以○并也 9/37/8
故明其○并之行 9/37/9
彼王者○然 9/37/14
故天下莫○親也 9/37/14
故天下莫○貴也 9/37/15
以○敵之威 9/37/15
故○戰而勝 9/37/15
○攻而得 9/37/16,11/54/6
甲兵○勞而天下服 9/37/16
11/54/6
舉錯應變而○窮 9/37/19
道○過三代 9/38/1
法○貳後王 9/38/1
法貳後王謂之○雅 9/38/1
無德○貴 9/38/5
無能○官 9/38/5
無功○賞 9/38/5
無罪○罰 9/38/5
尙賢使能而等位○遺 9/38/6
析愿禁悍而刑罰○過 9/38/6
爲○善於幽而蒙刑於顯也 9/38/7
關市幾而○征 9/38/9,11/56/18
山林澤梁以時禁發而○稅 9/38/10
故近者○隱其能 9/38/11
遠者○疾其勞 9/38/11
無幽閒隱僻之國莫○趨
使而安樂之 9/38/11
農夫○斲削、○陶冶而
足械用 9/38/16
工賈○耕田而足菽粟 9/38/17
莫○盡其美、致其用 9/38/18
則天地○理 9/39/4
力○若牛 9/39/10
走○若馬 9/39/10
彼○能群也 9/39/10
故人生○能無群 9/39/15
弱則○能勝物 9/39/15
故宮室○可得而居也 9/39/15
○可少頃舍禮義之謂也 9/39/16
則斧斤○入山林 9/39/19
○夭其生 9/39/19,9/39/20
○絕其長也 9/39/19,9/39/20
罔罟毒藥○入澤 9/39/20
四者○失時 9/39/21
故五穀○絕而百姓有餘
食也 9/39/21
斬伐養長○失其時 9/39/22
故山林○童而百姓有餘
材也 9/39/22
使夷俗邪音○敢亂雅 9/40/2
20/99/21
使國家足用而財物○屈 9/40/6
使彫琢文采○敢專造於家 9/40/8
姦邪○作 9/40/11
使百吏（免盡）〔盡免〕
而衆庶○偷 9/40/12
使天下莫○順比從服 9/40/14
天下○一 9/40/15
而黨爲吾所○欲於是者 9/40/21
○能加毫末於是矣 9/41/7
暴國之君案自○能用其
兵矣 9/41/11
〔天下〕莫○願 9/41/16
何獨○來也 9/41/17
此五等者○可○善擇也 9/42/6
○善擇者人制之 9/42/7,11/50/17
○善擇〔之〕者亡 9/42/7
縱欲而○窮 10/42/13
則民心奮而○可說也 10/42/14
而能○能兼技 10/42/16
人○能兼官 10/42/17
離居○相待則窮 10/42/17
○以德爲政 10/42/18
○時焚燒 10/42/25,10/45/23
○知節用裕民則民貧 10/42/26
田瘠以穢則出實○半 10/42/27
○知節用裕民也 10/42/28
乃身○廢在王庭 10/42/29
○能無群 10/43/9
○求其觀 10/43/14
○求其餘 10/43/14
○求其外 10/43/15
爲之出死斷亡而〔○〕愉者
10/44/1,10/46/13
父子○得○親 10/44/7,27/129/1
兄弟○得○順 10/44/7,27/129/1
男女○得○歡 10/44/7
今之世而○然 10/44/10
○然而已矣 10/44/11
而○死其事者 10/44/12

無言○讎　10/44/13,14/67/22
無德○報　10/44/13,14/67/22
使人○偷　10/44/16
高者○旱　10/44/16
下者○水　10/44/16
墨子之言昭昭然爲天下憂○足　10/44/20
夫○足、非天下之公患也　10/44/20
○可勝數也　10/45/2
夫有餘○足　10/45/4
胡○嘗試相與求亂之者誰也　10/45/6
說○免焉　10/45/7
痔則○足欲　10/45/8
○足欲則賞○行　10/45/8
則○威　10/45/10
○威　10/45/10
則賞罰○行　10/45/10
賞○行　10/45/10
則賢者○可得而進也　10/45/10
罰○行　10/45/10
則○肖者○可得而退也　10/45/10
賢者○可得而進　10/45/11
○肖○可得而退　10/45/11
則能○能○可得而官也　10/45/11
故先王聖人爲之○然　10/45/16
知夫爲人主上者○美○飾之○足以一民也　10/45/16
○富○厚之○足以管下也　10/45/16
○威○强之○足以禁暴勝悍也　10/45/17
○肖者可得而退也　10/45/21
能○能可得而官也　10/45/21
夫天下何患乎○足也　10/45/23
愀然憂戚非樂而日○和　10/46/3
事必○就　10/46/7
功必○立　10/46/7
是又（○可）偷偏者也　10/46/9
故垂事養譽、○可　10/46/9
以遂功而忘民、亦○可　10/46/10
故古之人爲之○然　10/46/12
12/61/6
使民夏○宛暍　10/46/12
冬○凍寒　10/46/12
急○傷力　10/46/12
緩○後時　10/46/12
故○教而誅　10/46/19
則刑繁而邪○勝　10/46/19
教而○誅　10/46/19
則姦民○懲　10/46/19
誅而○賞　10/46/19
則勤屬之民○勸　10/46/19
誅賞而○類　10/46/20
則下疑俗儉而百姓○一　10/46/20
故姦邪○作　10/46/22
盜賊○起　10/46/22
○利而利之　10/47/4
○如利而後利之之利也　10/47/4
○愛而用之　10/47/4
○如愛而後用之之功也　10/47/4
○如利而○利者之利也　10/47/5
○如愛而○用者之功也　10/47/5
利而○利也、愛而○用也者　10/47/5
○利而利之、○愛而用之者　10/47/6
則其貴者○賢　10/47/10
則其治者○能　10/47/11
則其信者○愨　10/47/11
上○隆禮則兵弱　10/47/19
上○愛民則兵弱　10/47/19
已諾○信則兵弱　10/47/19
慶賞○漸則兵弱　10/47/19
將率○能則兵弱　10/47/20
而上○憂○足　10/48/1
然而主相○知惡也　10/48/4
以國持之而○足以容其身　10/48/4
○然則忿之也　10/48/9
則爲名者○攻也　10/48/11
彼得之○足以藥傷補敗　10/48/13
則爲利者○攻也　10/48/14
則（忿之）〔爲忿〕者○攻也　10/48/15
其儀○忒　10/48/18,10/48/18
15/71/27,24/119/17,24/119/17
則貨寶單而交○結　10/48/21
由將○足以免也　10/49/3
則○足以（爲）持國安身　10/49/4
故明君○道也　10/49/4
而强暴之國莫○趨使　10/49/7
○得道以持之　11/49/13
有之○如無之　11/49/13
索爲匹夫○可得也　11/49/14
16/76/13
然而○能自安也　11/49/14
仁者○爲也　11/49/17
○隱乎天下　11/49/20
豈○如日月雷霆然矣哉　11/50/1
○欺其民　11/50/5
○欺其與　11/50/5
○務張其義、齊其信　11/50/10
內則○憚詐其民而求小利焉　11/50/10
外則○憚詐其與而求大利焉　11/50/11
內○脩正其所以有　11/50/11
則臣下百姓莫○以詐心待其上矣　11/50/12
而國○免危削　11/50/13
唯其○由禮義而由權謀也　11/50/16
○可○善爲擇所而後錯之　11/50/20
○可○善爲擇道然後道之　11/50/20
○以積持之則○立　11/51/4
○善擇之者人制之　11/51/9
彼持國者必○可以獨也　11/51/11
身○能　11/51/11,11/51/12
○知恐懼而求能者　11/51/12
安○卹親疏　11/51/14
○卹貴賤　11/51/14
安○卹是非　11/51/15
○治曲直　11/51/15,13/66/4
國無禮則○正　11/51/19
○爲則亡　11/51/21
豈○哀哉　11/51/24
11/52/6,11/52/7,21/102/10
21/106/13,28/139/15
人情之所必○免也　11/52/1
20/98/14,20/99/7
則五綦者○可得而致也　11/52/2
故憂患○可勝校也　11/52/5
○足以是傷游玩安燕之樂　11/52/8
使臣下百吏莫○宿道鄉方而務　11/52/9
垂衣裳、○下簟席之上而海內之人莫○願得以爲帝王　11/52/11

日有餘而治〇足者 11/52/15
則雖臧獲〇肯與天子易埶業 11/52/16
天下莫〇平均 11/52/20,11/54/16
莫〇治辨 11/52/20,11/54/16
是〇虛 11/52/23
人〇服而勢去之 11/53/9
其爲事〇勞而功名致大 11/53/11
人苟〇狂惑戇陋者 11/53/20
其誰能睹是而〇樂也哉 11/53/20
能建是之士〇世絕 11/53/20
千歲而〇合 11/53/21
人主〇公 11/53/21
人臣〇忠也 11/53/21
是其所以〇合之故也 11/53/22
人主胡〇廣焉無卹親疏、無（偏）〔倫〕貴賤 11/53/22
君人者千歲而〇覺也 11/53/26
無國而〇有治法 11/54/3
無國而〇有亂法 11/54/3
無國而〇有賢士 11/54/3
無國而〇有罷士 11/54/3
無國而〇有愿民 11/54/3
無國而〇有悍民 11/54/4
無國而〇有美俗 11/54/4
無國而〇有惡俗 11/54/4
則〇戰而勝 11/54/6
索爲匹夫而〇可得也 11/54/8
故百王之法〇同若是 11/54/9
上莫〇致愛其下而制之以禮 11/54/11
有〇理者如豪末 11/54/12
則雖孤獨鰥寡必〇加焉 11/54/12
可殺而〇可使〇順 11/54/12
莫〇以是爲隆正 11/54/13
莫得〇循乎制（度數）〔數度〕量 11/54/18
〇足數於大君子之前 11/54/19
立隆政本朝而〇當 11/54/20
〇能當一人而能當千人百人者 11/54/22
於天下〇見謂脩 11/55/1
〇務聽其所〇聞 11/55/7
〇務視其所〇見 11/55/8
百姓莫敢〇敬分安制以（禮）化其上 11/55/8
主道治近〇治遠 11/55/11
治明〇治幽 11/55/11
治一〇治二 11/55/11
日有餘而治〇足者如此也 11/55/12
〔過〕、猶〇及也 11/55/13
〇能治近 11/55/14
〇能察明 11/55/14
〇能當一 11/55/15
〇當則廢 11/55/18
必〇加焉 11/55/26
爲之出死斷亡而〇愉者 11/55/27
亂世〇然 11/56/1
使〇肖臨賢 11/56/2
〇可得也 11/56/3,12/58/15,12/58/15,12/58/16,12/58/17,12/58/17
〇好循正其所以有 11/56/8
〇隆本行 11/56/10
〇敬舊法 11/56/10
則夫朝廷群臣亦從而成俗於〇隆禮義而好傾覆也 11/56/11
則夫衆庶百姓亦從而成俗於〇隆禮義而好貪利矣 11/56/12
君臣上下之俗莫〇若是 11/56/12
令〇下通 11/56/13
儒者爲之〇然 11/56/16
則士大夫莫〇（敬）〔敄〕節死制者矣 11/56/16
則百吏莫〇畏法而遵繩矣 11/56/17
質律禁止而〇偏 11/56/18
則商賈莫〇敦愨而無詐矣 11/56/18
則百工莫〇忠信而〇楛矣 11/56/19
則農夫莫〇朴力而寡能矣 11/56/20
然後國常〇亂 11/56/21
百工忠信而〇楛 11/56/22
則器用巧便而財〇匱矣 11/56/22
則上〇失天時 11/56/23
下〇失地利 11/56/23
而百事〇廢 11/56/23
而羿〇世中 12/57/3
而夏〇世王 12/57/3
故法〇能獨立 12/57/4
類〇能自行 12/57/4
〇能應事之變 12/57/6
〇知法之義而正法之數者 12/57/6
〇急得其人而急得其埶 12/57/8
〇待合符節、別契券而信 12/57/17
〇待探籌、投鉤而公 12/57/17
〇待衡石、稱縣而平 12/57/17
〇待斗、斛、敦、概而嘖 12/57/17
故賞〇用而民勸 12/57/18,16/75/14
罰〇用而民服 12/57/18
有司〇勞而事治 12/57/18
政令〇煩而俗美 12/57/18
百姓莫敢〇順上之法 12/57/19
城郭〇待飾而固 12/57/20
兵刃〇待陵而勁 12/57/20
敵國〇待服而詘 12/57/20
四海之民〇待令而一 12/57/20
均徧而〇偏 12/57/23,12/58/5
忠順而〇懈 12/57/23,12/58/4
敬詘而〇苟 12/57/25
致功而〇流 12/57/25
動無〇當也 12/57/28
故君子恭而〇難 12/57/28
敬而〇鞏 12/57/28
貧窮而〇約 12/57/28
富貴而〇驕 12/58/1
並遇變應而〇窮 12/58/1
徑而〇失 12/58/2
謹脩飾而〇危 12/58/2
齊給便捷而〇惑 12/58/3
〇務說其所以然而致善用其材 12/58/3
〇與之爭能而致善用其功 12/58/4
容而〇亂 12/58/5
仁厚兼覆天下而〇閔 12/58/6
明達（用）〔周〕天地、理萬變而〇疑 12/58/6
故有社稷者而〇能愛民、〇能利民 12/58/14
民（之）〇親〇愛 12/58/15
民〇爲己用、〇爲己死 12/58/16
兵〇勁 12/58/16

城○固 12/58/16
而求敵之○至 12/58/16
敵至而求無危削、(○)滅亡 12/58/17
〔○亦難乎〕 12/58/18
狂生者○胥時而(樂)〔落〕 12/58/18
彼或蓄積而得之者○世絕 12/59/2
○爲少頃輟焉 12/59/5
縱○能用 12/59/7
○能生養人者 12/59/14
人○親也 12/59/14
○能班治人者 12/59/14
人○安也 12/59/14
○能顯設人者 12/59/14
人○樂也 12/59/14
○能藩飾人者 12/59/15
人○榮也 12/59/15
莫○法度而公 12/59/17
莫○騁其能 12/60/2
亂則○足及王公 12/60/8
纂論公察則民○疑 12/60/10
賞(克)〔免〕罰偷則民○怠 12/60/10
莫○治理 12/60/11
○逮時者殺無赦 12/60/13
人之百事如耳目鼻口之○可以相借官也 12/60/14
故職分而民○(探)〔慢〕 12/60/14
次定而序○亂 12/60/14
兼聽齊明而百事○留 12/60/15
則臣下百吏至于庶人莫○脩己而後敢安正 12/60/15
姦怪之屬莫○反愨 12/60/16
故天子○視而見 12/60/16
○聽而聰 12/60/17,24/118/6
○慮而知 12/60/17,24/118/6
○動而功 12/60/17,24/118/6
莫○欲彊而惡弱 12/60/20
故知而○仁 12/60/21
○可 12/60/21,12/60/22
仁而○知 12/60/21
○急得 12/60/22
○智 12/60/22
得而○用 12/60/22
○仁 12/60/22
則與○肖者規之 12/60/25
故卑○得以臨尊 12/61/7
輕○得以縣重 12/61/8
愚○得以謀知 12/61/8
是以萬舉○過也 12/61/8
故伯樂○可欺以馬 12/61/11
而君子○可欺以人 12/61/11
內○可以阿子弟 12/61/13
12/61/15
外○可以隱遠人 12/61/14
12/61/15
是豈○必得之之道也哉 12/61/14
12/61/16
雖聖人○能易也 12/61/14
12/61/16
人○能制也 12/61/17
則獨○若是其公也 12/61/18
故有社稷者莫○欲彊 12/61/19
莫○欲安 12/61/19
莫○欲存 12/61/19
莫○失之是也 12/61/20
本○利於所私也 12/61/21
彼○能而主使之 12/61/21
臣○能而誣能 12/62/1
而○可以獨也 12/62/6
目○見也 12/62/12
耳○聞也 12/62/12
○可○略知也 12/62/12
其中○可以○知也 12/62/14
○可○早具也 12/62/16,12/62/19
人主○能○有游觀安燕之時 12/62/17
則○得○有疾病物故之變焉 12/62/17
一物○應 12/62/18,31/147/3
人主○可以獨也 12/62/18
○可以○相接也 12/62/20
然而○必相親也 12/62/21
○還(秩)〔私〕 12/62/22
○反君 12/62/22
○敢損益 12/63/4
而○可使侵奪 12/63/4
知明制度、權物稱用之爲○泥也 12/63/7
人主○能論此三材者 12/63/9
○知道此道 12/63/9
未有如此而○亂者也 12/63/11
是所謂「視乎○可見 12/63/11
聽乎○可聞 12/63/11
爲乎○可成 12/63/11
內○足使一民 13/63/16
外○足使拒難 13/63/16
百姓○親 13/63/17
諸侯○信 13/63/17
上○忠乎君 13/63/17
○卹公道通義 13/63/18
下愛百姓而○倦 13/63/19
吉凶、賢○肖之極也 13/63/25
從命而○利君謂之(謟)〔諂〕 13/63/28
逆命而○利君謂之篡 13/63/28
○卹君之榮辱 13/63/29
○卹國之臧否 13/63/29
○用則去 13/64/2
○用則死 13/64/2
君雖○安 13/64/3
○能○聽 13/64/3
從道○從君 13/64/8,29/141/19,29/142/3
則朝廷○頗 13/64/11
則君過○遠 13/64/11
則仇讎○作 13/64/12
則疆垂○喪 13/64/12
○稱其所短 13/64/18
○可以告人 13/64/18
○敢有以私決擇也 13/64/21
○敢有以私取與也 13/64/21
忠信而○諛 13/64/22
諫諍而○(謟)〔諂〕 13/64/22
調而○流 13/64/23
柔而○屈 13/64/23
寬容而○亂 13/64/23
曉然以至道而無○調和也 13/64/23
從命而○拂 13/65/1
微諫而○倦 13/65/1
事人而○順者 13/65/4
○疾者也 13/65/4
疾而○順者 13/65/4
○敬者也 13/65/4
敬而○順者 13/65/4
○忠者也 13/65/4
忠而○順者 13/65/4
有功而○順者 13/65/5

故君子〇爲也 13/65/6
〇䘏君之榮辱 13/65/9
〇䘏國之臧否 13/65/9
則案〇肖也 13/65/14
人賢而〇敬 13/65/14
人〇肖而〇敬 13/65/14
〇敢暴虎 13/65/15
〇敢馮河 13/65/15
〇肖者則畏而敬之 13/65/17
〇肖者則疏而敬之 13/65/17
若夫忠信端愨而〇害傷 13/65/18
則無接而〇然 13/65/18
〇僭〇賊 13/65/20
鮮〇爲則 13/65/20
是以百舉〇過也 13/65/23
〇邮是非 13/66/4
〇同而壹 13/66/5
君子〇用 14/66/11
君子〇許 14/66/11
凡流言、流說、流事、流謀、流譽、流愬、〇官而衡至者 14/66/11
忠言、忠說、忠事、忠謀、忠譽、忠愬莫〇明通 14/66/14
無土則人〇安居 14/66/23
無人則土〇守 14/66/23
無道法則人〇至 14/66/23
無君子則道〇舉 14/66/23
〇可少頃曠也 14/66/24
〇在乎言用賢 14/67/3
而在乎〔〇〕誠必用賢 14/67/3
而欲賢者之至、〇肖者之退也 14/67/4
〇亦難乎 14/67/4
火〇明 14/67/5
則政令〇行而上下怨疾 14/67/10
〇可以加矣 14/67/14
而博習〇與焉 14/67/20,14/67/21
誦說而〇陵〇犯 14/67/20
賞〇欲僭 14/67/24
刑〇欲濫 14/67/24
若〇幸而過 14/67/24
〇若利淫 14/67/25
〇然 15/68/6,15/68/9,15/68/11
弓矢〇調 15/68/7
則羿〇能以中微 15/68/7
六馬〇和 15/68/7
則造父〇能以致遠 15/68/7
士民〇親附 15/68/8
則湯、武〇能以必勝也 15/68/8
〇可詐也 15/68/12
君〇能者 15/69/13
上〇足卬 15/69/14
則下〇可用也 15/69/14
下〇可用則弱 15/69/15
〇好士者弱 15/69/16
〇愛民者弱 15/69/16
政令〇信者弱 15/69/16
〔民〕〇齊者弱 15/69/17
械用兵革窳楛〇便利者弱 15/69/18
改造則〇易周也 15/70/3
故齊之技擊〇可以遇魏氏之武卒 15/70/9
魏氏之武卒〇可以遇秦之銳士 15/70/9
秦之銳士〇可以當桓、文之節制 15/70/9
桓、文之節制〇可以敵湯、武之仁義 15/70/10
故王者之兵〇試 15/70/14
拱揖指麾而强暴之國莫〇趨使 15/70/14
則勝〇勝無常 15/70/16
君子〇由也 15/70/17
故可以霸而〇可以王 15/70/22
成〇可必也 15/70/25
無見其利而〇顧其害 15/71/1
〔將〕所以〇受命於主有三 15/71/2
可殺而〇可使處〇完 15/71/2
可殺而〇可使擊〇勝 15/71/2
可殺而〇可使欺百姓 15/71/3
則主〇能喜 15/71/4
敵〇能怒 15/71/4
令〇進而進 15/71/11
猶令〇退而退也 15/71/11
〇殺老弱 15/71/12
〇獵禾稼 15/71/12
服者〇禽 15/71/12
格者〇舍 15/71/12
犇命者〇獲 15/71/12
莫〇趨使而安樂之 15/71/15
城守〇攻 15/71/17
兵格〇擊 15/71/17
〇屠城 15/71/18
〇潛軍 15/71/18
〇留眾 15/71/18
師〇越時 15/71/18
〇安其上 15/71/18
莫〇說喜 15/71/24
兵〇血刃 15/71/26
〇便之便也 15/72/2
今女〇求之於本而索之於末 15/72/6
〇由〔之〕 15/72/10
故堅甲利兵〇足以爲（勝）〔武〕 15/72/10
高城深池〇足以爲固 15/72/11
嚴令繁刑〇足以爲威 15/72/11
〇由其道則廢 15/72/11
然而周師至而令〇行乎下 15/73/1
〇能用其民 15/73/1
是豈令〇嚴、刑〇繁也哉 15/73/1
然而敵國〇待試而詘 15/73/4
城郭〇辦 15/73/4
溝池〇扣 15/73/4
固塞〇樹 15/73/4
機變〇張 15/73/5
然而國晏然〇畏外而（明）（內）〔固〕者 15/73/5
有〇由令者 15/73/6
罪人〇郵其上 15/73/7
威厲而〇試 15/73/9
刑錯而〇用 15/73/9,28/139/10
故賞慶、刑罰、埶詐〇足以盡人之力、致人之死 15/73/11
〇足以合大眾、美國家 15/73/15
故古之人羞而〇道也 15/73/15
有離俗〇順其上 15/73/17
則百姓莫〇敦惡 15/73/18
莫〇毒孽 15/73/18
若祓〇祥 15/73/18
身苟〇狂惑戇陋 15/74/1
誰睹是而〇改也哉 15/74/1
百姓莫〇貴敬 15/74/3
莫〇親譽 15/74/3
生民之屬孰〇願也 15/74/4

立法施令莫○順比 15/74/10
○敢有畔慮 15/74/12
齊能并宋而○能凝也 15/74/19
燕能并齊而○能凝也 15/74/19
趙○能凝也 15/74/20
故能并之而○能凝 15/74/20
○能并之又○能凝其有 15/74/21
然而○剝脫 16/75/6
○砥厲 16/75/6
則○可以斷繩 16/75/6
然而○教○誨 16/75/7
○調○一 16/75/8
則入○可以守 16/75/8
敵國○敢嬰也 16/75/9,20/99/16
此三威者、○可○孰察也 16/75/12
罰○用而威行 16/75/14
禮樂則○脩 16/75/15
分義則○明 16/75/15
舉錯則○時 16/75/15
愛利則○形 16/75/15
其誅○服也審 16/75/16
○和人之心 16/75/19
○可○孰察也 16/75/21
臣舍○宜以眾威受賞 16/76/3
爲○善者沮 16/76/7,24/118/19
今子發獨○然 16/76/8
○以行勝人之道 16/76/13
其○如勝人之道遠矣 16/76/14
○能爲○能 16/76/14
然則胡○毆此勝人之埶 16/76/16
則國孰敢○爲義矣 16/76/17
莫○爲義 16/76/18
則天下孰○欲合義矣 16/76/18
好利之民莫○願以（爲）齊爲歸 16/76/19
相國舍是而○爲 16/76/19
西壤之○絕若繩 16/76/21
損己之所以○足 16/77/9
爲人臣者○恤己行之○行 16/77/10
是仁人之所羞而○爲也 16/77/11
然而憂患○可勝校也 16/77/16
16/78/3
○順者而後誅之 16/78/6
則兵○復出於塞外而令行於天下矣 16/78/6
益地○如益信之務也 16/78/7
其聲樂○流汙 16/78/11
其服○挑 16/78/11
其百吏肅然莫○恭儉、敦敬、忠信而○楛 16/78/12
○比周 16/78/14
○朋黨 16/78/14
倜然莫○明通而公也 16/78/14
聽決百事○留 16/78/14
○煩而功 16/78/16
則倜倜然其○及遠矣 16/78/17
月○勝日 16/78/20
時○勝月 16/78/20
歲○勝時 16/78/20
則常○勝夫敦比於小事者矣 16/78/21
亡國之禍敗○可勝悔也 16/78/24
王者之功名○可勝〔數〕 16/78/24
以上之○貴義、○敬義也 16/79/3
今上○貴義、○敬義 16/79/4
○可○順也 16/79/6
堂上○糞 16/79/11
則郊草○（瞻曠）芸 16/79/11
則目○見流矢 16/79/11
則十指○辭斷 16/79/11
非○以此爲務也 16/79/12
○爲堯存 17/79/16
○爲桀亡 17/79/16
則天○能貧 17/79/17
則天○能病 17/79/17
（脩）〔循〕道而○（貳）〔貣〕 17/79/17
則天○能禍 17/79/17
故水旱○能使之飢（渴） 17/79/18
寒暑○能使之疾 17/79/18
祆怪○能使之凶 17/79/18
則天○能使之富 17/79/19
則天○能使之全 17/79/19
則天○能使之吉 17/79/19
○可以怨天 17/79/21
○爲而成 17/80/1
○求而得 17/80/1
其人○加慮焉 17/80/1
○加能焉 17/80/1
○加察焉 17/80/2
夫是之謂○與天爭職 17/80/2
○見其事而見其功 17/80/6
唯聖人爲○求知天 17/80/7
各有接而○相能也 17/80/10
知其所○爲矣 17/80/14
其生○傷 17/80/14
故大巧在所○爲 17/80/17
大知在所○慮 17/80/17
天○爲人之惡寒也輟冬 17/80/27
地○爲人之惡遼遠也輟廣 17/80/27
君子○爲小人之匈匈也輟行 17/80/27
〔禮義之○愆〕 17/81/2
而○慕其在天者 17/81/5,17/81/6
風雨之○時 17/81/11
是無世而○常有之 17/81/12
政令○明 17/81/17
舉錯○時 17/81/17
本事○理 17/81/17
勉力○時 17/81/18
禮義○脩 17/81/18
而○可畏也 17/82/2
書○說〔也〕 17/82/2
無用之辯、○急之察 17/82/3
棄而○治〔也〕 17/82/3
則日切瑳而○舍也 17/82/4
猶○雩而雨也 17/82/6
故日月○高 17/82/11
則光輝○赫 17/82/11
水火○積 17/82/11
則煇潤○博 17/82/11
珠玉○（睹）〔睹〕乎外 17/82/11
則王公○以爲寶 17/82/11
禮義○加於國家 17/82/12
則功名○白 17/82/12
理貫○亂 17/82/20
○知貫 17/82/20
○知應變 17/82/20
畸則○可爲 17/82/21
表○明則陷 17/82/22
表○明則亂 17/82/22
故道無○明 17/83/1
則貴賤○分 17/83/5
則政令○施 17/83/6
則群眾○化 17/83/6

是○然 18/83/11,18/83/23
18/85/6,18/85/17,18/86/6
23/113/16,23/115/1,23/115/20
32/150/4
○應○動 18/83/12
○祥莫大焉 18/83/13,18/84/11
18/85/12
難一則○彊 18/83/17
難使則○功 18/83/17
難知則○明 18/83/17
故主道利明○利幽 18/83/17
利宣○利周 18/83/17
親有天下之籍則（○）
然 18/83/24
天下謂在桀、紂則○然 18/83/24
國雖○安 18/83/25
○至於廢易遂亡 18/84/1
然而○材○中 18/84/2
近者境內○一 18/84/2
遙者諸侯○聽 18/84/2
令○行於境內 18/84/3
有埶籍者罷○足以縣天下 18/84/4
海內之民莫○願得以為
君師 18/84/4
而湯、武○弒君 18/84/9
而○得一人之與 18/84/16
是○容妻子之數也 18/84/17
至罷○容妻子 18/84/17
○可以有奪（人）天下 18/84/19
○可以有竊天下也 18/84/20
〔而〕○可以有天下 18/84/21
而○可以得天下 18/84/21
○可以小人有也 18/85/1
○可以小道得也 18/85/1
○可以小力持也 18/85/2
然而未必○亡也 18/85/2
殺、赭衣而○純 18/85/6
非獨○用肉刑 18/85/7
亦○用象刑矣 18/85/7
然則是殺人者○死、傷
人者○刑也 18/85/7
庸人○知惡矣 18/85/8
殺人者○死 18/85/9
而傷人者○刑 18/85/9
治古○然 18/85/10
夫德○稱位 18/85/11
能○稱官 18/85/11
賞○當功 18/85/11
罰○當罪 18/85/11
○稱罪則亂 18/85/14
湯、武○能禁令 18/85/17
楚、越○受制 18/85/17
通達之屬莫○振動從服
以化順之 18/85/19
曷為楚、越獨○受制也 18/85/19
土地刑制○同者 18/85/21
械用備飾○可○異也 18/85/21
蠻、夷、戎、狄之國同
服○同制 18/85/21
淺○可與測深 18/86/3
愚○足與謀知 18/86/3
坎井之鼃○可與語東海
之樂 18/86/3
生民之屬莫○振動從服以化順
之 18/86/7,18/87/8
是又○然 18/86/9,18/86/15
○能以義制利 18/86/10
○能以僞飾性 18/86/10
則天下○離 18/86/11
朝○易位 18/86/11
國○更制 18/86/11
聖○在後子而在三公 18/86/12
老者○堪其勞而休也 18/86/16
而形○為勞 18/86/17
猶有善於是者、（與○）
〔○與〕 18/87/2
○知逆順之理 18/87/5
小大、至○至之變者也 18/87/5
堯、舜○能教化 18/87/7
朱、象○化 18/87/7
是○然也 18/87/7
然而朱、象獨○化 18/87/9
今世俗之為說者○怪朱
、象而非堯、舜也 18/87/10
○能以撥弓、曲矢中
〔微〕 18/87/11
○能以辟馬毀輿致遠 18/87/12
○能使嵬瑣化 18/87/13
自太皞、燧人莫○有也 18/87/13
故作者○祥 18/87/13
葬田○妨田 18/87/17
故○掘也 18/87/17
是○及知治道 18/87/18
而○察於扣○扣者之所
言也 18/87/18
○以備○足 18/87/19
皆使（當）〔富〕厚、
優猶（○）知足 18/87/19
而○得以有餘過度 18/87/20
故盜○竊、賊○刺 18/87/20
男女自○取於涂 18/87/21
知者○得慮 18/88/1,32/150/6
能者○得治 18/88/1,32/150/6
賢者○得使 18/88/1,32/150/6
王公則病○足於上 18/88/2
故○扣〔也〕 18/88/6
明見侮之○辱 18/88/10
使人○鬭 18/88/10
知見侮之為○辱 18/88/10
則○鬭矣 18/88/11
然則亦以人之情為○惡
侮乎 18/88/11
惡而○辱也 18/88/11
則必○得所求焉 18/88/12
今倡優、侏儒、狎徒詈
侮而○鬭者 18/88/12
是豈鉅知見侮之為○辱
哉 18/88/13
然而○鬭者 18/88/13
○惡故也 18/88/13
○避死傷 18/88/14
然而○憚鬭者 18/88/15
○惡則○鬭 18/88/15
雖知見侮為○辱 18/88/15
然則鬭與○鬭邪 18/88/16
亡於辱之與○辱也 18/88/16
乃在於惡之與○惡也 18/88/16
夫今子宋子○能解人之
惡侮 18/88/16
○知其無益 18/88/17
則○知 18/88/18
則○仁 18/88/18
○仁○知 18/88/18
見侮○辱 18/88/21,22/109/16
則是非○分而辨訟○決 18/88/21
而○可以有義辱 18/89/3
而○可以有義榮 18/89/3
萬世○能易也 18/89/5
今子宋子案○然 18/89/7
蹎跌碎折○待頃矣 18/89/8
殆○若止之 18/89/8

目○欲綦色 18/89/13
耳○欲綦聲 18/89/13
口○欲綦味 18/89/13
鼻○欲綦臭 18/89/13
形○欲綦佚 18/89/13
亦以人之情爲○欲乎 18/89/14
則說必○行矣 18/89/14
以人之情爲欲此五綦者而○欲多 18/89/14
譬之是猶以人之情爲欲富貴而○欲貨也 18/89/15
古之人爲之○然 18/89/17
以人之情爲欲多而○欲寡 18/89/17
今子宋子以（是）〔人〕之情爲欲寡而○欲多也 18/89/18
然則先王以人之所○欲者賞 18/89/19
然而說○免於以至治爲至亂也 18/89/20
欲而○得 19/90/3
則○能無求 19/90/3
則○能○爭 19/90/4
使欲必○窮乎物 19/90/5
物必○屈於欲 19/90/5
諸侯○敢壞 19/91/1
持手而食者○得立祭廟 19/91/4
利爵之○醮也 19/91/10
成事之俎○嘗也 19/91/11
三臭之○食也 19/91/11
哭之○（文）〔反〕也 19/91/13
萬物變而○亂 19/92/5
禮豈○至矣哉 19/92/8
○從者亂 19/92/9
○從者危 19/92/9
○從者亡 19/92/10
小人○能測也 19/92/10
則○可欺以曲直 19/92/13
則○可欺以輕重 19/92/14
則○可欺以方圓 19/92/14
則○可欺以詐僞 19/92/15
然而○法禮、○（足）〔是〕禮 19/92/16
步驟、馳騁、厲鶩○外是矣 19/93/1
一而○可得再復也 19/93/9
故事生○忠厚、○敬文 19/93/10
送死○忠厚、○敬文 19/93/10
刑餘罪人之喪○得合族黨 19/93/15
○得飾棺 19/93/15
○得晝行 19/93/16
禮者、謹於吉凶○相厭者也 19/93/19
故殯、久○過七十日 19/93/21
速○損五十日 19/93/22
○飾則惡 19/94/3
惡則○哀 19/94/3
忘則○敬 19/94/4
而所以送葬之者○哀○敬 19/94/4
益○足 19/94/8
故其立文飾也○至於窕冶 19/94/10
○至於瘠棄 19/94/11
○至於流淫惰慢 19/94/11
○至於隘懾傷生 19/94/12
使本末終始莫○順比純備 19/94/20
無僞則性○能自美 19/95/1
○能辨物也 19/95/3
○能治人也 19/95/3
○沐則濡櫛三律而止 19/95/7
○浴則濡巾三式而止 19/95/7
髻而○冠笄矣 19/95/9
則名○見而柩獨明矣 19/95/9
甕廡、虛而○實 19/95/10
木器○成斲 19/95/10
陶器○成物 19/95/10
薄器○成（內）〔用〕 19/95/10
（竿）〔竽〕笙具而○和 19/95/11
琴瑟張而○均 19/95/11
告○用也 19/95/11
略而○盡 19/95/12
貌而○功 19/95/12
金革轡靷而○入 19/95/12
明○用也 19/95/12
又明○用也 19/95/13
故生器文而○功 19/95/13
明器貌而○用 19/95/13
使死生終始莫○稱宜而好善 19/96/2
而○可益損也 19/96/4
無適○易之術也 19/96/5
豈○以送死有已 19/96/7
莫○愛其類 19/96/10
則是曾鳥獸之○若也 19/96/15
莫○更始矣 19/96/24
案使○及也 19/97/3
○亦可乎 19/97/8
○能（養）〔食〕之 19/97/9
○能教誨之 19/97/9
先王恐其○文也 19/97/16
憚詭、悒僾而○能無時至焉 19/97/20
惆然○嗛 19/97/22
闕然○具 19/97/22
莫○稱罪 19/98/6
故人○能無樂 20/98/14
故人○能○樂 20/98/15
樂則○能無形 20/98/15
形而○爲道 20/98/16
則○能無亂 20/98/16
使其聲足以樂而○流 20/98/17
使其文足以辨而○（諰）〔諰〕 20/98/17
莫○和敬 20/98/21
莫○和親 20/98/22
莫○和順 20/98/22
則莫○聽從 20/99/6
則莫○從服 20/99/6
則民和而○流 20/99/15
則民齊而○亂 20/99/16
則百姓莫○安其處、樂其鄉 20/99/16
四海之民莫○願得以爲師 20/99/17
則百姓○安其處、○樂其鄉 20/99/19
○足其上矣 20/99/19
君子以爲○然 20/99/22
故君子耳○聽淫聲 20/100/2
目○視女色 20/100/2
口○出惡言 20/100/2
則樂而○亂 20/100/10
則惑而○樂 20/100/10
且樂也者、和之○可變者也 20/100/14
禮也者、理之○可易者也 20/100/14

○此聽也 20/100/16
○得成也 20/100/17
目○自見 20/101/2
耳○自聞也 20/101/2
然而治俯仰、詘信、進退、遲速莫○廉制 20/101/2
○酢而〔降〕 20/101/12
知其能和樂而○流也 20/101/15
朝○廢朝 20/101/18
暮○廢夕 20/101/18
知其能安燕而○亂也 20/101/19
和樂而○流 20/101/21
安燕而○亂 20/101/21
此其誠心莫○求正而以自爲也 21/102/7
是以與治（雖）〔離〕走而是己○輟也 21/102/8
豈○蔽於一曲而失正求也哉 21/102/8
心○使焉 21/102/9
則白黑在前而目○見 21/102/9
雷鼓在側而耳○聞 21/102/9
凡萬物異則莫○相爲蔽 21/102/13
而○知關龍逢 21/102/15
而○知微子啓 21/102/16
百姓怨非而○用 21/102/17
身○先知 21/102/18
是以能長用伊尹而身○失道 21/102/19
是以能長用呂望而身○失道 21/102/20
遠方莫○致其珍 21/102/21
此○蔽之福也 21/102/23, 21/103/6,21/103/16
然而○知 21/103/2
故以貪鄙、背叛、爭權而○危辱滅亡者 21/103/3
鮑叔、甯戚、隰朋仁知且○蔽 21/103/3
召公、呂望仁知且○蔽 21/103/4
墨子蔽於用而○知文 21/103/8
宋子蔽於欲而○知得 21/103/8
愼子蔽於法而○知賢 21/103/8
申子蔽於埶而○知知 21/103/9
惠子蔽於辭而○知實 21/103/9
莊子蔽於天而○知人 21/103/9
一隅○足以舉之 21/103/12
孔子仁知且○蔽 21/103/15
○蔽於成積也 21/103/15
是故衆異○得相蔽以亂其倫也 21/103/17
故心○可以○知道 21/103/18
心○知道 21/103/18
則○可道而可非道 21/103/18
人孰欲得恣而守其所○可以禁其所可 21/103/19
以其○可道之心取人 21/103/19
則必合於○道人 21/103/19
而○（知）合於道人 21/103/20
以其○可道之心 21/103/20
與○可道之人論道人 21/103/20
而○合於○道之人矣 21/103/22
何患○知 21/103/22
心未嘗○臧也 21/103/25
心未嘗○滿也 21/103/26
心未嘗○動也 21/103/26
○以（已所）〔所已〕臧害所將受謂之虛 21/104/1
○以夫一害此一謂之壹 21/104/3
故心未嘗○動也 21/104/3
○以夢劇亂知謂之靜 21/104/4
萬物莫形而○見 21/104/7
莫見而○論 21/104/7
心○可劫而使易意 21/104/12
其（情）〔精〕之至也○貳 21/104/13
○盈頃筐 21/104/14
然而○可以貳周行 21/104/15
傾則○精 21/104/15
類○可兩也 21/104/16
農精於田而○可以爲田師 21/104/16,27/132/22
賈精於市而○可以爲市師 21/104/17
工精於器而○可以爲器師 21/104/17
○能此三技而可使治三官 21/104/17
○以事詔而萬物成 21/105/3, 27/132/22
則○可以得大形之正也 21/105/6
則○足以決（麤）〔庶〕理矣 21/105/8
中心○定 21/106/3
則外物○清 21/106/3
吾慮○清 21/106/3
而求羊者○下牽也 21/106/6
而求箸者○上折也 21/106/7
人○以定美惡 21/106/8
瞽者仰視而○見星 21/106/8
人○以定有無 21/106/8
決必○當 21/106/9
夫苟○當 21/106/9
故雖○在夏首之南 21/106/16
則沒世窮年○能徧也 21/106/19
已○足以浹萬物之變 21/106/19
猶○知錯 21/106/20
謂合王制與○合王制也 21/107/3
天下有○以是爲隆正也 21/107/3
○能無損於人 21/107/5
○好辭讓 21/107/6
○敬禮節 21/107/6
○合王制 21/107/8
○以自妨也 21/107/10
○少頃干之胸中 21/107/11
○慕往 21/107/11
○閔來 21/107/11
○事而自然謂之性 22/107/23
是非之形○明 22/108/8
○可○察也 22/108/10,22/109/14
貴賤○明 22/108/12
同異○別 22/108/12
則志必有○喻之患 22/108/12
則志無○喻之患 22/108/14
五官簿之而○知 22/109/2
則人莫○然謂之○知 22/109/3
單○足以喻則兼 22/109/5
雖共、○爲害矣 22/109/6
故使異實者莫○異名也 22/109/6
○可亂也 22/109/6
猶使（異）〔同〕實者莫○同名也 22/109/7
異於約則謂之○宜 22/109/10
徑易而○拂 22/109/11
聖人○愛己 22/109/16
芻豢○加甘 22/109/17
大鐘○加樂 22/109/18
無○類於三惑者矣 22/109/20
故明君知其分而○與辨也 22/109/21
夫民易一以道而○可與

共故 22/110/1
實○喻然後命 22/110/3
命○喻然後期 22/110/3
期○喻然後說 22/110/3
說○喻然後辨 22/110/4
○異實名以喻動靜之道也 22/110/6
辨異而○過 22/110/8
推類而○悖 22/110/8
是故邪說○能亂 22/110/9
說○行則白道而○冥窮 22/110/10
忌諱○稱 22/110/14
祅辭○出 22/110/14
○動乎衆人之非譽 22/110/15
○（治）〔冶〕觀者之耳目 22/110/15
○賂貴〔者〕之權埶 22/110/15
○利傳辟者之辭 22/110/15
故能處道而○貳 22/110/16
（吐）〔咄〕而○奪 22/110/16
利而○流 22/110/16
大古之○慢兮 22/110/17
禮義之○愆兮 22/110/17
嘖然而○類 22/110/23
成則必得其所好而○遇其所惡焉 22/111/1
欲○待可得 22/111/6,22/111/6
非○欲生而欲死也 22/111/8
○可以生而可以死也 22/111/9
故欲過之而動○及 22/111/9
欲○及而動過之 22/111/10
○求之其所在 22/111/11
情之所必○免也 22/111/14
欲○可去 22/111/15
欲○可盡 22/111/16
欲雖○可盡 22/111/16
欲雖○可去 22/111/16,22/111/17
所欲雖○可盡 22/111/16
所求○得 22/111/17
凡人莫○從其所可 22/111/20
而去其所○可 22/111/20
知道之莫之若也而○從道者 22/111/20
豈爲夫南者之○可盡也 22/111/21
豈爲夫所欲之○可盡也 22/111/22
○可道而離之 22/111/23
故人無動而（○）可以○與權俱 22/111/24
衡○正 22/111/25
權○正 22/112/1
則○知禍福之所託 22/112/2
○明其數也 22/112/7
志輕理而○〔外〕重物者 22/112/9
外重物而○內憂者 22/112/9
行離理而○外危者 22/112/10
外危而○內恐者 22/112/10
心憂恐則口銜芻豢而○知其味 22/112/11
耳聽鍾鼓而○知其聲 22/112/11
目視黼黻而○知其狀 22/112/11
輕煖平簟而體○知其安 22/112/11
故嚮萬物之美而○能嗛也 22/112/12
則○能離也 22/112/12
則色○及傭而可以養目 22/112/18
聲○及傭而可以養耳 22/112/18
○見之行 22/112/23
○聞之謀 22/112/23
今人無師法則偏險而○正 23/113/10
無禮義則悖亂而○治 23/113/10
以爲偏險而○正 23/113/11
23/115/4
悖亂而○治 23/113/11,23/115/4
是○及知人之性 23/113/16
而○察〔乎〕人（人）之性僞之分者也 23/113/16
○可學 23/113/17
○可事 23/113/17
○可學、○可事（而）〔之〕在人者謂之性 23/113/18
夫可以見之明○離目 23/113/20
可以聽之聰○離耳 23/113/20
23/114/2
○可學明矣 23/113/20
○離其朴而美之 23/114/1
○離其資而利之也 23/114/1
若夫可以見之明○離目 23/114/2
見長而○敢先食者 23/114/3
勞而○敢求息者 23/114/4
故順情性則○辭讓矣 23/114/5
感而自然、○待事而後生之者也 23/114/12
夫感而○能然、必且待事而後然者 23/114/13
其○同之徵也 23/114/14
其○異於衆者 23/114/15
故富而○願財 23/114/19
貴而○願埶 23/114/20
必○及於外 23/114/20
性○知禮義 23/114/21
○知禮義 23/114/22
○知禮義則悖 23/114/22
今○然 23/115/3
天下之悖亂而相亡○待頃矣 23/115/7
起而○可設 23/115/12
張而○可施行 23/115/12
爲○直也 23/115/13
直木○待檃栝而直者 23/115/16
以其性○直也 23/115/16
然而〔秦人〕於父子之義、夫婦之別○如齊、魯之孝（具）〔共〕敬（父）〔文〕者 23/116/2
然則唯禹○知仁義法正、○能仁義法正也 23/116/8
且內○可以知父子之義 23/116/10
外○可以知君臣之正 23/116/10
（○然） 23/116/10
今〔○然〕 23/116/11
積善而○息 23/116/14
然而皆○可積 23/116/17
可以而○可使也 23/116/17
23/116/19
故小人可以爲君子而○肯爲君子 23/116/17
君子可以爲小人而○肯爲小人 23/116/18
未嘗○可以相爲也 23/116/18
然而○相爲者 23/116/19
雖○能爲禹 23/116/20
未嘗○可以相爲事也 23/116/21
雖○能 23/116/22
然則能○能之與可○可 23/116/22
其○同遠矣 23/116/22
其○可以相爲明矣 23/116/23
人情甚○美 23/116/25
甚○美 23/116/26
唯賢者爲○然 23/117/1

析速、粹孰而〇急 23/117/4
〇恤是非 23/117/5
〇論曲直 23/117/5
上〇循於亂世之君 23/117/6
下〇俗於亂世之民 23/117/6
天下〇知之 23/117/8
則傀然獨立天地之間而〇畏 23/117/8
〇肖者敢援而廢之 23/117/9
〇恤是非、然〇然之情以期勝人爲意 23/117/10
然而〇得排檠則〇能自正 23/117/12
然而〇加砥厲則〇能利 23/117/13
〇得人力則〇能斷 23/117/14
身日進於仁義而〇自知也者 23/117/17
今與〇善人處 23/117/18
身且加於刑戮而〇自知者 23/117/19
〇知其子視其友 23/117/19
〇知其君視其左右 23/118/1
〇視而見 24/118/6
天下曉然皆知夫盜竊之（人）〇可以爲富也 24/118/11
皆知夫賊害之（人）〇可以爲壽也 24/118/12
皆知夫〔犯〕上之禁〇可以爲安也 24/118/12
〇由其道 24/118/13
（治）世曉然皆知夫爲姦則雖隱竄逃亡之由〇足以免也 24/118/14
莫〇服罪而請 24/118/14
〇當罪則侮 24/118/17
〇當賢則賤 24/118/17
古者刑〇過罪 24/118/17
爵〇踰德 24/118/17
刑罰〇怒罪 24/118/18
爵賞〇踰德 24/118/18
亂世則〇然 24/119/3
〇免刑均 24/119/4
無所往而〇聽 24/119/10
國事無所往而〇用 24/119/10
吳有伍子胥而〇能用 24/119/10
則令行而〇流 24/119/13
則施行而〇悖 24/119/13
備而〇矜 24/119/15
〇矜矣 24/119/15
夫故天下〇與爭能而致善用其功 24/119/15
有而〇有也 24/119/16
愚而自專事〇治 25/120/4
逆斥〇通孔子拘 25/120/11
由之者治、〇由者亂何疑爲 25/120/13
百家之說誠〇詳 25/120/14
端〇傾 25/120/15
精神相（反）〔及〕、一而〇貳爲聖人 25/121/3
美〇老 25/121/3
辭〇蹶 25/121/4
雖有賢聖、適〇遇世孰知之 25/121/9
堯〇德 25/121/9
舜〇辭 25/121/9
尚得推賢〇失序 25/121/10
外〇避仇、內〇阿親賢者予 25/121/10
干戈〇用三苗服 25/121/11
世亂惡善〇此治 25/122/1
聖知〇用愚者謀 25/122/2
〇覺悟 25/122/2
〇知苦 25/122/3
忠〇上達、蒙揜耳目塞門戶 25/122/3
悖亂昏莫〇終極 25/122/3
〇知戒 25/122/5
恨（後）〔復〕遂過〇肯悔 25/122/5
〇如備 25/122/6
任用讒夫〇能制 25/122/7
〇聽規諫忠是害 25/122/8
嗟我何人、獨〇遇時當亂世 25/122/8
言〇從 25/122/9
進諫〇聽、剄而獨鹿棄之江 25/122/9
禁〇爲 25/122/15
莫〇說教名〇移 25/122/15
下〇得用輕私門 25/123/1
罪禍有律、莫得輕重威〇分 25/123/1
五聽（循）〔脩〕領、莫〇理（續）〔續〕（主執）〔執主〕持 25/123/2
下〇欺上、皆以情言明若日 25/123/4
觀法〇法見〇視 25/123/5
下〇私請、各以宜舍巧拙 25/123/6
公察善思論〇亂 25/123/6
臣愚〇識 26/123/12,26/125/8
此夫文而〇采者與 26/123/12
君子所敬而小人所〇者與 26/123/13
性〇得則若禽獸 26/123/13
（帝）〔常〕〇齊均 26/123/17
曾〇崇日 26/123/18
臣愚而〇識 26/124/2,26/125/1
德厚而〇捐 26/124/9
弟子〇敏 26/124/10
此夫大而〇塞者歟 26/124/11
充盈大宇而〇窕 26/124/11
入郄穴而〇偪者歟 26/124/11
行遠疾速而〇可託訊（者與） 26/124/12
往來惛憊而〇可爲固塞者歟 26/124/12
暴至殺傷而〇億忌者歟 26/124/12
功被天下而〇私置者歟 26/124/13
名號〇美 26/124/17
屢化而〇壽者與 26/125/2
〇盜〇竊 26/125/6
〇見賢良 26/125/7
〇用則亡 26/125/8
天下〇治 26/125/13,32/150/10
郁郁乎其遇時之〇祥也 26/125/17
皓天〇復 26/125/18
天〇忘也 26/125/18
琁、玉、瑤、珠〇知佩也 26/126/1
雜布與錦〇知異也 26/126/1
外屏、〇欲見外也 27/126/11
內屏、〇欲見內也 27/126/11
臣〇俟駕 27/126/13
〇時宜 27/127/2
〇敬交 27/127/2
〇驩欣 27/127/2
〇學〇成 27/127/8
五十〇成喪 27/127/10

唯恐○能 27/127/13
推恩而○理 27/128/1
○成仁 27/128/1
遂理而○敢 27/128/1
○成義 27/128/1
審節而○（知）〔和〕 27/128/1
○成禮 27/128/2
和而○發 27/128/2
○成樂 27/128/2
送死○及柩尸 27/128/6
弔生○及悲哀 27/128/6
爲政○以禮 27/128/9
政○行矣 27/128/9
○能除患則爲賊 27/128/11
豫則禍○生 27/128/13
後則事○舉 27/128/13
困則禍○可禦 27/128/14
治民○以禮 27/128/19
大夫之臣拜○稽首 27/128/23
○敢先 27/128/25
君臣○得○尊 27/129/1
夫婦○得○驩 27/129/1
○之臣之家 27/129/10
○辟粱肉 27/129/13
寢○踰廟 27/129/15
（設）〔讌〕衣○踰祭服 27/129/15
○可○正也 27/129/17
故人無禮○生 27/129/24
事無禮○成 27/129/24
國家無禮○寧 27/129/25
則賢交○親 27/130/18
則賢人○至 27/130/18
口○能言 27/130/21
身○能行 27/130/21
○富無以養民情 27/130/24
○教無以理民性 27/130/24
迷者○問路 27/131/5
溺者○問遂 27/131/5
八十者一子○事 27/131/13
九十者舉家○事 27/131/13
廢疾非人○養者 27/131/13
一人○事 27/131/13
三年○事 27/131/13
三月○事 27/131/14
從諸侯○與新有昏朞○事 27/131/14
○如晏子 27/131/16
○如子產 27/131/16
○如管仲 27/131/17
管仲之爲人力功○力義 27/131/17
力智○力仁 27/131/17
○可以爲天子大夫 27/131/17
孟子三見宣王○言事 27/131/19
曷爲三遇齊王而○言事 27/131/19
輕物者○求助 27/131/23
苟○求助 27/131/23
○憂其係壘也 27/131/23
而憂其○焚也 27/131/23
終日求之而○得 27/131/26
雖堯、舜○能去民之欲利 27/132/1
然而能使其欲利○克其好義也 27/132/1
雖桀、紂亦○能去民之好義 27/132/2
然而能使其好義○勝其欲利也 27/132/2
故天子○言多少 27/132/3
諸侯○言利害 27/132/3
大夫○言得喪 27/132/4
士○〔言〕通貨財 27/132/4
有國之君○息牛羊 27/132/4
錯質之臣○息雞豚 27/132/4
冢卿○脩幣〔施〕 27/132/5
大夫○爲場（園）〔圃〕 27/132/5
從士以上皆羞利而○與民爭業 27/132/5
然故民○困財 27/132/6
重民任而誅○能 27/132/10
安得○亂 27/132/14
政○節與 27/132/16
何以○雨至斯極也 27/132/16
27/132/17,27/132/17
以賢易○肖 27/132/25
○待卜而後知吉 27/132/25
○待戰而後知克 27/132/25
○敢過卞 27/133/1
○敢過蒲 27/133/1
○知而問堯、舜 27/133/3
君子隘窮而○失 27/133/13
勞倦而○苟 27/133/13
臨患難而○忘（細）
〔茵〕席之言 27/133/13
歲○寒 27/133/13
事○難 27/133/14
無以知君子無日○在是 27/133/14
小人○誠於內而求之於外 27/133/17
言而○稱師謂之畔 27/133/19
教而○稱師謂之倍 27/133/19
明君○內 27/133/19
朝士大夫遇諸塗○與言 27/133/19
○足於行者說過 27/133/22
○足於信者誠言 27/133/22
善爲《詩》者○說 27/133/23
善爲《易》者○占 27/133/23
善爲《禮》者○相 27/133/23
爲驕菜敝而○反其常 27/134/2
君子之檃栝○可○謹也 27/134/3
○可○愼也 27/134/4
學問○厭 27/134/10
好士○倦 27/134/10
君子疑則○言 27/134/12
未問則○（立）〔言〕 27/134/12
27/136/22
君子○與 27/134/14
少○諷〔誦〕 27/134/16
壯○論議 27/134/16
○能而居之 27/134/20
孝子○匱 27/134/25,29/142/5
盈其欲而○愆其止 27/135/7
《小雅》○以於汙上 27/135/8
其人（也）而○教 27/135/18
○祥 27/135/18
○自嗛其行者言濫過 27/135/21
食則饘粥○足 27/135/21
衣則豎褐○完 27/135/21
然而非禮○進 27/135/22
非義○受 27/135/22
子何○仕 27/136/1
吾○爲臣 27/136/1
吾○復見 27/136/2
柳下惠與後門者同衣而○見疑 27/136/4
君人者○可以○愼取臣 27/136/8
匹夫○可以○愼取友 27/136/8
道○同 27/136/8
○可○愼 27/136/10
故大者○能 27/136/16

小者○爲 27/136/16
疑則○言 27/136/22
○可以○誠事也 27/136/24
說之○以道 27/136/24
○說也 27/136/24
○若奧之 27/137/5
蹞知而○法 27/137/7
有○用而改自作 27/137/17
天下○待亡 27/137/18
國○待死 27/137/18
飲而○食者、蟬也 27/137/20
○飲○食者、浮蝣也 27/137/20
虞舜、孝己孝而親○愛 27/137/22
比干、子胥忠而君○用 27/137/22
而○稱其所短也 27/138/1
誥誓○及五帝 27/138/6
盟詛○及三王 27/138/6
交質子○及五伯 27/138/6
惡有滿而○覆者哉 28/138/13
而盜竊○與焉 28/138/18
則○得免於君子之誅 28/138/20
○可○誅也 28/138/21,28/138/23
三月○別也 28/139/1
季孫聞之○說 28/139/1
今殺一人以戮○孝 28/139/2
○教其民而聽其訟 28/139/3
殺○辜也 28/139/4
○可斬也 28/139/4
獄犴○治 28/139/4
○可刑也 28/139/4
罪○在民故也 28/139/4
○教而責成功、虐也 28/139/5
若○可 28/139/7,28/139/7
廢○能以單之 28/139/8
（邪民）〔躬行〕○從 28/139/8
卑民○迷 28/139/10
是以威厲而○試 28/139/10
今之世則○然 28/139/10
是以刑彌繁而邪○勝 28/139/11
三尺之岸而虛車○能登
也 28/139/11
數仞之牆而民○踰也 28/139/12
○其有來乎 28/140/2
其洸洸乎○淈盡 28/140/6
其赴百仞之谷○懼 28/140/6
盈○求概 28/140/7
幼○能強學 28/140/11
七日○火食 28/140/17
藜羹○糂 28/140/17
爲○善者天報之以禍 28/140/18
由○識 28/141/1
王子比干○見剖心乎 28/141/1
關龍逢○見刑乎 28/141/2
吳子胥○磔姑蘇東門外
乎 28/141/2
夫遇、○遇者 28/141/3
賢、○肖者 28/141/3
君子博學、深謀○遇時
者多矣 28/141/3
○遇世者眾矣 28/141/4
非以無人而○芳 28/141/4
爲窮而○困 28/141/5
憂而意○衰也 28/141/5
知禍福終始而心○惑也 28/141/5
夫賢、○肖者 28/141/5
爲、○爲者 28/141/6
遇、○遇者 28/141/6
今有其人○遇其時 28/141/6
故居○隱者思○遠 28/141/9
身○佚者志○廣 28/141/9
女庸安知吾○得之桑落
之下乎哉 28/141/9
從義○從父 29/141/19,29/142/3
○能加毫末於是也 29/141/20
孝子所以○從命有三 29/141/20
○從命則親安 29/141/21
○從命乃衷 29/141/21
○從命則親榮 29/141/21
孝子○從命乃義 29/142/1
○從命則脩飾 29/142/1
孝子○從命乃敬 29/142/1
故可以從而○從 29/142/1
是○子也 29/142/2
是○衷也 29/142/2
明於從○從之義 29/142/2
則○幸○順見惡而能無
失其愛 29/142/4
孔子○對 29/142/7,31/146/13
三問而丘○對 29/142/9
賜○識也 29/142/10
則封疆○削 29/142/10
則社稷○危 29/142/11
則宗廟○毀 29/142/11
○行無禮 29/142/12
○爲○義 29/142/12
意者身○敬與 29/142/16
辭○遜與 29/142/16
色○順與 29/142/16
○女聊 29/142/17
○能自舉其身 29/142/19
勢○可也 29/142/19
故入而行○脩 29/142/19
出而名○章 29/142/20
吾○知也 29/142/22,29/142/24
吾以夫子爲無所○知 29/142/23
夫子徒有所○知 29/142/23
女謂夫子爲有所○知乎 29/142/25
夫子徒無所○知 29/142/26
禮、居是邑○非其大夫 29/142/26
○放舟、○避風則○可
涉也 29/143/1
（奮）〔愼〕於言者
〔○〕華 29/143/3
（奮）〔愼〕於行者
〔○〕伐 29/143/3
○能曰○能 29/143/5
夫惡有○足矣哉 29/143/5
則憂○得 29/143/15
公輸○能加於繩〔墨〕 30/143/20
禮者、眾人法而○知 30/143/20
無身○善而怨人 30/143/23
○亦（遠）〔反〕乎 30/143/24
身○善而怨人 30/143/24
○（以）〔亦〕（反）
〔遠〕乎 30/143/24
○亦晚乎 30/143/25
○雖○塞 30/143/25
堅剛而○屈 30/144/7
折而○橈 30/144/7
○若玉之章章 30/144/9
同遊而○見愛者 30/144/11
吾必○仁也 30/144/11
交而○見敬者 30/144/11
吾必○長也 30/144/11
臨財而○見信者 30/144/11
吾必○信也 30/144/12
豈○亦迂哉 30/144/13
欲來者○距 30/144/15
欲去者○止 30/144/16
有君○能事 30/144/18
有親○能報 30/144/18

有兄○能敬 30/144/19
而○可○思也 30/144/22
少而○學 30/144/22
老而○教 30/144/22
有而○施 30/144/23
○亦鮮乎 31/145/2
○必然 31/145/3
志○在於食葷 31/145/3
志○在於酒肉 31/145/4
雖有、○亦鮮乎 31/145/5
口○能道善言 31/145/8
心○知（色色）〔邑邑〕 31/145/8
○知選賢人善士〔而〕託其身焉以爲己憂 31/145/9
（勤）〔動〕行○知所務 31/145/9
止（交）〔立〕○知所定 31/145/10
○知所貴 31/145/10
○知所歸 31/145/10
雖○能盡道術 31/145/13
雖○能徧美善 31/145/14
是故知○務多 31/145/14
言○務多 31/145/15
行○務多 31/145/15
則若性命肌膚之○可易也 31/145/16
故富貴○足以益也 31/145/16
卑賤○足以損也 31/145/16
言忠信而心○德 31/146/1
仁義在身而色○伐 31/146/2
思慮明通而辭○爭 31/146/2
行中規繩而○傷於本 31/146/3
言足法於天下而○傷於身 31/146/4
布施天下而○病貧 31/146/4
應變而○窮 31/146/8
情性者、所以理然○、取舍也 31/146/8
其事○可循 31/146/10
其事○可識 31/146/10
百姓（淺）〔淡〕然○識其鄰 31/146/10
○對 31/146/13
何以○言也 31/146/13
君○此問而問舜冠 31/146/15
所以○對也 31/146/15
〔則哀〕將焉〔而〕○至矣 31/147/2
則憂將焉〔而〕○至矣 31/147/4
則勞將焉〔而〕○至矣 31/147/5
則懼將焉〔而〕○至矣 31/147/6
則危將焉〔而〕○至矣 31/147/7
資衰、苴杖者○聽樂 31/147/10
非耳○能聞也 31/147/10
黼衣、黻裳者○茹葷 31/147/10
非口○能味也 31/147/11
好肆○守折 31/147/11
長○爲市 31/147/11
士○信慤而有多知能 31/147/16
○可以身尒也 31/147/16
故明主任計○信怒 31/147/17
闇主信怒○任計 31/147/17
定公○悅 31/148/1
○識吾子何以知之 31/148/4
舜○窮其民 31/148/5
造父○窮其馬 31/148/5
然猶求馬○已 31/148/7
○穀謀事而當 32/148/19
今以○穀之○肖而群臣莫吾逮 32/148/21
○與牛爭力 32/149/4
○與馬爭走 32/149/4
○與士爭知 32/149/4
無越踰○見士 32/149/5
無乃○察乎 32/149/6
○聞 32/149/6
吾於天下○賤矣 32/149/7
正身之士○可驕也 32/149/12
顏色黎黑而○失其所 32/149/13
是以天下之紀○息、文章○廢也 32/149/13
今相國有此三者而○得罪〔於〕楚之士民 32/149/17
是以○得罪於楚之士民也 32/149/18
多其功而○（息）〔惪〕 32/149/22
昔虞○用宮之奇而晉并之 32/150/1
萊○用子馬而齊并之 32/150/1
○親賢用知 32/150/1
孫卿○及孔子 32/150/4
禮義○行 32/150/5
教化○成 32/150/5
賢人距而○受 32/150/6
是其所以名聲○白 32/150/8
徒與○眾 32/150/8
光輝○博也 32/150/8
世○詳察 32/150/10
孫卿○遇時也 32/150/10
方術○用 32/150/11
天地○知 32/150/12
今爲說者又○察其實 32/150/13
時世○同 32/150/14
○得爲政 32/150/14
孰謂○賢乎 32/150/14

## 布 bù 14

○乎四體 1/3/14
煖於○帛 4/12/18
餘刀○ 4/16/7
古者有姑○子卿 5/17/10
厚刀○之斂以奪之財 10/44/10
○衣紃屨之士誠是 10/48/10
〔之〕所以爲○陳於國家刑法者 11/49/18
省刀○之斂 11/56/19
發誡○令而敵退 16/76/2
麤○之衣、麤紃之履而可以養體 22/112/18
請○基 25/120/3
雜○與錦不知異也 26/126/1
賤爲○衣 27/135/21
○施天下而不病貧 31/146/4

## 步 bù 13

故不積蹞○ 1/2/10
不能十○ 1/2/11
千里蹞○不至 1/4/12
不識○道者 2/7/10
故蹞○而不休 2/7/13
此夫過舉蹞○而覺跌千里者夫 11/53/25
○中《武》、《象》 18/86/21
19/90/12,27/129/27
○驟、馳騁、厲騖不外是矣 19/93/1

辭者越百〇之溝 21/106/4
以爲蹎〇之澮也 21/106/4
〇驟馳騁 31/148/6

## 部 bù 1

則夫名聲之〇發於天地之閒也 11/50/1

## 簿 bù 2

然而徵知必將待天官之當〇其類然後可也 22/109/2
五官〇之而不知 22/109/2

## 才 cái 4

彼人之〇性之相縣也 2/7/14
然後能〇 8/34/16
公、脩而〇 8/34/16
〇行反時者 9/35/8

## 材 cái 29

濟而〇盡 3/11/12
〇慤者常安利 4/14/4
〇性知能 4/14/17
知慮〇性 4/14/23
是非知能〇性然也 4/15/1
然而猶〇劇志大 6/22/8
勢在人上則王公之〇也 8/28/2
〇而事之 9/35/7
案謹募選閱〇技之士 9/37/6
故山林不童而百姓有餘〇也 9/39/22
安謹募選閱〇技之士 9/41/19
〇技股肱、健勇爪牙之士 9/41/22
〇萬物 10/43/19
不務說其所以然而致善用其〇 12/58/3
〇技官能 12/60/11
〇人 12/63/3
是官人史吏之〇也 12/63/3
是士大夫官師之〇也 12/63/4
知務本禁末之爲多〇也 12/63/6
是卿相輔佐之〇也 12/63/7
能論官此三〇者而無失其次 12/63/7
人主不能論此三〇者 12/63/9
天〇之利多 16/78/11
然而不〇不中 18/84/2
性者、本始〇朴也 19/95/1
經緯天地而〇官萬物 21/104/8
〇也 28/141/3,28/141/6
非無良〇也 28/141/14

## 財 cái 54

爭貨〇 4/13/15
又欲夫餘〇蓄積之富也 4/16/5
賈以察盡〇 4/17/3
〇萬物 6/22/19,9/38/9
〇利至則（言）善而不及也 7/26/8
然而通乎〇萬物、養百姓之經紀 8/28/2
通〇貨 8/28/19
以貨〇爲寶 8/30/12
通流〇物粟米 9/38/10
然而中國得而〇之 9/38/15
使國家足用而〇物不屈 9/40/6
使（賓）〔賓〕旅安而貨〇通 9/40/10
積〇物 9/41/10
則〇物積 9/41/11
貨〇粟米者 9/41/21
重〇物而制之 10/43/18,11/53/13
百姓之〇 10/44/6
厚刀布之斂以奪之〇 10/44/10
〇貨渾渾如泉源 10/45/22
其於貨〇取與計數也 10/47/12, 10/47/15
〇之本也 10/47/22
〇之末也 10/47/22
則商旅安、貨（通〇）〔〇通〕 11/56/21
則器用巧便而〇不匱矣 11/56/22
聖王〇衍以明辨異 12/60/4
貨〇禽犢之請 14/66/11
凡慮事欲孰而用〇欲泰 15/71/1
委之〇貨以富之 15/74/15
〇物貨寶以大爲重 16/78/25
地有其〇 17/80/2
〇非其類 17/80/11
而農賈皆能以貨〇讓 18/87/21
故百事廢、〇物詘而禍亂起 18/88/2
孰知夫出費用之所以養〇也 19/90/14
禮者、以〇物爲用 19/92/21, 27/130/12
假之人有弟兄資〇而分者 23/114/16
故富而不願〇 23/114/19
大齊信焉而輕貨〇 23/117/9
務本節用〇無極 25/122/13
〇侈則殄禮 27/127/1
貨〇曰賻 27/128/5
士不〔言〕通貨〇 27/132/4
然故民不困〇 27/132/6
多積〇而羞無有 27/132/10
庶人贈人以〇 27/134/1
婁貧無〇 27/134/1
辟之若貨〇、粟米之於家也 27/136/15
臨〇而不見信者 30/144/11
富有天下而無怨〇 31/146/4

## 裁 cái 2

〇萬物 9/39/12
孰與物畜而（制）〔〇〕之 17/82/15

## 采 cǎi 7

使彫琢文〇不敢專造於家 9/40/8
衣被則服五〇 18/86/17
其文章匿而〇 20/101/24
〇〇卷耳 21/104/14
此夫文而不〇者與 26/123/12
五〇備而成文 26/124/9

## 採 cǎi 1

脩〇清 9/40/9

## 菜 cài 4

然後葷〇百蔬以澤量 10/45/1
故禹十年水、湯七年旱

而天下無○色者 10/48/1
蔬食○羹而可以養口 22/112/18
爲疇○畝而不反其常 27/134/2

蔡 cài 6

子發將（西）〔而〕伐○ 16/76/1
克○ 16/76/1
獲○侯 16/76/1
○侯奉其社稷而歸之楚 16/76/1
負三王之廟而辟於陳、○之閒 16/77/18
厄於陳、○之閒 28/140/17

湌 cān 1

以錐○壺也 1/4/3

驂 cān 1

兩○列 31/148/2

殘 cán 4

察察而○者 4/12/21
家室立○ 4/13/2
○賊加累之譖 14/66/10
故○賊生而忠信亡焉 23/113/4

蠶 cán 2

夫是之謂○理 26/125/4
○ 26/125/4

慘 cǎn 2

○如蠭蠆 15/72/14
其畜甚○ 17/82/2

憯 cǎn 2

○莫懲嗟 10/46/4
胡○莫懲 24/119/6

粲 càn 2

俄而○然有秉芻豢而至者 4/15/18

則於其○然者矣 5/18/19

倉 cāng 7

實○廩 9/37/6,9/41/19,10/48/11
我今將畜積并聚之於○廩 9/41/22
垣窌○廩者 10/47/22
故田野荒而○廩實 10/48/3
而○頡獨傳者、壹也 21/105/8

滄 cāng 1

疾、養、○、熱、滑、鈹、輕、重以形體異 22/108/18

蒼 cāng 1

狐狸其○ 21/107/15

藏 cáng 11

約者有筐篋之○ 4/16/7
收斂畜○以繼之也 4/16/8
屑然○千溢之寶 8/29/18
春耕、夏耘、秋收、冬○ 9/39/20
交無所○之 10/48/1
輿○而馬反 19/95/11
趨輿而○之 19/95/12
送以哀敬而終周○也 19/95/17
處之敦固、有深○之能遠思 25/121/2
甚深○而外勝敵者邪 26/124/3
日月下○ 26/125/14

操 cāo 11

夫是之謂德○ 1/4/20
德○然後能定 1/4/20
○之則得之 3/11/11
○而得之則輕 3/11/11
則○術然也 3/11/14,3/11/18
故○彌約而事彌大 3/11/17
○瓢囊爲溝壑中瘠者也 4/16/10
察辯而○僻 6/23/10
○十二石之弩 15/70/1
察辨而○辟 27/137/7

曹 cáo 3

若○觸龍之於紂者 13/65/11
○觸龍斷於軍 15/71/14
昔晉公子重耳霸心生於○ 28/141/8

草 cǎo 8

○木疇生 1/2/5
玉在山而（○）木潤 1/3/4
○木有生而無知 9/39/9
殺生時則○木殖 9/39/18
○木榮華滋碩之時 9/39/19
養山林、藪澤、○木、魚鱉、百（索）〔素〕 9/40/5
則郊○不（瞻曠）芸 16/79/11
○木殖焉 32/149/22

側 cè 14

以偷生反○於亂世之閒 4/14/14
不爲物傾○ 6/24/14
以極反○ 8/29/11,22/111/2
故姦言、姦說、姦事、姦能、遁逃反○之民 9/35/6
尊法敬分而無傾○之心 12/63/3
端志而無傾○之心 13/64/22
傾○反覆無日 15/69/22
○載睪芷以養鼻 18/86/20
○載睪芷 19/90/11
雷鼓在○而耳不聞 21/102/9
其榮滿○ 21/105/3
讒人罔極、險陂傾○此之疑 25/120/12
隱栝之○多枉木 30/144/16

策 cè 4

後有鞭○之威 23/117/15
授天子一○ 27/128/11
授天子二○ 27/128/14
授天子三○ 27/128/15

測 cè 4

譬之猶以指○河也 1/4/3
淺不可與○深 18/86/3
小人不能○也 19/92/10
請○意之 26/124/11

差 chā 13

長幼之○ 4/17/1
直將○長短、辨美惡 5/17/23
而優○等 6/21/19
有天有地而上下有○ 9/35/22
長幼有○ 10/43/1,19/90/10
皆有等○ 12/60/1
有弛易齵○者矣 12/62/13
若子胥之於夫○ 13/65/11
亂生其○ 17/82/21
○○然而齊 22/110/20
○（祿爵）〔爵祿〕 27/132/20

察 chá 66

雖○辯 1/4/4
夫堅白、同異、有厚無厚之○ 2/7/10
非不○也 2/7/11
說不貴苟○ 3/8/20,3/9/4
○而不激 3/9/15
○○而殘者 4/12/21
故孰○小人之知能 4/14/24
反鉛○之而俞可好也 4/16/15
賈以○盡財 4/17/3
而不若周之○也 5/19/6
小辯而○ 5/20/16
（及）〔反〕紃○之 6/22/1
甚○而不（惠）〔急〕 6/22/4
（辯）不（給）（惠）〔急〕而○ 6/23/8
○辯而操僻 6/23/10
君子之所謂○者 8/28/18
非能徧○人之所○之謂也 8/28/18
惠施、鄧析不敢竄其○ 8/29/1
○則必爲怪 8/33/16
○則速盡 8/33/17
上○於天 9/39/22
其竟關之政盡○ 10/47/9
須孰盡○ 10/47/12
陵謹盡○ 10/47/15
君人者亦可以○若言矣 11/52/7
11/53/25
能無○乎 11/55/5
不能○明 11/55/14
纂論公○則民不疑 12/60/10
慮與臣下爭小○而綦偏能 12/63/10
然後中和○斷以輔之 14/67/8
有暴○之威者 16/75/12
此三威者、不可不孰○也 16/75/12
然而〔其〕禁暴也○ 16/75/15
夫是之謂暴○之威 16/75/18
不可不孰○也 16/75/21
暴○之威成乎危弱 16/75/21
不加○焉 17/80/2
無用之辯、不急之○ 17/82/3
而不○於扣不扣者之所言也 18/87/18
至○以有說 19/92/9
「堅白」「同異」之○入焉而溺 19/92/12
〔靜〕則○ 21/104/6
知道、○ 21/104/6
以贊稽物則○ 21/105/2
以正志行○論 21/105/2
則足以見鬚眉而○〔膚〕理矣 21/105/5
○孰非以分是 21/107/1
非○是 21/107/3
是○非 21/107/3
析辭而爲○ 21/107/7
不可不○也 22/108/10,22/109/14
有嘗試深觀其隱而難（其）○者 22/112/9
而不○〔乎〕人（人）之性僞之分者也 23/113/16
思索孰○ 23/116/14
公○善思論不亂 25/123/6
○辨而操辟 27/137/7
似○ 28/140/7
明○乎日月 31/146/9
無乃不○乎 32/149/6
世不詳○ 32/150/10
今爲說者又不○其實 32/150/13

拆 chāi 1

其萬（○）〔折〕也必東 28/140/8

豺 chái 1

譬之其○狼也 31/147/16

茝 chǎi 1

蘭○、稾本 27/134/3

蠆 chài 1

慘如蠭○ 15/72/14

廛 chán 1

定○宅 9/40/6

蟬 chán 3

夫燿○者務在明其火、振其樹而已 14/67/4
若○之歸明火也 14/67/5
飲而不食者、○也 27/137/20

讒 chán 15

傷良曰○ 2/6/1
故君人者周則○言至矣 21/107/14
而○言反矣 21/107/16
遠賢近○、忠臣蔽塞主勢移 25/120/5
○人達 25/120/7
○人歸 25/120/9
○人罔極、險陂傾側此之疑 25/120/12
衆人貳之、○夫棄之形是詰 25/120/15
○夫多進、反覆言語生詐態 25/122/6
任用○夫不能制 25/122/7
○口將將 26/125/15
○人服矣 26/125/20
○夫興與 27/132/17

可○而得也 27/134/4
君子固○人乎 31/148/1

### 產 chǎn 4

鄭子○、取民者也 9/36/15
不如子○ 27/131/16
子○、惠人也 27/131/16
子○誅鄧析、史付 28/138/22

### 諂 chǎn 7

（諂）〔○〕諛我者 2/5/5
（諂）〔○〕諛者親 2/5/7
以不善先人者謂之（諂）〔○〕 2/5/18
非（諂）〔○〕諛也 3/9/19
從命而不利君謂之（諂）〔○〕 13/63/28
無（諂）〔○〕諛 13/64/16
諫諍而不（諂）〔○〕 13/64/22

### 幝 chǎn 2

是（幝幝）〔○○〕 11/51/4

### 昌 chāng 2

萬物以○ 19/92/5
君謹守之、下皆平正國乃○ 25/122/12

### 倡 chāng 2

今○優、侏儒、狎徒詈侮而不鬬者 18/88/12
一○而三歎也 19/91/13

### 倀 chāng 4

則○○然 2/7/19
人主無賢、如瞽無相何○○ 25/120/3

### 長 cháng 101

○而異俗 1/1/8
福莫○於無禍 1/1/10
譬非加○也 1/1/13
莖○四寸 1/1/18
木莖非能○也 1/1/19
○遷而不反其初 3/11/12
身之所○ 3/11/22
○短不飾 3/11/23
樂易者常壽○ 4/14/5
是庶人之所以取煖衣飽食○生久視以免於刑戮也 4/14/13
（幾不）○慮顧後而恐無以繼之故也 4/16/8
是於己○慮顧後 4/16/9
將爲天下生民之屬○慮顧後而保萬世也 4/16/12
其流○矣 4/16/12
○幼之差 4/17/1
故○短、小大、善惡形相 5/17/13
蓋帝堯○ 5/17/16
文王○ 5/17/16
仲尼○ 5/17/16
身○七尺 5/17/17
面○三尺 5/17/17
突禿○左 5/17/18
故士不揣○ 5/17/20
○短、小大、美惡形相 5/17/20
直將差○短、辨美惡 5/17/23
古者桀、紂○巨姣美 5/17/26
幼而不肯事○ 5/18/7
○養人民 6/22/19
遇鄉則脩○幼之義 6/23/15
遇○則脩子弟之義 6/23/15
貴賤○少 7/25/14,16/76/18
少事○ 7/27/8
然後君子之所○也 8/29/2
老身○子 8/29/10
猒猒兮其能○久也 8/30/19
隨其○子 8/32/20
六畜皆得其○ 9/39/17
故養○時則六畜育 9/39/18
不絕其○也 9/39/19,9/39/20
斬伐養○不失其時 9/39/22
短而○ 9/39/23
少陵○ 10/42/18
○幼有差 10/43/1,19/90/10
待之而後○ 10/44/7
少者以○ 10/44/7,27/129/1
進事○功 10/44/16,10/46/8
然而非○久之道也 10/46/7
故君國○民者欲趨時遂功 10/46/14
養○之 10/46/21,11/55/25
貴賤○幼 11/54/13
爲五伯○ 11/55/2
相者、論列百官之○ 11/55/17
下以飾○幼而明親疏 12/60/5
知尙賢使能之爲○功也 12/63/6
言其所○ 13/64/18,27/138/1
未有二隆爭重而能○久者 14/67/17
延則若莫邪之○刃 15/69/3
功賞相○也 15/70/6
是最爲衆强○久 15/70/6
時其事、輕其任以調齊之、○養之 15/73/17
繁啓蕃○於春夏 17/80/22
兩者相持而○ 19/90/5
禮者、斷○續短 19/94/8
鄉里族○之中 20/98/22
則○少同聽之 20/98/22
少○以齒 20/101/17
知其能弟○而無遺也 20/101/17
弟○而無遺 20/101/21
是以能○用伊尹而身不失道 21/102/19
是以能○用呂望而身不失道 21/102/20
其福必○ 21/103/5
高蔽其○也 21/106/7
學、老身○子而與愚者若一 21/106/20
則其迹○矣 22/108/7
迹○功成 22/108/7
○少之理順矣 22/110/14
○夜漫兮 22/110/17
見○而不敢先食者 23/114/3
序○幼 24/119/12
○幼有序 24/119/13
隱（諱）〔過〕疾賢、（良）〔○〕由姦詐鮮無災 25/122/1
孰公○父之難、厲王流于彘 25/122/7

養老○幼 26/124/17
○其尾而銳其剽者邪 26/125/8
○者弟焉 27/127/15
貴貴、尊尊、賢賢、老老、○○ 27/127/26
如之何憂之○也 27/128/11
無用吾之所短遇人之所○ 27/137/7
吾必不○也 30/144/11
○無能也 30/144/22
是故君子少思○則學 30/144/23
○於婦人之手 31/146/17
○不爲市 31/147/11

## 常 cháng 64

趣舍無定謂之無○ 2/6/2
夫此有○ 3/11/6
言無○信 3/12/1
行無○貞 3/12/1
則○不大陷矣 3/12/7
安危利害之○體 4/14/3
榮者○通 4/14/3
辱者○窮 4/14/3
通者○制人 4/14/4
窮者○制於人 4/14/4
材愨者○安利 4/14/4
蕩悍者○危害 4/14/4
安利者○樂易 4/14/5
危害者○憂險 4/14/5
樂易者○壽長 4/14/5
憂險者○夭折 4/14/5
是安危利害之○體也 4/14/5
○安之術也 4/15/4
○危之術也 4/15/4
故君子道其○ 4/15/5
是又人之所○生而有也 4/15/9
爲堯、禹則○安榮 4/15/12
爲桀、跖則○危辱 4/15/12
爲堯、禹則○愉佚 4/15/12
爲工匠農賈則○煩勞 4/15/12
則說○無不受 5/20/9
則○無不順矣 7/27/5
爲君子則○安榮矣 8/34/9
爲小人則○危辱矣 8/34/9
天下無王霸主則○勝矣 9/37/3
則○勝矣 9/37/10
〔啖啖〕然○欲人之有 11/50/11
縣縣○以結引馳外爲務 11/50/14
啖啖○欲人之有 11/56/9
然後國○不亂 11/56/21
隆禮至法則國有○ 12/60/10
知有○法之爲一俗也 12/63/5
是强弱之○也 15/69/15,15/69/19
則勝不勝無○ 15/70/16
○以仁義爲本 15/71/21
諰諰然○恐天下之一合而軋己也 15/72/4
諰諰〔然〕○恐天下之一合而軋己也 16/77/17,16/78/4
在韓者踰○山乃有臨慮 16/78/1
負西海而固○山 16/78/2
則○不勝夫敦比於小事者矣 16/78/21
天行有○ 17/79/16
天有○道矣 17/81/1
地有○數矣 17/81/1
君子有○體矣 17/81/1
君子道其○ 17/81/1
是無世而不○有之 17/81/12
隱顯有○ 17/83/1
以桀、紂爲○有天下之籍則然 18/83/23
大夫士有○宗 19/91/1
夫道者、體○而盡變 21/103/11
論有○ 25/122/14
（帝）〔○〕不齊均 26/123/17
古之○也 26/125/18
若則有○ 27/127/13
爲[illegible]菜敝而不反其○ 27/134/2
亦（○）〔嘗〕有說 28/141/14
田○爲亂 32/150/13

## 場 cháng 1

大夫不爲○（園）〔圃〕 27/132/5

## 裳 cháng 7

垂衣○、不下簟席之上而海內之人莫不願得以爲帝王 11/52/11
垂衣○而天下定 11/54/23
脩冠弁、衣○、黼黻、文章、琱琢、刻鏤 12/60/1
善治衣○ 26/125/6
顛倒衣○而走 27/126/13
夫端衣、玄○、絻而乘路者 31/145/3
黼衣、黻○者不茹葷 31/147/10

## 嘗 cháng 40

吾○終日而思矣 1/1/12
吾○跂而望矣 1/1/12
今使人生而未○睹芻豢稻粱也 4/15/17
○之而甘於口 4/15/19
未○有也 8/31/10
所未○聞也 8/33/3
所未○見也 8/33/4
○試之說鋒起 9/35/15
未○聞也 9/35/20,14/66/26
胡不○試相與求亂之者誰也 10/45/6
未○聞爲國也 12/58/10,12/58/12
則未○相識也 12/62/4
齊之孟○ 13/63/23
貫之大體未○亡也 17/82/21
則天下未○合於桀、紂也 18/84/11
則（天下）未○有說也 18/84/12
成事之俎不○也 19/91/11
如或○之 19/98/8
未○有之也 21/103/3
心未○不臧也 21/103/25
心未○不滿也 21/103/26
心未○不動也 21/103/26
故心未○不動也 21/104/3
未○有兩而能精者也 21/105/11
所欲未○粹而來也 22/111/24
所惡未○粹而往也 22/111/24
有○試深觀其隱而難（其）察者 22/112/9
未○不可以相爲也 23/116/18
然而未○有能徧行天下者也 23/116/20
未○不可以相爲事也 23/116/21
然而未○能相爲事也 23/116/21
亦（常）〔○〕有說 28/141/14

寡人未○知哀也 31/146/17
未○知憂也 31/146/17
未○知勞也 31/146/18
未○知懼也 31/146/18
未○知危也 31/146/18
亦○有以楚莊王之語聞
　於左右者乎 32/148/17

唱 chàng 5

子思○之 6/22/10
主者、民之○也 18/83/11
彼將聽○而應 18/83/11
○默則民無應也 18/83/12
○和有應 20/100/5

巢 cháo 4

以羽爲○ 1/1/17
○非不完也 1/1/18
鷹鳶猶以山爲卑而增○
　其上 30/144/2
鳥鵲之○可俯而窺也 31/146/15

潮 cháo 1

以欺愚者而○陷之以偷
　取利焉 18/88/6

車 chē 9

我○我牛 10/44/3
然後六畜禽獸一而剸○ 10/45/1
楚王後○千乘 17/81/4
奚仲作○ 21/105/10
前○已覆、後未知更何
　覺時 25/122/2
無將大○ 27/136/10
三尺之岸而虛○不能登
　也 28/139/11
百仞之山任負○登焉 28/139/12
上○執轡 31/148/6

屮 chè 2

刺○殖穀 10/44/15
辟之若○木 10/47/1

徹 chè 1

《雍》而○〔乎〕五祀 18/86/18

臣 chén 161

衛靈公有○曰公孫呂 5/17/16
然而中君羞以爲○ 5/18/2
曾不足以容辨異、縣君○ 6/21/19
莫不願以爲○ 6/22/16
遇君則脩○下之義 6/23/15
而本朝之○莫之敢惡也 7/25/13
君○易位而非不順也 8/27/23
謹乎○子而致貴其上者也 8/27/26
在人下則社稷之○、國
　君之寶也 8/28/2
忠○誠能然後敢受職 8/30/8
莫不願得以爲○ 8/32/9
諸侯爲○ 8/33/8,11/50/3
　11/54/7,12/59/6,15/74/22
　18/85/19
禮者、人主之所以爲群
　○寸尺尋丈檢式也 8/34/18
小之○之 8/34/22
奪之人者○諸侯 9/36/22
○諸侯者王 9/36/23
○之見 9/37/9
君○、父子、兄弟、夫婦 9/39/5
君君、○○、父父、子
　子、兄兄、弟弟一也 9/39/6
是使群○百姓皆以制度行 9/41/10
君○上下之閒者 9/41/24
則君○未立也 10/42/15
無君以制○ 10/42/15
是以○或弒其君 10/44/12
凡主相○下百吏之（俗）
　〔屬〕 10/47/11
凡主相○下百吏之屬 10/47/14
其○下百吏 10/47/16
（主）之所極然帥群○
　而首鄉之者 11/49/18
○下曉然皆知其可要也 11/50/5
則○下百姓莫不以詐心
　待其上矣 11/50/12
使○下百吏莫不宿道鄉
　方而務 11/52/9
○使諸侯 11/53/14

人○不忠也 11/53/21
人○則爭職而妒賢 11/53/21
則人○輕職（業）讓賢
　而安隨其後〔矣〕 11/53/23
君○上下 11/54/13,16/76/18
則主相、○下、百吏各
　謹其所聞 11/55/7
以飾朝廷○下百吏之分 11/55/17
則夫朝廷群○亦從而成
　俗於不隆禮義而好傾
　覆也 11/56/11
朝廷群○之俗若是 11/56/11
君○上下之俗莫不若是 11/56/12
則○下百吏誕詐之人乘
　是而後欺 12/57/11
則○下百吏乘是而後偏 12/57/12
則○下百吏乘是而後險 12/57/13
則○下百吏乘是而後豐
　取刻與以無度取於民 12/57/14
則下亦將綦辭讓、致忠
　信而謹於○子矣 12/57/16
請問爲人○ 12/57/23
君射則○決 12/58/11
則○下百吏至于庶人莫
　不脩己而後敢安正 12/60/15
○不能而誣能 12/62/1
則是○詐也 12/62/1
○詐於下 12/62/1
慮與○下爭小察而綦偏
　能 12/63/10
人○之論 13/63/16
有態○者 13/63/16
有篡○者 13/63/16
有功○者 13/63/16
有聖○者 13/63/16
是態○者也 13/63/17
是篡○者也 13/63/18
是功○者也 13/63/19
是聖○者也 13/63/21
故用聖○者王 13/63/21
用功○者彊 13/63/21
用篡○者危 13/63/21
用態○者亡 13/63/21
態○用 13/63/22
篡○用 13/63/22
功○用 13/63/22
聖○用 13/63/22

可謂態○者也 13/63/23
可謂簒○也 13/63/24
可謂功○矣 13/63/24
可謂聖○矣 13/63/25
是人○之論也 13/63/25
大○父子兄弟有能進言於君 13/64/1
率群○百吏而相與彊君撟君 13/64/3
社稷之○也 13/64/5
故正義之○設 13/64/11
邊境之○處 13/64/12
○所聞古之道 15/68/6
○之所道 15/68/11
君○上下之閒 15/68/13
○之於君也 15/68/15
○請遂道王者諸侯强弱存亡之效、安危之埶 15/69/12
夫是之謂至○ 15/71/4
○下懍然莫必其命 15/72/20
○舍不宜以衆威受賞 16/76/3
群○享其功 16/76/6
隳興功之○ 16/76/8
詐○亂之朝 16/76/20
爲人○者不恤己行之不行 16/77/10
古者百王之一天下、○諸侯也 16/77/20
若夫君○之義、父子之親、夫婦之別 17/82/3
以桀、紂爲有天下而○湯、武 18/84/18
○之所以致重其君 19/93/9
忠○孝子之極也 19/93/13
則夫忠○孝子亦知其閔已 19/93/19
則夫忠○孝子亦悼詭而有所至矣 19/97/21
則君○上下同聽之 20/98/21
故群○去忠而事私 21/102/16
昔人○之蔽者 21/103/1
外不可以知君○之正 23/116/10
外可以知君○之正 23/116/11
莫非王○ 24/118/8
故殺其父而○其子 24/118/18
殺其兄而○其弟 24/118/18
主忌苟勝、群○莫諫必逢災 25/120/4
論○過 25/120/4
遠賢近讒、忠○蔽塞主勢移 25/120/5
明君○ 25/120/6
辨治上下、貴賤有等明君○ 25/121/8
○下職 25/122/12
○謹（修）〔循〕 25/123/6
○愚不識 26/123/12,26/125/8
○愚而不識 26/124/2,26/125/1
忠○危殆 26/125/20
諸侯召其○ 27/126/13
○不俟駕 27/126/13
忿怒其○妾 27/127/18
大夫之○拜不稽首 27/128/23
非尊家○也 27/128/23
君○不得不尊 27/129/1
爲人○下者 27/129/8
不之○之家 27/129/10
君○父子之本也 27/129/17
下○事君以貨 27/130/14
中○事君以身 27/130/14
上○事君以人 27/130/14
君有妒○ 27/130/18
交譎之人、妒昧之○ 27/130/19
晏子、功用之○也 27/131/16
錯質之○不息雞豚 27/132/4
○道知事 27/132/22
吾不爲○ 27/136/1
君人者不可以不愼取○ 27/136/8
○從君命 29/142/7,29/142/8,29/142/9
昔萬乘之國有爭○四人 29/142/10
千乘之國有爭○三人 29/142/11
百乘之家有爭○二人 29/142/11
○從君 29/142/12
奚○貞 29/142/12
有○而求其使 30/144/18
○以政知之 31/148/4
○聞之 31/148/8
群○莫能逮 32/148/17,32/148/20
群○莫逮 32/148/18
申公巫○進問曰 32/148/19
今以不穀之不肖而群○莫吾逮 32/148/21

**沈 chén** 1

○猶氏不敢朝飲其羊 8/28/5

**辰 chén** 3

日月、星○、瑞歷 17/80/21
星○以行 19/92/4
竽笙（簫和）、〔筦〕籥似星○日月 20/101/1

**陳 chén** 18

是○仲、史鰌也 6/21/17
○繩墨 8/28/19
鑽龜○卦 9/40/9
而○積有餘 10/48/2
〔之〕所以爲布○於國家刑法者 11/49/18
政令已○ 11/50/5
制度以○ 11/53/15
○一法 11/55/16
○囂問孫卿子曰 15/71/21
負三王之廟而辟於○、蔡之閒 16/77/18
故繩墨誠○矣 19/92/13
兼○萬物而中縣衡焉 21/103/17
願○辭 25/122/1
刑稱○ 25/123/1
此之願○ 26/124/10
請○佹詩 26/125/13
故先王既○之以道 28/139/7
厄於○、蔡之閒 28/140/17

**塵 chén** 1

維○冥冥 27/136/10

**稱 chēng** 47

然後使（慤）〔穀〕祿多少厚薄之○ 4/17/2
世俗○之 5/17/11
（分別）〔譬○〕以諭之 5/20/7
（譬○）〔分別〕以明之 5/20/8
不知一天下、建國家之權○ 6/21/19

五尺之豎子言羞○乎五伯 7/25/7, 7/25/18
彼誠可羞○也 7/25/7
（如）彼固曷足○乎大君子之門哉 7/25/10
彼固曷足○乎大君子之門哉 7/25/21
而天下不○貪焉 8/27/15
而天下不○戾焉 8/27/16
而天下不○偏焉 8/27/16
明其辟○ 8/29/10
貧富輕重皆有○者也 10/43/1, 19/90/10
德必○位 10/43/2
位必○祿 10/43/2
祿必○用 10/43/2
謂之○數 10/43/4
權物而○用 11/54/17
衡石、○縣者 12/57/12
不待衡石、○縣而平 12/57/17
其能以○義偏矣 12/60/7
知明制度、權物○用之為不泥也 12/63/7
不○其所短 13/64/18
辟○比方則欲自並乎湯、武 16/77/4
是縣天下之權○也 18/84/14
一物失○ 18/85/11
夫德不○位 18/85/11
能不○官 18/85/11
刑○罪則治 18/85/13
不○罪則亂 18/85/14
○遠近而等貢獻 18/85/20, 18/86/1
明其譬○ 18/89/12
襲三○ 19/95/8
使死生終始莫不○宜而好善 19/96/2
○情而立文 19/96/4, 19/96/5
莫不○罪 19/98/6
忌諱不○ 22/110/14
雖封侯○君 22/112/15
刑○陳 25/123/1
言而不○師謂之畔 27/133/19
教而不○師謂之倍 27/133/19
而不○其所短也 27/138/1

## 成 chéng 165

樹○蔭而眾鳥息焉 1/2/6
積土○山 1/2/9
積水○淵 1/2/9
積善○德 1/2/9
無以○江海 1/2/10
夫是之謂○人 1/4/20
事無禮則不○ 2/5/15
丘山崇○ 2/7/13
不為不○ 2/7/17
○則必不得其所好 4/14/19
○則必得其所好 4/14/21
○乎脩脩之為 4/15/14
因（求）〔眾〕以○天下之大事矣 5/20/3
○文而類 5/21/2
其言之○理 6/21/13, 6/21/17, 6/21/20, 6/22/2, 6/22/5
終日言○文典 6/21/22
○名況乎諸侯 6/22/16, 8/32/9
雖無老○人 6/24/1
委然○文以示之天下 7/25/22
至於○王則安（以）無誅矣 7/26/2
○王幼 8/27/14, 8/31/13
周公屏○王而及武王以屬天下 8/27/14
教誨開導○王 8/27/17
反籍於○王 8/27/17
是以周公屏○王而及武王以屬天下 8/27/19
○王冠 8/27/21
○人 8/27/21
○王鄉無天下 8/27/22
周公屏○王而及武王 8/31/13
云能則速○ 8/33/17
所以○積也 8/34/1
為之而後○ 8/34/5
○侯、嗣公 9/36/15
則功名未○也 10/42/14
功名未○ 10/42/15
故百技所○ 10/42/16
聖人○之 10/44/8, 27/129/2
黿鼉、魚鱉、鰌鱣以時別一而○群 10/45/1
事○功立 10/46/12

○王用周公（且）〔旦〕 11/55/1
歲終奉其○功以效於君 11/55/18
則夫朝廷群臣亦從而○俗於不隆禮義而好傾覆也 11/56/11
則夫眾庶百姓亦從而○俗於不隆禮義而好貪利矣 11/56/12
若夫重色而○文章 12/60/3
重味而（○）（珍備）〔備珍〕〔怪〕 12/60/3
雖欲○功 12/61/1
稽之以○ 12/61/7
為乎不可○ 12/63/11
曲○制象 13/63/21
○於尊君安國 13/64/4
功伐足以○國之大利 13/64/5
以為○俗 13/64/18
若周公之於○王也 13/65/10
臨武君與孫卿子議兵於趙孝○王前 15/68/3
故仁人之兵聚則○卒 15/69/2
散則○列 15/69/3
孝○王、臨武君曰 15/69/11, 15/70/24
○不可必也 15/70/25
凡百事之○也 15/71/5
道德之威○乎安彊 16/75/21
暴察之威○乎危弱 16/75/21
狂妄之威○乎滅亡也 16/75/21
則君享其○ 16/76/6
是以百事○而功名大也 16/76/8
能積微者速○ 16/78/25
不為而○ 17/80/1
各得其養以○ 17/80/5
皆知其所以○ 17/80/6
天功既○ 17/80/9
孰與有物之所以○ 17/82/17
百姓以○俗 18/89/5, 19/98/2
○文（曲）〔典〕 18/89/20
兩者合而○文 19/91/9
○事之俎不嘗也 19/91/11
○乎文 19/92/3
三日而○服 19/93/21
百事可以○矣 19/93/22
而滋○行義之美者也 19/94/8
性偽合然後○聖人之名 19/95/2

木器不〇斲 19/95/10
陶器不〇物 19/95/10
薄器不〇（內）〔用〕 19/95/10
一使足以〇文理 19/96/21
事足以容〇 19/97/17
〇足以容文 19/97/17
然而〇文 19/98/10
節奏合以〇文 20/99/1
逆氣〇象而亂生焉 20/100/4
順氣〇象而治生焉 20/100/4
禮脩而行〇 20/100/8
不得〇也 20/100/17
〇湯鑒於夏桀 21/102/18
不蔽於〇積也 21/103/15
不以事詔而萬物〇 21/105/3
27/132/22
爲之無益於〇也 21/107/10
周而〇 21/107/14
宣而〇 21/107/14
後王之〇名 22/107/21,22/109/14
則從諸夏之〇俗 22/107/21
慮積焉、能習焉而後〇
謂之僞 22/107/24
是後王之〇名也 22/108/1
迹長功〇 22/108/7
約定俗〇謂之宜 22/109/10
約定俗〇謂之實名 22/109/11
累而〇文 22/110/5
〇則必得其所好而不遇
其所惡焉 22/111/1
然而人有從生〇死者 22/111/8
所事而〇者也 23/113/18
可學而能、可事而〇之
在人者謂之僞 23/113/18
故工人斲木而〇器 23/114/10
故〇王之於周公也 24/119/9
則事業捷〇而有所休 24/119/14
請〇相 25/120/3,25/121/7
25/122/12
愚以重愚、闇以重闇〇
爲桀 25/120/7
凡〇相 25/120/13
好而壹之神以〇 25/121/3
《〇相》竭 25/121/4
得益、皋陶、橫革、直
〇爲輔 25/121/13
十有四世、乃有天乙是
〇湯 25/121/14
託於《〇相》以喻意 25/122/10
以治天下、後世法之〇
律貫 25/123/7
文理〇章 26/123/11
事業以〇 26/124/1
五采備而〇文 26/124/9
禮樂以〇 26/124/16
事〇而家敗 26/124/17
以〇文章 26/125/7
此夫始生鉅其〇功小者
邪 26/125/8
非爲〇聖也 27/127/7
然而亦所以〇聖也 27/127/7
不學不〇 27/127/8
舜學於務〇昭 27/127/8
五十不〇喪 27/127/10
〇我宗事 27/127/12
故〇 27/127/27
不〇仁 27/128/1
不〇義 27/128/1
不〇禮 27/128/2
不〇樂 27/128/2
制禮反本〇末 27/128/3
接則事優〇 27/128/12
事無禮不〇 27/129/24
至〇、康則案無誅已 27/132/8
未〇也 27/134/16
亟〇 27/134/18
故居處足以聚徒〇群 28/138/20
小人〇群 28/138/23
不教而責〇功、虐也 28/139/5
大道者、所以變化遂〇
萬物也 31/146/8
〇王之爲叔父 32/149/7
教化不〇 32/150/5
功安能〇 32/150/14

## 承 chéng 1

〇彊大之敵也 9/37/1

## 城 chéng 22

人之〇守 9/36/23,9/36/25
司徒知百宗、〇郭、立
器之數 9/40/1
則兵勁〇固 9/41/9
11/50/6,16/75/8,20/99/16
粥其〇 10/44/12
〇郭不待飾而固 12/57/20
而求兵之勁、〇之固 12/58/16
〇不固 12/58/16
將內以固（誠）〔〇〕 12/61/17
〇守不攻 15/71/17
不屠〇 15/71/18
高〇深池不足以爲固 15/72/11
緣之以方〇 15/72/17
〇郭不辦 15/73/4
使之持危〇則必畔 15/73/13
國若假〇然耳 16/76/23
亂爭則兵弱〇犯 20/99/18
俯而出〇門 21/106/5
〇郭以固 26/123/11

## 乘 chéng 30

擅寵於萬〇之國 7/26/14
遂〇殷人而誅紂 8/31/19
則萬〇之國亡 8/33/7
則萬〇之國存 8/33/7
則千〇之國安 8/33/7
用萬〇之國 8/33/8
司馬知師旅、甲兵、〇
白之數 9/40/1
用萬〇之國者 9/40/18
萬〇之國 11/52/2
則臣下百吏誕詐之人〇
是而後欺 12/57/11
則臣下百吏〇是而後偏 12/57/12
則臣下百吏〇是而後險 12/57/13
則臣下百吏〇是而後豐
取刻與以無度取於民 12/57/14
則三國必起而〇我 16/76/22
楚王後車千〇 17/81/4
〇大路、趨越席以養安 18/86/20
故大路之馬必（倍）
〔信〕至教順然後〇
之 19/90/13
有五〇之地者事三世 19/91/4
有三〇之地者事二世 19/91/4
（〇）〔桑〕杜作〇馬 21/105/11
〇軒戴絻 22/112/15
〇輿之輪、太山之木也 27/134/2

亟其○屋 27/135/3
凡物有○而來 27/136/18
（○）其出者 27/136/18
昔萬○之國有爭臣四人 29/142/10
千○之國有爭臣三人 29/142/11
百○之家有爭臣二人 29/142/11
夫端衣、玄裳、絻而○路者 31/145/3

## 程 chéng 3

○役而不錄 2/7/2
○者、物之準也 14/67/13
○以立數 14/67/13

## 盛 chéng 20

其功○姚遠矣 4/16/12
德○者也 6/24/8
齊桓、五伯之○者也 7/25/8
周公其○乎 8/31/12
以觀其○者也 11/55/17
明主尙賢使能而饗其○ 13/64/12
德○於此 15/71/26
治之○也 18/85/13
○之美之 19/94/20
僞者、文理隆○也 19/95/1
禮節文貌之○矣 19/98/1
禮樂正其○者也 20/99/11
故樂者、治人之○者也 20/100/11
夫是之謂至○ 21/102/22
故嚮萬物之美而○憂 22/112/13
兼萬物之利而○害 22/112/13
婦謁○與 27/132/16
子路○服見孔子 29/142/28
今汝衣服既○ 29/143/1
忠誠○於內、賁於外 32/148/14

## 誠 chéng 72

端愨○信 2/6/17
君子養心莫善於○ 3/11/4
致○則無它事矣 3/11/4
○心守仁則形 3/11/4
○心行義則理 3/11/5
以至其○者也 3/11/6
不○則不獨 3/11/8
不○則不能化萬物 3/11/9
不○則不能化萬民 3/11/9
不○則疏 3/11/10
不○則卑 3/11/10
夫○者、君子之所守也 3/11/10
○信生神 3/12/3
己○是也 4/13/6
人○非也 4/13/6
則必非○士也 5/19/11
端○以處之 5/20/7
夫是之謂○君子 6/24/15
彼○可羞稱也 7/25/7
（之）〔貴〕道○存也 8/28/3
豈不大富之器○在此也 8/29/20
必將○此然後就也 8/29/23
忠臣○能然後敢受職 8/30/8
○以其國爲王者之所 9/41/2
百姓○賴其知也 10/43/21
○美其厚也 10/43/21
○美其德也 10/43/22
其所是焉○美 10/44/2
其所得焉○大 10/44/2
其所利焉○多 10/44/2
故儒術○行 10/45/23
故墨術○行 10/46/2
三德者○乎上 10/46/16
布衣紃屨之士○是 10/48/10
○義乎志意 11/49/20
今亦以天下之顯諸侯○義乎志意 11/49/21
與端○信全之士爲之則霸 11/51/8
唯○能之求 11/51/14,11/53/23
所使要百事者○仁人也 11/54/19
所聞所見○以齊矣 11/55/8
道德○明 11/55/27
利澤○厚也 11/55/27
○能而後敢受職 12/60/15
彼○有之者與○無之者若白黑然 12/61/10
將內以固（○）〔城〕 12/61/17
其端○足使定物然後可 12/62/16
○信如神 14/67/1
而在乎〔不〕○必用賢 14/67/3
時使而○愛之 15/73/6
案用夫端○信全之君子治天下焉 16/78/5
上端○ 18/83/14
禮之理○深矣 19/92/12
其理○大矣 19/92/12
其理○高矣 19/92/13
故繩墨○陳矣 19/92/13
衡○縣矣 19/92/14
規矩○設矣 19/92/14
著○去僞 20/100/15
此其○心莫不求正而以自爲也 21/102/7
今○以人之性固正理平治邪 23/115/2
分然各以其○通 24/118/18
主○聽之、天下爲一海內賓 25/120/6
百家之說○不詳 25/120/14
君子○之好以待 25/121/2
顯者必得、隱者復顯民反○ 25/123/3
小人不○於內而求之於外 27/133/17
不足於信者○言 27/133/22
其○可比於金石 27/135/7
不可以不○事也 27/136/24
忠○盛於內、賁於外 32/148/14

## 懲 chéng 4

○之以刑罰 9/35/7
憯莫○嗟 10/46/4
則姦民不○ 10/46/19
胡憯莫○ 24/119/6

## 騁 chěng 5

是君子之所以○志意於壇宇宮庭也 8/34/22
莫不○其能 12/60/2
孰與（騁）〔○〕能而化之 17/82/16
步驟、馳○、厲鶩不外是矣 19/93/1
步驟馳○ 31/148/6

## 笞 chī 3

○捶暴國 8/32/10
威强足以捶○之 10/49/6

捶○、臏腳 18/89/1

鴟 chī 1

○梟爲鳳皇 26/125/16

螭 chī 1

○龍爲蝘蜓 26/125/16

池 chí 4

汙○、淵沼、川澤 9/39/21
高城深○不足以爲固 15/72/11
江、漢以爲○ 15/72/16
溝○不拑 15/73/4

弛 chí 2

則大事殆乎○ 9/35/14
有○易齵差者矣 12/62/13

持 chí 58

除其害者以○養之 1/4/17
是說之難○者也 3/9/2
重死○義而不橈 4/13/17
以○王公 4/14/11
○之難立也 4/14/19
○之易立也 4/14/21,22/110/24
以相○養 4/15/20
堅彊以○之 5/20/7
然而其○之有故 6/21/13,6/21/16
6/21/20,6/22/1,6/22/5
○寵處位終身不厭之術 7/26/6
是○寵處身不厭之術也 7/26/10
則墮之者衆而○之者寡矣 7/27/1
無置錐之地而明於○社稷之大義 8/28/1
其○險應變曲當 8/32/11
以淺○博 8/33/2
以古○今 8/33/2
以一○萬 8/33/3
以國○之而不足以容其身 10/48/4
將脩小大強弱之義以○愼之 10/48/14
非特將○其有而已矣 10/48/18
○國之難易 10/48/21
則不足以（爲）○國安身 10/49/4
得道以○之 11/49/12
不得道以○之 11/49/13
擽然扶○心、國 11/49/17
不以積○之則不立 11/51/4
援夫千歲之信法以○之也 11/51/6
以夫千歲之法自○者 11/51/7
彼○國者必不可以獨也 11/51/11
然而應薄扞患足以○社稷然後可 12/62/23
偷合苟容、以○祿養交而已耳 13/63/29
偷合苟容、以之○祿養交而已耳 13/65/10
使之○危城則必畔 15/73/13
則高爵豐祿以○養之 15/74/4
曷若是而可以○國乎 16/76/21
可以小力○也 18/85/1
不可以小力○也 18/85/2
三公奉軶○納 18/86/21
諸侯○輪挾輿先馬 18/87/1
○老養衰 18/87/2
兩者相○而長 19/90/5
寢兕、（○）〔特〕虎、蛟韅、絲末、彌龍 19/90/13
○手而食者不得立祭廟 19/91/4
○生之事未輟也 19/93/20
所以○平奉吉也 19/94/10
所以○險奉凶也 19/94/10
故能○管仲而名利福祿與管仲齊 21/103/4
故能○周公而名利福祿與周公齊 21/103/4
有勇非以○是 21/107/1
猶引繩以○曲直 22/110/9
五聽（循）〔脩〕領、莫不理（續）〔續〕（主執）〔執主〕○ 25/123/2
敢問○滿有道乎 28/138/13
曾元○足 30/144/1

馳 chí 3

緜緜常以結引○外爲務 11/50/14
步驟、○騁、厲騖不外是矣 19/93/1
步驟○騁 31/148/6

箎 chí 1

埧（○）〔篪〕翁博 20/100/19

踟 chí 1

○躕焉 19/96/12

遲 chí 11

卑溼、重○、貪利 2/6/7
亦或○或速、或先或後〔耳〕 2/7/9
故學曰○ 2/7/12
則亦或○或速 2/7/12
而勿忘棲○薛越也 9/41/10
彼將日日捿○薛越之中野 9/41/22
痛甚者其瘉○ 19/96/5
然而治俯仰、詘信、進退、○速莫不廉制 20/101/2
陵○故也 28/139/12,28/139/13
今夫世之陵○亦久矣 28/139/13

篪 chí 1

埧（箎）〔○〕翁博 20/100/19

謘 chí 2

衆積意（謘謘）〔○○〕乎 20/101/3

謘 chí 2

衆積意（○○）〔謘謘〕乎 20/101/3

尺 chǐ 10

曷足以美七○之軀哉 1/3/15
身長七○ 5/17/17
面長三○ 5/17/17
五○之豎子言羞稱乎五伯 7/25/7
7/25/18
禮者、人主之所以爲群

臣寸○尋丈檢式也 8/34/18
○寸尋丈 11/54/18
立視前六○而（大）〔六〕之 27/130/5
三丈六○ 27/130/6
三○之岸而虛車不能登也 28/139/11

**侈 chǐ** 5

食太○ 4/16/10
四方之國有○離之德則必滅 11/53/16
本荒而用○ 17/79/18
然而暴國獨○安能誅之 18/84/5
財○則殄禮 27/127/1

**恀 chǐ** 1

○然 6/24/18

**恥 chǐ** 19

無廉○而嗜乎飲食 2/8/8
無廉○ 4/13/13
安知廉○隅積 4/15/16
故君子○不脩 6/24/13
不○見汙 6/24/13
○不信 6/24/13
不○不見信 6/24/13
○不能 6/24/14
不○不見用 6/24/14
無廉○而忍謑詢 6/24/22
無廉○而耆飲食 6/25/1
以相○怍 8/28/20
○受賞之屬 16/76/9
君子○之 19/94/5
樂分施而○積臧 27/132/5
忍○矣 27/132/13
吾有○也 28/140/11
吾○之 28/140/11
則○辱亦無由至矣 30/144/3

**齒 chǐ** 6

南海則有羽翮、○革、曾青、丹干焉 9/38/14
麻葛、繭絲、鳥獸之羽毛○革也 10/45/3
齳然兩○墮矣 12/62/5
少長以○ 20/101/17
一命○於鄉 27/128/25
再命○於族 27/128/25

**褫 chǐ** 1

守法數之有司極禮而○ 5/18/19

**斥 chì** 1

逆○不通孔子拘 25/120/11

**赤 chì** 8

必將於愉殷○心之所 9/41/2
如保○子 10/46/22
11/54/11,11/55/25,15/73/17
若養○子 13/64/24
縣之○（旂）〔旆〕 18/85/12
紂縣於○旆 21/102/18

**飭 chì** 1

脩○端正 12/63/3

**充 chōng** 8

若夫○虛之相施易也 8/29/6
衣煖而食○ 12/60/3
文繡○棺 18/87/22
黃金○椁 18/87/22
○耳而設瑱 19/95/8
精微乎毫毛而〔○〕盈（大乎）〔乎大〕寓（宙） 26/124/8
○盈大宇而不窕 26/124/11
顏色○盈 29/143/2

**舂 chōng** 1

以戈（舂）〔○〕黍也 1/4/3

**衝 chōng** 1

是渠○入穴而求利也 16/77/11

**崇 chóng** 6

丘山○成 2/7/13
君子○人之德 3/9/19
則○其美 13/64/17
文王伐○ 15/71/25
曾不○日 26/123/18
則○其善 27/138/1

**蟲 chóng** 2

肉腐生○ 1/2/3
然後昆○萬物生其間 10/45/2

**寵 chǒng** 9

持○處位終身不厭之術 7/26/6
是持○處身不厭之術也 7/26/10
擅○於萬乘之國 7/26/14
且恐失○ 7/26/15
有○則必榮 7/26/16
失○則必無罪 7/26/16
擅○則必辱 7/26/21
善取○乎上 13/63/17
爭○嫉賢（利）〔相〕惡忌 25/122/6

**惆 chóu** 1

○然不嗛 19/97/22

**酬 chóu** 4

拜至、獻、○、辭讓之節繁 20/101/11
賓○主人 20/101/17
主人○介 20/101/17
介○眾賓 20/101/17

**幬 chóu** 2

無帾絲歶縷翣其貊以象菲帷○尉也 19/95/16

爲○橤斂而不反其常 27/134/2

儵 chóu 1

○鉥者、浮陽之魚也 4/13/19

疇 chóu 4

草木○生 1/2/5
其田○穢 10/47/10
故至賢○四海 18/84/17
堯學於君○ 27/127/8

籌 chóu 2

探○、投鉤者 12/57/11
不待探○、投鉤而公 12/57/17

讎 chóu 8

（出）忘其○ 7/25/12
則楚六千里而爲○人役 7/26/4
若仇○ 9/41/13
無言不○ 10/44/13,14/67/22
則仇○不作 13/64/12
則若灼黥、若仇○ 15/69/6
是能使○人役也 16/77/20

醜 chǒu 4

小人能亦○ 3/9/10
不能亦○ 3/9/10
我甚○之 4/13/11
四曰記○而博 28/138/19

臭 chòu 8

彼○之而（無）嗛於鼻 4/15/19
鼻欲綦○ 11/52/1
口好味而○味莫美焉 11/53/17
期○味 18/86/18
鼻不欲綦○ 18/89/13
三○之不食也 19/91/11
香、○、芬、鬱、腥、臊、（洒）〔漏〕、（酸）〔庮〕、奇○以鼻異 22/108/17

出 chū 83

瓠巴鼓瑟而流魚○聽 1/3/3
○乎口 1/3/15,3/9/2
一○焉 1/4/13,9/36/13
其○（入）〔人〕不遠矣 2/7/17
○於言 3/11/8
（○）忘其讎 7/25/12
公愼氏○其妻 8/28/5
此其道○乎一 8/31/3
○三日而五災至 8/31/17
○不可以戰 9/36/18,16/75/8
人之○戰 9/36/23,9/36/25
田肥以易則○實百倍 10/42/24
田瘠以穢則○實不半 10/42/27
事必○利 10/43/4
皆使衣食百用○入相揜 10/43/4
故爲之○死斷亡以覆救之 10/43/21
爲之○死斷亡而〔不〕愉者 10/44/1,10/46/13
○若入若 11/52/20,11/54/15
爲之○死斷亡而不愉者 11/55/27
安値將卑埶○勞 12/63/9
○死無私 13/66/2
然後（士）〔○〕其刑賞而還與之 14/66/12
莫知其所從○ 15/68/10
權○一者强 15/69/18
權○二者弱 15/69/19
是其○賃市、傭而戰之幾矣 15/69/22
則兵不復○於塞外而令行於天下矣 16/78/6
○於其門 16/78/13
○於公門 16/78/13
○戶而巫覡有事 18/86/19
○門而宗祀有事 18/86/20
是榮之由中○者也 18/88/24
是辱之由中○者也 18/88/26
孰知夫○死要節之所以養生也 19/90/14
孰知夫○費用之所以養財也 19/90/14
無先祖惡○ 19/90/21
然後告遠者○矣 19/93/21
賓○ 19/98/8,20/101/18
故樂者、○所以征誅也 20/99/5
○所以征誅 20/99/6
口不○惡言 20/100/2
遂○ 20/101/15
○令而無所受令 21/104/11
孟子惡敗而○妻 21/105/16
俯而○城門 21/106/5
祆辭不○ 22/110/14
知所必○也 22/111/15
從道而○ 22/112/5
必○於爭奪 23/113/5
然後○於辭讓、合於文理而歸於治 23/113/6
使皆○於治、合於道者也 23/113/12
使天下皆○於治、合於善也 23/115/5
然後皆○於治、合於善也 23/115/17
以○乎貪利爭奪 23/115/26
則（動）知所○矣 24/119/9
君教○ 25/123/5
○入甚極 26/124/10
我○我輿 27/126/14
以其教（○）〔士〕畢行 27/126/23
君子聽律習容而后（士）〔○〕 27/129/27
其置顏色、○辭氣效 27/133/6
（乘）其○者 27/136/18
潸焉○涕 28/139/14
以○以入 28/140/7
○而問於孔子曰 28/141/12
入孝○弟 29/141/19
孔子趨○ 29/142/7
○而名不章 29/142/20
○則友賢 29/142/20
子路○ 29/142/22
子貢○ 29/142/25
江○於岷山 29/142/28
其始○也 29/142/28
子路趨而○ 29/143/2
君○魯之四門以望魯四郊 31/147/5
○無辨矣 32/149/3

## 初 chū 1

長遷而不反其〇 3/11/12

## 除 chú 18

〇其害者以持養之 1/4/17
則天下之害〇 6/23/2
〇怨而無妨害人 7/26/15
防淫〇邪 9/40/11
救患〇禍 10/42/18
〇天下同害 11/55/23
〇姦邪 12/59/16
〇國之大害 13/64/3
〇君之辱 13/64/4
而〇其怨 13/65/1
所以禁暴〇害也 15/71/23
焉慮率用賞慶、刑罰、埶詐、（〇）〔險〕阸其下 15/73/12
故辟門〇涂以迎吾入 15/74/10
〇天下之同害 18/84/7
辟〇民害逐共工 25/121/12
能〇患則爲福 27/128/11
不能〇患則爲賊 27/128/11
〇其祆 27/130/22

## 芻 chú 11

今使人生而未嘗睹〇豢稻粱也 4/15/17
俄而粲然有秉〇豢而至者 4/15/18
幾直夫〇豢稻粱之縣糟糠爾哉 4/15/21
食欲有〇豢 4/16/5
必將〇豢稻粱、五味芬芳以塞其口 10/45/18
〇豢稻粱 19/90/6
〇豢、稻粱、酒醴、（餰鬻）〔魚肉〕 19/94/16
〇豢不加甘 22/109/17
心憂恐則口銜〇豢而不知其味 22/112/11
暴人〇豢仁（人）糟糠 25/120/16
詢于〇蕘 27/131/6

## 躕 chú 1

踟〇焉 19/96/12

## 處 chǔ 46

爲其人以〇之 1/4/16
利以〇窮 2/5/12
食飲、衣服、居〇、動靜 2/5/13
〇女莫不願得以爲士 5/18/2
端誠以〇之 5/20/7
古之所謂〇士者 6/24/8
今之所謂〇士者 6/24/8
持寵〇位終身不厭之術 7/26/6
信而不忘〇謙 7/26/8
是持寵〇身不厭之術也 7/26/10
雖在貧窮徒〇之埶 7/26/11
求善〇大重 7/26/14
〇重擅權 7/26/19
窮〇而榮 8/29/21
務積德於身而〇之以遵（道）〔遁〕 8/30/1
明王始立而〇國有制 9/35/22
安樂〇鄉 9/40/7
人倫並〇 10/42/12
辟之是猶使〇女嬰寶珠、佩寶玉、負戴黃金而遇中山之盜也 10/49/2
甚易〇而綦可樂也 11/53/11
邊境之臣〇 13/64/12
〇舍收臧 15/70/26
可殺而不可使〇不完 15/71/2
而〇之以恭敬無壙 15/71/8
遇敵〇戰則必北 15/73/14
襲其〇 15/74/10
〇勝人之埶 16/76/12,16/76/12
而中〇其中 19/93/1
是吉凶憂愉之情發於居〇者也 19/94/19
則百姓莫不安其〇、樂其鄉 20/99/16
則百姓不安其〇、不樂其鄉 20/99/19
賢良退〇而隱逃 21/102/17
〇於今而論久遠 21/104/7
〇一之危 21/105/3
故能〇道而不貳 22/110/16
今與不善人〇 23/117/18
〇之敦固、有深藏之能遠思 25/121/2
〇於室堂 26/125/6
仁、非其里而（虛）〔〇〕之 27/127/28
君子〇仁以義 27/128/2
言無與小人〇也 27/136/11
故居〇足以聚徒成群 28/138/20
與小人〇者 28/140/12
必有〇也 31/145/14
〇官久者士妬之 32/149/16

## 楚 chǔ 40

〇人安〇 4/15/1
〇之孫叔敖 5/17/17,13/63/24
而以〇霸 5/17/18
葉公子高入據〇 5/17/19
定〇國 5/17/19
則〇六千里而爲讎人役 7/26/4
居〇而〇 8/34/7
故齊桓、晉文、〇莊、吳闔閭、越句踐 11/50/8
南足以破〇 11/50/15
制秦、〇 11/53/10
〇莊王好細要 12/58/12
〇之州侯 13/63/23
〇之莊蹻 15/70/19
齊桓、晉文、〇莊、吳闔閭、越句踐 15/70/21
〇人鮫革犀兕以爲甲 15/72/14
〇分而爲三四 15/72/15
蔡侯奉其社稷而歸之〇 16/76/1
〇發其賞 16/76/2
亂〇國之法 16/76/8
今巨〇縣吾前 16/76/21
〇人則乃有襄賁、開陽以臨吾左 16/76/22
今〇父死焉 16/77/18
東在〇者乃界於齊 16/78/1
〇王後車千乘 17/81/4
〇、越不受制 18/85/17
曷爲〇、越獨不受制也 18/85/19
彼〇、越者 18/86/1
猶欲之〇而北求之也 20/99/12
孔子南適〇 28/140/17

亦嘗有以○莊王之語聞
於左右者乎 32/148/17
○莊王之語何如 32/148/18
○莊王謀事而當 32/148/18
○莊王以憂 32/148/22
繒丘之封人見○相孫叔
敖曰 32/149/16
今相國有此三者而不得
罪〔於〕○之士民 32/149/17
吾三相○而心瘉卑 32/149/18
是以不得罪於○之士民
也 32/149/18

畜 chù 20

聖王之所不○也 4/13/4
方知○雞狗豬彘 4/16/6
又○牛羊 4/16/6
收斂○藏以繼之也 4/16/8
則一君不能獨○ 6/22/16,8/32/8
〔謹〕○積 7/25/19
安職則○ 9/35/7
然而中國得而○使之 9/38/14
六○皆得其長 9/39/17
故養長時則六○育 9/39/18
養六○ 9/40/6
是以厭然○積脩飾而物
用之足也 9/41/20
我今將○積并聚之於倉廩 9/41/22
計利而○民 10/43/3
然後六○禽獸一而剸車 10/45/1
謹○積 11/50/8
○積收臧於秋冬 17/80/22
六○作祅 17/81/18
孰與物○而（制）〔裁〕
之 17/82/15

絀 chù 5

不能則恭敬縛○以畏事人 3/9/11
緩急嬴○ 5/20/1
主損○之 7/26/7
展禽三○、春申道綴基
畢輸 25/120/11
仁人○約 26/125/15

觸 chù 8

不由禮則○陷生疾 2/5/13
乳彘不○虎 4/13/4
○抵者也 6/24/6
若曹○龍之於紂者 13/65/11
○之者角摧 15/69/4
曹○龍斷於軍 15/71/14
則人固莫○罪 18/85/6
以爲人或○罪矣 18/85/7

揣 chuǎi 1

故士不○長 5/17/20

川 chuān 6

汙池、淵沼、○澤 9/39/21
○淵深而魚鱉歸之 14/66/17
○淵者、龍魚之居也 14/66/19
○淵枯則龍魚去之 14/66/20
山林○谷美 16/78/10
百○沸騰 24/119/5

穿 chuān 2

跖以○室 26/123/18
○窬而行 26/125/6

傳 chuán 39

《○》曰 2/6/12,3/10/10
5/20/9,9/35/20,9/36/7
11/52/18,13/64/8,13/66/5
14/66/26,15/73/9,17/82/2
18/83/20,18/88/7,21/103/5
21/107/3,21/107/7,23/117/19
24/119/1,27/135/7,29/142/3
名不貴苟○ 3/8/20
與禹、舜俱○而不息 3/9/3
父子相○ 4/14/11
而況於千世之○也 5/19/1
五帝之外無○人 5/19/5
五帝之中無○政 5/19/5
禹、湯有○政 5/19/6
○者久則（論）〔俞〕略 5/19/6
遂受而○之 6/22/10
可○世也 12/63/4
和（○）〔摶〕而一 15/69/2
是淺者之○、陋者之說也 18/87/4
敬○其名也 19/95/18
而倉頡獨○者、壹也 21/105/8
而后稷獨○者、壹也 21/105/9
而夔獨○者、壹也 21/105/9
而舜獨○者、壹也 21/105/10
不利○辟者之辭 22/110/15
三王既已定法度、制禮
樂而○之 27/137/17

喘 chuǎn 1

○而言 13/65/19

串 chuàn 1

惡民之○以無分得也 27/137/13

創 chuāng 1

○巨者其日久 19/96/5

床 chuáng 6

疏房檖貌、越席、○笫
、几筵 19/90/7
疏房、檖貌、越席、○
笫、几筵 19/94/18
有簟席而無○笫 19/95/10
魯大夫練而○ 29/142/22
由問魯大夫練而○ 29/142/24
練而○ 29/142/25

吹 chuī 1

故必將撞大鐘、擊鳴鼓
、○竽笙、彈琴瑟以
塞其耳 10/45/17

炊 chuī 1

可○而傹也 7/26/21

垂 chuí 8

○事養民 10/46/6
故○事養譽、不可 10/46/9
名○乎後世 11/49/20
○衣裳、不下簟席之上而海內之人莫不願得以爲帝王 11/52/11
○衣裳而天下定 11/54/23
則疆○不喪 13/64/12
然而兵殆於○沙 15/72/15
○涕恐懼 19/93/20

倕 chuí 1

○作弓 21/105/10

捶 chuí 3

笞○暴國 8/32/10
威強足以○笞之 10/49/6
○笞、臏腳 18/89/1

春 chūn 9

《○秋》之微也 1/3/11
《○秋》約而不速 1/3/20
以戈（○）〔舂〕黍也 1/4/3
《○秋》言是 8/31/7
○耕、夏耘、秋收、冬藏 9/39/20
繁啓蕃長於○夏 17/80/22
展禽三絀、○申道綴基畢輸 25/120/11
《○秋》賢穆公 27/130/16
故《○秋》善胥命 27/133/22

純 chún 5

殺、赭衣而不○ 18/85/6
道德○備 18/86/7,26/125/15
使本末終始莫不順比○備 19/94/20
明達○粹而無疵（也） 26/124/4

鶉 chún 1

衣若縣○ 27/136/1

啜 chuò 3

然而君子○其羹 5/18/15
君子○菽飲水 17/81/4
斬衰、菅屨、杖而○粥者 31/145/4

輟 chuò 10

累土而不○ 2/7/13
而天下不○事周 8/27/17
不爲少頃○焉 12/59/5
天不爲人之惡寒也○冬 17/80/27
地不爲人之惡遼遠也○廣 17/80/27
君子不爲小人之匈匈也○行 17/80/27
持生之事未○也 19/93/20
是以與治（雖）〔離〕走而是己不○也 21/102/8
吾亦未○ 28/141/12
其止○然 30/144/8

嚽 chuò 1

○菽飲水 10/45/13

疵 cī 2

（惡）非毀○也 3/10/1
明達純粹而無○（也） 26/124/4

茨 cí 2

屬○、倚廬、席薪、枕塊 19/94/19
抗折其䫉以象槾○番閼也 19/95/16

雌 cí 1

相爲○雄耳矣 15/70/17

慈 cí 4

○愛百姓 9/41/18
○愛而見友 12/57/25
○母、衣被之者也 19/97/10
幼者○焉 27/127/15

辭 cí 55

○順而後可與言道之理 1/4/7
言辯而不（○）〔亂〕 3/9/8
無○讓 4/13/15
安知○讓 4/15/16
聽其言則○辨而無統 5/21/3
玩琦○ 6/22/4
案飾其○而祇敬之曰 6/22/9
遇友則脩禮節○讓之義 6/23/16
神禫其○ 6/24/24
必將盡○讓之義然後受 7/26/9
○讓而勝 8/30/2
則下亦將綦○讓、致忠信而謹於臣子矣 12/57/16
子發○曰 16/76/2
其○賞也固 16/76/4,16/76/10
禮義、○讓、忠信是也 16/77/3, 16/77/6
則十指不○斷 16/79/11
孰知夫恭敬○讓之所以養安也 19/90/15
拜至、獻、酬、○讓之節繁 20/101/11
惠子蔽於○而不知實 21/103/9
由○謂之 21/103/11
非之則○ 21/104/12
玩奇○ 21/107/5
不好○讓 21/107/6
析○而爲察 21/107/7
故析○擅作（名）以亂正名 22/108/4
故其民莫敢託爲奇○以亂正名 22/108/5
其民莫敢託爲奇○以亂正名 22/108/6
奇○起 22/108/8
以其所受悖其所○ 22/109/20
○也者、兼異實之名以（論）〔諭〕一意也 22/110/5
○合於說 22/110/8
○讓之節得矣 22/110/14
祅○不出 22/110/14
不利傳辟者之○ 22/110/15

彼正其名、當其○以務白其志義者也 22/110/20
彼名○也者、志義之使也 22/110/21
○足以見極 22/110/21
眩其○ 22/110/23
故爭奪生而○讓亡焉 23/113/3
然後出於○讓、合於文理而歸於治 23/113/6
故順情性則不○讓矣 23/114/5
○讓則悖於情性矣 23/114/6
○不蹶 25/121/4
堯、舜尚賢身○讓 25/121/7
舜不○ 25/121/9
願陳○ 25/122/1
君子設○ 26/124/11
願聞反○ 26/125/19
有酒醴則○ 27/129/13
其置顏色、出○氣效 27/133/6
○不遜與 29/142/16
○也 30/144/8
思慮明通而○不爭 31/146/2

## 此 cǐ 277

○之謂也 1/4/10,2/5/16
2/6/13,2/8/5,3/9/5,3/9/17
3/10/10,4/17/6,5/18/11
5/18/22,5/20/5,5/20/10
6/24/1,6/24/15,7/26/12
7/26/19,8/28/12,8/29/12
8/30/3,8/30/5,8/34/11
9/35/20,9/36/3,9/36/8
9/38/19,10/42/29,10/43/5
10/43/16,10/44/3,10/44/8
10/44/13,10/46/2,10/46/4
10/46/17,10/47/2,10/48/19
10/49/8,11/51/17,11/51/21
11/55/5,11/56/4,12/57/9
12/57/21,12/59/8,12/60/8
12/60/18,12/62/10,12/63/1
12/63/11,13/64/9,13/64/19
13/65/2,13/65/16,13/65/20
13/66/6,14/66/19,14/66/27
14/67/22,15/69/9,15/70/15
15/71/17,15/71/27,15/73/9
15/74/7,16/77/14,16/79/1
17/80/25,17/81/2,17/83/7
18/85/15,18/86/4,18/87/15
18/88/7,19/93/4,19/95/4
21/103/6,21/107/8,22/110/12
22/110/18,22/111/2,24/118/8
24/118/15,24/119/1,24/119/6
24/119/17,28/139/10,29/142/3
29/142/5,30/144/9,32/150/8
○之謂也扁善之度 2/5/9
不以得罪於○俗之人也 2/7/6
人有○三行 2/8/10
○言君子之能以公義勝私欲也 2/8/16
○言君子能以義屈信變應故也 3/10/3
夫○有常 3/11/6
夫○順命 3/11/7
故君子不下室堂而海內之情舉積○者 3/11/18
○六生者 3/12/3
○小人之所務而君子之所不爲也 4/12/23
然而人力爲○而寡爲彼 4/15/13
4/15/21
則以至足爲在○也 4/15/18
○何怪也 4/15/18
則莫不棄○而取彼矣 4/15/19
豈非人之情固可與如○可與如彼也哉 4/16/3
曾○而不知也 4/16/9
人有○（三）數行者 5/18/10
以○度之 5/19/4
○不得變也 5/21/6
○眞先君子之言也 6/22/9
○三姦者 6/23/7
桓公兼○數節者而盡有之 7/25/15
則愼行○道也 7/26/15
○君子義信乎人矣 8/28/9
其爲人上也如○ 8/28/12
作○好歌 8/29/11,22/111/2
俄而治天下之大器舉在○ 8/29/18
今有人於○ 8/29/18
豈不大富之器誠在○也 8/29/20
豈不至尊、至富、至重、至嚴之情舉積○哉 8/29/21
必將誠○然後就也 8/29/23
○其道出乎一 8/31/3
維○良人 8/34/11
○彊大之殆時也 9/37/2
知○三具者 9/37/16
制與在○ 9/40/19
三者體○而天下服 9/41/11
○五等者不可不善擇也 9/42/6
○無佗故焉 10/42/26,10/42/28
未有能以○道得免焉者也 10/49/1
小用之者若○ 11/51/16
一若○也 11/51/16
○五綦者 11/52/1,18/89/13
○夫過舉蹞步而覺跌千里者夫 11/53/25
○亦榮辱安危存亡之衢已 11/53/26
○其爲可哀甚於衢涂 11/53/26
日有餘而治不足者如○也 11/55/12
○儒之所謂曲辨也 11/56/24
○道也 12/57/27
危削滅亡之情舉積○矣 12/58/17
要○三欲 12/60/20
辟○三惡 12/60/21
○明王之道也 12/61/11
能論官○三材者而無失其次 12/63/7
人主不能論○三材者 12/63/9
不知道○道 12/63/9
未有如○而不亂者也 12/63/11
惠○中國 14/66/19
○用兵之要術也 15/68/6
愼行○六術、五權、三至 15/71/7
○四帝兩王 15/71/25
德盛於○ 15/71/26
○所謂末世之兵 15/72/4
○所謂仁義之兵也 15/72/6
○世之所以亂也 15/72/7
○三威者、不可不孰察也 16/75/12
○三威者 16/75/20
然則胡不敺○勝人之埶 16/76/16
○所謂力術止也 16/77/17
○所謂威彊乎湯、武也 16/77/20
〔○所謂廣大乎舜、禹也〕 16/78/3
（○所謂廣大乎舜、禹也） 16/78/4

○亦秦之所短也 16/78/18
○姦人之所以起也 16/79/4
○君人者之大本也 16/79/9
非不以○爲務也 16/79/12
君子、小人之所以相縣者在○耳 17/81/8
由○效之也 18/84/9
○三至者、非聖人莫之能盡 18/84/13
雖○倮而埋之 18/88/5
以人之情爲欲○五綦者而不欲多 18/89/14
故先王案以○象之也 19/96/24
○三者、君子愼之 20/100/2
不○聽也 20/100/16
○五行者 20/101/21
○其誠心莫不求正而以自爲也 21/102/7
○心術之公患也 21/102/13
○其所以喪九牧之地而虛宗廟之國也 21/102/17
○蔽塞之禍也 21/102/18, 21/103/2, 21/103/13
○其所以代夏王而受九有也 21/102/19
○其所以代殷王而受九牧也 21/102/20
○不蔽之福也 21/102/23, 21/103/6, 21/103/16
○數具者 21/103/11
不以夫一害○一謂之壹 21/104/3
不能○三技而可使治三官 21/104/17
○治心之道也 21/106/1
以○時定物 21/106/9
○人之所以無有而有無之時也 21/106/14
○亂世姦人之說也 21/107/7
○言上幽而下險也 21/107/15
○言上明而下化也 21/107/17
○所爲有名也 22/108/14
○所緣而以同異也 22/109/3
○事之所以稽實定數也 22/109/13
○制名之樞要也 22/109/13
○惑於用名以亂名者也 22/109/16
○惑於用實以亂名者也 22/109/18
○惑於用名以亂實者也 22/109/19
○人所以惑於輕重也 22/111/25
○亦人所以惑於禍福也 22/112/1
如○者 22/112/13, 22/112/14
用○觀之 23/113/7, 23/113/13, 23/113/22, 23/114/6, 23/114/20, 23/114/23, 23/115/8, 23/115/14, 23/115/17, 23/115/25, 23/116/21
○人之情性也 23/114/3, 23/114/16
○二行者 23/114/5
○皆古之良劍也 23/117/13
○皆古之良馬也 23/117/14
○以世舉賢也 24/119/5
○先王之道也 24/119/12
故仁者、仁○者也 24/119/14
義者、分○者也 24/119/14
節者、死生○者也 24/119/14
忠者、惇愼○者也 24/119/14
兼○而能之 24/119/15
讒人罔極、險陂傾側○之疑 25/120/12
心術如○象聖人 25/120/15
世亂惡善不○治 25/122/1
○夫文而不采者與 26/123/12
○夫安寬平而危險隘者邪 26/124/2
有物於○ 26/124/7, 26/124/16, 26/125/6
○之願陳 26/124/10
○夫大而不塞者歟 26/124/11
○夫身女好而頭馬首者與 26/125/2
○夫始生鉅其成功小者邪 26/125/8
○刑罰之所以繁也 27/127/5
○邪行之所以起 27/132/10
則人民之行如○ 27/132/13
○則知所息矣 27/135/4
安取○ 27/135/22
如○之箸也 27/136/9
○家言邪學之所以惡儒者也 27/137/1
○爲何器 28/138/10
○蓋爲宥坐之器 28/138/11
○所謂挹而損之之道也 28/138/15
○五者有一於人 28/138/19
○小人之桀雄也 28/138/21
○七子者 28/138/22
已○三者 28/139/6
有人於○ 29/142/15
無○三者 29/142/17
士明於○三恕 30/144/19
舍○而爲非者 31/145/1, 31/145/5
○〔皆〕賢乎 31/145/2
如○ 31/145/11, 31/145/17, 31/146/5
若○ 31/146/11
君不○問而問舜冠 31/146/15
君以○思哀 31/147/2
君以○思憂 31/147/4
君以○思勞 31/147/5
君以○思懼 31/147/6
君以○思危 31/147/7
○三者 32/149/2
今相國有○三者而不得罪〔於〕楚之士民 32/149/17

## 次 cì 25

隆禮○之 1/3/23
然後盜賊○之 5/21/5
變勢○序〔之〕節然也 8/27/22
若夫（謫）〔譎〕德而定○ 8/28/21
賢能不待○而舉 9/35/3
尙賢使能以○之 10/46/21, 15/73/16
賞賢使能以○之 11/55/24
論德而定○ 12/59/17, 18/86/14
○賢使之爲諸侯 12/59/18
○定而序不亂 12/60/14
能論官此三材者而無失其○ 12/63/7
有○忠者 13/65/8
○忠也 13/65/9
可謂○忠矣 13/65/11
○也 15/69/15
有功○之 15/71/11
而信○之 16/79/7
（圖）〔決〕德而定○ 18/86/9
大夫○之 18/87/1
小侯、元士○之 18/87/1
○賢祿一國 18/89/18

其○ 19/92/3
曲得其○序 19/93/3

## 刺 cì 3

雖有戈矛之○ 4/12/17
○中殖穀 10/44/15
故盜不竊、賊不○ 18/87/20

## 賜 cì 14

得一首者則○贖錙金 15/69/21
○予其宮室 27/127/18
○倦於學矣 27/134/23
然則○願息事親 27/134/24
然則○願息於妻子 27/134/25
然則○願息於朋友 27/135/1
然則○願息耕 27/135/2
然則○無息者乎 27/135/3
○觀於太廟之北堂 28/141/12
○以爲何如 29/142/9
○不識也 29/142/10
○ 29/143/9,30/144/6
○爲人下而未知也 32/149/21

## 葱 cōng 1

桓公之○ 23/117/12

## 聰 cōng 15

耳不能兩聽而○ 1/2/15
○明聖知不以窮人 6/23/13
是○耳之所不能聽也 8/29/7
○明君子者 11/53/8
則莫若○明君子矣 11/53/11
不聽而○ 12/60/17,24/118/6
必將○明警戒 15/69/2
耳目○明 20/100/8
可以聽之○不離耳 23/113/20
23/114/2
目明而耳○ 23/113/20
目明而耳○也 23/114/2
以聾爲○ 26/126/2
○明聖知 28/138/14

## 從 cóng 126

物各○其類也 1/2/5
色○而後可與言道之致 1/4/7
柔○而不流 3/9/16
柔○若蒲葦 3/10/1
民猶若未○也 3/11/8
雖○必疑 3/11/9
則天下○而治 4/16/2
則天下○而亂 4/16/3
然則○人之欲 4/16/18
○者將論志意、比類文學邪 5/17/23
然則○者將孰可也 5/18/5
下則取○於俗 6/21/22
莫不○服 6/22/19
秩秩焉莫不○桓公而貴敬之 7/25/14
頓窮則(○之)疾力以申重之 7/27/4
通達之屬莫不○服 8/28/11
11/50/3,11/54/7,15/71/16
治世之所棄而亂世之所○服也 8/29/6
亦是率○ 8/30/10
以○俗爲善 8/30/12
使天下莫不順比○服 9/40/14
立身則○傭俗 9/42/2
非負其土地而○之之謂也 11/52/23
人服而勢○之 11/53/9
則夫朝廷群臣亦○而成俗於不隆禮義而好傾覆也 11/56/11
則夫衆庶百姓亦○而成俗於不隆禮義而好貪利矣 11/56/12
則柔○聽待 12/57/26
塊然獨坐而天下○之如一體 12/60/17
如四支之○心 12/60/17
○命而利君謂之順 13/63/28
○命而不利君謂之(謟)〔諂〕 13/63/28
○道不○君 13/64/8,29/141/19
29/142/3
有聽○ 13/64/16
聽○而敏 13/64/21
○命而不拂 13/65/1
禍亂之○聲 13/66/1
夫是之謂禍亂之○聲 13/66/4
莫知其所○出 15/68/10
計勝欲則○ 15/71/6
以便○事而已 15/72/1
則○而執縛之 16/75/19
○天而頌之 17/82/15
中則可○ 17/82/21
以類相○者也 18/85/10
通達之屬莫不振動○服以化順之 18/85/19
生民之屬莫不振動○服以化順之 18/86/7,18/87/8
是榮之○外至者也 18/88/26
天下○之者治 19/92/9
不○者亂 19/92/9
○之者安 19/92/9
不○者危 19/92/9
○之者存 19/92/9
不○者亡 19/92/10
則莫不聽○ 20/99/6
則莫不○服 20/99/6
○以磬管 20/100/7
而衆賓皆○之 20/101/8
故○山上望牛者若羊 21/106/6
○山下望木者 21/106/7
刑名○商 22/107/21
爵名○周 22/107/21
文名○《禮》 22/107/21
則○諸夏之成俗 22/107/21
而求者○所可 22/111/6
求者○所可 22/111/7
然而人有○生成死者 22/111/8
凡人莫不○其所可 22/111/20
知道之莫之若也而不○道者 22/111/20
故可道而○之 22/111/22
謀者○所可 22/112/5
○道而出 22/112/5
然則○人之性 23/113/5
○其性 23/115/26
以秦人之○情性、安恣睢、慢於禮義故也 23/116/3
列○必尊 24/119/5
言不○ 25/122/9

以能合○ 26/125/7
（反見）〔見謂〕○（擴）〔横〕 26/125/14
維予○欲而治 27/127/7
○諸侯不與新有昏朞不事 27/131/14
○士以上皆羞利而不與民爭業 27/132/5
晏子○於郊 27/134/1
夫類之相○也 27/136/9
移而○所仕 27/137/7
綦三年而百姓（往）〔○〕〔風〕矣 28/139/8
（邪民）〔躬行〕不○ 28/139/8
則○而制之 28/139/11
○義不○父 29/141/19,29/142/3
孝子所以不○命有三 29/141/20
○命則親危 29/141/21
不○命則親安 29/141/21
不○命乃衷 29/141/21
○命則親辱 29/141/21
不○命則親榮 29/141/21
孝子不○命乃義 29/142/1
○命則禽獸 29/142/1
不○命則脩飾 29/142/1
孝子不○命乃敬 29/142/1
故可以○而不○ 29/142/1
未可以○而○ 29/142/2
明於○不○之義 29/142/2
子○父命 29/142/7,29/142/8 29/142/9
臣○君命 29/142/7,29/142/8 29/142/9
故子○父 29/142/12
臣○君 29/142/12
審其所以○之之謂孝、之謂貞也 29/142/12
○物如流 31/145/10
心○而壞 31/145/11

## 粗 cū 1

故愚者之言、芴然而○ 22/110/22

## 麤 cū 8

將麆然衣○食惡 10/45/8
故文飾、○惡 19/94/8
○（衰）〔惡〕、哭泣、憂戚 19/94/10
其立○衰也 19/94/11
資○、衰絰、菲繐、菅屨 19/94/18
則不足以決（○）〔庶〕理矣 21/105/8
○布之衣、○紃之履而可以養體 22/112/18

## 麆 cù 1

將○然衣麤食惡 10/45/8

## 蹴 cù 1

孔子○然曰 31/147/9

## 篡 cuàn 8

有○臣者 13/63/16
是○臣者也 13/63/18
用○臣者危 13/63/21
○臣用 13/63/22
可謂○臣也 13/63/24
逆命而不利君謂之○ 13/63/28
湯、武○而奪之 18/83/23
則謂之○ 21/107/2

## 竄 cuàn 5

惠施、鄧析不敢○其察 8/29/1
庶人隱○莫敢視望 18/87/1
百家無所○ 22/110/9
（治）世曉然皆知夫為姦則雖隱○逃亡之由不足以免也 24/118/14
貧窶者有所○其手〔矣〕 27/132/6

## 摧 cuī 1

觸之者角○ 15/69/4

## 榱 cuī 1

仰視○棟 31/147/2

## 萃 cuì 3

勞苦頓○而愈無功 10/46/3
憂戚○惡 19/94/15
故勞苦彫○而能無失其敬 29/142/3

## 焠 cuì 1

有子惡臥而○掌 21/105/16

## 毳 cuì 1

是事小敵○則偷可用也 15/69/21

## 粹 cuì 10

君子知夫不全不○之不足以為美也 1/4/16
○而能容雜 5/20/4
舍○折無適也 8/30/7
○而王 11/51/17,16/78/18 26/123/12
所欲未嘗○而來也 22/111/24
所惡未嘗○而往也 22/111/24
析速、○孰而不急 23/117/4
明達純○而無疵（也） 26/124/4

## 顇 cuì 1

則勞苦耗○莫甚焉 11/52/16

## 存 cún 47

必有以自○也 2/5/3
治法猶○ 4/14/12
湯、武○ 4/16/2
桀、紂○ 4/16/3
使天下混然不知是非治亂之所○者 6/21/10
（之）〔貴〕道誠○也 8/28/3
則萬乘之國○ 8/33/7
不下於安○ 8/34/20

不及安○ 8/34/22
僅○之國富大夫 9/36/17
○亡繼絕 9/37/7
具具而○ 9/40/18
王、霸、安○、危殆、滅亡 9/40/19
是非功名之所就也、非○亡安危之所（墮）〔隨〕也 9/41/1
○亡安危之所（墮）〔隨〕 9/41/2
如是者則安○ 9/42/2
王、霸、安○、危殆、滅亡之具也 9/42/6
小巨分流者○ 11/51/14
爲之則○ 11/51/21
欲是之主並肩而○ 11/53/20
此亦榮辱安危○亡之衢已 11/53/26
禹之法猶○ 12/57/3
得其人則○ 12/57/4
道○則國○ 12/59/15
莫不欲○ 12/61/19
國雖若○ 12/62/24
得之則○ 14/66/25,26/124/10
臣請遂道王者諸侯强弱○亡之效、安危之埶 15/69/12
代○代亡 15/70/17
所○者神 15/71/24,15/74/5
32/150/9
埶籍之所○ 16/76/24
僅○之國危而後戚之 16/78/23
不爲堯○ 17/79/16
從之者○ 19/92/9
如○如亡 19/95/6
事亡如事○ 19/98/9
敬賢者○ 24/119/11
待之而後○ 26/124/17
時用則○ 26/125/8
七十唯衰○ 27/127/10
則法度○ 27/135/11
其器○ 31/147/2
得疑者○ 32/148/21

## 寸 cùn 8

莖長四○ 1/1/18
口耳之閒則四○〔耳〕 1/3/15
五○之矩 3/11/17
焉廣三○ 5/17/17
禮者、人主之所以爲群臣○尺尋丈檢式也 8/34/18
尺○尋丈 11/54/18
棺厚三○ 18/87/17
棺椁三○ 19/93/15

## 瑳 cuō 2

則日切○而不舍也 17/82/4
如切如○ 27/134/6

## 痤 cuó 1

衆人之○也 12/61/2

## 瘥 cuó 1

天方薦○ 10/46/3

## 挫 cuò 4

憂則○而懾 3/10/9
彼將日日○頓竭之於仇敵 9/41/23
則○其精 21/105/15
蚊䖟之聲聞則○其精 21/105/17

## 措 cuò 1

舉○時 4/14/9

## 錯 cuò 31

則君子（注）〔注〕○之當 4/14/23
而小人注○之過也 4/14/24
是注○習俗之節異也 4/15/1
在勢注○習俗之所積爾 4/15/11
居○遷徙 5/21/2
則舉○而定 8/33/8
注○習俗 8/34/1
故人知謹注○ 8/34/8
舉○應變而不窮 9/37/19
下○於地 9/39/23
不可不善爲擇所而後○之 11/50/20
○（之）險則危 11/50/20
彼國○者 11/50/21
既○之而人莫之能誣也 11/51/20
與之舉○遷移 12/61/9
刑○而不用 15/73/9,28/139/10
舉○則時 16/75/13
舉○則不時 16/75/15
順者○之 16/78/6
小人○其在己者 17/81/6,17/81/7
舉○不時 17/81/17
三者○ 17/82/1
故○人而思天 17/82/17
前有○衡以養目 18/86/20
前有○衡 19/90/11
將舉○之 19/97/15
正○而勿動 21/105/5
猶不知○ 21/106/20
○質之臣不息鷄豚 27/132/4

## 妲 dá 1

紂蔽於○己、飛廉 21/102/16

## 達 dá 24

由禮則治（通）〔○〕 2/5/12
雖○四方 2/7/1,2/7/3
通○之屬 6/22/19
通○之屬莫不從服 8/28/11
11/50/3,11/54/7,15/71/16
雖欲無明○ 10/46/16
○則必有功 12/58/6
明○（用）〔周〕天地、理萬變而不疑 12/58/6
將以明分○治而保萬世也 12/60/6
則公道○而私門塞矣 12/60/12
通○之屬莫不振動從服以化順之 18/85/19
○愛敬之文 19/94/8
讒人○ 25/120/7
君子道之順以○ 25/121/4
忠不上○、蒙揜耳目塞門戶 25/122/3
明○純粹而無疵（也） 26/124/4
頭銛○而尾趙繚者邪 26/125/9
知者明於事、○於數 27/136/24

一日心○而險 28/138/19
淖約微○ 28/140/7
事君而○ 28/140/12

大 dà 362

不知學問之○也 1/1/7
神莫○於化道 1/1/9
《禮》者、法之○分 1/3/9
則廓之以廣○ 2/6/7
雖有○過 2/8/10
君子○心則〔敬〕天而道 3/10/6
○心則慢而暴 3/10/8
天地爲○矣 3/11/9
心小而道○ 3/11/14
故操彌約而事彌○ 3/11/17
則常不○陷矣 3/12/7
險莫○焉 3/12/12
刑法之所○禁也 4/13/3
則愚莫○焉 4/13/8
則害莫○焉 4/13/8
則辱莫○焉 4/13/8
則危莫○焉 4/13/9
榮辱之○分 4/14/3
是榮辱之○分也 4/14/4
是士○夫之所以取田邑也 4/14/10
通則○明 4/14/22
人之○殃○害也 4/15/22
彼固天下之○慮也 4/16/11
士○夫以上至於公侯 4/17/3
受小共○共 4/17/6
故長短、小○、善惡形相 5/17/13
不揳○ 5/17/20
長短、小○、美惡形相 5/17/20
爲天下○僇 5/17/26
俄則束乎有司而戮乎○市 5/18/3
辨莫○於分 5/18/17
分莫○於禮 5/18/17
禮莫○於聖王 5/18/18
略則舉○ 5/19/7
聞其（詳）〔小〕而不知其○也 5/19/8
因（求）〔衆〕以成天下之○事矣 5/20/3
故仁言○矣 5/20/14
不足以合○衆、明○分 6/21/16
○儉約 6/21/19
然而猶材劇志○ 6/22/8
而群天下之英傑而告之以○古 6/22/13
在一○夫之位 6/22/16,8/32/8
治之○殃也 6/23/8
古之○禁也 6/23/9
淫○而用之 6/23/10
○命以傾 6/24/1
（如）彼固曷足稱乎○君子之門哉 7/25/10
夫齊桓公有天下之○節焉 7/25/11
是天下之○知也 7/25/11
是天下之○決也 7/25/12
是天下之○節也 7/25/14
彼固曷足稱乎○君子之門哉 7/25/21
求善處○重 7/26/14
（理）任○事 7/26/14
功雖甚○ 7/27/5
○儒之效 8/27/14
夫是謂○儒之效 8/27/24
無置錐之地而明於持社稷之○義 8/28/1
其爲人上也廣○矣 8/28/8
俄而治天下之○器舉在此 8/29/18
豈不○富之器誠在此也 8/29/20
故（不）能小而事○ 8/30/7
上則能○其所隆 8/30/14
《○雅》之所以爲○者 8/31/8
○儒者、善調一天下者也 8/32/5
則非○儒也 8/32/7
彼○儒者 8/32/7
是○儒之徵也 8/32/10
是○儒之稽也 8/32/11
非○儒莫之能立 8/32/13
有○儒者 8/32/16
其言行已有○法矣 8/32/22
是○儒者也 8/33/5
用○儒 8/33/8
人之○寶也 8/33/18
人之○殃也 8/33/18
○積靡 8/34/8
則可謂○儒矣 8/34/17
○儒者、天子三公也 8/34/17
小儒者、諸侯○夫士也 8/34/17
雖王公士○夫之子孫也 9/35/4
則歸之卿相士○夫 9/35/5
聽政之○分 9/35/10
則○事殆乎弛 9/35/14
則聽○事煩 9/35/16
是君人者之○節也 9/36/11
○節是也 9/36/12,9/36/12
○節非也 9/36/13
僅存之國富○夫 9/36/17
是（以）○者之所以反削也 9/37/1
伺彊○之間 9/37/1
承彊○之敝也 9/37/1
知彊○之敝 9/37/2
此彊○之殆時也 9/37/2
知彊（○）〔道〕者不務彊也 9/37/2
夫是之謂○神 9/38/18
○王荒之 9/38/19,17/80/24
夫是之謂○本 9/39/6
神明博○以至約 9/39/24
○師之事也 9/40/3,20/99/21
○夫裨冕 10/43/2,27/126/17
事無○小多少 10/43/5
人之○害也 10/43/9
其所得焉誠○ 10/44/2
百姓曉然皆知其汙漫暴亂而將○危亡也 10/44/11
墨子○有天下 10/45/7,10/45/9
故必將撞○鐘、擊鳴鼓、吹竽笙、彈琴瑟以塞其耳 10/45/17
則天下○而富 10/45/23
乃○明服 10/46/17
士○夫衆則國貧 10/47/20
將脩小○强弱之義以持慎之 10/48/14
則○安也 11/49/12
○榮也 11/49/12
則○危也 11/49/13
○累也 11/49/13
外則不憚詐其與而求○利焉 11/50/11
爲天下○戮 11/50/16
國者、天下之○器也 11/50/20
國者、巨用之則○ 11/51/13
綦○而王 11/51/13
可謂廣○、富厚矣 11/52/2
樂莫○焉 11/52/11

○有天下 11/52/16
士○夫分職而聽 11/52/19, 11/54/15
而禮法之○分也 11/52/21, 11/54/16
其爲事不勞而功名致○ 11/53/11
聲樂甚○ 11/53/14
耳好聲而聲樂莫○焉 11/53/18
不足數於○君子之前 11/54/19
功○而名美 11/54/20,12/57/7, 12/63/8
知者易爲之興力而功名綦○ 11/55/3
故古之人有○功名者 11/55/3
是傷國之○災也 11/56/7
○國之主也 11/56/7,11/56/10
則士○夫莫不（敬）〔敄〕節死制者矣 11/56/16
士○夫務節死制 11/56/20
志意廣○ 12/58/7
○用之 12/59/6
○夫擅官 12/59/17
下賢使之爲士○夫 12/59/18
士○夫無流淫之行 12/60/6
至道○形 12/60/10
夫是之謂○形 12/60/18
愚莫○焉 12/60/23,16/77/13
惑莫○焉 12/61/2
亂莫○焉 12/61/4,18/85/8, 18/89/20
故舉天下之○道 12/62/8
立天下之○功 12/62/8
是士○夫官師之材也 12/63/4
○臣父子兄弟有能進言於君 13/64/1
遂以解國之○患 13/64/3
除國之○害 13/64/3
功伐足以成國之○利 13/64/5
國有○命 13/64/18
有○忠者 13/65/8
○忠也 13/65/8
可謂○忠矣 13/65/10
受小球○球 13/66/5
凡在○王 15/69/11
事○敵堅則渙然離耳 15/69/22
是故地雖○ 15/70/3
辟之猶以錐刀墮○山也 15/70/13
故兵○齊則制天下 15/70/15
知莫○乎棄疑 15/70/24
行莫○乎無過 15/70/24
事莫○乎無悔 15/70/25
（失）〔夫〕是之謂○吉 15/71/5
士○夫死行列 15/71/11
○便之便也 15/72/2
○寇則至 15/73/13
不足以合○衆、美國家 15/73/15
是○刑之所加也 15/73/18
辱孰○焉 15/73/18
則○刑加焉 15/74/1
榮孰○焉 15/74/3
縣明刑○辱於其後 15/74/5
夫是之謂○化至一 15/74/7
夫是之謂○凝 15/75/2
古者明王之舉○事、立○功也 16/76/6
○事已博 16/76/6
○功已立 16/76/6
士○夫益爵 16/76/7
是以百事成而功名○也 16/76/8
○燕鰌吾後 16/76/21
必爲天下○笑 16/76/23
土地之○ 16/76/25
非○之力也 16/77/7
所以養生、（安樂）〔樂安〕者莫○乎禮義 16/77/12
○師維垣 16/77/14
廣○乎舜、禹 16/77/16
曷謂廣○乎舜、禹也 16/77/20
即去○梁百有二十里耳 16/78/2
〔此所謂廣○乎舜、禹也〕 16/78/3
（此所謂廣○乎舜、禹也） 16/78/4
觀其士○夫 16/78/13
古之士○夫也 16/78/14
○事至 16/78/20
其爲積也○ 16/78/21
○事之至也希 16/78/22
○荒者亡 16/78/23
財物貨寶以○爲重 16/78/25
此君人者之○本也 16/79/9
雖○ 17/80/1
陰陽○化 17/80/5
夫是之謂○凶 17/80/12
故○巧在所不爲 17/80/17
○知在所不慮 17/80/17
卜筮然後決○事 17/82/7
○天而思之 17/82/15
貫之○體未嘗亡也 17/82/21
匿則○惑 17/82/21
昏世、○亂也 17/83/1
不祥莫○焉 18/83/13,18/84/11, 18/85/12
至○也 18/84/13
爲天下之○僇 18/84/16
譬之是猶傴巫、跛匡○自以爲有知也 18/84/19
天下者、○具也 18/85/1
天下者、至○也 18/85/2
食飲則重○牢而備珍怪 18/86/18
乘○路、趨越席以養安 18/86/20
○侯編後 18/87/1
○夫次之 18/87/1
居如○神 18/87/2
小○、至不至之變者也 18/87/5
未可與及天下之○理者也 18/87/5
○古薄葬 18/87/17,18/88/5
而犯分之差○也 18/87/24
夫是之謂○姦 18/88/7
辱莫○焉 18/88/18
則得○辱而退耳 18/88/19
天下之○隆 18/88/22
下爲卿相士○夫 18/88/25
士○夫以爲道 18/89/5
故天子○路越席 19/90/11
故○路之馬必（倍）〔信〕至教順然後乘之 19/90/13
○夫士有常宗 19/91/1
道及士○夫 19/91/2
宜○者巨 19/91/3
○饗尙玄尊 19/91/7
先○羹 19/91/7
〔○〕饗、尙玄尊而用酒醴 19/91/7
祭、齊〔先〕○羹而飽庶羞 19/91/8
以歸（○）〔太〕一 19/91/9
夫是之謂○隆 19/91/9
豆之先○羹也 19/91/10

〔○〕昏之未發齊也 19/91/11
○路之素未集也 19/91/12
復情以歸（○）〔太〕一也 19/92/4
其理誠○矣 19/92/12
○者、禮之廣也 19/93/3
○夫三重 19/93/11
諸侯之喪動通國、屬○夫 19/93/13
○夫之喪動一國、屬修士 19/93/14
其節○矣 19/93/23
○象其生以送其死也 19/95/6
○象其生以送其死 19/96/1
今夫○鳥獸則失亡其群匹 19/96/10
○之也 19/97/15
○夫三月 19/97/17
彼其所至者甚○動也 19/97/21
故樂者、天下之○齊也 20/99/7
光暉於是○ 20/99/17
其廣○象地 20/100/8
蔽於一曲而闇於○理 21/102/5
謂之○清明 21/104/6
制割○理 21/104/8
○滿八極 21/104/10
〔夫〕是之謂○人 21/104/10
則不可以得○形之正也 21/105/6
遠蔽其○也 21/106/6
則謂之○姦 22/108/5
物也者、○共名也 22/109/8
鳥獸也者、○別名也 22/109/9
○鐘不加樂 22/109/18
用之○文也 22/110/4
○古之不慢兮 22/110/17
○齊信焉而輕貨財 23/117/9
○公之闕 23/117/12
則士○夫無流淫之行 24/118/10
莫敢犯（○）上之禁 24/118/11
卑其志意、○其園囿高其臺（榭） 25/120/8
惡○儒 25/120/11
○人哉舜、南面而立萬物備 25/121/9
○迷惑 25/122/3
爰有○物 26/123/11
○參于天 26/124/1
○參天地 26/124/7
精微乎毫毛而〔充〕盈（○乎）〔乎○〕寓（宙） 26/124/8
通于○神 26/124/10
此夫○而不塞者歟 26/124/11
充盈○宇而不窕 26/124/11
廣○精神 26/124/14
事乃○已 26/125/4
拂乎其欲禮義之○行也 26/125/17
○略 27/126/7
○夫服笏 27/126/19
○夫黑弓 27/126/21
禮之○凡 27/127/24
禮之○也 27/128/7
殺○蚤 27/128/19
朝○晚 27/128/19
○夫之臣拜不稽首 27/128/23
上○夫 27/128/27
中○夫 27/128/27
下○夫 27/128/27
君於○夫 27/129/10
所失微而其爲亂○者 27/129/22
立視前六尺而（○）〔六〕之 27/130/5
齎衰○功 27/131/14
子謂子家駒續然○夫 27/131/16
不可以爲天子○夫 27/131/17
○夫不言得喪 27/132/4
○夫不爲場（園）〔圃〕 27/132/5
非以尊○夫而已 27/132/20
（人）〔夫〕盡小者○ 27/133/16
朝士○夫遇諸塗不與言 27/133/19
○哉死乎 27/135/5
○夫之驕我者 27/136/2
無將○車 27/136/10
故○者不能 27/136/16
三軍○敗 28/139/4
尹氏○師 28/139/9
君子之所以見○水必觀焉者 28/140/4
夫水、（○）徧與諸生而無爲也 28/140/5
是故君子見○水必觀焉 28/140/8
人之○行也 29/141/19
則可謂○孝矣 29/142/3
魯○夫練而床 29/142/22
由問魯○夫練而床 29/142/24
禮、居是邑不非其○夫 29/142/26
乃○其輻 30/143/25
乃重○息 30/143/26
有○聖 31/145/7
敢問何如斯可謂○聖矣 31/146/7
所謂○聖者 31/146/7
知通乎○道 31/146/7
○道者、所以變化遂成萬物也 31/146/8
是故其事○辨乎天地 31/146/9
則可謂○聖矣 31/146/11
諸侯○傾 32/150/5

## 代 dài 19

變化○興 3/11/5
是故三○雖亡 4/14/12
故以枝○主而非越也 8/27/22
道過三○謂之蕩 8/34/21,9/38/1
道不過三○ 9/38/1
○翕○張 15/70/16
○存○亡 15/70/17
四時○御 17/80/5
○睪而食 18/86/18
情文○勝 19/92/3
時舉而○御 19/94/9
此其所以○夏王而受九有也 21/102/19
此其所以○殷王而受九牧也 21/102/20
將有所○也 23/114/4
子之○乎父 23/114/4
弟之○乎兄 23/114/4

## 殆 dài 25

小涂則○ 4/12/19
戰必能○之而羞與之鬭 7/25/22
樂樂兮其執道不○也 8/31/1
是○非周公之行 8/31/13
則大事○乎弛 9/35/14
小事○乎遂 9/35/15
此彊大之○時也 9/37/2
王、霸、安存、危○、滅亡 9/40/19

夫威彊未足以○鄰敵也 9/40/20
以其國為危○滅亡之所 9/41/3
亦危○滅亡 9/41/3
如是者危○ 9/42/4
王、霸、安存、危○、滅亡之具也 9/42/6
彊○中國 11/50/9,16/78/3
則作而兼○之耳 15/70/12
然而兵○於垂沙 15/72/15
○可矣 16/78/7
則其○無儒邪 16/78/17
故象刑○非生於治古 18/85/9
○不若止之 18/89/8
○非直留死者以安生也 19/94/1
忠臣危○ 26/125/20
吾有○也 28/140/11
吾○之也 28/140/12

## 待 dài 71

彼止而○我 2/7/12
是無○而然者也 4/15/8
4/15/9,4/15/11,5/18/14
○盡而後備者也 4/15/14
可立而○也 7/26/21,16/75/20
必蚤正以○之也 8/28/6
賢能不○次而舉 9/35/3
罷不能不○頃而廢 9/35/3
元惡不○教而誅 9/35/3
中庸雜民不○政而化 9/35/3
須而○之 9/35/6
○之以禮 9/35/10
○之以刑 9/35/10
則傾覆滅亡可立而○也 9/36/18
以是○其敝 9/42/1
離居不相○則窮 10/42/17
○之而後功 10/44/5
○之而後和 10/44/6
○之而後聚 10/44/6
○之而後安 10/44/6
○之而後長 10/44/7
則其傾覆滅亡則可立而○也 10/48/4
則臣下百姓莫不以詐心○其上矣 11/50/12
不○合符節、別契券而信 12/57/17
不○探籌、投鉤而公 12/57/17
不○衡石、稱縣而平 12/57/17
不○斗、斛、敦、概而嘖 12/57/17
城郭不○飾而固 12/57/20
兵刃不○陵而勁 12/57/20
敵國不○服而詘 12/57/20
四海之民不○令而一 12/57/20
以禮○君 12/57/23
則柔從聽○ 12/57/26
其○上也 12/58/4
亂則危辱滅亡可立而○也 12/61/17
其知慮足以應○萬變然後可 12/62/20
以○無方 13/63/21
豈必○附民哉 15/68/10
然而敵國不○試而詘 15/73/4
望時而（侍）〔○〕之 17/82/15
蹎跌碎折不○頃矣 18/89/8
○聖人然後分也 19/95/4
然而徵知必將○天官之當簿其類然後可也 22/109/2
凡語治而○去欲者 22/111/4
凡語治而○寡欲者 22/111/4
欲不○可得 22/111/6,22/111/6
故枸木必將○檃括、烝、矯然後直 23/113/9
鈍金必將○礱、厲然後利 23/113/9
必將○師法然後正 23/113/9
感而自然、不○事而後生之者也 23/114/12
夫感而不能然、必且○事而後然者 23/114/13
天下之悖亂而相亡不○頃矣 23/115/7
直木不○檃栝而直者 23/115/16
枸木必將○檃栝、烝、矯然後直者 23/115/16
必將○聖王之治、禮義之化 23/115/17
○相者然後進 24/118/5
○官人然後詔 24/118/6
君子誠之好以○ 25/121/2
百姓○之而後寧泰 26/124/1
行為動靜○之而後適者邪 26/124/3
百姓○之而後寧也 26/124/4
天下○之而後平也 26/124/4
○之而後存 26/124/17
不○卜而後知吉 27/132/25
不○戰而後知克 27/132/25
天下不○亡 27/137/18
國不○死 27/137/18

## 怠 dài 14

○慢忘身 1/2/3
○慢僄棄 2/6/8
士君子不為貧窮○乎道 2/6/14
以敦比其事業而不敢○傲 4/14/12
而不敢○傲 8/33/2
百吏官人無○慢之事 12/60/6
24/118/10
賞（克）〔免〕罰偷則民不○ 12/60/10
○慢者也 15/68/13
故敬勝○則吉 15/71/6
○勝敬則滅 15/71/6
苟○惰偷懦之為安 19/90/16
敬戒無○ 27/128/14
行微無○ 32/148/13

## 迨 dài 1

姡繆於道而人誘其所○也 21/102/7

## 帶 dài 7

逢衣淺○ 8/32/17
墨子雖為之衣褐○索 10/45/13
冠軸○劍 15/70/2
量要而○之 19/94/13
縉紳而無鉤○矣 19/95/8
○甲嬰軸 20/99/26
然則夫章甫、絇屨、紳〔○〕而搢笏者 31/145/2

## 逮 dài 6

則無○矣 4/13/19
不○時者殺無赦 12/60/13

群臣莫能○ 32/148/17,32/148/20
群臣莫○ 32/148/18
今以不轂之不肖而群臣
莫吾○ 32/148/21

戴 dài 3

辟之是猶使處女嬰寶珠
、佩寶玉、負○黃金
而遇中山之盜也 10/49/2
以焦僥而○太山也 18/89/8
乘軒○絻 22/112/15

丹 dān 2

南海則有羽翮、齒革、
曾青、○干焉 9/38/14
加之以○矸 18/87/22

單 dān 9

則貨寶○而交不結 10/48/21
必至於資○國舉然後已 10/49/1
故齊之田○ 15/70/19
故田○奪之 15/74/20
○足以喻則○ 22/109/5
○不足以喻則兼 22/109/5
○與兼無所相避則共 22/109/5
廢不能以○之 28/139/8

亶 dǎn 2

路○者也 15/68/13
○有之矣 16/76/16

膽 dǎn 1

勇○猛戾 2/6/6

旦 dàn 5

（厭○）〔○厭〕於牧
之野 8/31/19
○暮積謂之歲 8/34/4
成王用周公（且）〔○〕 11/55/1
○暮晦盲 26/125/13

啖 dàn 4

〔○○〕然常欲人之有 11/50/11
○○常欲人之有 11/56/9

淡 dàn 2

甘、苦、鹹、○、辛、
酸、奇味以口異 22/108/16
百姓（淺）〔○〕然不
識其鄰 31/146/10

誕 dàn 13

易言曰○ 2/6/2
非夸○也 3/10/1
夸○生惑 3/12/3
陶○、突盜 4/14/14
疾爲○而欲人之信己也 4/14/18
不可以夸○有也 8/29/22
夸○則虛 8/30/1
辨則必爲○ 8/33/16
則臣下百吏○詐之人乘
是而後欺 12/57/11
夸○逐魂 14/67/1
陶○比周以爭與 16/77/7
信、○以分賞罰必 25/123/4
口啍、○也 31/147/15

憚 dàn 10

偷儒○事 2/8/7,6/25/1
勇而不見○者 4/12/23
勇而無○ 6/23/9
內則不○詐其民而求小
利焉 11/50/10
外則不○詐其與而求大
利焉 11/50/11
是（○○）〔嘽嘽〕 11/51/4
尊嚴而○ 14/67/20
然而不○闚者 18/88/15

彈 dàn 2

新沐者○其冠 3/11/1
故必將撞大鐘、擊鳴鼓
、吹竽笙、○琴瑟以
塞其耳 10/45/17

澹 dàn 1

物不能○則必爭 9/36/1

禫 dàn 1

神○其辭 6/24/24

當 dāng 70

故非我而○者 2/5/4
是我而○者 2/5/4
唯其○之爲貴 3/8/20,3/9/5
知○曲直故也 3/10/2
則君子（汪）〔注〕錯
之○ 4/14/23
發之而○ 5/21/2
言而○ 6/23/4
默而○ 6/23/4
故勞力而不○民務 6/23/6
不可以少○也 8/27/18
言必（治○）〔○理〕 8/29/2
事必○務 8/29/2
是杅杅亦（○）〔富〕
人已 8/29/20
其言多○矣而未諭也 8/30/13
其行多○矣而未安也 8/30/14
其知慮多○矣而未周密也 8/30/14
應○世之變若數一二 8/30/15
隱隱兮其恐人之不○也 8/31/2
○是時也 8/31/14
8/32/2,19/93/24,32/150/5
其持險應變曲○ 8/32/11
○是非 8/33/12
則雖○ 8/33/14
三節者○ 9/36/11
則其餘莫不○矣 9/36/11
三節者不○ 9/36/11
則其餘雖曲○ 9/36/11
群道○則萬物皆得其宜 9/39/17
而天下莫之敢○也 11/50/8
故君人者、立隆政本朝
而○ 11/54/19
立隆政本朝而不○ 11/54/20
故能○一人而天下取 11/54/21

失○一人而社稷危　11/54/22
不能○一人而能○千人百人者　11/54/22
既能○一人　11/54/22
主能○一則百事正　11/55/12
既能○一　11/55/13
不能○一　11/55/15
○則可　11/55/18
不○則廢　11/55/18
動無不○也　12/57/28
定其○而○　14/66/12
○之者潰　15/69/3
秦之銳士不可以○桓、文之節制　15/70/9
賞不○功　18/85/11
罰不○罪　18/85/11
皆使（○）〔富〕厚、優猶（不）知足　18/87/19
喜怒以○　19/92/5
決必不○　21/106/9
夫苟不○　21/106/9
○時則動　21/107/11
然而徵知必將待天官之○簿其類然後可也　22/109/2
彼正其名、○其辭以務白其志義者也　22/110/20
今○試去君上之埶　23/115/6
故刑○罪則威　24/118/17
不○罪則侮　24/118/17
爵○賢則貴　24/118/17
不○賢則賤　24/118/17
先祖○賢　24/119/4
論舉○　25/121/15
嗟我何人、獨不遇時○亂世　25/122/8
魏武侯謀事而○　32/148/17
楚莊王謀事而○　32/148/18
不穀謀事而○　32/148/19

**黨 dǎng**　15

○學者　5/19/10
博而○正　5/21/3
居於闕○　8/28/6
闕○之子弟罔不分　8/28/6
偏○而無經　9/35/19
而○爲吾所不欲於是者　9/40/21
朋○比周　13/63/18
朋○比周之譽　14/66/10
無僇乎族○而抑卑乎後世　16/76/9
不朋○　16/78/14
怪星之○見　17/81/11
庶人之喪合族○　19/93/14
刑餘罪人之喪不得合族○　19/93/15
比周還主○與施　25/120/5
妬功毀賢、下斂○與上蔽匿　25/122/7

**愓 dàng**　2

加○悍而不順　2/8/8
○、悍、憍、暴　4/14/14

**蕩 dàng**　9

天下不能○也　1/4/19
○○乎其有以殊於世也　3/9/8
○悍者常危害　4/14/4
○○然　6/24/18
道過三代謂之○　8/34/21,9/38/1
多能非以脩○是　21/107/2

**刀 dāo**　4

餘○布　4/16/7
厚○布之斂以奪之財　10/44/10
省○布之斂　11/56/19
辟之猶以錐○墮大山也　15/70/13

**倒 dǎo**　4

而能顛○其敵者也　7/25/20
以相顛○　10/44/11
顛○衣裳而走　27/126/13
顛之○之　27/126/13

**導 dǎo**　10

起於上、所以○於下　5/20/14
遇賤而少者則脩告○寬容之義　6/23/16
教誨開○成王　8/27/17
威嚴猛厲而不好假○人　9/35/14
好假○人而無所凝止之　9/35/15
故先王○之以禮樂而民和睦　20/99/24
君子以鍾鼓○志　20/100/7
故○之以理　21/105/7
以擾化人之情性而○之也　23/113/12
○之以道而勿彊　27/127/20

**蹈 dǎo**　5

依乎仁而○利者也　7/25/20
無○難之賞　8/31/20
故明君不○也　9/36/19
皆干賞○利之兵也　15/70/11
案欲剡其脛而以○秦之腹　16/77/19

**禱 dǎo**　1

湯旱而○曰　27/132/16

**到 dào**　1

是愼○、田駢也　6/22/2

**盜 dào**　37

桀、紂、○跖也　1/4/14
竊貨曰○　2/6/2
○跖吟口　3/9/3
知則攫○而漸　3/10/8
是姦人將以○名於晻世者也　3/12/12
○名不如○貨　3/12/12
田仲、史鰌不如○也　3/12/12
有賈○之勇者　4/13/13
是賈○之勇也　4/13/15
陶誕、突○　4/14/14
汙優、突○　4/15/4
然後○賊次之　5/21/5
○賊得變　5/21/5
則必爲○　8/33/16
謹○賊　9/40/10
○賊不起　10/46/22
辟之是猶使處女嬰寶珠、佩寶玉、負戴黃金

而遇中山之○也 10/49/2
汙漫、突○以先之 11/56/1
禁○賊 12/59/16
無○賊之罪 12/60/7,24/118/11
夫是之謂○兵 15/70/17
未免○兵也 15/70/20
汙漫、突○以爭地 16/77/8
凡人之○也 18/87/18
故○不竊、賊不刺 18/87/20
○其先變乎 18/87/22
而○賊擊奪以危上矣 18/88/3
貧則爲○ 20/101/25
殺○非殺人也 22/109/16
其與夫○無以異 22/112/15
天下曉然皆知夫○竊之（人）不可以爲富也 24/118/11
不○不竊 26/125/6
齎○糧、借賊兵也 27/135/19
而○竊不與焉 28/138/18
文公用其○ 31/147/17

## 道 dào 383

神莫大於化○ 1/1/9
行衢○者不至 1/2/14
夫是之謂○德之極 1/3/10
不○禮憲 1/4/2
故必由其○至 1/4/6
非其○則避之 1/4/7
故禮恭而後可與言○之方 1/4/7
辭順而後可與言○之理 1/4/7
色從而後可與言○之致 1/4/7
則輔之以○順 2/6/7
○義重則輕王公 2/6/12
士君子不爲貧窮怠乎○ 2/6/14
不識步○者 2/7/10
○雖邇 2/7/17
其行○理也勇 2/8/12
遵王之○ 2/8/16,17/83/6
君子能則寬容易直以開○人 3/9/10
君子大心則〔敬〕天而○ 3/10/6
善之爲○者 3/11/7
心小而○大 3/11/14
百王之○ 3/11/15
君子審後王之○而論於百王之前 3/11/15
若其所以求之之○則異矣 4/14/17
故君子○其常 4/15/5
而小人○其怪也 4/15/5
今以夫先王之○ 4/15/20
以夫桀、跖之○ 4/15/20
況夫先王之○ 4/16/11
是夫群居和一之○也 4/17/2
學者不○也 5/17/10,5/17/11,5/17/14
故人○莫不有辨 5/18/17
舍後王而○上古 5/18/20
則審周○ 5/18/21
欲知周○ 5/18/21
其〔所〕以治亂者異○ 5/18/24
以○觀盡 5/19/3
率○而行 6/24/14
故○豈不行矣哉 7/26/2
故人主不務得○而廣有其埶 7/26/4
則慎行此○也 7/26/15
以吝嗇而不行施○乎上 7/26/20
行不免乎姦○ 7/27/9
使諭於○ 8/27/17
必不以邪○爲貪 8/28/1
（之）〔貴〕○誠存也 8/28/3
先王之○ 8/28/15,20/99/11,27/133/3
○者、非天之○ 8/28/15
非地之○ 8/28/15
人之所以○也 8/28/16
君子之所○也 8/28/16
知說失中謂之姦○ 8/29/5
姦事姦○ 8/29/6
遵（○）〔遁〕則積 8/29/23
務積德於身而處之以遵（○）〔遁〕 8/30/1
以養生爲己至○ 8/30/12
下則能開○不己若者 8/30/14
樂樂兮其執○不殆也 8/31/1
此其○出乎一 8/31/3
聖人也者、○之管也 8/31/5
天下之○管是矣 8/31/5
百王之○一是矣 8/31/5
故《詩》、《書》、《禮》、《樂》之〔○〕歸是矣 8/31/5
天下之○畢是矣 8/31/9
客有○曰 8/31/12
其○一也 8/32/11
無他○焉 8/33/12
其○百舉而百陷也 8/33/14
○有一隆 8/34/20
言○德之求 8/34/20,8/34/21
○過三代謂之蕩 8/34/21,9/38/1
召寇、肥敵、亡國、危身之○也 9/36/19
知彊（大）〔○〕者不務彊也 9/37/2
是知彊○者也 9/37/4
脩友敵之○ 9/37/7
信其友敵之○ 9/37/9
是知霸○者也 9/37/10
非其○而慮之以王也 9/37/12
輔服人之○ 9/37/15
是知王○者也 9/37/16
○不過三代 9/38/1
理○之遠近而致貢 9/38/10
群○當則萬物皆得其宜 9/39/17
易○路 9/40/10
全○德 9/40/14
同求而異○ 10/42/12
足國之○ 10/42/23
兼足天下之○在明分 10/44/15
是偷○也 10/46/7
然而非長久之○也 10/46/7
皆姦○也 10/46/10
則其○易 10/46/22
未有能以此○得免焉者也 10/49/1
故非有一人之○也 10/49/3
故明君不○也 10/49/4
得○以持之 11/49/12
不得○以持之 11/49/13
安之者必將○也 11/49/15
不可不善爲擇○然後○之 11/50/20
何法之○ 11/50/21
故○王者之法 11/50/22
○霸者之法 11/50/22
○亡國之法 11/51/1
加有治辨、彊固之○焉 11/52/2
故治國有○ 11/52/7
使臣下百吏莫不宿○鄉方而務 11/52/9
爲之者、役夫之○也 11/52/17

聖王之〇也 11/52/18
〇足以壹人而已矣 11/53/1
必〇是者也 11/55/3
主〇治近不治遠 11/55/11
循其〇 11/55/22
明禮義以〇之 11/55/23,15/73/16
〇德誠明 11/55/27
此〇也 12/57/27
生乎今之世而志乎古之〇 12/59/2
〇者何也 12/59/11
君〔之所〕〇也 12/59/11
〇存則國存 12/59/15
〇亡則國亡 12/59/16
至〇大形 12/60/10
則公〇達而私門塞矣 12/60/12
果何〇而便 12/60/21
〇莫徑是矣 12/60/21
循（乎）〇之人 12/61/2
其取人有〇 12/61/6
取人之〇 12/61/6
此明王之〇也 12/61/11
是豈不必得之之〇也哉 12/61/14
12/61/16
俱害之〇也 12/62/2
夫文王欲立貴〇 12/62/5
於是乎貴〇果立 12/62/7
故舉天下之大〇 12/62/8
未及君〇也 12/63/7
是謂人主之〇也 12/63/8
不知〇此〇 12/63/9
不卹公〇通義 13/63/18
從〇不從君 13/64/8,29/141/19
29/142/3
曉然以至〇而無不調和
也 13/64/23
而入其〇 13/64/25
故無德之爲〇也 13/65/5
敬人有〇 13/65/17
無〇法則人不至 14/66/23
無君子則〇不舉 14/66/23
〇之與法也者 14/66/24
〇法之摠要也 14/66/24
臣所聞古之〇 15/68/6
臣之所〇 15/68/11
請問王者之兵設何〇 15/69/11
臣請遂〇王者諸侯强弱
存亡之效、安危之埶 15/69/12
傭徒鬻賣之〇也 15/70/11
若其〇一也 15/70/20
必〇吾所明 15/70/27
無〇吾所疑 15/70/27
威行之〇也 15/72/9
由其〇則行 15/72/11
不由其〇則廢 15/72/11
其所以統之者非其〇故也
5/72/16,15/72/18,15/73/1
明〇而（分鈞）〔鈞分〕
之 15/73/5
由其〇故也 15/73/8
故賞慶、刑罰、埶詐之
爲〇者 15/73/14
傭徒粥賣之〇也 15/73/15
故古之人羞而不〇也 15/73/15
於是有能化善、脩身、
正行、積禮義、尊〇
德 15/74/2
有〇德之威者 16/75/12
夫是之謂〇德之威 16/75/14
而日爲亂人之〇 16/75/19
〇德之威成乎安彊 16/75/21
彼先王之〇也 16/76/5
反先王之〇 16/76/8
行勝人之〇 16/76/12
不以行勝人之〇 16/76/13
其不如勝人之〇遠矣 16/76/14
必以〇夫公〇通義之可
以相兼容者 16/76/15
是勝人之〇也 16/76/15
赴勝人之〇 16/76/17
必與〇也 16/77/5
〇也者何也 16/77/5
（脩）〔循〕〇而不
（貳）〔貣〕 17/79/17
倍〇而妄行 17/79/19
其〇然也 17/79/21
官人守天而自爲守〇也 17/80/19
天有常〇矣 17/81/1
君子〇其常 17/81/1
〇路有死人 17/81/17
足以爲〇貫 17/82/20
故〇之所善 17/82/21
治民者表〇 17/82/22
故〇無不明 17/83/1
萬物爲〇一偏 17/83/3
而自以爲知〇 17/83/3
主〇利周 18/83/11
故主〇利明不利幽 18/83/17
故主〇明則下安 18/83/18
主〇幽則下危 18/83/18
故主〇莫惡乎難知 18/83/19
脩其〇 18/84/6
聖人備〇全美者也 18/84/14
可以小〇得也 18/85/1
不可以小〇得也 18/85/1
〇德純備 18/86/7,26/125/15
庶士介而夾〇 18/87/1
是不及知治〇 18/87/18
天下有〇 18/87/22
士大夫以爲〇 18/89/5
〇及士大夫 19/91/2
禮者、人〇之極也 19/92/15
聖人者、〇之極也 19/92/19
人〇畢矣 19/93/6
是君子之〇、禮義之文也 19/93/7
是姦人之〇而倍叛之心也 19/93/8
故死之爲〇也 19/93/9,19/94/3
是先王之〇 19/93/13
是姦人之〇也 19/94/14
象徙之〇也 19/95/12
象徙〇 19/95/13
終始具而孝子之事畢、
聖人之〇備矣 19/95/18
人〇之至文者也 19/97/5
曲容備物之謂〇矣 19/97/17
以爲人〇也 19/98/3
而人之〇 20/98/15
形而不爲〇 20/98/16
故制《雅》、《頌》之
聲以〇之 20/98/16
足以率一〇 20/99/1
墨子之於〇也 20/99/12
君子樂得其〇 20/100/9
以〇制欲 20/100/10
以欲忘〇 20/100/10
故樂者、所以〇樂也 20/100/10
金石絲竹、所以〇德也 20/100/11
舞意天〇兼 20/100/20
而知王〇之易易也 20/101/6
20/101/22
天下無二〇 21/102/5
妒繆於〇而人誘其所迨

也 21/102/7
德○之人 21/102/10
是以能長用伊尹而身不失○ 21/102/19
是以能長用呂望而身不失○ 21/102/20
○盡利矣 21/103/10
○盡嗛矣 21/103/10
○盡數矣 21/103/10
○盡便矣 21/103/10
○盡論矣 21/103/11
○盡因矣 21/103/11
皆○之一隅也 21/103/11
夫○者、體常而盡變 21/103/11
觀於○之一隅而未之能識也 21/103/12
一家得周○ 21/103/15
○ 21/103/18
故心不可以不知○ 21/103/18
心不知○ 21/103/18
則不可○而可非○ 21/103/18
以其不可○之心取人 21/103/19
則必合於不○人 21/103/19
而不（知）合於○人 21/103/20
以其不可○之心 21/103/20
與不可○之人論○人 21/103/20
心知○ 21/103/21
然後可○ 21/103/21
可○ 21/103/21
然後能守○以禁非○ 21/103/21
以其可○之心取人 21/103/21
則合於○人 21/103/22
而不合於不○之人矣 21/103/22
以其可○之心 21/103/22
與○人論非○ 21/103/22
故治之要在於知○ 21/103/25
人何以知○ 21/103/25
未得○而求○者 21/104/4
則將須○者之虛 21/104/5
將事○者之壹 21/104/5
（盡）將思○者〔之〕靜 21/104/5
知○、察 21/104/6
知○、行 21/104/6
體○者也 21/104/6
精於○〔者〕也 21/105/1
精於○者兼物物 21/105/1
故君子壹於○而以贊稽物 21/105/2
壹於○則正 21/105/2
故《○經》曰 21/105/4
○心之微 21/105/4
故仁者之行○也 21/105/19
聖人之行○也 21/105/19
此治心之○也 21/106/1
非治人○ 21/107/4
○行而志通 22/108/4
故壹於○法而謹於循令矣 22/108/7
凡邪說辟言之離正○而擅作者 22/109/20
夫民易一以○而不可與共故 22/110/1
○之以○ 22/110/1
故其民之化○也如神 22/110/2
不異實名以喻動靜之○也 22/110/6
心之象○也 22/110/7
心也者、○之工宰也 22/110/7
○也者、治之經理也 22/110/7
心合於○ 22/110/8
以正○而辨姦 22/110/9
說不行則白○而不冥窮 22/110/10
故能處○而不貳 22/110/16
無以○欲而困於有欲者也 22/111/4
以爲可而○之 22/111/15
○者、進則近盡 22/111/17
知○之莫之若也而不從○者 22/111/20
離得欲之○而取所惡也哉 22/111/22
故可○而從之 22/111/22
不可○而離之 22/111/23
故知者論○而已矣 22/111/23
○者、古今之正權 22/112/2
離○而內自擇 22/112/2,22/112/6
從○而出 22/112/5
故必將有師法之化、禮義之○ 23/113/6
使皆出於治、合於○者也 23/113/12
化師法、積文學、○禮義者爲君子 23/113/12
然而孝子之○ 23/114/5
先王有○ 23/117/6
則所聞者堯、舜、禹、湯之○也 23/117/16
由其○ 24/118/12
不由其○ 24/118/13
倍○失賢也 24/119/11
此先王之○也 24/119/12
展禽三絀、春申○綴基畢輸 25/120/11
文、武之○同伏戲 25/120/13
治之○ 25/121/3
君子○之順以達 25/121/4
○聖王 25/121/7
○古賢聖基必張 25/121/15
邪枉辟回（夫）〔失〕○途 25/122/4
導之以○而勿彊 27/127/20
然後○也 27/128/3
夫婦之○ 27/129/17
親迎之○ 27/129/20
復自○ 27/130/16
所以○之也 27/130/25
主○知人 27/132/22
臣○知事 27/132/22
孝子之○也 27/133/26
○遠日益矣 27/134/12
○不同 27/136/8
是棄國捐身之○也 27/136/16
說之不以○ 27/136/24
敢問持滿有○乎 28/138/13
此所謂挹而損之之○也 28/138/15
故先王既陳之以○ 28/139/7
周○如砥 28/139/14
○之云遠 28/140/1
似○ 28/140/6
則儒○畢矣 29/141/20
志古之○ 31/145/1,31/145/4
口不能○善言 31/145/8
雖不能盡○術 31/145/13
知通乎大○ 31/146/7
大○者、所以變化遂成萬物也 31/146/8
君子好以○德 32/149/2
故其民歸○ 32/149/3
彼淺者、賤人之○也 32/149/6
循○正行 32/150/11

稻 dào　7

今使人生而未嘗睹芻豢
〇粱也　4/15/17
幾直夫芻豢〇粱之縣糟
糠爾哉　4/15/21
必將芻豢〇粱、五味芬
芳以塞其口　10/45/18
芻豢〇粱　19/90/6
〔食〕、先黍稷而飯〇
（梁）〔粱〕　19/91/8
芻豢、〇粱、酒醴、
（餰鬻）〔魚肉〕　19/94/16
飯以生〇　19/95/8

得 dé　283

而神明自〇　1/2/9
不可以〇之矣　1/4/4
〇乎哉　2/5/6,2/5/8,7/26/21
10/46/16,12/61/1,12/61/3
24/119/5
莫要〇師　2/6/10
不以〇罪於此俗之人也　2/7/6
名不貴苟〇　3/9/4
操之則〇之　3/11/11
操而〇之則輕　3/11/11
不〇履之　4/12/18
成則必不〇其所好　4/14/19
成則必〇其所好　4/14/21
又以遇亂世、〇亂俗　4/15/15
以亂〇亂也　4/15/15
君子非〇勢以臨之　4/15/15
則無由〇開內焉　4/15/15
皆使人載其事而各〇其宜　4/17/2
婦人莫不願〇以爲夫　5/18/1
處女莫不願〇以爲士　5/18/2
曲〇所謂焉　5/20/1,13/65/1
盜賊〇變　5/21/5
此不〇變也　5/21/6
是聖人之不〇埶者也　6/22/17
則是聖人之〇勢者　6/22/20
曲〇其宜　6/25/2
厚於有天下之勢而不〇
以匹夫老　7/26/3
故人主不務〇道而廣有
其埶　7/26/4
行一不義、殺一無罪而〇天下
8/28/9,11/49/16
使賢不肖皆〇其位　8/28/21
能不能皆〇其官　8/29/1
萬物〇其宜　8/29/1
事變〇其應　8/29/1,10/45/21
愼、墨不〇進其談　8/29/1
則不可〇　8/29/11,22/111/1
莫不願〇以爲臣　8/32/9
〇委積足以揜其口則揚
揚如也　8/32/20
所〇乎（情）〔積〕　8/33/19
彼求之而後〇　8/34/5
故唯君子爲能〇其所好　8/34/10
敵〇之以彊　9/36/19
不攻而〇　9/37/16,11/54/6
然而中國〇而畜使之　9/38/14
然而中國〇而財之　9/38/15
然而中國〇而衣食之　9/38/15
然而中國〇而用之　9/38/16
故宮室可〇而居也　9/39/12
〇之分義也　9/39/13
故宮室不可〇而居也　9/39/15
群道當則萬物皆〇其宜　9/39/17
六畜皆〇其長　9/39/17
群生皆〇其命　9/39/18
豈渠〇免夫累乎　9/40/21
則知者未〇治也　10/42/14
知者未〇治　10/42/14
〇之則治　10/43/20,14/66/24
19/97/11
其所〇焉誠大　10/44/2
父子不〇不親　10/44/7,27/129/1
兄弟不〇不順　10/44/7,27/129/1
男女不〇不歡　10/44/7
則賢者不可〇而進也　10/45/10
則不肖者不可〇而退也　10/45/10
賢者不可〇而進　10/45/11
不肖不可〇而退　10/45/11
則能不能不可〇而官也　10/45/11
則賢者可〇而進也　10/45/20
不肖者可〇而退也　10/45/21
能不能可〇而官也　10/45/21
則萬物〇其宜　10/45/21
上〇天時　10/45/22,15/68/5
下〇地利　10/45/22,15/68/5
中〇人和　10/45/22,11/56/23
可以少頃〇姦民之譽　10/46/7
百姓時和、事業〇敘者　10/47/22
彼〇之不足以藥傷補敗　10/48/13
未有能以此道〇免焉者也　10/49/1
〇道以持之　11/49/12
不〇道以持之　11/49/13
索爲匹夫不可〇也　11/49/14
16/76/13
則五綦者不可〇而致也　11/52/2
然後百樂〇其中　11/52/5
乃〇憂焉　11/52/6
乃〇危焉　11/52/6
乃〇死亡焉　11/52/7
垂衣裳、不下簟席之上
而海內之人莫不願〇
以爲帝王　11/52/11
人主〇使人爲之　11/52/14
故人主欲〇善射　11/53/9
欲〇善馭　11/53/10
欲〇調壹天下　11/53/10
人莫〇而制也　11/53/12
索爲匹夫而不可〇也　11/54/8
莫〇不循乎制（度數）
〔數度〕量　11/54/18
〇百姓之力者富　11/55/21
〇百姓之死者彊　11/55/21
〇百姓之譽者榮　11/55/21
不可〇也　11/56/3,12/58/15
12/58/15,12/58/16,12/58/17
12/58/17
〇其人則存　12/57/4
故明主急〇其人　12/57/6
而闇主急〇其埶　12/57/7
急〇其人　12/57/7
不急〇其人而急〇其埶　12/57/8
彼或蓄積而〇之者不世絕　12/59/2
曉然獨明於先王之所以
〇之、所以失之　12/59/5
皆使（其）人載其事而
各〇其所宜　12/59/18
〇其志　12/60/2
不急〇　12/60/22
〇而不用　12/60/22
故卑不〇以臨尊　12/61/7
輕不〇以縣重　12/61/8
愚不〇以謀知　12/61/8
人主欲〇善射〔射〕遠

中微者 12/61/13
是豈不必〇之之道也哉 12/61/14
12/61/16
欲〇善馭〔及〕速致遠者 12/61/14
則不〇不有疾病物故之變焉 12/62/17
〇之則安 14/66/25,19/97/11
〇之則存 14/66/25,26/124/10
〇衆動天 14/67/1
〇一首者則賜贖錙金 15/69/21
〇而後功之 15/70/5
百官〇序 15/71/3
所以〇（夫）〔天〕下也 15/72/9
是故〇地而權彌重 15/74/11
是故〇地而權彌輕 15/74/13
15/74/15
〇之則凝 15/74/22
火齊〇 16/75/6
〇閒則散 16/75/17
然則〇勝人之埶者 16/76/13
今相國上則〇專主 16/76/15
下則〇專國 16/76/16
而湯、武何〇也 16/77/1
故凡〇勝者 16/77/5
凡〇人者 16/77/5
不求而〇 17/80/1
萬物各〇其和以生 17/80/5
各〇其養以成 17/80/5
〇地則生 17/80/23
非以爲〇求也 17/82/7
海內之民莫不願〇以爲君師 18/84/4
而不〇一人之與 18/84/16
竊可以〇國 18/84/21
而不可以〇天下 18/84/21
可以小道〇也 18/85/1
不可以小道〇也 18/85/1
皆使民載其事而各〇其宜 18/86/9
而不〇以有餘過度 18/87/20
知者不〇慮 18/88/1,32/150/6
能者不〇治 18/88/1,32/150/6
賢者不〇使 18/88/1,32/150/6
安〇葬薶哉 18/88/5
則必不〇所求焉 18/88/12
則〇大辱而退耳 18/88/19
將恐〇傷其體也 18/89/9
欲而不〇 19/90/3
君子既〇其養 19/90/10
則兩〇之矣 19/90/17
故儒者將使人兩〇之者也 19/90/18
貴始、〇之本也 19/91/1
持手而食者不〇立祭廟 19/91/4
曲〇其次序 19/93/3
一而不可〇再復也 19/93/9
刑餘罪人之喪不〇合族黨 19/93/15
不〇飾棺 19/93/15
不〇晝行 19/93/16
百求可以〇矣 19/93/22
誰〇行之 19/93/24
誰〇止之 19/93/24
使夫邪汙之氣無由〇接焉 20/98/18
而志意〇廣焉 20/99/4
而容貌〇莊焉 20/99/4
而行列〇正焉 20/99/5
進退〇齊焉 20/99/5
先王〔之〕喜怒皆〇其齊焉 20/99/10
四海之民莫不願〇以爲師 20/99/17
君子樂〇其道 20/100/9
小人樂〇其欲 20/100/10
不〇成也 20/100/17
宋子蔽於欲而不知〇 21/103/8
一家〇周道 21/103/15
是故衆異不〇相蔽以亂其倫也 21/103/17
人孰欲〇恣而守其所不可以禁其所可 21/103/19
未〇道而求道者 21/104/4
卷耳、易〇也 21/104/14
則不可以〇大形之正也 21/105/6
求之無益於〇也 21/107/10
用、麗俱〇 22/110/5
辭讓之節〇矣 22/110/14
成則必〇其所好而不遇其所惡焉 22/111/1
欲不待可〇 22/111/6,22/111/6
雖曰我〇之 22/111/11
以所欲以爲可〇而求之 22/111/14
所求不〇 22/111/17
離〇欲之道而取所惡也哉 22/111/22
人曰無〇亦無喪也 22/112/4
人曰無喪而有〇也 22/112/4
人曰無〇而有喪也 22/112/4
奚〇 22/112/6
假而〇（問）〔閒〕而嗛之 22/112/12
〇禮義然後治 23/113/10
夫好利而欲〇者 23/114/16
好利而欲〇 23/114/17
嗜欲〇而信衰於友 23/116/26
然而不〇排檠則不能自正 23/117/12
不〇人力則不能斷 23/117/14
〇賢師而事之 23/117/16
〇良友而友之 23/117/17
則人〇其所好焉 24/118/13
凡人自〇罪 24/118/15
而〇失之原也 24/119/9
穆公〇之、强配五伯六卿施 25/120/10
尙〇推賢不失序 25/121/10
〇后稷 25/121/11
〇益、皋陶、橫革、直成爲輔 25/121/13
事業聽上、莫〇相使一民力 25/122/13
利（往）〔隹〕卬上、莫〇擅與孰私〇 25/122/14
進退有律、莫〇貴賤孰私王 25/122/14
下不〇用輕私門 25/123/1
罪禍有律、莫〇輕重威不分 25/123/1
顯者必〇、隱者復顯民反誠 25/123/3
性不〇則若禽獸 26/123/13
性〇之則甚雅似者歟 26/123/14
行之〇其節 27/127/27
君臣不〇不尊 27/129/1
夫婦不〇不驩 27/129/1
終日求之而不〇 27/131/26
其〇之 27/131/26
大夫不言〇喪 27/132/4
安〇不亂 27/132/14
可讒而〇也 27/134/4

惡民之串以無分○也 27/137/13
○無失乎 28/138/18
則不○免於君子之誅 28/138/20
女庸安知吾不○之桑落之下乎哉 28/141/9
其未○也 29/143/14,29/143/15
既已○之 29/143/14,29/143/15
則憂不○ 29/143/15
及其○也 30/144/2
可○少進乎 31/148/7
諸侯自爲○師者王 32/148/20
○友者霸 32/148/20
○疑者存 32/148/21
於是吾僅○三士焉 32/149/9
吾所以○三士者 32/149/9
今相國有此三者而不○罪〔於〕楚之士民 32/149/17
是以不○罪於楚之士民也 32/149/18
深抇之而○甘泉焉 32/149/21
紂刳王子比干而武王○之 32/150/1
今之學者○孫卿之遺言餘教 32/150/8
爲惡○福 32/150/13
不○爲政 32/150/14

## 悳 dé 1

多其功而不（息）〔○〕 32/149/22

## 德 dé 112

必象其○ 1/2/3
積善成○ 1/2/9
夫是之謂道○之極 1/3/10
夫是之謂○操 1/4/20
○操然後能定 1/4/20
惟○之基 3/9/16
君子崇人之○ 3/9/19
謂之天○ 3/11/5
君子至○ 3/11/7
○行致厚 4/14/8
仁義○行 4/15/4
然後爲○ 6/23/15
○盛者也 6/24/8
維○之基 6/24/15,12/60/18
應侯順○ 7/26/12
無伐○之色 7/27/5
若夫（謫）〔譎〕○而定次 8/28/21
務積○於身而處之以遵（道）〔遁〕 8/30/1
故明主譎○而序位 8/30/8
是民○也 8/30/12
言道○之求 8/34/20,8/34/21
夫是之謂天○ 9/35/8
慮以王命全其力、凝其○ 9/37/3
○凝則諸侯不能削也 9/37/3
無○不貴 9/38/5
全道○ 9/40/14
不以○爲政 10/42/18
若○裕 10/42/29
○必稱位 10/43/2
使足以避燥溼、養○、辨輕重而已 10/43/15
其○音足以化之 10/43/20
誠美其○也 10/43/22
以養其○也 10/44/1
君子以○ 10/44/5
力者、○之役也 10/44/5
無○不報 10/44/13,14/67/22
三○者誠乎上 10/46/16
○雖未至也 11/50/4
論○使能而官施之者 11/52/18
四方之國有侈離之○則必滅 11/53/16
三○者具而天下歸之 11/55/21
三○者亡而天下去之 11/55/22
故厚○音以先之 11/55/23, 15/73/16
道○誠明 11/55/27
論○而定次 12/59/17,18/86/14
則○厚者進而佞說者止 12/60/12
其○音足以塡撫百姓 12/62/19
無○者也 13/65/5
故無○之爲道也 13/65/5
以○復君而化之 13/65/8
以○調君而補之 13/65/8
今人主有能明其○ 14/67/5
○以敘位 14/67/13
（滑）〔渙〕然有離○者也 15/68/13
遠方慕其（○）〔義〕 15/71/26
○盛於此 15/71/26
於是有能化善、脩身、正行、積禮義、尊道○ 15/74/2
有以○兼人者 15/74/9
美我○行 15/74/9
是以○兼人者也 15/74/11
非美我○行也 15/74/11,15/74/13
以○兼人者王 15/74/16
有道○之威者 16/75/12
夫是之謂道○之威 16/75/14
道○之威成乎安彊 16/75/21
○輶如毛 16/79/1
○行厚 17/81/5,18/88/24
克明明○ 18/83/20
諸侯有能○明威積 18/84/4
反禹、湯之○ 18/84/7
夫○不稱位 18/85/11
道○純備 18/86/7,26/125/15
（圖）〔決〕○而定次 18/86/9
金石絲竹、所以道○也 20/100/11
乃其○也 20/100/16
○道之人 21/102/10
故○與周公齊 21/103/16
孰知其○ 21/104/9
有兼覆之厚而無伐○之色 22/110/10
爵不踰○ 24/118/17
爵賞不踰○ 24/118/18
爵賞踰○ 24/119/3
○雖如舜 24/119/4
明○愼罰、國家既治四海平 25/121/1
氾利兼愛○施均 25/121/8
尙賢推○天下治 25/121/8
堯不○ 25/121/9
堯有○ 25/121/11
契爲司徒、民知孝弟尊有○ 25/121/12
○厚堯、禹 26/124/8
○厚而不捐 26/124/9
幣厚則傷○ 27/127/1
○至者色澤洽 27/133/16
是○之基也 27/136/10
似○ 28/140/5
今夫子累○、積義、懷

美 28/140/18
夫玉者、君子比○焉 30/144/6
言忠信而心不○ 31/146/1
盍志而子美○乎 32/149/1
其美○已 32/149/2
以人惡爲美○乎 32/149/2
君子好以道○ 32/149/2
○若堯、禹 32/150/10
志修○厚 32/150/14

## 登 dēng 7

故不○高山 1/1/7
不如○高之博見也 1/1/12
○高而招 1/1/12
幽（晦）〔闇〕○昭 26/125/13
三尺之岸而虛車不能○也 28/139/11
百仞之山任負車○焉 28/139/12
○自胙階 31/147/2

## 等 děng 24

使貴賤之○ 4/17/1
而優差○ 6/21/19
使有貧、富、貴、賤之○ 9/36/2
喪祭械用皆有○宜 9/38/2
11/54/17
尙賢使能而○位不遺 9/38/6
○賦 9/38/9
此五○者不可不善擇也 9/42/6
禮者、貴賤有○ 10/43/1
古者先王分割而○異之也 10/43/11
○賦府庫者 10/47/22
其○位爵服足以容天下之賢士矣 11/53/2
皆有○差 12/60/1
禁之以○ 12/61/7
稱遠近而○貢獻 18/85/20
18/86/1
貴賤有○ 19/90/10,24/119/13
皆有翣菨文章之○以敬飾之 19/93/12
無親疏月數之○ 19/93/16
刑法有○ 19/98/6
○貴賤 24/119/12
辨治上下、貴賤有○明君臣 25/121/8
厚薄有○明爵服 25/122/13

## 鄧 dèng 6

而惠施、○析能之 3/9/2
是惠施、○析也 6/22/5
君子不若惠施、○析也 8/28/21
惠施、○析不敢竄其察 8/29/1
限之以○林 15/72/16
子產誅○析、史付 28/138/22

## 隄 dī 1

脩○梁 9/40/3

## 狄 dí 6

而申徒○能之 3/9/1
○○然 6/24/20
蠻、夷、戎、○之國同服不同制 18/85/21
戎○荒服 18/85/22
修潔之爲親而雜汙之爲○者邪 26/124/2

## 迪 dí 1

弗求弗○ 8/34/11

## 翟 dí 1

是墨○、宋鈃也 6/21/20

## 敵 dí 46

百人之○也 5/17/26
而能顚倒其○者也 7/25/20
勝○而愈戒 8/31/12
○得之以彊 9/36/19
召寇、肥○、亡國、危身之道也 9/36/19
奪之地者○諸侯 9/36/22
○諸侯者危 9/36/23
諸侯莫不懷交接怨而不忘其○ 9/37/1
脩友○之道 9/37/7
以友○也 9/37/9
信其友○之道 9/37/9
故天下莫敢○也 9/37/15
以不○之威 9/37/15
○人之所以屈也 9/40/19
夫威彊未足以殆鄰○也 9/40/20
○國案自詘矣 9/41/10
彼將日日挫頓竭之於仇○ 9/41/23
畏其仇○ 10/48/13
○國畏之 11/50/6
則○國輕之 11/50/13
○國不待服而詘 12/57/20
而求○之不至 12/58/16
○至而求無危削、（不）滅亡 12/58/17
則威行鄰○ 12/59/7
觀○之變動 15/68/5
無○於天下 15/68/10,18/86/6
慮○之者削 15/69/8
是事小○毳則偷可用也 15/69/21
事大○堅則渙然離耳 15/69/22
桓、文之節制不可以○湯、武之仁義 15/70/10
小齊則治鄰○ 15/70/16
窺○觀變 15/70/26
遇○決戰 15/70/27
○不能怒 15/71/4
敬○無壙 15/71/7
然而○國不待試而詘 15/73/4
遇○處戰則必北 15/73/14
○國不敢嬰也 16/75/9,20/99/16
○中則奪 16/75/17
發誡布令而○退 16/76/2
徙舉相攻而○退 16/76/3
合戰用力而○退 16/76/3
○國危之 20/99/19
甚深藏而外勝○者邪 26/124/3

## 覿 dí 1

私○、私見也 27/129/4

## 糴 dí 1

○貴民飢 17/81/17

氐 dǐ 2

〇、羌之虜也 27/131/23
維周之〇 28/139/9

抵 dǐ 1

觸〇者也 6/24/6

砥 dǐ 8

〇礪百姓 9/41/4
我今將來致之、并閱之、〇礪之於朝廷 9/41/23
不〇厲 16/75/6
〇厲之 16/75/7
彼國者亦有〇厲 16/75/9
然而不加〇厲則不能利 23/117/13
居於〇石遷于商 25/121/14
周道如〇 28/139/14

地 dì 116

不知〇之厚也 1/1/7
平〇若一 1/2/5
在天〇之閒者畢矣 1/3/11
〇見其光 1/4/21
天〇比 3/9/1
參於天〇 3/10/1
〇不言而人推厚焉 3/11/6
天〇爲大矣 3/11/9
天〇始者 3/11/15
故薄薄之〇 4/12/18
非〇不安也 4/12/18
無置錐之〇 6/22/15,8/32/8
恢然如天〇之苞萬物 6/23/17
文王載百里〇而天下一 7/26/2
無置錐之〇而明於持社稷之大義 8/28/1
非〇之道 8/28/15
無百里之〇則無所見其功 8/32/5
用百里之〇 8/32/7
用百里之〇而千里之國莫能與之爭勝 8/32/9
〇不能埋 8/32/13
則百里之〇久 8/33/8
則通於神明、參於天〇矣 8/34/2
23/116/14
至下謂之〇 8/34/4
有天有〇而上下有差 9/35/22
彊、奪之〇 9/36/22
奪之〇者敵諸侯 9/36/22
〇來而民去 9/36/27
相〇而衰政 9/38/10
〇之所載 9/38/18
天〇者、生之始也 9/39/1
故天〇生君子 9/39/3
君子理天〇 9/39/3
君子者、天〇之參也 9/39/3
則天〇不理 9/39/4
與天〇同理 9/39/5
下錯於〇 9/39/23
塞（備）〔滿〕天〇之閒 9/39/23
量〇而立國 10/43/3
天〇生之 10/44/8
（掩）〔撩〕〇表畝 10/44/15
夫天〇之生萬物也 10/45/2
下失〇利 10/45/12,18/88/2
下得〇利 10/45/22,15/68/5
仲尼無置錐之〇 11/49/20
則夫名聲之部發於天〇之閒也 11/50/1
皆百里之〇也 11/50/2
11/54/7,15/74/22,18/85/18
百里之〇 11/52/23
非負其土〇而從之之謂也 11/52/23
則其土〇且奚去我而適它 11/53/1
故百里之〇 11/53/1
故百里之〇足以竭埶矣 11/53/4
功績如天〇 11/53/16
則〇雖廣 11/56/12
下不失〇利 11/56/23
其於天〇萬物也 12/58/3
明達（用）〔周〕天〇、理萬變而不疑 12/58/6
行義塞於天〇之閒 12/58/7
功參天〇 13/66/3
是故〇雖大 15/70/3
多〇以正 15/70/6
是故得〇而權彌重 15/74/11
是故得〇而權彌輕 15/74/13
15/74/15
韓之上〇 15/74/20
舍屬二三子而治其〇 16/76/2
土〇之大 16/76/25
汙漫、突盜以爭〇 16/77/8
是〇徧天下也 16/78/3
益〇不如益信之務也 16/78/7
〇有其財 17/80/2
則天〇官而萬物役矣 17/80/14
所志於〇者 17/80/17
〇邪 17/80/23
得〇則生 17/80/23
失〇則死 17/80/23
治亂非〇也 17/80/24
〇不爲人之惡遼遠也輟廣 17/80/27
〇有常數矣 17/81/1
是天〇之變、陰陽之化 17/81/10
17/81/13
在〇者莫明於水火 17/82/10
土〇刑制不同者 18/85/21
天〇者、生之本也 19/90/20
無天〇惡生 19/90/20
下事〇 19/90/21
有五乘之〇者事三世 19/91/4
有三乘之〇者事二世 19/91/4
天〇以合 19/92/4
〇者、下之極也 19/92/18
天〇合而萬物生 19/95/2
〇能載人 19/95/3
凡生乎天〇之閒者 19/96/10
天〇則已易矣 19/96/23
下取象於〇 19/97/4
其廣大象〇 20/100/8
鍾似〇 20/101/1
此其所以喪九牧之〇而虛宗廟之國也 21/102/17
經緯天〇而材官萬物 21/104/8
則傀然獨立天〇之間而不畏 23/117/8
大參天〇 26/124/7
託〇而游宇 26/124/13
天〇易位 26/125/13
至〇曰稽顙 27/128/21
故天〇生之 27/129/2
故古者列〇建國 27/132/19
平〇注水 27/136/9
是故其事大辨乎天〇 31/146/9
執一如天〇 32/148/14

天○不知 32/150/12

## 弟 dì 48

端愨順○ 2/8/7
險賊而不○焉 2/8/8
孝○愿愨 4/14/12
中兄羞以爲○ 5/18/3
遇長則脩子○之義 6/23/15
雖則子○之中 6/23/18
是子○之容也 6/24/19
○佗其冠 6/24/24
以○誅兄而非暴也 8/27/23
闕黨之子○罔不分 8/28/6
孝○以化之也 8/28/7
君臣、父子、兄○、夫婦 9/39/5
君君、臣臣、父父、子子、兄兄、○○一也 9/39/6
能以事兄謂之○ 9/39/16
趨孝○ 9/40/7
兄○不得不順 10/44/7,27/129/1
請問爲人○ 12/57/25
內不可以阿子○ 12/61/13
12/61/15
非無子○也 12/62/3
大臣父子兄○有能進言於君 13/64/1
○子通利則思師 14/67/22
若子之事父、○之事兄〔也〕 15/68/15
則父子兄○同聽之 20/98/21
○子勉學 20/100/17,26/125/18
知其能○長而無遺也 20/101/17
○長而無遺 20/101/21
○之讓乎兄 23/114/4
○之代乎兄 23/114/4
假之人有○兄資財而分者 23/114/16
則兄○相怫奪矣 23/114/17
故順情性則○兄爭矣 23/114/18
殺其兄而臣其○ 24/118/18
下以教誨子○、上以事祖考 25/121/4
契爲司徒、民知孝○尊有德 25/121/12
○子不敏 26/124/10
長者○焉 27/127/15
○子壹學 27/134/18
至于兄○ 27/134/26
孔子顧謂○子曰 28/138/12
○子挹水而注之 28/138/12
○子皆有飢色 28/140/17
入孝出○ 29/141/19
有○而求其聽令 30/144/19
武王之爲○ 32/149/7

## 的 dì 1

是故質○張而弓矢至焉 1/2/5

## 帝 dì 21

順○之則 2/8/5
蓋○堯長 5/17/16
○舜短 5/17/16
五○之外無傳人 5/19/5
五○之中無傳政 5/19/5
匪上○不時 6/24/1
百姓貴之如○ 10/44/1,16/75/13
垂衣裳、不下簟席之上而海內之人莫不願得以爲○王 11/52/11
是故百姓貴之如○ 11/55/26
此四○兩王 15/71/25
○堯之治天下也 15/73/8
反然舉疾惡桀、紂而貴○湯、武 16/77/1
動如天○ 18/87/2
樂○之心 21/102/23
（○）〔常〕不齊均 26/123/17
請占之五（○）〔泰〕 26/125/1
〔五〕（○）〔泰〕占之曰 26/125/1
上飾○王 26/125/7
詛誓不及五○ 27/138/6
宜爲○王 32/150/12

## 遞 dì 1

日月○炤 17/80/5

## 諦 dì 1

哭泣○號 19/94/15

## 巔 diān 1

○如也 27/135/4

## 蹎 diān 1

○跌碎折不待頃矣 18/89/8

## 顚 diān 5

而能○倒其敵者也 7/25/20
以相○倒 10/44/11
○倒衣裳而走 27/126/13
○之倒之 27/126/13
必○蹶陷溺 27/129/22

## 典 diǎn 4

終日言成文○ 6/21/22
尙有○刑 6/24/1
成文（曲）〔○〕 18/89/20
擅作○制辟陋之說入焉而喪 19/92/12

## 甸 diàn 2

封內○服 18/85/22
○服者祭 18/85/22

## 簟 diàn 4

○席之上 6/22/14
垂衣裳、不下○席之上而海內之人莫不願得以爲帝王 11/52/11
有○席而無床笫 19/95/10
輕煖平○而體不知其安 22/112/11

## 刁 diāo 1

嫫母、○父是之喜也 26/126/1

## 彫 diāo 4

使○琢文采不敢專造於家 9/40/8
○琢、刻鏤、黼黻、文章 19/90/6
天子○弓 27/126/21

故勞苦○萃而能無失其敬 29/142/3

琱 diāo 1

脩冠弁、衣裳、黼黻、文章、○琢、刻鏤 12/60/1

雕 diāo 7

故爲之○琢、刻鏤、黼黻、文章 10/43/13
○琢其章 10/43/15
故爲之○琢、刻鏤、黼黻、文章以藩飾之 10/43/22
○○焉縣貴爵重賞於其前 15/74/4
故雖有珉之○○ 30/144/8

弔 diào 3

○生不及悲哀 27/128/6
○者在閭 27/128/15
諸侯非問疾○喪 27/129/10

跌 diē 2

此夫過舉蹞步而覺○千里者夫 11/53/25
蹎○碎折不待頃矣 18/89/8

垤 dié 1

如○而進 28/140/14

絰 dié 1

資麤、衰○、菲繐、菅屨 19/94/18

頂 dǐng 1

指其○者愈衆 8/30/8

定 dìng 57

德操然後能○ 1/4/20
能○然後能應 1/4/20
能○能應 1/4/20
趣舍無○謂之無常 2/6/2
然後○其欲惡取舍 3/12/7
其○取舍楛僈 4/14/15
○楚國 5/17/19
不可以經國○分 6/22/1
志意○乎內 8/28/8
若夫（譎）〔謫〕德而○次 8/28/21
反而○三革 8/31/20
則舉錯而○ 8/33/8
分未○也 9/35/4
夫是之謂○論 9/38/7
○廛宅 9/40/6
使足以辨吉凶、合歡○和而已 10/43/14
則約○而畔無日 10/48/22
則割○而欲無猒 10/48/22
是綦○也 11/49/19
綦○而國○ 11/49/19
國○而天下○ 11/49/19
約結已○ 11/50/5
垂衣裳而天下○ 11/54/23
分已○ 11/55/7
論德而○次 12/59/17,18/86/14
次○而序不亂 12/60/14
其端誠足使○物然後可 12/62/16
○其當而當 14/66/12
禮以○倫 14/67/13
三軍既○ 15/71/3
政令以○ 15/73/17
（圖）〔決〕德而○次 18/86/9
故樂者、審一以○和者也 20/98/22
則足以○是非、決嫌疑矣 21/105/7
中心不○ 21/106/3
則未可○然否也 21/106/3
人不以○美惡 21/106/8
人不以○有無 21/106/8
以此時○物 21/106/9
彼愚者之○物 21/106/9
必以其感忽之閒、疑玄之時（正）〔○〕之 21/106/14
名○而實辨 22/108/4
約○俗成謂之宜 22/109/10
約○俗成謂之實名 22/109/11
此事之所以稽實○數也 22/109/13
好多而無○者 27/134/14
三王既已○法度、制禮樂而傳之 27/137/17
止（交）〔立〕不知所○ 31/145/10
○公問於顏淵曰 31/147/20
○公不悅 31/148/1
○公越席而起 31/148/2
○公曰 31/148/3,31/148/7
以○天下 32/149/9

冬 dōng 7

春耕、夏耘、秋收、○藏 9/39/20
○日則爲之饘粥 10/46/6
○不凍寒 10/46/12
畜積收臧於秋○ 17/80/22
天不爲人之惡寒也輟○ 17/80/27
○日作寒 26/124/13
○伏而夏游 26/125/3

東 dōng 16

自西自○ 8/28/12,11/53/5,15/71/16
○面而迎太歲 8/31/16
○海則有紫、（紶）〔綌〕、魚、鹽焉 9/38/15
○征而西國怨 9/41/17
案（角）鹿埵、隴種、○籠而退耳 15/69/4
○在楚者乃界於齊 16/78/1
坎井之鼃不可與語○海之樂 18/86/3
孔子觀於○流之水 28/140/4
其萬（拆）〔折〕也必○ 28/140/8
吳子胥不磔姑蘇○門外乎 28/141/2
〔子亦聞〕○野（子）〔畢〕之善馭乎 31/147/20
○野畢之馬失 31/148/2
○野畢之馭 31/148/3
今○野畢之馭〔也〕 31/148/6

洞 dòng 1

○然 6/24/19

凍 dòng 5

是其所以不免於○餓 4/16/10
雖窮困○餧 8/28/1
使百姓無○餒之患 10/44/18
冬不○寒 10/46/12
庶人則○餒羸瘠於下 18/88/3

動 dòng 58

形乎○靜 1/3/14
蝡而○ 1/3/14
食飲、衣服、居處、○靜 2/5/13
則節之以○止 2/6/7
是以○則必陷 3/12/8
而名○天下 5/17/17
飾○以禮義 9/37/19
偃然案兵無○ 9/41/4
威○天下 11/50/6,11/50/9
○則有功 11/56/24
○無不當也 12/57/28
不○而功 12/60/17,24/118/6
行義○靜 12/61/7
蠕而○ 13/65/19
得衆○天 14/67/1
觀敵之變○ 15/68/5
凡人之○也 15/73/11
威○海內 16/78/3
養備而○時 17/79/17
養略而○罕 17/79/19
視儀而○ 18/83/12
儀隱則下無○也 18/83/12
不應不○ 18/83/12
通達之屬莫不振○從服以化順之 18/85/19
生民之屬莫不振○從服以化順之 18/86/7,18/87/8
○如天帝 18/87/2
天子之喪○四海、屬諸侯 19/93/13
諸侯之喪○通國、屬大夫 19/93/13
大夫之喪○一國、屬修士 19/93/14
修士之喪○一鄉、屬朋友 19/93/14
○州里 19/93/15
○而遠 19/94/3,19/94/5
彼其所至者甚大○也 19/97/21
形於○靜 20/98/14
聲音、○靜、生術之變盡〔於〕是矣 20/98/15
使其曲直、繁省、廉肉、節奏足以感○人之善心 20/98/17
○以干戚 20/100/7
心未嘗不○也 21/103/26
故心未嘗不○也 21/104/3
正錯而勿○ 21/105/5
湛濁○乎下 21/105/6
水○而景搖 21/106/7
當時則○ 21/107/11
心慮而能爲之○謂之僞 22/107/24
不異實名以喻○靜之道也 22/110/6
不○乎衆人之非譽 22/110/15
故欲過之而○不及 22/111/9
欲不及而○過之 22/111/10
故人無○而（不）可以不與權俱 22/111/24
則（○）知所出矣 24/119/9
行爲○靜待之而後適者邪 26/124/3
○則綦高以鉅 26/124/7
○斯陷矣 27/128/19
（勤）〔○〕行不知所務 31/145/9

棟 dòng 1

仰視榱○ 31/147/2

兜 dōu 1

是以堯伐驩○ 15/71/24

斗 dǒu 2

○、斛、敦、概者 12/57/13
不待○、斛、敦、概而嘖 12/57/17

豆 dòu 1

○之先大羹也 19/91/10

鬭 dòu 27

○者、忘其身者也 4/13/1
凡○者、必自以爲是而以人爲非也 4/13/5
人之有○ 4/13/9,4/13/10
脩○〔備〕 7/25/20
戰必能殆之而羞與之○ 7/25/22
則日欲與我○ 9/36/25
則日不欲爲我○ 9/36/26
人之民日欲與我○ 9/36/26
吾民日不欲爲我○ 9/36/26
孰能有與是○者與 9/41/18
非○而日爭 10/46/2
○怒、害也 13/65/22
謹愼而無○怒 13/65/23
非○無由也 15/70/5
使人不○ 18/88/10
故○也 18/88/10
則不○矣 18/88/11
凡人之○也 18/88/12
今倡優、侏儒、狎徒詈侮而不○者 18/88/12
然而不○者 18/88/13
然而不憚○者 18/88/15
不惡則不○ 18/88/15
惡之則必○ 18/88/15
然則○與不○邪 18/88/16
悍戇好○ 27/136/13

都 dū 3

而○國之民安習其服 8/34/7
○邑露 10/47/10
及○邑官府 16/78/12

毒 dú 4

愚則○賊而亂 3/10/9
寧爲荼○ 8/34/11
罔罟○藥不入澤 9/39/20

莫不○孽 15/73/18

**獨 dú** 67

然夫士欲○脩其身 2/7/5
以愼其○者也 3/11/7
不誠則不○ 3/11/8
不○則不形 3/11/8
輕則○行 3/11/11
○行而不舍 3/11/11
而不敢以其所○（甚）〔是〕 3/11/24
以○則足樂 4/16/16
則一君不能○畜 6/22/16,8/32/8
一國不能○容 6/22/16,8/32/8
羞○富者也 6/24/5
則百里之國足以○立矣 7/26/3
姬姓○居五十三人 8/27/16, 12/62/7
○居而樂 8/29/21
姬姓○居五十三人焉 8/31/15
窮則○立貴名 8/32/13
〔性〕不足以○立而治 8/33/20
則是國未能○立也 9/40/21
何○不來也 9/41/17
何○後我也 9/41/18
百里之國足以○立矣 10/48/7
我○治 10/48/17
我○安 10/48/17
彼持國者必不可以○也 11/51/11
則雖孤○鰥寡必不加焉 11/54/12
則雖孤○鰥寡 11/55/26
故法不能○立 12/57/4
然而（于是）〔是子〕○好之 12/59/3
然而（于是）〔是子〕○爲之 12/59/4
然而（于是）〔是子〕（○）猶將爲之也 12/59/4
曉然○明於先王之所以得之、所以失之 12/59/5
塊然○坐而天下從之如一體 12/60/17
則○不若是其公也 12/61/18
而不可以○也 12/62/6
人主不可以○也 12/62/18
無卿相輔佐足任者之謂○ 12/62/24
孤○而晻謂之危 12/62/24
故明主好同而闇（王）〔主〕好○ 13/64/12
誅桀、紂若誅○夫 15/70/15
故《泰誓》曰『○夫紂』 15/70/15
非○一人爲之也 16/76/5
今子發○不然 16/76/8
案○以爲私廉 16/76/9
然而暴國○侈安能誅之 18/84/5
誅暴國之君若誅○夫 18/84/5
非○不用肉刑 18/85/7
曷爲楚、越○不受制也 18/85/19
然而朱、象○不化 18/87/9
○詘容爲己 18/89/7
○屬妻子 19/93/15
則名不見而柩○明矣 19/95/9
而倉頡○傳者、壹也 21/105/8
而后稷○傳者、壹也 21/105/9
而夔○傳者、壹也 21/105/9
而舜○傳者、壹也 21/105/10
然而曾、騫、孝己○厚於孝之實而全於孝之名者 23/116/1
則傀然○立天地之間而不畏 23/117/8
己無郵人、我○自美豈（○）無故 25/122/5
嗟我何人、○不遇時當亂世 25/122/8
進諫不聽、剄而○鹿棄之江 25/122/9
亡人好○ 27/131/5
強足以反是○立 28/138/21
何○丘也哉 28/141/4

**瀆 dú** 2

開其○ 2/7/14
今人或入其央○ 18/88/14

**犢 dú** 2

以爲禽○ 1/3/17
貨財禽○之請 14/66/11

**讀 dú** 1

終乎○禮 1/3/7

**帾 dǔ** 1

無○絲嵩縷翣其須以象菲帷幬尉也 19/95/16

**睹 dǔ** 5

今使人生而未嘗○芻豢稻粱也 4/15/17
唯菽藿糟糠之爲○ 4/15/17
其誰能○是而不樂也哉 11/53/20
誰○是而不改也哉 15/74/1
珠玉不（○）〔睹〕乎外 17/82/11

**篤 dǔ** 5

○志而體 2/7/18
則可謂○厚君子矣 8/30/15
舉○敬 9/36/6
上順下○ 29/141/19
故君子入則○行 29/142/20

**覩 dǔ** 3

雖○利敗 11/50/5,11/50/5
故君上蔽而無○ 32/150/6

**杜 dù** 1

（乘）〔桑〕○作乘馬 21/105/11

**妒 dù** 6

人臣則爭職而○賢 11/53/21
士有○友 27/130/18
君有○臣 27/130/18
隱良者謂之○ 27/130/18
奉○昧者謂之交譎 27/130/19
交譎之人、○昧之臣 27/130/19

妬 dù 8

不能則○嫉怨誹以傾覆人 3/9/11
而貴戚莫之敢○也 7/25/12
則好專事而○賢能 7/26/19
闇主○賢畏能而滅其功 13/64/13
○繆於道而人誘其所迨
　也 21/102/7
○賢能 25/120/8
○功毀賢、下斂黨與上
　蔽匿 25/122/7
處官久者士○之 32/149/16

度 dù 57

此之謂也扁善之○ 2/5/9
容貌、態○、進退、趨行 2/5/14
禮儀卒○ 2/5/15,19/93/4
循法則、○量、刑辟、
　圖籍 4/14/10
血氣態○擬於女子 5/18/1
陋而無○者也 5/19/1
聖人者、以己○者也 5/19/2
故以人○人 5/19/3
以情○情 5/19/3
以類○類 5/19/3
以說○功 5/19/3
古今一（○）也 5/19/4
以此○之 5/19/4
故君子之○己則以繩 5/20/2
○己以繩 5/20/2
巧而好○ 7/26/18
法則○量正乎官 8/28/8
舉不知法後王而一制○ 8/32/17
一制○ 8/32/21,8/33/2
張法而○之 8/33/4
宮室有○ 9/38/2,11/54/17
○其功勞 9/40/12,11/55/18
是使群臣百姓皆以制○行 9/41/10
○人力而授事 10/43/3
無制數○量則國貧 10/47/21
加義乎法則○量 11/49/21
制○以陳 11/53/15
政令制○ 11/54/11
莫得不循乎制（○數）
　〔數○〕量 11/54/18
辯政令制○ 11/55/25
百官則將齊其制○ 11/56/17
則臣下百吏乘是而後豐
　取刻與以無○取於民 12/57/14
莫不法○而公 12/59/17
○之以禮 12/61/7
知明制○、權物稱用之
　爲不泥也 12/63/7
以○取之 15/70/1
而不得以有餘過○ 18/87/20
下以無○行 18/88/1
求而無○量分界 19/90/3
其養生無○ 20/101/25
參稽治亂而通其○ 21/104/8
其罪猶爲符節、○量之
　罪也 22/108/5
是以爲之起禮義、制法
　○以矯飾人之情性而
　正之 23/113/11
聖人積思慮、習僞故以
　生禮義而起法○ 23/114/10
然則禮義法○者 23/114/11
　23/114/15
禮義生而制法○ 23/114/14
心無○ 25/122/4
則法○存 27/135/11
則法○壞 27/135/12
是非疑則○之以遠事 27/137/1
三王既已定法○、制禮
　樂而傳之 27/137/17

蠹 dù 1

魚枯生○ 1/2/3

端 duān 38

○而言 1/3/14
愚款○愨 2/6/9
○愨誠信 2/6/17
○愨順弟 2/8/7
愚則○愨而法 3/10/7
若○（拜）〔拜〕而議 3/11/16
○愨生通 3/12/3
○誠以處之 5/20/7
小辯不如見○ 5/20/16
見○不如（見）本分 5/20/16
見○而明 5/20/16
○然正己 6/24/14
○然 6/24/19
○愨以守之 7/27/4
若環之無○也 9/39/1
至於疆易而○已見矣 10/47/9
與○誠信全之士爲之則霸 11/51/8
法者、治之○也 12/57/4
則是拘脅蔽塞之○也 12/62/13
其○誠足使定物然後可 12/62/16
亂之○也 12/62/18,18/85/11
　31/147/3
脩飭○正 12/63/3
○志而無傾側之心 13/64/22
若夫忠信○愨而不害傷 13/65/18
○愨以爲統 13/65/19
案用夫○誠信全之君子
　治天下焉 16/78/5
上○誠 18/83/14
是有兩○矣 18/88/23
是榮辱之兩○也 18/89/2
兩情者、人生固有○焉 19/94/19
紳○章甫 20/100/1
○不傾 25/120/15
故君子博學、深謀、修
　身、○行以俟其時 28/141/7
而能致恭敬、忠信、○
　愨以愼行之 29/142/2
則可以○身矣 30/144/19
夫○衣、玄裳、絻而乘
　路者 31/145/3

短 duǎn 17

身之所○ 3/11/22
長○不飾 3/11/23
○綆不可以汲深井之泉 4/16/13
故長○、小大、善惡形相 5/17/13
帝舜○ 5/17/16
周公○ 5/17/16
子弓○ 5/17/16
葉公子高微小○瘠 5/17/18
長○、小大、美惡形相 5/17/20
直將差長○、辨美惡 5/17/23
○而長 9/39/23
不稱其所○ 13/64/18
此亦秦之所○也 16/78/18
禮者、斷長續○ 19/94/8

無用吾之所〇遇人之所長 27/137/7
故塞而避所〇 27/137/7
而不稱其所〇也 27/138/1

## 斷 duàn 23

聽〇公 4/14/9
身如〇菑 5/17/22
聽天下之〇 8/27/15
聽〇以類 9/37/19
故爲之出死〇亡以覆救之 10/43/21
爲之出死〇亡而〔不〕愉者 10/44/1,10/46/13
爲之出死〇亡而不愉者 11/55/27
而又好以權謀傾覆之人〇事其外 11/56/9
其齊〇足以拒難 12/62/22
然後中和察〇以輔之 14/67/8
嬰之者〇 15/69/3
曹觸龍〇於軍 15/71/14
則不可以〇繩 16/75/6
則齊必〇而爲四三 16/76/23
則十指不辭〇 16/79/11
〇其首 18/85/12
斬、〇、枯、磔 18/89/1
禮者、〇長續短 19/94/8
若夫〇之繼之 19/94/20
然而禮以是〇之者 19/96/7
至親以朞〇 19/96/23
不得人力則不能〇 23/117/14

## 兌 duì 3

饒樂之事則佞〇而不曲 2/7/2
見由則〇而倨 3/10/9
〇則若莫邪之利鋒 15/69/3

## 隊 duì 4

則職之所不及者必〇 9/35/16
星〇、木鳴 17/81/10
夫星之〇、木之鳴 17/81/13
暴慢、恣睢、輕俗以爲高之屬入焉而〇 19/92/13

## 對 duì 31

臨武君〇曰 15/68/5
菲、（〇）〔紺〕屨 18/85/6
舜〇曰 23/116/25
欲（吏〇）〔〇吏〕 25/122/9
應〇言語視面 27/130/5
以是非〇 27/133/11
孔子不〇 29/142/7,31/146/13
三問而丘不〇 29/142/9
夫子有奚〇焉 29/142/10
子路〇曰 29/143/8
子貢〇曰 29/143/9
顏淵〇曰 29/143/11
31/147/20,31/148/4,31/148/8
孔子〇曰 31/145/1,31/145/3
31/145/8,31/145/13,31/146/1
31/146/3,31/146/7,31/146/14
31/147/14
不〇 31/146/13
所以不〇也 31/146/15
〇曰 32/148/13,32/149/1
吳起〇曰 32/148/18

## 惇 dūn 1

忠者、〇慎此者也 24/119/14

## 敦 dūn 13

以〇比其事業而不敢怠傲 4/14/12
厚〇者也 6/24/4
〇慕焉 8/29/14
雖〇必困 8/33/14
則商賈莫不〇愨而無詐矣 11/56/18
商賈〇愨無詐 11/56/21
斗、斛、〇、概者 12/57/13
不待斗、斛、〇、概而嘖 12/57/17
則百姓莫不〇惡 15/73/18
其百吏肅然莫不恭儉、〇敬、忠信而不楛 16/78/12
則常不勝夫〇比於小事者矣 16/78/21
是君子之所以爲憚詭其所〇惡之文也 19/98/6

處之〇固、有深藏之能遠思 25/121/2

## 鈍 dùn 1

〇金必將待礱、厲然後利 23/113/9

## 頓 dùn 6

詘五指而〇之 1/4/2
〇窮則（從之）疾力以申重之 7/27/4
彼將日日挫〇竭之於仇敵 9/41/23
我今將〇〇焉日日相親愛也 9/42/1
勞苦〇萃而愈無功 10/46/3

## 遁 dùn 4

遵（道）〔〇〕則積 8/29/23
務積德於身而處之以遵（道）〔〇〕 8/30/1
故姦言、姦說、姦事、姦能、〇逃反側之民 9/35/6
賢能〇逃國乃蹶 25/120/7

## 多 duō 82

不善者〇 1/4/13
〇聞曰博 2/6/3
〇見曰閑 2/6/3
〇而亂曰秏 2/6/4
利少而義〇 2/6/13
其爲人也〇暇日者 2/7/17
而好惡〇同 4/13/10
然後使（愨）〔穀〕祿〇少厚薄之稱 4/17/2
故或祿天下而不自以爲〇 4/17/4
用其身則〇詐而無功 5/21/3
〇事而寡功 6/22/5
故〇言而類 6/23/5
〇少無法而流湎然 6/23/5
〇功 7/27/5
有親者取〇 8/28/6
其言〇當矣而未諭也 8/30/13
其行〇當矣而未安也 8/30/14

其知慮○當矣而未周密也 8/30/14
累○而功少 9/36/27
一則○力 9/39/12
○力則彊 9/39/12
故魚鱉優○而百姓有餘用也 9/39/21
欲○而物寡 10/42/16
故○餘 10/42/23
事無大小○少 10/43/5
其所利焉誠○ 10/44/2
○糞肥田 10/44/15
喪亂弘○ 10/46/3
固以○矣 11/55/4
有以守○ 11/55/5
濟濟○士 12/63/1
知務本禁末之爲○材也 12/63/6
變應寬裕而○容 14/67/8
○地以正 15/70/6
好利○詐而危 16/75/10,17/82/13,27/126/7
天材之利○ 16/78/11
因物而○之 17/82/16
無見於○ 17/83/5
有少而無○ 17/83/6
而皆以己之情爲欲○ 18/89/11
以人之情爲欲此五綦者而不欲○ 18/89/14
以人之情爲欲○而不欲寡 18/89/17
今子宋子以（是）〔人〕之情爲欲寡而不欲○也 18/89/18
以○少爲用 19/92/21
然後皆有衣（衾）〔食〕○少厚薄之數 19/93/12
○能非以脩蕩是 21/107/2
則天下之治說者方○然矣 21/107/7
人○辨訟 22/108/5
無以節欲而困於欲○者也 22/111/4
欲之○寡 22/111/5
制於所受乎心之○〔求〕 22/111/7
則欲雖○ 22/111/9
假之有人而欲南無○ 22/111/20
今人所欲無○ 22/111/21
計者取所○ 22/112/5
其爲天下○ 22/112/21
○言則文而類 23/117/2
其舉事○悔 23/117/3
國○私 25/120/5
讒夫○進、反覆言語生詐態 25/122/6
以○少爲異 27/130/12
故天子不言○少 27/132/3
○積財而羞無有 27/132/10
刑罰之所以○也 27/132/10
○知而無親 27/134/14
好○而無定者 27/134/14
○有之者富 27/136/15
○言而類、聖人也 27/137/10
○（少）〔言〕無法而流喆然 27/137/10
君子博學、深謀不遇時者○矣 28/141/3
非唯下流水○邪 29/143/1
爲夫玉之少而珉之○邪 30/144/5
夫君子豈○而賤之、少而貴之哉 30/144/6
且夫良醫之門○病人 30/144/16
隱栝之側○枉木 30/144/16
是故知不務○ 31/145/14
言不務○ 31/145/15
行不務○ 31/145/15
士不信愨而有○知能 31/147/16
○其功而不（息）〔惪〕 32/149/22

## 咄 duō 1

（吐）〔○〕而不奪 22/110/16

## 奪 duó 44

怒不過○ 2/8/13,2/8/15
非○也 8/27/22
王、○之人 9/36/22
霸、○之與 9/36/22
彊、○之地 9/36/22
○之人者臣諸侯 9/36/22
○之與者友諸侯 9/36/22
○之地者敵諸侯 9/36/22
貴賤、殺生、與○一也 9/39/6
彼以○矣 9/41/14
之所以接下之人百姓者則好取侵○ 9/42/3
上雖好取侵○ 10/42/27
無○農時 10/43/6,11/56/20
厚刀布之斂以○之財 10/44/10
重田野之稅以○之食 10/44/10
而不可使侵○ 12/63/4
○然後義 13/66/2
攻○變詐者、諸侯之事也 15/68/12
是〔其氣力〕數年而衰而〔復利〕未可○也 15/70/2
爲爭○也 15/71/22
非爭○也 15/71/23
故魏○之 15/74/19
故田單○之 15/74/20
故秦○之 15/74/20
則必○ 15/74/21
敵中則○ 16/75/17
衆庶百姓皆以貪利爭○爲俗 16/76/20
（汗）〔汙〕漫、爭○、貪利是也 16/77/3
湯、武簒而○之 18/83/23
故可以有○（人）國 18/84/19
不可以有○（人）天下 18/84/19
（可以）○之者可以有國 18/84/20
而盜賊擊○以危上矣 18/88/3
自○也 21/104/11
（吐）〔咄〕而不○ 22/110/16
故爭○生而辭讓亡焉 23/113/3
必出於爭○ 23/113/5
則兄弟相怫○矣 23/114/17
則夫彊者害弱而○之 23/115/7
以出乎貪利爭○ 23/115/26
務其業而勿○其時 27/130/24
偄弱易○ 27/136/13

## 埵 duǒ 1

案（角）鹿○、隴種、東籠而退耳 15/69/4

惰 duò 5

安燕而血氣不○ 2/8/13,2/8/14
佚而不○ 6/25/2
苟怠○偷懦之爲安 19/90/16
不至於流淫○慢 19/94/11

墮 duò 12

則○之者衆而持之者寡矣 7/27/1
是非功名之所就也、非存亡安危之所（○）〔隨〕也 9/41/1
存亡安危之所（○）〔隨〕 9/41/2
非將○之也 10/45/7
（徒）〔徙〕壞○落 10/46/9
齫然兩齒○矣 12/62/5
傷疾、○功、滅苦 13/65/5
辟之猶以錐刀○大山也 15/70/13
○興功之臣 16/76/8
直○之耳 18/84/12
愚闇愚闇○賢（良）〔良〕 25/120/3
其民迷惑而○焉 28/139/11

阿 ē 4

寡怨寬裕而無○ 12/58/2
內不可以○子弟 12/61/13
12/61/15
外不避仇、內不○親賢者予 25/121/10

俄 é 13

○而粲然有秉芻豢而至者 4/15/18
則夫塞者○且通也 4/16/1
陋者○且僩也 4/16/1
愚者○且知也 4/16/1
○則屈安窮矣 4/16/10
○則束乎有司而戮乎大市 5/18/3
○而並乎堯、禹 8/29/16
○而原仁義 8/29/16
○而治天下之大器舉在此 8/29/18
○則弱矣 12/61/19
○則危矣 12/61/19
○則亡矣 12/61/20
○而天下倜然舉去桀、紂而犇湯、武 16/76/25

蛾 é 1

○以爲父 26/125/4

厄 è 1

○於陳、蔡之閒 28/140/17

阸 è 4

秦人、其生民也陿○ 15/70/4
隱之以○ 15/70/4
○而用之 15/70/5
焉慮率用賞慶、刑罰、埶詐、（除）〔險〕○其下 15/73/12

惡 è 189

學○乎始 1/3/7
○乎終 1/3/7
必以自○也 2/5/4
以致○其賊 2/5/5
致亂而○人之非己也 2/5/6
心如虎狼、行如禽獸而又○人之賊己也 2/5/7
則可謂○少者矣 2/8/8
無有作○ 2/8/16,17/83/6
（○）非毀疵也 3/10/1
欲○取舍之權 3/12/6
則必前後慮其可○也者 3/12/6
然後定其欲○取舍 3/12/7
則不慮其可○也者 3/12/8
人之所○者 3/12/11
吾亦○之 3/12/11
君上之所○也 4/13/2
而好○多同 4/13/10
好榮○辱 4/14/17
好利○害 4/14/17
必遇其所○焉 4/14/20
必不遇其所○焉 4/14/22
好利而○害 4/15/7,5/18/13
目辨白黑美○ 4/15/8
則形相雖○而心術善 5/17/12
形相雖善而心術○ 5/17/13
故長短、小大、善○形相 5/17/13
長短、小大、美○形相 5/17/20
直將差長短、辨美○ 5/17/23
後世言○則必稽焉 5/17/27
而本朝之臣莫之敢○也 7/25/13
○天下之倍周也 8/27/14
○天下之離周也 8/27/19
相美○ 8/28/19
不知○也 8/29/10
飛廉、○來知政 8/31/18
夫又○有不可焉 8/31/18
然而不知○（者） 8/32/18
凡人莫不欲安榮而○危辱 8/34/10
小人則日徼其所○ 8/34/10
元○不待教而誅 9/35/3
埶位齊而欲○同 9/36/1
先王○其亂也 9/36/2
19/90/4,20/98/16,20/99/25
則人之民○我必甚矣 9/36/24
人之民○我甚 9/36/24
則吾民之○我必甚矣 9/36/26
吾民之○我甚 9/36/26
豈有肯爲其所○ 9/41/13
欲○同物 10/42/16
事業所○也 10/42/19
故使或美或○ 10/43/12
將蹙然衣麤食○ 10/45/8
○能足之乎 10/45/13
然而主相不知○也 10/48/4
後世言○ 11/50/16
無國而不有○俗 11/54/4
○之如鬼 11/56/2
莫不欲彊而○弱 12/60/20
欲安而○危 12/60/20
欲榮而○辱 12/60/20
辟此三○ 12/60/21
○者之孽也 12/61/2
違其○ 13/64/17
飛廉、○來是也 13/66/4
豈又肯爲其所○ 15/69/6
無欲將而○廢 15/70/27
故○人之害之也 15/71/22
故○人之亂之也 15/71/23
則百姓莫不敦○ 15/73/18
善善○○之應也 16/76/5

反然舉疾○桀、紂而貴帝湯、武 16/77/1
桀、紂者善爲人之所○ 16/77/2
人之所○者何也 16/77/2
夫義者、所以限禁人之爲○與姦者也 16/79/3
好○、喜怒、哀樂臧焉 17/80/9
天不爲人之○寒也輟冬 17/80/27
地不爲人之○遼遠也輟廣 17/80/27
田薉稼○ 17/81/16
故主道莫○乎難知 18/83/19
○之者衆則危〔矣〕 18/83/20
全其○ 18/84/8
後世之言○者必稽焉 18/84/17
庸人不知○矣 18/85/8
禁暴○○ 18/85/8
非○○也 18/85/9
夫有○擅天下矣 18/86/8
擅讓○用矣哉 18/86/15
然則亦以人之情爲不○侮乎 18/88/11
○而不辱也 18/88/11
必以其○之爲說 18/88/12
不○故也 18/88/13
○之故也 18/88/15
不○則不鬭 18/88/15
○之則必鬭 18/88/15
乃在於○之與不○也 18/88/16
夫今子宋子不能解人之○侮 18/88/16
好美而○西施也 18/89/15
無天地○生 19/90/20
無先祖○出 19/90/21
無君師○治 19/90/21
好○以節 19/92/5
不飾則○ 19/94/3
○則不哀 19/94/3
所以滅○也 19/94/5
故文飾、麤○ 19/94/8
麤(衰)〔○〕、哭泣、憂戚 19/94/10
憂戚萃○ 19/94/15
是君子之所以爲憚詭其所敦○之文也 19/98/6
夫民有好○之情而無喜怒之應 20/99/25
口不出○言 20/100/2
善○相象 20/100/5
亂世○善 20/100/16
唯恐聞其○也 21/102/7
○爲蔽 21/102/12
故無欲無○ 21/103/16
夫○有蔽矣哉 21/104/10
○能與我歌矣 21/105/12
孟子○敗而出妻 21/105/16
有子○臥而焠掌 21/105/16
人不以定美○ 21/106/8
○乎止之 21/106/21
性之好、○、喜、怒、哀、樂謂之情 22/107/23
說、故、喜、(怨)〔怒〕、哀、樂、愛、○、欲以心異 22/108/18
辨執○用矣哉 22/110/2
成則必得其所好而不遇其所○焉 22/111/1
人之所○ 22/111/8
而○北無寡 22/111/21
所○無寡 22/111/22
離得欲之道而取所○也哉 22/111/22
所○未嘗粹而往也 22/111/24
福託於○而人以爲禍 22/112/1
人之性○ 23/113/3,23/114/8,23/115/3
生而有疾○焉 23/113/4
然則人之性○明矣 23/113/7,23/113/13,23/113/22,23/114/6,23/115/8,23/115/14,23/115/18
今人之性○ 23/113/9,23/115/17
古者聖王以人之性○ 23/113/10
則禮義○生 23/114/8
爲性○也 23/114/18,23/114/20,23/115/14
○願美 23/114/19
人性○明矣 23/114/23
所謂○者 23/115/1
是善○之分也已 23/115/2
則〔有〕○用聖王 23/115/2
○用禮義矣哉 23/115/3
故古者聖人以人之性○ 23/115/3
性○則與聖王、貴禮義矣 23/115/12
故人之性○明矣 23/115/27
則必遇其所○焉 24/118/13
飛廉知政任○來 25/120/8
○賢士 25/120/10
○大儒 25/120/11
世亂○善不此治 25/122/1
是非反易、比周欺上○正直 25/122/4
正(是)〔直〕○ 25/122/4
爭寵嫉賢(利)〔相〕○忌 25/122/6
夏生而(而)○暑 26/125/3
喜溼而○雨 26/125/4
身行○ 27/130/22
此家言邪學之所以○儒者也 27/137/1
○言死焉 27/137/2
君子之所憎○也 27/137/8
○民之串以無分得也 27/137/13
○有滿而不覆者哉 28/138/13
人有○者五 28/138/18
則不幸不順見○而能無失其愛 29/142/4
夫○有不足矣哉 29/143/5
○ 30/144/6
其政好生而○殺焉 31/146/14
以人○爲美德乎 32/149/2
爲○得福 32/150/13

## 軛 è 1

三公奉○持納 18/86/21

## 遏 è 1

則莫我敢○ 15/69/9

## 餓 è 2

是其所以不免於凍○ 4/16/10
故朝有○人 12/58/12

## 閼 è 1

抗折其頷以象槾茨番○也 19/95/16

## 恩 ēn 1

推○而不理 27/128/1

## 而 ér 2432

青、取之於藍○青於藍 1/1/3
冰、水爲之○寒於水 1/1/3
君子博學○日參省乎己 1/1/5
則智明○行無過矣 1/1/5
生○同聲 1/1/8
長○異俗 1/1/8
吾嘗終日○思矣 1/1/12
吾嘗跂○望矣 1/1/12
登高○招 1/1/12
○見者遠 1/1/13
順風○呼 1/1/13
○聞者彰 1/1/13
○致千里 1/1/14
○絕江（河）〔海〕 1/1/14
○編之以髮 1/1/17
生於高山之上○臨百仞之淵 1/1/18
不扶○直 1/1/19
所以防邪辟○近中正也 1/2/1
是故質的張○弓矢至焉 1/2/5
林木茂○斧斤至焉 1/2/6
樹成蔭○眾鳥息焉 1/2/6
醯酸○蚋聚焉 1/2/6
○神明自得 1/2/9
鍥○舍之 1/2/11
鍥○不舍 1/2/11
蟹六跪○二螯 1/2/12
目不能兩視○明 1/2/14
耳不能兩聽○聰 1/2/15
螣蛇無足○飛 1/2/15
梧鼠五技○窮 1/2/15
瓠巴鼓瑟○流魚出聽 1/3/3
伯牙鼓琴〔○〕六馬仰秣 1/3/3
故聲無小○不聞 1/3/3
行無隱○不形 1/3/3
玉在山○（草）木潤 1/3/4
淵生珠○崖不枯 1/3/4
學至乎沒○後止也 1/3/8
故學至乎《禮》○止矣 1/3/10
端○言 1/3/14
蝡○動 1/3/14
故不問○告謂之傲 1/3/18
問一○告二謂之囋 1/3/18
《禮》、《樂》法○不說 1/3/20
《詩》、《書》故○不切 1/3/20
《春秋》約○不速 1/3/20
安特將學雜識志、順《詩》、《書》○已爾 1/3/23
不免爲陋儒○已 1/4/1
詘五指○頓之 1/4/2
故禮恭○後可與言道之方 1/4/7
辭順○後可與言道之理 1/4/7
色從○後可與言道之致 1/4/7
故未可與言○言謂之傲 1/4/8
可與言○不言謂之隱 1/4/8
不觀氣色○言謂之瞽 1/4/8
故非我○當者 2/5/4
是我○當者 2/5/4
故君子隆師○親友 2/5/5
受諫○能戒 2/5/5
致亂○惡人之非己也 2/5/6
致不肖○欲人之賢己也 2/5/6
心如虎狼、行如禽獸○又惡人之賊己也 2/5/7
庸眾○野 2/5/14
少○理曰治 2/6/3
多○亂曰秏 2/6/4
內省○外物輕矣 2/6/12
身勞○心安 2/6/13
利少○義多 2/6/13
事亂君○通 2/6/13
不如事窮君○順焉 2/6/13
體恭敬○心忠信 2/6/16
術禮義○情愛人 2/6/16
拘守○詳 2/6/17
體倨固○心（執）〔埶〕詐 2/7/1
術順墨○精雜汙 2/7/1
饒樂之事則佞兌○不曲 2/7/2
辟違○不愨 2/7/2
程役○不錄 2/7/2
行○供冀 2/7/5
行○俯項 2/7/5
偶視○先俯 2/7/5
夫驥一日○千里 2/7/8
然○君子不辯 2/7/11
然○君子不行 2/7/11
彼止○待我 2/7/12
我行○就之 2/7/12
故蹞步○不休 2/7/13
累土○不輟 2/7/13
然○跛鱉致之 2/7/15
好法○行 2/7/18
篤志○體 2/7/18
齊明○不竭 2/7/18
有法○無志其義 2/7/19
依乎法○又深其類 2/7/19
禮然○然 2/8/2
師云○云 2/8/2
不是師法○好自用 2/8/3
夫師、以身爲正儀○貴自安者也 2/8/4
無廉恥○嗜乎飲食 2/8/8
加惕悍○不順 2/8/8
險賊○不弟焉 2/8/8
老老○壯者歸焉 2/8/9
不窮窮○通者積焉 2/8/9
行乎冥冥○施乎無報○賢不肖一焉 2/8/9
君子貧窮○志廣 2/8/12,2/8/13
富貴○體恭 2/8/13,2/8/14
安燕○血氣不惰 2/8/13,2/8/14
勞勌○容貌不枯 2/8/13,2/8/14
故懷負石○赴河 3/8/20
○申徒狄能之 3/9/1
然○君子不貴者 3/9/1,3/9/3,3/9/4
○惠施、鄧析能之 3/9/2
與禹、舜俱傳○不息 3/9/3
君子易（知）〔和〕○難狎 3/9/7
易懼○難脅 3/9/7
畏患○不避義死 3/9/7
欲利○不爲所非 3/9/7
交親○不比 3/9/8
言辯○不（辭）〔亂〕 3/9/8
君子寬○不僈 3/9/15
廉○不劌 3/9/15,30/144/7
辯○不爭 3/9/15
察○不激 3/9/15
（寡）〔直〕立○不勝 3/9/15
堅彊○不暴 3/9/15
柔從○不流 3/9/16
恭敬謹慎○容 3/9/16
君子大心則〔敬〕天○道 3/10/6
小心則畏義○節 3/10/6

知則明通○類 3/10/6
愚則端慤○法 3/10/7
見由則恭○止 3/10/7
見閉則敬○齊 3/10/7
喜則和○理 3/10/7
憂則靜○理 3/10/7
通則文○明 3/10/7
窮則約○詳 3/10/8
大心則慢○暴 3/10/8
小心則流淫○傾 3/10/8
知則攫盜○漸 3/10/8
愚則毒賊○亂 3/10/9
見由則兌○倨 3/10/9
見閉則怨○險 3/10/9
喜則輕○翾 3/10/9
憂則挫○懾 3/10/9
通則驕○偏 3/10/10
窮則棄○儑 3/10/10
國亂○治之者 3/10/13
非案亂○治之之謂也 3/10/13
去亂○被之以治 3/10/14
人汙○脩之者 3/10/14
非案汙○脩之之謂也 3/10/14
去汙○易之以脩 3/10/14
故去亂○非治亂也 3/10/14
去汙○非脩汙也 3/10/15
猶曰君子爲治○不爲亂 3/10/15
爲脩○不爲汙也 3/10/15
君子絜其辯○同焉者合矣 3/10/18
善其言○類焉者應矣 3/10/18
故馬鳴○馬應之 3/10/18
天不言○人推高焉 3/11/6
地不言○人推厚焉 3/11/6
四時不言○百姓期焉 3/11/6
嘿然○喻 3/11/7
未施○親 3/11/7
不怒○威 3/11/7,8/29/21
○政事之本也 3/11/10
操○得之則輕 3/11/11
獨行○不舍 3/11/11
濟○材盡 3/11/12
長遷○不反其初 3/11/12
君子位尊○志恭 3/11/14
心小○道大 3/11/14
○所聞見者遠 3/11/14
君子審後王之道○論於
百王之前 3/11/15
若端（拜）〔拜〕○議 3/11/16
故操彌約○事彌大 3/11/17
故君子不下室堂○海內
之情舉積此者 3/11/18
物至○應 3/11/21,21/107/11
事起○辨 3/11/21,21/107/11
○不敢以其所獨（甚）
〔是〕 3/11/24
○禹、桀所以分也 3/12/4
○兼權之 3/12/7
快快○亡者 4/12/21
察察○殘者 4/12/21
博之○窮者 4/12/21
清之○俞濁者 4/12/21,27/138/2
豢之○俞瘠者 4/12/22
辯○不說者 4/12/22
直立○不見知者 4/12/22
廉○不見貴者 4/12/22
勇○不見憚者 4/12/23
信○不見敬者 4/12/23
此小人之所務○君子之
所不爲也 4/12/23
行其少頃之怒○喪終身
之軀 4/13/1
則是人也○曾狗彘之不
若也 4/13/5
凡鬬者、必自以爲是○
以人爲非也 4/13/5
則是己君子○人小人也 4/13/6
○好惡多同 4/13/10
果敢○（振）〔很〕 4/13/15
猛貪○戾 4/13/15
輕死○暴 4/13/16
舉國○與之不爲改視 4/13/16
重死持義○不橈 4/13/17
胠於沙○思水 4/13/19
挂於患○欲謹 4/13/19
先義○後利者榮 4/14/3
先利○後義者辱 4/14/3
以敦比其事業○不敢怠傲 4/14/12
疾爲誕○欲人之信己也 4/14/18
疾爲詐○欲人之親己也 4/14/18
禽獸之行○欲人之善己也 4/14/18
○亦欲人之信己也 4/14/20
○亦欲人之親己也 4/14/20
○亦欲人之善己也 4/14/21
身死○名彌白 4/14/22
小人莫不延頸舉踵○願曰 4/14/22
○小人注錯之過也 4/14/24
然○未必不危也 4/15/4
然○未必不安也 4/15/4
○小人道其怪也 4/15/5
飢○欲食 4/15/7,5/18/13
寒○欲煖 4/15/7,5/18/13
23/114/3
勞○欲息 4/15/7,5/18/13
好利○惡害 4/15/7,5/18/13
是人之所生○有也 4/15/7
5/18/14
是無待○然者也 4/15/8
4/15/9,4/15/11,5/18/14
○耳辨音聲清濁 4/15/8
是又人之所常生○有也 4/15/9
是又人之所生○有也 4/15/11
然○人力爲此○寡爲彼 4/15/13
4/15/21
非生○具者也 4/15/13
待盡○後備者也 4/15/14
亦呥呥○噍 4/15/16
鄉鄉○飽已矣 4/15/16
今使人生○未嘗睹芻豢
稻粱也 4/15/17
俄○粲然有秉芻豢○至者 4/15/18
彼臭之○（無）嗛於鼻 4/15/19
嘗之○甘於口 4/15/19
食之○安於體 4/15/19
則莫不棄此○取彼矣 4/15/19
則天下從○治 4/16/2
則天下從○亂 4/16/3
然○窮年累世不知不足 4/16/5
然○食不敢有酒肉 4/16/6
然○衣不敢有絲帛 4/16/7
然○行不敢有輿馬 4/16/7
（幾不）長慮顧後○恐
無以繼之故也 4/16/8
曾此○不知也 4/16/9
將爲天下生民之屬長慮
顧後○保萬世也 4/16/12
一之○可再也 4/16/15
有之○可久也 4/16/15
廣之○可通也 4/16/15
慮之○可安也 4/16/15
反鉛察之○俞可好也 4/16/15
皆使人載其事○各得其宜 4/17/2

故或祿天下○不自以爲多 4/17/4
或監門、御旅、抱關、
擊柝○不自以爲寡 4/17/4
斬○齊 4/17/5,13/66/5
枉○順 4/17/5,13/66/5
不同○一 4/17/5
相人之形狀顏色○知其
吉凶妖祥 5/17/10
術正○心順 5/17/12
則形相雖惡○心術善 5/17/12
形相雖善○心術惡 5/17/13
○名動天下 5/17/17
○以楚霸 5/17/18
○相欺傲邪 5/17/24
然○身死國亡 5/17/26
棄其親家○欲奔之者 5/18/2
然○中君羞以爲臣 5/18/2
俄則束乎有司○戮乎大市 5/18/3
苦傷其今○後悔其始 5/18/4
（○）論議之卑爾 5/18/4
幼○不肯事長 5/18/7
賤○不肯事貴 5/18/7
不肖○不肯事賢 5/18/7
然○仁人不能推 5/18/9
非特以二足○無毛也 5/18/15
亦二足○毛也 5/18/15
然○君子啜其羹 5/18/15
非特以其二足○無毛也 5/18/16
夫禽獸有父子○無父子
之親 5/18/16
有牝牡○無男女之別 5/18/17
文久○（息）〔滅〕 5/18/18
節族久○絕 5/18/18,5/19/8
守法數之有司極禮○褫 5/18/19
舍後王○道上古 5/18/20
譬之是猶舍己之君○事
人之君也 5/18/20
○衆人惑焉 5/18/24
愚○無說 5/19/1
陋○無度者也 5/19/1
○況於千世之傳也 5/19/1
○況於千世之上乎 5/19/2
故鄉乎邪曲○不迷 5/19/4
觀乎雜物○不惑 5/19/4
○不若周之察也 5/19/6
愚者聞其略○不知其詳 5/19/7
聞其（詳）〔小〕○不
知其大也 5/19/8
是以文久○滅 5/19/8
然○不好言 5/19/11
○君子爲甚 5/19/12
亦必遠舉○不繆 5/19/18
近（世）〔舉〕○不傭 5/19/18
然○不折傷 5/20/1
故君子賢○能容罷 5/20/3
知○能容愚 5/20/3
博○能容淺 5/20/4
粹○能容雜 5/20/4
○君子爲甚焉 5/20/12
言○非仁之中也 5/20/13
言○仁之中也 5/20/13
小辯○察 5/20/16
見端○明 5/20/16
本分○理 5/20/16
發之○當 5/21/2
成文○類 5/21/2
斯須之言○足聽 5/21/2
文○致實 5/21/3
博○黨正 5/21/3
聽其言則辭辨○無統 5/21/3
用其身則多詐○無功 5/21/3
然○口舌之於噡唯則節 5/21/4
然○其持之有故 6/21/13,6/21/16
6/21/20,6/22/1,6/22/5
○優差等 6/21/19
尙法○無法 6/21/22
（下脩）〔不循〕○好作 6/21/22
○好治怪說 6/22/4
甚察○不（惠）〔急〕 6/22/4
辯○無用 6/22/4
多事○寡功 6/22/5
略法先王○不知其統 6/22/8
然○猶材劇志大 6/22/8
甚僻違○無類 6/22/9
幽隱○無說 6/22/9
閉約○無解 6/22/9
案飾其辭○祇敬之曰 6/22/9
遂受○傳之 6/22/10
○群天下之英傑○告之
以大古 6/22/13
○王公不能與之爭名 6/22/15
8/32/8,10/48/10
言○當 6/23/4
默○當 6/23/4
故多言○類 6/23/5
少言○法 6/23/5
多少無法○流湎然 6/23/5
故勞力○不當民務 6/23/6
勞知○不律先王 6/23/6
辯說譬諭、齊給便利○
不順禮義 6/23/7
知○險 6/23/7
賊○神 6/23/7
爲詐○巧 6/23/8
（言）無用○辯 6/23/8
（辯）不（給）（惠）
〔急〕○察 6/23/8
行辟○堅 6/23/9
飾非○好 6/23/9
玩姦○澤 6/23/9
言辯○逆 6/23/9
知○無法 6/23/9
勇○無憚 6/23/9
察辯○操僻 6/23/10
淫大○用之 6/23/10
好姦○與衆 6/23/10
利足○迷 6/23/10
負石○墜 6/23/10
遇賤○少者則脩告導寬
容之義 6/23/16
如是○不服者 6/23/18
刑及之○宜 6/23/18
無禮義○唯權埶之嗜者也 6/24/6
無能○云能者也 6/24/9
無知○云知者也 6/24/9
利心無足○佯無欲者也 6/24/9
行僞險穢○彊高言謹愨
者也 6/24/9
離（縱）〔縰〕○跂訾
者也 6/24/10
率道○行 6/24/14
偷儒○罔 6/24/22
無廉恥○忍謑詢 6/24/22
禹行○舜趨 6/24/24
嗛然○終日不言 6/25/1
無廉恥○耆飲食 6/25/1
佚○不惰 6/25/2
勞○不僈 6/25/2
前事則殺兄○爭國 7/25/8
以齊之分奉之○不足 7/25/9
若是○不亡 7/25/10

○貴戚莫之敢妬也 7/25/12
○本朝之臣莫之敢惡也 7/25/13
○富人莫之敢距也 7/25/13
秩秩焉莫不從桓公○貴敬之 7/25/14
桓公兼此數節者○盡有之 7/25/15
然○仲尼之門（人） 7/25/18
○能顛倒其敵者也 7/25/20
依乎仁○蹈利者也 7/25/20
致賢（能○）〔○能〕以救不肖 7/25/21
致彊○能以寬弱 7/25/22
戰必能殆之○羞與之鬭 7/25/22
○暴國安自化矣 7/25/22
文王載百里地○天下一 7/26/2
厚於有天下之勢○不得以匹夫老 7/26/3
則楚六千里○爲讎人役 7/26/4
故人主不務得道○廣有其埶 7/26/4
則恭敬○僔 7/26/6
則謹愼○嗛 7/26/6
則拘守○詳 7/26/7
則愼比○不邪 7/26/7
則全一○不倍 7/26/7
則恐懼○不怨 7/26/8
貴○不爲夸 7/26/8
信○不忘處謙 7/26/8
任重○不敢專 7/26/8
財利至則（言）善○不及也 7/26/8
福事至則和○理 7/26/9
禍事至則靜○理 7/26/9
可殺○不可使爲姦也 7/26/10
除怨○無妨害人 7/26/15
（能）○不耐任 7/26/15
推賢讓能○安隨其後 7/26/16
是事君者之寶○必無後患之術也 7/26/16
是以百舉○不陷也 7/26/18
巧○好度 7/26/18
勇○好同 7/26/18
知○好謙 7/26/19
則好專事○妬賢能 7/26/19
抑有功○擠有罪 7/26/19
志驕盈○輕舊怨 7/26/20
以吝嗇○不行施道乎上 7/26/20
可立○待也 7/26/21,16/75/20
可炊○僥也 7/26/21
則墮之者衆○持之者寡矣 7/27/1
立隆○勿貳也 7/27/3
埶不在人上○羞爲人下 7/27/8
○求有君子聖人之名 7/27/9
辟之是猶伏○咶天 7/27/9, 16/77/10
救經○引其足也 7/27/10, 16/77/10
俞務○俞遠 7/27/10,16/77/10
周公屛成王○及武王以屬天下 8/27/14
○天下不稱貪焉 8/27/15
○天下不稱戾焉 8/27/16
○天下不稱偏焉 8/27/16
○能揜迹於文、武 8/27/17
○天下不輟事周 8/27/17
然○周公北面○朝之 8/27/18
是以周公屛成王○及武王以屬天下 8/27/19
故以枝代主○非越也 8/27/22
以弟誅兄○非暴也 8/27/23
君臣易位○非不順也 8/27/23
謹乎臣子○致貴其上者也 8/27/26
則勢在本朝○宜 8/27/27
則退編百姓○愨 8/27/27
無置錐之地○明於持社稷之大義 8/28/1
嗚呼○莫之能應 8/28/1
然○通乎財萬物、養百姓之經紀 8/28/2
愼潰氏踰境○徙 8/28/5
行一不義、殺一無罪○得天下 8/28/9,11/49/16
則貴名白○天下治也 8/28/10
故近者歌謳○樂之 8/28/10, 15/71/15
遠者竭蹶○趨之 8/28/11, 15/71/15
比中○行之 8/28/15
若夫（謫）〔譎〕德○定次 8/28/21
量能○授官 8/28/21,12/59/17, 18/86/9
治世之所棄○亂世之所從服也 8/29/6
○狂惑戇陋之人 8/29/9
我欲賤○貴 8/29/14
愚○知 8/29/14
貧○富 8/29/14
俄○並乎堯、禹 8/29/16
豈不賤○貴矣哉 8/29/16
俄○原仁義 8/29/16
圖回天下於掌上○辨白黑 8/29/17
豈不愚○知矣哉 8/29/17
俄○治天下之大器舉在此 8/29/18
豈不貧○富矣哉 8/29/18,8/29/20
雖行貣○食 8/29/18
然○人謂之富 8/29/19
故君子無爵○貴 8/29/21
無祿○富 8/29/21
不言○信 8/29/21,24/118/6
窮處○榮 8/29/21
獨居○樂 8/29/21
故君子務脩其內○讓之於外 8/30/1
務積德於身○處之以遵（道）〔遁〕 8/30/1
君子隱○顯 8/30/2
微○明 8/30/2,9/39/23
辭讓○勝 8/30/2
比周○譽俞少 8/30/3
鄙爭○名俞辱 8/30/3
其身○俞危 8/30/4
故（不）能小○事大 8/30/7
辟之是猶力之少○任重也 8/30/7
身不肖○誣賢 8/30/7
是猶傴身○好升高也 8/30/8
故明主譎德○序位 8/30/8
其言多當矣○未諭也 8/30/13
其行多當矣○未安也 8/30/14
其知慮多當矣○未周密也 8/30/14
行禮要節○安之 8/30/16
億萬之衆○（博）〔摶〕若一人 8/30/16
執神○固 8/31/3
取是○文之也 8/31/8
取是○光之也 8/31/9
取是○通之也 8/31/9
身貴○愈恭 8/31/12
家富○愈儉 8/31/12
勝敵○愈戒 8/31/12
周公屛成王○及武王 8/31/13

負扆○坐 8/31/14
東面○迎太歲 8/31/16
至(氾)〔汜〕○汎 8/31/16
至懷○壞 8/31/17
至共頭○山隧 8/31/17
出三日○五災至 8/31/17
刳比干○囚箕子 8/31/18
遂選馬○進 8/31/18
鼓之○紂卒易鄉 8/31/19
遂乘殷人○誅紂 8/31/19
反○定三革 8/31/20
於是《武》、《象》起○《韶》、《護》廢矣 8/32/1
跨天下○無蘄 8/32/2
○不能以至遠 8/32/6
一日○千里 8/32/6,12/61/15
○不能以射遠中微 8/32/6
○不能以調一天下、制強暴 8/32/7
用百里之地○千里之國莫能與之爭勝 8/32/9
○莫能傾也 8/32/10
略法先王○足亂世 8/32/17
學不知法後王○一制度 8/32/17
不知隆禮義○殺《詩》、《書》 8/32/18
然○不知惡(者) 8/32/18
然○明不能分別 8/32/19
呼先王以欺愚者○求衣食焉 8/32/19
(億)〔億〕然若終身之虜○不敢有他志 8/32/21
隆禮義○殺《詩》、《書》 8/32/21
然○明不能齊法教之所不及 8/32/22
○不敢怠傲 8/33/2
則舉統類○應之 8/33/4
張法○度之 8/33/4
○後三年 8/33/8
則舉錯○定 8/33/8
一朝○伯 8/33/9
學至於行之○止矣 8/33/11
故聞之○不見 8/33/13
見之○不知 8/33/13
知之○不行 8/33/13
其道百舉○百陷也 8/33/14
故人無師無法○知 8/33/16
人有師有法○知 8/33/17
○師法者 8/33/19
〔性〕不足以獨立○治 8/33/20
然○可化也 8/33/20
然○可爲(乎)〔也〕 8/34/1
并一○不二 8/34/1,8/34/2
故積土○爲山 8/34/4
積水○爲海 8/34/4
積善○全盡謂之聖人 8/34/5
彼求之○後得 8/34/5
爲之○後成 8/34/5
積之○後高 8/34/5
盡之○後聖 8/34/6
人積耨耕○爲農夫 8/34/6
積斲削○爲工匠 8/34/6
積反貨○爲商賈 8/34/7
積禮義○爲君子 8/34/7
○都國之民安習其服 8/34/7
居楚○楚 8/34/7
居越○越 8/34/8
居夏○夏 8/34/8
縱情性○不足問學 8/34/9
凡人莫不欲安榮○惡危辱 8/34/10
志不免於曲私○冀人之以己爲公也 8/34/14
行不免於汙漫○冀人之以己爲脩也 8/34/14
甚愚陋溝瞀○冀人之以己爲知也 8/34/15
知○好問 8/34/16
公、脩○才 8/34/16
賢能不待次○舉 9/35/3
罷不能不待頃○廢 9/35/3
元惡不待教○誅 9/35/3
中庸雜民不待政○化 9/35/3
職○教之 9/35/6
須○待之 9/35/6
上收○養之 9/35/7
材○事之 9/35/7
官施○衣食之 9/35/7
威嚴猛厲○不好假導人 9/35/14
則下畏恐○不親 9/35/14
周閉○不竭 9/35/14
好假導人○無所凝止之 9/35/15
故法○不議 9/35/16
職○不通 9/35/16
故法○議 9/35/17
職○通 9/35/17
○百事無過 9/35/17
偏黨○無經 9/35/19
故有良法○亂者有之矣 9/35/19,14/66/25
有君子○亂者 9/35/19,14/66/26
〔○〕亂生乎小人 9/35/20
有天有地○上下有差 9/35/22
明王始立○處國有制 9/35/22
埶位齊○欲惡同 9/36/1
○百姓貧 9/36/18
夫是之謂上溢○下漏 9/36/18
則傾覆滅亡可立○待也 9/36/18
○我以力勝之也 9/36/24
○我以力勝之 9/36/25
地來○民去 9/36/27
累多○功少 9/36/27
諸侯莫不懷交接怨○不忘其敵 9/37/1
○無兼并之心 9/37/7
非其道○慮之以王也 9/37/12
故不戰○勝 9/37/15
不攻○得 9/37/16,11/54/6
甲兵不勞○天下服 9/37/16,11/54/6
欲王○王 9/37/16
欲霸○霸 9/37/16
欲彊○彊矣 9/37/17
舉錯應變○不窮 9/37/19
尙賢使能○等位不遺 9/38/6
析愿禁悍○刑罰不過 9/38/6
百姓曉然皆知夫爲善於家○取賞於朝也 9/38/6
爲不善於幽○蒙刑於顯也 9/38/7
關市幾○不征 9/38/9,11/56/18
山林澤梁以時禁發○不稅 9/38/10
相地○衰政 9/38/10
理道之遠近○致貢 9/38/10
無幽閒隱僻之國莫不趨使○安樂之 9/38/11
然○中國得○畜使之 9/38/14
然○中國得○財之 9/38/15
然○中國得○衣食之 9/38/15
然○中國得○用之 9/38/16
農夫不斲削、不陶冶○

足械用 9/38/16
工賈不耕田○足菽粟 9/38/17
然○君子剝○用之 9/38/17
下以養百姓○安樂之 9/38/18
舍是○天下以衰矣 9/39/1
水火有氣○無生 9/39/9
草木有生○無知 9/39/9
禽獸有知○無義 9/39/9
○牛馬爲用 9/39/10
故宮室可得○居也 9/39/12
群○無分則爭 9/39/15,10/42/17, 10/43/9
故宮室不可得○居也 9/39/15
故五穀不絕○百姓有餘食也 9/39/21
故魚鱉優多○百姓有餘用也 9/39/21
故山林不童○百姓有餘材也 9/39/22
短○長 9/39/23
狹○廣 9/39/23
使農夫樸力○寡能 9/40/4
使國家足用○財物不屈 9/40/6
使（賓）〔賨〕旅安○貨財通 9/40/10
兼聽○時稽之 9/40/12
使百吏（免盡）〔盡免〕○衆庶不偷 9/40/12
兼覆○調一之 9/40/13
具具○王 9/40/18
具具○霸 9/40/18
具具○存 9/40/18
具具○亡 9/40/18
○黨爲吾所不欲於是者 9/40/21
案以中立無有所偏○爲縱橫之事 9/41/3
○兵剸天下〔之〕勁矣 9/41/5
○名聲剸天下之美矣 9/41/6
○勿忘棲遲薛越也 9/41/10
三者體此○天下服 9/41/11
如是○可以誅暴禁悍矣 9/41/16
故周公南征○北國怨 9/41/17
東征○西國怨 9/41/17
是以厭然畜積脩飾○物用之足也 9/41/20
○慢其功勞 9/42/5
○忘其本務 9/42/6
萬物同宇○異體 10/42/12
無宜○有用爲人 10/42/12
同求○異道 10/42/12
同欲○異知 10/42/12
埶同○知異 10/42/13
行私○無禍 10/42/13
縱欲○不窮 10/42/13
則民心奮○不可說也 10/42/14
欲多○物寡 10/42/16
○能不能兼技 10/42/16
○壯者有分爭之禍矣 10/42/19
○有爭功之禍矣 10/42/20
○有爭色之禍矣 10/42/21
○善臧其餘〔也〕 10/42/23
○下以禮節用之 10/42/24
○且有富厚丘山之積矣 10/42/26
○或以無禮節用之 10/42/27
○且有空虛窮乏之實矣 10/42/28
量地○立國 10/43/3
計利○畜民 10/43/3
度人力○授事 10/43/3
○人君者 10/43/10
古者先王分割○等異之也 10/43/11
使足以辨貴賤○已 10/43/13
使足以辨吉凶、合歡定和○已 10/43/14
使足以避燥溼、養德、辨輕重○已 10/43/15
若夫重色○衣之 10/43/18
重味○食之 10/43/18,11/53/13
重財物○制之 10/43/18,11/53/13
合天下○君之 10/43/18,11/53/14
故相率○爲之勞苦以務佚之 10/43/21
爲之出死斷亡○〔不〕愉者 10/44/1,10/46/13
待之○後功 10/44/5
待之○後和 10/44/6
待之○後聚 10/44/6
待之○後安 10/44/6
待之○後長 10/44/7
今之世○不然 10/44/10
不然○已矣 10/44/11
百姓曉然皆知其汙漫暴亂○將大危亡也 10/44/11
○不死其事者 10/44/12
○五穀以時孰 10/44/17
若夫兼○覆之 10/44/17
兼○愛之 10/44/17
兼○制之 10/44/17
一歲○再獲之 10/44/21
然後六畜禽獸一○剸車 10/45/1
黿鼉、魚鱉、鰌鱣以時別一○成群 10/45/1
憂戚○非樂 10/45/8
則賢者不可得○進也 10/45/10
則不肖者不可得○退也 10/45/10
賢者不可得○進 10/45/11
不肖不可得○退 10/45/11
則能不能不可得○官也 10/45/11
○焦天下矣 10/45/13
則賢者可得○進也 10/45/20
不肖者可得○退也 10/45/21
能不能可得○官也 10/45/21
則天下大○富 10/45/23
使○功 10/45/23
撞鐘擊鼓○和 10/46/1
則天下尚儉○彌貧 10/46/2
非鬭○日爭 10/46/2
勞苦頓萃○愈無功 10/46/3
愀然憂戚非樂○日不和 10/46/3
然○非長久之道也 10/46/7
輕非譽○恬失民 10/46/8
○百姓疾之 10/46/8
以遂功○忘民、亦不可 10/46/10
○百姓皆愛其上 10/46/13
○有疾 10/46/17
故不教○誅 10/46/19
則刑繁○邪不勝 10/46/19
教○不誅 10/46/19
誅○不賞 10/46/19
誅賞○不類 10/46/20
則下疑俗儉○百姓不一 10/46/20
○化善者勸勉矣 10/46/22
不利○利之 10/47/4
不如利○後利之之利也 10/47/4
不愛○用之 10/47/4
不如愛○後用之之功也 10/47/4
利○後利之 10/47/4
不如利○不利者之利也 10/47/5
愛○後用之 10/47/5
不如愛○不用者之功也 10/47/5
利○不利也、愛○不用

也者 10/47/5
利○後利之、愛○後用之者 10/47/6
不利○利之、不愛○用之者 10/47/6
至於疆易○端已見矣 10/47/9
汙者皆化○脩 10/47/16
悍者皆化○愿 10/47/16
躁者皆化○愨 10/47/17
○時斟酌焉 10/47/23
○上不憂不足 10/48/1
故禹十年水、湯七年旱○天下無菜色者 10/48/1
○陳積有餘 10/48/2
故田野荒○倉廩實 10/48/3
百姓虛○府庫滿 10/48/3
○并之其末 10/48/3
然○主相不知惡也 10/48/4
則其傾覆滅亡則可立○待也 10/48/4
以國持之○不足以容其身 10/48/4
將以求富○喪其國 10/48/5
將以求利○危其身 10/48/5
我按起○制之 10/48/17
非特將持其有○已矣 10/48/18
則貨寶單○交不結 10/48/21
則約定○畔無日 10/48/22
則割定○欲無猒 10/48/22
雖左堯○右舜 10/49/1
辟之是猶使處女嬰寶珠、佩寶玉、負戴黃金○遇中山之盜也 10/49/2
直將巧繁拜請○畏事之 10/49/3
○强暴之國莫不趨使 10/49/7
然○不能自安也 11/49/14
故用國者、義立○王 11/49/15
信立○霸 11/49/15
權謀立○亡 11/49/15
挈國以呼禮義○無以害之 11/49/16
（主）之所極然帥群臣○首鄉之者 11/49/18
綦定○國定 11/49/19
國定○天下定 11/49/19
一日○白 11/50/2
是所謂義立○王也 11/50/3
然○天下之理略奏矣 11/50/4
○天下莫之敢當也 11/50/8
是所謂信立○霸也 11/50/9
內則不憚詐其民○求小利焉 11/50/10
外則不憚詐其與○求大利焉 11/50/11
○國不免危削 11/50/13
綦之○亡 11/50/13,11/51/13
及以燕、趙起○攻之 11/50/15
○身死國亡 11/50/16
唯其不由禮義○由權謀也 11/50/16
○仁人之所以務白也 11/50/17
11/51/2,11/51/9
不可不善爲擇所○後錯之 11/50/20
然○厭焉有千歲之固 11/51/5
○有千歲之信士 11/51/7
知恐懼○求能者 11/51/12
不知恐懼○求能者 11/51/12
綦大○王 11/51/13
綦小○亡 11/51/13
先義○後利 11/51/14
先利○後義 11/51/15
粹○王 11/51/17,16/78/18
26/123/12
駮○霸 11/51/17,16/78/18
無一焉○亡 11/51/17,16/78/18
26/123/12
既錯之○人莫之能誣也 11/51/20
今君人者急逐樂○緩治國 11/51/23
譬之是由好聲色○恬無耳目也 11/51/24
則五綦者不可得○致也 11/52/2
急逐樂○緩治國者 11/52/4
闇君者必將（急）〔荒〕逐樂○緩治國 11/52/5
若夫貫日○治詳 11/52/8
一日○曲（列）〔別〕之 11/52/8
使臣下百吏莫不宿道鄉方○務 11/52/9
（人）〔之〕主者、守至約○詳 11/52/10
事至佚○功 11/52/10
垂衣裳、不下簟席之上○海內之人莫不願得以爲帝王 11/52/11
日有餘○治不足者 11/52/15
論德使能○官施之者 11/52/18
農分田○耕 11/52/18
賈分貨○販 11/52/19,11/54/14
百工分事○勸 11/52/19,11/54/14
士大夫分職○聽 11/52/19
11/54/15
建國諸侯之君分土○守 11/52/19
11/54/15
三公總方○議 11/52/19,11/54/15
則天子共己○矣 11/52/20
○禮法之大分也 11/52/21
11/54/16
非負其土地○從之之謂也 11/52/23
道足以壹人○已矣 11/53/1
則其土地且奚去我○適它 11/53/1
擇其善者○明用之 11/53/3
三者具○天下盡 11/53/3
兩者合○天下取 11/53/5
人服○勢從之 11/53/9
人不服○勢去之 11/53/9
其爲事不勞○功名致大 11/53/11
甚易處○綦可樂也 11/53/11
○愚者以爲難 11/53/12
人莫得○制也 11/53/12
○王者兼○有是者也 11/53/13
11/53/17
重色○衣之 11/53/13
○天子之禮制如是者也 11/53/15
口好味○臭味莫美焉 11/53/17
耳好聲○聲樂莫大焉 11/53/18
目好色○文章致繁婦女莫衆焉 11/53/18
形體好佚○安重閒靜莫愉焉 11/53/18
心好利○穀祿莫厚焉 11/53/19
合天下之所同願兼○有之 11/53/19
睪牢天下○制之若制子孫 11/53/19
其誰能睹是○不樂也哉 11/53/20
欲是之主並肩○存 11/53/20
千歲○不合 11/53/21
人主則外賢○偏舉 11/53/21
人臣則爭職○妒賢 11/53/21

則人臣輕職（業）讓賢〇安隨其後〔矣〕 11/53/23
此夫過舉蹞步〇覺跌千里者夫 11/53/25
君人者千歲〇不覺也 11/53/26
無國〇不有治法 11/54/3
無國〇不有亂法 11/54/3
無國〇不有賢士 11/54/3
無國〇不有罷士 11/54/3
無國〇不有愿民 11/54/3
無國〇不有悍民 11/54/4
無國〇不有美俗 11/54/4
無國〇不有惡俗 11/54/4
兩者並行〇國在 11/54/4
上偏〇國安 11/54/4
（在）下偏〇國危 11/54/5
上一〇王 11/54/5
下一〇亡 11/54/5
〇四者齊 11/54/6
則不戰〇勝 11/54/6
索爲匹夫〇不可得也 11/54/8
上莫不致愛其下〇制之以禮 11/54/11
可殺〇不可使不順 11/54/12
〇禮法之樞要也 11/54/14
然後農分田〇耕 11/54/14
則天子共己〇止矣 11/54/15
若夫貫日〇治平 11/54/16
權物〇稱用 11/54/17
故君人者、立隆政本朝〇當 11/54/19
則身佚〇國治 11/54/20,12/57/7,12/63/8
功大〇名美 11/54/20,12/57/7,12/63/8
立隆政本朝〇不當 11/54/20
則身勞〇國亂 11/54/21,12/57/8
功廢〇名辱 11/54/21,12/57/8
故能當一人〇天下取 11/54/21
失當一人〇社稷危 11/54/22
不能當一人〇能當千人百人者 11/54/22
則身有何勞〇爲 11/54/23
垂衣裳〇天下定 11/54/23
知者易爲之興力〇功名綦大 11/55/3
舍是〇孰足爲也 11/55/3
日有餘〇治不足者如此也 11/55/12
辟之是猶立直木〇求其影之枉也 11/55/14
辟之是猶立枉木〇求其影之直也 11/55/15
故明主好要〇闇主好詳 11/55/15
〇休於使之 11/55/19,12/57/9
三德者具〇天下歸之 11/55/21
三德者亡〇天下去之 11/55/22
爲之出死斷亡〇不愉者 11/55/27
日欲司閒〇相與投藉之 11/56/3
以小人尚民〇威 11/56/7
以非所取於民〇巧 11/56/7
〇好見小利 11/56/8
愈厭〇好新 11/56/8
〇又好以權謀傾覆之人斷事其外 11/56/9
〇好詐故 11/56/11
則夫朝廷群臣亦從〇成俗於不隆禮義〇好傾覆也 11/56/11
則夫衆庶百姓亦從〇成俗於不隆禮義〇好貪利矣 11/56/12
朝廷必將隆禮義〇審貴賤 11/56/16
則百吏莫不畏法〇遵繩矣 11/56/17
質律禁止〇不偏 11/56/18
則商賈莫不敦愨〇無詐矣 11/56/18
佻其期日〇利其巧任 11/56/19
則百工莫不忠信〇不楛矣 11/56/19
則農夫莫不朴力〇寡能矣 11/56/20
然〇兵勁 11/56/21
〇國求給矣 11/56/22
百工忠信〇不楛 11/56/22
則器用巧便〇財不匱矣 11/56/22
農夫朴力〇寡能 11/56/22
〇百事不廢 11/56/23
〇羿不世中 12/57/3
〇夏不世王 12/57/3
不知法之義〇正法之數者 12/57/6
〇闇主急得其埶 12/57/7
不急得其人〇急得其埶 12/57/8
則臣下百吏誕詐之人乘是〇後欺 12/57/11
則臣下百吏乘是〇後偏 12/57/12
則臣下百吏乘是〇後險 12/57/13
則臣下百吏乘是〇後豐取刻與以無度取於民 12/57/14
〔〇〕無貪利之心 12/57/16
則下亦將綦辭讓、致忠信〇謹於臣子矣 12/57/16
不待合符節、別契券〇信 12/57/17
不待探籌、投鉤〇公 12/57/17
不待衡石、稱縣〇平 12/57/17
不待斗、斛、敦、概〇嘖 12/57/17
故賞不用〇民勸 12/57/18,16/75/14
罰不用〇民服 12/57/18
有司不勞〇事治 12/57/18
政令不煩〇俗美 12/57/18
〇勸上之事 12/57/19
〇安樂之矣 12/57/19
城郭不待飾〇固 12/57/20
兵刃不待陵〇勁 12/57/20
敵國不待服〇詘 12/57/20
四海之民不待令〇一 12/57/20
均徧〇不偏 12/57/23,12/58/5
忠順〇不懈 12/57/23,12/58/4
寬惠〇有禮 12/57/24
敬愛〇致文 12/57/24
慈愛〇見友 12/57/25
敬詘〇不苟 12/57/25
致功〇不流 12/57/25
致臨〇有辨 12/57/25
則恐懼〇自竦也 12/57/26
偏立〇亂 12/57/27
俱立〇治 12/57/27
故君子恭〇不難 12/57/28
敬〇不鞏 12/57/28
貧窮〇不約 12/57/28
富貴〇不驕 12/58/1
並遇變應〇不窮 12/58/1
敬〇安之 12/58/1
徑〇不失 12/58/2
寡怨寬裕〇無阿 12/58/2
謹脩飾〇不危 12/58/2

齊給便捷○不惑 12/58/3
不務說其所以然○致善用其材 12/58/3
不與之爭能○致善用其功 12/58/4
緣義○有類 12/58/5
容○不亂 12/58/5
仁厚兼覆天下○不閔 12/58/6
明達（用）〔周〕天地、理萬變○不疑 12/58/6
儀正○景正 12/58/10
槃圓○水圓 12/58/11
盂方○水方 12/58/11
故有社稷者○不能愛民、不能利民 12/58/14
○求民之親愛己 12/58/15
○求其爲己用、爲己死 12/58/15
○求兵之勁、城之固 12/58/16
○求敵之不至 12/58/16
敵至○求無危削、（不）滅亡 12/58/17
○求安樂是〔閒〕 12/58/18
狂生者不胥時○（樂）〔落〕 12/58/18
彼或蓄積○得之者不世絕 12/59/2
生乎今之世○志乎古之道 12/59/2
然○（于是）〔是子〕獨好之 12/59/3
然○（于是）〔是子〕獨爲之 12/59/4
然○（于是）〔是子〕（獨）猶將爲之也 12/59/4
故君人者愛民○安 12/59/7, 16/77/13
好士○榮 12/59/8, 16/77/13
兩者無一焉○亡 12/59/8, 16/77/13
四統者俱○天下歸之 12/59/13
四統者亡○天下去之 12/59/15
莫不法度○公 12/59/17
論德○定次 12/59/17, 18/86/14
皆使（其）人載其事○各得其所宜 12/59/18
衣煖○食充 12/60/3
居安○游樂 12/60/3
事時制明○用足 12/60/3
若夫重色○成文章 12/60/3
重味○（成）（珍備）〔備珍〕〔怪〕 12/60/3
上以飾賢良○明貴賤 12/60/4
下以飾長幼○明親疏 12/60/5
將以明分達治○保萬世也 12/60/6
則公道達○私門塞矣 12/60/12
公義明○私事息矣 12/60/12
則德厚者進○佞說者止 12/60/12
貪利者退○廉節者起 12/60/12
人習其事○固 12/60/13
故職分○民不（探）〔慢〕 12/60/14
次定○序不亂 12/60/14
兼聽齊明○百事不留 12/60/15
則臣下百吏至于庶人莫不脩己○後敢安正 12/60/15
誠能○後敢受職 12/60/15
故天子不視○見 12/60/16
不聽○聰 12/60/17, 24/118/6
不慮○知 12/60/17, 24/118/6
不動○功 12/60/17, 24/118/6
塊然獨坐○天下從之如一體 12/60/17
莫不欲彊○惡弱 12/60/20
欲安○惡危 12/60/20
欲榮○惡辱 12/60/20
果何道○便 12/60/21
故知○不仁 12/60/21
仁○不知 12/60/21
○王霸之佐也 12/60/22
得○不用 12/60/22
無其人○幸有其功 12/60/23
譬之是猶立直木○恐其景之枉也 12/61/1
今使汙邪之人論其怨賊○求其無偏 12/61/3
譬之是猶立枉木○求其景之直也 12/61/3
○觀其能安敬也 12/61/8
○觀其能應變也 12/61/9
○觀其能無流慆也 12/61/9
○觀其能無離守也 12/61/10
○君子不可欺以人 12/61/11
亂則危辱滅亡可立○待也 12/61/17
然○求卿相輔佐 12/61/18
彼不能○主使之 12/61/21
臣不能○誣能 12/62/1
倜然乃舉太公於州人○用之 12/62/3
○彼姜姓也 12/62/4
然○用之者 12/62/5
○不可以獨也 12/62/6
故舉（于是）〔是子〕○用之 12/62/6
○人主之守司 12/62/12
○人主無由知之 12/62/13
然○不必相親也 12/62/21
然○應薄扞患足以持社稷然後可 12/62/23
孤獨○晻謂之危 12/62/24
計數纖嗇○無敢遺喪 12/63/3
尊法敬分○無傾側之心 12/63/3
○不可使侵奪 12/63/4
能論官此三材者○無失其次 12/63/7
○親自貫日○治詳 12/63/10
一（內）〔日〕○曲辨之 12/63/10
慮與臣下爭小察○綦偏能 12/63/10
未有如此○不亂者也 12/63/11
然○巧敏佞說 13/63/17
下愛百姓○不倦 13/63/19
必謹志之○愼自爲擇取焉 13/63/25
從命○利君謂之順 13/63/28
從命○不利君謂之（諂）〔諂〕 13/63/28
逆命○利君謂之忠 13/63/28
逆命○不利君謂之篡 13/63/28
偷合苟容、以持祿養交○已耳 13/63/29
率群臣百吏○相與彊君橋君 13/64/3
○闇主惑之 13/64/6
故明主好同○闇（王）〔主〕好獨 13/64/12
明主尙賢使能○饗其盛 13/64/12
闇主妬賢畏能○滅其功 13/64/13
○無所避之 13/64/17
恭敬○遜 13/64/21
聽從○敏 13/64/21
忠信○不諛 13/64/22
諫諍○不（諂）〔諂〕 13/64/22

端志○無傾側之心 13/64/22
調○不流 13/64/23
柔○不屈 13/64/23
寬容○不亂 13/64/23
曉然以至道○無不調和也 13/64/23
○能化易 13/64/24
○改其過 13/64/25
○辨其故 13/64/25
○入其道 13/64/25
○除其怨 13/65/1
從命○不拂 13/65/1
微諫○不倦 13/65/1
事人○不順者 13/65/4
疾○不順者 13/65/4
敬○不順者 13/65/4
忠○不順者 13/65/4
有功○不順者 13/65/5
以德復君○化之 13/65/8
以德調君○補之 13/65/8
以是諫非○怒之 13/65/9
偷合苟容、以之持祿養交○已耳 13/65/10
人賢○不敬 13/65/14
人不肖○不敬 13/65/14
賢者則貴○敬之 13/65/17
不肖者則畏○敬之 13/65/17
賢者則親○敬之 13/65/17
不肖者則疏○敬之 13/65/17
若夫忠信端慤○不害傷 13/65/18
則無接○不然 13/65/18
喘○言 13/65/19
臑○動 13/65/19
○一可以爲法則 13/65/19
謹愼○無鬭怒 13/65/23
致忠○公 13/66/2
過○通情 13/66/3
和○無經 13/66/4
不同○壹 13/66/5
凡流言、流說、流事、流謀、流譽、流愬、不官○衡至者 14/66/11
聞聽○明譽之 14/66/12
定其當○當 14/66/12
然後（士）〔出〕其刑賞○還與之 14/66/12
川淵深○魚鱉歸之 14/66/17
山林茂○禽獸歸之 14/66/17
刑政平○百姓歸之 14/66/17
禮義備○君子歸之 14/66/17
故禮及身○行脩 14/66/18
義及國○政明 14/66/18
能以禮挾○貴名白 14/66/18
○在乎〔不〕誠必用賢 14/67/3
○欲賢者之至、不肖者之退也 14/67/4
夫燿蟬者務在明其火、振其樹○已 14/67/4
臨事接民○以義 14/67/8
變應寬裕○多容 14/67/8
則政令不行○上下怨疾 14/67/10
○生民欲寬 14/67/14
節奏陵○文 14/67/14
生民寬○安 14/67/14
隆一○治 14/67/17
二○亂 14/67/17
未有二隆爭重○能長久者 14/67/17
○博習不與焉 14/67/20,14/67/21
尊嚴○憚 14/67/20
耆艾○信 14/67/20
誦說○不陵不犯 14/67/20
知微○論 14/67/21
水深○回 14/67/21
若不幸○過 14/67/24
故兵要在乎（善）附民○已 15/68/8
若手臂之扞頭目○覆胸腹也 15/68/16
詐○襲之與先驚○後擊之 15/68/16
和（傳）〔摶〕○一 15/69/2
圜居○方正 15/69/4
案（角）鹿埵、隴種、東籠○退耳 15/69/4
○其民之親我 15/69/5
何行○可 15/69/11
是其出賃市、傭○戰之幾矣 15/69/22
日中○趨百里 15/70/2
是〔其氣力〕數年○衰○〔復利〕未可奪也 15/70/2
阸○用之 15/70/5
得○後功之 15/70/5
五甲首○隸五家 15/70/6
則作○兼殆之耳 15/70/12
拱揖指麾○强暴之國莫不趨使 15/70/14
然○未有本統也 15/70/21
故可以霸○不可以王 15/70/22
事至無悔○止矣 15/70/25
無欲將○惡廢 15/70/27
無急勝○忘敗 15/71/1
無威內○輕外 15/71/1
無見其利○不顧其害 15/71/1
凡慮事欲孰○用財欲泰 15/71/1
可殺○不可使處不完 15/71/2
可殺○不可使擊不勝 15/71/2
可殺○不可使欺百姓 15/71/3
凡受命於主○行三軍 15/71/3
慮必先事○申之以敬 15/71/4
○處之以恭敬無壙 15/71/8
聞鼓聲○進 15/71/11
聞金聲○退 15/71/11
令不進○進 15/71/11
猶令不退○退也 15/71/11
莫不趨使○安樂之 15/71/15
王者有誅○無戰 15/71/17
以便從事○已 15/72/1
○輕爲之死 15/72/3
諰諰然常恐天下之一合○軋己也 15/72/4
非以甲子之朝○後勝之也 15/72/5
今女不求之於本○索之於末 15/72/6
然○兵殆於垂沙 15/72/15
楚分○爲三四 15/72/15
然○秦師至○鄢、郢舉 15/72/17
然○周師至○令不行乎下 15/73/1
古之兵、戈矛弓矢○已矣 15/73/4
然○敵國不待試○詘 15/73/4
然○國晏然不畏外○（明）（內）〔固〕者 15/73/5
明道○（分鈞）〔鈞分〕之 15/73/5
時使○誠愛之 15/73/6
故刑一人○天下服 15/73/7
是故刑罰省○威〔行如〕流 15/73/8
蓋殺一人、刑二人○天

下治 15/73/8
威厲〇不試 15/73/9
刑錯〇不用 15/73/9,28/139/10
獲其功用〇已矣 15/73/13
故古之人羞〇不道也 15/73/15
誰睹是〇不改也哉 15/74/1
像上之志〇安樂之 15/74/2
〇順 15/74/6
暴悍勇力之屬爲之化〇愿 15/74/6
旁辟曲私之屬爲之化〇公 15/74/6
矜糺收繚之屬爲之化〇調 15/74/6
〇百姓皆安 15/74/10
是故得地〇權彌重 15/74/11
兼人〇兵俞强 15/74/11
是故得地〇權彌輕 15/74/13
15/74/15
兼人〇兵俞弱 15/74/13
兼人〇國俞貧 15/74/16
齊能并宋〇不能凝也 15/74/19
燕能并齊〇不能凝也 15/74/19
完全富足〇趨趙 15/74/20
故能并之〇不能凝 15/74/20
禮脩〇士服 15/75/1
政平〇民安 15/75/1
剖刑〇莫邪已 16/75/6
然〇不剝脫 16/75/6
然〇不教不誨 16/75/7
人君者隆禮尊賢〇王 16/75/9
重法愛民〇霸 16/75/10,17/82/13
27/126/7
好利多詐〇危 16/75/10,17/82/13
27/126/7
權謀、傾覆、幽險〇亡 16/75/10
罰不用〇威行 16/75/14
然〇〔其〕禁暴也察 16/75/15
其刑罰重〇信 16/75/16
其誅殺猛〇必 16/75/16
黭然〇雷擊之 16/75/16
〇日爲亂人之道 16/75/19
則從〇執縛之 16/75/19
子發將（西）〔〇〕伐蔡 16/76/1
蔡侯奉其社稷〇歸之楚 16/76/1
舍屬二三子〇治其地 16/76/2
發誡布令〇敵退 16/76/2
徙舉相攻〇敵退 16/76/3
合戰用力〇敵退 16/76/3
是以百事成〇功名大也 16/76/8
無僇乎族黨〇抑卑乎後世 16/76/9
求仁厚明通之君子〇託
王焉 16/76/17
相國舍是〇不爲 16/76/19
曷若是〇可以持國乎 16/76/21
則三國必起〇乘我 16/76/22
則齊必斷〇爲四三 16/76/23
俄〇天下倜然舉去桀、
紂〇犇湯、武 16/76/25
反然舉疾惡桀、紂〇貴
帝湯、武 16/77/1
〇湯、武何得也 16/77/1
〇湯、武者善爲人之所
好也 16/77/2
〇求有湯、武之功名 16/77/4
16/77/9
故自四五萬〇往者彊勝 16/77/6
自數百里〇往者安固 16/77/6
〇爭己之所以危弱也 16/77/8
苟富利〇已矣 16/77/11
是渠衝入穴〇求利也 16/77/11
是仁人之所羞〇不爲也 16/77/11
人知貴生樂安〇棄禮義 16/77/12
辟之是猶欲壽〇歾頸也 16/77/13
然〇憂患不可勝校也 16/77/16
16/78/3
諰諰〔然〕常恐天下之一合〇
軋己也 16/77/17,16/78/4
負三王之廟〇辟於陳、
蔡之閒 16/77/18
案欲剡其脛〇以蹈秦之
腹 16/77/19
然〇秦使左案左 16/77/19
其在趙者剡然有苓〇據
松柏之塞 16/78/2
負西海〇固常山 16/78/2
（〇）聽咸陽 16/78/6
不順者〇後誅之 16/78/6
則兵不復出於塞外〇令
行於天下矣 16/78/6
則雖爲之築明堂（於塞
外）〇朝諸侯 16/78/7
甚畏有司〇順 16/78/11
其百吏肅然莫不恭儉、
敦敬、忠信〇不楛 16/78/12
倜然莫不明通〇公也 16/78/14
佚〇治 16/78/15
約〇詳 16/78/16
不煩〇功 16/78/16
兼是數具者〇盡有之 16/78/16
然〇縣之以王者之功名 16/78/17
僅存之國危〇後戚之 16/78/23
亡國至亡〇後知亡 16/78/23
至死〇後知死 16/78/23
〇有趨姦之心矣 16/79/4
夫義者、內節於人〇外
節於萬物者也 16/79/6
上安於主〇下調於民者也 16/79/6
〇信次之 16/79/7
古者禹、湯本義務信〇
天下治 16/79/7
桀、紂棄義背信〇天下亂 16/79/8
彊本〇節用 17/79/16
養備〇動時 17/79/17
（脩）〔循〕道〇不
（貳）〔貣〕 17/79/17
本荒〇用侈 17/79/18
養略〇動罕 17/79/19
倍道〇妄行 17/79/19
故水旱未至〇飢 17/79/20
寒暑未薄〇疾 17/79/20
祆怪未（至）〔生〕〇
凶 17/79/20
〇殃禍與治世異 17/79/20
不爲〇成 17/80/1
不求〇得 17/80/1
〇願其所參 17/80/3
不見其事〇見其功 17/80/6
形具〇神生 17/80/9
各有接〇不相能也 17/80/10
則天地官〇萬物役矣 17/80/14
官人守天〇自爲守道也 17/80/19
〇小人計其功 17/81/1
生於今〇志乎古 17/81/5
〇不慕其在天者 17/81/5,17/81/6
〇慕其在天者 17/81/6
〇慕（在其）〔其在〕
天者 17/81/7
〇畏之 17/81/11,17/81/14
是無世〇不常有之 17/81/12
上明〇政平 17/81/12
上闇〇政險 17/81/12
〇不可畏也 17/82/2
棄〇不治〔也〕 17/82/3

則日切瑳○不舍也 17/82/4
雩○雨 17/82/6
猶不雩○雨也 17/82/6
日月食○救之 17/82/6
天旱○雩 17/82/6
○百姓以爲神 17/82/7
君人者隆禮尊賢○王 17/82/12
權謀、傾覆、幽險○盡亡矣 17/82/13
大天○思之 17/82/15
孰與物畜○（制）〔裁〕之 17/82/15
從天○頌之 17/82/15
孰與制天命○用之 17/82/15
望時○（侍）〔待〕之 17/82/15
孰與應時○使之 17/82/16
因物○多之 17/82/16
孰與（聘）〔騁〕能○化之 17/82/16
思物○物之 17/82/16
孰與理物○勿失之也 17/82/17
故錯人○思天 17/82/17
○自以爲知道 17/83/3
有後○無先 17/83/5
有詘○無信 17/83/5
有齊○無畸 17/83/5
有少○無多 17/83/6
彼將聽唱○應 18/83/11
視儀○動 18/83/12
湯、武篡○奪之 18/83/23
然○不材不中 18/84/2
然○暴國獨侈安能誅之 18/84/5
○天下歸之也 18/84/7
○天下去之也 18/84/8
○湯、武不弒君 18/84/9
以桀、紂爲君○以湯、武爲弒 18/84/10
然則是誅民之父母○師民之怨賊也 18/84/10
○不得一人之與 18/84/16
以桀、紂爲有天下○臣湯、武 18/84/18
〔○〕不可以有天下 18/84/21
○不可以得天下 18/84/21
然○未必不亡也 18/85/2
○有象刑 18/85/5
殺、赭衣○不純 18/85/6
○直輕其刑 18/85/7
罪至重○刑至輕 18/85/8
○傷人者不刑 18/85/9
是謂惠暴○寬賊也 18/85/9
視形埶○制械用 18/85/20
稱遠近○等貢獻 18/85/20
 18/86/1
夫是之謂視形勢○制械用 18/85/23
南面○聽天下 18/86/7,18/87/8
死○擅之 18/86/8
（圖）〔決〕德○定次 18/86/9
皆使民載其事○各得其宜 18/86/9
天下有聖○在後者 18/86/11
聖不在後子○在三公 18/86/12
猶復○振之矣 18/86/12
故天子生則天下一隆致順○治 18/86/13
老衰○擅 18/86/15
老者不堪其勞○休也 18/86/16
天子者、埶至重○形至佚 18/86/16
心至愉○志無所詘 18/86/17
○形不爲勞 18/86/17
食飲則重大牢○備珍怪 18/86/18
曼○饋 18/86/18
代睪○食 18/86/18
《雍》○徹〔乎〕五祀 18/86/18
負依○坐 18/86/19
出戶○巫覡有事 18/86/19
出門○宗祀有事 18/86/20
庶士介○夾道 18/87/1
然○朱、象獨不化 18/87/9
今世俗之爲說者不怪朱、象○非堯、舜也 18/87/10
何世○無嵬 18/87/13
何時○無瑣 18/87/13
○不察於抇不抇者之所言也 18/87/18
○聖王之生民也 18/87/19
○不得以有餘過度 18/87/20
○農賈皆能以貨財讓 18/87/21
○百姓羞拾遺 18/87/21
○犯分之羞大也 18/87/24
故百事廢、財物詘○禍亂起 18/88/2
○盜賊擊奪以危上矣 18/88/3
故脯巨人○炙嬰兒矣 18/88/4
則有何尤抇人之墓、抉人之口○求利矣哉 18/88/4
雖此倮○埋之 18/88/5
彼乃將食其肉○齕其骨也 18/88/5
以欺愚者○潮陷之以偷取利焉 18/88/6
危人○自安 18/88/7
害人○自利 18/88/7
惡○不辱也 18/88/11
今倡優、侏儒、狎徒詈侮○不鬭者 18/88/12
然○不鬭者 18/88/13
則援劍戟○逐之 18/88/14
然○不憚鬭者 18/88/15
○務說人以勿辱也 18/88/17
則得大辱○退耳 18/88/19
則是非不分○辨訟不決 18/88/21
○聖王之分 18/88/23
○不可以有義辱 18/89/3
○不可以有義榮 18/89/3
慮一朝○改之 18/89/7
以僬僥○戴太山也 18/89/8
○皆以己之情爲欲多 18/89/11
以人之情爲欲此五綦者○不欲多 18/89/14
譬之是猶以人之情爲欲富貴○不欲貨也 18/89/15
好美○惡西施也 18/89/15
以人之情爲欲多○不欲寡 18/89/17
故賞以富厚○罰以殺損也 18/89/17
今子宋子以（是）〔人〕之情爲欲寡○不欲多也 18/89/18
○以人之所欲者罰邪 18/89/19
今子宋子嚴然○好說 18/89/20
然○說不免於以至治爲至亂也 18/89/20
人生○有欲 19/90/3
欲○不得 19/90/3
求○無度量分界 19/90/3
兩者相持○長 19/90/5
尊先祖○隆君師 19/90/22
○社止於諸侯 19/91/2
持手○食者不得立祭廟 19/91/4

〔大〕饗、尙玄尊〇用酒醴 19/91/7
〔食〕、先黍稷〇飯稻（粱）〔梁〕 19/91/8
祭、齊〔先〕大羹〇飽庶羞 19/91/8
貴本〇親用也 19/91/8
兩者合〇成文 19/91/9
一倡〇三歎也 19/91/13
朱絃〇通越也 19/92/1
萬物變〇不亂 19/92/5
〇天下莫之能損益也 19/92/8
「堅白」「同異」之察入焉〇溺 19/92/12
擅作典制辟陋之說入焉〇喪 19/92/12
暴慢、恣睢、輕俗以爲高之屬入焉〇隊 19/92/13
然〇不法禮、不（足）〔是〕禮 19/92/16
並行〇雜 19/92/22
〇中處其中 19/93/1
故君子敬始〇愼終 19/93/6
夫厚其生〇薄其死 19/93/7
是敬其有知〇慢其無知也 19/93/7
是姦人之道〇倍叛之心也 19/93/8
〇況以事其所隆親乎 19/93/8
一〇不可得再復也 19/93/9
君子賤野〇羞瘠 19/93/11
凡緣〇往埋之 19/93/16
若無喪者〇止 19/93/17
然〇殯斂之具未有求也 19/93/19
然〇幸生之心未已 19/93/20
三日〇成服 19/93/21
變〇飾 19/94/3
動〇遠 19/94/3,19/94/5
久〇平 19/94/3,19/94/5
一朝〇喪其嚴親 19/94/4
〇所以送葬之者不哀不敬 19/94/4
故變〇飾 19/94/5
〇滋成行義之美者也 19/94/8
然〇禮兼〇用之 19/94/9
時舉〇代御 19/94/9
故量食〇食之 19/94/13
量要〇帶之 19/94/13
天地合〇萬物生 19/95/2
陰陽接〇變化起 19/95/2
性僞合〇天下治 19/95/3
不沐則濡櫛三律〇止 19/95/7
不浴則濡巾三式〇止 19/95/7
充耳〇設瑱 19/95/8
縉紳〇無鉤帶矣 19/95/8
髻〇不冠笄矣 19/95/9
則名不見〇柩獨明矣 19/95/9
薦器則冠有鍪〇毋縰 19/95/9
甕廡、虛〇不實 19/95/10
有簟席〇無床笫 19/95/10
（竿）〔竽〕笙具〇不和 19/95/11
琴瑟張〇不均 19/95/11
輿藏〇馬反 19/95/11
略〇不盡 19/95/12
須〇不功 19/95/12
趨輿〇藏之 19/95/12
金革轡靷〇不入 19/95/12
故生器文〇不功 19/95/13
明器須〇不用 19/95/13
送以哀敬〇終周藏也 19/95/17
終始具〇孝子之事畢、聖人之道備矣 19/95/18
刻死〇附生謂之墨 19/96/1
刻生〇附死謂之惑 19/96/1
殺生〇送死謂之賊 19/96/1
使死生終始莫不稱宜〇好善 19/96/2
稱情〇立文 19/96/4,19/96/5
〇不可益損也 19/96/4
二十五月〇畢 19/96/7,19/96/18
然〇禮以是斷之者 19/96/7
則彼朝死〇夕忘之 19/96/15
然〇縱之 19/96/15
彼安能相與群居〇無亂乎 19/96/15
然〇遂之 19/96/18
相率〇致隆之 19/97/7
〇三月 19/97/10
〇九月 19/97/11
郊者、并百王於上天〇祭祀之也 19/97/13
離宮室〇歸丘陵也 19/97/16
愅詭、悒僾〇不能無時至焉 19/97/20
則夫忠臣孝子亦愅詭〇有所至矣 19/97/21
物取〇皆祭之 19/98/8
即位〇哭 19/98/9
然〇成文 19/98/10
〇人之道 20/98/15
形〇不爲道 20/98/16
使其聲足以樂〇不流 20/98/17
使其文足以辨〇不（諰）〔諰〕 20/98/17
〇墨子非之 20/98/18,20/99/2,20/99/8,20/99/12,20/100/11
〇志意得廣焉 20/99/4
〇容貌得莊焉 20/99/4
〇行列得正焉 20/99/5
是故喜〇天下和之 20/99/11
怒〇暴亂畏之 20/99/11
猶欲之楚〇北求之也 20/99/12
則民和〇不流 20/99/15
則民齊〇不亂 20/99/16
故禮樂廢〇邪音起者 20/99/19
故先王貴禮樂〇賤邪音 20/99/20
〇儒者爲之 20/99/22
〇可以善民心 20/99/24
故先王導之以禮樂〇民和睦 20/99/24
夫民有好惡之情〇無喜怒之應 20/99/25
〇天下順焉 20/99/26
凡姦聲感人〇逆氣應之 20/100/4
逆氣成象〇亂生焉 20/100/4
正聲感人〇順氣應之 20/100/4
順氣成象〇治生焉 20/100/4
故樂行〇志清 20/100/8
禮脩〇行成 20/100/8
則樂〇不亂 20/100/10
則惑〇不樂 20/100/10
樂行〇民鄉方矣 20/100/11
然〇治俯仰、詘信、進退、遲速莫不廉制 20/101/2
〇靡有悖逆者 20/101/3
〇知王道之易易也 20/101/6,20/101/22
〇衆賓皆從之 20/101/8
〇衆賓皆入 20/101/8
不酢〇〔降〕 20/101/12
知其能和樂〇不流也 20/101/15
知其能弟長〇無遺也 20/101/17
知其能安燕〇不亂也 20/101/19

和樂○不流 20/101/21
弟長○無遺 20/101/21
安燕○不亂 20/101/21
彼國安○天下安 20/101/22
其文章匿○采 20/101/24
賤禮義○貴勇力 20/101/25
蔽於一曲○闇於大理 21/102/5
此其誠心莫不求正○以自爲也 21/102/7
妬繆於道○人誘其所迨也 21/102/7
是以與治（雖）〔離〕走○是己不輟也 21/102/8
豈不蔽於一曲○失正求也哉 21/102/8
則白黑在前○目不見 21/102/9
雷鼓在側○耳不聞 21/102/9
○不知關龍逢 21/102/15
以惑其心○亂其行 21/102/15
21/102/16
○不知微子啓 21/102/16
故群臣去忠○事私 21/102/16
百姓怨非○不用 21/102/17
賢良退處○隱逃 21/102/17
此其所以喪九牧之地○虛宗廟之國也 21/102/17
故主其心○愼治之 21/102/19
21/102/20
是以能長用伊尹○身不失道 21/102/19
此其所以代夏王○受九有也 21/102/19
是以能長用呂望○身不失道 21/102/20
此其所以代殷王○受九牧也 21/102/20
唐鞅蔽於欲權○逐載子 21/103/1
奚齊蔽於欲國○罪申生 21/103/1
逐賢相○罪孝兄 21/103/2
然○不知 21/103/2
故以貪鄙、背叛、爭權○不危辱滅亡者 21/103/3
故能持管仲○名利福祿與管仲齊 21/103/4
故能持周公○名利福祿與周公齊 21/103/4
墨子蔽於用○不知文 21/103/8
宋子蔽於欲○不知得 21/103/8
愼子蔽於法○不知賢 21/103/8
申子蔽於埶○不知知 21/103/9
惠子蔽於辭○不知實 21/103/9
莊子蔽於天○不知人 21/103/9
夫道者、體常○盡變 21/103/11
觀於道之一隅○未之能識也 21/103/12
故以爲足○飾之 21/103/12
舉○用之 21/103/15
兼陳萬物○中縣衡焉 21/103/17
則不可道○可非道 21/103/18
人孰欲得恣○守其所不可以禁其所可 21/103/19
○不（知）合於道人 21/103/20
○不合於不道之人矣 21/103/22
虛壹○靜 21/103/25,21/104/6
然○有所謂虛 21/103/26
21/104/1
然○有所謂一 21/103/26
21/104/2
然○有所謂靜 21/103/26
21/104/4
人生○有知 21/104/1
知○有志 21/104/1
心生○有知 21/104/2
知○有異 21/104/2
未得道○求道者 21/104/4
謂之虛壹○靜 21/104/4
萬物莫形○不見 21/104/7
莫見○不論 21/104/7
莫論○失位 21/104/7
坐於室○見四海 21/104/7
處於今○論久遠 21/104/7
疏觀萬物○知其情 21/104/8
參稽治亂○通其度 21/104/8
經緯天地○材官萬物 21/104/8
○宇宙裏矣 21/104/9
○神明之主也 21/104/10
出令○無所受令 21/104/11
故口可劫○使墨云 21/104/12
形可劫○使詘申 21/104/12
心不可劫○使易意 21/104/12
然○不可以貳周行 21/104/15
故知者擇一○壹焉 21/104/16
農精於田○不可以爲田師 21/104/16,27/132/22
賈精於市○不可以爲市師 21/104/17
工精於器○不可以爲器師 21/104/17
不能此三技○可使治三官 21/104/17
故君子壹於道○以贊稽物 21/105/2
不以事詔○萬物成 21/105/3
27/132/22
榮矣○未知 21/105/4
惟明君子○後能知之 21/105/5
正錯○勿動 21/105/5
則湛濁在下○清明在上 21/105/5
則足以見鬚眉○察〔膚〕理矣 21/105/5
○倉頡獨傳者、壹也 21/105/8
○后稷獨傳者、壹也 21/105/9
○夔獨傳者、壹也 21/105/9
○舜獨傳者、壹也 21/105/10
○羿精於射 21/105/10
○造父精於御 21/105/11
未嘗有兩○能精者也 21/105/11
○遠蚊蝱之聲 21/105/15
孟子惡敗○出妻 21/105/16
有子惡臥○焠掌 21/105/16
聖人縱其欲、兼其情○制焉者理矣 21/105/18
冥冥○行者 21/106/3
俯○出城門 21/106/5
厭目○視者 21/106/5
掩耳○聽者 21/106/5
聽漠漠○以爲哅哅 21/106/6
○求羊者不下牽也 21/106/6
○求箸者不上折也 21/106/7
水動○景搖 21/106/7
瞽者仰視○不見星 21/106/8
愚○善畏 21/106/12
明月○宵行 21/106/12
背○走 21/106/13
失氣○死 21/106/13
此人之所以無有○有無之時也 21/106/14
○己以正事 21/106/15
故傷於溼○擊鼓鼓痺 21/106/15
○未有俞疾之福也 21/106/15
求可以知物之理○無所

疑止之　21/106/18
學、老身長子○與愚者若一　21/106/20
嚮是○務　21/106/23
類是○幾　21/106/23
然○猶有能分是非、治曲直者邪　21/107/4
案彊鉗○利口　21/107/5
厚顏○忍詬　21/107/6
無正○恣睢　21/107/6
妄辨○幾利　21/107/6
○好相推擠　21/107/6
析辭○爲察　21/107/7
言物○爲辨　21/107/7
周○成　21/107/14
泄○敗　21/107/14
宣○成　21/107/14
隱○敗　21/107/14
小人邇○君子遠矣　21/107/15
此言上幽○下險也　21/107/15
○讒言反矣　21/107/16
君子邇○小人遠矣　21/107/16
此言上明○下化也　21/107/17
曲期遠方異俗之鄉則因之○爲通　22/107/22
不事○自然謂之性　22/107/23
情然○心爲之擇謂之慮　22/107/23
心慮○能爲之動謂之僞　22/107/24
慮積焉、能習焉○後成謂之僞　22/107/24
正利○爲謂之事　22/107/24
正義○爲謂之行　22/107/25
名定○實辨　22/108/4
道行○志通　22/108/4
則慎率民○一焉　22/108/4
故壹於道法○謹於循令矣　22/108/7
○事必有困廢之禍　22/108/13
然則何緣○以同異　22/108/14
故比方之疑似○通　22/108/15
則緣耳○知聲可也　22/109/1
緣目○知形可也　22/109/2
然○徵知必將待天官之當簿其類然後可也　22/109/2
五官簿之○不知　22/109/2
心徵之○無說　22/109/3
此所緣○以同異也　22/109/3
然後隨○命之　22/109/5
有時○欲徧舉之　22/109/7
推○共之　22/109/8
有時○欲（徧）〔偏〕舉之　22/109/8
推○別之　22/109/9
徑易○不拂　22/109/11
物有同狀○異所者　22/109/11
有異狀○同所者　22/109/12
狀同○爲異所者　22/109/12
狀變○實無別○爲異者　22/109/12
有化○無別　22/109/13
驗之所（以）爲有名○觀其孰行　22/109/17
驗之所緣（無）以同異○觀其孰調　22/109/18
非○謁楹　22/109/19
凡邪說辟言之離正道○擅作者　22/109/20
故明君知其分○不與辨也　22/109/21
夫民易一以道○不可與共故　22/110/1
○王業之始也　22/110/4
名聞○實喻　22/110/4
累○成文　22/110/5
正名○期　22/110/8
質請○喻　22/110/8
辨異○不過　22/110/8
推類○不悖　22/110/8
以正道○辨姦　22/110/9
有兼聽之明○無奮矜之容　22/110/10
有兼覆之厚○無伐德之色　22/110/10
說不行則白道○不冥窮　22/110/10
故能處道○不貳　22/110/16
（吐）〔咄〕○不奪　22/110/16
利○不流　22/110/16
貴公正○賤鄙爭　22/110/16
君子之言涉然○精　22/110/20
俛然○類　22/110/20
差差然○齊　22/110/20
○愚者拾以爲己實　22/110/22
故愚者之言、芴然○粗　22/110/22
嘖然○不類　22/110/23
誻誻然○沸　22/110/23
○無深於其志義者也　22/110/23
故窮藉○無極　22/110/24
甚勞○無功　22/110/24
貪○無名　22/110/24
成則必得其所好○不遇其所惡焉　22/111/1
○愚者反是　22/111/1
凡語治○待去欲者　22/111/4
無以道欲○困於有欲者也　22/111/4
凡語治○待寡欲者　22/111/4
無以節欲○困於欲多者也　22/111/4
○求者從所可　22/111/6
然○人有從生成死者　22/111/8
非不欲生○欲死也　22/111/8
不可以生○可以死也　22/111/9
故欲過之○動不及　22/111/9
欲不及○動過之　22/111/10
○求之其所亡　22/111/11
以所欲以爲可得○求之　22/111/14
以爲可○道之　22/111/15
○去其所不可　22/111/20
知道之莫之若也○不從道者　22/111/20
假之有人○欲南無多　22/111/20
○惡北無寡　22/111/21
離南行○北走也哉　22/111/21
離得欲之道○取所惡也哉　22/111/22
故可道○從之　22/111/22
奚以損之○亂　22/111/23
不可道○離之　22/111/23
奚以益之○治　22/111/23
故知者論道○已矣　22/111/23
所欲未嘗粹○來也　22/111/24
所惡未嘗粹○往也　22/111/24
故人無動○（不）可以不與權俱　22/111/24
則重縣於仰○人以爲輕　22/111/25
輕縣於俛○人以爲重　22/111/25
則禍託於欲○人以爲福　22/112/1
福託於惡○人以爲禍　22/112/1
離道○內自擇　22/112/2,22/112/6
人曰無喪○有得也　22/112/4
人曰無得○有喪也　22/112/4
從道○出　22/112/5

有嘗試深觀其隱○難（其）察者 22/112/9
志輕理○不〔外〕重物者 22/112/9
外重物○不內憂者 22/112/9
行離理○不外危者 22/112/10
外危○不內恐者 22/112/10
心憂恐則口銜芻豢○不知其味 22/112/11
耳聽鍾鼓○不知其聲 22/112/11
目視黼黻○不知其狀 22/112/11
輕煖平簟○體不知其安 22/112/11
故嚮萬物之美○不能嗛也 22/112/12
假○得（問）〔閒〕○嗛之 22/112/12
故嚮萬物之美○盛憂 22/112/13
兼萬物之利○盛害 22/112/13
故欲養其欲○縱其情 22/112/14
欲養其性○危其形 22/112/14
欲養其樂○攻其心 22/112/14
欲養其名○亂其行 22/112/14
則色不及傭○可以養目 22/112/18
聲不及傭○可以養耳 22/112/18
蔬食菜羹○可以養口 22/112/18
麤布之衣、麤紃之履○可以養體 22/112/18
（屋）〔局〕室、（廬庾）〔蘆簾〕、（葭）稾蓐、尚机筵○可以養形 22/112/19
故無萬物之美○可以養樂 22/112/20
無埶列之位○可以養名 22/112/20
如是○加天下焉 22/112/20
生○有好利焉 23/113/3
故爭奪生○辭讓亡焉 23/113/3
生○有疾惡焉 23/113/4
故殘賊生○忠信亡焉 23/113/4
生○有耳目之欲 23/113/4
故淫亂生○禮義文理亡焉 23/113/5
合於犯（分）〔文〕亂理○歸於暴 23/113/5
然後出於辭讓、合於文理○歸於治 23/113/6
今人無師法則偏險○不正 23/113/10
無禮義則悖亂○不治 23/113/10
以爲偏險○不正 23/113/11, 23/115/4
悖亂○不治 23/113/11,23/115/4
是以爲之起禮義、制法度以矯飾人之情性○正之 23/113/11
以擾化人之情性○導之也 23/113/12
縱性情、安恣睢○違禮義者爲小人 23/113/13
○不察〔乎〕人（人）之性僞之分者也 23/113/16
人之所學○能 23/113/18
所事○成者也 23/113/18
不可學、不可事（○）〔之〕在人者謂之性 23/113/18
可學○能、可事○成之在人者謂之僞 23/113/18
目明○耳聰 23/113/20
生○離其朴 23/113/21
必失○喪之 23/113/22
不離其朴○美之 23/114/1
不離其資○利之也 23/114/1
目明○耳聰也 23/114/2
飢○欲飽 23/114/2
勞○欲休 23/114/3
見長○不敢先食者 23/114/3
勞○不敢求息者 23/114/4
皆反於性○悖於情也 23/114/5
然○孝子之道 23/114/5
故陶人埏埴○爲器 23/114/9
故工人斲木○成器 23/114/10
聖人積思慮、習僞故以生禮義○起法度 23/114/10
感○自然、不待事○後生之者也 23/114/12
夫感○不能然、必且待事○後然者 23/114/13
故聖人化性○起僞 23/114/14
僞起（於信）○生禮義 23/114/14
禮義生○制法度 23/114/14
所以異○過衆者 23/114/16
夫好利○欲得者 23/114/16
假之人有弟兄資財○分者 23/114/16
好利○欲得 23/114/17
故富○不願財 23/114/19
貴○不願埶 23/114/20
故彊學○求有之也 23/114/21
故思慮○求知之也 23/114/21
然則生○已 23/114/21,23/114/22
是聖王之治○禮義之化也 23/115/5
倚○觀天下民人之相與也 23/115/6
則夫彊者害弱○奪之 23/115/7
衆者暴寡○譁之 23/115/7
天下之悖亂○相亡不待頃矣 23/115/7
故坐○言之 23/115/10
起○可設 23/115/11
張○可施行 23/115/11
坐○言之 23/115/11
起○不可設 23/115/12
張○不可施行 23/115/12
直木不待檃栝○直者 23/115/16
夫陶人埏埴○生瓦 23/115/20
工人斲木○生器 23/115/21
辟亦陶埏○生之也 23/115/22
僞起○生禮義 23/115/25
亦猶陶埏○生之也 23/115/25
天非私曾、騫、孝己○外衆人也 23/116/1
然○曾、騫、孝己獨厚於孝之實○全於孝之名者 23/116/1
天非私齊、魯之民○外秦人也 23/116/2
然○〔秦人〕於父子之義、夫婦之別不如齊、魯之孝（具）〔共〕敬（父）〔文〕者 23/116/2
然○塗之人也 23/116/7
○固無可以能仁義法正之具邪 23/116/9
積善○不息 23/116/14
人之所積○致矣 23/116/15
聖可積○致 23/116/17
然○皆不可積 23/116/17
可以○不可使也 23/116/17, 23/116/19
故小人可以爲君子○不

肯爲君子 23/116/17
君子可以爲小人○不肯爲小人 23/116/18
然○不相爲者 23/116/19
然○未嘗有能徧行天下者也 23/116/20
然○未嘗能相爲事也 23/116/21
妻子具○孝衰於親 23/116/25
嗜欲得○信衰於友 23/116/26
爵祿盈○忠衰於君 23/116/26
多言則文○類 23/117/2
少言則徑○省、論○法 23/117/2
齊給、便敏○無類 23/117/4
雜能、旁魄○毋用 23/117/4
析速、粹孰○不急 23/117/4
則傀然獨立天地之間○不畏 23/117/8
禮恭○意儉 23/117/8
大齊信焉○輕貨財 23/117/9
賢者敢推○尙之 23/117/9
不肖者敢援○廢之 23/117/9
輕身○重貨 23/117/9
恬禍○廣解 23/117/10
然○不得排檠則不能自正 23/117/12
然○不加砥厲則不能利 23/117/13
然○（前必）〔必前〕有銜轡之制 23/117/14
然後一日○致千里也 23/117/15
夫人雖有性質美○心辨知 23/117/16
必將求賢師○事之 23/117/16
擇賢友○友之 23/117/16
得賢師○事之 23/117/16
得良友○友之 23/117/17
身日進於仁義○不自知也者 23/117/17
身且加於刑戮○不自知者 23/117/19
靡○已矣 23/118/1,23/118/1
不視○見 24/118/6
是故刑罪綦省○威行如流 24/118/13
莫不服罪○請 24/118/14
故殺其父○臣其子 24/118/18
殺其兄○臣其弟 24/118/18
刑罰綦省○威行如流 24/118/19
政令致明○化易如神 24/118/19
故一人有罪○三族皆夷 24/119/3
○得失之原也 24/119/9
無所往○不聽 24/119/10
國事無所往○不用 24/119/10
吳有伍子胥○不能用 24/119/10
則令行○不流 24/119/13
則施行○不悖 24/119/13
則事業捷成○有所休 24/119/14
兼此○能之 24/119/15
備○不矜 24/119/15
夫故天下不與爭能○致善用其功 24/119/15
有○不有也 24/119/16
愚○自專事不治 25/120/4
拒諫飾非、愚○上同國必禍 25/120/5
〔人〕○有埶、直○用抴必參天 25/120/16
好○壹之神以成 25/121/3
精神相（反）〔及〕、一○不貳爲聖人 25/121/3
大人哉舜、南面○立萬物備 25/121/9
進諫不聽、剄○獨鹿棄之江 25/122/9
駁○伯 26/123/12
此夫文○不采者與 26/123/12
簡然易知○致有理者歟 26/123/13
君子所敬○小人所不者與 26/123/13
致明○約 26/123/14
甚順○體 26/123/14
精微○無形 26/124/1
百姓待之○後寧泰 26/124/1
臣愚○不識 26/124/2,26/125/1
此夫安寬平○危險隘者邪 26/124/2
修潔之爲親○雜汙之爲狄者邪 26/124/2
甚深藏○外勝敵者邪 26/124/3
法禹舜○能弇迹者邪 26/124/3
行爲動靜待之○後適者邪 26/124/3
百姓待之○後寧也 26/124/4
天下待之○後平也 26/124/4
明達純粹○無疵（也） 26/124/4
精微乎毫毛○〔充〕盈（大乎）〔乎大〕寓（宙） 26/124/8
攭兮其相逐○反也 26/124/9
德厚○不捐 26/124/9
五采備○成文 26/124/9
此夫大○不塞者歟 26/124/11
充盈大宇○不窕 26/124/11
入郄穴○不偪者歟 26/124/11
行遠疾速○不可託訊（者與） 26/124/12
往來惽憊○不可爲固塞者歟 26/124/12
暴至殺傷○不億忌者歟 26/124/12
功被天下○不私置者歟 26/124/13
託地○游宇 26/124/13
友風○子雨 26/124/13
待之○後存 26/124/17
功立○身廢 26/124/17
事成○家敗 26/124/17
此夫身女好○頭馬首者與 26/125/2
屢化○不壽者與 26/125/2
善壯○拙老者與 26/125/2
有父母○無牝牡者與 26/125/3
冬伏○夏游 26/125/3
食桑○吐絲 26/125/3
前亂○後治 26/125/3
夏生○（○）惡暑 26/125/3
喜溼○惡雨 26/125/4
穿窬○行 26/125/6
長其尾○銳其剽者邪 26/125/8
頭銛達○尾趙繚者邪 26/125/9
尾生○事起 26/125/10
尾邅○事已 26/125/10
君人者、隆禮尊賢○王 27/126/7
顚倒衣裳○走 27/126/13
故王者先仁○後禮 27/126/27
故民迷惑○陷禍患 27/127/5
維予從欲○治 27/127/7
然○亦所以成聖也 27/127/7
父南鄉○立 27/127/12
子北面○跪 27/127/12
醮○命之 27/127/12
愛之○勿面 27/127/20
使之○勿貌 27/127/20
導之以道○勿彊 27/127/20

| | |
|---|---|
| 故亡於《禮經》○順人心者 | 27/127/22 |
| 仁、非其里○（虛）〔處〕之 | 27/127/28 |
| 義、非其門○由之 | 27/127/28 |
| 推恩○不理 | 27/128/1 |
| 遂理○不敢 | 27/128/1 |
| 審節○不（知）〔和〕 | 27/128/1 |
| 和○不發 | 27/128/2 |
| 配天○有下土者 | 27/128/12 |
| 事至○後慮者謂之後 | 27/128/13 |
| 患至○後慮者謂之困 | 27/128/13 |
| 禹見耕者耦立○式 | 27/128/17 |
| 有諫○無訕 | 27/129/8 |
| 有亡○無疾 | 27/129/8 |
| 有怨○無怒 | 27/129/8 |
| 柔上○剛下 | 27/129/18 |
| 所失微○其爲亂大者 | 27/129/22 |
| 君子聽律習容○后（士）〔出〕 | 27/129/27 |
| 立視前六尺○（大）〔六〕之 | 27/130/5 |
| 務其業○勿奪其時 | 27/130/24 |
| 凡百事異理○相守也 | 27/131/8 |
| 通類○後應 | 27/131/11 |
| 相順○後行 | 27/131/11 |
| 曷爲三遇齊王○不言事 | 27/131/19 |
| ○憂其不焚也 | 27/131/23 |
| 終日求之○不得 | 27/131/26 |
| 眸○見之也 | 27/131/26 |
| 然○能使其欲利不克其好義也 | 27/132/1 |
| 然○能使其好義不勝其欲利也 | 27/132/2 |
| 從士以上皆羞利○不與民爭業 | 27/132/5 |
| 樂分施○恥積臧 | 27/132/5 |
| 多積財○羞無有 | 27/132/10 |
| 重民任○誅不能 | 27/132/10 |
| 湯旱○禱曰 | 27/132/16 |
| 非以貴諸侯○已 | 27/132/19 |
| 非以尊大夫○已 | 27/132/20 |
| 不待卜○後知吉 | 27/132/25 |
| 不待戰○後知克 | 27/132/25 |
| 不知○問堯、舜 | 27/133/3 |
| 無有○求天府 | 27/133/3 |
| 君子隘窮○不失 | 27/133/13 |

| | |
|---|---|
| 勞倦○不苟 | 27/133/13 |
| 臨患難○不忘（細）〔茵〕席之言 | 27/133/13 |
| 行盡○聲問遠 | 27/133/16 |
| 小人不誠於內○求之於外 | 27/133/17 |
| 言○不稱師謂之畔 | 27/133/19 |
| 教○不稱師謂之倍 | 27/133/19 |
| ○《詩》非屢盟 | 27/133/22 |
| 親近○附遠 | 27/133/26 |
| 爲幬菜敝○不反其常 | 27/134/2 |
| 可讒○得也 | 27/134/4 |
| 多知○無親 | 27/134/14 |
| 博學○無方 | 27/134/14 |
| 好多○無定者 | 27/134/14 |
| 君子進則能益上之譽○損下之憂 | 27/134/20 |
| 不能○居之 | 27/134/20 |
| 無益○厚受之 | 27/134/20 |
| ○仕者必如學 | 27/134/21 |
| 盈其欲○不愆其止 | 27/135/7 |
| 自引○居下 | 27/135/8 |
| 必貴師○重傅 | 27/135/11 |
| 貴師○重傅 | 27/135/11 |
| 必賤師○輕傅 | 27/135/11 |
| 賤師○輕傅 | 27/135/11 |
| 古者匹夫五十○士 | 27/135/14 |
| 天子、諸侯子十九○冠 | 27/135/16 |
| 冠○聽治 | 27/135/16 |
| 君子也者○好之 | 27/135/18 |
| 其人（也）○不教 | 27/135/18 |
| 非君子○好之 | 27/135/18 |
| 非其人○教之 | 27/135/19 |
| 然○非禮不進 | 27/135/22 |
| 柳下惠與後門者同衣○不見疑 | 27/136/4 |
| 爭利如蚤甲○喪其掌 | 27/136/6 |
| 似知○非 | 27/136/13 |
| 似仁○非 | 27/136/13 |
| 似勇○非 | 27/136/13 |
| 凡物有乘○來 | 27/136/18 |
| 故塞○避所短 | 27/137/7 |
| 移○從所仕 | 27/137/7 |
| 疏知○不法 | 27/137/7 |
| 察辨○操辟 | 27/137/7 |
| 勇果○亡禮 | 27/137/8 |
| 多言○類、聖人也 | 27/137/10 |

| | |
|---|---|
| 少言○法、君子也 | 27/137/10 |
| 多（少）〔言〕無法○流詰然 | 27/137/10 |
| 則容天下○治 | 27/137/13 |
| 則一妻一妾○亂 | 27/137/13 |
| 然○有所共予也 | 27/137/16 |
| 三王既已定法度、制禮樂○傳之 | 27/137/17 |
| 有不用○改自作 | 27/137/17 |
| 飲○不食者、蟬也 | 27/137/20 |
| 虞舜、孝己孝○親不愛 | 27/137/22 |
| 比干、子胥忠○君不用 | 27/137/22 |
| 仲尼、顏淵知○窮於世 | 27/137/22 |
| 劫迫於暴國○無所辟之 | 27/137/22 |
| ○不稱其所短也 | 27/138/1 |
| 惟惟○亡者 | 27/138/1 |
| 博○窮者 | 27/138/2 |
| 弟子挹水○注之 | 28/138/12 |
| 中○正 | 28/138/12 |
| 滿○覆 | 28/138/12 |
| 虛○敧 | 28/138/12 |
| 孔子喟然○歎曰 | 28/138/13 |
| 惡有滿○不覆者哉 | 28/138/13 |
| 此所謂挹○損之之道也 | 28/138/15 |
| 朝七日○誅少正卯 | 28/138/17 |
| 夫子爲政○始誅之 | 28/138/17 |
| ○盜竊不與焉 | 28/138/18 |
| 一曰心達○險 | 28/138/19 |
| 二曰行辟○堅 | 28/138/19 |
| 三曰言僞○辨 | 28/138/19 |
| 四曰記醜○博 | 28/138/19 |
| 五曰順非○澤 | 28/138/19 |
| ○少正卯兼有之 | 28/138/20 |
| 不教其民○聽其訟 | 28/139/3 |
| 不教○責成功、虐也 | 28/139/5 |
| 綦三年○百姓（往）〔從〕〔風〕矣 | 28/139/8 |
| 是以威厲○不試 | 28/139/10 |
| 其民迷惑○墮焉 | 28/139/11 |
| 則從○制之 | 28/139/11 |
| 是以刑彌繁○邪不勝 | 28/139/11 |
| 三尺之岸○虛車不能登也 | 28/139/11 |
| 數仞之牆○民不踰也 | 28/139/12 |
| 百仞之山○豎子馮○游焉 | 28/139/12 |
| ○能使民勿踰乎 | 28/139/13 |

夫水、（大）偏與諸生 ○無爲也 28/140/5
事君○達 28/140/12
如垤○進 28/140/14
如丘○止 28/140/14
非以無人○不芳 28/141/4
爲窮○不困 28/141/5
憂○意不衰也 28/141/5
知禍福終始○心不惑也 28/141/5
出○問於孔子曰 28/141/12
故可以從○不從 29/142/1
未可以從○從 29/142/2
○能致恭敬、忠信、端 愨以慎行之 29/142/2
故勞苦彫萃○能無失其 敬 29/142/3
災禍患難○能無失其義 29/142/4
則不幸不順見惡○能無 失其愛 29/142/4
三問○丘不對 29/142/9
然○無孝之名 29/142/15
則何（以）爲○無孝之 名也 29/142/17
故入○行不脩 29/142/19
出○名不章 29/142/20
何爲○無孝之名也 29/142/20
魯大夫練○床 29/142/22
由問魯大夫練○床 29/142/24
練○床 29/142/25
子路趨○出 29/143/2
改服○入 29/143/2
色知○有能者、小人也 29/143/4
禮者、衆人法○不知 30/143/20
聖人法○知之 30/143/20
無內人之䟽○外人之親 30/143/23
無身不善○怨人 30/143/23
無刑已至○呼天 30/143/23
內人之踈○外人之親 30/143/23
身不善○怨人 30/143/24
刑已至○呼天 30/143/25
夫魚鱉黿鼉猶以淵爲淺 ○堀〔穴〕其中 30/144/1
鷹鳶猶以山爲卑○增巢 其上 30/144/2
君子之所以貴玉○賤珉 者 30/144/5
爲夫玉之少○珉之多邪 30/144/5
夫君子豈多○賤之、少 ○貴之哉 30/144/6
溫潤○澤 30/144/7
栗○理 30/144/7
堅剛○不屈 30/144/7
折○不橈 30/144/7
其聲清揚○遠聞 30/144/8
同遊○不見愛者 30/144/11
交○不見敬者 30/144/11
臨財○不見信者 30/144/11
失之己○反諸人 30/144/12
有臣○求其使 30/144/18
有子○求其孝 30/144/18
有弟○求其聽令 30/144/19
○不可不思也 30/144/22
少○不學 30/144/22
老○不教 30/144/22
有○不施 30/144/23
舍此○爲非者 31/145/1,31/145/5
然則夫章甫、絇屨、紳 〔帶〕○搢笏者 31/145/2
夫端衣、玄裳、絻○乘 路者 31/145/3
斬衰、菅屨、杖○啜粥 者 31/145/4
不知選賢人善士〔○〕 託其身焉以爲己憂 31/145/9
心從○壞 31/145/11
言忠信○心不德 31/146/1
仁義在身○色不伐 31/146/2
思慮明通○辭不爭 31/146/2
行中規繩○不傷於本 31/146/3
言足法於天下○不傷於 身 31/146/4
富有天下○無怨財 31/146/4
布施天下○不病貧 31/146/4
應變○不窮 31/146/8
有務○拘領者矣 31/146/14
其政好生○惡殺焉 31/146/14
烏鵲之巢可俯○窺也 31/146/15
君不此問○問舜冠 31/146/15
君入廟門○右 31/147/1
〔則哀〕將焉〔○〕不 至矣 31/147/2
君昧爽○櫛冠 31/147/3
平明○聽朝 31/147/3
則憂將焉〔○〕不至矣 31/147/4
君平明○聽朝 31/147/4
日昃○退 31/147/4
則勞將焉〔○〕不至矣 31/147/5
則懼將焉〔○〕不至矣 31/147/6
則危將焉〔○〕不至矣 31/147/7
故弓調○後求勁焉 31/147/15
馬服○後求良焉 31/147/15
士信愨○後求知能焉 31/147/15
士不信愨○有多知能 31/147/16
三日○校來謁 31/148/1
定公越席○起 31/148/2
昔舜巧於使民○造父巧 於使馬 31/148/4
未有窮其下○能無危者 也 31/148/8
○天下自來 32/148/14
魏武侯謀事○當 32/148/17
退朝○有喜色 32/148/17
楚莊王謀事○當 32/148/18
退朝○有憂色 32/148/19
王朝○有憂色 32/148/19
不穀謀事○當 32/148/19
自爲謀○莫己若者亡 32/148/21
今以不穀之不肖○群臣 莫吾逮 32/148/21
○君以喜 32/148/22
盍志○子美德乎 32/149/1
然○吾所執贄○見者十 人 32/149/8
還贄○相見者三十人 32/149/8
欲言○請畢事者千有餘 人 32/149/8
士至○後見物 32/149/11
舍貴○爲賤 32/149/12
舍富○爲貧 32/149/13
舍佚○爲勞 32/149/13
顏色黎黑○不失其所 32/149/13
今相國有此三者○不得 罪〔於〕楚之士民 32/149/17
吾三相楚○心瘉卑 32/149/18
每益祿○施瘉博 32/149/18
位滋尊○禮瘉恭 32/149/18
賜爲人下○未知也 32/149/21
深扫之○得甘泉焉 32/149/21
樹之○五穀播焉 32/149/22
多其功○不（息）〔惪〕 32/149/22

昔虞不用宮之奇○晉并之 32/150/1
萊不用子馬○齊并之 32/150/1
紂刳王子比干○武王得之 32/150/1
○身死國亡也 32/150/2
故君上蔽○無覩 32/150/6
賢人距○不受 32/150/6

兒 ér 1

故脯巨人而炙嬰○矣 18/88/4

唲 ér 1

○嘔之 10/46/6

尒 ěr 2

○則翫 19/94/4
不可以身○也 31/147/16

耳 ěr 71

○不能兩聽而聰 1/2/15
入乎○ 1/3/14,1/3/15,3/9/2
口○之閒則四寸〔○〕 1/3/15
使○非是無欲聞也 1/4/17
○好之五聲 1/4/18
亦或遲或速、或先或後〔○〕 2/7/9
而○辨音聲清濁 4/15/8
鼻目○具 5/17/17
是聽○之所不能聽也 8/29/7
故必將撞大鐘、擊鳴鼓、吹竽笙、彈琴瑟以塞其○ 10/45/17
譬之是由好聲色而恬無○目也 11/51/24
○欲綦聲 11/52/1
○好聲而聲樂莫大焉 11/53/18
人之百事如○目鼻口之不可以相借官也 12/60/14
○不聞也 12/62/12
○目之明 12/62/14
併○目之樂 12/63/9
偷合苟容、以持祿養交而已○ 13/63/29
偷合苟容、以之持祿養交而已○ 13/65/10
入焉焦沒○ 15/68/14
案（角）鹿埵、隴種、東籠而退○ 15/69/4
事大敵堅則渙然離○ 15/69/22
則作而兼殆之○ 15/70/12
相為雌雄○矣 15/70/17
霍焉離○ 15/73/14
忽然○ 16/75/7
國若假城然○ 16/76/23
乃能使說己者使○ 16/77/18
即去大梁百有二十里○ 16/78/2
○目鼻口形能 17/80/9
君子、小人之所以相縣者在此○ 17/81/8
豈特玄之○哉 18/83/21
直墮之○ 18/84/12
騶中《韶》、《護》以養○ 18/86/21
則得大辱而退○ 18/88/19
○不欲綦聲 18/89/13
所以養○也 19/90/7,19/90/12
充○而設瑱 19/95/8
直無由進之○ 19/97/12
故君子○不聽淫聲 20/100/2
○目聰明 20/100/8
○不自聞也 20/101/2
雷鼓在側而○不聞 21/102/9
○聽備聲 21/102/21
采采卷○ 21/104/14
卷○、易得也 21/104/14
○目之欲接 21/105/14
是以闢○目之欲 21/105/15
闢○目之欲 21/105/17
掩○而聽者 21/106/5
聲音、清濁、調竽奇聲以○異 22/108/16
則緣○而知聲可也 22/109/1
不（治）〔冶〕觀者之○目 22/110/15
○聽鍾鼓而不知其聲 22/112/11
聲不及傭而可以養○ 22/112/18
生而有○目之欲 23/113/4
○可以聽 23/113/19
可以聽之聰不離○ 23/113/20
23/114/2
目明而○聰 23/113/20
目明而○聰也 23/114/2
○好聲 23/114/12
驊騮、騹驥、纖離、綠○ 23/117/14
忠不上達、蒙揜○目塞門戶 25/122/3
○目既顯、吏敬法令莫敢恣 25/123/5
昔晉公子重○霸心生於曹 28/141/8
非○不能聞也 31/147/10

爾 ěr 17

嗟○君子 1/1/8
靖共○位 1/1/9
介○景福 1/1/9
安特將學雜識志、順《詩》、《書》而已○ 1/3/23
或不為○ 2/7/15
在勢注錯習俗之所積○ 4/15/11
無師無法則唯利之見○ 4/15/14
幾直夫芻豢稻梁之縣糟糠○哉 4/15/21
如反手○ 5/17/19
亦將志乎心○ 5/17/20
論議之卑○ 5/17/27
（而）論議之卑○ 5/18/4
其說甚○ 17/82/2
往迎○相 27/127/12
永錫○類 27/134/25
晝○于茅 27/135/2
宵○索綯 27/135/3

餌 ěr 1

必以○ 30/144/2

邇 ěr 4

道雖○ 2/7/17
遠○來服 15/71/26
小人○而君子遠矣 21/107/15
君子○而小人遠矣 21/107/16

## 二 èr　46

蟹六跪而〇螯　1/2/12
問一而告〇謂之囋　1/3/18
是人之〇必窮也　5/18/9
非特以〇足而無毛也　5/18/15
亦〇足而毛也　5/18/15
非特以其〇足而無毛也　5/18/16
則審一〇　5/18/21
十〇子者不能親也　6/22/15
十〇子者遷化　6/22/19
以務息十〇子之說　6/23/1
武王誅〇　7/26/1,27/132/8
應當世之變若數一〇　8/30/15
并一而不〇　8/34/1,8/34/2
不〇後王　8/34/21
法〇後王謂之不雅　8/34/21
上〇則下〇矣　10/47/1
治一不治〇　11/55/11
則夫人行年七十有〇　12/62/4
其情〇也　13/65/18
〇而亂　14/67/17
未有〇隆爭重而能長久者　14/67/17
權出〇者弱　15/69/19
操十〇石之弩　15/70/1
蓋殺一人、刑〇人而天下治　15/73/8
舍屬〇三子而治其地　16/76/2
即去大梁百有〇十里耳　16/78/2
〇三子之善於子宋子者　18/89/8
有三乘之地者事〇世　19/91/4
〇十五月而畢　19/96/7,19/96/18
〇人揚觶　20/101/15
天下無〇道　21/102/5
天下有〇　21/107/3
謂之〇實　22/109/12
此〇行者　23/114/5
〇者、是非之本　24/119/9
妻以〇女任以事　25/121/9
北決九河、通十〇渚疏三江　25/121/13
�革（〇）〔戒〕兵　26/125/15
授天子〇策　27/128/14
〇者、〔治〕亂之衢也　27/132/12
〇曰行辟而堅　28/138/19
百乘之家有爭臣〇人　29/142/11

## 貳 èr　12

立隆而勿〇也　7/27/3
法不〇後王　9/38/1
法〇後王謂之不雅　9/38/1
（脩）〔循〕道而不（〇）〔貣〕　17/79/17
（〇）〔貣〕之則喪也　19/92/6
其（情）〔精〕之至也不〇　21/104/13
然而不可以〇周行　21/104/15
（〇）〔貣〕則疑惑　21/104/15
故能處道而不〇　22/110/16
衆人〇之、讒夫棄之形是詰　25/120/15
精神相（反）〔及〕、一而不〇爲聖人　25/121/3
六〇之博　27/133/3

## 發 fā　24

百〇失一　1/4/12
〇之而當　5/21/2
山林澤梁以時禁〇而不稅　9/38/10
以時禁〇　9/40/6
則夫名聲之部〇於天地之閒也　11/50/1
後之〇　15/68/5
武王載〇　15/69/9
則必〇夫（掌）〔稟〕窌之粟以食之　15/74/14
子〇將（西）〔而〕伐蔡　16/76/1
楚〇其賞　16/76/2
子〇辭曰　16/76/2
〇誡布令而敵退　16/76/2
子〇之致命也恭　16/76/4
　16/76/10
今子〇獨不然　16/76/8
〔大〕昏之未〇齊也　19/91/11
是吉凶憂愉之情〇於顏色者也　19/94/15
是吉凶憂愉之情〇於聲音者也　19/94/15
是吉凶憂愉之情〇於食飲者也　19/94/17
是吉凶憂愉之情〇於衣服者也　19/94/18
是吉凶憂愉之情〇於居處者也　19/94/19
樂則必〇於聲音　20/98/14
筦籥〇猛　20/100/19
和而不〇　27/128/2

## 乏 fá　1

而且有空虛窮〇之實矣　10/42/28

## 伐 fá　21

無〇德之色　7/27/5
斬〇養長不失其時　9/39/22
既以〇其本　10/45/13
〇其本　10/48/3
百工將時斬〇　11/56/18
功〇足以成國之大利　13/64/5
是以堯〇驩兜　15/71/24
舜〇有苗　15/71/24
禹〇共工　15/71/25
湯〇有夏　15/71/25
文王〇崇　15/71/25
武王〇紂　15/71/25
子發將（西）〔而〕〇蔡　16/76/1
諸侯侵削之、攻〇之　18/84/3
武王〇有商　18/85/12
有兼覆之厚而無〇德之色　22/110/10
以治〇亂　27/132/25
齊人欲〇魯　27/133/1
晉人欲〇衛　27/133/1
（奮）〔愼〕於行者〔不〕〇　29/143/3
仁義在身而色不〇　31/146/2

## 罰 fá　41

懲之以刑〇　9/35/7
嚴刑〇以糾之　9/37/7
無罪不〇　9/38/5
析愿禁悍而刑〇不過　9/38/6
嚴刑〇以防之　9/41/19
則賞〇不行　10/45/10
〇不行　10/45/10
然後衆人徒、備官職、漸慶賞、嚴刑〇以戒

其心 10/45/19
故其○威 10/45/20
賞行○威 10/45/20
威乎刑○〔矣〕 10/46/16
刑○雖繁 11/56/13
○不用而民服 12/57/18
賞（克）〔免〕○偷則民不怠 12/60/10
闇君之所○也 13/64/6
○其忠 13/64/13
鰌之以刑○ 15/70/5
慶賞刑○ 15/70/25,27/131/11
是故刑○省而威〔行如〕流 15/73/8
故賞慶、刑○、埶詐不足以盡人之力、致人之死 15/73/11
焉慮率用賞慶、刑○、埶詐、（除）〔險〕阸其下 15/73/12
故賞慶、刑○、埶詐之爲道者 15/73/14
○不用而威行 16/75/14
其刑○重而信 16/75/16
○有罪 16/76/4
凡爵列、官職、賞慶、刑○ 18/85/10
○不當罪 18/85/11
刑○世輕世重 18/85/15
故賞以富厚而○以殺損也 18/89/17
而以人之所欲者○邪 18/89/19
重刑○以禁之 23/115/5
無刑○之禁 23/115/6
刑○不怒罪 24/118/18
刑○綦省而威行如流 24/118/19
刑○怒罪 24/119/3
明德愼○、國家既治四海平 25/121/1
信、誕以分賞○必 25/123/4
此刑○之所以繁也 27/127/5
猶用刑○於萬民也 27/127/18
刑○之所以多也 27/132/10

## 法 fǎ 181

《禮》者、○之大分 1/3/9
一可以爲○則 1/3/14
《禮》、《樂》○而不說 1/3/20
○士也 1/4/4
好○而行 2/7/18
人無○ 2/7/18
有○而無志其義 2/7/19
依乎○而又深其類 2/7/19
是無○也 2/8/3
不是師○而好自用 2/8/3
○禮也 2/8/4
是○勝私也 2/8/15
愚則端愨而○ 3/10/7
畏○流俗 3/11/24
刑○之所大禁也 4/13/3
是刑○之所不舍也 4/13/3
政令○ 4/14/9
循○則、度量、刑辟、圖籍 4/14/10
治○猶存 4/14/12
無師無○則唯利之見爾 4/15/14
人無師無○ 4/15/17
吾孰○焉 5/18/18
守○數之有司極禮而褫 5/18/19
○先王 5/19/10,8/33/2
故足以爲天下○則矣 5/20/2
尙○而無○ 6/21/22
不○先王 6/22/4
略○先王而不知其統 6/22/8
上則○舜、禹之制 6/23/1
下則○仲尼、子弓之義 6/23/1
少言而○ 6/23/5
多少無○而流湎然 6/23/5
知而無○ 6/23/9
儒者○先王 8/27/26
○則度量正乎官 8/28/8
王公好之則亂○ 8/29/9
行○至堅 8/30/12,8/30/13
脩百王之○若辨白黑 8/30/15
略○先王而足亂世 8/32/17
舉不知○後王而一制度 8/32/17
○後王 8/32/21
其言行已有大○矣 8/32/22
然而明不能齊○教之所不及 8/32/22
以是尊賢畏○ 8/33/1
張○而度之 8/33/4
故人無師無○而知 8/33/16
人有師有○而知 8/33/17
故有師○者 8/33/18
無師○者 8/33/18
人無師○則隆（情）〔性〕矣 8/33/18
有師○則隆（性）〔積〕矣 8/33/19
而師○者 8/33/19
○二後王謂之不雅 8/34/21
故○而不議 9/35/16
則○之所不至者必廢 9/35/16
故○而議 9/35/17
其有○者以○行 9/35/18
無○者以類舉 9/35/18,27/131/8
故有良○而亂者有之矣 9/35/19,14/66/25
○不貳後王 9/38/1
○貳後王謂之不雅 9/38/1
王者之〔○〕 9/38/9
是王者之○也 9/38/12
正○則 9/40/12,9/41/5
上以○取焉 10/42/24
衆庶百姓則必以○數制之 10/43/3
其百吏好○ 10/47/13
正○以齊官 10/49/4
〔之〕所以爲布陳於國家刑○者 11/49/18
則舉義○也 11/49/18
加義乎○則度量 11/49/21
何○之道 11/50/21
故道王者之○ 11/50/22
道霸者之○ 11/50/22
道亡國之○ 11/51/1
援夫千歲之信○以持之也 11/51/6
以夫千歲之○自持者 11/51/7
而禮○之大分也 11/52/21,11/54/16
循其舊○ 11/53/2
無國而不有治○ 11/54/3
無國而不有亂○ 11/54/3
故其○治 11/54/5
故百王之○不同若是 11/54/9
而禮○之樞要也 11/54/14
陳一○ 11/55/16
不敬舊○ 11/56/10
則百吏莫不畏○而遵繩矣 11/56/17

百吏畏○循繩 11/56/21
無治○ 12/57/3
羿之○非亡也 12/57/3
禹之○猶存 12/57/3
故○不能獨立 12/57/4
○者、治之端也 12/57/4
君子者、○之原也 12/57/5
則○雖省 12/57/5
則○雖具 12/57/5
不知○之義而正○之數者 12/57/6
百姓莫敢不順上之○ 12/57/19
莫不○度而公 12/59/17
隆禮至○則國有常 12/60/10
其用人有○ 12/61/6
用人之○ 12/61/6
尊○敬分而無傾側之心 12/63/3
知有常○之爲一俗也 12/63/5
而一可以爲○則 13/65/19
無道○則人不至 14/66/23
道之與○也者 14/66/24
道○之揔要也 14/66/24
然後百姓曉然皆知（脩）〔循〕上之○ 15/74/1
立○施令莫不順比 15/74/10
重○愛民而霸 16/75/10,17/82/13, 27/126/7
亂楚國之○ 16/76/8
上以無○使 18/88/1
聖王以爲○ 18/89/5
然而不○禮、不（足）〔是〕禮 19/92/16
○禮、（足）〔是〕禮 19/92/16
是禮義之○式也 19/96/2
刑○有等 19/98/6
愼子蔽於○而不知賢 21/103/8
由○謂之 21/103/10
案以聖王之制爲○ 21/106/22
○其○ 21/106/22
故壹於道○而謹於循令矣 22/108/7
則雖守○之吏 22/108/8
故必將有師○之化、禮義之道 23/113/6
必將待師○然後正 23/113/9
今人無師○則偏險而不正 23/113/10
是以爲之起禮義、制○度以矯飾人之情性而正之 23/113/11
化師○、積文學、道禮義者爲君子 23/113/12
聖人積思慮、習僞故以生禮義而起○度 23/114/10
然則禮義○度者 23/114/11, 23/114/15
禮義生而制○度 23/114/14
起○正以治之 23/115/5
去○正之治 23/115/6
以其爲仁義○正也 23/116/6
然則仁義○正有可知可能之理 23/116/6
皆有可以知仁義○正之質 23/116/7
皆有可以能仁義○正之具 23/116/7
今以仁義○正爲固無可知可能之理邪 23/116/8
然則唯禹不知仁義○正、不能仁義○正也 23/116/8
將使塗之人固無可以知仁義○正之質 23/116/9
而固無可以能仁義○正之具邪 23/116/9
少言則徑而省、論而○ 23/117/2
論○聖王 24/119/8
辨○方 25/120/13
君○明 25/122/14
君○儀 25/122/15
觀○不○見不視 25/123/5
耳目既顯、吏敬○令莫敢恣 25/123/5
以治天下、後世○之成律貫 25/123/7
○禹舜而能弇迹者邪 26/124/3
有○者以○行 27/131/8
則○度存 27/135/11
則○度壞 27/135/12
蹞知而不○ 27/137/7
少言而○、君子也 27/137/10
多（少）〔言〕無○而流詰然 27/137/10
國○禁拾遺 27/137/13
三王既已定○度、制禮樂而傳之 27/137/17
無三王之○ 27/137/18
似○ 28/140/7
禮者、衆人○而不知 30/143/20
聖人○而知之 30/143/20
言足○於天下而不傷於身 31/146/4
足以爲天下○式表儀 32/150/9

## 髮 fà 2

而編之以○ 1/1/17
卬視其○ 21/106/13

## 番 fān 1

抗折其頦以象槾茨○闕也 19/95/16

## 幡 fān 1

○然遷之 27/133/6

## 藩 fān 8

以相○飾 4/15/20
故爲之雕琢、刻鏤、黼黻、文章以○飾之 10/43/22
价人維○ 12/59/8,16/77/14
善○飾人者也 12/59/12
善○飾人者人榮之 12/59/13
不能○飾人者 12/59/15
是所以○飾之也 12/60/2

## 凡 fán 75

○用血氣、志意、知慮 2/5/12
○治氣養心之術 2/6/9
○人之患 3/12/7,21/102/5
○在言也 4/12/19
○鬬者、必自以爲是而以人爲非也 4/13/5
○人有所一同 4/15/7
○言不合先王 5/19/10
○人莫不好言其所善 5/19/12, 5/20/12
○說之難 5/19/17
○事行 8/29/4

○知說 8/29/4
○人莫不欲安榮而惡危辱 8/34/10
○聽 9/35/14
聲、則○非雅聲者舉廢 9/38/2
色、則○非舊文者舉息 9/38/2
械用、則○非舊器者舉毀 9/38/3
○主相臣下百吏之（俗）〔屬〕 10/47/11
○主相臣下百吏之屬 10/47/14
○攻人者 10/48/9
○人非賢 13/65/14
○流言、流說、流事、流謀、流譽、流愬、不官而衡至者 14/66/11
○節奏欲陵 14/67/14
○用兵攻戰之本在乎壹民〔也〕 15/68/6
○在大王 15/69/11
是強弱之○也 15/69/16
○慮事欲孰而用財欲泰 15/71/1
○受命於主而行三軍 15/71/3
○百事之成也 15/71/5
○誅、非誅其百姓也 15/71/12
○所爲有兵者 15/71/22
○在於軍 15/72/4
○人之動也 15/73/11
○兼人者有三術 15/74/9
故○得勝者 16/77/5
○得人者 16/77/5
○人好敖慢小事 16/78/20
○姦人之所以起者 16/79/3
然則○爲天下之要 16/79/7
○刑人之本 18/85/8
○爵列、官職、賞慶、刑罰 18/85/10
○人之盜也 18/87/18
○人之鬬也 18/88/12
○議 18/88/21
故○言議期命 18/88/23
○禮、始乎梲 19/92/3
○緣而往埋之 19/93/16
卒禮之○ 19/94/3
○禮、事生 19/95/13
○生乎天地之間者 19/96/10
○姦聲感人而逆氣應之 20/100/4
○萬物異則莫不相爲蔽 21/102/13
○觀物有疑 21/106/3
○人之有鬼也 21/106/13
○以知 21/106/18
○同類同情者 22/108/15
○邪說辟言之離正道而擅作者 22/109/20
○語治而待去欲者 22/111/4
○語治而待寡欲者 22/111/4
○人莫不從其所可 22/111/20
○人之取也 22/111/24
○性者、天之就也 23/113/17
○禮義者 23/114/8
○人之欲爲善者 23/114/18
○古今天下之所謂善者 23/115/1
○論者貴其有辨合、有符驗 23/115/10
○人之性者 23/115/22
○所貴堯、禹、君子者 23/115/24
○禹之所以爲禹者 23/116/6
○人自得罪 24/118/15
○成相 25/120/13
禮之大○ 27/127/24
○百事異理而相守也 27/131/8
○物有乘而來 27/136/18

## 煩 fán 8

爲工匠農賈則常○勞 4/15/12
○勞以求安利 8/30/4
則聽大事○ 9/35/16
事之彌○ 10/48/22
政令不○而俗美 12/57/18
其（辨）〔辯〕說足以解○ 12/62/21
勞苦○辱則必犇 15/73/14
不○而功 16/78/16

## 蕃 fán 1

繁啓○長於春夏 17/80/22

## 繁 fán 15

則刑○而邪不勝 10/46/19
直將巧○拜請而畏事之 10/49/3
目好色而文章致○婦女莫衆焉 11/53/18
刑罰雖○ 11/56/13
嚴令○刑不足以爲威 15/72/11
是豈令不嚴、刑不○也哉 15/73/1
○啓蕃長於春夏 17/80/22
文理○ 19/92/21
情用○ 19/92/22
使其曲直、○省、廉肉、節奏足以感動人之善心 20/98/17
拜至、獻、酬、辭讓之節○ 20/101/11
○弱、鉅黍 23/117/12
此刑罰之所以○也 27/127/5
○其刑 28/139/11
是以刑彌○而邪不勝 28/139/11

## 反 fǎn 76

小人○是 2/5/6,13/65/23
君子、小人之○也 3/10/6
長遷而不○其初 3/11/12
○之人 4/13/20
以偷生○側於亂世之間 4/14/14
○鉛察之而俞可好也 4/16/15
如○手爾 5/17/19
鄙夫○是 5/19/13,8/30/3
（及）〔○〕紃察之 6/22/1
愚者○是 7/26/19
○籍於成王 8/27/17
周公歸周○籍焉 8/27/21
以極○側 8/29/11,22/111/2
○而定三革 8/31/20
積○貨而爲商賈 8/34/7
故姦言、姦說、姦事、姦能、遁逃○側之民 9/35/6
才行○時者 9/35/8
是彊者之所以○弱也 9/36/27
是（以）大者之所以○削也 9/37/1
諸侯俗○ 9/40/15
○顧其上則若灼黥 9/41/13
威儀○○ 10/46/1
福祿來○ 10/46/2
必○無功 10/46/9
必○是者也 11/55/4
則莫若○之民 12/59/1
則莫若○之政 12/59/1
姦怪之屬莫不○愨 12/60/16

不○君 12/62/22
○君之事 13/64/4
口行相○ 14/67/4
彼○顧其上 15/69/6
○之者亡 15/69/8
傾側○覆無日 15/69/22
下○制其上 15/73/14
○先王之道 16/76/8
○然舉疾惡桀、紂而貴帝湯、武 16/77/1
節威○文 16/78/5
政教功名○是 16/78/25
○禹、湯之德 18/84/7
夫亂今然後○是 18/88/1
哭之不（文）〔○〕也 19/91/13
○無哭泣之節 19/93/16
各○其平 19/93/17
是○也 19/94/9
○生術矣 19/95/8
輿藏而馬○ 19/95/11
則必○鉛 19/96/11
○易服 19/98/9
治世○是也 20/101/25
直言○矣 21/107/15
而讒言○矣 21/107/16
而愚者○是 22/111/1
皆○於性而悖於情也 23/114/5
○其施 25/120/4
精神相（○）〔及〕、一而不貳爲聖人 25/121/3
是非○易、比周欺上惡正直 25/122/4
讒夫多進、○覆言語生詐態 25/122/6
顯者必得、隱者復顯民○誠 25/123/3
擾兮其相逐而○也 26/124/9
○覆甚極 26/125/9
（○見）〔見謂〕從（擴）〔橫〕 26/125/14
千歲必○ 26/125/18
願聞○辭 26/125/19
○絕以環 27/126/25
制禮○本成末 27/128/3
爲蠕菜敝而不○其常 27/134/2
是其○者也 27/136/18
強足以○是獨立 28/138/21
不亦（遠）〔○〕乎 30/143/24
不（以）〔亦〕（○）〔遠〕乎 30/143/24
失之己而○諸人 30/144/12

## 犯 fàn 10

晉之咎○ 13/63/24
誦說而不陵不○ 14/67/20
○治之罪固重 18/85/14
○亂之罪固輕也 18/85/14
而○分之羞大也 18/87/24
○分、亂理 18/88/26
亂爭則兵弱城○ 20/99/18
合於○（分）〔文〕亂理而歸於暴 23/113/5
莫敢○（大）上之禁 24/118/11
皆知夫〔○〕上之禁不可以爲安也 24/118/12

## 氾 fàn 2

至（氾）〔○〕而汎 8/31/16
○利兼愛德施均 25/121/8

## 汎 fàn 1

至（氾）〔氾〕而○ 8/31/16

## 范 fàn 1

刑○正 16/75/6

## 販 fàn 2

賈分貨而○ 11/52/19,11/54/14

## 飯 fàn 3

〔食〕、先黍稷而○稻（梁）〔粱〕 19/91/8
沐浴、鬠體、○唅、象生執也 19/95/7
○以生稻 19/95/8

## 方 fāng 58

南○有鳥焉 1/1/17
西○有木焉 1/1/18
○其人之習、君子之說 1/3/21
故禮恭而後可與言道之○ 1/4/7
雖達四○ 2/7/1,2/7/3
盡天下之○也 3/11/17
○知畜雞狗豬彘 4/16/6
徐○既同 5/20/4
若夫總○略 6/22/13
鄉○略 7/25/19,11/50/7
相怨一○ 8/30/4
卒然起一○ 8/33/4
綱紀四○ 10/43/16
天○薦瘥 10/46/3
遠○致願 10/49/6
猶規矩之於○圓也 11/51/19
使臣下百吏莫不宿道鄉○而務 11/52/9
三公總○而議 11/52/19,11/54/15
四○之國有侈離之德則必滅 11/53/16
徐○既來 12/57/21,15/74/7
古者先王審禮以○皇周浹於天下 12/57/27
盂○而水○ 12/58/11
尙賢使能則民知○ 12/60/10
故人主必將有足使喻志決疑於遠○者然後可 12/62/21
以待無○ 13/63/21
○起以尙盡矣 14/66/14
以綏四○ 14/66/19
圜居而○正 15/69/4
遠○慕其（德）〔義〕 15/71/26
緣之以○城 15/72/17
○數百里 15/74/20
辟稱比○則欲自並乎湯、武 16/77/4
則不可欺以○圓 19/92/14
規矩者、○圓之至 19/92/15
謂之無○之民 19/92/16
謂之有○之士 19/92/17
非特學爲無○之民也 19/92/19
○皇周挾 19/93/2
是先王立樂之○也 20/98/18
樂行而民鄉○矣 20/100/11

遠○莫不致其珍 21/102/21
則天下之治說者○多然矣 21/107/7
曲期遠○異俗之鄉則因之而爲通 22/107/22
故比○之疑似而通 22/108/15
四○爲綱 22/110/12
辨法○ 25/120/13
言治○ 25/122/12
表儀既設民知○ 25/122/14
○者中矩 26/124/7
念彼遠○ 26/125/19
博學而無○ 27/134/14
四○是維 28/139/9
○術不用 32/150/11

芳 fāng 5

鼻辨芬○腥臊 4/15/9
好我○若芝蘭 9/41/12
必將芻豢稻粱、五味芬○以塞其口 10/45/18
椒蘭芬○ 19/90/6
非以無人而不○ 28/141/4

妨 fáng 4

除怨而無○害人 7/26/15
爲重招權於下以○害人 7/26/20
葬田不○田 18/87/17
不以自○也 21/107/10

防 fáng 7

所以○邪僻而近中正也 1/2/1
行有○表 8/34/20
行有○表也 8/34/24
○淫除邪 9/40/11
嚴刑罰以○之 9/41/19
其○表明〔也〕 10/47/1
○其躬身 13/64/19

房 fáng 3

執薦者百人侍西○ 18/86/19
䟽○檖貌、越席、床笫、几筵 19/90/7
䟽○、檖貌、越席、床笫、几筵 19/94/18

放 fàng 2

故湯之○桀也 15/72/5
不○舟、不避風則不可涉也 29/143/1

非 fēi 331

臂○加長也 1/1/13
聲○加疾也 1/1/13
○利足也 1/1/14
○能水也 1/1/14
君子生○異也 1/1/14
巢○不完也 1/1/18
木莖○能長也 1/1/19
其質○不美也 1/1/20
○蛇蟺之穴無可寄託者 1/2/13
○也 1/3/18,17/81/11,17/81/14
○其道則避之 1/4/7
使目○是無欲見也 1/4/17
使耳○是無欲聞也 1/4/17
使口○是無欲言也 1/4/17
使心○是無欲慮也 1/4/18
故○我而當者 2/5/4
致亂而惡人之○己也 2/5/6
是是、○○謂之智 2/6/1
○是、是○謂之愚 2/6/1
是謂是、○謂○曰直 2/6/1
○潰淖也 2/7/5
○擊戾也 2/7/5
○恐懼也 2/7/5
○不察也 2/7/11
○不難也 2/7/11
故○禮 2/8/3
○師 2/8/3
○禮義之中也 3/9/1,3/9/3,3/9/4
欲利而不爲所○ 3/9/7
○（諂）〔諂〕諛也 3/9/19
（惡）○毀疵也 3/10/1
○夸誕也 3/10/1
○懾怯也 3/10/2
○驕暴也 3/10/2
○治亂也 3/10/12,22/111/5,22/111/6
○禮義之謂亂也 3/10/12
○治○禮義者也 3/10/13
○案亂而治之之謂也 3/10/13
○案汙而脩之之謂也 3/10/14
故去亂而○治亂也 3/10/14
去汙而○脩汙也 3/10/15
○知也 3/10/18,17/81/4
分是○之分 3/11/16
是○仁人之情也 3/12/11
○地不安也 4/12/18
凡鬭者、必自以爲是而以人爲○也 4/13/5
人誠○也 4/13/6
不知是○ 4/13/14
是○知能材性然也 4/15/1
○生而具者也 4/15/13
君子○得勢以臨之 4/15/15
豈○人之情固可與如此可與如彼也哉 4/16/3
○不欲也 4/16/8
○〔順〕孰脩爲之君子 4/16/13
固○庸人之所知也 4/16/14
○吉凶也 5/17/14
是○容貌之患也 5/17/27,5/18/4
爲下則好○其上 5/18/8
○特以二足而無毛也 5/18/15
○特以其二足而無毛也 5/18/16
○無賢人也 5/19/5
○無善政也 5/19/5,5/19/6
則必○誠士也 5/19/11
言而○仁之中也 5/20/13
使天下混然不知是○治亂之所存者 6/21/10
嚯嚯然不知其所○也 6/22/10
飾○而好 6/23/9
○幸也 7/25/15,15/70/6,16/78/15
彼○（本）〔平〕政教也 7/25/18
○致隆高也 7/25/19,11/50/7
○綦文理也 7/25/19,11/50/7
○服人之心也 7/25/19,11/50/7
○擅也 8/27/22
○奪也 8/27/22
故以枝代主而○越也 8/27/22
以弟誅兄而○暴也 8/27/23
君臣易位而○不順也 8/27/23
○聖人莫之能爲 8/27/24

道者、○天之道 8/28/15
○地之道 8/28/15
○能偏能人之所能之謂也 8/28/16
○能偏知人之所知之謂也 8/28/17
○能偏辨人之所辨之謂也 8/28/17
○能偏察人之所察之謂也 8/28/18
不卹是○、然不（然）之情 8/28/20
分是○ 8/29/17
是殆○周公之行 8/31/13
○孔子之言也 8/31/13
蓋殺者○周人 8/31/20
則○造父也 8/32/6
則○羿也 8/32/6
則○大儒也 8/32/7
○大儒莫之能立 8/32/13
當是○ 8/33/12
○仁也 8/33/14
○所受乎性 8/33/19
（情）〔積〕也者、○吾所有也 8/33/20
是○天性也 8/34/8
是○不亂 9/35/11,9/35/11
○君子莫能 9/35/17
維齊○齊 9/36/3
小節○也 9/36/12
大節○也 9/36/13
○其道而慮之以王也 9/37/12
聲、則凡○雅聲者舉廢 9/38/2
色、則凡○舊文者舉息 9/38/2
械用、則凡○舊器者舉毀 9/38/3
則天王○其人也 9/40/16
是○功名之所就也、○存亡安危之所（墮）〔隨〕也 9/41/1
○往行之也 9/41/16
○特以爲淫泰夸麗之聲 10/43/12
○特以爲淫泰也 10/43/18
夫不足、○天下之公患也 10/44/20
○天下之公患也 10/45/4
我以墨子之「○樂」也 10/45/6
○將墮之也 10/45/7
憂戚而○樂 10/45/8
○鬬而日爭 10/46/2
愀然憂戚○樂而日不和 10/46/3
然而○長久之道也 10/46/7
輕○譽而恬失民 10/46/8
○以爲名 10/48/9
○特將持其有而已矣 10/48/18
故○有一人之道也 10/49/3
○本政教也 11/50/7
○以脩禮義也 11/50/14
○以本政教也 11/50/14
○以一天下也 11/50/14
○封焉之謂也 11/50/21
○變也 11/51/5
安不卹是○ 11/51/15
○知樂者也 11/52/4
○負其土地而從之之謂也 11/52/23
所使要百事者○仁人也 11/54/20
有○理者如豪末 11/55/26
以○所取於民而巧 11/56/7
羿之法○亡也 12/57/3
○治之原也 12/57/14
天下曉然皆知其所○以爲異也 12/60/5
夫文王○無貴戚也 12/62/2
○無子弟也 12/62/3
○無便嬖也 12/62/3
○（于是）〔是子〕莫足以舉之 12/62/6
所使於四鄰諸侯者○人之謂孤 12/62/24
○案曰○ 13/64/23
以是諫○而怒之 13/65/9
凡人○賢 13/65/14
三者、○明主莫之能知也 13/66/1
不卹是○ 13/66/4
○鬬無由也 15/70/5
○天下之愚人莫敢試 15/70/14
凡誅、○誅其百姓也 15/71/12
○女所知也 15/71/22,15/72/2
○爭奪也 15/71/23
○以仁義爲之也 15/72/1
○其逐之鳴條之時也 15/72/5
○以甲子之朝而後勝之也 15/72/5
其所以統之者○其道故也 5/72/16,15/72/18,15/73/1
○貴我名聲也 15/74/11,15/74/13
○美我德行也 15/74/11,15/74/13
○劫之以形埶 16/75/18
○振之以誅殺 16/75/18
○獨一人爲之也 16/76/5
○爲○ 16/76/14
正是○ 16/76/17,16/78/5
○衆之力也 16/77/6
○大之力也 16/77/7
○不以此爲務也 16/79/12
財○其類 17/80/11
治亂○天也 17/80/22
治亂○時也 17/80/23
治亂○地也 17/80/24
○愚也 17/81/4
○以爲得求也 17/82/7
○禮、昏世也 17/83/1
湯、武○取天下也 18/84/6
桀、紂○去天下也 18/84/7
○至彊莫之能任 18/84/13
○至辨莫之能分 18/84/13
○至明莫之能和 18/84/13
此三至者、○聖人莫之能盡 18/84/13
故○聖人莫之能王 18/84/14
○聖人莫之能有也 18/85/3
○獨不用肉刑 18/85/7
○惡惡也 18/85/9
故象刑殆○生於治古 18/85/9
異焉者○也 18/86/8
是○堯、舜之過 18/87/9
今世俗之爲說者不怪朱、象而○堯、舜也 18/87/10
○者有慶 18/87/14
○以其辱之爲故也 18/88/12
則是○不分而辨訟不決 18/88/21
是○之封界 18/88/22
（是）〔莫〕○以聖王爲師 18/88/23
○特學爲無方之民也 19/92/19
殆○直留死者以安生也 19/94/1
○禮義之文也 19/94/14
○孝子之情也 19/94/14
○順孰修爲之君子莫之能知也 19/94/21
苟○聖人 19/98/2
而墨子○之 20/98/18,20/99/2,20/99/8,20/99/12,20/100/11
樂者、聖王之所○也 20/99/21
墨子○之 20/100/15
則必惑是惑○ 21/102/6

亂國之君○之上 21/102/10
亂家之人○之下 21/102/10
百姓怨○而不用 21/102/17
則不可道而可○道 21/103/18
然後能守道以禁○道 21/103/21
與道人論○道 21/103/22
○之則辭 21/104/12
〔○〕精於物者也 21/105/1
則足以定是○、決嫌疑矣 21/105/7
故有知○以慮是 21/107/1
有勇○以持是 21/107/1
察孰○以分是 21/107/1
多能○以脩蕩是 21/107/2
辨利○以言是 21/107/2
○察是 21/107/3
是察○ 21/107/3
然而猶有能分是○、治曲直者邪 21/107/4
若夫○分是○ 21/107/4
○治曲直 21/107/4
○辨治亂 21/107/4
○治人道 21/107/4
是○之形不明 22/108/8
殺盜○殺人也 22/109/16
○而謁楹 22/109/19
○馬也 22/109/19
不動乎衆人之○譽 22/110/15
○不欲生而欲死也 22/111/8
○故生於人之性也 23/114/8
23/114/9,23/114/10,23/114/11
天○私曾、騫、孝己而外衆人也 23/116/1
天○私齊、魯之民而外秦人也 23/116/2
不恤是○ 23/117/5
不恤是○、然不然之情以期勝人爲意 23/117/10
莫○王土 24/118/8
莫○王臣 24/118/8
二者、是○之本 24/119/9
拒諫飾○、愚而上同國必禍 25/120/5
是○反易、比周欺上惡正直 25/122/4
治亂是○亦可識 25/122/10
○絲○帛 26/123/11
○日○月 26/123/11
雖指、○禮也 27/127/2
○爲成聖也 27/127/7
仁、○其里而（虛）〔處〕之 27/127/28
○（禮）〔仁〕也 27/127/28
義、○其門而由之 27/127/28
○義也 27/128/1
○禮也 27/128/6,27/128/19
29/142/25
○尊家臣也 27/128/23
諸侯○問疾弔喪 27/129/10
廢疾○人不養者 27/131/13
○目益明也 27/131/26
○爲君也 27/132/19
○以貴諸侯而已 27/132/19
○以尊大夫而已 27/132/20
以是○對 27/133/11
而《詩》○屢盟 27/133/22
學者○必爲仕 27/134/20
○君子而好之 27/135/18
○其人也 27/135/18
○其人而教之 27/135/19
然而○禮不進 27/135/22
○義不受 27/135/22
○一日之聞也 27/136/4
似知而○ 27/136/13
似仁而○ 27/136/13
似勇而○ 27/136/13
是○疑則度之以遠事 27/137/1
五曰順○而澤 28/138/19
○以無人而不芳 28/141/4
○爲通也 28/141/5
○無良材也 28/141/14
○仁人莫能行 29/142/4
〔意者所友○仁人邪〕 29/142/18
○無力也 29/142/19
汝問○也 29/142/26
禮、居是邑不○其大夫 29/142/26
○唯下流水多邪 29/143/1
○恕也 30/144/18
30/144/19,30/144/19
舍此而爲○者 31/145/1,31/145/5
○吾子無所聞之也 31/147/1
○耳不能聞也 31/147/10
○口不能味也 31/147/11
見物然後知其是○之所在 32/149/11
云○聖人 32/150/10

## 飛 fēi 8

螣蛇無足而○ 1/2/15
○廉、惡來知政 8/31/18
然後○鳥鳧鴈若煙海 10/45/2
○廉、惡來是也 13/66/4
若○鳥然 15/69/22
紂蔽於妲己、○廉 21/102/16
○廉知政任惡來 25/120/8
○鳥所害 26/125/1

## 肥 féi 6

磽墝○ 8/28/18
召寇、○敵、亡國、危身之道也 9/36/19
磽○墝 9/40/4
民富則田○以易 10/42/24
田○以易則出實百倍 10/42/24
多糞○田 10/44/15

## 匪 fěi 4

○交○舒 1/4/9
○上帝不時 6/24/1
○降自天 18/87/14

## 菲 fěi 3

○、（對）〔紨〕屨 18/85/6
資麤、衰絰、○繐、菅屨 19/94/18
無帾絲歶縷翣其貆以象○帷幬尉也 19/95/16

## 誹 fěi 3

不能則妬嫉怨○以傾覆人 3/9/11
不恐於○ 6/24/14
○也 27/138/2

## 吠 fèi 1

北海則有走馬○犬焉 9/38/14

**沸 fèi** 3

〔若〕以指撓○ 15/68/14
諮諮然而○ 22/110/23
百川○騰 24/119/5

**費 fèi** 5

故藉斂忘○ 12/57/19
故天子諸侯無靡○之用 12/60/6
奉養必○ 15/74/12
孰知夫出○用之所以養財也 19/90/14
則必有軩鼓喪豚之○矣 21/106/15

**廢 fèi** 28

小人兩○ 3/10/10
任重則必○ 7/26/21
無益於理者○之 8/29/4
於是《武》、《象》起而《韶》、《護》○矣 8/32/1
罷不能不待頃而○ 9/35/3
則法之所不至者必○ 9/35/16
聲、則凡非雅聲者舉○ 9/38/2
乃身不○在王庭 10/42/29
功○而名辱 11/54/21,12/57/8
不當則○ 11/55/18
而百事不○ 11/56/23
無欲將而惡○ 15/70/27
不由其道則○ 15/72/11
一○一起 17/82/20
不至於○易遂亡 18/84/1
故百事○、財物詘而禍亂起 18/88/2
故禮樂○而邪音起者 20/99/19
朝不○朝 20/101/18
暮不○夕 20/101/18
而事必有困○之禍 22/108/13
事無困○之禍 22/108/14
不肖者敢援而○之 23/117/9
功立而身○ 26/124/17
今○禮者 27/127/5
○疾非人不養者 27/131/13
○不能以單之 28/139/8
是以天下之紀不息、文章不○也 32/149/13

**分 fēn** 121

《禮》者、法之大○ 1/3/9
是君子小人之○也 3/9/13
○是非之○ 3/11/16
○爭於中 3/11/21
而禹、桀所以○也 3/12/4
榮辱之大○ 4/14/3
是榮辱之大○也 4/14/4
《詩》、《書》、《禮》、《樂》之○乎 4/16/11
夫《詩》、《書》、《禮》、《樂》之○ 4/16/14
故先王案爲之制禮義以○之 4/17/1
知賢愚、能不能之○ 4/17/1
辨莫大於○ 5/18/17
○莫大於禮 5/18/17
（○別）〔譬稱〕以諭之 5/20/7
（譬稱）〔○別〕以明之 5/20/8
見端不如（見）本○ 5/20/16
本○而理 5/20/16
聖人士君子之○具矣 5/20/16
苟以○異人爲高 6/21/16
不足以合大衆、明大○ 6/21/16
不可以經國定○ 6/22/1
樂○施者也 6/24/4
以齊之○奉之而不足 7/25/9
闕黨之子弟罔不○ 8/28/6
堅白、同異之○隔也 8/29/6
○是非 8/29/17
○不亂於上 8/30/9
（○○）〔介介〕兮其有終始也 8/30/19
然而明不能○別 8/32/19
○未定也 9/35/4
聽政之大○ 9/35/10
兩者○別 9/35/10
○均則不偏 9/35/22
故制禮義以○之 9/36/2,19/90/4
○ 9/39/11
○何以能行 9/39/11
故義以○則和 9/39/11
得之○義也 9/39/13
群而無○則爭 9/39/15,10/42/17
10/43/9
知愚○ 10/42/13
則莫若明○使群矣 10/42/18
而壯者有○爭之禍矣 10/42/19
職業無○ 10/42/19
夫婦之○ 10/42/20
故知者爲之○也 10/42/21
故無○者 10/43/9
有○者 10/43/10
所以管○之樞要也 10/43/10
古者先王○割而等異之也 10/43/11
兼足天下之道在明○ 10/44/15
小巨○流者存 11/51/14
小巨○流者亦一若彼 11/51/16
農○田而耕 11/52/18
賈○貨而販 11/52/19,11/54/14
百工○事而勸 11/52/19,11/54/14
士大夫○職而聽 11/52/19
11/54/15
建國諸侯之君○土而守 11/52/19
11/54/15
而禮法之大○也 11/52/21
11/54/16
然後皆內自省以謹於○ 11/54/13
然後農○田而耕 11/54/14
○已定 11/55/7
百姓莫敢不敬○安制以（禮）化其上 11/55/8
以飾朝廷臣下百吏之○ 11/55/17
以禮○施 12/57/23
將以明○達治而保萬世也 12/60/6
然後明○職 12/60/11
故職○而民不（探）〔慢〕 12/60/14
尊法敬○而無傾側之心 12/63/3
楚○而爲三四 15/72/15
明道而（○鈞）〔鈞○〕之 15/73/5
○義則明 16/75/13
○義則不明 16/75/15
故明於天人之○ 17/79/21
則貴賤不○ 17/83/5
亂禮義之○ 18/84/7
非至辨莫之能○ 18/84/13
夫禮義之○盡矣 18/86/14
而犯○之羞大也 18/87/24

則是非不○而辨訟不決 18/88/21
○職名象之所起 18/88/22
而聖王之○ 18/88/23
犯○、亂理 18/88/26
是榮辱之○也 18/89/4
求而無度量○界 19/90/3
是儒、墨之○也 19/90/18
待聖人然後○也 19/95/4
然則何以○之 19/96/23
察孰非以○是 21/107/1
然而猶有能○是非、治曲直者邪 21/107/4
若夫非○是非 21/107/4
故知者爲之○別制名以指實 22/108/13
故明君知其○而不與辨也 22/109/21
合於犯（○）〔文〕亂理而歸於暴 23/113/5
而不察〔乎〕人（人）之性僞之○者也 23/113/16
是性、僞之○也 23/113/19
假之人有弟兄資財而○者 23/114/16
是善惡之○也已 23/115/2
○義行乎下 24/118/10
○然各以其誠通 24/118/18
○親疏 24/119/12
親疏有○ 24/119/13
義者、○此者也 24/119/14
罪禍有律、莫得輕重威不○ 25/123/1
信、誕以○賞罰必 25/123/4
貴賤以○ 26/124/16
樂○施而恥積臧 27/132/5
與義○背矣 27/132/13
惡民之串以無○得也 27/137/13
有（夫）○義 27/137/13
無○義 27/137/13

## 芬 fēn 6

鼻辨○芳腥臊 4/15/9
欣驩○薌以送之 5/20/8
必將芻豢稻梁、五味○芳以塞其口 10/45/18
○若椒蘭 15/69/6
椒蘭○芳 19/90/6
香、臭、○、鬱、腥、臊、（洒）〔漏〕、（酸）〔庮〕、奇臭以鼻異 22/108/17

## 紛 fēn 2

涫涫○○ 21/104/9

## 焚 fén 3

不時○燒 10/42/25,10/45/23
而憂其不○也 27/131/23

## 忿 fèn 8

不然則○之也 10/48/9
夫誰能○之 10/48/15
則（○之）〔爲○〕者不攻也 10/48/15
爲○者否 10/48/16
接之以聲色、權利、○怒、患險 12/61/9
天下莫○ 16/76/12
○怒其臣妾 27/127/18

## 奮 fèn 4

則民心○而不可說也 10/42/14
有兼聽之明而無○矜之容 22/110/10
（○）〔慎〕於言者〔不〕華 29/143/3
（○）〔慎〕於行者〔不〕伐 29/143/3

## 糞 fèn 3

多○肥田 10/44/15
樹落則○本 14/67/22
堂上不○ 16/79/11

## 封 fēng 11

非○焉之謂也 11/50/21
微子開○於宋 15/71/14
○內千里 16/76/25
未有過○內千里者也 16/77/21
○內甸服 18/85/22
○外侯服 18/85/22
是非之○界 18/88/22
雖○侯稱君 22/112/15
武王善之、○〔之〕於宋立其祖 25/120/9
則○疆不削 29/142/10
繒丘之○人見楚相孫叔敖曰 32/149/16

## 風 fēng 20

順○而呼 1/1/13
○至苕折 1/1/17
○雨興焉 1/2/9
故《○》之所以爲不逐者 8/31/7
美○俗 9/40/13
是之謂政令行、○俗美 11/56/23
卒如飄○ 15/72/15
○俗以一 15/73/17
觀其○俗 16/78/11
○雨博施 17/80/5
○雨之不時 17/81/11
○俗之美 18/87/21
其移○易俗 20/99/24
移○易俗 20/100/9
微○過之 21/105/6
友○而子雨 26/124/13
《國○》之好色也 27/135/7
綦三年而百姓（往）〔從〕〔○〕矣 28/139/8
不放舟、不避○則不可涉也 29/143/1
總要萬物於○雨 31/146/9

## 鋒 fēng 2

嘗試之說○起 9/35/15
兌則若莫邪之利○ 15/69/3

## 豐 fēng 3

則臣下百吏乘是而後○取刻與以無度取於民 12/57/14
是高爵○祿之所加也 15/74/3

則高爵○祿以持養之 15/74/4

**蘴 fēng** 4

羿、○門者 11/53/8,18/87/11
射遠中微則莫若羿、○門矣 11/53/9
慘如○蠆 15/72/14

**麷 fēng** 1

若撥○ 10/48/13

**逢 féng** 4

其衣○ 6/24/17,6/24/18
○衣淺帶 8/32/17
主忌苟勝、群臣莫諫必○災 25/120/4

**馮 féng** 2

不敢○河 13/65/15
百仞之山而豎子○而游焉 28/139/12

**縫 féng** 1

既以○表 26/125/10

**諷 fěng** 1

少不○〔誦〕 27/134/16

**奉 fèng** 9

以齊之分○之而不足 7/25/9
歲終○其成功以效於君 11/55/18
趙之○陽 13/63/23
○養必費 15/74/12
蔡侯○其社稷而歸之楚 16/76/1
三公○軶持納 18/86/21
所以持平○吉也 19/94/10
所以持險○凶也 19/94/10
○妒昧者謂之交譎 27/130/19

**鳳 fèng** 5

○凰秋秋 21/102/22
有（○）〔凰〕有（凰）〔○〕 21/102/23
鴟梟爲○皇 26/125/16
是以○在列樹 31/146/14

**賵 fèng** 3

輿馬曰○ 27/128/5
賻、○所以佐生也 27/128/5
○、贈及事 27/128/6

**佛 fó** 1

○然（乎）〔平〕世之俗起焉 6/22/14

**否 fǒu** 10

國之所以安危臧○也 9/40/19
觀國之治亂臧○ 10/47/9
爲名者○ 10/48/16
爲利者○ 10/48/16
爲忿者○ 10/48/16
知國之安危臧○若別白黑 12/59/6
不邮國之臧○ 13/63/29
不卹國之臧○ 13/65/9
則未可定然○也 21/106/3
治亂可○ 21/107/12

**夫 fū** 388

○是之謂道德之極 1/3/10
君子知○不全不粹之不足以爲美也 1/4/16
○是之謂德操 1/4/20
○是之謂成人 1/4/20
○是之謂治氣養心之術也 2/6/10
然○士欲獨脩其身 2/7/5
○驥一日而千里 2/7/8
○堅白、同異、有厚無厚之察 2/7/10
○師、以身爲正儀而貴自安者也 2/8/4
○是之謂至文 3/9/16
○此有常 3/11/6
○此順命 3/11/7
○誠者、君子之所守也 3/11/10
○富貴者、則類傲之 3/12/11
○貧賤者、則求柔之 3/12/11
○天生蒸民 4/14/8
是士大○之所以取田邑也 4/14/10
○不知其與己無以異也 4/14/23
○起於變故 4/15/13
今以○先王之道 4/15/20
以○桀、跖之道 4/15/20
幾直○芻豢稻粱之縣糟糠爾哉 4/15/21
則○塞者俄且通也 4/16/1
又欲○餘財蓄積之富也 4/16/5
今○偷生淺知之屬 4/16/9
況○先王之道 4/16/11
○《詩》、《書》、《禮》、《樂》之分 4/16/14
○貴爲天子 4/16/18,11/53/12
是○群居和一之道也 4/17/2
士大○以上至於公侯 4/17/3
○是之謂至平 4/17/4,12/57/21
○是之謂人倫 4/17/5
婦人莫不願得以爲○ 5/18/1
今○狌狌形笑 5/18/15
○禽獸有父子而無父子之親 5/18/16
○妄人曰 5/18/24
鄙○反是 5/19/13,8/30/3
○是之謂兼術 5/20/4
○是之謂（爲）能貴其所貴 5/20/9
○是之謂姦人之雄 5/21/5
若○總方略 6/22/13
在一大○之位 6/22/16,8/32/8
今○仁人也 6/23/1
○是之謂誠君子 6/24/15
○齊桓公有天下之大節焉 7/25/11
○孰能亡之 7/25/11
○又何可亡也 7/25/15
厚於有天下之勢而不得以匹○老 7/26/3
○是之謂吉人 7/26/11
○是之謂天下之行術 7/27/6
○是謂大儒之效 8/27/24
○是之謂人師 8/28/11,9/38/12

15/71/16
○其爲人下也如彼 8/28/12
若○（謫）〔讁〕德而定次 8/28/21
○是之謂中事 8/29/4
○是之謂中說 8/29/5
若○充虛之相施易也 8/29/6
○是之謂上愚 8/29/10
○又誰爲恭矣哉 8/31/14
○又惡有不可焉 8/31/18
○又誰爲戒矣哉 8/32/2
人積耨耕而爲農○ 8/34/6
小儒者、諸侯大○士也 8/34/17
匹○問學 8/34/23
○是之謂君子言有壇宇 8/34/23
雖王公士大○之子孫也 9/35/4
則歸之卿相士大○ 9/35/5
○是之謂天德 9/35/8
○兩貴之不能相事 9/36/1
僅存之國富大○ 9/36/17
○是之謂上溢而下漏 9/36/18
○是之謂有原 9/37/19
○是之謂復古 9/38/3
百姓曉然皆知○爲善於家而取賞於朝也 9/38/6
○是之謂定論 9/38/7
農○不斲削、不陶冶而足械用 9/38/16
○是之謂大神 9/38/18
下無父子、○婦 9/39/4
君臣、父子、兄弟、○婦 9/39/5
○是之謂大本 9/39/6
使農○樸力而寡能 9/40/4
○威彊未足以殆鄰敵也 9/40/20
豈渠得免○累乎 9/40/21
以觀○暴國之相（卒）〔捽〕也 9/41/4
○堯、舜者、一天下也 9/41/7
○王者之與亡者 9/42/7
○婦之分 10/42/20
○君子奚患乎無餘〔也〕 10/42/25
大○裨冕 10/43/2,27/126/17
○是之謂以政裕民〔也〕 10/43/6
若○重色而衣之 10/43/18
爲莫若仁人之善也○ 10/43/19
是農○衆庶之事也 10/44/15
若○兼而覆之 10/44/17
○不足、非天下之公患也 10/44/20
○天地之生萬物也 10/45/2
○有餘不足 10/45/4
知○爲人主上者不美不飾之不足以一民也 10/45/16
○天下何患乎不足也 10/45/23
士大○衆則國貧 10/47/20
○是之謂國蹶 10/48/3
○是之謂至（貪）〔貧〕 10/48/5
其所以（○）〔失〕之一也 10/48/6
○誰能忿之 10/48/15
索爲匹○不可得也 11/49/14
16/76/13
則○名聲之部發於天地之閒也 11/50/1
援○千歲之信法以持之也 11/51/6
安與○千歲之信士爲之也 11/51/6
以○千歲之法自持者 11/51/7
○是之謂巨用之 11/51/14
○是之謂小用之 11/51/16
○人之情 11/51/24
若○貫日而治詳 11/52/8
是所使○百吏官人爲也 11/52/8
若○論一相以兼率之 11/52/9
是○人主之職也 11/52/9
○是之謂至約 11/52/11
匹○者、以自能爲能者也 11/52/14
匹○則無所移之 11/52/14
爲之者、役○之道也 11/52/17
士大○分職而聽 11/52/19
11/54/15
此○過舉蹞步而覺跌千里者○ 11/53/25
○是之謂上一 11/54/6
索爲匹○而不可得也 11/54/8
若○貫日而治平 11/54/16
○兼聽天下 11/55/12
則○朝廷群臣亦從而成俗於不隆禮義而好傾覆也 11/56/11
則○衆庶百姓亦從而成俗於不隆禮義而好貪利矣 11/56/12
○是之謂危國 11/56/13
則士大○莫不（敬）〔敀〕節死制者矣 11/56/16
則農○莫不朴力而寡能矣 11/56/20
士大○務節死制 11/56/20
農○朴力而寡能 11/56/22
請問爲人○ 12/57/25
○有禮 12/57/26
○無禮 12/57/26
○是之謂聖人 12/58/7
○是之謂能群 12/59/13
○是之謂匹○ 12/59/15
衆農○ 12/59/16
大○擅官 12/59/17
下賢使之爲士大○ 12/59/18
若○重色而成文章 12/60/3
士大○無流淫之行 12/60/6
○是之謂政教之極 12/60/16
○是之謂大形 12/60/18
○文王非無貴戚也 12/62/2
則○人行年七十有二 12/62/4
○文王欲立貴道 12/62/5
○是之謂國具 12/62/17,12/62/20
12/62/23
是士大○官師之材也 12/63/4
○是之謂至闇 13/64/13
若子胥之於○差 13/65/11
若○忠信端慤而不害傷 13/65/18
○是之謂通忠之順 13/66/2
○是之謂權險之平 13/66/3
○是之謂禍亂之從聲 13/66/4
○是之謂衡聽、顯幽、重明、退姦、進良之術 14/66/14
○言用賢者、口也 14/67/3
○燿蟬者務在明其火、振其樹而已 14/67/4
〔○〕兵之所貴者埶利也 15/68/9
且○暴國之君 15/69/4
○又何可詐也 15/69/8
誅桀、紂若誅獨○ 15/70/15
故《泰誓》曰「獨○紂」 15/70/15
若○招近募選 15/70/16
○是之謂盜兵 15/70/17
○是之謂六術 15/70/27

○是之謂五權 15/71/2
○是之謂三至 15/71/3
○是之謂至臣 15/71/4
（失）〔○〕是之謂大吉 15/71/5
○是之謂五無壙 15/71/7
○是之謂天下之將 15/71/8
士大○死行列 15/71/11
所以得（○）〔天〕下也 15/72/9
○是之謂大化至一 15/74/7
則必發○（掌）〔稟〕窌之粟以食之 15/74/14
○是之謂大凝 15/75/2
○是之謂道德之威 16/75/14
○是之謂暴察之威 16/75/18
○是之謂狂妄之威 16/75/20
○尙賢使能 16/76/4
士大○益爵 16/76/7
○主相者、勝人以埶也 16/76/14
必以道○公道通義之可以相兼容者 16/76/15
（天）〔○〕桀、紂 16/76/24
○桀、紂何失 16/77/1
案用○端誠信全之君子治天下焉 16/78/5
觀其士大○ 16/78/13
古之士大○也 16/78/14
則常不勝○敦比於小事者矣 16/78/21
○義者、所以限禁人之爲惡與姦者也 16/79/3
○下之和上 16/79/5
○義者、內節於人而外節於萬物者也 16/79/6
○是之謂天職 17/80/1
○是之謂不與天爭職 17/80/2
○是之謂能參 17/80/2
○是之謂神 17/80/6
○是之謂天〔功〕 17/80/6
○是之謂天情 17/80/9
○是之謂天官 17/80/10
○是之謂天君 17/80/10
○是之謂天養 17/80/11
○是之謂天政 17/80/11
○是之謂大凶 17/80/12
○是之謂知天 17/80/15
若○（心）〔志〕意脩 17/81/4
○日月之有食 17/81/11
○星之隊、木之鳴 17/81/13
○是之謂人祅 17/81/17,17/81/17
○是之謂人祅〔也〕 17/82/1
若○君臣之義、父子之親、○婦之別 17/82/3
誅暴國之君若誅獨○ 18/84/5
○德不稱位 18/85/11
○征暴誅悍 18/85/12
○是之謂視形埶而制械用 18/85/23
○有誰與讓矣 18/86/6
○有惡擅天下矣 18/86/8
○又何變之有矣 18/86/12
18/86/13
○禮義之分盡矣 18/86/14
若○知慮取舍則無衰 18/86/15
大○次之 18/87/1
○曰「堯、舜擅讓」 18/87/4
○是之謂嵬說 18/87/11
○亂今然後反是 18/88/1
○曰 18/88/5
○是之謂大姦 18/88/7
○今子宋子不能解人之惡侮 18/88/16
○是之謂義榮 18/88/25
下爲卿相士大○ 18/88/25
○是之謂埶榮 18/88/26
○是之謂義辱 18/89/1
○是之謂埶辱 18/89/2
士大○以爲道 18/89/5
孰知○出死要節之所以養生也 19/90/14
孰知○出費用之所以養財也 19/90/14
孰知○恭敬辭讓之所以養安也 19/90/15
孰知○禮義文理之所以養情也 19/90/15
大○士有常宗 19/91/1
道及士大○ 19/91/2
○是之謂大隆 19/91/9
○厚其生而薄其死 19/93/7
大○三重 19/93/11
諸侯之喪動通國、屬大○ 19/93/13
大○之喪動一國、屬修士 19/93/14
○是之謂至辱 19/93/17
則○忠臣孝子亦知其閔已 19/93/19
若○斷之繼之 19/94/20
今○大鳥獸則失亡其群匹 19/96/10
將由○愚陋淫邪之人與 19/96/15
將由○脩飾之君子與 19/96/18
○是之謂至隆 19/97/5
大○三月 19/97/17
則○忠臣孝子亦愅詭而有所至矣 19/97/21
哀○ 19/98/9
敬○ 19/98/9
○樂者、樂也 20/98/14
使○邪汙之氣無由得接焉 20/98/18
○聲樂之入人也深 20/99/15
○民有好惡之情而無喜怒之應 20/99/25
○是之謂至盛 21/102/22
○道者、體常而盡變 21/103/11
○何以知 21/103/20
不以○一害此一謂之壹 21/104/3
〔○〕是之謂大人 21/104/10
○惡有蔽矣哉 21/104/10
○微者、至人也 21/105/18
○何彊 21/105/19
○苟不當 21/106/9
○是之謂妄人 21/106/20
若○非分是非 21/107/4
○民易一以道而不可與共故 22/110/1
豈爲○南者之不可盡也 22/111/21
豈爲○所欲之不可盡也 22/111/22
其與○盜無以異 22/112/15
○是之謂以己爲物役矣 22/112/15
○是之謂重己役物 22/112/21
○可以見之明不離目 23/113/20
使○資朴之於美 23/114/1
若○可以見之明不離目 23/114/2
○子之讓乎父 23/114/4
若○目好色 23/114/11
○感而不能然、必且待事而後然者 23/114/13
○好利而欲得者 23/114/16
○薄願厚 23/114/19

則○彊者害弱而奪之 23/115/7
○陶人埏埴而生瓦 23/115/20
○聖人之於禮義也 23/115/22
然而〔秦人〕於父子之義、○婦之別不如齊、魯之孝（具）〔共〕敬（父）〔文〕者 23/116/2
本○仁義之可知之理、可能之具 23/116/13
○工匠、農、賈 23/116/21
有役○之知者 23/117/1
是役○之知也 23/117/5
○人雖有性質美而心辨知 23/117/16
則士大○無流淫之行 24/118/10
天下曉然皆知○盜竊之（人）不可以爲富也 24/118/11
皆知○賊害之（人）不可以爲壽也 24/118/12
皆知○〔犯〕上之禁不可以爲安也 24/118/12
（治）世曉然皆知○爲姦則雖隱竄逃亡之由不足以免也 24/118/14
○故天下不與爭能而致善用其功 24/119/15
○故爲天下貴矣 24/119/16
衆人貳之、讒○棄之形是詰 25/120/15
邪枉辟回（○）〔失〕道途 25/122/4
讒○多進、反覆言語生詐態 25/122/6
任用讒○不能制 25/122/7
此○文而不采者與 26/123/12
匹○隆之則爲聖人 26/123/14
此○安寬平而危險隘者邪 26/124/2
○是之謂君子之知 26/124/5
此○大而不塞者歟 26/124/11
此○身女好而頭馬首者與 26/125/2
○是之謂蠶理 26/125/4
此○始生鉅其成功小者邪 26/125/8
○是之謂箴理 26/125/10
大○服笏 27/126/19
大○黑弓 27/126/21
○行也者、行禮之謂也 27/127/15
大○之臣拜不稽首 27/128/23
上大○ 27/128/27
中大○ 27/128/27
下大○ 27/128/27
○婦不得不驩 27/129/1
君於大○ 27/129/10
見○婦 27/129/17
○婦之道 27/129/17
子謂子家駒續然大○ 27/131/16
不可以爲天子大○ 27/131/17
利○秋豪 27/131/23
今○亡箴者 27/131/26
大○不言得喪 27/132/4
大○不爲場（園）〔圃〕 27/132/5
讒○興與 27/132/17
非以尊大○而已 27/132/20
（人）〔○〕盡小者大 27/133/16
朝士大○遇諸塗不與言 27/133/19
古者匹○五十而士 27/135/14
貧爲匹○ 27/135/21
大○之驕我者 27/136/2
匹○不可以不慎取友 27/136/8
○類之相從也 27/136/9
有（○）分義 27/137/13
○少正卯、魯之聞人也 28/138/17
○子爲政而始誅之 28/138/17
今○世之陵遲亦久矣 28/139/13
○水、（大）偏與諸生而無爲也 28/140/5
今○子累德、積義、懷美 28/140/18
○遇、不遇者 28/141/3
且○芷蘭生於深林 28/141/4
○賢、不肖者 28/141/5
若○志以禮安 29/141/20
○子有奚對焉 29/142/10
魯大○練而床 29/142/22
吾以○子爲無所不知 29/142/23
○子徒有所不知 29/142/23
由問魯大○練而床 29/142/24
○子曰 29/142/24
女謂○子爲有所不知乎 29/142/25
○子徒無所不知 29/142/26
禮、居是邑不非其大○ 29/142/26
○惡有不足矣哉 29/143/5
○魚鱉黿鼉猶以淵爲淺而堀〔穴〕其中 30/144/1
爲○玉之少而珉之多邪 30/144/5
○君子豈多而賤之、少而貴之哉 30/144/6
○玉者、君子比德焉 30/144/6
○子之門 30/144/15
且○良醫之門多病人 30/144/16
然則○章甫、絇屨、紳〔帶〕而搢笏者 31/145/2
○端衣、玄裳、絻而乘路者 31/145/3
○有何足致也 32/148/15
天使○子振寡人之過也 32/148/22
○仰祿之士猶可驕也 32/149/12

**鈇 fū** 1

軍旅○鉞者、先王之所以飾怒也 20/99/10

**膚 fū** 5

骨體○理辨寒暑疾養 4/15/9
面無見○ 5/17/22
則足以見鬚眉而察〔○〕理矣 21/105/5
骨體○理好愉佚 23/114/12
則若性命肌○之不可易也 31/145/16

**弗 fú** 4

然則國亂將○治與 3/10/13
○求○迪 8/34/11
孔子○過 32/150/9

**伏 fú** 8

辟之是猶○而咶天 7/27/9
16/77/10
見寢木以爲○虎也 21/106/4
以爲○鬼也 21/106/12
今使塗之人○術爲學 23/116/13
文、武之道同○戲 25/120/13
禮樂滅息、聖人隱○墨

術行 25/120/16
冬○而夏游 26/125/3

扶 fú 2

不○而直 1/1/19
擽然○持心、國 11/49/17

怫 fú 1

則兄弟相○奪矣 23/114/17

拂 fú 9

謂之○ 13/64/5
故諫、爭、輔、○之人 13/64/5
可謂○矣 13/64/8
諫、爭、輔、○之人信 13/64/11
無橋○ 13/64/17
從命而不○ 13/65/1
棺椁其須象版蓋斯象○也 19/95/15
徑易而不○ 22/109/11
○乎其欲禮義之大行也 26/125/17

服 fú 96

庶人不○ 1/1/20
食飲、衣○、居處、動靜 2/5/13
莫不從○ 6/22/19
兼○天下之心 6/23/13
如是而不○者 6/23/18
非○人之心也 7/25/19,11/50/7
昭哉嗣○ 7/26/12
通達之屬莫不從○ 8/28/11
11/50/3,11/54/7,15/71/16
無思不○ 8/28/12,11/53/5
15/71/17
治世之所棄而亂世之所從○也 8/29/6
而都國之民安習其○ 8/34/7
輔○人之道 9/37/15
甲兵不勞而天下○ 9/37/16
11/54/6
衣○有制 9/38/1
政令時則百姓一、賢良○ 9/39/18
使天下莫不順比從○ 9/40/14
三者體此而天下○ 9/41/11
士皮弁○ 10/43/2
乃大明○ 10/46/17
爵○慶賞以申重之 10/46/21
其等位爵○足以容天下之賢士矣 11/53/2
足以順○好利之人矣 11/53/3
好利之人○焉 11/53/3
善○射者也 11/53/8
善○馭者也 11/53/8
善○人者也 11/53/8
人○而勢從之 11/53/9
人不○而勢去之 11/53/9
故王者已於○人矣 11/53/9
使衣○有制 11/54/17
爵○賞慶以申重之 11/55/24
罰不用而民○ 12/57/18
敵國不待○而詘 12/57/20
負○矢五十个 15/70/1
○者不禽 15/71/12
殷之○民所以養生之者也無異周人 15/71/14
遠邇來○ 15/71/26
故刑一人而天下○ 15/73/7
爵○慶賞以申之 15/73/16
禮脩而士○ 15/75/1
士○民安 15/75/1
其誅不○也審 16/75/16
其○不挑 16/78/11
通達之屬莫不振動從○以化順之 18/85/19
故諸夏之國同○同儀 18/85/21
蠻、夷、戎、狄之國同○不同制 18/85/21
封內甸○ 18/85/22
封外侯○ 18/85/22
侯、衛賓○ 18/85/22
蠻夷要○ 18/85/22
戎狄荒○ 18/85/22
甸○者祭 18/85/22
侯○者祀 18/85/22
賓○者享 18/85/23
要○者貢 18/85/23
荒○者終王 18/85/23
生民之屬莫不振動從○以化順之 18/86/7,18/87/8
衣被則○五采 18/86/17
喪○之先散麻也 19/91/12
無衰麻之○ 19/93/16
三日而成○ 19/93/21
是吉凶憂愉之情發於衣○者也 19/94/18
反易○ 19/98/9
則莫不從○ 20/99/6
故齊衰之○、哭泣之聲 20/99/26
其○組 20/101/24
莫不○罪而請 24/118/14
干戈不用三苗○ 25/121/11
夔爲樂正鳥獸○ 25/121/12
厚薄有等明爵○ 25/122/13
讒人○矣 26/125/20
大夫○笏 27/126/19
衣○日襚 27/128/5
（設）〔譏〕衣不踰祭○ 27/129/15
我言維○ 27/131/6
○禮義 27/134/8
上先○之 28/139/7
子路盛○見孔子 29/142/28
今汝衣○既盛 29/143/1
改○而入 29/143/2
○古之○ 31/145/1,31/145/5
○使然也 31/147/10,31/147/11
馬○而後求良焉 31/147/15
兩○入廄 31/148/2

浮 fú 3

鯈鉢者、○陽之魚也 4/13/19
○游作矢 21/105/10
不飲不食者、○蝣也 27/137/20

祓 fú 1

若○不祥 15/73/18

符 fú 6

則晻然若合○節 8/33/4
合○節、別契券者 12/57/11
不待合○節、別契券而信 12/57/17
其罪猶爲○節、度量之罪也 22/108/5

凡論者貴其有辨合、有
〇驗 23/115/10
無辨合、〇驗 23/115/11

## 鳧 fú 1

然後飛鳥〇鴈若煙海 10/45/2

## 福 fú 24

介爾景〇 1/1/9
〇莫長於無禍 1/1/10
〇事至則和而理 7/26/9
降〇穰穰 10/46/1
降〇簡簡 10/46/1
〇祿來反 10/46/2
將以爲〇 11/52/6
順其類者謂之〇 17/80/11
此不蔽之〇也 21/102/23
21/103/6,21/103/16
故能持管仲而名利〇祿
與管仲齊 21/103/4
故能持周公而名利〇祿
與周公齊 21/103/4
其〇必長 21/103/5
而未有俞疾之〇也 21/106/15
則禍託於欲而人以爲〇 22/112/1
〇託於惡而人以爲禍 22/112/1
此亦人所以惑於禍〇也 22/112/1
則不知禍〇之所託 22/112/2
能除患則爲〇 27/128/11
禍與〇鄰 27/128/15
爲善者天報之以〇 28/140/18
知禍〇終始而心不惑也 28/141/5
爲惡得〇 32/150/13

## 輻 fú 1

乃大其〇 30/143/25

## 黻 fú 9

美於黼〇文章 5/19/13
故爲之雕琢、刻鏤、黼
〇、文章 10/43/13
故爲之雕琢、刻鏤、黼
〇、文章以藩飾之 10/43/22
必將錭琢、刻鏤、黼〇
、文章以塞其目 10/45/18
脩冠弁、衣裳、黼〇、
文章、琱琢、刻鏤 12/60/1
彫琢、刻鏤、黼〇、文章 19/90/6
（卑）〔弊〕絻、黼〇
、文織 19/94/17
目視黼〇而不知其狀 22/112/11
黼衣、〇裳者不茹葷 31/147/10

## 甫 fǔ 3

紳端章〇 20/100/1
然則夫章〇、絇屨、紳
〔帶〕而搢笏者 31/145/2
紳、委、章〇 31/147/9

## 府 fǔ 10

〇然苦（渠）〔梁〕匽
檃栝之於己也 5/20/1
實〇庫 9/36/17
〇庫已實 9/36/17
我今將脩飾之、拊循之
、掩蓋之於〇庫 9/41/21
等賦〇庫者 10/47/22
百姓虛而〇庫滿 10/48/3
及都邑官〇 16/78/12
無有而求天〇 27/133/3
則天〇已 27/133/3
是天〇也 27/134/10

## 斧 fǔ 2

林木茂而〇斤至焉 1/2/6
則〇斤不入山林 9/39/19

## 拊 fǔ 4

我今將脩飾之、〇循之
、掩蓋之於府庫 9/41/21
〇循之 10/46/6
尚〇（之）膈 19/92/1
鞉、柷、〇、鞷、椌、
楬似萬物 20/101/1

## 俯 fǔ 10

行而〇項 2/7/5
偶視而先〇 2/7/5
習其〇仰屈申 20/99/4
其〇仰周旋有似於四時 20/100/8
然而治〇仰、詘信、進
退、遲速莫不廉制 20/101/2
盡筋骨之力以要鍾鼓〇
會之節 20/101/3
〇而出城門 21/106/5
〇見其影 21/106/12
三〇三起 26/125/4
烏鵲之巢可〇而窺也 31/146/15

## 脯 fǔ 1

故〇巨人而炙嬰兒矣 18/88/4

## 腐 fǔ 2

肉〇生蟲 1/2/3
〇儒之謂也 5/19/15

## 輔 fǔ 16

則〇之以道順 2/6/7
〇然 6/24/18
〇服人之道 9/37/15
然而求卿相〇佐 12/61/18
卿相〇佐 12/62/18
人主必將有卿相〇佐足
任者然後可 12/62/19
無卿相〇佐足任者之謂
獨 12/62/24
是卿相〇佐之材也 12/63/7
謂之〇 13/64/4
故諫、爭、〇、拂之人 13/64/5
可謂〇矣 13/64/8
諫、爭、〇、拂之人信 13/64/11
然後中和察斷以〇之 14/67/8
〇賢之謂能 21/103/5
得益、皋陶、橫革、直
成爲〇 25/121/13
失〇埶 25/122/7

**撫 fǔ** 2

其德音足以塡○百姓 12/62/19
勇力○世 28/138/14

**黼 fǔ** 9

美於○黻文章 5/19/13
故爲之雕琢、刻鏤、○黻、文章 10/43/13
故爲之雕琢、刻鏤、○黻、文章以藩飾之 10/43/22
必將錭琢、刻鏤、○黻、文章以塞其目 10/45/18
脩冠弁、衣裳、○黻、文章、琱琢、刻鏤 12/60/1
彫琢、刻鏤、○黻、文章 19/90/6
（卑）〔髀〕絻、○黻、文織 19/94/17
目視○黻而不知其狀 22/112/11
○衣、黻裳者不茹葷 31/147/10

**父 fù** 74

○子爲親矣 3/11/10
所謂「以狐○之戈钃牛矢」也 4/13/7
○子相傳 4/14/11
中○羞以爲子 5/18/3
夫禽獸有○子而無○子之親 5/18/16
是○兄之容也 6/24/18
遂立以爲仲○ 7/25/12
立以爲仲○ 7/25/12
造○者、天下之善御者也 8/32/4
則非造○也 8/32/6
民之○母也 9/39/4,18/84/9
下無○子、夫婦 9/39/4
君臣、○子、兄弟、夫婦 9/39/5
君君、臣臣、○○、子子、兄兄、弟弟一也 9/39/6
其民之親我也歡若○母 9/41/12
親之如○母 10/44/1,11/55/27,16/75/14
○子不得不親 10/44/7,27/129/1
親之歡如○母 10/46/13
王良、造○者 11/53/8
則莫若使王良、造○矣 11/53/10
故下之親上歡如○母 11/54/12
請問爲人○ 12/57/24
大臣○子兄弟有能進言於君 13/64/1
○者、家之隆也 14/67/17
則造○不能以致遠 15/68/7
若子之事○、弟之事兄〔也〕 15/68/15
歡若○母 15/69/5
是猶使人之子孫自賊其○母也 15/69/7
今楚○死焉 16/77/18
則○子相疑 17/81/18
若夫君臣之義、○子之親、夫婦之別 17/82/3
然則是誅民之○母而師民之怨賊也 18/84/10
王梁、造○者 18/87/12
民之○母 19/97/8
固有爲民○母之說焉 19/97/8
○能生之 19/97/9
則○子兄弟同聽之 20/98/21
而造○精於御 21/105/11
夫子之讓乎○ 23/114/4
子之代乎○ 23/114/4
然而〔秦人〕於○子之義、夫婦之別不如齊、魯之孝（具）〔共〕敬（○）〔文〕者 23/116/2
且內不可以知○子之義 23/116/10
皆內可以知○子之義 23/116/11
加之以造○之馭 23/117/15
故殺其○而臣其子 24/118/18
孰公長○之難、厲王流于彘 25/122/7
有○母而無牝牡者與 26/125/3
蛾以爲○ 26/125/4
簪以爲○ 26/125/10
嫫母、刁○是之喜也 26/126/1
○南鄉而立 27/127/12
君若○之友 27/129/13
君臣○子之本也 27/129/17
○母之喪 27/131/13
有○子訟者 28/139/1
其○請止 28/139/1
從義不從○ 29/141/19,29/142/3
子從○命 29/142/7,29/142/8,29/142/9
○有爭子 29/142/11
故子從○ 29/142/12
昔舜巧於使民而造○巧於使馬 31/148/4
造○不窮其馬 31/148/5
造○無失馬也 31/148/6
成王之爲叔○ 32/149/7

**付 fù** 2

管仲誅○里乙 28/138/22
子產誅鄧析、史○ 28/138/22

**阜 fù** 1

生於山○ 26/125/6

**附 fù** 9

欲○下一民 12/59/1
士民不親○ 15/68/8
故善○民者 15/68/8
故兵要在乎（善）○民而已 15/68/8
豈必待○民哉 15/68/10
刻死而○生謂之墨 19/96/1
刻生而○死謂之惑 19/96/1
遠者說則○ 27/133/26
親近而○遠 27/133/26

**負 fù** 10

故懷○石而赴河 3/8/20
○石而墜 6/23/10
○扆而坐 8/31/14
辟之是猶使處女嬰寶珠、佩寶玉、○戴黃金而遇中山之盜也 10/49/2
非○其土地而從之之謂也 11/52/23
○服矢五十个 15/70/1
○三王之廟而辟於陳、蔡之閒 16/77/18
○西海而固常山 16/78/2
○依而坐 18/86/19

百仞之山任○車登焉 28/139/12

## 赴 fù 4

故懷負石而○河 3/8/20
若○水火 15/68/14
○勝人之道 16/76/17
其○百仞之谷不懼 28/140/6

## 婦 fù 16

奇衣○飾 5/18/1
○人莫不願得以爲夫 5/18/1
下無父子、夫○ 9/39/4
君臣、父子、兄弟、夫○ 9/39/5
夫○之分 10/42/20
目好色而文章致繁○女莫衆焉 11/53/18
俳優、侏儒、○女之請謁以悖之 11/56/1
若夫君臣之義、父子之親、夫○之別 17/82/3
琴○好 20/100/20
其容○ 20/101/24
然而〔秦人〕於父子之義、夫○之別不如齊、魯之孝（具）〔共〕敬（父）〔文〕者 23/116/2
夫○不得不驩 27/129/1
見夫○ 27/129/17
夫○之道 27/129/17
○謁盛與 27/132/16
長於○人之手 31/146/17

## 復 fù 22

不○挺者 1/1/4
是顧是○ 8/34/11
夫是之謂○古 9/38/3
年穀○孰 10/48/2
以德○君而化之 13/65/8
中試則○其戶 15/70/2
是〔其氣力〕數年而衰而〔○利〕未可奪也 15/70/2
則兵不○出於塞外而令行於天下矣 16/78/6
猶○而振之矣 18/86/12
○情以歸（大）〔太〕一也 19/92/4
一而不可得再○也 19/93/9
各○其始 19/93/17
○生有節也哉 19/96/8
治則○經 21/102/5
至治之極○後王 25/120/14
治○一 25/120/14
恨（後）〔○〕遂過不肯悔 25/122/5
顯者必得、隱者○顯民反誠 25/123/3
皓天不○ 26/125/18
○自道 27/130/16
吾不○見 27/136/2
還○瞻被（九）〔北〕蓋 28/141/13

## 富 fù 75

志意脩則驕○貴 2/6/12
○貴而體恭 2/8/13,2/8/14
夫○貴者、則類傲之 3/12/11
又欲夫餘財蓄積之○也 4/16/5
○有天下 4/16/18,11/53/12
樂○貴者也 6/24/4
羞獨○者也 6/24/5
而○人莫之敢距也 7/25/13
○則施廣 7/26/9
可○可貧也 7/26/10
貧而○ 8/29/14
豈不貧而○矣哉 8/29/18,8/29/20
人謂之○矣 8/29/19
然而人謂之○ 8/29/19
豈不大○之器誠在此也 8/29/20
是杅杅亦（當）〔○〕人已 8/29/20
無禄而○ 8/29/21
豈不至尊、至○、至重、至嚴之情舉積此哉 8/29/21
家○而愈儉 8/31/12
以○利爲隆 8/32/16
使有貧、○、貴、賤之等 9/36/2
故王者○民 9/36/17
霸者○士 9/36/17
僅存之國○大夫 9/36/17
亡國○筐篋 9/36/17
筐篋已○ 9/36/17
國家案自○矣 9/41/11
我日積○ 9/41/24
裕民則民○ 10/42/24
民○則田肥以易 10/42/24
而且有○厚丘山之積矣 10/42/26
貧○輕重皆有稱者也 10/43/1, 19/90/10
則國○矣 10/43/6
不○不厚之不足以管下也 10/45/16
則天下大而○ 10/45/23
上下俱○ 10/46/13
觀國之强弱貧○有徵 10/47/19
下○則上○ 10/47/21
則上下俱○ 10/48/1
將以求○而喪其國 10/48/5
可謂廣大、○厚矣 11/52/2
得百姓之力者○ 11/55/21
○貴而不驕 12/58/1
有以○兼人者 15/74/9
用貧求○ 15/74/14
委之財貨以○之 15/74/15
是以○兼人者也 15/74/16
以○兼人者貧 15/74/16
完全○足而趨趙 15/74/20
苟○利而已矣 16/77/11
則天不能使之○ 17/79/19
皆使（當）〔○〕厚、優猶（不）知足 18/87/19
譬之是猶以人之情爲欲○貴而不欲貨也 18/89/15
故賞以○厚而罰以殺損也 18/89/17
○則爲賊 20/101/25
貧願○ 23/114/19
故○而不願財 23/114/19
仁之所亡無○貴 23/117/7
天下曉然皆知夫盜竊之（人）不可以爲○也 24/118/11
後埶○ 25/121/2
不○無以養民情 27/130/24
所以○之也 27/130/24
上好○ 27/132/12,27/132/13
欲○乎 27/132/13
多有之者○ 27/136/15
○有四海 28/138/15

故○貴不足以益也 31/145/16
○有天下而無怨財 31/146/4
舍○而爲貧 32/149/13

**傅 fù** 7

○說之狀 5/17/22
雖博○ 12/57/6
必貴師而重○ 27/135/11
貴師而重○ 27/135/11
必賤師而輕○ 27/135/11
賤師而輕○ 27/135/11
周公謂伯禽之○曰 32/149/1

**腹 fù** 5

今是人之口○ 4/15/16
則其心正其口○也 4/15/17
若手臂之扞頭目而覆胸○也 15/68/16
虛○張口來歸我食 15/74/14
案欲剡其脛而以蹈秦之○ 16/77/19

**賦 fù** 2

等○ 9/38/9
等○府庫者 10/47/22

**縛 fù** 1

則從而執○之 16/75/19

**賻 fù** 2

貨財曰○ 27/128/5
○、賵所以佐生也 27/128/5

**覆 fù** 37

不能則妬嫉怨誹以傾○人 3/9/11
兼○無遺 9/35/8
水則○舟 9/36/8,31/147/7
則傾○滅亡可立而待也 9/36/18
故天之所○ 9/38/17
兼○而調一之 9/40/13
故權謀傾○之人退 9/41/9
事行則傾○ 9/42/4
弘○乎天 10/42/29
故爲之出死斷亡以○救之 10/43/21
權謀傾○ 10/44/11,15/70/20
若夫兼而○之 10/44/17
潢然兼○之 10/46/21,11/55/24
則其傾○滅亡則可立而待也 10/48/4
與權謀傾○之人爲之則亡 11/51/8
以兼○之 11/55/17
權謀傾○以示之 11/56/1
而又好以權謀傾○之人斷事其外 11/56/9
則夫朝廷群臣亦從而成俗於不隆禮義而好傾○也 11/56/11
上好傾○ 12/57/13
仁厚兼○天下而不閔 12/58/6
若手臂之扞頭目而○胸腹也 15/68/16
傾側反○無日 15/69/22
權謀、傾○、幽險而亡 16/75/10
傾○滅亡 16/75/20
權謀、傾○、幽險而盡亡矣 17/82/13
有兼○之厚而無伐德之色 22/110/10
前車已○、後未知更何覺時 25/122/2
讒夫多進、反○言語生詐態 25/122/6
下○百姓 26/125/7
反○甚極 26/125/9
滿則○ 28/138/11
滿而○ 28/138/12
惡有滿而不○者哉 28/138/13

**改 gǎi** 10

舉國而與之不爲○視 4/13/16
○（王）〔玉〕○行也 11/51/5
而○其過 13/64/25
○造則不易周也 15/70/3
誰睹是而不○也哉 15/74/1
唯其徙朝○制爲難 18/86/13
慮一朝而○之 18/89/7
有不用而○自作 27/137/17
○服而入 29/143/2

**蓋 gài** 12

○帝堯長 5/17/16
○殺者非周人 8/31/20
我今將脩飾之、拊循之、掩○之於府庫 9/41/21
○云歸哉 10/44/3
○殺一人、刑二人而天下治 15/73/8
棺椁其須象版○斯象拂也 19/95/15
在乎區○之間 27/136/22
此○爲宥坐之器 28/138/11
還復瞻被（九）〔北〕○ 28/141/13
○曰貴文也 28/141/14
○猶若也 29/143/2
亡國之虛則必有數○焉 31/147/5

**概 gài** 3

斗、斛、敦、○者 12/57/13
不待斗、斛、敦、○而嘖 12/57/17
盈不求○ 28/140/7

**干 gān** 21

○、越、夷、貉之子 1/1/8
名曰射○ 1/1/18
剖比○而囚箕子 8/31/18
南海則有羽翮、齒革、曾青、丹○焉 9/38/14
比○、子胥 13/64/7
皆○賞蹈利之兵也 15/70/11
紂剖比○ 15/72/20
剖比○ 18/84/16
執其○戚 20/99/4
動以○戚 20/100/7
其翼若○ 21/102/22
不少頃○之胸中 21/107/11
闔閭之○將、莫邪、鉅闕、辟閭 23/117/13
比○見剖箕子累 25/120/9

○戈不用三苗服 25/121/11
比○見刳 26/125/16
哭比○之墓 27/131/3
比○、子胥忠而君不用 27/137/22
王子比○不見剖心乎 28/141/1
紂刳王子比○而武王得之 32/150/1
比○剖心 32/150/12

## 甘 gān 5

口辨酸鹹○苦 4/15/8
嘗之而○於口 4/15/19
○、苦、鹹、淡、辛、酸、奇味以口異 22/108/16
芻豢不加○ 22/109/17
深扣之而得○泉焉 32/149/21

## 玕 gān 1

琅○、龍茲、華覲以爲實 18/87/23

## 泔 gān 2

（○）〔洎〕之 27/137/4
（○）〔洎〕之傷人 27/137/4

## 竿 gān 1

（○）〔竽〕笙具而不和 19/95/11

## 敢 gǎn 64

而不○以其所獨（甚）〔是〕 3/11/24
果○而（振）〔很〕 4/13/15
愼不○損益也 4/14/11
以敦比其事業而不○怠傲 4/14/12
然而食不○有酒肉 4/16/6
然而衣不○有絲帛 4/16/7
然而行不○有輿馬 4/16/7
剛毅勇○不以傷人 6/23/14
而貴戚莫之○妬也 7/25/12
而本朝之臣莫之○惡也 7/25/13
而富人莫之○距也 7/25/13
任重而不○專 7/26/8
沈猶氏不○朝飲其羊 8/28/5
惠施、鄧析不○竄其察 8/29/1
忠臣誠能然後○受職 8/30/8
（億）〔億〕然若終身之虜而不○有他志 8/32/21
而不○怠傲 8/33/2
故天下莫○敵也 9/37/15
使夷俗邪音不○亂雅 9/40/2, 20/99/21
使彫琢文采不○專造於家 9/40/8
而天下莫之○當也 11/50/8
百姓莫○不敬分安制以（禮）化其上 11/55/8
百姓莫○不順上之法 12/57/19
則臣下百吏至于庶人莫不脩己而後○安正 12/60/15
誠能而後○受職 12/60/15
計數纖嗇而無○遺喪 12/63/3
不○損益 12/63/4
不○有以私決擇也 13/64/21
不○有以私取與也 13/64/21
不○暴虎 13/65/15
不○馮河 13/65/15
則莫我○遏 15/69/9
非天下之愚人莫○試 15/70/14
不○有畔慮 15/74/12
敵國不○嬰也 16/75/9, 20/99/16
則國孰○不爲義矣 16/76/17
庶人隱竄莫○視望 18/87/1
諸侯不○壞 19/91/1
故其民莫○託爲奇辭以亂正名 22/108/5
其民莫○託爲奇辭以亂正名 22/108/6
見長而不○先食者 23/114/3
勞而不○求息者 23/114/4
○直其身 23/117/6
○行其意 23/117/6
賢者○推而尙之 23/117/9
不肖者○援而廢之 23/117/9
莫○犯（大）上之禁 24/118/11
耳目既顯、吏敬法令莫○恣 25/123/5
○請之王 26/123/12, 26/125/8
○忘命矣 27/127/13
遂理而不○ 27/128/1
不○先 27/128/25
不○過卞 27/133/1
不○過蒲 27/133/1
○問持滿有道乎 28/138/13
○問何如〔取〕之邪 31/144/27
○問何如斯可謂庸人矣 31/145/8
○問何如斯可謂士矣 31/145/13
○問何如斯可謂之君子矣 31/146/1
○問何如斯可謂賢人矣 31/146/3
○問何如斯可謂大聖矣 31/146/7

## 感 gǎn 10

○忽悠闇 15/68/10
使其曲直、繁省、廉肉、節奏足以○動人之善心 20/98/17
其○人深 20/99/24
凡姦聲○人而逆氣應之 20/100/4
正聲○人而順氣應之 20/100/4
必以其○忽之間、疑玄之時（正）〔定〕之 21/106/14
精合○應 22/107/23
○而自然、不待事而後生之者也 23/114/12
夫○而不能然、必且待事而後然者 23/114/13
咸、○也 27/129/17

## 矸 gàn 1

加之以丹○ 18/87/22

## 詌 gàn 2

無取○ 31/147/14
○、亂也 31/147/15

## 剛 gāng 6

血氣○强 2/6/6
○彊猛毅 3/10/2
○毅勇敢不以傷人 6/23/14
橋然○折 13/64/22
柔上而○下 27/129/18
堅○而不屈 30/144/7

綱 gāng　6

（群）類之○紀也　1/3/10
不可以爲治○紀　6/22/5
○紀四方　10/43/16
四方爲○　22/110/12
足以爲（○紀）〔紀○〕　32/150/11

高 gāo　44

故不登○山　1/1/7
不知天之○也　1/1/7
不如登○之博見也　1/1/12
登○而招　1/1/12
生於○山之上而臨百仞之淵　1/1/18
則抗之以○志　2/6/8
天不言而人推○焉　3/11/6
葉公子○微小短瘠　5/17/18
葉公子○入據楚　5/17/19
以至○遇至卑　5/19/17
苟以分異人爲○　6/21/16
○上尊貴不以驕人　6/23/13
行僞險穢而彊○言謹愨者也　6/24/9
與之○、國之位　7/25/13
非致隆○也　7/25/19,11/50/7
相○下　8/28/18,9/40/4
是猶傴身而好升○也　8/30/8
至○謂之天　8/34/4
積之而後○　8/34/5
○之下之　8/34/21
天作○山　9/38/19,17/80/24
致隆○　9/40/14
伉隆○　9/41/5,10/48/10
○者不旱　10/44/16
臺謝甚○　11/53/14
○城深池不足以爲固　15/72/11
是○爵豐祿之所加也　15/74/3
則○爵豐祿以持養之　15/74/4
○之如天　16/75/14
故日月不○　17/82/11
其理誠○矣　19/92/13
暴慢、恣睢、輕俗以爲○之屬入焉而隊　19/92/13
故天者、○之極也　19/92/18
○者、禮之隆也　19/93/3
相○以毀瘠　19/94/14
○蔽其長也　21/106/7
○岸爲谷　24/119/6
卑其志意、大其園囿○其臺（榭）　25/120/8
動則綦○以鉅　26/124/7
以○下下　27/129/18

皋 gāo　4

○陶之狀　5/17/22
鶴鳴于九○　8/30/3
得益、○陶、橫革、直成爲輔　25/121/13
○如也　27/135/4

睪 gāo　6

○牢天下而制之若制子孫　11/53/19
代○而食　18/86/18
側載○芷以養鼻　18/86/20
側載○芷　19/90/11
○○廣廣　21/104/9

槁 gǎo　4

雖有○暴　1/1/4
若振○然　11/50/15,15/72/17
啥以○骨　19/95/8

稾 gǎo　1

蘭茝、○本　27/134/3

稾 gǎo　1

（屋）〔局〕室、（廬庾）〔蘆簾〕、（葭）○蓐、尙机筵而可以養形　22/112/19

告 gào　21

故不問而○謂之傲　1/3/18
問一而○二謂之囋　1/3/18
問楛者勿○也　1/4/6
○楛者勿問也　1/4/6
不能則人樂○之　3/9/12
不能則人羞○之　3/9/12
仁者好○示人　4/15/22
○之示之　4/16/1
而群天下之英傑而○之以大古　6/22/13
遇賤而少者則脩○導寬容之義　6/23/16
則不○也　8/34/23
不可以○人　13/64/18
彼必將來○之　15/69/7
然後○遠者出矣　19/93/21
○不用也　19/95/11
几筵、饋、薦、○祝　19/98/7
工○樂備　20/101/14
○人無匹也　24/118/5
○無適也　24/118/5
○至備也　24/118/6
冉子以○　28/139/3

誥 gào　2

《康○》曰　10/42/29
○誓不及五帝　27/138/6

戈 gē　6

以○（舂）〔舂〕黍也　1/4/3
雖有○矛之刺　4/12/17
所謂「以狐父之○钃牛矢」也　4/13/7
置○其上　15/70/1
古之兵、○矛弓矢而已矣　15/73/4
干○不用三苗服　25/121/11

割 gē　4

古者先王分○而等異之也　10/43/11
○國之錙銖以賂之　10/48/22
則○定而欲無猒　10/48/22
制○大理　21/104/8

歌 gē 14

故近者○謳而樂之 8/28/10
15/71/15
作此好○ 8/29/11,22/111/2
《清廟》之○ 19/91/13
○謠謸笑 19/94/15
○於行伍 20/99/26
舞《韶》○《武》 20/100/1
○清盡 20/100/20
升○三終 20/101/14
閒○三終 20/101/14
生則天下○ 21/102/21
惡能與我○矣 21/105/12
其《小○》也 26/125/19

革 gé 12

反而定三○ 8/31/20
南海則有羽翮、齒○、曾青、丹干焉 9/38/14
西海則有皮○、文旄焉 9/38/16
兵○器械者 9/41/20
麻葛、繭絲、鳥獸之羽毛齒○也 10/45/3
械用兵○攻完便利者强 15/69/18
械用兵○窳楛不便利者弱 15/69/18
楚人鮫○犀兕以爲甲 15/72/14
齊人用一○ 18/85/20
金○轡靷而不入 19/95/12
得益、皋陶、横○、直成爲輔 25/121/13
憼○（二）〔戒〕兵 26/125/15

格 gé 3

○者不舍 15/71/12
兵○不擊 15/71/17
爲炮（烙）〔○〕〔之〕刑 15/72/20

愅 gé 5

○詭、悒僾而不能無時至焉 19/97/20
則夫忠臣孝子亦○詭而有所至矣 19/97/21
是君子之所以爲○詭其所喜樂之文也 19/98/5
是君子之所以爲○詭其所哀痛之文也 19/98/6
是君子之所以爲○詭其所敦惡之文也 19/98/6

葛 gé 1

麻○、繭絲、鳥獸之羽毛齒革也 10/45/3

隔 gé 1

堅白、同異之分○也 8/29/6

膈 gé 1

尙拊（之）○ 19/92/1

韐 gé 1

○如金石 15/72/14

霻 gé 1

鞉、柷、拊、○、椌、楬似萬物 20/101/1

个 gè 1

負服矢五十○ 15/70/1

各 gè 14

物○從其類也 1/2/5
皆使人載其事而○得其宜 4/17/2
則主相、臣下、百吏○謹其所聞 11/55/7
○謹其所見 11/55/7
皆使（其）人載其事而○得其所宜 12/59/18
萬物○得其和以生 17/80/5
○得其養以成 17/80/5
○有接而不相能也 17/80/10
皆使民載其事而○得其宜 18/86/9
○反其平 19/93/17
○復其始 19/93/17
分然○以其誠通 24/118/18
下不私請、○以宜舍巧拙 25/123/6
唯○特意哉 27/137/16

根 gēn 1

蘭槐之○是爲芷 1/1/20

艮 gèn 1

愚闇愚闇墮賢（○）〔良〕 25/120/3

更 gēng 4

國不○制 18/86/11
莫不○始矣 19/96/24
前車已覆、後未知○何覺時 25/122/2
何異於變易牙之和、○師曠之律 27/137/17

耕 gēng 14

故良農不爲水旱不○ 2/6/14
人積耨○而爲農夫 8/34/6
工賈不○田而足菽粟 9/38/17
春○、夏耘、秋收、冬藏 9/39/20
其○者樂田 10/47/13
農分田而○ 11/52/18
然後農分田而○ 11/54/14
楛○傷稼 17/81/16
禹見○者耦立而式 27/128/17
然則賜願息○ 27/135/2
○難 27/135/3
○焉可息哉 27/135/3
○耘樹藝 29/142/15,29/142/17

羹 gēng 6

然而君子啜其○ 5/18/15
先大○ 19/91/7
祭、齊〔先〕大○而飽庶羞 19/91/8

豆之先大○也 19/91/10
蔬食菜○而可以養口 22/112/18
藜○不糂 28/140/17

綆 gěng 1

短○不可以汲深井之泉 4/16/13

工 gōng 35

可以爲○匠 4/15/10
爲○匠農賈則常煩勞 4/15/12
百○以巧盡械器 4/17/3
君子不如○人 8/28/20
○匠不知 8/29/8
積斲削而爲○匠 8/34/6
○匠之子莫不繼事 8/34/7
衆人者、○農商賈也 8/34/17
○賈不耕田而足菽粟 9/38/17
農農、士士、○○、商商一也 9/39/7
論百○ 9/40/7
○師之事也 9/40/8
○商衆則國貧 10/47/21
百○分事而勸 11/52/19,11/54/14
百○將時斬伐 11/56/18
則百○莫不忠信而不楛矣 11/56/19
百○忠信而不楛 11/56/22
省○賈 12/59/16
禹伐共○ 15/71/25
○冶巧 16/75/6
○入 20/101/14
○告樂備 20/101/14
○精於器而不可以爲器師 21/104/17
心也者、道之○宰也 22/110/7
然則器生於（○）〔陶〕人之僞 23/114/9
故○人斲木而成器 23/114/10
然則器生於○人之僞 23/114/10
○人斲木而生器 23/115/21
然則器木豈○人之性也哉 23/115/21
夫○匠、農、賈 23/116/21
辟除民害逐共○ 25/121/12
○賈亦然 27/132/23
官致良○ 28/141/14

弓 gōng 15

是故質的張而○矢至焉 1/2/5
子○短 5/17/16
仲尼、子○是也 6/22/17,8/32/13
下則法仲尼、子○之義 6/23/1
○調矢直矣 8/32/6
○矢不調 15/68/7
古之兵、戈矛○矢而已矣 15/73/4
不能以撥○、曲矢中〔微〕 18/87/11
倕作○ 21/105/10
古之良○也 23/117/12
天子彫○ 27/126/21
諸侯彤○ 27/126/21
大夫黑○ 27/126/21
故○調而後求勁焉 31/147/15

公 gōng 146

道義重則輕王○ 2/6/12
此言君子之能以○義勝私欲也 2/8/16
有○士者 3/11/20
則可謂○士矣 3/11/22
○生明 3/12/3
聽斷○ 4/14/9
以持王○ 4/14/11
陋也者、天下之○患也 4/15/22
士大夫以上至於○侯 4/17/3
周○短 5/17/16
衛靈○有臣曰○孫呂 5/17/16
葉○子高微小短瘠 5/17/18
然白○之亂也 5/17/18
葉○子高入據楚 5/17/19
誅白○ 5/17/19
周○之狀 5/17/21
而王○不能與之爭名 6/22/15 8/32/8,10/48/10
夫齊桓○有天下之大節焉 7/25/11
秩秩焉莫不從桓○而貴敬之 7/25/14
桓○兼此數節者而盡有之 7/25/15
周○卒業 7/26/1,27/132/8
周○屏成王而及武王以屬天下 8/27/14
周○歸周 8/27/17
然而周○北面而朝之 8/27/18
是以周○屏成王而及武王以屬天下 8/27/19
周○歸周反籍焉 8/27/21
周○無天下矣 8/27/21
勢在人上則王○之材也 8/28/2
○慎氏出其妻 8/28/5
王○好之則亂法 8/29/9
周○其盛乎 8/31/12
是殆非周○之行 8/31/13
周○屏成王而及武王 8/31/13
孰謂周○儉哉 8/31/16
周○曰 8/31/17,32/149/2
志不免於曲私而冀人之以己爲○也 8/34/14
然後能○ 8/34/15
○、脩而才 8/34/16
志安○ 8/34/16
大儒者、天子三○也 8/34/17
雖王○士大夫之子孫也 9/35/4
故○平者、（職）〔聽〕之衡也 9/35/17
成侯、嗣○ 9/36/15
桓○劫於魯莊 9/37/12
辟○之事也 9/40/14
則辟○之過也 9/40/15
故周○南征而北國怨 9/41/17
夫不足、非天下之○患也 10/44/20
非天下之○患也 10/45/4
天下之○患 10/45/6
齊閔、薛○是也 11/50/13
三○總方而議 11/52/19,11/54/15
○侯失禮則幽 11/53/16
人主不○ 11/53/21
武王用召○ 11/54/23
成王用周○（且）〔旦〕 11/55/1
齊桓○閨門之內懸樂奢泰游抏之脩 11/55/1
所以爲○也 12/57/12
不待探籌、投鉤而○ 12/57/17
以天下之王○莫好之也 12/59/3
天子三○ 12/59/16
莫不法度而○ 12/59/17
上賢使之爲三○ 12/59/18

上在王○之朝 12/60/5
亂則不足及王○ 12/60/8
纂論○察則民不疑 12/60/10
則○道達而私門塞矣 12/60/12
○義明而私事息矣 12/60/12
○正之士 12/61/2
則獨不若是其○也 12/61/18
倜然乃舉太○於州人而
　用之 12/62/3
不邮○道通義 13/63/18
周之太○ 13/63/24
若周○之於成王也 13/65/10
若管仲之於桓○ 13/65/10
致忠而○ 13/66/2
王○由之 15/72/9
旁辟曲私之屬爲之化而○ 15/74/6
○孫子曰 16/76/1
必以道夫○道通義之可
　以相兼容者 16/76/15
入於○門 16/78/13
出於○門 16/78/13
倜然莫不明通而○也 16/78/14
則王○不以爲寶 17/82/11
上○正 18/83/14
聖不在後子而在三○ 18/86/12
三○奉軛持納 18/86/21
王○則病不足於上 18/88/2
此心術之○患也 21/102/13
召○、呂望仁知且不蔽 21/103/4
故能持周○而名利福祿
　與周○齊 21/103/4
故德與周○齊 21/103/16
易使則（○）〔功〕 22/108/6
以○心辨 22/110/14
貴○正而賤鄙爭 22/110/16
桓○之葱 23/117/12
大○之闕 23/117/12
故成王之於周○也 24/119/9
桓○之於管仲也 24/119/10
穆○得之、强配五伯六
　卿施 25/120/10
孰○長父之難、厲王流
　于彘 25/122/7
○察善思論不亂 25/123/6
○正無私 26/125/14
志愛○利 26/125/14
自○召之 27/126/13
《春秋》賢穆○ 27/130/16
蔽○者謂之昧 27/130/18
○行子之之燕 27/131/22
雖天子三○問正 27/133/11
孔子觀於魯桓○之廟 28/138/10
周○誅管叔 28/138/22
太○誅華仕 28/138/22
昔晉○子重耳霸心生於
　曹 28/141/8
齊桓○小白霸心生於莒 28/141/9
魯哀○問於孔子曰 29/142/7
　31/144/27,31/146/17,31/147/9
　31/147/14
○輸不能加於繩〔墨〕 30/143/20
哀○曰 31/145/2,31/145/5
　31/145/7,31/145/13,31/146/1
　31/146/3,31/146/7,31/146/11
　31/146/13
魯哀○問舜冠於孔子 31/146/13
桓○用其賊 31/147/16
文○用其盜 31/147/17
定○問於顏淵曰 31/147/20
定○不悅 31/148/1
定○越席而起 31/148/2
定○曰 31/148/3,31/148/7
申○巫臣進問曰 32/148/19
周○謂伯禽之傅曰 32/149/1

功 gōng 137

○在不舍 1/2/11
無赫赫之○ 1/2/14
其○盛姚遠矣 4/16/12
仁義○名善於後世 5/17/20
以說度○ 5/19/3
天子之○ 5/20/4
用其身則多詐而無○ 5/21/3
上○用 6/21/19
多事而寡○ 6/22/5
抑有○而擠有罪 7/26/19
○雖甚大 7/27/5
多○ 7/27/5
要時立○之巧 8/30/16
無百里之地則無所見其○ 8/32/5
欲立○名 9/36/10
累多而○少 9/36/27
無○不賞 9/38/5
省農○ 9/40/4
辨○苦 9/40/8
度其○勞 9/40/12,11/55/18
是非○名之所就也、非
　存亡安危之所（墮）
　〔隨〕也 9/41/1
○名之所就 9/41/2
而慢其○勞 9/42/5
則○名未成也 10/42/14
○名未成 10/42/15
○利所好也 10/42/19
而有爭○之禍矣 10/42/20
待之而後○ 10/44/5
進事長○ 10/44/16,10/46/8
上○勞苦 10/45/9
齊○勞 10/45/9
使而○ 10/45/23
勞苦頓萃而愈無○ 10/46/3
○必不立 10/46/7
必反無○ 10/46/9
以遂○而忘民、亦不可 10/46/10
事成○立 10/46/12
故君國長民者欲趨時遂
　○ 10/46/14
不如愛而後用之之○也 10/47/4
不如愛而不用者之○也 10/47/5
是明主之○已 10/47/17
上好（攻取）○則國貧 10/47/20
挈國以呼○利 11/50/10
則〔○〕一天下 11/52/10
事至佚而○ 11/52/10
其爲事不勞而○名致大 11/53/11
○績如天地 11/53/16
○壹天下 11/53/24
○大而名美 11/54/20,12/57/7
　12/63/8
○廢而名辱 11/54/21,12/57/8
知者易爲之興力而○名
　綦大 11/55/3
故古之人有大○名者 11/55/3
歲終奉其成○以效於君 11/55/18
動則有○ 11/56/24
致○而不流 12/57/25
不與之爭能而致善用其○ 12/58/4
達則必有○ 12/58/6
不動而○ 12/60/17,24/118/6
無其人而幸有其○ 12/60/23

雖欲成〇 12/61/1
校之以〇 12/61/7
立天下之大〇 12/62/8
知尙賢使能之爲長〇也 12/63/6
有〇臣者 13/63/16
是〇臣者也 13/63/19
用〇臣者彊 13/63/21
〇臣用 13/63/22
可謂〇臣矣 13/63/24
〇伐足以成國之大利 13/64/5
闇主妬賢畏能而滅其〇 13/64/13
無〇者也 13/65/5
有〇而不順者 13/65/5
傷疾、墮〇、滅苦 13/65/5
戾然後〇 13/66/1
〇參天地 13/66/3
〇名之極也 14/67/14
隆禮效〇 15/69/15
上〇賤節 15/69/15
得而後〇之 15/70/5
〇賞相長也 15/70/6
尙〇利 15/70/12
隆埶詐、尙〇利之兵 15/70/16
有〇如幸 15/71/6
有〇次之 15/71/11
〇名之揔也 15/72/9
獲其〇用而已矣 15/73/13
賞有〇 16/76/4
古者明王之舉大事、立
　大〇也 16/76/6
大〇已立 16/76/6
群臣享其〇 16/76/6
是以百事成而〇名大也 16/76/8
墮興〇之臣 16/76/8
而求有湯、武之〇名 16/77/4
　16/77/9
不煩而〇 16/78/16
然而縣之以王者之〇名 16/78/17
王者之〇名不可勝〔數〕
　16/78/24
政教〇名反是 16/78/25
不見其事而見其〇 17/80/6
夫是之謂天〔〇〕 17/80/6
天〇既成 17/80/9
以喪天〇 17/80/12
以全其天〇 17/80/13
而小人計其〇 17/81/1
則〇名不白 17/82/12
易使則〇 18/83/15
難使則不〇 18/83/17
賞不當〇 18/85/11
一天下之〇於是就也 19/95/2
須而不〇 19/95/12
故生器文而不〇 19/95/13
緦、小〇以爲殺 19/97/3
易使則（公）〔〇〕 22/108/6
迹長〇成 22/108/7
是謹於守名約之〇也 22/108/7
甚勞而無〇 22/110/24
夫故天下不與爭能而致
　善用其〇 24/119/15
禹有〇 25/121/12
妬〇毀賢、下斂黨與上
　蔽匿 25/122/7
〇被天下而不私置者歟 26/124/13
〇被天下 26/124/16,28/138/14
〇立而身廢 26/124/17
〇業甚博 26/125/7
此夫始生鉅其成〇小者
　邪 26/125/8
齎衰大〇 27/131/14
晏子、〇用之臣也 27/131/16
管仲之爲人力〇不力義 27/131/17
不教而責成〇、虐也 28/139/5
多其〇而不（息）〔惠〕
　32/149/22
〇安能成 32/150/14

## 攻 gōng 16

不〇而得 9/37/16,11/54/6
上好（〇取）功則國貧 10/47/20
凡〇人者 10/48/9
則爲名者不〇也 10/48/11
則爲利者不〇也 10/48/14
則（忿之）〔爲忿〕者
　不〇也 10/48/15
及以燕、趙起而〇之 11/50/15
凡用兵〇戰之本在乎壹
　民〔也〕 15/68/6
〇奪變詐者、諸侯之事
　也 15/68/12
械用兵革〇完便利者強 15/69/18
城守不〇 15/71/17
徙舉相〇而敵退 16/76/3
諸侯侵削之、〇伐之 18/84/3
欲養其樂而〇其心 22/112/14
我先〇其邪心 27/131/19

## 供 gōng 1

行而〇冀 2/7/5

## 肱 gōng 1

材技股〇、健勇爪牙之士 9/41/22

## 恭 gōng 31

故禮〇而後可與言道之方 1/4/7
體〇敬而心忠信 2/6/16
富貴而體〇 2/8/13,2/8/14
不能則〇敬縛絀以畏事人 3/9/11
〇敬謹愼而容 3/9/16
溫溫〇人 3/9/16,6/24/15
　12/60/18
見由則〇而止 3/10/7
君子位尊而志〇 3/11/14
〇儉者、偋五兵也 4/12/17
不如〇儉之利也 4/12/17
則〇敬而僔 7/26/6
然後〇敬以先之 7/27/3
身貴而愈〇 8/31/12
夫又誰爲〇矣哉 8/31/14
故君子〇而不難 12/57/28
〇敬而遜 13/64/21
〇敬、禮也 13/65/22
〇敬以先之 14/67/8
而處之以〇敬無壙 15/71/8
子發之致命也〇 16/76/4
　16/76/10
其百吏肅然莫不〇儉、
　敦敬、忠信而不楛 16/78/12
孰知夫〇敬辭讓之所以
　養安也 19/90/15
仁者之思也〇 21/106/1
禮〇而意儉 23/117/8
溫〇朝夕 27/134/23
而能致〇敬、忠信、端
　慤以愼行之 29/142/2
位滋尊而禮瘉〇 32/149/18

**宮 gōng** 14

是君子之所以騁志意於壇宇○庭也 8/34/22
○室有度 9/38/2,11/54/17
故○室可得而居也 9/39/12
故○室不可得而居也 9/39/15
爲之○室臺榭 10/43/15
則女主亂之○ 16/76/20
是君子之壇宇、○廷也 19/93/2
離○室而歸丘陵也 19/97/16
形居備○ 21/102/21
賜予其○室 27/127/18
○室榮與 27/132/16
寡人生於深○之中 31/146/17
昔虞不用○之奇而晉并之 32/150/1

**躬 gōng** 3

防其○身 13/64/19
○親爲民行勞苦 25/121/13
（邪民）〔○行〕不從 28/139/8

**拜 gǒng** 1

若端（拜）〔○〕而議 3/11/16

**拱 gǒng** 2

○揖指麾 10/49/7
○揖指麾而强暴之國莫不趨使 15/70/14

**鞏 gǒng** 1

敬而不○ 12/57/28

**共 gòng** 22

靖○爾位 1/1/9
受小○大○ 4/17/6
至○頭而山隧 8/31/17
則天子○己而矣 11/52/20
則天子○己而止矣 11/54/15
禹伐○工 15/71/25
○、艾畢 18/85/5
是所以○其約名以相期也 22/108/16
單與兼無所相避則○ 22/109/5
雖○、不爲害矣 22/109/6
物也者、大○名也 22/109/8
推而○之 22/109/8
○則有○ 22/109/8
至於無○然後止 22/109/8
夫民易一以道而不可與○故 22/110/1
然而〔秦人〕於父子之義、夫婦之別不如齊、魯之孝（具）〔○〕敬（父）〔文〕者 23/116/2
則欲與天下（同）（苦）〔○〕樂之 23/117/7
辟除民害逐○工 25/121/12
聖人○手 26/125/18
然而有所○予也 27/137/16

**貢 gòng** 25

理道之遠近而致○ 9/38/10
犇命者○ 15/71/14
稱遠近而等○獻 18/85/20
18/86/1
要服者○ 18/85/23
日祭、月祀、時享、歲○ 18/85/23
且時享、歲○、終王之屬也 18/86/1
○祿厚 18/88/25
子○問於孔子曰 27/134/23
28/140/4,30/144/5,32/149/21
子○曰 27/135/4,29/142/9
29/142/23,29/142/24
30/144/15
子○觀於魯廟之北堂 28/141/12
以語子○曰 29/142/8
謂子○曰 29/142/22
子○問曰 29/142/25
子○出 29/142/25
子○入 29/143/9
子○對曰 29/143/9
南郭惠子問於子○曰 30/144/15

**贛 gòng** 1

子○、季路 27/134/7

**勾 gōu** 1

越王○踐霸心生於會稽 28/141/8

**句 gōu** 2

故齊桓、晉文、楚莊、吳闔閭、越○踐 11/50/8
齊桓、晉文、楚莊、吳闔閭、越○踐 15/70/21

**溝 gōu** 7

操瓢囊爲○壑中瘠者也 4/16/10
世俗之○猶瞀儒 6/22/10
甚愚陋○瞀而冀人之以己爲知也 8/34/15
通○澮 9/40/3
○池不抇 15/73/4
○中之瘠也 18/86/2
醉者越百步之○ 21/106/4

**鉤 gōu** 5

○有須 3/9/2
探籌、投○者 12/57/11
不待探籌、投○而公 12/57/17
勁魏○吾右 16/76/21
縉紳而無○帶矣 19/95/8

**狗 gǒu** 7

乳○不遠遊 4/13/4
則是人也而曾○彘之不若也 4/13/5
有○彘之勇者 4/13/13
是○彘之勇者也 4/13/14
方知畜雞○豬彘 4/16/6
曾不如好相鷄○之可以爲名也 8/29/10
○豕吐菽粟 18/87/20

**苟 gǒu** 34

君子行不貴○難 3/8/20,3/9/4
說不貴○察 3/8/20,3/9/4
名不貴○傳 3/8/20
名不貴○得 3/9/4
○以分異人爲高 6/21/16
周之子孫○不狂惑者 8/31/15
12/62/7
○仁義之類也 8/33/3
彼○有人意焉 10/48/15
彼其人○壹 11/53/1
人○不狂惑戇陋者 11/53/20
敬詘而不○ 12/57/25
偷合○容、以持祿養交
而已耳 13/63/29
偷合○容、以之持祿養
交而已耳 13/65/10
偷合○容 13/66/4
身○不狂惑戇陋 15/74/1
○富利而已矣 16/77/11
故人○生之爲見 19/90/16
○利之爲見 19/90/16
○怠惰偷懦之爲安 19/90/16
○情說之爲樂 19/90/17
○非聖人 19/98/2
夫○不當 21/106/9
○之、姦也 22/110/21
○無之中者 23/114/19
○有之中者 23/114/20
○免 23/117/10
主忌○勝、群臣莫諫必
逢災 25/120/4
○不求助 27/131/23
勞倦而不○ 27/133/13
○遇其時 28/141/7
故君子○能無以利害義 30/144/2

**詢 gòu** 1

無廉恥而忍謑○ 6/24/22

**詬 gòu** 1

厚顏而忍○ 21/107/6

**構 gòu** 1

怨之所○ 1/2/4

**孤 gū** 5

收○寡 9/36/6
則雖○獨鰥寡必不加焉 11/54/12
則雖○獨鰥寡 11/55/26
所使於四鄰諸侯者非人
之謂○ 12/62/24
○獨而晻謂之危 12/62/24

**姑 gū** 3

古者有○布子卿 5/17/10
內行則○姊妹之不嫁者
七人 7/25/8
吳子胥不磔○蘇東門外
乎 28/141/2

**辜 gū** 1

殺不○也 28/139/4

**古 gǔ** 83

○之學者爲己 1/3/17
相（人）○之人無有也 5/17/10
○者有姑布子卿 5/17/10
○之人無有也 5/17/11,5/17/14
○者桀、紂長巨姣美 5/17/26
舍後王而道上○ 5/18/20
○今異情 5/18/24
○今一（度）也 5/19/4
而群天下之英傑而告之
以大○ 6/22/13
○之大禁也 6/23/9
○之所謂（士仕）〔仕
士〕者 6/24/4
○之所謂處士者 6/24/8
自○及今 8/31/10,9/35/19
12/63/10,14/66/26,14/67/17
21/103/3,21/105/11,31/148/8
以○持今 8/33/2
夫是之謂復○ 9/38/3
故○之人有以一國取天
下者 9/41/16
○者先王分割而等異之
也 10/43/11
故○之人爲之不然 10/46/12
12/61/6
○有萬國 10/48/6,12/61/20
故○之人有大功名者 11/55/3
○者先王審禮以方皇周
浹於天下 12/57/27
生乎今之世而志乎○之道 12/59/2
○之人曰亡矣 12/63/1
臣所聞○之道 15/68/6
○之兵、戈矛弓矢而已矣 15/73/4
○者 15/73/8
故○之人羞而不道也 15/73/15
○今一也 15/74/17
16/76/5,18/87/4,24/119/12
○者湯以薄 15/74/22
○者明王之舉大事、立
大功也 16/76/6
○者百王之一天下、臣
諸侯也 16/77/20
○之民也 16/78/12
○之吏也 16/78/12
○之士大夫也 16/78/14
○之朝也 16/78/15
○者禹、湯本義務信而
天下治 16/79/7
生於今而志乎○ 17/81/5
○者天子千官 18/83/24
治○無肉刑 18/85/5
治○如是 18/85/6
故象刑殆非生於治○ 18/85/9
治○不然 18/85/10
大○薄葬 18/87/17,18/88/5
○之人爲之不然 18/89/17
○今之所一也 19/95/14,19/97/5
○爲蔽 21/102/13
無○無今 21/103/17
大○之不慢兮 22/110/17
道者、○今之正權 22/112/2
○者聖王以人之性惡 23/113/10
凡○今天下之所謂善者 23/115/1
故○者聖人以人之性惡 23/115/3
故善言○者必有節於今 23/115/10
○之良弓也 23/117/12
此皆○之良劍也 23/117/13

此皆〇之良馬也 23/117/14
〇者刑不過罪 24/118/17
道〇賢聖基必張 25/121/15
〇之常也 26/125/18
故〇者列地建國 27/132/19
〇者匹夫五十而士 27/135/14
〇之賢人 27/135/21
〇之人有言曰 29/142/16
志〇之道 31/145/1,31/145/4
服〇之服 31/145/1,31/145/5
〇之王者 31/146/14

谷 gǔ 4

山林川〇美 16/78/10
高岸爲〇 24/119/6
深〇爲陵 24/119/6
其赴百仞之〇不懼 28/140/6

股 gǔ 1

材技〇肱、健勇爪牙之士 9/41/22

骨 gǔ 7

蚯螾無爪牙之利、筋〇之强 1/2/12
其折〇絕筋、終身不可以相及也 2/7/8
〇體膚理辨寒暑疾養 4/15/9
彼乃將食其肉而齕其〇也 18/88/5
哈以槁〇 19/95/8
盡筋〇之力以要鍾鼓俯會之節 20/101/3
〇體膚理好愉佚 23/114/12

罟 gǔ 1

罔〇毒藥不入澤 9/39/20

淈 gǔ 1

其洸洸乎不〇盡 28/140/6

鼓 gǔ 23

瓠巴〇瑟而流魚出聽 1/3/3
伯牙〇琴〔而〕六馬仰秣 1/3/3
樂於鍾〇琴瑟 5/19/13
〇之而紂卒易鄉 8/31/19
爲之鍾〇、管磬、琴瑟、竽笙 10/43/14
然後瓜桃棗李一本數以盆〇 10/44/21
故必將撞大鐘、擊鳴〇、吹竽笙、彈琴瑟以塞其耳 10/45/17
撞鐘擊〇而和 10/46/1
鐘〇喤喤 10/46/1
將死〇 15/71/10
聞〇聲而進 15/71/11
鍾〇管磬、琴瑟、竽笙 19/90/7
故鍾〇、管磬 19/98/3
君子以鍾〇導志 20/100/7
〇天麗 20/100/19
〇、其樂之君邪 20/100/20
故〇似天 20/100/20
盡筋骨之力以要鍾〇俯會之節 20/101/3
雷〇在側而耳不聞 21/102/9
故傷於溼而擊〇〇痺 21/106/15
則必有敝〇喪豚之費矣 21/106/15
耳聽鍾〇而不知其聲 22/112/11

賈 gǔ 21

良〇不爲折閱不市 2/6/14
有〇盜之勇者 4/13/13
是〇盜之勇也 4/13/15
可以爲農〇 4/15/10
爲工匠農〇則常煩勞 4/15/12
〇以察盡財 4/17/3
魯之粥牛馬者不豫〇 8/28/5
君子不如〇人 8/28/19
積反貨而爲商〇 8/34/7
衆人者、工農商〇也 8/34/17
工〇不耕田而足菽粟 9/38/17
省商〇之數 10/43/6
〇分貨而販 11/52/19,11/54/14
則商〇莫不敦愨而無詐矣 11/56/18
商〇敦愨無詐 11/56/21
省工〇 12/59/16
而農〇皆能以貨財讓 18/87/21
〇精於市而不可以爲市師 21/104/17
夫工匠、農、〇 23/116/21
工〇亦然 27/132/23

穀 gǔ 13

然後使（慤）〔〇〕祿多少厚薄之稱 4/17/2
故五〇不絕而百姓有餘食也 9/39/21
剌屮殖〇 10/44/15
而五〇以時孰 10/44/17
今是土之生五〇也 10/44/21
年〇復孰 10/48/2
心好利而〇祿莫厚焉 11/53/19
君子以倍叛之心接臧〇 19/93/8
五〇殖 25/121/11
其始播百〇 27/135/3
不〇謀事而當 32/148/19
今以不〇之不肖而群臣莫吾逮 32/148/21
樹之而五〇播焉 32/149/22

轂 gǔ 1

〇已破碎 30/143/25

瞽 gǔ 5

不觀氣色而言謂之〇 1/4/8
故君子不傲、不隱、不〇 1/4/9
猶〇之於白黑也 20/99/12
〇者仰視而不見星 21/106/8
人主無賢、如〇無相何倀倀 25/120/3

固 gù 74

〇學一之也 1/4/13
不由禮則夷〇僻違 2/5/14
體倨〇而心（執）〔埶〕詐 2/7/1
〇有以賢人矣 4/14/23
人之生〇小人 4/15/14,4/15/14
以相安〇邪 4/15/20
豈非人之情〇可與如此可與如彼也哉 4/16/3

彼〇天下之大慮也 4/16/11
〇非庸人之所知也 4/16/14
必曰君子〇不用力 6/25/1
（如）彼〇曷足稱乎大君子之門哉 7/25/10
彼〇曷足稱乎大君子之門哉 7/25/21
偃然如〇有之 8/27/15
執神而〇 8/31/3
〔曷謂〇〕 8/31/4
萬物莫足以傾之之謂〇 8/31/4
神〇之謂聖人 8/31/4
輿〇馬選矣 8/32/5
則兵勁城〇 9/41/9, 11/50/6, 16/75/8, 20/99/16
〇以為（王）〔一〕天下 10/43/19
〇有餘足以食人矣 10/45/3
〇有餘足以衣人矣 10/45/3
其塞〇 10/47/1
境內之聚也保〇 10/48/12
且若是其〇也 11/49/17
然而厭焉有千歲之〇 11/51/5
然則彊〇榮辱在於取相矣 11/51/11
加有治辨、彊〇之道焉 11/52/2
〇以多矣 11/55/4
〇以少矣 11/55/5
以守則〇 11/56/23, 15/75/2
城郭不待飾而〇 12/57/20
而求兵之勁、城之〇 12/58/16
城不〇 12/58/16
故人主欲彊〇安樂 12/59/1
人習其事而〇 12/60/13
將內以〇（誠）〔城〕 12/61/17
欲周以〇 15/70/26
高城深池不足以為〇 15/72/11
是豈無〇塞隘阻也哉 15/72/17
〇塞不樹 15/73/4
然而國晏然不畏外而（明）（內）〔〇〕者 15/73/5
其辭賞也〇 16/76/4, 16/76/10
自數百里而往者安〇 16/77/6
負西海而〇常山 16/78/2
則人〇莫觸罪 18/85/6
犯治之罪〇重 18/85/14
犯亂之罪〇輕也 18/85/14
則〇莫足以擅天下矣 18/86/10
謂之能〇 19/92/17
能慮能〇 19/92/17
故學者〇學為聖人也 19/92/19
兩情者、人生〇有端焉 19/94/19
〇有為民父母之說焉 19/97/8
故學也者、〇學止之也 21/106/20
名無〇宜 22/109/10
名無〇實 22/109/10
名有〇善 22/109/11
〇難類所受乎天也 22/111/7
〇無禮義 23/114/21
今誠以人之性〇正理平治邪 23/115/2
今以仁義法正為〇無可知可能之理邪 23/116/8
將使塗之人〇無可以知仁義法正之質 23/116/9
而〇無可以能仁義法正之具邪 23/116/9
處之敦〇、有深藏之能遠思 25/121/2
城郭以〇 26/123/11
往來惛憊而不可為〇塞者歟 26/124/12
君子〇讒人乎 31/148/1

## 故 gù 691

〇木受繩則直 1/1/4
〇不登高山 1/1/7
〇君子居必擇鄉 1/2/1
是〇質的張而弓矢至焉 1/2/5
〇言有召禍也 1/2/6
〇不積蹞步 1/2/10
是〇無冥冥之志者 1/2/13
〇君子結於一也 1/3/1
〇聲無小而不聞 1/3/3
〇學數有終 1/3/8
〇《書》者、政事之紀也 1/3/9
〇學至乎《禮》而止矣 1/3/10
〇不問而告謂之傲 1/3/18
《詩》、《書》〇而不切 1/3/20
〇曰 1/3/21, 3/9/4, 3/9/12, 3/12/12, 4/15/22, 4/16/13, 4/16/15, 4/17/5, 5/18/19, 5/18/20, 5/18/22, 8/29/22, 8/30/2, 9/39/24, 10/43/5, 10/44/5, 10/44/8, 10/47/1, 10/49/7, 11/50/2, 11/51/17, 12/58/12, 12/59/15, 12/60/7, 12/62/9, 12/62/18, 15/72/3, 15/74/16, 16/76/9, 16/78/15, 16/78/17, 18/87/3, 19/95/1, 19/95/2, 19/96/5, 19/98/1, 20/99/12, 20/100/9, 20/101/22, 21/104/12, 21/104/15, 23/114/2, 27/128/2, 27/136/24
〇隆禮 1/4/4
〇必由其道至 1/4/6
〇禮恭而後可與言道之方 1/4/7
〇未可與言而言謂之傲 1/4/8
〇君子不傲、不隱、不瞽 1/4/9
〇誦數以貫之 1/4/16
是〇權利不能傾也 1/4/19
〇非我而當者 2/5/4
〇君子隆師而親友 2/5/5
〇人無禮則不生 2/5/15
〇良農不為水旱不耕 2/6/14
〇學曰遲 2/7/12
〇蹞步而不休 2/7/13
是無他〇焉 2/7/15, 16/77/1
〇非禮 2/8/3
〇學也者 2/8/4
〇懷負石而赴河 3/8/20
知當曲直〇也 3/10/2
此言君子能以義屈信變應〇也 3/10/3
〇君子者、治禮義者也 3/10/12
〇去亂而非治亂也 3/10/14
〇馬鳴而馬應之 3/10/18
〇新浴者振其衣 3/11/1
〇千人萬人之情 3/11/15
〇操彌約而事彌大 3/11/17
〇君子不下室堂而海內之情舉積此者 3/11/18
〇與人善言 4/12/17
〇薄薄之地 4/12/18
是〇三代雖亡 4/14/12
〇君子者 4/14/20
是〇窮則不隱 4/14/22
〇孰察小人之知能 4/14/24
〇君子道其常 4/15/5

夫起於變○ 4/15/13
（幾不）長慮顧後而恐
無以繼之○也 4/16/8
○先王案爲之制禮義以
分之 4/17/1
○仁人在上 4/17/3,10/44/1
○或祿天下而不自以爲多 4/17/4
○相形不如論心 5/17/11
○長短、小大、善惡形相 5/17/13
○士不揣長 5/17/20
○人之所以爲人者 5/18/16
○人道莫不有辨 5/18/17
（○）曰 5/18/18
○以人度人 5/19/3
○鄉乎邪曲而不迷 5/19/4
久○也 5/19/5,5/19/5,5/19/6
○君子之於（言）〔善〕
也 5/19/11
○君子必辯 5/19/12
○贈人以言 5/19/12
○君子之於言無厭 5/19/13
○《易》曰 5/19/14
○君子之度己則以繩 5/20/2
○足以爲天下法則矣 5/20/2
○能寬容 5/20/3
○君子賢而能容罷 5/20/3
○仁言大矣 5/20/14
○君子之行仁也無厭 5/20/15
○（言）君子必辯 5/20/15
然而其持之有○ 6/21/13,6/21/16
6/21/20,6/22/1,6/22/5
○知默由知言也 6/23/5
○多言而類 6/23/5
○勞力而不當民務 6/23/6
○君子恥不脩 6/24/13
○聖王之誅也 7/26/1
○道豈不行矣哉 7/26/2
○善用之 7/26/3
○人主不務得道而廣有
其埶 7/26/4
○知兵者之舉事也 7/26/17
○君子時詘則詘 7/27/10
○以枝代主而非越也 8/27/22
○近者歌謳而樂之 8/28/10
15/71/15
○君子無爵而貴 8/29/21
○君子務脩其內而讓之
於外 8/30/1
○（不）能小而事大 8/30/7
○明主譎德而序位 8/30/8
○《詩》、《書》、
《禮》、《樂》之
〔道〕歸是矣 8/31/5
○《風》之所以爲不逐者 8/31/7
○無首虜之獲 8/31/20
○外闔不閉 8/32/2
○有俗人者 8/32/16
○人主用俗人 8/33/7
○聞之而不見 8/33/13
○人無師無法而知 8/33/16
○有師法者 8/33/18
○積土而爲山 8/34/4
○聖人也者 8/34/6
○人知謹注錯 8/34/8
○唯君子爲能得其所好 8/34/10
○諸侯問政 8/34/22
○姦言、姦說、姦事、
姦能、遁逃反側之民 9/35/6
○法而不議 9/35/16
○法而議 9/35/17
○公平者、（職）〔聽〕
之衡也 9/35/17
○有良法而亂者有之矣 9/35/19
14/66/25
○制禮義以分之 9/36/2,19/90/4
○君人者欲安 9/36/10
○脩禮者王 9/36/16
○王者富民 9/36/17
○我聚之以亡 9/36/19
○明君不蹈也 9/36/19
○明其不并之行 9/37/9
無它○焉 9/37/12,9/39/13
10/44/2,10/44/13,10/46/14
11/50/3,11/50/9,11/54/8
11/55/27,15/73/5,15/73/8
15/75/1
○天下莫不親也 9/37/14
○天下莫不貴也 9/37/15
○天下莫敢敵也 9/37/15
○不戰而勝 9/37/15
○近者不隱其能 9/38/11
○澤人足乎木 9/38/16
○虎豹爲猛矣 9/38/17
○天之所覆 9/38/17
○天地生君子 9/39/3
○喪祭、朝聘、（師旅）
一也 9/39/6
○最爲天下貴也 9/39/10
○義以分則和 9/39/11
○宮室可得而居也 9/39/12
○序四時 9/39/12
○人生不能無群 9/39/15
○宮室不可得而居也 9/39/15
○養長時則六畜育 9/39/18
○五穀不絕而百姓有餘
食也 9/39/21
○魚鱉優多而百姓有餘
用也 9/39/21
○山林不童而百姓有餘
材也 9/39/22
○政事亂 9/40/15
○權謀傾覆之人退 9/41/9
○古之人有以一國取天
下者 9/41/16
○周公南征而北國怨 9/41/17
事行則遵傭○ 9/42/2
進退貴賤則舉幽險詐○ 9/42/4
○百技所成 10/42/16
○知者爲之分也 10/42/21
○多餘 10/42/23
○知節用裕民 10/42/25
此無佗○焉 10/42/26,10/42/28
○天子袾裷衣冕 10/43/1
○自天子通於庶人 10/43/4
○無分者 10/43/9
○美之者 10/43/10
○使或美或惡 10/43/12
○爲之雕琢、刻鏤、黼
黻、文章 10/43/13
○其知慮足以治之 10/43/20
○相率而爲之勞苦以務
佚之 10/43/21
○爲之出死斷亡以覆救
之 10/43/21
○爲之雕琢、刻鏤、黼
黻、文章以藩飾之 10/43/22
○先王聖人爲之不然 10/45/16
○必將撞大鐘、擊鳴鼓
、吹竽笙、彈琴瑟以
塞其耳 10/45/17
○其賞行 10/45/20

○其罰威 10/45/20
○儒術誠行 10/45/23
○墨術誠行 10/46/2
○垂事養譽、不可 10/46/9
○古之人爲之不然 10/46/12
12/61/6
○君國長民者欲趨時遂功 10/46/14
○不教而誅 10/46/19
○先王明禮義以壹之 10/46/20
○姦邪不作 10/46/22
能齊則其○者先官 10/47/16
○田野縣鄙者 10/47/21
○明主必謹養其和 10/47/23
○禹十年水、湯七年旱而天下無菜色者 10/48/1
是無它○焉 10/48/2
10/48/6,11/50/16,11/54/9
○田野荒而倉廩實 10/48/3
○仁人之用國 10/48/17
○非有一人之道也 10/49/3
○明君不道也 10/49/4
○人主、天下之利勢也 11/49/14
○用國者、義立而王 11/49/15
○齊桓、晉文、楚莊、吳闔閭、越句踐 11/50/8
○用彊齊 11/50/13
○彊 11/50/14
○道王者之法 11/50/22
○國者、重任也 11/51/4
○國者、世所以新者也 11/51/4
（○）一朝之日也 11/51/5
○與積禮義之君子爲之則王 11/51/8
○百樂者生於治國者也 11/52/3
○明君者必將先治其國 11/52/4
○憂患不可勝校也 11/52/5
○治國有道 11/52/7
何○必自爲之 11/52/17
○百里之地 11/53/1
○百里之地足以竭埶矣 11/53/4
○王者已於服人矣 11/53/9
○人主欲得善射 11/53/9
○明君以爲寶 11/53/12
○人之情 11/53/17
是其所以不合之○也 11/53/22
○其法治 11/54/5
○湯以亳 11/54/7
○百王之法不同若是 11/54/9
○下之親上歡如父母 11/54/12
○君人者、立隆政本朝而當 11/54/19
○能當一人而天下取 11/54/21
○湯用伊尹 11/54/23
是亦無它○焉 11/55/2
○古之人有大功名者 11/55/3
○孔子曰 11/55/4,18/87/21
○明主好要而闇主好詳 11/55/15
○君人勞於索之 11/55/18
○厚德音以先之 11/55/23
15/73/16
是○百姓貴之如帝 11/55/26
是○百姓賤之如尫 11/56/2
而好詐○ 11/56/11
○法不能獨立 12/57/4
○有君子 12/57/5
○明主急得其人 12/57/6
○君人者勞於索之 12/57/8
○械數者、治之流也 12/57/14
○上好禮義 12/57/15
○賞不用而民勸 12/57/18
16/75/14
○藉斂忘費 12/57/19
○君子恭而不難 12/57/28
○君子之於禮 12/58/1
其應變○也 12/58/2
是○窮則必有名 12/58/5
○朝有餓人 12/58/12
○有社稷者而不能愛民、不能利民 12/58/14
○人主欲彊固安樂 12/59/1
則國終身無○ 12/59/7
○君人者愛民而安 12/59/7
16/77/13
○由天子至於庶人也 12/60/2
○天子諸侯無靡費之用 12/60/6
○職分而民不（探）〔慢〕 12/60/14
○天子不視而見 12/60/16
○知而不仁 12/60/21
○卑不得以臨尊 12/61/7
○校之以禮 12/61/8
○伯樂不可欺以馬 12/61/11
○有社稷者莫不欲彊 12/61/19
是無它○ 12/61/20
○明主有私人以金石珠玉 12/61/20
〔○惟明主能愛其所愛〕 12/62/2
以爲○也 12/62/4
○舉（于是）〔是子〕而用之 12/62/6
○舉天下之大道 12/62/8
○人主必將有便嬖左右足信者然後可 12/62/16
則不得不有疾病物○之變焉 12/62/17
○人主必將有足使喻志決疑於遠方者然後可 12/62/21
○人主無便嬖左右足信者之謂闇 12/62/23
○用聖臣者王 13/63/21
○齊之蘇秦 13/63/22
○諫、爭、輔、拂之人 13/64/5
○明君之所賞 13/64/6
○正義之臣設 13/64/11
○明主好同而闇（王）〔主〕好獨 13/64/12
○因其懼也 13/64/25
而辨其○ 13/64/25
○無德之爲道也 13/65/5
○君子不爲也 13/65/6
○仁者必敬人 13/65/16
○君子安禮樂（利）〔樂〕 13/65/22
○禮及身而行脩 14/66/18
○土之與人也 14/66/23
○一年與之始 14/67/9
○師術有四 14/67/21
○善附民者 15/68/8
○兵要在乎（善）附民而已 15/68/8
○以桀詐桀 15/68/13
○仁人上下 15/68/15
○仁人之兵聚則成卒 15/69/2
○仁人用 15/69/8
是○地雖大 15/70/3
○四世有勝 15/70/6,16/78/15
○齊之技擊不可以遇魏氏之武卒 15/70/9
○招近募選 15/70/12
○以詐遇詐 15/70/13

○王者之兵不試 15/70/14
○《泰誓》曰「獨夫紂」 15/70/15
○兵大齊則制天下 15/70/15
○齊之田單 15/70/19
○可以霸而不可以王 15/70/22
○制號政令 15/70/25
○敬勝怠則吉 15/71/6
以○順刃者生 15/71/13
○亂者樂其政 15/71/18
○惡人之害之也 15/71/22
○惡人之亂之也 15/71/23
○仁人之兵 15/71/24
○近者親其善 15/71/26
○湯之放桀也 15/72/5
○堅甲利兵不足以爲（勝）〔武〕 15/72/10
其所以統之者非其道○也 5/72/16,15/72/18,15/73/1
○刑一人而天下服 15/73/7
是○刑罰省而威〔行如〕流 15/73/8
由其道○也 15/73/8
○賞慶、刑罰、埶詐不足以盡人之力、致人之死 15/73/11
○賞慶、刑罰、埶詐之爲道者 15/73/14
○古之人羞而不道也 15/73/15
○民歸之如流水 15/74/5
○辟門除涂以迎吾入 15/74/10
是○得地而權彌重 15/74/11
○民雖有離心 15/74/12
是○得地而權彌輕 15/74/13
15/74/15
○魏奪之 15/74/19
○田單奪之 15/74/20
○秦奪之 15/74/20
○能并之而不能凝 15/74/20
○凝士以禮 15/75/1
○人之命在天 16/75/9,17/82/12
○凡得勝者 16/77/5
○自四五萬而往者彊勝 16/77/6
○人莫貴乎生 16/77/11
○善日者王 16/78/22
○王者敬日 16/78/23
○爲人上者 16/79/5
○爲人上者必將愼禮義、務忠信然後可 16/79/8
○水旱不能使之飢（渴） 17/79/18
○水旱未至而飢 17/79/20
○明於天人之分 17/79/21
○大巧在所不爲 17/80/17
○君子慕其在己者 17/81/5
○君子之所以日進 17/81/7
○君子以爲文 17/82/7
○日月不高 17/82/11
○錯人而思天 17/82/17
○道之所善 17/82/21
○道無不明 17/83/1
○上者、下之本也 18/83/13
○主道利明不利幽 18/83/17
○主道明則下安 18/83/18
○下安則貴上 18/83/18
○上易知 18/83/18
○主道莫惡乎難知 18/83/19
○先王明之 18/83/21
○桀、紂無天下 18/84/9
○天子唯其人 18/84/12
○非聖人莫之能王 18/84/14
○至賢疇四海 18/84/17
○可以有奪（人）國 18/84/19
○象刑殆非生於治古 18/85/9
○治則刑重 18/85/14
○魯人以榶 18/85/20
○諸夏之國同服同儀 18/85/21
○天子生則天下一隆致順而治 18/86/13
○作者不祥 18/87/13
○不掘也 18/87/17
○掘也 18/87/18
○盜不竊、賊不刺 18/87/20
○百事廢、財物詘而禍亂起 18/88/2
○脯巨人而炙嬰兒矣 18/88/4
○不拍〔也〕 18/88/6
○拍也 18/88/6
○鬭也 18/88/10
非以其辱之爲○也 18/88/12
不惡○也 18/88/13
惡之○也 18/88/15
○所聞曰 18/88/22
○凡言議期命 18/88/23
○君子可以有埶辱 18/89/2
○率其群徒 18/89/11
○賞以富厚而罰以殺損也 18/89/17
○上賢祿天下 18/89/18
○禮者、養也 19/90/5,19/90/8
○天子大路越席 19/90/11
○大路之馬必（倍）〔信〕至教順然後乘之 19/90/13
○人苟生之爲見 19/90/16
○人一之於禮義 19/90/17
○儒者將使人兩得之者也 19/90/18
○禮、上事天 19/90/21
○王者天太祖 19/91/1
○有天下者事（十）〔七〕世 19/91/3
○尊之尚玄酒也 19/91/10
○至備 19/92/3
○繩墨誠陳矣 19/92/13
○繩者、直之至 19/92/15
○天者、高之極也 19/92/18
○學者固學爲聖人也 19/92/19
○君子上致其隆 19/93/1
○厚者、禮之積也 19/93/3
○君子敬始而愼終 19/93/6
○死之爲道也 19/93/9,19/94/3
○事生不忠厚、不敬文 19/93/10
○天子棺槨（十）〔七〕重 19/93/11
○雖備家、必踰日然後能殯 19/93/21
○殯、久不過七十日 19/93/21
○三月之葬 19/93/24
○變而飾 19/94/5
○文飾、麤惡 19/94/8
○文飾、聲樂、恬愉 19/94/9
○其立文飾也不至於窕冶 19/94/10
○情貌之變足以別吉凶、明貴賤親疏之節 19/94/12
○量食而食之 19/94/13
○說豫娩澤 19/94/14
○如死如生 19/95/6
○生器文而不功 19/95/13
○壙壠其須象室屋也 19/95/15

○卒禮者、無他焉 19/95/16
○葬埋、敬葬其形也 19/95/17
過○鄉 19/96/11
○有血氣之屬 19/96/13
○人之於其親也 19/96/13
○先王聖人安爲之立中制節 19/96/21
○先王案以此象之也 19/96/24
○再期也 19/97/1
○三年以爲隆 19/97/3
○三年之喪 19/97/4
○社、祭社也 19/97/12
○天子七月 19/97/16
○人之歡欣和合之時 19/97/20
○先王案爲之立文 19/97/22
○鍾鼓、管磬 19/98/3
○人不能無樂 20/98/14
○人不能不樂 20/98/15
○制《雅》、《頌》之聲以道之 20/98/16
○樂在宗廟之中 20/98/21
○樂者、審一以定和者也 20/98/22
○聽其《雅》、《頌》之聲 20/99/4
○樂者、出所以征誅也 20/99/5
○樂者、天下之大齊也 20/99/7
是○喜而天下和之 20/99/11
○先王謹爲之文 20/99/15
○禮樂廢而邪音起者 20/99/19
○先王貴禮樂而賤邪音 20/99/20
○先王導之以禮樂而民和睦 20/99/24
○脩其行 20/99/25
○齊衰之服、哭泣之聲 20/99/26
○君子耳不聽淫聲 20/100/2
○君子愼其所去就也 20/100/5
○其清明象天 20/100/7
○樂行而志清 20/100/8
○樂者、所以道樂也 20/100/10
○樂者、治人之盛者也 20/100/11
○鼓似天 20/100/20
○爲蔽 21/102/12
○群臣去忠而事私 21/102/16
○主其心而愼治之 21/102/19
21/102/20
○目視備色 21/102/21
○以貪鄙、背叛、爭權而不危辱滅亡者 21/103/3
○能持管仲而名利福祿與管仲齊 21/103/4
○能持周公而名利福祿與周公齊 21/103/4
○由用謂之 21/103/9
○以爲足而飾之 21/103/12
○學亂術足以爲先王者也 21/103/15
○德與周公齊 21/103/16
○無欲無惡 21/103/16
是○衆異不得相蔽以亂其倫也 21/103/17
○心不可以不知道 21/103/18
○治之要在於知道 21/103/25
○心未嘗不動也 21/104/3
○口可劫而使墨云 21/104/12
身盡其○則美 21/104/16
○知者擇一而壹焉 21/104/16
○君子壹於道而以贊稽物 21/105/2
○《道經》曰 21/105/4
○人心譬如槃水 21/105/5
○導之以理 21/105/7
○好書者衆矣 21/105/8
○濁明外景 21/105/18
○仁者之行道也 21/105/19
○從山上望牛者若羊 21/106/6
○傷於溼而擊鼓鼓痺 21/106/15
○雖不在夏首之南 21/106/16
○學也者、固學止之也 21/106/20
○學者、以聖王爲師 21/106/22
○有知非以慮是 21/107/1
○君人者周則讒言至矣 21/107/14
○王者之制名 22/108/4
○析辭擅作（名）以亂正名 22/108/4
○其民莫敢託爲奇辭以亂正名 22/108/5
○其民愨 22/108/6
○壹於道法而謹於循令矣 22/108/7
○知者爲之分別制名以指實 22/108/13
○比方之疑似而通 22/108/15
說、○、喜、（怨）〔怒〕、哀、樂、愛、惡、欲以心異 22/108/18
○使異實者莫不異名也 22/109/6
○萬物雖衆 22/109/7
○謂之物 22/109/7
○謂之鳥獸 22/109/9
○明君知其分而不與辨也 22/109/21
夫民易一以道而不可與共○ 22/110/1
○明君臨之以勢 22/110/1
○其民之化道也如神 22/110/2
○辨說也 22/110/3
○期、命、辨、說也者 22/110/4
辨則盡○ 22/110/9
是○邪說不能亂 22/110/9
○能處道而不貳 22/110/16
○名之足以指實 22/110/21
○愚者之言、芴然而粗 22/110/22
○窮藉而無極 22/110/24
○知者之言也 22/110/24
○欲過之而動不及 22/111/9
○治亂在於心之所可 22/111/11
○雖爲守門 22/111/15
○可道而從之 22/111/22
○知者論道而已矣 22/111/23
○人無動而（不）可以不與權俱 22/111/24
○嚮萬物之美而不能嗛也 22/112/12
○嚮萬物之美而盛憂 22/112/13
○欲養其欲而縱其情 22/112/14
○無萬物之美而可以養樂 22/112/20
○爭奪生而辭讓亡焉 23/113/3
○殘賊生而忠信亡焉 23/113/4
○淫亂生而禮義文理亡焉 23/113/5
○必將有師法之化、禮義之道 23/113/6
○枸木必將待檃括、烝、矯然後直 23/113/9
將皆失喪其性○也 23/113/21
○順情性則不辭讓矣 23/114/5
非○生於人之性也 23/114/8
23/114/9,23/114/10,23/114/11
○陶人埏埴而爲器 23/114/9

〇工人斲木而成器 23/114/10
聖人積思慮、習僞〇以生禮義而起法度 23/114/10
〇聖人化性而起僞 23/114/14
〇聖人之所以同於衆 23/114/15
〇順情性則弟兄爭矣 23/114/18
〇富而不願財 23/114/19
〇彊學而求有之也 23/114/21
〇思慮而求知之也 23/114/21
〇古者聖人以人之性惡 23/115/3
〇爲之立君上之埶以臨之 23/115/4
〇善言古者必有節於今 23/115/10
〇坐而言之 23/115/10
〇性善則去聖王、息禮義矣 23/115/12
〇檃栝之生 23/115/13
〇聖人能生之也 23/115/20
〇人之性惡明矣 23/115/27
以綦於禮義〇也 23/116/2
以秦人之從情性、安恣睢、慢於禮義〇也 23/116/3
〇聖人者 23/116/14
〇小人可以爲君子而不肯爲君子 23/116/17
〇塗之人可以爲禹 23/116/19
是〇刑罪綦省而威行如流 24/118/13
〇刑當罪則威 24/118/17
〇殺其父而臣其子 24/118/18
〇一人有罪而三族皆夷 24/119/3
〇成王之於周公也 24/119/9
〇尊聖者王 24/119/11
〇尙賢使能 24/119/12
〇尙賢、使能 24/119/12
〇仁者、仁此者也 24/119/14
夫〇天下不與爭能而致善用其功 24/119/15
夫〇爲天下貴矣 24/119/16
己無郵人、我獨自美豈(獨)無〇 25/122/5
〇王者必居天下之中 27/126/9
〇王者先仁而後禮 27/126/27
〇民迷惑而陷禍患 27/127/5
〇禮之生 27/127/7
〇亡於《禮經》而順人心者 27/127/22
親親、〇〇、庸庸、勞勞 27/127/26
〇親 27/127/27
〇行 27/127/27
〇成 27/127/27
〇吉行五十 27/128/6
〇天地生之 27/129/2
〇人無禮不生 27/129/24
〇家五畝宅、百畝田 27/130/24
〇義勝利者爲治世 27/132/2
〇天子不言多少 27/132/3
然〇民不困財 27/132/6
絕〇舊矣 27/132/13
〇古者列地建國 27/132/19
〇舜之治天下 27/132/22
〇其行效 27/133/6
漢〇潛 27/133/16
〇《春秋》善胥命 27/133/22
〇鄙人也 27/134/7
〇大者不能 27/136/16
是〇君子蚤絕之 27/136/20
〇塞而避所短 27/137/7
吾語汝其〇 28/138/18
〇居處足以聚徒成群 28/138/20
罪不在民〇也 28/139/4
〇先王既陳之以道 28/139/7
陵遲〇也 28/139/12,28/139/13
是〇君子見大水必觀焉 28/140/8
去其〇鄉 28/140/12
卒遇〇人 28/140/12
〇君子博學、深謀、修身、端行以俟其時 28/141/7
〇居不隱者思不遠 28/141/9
〇可以從而不從 29/142/1
〇勞苦彫萃而能無失其敬 29/142/3
〇子從父 29/142/12
〇入而行不脩 29/142/19
〇君子入則篤行 29/142/20
〇君子知之曰知之 29/143/4
〇君子苟能無以利害義 30/144/2
〇雖有珉之雕雕 30/144/8
是〇君子少思長則學 30/144/23
是〇知不務多 31/145/14
〇知既已知之矣 31/145/15
〇富貴不足以益也 31/145/16
〇猶然如將可及者 31/146/2
是〇其事大辨乎天地 31/146/9
〇弓調而後求勁焉 31/147/15
〇明主任計不信怒 31/147/17
〇其民歸道 32/149/3
〇上士吾薄爲之貌 32/149/10
然〇士至 32/149/11
〇君上蔽而無覩 32/150/6

## 顧 gù 12

則不〇其可害也者 3/12/8
不〇其利 4/13/16
(幾不)長慮〇後而恐無以繼之故也 4/16/8
是於己長慮〇後 4/16/9
不〇其後 4/16/10
將爲天下生民之屬長慮〇後而保萬世也 4/16/12
是〇是復 8/34/11
反〇其上則若灼黥 9/41/13
彼反〇其上 15/69/6
無見其利而不〇其害 15/71/1
孔子〇謂弟子曰 28/138/12
眷焉〇之 28/139/14

## 瓜 guā 3

色如削〇 5/17/22
然後〇桃棗李一本數以盆鼓 10/44/21
夏日則與之(爪)〔〇〕麩 10/46/6

## 栝 guā 8

魚〇生蠹 1/2/3
府然苦(渠)〔梁〕匽檃〇之於己也 5/20/1
故檃〇之生 23/115/13
直木不待檃〇而直者 23/115/16
枸木必將待檃〇、烝、矯然後直者 23/115/16
示諸檃〇 27/134/2
君子之檃〇不可不謹也 27/134/3
隱〇之側多枉木 30/144/16

寡 guǎ 34

(○)〔直〕立而不勝 3/9/15
然而人力爲此而○爲彼 4/15/13
4/15/21
或監門、御旅、抱關、擊柝而不自以爲○ 4/17/4
多事而○功 6/22/5
則墮之者衆而持之者○矣 7/27/1
收孤○ 9/36/6
使農夫樸力而○能 9/40/4
欲多而物○ 10/42/16
○則必爭矣 10/42/16
猶將○獲也 10/42/27
則雖孤獨鰥○必不加焉 11/54/12
則雖孤獨鰥○ 11/55/26
則農夫莫不朴力而○能矣 11/56/20
農夫朴力而○能 11/56/22
○怨寬裕而無阿 12/58/2
其稅必○ 15/70/3
人之情欲○ 18/89/11
將使人知情(欲之)〔之欲〕○也 18/89/12
以人之情爲欲多而不欲○ 18/89/17
今子宋子以(是)〔人〕之情爲欲○而不欲多也 18/89/18
情欲○ 22/109/17
凡語治而待○欲者 22/111/4
欲之多○ 22/111/5
則欲雖○ 22/111/10
而惡北無○ 22/111/21
所惡無○ 22/111/22
衆者暴○而譁之 23/115/7
刑于○妻 27/134/26
○人問舜冠於子 31/146/13
○人生於深宮之中 31/146/17
○人未嘗知哀也 31/146/17
○人問吾子 31/148/3
天使夫子振○人之過也 32/148/22

卦 guà 1

鑽龜陳○ 9/40/9

挂 guà 1

○於患而欲謹 4/13/19

乖 guāi 1

上下○離 17/82/1

怪 guài 20

而小人道其○也 4/15/5
此何○也 4/15/18
而好治○說 6/22/4
則可謂訞○狡猾之人矣 6/23/18
倚物○變 8/33/3
察則必爲○ 8/33/16
重味而(成)(珍備)〔備珍〕〔○〕 12/60/3
衆庶百姓無姦○之俗 12/60/7
24/118/10
姦○之屬莫不反愨 12/60/16
祆○不能使之凶 17/79/18
祆○未(至)〔生〕而凶 17/79/20
○之 17/81/11,17/81/14
○星之黨見 17/81/11
可○也 17/82/2
萬物之○ 17/82/2
食飲則重大牢而備珍○ 18/86/18
今世俗之爲說者不○朱、象而非堯、舜也 18/87/10
案直將治○說 21/107/5

官 guān 76

臨○治 4/14/10
是○人百吏之所以取祿秩也 4/14/12
莫不以其仁厚知能盡○職 4/17/4
法則度量正乎○ 8/28/8
量能而授○ 8/28/21,12/59/17
18/86/9
能不能皆得其○ 8/29/1
○施而衣食之 9/35/7
無能不○ 9/38/5
序○ 9/40/1
人不能兼○ 10/42/17
省○職 10/45/9
則能不能不可得而○也 10/45/11
然後衆人徒、備○職、漸慶賞、嚴刑罰以戒其心 10/45/19
能不能可得而○也 10/45/21
觀其○職 10/47/10,10/47/14
能齊則其故者先○ 10/47/16
正法以齊○ 10/49/4
百事齊於○ 10/49/5
是所使夫百吏○人爲也 11/52/8
人主者、以○人爲能者也 11/52/14
論德使能而○施之者 11/52/18
其○職事業足以容天下之能士矣 11/53/2
能士○焉 11/53/3
○人失要則死 11/53/16
則是○人使吏之事也 11/54/18
相者、論列百○之長 11/55/17
百○則將齊其制度 11/56/17
重其○秩 11/56/17
○人守數 12/57/15
其於百○之事、技藝之人也 12/58/3
大夫擅○ 12/59/17
百吏○人無怠慢之事 12/60/6
24/118/10
材技○能 12/60/11
人之百事如耳目鼻口之不可以相借○也 12/60/14
無私人以○職事業〔者〕
12/61/21
是○人史吏之材也 12/63/3
是士大夫○師之材也 12/63/4
能論○此三材者而無失其次 12/63/7
凡流言、流說、流事、流謀、流譽、流愬、不○而衡至者 14/66/11
能以授○ 14/67/13
百○得序 15/71/3
○人益秩 16/76/7
能士願相國之○ 16/76/19
貪吏亂之○ 16/76/20
及都邑○府 16/78/12
夫是之謂天○ 17/80/10

心居中虛以治五○ 17/80/10
亂其天○ 17/80/12
正其天○ 17/80/13
則天地○而萬物役矣 17/80/14
○人守天而自爲守道也 17/80/19
古者天子千○ 18/83/24
諸侯百○ 18/83/25
以是千○也 18/83/25
以是百○也 18/83/25
凡爵列、○職、賞慶、刑罰 18/85/10
能不稱○ 18/85/11
○人以爲守 18/89/5,19/98/2
其在序○也 20/99/20
經緯天地而材○萬物 21/104/8
不能此三技而可使治三○ 21/104/17
則萬物○矣 21/105/3
孰亂其○也 21/106/6
緣天○ 22/108/15
其天○之意物也同 22/108/15
然而徵知必將待天○之當簿其類然後可也 22/109/2
五○簿之而不知 22/109/2
待○人然後詔 24/118/6
列○職 27/132/20
○致良工 28/141/14
處○久者士妬之 32/149/16

### 冠 guān 20

新沐者彈其○ 3/11/1
其○進 6/24/17,6/24/18
其○絻 6/24/19
弟佗其○ 6/24/24
正其衣○ 6/24/24
成王○ 8/27/21
解果其○ 8/32/17
其衣○行僞已同於世俗矣 8/32/18
脩○弁、衣裳、黼黻、文章、琱琢、刻鏤 12/60/1
○軸帶劍 15/70/2
鬠而不○笄矣 19/95/9
薦器則○有鍪而毋縱 19/95/9
諸侯玄○ 27/126/17
天子、諸侯子十九而○ 27/135/16
○而聽治 27/135/16
魯哀公問舜○於孔子 31/146/13
寡人問舜○於子 31/146/13
君不此問而問舜○ 31/146/15
君昧爽而櫛○ 31/147/3

### 棺 guān 7

○厚三寸 18/87/17
飾○ 18/87/18
文繡充○ 18/87/22
故天子○槨（十）〔七〕重 19/93/11
○椁三寸 19/93/15
不得飾○ 19/93/15
○椁其須象版蓋斯象拂也 19/95/15

### 關 guān 9

或監門、御旅、抱○、擊柝而不自以爲寡 4/17/4
○市幾而不征 9/38/9,11/56/18
平○市之征 10/43/6
苛○市之征以難其事 10/44/10
其竟○之政盡察 10/47/9
時○內之 13/64/24
而不知○龍逢 21/102/15
○龍逢不見刑乎 28/141/2

### 鰥 guān 2

則雖孤獨○寡必不加焉 11/54/12
則雖孤獨○寡 11/55/26

### 觀 guān 62

不○氣色而言謂之瞽 1/4/8
欲○聖王之跡 5/18/19
欲○千歲 5/18/20
以道○盡 5/19/3
○乎雜物而不惑 5/19/4
○人以言 5/19/13
吾無○其餘矣 9/36/13
以○夫暴國之相（卒）〔捽〕也 9/41/4
不求其○ 10/43/14
○國之治亂臧否 10/47/9
○其朝廷 10/47/10,10/47/13,16/78/14
○其官職 10/47/10,10/47/14
○其便嬖 10/47/11,10/47/14
○國之强弱貧富有徵 10/47/19
以○其盛者也 11/55/17
而○其能安敬也 12/61/8
而○其能應變也 12/61/9
而○其能無流慆也 12/61/9
而○其能無離守也 12/61/10
人主不能不有游○安燕之時 12/62/17
○敵之變動 15/68/5
窺敵○變 15/70/26
○其風俗 16/78/11
○其士大夫 16/78/13
吾○於鄉 20/101/6,20/101/22
倚其所私以○異術 21/102/8
桀蔽於末喜、斯○ 21/102/15
○於道之一隅而未之能識也 21/103/12
疏○萬物而知其情 21/104/8
凡○物有疑 21/106/3
驗之所（以）爲有名而○其孰行 22/109/17
驗之所緣（無）以同異而○其孰調 22/109/18
不（治）〔冶〕○者之耳目 22/110/15
有嘗試深○其隱而難（其）察者 22/112/9
用此○之 23/113/7,23/113/13,23/113/22,23/114/6,23/114/20,23/114/23,23/115/8,23/115/14,23/115/17,23/115/25,23/116/21
倚而○天下民人之相與也 23/115/6
○往事 25/122/10
○法不法見不視 25/123/5
以友○人焉所疑 27/136/9
孔子○於魯桓公之廟 28/138/10
孔子○於東流之水 28/140/4
君子之所以見大水必○焉者 28/140/4
是故君子見大水必○焉 28/140/8
由是○之 28/141/4

子貢○於魯廟之北堂　28/141/12
賜○於太廟之北堂　28/141/12
○其善行　32/150/9

**筦 guǎn**　2

○籥發猛　20/100/19
竽笙（簫和）、〔○〕籥似星辰日月　20/101/1

**管 guǎn**　24

佽然見○仲之能足以託國也　7/25/11
殺○叔　8/27/15
聖人也者、道之○也　8/31/5
天下之道○是矣　8/31/5
○仲、爲政者也　9/36/16
所以○分之樞要也　10/43/10
爲之鐘鼓、○磬、琴瑟、竽笙　10/43/14
不富不厚之不足以○下也　10/45/16
○磬瑲瑲　10/46/1
知一政於○仲也　11/55/2
齊之○仲　13/63/24
若○仲之於桓公　13/65/10
鍾鼓○磬、琴瑟、竽笙　19/90/7
故鍾鼓、○磬　19/98/3
從以磬○　20/100/7
○乎人心矣　20/100/15
故能持○仲而名利福祿與○仲齊　21/103/4
桓公之於○仲也　24/119/10
○以爲母　26/125/10
不如○仲　27/131/17
○仲之爲人力功不力義　27/131/17
周公誅○叔　28/138/22
○仲誅付里乙　28/138/22

**貫 guàn**　13

故誦數以○之　1/4/16
○之　9/39/2
擇士之知事者使相率○也　9/41/20
若夫○日而治詳　11/52/8
若夫○日而治平　11/54/16
而親自○日而治詳　12/63/10
足以爲道○　17/82/20
應之以○　17/82/20
理○不亂　17/82/20
不知○　17/82/20
○之大體未嘗亡也　17/82/21
其所以○理焉雖億萬　21/106/19
以治天下、後世法之成律○　25/123/7

**涫 guàn**　2

○○紛紛　21/104/9

**光 guāng**　8

地見其○　1/4/21
言己之○美　3/10/1
取是而○之也　8/31/9
如日月之○明　11/51/20
則○輝不赫　17/82/11
○暉於是大　20/99/17
身讓卞隨舉牟○　25/121/15
○輝不博也　32/150/8

**洸 guāng**　2

其○○乎不淈盡　28/140/6

**廣 guǎng**　37

則廓之以○大　2/6/7
君子貧窮而志○　2/8/12,2/8/13
○之而可通也　4/16/15
焉○三寸　5/17/17
○○然　6/24/17
故人主不務得道而○有其埶　7/26/4
富則施○　7/26/9
其爲人上也○大矣　8/28/8
狹而○　9/39/23
○教化　9/40/13
可謂○大、富厚矣　11/52/2
園囿甚○　11/53/14
人主胡不○焉無卹親疏、無（偏）〔倫〕貴賤　11/53/22
則地雖○　11/56/12
志意○大　12/58/7
如是其○也　12/62/14
○大乎舜、禹　16/77/16
曷謂○大乎舜、禹也　16/77/20
〔此所謂○大乎舜、禹也〕　16/78/3
（此所謂○大乎舜、禹也）　16/78/4
地不爲人之惡遼遠也輟○　17/80/27
積厚者流澤○　19/91/5
無窮者、○之極也　19/92/18
大者、禮之○也　19/93/3
而志意得○焉　20/99/4
其○大象地　20/100/8
恢恢○○　21/104/9
睪睪○○　21/104/9
則○焉能棄之矣　21/107/10
狹願○　23/114/19
恬禍而○解　23/117/10
○大精神　26/124/14
身不佚者志不○　28/141/9

**撗 guàng**　1

（反見）〔見謂〕從（○）〔橫〕　26/125/14

**珪 guī**　3

○璧將甚碩　10/48/14
如○如璋　22/110/11
聘人以○　27/126/25

**規 guī**　11

其曲中○　1/1/4
設○矩　8/28/19
猶○矩之於方圓也　11/51/19
則與不肖者○之　12/60/25
其知慧足使○物　12/62/16
是○磨之說也　18/86/2
○矩誠設矣　19/92/14
○矩者、方圓之至　19/92/15
不聽○諫忠是害　25/122/8
員者中○　26/124/7

行中○繩而不傷於本 31/146/3

**傀 guī** 1

則○然獨立天地之間而不畏 23/117/8

**閨 guī** 4

○門之內 7/25/8,20/98/21
齊桓公○門之內懸樂奢泰游抏之脩 11/55/1
以爲小之○也 21/106/5

**龜 guī** 1

鑽○陳卦 9/40/9

**瞡 guī** 2

○○然 6/24/20

**歸 guī** 43

老老而壯者○焉 2/8/9
則倜然無所○宿 6/22/1
周公○周 8/27/17
能則天下○之 8/27/18
周公○周反籍焉 8/27/21
故《詩》、《書》、《禮》、《樂》之〔道〕○是矣 8/31/5
則○之庶人 9/35/5
則○之卿相士大夫 9/35/5
使相○移也 9/38/11
蓋云○哉 10/44/3
人○之如流水 10/46/13
所○者一也 11/54/9
三德者具而天下○之 11/55/21
天下○之之謂王 11/55/22, 18/84/8
天下○之 11/55/23
四統者俱而天下○之 12/59/13
兼聽齊明則天下○之 12/60/11
川淵深而魚鱉○之 14/66/17
山林茂而禽獸○之 14/66/17
刑政平而百姓○之 14/66/17
禮義備而君子○之 14/66/17
則天下○之 14/67/5
若蟬之○明火也 14/67/5
故民○之如流水 15/74/5
虛腹張口來○我食 15/74/14
○致命曰 16/76/1
蔡侯奉其社稷而○之楚 16/76/1
好利之民莫不願以（爲）齊爲○ 16/76/19
○於其家 16/78/13
而天下○之也 18/84/7
則天下如○ 18/86/12
以○（大）〔太〕一 19/91/9
復情以○（大）〔太〕一也 19/92/4
離宮室而○丘陵也 19/97/16
合於犯（分）〔文〕亂理而○於暴 23/113/5
然後出於辭讓、合於文理而○於治 23/113/6
讒人○ 25/120/9
請○之禮 26/123/15
請○之雲 26/124/14
不知所○ 31/145/10
伯禽將○於魯 32/149/1
故其民○道 32/149/3

**佹 guǐ** 1

請陳○詩 26/125/13

**鬼 guǐ** 6

爲○爲蜮 8/29/11,22/111/1
惡之如○ 11/56/2
以爲○事也 19/98/3
以爲伏○也 21/106/12
凡人之有○也 21/106/13

**詭 guǐ** 6

則求利之○緩 18/87/23
憚○、悒僾而不能無時至焉 19/97/20
則夫忠臣孝子亦憚○而有所至矣 19/97/21
是君子之所以爲憚○其所喜樂之文也 19/98/5
是君子之所以爲憚○其所哀痛之文也 19/98/6
是君子之所以爲憚○其所敦惡之文也 19/98/6

**貴 guì** 161

君子○其全也 1/4/21
志意脩則驕富○ 2/6/12
人莫不○ 2/6/16,5/20/9,8/28/3
夫師、以身爲正儀而○自安者也 2/8/4
富○而體恭 2/8/13,2/8/14
君子行不○苟難 3/8/20,3/9/4
說不○苟察 3/8/20,3/9/4
名不○苟傳 3/8/20
唯其當之爲○ 3/8/20,3/9/5
然而君子不○者 3/9/1,3/9/3, 3/9/4
名不○苟得 3/9/4
夫富○者、則類傲之 3/12/11
廉而不見○者 4/12/22
夫○爲天子 4/16/18,11/53/12
使○賤之等 4/17/1
賤而不肯事○ 5/18/7
則審其人、所○君子 5/18/21
夫是之謂（爲）能○其所○ 5/20/9
唯君子爲能○其所○ 5/20/10
○賢 6/23/4
高上尊○不以驕人 6/23/13
則賢者○之 6/23/17
樂富○者也 6/24/4
君子能爲可○ 6/24/12,27/138/4
不能使人必○己 6/24/12, 27/138/4
而○戚莫之敢妒也 7/25/12
○賤長少 7/25/14,16/76/18
秩秩焉莫不從桓公而○敬之 7/25/14
主尊○之 7/26/6
○而不爲夸 7/26/8
可○可賤也 7/26/10
賤事○ 7/27/8
謹乎臣子而致○其上者也 8/27/26
（之）〔○〕道誠存也 8/28/3

則○名白而天下治也 8/28/10
辨○賤 8/28/19
我欲賤而○ 8/29/14
豈不賤而○矣哉 8/29/16
故君子無爵而○ 8/29/21
○名不可以比周爭也 8/29/22
則○名起如日月 8/30/2
身○而愈恭 8/31/12
窮則獨立○名 8/32/13
夫兩○之不能相事 9/36/1
使有貧、富、○、賤之等 9/36/2
故天下莫不○也 9/37/15
無德不○ 9/38/5
○賤、殺生、與奪一也 9/39/6
故最爲天下○也 9/39/10
進退○賤則舉傭士 9/42/2
進退○賤則舉佞侻 9/42/3
進退○賤則舉幽險詐故 9/42/4
禮者、○賤有等 10/43/1
○之者 10/43/11
是○天下之本也 10/43/11
使足以辨○賤而已 10/43/13
百姓○之如帝 10/44/1,16/75/13
則其○者不賢 10/47/10
則其○者賢 10/47/14
賢齊則其親者先○ 10/47/16
案申重之以○賤殺生 11/49/21
不卹○賤 11/51/14
人主胡不廣焉無邮親疏、無（偏）〔倫〕○賤 11/53/22
○賤長幼 11/54/13
是故百姓○之如帝 11/55/26
朝廷必將隆禮義而審○賤 11/56/16
富○而不驕 12/58/1
上以飾賢良而明○賤 12/60/4
〔則〕縣○爵重賞以招致之 12/61/13
縣○爵重賞以招致之 12/61/15
夫文王非無○戚也 12/62/2
夫文王欲立○道 12/62/5
欲白○名 12/62/5
於是乎○道果立 12/62/7
○名果明 12/62/7
賢者則○而敬之 13/65/17
能以禮挾而○名白 14/66/18
〔夫〕兵之所○者埶利也 15/68/9
君之所○ 15/68/11
隆禮○義者 15/69/13
重祿○節 15/69/15
未有○上、安制、綦節之理也 15/70/11
百姓莫不○敬 15/74/3
雕雕焉縣○爵重賞於其前 15/74/4
彼○我名聲 15/74/9
非○我名聲也 15/74/11,15/74/13
反然舉疾惡桀、紂而○帝湯、武 16/77/1
故人莫○乎生 16/77/11
人知○生樂安而棄禮義 16/77/12
以上之不○義、不敬義也 16/79/3
今上不○義、不敬義 16/79/4
糴○民飢 17/81/17
則○賤不分 17/83/5
故下安則○上 18/83/18
譬之是猶以人之情爲欲富○而不欲貨也 18/89/15
○賤有等 19/90/10,24/119/13
所以別○始 19/91/1
○始、得之本也 19/91/1
○食飲之本也 19/91/7
○本而親用也 19/91/8
○本之謂文 19/91/9
以○賤爲文 19/92/21,27/130/12
故情貌之變足以別吉凶、明○賤親疏之節 19/94/12
別親疏、○賤之節 19/96/4
故先王○禮樂而賤邪音 20/99/20
○賤之義別矣 20/101/8
○賤明 20/101/21,22/108/14
賤禮義而○勇力 20/101/25
○賤不明 22/108/12
上以明○賤 22/108/13
不賂○〔者〕之權埶 22/110/15
○公正而賤鄙爭 22/110/16
賤願○ 23/114/19
○而不願埶 23/114/20
凡論者○其有辨合、有符驗 23/115/10
性惡則與聖王、○禮義矣 23/115/12
然則有曷○堯、禹 23/115/24
曷○君子矣哉 23/115/24
凡所○堯、禹、君子者 23/115/24
仁之所亡無富○ 23/117/7
爵當賢則○ 24/118/17
則知所○矣 24/119/8
論知所○ 24/119/8
知所○也 24/119/10
○賢者霸 24/119/11
等○賤 24/119/12
夫故爲天下○矣 24/119/16
辨治上下、○賤有等明君臣 25/121/8
進退有律、莫得○賤孰私王 25/122/14
○賤以分 26/124/16
禮也者、○者敬焉 27/127/15
○○、尊尊、賢賢、老老、長長 27/127/26
非以○諸侯而已 27/132/19
必○師而重傅 27/135/11
○師而重傅 27/135/11
蓋曰○文也 28/141/14
君子之所以○玉而賤珉者 30/144/5
夫君子豈多而賤之、少而○之哉 30/144/6
不知所○ 31/145/10
故富○不足以益也 31/145/16
舍○而爲賤 32/149/12

## 跪 guì 2

蟹六○而二螯 1/2/12
子北面而○ 27/127/12

## 劌 guì 3

廉而不○ 3/9/15,30/144/7
○也 4/12/23

## 袞 gǔn 2

故天子袾○衣冕 10/43/1
諸侯玄○衣冕 10/43/1

## 郭 guō 5

司徒知百宗、城○、立

器之數 9/40/1
城〇不待飾而固 12/57/20
城〇不辦 15/73/4
城〇以固 26/123/11
南〇惠子問於子貢曰 30/144/15

國 guó 340

〇家無禮則不寧 2/5/15
然則〇亂將弗治與 3/10/13
〇亂而治之者 3/10/13
舉〇而與之不爲改視 4/13/16
是諸侯之所以取〇家也 4/14/9
爲下〇駿蒙 4/17/6
定楚〇 5/17/19
然而身死〇亡 5/17/26
不知一天下、建〇家之權稱 6/21/19
不可以經〇定分 6/22/1
一〇不能獨容 6/22/16,8/32/8
前事則殺兄而爭〇 7/25/8
并〇三十五 7/25/9
倓然見管仲之能足以託〇也 7/25/11
與之高、〇之位 7/25/13
而暴〇安自化矣 7/25/22
則百里之〇足以獨立矣 7/26/3
擅寵於萬乘之〇 7/26/14
虛殷〇 8/27/15
立七十一〇 8/27/16,8/31/15,12/62/7
儒無益於人之〇 8/27/26
在人下則社稷之臣、〇君之寶也 8/28/2
何謂其無益於人之〇也 8/28/13
用百里之地而千里之〇莫能與之爭勝 8/32/9
笞捶暴〇 8/32/10
則萬乘之〇亡 8/33/7
則萬乘之〇存 8/33/7
則千乘之〇安 8/33/7
用萬乘之〇 8/33/8
而都〇之民安習其服 8/34/7
則〇家治 9/35/11
明王始立而處〇有制 9/35/22
僅存之〇富大夫 9/36/17
亡〇富筐篋 9/36/17
召寇、肥敵、亡〇、危身之道也 9/36/19
閔王毀於五〇 9/37/12
無幽閒隱僻之〇莫不趨使而安樂之 9/38/11
然而中〇得而畜使之 9/38/14
然而中〇得而財之 9/38/15
然而中〇得而衣食之 9/38/15
然而中〇得而用之 9/38/16
使〇家足用而財物不屈 9/40/6
〇家失俗 9/40/15
用萬乘之〇者 9/40/18
〇之所以安危臧否也 9/40/19
則是〇未能獨立也 9/40/21
天下脅於暴〇 9/40/21
誠以其〇爲王者之所 9/41/2
以其〇爲危殆滅亡之所 9/41/3
以觀夫暴〇之相（卒）〔捽〕也 9/41/4
〇俗節 9/41/9
敵〇案自詘矣 9/41/10
〇家案自富矣 9/41/11
暴〇之君案自不能用其兵矣 9/41/11
故古之人有以一〇取天下者 9/41/16
故周公南征而北〇怨 9/41/17
東征而西〇怨 9/41/17
安以其〇爲是者王 9/41/18
安以其〇爲是者霸 9/42/1
足〇之道 10/42/23
量地而立〇 10/43/3
則〇富矣 10/43/6
小有一〇 10/45/8,10/45/9,11/52/16
故君〇長民者欲趨時遂功 10/46/14
危〇家也 10/47/7
觀〇之治亂臧否 10/47/9
是亂〇已 10/47/9
是辱〇已 10/47/12
是治〇已 10/47/13
是榮〇已 10/47/16
觀〇之強弱貧富有徵 10/47/19
上好（攻取）功則〇貧 10/47/20
上好利則〇貧 10/47/20
士大夫眾則〇貧 10/47/20
工商眾則〇貧 10/47/21
無制數度量則〇貧 10/47/21
是知〇計之極也 10/48/1
夫是之謂〇蹶 10/48/3
以〇持之而不足以容其身 10/48/4
將以求富而喪其〇 10/48/5
古有萬〇 10/48/6,12/61/20
百里之〇足以獨立矣 10/48/7
仁人之用〇 10/48/9
以〇載之 10/48/11
則〇安于盤石 10/48/16
故仁人之用〇 10/48/17
正是四〇 10/48/19,24/119/17
持〇之難易 10/48/21
事強暴之〇難 10/48/21,10/49/7
使強暴之〇事我易 10/48/21,10/49/8
割〇之錙銖以賂之 10/48/22
必至於資單〇舉然後已 10/49/1
則不足以（爲）持〇安身 10/49/4
而強暴之〇莫不趨使 10/49/7
〇者、天下之制利用也 11/49/12
故用〇者、義立而王 11/49/15
挈〇以呼禮義而無以害之 11/49/16
擽然扶持心、〇 11/49/17
〔之〕所以爲布陳於〇家刑法者 11/49/18
綦定而〇定 11/49/19
〇定而天下定 11/49/19
以〇齊義 11/50/2
敵〇畏之 11/50/6
〇一綦明 11/50/6
與〇信之 11/50/6
雖末在僻陋之〇 11/50/6
是皆僻陋之〇也 11/50/9
彊殆中〇 11/50/9,16/78/3
挈〇以呼功利 11/50/10
則敵〇輕之 11/50/13
與〇疑之 11/50/13
而〇不免危削 11/50/13
而身死〇亡 11/50/16
〇者、天下之大器也 11/50/20
彼〇錯者 11/50/21
道亡〇之法 11/51/1
與亡〇之人爲之 11/51/1
故〇者、重任也 11/51/4

故○者、世所以新者也 11/51/4
彼持○者必不可以獨也 11/51/11
○者、巨用之則大 11/51/13
○無禮則不正 11/51/19
禮之所以正○也 11/51/19
○危則無樂君 11/51/23
○安則無憂民 11/51/23
亂則○危 11/51/23
治則○安 11/51/23
今君人者急逐樂而緩治○ 11/51/23
萬乘之○ 11/52/2
故百樂者生於治○者也 11/52/3
憂患者生於亂○者也 11/52/4
急逐樂而緩治○者 11/52/4
故明君者必將先治其○ 11/52/4
闇君者必將（急）〔荒〕逐樂而緩治○ 11/52/5
必至於身死○亡然後止也 11/52/6
故治○有道 11/52/7
建○諸侯之君分土而守 11/52/19, 11/54/15
四方之○有侈離之德則必滅 11/53/16
無○而不有治法 11/54/3
無○而不有亂法 11/54/3
無○而不有賢士 11/54/3
無○而不有罷士 11/54/3
無○而不有愿民 11/54/3
無○而不有悍民 11/54/4
無○而不有美俗 11/54/4
無○而不有惡俗 11/54/4
兩者並行而○在 11/54/4
上偏而○安 11/54/4
（在）下偏而○危 11/54/5
則身佚而○治 11/54/20, 12/57/7, 12/63/8
則身勞而○亂 11/54/21, 12/57/8
喪其○、危其身者 11/55/4
治○者 11/55/7
是治○之徵也 11/55/9
用○者 11/55/21
傷○者何也 11/56/7
是傷○之大災也 11/56/7
大○之主也 11/56/7, 11/56/10
是傷○ 11/56/8, 11/56/8, 11/56/9
是傷○者也 11/56/10, 11/56/13
夫是之謂危○ 11/56/13
然後○常不亂 11/56/21
而○求給矣 11/56/22
無亂○ 12/57/3
敵○不待服而詘 12/57/20
請問爲○ 12/58/10
未嘗聞爲○也 12/58/10, 12/58/12
欲脩政美（○）〔俗〕 12/59/1
知○之安危臧否若別白黑 12/59/6
則○終身無故 12/59/7
道存則○存 12/59/15
道亡則○亡 12/59/16
隆禮至法則○有常 12/60/10
欲治○馭民 12/61/16
夫是之謂○具 12/62/17, 12/62/20, 12/62/23
如是○者 12/62/18
○雖若存 12/62/24
知愛民之爲安○也 12/63/5
不卹○之臧否 13/63/29
謂之○賊 13/63/29
將危○家、殞社稷之懼也 13/64/1
遂以解○之大患 13/64/3
除○之大害 13/64/3
成於尊君安○ 13/64/4
以安○之危 13/64/4
功伐足以成○之大利 13/64/5
○君之寶也 13/64/5
窮居於暴○ 13/64/17
○有大命 13/64/18
有○賊者 13/65/8
不卹○之臧否 13/65/9
○賊也 13/65/10
可謂○賊矣 13/65/11
爲下○綴旒 13/66/5
義及○而政明 14/66/18
惠此中○ 14/66/19
○家者、士民之居也 14/66/20
○家失政則士民去之 14/66/20
○家之本作也 14/66/24
君者、○之隆也 14/67/17
且仁人之用十里之○ 15/69/1
用百里之○ 15/69/1
用千里之○ 15/69/2
且夫暴○之君 15/69/4
○日明 15/69/8
其○治 15/69/12, 15/69/13
其○亂 15/69/13, 15/69/13
是亡○之兵也 15/69/22
是危○之兵也 15/70/3
兼是數○者 15/70/11
拱揖指麾而强暴之○莫不趨使 15/70/14
無幽閒辟陋之○ 15/71/15
强○之本也 15/72/9
然而敵○不待試而詘 15/73/4
然而○晏然不畏外而（明）（內）〔固〕者 15/73/5
不足以合大衆、美○家 15/73/15
兼人而○俞貧 15/74/16
彼○者 16/75/7
亦彊○之剖刑已 16/75/7
敵○不敢嬰也 16/75/9, 20/99/16
彼○者亦有砥厲 16/75/9
○之命在禮 16/75/9, 17/82/12
亂楚○之法 16/76/8
今相○上則得專主 16/76/15
下則得專○ 16/76/16
相○之於勝人之埶 16/76/16
與之參○政 16/76/17
則○孰敢不爲義矣 16/76/17
賢士願相○之朝 16/76/18
能士願相○之官 16/76/19
相○舍是而不爲 16/76/19
曷若是而可以持○乎 16/76/21
是一○作謀 16/76/22
則三○必起而乘我 16/76/22
○若假城然耳 16/76/23
已有數百里之○者也 16/77/8
○舉焉 16/77/18
因與之參○政 16/78/5
其○塞險 16/78/10
入其○ 16/78/13
僅存之○危而後戚之 16/78/23
亡○至亡而後知亡 16/78/23
亡○之禍敗不可勝悔也 16/78/24
○人皆恐 17/81/10
無安○〔矣〕 17/82/1
禮義不加於○家 17/82/12
令行於諸夏之○ 18/83/25
○雖不安 18/83/25
然而暴○獨侈安能誅之 18/84/5
誅暴○之君若誅獨夫 18/84/5

身死○亡 18/84/16
故可以有奪（人）○ 18/84/19
可以有竊○ 18/84/20
（可以）奪之者可以有○ 18/84/20
竊可以得○ 18/84/21
○、小具也 18/84/21
○者、小人可以有之 18/85/2
故諸夏之○同服同儀 18/85/21
蠻、夷、戎、狄之○同服不同制 18/85/21
○不更制 18/86/11
有擅○ 18/87/3
次賢祿一○ 18/89/18
有一○者事五世 19/91/3
諸侯之喪動通○、屬大夫 19/93/13
大夫之喪動一○、屬修士 19/93/14
敵○危之 20/99/19
是足以正身安○矣 20/101/21
彼○安而天下安 20/101/22
亂○之君 21/102/6
亂○之君非之上 21/102/10
此其所以喪九牧之地而虛宗廟之○也 21/102/17
奚齊蔽於欲○而罪申生 21/103/1
則讓乎○人矣 23/114/18
化禮義則讓乎○人矣 23/114/18
○事無所往而不用 24/119/10
○至乎亡 24/119/11
尊主安○尚賢義 25/120/4
拒諫飾非、愚而上同○必禍 25/120/5
○多私 25/120/5
賢能遁逃○乃蹶 25/120/7
明德慎罰、○家既治四海平 25/121/1
君謹守之、下皆平正○乃昌 25/122/12
禹學於西王○ 27/127/8
猶用慶賞於○家也 27/127/18
禮之於正○家也 27/129/24
○家無禮不寧 27/129/25
○之藏孽也 27/130/19
○寶也 27/130/21
○器也 27/130/21
○用也 27/130/22
○袄也 27/130/22
治○者敬其寶 27/130/22
天下、○有（傻）〔俊〕士 27/131/5
害靡○家 27/131/24
有○之君不息牛羊 27/132/4
故古者列地建○ 27/132/19
《○風》之好色也 27/135/7
○將興 27/135/11
○將衰 27/135/11
是棄○捐身之道也 27/136/16
○法禁拾遺 27/137/13
○不待死 27/137/18
劫迫於暴○而無所辟之 27/137/22
爲○家必以孝 28/139/2
秉○之均 28/139/9
昔萬乘之○有爭臣四人 29/142/10
千乘之○有爭臣三人 29/142/11
雖有○士之力 29/142/19
（五）〔吾〕欲論吾○之士 31/144/27
與之治○ 31/144/27
亡○之虛則必有數蓋焉 31/147/5
吾○幾於亡乎 32/148/21
女以魯○驕人 32/149/11
今相○有此三者而不得罪〔於〕楚之士民 32/149/17
而身死○亡也 32/150/2

## 膕 guó 1

詘要橈○ 10/49/3

## 果 guǒ 6

○敢而（振）〔很〕 4/13/15
解○其冠 8/32/17
○何道而便 12/60/21
於是乎貴道○立 12/62/7
貴名○明 12/62/7
勇○而亡禮 27/137/8

## 椁 guǒ 3

黃金充○ 18/87/22
棺○三寸 19/93/15
棺○其貌象版蓋斯象拂也 19/95/15

## 槨 guǒ 1

故天子棺○（十）〔七〕重 19/93/11

## 過 guò 68

則智明而行無○矣 1/1/5
雖有大○ 2/8/10
怒不○奪 2/8/13,2/8/15
喜不○予 2/8/13,2/8/15
舉人之○ 3/9/19
豈不○甚矣哉 4/13/7,11/51/24,12/61/19,16/76/9,18/84/18,18/87/10,18/88/17,18/89/21,23/115/12
而小人注錯之○也 4/14/24
遠罪○者也 6/24/5
道○三代謂之蕩 8/34/21,9/38/1
而百事無○ 9/35/17
道不○三代 9/38/1
析愿禁悍而刑罰不○ 9/38/6
則辟公之○也 9/40/15
特墨子之私憂○計也 10/44/20, 10/45/4
此夫○舉蹞步而覺跌千里者夫 11/53/25
是○者也 11/55/13
〔○〕、猶不及也 11/55/13
是以萬舉不○也 12/61/8
君有○謀○事 13/64/1
則君○不遠 13/64/11
而改其○ 13/64/25
是以百舉不○也 13/65/23
○而通情 13/66/3
若不幸而○ 14/67/24
行莫大乎無○ 15/70/24
所○者化 15/71/24
未有○封內千里者也 16/77/21
是非堯、舜之○ 18/87/9
而不得以有餘○度 18/87/20
是○也 18/89/11
故殯、久不○七十日 19/93/21
○故鄉 19/96/11

若馹之○隙 19/96/18
○矣 20/99/22
微風○之 21/105/6
安能無○乎 21/106/9
辨異而不○ 22/110/8
故欲○之而動不及 22/111/9
欲不及而動○之 22/111/10
則○矣 23/113/21
所以異而○衆者 23/114/16
古者刑不○罪 24/118/17
論臣○ 25/120/4
隱（諱）〔○〕疾賢、（良）〔長〕由姦詐鮮無災 25/122/1
恨（後）〔復〕遂○不肯悔 25/122/5
○十室之邑必下 27/128/17
不敢○卞 27/133/1
不敢○蒲 27/133/1
不足於行者說○ 27/133/22
不自嗛其行者言濫○ 27/135/21
匠○絕邪 28/141/13
友之○也 29/142/20
天使夫子振寡人之○也 32/148/22
所（遇）〔○〕者化 32/150/9
孔子弗○ 32/150/9

## 海 hǎi 38

而絕江（河）〔○〕 1/1/14
無以成江○ 1/2/10
治○內之衆 3/11/17
故君子不下室堂而○內之情舉積此者 3/11/18
通於四○ 8/28/10
四○之內若一家 8/28/11,9/38/11 15/71/15
四○之內莫不變心易慮以化順之 8/32/1
積水而爲○ 8/34/4
北○則有走馬吠犬焉 9/38/14
南○則有羽翮、齒革、曾青、丹干焉 9/38/14
東○則有紫、（紶）〔綌〕、魚、鹽焉 9/38/15
西○則有皮革、文旄焉 9/38/16
然後飛鳥鳧鴈若煙○ 10/45/2
汸汸如河○ 10/45/22
垂衣裳、不下簟席之上而○內之人莫不願得以爲帝王 11/52/11
一四○ 11/52/17
四○之民不待令而一 12/57/20
則將有四○之聽 15/69/2
兵强○內 15/72/1
負西○而固常山 16/78/2
威動○內 16/78/3
○內之民莫不願得以爲君師 18/84/4
故至賢疇四○ 18/84/17
坎井之鼃不可與語東○之樂 18/86/3
譬之是猶以塼塗塞江○也 18/89/7
天子之喪動四○、屬諸侯 19/93/13
四○之民莫不願得以爲師 20/99/17
死則四○哭 21/102/22
坐於室而見四○ 21/104/7
四○之內無客禮 24/118/5
主誠聽之、天下爲一○內賓 25/120/6
明德慎罰、國家既治四○平 25/121/1
諸侯隆之則一四○者歟 26/123/14
周流四○ 26/123/18
富有四○ 28/138/15
形於四○ 32/148/14

## 害 hài 60

除其○者以持養之 1/4/17
○良曰賊 2/6/1
其遠○也早 2/8/12
不以私○之 3/11/22
則必前後慮其可○也者 3/12/6
則不顧其可○也者 3/12/8
以君子與小人相賊○也 4/13/6
則○莫大焉 4/13/8
安危利○之常體 4/14/3
蕩悍者常危○ 4/14/4
危○者常憂險 4/14/5
是安危利○之常體也 4/14/5
好利惡○ 4/14/17
好利而惡○ 4/15/7,5/18/13
人之大殃大○也 4/15/22
無○爲君子也 5/17/12
無○爲小人也 5/17/13
則天下之○除 6/23/2
除怨而無妨○人 7/26/15
爲重招權於下以妨○人 7/26/20
不知無○爲君子 8/29/8
無○爲巧 8/29/8
無○爲治 8/29/9
無○爲堯 9/41/1
天下○生縱欲 10/42/15
人之大○也 10/43/9
挈國以呼禮義而無以○之 11/49/16
除天下同○ 11/55/23
俱○之道也 12/62/2
除國之大○ 13/64/3
若夫忠信端慤而不○傷 13/65/18
鬬怒、○也 13/65/22
刑濫則○及君子 14/67/24
與其○善 14/67/25
無見其利而不顧其○ 15/71/1
故惡人之○之也 15/71/22
所以禁暴除○也 15/71/23
則見○傷焉止矣 15/73/11
將以爲○邪 15/74/4
必傷○無罪之民 18/84/5
除天下之同○ 18/84/7
○人而自利 18/88/7
有埶辱無○爲堯 18/89/3
有埶榮無○爲桀 18/89/3
若者必○ 19/90/16
不以（已所）〔所已〕臧○所將受謂之虛 21/104/1
不以夫一○此一謂之壹 21/104/3
雖共、不爲○矣 22/109/6
兼萬物之利而盛○ 22/112/13
則夫彊者○弱而奪之 23/115/7
無○可以爲禹 23/116/20
無○可以爲 23/116/22
皆知夫賊○之（人）不可以爲壽也 24/118/12
辟除民○逐共工 25/121/12
不聽規諫忠是○ 25/122/8
飛鳥所○ 26/125/1
○靡國家 27/131/24

諸侯不言利〇 27/132/3
故君子苟能無以利〇義 30/144/2

駭 hài 4

馬〇輿 9/36/5,9/36/5
庶人〇政 9/36/5,9/36/5

寒 hán 12

冰、水爲之而〇於水 1/1/3
〇而欲煖 4/15/7,5/18/13
23/114/3
骨體膚理辨〇暑疾養 4/15/9
〇暑和節 10/44/17
冬不凍〇 10/46/12
〇暑不能使之疾 17/79/18
〇暑未薄而疾 17/79/20
天不爲人之惡〇也輟冬 17/80/27
冬日作〇 26/124/13
歲不〇 27/133/13

韓 hán 3

〇之張去疾 13/63/23
〇之上地 15/74/20
在〇者踰常山乃有臨慮 16/78/1

罕 hǎn 5

〇興力役 10/43/6
〇舉力役 11/56/20
養略而動〇 17/79/19
物之〇至者也 17/81/11,17/81/13

汗 hàn 1

（〇）〔汙〕漫、爭奪
、貪利是也 16/77/3

扞 hàn 4

然而應薄〇患足以持社
稷然後可 12/62/23
若手臂之〇頭目而覆胸
腹也 15/68/16
百姓有〇其賊 15/71/13
白刃〇乎胸 16/79/11

旱 hàn 9

故良農不爲水〇不耕 2/6/14
歲雖凶敗水〇 9/40/3,10/44/18
高者不〇 10/44/16
故禹十年水、湯七年〇
而天下無菜色者 10/48/1
故水〇不能使之飢（渴）
17/79/18
故水〇未至而飢 17/79/20
天〇而雩 17/82/6
湯〇而禱曰 27/132/16

悍 hàn 13

加惕〇而不順 2/8/8
蕩〇者常危害 4/14/4
惕、〇、憍、暴 4/14/14
析愿禁〇而刑罰不過 9/38/6
抃急禁〇 9/40/11
使暴〇以變 9/40/11
如是而可以誅暴禁〇矣 9/41/16
不威不強之不足以禁暴
勝〇也 10/45/17
〇者皆化而愿 10/47/16
無國而不有〇民 11/54/4
暴〇勇力之屬爲之化而愿 15/74/6
夫征暴誅〇 18/85/12
〇戇好鬬 27/136/13

唅 hàn 3

沐浴、鬠體、飯〇、象
生執也 19/95/7
〇以槁骨 19/95/8
玉貝曰〇 27/128/5

漢 hàn 2

江、〇以爲池 15/72/16
〇故潛 27/133/16

毫 háo 5

明振〇末 9/37/19
振〇末 9/40/14
不能加〇末於是矣 9/41/7
精微乎〇毛而〔充〕盈
（大乎）〔乎大〕寓
（宙） 26/124/8
不能加〇末於是也 29/141/20

號 háo 6

故制〇政令 15/70/25
哭泣諦〇 19/94/15
嗚〇焉 19/96/11
名受備〇 21/102/21
名〇不美 26/124/17
君〇然也 31/147/9

豪 háo 4

不失〇釐 8/33/12
有不理者如〇末 11/54/12
有非理者如〇末 11/55/26
利夫秋〇 27/131/23

好 hǎo 168

〇是正直 1/1/9
學之經莫速乎〇其人 1/3/23
上不能〇其人 1/3/23
及至其致〇之也 1/4/18
目〇之五色 1/4/18
耳〇之五聲 1/4/18
口〇之五味 1/4/18
必以自〇也 2/5/3
〇善無猒 2/5/5
莫神一〇 2/6/10
〇法而行 2/7/18
不是師法而〇自用 2/8/3
加〇學遜敏焉 2/8/7
〇（交）〔文〕也 2/8/15
無有作〇 2/8/15,17/83/6
君子能亦〇 3/9/10
不能亦〇 3/9/10
〇剸行也 4/12/23
而〇惡多同 4/13/10
〇榮惡辱 4/14/17
〇利惡害 4/14/17
成則必不得其所〇 4/14/19

成則必得其所〇 4/14/21
〇利而惡害 4/15/7,5/18/13
仁者〇告示人 4/15/22
反鉛察之而俞可〇也 4/16/15
爲下則〇非其上 5/18/8
然而不〇言 5/19/11
志〇之 5/19/11,5/20/15
凡人莫不〇言其所善 5/19/12
5/20/12
〇其實 5/19/14
則〇言者上矣 5/20/13
不〇言者下也 5/20/14
（下脩）〔不循〕而〇作 6/21/22
而〇治怪說 6/22/4
飾非而〇 6/23/9
〇姦而與衆 6/23/10
莫若〇同之 7/26/14
巧而〇度 7/26/18
勇而〇同 7/26/18
知而〇謙 7/26/19
則〇專事而妬賢能 7/26/19
王公〇之則亂法 8/29/9
百姓〇之則亂事 8/29/9
曾不如〇相鷄狗之可以
爲名也 8/29/10
作此〇歌 8/29/11,22/111/2
是猶傴身而〇升高也 8/30/8
〇脩正其所聞以橋飾其
情性 8/30/13
故唯君子爲能得其所〇 8/34/10
知而〇問 8/34/16
威嚴猛厲而不〇假導人 9/35/14
〇假導人而無所凝止之 9/35/15
致〇之者 9/39/2
〇我芳若芝蘭 9/41/12
賊其所〇者哉 9/41/13,15/69/7
之所以接下之人百姓者
則〇取侵奪 9/42/3
則〇用其死力矣 9/42/5
〇用其籍斂矣 9/42/5
功利所〇也 10/42/19
上雖〇取侵奪 10/42/27
其百吏〇法 10/47/13
上〇（攻取）功則國貧 10/47/20
上〇利則國貧 10/47/20
譬之是由〇聲色而恬無
耳目也 11/51/24
足以順服〇利之人矣 11/53/3
〇利之人服焉 11/53/3
口〇味而臭味莫美焉 11/53/17
耳〇聲而聲樂莫大焉 11/53/18
目〇色而文章致繁婦女
莫衆焉 11/53/18
形體〇佚而安重閒靜莫
愉焉 11/53/18
心〇利而穀祿莫厚焉 11/53/19
故明主〇要而闇主〇詳 11/55/15
主〇要則百事詳 11/55/16
主〇詳則百事荒〔矣〕 11/55/16
而〇見小利 11/56/8
愈厭而〇新 11/56/8
不〇循正其所以有 11/56/8
而又〇以權謀傾覆之人
斷事其外 11/56/9
而〇詐故 11/56/11
則夫朝廷群臣亦從而成
俗於不隆禮義而〇傾
覆也 11/56/11
則夫衆庶百姓亦從而成
俗於不隆禮義而〇貪
利矣 11/56/12
上〇權謀 12/57/11
上〇曲私 12/57/12
上〇傾覆 12/57/13
上〇貪利 12/57/13
故上〇禮義 12/57/15
楚莊王〇細要 12/58/12
以天下之王公莫〇之也 12/59/3
然而（于是）〔是子〕
獨〇之 12/59/3
〇之者貧 12/59/4
〇士而榮 12/59/8,16/77/13
〇女之色 12/61/2
以爲〇麗邪 12/62/4
知〇士之爲美名也 12/63/5
故明主〇同而闇（王）
〔主〕〇獨 13/64/12
其〇我 15/69/6
〇士者强 15/69/16
不〇士者弱 15/69/16
〇利多詐而危 16/75/10,17/82/13
27/126/7
〇利之民莫不願以（爲）
齊爲歸 16/76/19
而湯、武者善爲人之所
〇也 16/77/2
人之所〇者何也 16/77/3
凡人〇敖慢小事 16/78/20
〇惡、喜怒、哀樂臧焉 17/80/9
〇美而惡西施也 18/89/15
今子宋子嚴然而〇說 18/89/20
又〇其別 19/90/10
〇惡以節 19/92/5
加〇〔之〕者焉 19/92/18
使死生終始莫不稱宜而
〇善 19/96/2
夫民有〇惡之情而無喜
怒之應 20/99/25
琴婦〇 20/100/20
故〇書者衆矣 21/105/8
〇稼者衆矣 21/105/9
〇樂者衆矣 21/105/9
〇義者衆矣 21/105/10
善射以〇思 21/105/14
未及〇也 21/105/16
不〇辭讓 21/107/6
而〇相推擠 21/107/6
性之〇、惡、喜、怒、
哀、樂謂之情 22/107/23
成則必得其所〇而不遇
其所惡焉 22/111/1
生而有〇利焉 23/113/3
有〇聲色焉 23/113/4
若夫目〇色 23/114/11
耳〇聲 23/114/12
口〇味 23/114/12
心〇利 23/114/12
骨體膚理〇愉佚 23/114/12
夫〇利而欲得者 23/114/16
〇利而欲得 23/114/17
則人得其所〇焉 24/118/13
君子誠之〇以待 25/121/2
〇而壹之神以成 25/121/3
君子由之佼以〇 25/121/3
主〇論議必善謀 25/123/2
此夫身女〇而頭馬首者
與 26/125/2
玩〇曰贈 27/128/5
亡人〇獨 27/131/5
然而能使其欲利不克其
〇義也 27/132/1

雖桀、紂亦不能去民之
　○義 27/132/2
然而能使其○義不勝其
　欲利也 27/132/2
上○（羞）〔義〕 27/132/12
上○富 27/132/12,27/132/13
○士不倦 27/134/10
○多而無定者 27/134/14
《國風》之○色也 27/135/7
君子也者而○之 27/135/18
非君子而○之 27/135/18
悍戇○鬭 27/136/13
其政○生而惡殺焉 31/146/14
○肆不守折 31/147/11
○自用 32/149/2
君子○以道德 32/149/2
彼其○自用也 32/149/3
人人皆以我爲越踰○士 32/149/10

**耗 hào** 2

多而亂曰○ 2/6/4
則勞苦○顇莫甚焉 11/52/16

**皓 hào** 1

○天不復 26/125/18

**鄗 hào** 3

武王以○ 11/50/2,11/54/7
武王居○ 18/85/18

**滈 hào** 1

武王以○ 15/74/22

**皞 hào** 1

自太○、燧人莫不有也 18/87/13

**禾 hé** 1

不獵○稼 15/71/12

**合 hé** 66

則○之以禮樂 2/6/9
君子絜其辯而同焉者○矣 3/10/18
凡言不○先王 5/19/10
不足以○文通治 6/21/13
不足以○大衆、明大分 6/21/16
○群者也 6/24/4
○天下 8/32/1
則晻然若○符節 8/33/4
男女之○ 10/42/20
則人有失○之憂 10/42/21
使足以辨吉凶、○歡定
　和而已 10/43/14
○天下而君之 10/43/18,11/53/14
兩者○而天下取 11/53/5
○天下之所同願兼而有
　之 11/53/19
千歲而不○ 11/53/21
是其所以不○之故也 11/53/22
然九○諸侯 11/55/2
○符節、別契券者 12/57/11
不待○符節、別契券而
　信 12/57/17
偷○苟容、以持祿養交
　而已耳 13/63/29
偷○苟容、以之持祿養
　交而已耳 13/65/10
偷○苟容 13/66/4
諰諰然常恐天下之一○
　而軋己也 15/72/4
不足以○大衆、美國家 15/73/15
○戰用力而敵退 16/76/3
則天下孰不欲○義矣 16/76/18
諰諰〔然〕常恐天下之一○而
　軋己也 16/77/17,16/78/4
以天下之○爲君 18/84/11
則天下未嘗○於桀、紂
　也 18/84/11
兩者○而成文 19/91/9
天地以○ 19/92/4
庶人之喪○族黨 19/93/14
刑餘罪人之喪不得○族
　黨 19/93/15
性僞○然後成聖人之名 19/95/2
天地○而萬物生 19/95/2
性僞○而天下治 19/95/3
故人之歡欣和○之時 19/97/20
節奏○以成文 20/99/1
樂○同 20/100/14
○樂三終 20/101/14
則必○於不道人 21/103/19
而不（知）○於道人 21/103/20
則○於道人 21/103/22
而不○於不道之人矣 21/103/22
謂○王制與不○王制也 21/107/3
不○王制 21/107/8
精○感應 22/107/23
知有所○謂之智 22/107/25
能有所○謂之能 22/108/1
雖可○ 22/109/12
心○於道 22/110/8
說○於心 22/110/8
辭○於說 22/110/8
聽則○文 22/110/9
○於犯（分）〔文〕亂
　理而歸於暴 23/113/5
然後出於辭讓、○於文
　理而歸於治 23/113/6
使皆出於治、○於道者
　也 23/113/12
使天下皆出於治、○於
　善也 23/115/5
凡論者貴其有辨○、有
　符驗 23/115/10
無辨○、符驗 23/115/11
然後皆出於治、○於善
　也 23/115/17
日夜○離 26/125/6
以能○從 26/125/7

**何 hé** 150

無禮○以正身 2/8/1
是○邪 3/11/14,10/46/22
○哉 4/13/9,4/13/10
○也 4/15/13,4/15/22
　7/25/10,8/29/20,9/39/10
　11/51/6,11/51/7,11/53/21
　17/82/6,19/96/4,19/97/3
　19/97/7,19/97/15,23/116/2
　23/116/3,23/116/17,29/142/16
　30/144/5,32/148/19,32/149/17
此○怪也 4/15/18

是○也 4/16/8,7/25/7,7/25/18
8/28/10,12/61/21,16/77/1
16/78/17,16/78/21,17/81/10
18/84/21,18/85/17,18/87/7
18/87/23,19/93/22,19/96/23
○已也 5/18/13
聖人○以不〔可〕欺 5/19/2
將○務哉 6/23/1
夫又○可亡也 7/25/15
然則其爲人上○如 8/28/8
○謂其無益於人之國也 8/28/13
人○以能群 9/39/11
分○以能行 9/39/11
○則 9/41/11,28/139/12
○獨不來也 9/41/17
○獨後我也 9/41/18
夫天下○患乎不足也 10/45/23
○法之道 11/50/21
○故必自爲之 11/52/17
則身有○勞而爲 11/54/23
傷國者○也 11/56/7
請問兼能之奈○ 12/57/27
道者○也 12/59/11
君者○也 12/59/11
能群也者○也 12/59/11
果○道而便 12/60/21
然則人主將○以知之 12/62/15
夫又○可詐也 15/69/8
請問王者之兵設○道 15/69/11
○行而可 15/69/11
然則又○以兵爲 15/71/21
夫桀、紂○失 16/77/1
而湯、武○得也 16/77/1
人之所惡者○也 16/77/2
人之所好者○也 16/77/3
道也者○也 16/77/5
然則奈○ 16/78/4
入秦○見 16/78/10
○恤人之言兮 17/81/2,22/110/18
無○也 17/81/10
夫又○變之有矣 18/86/12
18/86/13
○世而無嵬 18/87/13
○時而無瑣 18/87/13
則有○尤扣人之墓、抉
人之口而求利矣哉 18/88/4
禮起於○也 19/90/3
然則○以分之 19/96/23
然則三年○也 19/97/1
奈○ 20/98/19,20/99/2,20/99/8
○謂衡 21/103/18
夫○以知 21/103/20
○患不知 21/103/22
人○以知道 21/103/25
心○以知 21/103/25
○彊 21/105/18
○忍 21/105/18,21/105/19
○危 21/105/18,21/105/19
夫○彊 21/105/19
然則○緣而以同異 22/108/14
人情○如 23/116/25
又○問焉 23/116/25,23/116/26
人主無賢、如瞽無相○
倀倀 25/120/3
由之者治、不由者亂○
疑爲 25/120/13
前車已覆、後未知更○
覺時 25/122/2
嗟我○人、獨不遇時當
亂世 25/122/8
○其塞矣 26/125/19
如之○憂之長也 27/128/11
○其咎 27/130/16
燕君○如 27/131/22
○能舉 27/131/23
○以不雨至斯極也 27/132/16
27/132/17,27/132/17
子○不仕 27/136/1
○以相有也 27/136/8
○異於變易牙之和、更
師曠之律 27/137/17
此爲○器 28/138/10
是○〔也〕 28/140/4
○獨丘也哉 28/141/4
○難之有 28/141/7
賜以爲○如 29/142/9
則○（以）爲而無孝之
名也 29/142/17
○爲而無孝之名也 29/142/20
女○問哉 29/142/23
是裾裾○也 29/142/28
知者若○ 29/143/8,29/143/9
29/143/11
仁者若○ 29/143/8,29/143/9
29/143/11
是○言也 30/144/6
○其雜也 30/144/15
敢問○如〔取〕之邪 31/144/27
敢問○如斯可謂庸人矣 31/145/8
敢問○如斯可謂士矣 31/145/13
敢問○如斯可謂之君子
矣 31/146/1
敢問○如斯可謂賢人矣 31/146/3
敢問○如斯可謂大聖矣 31/146/7
○以不言也 31/146/13
○足以知之 31/147/1
不識吾子○以知之 31/148/4
爲之柰○ 32/148/13
夫有○足致也 32/148/15
楚莊王之語○如 32/148/18
柰○ 32/150/10
譽○由生 32/150/14

## 和 hé 78

《樂》之中○也 1/3/11
由禮則○節 2/5/13
以善○人者謂之順 2/5/18
以不善○人者謂之諛 2/5/18
則柔之以調○ 2/6/6
君子易（知）〔○〕而難狎 3/9/7
喜則○而理 3/10/7
以群則○ 4/16/16
是夫群居○一之道也 4/17/2
下不足以○齊百姓 5/21/4
孟軻○之 6/22/10
福事至則○而理 7/26/9
因天下之○ 8/27/23
平正○民之善 8/30/16
其○也 8/31/7
○解調通 9/35/15
中○者、聽之繩也 9/35/18
故義以分則○ 9/39/11
○則一 9/39/11
百姓○ 9/41/9
使足以辨吉凶、合歡定
○而已 10/43/14
待之而後○ 10/44/6
○齊百姓 10/44/16
寒暑○節 10/44/17
中失人○ 10/45/12,18/88/2

中得人〇 10/45/22,11/56/23
撞鐘擊鼓而〇 10/46/1
愀然憂戚非樂而日不〇 10/46/3
忠信、調〇、均辨之至也 10/46/14
則〇調累解 10/46/14
維民其力懋〇 10/46/17
百姓時〇、事業得敘者 10/47/22
故明主必謹養其〇 10/47/23
血氣〇平 12/58/7,20/100/9
曉然以至道而無不調〇也 13/64/23
調〇、樂也 13/65/22
〇而無經 13/66/4
然後中〇察斷以輔之 14/67/8
六馬不〇 15/68/7
〇（傳）〔摶〕而一 15/69/2
未及〇齊也 15/70/20
是皆〇齊之兵也 15/70/21
〔則〕下之〇上也如影（嚮）〔響〕 15/73/6
不〇人之心 16/75/19
夫下之〇上 16/79/5
萬物各得其〇以生 17/80/5
已其見（知）〔〇〕之可以治者矣 17/80/19
非至明莫之能〇 18/84/13
〇鸞之聲 18/86/21,19/90/12
（竽）〔竽〕笙具而不〇 19/95/11
人所以群居〇一之理盡矣 19/97/4
故人之歡欣〇合之時 19/97/20
莫不〇敬 20/98/21
莫不〇親 20/98/22
莫不〇順 20/98/22
故樂者、審一以定〇者也 20/98/22
中〇之紀也 20/99/7
是故喜而天下〇之 20/99/11
則民〇而不流 20/99/15
民〇齊 20/99/16
故先王導之以禮樂而民〇睦 20/99/24
唱〇有應 20/100/5
且樂也者、〇之不可變者也 20/100/14
竽笙（簫）〔肅〕〇 20/100/19
竽笙（簫〇）、〔筦〕籥似星辰日月 20/101/1
知其能〇樂而不流也 20/101/15
〇樂而不流 20/101/21
性之〇所生 22/107/22
其（〇）〔私〕樂少矣 22/112/21
審節而不（知）〔〇〕 27/128/1
〇而不發 27/128/2
〇（樂）〔鸞〕之聲 27/129/27
〇〔氏〕之璧、井里之厥也 27/134/7
何異於變易牙之〇、更師曠之律 27/137/17

## 河 hé 9

而絕江（〇）〔海〕 1/1/14
譬之猶以指測〇也 1/4/3
江〇可竭 2/7/14
故懷負石而赴〇 3/8/20
汸汸如〇海 10/45/22
不敢馮〇 13/65/15
江〇以流 19/92/5
及〇喬嶽 19/95/4
北決九〇、通十二渚疏三江 25/121/13

## 曷 hé 29

〇足以美七尺之軀哉 1/3/15
〇謂耶 3/10/12
則湯、武在上〇益 4/16/2
桀、紂在上〇損 4/16/2
（如）彼固〇足稱乎大君子之門哉 7/25/10
彼固〇足稱乎大君子之門哉 7/25/21
〇謂中 8/28/15
〇謂一 8/31/3
〇謂神 8/31/3
〔〇謂固〕 8/31/4
〇若是而可以持國乎 16/76/21
（〇若）兩者孰足爲也 16/76/23
〇謂也 16/77/16,23/116/6
〇謂乎威彊乎湯、武 16/77/17
〇謂廣大乎舜、禹也 16/77/20
〇爲楚、越獨不受制也 18/85/19
〇謂別 19/90/10
〇以知舞之意 20/101/2
〇謂至足 21/106/21
將〇加於正理平治也哉 23/115/3
然則有〇貴堯、禹 23/115/24
〇貴君子矣哉 23/115/24
〇謂罷 25/120/5
〇謂賢 25/120/6
〇維其同 26/126/2
〇爲三遇齊王而不言事 27/131/19
〇云能來 28/140/1
〇怨人 30/144/12

## 盍 hé 1

〇志而子美德乎 32/149/1

## 盉 hé 1

五味調（香）〔〇〕 19/90/6

## 貉 hé 2

干、越、夷、〇之子 1/1/8
北與胡、〇爲鄰 16/77/21

## 翮 hé 1

南海則有羽〇、齒革、曾青、丹干焉 9/38/14

## 闔 hé 5

故外〇不閉 8/32/2
故齊桓、晉文、楚莊、吳〇閭、越句踐 11/50/8
齊桓、晉文、楚莊、吳〇閭、越句踐 15/70/21
〇閭之干將、莫邪、鉅闕、辟閭 23/117/13
〇閭擅强 32/150/13

## 齕 hé 1

彼乃將食其肉而〇其骨也 18/88/5

**赫 hè** 5

無○○之功 1/2/14
則光輝不○ 17/82/11
○○在上 21/107/17

**褐 hè** 2

墨子雖爲之衣○帶索 10/45/13
衣則豎○不完 27/135/21

**壑 hè** 1

操瓢囊爲溝○中瘠者也 4/16/10

**鶴 hè** 1

○鳴于九皋 8/30/3

**黑 hēi** 11

〔與之俱○〕 1/1/20
目辨白○美惡 4/15/8
圖回天下於掌上而辨白○ 8/29/17
脩百王之法若辨白○ 8/30/15
若別白○ 8/33/3
知國之安危臧否若別白○ 12/59/6
彼誠有之者與誠無之者若白○然 12/61/10
猶瞽之於白○也 20/99/12
則白○在前而目不見 21/102/9
大夫○弓 27/126/21
顏色黎○而不失其所 32/149/13

**很 hěn** 1

果敢而（振）〔○〕 4/13/15

**恨 hèn** 2

○（後）〔復〕遂過不肯悔 25/122/5
位尊者君○之 32/149/17

**恆 héng** 1

無○安息 1/1/9

**橫 héng** 7

○行天下 2/6/16,2/6/17,2/7/1,2/7/2
案以中立無有所偏而爲縱○之事 9/41/3
得益、皋陶、○革、直成爲輔 25/121/13
（反見）〔見謂〕從（擴）〔○〕 26/125/14

**衡 héng** 18

故公平者、（職）〔聽〕之○也 9/35/17
譬之猶○之於輕重也 11/51/19
○石、稱縣者 12/57/12
不待○石、稱縣而平 12/57/17
○聽、顯幽、重明、退姦、進良之術 14/66/10
凡流言、流說、流事、流謀、流譽、流愬、不官而○至者 14/66/11
夫是之謂○聽、顯幽、重明、退姦、進良之術 14/66/14
前有錯○以養目 18/86/20
前有錯○ 19/90/11
○誠縣矣 19/92/14
○者、平之至 19/92/15
兼陳萬物而中縣○焉 21/103/17
何謂○ 21/103/18
○不正 22/111/25
又善連○ 26/125/7
平○曰拜 27/128/21
下○曰稽首 27/128/21
如權○之於輕重也 27/129/24

**弘 hóng** 2

○覆乎天 10/42/29
喪亂○多 10/46/3

**閎 hóng** 1

○夭之狀 5/17/22

**鴻 hóng** 1

抑下○ 25/121/12

**侯 hóu** 101

是諸○之所以取國家也 4/14/9
士大夫以上至於公○ 4/17/3
成名況乎諸○ 6/22/16,8/32/9
諸○有一節如是 7/25/14
應○順德 7/26/12
諸○趨走堂下 8/31/14
莫不爲天下之顯諸○ 8/31/15,12/62/8
諸○爲臣 8/33/8,11/50/3,11/54/7,12/59/6,15/74/22,18/85/19
小儒者、諸○大夫士也 8/34/17
故諸○問政 8/34/22
成○、嗣公 9/36/15
奪之人者臣諸○ 9/36/22
奪之與者友諸○ 9/36/22
奪之地者敵諸○ 9/36/22
臣諸○者王 9/36/23
友諸○者霸 9/36/23
敵諸○者危 9/36/23
諸○莫不懷交接怨而不忘其敵 9/37/1
力全則諸○不能弱也 9/37/3
德凝則諸○不能削也 9/37/3
則諸○親之矣 9/37/7
以敬接諸○ 9/37/8
則諸○說之矣 9/37/8
則諸○疏（之）矣 9/37/8
則諸○離矣 9/37/9
諸○俗反 9/40/15
諸○玄裷衣冕 10/43/1
今亦以天下之顯諸○誠義乎志意 11/49/21
建國諸○之君分土而守 11/52/19,11/54/15
諸○後同者先危 11/53/5
臣使諸○ 11/53/14
公○失禮則幽 11/53/16
然九合諸○ 11/55/2
諸○一相 12/59/17
次賢使之爲諸○ 12/59/18

故天子諸○無靡費之用 12/60/6
其下猶足以爲天下之顯
諸○ 12/62/9
四鄰諸○之相與 12/62/20
所使於四鄰諸○者非人
之謂孤 12/62/24
諸○不信 13/63/17
楚之州○ 13/63/23
攻奪變詐者、諸○之事
也 15/68/12
諸○先順者安 15/69/8
臣請遂道王者諸○强弱
存亡之效、安危之埶 15/69/12
諸○有能微妙之以節 15/70/12
威行諸○ 15/72/1
獲蔡○ 16/76/1
蔡○奉其社稷而歸之楚 16/76/1
古者百王之一天下、臣
諸○也 16/77/20
則雖爲之築明堂（於塞
外）而朝諸○ 16/78/7
應○問孫卿子曰 16/78/10
諸○百官 18/83/25
外則諸○叛之 18/84/2
遙者諸○不聽 18/84/2
諸○侵削之、攻伐之 18/84/3
諸○有能德明威積 18/84/4
封外○服 18/85/22
○、衛賓服 18/85/22
○服者祀 18/85/22
諸○趨走乎堂下 18/86/19
諸○持輪挾輿先馬 18/87/1
大○編後 18/87/1
小○、元士次之 18/87/1
諸○有老 18/87/3
上爲天子諸○ 18/88/25
諸○不敢壞 19/91/1
而社止於諸○ 19/91/2
諸○五重 19/93/11
天子之喪動四海、屬諸
○ 19/93/13
諸○之喪動通國、屬大
夫 19/93/13
諸○五月 19/97/16
今諸○異政 21/102/6
雖封○稱君 22/112/15
諸○隆之則一四海者歟 26/123/14
諸○內屏 27/126/11
諸○召其臣 27/126/13
天子召諸○ 27/126/14
諸○玄冠 27/126/17
諸○御荼 27/126/19
諸○彤弓 27/126/21
諸○相見 27/126/23
諸○非問疾弔喪 27/129/10
從諸○不與新有昏朞不
事 27/131/14
諸○不言利害 27/132/3
非以貴諸○而已 27/132/19
天子、諸○子十九而冠 27/135/16
諸○之驕我者 27/136/1
諸○之子孫必有在君之
末庭者 31/147/4
魏武○謀事而當 32/148/17
武○曰 32/148/18
諸○自爲得師者王 32/148/20
武○逡巡再拜曰 32/148/22
諸○大傾 32/150/5

## 后 hòu 5

然○君子安位〔矣〕 9/36/7
然○（誅）〔俟〕之以刑 15/73/7
而○稷獨傳者、壹也 21/105/9
得○稷 25/121/11
君子聽律習容而○（士）
〔出〕 27/129/27

## 厚 hòu 60

不知地之○也 1/1/7
夫堅白、同異、有○無
○之察 2/7/10
地不言而人推○焉 3/11/6
德行致○ 4/14/8
其溫○矣 4/16/12
然後使（慤）〔穀〕祿
多少○薄之稱 4/17/2
莫不以其仁○知能盡官職 4/17/4
以爲仲尼、子游爲茲○
於後世 6/22/10
○敦者也 6/24/4
○於有天下之勢而不得
以匹夫老 7/26/3
則可謂篤○君子矣 8/30/15
而且有富○丘山之積矣 10/42/26
或○或薄 10/43/12,26/123/17
其仁○足以安之 10/43/20
誠美其○也 10/43/21
以養其○也 10/43/22
○刀布之斂以奪之財 10/44/10
不富不○之不足以管下
也 10/45/16
貨賂將甚○ 10/48/14
可謂廣大、富○矣 11/52/2
飲食甚○ 11/53/14
心好利而穀祿莫○焉 11/53/19
桀、紂即（序）〔○〕
於有天下之勢 11/54/8
故○德音以先之 11/55/23
15/73/16
利澤誠○也 11/55/27
仁○兼覆天下而不閔 12/58/6
則德○者進而佞說者止 12/60/12
明君之所尊所○也 13/64/6
○於有天下之埶 16/76/13
求仁○明通之君子而託
王焉 16/76/17
德行○ 17/81/5,18/88/24
棺○三寸 18/87/17
亂今○葬 18/87/18,18/88/6
皆使（當）〔富〕○、
優猶（不）知足 18/87/19
貢祿○ 18/88/25
故賞以富○而罰以殺損
也 18/89/17
所以別積○ 19/91/4
積○者流澤廣 19/91/5
故○者、禮之積也 19/93/3
夫○其生而薄其死 19/93/7
故事生不忠○、不敬文 19/93/10
送死不忠○、不敬文 19/93/10
然後皆有衣（衾）〔食〕
多少○薄之數 19/93/12
○顏而忍詬 21/107/6
有兼覆之○而無伐德之
色 22/110/10
夫薄願○ 23/114/19
然而曾、騫、孝己獨○
於孝之實而全於孝之
名者 23/116/1

○薄有等明爵服 25/122/13
德○堯、禹 26/124/8
德○而不捐 26/124/9
幣○則傷德 27/127/1
無益而○受之 27/134/20
下士吾○爲之貌 32/149/10
祿○者民怨之 32/149/16
志修德○ 32/150/14

後 hòu 232

學至乎沒而○止也 1/3/8
然○接之 1/4/7
故禮恭而○可與言道之方 1/4/7
辭順而○可與言道之理 1/4/7
色從而○可與言道之致 1/4/7
然○學者也 1/4/14
德操然○能定 1/4/20
能定然○能應 1/4/20
則○彭祖 2/5/11
亦或遲或速、或先或○〔耳〕 2/7/9
或先或○ 2/7/12
然○溫溫然 2/7/19
○王是也 3/11/15,5/18/19
君子審○王之道而論於百王之前 3/11/15
則必前○慮其可惡也者 3/12/6
則必前○慮其可害也者 3/12/6
然○定其欲惡取舍 3/12/7
先義而○利者榮 4/14/3
先利而○義者辱 4/14/3
待盡而○備者也 4/15/14
（幾不）長慮顧○而恐無以繼之故也 4/16/8
是於己長慮顧○ 4/16/9
不顧其○ 4/16/10
將爲天下生民之屬長慮顧○而保萬世也 4/16/12
然○使（愨）〔穀〕祿多少厚薄之稱 4/17/2
仁義功名善於○世 5/17/20
○世言惡則必稽焉 5/17/27
苦傷其今而○悔其始 5/18/4
彼○王者 5/18/19
舍○王而道上古 5/18/20
然○盜賊次之 5/21/5
以爲仲尼、子游爲茲厚於○世 6/22/10
然○爲德 6/23/15
然○聖人也 6/25/3
有災繆者然○誅之 7/26/1
必將盡辭讓之義然○受 7/26/9
必無○患之術 7/26/14
推賢讓能而安隨其○ 7/26/16
是事君者之寶而必無○患之術也 7/26/16
然○恭敬以先之 7/27/3
然○君子之所長也 8/29/2
必將誠此然○就也 8/29/23
忠臣誠能然○敢受職 8/30/8
舉不知法○王而一制度 8/32/17
法○王 8/32/21
而○三年 8/33/8
彼求之而○得 8/34/5
爲之而○成 8/34/5
積之而○高 8/34/5
盡之而○聖 8/34/6
然○能公 8/34/15
然○能脩 8/34/15
然○能才 8/34/16
不二○王 8/34/21
法二○王謂之不雅 8/34/21
然○漸慶賞以先之 9/37/6
法不貳○王 9/38/1
法貳○王謂之不雅 9/38/1
何獨○我也 9/41/18
然○漸賞慶以先之 9/41/19
待之而○功 10/44/5
待之而○和 10/44/6
待之而○聚 10/44/6
待之而○安 10/44/6
待之而○長 10/44/7
然○瓜桃棗李一本數以盆鼓 10/44/21
然○葷菜百疏以澤量 10/45/1
然○六畜禽獸一而剸車 10/45/1
然○飛鳥鳧鴈若煙海 10/45/2
然○昆蟲萬物生其閒 10/45/2
然○衆人徒、備官職、漸慶賞、嚴刑罰以戒其心 10/45/19
緩不○時 10/46/12
然○徐責其在人者 10/46/15
不如利而○利之之利也 10/47/4
不如愛而○用之之功也 10/47/4
利而○利之 10/47/4
愛而○用之 10/47/5
利而○利之、愛而○用之者 10/47/6
十年之○ 10/48/2
必至於資單國舉然○已 10/49/1
然○節奏齊於朝 10/49/5
名垂乎○世 11/49/20
○世言惡 11/50/16
不可不善爲擇所而○錯之 11/50/20
不可不善爲擇道然○道之 11/50/20
先義而○利 11/51/14
先利而○義 11/51/15
然○養五綦之具具也 11/52/3
然○百樂得其中 11/52/5
必至於身死國亡然○止也 11/52/6
必自爲之然○可 11/52/16
諸侯○同者先危 11/53/5
則人臣輕職（業）讓賢而安隨其○〔矣〕 11/53/23
然○皆內自省以謹於分 11/54/13
然○農分田而耕 11/54/14
然○行 11/54/18
然○國常不亂 11/56/21
失先○之施 12/57/5
則臣下百吏誕詐之人乘是而○欺 12/57/11
則臣下百吏乘是而○偏 12/57/12
則臣下百吏乘是而○險 12/57/13
則臣下百吏乘是而○豐取刻與以無度取於民 12/57/14
然○明分職 12/60/11
則臣下百吏至于庶人莫不脩己而○敢安正 12/60/15
誠能而○敢受職 12/60/15
然○隱其所憐所愛 12/62/9
故人主必將有便嬖左右足信者然○可 12/62/16
其端誠足使定物然○可 12/62/16
人主必將有卿相輔佐足任者然○可 12/62/19
其知慮足以應待萬變然○可 12/62/20

故人主必將有足使喻志決疑於遠方者然〇可 12/62/21
然而應薄扞患足以持社稷然〇可 12/62/23
爭然〇善 13/66/1
戾然〇功 13/66/1
奪然〇義 13/66/2
殺然〇仁 13/66/2
上下易位然〇貞 13/66/3
然〇（士）〔出〕其刑賞而還與之 14/66/12
然〇中和察斷以輔之 14/67/8
然〇進退誅賞之 14/67/9
〇之發 15/68/5
詐而襲之與先驚而〇擊之 15/68/16
〇順者危 15/69/8
得而〇功之 15/70/5
非以甲子之朝而〇勝之也 15/72/5
然〇刑於是起矣 15/73/18
然〇百姓曉然皆知（脩）〔循〕上之法 15/74/1
然〇賞於是起矣 15/74/3
縣明刑大辱於其〇 15/74/5
然〇民可信也 15/74/15
無僇乎族黨而抑卑乎〇世 16/76/9
大燕鰌吾〇 16/76/21
聖王之〇子孫也 16/76/24
不順者而〇誅之 16/78/6
然〇興之務之 16/78/20
僅存之國危而〇戚之 16/78/23
亡國至亡而〇知亡 16/78/23
至死而〇知死 16/78/23
故爲人上者必將愼禮義、務忠信然〇可 16/79/8
楚王〇車千乘 17/81/4
卜筮然〇決大事 17/82/7
愼子有見於〇 17/83/3
有〇而無先 17/83/5
有天下之〇也 18/84/1
禹、湯之〇也 18/84/16
〇世之言惡者必稽焉 18/84/17
必齊之日祭、月祀之屬然〇曰受制邪 18/86/2
天下有聖而在〇者 18/86/11
聖不在〇子而在三公 18/86/12
大侯編〇 18/87/1
夫亂今然〇反是 18/88/1
必將立隆正然〇可也 18/88/21
唯君子然〇兼有之 18/89/4
唯小人然〇兼有之 18/89/4
故大路之馬必（倍）〔信〕至教順然〇乘之 19/90/13
然〇皆有衣（衾）〔食〕多少厚薄之數 19/93/12
然〇作、具之 19/93/20
故雖備家、必踰日然〇能殯 19/93/21
然〇告遠者出矣 19/93/21
然〇月朝卜（日）〔宅〕 19/93/23
然〇葬也 19/93/24
性僞合然〇成聖人之名 19/95/2
待聖人然〇分也 19/95/4
然〇能去之也 19/96/12
然〇能去之 19/96/12
然〇名聲於是白 20/99/17
然〇可道 21/103/21
然〇能守道以禁非道 21/103/21
惟明君子而〇能知之 21/105/5
見植林以爲〇人也 21/106/4
〇王之成名 22/107/21,22/109/14
慮積焉、能習焉而〇成謂之僞 22/107/24
是〇王之成名也 22/108/1
然而徵知必將待天官之當簿其類然〇可也 22/109/2
然〇隨而命之 22/109/5
至於無共然〇止 22/109/8
至於無別然〇止 22/109/9
實不喻然〇命 22/110/3
命不喻然〇期 22/110/3
期不喻然〇說 22/110/3
說不喻然〇辨 22/110/4
然〇出於辭讓、合於文理而歸於治 23/113/6
故枸木必將待檃栝、烝、矯然〇直 23/113/9
鈍金必將待礱、厲然〇利 23/113/9
必將待師法然〇正 23/113/9
得禮義然〇治 23/113/10
感而自然、不待事而〇生之者也 23/114/12
夫感而不能然、必且待事而〇然者 23/114/13
枸木必將待檃栝、烝、矯然〇直者 23/115/16
然〇皆出於治、合於善也 23/115/17
〇有鞭策之威 23/117/15
然〇一日而致千里也 23/117/15
待相者然〇進 24/118/5
待官人然〇詔 24/118/6
〇子孫必顯 24/119/4
至治之極復〇王 25/120/14
〇埶富 25/121/2
前車已覆、〇未知更何覺時 25/122/2
〇必有 25/122/5
恨（〇）〔復〕遂過不肯悔 25/122/5
以治天下、〇世法之成律貫 25/123/7
百姓待之而〇寧泰 26/124/1
行爲動靜待之而〇適者邪 26/124/3
百姓待之而〇寧也 26/124/4
天下待之而〇平也 26/124/4
待之而〇存 26/124/17
收其〇世 26/125/1
前亂而〇治 26/125/3
故王者先仁而〇禮 27/126/27
然〇仁也 27/128/2
然〇義也 27/128/3
然〇禮也 27/128/3
然〇道也 27/128/3
事至而〇慮者謂之〇 27/128/13
〇則事不舉 27/128/13
患至而〇慮者謂之困 27/128/13
通類而〇應 27/131/11
相順而〇行 27/131/11
不待卜而〇知吉 27/132/25
不待戰而〇知克 27/132/25
柳下惠與〇門者同衣而不見疑 27/136/4
然〇刑可即也 28/139/6
然〇俟之以刑 28/139/8
故弓調而〇求勁焉 31/147/15
馬服而〇求良焉 31/147/15

士信愨而○求知能焉 31/147/15
士至而○見物 32/149/11
見物然○知其是非之所在 32/149/11

候 hòu 1

其○徼支繚 10/47/9

乎 hū 255

君子博學而日參省○己 1/1/5
君子愼其所立○ 1/2/7
安有不聞者○ 1/3/4
學惡○始 1/3/7
惡○終 1/3/7
其數則始○誦經 1/3/7
終○讀禮 1/3/7
其義則始○爲士 1/3/7
終○爲聖人 1/3/7
學至○沒而後止也 1/3/8
故學至○《禮》而止矣 1/3/10
入○耳 1/3/14,1/3/15,3/9/2
箸○心 1/3/14
布○四體 1/3/14
形○動靜 1/3/14
出○口 1/3/15,3/9/2
學莫便○近其人 1/3/20,1/3/21
學之經莫速○好其人 1/3/23
生○由是 1/4/19
死○由是 1/4/19
得○哉 2/5/6,2/5/8,7/26/21,10/46/16,12/61/1,12/61/3,24/119/5
士君子不爲貧窮怠○道 2/6/14
胡爲○其不可以相及也 2/7/9
胡爲○其不可以同至也 2/7/13
依○法而又深其類 2/7/19
無廉恥而嗜○飲食 2/8/8
行○冥冥而施○無報而賢不肖一焉 2/8/9
天其不遂○ 2/8/10
蕩蕩○其有以殊於世也 3/9/8
親戚不免○刑戮 4/13/2
豈不迂○哉 4/13/20
成○脩脩之爲 4/15/14
《詩》、《書》、《禮》、《樂》之分○ 4/16/11
亦將志○心爾 5/17/20
俄則束○有司而戮○大市 5/18/3
而況於千世之上○ 5/19/2
故鄉○邪曲而不迷 5/19/4
觀○雜物而不惑 5/19/4
佛然（○）〔乎〕世之俗起焉 6/22/14
成名況○諸侯 6/22/16,8/32/9
五尺之豎子言羞稱○五伯 7/25/7,7/25/18
（如）彼固曷足稱○大君子之門哉 7/25/10
於○ 7/25/10,11/52/7
依○仁而蹈利者也 7/25/20
彼固曷足稱○大君子之門哉 7/25/21
以吝嗇而不行施道○上 7/26/20
志不免○姦心 7/27/9
行不免○姦道 7/27/9
謹○臣子而致貴其上者也 8/27/26
然而通○財萬物、養百姓之經紀 8/28/2
志意定○內 8/28/8
禮節脩○朝 8/28/8
法則度量正○官 8/28/8
忠信愛利形○下 8/28/9
此君子義信○人矣 8/28/9
可○ 8/29/14,16/77/5,16/77/9
其唯學○ 8/29/14
俄而並○堯、禹 8/29/16
此其道出○一 8/31/3
周公其盛○ 8/31/12
無乃不可○ 8/31/17
暮宿○百泉 8/31/19
已○行之矣 8/33/13
所得○（情）〔積〕 8/33/19
非所受○性 8/33/19
然而可爲（○）〔也〕 8/34/1
則大事殆○弛 9/35/14
小事殆○遂 9/35/15
治生○君子 9/35/20,14/66/26
〔而〕亂生○小人 9/35/20
故澤人足○木 9/38/16
山人足○魚 9/38/16
亡○人 9/40/19,9/40/20
豈渠得免夫累○ 9/40/21
夫君子奚患○無餘〔也〕 10/42/25
弘覆○天 10/42/29
惡能足之○ 10/45/13
夫天下何患○不足也 10/45/23
速○急疾〔矣〕 10/46/15
說○賞慶矣 10/46/15
威○刑罰〔矣〕 10/46/16
三德者誠○上 10/46/16
誠義○志意 11/49/20
加義○身行 11/49/20
不隱○天下 11/49/20
名垂○後世 11/49/20
今亦以天下之顯諸侯誠義○志意 11/49/21
加義○法則度量 11/49/21
刑賞已諾信○天下矣 11/50/4
物由有可樂如是其美焉者○ 11/53/24
莫得不循○制（度數）〔數度〕量 11/54/18
能無察○ 11/55/5
能無狂○ 11/55/5
〔不亦難○〕 12/58/18
生○今之世而志○古之道 12/59/2
循（○）道之人 12/61/2
於是○貴道果立 12/62/7
是所謂「視○不可見 12/63/11
聽○不可聞 12/63/11
爲○不可成 12/63/11
善取寵○上 13/63/17
上不忠○君 13/63/17
下善取譽○民 13/63/18
上忠○君 13/63/19
亂生○小人 14/66/26
不在○言用賢 14/67/3
而在○〔不〕誠必用賢 14/67/3
不亦難○ 14/67/4
凡用兵攻戰之本在○壹民〔也〕 15/68/6
故兵要在○（善）附民而已 15/68/8
知莫大○棄疑 15/70/24
行莫大○無過 15/70/24
事莫大○無悔 15/70/25
然而周師至而令不行○下 15/73/1
能○哉 15/74/5

道德之威成○安彊 16/75/21
暴察之威成○危弱 16/75/21
狂妄之威成○滅亡也 16/75/21
無僇○族黨而抑卑○後世 16/76/9
曷若是而可以持國○ 16/76/21
辟稱比方則欲自並○湯、武 16/77/4
故人莫貴○生 16/77/11
莫樂○安 16/77/12
所以養生、（安樂）〔樂安〕者莫大○禮義 16/77/12
威彊○湯、武 16/77/16
廣大○舜、禹 16/77/16
曷謂○威彊○湯、武 16/77/17
此所謂威彊○湯、武也 16/77/20
曷謂廣大○舜、禹也 16/77/20
〔此所謂廣大○舜、禹也〕 16/78/3
（此所謂廣大○舜、禹也） 16/78/4
白刃扞○胸 16/79/11
拔戟加○首 16/79/11
生於今而志○古 17/81/5
珠玉不（睹）〔睹〕○外 17/82/11
故主道莫惡○難知 18/83/19
莫危○使下畏己 18/83/20
《雍》而徹〔○〕五祀 18/86/18
諸侯趨走○堂下 18/86/19
休猶有安樂恬愉如是者○ 18/87/3
盜其先變○ 18/87/22
然則亦以人之情為不惡侮○ 18/88/11
亦以人之情為不欲○ 18/89/14
使欲必不窮○物 19/90/5
郊止○天子 19/91/2
凡禮、始○稅 19/92/3
成○文 19/92/3
終○悅校 19/92/3
而況以事其所隆親○ 19/93/8
凡生○天地之閒者 19/96/10
彼安能相與群居而無亂○ 19/96/15
不亦可○ 19/97/8
三年畢○哉 19/97/11
狀○無形影 19/98/9
管○人心矣 20/100/15
於○哀哉 20/100/17
眾積意（譯譯）〔譯譯〕○ 20/101/3
況於使者○ 21/102/9
湛濁動○下 21/105/6
可謂微○ 21/105/15
安能無過○ 21/106/9
惡○止之 21/106/21
不動○眾人之非譽 22/110/15
所受○天也 22/111/6
〔所〕受○心也 22/111/7
所受○天之一欲 22/111/7
制於所受○心之多〔求〕 22/111/7
固難類所受○天也 22/111/7
而不察〔○〕人（人）之性偽之分者也 23/113/16
夫子之讓○父 23/114/4
弟之讓○兄 23/114/4
子之代○父 23/114/4
弟之代○兄 23/114/4
則讓○國人矣 23/114/18
化禮義則讓○國人矣 23/114/18
以出○貪利爭奪 23/115/26
人之情○ 23/116/26,23/116/26
分義行○下 24/118/10
國至○亡 24/119/11
精微○毫毛而〔充〕盈（大○）〔○大〕寓（宙） 26/124/8
昭昭○其知之明也 26/125/16
郁郁○其遇時之不祥也 26/125/17
拂○其欲禮義之大行也 26/125/17
闇○天下之晦盲也 26/125/17
玉帛云○哉 27/127/1
欲富○ 27/132/13
然則賜無息者○ 27/135/3
大哉死○ 27/135/5
在○區蓋之閒 27/136/22
有異心○哉 27/137/5
敢問持滿有道○ 28/138/13
得無失○ 28/138/18
其可○ 28/139/3
而能使民勿踰○ 28/139/13
不其有來○ 28/140/2
其洸洸○不淈盡 28/140/6
王子比干不見剖心○ 28/141/1
關龍逢不見刑○ 28/141/2
吳子胥不磔姑蘇東門外○ 28/141/2
雖賢、其能行○ 28/141/7
女庸安知吾不得之桑落之下○哉 28/141/9
孝○ 29/142/7,29/142/8
貞○ 29/142/7,29/142/8
女謂夫子為有所不知○ 29/142/25
君子亦有憂○ 29/143/14
不亦（遠）〔反〕○ 30/143/24
不（以）〔亦〕（反）〔遠〕○ 30/143/24
不亦晚○ 30/143/25
其云益○ 30/143/26
不亦鮮○ 31/145/2
此〔皆〕賢○ 31/145/2
雖有、不亦鮮○ 31/145/5
知通○大道 31/146/7
辨○萬物之情性者也 31/146/8
是故其事大辨○天地 31/146/9
明察○日月 31/146/9
有益於仁○ 31/147/9
〔子亦聞〕東野（子）〔畢〕之善馭○ 31/147/20
君子固讒人○ 31/148/1
可得少進○ 31/148/7
亦嘗有以楚莊王之語聞於左右者○ 32/148/17
吾國幾於亡○ 32/148/21
盍志而子美德○ 32/149/1
以人惡為美德○ 32/149/2
無乃不察○ 32/149/6
女又美之○ 32/149/7
為人下者○ 32/149/21
孰謂不賢○ 32/150/14

## 呼 hū 14

順風而○ 1/1/13
莫不○天啼哭 5/18/3
嗚○而莫之能應 8/28/1
○先王以欺愚者而求衣食焉 8/32/19
挈國以○禮義而無以害之 11/49/16

挈國以○功利 11/50/10
嗚○ 11/53/25,11/53/26
26/126/2,28/139/3,32/149/2
32/150/11
無刑已至而○天 30/143/23
刑已至而○天 30/143/25

忽 hū 4

感○悠闇 15/68/10
○然耳 16/75/7
必以其感○之閒、疑玄之時（正）〔定〕之 21/106/14
○兮其極之遠也 26/124/8

曶 hū 1

莊君之○ 23/117/13

扫 hú 8

而不察於○不○者之所言也 18/87/18
人猶且莫之○也 18/87/23
則有何尤○人之墓、抉人之口而求利矣哉 18/88/4
猶且必○也 18/88/5
故不○〔也〕 18/88/6
故○也 18/88/6
深○之而得甘泉焉 32/149/21

弧 hú 1

無○矢則無所見其巧 8/32/4

狐 hú 2

所謂「以○父之戈钃牛矢」也 4/13/7
○狸其蒼 21/107/15

胡 hú 7

○爲乎其不可以相及也 2/7/9
○爲乎其不可以同至也 2/7/13
○不嘗試相與求亂之者誰也 10/45/6
人主○不廣焉無邮親踈、無（偏）〔倫〕貴賤 11/53/22
然則○不毆此勝人之埶 16/76/16
北與○、貉爲鄰 16/77/21
○憯莫懲 24/119/6

瓠 hú 1

○巴鼓瑟而流魚出聽 1/3/3

斛 hú 2

斗、○、敦、概者 12/57/13
不待斗、○、敦、概而嘖 12/57/17

壺 hú 1

以錐飡○也 1/4/3

虎 hǔ 9

心如○狼、行如禽獸而又惡人之賊己也 2/5/7
乳彘不觸○ 4/13/4
故○豹爲猛矣 9/38/17
則是狎○也 13/65/15
狎○則危 13/65/15
不敢暴○ 13/65/15
必禽獸行、○狼貪 18/88/3
寢兕、（持）〔特〕○、蛟鼉、絲末、彌龍 19/90/13
見寢木以爲伏○也 21/106/4

戶 hù 5

人主之所以窺遠收衆之門○牖嚮也 12/62/15
中試則復其○ 15/70/2
出○而巫覡有事 18/86/19
忠不上達、蒙揜耳目塞門○ 25/122/3
門○塞 25/122/3

互 hù 1

異物名實（玄）〔○〕紐 22/108/12

笏 hù 2

大夫服○ 27/126/19
然則夫章甫、約屨、紳〔帶〕而搢○者 31/145/2

楛 hù 11

問○者勿告也 1/4/6
告○者勿問也 1/4/6
說○者勿聽也 1/4/6
其定取舍○優 4/14/15
立身則輕（楛）〔○〕 9/42/3
芒軔優○ 10/47/12
則百工莫不忠信而不○矣 11/56/19
百工忠信而不○ 11/56/22
械用兵革窳○不便利者弱 15/69/18
其百吏肅然莫不恭儉、敦敬、忠信而不○ 16/78/12
○耕傷稼 17/81/16

護 hù 5

於是《武》、《象》起而《韶》、《○》廢矣 8/32/1
騶中《韶》、《○》以養耳 18/86/21
趨中《韶》、《○》 19/90/12
27/129/27
《韶》、《夏》、《○》、《武》 19/98/4

咶 huá 2

辟之是猶伏而○天 7/27/9
16/77/10

**華 huá** 4

草木榮○滋碩之時 9/39/19
琅玕、龍茲、○覲以爲實 18/87/23
太公誅○仕 28/138/22
（奮）〔愼〕於言者〔不〕○ 29/143/3

**猾 huá** 1

則可謂訞怪狡○之人矣 6/23/18

**滑 huá** 4

（○）〔渙〕然有離德者也 15/68/13
以相撓○也 21/107/5
疾、養、滄、熱、○、鈹、輕、重以形體異 22/108/18
吏謹將之無鈹○ 25/123/6

**譁 huá** 1

衆者暴寡而○之 23/115/7

**驊 huá** 1

○騮、騹驥、纖離、綠耳 23/117/14

**化 huà** 74

神莫大於○道 1/1/9
神則能○矣 3/11/5
變○代興 3/11/5
不誠則不能○萬物 3/11/9
不誠則不能○萬民 3/11/9
則○矣 3/11/12
十二子者遷○ 6/22/19
而暴國安自○矣 7/25/22
抑亦變○矣 8/27/24
孝弟以○之也 8/28/7
四海之內莫不變心易慮以○順之 8/32/1
英傑○之 8/32/12
然而可○也 8/33/20
所以○性也 8/34/1
中庸雜民不待政而○ 9/35/3
勸教○ 9/40/7
廣教○ 9/40/13
其德音足以○之 10/43/20
而○善者勸勉矣 10/46/22
汙者皆○而脩 10/47/16
悍者皆○而愿 10/47/16
躁者皆○而愨 10/47/17
百姓莫敢不敬分安制以（禮）○其上 11/55/8
主能治明則幽者○ 11/55/11
政令教○ 13/63/20
而能○易 13/64/24
以德復君而○之 13/65/8
禮義教○ 15/70/13
所過者○ 15/71/24
於是有能○善、脩身、正行、積禮義、尊道德 15/74/2
雖欲無○ 15/74/5
所爲者○ 15/74/5
暴悍勇力之屬爲之○而愿 15/74/6
旁辟曲私之屬爲之○而公 15/74/6
矜糺收繚之屬爲之○而調 15/74/6
夫是之謂大○至一 15/74/7
陰陽大○ 17/80/5
是天地之變、陰陽之○ 17/81/10, 17/81/13
孰與（聘）〔騁〕能而○之 17/82/16
則群衆不○ 17/83/6
通達之屬莫不振動從服以○順之 18/85/19
生民之屬莫不振動從服以○順之 18/86/7, 18/87/8
堯、舜不能教○ 18/87/7
朱、象不○ 18/87/7
（至）天下之善教○者也 18/87/8
然而朱、象獨不○ 18/87/9
天下之善教○者也 18/87/12
不能使嵬瑣○ 18/87/13
陰陽接而變○起 19/95/2
其○人也速 20/99/15
此言上明而下○也 21/107/17
謂之○ 22/109/13
有○而無別 22/109/13
故其民之○道也如神 22/110/2
故必將有師法之○、禮義之道 23/113/6
以擾○人之情性而導之也 23/113/12
○師法、積文學、道禮義者爲君子 23/113/12
故聖人○性而起僞 23/114/14
且○禮義之文理 23/114/17
○禮義則讓乎國人矣 23/114/18
明禮義以○之 23/115/4
是聖王之治而禮義之○也 23/115/5
無禮義之○ 23/115/6
必將待聖王之治、禮義之○ 23/115/17
能○性 23/115/24
政令致明而○易如神 24/118/19
屢○如神 26/124/16
屢○而不壽者與 26/125/2
似善○ 28/140/8
大道者、所以變○遂成萬物也 31/146/8
教○不成 32/150/5
所（遇）〔過〕者○ 32/150/9

**槐 huái** 1

蘭○之根是爲芷 1/1/20

**懷 huái** 9

故○負石而赴河 3/8/20
至○而壞 8/31/17
諸侯莫不○交接怨而不忘其敵 9/37/1
○柔百神 19/95/4
嗟我○人 21/104/14
武王誅之、呂尚招麾殷民○ 25/120/10
今夫子累德、積義、○美 28/140/18
然則孫卿（將○）〔○將〕聖之心 32/150/6

壞 huài 5

至懷而○ 8/31/17
（徒）〔徙〕○墮落 10/46/9
諸侯不敢○ 19/91/1
則法度○ 27/135/12
心從而○ 31/145/11

嚾 huān 2

○○然不知其所非也 6/22/10

歡 huān 8

其民之親我也○若父母 9/41/12
使足以辨吉凶、合○定和而已 10/43/14
男女不得不○ 10/44/7
親之○如父母 10/46/13
故下之親上○如父母 11/54/12
○若父母 15/69/5
飾○也 19/95/14
故人之○欣和合之時 19/97/20

讙 huān 2

則天下應之如○ 8/28/10
百姓○敖 16/75/19

驩 huān 5

欣○芬薌以送之 5/20/8
是以堯伐○兜 15/71/24
不○欣 27/127/2
事生、飾○也 27/127/24
夫婦不得不○ 27/129/1

桓 huán 17

齊○、五伯之盛者也 7/25/8
夫齊○公有天下之大節焉 7/25/11
秩秩焉莫不從○公而貴敬之 7/25/14
○公兼此數節者而盡有之 7/25/15
○公劫於魯莊 9/37/12
故齊○、晉文、楚莊、吳闔閭、越句踐 11/50/8
齊○公閨門之內懸樂奢泰游抏之脩 11/55/1
若管仲之於○公 13/65/10
秦之銳士不可以當○、文之節制 15/70/9
○、文之節制不可以敵湯、武之仁義 15/70/10
齊○、晉文、楚莊、吳闔閭、越句踐 15/70/21
《汋》、《○》、《箾》、（《簡》）、《象》 19/98/4
○公之葱 23/117/12
○公之於管仲也 24/119/10
孔子觀於魯○公之廟 28/138/10
齊○公小白霸心生於莒 28/141/9
○公用其賊 31/147/16

環 huán 3

若○之無端也 9/39/1
以○主圖私為務 13/63/18
反絕以○ 27/126/25

還 huán 7

則（禹、舜）〔舜、禹〕○至 11/53/23
王業○起 11/53/24
不○（秩）〔私〕 12/62/22
然後（士）〔出〕其刑賞而○與之 14/66/12
比周○主黨與施 25/120/5
○復瞻被（九）〔北〕蓋 28/141/13
○贄而相見者三十人 32/149/8

緩 huǎn 8

○急嬴絀 5/20/1
其縲禁○ 6/24/19
○不後時 10/46/12
今君人者急逐樂而○治國 11/51/23
急逐樂而○治國者 11/52/4
闇君者必將（急）〔荒〕逐樂而○治國 11/52/5
疾養○急之有相先者也 16/79/12
則求利之詭○ 18/87/23

患 huàn 45

畏○而不避義死 3/9/7
凡人之○ 3/12/7,21/102/5
是偏傷之○也 3/12/9
挂於○而欲謹 4/13/19
陋也者、天下之公○也 4/15/22
是非容貌之○也 5/17/27,5/18/4
必無後○之術 7/26/14
是事君者之寶而必無後○之術也 7/26/16
窮者、○也 10/42/17
救○除禍 10/42/18
則人有樹事之○ 10/42/20
夫君子奚○乎無餘〔也〕 10/42/25
使百姓無凍餒之○ 10/44/18
夫不足、非天下之公○也 10/44/20
非天下之公○也 10/45/4
天下之公○ 10/45/6
夫天下何○乎不足也 10/45/23
則怡愉無○難矣 11/52/3
憂○者生於亂國者也 11/52/4
故憂○不可勝校也 11/52/5
今人主有六○ 12/60/25
接之以聲色、權利、忿怒、○險 12/61/9
然而應薄扞○足以持社稷然後可 12/62/23
遂以解國之大○ 13/64/3
人主之○ 14/67/3
然而憂○不可勝校也 16/77/16, 16/78/3
此心術之公○也 21/102/13
聖人知心術之○ 21/103/16
何○不知 21/103/22
則志必有不喻之○ 22/108/12
則志無不喻之○ 22/108/14
○難哉 25/122/2
故民迷惑而陷禍○ 27/127/5
能除○則為福 27/128/11
不能除○則為賊 27/128/11
先○慮○ 27/128/12

先○慮○謂之豫 27/128/13
○至而後慮者謂之困 27/128/13
臨○難而不忘（細）
〔茵〕席之言 27/133/13
災禍○難而能無失其義 29/142/4

渙 huàn 2

（滑）〔○〕然有離德
者也 15/68/13
事大敵堅則○然離耳 15/69/22

豢 huàn 11

○之而俞瘠者 4/12/22
今使人生而未嘗睹芻○
稻粱也 4/15/17
俄而粲然有秉芻○而至者 4/15/18
幾直夫芻○稻粱之縣糟
糠爾哉 4/15/21
食欲有芻○ 4/16/5
必將芻○稻粱、五味芬
芳以塞其口 10/45/18
芻○稻粱 19/90/6
芻○、稻粱、酒醴、
（餰鬻）〔魚肉〕 19/94/16
芻○不加甘 22/109/17
心憂恐則口銜芻○而不
知其味 22/112/11
暴人芻○仁（人）糟糠 25/120/16

荒 huāng 9

大王○之 9/38/19,17/80/24
故田野○而倉廩實 10/48/3
闇君者必將（急）〔○〕
逐樂而緩治國 11/52/5
主好詳則百事○〔矣〕 11/55/16
大○者亡 16/78/23
本○而用侈 17/79/18
戎狄○服 18/85/22
○服者終王 18/85/23

皇 huáng 8

古者先王審禮以方○周
浹於天下 12/57/27
方○周挾 19/93/2
○天隆物 26/123/17
○○穆穆 26/123/18
鴟梟爲鳳○ 26/125/16
穆穆○○ 27/129/6

凰 huáng 3

鳳○秋秋 21/102/22
有（鳳）〔○〕有（○）
〔鳳〕 21/102/23

黃 huáng 3

下飲○泉 1/2/12
辟之是猶使處女嬰寶珠
、佩寶玉、負戴○金
而遇中山之盜也 10/49/2
○金充椁 18/87/22

喤 huáng 2

鐘鼓○○ 10/46/1

潢 huáng 3

○然兼覆之 10/46/21,11/55/24
○然使天下必有餘 10/47/23

恢 huī 5

○然如天地之苞萬物 6/23/17
○○然 6/24/17
○○廣廣 21/104/9

暉 huī 1

光○於是大 20/99/17

煇 huī 1

則○潤不博 17/82/11

輝 huī 2

則光○不赫 17/82/11
光○不博也 32/150/8

麾 huī 3

拱揖指○ 10/49/7
拱揖指○而强暴之國莫
不趨使 15/70/14
武王誅之、呂尚招○殷
民懷 25/120/10

回 huí 4

圖○天下於掌上而辨白黑 8/29/17
水深而○ 14/67/21
邪枉辟○（夫）〔失〕
道途 25/122/4
○ 29/143/10

徊 huí 1

則必徘○焉 19/96/11

悔 huǐ 7

苦傷其今而後○其始 5/18/4
其舉事無○ 8/32/10
事莫大乎無○ 15/70/25
事至無○而止矣 15/70/25
亡國之禍敗不可勝○也 16/78/24
其舉事多○ 23/117/3
恨（後）〔復〕遂過不
肯○ 25/122/5

毀 huǐ 8

（惡）非○疵也 3/10/1
閔王○於五國 9/37/12
械用、則凡非舊器者舉○ 9/38/3
彼將日日暴露○折之中原 9/41/21
不能以辟馬○輿致遠 18/87/12
相高以○瘠 19/94/14
妬功○賢、下斂黨與上
蔽匿 25/122/7
則宗廟不○ 29/142/11

晦 huì 3

旦暮○盲 26/125/13
幽（○）〔闇〕登昭 26/125/13

闇乎天下之○盲也 26/125/17

惠 huì 19

而○施、鄧析能之 3/9/2
甚察而不（○）〔急〕 6/22/4
是○施、鄧析也 6/22/5
（辯）不（給）（○）〔急〕而察 6/23/8
君子不若○施、鄧析也 8/28/21
○施、鄧析不敢竄其察 8/29/1
則莫若○之 9/36/6
之所以接下之百姓者則庸寬○ 9/42/2
寬○而有禮 12/57/24
以○天下 12/62/5
○此中國 14/66/19
是謂○暴而寬賊也 18/85/9
智○甚明 18/86/7
○子蔽於辭而不知實 21/103/9
愼、墨、季、○ 25/120/14
賤者○焉 27/127/15
子產、○人也 27/131/16
柳下○與後門者同衣而不見疑 27/136/4
南郭○子問於子貢曰 30/144/15

會 huì 2

盡筋骨之力以要鍾鼓俯○之節 20/101/3
越王勾踐霸心生於○稽 28/141/8

誨 huì 7

教○開導成王 8/27/17
然而不教不○ 16/75/7
教○之 16/75/8
不能教○之 19/97/9
又善教○之者也 19/97/10
下以教○子弟、上以事祖考 25/121/4
教之○之 27/131/1

慧 huì 2

必將雅文辨○之君子也 10/48/15

其知○足使規物 12/62/16

諱 huì 2

忌○不稱 22/110/14
隱（○）〔過〕疾賢、（良）〔長〕由姦詐鮮無災 25/122/1

薉 huì 4

涂○則塞 11/50/21
耘耨失○ 17/81/16
田○稼惡 17/81/16
國之○孽也 27/130/19

穢 huì 5

邪○在身 1/2/4
行僞險○而彊高言謹愨者也 6/24/9
民貧則田瘠以○ 10/42/27
田瘠以○則出實不半 10/42/27
其田疇○ 10/47/10

昏 hūn 6

非禮、○世也 17/83/1
○世、大亂也 17/83/1
〔大〕○之未發齊也 19/91/11
以○殣 19/93/16
悖亂○莫不終極 25/122/3
從諸侯不與新有○朞不事 27/131/14

婚 hūn 1

○姻娉內送逆無禮 10/42/20

惛 hūn 6

無○○之事者 1/2/14
○○淑淑 26/123/18
往來○憊 26/124/9
往來○憊而不可爲固塞者歟 26/124/12

葷 hūn 3

然後○菜百蔬以澤量 10/45/1
志不在於食○ 31/145/3
黼衣、黻裳者不茹○ 31/147/10

渾 hún 2

財貨○○如泉源 10/45/22

魂 hún 1

夸誕逐○ 14/67/1

混 hùn 3

使天下○然不知是非治亂之所存者 6/21/10
○然涂之人也 8/29/15
○然曾不能決也 8/29/16

火 huǒ 14

○就燥也 1/2/4
水○有氣而無生 9/39/9
脩○憲 9/40/5
夫燿蟬者務在明其○、振其樹而已 14/67/4
○不明 14/67/5
若蟬之歸明○也 14/67/5
若赴水○ 15/68/14
如○烈烈 15/69/9
○齊得 16/75/6
在地者莫明於水○ 17/82/10
水○不積 17/82/11
均薪施○ 27/136/9
○就燥 27/136/9
七日不○食 28/140/17

或 huò 32

亦○遲○速、○先○後〔耳〕 2/7/9
則亦○遲○速 2/7/12
○先○後 2/7/12
○爲之 2/7/15
○不爲爾 2/7/15

故○祿天下而不自以爲多 4/17/4
○監門、御旅、抱關、擊柝而不自以爲寡 4/17/4
而○以無禮節用之 10/42/27
故使○美○惡 10/43/12
○厚○薄 10/43/12,26/123/17
○佚（○）樂 10/43/12
○劬（○）勞 10/43/12
是以臣○弒其君 10/44/12
下○殺其上 10/44/12
彼○蓄積而得之者不世絕 12/59/2
以爲人○觸罪矣 18/85/7
今人○入其央瀆 18/88/14
如○欔之 19/98/7
如○嘗之 19/98/8
如○觴之 19/98/8
如○去之 19/98/9

## 貨 huò 30

竊○曰盜 2/6/2
盜名不如盜○ 3/12/12
爭○財 4/13/15
通財○ 8/28/19
以○財爲寶 8/30/12
積反○而爲商賈 8/34/7
○財粟米者 9/41/21
財○渾渾如泉源 10/45/22
其於○財取與計數也 10/47/12, 10/47/15
○之源也 10/47/22
○之流也 10/47/23
○賂將甚厚 10/48/14
事之以○寶 10/48/21
則○寶單而交不結 10/48/21
賈分○而販 11/52/19,11/54/14
則商旅安、○（通財）〔財通〕 11/56/21
○財禽犢之請 14/66/11
委之財○以富之 15/74/15
財物○寶以大爲重 16/78/25
而農賈皆能以○財讓 18/87/21
譬之是猶以人之情爲欲富貴而不欲○也 18/89/15
大齊信焉而輕○財 23/117/9
輕身而重○ 23/117/9
○財曰賻 27/128/5
下臣事君以○ 27/130/14
士不〔言〕通○財 27/132/4
辟之若○財、粟米之於家也 27/136/15
○色遠之 27/136/20

## 掝 huò 2

其誰能以己之潐潐受人之○○者哉 3/11/1

## 惑 huò 44

夸誕生○ 3/12/3
我欲屬之狂○疾病邪 4/13/9
而眾人○焉 5/18/24
觀乎雜物而不○ 5/19/4
欺○愚眾 6/21/10
足以欺○愚眾 6/21/13,6/21/17, 6/21/20,6/22/2,6/22/5
而狂○戇陋之人 8/29/9
周之子孫苟不狂○者 8/31/15, 12/62/7
人苟不狂○戇陋者 11/53/20
齊給便捷而不○ 12/58/3
○莫大焉 12/61/2
而闇主○之 13/64/6
身苟不狂○戇陋 15/74/1
則○矣 17/80/3
匿則大○ 17/82/21
刻生而附死謂之○ 19/96/1
則○而不樂 20/100/10
兩疑則○矣 21/102/5
則必○是○非 21/102/6
○治○亂 21/102/6
以○其心而亂其行 21/102/15, 21/102/16
外以○人 21/103/13
（貳）〔貣〕則疑○ 21/104/15
用精○也 21/106/8
使民疑○ 22/108/5
此○於用名以亂名者也 22/109/16
此○於用實以亂名者也 22/109/18
此○於用名以亂實者也 22/109/19
無不類於三○者矣 22/109/20
此人所以○於輕重也 22/111/25
此亦人所以○於禍福也 22/112/1
迷○失指易上下 25/122/3
大迷○ 25/122/3
故民迷○而陷禍患 27/127/5
其民迷○而墮焉 28/139/11
知禍福終始而心不○也 28/141/5

## 矐 huò 1

猶恐及其○ 7/26/18

## 禍 huò 40

福莫長於無○ 1/1/10
○災乃作 1/2/4
故言有召○也 1/2/6
則招之以○災 2/6/8
○事至則靜而理 7/26/9
行私而無○ 10/42/13
爭者、○也 10/42/17
救患除○ 10/42/18
而壯者有分爭之○矣 10/42/19
而有爭功之○矣 10/42/20
而有爭色之○矣 10/42/21
○亂之從聲 13/66/1
夫是之謂○亂之從聲 13/66/4
亡國之○敗不可勝悔也 16/78/24
則天不能○ 17/79/17
而殃○與治世異 17/79/20
逆其類者謂之○ 17/80/11
故百事廢、財物詘而○亂起 18/88/2
此蔽塞之○也 21/102/18, 21/103/2,21/103/13
見蔽塞之○ 21/103/16
而事必有困廢之○ 22/108/13
事無困廢之○ 22/108/14
則○託於欲而人以爲福 22/112/1
福託於惡而人以爲○ 22/112/1
此亦人所以惑於○福也 22/112/1
則不知○福之所託 22/112/2
恬○而廣解 23/117/10
拒諫飾非、愚而上同國必○ 25/120/5
世之○ 25/120/10
罪○有律、莫得輕重威不分 25/123/1
故民迷惑而陷○患 27/127/5

豫則○不生 27/128/13
困則○不可禦 27/128/14
○與福鄰 27/128/15
〔○之〕所由生也 27/136/20
爲不善者天報之以○ 28/140/18
知○福終始而心不惑也 28/141/5
災○患難而能無失其義 29/142/4

霍 huò 2

○叔懼曰 8/31/17
○焉離耳 15/73/14

獲 huò 10

笑語卒○ 2/5/16,19/93/4
故無首虜之○ 8/31/20
猶將寡○也 10/42/27
一歲而再○之 10/44/21
譬之是猶烏○與焦僥搏也 10/49/7
則雖臧○不肯與天子易埶業 11/52/16
犇命者不○ 15/71/12
○其功用而已矣 15/73/13
○蔡侯 16/76/1

藿 huò 2

唯菽○糟糠之爲睹 4/15/17
菽○、（酒）〔水〕漿 19/94/16

几 jī 4

跣房檖須、越席、床笫、○筵 19/90/7
跣房、檖須、越席、床笫、○筵 19/94/18
○筵、饋、薦、告祝 19/98/7
俛見○筵 31/147/2

肌 jī 1

則若性命○膚之不可易也 31/145/16

机 jī 1

（屋）〔局〕室、（廬庾）〔蘆簾〕、（葭）稾蓐、尙○筵而可以養形 22/112/19

姬 jī 4

○姓獨居五十三人 8/27/16, 12/62/7
○姓獨居五十三人焉 8/31/15
則周○姓也 12/62/4

笄 jī 1

鬠而不冠○矣 19/95/9

迹 jī 4

而能揜○於文、武 8/27/17
則其○長矣 22/108/7
○長功成 22/108/7
法禹舜而能弇○者邪 26/124/3

飢 jī 9

○而欲食 4/15/7,5/18/13
用○求飽 15/74/14
故水旱不能使之○（渴） 17/79/18
故水旱未至而○ 17/79/20
糴貴民○ 17/81/17
○而欲飽 23/114/2
今人○ 23/114/3
弟子皆有○色 28/140/17

基 jī 12

惟德之○ 3/9/16
維德之○ 6/24/15,12/60/18
人主之○、杖也 12/62/19
請布○ 25/120/3
展禽三絀、春申道綴○畢輸 25/120/11
請牧○ 25/120/12
○必施 25/120/12
道古賢聖○必張 25/121/15
請牧（祺）〔○〕 25/123/1
明有（○）〔祺〕 25/123/2
是德之○也 27/136/10

朞 jī 3

已○三年 15/74/15
至親以○斷 19/96/23
從諸侯不與新有昏○不事 27/131/14

畸 jī 3

○則不可爲 17/82/21
無見於○ 17/83/4
有齊而無○ 17/83/5

箕 jī 7

刳比干而囚○子 8/31/18
伊尹、○子 13/64/7
囚○子 15/72/20,18/84/16
比干見刳○子累 25/120/9
式○子之囚 27/131/3
○子佯狂 32/150/13

稽 jī 20

後世言惡則必○焉 5/17/27
是大儒之○也 8/32/11
兼聽而時○之 9/40/12
則必○焉 11/50/16
其足以○矣 12/57/27
○之以成 12/61/7
足以○矣 13/63/25
後世之言惡者必○焉 18/84/17
參○治亂而通其度 21/104/8
以贊○之 21/104/15
故君子壹於道而以贊○物 21/105/2
以贊○物則察 21/105/2
此事之所以○實定數也 22/109/13
無○之言 22/112/23
○其實 25/123/4
下衡曰○首 27/128/21
至地曰○顙 27/128/21

大夫之臣拜不○首 27/128/23
伊○首 28/140/1
越王勾踐霸心生於會○ 28/141/8

激 jī 1

察而不○ 3/9/15

積 jī 90

○土成山 1/2/9
○水成淵 1/2/9
○善成德 1/2/9
故不○蹞步 1/2/10
不○小流 1/2/10
爲善不○邪 1/3/4
眞○力久則入 1/3/8
不窮窮而通者○焉 2/8/9
故君子不下室堂而海內之情舉○此者 3/11/18
在勢注錯習俗之所○爾 4/15/11
安知廉恥隅○ 4/15/16
又欲夫餘財蓄○之富也 4/16/5
〔謹〕畜○ 7/25/19
豈不至尊、至富、至重、至嚴之情舉○此哉 8/29/21
遵（道）〔道〕則○ 8/29/23
務○德於身而處之以遵（道）〔道〕 8/30/1
得委○足以揜其口則揚揚如也 8/32/20
有師法則隆（性）〔○〕矣 8/33/19
所得乎（情）〔○〕 8/33/19
（情）〔○〕也者、非吾所有也 8/33/20
所以成○也 8/34/1
故○土而爲山 8/34/4
○水而爲海 8/34/4
旦暮○謂之歲 8/34/4
○善而全盡謂之聖人 8/34/5
○之而後高 8/34/5
人之所○也 8/34/6
人○耨耕而爲農夫 8/34/6
○斲削而爲工匠 8/34/6
○反貨而爲商賈 8/34/7
○禮義而爲君子 8/34/7
○靡使然也 8/34/8
大○靡 8/34/8
○文學 9/35/5
○重之 9/39/2
○財物 9/41/10
則財物○ 9/41/11
是以厭然畜○脩飾而物用之足也 9/41/20
我今將畜○并聚之於倉廩 9/41/22
則彼日○敝 9/41/23
我日○完 9/41/24
彼日○貧 9/41/24
我日○富 9/41/24
彼日○勞 9/41/24
我日○佚 9/41/24
而且有富厚丘山之○矣 10/42/26
而陳○有餘 10/48/2
○美之原也 11/49/13
謹畜○ 11/50/8
不以○持之則不立 11/51/4
故與○禮義之君子爲之則王 11/51/8
危削滅亡之情舉○此矣 12/58/17
彼或蓄○而得之者不世絕 12/59/2
日月○久 12/61/7
於是有能化善、脩身、正行、○禮義、尊道德 15/74/2
○微 16/78/20
其爲○也大 16/78/21
其爲○也小 16/78/22
能○微者速成 16/78/25
畜○收臧於秋冬 17/80/22
水火不○ 17/82/11
諸侯有能德明威○ 18/84/4
○其凶 18/84/8
所以別○厚 19/91/4
○厚者流澤廣 19/91/5
○薄者流澤狹也 19/91/5
故厚者、禮之○也 19/93/3
兩至者俱○焉 19/97/12
祭者、志意思慕之（情）〔○〕也 19/97/20,19/98/1
則其於志意之（情）〔○〕者 19/97/21
衆○意（謘謘）〔謘謘〕乎 20/101/3
私其所○ 21/102/7
不蔽於成○也 21/103/15
慮○焉、能習焉而後成謂之僞 22/107/24
化師法、○文學、道禮義者爲君子 23/113/12
聖人○思慮、習僞故以生禮義而起法度 23/114/10
禮義○僞者 23/115/20
然則禮義○僞者 23/115/22
23/115/25
今將以禮義○僞爲人之性邪 23/115/23
然則聖人之於禮義○僞也 23/115/25
○善而不息 23/116/14
人之所○而致矣 23/116/15
聖可○而致 23/116/17
然而皆不可○ 23/116/17
樂分施而恥○臧 27/132/5
多○財而羞無有 27/132/10
○微者著 27/133/16
今夫子累德、○義、懷美 28/140/18

機 jī 2

是人君者之樞○也 11/54/21
○變不張 15/73/5

擊 jī 13

非○戾也 2/7/5
或監門、御旅、抱關、○柝而不自以爲寡 4/17/4
傴巫、跛○之事也 9/40/9
故必將撞大鐘、○鳴鼓、吹竽笙、彈琴瑟以塞其耳 10/45/17
撞鐘○鼓而和 10/46/1
詐而襲之與先驚而後○之 15/68/16
齊人隆技○ 15/69/21
故齊之技○不可以遇魏氏之武卒 15/70/9
可殺而不可使○不勝 15/71/2
兵格不○ 15/71/17

黭然而雷○之 16/75/16
而盜賊○奪以危上矣 18/88/3
故傷於溼而○鼓鼓痺 21/106/15

## 績 jī 2

功○如天地 11/53/16
五聽（循）〔脩〕領、莫不理（續）〔○〕（主執）〔孰主〕持 25/123/2

## 雞 jī 1

方知畜○狗豬彘 4/16/6

## 譏 jī 1

○之曰 16/76/4

## 齎 jī 1

○盜糧、借賊兵也 27/135/19

## 鷄 jī 2

曾不如好相○狗之可以爲名也 8/29/10
錯質之臣不息○豚 27/132/4

## 及 jí 73

○至其致好之也 1/4/18
駑馬十駕則亦○之矣 2/7/8
其折骨絕筋、終身不可以相○也 2/7/8
胡爲乎其不可以相○也 2/7/9
知不幾者不可與○聖人之言 4/16/14
（○）〔反〕紃察之 6/22/1
刑○之而宜 6/23/18
財利至則（言）善而不○也 7/26/8
猶恐○其禍 7/26/18
周公屏成王而○武王以屬天下 8/27/14
是以周公屏成王而○武王以屬天下 8/27/19
自古○今 8/31/10,9/35/19,12/63/10,14/66/26,14/67/17,21/103/3,21/105/11,31/148/8
周公屏成王而○武王 8/31/13
然而明不能齊法教之所不○ 8/32/22
不○安存 8/34/22
不○爲士 8/34/23
不○先王 8/34/23
則職之所不○者必隊 9/35/16
未○取民也 9/36/15
未○爲政（者）也 9/36/15
未○脩禮（者）也 9/36/16
○其綦也 11/49/13
○以燕、趙起而攻之 11/50/15
○速致遠 11/53/10
〔過〕、猶不○也 11/55/13
治則衍○百姓 12/60/7
亂則不足○王公 12/60/8
欲得善馭〔○〕速致遠者 12/61/14
未○君道也 12/63/7
災○其身矣 13/65/15
故禮○身而行脩 14/66/18
義○國而政明 14/66/18
賞僭則利○小人 14/67/24
刑濫則害○君子 14/67/24
未○和齊也 15/70/20
施○四極 15/71/26
○都邑官府 16/78/12
則倜倜然其不○遠矣 16/78/17
則未足與○王者之制也 18/86/3
未可與○天下之大理者也 18/87/5
是不○知治道 18/87/18
道○士大夫 19/91/2
○河喬嶽 19/95/4
案使不○也 19/97/3
主人親速賓○介 20/101/8
主人拜賓○介 20/101/8
○其介省矣 20/101/11
未○好也 21/105/16
未○思也 21/105/17
故欲過之而動不○ 22/111/9
欲不○而動過之 22/111/10
則色不○傭而可以養目 22/112/18
聲不○傭而可以養耳 22/112/18
是不○知人之性 23/113/16
必不○於外 23/114/20
精神相（反）〔○〕、一而不貳爲聖人 25/121/3
送死不○柩尸 27/128/6
弔生不○悲哀 27/128/6
賵、贈○事 27/128/6
誥誓不○五帝 27/138/6
盟詛不○三王 27/138/6
交質子不○五伯 27/138/6
○其至江之津也 29/143/1
○其得也 30/144/2
故猶然如將可○者 31/146/2
孫卿不○孔子 32/150/4

## 即 jí 8

桀、紂○（序）〔厚〕於有天下之勢 11/54/8
勿庸以○ 14/67/10,28/139/6
○去大梁百有二十里耳 16/78/2
○位而哭 19/98/9
天子○位 27/128/11
然後刑可○也 28/139/6
○物少至 32/149/6

## 汲 jí 1

短綆不可以○深井之泉 4/16/13

## 亟 jí 2

○成 27/134/18
○其乘屋 27/135/3

## 急 jí 19

緩○嬴絀 5/20/1
甚察而不（惠）〔○〕 6/22/4
（辯）不（給）（惠）〔○〕而察 6/23/8
抃○禁悍 9/40/11
○不傷力 10/46/12
速乎○疾〔矣〕 10/46/15
今君人者○逐樂而緩治國 11/51/23
○逐樂而緩治國者 11/52/4
闇君者必將（○）〔荒〕

逐樂而緩治國 11/52/5
故明主○得其人 12/57/6
而闇主○得其埶 12/57/7
○得其人 12/57/7
不○得其人而○得其埶 12/57/8
不○得 12/60/22
無○勝而忘敗 15/71/1
疾養緩○之有相先者也 16/79/12
無用之辯、不○之察 17/82/3
析速、粹孰而不○ 23/117/4

## 疾 jí 41

聲非加○也 1/1/13
不由禮則觸陷生○ 2/5/13
不上同以○下 3/11/21
我欲屬之狂惑○病邪 4/13/9
軥錄○力 4/14/12
○爲誕而欲人之信己也 4/14/18
○爲詐而欲人之親己也 4/14/18
骨體膚理辨寒暑○養 4/15/9
禮節之中則○○然 6/24/21
頓窮則（從之）○力以
申重之 7/27/4
無怨○之心 7/27/4
五○ 9/35/7
遠者不○其勞 9/38/11
彼將厲厲焉日日相離○也 9/41/24
而百姓○之 10/46/8
速乎急○〔矣〕 10/46/15
而有○ 10/46/17
則不得不有○病物故之
變焉 12/62/17
韓之張去○ 13/63/23
不○者也 13/65/4
○而不順者 13/65/4
傷○、墮功、滅苦 13/65/5
則政令不行而上下怨○ 14/67/10
欲○以速 15/70/26
反然舉○惡桀、紂而貴
帝湯、武 16/77/1
○養緩急之有相先者也 16/79/12
寒暑不能使之○ 17/79/18
寒暑未薄而○ 17/79/20
內則百姓○之 18/84/2
而未有俞○之福也 21/106/15
○、養、滄、熱、滑、
鈹、輕、重以形體異 22/108/18
生而有○惡焉 23/113/4
隱（諱）〔過〕○賢、
（良）〔長〕由姦詐
鮮無災 25/122/1
行遠○速而不可託訊
（者與） 26/124/12
有亡而無○ 27/129/8
三問其○ 27/129/10
諸侯非問○弔喪 27/129/10
廢○非人不養者 27/131/13
使民○與 27/132/16
○今之政以思往者 27/135/8

## 般 jí 1

其名曰○ 21/105/14

## 集 jí 2

我行既○ 10/44/3
大路之素未○也 19/91/12

## 楫 jí 1

假舟○者 1/1/14

## 嫉 jí 2

不能則妬○怨誹以傾覆人 3/9/11
爭寵○賢（利）〔相〕
惡忌 25/122/6

## 極 jí 46

夫是之謂道德之○ 1/3/10
將以窮無窮、逐無○與 2/7/8
2/7/10
守法數之有司○禮而褫 5/18/19
視人罔○ 8/29/11,22/111/2
以○反側 8/29/11,22/111/2
治辨之○也 8/30/9
宇中六指謂之○ 8/34/4
是知國計之○也 10/48/1
是愚（王）〔主〕之○也 10/48/5
與之遠舉○戰 10/48/12
（主）之所○然帥群臣
而首鄉之者 11/49/18
是治之○也 11/55/12
仁智之○也 12/58/7
夫是之謂政教之○ 12/60/16
吉凶、賢不肖之○也 13/63/25
功名之○也 14/67/14
施及四○ 15/71/26
禮者、治辨之○也 15/72/9
立隆以爲○ 19/92/8
禮者、人道之○也 19/92/15
故天者、高之○也 19/92/18
地者、下之○也 19/92/18
無窮者、廣之○也 19/92/18
聖人者、道之○也 19/92/19
忠臣孝子之○也 19/93/13
所以爲至痛○也 19/96/6
窮本○變 20/100/15
孰知其○ 21/104/9
大滿八○ 21/104/10
兩盡者足以爲天下○矣 21/106/22
治之○也 22/108/7
辭足以見○ 22/110/21
故窮藉而無○ 22/110/24
讒人罔○、險陂傾側此
之疑 25/120/12
至治之○復後王 25/120/14
悖亂昏莫不終○ 25/122/3
務本節用財無○ 25/122/13
忽兮其○之遠也 26/124/8
出入甚○ 26/124/10
反覆甚○ 26/125/9
何以不雨至斯○也 27/132/16
27/132/17,27/132/17

## 瘠 jí 14

豢之而俞○者 4/12/22
操瓢囊爲溝壑中○者也 4/16/10
葉公子高微小短○ 5/17/18
民貧則田○以穢 10/42/27
田○以穢則出實不半 10/42/27
則○ 10/45/8
○則不足欲 10/45/8
溝中之○也 18/86/2
庶人則凍餒羸○於下 18/88/3
謂之○ 19/93/10
君子賤野而羞○ 19/93/11

不至於○棄 19/94/11
相高以毀○ 19/94/14
其送死○墨 20/101/25

## 籍 jí 11

循法則、度量、刑辟、圖○ 4/14/10
履天（下）〔子〕之○ 8/27/15
反○於成王 8/27/17
周公歸周反○焉 8/27/21
履天子之○ 8/31/14
好用其○斂矣 9/42/5
埶○之所存 16/76/24
以桀、紂爲常有天下之○則然 18/83/23
親有天下之○則（不）然 18/83/24
埶○之所在也 18/84/1
有埶○者罷不足以縣天下 18/84/4

## 己 jǐ 86

君子博學而日參省乎○ 1/1/5
古之學者爲○ 1/3/17
致亂而惡人之非○也 2/5/6
致不肖而欲人之賢○也 2/5/6
心如虎狼、行如禽獸而又惡人之賊○也 2/5/7
言○之光美 3/10/1
其誰能以○之潐潐受人之掝掝者哉 3/11/1
○誠是也 4/13/6
則是○君子而人小人也 4/13/6
失之○ 4/13/20
疾爲誕而欲人之信○也 4/14/18
疾爲詐而欲人之親○也 4/14/18
禽獸之行而欲人之善○也 4/14/18
而亦欲人之信○也 4/14/20
而亦欲人之親○也 4/14/20
而亦欲人之善○也 4/14/21
夫不知其與○無以異也 4/14/23
是於○長慮顧後 4/16/9
譬之是猶舍○之君而事人之君也 5/18/20
聖人者、以○度者也 5/19/2
府然苦（渠）〔梁〕匽檃栝之於○也 5/20/1
故君子之度○則以繩 5/20/2
度○以繩 5/20/2
不能使人必貴○ 6/24/12, 27/138/4
不能使人必信○ 6/24/12
不能使人必用○ 6/24/13, 27/138/4
端然正○ 6/24/14
至于○斯亡 8/30/4
以養生爲○至道 8/30/12
下則能開道不○若者 8/30/14
嚴嚴兮其能敬○也 8/30/19
志不免於曲私而冀人之以○爲公也 8/34/14
行不免於汙漫而冀人之以○爲脩也 8/34/14
甚愚陋溝瞀而冀人之以○爲知也 8/34/15
使天下生民之屬皆知○之所願欲之舉在于是也 10/45/19
皆知○之所畏恐之舉在于是也 10/45/20
安唯便僻左右親比○者之用 11/51/12
唯便辟親比○者之用 11/51/15
則天子共○而矣 11/52/20
則天子共○而止矣 11/54/15
又望百姓之爲○死 11/56/3
而求民之親愛○ 12/58/15
而求其爲○用、爲○死 12/58/15
民不爲○用、不爲○死 12/58/16
則臣下百吏至于庶人莫不脩○而後敢安正 12/60/15
案唯便嬖親比○者之用也 12/61/18
以爲○賊也 13/64/6
諰諰然常恐天下之一合而軋○也 15/72/4
知罪之在○也 15/73/7
併○之私欲 16/76/15
然則是棄○之所以安彊 16/77/8
而爭○之所以危弱也 16/77/8
損○之所以不足 16/77/9
以重○之所以有餘 16/77/9
爲人臣者不恤○行之不行 16/77/10
諰諰〔然〕常恐天下之一合而軋○也 16/77/17, 16/78/4
乃能使說○者使耳 16/77/18
故君子慕其在○者 17/81/5
小人錯其在○者 17/81/6, 17/81/7
君子敬其在○者 17/81/6
莫危乎使下畏○ 18/83/20
獨詘容爲○ 18/89/7
而皆以○之情爲欲多 18/89/11
是以與治（雖）〔離〕走而是○不輟也 21/102/8
紂蔽於妲○、飛廉 21/102/16
而○以正事 21/106/15
聖人不愛○ 22/109/16
而愚者拾以爲○實 22/110/22
夫是之謂以○爲物役矣 22/112/15
夫是之謂重○役物 22/112/21
則悖亂在○ 23/114/22
天非私曾、騫、孝○而外衆人也 23/116/1
然而曾、騫、孝○獨厚於孝之實而全於孝之名者 23/116/1
○無郵人、我獨自美豈（獨）無故 25/122/5
虞舜、孝○孝而親不愛 27/137/22
知者使人知○ 29/143/8
仁者使人愛○ 29/143/8
失之○而反諸人 30/144/12
不知選賢人善士〔而〕託其身焉以爲○憂 31/145/9
自爲謀而莫○若者亡 32/148/21

## 掎 jǐ 2

有○挈伺詐 10/44/11
○契司詐 15/70/20

## 幾 jǐ 16

○直夫芻豢稻粱之縣糟糠爾哉 4/15/21
（○不）長慮顧後而恐無以繼之故也 4/16/8
○不甚善矣哉 4/16/9
知不○者不可與及聖人

之言 4/16/14
關市○而不征 9/38/9,11/56/18
是其出貫市、傭而戰之
○矣 15/69/22
○遇刑也 20/100/15
危微之○ 21/105/4
類是而○ 21/106/23
妄辨而○利 21/107/6
憂戚之無益於○也 21/107/10
時○將矣 26/125/18
○爲知計哉 27/131/24
吾國○於亡乎 32/148/21
○矣 32/149/12

戟 jǐ 3

深於矛○ 4/12/18
拔○加乎首 16/79/11
則援劍○而逐之 18/88/14

給 jǐ 9

齊○便利 2/6/7
辯說譬諭、齊○便利而
不順禮義 6/23/7
（辯）不（○）（惠）
〔急〕而察 6/23/8
齊○速通不（爭）〔以〕
先人 6/23/13
而國求○矣 11/56/22
齊○便捷而不惑 12/58/3
齊○如響 13/63/20
○人之求 19/90/4
齊○、便敏而無類 23/117/4

擠 jǐ 2

抑有功而○有罪 7/26/19
而好相推○ 21/107/6

蟣 jǐ 1

燕之繆○ 15/70/19

吉 jí 25

相人之形狀顏色而知其
○凶妖祥 5/17/10
君子之謂○ 5/17/13
非○凶也 5/17/14
夫是之謂○人 7/26/11
知其○凶妖祥 9/40/9
使足以辨○凶、合歡定
和而已 10/43/14
○凶、賢不肖之極也 13/63/25
（失）〔夫〕是之謂大○ 15/71/5
故敬勝怠則○ 15/71/6
應之以理則○ 17/79/16
則天不能使之○ 17/79/19
以爲文則○ 17/82/7
禮者、謹於○凶不相厭
者也 19/93/19
所以持平奉○也 19/94/10
故情貌之變足以別○凶
、明貴賤親疏之節 19/94/12
是○凶憂愉之情發於顏
色者也 19/94/15
是○凶憂愉之情發於聲
音者也 19/94/15
是○凶憂愉之情發於食
飲者也 19/94/17
是○凶憂愉之情發於衣
服者也 19/94/18
是○凶憂愉之情發於居
處者也 19/94/19
脩之○ 25/120/14
以○爲凶 26/126/2
故○行五十 27/128/6
○事尙尊 27/128/29
不待卜而後知○ 27/132/25

忌 jì 8

行之日以兵○ 8/31/16
唯文王敬○ 12/57/9
隱○雍蔽之人 14/66/11
○諱不稱 22/110/14
主○苟勝、群臣莫諫必
逢災 25/120/4
爭寵嫉賢（利）〔相〕
惡○ 25/122/6
暴至殺傷而不億○者歟 26/124/12
○卞莊子 27/133/1

技 jì 12

梧鼠五○而窮 1/2/15
案謹募選閱材○之士 9/37/6
安謹募選閱材○之士 9/41/19
材○股肱、健勇爪牙之士 9/41/22
故百○所成 10/42/16
而能不能兼○ 10/42/16
其於百官之事、○藝之
人也 12/58/3
材○官能 12/60/11
齊人隆○擊 15/69/21
其○也 15/69/21
故齊之○擊不可以遇魏
氏之武卒 15/70/9
不能此三○而可使治三
官 21/104/17

季 jì 3

愼、墨、○、惠 25/120/14
子贛、○路 27/134/7
○孫聞之不說 28/139/1

既 jì 33

徐方○同 5/20/4
我行○集 10/44/3
○以伐其本 10/45/13
○醉○飽 10/46/2
○錯之而人莫之能誣也 11/51/20
○能當一人 11/54/22
○能治近 11/55/12
○能治明 11/55/13
○能當一 11/55/13
徐方○來 12/57/21,15/74/7
○知且仁 12/60/22,29/143/5
三軍○定 15/71/3
○ 16/76/2
天職○立 17/80/9
天功○成 17/80/9
君子○得其養 19/90/10
明德愼罰、國家○治四
海平 25/121/1
表儀○設民知方 25/122/14
耳目○顯、吏敬法令莫
敢恣 25/123/5

○以縫表 26/125/10
○葬 27/129/13
三王○已定法度、制禮樂而傳之 27/137/17
故先王○陳之以道 28/139/7
今汝衣服○盛 29/143/1
○已得之 29/143/14,29/143/15
故知○已知之矣 31/145/15
言○已謂之矣 31/145/15
行○已由之矣 31/145/16
○明且哲 32/150/7

計 jì 18

孰○之 3/12/7
聚斂○數之君也 9/36/15
○利而畜民 10/43/3
特墨子之私憂過○也 10/44/20, 10/45/4
其於貨財取與○數也 10/47/12, 10/47/15
是知國○之極也 10/48/1
○數纖嗇而無敢遺喪 12/63/3
○勝欲則從 15/71/6
欲勝○則凶 15/71/6
而小人○其功 17/81/1
○者取所多 22/112/5
幾爲知○哉 27/131/24
故明主任○不信怒 31/147/17
闇主信怒不任○ 31/147/17
○勝怒則强 31/147/17
怒勝○則亡 31/147/17

紀 jì 9

故《書》者、政事之○也 1/3/9
（群）類之綱○也 1/3/10
不可以爲治綱○ 6/22/5
然而通乎財萬物、養百姓之經○ 8/28/2
綱○四方 10/43/16
中和之○也 20/99/7
是以天下之○不息、文章不廢也 32/149/13
足以爲（綱○）〔○綱〕 32/150/11

洎 jì 2

（泔）〔○〕之 27/137/4
（泔）〔○〕之傷人 27/137/4

記 jì 2

可以時（託）〔○〕也 16/78/24
四曰○醜而博 28/138/19

寄 jì 1

非蛇蟺之穴無可○託者 1/2/13

祭 jì 19

喪○械用皆有等宜 9/38/2, 11/54/17
故喪○、朝聘、（師旅）一也 9/39/6
宰爵知賓客、○祀、饗食、犧牲之牢數 9/40/1
甸服者○ 18/85/22
日○、月祀、時享、歲貢 18/85/23
必齊之日○、月祀之屬然後曰受制邪 18/86/2
持手而食者不得立○廟 19/91/4
○、齊〔先〕大羹而飽庶羞 19/91/8
○祀、飾敬也 19/95/14
○祀、敬事其神也 19/95/17
故社、○社也 19/97/12
稷、○稷也 19/97/13
郊者、并百王於上天而○祀之也 19/97/13
○者、志意思慕之（情）〔積〕也 19/97/20,19/98/1
物取而皆○之 19/98/8
坐○ 20/101/12
（設）〔譏〕衣不踰○服 27/129/15

跡 jì 2

欲觀聖王之○ 5/18/19
聖王之○著矣 6/23/2

稷 jì 20

無置錐之地而明於持社○之大義 8/28/1
在人下則社○之臣、國君之寶也 8/28/2
保社○矣 10/47/6
社○必危 11/54/21,11/56/10, 12/57/8
失當一人而社○危 11/54/22
故有社○者而不能愛民、不能利民 12/58/14
故有社○者莫不欲彊 12/61/19
然而應薄扞患足以持社○然後可 12/62/23
將危國家、殞社○之懼也 13/64/1
社○之臣也 13/64/5
所以隕社○也 15/72/10
蔡侯奉其社○而歸之楚 16/76/1
〔食〕、先黍○而飯稻（梁）〔粱〕 19/91/8
○、祭○也 19/97/13
而后○獨傳者、壹也 21/105/9
得后○ 25/121/11
則社○不危 29/142/11

冀 jì 4

行而供○ 2/7/5
志不免於曲私而○人之以己爲公也 8/34/14
行不免於汙漫而○人之以己爲脩也 8/34/14
甚愚陋溝瞀而○人之以己爲知也 8/34/15

濟 jì 9

則○矣 3/11/12
○而材盡 3/11/12
○之日 11/49/20
以○義矣 11/50/3
義雖未○也 11/50/4
○○多士 12/63/1
○○鎗鎗 27/129/6

繼 jì 8

（幾不）長慮顧後而恐
無以○之故也 4/16/8
收斂畜藏以○之也 4/16/8
工匠之子莫不○事 8/34/7
存亡○絕 9/37/7
以堯○堯 18/86/12,18/86/13
若夫斷之○之 19/94/20
皆（○）〔繼〕 28/141/13

驥 jì 6

騏○一躍 1/2/10
夫○一日而千里 2/7/8
六○不致 2/7/14,2/7/15
豈若跛鱉之與六○足哉 2/7/14
驊騮、騹○、纖離、綠
耳 23/117/14

加 jiā 38

臂非○長也 1/1/13
聲非○疾也 1/1/13
○好學遜敏焉 2/8/7
○惕悍而不順 2/8/8
○施萬物之上 9/39/23
不能○毫末於是矣 9/41/7
○義乎身行 11/49/20
○義乎法則度量 11/49/21
○有治辨、彊固之道焉 11/52/2
則雖孤獨鰥寡必不○焉 11/54/12
必不○焉 11/55/26
殘賊○累之譖 14/66/10
不可以○矣 14/67/14
是大刑之所○也 15/73/18
則大刑○焉 15/74/1
是高爵豐祿之所○也 15/74/3
拔戟○乎首 16/79/11
其人不○慮焉 17/80/1
不○能焉 17/80/1
不○察焉 17/80/2
禮義不○於國家 17/82/12
○飾之以珠玉 18/86/17
○之以丹矸 18/87/22
○好〔之〕者焉 19/92/18
無性則僞之無所○ 19/95/1
○隆焉 19/97/1
散名之○於萬物者 22/107/21
芻豢不○甘 22/109/17
大鐘不○樂 22/109/18
如是而○天下焉 22/112/20
將曷○於正理平治也哉 23/115/3
○日縣久 23/116/14
然而不○砥厲則不能利 23/117/13
○之以造父之馭 23/117/15
身且○於刑戮而不自知
者 23/117/19
不能○毫末於是也 29/141/20
公輸不能○於繩〔墨〕 30/143/20
聖人莫能○於禮 30/143/20

夾 jiā 1

庶士介而○道 18/87/1

家 jiā 55

國○無禮則不寧 2/5/15
○室立殘 4/13/2
是諸侯之所以取國○也 4/14/9
棄其親○而欲奔之者 5/18/2
不知一天下、建國○之
權稱 6/21/19
四海之內若一○ 8/28/11,9/38/11
15/71/15
○富而愈儉 8/31/12
百○之說 8/34/23
則國○治 9/35/11
百姓曉然皆知夫爲善於
○而取賞於朝也 9/38/6
使國○足用而財物不屈 9/40/6
使彫琢文采不敢專造於○ 9/40/8
國○失俗 9/40/15
國○案自富矣 9/41/11
危國○也 10/47/7
〔之〕所以爲布陳於國
○刑法者 11/49/18
下在百姓之○ 12/60/5
將危國○、殞社稷之懼也 13/64/1
國○者、士民之居也 14/66/20
國○失政則士民去之 14/66/20
國○之本作也 14/66/24
父者、○之隆也 14/67/17
五甲首而隸五○ 15/70/6
不足以合大衆、美國○ 15/73/15
歸於其○ 16/78/13
禮義不加於國○ 17/82/12
故雖備○、必踰日然後
能殯 19/93/21
百○異說 21/102/6
亂○之人 21/102/6
亂○之人非之下 21/102/10
亂○是也 21/103/8
一○得周道 21/103/15
比至其○者 21/106/13
百○無所竄 22/110/9
小○珍說之所願皆衰矣 22/111/23
百○之說誠不詳 25/120/14
明德愼罰、國○既治四
海平 25/121/1
事成而○敗 26/124/17
猶用慶賞於國○也 27/127/18
非尊○臣也 27/128/23
不之臣之○ 27/129/10
禮之於正國○也 27/129/24
國○無禮不寧 27/129/25
故○五畝宅、百畝田 27/130/24
九十者舉○不事 27/131/13
子謂子○駒續然大夫 27/131/16
害靡國○ 27/131/24
以御于○邦 27/134/26
子夏〔○〕貧 27/136/1
辟之若貨財、粟米之於
○也 27/136/15
此○言邪學之所以惡儒
者也 27/137/1
爲國○必以孝 28/139/2
百乘之○有爭臣二人 29/142/11

浹 jiā 2

古者先王審禮以方皇周
○於天下 12/57/27
已不足以○萬物之變 21/106/19

葭 jiā 1

（屋）〔局〕室、（廬
庾）〔蘆簾〕、（○）
稾蓐、尙机筵而可以

養形 22/112/19

嘉 jiā 1

民言無〇 10/46/4

甲 jiǎ 12

〇兵不勞而天下服 9/37/16
11/54/6
司馬知師旅、〇兵、乘白之數 9/40/1
衣三屬之〇 15/70/1
五〇首而隸五家 15/70/6
非以〇子之朝而後勝之也 15/72/5
故堅〇利兵不足以爲（勝）〔武〕 15/72/10
楚人鮫革犀兕以爲〇 15/72/14
是豈無堅〇利兵也哉 15/72/15
則戎〇俞衆 15/74/12
帶〇嬰軸 20/99/26
爭利如蚤〇而喪其掌 27/136/6

假 jiǎ 13

〇輿馬者 1/1/13
〇舟楫者 1/1/14
善〇於物也 1/1/15
〇今之世 6/21/10,16/78/7
不可以〇攝爲也 8/27/18
威嚴猛厲而不好〇導人 9/35/14
好〇導人而無所凝止之 9/35/15
國若〇城然耳 16/76/23
〇之有人而欲南無多 22/111/20
〇而得（問）〔閒〕而嗛之 22/112/12
〇之人有弟兄資財而分者 23/114/16
請〇於君子 27/134/2

嫁 jià 1

內行則姑姊妹之不〇者七人 7/25/8

稼 jià 4

不獵禾〇 15/71/12
楛耕傷〇 17/81/16
田薉〇惡 17/81/16
好〇者衆矣 21/105/9

駕 jià 4

駑馬十〇 1/2/11
駑馬十〇則亦及之矣 2/7/8
臣不俟〇 27/126/13
趨〇召顏淵 31/148/3

肩 jiān 2

比〇並起 5/18/2
欲是之主並〇而存 11/53/20

姦 jiān 60

是〇人將以盜名於晻世者也 3/12/12
文〇言 4/14/13,6/21/10
是〇人之所以取危辱死刑也 4/14/14
謂之〇言 5/19/10
夫是之謂〇人之雄 5/21/5
謂之〇事 6/23/6
謂之〇心 6/23/6
謂之〇說 6/23/7
此三〇者 6/23/7
玩〇而澤 6/23/9
好〇而與衆 6/23/10
可殺而不可使爲〇也 7/26/10
是〇人之心也 7/27/9
志不免乎〇心 7/27/9
行不免乎〇道 7/27/9
（行事）〔事行〕失中謂之〇事 8/29/5
知說失中謂之〇道 8/29/5
〇事〇道 8/29/6
故〇言、〇說、〇事、〇能、遁逃反側之民 9/35/6
則〇言並至 9/35/15
〇邪不作 9/40/11
可以少頃得〇民之譽 10/46/7
是〇治者也 10/46/8
皆〇道也 10/46/10
則〇民不懲 10/46/19
故〇邪不作 10/46/22
除〇邪 12/59/16
衆庶百姓無〇怪之俗 12/60/7
24/118/10
〇怪之屬莫不反愨 12/60/16
衡聽、顯幽、重明、退〇、進良之術 14/66/10
則〇言、〇說、〇事、〇謀、〇譽、〇愬莫之試也 14/66/13
夫是之謂衡聽、顯幽、重明、退〇、進良之術 14/66/14
凡〇人之所以起者 16/79/3
夫義者、所以限禁人之爲惡與〇者也 16/79/3
而有趨〇之心矣 16/79/4
此〇人之所以起也 16/79/4
是特〇人之誤於亂說 18/88/6
夫是之謂大〇 18/88/7
是〇人之道而倍叛之心也 19/93/8
〇也 19/94/13
是〇人之道也 19/94/14
凡〇聲感人而逆氣應之 20/100/4
此亂世〇人之說也 21/107/7
則謂之大〇 22/108/5
〇言起 22/110/2
以正道而辨〇 22/110/9
苟之、〇也 22/110/21
（治）世曉然皆知夫爲〇則雖隱竄逃亡之由不足以免也 24/118/14
隱（諱）〔過〕疾賢、（良）〔長〕由〇詐鮮無災 25/122/1

兼 jiān 76

而〇權之 3/12/7
夫是之謂〇術 5/20/4
〇利天下 6/22/19,9/39/12
〇服天下之心 6/23/13
桓公〇此數節者而盡有之 7/25/15
〇制天下 8/27/16,8/31/14

12/62/7
○覆無遺 9/35/8
足以相○臨者 9/36/3
而無○并之心 9/37/7
○聽而時稽之 9/40/12
○覆而調一之 9/40/13
而能不能○技 10/42/16
人不能○官 10/42/17
○制天下者 10/43/19
○足天下之道在明分 10/44/15
若夫○而覆之 10/44/17
○而愛之 10/44/17
○而制之 10/44/17
潢然○覆之 10/46/21,11/55/24
又將○人 10/48/18
若夫論一相以○率之 11/52/9
今以一人○聽天下 11/52/15
○制人 11/53/12
而王者○而有是者也 11/53/13
11/53/17
合天下之所同願○而有之 11/53/19
夫○聽天下 11/55/12
以○覆之 11/55/17
○炤之 11/55/17
請問○能之奈何 12/57/27
仁厚○覆天下而不閔 12/58/6
○聽齊明則天下歸之 12/60/11
○聽齊明而百事不留 12/60/15
○是數國者 15/70/11
則作而○殆之耳 15/70/12
凡○人者有三術 15/74/9
有以德○人者 15/74/9
有以力○人者 15/74/9
有以富○人者 15/74/9
○人而兵俞强 15/74/11
是以德○人者也 15/74/11
○人而兵俞弱 15/74/13
是以力○人者也 15/74/13
○人而國俞貧 15/74/16
是以富○人者也 15/74/16
以德○人者王 15/74/16
以力○人者弱 15/74/16
以富○人者貧 15/74/16
○并易能也 15/74/19
○兵無强 15/74/22
必以道夫公道通義之可以相○容者 16/76/15
○是數具者而盡有之 16/78/16
則○以爲民 18/86/10
唯君子然後○有之 18/89/4
唯小人然後○有之 18/89/4
然而禮○而用之 19/94/9
舞意天道○ 20/100/20
○陳萬物而中縣衡焉 21/103/17
異也者、同時○知之 21/104/2
同時○知之 21/104/2
萬物可○知也 21/104/16
精於道者○物物 21/105/1
聖人縱其欲、○其情而制焉者理矣 21/105/18
單不足以喻則○ 22/109/5
單與○無所相避則共 22/109/5
辭也者、○異實之名以（論）〔諭〕一意也 22/110/5
有○聽之明而無奮矜之容 22/110/10
有○覆之厚而無伐德之色 22/110/10
○萬物之利而盛害 22/112/13
○此而能之 24/119/15
氾利○愛德施均 25/121/8
而少正卯○有之 28/138/20

## 堅 jiān 14

夫○白、同異、有厚無厚之察 2/7/10
○彊而不暴 3/9/15
○彊以持之 5/20/7
行辟而○ 6/23/9
○白、同異之分隔也 8/29/6
行法至○ 8/30/12,8/30/13
事大敵○則渙然離耳 15/69/22
故○甲利兵不足以爲（勝）〔武〕 15/72/10
是豈無○甲利兵也哉 15/72/15
唯○凝之難焉 15/74/19
「○白」「同異」之察入焉而溺 19/92/12
二曰行辟而○ 28/138/19
○剛而不屈 30/144/7

## 菅 jiān 2

資麤、衰絰、菲繐、○屨 19/94/18
斬衰、○屨、杖而啜粥者 31/145/4

## 間 jiān 2

伺彊大之○ 9/37/1
則傀然獨立天地之○而不畏 23/117/8

## 監 jiān 2

或○門、御旅、抱關、擊柝而不自以爲寡 4/17/4
文王○於殷紂 21/102/19

## 銜 jiān 2

芻豢、稻粱、酒醴、（○鬻）〔魚肉〕 19/94/16
（魚肉）〔○鬻〕 19/94/16

## 柬 jiǎn 1

○理也 2/8/14

## 儉 jiǎn 10

恭○者、偋五兵也 4/12/17
不如恭○之利也 4/12/17
大○約 6/21/19
○然 6/24/18
家富而愈○ 8/31/12
孰謂周公○哉 8/31/16
則天下尙○而彌貧 10/46/2
則下疑俗○而百姓不一 10/46/20
其百吏肅然莫不恭○、敦敬、忠信而不楛 16/78/12
禮恭而意○ 23/117/8

## 檢 jiǎn 1

禮者、人主之所以爲群臣寸尺尋丈○式也 8/34/18

蹇 jiǎn 1

卬卬兮天下之咸○也 26/124/9

簡 jiǎn 2

其用知甚○ 11/53/11
○然易知而致有理者歟 26/123/13

簡 jiǎn 6

其容○連 6/24/20
降福○○ 10/46/1
寬饒○易 10/47/15
○禮賤義者 15/69/13
《汋》、《桓》、《箾》、(《○》)、《象》 19/98/4

繭 jiǎn 1

麻葛、○絲、鳥獸之羽毛齒革也 10/45/3

見 jiàn 154

不如登高之博○也 1/1/12
而○者遠 1/1/13
使目非是無欲○也 1/4/17
天○其明 1/4/20
地○其光 1/4/21
○善、脩然 2/5/3
○不善、愀然 2/5/3
多○曰閑 2/6/3
少○曰陋 2/6/3
○由則恭而止 3/10/7
○閉則敬而齊 3/10/7
○由則兌而倨 3/10/9
○閉則怨而險 3/10/9
○於色 3/11/8
而所聞○者遠 3/11/14
○其可欲也 3/12/6,3/12/8
○其可利也 3/12/6,3/12/8
直立而不○知者 4/12/22
廉而不○貴者 4/12/22
勇而不○憚者 4/12/23
信而不○敬者 4/12/23
悻悻然惟(利)飲食之○ 4/13/14
悻悻然唯利之○ 4/13/15
無師無法則唯利之○爾 4/15/14
面無○膚 5/17/22
聞○之不衆 5/17/27,5/18/4
其所○焉 5/19/1
小辯不如○端 5/20/16
○端不如(○)本分 5/20/16
○端而明 5/20/16
聞○雜博 6/22/8
不恥○汙 6/24/13
不恥不○信 6/24/13
不恥不○用 6/24/14
倓然○管仲之能足以託國也 7/25/11
明目之所不能○也 8/29/7
無輿馬則無所○其能 8/32/4
無弧矢則無所○其巧 8/32/4
無百里之地則無所○其功 8/32/5
聞○之所未至 8/32/22
所未嘗○也 8/33/4
聞之不若○之 8/33/11
○之不若知之 8/33/11
故聞之而不○ 8/33/13
○之而不知 8/33/13
不聞不○ 8/33/14
并之○ 9/37/8
臣之○ 9/37/9
至於疆易而端已○矣 10/47/9
於天下不○謂脩 11/55/1
各謹其所○ 11/55/7
不務視其所不○ 11/55/8
所聞所○誠以齊矣 11/55/8
又務○幽 11/55/13,11/55/14
而好○小利 11/56/8
慈愛而○友 12/57/25
故天子不視而○ 12/60/16
目不○也 12/62/12
是所謂「視乎不可○ 12/63/11
無○其利而不顧其害 15/71/1
則○害傷焉止矣 15/73/11
入秦何○ 16/78/10
是所○也 16/78/15
則目不○流矢 16/79/11
不○其事而○其功 17/80/6
已其○象之可以期者矣 17/80/17
已其○宜之可以息者矣 17/80/18
已其○數之可以事者矣 17/80/18
已其○(知)〔和〕之可以治者矣 17/80/19
怪星之黨○ 17/81/11
愼子有○於後 17/83/3
無○於先 17/83/4
老子有○於詘 17/83/4
無○於信 17/83/4
墨子有○於齊 17/83/4
無○於畸 17/83/4
宋子有○於少 17/83/4
無○於多 17/83/5
明○侮之不辱 18/88/10
人皆以○侮爲辱 18/88/10
知○侮之爲不辱 18/88/10
是豈鉅知○侮之爲不辱哉 18/88/13
雖以○侮爲辱也 18/88/15
雖知○侮爲不辱 18/88/15
○侮不辱 18/88/21,22/109/16
故人苟生之爲○ 19/90/16
苟利之爲○ 19/90/16
則名不○而柩獨明矣 19/95/9
目不自○ 20/101/2
則白黑在前而目不○ 21/102/9
○蔽塞之禍 21/103/16
萬物莫形而不○ 21/104/7
莫○而不論 21/104/7
坐於室而○四海 21/104/7
必自○ 21/104/13
則足以○鬚眉而察〔膚〕理矣 21/105/5
○寢木以爲伏虎也 21/106/4
○植林以爲後人也 21/106/4
瞽者仰視而不○星 21/106/8
俯○其影 21/106/12
辭足以○極 22/110/21
不○之行 22/112/23
目可以○ 23/113/19
夫可以○之明不離目 23/113/20
若夫可以○之明不離目 23/114/2
○長而不敢先食者 23/114/3
則所○者忠信敬讓之行也 23/117/17
所○者汙漫、淫邪、貪利之行也 23/117/18
不視而○ 24/118/6

比干◯剖箕子累 25/120/9
子胥◯殺百里徙 25/120/10
堯在萬世如◯之 25/120/12
觀法不法◯不視 25/123/5
不◯賢良 26/125/7
（反◯）〔◯謂〕從
　（擴）〔橫〕 26/125/14
比干◯剖 26/125/16
外屏、不欲◯外也 27/126/11
內屏、不欲◯內也 27/126/11
諸侯相◯ 27/126/23
禹◯耕者耦立而式 27/128/17
私覿、私◯也 27/129/4
◯夫婦 27/129/17
孟子三◯宣王不言事 27/131/19
晔而◯之也 27/131/26
行爲可◯ 27/133/25,27/133/25
吾不復◯ 27/136/2
柳下惠與後門者同衣而
　不◯疑 27/136/4
君子之所以◯大水必觀
　焉者 28/140/4
是故君子◯大水必觀焉 28/140/8
王子比干不◯剖心乎 28/141/1
關龍逢不◯刑乎 28/141/2
則不幸不順◯惡而能無
　失其愛 29/142/4
子路盛服◯孔子 29/142/28
瑕適並◯ 30/144/8
同遊而不◯愛者 30/144/11
交而不◯敬者 30/144/11
臨財而不◯信者 30/144/11
俛◯几筵 31/147/2
無越踰不◯士 32/149/5
◯士問曰 32/149/6
然而吾所執贄而◯者十
　人 32/149/8
還贄而相◯者三十人 32/149/8
士至而後◯物 32/149/11
◯物然後知其是非之所
　在 32/149/11
繒丘之封人◯楚相孫叔
　敖曰 32/149/16

## 建 jiàn 5

不知一天下、◯國家之
　權稱 6/21/19
◯國諸侯之君分土而守 11/52/19
　11/54/15
能◯是之士不世絕 11/53/20
故古者列地◯國 27/132/19

## 健 jiàn 3

材技股肱、◯勇爪牙之士 9/41/22
無取◯ 31/147/14
◯、貪也 31/147/15

## 僭 jiàn 4

不◯不賊 13/65/20
賞不欲◯ 14/67/24
賞◯則利及小人 14/67/24
寧◯無濫 14/67/24

## 漸 jiàn 14

其◯之滫 1/1/20
所◯者然也 1/2/1
智慮◯深 2/6/6
知則攫盜而◯ 3/10/8
然後◯慶賞以先之 9/37/6
然後◯賞慶以先之 9/41/19
然後眾人徒、備官職、
　◯慶賞、嚴刑罰以戒
　其心 10/45/19
慶賞不◯則兵弱 10/47/19
是◯之也 15/70/12
則下◯詐矣 18/83/16
◯詐則難使 18/83/16
◯於蜜醴 27/134/3
正君◯於香酒 27/134/3
君子之所◯ 27/134/4

## 劍 jiàn 3

冠軸帶◯ 15/70/2
則援◯戟而逐之 18/88/14
此皆古之良◯也 23/117/13

## 踐 jiàn 3

故齊桓、晉文、楚莊、
　吳闔閭、越句◯ 11/50/8
齊桓、晉文、楚莊、吳
　闔閭、越句◯ 15/70/21
越王勾◯霸心生於會稽 28/141/8

## 賤 jiàn 74

人莫不◯ 2/7/1
小人能則人◯學焉 3/9/12
夫貧◯者、則求柔之 3/12/11
使貴◯之等 4/17/1
◯而不肯事貴 5/18/7
◯不肖 6/23/4
遇◯而少者則脩告導寬
　容之義 6/23/16
是子張氏之◯儒也 6/24/24
是子夏氏之◯儒也 6/25/1
是子游氏之◯儒也 6/25/2
貴◯長少 7/25/14,16/76/18
可貴可◯也 7/26/10
◯事貴 7/27/8
辨貴◯ 8/28/19
我欲◯而貴 8/29/14
豈不◯而貴矣哉 8/29/16
兩◯之不能相使 9/36/1
使有貧、富、貴、◯之等 9/36/2
貴◯、殺生、與奪一也 9/39/6
進退貴◯則舉傭士 9/42/2
進退貴◯則舉佞侻 9/42/3
進退貴◯則舉幽險詐故 9/42/4
禮者、貴◯有等 10/43/1
使足以辨貴◯而已 10/43/13
案申重之以貴◯殺生 11/49/21
不卹貴◯ 11/51/14
人主胡不廣焉無卹親疏
　、無（偏）〔倫〕貴
　◯ 11/53/22
貴◯長幼 11/54/13
是故百姓◯之如偃 11/56/2
朝廷必將隆禮義而審貴
　◯ 11/56/16
上以飾賢良而明貴◯ 12/60/4
簡禮◯義者 15/69/13
上功◯節 15/69/15
則貴◯不分 17/83/5
下危則◯上 18/83/18
賢者◯之 18/84/15

貴○有等 19/90/10,24/119/13
以貴○爲文 19/92/21,27/130/12
君子○野而羞瘠 19/93/11
故情貌之變足以別吉凶、明貴○親疏之節 19/94/12
雖難、君子○之 19/94/13
別親疏、貴○之節 19/96/4
則民流慢鄙○矣 20/99/18
鄙○則爭 20/99/18
故先王貴禮樂而○邪音 20/99/20
貴○之義別矣 20/101/8
貴○明 20/101/21,22/108/14
○禮義而貴勇力 20/101/25
君子○之 21/107/8,21/107/8
貴○不明 22/108/12
上以明貴○ 22/108/13
貴公正而○鄙爭 22/110/16
○願貴 23/114/19
所○於桀、跖、小人者 23/115/26
不當賢則○ 24/118/17
等貴○ 24/119/12
辨治上下、貴○有等明君臣 25/121/8
進退有律、莫得貴○孰私王 25/122/14
貴○以分 26/124/16
○者惠焉 27/127/15
必○師而輕傅 27/135/11
○師而輕傅 27/135/11
○爲布衣 27/135/21
君子之所以貴玉而○珉者 30/144/5
夫君子豈多而○之、少而貴之哉 30/144/6
卑○不足以損也 31/145/16
彼淺者、○人之道也 32/149/6
吾於天下不○矣 32/149/7
舍貴而爲○ 32/149/12

**諫 jiàn** 19

受○而能戒 2/5/5
○爭者疏 2/5/7
謂之○ 13/64/2
故○、爭、輔、拂之人 13/64/5
可謂○矣 13/64/7
○、爭、輔、拂之人信 13/64/11
無○爭 13/64/16
有○爭 13/64/16
○諍而不（諂）〔諂〕 13/64/22
微○而不倦 13/65/1
以是○非而怒之 13/65/9
人又莫之○ 21/102/18
主忌苟勝、群臣莫○必逢災 25/120/4
拒○飾非、愚而上同國必禍 25/120/5
不聽規○忠是害 25/122/8
進○不聽、剄而獨鹿棄之江 25/122/9
有○而無訕 27/129/8
女以○者爲必用邪 28/141/2
天下且孰肯○汝矣 29/143/2

**薦 jiàn** 5

以相○撙 8/28/20
天方○瘥 10/46/3
執○者百人侍西房 18/86/19
○器則冠有鍪而毋縱 19/95/9
几筵、饋、○、告祝 19/98/7

**鑒 jiàn** 1

成湯○於夏桀 21/102/18

**江 jiāng** 11

而絕○（河）〔海〕 1/1/14
無以成○海 1/2/10
○河可竭 2/7/14
○、漢以爲池 15/72/16
是乃○南也 16/77/21
譬之是猶以塼塗塞○海也 18/89/7
○河以流 19/92/5
北決九河、通十二渚疏三○ 25/121/13
進諫不聽、剄而獨鹿棄之○ 25/122/9
○出於岷山 29/142/28
及其至○之津也 29/143/1

**姜 jiāng** 1

而彼○姓也 12/62/4

**將 jiāng** 153

安特○學雜識志、順《詩》、《書》而已爾 1/3/23
○原先王、本仁義 1/4/1
○以窮無窮、逐無極與 2/7/8
2/7/10
○有所止之 2/7/9
然則國亂○弗治與 3/10/13
是姦人○以盜名於晻世者也 3/12/12
○以爲智邪 4/13/8
○以爲利邪 4/13/8
○以爲榮邪 4/13/8
○以爲安邪 4/13/9
○爲天下生民之屬長慮顧後而保萬世也 4/16/12
行若○不勝其衣 5/17/18
亦○志乎心爾 5/17/20
從者○論志意、比類文學邪 5/17/23
直○差長短、辨美惡 5/17/23
然則從者○孰可也 5/18/5
○何務哉 6/23/1
必○盡辭讓之義然後受 7/26/9
仲尼○爲魯司寇 8/28/5
必○誠此然後就也 8/29/23
猶○無益也 9/36/12,18/88/17
必○於愉殷赤心之所 9/41/2
彼○日日暴露毀折之中原 9/41/21
我今○脩飾之、拊循之、掩蓋之於府庫 9/41/21
彼○日日捿遲薛越之中野 9/41/22
我今○畜積并聚之於倉廩 9/41/22
彼○日日挫頓竭之於仇敵 9/41/23
我今○來致之、并閱之、砥礪之於朝廷 9/41/23
彼○厲厲焉日日相離疾也 9/41/24
我今○頓頓焉日日相親愛也 9/42/1
猶○寡獲也 10/42/27
○以明仁之文、通仁之

順也 10/43/13
百姓曉然皆知其汙漫暴亂而○大危亡也 10/44/11
是○率之事也 10/44/16
非○墮之也 10/45/7
○蹙然衣麤食惡 10/45/8
○少人徒 10/45/9
故必○撞大鐘、擊鳴鼓、吹竽笙、彈琴瑟以塞其耳 10/45/17
必○錭琢、刻鏤、黼黻、文章以塞其目 10/45/18
必○芻豢稻粱、五味芬芳以塞其口 10/45/18
○率不能則兵弱 10/47/20
○以求富而喪其國 10/48/5
○以求利而危其身 10/48/5
○脩志意 10/48/9
○辟田野 10/48/11
取其○ 10/48/13
○脩小大强弱之義以持愼之 10/48/14
禮節○甚文 10/48/14
珪璧○甚碩 10/48/14
貨賂○甚厚 10/48/14
必○雅文辨慧之君子也 10/48/15
非特○持其有而已矣 10/48/18
又○兼人 10/48/18
由○不足以免也 10/49/3
直○巧繁拜請而畏事之 10/49/3
必○脩禮以齊朝 10/49/4
安之者必○道也 11/49/15
如霜雪之○○ 11/51/20
故明君者必○先治其國 11/52/4
闇君者必○（急）〔荒〕逐樂而緩治國 11/52/5
○以爲樂 11/52/6
○以爲安 11/52/6
○以爲福 11/52/6
必○曲辨 11/56/16
朝廷必○隆禮義而審貴賤 11/56/16
百官則○齊其制度 11/56/17
百工○時斬伐 11/56/18
縣鄙○輕田野之稅 11/56/19
則下亦○綦辭讓、致忠信而謹於臣子矣 12/57/16
然而（于是）〔是子〕（獨）猶○爲之也 12/59/4
○以明分達治而保萬世也 12/60/6
○內以固（誠）〔城〕 12/61/17
然則人主○何以知之 12/62/15
故人主必○有便嬖左右足信者然後可 12/62/16
人主必○有卿相輔佐足任者然後可 12/62/19
故人主必○有足使喻志決疑於遠方者然後可 12/62/21
安值○卑埶出勞 12/63/9
○危國家、殞社稷之懼也 13/64/1
百○一心 15/68/15
則○有百里之聽 15/69/1
則○有千里之聽 15/69/1
則○有四海之聽 15/69/2
必○聰明警戒 15/69/2
○誰與至哉 15/69/5
彼必○來告之 15/69/7
○率、末事也 15/69/12,15/72/4
請問爲○ 15/70/24
無欲○而惡廢 15/70/27
〔○〕所以不受命於主有三 15/71/2
夫是之謂天下之○ 15/71/8
○死鼓 15/71/10
○以爲利耶 15/74/1
○以爲害邪 15/74/4
子發○（西）〔而〕伐蔡 16/76/1
是○威也 16/76/3
故爲人上者必○愼禮義、務忠信然後可 16/79/8
彼○聽唱而應 18/83/11
彼乃○食其肉而齕其骨也 18/88/5
○以爲有益於人 18/88/18
必○立隆正然後可也 18/88/21
○恐得傷其體也 18/89/9
○使人知情（欲之）〔之欲〕寡也 18/89/12
故儒者○使人兩得之者也 19/90/18
墨者○使人兩喪之者也 19/90/18
○以有爲者也 19/94/14
○由夫愚陋淫邪之人與 19/96/15
○由夫脩飾之君子與 19/96/18
○舉錯之 19/97/15
不以（已所）〔所已〕臧害所○受謂之虛 21/104/1
則○須道者之虛 21/104/5
○事道者之壹 21/104/5
（盡）○思道者〔之〕靜 21/104/5
案直○治怪說 21/107/5
必○有循於舊名 22/108/9
然而徵知必○待天官之當簿其類然後可也 22/109/2
故必○有師法之化、禮義之道 23/113/6
故枸木必○待檃括、烝、矯然後直 23/113/9
鈍金必○待礱、厲然後利 23/113/9
必○待師法然後正 23/113/9
○皆失喪其性故也 23/113/21
○有所讓也 23/114/3
○有所代也 23/114/4
○曷加於正理平治也哉 23/115/3
枸木必○待檃栝、烝、矯然後直者 23/115/16
必○待聖王之治、禮義之化 23/115/17
今○以禮義積僞爲人之性邪 23/115/23
○使塗之人固無可以知仁義法正之質 23/116/9
闔閭之干○、莫邪、鉅闕、辟閭 23/117/13
必○求賢師而事之 23/117/16
吏謹○之無鈹滑 25/123/6
讒口○○ 26/125/15
時幾○矣 26/125/18
國○興 27/135/11
國○衰 27/135/11
無○大車 27/136/10
吾○爲汝問之 29/142/24
故猶然如○可及者 31/146/2
〔則哀〕○焉〔而〕不至矣 31/147/2
則憂○焉〔而〕不至矣 31/147/4
則勞○焉〔而〕不至矣 31/147/5
則懼○焉〔而〕不至矣 31/147/6
則危○焉〔而〕不至矣 31/147/7
其馬○失 31/148/1,31/148/4

伯禽○歸於魯 32/149/1
女○行 32/149/1
然則孫卿（○懷）〔懷○〕聖之心 32/150/6

**漿 jiāng** 1

菽藿、（酒）〔水〕○ 19/94/16

**疆 jiāng** 5

至於○易而端已見矣 10/47/9
使無去其○域 12/59/7
則○垂不喪 13/64/12
疉無○也 26/125/18
則封○不削 29/142/10

**匠 jiàng** 7

可以爲工○ 4/15/10
爲工○農賈則常煩勞 4/15/12
工○不知 8/29/8
積斲削而爲工○ 8/34/6
工○之子莫不繼事 8/34/7
夫工○、農、賈 23/116/21
○過絕邪 28/141/13

**降 jiàng** 7

○福穰穰 10/46/1
○福簡簡 10/46/1
若時雨之○ 15/71/24
匪○自天 18/87/14
不酢而〔○〕 20/101/12
○ 20/101/18
霜○逆女 27/130/3

**交 jiāo** 19

匪○匪舒 1/4/9
好（○）〔文〕也 2/8/15
○親而不比 3/9/8
○也 4/12/22
是言上下之○不相亂也 8/30/10
諸侯莫不懷○接怨而不忘其敵 9/37/1
○無所藏之 10/48/1
則貨寶單而○不結 10/48/21
其○游也 12/58/5
偷合苟容、以持祿養○而已耳 13/63/29
偷合苟容、以之持祿養○而已耳 13/65/10
異形離心○喻 22/108/12
不敬○ 27/127/2
則賢○不親 27/130/18
奉妒昧者謂之○譎 27/130/19
○譎之人、妒昧之臣 27/130/19
○質子不及五伯 27/138/6
○而不見敬者 30/144/11
止（○）〔立〕不知所定 31/145/10

**姣 jiāo** 1

古者桀、紂長巨○美 5/17/26

**郊 jiāo** 7

則○草不（瞻曠）芸 16/79/11
○止乎天子 19/91/2
○之麻絻也 19/91/12
○者、并百王於上天而祭祀之也 19/97/13
晏子從於○ 27/134/1
麟在○野 31/146/15
君出魯之四門以望魯四○ 31/147/5

**椒 jiāo** 2

芬若○蘭 15/69/6
○蘭芬芳 19/90/6

**蛟 jiāo** 2

○龍生焉 1/2/9
寢兕、（持）〔特〕虎、○韅、絲末、彌龍 19/90/13

**焦 jiāo** 5

若燒若○ 10/45/12
而○天下矣 10/45/13
譬之是猶烏獲與○僥搏也 10/49/7
入焉○沒耳 15/68/14
若以○熬投石焉 15/70/10

**漅 jiāo** 1

以○亂天下 6/21/10

**僬 jiāo** 1

以○僥而戴太山也 18/89/8

**憍 jiāo** 3

○泄者、人之殃也 4/12/17
愓、悍、○、暴 4/14/14
立身則○暴 9/42/4

**鮫 jiāo** 1

楚人○革犀兕以爲甲 15/72/14

**驕 jiāo** 14

志意脩則○富貴 2/6/12
小人能則倨傲僻違以○溢人 3/9/11
非○暴也 3/10/2
通則○而偏 3/10/10
式居屢○ 5/18/11
高上尊貴不以○人 6/23/13
志○盈而輕舊怨 7/26/20
富貴而不○ 12/58/1
○暴、貪利 18/88/26
諸侯之○我者 27/136/1
大夫之○我者 27/136/2
女以魯國○人 32/149/11
夫仰祿之士猶可○也 32/149/12
正身之士不可○也 32/149/12

**佼 jiǎo** 1

君子由之○以好 25/121/3

**狡 jiǎo** 1

則可謂訞怪○猾之人矣 6/23/18

**腳 jiǎo** 1

捶笞、臏○ 18/89/1

**矯 jiǎo** 3

故枸木必將待檃括、烝、○然後直 23/113/9
是以為之起禮義、制法度以○飾人之情性而正之 23/113/11
枸木必將待檃栝、烝、○然後直者 23/115/16

**譑 jiǎo** 1

則必有貪利糾○之名 10/42/28

**校 jiào** 7

故憂患不可勝○也 11/52/5
○之以功 12/61/7
故○之以禮 12/61/8
然而憂患不可勝○也 16/77/16
16/78/3
終乎悅○ 19/92/3
三日而○來謁 31/148/1

**窌 jiào** 3

有囷○ 4/16/7
垣○倉廩者 10/47/22
則必發夫（掌）〔窶〕○之粟以食之 15/74/14

**教 jiào** 52

○使之然也 1/1/8
以善先人者謂之○ 2/5/18
○之以至順 6/22/13
彼非（本）〔平〕政○也 7/25/18
○誨開導成王 8/27/17
然而明不能齊法○之所不及 8/32/22
則不○也 8/34/23
元惡不待○而誅 9/35/3
職而○之 9/35/6
勸○化 9/40/7
本政○ 9/40/11
廣○化 9/40/13
案平政○ 9/41/4
故不○而誅 10/46/19
○而不誅 10/46/19
非本政○也 11/50/7
非以本政○也 11/50/14
夫是之謂政○之極 12/60/16
政令○化 13/63/20
言先○也 14/67/11,28/139/7
禮義○化 15/70/13
然而不○不誨 16/75/7
○誨之 16/75/8
政○功名反是 16/78/25
堯、舜不能○化 18/87/7
（至）天下之善○化者也 18/87/8
天下之善○化者也 18/87/12
故大路之馬必（倍）〔信〕至○順然後乘之 19/90/13
不能○誨之 19/97/9
又善○誨之者也 19/97/10
下以○誨子弟、上以事祖考 25/121/4
莫不說○名不移 25/122/15
君○出 25/123/5
以其○（出）〔士〕畢行 27/126/23
不○無以理民性 27/130/24
明（十）〔七〕○ 27/130/25
○之誨之 27/131/1
致○習俗 27/131/11
○而不稱師謂之倍 27/133/19
君子壹○ 27/134/18
其○至也 27/135/16
其人（也）而不○ 27/135/18
非其人而○之 27/135/19
不○其民而聽其訟 28/139/3
不○而責成功、虐也 28/139/5
亂其○ 28/139/11
老無以○之 28/140/11
老而不○ 30/144/22
老思死則○ 30/144/23
○化不成 32/150/5
今之學者得孫卿之遺言餘○ 32/150/8

**較 jiào** 1

軒○之下 5/17/18

**滘 jiào** 2

其誰能以己之○○受人之掝掝者哉 3/11/1

**噍 jiào** 2

亦呥呥而○ 4/15/16
猶有啁○之頃焉 19/96/12

**徼 jiào** 2

小人則日○其所惡 8/34/10
其候○支繚 10/47/9

**醮 jiào** 2

利爵之不○也 19/91/10
○而命之 27/127/12

**皆 jiē** 93

○使人載其事而各得其宜 4/17/2
令尹子西、司馬子期○死焉 5/17/19
使賢不肖○得其位 8/28/21
能不能○得其官 8/29/1
喪祭械用○有等宜 9/38/2
11/54/17
百姓曉然○知夫為善於家而取賞於朝也 9/38/6
群道當則萬物○得其宜 9/39/17
六畜○得其長 9/39/17
群生○得其命 9/39/18
是使群臣百姓○以制度行 9/41/10
○有可也 10/42/13
貧富輕重○有稱者也 10/43/1
19/90/10
○使衣食百用出入相揜 10/43/4
百姓曉然○知其汙漫暴亂而將大危亡也 10/44/11
使天下生民之屬○知己之所願欲之舉在于是

也 10/45/19
○知己之所畏恐之舉在于是也 10/45/20
○姦道也 10/46/10
而百姓○愛其上 10/46/13
汙者○化而脩 10/47/16
悍者○化而愿 10/47/16
躁者○化而愨 10/47/17
人○亂 10/48/17
人○危 10/48/17
人○失喪之 10/48/17
○百里之地也 11/50/2
11/54/7,15/74/22,18/85/18
臣下曉然○知其可要也 11/50/5
是○僻陋之國也 11/50/9
然後○內自省以謹於分 11/54/13
○使（其）人載其事而各得其所宜 12/59/18
○有等差 12/60/1
天下曉然○知其所非以為異也 12/60/5
○干賞蹈利之兵也 15/70/11
是○世俗之所謂善用兵者也 15/70/19
是○和齊之兵也 15/70/21
群物○正 15/71/4
○以仁義之兵行於天下也 15/71/25
○前行素脩也 15/72/6
然後百姓曉然○知（脩）〔循〕上之法 15/74/1
而百姓○安 15/74/10
眾庶百姓○以貪利爭奪為俗 16/76/20
則下之人百姓○有棄義之志 16/79/4
○知其所以成 17/80/6
國人○恐 17/81/10
○報也 18/85/10
○使民載其事而各得其宜 18/86/9
○使（當）〔富〕厚、優猶（不）知足 18/87/19
而農賈○能以貨財讓 18/87/21
人○以見侮為辱 18/88/10
而○以己之情為欲多 18/89/11
然後○有衣（衾）〔食〕多少厚薄之數 19/93/12
○有翣菨文章之等以敬飾之 19/93/12
是○所以重哀也 19/95/13
○使其須足以容事 19/97/17
物取而○祭之 19/98/8
先王〔之〕喜怒○得其齊焉 20/99/10
天下○寧 20/100/9
而衆賓○從之 20/101/8
而衆賓○入 20/101/8
○道之一隅也 21/103/11
亦○亂 22/108/9
小家珍說之所願○衰矣 22/111/23
使○出於治、合於道者也 23/113/12
將○失喪其性故也 23/113/21
○反於性而悖於情也 23/114/5
是○生於人之情性者也 23/114/12
使天下○出於治、合於善也 23/115/5
然後○出於治、合於善也 23/115/17
○有可以知仁義法正之質 23/116/7
○有可以能仁義法正之具 23/116/7
○內可以知父子之義 23/116/11
然而○不可積 23/116/17
此○古之良劍也 23/117/13
此○古之良馬也 23/117/14
天下曉然○知夫盜竊之（人）不可以為富也 24/118/11
○知夫賊害之（人）不可以為壽也 24/118/12
○知夫〔犯〕上之禁不可以為安也 24/118/12
（治）世曉然○知夫為姦則雖隱竄逃亡之由不足以免也 24/118/14
故一人有罪而三族○夷 24/119/3
君謹守之、下○平正國乃昌 25/122/12
下不欺上、○以情言明若日 25/123/4
（背）〔○〕禮（者）也 27/127/22
三者○通 27/128/3
從士以上○羞利而不與民爭業 27/132/5
○異世同心 28/138/22
弟子○有飢色 28/140/17
○（繼）〔䜌〕 28/141/13
此〔○〕賢乎 31/145/2
人人○以我為越踰好士 32/149/10

## 接 jiē 26

然後○之 1/4/7
以至治○至亂 5/19/17
○人則用枻 5/20/2
○人用枻 5/20/2
諸侯莫不懷交○怨而不忘其敵 9/37/1
以敬○諸侯 9/37/8
之所以○下之百姓者則庸寬惠 9/42/2
之所以○下之人百姓者則好取侵奪 9/42/3
（人）之所以○下之人百姓者 9/42/5
所以○下之人百姓 11/54/11
所以○（天）下之人百姓〔者〕 11/55/25
○之以聲色、權利、忿怒、患險 12/61/9
不可以不相○也 12/62/20
推類○譽 13/63/20
則無○而不然 13/65/18
臨事○民而以義 14/67/8
其所以○下之〔人〕百姓者 15/73/12
立良有司以○之 15/74/15
各有○而不相能也 17/80/10
君子以倍叛之心○臧穀 19/93/8
陰陽○而變化起 19/95/2
使夫邪汙之氣無由得○焉 20/98/18
耳目之欲○ 21/105/14
先事慮事謂之○ 27/128/12
○則事優成 27/128/12
○輿辟世 32/150/12

**階 jiē** 2

三揖至于○ 20/101/11
登自阼○ 31/147/2

**菨 jiē** 1

皆有翣○文章之等以敬飾之 19/93/12

**劫 jié** 9

桓公○於魯莊 9/37/12
○之以埶 15/70/4
彼畏我威、○我埶 15/74/12
百姓○則致畏 16/75/17
非○之以形埶 16/75/18
故口可○而使墨云 21/104/12
形可○而使詘申 21/104/12
心不可○而使易意 21/104/12
○迫於暴國而無所辟之 27/137/22

**刦 jié** 1

則○之以師友 2/6/8

**桀 jié** 66

○、紂、盜跖也 1/4/14
而禹、○所以分也 3/12/4
是禹、○之所同也 4/15/8
4/15/10,4/15/11,5/18/14
12/60/20,17/80/21
可以爲○、跖 4/15/10
爲○、跖則常危辱 4/15/12
以夫○、跖之道 4/15/20
○、紂在上曷損 4/16/2
○、紂存 4/16/3
古者○、紂長巨姣美 5/17/26
○、紂舍之 7/26/2
○、跖之世不能汙 8/32/13
日與○同事同行 9/41/1
雖○、跖 9/41/13,15/69/6
○、紂即（序）〔厚〕於有天下之勢 11/54/8
○、紂所以滅也 13/64/13
故以○詐○ 15/68/13
以○詐堯 15/68/14
湯、武之誅○、紂也 15/70/14
誅○、紂若誅獨夫 15/70/15
故湯之放○也 15/72/5
○、紂是也 16/76/13
（天）〔夫〕○、紂 16/76/24
俄而天下倜然舉去○、紂而犇湯、武 16/76/25
反然舉疾惡○、紂而貴帝湯、武 16/77/1
夫○、紂何失 16/77/1
○、紂者善爲人之所惡 16/77/2
則無以異於○、紂 16/77/4
○、紂棄義背信而天下亂 16/79/8
不爲○亡 17/79/16
○以亂 17/80/21,17/80/23
17/80/24
是又禹、○之所同也 17/80/22
17/80/23
○、紂有天下 18/83/23
以○、紂爲常有天下之籍則然 18/83/23
天下謂在○、紂則不然 18/83/24
○、紂非去天下也 18/84/7
故○、紂無天下 18/84/9
○、紂者 18/84/9,18/84/14
以○、紂爲君而以湯、武爲弒 18/84/10
則天下未嘗合於○、紂也 18/84/11
○、紂（者）〔是〕也 18/84/18
以○、紂爲有天下而臣湯、武 18/84/18
於是焉○、紂群居 18/88/3
有埶榮無害爲○ 18/89/3
夏○、殷紂是也 21/102/15
○蔽於末喜、斯觀 21/102/15
○死於（亭）〔鬲〕山 21/102/17
成湯鑒於夏○ 21/102/18
堯、舜之與○、跖 23/115/23
所賤於○、跖、小人者 23/115/26
行雖如○、紂 24/119/4
愚以重愚、闇以重闇成爲○ 25/120/7
○、紂以亂 26/123/17
雖○、紂亦不能去民之好義 27/132/2
此小人之○雄也 28/138/21
善○、紂 32/150/12

**捷 jié** 2

齊給便○而不惑 12/58/3
則事業○成而有所休 24/119/14

**結 jié** 7

心如○兮 1/3/1
故君子○於一也 1/3/1
則貨寶單而交不○ 10/48/21
約○已定 11/50/5
緜緜常以○引馳外爲務 11/50/14
君子執之心如○ 25/120/14
○尾以爲事 26/125/9

**傑 jié** 5

天下之○也 5/17/26
而群天下之英○而告之以大古 6/22/13
小人之○也 7/25/21
英○化之 8/32/12
則英○至 9/35/11

**絜 jié** 2

君子○其辯而同焉者合矣 3/10/18
以就鮮○ 28/140/8

**節 jié** 105

由禮則和○ 2/5/13
則○之以動止 2/6/7
小心則畏義而○ 3/10/6
是注錯習俗之○異也 4/15/1
於是又○用禦欲 4/16/8
○族久而絕 5/18/18,5/19/8
然而口舌之於嚪唯則○ 5/21/4
遇友則脩禮○辭讓之義 6/23/16
禮○之中則疾疾然 6/24/21
夫齊桓公有天下之大○焉 7/25/11
是天下之大○也 7/25/14
諸侯有一○如是 7/25/14
桓公兼此數○者而盡有之 7/25/15

| | |
|---|---|
| 貧則用○ | 7/26/10 |
| 必○ | 7/26/18 |
| 變勢次序〔之〕○然也 | 8/27/22 |
| 禮○脩乎朝 | 8/28/8 |
| 行禮要○而安之 | 8/30/16 |
| 取是以○之也 | 8/31/8 |
| 則晻然若合符○ | 8/33/4 |
| 是君人者之大○也 | 9/36/11 |
| 三○者當 | 9/36/11 |
| 三○者不當 | 9/36/11 |
| 大○是也 | 9/36/12,9/36/12 |
| 小○是也 | 9/36/12 |
| 小○非也 | 9/36/12 |
| 大○非也 | 9/36/13 |
| 小○雖是也 | 9/36/13 |
| 審○奏 | 9/41/4 |
| 國俗○ | 9/41/9 |
| ○用裕民 | 10/42/23 |
| ○用以禮 | 10/42/23 |
| 而下以禮○用之 | 10/42/24 |
| 故知○用裕民 | 10/42/25 |
| 生於○用裕民也 | 10/42/26 |
| 不知○用裕民則民貧 | 10/42/26 |
| 而或以無禮○用之 | 10/42/27 |
| 不知○用裕民也 | 10/42/28 |
| 由士以上則必以禮樂○之 | 10/43/2 |
| 倍其○ | 10/44/12 |
| 寒暑和○ | 10/44/17 |
| 墨子之「○用」也 | 10/45/7 |
| 其禮義○奏也 | 10/47/12 |
| 其於禮義○奏也 | 10/47/15 |
| ○其流 | 10/47/23 |
| 禮○將甚文 | 10/48/14 |
| 然後○奏齊於朝 | 10/49/5 |
| 則士大夫莫不（敬）〔敄〕○死制者矣 | 11/56/16 |
| 士大夫務○死制 | 11/56/20 |
| 合符○、別契券者 | 12/57/11 |
| 不待合符○、別契券而信 | 12/57/17 |
| 貪利者退而廉○者起 | 12/60/12 |
| 禮者、○之準也 | 14/67/13 |
| 凡○奏欲陵 | 14/67/14 |
| ○奏陵而文 | 14/67/14 |
| 重祿貴○ | 15/69/15 |
| 上功賤○ | 15/69/15 |
| 秦之銳士不可以當桓、文之○制 | 15/70/9 |
| 桓、文之○制不可以敵湯、武之仁義 | 15/70/10 |
| 未有貴上、安制、綦○之理也 | 15/70/11 |
| 諸侯有能微妙之以○ | 15/70/12 |
| 禮義○奏是也 | 16/75/9 |
| ○威反文 | 16/78/5 |
| 夫義者、內○於人而外○於萬物者也 | 16/79/6 |
| 內外、上下○者 | 16/79/7 |
| 彊本而○用 | 17/79/16 |
| 是○然也 | 17/81/4 |
| 孰知夫出死要○之所以養生也 | 19/90/14 |
| 好惡以○ | 19/92/5 |
| 反無哭泣之○ | 19/93/16 |
| 其○大矣 | 19/93/23 |
| 故情貌之變足以別吉凶、明貴賤親疏之○ | 19/94/12 |
| 別親疏、貴賤之○ | 19/96/4 |
| 復生有○也哉 | 19/96/8 |
| 故先王聖人安爲之立中制○ | 19/96/21 |
| 其於禮○者 | 19/97/22 |
| 禮○文貌之盛矣 | 19/98/1 |
| 使其曲直、繁省、廉肉、○奏足以感動人之善心 | 20/98/17 |
| 比物以飾○者也 | 20/99/1 |
| ○奏合以成文 | 20/99/1 |
| 要其○奏 | 20/99/5 |
| 盡筋骨之力以要鍾鼓俯會之○ | 20/101/3 |
| 拜至、獻、酬、辭讓之○繁 | 20/101/11 |
| 飲酒之○ | 20/101/18 |
| ○文終遂焉 | 20/101/19 |
| 不敬禮○ | 21/107/6 |
| ○遇謂之命 | 22/108/1 |
| 其罪猶爲符○、度量之罪也 | 22/108/5 |
| 辭讓之○得矣 | 22/110/14 |
| 無以○欲而困於欲多者也 | 22/111/4 |
| 求可○也 | 22/111/16 |
| 慮者欲○求也 | 22/111/17 |
| 退則○求 | 22/111/17 |
| 故善言古者必有○於今 | 23/115/10 |
| ○者、死生此者也 | 24/119/14 |
| 務本○用財無極 | 25/122/13 |
| 言有○ | 25/123/4 |
| 行之得其○ | 27/127/27 |
| 禮、○也 | 27/127/27 |
| 審○而不（知）〔和〕 | 27/128/1 |
| 政不○與 | 27/132/16 |
| 因麗○文 | 28/141/14 |

### 詰 jié 1

| | |
|---|---|
| 眾人貳之、讒夫棄之形是○ | 25/120/15 |

### 楬 jié 1

| | |
|---|---|
| 鞉、柷、拊、鞷、椌、○似萬物 | 20/101/1 |

### 竭 jié 12

| | |
|---|---|
| 江河可○ | 2/7/14 |
| 齊明而不○ | 2/7/18 |
| 以情自○ | 3/11/23 |
| 遠者○蹶而趨之 | 8/28/11, 15/71/15 |
| 周閉而不○ | 9/35/14 |
| 彼將日日挫頓○之於仇敵 | 9/41/23 |
| ○其原 | 10/45/13 |
| ○其源 | 10/48/3 |
| 故百里之地足以○埶矣 | 11/53/4 |
| 足以○人矣 | 11/53/4 |
| 《成相》○ | 25/121/4 |

### 潔 jié 1

| | |
|---|---|
| 修○之爲親而雜汙之爲狄者邪 | 26/124/2 |

### 解 jiě 8

| | |
|---|---|
| 閉約而無○ | 6/22/9 |
| ○果其冠 | 8/32/17 |
| 和○調通 | 9/35/15 |
| 則和調累○ | 10/46/14 |

其（辨）〔辯〕說足以
○煩 12/62/21
遂以○國之大患 13/64/3
夫今子宋子不能○人之
惡侮 18/88/16
恬禍而廣○ 23/117/10

介 jiè 11

○爾景福 1/1/9
善在身、○然 2/5/3
（分分）〔○○〕兮其
有終始也 8/30/19
庶士○而夾道 18/87/1
主人親速賓及○ 20/101/8
主人拜賓及○ 20/101/8
及其○省矣 20/101/11
主人酬○ 20/101/17
○酬眾賓 20/101/17
卿爲○ 27/126/23

价 jiè 2

○人維藩 12/59/8,16/77/14

戒 jiè 11

受諫而能○ 2/5/5
勝敵而愈○ 8/31/12
夫又誰爲○矣哉 8/32/2
然後眾人徒、備官職、
漸慶賞、嚴刑罰以○
其心 10/45/19
必將聽明警○ 15/69/2
齊○修塗 19/98/7
不知○ 25/122/5
以自○ 25/122/10
�革（二）〔○〕兵 26/125/15
敬○無怠 27/128/14
○之哉 32/149/11

界 jiè 3

東在楚者乃○於齊 16/78/1
是非之封○ 18/88/22
求而無度量分○ 19/90/3

借 jiè 2

人之百事如耳目鼻口之
不可以相○官也 12/60/14
齎盜糧、○賊兵也 27/135/19

誡 jiè 1

發○布令而敵退 16/76/2

藉 jiè 4

日欲司閒而相與投○之 11/56/3
故○斂忘費 12/57/19
○、靡、舌縴 18/89/1
故窮○而無極 22/110/24

巾 jīn 1

不浴則濡○三式而止 19/95/7

斤 jīn 2

林木茂而斧○至焉 1/2/6
則斧○不入山林 9/39/19

今 jīn 130

○之學者爲人 1/3/17
○日是也 3/11/15
○是人之口腹 4/15/16
○使人生而未嘗睹芻豢
稻粱也 4/15/17
○以夫先王之道 4/15/20
○人之生也 4/16/6
○夫偷生淺知之屬 4/16/9
○之世 5/17/10
○世俗之亂君 5/18/1
苦傷其○而後悔其始 5/18/4
○夫狌狌形笑 5/18/15
則數○日 5/18/21
古○異情 5/18/24
古○一（度）也 5/19/4
假○之世 6/21/10,16/78/7
○夫仁人也 6/23/1
○之所謂（士仕）〔仕
士〕者 6/24/5
○之所謂處士者 6/24/8
○無天下 8/27/21
○有天下 8/27/22
○有人於此 8/29/18
自古及○ 8/31/10,9/35/19
12/63/10,14/66/26,14/67/17
21/103/3,21/105/11,31/148/8
以古持○ 8/33/2
我○將脩飾之、拊循之
、掩蓋之於府庫 9/41/21
我○將畜積并聚之於倉廩 9/41/22
我○將來致之、并閱之
、砥礪之於朝廷 9/41/23
我○將頓頓焉日日相親
愛也 9/42/1
○之世而不然 10/44/10
○是土之生五穀也 10/44/21
○有十數焉 10/48/6
○亦以天下之顯諸侯誠
義乎志意 11/49/21
○君人者急逐樂而緩治
國 11/51/23
○以一人兼聽天下 11/52/15
生乎○之世而志乎古之道 12/59/2
○人主有六患 12/60/25
○使汙邪之人論其怨賊
而求其無偏 12/61/3
○有數千焉 12/61/20
○人主有能明其德 14/67/5
○女不求之於本而索之
於末 15/72/6
古○一也 15/74/17
16/76/5,18/87/4,24/119/12
○子發獨不然 16/76/8
○相國上則得專主 16/76/15
○巨楚縣吾前 16/76/21
○君人者 16/77/3
○已有數萬之眾者也 16/77/7
○楚父死焉 16/77/18
○秦南乃有沙羨與俱 16/77/21
○上不貴義、不敬義 16/79/4
生於○而志乎古 17/81/5
○世俗之爲說者 18/84/10
18/84/18
並起於亂○也 18/85/10
○世俗之爲說者不怪朱
、象而非堯、舜也 18/87/10

亂○厚葬 18/87/18,18/88/6
夫亂○然後反是 18/88/1
○倡優、侏儒、狎徒詈侮而不鬬者 18/88/12
○人或入其央瀆 18/88/14
夫○子宋子不能解人之惡侮 18/88/16
○子宋子案不然 18/89/7
○子宋子以（是）〔人〕之情爲欲寡而不欲多也 18/89/18
○子宋子嚴然而好說 18/89/20
古○之所一也 19/95/14,19/97/5
○夫大鳥獸則失亡其群匹 19/96/10
○諸侯異政 21/102/6
○爲蔽 21/102/13
無古無○ 21/103/17
處於○而論久遠 21/104/7
○聖王沒 22/108/8
○聖人沒 22/110/2
○人所欲無多 22/111/21
道者、古○之正權 22/112/2
○人之性 23/113/3,23/113/19,23/113/21,23/114/2,23/114/21
○人之性惡 23/113/9,23/115/17
○人無師法則偏險而不正 23/113/10
○之人 23/113/12
○人之性善 23/113/21
○人飢 23/114/3
凡古○天下之所謂善者 23/115/1
○誠以人之性固正理平治邪 23/115/2
○不然 23/115/3
○當試去君上之埶 23/115/6
故善言古者必有節於○ 23/115/10
○孟子曰「人之性善」 23/115/11
○將以禮義積僞爲人之性邪 23/115/23
○以仁義法正爲固無可知可能之理邪 23/116/8
○〔不然〕 23/116/11
○使塗之人者以其可以知之質、可以能之具 23/116/12
○使塗之人伏術爲學 23/116/13
○與不善人處 23/117/18
哀○之人 24/119/6
○廢禮者 27/127/5
○夫亡箴者 27/131/26
疾○之政以思往者 27/135/8
○殺一人以戮不孝 28/139/2
〔○〕嫚令謹誅、賊也 28/139/5
（○）〔生也〕有時 28/139/5
○之世則不然 28/139/10
○夫世之陵遲亦久矣 28/139/13
○學曾未如肬贅 28/140/14
○夫子累德、積義、懷美 28/140/18
○有其人不遇其時 28/141/6
○夙興夜寐 29/142/17
○汝衣服既盛 29/143/1
生○之世 31/145/1,31/145/4
居○之俗 31/145/1,31/145/4
○東野畢之馭〔也〕 31/148/6
○以不穀之不肖而群臣莫吾逮 32/148/21
○相國有此三者而不得罪〔於〕楚之士民 32/149/17
○之學者得孫卿之遺言餘教 32/150/8
○爲說者又不察其實 32/150/13

## 金 jīn 16

○就礪則利 1/1/4
○石可鏤 1/2/11
重於○石珠玉 5/19/12
○玉其相 10/43/16
辟之是猶使處女嬰寶珠、佩寶玉、負戴黃○而遇中山之盜也 10/49/2
故明主有私人以○石珠玉 12/61/20
得一首者則賜贖錙○ 15/69/21
聞○聲而退 15/71/11
輷如○石 15/72/14
○錫美 16/75/6
黃○充椁 18/87/22
○舌弊口 18/88/17
○革轡靷而不入 19/95/12
○石絲竹、所以道德也 20/100/11
鈍○必將待礱、厲然後利 23/113/9
其誠可比於○石 27/135/7

## 津 jīn 2

在魏者乃據圍○ 16/78/1
及其至江之○也 29/143/1

## 矜 jīn 5

○莊以莅之 5/20/7
○糺收繚之屬爲之化而調 15/74/6
有兼聽之明而無奮○之容 22/110/10
備而不○ 24/119/15
不○矣 24/119/15

## 筋 jīn 5

蚯螾無爪牙之利、○骨之强 1/2/12
其折骨絕○、終身不可以相及也 2/7/8
○力越勁 5/17/26
血氣○力則有衰 18/86/15
盡○骨之力以要鍾鼓俯會之節 20/101/3

## 祲 jīn 1

占○兆 9/40/9

## 僅 jǐn 3

○存之國富大夫 9/36/17
○存之國危而後戚之 16/78/23
於是吾○得三士焉 32/149/9

## 錦 jǐn 1

雜布與○不知異也 26/126/1

## 謹 jǐn 44

○愼其身 1/4/9
恭敬○愼而容 3/9/16
雖欲不○ 4/12/19
挂於患而欲○ 4/13/19

| | |
|---|---|
| ○守其數 | 4/14/11 |
| 其擇之不○ | 4/14/15 |
| 行僞險穢而彊高言○愨者也 | 6/24/9 |
| 〔○〕畜積 | 7/25/19 |
| 則○愼而嗛 | 7/26/6 |
| 愼○以行之 | 7/27/4 |
| ○乎臣子而致貴其上者也 | 8/27/26 |
| 故人知○注錯 | 8/34/8 |
| 案○募選閱材技之士 | 9/37/6 |
| ○其時禁 | 9/39/21 |
| ○蓄臧 | 9/40/4 |
| ○盜賊 | 9/40/10 |
| 安○募選閱材技之士 | 9/41/19 |
| 陵○盡察 | 10/47/15 |
| 故明主必○養其和 | 10/47/23 |
| 三者、明主之所○擇也 | 11/49/15 |
| ○畜積 | 11/50/8 |
| 三者、明主之所以○擇也 | 1/50/17,11/51/2,11/51/8 |
| 儒之所○守也 | 11/52/18 |
| 然後皆內自省以○於分 | 11/54/13 |
| 則主相、臣下、百吏各○其所聞 | 11/55/7 |
| 各○其所見 | 11/55/7 |
| 則下亦將綦辭讓、致忠信而○於臣子矣 | 12/57/16 |
| ○脩飾而不危 | 12/58/2 |
| 必○志之而愼自爲擇取焉 | 13/63/25 |
| ○愼、利也 | 13/65/22 |
| ○愼而無鬭怒 | 13/65/23 |
| 禮者、○於治生死者也 | 19/93/6 |
| 禮者、○於吉凶不相厭者也 | 19/93/19 |
| 故先王○爲之文 | 20/99/15 |
| 故壹於道法而○於循令矣 | 22/108/7 |
| 是○於守名約之功也 | 22/108/7 |
| 君○守之、下皆平正國乃昌 | 25/122/12 |
| 參伍明○施賞刑 | 25/123/3 |
| 吏○將之無鈹滑 | 25/123/6 |
| 臣○（修）〔循〕 | 25/123/6 |
| 君子之檃栝不可不○也 | 27/134/3 |
| 〔今〕嫚令○誅、賊也 | 28/139/5 |

## 近 jin 38

| | |
|---|---|
| 君子不○ | 1/1/20,14/66/11 |
| 所以防邪僻而○中正也 | 1/2/1 |
| 學莫便乎○其人 | 1/3/20,1/3/21 |
| 所聽視者○ | 3/11/14 |
| 以○知遠 | 5/18/22 |
| ○則（論）〔俞〕詳 | 5/19/7 |
| ○（世）〔舉〕則病傭 | 5/19/17 |
| ○（世）〔舉〕而不傭 | 5/19/18 |
| 主安○之 | 7/26/7 |
| 故○者歌謳而樂之 | 8/28/10, 15/71/15 |
| 理道之遠○而致貢 | 9/38/10 |
| 故○者不隱其能 | 9/38/11 |
| 則○者競親 | 10/49/5 |
| 主道治○不治遠 | 11/55/11 |
| 主能治○則遠者理 | 11/55/11 |
| 既能治○ | 11/55/12 |
| 不能治○ | 11/55/14 |
| ○者境內 | 12/62/12 |
| 故招○募選 | 15/70/12 |
| 若夫招○募選 | 15/70/16 |
| 故○者親其善 | 15/71/26 |
| ○者境內不一 | 18/84/2 |
| 稱遠○而等貢獻 | 18/85/20, 18/86/1 |
| ○爲蔽 | 21/102/12 |
| 無○無遠 | 21/103/17 |
| 可以○盡也 | 22/111/16 |
| 求者猶○盡 | 22/111/17 |
| 道者、進則○盡 | 22/111/17 |
| 遠賢○讒、忠臣蔽塞主勢移 | 25/120/5 |
| 欲○四旁 | 27/126/9 |
| 所以說○也 | 27/133/25 |
| ○者說則親 | 27/133/26 |
| 親○而附遠 | 27/133/26 |
| 驗之以○物 | 27/137/2 |

## 晉 jin 7

| | |
|---|---|
| 故齊桓、○文、楚莊、吳闔閭、越句踐 | 11/50/8 |
| ○之咎犯 | 13/63/24 |
| 齊桓、○文、楚莊、吳闔閭、越句踐 | 15/70/21 |
| 奚齊戮於○ | 21/103/2 |
| ○人欲伐衛 | 27/133/1 |
| 昔○公子重耳霸心生於曹 | 28/141/8 |
| 昔虞不用宮之奇而○并之 | 32/150/1 |

## 進 jin 51

| | |
|---|---|
| 雖欲無○ | 2/5/6 |
| 容貌、態度、○退、趨行 | 2/5/14 |
| 難○曰偍 | 2/6/3 |
| 一○一退 | 2/7/14 |
| 君子兩○ | 3/10/10 |
| 其冠○ | 6/24/17,6/24/18 |
| 愼、墨不得○其談 | 8/29/1 |
| 遂選馬而○ | 8/31/18 |
| 則賢良知聖之士案自○矣 | 9/41/9 |
| ○退貴賤則舉傭士 | 9/42/2 |
| ○退貴賤則舉佞侻 | 9/42/3 |
| ○退貴賤則舉幽險詐故 | 9/42/4 |
| ○事長功 | 10/44/16,10/46/8 |
| 則賢者不可得而○也 | 10/45/10 |
| 賢者不可得而○ | 10/45/11 |
| 則賢者可得而○也 | 10/45/20 |
| 事○矣 | 10/46/8 |
| 則德厚者○而佞說者止 | 12/60/12 |
| 大臣父子兄弟有能○言於君 | 13/64/1 |
| 有能○言於君 | 13/64/2 |
| 衡聽、顯幽、重明、退姦、○良之術 | 14/66/10 |
| 夫是之謂衡聽、顯幽、重明、退姦、○良之術 | 14/66/14 |
| 然後○退誅賞之 | 14/67/9 |
| 徙舉○退 | 15/70/26 |
| 聞鼓聲而○ | 15/71/11 |
| 令不○而○ | 15/71/11 |
| 是以日○也 | 17/81/7 |
| 故君子之所以日○ | 17/81/7 |
| 直無由○之耳 | 19/97/12 |
| ○退得齊焉 | 20/99/5 |
| 然而治俯仰、詘信、○退、遲速莫不廉制 | 20/101/2 |
| 道者、○則近盡 | 22/111/17 |
| 身日○於仁義而不自知 | |

也者 23/117/17
待相者然後○ 24/118/5
讒夫多○、反覆言語生詐態 25/122/6
○諫不聽、剄而獨鹿棄之江 25/122/9
○退有律、莫得貴賤孰私王 25/122/14
上卿○曰 27/128/11
中卿○曰 27/128/12
下卿○曰 27/128/14
君子○則能益上之譽而損下之憂 27/134/20
然而非禮不○ 27/135/22
門人○問曰 28/138/17
如垤而○ 28/140/14
子路○問之 28/140/17
可得少○乎 31/148/7
吳起○曰 32/148/17
申公巫臣○問曰 32/148/19

## 禁 jìn 44

刑法之所大○也 4/13/3
聖王之所○也 6/23/7
古之大○也 6/23/9
其纓○緩 6/24/19
孰○我哉 8/29/15
令行○止 9/35/12,14/66/18
15/75/2
衛弱○暴 9/37/7
析愿○悍而刑罰不過 9/38/6
山林澤梁以時○發而不稅 9/38/10
謹其時○ 9/39/21
○淫聲 9/40/2,20/99/20
以時○發 9/40/6
抃急○悍 9/40/11
如是而可以誅暴○悍矣 9/41/16
不威不强之不足以○暴勝悍也 10/45/17
賈律○止而不偏 11/56/18
○盜賊 12/59/16
○之以等 12/61/7
知務本○末之爲多材也 12/63/6
所以○暴除害也 15/71/23
然而〔其〕○暴也察 16/75/15
夫義者、所以限○人之爲惡與姦者也 16/79/3
○暴惡惡 18/85/8
湯、武不能○令 18/85/17
至天下之善○令者也 18/85/18
人孰欲得恣而守其所不可以○其所可 21/103/19
然後能守道以○非道 21/103/21
自○也 21/104/11
其擇也無○ 21/104/13
則能○之矣 22/109/17
22/109/19,22/109/20
○之以刑 22/110/2
無刑以○之 22/110/3
重刑罰以○之 23/115/5
無刑罰之○ 23/115/6
莫敢犯（大）上之○ 24/118/11
皆知夫〔犯〕上之○不可以爲安也 24/118/12
○不爲 25/122/15
可以○暴足窮 26/124/1
國法○拾遺 27/137/13

## 搢 jìn 1

然則夫章甫、絇屨、紳〔帶〕而○笏者 31/145/2

## 盡 jìn 74

全之○之 1/4/14
濟而材○ 3/11/12
○天下之方也 3/11/17
待○而後備者也 4/15/14
則農以力○田 4/17/3
賈以察○財 4/17/3
百工以巧○械器 4/17/3
莫不以其仁厚知能○官職 4/17/4
以道觀○ 5/19/3
○○然 6/24/20
桓公兼此數節者而○有之 7/25/15
必將○辭讓之義然後受 7/26/9
○善挾（洽）〔治〕之謂神 8/31/3
察則速○ 8/33/17
積善而全○謂之聖人 8/34/5
○之而後聖 8/34/6
人倫○矣 8/34/18
聽之○也 9/35/19
莫不○其美、致其用 9/38/18
使百吏（免○）〔○免〕而眾庶不偷 9/40/12
其竟關之政○察 10/47/9
須孰○察 10/47/12
陵謹○察 10/47/15
三者具而天下○ 11/53/3
方起以尙○矣 14/66/14
故賞慶、刑罰、埶詐不足以○人之力、致人之死 15/73/11
兼是數具者而○有之 16/78/16
權謀、傾覆、幽險而○亡矣 17/82/13
治○其詳 17/82/21
此三至者、非聖人莫之能○ 18/84/13
夫禮義之分○矣 18/86/14
情文俱○ 19/92/3
下○其殺 19/93/1
明者、禮之○也 19/93/3
於是○矣 19/93/10
類之○之 19/94/20
略而不○ 19/95/12
哀痛未○ 19/96/7
人所以群居和一之理○矣 19/97/4
情貌之○也 19/97/7
聲音、動靜、生術之變○〔於〕是矣 20/98/15
歌清○ 20/100/20
○筋骨之力以要鍾鼓俯會之節 20/101/3
道○利矣 21/103/10
道○嗛矣 21/103/10
道○數矣 21/103/10
道○便矣 21/103/10
道○論矣 21/103/11
道○因矣 21/103/11
夫道者、體常而○變 21/103/11
〔壹〕則○ 21/104/5
（○）將思道者〔之〕靜 21/104/5
身○其故則美 21/104/16
聖也者、○倫者也 21/106/21
王也者、○制者也 21/106/21
兩○者足以爲天下極矣 21/106/22

辨則○故 22/110/9
欲不可○ 22/111/16
欲雖不可○ 22/111/16
可以近○也 22/111/16
所欲雖不可○ 22/111/16
求者猶近○ 22/111/17
道者、進則近○ 22/111/17
豈爲夫南者之不可○也 22/111/21
豈爲夫所欲之不可○也 22/111/22
禮、其○也 27/126/27
善學者○其理 27/133/9
（人）〔夫〕○小者大 27/133/16
行○而聲問遠 27/133/16
其洸洸乎不淈○ 28/140/6
雖不能○道術 31/145/13
馬力○矣 31/148/7

殣 jìn 1

以昏○ 19/93/16

縉 jìn 1

○紳而無鉤帶矣 19/95/8

覲 jìn 1

琅玕、龍茲、華○以爲
　實 18/87/23

莖 jīng 2

○長四寸 1/1/18
木○非能長也 1/1/19

經 jīng 18

其數則始乎誦○ 1/3/7
學之○莫速乎好其人 1/3/23
則禮正其○緯蹊徑也 1/4/2
不可以○國定分 6/22/1
救○而引其足也 7/27/10
　16/77/10
然而通乎財萬物、養百
　姓之○紀 8/28/2
偏黨而無○ 9/35/19
時其事、○其任以調齊
　之 11/55/24
和而無○ 13/66/4
禮之○也 20/100/15
治則復○ 21/102/5
○緯天地而材官萬物 21/104/8
故《道○》曰 21/105/4
道也者、治之○理也 22/110/7
治之○ 25/121/1
聽之○ 25/123/3
故亡於《禮○》而順人
　心者 27/127/22

兢 jīng 2

戰戰○○ 13/65/16

精 jīng 26

術順墨而○雜汙 2/7/1
雖○ 17/80/2
其（情）〔○〕之至也
　不貳 21/104/13
傾則不○ 21/104/15
農○於田而不可以爲田師
　21/104/16,27/132/22
賈○於市而不可以爲市
　師 21/104/17
工○於器而不可以爲器
　師 21/104/17
○於道〔者〕也 21/105/1
〔非〕○於物者也 21/105/1
○於物者以物物 21/105/1
○於道者兼物物 21/105/1
而羿○於射 21/105/10
而造父○於御 21/105/11
未嘗有兩而能○者也 21/105/11
則挫其○ 21/105/15
蚊䖟之聲聞則挫其○ 21/105/17
用○惑也 21/106/8
○合感應 22/107/23
君子之言涉然而○ 22/110/20
思乃○ 25/121/2
○神相（反）〔及〕、
　一而不貳爲聖人 25/121/3
○微而無形 26/124/1
血氣之○也 26/124/3
○微乎毫毛而〔充〕盈
　（大乎）〔乎大〕寓
　（宙） 26/124/8
廣大○神 26/124/14

驚 jīng 1

詐而襲之與先○而後擊
　之 15/68/16

井 jǐng 5

短綆不可以汲深○之泉 4/16/13
○○兮其有理也 8/30/19
坎○之鼃不可與語東海
　之樂 18/86/3
和〔氏〕之璧、○里之
　厥也 27/134/7

剄 jǐng 1

進諫不聽、○而獨鹿棄
　之江 25/122/9

景 jǐng 9

介爾○福 1/1/9
〔民者、○也〕 12/58/10
儀正而○正 12/58/10
譬之是猶立直木而恐其
　○之枉也 12/61/1
譬之是猶立枉木而求其
　○之直也 12/61/3
刑下如○ 13/63/20
故濁明外○ 21/105/18
清明內○ 21/105/18
水動而○搖 21/106/7

頸 jǐng 2

小人莫不延○舉踵而願曰 4/14/22
辟之是猶欲壽而歾○也 16/77/13

憼 jǐng 1

○革（二）〔戒〕兵 26/125/15

警 jǐng 1

必將聰明○戒 15/69/2

勁 jìng 14

筋力越○ 5/17/26
則可謂○士矣 8/30/13
而兵剸天下〔之〕○矣 9/41/5
兵者○之 9/41/6
則兵○城固 9/41/9
11/50/6,16/75/8,20/99/16
然而兵○ 11/56/21
兵刃不待陵而○ 12/57/20
而求兵之○、城之固 12/58/16
兵不○ 12/58/16
○魏鈎吾右 16/76/21
故弓調而後求○焉 31/147/15

徑 jìng 6

則禮正其經緯蹊○也 1/4/2
莫○由禮 2/6/9
○而不失 12/58/2
道莫○是矣 12/60/21
○易而不拂 22/109/11
少言則○而省、論而法 23/117/2

竟 jìng 1

其○關之政盡察 10/47/9

脛 jìng 1

案欲剡其○而以蹈秦之
腹 16/77/19

敬 jìng 94

《禮》之○文也 1/3/11
體恭○而心忠信 2/6/16
不能則恭○縛絀以畏事人 3/9/11
恭○謹慎而容 3/9/16
君子大心則〔○〕天而道 3/10/6
見閉則○而齊 3/10/7
信而不見○者 4/12/23
案飾其辭而袛○之曰 6/22/9
無不○也 6/23/17
秩秩焉莫不從桓公而貴
○之 7/25/14
則恭○而傳 7/26/6
然後恭○以先之 7/27/3
愛○不倦 7/27/5
嚴嚴兮其能○己也 8/30/19
舉篤○ 9/36/6
則莫若隆禮○士矣 9/36/10
以○接諸侯 9/37/8
百姓莫敢不○分安制以
（禮）化其上 11/55/8
不○舊法 11/56/10
則士大夫莫不（○）
〔敄〕節死制者矣 11/56/16
唯文王○忌 12/57/9
○愛而致文 12/57/24
○詘而不苟 12/57/25
○而不鞏 12/57/28
○而安之 12/58/1
而觀其能安○也 12/61/8
尊法○分而無傾側之心 12/63/3
恭○而遜 13/64/21
不○者也 13/65/4
○而不順者 13/65/4
仁者必○人 13/65/14
人賢而不○ 13/65/14
人不肖而不○ 13/65/14
故仁者必○人 13/65/16
○人有道 13/65/17
賢者則貴而○之 13/65/17
不肖者則畏而○之 13/65/17
賢者則親而○之 13/65/17
不肖者則疏而○之 13/65/17
其○一也 13/65/18
恭○、禮也 13/65/22
恭○以先之 14/67/8
慮必先事而申之以○ 15/71/4
必在○之 15/71/5
故○勝怠則吉 15/71/6
怠勝○則滅 15/71/6
○謀無壙 15/71/7
○事無壙 15/71/7
○終無壙 15/71/7
○眾無壙 15/71/7
○敵無壙 15/71/7
而處之以恭○無壙 15/71/8
百姓莫不貴○ 15/74/3
其百吏肅然莫不恭儉、
敦○、忠信而不楛 16/78/12
故王者○日 16/78/23
霸者○時 16/78/23
以上之不貴義、不○義也 16/79/3
今上不貴義、不○義 16/79/4
君子○其在己者 17/81/6
孰知夫恭○辭讓之所以
養安也 19/90/15
故君子○始而愼終 19/93/6
是○其有知而慢其無知也 19/93/7
故事生不忠厚、不○文 19/93/10
送死不忠厚、不○文 19/93/10
皆有翣菨文章之等以○
飾之 19/93/12
忘則不○ 19/94/4
而所以送葬之者不哀不○ 19/94/4
所以遂○也 19/94/5
達愛○之文 19/94/8
祭祀、飾○也 19/95/14
送以哀○而終周藏也 19/95/17
故葬埋、○葬其形也 19/95/17
祭祀、○事其神也 19/95/17
○傳其名也 19/95/18
忠信愛○之至矣 19/98/1
○夫 19/98/9
莫不和○ 20/98/21
不○禮節 21/107/6
然而〔秦人〕於父子之
義、夫婦之別不如齊
、魯之孝（具）〔共〕
○（父）〔文〕者 23/116/2
則所見者忠信○讓之行
也 23/117/17
○賢者存 24/119/11
耳目既顯、吏○法令莫
敢恣 25/123/5
君子所○而小人所不者
與 26/123/13
不○交 27/127/2
隆率以○先妣之嗣 27/127/12
禮也者、貴者○焉 27/127/15
○戒無怠 27/128/14
治國者○其寶 27/130/22
孝子不從命乃○ 29/142/1
而能致恭○、忠信、端

慤以愼行之 29/142/2
故勞苦彫萃而能無失其○ 29/142/3
意者身不○與 29/142/16
交而不見○者 30/144/11
有兄不能○ 30/144/19

## 靖 jìng 1

○共爾位 1/1/9

## 僥 jìng 1

可炊而○也 7/26/21

## 境 jìng 10

愼潰氏踰○而徙 8/28/5
入其○ 10/47/10
○內之聚也保固 10/48/12
近者○內 12/62/12
○內之事 12/62/13
邊○之臣處 13/64/12
入○ 16/78/11
令行於○內 18/83/25
近者○內不一 18/84/2
令不行於○內 18/84/3

## 靜 jìng 23

形乎動○ 1/3/14
食飲、衣服、居處、動○ 2/5/13
憂則○而理 3/10/7
能○者也 6/24/8
禍事至則○而理 7/26/9
則莫若○之 9/36/5
安以○兵息民 9/41/18
形體好佚而安重閒○莫愉焉 11/53/18
行義動○ 12/61/7
形於動○ 20/98/14
聲音、動○、生術之變盡〔於〕是矣 20/98/15
虛壹而○ 21/103/25,21/104/6
然而有所謂○ 21/103/26
21/104/4
不以夢劇亂知謂之○ 21/104/4
謂之虛壹而○ 21/104/4
（盡）將思道者〔之〕○ 21/104/5
〔○〕則察 21/104/6
閑居○思則通 21/105/15
不異實名以喻動○之道也 22/110/6
行爲動○待之而後適者邪 26/124/3
居則周○致下 26/124/7

## 競 jìng 2

則近者○親 10/49/5
職○由人 18/87/14

## 究 jiū 1

善行者○其難 27/133/9

## 糺 jiū 1

矜○收繚之屬爲之化而調 15/74/6

## 糾 jiū 2

嚴刑罰以○之 9/37/7
則必有貪利○譑之名 10/42/28

## 鳩 jiū 2

名曰蒙○ 1/1/17
尸○在桑 1/2/15

## 九 jiǔ 13

鶴鳴于○皐 8/30/3
然○合諸侯 11/55/2
龍旗○斿 19/90/12
由○月以下 19/97/3
期、○月以爲閒 19/97/3
而○月 19/97/11
此其所以喪○牧之地而虛宗廟之國也 21/102/17
此其所以代夏王而受○有也 21/102/19
此其所以代殷王而受○牧也 21/102/20
北決○河、通十二渚疏三江 25/121/13
○十者舉家不事 27/131/13
天子、諸侯子十○而冠 27/135/16
還復瞻被（○）〔北〕蓋 28/141/13

## 久 jiǔ 29

眞積力○則入 1/3/8
是庶人之所以取煖衣飽食長生○視以免於刑戮也 4/14/13
有之而可○也 4/16/15
文○而（息）〔滅〕 5/18/18
節族○而絕 5/18/18,5/19/8
雖○同理 5/19/4
○故也 5/19/5,5/19/5,5/19/6
傳者○則（論）〔俞〕略 5/19/6
是以文○而滅 5/19/8
猒猒兮其能長○也 8/30/19
則百里之地○ 8/33/8
安○移質 8/34/2
與萬世同○ 9/39/5
然而非長○之道也 10/46/7
日月積○ 12/61/7
未有二隆爭重而能長○者 14/67/17
是最爲衆强長○ 15/70/6
故殯、○不過七十日 19/93/21
○而平 19/94/3,19/94/5
創巨者其日○ 19/96/5
處於今而論○遠 21/104/7
加日縣○ 23/116/14
今夫世之陵遲亦○矣 28/139/13
行之日○矣 28/141/1
處官○者士妒之 32/149/16

## 酒 jiǔ 11

然而食不敢有○肉 4/16/6
○食聲色之中〔則〕瞞瞞然 6/24/20
〔大〕饗、尙玄尊而用○醴 19/91/7
故尊之尙玄○也 19/91/10

芻豢、稻粱、○醴、（餰鬻）〔魚肉〕 19/94/16
菽藿、（○）〔水〕漿 19/94/16
飲○之節 20/101/18
○亂其神也 21/106/5
有○醴則辭 27/129/13
正君漸於香○ 27/134/3
志不在於○肉 31/145/4

**咎 jiù** 3

無○無譽 5/19/14
晉之○犯 13/63/24
何其○ 27/130/16

**柩 jiù** 2

則名不見而○獨明矣 19/95/9
送死不及○尸 27/128/6

**救 jiù** 7

謀○是也 5/20/15
致賢（能而）〔而能〕以○不肖 7/25/21
○經而引其足也 7/27/10, 16/77/10
○患除禍 10/42/18
故爲之出死斷亡以覆○之 10/43/21
日月食而○之 17/82/6

**就 jiù** 16

金○礪則利 1/1/4
遊必○士 1/2/1
火○燥也 1/2/4
水○溼也 1/2/5
我行而○之 2/7/12
必將誠此然後○也 8/29/23
是非功名之所○也、非存亡安危之所（墮）〔隨〕也 9/41/1
功名之所○ 9/41/2
事必不○ 10/46/7
一天下之功於是○也 19/95/2
故君子愼其所去○也 20/100/5
性者、天之○也 22/111/14
凡性者、天之○也 23/113/17
輦輿○馬 27/126/14
火○燥 27/136/9
以○鮮絜 28/140/8

**廄 jiù** 1

兩服入○ 31/148/2

**舊 jiù** 10

案往○造說 6/22/8
殷不用○ 6/24/1
志驕盈而輕○怨 7/26/20
色、則凡非○文者舉息 9/38/2
械用、則凡非○器者舉毀 9/38/3
循其○法 11/53/2
不敬○法 11/56/10
必將有循於○名 22/108/9
絕故○矣 27/132/13
曾無○言 28/140/12

**拘 jū** 11

○守而詳 2/6/17
則○守而詳 7/26/7
則是○脅蔽塞之端也 12/62/13
愿慤○錄 12/63/3
執○則（最）〔冣〕 16/75/17
逆斥不通孔子○ 25/120/11
孔子○匡 26/125/16, 32/150/12
孔子○之 28/139/1
其流也埤下裾○ 28/140/5
有務而○領者矣 31/146/14

**居 jū** 56

故君子○必擇鄉 1/2/1
禽獸群（焉）〔○〕 1/2/5
食飲、衣服、○處、動靜 2/5/13
唯所○以其類至 3/11/11
以相群○ 4/15/20
是夫群○和一之道也 4/17/2
式○屢驕 5/18/11
○錯遷徙 5/21/2
姬姓獨○五十三人 8/27/16, 12/62/7
○於闕黨 8/28/6
獨○而樂 8/29/21
姬姓獨○五十三人焉 8/31/15
○楚而楚 8/34/7
○越而越 8/34/8
○夏而夏 8/34/8
故宮室可得而○也 9/39/12
故宮室不可得而○也 9/39/15
離○不相待則窮 10/42/17
○則有名 11/56/24
其○鄉里也 12/58/5
○安而游樂 12/60/3
窮○於暴國 13/64/17
川淵者、龍魚之○也 14/66/19
山林者、鳥獸之○也 14/66/19
國家者、士民之○也 14/66/20
無土則人不安○ 14/66/23
圜○而方正 15/69/4
心○中虛以治五官 17/80/10
湯○亳 18/85/18
武王○鄗 18/85/18
○則設張容 18/86/19
○如大神 18/87/2
於是焉桀、紂群○ 18/88/3
（○）若者必危 19/90/16
是吉凶憂愉之情發於○處者也 19/94/19
齊衰、苴杖、○廬、食粥、席薪、枕塊 19/96/6, 19/98/5
彼安能相與群○而無亂乎 19/96/15
人所以群○和一之理盡矣 19/97/4
形○備宮 21/102/21
閑○靜思則通 21/105/15
○於砥石遷于商 25/121/14
○則周靜致下 26/124/7
故王者必○天下之中 27/126/9
使仁○守 27/126/23
不能而○之 27/134/20
自引而○下 27/135/8
○ 28/138/18, 28/141/8
故○處足以聚徒成群 28/138/20
奚○之隱也 28/141/1
故○不隱者思不遠 28/141/9
禮、○是邑不非其大夫 29/142/26
○今之俗 31/145/1, 31/145/4

**苴 jū** 5

齊衰、○杖、居廬、食粥、席薪、枕塊 19/96/6,19/98/5
苞○行與 27/132/17
藍○路作 27/136/13
資衰、○杖者不聽樂 31/147/10

**俱 jū** 13

〔與之○黑〕 1/1/20
與禹、舜○傳而不息 3/9/3
上下○富 10/46/13
則上下○富 10/48/1
○立而治 12/57/27
四統者○而天下歸之 12/59/13
○害之道也 12/62/2
今秦南乃有沙羡與○ 16/77/21
情文○盡 19/92/3
終始○善 19/93/6
兩至者○積焉 19/97/12
用、麗○得 22/110/5
故人無動而（不）可以不與權○ 22/111/24

**娵 jū** 1

閭○、子奢莫之媒也 26/126/1

**裾 jū** 3

其流也埤下○拘 28/140/5
是○○何也 29/142/28

**駒 jū** 1

子謂子家○纘然大夫 27/131/16

**局 jú** 1

（屋）〔○〕室、（廬庾）〔蘆簾〕、（葭）稾蓐、尙机筵而可以養形 22/112/19

**沮 jǔ** 2

爲不善者○ 16/76/7,24/118/19

**枸 jǔ** 3

故○木必將待檃括、烝、矯然後直 23/113/9
爲○木也 23/115/13
○木必將待檃栝、烝、矯然後直者 23/115/16

**矩 jǔ** 6

五寸之○ 3/11/17
設規○ 8/28/19
猶規○之於方圓也 11/51/19
規○誠設矣 19/92/14
規○者、方圓之至 19/92/15
方者中○ 26/124/7

**莒 jǔ** 2

外事則詐邾、襲○ 7/25/9
齊桓公小白霸心生於○ 28/141/9

**舉 jǔ** 84

○人之過 3/9/19
故君子不下室堂而海內之情○積此者 3/11/18
○國而與之不爲改視 4/13/16
○措時 4/14/9
小人莫不延頸○踵而願曰 4/14/22
梁有唐○ 5/17/10
略則○大 5/19/7
詳則○小 5/19/7
遠○則病繆 5/19/17
近（世）〔○〕則病傭 5/19/17
亦必遠○而不繆 5/19/18
近（世）〔○〕而不傭 5/19/18
故知兵者之○事也 7/26/17
是以百○而不陷也 7/26/18
俄而治天下之大器○在此 8/29/18
豈不至尊、至富、至重、至嚴之情○積此哉 8/29/21
其○事無悔 8/32/10
千○萬變 8/32/11
○不知法後王而一制度 8/32/17
○其上客 8/32/20
則○統類而應之 8/33/4
則○錯而定 8/33/8
其道百○而百陷也 8/33/14
賢能不待次而○ 9/35/3
無法者以類○ 9/35/18,27/131/8
○篤敬 9/36/6
○錯應變而不窮 9/37/19
聲、則凡非雅聲者○廢 9/38/2
色、則凡非舊文者○息 9/38/2
械用、則凡非舊器者○毀 9/38/3
進退貴賤則○傭士 9/42/2
進退貴賤則○佞侻 9/42/3
進退貴賤則○幽險詐故 9/42/4
使天下生民之屬皆知己之所願欲之○在于是也 10/45/19
皆知己之所畏恐之○在于是也 10/45/20
與之遠○極戰 10/48/12
必至於資單國○然後已 10/49/1
則○義士也 11/49/17
則○義法也 11/49/18
則○義志也 11/49/19
中足以○宋 11/50/15
人主則外賢而偏○ 11/53/21
此夫過○蹞步而覺跌千里者夫 11/53/25
罕○力役 11/56/20
危削滅亡之情○積此矣 12/58/17
是以萬○不過也 12/61/8
與之○錯遷移 12/61/9
倜然乃○太公於州人而用之 12/62/3
非（于是）〔是子〕莫足以○之 12/62/6
故○（于是）〔是子〕而用之 12/62/6
故○天下之大道 12/62/8
是以百○不過也 13/65/23
無君子則道不○ 14/66/23
徙○進退 15/70/26
然而秦師至而鄢、郢○ 15/72/17
○錯則時 16/75/13
○錯則不時 16/75/15

徙○相攻而敵退 16/76/3
古者明王之○大事、立大功也 16/76/6
俄而天下倜然○去桀、紂而犇湯、武 16/76/25
反然○疾惡桀、紂而貴帝湯、武 16/77/1
國○焉 16/77/18
民鮮克○之 16/79/1
○錯不時 17/81/17
時○而代御 19/94/9
將○錯之 19/97/15
毋利○爵 19/98/8
一隅不足以○之 21/103/12
○而用之 21/103/15
有時而欲徧○之 22/109/7
有時而欲（徧）〔偏〕○之 22/109/8
言之千○萬變 23/117/2
其○事多悔 23/117/3
以世○賢 24/119/3,24/119/5
此以世○賢也 24/119/5
○舜畎畝、任之天下身休息 25/121/11
論○當 25/121/15
身讓卞隨○牟光 25/121/15
後則事不○ 27/128/13
九十者○家不事 27/131/13
何能○ 27/131/23
不能自○其身 29/142/19

## 㩀 jǔ 1

藉、靡、舌○ 18/89/1

## 巨 jù 12

○涂則讓 4/12/19
古者桀、紂長○姣美 5/17/26
國者、○用之則大 11/51/13
小○分流者存 11/51/14
○用之者 11/51/14
夫是之謂○用之 11/51/14
○用之者若彼 11/51/16
小○分流者亦一若彼 11/51/16
今○楚縣吾前 16/76/21
故脯○人而炙嬰兒矣 18/88/4
宜大者○ 19/91/3
創○者其日久 19/96/5

## 拒 jù 5

外以○難 12/61/17
其齊斷足以○難 12/62/22
外不足使○難 13/63/16
外足使以○難 13/63/19
○諫飾非、愚而上同國必禍 25/120/5

## 具 jù 50

則○是違 2/5/9
則○是依 2/5/9
非生而○者也 4/15/13
鼻目耳○ 5/17/17
聖人士君子之分○矣 5/20/16
（斂）〔歛〕然聖王之文章○焉 6/22/14
知此三○者 9/37/16
○○而王 9/40/18
○○而霸 9/40/18
○○而存 9/40/18
○○而亡 9/40/18
王、霸、安存、危殆、滅亡之○也 9/42/6
養五綦者有○ 11/52/1
無其○ 11/52/2
然後養五綦之○○也 11/52/3
三者○而天下盡 11/53/3
三德者○而天下歸之 11/55/21
則法雖○ 12/57/5
不可不早○也 12/62/16,12/62/19
夫是之謂國○ 12/62/17,12/62/20,12/62/23
兼是數○者而盡有之 16/78/16
形○而神生 17/80/9
國、小○也 18/84/21
天下者、大○也 18/85/1
然而殯斂之○未有求也 19/93/19
然後作、○之 19/93/20
（竿）〔竽〕笙○而不和 19/95/11
○生器以適墓 19/95/12
終始○而孝子之事畢、聖人之道備矣 19/95/18
闕然不○ 19/97/22
此數○者 21/103/11
〔性之○也〕 22/111/5
（性之○也） 22/111/15
然而〔秦人〕於父子之義、夫婦之別不如齊、魯之孝（○）〔共〕敬（父）〔文〕者 23/116/2
皆有可以能仁義法正之○ 23/116/7
而固無可以能仁義法正之○邪 23/116/9
然則其可以知之質、可以能之○ 23/116/11
今使塗之人者以其可以知之質、可以能之○ 23/116/12
本夫仁義之可知之理、可能之○ 23/116/13
妻子○而孝衰於親 23/116/25
王事○矣 27/131/1
則○然欲爲人師 28/140/14

## 倨 jù 3

體○固而心（執）〔埶〕詐 2/7/1
小人能則○傲僻違以驕溢人 3/9/11
見由則兌而○ 3/10/9

## 冣 jù 1

執拘則（最）〔○〕 16/75/17

## 距 jù 3

而富人莫之敢○也 7/25/13
欲來者不○ 30/144/15
賢人○而不受 32/150/6

## 鉅 jù 6

宛○鐵釶 15/72/14
是豈○知見侮之爲不辱哉 18/88/13
繁弱、○黍 23/117/12
闔閭之干將、莫邪、○

闕、辟閭 23/117/13
動則綦高以○ 26/124/7
此夫始生○其成功小者邪 26/125/8

**聚 jù** 11

醯酸而蜹○焉 1/2/6
○斂計數之君也 9/36/15
○斂者亡 9/36/16
故我○之以亡 9/36/19
○斂者 9/36/19
我今將畜積并○之於倉廩 9/41/22
待之而後○ 10/44/6
境內之○也保固 10/48/12
故仁人之兵○則成卒 15/69/2
○人徒 18/89/20
故居處足以○徒成群 28/138/20

**劇 jù** 2

然而猶材○志大 6/22/8
不以夢○亂知謂之靜 21/104/4

**據 jù** 3

葉公子高入○楚 5/17/19
在魏者乃○圍津 16/78/1
其在趙者剡然有苓而○松柏之塞 16/78/2

**窶 jù** 2

貧○者有所竄其手〔矣〕 27/132/6
是所以○小也 32/149/3

**屨 jù** 6

布衣紃○之士誠是 10/48/10
菲、（對）〔�〕○ 18/85/6
資麤、衰絰、菲繐、菅○ 19/94/18
脫○升坐 20/101/18
然則夫章甫、絇○、紳〔帶〕而搢笏者 31/145/2
斬衰、菅○、杖而啜粥者 31/145/4

**懼 jù** 17

非恐○也 2/7/5
其避辱也○ 2/8/12
易○而難脅 3/9/7
則恐○而不怨 7/26/8
霍叔○曰 8/31/17
知○愚也 10/42/18
知恐○而求能者 11/51/12
不知恐○而求能者 11/51/12
則恐○而自竦也 12/57/26
將危國家、殞社稷之○也 13/64/1
故因其○也 13/64/25
垂涕恐○ 19/93/20
則謂之（○）〔攫〕 21/107/1
其赴百仞之谷不○ 28/140/6
未嘗知○也 31/146/18
君以此思○ 31/147/6
則○將焉〔而〕不至矣 31/147/6

**捐 juān** 2

德厚而不○ 26/124/9
是棄國○身之道也 27/136/16

**涓 juān** 3

曰○蜀梁 21/106/12
○○源水 30/143/25

**蠲 juān** 1

事行則○疑 9/42/3

**卷 juàn** 3

采采○耳 21/104/14
○耳、易得也 21/104/14
許由、善○ 25/121/7

**倦 juàn** 6

愛敬不○ 7/27/5
下愛百姓而不○ 13/63/19
微諫而不○ 13/65/1
勞○而不苟 27/133/13
好士不○ 27/134/10
賜○於學矣 27/134/23

**勸 juàn** 3

勞○而容貌不枯 2/8/13,2/8/14
忠信無○ 32/148/13

**眷 juàn** 1

○焉顧之 28/139/14

**嗟 juē** 4

○爾君子 1/1/8
憯莫懲○ 10/46/4
○我懷人 21/104/14
○我何人、獨不遇時當亂世 25/122/8

**決 jué** 18

是天下之大○也 7/25/12
混然曾不能○也 8/29/16
以時○塞 9/40/3
君射則臣○ 12/58/11
故人主必將有足使喻志○疑於遠方者然後可 12/62/21
其智慮足以○疑 12/62/22
不敢有以私○擇也 13/64/21
遇敵○戰 15/70/27
聽○百事不留 16/78/14
卜筮然後○大事 17/82/7
（圖）〔○〕德而定次 18/86/9
則是非不分而辨訟不○ 18/88/21
則足以定是非、○嫌疑矣 21/105/7
則不足以○（麤）〔庶〕理矣 21/105/8
以疑○疑 21/106/9
○必不當 21/106/9
北○九河、通十二渚疏三江 25/121/13
若有○行之 28/140/6

**抉** jué 1

則有何尤扣人之墓、○人之口而求利矣哉 18/88/4

**角** jué 2

觸之者○摧 15/69/4
案（○）鹿埵、隴種、東籠而退耳 15/69/4

**玦** jué 1

絕人以○ 27/126/25

**掘** jué 2

故不○也 18/87/17
故○也 18/87/18

**絕** jué 17

而○江（河）〔海〕 1/1/14
其折骨○筋、終身不可以相及也 2/7/8
節族久而○ 5/18/18,5/19/8
存亡繼○ 9/37/7
不○其長也 9/39/19,9/39/20
故五穀不○而百姓有餘食也 9/39/21
能建是之士不世○ 11/53/20
彼或蓄積而得之者不世○ 12/59/2
西壤之不○若繩 16/76/21
○人以玦 27/126/25
反○以環 27/126/25
傾○矣 27/132/13
○故舊矣 27/132/13
是故君子蚤○之 27/136/20
匠過○邪 28/141/13

**厥** jué 1

和〔氏〕之璧、井里之○也 27/134/7

**蠿** jué 1

皆（繼）〔○〕 28/141/13

**爵** jué 28

故君子無○而貴 8/29/21
受○不讓 8/30/4
宰○知賓客、祭祀、饗食、犧牲之牢數 9/40/1
○服慶賞以申重之 10/46/21
其等位○服足以容天下之賢士矣 11/53/2
○服賞慶以申重之 11/55/24
〔則〕縣貴○重賞以招致之 12/61/13
縣貴○重賞以招致之 12/61/15
○服慶賞以申之 15/73/16
是高○豐祿之所加也 15/74/3
則高○豐祿以持養之 15/74/4
雕雕焉縣貴○重賞於其前 15/74/4
士大夫益○ 16/76/7
凡○列、官職、賞慶、刑罰 18/85/10
○列尊 18/88/25
利○之不醮也 19/91/10
小者是燕○ 19/96/12
毋利舉○ 19/98/8
脩○無數 20/101/18
○名從周 22/107/21
○祿盈而忠衰於君 23/116/26
○當賢則貴 24/118/17
○不踰德 24/118/17
○賞不踰德 24/118/18
○賞踰德 24/119/3
厚薄有等明○服 25/122/13
差（祿○）〔○祿〕 27/132/20

**譎** jué 4

若夫（謫）〔○〕德而定次 8/28/21
故明主○德而序位 8/30/8
奉妒昧者謂之交○ 27/130/19
交○之人、妒昧之臣 27/130/19

**蹶** jué 6

遠者竭○而趨之 8/28/11
15/71/15
夫是之謂國○ 10/48/3
賢能遁逃國乃○ 25/120/7
辭不○ 25/121/4
必顛○陷溺 27/129/22

**覺** jué 5

君人者亦可以○矣 10/48/6
此夫過舉蹞步而○跌千里者夫 11/53/25
君人者千歲而不○也 11/53/26
前車已覆、後未知更何○時 25/122/2
不○悟 25/122/2

**攫** jué 3

知則○盜而漸 3/10/8
則謂之（懼）〔○〕 21/107/1
獸窮則○ 31/148/8

**均** jūn 16

分○則不偏 9/35/22
與百姓○事業 10/45/9
忠信、調和、○辨之至也 10/46/14
忠信○辨 10/46/15
天下莫不平○ 11/52/20,11/54/16
○偏而不偏 12/57/23,12/58/5
其罪惟○ 15/71/12
琴瑟張而不○ 19/95/11
不免刑○ 24/119/4
氾利兼愛德施○ 25/121/8
（帝）〔常〕不齊○ 26/123/17
○薪施火 27/136/9
秉國之○ 28/139/9
彼爭者、○者之氣也 32/149/4

**君** jūn 545

○子曰 1/1/3
○子博學而日參省乎己 1/1/5

嗟爾〇子 1/1/8
〇子生非異也 1/1/14
〇子不近 1/1/20,14/66/11
故〇子居必擇鄉 1/2/1
〇子慎其所立乎 1/2/7
事兩〇者不容 1/2/14
淑人〇子 1/3/1
10/48/18,15/71/27,24/119/16
故〇子結於一也 1/3/1
〇子之學也 1/3/14,1/3/17
〇子如響矣 1/3/18
方其人之習、〇子之說 1/3/21
故〇子不傲、不隱、不瞽 1/4/9
〇子知夫不全不粹之不
足以為美也 1/4/16
〇子貴其全也 1/4/21
故〇子隆師而親友 2/5/5
〇子役物 2/6/12
事亂〇而通 2/6/13
不如事窮〇而順焉 2/6/13
士〇子不為貧窮怠乎道 2/6/14
然而〇子不辯 2/7/11
然而〇子不行 2/7/11
〇子也 2/7/18,6/23/5
8/29/15,21/106/23,31/146/2
可以為〇子者矣 2/8/7
〇子之求利也略 2/8/12
〇子貧窮而志廣 2/8/12,2/8/13
此言〇子之能以公義勝
私欲也 2/8/16
〇子行不貴苟難 3/8/20,3/9/4
然而〇子不貴者 3/9/1,3/9/3
3/9/4
〇子易（知）〔和〕而難狎 3/9/7
〇子能亦好 3/9/10
〇子能則寬容易直以開
道人 3/9/10
〇子能則人榮學焉 3/9/12
是〇子小人之分也 3/9/13
〇子寬而不僈 3/9/15
〇子崇人之德 3/9/19
〇子宜之 3/10/3
〇子有之 3/10/3
此言〇子能以義屈信變
應故也 3/10/3
〇子、小人之反也 3/10/6
〇子大心則〔敬〕天而道 3/10/6
〇子兩進 3/10/10
〇子治治 3/10/12
故〇子者、治禮義者也 3/10/12
猶曰〇子為治而不為亂 3/10/15
〇子絜其辯而同焉者合矣 3/10/18
〇子養心莫善於誠 3/11/4
〇子至德 3/11/7
〇上為尊矣 3/11/10
夫誠者、〇子之所守也 3/11/10
〇子位尊而志恭 3/11/14
〇子審後王之道而論於
百王之前 3/11/15
故〇子不下室堂而海內
之情舉積此者 3/11/18
上則能尊〇 3/11/20,13/63/20
不以悖〇 3/11/22
〇子慎之 3/12/3,14/66/12
22/112/23
此小人之所務而〇子之
所不為也 4/12/23
忘其〇者也 4/13/1
〇上之所惡也 4/13/2
是忘其〇也 4/13/3
上忘其〇 4/13/3,4/13/5
則是己〇子而人小人也 4/13/6
以〇子與小人相賊害也 4/13/6
上以忘其〇 4/13/7
有士〇子之勇者 4/13/13
是士〇子之勇也 4/13/17
〇子小人一也 4/14/17
是〇子小人之所同也 4/14/17
故〇子者 4/14/20
則〇子（汪）〔注〕錯
之當 4/14/23
足以知其有餘可以為〇
子之所為也 4/14/24
〇子安雅 4/15/1
故〇子道其常 4/15/5
〇子非得勢以臨之 4/15/15
非〔順〕孰脩為之〇子 4/16/13
無害為〇子也 5/17/12
〇子之謂吉 5/17/13
今世俗之亂〇 5/18/1
然而中〇羞以為臣 5/18/2
然而〇子啜其羹 5/18/15
天下之〇也 5/18/20
譬之是猶舍己之〇而事
人之〇也 5/18/20
則審其人、所貴〇子 5/18/21
〇子不聽 5/19/10,14/66/10
故〇子之於（言）〔善〕
也 5/19/11
故〇子必辯 5/19/12
而〇子為甚 5/19/12
故〇子之於言無厭 5/19/13
故〇子之度己則以繩 5/20/2
故〇子賢而能容罷 5/20/3
唯〇子為能貴其所貴 5/20/10
〇子必辯 5/20/12
而〇子為甚焉 5/20/12
〇子辯言仁也 5/20/12
故〇子之行仁也無厭 5/20/15
故（言）〇子必辯 5/20/15
聖人士〇子之分具矣 5/20/16
有士〇子之辯者 5/21/1
是士〇子之辯者也 5/21/3
曾不足以容辨異、縣〇臣 6/21/19
此眞先〇子之言也 6/22/9
則一〇不能獨畜 6/22/16,8/32/8
遇〇則脩臣下之義 6/23/15
士〇子之所能〔為〕不
能為 6/24/12
〇子能為可貴 6/24/12,27/138/4
故〇子恥不脩 6/24/13
夫是之謂誠〇子 6/24/15
士〇子之容 6/24/17
必曰〇子固不用力 6/25/1
彼〇子則不然 6/25/2
（如）彼固曷足稱乎大
〇子之門哉 7/25/10
彼固曷足稱乎大〇子之
門哉 7/25/21
是事〇者之寶而必無後
患之術也 7/26/16
以事〇則必通 7/27/3,7/27/5
〇雖不知 7/27/4
而求有〇子聖人之名 7/27/9
故〇子時詘則詘 7/27/10
〇臣易位而非不順也 8/27/23
在人下則社稷之臣、國
〇之寶也 8/28/2
此〇子義信乎人矣 8/28/9
〇子之所道也 8/28/16
〇子之所謂賢者 8/28/16

○子之所謂知者 8/28/17
○子之所謂辨者 8/28/17
○子之所謂察者 8/28/18
○子不如農人 8/28/19
○子不如賈人 8/28/19
○子不如工人 8/28/20
○子不若惠施、鄧析也 8/28/21
然後○子之所長也 8/29/2
不知無害爲○子 8/29/8
○子不知 8/29/8
下爲士○子 8/29/15
故○子無爵而貴 8/29/21
故○子務脩其內而讓之於外 8/30/1
○子隱而顯 8/30/2
則可謂篤厚○子矣 8/30/15
積禮義而爲○子 8/34/7
則爲○子矣 8/34/9
爲○子則常安榮矣 8/34/9
故唯○子爲能得其所好 8/34/10
○子言有壇宇 8/34/20
是○子之所以騁志意於壇宇宮庭也 8/34/22
夫是之謂○子言有壇宇 8/34/23
非○子莫能 9/35/17
有○子而亂者 9/35/19,14/66/26
治生乎○子 9/35/20,14/66/26
則○子不安輿 9/36/5
則○子不安位 9/36/5
然后○子安位〔矣〕 9/36/7
○者、舟也 9/36/7,31/147/6
故○人者欲安 9/36/10
是○人者之大節也 9/36/11
上○也 9/36/12
中○也 9/36/13
聚斂計數之○也 9/36/15
故明○不蹈也 9/36/19
然而○子剸而用之 9/38/17
○子者、禮義之始也 9/39/2
○子（之始）也 9/39/3
故天地生○子 9/39/3
○子理天地 9/39/3
○子者、天地之參也 9/39/3
無○子 9/39/4,12/57/5
上無○師 9/39/4
○臣、父子、兄弟、夫婦 9/39/5
○○、臣臣、父父、子子、兄兄、弟弟一也 9/39/6
能以使下謂之○ 9/39/17
○者、善群也 9/39/17
暴國之○案自不能用其兵矣 9/41/11
○臣上下之閒者 9/41/24
則○臣未立也 10/42/15
無○以制臣 10/42/15
夫○子奚患乎無餘〔也〕 10/42/25
而人○者 10/43/10
合天下而○之 10/43/18,11/53/14
○子以德 10/44/5
是以臣或弒其○ 10/44/12
則是聖○賢相之事也 10/44/18
故○國長民者欲趨時遂功 10/46/14
○人者亦可以覺矣 10/48/6
必將雅文辨慧之○子也 10/48/15
（○）〔若〕盧屋妾 10/49/3
故明○不道也 10/49/4
故與積禮義之○子爲之則王 11/51/8
國危則無樂○ 11/51/23
今○人者急逐樂而緩治國 11/51/23
故明○者必將先治其國 11/52/4
闇○者必將（急）〔荒〕逐樂而緩治國 11/52/5
○人者亦可以察若言矣 11/52/7
11/53/25
建國諸侯之○分土而守 11/52/19
11/54/15
聰明○子者 11/53/8
則莫若聰明○子矣 11/53/11
故明○以爲寶 11/53/12
○人者千歲而不覺也 11/53/26
○臣上下 11/54/13,16/76/18
不足數於大○子之前 11/54/19
故○人者、立隆政本朝而當 11/54/19
是人○者之樞機也 11/54/21
是○人者之要守也 11/55/2
○者、論一相 11/55/16
歲終奉其成功以效於○ 11/55/18
故○人勞於索之 11/55/18
○臣上下之俗莫不若是 11/56/12
有亂○ 12/57/3
○子者、法之原也 12/57/5
故有○子 12/57/5
故○人者勞於索之 12/57/8
○子者、治之原也 12/57/15
○子養原 12/57/15
請問爲人○ 12/57/23
以禮待○ 12/57/23
故○子恭而不難 12/57/28
故○子之於禮 12/58/1
○者、儀也 12/58/10
○者、槃也 12/58/11
○者、盂也 12/58/11
○射則臣決 12/58/11
○者、民之原也 12/58/14
故○人者愛民而安 12/59/7
16/77/13
○〔之所〕道也 12/59/11
○者何也 12/59/11
而○子不可欺以人 12/61/11
不反○ 12/62/22
知隆禮義之爲尊○也 12/63/5
未及○道也 12/63/7
上不忠乎○ 13/63/17
上忠乎○ 13/63/19
從命而利○謂之順 13/63/28
從命而不利○謂之（諂）〔諂〕 13/63/28
逆命而利○謂之忠 13/63/28
逆命而不利○謂之簒 13/63/28
不卹○之榮辱 13/63/29
○有過謀過事 13/64/1
大臣父子兄弟有能進言於○ 13/64/1
有能進言於○ 13/64/2
率群臣百吏而相與彊○橋○ 13/64/3
○雖不安 13/64/3
成於尊○安國 13/64/4
有能抗○之命 13/64/4
竊○之重 13/64/4
反○之事 13/64/4
除○之辱 13/64/4
國○之寶也 13/64/5
明○之所尊所厚也 13/64/6
故明○之所賞 13/64/6
闇○之所罰也 13/64/6

闇○之所賞 13/64/7
明○之所殺也 13/64/7
平原○之於趙也 13/64/7
信陵○之於魏也 13/64/8
從道不從○ 13/64/8,29/141/19
29/142/3
則○過不遠 13/64/11
事聖○者 13/64/16
事中○者 13/64/16
事暴○者 13/64/16
是事聖○之義也 13/64/21
是事中○之義也 13/64/23
是事暴○之義也 13/64/24
故○子不爲也 13/65/6
以德復○而化之 13/65/8
以德調○而補之 13/65/8
不卹○之榮辱 13/65/9
故○子安禮樂（利）〔樂〕 13/65/22
信陵○似之矣 13/66/2
○子不用 14/66/11
○子不許 14/66/11
禮義備而○子歸之 14/66/17
無○子則道不舉 14/66/23
○子也者 14/66/24
○者、國之隆也 14/67/17
刑濫則害及○子 14/67/24
臨武○與孫卿子議兵於趙孝成王前 15/68/3
臨武○對曰 15/68/5
臨武○曰 15/68/9,15/71/10
15/71/18
○之所貴 15/68/11
○臣上下之閒 15/68/13
臣之於○也 15/68/15
且夫暴國之○ 15/69/4
孝成王、臨武○曰 15/69/11
15/70/24
○賢者 15/69/12
○不能者 15/69/13
○子不由也 15/70/17
是其巧拙強弱則未有以相○也 15/70/19
政脩則民親其上、樂其○ 15/72/3
人○者隆禮尊賢而王 16/75/9
則○享其成 16/76/6
求仁厚明通之○子而託王焉 16/76/17
今○人者 16/77/3
案用夫端誠信全之○子治天下焉 16/78/5
此○人者之大本也 16/79/9
夫是之謂天○ 17/80/10
闇其天○ 17/80/12
聖人清其天○ 17/80/13
○子不爲小人之匈匈也輟行 17/80/27
○子有常體矣 17/81/1
○子道其常 17/81/1
○子啜菽飲水 17/81/4
故○子慕其在己者 17/81/5
○子敬其在己者 17/81/6
故○子之所以日進 17/81/7
○子、小人之所以相縣者在此耳 17/81/8
若夫○臣之義、父子之親、夫婦之別 17/82/3
故○子以爲文 17/82/7
○人者隆禮尊賢而王 17/82/12
謂之○ 18/84/1
天下無○ 18/84/4
海內之民莫不願得以爲○師 18/84/4
誅暴國之○若誅獨夫 18/84/5
而湯、武不弒○ 18/84/9
以桀、紂爲○而以湯、武爲弒 18/84/10
以天下之合爲○ 18/84/11
故○子可以有埶辱 18/89/2
唯○子然後兼有之 18/89/4
○子既得其養 19/90/10
○師者、治之本也 19/90/20
無○師惡治 19/90/21
尊先祖而隆○師 19/90/22
○子審於禮 19/92/14
故○子上致其隆 19/93/1
是○子之壇宇、宮廷也 19/93/2
士○子也 19/93/2
故○子敬始而慎終 19/93/6
是○子之道、禮義之文也 19/93/7
○子以倍叛之心接臧穀 19/93/8
臣之所以致重其○ 19/93/9
○子賤野而羞瘠 19/93/11
○子恥之 19/94/5
雖難、○子賤之 19/94/13
非順孰修爲之○子莫之能知也 19/94/21
將由夫脩飾之○子與 19/96/18
○之喪所以取三年 19/97/7
○者、治辨之主也 19/97/7
愷悌○子 19/97/8,22/110/12
彼○子者 19/97/8
○者、已能食之矣 19/97/9
○、曲備之者也 19/97/11
士○子安行之 19/98/2
其在○子 19/98/3
是○子之所以爲愅詭其所喜樂之文也 19/98/5
是○子之所以爲愅詭其所哀痛之文也 19/98/6
是○子之所以爲愅詭其所敦惡之文也 19/98/6
則○臣上下同聽之 20/98/21
○子以爲不然 20/99/22
故○子耳不聽淫聲 20/100/2
此三者、○子慎之 20/100/2
故○子慎其所去就也 20/100/5
○子以鍾鼓導志 20/100/7
○子樂得其道 20/100/9
○子明樂 20/100/16
鼓、其樂之○邪 20/100/20
亂國之○ 21/102/6
亂國之○非之上 21/102/10
昔人○之蔽者 21/102/15
心者、形之○也 21/104/10
故○子壹於道而以贊稽物 21/105/2
惟明○子而後能知之 21/105/5
○子賤之 21/107/8,21/107/8
明○無之有也 21/107/14
闇○無之有也 21/107/14
故○人者周則讒言至矣 21/107/14
小人邇而○子遠矣 21/107/15
○人者宣則直言至矣 21/107/16
○子邇而小人遠矣 21/107/16
故明○知其分而不與辨也 22/109/21
故明○臨之以勢 22/110/1
○子無埶以臨之 22/110/2
是士○子之辨說也 22/110/17
○子之言涉然而精 22/110/20

是〇子之所棄 22/110/22
雖封侯稱〇 22/112/15
化師法、積文學、道禮義者爲〇子 23/113/12
故爲之立〇上之埶以臨之 23/115/4
今當試去〇上之埶 23/115/6
立〇上 23/115/13
〇子之與小人 23/115/23
曷貴〇子矣哉 23/115/24
凡所貴堯、禹、〇子者 23/115/24
外不可以知〇臣之正 23/116/10
外可以知〇臣之正 23/116/11
故小人可以爲〇子而不肯爲〇子 23/116/17
〇子可以爲小人而不肯爲小人 23/116/18
小人、〇子者 23/116/18
爵祿盈而忠衰於〇 23/116/26
有士〇子之知者 23/117/1
是士〇子之知也 23/117/3
上不循於亂世之〇 23/117/6
莊〇之曶 23/117/13
不知其〇視其左右 23/118/1
明〇臣 25/120/6
〇子執之心如結 25/120/14
〇子以修百姓寧 25/121/1
〇子誠之好以待 25/121/2
〇子由之佼以好 25/121/3
〇子道之順以達 25/121/4
辨治上下、貴賤有等明〇臣 25/121/8
〇論有五約以明 25/122/12
〇謹守之、下皆平正國乃昌 25/122/12
〇法明 25/122/14
〇法儀 25/122/15
〇教出 25/123/5
〇制變 25/123/6
〇子所敬而小人所不者與 26/123/13
〇子以脩 26/123/18
夫是之謂〇子之知 26/124/5
〇子設辭 26/124/11
〇人者、隆禮尊賢而王 27/126/7
堯學於〇疇 27/127/8
〇子之於子 27/127/20
〇子處仁以義 27/128/2
所以辟〇也 27/128/23
〇臣不得不尊 27/129/1
〇於大夫 27/129/10
〇若父之友 27/129/13
〇臣父子之本也 27/129/17
〇子聽律習容而后（士）〔出〕 27/129/27
下臣事〇以貨 27/130/14
中臣事〇以身 27/130/14
上臣事〇以人 27/130/14
〇有妒臣 27/130/18
燕〇何如 27/131/22
有國之〇不息牛羊 27/132/4
非爲〇也 27/132/19
天之立〇 27/132/19
〇子之學如蛻 27/133/6
〇子立志如窮 27/133/11
〇子隘窮而不失 27/133/13
無以知〇子無日不在是 27/133/14
明〇不內 27/133/19
〇子贈人以言 27/134/1
請假於〇子 27/134/2
〇子之檃栝不可不謹也 27/134/3
正〇漸於香酒 27/134/3
〇子之所漸 27/134/4
〇子疑則不言 27/134/12
〇子不與 27/134/14
〇子壹教 27/134/18
〇子進則能益上之譽而損下之憂 27/134/20
願息事〇 27/134/23
事〇難 27/134/24
事〇焉可息哉 27/134/24
〇子息焉 27/135/5
〇子也者而好之 27/135/18
非〇子而好之 27/135/18
〇人者不可以不愼取臣 27/136/8
是故〇子蚤絕之 27/136/20
〇子難說 27/136/24
〇子之所憎惡也 27/137/8
少言而法、〇子也 27/137/10
比干、子胥忠而〇不用 27/137/22
則不得免於〇子之誅 28/138/20
〇子所履 28/139/14
〇子之所以見大水必觀焉者 28/140/4
是故〇子見大水必觀焉 28/140/8
事〇而達 28/140/12
〇子博學、深謀不遇時者多矣 28/141/3
〇子之學 28/141/5
故〇子博學、深謀、修身、端行以俟其時 28/141/7
臣從〇命 29/142/7,29/142/8,29/142/9
〇問丘也 29/142/8
臣從〇 29/142/12
故〇子入則篤行 29/142/20
故〇子知之曰知之 29/143/4
可謂士〇子矣 29/143/10
可謂明〇子矣 29/143/11
〇子亦有憂乎 29/143/14
〇子 29/143/14
故〇子苟能無以利害義 30/144/2
〇子之所以貴玉而賤珉者 30/144/5
夫〇子豈多而賤之、少而貴之哉 30/144/6
夫玉者、〇子比德焉 30/144/6
言念〇子 30/144/9
〇子正身以俟 30/144/15
〇子有三恕 30/144/18
有〇不能事 30/144/18
〇子有三思 30/144/22
是故〇子少思長則學 30/144/23
有〇子 31/145/7
敢問何如斯可謂之〇子矣 31/146/1
所謂〇子者 31/146/1
〇不此問而問舜冠 31/146/15
〇之所問 31/146/18
聖〇之問也 31/146/18
〇入廟門而右 31/147/1
〇以此思哀 31/147/2
〇昧爽而櫛冠 31/147/3
〇以此思憂 31/147/4
〇平明而聽朝 31/147/4
諸侯之子孫必有在〇之末庭者 31/147/4
〇以此思勞 31/147/5
〇出魯之四門以望魯四郊 31/147/5
〇以此思懼 31/147/6

〇以此思危 31/147/7
〇號然也 31/147/9
〇其知之矣 31/147/12
〇子固讒人乎 31/148/1
而〇以喜 32/148/22
〇子好以道德 32/149/2
〇子力如牛 32/149/4
位尊者〇恨之 32/149/17
故〇上蔽而無覩 32/150/6

**軍 jūn** 15

三〇同力 10/48/12
10/49/6,15/68/15,16/76/7
午其〇 10/48/13
凡受命於主而行三〇 15/71/3
三〇既定 15/71/3
請問王者之〇制 15/71/10
曹觸龍斷於〇 15/71/14
不潛〇 15/71/18
凡在於〇 15/72/4
〇旅鈇鉞者、先王之所以飾怒也 20/99/10
三〇以強 26/123/12
〇旅、飾威也 27/127/24
三〇大敗 28/139/4

**鈞 jūn** 3

則有〇無上 2/8/7
明道而（分〇）〔〇分〕之 15/73/5

**俊 jùn** 1

天下、國有（儁）〔〇〕士 27/131/5

**駿 jùn** 1

爲下國〇蒙 4/17/6

**開 kāi** 8

〇其瀆 2/7/14
君子能則寬容易直以〇道人 3/9/10
則無由得〇內焉 4/15/15
教誨〇導成王 8/27/17
下則能〇道不己若者 8/30/14
〇其源 10/47/23
微子〇封於宋 15/71/14
楚人則乃有襄賁、〇陽以臨吾左 16/76/22

**愷 kǎi** 2

〇悌君子 19/97/8,22/110/12

**慨 kǎi** 1

孔子〇然歎曰 28/139/3

**堪 kān** 1

老者不〇其勞而休也 18/86/16

**坎 kǎn** 1

〇井之鼃不可與語東海之樂 18/86/3

**康 kāng** 4

文王〇之 9/38/19,17/80/25
《〇誥》曰 10/42/29
至成、〇則案無誅已 27/132/8

**糠 kāng** 3

唯菽藿糟〇之爲睹 4/15/17
幾直夫芻豢稻粱之縣糟〇爾哉 4/15/21
暴人芻豢仁（人）糟〇 25/120/16

**伉 kàng** 2

〇隆高 9/41/5,10/48/10

**抗 kàng** 3

則〇之以高志 2/6/8
有能〇君之命 13/64/4
〇折其貌以象槾茨番閼也 19/95/16

**考 kǎo** 1

下以教誨子弟、上以事祖〇 25/121/4

**柯 kē** 1

衛人用〇 18/85/20

**苛 kē** 1

〇關市之征以難其事 10/44/10

**軻 kē** 2

孟〇和之 6/22/10
是則子思、孟〇之罪也 6/22/11

**可 kě** 505

學不〇以已 1/1/3
金石〇鏤 1/2/11
非蛇蟺之穴無〇寄託者 1/2/13
若其義則不〇須臾舍也 1/3/8
一〇以爲法則 1/3/14
順者不〇勝數也 1/4/2
不〇以得之矣 1/4/4
故禮恭而後〇與言道之方 1/4/7
辭順而後〇與言道之理 1/4/7
色從而後〇與言道之致 1/4/7
故未〇與言而言謂之傲 1/4/8
〇與言而不言謂之隱 1/4/8
其折骨絕筋、終身不〇以相及也 2/7/8
胡爲乎其不〇以相及也 2/7/9
胡爲乎其不〇以同至也 2/7/13
江河〇竭 2/7/14
則〇謂善少者矣 2/8/7
〇以爲君子者矣 2/8/7
則〇謂惡少者矣 2/8/8
則〇謂不詳少者矣 2/8/8
雖陷刑戮〇也 2/8/9
則〇謂通士矣 3/11/21
則〇謂公士矣 3/11/22
則〇謂直士矣 3/11/23

則○謂愨士矣 3/11/24
則○謂小人矣 3/12/1
見其○欲也 3/12/6,3/12/8
則必前後慮其○惡也者 3/12/6
見其○利也 3/12/6,3/12/8
則必前後慮其○害也者 3/12/6
則不慮其○惡也者 3/12/8
則不顧其○害也者 3/12/8
則不○ 4/13/9,4/13/10,10/48/12
足以知其有餘○以爲君子之所爲也 4/14/24
○以爲堯、禹 4/15/10
○以爲桀、跖 4/15/10
○以爲工匠 4/15/10
○以爲農賈 4/15/10
豈非人之情固○與如此○與如彼也哉 4/16/3
短綆不○以汲深井之泉 4/16/13
知不幾者不○與及聖人之言 4/16/14
一之而○再也 4/16/15
有之而○久也 4/16/15
廣之而○通也 4/16/15
慮之而○安也 4/16/15
反鉛察之而俞○好也 4/16/15
目○瞻馬 5/17/21
然則從者將孰○也 5/18/5
猶○欺也 5/19/1
猶○誣欺也 5/19/2
聖人何以不〔○〕欺 5/19/2
未○直至也 5/19/17
不○以經國定分 6/22/1
不○以爲治綱紀 6/22/5
則○謂訞怪狡猾之人矣 6/23/18
君子能爲○貴 6/24/12,27/138/4
能爲○信 6/24/12
能爲○用 6/24/13,27/138/4
彼誠○羞稱也 7/25/7
夫又何○亡也 7/25/15
○貴○賤也 7/26/10
○富○貧也 7/26/10
○殺而不○使爲姦也 7/26/10
○立而待也 7/26/21,16/75/20
○炊而僨也 7/26/21
不○以少當也 8/27/18
不○以假攝爲也 8/27/18
曾不如好相鷄狗之○以爲名也 8/29/10
則不○得 8/29/11,22/111/1
○乎 8/29/14,16/77/5,16/77/9
衣之不○衣也 8/29/19
食之不○食也 8/29/19
賣之不○僂售也 8/29/19
貴名不○以比周爭也 8/29/22
不○以夸誕有也 8/29/22
不○以勢重脅也 8/29/23
則○謂勁士矣 8/30/13
則○謂篤厚君子矣 8/30/15
則○謂聖人矣 8/30/17
（則○謂聖人矣） 8/31/3
無乃不○乎 8/31/17
夫又惡有不○焉 8/31/18
然而○化也 8/33/20
然而○爲（乎）〔也〕 8/34/1
○謂小儒矣 8/34/16
則○謂大儒矣 8/34/17
入不○以守 9/36/18
出不○以戰 9/36/18,16/75/8
則傾覆滅亡○立而待也 9/36/18
故宮室○得而居也 9/39/12
故宮室不○得而居也 9/39/15
不○少頃舍禮義之謂也 9/39/16
如是而○以誅暴禁悍矣 9/41/16
此五等者不○不善擇也 9/42/6
皆有○也 10/42/13
所○異也 10/42/13
則民心奮而不○說也 10/42/14
○以相食養者 10/45/2
不○勝數也 10/45/2
則賢者不○得而進也 10/45/10
則不肖者不○得而退也 10/45/10
賢者不○得而進 10/45/11
不肖不○得而退 10/45/11
則能不能不○得而官也 10/45/11
則賢者○得而進也 10/45/20
不肖者○得而退也 10/45/21
能不能○得而官也 10/45/21
○以少頃得姦民之譽 10/46/7
是又（不○）偷偏者也 10/46/9
故垂事養譽、不○ 10/46/9
以遂功而忘民、亦不○ 10/46/10
則其傾覆滅亡則○立而待也 10/48/4
君人者亦○以覺矣 10/48/6
覩○ 10/48/12,16/77/19
索爲匹夫不○得也 11/49/14
16/76/13
臣下曉然皆知其○要也 11/50/5
不○不善爲擇所而後錯之 11/50/20
不○不善爲擇道然後道之 11/50/20
彼持國者必不○以獨也 11/51/11
則五綦者不○得而致也 11/52/2
○謂廣大、富厚矣 11/52/2
故憂患不○勝校也 11/52/5
君人者亦○以察若言矣 11/52/7
11/53/25
必自爲之然後○ 11/52/16
○以取天下 11/52/23
甚易處而綦○樂也 11/53/11
物由有○樂如是其美焉者乎 11/53/24
此其爲○哀甚於衢涂 11/53/26
索爲匹夫而不○得也 11/54/8
○殺而不○使不順 11/54/12
上○以王 11/54/20,12/57/7
12/63/8
下○以霸 11/54/20,12/57/7
12/63/8
當則○ 11/55/18
不○得也 11/56/3,12/58/15
12/58/15,12/58/16,12/58/17
12/58/17
人之百事如耳目鼻口之不○以相借官也 12/60/14
不○ 12/60/21,12/60/22
○詘邪哉 12/61/10
故伯樂不○欺以馬 12/61/11
而君子不○欺以人 12/61/11
內不○以阿子弟 12/61/13
12/61/15
外不○以隱遠人 12/61/14
12/61/15
亂則危辱滅亡○立而待也 12/61/17
而不○以獨也 12/62/6
不○不略知也 12/62/12
其中不○以不知也 12/62/14
不○不早具也 12/62/16,12/62/19
故人主必將有便嬖左右

| | |
|---|---|
| 足信者然後○ | 12/62/16 |
| 其端誠足使定物然後○ | 12/62/16 |
| 人主不○以獨也 | 12/62/18 |
| 人主必將有卿相輔佐足任者然後○ | 12/62/19 |
| 其知慮足以應待萬變然後○ | 12/62/20 |
| 不○以不相接也 | 12/62/20 |
| 故人主必將有足使喻志決疑於遠方者然後○ | 12/62/21 |
| 然而應薄扞患足以持社稷然後○ | 12/62/23 |
| ○傳世也 | 12/63/4 |
| 而不○使侵奪 | 12/63/4 |
| 是所謂「視乎不○見 | 12/63/11 |
| 聽乎不○聞 | 12/63/11 |
| 爲乎不○成 | 12/63/11 |
| ○謂態臣者也 | 13/63/23 |
| ○謂篡臣也 | 13/63/24 |
| ○謂功臣矣 | 13/63/24 |
| ○謂聖臣矣 | 13/63/25 |
| 用則○ | 13/64/1,13/64/2 |
| ○謂諫矣 | 13/64/7 |
| ○謂爭矣 | 13/64/7 |
| ○謂輔矣 | 13/64/8 |
| ○謂拂矣 | 13/64/8 |
| 不○以告人 | 13/64/18 |
| ○謂大忠矣 | 13/65/10 |
| ○謂次忠矣 | 13/65/11 |
| ○謂下忠矣 | 13/65/11 |
| ○謂國賊矣 | 13/65/11 |
| 而一○以爲法則 | 13/65/19 |
| 不○少頃曠也 | 14/66/24 |
| 不○以加矣 | 14/67/14 |
| ○以爲師 | 14/67/20,14/67/21,14/67/21 |
| 不○詐也 | 15/68/12 |
| 彼○詐者 | 15/68/12 |
| 夫又何○詐也 | 15/69/8 |
| 何行而○ | 15/69/11 |
| 則下○用也 | 15/69/14 |
| 則下不○用也 | 15/69/14 |
| 下○用則强 | 15/69/14 |
| 下不○用則弱 | 15/69/15 |
| 是事小敵毳則偷○用也 | 15/69/21 |
| 是〔其氣力〕數年而衰而〔復利〕未○奪也 | 15/70/2 |
| 故齊之技擊不○以遇魏氏之武卒 | 15/70/9 |
| 魏氏之武卒不○以遇秦之銳士 | 15/70/9 |
| 秦之銳士不○以當桓、文之節制 | 15/70/9 |
| 桓、文之節制不○以敵湯、武之仁義 | 15/70/10 |
| ○謂入其域矣 | 15/70/21 |
| 故○以霸而不○以王 | 15/70/22 |
| 成不○必也 | 15/70/25 |
| ○殺而不○使處不完 | 15/71/2 |
| ○殺而不○使擊不勝 | 15/71/2 |
| ○殺而不○使欺百姓 | 15/71/3 |
| 然後民○信也 | 15/74/15 |
| 則不○以斷繩 | 16/75/6 |
| 則入不○以守 | 16/75/8 |
| 此三威者、不○不孰察也 | 16/75/12 |
| 不○不孰察也 | 16/75/21 |
| 必以道夫公道通義之○以相兼容者 | 16/76/15 |
| 曷若是而○以持國乎 | 16/76/21 |
| 然而憂患不○勝校也 | 16/77/16 |
| | 16/78/3 |
| 殆○矣 | 16/78/7 |
| 亡國之禍敗不○勝悔也 | 16/78/24 |
| ○以時（託）〔記〕也 | 16/78/24 |
| 王者之功名不○勝〔數〕 | 16/78/24 |
| 〔○以〕日志也 | 16/78/25 |
| 不○不順也 | 16/79/6 |
| 故爲人上者必將愼禮義、務忠信然後○ | 16/79/8 |
| 不○以怨天 | 17/79/21 |
| 則○謂至人矣 | 17/79/21 |
| 已其見象之○以期者矣 | 17/80/17 |
| 已其見宜之○以息者矣 | 17/80/18 |
| 已其見數之○以事者矣 | 17/80/18 |
| 已其見（知）〔和〕之○以治者矣 | 17/80/19 |
| ○也 | 17/81/11,17/81/14 |
| 人祆則○畏也 | 17/81/16 |
| ○怪也 | 17/82/2 |
| 而不○畏也 | 17/82/2 |
| 中則○從 | 17/82/21 |
| 畸則不○爲 | 17/82/21 |
| 則○謂能用天下矣 | 18/84/6 |
| 故○以有奪（人）國 | 18/84/19 |
| 不○以有奪（人）天下 | 18/84/19 |
| ○以有竊國 | 18/84/20 |
| 不○以有竊天下也 | 18/84/20 |
| （○以）奪之者○以有國 | 18/84/20 |
| 〔而〕不○以有天下 | 18/84/21 |
| 竊○以得國 | 18/84/21 |
| 而不○以得天下 | 18/84/21 |
| ○以小人有也 | 18/84/21 |
| ○以小道得也 | 18/85/1 |
| ○以小力持也 | 18/85/1 |
| 不○以小人有也 | 18/85/1 |
| 不○以小道得也 | 18/85/1 |
| 不○以小力持也 | 18/85/2 |
| 國者、小人○以有之 | 18/85/2 |
| 械用備飾不○不異也 | 18/85/21 |
| 淺不○與測深 | 18/86/3 |
| 坎井之鼃不○與語東海之樂 | 18/86/3 |
| 未○與及天下之大理者也 | 18/87/5 |
| 必將立隆正然後○也 | 18/88/21 |
| 故君子○以有埶辱 | 18/89/2 |
| 而不○以有義辱 | 18/89/3 |
| 小人○以有埶榮 | 18/89/3 |
| 而不○以有義榮 | 18/89/3 |
| 則不○欺以曲直 | 19/92/13 |
| 則不○欺以輕重 | 19/92/14 |
| 則不○欺以方圓 | 19/92/14 |
| 則不○欺以詐僞 | 19/92/15 |
| 一而不○得再復也 | 19/93/9 |
| 遠者○以至矣 | 19/93/22 |
| 百求○以得矣 | 19/93/22 |
| 百事○以成矣 | 19/93/22 |
| 而不○益損也 | 19/96/4 |
| 不亦○乎 | 19/97/8 |
| 而○以善民心 | 20/99/24 |
| 且樂也者、和之不○變者也 | 20/100/14 |
| 禮也者、理之不○易者也 | 20/100/14 |
| 故心不○以不知道 | 21/103/18 |
| 則不○道而○非道 | 21/103/18 |
| 人孰欲得恣而守其所不○以禁其所○ | 21/103/19 |
| 以其不○道之心取人 | 21/103/19 |

以其不○道之心 21/103/20
與不○道之人論道人 21/103/20
然後○道 21/103/21
○道 21/103/21
以其○道之心取人 21/103/21
以其○道之心 21/103/22
故口○劫而使墨云 21/104/12
形○劫而使詘申 21/104/12
心不○劫而使易意 21/104/12
然而不○以貳周行 21/104/15
萬物○兼知也 21/104/16
類不○兩也 21/104/16
農精於田而不○以爲田師 21/104/16,27/132/22
賈精於市而不○以爲市師 21/104/17
工精於器而不○以爲器師 21/104/17
不能此三技而○使治三官 21/104/17
則不○以得大形之正也 21/105/6
是其庭○以搏鼠 21/105/12
○謂微乎 21/105/15
○謂能自彊矣 21/105/16
21/105/17
○謂能自忍矣 21/105/16
○謂危矣 21/105/17
未○謂微也 21/105/17
則未○定然否也 21/106/3
○以知 21/106/18
以○以知人之性 21/106/18
求○以知物之理而無所疑止之 21/106/18
治亂○否 21/107/12
不○不察也 22/108/10,22/109/14
則緣耳而知聲○也 22/109/1
緣目而知形○也 22/109/2
然而徵知必將待天官之當簿其類然後○也 22/109/2
不○亂也 22/109/6
○別也 22/109/12
雖○合 22/109/12
夫民易一以道而不○與共故 22/110/1
欲不待○得 22/111/6,22/111/6
而求者從所○ 22/111/6
求者從所○ 22/111/7
不○以生而○以死也 22/111/9
心之所○中理 22/111/9
心之所○失理 22/111/10
故治亂在於心之所○ 22/111/11
以所欲以爲○得而求之 22/111/14
以爲○而道之 22/111/15
欲不○去 22/111/15
欲不○盡 22/111/16
欲雖不○盡 22/111/16
○以近盡也 22/111/16
欲雖不○去 22/111/16,22/111/17
求○節也 22/111/16
所欲雖不○盡 22/111/16
凡人莫不從其所○ 22/111/20
而去其所不○ 22/111/20
豈爲夫南者之不○盡也 22/111/21
豈爲夫所欲之不○盡也 22/111/22
故○道而從之 22/111/22
不○道而離之 22/111/23
故人無動而（不）○以不與權俱 22/111/24
謀者從所○ 22/112/5
則色不及傭而○以養目 22/112/18
聲不及傭而○以養耳 22/112/18
蔬食菜羹而○以養口 22/112/18
麤布之衣、麤紃之履而○以養體 22/112/18
（屋）〔局〕室、（廬庾）〔蘆簾〕、（葭）稾蓐、尙机筵而○以養形 22/112/19
故無萬物之美而○以養樂 22/112/20
無埶列之位而○以養名 22/112/20
不○學 23/113/17
不○事 23/113/17
不○學、不○事（而）〔之〕在人者謂之性 23/113/18
○學而能、○事而成之在人者謂之僞 23/113/18
目○以見 23/113/19
耳○以聽 23/113/19
夫○以見之明不離目 23/113/20
○以聽之聽不離耳 23/113/20
23/114/2
不○學明矣 23/113/20
若夫○以見之明不離目 23/114/2
起而○設 23/115/11
張而○施行 23/115/11
起而不○設 23/115/12
張而不○施行 23/115/12
塗之人○以爲禹 23/116/6
然則仁義法正有○知○能之理 23/116/6
皆有○以知仁義法正之質 23/116/7
皆有○以能仁義法正之具 23/116/7
然則其○以爲禹明矣 23/116/8
23/116/13
今以仁義法正爲固無○知○能之理邪 23/116/8
將使塗之人固無○以知仁義法正之質 23/116/9
而固無○以能仁義法正之具邪 23/116/9
且內不○以知父子之義 23/116/10
外不○以知君臣之正 23/116/10
皆內○以知父子之義 23/116/11
外○以知君臣之正 23/116/11
然則其○以知之質、○以能之具 23/116/11
今使塗之人者以其○以知之質、○以能之具 23/116/12
本夫仁義之○知之理、○能之具 23/116/13
聖○積而致 23/116/17
然而皆不○積 23/116/17
○以而不○使也 23/116/17
23/116/19
故小人○以爲君子而不肯爲君子 23/116/17
君子○以爲小人而不肯爲小人 23/116/18
未嘗不○以相爲也 23/116/18
故塗之人○以爲禹 23/116/19
無害○以爲禹 23/116/20
足○以徧行天下 23/116/20
未嘗不○以相爲事也 23/116/21
然則○以爲 23/116/22
無害○以爲 23/116/22
然則能不能之與○不○ 23/116/22
其不○以相爲明矣 23/116/23
天下曉然皆知夫盜竊之

（人）不○以爲富也 24/118/11
皆知夫賊害之（人）不○以爲壽也 24/118/12
皆知夫〔犯〕上之禁不○以爲安也 24/118/12
治亂是非亦○識 25/122/10
○以禁暴足窮 26/124/1
行遠疾速而不○託訊（者與） 26/124/12
往來惽憊而不○爲固塞者歟 26/124/12
困則禍不○禦 27/128/14
不○不正也 27/129/17
不○以爲天子大夫 27/131/17
孝子言爲○聞 27/133/25
行爲○見 27/133/25,27/133/25
言爲○聞 27/133/25
君子之檃栝不○不謹也 27/134/3
○讒而得也 27/134/4
不○不愼也 27/134/4
雖○ 27/134/16
事君焉○息哉 27/134/24
事親焉○息哉 27/134/25
妻子焉○息哉 27/134/26
朋友焉○息哉 27/135/2
耕焉○息哉 27/135/3
其誠○比於金石 27/135/7
其聲○內於宗廟 27/135/7
君人者不○以不愼取臣 27/136/8
匹夫不○以不愼取友 27/136/8
不○不愼 27/136/10
不○以不誠事也 27/136/24
不○不誅也 28/138/21,28/138/23
其○乎 28/139/3
不○斬也 28/139/4
不○刑也 28/139/4
然後刑○即也 28/139/6
若不○ 28/139/7,28/139/7
故○以從而不從 29/142/1
未○以從而從 29/142/2
則○謂大孝矣 29/142/3
勢不○也 29/142/19
其源○以濫觴 29/142/28
不放舟、不避風則不○涉也 29/143/1
○謂士矣 29/143/9
○謂士君子矣 29/143/10
○謂明君子矣 29/143/11
則○以端身矣 30/144/19
而不○不思也 30/144/22
敢問何如斯○謂庸人矣 31/145/8
則○謂庸人矣 31/145/11
敢問何如斯○謂士矣 31/145/13
則若性命肌膚之不○易也 31/145/16
則○謂士也 31/145/17
敢問何如斯○謂之君子矣 31/146/1
故猶然如將○及者 31/146/2
敢問何如斯○謂賢人矣 31/146/3
敢問何如斯○謂大聖矣 31/146/7
其事不○循 31/146/10
其事不○識 31/146/10
則○謂大聖矣 31/146/11
烏鵲之巢○俯而窺也 31/146/15
不○以身尒也 31/147/16
○得少進乎 31/148/7
夫仰祿之士猶○驕也 32/149/12
正身之士不○驕也 32/149/12

## 渴 kě 1

故水旱不能使之飢（○） 17/79/18

## 克 kè 9

賞（○）〔免〕罰偷則民不怠 12/60/10
○蔡 16/76/1
民鮮○舉之 16/79/1
○明明德 18/83/20
然而能使其欲利不○其好義也 27/132/1
利○義者爲亂世 27/132/3
上重義則義○利 27/132/3
上重利則利○義 27/132/3
不待戰而後知○ 27/132/25

## 刻 kè 8

故爲之雕琢、○鏤、黼黻、文章 10/43/13
故爲之雕琢、○鏤、黼黻、文章以藩飾之 10/43/22
必將錭琢、○鏤、黼黻、文章以塞其目 10/45/18
則臣下百吏乘是而後豐取○與以無度取於民 12/57/14
脩冠弁、衣裳、黼黻、文章、琱琢、○鏤 12/60/1
彫琢、○鏤、黼黻、文章 19/90/6
○死而附生謂之墨 19/96/1
○生而附死謂之惑 19/96/1

## 客 kè 4

○有道曰 8/31/12
舉其上○ 8/32/20
宰爵知賓○、祭祀、饗食、犧牲之牢數 9/40/1
四海之內無○禮 24/118/5

## 恪 kè 1

執事有○ 27/134/24

## 肯 kěn 11

幼而不○事長 5/18/7
賤而不○事貴 5/18/7
不肖而不○事賢 5/18/7
莫○下隧 5/18/11
豈有○爲其所惡 9/41/13
則雖臧獲不○與天子易埶業 11/52/16
豈又○爲其所惡 15/69/6
故小人可以爲君子而不○爲君子 23/116/17
君子可以爲小人而不○爲小人 23/116/18
恨（後）〔復〕遂過不○悔 25/122/5
天下且孰○諫汝矣 29/143/2

## 空 kōng 3

司○之事也 9/40/4
而且有○虛窮乏之實矣 10/42/28
○石之中有人焉 21/105/14

孔 kǒng 84

亦○之哀 2/5/8
○子曰 7/26/18,8/31/12
9/36/12,11/56/4,27/134/23
27/134/24,27/134/26,27/135/1
27/135/2,27/135/4,28/138/11
28/138/14,28/138/18,28/140/5
28/140/11,28/140/14,28/141/1
28/141/8,28/141/13,29/142/10
29/142/16,29/142/18
29/142/22,29/142/25
29/142/28,29/143/3,29/143/14
30/144/6,30/144/18,30/144/22
31/145/7,31/146/18,31/147/1
32/149/21
非○子之言也 8/31/13
故○子曰 11/55/4,18/87/21
〔○子曰〕 20/101/6
○子仁知且不蔽 21/103/15
逆斥不通○子拘 25/120/11
○子拘匡 26/125/16,32/150/12
子貢問於○子曰 27/134/23
28/140/4,30/144/5,32/149/21
○子觀於魯桓公之廟 28/138/10
○子問於守廟者曰 28/138/10
○子顧謂弟子曰 28/138/12
○子喟然而歎曰 28/138/13
○子爲魯攝相 28/138/17
○子爲魯司寇 28/139/1
○子拘之 28/139/1
○子舍之 28/139/1
○子慨然歎曰 28/139/3
○子觀於東流之水 28/140/4
○子南適楚 28/140/17
出而問於○子曰 28/141/12
魯哀公問於○子曰 29/142/7
31/144/27,31/146/17,31/147/9
31/147/14
○子不對 29/142/7,31/146/13
○子趨出 29/142/7
子路問於○子曰 29/142/15
29/142/22,29/143/14
子路盛服見○子 29/142/28
○子對曰 31/145/1,31/145/3
31/145/8,31/145/13,31/146/1
31/146/3,31/146/7,31/146/14
31/147/14
魯哀公問舜冠於○子 31/146/13
○子蹴然曰 31/147/9
孫卿不及○子 32/150/4
○子弗過 32/150/9

恐 kǒng 28

非○懼也 2/7/5
（幾不）長慮顧後而○
無以繼之故也 4/16/8
不○於誹 6/24/14
則○懼而不怨 7/26/8
且○失寵 7/26/15
猶○及其旤 7/26/18
隱隱兮其○人之不當也 8/31/2
則下畏○而不親 9/35/14
皆知己之所畏○之舉在
于是也 10/45/20
知○懼而求能者 11/51/12
不知○懼而求能者 11/51/12
則○懼而自竦也 12/57/26
譬之是猶立直木而○其
景之枉也 12/61/1
諰諰然常○天下之一合
而軋己也 15/72/4
諰諰〔然〕常○天下之一合而
軋己也 16/77/17,16/78/4
國人皆○ 17/81/10
將○得傷其體也 18/89/9
垂涕○懼 19/93/20
先王○其不文也 19/97/16
唯○聞其惡也 21/102/7
唯○聞其美也 21/102/8
外危而不內○者 22/112/10
心憂○則口銜芻豢而不
知其味 22/112/11
○爲子胥身離凶 25/122/9
○失世英 26/125/16
唯○不能 27/127/13
又○失之 29/143/16

口 kǒu 44

出乎○ 1/3/15,3/9/2
○耳之閒則四寸〔耳〕 1/3/15
使○非是無欲言也 1/4/17
○好之五味 1/4/18
盜跖吟○ 3/9/3
○也 4/12/21,27/138/2
○辨酸鹹甘苦 4/15/8
今是人之○腹 4/15/16
則其心正其○腹也 4/15/17
嘗之而甘於○ 4/15/19
然而○舌之於嚙唯則節 5/21/4
得委積足以揜其○則揚
揚如也 8/32/20
必將芻豢稻粱、五味芬
芳以塞其○ 10/45/18
○欲綦味 11/52/1
○好味而臭味莫美焉 11/53/17
人之百事如耳目鼻○之
不可以相借官也 12/60/14
夫言用賢者、○也 14/67/3
○行相反 14/67/4
虛腹張○來歸我食 15/74/14
耳目鼻○形能 17/80/9
則有何尤扣人之墓、抉
人之○而求利矣哉 18/88/4
金舌弊○ 18/88/17
○不欲綦味 18/89/13
所以養○也 19/90/6
○不出惡言 20/100/2
○食備味 21/102/21
故○可劫而使墨云 21/104/12
案彊鉗而利○ 21/107/5
甘、苦、鹹、淡、辛、
酸、奇味以○異 22/108/16
心憂恐則○銜芻豢而不
知其味 22/112/11
蔬食菜羹而可以養○ 22/112/18
○好味 23/114/12
○能言 24/118/5
讒○將將 26/125/15
○能言之 27/130/21,27/130/21
○不能言 27/130/21
○言善 27/130/22
○不能道善言 31/145/8
非○不能味也 31/147/11
無取○哼 31/147/14
○哼、誕也 31/147/15

扣 kòu　1

〇之　30/144/8

寇 kòu　8

仲尼將爲魯司〇　8/28/5
召〇、肥敵、亡國、危身之道也　9/36/19
司〇之事也　9/40/11
卒有〇難之事　11/56/3
〇難忘死　12/57/20
大〇則至　15/73/13
〇難並至　17/82/1
孔子爲魯司〇　28/139/1

刳 kū　6

〇比干而囚箕子　8/31/18
紂〇比干　15/72/20
〇比干　18/84/16
比干見〇箕子累　25/120/9
比干見〇　26/125/16
紂〇王子比干而武王得之　32/150/1

枯 kū　5

淵生珠而崖不〇　1/3/4
勞勧而容貌不〇　2/8/13,2/8/14
川淵〇則龍魚去之　14/66/20
斬、斷、〇、磔　18/89/1

哭 kū　13

莫不呼天啼〇　5/18/3
揚朱〇衢涂　11/53/25
哀〇之　11/53/26
〇之不（文）〔反〕也　19/91/13
反無〇泣之節　19/93/16
聲樂、〇泣　19/94/9
麤（衰）〔惡〕、〇泣、憂戚　19/94/10
其立〇泣哀戚也　19/94/12
〇泣諦號　19/94/15
即位而〇　19/98/9
故齊衰之服、〇泣之聲　20/99/26
死則四海〇　21/102/22
〇比干之墓　27/131/3

堀 kū　1

夫魚鱉黿鼉猶以淵爲淺而〇〔穴〕其中　30/144/1

苦 kǔ　19

勞〇之事則爭先　2/6/16
勞〇之事則偷儒轉脫　2/7/1
口辨酸鹹甘〇　4/15/8
〇傷其今而後悔其始　5/18/4
府然〇（渠）〔梁〕匽𥴰栝之於己也　5/20/1
勞〇事業之中則儢儢然　6/24/21
辨功〇　9/40/8
故相率而爲之勞〇以務佚之　10/43/21
上功勞〇　10/45/9
勞〇頓萃而愈無功　10/46/3
則勞〇耗顇莫甚焉　11/52/16
使民則綦勞〇　11/56/2
傷疾、墮功、滅〇　13/65/5
勞〇煩辱則必犇　15/73/14
甘、〇、鹹、淡、辛、酸、奇味以口異　22/108/16
則欲與天下（同）（〇）〔共〕樂之　23/117/7
躬親爲民行勞〇　25/121/13
不知〇　25/122/3
故勞〇彫萃而能無失其敬　29/142/3

庫 kù　5

實府〇　9/36/17
府〇已實　9/36/17
我今將脩飾之、拊循之、掩蓋之於府〇　9/41/21
等賦府〇者　10/47/22
百姓虛而府〇滿　10/48/3

酷 kù　1

其使民也〇烈　15/70/4

夸 kuā　7

非〇誕也　3/10/1
〇誕生惑　3/12/3
貴而不爲〇　7/26/8
不可以〇誕有也　8/29/22
〇誕則虛　8/30/1
非特以爲淫泰〇麗之聲　10/43/12
〇誕逐魂　14/67/1

跨 kuà　1

〇天下而無蘄　8/32/2

快 kuài　4

〇〇而亡者　4/12/21
則人有〇　27/135/12
人有〇　27/135/12

塊 kuài　4

〇然獨坐而天下從之如一體　12/60/17
屬茨、倚廬、席薪、枕〇　19/94/19
齊衰、苴杖、居廬、食粥、席薪、枕〇　19/96/6,19/98/5

澮 kuài　2

通溝〇　9/40/3
以爲蹞步之〇也　21/106/4

寬 kuān　18

君子能則〇容易直以開道人　3/9/10
君子〇而不僈　3/9/15
故能〇容　5/20/3
遇賤而少者則脩告導〇容之義　6/23/16
致彊而能以〇弱　7/25/22
之所以接下之百姓者則庸〇惠　9/42/2
〇饒簡易　10/47/15
生民則致〇　11/55/25

○惠而有禮 12/57/24
寡怨○裕而無阿 12/58/2
○容而不亂 13/64/23
變應○裕而多容 14/67/8
而生民欲○ 14/67/14
生民○而安 14/67/14
是謂惠暴而○賊也 18/85/9
此夫安○平而危險隘者
邪 26/124/2
其爲人○ 32/149/1
彼其○也 32/149/3

款 kuǎn 1

愚○端愨 2/6/9

匡 kuāng 4

一○天下 11/55/2
譬之是猶傴巫、跛○大
自以爲有知也 18/84/19
孔子拘○ 26/125/16,32/150/12

筐 kuāng 5

約者有○篋之藏 4/16/7
亡國富○篋 9/36/17
○篋已富 9/36/17
不盈頃○ 21/104/14
頃○、易滿也 21/104/14

狂 kuáng 15

我欲屬之○惑疾病邪 4/13/9
而○惑戇陋之人 8/29/9
周之子孫苟不○惑者 8/31/15
12/62/7
人苟不○惑戇陋者 11/53/20
能無○乎 11/55/5
〔是〕○生者也 12/58/18
○生者不胥時而（樂）
〔落〕 12/58/18
迷亂○生 13/66/4
身苟不○惑戇陋 15/74/1
有○妄之威者 16/75/12
夫是之謂○妄之威 16/75/20
○妄之威成乎滅亡也 16/75/21

蒙佯○之色 32/150/7
箕子佯○ 32/150/13

況 kuàng 7

○夫先王之道 4/16/11
而○於千世之傳也 5/19/1
而○於千世之上乎 5/19/2
成名○乎諸侯 6/22/16,8/32/9
而○以事其所隆親乎 19/93/8
○於使者乎 21/102/9

壙 kuàng 9

敬謀無○ 15/71/7
敬事無○ 15/71/7
敬終無○ 15/71/7
敬衆無○ 15/71/7
敬敵無○ 15/71/7
夫是之謂五無○ 15/71/7
而處之以恭敬無○ 15/71/8
故○壠其額象室屋也 19/95/15
望其○ 27/135/4

曠 kuàng 4

不可少頃○也 14/66/24
則郊草不（瞻○）芸 16/79/11
言音者予師○ 27/137/16
何異於變易牙之和、更
師○之律 27/137/17

纊 kuàng 1

紸○聽息之時 19/93/19

窺 kuī 3

人主之所以○遠收衆之
門戶牖嚮也 12/62/15
○敵觀變 15/70/26
烏鵲之巢可俯而○也 31/146/15

蘬 kuī 1

其在《中○》之言也 32/148/20

魁 kuí 1

倚○之行 2/7/11

夔 kuí 2

而○獨傳者、壹也 21/105/9
○爲樂正鳥獸服 25/121/12

跬 kuǐ 5

故不積○步 1/2/10
千里○步不至 1/4/12
故○步而不休 2/7/13
此夫過舉○步而覺跌千
里者夫 11/53/25
以爲○步之澮也 21/106/4

喟 kuì 1

孔子○然而歎曰 28/138/13

愧 kuì 1

衆人○之 8/32/12

匱 kuì 3

則器用巧便而財不○矣 11/56/22
孝子不○ 27/134/25,29/142/5

潰 kuì 3

愼○氏踰境而徙 8/28/5
當之者○ 15/69/3
下比周賁○以離上矣 16/75/20

饋 kuì 2

曼而○ 18/86/18
几筵、○、薦、告祝 19/98/7

昆 kūn 1

然後○蟲萬物生其閒 10/45/2

困 kùn 12

雖○四夷 2/6/16,2/6/17
雖窮○凍餒 8/28/1
雖敦必○ 8/33/14
而事必有○廢之禍 22/108/13
事無○廢之禍 22/108/14
無以道欲而○於有欲者也 22/111/4
無以節欲而○於欲多者也 22/111/4
患至而後慮者謂之○ 27/128/13
○則禍不可禦 27/128/14
然故民不○財 27/132/6
爲窮而不○ 28/141/5

括 kuò 2

○囊 5/19/14
故枸木必將待檃○、烝、矯然後直 23/113/9

廓 kuò 1

則○之以廣大 2/6/7

髺 kuò 2

沐浴、○體、飯唅、象生執也 19/95/7
○而不冠笄矣 19/95/9

剌 là 1

行全○之 32/150/5

萊 lái 1

○不用子馬而齊并之 32/150/1

來 lài 28

榮辱之○ 1/2/3
飛廉、惡○知政 8/31/18
地○而民去 9/36/27
何獨不○也 9/41/17
我今將○致之、并閱之、砥礪之於朝廷 9/41/23
福祿○反 10/46/2
（適）人之所以○我也 11/56/4
徐方既○ 12/57/21,15/74/7
飛廉、惡○是也 13/66/4
彼必將○告之 15/69/7
遠邇○服 15/71/26
虛腹張口○歸我食 15/74/14
未有知其所由○者也 18/85/13
19/95/15
不閔○ 21/107/11
所欲未嘗粹而○也 22/111/24
飛廉知政任惡○ 25/120/8
往○惽憊 26/124/9
往○惽憊而不可爲固塞者歟 26/124/12
一往一○ 26/125/9
謂我○矣 27/126/15
凡物有乘而○ 27/136/18
曷云能○ 28/140/1
不其有○乎 28/140/2
欲○者不距 30/144/15
三日而校○謁 31/148/1
而天下自○ 32/148/14

賴 lài 2

百姓誠○其知也 10/43/21
兆人○之 24/119/1

藍 lán 3

青、取之於○而青於○ 1/1/3
○苴路作 27/136/13

蘭 lán 6

○槐之根是爲芷 1/1/20
好我芳若芝○ 9/41/12
芬若椒○ 15/69/6
椒○芬芳 19/90/6
○茝、槀本 27/134/3
且夫芷○生於深林 28/141/4

濫 làn 5

刑不欲○ 14/67/24
刑○則害及君子 14/67/24
寧僭無○ 14/67/24
不自嗛其行者言○過 27/135/21
其源可以○觴 29/142/28

狼 láng 3

心如虎○、行如禽獸而又惡人之賊己也 2/5/7
必禽獸行、虎○貪 18/88/3
譬之其豺○也 31/147/16

琅 láng 1

○玕、龍茲、華覲以爲實 18/87/23

牢 láo 3

宰爵知賓客、祭祀、饗食、犧牲之○數 9/40/1
睪○天下而制之若制子孫 11/53/19
食飲則重大○而備珍怪 18/86/18

勞 láo 55

身○而心安 2/6/13
○苦之事則爭先 2/6/16
○苦之事則偷儒轉脫 2/7/1
○勧而容貌不枯 2/8/13,2/8/14
○而欲息 4/15/7,5/18/13
爲工匠農賈則常煩○ 4/15/12
故○力而不當民務 6/23/6
○知而不律先王 6/23/6
○苦事業之中則儢儢然 6/24/21
○而不優 6/25/2
審○佚 7/25/19,11/50/7
煩○以求安利 8/30/4
甲兵不○而天下服 9/37/16
11/54/6
遠者不疾其○ 9/38/11
度其功○ 9/40/12,11/55/18
彼日積○ 9/41/24
而慢其功○ 9/42/5
或劬（或）○ 10/43/12
故相率而爲之○苦以務

佚之 10/43/21
上功○苦 10/45/9
齊功○ 10/45/9
○苦頓萃而愈無功 10/46/3
則○苦耗顇莫甚焉 11/52/16
其爲事不○而功名致大 11/53/11
則身○而國亂 11/54/21,12/57/8
則身有何○而爲 11/54/23
故君人○於索之 11/55/18
使民則綦○苦 11/56/2
故君人者○於索之 12/57/8
有司不○而事治 12/57/18
事業忘○ 12/57/19
安値將卑埶出○ 12/63/9
○苦煩辱則必犇 15/73/14
老者不堪其○而休也 18/86/16
而形不爲○ 18/86/17
甚○而無功 22/110/24
○而欲休 23/114/3
○而不敢求息者 23/114/4
形無所○ 24/118/7
禹○（心）力 25/121/10
躬親爲民行○苦 25/121/13
親親、故故、庸庸、○
○ 27/127/26
○倦而不苟 27/133/13
故○苦彫萃而能無失其
敬 29/142/3
未嘗知○也 31/146/18
君以此思○ 31/147/5
則○將焉〔而〕不至矣 31/147/5
舍佚而爲○ 32/149/13

**老** lǎo 28

○○而壯者歸焉 2/8/9
雖無○成人 6/24/1
厚於有天下之勢而不得
以匹夫○ 7/26/3
○身長子 8/29/10
則○弱有失養之憂 10/42/19
○者以養 10/44/7,27/129/1
不殺○弱 15/71/12
○子有見於詘 17/83/4
○衰而擅 18/86/15
○者不堪其勞而休也 18/86/16
持○養衰 18/87/2
○者、休也 18/87/3
諸侯有○ 18/87/3
天子無○ 18/87/3
學、○身長子而與愚者
若一 21/106/20
美不○ 25/121/3
養○長幼 26/124/17
棄其耆○ 26/124/17
善壯而拙○者與 26/125/2
○者孝焉 27/127/15
貴貴、尊尊、賢賢、○
○、長長 27/127/26
是○也欺予 28/139/2
○無以教之 28/140/11
○而不教 30/144/22
○思死則教 30/144/23

**潦** lǎo 1

行水○ 9/40/3

**雷** léi 4

天下應之如○霆 8/30/2
豈不如日月○霆然矣哉 11/50/1
黭然而○擊之 16/75/16
○鼓在側而耳不聞 21/102/9

**羸** léi 1

庶人則凍餧○瘠於下 18/88/3

**累** lěi 12

○土而不輟 2/7/13
然而窮年○世不知不足 4/16/5
○多而功少 9/36/27
豈渠得免夫○乎 9/40/21
則和調○解 10/46/14
大○也 11/49/13
殘賊加○之譖 14/66/10
○而成文 22/110/5
名也者、所以期○實也 22/110/5
其○百年之欲 22/112/6
比干見刳箕子○ 25/120/9
今夫子○德、積義、懷
美 28/140/18

**誄** lěi 1

其銘、○、繫世 19/95/18

**壘** lěi 1

不憂其係○也 27/131/23

**類** lèi 63

物○之起 1/2/3
物各從其○也 1/2/5
（群）○之綱紀也 1/3/10
倫○不通 1/4/12
依乎法而又深其○ 2/7/19
知則明通而○ 3/10/6
善其言而○焉者應矣 3/10/18
唯所居以其○至 3/11/11
夫富貴者、則○傲之 3/12/11
從者將論志意、比○文
學邪 5/17/23
以○度○ 5/19/3
○不悖 5/19/4
成文而○ 5/21/2
甚僻違而無○ 6/22/9
壹統○ 6/22/13
故多言而○ 6/23/5
脩脩兮其（用）統○之
行也 8/31/1
其言有○ 8/32/10
則知不能○也 8/33/1
苟仁義之○也 8/33/3
則舉統○而應之 8/33/4
知通統○ 8/34/16
無法者以○舉 9/35/18,27/131/8
聽斷以○ 9/37/19
以○行雜 9/39/1
誅賞而不○ 10/46/20
枝葉必○本 10/47/2
○不能自行 12/57/4
緣義而有○ 12/58/5
推○接譽 13/63/20
倫○以爲理 13/65/19
秦○之矣 16/78/16
財非其○ 17/80/11
以養其○ 17/80/11
順其○者謂之福 17/80/11

逆其○者謂之禍 17/80/11
以○相從者也 18/85/10
先祖者、○之本也 19/90/20
○之盡之 19/94/20
莫不愛其○ 19/96/10
○不可兩也 21/104/16
以求其統○ 21/106/23
（○）以務象效其人 21/106/23
○是而幾 21/106/23
凡同○同情者 22/108/15
然而徵知必將待天官之當簿其○然後可也 22/109/2
無不○於三惑者矣 22/109/20
推○而不悖 22/110/8
俛然而○ 22/110/20
嘖然而不○ 22/110/23
異○也 22/111/5,22/111/5
固難○所受乎天也 22/111/7
多言則文而○ 23/117/2
其統○一也 23/117/2
齊給、便敏而無○ 23/117/4
通○而後應 27/131/11
永錫爾○ 27/134/25
夫○之相從也 27/136/9
多言而○、聖人也 27/137/10
言以○使 29/141/20

狸 li 1

狐○其蒼 21/107/15

黎 li 1

顏色○黑而不失其所 32/149/13

釐 li 1

不失豪○ 8/33/12

離 li 42

○（縱）〔維〕而跂訾者也 6/24/10
○○然 6/24/22
惡天下之○周也 8/27/19
則諸侯○矣 9/37/9
亂則○ 9/39/15
○則弱 9/39/15
彼將厲厲焉日日相○疾也 9/41/24
○居不相待則窮 10/42/17
四方之國有侈○之德則必滅 11/53/16
而觀其能無○守也 12/61/10
（滑）〔渙〕然有○德者也 15/68/13
事大敵堅則渙然○耳 15/69/22
霍焉○耳 15/73/14
有○俗不順其上 15/73/17
故民雖有○心 15/74/12
下比周賁潰以○上矣 16/75/20
上下乖○ 17/82/1
則天下不○ 18/86/11
○宮室而歸丘陵也 19/97/16
是以與治（雖）〔○〕走而是己不輟也 21/102/8
異形○心交喻 22/108/12
凡邪說辟言之○正道而擅作者 22/109/20
○南行而北走也哉 22/111/21
○得欲之道而取所惡也哉 22/111/22
不可道而○之 22/111/23
○道而內自擇 22/112/2,22/112/6
行○理而不外危者 22/112/10
則不能○也 22/112/12
夫可以見之明不○目 23/113/20
可以聽之聰不○耳 23/113/20
23/114/2
生而○其朴 23/113/21
○其資 23/113/22
不○其朴而美之 23/114/1
不○其資而利之也 23/114/1
若夫可以見之明不○目 23/114/2
驊騮、騹驥、纖○、綠耳 23/117/14
恐爲子胥身○凶 25/122/9
修之者榮、○之者辱孰它師 25/122/15
日夜合○ 26/125/6

蔾 li 1

○藿不糂 28/140/17

劙 li 1

則○槃盂、刎牛馬 16/75/7

李 li 2

然後瓜桃棗○一本數以盆鼓 10/44/21
○斯問孫卿子曰 15/72/1

里 li 49

而致千○ 1/1/14
無以至千○ 1/2/10
千○蹞步不至 1/4/12
夫驥一日而千○ 2/7/8
則千○雖遠 2/7/9
跛鱉千○ 2/7/13
文王載百○地而天下一 7/26/2
則百○之國足以獨立矣 7/26/3
則楚六千○而爲讎人役 7/26/4
無百○之地則無所見其功 8/32/5
一日而千○ 8/32/6,12/61/15
用百○之地 8/32/7
用百○之地而千○之國莫能與之爭勝 8/32/9
則百○之地久 8/33/8
順州○ 9/40/6
百○之國足以獨立矣 10/48/7
皆百○之地也 11/50/2
11/54/7,15/74/22,18/85/18
百○之地 11/52/23
故百○之地 11/53/1
故百○之地足以竭埶矣 11/53/4
此夫過舉蹞步而覺跌千○者夫 11/53/25
其居鄉○也 12/58/5
○之前 12/62/12
且仁人之用十○之國 15/69/1
則將有百○之聽 15/69/1
用百○之國 15/69/1
則將有千○之聽 15/69/1
用千○之國 15/69/2
日中而趨百○ 15/70/2
方數百○ 15/74/20
封內千○ 16/76/25
自數百○而往者安固 16/77/6

已有數百○之國者也 16/77/8
未有過封內千○者也 16/77/21
即去大梁百有二十○耳 16/78/2
動州○ 19/93/15
鄉○族長之中 20/98/22
然後一日而致千○也 23/117/15
子胥見殺百○徙 25/120/10
仁有○ 27/127/27
仁、非其○而（虛）〔處〕之 27/127/28
犇喪百○ 27/128/6
和〔氏〕之璧、井○之厥也 27/134/7
管仲誅付○乙 28/138/22

## 理 lǐ 107

辭順而後可與言道之○ 1/4/7
少而○曰治 2/6/3
其行道○也勇 2/8/12
柬○也 2/8/14
喜則和而○ 3/10/7
憂則靜而○ 3/10/7
誠心行義則○ 3/11/5
○則明 3/11/5
骨體膚○辨寒暑疾養 4/15/9
雖久同○ 5/19/4
本分而○ 5/20/16
其言之成○ 6/21/13,6/21/17,6/21/20,6/22/2,6/22/5
務事○者也 6/24/5
非綦文○也 7/25/19,11/50/7
福事至則和而○ 7/26/9
禍事至則靜而○ 7/26/9
（○）任大事 7/26/14
言必（治當）〔當○〕 8/29/2
無益於○者廢之 8/29/4
有益於○者爲之 8/29/4
無益於○者舍之 8/29/5
井井兮其有○也 8/30/19
○道之遠近而致貢 9/38/10
君子○天地 9/39/3
則天地不○ 9/39/4
與天地同○ 9/39/5
綦文○ 9/40/14
期文○ 10/48/10
然而天下之○略奏矣 11/50/4
有不○者如豪末 11/54/12
主能治近則遠者○ 11/55/11
使民則綦○ 11/55/25
有非○者如豪末 11/55/26
明達（用）〔周〕天地、○萬變而不疑 12/58/6
莫不治○ 12/60/11
倫類以爲○ 13/65/19
未有貴上、安制、綦節之○也 15/70/11
義者循○ 15/71/21,15/71/23
循○ 15/71/23
應之以○則吉 17/79/16
本事不○ 17/81/17
孰與○物而勿失之也 17/82/17
○貫不亂 17/82/20
不知逆順之○ 18/87/5
未可與及天下之大○者也 18/87/5
犯分、亂○ 18/88/26
孰知夫禮義文○之所以養情也 19/90/15
親用之謂○ 19/91/9
禮之○誠深矣 19/92/12
其○誠大矣 19/92/12
其○誠高矣 19/92/13
文○繁 19/92/21
文○省 19/92/22
文○、情用相爲內外表裏 19/92/22
僞者、文○隆盛也 19/95/1
一使足以成文○ 19/96/21
人所以群居和一之○盡矣 19/97/4
文○之原也 19/97/7
禮也者、○之不可易者也 20/100/14
蔽於一曲而闇於大○ 21/102/5
制割大○ 21/104/8
則足以見鬚眉而察〔膚〕○矣 21/105/5
故導之以○ 21/105/7
則不足以決（麤）〔庶〕○矣 21/105/8
聖人縱其欲、兼其情而制焉者○矣 21/105/18
物之○也 21/106/18
求可以知物之○而無所疑止之 21/106/18
其所以貫○焉雖億萬 21/106/19
形體、色○以目異 22/108/16
道也者、治之經○也 22/110/7
長少之○順矣 22/110/14
心之所可中○ 22/111/9
心之所可失○ 22/111/10
志輕○而不〔外〕重物者 22/112/9
行離○而不外危者 22/112/10
故淫亂生而禮義文○亡焉 23/113/5
合於犯（分）〔文〕亂○而歸於暴 23/113/5
然後出於辭讓、合於文○而歸於治 23/113/6
禮義之文○也 23/114/5
骨體膚○好愉佚 23/114/12
且化禮義之文○ 23/114/17
正○平治也 23/115/1
今誠以人之性固正○平治邪 23/115/2
將曷加於正○平治也哉 23/115/3
然則仁義法正有可知可能之○ 23/116/6
今以仁義法正爲固無可知可能之○邪 23/116/8
本夫仁義之可知之○、可能之具 23/116/13
五聽（循）〔脩〕領、莫不○（續）〔績〕（主執）〔孰主〕持 25/123/2
文○成章 26/123/11
簡然易知而致有○者歟 26/123/13
夫是之謂蠶○ 26/125/4
夫是之謂箴○ 26/125/10
義、○也 27/127/27
推恩而不○ 27/128/1
遂○而不敢 27/128/1
不教無以○民性 27/130/24
凡百事異○而相守也 27/131/8
善學者盡其○ 27/133/9
必循其○ 28/140/6
栗而○ 30/144/7
情性者、所以○然不、取舍也 31/146/8

**裏 lǐ** 4

文理、情用相爲內外表〇 19/92/22
而宇宙〇矣 21/104/9
又以連〇 26/125/10
相爲內外表〇 27/130/8

**禮 lǐ** 344

終乎讀〇 1/3/7
《〇》者、法之大分 1/3/9
故學至乎《〇》而止矣 1/3/10
《〇》之敬文也 1/3/11
《〇》、《樂》法而不說 1/3/20
隆〇次之 1/3/23
下不能隆〇 1/3/23
則〇正其經緯蹊徑也 1/4/2
不道〇憲 1/4/2
故隆〇 1/4/4
不隆〇 1/4/4
故〇恭而後可與言道之方 1/4/7
〇信是也 2/5/12
由〇則治（通）〔達〕 2/5/12
不由〇則勃亂提僈 2/5/13
由〇則和節 2/5/13
不由〇則觸陷生疾 2/5/13
由〇則雅 2/5/14
不由〇則夷固僻違 2/5/14
故人無〇則不生 2/5/15
事無〇則不成 2/5/15
國家無〇則不寧 2/5/15
〇儀卒度 2/5/15,19/93/4
則合之以〇樂 2/6/9
莫徑由〇 2/6/9
術〇義而情愛人 2/6/16
〇者、所以正身也 2/8/1
師者、所以正〇也 2/8/1
無〇何以正身 2/8/1
吾安知〇之爲是也 2/8/1
〇然而然 2/8/2
則是情安〇也 2/8/2
情安〇 2/8/2
故非〇 2/8/3
法〇也 2/8/4
非〇義之中也 3/9/1,3/9/3,3/9/4
〇義之謂治 3/10/12
非〇義之謂亂也 3/10/12
故君子者、治〇義者也 3/10/12
非治非〇義者也 3/10/13
推〇義之統 3/11/16
安知〇義 4/15/16
《詩》、《書》、《〇》、《樂》之分乎 4/16/11
夫《詩》、《書》、《〇》、《樂》之分 4/16/14
故先王案爲之制〇義以分之 4/17/1
分莫大於〇 5/18/17
〇莫大於聖王 5/18/18
守法數之有司極〇而褫 5/18/19
不順〇義 5/19/10
順〇義 5/19/10
不是〇義 6/22/4
辯說譬諭、齊給便利而不順〇義 6/23/7
遇友則脩〇節辭讓之義 6/23/16
無〇義而唯權埶之嗜者也 6/24/6
〇節之中則疾疾然 6/24/21
隆〇義 8/27/26
〇節脩乎朝 8/28/8
〇義是也 8/28/15
行〇要節而安之 8/30/16
故《詩》、《書》、《〇》、《樂》之〔道〕歸是矣 8/31/5
《〇》言是 8/31/7
其行有〇 8/32/10
不知隆〇義而殺《詩》、《書》 8/32/18
隆〇義而殺《詩》、《書》 8/32/21
統〇義 8/33/2
積〇義而爲君子 8/34/7
〇者、人主之所以爲群臣寸尺尋丈檢式也 8/34/18
不能屬於〇義 9/35/4
能屬於〇義 9/35/5
待之以〇 9/35/10
故制〇義以分之 9/36/2,19/90/4
則莫若隆〇敬士矣 9/36/10
未及脩〇（者）也 9/36/16
故脩〇者王 9/36/16
飾動以〇義 9/37/19
〇義者、治之始也 9/39/2
君子者、〇義之始也 9/39/2
〇義無統 9/39/4
不可少頃舍〇義之謂也 9/39/16
論〇樂 9/40/13
婚姻娉內送逆無〇 10/42/20
節用以〇 10/42/23
而下以〇節用之 10/42/24
而或以無〇節用之 10/42/27
〇者、貴賤有等 10/43/1
由士以上則必以〇樂節之 10/43/2
故先王明〇義以壹之 10/46/20
其〇義節奏也 10/47/12
其朝廷隆〇 10/47/13
其於〇義節奏也 10/47/15
上不隆〇則兵弱 10/47/19
〇節將甚文 10/48/14
必將脩〇以齊朝 10/49/4
挈國以呼〇義而無以害之 11/49/16
非以脩〇義也 11/50/14
唯其不由〇義而由權謀也 11/50/16
故與積〇義之君子爲之則王 11/51/8
國無〇則不正 11/51/19
〇之所以正國也 11/51/19
而〇法之大分也 11/52/21
 11/54/16
而天子之〇制如是者也 11/53/15
公侯失〇則幽 11/53/16
上莫不致愛其下而制之以〇 11/54/11
而〇法之樞要也 11/54/14
百姓莫敢不敬分安制以（〇）化其上 11/55/8
明〇義以道之 11/55/23,15/73/16
則夫朝廷群臣亦從而成俗於不隆〇義而好傾覆也 11/56/11
則夫衆庶百姓亦從而成俗於不隆〇義而好貪利矣 11/56/12
朝廷必將隆〇義而審貴賤 11/56/16
故上好〇義 12/57/15
以〇分施 12/57/23

以○待君 12/57/23
寬惠而有○ 12/57/24
夫有○ 12/57/26
夫無○ 12/57/26
審之○也 12/57/27,12/58/1 12/58/8
古者先王審○以方皇周浹於天下 12/57/27
故君子之於○ 12/58/1
隆○至法則國有常 12/60/10
參之以○ 12/61/6
度之以○ 12/61/7
故校之以○ 12/61/8
知隆○義之爲尊君也 12/63/5
○義以爲文 13/65/19
恭敬、○也 13/65/22
故君子安○樂（利）〔樂〕 13/65/22
○義備而君子歸之 14/66/17
故○及身而行脩 14/66/18
能以○挾而貴名白 14/66/18
○者、節之準也 14/67/13
○以定倫 14/67/13
隆○貴義者 15/69/13
簡○賤義者 15/69/13
隆○效功 15/69/15
○義教化 15/70/13
○者、治辨之極也 15/72/9
無○義忠信 15/73/12
於是有能化善、脩身、正行、積○義、尊道德 15/74/2
故凝士以○ 15/75/1
○脩而士服 15/75/1
○義節奏是也 16/75/9
國之命在○ 16/75/9,17/82/12
人君者隆○尊賢而王 16/75/9
○樂則脩 16/75/13
○樂則不脩 16/75/15
○義、辭讓、忠信是也 16/77/3 16/77/6
所以養生、（安樂）〔樂安〕者莫大乎○義 16/77/12
人知貴生樂安而棄○義 16/77/12
故爲人上者必將愼○義、務忠信然後可 16/79/8
〔○義之不愆〕 17/81/2
○義不脩 17/81/18
在人者莫明於○義 17/82/10
○義不加於國家 17/82/12
君人者隆○尊賢而王 17/82/12
○者、表也 17/82/22
非○、昏世也 17/83/1
亂○義之分 18/84/7
夫○義之分盡矣 18/86/14
○起於何也 19/90/3
是○之所以起也 19/90/5
故○者、養也 19/90/5,19/90/8
孰知夫○義文理之所以養情也 19/90/15
故人一之於○義 19/90/17
○有三本 19/90/20
故○、上事天 19/90/21
是○之三本也 19/90/22
凡○、始乎稅 19/92/3
○豈不至矣哉 19/92/8
○之理誠深矣 19/92/12
君子審於○ 19/92/14
○者、人道之極也 19/92/15
然而不法○、不（足）〔是〕○ 19/92/16
法○、（足）〔是〕○ 19/92/16
○之中焉能思索 19/92/17
○之中焉能勿易 19/92/17
○者、以財物爲用 19/92/21 27/130/12
是○之隆也 19/92/21
是○之殺也 19/92/22
是○之中流也 19/92/22,19/94/12
故厚者、○之積也 19/93/3
大者、○之廣也 19/93/3
高者、○之隆也 19/93/3
明者、○之盡也 19/93/3
○者、謹於治生死者也 19/93/6
是君子之道、○義之文也 19/93/7
○者、謹於吉凶不相厭者也 19/93/19
卒○之凡 19/94/3
○者、斷長續短 19/94/8
然而○兼而用之 19/94/9
非○義之文也 19/94/14
則是○也 19/94/21
卒○者、以生者飾死者也 19/95/6
凡○、事生 19/95/13
故卒○者、無他焉 19/95/16
是○義之法式也 19/96/2
然而○以是斷之者 19/96/7
其於○節者 19/97/22
○節文貌之盛矣 19/98/1
○樂正其盛者也 20/99/11
故○樂廢而邪音起者 20/99/19
故先王貴○樂而賤邪音 20/99/20
故先王導之以○樂而民和睦 20/99/24
○脩而行成 20/100/8
○也者、理之不可易者也 20/100/14
○別異 20/100/14
○樂之統 20/100/14
○之經也 20/100/15
賤○義而貴勇力 20/101/25
不敬○節 21/107/6
文名從《○》 22/107/21
○義之不愆兮 22/110/17
故淫亂生而○義文理亡焉 23/113/5
故必將有師法之化、○義之道 23/113/6
得○義然後治 23/113/10
無○義則悖亂而不治 23/113/10
是以爲之起○義、制法度以矯飾人之情性而正之 23/113/11
化師法、積文學、道○義者爲君子 23/113/12
縱性情、安恣睢而違○義者爲小人 23/113/13
○義者、聖人之所生也 23/113/17
○義之文理也 23/114/5
則○義惡生 23/114/8
凡○義者 23/114/8
聖人積思慮、習僞故以生○義而起法度 23/114/10
然則○義法度者 23/114/11 23/114/15
僞起（於信）而生○義 23/114/14
○義生而制法度 23/114/14
且化○義之文理 23/114/17
化○義則讓乎國人矣 23/114/18
固無○義 23/114/21

性不知○義 23/114/21
則人無○義 23/114/22
不知○義 23/114/22
人無○義則亂 23/114/22
不知○義則悖 23/114/22
惡用○義矣哉 23/115/3
雖有聖王○義 23/115/3
明○義以化之 23/115/4
是聖王之治而○義之化也 23/115/5
無○義之化 23/115/6
故性善則去聖王、息○義矣 23/115/12
性惡則與聖王、貴○義矣 23/115/12
明○義 23/115/13
必將待聖王之治、○義之化 23/115/17
○義積僞者 23/115/20
夫聖人之於○義也 23/115/22
然則○義積僞者 23/115/22
23/115/25
今將以○義積僞爲人之性邪 23/115/23
僞起而生○義 23/115/25
然則聖人之於○義積僞也 23/115/25
以綦於○義故也 23/116/2
以秦人之從情性、安恣睢、慢於○義故也 23/116/3
○恭而意儉 23/117/8
四海之內無客○ 24/118/5
○樂滅息、聖人隱伏墨術行 25/120/16
○與刑 25/121/1
請歸之○ 26/123/15
○ 26/123/15
○樂以成 26/124/16
拂乎其欲○義之大行也 26/125/17
君人者、隆○尊賢而王 27/126/7
○也 27/126/9,27/126/11
27/126/13,27/126/14
27/126/17,27/126/19
27/126/21,27/129/15
27/129/22
○、其盡也 27/126/27
故王者先仁而後○ 27/126/27
《聘○》志曰 27/127/1
財侈則殄○ 27/127/1
○云○云 27/127/1
雖指、非○也 27/127/2
○者、其表也 27/127/4
先王以○表天下之亂 27/127/4
今廢○者 27/127/5
故○之生 27/127/7
親迎之○ 27/127/12
夫行也者、行○之謂也 27/127/15
○也者、貴者敬焉 27/127/15
○以順人心爲本 27/127/22
故亡於《○經》而順人心者 27/127/22
（背）〔皆〕○（者）也 27/127/22
○之大凡 27/127/24
○之序也 27/127/27
○、節也 27/127/27
非（○）〔仁〕也 27/127/28
不成○ 27/128/2
仁、義、○、樂 27/128/2
行義以○ 27/128/3
制○反本成末 27/128/3
然後○也 27/128/3
非○也 27/128/6,27/128/19
29/142/25
○之大也 27/128/7
○者、政之輓也 27/128/9
爲政不以○ 27/128/9
治民不以○ 27/128/19
○者、人之所履也 27/129/22
○之於正國家也 27/129/24
故人無○不生 27/129/24
事無○不成 27/129/24
國家無○不寧 27/129/25
○之中焉 27/130/8
○者、本末相順 27/130/10
脩六○ 27/130/25
善爲《○》者不相 27/133/23
服○義 27/134/8
然而非○不進 27/135/22
仁義○善之於人也 27/136/15
勇果而亡○ 27/137/8
三王既已定法度、制○樂而傳之 27/137/17
若夫志以○安 29/141/20
不行無○ 29/142/12
○邪 29/142/22
29/142/24,29/142/25
○、居是邑不非其大夫 29/142/26
聖人莫能加於○ 30/143/20
○者、眾人法而不知 30/143/20
朝○畢矣 31/148/6
位滋尊而○瘉恭 32/149/18
○義不行 32/150/5

**醴 lǐ** 4

〔大〕饗、尚玄尊而用酒○ 19/91/7
芻豢、稻粱、酒○、（餰鬻）〔魚肉〕 19/94/16
有酒○則辭 27/129/13
漸於蜜○ 27/134/3

**力 lì** 67

眞積○久則入 1/3/8
軥錄疾○ 4/14/12
然而人○爲此而寡爲彼 4/15/13
4/15/21
則農以○盡田 4/17/3
筋○越勁 5/17/26
故勞○而不當民務 6/23/6
必曰君子固不用○ 6/25/1
頓窮則（從之）疾○以申重之 7/27/4
辟之是猶○之少而任重也 8/30/7
而我以○勝之也 9/36/24
而我以○勝之 9/36/25
慮以王命全其○、凝其德 9/37/3
○全則諸侯不能弱也 9/37/3
○不若牛 9/39/10
一則多○ 9/39/12
多○則彊 9/39/12
使農夫樸○而寡能 9/40/4
則好用其死○矣 9/42/5
度人○而授事 10/43/3
罕興○役 10/43/6
小人以○ 10/44/5
○者、德之役也 10/44/5
百姓之○ 10/44/5
守時○民 10/44/16

急不傷○ 10/46/12
維民其○懋和 10/46/17
三軍同○ 10/48/12
10/49/6,15/68/15,16/76/7
知者易爲之興○而功名綦大 11/55/3
得百姓之○者富 11/55/21
罕舉○役 11/56/20
則農夫莫不朴○而寡能矣 11/56/20
農夫朴○而寡能 11/56/22
有能比知同○ 13/64/2
是〔其氣○〕數年而衰而〔復利〕未可奪也 15/70/2
故賞慶、刑罰、埶詐不足以盡人之○、致人之死 15/73/11
暴悍勇○之屬爲之化而愿 15/74/6
有以○兼人者 15/74/9
是以○兼人者也 15/74/13
以○兼人者弱 15/74/16
合戰用○而敵退 16/76/3
非衆之○也 16/77/6
非大之○也 16/77/7
○術止 16/77/16
此所謂○術止也 16/77/17
勉○不時 17/81/18
可以小○持也 18/85/1
不可以小○持也 18/85/2
血氣筋○則有衰 18/86/15
盡筋骨之○以要鍾鼓俯會之節 20/101/3
賤禮義而貴勇○ 20/101/25
不得人○則不能斷 23/117/14
禹勞（心）○ 25/121/10
事業聽上、莫得相使一民○ 25/122/13
管仲之爲人○功不○義 27/131/17
○智不○仁 27/131/17
勇○撫世 28/138/14
雖有國士之○ 29/142/19
非無○也 29/142/19
馬○盡矣 31/148/7
君子○如牛 32/149/4
不與牛爭○ 32/149/4

## 立 li 102

所○者然也 1/1/19
君子愼其所○乎 1/2/7
（寡）〔直〕○而不勝 3/9/15
直○而不見知者 4/12/22
家室○殘 4/13/2
持之難○也 4/14/19
持之易○也 4/14/21,22/110/24
六說者○息 6/22/19
遂○以爲仲父 7/25/12
○以爲仲父 7/25/12
則百里之國足以獨○矣 7/26/3
可○而待也 7/26/21,16/75/20
○隆而勿貳也 7/27/3
○七十一國 8/27/16,8/31/15,12/62/7
有益於治者○之 8/29/4
要時○功之巧 8/30/16
○聲樂 8/32/1
窮則獨○貴名 8/32/13
非大儒莫之能○ 8/32/13
〔性〕不足以獨○而治 8/33/20
明王始○而處國有制 9/35/22
欲○功名 9/36/10
則傾覆滅亡可○而待也 9/36/18
司徒知百宗、城郭、○器之數 9/40/1
威彊之所以○也 9/40/18
則是國未能獨○也 9/40/21
案以中○無有所偏而爲縱橫之事 9/41/3
○身則從傭俗 9/42/2
○身則輕（楛）〔楛〕 9/42/3
○身則憍暴 9/42/4
則君臣未○也 10/42/15
量地而○國 10/43/3
功必不○ 10/46/7
事成功○ 10/46/12
則其傾覆滅亡則可○而待也 10/48/4
百里之國足以獨○矣 10/48/7
故用國者、義○而王 11/49/15
信○而霸 11/49/15
權謀○而亡 11/49/15
是所謂義○而王也 11/50/3
是所謂信○而霸也 11/50/9
不以積持之則不○ 11/51/4
故君人者、○隆政本朝而當 11/54/19
○隆政本朝而不當 11/54/20
辟之是猶○直木而求其影之枉也 11/55/14
辟之是猶○枉木而求其影之直也 11/55/15
故法不能獨○ 12/57/4
偏○而亂 12/57/27
俱○而治 12/57/27
譬之是猶○直木而恐其景之枉也 12/61/1
譬之是猶○枉木而求其景之直也 12/61/3
亂則危辱滅亡可○而待也 12/61/17
夫文王欲○貴道 12/62/5
於是乎貴道果○ 12/62/7
○天下之大功 12/62/8
程以○數 14/67/13
○法施令莫不順比 15/74/10
○良有司以接之 15/74/15
古者明王之舉大事、○大功也 16/76/6
大功已○ 16/76/6
天職既○ 17/80/9
必將○隆正然後可也 18/88/21
○師學 18/89/20
持手而食者不得○祭廟 19/91/4
○隆以爲極 19/92/8
故其○文飾也不至於窕冶 19/94/10
其○麤衰也 19/94/11
其○聲樂恬愉也 19/94/11
其○哭泣哀戚也 19/94/12
稱情而○文 19/96/4,19/96/5
故先王聖人安爲之○中制節 19/96/21
故先王案爲之○文 19/97/22
是先王○樂之方也 20/98/18
是先王○樂之術也 20/99/1,20/99/7
○飲 20/101/12
乃○司正焉 20/101/15
以爲○魅也 21/106/13
故爲之○君上之埶以臨

之 23/115/4
○君上 23/115/13
則傀然獨○天地之間而不畏 23/117/8
武王善之、封〔之〕於宋○其祖 25/120/9
大人哉舜、南面而○萬物備 25/121/9
功○而身廢 26/124/17
父南鄉而○ 27/127/12
禹見耕者耦○而式 27/128/17
○視足 27/130/5
○視前六尺而（大）〔六〕之 27/130/5
○太學 27/130/25
天之○君 27/132/19
其○效 27/133/6
君子○志如窮 27/133/11
未問則不（○）〔言〕 27/134/12
27/136/22
强足以反是獨○ 28/138/21
止（交）〔○〕不知所定 31/145/10
生則○焉 32/149/22

吏 li 29

是官人百○之所以取祿秩也 4/14/12
使百○（免盡）〔盡免〕而衆庶不偷 9/40/12
凡主相臣下百○之（俗）〔屬〕 10/47/11
其百○好法 10/47/13
凡主相臣下百○之屬 10/47/14
其臣下百○ 10/47/16
是所使夫百○官人爲也 11/52/8
使臣下百○莫不宿道鄉方而務 11/52/9
則是官人使○之事也 11/54/18
則主相、臣下、百○各謹其所聞 11/55/7
以飾朝廷臣下百○之分 11/55/17
則百○莫不畏法而遵繩矣 11/56/17
百○畏法循繩 11/56/21
則臣下百○誕詐之人乘是而後欺 12/57/11
則臣下百○乘是而後偏 12/57/12
則臣下百○乘是而後險 12/57/13
則臣下百○乘是而後豐取刻與以無度取於民 12/57/14
百○官人無怠慢之事 12/60/6
24/118/10
則臣下百○至于庶人莫不脩己而後敢安正 12/60/15
是官人史○之材也 12/63/3
率群臣百○而相與彊君橋君 13/64/3
百○死職 15/71/10
貪○亂之官 16/76/20
其百○肅然莫不恭儉、敦敬、忠信而不楛 16/78/12
古之○也 16/78/12
則雖守法之○ 22/108/8
耳目既顯、○敬法令莫敢恣 25/123/5
○謹將之無鈹滑 25/123/6

利 li 202

金就礪則○ 1/1/4
非○足也 1/1/14
蚯螾無爪牙之○、筋骨之强 1/2/12
心○之有天下 1/4/19
是故權○不能傾也 1/4/19
○以處窮 2/5/12
保○棄義謂之至賊 2/6/2
齊給便○ 2/6/7
卑溼、重遲、貪○ 2/6/7
○少而義多 2/6/13
君子之求○也略 2/8/12
欲○而不爲所非 3/9/7
唯○所在 3/12/1
見其可○也 3/12/6,3/12/8
不如恭儉之○也 4/12/17
將以爲○邪 4/13/8
恈恈然惟（○）飲食之見 4/13/14
爲事○ 4/13/15
恈恈然唯○之見 4/13/15
不顧其○ 4/13/16
安危○害之常體 4/14/3
先義而後○者榮 4/14/3
先○而後義者辱 4/14/3
材愨者常安○ 4/14/4
安○者常樂易 4/14/5
是安危○害之常體也 4/14/5
好○惡害 4/14/17
好○而惡害 4/15/7,5/18/13
無師無法則唯○之見爾 4/15/14
以治情則○ 4/16/16
綦谿○跂 6/21/16
兼○天下 6/22/19,9/39/12
辯說譬諭、齊給便○而不順禮義 6/23/7
○足而迷 6/23/10
貪○者也 6/24/6
○心無足而佯無欲者也 6/24/9
依乎仁而蹈○者也 7/25/20
財○至則（言）善而不及也 7/26/8
忠信愛○形乎下 8/28/9
煩勞以求安○ 8/30/4
以富○爲隆 8/32/16
尙完○ 9/40/8
功○所好也 10/42/19
則必有貪○糾譑之名 10/42/28
計○而畜民 10/43/3
事必出○ 10/43/4
○足以生民 10/43/4
天下之本○也 10/43/10
其所○焉誠多 10/44/2
下失地○ 10/45/12,18/88/2
下得地○ 10/45/22,15/68/5
不○而○之 10/47/4
不如○而後○之之○也 10/47/4
○而後○之 10/47/4
不如○而不○者之○也 10/47/5
○而不○也、愛而不用也者 10/47/5
○而後○之、愛而後用之者 10/47/6
不○而○之、不愛而用之者 10/47/6
上好○則國貧 10/47/20
將以求○而危其身 10/48/5
則案以爲○也 10/48/9
則爲○者不攻也 10/48/14
爲○者否 10/48/16
國者、天下之制○用也 11/49/12

人主者、天下之○勢也 11/49/12
故人主、天下之○勢也 11/49/14
雖覩○敗 11/50/5,11/50/5
挈國以呼功○ 11/50/10
唯○之求 11/50/10
內則不憚詐其民而求小○焉 11/50/10
外則不憚詐其與而求大○焉 11/50/11
先義而後○ 11/51/14
先○而後義 11/51/15
足以順服好○之人矣 11/53/3
好○之人服焉 11/53/3
心好○而穀祿莫厚焉 11/53/19
興天下同○ 11/55/23
○澤誠厚也 11/55/27
而好見小○ 11/56/8
則夫衆庶百姓亦從而成俗於不隆禮義而好貪○矣 11/56/12
佻其期日而○其巧任 11/56/19
下不失地○ 11/56/23
上好貪○ 12/57/13
〔而〕無貪○之心 12/57/16
故有社稷者而不能愛民、不能○民 12/58/14
貪○者退而廉節者起 12/60/12
接之以聲色、權○、忿怒、患險 12/61/9
本不○於所私也 12/61/21
知無與下爭小○之爲便於事也 12/63/6
從命而○君謂之順 13/63/28
從命而不○君謂之（諂）〔諂〕 13/63/28
逆命而○君謂之忠 13/63/28
逆命而不○君謂之簒 13/63/28
功伐足以成國之大○ 13/64/5
謹愼、○也 13/65/22
故君子安禮樂（○）〔樂〕 13/65/22
弟子通○則思師 14/67/22
賞僭則○及小人 14/67/24
不若○淫 14/67/25
〔夫〕兵之所貴者埶○也 15/68/9
權謀埶○也 15/68/12
兌則若莫邪之○鋒 15/69/3
械用兵革攻完便○者强 15/69/18
械用兵革窳楛不便○者弱 15/69/18
○其田宅 15/70/2
是〔其氣力〕數年而衰而〔復○〕未可奪也 15/70/2
使天下之民所以要○於上者 15/70/5
皆干賞蹈○之兵也 15/70/11
尙功○ 15/70/12
隆埶詐、尙功○之兵 15/70/16
無見其○而不顧其害 15/71/1
故堅甲○兵不足以爲（勝）〔武〕 15/72/10
輕○僄遬 15/72/14
是豈無堅甲○兵也哉 15/72/15
將以爲○耶 15/74/1
好○多詐而危 16/75/10,17/82/13,27/126/7
愛○則形 16/75/13
愛○則不形 16/75/15
無○人之事 16/75/19
好○之民莫不願以（爲）齊爲歸 16/76/19
衆庶百姓皆以貪○爭奪爲俗 16/76/20
（汗）〔汙〕漫、爭奪、貪○是也 16/77/3
苟富○而已矣 16/77/11
是渠衝入穴而求○也 16/77/11
天材之○多 16/78/11
主道○周 18/83/11
故主道○明不○幽 18/83/17
○宣不○周 18/83/17
興天下之同○ 18/84/6
不能以義制○ 18/86/10
則求○之詭緩 18/87/23
則有何尤扣人之墓、抉人之口而求○矣哉 18/88/4
以欺愚者而潮陷之以偷取○焉 18/88/6
害人而自○ 18/88/7
驕暴、貪○ 18/88/26
苟○之爲見 19/90/16
○爵之不醮也 19/91/10
毋○舉爵 19/98/8
其志○ 20/101/24
故能持管仲而名○福祿與管仲齊 21/103/4
故能持周公而名○福祿與周公齊 21/103/4
道盡○矣 21/103/10
辨○非以言是 21/107/2
案彊鉗而○口 21/107/5
妄辨而幾○ 21/107/6
正○而爲謂之事 22/107/24
不○傳辟者之辭 22/110/15
○而不流 22/110/16
兼萬物之○而盛害 22/112/13
生而有好○焉 23/113/3
鈍金必將待礱、厲然後○ 23/113/9
不離其資而○之也 23/114/1
心好○ 23/114/12
夫好○而欲得者 23/114/16
好○而欲得 23/114/17
以出乎貪○爭奪 23/115/26
然而不加砥厲則不能○ 23/117/13
所見者汙漫、淫邪、貪○之行也 23/117/18
則知所○矣 24/119/8
事知所○ 24/119/8
知所○也 24/119/10
重義輕○行顯明 25/121/7
氾○兼愛德施均 25/121/8
爭寵嫉賢（○）〔相〕惡忌 25/122/6
○（往）〔隹〕卬上、莫得擅與孰私得 25/122/14
上通○ 25/123/5
人屬所○ 26/125/1
志愛公○ 26/125/14
○夫秋豪 27/131/23
義與○者、人之所兩有也 27/132/1
雖堯、舜不能去民之欲○ 27/132/1
然而能使其欲○不克其好義也 27/132/1
然而能使其好義不勝其欲○也 27/132/2
故義勝○者爲治世 27/132/2
○克義者爲亂世 27/132/3
上重義則義克○ 27/132/3

上重○則○克義 27/132/3
諸侯不言○害 27/132/3
從士以上皆羞○而不與民爭業 27/132/5
則民死○矣 27/132/12
爭○如蚤甲而喪其掌 27/136/6
故君子苟能無以○害義 30/144/2

**戾 lì** 5

勇膽猛○ 2/6/6
非擊○也 2/7/5
猛貪而○ 4/13/15
而天下不稱○焉 8/27/16
○然後功 13/66/1

**栗 lì** 1

○而理 30/144/7

**鬲 lì** 2

桀死於（亭）〔○〕山 21/102/17
○如也 27/135/4

**莅 lì** 1

矜莊以○之 5/20/7

**詈 lì** 2

今倡優、侏儒、狎徒○侮而不鬬者 18/88/12
○侮捽搏 18/89/1

**厲 lì** 13

威嚴猛○而不好假導人 9/35/14
彼將○○焉日日相離疾也 9/41/24
威○而不試 15/73/9
不砥○ 16/75/6
砥○之 16/75/7
彼國者亦有砥○ 16/75/9
步驟、馳騁、○騖不外是矣 19/93/1
鈍金必將待礱、○然後利 23/113/9
然而不加砥○則不能利 23/117/13
孰公長父之難、○王流于彘 25/122/7
周幽、○ 25/122/8
是以威○而不試 28/139/10

**歷 lì** 2

日月、星辰、瑞○ 17/80/21
○險致遠 31/148/7

**隸 lì** 1

五甲首而○五家 15/70/6

**麗 lì** 7

莫不美○姚冶 5/18/1
非特以為淫泰夸○之聲 10/43/12
以為好○邪 12/62/4
鼓天○ 20/100/19
名之○也 22/110/5
用、○俱得 22/110/5
因○節文 28/141/14

**礪 lì** 3

金就○則利 1/1/4
砥○百姓 9/41/4
我今將來致之、并閲之、砥○之於朝廷 9/41/23

**攭 lì** 1

○兮其相逐而反也 26/124/9

**連 lián** 3

其容簡○ 6/24/20
又善○衡 26/125/7
又以○裏 26/125/10

**廉 lián** 17

無○恥而嗜乎飲食 2/8/8
○而不劌 3/9/15,30/144/7
○而不見貴者 4/12/22
無○恥 4/13/13
安知○恥隅積 4/15/16
無○恥而忍謑詢 6/24/22
無○恥而耆飲食 6/25/1
飛○、惡來知政 8/31/18
貪利者退而○節者起 12/60/12
飛○、惡來是也 13/66/4
案獨以為私○ 16/76/9
使其曲直、繁省、○肉、節奏足以感動人之善心 20/98/17
磬○制 20/100/19
然而治俯仰、詘信、進退、遲速莫不○制 20/101/2
紂蔽於妲己、飛○ 21/102/16
飛○知政任惡來 25/120/8

**憐 lián** 2

然後隱其所○所愛 12/62/9
無邑○之心 21/107/11

**簾 lián** 1

（屋）〔局〕室、（廬庾）〔蘆○〕、（葭）稾蓐、尚机筵而可以養形 22/112/19

**斂 liǎn** 13

收○畜藏以繼之也 4/16/8
（○）〔歛〕然聖王之文章具焉 6/22/14
聚○計數之君也 9/36/15
聚○者亡 9/36/16
聚○者 9/36/19
好用其籍○矣 9/42/5
厚刀布之○以奪之財 10/44/10
省刀布之○ 11/56/19
故藉○忘費 12/57/19
始卒之未小○也 19/91/12
然而殯○之具未有求也 19/93/19
妬功毀賢、下○黨與上蔽匿 25/122/7
○也無時 28/139/5

## 練 liàn 3

魯大夫○而床 29/142/22
由問魯大夫○而床 29/142/24
○而床 29/142/25

## 良 liáng 39

傷○曰讒 2/6/1
害○曰賊 2/6/1
則一之以易○ 2/6/6
故○農不爲水旱不耕 2/6/14
○賈不爲折閱不市 2/6/14
其容○ 6/24/17
民之無○ 8/30/4
維此○人 8/34/11
故有○法而亂者有之矣 9/35/19, 14/66/25
選賢○ 9/36/6,9/41/5
上以飾賢○ 9/38/18
政令時則百姓一、賢○服 9/39/18
則賢○知聖之士案自進矣 9/41/9
則必有仁義聖○之名 10/42/25
王○、造父者 11/53/8
則莫若使王○、造父矣 11/53/10
上以飾賢○而明貴賤 12/60/4
衡聽、顯幽、重明、退姦、進○之術 14/66/10
夫是之謂衡聽、顯幽、重明、退姦、進○之術 14/66/14
立○有司以接之 15/74/15
瑟易○ 20/100/20
賢○退處而隱逃 21/102/17
古之○弓也 23/117/12
此皆古之○劍也 23/117/13
此皆古之○馬也 23/117/14
得○友而友之 23/117/17
愚闇愚闇墮賢（艮）〔○〕 25/120/3
窮賢○ 25/120/16
宗其賢○、辨其殃孽 25/121/5
隱（諱）〔過〕疾賢、（○）〔長〕由姦詐鮮無災 25/122/1
不見賢○ 26/125/7
隱○者謂之妒 27/130/18
官致○工 28/141/14
非無○材也 28/141/14
且夫○醫之門多病人 30/144/16
馬服而後求○焉 31/147/15
殺賢○ 32/150/12

## 梁 liáng 9

○有唐舉 5/17/10
府然苦（渠）〔○〕匽䝙梠之於己也 5/20/1
山林澤○以時禁發而不稅 9/38/10
脩隄○ 9/40/3
必將芻豢稻○、五味芬芳以塞其口 10/45/18
即去大○百有二十里耳 16/78/2
王○、造父者 18/87/12
〔食〕、先黍稷而飯稻（○）〔粱〕 19/91/8
曰涓蜀○ 21/106/12

## 粱 liáng 6

今使人生而未嘗睹芻豢稻○也 4/15/17
幾直夫芻豢稻○之縣糟糠爾哉 4/15/21
芻豢稻○ 19/90/6
〔食〕、先黍稷而飯稻（粱）〔○〕 19/91/8
芻豢、稻○、酒醴、（飾鬻）〔魚肉〕 19/94/16
不辟○肉 27/129/13

## 糧 liáng 2

贏三日之○ 15/70/2
齎盜○、借賊兵也 27/135/19

## 兩 liǎng 40

事○君者不容 1/2/14
目不能○視而明 1/2/14
耳不能○聽而聰 1/2/15
君子○進 3/10/10
小人○廢 3/10/10
○者分別 9/35/10
夫○貴之不能相事 9/36/1
○賤之不能相使 9/36/1
○者合而天下取 11/53/5
○者並行而國在 11/54/4
○者無一焉而亡 12/59/8, 16/77/13
齫然○齒墮矣 12/62/5
此四帝○王 15/71/25
（曷若）○者孰足爲也 16/76/23
是有○端矣 18/88/23
是榮辱之○端也 18/89/2
○者相持而長 19/90/5
則○得之矣 19/90/17
則○喪之矣 19/90/17
故儒者將使人○得之者也 19/90/18
墨者將使人○喪之者也 19/90/18
○者合而成文 19/91/9
○情者、人生固有端焉 19/94/19
○至者俱積焉 19/97/12
○疑則惑矣 21/102/5
聖人無○心 21/102/5
○也 21/104/2
類不可○也 21/104/16
未嘗有○而能精者也 21/105/11
視一以爲○ 21/106/5
○盡者足以爲天下極矣 21/106/22
以一易○ 22/112/4
以○易一 22/112/4,22/112/5
猶以一易○也 22/112/6
是猶以○易一也 22/112/6
義與利者、人之所○有也 27/132/1
○驂列 31/148/2
○服入廄 31/148/2

## 量 liàng 15

循法則、度○、刑辟、圖籍 4/14/10
法則度○正乎官 8/28/8
○能而授官 8/28/21,12/59/17, 18/86/9
○地而立國 10/43/3
然後葷菜百疏以澤○ 10/45/1
無制數度○則國貧 10/47/21
加義乎法則度○ 11/49/21

莫得不循乎制（度數）
〔數度〕○ 11/54/18
求而無度○分界 19/90/3
故○食而食之 19/94/13
○要而帶之 19/94/13
其罪猶爲符節、度○之
罪也 22/108/5
主○必平 28/140/7

**撩 liāo** 1

（掩）〔○〕地表畝 10/44/15

**聊 liáo** 1

不女○ 29/142/17

**僇 liáo** 3

爲天下大○ 5/17/26
無○乎族黨而抑卑乎後世 16/76/9
爲天下之大○ 18/84/16

**遼 liáo** 1

地不爲人之惡○遠也輟
廣 17/80/27

**繚 liáo** 3

其候徼支○ 10/47/9
矜糾收○之屬爲之化而調 15/74/6
頭銛達而尾趙○者邪 26/125/9

**列 liè** 16

一日而曲（○）〔別〕之 11/52/8
相者、論○百官之長 11/55/17
散則成○ 15/69/3
士大夫死行○ 15/71/11
○星隨旋 17/80/5
凡爵○、官職、賞慶、
刑罰 18/85/10
爵○尊 18/88/25
而行○得正焉 20/99/5
無埶○之位而可以養名 22/112/20
○從必尊 24/119/5
○星隕墜 26/125/13
故古者○地建國 27/132/19
○官職 27/132/20
爲天下○士 27/134/8
是以鳳在○樹 31/146/14
兩驂○ 31/148/2

**烈 liè** 3

如火○○ 15/69/9
其使民也酷○ 15/70/4

**獵 liè** 1

不○禾稼 15/71/12

**林 lín** 12

○木茂而斧斤至焉 1/2/6
山○澤梁以時禁發而不稅 9/38/10
則斧斤不入山○ 9/39/19
故山○不童而百姓有餘
材也 9/39/22
養山○、藪澤、草木、
魚鱉、百（索）〔素〕
9/40/5
山○茂而禽獸歸之 14/66/17
山○者、鳥獸之居也 14/66/19
山○險則鳥獸去之 14/66/20
限之以鄧○ 15/72/16
山○川谷美 16/78/10
見植○以爲後人也 21/106/4
且夫芷蘭生於深○ 28/141/4

**鄰 lín** 9

夫威彊未足以殆○敵也 9/40/20
則威行○敵 12/59/7
四○諸侯之相與 12/62/20
所使於四○諸侯者非人
之謂孤 12/62/24
小齊則治○敵 15/70/16
北與胡、貉爲○ 16/77/21
與暴爲○ 26/124/17
禍與福○ 27/128/15
百姓（淺）〔淡〕然不
識其○ 31/146/10

**臨 lín** 27

不○深谿 1/1/7
生於高山之上而○百仞
之淵 1/1/18
○官治 4/14/10
君子非得勢以○之 4/15/15
足以相兼○者 9/36/3
使不肖○賢 11/56/2
○事必亂 12/57/6
致○而有辨 12/57/25
故卑不得以○尊 12/61/7
如○深淵 13/65/16
○事接民而以義 14/67/8
○武君與孫卿子議兵於
趙孝成王前 15/68/3
○武君對曰 15/68/5
○武君曰 15/68/9,15/71/10
15/71/18
孝成王、○武君曰 15/69/11
15/70/24
楚人則乃有襄賁、開陽
以○吾左 16/76/22
在韓者踰常山乃有○慮 16/78/1
故明君○之以勢 22/110/1
君子無埶以○之 22/110/2
故爲之立君上之埶以○
之 23/115/4
三○其喪 27/129/10
一問一○ 27/129/10
○患難而不忘（細）
〔茵〕席之言 27/133/13
○財而不見信者 30/144/11

**麟 lín** 1

○在郊野 31/146/15

**懍 lǐn** 1

臣下○然莫必其命 15/72/20

**廩 lǐn** 6

實倉○ 9/37/6,9/41/19,10/48/11
我今將畜積并聚之於倉○ 9/41/22
垣窌倉○者 10/47/22

故田野荒而倉○實 10/48/3

**吝 lìn** 1

以○嗇而不行施道乎上 7/26/20

**賃 lìn** 1

是其出○市、傭而戰之幾矣 15/69/22

**苓 líng** 1

其在趙者剡然有○而據松柏之塞 16/78/2

**陵 líng** 13

少○長 10/42/18
○謹盡察 10/47/15
兵刃不待○而勁 12/57/20
信○君之於魏也 13/64/8
信○君似之矣 13/66/2
凡節奏欲○ 14/67/14
節奏○而文 14/67/14
誦說而不○不犯 14/67/20
離宮室而歸丘○也 19/97/16
深谷為○ 24/119/6
○遲故也 28/139/12,28/139/13
今夫世之○遲亦久矣 28/139/13

**靈 líng** 1

衛○公有臣曰公孫呂 5/17/16

**領 lǐng** 5

若挈裘○ 1/4/2
衣衾三○ 18/87/17,19/93/15
五聽（循）〔脩〕○、莫不理（續）〔績〕（主執）〔執主〕持 25/123/2
有務而拘○者矣 31/146/14

**令 lìng** 48

政○法 4/14/9
○尹子西、司馬子期皆死焉 5/17/19
政○是也 5/20/14
○行禁止 9/35/12,14/66/18
15/75/2
政○時則百姓一、賢良服 9/39/18
其政○一 10/47/1
政○已陳 11/50/5
政○以挾 11/53/15
政○制度 11/54/11
辯政○制度 11/55/25
○不下通 11/56/13
是之謂政○行、風俗美 11/56/23
政○不煩而俗美 12/57/18
四海之民不待○而一 12/57/20
政○教化 13/63/20
則政○不行而上下怨疾 14/67/10
政○信者強 15/69/16
政○不信者弱 15/69/16
故制號政○ 15/70/25
○不進而進 15/71/11
猶○不退而退也 15/71/11
嚴○繁刑不足以為威 15/72/11
然而周師至而○不行乎下 15/73/1
是豈○不嚴、刑不繁也哉 15/73/1
有不由○者 15/73/6
政○以定 15/73/17
立法施○莫不順比 15/74/10
發誡布○而敵退 16/76/2
則兵不復出於塞外而○行於天下矣 16/78/6
政○不明 17/81/17
則政○不施 17/83/6
○行於諸夏之國 18/83/25
○行於境內 18/83/25
○不行於境內 18/84/3
湯、武不能禁○ 18/85/17
至天下之善禁○者也 18/85/18
出○而無所受○ 21/104/11
故壹於道法而謹於循○矣 22/108/7
○問○望 22/110/11
政○致明而化易如神 24/118/19
則○行而不流 24/119/13
耳目既顯、吏敬法○莫敢恣 25/123/5
〔今〕嫚○謹誅、賊也 28/139/5
有弟而求其聽○ 30/144/19

**流 liú** 63

不積小○ 1/2/10
瓠巴鼓瑟而○魚出聽 1/3/3
柔從而不○ 3/9/16
小心則○淫而傾 3/10/8
畏法○俗 3/11/24
其○長矣 4/16/12
多少無法而○湎然 6/23/5
通○財物粟米 9/38/10
人歸之如○水 10/46/13
貨之○也 10/47/23
節其○ 10/47/23
知本末源○之謂也 10/48/2
小巨分○者存 11/51/14
小巨分○者亦一若彼 11/51/16
故械數者、治之○也 12/57/14
源清則○清 12/57/15,12/58/14
源濁則○濁 12/57/15,12/58/14
致功而不○ 12/57/25
士大夫無○淫之行 12/60/6
而觀其能無○慆也 12/61/9
調而不○ 13/64/23
凡○言、○說、○事、○謀、○譽、○愬、不官而衡至者 14/66/11
是故刑罰省而威〔行如〕○ 15/73/8
故民歸之如○水 15/74/5
其聲樂不○汙 16/78/11
則目不見○矣 16/79/11
○淫、汙僈 18/88/26
積厚者○澤廣 19/91/5
積薄者○澤狹也 19/91/5
江河以○ 19/92/5
是禮之中○也 19/92/22,19/94/12
不至於○淫惰慢 19/94/11
使其聲足以樂而不○ 20/98/17
則民和而不○ 20/99/15
則民○慢鄙賤矣 20/99/18
○慢則亂 20/99/18
知其能和樂而不○也 20/101/15
和樂而不○ 20/101/21
利而不○ 22/110/16
則士大夫無○淫之行 24/118/10

是故刑罪綦省而威行如○ 24/118/13
刑罰綦省而威行如○ 24/118/19
則令行而不○ 24/119/13
孰公長父之難、厲王○于彘 25/122/7
周○四海 26/123/18
水○淫 27/136/9
○言滅之 27/136/20
○丸止於甌、臾 27/137/1
○言止於知者 27/137/1
○言止焉 27/137/2
多（少）〔言〕無法而○詁然 27/137/10
孔子觀於東○之水 28/140/4
其○也埤下裾拘 28/140/5
非唯下○水多邪 29/143/1
從物如○ 31/145/10

## 留 liú 6

無有滯○ 9/38/10
兼聽齊明而百事不○ 12/60/15
不○衆 15/71/18
聽決百事不○ 16/78/14
殆非直○死者以安生也 19/94/1
無○善 27/133/6

## 旒 liú 1

爲下國綴○ 13/66/5

## 騮 liú 1

驊○、騹驥、纖離、綠耳 23/117/14

## 柳 liǔ 1

○下惠與後門者同衣而不見疑 27/136/4

## 六 liù 28

蟹○跪而二螯 1/2/12
伯牙鼓琴〔而〕○馬仰秣 1/3/3
○驥不致 2/7/14,2/7/15
豈若跛鱉之與○驥足哉 2/7/14
此○生者 3/12/3
（則）○說者不能入也 6/22/15
○說者立息 6/22/19
則楚○千里而爲讎人役 7/26/4
宇中○指謂之極 8/34/4
○畜皆得其長 9/39/17
故養長時則○畜育 9/39/18
養○畜 9/40/6
然後○畜禽獸一而剸車 10/45/1
今人主有○患 12/60/25
○馬不和 15/68/7
夫是之謂○術 15/70/27
愼行此○術、五權、三至 15/71/7
○畜作袄 17/81/18
穆公得之、强配五伯○卿施 25/120/10
立視前○尺而（大）〔○〕之 27/130/5
○○三十○ 27/130/5
三丈○尺 27/130/6
脩○禮 27/130/25
○貳之博 27/133/3

## 隆 lóng 74

○禮次之 1/3/23
下不能○禮 1/3/23
故○禮 1/4/4
不○禮 1/4/4
故君子○師而親友 2/5/5
○仁也 2/8/14
非致○高也 7/25/19,11/50/7
立○而勿貳也 7/27/3
○禮義 8/27/26
仁之○也 8/28/15
上則能大其所○ 8/30/14
以富利爲○ 8/32/16
不知○禮義而殺《詩》、《書》 8/32/18
○禮義而殺《詩》、《書》 8/32/21
人無師法則○（情）〔性〕矣 8/33/18
有師法則○（性）〔積〕矣 8/33/19
道有一○ 8/34/20
則莫若○禮敬士矣 9/36/10
致○高 9/40/14
伉○高 9/41/5,10/48/10
其朝廷○禮 10/47/13
上不○禮則兵弱 10/47/19
莫不以是爲○正 11/54/13
故君人者、立○政本朝而當 11/54/19
立○政本朝而不當 11/54/20
不○本行 11/56/10
則夫朝廷群臣亦從而成俗於不○禮義而好傾覆也 11/56/11
則夫衆庶百姓亦從而成俗於不○禮義而好貪利矣 11/56/12
朝廷必將○禮義而審貴賤 11/56/16
○禮至法則國有常 12/60/10
知○禮義之爲尊君也 12/63/5
政之○也 14/67/9
君者、國之○也 14/67/17
父者、家之○也 14/67/17
○一而治 14/67/17
未有二○爭重而能長久者 14/67/17
○禮貴義者 15/69/13
○禮效功 15/69/15
齊人○技擊 15/69/21
○埶詐 15/70/12
○埶詐、尙功利之兵 15/70/16
人君者○禮尊賢而王 16/75/9
○在信矣 16/77/6
○在脩政矣 16/77/7
君人者○禮尊賢而王 17/82/12
故天子生則天下一○致順而治 18/86/13
必將立○正然後可也 18/88/21
無○正 18/88/21
天下之大○ 18/88/22
尊先祖而○君師 19/90/22
夫是之謂大○ 19/91/9
立○以爲極 19/92/8
以○殺爲要 19/92/21
是禮之○也 19/92/21
故君子上致其○ 19/93/1
高者、禮之○也 19/93/3

而況以事其所○親乎 19/93/8
是致○思慕之義也 19/94/1
僞者、文理○盛也 19/95/1
加○焉 19/97/1
故三年以爲○ 19/97/3
夫是之謂至○ 19/97/5
相率而致○之 19/97/7
所致○也 19/97/15
○殺之義辨矣 20/101/12
○殺辨 20/101/21
天下有不以是爲○正也 21/107/3
匹夫○之則爲聖人 26/123/14
諸侯○之則一四海者歟 26/123/14
皇天○物 26/123/17
君人者、○禮尊賢而王 27/126/7
○率以敬先妣之嗣 27/127/12

龍 lóng 11

蛟○生焉 1/2/9
若曹觸○之於紂者 13/65/11
川淵者、○魚之居也 14/66/19
川淵枯則○魚去之 14/66/20
曹觸○斷於軍 15/71/14
琅玕、○茲、華覲以爲
　寶 18/87/23
○旗九斿 19/90/12
寢兕、（持）〔特〕虎
　、蛟韅、絲末、彌○ 19/90/13
而不知關○逢 21/102/15
螭○爲蝘蜓 26/125/16
關○逢不見刑乎 28/141/2

聾 lóng 1

鈍金必將待○、厲然後
　利 23/113/9

聾 lóng 3

以○辨聲也 2/8/3
猶○之於清濁也 20/99/12
以○爲聰 26/126/2

籠 lóng 1

案（角）鹿埵、隴種、
　東○而退耳 15/69/4

隴 lǒng 1

案（角）鹿埵、○種、
　東籠而退耳 15/69/4

壠 lǒng 1

故壙○其須象室屋也 19/95/15

樓 lóu 1

重○疏堂 26/125/15

陋 lòu 17

不免爲○儒而已 1/4/1
少見曰○ 2/6/3
○也 4/15/13,4/15/22
○也者、天下之公患也 4/15/22
○者俄且僩也 4/16/1
○而無度者也 5/19/1
而狂惑戇○之人 8/29/9
甚愚○溝瞀而冀人之以
　己爲知也 8/34/15
雖末在僻○之國 11/50/6
是皆僻○之國也 11/50/9
人苟不狂惑戇○者 11/53/20
無幽閒辟○之國 15/71/15
身苟不狂惑戇○ 15/74/1
是淺者之傳、○者之說也 18/87/4
擅作典制辟○之說入焉
　而喪 19/92/12
將由夫愚○淫邪之人與 19/96/15

漏 lòu 7

易忘曰○ 2/6/3
雖隱於窮閻○屋 8/28/3,8/32/7
夫是之謂上溢而下○ 9/36/18
則雖在窮閻○屋 10/48/10
補○者危 16/78/22
香、臭、芬、鬱、腥、
　臊、（洒）〔○〕、
　（酸）〔庮〕、奇臭
　以鼻異 22/108/17

鏤 lòu 6

金石可○ 1/2/11
故爲之雕琢、刻○、黼
　黻、文章 10/43/13
故爲之雕琢、刻○、黼
　黻、文章以藩飾之 10/43/22
必將錭琢、刻○、黼黻
　、文章以塞其目 10/45/18
脩冠弁、衣裳、黼黻、
　文章、琱琢、刻○ 12/60/1
彫琢、刻○、黼黻、文章 19/90/6

盧 lú 1

（君）〔若〕○屋妾 10/49/3

廬 lú 4

屬茨、倚○、席薪、枕
　塊 19/94/19
齊衰、苴杖、居○、食粥、席
　薪、枕塊 19/96/6,19/98/5
（屋）〔局〕室、（○
　庾）〔蘆簾〕、（葭）
　稾蓐、尙机筵而可以
　養形 22/112/19

蘆 lú 1

（屋）〔局〕室、（廬
　庾）〔○簾〕、（葭）
　稾蓐、尙机筵而可以
　養形 22/112/19

虜 lǔ 3

故無首○之獲 8/31/20
（億）〔億〕然若終身
　之○而不敢有他志 8/32/21
氐、羌之○也 27/131/23

魯 lǔ 24

仲尼將爲○司寇 8/28/5
○之粥牛馬者不豫賈 8/28/5
桓公劫於○莊 9/37/12

故○人以楷 18/85/20
天非私齊、○之民而外秦人也 23/116/2
然而〔秦人〕於父子之義、夫婦之別不如齊、○之孝（具）〔共〕敬（父）〔文〕者 23/116/2
齊人欲伐○ 27/133/1
孔子觀於○桓公之廟 28/138/10
孔子爲○攝相 28/138/17
夫少正卯、○之聞人也 28/138/17
孔子爲○司寇 28/139/1
子貢觀於○廟之北堂 28/141/12
○哀公問於孔子曰 29/142/7
31/144/27,31/146/17,31/147/9
31/147/14
○大夫練而床 29/142/22
由問○大夫練而床 29/142/24
○哀公問舜冠於孔子 31/146/13
君出○之四門以望○四郊 31/147/5
伯禽將歸於○ 32/149/1
女以○國驕人 32/149/11

## 鹿 lù 2

案（角）○埵、隴種、東籠而退耳 15/69/4
進諫不聽、剄而獨○棄之江 25/122/9

## 賂 lù 3

貨○將甚厚 10/48/14
割國之錙銖以○之 10/48/22
不○貴〔者〕之權埶 22/110/15

## 祿 lù 26

是官人百吏之所以取○秩也 4/14/12
然後使（愨）〔穀〕○多少厚薄之稱 4/17/2
故或○天下而不自以爲多 4/17/4
無○而富 8/29/21
位必稱○ 10/43/2
○必稱用 10/43/2
福○來反 10/46/2
心好利而穀○莫厚焉 11/53/19
偷合苟容、以持○養交而已耳 13/63/29
偷合苟容、以之持○養交而已耳 13/65/10
重○貴節 15/69/15
是高爵豐○之所加也 15/74/3
則高爵豐○以持養之 15/74/4
庶人益○ 16/76/7
貴○厚 18/88/25
故上賢○天下 18/89/18
次賢○一國 18/89/18
下賢○田邑 18/89/18
故能持管仲而名利福○與管仲齊 21/103/4
故能持周公而名利福○與周公齊 21/103/4
爵○盈而忠衰於君 23/116/26
差（○爵）〔爵○〕 27/132/20
夫仰○之士猶可驕也 32/149/12
○厚者民怨之 32/149/16
每益○而施瘉博 32/149/18

## 路 lù 26

遵王之○ 2/8/16,17/83/7
易道○ 9/40/10
○亶者也 15/68/13
道○有死人 17/81/17
乘大○、趨越席以養安 18/86/20
故天子大○越席 19/90/11
故大○之馬必（倍）〔信〕至教順然後乘之 19/90/13
大○之素未集也 19/91/12
迷者不問○ 27/131/5
畀子○ 27/133/1
子贛、季○ 27/134/7
藍苴○作 27/136/13
子○曰 28/138/13,29/142/23
子○進問之 28/140/17
子○問於孔子曰 29/142/15
29/142/22,29/143/14
子○出 29/142/22
謂子○曰 29/142/25
子○盛服見孔子 29/142/28
子○趨而出 29/143/2
子○入 29/143/8
子○對曰 29/143/8
夫端衣、玄裳、絻而乘○者 31/145/3

## 戮 lù 12

雖陷刑○可也 2/8/9
親戚不免乎刑○ 4/13/2
是庶人之所以取煖衣飽食長生久視以免於刑○也 4/14/13
俄則束乎有司而○乎大市 5/18/3
○之以五刑 9/40/11
爲天下大○ 11/50/16
殺○無時 15/72/20
唐鞅○於宋 21/103/2
奚齊○於晉 21/103/2
身爲刑○ 21/103/2
身且加於刑○而不自知者 23/117/19
今殺一人以○不孝 28/139/2

## 錄 lù 4

程役而不○ 2/7/2
軥○疾力 4/14/12
愿愨拘○ 12/63/3
文王之○ 23/117/12

## 露 lù 2

彼將日日暴○毀折之中原 9/41/21
都邑○ 10/47/10

## 閭 lǘ 8

故齊桓、晉文、楚莊、吳闔○、越句踐 11/50/8
齊桓、晉文、楚莊、吳闔○、越句踐 15/70/21
闔○之干將、莫邪、鉅闕、辟○ 23/117/13
○娵、子奢莫之媒也 26/126/1
弔者在○ 27/128/15
表商容之○ 27/131/3

閭○擅强　32/150/13

**呂** lǚ　5

衛靈公有臣曰公孫○　5/17/16
文王用○尚　11/54/23
是以能長用○望而身不失道　21/102/20
召公、○望仁知且不蔽　21/103/4
武王誅之、○尚招麾殷民懷　25/120/10

**旅** lǚ　9

或監門、御○、抱關、擊柝而不自以爲寡　4/17/4
故喪祭、朝聘、（師○）一也　9/39/6
司馬知師○、甲兵、乘白之數　9/40/1
使（賓）〔賓〕○安而貨財通　9/40/10
則商○安、貨（通財）〔財通〕　11/56/21
師○、飾威也　19/95/14
師○有制　19/98/6
軍○鈇鉞者、先王之所以飾怒也　20/99/10
軍○、飾威也　27/127/24

**僂** lǚ　2

未能○指也　8/29/8
賣之不可○售也　8/29/19

**屢** lǚ　4

式居○驕　5/18/11
○化如神　26/124/16
○化而不壽者與　26/125/2
而《詩》非○盟　27/133/22

**履** lǚ　9

不得○之　4/12/18
危足無所○者也　4/12/19
○天（下）〔子〕之籍　8/27/15
○天子之籍　8/31/14
如○薄冰　13/65/16
麤布之衣、麤紃之○而可以養體　22/112/18
禮者、人之所○也　27/129/22
失所○　27/129/22
君子所○　28/139/14

**縷** lǚ　1

無帾絲歶○翣其貆以象菲帷幬尉也　19/95/16

**儢** lǚ　2

勞苦事業之中則○○然　6/24/21

**律** lǜ　10

勞知而不○先王　6/23/6
平室○　9/40/10
質○禁止而不偏　11/56/18
不沐則濡櫛三○而止　19/95/7
進退有○、莫得貴賤孰私王　25/122/14
罪禍有○、莫得輕重威不分　25/123/1
行有○　25/123/5
以治天下、後世法之成○貫　25/123/7
君子聽○習容而后（士）〔出〕　27/129/27
何異於變易牙之和、更師曠之○　27/137/17

**綠** lǜ　1

驊騮、騹驥、纖離、○耳　23/117/14

**慮** lǜ　68

使心非是無欲○也　1/4/18
凡用血氣、志意、知○　2/5/12
智○漸深　2/6/6
則必前後○其可惡也者　3/12/6
則必前後○其可害也者　3/12/6
則不○其可惡也者　3/12/8
智○致明　4/14/8
其○之不深　4/14/15
○之難知也　4/14/19
○之易知也　4/14/21,22/110/24
知○材性　4/14/23
（幾不）長○顧後而恐無以繼之故也　4/16/8
是於己長○顧後　4/16/9
彼固天下之大○也　4/16/11
將爲天下生民之屬長○顧後而保萬世也　4/16/12
○之而可安也　4/16/15
不先○　5/21/1
先○之　5/21/2
滿則○嗛　7/26/17
平則○險　7/26/17
安則○危　7/26/17
其知○多當矣而未周密也　8/30/14
四海之內莫不變心易○以化順之　8/32/1
○以王命全其力、凝其德　9/37/3
非其道而○之以王也　9/37/12
故其知○足以治之　10/43/20
不○而知　12/60/17,24/118/6
使智者○之　12/60/25
知○取舍　12/61/7
其知○足以應待萬變然後可　12/62/20
其智○足以決疑　12/62/22
○與臣下爭小察而綦偏能　12/63/10
○敵之者削　15/69/8
凡○事欲孰而用財欲泰　15/71/1
○必先事而申之以敬　15/71/4
焉○率用賞慶、刑罰、埶詐、（除）〔險〕阸其下　15/73/12
不敢有畔○　15/74/12
在韓者踰常山乃有臨○　16/78/1
其人不加○焉　17/80/1
大知在所不○　17/80/17
知○明　17/81/5,18/88/24
其知○至險也　18/84/15
若夫知○取舍則無衰　18/86/15
知者不得○　18/88/1,32/150/6
○一朝而改之　18/89/7

謂之能○ 19/92/17
能○能固 19/92/17
吾○不清 21/106/3
故有知非以○是 21/107/1
情然而心爲之擇謂之○ 22/107/23
心○而能爲之動謂之僞 22/107/24
○積焉、能習焉而後成
謂之僞 22/107/24
○者欲節求也 22/111/17
聖人積思○、習僞故以
生禮義而起法度 23/114/10
故思○而求知之也 23/114/21
先事○事 27/128/12
先患○患 27/128/12
先事○事謂之接 27/128/12
先患○患謂之豫 27/128/13
事至而後○者謂之後 27/128/13
患至而後○者謂之困 27/128/13
能思索謂之能○ 27/130/8
心之於○亦然 27/131/26
思○明通而辭不爭 31/146/2

鸞 luán 3

和○之聲 18/86/21,19/90/12
和（樂）〔○〕之聲 27/129/27

卵 luǎn 3

○破子死 1/1/17
○有毛 3/9/2
譬之若以○投石 15/68/14

亂 luàn 232

致○而惡人之非己也 2/5/6
不由禮則勃○提僈 2/5/13
多而○曰秏 2/6/4
事○君而通 2/6/13
舍○妄無爲也 2/8/4
言辯而不（辭）〔○〕 3/9/8
愚則毒賊而○ 3/10/9
非治○也 3/10/12,22/111/5
22/111/6
非禮義之謂○也 3/10/12
然則國○將弗治與 3/10/13
國○而治之者 3/10/13
非案○而治之之謂也 3/10/13
去○而被之以治 3/10/14
故去○而非治○也 3/10/14
猶曰君子爲治而不爲○ 3/10/15
以偷生反側於○世之閒 4/14/14
又以遇○世、得○俗 4/15/15
以○得○也 4/15/15
則天下從而○ 4/16/3
然白公之○也 5/17/18
今世俗之○君 5/18/1
其〔所〕以治○者異道 5/18/24
以至治接至○ 5/19/17
以淺○天下 6/21/10
使天下混然不知是非治
○之所存者 6/21/10
賊○者也 6/24/6
治世之所棄而○世之所
從服也 8/29/6
王公好之則○法 8/29/9
百姓好之則○事 8/29/9
所以爲不○也 8/30/8
分不○於上 8/30/9
是言上下之交不相○也 8/30/10
不以私欲○所聞 8/30/12
略法先王而足○世 8/32/17
云能則必爲○ 8/33/16
民之貪○ 8/34/11
是非不○ 9/35/11,9/35/11
故有良法而○者有之矣 9/35/19
14/66/25
有君子而○者 9/35/19,14/66/26
〔而〕○生乎小人 9/35/20
爭則必○ 9/36/2
○則窮矣 9/36/2,10/43/9
先王惡其○也 9/36/2
19/90/4,20/98/16,20/99/25
是之謂至○ 9/39/5
爭則○ 9/39/15,10/43/9,19/90/4
○則離 9/39/15
使夷俗邪音不敢○雅 9/40/2
20/99/21
故政事○ 9/40/15
失之則○ 10/43/20,14/66/25
19/97/11
百姓曉然皆知其汙漫暴
○而將大危亡也 10/44/11
○傷之也 10/45/6
胡不嘗試相與求○之者
誰也 10/45/6
則使天下○ 10/45/6
夷○弘多 10/46/3
觀國之治○臧否 10/47/9
是○國已 10/47/9
人皆○ 10/48/17
○則國危 11/51/23
憂患者生於○國者也 11/52/4
無國而不有○法 11/54/3
則身勞而國○ 11/54/21,12/57/8
○世不然 11/56/1
然後國常不○ 11/56/21
有○君 12/57/3
無○國 12/57/3
足以○矣 12/57/6
臨事必○ 12/57/6
偏立而○ 12/57/27
容而不○ 12/58/5
○則不足及王公 12/60/8
次定而序不○ 12/60/14
○莫大焉 12/61/4,18/85/8
18/89/20
○則危辱滅亡可立而待
也 12/61/17
○之端也 12/62/18,18/85/11
31/147/3
未有如此而不○者也 12/63/11
迫脅於○時 13/64/17
寬容而不○ 13/64/23
禽獸則○ 13/65/15
禍○之從聲 13/66/1
迷○狂生 13/66/4
夫是之謂禍○之從聲 13/66/4
○生乎小人 14/66/26
○所以自作也 14/67/10
二而○ 14/67/17
其國○ 15/69/13,15/69/13
○者弱 15/69/13
誅其○百姓者也 15/71/13
故○者樂其政 15/71/18
故惡人之○之也 15/71/23
此世之所以○也 15/72/7
而日爲○人之道 16/75/19
○楚國之法 16/76/8
則女主○之宮 16/76/20
詐臣○之朝 16/76/20

貪吏○之官 16/76/20
桀、紂棄義背信而天下○ 16/79/8
應之以○則凶 17/79/16
○其天官 17/80/12
治○天邪 17/80/21
桀以○ 17/80/21,17/80/23
17/80/24
治○非天也 17/80/22
治○非時也 17/80/23
治○非地也 17/80/24
男女淫○ 17/81/18
袄是生於○ 17/82/1
理貫不○ 17/82/20
○生其差 17/82/21
表不明則○ 17/82/22
昏世、大○也 17/83/1
是○之所由作也 18/83/17
○禮義之分 18/84/7
其行（之）爲至○也 18/84/15
並起於○今也 18/85/10
不稱罪則○ 18/85/14
○則刑輕 18/85/14
犯○之罪固輕也 18/85/14
○今厚葬 18/87/18,18/88/6
夫○今然後反是 18/88/1
故百事廢、財物詘而禍○起 18/88/2
是特姦人之誤於○說 18/88/6
犯分、○理 18/88/26
然而說不免於以至治爲至○也 18/89/20
○則窮 19/90/4
萬物變而不○ 19/92/5
不從者○ 19/92/9
彼安能相與群居而無○乎 19/96/15
則不能無○ 20/98/16
怒而暴○畏之 20/99/11
則民齊而不○ 20/99/16
流慢則○ 20/99/18
○爭則兵弱城犯 20/99/18
則○ 20/99/25
逆氣成象而○生焉 20/100/4
則樂而不○ 20/100/10
○世惡善 20/100/16
知其能安燕而不○也 20/101/19
安燕而不○ 20/101/21
○世之徵 20/101/24
惑治惑○ 21/102/6
○國之君 21/102/6
○家之人 21/102/6
○國之君非之上 21/102/10
○家之人非之下 21/102/10
以惑其心而○其行 21/102/15
21/102/16
○家是也 21/103/8
內以自○ 21/103/13
故學○術足以爲先王者也 21/103/15
是故衆異不得相蔽以○其倫也 21/103/17
○之本也 21/103/20
不以夢劇○知謂之靜 21/104/4
參稽治○而通其度 21/104/8
清明○於上 21/105/6
酒○其神也 21/106/5
埶○其官也 21/106/6
非辨治○ 21/107/4
此○世姦人之說也 21/107/7
治○可否 21/107/12
故析辭擅作（名）以○正名 22/108/4
故其民莫敢託爲奇辭以○正名 22/108/5
其民莫敢託爲奇辭以○正名 22/108/6
名實○ 22/108/8
亦皆○ 22/108/9
不可○也 22/109/6
此惑於用名以○名者也 22/109/16
此惑於用實以○名者也 22/109/18
此惑於用名以○實者也 22/109/19
天下○ 22/110/2
是故邪說不能○ 22/110/9
奚止於○ 22/111/10
故治○在於心之所可 22/111/11
奚以損之而○ 22/111/23
欲養其名而○其行 22/112/14
故淫○生而禮義文理亡焉 23/113/5
合於犯（分）〔文〕○理而歸於暴 23/113/5
無禮義則悖○而不治 23/113/10
悖○而不治 23/113/11,23/115/4
人無禮義則○ 23/114/22
則悖○在己 23/114/22
偏險悖○也 23/115/2
天下之悖○而相亡不待頃矣 23/115/7
上不循於○世之君 23/117/6
下不俗於○世之民 23/117/6
○世則不然 24/119/3
雖欲無○ 24/119/5
由之者治、不由者○何疑爲 25/120/13
世○惡善不此治 25/122/1
悖○昏莫不終極 25/122/3
嗟我何人、獨不遇時當○世 25/122/8
治○是非亦可識 25/122/10
公察善思論不○ 25/123/6
桀、紂以○ 26/123/17
前○而後治 26/125/3
治民者表○ 27/127/4
先王以禮表天下之○ 27/127/4
所失微而其爲○大者 27/129/22
利克義者爲○世 27/132/3
二者、〔治〕○之衢也 27/132/12
安得不○ 27/132/14
以治伐○ 27/132/25
則一妻一妾而○ 27/137/13
○其教 28/139/11
詌、○也 31/147/15
孫卿迫於○世 32/150/4
田常爲○ 32/150/13

## 倫 lún 10

○類不通 1/4/12
夫是之謂人○ 4/17/5
人○盡矣 8/34/18
人○並處 10/42/12
人主胡不廣焉無邮親疏、無（偏）〔○〕貴賤 11/53/22
○類以爲理 13/65/19
禮以定○ 14/67/13
是故衆異不得相蔽以亂其○也 21/103/17
聖也者、盡○者也 21/106/21
義之○也 27/127/26

輪 lún 3

輮以爲○ 1/1/4
諸侯持○挾輿先馬 18/87/1
乘輿之○、太山之木也 27/134/2

論 lùn 58

君子審後王之道而○於百王之前 3/11/15
故相形不如○心 5/17/11
○心不如擇術 5/17/12
豈○也哉 5/17/21
從者將○志意、比類文學邪 5/17/23
○議之卑爾 5/17/27
（而）○議之卑爾 5/18/4
傳者久則（○）〔俞〕略 5/19/6
近則（○）〔俞〕詳 5/19/7
辨則速○ 8/33/17
人○ 8/34/14
王者之○ 9/38/5
夫是之謂定○ 9/38/7
是王者之○也 9/38/7
○百工 9/40/7
○其慶賞 9/40/12,11/55/18
○禮樂 9/40/13
若夫○一相以兼率之 11/52/9
○德使能而官施之者 11/52/18
君者、○一相 11/55/16
相者、○列百官之長 11/55/17
○德而定次 12/59/17,18/86/14
纂○公察則民不疑 12/60/10
則與愚者○之 12/60/25
今使汙邪之人○其怨賊而求其無偏 12/61/3
能○官此三材者而無失其次 12/63/7
人主不能○此三材者 12/63/9
人臣之○ 13/63/16
是人臣之○也 13/63/25
知微而○ 14/67/21
道盡○矣 21/103/11
與不可道之人○道人 21/103/20
與道人○非道 21/103/22
莫見而不○ 21/104/7
莫○而失位 21/104/7
處於今而○久遠 21/104/7
以正志行察○ 21/105/2
章之以○ 22/110/1
辭也者、兼異實之名以（○）〔論〕一意也 22/110/5
故知者○道而已矣 22/111/23
凡○者貴其有辨合、有符驗 23/115/10
少言則徑而省、○而法 23/117/2
不○曲直 23/117/5
以族○罪 24/119/3,24/119/5
是以族○罪也 24/119/4
○法聖王 24/119/8
○知所貴 24/119/8
○臣過 25/120/4
○舉當 25/121/15
君○有五約以明 25/122/12
○有常 25/122/14
主好○議必善謀 25/123/2
公察善思○不亂 25/123/6
壯不○議 27/134/16
（五）〔吾〕欲○吾國之士 31/144/27

倮 luǒ 1

雖此○而埋之 18/88/5

儽 luǒ 2

○○兮其狀 26/124/16

烙 luò 1

爲炮（○）〔格〕〔之〕刑 15/72/20

落 luò 4

（徒）〔徙〕壞墮○ 10/46/9
狂生者不胥時而（樂）〔○〕 12/58/18
樹○則糞本 14/67/22
女庸安知吾不得之桑○之下乎哉 28/141/9

略 lüè 15

君子之求利也○ 2/8/12
傳者久則（論）〔俞〕○ 5/19/6
○則舉大 5/19/7
愚者聞其○而不知其詳 5/19/7
○法先王而不知其統 6/22/8
若夫總方○ 6/22/13
鄉方○ 7/25/19,11/50/7
○法先王而足亂世 8/32/17
然而天下之理○奏矣 11/50/4
○信也 11/50/9
不可不○知也 12/62/12
費○而動罕 17/79/19
○而不盡 19/95/12
大○ 27/126/7

擽 lüè 1

○然扶持心、國 11/49/17

麻 má 5

蓬生○中 1/1/19
○葛、繭絲、鳥獸之羽毛齒革也 10/45/3
郊之○絻也 19/91/12
喪服之先散○也 19/91/12
無衰○之服 19/93/16

馬 mǎ 48

假輿○者 1/1/13
駑○十駕 1/2/11
伯牙鼓琴〔而〕六○仰秣 1/3/3
駑○十駕則亦及之矣 2/7/8
故○鳴而○應之 3/10/18
行欲有輿○ 4/16/5
然而行不敢有輿○ 4/16/7
令尹子西、司○子期皆死焉 5/17/19
目可瞻○ 5/17/21
魯之粥牛○者不豫賈 8/28/5
遂選○而進 8/31/18
無輿○則無所見其能 8/32/4
輿固○選矣 8/32/5
○駭輿 9/36/5,9/36/5

北海則有走○吠犬焉　9/38/14
走不若○　9/39/10
而牛○爲用　9/39/10
司○知師旅、甲兵、乘白之數　9/40/1
故伯樂不可欺以○　12/61/11
若馭其樸○　13/64/24
六○不和　15/68/7
則劙槃盂、刎牛○　16/75/7
則牛○相生　17/81/18
諸侯持輪挾輿先○　18/87/1
不能以辟○毀輿致遠　18/87/12
故大路之○必（倍）〔信〕至教順然後乘之　19/90/13
輿藏而○反　19/95/11
（乘）〔桑〕杜作乘○　21/105/11
有牛○　22/109/19
非○也　22/109/19
此皆古之良○也　23/117/14
此夫身女好而頭○首者與　26/125/2
輦輿就○　27/126/14
輿○曰賵　27/128/5
○服而後求良焉　31/147/15
其○將失　31/148/1,31/148/4
東野畢之○失　31/148/2
昔舜巧於使民而造父巧於使○　31/148/4
造父不窮其○　31/148/5
造父無失○也　31/148/6
○力盡矣　31/148/7
然猶求○不已　31/148/7
走如○　32/149/4
不與○爭走　32/149/4
萊不用子○而齊并之　32/150/1

**埋 mái**　5

地不能○　8/32/13
雖此倮而○之　18/88/5
凡緣而往○之　19/93/16
已葬○　19/93/17
故葬○、敬葬其形也　19/95/17

**薶 mái**　1

安得葬○哉　18/88/5

**賣 mài**　3

○之不可僂售也　8/29/19
傭徒鬻○之道也　15/70/11
傭徒粥○之道也　15/73/15

**瞞 mán**　2

酒食聲色之中〔則〕○○然　6/24/20

**謾 mán**　1

僈則○之　5/18/8

**蠻 mán**　2

○、夷、戎、狄之國同服不同制　18/85/21
○夷要服　18/85/22

**滿 mǎn**　12

○則慮嗛　7/26/17
塞（備）〔○〕天地之閒　9/39/23
百姓虛而府庫○　10/48/3
雖珠玉○體　18/87/22
心未嘗不○也　21/103/26
大○八極　21/104/10
頃筐、易○也　21/104/14
其榮○側　21/105/3
○則覆　28/138/11
○而覆　28/138/12
惡有○而不覆者哉　28/138/13
敢問持○有道乎　28/138/13

**曼 màn**　1

○而饋　18/86/18

**僈 màn**　8

不由禮則勃亂提○　2/5/13
君子寬而不○　3/9/15
其定取舍楛○　4/14/15
汙○、突盜　4/15/4
而○差等　6/21/19
勞而不○　6/25/2
芒軔○楛　10/47/12
流淫、汙○　18/88/26

**漫 màn**　8

汙○者也　6/24/5
行不免於汙○而冀人之以己爲脩也　8/34/14
百姓曉然皆知其汙○暴亂而將大危亡也　10/44/11
汙○、突盜以先之　11/56/1
（汗）〔汙〕○、爭奪、貪利是也　16/77/3
汙○、突盜以爭地　16/77/8
長夜○兮　22/110/17
所見者汙○、淫邪、貪利之行也　23/117/18

**慢 màn**　19

怠○忘身　1/2/3
怠○僄棄　2/6/8
大心則○而暴　3/10/8
而○其功勞　9/42/5
百吏官人無怠○之事　12/60/6, 24/118/10
故職分而民不（探）〔○〕　12/60/14
怠○者也　15/68/13
必在○之　15/71/5
凡人好敖○小事　16/78/20
暴○、恣睢、輕俗以爲高之屬入焉而隊　19/92/13
是敬其有知而○其無知也　19/93/7
不至於流淫惰○　19/94/11
則民流○鄙賤矣　20/99/18
流○則亂　20/99/18
名守○　22/108/8
大古之不○兮　22/110/17
以秦人之從情性、安恣睢、○於禮義故也　23/116/3
○賢者亡　24/119/11

**嫚 màn** 1

〔今〕○令謹誅、賊也 28/139/5

**槾 màn** 1

抗折其額以象○茨番闕也 19/95/16

**芒 máng** 1

○軔優楛 10/47/12

**盲 máng** 4

譬之是猶以○辨色 2/8/3
旦暮晦○ 26/125/13
闇乎天下之晦○也 26/125/17
以○爲明 26/126/2

**毛 máo** 8

卵有○ 3/9/2
非特以二足而無○也 5/18/15
亦二足而○也 5/18/15
非特以其二足而無○也 5/18/16
麻葛、繭絲、鳥獸之羽○齒革也 10/45/3
德輶如○ 16/79/1
飾以羽○ 20/100/7
精微乎毫○而〔充〕盈（大乎）〔乎大〕寓（宙） 26/124/8

**矛 máo** 3

雖有戈○之刺 4/12/17
深於○戟 4/12/18
古之兵、戈○弓矢而已矣 15/73/4

**茅 máo** 1

晝爾于○ 27/135/2

**旄 máo** 1

西海則有皮革、文○焉 9/38/16

**卯 mǎo** 3

朝七日而誅少正○ 28/138/17
夫少正○、魯之聞人也 28/138/17
而少正○兼有之 28/138/20

**茂 mào** 2

林木○而斧斤至焉 1/2/6
山林○而禽獸歸之 14/66/17

**貿 mào** 1

使（賓）〔賓〕旅安而○財通 9/40/10

**貌 mào** 14

容○、態度、進退、趨行 2/5/14
勞勸而容○不枯 2/8/13,2/8/14
是非容○之患也 5/17/27,5/18/4
故情○之變足以別吉凶、明貴賤親疏之節 19/94/12
情○之盡也 19/97/7
禮節文○之盛矣 19/98/1
而容○得莊焉 20/99/4
使之而勿○ 27/127/20
文○情用 27/130/8
○執之士者百有餘人 32/149/8
故上士吾薄爲之○ 32/149/10
下士吾厚爲之○ 32/149/10

**瞀 mào** 4

世俗之溝猶○儒 6/22/10
○○然 6/24/19
甚愚陋溝○而冀人之以己爲知也 8/34/15

**額 mào** 9

疏房檖○、越席、床第、几筵 19/90/7
殯其○以生設飾死者也 19/94/1
疏房、檖○、越席、床第、几筵 19/94/18
○而不功 19/95/12
明器○而不用 19/95/13
故壙壠其○象室屋也 19/95/15
棺槨其○象版蓋斯象拂也 19/95/15
無帾絲歶縷翣其○以象菲帷幬尉也 19/95/16
抗折其○以象槾茨番闕也 19/95/16

**懋 mào** 1

維民其力○和 10/46/17

**眉 méi** 1

則足以見鬚○而察〔膚〕理矣 21/105/5

**媒 méi** 1

閭娵、子奢莫之○也 26/126/1

**每 měi** 1

○益祿而施瘉博 32/149/18

**美 měi** 80

其質非不○也 1/1/20
曷足以○七尺之軀哉 1/3/15
以○其身 1/3/17
君子知夫不全不粹之不足以爲○也 1/4/16
揚人之○ 3/9/19
言己之光○ 3/10/1
目辨白黑○惡 4/15/8
長短、小大、○惡形相 5/17/20
直將差長短、辨○惡 5/17/23
古者桀、紂長巨姣○ 5/17/26
莫不○麗姚冶 5/18/1
○於黼黻文章 5/19/13
儒者在本朝則○政 8/28/7
在下位則○俗 8/28/7
相○惡 8/28/19
莫不盡其○、致其用 9/38/18
○風俗 9/40/13
名聲之所以○也 9/40/18

而名聲剸天下之○矣 9/41/6
名聲者○之 9/41/6
故○之者 10/43/10
是○天下之本也 10/43/10
故使或○或惡 10/43/12
誠○其厚也 10/43/21
誠○其德也 10/43/22
其所是焉誠○ 10/44/2
知夫爲人主上者不○不飾之不足以一民也 10/45/16
積○之原也 11/49/13
口好味而臭味莫○焉 11/53/17
物由有可樂如是其○焉者乎 11/53/24
無國而不有○俗 11/54/4
其俗○ 11/54/5
功大而名○ 11/54/20,12/57/7,12/63/8
是之謂政令行、風俗○ 11/56/23
政令不煩而俗○ 12/57/18
欲脩政○（國）〔俗〕 12/59/1
知好士之爲○名也 12/63/5
則崇其○ 13/64/17
○意延年 14/67/1
不足以合大衆、○國家 15/73/15
○我德行 15/74/9
非○我德行也 15/74/11,15/74/13
金錫○ 16/75/6
山林川谷○ 16/78/10
聖人備道全○者也 18/84/14
風俗之○ 18/87/21
好○而惡西施也 18/89/15
而滋成行義之○者也 19/94/8
盛之○之 19/94/20
無僞則性不能自○ 19/95/1
○善相樂 20/100/9
唯恐聞其○也 21/102/8
身盡其故則○ 21/104/16
人不以定○惡 21/106/8
故嚮萬物之○而不能嗛也 22/112/12
故嚮萬物之○而盛憂 22/112/13
故無萬物之○而可以養樂 22/112/20
不離其朴而○之 23/114/1
使夫資朴之於○ 23/114/1
惡願○ 23/114/19
人情甚不○ 23/116/25
甚不○ 23/116/26
夫人雖有性質○而心辨知 23/117/16
○不老 25/121/3
己無郵人、我獨自○豈（獨）無故 25/122/5
名號不○ 26/124/17
言語之○ 27/129/6
朝廷之○ 27/129/6
揚其○ 27/138/1
今夫子累德、積義、懷○ 28/140/18
雖不能徧○善 31/145/14
盍志而子○德乎 32/149/1
其○德已 32/149/2
以人惡爲○德乎 32/149/2
女又○之 32/149/3,32/149/5
女又○之乎 32/149/7

## 妹 mèi 1

內行則姑姊○之不嫁者七人 7/25/8

## 昧 mèi 4

蔽公者謂之○ 27/130/18
奉妒○者謂之交譎 27/130/19
交譎之人、妒○之臣 27/130/19
君○爽而櫛冠 31/147/3

## 寐 mèi 2

夙興夜○ 29/142/15
今夙興夜○ 29/142/17

## 媚 mèi 1

○茲一人 7/26/11

## 魅 mèi 1

以爲立○也 21/106/13

## 門 mén 40

或監○、御旅、抱關、擊柝而不自以爲寡 4/17/4
○庭之閒 5/19/2
仲尼之○（人） 7/25/7
閨○之內 7/25/8,20/98/21
（如）彼固曷足稱乎大君子之○哉 7/25/10
然而仲尼之○（人） 7/25/18
彼固曷足稱乎大君子之○哉 7/25/21
效○室之辨 8/29/16
羿、蠭○者 11/53/8,18/87/11
射遠中微則莫若羿、蠭○矣 11/53/9
齊桓公閨○之內懸樂奢泰游抏之脩 11/55/1
則公道達而私○塞矣 12/60/12
人主之所以窺遠收衆之○戶牖嚮也 12/62/15
故辟○除涂以迎吾入 15/74/10
出於其○ 16/78/13
入於公○ 16/78/13
出於公○ 16/78/13
則群衆無○ 17/83/5
出○而宗祀有事 18/86/20
至于○外 20/101/8
俯而出城○ 21/106/5
故雖爲守○ 22/111/15
忠不上達、蒙揜耳目塞○戶 25/122/3
○戶塞 25/122/3
下不得用輕私○ 25/123/1
莫知其○ 26/124/10,27/128/15
義有○ 27/127/28
義、非其○而由之 27/127/28
○人曰 27/131/19,27/137/4
柳下惠與後○者同衣而不見疑 27/136/4
○人進問曰 28/138/17
吳子胥不磔姑蘇東○外乎 28/141/2
夫子之○ 30/144/15
且夫良醫之○多病人 30/144/16
君入廟○而右 31/147/1
君出魯之四○以望魯四

郊 31/147/5

寅 méng 1

蚊○之聲聞 21/105/14

盟 méng 3

約信○誓 10/48/22
而《詩》非屢○ 27/133/22
○詛不及三王 27/138/6

蒙 méng 7

名曰○鳩 1/1/17
爲下國駿○ 4/17/6
面如○倛 5/17/21
爲不善於幽而○刑於顯也 9/38/7
雖爲之逢○視 10/49/2
忠不上達、○揜耳目塞
門戶 25/122/3
○佯狂之色 32/150/7

𧒂 méng 2

而遠蚊○之聲 21/105/15
蚊○之聲聞則挫其精 21/105/17

猛 měng 7

勇膽○戾 2/6/6
剛彊○毅 3/10/2
○貪而戾 4/13/15
威嚴○厲而不好假導人 9/35/14
故虎豹爲○矣 9/38/17
其誅殺○而必 16/75/16
筦籥發○ 20/100/19

孟 mèng 11

○軻和之 6/22/10
是則子思、○軻之罪也 6/22/11
齊之○嘗 13/63/23
昔賓○之蔽者 21/103/8
○子惡敗而出妻 21/105/16
○子曰 23/113/16
23/113/20,23/115/1,27/131/19
今○子曰「人之性善」 23/115/11
○子三見宣王不言事 27/131/19

夢 mèng 2

心、臥則○ 21/104/3
不以○劇亂知謂之靜 21/104/4

迷 mí 9

故鄉乎邪曲而不○ 5/19/4
利足而○ 6/23/10
○亂狂生 13/66/4
○惑失指易上下 25/122/3
大○惑 25/122/3
故民○惑而陷禍患 27/127/5
○者不問路 27/131/5
卑民不○ 28/139/10
其民○惑而墮焉 28/139/11

彌 mí 10

故操○約而事○大 3/11/17
身死而名○白 4/14/22
則天下尙儉而○貧 10/46/2
事之○煩 10/48/22
是故得地而權○重 15/74/11
是故得地而權○輕 15/74/13
15/74/15
寢兕、(持)〔特〕虎
、蛟韅、絲末、○龍 19/90/13
是以刑○繁而邪不勝 28/139/11

麋 mí 1

面無須○ 5/17/23

米 mǐ 3

通流財物粟○ 9/38/10
貨財粟○者 9/41/21
辟之若貨財、粟○之於
家也 27/136/15

靡 mǐ 14

○所不信 3/10/2
○之儇之 4/16/1
胥○之人 8/29/17
積○使然也 8/34/8
大積○ 8/34/8
以○敝之 10/44/11
故天子諸侯無○費之用 12/60/6
藉、○、舌縪 18/89/1
而○有悖逆者 20/101/3
○使然也 23/117/18,23/117/19
○而已矣 23/118/1,23/118/1
害○國家 27/131/24

密 mì 2

其知慮多當矣而未周○也 8/30/14
上周○ 18/83/15

蜜 mì 1

漸於○醴 27/134/3

緜 mián 2

○○常以結引馳外爲務 11/50/14

免 miǎn 27

不○爲陋儒而已 1/4/1
親戚不○乎刑戮 4/13/2
是庶人之所以取煖衣飽
食長生久視以○於刑
戮也 4/14/13
是其所以不○於凍餓 4/16/10
是以終身不○埤汙傭俗 5/19/14
志不○乎姦心 7/27/9
行不○乎姦道 7/27/9
志不○於曲私而冀人之
以己爲公也 8/34/14
行不○於汙漫而冀人之
以己爲脩也 8/34/14
使百吏(○盡)〔盡○〕
而衆庶不偷 9/40/12
豈渠得○夫累乎 9/40/21
說不○焉 10/45/7
未有能以此道得○焉者也 10/49/1
由將不足以○也 10/49/3
而國不○危削 11/50/13

人情之所必不○也 11/52/1
20/98/14,20/99/7
賞（克）〔○〕罰偷則
民不怠 12/60/10
未○盜兵也 15/70/20
然而說不○於以至治爲
至亂也 18/89/20
情之所必不○也 22/111/14
苟○ 23/117/10
（治）世曉然皆知夫爲
姦則雖隱竄逃亡之由
不足以○也 24/118/14
不○刑均 24/119/4
則不得○於君子之誅 28/138/20

勉 miǎn 6

○之以慶賞 9/35/6
而化善者勸○矣 10/46/22
○力不時 17/81/18
弟子○學 20/100/17,26/125/18
○之彊之 21/103/5

俛 miǎn 3

○然而類 22/110/20
輕縣於○而人以爲重 22/111/25
○見几筵 31/147/2

娩 miǎn 1

故說豫○澤 19/94/14

冕 miǎn 5

故天子袾裷衣○ 10/43/1
諸侯玄裷衣○ 10/43/1
大夫裨○ 10/43/2,27/126/17
天子山○ 27/126/17

湎 miǎn 1

多少無法而流○然 6/23/5

面 miàn 15

○長三尺 5/17/17
○如蒙倛 5/17/21
○無見膚 5/17/22
○無須麋 5/17/23
然而周公北○而朝之 8/27/18
有靦○目 8/29/11,22/111/2
東○而迎太歲 8/31/16
南○而聽天下 18/86/7,18/87/8
設掩○儇目 19/95/9
大人哉舜、南○而立萬
物備 25/121/9
子北○而跪 27/127/12
愛之而勿○ 27/127/20
應對言語視○ 27/130/5

苗 miáo 2

舜伐有○ 15/71/24
干戈不用三○服 25/121/11

眇 miǎo 6

仁○天下 9/37/14,9/37/14
義○天下 9/37/14,9/37/14
威○天下 9/37/14,9/37/15

妙 miào 1

諸侯有能微○之以節 15/70/12

廟 miào 16

負三王之○而辟於陳、
蔡之閒 16/77/18
持手而食者不得立祭○ 19/91/4
太○之未入尸也 19/91/11
《清○》之歌 19/91/13
故樂在宗○之中 20/98/21
此其所以喪九牧之地而
虛宗○之國也 21/102/17
寢不踰○ 27/129/15
其聲可內於宗○ 27/135/7
孔子觀於魯桓公之○ 28/138/10
孔子問於守○者曰 28/138/10
守○者曰 28/138/10
子貢觀於魯○之北堂 28/141/12
賜觀於太○之北堂 28/141/12
太○之堂 28/141/14
則宗○不毀 29/142/11
君入○門而右 31/147/1

滅 miè 29

雖欲無○亡 2/5/8
爲下則必○ 5/18/10
文久而（息）〔○〕 5/18/18
是以文久而○ 5/19/8
明不○主之義也 8/27/21
則傾覆○亡可立而待也 9/36/18
王、霸、安存、危殆、
○亡 9/40/19
以其國爲危殆○亡之所 9/41/3
亦危殆○亡 9/41/3
如是者○亡 9/42/6
王、霸、安存、危殆、
○亡之具也 9/42/6
則其傾覆○亡則可立而
待也 10/48/4
四方之國有侈離之德則
必○ 11/53/16
敵至而求無危削、（不）
○亡 12/58/17
危削○亡之情舉積此矣 12/58/17
亂則危辱○亡可立而待
也 12/61/17
○亡無日〔矣〕 12/62/1
闇主妬賢畏能而○其功 13/64/13
桀、紂所以○也 13/64/13
傷疾、墮功、○苦 13/65/5
怠勝敬則○ 15/71/6
傾覆○亡 16/75/20
狂妄之威成乎○亡也 16/75/21
若者必○ 19/90/17
所以○惡也 19/94/5
故以貪鄙、背叛、爭權
而不危辱○亡者 21/103/3
禮樂○息、聖人隱伏墨
術行 25/120/16
天下失之則○ 26/124/10
流言○之 27/136/20

蔑 miè 1

唐○死 15/72/15

民 mín 245

○猶若未從也 3/11/8
不誠則不能化萬○ 3/11/9
下則能愛○ 3/11/20,13/63/20
夫天生蒸○ 4/14/8
將爲天下生○之屬長慮顧後而保萬世也 4/16/12
長養人○ 6/22/19
故勞力而不當○務 6/23/6
○之無良 8/30/4
是○德也 8/30/12
平正和○之善 8/30/16
而都國之○安習其服 8/34/7
○之貪亂 8/34/11
中庸雜○不待政而化 9/35/3
故姦言、姦說、姦事、姦能、遁逃反側之○ 9/35/6
則莫若平政愛○矣 9/36/10
未及取○也 9/36/15
鄭子產、取○者也 9/36/15
取○者安 9/36/16
故王者富○ 9/36/17
則傷人之○必甚矣 9/36/24
傷人之○甚 9/36/24
則人之○惡我必甚矣 9/36/24
人之○惡我甚 9/36/24
則傷吾○必甚矣 9/36/25
傷吾○甚 9/36/25
則吾○之惡我必甚矣 9/36/26
吾○之惡我甚 9/36/26
人之○日欲與我鬬 9/36/26
吾○日不欲爲我鬬 9/36/26
地來而○去 9/36/27
○無幸生 9/38/5,10/43/5
所以養萬○也 9/38/9
○之父母也 9/39/4,18/84/9
使○有所耘艾 9/40/3
必其○也 9/41/12,15/69/5
其○之親我也歡若父母 9/41/12
安以靜兵息○ 9/41/18
則○心奮而不可說也 10/42/14
○下違上 10/42/18
節用裕○ 10/42/23
裕○以政 10/42/23
彼裕○ 10/42/23
裕○則○富 10/42/24
○富則田肥以易 10/42/24
故知節用裕○ 10/42/25
生於節用裕○也 10/42/26
不知節用裕○則○貧 10/42/26
○貧則田瘠以穢 10/42/27
不知節用裕○也 10/42/28
計利而畜○ 10/43/3
使○必勝事 10/43/3
利足以生○ 10/43/4
夫是之謂以政裕○〔也〕 10/43/6
養萬○ 10/43/19
守時力○ 10/44/16
知夫爲人主上者不美不飾之不足以一○也 10/45/16
使天下生○之屬皆知己之所願欲之舉在于是也 10/45/19
○言無嘉 10/46/4
垂事養○ 10/46/6
可以少頃得姦○之譽 10/46/7
偝然要時務○ 10/46/8
輕非譽而恬失○ 10/46/8
以遂功而忘○、亦不可 10/46/10
使○夏不宛暍 10/46/12
故君國長○者欲趨時遂功 10/46/14
維○其力懋和 10/46/17
則姦○不懲 10/46/19
則勸屬之○不勸 10/46/19
上不愛○則兵弱 10/47/19
平政以齊○ 10/49/5
不欺其○ 11/50/5
內則不憚詐其○而求小利焉 11/50/10
國安則無憂○ 11/51/23
無國而不有愿○ 11/54/3
無國而不有悍○ 11/54/4
其○愿 11/54/5
生○則致寬 11/55/25
使○則綦理 11/55/25
生○則致貧隘 11/56/2
使○則綦勞苦 11/56/2
以小人尙○而威 11/56/7
以非所取於○而巧 11/56/7
則臣下百吏乘是而後豐取刻與以無度取於○ 12/57/14
則雖在小○ 12/57/16
故賞不用而○勸 12/57/18, 16/75/14
罰不用而○服 12/57/18
四海之○不待令而一 12/57/20
〔○者、景也〕 12/58/10
○者、水也 12/58/11
君者、○之原也 12/58/14
故有社稷者而不能愛○、不能利○ 12/58/14
而求○之親愛己 12/58/15
○（之）不親不愛 12/58/15
○不爲己用、不爲己死 12/58/16
則莫若反之○ 12/59/1
欲附下一○ 12/59/1
以天下之○莫（欲）〔爲〕之也 12/59/3
故君人者愛○而安 12/59/7, 16/77/13
尙賢使能則○知方 12/60/10
纂論公察則○不疑 12/60/10
賞（克）〔免〕罰偷則○不怠 12/60/10
故職分而○不（探）〔慢〕 12/60/14
欲治國馭○ 12/61/16
知愛○之爲安國也 12/63/5
內不足使一○ 13/63/16
下善取譽乎○ 13/63/18
內足使以一○ 13/63/18
○親之 13/63/19
澤被生○ 13/66/3
國家者、士○之居也 14/66/20
國家失政則士○去之 14/66/20
臨事接○而以義 14/67/8
而生○欲寬 14/67/14
生○寬而安 14/67/14
凡用兵攻戰之本在乎壹○〔也〕 15/68/6
士○不親附 15/68/8
故善附○者 15/68/8
故兵要在乎（善）附○而已 15/68/8
豈必待附○哉 15/68/10
而其○之親我 15/69/5
愛○者强 15/69/16
不愛○者弱 15/69/16
○齊者强 15/69/17

〔○〕不齊者弱 15/69/17
秦人、其生○也陿阸 15/70/4
其使○也酷烈 15/70/4
使天下之○所以要利於上者 15/70/5
殷之服○所以養生之者也無異周人 15/71/14
政脩則○親其上、樂其君 15/72/3
不能用其○ 15/73/1
生○之屬孰不願也 15/74/4
故○歸之如流水 15/74/5
欲爲我○ 15/74/10
因其○ 15/74/10
故○雖有離心 15/74/12
然後○可信也 15/74/15
凝○以政 15/75/1
政平而○安 15/75/1
士服○安 15/75/1
重法愛○而霸 16/75/10,17/82/13 27/126/7
好利之○莫不願以（爲）齊爲歸 16/76/19
古之○也 16/78/12
○鮮克舉之 16/79/1
上安於主而下調於○者也 16/79/6
政險失○ 17/81/16
糴貴○飢 17/81/17
治○者表道 17/82/22
○陷乃去 17/83/1
主者、○之唱也 18/83/11
唱默則○無應也 18/83/12
海內之○莫不願得以爲君師 18/84/4
必傷害無罪之○ 18/84/5
○之怨賊也 18/84/10
然則是誅○之父母而師○之怨賊也 18/84/10
生○怨之 18/84/15
生○之屬莫不振動從服以化順之 18/86/7,18/87/8
皆使○載其事而各得其宜 18/86/9
則兼以爲○ 18/86/10
下○之孽 18/87/14
而聖王之生○也 18/87/19
愿愨之○完衣食 18/89/18
謂之無方之○ 19/92/16
非特學爲無方之○也 19/92/19
○也 19/93/2
○之父母 19/97/8
固有爲○父母之說焉 19/97/8
則○和而不流 20/99/15
則○齊而不亂 20/99/16
○和齊 20/99/16
四海之○莫不願得以爲師 20/99/17
則○流慢鄙賤矣 20/99/18
而可以善○心 20/99/24
故先王導之以禮樂而○和睦 20/99/24
夫○有好惡之情而無喜怒之應 20/99/25
樂行而○鄉方矣 20/100/11
則慎率○而一焉 22/108/4
使○疑惑 22/108/5
故其○莫敢託爲奇辭以亂正名 22/108/5
故其○愨 22/108/6
其○莫敢託爲奇辭以亂正名 22/108/6
夫○易一以道而不可與共故 22/110/1
故其○之化道也如神 22/110/2
倚而觀天下○人之相與也 23/115/6
天非私齊、魯之○而外秦人也 23/116/2
下不俗於亂世之○ 23/117/6
上能尊主（愛下）〔下愛〕○ 25/120/6
武王誅之、呂尙招麾殷○懷 25/120/10
以爲○ 25/121/8
契爲司徒、○知孝弟尊有德 25/121/12
辟除○害逐共工 25/121/12
躬親爲○行勞苦 25/121/13
事業聽上、莫得相使一○力 25/122/13
表儀既設○知方 25/122/14
顯者必得、隱者復顯○反誠 25/123/3
以（示）〔施〕下○ 26/123/17
治○者表亂 27/127/4
故○迷惑而陷禍患 27/127/5
爲賢人以下至庶○也 27/127/7
猶用刑罰於萬○也 27/127/18
萬○望之 27/128/15
治○不以禮 27/128/19
不富無以養○情 27/130/24
不教無以理○性 27/130/24
先○有言 27/131/6
雖堯、舜不能去○之欲利 27/132/1
雖桀、紂亦不能去○之好義 27/132/2
從士以上皆羞利而不與○爭業 27/132/5
然故○不困財 27/132/6
重○任而誅不能 27/132/10
則○闇飾矣 27/132/12
則○死利矣 27/132/12
○語曰 27/132/13
則人○之行如此 27/132/13
使○疾與 27/132/16
天之生○ 27/132/19
以爲○也 27/132/19
惡○之串以無分得也 27/137/13
不教其○而聽其訟 28/139/3
罪不在○故也 28/139/4
（邪○）〔躬行〕不從 28/139/8
則○知罪矣 28/139/9
卑○不迷 28/139/10
其○迷惑而墮焉 28/139/11
數仞之牆而○不踰也 28/139/12
而能使○勿踰乎 28/139/13
昔舜巧於使○而造父巧於使馬 31/148/4
舜不窮其○ 31/148/5
是〔以〕舜無失○ 31/148/5
故其○歸道 32/149/3
祿厚者○怨之 32/149/16
今相國有此三者而不得罪〔於〕楚之士○ 32/149/17
是以不得罪於楚之士○也 32/149/18

**岷 mín** 1

江出於○山 29/142/28

珉 mín 3

君子之所以貴玉而賤○者 30/144/5
爲夫玉之少而○之多邪 30/144/5
故雖有○之雕雕 30/144/8

敏 mǐn 5

加好學遜○焉 2/8/7
然而巧○佞說 13/63/17
聽從而○ 13/64/21
齊給、便○而無類 23/117/4
弟子不○ 26/124/10

閔 mǐn 5

○王毀於五國 9/37/12
齊○、薛公是也 11/50/13
仁厚兼覆天下而不○ 12/58/6
則夫忠臣孝子亦知其○已 19/93/19
不○來 21/107/11

湣 mǐn 1

齊○、宋獻是也 11/49/14

名 míng 154

○曰蒙鳩 1/1/17
○曰射干 1/1/18
（○則）〔則○〕配堯、禹 2/5/11
○不貴苟傳 3/8/20
○聲若日月 3/9/3,11/53/16
○不貴苟得 3/9/4
治之爲○ 3/10/15
是姦人將以盜○於晻世者也 3/12/12
盜○不如盜貨 3/12/12
身死而○彌白 4/14/22
以爲○則榮 4/16/16
而○動天下 5/17/17
仁義功○善於後世 5/17/20
而王公不能與之爭○ 6/22/15
8/32/8,10/48/10
成○況乎諸侯 6/22/16,8/32/9
而求有君子聖人之○ 7/27/9
則貴○白而天下治也 8/28/10
曾不如好相鷄狗之可以爲○也 8/29/10
貴○不可以比周爭也 8/29/22
則貴○起如日月 8/30/2
鄙爭而○俞辱 8/30/3
窮則獨立貴○ 8/32/13
○聲日聞 9/35/11
欲立功○ 9/36/10
○聲之所以美也 9/40/18
○聲未足以懸天下也 9/40/20
是非功○之所就也、非存亡安危之所（墮）〔隨〕也 9/41/1
功○之所就 9/41/2
而○聲剸天下之美矣 9/41/6
○聲者美之 9/41/6
則功○未成也 10/42/14
功○未成 10/42/15
則必有仁義聖良之○ 10/42/25
則必有貪利糾譎之○ 10/42/28
非以爲○ 10/48/9
則爲○者不攻也 10/48/11
爲○者否 10/48/16
○聲足以暴炙之 10/49/6
○垂乎後世 11/49/20
則夫○聲之部發於天地之閒也 11/50/1
○配堯、禹 11/52/10
其爲事不勞而功○致大 11/53/11
○爲聖王 11/53/12
○配舜、禹 11/53/24
功大而○美 11/54/20,12/57/7
12/63/8
功廢而○辱 11/54/21,12/57/8
知者易爲之興力而功○綦大 11/55/3
故古之人有大功○者 11/55/3
則權輕○辱 11/56/10
居則有○ 11/56/24
是故窮則必有○ 12/58/5
欲白貴○ 12/62/5
貴○果明 12/62/7
知好士之爲美○也 12/63/5
能以禮挾而貴○白 14/66/18
功○之極也 14/67/14
功○之揔也 15/72/9
彼貴我○聲 15/74/9
非貴我○聲也 15/74/11,15/74/13
是以百事成而功○大也 16/76/8
而求有湯、武之功○ 16/77/4
16/77/9
然而縣之以王者之功○ 16/78/17
王者之功○不可勝〔數〕 16/78/24
政教功○反是 16/78/25
則功○不白 17/82/12
分職○象之所起 18/88/22
性僞合然後成聖人之○ 19/95/2
書其○ 19/95/9
則○不見而柩獨明矣 19/95/9
敬傳其○也 19/95/18
然後○聲於是白 20/99/17
○受備號 21/102/21
故能持管仲而○利福祿與管仲齊 21/103/4
故能持周公而○利福祿與周公齊 21/103/4
○與三王並 21/103/16
其○曰觙 21/105/14
後王之成○ 22/107/21,22/109/14
刑○從商 22/107/21
爵○從周 22/107/21
文○從《禮》 22/107/21
散○之加於萬物者 22/107/21
散○之在人者 22/107/22
是散○之在人者也 22/108/1
是後王之成○也 22/108/1
故王者之制○ 22/108/4
○定而實辨 22/108/4
故析辭擅作（○）以亂正○ 22/108/4
故其民莫敢託爲奇辭以亂正○ 22/108/5
其民莫敢託爲奇辭以亂正○ 22/108/6
是謹於守○約之功也 22/108/7
○守慢 22/108/8
○實亂 22/108/8
必將有循於舊○ 22/108/9
有作於新○ 22/108/9
然則所爲有○ 22/108/9

與制○之樞要 22/108/10
異物○實（玄）〔互〕紐 22/108/12
故知者爲之分別制○以指實 22/108/13
此所爲有○也 22/108/14
是所以共其約○以相期也 22/108/16
知異實者之異○也 22/109/6
故使異實者莫不異○也 22/109/6
猶使（異）〔同〕實者莫不同○也 22/109/7
物也者、大共○也 22/109/8
鳥獸也者、大別○也 22/109/9
○無固宜 22/109/10
○無固實 22/109/10
約定俗成謂之實○ 22/109/11
○有固善 22/109/11
謂之善○ 22/109/11
此制○之樞要也 22/109/13
此惑於用○以亂○者也 22/109/16
驗之所（以）爲有○而觀其孰行 22/109/17
此惑於用實以亂○者也 22/109/18
此惑於用○以亂實者也 22/109/19
驗之○約 22/109/19
○聞而實喻 22/110/4
○之用也 22/110/4
○之麗也 22/110/5
謂之知○ 22/110/5
○也者、所以期累實也 22/110/5
辭也者、兼異實之○以（論）〔論〕一意也 22/110/5
不異實○以喻動靜之道也 22/110/6
正○而期 22/110/8
彼正其○、當其辭以務白其志義者也 22/110/20
彼○辭也者、志義之使也 22/110/21
故○之足以指實 22/110/21
彼誘其○ 22/110/23
貪而無○ 22/110/24
欲養其○而亂其行 22/112/14
無埶列之位而可以養○ 22/112/20
然而曾、騫、孝己獨厚於孝之實而全於孝之○者 23/116/1
莫不說教○不移 25/122/15
願問其○ 26/124/2
○號不美 26/124/17
然而無孝之○ 29/142/15
則何（以）爲而無孝之○也 29/142/17
出而○不章 29/142/20
何爲而無孝之○也 29/142/20
是其所以○聲不白 32/150/8
乃信其○ 32/150/13

## 明 míng 242

則智○而行無過矣 1/1/5
而神○自得 1/2/9
無昭昭之○ 1/2/13
目不能兩視而○ 1/2/14
雖未○ 1/4/4
天見其○ 1/4/20
齊○而不竭 2/7/18
知則○通而類 3/10/6
通則文而○ 3/10/7
理則○ 3/11/5
○則能變矣 3/11/5
公生○ 3/12/3
智慮致○ 4/14/8
通則大○ 4/14/22
知士不能○ 5/18/9
以微知○ 5/18/22
（譬稱）〔分別〕以○之 5/20/8
見端而○ 5/20/16
上不足以順○王 5/21/4
不足以合大衆、○大分 6/21/16
聽○聖知不以窮人 6/23/13
○不滅主之義也 8/27/21
○枝主之義 8/27/24
無置錐之地而○於持社稷之大義 8/28/1
○目之所不能見也 8/29/7
○其辟稱 8/29/10
微而○ 8/30/2,9/39/23
故○主譎德而序位 8/30/8
炤炤兮其用知之○也 8/31/1
然而○不能分別 8/32/19
然而○不能齊法教之所不及 8/32/22
行之、○也 8/33/12
○之爲聖人 8/33/12
則通於神○、參於天地矣 8/34/2 23/116/14
○王始立而處國有制 9/35/22
故○君不蹈也 9/36/19
故○其不并之行 9/37/9
○振毫末 9/37/19
神○博大以至約 9/39/24
則莫若○分使群矣 10/42/18
將以○仁之文、通仁之順也 10/43/13
兼足天下之道在○分 10/44/15
雖欲無○達 10/46/16
乃大○服 10/46/17
故先王○禮義以壹之 10/46/20
其防表○〔也〕 10/47/1
是○主已 10/47/14
是○主之功已 10/47/17
故○主必謹養其和 10/47/23
故○君不道也 10/49/4
三者、○主之所謹擇也 11/49/15
國一綦○ 11/50/6
三者、○主之所以謹擇也 1/50/17,11/51/2,11/51/8
如日月之光○ 11/51/20
故○君者必將先治其國 11/52/4
擇其善者而○用之 11/53/3
聽○君子者 11/53/8
則莫若聽○君子矣 11/53/11
故○君以爲寶 11/53/12
治○不治幽 11/55/11
主能治○則幽者化 11/55/11
既能治○ 11/55/13
不能察○ 11/55/14
故○主好要而闇主好詳 11/55/15
○一指 11/55/16
○禮義以道之 11/55/23,15/73/16
道德誠○ 11/55/27
故○主急得其人 12/57/6
○達（用）〔周〕天地、理萬變而不疑 12/58/6
曉然獨○於先王之所以得之、所以失之 12/59/5
事時制○而用足 12/60/3
聖王財衍以○辨異 12/60/4
上以飾賢良而○貴賤 12/60/4

下以飾長幼而○親疏 12/60/5
將以○分達治而保萬世也 12/60/6
兼聽齊○則天下歸之 12/60/11
然後○分職 12/60/11
公義○而私事息矣 12/60/12
兼聽齊○而百事不留 12/60/15
此○王之道也 12/61/11
故○主有私人以金石珠玉 12/61/20
〔故惟○主能愛其所愛〕 12/62/2
貴名果○ 12/62/7
唯○主爲能愛其所愛 12/62/9
耳目之○ 12/62/14
知○制度、權物稱用之爲不泥也 12/63/7
○君之所尊所厚也 13/64/6
故○君之所賞 13/64/6
○君之所殺也 13/64/7
故○主好同而闇（王）〔主〕好獨 13/64/12
○主尙賢使能而饗其盛 13/64/12
爲上則○ 13/65/1
三者、非○主莫之能知也 13/66/1
衡聽、顯幽、重○、退姦、進良之術 14/66/10
聞聽而○譽之 14/66/12
忠言、忠說、忠事、忠謀、忠譽、忠愬莫不○通 14/66/14
夫是之謂衡聽、顯幽、重○、退姦、進良之術 14/66/14
義及國而政○ 14/66/18
夫燿蟬者務在○其火、振其樹而已 14/67/4
火不○ 14/67/5
今人主有能○其德 14/67/5
若蟬之歸○火也 14/67/5
必將聽○警戒 15/69/2
國日○ 15/69/8
必道吾所○ 15/70/27
則通於神○矣 15/71/8
然而國晏然不畏外而（○）（內）〔固〕者 15/73/5
○道而（分鈞）〔鈞分〕之 15/73/5
縣○刑大辱於其後 15/74/5
分義則○ 16/75/13
畏之如神○ 16/75/14
分義則不○ 16/75/15
古者○王之舉大事、立大功也 16/76/6
求仁厚○通之君子而託王焉 16/76/17
則雖爲之築○堂（於塞外）而朝諸侯 16/78/7
僩然莫不○通而公也 16/78/14
故○於天人之分 17/79/21
知慮○ 17/81/5,18/88/24
上○而政平 17/81/12
政令不○ 17/81/17
在天者莫○於日月 17/82/10
在地者莫○於水火 17/82/10
在物者莫○於珠玉 17/82/10
在人者莫○於禮義 17/82/10
表不○則陷 17/82/22
表不○則亂 17/82/22
故道無不○ 17/83/1
上宣○ 18/83/13
易知則○ 18/83/15
難知則不○ 18/83/17
故主道利○不利幽 18/83/17
故主道○則下安 18/83/18
克○○德 18/83/20
○○在下 18/83/21,21/107/17
故先王○之 18/83/21
諸侯有能德○威積 18/84/4
非至○莫之能和 18/84/13
智惠甚○ 18/86/7
○見侮之不辱 18/88/10
○其譬稱 18/89/12
日月以○ 19/92/4
以爲上則○ 19/92/5
○者、禮之盡也 19/93/3
故情貌之變足以別吉凶、○貴賤親疏之節 19/94/12
則名不見而柩獨○矣 19/95/9
○不用也 19/95/12
又○不用也 19/95/13
○器貌而不用 19/95/13
○死生之義 19/95/17
聖人○知之 19/98/2
故其清○象天 20/100/7
耳目聰○ 20/100/8
○王以沒 20/100/16
君子○樂 20/100/16
貴賤○ 20/101/21,22/108/14
知賢之謂○ 21/103/5
謂之大清○ 21/104/6
○參日月 21/104/10
而神○之主也 21/104/10
惟○君子而後能知之 21/105/5
則湛濁在下而清○在上 21/105/5
清○亂於上 21/105/6
故濁○外景 21/105/18
清○內景 21/105/18
冥冥蔽其○也 21/106/4
○月而宵行 21/106/12
昭然○矣 21/107/12
○君無之有也 21/107/14
墨以爲○ 21/107/15
此言上○而下化也 21/107/17
是非之形不○ 22/108/8
貴賤不○ 22/108/12
上以○貴賤 22/108/13
故○君知其分而不與辨也 22/109/21
故○君臨之以勢 22/110/1
有兼聽之○而無奮矜之容 22/110/10
○其數也 22/112/5
不○其數也 22/112/7
然則人之性惡○矣 23/113/7
23/113/13,23/113/22,23/114/6
23/115/8,23/115/14,23/115/18
夫可以見之○不離目 23/113/20
目○而耳聰 23/113/20
不可學○矣 23/113/20
若夫可以見之○不離目 23/114/2
目○而耳聰也 23/114/2
人性惡○矣 23/114/23
○禮義以化之 23/115/4
○禮義 23/115/13
故人之性惡○矣 23/115/27
然則其可以爲禹○矣 23/116/8
23/116/13
其在塗之人○矣 23/116/12
其不可以相爲○矣 23/116/23
政令致○而化易如神 24/118/19
○君臣 25/120/6

〇德慎罰、國家既治四海平 25/121/1
重義輕利行顯〇 25/121/7
辨治上下、貴賤有等〇君臣 25/121/8
生昭〇 25/121/14
君論有五約以〇 25/122/12
厚薄有等〇爵服 25/122/13
君法〇 25/122/14
〇有（基）〔祺〕 25/123/2
〇其請 25/123/3
參伍〇謹施賞刑 25/123/3
下不欺上、皆以情言〇若日 25/123/4
爲天下〇 26/123/11
致〇而約 26/123/14
〇達純粹而無疵（也） 26/124/4
昭昭乎其知之〇也 26/125/16
以盲爲〇 26/126/2
〇（十）〔七〕教 27/130/25
非目益〇也 27/131/26
〇君不內 27/133/19
知者〇於事、達於數 27/136/24
聰〇聖知 28/138/14
〇於從不從之義 29/142/2
可謂〇君子矣 29/143/11
士〇於此三恕 30/144/19
思慮〇通而辭不爭 31/146/2
〇察乎日月 31/146/9
平〇而聽朝 31/147/3
君平〇而聽朝 31/147/4
故〇主任計不信怒 31/147/17
既〇且哲 32/150/7
其知至〇 32/150/11

**冥 míng** 13

是故無〇〇之志者 1/2/13
行乎〇〇而施乎無報而賢不肖一焉 2/8/9
〇〇而行者 21/106/3
〇〇蔽其明也 21/106/4
說不行則白道而不〇窮 22/110/10
維塵〇〇 27/136/10
天下〇〇 32/150/5

**銘 míng** 1

其〇、誄、繫世 19/95/18

**鳴 míng** 7

故馬〇而馬應之 3/10/18
鶴〇于九皋 8/30/3
故必將撞大鐘、擊〇鼓、吹竽笙、彈琴瑟以塞其耳 10/45/17
非其逐之〇條之時也 15/72/5
星隊、木〇 17/81/10
夫星之隊、木之〇 17/81/13
〇號焉 19/96/11

**瞑 míng** 2

〇〇然 6/24/21

**命 mìng** 65

夫此順〇 3/11/7
知〇者不怨天 4/13/20
上則能順天子之〇 4/14/9
大〇以傾 6/24/1
知〇者也 6/24/8
慮以王〇全其力、凝其德 9/37/3
群生皆得其〇 9/39/18
脩憲〇 9/40/2,20/99/20
使百姓順〇 9/40/7
從〇而利君謂之順 13/63/28
從〇而不利君謂之（諂）〔諂〕 13/63/28
逆〇而利君謂之忠 13/63/28
逆〇而不利君謂之篡 13/63/28
有能抗君之〇 13/64/4
國有大〇 13/64/18
從〇而不拂 13/65/1
〔將〕所以不受〇於主有三 15/71/2
凡受〇於主而行三軍 15/71/3
順〇爲上 15/71/11
犇〇者不獲 15/71/12
犇〇者貢 15/71/14
臣下懍然莫必其〇 15/72/20
故人之〇在天 16/75/9,17/82/12
國之〇在禮 16/75/9,17/82/12
歸致〇曰 16/76/1
子發之致〇也恭 16/76/4
16/76/10
孰與制天〇而用之 17/82/15
故凡言議期〇 18/88/23
節遇謂之〇 22/108/1
然後隨而〇之 22/109/5
約之以〇 22/109/10
約之以〇（實） 22/109/10
申之以〇 22/110/1
實不喻然後〇 22/110/3
〇不喻然後期 22/110/3
故期、〇、辨、說也者 22/110/4
期〇也者 22/110/6
醮而〇之 27/127/12
敢忘〇矣 27/127/13
一〇齒於鄉 27/128/25
再〇齒於族 27/128/25
三〇 27/128/25
故《春秋》善胥〇 27/133/22
〇也 28/141/6
孝子所以不從〇有三 29/141/20
從〇則親危 29/141/21
不從〇則親安 29/141/21
不從〇乃衷 29/141/21
從〇則親辱 29/141/21
不從〇則親榮 29/141/21
孝子不從〇乃義 29/142/1
從〇則禽獸 29/142/1
不從〇則脩飾 29/142/1
孝子不從〇乃敬 29/142/1
子從父〇 29/142/7,29/142/8
29/142/9
臣從君〇 29/142/7,29/142/8
29/142/9
則若性〇肌膚之不可易也 31/145/16

**謬 miù** 1

雖博必〇 8/33/13

**嫫 mó** 1

〇母、刁父是之喜也 26/126/1

**磨 mó** 3

是規○之說也 18/86/2
猶玉之於琢○也 27/134/6
如琢如○ 27/134/6

**末 mò** 24

則（○）〔沒〕世窮年 1/4/1
明振毫○ 9/37/19
振毫○ 9/40/14
不能加毫○於是矣 9/41/7
財之○也 10/47/22
知本○源流之謂也 10/48/2
而并之其○ 10/48/3
雖○在僻陋之國 11/50/6
有不理者如豪○ 11/54/12
有非理者如豪○ 11/55/26
知務本禁○之爲多材也 12/63/6
將率、○事也 15/69/12,15/72/4
此所謂○世之兵 15/72/4
今女不求之於本而索之於○ 15/72/6
寢兕、（持）〔特〕虎、蛟韅、絲○、彌龍 19/90/13
本○相順 19/92/8
使本○終始莫不順比純備 19/94/20
桀蔽於○喜、斯觀 21/102/15
制禮反本成○ 27/128/3
禮者、本○相順 27/130/10
知其○ 27/131/8
不能加毫○於是也 29/141/20
諸侯之子孫必有在君之○庭者 31/147/4

**沒 mò** 9

學至乎○而後止也 1/3/8
則（末）〔○〕世窮年 1/4/1
入焉焦○耳 15/68/14
聖王○ 18/84/4
聖王已○ 18/86/10
明王以○ 20/100/16
則○世窮年不能徧也 21/106/19
今聖王○ 22/108/8
今聖人○ 22/110/2

**歿 mò** 1

辟之是猶欲壽而○頸也 16/77/13

**秣 mò** 1

伯牙鼓琴〔而〕六馬仰○ 1/3/3

**莫 mò** 258

神○大於化道 1/1/9
福○長於無禍 1/1/10
學○便乎近其人 1/3/20,1/3/21
學之經○速乎好其人 1/3/23
○徑由禮 2/6/9
○要得師 2/6/10
○神一好 2/6/10
人○不貴 2/6/16,5/20/9,8/28/3
人○不任 2/6/17
人○不賤 2/7/1
人○不棄 2/7/3
君子養心○善於誠 3/11/4
險○大焉 3/12/12
則愚○大焉 4/13/8
則害○大焉 4/13/8
則辱○大焉 4/13/8
則危○大焉 4/13/9
小人○不延頸舉踵而願曰 4/14/22
則○不棄此而取彼矣 4/15/19
○之能知也 4/16/13,19/98/2
○不以其仁厚知能盡官職 4/17/4
○不美麗姚冶 5/18/1
婦人○不願得以爲夫 5/18/1
處女○不願得以爲士 5/18/2
○不呼天啼哭 5/18/3
○肯下隧 5/18/11
故人道○不有辨 5/18/17
辨○大於分 5/18/17
分○大於禮 5/18/17
禮○大於聖王 5/18/18
凡人○不好言其所善 5/19/12
 5/20/12
○不願以爲臣 6/22/16
○不從服 6/22/19
曾是○聽 6/24/1
○○然 6/24/20
而貴戚○之敢妬也 7/25/12
而本朝之臣○之敢惡也 7/25/13
而富人○之敢距也 7/25/13
秩秩焉○不從桓公而貴敬之 7/25/14
則○之能亡也 7/25/15
○若好同之 7/26/14
則○若早同之 7/26/16
非聖人○之能爲 8/27/24
嗚呼而○之能應 8/28/1
通達之屬○不從服 8/28/11
11/50/3,11/54/7,15/71/16
萬物○足以傾之之謂固 8/31/4
○不爲天下之顯諸侯 8/31/15
12/62/8
四海之內○不變心易慮以化順之 8/32/1
○不願得以爲臣 8/32/9
用百里之地而千里之國○能與之爭勝 8/32/9
而○能傾也 8/32/10
非大儒○之能立 8/32/13
工匠之子○不繼事 8/34/7
凡人○不欲安榮而惡危辱 8/34/10
非君子○能 9/35/17
則○若靜之 9/36/5
則○若惠之 9/36/6
則○若平政愛民矣 9/36/10
則○若隆禮敬士矣 9/36/10
則○若尙賢使能矣 9/36/10
則其餘○不當矣 9/36/11
諸侯○不懷交接怨而不忘其敵 9/37/1
故天下○不親也 9/37/14
故天下○不貴也 9/37/15
故天下○敢敵也 9/37/15
無幽閒隱僻之國○不趨使而安樂之 9/38/11
○不盡其美、致其用 9/38/18
使天下○不順比從服 9/40/14
〔天下〕○不願 9/41/16
則○若明分使群矣 10/42/18
爲○若仁人之善也夫 10/43/19
憯○懲嗟 10/46/4
則天下○之能隱匿也 10/48/11
而强暴之國○不趨使 10/49/7
而天下○之敢當也 11/50/8
則臣下百姓○不以詐心

待其上矣 11/50/12
既錯之而人〇之能誣也 11/51/20
使臣下百吏〇不宿道鄉方而務 11/52/9
垂衣裳、不下簟席之上而海內之人〇不願得以爲帝王 11/52/11
樂〇大焉 11/52/11
則勞苦耗顇〇甚焉 11/52/16
天下〇不平均 11/52/20,11/54/16
〇不治辨 11/52/20,11/54/16
射遠中微則〇若羿、蠭門矣 11/53/9
則〇若使王良、造父矣 11/53/10
則〇若聰明君子矣 11/53/11
人〇得而制也 11/53/12
口好味而臭味〇美焉 11/53/17
耳好聲而聲樂〇大焉 11/53/18
目好色而文章致繁婦女〇衆焉 11/53/18
形體好佚而安重閒靜〇愉焉 11/53/18
心好利而穀祿〇厚焉 11/53/19
上〇不致愛其下而制之以禮 11/54/11
〇不以是爲隆正 11/54/13
〇得不循乎制（度數）〔數度〕量 11/54/18
百姓〇敢不敬分安制以（禮）化其上 11/55/8
君臣上下之俗〇不若是 11/56/12
則士大夫〇不（敬）〔敄〕節死制者矣 11/56/16
則百吏〇不畏法而遵繩矣 11/56/17
則商賈〇不敦愨而無詐矣 11/56/18
則百工〇不忠信而不楛矣 11/56/19
則農夫〇不朴力而寡能矣 11/56/20
百姓〇敢不順上之法 12/57/19
則〇若反之民 12/59/1
則〇若反之政 12/59/1
則〇若求其人 12/59/2
以天下之王公〇好之也 12/59/3
以天下之民〇（欲）〔爲〕之也 12/59/3
〇不法度而公 12/59/17
〇不騁其能 12/60/2
〇不治理 12/60/11
則臣下百吏至于庶人〇不脩己而後敢安正 12/60/15
姦怪之屬〇不反愨 12/60/16
〇不欲彊而惡弱 12/60/20
道〇徑是矣 12/60/21
愚〇大焉 12/60/23,16/77/13
惑〇大焉 12/61/2
亂〇大焉 12/61/4,18/85/8,18/89/20
故有社稷者〇不欲彊 12/61/19
〇不欲安 12/61/19
〇不欲存 12/61/19
〇不失之是也 12/61/20
非（于是）〔是子〕〇足以舉之 12/62/6
〇知其它 13/65/16
三者、非明主〇之能知也 13/66/1
則姦言、姦說、姦事、姦謀、姦譽、姦愬〇之試也 14/66/13
忠言、忠說、忠事、忠謀、忠譽、忠愬〇不明通 14/66/14
〇知其所從出 15/68/10
延則若〇邪之長刃 15/69/3
兌則若〇邪之利鋒 15/69/3
則〇我敢遏 15/69/9
兵〇弱是矣 15/69/22
非天下之愚人〇敢試 15/70/14
拱揖指麾而強暴之國〇不趨使 15/70/14
知〇大乎棄疑 15/70/24
行〇大乎無過 15/70/24
事〇大乎無悔 15/70/25
〇不趨使而安樂之 15/71/15
〇不說喜 15/71/24
臣下懍然〇必其命 15/72/20
則百姓〇不敦惡 15/73/18
〇不毒孽 15/73/18
百姓〇不貴敬 15/74/3
〇不親譽 15/74/3
立法施令〇不順比 15/74/10
剖刑而〇邪已 16/75/6
天下〇忿 16/76/12
〇不爲義 16/76/18
好利之民〇不願以（爲）齊爲歸 16/76/19
故人〇貴乎生 16/77/11
〇樂乎安 16/77/12
所以養生、（安樂）〔樂安〕者〇大乎禮義 16/77/12
其百吏肅然〇不恭儉、敦敬、忠信而不楛 16/78/12
倜然〇不明通而公也 16/78/14
〇知其無形 17/80/6
在天者〇明於日月 17/82/10
在地者〇明於水火 17/82/10
在物者〇明於珠玉 17/82/10
在人者〇明於禮義 17/82/10
不祥〇大焉 18/83/13,18/84/11,18/85/12
故主道〇惡乎難知 18/83/19
〇危乎使下畏己 18/83/20
海內之民〇不願得以爲君師 18/84/4
非至彊〇之能任 18/84/13
非至辨〇之能分 18/84/13
非至明〇之能和 18/84/13
此三至者、非聖人〇之能盡 18/84/13
故非聖人〇之能王 18/84/14
非聖人〇之能有也 18/85/3
則人固〇觸罪 18/85/6
通達之屬〇不振動從服以化順之 18/85/19
生民之屬〇不振動從服以化順之 18/86/7,18/87/8
則固〇足以擅天下矣 18/86/10
庶人隱竄〇敢視望 18/87/1
自太皞、燧人〇不有也 18/87/13
人猶且〇之抇也 18/87/23
辱〇大焉 18/88/18
說〇病是矣 18/88/19
（是）〔〇〕非以聖王爲師 18/88/23
而天下〇之能損益也 19/92/8
使本末終始〇不順比純備 19/94/20
非順孰修爲之君子〇之

能知也 19/94/21
使死生終始○不稱宜而好善 19/96/2
○不愛其類 19/96/10
○知於人 19/96/13
○不更始矣 19/96/24
○不稱罪 19/98/6
○不和敬 20/98/21
○不和親 20/98/22
○不和順 20/98/22
則○不聽從 20/99/6
則○不從服 20/99/6
則百姓○不安其處、樂其鄉 20/99/16
四海之民○不願得以爲師 20/99/17
○之正也 20/100/16
然而治俯仰、詘信、進退、遲速○不廉制 20/101/2
此其誠心○不求正而以自爲也 21/102/7
凡萬物異則○不相爲蔽 21/102/13
人又○之諫 21/102/18
遠方○不致其珍 21/102/21
萬物○形而不見 21/104/7
○見而不論 21/104/7
○論而失位 21/104/7
物○之傾 21/105/7
故其民○敢託爲奇辭以亂正名 22/108/5
其民○敢託爲奇辭以亂正名 22/108/6
則人○不然謂之不知 22/109/3
故使異實者○不異名也 22/109/6
猶使（異）〔同〕實者○不同名也 22/109/7
天下○之若也 22/111/18
凡人○不從其所可 22/111/20
知道之○之若也而不從道者 22/111/20
人○之爲 22/112/5
闔閭之干將、○邪、鉅闕、辟閭 23/117/13
○非王土 24/118/8
○非王臣 24/118/8
○敢犯（大）上之禁 24/118/11
○不服罪而請 24/118/14
胡憯○懲 24/119/6
主忌苟勝、群臣○諫必逢災 25/120/4
悖亂昏○不終極 25/122/3
○游食 25/122/12
事業聽上、○得相使一民力 25/122/13
利（往）〔隹〕卬上、○得擅與孰私得 25/122/14
進退有律、○得貴賤孰私王 25/122/14
○不說教名不移 25/122/15
罪禍有律、○得輕重威不分 25/123/1
五聽（循）〔脩〕領、○不理（續）〔績〕（主執）〔孰主〕持 25/123/2
耳目既顯、吏敬法令○敢恣 25/123/5
○知其門 26/124/10,27/128/15
閭娵、子奢○之媒也 26/126/1
○如中央 27/126/9
非仁人○能行 29/142/4
聖人○能加於禮 30/143/20
群臣○能逮 32/148/17,32/148/20
群臣○逮 32/148/18
自爲謀而○己若者亡 32/148/21
今以不穀之不肖而群臣○吾逮 32/148/21

## 漠 mò 2

聽○○而以爲啕啕 21/106/6

## 嘿 mò 1

○然而喻 3/11/7

## 墨 mò 39

術順○而精雜汙 2/7/1
是○翟、宋鈃也 6/21/20
陳繩○ 8/28/19
愼、○不得進其談 8/29/1
其言議談說已無所以異於○子矣 8/32/19
○子之言昭昭然爲天下憂不足 10/44/20
特○子之私憂過計也 10/44/20
10/45/4
我以○子之「非樂」也 10/45/6
○子之「節用」也 10/45/7
○子大有天下 10/45/7,10/45/9
○子雖爲之衣褐帶索 10/45/13
故○術誠行 10/46/2
猶繩○之於曲直也 11/51/19
○子之說也 11/52/18
○子有見於齊 17/83/4
○黥 18/85/5
○者將使人兩喪之者也 19/90/18
是儒、○之分也 19/90/18
故繩○誠陳矣 19/92/13
刻死而附生謂之○ 19/96/1
而○子非之 20/98/18,20/99/2,20/99/8,20/99/12,20/100/11
○子之於道也 20/99/12
○子曰 20/99/21
○子非之 20/100/15
其送死瘠○ 20/101/25
○子蔽於用而不知文 21/103/8
故口可劫而使○云 21/104/12
○以爲明 21/107/15
繩○之起 23/115/13
愼、○、季、惠 25/120/14
禮樂滅息、聖人隱伏○術行 25/120/16
如繩○之於曲直也 27/129/24
公輸不能加於繩〔○〕 30/143/20

## 默 mò 4

則其言不若其○也 5/20/13
○而當 6/23/4
故知○由知言也 6/23/5
唱○則民無應也 18/83/12

## 牟 móu 3

堯、舜參○子 5/17/23
是它囂、魏○也 6/21/14
身讓卞隨舉○光 25/121/15

**侔** móu 4

○○然惟（利）飲食之見 4/13/14
○○然唯利之見 4/13/15

**眸** móu 1

○而見之也 27/131/26

**謀** móu 38

○之其臧 2/5/8
○之不臧 2/5/9
○救是也 5/20/15
不早○ 5/21/1
早○之 5/21/2
無隱○ 9/35/17
故權○傾覆之人退 9/41/9
權○傾覆 10/44/11,15/70/20
權○立而亡 11/49/15
權○日行 11/50/13
唯其不由禮義而由權○也 11/50/16
與權○傾覆之人爲之則亡 11/51/8
權○傾覆以示之 11/56/1
而又好以權○傾覆之人斷事其外 11/56/9
上好權○ 12/57/11
愚不得以○知 12/61/8
君有過○過事 13/64/1
凡流言、流說、流事、流○、流譽、流愬、不官而衡至者 14/66/11
則姦言、姦說、姦事、姦○、姦譽、姦愬莫之試也 14/66/13
忠言、忠說、忠事、忠○、忠譽、忠愬莫不明通 14/66/14
權○埶利也 15/68/12
敬○無壙 15/71/7
權○、傾覆、幽險而亡 16/75/10
是一國作○ 16/76/22
權○、傾覆、幽險而盡亡矣 17/82/13
愚不足與○知 18/86/3
使之則○ 21/104/3
○者從所可 22/112/5
不聞之○ 22/112/23
聖知不用愚者○ 25/122/2
主好論議必善○ 25/123/2
君子博學、深○不遇時者多矣 28/141/3
故君子博學、深○、修身、端行以俟其時 28/141/7
魏武侯○事而當 32/148/17
楚莊王○事而當 32/148/18
不穀○事而當 32/148/19
自爲○而莫己若者亡 32/148/21

**繆** móu 11

遠舉則病○ 5/19/17
亦必遠舉而不○ 5/19/18
有災○者然後誅之 7/26/1
術○學雜 8/32/17
則有昭○也 9/35/4
燕之○蟣 15/70/19
若是其悖○也 16/77/9
妬○於道而人誘其所迨也 21/102/7
○與 29/142/17
○○肫肫 31/146/9

**鍪** móu 1

薦器則冠有○而毋縰 19/95/9

**母** mǔ 21

民之父○也 9/39/4,18/84/9
其民之親我也歡若父○ 9/41/12
親之如父○ 10/44/1,11/55/27,16/75/14
親之歡如父○ 10/46/13
故下之親上歡如父○ 11/54/12
歡若父○ 15/69/5
是猶使人之子孫自賊其父○也 15/69/7
然則是誅民之父○而師民之怨賊也 18/84/10
民之父○ 19/97/8
固有爲民父○之說焉 19/97/8
○能食之 19/97/9
乳○、飲食之者也 19/97/10
慈○、衣被之者也 19/97/10
有父○而無牝牡者與 26/125/3
蛹以爲○ 26/125/4
管以爲○ 26/125/10
嫫○、刁父是之喜也 26/126/1
父○之喪 27/131/13

**牡** mǔ 2

有牝○而無男女之別 5/18/17
有父母而無牝○者與 26/125/3

**畝** mǔ 6

（掩）〔撩〕地表○ 10/44/15
則○數盆 10/44/21
百○一守 11/52/15
舉舜甽○、任之天下身休息 25/121/11
故家五○宅、百○田 27/130/24

**木** mù 34

○直中繩 1/1/3
故○受繩則直 1/1/4
西方有○焉 1/1/18
○莖非能長也 1/1/19
草○疇生 1/2/5
林○茂而斧斤至焉 1/2/6
朽○不折 1/2/11
玉在山而（草）○潤 1/3/4
故澤人足乎○ 9/38/16
草○有生而無知 9/39/9
殺生時則草○殖 9/39/18
草○榮華滋碩之時 9/39/19
養山林、藪澤、草○、魚鱉、百（索）〔素〕 9/40/5
辟之若中○ 10/47/1
辟之是猶立直○而求其影之枉也 11/55/14
辟之是猶立枉○而求其影之直也 11/55/15
譬之是猶立直○而恐其景之枉也 12/61/1
譬之是猶立枉○而求其

景之直也 12/61/3
星隊、○鳴 17/81/10
夫星之隊、○之鳴 17/81/13
○器不成斲 19/95/10
見寢○以爲伏虎也 21/106/4
從山下望○者 21/106/7
十仞之○若箸 21/106/7
故枸○必將待檃括、烝、矯然後直 23/113/9
故工人斲○而成器 23/114/10
爲枸○也 23/115/13
直○不待檃栝而直者 23/115/16
枸○必將待檃栝、烝、矯然後直者 23/115/16
工人斲○而生器 23/115/21
然則器○豈工人之性也哉 23/115/21
乘輿之輪、太山之○也 27/134/2
隱栝之側多枉○ 30/144/16
草○殖焉 32/149/22

目 mù 49

○不能兩視而明 1/2/14
使○非是無欲見也 1/4/17
○好之五色 1/4/18
○辨白黑美惡 4/15/8
鼻○耳具 5/17/17
○可瞻馬 5/17/21
明○之所不能見也 8/29/7
有覗面○ 8/29/11,22/111/2
必將錭琢、刻鏤、黼黻、文章以塞其○ 10/45/18
譬之是由好聲色而恬無耳○也 11/51/24
○欲綦色 11/51/24
○好色而文章致繁婦女莫衆焉 11/53/18
人之百事如耳○鼻口之不可以相借官也 12/60/14
○不見也 12/62/12
耳○之明 12/62/14
併耳○之樂 12/63/9
若手臂之扞頭○而覆胸腹也 15/68/16
則○不見流矢 16/79/11
耳○鼻口形能 17/80/9
前有錯衡以養○ 18/86/20
○不欲綦色 18/89/13
所以養○也 19/90/7,19/90/11
設掩面儇○ 19/95/9
○不視女色 20/100/2
耳○聰明 20/100/8
○不自見 20/101/2
則白黑在前而○不見 21/102/9
故○視備色 21/102/21
耳○之欲接 21/105/14
是以闢耳○之欲 21/105/15
闢耳○之欲 21/105/17
厭○而視者 21/106/5
形體、色理以○異 22/108/16
緣○而知形可也 22/109/2
不（治）〔冶〕觀者之耳○ 22/110/15
○視黼黻而不知其狀 22/112/11
則色不及傭而可以養○ 22/112/18
生而有耳○之欲 23/113/4
○可以見 23/113/19
夫可以見之明不離○ 23/113/20
○明而耳聰 23/113/20
若夫可以見之明不離○ 23/114/2
○明而耳聰也 23/114/2
若夫○好色 23/114/11
忠不上達、蒙揜耳○塞門戶 25/122/3
耳○既顯、吏敬法令莫敢恣 25/123/5
非○益明也 27/131/26

沐 mù 3

新○者彈其冠 3/11/1
○浴、鬠體、飯唅、象生執也 19/95/7
不○則濡櫛三律而止 19/95/7

牧 mù 7

（厭旦）〔旦厭〕於○之野 8/31/19
此其所以喪九○之地而虛宗廟之國也 21/102/17
此其所以代殷王而受九○也 21/102/20
師○野 25/120/9
請○基 25/120/12
請○（祺）〔基〕 25/123/1
于彼○矣 27/126/14

募 mù 4

案謹○選閱材技之士 9/37/6
安謹○選閱材技之士 9/41/19
故招近○選 15/70/12
若夫招近○選 15/70/16

睦 mù 1

故先王導之以禮樂而民和○ 20/99/24

墓 mù 3

則有何尤扣人之○、抉人之口而求利矣哉 18/88/4
具生器以適○ 19/95/12
哭比干之○ 27/131/3

暮 mù 4

○宿乎百泉 8/31/19
旦○積謂之歲 8/34/4
○不廢夕 20/101/18
旦○晦盲 26/125/13

慕 mù 12

敦○焉 8/29/14
遠方○其（德）〔義〕 15/71/26
故君子○其在己者 17/81/5
而不○其在天者 17/81/5,17/81/6
而○其在天者 17/81/6
而○（在其）〔其在〕天者 17/81/7
是致隆思○之義也 19/94/1
思○未忘 19/96/7
祭者、志意思○之（情）〔積〕也 19/97/20,19/98/1
不○往 21/107/11

**穆 mù** 6

○公得之、强配五伯六卿施 25/120/10
皇皇○○ 26/123/18
○○皇皇 27/129/6
《春秋》賢○公 27/130/16

**納 nà** 1

三公奉軶持○ 18/86/21

**乃 nǎi** 38

禍災○作 1/2/4
○霸 7/25/10
○始率其群徒 8/29/9
無○不可乎 8/31/17
○身不廢在王庭 10/42/29
○大明服 10/46/17
是○千歲之信士矣 11/51/7
○得憂焉 11/52/6
○得危焉 11/52/6
○得死亡焉 11/52/7
倜然○舉太公於州人而用之 12/62/3
是○善用兵者也 15/68/8
楚人則○有襄賁、開陽以臨吾左 16/76/22
○能使說己者使耳 16/77/18
今秦南○有沙羨與俱 16/77/21
是○江南也 16/77/21
東在楚者○界於齊 16/78/1
在韓者踰常山○有臨慮 16/78/1
在魏者○據圉津 16/78/1
民陷○去 17/83/1
彼○將食其肉而齕其骨也 18/88/5
○在於惡之與不惡也 18/88/16
○其德也 20/100/16
○立司正焉 20/101/15
賢能遁逃國○蹶 25/120/7
紂卒易鄉啓○下 25/120/9
思○精 25/121/2
十有四世、○有天乙是成湯 25/121/14
君謹守之、下皆平正國○昌 25/122/12
事○大已 26/125/4
不從命○衷 29/141/21
孝子不從命○義 29/142/1
孝子不從命○敬 29/142/1
○大其輻 30/143/25
○重大息 30/143/26
無○不察乎 32/149/6
○在百人與千人之中 32/149/10
○信其名 32/150/13

**奈 nài** 5

請問兼能之○何 12/57/27
然則○何 16/78/4
○何 20/98/19,20/99/2,20/99/8

**耐 nài** 2

（能）○任之 7/26/15
（能）而不○任 7/26/15

**柰 nài** 2

爲之○何 32/148/13
○何 32/150/10

**男 nán** 6

有牝牡而無○女之別 5/18/17
○女之合 10/42/20
○女不得不歡 10/44/7
○女淫亂 17/81/18
○女自不取於涂 18/87/21
以○下女 27/129/18

**南 nán** 20

○方有鳥焉 1/1/17
自○自北 8/28/12,11/53/5,15/71/16
○海則有羽翮、齒革、曾青、丹干焉 9/38/14
故周公○征而北國怨 9/41/17
○足以破楚 11/50/15
今秦○乃有沙羨與俱 16/77/21
是乃江○也 16/77/21
○面而聽天下 18/86/7,18/87/8
夏首之○有人焉 21/106/12
故雖不在夏首之○ 21/106/16
假之有人而欲○無多 22/111/20
豈爲夫○者之不可盡也 22/111/21
離○行而北走也哉 22/111/21
大人哉舜、○面而立萬物備 25/121/9
父○鄉而立 27/127/12
孔子○適楚 28/140/17
○郭惠子問於子貢曰 30/144/15

**難 nán** 57

○進曰偍 2/6/3
非不○也 2/7/11
君子行不貴苟○ 3/8/20,3/9/4
是行之○爲者也 3/9/1
是說之○持者也 3/9/2
君子易（知）〔和〕而○狎 3/9/7
易懼而○脅 3/9/7
慮之○知也 4/14/19
行之○安也 4/14/19
持之○立也 4/14/19
凡說之○ 5/19/17
無蹈○之賞 8/31/20
苛關市之征以○其事 10/44/10
其戰士安○ 10/47/13
持國之○易 10/48/21
事强暴之國○ 10/48/21,10/49/7
則怡愉無患○矣 11/52/3
其○者在於人主之知之也 11/52/23
而愚者以爲○ 11/53/12
卒有寇○之事 11/56/3
寇○忘死 12/57/20
故君子恭而不○ 12/57/28
〔不亦○乎〕 12/58/18
外以拒○ 12/61/17
其齊斷足以拒○ 12/62/22
外不足使拒○ 13/63/16
外足使以拒○ 13/63/19
不亦○乎 14/67/4
唯堅凝之○焉 15/74/19
寇○並至 17/82/1
疑玄則○一 18/83/16
漸詐則○使 18/83/16
比周則○知 18/83/16

○一則不彊 18/83/17
○使則不功 18/83/17
○知則不明 18/83/17
上○知 18/83/19
故主道莫惡乎○知 18/83/19
唯其徙朝改制爲○ 18/86/13
雖○、君子賤之 19/94/13
固○類所受乎天也 22/111/7
有嘗試深觀其隱而○（其）察者 22/112/9
患○哉 25/122/2
執公長父之○、厲王流于彘 25/122/7
善行者究其○ 27/133/9
臨患○而不忘（細）〔茵〕席之言 27/133/13
事不○ 27/133/14
事君○ 27/134/24
事親○ 27/134/25
妻子○ 27/134/26
朋友○ 27/135/2
耕○ 27/135/3
君子○說 27/136/24
何○之有 28/141/7
災禍患○而能無失其義 29/142/4

## 囊 náng 2

操瓢○爲溝壑中瘠者也 4/16/10
括○ 5/19/14

## 撓 náo 2

〔若〕以指○沸 15/68/14
以相○滑也 21/107/5

## 橈 náo 3

重死持義而不○ 4/13/17
詘要○膕 10/49/3
折而不○ 30/144/7

## 淖 nào 2

非漬○也 2/7/5
○約微達 28/140/7

## 臑 nào 1

○而動 13/65/19

## 吶 nè 1

其辯不若其○也 5/20/13

## 餒 něi 2

使百姓無凍○之患 10/44/18
庶人則凍○羸瘠於下 18/88/3

## 內 nèi 75

○省而外物輕矣 2/6/12
治海○之衆 3/11/17
故君子不下室堂而海○之情舉積此者 3/11/18
○忘其親 4/13/3,4/13/5
○以忘其親 4/13/7
則無由得開○焉 4/15/15
○行則姑姊妹之不嫁者七人 7/25/8
閨門之○ 7/25/8,20/98/21
志意定乎○ 8/28/8
四海之○若一家 8/28/11,9/38/11,15/71/15
故君子務脩其○而讓之於外 8/30/1
四海之○莫不變心易慮以化順之 8/32/1
○不自以誣外 8/33/1
外不自以欺○ 8/33/1
婚姻娉○送逆無禮 10/42/20
境○之聚也保固 10/48/12
○則不憚詐其民而求小利焉 11/50/10
○不脩正其所以有 11/50/11
垂衣裳、不下簟席之上而海○之人莫不願得以爲帝王 11/52/11
然後皆○自省以謹於分 11/54/13
齊桓公閨門之○懸樂奢泰游抏之脩 11/55/1
○不可以阿子弟 12/61/13
12/61/15
將○以固（誠）〔城〕 12/61/17
近者境○ 12/62/12
境○之事 12/62/13
一（○）〔日〕而曲辨之 12/63/10
○不足使一民 13/63/16
○足使以一民 13/63/18
時關○之 13/64/24
無威○而輕外 15/71/1
兵强海○ 15/72/1
然而國晏然不畏外而（明）（○）〔固〕者 15/73/5
封○千里 16/76/25
未有過封○千里者也 16/77/21
威動海○ 16/78/3
夫義者、○節於人而外節於萬物者也 16/79/6
○外、上下節者 16/79/7
○外無別 17/81/18
外○異表 17/83/1
令行於境○ 18/83/25
○則百姓疾之 18/84/2
近者境○不一 18/84/2
令不行於境○ 18/84/3
海○之民莫不願得以爲君師 18/84/4
封○甸服 18/85/22
文理、情用相爲○外表裏 19/92/22
薄器不成（○）〔用〕 19/95/10
○以自亂 21/103/13
其心○傾 21/105/8
清明○景 21/105/18
離道而○自擇 22/112/2,22/112/6
外重物而不○憂者 22/112/9
外危而不○恐者 22/112/10
且○不可以知父子之義 23/116/10
皆○可以知父子之義 23/116/11
四海之○無客禮 24/118/5
主誠聽之、天下爲一海○賓 25/120/6
外不避仇、○不阿親賢者予 25/121/10
諸侯○屏 27/126/11
○屏、不欲見○也 27/126/11
○十日一御 27/130/3

相爲○外表裏 27/130/8
小人不誠於○而求之於外 27/133/17
明君不○ 27/133/19
其聲可○於宗廟 27/135/7
無○人之疏而外人之親 30/143/23
○人之踈而外人之親 30/143/23
忠誠盛於○、賁於外 32/148/14

## 能 néng 526

非○水也 1/1/14
木莖非○長也 1/1/19
不○十步 1/2/11
目不○兩視而明 1/2/14
耳不○兩聽而聰 1/2/15
上不○好其人 1/3/23
下不○隆禮 1/3/23
是故權利不○傾也 1/4/19
群眾不○移也 1/4/19
天下不○蕩也 1/4/19
德操然後○定 1/4/20
○定然後○應 1/4/20
○定○應 1/4/20
受諫而○戒 2/5/5
饒樂之事則○讓 2/6/17
此言君子之○以公義勝私欲也 2/8/16
而申徒狄○之 3/9/1
而惠施、鄧析○之 3/9/2
君子○亦好 3/9/10
不○亦好 3/9/10
小人○亦醜 3/9/10
不○亦醜 3/9/10
君子○則寬容易直以開道人 3/9/10
不○則恭敬縛絀以畏事人 3/9/11
小人○則倨傲僻違以驕溢人 3/9/11
不○則妬嫉怨誹以傾覆人 3/9/11
君子○則人榮學焉 3/9/12
不○則人樂告之 3/9/12
小人○則人賤學焉 3/9/12
不○則人羞告之 3/9/12
此言君子○以義屈信變應故也 3/10/3
其誰○以己之潐潐受人之掝掝者哉 3/11/1
神則○化矣 3/11/5
明則○變矣 3/11/5
不誠則不○化萬物 3/11/9
不誠則不○化萬民 3/11/9
上則○尊君 3/11/20,13/63/20
下則○愛民 3/11/20,13/63/20
上則○順天子之命 4/14/9
下則○保百姓 4/14/9
上則○順上 4/14/10
下則○保其職 4/14/10
材性知○ 4/14/17
故孰察小人之知○ 4/14/24
是非知○材性然也 4/15/1
莫之○知也 4/16/13,19/98/2
則勢不○容、物不○贍也 4/16/18
知賢愚、○不○之分 4/17/1
莫不以其仁厚知○盡官職 4/17/4
爲上則不○愛下 5/18/8
然而仁人不○推 5/18/9
知士不○明 5/18/9
故○寬容 5/20/3
故君子賢而○容罷 5/20/3
知而○容愚 5/20/3
博而○容淺 5/20/4
粹而○容雜 5/20/4
夫是之謂（爲）○貴其所貴 5/20/9
唯君子爲○貴其所貴 5/20/10
（則）六說者不○入也 6/22/15
十二子者不○親也 6/22/15
而王公不○與之爭名 6/22/15, 8/32/8,10/48/10
則一君不○獨畜 6/22/16,8/32/8
一國不○獨容 6/22/16,8/32/8
不○則學 6/23/14
雖○必讓 6/23/14
○靜者也 6/24/8
無○而云○者也 6/24/9
士君子之所○〔爲〕不○爲 6/24/12
君子○爲可貴 6/24/12,27/138/4
不○使人必貴己 6/24/12, 27/138/4
○爲可信 6/24/12
不○使人必信己 6/24/12
○爲可用 6/24/13,27/138/4
不○使人必用己 6/24/13, 27/138/4
恥不○ 6/24/14
夫孰○亡之 7/25/11
倓然見管仲之○足以託國也 7/25/11
則莫之○亡也 7/25/15
而○顛倒其敵者也 7/25/20
致賢（○而）〔而○〕以救不肖 7/25/21
致彊而○以寬弱 7/25/22
戰必○殆之而羞與之鬭 7/25/22
（○）耐任之 7/26/15
（○）而不耐任 7/26/15
推賢讓○而安隨其後 7/26/16
則好專事而妬賢○ 7/26/19
而○揜迹於文、武 8/27/17
○則天下歸之 8/27/18
不○則天下去之 8/27/19
非聖人莫之○爲 8/27/24
嗚呼而莫之○應 8/28/1
非○徧○人之所○之謂也 8/28/16
非○徧知人之所知之謂也 8/28/17
非○徧辨人之所辨之謂也 8/28/17
非○徧察人之所察之謂也 8/28/18
量○而授官 8/28/21,12/59/17, 18/86/9
○不○皆得其官 8/29/1
是聰耳之所不○聽也 8/29/7
明目之所不○見也 8/29/7
辯士之所不○言也 8/29/7
未○僂指也 8/29/8
混然曾不○決也 8/29/16
故（不）○小而事大 8/30/7
忠臣誠○然後敢受職 8/30/8
○不窮於下 8/30/9
上則○大其所隆 8/30/14
下則○開道不己若者 8/30/14
嚴嚴兮其○敬己也 8/30/19
猒猒兮其○長久也 8/30/19
無輿馬則無所見其○ 8/32/4
而不○以至遠 8/32/6
而不○以射遠中微 8/32/6
而不○以調一天下、制強暴 8/32/7
用百里之地而千里之國莫○與之爭勝 8/32/9

而莫○傾也 8/32/10
天不○死 8/32/13
地不○埋 8/32/13
桀、跖之世不○汙 8/32/13
非大儒莫之○立 8/32/13
然而明不○分別 8/32/19
然而明不○齊法教之所不及 8/32/22
則知不○類也 8/33/1
云○則必爲亂 8/33/16
云○則速成 8/33/17
性也者、吾所不○爲也 8/33/20
故唯君子爲○得其所好 8/34/10
然後○公 8/34/15
然後○脩 8/34/15
然後○才 8/34/16
賢○不待次而舉 9/35/3
罷不○不待頃而廢 9/35/3
不○屬於禮義 9/35/4
○屬於禮義 9/35/5
故姦言、姦說、姦事、姦○、遁逃反側之民 9/35/6
非君子莫○ 9/35/17
夫兩貴之不○相事 9/36/1
兩賤之不○相使 9/36/1
物不○澹則必爭 9/36/1
則莫若尚賢使○矣 9/36/10
力全則諸侯不○弱也 9/37/3
德凝則諸侯不○削也 9/37/3
無○不官 9/38/5
尙賢使○而等位不遺 9/38/6
故近者不隱其○ 9/38/11
人○群 9/39/10
彼不○群也 9/39/10
人何以○群 9/39/11
分何以○行 9/39/11
故人生不○無群 9/39/15
弱則不○勝物 9/39/15
○以事親謂之孝 9/39/16
○以事兄謂之弟 9/39/16
○以事上謂之順 9/39/16
○以使下謂之君 9/39/17
使農夫樸力而寡○ 9/40/4
則是國未○獨立也 9/40/21
不○加毫末於是矣 9/41/7
暴國之君案自不○用其兵矣 9/41/11
孰○有與是鬭者與 9/41/18
而○不○兼技 10/42/16
人不○兼官 10/42/17
不○無群 10/43/9
則○不○不可得而官也 10/45/11
惡○足之乎 10/45/13
○不○可得而官也 10/45/21
尙賢使○以次之 10/46/21, 15/73/16
則其治者不○ 10/47/11
則其治者○ 10/47/14
○齊則其故者先官 10/47/16
將率不○則兵弱 10/47/20
則天下莫之○隱匿也 10/48/11
夫誰○忿之 10/48/15
未有○以此道得免焉者也 10/49/1
然而不○自安也 11/49/14
身○ 11/51/11
相○ 11/51/11
身不○ 11/51/11, 11/51/12
知恐懼而求○者 11/51/12
不知恐懼而求○者 11/51/12
唯誠○之求 11/51/14, 11/53/23
既錯之而人莫之○誣也 11/51/20
人主者、以官人爲○者也 11/52/14
匹夫者、以自○爲○者也 11/52/14
論德使○而官施之者 11/52/18
其官職事業足以容天下之○士矣 11/53/2
○士官焉 11/53/3
其誰○睹是而不樂也哉 11/53/20
○建是之士不世絕 11/53/20
故○當一人而天下取 11/54/21
不○當一人而○當千人百人者 11/54/22
既○當一人 11/54/22
○無察乎 11/55/5
○無狂乎 11/55/5
主○治近則遠者理 11/55/11
主○治明則幽者化 11/55/11
主○當一則百事正 11/55/12
既○治近 11/55/12
既○治明 11/55/13
既○當一 11/55/13
不○治近 11/55/14
不○察明 11/55/14
不○當一 11/55/15
賞賢使○以次之 11/55/24
則農夫莫不朴力而寡○矣 11/56/20
農夫朴力而寡○ 11/56/22
故法不○獨立 12/57/4
類不○自行 12/57/4
不○應事之變 12/57/6
尙賢使○ 12/57/15
請問兼○之奈何 12/57/27
不與之爭○而致善用其功 12/58/4
故有社稷者而不○愛民、不○利民 12/58/14
縱不○用 12/59/7
○群也 12/59/11
○群也者何也 12/59/11
夫是之謂○群 12/59/13
不○生養人者 12/59/14
不○班治人者 12/59/14
不○顯設人者 12/59/14
不○藩飾人者 12/59/15
莫不騁其○ 12/60/2
其○以稱義徧矣 12/60/7
尙賢使○則民知方 12/60/10
材技官○ 12/60/11
誠○而後敢受職 12/60/15
而觀其○安敬也 12/61/8
而觀其○應變也 12/61/9
而觀其○無流慆也 12/61/9
而觀其○無離守也 12/61/10
○中是者取之 12/61/14
雖聖人不○易也 12/61/14, 12/61/16
○致是者取之 12/61/16
人不○制也 12/61/17
彼不○而主使之 12/61/21
臣不○而誣○ 12/62/1
〔故惟明主○愛其所愛〕 12/62/2
○愛人也 12/62/8
唯明主爲○愛其所愛 12/62/9
人主不○不有游觀安燕之時 12/62/17
知尙賢使○之爲長功也 12/63/6
○論官此三材者而無失其次 12/63/7
人主不○論此三材者 12/63/9

慮與臣下爭小察而綦偏
○ 12/63/10
大臣父子兄弟有○進言
於君 13/64/1
有○進言於君 13/64/2
有○比知同力 13/64/2
不○不聽 13/64/3
有○抗君之命 13/64/4
明主尙賢使○而饗其盛 13/64/12
闇主妬賢畏○而滅其功 13/64/13
而○化易 13/64/24
三者、非明主莫之○知也 13/66/1
○以禮挾而貴名白 14/66/18
今人主有○明其德 14/67/5
○以授官 14/67/13
未有二隆爭重而○長久
者 14/67/17
則羿不○以中微 15/68/7
則造父不○以致遠 15/68/7
則湯、武不○以必勝也 15/68/8
君不○者 15/69/13
諸侯有○微妙之以節 15/70/12
則主不○喜 15/71/4
敵不○怒 15/71/4
不○用其民 15/73/1
於是有○化善、脩身、
正行、積禮義、尊道
德 15/74/2
○乎哉 15/74/5
兼并易○也 15/74/19
齊○并宋而不○凝也 15/74/19
燕○并齊而不○凝也 15/74/19
趙不○凝也 15/74/20
故○并之而不○凝 15/74/20
不○并之又不○凝其有 15/74/21
○凝之 15/74/21
則必○并之矣 15/74/21
○凝之也 15/75/1
夫尙賢使○ 16/76/4
○爲○ 16/76/14
不○爲不○ 16/76/14
○士願相國之官 16/76/19
乃○使說己者使耳 16/77/18
是○使讎人役也 16/77/20
○積微者速成 16/78/25
則天不○貧 17/79/17
則天不○病 17/79/17
則天不○禍 17/79/17
故水旱不○使之飢（渴）
17/79/18
寒暑不○使之疾 17/79/18
祆怪不○使之凶 17/79/18
則天不○使之富 17/79/19
則天不○使之全 17/79/19
則天不○使之吉 17/79/19
不加○焉 17/80/1
夫是之謂○參 17/80/2
耳目鼻口形○ 17/80/9
各有接而不相○也 17/80/10
孰與（聘）〔騁〕○而
化之 17/82/16
諸侯有○德明威積 18/84/4
然而暴國獨侈安○誅之 18/84/5
則可謂○用天下矣 18/84/6
○用天下之謂王 18/84/6
非至彊莫之○任 18/84/13
非至辨莫之○分 18/84/13
非至明莫之○和 18/84/13
此三至者、非聖人莫之
○盡 18/84/13
故非聖人莫之○王 18/84/14
非聖人莫之○有也 18/85/3
○不稱官 18/85/11
湯、武不○禁令 18/85/17
不○以義制利 18/86/10
不○以僞飾性 18/86/10
死則○任天下者必有之
矣 18/86/14
堯、舜不○教化 18/87/7
不○以撥弓、曲矢中
〔微〕 18/87/11
不○以辟馬毀輿致遠 18/87/12
不○使嵬瑣化 18/87/13
而農賈皆○以貨財讓 18/87/21
○者不得治 18/88/1,32/150/6
夫今子宋子不○解人之
惡侮 18/88/16
萬世不○易也 18/89/5
則不○無求 19/90/3
則不○不爭 19/90/4
而天下莫之○損益也 19/92/8
小人不○測也 19/92/10
禮之中焉○思索 19/92/17
謂之○慮 19/92/17
禮之中焉○勿易 19/92/17
謂之○固 19/92/17
○慮○固 19/92/17
故雖備家、必踰日然後
○殯 19/93/21
非順孰修爲之君子莫之
○知也 19/94/21
無僞則性不○自美 19/95/1
天○生物 19/95/3
不○辨物也 19/95/3
地○載人 19/95/3
不○治人也 19/95/3
然後○去之也 19/96/12
然後○去之 19/96/12
彼安○相與群居而無亂
乎 19/96/15
父○生之 19/97/9
不○（養）〔食〕之 19/97/9
母○食之 19/97/9
不○教誨之 19/97/9
君者、已○食之矣 19/97/9
憚詭、悒僾而不○無時
至焉 19/97/20
故人不○無樂 20/98/14
故人不○不樂 20/98/15
樂則不○無形 20/98/15
則不○無亂 20/98/16
知其○和樂而不流也 20/101/15
知其○弟長而無遺也 20/101/17
知其○安燕而不亂也 20/101/19
是以○長用伊尹而身不
失道 21/102/19
是以○長用呂望而身不
失道 21/102/20
故○持管仲而名利福祿
與管仲齊 21/103/4
故○持周公而名利福祿
與周公齊 21/103/4
輔賢之謂○ 21/103/5
觀於道之一隅而未之○
識也 21/103/12
然後○守道以禁非道 21/103/21
不○此三技而可使治三
官 21/104/17
惟明君子而後○知之 21/105/5
未嘗有兩而○精者也 21/105/11
惡○與我歌矣 21/105/12

可謂○自彊矣 21/105/16
21/105/17
可謂○自忍矣 21/105/16
安○無過乎 21/106/9
則沒世窮年不○徧也 21/106/19
多○非以脩蕩是 21/107/2
然而猶有○分是非、治曲直者邪 21/107/4
雖○之無益於人 21/107/5
不○無損於人 21/107/5
則廣焉○棄之矣 21/107/10
心慮而○爲之動謂之僞 22/107/24
慮積焉、○習焉而後成謂之僞 22/107/24
智所以○之在人者謂之○ 22/107/25
○有所合謂之○ 22/108/1
則○禁之矣 22/109/17
22/109/19,22/109/20
是故邪說不○亂 22/110/9
故○處道而不貳 22/110/16
故嚮萬物之美而不○嗛也 22/112/12
則不○離也 22/112/12
人之所學而○ 23/113/18
可學而○、可事而成之在人者謂之僞 23/113/18
夫感而不○然、必且待事而後然者 23/114/13
故聖人○生之也 23/115/20
○化性 23/115/24
○起僞 23/115/24
然則仁義法正有可知可○之理 23/116/6
皆有可以○仁義法正之具 23/116/7
今以仁義法正爲固無可知可○之理邪 23/116/8
然則唯禹不知仁義法正、不○仁義法正也 23/116/8
而固無可以○仁義法正之具邪 23/116/9
然則其可以知之質、可以○之具 23/116/11
今使塗之人者以其可以知之質、可以○之具 23/116/12
本夫仁義之可知之理、可○之具 23/116/13
塗之人○爲禹 23/116/19
雖不○爲禹 23/116/20
然而未嘗有○徧行天下者也 23/116/20
然而未嘗○相爲事也 23/116/21
未必○也 23/116/22
雖不○ 23/116/22
然則○不○之與可不可 23/116/22
雜○、旁魄而毋用 23/117/4
然而不得排檠則不○自正 23/117/12
然而不加砥厲則不○利 23/117/13
不得人力則不○斷 23/117/14
足○行 24/118/5
口○言 24/118/5
吳有伍子胥而不○用 24/119/10
故尙賢使○ 24/119/12
故尙賢、使○ 24/119/12
兼此而○之 24/119/15
夫故天下不與爭○而致善用其功 24/119/15
上○尊主(愛下)〔下愛〕民 25/120/6
賢○遁逃國乃蹶 25/120/7
妬賢○ 25/120/8
處之敦固、有深藏之○遠思 25/121/2
堯授○ 25/121/8
任用讒夫不○制 25/122/7
法禹舜而○弇迹者邪 26/124/3
以○合從 26/125/7
唯恐不○ 27/127/13
○除患則爲福 27/128/11
不○除患則爲賊 27/128/11
○思索謂之○慮 27/130/8
以爲○變也 27/130/16
口○言之 27/130/21,27/130/21
身○行之 27/130/21,27/130/21
口不○言 27/130/21
身不○行 27/130/21
何○舉 27/131/23
雖堯、舜不○去民之欲利 27/132/1
然而○使其欲利不克其好義也 27/132/1
雖桀、紂亦不○去民之好義 27/132/2
然而○使其好義不勝其欲利也 27/132/2
重民任而誅不○ 27/132/10
君子進則○益上之譽而損下之憂 27/134/20
不○而居之 27/134/20
故大者不○ 27/136/16
廢不○以單之 28/139/8
三尺之岸而虛車不○登也 28/139/11
而○使民勿踰乎 28/139/13
曷云○來 28/140/1
幼不○强學 28/140/11
雖賢、其○行乎 28/141/7
不○加毫末於是也 29/141/20
而○致恭敬、忠信、端愨以愼行之 29/142/2
故勞苦彫萃而○無失其敬 29/142/3
災禍患難而○無失其義 29/142/4
則不幸不順見惡而○無失其愛 29/142/4
非仁人莫○行 29/142/4
不○自舉其身 29/142/19
色知而有○者、小人也 29/143/4
○之曰○之 29/143/4
不○曰不○ 29/143/5
公輸不○加於繩〔墨〕 30/143/20
聖人莫○加於禮 30/143/20
故君子苟○無以利害義 30/144/2
有君不○事 30/144/18
有親不○報 30/144/18
有兄不○敬 30/144/19
長無○也 30/144/22
口不○道善言 31/145/8
雖不○盡道術 31/145/13
雖不○徧美善 31/145/14
非耳不○聞也 31/147/10
非口不○味也 31/147/11
士信愨而後求知○焉 31/147/15
士不信愨而有多知○ 31/147/16
未有窮其下而○無危者也 31/148/8
群臣莫○逮 32/148/17,32/148/20
功安○成 32/150/14

## 尼 ní　11

仲○長　5/17/16
仲○之狀　5/17/21
以爲仲○、子游爲茲厚
　於後世　6/22/10
仲○、子弓是也　6/22/17,8/32/13
下則法仲○、子弓之義　6/23/1
仲○之門（人）　7/25/7
然而仲○之門（人）　7/25/18
仲○將爲魯司寇　8/28/5
仲○無置錐之地　11/49/20
仲○、顏淵知而窮於世　27/137/22

## 泥 ní　1

知明制度、權物稱用之
　爲不○也　12/63/7

## 儗 nǐ　1

無所○怍　8/33/4

## 擬 nǐ　2

○於禹、舜　3/10/1
血氣態度○於女子　5/18/1

## 逆 nì　12

言辯而○　6/23/9
婚姻娉內送○無禮　10/42/20
○命而利君謂之忠　13/63/28
○命而不利君謂之篡　13/63/28
○其類者謂之禍　17/80/11
○其天政　17/80/12
不知○順之理　18/87/5
凡姦聲感人而○氣應之　20/100/4
○氣成象而亂生焉　20/100/4
而靡有悖○者　20/101/3
○斥不通孔子拘　25/120/11
霜降○女　27/130/3

## 匿 nì　5

○行曰詐　2/6/2
則天下莫之能隱○也　10/48/11
○則大惑　17/82/21
其文章○而采　20/101/24
妬功毀賢、下斂黨與上
　蔽○　25/122/7

## 溺 nì　3

「堅白」「同異」之察
　入焉而○　19/92/12
必顛蹶陷○　27/129/22
○者不問遂　27/131/5

## 年 nián　29

則（未）〔沒〕世窮○　1/4/1
然而窮○累世不知不足　4/16/5
而後三○　8/33/8
故禹十○水、湯七○旱
　而天下無菜色者　10/48/1
十○之後　10/48/2
○穀復孰　10/48/2
則夫人行○七十有二　12/62/4
美意延○　14/67/1
故一○與之始　14/67/9
三○與之終　14/67/9
是〔其氣力〕數○而衰
　而〔復利〕未可奪也　15/70/2
已朞三○　15/74/15
三○之喪　19/91/13
　19/96/4,19/96/5,19/96/7
則三○之喪　19/96/18
然則三○何也　19/97/1
故三○以爲隆　19/97/3
故三○之喪　19/97/4
君之喪所以取三○　19/97/7
三○畢矣哉　19/97/10
三○畢乎哉　19/97/11
以三○事之猶未足也　19/97/12
則沒世窮○不能徧也　21/106/19
其累百○之欲　22/112/6
三○不事　27/131/13
朞三○而百姓（往）
　〔從〕〔風〕矣　28/139/8

## 輦 niǎn　2

我任我○　10/44/2
○輿就馬　27/126/14

## 念 niàn　2

○彼遠方　26/125/19
言○君子　30/144/9

## 鳥 niǎo　16

南方有○焉　1/1/17
樹成蔭而衆○息焉　1/2/6
我欲屬之○鼠禽獸邪　4/13/10
雖在○獸之中　8/33/3
然後飛○鳧鴈若煙海　10/45/2
麻葛、繭絲、○獸之羽
　毛齒革也　10/45/3
山林者、○獸之居也　14/66/19
山林險則○獸去之　14/66/20
若飛○然　15/69/22
今夫大○獸則失亡其群
　匹　19/96/10
則是曾○獸之不若也　19/96/15
故謂之○獸　22/109/9
○獸也者、大別名也　22/109/9
變爲樂正○獸服　25/121/12
飛○所害　26/125/1
○窮則啄　31/148/8

## 涅 niè　1

〔白沙在○〕　1/1/19

## 孽 niè　2

莫不毒○　15/73/18
下民之○　18/87/14

## 蘖 niè　4

惡者之○也　12/61/2
主之○　25/120/7
宗其賢良、辨其殃○　25/121/5
國之薉○也　27/130/19

## 甯 níng　1

鮑叔、○戚、隰朋仁知

且不蔽 21/103/3

**寧 níng** 9

國家無禮則不○ 2/5/15
○爲荼毒 8/34/11
文王以○ 12/63/1
○僭無濫 14/67/24
天下皆○ 20/100/9
君子以修百姓○ 25/121/1
百姓待之而後○泰 26/124/1
百姓待之而後○也 26/124/4
國家無禮不○ 27/129/25

**凝 níng** 15

好假導人而無所○止之 9/35/15
慮以王命全其力、○其德 9/37/3
德○則諸侯不能削也 9/37/3
唯堅○之難焉 15/74/19
齊能并宋而不能○也 15/74/19
燕能并齊而不能○也 15/74/19
趙不能○也 15/74/20
故能并之而不能○ 15/74/20
不能并之又不能○其有 15/74/21
能○之 15/74/21
得之則○ 15/74/22
能○之也 15/75/1
故○士以禮 15/75/1
○民以政 15/75/1
夫是之謂大○ 15/75/2

**佞 nìng** 4

饒樂之事則○兌而不曲 2/7/2
進退貴賤則舉○侻 9/42/3
則德厚者進而○說者止 12/60/12
然而巧敏○說 13/63/17

**牛 niú** 13

所謂「以狐父之戈钃○矢」也 4/13/7
又畜○羊 4/16/6
魯之粥○馬者不豫賈 8/28/5
力不若○ 9/39/10
而○馬爲用 9/39/10
我車我○ 10/44/3
則劙槃盂、刎○馬 16/75/7
則○馬相生 17/81/18
故從山上望○者若羊 21/106/6
有○馬 22/109/19
有國之君不息○羊 27/132/4
君子力如○ 32/149/4
不與○爭力 32/149/4

**忸 niǔ** 1

○之以慶賞 15/70/4

**紐 niǔ** 1

異物名實（玄）〔互〕○ 22/108/12

**農 nóng** 24

故良○不爲水旱不耕 2/6/14
可以爲○賈 4/15/10
爲工匠○賈則常煩勞 4/15/12
則○以力盡田 4/17/3
君子不如○人 8/28/19
人積耨耕而爲○夫 8/34/6
眾人者、工○商賈也 8/34/17
○夫不斲削、不陶冶而足械用 9/38/16
○○、士士、工工、商商一也 9/39/7
省○功 9/40/4
使○夫樸力而寡能 9/40/4
無奪○時 10/43/6,11/56/20
是○夫眾庶之事也 10/44/15
○分田而耕 11/52/18
然後○分田而耕 11/54/14
則○夫莫不朴力而寡能矣 11/56/20
○夫朴力而寡能 11/56/22
眾○夫 12/59/16
而○賈皆能以貨財讓 18/87/21
○精於田而不可以爲田師 21/104/16,27/132/22
夫工匠、○、賈 23/116/21

**耨 nòu** 2

人積○耕而爲農夫 8/34/6
耘○失薉 17/81/16

**駑 nú** 3

○馬十駕 1/2/11
庸眾○散 2/6/8
○馬十駕則亦及之矣 2/7/8

**弩 nǔ** 1

操十二石之○ 15/70/1

**怒 nù** 30

○不過奪 2/8/13,2/8/15
不○而威 3/11/7,8/29/21
○也 4/12/21
行其少頃之○而喪終身之軀 4/13/1
安忘其○ 7/25/12
接之以聲色、權利、忿○、患險 12/61/9
因其○也 13/64/25
以是諫非而○之 13/65/9
鬭○、害也 13/65/22
謹慎而無鬭○ 13/65/23
敵不能○ 15/71/4
好惡、喜○、哀樂臧焉 17/80/9
喜○以當 19/92/5
軍旅鈇鉞者、先王之所以飾○也 20/99/10
先王〔之〕喜○皆得其齊焉 20/99/10
○而暴亂畏之 20/99/11
夫民有好惡之情而無喜○之應 20/99/25
性之好、惡、喜、○、哀、樂謂之情 22/107/23
說、故、喜、（怨）〔○〕、哀、樂、愛、惡、欲以心異 22/108/18
刑罰不○罪 24/118/18
刑罰○罪 24/119/3
武王○ 25/120/8

怒〇其臣妾 27/127/18
有怨而無〇 27/129/8
故明主任計不信〇 31/147/17
闇主信〇不任計 31/147/17
計勝〇則强 31/147/17
〇勝計則亡 31/147/17

## 女 nǚ 34

血氣態度擬於〇子 5/18/1
處〇莫不願得以爲士 5/18/2
有牝牡而無男〇之別 5/18/17
男〇之合 10/42/20
男〇不得不歡 10/44/7
辟之是猶使處〇嬰寶珠、佩寶玉、負戴黃金而遇中山之盜也 10/49/2
目好色而文章致繁婦〇莫衆焉 11/53/18
俳優、侏儒、婦〇之請謁以悖之 11/56/1
好〇之色 12/61/2
非〇所知也 15/71/22,15/72/2
〇所謂便者 15/72/2
今〇不求之於本而索之於末 15/72/6
則〇主亂之宮 16/76/20
男〇淫亂 17/81/18
男〇自不取於涂 18/87/21
目不視〇色 20/100/2
妻以二〇任以事 25/121/9
此夫身〇好而頭馬首者與 26/125/2
以男下〇 27/129/18
霜降逆〇 27/130/3
〇以忠者爲必用邪 28/141/2
〇以諫者爲必用邪 28/141/2
〇庸安知吾不得之桑落之下乎哉 28/141/9
不〇聊 29/142/17
〇何問哉 29/142/23
〇謂夫子爲有所不知乎 29/142/25
吾語〇 29/143/3,32/149/7
〇將行 32/149/1
〇又美之 32/149/3,32/149/5
〇又美之乎 32/149/7
〇以魯國驕人 32/149/11

## 煖 nuǎn 7

〇於布帛 4/12/18
是庶人之所以取〇衣飽食長生久視以免於刑戮也 4/14/13
寒而欲〇 4/15/7,5/18/13
23/114/3
衣〇而食充 12/60/3
輕〇平簟而體不知其安 22/112/11

## 諾 nuò 3

已〇不信則兵弱 10/47/19
刑賞已〇信乎天下矣 11/50/4
〇 27/127/13

## 懦 nuò 1

苟怠惰偷〇之爲安 19/90/16

## 虐 nüè 1

不教而責成功、〇也 28/139/5

## 嘔 ōu 1

唲〇之 10/46/6

## 甌 ōu 1

流丸止於〇、臾 27/137/1

## 謳 ōu 2

故近者歌〇而樂之 8/28/10
15/71/15

## 齵 óu 1

有弛易〇差者矣 12/62/13

## 偶 ǒu 1

〇視而先俯 2/7/5

## 耦 ǒu 1

禹見耕者〇立而式 27/128/17

## 俳 pái 1

〇優、侏儒、婦女之請謁以悖之 11/56/1

## 排 pái 1

然而不得〇檠則不能自正 23/117/12

## 徘 pái 1

則必〇徊焉 19/96/11

## 潘 pān 1

文王誅〇止 28/138/21

## 槃 pán 4

君者、〇也 12/58/11
〇圓而水圓 12/58/11
則劙〇盂、刎牛馬 16/75/7
故人心譬如〇水 21/105/5

## 盤 pán 2

則國安于〇石 10/48/16
則若〇石然 15/69/4

## 泮 pàn 1

冰〇殺〔止〕 27/130/3

## 叛 pàn 4

外則諸侯〇之 18/84/2
是姦人之道而倍〇之心也 19/93/8
君子以倍〇之心接臧穀 19/93/8
故以貪鄙、背〇、爭權而不危辱滅亡者 21/103/3

畔 pàn 5

則約定而○無日 10/48/22
使之持危城則必○ 15/73/13
不敢有○慮 15/74/12
言而不稱師謂之○ 27/133/19
倍○之人 27/133/19

汸 pāng 2

○○如河海 10/45/22

旁 páng 3

○辟曲私之屬爲之化而公 15/74/6
雜能、○魄而毋用 23/117/4
欲近四○ 27/126/9

逄 páng 3

雖爲之○蒙視 10/49/2
而不知關龍○ 21/102/15
關龍○不見刑乎 28/141/2

佩 pèi 3

辟之是猶使處女嬰寶珠、○寶玉、負戴黃金而遇中山之盜也 10/49/2
琁、玉、瑤、珠不知○也 26/126/1
一○易之 27/134/3

旆 pèi 1

紂縣於赤○ 21/102/18

配 pèi 5

（名則）〔則名〕○堯、禹 2/5/11
名○堯、禹 11/52/10
名○舜、禹 11/53/24
穆公得之、强○五伯六卿施 25/120/10
○天而有下土者 27/128/12

旆 pèi 1

縣之赤（旂）〔○〕 18/85/12

轡 pèi 4

御死○ 15/71/10
金革○靭而不入 19/95/12
然而（前必）〔必前〕有銜○之制 23/117/14
上車執○ 31/148/6

盆 pén 2

則畝數○ 10/44/21
然後瓜桃棗李一本數以○鼓 10/44/21

朋 péng 9

○黨比周 13/63/18
○黨比周之譽 14/66/10
不○黨 16/78/14
修士之喪動一鄉、屬○友 19/93/14
鮑叔、甯戚、隰○仁知且不蔽 21/103/3
然則賜願息於○友 27/135/1
○友攸攝 27/135/1
○友難 27/135/2
○友焉可息哉 27/135/2

彭 péng 1

則後○祖 2/5/11

蓬 péng 1

○生麻中 1/1/19

鈹 pī 2

疾、養、凔、熱、滑、○、輕、重以形體異 22/108/18
吏謹將之無○滑 25/123/6

皮 pí 2

西海則有○革、文旄焉 9/38/16
士○弁服 10/43/2

埤 pí 2

是以終身不免○汙傭俗 5/19/14
其流也○下裾拘 28/140/5

裨 pí 2

大夫○冕 10/43/2,27/126/17

匹 pǐ 14

厚於有天下之勢而不得以○夫老 7/26/3
○夫問學 8/34/23
索爲○夫不可得也 11/49/14
16/76/13
○夫者、以自能爲能者也 11/52/14
○夫則無所移之 11/52/14
索爲○夫而不可得也 11/54/8
夫是之謂○夫 12/59/15
今夫大鳥獸則失亡其群○ 19/96/10
告人無○也 24/118/5
○夫隆之則爲聖人 26/123/14
古者○夫五十而士 27/135/14
貧爲○夫 27/135/21
○夫不可以不慎取友 27/136/8

辟 pì 45

○違而不愨 2/7/2
不○死傷 4/13/14
循法則、度量、刑○、圖籍 4/14/10
行○而堅 6/23/9
○之是猶伏而咶天 7/27/9
16/77/10
明其○稱 8/29/10
○之是猶力之少而任重也 8/30/7
事其便○ 8/32/20
聽之○也 9/35/19

○田野 9/37/6,9/41/19
○公之事也 9/40/14
則○公之過也 9/40/15
○之若屮木 10/47/1
將○田野 10/48/11
○之是猶使處女嬰寶珠、佩寶玉、負戴黃金而遇中山之盜也 10/49/2
唯便○親比己者之用 11/51/15
則雖幽閒隱○ 11/55/8
○之是猶立直木而求其影之枉也 11/55/14
○之是猶立枉木而求其影之直也 11/55/15
○此三惡 12/60/21
○之猶以錐刀墮大山也 15/70/13
無幽閒○陋之國 15/71/15
旁○曲私之屬爲之化而公 15/74/6
故○門除涂以迎吾入 15/74/10
○稱比方則欲自並乎湯、武 16/77/4
○之是猶欲壽而歾頸也 16/77/13
負三王之廟而○於陳、蔡之閒 16/77/18
○之猶響之應聲 16/79/5
不能以○馬毀輿致遠 18/87/12
擅作典制○陋之說入焉而喪 19/92/12
凡邪說○言之離正道而擅作者 22/109/20
不利傳○者之辭 22/110/15
○亦陶埏而生之也 23/115/22
闔閭之干將、莫邪、鉅闕、○閭 23/117/13
○除民害逐共工 25/121/12
邪枉○回（夫）〔失〕道途 25/122/4
所以○君也 27/128/23
不○粱肉 27/129/13
○之若貨財、粟米之於家也 27/136/15
察辨而操○ 27/137/7
劫迫於暴國而無所○之 27/137/22
二曰行○而堅 28/138/19
接輿○世 32/150/12

## 僻 pì 9

所以防邪○而近中正也 1/2/1
不由禮則夷固○違 2/5/14
小人能則倨傲○違以驕溢人 3/9/11
甚○違而無類 6/22/9
察辯而操○ 6/23/10
無幽閒隱○之國莫不趨使而安樂之 9/38/11
雖末在○陋之國 11/50/6
是皆○陋之國也 11/50/9
安唯便○左右親比己者之用 11/51/12

## 譬 pì 19

○之猶以指測河也 1/4/3
○之是猶以盲辨色 2/8/3
○之越人安越 4/15/1
○之是猶舍己之君而事人之君也 5/18/20
（分別）〔○稱〕以諭之 5/20/7
（○稱）〔分別〕以明之 5/20/8
辯說○諭、齊給便利而不順禮義 6/23/7
○之是猶烏獲與焦僥搏也 10/49/7
○之猶衡之於輕重也 11/51/19
○之是由好聲色而恬無耳目也 11/51/24
○之是猶立直木而恐其景之枉也 12/61/1
○之是猶立枉木而求其景之直也 12/61/3
○之若以卵投石 15/68/14
○之是猶傴巫、跛匡大自以爲有知也 18/84/19
○之是猶以塼塗塞江海也 18/89/7
明其○稱 18/89/12
○之是猶以人之情爲欲富貴而不欲貨也 18/89/15
故人心○如槃水 21/105/5
○之其豺狼也 31/147/16

## 闢 pì 2

是以○耳目之欲 21/105/15
○耳目之欲 21/105/17

## 偏 piān 31

通則驕而○ 3/10/10
○生闇 3/12/3
○傷之也 3/12/8
是○傷之患也 3/12/9
湯○ 5/17/23
而天下不稱○焉 8/27/16
○黨而無經 9/35/19
分均則不○ 9/35/22
案以中立無有所○而爲縱橫之事 9/41/3
是又（不可）偷○者也 10/46/9
人主則外賢而○舉 11/53/21
人主胡不廣焉無郵親疏、無（○）〔倫〕貴賤 11/53/22
上○而國安 11/54/4
（在）下○而國危 11/54/5
質律禁止而不○ 11/56/18
則臣下百吏乘是而後○ 12/57/12
均徧而不○ 12/57/23,12/58/5
○立而亂 12/57/27
今使汙邪之人論其怨賊而求其無○ 12/61/3
慮與臣下爭小察而綦○能 12/63/10
萬物爲道一○ 17/83/3
一物爲萬物一○ 17/83/3
愚者爲一物一○ 17/83/3
上○曲 18/83/16
三者○亡焉 19/90/21
有時而欲（徧）〔○〕舉之 22/109/8
今人無師法則○險而不正 23/113/10
以爲○險而不正 23/113/11
23/115/4
○險悖亂也 23/115/2

## 胼 pián 2

手足○胝以養其親 29/142/15
29/142/17

**駢 pián** 1

是慎到、田○也 6/22/2

**飄 piāo** 1

卒如○風 15/72/15

**瓢 piáo** 1

操○囊為溝壑中瘠者也 4/16/10

**剽 piào** 1

長其尾而銳其○者邪 26/125/8

**僄 piào** 2

怠慢○棄 2/6/8
輕利○遬 15/72/14

**貧 pín** 46

士君子不為○窮怠乎道 2/6/14
君子○窮而志廣 2/8/12,2/8/13
夫○賤者、則求柔之 3/12/11
○則用節 7/26/10
可富可○也 7/26/10
雖在○窮徒處之埶 7/26/11
○而富 8/29/14
豈不○而富矣哉 8/29/18,8/29/20
使有○、富、貴、賤之等 9/36/2
補○窮 9/36/6
而百姓○ 9/36/18
彼日積○ 9/41/24
不知節用裕民則民○ 10/42/26
民○則田瘠以穢 10/42/27
○富輕重皆有稱者也 10/43/1
19/90/10
則使天下○ 10/45/7
則天下尚儉而彌○ 10/46/2
觀國之強弱○富有徵 10/47/19
上好（攻取）功則國○ 10/47/20
上好利則國○ 10/47/20
士大夫眾則國○ 10/47/20
工商眾則國○ 10/47/21
無制數度量則國○ 10/47/21
下○則上○ 10/47/21
夫是之謂至（貪）〔○〕 10/48/5
生民則致○隘 11/56/2
○窮而不約 12/57/28
好之者○ 12/59/4
用○求富 15/74/14
兼人而國俞○ 15/74/16
以富兼人者○ 15/74/16
則天不能○ 17/79/17
○則為盜 20/101/25
○願富 23/114/19
仁之所在無○窮 23/117/7
○窶者有所竄其手〔矣〕 27/132/6
嬰○無財 27/134/1
○為匹夫 27/135/21
子夏〔家〕○ 27/136/1
少有之者○ 27/136/15
布施天下而不病○ 31/146/4
舍富而為○ 32/149/13

**牝 pìn** 2

有○牡而無男女之別 5/18/17
有父母而無○牡者與 26/125/3

**聘 pìn** 6

故喪祭、朝○、（師旅）一也 9/39/6
孰與（○）〔騁〕能而化之 17/82/16
○人以珪 27/126/25
《○禮》志曰 27/127/1
○、問也 27/129/4
○士之義 27/129/20

**娉 pīng** 1

婚姻○內送逆無禮 10/42/20

**平 píng** 54

○地若一 1/2/5
山淵○ 3/9/1,22/109/17
夫是之謂至○ 4/17/4,12/57/21
佛然（乎）〔○〕世之俗起焉 6/22/14
彼非（本）〔○〕政教也 7/25/18
○則慮險 7/26/17
○○左右 8/30/10
○正和民之善 8/30/16
故公○者、（職）〔聽〕之衡也 9/35/17
則莫若○政愛民矣 9/36/10
○室律 9/40/10
案○政教 9/41/4
刑政○ 9/41/9
○關市之征 10/43/6
○政以齊民 10/49/5
天下莫不○均 11/52/20,11/54/16
若夫貫日而治○ 11/54/16
所以為○也 12/57/12
不待衡石、稱縣而○ 12/57/17
血氣和○ 12/58/7,20/100/9
○原君之於趙也 13/64/7
權險之○ 13/66/1
夫是之謂權險之○ 13/66/3
刑政○而百姓歸之 14/66/17
政○而民安 15/75/1
上明而政○ 17/81/12
衡者、○之至 19/92/15
各反其○ 19/93/17
久而○ 19/94/3,19/94/5
所以持○奉吉也 19/94/10
樂中○ 20/99/15
輕煖○簟而體不知其安 22/112/11
心○愉 22/112/18
正理○治也 23/115/1
今誠以人之性固正理○治邪 23/115/2
將曷加於正理○治也哉 23/115/3
水至○ 25/120/15
明德慎罰、國家既治四海○ 25/121/1
○天下 25/121/13
君謹守之、下皆○正國乃昌 25/122/12
此夫安寬○而危險隘者邪 26/124/2
天下待之而後○也 26/124/4
○衡曰拜 27/128/21
○地注水 27/136/9
參之以○心 27/137/2

主量必○ 28/140/7
○明而聽朝 31/147/3
君○明而聽朝 31/147/4

屏 píng 7

周公○成王而及武王以屬天下 8/27/14
是以周公○成王而及武王以屬天下 8/27/19
周公○成王而及武王 8/31/13
天子外○ 27/126/11
諸侯內○ 27/126/11
外○、不欲見外也 27/126/11
內○、不欲見內也 27/126/11

頗 pō 1

則朝廷不○ 13/64/11

朴 pò 6

則農夫莫不○力而寡能矣 11/56/20
農夫○力而寡能 11/56/22
性者、本始材○也 19/95/1
生而離其○ 23/113/21
不離其○而美之 23/114/1
使夫資○之於美 23/114/1

迫 pò 3

○脅於亂時 13/64/17
劫○於暴國而無所辟之 27/137/22
孫卿○於亂世 32/150/4

破 pò 3

卵○子死 1/1/17
南足以○楚 11/50/15
轂已○碎 30/143/25

魄 pò 1

雜能、旁○而毋用 23/117/4

剖 pōu 4

○刑而莫邪已 16/75/6
亦彊國之○刑已 16/75/7
王子比干不見○心乎 28/141/1
比干○心 32/150/12

蒲 pú 2

柔從若○葦 3/10/1
不敢過○ 27/133/1

圃 pǔ 1

大夫不爲場（園）〔○〕 27/132/5

普 pǔ 1

○天之下 24/118/8

溥 pǔ 1

禹○土 25/121/13

樸 pǔ 3

使農夫○力而寡能 9/40/4
若馭其○馬 13/64/24
其百姓○ 16/78/11

七 qī 19

其子○兮 1/3/1
曷足以美○尺之軀哉 1/3/15
身長○尺 5/17/17
內行則姑姊妹之不嫁者○人 7/25/8
立○十一國 8/27/16,8/31/15 12/62/7
故禹十年水、湯○年旱而天下無菜色者 10/48/1
則夫人行年○十有二 12/62/4
故有天下者事（十）〔○〕世 19/91/3
故天子棺椁（十）〔○〕重 19/93/11
故殯、久不過○十日 19/93/21
故天子○月 19/97/16
○十唯衰存 27/127/10
族人雖○十 27/128/25
明（十）〔○〕教 27/130/25
朝○日而誅少正卯 28/138/17
此○子者 28/138/22
○日不火食 28/140/17

妻 qī 14

公慎氏出其○ 8/28/5
請問爲人○ 12/57/26
是不容○子之數也 18/84/17
至罷不容○子 18/84/17
獨屬○子 19/93/15
孟子惡敗而出○ 21/105/16
○子具而孝衰於親 23/116/25
天子無○ 24/118/5
○以二女任以事 25/121/9
然則賜願息於○子 27/134/25
刑于寡○ 27/134/26
○子難 27/134/26
○子焉可息哉 27/134/26
則一○一妾而亂 27/137/13

倛 qī 1

面如蒙○ 5/17/21

戚 qī 15

親○不免乎刑戮 4/13/2
而貴○莫之敢妬也 7/25/12
朝食於○ 8/31/18
憂○而非樂 10/45/8
愀然憂○非樂而日不和 10/46/3
夫文王非無貴○也 12/62/2
僅存之國危而後○之 16/78/23
恬愉、憂○ 19/94/9
齇（衰）〔惡〕、哭泣、憂○ 19/94/10
其立哭泣哀○也 19/94/12
憂○萃惡 19/94/15
執其干○ 20/99/4
動以干○ 20/100/7
鮑叔、甯○、隰朋仁知

且不蔽 21/103/3
憂○之無益於幾也 21/107/10

**捿 qī** 1

彼將日日○遲辥越之中野 9/41/22

**欺 qī** 28

而相○傲邪 5/17/24
猶可○也 5/19/1
猶可誣○也 5/19/2
聖人何以不〔可〕○ 5/19/2
○惑愚衆 6/21/10
足以○惑愚衆 6/21/13,6/21/17
6/21/20,6/22/2,6/22/5
呼先王以○愚者而求衣
食焉 8/32/19
外不自以○內 8/33/1
不○其民 11/50/5
不○其與 11/50/5
則臣下百吏誕詐之人乘
是而後○ 12/57/11
故伯樂不可○以馬 12/61/11
而君子不可○以人 12/61/11
可殺而不可使○百姓 15/71/3
以○愚者而潮陷之以偷
取利焉 18/88/6
直以○人 18/88/18
則不可○以曲直 19/92/13
則不可○以輕重 19/92/14
則不可○以方圓 19/92/14
則不可○以詐僞 19/92/15
則所聞者○誣詐僞也 23/117/18
是非反易、比周○上惡
正直 25/122/4
下不○上、皆以情言明
若日 25/123/4
是老也○予 28/139/2

**期 qī** 22

四時不言而百姓○焉 3/11/6
○思之鄙人也 5/17/17
令尹子西、司馬子○皆
死焉 5/17/19
○文理 10/48/10
佻其○日而利其巧任 11/56/19
已其見象之可以○者矣 17/80/17
○臭味 18/86/18
故凡言議○命 18/88/23
○止矣 19/94/13
故再○也 19/97/1
○、九月以爲閒 19/97/3
是以繇其○ 19/97/16
曲○遠方異俗之鄉則因
之而爲通 22/107/22
是所以共其約名以相○
也 22/108/16
命不喻然後○ 22/110/3
○不喻然後說 22/110/3
故○、命、辨、說也者 22/110/4
名也者、所以○累實也 22/110/5
○命也者 22/110/6
正名而○ 22/110/8
以○勝人爲意 23/117/5
不恤是非、然不然之情
以○勝人爲意 23/117/10

**棲 qī** 1

而勿忘○遲薛越也 9/41/10

**欹 qī** 3

有○器焉 28/138/10
虛則○ 28/138/11
虛而○ 28/138/12

**其 qí** 1206

○曲中規 1/1/4
○漸之滫 1/1/20
○質非不美也 1/1/20
必象○德 1/2/3
物各從○類也 1/2/5
君子愼○所立乎 1/2/7
○子七兮 1/3/1
○儀一兮 1/3/1,1/3/1
○數則始乎誦經 1/3/7
○義則始乎爲士 1/3/7
若○義則不可須臾舍也 1/3/8
以美○身 1/3/17
學莫便乎近○人 1/3/20,1/3/21
方○人之習、君子之說 1/3/21
學之經莫速乎好○人 1/3/23
上不能好○人 1/3/23
則禮正○經緯蹊徑也 1/4/2
故必由○道至 1/4/6
非○道則避之 1/4/7
謹愼○身 1/4/9
○善者少 1/4/13
爲○人以處之 1/4/16
除○害者以持養之 1/4/17
及至○致好之也 1/4/18
天見○明 1/4/20
地見○光 1/4/21
君子貴○全也 1/4/21
以致惡○賊 2/5/5
謀之○臧 2/5/8
然夫士欲獨脩○身 2/7/5
○折骨絕筋、終身不可
以相及也 2/7/8
胡爲乎○不可以相及也 2/7/9
胡爲乎○不可以同至也 2/7/13
厭○源 2/7/13
開○瀆 2/7/14
○爲人也多暇日者 2/7/17
○出（入）〔人〕不遠矣 2/7/17
有法而無志○義 2/7/19
依乎法而又深○類 2/7/19
天○不遂乎 2/8/10
○遠害也早 2/8/12
○避辱也懼 2/8/12
○行道理也勇 2/8/12
唯○當之爲貴 3/8/20,3/9/5
物○有矣 3/9/5
唯○時矣 3/9/5
蕩蕩乎○有以殊於世也 3/9/8
君子絜○辯而同焉者合矣 3/10/18
善○言而類焉者應矣 3/10/18
○勢然也 3/11/1
故新浴者振○衣 3/11/1
新沐者彈○冠 3/11/1
○誰能以己之潐潐受人
之掝掝者哉 3/11/1
以至○誠者也 3/11/6
以愼○獨者也 3/11/7
唯所居以○類至 3/11/11
長遷而不反○初 3/11/12
而不敢以○所獨（甚）

〔是〕 3/11/24
見○可欲也 3/12/6,3/12/8
則必前後慮○可惡也者 3/12/6
見○可利也 3/12/6,3/12/8
則必前後慮○可害也者 3/12/6
然後定○欲惡取舍 3/12/7
則不慮○可惡也者 3/12/8
則不顧○可害也者 3/12/8
鬬者、忘○身者也 4/13/1
忘○親者也 4/13/1
忘○君者也 4/13/1
行○少頃之怒而喪終身之軀 4/13/1
是忘○身也 4/13/2
是忘○親也 4/13/2
是忘○君也 4/13/3
憂忘○身 4/13/3
內忘○親 4/13/3,4/13/5
上忘○君 4/13/3,4/13/5
不忘○親也 4/13/4
人也、憂忘○身 4/13/4
憂以忘○身 4/13/7
內以忘○親 4/13/7
上以忘○君 4/13/7
○形體又人 4/13/10
不顧○利 4/13/16
下則能保○職 4/14/10
不知○義 4/14/11
謹守○數 4/14/11
以敦比○事業而不敢怠傲 4/14/12
○慮之不深 4/14/15
○擇之不謹 4/14/15
○定取舍楛僈 4/14/15
是○所以危也 4/14/15,7/26/4
若○所以求之之道則異矣 4/14/17
成則必不得○所好 4/14/19
必遇○所惡焉 4/14/20
成則必得○所好 4/14/21
必不遇○所惡焉 4/14/22
夫不知○與己無以異也 4/14/23
足以知○有餘可以爲君子之所爲也 4/14/24
故君子道○常 4/15/5
而小人道○怪也 4/15/5
則○心正○口腹也 4/15/17
是○爲相縣也 4/15/21
不顧○後 4/16/10
是○所以不免於凍餓 4/16/10
○流長矣 4/16/12
○溫厚矣 4/16/12
○功盛姚遠矣 4/16/12
意者○是邪 4/16/16
皆使人載○事而各得○宜 4/17/2
莫不以○仁厚知能盡官職 4/17/4
相人之形狀顏色而知○吉凶妖祥 5/17/10
行若將不勝○衣 5/17/18
棄○親家而欲奔之者 5/18/2
苦傷○今而後悔○始 5/18/4
爲下則好非○上 5/18/8
以○有辨也 5/18/13,5/18/15,5/18/16
然而君子啜○羹 5/18/15
食○胾 5/18/16
非特以○二足而無毛也 5/18/16
則於○粲然者矣 5/18/19
則審○人、所貴君子 5/18/21
○〔所〕以治亂者異道 5/18/24
○所見焉 5/19/1
愚者聞○略而不知○詳 5/19/7
聞○（詳）〔小〕而不知○大也 5/19/8
凡人莫不好言○所善 5/19/12,5/20/12
好○實 5/19/14
不卹○文 5/19/14
夫是之謂（爲）能貴○所貴 5/20/9
唯君子爲能貴○所貴 5/20/10
則○言不若○默也 5/20/13
○辯不若○吶也 5/20/13
聽○言則辭辨而無統 5/21/3
用○身則多詐而無功 5/21/3
然而○持之有故 6/21/13,6/21/16,6/21/20,6/22/1,6/22/5
○言之成理 6/21/13,6/21/17,6/21/20,6/22/2,6/22/5
略法先王而不知○統 6/22/8
案飾○辭而祗敬之曰 6/22/9
嚾嚾然不知○所非也 6/22/10
○冠進 6/24/17,6/24/18
○衣逢 6/24/17,6/24/18
○容良 6/24/17
○容愨 6/24/18
○冠絻 6/24/19
○纓禁緩 6/24/19
○容簡連 6/24/20
弟佗○冠 6/24/24
神禫○辭 6/24/24
正○衣冠 6/24/24
齊○顏色 6/24/24
曲得○宜 6/25/2
○事行也若是○險汙淫汰也 7/25/9
安忘○怒 7/25/12
（出）忘○讎 7/25/12
○霸也宜哉 7/25/15
而能顛倒○敵者也 7/25/20
故人主不務得道而廣有○埶 7/26/4
推賢讓能而安隨○後 7/26/16
曲重○豫 7/26/17
猶恐及○旤 7/26/18
救經而引○足也 7/27/10,16/77/10
謹乎臣子而致貴○上者也 8/27/26
沈猶氏不敢朝飲○羊 8/28/5
公愼氏出○妻 8/28/5
然則○爲人上何如 8/28/8
○爲人上也廣大矣 8/28/8
夫○爲人下也如彼 8/28/12
○爲人上也如此 8/28/12
何謂○無益於人之國也 8/28/13
使賢不肖皆得○位 8/28/21
能不能皆得○官 8/29/1
萬物得○宜 8/29/1
事變得○應 8/29/1,10/45/21
愼、墨不得進○談 8/29/1
惠施、鄧析不敢竄○察 8/29/1
乃始率○群徒 8/29/9
辨○談說 8/29/10,18/89/11
明○辟稱 8/29/10
○唯學乎 8/29/14
故君子務脩○內而讓之於外 8/30/1
○身而俞危 8/30/4
指○頂者愈衆 8/30/8
好脩正○所聞以橋飾○情性 8/30/13
○言多當矣而未諭也 8/30/13
○行多當矣而未安也 8/30/14

○知慮多當矣而未周密也 8/30/14
上則能大○所隆 8/30/14
井井兮○有理也 8/30/19
嚴嚴兮○能敬己也 8/30/19
（分分）〔介介〕兮○有終始也 8/30/19
猒猒兮○能長久也 8/30/19
樂樂兮○執道不殆也 8/31/1
炤炤兮○用知之明也 8/31/1
脩脩兮○（用）統類之行也 8/31/1
綏綏兮○有文章也 8/31/2
熙熙兮○樂人之臧也 8/31/2
隱隱兮○恐人之不當也 8/31/2
此○道出乎一 8/31/3
○志也 8/31/6
○事也 8/31/6
○行也 8/31/7
○和也 8/31/7
○微也 8/31/7
周公○盛乎 8/31/12
無輿馬則無所見○能 8/32/4
無弧矢則無所見○巧 8/32/4
無百里之地則無所見○功 8/32/5
○言有類 8/32/10
○行有禮 8/32/10
○舉事無悔 8/32/10
○持險應變曲當 8/32/11
○道一也 8/32/11
○窮也 8/32/12
○通也 8/32/12
解果○冠 8/32/17
○衣冠行僞已同於世俗矣 8/32/18
○言議談說已無所以異於墨子矣 8/32/19
得委積足以揜○口則揚揚如也 8/32/20
隨○長子 8/32/20
事○便辟 8/32/20
舉○上客 8/32/20
○言行已有大法矣 8/32/22
○道百舉而百陷也 8/33/14
而都國之民安習○服 8/34/7
故唯君子爲能得○所好 8/34/10
小人則日徼○所惡 8/34/10
○有法者以法行 9/35/18
先王惡○亂也 9/36/2

19/90/4,20/98/16,20/99/25
則○餘莫不當矣 9/36/11
則○餘雖曲當 9/36/11
吾無觀○餘矣 9/36/13
諸侯莫不懷交接怨而不忘○敵 9/37/1
慮以王命全○力、凝○德 9/37/3
故明○不并之行 9/37/9
信○友敵之道 9/37/9
非○道而慮之以王也 9/37/12
故近者不隱○能 9/38/11
遠者不疾○勞 9/38/11
莫不盡○美、致○用 9/38/18
群道當則萬物皆得○宜 9/39/17
六畜皆得○長 9/39/17
群生皆得○命 9/39/18
不夭○生 9/39/19,9/39/20
不絕○長也 9/39/19,9/39/20
謹○時禁 9/39/21
斬伐養長不失○時 9/39/22
知○吉凶妖祥 9/40/9
度○功勞 9/40/12,11/55/18
論○慶賞 9/40/12,11/55/18
則天王非○人也 9/40/16
誠以○國爲王者之所 9/41/2
以○國爲危殆滅亡之所 9/41/3
暴國之君案自不能用○兵矣 9/41/11
彼○所與至者 9/41/12,15/69/5
必○民也 9/41/12,15/69/5
○民之親我也歡若父母 9/41/12
反顧○上則若灼黥 9/41/13
豈有肯爲○所惡 9/41/13
賊○所好者哉 9/41/13,15/69/7
脩政○所 9/41/16
安以○國爲是者王 9/41/18
以是待○敝 9/42/1
安以○國爲是者霸 9/42/1
則好用○死力矣 9/42/5
而慢○功勞 9/42/5
好用○籍斂矣 9/42/5
而忘○本務 9/42/6
是○爲相懸也亦遠矣 9/42/8
而善臧○餘〔也〕 10/42/23
不求○觀 10/43/14
不求○餘 10/43/14
不求○外 10/43/15

雕琢○章 10/43/15
金玉○相 10/43/16
故○知慮足以治之 10/43/20
○仁厚足以安之 10/43/20
○德音足以化之 10/43/20
百姓誠賴○知也 10/43/21
以養○知也 10/43/21
誠美○厚也 10/43/21
以養○厚也 10/43/22
誠美○德也 10/43/22
以養○德也 10/44/1
○所是焉誠美 10/44/2
○所得焉誠大 10/44/2
○所利焉誠多 10/44/2
苛關市之征以難○事 10/44/10
百姓曉然皆知○汙漫暴亂而將大危亡也 10/44/11
是以臣或弒○君 10/44/12
下或殺○上 10/44/12
粥○城 10/44/12
倍○節 10/44/12
而不死○事者 10/44/12
然後昆蟲萬物生○間 10/45/2
既以伐○本 10/45/13
竭○原 10/45/13
故必將撞大鐘、擊鳴鼓、吹竽笙、彈琴瑟以塞○耳 10/45/17
必將錭琢、刻鏤、黼黻、文章以塞○目 10/45/18
必將芻豢稻粱、五味芬芳以塞○口 10/45/18
然後眾人徒、備官職、漸慶賞、嚴刑罰以戒○心 10/45/19
故○賞行 10/45/20
故○罰威 10/45/20
則萬物得○宜 10/45/21
而百姓皆愛○上 10/46/13
必先脩正○在我者 10/46/15
然後徐責○在人者 10/46/15
維民○力懋和 10/46/17
時○事、輕○任以調齊之 10/46/21
則○道易 10/46/22
○塞固 10/47/1
○政令一 10/47/1

○防表明〔也〕 10/47/1
○候徼支繚 10/47/9
○竟關之政盡察 10/47/9
入○境 10/47/10
○田疇穢 10/47/10
觀○朝廷 10/47/10,10/47/13
16/78/14
則○貴者不賢 10/47/10
觀○官職 10/47/10,10/47/14
則○治者不能 10/47/11
觀○便嬖 10/47/11,10/47/14
則○信者不愨 10/47/11
○於貨財取與計數也 10/47/12
10/47/15
○禮義節奏也 10/47/12
○耕者樂田 10/47/13
○戰士安難 10/47/13
○百吏好法 10/47/13
○朝廷隆禮 10/47/13
○卿相調議 10/47/13
則○貴者賢 10/47/14
則○治者能 10/47/14
則○信者愨 10/47/14
○於禮義節奏也 10/47/15
賢齊則○親者先貴 10/47/16
能齊則○故者先官 10/47/16
○臣下百吏 10/47/16
故明主必謹養○和 10/47/23
節○流 10/47/23
開○源 10/47/23
伐○本 10/48/3
竭○源 10/48/3
而并之○末 10/48/3
則○傾覆滅亡則可立而
待也 10/48/4
以國持之而不足以容○身 10/48/4
將以求富而喪○國 10/48/5
將以求利而危○身 10/48/5
○所以（夫）〔失〕之
一也 10/48/6
午○軍 10/48/13
取○將 10/48/13
彼愛○爪牙 10/48/13
畏○仇敵 10/48/13
非特將持○有而已矣 10/48/18
○儀不忒 10/48/18,10/48/18
15/71/27,24/119/17,24/119/17
○侵人愈甚 10/49/1
及○綦也 11/49/13
且若是○固也 11/49/17
臣下曉然皆知○可要也 11/50/5
不欺○民 11/50/5
不欺○與 11/50/5
不務張○義、齊○信 11/50/10
內則不憚詐○民而求小
利焉 11/50/10
外則不憚詐○與而求大
利焉 11/50/11
內不脩正○所以有 11/50/11
則臣下百姓莫不以詐心
待○上矣 11/50/12
上詐○下 11/50/12
下詐○上 11/50/12
唯○不由禮義而由權謀
也 11/50/16
無○具 11/52/2
故明君者必將先治○國 11/52/4
然後百樂得○中 11/52/5
○難者在於人主之知之
也 11/52/23
非負○土地而從之之謂
也 11/52/23
彼○人苟壹 11/53/1
則○土地且奚去我而適它 11/53/1
○等位爵服足以容天下
之賢士矣 11/53/2
○官職事業足以容天下
之能士矣 11/53/2
循○舊法 11/53/2
擇○善者而明用之 11/53/3
無有是○外矣 11/53/4
○用知甚簡 11/53/11
○為事不勞而功名致大 11/53/11
○誰能睹是而不樂也哉 11/53/20
是○所以不合之故也 11/53/22
則人臣輕職（業）讓賢
而安隨○後〔矣〕 11/53/23
物由有可樂如是○美焉
者乎 11/53/24
此○為可哀甚於衢涂 11/53/26
故○法治 11/54/5
○佐賢 11/54/5
○民愿 11/54/5
○俗美 11/54/5
上莫不致愛○下而制之
以禮 11/54/11
喪○國、危○身者 11/55/4
則主相、臣下、百吏各
謹○所聞 11/55/7
不務聽○所不聞 11/55/7
各謹○所見 11/55/7
不務視○所不見 11/55/8
百姓莫敢不敬分安制以
（禮）化○上 11/55/8
辟之是猶立直木而求○
影之枉也 11/55/14
辟之是猶立枉木而求○
影之直也 11/55/15
以觀○盛者也 11/55/17
歲終奉○成功以效於君 11/55/18
循○道 11/55/22
行○義 11/55/23,18/84/6
時○事、經○任以調齊
之 11/55/24
○於聲色、臺榭、園囿也 11/56/8
不好循正○所以有 11/56/8
而又好以權謀傾覆之人
斷事○外 11/56/9
百官則將齊○制度 11/56/17
重○官秩 11/56/17
佻○期日而利○巧任 11/56/19
得○人則存 12/57/4
失○人則亡 12/57/4
故明主急得○人 12/57/6
而闇主急得○埶 12/57/7
急得○人 12/57/7
不急得○人而急得○埶 12/57/8
○足以稽矣 12/57/27
○於事也 12/58/2
○於人也 12/58/2
○所為身也 12/58/2
○應變故也 12/58/2
○於天地萬物也 12/58/3
不務說○所以然而致善
用○材 12/58/3
○於百官之事、技藝之
人也 12/58/3
不與之爭能而致善用○功 12/58/4
○待上也 12/58/4
○使下也 12/58/4
○交游也 12/58/5

○居鄉里也 12/58/5
而求○爲己用、爲己死 12/58/15
則莫若求○人 12/59/2
彼○人者 12/59/2
是○人（者）也 12/59/6
使無去○疆域 12/59/7
皆使（○）人載○事而
　各得○所宜 12/59/18
莫不騁○能 12/60/2
得○志 12/60/2
安樂○事 12/60/2
天下曉然皆知○所非以
　爲異也 12/60/5
○能以稱義徧矣 12/60/7
人習○事而固 12/60/13
無○人而幸有○功 12/60/23
譬之是猶立直木而恐○
　景之枉也 12/61/1
今使汙邪之人論○怨賊
　而求○無偏 12/61/3
譬之是猶立枉木而求○
　景之直也 12/61/3
○取人有道 12/61/6
○用人有法 12/61/6
而觀○能安敬也 12/61/8
而觀○能應變也 12/61/9
而觀○能無流慆也 12/61/9
而觀○能無離守也 12/61/10
則獨不若是○公也 12/61/18
〔故惟明主能愛○所愛〕 12/62/2
〔闇主則必危○所愛〕 12/62/2
然後隱○所憐所愛 12/62/9
○下猶足以爲天下之顯
　諸侯 12/62/9
唯明主爲能愛○所愛 12/62/9
闇主則必危○所愛 12/62/10
如是○狹也 12/62/14
如是○廣也 12/62/14
○中不可以不知也 12/62/14
如是○危也 12/62/14
○知慧足使規物 12/62/16
○端誠足使定物然後可 12/62/16
○德音足以填撫百姓 12/62/19
○知慮足以應待萬變然
　後可 12/62/20
○（辨）〔辯〕說足以
　解煩 12/62/21
○智慮足以決疑 12/62/22
○齊斷足以拒難 12/62/22
能論官此三材者而無失
　○次 12/63/7
明主尚賢使能而饗○盛 13/64/12
闇主妒賢畏能而滅○功 13/64/13
罰○忠 13/64/13
賞○賊 13/64/13
則崇○美 13/64/17
揚○善 13/64/17
違○惡 13/64/17
隱○敗 13/64/18
言○所長 13/64/18,27/138/1
不稱○所短 13/64/18
防○躬身 13/64/19
若馭○樸馬 13/64/24
故因○懼也 13/64/25
而改○過 13/64/25
因○憂也 13/64/25
而辨○故 13/64/25
因○喜也 13/64/25
而入○道 13/64/25
因○怒也 13/64/25
而除○怨 13/65/1
災及○身矣 13/65/15
人知○一 13/65/16
莫知○它 13/65/16
○敬一也 13/65/18
○情二也 13/65/18
定○當而當 14/66/12
然後（士）〔出〕○刑
　賞而還與之 14/66/12
夫燿蟬者務在明○火、
　振○樹而已 14/67/4
雖振○樹無益也 14/67/5
今人主有能明○德 14/67/5
用○終爲始 14/67/9
與○害善 14/67/25
莫知○所從出 15/68/10
而○民之親我 15/69/5
○好我 15/69/6
彼反顧○上 15/69/6
豈又肯爲○所惡 15/69/6
是猶使人之子孫自賊○
　父母也 15/69/7
○國治 15/69/12,15/69/13
○國亂 15/69/13,15/69/13
○技也 15/69/21
是○出賃市、傭而戰之
　幾矣 15/69/22
置戈○上 15/70/1
中試則復○戶 15/70/2
利○田宅 15/70/2
是〔○氣力〕數年而衰
　而〔復利〕未可奪也 15/70/2
○稅必寡 15/70/3
秦人、○生民也陿阸 15/70/4
○使民也酷烈 15/70/4
是○巧拙强弱則未有以
　相君也 15/70/19
若○道一也 15/70/20
可謂入○域矣 15/70/21
無見○利而不顧○害 15/71/1
○敗也 15/71/5
○罪惟均 15/71/12
凡誅、非誅○百姓也 15/71/12
誅○亂百姓者也 15/71/13
百姓有扞○賊 15/71/13
故亂者樂○政 15/71/18
不安○上 15/71/18
欲○至也 15/71/18
故近者親○善 15/71/26
遠方慕○（德）〔義〕 15/71/26
政脩則民親○上、樂○君 15/72/3
非○逐之鳴條之時也 15/72/5
由○道則行 15/72/11
不由○道則廢 15/72/11
○所以統之者非○道故也
　5/72/16,15/72/18,15/73/1
臣下懍然莫必○命 15/72/20
不能用○民 15/73/1
罪人不郵○上 15/73/7
由○道故也 15/73/8
○所以接下之〔人〕百
　姓者 15/73/12
焉慮率用賞慶、刑罰、
　埶詐、（除）〔險〕
　阸○下 15/73/12
獲○功用而已矣 15/73/13
下反制○上 15/73/14
時○事、輕○任以調齊
　之、長養之 15/73/17
有離俗不順○上 15/73/17
雕雕焉縣貴爵重賞於○前 15/74/4

縣明刑大辱於○後 15/74/5
因○民 15/74/10
襲○處 15/74/10
不能并之又不能凝○有 15/74/21
然而〔○〕禁暴也察 16/75/15
○誅不服也審 16/75/16
○刑罰重而信 16/75/16
○誅殺猛而必 16/75/16
則無以有○下 16/75/18
蔡侯奉○社稷而歸之楚 16/76/1
舍屬二三子而治○地 16/76/2
楚發○賞 16/76/2
○辭賞也固 16/76/4,16/76/10
則君享○成 16/76/6
群臣享○功 16/76/6
○不如勝人之道遠矣 16/76/14
若○所以統之 16/77/4
若是○悖繆也 16/77/9
案欲剡○脛而以蹈秦之
　腹 16/77/19
○在趙者剡然有苓而據
　松柏之塞 16/78/2
○國塞險 16/78/10
觀○風俗 16/78/11
○百姓樸 16/78/11
○聲樂不流汙 16/78/11
○服不挑 16/78/11
○百吏肅然莫不恭儉、
　敦敬、忠信而不楛 16/78/12
入○國 16/78/13
觀○士大夫 16/78/13
出於○門 16/78/13
歸於○家 16/78/13
○朝閒 16/78/14
則有○諰矣 16/78/16
則倜倜然○不及遠矣 16/78/17
則○殆無儒邪 16/78/17
○縣日也博 16/78/21
○爲積也大 16/78/21
○縣日也淺 16/78/22
○爲積也小 16/78/22
○道然也 17/79/21
○人不加慮焉 17/80/1
天有○時 17/80/2
地有○財 17/80/2
人有○治 17/80/2
舍○所以參 17/80/3
而願○所參 17/80/3
萬物各得○和以生 17/80/5
各得○養以成 17/80/5
不見○事而見○功 17/80/6
皆知○所以成 17/80/6
莫知○無形 17/80/6
財非○類 17/80/11
以養○類 17/80/11
順○類者謂之福 17/80/11
逆○類者謂之禍 17/80/11
闇○天君 17/80/12
亂○天官 17/80/12
棄○天養 17/80/12
逆○天政 17/80/12
背○天情 17/80/12
聖人清○天君 17/80/13
正○天官 17/80/13
備○天養 17/80/13
順○天政 17/80/13
養○天情 17/80/13
以全○天功 17/80/13
則知○所爲 17/80/14
知○所不爲矣 17/80/14
○行曲治 17/80/14
○養曲適 17/80/14
○生不傷 17/80/14
已○見象之可以期者矣 17/80/17
已○見宜之可以息者矣 17/80/18
已○見數之可以事者矣 17/80/18
已○見（知）〔和〕之
　可以治者矣 17/80/19
君子道○常 17/81/1
而小人計○功 17/81/1
則是○在我者也 17/81/5
故君子慕○在己者 17/81/5
而不慕○在天者 17/81/5,17/81/6
小人錯○在己者 17/81/6,17/81/7
而慕○在天者 17/81/6
君子敬○在己者 17/81/6
而慕（在○）〔○在〕
　天者 17/81/7
○說甚爾 17/82/2
○菑甚慘 17/82/2
亂生○差 17/82/21
治盡○詳 17/82/21
脩○道 18/84/6
積○凶 18/84/8
全○惡 18/84/8
故天子唯○人 18/84/12
○知慮至險也 18/84/15
○至意至闇也 18/84/15
○行（之）爲至亂也 18/84/15
而直輕○刑 18/85/7
且徵○未也 18/85/9
斷○首 18/85/12
未有知○所由來者也 18/85/13
　19/95/15
皆使民載○事而各得○宜 18/86/9
唯○徙朝改制爲難 18/86/13
老者不堪○勞而休也 18/86/16
學者受○殃 18/87/14
盜○先變乎 18/87/22
彼乃將食○肉而齕○骨也 18/88/5
必以○惡之爲說 18/88/12
非以○辱之爲故也 18/88/12
今人或入○央瀆 18/88/14
竊○豬彘 18/88/14
不知○無益 18/88/17
知○無益也 18/88/18
將恐得傷○體也 18/89/9
故率○群徒 18/89/11
明○譬稱 18/89/12
君子既得○養 19/90/10
又好○別 19/90/10
○次 19/92/3
○下 19/92/4
○理誠大矣 19/92/12
○理誠高矣 19/92/13
故君子上致○隆 19/93/1
下盡○殺 19/93/1
而中處○中 19/93/1
於是○中焉 19/93/2
曲得○次序 19/93/3
夫厚○生而薄○死 19/93/7
是敬○有知而慢○無知也 19/93/7
而況以事○所隆親乎 19/93/8
臣之所以致重○君 19/93/9
子之所以致重○親 19/93/9
各反○平 19/93/17
各復○始 19/93/17
則夫忠臣孝子亦知○閔
　已 19/93/19
○忠至矣 19/93/23
○節大矣 19/93/23

| | |
|---|---|
| ○文備矣 | 19/93/23 |
| ○義止 | 19/93/24 |
| ○義行 | 19/93/24 |
| 殯○須以生設飾死者也 | 19/94/1 |
| 一朝而喪○嚴親 | 19/94/4 |
| 故○立文飾也不至於窕冶 | 19/94/10 |
| ○立麤衰也 | 19/94/11 |
| ○立聲樂恬愉也 | 19/94/11 |
| ○立哭泣哀戚也 | 19/94/12 |
| 大象○生以送○死也 | 19/95/6 |
| 書○名 | 19/95/9 |
| 置于○重 | 19/95/9 |
| 故壙壠○須象室屋也 | 19/95/15 |
| 棺椁○須象版蓋斯象拂也 | 19/95/15 |
| 無帾絲歶縷翣○須以象菲帷幬尉也 | 19/95/16 |
| 抗折○須以象槾茨番閼也 | 19/95/16 |
| 故葬埋、敬葬○形也 | 19/95/17 |
| 祭祀、敬事○神也 | 19/95/17 |
| ○銘、誄、繫世 | 19/95/18 |
| 敬傳○名也 | 19/95/18 |
| 大象○生以送○死 | 19/96/1 |
| 創巨者○日久 | 19/96/5 |
| 痛甚者○瘉遲 | 19/96/5 |
| 莫不愛○類 | 19/96/10 |
| 今夫大鳥獸則失亡○群匹 | 19/96/10 |
| 故人之於○親也 | 19/96/13 |
| ○在宇中者 | 19/96/24 |
| 先王恐○不文也 | 19/97/16 |
| 是以繇○期 | 19/97/16 |
| 皆使○須足以容事 | 19/97/17 |
| 彼○所至者甚大動也 | 19/97/21 |
| 則○於志意之（情）〔積〕者 | 19/97/21 |
| ○於禮節者 | 19/97/22 |
| ○在君子 | 19/98/3 |
| ○在百姓 | 19/98/3 |
| 是君子之所以爲惟詭○所喜樂之文也 | 19/98/5 |
| 是君子之所以爲惟詭○所哀痛之文也 | 19/98/6 |
| 是君子之所以爲惟詭○所敦惡之文也 | 19/98/6 |
| 使○聲足以樂而不流 | 20/98/17 |
| 使○文足以辨而不（諰）〔諰〕 | 20/98/17 |
| 使○曲直、繁省、廉肉、節奏足以感動人之善心 | 20/98/17 |
| 故聽○《雅》、《頌》之聲 | 20/99/4 |
| 執○干戚 | 20/99/4 |
| 習○俯仰屈申 | 20/99/4 |
| 行○綴兆 | 20/99/5 |
| 要○節奏 | 20/99/5 |
| ○義一也 | 20/99/6 |
| 先王〔之〕喜怒皆得○齊焉 | 20/99/10 |
| 禮樂正○盛者也 | 20/99/11 |
| ○化人也速 | 20/99/15 |
| 則百姓莫不安○處、樂○鄉 | 20/99/16 |
| 以至足○上矣 | 20/99/17 |
| 則百姓不安○處、不樂○鄉 | 20/99/19 |
| 不足○上矣 | 20/99/19 |
| ○在序官也 | 20/99/20 |
| ○感人深 | 20/99/24 |
| ○移風易俗 | 20/99/24 |
| 故脩○行 | 20/99/25 |
| 正○樂 | 20/99/25 |
| 故君子愼○所去就也 | 20/100/5 |
| 故○清明象天 | 20/100/7 |
| ○廣大象地 | 20/100/8 |
| ○俯仰周旋有似於四時 | 20/100/8 |
| 君子樂得○道 | 20/100/9 |
| 小人樂得○欲 | 20/100/10 |
| 危○身也 | 20/100/16 |
| 乃○德也 | 20/100/16 |
| 鼓、○樂之君邪 | 20/100/20 |
| 及○介省矣 | 20/101/11 |
| 知○能和樂而不流也 | 20/101/15 |
| 知○能弟長而無遺也 | 20/101/17 |
| 知○能安燕而不亂也 | 20/101/19 |
| ○服組 | 20/101/24 |
| ○容婦 | 20/101/24 |
| ○俗淫 | 20/101/24 |
| ○志利 | 20/101/24 |
| ○行雜 | 20/101/24 |
| ○聲樂險 | 20/101/24 |
| ○文章匿而采 | 20/101/24 |
| ○養生無度 | 20/101/25 |
| ○送死瘠墨 | 20/101/25 |
| 此○誠心莫不求正而以自爲也 | 21/102/7 |
| 妒繆於道而人誘○所迨也 | 21/102/7 |
| 私○所積 | 21/102/7 |
| 唯恐聞○惡也 | 21/102/7 |
| 倚○所私以觀異術 | 21/102/8 |
| 唯恐聞○美也 | 21/102/8 |
| 以惑○心而亂○行 | 21/102/15 |
| | 21/102/16 |
| 此○所以喪九牧之地而虛宗廟之國也 | 21/102/17 |
| 故主○心而愼治之 | 21/102/19 |
| | 21/102/20 |
| 此○所以代夏王而受九有也 | 21/102/19 |
| 此○所以代殷王而受九牧也 | 21/102/20 |
| 遠方莫不致○珍 | 21/102/21 |
| ○翼若干 | 21/102/22 |
| ○聲若（蕭）〔簫〕 | 21/102/22 |
| ○福必長 | 21/103/5 |
| 是故眾異不得相蔽以亂○倫也 | 21/103/17 |
| 人孰欲得恣而守○所不可以禁○所可 | 21/103/19 |
| 以○不可道之心取人 | 21/103/19 |
| 以○不可道之心 | 21/103/20 |
| 以○可道之心取人 | 21/103/21 |
| 以○可道之心 | 21/103/22 |
| 疏觀萬物而知○情 | 21/104/8 |
| 參稽治亂而通○度 | 21/104/8 |
| 孰知○極 | 21/104/9 |
| 孰知○德 | 21/104/9 |
| 孰知○形 | 21/104/9 |
| ○擇也無禁 | 21/104/13 |
| ○物也雜博 | 21/104/13 |
| ○（情）〔精〕之至也不貳 | 21/104/13 |
| 身盡○故則美 | 21/104/16 |
| ○榮滿側 | 21/105/3 |
| 則○正外易 | 21/105/8 |
| ○心內傾 | 21/105/8 |
| 是○庭可以搏鼠 | 21/105/12 |

○名曰觙 21/105/14
○爲人也 21/105/14,21/106/12
則敗○思 21/105/14
則挫○精 21/105/15
蚊䖟之聲聞則挫○精 21/105/17
聖人縱○欲、兼○情而
制焉者理矣 21/105/18
冥冥蔽○明也 21/106/4
酒亂○神也 21/106/5
埶亂○官也 21/106/6
遠蔽○大也 21/106/6
高蔽○長也 21/106/7
俯見○影 21/106/12
卬視○髮 21/106/13
比至○家者 21/106/13
必以○感忽之閒、疑玄
之時（正）〔定〕之 21/106/14
○所以貫理焉雖億萬 21/106/19
法○法 21/106/22
以求○統類 21/106/23
（類）以務象效○人 21/106/23
狐狸○蒼 21/107/15
○罪猶爲符節、度量之
罪也 22/108/5
故○民莫敢託爲奇辭以
亂正名 22/108/5
故○民慤 22/108/6
○民莫敢託爲奇辭以亂
正名 22/108/6
則○迹長矣 22/108/7
○天官之意物也同 22/108/15
是所以共○約名以相期
也 22/108/16
然而徵知必將待天官之
當簿○類然後可也 22/109/2
驗之所（以）爲有名而
觀○孰行 22/109/17
驗之所緣（無）以同異
而觀○孰調 22/109/18
以○所受悖○所辭 22/109/20
故明君知○分而不與辨
也 22/109/21
故○民之化道也如神 22/110/2
彼正○名、當○辭以務
白○志義者也 22/110/20
彼誘○名 22/110/23
眩○辭 22/110/23
而無深於○志義者也 22/110/23
成則必得○所好而不遇
○所惡焉 22/111/1
不求之○所在 22/111/11
而求之○所亡 22/111/11
凡人莫不從○所可 22/111/20
而去○所不可 22/111/20
○去也 22/111/24
明○數也 22/112/5
○累百年之欲 22/112/6
不明○數也 22/112/7
有嘗試深觀○隱而難
（○）察者 22/112/9
心憂恐則口銜芻豢而不
知○味 22/112/11
耳聽鍾鼓而不知○聲 22/112/11
目視黼黻而不知○狀 22/112/11
輕煖平簟而體不知○安 22/112/11
○求物也 22/112/13
故欲養○欲而縱○情 22/112/14
欲養○性而危○形 22/112/14
欲養○樂而攻○心 22/112/14
欲養○名而亂○行 22/112/14
○與夫盜無以異 22/112/15
○與無足無以異 22/112/15
○爲天下多 22/112/21
○（和）〔私〕樂少矣 22/112/21
○善者僞也 23/113/3
23/113/7,23/113/14,23/114/6
23/114/23,23/115/8,23/115/14
23/115/18,23/115/27
○性善 23/113/16
將皆失喪○性故也 23/113/21
生而離○朴 23/113/21
離○資 23/113/22
〔○善者僞也〕 23/113/22
不離○朴而美之 23/114/1
不離○資而利之也 23/114/1
○不同之徵也 23/114/14
○不異於衆者 23/114/15
凡論者貴○有辨合、有
符驗 23/115/10
○性直也 23/115/16
以○性不直也 23/115/16
○性一也 23/115/23,23/115/23
從○性 23/115/26
順○情 23/115/26
豈○性異矣哉 23/116/4
以○爲仁義法正也 23/116/6
然則○可以爲禹明矣 23/116/8
23/116/13
然則○可以知之質、可
以能之具 23/116/11
○在塗之人明矣 23/116/12
今使塗之人者以○可以
知之質、可以能之具 23/116/12
○不同遠矣 23/116/22
○不可以相爲明矣 23/116/23
終日議○所以 23/117/2
○統類一也 23/117/2
○言也諂 23/117/3
○行也悖 23/117/3
○舉事多悔 23/117/3
敢直○身 23/117/6
敢行○意 23/117/6
不知○子視○友 23/117/19
不知○君視○左右 23/118/1
由○道 24/118/12
則人得○所好焉 24/118/13
不由○道 24/118/13
則必遇○所惡焉 24/118/13
故殺○父而臣○子 24/118/18
殺○兄而臣○弟 24/118/18
分然各以○誠通 24/118/18
夫故天下不與爭能而致
善用○功 24/119/15
反○施 25/120/4
卑○志意、大○園囿高
○臺（榭） 25/120/8
武王善之、封〔之〕於
宋立○祖 25/120/9
宗○賢良、辨○殃孽 25/121/5
守○職 25/122/13
守○銀 25/123/1
明○請 25/123/3
稽○實 25/123/4
願問○名 26/124/2
忽兮○極之遠也 26/124/8
攭兮○相逐而反也 26/124/9
莫知○門 26/124/10,27/128/15
儠儠兮○狀 26/124/16
棄○耆老 26/124/17
收○後世 26/125/1
此夫始生鉅○成功小者

邪 26/125/8
長○尾而銳○剽者邪 26/125/8
昭昭乎○知之明也 26/125/16
郁郁乎○遇時之不祥也 26/125/17
拂乎○欲禮義之大行也 26/125/17
○《小歌》也 26/125/19
何○塞矣 26/125/19
曷維○同 26/126/2
諸侯召○臣 27/126/13
以○教（出）〔士〕畢行 27/126/23
知、○役也 27/126/27
禮、○盡也 27/126/27
物○指矣 27/127/2
唯○偕矣 27/127/2
禮者、○表也 27/127/4
賜予○宮室 27/127/18
忿怒○臣妾 27/127/18
行之得○節 27/127/27
仁、非○里而（虛）〔處〕之 27/127/28
義、非○門而由之 27/127/28
○致一也 27/128/2
三問○疾 27/129/10
三臨○喪 27/129/10
所失微而○爲亂大者 27/129/22
何○咎 27/130/16
治國者敬○寶 27/130/22
愛○器 27/130/22
任○用 27/130/22
除○祆 27/130/22
務○業而勿奪○時 27/130/24
以○本 27/131/8
知○末 27/131/8
以○左 27/131/8
知○右 27/131/8
我先攻○邪心 27/131/19
不憂○係壘也 27/131/23
而憂○不焚也 27/131/23
○得之 27/131/26
然而能使○欲利不克○好義也 27/132/1
然而能使○好義不勝○欲利也 27/132/2
貧窶者有所竄○手〔矣〕 27/132/6
故○行效 27/133/6
○立效 27/133/6
○坐效 27/133/6
○置顏色、出辭氣效 27/133/6
善學者盡○理 27/133/9
善行者究○難 27/133/9
○心一也 27/133/22
○心同也 27/133/23
爲幬菜敝而不反○常 27/134/2
亟○乘屋 27/135/3
○始播百穀 27/135/3
望○壙 27/135/4
盈○欲而不愆○止 27/135/7
○誠可比於金石 27/135/7
○聲可內於宗廟 27/135/7
○言有文焉 27/135/8
○聲有哀焉 27/135/8
○教至也 27/135/16
○人〔也〕 27/135/18
○人（也）而不教 27/135/18
非○人也 27/135/18
非○人而教之 27/135/19
不自嗛○行者言濫過 27/135/21
爭利如蚤甲而喪○掌 27/136/6
（乘）○出者 27/136/18
是○反者也 27/136/18
傷○聞之晚也 27/137/5
則崇○善 27/138/1
揚○美 27/138/1
而不稱○所短也 27/138/1
吾語汝○故 28/138/18
○父請止 28/139/1
○可乎 28/139/3
不教○民而聽○訟 28/139/3
亂○教 28/139/11
繁○刑 28/139/11
○民迷惑而墮焉 28/139/11
○直如矢 28/139/14
不○有來乎 28/140/2
○流也埤下裾拘 28/140/5
必循○理 28/140/6
○洸洸乎不淈盡 28/140/6
○應佚若聲響 28/140/6
○赴百仞之谷不懼 28/140/6
○萬（拆）〔折〕也必東 28/140/8
去○故鄉 28/140/12
今有○人不遇○時 28/141/6
雖賢、○能行乎 28/141/7
苟遇○時 28/141/7
故君子博學、深謀、修身、端行以俟○時 28/141/7
故勞苦彫萃而能無失○敬 29/142/3
災禍患難而能無失○義 29/142/4
則不幸不順見惡而能無失○愛 29/142/4
審○所以從之之謂孝、之謂貞也 29/142/12
手足胼胝以養○親 29/142/15
29/142/17
不能自舉○身 29/142/19
禮、居是邑不非○大夫 29/142/26
○始出也 29/142/28
○源可以濫觴 29/142/28
及○至江之津也 29/143/1
○未得也 29/143/14, 29/143/15
則樂○意 29/143/14
又樂○治 29/143/15
乃大○輻 30/143/25
○云益乎 30/143/26
夫魚鱉黿鼉猶以淵爲淺而堀〔穴〕○中 30/144/1
鷹鳶猶以山爲卑而增巢○上 30/144/2
及○得也 30/144/2
○聲清揚而遠聞 30/144/8
○止輟然 30/144/8
溫○如玉 30/144/9
何○雜也 30/144/15
有臣而求○使 30/144/18
有子而求○孝 30/144/18
有弟而求○聽令 30/144/19
不知選賢人善士〔而〕託○身焉以爲己憂 31/145/9
務審○所知 31/145/14
務審○所謂 31/145/15
務審○所由 31/145/15
是故○事大辨乎天地 31/146/9
○事不可循 31/146/10
○事不可識 31/146/10
百姓（淺）〔淡〕然不識○鄰 31/146/10
○政好生而惡殺焉 31/146/14
○器存 31/147/2

○人亡 31/147/2
竊○有益與○無益 31/147/11
君○知之矣 31/147/12
譬之○豺狼也 31/147/16
桓公用○賊 31/147/16
文公用○盜 31/147/17
○馬將失 31/148/1,31/148/4
舜不窮○民 31/148/5
造父不窮○馬 31/148/5
未有窮○下而能無危者也 31/148/8
天下○在一隅邪 32/148/14
○在《中蘬》之言也 32/148/20
○爲人寬 32/149/1
○美德已 32/149/2
故○民歸道 32/149/3
彼○寬也 32/149/3
彼○好自用也 32/149/3
彼○愼也 32/149/5
是○以淺也 32/149/5
見物然後知○是非之所在 32/149/11
顏色黎黑而不失○所 32/149/13
○猶土也 32/149/21,32/149/23
多○功而不（息）〔悳〕 32/149/22
以保○身 32/150/7
是○所以名聲不白 32/150/8
觀○善行 32/150/9
○知至明 32/150/11
今爲說者又不察○實 32/150/13
乃信○名 32/150/13

## 奇 qí 10

○衣婦飾 5/18/1
足以爲○偉偃卻之屬 5/21/5
玩○辭 21/107/5
故其民莫敢託爲○辭以亂正名 22/108/5
其民莫敢託爲○辭以亂正名 22/108/6
○辭起 22/108/8
聲音、清濁、調竽○聲以耳異 22/108/16
甘、苦、鹹、淡、辛、酸、○味以口異 22/108/16
香、臭、芬、鬱、腥、臊、（洒）〔漏〕、（酸）〔庮〕、○臭以鼻異 22/108/17
昔虞不用宮之○而晉并之 32/150/1

## 耆 qí 3

無廉恥而○飲食 6/25/1
○艾而信 14/67/20
棄其○老 26/124/17

## 旂 qí 1

縣之赤（○）〔旆〕 18/85/12

## 跂 qí 3

吾嘗○而望矣 1/1/12
綦谿利○ 6/21/16
離（縱）〔縰〕而○訾者也 6/24/10

## 琦 qí 1

玩○辭 6/22/4

## 祺 qí 3

○然 6/24/17
請牧（○）〔基〕 25/123/1
明有（基）〔○〕 25/123/2

## 旗 qí 2

壽於○、翼 10/48/16
龍○九斿 19/90/12

## 齊 qí 105

○給便利 2/6/7
○明而不竭 2/7/18
○秦襲 3/9/2
見閉則敬而○ 3/10/7
斬而○ 4/17/5,13/66/5
下不足以和○百姓 5/21/4
○言行 6/22/13,8/33/12
辯說譬諭、○給便利而不順禮義 6/23/7
○給速通不（爭）〔以〕先人 6/23/13
○其顏色 6/24/24
○桓、五伯之盛者也 7/25/8
以○之分奉之而不足 7/25/9
夫○桓公有天下之大節焉 7/25/11
○一天下 8/32/10
然而明不能○法教之所不及 8/32/22
埶○則不壹 9/35/22
衆○則不使 9/35/22
埶位○而欲惡同 9/36/1
維○非○ 9/36/3
和○百姓 10/44/16
○功勞 10/45/9
時其事、輕其任以調○之 10/46/21
賢○則其親者先貴 10/47/16
能○則其故者先官 10/47/16
必將脩禮以○朝 10/49/4
正法以○官 10/49/4
平政以○民 10/49/5
然後節奏○於朝 10/49/5
百事○於官 10/49/5
衆庶○於下 10/49/5
○湣、宋獻是也 11/49/14
以國○義 11/50/2
故○桓、晉文、楚莊、吳闔閭、越句踐 11/50/8
不務張其義、○其信 11/50/10
○閔、薛公是也 11/50/13
故用彊○ 11/50/13
而四者○ 11/54/6
四者○也 11/54/8
○桓公閨門之內懸樂奢泰游抏之脩 11/55/1
所聞所見誠以○矣 11/55/8
時其事、經其任以調○之 11/55/24
百官則將○其制度 11/56/17
○給便捷而不惑 12/58/3
兼聽○明則天下歸之 12/60/11
兼聽○明而百事不留 12/60/15
其○斷足以拒難 12/62/22

○給如響 13/63/20
故○之蘇秦 13/63/22
○之孟嘗 13/63/23
○之管仲 13/63/24
民○者强 15/69/17
〔民〕不○者弱 15/69/17
○人隆技擊 15/69/21
故○之技擊不可以遇魏氏之武卒 15/70/9
是○之也 15/70/13
以詐遇○ 15/70/13
故兵大○則制天下 15/70/15
小○則治鄰敵 15/70/16
故○之田單 15/70/19
未及和○也 15/70/20
○桓、晉文、楚莊、吳闔閭、越句踐 15/70/21
是皆和○之兵也 15/70/21
時其事、輕其任以調○之、長養之 15/73/17
○能并宋而不能凝也 15/74/19
燕能并○而不能凝也 15/74/19
火○得 16/75/6
荀卿子說○相曰 16/76/12
好利之民莫不願以（爲）○爲歸 16/76/19
則○必斷而爲四三 16/76/23
東在楚者乃界於○ 16/78/1
墨子有見於○ 17/83/4
有○而無畸 17/83/5
豈必○哉 18/85/20
○人用一革 18/85/20
必○之日祭、月祀之屬然後曰受制邪 18/86/2
祭、○〔先〕大羹而飽庶羞 19/91/8
〔大〕昏之未發○也 19/91/11
○衰、苴杖、居廬、食粥、席薪、枕塊 19/96/6,19/98/5
○戒修塗 19/98/7
進退得○焉 20/99/5
故樂者、天下之大○也 20/99/7
先王〔之〕喜怒皆得其○焉 20/99/10
則民○而不亂 20/99/16
民和○ 20/99/16
故○衰之服、哭泣之聲 20/99/26
唐鞅、奚○是也 21/103/1
奚○蔽於欲國而罪申生 21/103/1
奚○戮於晉 21/103/2
故能持管仲而名利福祿與管仲○ 21/103/4
故能持周公而名利福祿與周公○ 21/103/4
故德與周公○ 21/103/16
差差然而○ 22/110/20
天非私○、魯之民而外秦人也 23/116/2
然而〔秦人〕於父子之義、夫婦之別不如○、魯之孝（具）〔共〕敬（父）〔文〕者 23/116/2
○給、便敏而無類 23/117/4
大○信焉而輕貨財 23/117/9
（帝）〔常〕不○均 26/123/17
曷爲三遇○王而不言事 27/131/19
○人欲伐魯 27/133/1
○桓公小白霸心生於莒 28/141/9
萊不用子馬而○并之 32/150/1

## 綦 qí 42

○谿利跂 6/21/16
非○文理也 7/25/19,11/50/7
○省矣 7/26/1
○文理 9/40/14
及其○也 11/49/13
是○定也 11/49/19
○定而國定 11/49/19
國一○明 11/50/6
○之而亡 11/50/13,11/51/13
○大而王 11/51/13
○小而亡 11/51/13
目欲○色 11/51/24
耳欲○聲 11/52/1
口欲○味 11/52/1
鼻欲○臭 11/52/1
心欲○佚 11/52/1
此五○者 11/52/1,18/89/13
養五○者有具 11/52/1
則五○者不可得而致也 11/52/2
然後養五○之具具也 11/52/3
甚易處而○可樂也 11/53/11
知者易爲之興力而功名○大 11/55/3
使民則○理 11/55/25
使民則○勞苦 11/56/2
則下亦將○辭讓、致忠信而謹於臣子矣 12/57/16
慮與臣下爭小察而○偏能 12/63/10
未有貴上、安制、○節之理也 15/70/11
目不欲○色 18/89/13
耳不欲○聲 18/89/13
口不欲○味 18/89/13
鼻不欲○臭 18/89/13
形不欲○佚 18/89/13
以人之情爲欲此五○者而不欲多 18/89/14
以○於禮義故也 23/116/2
是故刑罪○省而威行如流 24/118/13
刑罰○省而威行如流 24/118/19
動則○高以鉅 26/124/7
尙賢以○之 28/139/7
○三年而百姓（往）〔從〕〔風〕矣 28/139/8

## 騏 qí 1

○驥一躍 1/2/10

## 蘄 qí 1

跨天下而無○ 8/32/2

## 鰭 qí 1

身如植○ 5/17/22

## 騹 qí 1

驊騮、○驥、纖離、綠耳 23/117/14

## 豈 qǐ 54

○若跛鱉之與六驥足哉 2/7/14
○不過甚矣哉 4/13/7,11/51/24,12/61/19,16/76/9,18/84/18

18/87/10,18/88/17,18/89/21
23/115/12
○不迂乎哉 4/13/20
○非人之情固可與如此可與如彼也哉 4/16/3
○論也哉 5/17/21
故道○不行矣哉 7/26/2
○不賤而貴矣哉 8/29/16
○不愚而知矣哉 8/29/17
○不貧而富矣哉 8/29/18,8/29/20
○不大富之器誠在此也 8/29/20
○不至尊、至富、至重、至嚴之情舉積此哉 8/29/21
○渠得免夫累乎 9/40/21
○有肯爲其所惡 9/41/13
○不如日月雷霆然矣哉 11/50/1
○不哀哉 11/51/24
11/52/6,11/52/7,21/102/10
21/106/13,28/139/15
是○不必得之之道也哉 12/61/14
12/61/16
○私之也哉 12/62/3
○必待附民哉 15/68/10
○又肯爲其所惡 15/69/6
是○無堅甲利兵也哉 15/72/15
是○無固塞隘阻也哉 15/72/17
是○令不嚴、刑不繁也哉 15/73/1
○特玄之耳哉 18/83/21
○必齊哉 18/85/20
是○鉅知見侮之爲不辱哉 18/88/13
是○以喪豬爲辱也哉 18/88/14
禮○不至矣哉 19/92/8
○不以送死有已 19/96/7
○不蔽於一曲而失正求也哉 21/102/8
○爲夫南者之不可盡也 22/111/21
○爲夫所欲之不可盡也 22/111/22
然則瓦埴○陶人之性也哉 23/115/21
然則器木○工人之性也哉 23/115/21
○人之本性也哉 23/115/22
○人之性也哉 23/115/26
○其性異矣哉 23/116/4
己無郵人、我獨自美○（獨）無故 25/122/5
夫君子○多而賤之、少而貴之哉 30/144/6
○不亦迂哉 30/144/13

## 起 qǐ 53

物類之○ 1/2/3
事○而辨 3/11/21,21/107/11
夫○於變故 4/15/13
比肩並○ 5/18/2
○於上、所以導於下 5/20/14
○於下、所以忠於上 5/20/14
聖王○ 5/21/5
佛然（乎）〔平〕世之俗○焉 6/22/14
則貴名○如日月 8/30/2
於是《武》、《象》○而《韶》、《護》廢矣 8/32/1
卒然○一方 8/33/4
嘗試之說鋒○ 9/35/15
盜賊不○ 10/46/22
我按○而制之 10/48/17
及以燕、趙○而攻之 11/50/15
王業還○ 11/53/24
貪利者退而廉節者○ 12/60/12
方○以尚盡矣 14/66/14
莊蹻○ 15/72/15
然後刑於是○矣 15/73/18
然後賞於是○矣 15/74/3
則三國必○而乘我 16/76/22
凡姦人之所以○者 16/79/3
此姦人之所以○也 16/79/4
則是雖並世○ 17/81/12
一廢一○ 17/82/20
並○於亂今也 18/85/10
故百事廢、財物詘而禍亂○ 18/88/2
分職名象之所○ 18/88/22
禮○於何也 19/90/3
是禮之所以○也 19/90/5
陰陽接而變化○ 19/95/2
故禮樂廢而邪音○者 20/99/19
奇辭○ 22/108/8
若有王者○ 22/108/9
姦言○ 22/110/2
是以爲之○禮義、制法度以矯飾人之情性而正之 23/113/11
聖人積思慮、習僞故以生禮義而○法度 23/114/10
故聖人化性而○僞 23/114/14
僞○（於信）而生禮義 23/114/14
○法正以治之 23/115/5
○而可設 23/115/11
○而不可設 23/115/12
繩墨之○ 23/115/13
能○僞 23/115/24
僞○而生禮義 23/115/25
三俯三○ 26/125/4
尾生而事○ 26/125/10
此邪行之所以○ 27/132/10
定公越席而○ 31/148/2
吳○進曰 32/148/17
吳○對曰 32/148/18

## 啓 qǐ 3

繁○蕃長於春夏 17/80/22
而不知微子○ 21/102/16
紂卒易鄉○乃下 25/120/9

## 泣 qì 7

反無哭○之節 19/93/16
聲樂、哭○ 19/94/9
麤（衰）〔惡〕、哭○、憂戚 19/94/10
其立哭○哀戚也 19/94/12
哭○諦號 19/94/15
故齊衰之服、哭○之聲 20/99/26
曾子○涕曰 27/137/5

## 契 qì 5

合符節、別○券者 12/57/11
不待合符節、別○券而信 12/57/17
掎○司詐 15/70/20
○爲司徒、民知孝弟尊有德 25/121/12
○玄王 25/121/14

## 氣 qì 28

| | |
|---|---|
| 有爭○者勿與辨也 | 1/4/6 |
| 不觀○色而言謂之瞽 | 1/4/8 |
| 以治○養生 | 2/5/11 |
| 凡用血○、志意、知慮 | 2/5/12 |
| 治○養心之術 | 2/6/6 |
| 血○剛强 | 2/6/6 |
| 凡治○養心之術 | 2/6/9 |
| 夫是之謂治○養心之術也 | 2/6/10 |
| 安燕而血○不惰 | 2/8/13,2/8/14 |
| 血○態度擬於女子 | 5/18/1 |
| 水火有○而無生 | 9/39/9 |
| 人有○、有生、有知 | 9/39/9 |
| 血○和平 | 12/58/7,20/100/9 |
| 是〔其○力〕數年而衰而〔復利〕未可奪也 | 15/70/2 |
| 血○筋力則有衰 | 18/86/15 |
| 有血○之屬 | 19/96/10 |
| 故有血○之屬 | 19/96/13 |
| 使夫邪汙之○無由得接焉 | 20/98/18 |
| 凡姦聲感人而逆○應之 | 20/100/4 |
| 逆○成象而亂生焉 | 20/100/4 |
| 正聲感人而順○應之 | 20/100/4 |
| 順○成象而治生焉 | 20/100/4 |
| 失○而死 | 21/106/13 |
| 血○之精也 | 26/124/3 |
| 其置顏色、出辭○效 | 27/133/6 |
| 彼爭者、均者之○也 | 32/149/4 |

## 棄 qì 23

| | |
|---|---|
| 保利○義謂之至賊 | 2/6/2 |
| 怠慢僄○ | 2/6/8 |
| 人莫不○ | 2/7/3 |
| 窮則○而儑 | 3/10/10 |
| 則莫不○此而取彼矣 | 4/15/19 |
| ○其親家而欲奔之者 | 5/18/2 |
| 是天下之所○也 | 6/23/10 |
| 治世之所○而亂世之所從服也 | 8/29/6 |
| 不安職則○ | 9/35/7 |
| 知莫大乎○疑 | 15/70/24 |
| 然則是○己之所以安彊 | 16/77/8 |
| 人知貴生樂安而○禮義 | 16/77/12 |
| 則下之人百姓皆有○義之志 | 16/79/4 |
| 桀、紂○義背信而天下亂 | 16/79/8 |
| ○其天養 | 17/80/12 |
| ○而不治〔也〕 | 17/82/3 |
| 不至於瘠○ | 19/94/11 |
| 則廣焉能○之矣 | 21/107/10 |
| 是君子之所○ | 22/110/22 |
| 衆人貳之、讒夫○之形是詰 | 25/120/15 |
| 進諫不聽、剄而獨鹿○之江 | 25/122/9 |
| ○其耆老 | 26/124/17 |
| 是○國捐身之道也 | 27/136/16 |

## 器 qì 30

| | |
|---|---|
| 百工以巧盡械○ | 4/17/3 |
| 俄而治天下之大○舉在此 | 8/29/18 |
| 豈不大富之○誠在此也 | 8/29/20 |
| 械用、則凡非舊○者舉毀 | 9/38/3 |
| 司徒知百宗、城郭、立○之數 | 9/40/1 |
| 兵革○械者 | 9/41/20 |
| 國者、天下之大○也 | 11/50/20 |
| 則○用巧便而財不匱矣 | 11/56/22 |
| 薦○則冠有鍪而毋縱 | 19/95/9 |
| 木○不成斲 | 19/95/10 |
| 陶○不成物 | 19/95/10 |
| 薄○不成（內）〔用〕 | 19/95/10 |
| 具生○以適墓 | 19/95/12 |
| 故生○文而不功 | 19/95/13 |
| 明○貌而不用 | 19/95/13 |
| 工精於○而不可以爲○師 | 21/104/17 |
| 故陶人埏埴而爲○ | 23/114/9 |
| 然則○生於（工）〔陶〕人之僞 | 23/114/9 |
| 故工人斲木而成○ | 23/114/10 |
| 然則○生於工人之僞 | 23/114/10 |
| 工人斲木而生○ | 23/115/21 |
| 然則○木豈工人之性也哉 | 23/115/21 |
| 國○也 | 27/130/21 |
| 愛其○ | 27/130/22 |
| 有敧○焉 | 28/138/10 |
| 此爲何○ | 28/138/10 |
| 此蓋爲宥坐之○ | 28/138/11 |
| 吾聞宥坐之○者 | 28/138/11 |
| 其○存 | 31/147/2 |

## 洽 qià 2

| | |
|---|---|
| 盡善挾（○）〔治〕之謂神 | 8/31/3 |
| 德至者色澤○ | 27/133/16 |

## 千 qiān 41

| | |
|---|---|
| 而致○里 | 1/1/14 |
| 無以至○里 | 1/2/10 |
| ○里蹞步不至 | 1/4/12 |
| 夫驥一日而○里 | 2/7/8 |
| 則○里雖遠 | 2/7/9 |
| 跛鱉○里 | 2/7/13 |
| 故○人萬人之情 | 3/11/15 |
| 欲觀○歲 | 5/18/20 |
| 而況於○世之傳也 | 5/19/1 |
| 而況於○世之上乎 | 5/19/2 |
| 則楚六○里而爲讎人役 | 7/26/4 |
| 屑然藏○溢之寶 | 8/29/18 |
| 一日而○里 | 8/32/6,12/61/15 |
| 用百里之地而○里之國莫能與之爭勝 | 8/32/9 |
| ○舉萬變 | 8/32/11 |
| 則○乘之國安 | 8/33/7 |
| 然而厭焉有○歲之固 | 11/51/5 |
| 援夫○歲之信法以持之也 | 11/51/6 |
| 安與夫○歲之信士爲之也 | 11/51/6 |
| 而有○歲之信士 | 11/51/7 |
| 以夫○歲之法自持者 | 11/51/7 |
| 是乃○歲之信士矣 | 11/51/7 |
| ○歲而不合 | 11/53/21 |
| 此夫過舉蹞步而覺跌○里者夫 | 11/53/25 |
| 君人者○歲而不覺也 | 11/53/26 |
| 不能當一人而能當○人百人者 | 11/54/22 |
| 今有數○焉 | 12/61/20 |
| 則將有○里之聽 | 15/69/1 |
| 用○里之國 | 15/69/2 |
| 封內○里 | 16/76/25 |
| 未有過封內○里者也 | 16/77/21 |
| 楚王後車○乘 | 17/81/4 |
| 古者天子○官 | 18/83/24 |

以是○官也 18/83/25
言之○舉萬變 23/117/2
然後一日而致○里也 23/117/15
○歲必反 26/125/18
○乘之國有爭臣三人 29/142/11
欲言而請畢事者○有餘人 32/149/8
乃在百人與○人之中 32/149/10

**牽 qiān** 1

而求羊者不下○也 21/106/6

**愆 qiān** 3

〔禮義之不○〕 17/81/2
禮義之不○兮 22/110/17
盈其欲而不○其止 27/135/7

**鉛 qiān** 1

反○察之而俞可好也 4/16/15

**遷 qiān** 9

長○而不反其初 3/11/12
與時○徙 5/19/18,8/32/11
居錯○徙 5/21/2
十二子者○化 6/22/19
與之舉錯○移 12/61/9
○徙之 19/97/15
居於砥石○于商 25/121/14
幡然○之 27/133/6

**謙 qiān** 3

信而不忘處○ 7/26/8
知而好○ 7/26/19
守之以○ 28/138/15

**騫 qiān** 3

永思○兮 22/110/17
天非私曾、○、孝己而外衆人也 23/116/1
然而曾、○、孝己獨厚於孝之實而全於孝之名者 23/116/1

**拑 qián** 1

溝池不○ 15/73/4

**前 qián** 19

君子審後王之道而論於百王之○ 3/11/15
則必○後慮其可惡也者 3/12/6
則必○後慮其可害也者 3/12/6
○事則殺兄而爭國 7/25/8
不足數於大君子之○ 11/54/19
里之○ 12/62/12
臨武君與孫卿子議兵於趙孝成王○ 15/68/3
皆○行素脩也 15/72/6
雕雕焉縣貴爵重賞於其○ 15/74/4
今巨楚縣吾○ 16/76/21
○有錯衡以養目 18/86/20
○有錯衡 19/90/11
則白黑在○而目不見 21/102/9
然而（○必）〔必○〕有銜轡之制 23/117/14
○車已覆、後未知更何覺時 25/122/2
○亂而後治 26/125/3
立視○六尺而（大）〔六〕之 27/130/5
○日 31/148/3

**虔 qián** 1

有○秉鉞 15/69/9

**鉗 qián** 1

案彊○而利口 21/107/5

**潛 qián** 3

欲○以深 15/70/26
不○軍 15/71/18
漢故○ 27/133/16

**淺 qiǎn** 17

少聞曰○ 2/6/3
今夫偷生○知之屬 4/16/9
智行○薄 5/18/9
博而能容○ 5/20/4
逢衣○帶 8/32/17
以○持博 8/33/2
其縣日也○ 16/78/22
○不可與測深 18/86/3
是○者之傳、陋者之說也 18/87/4
博之○之 19/94/20
○爲蔽 21/102/12
無博無○ 21/103/17
夫魚鱉黿鼉猶以淵爲○而堀〔穴〕其中 30/144/1
百姓（○）〔淡〕然不識其鄰 31/146/10
是其以○也 32/149/5
少至則○ 32/149/6
彼○者、賤人之道也 32/149/6

**羌 qiāng** 1

氐、○之虜也 27/131/23

**椌 qiāng** 1

鞉、柷、拊、鞷、○、楬似萬物 20/101/1

**瑲 qiāng** 2

管磬○○ 10/46/1

**鎗 qiāng** 2

濟濟○○ 27/129/6

**強 qiáng** 47

○自取柱 1/2/4
蚯螾無爪牙之利、筋骨之○ 1/2/12
以脩身自〔○〕 2/5/11
血氣剛○ 2/6/6
而不能以調一天下、制

〇暴 8/32/7
〇脅弱也 10/42/18
不威不〇之不足以禁暴勝悍也 10/45/17
觀國之〇弱貧富有徵 10/47/19
將脩小大〇弱之義以持愼之 10/48/14
事〇暴之國難 10/48/21,10/49/7
使〇暴之國事我易 10/48/21 10/49/8
威〇足以捶笞之 10/49/6
而〇暴之國莫不趨使 10/49/7
臣請遂道王者諸侯〇弱存亡之效、安危之埶 15/69/12
治者〇 15/69/13
是〇弱之本也 15/69/14
下可用則〇 15/69/14
是〇弱之常也 15/69/15,15/69/19
是〇弱之凡也 15/69/16
好士者〇 15/69/16
愛民者〇 15/69/16
政令信者〇 15/69/16
民齊者〇 15/69/17
賞重者〇 15/69/17
刑威者〇 15/69/17
械用兵革攻完便利者〇 15/69/18
重用兵者〇 15/69/18
權出一者〇 15/69/18
是最爲衆〇長久 15/70/6
拱揖指麾而〇暴之國莫不趨使 15/70/14
是其巧拙〇弱則未有以相君也 15/70/19
是〇弱之效也 15/70/22
兵〇海內 15/72/1
〇國之本也 15/72/9
兼人而兵俞〇 15/74/11
兼兵無〇 15/74/22
以征則〇 15/75/2
穆公得之、〇配五伯六卿施 25/120/10
三軍以〇 26/123/12
赦暴擅〇 26/125/15
〇足以反是獨立 28/138/21
幼不能〇學 28/140/11
計勝怒則〇 31/147/17
闔閭擅〇 32/150/13

彊 qiáng 60

堅〇而不暴 3/9/15
剛〇猛毅 3/10/2
不畏衆〇 4/13/14
堅〇以持之 5/20/7
行僞險穢而〇高言謹愨者也 6/24/9
致〇而能以寬弱 7/25/22
爲政者〇 9/36/16
敵得之以〇 9/36/19
〇、奪之地 9/36/22
用〇者 9/36/23
是〇者之所以反弱也 9/36/27
伺〇大之間 9/37/1
承〇大之敝也 9/37/1
知〇大之敝 9/37/2
此〇大之殆時也 9/37/2
知〇（大）〔道〕者不務〇也 9/37/2
是知〇道者也 9/37/4
欲〇而〇矣 9/37/17
多力則〇 9/39/12
〇則勝物 9/39/12
威〇之所以立也 9/40/18
夫威〇未足以殆鄰敵也 9/40/20
〇殆中國 11/50/9,16/78/3
故用〇齊 11/50/13
故〇 11/50/14
然則〇固榮辱在於取相矣 11/51/11
如是者〇 11/51/12
加有治辨、〇固之道焉 11/52/2
得百姓之死者〇 11/55/21
以征則〇 11/56/24
故人主欲〇固安樂 12/59/1
莫不欲〇而惡弱 12/60/20
故有社稷者莫不欲〇 12/61/19
用功臣者〇 13/63/21
率群臣百吏而相與〇君橋君 13/64/3
亦〇國之剖刑已 16/75/7
道德之威成乎安〇 16/75/21
故自四五萬而往者〇勝 16/77/6
然則是棄己之所以安〇 16/77/8
威〇乎湯、武 16/77/16
曷謂乎威〇乎湯、武 16/77/17
此所謂威〇乎湯、武也 16/77/20
〇本而節用 17/79/16
易一則〇 18/83/15
難一則不〇 18/83/17
非至〇莫之能任 18/84/13
勉之〇之 21/103/5
可謂能自〇矣 21/105/16
21/105/17
何〇 21/105/18
夫何〇 21/105/19
無〇也 21/106/1
案〇鉗而利口 21/107/5
博聞〇志 21/107/8
故〇學而求有之也 23/114/21
則夫〇者害弱而奪之 23/115/7
導之以道而勿〇 27/127/20

牆 qiáng 3

〇之外 12/62/12
如〇厭之 16/75/16
數仞之〇而民不踰也 28/139/12

墝 qiāo 2

磽〇肥 8/28/18
磽肥〇 9/40/4

蹻 qiāo 2

楚之莊〇 15/70/19
莊〇起 15/72/15

喬 qiáo 1

及河〇嶽 19/95/4

橋 qiáo 4

好脩正其所聞以〇飾其情性 8/30/13
率群臣百吏而相與彊君〇君 13/64/3
無〇拂 13/64/17
〇然剛折 13/64/22

**鯈 qiáo** 1

儵○者、浮陽之魚也 4/13/19

**巧 qiǎo** 20

百工以○盡械器 4/17/3
爲詐而○ 6/23/8
○而好度 7/26/18
無害爲○ 8/29/8
要時立功之○ 8/30/16
無弧矢則無所見其○ 8/32/4
直將○繁拜請而畏事之 10/49/3
以非所取於民而○ 11/56/7
佻其期日而利其○任 11/56/19
則器用○便而財不匱矣 11/56/22
然而○敏佞說 13/63/17
猶○拙有幸焉 15/68/14
猶有○拙焉 15/70/13
是其○拙强弱則未有以相君也 15/70/19
工冶○ 16/75/6
故大○在所不爲 17/80/17
下不私請、各以宜舍○拙 25/123/6
無知無○ 26/125/6
昔舜○於使民而造父○於使馬 31/148/4

**悄 qiǎo** 2

憂心○○ 28/138/23

**愀 qiǎo** 2

見不善、○然 2/5/3
○然憂戚非樂而日不和 10/46/3

**切 qiē** 3

《詩》、《書》故而不○ 1/3/20
則日○瑳而不舍也 17/82/4
如○如瑳 27/134/6

**且 qiě** 42

然○爲之 4/13/1,4/13/2,4/13/3,22/112/7,27/131/24
則夫塞者俄○通也 4/16/1
陋者俄○僩也 4/16/1
愚者俄○知也 4/16/1
○徐偃王之狀 5/17/21
○恐失寵 7/26/15
亦○有義 9/39/9
而○有富厚丘山之積矣 10/42/26
而○有空虛窮乏之實矣 10/42/28
○若是其固也 11/49/17
則其土地○奚去我而適它 11/53/1
成王用周公（○）〔旦〕 11/55/1
既知○仁 12/60/22,29/143/5
○仁人之用十里之國 15/69/1
○夫暴國之君 15/69/4
○上者、下之師也 16/79/5
○徵其未也 18/85/9
○時享、歲貢、終王之屬也 18/86/1
人猶○莫之抇也 18/87/23
猶○必抇也 18/88/5
猶○羞之 19/93/8
○樂者、先王之所以飾喜也 20/99/10
○樂也者、和之不可變者也 20/100/14
鮑叔、甯戚、隰朋仁知○不蔽 21/103/3
召公、呂望仁知○不蔽 21/103/4
孔子仁知○不蔽 21/103/15
夫感而不能然、必○待事而後然者 23/114/13
○順情性 23/114/17
○化禮義之文理 23/114/17
○內不可以知父子之義 23/116/10
身○加於刑戮而不自知者 23/117/19
○夫芷蘭生於深林 28/141/4
天下○孰肯諫汝矣 29/143/2
○夫良醫之門多病人 30/144/16
○丘聞之 31/147/6,31/147/11
既明○哲 32/150/7

**妾 qiè** 3

（君）〔若〕盧屋○ 10/49/3
忿怒其臣○ 27/127/18
則一妻一○而亂 27/137/13

**怯 qiè** 2

非懾○也 3/10/2
守之以○ 28/138/14

**挈 qiè** 4

若○裘領 1/4/2
有掎○伺詐 10/44/11
○國以呼禮義而無以害之 11/49/16
○國以呼功利 11/50/10

**篋 qiè** 3

約者有筐○之藏 4/16/7
亡國富筐○ 9/36/17
筐○已富 9/36/17

**鍥 qiè** 2

○而舍之 1/2/11
○而不舍 1/2/11

**竊 qiè** 12

○貨曰盜 2/6/2
○君之重 13/64/4
可以有○國 18/84/20
不可以有○天下也 18/84/20
○可以得國 18/84/21
故盜不○、賊不刺 18/87/20
○其豬彘 18/88/14
天下曉然皆知夫盜○之（人）不可以爲富也 24/118/11
不盜不○ 26/125/6
○也 27/134/20
而盜○不與焉 28/138/18
○其有益與其無益 31/147/11

**侵 qīn** 5

之所以接下之人百姓者則好取○奪 9/42/3
上雖好取○奪 10/42/27

其〇人愈甚 10/49/1
而不可使〇奪 12/63/4
諸侯〇削之、攻伐之 18/84/3

## 衾 qīn 3

衣〇三領 18/87/17,19/93/15
然後皆有衣（〇）〔食〕多少厚薄之數 19/93/12

## 親 qīn 106

故君子隆師而〇友 2/5/5
（諂）〔諂〕諛者〇 2/5/7
交〇而不比 3/9/8
未施而〇 3/11/7
父子爲〇矣 3/11/10
忘其〇者也 4/13/1
〇戚不免乎刑戮 4/13/2
是忘其〇也 4/13/2
內忘其〇 4/13/3,4/13/5
不忘其〇也 4/13/4
內以忘其〇 4/13/7
疾爲詐而欲人之〇己也 4/14/18
而亦欲人之〇己也 4/14/20
棄其〇家而欲奔之者 5/18/2
夫禽獸有父子而無父子之〇 5/18/16
十二子者不能〇也 6/22/15
不肖者〇之 6/23/17
有〇者取多 8/28/6
則下畏恐而不〇 9/35/14
則諸侯〇之矣 9/37/7
所以〇之者 9/37/8
故天下莫不〇也 9/37/14
能以事〇謂之孝 9/39/16
其民之〇我也歡若父母 9/41/12
我今將頓頓焉日日相〇愛也 9/42/1
〇之如父母 10/44/1,11/55/27,16/75/14
父子不得不〇 10/44/7,27/129/1
〇之歡如父母 10/46/13
賢齊則其〇者先貴 10/47/16
則近者競〇 10/49/5
安唯便僻左右〇比己者之用 11/51/12
安不卹〇疏 11/51/14
唯便辟〇比己者之用 11/51/15
人主胡不廣焉無卹〇疏、無（偏）〔倫〕貴賤 11/53/22
故下之〇上歡如父母 11/54/12
而求民之〇愛己 12/58/15
民（之）不〇不愛 12/58/15
善生養人者人〇之 12/59/12
人不〇也 12/59/14
下以飾長幼而明〇疏 12/60/5
案唯便嬖〇比己者之用也 12/61/18
以爲〇邪 12/62/3
然而不必相〇也 12/62/21
而〇自貫日而治詳 12/63/10
百姓不〇 13/63/17
民〇之 13/63/19
賢者則〇而敬之 13/65/17
士民不〇附 15/68/8
而其民之〇我 15/69/5
故近者〇其善 15/71/26
政脩則民〇其上、樂其君 15/72/3
莫不〇譽 15/74/3
若夫君臣之義、父子之〇、夫婦之別 17/82/3
則下〇上矣 18/83/19
下〇上則上安 18/83/19
〇有天下之籍則（不）然 18/83/24
〇者疏之 18/84/15
貴本而〇用也 19/91/8
〇用之謂理 19/91/9
而況以事其所隆〇乎 19/93/8
子之所以致重其〇 19/93/9
無〇疏月數之等 19/93/16
一朝而喪其嚴〇 19/94/4
故情貌之變足以別吉凶、明貴賤〇疏之節 19/94/12
別〇疏、貴賤之節 19/96/4
故人之於其〇也 19/96/13
至〇以朞斷 19/96/23
所致〇也 19/97/15
尊尊〇〇之義至矣 19/97/22
莫不和〇 20/98/22
主人〇速賓及介 20/101/8
妻子具而孝衰於〇 23/116/25
分〇疏 24/119/12
〇疏有分 24/119/13
外不避仇、內不阿〇賢者予 25/121/10
躬〇爲民行勞苦 25/121/13
修潔之爲〇而雜汙之爲狄者邪 26/124/2
〇迎之禮 27/127/12
〇〇、故故、庸庸、勞勞 27/127/26
故〇 27/127/27
喪事尙〇 27/128/29
〇迎之道 27/129/20
則賢交不〇 27/130/18
近者說則〇 27/133/26
〇近而附遠 27/133/26
多知而無〇 27/134/14
然則賜願息事〇 27/134/24
事〇難 27/134/25
事〇焉可息哉 27/134/25
虞舜、孝己孝而〇不愛 27/137/22
從命則〇危 29/141/21
不從命則〇安 29/141/21
從命則〇辱 29/141/21
不從命則〇榮 29/141/21
手足胼胝以養其〇 29/142/15,29/142/17
無內人之疏而外人之〇 30/143/23
內人之疏而外人之〇 30/143/23
有〇不能報 30/144/18
不〇賢用知 32/150/1

## 秦 qín 25

齊〇襲 3/9/2
〇昭王問孫卿子曰 8/27/26
西足以詘〇 11/50/15
制〇、楚 11/53/10
故齊之蘇〇 13/63/22
〇之張儀 13/63/23
〇人、其生民也陿阸 15/70/4
魏氏之武卒不可以遇〇之銳士 15/70/9
〇之銳士不可以當桓、文之節制 15/70/9
〇之衛鞅 15/70/19
〇四世有勝 15/72/1,15/72/4

然而○師至而鄗、郢舉 15/72/17
故○奪之 15/74/20
○之謂也 16/77/16
案欲剡其脛而以蹈○之腹 16/77/19
然而○使左案左 16/77/19
今○南乃有沙羨與俱 16/77/21
入○何見 16/78/10
○類之矣 16/78/16
此亦○之所短也 16/78/18
天非私齊、魯之民而外○人也 23/116/2
然而〔○人〕於父子之義、夫婦之別不如齊、魯之孝（具）〔共〕敬（父）〔文〕者 23/116/2
以○人之從情性、安恣睢、慢於禮義故也 23/116/3
下遇暴○ 32/150/4

## 琴 qín 9

伯牙鼓○〔而〕六馬仰秣 1/3/3
樂於鍾鼓○瑟 5/19/13
爲之鍾鼓、管磬、○瑟、竽笙 10/43/14
故必將撞大鐘、擊鳴鼓、吹竽笙、彈○瑟以塞其耳 10/45/17
鍾鼓管磬、○瑟、竽笙 19/90/7
○瑟張而不均 19/95/11
○瑟、竽笙 19/98/3
以○瑟樂心 20/100/7
○婦好 20/100/20

## 勤 qín 2

則○屬之民不勸 10/46/19
（○）〔動〕行不知所務 31/145/9

## 禽 qín 24

○獸群（焉）〔居〕 1/2/5
○獸也 1/3/9
以爲○犢 1/3/17
心如虎狼、行如○獸而又惡人之賊己也 2/5/7
我欲屬之鳥鼠○獸邪 4/13/10
○獸之行而欲人之善己也 4/14/18
夫○獸有父子而無父子之親 5/18/16
○獸行 6/21/13
○獸有知而無義 9/39/9
然後六畜○獸一而剸車 10/45/1
則是○獸也 13/65/14
○獸則亂 13/65/15
貨財○犢之請 14/66/11
山林茂而○獸歸之 14/66/17
服者不○ 15/71/12
○獸之行 18/84/8
必○獸行、虎狼貪 18/88/3
則嫌於○獸矣 19/94/4
展○三絀、春申道綴基畢輸 25/120/11
性不得則若○獸 26/123/13
從命則○獸 29/142/1
伯○將歸於魯 32/149/1
周公謂伯○之傅曰 32/149/1
○獸育焉 32/149/22

## 寢 qǐn 3

○兕、（持）〔特〕虎、蛟鱷、絲末、彌龍 19/90/13
見○木以爲伏虎也 21/106/4
○不踰廟 27/129/15

## 青 qīng 4

○、取之於藍而○於藍 1/1/3
南海則有羽翮、齒革、曾○、丹干焉 9/38/14
重之以曾○ 18/87/22

## 卿 qīng 36

古者有姑布子○ 5/17/10
秦昭王問孫○子曰 8/27/26
孫○子曰 8/27/26,15/68/6,15/68/11,15/69/11,15/70/24,15/71/10,15/71/22,15/72/2,16/78/10
孫○曰 8/28/8
則歸之○相士大夫 9/35/5
其○相調議 10/47/13
然而求○相輔佐 12/61/18
○相輔佐 12/62/18
人主必將有○相輔佐足任者然後可 12/62/19
無○相輔佐足任者之謂獨 12/62/24
是○相輔佐之材也 12/63/7
臨武君與孫○子議兵於趙孝成王前 15/68/3
陳囂問孫○子曰 15/71/21
李斯問孫○子曰 15/72/1
荀○子說齊相曰 16/76/12
應侯問孫○子曰 16/78/10
下爲○相士大夫 18/88/25
穆公得之、强配五伯六○施 25/120/10
○爲介 27/126/23
上○進曰 27/128/11
中○進曰 27/128/12
下○進曰 27/128/14
冢○不脩幣〔施〕 27/132/5
孫○不及孔子 32/150/4
孫○迫於亂世 32/150/4
然則孫○（將懷）〔懷將〕聖之心 32/150/6
今之學者得孫○之遺言餘教 32/150/8
孫○不遇時也 32/150/10

## 清 qīng 23

○之而俞濁者 4/12/21,27/138/2
而耳辨音聲○濁 4/15/8
脩採○ 9/40/9
源○則流○ 12/57/15,12/58/14
聖人○其天君 17/80/13
《○廟》之歌 19/91/13
猶聾之於○濁也 20/99/12
故其○明象天 20/100/7
故樂行而志○ 20/100/8
歌○盡 20/100/20
謂之大○明 21/104/6
則湛濁在下而○明在上 21/105/5
○明亂於上 21/105/6
養之以○ 21/105/7

〇明內景 21/105/18
則外物不〇 21/106/3
吾慮不〇 21/106/3
聲音、〇濁、調竽奇聲以耳異 22/108/16
其聲〇揚而遠聞 30/144/8

傾 qīng 33

是故權利不能〇也 1/4/19
不能則妬嫉怨誹以〇覆人 3/9/11
小心則流淫而〇 3/10/8
無所不〇 3/12/1
不〇於權 4/13/16
大命以〇 6/24/1
不爲物〇側 6/24/14
萬物莫足以〇之之謂固 8/31/4
而莫能〇也 8/32/10
則〇覆滅亡可立而待也 9/36/18
故權謀〇覆之人退 9/41/9
事行則〇覆 9/42/4
權謀〇覆 10/44/11,15/70/20
則其〇覆滅亡則可立而待也 10/48/4
與權謀〇覆之人爲之則亡 11/51/8
權謀〇覆以示之 11/56/1
而又好以權謀〇覆之人斷事其外 11/56/9
則夫朝廷群臣亦從而成俗於不隆禮義而好〇覆也 11/56/11
上好〇覆 12/57/13
尊法敬分而無〇側之心 12/63/3
端志而無〇側之心 13/64/22
〇側反覆無日 15/69/22
權謀、〇覆、幽險而亡 16/75/10
〇覆滅亡 16/75/20
權謀、〇覆、幽險而盡亡矣 17/82/13
〇則不精 21/104/15
物莫之〇 21/105/7
其心內〇 21/105/8
讒人罔極、險陂〇側此之疑 25/120/12
端不〇 25/120/15
〇絕矣 27/132/13
諸侯大〇 32/150/5

輕 qīng 53

道義重則〇王公 2/6/12
內省而外物〇矣 2/6/12
喜則〇而翾 3/10/9
操而得之則〇 3/11/11
〇則獨行 3/11/11
〇死而暴 4/13/16
不權〇重 5/17/20
志驕盈而〇舊怨 7/26/20
立身則〇（楛）〔楛〕 9/42/3
貧富〇重皆有稱者也 10/43/1
19/90/10
〇田野之稅 10/43/6
使足以避燥溼、養德、辨〇重而已 10/43/15
〇非譽而恬失民 10/46/8
時其事、〇其任以調齊之 10/46/21
則敵國〇之 11/50/13
譬之猶衡之於〇重也 11/51/19
則人臣〇職（業）讓賢而安隨其後〔矣〕 11/53/23
則權〇名辱 11/56/10
權必〇 11/56/13
縣鄙將〇田野之稅 11/56/19
〇不得以縣重 12/61/8
賞〇者弱 15/69/17
〇用兵者弱 15/69/18
無威內而〇外 15/71/1
而〇爲之死 15/72/3
〇利僄遬 15/72/14
時其事、〇其任以調齊之、長養之 15/73/17
是故得地而權彌〇 15/74/13
15/74/15
而直〇其刑 18/85/7
罪至重而刑至〇 18/85/8
亂則刑〇 18/85/14
犯亂之罪固〇也 18/85/14
刑罰世〇世重 18/85/15
暴慢、恣睢、〇俗以爲高之屬入焉而隊 19/92/13
則不可欺以〇重 19/92/14
疾、養、滄、熱、滑、鈹、〇、重以形體異 22/108/18
則重縣於仰而人以爲〇 22/111/25
〇縣於俛而人以爲重 22/111/25
此人所以惑於〇重也 22/111/25
志〇理而不〔外〕重物者 22/112/9
〇煖平簟而體不知其安 22/112/11
大齊信焉而〇貨財 23/117/9
〇身而重貨 23/117/9
重義〇利行顯明 25/121/7
下不得用〇私門 25/123/1
罪禍有律、莫得〇重威不分 25/123/1
如權衡之於〇重也 27/129/24
志卑者〇物 27/131/22
〇物者不求助 27/131/23
必賤師而〇傅 27/135/11
賤師而〇傅 27/135/11

情 qíng 120

術禮義而〇愛人 2/6/16
則是〇安禮也 2/8/2
〇安禮 2/8/2
人之〇也 3/11/1
故千人萬人之〇 3/11/15
一人之〇是也 3/11/15
故君子不下室堂而海內之〇舉積此者 3/11/18
以〇自竭 3/11/23
是非仁人之〇也 3/12/11
豈非人之〇固可與如此可與如彼也哉 4/16/3
人之〇 4/16/5,15/69/6
是人之〇也 4/16/6
以治〇則利 4/16/16
是人〇之所同欲也 4/16/18
11/53/13
古今異〇 5/18/24
以〇度〇 5/19/3
縱〇性 6/21/13
忍〇性 6/21/16
不邮是非、然不（然）之〇 8/28/20
豈不至尊、至富、至重、至嚴之〇舉積此哉 8/29/21
好脩正其所聞以橋飾其〇性 8/30/13
人無師法則隆（〇）

〔性〕矣 8/33/18
所得乎（○）〔積〕 8/33/19
（○）〔積〕也者、非吾所有也 8/33/20
縱○性而不足問學 8/34/9
行忍○性 8/34/15
彼人之○性也 9/41/13
夫人之○ 11/51/24
人○之所必不免也 11/52/1
20/98/14,20/99/7
是又人○之所同欲也 11/53/15
11/53/17
故人之○ 11/53/17
危削滅亡之○舉積此矣 12/58/17
其○二也 13/65/18
過而通○ 13/66/3
義之○也 16/79/7
夫是之謂天○ 17/80/9
背其天○ 17/80/12
養其天○ 17/80/13
則失萬物之○ 17/82/18
然則亦以人之○爲不惡侮乎 18/88/11
人之○欲寡 18/89/11
而皆以己之○爲欲多 18/89/11
將使人知○（欲之）〔之欲〕寡也 18/89/12
然則亦以人之○爲欲 18/89/12
亦以人之○爲不欲乎 18/89/14
人之○欲是已 18/89/14
以人之○爲欲此五綦者而不欲多 18/89/14
譬之是猶以人之○爲欲富貴而不欲貨也 18/89/15
以人之○爲欲多而不欲寡 18/89/17
今子宋子以（是）〔人〕之○爲欲寡而不欲多也 18/89/18
孰知夫禮義文理之所以養○也 19/90/15
苟○說之爲樂 19/90/17
一之於○性 19/90/17
○文俱盡 19/92/3
○文代勝 19/92/3
復○以歸（大）〔太〕一也 19/92/4
○用省 19/92/21
○用繁 19/92/22
文理、○用相爲內外表裏 19/92/22
故○貌之變足以別吉凶、明貴賤親踈之節 19/94/12
非孝子之○也 19/94/14
是吉凶憂愉之○發於顏色者也 19/94/15
是吉凶憂愉之○發於聲音者也 19/94/15
是吉凶憂愉之○發於食飲者也 19/94/17
是吉凶憂愉之○發於衣服者也 19/94/18
是吉凶憂愉之○發於居處者也 19/94/19
兩○者、人生固有端焉 19/94/19
稱○而立文 19/96/4,19/96/5
○貌之盡也 19/97/7
○之至也 19/97/12
祭者、志意思慕之（○）〔積〕也 19/97/20,19/98/1
則其於志意之（○）〔積〕者 19/97/21
夫民有好惡之○而無喜怒之應 20/99/25
樂之○也 20/100/15
踈觀萬物而知其○ 21/104/8
其（○）〔精〕之至也不貳 21/104/13
聖人縱其欲、兼其○而制焉者理矣 21/105/18
性之好、惡、喜、怒、哀、樂謂之○ 22/107/23
○然而心爲之擇謂之慮 22/107/23
凡同類同○者 22/108/15
○欲寡 22/109/17
○之數也 22/111/6
亡於○之所欲 22/111/11
○者、性之質也 22/111/14
欲者、○之應也 22/111/14
○之所必不免也 22/111/14
故欲養其欲而縱其○ 22/112/14
順人之○ 23/113/5
是以爲之起禮義、制法度以矯飾人之○性而正之 23/113/11
以擾化人之○性而導之也 23/113/12
縱性○、安恣睢而違禮義者爲小人 23/113/13
此人之○性也 23/114/3
23/114/16
皆反於性而悖於○也 23/114/5
故順○性則不辭讓矣 23/114/5
辭讓則悖於○性矣 23/114/6
是皆生於人之○性者也 23/114/12
且順○性 23/114/17
故順○性則弟兄爭矣 23/114/18
順其○ 23/115/26
以秦人之從○性、安恣睢、慢於禮義故也 23/116/3
人○何如 23/116/25
人○甚不美 23/116/25
人之○乎 23/116/26,23/116/26
不恤是非、然不然之○以期勝人爲意 23/117/10
下不欺上、皆以○言明若日 25/123/4
文貌○用 27/130/8
不富無以養民○ 27/130/24
○也 30/144/8
辨乎萬物之○性者也 31/146/8
○性者、所以理然不、取舍也 31/146/8

## 檠 qíng 1

然而不得排○則不能自正 23/117/12

## 黥 qíng 3

反顧其上則若灼○ 9/41/13
則若灼○、若仇讎 15/69/6
墨○ 18/85/5

## 頃 qǐng 14

行而俯○ 2/7/5
行其少○之怒而喪終身之軀 4/13/1
罷不能不待○而廢 9/35/3

不可少○舍禮義之謂也 9/39/16
以偷取少○之譽焉 10/46/6
可以少○得姦民之譽 10/46/7
不爲少○輟焉 12/59/5
不可少○曠也 14/66/24
蹎跌碎折不待○矣 18/89/8
猶有啁噍之○焉 19/96/12
不盈○筐 21/104/14
○筐、易滿也 21/104/14
不少○干之胸中 21/107/11
天下之悖亂而相亡不待○矣 23/115/7

**請 qǐng** 40

○問爲政 9/35/3
直將巧繁拜○而畏事之 10/49/3
俳優、侏儒、婦女之○謁以悖之 11/56/1
○問爲人君 12/57/23
○問爲人臣 12/57/23
○問爲人父 12/57/24
○問爲人子 12/57/24
○問爲人兄 12/57/24
○問爲人弟 12/57/25
○問爲人夫 12/57/25
○問爲人妻 12/57/26
○問兼能之奈何 12/57/27
○問爲國 12/58/10
貨財禽犢之○ 14/66/11
○問兵要 15/68/5
○問王者之兵設何道 15/69/11
臣○遂道王者諸侯强弱存亡之效、安危之執 15/69/12
○問爲將 15/70/24
○問王者之軍制 15/71/10
買○而喻 22/110/8
莫不服罪而○ 24/118/14
○成相 25/120/3,25/121/7,25/122/12
○布基 25/120/3
○牧基 25/120/12
○牧（祺）〔基〕 25/123/1
明其○ 25/123/3
下不私○、各以宜舍巧拙 25/123/6
敢○之王 26/123/12,26/125/8
○歸之禮 26/123/15
○測意之 26/124/11
○歸之雲 26/124/14
○占之五（帝）〔泰〕 26/125/1
○陳侂詩 26/125/13
○假於君子 27/134/2
其父○止 28/139/1
○問取人 31/147/14
欲言而○畢事者千有餘人 32/149/8

**慶 qìng** 24

勉之以○賞 9/35/6
然後漸○賞以先之 9/37/6
論其○賞 9/40/12,11/55/18
然後漸賞○以先之 9/41/19
然後衆人徒、備官職、漸○賞、嚴刑罰以戒其心 10/45/19
說乎賞○矣 10/46/15
爵服○賞以申重之 10/46/21
○賞不漸則兵弱 10/47/19
爵服賞○以申重之 11/55/24
忸之以○賞 15/70/4
○賞刑罰 15/70/25,27/131/11
上下相喜則○之 15/71/17
爲賞○爲之 15/73/11
故賞○、刑罰、埶詐不足以盡人之力、致人之死 15/73/11
焉慮率用賞○、刑罰、埶詐、（除）〔險〕阸其下 15/73/12
故賞○、刑罰、埶詐之爲道者 15/73/14
爵服○賞以申之 15/73/16
凡爵列、官職、賞○、刑罰 18/85/10
非者有○ 18/87/14
一人有○ 24/119/1
猶用○賞於國家也 27/127/18
○者在堂 27/128/14

**磬 qìng** 7

爲之鍾鼓、管○、琴瑟、竽笙 10/43/14
管○瑲瑲 10/46/1
鍾鼓管○、琴瑟、竽笙 19/90/7
故鍾鼓、管○ 19/98/3
從以○管 20/100/7
○廉制 20/100/19
○似水 20/101/1

**窮 qióng** 81

梧鼠五技而○ 1/2/15
則（末）〔沒〕世○年 1/4/1
利以處○ 2/5/12
不如事○君而順焉 2/6/13
士君子不爲貧○怠乎道 2/6/14
將以○無○、逐無極與 2/7/8, 2/7/10
不○○而通者積焉 2/8/9
君子貧○而志廣 2/8/12,2/8/13
○則約而詳 3/10/8
○則棄而儑 3/10/10
博之而○者 4/12/21
怨人者○ 4/13/20,30/144/12
辱者常○ 4/14/3
○者常制於人 4/14/4
是故○則不隱 4/14/22
然而○年累世不知不足 4/16/5
俄則屈安○矣 4/16/10
人有三必○ 5/18/8
是人之一必○也 5/18/8
是人之二必○也 5/18/9
是人之三必○也 5/18/10
應變不○ 5/21/2
聰明聖知不以○人 6/23/13
雖在貧○徒處之埶 7/26/11
頓○則（從之）疾力以申重之 7/27/4
雖○困凍餧 8/28/1
雖隱於○閻漏屋 8/28/3,8/32/7
○處而榮 8/29/21
所以爲不○也 8/30/9
能不○於下 8/30/9
其○也 8/32/12
○則獨立貴名 8/32/13
亂則○矣 9/36/2,10/43/9
補貧○ 9/36/6
舉錯應變而不○ 9/37/19

縱欲而不○ 10/42/13
離居不相待則○ 10/42/17
○者、患也 10/42/17
而且有空虛○乏之實矣 10/42/28
則雖在○閻漏屋 10/48/10
事業○ 11/52/15
貧○而不約 12/57/28
並遇變應而不○ 12/58/1
是故○則必有名 12/58/5
爲之者○ 12/59/4
○居於暴國 13/64/17
亂則○ 19/90/4
使欲必不○乎物 19/90/5
無○者、廣之極也 19/92/18
至死無○ 19/96/13
則是無○也 19/96/18
○本極變 20/100/15
則沒世○年不能偏也 21/106/19
說不行則白道而不冥○ 22/110/10
故○藉而無極 22/110/24
仁之所在無貧○ 23/117/7
○賢良 25/120/16
可以禁暴足○ 26/124/1
君子立志如○ 27/133/11
君子隘○而不失 27/133/13
至無有者○ 27/136/15
仲尼、顏淵知而○於世 27/137/22
博而○者 27/138/2
爲○而不困 28/141/5
○無與也 30/144/23
有思○則施也 30/144/23
應變而不○ 31/146/8
舜不○其民 31/148/5
造父不○其馬 31/148/5
鳥○則啄 31/148/8
獸○則攫 31/148/8
人○則詐 31/148/8
未有○其下而能無危者也 31/148/8

## 丘 qiū 13

○山崇成 2/7/13
餘若○山 10/42/25
而且有富厚○山之積矣 10/42/26
暴暴如○山 10/45/22
離宮室而歸○陵也 19/97/16
如○而止 28/140/14
何獨○也哉 28/141/4
君問○也 29/142/8
三問而○不對 29/142/9
○、小人也 31/147/1
且○聞之 31/147/6,31/147/11
繒○之封人見楚相孫叔敖曰 32/149/16

## 秋 qiū 10

《春○》之微也 1/3/11
《春○》約而不速 1/3/20
《春○》言是 8/31/7
春耕、夏耘、○收、冬藏 9/39/20
畜積收臧於○冬 17/80/22
鳳凰○○ 21/102/22
《春○》賢穆公 27/130/16
利夫○豪 27/131/23
故《春○》善胥命 27/133/22

## 蚯 qiū 1

○螾無爪牙之利、筋骨之強 1/2/12

## 仇 qiú 6

若○讎 9/41/13
彼將日日挫頓竭之於○敵 9/41/23
畏其○敵 10/48/13
則○讎不作 13/64/12
則若灼黥、若○讎 15/69/6
外不避○、內不阿親賢者予 25/121/10

## 囚 qiú 4

剞比干而○箕子 8/31/18
○箕子 15/72/20,18/84/16
式箕子之○ 27/131/3

## 求 qiú 98

君子之○利也略 2/8/12
夫貧賤者、則○柔之 3/12/11
若其所以○之之道則異矣 4/14/17
因（○）〔衆〕以成天下之大事矣 5/20/3
○善處大重 7/26/14
省○ 7/27/5
而○有君子聖人之名 7/27/9
煩勞以○安利 8/30/4
呼先王以欺愚者而○衣食焉 8/32/19
彼○之而後得 8/34/5
弗○弗迪 8/34/11
言道德之○ 8/34/20,8/34/21
言志意之○ 8/34/20
同○而異道 10/42/12
不○其觀 10/43/14
不○其餘 10/43/14
不○其外 10/43/15
胡不嘗試相與○亂之者誰也 10/45/6
將以○富而喪其國 10/48/5
將以○利而危其身 10/48/5
唯利之○ 11/50/10
內則不憚詐其民而○小利焉 11/50/10
外則不憚詐其與而○大利焉 11/50/11
知恐懼而○能者 11/51/12
不知恐懼而○能者 11/51/12
唯誠能之○ 11/51/14,11/53/23
辟之是猶立直木而○其影之枉也 11/55/14
辟之是猶立枉木而○其影之直也 11/55/15
而國○給矣 11/56/22
而○民之親愛己 12/58/15
而○其爲己用、爲己死 12/58/15
而○兵之勁、城之固 12/58/16
而○敵之不至 12/58/16
敵至而○無危削、（不）滅亡 12/58/17
而○安樂是〔聞〕 12/58/18
則莫若○其人 12/59/2
今使汙邪之人論其怨賊而○其無偏 12/61/3
譬之是猶立枉木而○其景之直也 12/61/3
然而○卿相輔佐 12/61/18
今女不○之於本而索之

於末 15/72/6
用貧○富 15/74/14
用飢○飽 15/74/14
○仁厚明通之君子而託王焉 16/76/17
而○有湯、武之功名 16/77/4
16/77/9
是渠衝入穴而○利也 16/77/11
不○而得 17/80/1
唯聖人爲不○知天 17/80/7
非以爲得○也 17/82/7
則○利之詭緩 18/87/23
則有何尤扣人之墓、抉人之口而○利矣哉 18/88/4
則必不得所○焉 18/88/12
則不能無○ 19/90/3
○而無度量分界 19/90/3
給人之○ 19/90/4
然而殯斂之具未有○也 19/93/19
百○可以得矣 19/93/22
猶欲之楚而北○之也 20/99/12
此其誠心莫不○正而以自爲也 21/102/7
豈不蔽於一曲而失正○也哉 21/102/8
未得道而○道者 21/104/4
而○羊者不下牽也 21/106/6
而○箸者不上折也 21/106/7
○可以知物之理而無所疑止之 21/106/18
以○其統類 21/106/23
○之無益於得也 21/107/10
而○者從所可 22/111/6
○者從所可 22/111/7
制於所受乎心之多〔○〕 22/111/7
不○之其所在 22/111/11
而○之其所亡 22/111/11
以所欲以爲可得而○之 22/111/14
○可節也 22/111/16
○者猶近盡 22/111/17
所○不得 22/111/17
慮者欲節○也 22/111/17
退則節○ 22/111/17
其○物也 22/112/13
勞而不敢○息者 23/114/4
必○於外 23/114/19
故彊學而○有之也 23/114/21
故思慮而○知之也 23/114/21
必將○賢師而事之 23/117/16
輕物者不○助 27/131/23
苟不○助 27/131/23
終日○之而不得 27/131/26
無有而○天府 27/133/3
小人不誠於內而○之於外 27/133/17
盈不○概 28/140/7
有臣而○其使 30/144/18
有子而○其孝 30/144/18
有弟而○其聽令 30/144/19
故弓調而後○勁焉 31/147/15
馬服而後○良焉 31/147/15
士信慤而後○知能焉 31/147/15
然猶○馬不已 31/148/7

## 球 qiú 2

受小○大○ 13/66/5

## 裘 qiú 1

若挈○領 1/4/2

## 鰌 qiú 7

田仲、史○不如盜也 3/12/12
是陳仲、史○也 6/21/17
黿鼉、魚鱉、○鱣孕別之時 9/39/19
黿鼉、魚鱉、○鱣以時別一而成群 10/45/1
○之以刑罰 15/70/5
大燕○吾後 16/76/21
○於嚴刑 32/150/4

## 曲 qū 43

其○中規 1/1/4
饒樂之事則佞兌而不○ 2/7/2
知當○直故也 3/10/2
鄉○之儇子 5/18/1
○直有以相縣矣 5/18/9
故鄉乎邪○而不迷 5/19/4
○得所謂焉 5/20/1,13/65/1
○得其宜 6/25/2
○重其豫 7/26/17
其持險應變○當 8/32/11
志不免於○私而冀人之以己爲公也 8/34/14
則其餘雖○當 9/36/11
不治○直 11/51/15,13/66/4
猶繩墨之於○直也 11/51/19
一日而○（列）〔別〕之 11/52/8
必將○辨 11/56/16
此儒之所謂○辨也 11/56/24
上好○私 12/57/12
一（內）〔日〕而○辨之 12/63/10
○成制象 13/63/21
旁辟○私之屬爲之化而公 15/74/6
治○直 16/78/5
其行○治 17/80/14
其養○適 17/80/14
上偏○ 18/83/16
不能以撥弓、○矢中〔微〕 18/87/11
成文（○）〔典〕 18/89/20
則不可欺以○直 19/92/13
○得其次序 19/93/3
君、○備之者也 19/97/11
○容備物之謂道矣 19/97/17
使其○直、繁省、廉肉、節奏足以感動人之善心 20/98/17
蔽於一○而闇於大理 21/102/5
豈不蔽於一○而失正求也哉 21/102/8
○知之人 21/103/12
然而猶有能分是非、治○直者邪 21/107/4
非治○直 21/107/4
○期遠方異俗之鄉則因之而爲通 22/107/22
猶引繩以持○直 22/110/9
不論○直 23/117/5
如繩墨之於○直也 27/129/24

## 屈 qū 10

與時○伸 3/10/1
此言君子能以義○信變

應故也 3/10/3
俄則○安窮矣 4/16/10
使國家足用而財物不○ 9/40/6
敵人之所以○也 9/40/19
柔而不○ 13/64/23
物必不○於欲 19/90/5
案○然已 19/97/21
習其俯仰○申 20/99/4
堅剛而不○ 30/144/7

胠 qū 1

○於沙而思水 4/13/19

區 qū 1

在乎○蓋之閒 27/136/22

紶 qū 1

東海則有紫、（○）〔紶〕、魚、鹽焉 9/38/15

詘 qū 20

○五指而頓之 1/4/2
故君子時○則○ 7/27/10
敵國案自○矣 9/41/10
○要橈膕 10/49/3
西足以○秦 11/50/15
敵國不待服而○ 12/57/20
敬○而不苟 12/57/25
可○邪哉 12/61/10
然而敵國不待試而○ 15/73/4
老子有見於○ 17/83/4
有○而無信 17/83/5
心至愉而志無所○ 18/86/17
故百事廢、財物○而禍亂起 18/88/2
獨○容爲己 18/89/7
然而治俯仰、○信、進退、遲速莫不廉制 20/101/2
形可劫而使○申 21/104/12
志無所○ 24/118/7
仁人○約 26/125/19
仁者○約 32/150/5

毆 qū 1

然則胡不○此勝人之埶 16/76/16

趨 qū 22

容貌、態度、進退、○行 2/5/14
禹行而舜○ 6/24/24
遠者竭蹶而○之 8/28/11, 15/71/15
諸侯○走堂下 8/31/14
無幽閒隱僻之國莫不○使而安樂之 9/38/11
○孝弟 9/40/7
故君國長民者欲○時遂功 10/46/14
而强暴之國莫不○使 10/49/7
日中而○百里 15/70/2
拱揖指麾而强暴之國莫不○使 15/70/14
莫不○使而安樂之 15/71/15
完全富足而○趙 15/74/20
而有○姦之心矣 16/79/4
諸侯○走乎堂下 18/86/19
乘大路、○越席以養安 18/86/20
○中《韶》、《護》 19/90/12, 27/129/27
○輿而藏之 19/95/12
孔子○出 29/142/7
子路○而出 29/143/2
○駕召顏淵 31/148/3

軀 qū 2

曷足以美七尺之○哉 1/3/15
行其少頃之怒而喪終身之○ 4/13/1

屰 qú 1

或○（或）勞 10/43/12

絇 qú 1

然則夫章甫、○屨、紳〔帶〕而搢笏者 31/145/2

渠 qú 5

則○○然 2/7/19
府然苦（○）〔梁〕匽檃栝之於己也 5/20/1
豈○得免夫累乎 9/40/21
是○衝入穴而求利也 16/77/11

軥 qú 1

○錄疾力 4/14/12

瞿 qú 2

○○然 6/24/20

衢 qú 5

行○道者不至 1/2/14
揚朱哭○涂 11/53/25
此亦榮辱安危存亡之○已 11/53/26
此其爲可哀甚於○涂 11/53/26
二者、〔治〕亂之○也 27/132/12

取 qǔ 83

青、○之於藍而青於藍 1/1/3
强自○柱 1/2/4
柔自○束 1/2/4
不以○賞 3/11/23
欲惡○舍之權 3/12/6
然後定其欲惡○舍 3/12/7
有所以○之 4/14/8
是天子之所以○天下也 4/14/8
是諸侯之所以○國家也 4/14/9
是士大夫之所以○田邑也 4/14/10
是官人百吏之所以○祿秩也 4/14/12
是庶人之所以○煖衣飽食長生久視以免於刑戮也 4/14/13
是姦人之所以○危辱死刑也 4/14/14
其定○舍楛僈 4/14/15
則莫不棄此而○彼矣 4/15/19
上則○聽於上 6/21/22

下則○從於俗 6/21/22
亦○象於是矣 7/26/11
有親者○多 8/28/6
○是以節之也 8/31/8
○是而文之也 8/31/8
○是而光之也 8/31/9
○是而通之也 8/31/9
未及○民也 9/36/15
鄭子產、○民者也 9/36/15
○民者安 9/36/16
百姓曉然皆知夫爲善於家而○賞於朝也 9/38/6
故古之人有以一國○天下者 9/41/16
之所以接下之人百姓者則好○侵奪 9/42/3
上以法○焉 10/42/24
上雖好○侵奪 10/42/27
人主自○之 10/44/13
以偷○少頃之譽焉 10/46/6
○天下矣 10/47/6
其於貨財○與計數也 10/47/12
10/47/15
上好（攻○）功則國貧 10/47/20
○其將 10/48/13
然則彊固榮辱在於○相矣 11/51/11
可以○天下 11/52/23
○天下者 11/52/23
兩者合而天下○ 11/53/5
故能當一人而天下○ 11/54/21
說無以○之焉 11/56/4
以非所○於民而巧 11/56/7
則臣下百吏乘是而後豐○刻與以無度○於民 12/57/14
在愼○相 12/60/21
其○人有道 12/61/6
○人之道 12/61/6
知慮○舍 12/61/7
能中是者○之 12/61/14
能致是者○之 12/61/16
善○寵乎上 13/63/17
下善○譽乎民 13/63/18
必謹志之而愼自爲擇○焉 13/63/25
不敢有以私○與也 13/64/21
以度○之 15/70/1
湯、武非○天下也 18/84/6
若夫知慮○舍則無衰 18/86/15
男女自不○於涂 18/87/21
以欺愚者而潮陷之以偷○利焉 18/88/6
上○象於天 19/97/4
下○象於地 19/97/4
中○則於人 19/97/4
君之喪所以○三年 19/97/7
物○而皆祭之 19/98/8
以其不可道之心○人 21/103/19
以其可道之心○人 21/103/21
自○也 21/104/11
離得欲之道而○所惡也哉 22/111/22
凡人之○也 22/111/24
計者○所多 22/112/5
安○此 27/135/22
君人者不可以不愼○臣 27/136/8
匹夫不可以不愼○友 27/136/8
○友善人 27/136/10
敢問何如〔○〕之邪 31/144/27
情性者、所以理然不、○舍也 31/146/8
請問○人 31/147/14
無○健 31/147/14
無○詌 31/147/14
無○口啍 31/147/14

## 麩 qǔ 1

夏日則與之（爪）〔瓜〕○ 10/46/6

## 去 qù 44

○亂而被之以治 3/10/14
○汙而易之以脩 3/10/14
故○亂而非治亂也 3/10/14
○汙而非脩汙也 3/10/15
不能則天下○之 8/27/19
地來而民○ 9/36/27
則其土地且奚○我而適它 11/53/1
人不服而勢○之 11/53/9
三德者亡而天下○之 11/55/22
天下○之之謂亡 11/55/22
18/84/8
○遂之 11/56/3
使無○其疆域 12/59/7
四統者亡而天下○之 12/59/15
韓之張○疾 13/63/23
不用則○ 13/64/2
川淵枯則龍魚○之 14/66/20
山林險則鳥獸○之 14/66/20
國家失政則士民○之 14/66/20
俄而天下倜然舉○桀、紂而犇湯、武 16/76/25
即○大梁百有二十里耳 16/78/2
民陷乃○ 17/83/1
桀、紂非○天下也 18/84/7
而天下○之也 18/84/8
然後能○之也 19/96/12
然後能○之 19/96/12
如或○之 19/98/9
故君子愼其所○就也 20/100/5
著誠○僞 20/100/15
故群臣○忠而事私 21/102/16
凡語治而待○欲者 22/111/4
欲不可○ 22/111/15
欲雖不可○ 22/111/16,22/111/17
而○其所不可 22/111/20
其○也 22/111/24
今當試○君上之埶 23/115/6
○法正之治 23/115/6
故性善則○聖王、息禮義矣 23/115/12
是○表也 27/127/5
雖堯、舜不能○民之欲利 27/132/1
雖桀、紂亦不能○民之好義 27/132/2
○其故鄉 28/140/12
欲○者不止 30/144/16

## 趣 qù 1

○舍無定謂之無常 2/6/2

## 全 quán 17

○之盡之 1/4/14
君子知夫不○不粹之不足以爲美也 1/4/16
君子貴其○也 1/4/21

則○一而不倍　7/26/7
積善而○盡謂之聖人　8/34/5
慮以王命○其力、凝其德　9/37/3
力○則諸侯不能弱也　9/37/3
○道德　9/40/14
與端誠信○之士爲之則霸　11/51/8
完○富足而趨趙　15/74/20
案用夫端誠信○之君子治天下焉　16/78/5
則天不能使之○　17/79/19
以○其天功　17/80/13
○其惡　18/84/8
聖人備道○美者也　18/84/14
然而曾、騫、孝己獨厚於孝之實而○於孝之名者　23/116/1
行○刺之　32/150/5

## 泉 quán　6

下飲黃○　1/2/12
短綆不可以汲深井之○　4/16/13
暮宿乎百○　8/31/19
財貨渾渾如○源　10/45/22
事物之至也如○原　12/62/18
深抇之而得甘○焉　32/149/21

## 權 quán　45

是故○利不能傾也　1/4/19
欲惡取舍之○　3/12/6
而兼○之　3/12/7
不傾於○　4/13/16
不○輕重　5/17/20
不知一天下、建國家之○稱　6/21/19
無禮義而唯○埶之嗜者也　6/24/6
處重擅○　7/26/19
爲重招○於下以妨害人　7/26/20
○者重之　9/41/6
故○謀傾覆之人退　9/41/9
○謀傾覆　10/44/11,15/70/20
○謀立而亡　11/49/15
○謀日行　11/50/13
唯其不由禮義而由○謀也　11/50/16
與○謀傾覆之人爲之則亡　11/51/8
○物而稱用　11/54/17
○謀傾覆以示之　11/56/1
而又好以○謀傾覆之人斷事其外　11/56/9
則○輕名辱　11/56/10
○必輕　11/56/13
上好○謀　12/57/11
接之以聲色、○利、忿怒、患險　12/61/9
知明制度、○物稱用之爲不泥也　12/63/7
○險之平　13/66/1
夫是之謂○險之平　13/66/3
○謀埶利也　15/68/12
○出一者强　15/69/18
○出二者弱　15/69/19
夫是之謂五○　15/71/2
慎行此六術、五○、三至　15/71/7
是故得地而○彌重　15/74/11
是故得地而○彌輕　15/74/13
　15/74/15
○謀、傾覆、幽險而亡　16/75/10
○謀、傾覆、幽險而盡亡矣　17/82/13
是縣天下之○稱也　18/84/14
唐鞅蔽於欲○而逐載子　21/103/1
故以貪鄙、背叛、爭○而不危辱滅亡者　21/103/3
不賂貴〔者〕之○埶　22/110/15
故人無動而（不）可以不與○俱　22/111/24
○不正　22/112/1
道者、古今之正○　22/112/2
如○衡之於輕重也　27/129/24

## 犬 quǎn　1

北海則有走馬吠○焉　9/38/14

## 甽 quǎn　1

舉舜○畝、任之天下身休息　25/121/11

## 券 quàn　2

合符節、別契○者　12/57/11
不待合符節、別契○而信　12/57/17

## 勸 quàn　10

○教化　9/40/7
則勤屬之民不○　10/46/19
而化善者○勉矣　10/46/22
百工分事而○　11/52/19,11/54/14
故賞不用而民○　12/57/18
　16/75/14
而○上之事　12/57/19
是以爲善者○　16/76/7,24/118/19

## 卻 què　2

足以爲奇偉偃○之屬　5/21/5
○賢者、行也　14/67/3

## 愨 què　32

愚款端○　2/6/9
端○誠信　2/6/17
辟違而不○　2/7/2
端○順弟　2/8/7
愚則端○而法　3/10/7
有○士者　3/11/20
則可謂○士矣　3/11/24
端○生通　3/12/3
材○者常安利　4/14/4
孝弟愿○　4/14/12
然後使（○）〔穀〕祿多少厚薄之稱　4/17/2
行僞險穢而彊高言謹○者也　6/24/9
其容○　6/24/18
端○以守之　7/27/4
則退編百姓而○　8/27/27
則其信者不○　10/47/11
則其信者○　10/47/14
躁者皆化而○　10/47/17
則商賈莫不敦○而無詐矣　11/56/18
商賈敦○無詐　11/56/21
姦怪之屬莫不反○　12/60/16
愿○拘錄　12/63/3
若夫忠信端○而不害傷　13/65/18

端○以爲統 13/65/19
則下愿○矣 18/83/14
愿○則易使 18/83/14
愿○之民完衣食 18/89/18
故其民○ 22/108/6
○則易使 22/108/6
而能致恭敬、忠信、端○以愼行之 29/142/2
士信○而後求知能焉 31/147/15
士不信○而有多知能 31/147/16

闕 què 5

居於○黨 8/28/6
○黨之子弟罔不分 8/28/6
○然不具 19/97/22
大公之○ 23/117/12
闔閭之干將、莫邪、鉅○、辟閭 23/117/13

鵲 què 1

烏○之巢可俯而窺也 31/146/15

囷 qūn 1

有○窌 4/16/7

逡 qūn 1

武侯○巡再拜曰 32/148/22

群 qún 53

禽獸○（焉）〔居〕 1/2/5
（○）類之綱紀也 1/3/10
○衆不能移也 1/4/19
以相○居 4/15/20
以○則和 4/16/16
是夫○居和一之道也 4/17/2
而○天下之英傑而告之以大古 6/22/13
合○者也 6/24/4
乃始率其○徒 8/29/9
禮者、人主之所以爲○臣寸尺尋丈檢式也 8/34/18
人能○ 9/39/10
彼不能○也 9/39/10
人何以能○ 9/39/11
故人生不能無○ 9/39/15
○而無分則爭 9/39/15,10/42/17
10/43/9
君者、善○也 9/39/17
○道當則萬物皆得其宜 9/39/17
○生皆得其命 9/39/18
是使○臣百姓皆以制度行 9/41/10
則○衆未縣也 10/42/15
○衆未縣 10/42/15
則莫若明分使○矣 10/42/18
不能無○ 10/43/9
百姓之○ 10/44/5
黿鼉、魚鱉、鰌鱣以時別一而成○ 10/45/1
（主）之所極然帥○臣而首鄉之者 11/49/18
則夫朝廷○臣亦從而成俗於不隆禮義而好傾覆也 11/56/11
朝廷○臣之俗若是 11/56/11
能○也 12/59/11
能○也者何也 12/59/11
夫是之謂能○ 12/59/13
率○臣百吏而相與彊君撟君 13/64/3
○物皆正 15/71/4
○臣享其功 16/76/6
則○衆無門 17/83/5
則○衆不化 17/83/6
於是焉桀、紂○居 18/88/3
故率其○徒 18/89/11
因以飾○ 19/96/4
今夫大鳥獸則失亡其○匹 19/96/10
彼安能相與○居而無亂乎 19/96/15
人所以○居和一之理盡矣 19/97/4
故○臣去忠而事私 21/102/16
主忌苟勝、○臣莫諫必逢災 25/120/4
故居處足以聚徒成○ 28/138/20
愠于○小 28/138/23
小人成○ 28/138/23
○臣莫能逮 32/148/17,32/148/20
○臣莫逮 32/148/18
今以不穀之不肖而○臣莫吾逮 32/148/21

呥 rán 2

亦○○而噍 4/15/16

然 rán 526

輮使之○也 1/1/4
教使之○也 1/1/8
所繫者○也 1/1/18
所立者○也 1/1/19
所漸者○也 1/2/1
○後接之 1/4/7
○後學者也 1/4/14
德操○後能定 1/4/20
能定○後能應 1/4/20
見善、脩○ 2/5/3
見不善、愀○ 2/5/3
善在身、介○ 2/5/3
不善在身、菑○ 2/5/4
○夫士欲獨脩其身 2/7/5
○而君子不辯 2/7/11
○而君子不行 2/7/11
○而跛鱉致之 2/7/15
則偎偎○ 2/7/19
則渠渠○ 2/7/19
○後溫溫○ 2/7/19
禮○而○ 2/8/2
○而君子不貴者 3/9/1,3/9/3,3/9/4
小人則不○ 3/10/8
○則國亂將弗治與 3/10/13
其勢○也 3/11/1
嘿○而喻 3/11/7
則操術○也 3/11/14,3/11/18
○後定其欲惡取舍 3/12/7
○且爲之 4/13/1,4/13/2,4/13/3,22/112/7,27/131/24
恈恈○惟（利）飲食之見 4/13/14
恈恈○唯利之見 4/13/15
是非知能材性○也 4/15/1
○而未必不危也 4/15/4
○而未必不安也 4/15/4
是無待而○者也 4/15/8,4/15/9,4/15/11,5/18/14

○而人力爲此而寡爲彼 4/15/13
4/15/21
俄而粲○有秉芻豢而至者 4/15/18
則瞲○視之曰 4/15/18
○而窮年累世不知不足 4/16/5
○而食不敢有酒肉 4/16/6
○而衣不敢有絲帛 4/16/7
○而行不敢有輿馬 4/16/7
○則從人之欲 4/16/18
○後使（慤）〔穀〕祿多少厚薄之稱 4/17/2
○白公之亂也 5/17/18
○而身死國亡 5/17/26
○而中君羞以爲臣 5/18/2
○則從者將孰可也 5/18/5
○而仁人不能推 5/18/9
宴○聿消 5/18/11
○則人之所以爲人者 5/18/14
○而君子啜其羹 5/18/15
則於其粲○者矣 5/18/19
○而不好言 5/19/11
府○苦（渠）〔梁〕匽檃栝之於己也 5/20/1
○而不折傷 5/20/1
○而口舌之於噡唯則節 5/21/4
○後盜賊次之 5/21/5
使天下混○不知是非治亂之所存者 6/21/10
○而其持之有故 6/21/13,6/21/16
6/21/20,6/22/1,6/22/5
則倜○無所歸宿 6/22/1
○而猶材劇志大 6/22/8
嚾嚾○不知其所非也 6/22/10
（斂）〔歙〕○聖王之文章具焉 6/22/14
佛○（乎）〔平〕世之俗起焉 6/22/14
多少無法而流湎○ 6/23/5
○後爲德 6/23/15
恢○如天地之苞萬物 6/23/17
端○正己 6/24/14
儼○ 6/24/17
壯○ 6/24/17
祺○ 6/24/17
蕼○ 6/24/17
恢恢○ 6/24/17
廣廣○ 6/24/17
昭昭○ 6/24/18
蕩蕩○ 6/24/18
儉○ 6/24/18
恀○ 6/24/18
輔○ 6/24/18
端○ 6/24/19
訾○ 6/24/19
洞○ 6/24/19
綴綴○ 6/24/19
瞀瞀○ 6/24/19
塡塡○ 6/24/20
狄狄○ 6/24/20
莫莫○ 6/24/20
瞡瞡○ 6/24/20
瞿瞿○ 6/24/20
盡盡○ 6/24/20
盱盱○ 6/24/20
酒食聲色之中〔則〕瞞瞞○ 6/24/20
瞑瞑○ 6/24/21
禮節之中則疾疾○ 6/24/21
訾訾○ 6/24/21
勞苦事業之中則儢儢○ 6/24/21
離離○ 6/24/22
嗛○而終日不言 6/25/1
彼君子則不○ 6/25/2
○後聖人也 6/25/3
○ 7/25/7,7/25/18
倓○見管仲之能足以託國也 7/25/11
○而仲尼之門（人） 7/25/18
彼王者則不○ 7/25/21
委○成文以示之天下 7/25/22
有災繆者○後誅之 7/26/1
必將盡辭讓之義○後受 7/26/9
○後恭敬以先之 7/27/3
偃○如固有之 8/27/15
○而周公北面而朝之 8/27/18
變勢次序〔之〕節○也 8/27/22
天下厭○猶一也 8/27/24
○而通乎財萬物、養百姓之經紀 8/28/2
○則其爲人上何如 8/28/8
不卹是非、○不（○）之情 8/28/20
○後君子之所長也 8/29/2
混○涂之人也 8/29/15
混○曾不能決也 8/29/16
屑○藏千溢之寶 8/29/18
○而人謂之富 8/29/19
必將誠此○後就也 8/29/23
忠臣誠能○後敢受職 8/30/8
○而不知惡（者） 8/32/18
○而明不能分別 8/32/19
（億）〔億〕○若終身之虜而不敢有他志 8/32/21
○而明不能齊法教之所不及 8/32/22
卒○起一方 8/33/4
則晻○若合符節 8/33/4
○而可化也 8/33/20
○而可爲（乎）〔也〕 8/34/1
積靡使○也 8/34/8
○後能公 8/34/15
○後能脩 8/34/15
○後能才 8/34/16
○后君子安位〔矣〕 9/36/7
彼霸者不○ 9/37/6
○後漸慶賞以先之 9/37/6
彼王者不○ 9/37/14
百姓曉○皆知夫爲善於家而取賞於朝也 9/38/6
○而中國得而畜使之 9/38/14
○而中國得而財之 9/38/15
○而中國得而衣食之 9/38/15
○而中國得而用之 9/38/16
○而君子剝而用之 9/38/17
偃○案兵無動 9/41/4
案（○）脩仁義 9/41/5
○後漸賞慶以先之 9/41/19
是以厭○畜積脩飾而物用之足也 9/41/20
今之世而不○ 10/44/10
不○而已矣 10/44/11
百姓曉○皆知其汙漫暴亂而將大危亡也 10/44/11
墨子之言昭昭○爲天下憂不足 10/44/20
○後瓜桃棗李一本數以盆鼓 10/44/21
○後葷菜百蔬以澤量 10/45/1
○後六畜禽獸一而剸車 10/45/1
○後飛鳥鳧鴈若煙海 10/45/2
○後昆蟲萬物生其閒 10/45/2

將蹙○衣麤食惡 10/45/8
天下敖○ 10/45/12
故先王聖人爲之不○ 10/45/16
○後衆人徒、備官職、漸慶賞、嚴刑罰以戒其心 10/45/19
愀○憂戚非樂而日不和 10/46/3
○而非長久之道也 10/46/7
僡○要時務民 10/46/8
故古之人爲之不○ 10/46/12, 12/61/6
○後徐責其在人者 10/46/15
潢○兼覆之 10/46/21,11/55/24
潢○使天下必有餘 10/47/23
○而主相不知惡也 10/48/4
不○則忿之也 10/48/9
必至於資單國舉○後已 10/49/1
○後節奏齊於朝 10/49/5
○而不能自安也 11/49/14
擽○扶持心、國 11/49/17
（主）之所極○帥群臣而首鄉之者 11/49/18
使襲○終始猶一也 11/50/1
豈不如日月雷霆○矣哉 11/50/1
○而天下之理略奏矣 11/50/4
臣下曉○皆知其可要也 11/50/5
齺○上下相信 11/50/8
〔啖啖〕○常欲人之有 11/50/11
若振槁○ 11/50/15,15/72/17
不可不善爲擇道○後道之 11/50/20
○而厭焉有千歲之固 11/51/5
○則彊固榮辱在於取相矣 11/51/11
○後養五綦之具具也 11/52/3
○後百樂得其中 11/52/5
必至於身死國亡○後止也 11/52/6
必自爲之○後可 11/52/16
○後皆內自省以謹於分 11/54/13
○後農分田而耕 11/54/14
○後行 11/54/18
○九合諸侯 11/55/2
亂世不○ 11/56/1
儒者爲之不○ 11/56/16
○而兵勁 11/56/21
○後國常不亂 11/56/21
不務說其所以○而致善用其材 12/58/3
○而（于是）〔是子〕獨好之 12/59/3
○而（于是）〔是子〕獨爲之 12/59/4
○而（于是）〔是子〕（獨）猶將爲之也 12/59/4
曉○獨明於先王之所以得之、所以失之 12/59/5
天下曉○皆知其所非以爲異也 12/60/5
○後明分職 12/60/11
塊○獨坐而天下從之如一體 12/60/17
彼誠有之者與誠無之者若白黑○ 12/61/10
○而求卿相輔佐 12/61/18
倜○乃舉太公於州人而用之 12/62/3
齫○兩齒墮矣 12/62/5
○而用之者 12/62/5
○後隱其所憐所愛 12/62/9
○則人主將何以知之 12/62/15
故人主必將有便嬖左右足信者○後可 12/62/16
其端誠足使定物○後可 12/62/16
人主必將有卿相輔佐足任者○後可 12/62/19
其知慮足以應待萬變○後可 12/62/20
○而不必相親也 12/62/21
故人主必將有足使喻志決疑於遠方者○後可 12/62/21
○而應薄扞患足以持社稷○後可 12/62/23
○而巧敏佞說 13/63/17
橋○剛折 13/64/22
曉○以至道而無不調和也 13/64/23
則無接而不○ 13/65/18
爭○後善 13/66/1
戾○後功 13/66/1
奪○後義 13/66/2
殺○後仁 13/66/2
上下易位○後貞 13/66/3
○後（士）〔出〕其刑賞而還與之 14/66/12
○後中和察斷以輔之 14/67/8
○後進退誅賞之 14/67/9
不○ 15/68/6,15/68/9,15/68/11
（滑）〔渙〕○有離德者也 15/68/13
則若盤石○ 15/69/4
事大敵堅則渙○離耳 15/69/22
若飛鳥○ 15/69/22
○而未有本統也 15/70/21
○則又何以兵爲 15/71/21
諰諰○常恐天下之一合而軋己也 15/72/4
○而兵殆於垂沙 15/72/15
○而秦師至而鄢、郢舉 15/72/17
臣下懍○莫必其命 15/72/20
○而周師至而令不行乎下 15/73/1
○而敵國不待試而詘 15/73/4
○而國晏○不畏外而（明）（內）〔固〕者 15/73/5
○后（誅）〔俟〕之以刑 15/73/7
○後刑於是起矣 15/73/18
○後百姓曉○皆知（脩）〔循〕上之法 15/74/1
○後賞於是起矣 15/74/3
○後民可信也 15/74/15
○而不剝脫 16/75/6
忽○耳 16/75/7
○而不教不誨 16/75/7
○而〔其〕禁暴也察 16/75/15
黭○而雷擊之 16/75/16
今子發獨不○ 16/76/8
○則得勝人之埶者 16/76/13
○則胡不敺此勝人之埶 16/76/16
國若假城○耳 16/76/23
俄而天下倜○舉去桀、紂而犇湯、武 16/76/25
反○舉疾惡桀、紂而貴帝湯、武 16/77/1
○則是棄己之所以安彊 16/77/8
○而憂患不可勝校也 16/77/16, 16/78/3
諰諰〔○〕常恐天下之一合而軋己也 16/77/17,16/78/4
○而秦使左案左 16/77/19
其在趙者剡○有苓而據松柏之塞 16/78/2

○則奈何 16/78/4
其百吏肅○莫不恭儉、敦敬、忠信而不楛 16/78/12
倜○莫不明通而公也 16/78/14
恬○如無治者 16/78/15
雖○ 16/78/16,31/148/1,31/148/4
○而縣之以王者之功名 16/78/17
則倜倜○其不及遠矣 16/78/17
○後興之務之 16/78/20
○則凡爲天下之要 16/79/7
故爲人上者必將愼禮義、務忠信○後可 16/79/8
其道○也 17/79/21
是節○也 17/81/4
卜筮○後決大事 17/82/7
是不○ 18/83/11,18/83/23,18/85/6,18/85/17,18/86/6,23/113/16,23/115/1,23/115/20,32/150/4
以桀、紂爲常有天下之籍則○ 18/83/23
親有天下之籍則（不）○ 18/83/24
天下謂在桀、紂則不○ 18/83/24
○而不材不中 18/84/2
○而暴國獨侈安能誅之 18/84/5
○則是誅民之父母而師民之怨賊也 18/84/10
○則以湯、武爲弒 18/84/11
○而未必不亡也 18/85/2
○則是殺人者不死、傷人者不刑也 18/85/7
治古不○ 18/85/10
必齊之日祭、月祀之屬○後曰受制邪 18/86/2
是又不○ 18/86/9,18/86/15
天下厭○與鄉無以異也 18/86/11,18/86/13
是不○也 18/87/7
○而朱、象獨不化 18/87/9
夫亂今○後反是 18/88/1
○則亦以人之情爲不惡侮乎 18/88/11
○而不鬭者 18/88/13
○而不憚鬭者 18/88/15
○則鬭與不鬭邪 18/88/16
必將立隆正○後可也 18/88/21
唯君子○後兼有之 18/89/4
唯小人○後兼有之 18/89/4
今子宋子案不○ 18/89/7
○則亦以人之情爲欲 18/89/12
古之人爲之不○ 18/89/17
○則先王以人之所不欲者賞 18/89/19
今子宋子嚴○而好說 18/89/20
○而說不免於以至治爲至亂也 18/89/20
故大路之馬必（倍）〔信〕至教順○後乘之 19/90/13
○而不法禮、不（足）〔是〕禮 19/92/16
○後皆有衣（衾）〔食〕多少厚薄之數 19/93/12
○而殯斂之具未有求也 19/93/19
○而幸生之心未已 19/93/20
○後作、具之 19/93/20
故雖備家、必踰日○後能殯 19/93/21
○後告遠者出矣 19/93/21
○後月朝卜（日）〔宅〕 19/93/23
○後葬也 19/93/24
○而禮兼而用之 19/94/9
性僞合○後成聖人之名 19/95/2
待聖人○後分也 19/95/4
○而禮以是斷之者 19/96/7
○後能去之也 19/96/12
○後能去之 19/96/12
○而縱之 19/96/15
○而遂之 19/96/18
○則何以分之 19/96/23
○則三年何也 19/97/1
案屈○已 19/97/21
悁○不嗛 19/97/22
闕○不具 19/97/22
○而成文 19/98/10
○後名聲於是白 20/99/17
君子以爲不○ 20/99/22
○而治俯仰、詘信、進退、遲速莫不廉制 20/101/2
○而不知 21/103/2
○後可道 21/103/21
○後能守道以禁非道 21/103/21
○而有所謂虛 21/103/26,21/104/1
○而有所謂一 21/103/26,21/104/2
○而有所謂靜 21/103/26,21/104/4
○而不可以貳周行 21/104/15
則未可定○否也 21/106/3
○而猶有能分是非、治曲直者邪 21/107/4
則天下之治說者方多○矣 21/107/7
昭○明矣 21/107/12
生之所以○者謂之性 22/107/22
不事而自○謂之性 22/107/23
情○而心爲之擇謂之慮 22/107/23
○則所爲有名 22/108/9
○則何緣而以同異 22/108/14
○而徵知必將待天官之當簿其類○後可也 22/109/2
則人莫不○謂之不知 22/109/3
○後隨而命之 22/109/5
至於無共○後止 22/109/8
至於無別○後止 22/109/9
實不喻○後命 22/110/3
命不喻○後期 22/110/3
期不喻○後說 22/110/3
說不喻○後辨 22/110/4
君子之言涉○而精 22/110/20
俛○而類 22/110/20
差差○而齊 22/110/20
故愚者之言、芴○而粗 22/110/22
嘖○而不類 22/110/23
諮諮○而沸 22/110/23
○而人有從生成死者 22/111/8
○則從人之性 23/113/5
○後出於辭讓、合於文理而歸於治 23/113/6
○則人之性惡明矣 23/113/7,23/113/13,23/113/22,23/114/6,23/115/8,23/115/14,23/115/18
故枸木必將待檃括、烝、矯○後直 23/113/9
鈍金必將待礱、厲○後利 23/113/9
必將待師法○後正 23/113/9

得禮義○後治 23/113/10
○而孝子之道 23/114/5
○則器生於（工）〔陶〕人之僞 23/114/9
○則器生於工人之僞 23/114/10
○則禮義法度者 23/114/11
23/114/15
感而自○、不待事而後生之者也 23/114/12
夫感而不能○、必且待事而後○者 23/114/13
○則生而已 23/114/21,23/114/22
今不○ 23/115/3
枸木必將待檃栝、烝、矯○後直者 23/115/16
○後皆出於治、合於善也 23/115/17
○則瓦埴豈陶人之性也哉 23/115/21
○則器木豈工人之性也哉 23/115/21
○則禮義積僞者 23/115/22
23/115/25
○則有曷貴堯、禹 23/115/24
○則聖人之於禮義積僞也 23/115/25
○而曾、騫、孝己獨厚於孝之實而全於孝之名者 23/116/1
○而〔秦人〕於父子之義、夫婦之別不如齊、魯之孝（具）〔共〕敬（父）〔文〕者 23/116/2
○則仁義法正有可知可能之理 23/116/6
○而塗之人也 23/116/7
○則其可以爲禹明矣 23/116/8
23/116/13
○則唯禹不知仁義法正、不能仁義法正也 23/116/8
○則塗之人也 23/116/10
（不○） 23/116/10
今〔不○〕 23/116/11
○則其可以知之質、可以能之具 23/116/11
○而皆不可積 23/116/17
○而不相爲者 23/116/19
（○則）〔則○〕 23/116/19
未必○也 23/116/20
○而未嘗有能徧行天下者也 23/116/20
○而未嘗能相爲事也 23/116/21
○則可以爲 23/116/22
○則能不能之與可不可 23/116/22
唯賢者爲不○ 23/117/1
則傀○獨立天地之間而不畏 23/117/8
不恤是非、○不○之情以期勝人爲意 23/117/10
○而不得排檠則不能自正 23/117/12
○而不加砥厲則不能利 23/117/13
○而（前必）〔必前〕有銜轡之制 23/117/14
○後一日而致千里也 23/117/15
靡使○也 23/117/18,23/117/19
待相者○後進 24/118/5
待官人○後詔 24/118/6
天下曉○皆知夫盜竊之（人）不可以爲富也 24/118/11
（治）世曉○皆知夫爲姦則雖隱竄逃亡之由不足以免也 24/118/14
分○各以其誠通 24/118/18
亂世則不○ 24/119/3
簡○易知而致有理者歟 26/123/13
天施○也 27/126/27
○而亦所以成聖也 27/127/7
○後仁也 27/128/2
○後義也 27/128/3
○後禮也 27/128/3
○後道也 27/128/3
子謂子家駒續○大夫 27/131/16
心之於慮亦○ 27/131/26
○而能使其欲利不克其好義也 27/132/1
○而能使其好義不勝其欲利也 27/132/2
○故民不困財 27/132/6
工賈亦○ 27/132/23
幡○遷之 27/133/6
○則賜願息事親 27/134/24
○則賜願息於妻子 27/134/25
○則賜願息於朋友 27/135/1
○則賜願息耕 27/135/2
○則賜無息者乎 27/135/3
○而非禮不進 27/135/22
多（少）〔言〕無法而流喆○ 27/137/10
○而有所共予也 27/137/16
孔子喟○而歎曰 28/138/13
孔子慨○歎曰 28/139/3
○後刑可即也 28/139/6
○後俟之以刑 28/139/8
今之世則不○ 28/139/10
則具○欲爲人師 28/140/14
○而無孝之名 29/142/15
其止輟○ 30/144/8
○則夫章甫、約屨、紳〔帶〕而搢笏者 31/145/2
不必○ 31/145/3
故猶○如將可及者 31/146/2
情性者、所以理○不、取舍也 31/146/8
百姓（淺）〔淡〕○不識其鄰 31/146/10
孔子蹴○曰 31/147/9
君號○也 31/147/9
服使○也 31/147/10,31/147/11
○猶求馬不已 31/148/7
○而吾所執贄而見者十人 32/149/8
○故士至 32/149/11
見物○後知其是非之所在 32/149/11
○則孫卿（將懷）〔懷將〕聖之心 32/150/6

**冉 rǎn** 1

○子以告 28/139/3

**攘 ráng** 1

主○擇五卜 9/40/9

**穰 ráng** 2

降福○○ 10/46/1

**壤** rǎng　1

西○之不絕若繩　16/76/21

**讓** ràng　44

饒樂之事則能○　2/6/17
巨涂則○　4/12/19
無辭○　4/13/15
安知辭○　4/15/16
雖能必○　6/23/14
遇友則脩禮節辭○之義　6/23/16
彼以○飾爭　7/25/20
必將盡辭○之義然後受　7/26/9
推賢○能而安隨其後　7/26/16
○之則至　8/29/23
故君子務脩其內而○之於外　8/30/1
辭○而勝　8/30/2
受爵不○　8/30/4
則人臣輕職（業）○賢而安隨其後〔矣〕　11/53/23
則下亦將綦辭○、致忠信而謹於臣子矣　12/57/16
禮義、辭○、忠信是也　16/77/3, 16/77/6
堯、舜擅○　18/86/6
夫有誰與○矣　18/86/6
擅○惡用矣哉　18/86/15
夫曰「堯、舜擅○」　18/87/4
而農賈皆能以貨財○　18/87/21
孰知夫恭敬辭○之所以養安也　19/90/15
入所以揖○也　20/99/5
征誅、揖○　20/99/6
入所以揖○　20/99/6
三○以賓升　20/101/11
拜至、獻、酬、辭○之節繁　20/101/11
不好辭○　21/107/6
辭○之節得矣　22/110/14
故爭奪生而辭○亡焉　23/113/3
然後出於辭○、合於文理而歸於治　23/113/6
將有所○也　23/114/3
夫子之○乎父　23/114/4
弟之○乎兄　23/114/4
故順情性則不辭○矣　23/114/5
辭○則悖於情性矣　23/114/6
則○乎國人矣　23/114/18
化禮義則○乎國人矣　23/114/18
則所見者忠信敬○之行也　23/117/17
堯、舜尚賢身辭○　25/121/7
堯○賢　25/121/7
身○卞隨舉牟光　25/121/15
守之以○　28/138/14

**蕘** ráo　1

詢于芻○　27/131/6

**饒** ráo　3

○樂之事則能讓　2/6/17
○樂之事則佞兌而不曲　2/7/2
寬○簡易　10/47/15

**擾** rǎo　1

以○化人之情性而導之也　23/113/12

**熱** rè　1

疾、養、滄、○、滑、鈹、輕、重以形體異　22/108/18

**人** rén　1260

庶○不服　1/1/20
淑○君子　1/3/1, 10/48/18, 15/71/27, 24/119/16
終乎為聖○　1/3/7
○也　1/3/9, 28/141/6
小○之學也　1/3/15, 1/3/17
今之學者為○　1/3/17
學莫便乎近其○　1/3/20, 1/3/21
方其○之習、君子之說　1/3/21
學之經莫速乎好其○　1/3/23
上不能好其○　1/3/23
涂巷之○也　1/4/13
為其○以處之　1/4/16
夫是之謂成○　1/4/20
小○反是　2/5/6, 13/65/23
致亂而惡○之非己也　2/5/6
致不肖而欲○之賢己也　2/5/6
心如虎狼、行如禽獸而又惡○之賊己也　2/5/7
故○無禮則不生　2/5/15
以善先○者謂之教　2/5/18
以善和○者謂之順　2/5/18
以不善先○者謂之（諂）〔諂〕　2/5/18
以不善和○者謂之諛　2/5/18
小○役於物　2/6/12
術禮義而情愛○　2/6/16
○莫不貴　2/6/16, 5/20/9, 8/28/3
○莫不任　2/6/17
○莫不賤　2/7/1
○莫不棄　2/7/3
不以得罪於此俗之○也　2/7/6
彼○之才性之相縣也　2/7/14
其為○也多暇日者　2/7/17
其出（入）〔○〕不遠矣　2/7/17
聖○也　2/7/18, 6/23/5, 8/29/15
○無法　2/7/18
則是聖○也　2/8/2
○有此三行　2/8/10
小○能亦醜　3/9/10
君子能則寬容易直以開道○　3/9/10
不能則恭敬縛絀以畏事○　3/9/11
小○能則倨傲僻違以驕溢○　3/9/11
不能則妬嫉怨誹以傾覆○　3/9/11
君子能則○榮學焉　3/9/12
不能則○樂告之　3/9/12
小○能則○賤學焉　3/9/12
不能則○羞告之　3/9/12
是君子小○之分也　3/9/13
溫溫恭○　3/9/16, 6/24/15, 12/60/18
君子崇○之德　3/9/19
揚○之美　3/9/19
舉○之過　3/9/19
君子、小○之反也　3/10/6
小○則不然　3/10/8
小○兩廢　3/10/10
○汙而脩之者　3/10/14
○之情也　3/11/1

其誰能以己之潐潐受○之掝掝者哉 3/11/1
天不言而○推高焉 3/11/6
地不言而○推厚焉 3/11/6
聖○爲知矣 3/11/9
故千○萬○之情 3/11/15
一○之情是也 3/11/15
若使一○ 3/11/17
有小○者 3/11/20
則可謂小○矣 3/12/1
凡○之患 3/12/7,21/102/5
○之所惡者 3/12/11
是非仁○之情也 3/12/11
是姦○將以盜名於晻世者也 3/12/12
憍泄者、○之殃也 4/12/17
故與○善言 4/12/17
傷○（之）〔以〕言 4/12/18
此小○之所務而君子之所不爲也 4/12/23
○也、憂忘其身 4/13/4
則是○也而曾狗彘之不若也 4/13/5
凡鬭者、必自以爲是而以○爲非也 4/13/5
○誠非也 4/13/6
則是己君子而○小○也 4/13/6
以君子與小○相賊害也 4/13/6
是○也 4/13/7
○之有鬭 4/13/9,4/13/10
其形體又○ 4/13/10
有小○之勇者 4/13/13
是小○之勇也 4/13/16
自知者不怨○ 4/13/19
怨○者窮 4/13/20,30/144/12
反之○ 4/13/20
通者常制○ 4/14/4
窮者常制於○ 4/14/4
是官○百吏之所以取祿秩也 4/14/12
是庶○之所以取煖衣飽食長生久視以免於刑戮也 4/14/13
是姦○之所以取危辱死刑也 4/14/14
君子小○一也 4/14/17
是君子小○之所同也 4/14/17
小○也者 4/14/18
疾爲誕而欲○之信己也 4/14/18
疾爲詐而欲○之親己也 4/14/18
禽獸之行而欲○之善己也 4/14/18
而亦欲○之信己也 4/14/20
而亦欲○之親己也 4/14/20
而亦欲○之善己也 4/14/21
小○莫不延頸舉踵而願曰 4/14/22
固有以賢○矣 4/14/23
而小○注錯之過也 4/14/24
故孰察小○之知能 4/14/24
譬之越○安越 4/15/1
楚○安楚 4/15/1
而小○道其怪也 4/15/5
凡○有所一同 4/15/7
是○之所生而有也 4/15/7,5/18/14
是又○之所常生而有也 4/15/9
是又○之所生而有也 4/15/11
然而○力爲此而寡爲彼 4/15/13,4/15/21
○之生固小○ 4/15/14,4/15/14
今是○之口腹 4/15/16
○無師無法 4/15/17
今使○生而未嘗睹芻豢稻粱也 4/15/17
○之大殃大害也 4/15/22
仁者好告示○ 4/15/22
豈非○之情固可與如此可與如彼也哉 4/16/3
○之情 4/16/5,15/69/6
是○之情也 4/16/6
今○之生也 4/16/6
知不幾者不可與及聖○之言 4/16/14
固非庸○之所知也 4/16/14
是○情之所同欲也 4/16/18,11/53/13
然則從○之欲 4/16/18
皆使○載其事而各得其宜 4/17/2
故仁○在上 4/17/3,10/44/1
夫是之謂○倫 4/17/5
相（○）古之○無有也 5/17/10
相○之形狀顏色而知其吉凶妖祥 5/17/10
古之○無有也 5/17/11,5/17/14
無害爲小○也 5/17/13
小○之謂凶 5/17/13
期思之鄙○也 5/17/17
百○之敵也 5/17/26
婦○莫不願得以爲夫 5/18/1
中○羞以爲友 5/18/3
○有三不祥 5/18/7
是○之三不祥也 5/18/7
○有三必窮 5/18/8
是○之一必窮也 5/18/8
是○之二必窮也 5/18/9
然而仁○不能推 5/18/9
是○之三必窮也 5/18/10
○有此（三）數行者 5/18/10
○之所以爲○者 5/18/13
然則○之所以爲○者 5/18/14
故○之所以爲○者 5/18/16
故○道莫不有辨 5/18/17
譬之是猶舍己之君而事○之君也 5/18/20
則審其○、所貴君子 5/18/21
夫妄○曰 5/18/24
而衆○惑焉 5/18/24
彼衆○者 5/18/24
妄○者 5/19/1
聖○何以不〔可〕欺 5/19/2
聖○者、以己度者也 5/19/2
故以○度○ 5/19/3
五帝之外無傳○ 5/19/5
非無賢○也 5/19/5
凡○莫不好言其所善 5/19/12,5/20/12
故贈○以言 5/19/12
觀○以言 5/19/13
聽○以言 5/19/13
接○則用枻 5/20/2
接○用枻 5/20/2
雖不說○ 5/20/9
是以小○辯言險 5/20/12
聖○士君子之分具矣 5/20/16
有小○之辯者 5/21/1
有聖○之辯者 5/21/1
是聖○之辯者也 5/21/2
夫是之謂姦○之雄 5/21/5
有○矣 6/21/11
苟以分異○爲高 6/21/16
是聖○之不得埶者也 6/22/17
長養○民 6/22/19

則是聖○之得勢者 6/22/20
今夫仁○也 6/23/1
仁○之事畢 6/23/2
雖辯、小○也 6/23/6
高上尊貴不以驕○ 6/23/13
聰明聖知不以窮○ 6/23/13
齊給速通不（爭）〔以〕
先○ 6/23/13
剛毅勇敢不以傷○ 6/23/14
無與○爭也 6/23/17
則可謂訞怪狡猾之○矣 6/23/18
雖無老成○ 6/24/1
不能使○必貴己 6/24/12
27/138/4
不能使○必信己 6/24/12
不能使○必用己 6/24/13
27/138/4
然後聖○也 6/25/3
仲尼之門（○） 7/25/7
內行則姑姊妹之不嫁者
七○ 7/25/8
而富○莫之敢距也 7/25/13
然而仲尼之門（○） 7/25/18
非服○之心也 7/25/19,11/50/7
小○之傑也 7/25/21
則楚六千里而為讎○役 7/26/4
故○主不務得道而廣有
其埶 7/26/4
夫是之謂吉○ 7/26/11
媚茲一○ 7/26/11
除怨而無妨害○ 7/26/15
為重招權於下以妨害○ 7/26/20
有○也 7/27/8,21/104/17
埶不在○上而羞為○下 7/27/8
是姦○之心也 7/27/9
而求有君子聖○之名 7/27/9
姬姓獨居五十三○ 8/27/16
12/62/7
成○ 8/27/21
非聖○莫之能為 8/27/24
儒無益於○之國 8/27/26
○主用之 8/27/27
勢在○上則王公之材也 8/28/2
在○下則社稷之臣、國
君之寶也 8/28/2
儒之為○下如是矣 8/28/7
然則其為○上何如 8/28/8
其為○上也廣大矣 8/28/8
此君子義信乎○矣 8/28/9
夫是之謂○師 8/28/11,9/38/12
15/71/16
夫其為○下也如彼 8/28/12
其為○上也如此 8/28/12
何謂其無益於○之國也 8/28/13
○之所以道也 8/28/16
非能徧能○之所能之謂也 8/28/16
非能徧知○之所知之謂也 8/28/17
非能徧辨○之所辨之謂也 8/28/17
非能徧察○之所察之謂也 8/28/18
君子不如農○ 8/28/19
君子不如賈○ 8/28/19
君子不如工○ 8/28/20
雖有聖○之知 8/29/7
知之無損為小○ 8/29/8
而狂惑戇陋之○ 8/29/9
視○罔極 8/29/11,22/111/2
上為聖○ 8/29/15
混然涂之○也 8/29/15
胥靡之○ 8/29/17
今有○於此 8/29/18
○謂之富矣 8/29/19
然而○謂之富 8/29/19
是杅杅亦（當）〔富〕
○已 8/29/20
億萬之眾而（博）〔摶〕
若一○ 8/30/16
則可謂聖○矣 8/30/17
熙熙兮其樂○之臧也 8/31/2
隱隱兮其恐○之不當也 8/31/2
（則可謂聖○矣） 8/31/3
神固之謂聖○ 8/31/4
聖○也者、道之管也 8/31/5
姬姓獨居五十三○焉 8/31/15
遂乘殷○而誅紂 8/31/19
蓋殺者非周○ 8/31/20
因殷○也 8/31/20
眾○愧之 8/32/12
故有俗○者 8/32/16
是俗○者也 8/32/17
故○主用俗○ 8/33/7
明之為聖○ 8/33/12
聖○也者 8/33/12
故○無師無法而知 8/33/16
○有師有法而知 8/33/17
○之大寶也 8/33/18
○之大殃也 8/33/18
○無師法則隆（情）
〔性〕矣 8/33/18
涂之○百姓 8/34/5
積善而全盡謂之聖○ 8/34/5
故聖○也者 8/34/6
○之所積也 8/34/6
○積耨耕而為農夫 8/34/6
故○知謹注錯 8/34/8
則為小○矣 8/34/9
為小○則常危辱矣 8/34/9
凡○莫不欲安榮而惡危辱 8/34/10
小○則日徼其所惡 8/34/10
維此良○ 8/34/11
○論 8/34/14
志不免於曲私而冀○之
以己為公也 8/34/14
行不免於汙漫而冀○之
以己為脩也 8/34/14
甚愚陋溝瞀而冀○之以
己為知也 8/34/15
是眾○也 8/34/15
眾○者、工農商賈也 8/34/17
禮者、○主之所以為群
臣寸尺尋丈檢式也 8/34/18
○倫盡矣 8/34/18
則歸之庶○ 9/35/5
雖庶○之子孫也 9/35/5
威嚴猛厲而不好假導○ 9/35/14
好假導○而無所凝止之 9/35/15
〔而〕亂生乎小○ 9/35/20
庶○駭政 9/36/5,9/36/5
則庶○安政矣 9/36/6
庶○安政 9/36/7
庶○者、水也 9/36/7,31/147/6
故君○者欲安 9/36/10
是君○者之大節也 9/36/11
王、奪之○ 9/36/22
奪之○者臣諸侯 9/36/22
○之城守 9/36/23,9/36/25
○之出戰 9/36/23,9/36/25
則傷○之民必甚矣 9/36/24
傷○之民甚 9/36/24
則○之民惡我必甚矣 9/36/24
○之民惡我甚 9/36/24
○之民日欲與我鬬 9/36/26

輔服〇之道 9/37/15
王者之〇 9/37/19
是王者之〇也 9/37/20
〇徒有數 9/38/2,11/54/17
故澤〇足乎木 9/38/16
山〇足乎魚 9/38/16
〇有氣、有生、有知 9/39/9
〇能群 9/39/10
〇何以能群 9/39/11
故〇生不能無群 9/39/15
一與一是爲〇者 9/39/24
謂之聖〇也 9/39/24
則天王非其〇也 9/40/16
敵〇之所以屈也 9/40/19
亡乎〇 9/40/19,9/40/20
故權謀傾覆之〇退 9/41/9
彼〇之情性也 9/41/13
故古之〇有以一國取天下者 9/41/16
之所以接下之〇百姓者則好取侵奪 9/42/3
（〇）之所以接下之〇百姓者 9/42/5
善擇者制〇 9/42/7,11/50/17
不善擇者〇制之 9/42/7,11/50/17
制〇之與〇制之也 9/42/8
無宜而有用爲〇 10/42/12
〇倫並處 10/42/12
所以養一〇也 10/42/16
〇不能兼官 10/42/17
則〇有樹事之患 10/42/20
則〇有失合之憂 10/42/21
度〇力而授事 10/43/3
故自天子通於庶〇 10/43/4
〇之生 10/43/9
〇之大害也 10/43/9
而〇君者 10/43/10
爲莫若仁〇之善也夫 10/43/19
小〇以力 10/44/5
聖〇成之 10/44/8,27/129/2
〇主自取之 10/44/13
使〇不偷 10/44/16
〇善治之 10/44/21
固有餘足以食〇矣 10/45/3
固有餘足以衣〇矣 10/45/3
將少〇徒 10/45/9
中失〇和 10/45/12,18/88/2
故先王聖〇爲之不然 10/45/16
知夫爲〇主上者不美不飾之不足以一民也 10/45/16
然後眾〇徒、備官職、漸慶賞、嚴刑罰以戒其心 10/45/19
中得〇和 10/45/22,11/56/23
故古之〇爲之不然 10/46/12
12/61/6
〇歸之如流水 10/46/13
然後徐責其在〇者 10/46/15
君〇者亦可以覺矣 10/48/6
凡攻〇者 10/48/9
仁〇之用國 10/48/9
彼苟有〇意焉 10/48/15
〇皆亂 10/48/17
〇皆危 10/48/17
〇皆失喪之 10/48/17
故仁〇之用國 10/48/17
又將兼〇 10/48/18
其侵〇愈甚 10/49/1
故非有一〇之道也 10/49/3
〇主者、天下之利勢也 11/49/12
故〇主、天下之利勢也 11/49/14
仁〇之所務白也 11/49/16
〔之〕所與爲之者之〇 11/49/17
〔啖啖〕然常欲〇之有 11/50/11
而仁〇之所以務白也 11/50/17
11/51/2,11/51/9
與王者之〇爲之 11/50/22
與霸者之〇爲之 11/51/1
與亡國之〇爲之 11/51/1
一日之〇也 11/51/5
〇無百歲之壽 11/51/6
與權謀傾覆之〇爲之則亡 11/51/8
善擇之者制〇 11/51/9
不善擇之者〇制之 11/51/9
既錯之而〇莫之能誣也 11/51/20
今君〇者急逐樂而緩治國 11/51/23
夫〇之情 11/51/24
〇情之所必不免也 11/52/1
20/98/14,20/99/7
君〇者亦可以察若言矣 11/52/7
11/53/25
〇主有職 11/52/7
是所使夫百吏官〇爲也 11/52/8
是夫〇主之職也 11/52/9
（〇）〔之〕主者、守至約而詳 11/52/10
垂衣裳、不下簟席之上而海內之〇莫不願得以爲帝王 11/52/11
〇主者、以官〇爲能者也 11/52/14
〇主得使〇爲之 11/52/14
今以一〇兼聽天下 11/52/15
使〇爲之也 11/52/15
其難者在於〇主之知之也 11/52/23
道足以壹〇而已矣 11/53/1
彼其〇苟壹 11/53/1
足以順服好利之〇矣 11/53/3
好利之〇服焉 11/53/3
足以竭〇矣 11/53/4
一〇之謂也 11/53/6
善服〇者也 11/53/8
〇服而勢從之 11/53/9
〇不服而勢去之 11/53/9
故王者已於服〇矣 11/53/9
故〇主欲得善射 11/53/9
兼制〇 11/53/12
〇莫得而制也 11/53/12
是又〇情之所同欲也 11/53/15
11/53/17
官〇失要則死 11/53/16
天下之〇應之如影響 11/53/17
故〇之情 11/53/17
〇苟不狂惑戇陋者 11/53/20
〇主不公 11/53/21
〇臣不忠也 11/53/21
〇主則外賢而偏舉 11/53/21
〇臣則爭職而妒賢 11/53/21
〇主胡不廣焉無卹親疏、無（偏）〔倫〕貴賤 11/53/22
則〇臣輕職（業）讓賢而安隨其後〔矣〕 11/53/23
君〇者千歲而不覺也 11/53/26
所以接下之〇百姓 11/54/11
至于庶〇 11/54/13,16/76/18
則是官〇使吏之事也 11/54/18
故君〇者、立隆政本朝而當 11/54/19

所使要百事者誠仁○也 11/54/19
所使要百事者非仁○也 11/54/20
是○君者之樞機也 11/54/21
故能當一○而天下取 11/54/21
失當一○而社稷危 11/54/22
不能當一○而能當千○百○者 11/54/22
既能當一○ 11/54/22
是君○者之要守也 11/55/2
故古之○有大功名者 11/55/3
故君○勞於索之 11/55/18
所以接（天）下之○百姓〔者〕 11/55/25
審吾所以適○ 11/56/4
（適）○之所以來我也 11/56/4
以小○尙民而威 11/56/7
啖啖常欲○之有 11/56/9
而又好以權謀傾覆之○斷事其外 11/56/9
○雖衆 11/56/13
有治○ 12/57/3
得其○則存 12/57/4
失其○則亡 12/57/4
故明主急得其○ 12/57/6
急得其○ 12/57/7
不急得其○而急得其埶 12/57/8
故君○者勞於索之 12/57/8
一○以擇 12/57/9
則臣下百吏誕詐之○乘是而後欺 12/57/11
官○守數 12/57/15
請問爲○君 12/57/23
請問爲○臣 12/57/23
請問爲○父 12/57/24
請問爲○子 12/57/24
請問爲○兄 12/57/24
請問爲○弟 12/57/25
請問爲○夫 12/57/25
請問爲○妻 12/57/26
其於○也 12/58/2
其於百官之事、技藝之○也 12/58/3
夫是之謂聖○ 12/58/7
故朝有餓○ 12/58/12
故○主欲彊固安樂 12/59/1
則莫若求其○ 12/59/2
彼其○者 12/59/2
是其○（者）也 12/59/6
故君○者愛民而安 12/59/7
16/77/13
价○維藩 12/59/8,16/77/14
善生養○者也 12/59/12
善班治○者也 12/59/12
善顯設○者也 12/59/12
善藩飾○者也 12/59/12
善生養○者○親之 12/59/12
善班治○者○安之 12/59/12
善顯設○者○樂之 12/59/13
善藩飾○者○榮之 12/59/13
不能生養○者 12/59/14
○不親也 12/59/14
不能班治○者 12/59/14
○不安也 12/59/14
不能顯設○者 12/59/14
○不樂也 12/59/14
不能藩飾○者 12/59/15
○不榮也 12/59/15
皆使（其）○載其事而各得其所宜 12/59/18
故由天子至於庶○也 12/60/2
百吏官○無怠慢之事 12/60/6
24/118/10
○習其事而固 12/60/13
○之百事如耳目鼻口之不可以相借官也 12/60/14
則臣下百吏至于庶○莫不脩己而後敢安正 12/60/15
小○變心 12/60/16
爲○主者 12/60/20
是○主之寶也 12/60/22
無其○而幸有其功 12/60/23
今○主有六患 12/60/25
則與汙邪之○疑之 12/61/1
衆○之痤也 12/61/2
循（乎）道之○ 12/61/2
今使汙邪之○論其怨賊而求其無偏 12/61/3
其取○有道 12/61/6
其用○有法 12/61/6
取○之道 12/61/6
用○之法 12/61/6
而君子不可欺以○ 12/61/11
○主欲得善射〔射〕遠中微者 12/61/13
外不可以隱遠○ 12/61/14
12/61/15
雖聖○不能易也 12/61/14
12/61/16
治則制○ 12/61/17
○不能制也 12/61/17
故明主有私○以金石珠玉 12/61/20
無私○以官職事業〔者〕
12/61/21
倜然乃舉太公於州○而用之 12/62/3
則夫○行年七十有二 12/62/4
能愛○也 12/62/8
而○主之守司 12/62/12
而○主無由知之 12/62/13
○主之守司 12/62/14
然則○主將何以知之 12/62/15
○主之所以窺遠收衆之門戶牖嚮也 12/62/15
故○主必將有便嬖左右足信者然後可 12/62/16
○主不能不有游觀安燕之時 12/62/17
○主不可以獨也 12/62/18
○主之基、杖也 12/62/19
○主必將有卿相輔佐足任者然後可 12/62/19
故○主必將有足使喻志決疑於遠方者然後可 12/62/21
故○主無便嬖左右足信者之謂闇 12/62/23
所使於四鄰諸侯者非○之謂孤 12/62/24
古之○曰亡矣 12/63/1
材○ 12/63/3
是官○史吏之材也 12/63/3
是謂○主之道也 12/63/8
是○主之要守也 12/63/9
○主不能論此三材者 12/63/9
○臣之論 13/63/16
是○臣之論也 13/63/25
故諫、爭、輔、拂之○ 13/64/5
諫、爭、輔、拂之○信 13/64/11
不可以告○ 13/64/18
若食餧○ 13/64/24
事○而不順者 13/65/4

仁者必敬○ 13/65/14
凡○非賢 13/65/14
○賢而不敬 13/65/14
○不肖而不敬 13/65/14
○知其一 13/65/16
故仁者必敬○ 13/65/16
敬○有道 13/65/17
是仁○之質也 13/65/18
隱忌雍蔽之○ 14/66/11
無土則○不安居 14/66/23
無○則土不守 14/66/23
無道法則○不至 14/66/23
故土之與○也 14/66/23
亂生乎小○ 14/66/26
○主之患 14/67/3
今○主有能明其德 14/67/5
賞僭則利及小○ 14/67/24
仁○之兵、王者之志也 15/68/11
仁○之兵 15/68/12
故仁○上下 15/68/15
且仁○之用十里之國 15/69/1
故仁○之兵聚則成卒 15/69/2
是猶使○之子孫自賊其父母也 15/69/7
故仁○用 15/69/8
齊○隆技擊 15/69/21
秦○、其生民也陿阸 15/70/4
非天下之愚○莫敢試 15/70/14
殷之服民所以養生之者也無異周○ 15/71/14
仁者愛○ 15/71/21,29/143/10
彼仁者愛○ 15/71/22
愛○ 15/71/22
故惡○之害之也 15/71/22
故惡○之亂之也 15/71/23
故仁○之兵 15/71/24
楚○鮫革犀兕以為甲 15/72/14
故刑一○而天下服 15/73/7
罪○不郵其上 15/73/7
蓋殺一○、刑二○而天下治 15/73/8
凡○之動也 15/73/11
故賞慶、刑罰、埶詐不足以盡○之力、致○之死 15/73/11
為○主上者也 15/73/12
其所以接下之〔○〕百姓者 15/73/12
故古之○羞而不道也 15/73/15
凡兼○者有三術 15/74/9
有以德兼○者 15/74/9
有以力兼○者 15/74/9
有以富兼○者 15/74/9
兼○而兵俞強 15/74/11
是以德兼○者也 15/74/11
兼○而兵俞弱 15/74/13
是以力兼○者也 15/74/13
兼○而國俞貧 15/74/16
是以富兼○者也 15/74/16
以德兼○者王 15/74/16
以力兼○者弱 15/74/16
以富兼○者貧 15/74/16
故○之命在天 16/75/9,17/82/12
○君者隆禮尊賢而王 16/75/9
無愛○之心 16/75/18
無利○之事 16/75/19
而日為亂○之道 16/75/19
不和○之心 16/75/19
非獨一○為之也 16/76/5
一○之本也 16/76/5
官○益秩 16/76/7
庶○益祿 16/76/7
處勝○之埶 16/76/12,16/76/12
行勝○之道 16/76/12
不以行勝○之道 16/76/13
然則得勝○之埶者 16/76/13
其不如勝○之道遠矣 16/76/14
夫主相者、勝○以埶也 16/76/14
是勝○之道也 16/76/15
相國之於勝○之埶 16/76/16
然則胡不敺此勝○之埶 16/76/16
赴勝○之道 16/76/17
楚○則乃有襄賁、開陽以臨吾左 16/76/22
○之衆數以億萬 16/76/25
桀、紂者善為○之所惡 16/77/2
而湯、武者善為○之所好也 16/77/2
○之所惡者何也 16/77/2
○之所好者何也 16/77/3
今君○者 16/77/3
必與○也 16/77/5
凡得○者 16/77/5
為○臣者不恤己行之不行 16/77/10
是仁○之所羞而不為也 16/77/11
故○莫貴乎生 16/77/11
○知貴生樂安而棄禮義 16/77/12
是能使讎○役也 16/77/20
凡○好敖慢小事 16/78/20
凡姦○之所以起者 16/79/3
夫義者、所以限禁○之為惡與姦者也 16/79/3
則下之○百姓皆有棄義之志 16/79/4
此姦○之所以起也 16/79/4
故為○上者 16/79/5
夫義者、內節於○而外節於萬物者也 16/79/6
故為○上者必將慎禮義、務忠信然後可 16/79/8
此君○者之大本也 16/79/9
故明於天○之分 17/79/21
則可謂至○矣 17/79/21
其○不加慮焉 17/80/1
○有其治 17/80/2
唯聖○為不求知天 17/80/7
聖○清其天君 17/80/13
官○守天而自為守道也 17/80/19
天不為○之惡寒也輟冬 17/80/27
地不為○之惡遼遠也輟廣 17/80/27
君子不為小○之匈匈也輟行 17/80/27
而小○計其功 17/81/1
何恤○之言兮 17/81/2,22/110/18
小○錯其在己者 17/81/6,17/81/7
與小○之所以日退 17/81/8
君子、小○之所以相縣者在此耳 17/81/8
國○皆恐 17/81/10
○祆則可畏也 17/81/16
道路有死○ 17/81/17
夫是之謂○祆 17/81/17,17/81/17
夫是之謂○祆〔也〕 17/82/1
在○者莫明於禮義 17/82/10
君○者隆禮尊賢而王 17/82/12
故錯○而思天 17/82/17
故天子唯其○ 18/84/12
此三至者、非聖○莫之能盡 18/84/13

| | |
|---|---|
| 故非聖〇莫之能王 | 18/84/14 |
| 聖〇備道全美者也 | 18/84/14 |
| 而不得一〇之與 | 18/84/16 |
| 故可以有奪（〇）國 | 18/84/19 |
| 不可以有奪（〇）天下 | 18/84/19 |
| 可以小〇有也 | 18/84/21 |
| 不可以小〇有也 | 18/85/1 |
| 國者、小〇可以有之 | 18/85/2 |
| 非聖〇莫之能有也 | 18/85/3 |
| 則〇固莫觸罪 | 18/85/6 |
| 以爲〇或觸罪矣 | 18/85/7 |
| 然則是殺〇者不死、傷〇者不刑也 | 18/85/7 |
| 庸〇不知惡矣 | 18/85/8 |
| 凡刑〇之本 | 18/85/8 |
| 殺〇者不死 | 18/85/9 |
| 而傷〇者不刑 | 18/85/9 |
| 殺〇者死 | 18/85/13 |
| 傷〇者刑 | 18/85/13 |
| 故魯〇以榶 | 18/85/20 |
| 衛〇用柯 | 18/85/20 |
| 齊〇用一革 | 18/85/20 |
| 執薦者百〇侍西房 | 18/86/19 |
| 庶〇隱竄莫敢視望 | 18/87/1 |
| 自太皞、燧〇莫不有也 | 18/87/13 |
| 職競由〇 | 18/87/14 |
| 凡〇之盜也 | 18/87/18 |
| 〇猶且莫之抇也 | 18/87/23 |
| 庶〇則凍餒羸瘠於下 | 18/88/3 |
| 故脯巨〇而炙嬰兒矣 | 18/88/4 |
| 則有何尤抇〇之墓、抉〇之口而求利矣哉 | 18/88/4 |
| 是特姦〇之誤於亂說 | 18/88/6 |
| 危〇而自安 | 18/88/7 |
| 害〇而自利 | 18/88/7 |
| 使〇不鬭 | 18/88/10 |
| 〇皆以見侮爲辱 | 18/88/10 |
| 然則亦以〇之情爲不惡侮乎 | 18/88/11 |
| 凡〇之鬭也 | 18/88/12 |
| 今〇或入其央瀆 | 18/88/14 |
| 夫今子宋子不能解〇之惡侮 | 18/88/16 |
| 而務說〇以勿辱也 | 18/88/17 |
| 直以欺〇 | 18/88/18 |
| 將以爲有益於〇 | 18/88/18 |
| 則與無益於〇也 | 18/88/19 |
| 小〇可以有埶榮 | 18/89/3 |
| 唯小〇然後兼有之 | 18/89/4 |
| 官〇以爲守 | 18/89/5,19/98/2 |
| 〇之情欲寡 | 18/89/11 |
| 將使〇知情（欲之）〔之欲〕寡也 | 18/89/12 |
| 然則亦以〇之情爲欲 | 18/89/12 |
| 亦以〇之情爲不欲乎 | 18/89/14 |
| 〇之情欲是已 | 18/89/14 |
| 以〇之情爲欲此五綦者而不欲多 | 18/89/14 |
| 譬之是猶以〇之情爲欲富貴而不欲貨也 | 18/89/15 |
| 古之〇爲之不然 | 18/89/17 |
| 以〇之情爲欲多而不欲寡 | 18/89/17 |
| 今子宋子以（是）〔〇〕之情爲欲寡而不欲多也 | 18/89/18 |
| 然則先王以〇之所不欲者賞 | 18/89/19 |
| 而以〇之所欲者罰邪 | 18/89/19 |
| 聚〇徒 | 18/89/20 |
| 〇生而有欲 | 19/90/3 |
| 以養〇之欲 | 19/90/4 |
| 給〇之求 | 19/90/4 |
| 故〇苟生之爲見 | 19/90/16 |
| 故〇一之於禮義 | 19/90/17 |
| 故儒者將使〇兩得之者也 | 19/90/18 |
| 墨者將使〇兩喪之者也 | 19/90/18 |
| 無安〇 | 19/90/21 |
| 小〇不能測也 | 19/92/10 |
| 禮者、〇道之極也 | 19/92/15 |
| 斯聖〇矣 | 19/92/18 |
| 聖〇者、道之極也 | 19/92/19 |
| 故學者固學爲聖〇也 | 19/92/19 |
| 〇有是 | 19/93/2 |
| 是聖〇也 | 19/93/3 |
| 生、〇之始也 | 19/93/6 |
| 死、〇之終也 | 19/93/6 |
| 〇道畢矣 | 19/93/6 |
| 是姦〇之道而倍叛之心也 | 19/93/8 |
| 一足以爲〇願 | 19/93/13 |
| 庶〇之喪合族黨 | 19/93/14 |
| 刑餘罪〇之喪不得合族黨 | 19/93/15 |
| 是姦〇之道也 | 19/94/14 |
| 兩情者、〇生固有端焉 | 19/94/19 |
| 性僞合然後成聖〇之名 | 19/95/2 |
| 地能載〇 | 19/95/3 |
| 不能治〇也 | 19/95/3 |
| 宇中萬物、生〇之屬 | 19/95/3 |
| 待聖〇然後分也 | 19/95/4 |
| 終始具而孝子之事畢、聖〇之道備矣 | 19/95/18 |
| 莫知於〇 | 19/96/13 |
| 故〇之於其親也 | 19/96/13 |
| 將由夫愚陋淫邪之〇與 | 19/96/15 |
| 故先王聖〇安爲之立中制節 | 19/96/21 |
| 中取則於〇 | 19/97/4 |
| 〇所以群居和一之理盡矣 | 19/97/4 |
| 〇道之至文者也 | 19/97/5 |
| 故〇之歡欣和合之時 | 19/97/20 |
| 苟非聖〇 | 19/98/2 |
| 聖〇明知之 | 19/98/2 |
| 以爲〇道也 | 19/98/3 |
| 主〇有尊 | 19/98/8 |
| 主〇拜送 | 19/98/8,20/101/18 |
| 故〇不能無樂 | 20/98/14 |
| 而〇之道 | 20/98/15 |
| 故〇不能不樂 | 20/98/15 |
| 使其曲直、繁省、廉肉、節奏足以感動〇之善心 | 20/98/17 |
| 夫聲樂之入〇也深 | 20/99/15 |
| 其化〇也速 | 20/99/15 |
| 樂者、聖〇之所樂也 | 20/99/24 |
| 其感〇深 | 20/99/24 |
| 使〇之心悲 | 20/99/26 |
| 使〇之心傷 | 20/99/26 |
| 使〇之心淫 | 20/100/1 |
| 使〇之心莊 | 20/100/1 |
| 凡姦聲感〇而逆氣應之 | 20/100/4 |
| 正聲感〇而順氣應之 | 20/100/4 |
| 小〇樂得其欲 | 20/100/10 |
| 故樂者、治〇之盛者也 | 20/100/11 |
| 管乎〇心矣 | 20/100/15 |
| 主〇親速賓及介 | 20/101/8 |
| 主〇拜賓及介 | 20/101/8 |
| 主〇獻之 | 20/101/14,20/101/14 |
| 二〇揚觶 | 20/101/15 |
| 賓酬主〇 | 20/101/17 |

主○酬介 20/101/17
聖○無兩心 21/102/5
亂家之○ 21/102/6
妬繆於道而○誘其所迨也 21/102/7
德道之○ 21/102/10
亂家之○非之下 21/102/10
昔○君之蔽者 21/102/15
○又莫之諫 21/102/18
昔○臣之蔽者 21/103/1
莊子蔽於天而不知○ 21/103/9
曲知之○ 21/103/12
外以惑○ 21/103/13
聖○知心術之患 21/103/16
○孰欲得恣而守其所不可以禁其所可 21/103/19
以其不可道之心取○ 21/103/19
則必合於不道○ 21/103/19
而不（知）合於道○ 21/103/20
與不可道之○論道○ 21/103/20
以其可道之心取○ 21/103/21
則合於道○ 21/103/22
而不合於不道之○矣 21/103/22
與道○論非道 21/103/22
○何以知道 21/103/25
○生而有知 21/104/1
〔虛〕則（○）〔入〕 21/104/5
〔夫〕是之謂大○ 21/104/10
嗟我懷○ 21/104/14
○心之危 21/105/4
故○心譬如槃水 21/105/5
空石之中有○焉 21/105/14
其爲○也 21/105/14,21/106/12
夫微者、至○也 21/105/18
至○也 21/105/18
聖○縱其欲、兼其情而制焉者理矣 21/105/18
聖○之行道也 21/105/19
聖○之思也樂 21/106/1
見植林以爲後○也 21/106/4
○不以定美惡 21/106/8
○不以定有無 21/106/8
有○焉 21/106/8
夏首之南有○焉 21/106/12
凡○之有鬼也 21/106/13
此○之所以無有而有無之時也 21/106/14
○之性也 21/106/18
以可以知○之性 21/106/18
夫是之謂妄○ 21/106/20
（類）以務象效其○ 21/106/23
知之、聖○也 21/106/23
非治○道 21/107/4
雖能之無益於○ 21/107/5
不能無損於○ 21/107/5
此亂世姦○之說也 21/107/7
故君○者周則讒言至矣 21/107/14
小○邇而君子遠矣 21/107/15
君○者宣則直言至矣 21/107/16
君子邇而小○遠矣 21/107/16
散名之在○者 22/107/22
所以知之在○者謂之知 22/107/25
智所以能之在○者謂之能 22/107/25
是散名之在○者也 22/108/1
○多辨訟 22/108/5
則○莫不然謂之不知 22/109/3
聖○不愛己 22/109/16
殺盜非殺○也 22/109/16
今聖○沒 22/110/2
是（以）聖○之辨說也 22/110/11
不動乎衆○之非譽 22/110/15
○之所欲 22/111/8
○之所惡 22/111/8
然而○有從生成死者 22/111/8
凡○莫不從其所可 22/111/20
假之有○而欲南無多 22/111/20
今○所欲無多 22/111/21
凡○之取也 22/111/24
故○無動而（不）可以不與權俱 22/111/24
則重縣於仰而○以爲輕 22/111/25
輕縣於俛而○以爲重 22/111/25
此○所以惑於輕重也 22/111/25
則禍託於欲而○以爲福 22/112/1
福託於惡而○以爲禍 22/112/1
此亦○所以惑於禍福也 22/112/1
○曰無得亦無喪也 22/112/4
○曰無喪而有得也 22/112/4
○曰無得而有喪也 22/112/4
○莫之爲 22/112/5
○之性惡 23/113/3,23/114/8,23/115/3
今○之性 23/113/3,23/113/19,23/113/21,23/114/2,23/114/21
然則從○之性 23/113/5
順○之情 23/113/5
然則○之性惡明矣 23/113/7,23/113/13,23/113/22,23/114/6,23/115/8,23/115/14,23/115/18
今○之性惡 23/113/9,23/115/17
今○無師法則偏險而不正 23/113/10
古者聖王以○之性惡 23/113/10
是以爲之起禮義、制法度以矯飾○之情性而正之 23/113/11
以擾化○之情性而導之也 23/113/12
今之○ 23/113/12
縱性情、安恣睢而違禮義者爲小○ 23/113/13
○之學者 23/113/16
是不及知○之性 23/113/16
而不察〔乎〕○（○）之性僞之分者也 23/113/16
禮義者、聖○之所生也 23/113/17
○之所學而能 23/113/18
不可學、不可事（而）〔之〕在○者謂之性 23/113/18
可學而能、可事而成之在○者謂之僞 23/113/18
今○之性善 23/113/21
此○之情性也 23/114/3,23/114/16
今○飢 23/114/3
是生於聖○之僞 23/114/8,23/114/11
非故生於○之性也 23/114/8,23/114/9,23/114/10,23/114/11
故陶○埏埴而爲器 23/114/9
然則器生於（工）〔陶〕○之僞 23/114/9
故工○斲木而成器 23/114/10
然則器生於工○之僞 23/114/10
聖○積思慮、習僞故以生禮義而起法度 23/114/10
是皆生於○之情性者也 23/114/12
故聖○化性而起僞 23/114/14
是聖○之所生也 23/114/15
故聖○之所以同於衆 23/114/15

假之〇有弟兄資財而分者 23/114/16
則讓乎國〇矣 23/114/18
化禮義則讓乎國〇矣 23/114/18
凡〇之欲爲善者 23/114/18
〇之欲爲善者 23/114/20
則〇無禮義 23/114/22
〇無禮義則亂 23/114/22
〇性惡明矣 23/114/23
〇之性善 23/115/1
今誠以〇之性固正理平治邪 23/115/2
故古者聖〇以〇之性惡 23/115/3
倚而觀天下民〇之相與也 23/115/6
善言天者必有徵於〇 23/115/10
今孟子曰「〇之性善」 23/115/11
是〇之性 23/115/20
故聖〇能生之也 23/115/20
夫陶〇埏埴而生瓦 23/115/20
然則瓦埴豈陶〇之性也哉 23/115/21
工〇斲木而生器 23/115/21
然則器木豈工〇之性也哉 23/115/21
夫聖〇之於禮義也 23/115/22
豈〇之本性也哉 23/115/22
凡〇之性者 23/115/22
君子之與小〇 23/115/23
今將以禮義積僞爲〇之性邪 23/115/23
然則聖〇之於禮義積僞也 23/115/25
豈〇之性也哉 23/115/26
所賤於桀、跖、小〇者 23/115/26
故〇之性惡明矣 23/115/27
天非私曾、騫、孝己而外衆〇也 23/116/1
天非私齊、魯之民而外秦〇也 23/116/2
然而〔秦〇〕於父子之義、夫婦之別不如齊、魯之孝（具）〔共〕敬（父）〔文〕者 23/116/2
以秦〇之從情性、安恣睢、慢於禮義故也 23/116/3
塗之〇可以爲禹 23/116/6
然而塗之〇也 23/116/7
將使塗之〇固無可以知仁義法正之質 23/116/9
然則塗之〇也 23/116/10
塗之〇者 23/116/11
其在塗之〇明矣 23/116/12
今使塗之〇者以其可以知之質、可以能之具 23/116/12
今使塗之〇伏術爲學 23/116/13
故聖〇者 23/116/14
〇之所積而致矣 23/116/15
故小〇可以爲君子而不肯爲君子 23/116/17
君子可以爲小〇而不肯爲小〇 23/116/18
小〇、君子者 23/116/18
故塗之〇可以爲禹 23/116/19
塗之〇能爲禹 23/116/19
〇情何如 23/116/25
〇情甚不美 23/116/25
〇之情乎 23/116/26,23/116/26
有聖〇之知者 23/117/1
有小〇之知者 23/117/1
是聖〇之知也 23/117/2
是小〇之知也 23/117/4
以期勝〇爲意 23/117/5
不恤是非、然不然之情以期勝〇爲意 23/117/10
不得〇力則不能斷 23/117/14
夫〇雖有性質美而心辨知 23/117/16
今與不善〇處 23/117/18
告〇無匹也 24/118/5
待官〇然後詔 24/118/6
天下曉然皆知夫盜竊之（〇）不可以爲富也 24/118/11
皆知夫賊害之（〇）不可以爲壽也 24/118/12
則〇得其所好焉 24/118/13
凡〇自得罪 24/118/15
一〇有慶 24/119/1
兆〇賴之 24/119/1
故一〇有罪而三族皆夷 24/119/3
哀今之〇 24/119/6
〇主無賢、如瞽無相何倀倀 25/120/3
愼聖〇 25/120/4
讒〇達 25/120/7
讒〇歸 25/120/9
讒〇罔極、險陂傾側此之疑 25/120/12
衆〇貳之、讒夫棄之形是詰 25/120/15
心術如此象聖〇 25/120/15
〔〇〕而有埶、直而用抴必參天 25/120/16
暴〇芻豢仁（〇）糟糠 25/120/16
禮樂滅息、聖〇隱伏墨術行 25/120/16
精神相（反）〔及〕、一而不貳爲聖〇 25/121/3
大〇哉舜、南面而立萬物備 25/121/9
己無郵〇、我獨自美豈（獨）無故 25/122/5
〇之態 25/122/6
嗟我何〇、獨不遇時當亂世 25/122/8
君子所敬而小〇所不者與 26/123/13
匹夫隆之則爲聖〇 26/123/14
〇屬所利 26/125/1
無私罪〇 26/125/15
仁〇絀約 26/125/15
聖〇共手 26/125/18
仁〇詘約 26/125/19
暴〇衍矣 26/125/19
讒〇服矣 26/125/20
君〇者、隆禮尊賢而王 27/126/7
聘〇以珪 27/126/25
召〇以瑗 27/126/25
絕〇以玦 27/126/25
〇主仁心設焉 27/126/27
使〇無陷 27/127/4
使〇無失 27/127/4
爲賢〇以下至庶民也 27/127/7
禮以順〇心爲本 27/127/22
故亡於《禮經》而順〇心者 27/127/22
族〇雖七十 27/128/25
爲〇臣下者 27/129/8
禮者、〇之所履也 27/129/22
故〇無禮不生 27/129/24
上臣事君以〇 27/130/14

則賢○不至 27/130/18
交譎之○、妒昧之臣 27/130/19
世有賢○ 27/131/5
亡○好獨 27/131/5
廢疾非○不養者 27/131/13
一○不事 27/131/13
子產、惠○也 27/131/16
管仲之爲○力功不力義 27/131/17
野○也 27/131/17
門○曰 27/131/19,27/137/4
義與利者、○之所兩有也 27/132/1
則○民之行如此 27/132/13
主道知○ 27/132/22
齊○欲伐魯 27/133/1
晉○欲伐衛 27/133/1
（○）〔夫〕盡小者大 27/133/16
小○不誠於內而求之於外 27/133/17
倍畔之○ 27/133/19
君子贈○以言 27/134/1
庶○贈○以財 27/134/1
○之於文學也 27/134/6
玉○琢之 27/134/7
故鄙○也 27/134/7
小○休焉 27/135/5
則○有快 27/135/12
○有快 27/135/12
其○〔也〕 27/135/18
其○（也）而不教 27/135/18
非其○也 27/135/18
非其○而教之 27/135/19
古之賢○ 27/135/21
○曰 27/136/1
君○者不可以不愼取臣 27/136/8
以友觀○焉所疑 27/136/9
取友善○ 27/136/10
言無與小○處也 27/136/11
仁義禮善之於○也 27/136/15
（泔）〔洎〕之傷○ 27/137/4
無用吾之所短遇○之所長 27/137/7
多言而類、聖○也 27/137/10
小○也 27/137/11
天下之○ 27/137/16
門○進問曰 28/138/17
夫少正卯、魯之聞○也 28/138/17
○有惡者五 28/138/18
此五者有一於○ 28/138/19
此小○之桀雄也 28/138/21
小○成群 28/138/23
今殺一○以戮不孝 28/139/2
小○所視 28/139/14
卒遇故○ 28/140/12
與小○處者 28/140/12
則具然欲爲○師 28/140/14
非以無○而不芳 28/141/4
今有其○不遇其時 28/141/6
○之小行也 29/141/19
○之中行也 29/141/19
○之大行也 29/141/19
非仁○莫能行 29/142/4
小○哉 29/142/10
昔萬乘之國有爭臣四○ 29/142/10
千乘之國有爭臣三○ 29/142/11
百乘之家有爭臣二○ 29/142/11
有○於此 29/142/15
古之○有言曰 29/142/16
〔意者所友非仁○邪〕 29/142/18
色知而有能者、小○也 29/143/4
知者使○知己 29/143/8
仁者使○愛己 29/143/8
知者知○ 29/143/10
小○者 29/143/15
聖○莫能加於禮 30/143/20
禮者、衆○法而不知 30/143/20
聖○法而知之 30/143/20
無內○之踈而外○之親 30/143/23
無身不善而怨○ 30/143/23
內○之疎而外○之親 30/143/23
身不善而怨○ 30/143/24
曷怨○ 30/144/12
失之己而反諸○ 30/144/12
且夫良醫之門多病○ 30/144/16
○有五儀 31/145/7
有庸○ 31/145/7
有賢○ 31/145/7
敢問何如斯可謂庸○矣 31/145/8
所謂庸○者 31/145/8
不知選賢○善士〔而〕託其身焉以爲己憂 31/145/9
則可謂庸○矣 31/145/11
敢問何如斯可謂賢○矣 31/146/3
所謂賢○者 31/146/3
則謂賢○矣 31/146/5
寡○問舜冠於子 31/146/13
寡○生於深宮之中 31/146/17
長於婦○之手 31/146/17
寡○未嘗知哀也 31/146/17
丘、小○也 31/147/1
其○亡 31/147/2
請問取○ 31/147/14
君子固讒○乎 31/148/1
寡○問吾子 31/148/3
○窮則詐 31/148/8
天使夫子振寡○之過也 32/148/22
其爲○寬 32/149/1
以○惡爲美德乎 32/149/2
彼淺者、賤○之道也 32/149/6
然而吾所執贄而見者十○ 32/149/8
還贄而相見者三十○ 32/149/8
貌執之士者百有餘○ 32/149/8
欲言而請畢事者千有餘○ 32/149/8
亡於十○與三十○中 32/149/9
乃在百○與千○之中 32/149/10
○○皆以我爲越踰好士 32/149/10
女以魯國驕○ 32/149/11
繒丘之封○見楚相孫叔敖曰 32/149/16
賜爲○下而未知也 32/149/21
爲○下者乎 32/149/21
爲○下者 32/149/23
賢○距而不受 32/150/6
云非聖○ 32/150/10
爲○所疑 32/150/11

## 仁 rén 135

將原先王、本○義 1/4/1
○義不一 1/4/12
隆○也 2/8/14
唯○之爲守 3/11/4
誠心守○則形 3/11/4
是非○人之情也 3/12/11
○義德行 4/15/4
○義之統 4/15/20,4/16/11
○者好告示人 4/15/22
故○人在上 4/17/3,10/44/1
莫不以其○厚知能盡官職 4/17/4

○義功名善於後世 5/17/20
然而○人不能推 5/18/9
君子辯言○也 5/20/12
言而非○之中也 5/20/13
言而○之中也 5/20/13
故○言大矣 5/20/14
故君子之行○也無厭 5/20/15
今夫○人也 6/23/1
○人之事畢 6/23/2
○也 6/23/4,30/144/7
亦○也 6/23/4
依乎○而蹈利者也 7/25/20
以爲○則必聖 7/27/3,7/27/6
○之隆也 8/28/15
俄而原○義 8/29/16
苟○義之類也 8/33/3
本○義 8/33/12
非○也 8/33/14
○�天下 9/37/14,9/37/14
案（然）脩○義 9/41/5
則必有○義聖良之名 10/42/25
將以明○之文、通○之順也 10/43/13
爲莫若○人之善也夫 10/43/19
其○厚足以安之 10/43/20
○人之用國 10/48/9
故○人之用國 10/48/17
○人之所務白也 11/49/16
○者不爲也 11/49/17
而○人之所以務白也 11/50/17
11/51/2,11/51/9
箸○義 11/53/4
所使要百事者誠○人也 11/54/19
所使要百事者非○人也 11/54/20
○厚兼覆天下而不閔 12/58/6
○智之極也 12/58/7
故知而不○ 12/60/21
○而不知 12/60/21
既知且○ 12/60/22,29/143/5
不○ 12/60/22
○者必敬人 13/65/14
故○者必敬人 13/65/16
是○人之質也 13/65/18
殺然後○ 13/66/2
○人之兵、王者之志也 15/68/11
○人之兵 15/68/12
故○人上下 15/68/15
且○人之用十里之國 15/69/1
故○人之兵聚則成卒 15/69/2
故○人用 15/69/8
桓、文之節制不可以敵湯、武之○義 15/70/10
常以○義爲本 15/71/21
○者愛人 15/71/21,29/143/10
彼○者愛人 15/71/22
故○人之兵 15/71/24
皆以○義之兵行於天下也 15/71/25
非以○義爲之也 15/72/1
吾所謂○義者 15/72/2
彼○義者 15/72/3
此所謂○義之兵也 15/72/6
求○厚明通之君子而託王焉 16/76/17
是○人之所羞而不爲也 16/77/11
則不○ 18/88/18
不○不知 18/88/18
鮑叔、甯戚、隰朋○知且不蔽 21/103/3
召公、呂望○知且不蔽 21/103/4
孔子○知且不蔽 21/103/15
思○若是 21/105/15
故○者之行道也 21/105/19
○者之思也恭 21/106/1
以○心說 22/110/14
以其爲○義法正也 23/116/6
然則○義法正有可知可能之理 23/116/6
皆有可以知○義法正之質 23/116/7
皆有可以能○義法正之具 23/116/7
今以○義法正爲固無可知可能之理邪 23/116/8
然則唯禹不知○義法正、不能○義法正也 23/116/8
將使塗之人固無可以知○義法正之質 23/116/9
而固無可以能○義法正之具邪 23/116/9
本夫○義之可知之理、可能之具 23/116/13
○之所在無貧窮 23/117/7
○之所亡無富貴 23/117/7
身日進於○義而不自知也者 23/117/17
故○者、○此者也 24/119/14
暴人芻豢○（人）糟糠 25/120/16
○人絀約 26/125/15
○人詘約 26/125/19
使○居守 27/126/23
人主○心設焉 27/126/27
故王者先○而後禮 27/126/27
○之殺也 27/127/26
○、愛也 27/127/27
○有里 27/127/27
○、非其里而（虛）〔處〕之 27/127/28
非（禮）〔○〕也 27/127/28
不成○ 27/128/1
○、義、禮、樂 27/128/2
君子處○以義 27/128/2
然後○也 27/128/2
力智不力○ 27/131/17
似○而非 27/136/13
○義禮善之於人也 27/136/15
非○人莫能行 29/142/4
〔意者所友非○人邪〕 29/142/18
行至則○ 29/143/5
○者若何 29/143/8,29/143/9
29/143/11
○者使人愛己 29/143/8
○者自愛 29/143/11
吾必不○也 30/144/11
○義在身而色不伐 31/146/2
有益於○乎 31/147/9
○者詘約 32/150/5

## 忍 rěn 10

○情性 6/21/16
無廉恥而○謑詢 6/24/22
維彼○心 8/34/11
志○私 8/34/15
行○情性 8/34/15
可謂能自○矣 21/105/16
何○ 21/105/18,21/105/19
厚顏而○詬 21/107/6
○恥矣 27/132/13

刃 rèn 6

兵○不待陵而勁 12/57/20
延則若莫邪之長○ 15/69/3
以故順○者生 15/71/13
蘇○者死 15/71/13
兵不血○ 15/71/26
白○扞乎胸 16/79/11

仞 rèn 6

生於高山之上而臨百○之淵 1/1/18
十○之木若箸 21/106/7
百○之山任負車登焉 28/139/12
數○之牆而民不踰也 28/139/12
百○之山而豎子馮而游焉 28/139/12
其赴百○之谷不懼 28/140/6

任 rèn 28

人莫不○ 2/6/17
主專○之 7/26/6
○重而不敢專 7/26/8
（理）○大事 7/26/14
（能）耐○之 7/26/15
（能）而不耐○ 7/26/15
○重則必廢 7/26/21
辟之是猶力之少而○重也 8/30/7
我○我輦 10/44/2
時其事、輕其○以調齊之 10/46/21
重○也 11/50/20
故國者、重○也 11/51/4
時其事、經其○以調齊之 11/55/24
佻其期日而利其巧○ 11/56/19
人主必將有卿相輔佐足○者然後可 12/62/19
無卿相輔佐足○者之謂獨 12/62/24
時其事、輕其○以調齊之、長養之 15/73/17
非至彊莫之能○ 18/84/13
死則能○天下者必有之矣 18/86/14
飛廉知政○惡來 25/120/8
妻以二女○以事 25/121/9
舉舜甽畝、○之天下身休息 25/121/11
○用讒夫不能制 25/122/7
○其用 27/130/22
重民○而誅不能 27/132/10
百仞之山○負車登焉 28/139/12
故明主○計不信怒 31/147/17
闇主信怒不○計 31/147/17

軔 rèn 1

芒○優楛 10/47/12

訒 rèn 1

外是者謂之○ 22/110/22

日 rì 131

君子博學而○參省乎己 1/1/5
吾嘗終○而思矣 1/1/12
夫驥一○而千里 2/7/8
其爲人也多暇○者 2/7/17
名聲若○月 3/9/3,11/53/16
今○是也 3/11/15
則數今○ 5/18/21
終○言成文典 6/21/22
嗛然而終○不言 6/25/1
則貴名起如○月 8/30/2
行之○以兵忌 8/31/16
出三○而五災至 8/31/17
一○而千里 8/32/6,12/61/15
小人則○徼其所惡 8/34/10
名聲○聞 9/35/11
則○欲與我鬬 9/36/25
則○不欲爲我鬬 9/36/26
人之民○欲與我鬬 9/36/26
吾民○不欲爲我鬬 9/36/26
○與桀同事同行 9/41/1
殷之○ 9/41/3,9/41/18
爲是之○ 9/41/5,9/41/6
彼將○○暴露毀折之中原 9/41/21
彼將○○捿遲辥越之中野 9/41/22
彼將○○挫頓竭之於仇敵 9/41/23
則彼○積敝 9/41/23
我○積完 9/41/24
彼○積貧 9/41/24
我○積富 9/41/24
彼○積勞 9/41/24
我○積佚 9/41/24
彼將厲厲焉○○相離疾也 9/41/24
我今將頓頓焉○○相親愛也 9/42/1
非鬬而○爭 10/46/2
愀然憂戚非樂而○不和 10/46/3
冬○則爲之饘粥 10/46/6
夏○則與之（爪）〔瓜〕麮 10/46/6
則約定而畔無○ 10/48/22
濟之○ 11/49/20
豈不如○月雷霆然矣哉 11/50/1
一○而白 11/50/2
權謀○行 11/50/13
（故）一朝之○也 11/51/5
一○之人也 11/51/5
如○月之光明 11/51/20
若夫貫○而治詳 11/52/8
一○而曲（列）〔別〕之 11/52/8
○有餘而治不足者 11/52/15
若夫貫○而治平 11/54/16
○有餘而治不足者如此也 11/55/12
○欲司間而相與投藉之 11/56/3
佻其期○而利其巧任 11/56/19
○月積久 12/61/7
滅亡無○〔矣〕 12/62/1
而親自貫○而治詳 12/63/10
一（內）〔○〕而曲辨之 12/63/10
國○明 15/69/8
傾側反覆無○ 15/69/22
贏三○之糧 15/70/2
○中而趨百里 15/70/2
而○爲亂人之道 16/75/19
月不勝○ 16/78/20
其縣○也博 16/78/21
其縣○也淺 16/78/22
故善○者王 16/78/22
故王者敬○ 16/78/23
〔可以〕○志也 16/78/25
○月遞炤 17/80/5
○月、星辰、瑞歷 17/80/21

是以〇進也 17/81/7
是以〇退也 17/81/7
故君子之所以〇進 17/81/7
與小人之所以〇退 17/81/8
夫〇月之有食 17/81/11
則〇切瑳而不舍也 17/82/4
〇月食而救之 17/82/6
在天者莫明於〇月 17/82/10
故〇月不高 17/82/11
〇祭、月祀、時享、歲貢 18/85/23
必齊之〇祭、月祀之屬然後曰受制邪 18/86/2
〇月以明 19/92/4
故雖備家、必踰〇然後能殯 19/93/21
三〇而成服 19/93/21
故殯、久不過七十〇 19/93/21
速不損五十〇 19/93/22
然後月朝卜（〇）〔宅〕 19/93/23
月夕卜（宅）〔〇〕 19/93/23
創巨者其〇久 19/96/5
足之〇也 19/97/16
卜筮視〇 19/98/7
竽笙（簫和）、〔筦〕籥似星辰〇月 20/101/1
明參〇月 21/104/10
加〇縣久 23/116/14
終〇議其所以 23/117/2
然後一〇而致千里也 23/117/15
身〇進於仁義而不自知也者 23/117/17
下不欺上、皆以情言明若〇 25/123/4
非〇非月 26/123/11
曾不崇〇 26/123/18
冬〇作寒 26/124/13
夏〇作暑 26/124/13
〇夜合離 26/125/6
〇月下藏 26/125/14
衣服〇䙫 27/128/5
內十〇一御 27/130/3
終〇求之而不得 27/131/26
無以知君子無〇不在是 27/133/14
道遠〇益矣 27/134/12
非一〇之聞也 27/136/4
朝七〇而誅少正卯 28/138/17
瞻彼〇月 28/140/1
七〇不火食 28/140/17
行之〇久矣 28/141/1
無一〇之憂 29/143/15
無一〇之樂也 29/143/16
〇選擇於物 31/145/10
明察乎〇月 31/146/9
〇昃而退 31/147/4
三〇而校來謁 31/148/1
前〇 31/148/3
行微如〇月 32/148/14
聞之（〇）〔曰〕 32/149/5

## 戎 róng 4

則〇甲俞衆 15/74/12
西有巴、〇 16/78/1
蠻、夷、〇、狄之國同服不同制 18/85/21
〇狄荒服 18/85/22

## 容 róng 52

事兩君者不〇 1/2/14
〇貌、態度、進退、趨行 2/5/14
勞勧而〇貌不枯 2/8/13,2/8/14
君子能則寬〇易直以開道人 3/9/10
恭敬謹慎而〇 3/9/16
則勢不能〇、物不能贍也 4/16/18
是非〇貌之患也 5/17/27,5/18/4
故能寬〇 5/20/3
故君子賢而能〇罷 5/20/3
知而能〇愚 5/20/3
博而能〇淺 5/20/4
粹而能〇雜 5/20/4
曾不足以〇辨異、縣君臣 6/21/19
一國不能獨〇 6/22/16,8/32/8
遇賤而少者則脩告導寬〇之義 6/23/16
士君子之〇 6/24/17
其〇良 6/24/17
是父兄之〇也 6/24/18
其〇慤 6/24/18
是子弟之〇也 6/24/19
吾語汝學者之嵬〇 6/24/19
其〇簡連 6/24/20
以國持之而不足以〇其身 10/48/4
其等位爵服足以〇天下之賢士矣 11/53/2
其官職事業足以〇天下之能士矣 11/53/2
〇而不亂 12/58/5
偷合苟〇、以持祿養交而已耳 13/63/29
寬〇而不亂 13/64/23
偷合苟〇、以之持祿養交而已耳 13/65/10
偷合苟〇 13/66/4
變應寬裕而多〇 14/67/8
必以道夫公道通義之可以相兼〇者 16/76/15
是不〇妻子之數也 18/84/17
至罷不〇妻子 18/84/17
居則設張〇 18/86/19
獨詘〇爲己 18/89/7
皆使其須足以〇事 19/97/17
事足以〇成 19/97/17
成足以〇文 19/97/17
文足以〇備 19/97/17
曲〇備物之謂道矣 19/97/17
而〇貌得莊焉 20/99/4
姚冶之〇 20/100/1
其〇婦 20/101/24
心〇 21/104/13
有兼聽之明而無奮矜之〇 22/110/10
君子聽律習〇而后（士）〔出〕 27/129/27
表商〇之閭 27/131/3
則〇天下而治 27/137/13

## 榮 róng 51

〇辱之來 1/2/3
君子能則人〇學焉 3/9/12
將以爲〇邪 4/13/8
〇辱之大分 4/14/3
先義而後利者〇 4/14/3
〇者常通 4/14/3
是〇辱之大分也 4/14/4
好〇惡辱 4/14/17
爲堯、禹則常安〇 4/15/12

以爲名則○ 4/16/16
有寵則必○ 7/26/16
窮處而○ 8/29/21
爲君子則常安○矣 8/34/9
凡人莫不欲安○而惡危辱 8/34/10
欲○ 9/36/10
草木○華滋碩之時 9/39/19
是○國已 10/47/16
大○也 11/49/12
然則彊固○辱在於取相矣 11/51/11
此亦○辱安危存亡之衢已 11/53/26
得百姓之譽者○ 11/55/21
好士而○ 12/59/8,16/77/13
善藩飾人者人○之 12/59/13
人不○也 12/59/15
欲○而惡辱 12/60/20
則必○ 13/63/22
不邮君之○辱 13/63/29
不卹君之○辱 13/65/9
○孰大焉 15/74/3
○辱是也 18/88/23
有義○者 18/88/24
有埶○者 18/88/24
是○之由中出者也 18/88/24
夫是之謂義○ 18/88/25
是○之從外至者也 18/88/26
夫是之謂埶○ 18/88/26
是○辱之兩端也 18/89/2
小人可以有埶○ 18/89/3
而不可以有義○ 18/89/3
有埶○無害爲桀 18/89/3
義○、埶○ 18/89/4
是○辱之分也 18/89/4
其○滿側 21/105/3
○矣而未知 21/105/4
志之○ 25/121/2
修之者○、離之者辱孰它師 25/122/15
志意之○也 26/124/4
宮室○與 27/132/16
不從命則親○ 29/141/21

**柔 róu** 9

○自取束 1/2/4
則○之以調和 2/6/6
○從而不流 3/9/16
○從若蒲葦 3/10/1
夫貧賤者、則求○之 3/12/11
則○從聽待 12/57/26
○而不屈 13/64/23
懷○百神 19/95/4
○上而剛下 27/129/18

**鞣 róu** 2

○以爲輪 1/1/4
○使之然也 1/1/4

**肉 ròu** 10

○腐生蟲 1/2/3
然而食不敢有酒○ 4/16/6
治古無○刑 18/85/5
非獨不用○刑 18/85/7
彼乃將食其○而齕其骨也 18/88/5
芻豢、稻粱、酒醴、（餰鬻）〔魚○〕 19/94/16
（魚○）〔餰鬻〕 19/94/16
使其曲直、繁省、廉○、節奏足以感動人之善心 20/98/17
不辟粱○ 27/129/13
志不在於酒○ 31/145/4

**如 rú** 249

不○須臾之所學也 1/1/12
不○登高之博見也 1/1/12
心○結兮 1/3/1
君子○嚮矣 1/3/18
心○虎狼、行○禽獸而又惡人之賊己也 2/5/7
不○事窮君而順焉 2/6/13
○是 3/12/7,5/20/8,6/23/2,6/23/17,6/25/3,7/26/16,7/27/5,8/30/1,8/30/13,8/30/15,8/30/17,8/34/16,9/36/6,9/41/23,10/42/14,10/42/19,10/42/20,10/42/21,10/43/6,10/48/1,10/49/5,11/49/19,11/50/1,11/50/6,11/50/12,11/50/12,11/52/16,11/53/23,11/54/6,11/56/18,11/56/19,11/56/20,12/57/16,12/60/12,12/60/15,14/66/13,16/75/13,16/75/17,16/75/20,16/76/17,16/76/22,16/78/21,16/79/4,17/80/13,20/99/16,20/99/19,22/108/7,22/108/12,22/108/14
盜名不○盜貨 3/12/12
田仲、史鰌不○盜也 3/12/12
不○恭儉之利也 4/12/17
○是者 4/16/3,12/62/8,17/80/1
豈非人之情固可與○此可與○彼也哉 4/16/3
故相形不○論心 5/17/11
論心不○擇術 5/17/12
○反手爾 5/17/19
面○蒙倛 5/17/21
身○斷菑 5/17/22
色○削瓜 5/17/22
身○植鰭 5/17/22
小辯不○見端 5/20/16
見端不○（見）本分 5/20/16
恢然○天地之苞萬物 6/23/17
○是而不服者 6/23/18
（○）彼固曷足稱乎大君子之門哉 7/25/10
諸侯有一節○是 7/25/14
偃然○固有之 8/27/15
儒之爲人下○是矣 8/28/7
然則其爲人上何○ 8/28/8
則天下應之○讙 8/28/10
夫其爲人下也○彼 8/28/12
其爲人上也○此 8/28/12
君子不○農人 8/28/19
君子不○賈人 8/28/19
君子不○工人 8/28/20
曾不○好相鷄狗之可以爲名也 8/29/10
則貴名起○日月 8/30/2
天下應之○雷霆 8/30/2
（○是） 8/31/2
鄉是○不臧 8/31/10
倍是○不亡者 8/31/10
得委積足以揜其口則揚揚○也 8/32/20

○是而可以誅暴禁悍矣 9/41/16
○是者則安存 9/42/2
○是者危殆 9/42/4
○是者滅亡 9/42/6
百姓貴之○帝 10/44/1,16/75/13
親之○父母 10/44/1,11/55/27
16/75/14
財貨渾渾○泉源 10/45/22
汸汸○河海 10/45/22
暴暴○丘山 10/45/22
人歸之○流水 10/46/13
親之歡○父母 10/46/13
則下應之○影嚮 10/46/16
○保赤子 10/46/22
11/54/11,11/55/25,15/73/17
不○利而後利之之利也 10/47/4
不○愛而後用之之功也 10/47/4
不○利而不利者之利也 10/47/5
不○愛而不用者之功也 10/47/5
有之不○無之 11/49/13
豈不○日月雷霆然矣哉 11/50/1
○是者王 11/51/11
○是者彊 11/51/12
○是者危削 11/51/13
○霜雪之將將 11/51/20
○日月之光明 11/51/20
而天子之禮制○是者也 11/53/15
功績○天地 11/53/16
天下之人應之○影響 11/53/17
物由有可樂○是其美焉
者乎 11/53/24
有不理者○豪末 11/54/12
故下之親上歡○父母 11/54/12
日有餘而治不足者○此
也 11/55/12
有非理者○豪末 11/55/26
是故百姓貴之○帝 11/55/26
是故百姓賤之○伛 11/56/2
惡之○鬼 11/56/2
人之百事○耳目鼻口之
不可以相借官也 12/60/14
塊然獨坐而天下從之○
一體 12/60/17
○四支之從心 12/60/17
○是其狹也 12/62/14
○是其廣也 12/62/14
○是其危也 12/62/14
○是國者 12/62/18
事物之至也○泉原 12/62/18
未有○此而不亂者也 12/63/11
刑下○景 13/63/20
齊給○響 13/63/20
○臨深淵 13/65/16
○履薄冰 13/65/16
誠信○神 14/67/1
○火烈烈 15/69/9
愼終○始 15/71/4
終始○一 15/71/5,19/93/7
戰○守 15/71/6
行○戰 15/71/6
有功○幸 15/71/6
鞈○金石 15/72/14
慘○蠭蠆 15/72/14
卒○飄風 15/72/15
〔則〕下之和上也○影
（嚮）〔響〕 15/73/6
是故刑罰省而威〔行○〕
流 15/73/8
故民歸之○流水 15/74/5
高之○天 16/75/14
畏之○神明 16/75/14
○牆厭之 16/75/16
其不○勝人之道遠矣 16/76/14
益地不○益信之務也 16/78/7
恬然○無治者 16/78/15
德輶○毛 16/79/1
治古○是 18/85/6
則天下○歸 18/86/12
居○大神 18/87/2
動○天帝 18/87/2
休猶有安樂恬愉○是者乎 18/87/3
故○死○生 19/95/6
○存○亡 19/95/6
○或饗之 19/98/7
○或嘗之 19/98/8
○或觴之 19/98/8
○或去之 19/98/9
事死○事生 19/98/9
事亡○事存 19/98/9
故人心譬○槃水 21/105/5
心亦○是矣 21/105/7
故其民之化道也○神 22/110/2
○珪○璋 22/110/11
○此者 22/112/13,22/112/14
○是而加天下焉 22/112/20
然而〔秦人〕於父子之
義、夫婦之別不○齊
、魯之孝（具）〔共〕
敬（父）〔文〕者 23/116/2
人情何○ 23/116/25
是故刑罪綦省而威行○
流 24/118/13
刑罰綦省而威行○流 24/118/19
政令致明而化易○神 24/118/19
德雖○舜 24/119/4
行雖○桀、紂 24/119/4
人主無賢、○瞽無相何
倀倀 25/120/3
堯在萬世○見之 25/120/12
君子執之心○結 25/120/14
心術○此象聖人 25/120/15
不○備 25/122/6
屢化○神 26/124/16
莫○中央 27/126/9
○之何憂之長也 27/128/11
○權衡之於輕重也 27/129/24
○繩墨之於曲直也 27/129/24
不○晏子 27/131/16
不○子產 27/131/16
不○管仲 27/131/17
燕君何○ 27/131/22
則人民之行○此 27/132/13
君子之學○蛻 27/133/6
君子立志○窮 27/133/11
○切○瑳 27/134/6
○琢○磨 27/134/6
而仕者必○學 27/134/21
皋○也 27/135/4
嵮○也 27/135/4
鬲○也 27/135/4
爭利○蚤甲而喪其掌 27/136/6
○此之箸也 27/136/9
周道○砥 28/139/14
其直○矢 28/139/14
○垤而進 28/140/14
○丘而止 28/140/14
今學曾未○肬贅 28/140/14
賜以爲何○ 29/142/9
溫其○玉 30/144/9
敢問何○〔取〕之邪 31/144/27
敢問何○斯可謂庸人矣 31/145/8

從物○流 31/145/10
○此 31/145/11,31/145/17
31/146/5
敢問何○斯可謂士矣 31/145/13
敢問何○斯可謂之君子矣 31/146/1
故猶然○將可及者 31/146/2
敢問何○斯可謂賢人矣 31/146/3
敢問何○斯可謂大聖矣 31/146/7
執一○天地 32/148/14
行微○日月 32/148/14
楚莊王之語何○ 32/148/18
君子力○牛 32/149/4
走○馬 32/149/4
知○士 32/149/4

## 茹 rú 1

黼衣、黻裳者不○葷 31/147/10

## 儒 rú 52

不免爲陋○而已 1/4/1
散○也 1/4/4
勞苦之事則偷○轉脫 2/7/1
偷○憚事 2/8/7,6/25/1
腐○之謂也 5/19/15
世俗之溝猶瞀○ 6/22/10
偷○而罔 6/24/22
是子張氏之賤○也 6/24/24
是子夏氏之賤○也 6/25/1
是子游氏之賤○也 6/25/2
大○之效 8/27/14
夫是謂大○之效 8/27/24
○無益於人之國 8/27/26
○者法先王 8/27/26
○者在本朝則美政 8/28/7
○之爲人下如是矣 8/28/7
大○者、善調一天下者也 8/32/5
則非大○也 8/32/7
彼大○者 8/32/7
是大○之徵也 8/32/10
是大○之稽也 8/32/11
俗○笑之 8/32/12
非大○莫之能立 8/32/13
有俗○者 8/32/16
有雅○者 8/32/16
有大○者 8/32/16
是俗○者也 8/32/21
是雅○者也 8/33/2
是大○者也 8/33/5
用俗○ 8/33/7
用雅○ 8/33/7
用大○ 8/33/8
可謂小○矣 8/34/16
則可謂大○矣 8/34/17
大○者、天子三公也 8/34/17
小○者、諸侯大夫士也 8/34/17
故○術誠行 10/45/23
○之所謹守也 11/52/18
俳優、侏○、婦女之請謁以悖之 11/56/1
○者爲之不然 11/56/16
此○之所謂曲辨也 11/56/24
則其殆無○邪 16/78/17
今倡優、侏○、狎徒詈侮而不鬭者 18/88/12
故○者將使人兩得之者也 19/90/18
是○、墨之分也 19/90/18
○者是矣 19/96/2
而○者爲之 20/99/22
誦數之○ 22/108/9
惡大○ 25/120/11
此家言邪學之所以惡○者也 27/137/1
則○道畢矣 29/141/20

## 濡 rú 2

不沐則○櫛三律而止 19/95/7
不浴則○巾三式而止 19/95/7

## 汝 rǔ 13

吾語○學者之嵬容 6/24/19
○惟曰「未有順事」 14/67/10
○、穎以爲險 15/72/16
吾語○其故 28/138/18
吾語○ 28/141/1
28/141/8,29/142/18,30/144/1
○以知者爲必用邪 28/141/1
吾將爲○問之 29/142/24
○問非也 29/142/26
今○衣服既盛 29/143/1
天下且孰肯諫○矣 29/143/2

## 乳 rǔ 3

○彘不觸虎 4/13/4
○狗不遠遊 4/13/4
○母、飲食之者也 19/97/10

## 辱 rǔ 66

榮○之來 1/2/3
行有招○也 1/2/7
其避○也懼 2/8/12
爲則必○ 3/12/9
則○莫大焉 4/13/8
榮○之大分 4/14/3
先利而後義者○ 4/14/3
○者常窮 4/14/3
是榮○之大分也 4/14/4
是姦人之所以取危○死刑也 4/14/14
好榮惡○ 4/14/17
爲桀、跖則常危○ 4/15/12
擅寵則必○ 7/26/21
鄙爭而名俞○ 8/30/3
爲小人則常危○矣 8/34/9
凡人莫不欲安榮而惡危○ 8/34/10
是○國已 10/47/12
然則彊固榮○在於取相矣 11/51/11
此亦榮○安危存亡之衢已 11/53/26
功廢而名○ 11/54/21,12/57/8
則權輕名○ 11/56/10
欲榮而惡○ 12/60/20
亂則危○滅亡可立而待也 12/61/17
不邺君之榮○ 13/63/29
除君之○ 13/64/4
不卹君之榮○ 13/65/9
勞苦煩○則必犇 15/73/14
○孰大焉 15/73/18
縣明刑大○於其後 15/74/5
明見侮之不○ 18/88/10
人皆以見侮爲○ 18/88/10
知見侮之爲不○ 18/88/10

惡而不○也 18/88/11
非以其○之爲故也 18/88/12
是豈鉅知見侮之爲不○哉 18/88/13
是豈以喪豬爲○也哉 18/88/14
雖以見侮爲○也 18/88/15
雖知見侮爲不○ 18/88/15
亡於○之與不○也 18/88/16
而務說人以勿○也 18/88/17
○莫大焉 18/88/18
則得大○而退耳 18/88/19
見侮不○ 18/88/21,22/109/16
榮○是也 18/88/23
有義○者 18/88/24
有埶○者 18/88/24
是○之由中出者也 18/88/26
夫是之謂義○ 18/89/1
是○之由外至者也 18/89/2
夫是之謂埶○ 18/89/2
是榮○之兩端也 18/89/2
故君子可以有埶○ 18/89/2
而不可以有義○ 18/89/3
有埶○無害爲堯 18/89/3
義○、埶○ 18/89/4
是榮○之分也 18/89/4
夫是之謂至○ 19/93/17
危削侮○之本也 20/99/19
故以貪鄙、背叛、爭權而不危○滅亡者 21/103/3
修之者榮、離之者○孰它師 25/122/15
從命則親○ 29/141/21
則恥○亦無由至矣 30/144/3

## 入 rù 54

眞積力久則○ 1/3/8
○乎耳 1/3/14,1/3/15,3/9/2
一○焉 1/4/13,9/36/13
其出（○）〔人〕不遠矣 2/7/17
葉公子高○據楚 5/17/19
（則）六說者不能○也 6/22/15
○不可以守 9/36/18
則斧斤不○山林 9/39/19
罔罟毒藥不○澤 9/39/20
皆使衣食百用出○相揜 10/43/4
○其境 10/47/10
出若○若 11/52/20,11/54/15
而○其道 13/64/25
○焉焦沒耳 15/68/14
可謂○其域矣 15/70/21
故辟門除涂以迎吾○ 15/74/10
則○不可以守 16/75/8
是渠衝○穴而求利也 16/77/11
○秦何見 16/78/10
○境 16/78/11
○其國 16/78/13
○於公門 16/78/13
今人或○其央瀆 18/88/14
太廟之未○尸也 19/91/11
「堅白」「同異」之察○焉而溺 19/92/12
擅作典制辟陋之說○焉而喪 19/92/12
暴慢、恣睢、輕俗以爲高之屬○焉而隊 19/92/13
金革轡靷而不○ 19/95/12
○所以揖讓也 20/99/5
○所以揖讓 20/99/6
夫聲樂之○人也深 20/99/15
而眾賓皆○ 20/101/8
工○ 20/101/14
笙○三終 20/101/14
〔慮〕則（人）〔○〕 21/104/5
出○甚極 26/124/10
○郄穴而不偪者歟 26/124/11
武王始○殷 27/131/3
以出以○ 28/140/7
○孝出弟 29/141/19
故○而行不脩 29/142/19
故君子○則篤行 29/142/20
改服而○ 29/143/2
子路○ 29/143/8
子貢○ 29/143/9
顏淵○ 29/143/10
君○廟門而右 31/147/1
○謂左右曰 31/148/1
兩服○廄 31/148/2
死則○焉 32/149/22

## 蓐 rù 1

（屋）〔局〕室、（廬庾）〔蘆簾〕、（葭）稾○、尙机筵而可以養形 22/112/19

## 偄 ruǎn 1

○弱易奪 27/136/13

## 蝡 ruǎn 1

○而動 1/3/14

## 瑞 ruì 1

日月、星辰、○歷 17/80/21

## 蜹 ruì 1

醯酸而○聚焉 1/2/6

## 銳 ruì 3

魏氏之武卒不可以遇秦之○士 15/70/9
秦之○士不可以當桓、文之節制 15/70/9
長其尾而○其剽者邪 26/125/8

## 潤 rùn 3

玉在山而（草）木○ 1/3/4
則煇○不博 17/82/11
溫○而澤 30/144/7

## 若 ruò 229

施薪○「一」 1/2/4
平地○一 1/2/5
○其義則不可須臾舍也 1/3/8
○挈裘領 1/4/2
豈○跛鼈之與六驥足哉 2/7/14
則是知○師也 2/8/2
知○師 2/8/2
名聲○日月 3/9/3,11/53/16
柔從○蒲葦 3/10/1
民猶○未從也 3/11/8
○端（拜）〔拜〕而議 3/11/16
○使一人 3/11/17

○是 3/11/21,3/11/22,3/11/23,3/11/24,3/12/1,9/35/11,9/35/14,9/35/16,10/45/8,10/45/10,10/45/12,10/45/21,10/46/22,10/48/11,10/48/13,10/48/15,11/52/3,11/52/10,11/53/23,11/56/10,11/56/11,11/56/16,11/56/17,12/63/8,15/74/12,15/74/14,16/78/6,16/78/7,18/83/13,18/84/3,18/84/5,18/88/2,18/88/4,18/88/12,18/89/14,23/113/21,23/114/17,23/114/17,23/115/7
○云不使 4/12/19
則是人也而曾狗彘之不○也 4/13/5
○其所以求之之道則異矣 4/14/17
是○不行 4/16/2
行○將不勝其衣 5/17/18
鄉則不○ 5/18/8
而不○周之察也 5/19/6
則其言不○其默也 5/20/13
其辯不○其吶也 5/20/13
○夫總方略 6/22/13
其事行也○是其險汙淫汏也 7/25/9
○是而不亡 7/25/10
莫○好同之 7/26/14
則莫○早同之 7/26/16
四海之內○一家 8/28/11,9/38/11,15/71/15
君子不○惠施、鄧析也 8/28/21
○夫（謫）〔譎〕德而定次 8/28/21
○夫充虛之相施易也 8/29/6
下則能開道不己○者 8/30/14
脩百王之法○辨白黑 8/30/15
應當世之變○數一二 8/30/15
○生四枝 8/30/16
○詔四時 8/30/16
億萬之衆而（博）〔摶〕○一人 8/30/16
（德）〔億〕然○終身之虜而不敢有他志 8/32/21
○別白黑 8/33/3
則晻然○合符節 8/33/4
不聞不○聞之 8/33/11
聞之不○見之 8/33/11
見之不○知之 8/33/11
知之不○行之 8/33/11
則莫○靜之 9/36/5
則莫○惠之 9/36/6
則莫○平政愛民矣 9/36/10
則莫○隆禮敬士矣 9/36/10
則莫○尙賢使能矣 9/36/10
○環之無端也 9/39/1
力不○牛 9/39/10
走不○馬 9/39/10
其民之親我也歡○父母 9/41/12
好我芳○芝蘭 9/41/12
反顧其上則○灼黥 9/41/13
○仇讎 9/41/13
則莫○明分使群矣 10/42/18
餘○丘山 10/42/25
○德裕 10/42/29
○夫重色而衣之 10/43/18
爲莫○仁人之善也夫 10/43/19
○夫兼而覆之 10/44/17
然後飛鳥鳧鴈○煙海 10/45/2
○燒○焦 10/45/12
辟之○屮木 10/47/1
○撥麷 10/48/13
（君）〔○〕盧屋妾 10/49/3
且○是其固也 11/49/17
○振槁然 11/50/15,15/72/17
巨用之者○彼 11/51/16
小用之者○此 11/51/16
小巨分流者亦一○彼 11/51/16
一○此也 11/51/16
君人者亦可以察○言矣 11/52/7,11/53/25
○夫貫日而治詳 11/52/8
○夫論一相以兼率之 11/52/9
出○入○ 11/52/20,11/54/15
射遠中微則莫○羿、蠭門矣 11/53/9
則莫○使王良、造父矣 11/53/10
則莫○聰明君子矣 11/53/11
睪牢天下而制之○制子孫 11/53/19
故百王之法不同○是 11/54/9
○夫貫日而治平 11/54/16
朝廷群臣之俗○是 11/56/11
君臣上下之俗莫不○是 11/56/12
則莫○反之民 12/59/1
則莫○反之政 12/59/1
則莫○求其人 12/59/2
知國之安危臧否○別白黑 12/59/6
○夫重色而成文章 12/60/3
彼誠有之者與誠無之者○白黑然 12/61/10
則獨不○是其公也 12/61/18
國雖○存 12/62/24
○馭其樸馬 13/64/24
○養赤子 13/64/24
○食餧人 13/64/24
○周公之於成王也 13/65/10
○管仲之於桓公 13/65/10
○子胥之於夫差 13/65/11
○曹觸龍之於紂者 13/65/11
○夫忠信端愨而不害傷 13/65/18
○蟬之歸明火也 14/67/5
○不幸而過 14/67/24
不○利淫 14/67/25
譬之○以卵投石 15/68/14
〔○〕以指撓沸 15/68/14
○赴水火 15/68/14
○子之事父、弟之事兄〔也〕 15/68/15
○手臂之扞頭目而覆胸腹也 15/68/16
延則○莫邪之長刃 15/69/3
兌則○莫邪之利鋒 15/69/3
則○盤石然 15/69/4
歡○父母 15/69/5
芬○椒蘭 15/69/6
則○灼黥、○仇讎 15/69/6
○飛鳥然 15/69/22
○以焦熬投石焉 15/70/10
誅桀、紂○誅獨夫 15/70/15
○夫招近募選 15/70/16
○其道一也 15/70/20
○時雨之降 15/71/24
○祓不祥 15/73/18
曷○是而可以持國乎 16/76/21
西壤之不絕○繩 16/76/21
國○假城然耳 16/76/23
（曷○）兩者孰足爲也 16/76/23
○其所以統之 16/77/4
○是其悖繆也 16/77/9
○夫（心）〔志〕意脩 17/81/4

〇夫君臣之義、父子之親、夫婦之別 17/82/3
誅暴國之君〇誅獨夫 18/84/5
〇夫知慮取舍則無衰 18/86/15
殆不〇止之 18/89/8
〇者必死 19/90/16
〇者必害 19/90/16
（居）〇者必危 19/90/16
〇者必滅 19/90/17
使生死終始〇一 19/93/12
〇無喪者而止 19/93/17
〇夫斷之繼之 19/94/20
則是曾鳥獸之不〇也 19/96/15
〇駟之過隙 19/96/18
其翼〇干 21/102/22
其聲〇（蕭）〔簫〕 21/102/22
思仁〇是 21/105/15
故從山上望牛者〇羊 21/106/6
十仞之木〇箸 21/106/7
與愚者〇一 21/106/19
學、老身長子而與愚者〇一 21/106/20
〇夫非分是非 21/107/4
〇有王者起 22/108/9
天下莫之〇也 22/111/18
知道之莫之〇也而不從道者 22/111/20
〇夫可以見之明不離目 23/114/2
〇夫目好色 23/114/11
〇佚之以繩 23/117/3
下不欺上、皆以情言明〇日 25/123/4
性不得則〇禽獸 26/123/13
〇則有常 27/127/13
君〇父之友 27/129/13
衣〇縣鶉 27/136/1
辟之〇貨財、粟米之於家也 27/136/15
不〇奧之 27/137/5
〇不可 28/139/7,28/139/7
〇有決行之 28/140/6
其應佚〇聲響 28/140/6
〇夫志以禮安 29/141/20
蓋猶〇也 29/143/2
知者〇何 29/143/8,29/143/9
29/143/11
仁者〇何 29/143/8,29/143/9
29/143/11
不〇玉之章章 30/144/9
則〇性命肌膚之不可易也 31/145/16
〇天之嗣 31/146/10
〇此 31/146/11
自爲謀而莫己〇者亡 32/148/21
德〇堯、禹 32/150/10

## 弱 ruò 46

致彊而能以寬〇 7/25/22
是彊者之所以反〇也 9/36/27
力全則諸侯不能〇也 9/37/3
衛〇禁暴 9/37/7
離則〇 9/39/15
〇則不能勝物 9/39/15
强脅〇也 10/42/18
則老〇有失養之憂 10/42/19
觀國之强〇貧富有徵 10/47/19
上不隆禮則兵〇 10/47/19
上不愛民則兵〇 10/47/19
已諾不信則兵〇 10/47/19
慶賞不漸則兵〇 10/47/19
將率不能則兵〇 10/47/20
將脩小大强〇之義以持愼之 10/48/14
兵必〇 11/56/13
莫不欲彊而惡〇 12/60/20
俄則〇矣 12/61/19
臣請遂道王者諸侯强〇存亡之效、安危之埶 15/69/12
亂者〇 15/69/13
是强〇之本也 15/69/14
下不可用則〇 15/69/15
是强〇之常也 15/69/15,15/69/19
是强〇之凡也 15/69/16
不好士者〇 15/69/16
不愛民者〇 15/69/16
政令不信者〇 15/69/16
〔民〕不齊者〇 15/69/17
賞輕者〇 15/69/17
刑侮者〇 15/69/17
械用兵革窳楛不便利者〇 15/69/18
輕用兵者〇 15/69/18
權出二者〇 15/69/19
兵莫〇是矣 15/69/22
是其巧拙强〇則未有以相君也 15/70/19
是强〇之效也 15/70/22
不殺老〇 15/71/12
兼人而兵俞〇 15/74/13
以力兼人者〇 15/74/16
暴察之威成乎危〇 16/75/21
而爭己之所以危〇也 16/77/8
亂爭則兵〇城犯 20/99/18
則夫彊者害〇而奪之 23/115/7
繁〇、鉅黍 23/117/12
偄〇易奪 27/136/13

## 楉 ruò 1

立身則輕（〇）〔楛〕 9/42/3

## 洒 sǎ 1

香、臭、芬、鬱、腥、臊、（〇）〔漏〕、（酸）〔庮〕、奇臭以鼻異 22/108/17

## 三 sān 162

人有此〇行 2/8/10
是故〇代雖亡 4/14/12
面長〇尺 5/17/17
焉廣〇寸 5/17/17
人有〇不祥 5/18/7
是人之〇不祥也 5/18/7
人有〇必窮 5/18/8
是人之〇必窮也 5/18/10
人有此（〇）數行者 5/18/10
此〇姦者 6/23/7
并國〇十五 7/25/9
與之書社〇百 7/25/13
姬姓獨居五十〇人 8/27/16
12/62/7
姬姓獨居五十〇人焉 8/31/15
出〇日而五災至 8/31/17
反而定〇革 8/31/20
而後〇年 8/33/8
大儒者、天子〇公也 8/34/17
道過〇代謂之蕩 8/34/21,9/38/1

〇節者當 9/36/11
〇節者不當 9/36/11
知此〇具者 9/37/16
道不過〇代 9/38/1
〇者體此而天下服 9/41/11
〇德者誠乎上 10/46/16
〇軍同力 10/48/12
10/49/6,15/68/15,16/76/7
〇者、明主之所謹擇也 11/49/15
〇者、明主之所以謹擇也
1/50/17,11/51/2,11/51/8
〇公總方而議 11/52/19,11/54/15
〇者具而天下盡 11/53/3
〇德者具而天下歸之 11/55/21
〇德者亡而天下去之 11/55/22
〇邪者在匈中 11/56/9
天子〇公 12/59/16
上賢使之爲〇公 12/59/18
要此〇欲 12/60/20
辟此〇惡 12/60/21
能論官此〇材者而無失其次 12/63/7
人主不能論此〇材者 12/63/9
〇者、非明主莫之能知也 13/66/1
〇年與之終 14/67/9
衣〇屬之甲 15/70/1
贏〇日之糧 15/70/2
〔將〕所以不受命於主有〇 15/71/2
夫是之謂〇至 15/71/3
凡受命於主而行〇軍 15/71/3
〇軍既定 15/71/3
愼行此六術、五權、〇至 15/71/7
楚分而爲〇四 15/72/15
凡兼人者有〇術 15/74/9
已朞〇年 15/74/15
威有〇 16/75/12
此〇威者、不可不孰察也 16/75/12
此〇威者 16/75/20
舍屬二〇子而治其地 16/76/2
則〇國必起而乘我 16/76/22
則齊必斷而爲四〇 16/76/23
負〇王之廟而辟於陳、蔡之閒 16/77/18
〇者錯 17/82/1
此〇至者、非聖人莫之能盡 18/84/13
聖不在後子而在〇公 18/86/12
〇公奉軶持納 18/86/21
棺厚〇寸 18/87/17
衣衾〇領 18/87/17,19/93/15
二〇子之善於子宋子者 18/89/8
禮有〇本 19/90/20
〇者偏亡焉 19/90/21
是禮之〇本也 19/90/22
有五乘之地者事〇世 19/91/4
有〇乘之地者事二世 19/91/4
〇臭之不食也 19/91/11
〇年之喪 19/91/13
19/96/4,19/96/5,19/96/7
一倡而〇歎也 19/91/13
大夫〇重 19/93/11
棺椁〇寸 19/93/15
〇日而成服 19/93/21
故〇月之葬 19/93/24
不沐則濡櫛〇律而止 19/95/7
不浴則濡巾〇式而止 19/95/7
襲〇稱 19/95/8
則〇年之喪 19/96/18
然則〇年何也 19/97/1
故〇年以爲隆 19/97/3
故〇年之喪 19/97/4
君之喪所以取〇年 19/97/7
〇年畢矣哉 19/97/10
而〇月 19/97/10
〇年畢乎哉 19/97/11
以〇年事之猶未足也 19/97/12
〇月之殯 19/97/15
大夫〇月 19/97/17
此〇者、君子愼之 20/100/2
〇揖至于階 20/101/11
〇讓以賓升 20/101/11
升歌〇終 20/101/14
笙入〇終 20/101/14
閒歌〇終 20/101/14
合樂〇終 20/101/14
名與〇王並 21/103/16
不能此〇技而可使治〇官 21/104/17
無不類於〇惑者矣 22/109/20
故一人有罪而〇族皆夷 24/119/3
展禽〇絀、春申道綴基畢輸 25/120/11
干戈不用〇苗服 25/121/11
北決九河、通十二渚疏〇江 25/121/13
〇軍以强 26/123/12
〇俯〇起 26/125/4
〇者皆通 27/128/3
授天子〇策 27/128/15
〇命 27/128/25
〇問其疾 27/129/10
〇臨其喪 27/129/10
六六〇十六 27/130/5
〇丈六尺 27/130/6
〇年不事 27/131/13
〇月不事 27/131/14
孟子〇見宣王不言事 27/131/19
曷爲〇遇齊王而不言事 27/131/19
雖天子〇公問正 27/133/11
〇月五月 27/134/2
言治者予〇王 27/137/16
〇王既已定法度、制禮樂而傳之 27/137/17
無〇王之法 27/137/18
盟詛不及〇王 27/138/6
〇曰言僞而辨 28/138/19
〇月不別也 28/139/1
〇軍大敗 28/139/4
已此〇者 28/139/6
綦〇年而百姓（往）〔從〕〔風〕矣 28/139/8
〇尺之岸而虛車不能登也 28/139/11
孝子所以不從命有〇 29/141/20
〇問 29/142/7,31/146/13
〇問而丘不對 29/142/9
千乘之國有爭臣〇人 29/142/11
無此〇者 29/142/17
〇者在身 30/144/12
君子有〇恕 30/144/18
士明於此〇恕 30/144/19
君子有〇思 30/144/22
〇日而校來謁 31/148/1
此〇者 32/149/2
還贄而相見者〇十人 32/149/8
於是吾僅得〇士焉 32/149/9
吾所以得〇士者 32/149/9
亡於十人與〇十人中 32/149/9
今相國有此〇者而不得

罪〔於〕楚之士民 32/149/17
吾○相楚而心瘉卑 32/149/18

## 糂 sǎn 1

藜羹不○ 28/140/17

## 散 sàn 8

○儒也 1/4/4
庸衆駑○ 2/6/8
○則成列 15/69/3
得閒則○ 16/75/17
喪服之先○麻也 19/91/12
○名之加於萬物者 22/107/21
○名之在人者 22/107/22
是○名之在人者也 22/108/1

## 桑 sāng 4

尸鳩在○ 1/2/15
（乘）〔○〕杜作乘馬 21/105/11
食○而吐絲 26/125/3
女庸安知吾不得之○落之下乎哉 28/141/9

## 顙 sǎng 1

至地曰稽○ 27/128/21

## 喪 sàng 48

行其少頃之怒而○終身之軀 4/13/1
○祭械用皆有等宜 9/38/2, 11/54/17
故○祭、朝聘、（師旅）一也 9/39/6
○亂弘多 10/46/3
將以求富而○其國 10/48/5
人皆失○之 10/48/17
○其國、危其身者 11/55/4
計數纖嗇而無敢遺○ 12/63/3
則疆垂不○ 13/64/12
以○天功 17/80/12
是豈以○豬爲辱也哉 18/88/14
則兩○之矣 19/90/17
墨者將使人兩○之者也 19/90/18
○服之先散麻也 19/91/12
三年之○ 19/91/13, 19/96/4, 19/96/5, 19/96/7
（貳）〔貣〕之則○也 19/92/6
擅作典制辟陋之說入焉而○ 19/92/12
天子之○動四海、屬諸侯 19/93/13
諸侯之○動通國、屬大夫 19/93/13
大夫之○動一國、屬修士 19/93/14
修士之○動一鄉、屬朋友 19/93/14
庶人之○合族黨 19/93/14
刑餘罪人之○不得合族黨 19/93/15
若無○者而止 19/93/17
一朝而○其嚴親 19/94/4
則三年之○ 19/96/18
故三年之○ 19/97/4
君之○所以取三年 19/97/7
此其所以○九牧之地而虛宗廟之國也 21/102/17
則必有敝鼓○豚之費矣 21/106/15
人曰無得亦無○也 22/112/4
人曰無○而有得也 22/112/4
人曰無得而有○也 22/112/4
奚○ 22/112/6
將皆失○其性故也 23/113/21
必失而○之 23/113/22
五十不成○ 27/127/10
犇○百里 27/128/6
○事尙親 27/128/29
三臨其○ 27/129/10
諸侯非問疾弔○ 27/129/10
父母之○ 27/131/13
大夫不言得○ 27/132/4
爭利如蚤甲而○其掌 27/136/6

## 慅 sāo 1

〔剸〕○嬰 18/85/5

## 臊 sāo 2

鼻辨芬芳腥○ 4/15/9
香、臭、芬、鬱、腥、○、（洒）〔漏〕、（酸）〔庮〕、奇臭以鼻異 22/108/17

## 色 sè 48

○從而後可與言道之致 1/4/7
不觀氣○而言謂之瞽 1/4/8
目好之五○ 1/4/18
譬之是猶以盲辨○ 2/8/3
見於○ 3/11/8
相人之形狀顏○而知其吉凶妖祥 5/17/10
○如削瓜 5/17/22
酒食聲○之中〔則〕瞞瞞然 6/24/20
齊其顏○ 6/24/24
無伐德之○ 7/27/5
○、則凡非舊文者舉息 9/38/2
而有爭○之禍矣 10/42/21
若夫重○而衣之 10/43/18
故禹十年水、湯七年旱而天下無菜○者 10/48/1
譬之是由好聲○而恬無耳目也 11/51/24
目欲綦○ 11/51/24
重○而衣之 11/53/13
目好○而文章致繁婦女莫衆焉 11/53/18
其於聲○、臺榭、園囿也 11/56/8
若夫重○而成文章 12/60/3
好女之○ 12/61/2
接之以聲○、權利、忿怒、患險 12/61/9
雜間○ 18/86/17
目不欲綦○ 18/89/13
是吉凶憂愉之情發於顏○者也 19/94/15
目不視女○ 20/100/2
故目視備○ 21/102/21
形體、○理以目異 22/108/16
有兼覆之厚而無伐德之○ 22/110/10

則○不及傭而可以養目 22/112/18
有好聲○焉 23/113/4
若夫目好○ 23/114/11
其置顏○、出辭氣效 27/133/6
德至者○澤洽 27/133/16
《國風》之好○也 27/135/7
貨○遠之 27/136/20
弟子皆有飢○ 28/140/17
○不順與 29/142/16
顏○充盈 29/143/2
○知而有能者、小人也 29/143/4
心不知（○○）〔邑邑〕 31/145/8
仁義在身而○不伐 31/146/2
退朝而有喜○ 32/148/17
退朝而有憂○ 32/148/19
王朝而有憂○ 32/148/19
顏○黎黑而不失其所 32/149/13
蒙佯狂之○ 32/150/7

## 嗇 sè 2

以吝○而不行施道乎上 7/26/20
計數纖○而無敢遺喪 12/63/3

## 塞 sè 34

詐僞生○ 3/12/3
則夫○者俄且通也 4/16/1
○（備）〔滿〕天地之閒 9/39/23
以時決○ 9/40/3
故必將撞大鐘、擊鳴鼓、吹竽笙、彈琴瑟以○其耳 10/45/17
必將錭琢、刻鏤、黼黻、文章以○其目 10/45/18
必將芻豢稻粱、五味芬芳以○其口 10/45/18
其○固 10/47/1
涂薉則○ 11/50/21
危○則亡 11/50/21
王猶允○ 12/57/21,15/74/7
行義○於天地之閒 12/58/7
則公道達而私門○矣 12/60/12
則是拘脅蔽○之端也 12/62/13
是豈無固○隘阻也哉 15/72/17
固○不樹 15/73/4
其在趙者剡然有苓而據松柏之○ 16/78/2
則兵不復出於○外而令行於天下矣 16/78/6
則雖爲之築明堂（於○外）而朝諸侯 16/78/7
其國○險 16/78/10
譬之是猶以塼塗○江海也 18/89/7
此蔽○之禍也 21/102/18
21/103/2,21/103/13
見蔽○之禍 21/103/16
遠賢近讒、忠臣蔽○主勢移 25/120/5
忠不上達、蒙揜耳目○門戶 25/122/3
門戶○ 25/122/3
此夫大而不○者歟 26/124/11
往來惛憊而不可爲固○者歟 26/124/12
何其○矣 26/125/19
故○而避所短 27/137/7
不讎不○ 30/143/25

## 瑟 sè 9

瓠巴鼓○而流魚出聽 1/3/3
樂於鍾鼓琴○ 5/19/13
爲之鍾鼓、管磬、琴○、竽笙 10/43/14
故必將撞大鐘、擊鳴鼓、吹竽笙、彈琴○以塞其耳 10/45/17
鍾鼓管磬、琴○、竽笙 19/90/7
琴○張而不均 19/95/11
琴○、竽笙 19/98/3
以琴○樂心 20/100/7
○易良 20/100/20

## 沙 shā 4

〔白○在涅〕 1/1/19
胠於○而思水 4/13/19
然而兵殆於垂○ 15/72/15
今秦南乃有○羨與俱 16/77/21

## 殺 shā 54

○孰也 2/8/14
前事則○兄而爭國 7/25/8
可○而不可使爲姦也 7/26/10
○管叔 8/27/15
行一不義、○一無罪而得天下 8/28/9,11/49/16
蓋○者非周人 8/31/20
不知隆禮義而○《詩》、《書》 8/32/18
隆禮義而○《詩》、《書》 8/32/21
貴賤、○生、與奪一也 9/39/6
○生時則草木殖 9/39/18
下或○其上 10/44/12
案申重之以貴賤○生 11/49/21
可○而不可使不順 11/54/12
先時者○無赦 12/60/13
不逮時者○無赦 12/60/13
明君之所○也 13/64/7
○然後仁 13/66/2
義刑義○ 14/67/10,28/139/6
可○而不可使處不完 15/71/2
可○而不可使擊不勝 15/71/2
可○而不可使欺百姓 15/71/3
不○老弱 15/71/12
○戮無時 15/72/20
蓋○一人、刑二人而天下治 15/73/8
其誅○猛而必 16/75/16
非振之以誅○ 16/75/18
○、赭衣而不純 18/85/6
然則是○人者不死、傷人者不刑也 18/85/7
○人者不死 18/85/9
○人者死 18/85/13
故賞以富厚而罰以○損也 18/89/17
以隆○爲要 19/92/21
是禮之○也 19/92/22
下盡其○ 19/93/1
○生而送死謂之賊 19/96/1
緦、小功以爲○ 19/97/3
隆○之義辨矣 20/101/12
隆○辨 20/101/21
○盜非○人也 22/109/16

故〇其父而臣其子　24/118/18
〇其兄而臣其弟　24/118/18
子胥見〇百里徙　25/120/10
暴至〇傷而不億忌者歟　26/124/12
仁之〇也　27/127/26
〇大蚤　27/128/19
冰泮〇〔止〕　27/130/3
今〇一人以戮不孝　28/139/2
下〇之　28/139/3
〇不辜也　28/139/4
其政好生而惡〇焉　31/146/14
〇賢良　32/150/12

## 傻 shǎ　1

天下、國有（〇）〔俊〕士　27/131/5

## 翜 shà　2

皆有〇萋文章之等以敬飾之　19/93/12
無幬絲𢄔縷〇其須以象菲帷幬尉也　19/95/16

## 山 shān　39

故不登高〇　1/1/7
生於高〇之上而臨百仞之淵　1/1/18
積土成〇　1/2/9
玉在〇而（草）木潤　1/3/4
丘〇崇成　2/7/13
〇淵平　3/9/1,22/109/17
至共頭而〇隧　8/31/17
故積土而爲〇　8/34/4
〇林澤梁以時禁發而不稅　9/38/10
〇人足乎魚　9/38/16
天作高〇　9/38/19,17/80/24
則斧斤不入〇林　9/39/19
故〇林不童而百姓有餘材也　9/39/22
養〇林、藪澤、草木、魚鱉、百（索）〔素〕　9/40/5
餘若丘〇　10/42/25
而且有富厚丘〇之積矣　10/42/26
暴暴如丘〇　10/45/22
辟之是猶使處女嬰寶珠、佩寶玉、負戴黃金而遇中〇之盜也　10/49/2
〇林茂而禽獸歸之　14/66/17
〇林者、鳥獸之居也　14/66/19
〇林險則鳥獸去之　14/66/20
辟之猶以錐刀墮大〇也　15/70/13
在韓者踰常〇乃有臨慮　16/78/1
負西海而固常〇　16/78/2
〇林川谷美　16/78/10
以僬僥而戴太〇也　18/89/8
桀死於（亭）〔鬲〕〇　21/102/17
故從〇上望牛者若羊　21/106/6
從〇下望木者　21/106/7
〇冢崒崩　24/119/6
生於〇阜　26/125/6
天子〇冕　27/126/17
乘輿之輪、太〇之木也　27/134/2
百仞之〇任負車登焉　28/139/12
百仞之〇而豎子馮而游焉　28/139/12
江出於岷〇　29/142/28
鷹鳶猶以〇爲卑而增巢其上　30/144/2

## 潸 shān　1

〇焉出涕　28/139/14

## 訕 shàn　1

有諫而無〇　27/129/8

## 善 shàn　207

〇假於物也　1/1/15
積〇成德　1/2/9
爲〇不積邪　1/3/4
不足謂〇射　1/4/12
不足謂〇御　1/4/12
不足謂〇學　1/4/12
其〇者少　1/4/13
不〇者多　1/4/13
見〇、脩然　2/5/3
見不〇、愀然　2/5/3
〇在身、介然　2/5/3
不〇在身、菑然　2/5/4
好〇無猒　2/5/5
此之謂也扁〇之度　2/5/9
以〇先人者謂之教　2/5/18
以〇和人者謂之順　2/5/18
以不〇先人者謂之（謟）〔諂〕　2/5/18
以不〇和人者謂之諛　2/5/18
則可謂〇少者矣　2/8/7
〇其言而類焉者應矣　3/10/18
君子養心莫〇於誠　3/11/4
〇之爲道者　3/11/7
故與人〇言　4/12/17
禽獸之行而欲人之〇己也　4/14/18
而亦欲人之〇己也　4/14/21
幾不甚〇矣哉　4/16/9
則形相雖惡而心術〇　5/17/12
形相雖〇而心術惡　5/17/13
故長短、小大、〇惡形相　5/17/13
仁義功名〇於後世　5/17/20
非無〇政也　5/19/5,5/19/6
故君子之於（言）〔〇〕也　5/19/11
凡人莫不好言其所〇　5/19/12
　5/20/12
〇者於是閒也　5/19/18
故〇用之　7/26/3
不〇用之　7/26/3
財利至則（言）〇而不及也　7/26/8
求〇處大重　7/26/14
〇　8/28/13,15/69/11,15/70/24,15/71/10,15/71/19,31/145/5,31/145/13,31/146/1,31/146/3,31/146/7,31/146/11,31/148/7
以從俗爲〇　8/30/12
平正和民之〇　8/30/16
盡〇挾（洽）〔治〕之謂神　8/31/3
造父者、天下之〇御者也　8/32/4
羿者、天下之〇射者也　8/32/4
大儒者、〇調一天下者也　8/32/5
積〇而全盡謂之聖人　8/34/5
以〇至者　9/35/10
以不〇至者　9/35/10
無遺〇　9/35/17,18/86/8
百姓曉然皆知夫爲〇於

家而取賞於朝也 9/38/6
爲不○於幽而蒙刑於顯也 9/38/7
君者、○群也 9/39/17
此五等者不可不○擇也 9/42/6
○擇者制人 9/42/7,11/50/17
不○擇者人制之 9/42/7,11/50/17
○擇之者王 9/42/7
不○擇〔之〕者亡 9/42/7
而○臧其餘〔也〕 10/42/23
爲莫若仁人之○也夫 10/43/19
人○治之 10/44/21
而化○者勸勉矣 10/46/22
不可不○爲擇所而後錯之 11/50/20
不可不○爲擇道然後道之 11/50/20
○擇之者制人 11/51/9
不○擇之者人制之 11/51/9
擇其○者而明用之 11/53/3
○服射者也 11/53/8
○服馭者也 11/53/8
○服人者也 11/53/8
故人主欲得○射 11/53/9
欲得○馭 11/53/10
不務說其所以然而致○用其材 12/58/3
不與之爭能而致○用其功 12/58/4
○生養人者也 12/59/12
○班治人者也 12/59/12
○顯設人者也 12/59/12
○藩飾人者也 12/59/12
○生養人者人親之 12/59/12
○班治人者人安之 12/59/12
○顯設人者人樂之 12/59/13
○藩飾人者人榮之 12/59/13
人主欲得○射〔射〕遠中微者 12/61/13
欲得○馭〔及〕速致遠者 12/61/14
○取寵乎上 13/63/17
下○取譽乎民 13/63/18
揚其○ 13/64/17
爭然後○ 13/66/1
與其害○ 14/67/25
故○附民者 15/68/8
是乃○用兵者也 15/68/8
故兵要在乎（○）附民而已 15/68/8
○用兵者 15/68/10
是皆世俗之所謂○用兵者也 15/70/19
故近者親其○ 15/71/26
於是有能化○、脩身、正行、積禮義、尊道德 15/74/2
○○惡惡之應也 16/76/5
是以爲○者勸 16/76/7,24/118/19
爲不○者沮 16/76/7,24/118/19
桀、紂者○爲人之所惡 16/77/2
而湯、武者○爲人之所好也 16/77/2
故○日者王 16/78/22
○時者霸 16/78/22
霸者之○箸焉 16/78/24
故道之所○ 17/82/21
至天下之○禁令者也 18/85/18
猶有○於是者、（與不）〔不與〕 18/87/2
（至）天下之○教化者也 18/87/8
天下之○射者也 18/87/11
天下之○馭者也 18/87/12
天下之○教化者也 18/87/12
二三子之○於子宋子者 18/89/8
終始俱○ 19/93/6
使死生終始莫不稱宜而好○ 19/96/2
又○教誨之者也 19/97/10
使其曲直、繁省、廉肉、節奏足以感動人之○心 20/98/17
而可以○民心 20/99/24
○惡相象 20/100/5
美○相樂 20/100/9
亂世惡○ 20/100/16
○射以好思 21/105/14
愚而○畏 21/106/12
名有固○ 22/109/11
謂之○名 22/109/11
其○者僞也 23/113/3
23/113/7,23/113/14,23/114/6
23/114/23,23/115/8,23/115/14
23/115/18,23/115/27
其性○ 23/113/16
今人之性○ 23/113/21
〔其○者僞也〕 23/113/22
所謂性○者 23/114/1
心意之於○ 23/114/1
凡人之欲爲○者 23/114/18
人之欲爲○者 23/114/20
人之性○ 23/115/1
凡古今天下之所謂○者 23/115/1
是○惡之分也已 23/115/2
使天下皆出於治、合於○也 23/115/5
故○言古者必有節於今 23/115/10
○言天者必有徵於人 23/115/10
今孟子曰「人之性○」 23/115/11
故性○則去聖王、息禮義矣 23/115/12
然後皆出於治、合於○也 23/115/17
積○而不息 23/116/14
今與不○人處 23/117/18
一自○也 24/119/15
夫故天下不與爭能而致○用其功 24/119/15
武王○之、封〔之〕於宋立其祖 25/120/9
許由、○卷 25/121/7
世亂惡○不此治 25/122/1
主好論議必○謀 25/123/2
公察○思論不亂 25/123/6
○壯而拙老者與 26/125/2
○治衣裳 26/125/6
又○連衡 26/125/7
口言○ 27/130/22
天下鄉○矣 27/131/3
無留○ 27/133/6
○學者盡其理 27/133/9
○行者究其難 27/133/9
故《春秋》○胥命 27/133/22
○爲《詩》者不說 27/133/23
○爲《易》者不占 27/133/23
○爲《禮》者不相 27/133/23
取友○人 27/136/10
仁義禮○之於人也 27/136/15
則崇其○ 27/138/1
似○化 28/140/8
爲○者天報之以福 28/140/18
爲不○者天報之以禍 28/140/18
無身不○而怨人 30/143/23

身不○而怨人 30/143/24
口不能道○言 31/145/8
不知選賢人○士〔而〕託其身焉以爲己憂 31/145/9
雖不能徧美○ 31/145/14
〔子亦聞〕東野（子）〔畢〕之○馭乎 31/147/20
○則○矣 31/147/20,31/148/4
觀其○行 32/150/9
○桀、紂 32/150/12
○者有殃 32/150/13

擅 shàn 20

○寵於萬乘之國 7/26/14
處重○權 7/26/19
○寵則必辱 7/26/21
非○也 8/27/22
大夫○官 12/59/17
堯、舜○讓 18/86/6
夫有惡○天下矣 18/86/8
死而○之 18/86/8
則固莫足以○天下矣 18/86/10
○讓惡用矣哉 18/86/15
老衰而○ 18/86/15
有○國 18/87/3
無○天下 18/87/4
夫曰「堯、舜○讓」 18/87/4
○作典制辟陋之說入焉而喪 19/92/12
故析辭○作（名）以亂正名 22/108/4
凡邪說辟言之離正道而○作者 22/109/20
利（往）〔隹〕卬上、莫得○與孰私得 25/122/14
敖暴○强 26/125/15
闔閭○强 32/150/13

蟺 shàn 1

非蛇○之穴無可寄託者 1/2/13

贍 shàn 1

則勢不能容、物不能○也 4/16/18

商 shāng 14

積反貨而爲○賈 8/34/7
衆人者、工農○賈也 8/34/17
農農、士士、工工、○○一也 9/39/7
審詩○ 9/40/2
省○賈之數 10/43/6
工○衆則國貧 10/47/21
則○賈莫不敦愨而無詐矣 11/56/18
○賈敦愨無詐 11/56/21
則○旅安、貨（通財）〔財通〕 11/56/21
武王伐有○ 18/85/12
刑名從○ 22/107/21
居於砥石遷于○ 25/121/14
表○容之閭 27/131/3

傷 shāng 47

○良曰讒 2/6/1
偏○之也 3/12/8
是偏○之患也 3/12/9
○人（之）〔以〕言 4/12/18
不辟死○ 4/13/14
苦○其今而後悔其始 5/18/4
然而不折○ 5/20/1
剛毅勇敢不以○人 6/23/14
是又○之也 9/35/16
則○人之民必甚矣 9/36/24
○人之民甚 9/36/24
則○吾民必甚矣 9/36/25
○吾民甚 9/36/25
亂○之也 10/45/6
急不○力 10/46/12
彼得之不足以藥○補敗 10/48/13
不足以是○游玩安燕之樂 11/52/8
○國者何也 11/56/7
是○國之大災也 11/56/7
是○國 11/56/8,11/56/8,11/56/9
是○國者也 11/56/10,11/56/13
○疾、墮功、滅苦 13/65/5
若夫忠信端愨而不害○ 13/65/18
則見害○焉止矣 15/73/11
其生不○ 17/80/14
無○也 17/81/12
楛耕○稼 17/81/16
必○害無罪之民 18/84/5
然則是殺人者不死、○人者不刑也 18/85/7
而○人者不刑 18/85/9
○人者刑 18/85/13
不避死○ 18/88/14
將恐得○其體也 18/89/9
不至於隘懾○生 19/94/12
使人之心○ 20/99/26
故○於溼而擊鼓鼓痺 21/106/15
性○謂之病 22/108/1
奚○於治 22/111/10
暴至殺○而不億忌者歟 26/124/12
幣厚則○德 27/127/1
（泔）〔洎〕之○人 27/137/4
○其聞之晚也 27/137/5
行中規繩而不○於本 31/146/3
言足法於天下而不○於身 31/146/4

賫 shāng 1

使（賓）〔○〕旅安而貨財通 9/40/10

觴 shāng 2

如或○之 19/98/8
其源可以濫○ 29/142/28

賞 shǎng 66

不以取○ 3/11/23
無蹈難之○ 8/31/20
勉之以慶○ 9/35/6
然後漸慶○以先之 9/37/6
無功不○ 9/38/5
百姓曉然皆知夫爲善於家而取○於朝也 9/38/6
論其慶○ 9/40/12,11/55/18
然後漸○慶以先之 9/41/19
不足欲則○不行 10/45/8
則○罰不行 10/45/10
○不行 10/45/10
然後衆人徒、備官職、漸慶○、嚴刑罰以戒

其心 10/45/19
故其〇行 10/45/20
〇行罰威 10/45/20
說乎〇慶矣 10/46/15
誅而不〇 10/46/19
誅〇而不類 10/46/20
爵服慶〇以申重之 10/46/21
慶〇不漸則兵弱 10/47/19
刑〇已諾信乎天下矣 11/50/4
〇賢使能以次之 11/55/24
爵服〇慶以申重之 11/55/24
故〇不用而民勸 12/57/18
16/75/14
〇（克）〔免〕罰偷則民不怠 12/60/10
〔則〕縣貴爵重〇以招致之 12/61/13
縣貴爵重〇以招致之 12/61/15
故明君之所〇 13/64/6
闇君之所〇 13/64/7
〇其賊 13/64/13
然後（士）〔出〕其刑〇而還與之 14/66/12
然後進退誅〇之 14/67/9
〇不欲僭 14/67/24
〇僭則利及小人 14/67/24
〇重者強 15/69/17
〇輕者弱 15/69/17
無本〇矣 15/69/21
忸之以慶〇 15/70/4
功〇相長也 15/70/6
皆干〇蹈利之兵也 15/70/11
慶〇刑罰 15/70/25,27/131/11
爲〇慶爲之 15/73/11
故〇慶、刑罰、埶詐不足以盡人之力、致人之死 15/73/11
焉慮率用〇慶、刑罰、埶詐、（除）〔險〕阸其下 15/73/12
故〇慶、刑罰、埶詐之爲道者 15/73/14
爵服慶〇以申之 15/73/16
然後〇於是起矣 15/74/3
雕雕焉縣貴爵重〇於其前 15/74/4
楚發其〇 16/76/2
臣舍不宜以衆威受〇 16/76/3
其辭〇也固 16/76/4,16/76/10
〇有功 16/76/4
恥受〇之屬 16/76/9
凡爵列、官職、〇慶、刑罰 18/85/10
〇不當功 18/85/11
故〇以富厚而罰以殺損也 18/89/17
然則先王以人之所不欲者〇 18/89/19
審誅〇 20/99/20
爵〇不踰德 24/118/18
爵〇踰德 24/119/3
參伍明謹施〇刑 25/123/3
信、誕以分〇罰必 25/123/4
猶用慶〇於國家也 27/127/18

## 上 shàng 265

生於高山之〇而臨百仞之淵 1/1/18
〇食埃土 1/2/12
〇不能好其人 1/3/23
則有鈞無〇 2/8/7
君〇爲尊矣 3/11/10
〇則能尊君 3/11/20,13/63/20
不下比以闇〇 3/11/21
不〇同以疾下 3/11/21
〇雖不知 3/11/22,3/11/23
君〇之所惡也 4/13/2
〇忘其君 4/13/3,4/13/5
〇以忘其君 4/13/7
〇則能順天子之命 4/14/9
〇則能順〇 4/14/10
則湯、武在〇曷益 4/16/2
桀、紂在〇曷損 4/16/2
故仁人在〇 4/17/3,10/44/1
士大夫以〇至於公侯 4/17/3
爲〇則不能愛下 5/18/8
爲下則好非其〇 5/18/8
以爲〇則必危 5/18/10
舍後王而道〇古 5/18/20
欲知〇世 5/18/21
而況於千世之〇乎 5/19/2
則好言者〇矣 5/20/13
起於〇、所以導於下 5/20/14
起於下、所以忠於〇 5/20/14
〇不足以順明王 5/21/4
〇功用 6/21/19
〇則取聽於〇 6/21/22
簟席之〇 6/22/14
〇則法舜、禹之制 6/23/1
高〇尊貴不以驕人 6/23/13
匪〇帝不時 6/24/1
以吝嗇而不行施道乎〇 7/26/20
埶不在人〇而羞爲人下 7/27/8
謹乎臣子而致貴其〇者也 8/27/26
勢在人〇則王公之材也 8/28/2
然則其爲人〇何如 8/28/8
其爲人〇也廣大矣 8/28/8
其爲人〇也如此 8/28/12
夫是之謂〇愚 8/29/10
〇爲聖人 8/29/15
圖回天下於掌〇而辨白黑 8/29/17
分不亂於〇 8/30/9
是言〇下之交不相亂也 8/30/10
〇則能大其所隆 8/30/14
舉其〇客 8/32/20
〇收而養之 9/35/7
有天有地而〇下有差 9/35/22
〇君也 9/36/12
夫是之謂〇溢而下漏 9/36/18
〇以飾賢良 9/38/18
〇無君師 9/39/4
能以事〇謂之順 9/39/16
〇察於天 9/39/22
加施萬物之〇 9/39/23
反顧其〇則若灼黥 9/41/13
君臣〇下之閒者 9/41/24
無〇以制下 10/42/15
民下違〇 10/42/18
〇以法取焉 10/42/24
〇雖好取侵奪 10/42/27
由士以〇則必以禮樂節之 10/43/2
下或殺其〇 10/44/12
〇功勞苦 10/45/9
〇失天時 10/45/12
知夫爲人主〇者不美不飾之不足以一民也 10/45/16
〇得天時 10/45/22,15/68/5
〇下俱富 10/46/13
而百姓皆愛其〇 10/46/13
三德者誠乎〇 10/46/16
〇一則下一矣 10/47/1

○二則下二矣 10/47/1
○不隆禮則兵弱 10/47/19
○不愛民則兵弱 10/47/19
○好（攻取）功則國貧 10/47/20
○好利則國貧 10/47/20
下貧則○貧 10/47/21
下富則○富 10/47/21
而○不憂不足 10/48/1
則○下俱富 10/48/1
○下一心 10/48/12,10/49/6 16/76/7
則下仰○以義矣 11/49/19
鷸然○下相信 11/50/8
則臣下百姓莫不以詐心待其○矣 11/50/12
○詐其下 11/50/12
下詐其○ 11/50/12
則是○下析也 11/50/12
垂衣裳、不下簟席之○而海內之人莫不願得以爲帝王 11/52/11
○偏而國安 11/54/4
○一而王 11/54/5
夫是之謂○一 11/54/6
○莫不致愛其下而制之以禮 11/54/11
○之於下 11/54/11
故下之親○歡如父母 11/54/12
君臣○下 11/54/13,16/76/18
○可以王 11/54/20,12/57/7 12/63/8
百姓莫敢不敬分安制以（禮）化其○ 11/55/8
君臣○下之俗莫不若是 11/56/12
則○不失天時 11/56/23
○好權謀 12/57/11
○好曲私 12/57/12
○好傾覆 12/57/13
○好貪利 12/57/13
故○好禮義 12/57/15
百姓莫敢不順○之法 12/57/19
象○之志 12/57/19
而勸○之事 12/57/19
其待○也 12/58/4
○賢使之爲三公 12/59/18
○以飾賢良而明貴賤 12/60/4
○在王公之朝 12/60/5
調一○下 12/61/16
主闇於○ 12/62/1
善取寵乎○ 13/63/17
○不忠乎君 13/63/17
○忠乎君 13/63/19
以順○爲志 13/64/21
爲○則明 13/65/1
○下易位然後貞 13/66/3
則政令不行而○下怨疾 14/67/10
○文下安 14/67/14
君臣○下之閒 15/68/13
故仁人○下 15/68/15
下之於○也 15/68/15
彼反顧其○ 15/69/6
○足卬 15/69/14
○不足卬 15/69/14
○也 15/69/15
○功賤節 15/69/15
置戈其○ 15/70/1
使天下之民所以要利於○者 15/70/5
未有貴○、安制、綦節之理也 15/70/11
順命爲○ 15/71/11
○下相喜則慶之 15/71/17
不安其○ 15/71/18
政脩則民親其○、樂其君 15/72/3
〔則〕下之和○也如影（嚮）〔響〕 15/73/6
罪人不郵其○ 15/73/7
爲人主○者也 15/73/12
下反制其○ 15/73/14
有離俗不順其○ 15/73/17
然後百姓曉然皆知（脩）〔循〕○之法 15/74/1
像○之志而安樂之 15/74/2
韓之○地 15/74/20
羸則敖○ 16/75/17
下比周賁潰以離○矣 16/75/20
今相國○則得專主 16/76/15
以○之不貴義、不敬義也 16/79/3
今○不貴義、不敬義 16/79/4
且○者、下之師也 16/79/5
夫下之和○ 16/79/5
故爲人○者 16/79/5
○安於主而下調於民者也 16/79/6
內外、○下節者 16/79/7
故爲人○者必將愼禮義、務忠信然後可 16/79/8
堂○不糞 16/79/11
○明而政平 17/81/12
○闇而政險 17/81/12
○下乖離 17/82/1
○者、下之儀也 18/83/11
則○下無以相（有）〔胥〕也 18/83/12
則與無○同也 18/83/13
故○者、下之本也 18/83/13
○宣明 18/83/13
○端誠 18/83/14
○公正 18/83/14
○周密 18/83/15
○幽險 18/83/16
○偏曲 18/83/16
故下安則貴○ 18/83/18
下危則賤○ 18/83/18
故○易知 18/83/18
則下親○矣 18/83/19
○難知 18/83/19
則下畏○矣 18/83/19
下親○則○安 18/83/19
下畏○則○危 18/83/19
聖王在○ 18/86/9,24/118/10
尊無○矣 18/86/17,24/118/7
○以無法使 18/88/1
則○失天性 18/88/2
王公則病不足於○ 18/88/2
而盜賊擊奪以危○矣 18/88/3
○爲天子諸侯 18/88/25
故○賢祿天下 18/89/18
故禮、○事天 19/90/21
以爲○則明 19/92/5
故君子○致其隆 19/93/1
○取象於天 19/97/4
郊者、并百王於○天而祭祀之也 19/97/13
則君臣○下同聽之 20/98/21
以至足其○矣 20/99/17
不足其○矣 20/99/19
亂國之君非之○ 21/102/10
○以蔽下 21/103/13
下以蔽○ 21/103/13
則湛濁在下而清明在○ 21/105/5
清明亂於○ 21/105/6

故從山○望牛者若羊 21/106/6
而求箸者不○折也 21/106/7
此言○幽而下險也 21/107/15
赫赫在○ 21/107/17
此言○明而下化也 21/107/17
○以明貴賤 22/108/13
故爲之立君○之埶以臨之 23/115/4
今當試去君○之埶 23/115/6
立君○ 23/115/13
有○勇者 23/117/5
○不循於亂世之君 23/117/6
是○勇也 23/117/8
莫敢犯（大）○之禁 24/118/11
皆知夫〔犯〕○之禁不可以爲安也 24/118/12
拒諫飾非、愚而○同國必禍 25/120/5
○能尊主（愛下）〔下愛〕民 25/120/6
下以教誨子弟、○以事祖考 25/121/4
辨治○下、貴賤有等明君臣 25/121/8
迷惑失指易○下 25/122/3
忠不○達、蒙揜耳目塞門戶 25/122/3
是非反易、比周欺○惡正直 25/122/4
妬功毀賢、下斂黨與○蔽匿 25/122/7
○壅蔽 25/122/7
事業聽○、莫得相使一民力 25/122/13
利（往）〔隹〕卬○、莫得擅與孰私得 25/122/14
下不欺○、皆以情言明若日 25/123/4
○通利 25/123/5
○飾帝王 26/125/7
○天 26/126/2
○卿進曰 27/128/11
○大夫 27/128/27
柔○而剛下 27/129/18
○臣事君以人 27/130/14
○重義則義克利 27/132/3
○重利則利克義 27/132/3
從士以○皆羞利而不與民爭業 27/132/5
○好（羞）〔義〕 27/132/12
○好富 27/132/12,27/132/13
君子進則能益○之譽而損下之憂 27/134/20
《小雅》不以於汙○ 27/135/8
○失之 28/139/3
○先服之 28/139/7
○順下篤 29/141/19
鷹鳶猶以山爲卑而增巢其○ 30/144/2
○車執轡 31/148/6
故○士吾薄爲之貌 32/149/10
○無賢主 32/150/4
故君○蔽而無覩 32/150/6

## 尙 shàng 36

○法而無法 6/21/22
○有典刑 6/24/1
則莫若○賢使能矣 9/36/10
○賢使能而等位不遺 9/38/6
○完利 9/40/8
則天下○儉而彌貧 10/46/2
○賢使能以次之 10/46/21
15/73/16
文王用呂○ 11/54/23
以小人○民而威 11/56/7
○賢使能 12/57/15
○賢使能則民知方 12/60/10
知○賢使能之爲長功也 12/63/6
明主○賢使能而饗其盛 13/64/12
方起以○盡矣 14/66/14
○功利 15/70/12
隆埶詐、○功利之兵 15/70/16
夫○賢使能 16/76/4
大饗○玄尊 19/91/7
俎〔○〕生魚 19/91/7
〔大〕饗、○玄尊而用酒醴 19/91/7
故尊之○玄酒也 19/91/10
俎之○生魚也 19/91/10
○拊（之）膈 19/92/1
（屋）〔局〕室、（廬庾）〔蘆簾〕、（葭）稾蓐、○机筵而可以養形 22/112/19
賢者敢推而○之 23/117/9
故○賢使能 24/119/12
故○賢、使能 24/119/12
尊主安國○賢義 25/120/4
武王誅之、呂○招麾殷民懷 25/120/10
堯、舜○賢身辭讓 25/121/7
○賢推德天下治 25/121/8
○得推賢不失序 25/121/10
吉事○尊 27/128/29
喪事○親 27/128/29
○賢以綦之 28/139/7

## 燒 shāo 3

不時焚○ 10/42/25,10/45/23
若○若焦 10/45/12

## 韶 sháo 6

於是《武》、《象》起而《○》、《護》廢矣 8/32/1
騶中《○》、《護》以養耳 18/86/21
趨中《○》、《護》 19/90/12
27/129/27
《○》、《夏》、《護》、《武》 19/98/4
舞《○》歌《武》 20/100/1

## 少 shǎo 59

其善者○ 1/4/13
○聞曰淺 2/6/3
○見曰陋 2/6/3
○而理曰治 2/6/3
利○而義多 2/6/13
則可謂善○者矣 2/8/7
則可謂惡○者矣 2/8/8
則可謂不詳○者矣 2/8/8
行其○頃之怒而喪終身之軀 4/13/1
然後使（愨）〔穀〕祿多○厚薄之稱 4/17/2
○言而法 6/23/5

多○無法而流湎然 6/23/5
遇賤而○者則脩告導寬容之義 6/23/16
貴賤長○ 7/25/14,16/76/18
○事長 7/27/8
不可以○當也 8/27/18
比周而譽俞○ 8/30/3
辟之是猶力之○而任重也 8/30/7
累多而功○ 9/36/27
不可○頃舍禮義之謂也 9/39/16
○陵長 10/42/18
事無大小多○ 10/43/5
○者以長 10/44/7,27/129/1
將○人徒 10/45/9
以偷取○頃之譽焉 10/46/6
可以○頃得姦民之譽 10/46/7
有以守○ 11/55/4
固以○矣 11/55/5
不爲○頃輟焉 12/59/5
不可○頃曠也 14/66/24
宋子有見於○ 17/83/4
有○而無多 17/83/6
以多○爲用 19/92/21
然後皆有衣（衾）〔食〕多○厚薄之數 19/93/12
則長○同聽之 20/98/22
○長以齒 20/101/17
不○頃干之胸中 21/107/11
長○之理順矣 22/110/14
其（和）〔私〕樂○矣 22/112/21
○言則徑而省、論而法 23/117/2
以多○爲異 27/130/12
故天子不言多○ 27/132/3
○不諷〔誦〕 27/134/16
○有之者貧 27/136/15
○言而法、君子也 27/137/10
多（○）〔言〕無法而流喆然 27/137/10
朝七日而誅○正卯 28/138/17
夫○正卯、魯之聞人也 28/138/17
而○正卯兼有之 28/138/20
爲夫玉之○而珉之多邪 30/144/5
夫君子豈多而賤之、○而貴之哉 30/144/6
○而不學 30/144/22
是故君子○思長則學 30/144/23
可得○進乎 31/148/7
即物○至 32/149/6
○至則淺 32/149/6
世○知之 32/150/10

## 奢 shē 3

般樂○汰 7/25/8
齊桓公閨門之內懸樂○泰游抏之脩 11/55/1
閭娵、子○莫之媒也 26/126/1

## 舌 shé 3

然而口○之於噡唯則節 5/21/4
金○弊口 18/88/17
藉、靡、○縪 18/89/1

## 蛇 shé 2

非○蟺之穴無可寄託者 1/2/13
螣○無足而飛 1/2/15

## 舍 shè 42

功在不○ 1/2/11
鍥而○之 1/2/11
鍥而不○ 1/2/11
若其義則不可須臾○也 1/3/8
○之 1/3/9
趣○無定謂之無常 2/6/2
○亂妄無爲也 2/8/4
○之則失之 3/11/11
獨行而不○ 3/11/11
欲惡取○之權 3/12/6
然後定其欲惡取○ 3/12/7
是刑法之所不○也 4/13/3
其定取○楛僈 4/14/15
○後王而道上古 5/18/20
譬之是猶○己之君而事人之君也 5/18/20
桀、紂○之 7/26/2
無益於理者○之 8/29/5
○粹折無適也 8/30/7
○是而天下以衰矣 9/39/1
不可少頃○禮義之謂也 9/39/16
○是而孰足爲也 11/55/3
知慮取○ 12/61/7
處○收臧 15/70/26
格者不○ 15/71/12
○屬二三子而治其地 16/76/2
臣○不宜以眾威受賞 16/76/3
相國○是而不爲 16/76/19
○其所以參 17/80/3
則日切瑳而不○也 17/82/4
若夫知慮取○則無衰 18/86/15
則○之矣 19/96/21,22/110/22
足以相通則○之矣 22/110/21
下不私請、各以宜○巧拙 25/123/6
孔子○之 28/139/1
又○之 28/139/2
○此而爲非者 31/145/1,31/145/5
情性者、所以理然不、取○也 31/146/8
○貴而爲賤 32/149/12
○富而爲貧 32/149/13
○佚而爲勞 32/149/13

## 社 shè 19

與之書○三百 7/25/13
無置錐之地而明於持○稷之大義 8/28/1
在人下則○稷之臣、國君之寶也 8/28/2
保○稷矣 10/47/6
○稷必危 11/54/21,11/56/10
12/57/8
失當一人而○稷危 11/54/22
故有○稷者而不能愛民、不能利民 12/58/14
故有○稷者莫不欲彊 12/61/19
然而應薄扞患足以持○稷然後可 12/62/23
將危國家、殞○稷之懼也 13/64/1
○稷之臣也 13/64/5
所以隕○稷也 15/72/10
蔡侯奉其○稷而歸之楚 16/76/1
而○止於諸侯 19/91/2
故○、祭○也 19/97/12
則○稷不危 29/142/11

涉 shè 2

君子之言○然而精 22/110/20
不放舟、不避風則不可○也 29/143/1

射 shè 13

名曰○干 1/1/18
不足謂善○ 1/4/12
羿者、天下之善○者也 8/32/4
而不能以○遠中微 8/32/6
善服○者也 11/53/8
故人主欲得善○ 11/53/9
○遠中微則莫若羿、蠭門矣 11/53/9
君○則臣決 12/58/11
人主欲得善○〔○〕遠中微者 12/61/13
天下之善○者也 18/87/11
而羿精於○ 21/105/10
善○以好思 21/105/14

設 shè 20

○規矩 8/28/19
善顯○人者也 12/59/12
善顯○人者人樂之 12/59/13
不能顯○人者 12/59/14
是所以顯○之也 12/60/1
故正義之臣○ 13/64/11
請問王者之兵○何道 15/69/11
居則○張容 18/86/19
規矩誠○矣 19/92/14
殯其須以生○飾死者也 19/94/1
充耳而○瑱 19/95/8
○褻衣 19/95/8
○掩面儇目 19/95/9
起而可○ 23/115/11
起而不可○ 23/115/12
表儀既○民知方 25/122/14
君子○辭 26/124/11
人主仁心○焉 27/126/27
（○）〔褻〕衣不踰祭服 27/129/15
○庠序 27/130/25

赦 shè 3

死無○ 9/35/8
先時者殺無○ 12/60/13
不逮時者殺無○ 12/60/13

慴 shè 3

非○怯也 3/10/2
憂則挫而○ 3/10/9
不至於隘○傷生 19/94/12

攝 shè 4

不可以假○為也 8/27/18
朋友攸○ 27/135/1
○以威儀 27/135/1
孔子為魯○相 28/138/17

申 shēn 14

而○徒狄能之 3/9/1
頓窮則（從之）疾力以○重之 7/27/4
爵服慶賞以○重之 10/46/21
案○重之以貴賤殺生 11/49/21
爵服賞慶以○重之 11/55/24
慮必先事而○之以敬 15/71/4
爵服慶賞以○之 15/73/16
習其俯仰屈○ 20/99/4
奚齊蔽於欲國而罪○生 21/103/1
○子蔽於埶而不知知 21/103/9
形可劫而使詘○ 21/104/12
○之以命 22/110/1
展禽三絀、春○道綴基畢輸 25/120/11
○公巫臣進問曰 32/148/19

伸 shēn 3

與時屈○ 3/10/1
時○則○也 7/27/10

身 shēn 116

怠慢忘○ 1/2/3
邪穢在○ 1/2/4
以美其○ 1/3/17
謹慎其○ 1/4/9
善在○、介然 2/5/3
不善在○、菑然 2/5/4
以脩○自〔强〕 2/5/11
○勞而心安 2/6/13
然夫士欲獨脩其○ 2/7/5
其折骨絕筋、終○不可以相及也 2/7/8
禮者、所以正○也 2/8/1
無禮何以正○ 2/8/1
夫師、以○為正儀而貴自安者也 2/8/4
○之所長 3/11/22
○之所短 3/11/22
鬭者、忘其○者也 4/13/1
行其少頃之怒而喪終○之軀 4/13/1
是忘其○也 4/13/2
憂忘其○ 4/13/3
人也、憂忘其○ 4/13/4
憂以忘其○ 4/13/7
○死而名彌白 4/14/22
○長七尺 5/17/17
○如斷菑 5/17/22
○如植鰭 5/17/22
然而○死國亡 5/17/26
是以終○不免埤汙傭俗 5/19/14
用其○則多詐而無功 5/21/3
持寵處位終○不厭之術 7/26/6
是持寵處○不厭之術也 7/26/10
老○長子 8/29/10
務積德於○而處之以遵（道）〔遁〕 8/30/1
其○而俞危 8/30/4
○不肖而誣賢 8/30/7
是猶傴○而好升高也 8/30/8
○貴而愈恭 8/31/12
（億）〔僡〕然若終○之虜而不敢有他志 8/32/21
正○行 9/35/5，9/40/13，10/48/9
召寇、肥敵、亡國、危○之道也 9/36/19
立○則從傭俗 9/42/2
立○則輕（楛）〔楛〕 9/42/3
立○則憍暴 9/42/4
乃○不廢在王庭 10/42/29

以國持之而不足以容其○ 10/48/4
將以求利而危其○ 10/48/5
則不足以（爲）持國安○ 10/49/4
加義乎○行 11/49/20
而○死國亡 11/50/16
○能 11/51/11
○不能 11/51/11,11/51/12
必至於○死國亡然後止也 11/52/6
則○佚而國治 11/54/20,12/57/7,12/63/8
則○勞而國亂 11/54/21,12/57/8
則○有何勞而爲 11/54/23
喪其國、危其○者 11/55/4
其所爲○也 12/58/2
聞脩○ 12/58/10,12/58/12
則國終○無故 12/59/7
防其躬○ 13/64/19
災及其○矣 13/65/15
故禮及○而行脩 14/66/18
○苟不狂惑戇陋 15/74/1
於是有能化善、脩○、正行、積禮義、尊道德 15/74/2
○死國亡 18/84/16
危其○也 20/100/16
是足以正○安國矣 20/101/21
○不先知 21/102/18
是以能長用伊尹而○不失道 21/102/19
是以能長用呂望而○不失道 21/102/20
○爲刑戮 21/103/2
○盡其故則美 21/104/16
學、老○長子而與愚者若一 21/106/20
敢直其○ 23/117/6
輕○而重貨 23/117/9
○日進於仁義而不自知也者 23/117/17
○且加於刑戮而不自知者 23/117/19
堯、舜尙賢○辭讓 25/121/7
舉舜甽畝、任之天下○休息 25/121/11
○讓卞隨舉牟光 25/121/15
恐爲子胥○離凶 25/122/9
功立而○廢 26/124/17
此夫○女好而頭馬首者與 26/125/2
中臣事君以○ 27/130/14
○能行之 27/130/21,27/130/21
○不能行 27/130/21
○行惡 27/130/22
是棄國捐○之道也 27/136/16
故君子博學、深謀、修○、端行以俟其時 28/141/7
○不佚者志不廣 28/141/9
意者○不敬與 29/142/16
不能自舉其○ 29/142/19
○之罪也 29/142/19
是以有終○之樂 29/143/15
是以有終○之憂 29/143/16
無○不善而怨人 30/143/23
○不善而怨人 30/143/24
三者在○ 30/144/12
君子正○以俟 30/144/15
則可以端○矣 30/144/19
不知選賢人善士〔而〕託其○焉以爲己憂 31/145/9
仁義在○而色不伐 31/146/2
言足法於天下而不傷於○ 31/146/4
不可以○尒也 31/147/16
以正吾○ 32/149/9
正○之士不可驕也 32/149/12
彼正○之士 32/149/12
而○死國亡也 32/150/2
以保其○ 32/150/7

## 參 shēn 21

君子博學而日○省乎己 1/1/5
○於天地 3/10/1
堯、舜○牟子 5/17/23
則通於神明、○於天地矣 8/34/2,23/116/14
君子者、天地之○也 9/39/3
○之以禮 12/61/6
功○天地 13/66/3
欲伍以○ 15/70/27
與之○國政 16/76/17
因與之○國政 16/78/5
夫是之謂能○ 17/80/2
舍其所以○ 17/80/3
而願其所○ 17/80/3
○稽治亂而通其度 21/104/8
明○日月 21/104/10
〔人〕而有埶、直而用抴必○天 25/120/16
○伍明謹施賞刑 25/123/3
大○于天 26/124/1
大○天地 26/124/7
○之以平心 27/137/2

## 深 shēn 28

不臨○谿 1/1/7
智慮漸○ 2/6/6
依乎法而又○其類 2/7/19
○於矛戟 4/12/18
其慮之不○ 4/14/15
短綆不可以汲○井之泉 4/16/13
如臨○淵 13/65/16
川淵○而魚鱉歸之 14/66/17
水○而回 14/67/21
欲潛以○ 15/70/26
高城○池不足以爲固 15/72/11
雖○ 17/80/1
（水行）〔行水〕者表○ 17/82/22
淺不可與測○ 18/86/3
禮之理誠○矣 19/92/12
夫聲樂之入人也○ 20/99/15
其感人○ 20/99/24
而無○於其志義者也 22/110/23
有嘗試○觀其隱而難（其）察者 22/112/9
○谷爲陵 24/119/6
處之敦固、有○藏之能遠思 25/121/2
甚○藏而外勝敵者邪 26/124/3
水行者表○ 27/127/4
君子博學、○謀不遇時者多矣 28/141/3
且夫芷蘭生於○林 28/141/4
故君子博學、○謀、修身、端行以俟其時 28/141/7
寡人生於○宮之中 31/146/17
○扣之而得甘泉焉 32/149/21

## 紳 shēn 4

縉○而無鉤帶矣 19/95/8
○端章甫 20/100/1
然則夫章甫、絇屨、○〔帶〕而搢笏者 31/145/2
○、委、章甫 31/147/9

## 神 shén 39

○之聽之 1/1/9
○莫大於化道 1/1/9
而○明自得 1/2/9
莫○一好 2/6/10
形則○ 3/11/5
○則能化矣 3/11/5
誠信生○ 3/12/3
貴之○之 5/20/8
賊而○ 6/23/7
執○而固 8/31/3
曷謂○ 8/31/3
盡善挾（洽）〔治〕之謂○ 8/31/3
○固之謂聖人 8/31/4
則通於○明、參於天地矣 8/34/2, 23/116/14
夫是之謂大○ 9/38/18
○明博大以至約 9/39/24
誠信如○ 14/67/1
則通於○明矣 15/71/8
所存者○ 15/71/24, 15/74/5, 32/150/9
畏之如○明 16/75/14
夫是之謂○ 17/80/6
形具而○生 17/80/9
而百姓以爲○ 17/82/7
以爲○則凶也 17/82/8
居如大○ 18/87/2
懷柔百○ 19/95/4
祭祀、敬事其○也 19/95/17
而○明之主也 21/104/10
酒亂其○也 21/106/5
故其民之化道也如○ 22/110/2
政令致明而化易如○ 24/118/19
好而壹之○以成 25/121/3
精○相（反）〔及〕、一而不貳爲聖人 25/121/3
通于大○ 26/124/10
廣大精○ 26/124/14
屢化如○ 26/124/16

## 審 shěn 24

君子○後王之道而論於百王之前 3/11/15
則○一二 5/18/21
則○周道 5/18/21
則○其人、所貴君子 5/18/21
○勞佚 7/25/19, 11/50/7
○詩商 9/40/2
○時事 9/40/8
○節奏 9/41/4
○吾所以適人 11/56/4
朝廷必將隆禮義而○貴賤 11/56/16
○之禮也 12/57/27, 12/58/1, 12/58/8
古者先王○禮以方皇周浹於天下 12/57/27
其誅不服也○ 16/75/16
君子○於禮 19/92/14
故樂者、○一以定和者也 20/98/22
○誅賞 20/99/20
○節而不（知）〔和〕 27/128/1
○其所以從之之謂孝、之謂貞也 29/142/12
務○其所知 31/145/14
務○其所謂 31/145/15
務○其所由 31/145/15

## 甚 shèn 56

而不敢以其所獨（○）〔是〕 3/11/24
豈不過○矣哉 4/13/7, 11/51/24, 12/61/19, 16/76/9, 18/84/18, 18/87/10, 18/88/17, 18/89/21, 23/115/12
我○醜之 4/13/11
幾不○善矣哉 4/16/9
而君子爲○ 5/19/12
而君子爲○焉 5/20/12
○察而不（惠）〔急〕 6/22/4
○僻違而無類 6/22/9
功雖○大 7/27/5
○愚陋溝瞀而冀人之以己爲知也 8/34/15
則傷人之民必○矣 9/36/24
傷人之民○ 9/36/24
則人之民惡我必○矣 9/36/24
人之民惡我○ 9/36/24
則傷吾民必○矣 9/36/25
傷吾民○ 9/36/25
則吾民之惡我必○矣 9/36/26
吾民之惡我○ 9/36/26
禮節將○文 10/48/14
珪璧將○碩 10/48/14
貨賂將○厚 10/48/14
其侵人愈○ 10/49/1
則勞苦耗顇莫○焉 11/52/16
其用知○簡 11/53/11
○易處而綦可樂也 11/53/11
飲食○厚 11/53/14
聲樂○大 11/53/14
臺謝○高 11/53/14
園囿○廣 11/53/14
此其爲可哀○於衢涂 11/53/26
○畏有司而順 16/78/11
其說○爾 17/82/2
其菑○慘 17/82/2
○者 18/84/3
智惠○明 18/86/7
痛○者其瘉遲 19/96/5
彼其所至者○大動也 19/97/21
○勞而無功 22/110/24
生○矣 22/111/8
死○矣 22/111/8
人情○不美 23/116/25
○不美 23/116/26
性得之則○雅似者歟 26/123/14
○順而體 26/123/14
○深藏而外勝敵者邪 26/124/3
出入○極 26/124/10
功業○博 26/125/7
反覆○極 26/125/9

## 愼 shèn 48

君子○其所立乎 1/2/7
謹○其身 1/4/9

恭敬謹○而容 3/9/16
以○其獨者也 3/11/7
庸行必○之 3/11/24
君子○之 3/12/3,14/66/12
22/112/23
○不敢損益也 4/14/11
是○到、田駢也 6/22/2
則謹○而嗛 7/26/6
則○比而不邪 7/26/7
則○行此道也 7/26/15
○謹以行之 7/27/4
公○氏出其妻 8/28/5
○潰氏踰境而徙 8/28/5
○、墨不得進其談 8/29/1
○習俗 8/34/8
將脩小大强弱之義以持
○之 10/48/14
在○取相 12/60/21
必謹志之而○自爲擇取
焉 13/63/25
謹○、利也 13/65/22
謹○而無鬬怒 13/65/23
○終如始 15/71/4
○行此六術、五權、三至 15/71/7
故爲人上者必將○禮義
、務忠信然後可 16/79/8
○子有見於後 17/83/3
故君子敬始而○終 19/93/6
此三者、君子○之 20/100/2
故君子○其所去就也 20/100/5
故主其心而○治之 21/102/19
21/102/20
○子蔽於法而不知賢 21/103/8
則○率民而一焉 22/108/4
忠者、惇○此者也 24/119/14
○聖人 25/120/4
○、墨、季、惠 25/120/14
明德○罰、國家既治四
海平 25/121/1
○之 27/134/3
不可不○也 27/134/4
君人者不可以不○取臣 27/136/8
匹夫不可以不○取友 27/136/8
不可不○ 27/136/10
而能致恭敬、忠信、端
慤以○行之 29/142/2
（奮）〔○〕於言者
〔不〕華 29/143/3
（奮）〔○〕於行者
〔不〕伐 29/143/3
以○ 32/149/2
彼其○也 32/149/5

升 shēng 5

是猶傴身而好○高也 8/30/8
三讓以賓○ 20/101/11
至于衆賓○受 20/101/11
○歌三終 20/101/14
脫屨○坐 20/101/18

生 shēng 227

○而同聲 1/1/8
君子○非異也 1/1/14
○於高山之上而臨百仞
之淵 1/1/18
蓬○麻中 1/1/19
肉腐○蟲 1/2/3
魚枯○蠹 1/2/3
草木疇○ 1/2/5
蛟龍○焉 1/2/9
淵○珠而崖不枯 1/3/4
○乎由是 1/4/19
以治氣養○ 2/5/11
不由禮則觸陷○疾 2/5/13
故人無禮則不○ 2/5/15
公○明 3/12/3
偏○闇 3/12/3
端慤○通 3/12/3
詐僞○塞 3/12/3
誠信○神 3/12/3
夸誕○惑 3/12/3
此六○者 3/12/3
夫天○蒸民 4/14/8
是庶人之所以取煖衣飽
食長○久視以免於刑
戮也 4/14/13
以偷○反側於亂世之間 4/14/14
是人之所○而有也 4/15/7
5/18/14
是又人之所常○而有也 4/15/9
是又人之所○而有也 4/15/11
非○而具者也 4/15/13
人之○固小人 4/15/14,4/15/14
今使人○而未嘗睹芻豢
稻粱也 4/15/17
今人之○也 4/16/6
今夫偷○淺知之屬 4/16/9
將爲天下○民之屬長慮
顧後而保萬世也 4/16/12
以養○爲己至道 8/30/12
若○四枝 8/30/16
治○乎君子 9/35/20,14/66/26
〔而〕亂○乎小人 9/35/20
民無幸○ 9/38/5,10/43/5
天地者、○之始也 9/39/1
故天地○君子 9/39/3
貴賤、殺○、與奪一也 9/39/6
水火有氣而無○ 9/39/9
草木有○而無知 9/39/9
人有氣、有○、有知 9/39/9
故人○不能無群 9/39/15
群○皆得其命 9/39/18
殺○時則草木殖 9/39/18
不夭其○ 9/39/19,9/39/20
○也 10/42/13
天下害○縱欲 10/42/15
○於節用裕民也 10/42/26
利足以○民 10/43/4
人之○ 10/43/9
天地○之 10/44/8
今是土之○五穀也 10/44/21
然後昆蟲萬物○其閒 10/45/2
夫天地之○萬物也 10/45/2
使天下○民之屬皆知己
之所願欲之舉在于是
也 10/45/19
案申重之以貴賤殺○ 11/49/21
故百樂者○於治國者也 11/52/3
憂患者○於亂國者也 11/52/4
○民則致寬 11/55/25
○民則致貧隘 11/56/2
〔是〕狂○者也 12/58/18
狂○者不胥時而（樂）
〔落〕 12/58/18
○乎今之世而志乎古之道 12/59/2
善○養人者也 12/59/12
善○養人者人親之 12/59/12
不能○養人者 12/59/14
是所以○養之也 12/59/16

澤被○民 13/66/3
迷亂狂○ 13/66/4
亂○乎小人 14/66/26
而○民欲寬 14/67/14
○民寬而安 14/67/14
秦人、其○民也陋阸 15/70/4
以故順刃者○ 15/71/13
殷之服民所以養○之者也無異周人 15/71/14
先○議兵 15/71/21
○民之屬孰不願也 15/74/4
故人莫貴乎○ 16/77/11
所以養○、（安樂）〔樂安〕者莫大乎禮義 16/77/12
人知貴○樂安而棄禮義 16/77/12
祅怪未（至）〔○〕而凶 17/79/20
萬物各得其和以○ 17/80/5
形具而神○ 17/80/9
其○不傷 17/80/14
得地則○ 17/80/23
○於今而志乎古 17/81/5
則牛馬相○ 17/81/18
祅是○於亂 17/82/1
願於物之所以○ 17/82/17
亂○其差 17/82/21
是治之所由○也 18/83/15
○民怨之 18/84/15
故象刑殆非○於治古 18/85/9
○民之屬莫不振動從服以化順之 18/86/7,18/87/8
故天子○則天下一隆致順而治 18/86/13
而聖王之○民也 18/87/19
人○而有欲 19/90/3
孰知夫出死要節之所以養○也 19/90/14
故人苟○之爲見 19/90/16
天地者、○之本也 19/90/20
無天地惡○ 19/90/20
俎〔尙〕○魚 19/91/7
俎之尙○魚也 19/91/10
禮者、謹於治○死者也 19/93/6
○、人之始也 19/93/6
夫厚其○而薄其死 19/93/7
故事○不忠厚、不敬文 19/93/10
使○死終始若一 19/93/12
然而幸○之心未已 19/93/20
持○之事未輟也 19/93/20
殯其貇以○設飾死者也 19/94/1
殆非直留死者以安○也 19/94/1
所以優○也 19/94/5
不至於隘懾傷○ 19/94/12
兩情者、人○固有端焉 19/94/19
天地合而萬物○ 19/95/2
天能○物 19/95/3
宇中萬物、○人之屬 19/95/3
卒禮者、以○者飾死者也 19/95/6
大象其○以送其死也 19/95/6
故如死如○ 19/95/6
沐浴、鬠體、飯唅、象○執也 19/95/7
飯以○稻 19/95/8
反○術矣 19/95/8
具○器以適墓 19/95/12
故○器文而不功 19/95/13
凡禮、事○ 19/95/13
明死○之義 19/95/17
事○、飾始也 19/95/18
刻死而附○謂之墨 19/96/1
刻○而附死謂之惑 19/96/1
殺○而送死謂之賊 19/96/1
大象其○以送其死 19/96/1
使死○終始莫不稱宜而好善 19/96/2
復○有節也哉 19/96/8
凡○乎天地之閒者 19/96/10
父能○之 19/97/9
事死如事○ 19/98/9
聲音、動靜、○術之變盡〔於〕是矣 20/98/15
逆氣成象而亂○焉 20/100/4
順氣成象而治○焉 20/100/4
其養○無度 20/101/25
○則天下歌 21/102/21
奚齊蔽於欲國而罪申○ 21/103/1
人○而有知 21/104/1
心○而有知 21/104/2
○之所以然者謂之性 22/107/22
性之和所○ 22/107/22
○死也 22/111/5
○甚矣 22/111/8
然而人有從○成死者 22/111/8
非不欲○而欲死也 22/111/8
不可以○而可以死也 22/111/9
養○也 22/112/13
○而有好利焉 23/113/3
故爭奪○而辭讓亡焉 23/113/3
○而有疾惡焉 23/113/4
故殘賊○而忠信亡焉 23/113/4
○而有耳目之欲 23/113/4
故淫亂○而禮義文理亡焉 23/113/5
禮義者、聖人之所○也 23/113/17
○而離其朴 23/113/21
則禮義惡○ 23/114/8
是○於聖人之僞 23/114/8
23/114/11
非故○於人之性也 23/114/8
23/114/9,23/114/10,23/114/11
然則器○於（工）〔陶〕人之僞 23/114/9
然則器○於工人之僞 23/114/10
聖人積思慮、習僞故以○禮義而起法度 23/114/10
是皆○於人之情性者也 23/114/12
感而自然、不待事而後○之者也 23/114/12
謂之（○於）僞 23/114/13
是性、僞之所○ 23/114/13
僞起（於信）而○禮義 23/114/14
禮義○而制法度 23/114/14
是聖人之所○也 23/114/15
然則○而已 23/114/21,23/114/22
故檃栝之○ 23/115/13
故聖人能○之也 23/115/20
夫陶人埏埴而○瓦 23/115/20
工人斲木而○器 23/115/21
辟亦陶埏而○之也 23/115/22
僞起而○禮義 23/115/25
亦猶陶埏而○之也 23/115/25
節者、死○此者也 24/119/14
○昭明 25/121/14
讒夫多進、反覆言語○詐態 25/122/6
○者以壽 26/123/11
夏○而（而）惡暑 26/125/3
○於山阜 26/125/6
此夫始○鉅其成功小者邪 26/125/8

尾〇而事起 26/125/10
故禮之〇 27/127/7
事〇、飾驩也 27/127/24
賻、賵所以佐〇也 27/128/5
弔〇不及悲哀 27/128/6
豫則禍不〇 27/128/13
故天地〇之 27/129/2
故人無禮不〇 27/129/24
天之〇民 27/132/19
〔禍之〕所由〇也 27/136/20
〇自纖纖也 27/136/20
（今）〔〇也〕有時 28/139/5
夫水、（大）徧與諸〇
　而無爲也 28/140/5
且夫芷蘭〇於深林 28/141/4
死〇者 28/141/6
昔晉公子重耳霸心〇於
　曹 28/141/8
越王勾踐霸心〇於會稽 28/141/8
齊桓公小白霸心〇於莒 28/141/9
〇今之世 31/145/1,31/145/4
其政好〇而惡殺焉 31/146/14
寡人〇於深宮之中 31/146/17
〇則立焉 32/149/22
譽何由〇 32/150/14

## 狌 shēng 2

今夫〇〇形笑 5/18/15

## 牲 shēng 1

宰爵知賓客、祭祀、饗
　食、犧〇之牢數 9/40/1

## 笙 shēng 8

爲之鍾鼓、管磬、琴瑟
　、竽〇 10/43/14
故必將撞大鐘、擊鳴鼓
　、吹竽〇、彈琴瑟以
　塞其耳 10/45/17
鍾鼓管磬、琴瑟、竽〇 19/90/7
（竿）〔竽〕〇具而不
　和 19/95/11
琴瑟、竽〇 19/98/3
竽〇（簫）〔肅〕和 20/100/19
竽〇（簫和）、〔筦〕
　籥似星辰日月 20/101/1
〇入三終 20/101/14

## 聲 shēng 79

生而同〇 1/1/8
〇非加疾也 1/1/13
故〇無小而不聞 1/3/3
《詩》者、中〇之所止也 1/3/9
耳好之五〇 1/4/18
以聾辨〇也 2/8/3
名〇若日月 3/9/3,11/53/16
而耳辨音〇清濁 4/15/8
酒食〇色之中〔則〕瞞
　瞞然 6/24/20
〇聞于天 8/30/3
立〇樂 8/32/1
名〇日聞 9/35/11
〇、則凡非雅〇者舉廢 9/38/2
禁淫〇 9/40/2,20/99/20
名〇之所以美也 9/40/18
名〇未足以懸天下也 9/40/20
而名〇剸天下之美矣 9/41/6
名〇者美之 9/41/6
非特以爲淫泰夸麗之〇 10/43/12
名〇足以暴炙之 10/49/6
則夫名〇之部發於天地
　之閒也 11/50/1
譬之是由好〇色而恬無
　耳目也 11/51/24
耳欲綦〇 11/52/1
〇樂甚大 11/53/14
耳好〇而〇樂莫大焉 11/53/18
其於〇色、臺榭、園囿也 11/56/8
接之以〇色、權利、忿
　怒、患險 12/61/9
禍亂之從〇 13/66/1
夫是之謂禍亂之從〇 13/66/4
聞鼓〇而進 15/71/11
聞金〇而退 15/71/11
彼貴我名〇 15/74/9
非貴我名〇也 15/74/11,15/74/13
其〇樂不流汙 16/78/11
辟之猶響之應〇 16/79/5
和鸞之〇 18/86/21,19/90/12
耳不欲綦〇 18/89/13
〇樂、哭泣 19/94/9
故文飾、〇樂、恬愉 19/94/9
其立〇樂恬愉也 19/94/11
是吉凶憂愉之情發於〇
　音者也 19/94/15
樂則必發於〇音 20/98/14
〇音、動靜、生術之變
　盡〔於〕是矣 20/98/15
故制《雅》、《頌》之
　〇以道之 20/98/16
使其〇足以樂而不流 20/98/17
故聽其《雅》、《頌》
　之〇 20/99/4
夫〇樂之入人也深 20/99/15
然後名〇於是白 20/99/17
故齊衰之服、哭泣之〇 20/99/26
故君子耳不聽淫〇 20/100/2
凡姦〇感人而逆氣應之 20/100/4
正〇感人而順氣應之 20/100/4
〇樂之象 20/100/19
其〇樂險 20/101/24
耳聽備〇 21/102/21
其〇若（蕭）〔簫〕 21/102/22
蚊䖟之〇聞 21/105/14
而遠蚊蝱之〇 21/105/15
蚊蝱之〇聞則挫其精 21/105/17
〇音、清濁、調竽奇〇
　以耳異 22/108/16
則緣耳而知〇可也 22/109/1
耳聽鍾鼓而不知其〇 22/112/11
〇不及傭而可以養耳 22/112/18
有好〇色焉 23/113/4
耳好〇 23/114/12
和（樂）〔鸞〕之〇 27/129/27
行盡而〇問遠 27/133/16
其〇可內於宗廟 27/135/7
其〇有哀焉 27/135/8
其應佚若〇響 28/140/6
其〇清揚而遠聞 30/144/8
是其所以名〇不白 32/150/8

## 繩 shéng 19

木直中〇 1/1/3
故木受〇則直 1/1/4
故君子之度己則以〇 5/20/2
度己以〇 5/20/2

陳〇墨 8/28/19
中和者、聽之〇也 9/35/18
猶〇墨之於曲直也 11/51/19
則百吏莫不畏法而遵〇矣 11/56/17
百吏畏法循〇 11/56/21
則不可以斷〇 16/75/6
西壤之不絕若〇 16/76/21
故〇墨誠陳矣 19/92/13
故〇者、直之至 19/92/15
猶引〇以持曲直 22/110/9
〇墨之起 23/115/13
若佚之以〇 23/117/3
如〇墨之於曲直也 27/129/24
公輸不能加於〇〔墨〕 30/143/20
行中規〇而不傷於本 31/146/3

## 勝 shèng 74

順者不可〇數也 1/4/2
是法〇私也 2/8/15
此言君子之能以公義〇私欲也 2/8/16
（寡）〔直〕立而不〇 3/9/15
〇也 4/12/22
形不〇心 5/17/12
心不〇術 5/17/12
行若將不〇其衣 5/17/18
詐心以〇矣 7/25/20
必〇 7/26/18
辭讓而〇 8/30/2
〇敵而愈戒 8/31/12
用百里之地而千里之國莫能與之爭〇 8/32/9
而我以力〇之也 9/36/24
而我以力〇之 9/36/25
天下無王霸主則常〇矣 9/37/3
則常〇矣 9/37/10
故不戰而〇 9/37/15
彊則〇物 9/39/12
弱則不能〇物 9/39/15
使民必〇事 10/43/3
不可〇數也 10/45/2
不威不强之不足以禁暴〇悍也 10/45/17
則刑繁而邪不〇 10/46/19
故憂患不可〇校也 11/52/5
則不戰而〇 11/54/6
則湯、武不能以必〇也 15/68/8
故四世有〇 15/70/6,16/78/15
則〇不〇無常 15/70/16
無急〇而忘敗 15/71/1
可殺而不可使擊不〇 15/71/2
故敬〇怠則吉 15/71/6
怠〇敬則滅 15/71/6
計〇欲則從 15/71/6
欲〇計則凶 15/71/6
秦四世有〇 15/72/1,15/72/4
非以甲子之朝而後〇之也 15/72/5
故堅甲利兵不足以爲（〇）〔武〕 15/72/10
處〇人之埶 16/76/12,16/76/12
行〇人之道 16/76/12
不以行〇人之道 16/76/13
然則得〇人之埶者 16/76/13
其不如〇人之道遠矣 16/76/14
夫主相者、〇人以埶也 16/76/14
是〇人之道也 16/76/15
相國之於〇人之埶 16/76/16
然則胡不敺此〇人之埶 16/76/16
赴〇人之道 16/76/17
故凡得〇者 16/77/5
故自四五萬而往者彊〇 16/77/6
然而憂患不可〇校也 16/77/16
16/78/3
是形〇也 16/78/11
月不〇日 16/78/20
時不〇月 16/78/20
歲不〇時 16/78/20
則常不〇夫敦比於小事者矣 16/78/21
亡國之禍敗不可〇悔也 16/78/24
王者之功名不可〇〔數〕 16/78/24
形埶〇 18/88/25
情文代〇 19/92/3
以期〇人爲意 23/117/5
不恤是非、然不然之情以期〇人爲意 23/117/10
主忌苟〇、群臣莫諫必逢災 25/120/4
甚深藏而外〇敵者邪 26/124/3
然而能使其好義不〇其欲利也 27/132/2
故義〇利者爲治世 27/132/2
是以刑彌繁而邪不〇 28/139/11
計〇怒則强 31/147/17
怒〇計則亡 31/147/17

## 聖 shèng 157

〇心備焉 1/2/9
終乎爲〇人 1/3/7
〇人也 2/7/18,6/23/5,8/29/15
則是〇人也 2/8/2
〇人爲知矣 3/11/9
〇王之所不畜也 4/13/4
〇王又誅之 4/13/9
知不幾者不可與及〇人之言 4/16/14
禮莫大於〇王 5/18/18
〇王有百 5/18/18
欲觀〇王之跡 5/18/19
〇人何以不〔可〕欺 5/19/2
〇人者、以己度者也 5/19/2
〇人士君子之分具矣 5/20/16
有〇人之辯者 5/21/1
是〇人之辯者也 5/21/2
〇王起 5/21/5
（斂）〔歙〕然〇王之文章具焉 6/22/14
是〇人之不得埶者也 6/22/17
則是〇人之得勢者 6/22/20
〇王之跡著矣 6/23/2
〇王之所禁也 6/23/7
聰明〇知不以窮人 6/23/13
然後〇人也 6/25/3
故〇王之誅也 7/26/1
以爲仁則必〇 7/27/3,7/27/6
而求有君子〇人之名 7/27/9
非〇人莫之能爲 8/27/24
雖有〇人之知 8/29/7
上爲〇人 8/29/15
則可謂〇人矣 8/30/17
（則可謂〇人矣） 8/31/3
神固之謂〇人 8/31/4
〇人也者、道之管也 8/31/5
明之爲〇人 8/33/12
〇人也者 8/33/12
積善而全盡謂之〇人 8/34/5
盡之而後〇 8/34/6

故○人也者 8/34/6
○主之制也 9/39/18
○王之用也 9/39/22
謂之○人也 9/39/24
則賢良知○之士案自進矣 9/41/9
則必有仁義○良之名 10/42/25
○人成之 10/44/8,27/129/2
則是○君賢相之事也 10/44/18
故先王○人爲之不然 10/45/16
○王之道也 11/52/18
名爲○王 11/53/12
夫是之謂○人 12/58/7
○王財衍以明辨異 12/60/4
雖○人不能易也 12/61/14
12/61/16
有○臣者 13/63/16
是○臣者也 13/63/21
故用○臣者王 13/63/21
○臣用 13/63/22
可謂○臣矣 13/63/25
事○君者 13/64/16
是事○君之義也 13/64/21
○王之後子孫也 16/76/24
唯○人爲不求知天 17/80/7
○人清其天君 17/80/13
○王之子也 18/84/1
○王沒 18/84/4
此三至者、非○人莫之能盡 18/84/13
故非○人莫之能王 18/84/14
○人備道全美者也 18/84/14
非○人莫之能有也 18/85/3
○王在上 18/86/9,24/118/10
○王已沒 18/86/10
天下無○ 18/86/10
天下有○而在後者 18/86/11
○不在後子而在三公 18/86/12
而○王之生民也 18/87/19
（是）〔莫〕非以○王爲師 18/88/23
而○王之分 18/88/23
○王以爲法 18/89/5
斯○人矣 19/92/18
○人者、道之極也 19/92/19
故學者固學爲○人也 19/92/19
是○人也 19/93/3
性僞合然後成○人之名 19/95/2
待○人然後分也 19/95/4
終始具而孝子之事畢、○人之道備矣 19/95/18
故先王○人安爲之立中制節 19/96/21
苟非○人 19/98/2
○人明知之 19/98/2
樂者、○王之所非也 20/99/21
樂者、○人之所樂也 20/99/24
○人無兩心 21/102/5
○人知心術之患 21/103/16
○人縱其欲、兼其情而制焉者理矣 21/105/18
○人之行道也 21/105/19
○人之思也樂 21/106/1
○也 21/106/21
○也者、盡倫者也 21/106/21
故學者、以○王爲師 21/106/22
案以○王之制爲法 21/106/22
知之、○人也 21/106/23
今○王沒 22/108/8
○人不愛己 22/109/16
今○人沒 22/110/2
是（以）○人之辨說也 22/110/11
古者○王以人之性惡 23/113/10
禮義者、○人之所生也 23/113/17
是生於○人之僞 23/114/8
23/114/11
○人積思慮、習僞故以生禮義而起法度 23/114/10
故○人化性而起僞 23/114/14
是○人之所生也 23/114/15
故○人之所以同於衆 23/114/15
則〔有〕惡用○王 23/115/2
雖有○王禮義 23/115/3
故古者○人以人之性惡 23/115/3
是○王之治而禮義之化也 23/115/5
故性善則去○王、息禮義矣 23/115/12
性惡則與○王、貴禮義矣 23/115/12
必將待○王之治、禮義之化 23/115/17
故○人能生之也 23/115/20
夫○人之於禮義也 23/115/22
然則○人之於禮義積僞也 23/115/25
故○人者 23/116/14
○可積而致 23/116/17
有○人之知者 23/117/1
是○人之知也 23/117/2
論法○王 24/119/8
故尊○者王 24/119/11
謂之○ 24/119/15
愼○人 25/120/4
心術如此象○人 25/120/15
禮樂滅息、○人隱伏墨術行 25/120/16
精神相（反）〔及〕、一而不貳爲○人 25/121/3
道○王 25/121/7
雖有賢○、適不遇世孰知之 25/121/9
道古賢○基必張 25/121/15
○知不用愚者謀 25/122/2
匹夫隆之則爲○人 26/123/14
○人共手 26/125/18
非爲成○也 27/127/7
然而亦所以成○也 27/127/7
多言而類、○人也 27/137/10
聰明○知 28/138/14
○人莫能加於禮 30/143/20
○人法而知之 30/143/20
有大○ 31/145/7
敢問何如斯可謂大○矣 31/146/7
所謂大○者 31/146/7
則可謂大○矣 31/146/11
○君之問也 31/146/18
然則孫卿（將懷）〔懷將〕○之心 32/150/6
云非○人 32/150/10

## 尸 shī 3

○鳩在桑 1/2/15
太廟之未入○也 19/91/11
送死不及柩○ 27/128/6

## 失 shī 87

百發○一 1/4/12
舍之則○之 3/11/11
○之己 4/13/20

且恐○寵 7/26/15
○寵則必無罪 7/26/16
（行事）〔事行〕○中
　謂之姦事 8/29/5
知說○中謂之姦道 8/29/5
爭之則○ 8/29/23
不○豪釐 8/33/12
四者不○時 9/39/21
斬伐養長不○其時 9/39/22
國家○俗 9/40/15
則老弱有○養之憂 10/42/19
則人有○合之憂 10/42/21
○之則亂 10/43/20,14/66/25
　19/97/11
則萬物○宜 10/45/12
事變○應 10/45/12
上○天時 10/45/12
下○地利 10/45/12,18/88/2
中○人和 10/45/12,18/88/2
輕非譽而恬○民 10/46/8
其所以（夫）〔○〕之
　一也 10/48/6
人皆○喪之 10/48/17
官人○要則死 11/53/16
公侯○禮則幽 11/53/16
○當一人而社稷危 11/54/22
則上不○天時 11/56/23
下不○地利 11/56/23
○其人則亡 12/57/4
○先後之施 12/57/5
徑而不○ 12/58/2
曉然獨明於先王之所以
　得之、所以○之 12/59/5
莫不○之是也 12/61/20
能論官此三材者而無○
　其次 12/63/7
國家○政則士民去之 14/66/20
○之則危 14/66/25,19/97/12
○之則亡 14/66/25
（○）〔夫〕是之謂大吉 15/71/5
夫桀、紂何○ 16/77/1
○地則死 17/80/23
耘耨○薉 17/81/16
政險○民 17/81/16
孰與理物而勿○之也 17/82/17
則○萬物之情 17/82/18
一物○稱 18/85/11
則上○天性 18/88/2
今夫大鳥獸則○亡其群
　匹 19/96/10
豈不蔽於一曲而○正求
　也哉 21/102/8
是以能長用伊尹而身不
　○道 21/102/19
是以能長用呂望而身不
　○道 21/102/20
莫論而○位 21/104/7
○氣而死 21/106/13
心之所可○理 22/111/10
○之矣 22/111/11
將皆○喪其性故也 23/113/21
必○而喪之 23/113/22
而得○之原也 24/119/9
倍道○賢也 24/119/11
尚得推賢不○序 25/121/10
迷惑○指易上下 25/122/3
邪枉辟回（夫）〔○〕
　道途 25/122/4
○輔埶 25/122/7
天下○之則滅 26/124/10
恐○世英 26/125/16
使人無○ 27/127/4
○所履 27/129/22
所○微而其爲亂大者 27/129/22
君子隘窮而不○ 27/133/13
得無○乎 28/138/18
上○之 28/139/3
故勞苦彫萃而能無○其
　敬 29/142/3
災禍患難而能無○其義 29/142/4
則不幸不順見惡而能無
　○其愛 29/142/4
又恐○之 29/143/16
○之己而反諸人 30/144/12
其馬將○ 31/148/1,31/148/4
東野畢之馬○ 31/148/2
是〔以〕舜無○民 31/148/5
造父無○馬也 31/148/6
執一無○ 32/148/13
顏色黎黑而不○其所 32/149/13

## 施 shī 41

○薪若「一」 1/2/4
行乎冥冥而○乎無報而
　賢不肖一焉 2/8/9
而惠○、鄧析能之 3/9/2
未○而親 3/11/7
是惠○、鄧析也 6/22/5
樂分○者也 6/24/4
富則○廣 7/26/9
援賢博○ 7/26/14
以吝嗇而不行○道乎上 7/26/20
君子不若惠○、鄧析也 8/28/21
惠○、鄧析不敢竄其察 8/29/1
若夫充虛之相○易也 8/29/6
官○而衣食之 9/35/7
加○萬物之上 9/39/23
論德使能而官○之者 11/52/18
失先後之○ 12/57/5
以禮分○ 12/57/23
爪牙之士○ 13/64/11
○及四極 15/71/26
立法○令莫不順比 15/74/10
風雨博○ 17/80/5
則政令不○ 17/83/6
好美而惡西○也 18/89/15
張而可○行 23/115/11
張而不可○行 23/115/12
則○行而不悖 24/119/13
反其○ 25/120/4
比周還主黨與○ 25/120/5
穆公得之、强配五伯六
　卿○ 25/120/10
基必○ 25/120/12
氾利兼愛德○均 25/121/8
參伍明謹○賞刑 25/123/3
以（示）〔○〕下民 26/123/17
天○然也 27/126/27
冢卿不脩幣〔○〕 27/132/5
樂分○而恥積臧 27/132/5
均薪○火 27/136/9
有而不○ 30/144/23
有思窮則○也 30/144/23
布○天下而不病貧 31/146/4
每益祿而○瘉博 32/149/18

## 師 shī 81

吾○也 2/5/4
故君子隆○而親友 2/5/5

則刲之以〇友 2/6/8
莫要得〇 2/6/10
〇者、所以正禮也 2/8/1
無〇 2/8/1
〇云而云 2/8/2
則是知若〇也 2/8/2
知若〇 2/8/2
非〇 2/8/3
是無〇也 2/8/3
不是〇法而好自用 2/8/3
夫〇、以身爲正儀而貴自安者也 2/8/4
無〇無法則唯利之見爾 4/15/14
人無〇無法 4/15/17
夫是之謂人〇 8/28/11,9/38/12,15/71/16
故人無〇無法而知 8/33/16
人有〇有法而知 8/33/17
故有〇法者 8/33/18
無〇法者 8/33/18
人無〇法則隆（情）〔性〕矣 8/33/18
有〇法則隆（性）〔積〕矣 8/33/19
而〇法者 8/33/19
上無君〇 9/39/4
故喪祭、朝聘、（〇旅）一也 9/39/6
司馬知〇旅、甲兵、乘白之數 9/40/1
大〇之事也 9/40/3,20/99/21
虞〇之事也 9/40/6
鄉〇之事也 9/40/7
工〇之事也 9/40/8
太〇維垣 12/59/8
是士大夫官〇之材也 12/63/4
〇術有四 14/67/20
可以爲〇 14/67/20
14/67/20,14/67/21,14/67/21
故〇術有四 14/67/21
弟子通利則思〇 14/67/22
〇不越時 15/71/18
然而秦〇至而鄢、郢舉 15/72/17
然而周〇至而令不行乎下 15/73/1
大〇維垣 16/77/14
且上者、下之〇也 16/79/5
海內之民莫不願得以爲君〇 18/84/4
然則是誅民之父母而〇民之怨賊也 18/84/10
（是）〔莫〕非以聖王爲〇 18/88/23
立〇學 18/89/20
君〇者、治之本也 19/90/20
無君〇惡治 19/90/21
尊先祖而隆君〇 19/90/22
〇旅、飾威也 19/95/14
〇旅有制 19/98/6
四海之民莫不願得以爲〇 20/99/17
農精於田而不可以爲田〇 21/104/16,27/132/22
賈精於市而不可以爲市〇 21/104/17
工精於器而不可以爲器〇 21/104/17
故學者、以聖王爲〇 21/106/22
故必將有〇法之化、禮義之道 23/113/6
必將待〇法然後正 23/113/9
今人無〇法則偏險而不正 23/113/10
化〇法、積文學、道禮義者爲君子 23/113/12
必將求賢〇而事之 23/117/16
得賢〇而事之 23/117/16
〇牧野 25/120/9
修之者榮、離之者辱孰它〇 25/122/15
言而不稱〇謂之畔 27/133/19
教而不稱〇謂之倍 27/133/19
必貴〇而重傅 27/135/11
貴〇而重傅 27/135/11
必賤〇而輕傅 27/135/11
賤〇而輕傅 27/135/11
言音者予〇曠 27/137/16
何異於變易牙之和、更〇曠之律 27/137/17
尹氏大〇 28/139/9
則具然欲爲人〇 28/140/14
諸侯自爲得〇者王 32/148/20

## 鉇 shī 1

宛鉅鐵〇 15/72/14

## 溼 shī 6

水就〇也 1/2/5
卑〇、重遲、貪利 2/6/7
使足以避燥〇、養德、辨輕重而已 10/43/15
故傷於〇而擊鼓鼓痺 21/106/15
喜〇而惡雨 26/125/4
水流〇 27/136/9

## 詩 shī 98

《〇》曰 1/1/8
1/2/15,1/4/9,2/5/8,3/9/5
3/9/16,3/10/3,4/17/6,5/18/10
5/20/4,7/26/11,8/28/12
8/29/11,8/30/2,8/30/4,8/30/9
8/34/10,9/38/19,10/43/15
10/44/2,10/44/13,10/46/1
10/46/3,10/48/18,11/51/20
11/53/5,12/57/21,12/59/8
12/60/18,12/63/1,13/64/18
13/65/15,13/65/20,13/66/5
14/66/19,14/67/22,15/69/9
15/71/16,15/71/27,15/74/7
16/77/14,16/79/1,17/80/24
17/81/1,18/83/21,18/87/14
19/93/4,19/95/4,19/97/8
21/102/22,21/107/16
22/110/11,22/110/17,22/111/1
24/118/7,24/119/5,24/119/16
27/126/13,27/126/14,27/127/2
27/130/25,27/131/6,27/134/6
27/136/10,28/138/23,28/139/9
28/139/14,28/140/1,29/142/5
30/143/25,30/144/9,32/150/7
《〇》者、中聲之所止也 1/3/9
《〇》、《書》之博也 1/3/11
《〇》、《書》故而不切 1/3/20
安特將學雜識志、順《〇》、《書》而已爾 1/3/23
以《〇》、《書》爲之 1/4/3

《○》云 2/5/15,2/8/5,6/23/18
6/24/15,21/104/13,21/107/15
27/134/23,27/134/25
27/134/26,27/135/1,27/135/2
《○》、《書》、《禮》
、《樂》之分乎 4/16/11
夫《○》、《書》、
《禮》、《樂》之分 4/16/14
故《○》、《書》、
《禮》、《樂》之
〔道〕歸是矣 8/31/5
《○》言是 8/31/6
不知隆禮義而殺《○》
、《書》 8/32/18
隆禮義而殺《○》、
《書》 8/32/21
審○商 9/40/2
請陳佹○ 26/125/13
而《○》非屢盟 27/133/22
善爲《○》者不說 27/133/23

## 十 shí 47

不能○步 1/2/11
駑馬○駕 1/2/11
駑馬○駕則亦及之矣 2/7/8
○二子者不能親也 6/22/15
○二子者遷化 6/22/19
以務息○二子之說 6/23/1
并國三○五 7/25/9
立七○一國 8/27/16,8/31/15
12/62/7
姬姓獨居五○三人 8/27/16
12/62/7
姬姓獨居五○三人焉 8/31/15
故禹○年水、湯七年旱
而天下無菜色者 10/48/1
○年之後 10/48/2
今有○數焉 10/48/6
則夫人行年七○有二 12/62/4
且仁人之用○里之國 15/69/1
操○二石之弩 15/70/1
負服矢五○个 15/70/1
即去大梁百有二○里耳 16/78/2
則○指不辭斷 16/79/11
故有天下者事(○)
〔七〕世 19/91/3
故天子棺槨(○)〔七〕
重 19/93/11
故殯、久不過七○日 19/93/21
速不損五○日 19/93/22
二○五月而畢 19/96/7,19/96/18
○仞之木若箸 21/106/7
北決九河、通○二渚疏
三江 25/121/13
○有四世、乃有天乙是
成湯 25/121/14
五○不成喪 27/127/10
七○唯衰存 27/127/10
故吉行五○ 27/128/6
過○室之邑必下 27/128/17
族人雖七○ 27/128/25
內○日一御 27/130/3
六六三○六 27/130/5
明(○)〔七〕教 27/130/25
八○者一子不事 27/131/13
九○者舉家不事 27/131/13
古者匹夫五○而士 27/135/14
天子、諸侯子○九而冠 27/135/16
然而吾所執贄而見者○
人 32/149/8
還贄而相見者三○人 32/149/8
亡於○人與三○人中 32/149/9

## 什 shí 1

田野○一 9/38/9

## 石 shí 17

金○可鏤 1/2/11
故懷負○而赴河 3/8/20
重於金○珠玉 5/19/12
負○而墜 6/23/10
則國安于盤○ 10/48/16
衡○、稱縣者 12/57/12
不待衡○、稱縣而平 12/57/17
故明主有私人以金○珠
玉 12/61/20
譬之若以卵投○ 15/68/14
則若盤○然 15/69/4
操十二○之弩 15/70/1
若以焦熬投○焉 15/70/10
�如金○ 15/72/14
金○絲竹、所以道德也 20/100/11
空○之中有人焉 21/105/14
居於砥○遷于商 25/121/14
其誠可比於金○ 27/135/7

## 拾 shí 3

而百姓羞○遺 18/87/21
而愚者○以爲己實 22/110/22
國法禁○遺 27/137/13

## 食 shí 71

上○埃土 1/2/12
○飲、衣服、居處、動靜 2/5/13
無廉恥而嗜乎飲○ 2/8/8
爭飲○ 4/13/13
恈恈然惟(利)飲○之見 4/13/14
是庶人之所以取煖衣飽
○長生久視以免於刑
戮也 4/14/13
飢而欲○ 4/15/7,5/18/13
○之而安於體 4/15/19
○欲有芻豢 4/16/5
然而○不敢有酒肉 4/16/6
○太侈 4/16/10
○其胾 5/18/16
酒○聲色之中〔則〕瞞
瞞然 6/24/20
無廉恥而耆飲○ 6/25/1
雖行貣而○ 8/29/18
○之不可○也 8/29/19
朝○於戚 8/31/18
呼先王以欺愚者而求衣
○焉 8/32/19
官施而衣○之 9/35/7
然而中國得而衣○之 9/38/15
故五穀不絕而百姓有餘
○也 9/39/21
宰爵知賓客、祭祀、饗
○、犧牲之牢數 9/40/1
皆使衣○百用出入相揜 10/43/4
重味而○之 10/43/18,11/53/13
重田野之稅以奪之○ 10/44/10
可以相○養者 10/45/2
固有餘足以○人矣 10/45/3
將蹙然衣麤○惡 10/45/8

飲○甚厚 11/53/14
衣煖而○充 12/60/3
若○餧人 13/64/24
虛腹張口來歸我○ 15/74/14
則必發夫（掌）〔稟〕窌之粟以○之 15/74/14
夫日月之有○ 17/81/11
日月○而救之 17/82/6
○飲則重大牢而備珍怪 18/86/18
代睪而○ 18/86/18
彼乃將○其肉而齕其骨也 18/88/5
愿愨之民完衣○ 18/89/18
持手而○者不得立祭廟 19/91/4
貴○飲之本也 19/91/7
〔○〕、先黍稷而飯稻（梁）〔粱〕 19/91/8
三臭之不○也 19/91/11
然後皆有衣（衾）〔○〕多少厚薄之數 19/93/12
故量○而○之 19/94/13
是吉凶憂愉之情發於○飲者也 19/94/17
齊衰、苴杖、居廬、○粥、席薪、枕塊 19/96/6,19/98/5
不能（養）〔○〕之 19/97/9
母能○之 19/97/9
君者、已能○之矣 19/97/9
乳母、飲○之者也 19/97/10
口○備味 21/102/21
蔬○菜羹而可以養口 22/112/18
見長而不敢先○者 23/114/3
莫游○ 25/122/12
足衣○ 25/122/13
○桑而吐絲 26/125/3
○之則○矣 27/129/13
飲之○之 27/131/1
○則饘粥不足 27/135/21
曾子○魚 27/137/4
飲而不○者、蟬也 27/137/20
不飲不○者、浮蝣也 27/137/20
七日不火○ 28/140/17
志不在於○葷 31/145/3

## 時 shí 130

宜於○通 2/5/12
唯其○矣 3/9/5
與○屈伸 3/10/1
四○不言而百姓期焉 3/11/6
舉措○ 4/14/9
與○遷徙 5/19/18,8/32/11
匪上帝不○ 6/24/1
故君子○詘則詘 7/27/10
○伸則伸也 7/27/10
要○立功之巧 8/30/16
若詔四○ 8/30/16
當是○也 8/31/14
8/32/2,19/93/24,32/150/5
才行反○者 9/35/8
此彊大之殆○也 9/37/2
山林澤梁以○禁發而不稅 9/38/10
故序四○ 9/39/12
故養長○則六畜育 9/39/18
殺生○則草木殖 9/39/18
政令○則百姓一、賢良服 9/39/18
草木榮華滋碩之○ 9/39/19
黿鼉、魚鱉、鰌鱣孕別之○ 9/39/19
四者不失○ 9/39/21
謹其○禁 9/39/21
斬伐養長不失其○ 9/39/22
以○順脩 9/40/2,9/40/4,9/40/7
9/40/10,9/40/12,20/99/21
以○決塞 9/40/3
以○禁發 9/40/6
審○事 9/40/8
兼聽而○稽之 9/40/12
不○焚燒 10/42/25,10/45/23
必○臧餘 10/43/4
無奪農○ 10/43/6,11/56/20
守○力民 10/44/16
而五穀以○孰 10/44/17
黿鼉、魚鱉、鰌鱣以○別一而成群 10/45/1
上失天○ 10/45/12
上得天○ 10/45/22,15/68/5
僡然要○務民 10/46/8
緩不後○ 10/46/12
故君國長民者欲趨○遂功 10/46/14
○其事、輕其任以調齊之 10/46/21
百姓○和、事業得敘者 10/47/22
而○斟酌焉 10/47/23
○其事、經其任以調齊之 11/55/24
百工將○斬伐 11/56/18
則上不失天○ 11/56/23
狂生者不胥○而（樂）〔落〕 12/58/18
事○制明而用足 12/60/3
先○者殺無赦 12/60/13
不逮○者殺無赦 12/60/13
人主不能不有游觀安燕之○ 12/62/17
迫脅於亂○ 13/64/17
○關內之 13/64/24
師不越○ 15/71/18
若○雨之降 15/71/24
非其逐之鳴條之○也 15/72/5
殺戮無○ 15/72/20
○使而誠愛之 15/73/6
○其事、輕其任以調齊之、長養之 15/73/17
舉錯則○ 16/75/13
舉錯則不○ 16/75/15
○不勝月 16/78/20
歲不勝○ 16/78/20
善○者霸 16/78/22
霸者敬○ 16/78/23
可以○（託）〔記〕也 16/78/24
養備而動○ 17/79/17
受○與治世同 17/79/20
天有其○ 17/80/2
四○代御 17/80/5
所志於四○者 17/80/18
○邪 17/80/22
治亂非○也 17/80/23
風雨之不○ 17/81/11
舉錯不○ 17/81/17
勉力不○ 17/81/18
望○而（侍）〔待〕之 17/82/15
孰與應○而使之 17/82/16
日祭、月祀、○享、歲貢 18/85/23
且○享、歲貢、終王之屬也 18/86/1
天下之嵬、一○之瑣也 18/87/10
何○而無瑣 18/87/13
四○以序 19/92/4
紸纊聽息之○ 19/93/19

○舉而代御 19/94/9
越月踰○ 19/96/11
四○則已徧矣 19/96/23
憚詭、悒僈而不能無○至焉 19/97/20
故人之歡欣和合之○ 19/97/20
其俯仰周旋有似於四○ 20/100/8
異也者、同○兼知之 21/104/2
同○兼知之 21/104/2
以此○定物 21/106/9
必以其感忽之閒、疑玄之○（正）〔定〕之 21/106/14
此人之所以無有而有無之○也 21/106/14
當○則動 21/107/11
有○而欲徧舉之 22/109/7
有○而欲（徧）〔偏〕舉之 22/109/8
易一○之嫌 22/112/6
舜遇○ 25/121/8
前車已覆、後未知更何覺○ 25/122/2
嗟我何人、獨不遇○當亂世 25/122/8
○用則存 26/125/8
四○易鄉 26/125/13
郁郁乎其遇○之不祥也 26/125/17
○幾將矣 26/125/18
不○宜 27/127/2
務其業而勿奪其○ 27/130/24
（今）〔生也〕有○ 28/139/5
斂也無○ 28/139/5
○也 28/141/3,28/141/6
君子博學、深謀不遇○者多矣 28/141/3
今有其人不遇其○ 28/141/6
苟遇其○ 28/141/7
故君子博學、深謀、修身、端行以俟其○ 28/141/7
孫卿不遇○也 32/150/10
○世不同 32/150/14

碩 shí 2

草木榮華滋○之時 9/39/19
珪璧將甚○ 10/48/14

實 shí 41

好其○ 5/19/14
文而致○ 5/21/3
○府庫 9/36/17
府庫已○ 9/36/17
○倉廩 9/37/6,9/41/19,10/48/11
田肥以易則出○百倍 10/42/24
田瘠以穢則出○不半 10/42/27
而且有空虛窮乏之○矣 10/42/28
故田野荒而倉廩○ 10/48/3
琅玕、龍茲、華覲以爲○ 18/87/23
甕廡、虛而不○ 19/95/10
鍾統○ 20/100/19
惠子蔽於辭而不知○ 21/103/9
名定而○辨 22/108/4
名○亂 22/108/8
異物名○（玄）〔互〕紐 22/108/12
故知者爲之分別制名以指○ 22/108/13
知異○者之異名也 22/109/6
故使異○者莫不異名也 22/109/6
猶使（異）〔同〕○者莫不同名也 22/109/7
名無固○ 22/109/10
約之以命（○） 22/109/10
約定俗成謂之○名 22/109/11
謂之二○ 22/109/12
狀變而○無別而爲異者 22/109/12
謂之一○ 22/109/13
此事之所以稽○定數也 22/109/13
此惑於用○以亂名者也 22/109/18
此惑於用名以亂○者也 22/109/19
○不喻然後命 22/110/3
名聞而○喻 22/110/4
名也者、所以期累○也 22/110/5
辭也者、兼異○之名以（論）〔諭〕一意也 22/110/5
不異○名以喻動靜之道也 22/110/6
故名之足以指○ 22/110/21
而愚者拾以爲己○ 22/110/22
然而曾、騫、孝己獨厚於孝之○而全於孝之名者 23/116/1
稽其○ 25/123/4
今爲說者又不察其○ 32/150/13

識 shí 18

安特將學雜○志、順《詩》、《書》而已爾 1/3/23
不○步道者 2/7/10
不○不知 2/8/5
雖○必妄 8/33/13
則未嘗相○也 12/62/4
觀於道之一隅而未之能○也 21/103/12
治亂是非亦可○ 25/122/10
臣下○ 25/122/12
臣愚不○ 26/123/12,26/125/8
臣愚而不○ 26/124/2,26/125/1
由不○ 28/141/1
賜不○也 29/142/10
怨天者無○ 30/144/12
其事不可○ 31/146/10
百姓（淺）〔淡〕然不○其鄰 31/146/10
不○吾子何以知之 31/148/4

史 shǐ 4

田仲、○鰌不如盜也 3/12/12
是陳仲、○鰌也 6/21/17
是官人○吏之材也 12/63/3
子產誅鄧析、○付 28/138/22

矢 shǐ 11

是故質的張而弓○至焉 1/2/5
所謂「以狐父之戈钃牛○」也 4/13/7
無弧○則無所見其巧 8/32/4
弓調○直矣 8/32/6
弓○不調 15/68/7
負服○五十个 15/70/1
古之兵、戈矛弓○而已矣 15/73/4
則目不見流○ 16/79/11
不能以撥弓、曲○中〔微〕 18/87/11
浮游作○ 21/105/10

其直如○ 28/139/14

## 豕 shǐ 1

狗○吐菽粟 18/87/20

## 始 shǐ 54

必有所○ 1/2/3
學惡乎○ 1/3/7
其數則○乎誦經 1/3/7
其義則○乎爲士 1/3/7
天地○者 3/11/15
苦傷其今而後悔其○ 5/18/4
乃○率其群徒 8/29/9
（分分）〔介介〕兮其有終○也 8/30/19
明王○立而處國有制 9/35/22
○則終 9/39/1,9/39/5
終則○ 9/39/1,9/39/5
天地者、生之○也 9/39/1
禮義者、治之○也 9/39/2
君子者、禮義之○也 9/39/2
君子（之○）也 9/39/3
使襲然終○猶一也 11/50/1
政之○也 14/67/8
故一年與之○ 14/67/9
用其終爲○ 14/67/9
愼終如○ 15/71/4
終○如一 15/71/5,19/93/7
所以別貴○ 19/91/1
貴○、得之本也 19/91/1
○卒之未小斂也 19/91/12
凡禮、○乎稅 19/92/3
終○相應 19/92/8,27/130/10
生、人之○也 19/93/6
終○俱善 19/93/6
故君子敬○而愼終 19/93/6
使生死終○若一 19/93/12
各復其○ 19/93/17
使本末終○莫不順比純備 19/94/20
性者、本○材朴也 19/95/1
終○一也 19/95/6
○卒 19/95/7
事生、飾○也 19/95/18
終○具而孝子之事畢、聖人之道備矣 19/95/18
使死生終○莫不稱宜而好善 19/96/2
莫不更○矣 19/96/24
是王者之○也 20/99/17
○爲蔽 21/102/12
無○無終 21/103/17
而王業之○也 22/110/4
此夫○生鉅其成功小者邪 26/125/8
重○也 27/129/20
武王○入殷 27/131/3
其○播百穀 27/135/3
夫子爲政而○誅之 28/138/17
知禍福終○而心不惑也 28/141/5
其○出也 29/142/28

## 使 shǐ 208

輮○之然也 1/1/4
教○之然也 1/1/8
○目非是無欲見也 1/4/17
○耳非是無欲聞也 1/4/17
○口非是無欲言也 1/4/17
○心非是無欲慮也 1/4/18
若○一人 3/11/17
若云不○ 4/12/19
今○人生而未嘗睹芻豢稻粱也 4/15/17
○貴賤之等 4/17/1
皆○人載其事而各得其宜 4/17/2
然後○（愨）〔穀〕祿多少厚薄之稱 4/17/2
○天下混然不知是非治亂之所存者 6/21/10
不能○人必貴己 6/24/12
27/138/4
不能○人必信己 6/24/12
不能○人必用己 6/24/13
27/138/4
可殺而不可○爲姦也 7/26/10
○諭於道 8/27/17
○賢不肖皆得其位 8/28/21
積靡○然也 8/34/8
衆齊則不○ 9/35/22
兩賤之不能相○ 9/36/1
○有貧、富、貴、賤之等 9/36/2
則莫若尙賢○能矣 9/36/10
尙賢○能而等位不遺 9/38/6
○相歸移也 9/38/11
無幽閒隱僻之國莫不趨○而安樂之 9/38/11
然而中國得而畜○之 9/38/14
能以○下謂之君 9/39/17
○夷俗邪音不敢亂雅 9/40/2
20/99/21
○民有所耘艾 9/40/3
○農夫樸力而寡能 9/40/4
○國家足用而財物不屈 9/40/6
○百姓順命 9/40/7
○彫琢文采不敢專造於家 9/40/8
○（賓）〔賓〕旅安而貨財通 9/40/10
○暴悍以變 9/40/11
○百吏（免盡）〔盡免〕而衆庶不偷 9/40/12
○天下莫不順比從服 9/40/14
是○群臣百姓皆以制度行 9/41/10
擇士之知事者○相率貫也 9/41/20
則莫若明分○群矣 10/42/18
○民必勝事 10/43/3
皆○衣食百用出入相揜 10/43/4
故○或美或惡 10/43/12
○足以辨貴賤而已 10/43/13
○足以辨吉凶、合歡定和而已 10/43/14
○足以避燥溼、養德、辨輕重而已 10/43/15
○人不偷 10/44/16
○百姓無凍餒之患 10/44/18
則○天下亂 10/45/6
則○天下貧 10/45/7
○天下生民之屬皆知己之所願欲之舉在于是也 10/45/19
○而功 10/45/23
○民夏不宛暍 10/46/12
尙賢○能以次之 10/46/21
15/73/16
潢然○天下必有餘 10/47/23
○强暴之國事我易 10/48/21
10/49/8
辟之是猶○處女嬰寶珠、佩寶玉、負戴黃金

而遇中山之盜也 10/49/2
而强暴之國莫不趨○ 10/49/7
○襲然終始猶一也 11/50/1
是所○夫百吏官人爲也 11/52/8
○臣下百吏莫不宿道鄉方而務 11/52/9
人主得○人爲之 11/52/14
○人爲之也 11/52/15
論德○能而官施之者 11/52/18
則莫若○王良、造父矣 11/53/10
臣○諸侯 11/53/14
可殺而不可○不順 11/54/12
○衣服有制 11/54/17
則是官人○吏之事也 11/54/18
所○要百事者誠仁人也 11/54/19
所○要百事者非仁人也 11/54/20
而休於○之 11/55/19,12/57/9
賞賢○能以次之 11/55/24
○民則綦理 11/55/25
○愚詔知 11/56/2
○不肖臨賢 11/56/2
○民則綦勞苦 11/56/2
尙賢○能 12/57/15
其○下也 12/58/4
○無去其疆域 12/59/7
皆○（其）人載其事而各得其所宜 12/59/18
上賢○之爲三公 12/59/18
次賢○之爲諸侯 12/59/18
下賢○之爲士大夫 12/59/18
尙賢○能則民知方 12/60/10
○賢者爲之 12/60/25
○智者慮之 12/60/25
○脩士行之 12/60/25
今○汙邪之人論其怨賊而求其無偏 12/61/3
彼不能而主○之 12/61/21
其知慧足○規物 12/62/16
其端誠足○定物然後可 12/62/16
故人主必將有足○喻志決疑於遠方者然後可 12/62/21
所○於四鄰諸侯者非人之謂孤 12/62/24
而不可○侵奪 12/63/4
知尙賢○能之爲長功也 12/63/6
內不足○一民 13/63/16
外不足○拒難 13/63/16
內足○以一民 13/63/18
外足○以拒難 13/63/19
明主尙賢○能而饗其盛 13/64/12
是猶○人之子孫自賊其父母也 15/69/7
其○民也酷烈 15/70/4
○天下之民所以要利於上者 15/70/5
拱揖指麾而强暴之國莫不趨○ 15/70/14
可殺而不可○處不完 15/71/2
可殺而不可○擊不勝 15/71/2
可殺而不可○欺百姓 15/71/3
莫不趨○而安樂之 15/71/15
時○而誠愛之 15/73/6
○之持危城則必畔 15/73/13
夫尙賢○能 16/76/4
乃能○說己者○耳 16/77/18
然而秦○左案左 16/77/19
○右案右 16/77/19
是能○讎人役也 16/77/20
故水旱不能○之飢（渴） 17/79/18
寒暑不能○之疾 17/79/18
祅怪不能○之凶 17/79/18
則天不能○之富 17/79/19
則天不能○之全 17/79/19
則天不能○之吉 17/79/19
孰與應時而○之 17/82/16
愿愨則易○ 18/83/14
易○則功 18/83/15
漸詐則難○ 18/83/16
難○則不功 18/83/17
莫危乎○下畏己 18/83/20
皆○民載其事而各得其宜 18/86/9
不能○嵬瑣化 18/87/13
皆○（當）〔富〕厚、優猶（不）知足 18/87/19
上以無法○ 18/88/1
賢者不得○ 18/88/1,32/150/6
○人不鬬 18/88/10
將○人知情（欲之）〔之欲〕寡也 18/89/12
○欲必不窮乎物 19/90/5
故儒者將○人兩得之者也 19/90/18
墨者將○人兩喪之者也 19/90/18
○生死終始若一 19/93/12
○本末終始莫不順比純備 19/94/20
○死生終始莫不稱宜而好善 19/96/2
一○足以成文理 19/96/21
案○倍之 19/97/1
案○不及也 19/97/3
皆○其須足以容事 19/97/17
○其聲足以樂而不流 20/98/17
○其文足以辨而不（諰）〔諰〕 20/98/17
○其曲直、繁省、廉肉、節奏足以感動人之善心 20/98/17
○夫邪汙之氣無由得接焉 20/98/18
○人之心悲 20/99/26
○人之心傷 20/99/26
○人之心淫 20/100/1
○人之心莊 20/100/1
心不○焉 21/102/9
況於○者乎 21/102/9
○之則謀 21/104/3
自○也 21/104/11
故口可劫而○墨云 21/104/12
形可劫而○詘申 21/104/12
心不可劫而○易意 21/104/12
不能此三技而可○治三官 21/104/17
○民疑惑 22/108/5
愨則易○ 22/108/6
易○則（公）〔功〕 22/108/6
故○異實者莫不異名也 22/109/6
猶○（異）〔同〕實者莫不同名也 22/109/7
彼名辭也者、志義之○也 22/110/21
心○之也 22/111/10
○皆出於治、合於道者也 23/113/12
○夫資朴之於美 23/114/1
○天下皆出於治、合於善也 23/115/5
將○塗之人固無可以知仁義法正之質 23/116/9
今○塗之人者以其可以

知之質、可以能之具 23/116/12
今○塗之人伏術爲學 23/116/13
可以而不可○也 23/116/17
23/116/19
靡○然也 23/117/18,23/117/19
故尙賢○能 24/119/12
故尙賢、○能 24/119/12
事業聽上、莫得相○一
民力 25/122/13
○仁居守 27/126/23
○人無陷 27/127/4
○人無失 27/127/4
○之而勿貌 27/127/20
然而能○其欲利不克其
好義也 27/132/1
然而能○其好義不勝其
欲利也 27/132/2
○民疾與 27/132/16
而能○民勿踰乎 28/139/13
言以類○ 29/141/20
知者○人知己 29/143/8
仁者○人愛己 29/143/8
有臣而求其○ 30/144/18
服○然也 31/147/10,31/147/11
昔舜巧於○民而造父巧
於○馬 31/148/4
天○夫子振寡人之過也 32/148/22

縰 shǐ 1

離(縰)〔○〕而跂訾
者也 6/24/10

士 shì 166

遊必就○ 1/2/1
其義則始乎爲○ 1/3/7
法○也 1/4/4
○君子不爲貧窮怠乎道 2/6/14
然夫○欲獨脩其身 2/7/5
○也 2/7/18,21/106/23
有通○者 3/11/20
有公○者 3/11/20
有直○者 3/11/20
有愨○者 3/11/20
則可謂通○矣 3/11/21
則可謂公○矣 3/11/22
則可謂直○矣 3/11/23
則可謂愨○矣 3/11/24
有○君子之勇者 4/13/13
是○君子之勇也 4/13/17
是○大夫之所以取田邑也 4/14/10
○大夫以上至於公侯 4/17/3
故○不揣長 5/17/20
處女莫不願得以爲○ 5/18/2
知○不能明 5/18/9
則必非誠○也 5/19/11
聖人○君子之分具矣 5/20/16
有○君子之辯者 5/21/1
是○君子之辯者也 5/21/3
古之所謂(○仕)〔仕
○〕者 6/24/4
今之所謂(○仕)〔仕
○〕者 6/24/5
古之所謂處○者 6/24/8
今之所謂處○者 6/24/8
○君子之所能〔爲〕不
能爲 6/24/12
○君子之容 6/24/17
辯○之所不能言也 8/29/7
曰○也 8/29/14
下爲○君子 8/29/15
則可謂勁○矣 8/30/13
小儒者、諸侯大夫○也 8/34/17
不下於○ 8/34/21
不及爲○ 8/34/23
雖王公○大夫之子孫也 9/35/4
則歸之卿相○大夫 9/35/5
則莫若隆禮敬○矣 9/36/10
霸者富○ 9/36/17
案謹募選閱材技之○ 9/37/6
農農、○○、工工、商
商一也 9/39/7
則賢良知聖之○案自進矣 9/41/9
安謹募選閱材技之○ 9/41/19
擇○之知事者使相率貫也 9/41/20
材技股肱、健勇爪牙之○ 9/41/22
進退貴賤則舉傭○ 9/42/2
○皮弁服 10/43/2
由○以上則必以禮樂節之 10/43/2
其戰○安難 10/47/13
○大夫衆則國貧 10/47/20
布衣紃屨之○誠是 10/48/10
則舉義○也 11/49/17
安與夫千歲之信○爲之也 11/51/6
而有千歲之信○ 11/51/7
是乃千歲之信○矣 11/51/7
與端誠信全之○爲之則霸 11/51/8
○大夫分職而聽 11/52/19
11/54/15
其等位爵服足以容天下
之賢○矣 11/53/2
其官職事業足以容天下
之能○矣 11/53/2
賢○一焉 11/53/3
能○官焉 11/53/3
能建是之○不世絕 11/53/20
無國而不有賢○ 11/54/3
無國而不有罷○ 11/54/3
則○大夫莫不(敬)
〔敄〕節死制者矣 11/56/16
○大夫務節死制 11/56/20
好○而榮 12/59/8,16/77/13
○保職 12/59/17
下賢使之爲○大夫 12/59/18
○大夫無流淫之行 12/60/6
使脩○行之 12/60/25
公正之○ 12/61/2
濟濟多○ 12/63/1
是○大夫官師之材也 12/63/4
知好○之爲美名也 12/63/5
○信之 13/63/19
爪牙之○施 13/64/11
然後(○)〔出〕其刑
賞而還與之 14/66/12
國家者、○民之居也 14/66/20
國家失政則○民去之 14/66/20
○民不親附 15/68/8
好○者强 15/69/16
不好○者弱 15/69/16
魏氏之武卒不可以遇秦
之銳○ 15/70/9
秦之銳○不可以當桓、
文之節制 15/70/9
○大夫死行列 15/71/11
故凝○以禮 15/75/1
禮脩而○服 15/75/1
○服民安 15/75/1
○大夫益爵 16/76/7
賢○願相國之朝 16/76/18
能○願相國之官 16/76/19

觀其○大夫 16/78/13
古之○大夫也 16/78/14
天下無隱○ 18/86/8
小侯、元○次之 18/87/1
庶○介而夾道 18/87/1
下爲卿相○大夫 18/88/25
○大夫以爲道 18/89/5
大夫○有常宗 19/91/1
道及○大夫 19/91/2
謂之有方之○ 19/92/17
○君子也 19/93/2
○再重 19/93/11
大夫之喪動一國、屬修
　○ 19/93/14
修○之喪動一鄉、屬朋
　友 19/93/14
○君子安行之 19/98/2
是○君子之辨說也 22/110/17
有○君子之知者 23/117/1
是○君子之知也 23/117/3
則○大夫無流淫之行 24/118/10
惡賢○ 25/120/10
○韋弁 27/126/17
以其教（出）〔○〕畢
　行 27/126/23
問○以璧 27/126/25
於○ 27/129/10
聘○之義 27/129/20
君子聽律習容而后（○）
　〔出〕 27/129/27
○有妒友 27/130/18
天下、國有（儁）〔俊〕
　○ 27/131/5
○不〔言〕通貨財 27/132/4
從○以上皆羞利而不與
　民爭業 27/132/5
朝○大夫遇諸塗不與言 27/133/19
爲天下列○ 27/134/8
好○不倦 27/134/10
古者匹夫五十而○ 27/135/14
○有爭友 29/142/12
雖有國○之力 29/142/19
可謂○矣 29/143/9
可謂○君子矣 29/143/10
○明於此三恕 30/144/19
（五）〔吾〕欲論吾國
　之○ 31/144/27
有○ 31/145/7
不知選賢人善○〔而〕
　託其身焉以爲己憂 31/145/9
敢問何如斯可謂○矣 31/145/13
所謂○者 31/145/13
則可謂○也 31/145/17
○信慤而後求知能焉 31/147/15
○不信慤而有多知能 31/147/16
知如○ 32/149/4
不與○爭知 32/149/4
無越踰不見○ 32/149/5
見○問曰 32/149/6
貌執之○者百有餘人 32/149/8
於是吾僅得三○焉 32/149/9
吾所以得三○者 32/149/9
故上○吾薄爲之貌 32/149/10
下○吾厚爲之貌 32/149/10
人人皆以我爲越踰好○ 32/149/10
然故○至 32/149/11
○至而後見物 32/149/11
夫仰祿之○猶可驕也 32/149/12
正身之○不可驕也 32/149/12
彼正身之○ 32/149/12
處官久者○妬之 32/149/16
今相國有此三者而不得
　罪〔於〕楚之○民 32/149/17
是以不得罪於楚之○民
　也 32/149/18

## 氏 shì 11

是子張○之賤儒也 6/24/24
是子夏○之賤儒也 6/25/1
是子游○之賤儒也 6/25/2
沈猶○不敢朝飲其羊 8/28/5
公愼○出其妻 8/28/5
愼潰○踰境而徙 8/28/5
魏○之武卒 15/70/1
故齊之技擊不可以遇魏
　○之武卒 15/70/9
魏○之武卒不可以遇秦
　之銳士 15/70/9
和〔○〕之璧、井里之
　厥也 27/134/7
尹○大師 28/139/9

## 市 shì 11

良賈不爲折閱不○ 2/6/14
俄則束乎有司而戮乎大○ 5/18/3
關○幾而不征 9/38/9,11/56/18
治○之事也 9/40/10
平關○之征 10/43/6
苛關○之征以難其事 10/44/10
是其出賃○、傭而戰之
　幾矣 15/69/22
賈精於○而不可以爲○
　師 21/104/17
長不爲○ 31/147/11

## 仕 shì 9

古之所謂（士○）〔○
　士〕者 6/24/4
今之所謂（士○）〔○
　士〕者 6/24/5
學者非必爲○ 27/134/20
而○者必如學 27/134/21
子何不○ 27/136/1
移而從所○ 27/137/7
太公誅華○ 28/138/22

## 示 shì 6

仁者好告○人 4/15/22
告之○之 4/16/1
委然成文以○之天下 7/25/22
權謀傾覆以○之 11/56/1
以（○）〔施〕下民 26/123/17
○諸檃栝 27/134/2

## 世 shì 125

周於○矣 1/3/21
則（末）〔沒〕○窮年 1/4/1
蕩蕩乎其有以殊於○也 3/9/8
是姦人將以盜名於晻○
　者也 3/12/12
以偷生反側於亂○之間 4/14/14
又以遇亂○、得亂俗 4/15/15
然而窮年累○不知不足 4/16/5
將爲天下生民之屬長慮
　顧後而保萬○也 4/16/12

今之〇 5/17/10
〇俗稱之 5/17/11
仁義功名善於後〇 5/17/20
後〇言惡則必稽焉 5/17/27
今〇俗之亂君 5/18/1
欲知上〇 5/18/21
而況於千〇之傳也 5/19/1
而況於千〇之上乎 5/19/2
近（〇）〔舉〕則病傭 5/19/17
近（〇）〔舉〕而不傭 5/19/18
與〇偃仰 5/20/1,8/32/11
假今之〇 6/21/10,16/78/7
〇俗之溝猶瞀儒 6/22/10
以為仲尼、子游為茲厚於後〇 6/22/10
佛然（乎）〔平〕〇之俗起焉 6/22/14
治〇之所棄而亂〇之所從服也 8/29/6
應當〇之變若數一二 8/30/15
桀、跖之〇不能汙 8/32/13
略法先王而足亂〇 8/32/17
其衣冠行僞已同於〇俗矣 8/32/18
與萬〇同久 9/39/5
今之〇而不然 10/44/10
名垂乎後〇 11/49/20
後〇言惡 11/50/16
故國者、〇所以新者也 11/51/4
能建是之士不〇絕 11/53/20
亂〇不然 11/56/1
而羿不〇中 12/57/3
而夏不〇王 12/57/3
彼或蓄積而得之者不〇絕 12/59/2
生乎今之〇而志乎古之道 12/59/2
將以明分達治而保萬〇也 12/60/6
可傳〇也 12/63/4
故四〇有勝 15/70/6,16/78/15
是皆〇俗之所謂善用兵者也 15/70/19
秦四〇有勝 15/72/1,15/72/4
此所謂末〇之兵 15/72/4
此〇之所以亂也 15/72/7
無僇乎族黨而抑卑乎後〇 16/76/9
案直為是〇俗之所以為 16/76/20
有天下者之〇也 16/76/24
受時與治〇同 17/79/20
而殃禍與治〇異 17/79/20
是無〇而不常有之 17/81/12
則是雖並〇起 17/81/12
非禮、昏〇也 17/83/1
昏〇、大亂也 17/83/1
〇俗之為說者曰 18/83/11, 18/83/23,18/85/5,18/86/6, 18/87/7,18/87/17
今〇俗之為說者 18/84/10, 18/84/18
後〇之言惡者必稽焉 18/84/17
刑罰〇輕〇重 18/85/15
〇俗之為說者 18/85/17
今〇俗之為說者不怪朱、象而非堯、舜也 18/87/10
何〇而無嵬 18/87/13
萬〇不能易也 18/89/5
故有天下者事（十）〔七〕〇 19/91/3
有一國者事五〇 19/91/3
有五乘之地者事三〇 19/91/4
有三乘之地者事二〇 19/91/4
足以為萬〇則 19/94/21
其銘、誄、繫〇 19/95/18
亂〇惡善 20/100/16
亂〇之徵 20/101/24
治〇反是也 20/101/25
則〇之愚者也 21/106/9
則沒〇窮年不能徧也 21/106/19
此亂〇姦人之說也 21/107/7
上不循於亂〇之君 23/117/6
下不俗於亂〇之民 23/117/6
（治）〇曉然皆知夫為姦則雖隱竄逃亡之由不足以免也 24/118/14
亂〇則不然 24/119/3
以〇舉賢 24/119/3,24/119/5
此以〇舉賢也 24/119/5
〇之殃 25/120/3
〇之災 25/120/8
〇之衰 25/120/9
〇之禍 25/120/10
〇之愚 25/120/11
堯在萬〇如見之 25/120/12
〇無王 25/120/16
雖有賢聖、適不遇〇孰知之 25/121/9
十有四〇、乃有天乙是成湯 25/121/14
〇亂惡善不此治 25/122/1
嗟我何人、獨不遇時當亂〇 25/122/8
以治天下、後〇法之成律貫 25/123/7
為萬〇文 26/124/16
收其後〇 26/125/1
恐失〇英 26/125/16
〇有賢人 27/131/5
故義勝利者為治〇 27/132/2
利克義者為亂〇 27/132/3
仲尼、顏淵知而窮於〇 27/137/22
勇力撫〇 28/138/14
皆異〇同心 28/138/22
今之〇則不然 28/139/10
今夫〇之陵遲亦久矣 28/139/13
不遇〇者衆矣 28/141/4
生今之〇 31/145/1,31/145/4
孫卿迫於亂〇 32/150/4
〇不詳察 32/150/10
〇少知之 32/150/10
接輿辟〇 32/150/12
時〇不同 32/150/14

## 式 shì 7

〇居屢驕 5/18/11
禮者、人主之所以為群臣寸尺尋丈檢〇也 8/34/18
不浴則濡巾三〇而止 19/95/7
是禮義之法〇也 19/96/2
禹見耕者耦立而〇 27/128/17
〇箕子之囚 27/131/3
足以為天下法〇表儀 32/150/9

## 侍 shì 2

望時而（〇）〔待〕之 17/82/15
執薦者百人〇西房 18/86/19

## 事 shì 328

無惛惛之〇者 1/2/14
〇兩君者不容 1/2/14
故《書》者、政〇之紀也 1/3/9
〇無禮則不成 2/5/15

○亂君而通 2/6/13
不如○窮君而順焉 2/6/13
勞苦之○則爭先 2/6/16
饒樂之○則能讓 2/6/17
勞苦之○則偷儒轉脫 2/7/1
饒樂之○則佞兌而不曲 2/7/2
○雖小 2/7/17
偷儒憚○ 2/8/7,6/25/1
不能則恭敬縛絀以畏○人 3/9/11
致誠則無它○矣 3/11/4
而政○之本也 3/11/10
故操彌約而○彌大 3/11/17
○起而辨 3/11/21,21/107/11
爲○利 4/13/15
以敦比其○業而不敢怠傲 4/14/12
爲倚○ 4/14/14
皆使人載其○而各得其宜 4/17/2
幼而不肯○長 5/18/7
賤而不肯○貴 5/18/7
不肖而不肯○賢 5/18/7
譬之是猶舍己之君而○人之君也 5/18/20
因（求）〔衆〕以成天下之大○矣 5/20/3
多○而寡功 6/22/5
仁人之○畢 6/23/2
謂之姦○ 6/23/6
務○理者也 6/24/5
勞苦○業之中則儢儢然 6/24/21
前○則殺兄而爭國 7/25/8
外○則詐邾、襲莒 7/25/9
其○行也若是其險汙淫汰也 7/25/9
福○至則和而理 7/26/9
禍○至則靜而理 7/26/9
（理）任大○ 7/26/14
是○君者之寶而必無後患之術也 7/26/16
故知兵者之舉○也 7/26/17
則好專○而妬賢能 7/26/19
以○君則必通 7/27/3,7/27/5
少○長 7/27/8
賤○貴 7/27/8
不肖○賢 7/27/8
而天下不輟○周 8/27/17
○變得其應 8/29/1,10/45/21
○必當務 8/29/2
凡○行 8/29/4
夫是之謂中○ 8/29/4
（行○）〔○行〕失中謂之姦○ 8/29/5
姦○姦道 8/29/6
百姓好之則亂○ 8/29/9
故（不）能小而○大 8/30/7
其○也 8/31/6
其舉○無悔 8/32/10
○其便辟 8/32/20
工匠之子莫不繼○ 8/34/7
故姦言、姦說、姦○、姦能、遁逃反側之民 9/35/6
材而○之 9/35/7
則王者之○畢矣 9/35/12
則大○殆乎弛 9/35/14
小○殆乎遂 9/35/15
則聽大○煩 9/35/16
而百○無過 9/35/17
夫兩貴之不能相○ 9/36/1
政○ 9/38/9
能以○親謂之孝 9/39/16
能以○兄謂之弟 9/39/16
能以○上謂之順 9/39/16
大師之○也 9/40/3,20/99/21
司空之○也 9/40/4
治田之○也 9/40/5
虞師之○也 9/40/6
鄉師之○也 9/40/7
審時○ 9/40/8
工師之○也 9/40/8
傴巫、跛擊之○也 9/40/9
治市之○也 9/40/10
司寇之○也 9/40/11
冢宰之○也 9/40/13
辟公之○也 9/40/14
天王之○也 9/40/14
故政○亂 9/40/15
日與桀同○同行 9/41/1
案以中立無有所偏而爲縱橫之○ 9/41/3
務本○ 9/41/10
擇士之知○者使相率貫也 9/41/20
○行則遵傭故 9/42/2
○行則蠲疑 9/42/3
○行則傾覆 9/42/4
○業所惡也 10/42/19
則人有樹○之患 10/42/20
度人力而授○ 10/43/3
使民必勝○ 10/43/3
○必出利 10/43/4
○無大小多少 10/43/5
苛關市之征以難其○ 10/44/10
而不死其○者 10/44/12
是農夫衆庶之○也 10/44/15
進○長功 10/44/16,10/46/8
是將率之○也 10/44/16
是天（下）之○也 10/44/17
則是聖君賢相之○也 10/44/18
與百姓均○業 10/45/9
○變失應 10/45/12
垂○養民 10/46/6
○必不就 10/46/7
○進矣 10/46/8
故垂○養譽、不可 10/46/9
○成功立 10/46/12
時其○、輕其任以調齊之 10/46/21
百姓時和、○業得敘者 10/47/22
○强暴之國難 10/48/21,10/49/7
使强暴之國○我易 10/48/21,10/49/8
○之以貨寶 10/48/21
○之彌煩 10/48/22
直將巧繁拜請而畏○之 10/49/3
百○齊於官 10/49/5
箸之以政○ 11/49/21
○至佚而功 11/52/10
○業窮 11/52/15
百工分○而勸 11/52/19,11/54/14
其官職○業足以容天下之能士矣 11/53/2
其爲○不勞而功名致大 11/53/11
則是官人使吏之○也 11/54/18
所使要百○者誠仁人也 11/54/19
所使要百○者非仁人也 11/54/20
主能當一則百○正 11/55/12
主好要則百○詳 11/55/16
主好詳則百○荒〔矣〕 11/55/16
要百○之聽 11/55/17
時其○、經其任以調齊之 11/55/24
卒有寇難之○ 11/56/3
而又好以權謀傾覆之人

斷○其外 11/56/9
而百○不廢 11/56/23
不能應○之變 12/57/6
臨○必亂 12/57/6
有司不勞而○治 12/57/18
而勸上之○ 12/57/19
○業忘勞 12/57/19
其於○也 12/58/2
其於百官之○、技藝之人也 12/58/3
皆使（其）人載其○而各得其所宜 12/59/18
安樂其○ 12/60/2
○時制明而用足 12/60/3
百吏官人無怠慢之○ 12/60/6, 24/118/10
序○業 12/60/11
公義明而私○息矣 12/60/12
人習其○而固 12/60/13
人之百○如耳目鼻口之不可以相借官也 12/60/14
兼聽齊明而百○不留 12/60/15
無私人以官職○業〔者〕 12/61/21
境內之○ 12/62/13
○物之至也如泉原 12/62/18
知無與下爭小利之爲便於○也 12/63/6
君有過謀過○ 13/64/1
反君之○ 13/64/4
○聖君者 13/64/16
○中君者 13/64/16
○暴君者 13/64/16
是○聖君之義也 13/64/21
是○中君之義也 13/64/23
是○暴君之義也 13/64/24
○人而不順者 13/65/4
凡流言、流說、流○、流謀、流譽、流愬、不官而衡至者 14/66/11
則姦言、姦說、姦○、姦謀、姦譽、姦愬莫之試也 14/66/13
忠言、忠說、忠○、忠謀、忠譽、忠愬莫不明通 14/66/14
王者之○畢矣 14/66/18,15/75/2
臨○接民而以義 14/67/8
汝惟曰『未有順○』 14/67/10
攻奪變詐者、諸侯之○也 15/68/12
若子之○父、弟之○兄〔也〕 15/68/15
將率、末○也 15/69/12,15/72/4
是○小敵毳則偷可用也 15/69/21
○大敵堅則渙然離耳 15/69/22
○莫大乎無悔 15/70/25
○至無悔而止矣 15/70/25
凡慮○欲孰而用財欲泰 15/71/1
慮必先○而申之以敬 15/71/4
凡百○之成也 15/71/5
敬○無壙 15/71/7
以便從○而已 15/72/1
時其○、輕其任以調齊之、長養之 15/73/17
無利人之○ 16/75/19
古者明王之舉大○、立大功也 16/76/6
大○已博 16/76/6
是以百○成而功名大也 16/76/8
無有私○也 16/78/13
聽決百○不留 16/78/14
凡人好敖慢小○ 16/78/20
大○至 16/78/20
則常不勝夫敦比於小○者矣 16/78/21
則小○之至也數 16/78/21
大○之至也希 16/78/22
不見其○而見其功 17/80/6
已其見數之可以○者矣 17/80/18
本○不理 17/81/17
卜筮然後決大○ 17/82/7
皆使民載其○而各得其宜 18/86/9
是又畏○者之議也 18/86/16
出戶而巫覡有○ 18/86/19
出門而宗祀有○ 18/86/20
故百○廢、財物詘而禍亂起 18/88/2
故禮、上○天 19/90/21
下○地 19/90/21
尊者○尊 19/91/2
卑者○卑 19/91/2
故有天下者○（十）〔七〕世 19/91/3
有一國者○五世 19/91/3
有五乘之地者○三世 19/91/4
有三乘之地者○二世 19/91/4
成○之俎不嘗也 19/91/11
而況以○其所隆親乎 19/93/8
故○生不忠厚、不敬文 19/93/10
持生之○未輟也 19/93/20
百○可以成矣 19/93/22
凡禮、○生 19/95/13
祭祀、敬○其神也 19/95/17
○生、飾始也 19/95/18
終始具而孝子之○畢、聖人之道備矣 19/95/18
以三年○之猶未足也 19/97/12
皆使其須足以容○ 19/97/17
○足以容成 19/97/17
以爲鬼○也 19/98/3
○死如○生 19/98/9
○亡如○存 19/98/9
故群臣去忠而○私 21/102/16
將○道者之壹 21/104/5
不以○詔而萬物成 21/105/3, 27/132/22
而己以正○ 21/106/15
不○而自然謂之性 22/107/23
正利而爲謂之○ 22/107/24
而○必有困廢之禍 22/108/13
○無困廢之禍 22/108/14
此○之所以稽實定數也 22/109/13
不可○ 23/113/17
所○而成者也 23/113/18
不可學、不可○（而）〔之〕在人者謂之性 23/113/18
可學而能、可○而成之在人者謂之僞 23/113/18
感而自然、不待○而後生之者也 23/114/12
夫感而不能然、必且待○而後然者 23/114/13
未嘗不可以相爲○也 23/116/21
然而未嘗能相爲○也 23/116/21
其舉○多悔 23/117/3
必將求賢師而○之 23/117/16
得賢師而○之 23/117/16
以義制○ 24/119/8
○知所利 24/119/8
國○無所往而不用 24/119/10

則〇業捷成而有所休 24/119/14
愚而自專〇不治 25/120/4
下以教誨子弟、上以〇祖考 25/121/4
妻以二女任以〇 25/121/9
觀往〇 25/122/10
〇業聽上、莫得相使一民力 25/122/13
〇業以成 26/124/1
〇成而家敗 26/124/17
〇乃大已 26/125/4
結尾以爲〇 26/125/9
尾生而〇起 26/125/10
尾邅而〇已 26/125/10
成我宗〇 27/127/12
〇生、飾驩也 27/127/24
賵、贈及〇 27/128/6
先〇慮〇 27/128/12
先〇慮〇謂之接 27/128/12
接則〇優成 27/128/12
〇至而後慮者謂之後 27/128/13
後則〇不舉 27/128/13
吉〇尙尊 27/128/29
喪〇尙親 27/128/29
〇無禮不成 27/129/24
下臣〇君以貨 27/130/14
中臣〇君以身 27/130/14
上臣〇君以人 27/130/14
王〇具矣 27/131/1
凡百〇異理而相守也 27/131/8
八十者一子不〇 27/131/13
九十者舉家不〇 27/131/13
一人不〇 27/131/13
三年不〇 27/131/13
三月不〇 27/131/14
從諸侯不與新有昏朞不〇 27/131/14
孟子三見宣王不言〇 27/131/19
曷爲三遇齊王而不言〇 27/131/19
臣道知〇 27/132/22
〇不難 27/133/14
願息〇君 27/134/23
執〇有恪 27/134/24
〇君難 27/134/24
〇君焉可息哉 27/134/24
然則賜願息〇親 27/134/24
〇親難 27/134/25
〇親焉可息哉 27/134/25
知者明於〇、達於數 27/136/24
不可以不誠〇也 27/136/24
是非疑則度之以遠〇 27/137/1
予維曰未有順〇 28/139/6
〇君而達 28/140/12
〇已敗矣 30/143/26
有君不能〇 30/144/18
是故其〇大辨乎天地 31/146/9
其〇不可循 31/146/10
其〇不可識 31/146/10
魏武侯謀〇而當 32/148/17
楚莊王謀〇而當 32/148/18
不穀謀〇而當 32/148/19
欲言而請畢〇者千有餘人 32/149/8

## 室 shì 20

故君子不下〇堂而海內之情舉積此者 3/11/18
家〇立殘 4/13/2
效門〇之辨 8/29/16
宮〇有度 9/38/2,11/54/17
故宮〇可得而居也 9/39/12
故宮〇不可得而居也 9/39/15
平〇律 9/40/10
爲之宮〇臺榭 10/43/15
天下之宗〇也 16/76/24,18/84/1
故壙壠其額象〇屋也 19/95/15
離宮〇而歸丘陵也 19/97/16
坐於〇而見四海 21/104/7
（屋）〔局〕〇、（廬庾）〔蘆簾〕、（葭）稾蓐、尙机筵而可以養形 22/112/19
跖以穿〇 26/123/18
處於〇堂 26/125/6
賜予其宮〇 27/127/18
過十〇之邑必下 27/128/17
宮〇榮與 27/132/16

## 是 shì 937

好〇正直 1/1/9
蘭槐之根〇爲芷 1/1/20
〇故質的張而弓矢至焉 1/2/5
〇故無冥冥之志者 1/2/13
夫〇之謂道德之極 1/3/10
使目非〇無欲見也 1/4/17
使耳非〇無欲聞也 1/4/17
使口非〇無欲言也 1/4/17
使心非〇無欲慮也 1/4/18
〇故權利不能傾也 1/4/19
生乎由〇 1/4/19
死乎由〇 1/4/19
夫〇之謂德操 1/4/20
夫〇之謂成人 1/4/20
〇我而當者 2/5/4
小人反〇 2/5/6,13/65/23
則具〇違 2/5/9
則具〇依 2/5/9
禮信〇也 2/5/12
〇〇、非非謂之智 2/6/1
非〇、〇非謂之愚 2/6/1
〇謂〇、非謂非曰直 2/6/1
夫〇之謂治氣養心之術也 2/6/10
〇無他故焉 2/7/15,16/77/1
吾安知禮之爲〇也 2/8/1
則〇情安禮也 2/8/2
則〇知若師也 2/8/2
則〇聖人也 2/8/2
〇無法也 2/8/3
〇無師也 2/8/3
不〇師法而好自用 2/8/3
譬之〇猶以盲辨色 2/8/3
〇法勝私也 2/8/15
〇行之難爲者也 3/9/1
〇說之難持者也 3/9/2
〇君子小人之分也 3/9/13
夫〇之謂至文 3/9/16
〇何邪 3/11/14,10/46/22
一人之情〇也 3/11/15
今日〇也 3/11/15
後王〇也 3/11/15,5/18/19
分〇非之分 3/11/16
若〇 3/11/21,3/11/22,3/11/23,3/11/24,3/12/1,9/35/11,9/35/14,9/35/16,10/45/8,10/45/10,10/45/12,10/45/21,10/46/22,10/48/11,10/48/13,10/48/15,11/52/3,11/52/10,11/53/23,11/56/10,11/56/11,11/56/16,11/56/17,12/63/8

15/74/12,15/74/14,16/78/6
16/78/7,18/83/13,18/84/3
18/84/5,18/88/2,18/88/4
18/88/12,18/89/14,23/113/21
23/114/17,23/114/17,23/115/7
而不敢以其所獨（甚）〔○〕 3/11/24
如○ 3/12/7,5/20/8,6/23/2
6/23/17,6/25/3,7/26/16
7/27/5,8/30/1,8/30/13
8/30/15,8/30/17,8/34/16
9/36/6,9/41/23,10/42/14
10/42/19,10/42/20,10/42/21
10/43/6,10/48/1,10/49/5
11/49/19,11/50/1,11/50/6
11/50/12,11/50/12,11/52/16
11/53/23,11/54/6,11/56/18
11/56/19,11/56/20,12/57/16
12/60/12,12/60/15,14/66/13
16/75/13,16/75/17,16/75/20
16/76/17,16/76/22,16/78/21
16/79/4,17/80/13,20/99/16
20/99/19,22/108/7,22/108/12
22/108/14
○以動則必陷 3/12/8
○偏傷之患也 3/12/9
○非仁人之情也 3/12/11
○姦人將以盜名於晻世者也 3/12/12
○忘其身也 4/13/2
○忘其親也 4/13/2
○忘其君也 4/13/3
○刑法之所不舍也 4/13/3
則○人也而曾狗彘之不若也 4/13/5
凡鬬者、必自以爲○而以人爲非也 4/13/5
己誠○也 4/13/6
則○己君子而人小人也 4/13/6
○人也 4/13/7
不知○非 4/13/14
○狗彘之勇者也 4/13/14
○賈盜之勇也 4/13/15
○小人之勇也 4/13/16
○士君子之勇也 4/13/17
○榮辱之大分也 4/14/4
○安危利害之常體也 4/14/5
○天子之所以取天下也 4/14/8
○諸侯之所以取國家也 4/14/9
○士大夫之所以取田邑也 4/14/10
○故三代雖亡 4/14/12
○官人百吏之所以取祿秩也 4/14/12
○庶人之所以取煖衣飽食長生久視以免於刑戮也 4/14/13
○姦人之所以取危辱死刑也 4/14/14
○其所以危也 4/14/15,7/26/4
○君子小人之所同也 4/14/17
○故窮則不隱 4/14/22
○非知能材性然也 4/15/1
○注錯習俗之節異也 4/15/1
○人之所生而有也 4/15/7
5/18/14
○無待而然者也 4/15/8
4/15/9,4/15/11,5/18/14
○禹、桀之所同也 4/15/8
4/15/10,4/15/11,5/18/14
12/60/20,17/80/21
○又人之所常生而有也 4/15/9
○又人之所生而有也 4/15/11
○以小重小也 4/15/15
今○人之口腹 4/15/16
○其爲相縣也 4/15/21
○若不行 4/16/2
如○者 4/16/3,12/62/8,17/80/1
○人之情也 4/16/6
○何也 4/16/8,7/25/7,7/25/18
8/28/10,12/61/21,16/77/1
16/78/17,16/78/21,17/81/10
18/84/21,18/85/17,18/87/7
18/87/23,19/93/22,19/96/23
於○又節用禦欲 4/16/8
○於己長慮顧後 4/16/9
○其所以不免於凍餓 4/16/10
意者其○邪 4/16/16
○人情之所同欲也 4/16/18
11/53/13
○夫群居和一之道也 4/17/2
夫○之謂至平 4/17/4,12/57/21
夫○之謂人倫 4/17/5
○非容貌之患也 5/17/27,5/18/4
○人之三不祥也 5/18/7
○人之一必窮也 5/18/8
○人之二必窮也 5/18/9
○人之三必窮也 5/18/10
譬之○猶舍己之君而事人之君也 5/18/20
○以文久而滅 5/19/8
鄙夫反○ 5/19/13,8/30/3
○以終身不免埤汙傭俗 5/19/14
善者於○閒也 5/19/18
夫○之謂兼術 5/20/4
夫○之謂（爲）能貴其所貴 5/20/9
○以小人辯言險 5/20/12
政令○也 5/20/14
謀救○也 5/20/15
○聖人之辯者也 5/21/2
○士君子之辯者也 5/21/3
夫○之謂姦人之雄 5/21/5
使天下混然不知○非治亂之所存者 6/21/10
○它囂、魏牟也 6/21/14
○陳仲、史鰌也 6/21/17
○墨翟、宋鈃也 6/21/20
○愼到、田駢也 6/22/2
不○禮義 6/22/4
○惠施、鄧析也 6/22/5
○則子思、孟軻之罪也 6/22/11
○聖人之不得埶者也 6/22/17
仲尼、子弓○也 6/22/17,8/32/13
則○聖人之得勢者 6/22/20
舜、禹○也 6/22/20
○天下之所棄也 6/23/10
如○而不服者 6/23/18
曾○莫聽 6/24/1
箸○者也 6/24/8
○以不誘於譽 6/24/14
夫○之謂誠君子 6/24/15
○父兄之容也 6/24/18
○子弟之容也 6/24/19
○學者之嵬也 6/24/22
○子張氏之賤儒也 6/24/24
○子夏氏之賤儒也 6/25/1
○子游氏之賤儒也 6/25/2
其事行也若○其險汙淫汰也 7/25/9
若○而不亡 7/25/10
○天下之大知也 7/25/11

○天下之大決也 7/25/12
○天下之大節也 7/25/14
諸侯有一節如○ 7/25/14
○持寵處身不厭之術也 7/26/10
亦取象於○矣 7/26/11
夫○之謂吉人 7/26/11
○事君者之寶而必無後患之術也 7/26/16
○以百舉而不陷也 7/26/18
愚者反○ 7/26/19
○以位尊則必危 7/26/21
○行也 7/27/1
夫○之謂天下之行術 7/27/6
○天下之通義也 7/27/8
○姦人之心也 7/27/9
辟之○猶伏而咶天 7/27/9, 16/77/10
○以周公屏成王而及武王以屬天下 8/27/19
夫○謂大儒之效 8/27/24
儒之爲人下如○矣 8/28/7
夫○之謂人師 8/28/11, 9/38/12, 15/71/16
禮義○也 8/28/15
不邮○非、然不（然）之情 8/28/20
○ 8/29/2
夫○之謂中事 8/29/4
夫○之謂中說 8/29/5
○聽耳之所不能聽也 8/29/7
夫○之謂上愚 8/29/10
分○非 8/29/17
○杅杅亦（當）〔富〕人已 8/29/20
辟之○猶力之少而任重也 8/30/7
○猶傴身而好升高也 8/30/8
亦○率從 8/30/10
○言上下之交不相亂也 8/30/10
○民德也 8/30/12
（如○） 8/31/2
天下之道管○矣 8/31/5
百王之道一○矣 8/31/5
故《詩》、《書》、《禮》、《樂》之〔道〕歸○矣 8/31/5
《詩》言○ 8/31/6
《書》言○ 8/31/6
《禮》言○ 8/31/7
《樂》言○ 8/31/7
《春秋》言○ 8/31/7
取○以節之也 8/31/8
取○而文之也 8/31/8
取○而光之也 8/31/9
取○而通之也 8/31/9
天下之道畢○矣 8/31/9
鄉○者臧 8/31/9
倍○者亡 8/31/10
鄉○如不臧 8/31/10
倍○如不亡者 8/31/10
○殆非周公之行 8/31/13
當○時也 8/31/14, 8/32/2, 19/93/24, 32/150/5
於○《武》、《象》起而《韶》、《護》廢矣 8/32/1
○大儒之徵也 8/32/10
○大儒之稽也 8/32/11
○俗人者也 8/32/17
○俗儒者也 8/32/21
以○尊賢畏法 8/33/1
○雅儒者也 8/33/2
○大儒者也 8/33/5
當○非 8/33/12
○非天性也 8/34/8
○顧○復 8/34/11
○衆人也 8/34/15
不外○矣 8/34/22
○君子之所以騁志意於壇宇宮庭也 8/34/22
夫○之謂君子言有壇宇 8/34/23
夫○之謂天德 9/35/8
〔○〕王者之政也 9/35/8
○非不亂 9/35/11, 9/35/11
○又傷之也 9/35/16
○天數也 9/36/1
○養天下之本也 9/36/3
○君人者之大節也 9/36/11
大節○也 9/36/12, 9/36/12
小節○也 9/36/12
小節雖○也 9/36/13
夫○之謂上溢而下漏 9/36/18
○彊者之所以反弱也 9/36/27
○（以）大者之所以反削也 9/37/1
○知彊道者也 9/37/4
○知霸道者也 9/37/10
○知王道者也 9/37/16
夫○之謂有原 9/37/19
○王者之人也 9/37/20
夫○之謂復古 9/38/3
○王者之制也 9/38/3
夫○之謂定論 9/38/7
○王者之論也 9/38/7
○王者之法也 9/38/12
夫○之謂大神 9/38/18
舍○而天下以衰矣 9/39/1
○之謂至亂 9/39/5
夫○之謂大本 9/39/6
一與一○爲人者 9/39/24
則○國未能獨立也 9/40/21
而黨爲吾所不欲於○者 9/40/21
○非功名之所就也、非存亡安危之所（墮）〔隨〕也 9/41/1
爲○之日 9/41/5, 9/41/6
不能加毫末於○矣 9/41/7
○使群臣百姓皆以制度行 9/41/10
如○而可以誅暴禁悍矣 9/41/16
孰能有與○鬭者與 9/41/18
安以其國爲○者王 9/41/18
○以厭然畜積脩飾而物用之足也 9/41/20
以○待其敝 9/42/1
安以其國爲○者霸 9/42/1
如○者則安存 9/42/2
如○者危殆 9/42/4
如○者滅亡 9/42/6
○其爲相懸也亦遠矣 9/42/8
由○推之 10/43/5
夫○之謂以政裕民〔也〕 10/43/6
○美天下之本也 10/43/10
○安天下之本也 10/43/11
○貴天下之本也 10/43/11
其所○焉誠美 10/44/2
○以臣或弒其君 10/44/12
○農夫衆庶之事也 10/44/15
○將率之事也 10/44/16
○天（下）之事也 10/44/17
則○聖君賢相之事也 10/44/18
今○土之生五穀也 10/44/21
使天下生民之屬皆知己

之所願欲之舉在于〇也 10/45/19
皆知己之所畏恐之舉在于〇也 10/45/20
〇偷道也 10/46/7
〇姦治者也 10/46/8
〇又（不可）偷偏者也 10/46/9
〇亂國已 10/47/9
〇貪主已 10/47/10
〇闇（王）〔主〕已 10/47/11
〇辱國已 10/47/12
〇治國已 10/47/13
〇明主已 10/47/14
〇榮國已 10/47/16
〇明主之功已 10/47/17
〇知國計之極也 10/48/1
〇無它故焉 10/48/2
10/48/6,11/50/16,11/54/9
夫〇之謂國蹶 10/48/3
夫〇之謂至（貪）〔貧〕 10/48/5
〇愚（王）〔主〕之極也 10/48/5
布衣紃屨之士誠〇 10/48/10
正〇四國 10/48/19,24/119/17
辟之〇猶使處女嬰寶珠、佩寶玉、負戴黃金而遇中山之盜也 10/49/2
譬之〇猶烏獲與焦僥搏也 10/49/7
齊湣、宋獻〇也 11/49/14
且若〇其固也 11/49/17
〇綦定也 11/49/19
湯、武〇也 11/50/2
13/66/3,16/76/12,18/84/17
〇所謂義立而王也 11/50/3
五伯〇也 11/50/7
〇皆僻陋之國也 11/50/9
〇所謂信立而霸也 11/50/9
則〇上下析也 11/50/12
齊閔、薛公〇也 11/50/13
〇（憚憚）〔幝幝〕 11/51/4
〇乃千歲之信士矣 11/51/7
如〇者王 11/51/11
如〇者彊 11/51/12
如〇者危削 11/51/13
夫〇之謂巨用之 11/51/14
安不卹〇非 11/51/15
夫〇之謂小用之 11/51/16
譬之〇由好聲色而恬無耳目也 11/51/24
〇所使夫百吏官人爲也 11/52/8
不足以〇傷游玩安燕之樂 11/52/8
〇夫人主之職也 11/52/9
夫〇之謂至約 11/52/11
以〇縣天下 11/52/17
〇百王之所同也 11/52/20
18/85/13,18/89/17
〇不虛 11/52/23
無有〇其外矣 11/53/4
而王者兼而有〇者也 11/53/13
11/53/17
〇又人情之所同欲也 11/53/15
11/53/17
而天子之禮制如〇者也 11/53/15
其誰能睹〇而不樂也哉 11/53/20
欲〇之主並肩而存 11/53/20
能建〇之士不世絕 11/53/20
〇其所以不合之故也 11/53/22
物由有可樂如〇其美焉者乎 11/53/24
夫〇之謂上一 11/54/6
故百王之法不同若〇 11/54/9
莫不以〇爲隆正 11/54/13
〇百王之所（以）同也 11/54/13
〇百王之所同 11/54/16,19/95/14
19/97/5
以〇（用）〔周〕挾於萬物 11/54/17
則〇官人使吏之事也 11/54/18
〇人君者之樞機也 11/54/21
〇亦無它故焉 11/55/2
〇君人者之要守也 11/55/2
舍〇而孰足爲也 11/55/3
必道〇者也 11/55/3
必反〇者也 11/55/4
〇治國之徵也 11/55/9
〇治之極也 11/55/12
〇過者也 11/55/13
辟之〇猶立直木而求其影之枉也 11/55/14
〇悖者也 11/55/15
辟之〇猶立枉木而求其影之直也 11/55/15
〇故百姓貴之如帝 11/55/26
〇故百姓賤之如偃 11/56/2
〇傷國之大災也 11/56/7
〇傷國 11/56/8,11/56/8,11/56/9
〇傷國者也 11/56/10,11/56/13
朝廷群臣之俗若〇 11/56/11
君臣上下之俗莫不若〇 11/56/12
夫〇之謂危國 11/56/13
〇之謂政令行、風俗美 11/56/23
則臣下百吏誕詐之人乘〇而後欺 12/57/11
則臣下百吏乘〇而後偏 12/57/12
則臣下百吏乘〇而後險 12/57/13
則臣下百吏乘〇而後豐取刻與以無度取於民 12/57/14
〇故窮則必有名 12/58/5
夫〇之謂聖人 12/58/7
而求安樂〇〔聞〕 12/58/18
〔〇〕狂生者也 12/58/18
然而（于〇）〔〇子〕獨好之 12/59/3
然而（于〇）〔〇子〕獨爲之 12/59/4
然而（于〇）〔〇子〕（獨）猶將爲之也 12/59/4
〇其人（者）也 12/59/6
夫〇之謂能群 12/59/13
夫〇之謂匹夫 12/59/15
〇所以生養之也 12/59/16
〇所以班治之也 12/59/17
〇所以顯設之也 12/60/1
〇所以藩飾之也 12/60/2
〇所同也 12/60/2
〇又所同也 12/60/3
〇所衍也 12/60/4
夫〇之謂政教之極 12/60/16
夫〇之謂大形 12/60/18
道莫徑〇矣 12/60/21
〇人主之寶也 12/60/22
譬之〇猶立直木而恐其景之枉也 12/61/1
譬之〇猶立枉木而求其景之直也 12/61/3
〇以萬舉不過也 12/61/8
能中〇者取之 12/61/14
〇豈不必得之之道也哉 12/61/14
12/61/16
能致〇者取之 12/61/16
則獨不若〇其公也 12/61/18
〇無它故 12/61/20

莫不失之○也 12/61/20

則○主闇也 12/62/1

則○臣詐也 12/62/1

非（于○）〔○子〕莫足以舉之 12/62/6

故舉（于○）〔○子〕而用之 12/62/6

於○乎貴道果立 12/62/7

則○拘脅蔽塞之端也 12/62/13

如○其狹也 12/62/14

如○其廣也 12/62/14

如○其危也 12/62/14

夫○之謂國具 12/62/17,12/62/20, 12/62/23

如○國者 12/62/18

○官人史吏之材也 12/63/3

○士大夫官師之材也 12/63/4

○卿相輔佐之材也 12/63/7

○謂人主之道也 12/63/8

○人主之要守也 12/63/9

○所謂「視乎不可見 12/63/11

○態臣者也 13/63/17

○簒臣者也 13/63/18

○功臣者也 13/63/19

○聖臣者也 13/63/21

○人臣之論也 13/63/25

夫○之謂至闇 13/64/13

○事聖君之義也 13/64/21

○案曰○ 13/64/22

○事中君之義也 13/64/23

○事暴君之義也 13/64/24

以○諫非而怒之 13/65/9

則○禽獸也 13/65/14

則○狎虎也 13/65/15

○仁人之質也 13/65/18

○以百舉不過也 13/65/23

夫○之謂通忠之順 13/66/2

夫○之謂權險之平 13/66/3

不卹○非 13/66/4

夫○之謂禍亂之從聲 13/66/4

飛廉、惡來○也 13/66/4

夫○之謂衡聽、顯幽、重明、退姦、進良之術 14/66/14

○乃善用兵者也 15/68/8

○猶使人之子孫自賊其父母也 15/69/7

○强弱之本也 15/69/14

○强弱之常也 15/69/15,15/69/19

○强弱之凡也 15/69/16

○事小敵毳則偷可用也 15/69/21

○亡國之兵也 15/69/22

兵莫弱○矣 15/69/22

○其出賃市、傭而戰之幾矣 15/69/22

○〔其氣力〕數年而衰而〔復利〕未可奪也 15/70/2

○故地雖大 15/70/3

○危國之兵也 15/70/3

○最爲衆强長久 15/70/6

兼○數國者 15/70/11

○漸之也 15/70/12

○齊之也 15/70/13

夫○之謂盜兵 15/70/17

○皆世俗之所謂善用兵者也 15/70/19

○其巧拙强弱則未有以相君也 15/70/19

○皆和齊之兵也 15/70/21

○强弱之效也 15/70/22

夫○之謂六術 15/70/27

夫○之謂五權 15/71/2

夫○之謂三至 15/71/3

夫○之謂至臣 15/71/4

（失）〔夫〕○之謂大吉 15/71/5

夫○之謂五無壙 15/71/7

夫○之謂天下之將 15/71/8

則○亦賊也 15/71/13

○以堯伐驩兜 15/71/24

○豈無堅甲利兵也哉 15/72/15

○豈無固塞隘阻也哉 15/72/17

○豈令不嚴、刑不繁也哉 15/73/1

○故刑罰省而威〔行如〕流 15/73/8

然後刑於○起矣 15/73/18

○大刑之所加也 15/73/18

誰睹○而不改也哉 15/74/1

於○有能化善、脩身、正行、積禮義、尊道德 15/74/2

然後賞於○起矣 15/74/3

○高爵豐祿之所加也 15/74/3

夫○之謂大化至一 15/74/7

○故得地而權彌重 15/74/11

○以德兼人者也 15/74/11

○故得地而權彌輕 15/74/13

15/74/15

○以力兼人者也 15/74/13

○以富兼人者也 15/74/16

夫○之謂大凝 15/75/2

禮義節奏○也 16/75/9

夫○之謂道德之威 16/75/14

夫○之謂暴察之威 16/75/18

夫○之謂狂妄之威 16/75/20

○主威也 16/76/3

○將威也 16/76/3

○衆威也 16/76/3

○以爲善者勸 16/76/7,24/118/19

○以百事成而功名大也 16/76/8

桀、紂○也 16/76/13

○爲○ 16/76/14

○勝人之道也 16/76/15

正○非 16/76/17,16/78/5

○一天下也 16/76/19

相國舍○而不爲 16/76/19

案直爲○世俗之所以爲 16/76/20

曷若○而可以持國乎 16/76/21

○一國作謀 16/76/22

（汗）〔汙〕漫、爭奪、貪利○也 16/77/3

禮義、辭讓、忠信○也 16/77/3

16/77/6

然則○棄己之所以安彊 16/77/8

若○其悖繆也 16/77/9

○渠衝入穴而求利也 16/77/11

○仁人之所羞而不爲也 16/77/11

辟之○猶欲壽而歾頸也 16/77/13

○能使讎人役也 16/77/20

○乃江南也 16/77/21

○地徧天下也 16/78/3

○形勝也 16/78/11

○所見也 16/78/15

兼○數具者而盡有之 16/78/16

政教功名反○ 16/78/25

夫○之謂天職 17/80/1

夫○之謂不與天爭職 17/80/2

夫○之謂能參 17/80/2

夫○之謂神 17/80/6

夫○之謂天〔功〕 17/80/6

夫○之謂天情 17/80/9

夫○之謂天官 17/80/10

夫○之謂天君 17/80/10
夫○之謂天養 17/80/11
夫○之謂天政 17/80/11
夫○之謂大凶 17/80/12
夫○之謂知天 17/80/15
○又禹、桀之所同也 17/80/22
17/80/23
○節然也 17/81/4
則○其在我者也 17/81/5
○以日進也 17/81/7
○以日退也 17/81/7
○天地之變、陰陽之化 17/81/10
17/81/13
○無世而不常有之 17/81/12
則○雖並世起 17/81/12
則○雖無一至者 17/81/13
夫○之謂人祅 17/81/17,17/81/17
夫○之謂人祅〔也〕 17/82/1
祅○生於亂 17/82/1
○不然 18/83/11,18/83/23
18/85/6,18/85/17,18/86/6
23/113/16,23/115/1,23/115/20
32/150/4
○治之所由生也 18/83/15
○亂之所由作也 18/83/17
以○千官也 18/83/25
以○百官也 18/83/25
然則○誅民之父母而師
民之怨賊也 18/84/10
○縣天下之權稱也 18/84/14
○不容妻子之數也 18/84/17
桀、紂（者）〔○〕也 18/84/18
譬之○猶傴巫、跛匡大
自以為有知也 18/84/19
治古如○ 18/85/6
然則○殺人者不死、傷
人者不刑也 18/85/7
○謂惠暴而寬賊也 18/85/9
夫○之謂視形勢而制械
用 18/85/23
○王者之（至）〔制〕也 18/86/1
○規磨之說也 18/86/2
同焉者○也 18/86/8
○又不然 18/86/9,18/86/15
○又畏事者之議也 18/86/16
猶有善於○者、（與不）
〔不與〕 18/87/2
休猶有安樂恬愉如○者乎 18/87/3
○虛言也 18/87/4
○淺者之傳、陋者之說也 18/87/4
○不然也 18/87/7
○非堯、舜之過 18/87/9
夫○之謂嵬說 18/87/11
○不及知治道 18/87/18
夫亂今然後反○ 18/88/1
於○焉桀、紂群居 18/88/3
○特姦人之誤於亂說 18/88/6
夫○之謂大姦 18/88/7
○豈鉅知見侮之為不辱
哉 18/88/13
○豈以喪豬為辱也哉 18/88/14
說莫病○矣 18/88/19
則○非不分而辨訟不決 18/88/21
○非之封界 18/88/22
王制○也 18/88/22
（○）〔莫〕非以聖王
為師 18/88/23
榮辱○也 18/88/23
○有兩端矣 18/88/23
○榮之由中出者也 18/88/24
夫○之謂義榮 18/88/25
○榮之從外至者也 18/88/26
夫○之謂埶榮 18/88/26
○辱之由中出者也 18/88/26
夫○之謂義辱 18/89/1
○辱之由外至者也 18/89/2
夫○之謂埶辱 18/89/2
○榮辱之兩端也 18/89/2
○榮辱之分也 18/89/4
譬之○猶以塼塗塞江海也 18/89/7
○過也 18/89/11
人之情欲○已 18/89/14
譬之○猶以人之情為欲
富貴而不欲貨也 18/89/15
今子宋子以（○）〔人〕
之情為欲寡而不欲多
也 18/89/18
○禮之所以起也 19/90/5
○儒、墨之分也 19/90/18
○禮之三本也 19/90/22
夫○之謂大隆 19/91/9
然而不法禮、不（足）
〔○〕禮 19/92/16
法禮、（足）〔○〕禮 19/92/16
○禮之隆也 19/92/21
○禮之殺也 19/92/22
○禮之中流也 19/92/22,19/94/12
步驟、馳騁、厲鶩不外
○矣 19/93/1
○君子之壇宇、宮廷也 19/93/2
人有○ 19/93/2
外○ 19/93/2,19/94/13
於○其中焉 19/93/2
○聖人也 19/93/3
○君子之道、禮義之文也 19/93/7
○敬其有知而慢其無知也 19/93/7
○姦人之道而倍叛之心也 19/93/8
於○盡矣 19/93/10
○先王之道 19/93/13
夫○之謂至辱 19/93/17
○致隆思慕之義也 19/94/1
○反也 19/94/9
○姦人之道也 19/94/14
○吉凶憂愉之情發於顏
色者也 19/94/15
○吉凶憂愉之情發於聲
音者也 19/94/15
○吉凶憂愉之情發於食
飲者也 19/94/17
○吉凶憂愉之情發於衣
服者也 19/94/18
○吉凶憂愉之情發於居
處者也 19/94/19
則○禮也 19/94/21
一天下之功於○就也 19/95/2
○皆所以重哀也 19/95/13
○禮義之法式也 19/96/2
儒者○矣 19/96/2
然而禮以○斷之者 19/96/7
小者○燕爵 19/96/12
則○曾鳥獸之不若也 19/96/15
則○無窮也 19/96/18
夫○之謂至隆 19/97/5
○以繇其期 19/97/16
○君子之所以為悻詭其
所喜樂之文也 19/98/5
○君子之所以為悻詭其
所哀痛之文也 19/98/6
○君子之所以為悻詭其
所敦惡之文也 19/98/6
聲音、動靜、生術之變

盡〔於〕○矣 20/98/15
○先王立樂之方也 20/98/18
○先王立樂之術也 20/99/1
20/99/7
○故喜而天下和之 20/99/11
然後名聲於○白 20/99/17
光暉於○大 20/99/17
○王者之始也 20/99/17
○足以正身安國矣 20/101/21
治世反○也 20/101/25
則必惑○惑非 21/102/6
○以與治（雖）〔離〕走而○已不輟也 21/102/8
夏桀、殷紂○也 21/102/15
○以能長用伊尹而身不失道 21/102/19
○以能長用呂望而身不失道 21/102/20
夫○之謂至盛 21/102/22
唐鞅、奚齊○也 21/103/1
亂家○也 21/103/8
○故衆異不得相蔽以亂其倫也 21/103/17
〔夫〕○之謂大人 21/104/10
○之則受 21/104/12
心亦如○矣 21/105/7
則足以定○非、決嫌疑矣 21/105/7
○其庭可以搏鼠 21/105/12
○以闢耳目之欲 21/105/15
思仁若○ 21/105/15
夫○之謂妄人 21/106/20
嚮○而務 21/106/23
類○而幾 21/106/23
故有知非以慮○ 21/107/1
有勇非以持○ 21/107/1
察孰非以分○ 21/107/1
多能非以脩蕩○ 21/107/2
辨利非以言○ 21/107/2
非察○ 21/107/3
○察非 21/107/3
天下有不以○爲隆正也 21/107/3
然而猶有能分○非、治曲直者邪 21/107/4
若夫非分○非 21/107/4
○散名之在人者也 22/108/1
○後王之成名也 22/108/1
○謹於守名約之功也 22/108/7
○非之形不明 22/108/8
○所以共其約名以相期也 22/108/16
○故邪說不能亂 22/110/9
○（以）聖人之辨說也 22/110/11
○士君子之辨說也 22/110/17
外○者謂之訒 22/110/22
○君子之所棄 22/110/22
而愚者反○ 22/111/1
○猶以兩易一也 22/112/6
夫○之謂以己爲物役矣 22/112/15
如○而加天下焉 22/112/20
夫○之謂重己役物 22/112/21
順○ 23/113/3,23/113/4
23/113/4
○以爲之起禮義、制法度以矯飾人之情性而正之 23/113/11
○不及知人之性 23/113/16
○性、僞之分也 23/113/19
○生於聖人之僞 23/114/8
23/114/11
○皆生於人之情性者也 23/114/12
○性、僞之所生 23/114/13
○聖人之所生也 23/114/15
○善惡之分也已 23/115/2
○聖王之治而禮義之化也 23/115/5
○人之性 23/115/20
○聖人之知也 23/117/2
○士君子之知也 23/117/3
○小人之知也 23/117/4
不恤○非 23/117/5
○役夫之知也 23/117/5
○上勇也 23/117/8
○中勇也 23/117/9
不恤○非、然不然之情以期勝人爲意 23/117/10
○下勇也 23/117/10
○故刑罪綦省而威行如流 24/118/13
○以族論罪也 24/119/4
二者、○非之本 24/119/9
衆人貳之、讒夫棄之形○詰 25/120/15
十有四世、乃有天乙○成湯 25/121/14
○非反易、比周欺上惡正直 25/122/4
正（○）〔直〕惡 25/122/4
不聽規諫忠○害 25/122/8
治亂○非亦可識 25/122/10
夫○之謂君子之知 26/124/5
夫○之謂蠶理 26/125/4
夫○之謂箴理 26/125/10
嫫母、刁父○之喜也 26/126/1
○去表也 27/127/5
以○非對 27/133/11
無以知君子無日不在○ 27/133/14
○天府也 27/134/10
○德之基也 27/136/10
○棄國捐身之道也 27/136/16
○其反者也 27/136/18
○故君子蚤絕之 27/136/20
○非疑則度之以遠事 27/137/1
强足以反○獨立 28/138/21
○以湯誅尹諧 28/138/21
○老也欺予 28/139/2
四方○維 28/139/9
天子○庳 28/139/10
○以威厲而不試 28/139/10
○以刑彌繁而邪不勝 28/139/11
○何〔也〕 28/140/4
○故君子見大水必觀焉 28/140/8
由○觀之 28/141/4
不能加毫末於○也 29/141/20
○不子也 29/142/2
○不衷也 29/142/2
禮、居○邑不非其大夫 29/142/26
○裾裾何也 29/142/28
○以有終身之樂 29/143/15
○以有終身之憂 29/143/16
○何言也 30/144/6
○以雜也 30/144/16
○故君子少思長則學 30/144/23
○故知不務多 31/145/14
○故其事大辨乎天地 31/146/9
○以鳳在列樹 31/146/14
○〔以〕舜無失民 31/148/5
○以知之也 31/148/7
○以憂也 32/148/20,32/148/22
○所以窶小也 32/149/3
○其以淺也 32/149/5

於○吾僅得三士焉 32/149/9
見物然後知其○非之所在 32/149/11
○以天下之紀不息、文章不廢也 32/149/13
○以不得罪於楚之士民也 32/149/18
○其所以名聲不白 32/150/8

弑 shì 4

是以臣或○其君 10/44/12
而湯、武不○君 18/84/9
以桀、紂爲君而以湯、武爲○ 18/84/10
然則以湯、武爲○ 18/84/11

視 shì 39

目不能兩○而明 1/2/14
偶○而先俯 2/7/5
所聽○者近 3/11/14
舉國而與之不爲改○ 4/13/16
是庶人之所以取煖衣飽食長生久○以免於刑戮也 4/14/13
則瞲然○之曰 4/15/18
○墝肥 8/28/18
○人罔極 8/29/11,22/111/2
○肥墝 9/40/4
○可 10/48/12,16/77/19
雖爲之逢蒙○ 10/49/2
不務○其所不見 11/55/8
故天子不○而見 12/60/16
是所謂「○乎不可見 12/63/11
○儀而動 18/83/12
○形埶而制械用 18/85/20
夫是之謂○形勢而制械用 18/85/23
庶人隱竄莫敢○望 18/87/1
卜筮○日 19/98/7
目不○女色 20/100/2
故目○備色 21/102/21
厭目而○者 21/106/5
○一以爲兩 21/106/5
瞽者仰○而不見星 21/106/8
卬○其髮 21/106/13
目○黼黻而不知其狀 22/112/11
不知其子○其友 23/117/19
不知其君○其左右 23/118/1
不○而見 24/118/6
觀法不法見不○ 25/123/5
坐○膝 27/130/5
立○足 27/130/5
應對言語○面 27/130/5
立○前六尺而（大）〔六〕之 27/130/5
小人所○ 28/139/14
仰○榱棟 31/147/2
○天下以愚 32/150/7

勢 shì 19

其○然也 3/11/1
在○注錯習俗之所積爾 4/15/11
君子非得○以臨之 4/15/15
則○不能容、物不能贍也 4/16/18
則是聖人之得○者 6/22/20
厚於有天下之○而不得以匹夫老 7/26/3
變○次序〔之〕節然也 8/27/22
則○在本朝而宜 8/27/27
○在人上則王公之材也 8/28/2
不可以○重脅也 8/29/23
人主者、天下之利○也 11/49/12
故人主、天下之利○也 11/49/14
人服而○從之 11/53/9
人不服而○去之 11/53/9
桀、紂即（序）〔厚〕於有天下之○ 11/54/8
夫是之謂視形○而制械用 18/85/23
故明君臨之以○ 22/110/1
遠賢近讒、忠臣蔽塞主○移 25/120/5
○不可也 29/142/19

嗜 shì 3

無廉恥而○乎飲食 2/8/8
無禮義而唯權埶之○者也 6/24/6
○欲得而信衰於友 23/116/26

試 shì 11

嘗○之說鋒起 9/35/15
胡不嘗○相與求亂之者誰也 10/45/6
則姦言、姦說、姦事、姦謀、姦譽、姦愬莫之○也 14/66/13
中○則復其戶 15/70/2
非天下之愚人莫敢○ 15/70/14
故王者之兵不○ 15/70/14
然而敵國不待○而詘 15/73/4
威厲而不○ 15/73/9
有嘗○深觀其隱而難（其）察者 22/112/9
今當○去君上之埶 23/115/6
是以威厲而不○ 28/139/10

筮 shì 2

卜○然後決大事 17/82/7
卜○視日 19/98/7

飾 shì 61

長短不○ 3/11/23
○邪說 4/14/13,6/21/10
以相藩○ 4/15/20
奇衣婦○ 5/18/1
案○其辭而祗敬之曰 6/22/9
○非而好 6/23/9
彼以讓○爭 7/25/20
好脩正其所聞以橋○其情性 8/30/13
○動以禮義 9/37/19
上以○賢良 9/38/18
是以厭然畜積脩○而物用之足也 9/41/20
我今將脩○之、拊循之、掩蓋之於府庫 9/41/21
故爲之雕琢、刻鏤、黼黻、文章以藩○之 10/43/22
知夫爲人主上者不美不○之不足以一民也 10/45/16
以○朝廷臣下百吏之分 11/55/17
城郭不待○而固 12/57/20
謹脩○而不危 12/58/2

善藩○人者也 12/59/12
善藩○人者人榮之 12/59/13
不能藩○人者 12/59/15
是所以藩○之也 12/60/2
上以○賢良而明貴賤 12/60/4
下以○長幼而明親疏 12/60/5
械用備○不可不異也 18/85/21
不能以僞○性 18/86/10
加○之以珠玉 18/86/17
○棺 18/87/18
皆有翣菨文章之等以敬
　○之 19/93/12
不得○棺 19/93/15
殯其額以生設○死者也 19/94/1
變而○ 19/94/3
不○則惡 19/94/3
故變而○ 19/94/5
故文○、麤惡 19/94/8
故文○、聲樂、恬愉 19/94/9
故其立文○也不至於窕
　冶 19/94/10
卒禮者、以生者○死者也 19/95/6
○歡也 19/95/14
送死、○哀也 19/95/14
　27/127/24
祭祀、○敬也 19/95/14
師旅、○威也 19/95/14
事生、○始也 19/95/18
送死、○終也 19/95/18
因以○群 19/96/4
所以爲至痛○也 19/96/6
將由夫脩○之君子與 19/96/18
比物以○節者也 20/99/1
且樂者、先王之所以○
　喜也 20/99/10
軍旅鈇鉞者、先王之所
　以○怒也 20/99/10
○以羽毛 20/100/7
故以爲足而○之 21/103/12
是以爲之起禮義、制法
　度以矯○人之情性而
　正之 23/113/11
拒諫○非、愚而上同國
　必禍 25/120/5
上○帝王 26/125/7
事生、○驩也 27/127/24
軍旅、○威也 27/127/24
則民闇○矣 27/132/12
言談足以○邪營衆 28/138/20
不從命則脩○ 29/142/1

## 誓 shì 3

約信盟○ 10/48/22
故《泰○》曰「獨夫紂」
　15/70/15
誥○不及五帝 27/138/6

## 適 shì 12

舍粹折無○也 8/30/7
則其土地且奚去我而○它 11/53/1
審吾所以○人 11/56/4
（○）人之所以來我也 11/56/4
其養曲○ 17/80/14
具生器以○墓 19/95/12
無○不易之術也 19/96/5
告無○也 24/118/5
雖有賢聖、○不遇世孰
　知之 25/121/9
行爲動靜待之而後○者
　邪 26/124/3
孔子南○楚 28/140/17
瑕○並見 30/144/8

## 收 shōu 9

○斂畜藏以繼之也 4/16/8
上○而養之 9/35/7
○孤寡 9/36/6
春耕、夏耘、秋○、冬藏 9/39/20
人主之所以窺遠○衆之
　門戶牖嚮也 12/62/15
處舍○臧 15/70/26
矜糺○繚之屬爲之化而調 15/74/6
畜積○臧於秋冬 17/80/22
○其後世 26/125/1

## 手 shǒu 8

如反○爾 5/17/19
若○臂之扞頭目而覆胸
　腹也 15/68/16
持○而食者不得立祭廟 19/91/4
聖人共○ 26/125/18
貧窶者有所竄其○〔矣〕
　27/132/6
○足胼胝以養其親 29/142/15
　29/142/17
長於婦人之○ 31/146/17

## 守 shǒu 56

拘○而詳 2/6/17
唯仁之爲○ 3/11/4
誠心○仁則形 3/11/4
夫誠者、君子之所○也 3/11/10
謹○其數 4/14/11
○法數之有司極禮而褫 5/18/19
則拘○而詳 7/26/7
端愨以○之 7/27/4
入不可以○ 9/36/18
人之城○ 9/36/23,9/36/25
雖○者益 9/36/27
所以○者損 9/36/27
○時力民 10/44/16
（人）〔之〕主者、○
　至約而詳 11/52/10
百畝一○ 11/52/15
儒之所謹○也 11/52/18
建國諸侯之君分土而○ 11/52/19
　11/54/15
是君人者之要○也 11/55/2
有以○少 11/55/4
有以○多 11/55/5
以○則固 11/56/23,15/75/2
官人○數 12/57/15
而觀其能無離○也 12/61/10
而人主之○司 12/62/12
人主之○司 12/62/14
○職循業 12/63/4
是人主之要○也 12/63/9
無人則土不○ 14/66/23
戰如○ 15/71/6
城○不攻 15/71/17
則入不可以○ 16/75/8
官人○天而自爲○道也 17/80/19
官人以爲○ 18/89/5,19/98/2
人孰欲得恣而○其所不
　可以禁其所可 21/103/19
然後能○道以禁非道 21/103/21

是謹於○名約之功也 22/108/7
名○慢 22/108/8
則雖○法之吏 22/108/8
故雖爲○門 22/111/15
君謹○之、下皆平正國乃昌 25/122/12
○其職 25/122/13
○其銀 25/123/1
使仁居○ 27/126/23
凡百事異理而相○也 27/131/8
孔子問於○廟者曰 28/138/10
○廟者曰 28/138/10
○之以愚 28/138/14
○之以讓 28/138/14
○之以怯 28/138/14
○之以謙 28/138/15
好肆不○折 31/147/11

## 首 shǒu 12

故無○虜之獲 8/31/20
（主）之所極然帥群臣而○鄉之者 11/49/18
得一○者則賜贖錙金 15/69/21
五甲○而隸五家 15/70/6
拔戟加乎○ 16/79/11
斷其○ 18/85/12
夏○之南有人焉 21/106/12
故雖不在夏○之南 21/106/16
此夫身女好而頭馬○者與 26/125/2
下衡曰稽○ 27/128/21
大夫之臣拜不稽○ 27/128/23
伊稽○ 28/140/1

## 受 shòu 37

故木○繩則直 1/1/4
○諫而能戒 2/5/5
其誰能以己之潐潐○人之掝掝者哉 3/11/1
○小共大共 4/17/6
則說常無不○ 5/20/9
遂○而傳之 6/22/10
必將盡辭讓之義然後○ 7/26/9
○爵不讓 8/30/4
忠臣誠能然後敢○職 8/30/8
非所○乎性 8/33/19
誠能而後敢○職 12/60/15
○小球大球 13/66/5
〔將〕所以不○命於主有三 15/71/2
凡○命於主而行三軍 15/71/3
臣舍不宜以眾威○賞 16/76/3
恥○賞之屬 16/76/9
○時與治世同 17/79/20
楚、越不○制 18/85/17
曷爲楚、越獨不○制也 18/85/19
必齊之日祭、月祀之屬然後曰○制邪 18/86/2
學者○其殃 18/87/14
至于眾賓升○ 20/101/11
此其所以代夏王而○九有也 21/102/19
此其所以代殷王而○九牧也 21/102/20
名○備號 21/102/21
不以（已所）〔所已〕臧害所將○謂之虛 21/104/1
出令而無所○令 21/104/11
是之則○ 21/104/12
以其所○悖其所辭 22/109/20
所○乎天也 22/111/6
〔所〕○乎心也 22/111/7
所○乎天之一欲 22/111/7
制於所○乎心之多〔求〕 22/111/7
固難類所○乎天也 22/111/7
無益而厚○之 27/134/20
非義不○ 27/135/22
賢人距而不○ 32/150/6

## 授 shòu 10

量能而○官 8/28/21,12/59/17,18/86/9
度人力而○事 10/43/3
能以○官 14/67/13
堯○能 25/121/8
舜○禹 25/121/10
○天子一策 27/128/11
○天子二策 27/128/14
○天子三策 27/128/15

## 售 shòu 1

賣之不可僂○也 8/29/19

## 壽 shòu 9

樂易者常○長 4/14/5
百姓之○ 10/44/6
○於旗、翼 10/48/16
人無百歲之○ 11/51/6
辟之是猶欲○而歾頸也 16/77/13
粥○也 22/112/13
皆知夫賊害之（人）不可以爲○也 24/118/12
生者以○ 26/123/11
屢化而不○者與 26/125/2

## 獸 shòu 28

禽○群（焉）〔居〕 1/2/5
禽○也 1/3/9
心如虎狼、行如禽○而又惡人之賊己也 2/5/7
我欲屬之鳥鼠禽○邪 4/13/10
禽○之行而欲人之善己也 4/14/18
夫禽○有父子而無父子之親 5/18/16
禽○行 6/21/13
雖在鳥○之中 8/33/3
禽○有知而無義 9/39/9
然後六畜禽○一而剸車 10/45/1
麻葛、繭絲、鳥○之羽毛齒革也 10/45/3
則是禽○也 13/65/14
禽○則亂 13/65/15
山林茂而禽○歸之 14/66/17
山林者、鳥○之居也 14/66/19
山林險則鳥○去之 14/66/20
禽○之行 18/84/8
必禽○行、虎狼貪 18/88/3
則嫌於禽○矣 19/94/4
今夫大鳥○則失亡其群匹 19/96/10
則是曾鳥○之不若也 19/96/15
故謂之鳥○ 22/109/9
鳥○也者、大別名也 22/109/9
夔爲樂正鳥○服 25/121/12

性不得則若禽○ 26/123/13
從命則禽○ 29/142/1
○窮則攫 31/148/8
禽○育焉 32/149/22

## 叔 shū 9

楚之孫○敖 5/17/17,13/63/24
殺管○ 8/27/15
霍○懼曰 8/31/17
鮑○、甯戚、隰朋仁知且不蔽 21/103/3
周公誅管○ 28/138/22
成王之爲○父 32/149/7
繒丘之封人見楚相孫○敖曰 32/149/16
孫○敖曰 32/149/17

## 書 shū 27

故《○》者、政事之紀也 1/3/9
《詩》、《○》之博也 1/3/11
《詩》、《○》故而不切 1/3/20
安特將學雜識志、順《詩》、《○》而已爾 1/3/23
以《詩》、《○》爲之 1/4/3
《○》曰 2/8/15,9/36/3
10/46/17,12/57/9,12/60/13
13/65/1,14/67/10,17/83/6
18/83/20,18/85/14,24/118/14
28/139/6
《詩》、《○》、《禮》、《樂》之分乎 4/16/11
夫《詩》、《○》、《禮》、《樂》之分 4/16/14
與之○社三百 7/25/13
故《詩》、《○》、《禮》、《樂》之〔道〕歸是矣 8/31/5
《○》言是 8/31/6
不知隆禮義而殺《詩》、《○》 8/32/18
隆禮義而殺《詩》、《○》 8/32/21
○不說〔也〕 17/82/2
○其名 19/95/9
故好○者眾矣 21/105/8

## 殊 shū 1

蕩蕩乎其有以○於世也 3/9/8

## 淑 shū 6

○人君子 1/3/1
10/48/18,15/71/27,24/119/16
惛惛○○ 26/123/18

## 舒 shū 1

匪交匪○ 1/4/9

## 菽 shū 6

唯○藿糟糠之爲睹 4/15/17
工賈不耕田而足○粟 9/38/17
嚽○飲水 10/45/13
君子啜○飲水 17/81/4
狗豕吐○粟 18/87/20
○藿、（酒）〔水〕漿 19/94/16

## 疏 shū 22

諫爭者○ 2/5/7
不誠則○ 3/11/10
主○遠之 7/26/7
則諸侯○（之）矣 9/37/8
然後葷菜百○以澤量 10/45/1
安不卹親○ 11/51/14
人主胡不廣焉無卹親○、無（偏）〔倫〕貴賤 11/53/22
下以飾長幼而明親○ 12/60/5
不肖者則○而敬之 13/65/17
親者○之 18/84/15
○房檖貌、越席、床笫、几筵 19/90/7
無親○月數之等 19/93/16
故情貌之變足以別吉凶、明貴賤親○之節 19/94/12
○房、檖貌、越席、床笫、几筵 19/94/18
別親○、貴賤之節 19/96/4
○觀萬物而知其情 21/104/8
分親○ 24/119/12
親○有分 24/119/13
北決九河、通十二渚○三江 25/121/13
重樓○堂 26/125/15
○知而不法 27/137/7
無內人之○而外人之親 30/143/23

## 銖 shū 1

割國之錙○以賂之 10/48/22

## 踈 shū 1

內人之○而外人之親 30/143/23

## 蔬 shū 1

○食菜羹而可以養口 22/112/18

## 樞 shū 5

所以管分之○要也 10/43/10
而禮法之○要也 11/54/14
是人君者之○機也 11/54/21
與制名之○要 22/108/10
此制名之○要也 22/109/13

## 輸 shū 2

展禽三絀、春申道綴基畢○ 25/120/11
公○不能加於繩〔墨〕 30/143/20

## 孰 shú 50

○計之 3/12/7
故○察小人之知能 4/14/24
非〔順〕○脩爲之君子 4/16/13
然則從者將○可也 5/18/5
吾○法焉 5/18/18
夫○能亡之 7/25/11
○禁我哉 8/29/15
○謂周公儉哉 8/31/16
○能有與是鬭者與 9/41/18
而五穀以時○ 10/44/17

須○盡察 10/47/12
年穀復○ 10/48/2
舍是而○足爲也 11/55/3
凡慮事欲○而用財欲泰 15/71/1
辱○大焉 15/73/18
榮○大焉 15/74/3
生民之屬○不願也 15/74/4
此三威者、不可不○察也 16/75/12
不可不○察也 16/75/21
則國○敢不爲義矣 16/76/17
則天下○不欲合義矣 16/76/18
（曷若）兩者○足爲也 16/76/23
○與物畜而（制）〔裁〕之 17/82/15
○與制天命而用之 17/82/15
○與應時而使之 17/82/16
○與（聘）〔騁〕能而化之 17/82/16
○與理物而勿失之也 17/82/17
○與有物之所以成 17/82/17
○知夫出死要節之所以養生也 19/90/14
○知夫出費用之所以養財也 19/90/14
○知夫恭敬辭讓之所以養安也 19/90/15
○知夫禮義文理之所以養情也 19/90/15
非順○修爲之君子莫之能知也 19/94/21
人○欲得恣而守其所不可以禁其所可 21/103/19
○知其極 21/104/9
○知其德 21/104/9
○知其形 21/104/9
察○非以分是 21/107/1
驗之所（以）爲有名而觀其○行 22/109/17
驗之所緣（無）以同異而觀其○調 22/109/18
思索○察 23/116/14
析速、粹○而不急 23/117/4
雖有賢聖、適不遇世○知之 25/121/9
○公長父之難、厲王流于彘 25/122/7
利（往）〔隹〕卬上、莫得擅與○私得 25/122/14
進退有律、莫得貴賤○私王 25/122/14
修之者榮、離之者辱○它師 25/122/15
五聽（循）〔脩〕領、莫不理（續）〔績〕（主執）〔○主〕持 25/123/2
天下且○肯諫汝矣 29/143/2
○謂不賢乎 32/150/14

## 贖 shú 1

得一首者則賜○錙金 15/69/21

## 黍 shǔ 3

以戈（舂）〔舂〕○也 1/4/3
〔食〕、先○稷而飯稻（粱）〔粱〕 19/91/8
繁弱、鉅○ 23/117/12

## 暑 shǔ 6

骨體膚理辨寒○疾養 4/15/9
寒○和節 10/44/17
寒○不能使之疾 17/79/18
寒○未薄而疾 17/79/20
夏日作○ 26/124/13
夏生而（而）惡○ 26/125/3

## 鼠 shǔ 3

梧○五技而窮 1/2/15
我欲屬之鳥○禽獸邪 4/13/10
是其庭可以搏○ 21/105/12

## 蜀 shǔ 1

曰涓○梁 21/106/12

## 睹 shǔ 1

珠玉不（睹）〔○〕乎外 17/82/11

## 屬 shǔ 43

我欲○之狂惑疾病邪 4/13/9
我欲○之鳥鼠禽獸邪 4/13/10
今夫偷生淺知之○ 4/16/9
將爲天下生民之○長慮顧後而保萬世也 4/16/12
足以爲奇偉偃卻之○ 5/21/5
通達之○ 6/22/19
周公屏成王而及武王以○天下 8/27/14
是以周公屏成王而及武王以○天下 8/27/19
通達之○莫不從服 8/28/11
11/50/3,11/54/7,15/71/16
不能○於禮義 9/35/4
能○於禮義 9/35/5
使天下生民之○皆知己之所願欲之舉在于是也 10/45/19
則勤○之民不勸 10/46/19
凡主相臣下百吏之（俗）〔○〕 10/47/11
凡主相臣下百吏之○ 10/47/14
姦怪之○莫不反慤 12/60/16
衣三○之甲 15/70/1
生民之○孰不願也 15/74/4
暴悍勇力之○爲之化而愿 15/74/6
旁辟曲私之○爲之化而公 15/74/6
矜糺收繚之○爲之化而調 15/74/6
舍○二三子而治其地 16/76/2
恥受賞之○ 16/76/9
通達之○莫不振動從服以化順之 18/85/19
且時享、歲貢、終王之○也 18/86/1
必齊之日祭、月祀之○然後曰受制邪 18/86/2
生民之○莫不振動從服以化順之 18/86/7,18/87/8
暴慢、恣睢、輕俗以爲高之○入焉而隊 19/92/13
天子之喪動四海、○諸侯 19/93/13
諸侯之喪動通國、○大夫 19/93/13
大夫之喪動一國、○修

士 19/93/14
修士之喪動一鄉、○朋友 19/93/14
獨○妻子 19/93/15
○茨、倚廬、席薪、枕塊 19/94/19
宇中萬物、生人之○ 19/95/3
有血氣之○ 19/96/10
有知之○ 19/96/10
故有血氣之○ 19/96/13
人○所利 26/125/1

束 shù 2

柔自取○ 1/2/4
俄則○乎有司而戮乎大市 5/18/3

恕 shù 5

君子有三○ 30/144/18
非○也 30/144/18
30/144/19,30/144/19
士明於此三○ 30/144/19

庶 shù 32

○人不服 1/1/20
是○人之所以取煖衣飽食長生久視以免於刑戮也 4/14/13
則歸之○人 9/35/5
雖○人之子孫也 9/35/5
○人駭政 9/36/5,9/36/5
則○人安政矣 9/36/6
○人安政 9/36/7
○人者、水也 9/36/7,31/147/6
使百吏(免盡)〔盡免〕而眾○不偷 9/40/12
眾○百姓則必以法數制之 10/43/3
故自天子通於○人 10/43/4
是農夫眾○之事也 10/44/15
眾○齊於下 10/49/5
至于○人 11/54/13,16/76/18
則夫眾○百姓亦從而成俗於不隆禮義而好貪利矣 11/56/12
故由天子至於○人也 12/60/2
眾○百姓無姦怪之俗 12/60/7
24/118/10
則臣下百吏至于○人莫不脩己而後敢安正 12/60/15
○人益祿 16/76/7
眾○百姓皆以貪利爭奪爲俗 16/76/20
○士介而夾道 18/87/1
○人隱竄莫敢視望 18/87/1
○人則凍餒羸瘠於下 18/88/3
祭、齊〔先〕大羹而飽○羞 19/91/8
○人之喪合族黨 19/93/14
則不足以決(麤)〔○〕理矣 21/105/8
爲賢人以下至○民也 27/127/7
○人贈人以財 27/134/1

術 shù 50

治氣養心之○ 2/6/6
凡治氣養心之○ 2/6/9
夫是之謂治氣養心之○也 2/6/10
○禮義而情愛人 2/6/16
○順墨而精雜汙 2/7/1
則操○然也 3/11/14,3/11/18
常安之○也 4/15/4
常危之○也 4/15/4
論心不如擇○ 5/17/12
心不勝○ 5/17/12
○正而心順 5/17/12
則形相雖惡而心○善 5/17/12
形相雖善而心○惡 5/17/13
夫是之謂兼○ 5/20/4
談說之○ 5/20/7
持寵處位終身不厭之○ 7/26/6
是持寵處身不厭之○也 7/26/10
必無後患之○ 7/26/14
是事君者之寶而必無後患之○也 7/26/16
天下之行○ 7/27/3
夫是之謂天下之行○ 7/27/6
○繆學雜 8/32/17
故儒○誠行 10/45/23
故墨○誠行 10/46/2
衡聽、顯幽、重明、退姦、進良之○ 14/66/10
夫是之謂衡聽、顯幽、重明、退姦、進良之○ 14/66/14
師○有四 14/67/20
故師○有四 14/67/21
此用兵之要○也 15/68/6
夫是之謂六○ 15/70/27
愼行此六○、五權、三至 15/71/7
凡兼人者有三○ 15/74/9
力○止 16/77/16
義○行 16/77/16
此所謂力○止也 16/77/17
反生○矣 19/95/8
無適不易之○也 19/96/5
聲音、動靜、生○之變盡〔於〕是矣 20/98/15
是先王立樂之○也 20/99/1
20/99/7
倚其所私以觀異○ 21/102/8
此心○之公患也 21/102/13
故學亂○足以爲先王者也 21/103/15
聖人知心○之患 21/103/16
今使塗之人伏○爲學 23/116/13
心○如此象聖人 25/120/15
禮樂滅息、聖人隱伏墨○行 25/120/16
雖不能盡道○ 31/145/13
方○不用 32/150/11

數 shù 66

其○則始乎誦經 1/3/7
故學○有終 1/3/8
順者不可勝○也 1/4/2
故誦○以貫之 1/4/16
謹守其○ 4/14/11
人有此(三)○行者 5/18/10
守法○之有司極禮而褫 5/18/19
則○今日 5/18/21
桓公兼此○節者而盡有之 7/25/15
○也 7/25/15
10/42/12,15/70/7,16/78/15
應當世之變若○一二 8/30/15
是天○也 9/36/1
聚斂計○之君也 9/36/15
人徒有○ 9/38/2,11/54/17

宰爵知賓客、祭祀、饗食、犧牲之牢○ 9/40/1
司徒知百宗、城郭、立器之○ 9/40/1
司馬知師旅、甲兵、乘白之○ 9/40/1
衆庶百姓則必以法○制之 10/43/3
謂之稱○ 10/43/4
省商賈之○ 10/43/6
則畝○盆 10/44/21
然後瓜桃棗李一本○以盆鼓 10/44/21
不可勝○也 10/45/2
其於貨財取與計○也 10/47/12, 10/47/15
無制○度量則國貧 10/47/21
今有十○焉 10/48/6
莫得不循乎制（度○）〔○度〕量 11/54/18
不足○於大君子之前 11/54/19
不知法之義而正法之○者 12/57/6
故械○者、治之流也 12/57/14
官人守○ 12/57/15
今有○千焉 12/61/20
計○纖嗇而無敢遺喪 12/63/3
程以立○ 14/67/13
是〔其氣力〕○年而衰而〔復利〕未可奪也 15/70/2
兼是○國者 15/70/11
方○百里 15/74/20
人之衆○以億萬 16/76/25
自○百里而往者安固 16/77/6
今已有○萬之衆者也 16/77/7
已有○百里之國者也 16/77/8
兼是○具者而盡有之 16/78/16
則小事之至也○ 16/78/21
王者之功名不可勝〔○〕 16/78/24
已其見○之可以事者矣 17/80/18
地有常○矣 17/81/1
是不容妻子之○也 18/84/17
然後皆有衣（衾）〔食〕多少厚薄之○ 19/93/12
無親疏月○之等 19/93/16
脩爵無○ 20/101/18
道盡○矣 21/103/10
此○具者 21/103/11
誦○之儒 22/108/9
此事之所以稽實定○也 22/109/13
情之○也 22/111/6
明其○也 22/112/5
不明其○也 22/112/7
知者明於事、達於○ 27/136/24
○仞之牆而民不踰也 28/139/12
亡國之虛則必有○蓋焉 31/147/5

### 豎 shù 4

五尺之○子言羞稱乎五伯 7/25/7, 7/25/18
衣則○褐不完 27/135/21
百仞之山而○子馮而游焉 28/139/12

### 樹 shù 12

○成蔭而衆鳥息焉 1/2/6
閒○藝 9/40/7
則人有○事之患 10/42/20
夫燿蟬者務在明其火、振其○而已 14/67/4
雖振其○無益也 14/67/5
○落則糞本 14/67/22
固塞不○ 15/73/4
犀象以爲○ 18/87/23
耕耘○藝 29/142/15,29/142/17
是以鳳在列○ 31/146/14
○之而五穀播焉 32/149/22

### 衰 shuāi 25

相地而○政 9/38/10
舍是而天下以○矣 9/39/1
是〔其氣力〕數年而○而〔復利〕未可奪也 15/70/2
老○而擅 18/86/15
血氣筋力則有○ 18/86/15
若夫知慮取舍則無○ 18/86/15
持老養○ 18/87/2
無○麻之服 19/93/16
麤（○）〔惡〕、哭泣、憂戚 19/94/10
其立麤○也 19/94/11
資麤、○經、菲繐、菅屨 19/94/18
齊○、苴杖、居廬、食粥、席薪、枕塊 19/96/6,19/98/5
故齊○之服、哭泣之聲 20/99/26
小家珍說之所願皆○矣 22/111/23
妻子具而孝○於親 23/116/25
嗜欲得而信○於友 23/116/26
爵祿盈而忠○於君 23/116/26
世之○ 25/120/9
七十唯○存 27/127/10
齎○大功 27/131/14
國將○ 27/135/11
憂而意不○也 28/141/5
斬○、菅屨、杖而啜粥者 31/145/4
資○、苴杖者不聽樂 31/147/10

### 帥 shuài 1

（主）之所極然○群臣而首鄉之者 11/49/18

### 率 shuài 19

○道而行 6/24/14
乃始○其群徒 8/29/9
亦是○從 8/30/10
擇士之知事者使相○貫也 9/41/20
故相○而爲之勞苦以務佚之 10/43/21
是將○之事也 10/44/16
將○不能則兵弱 10/47/20
若夫論一相以兼○之 11/52/9
○群臣百吏而相與彊君橋君 13/64/3
將○、末事也 15/69/12,15/72/4
焉慮○用賞慶、刑罰、埶詐、（除）〔險〕阸其下 15/73/12
故○其群徒 18/89/11
相○而致隆之 19/97/7
足以○一道 20/99/1
則慎○民而一焉 22/108/4
○土之濱 24/118/8
隆○以敬先妣之嗣 27/127/12
必有○也 31/145/14

霜 shuāng 2

如○雪之將將 11/51/20
○降逆女 27/130/3

爽 shuǎng 1

君昧○而櫛冠 31/147/3

誰 shuí 12

其○能以己之潐潐受人之掝掝者哉 3/11/1
夫又○爲恭矣哉 8/31/14
夫又○爲戒矣哉 8/32/2
胡不嘗試相與求亂之者○也 10/45/6
夫○能忿之 10/48/15
○子之與也 11/50/22
其○能睹是而不樂也哉 11/53/20
將○與至哉 15/69/5
○睹是而不改也哉 15/74/1
夫有○與讓矣 18/86/6
○得行之 19/93/24
○得止之 19/93/24

水 shuǐ 53

冰、○爲之而寒於○ 1/1/3
非能○也 1/1/14
○就溼也 1/2/5
積○成淵 1/2/9
故良農不爲○旱不耕 2/6/14
胠於沙而思○ 4/13/19
積○而爲海 8/34/4
庶人者、○也 9/36/7,31/147/6
○則載舟 9/36/7,31/147/7
○則覆舟 9/36/8,31/147/7
○火有氣而無生 9/39/9
行○潦 9/40/3
安○臧 9/40/3
歲雖凶敗○旱 9/40/3,10/44/18
下者不○ 10/44/16
嚽菽飲○ 10/45/13
人歸之如流○ 10/46/13
故禹十年○、湯七年旱而天下無菜色者 10/48/1
民者、○也 12/58/11
槃圓而○圓 12/58/11
盂方而○方 12/58/11
○深而回 14/67/21
若赴○火 15/68/14
故民歸之如流○ 15/74/5
故○旱不能使之飢（渴） 17/79/18
故○旱未至而飢 17/79/20
君子啜菽飲○ 17/81/4
在地者莫明於○火 17/82/10
○火不積 17/82/11
（○行）〔行○〕者表深 17/82/22
菽藿、（酒）〔○〕漿 19/94/16
磬似○ 20/101/1
故人心譬如槃○ 21/105/5
○動而景搖 21/106/7
○埶玄也 21/106/8
○至平 25/120/15
○行者表深 27/127/4
平地注○ 27/136/9
○流溼 27/136/9
注○焉 28/138/12
弟子挹○而注之 28/138/12
孔子觀於東流之○ 28/140/4
君子之所以見大○必觀焉者 28/140/4
夫○、（大）徧與諸生而無爲也 28/140/5
是故君子見大○必觀焉 28/140/8
非唯下流○多邪 29/143/1
涓涓源○ 30/143/25

稅 shuì 6

山林澤梁以時禁發而不○ 9/38/10
輕田野之○ 10/43/6
重田野之○以奪之食 10/44/10
縣鄙將輕田野之○ 11/56/19
其○必寡 15/70/3
凡禮、始乎○ 19/92/3

順 shùn 103

○風而呼 1/1/13
安特將學雜識志、○《詩》、《書》而已爾 1/3/23
○者不可勝數也 1/4/2
辭○而後可與言道之理 1/4/7
以善和人者謂之○ 2/5/18
則輔之以道○ 2/6/7
不如事窮君而○焉 2/6/13
術○墨而精雜汙 2/7/1
○帝之則 2/8/5
端慤○弟 2/8/7
加惕悍而不○ 2/8/8
夫此○命 3/11/7
上則能○天子之命 4/14/9
上則能○上 4/14/10
非〔○〕孰脩爲之君子 4/16/13
枉而○ 4/17/5,13/66/5
術正而心○ 5/17/12
不○禮義 5/19/10
○禮義 5/19/10
上不足以○明王 5/21/4
教之以至○ 6/22/13
辯說譬諭、齊給便利而不○禮義 6/23/7
應侯○德 7/26/12
則常無不○矣 7/27/5
君臣易位而非不○也 8/27/23
必爲○下矣 8/27/27
四海之內莫不變心易慮以化○之 8/32/1
能以事上謂之○ 9/39/16
以時○脩 9/40/2,9/40/4,9/40/7,9/40/10,9/40/12,20/99/21
○州里 9/40/6
使百姓○命 9/40/7
使天下莫不○比從服 9/40/14
將以明仁之文、通仁之○也 10/43/13
兄弟不得不○ 10/44/7,27/129/1
足以○服好利之人矣 11/53/3
可殺而不可使不○ 11/54/12
百姓莫敢不○上之法 12/57/19
忠○而不懈 12/57/23,12/58/4
從命而利君謂之○ 13/63/28
以○上爲志 13/64/21
事人而不○者 13/65/4
疾而不○者 13/65/4
敬而不○者 13/65/4

忠而不○者　13/65/4
有功而不○者　13/65/5
通忠之○　13/66/1
夫是之謂通忠之○　13/66/2
汝惟曰『未有○事』　14/67/10
諸侯先○者安　15/69/8
後○者危　15/69/8
○命爲上　15/71/11
以故○刃者生　15/71/13
有離俗不○其上　15/73/17
而○　15/74/6
立法施令莫不○比　15/74/10
○者錯之　16/78/6
不○者而後誅之　16/78/6
甚畏有司而○　16/78/11
不可不○也　16/79/6
○其類者謂之福　17/80/11
○其天政　17/80/13
通達之屬莫不振動從服以化○之　18/85/19
生民之屬莫不振動從服以化○之　18/86/7,18/87/8
故天子生則天下一隆致○而治　18/86/13
不知逆○之理　18/87/5
故大路之馬必（倍）〔信〕至教○然後乘之　19/90/13
以爲下則○　19/92/5
本末相○　19/92/8
使本末終始莫不○比純備　19/94/20
非○孰修爲之君子莫之能知也　19/94/21
莫不和○　20/98/22
而天下○焉　20/99/26
正聲感人而○氣應之　20/100/4
○氣成象而治生焉　20/100/4
長少之理○矣　22/110/14
○是　23/113/3,23/113/4,23/113/4
○人之情　23/113/5
故○情性則不辭讓矣　23/114/5
且○情性　23/114/17
故○情性則弟兄爭矣　23/114/18
○其情　23/115/26
君子道之○以達　25/121/4
甚○而體　26/123/14
禮以○人心爲本　27/127/22
故亡於《禮經》而○人心者　27/127/22
禮者、本末相○　27/130/10
相○而後行　27/131/11
五曰○非而澤　28/138/19
予維曰未有○事　28/139/6
上○下篤　29/141/19
則不幸不○見惡而能無失其愛　29/142/4
色不○與　29/142/16

## 舜 shùn　54

與禹、○俱傳而不息　3/9/3
擬於禹、○　3/10/1
帝○短　5/17/16
堯、○參牟子　5/17/23
○、禹是也　6/22/20
上則法○、禹之制　6/23/1
禹行而○趨　6/24/24
夫堯、○者、一天下也　9/41/7
雖左堯而右○　10/49/1
則（禹、○）〔○、禹〕還至　11/53/23
名配○、禹　11/53/24
○伐有苗　15/71/24
廣大乎○、禹　16/77/16
曷謂廣大乎○、禹也　16/77/20
〔此所謂廣大乎○、禹也〕　16/78/3
（此所謂廣大乎○、禹也）　16/78/4
堯、○擅讓　18/86/6
夫曰「堯、○擅讓」　18/87/4
堯、○不能教化　18/87/7
堯、○者　18/87/8,18/87/9,18/87/12
是非堯、○之過　18/87/9
今世俗之爲說者不怪朱、象而非堯、○也　18/87/10
○之治天下也　21/105/3
而○獨傳者、壹也　21/105/10
堯、○之與桀、跖　23/115/23
堯問於○曰　23/116/25,32/148/13
○對曰　23/116/25
則所聞者堯、○、禹、湯之道也　23/117/16
德雖如○　24/119/4
堯、○尚賢身辭讓　25/121/7
○遇時　25/121/8
○不辭　25/121/9
大人哉○、南面而立萬物備　25/121/9
○授禹　25/121/10
舉○甽畝、任之天下身休息　25/121/11
法禹○而能弇迹者邪　26/124/3
○曰　27/127/7
○學於務成昭　27/127/8
雖堯、○不能去民之欲利　27/132/1
故○之治天下　27/132/22
不知而問堯、○　27/133/3
則堯、○已　27/133/3
虞○、孝己孝而親不愛　27/137/22
雖○　29/141/20
魯哀公問○冠於孔子　31/146/13
寡人問○冠於子　31/146/13
君不此問而問○冠　31/146/15
昔○巧於使民而造父巧於使馬　31/148/4
○不窮其民　31/148/5
是〔以〕○無失民　31/148/5

## 說 shuō　124

《禮》、《樂》法而不○　1/3/20
方其人之習、君子之○　1/3/21
○楛者勿聽也　1/4/6
○不貴苟察　3/8/20,3/9/4
是○之難持者也　3/9/2
辯而不○者　4/12/22
飾邪○　4/14/13,6/21/10
傅○之狀　5/17/22
愚而無○　5/19/1
以○度功　5/19/3
凡○之難　5/19/17
談○之術　5/20/7
則○常無不受　5/20/9
雖不○人　5/20/9
而好治怪○　6/22/4
案往舊造○　6/22/8

幽隱而無○ 6/22/9
（則）六○者不能入也 6/22/15
六○者立息 6/22/19
以務息十二子之○ 6/23/1
辯○譬諭、齊給便利而
　不順禮義 6/23/7
謂之姦○ 6/23/7
○必不行矣 7/27/10,16/77/10
　18/89/7
凡知○ 8/29/4
夫是之謂中○ 8/29/5
知○失中謂之姦道 8/29/5
辨其談○ 8/29/10,18/89/11
邪○畏之 8/32/12
其言議談○已無所以異
　於墨子矣 8/32/19
百家之○ 8/34/23
故姦言、姦○、姦事、
　姦能、遁逃反側之民 9/35/6
嘗試之○鋒起 9/35/15
則諸侯○之矣 9/37/8
所以○之者 9/37/9,10/48/15
則民心奮而不可○也 10/42/14
○不免焉 10/45/7
○乎賞慶矣 10/46/15
墨子之○也 11/52/18
○無之有也 11/54/22
○無以取之焉 11/56/4
不務○其所以然而致善
　用其材 12/58/3
則德厚者進而佞○者止 12/60/12
其（辨）〔辯〕○足以
　解煩 12/62/21
然而巧敏佞○ 13/63/17
凡流言、流○、流事、
　流謀、流譽、流愬、
　不官而衡至者 14/66/11
則姦言、姦○、姦事、
　姦謀、姦譽、姦愬莫
　之試也 14/66/13
忠言、忠○、忠事、忠
　謀、忠譽、忠愬莫不
　明通 14/66/14
誦○而不陵不犯 14/67/20
莫不○喜 15/71/24
荀卿子○齊相曰 16/76/12
乃能使○己者使耳 16/77/18
其○甚爾 17/82/2
書不○〔也〕 17/82/2
世俗之爲○者曰 18/83/11
　18/83/23,18/85/5,18/86/6
　18/87/7,18/87/17
今世俗之爲○者 18/84/10
　18/84/18
則（天下）未嘗有○也 18/84/12
世俗之爲○者 18/85/17
是規磨之○也 18/86/2
是淺者之傳、陋者之○也 18/87/4
今世俗之爲○者不怪朱
　、象而非堯、舜也 18/87/10
夫是之謂嵬○ 18/87/11
是特姦人之誤於亂○ 18/88/6
必以其惡之爲○ 18/88/12
而務○人以勿辱也 18/88/17
○莫病是矣 18/88/19
則○必不行矣 18/89/14
今子宋子嚴然而好○ 18/89/20
然而○不免於以至治爲
　至亂也 18/89/20
苟情○之爲樂 19/90/17
至察以有○ 19/92/9
擅作典制辟陋之○入焉
　而喪 19/92/12
故○豫娩澤 19/94/14
固有爲民父母之○焉 19/97/8
百家異○ 21/102/6
案直將治怪○ 21/107/5
此亂世姦人之○也 21/107/7
則天下之治○者方多然
　矣 21/107/7
○、故、喜、（怨）
　〔怒〕、哀、樂、愛
　、惡、欲以心異 22/108/18
心徵之而無○ 22/109/3
凡邪○辟言之離正道而
　擅作者 22/109/20
故辨○也 22/110/3
期不喻然後○ 22/110/3
○不喻然後辨 22/110/4
故期、命、辨、○也者 22/110/4
辨○也者 22/110/6,22/110/7
辨○之用也 22/110/7
○合於心 22/110/8
辭合於○ 22/110/8
是故邪○不能亂 22/110/9
○行則天下正 22/110/10
○不行則白道而不冥窮 22/110/10
是（以）聖人之辨○也 22/110/11
以仁心○ 22/110/14
是士君子之辨○也 22/110/17
小家珍○之所願皆衰矣 22/111/23
百家之○誠不詳 25/120/14
莫不○教名不移 25/122/15
不足於行者○過 27/133/22
善爲《詩》者不○ 27/133/23
所以○遠也 27/133/25
所以○近也 27/133/25
近者○則親 27/133/26
遠者○則附 27/133/26
君子難○ 27/136/24
○之不以道 27/136/24
不○也 27/136/24
季孫聞之不○ 28/139/1
被有○邪 28/141/13
亦（常）〔嘗〕有○ 28/141/14
爲○者曰 32/150/4
今爲○者又不察其實 32/150/13

## 箾 shuò 1

《汋》、《桓》、《○》
　、（《簡》）、《象》
　19/98/4

## 司 sī 18

令尹子西、○馬子期皆
　死焉 5/17/19
俄則束乎有○而戮乎大市 5/18/3
守法數之有○極禮而褫 5/18/19
仲尼將爲魯○寇 8/28/5
○徒知百宗、城郭、立
　器之數 9/40/1
○馬知師旅、甲兵、乘
　白之數 9/40/1
○空之事也 9/40/4
○寇之事也 9/40/11
日欲○閒而相與投藉之 11/56/3
有○不勞而事治 12/57/18
而人主之守○ 12/62/12
人主之守○ 12/62/14

掎契○詐 15/70/20
立良有○以接之 15/74/15
甚畏有○而順 16/78/11
乃立○正焉 20/101/15
契爲○徒、民知孝弟尊有德 25/121/12
孔子爲魯○寇 28/139/1

## 私 sī 41

是法勝○也 2/8/15
此言君子之能以公義勝○欲也 2/8/16
不以○害之 3/11/22
不以○欲亂所聞 8/30/12
志不免於曲○而冀人之以己爲公也 8/34/14
志忍○ 8/34/15
行○而無禍 10/42/13
特墨子之○憂過計也 10/44/20
10/45/4
上好曲○ 12/57/12
則公道達而○門塞矣 12/60/12
公義明而○事息矣 12/60/12
故明主有○人以金石珠玉 12/61/20
無○人以官職事業〔者〕 12/61/21
本不利於所○也 12/61/21
豈○之也哉 12/62/3
不還（秩）〔○〕 12/62/22
以環主圖○爲務 13/63/18
不敢有以○決擇也 13/64/21
不敢有以○取與也 13/64/21
出死無○ 13/66/2
旁辟曲○之屬爲之化而公 15/74/6
案獨以爲○廉 16/76/9
併己之○欲 16/76/15
無有○事也 16/78/13
○其所積 21/102/7
倚其所○以觀異術 21/102/8
故群臣去忠而事○ 21/102/16
其（和）〔○〕樂少矣 22/112/21
天非○曾、騫、孝己而外衆人也 23/116/1
天非○齊、魯之民而外秦人也 23/116/2
國多○ 25/120/5
利（往）〔隹〕卬上、莫得擅與孰○得 25/122/14
進退有律、莫得貴賤孰○王 25/122/14
下不得用輕○門 25/123/1
下不○請、各以宜舍巧拙 25/123/6
功被天下而不○置者歟 26/124/13
公正無○ 26/125/14
無○罪人 26/125/15
○覿、○見也 27/129/4

## 思 sī 52

吾嘗終日而○矣 1/1/12
○索以通之 1/4/16
通之以○索 2/6/9
胠於沙而○水 4/13/19
期○之鄙人也 5/17/17
子○唱之 6/22/10
是則子○、孟軻之罪也 6/22/11
永言孝○ 7/26/12
無○不服 8/28/12,11/53/5
15/71/17
弟子通利則○師 14/67/22
大天而○之 17/82/15
○物而物之 17/82/16
故錯人而○天 17/82/17
禮之中焉能○索 19/92/17
是致隆○慕之義也 19/94/1
○慕未忘 19/96/7
祭者、志意○慕之（情）〔積〕也 19/97/20,19/98/1
（盡）將○道者〔之〕靜 21/104/5
善射以好○ 21/105/14
則敗其○ 21/105/14
閑居靜○則通 21/105/15
○仁若是 21/105/15
未及○也 21/105/17
仁者之○也恭 21/106/1
聖人之○也樂 21/106/1
永○騫兮 22/110/17
聖人積○慮、習僞故以生禮義而起法度 23/114/10
故○慮而求知之也 23/114/21
○索孰察 23/116/14
賢者○ 25/120/12
慮之敦固、有深藏之能遠○ 25/121/2
○乃精 25/121/2
公察善○論不亂 25/123/6
能○索謂之能慮 27/130/8
疾今之政以○往者 27/135/8
悠悠我○ 28/140/1
故居不隱者○不遠 28/141/9
君子有三○ 30/144/22
而不可不○也 30/144/22
死無○也 30/144/22
是故君子少○長則學 30/144/23
老○死則教 30/144/23
有○窮則施也 30/144/23
○慮明通而辭不爭 31/146/2
君以此○哀 31/147/2
君以此○憂 31/147/4
君以此○勞 31/147/5
君以此○懼 31/147/6
君以此○危 31/147/7

## 斯 sī 16

○須之言而足聽 5/21/2
至于己○亡 8/30/4
李○問孫卿子曰 15/72/1
○聖人矣 19/92/18
棺椁其須象版蓋○象拂也 19/95/15
桀蔽於末喜、○觀 21/102/15
動○陷矣 27/128/19
何以不雨至○極也 27/132/16
27/132/17,27/132/17
○足憂矣 28/138/23
敢問何如○可謂庸人矣 31/145/8
敢問何如○可謂士矣 31/145/13
敢問何如○可謂之君子矣 31/146/1
敢問何如○可謂賢人矣 31/146/3
敢問何如○可謂大聖矣 31/146/7

## 絲 sī 7

然而衣不敢有○帛 4/16/7
麻葛、繭○、鳥獸之羽

毛齒革也　10/45/3
寢兕、（持）〔特〕虎、蛟韅、○末、彌龍　19/90/13
無帾○巤縷翣其貇以象菲帷幬尉也　19/95/16
金石○竹、所以道德也　20/100/11
非○非帛　26/123/11
食桑而吐○　26/125/3

## 緦 sī　1

○、小功以爲殺　19/97/3

## 死 sǐ　101

卵破子○　1/1/17
○乎由是　1/4/19
畏患而不避義○　3/9/7
不辟○傷　4/13/14
輕○而暴　4/13/16
重○持義而不橈　4/13/17
是姦人之所以取危辱○刑也　4/14/14
身○而名彌白　4/14/22
令尹子西、司馬子期皆○焉　5/17/19
然而身○國亡　5/17/26
天不能○　8/32/13
○無赦　9/35/8
則好用其○力矣　9/42/5
故爲之出○斷亡以覆救之　10/43/21
爲之出○斷亡而〔不〕愉者　10/44/1,10/46/13
而不○其事者　10/44/12
而身○國亡　11/50/16
必至於身○國亡然後止也　11/52/6
乃得○亡焉　11/52/7
官人失要則○　11/53/16
得百姓之○者彊　11/55/21
爲之出○斷亡而不愉者　11/55/27
又望百姓之爲己○　11/56/3
則士大夫莫不（敬）〔敄〕節○制者矣　11/56/16
士大夫務節○制　11/56/20
寇難忘○　12/57/20
而求其爲己用、爲己○　12/58/15
民不爲己用、不爲己○　12/58/16
則必○　13/63/22
不用則○　13/64/2
出○無私　13/66/2
將○鼓　15/71/10
御○轡　15/71/10
百吏○職　15/71/10
士大夫○行列　15/71/11
蘇刃者○　15/71/13
而輕爲之○　15/72/3
唐蔑○　15/72/15
故賞慶、刑罰、埶詐不足以盡人之力、致人之○　15/73/11
今楚父○焉　16/77/18
至○而後知○　16/78/23
失地則○　17/80/23
道路有○人　17/81/17
身○國亡　18/84/16
然則是殺人者不○、傷人者不刑也　18/85/7
殺人者不○　18/85/9
殺人者○　18/85/13
○而擅之　18/86/8
○則能任天下者必有之矣　18/86/14
不避○傷　18/88/14
孰知夫出○要節之所以養生也　19/90/14
若者必○　19/90/16
禮者、謹於治生○者也　19/93/6
○、人之終也　19/93/6
夫厚其生而薄其○　19/93/7
故○之爲道也　19/93/9,19/94/3
送○不忠厚、不敬文　19/93/10
使生○終始若一　19/93/12
殯其貇以生設飾○者也　19/94/1
殆非直留○者以安生也　19/94/1
卒禮者、以生者飾○者也　19/95/6
大象其生以送其○也　19/95/6
故如○如生　19/95/6
送○、飾哀也　19/95/14,27/127/24
明○生之義　19/95/17
送○、飾終也　19/95/18
刻○而附生謂之墨　19/96/1
刻生而附○謂之惑　19/96/1
殺生而送○謂之賊　19/96/1
大象其生以送其○　19/96/1
使○生終始莫不稱宜而好善　19/96/2
豈不以送○有已　19/96/7
至○無窮　19/96/13
則彼朝○而夕忘之　19/96/15
事○如事生　19/98/9
其送○瘠墨　20/101/25
桀○於（亭）〔鬲〕山　21/102/17
○則四海哭　21/102/22
失氣而○　21/106/13
生○也　22/111/5
○甚矣　22/111/8
然而人有從生成○者　22/111/8
非不欲生而欲○也　22/111/8
不可以生而可以○也　22/111/9
節者、○生此者也　24/119/14
○者以葬　26/123/11
贈、襚所以送○也　27/128/5
送○不及柩尸　27/128/6
則民○利矣　27/132/12
大哉○乎　27/135/5
惡言○焉　27/137/2
國不待○　27/137/18
○生者　28/141/6
○無思也　30/144/22
老思○則教　30/144/23
○則入焉　32/149/22
而身○國亡也　32/150/2

## 四 sì　71

莖長○寸　1/1/18
布乎○體　1/3/14
口耳之閒則○寸〔耳〕　1/3/15
雖困○夷　2/6/16,2/6/17
雖達○方　2/7/1,2/7/3
○時不言而百姓期焉　3/11/6
文王誅○　7/26/1,27/132/8
通於○海　8/28/10
○海之內若一家　8/28/11,9/38/11,15/71/15
若生○枝　8/30/16
若詔○時　8/30/16
○海之內莫不變心易慮以化順之　8/32/1

故序○時 9/39/12
○者不失時 9/39/21
綱紀○方 10/43/16
正是○國 10/48/19,24/119/17
一○海 11/52/17
○方之國有侈離之德則必滅 11/53/16
而○者齊 11/54/6
○者齊也 11/54/8
○者並亡也 11/54/9
○海之民不待令而一 12/57/20
○統者俱而天下歸之 12/59/13
○統者亡而天下去之 12/59/15
如○支之從心 12/60/17
○鄰諸侯之相與 12/62/20
所使於○鄰諸侯者非人之謂孤 12/62/24
以綏○方 14/66/19
師術有○ 14/67/20
故師術有○ 14/67/21
則將有○海之聽 15/69/2
故○世有勝 15/70/6,16/78/15
此○帝兩王 15/71/25
施及○極 15/71/26
秦○世有勝 15/72/1,15/72/4
楚分而爲三○ 15/72/15
則齊必斷而爲○三 16/76/23
故自○五萬而往者彊勝 16/77/6
○時代御 17/80/5
所志於○時者 17/80/18
故至賢疇○海 18/84/17
○時以序 19/92/4
天子之喪動○海、屬諸侯 19/93/13
○時則已徧矣 19/96/23
○海之民莫不願得以爲師 20/99/17
其俯仰周旋有似於○時 20/100/8
死則○海哭 21/102/22
坐於室而見○海 21/104/7
○方爲綱 22/110/12
○海之內無客禮 24/118/5
明德慎罰、國家既治○海平 25/121/1
十有○世、乃有天乙是成湯 25/121/14
諸侯隆之則一○海者歟 26/123/14
周流○海 26/123/18
○時易鄉 26/125/13
欲近○旁 27/126/9
富有○海 28/138/15
○曰記醜而博 28/138/19
○方是維 28/139/9
昔萬乘之國有爭臣○人 29/142/10
君出魯之○門以望魯○郊 31/147/5
形於○海 32/148/14

## 汜 sì 1

至（○）〔汜〕而汎 8/31/16

## 伺 sì 3

○彊大之間 9/37/1
有掎挈○詐 10/44/11
○閒 16/77/19

## 似 sì 21

信陵君○之矣 13/66/2
其俯仰周旋有○於四時 20/100/8
故鼓○天 20/100/20
鍾○地 20/101/1
磬○水 20/101/1
竽笙（簫和）、〔筦〕籥○星辰日月 20/101/1
鞉、柷、拊、鞷、椌、楬○萬物 20/101/1
故比方之疑○而通 22/108/15
性得之則甚雅○者歟 26/123/14
○知而非 27/136/13
○仁而非 27/136/13
○勇而非 27/136/13
○德 28/140/5
○義 28/140/6
○道 28/140/6
○勇 28/140/7
○法 28/140/7
○正 28/140/7
○察 28/140/7
○善化 28/140/8
○志 28/140/8

## 祀 sì 9

宰爵知賓客、祭○、饗食、犧牲之牢數 9/40/1
侯服者○ 18/85/22
日祭、月○、時享、歲貢 18/85/23
必齊之日祭、月○之屬然後曰受制邪 18/86/2
《雍》而徹〔乎〕五○ 18/86/18
出門而宗○有事 18/86/20
祭○、飾敬也 19/95/14
祭○、敬事其神也 19/95/17
郊者、并百王於上天而祭○之也 19/97/13

## 兕 sì 2

楚人鮫革犀○以爲甲 15/72/14
寢○、（持）〔特〕虎、蛟韅、絲末、彌龍 19/90/13

## 俟 sì 5

然后（誅）〔○〕之以刑 15/73/7
臣不○駕 27/126/13
然後○之以刑 28/139/8
故君子博學、深謀、修身、端行以○其時 28/141/7
君子正身以○ 30/144/15

## 嗣 sì 4

昭哉○服 7/26/12
成侯、○公 9/36/15
隆率以敬先妣之○ 27/127/12
若天之○ 31/146/10

## 肆 sì 1

好○不守折 31/147/11

## 駟 sì 1

若○之過隙 19/96/18

**蕼 sì** 1

〇然 6/24/17

**松 sōng** 2

其在趙者剡然有苓而據〇柏之塞 16/78/2
無以知〇柏 27/133/13

**竦 sǒng** 1

則恐懼而自〇也 12/57/26

**宋 sòng** 17

是墨翟、〇鈃也 6/21/20
齊湣、〇獻是也 11/49/14
中足以舉〇 11/50/15
微子開封於〇 15/71/14
齊能并〇而不能凝也 15/74/19
〇子有見於少 17/83/4
子〇子曰 18/88/10,18/88/21, 18/89/11
夫今子〇子不能解人之惡侮 18/88/16
今子〇子案不然 18/89/7
二三子之善於子〇子者 18/89/8
今子〇子以（是）〔人〕之情爲欲寡而不欲多也 18/89/18
今子〇子嚴然而好說 18/89/20
唐鞅戮於〇 21/103/2
〇子蔽於欲而不知得 21/103/8
武王善之、封〔之〕於〇立其祖 25/120/9

**送 sòng** 17

欣驩芬薌以〇之 5/20/8
婚姻娉內〇逆無禮 10/42/20
〇死不忠厚、不敬文 19/93/10
而所以〇葬之者不哀不敬 19/94/4
大象其生以〇其死也 19/95/6
〇死、飾哀也 19/95/14, 27/127/24
〇以哀敬而終周藏也 19/95/17
〇死、飾終也 19/95/18
殺生而〇死謂之賊 19/96/1
大象其生以〇其死 19/96/1
豈不以〇死有已 19/96/7
主人拜〇 19/98/8,20/101/18
其〇死瘠墨 20/101/25
贈、襚所以〇死也 27/128/5
〇死不及柩尸 27/128/6

**訟 sòng** 4

則是非不分而辨〇不決 18/88/21
人多辨〇 22/108/5
有父子〇者 28/139/1
不教其民而聽其〇 28/139/3

**頌 sòng** 4

《〇》之所以爲至者 8/31/9
從天而〇之 17/82/15
故制《雅》、《〇》之聲以道之 20/98/16
故聽其《雅》、《〇》之聲 20/99/4

**誦 sòng** 5

其數則始乎〇經 1/3/7
故〇數以貫之 1/4/16
〇說而不陵不犯 14/67/20
〇數之儒 22/108/9
少不諷〔〇〕 27/134/16

**藪 sǒu** 1

養山林、〇澤、草木、魚鱉、百（索）〔素〕 9/40/5

**蘇 sū** 3

故齊之〇秦 13/63/22
〇刃者死 15/71/13
吳子胥不磔姑〇東門外乎 28/141/2

**俗 sú** 83

長而異〇 1/1/8
不以得罪於此〇之人也 2/7/6
畏法流〇 3/11/24
是注錯習〇之節異也 4/15/1
在勢注錯習〇之所積爾 4/15/11
又以遇亂世、得亂〇 4/15/15
世〇稱之 5/17/11
今世〇之亂君 5/18/1
是以終身不免埤汙傭〇 5/19/14
下則取從於〇 6/21/22
世〇之溝猶瞀儒 6/22/10
佛然（乎）〔平〕世之〇起焉 6/22/14
以不〇爲〇 6/24/10
在下位則美〇 8/28/7
以從〇爲善 8/30/12
〇儒笑之 8/32/12
故有〇人者 8/32/16
有〇儒者 8/32/16
是〇人者也 8/32/17
其衣冠行僞已同於世〇矣 8/32/18
是〇儒者也 8/32/21
故人主用〇人 8/33/7
用〇儒 8/33/7
注錯習〇 8/34/1
習〇移志 8/34/2
愼習〇 8/34/8
使夷〇邪音不敢亂雅 9/40/2, 20/99/21
美風〇 9/40/13
國家失〇 9/40/15
諸侯〇反 9/40/15
國〇節 9/41/9
立身則從傭〇 9/42/2
則下疑〇儉而百姓不一 10/46/20
凡主相臣下百吏之（〇）〔屬〕 10/47/11
無國而不有美〇 11/54/4
無國而不有惡〇 11/54/4
其〇美 11/54/5
則夫朝廷群臣亦從而成〇於不隆禮義而好傾覆也 11/56/11
朝廷群臣之〇若是 11/56/11
則夫衆庶百姓亦從而成

○於不隆禮義而好貪
利矣 11/56/12
君臣上下之○莫不若是 11/56/12
是之謂政令行、風○美 11/56/23
政令不煩而○美 12/57/18
欲脩政美（國）〔○〕 12/59/1
衆庶百姓無姦怪之○ 12/60/7
24/118/10
百姓易○ 12/60/16
知有常法之爲一○也 12/63/5
以爲成○ 13/64/18
是皆世○之所謂善用兵
者也 15/70/19
風○以一 15/73/17
有離○不順其上 15/73/17
案直爲是世○之所以爲 16/76/20
衆庶百姓皆以貪利爭奪
爲○ 16/76/20
觀其風○ 16/78/11
世○之爲說者曰 18/83/11
18/83/23,18/85/5,18/86/6
18/87/7,18/87/17
今世○之爲說者 18/84/10
18/84/18
世○之爲說者 18/85/17
今世○之爲說者不怪朱
、象而非堯、舜也 18/87/10
風○之美 18/87/21
百姓以成○ 18/89/5,19/98/2
暴慢、恣睢、輕○以爲
高之屬入焉而隊 19/92/13
其移風易○ 20/99/24
移風易○ 20/100/9
其○淫 20/101/24
由○謂之 21/103/10
則從諸夏之成○ 22/107/21
曲期遠方異○之鄉則因
之而爲通 22/107/22
約定○成謂之宜 22/109/10
約定○成謂之實名 22/109/11
下不○於亂世之民 23/117/6
致教習○ 27/131/11
居今之○ 31/145/1,31/145/4

## 夙 sù 2

○興夜寐 29/142/15
今○興夜寐 29/142/17

## 素 sù 3

養山林、藪澤、草木、
魚鱉、百（索）〔○〕
9/40/5
皆前行○脩也 15/72/6
大路之○未集也 19/91/12

## 宿 sù 4

則倜然無所歸○ 6/22/1
暮○乎百泉 8/31/19
使臣下百吏莫不○道鄉
方而務 11/52/9
無○問 27/133/7

## 速 sù 21

《春秋》約而不○ 1/3/20
學之經莫○乎好其人 1/3/23
亦或遲或○、或先或後
〔耳〕 2/7/9
則亦或遲或○ 2/7/12
齊給○通不（爭）〔以〕
先人 6/23/13
則○通 8/33/17
勇則○威 8/33/17
云能則○成 8/33/17
察則○盡 8/33/17
辨則○論 8/33/17
○乎急疾〔矣〕 10/46/15
及○致遠 11/53/10
欲得善馭〔及〕○致遠
者 12/61/14
欲疾以○ 15/70/26
能積微者○成 16/78/25
○不損五十日 19/93/22
其化人也○ 20/99/15
然而治俯仰、詘信、進
退、遲○莫不廉制 20/101/2
主人親○賓及介 20/101/8
析○、粹孰而不急 23/117/4
行遠疾○而不可託訊
（者與） 26/124/12

## 粟 sù 6

通流財物○米 9/38/10
工賈不耕田而足菽○ 9/38/17
貨財○米者 9/41/21
則必發夫（掌）〔稟〕
窌之○以食之 15/74/14
狗豕吐菽○ 18/87/20
辟之若貨財、○米之於
家也 27/136/15

## 肅 sù 3

其百吏○然莫不恭儉、
敦敬、忠信而不楛 16/78/12
樂○莊 20/99/15
竽笙（簫）〔○〕和 20/100/19

## 愬 sù 3

凡流言、流說、流事、
流謀、流譽、流○、
不官而衡至者 14/66/11
則姦言、姦說、姦事、
姦謀、姦譽、姦○莫
之試也 14/66/13
忠言、忠說、忠事、忠
謀、忠譽、忠○莫不
明通 14/66/14

## 遬 sù 1

輕利僄○ 15/72/14

## 酸 suān 4

醯○而蜹聚焉 1/2/6
口辨○鹹甘苦 4/15/8
甘、苦、鹹、淡、辛、
○、奇味以口異 22/108/16
香、臭、芬、鬱、腥、
臊、（洒）〔漏〕、
（○）〔庮〕、奇臭
以鼻異 22/108/17

睢 suī 7

安恣○ 6/21/13,23/115/26
恣○者也 6/24/6
暴慢、恣○、輕俗以爲高之屬入焉而隊 19/92/13
無正而恣○ 21/107/6
縱性情、安恣○而違禮義者爲小人 23/113/13
以秦人之從情性、安恣○、慢於禮義故也 23/116/3

雖 suī 142

○有槁暴 1/1/4
○未明 1/4/4
○察辯 1/4/4
○欲無進 2/5/6
○欲無滅亡 2/5/8
○困四夷 2/6/16,2/6/17
○達四方 2/7/1,2/7/3
則千里○遠 2/7/9
道○邇 2/7/17
事○小 2/7/17
○陷刑戮可也 2/8/9
○有大過 2/8/10
不形則○作於心 3/11/8
○從必疑 3/11/9
上○不知 3/11/22,3/11/23
○有戈矛之刺 4/12/17
○欲不謹 4/12/19
是故三代○亡 4/14/12
則形相○惡而心術善 5/17/12
形相○善而心術惡 5/17/13
○久同理 5/19/4
○辨 5/19/10,27/137/10
○不說人 5/20/9
○辯、小人也 6/23/6
○能必讓 6/23/14
○則子弟之中 6/23/18
○無老成人 6/24/1
○在貧窮徒處之埶 7/26/11
○欲無危 7/26/20
君○不知 7/27/4
功○甚大 7/27/5
○窮困凍餒 8/28/1
○隱於窮閻漏屋 8/28/3,8/32/7
○有聖人之知 8/29/7
○行貣而食 8/29/18
○在鳥獸之中 8/33/3
○博必謬 8/33/13
○識必妄 8/33/13
○敦必困 8/33/14
則○當 8/33/14
○王公士大夫之子孫也 9/35/4
○庶人之子孫也 9/35/5
則其餘○曲當 9/36/11
小節○是也 9/36/13
○守者益 9/36/27
歲○凶敗水旱 9/40/3,10/44/18
○桀、跖 9/41/13,15/69/6
上○好取侵奪 10/42/27
墨子○爲之衣褐帶索 10/45/13
○欲無明達 10/46/16
則○在窮閻漏屋 10/48/10
○左堯而右舜 10/49/1
○爲之逢蒙視 10/49/2
德○未至也 11/50/4
義○未濟也 11/50/4
○覩利敗 11/50/5,11/50/5
○末在僻陋之國 11/50/6
則○臧獲不肯與天子易埶業 11/52/16
則○孤獨鰥寡必不加焉 11/54/12
則○幽閒隱辟 11/55/8
則○孤獨鰥寡 11/55/26
則地○廣 11/56/12
人○衆 11/56/13
刑罰○繁 11/56/13
則法○省 12/57/5
則法○具 12/57/5
○博傅 12/57/6
則○在小民 12/57/16
○欲成功 12/61/1
○聖人不能易也 12/61/14
12/61/16
國○若存 12/62/24
君○不安 13/64/3
○振其樹無益也 14/67/5
是故地○大 15/70/3
○欲無化 15/74/5
故民○有離心 15/74/12
則○爲之築明堂（於塞外）而朝諸侯 16/78/7
○然 16/78/16,31/148/1
31/148/4
○深 17/80/1
○大 17/80/1
○精 17/80/2
則是○並世起 17/81/12
則是○無一至者 17/81/13
國○不安 18/83/25
則○未亡 18/84/3
○珠玉滿體 18/87/22
○此倮而埋之 18/88/5
○以見侮爲辱也 18/88/15
○知見侮爲不辱 18/88/15
故○備家、必踰日然後能殯 19/93/21
○難、君子賤之 19/94/13
是以與治（○）〔離〕走而是己不輟也 21/102/8
故○不在夏首之南 21/106/16
其所以貫理焉○億萬 21/106/19
○能之無益於人 21/107/5
則○守法之吏 22/108/8
○共、不爲害矣 22/109/6
故萬物○衆 22/109/7
○可合 22/109/12
則欲○多 22/111/9
則欲○寡 22/111/10
○曰我得之 22/111/11
故○爲守門 22/111/15
○爲天子 22/111/16
欲○不可盡 22/111/16
欲○不可去 22/111/16,22/111/17
所欲○不可盡 22/111/16
○封侯稱君 22/112/15
○有聖王禮義 23/115/3
○不能爲禹 23/116/20
○不能 23/116/22
夫人○有性質美而心辨知 23/117/16
（治）世曉然皆知夫爲姦則○隱竄逃亡之由不足以免也 24/118/14
德○如舜 24/119/4
行○如桀、紂 24/119/4
○欲無亂 24/119/5
○有賢聖、適不遇世孰知之 25/121/9

○指、非禮也 27/127/2
族人○七十 27/128/25
○堯、舜不能去民之欲利 27/132/1
○桀、紂亦不能去民之好義 27/132/2
○天子三公問正 27/133/11
○可 27/134/16
○賢、其能行乎 28/141/7
○舜 29/141/20
○有國士之力 29/142/19
故○有珉之雕雕 30/144/8
○有、不亦鮮乎 31/145/5
○不能盡道術 31/145/13
○不能徧美善 31/145/14

綏 suí 3

○○兮其有文章也 8/31/2
以○四方 14/66/19

隨 suí 8

推賢讓能而安○其後 7/26/16
○其長子 8/32/20
是非功名之所就也、非存亡安危之所（墮）〔○〕也 9/41/1
存亡安危之所（墮）〔○〕 9/41/2
則人臣輕職（業）讓賢而安○其後〔矣〕 11/53/23
列星○旋 17/80/5
然後○而命之 22/109/5
身讓卞○舉牟光 25/121/15

歲 suì 21

欲觀千○ 5/18/20
東面而迎太○ 8/31/16
旦暮積謂之○ 8/34/4
○雖凶敗水旱 9/40/3,10/44/18
一○而再獲之 10/44/21
然而厭焉有千○之固 11/51/5
援夫千○之信法以持之也 11/51/6
安與夫千○之信士爲之也 11/51/6
人無百○之壽 11/51/6
而有千○之信士 11/51/7
以夫千○之法自持者 11/51/7
是乃千○之信士矣 11/51/7
千○而不合 11/53/21
君人者千○而不覺也 11/53/26
○終奉其成功以效於君 11/55/18
○不勝時 16/78/20
日祭、月祀、時享、○貢 18/85/23
且時享、○貢、終王之屬也 18/86/1
千○必反 26/125/18
○不寒 27/133/13

遂 suì 21

天其不○乎 2/8/10
○受而傳之 6/22/10
○立以爲仲父 7/25/12
○文、武之業 8/27/23
○選馬而進 8/31/18
○乘殷人而誅紂 8/31/19
小事殆乎○ 9/35/15
以○功而忘民、亦不可 10/46/10
故君國長民者欲趨時○功 10/46/14
去○之 11/56/3
○以解國之大患 13/64/3
臣請○道王者諸侯強弱存亡之效、安危之埶 15/69/12
不至於廢易○亡 18/84/1
所以○敬也 19/94/5
然而○之 19/96/18
○出 20/101/15
節文終○焉 20/101/19
恨（後）〔復〕○過不肯悔 25/122/5
○理而不敢 27/128/1
溺者不問○ 27/131/5
大道者、所以變化○成萬物也 31/146/8

碎 suì 2

蹎跌○折不待頃矣 18/89/8
轂已破○ 30/143/25

隧 suì 2

莫肯下○ 5/18/11
至共頭而山○ 8/31/17

燧 suì 1

自太皞、○人莫不有也 18/87/13

檖 suì 2

跣房○額、越席、床笫、几筵 19/90/7
跣房、○額、越席、床笫、几筵 19/94/18

襚 suì 2

衣服曰○ 27/128/5
賻、○所以送死也 27/128/5

繐 suì 1

資麤、衰絰、菲○、菅屨 19/94/18

孫 sūn 37

衛靈公有臣曰公○呂 5/17/16
楚之○叔敖 5/17/17,13/63/24
秦昭王問○卿子曰 8/27/26
○卿子曰 8/27/26,15/68/6
15/68/11,15/69/11,15/70/24
15/71/10,15/71/22,15/72/2
16/78/10
○卿曰 8/28/8
周之子○苟不狂惑者 8/31/15
12/62/7
雖王公士大夫之子○也 9/35/4
雖庶人之子○也 9/35/5
畢牢天下而制之若制子○ 11/53/19
臨武君與○卿子議兵於趙孝成王前 15/68/3
○、吳用之 15/68/10
是猶使人之子○自賊其父母也 15/69/7

陳囂問○卿子曰 15/71/21
李斯問○卿子曰 15/72/1
公○子曰 16/76/1
聖王之後子○也 16/76/24
應侯問○卿子曰 16/78/10
後子○必顯 24/119/4
季○聞之不說 28/139/1
諸侯之子○必有在君之末庭者 31/147/4
繒丘之封人見楚相○叔敖曰 32/149/16
○叔敖曰 32/149/17
○卿不及孔子 32/150/4
○卿迫於亂世 32/150/4
然則○卿（將懷）〔懷將〕聖之心 32/150/6
今之學者得○卿之遺言餘教 32/150/8
○卿不遇時也 32/150/10

損 sǔn 18

愼不敢○益也 4/14/11
桀、紂在上曷○ 4/16/2
主○絀之 7/26/7
知之無○爲小人 8/29/8
所以守者○ 9/36/27
不敢○益 12/63/4
○己之所以不足 16/77/9
故賞以富厚而罰以殺○也 18/89/17
而天下莫之能○益也 19/92/8
速不○五十日 19/93/22
○有餘 19/94/8
益之○之 19/94/20
而不可益○也 19/96/4
不能無○於人 21/107/5
奚以○之而亂 22/111/23
君子進則能益上之譽而○下之憂 27/134/20
此所謂挹而○之之道也 28/138/15
卑賤不足以○也 31/145/16

所 suǒ 620

不如須臾之○學也 1/1/12
○繫者然也 1/1/18
○立者然也 1/1/19
○漸者然也 1/2/1
○以防邪僻而近中正也 1/2/1
必有○始 1/2/3
怨之○構 1/2/4
君子愼其○立乎 1/2/7
《詩》者、中聲之○止也 1/3/9
天子○予 1/4/9
將有○止之 2/7/9
意亦有○止之與 2/7/10
禮者、○以正身也 2/8/1
師者、○以正禮也 2/8/1
欲利而不爲○非 3/9/7
靡○不信 3/10/2
夫誠者、君子之○守也 3/11/10
唯○居以其類至 3/11/11
○聽視者近 3/11/14
而○聞見者遠 3/11/14
身之○長 3/11/22
身之○短 3/11/22
而不敢以其○獨（甚）〔是〕 3/11/24
唯利○在 3/12/1
無○不傾 3/12/1
而禹、桀○以分也 3/12/4
人之○惡者 3/12/11
危足無○履者也 4/12/19
此小人之○務而君子之○不爲也 4/12/23
君上之○惡也 4/13/2
刑法之○大禁也 4/13/3
是刑法之○不舍也 4/13/3
聖王之○不畜也 4/13/4
○謂「以狐父之戈钃牛矢」也 4/13/7
義之○在 4/13/16
有○以取之 4/14/8
是天子之○以取天下也 4/14/8
是諸侯之○以取國家也 4/14/9
是士大夫之○以取田邑也 4/14/10
是官人百吏之○以取祿秩也 4/14/12
是庶人之○以取煖衣飽食長生久視以免於刑戮也 4/14/13
是姦人之○以取危辱死刑也 4/14/14
是其○以危也 4/14/15,7/26/4
是君子小人之○同也 4/14/17
若其○以求之之道則異矣 4/14/17
成則必不得其○好 4/14/19
必遇其○惡焉 4/14/20
成則必得其○好 4/14/21
必不遇其○惡焉 4/14/22
足以知其有餘可以爲君子之○爲也 4/14/24
凡人有○一同 4/15/7
是人之○生而有也 4/15/7
5/18/14
是禹、桀之○同也 4/15/8
4/15/10,4/15/11,5/18/14
12/60/20,17/80/21
是又人之○常生而有也 4/15/9
在勢注錯習俗之○積爾 4/15/11
是又人之○生而有也 4/15/11
是其○以不免於凍餓 4/16/10
固非庸人之○知也 4/16/14
是人情之○同欲也 4/16/18
11/53/13
人之○以爲人者 5/18/13
然則人之○以爲人者 5/18/14
故人之○以爲人者 5/18/16
則審其人、○貴君子 5/18/21
其〔○〕以治亂者異道 5/18/24
其○見焉 5/19/1
凡人莫不好言其○善 5/19/12
5/20/12
曲得○謂焉 5/20/1,13/65/1
夫是之謂（爲）能貴其○貴 5/20/9
唯君子爲能貴其○貴 5/20/10
起於上、○以導於下 5/20/14
起於下、○以忠於上 5/20/14
○以先誅也 5/21/5
使天下混然不知是非治亂之○存者 6/21/10
則倜然無○歸宿 6/22/1
嚾嚾然不知其○非也 6/22/10
聖王之○禁也 6/23/7
是天下之○棄也 6/23/10
古之○謂（士仕）〔仕士〕者 6/24/4
今之○謂（士仕）〔仕士〕者 6/24/5

古之○謂處士者 6/24/8
今之○謂處士者 6/24/8
士君子之○能〔爲〕不
能爲 6/24/12
人之○以道也 8/28/16
君子之○道也 8/28/16
君子之○謂賢者 8/28/16
非能徧能人之○能之謂也 8/28/16
君子之○謂知者 8/28/17
非能徧知人之○知之謂也 8/28/17
君子之○謂辨者 8/28/17
非能徧辨人之○辨之謂也 8/28/17
君子之○謂察者 8/28/18
非能徧察人之○察之謂也 8/28/18
有○（正）〔止〕矣 8/28/18
然後君子之○長也 8/29/2
治世之○棄而亂世之○
從服也 8/29/6
是聰耳之○不能聽也 8/29/7
明目之○不能見也 8/29/7
辯士之○不能言也 8/29/7
○以爲不亂也 8/30/8
○以爲不窮也 8/30/9
不以私欲亂○聞 8/30/12
好脩正其○聞以橋飾其
情性 8/30/13
上則能大其○隆 8/30/14
故《風》之○以爲不逐者 8/31/7
《小雅》之○以爲小者 8/31/8
《大雅》之○以爲大者 8/31/8
《頌》之○以爲至者 8/31/9
無輿馬則無○見其能 8/32/4
無弧矢則無○見其巧 8/32/4
無百里之地則無○見其功 8/32/5
其言議談說已無○以異
於墨子矣 8/32/19
然而明不能齊法教之○
不及 8/32/22
聞見之○未至 8/32/22
○未嘗聞也 8/33/3
○未嘗見也 8/33/4
無○儗作 8/33/4
○得乎（情）〔積〕 8/33/19
非○受乎性 8/33/19
性也者、吾○不能爲也 8/33/20
（情）〔積〕也者、非
吾○有也 8/33/20
○以化性也 8/34/1
○以成積也 8/34/1
人之○積也 8/34/6
故唯君子爲能得其○好 8/34/10
小人則日徼其○惡 8/34/10
禮者、人主之○以爲群
臣寸尺尋丈檢式也 8/34/18
是君子之○以騁志意於
壇宇宮庭也 8/34/22
好假導人而無○凝止之 9/35/15
則法之○不至者必廢 9/35/16
則職之○不及者必隊 9/35/16
是彊者之○以反弱也 9/36/27
○以守者損 9/36/27
是（以）大者之○以反
削也 9/37/1
○以親之者 9/37/8
○以說之者 9/37/9,10/48/15
○以養萬民也 9/38/9
故天之○覆 9/38/17
地之○載 9/38/18
使民有○耘艾 9/40/3
威彊之○以立也 9/40/18
名聲之○以美也 9/40/18
敵人之○以屈也 9/40/19
國之○以安危臧否也 9/40/19
而黨爲吾○不欲於是者 9/40/21
是非功名之○就也、非
存亡安危之○（墮）
〔隨〕也 9/41/1
功名之○就 9/41/2
存亡安危之○（墮）
〔隨〕 9/41/2
必將於愉殷赤心之○ 9/41/2
誠以其國爲王者之○ 9/41/2
以其國爲危殆滅亡之○ 9/41/3
案以中立無有○偏而爲
縱橫之事 9/41/3
彼其○與至者 9/41/12,15/69/5
豈有肯爲其○惡 9/41/13
賊其○好者哉 9/41/13,15/69/7
脩政其○ 9/41/16
之○以接下之百姓者則
庸寬惠 9/42/2
之○以接下之人百姓者
則好取侵奪 9/42/3
（人）之○以接下之人
百姓者 9/42/5
○可異也 10/42/13
故百技○成 10/42/16
○以養一人也 10/42/16
事業○惡也 10/42/19
功利○好也 10/42/19
無○臧之 10/42/25,10/45/23
○以管分之樞要也 10/43/10
其○是焉誠美 10/44/2
其○得焉誠大 10/44/2
其○利焉誠多 10/44/2
使天下生民之屬皆知己
之○願欲之舉在于是
也 10/45/19
皆知己之○畏恐之舉在
于是也 10/45/20
交無○藏之 10/48/1
其○以（夫）〔失〕之
一也 10/48/6
三者、明主之○謹擇也 11/49/15
仁人之○務白也 11/49/16
〔之〕○與爲之者之人 11/49/17
〔之〕○以爲布陳於國
家刑法者 11/49/18
（主）之○極然帥群臣
而首鄉之者 11/49/18
是○謂義立而王也 11/50/3
是○謂信立而霸也 11/50/9
內不脩正其○以有 11/50/11
三者、明主之○以謹擇也
1/50/17,11/51/2,11/51/8
而仁人之○以務白也 11/50/17
11/51/2,11/51/9
不可不善爲擇○而後錯
之 11/50/20
故國者、世○以新者也 11/51/4
禮之○以正國也 11/51/19
人情之○必不免也 11/52/1
20/98/14,20/99/7
是○使夫百吏官人爲也 11/52/8
匹夫則無○移之 11/52/14
無○移之也 11/52/15
儒之○謹守也 11/52/18
是百王之○同也 11/52/20
18/85/13,18/89/17
是又人情之○同欲也 11/53/15
11/53/17

合天下之○同願兼而有之 11/53/19
是其○以不合之故也 11/53/22
○歸者一也 11/54/9
○以接下之人百姓 11/54/11
是百王之○（以）同也 11/54/13
是百王之○同 11/54/16,19/95/14,19/97/5
○使要百事者誠仁人也 11/54/19
○使要百事者非仁人也 11/54/20
則主相、臣下、百吏各謹其○聞 11/55/7
不務聽其○不聞 11/55/7
各謹其○見 11/55/7
不務視其○不見 11/55/8
○聞○見誠以齊矣 11/55/8
○以接（天）下之人百姓〔者〕 11/55/25
審吾○以適人 11/56/4
（適）人之○以來我也 11/56/4
以非○取於民而巧 11/56/7
不好循正其○以有 11/56/8
此儒之○謂曲辨也 11/56/24
○以爲信也 12/57/11
○以爲公也 12/57/12
○以爲平也 12/57/12
○以爲嘖也 12/57/13
其○爲身也 12/58/2
不務說其○以然而致善用其材 12/58/3
曉然獨明於先王之○以得之、○以失之 12/59/5
君〔之○〕道也 12/59/11
是○以生養之也 12/59/16
是○以班治之也 12/59/17
皆使（其）人載其事而各得其○宜 12/59/18
是○以顯設之也 12/60/1
是○以藩飾之也 12/60/2
是○同也 12/60/2
是又○同也 12/60/3
是○衍也 12/60/4
天下曉然皆知其○非以爲異也 12/60/5
本不利於○私也 12/61/21
〔故惟明主能愛其○愛〕 12/62/2
〔闇主則必危其○愛〕 12/62/2
然後隱其○憐○愛 12/62/9
唯明主爲能愛其○愛 12/62/9
闇主則必危其○愛 12/62/10
人主之○以窺遠收衆之門戶牖嚮也 12/62/15
○使於四鄰諸侯者非人之謂孤 12/62/24
是○謂「視乎不可見 12/63/11
明君之○尊○厚也 13/64/6
故明君之○賞 13/64/6
闇君之○罰也 13/64/6
闇君之○賞 13/64/7
明君之○殺也 13/64/7
桀、紂○以滅也 13/64/13
而無○避之 13/64/17
言其○長 13/64/18,27/138/1
不稱其○短 13/64/18
亂○以自作也 14/67/10
臣○聞古之道 15/68/6
〔夫〕兵之○貴者埶利也 15/68/9
○行者變詐也 15/68/9
莫知其○從出 15/68/10
臣之○道 15/68/11
君之○貴 15/68/11
○行 15/68/12
豈又肯爲其○惡 15/69/6
使天下之民○以要利於上者 15/70/5
是皆世俗之○謂善用兵者也 15/70/19
必道吾○明 15/70/27
無道吾○疑 15/70/27
〔將〕○以不受命於主有三 15/71/2
殷之服民○以養生之者也無異周人 15/71/14
凡○爲有兵者 15/71/22
非女○知也 15/71/22,15/72/2
○以禁暴除害也 15/71/23
○存者神 15/71/24,15/74/5,32/150/9
○過者化 15/71/24
女○謂便者 15/72/2
吾○謂仁義者 15/72/2
○以脩政者也 15/72/3
此○謂末世之兵 15/72/4
此○謂仁義之兵也 15/72/6
此世之○以亂也 15/72/7
○以得（夫）〔天〕下也 15/72/9
○以隕社稷也 15/72/10
其○以統之者非其道故也 5/72/16,15/72/18,15/73/1
其○以接下之〔人〕百姓者 15/73/12
是大刑之○加也 15/73/18
是高爵豐祿之○加也 15/74/3
○爲者化 15/74/5
案直爲是世俗之○以爲 16/76/20
埶籍之○存 16/76/24
桀、紂者善爲人之○惡 16/77/2
而湯、武者善爲人之○好也 16/77/2
人之○惡者何也 16/77/2
人之○好者何也 16/77/3
若其○以統之 16/77/4
然則是棄己之○以安彊 16/77/8
而爭己之○以危弱也 16/77/8
損己之○以不足 16/77/9
以重己之○以有餘 16/77/9
是仁人之○羞而不爲也 16/77/11
○以養生、（安樂）〔樂安〕者莫大乎禮義 16/77/12
此○謂力術止也 16/77/17
此○謂威彊乎湯、武也 16/77/20
〔此○謂廣大乎舜、禹也〕 16/78/3
（此○謂廣大乎舜、禹也） 16/78/4
是○見也 16/78/15
此亦秦之○短也 16/78/18
凡姦人之○以起者 16/79/3
夫義者、○以限禁人之爲惡與姦者也 16/79/3
此姦人之○以起也 16/79/4
舍其○以參 17/80/3
而願其○參 17/80/3
皆知其○以成 17/80/6
則知其○爲 17/80/14
知其○不爲矣 17/80/14
故大巧在○不爲 17/80/17
大知在○不慮 17/80/17
○志於天者 17/80/17
○志於地者 17/80/17

○志於四時者 17/80/18
○志於陰陽者 17/80/18
是又禹、桀之○同也 17/80/22, 17/80/23
故君子之○以日進 17/81/7
與小人之○以日退 17/81/8
君子、小人之○以相縣者在此耳 17/81/8
願於物之○以生 17/82/17
孰與有物之○以成 17/82/17
故道之○善 17/82/21
是治之○由生也 18/83/15
是亂之○由作也 18/83/17
埶籍之○在也 18/84/1
未有知其○由來者也 18/85/13, 19/95/15
心至愉而志無○詘 18/86/17
而不察於扣不扣者之○言也 18/87/18
則必不得○求焉 18/88/12
故○聞曰 18/88/22
分職名象之○起 18/88/22
然則先王以人之○不欲者賞 18/89/19
而以人之○欲者罰邪 18/89/19
是禮之○以起也 19/90/5
○以養口也 19/90/6
○以養鼻也 19/90/6, 19/90/11
○以養目也 19/90/7, 19/90/11
○以養耳也 19/90/7, 19/90/12
○以養體也 19/90/8, 19/90/11
○以養信也 19/90/13
○以養威也 19/90/13
○以養安也 19/90/14
孰知夫出死要節之○以養生也 19/90/14
孰知夫出費用之○以養財也 19/90/14
孰知夫恭敬辭讓之○以養安也 19/90/15
孰知夫禮義文理之○以養情也 19/90/15
○以別貴始 19/91/1
○以別〔尊卑〕 19/91/2
○以別積厚 19/91/4
而況以事其○隆親乎 19/93/8
臣之○以致重其君 19/93/9
子之○以致重其親 19/93/9
而○以送葬之者不哀不敬 19/94/4
○以滅惡也 19/94/5
○以遂敬也 19/94/5
○以優生也 19/94/5
○以持平奉吉也 19/94/10
○以持險奉凶也 19/94/10
無性則僞之無○加 19/95/1
是皆○以重哀也 19/95/13
古今之○一也 19/95/14, 19/97/5
○以爲至痛極也 19/96/6
○以爲至痛飾也 19/96/6
人○以群居和一之理盡矣 19/97/4
君之喪○以取三年 19/97/7
○致隆也 19/97/15
○致親也 19/97/15
則夫忠臣孝子亦惲詭而有○至矣 19/97/21
彼其○至者甚大動也 19/97/21
是君子之○以爲惲詭其○喜樂之文也 19/98/5
是君子之○以爲惲詭其○哀痛之文也 19/98/6
是君子之○以爲惲詭其○敦惡之文也 19/98/6
故樂者、出○以征誅也 20/99/5
入○以揖讓也 20/99/5
出○以征誅 20/99/6
入○以揖讓 20/99/6
且樂者、先王之○以飾喜也 20/99/10
軍旅鈇鉞者、先王之○以飾怒也 20/99/10
樂者、聖王之○非也 20/99/21
樂者、聖人之○樂也 20/99/24
故君子愼其○去就也 20/100/5
故樂者、○以道樂也 20/100/10
金石絲竹、○以道德也 20/100/11
無○營也 20/100/17
妬繆於道而人誘其○迨也 21/102/7
私其○積 21/102/7
倚其○私以觀異術 21/102/8
此其○以喪九牧之地而虛宗廟之國也 21/102/17
此其○以代夏王而受九有也 21/102/19
此其○以代殷王而受九牧也 21/102/20
人孰欲得恣而守其○不可以禁其○可 21/103/19
然而有○謂虛 21/103/26, 21/104/1
然而有○謂一 21/103/26, 21/104/2
然而有○謂靜 21/103/26, 21/104/4
不以（已○）〔○已〕臧害○將受謂之虛 21/104/1
出令而無○受令 21/104/11
此人之○以無有而有無之時也 21/106/14
求可以知物之理而無○疑止之 21/106/18
其○以貫理焉雖億萬 21/106/19
生之○以然者謂之性 22/107/22
性之和○生 22/107/22
○以知之在人者謂之知 22/107/25
知有○合謂之智 22/107/25
智○以能之在人者謂之能 22/107/25
能有○合謂之能 22/108/1
然則○爲有名 22/108/9
與○緣（有）〔以〕同異 22/108/10
此○爲有名也 22/108/14
是○以共其約名以相期也 22/108/16
此○緣而以同異也 22/109/3
單與兼無○相避則共 22/109/5
物有同狀而異○者 22/109/11
有異狀而同○者 22/109/12
狀同而爲異○者 22/109/12
此事之○以稽實定數也 22/109/13
驗之○（以）爲有名而觀其孰行 22/109/17
驗之○緣（無）以同異而觀其孰調 22/109/18
以其○受悖其○辭 22/109/20
名也者、○以期累實也 22/110/5
百家無○竄 22/110/9
是君子之○棄 22/110/22
成則必得其○好而不遇其○惡焉 22/111/1

而求者從○可 22/111/6
○受乎天也 22/111/6
求者從○可 22/111/7
〔○〕受乎心也 22/111/7
○受乎天之一欲 22/111/7
制於○受乎心之多〔求〕 22/111/7
固難類○受乎天也 22/111/7
人之○欲 22/111/8
人之○惡 22/111/8
心之○可中理 22/111/9
心之○可失理 22/111/10
故治亂在於心之○可 22/111/11
亡於情之○欲 22/111/11
不求之其○在 22/111/11
而求之其○亡 22/111/11
以○欲以爲可得而求之 22/111/14
情之○必不免也 22/111/14
知○必出也 22/111/15
○欲雖不可盡 22/111/16
○求不得 22/111/17
凡人莫不從其○可 22/111/20
而去其○不可 22/111/20
今人○欲無多 22/111/21
○惡無寡 22/111/22
豈爲夫○欲之不可盡也 22/111/22
離得欲之道而取○惡也哉 22/111/22
小家珍說之○願皆衰矣 22/111/23
○欲未嘗粹而來也 22/111/24
○惡未嘗粹而往也 22/111/24
此人○以惑於輕重也 22/111/25
此亦人○以惑於禍福也 22/112/1
則不知禍福之○託 22/112/2
計者取○多 22/112/5
謀者從○可 22/112/5
禮義者、聖人之○生也 23/113/17
人之○學而能 23/113/18
○事而成者也 23/113/18
○謂性善者 23/114/1
將有○讓也 23/114/3
將有○代也 23/114/4
是性、僞之○生 23/114/13
是聖人之○生也 23/114/15
故聖人之○以同於衆 23/114/15
○以異而過衆者 23/114/16
凡古今天下之○謂善者 23/115/1
○謂惡者 23/115/1
凡○貴堯、禹、君子者 23/115/24
○賤於桀、跖、小人者 23/115/26
凡禹之○以爲禹者 23/116/6
人之○積而致矣 23/116/15
終日議其○以 23/117/2
仁之○在無貧窮 23/117/7
仁之○亡無富貴 23/117/7
則○聞者堯、舜、禹、湯之道也 23/117/16
則○見者忠信敬讓之行也 23/117/17
則○聞者欺誣詐僞也 23/117/18
○見者汙漫、淫邪、貪利之行也 23/117/18
志無○詘 24/118/7
形無○勞 24/118/7
則人得其○好焉 24/118/13
則必遇其○惡焉 24/118/13
則知○貴矣 24/119/8
則知○利矣 24/119/8
論知○貴 24/119/8
則知○養矣 24/119/8
事知○利 24/119/8
則（動）知○出矣 24/119/9
無○往而不聽 24/119/10
知○貴也 24/119/10
國事無○往而不用 24/119/10
知○利也 24/119/10
則事業捷成而有○休 24/119/14
○以敗 25/122/8
君子○敬而小人○不者與 26/123/13
人屬○利 26/125/1
飛鳥○害 26/125/1
自天子○ 27/126/14
此刑罰之○以繁也 27/127/5
然而亦○以成聖也 27/127/7
賻、賵○以佐生也 27/128/5
贈、襚○以送死也 27/128/5
○以辟君也 27/128/23
禮者、人之○履也 27/129/22
失○履 27/129/22
○失微而其爲亂大者 27/129/22
○以富之也 27/130/24
○以道之也 27/130/25
義與利者、人之○兩有也 27/132/1
貧窶者有○竄其手〔矣〕 27/132/6
此邪行之○以起 27/132/10
刑罰之○以多也 27/132/10
○以說遠也 27/133/25
○以說近也 27/133/25
君子之○漸 27/134/4
此則知○息矣 27/135/4
友者、○以相有也 27/136/8
以友觀人焉○疑 27/136/9
〔禍之〕○由生也 27/136/20
此家言邪學之○以惡儒者也 27/137/1
無用吾之○短遇人之○長 27/137/7
故塞而避○短 27/137/7
移而從○仕 27/137/7
君子之○憎惡也 27/137/8
然而有○共予也 27/137/16
劫迫於暴國而無○辟之 27/137/22
而不稱其○短也 27/138/1
此○謂挹而損之之道也 28/138/15
君子○履 28/139/14
小人○視 28/139/14
君子之○以見大水必觀焉者 28/140/4
孝子○以不從命有三 29/141/20
審其○以從之之謂孝、之謂貞也 29/142/12
〔意者○友非仁人邪〕 29/142/18
吾以夫子爲無○不知 29/142/23
夫子徒有○不知 29/142/23
女謂夫子爲有○不知乎 29/142/25
夫子徒無○不知 29/142/26
君子之○以貴玉而賤珉者 30/144/5
○謂庸人者 31/145/8
（勸）〔動〕行不知○務 31/145/9
止（交）〔立〕不知○定 31/145/10
不知○貴 31/145/10
不知○歸 31/145/10
○謂士者 31/145/13
務審其○知 31/145/14
務審其○謂 31/145/15

務審其○由　31/145/15
○謂君子者　31/146/1
○謂賢人者　31/146/3
○謂大聖者　31/146/7
大道者、○以變化遂成萬物也　31/146/8
情性者、○以理然不、取舍也　31/146/8
○以不對也　31/146/15
君之○問　31/146/18
非吾子無○聞之也　31/147/1
是○以窶小也　32/149/3
然而吾○執贄而見者十人　32/149/8
吾○以得三士者　32/149/9
見物然後知其是非之○在　32/149/11
顏色黎黑而不失其○　32/149/13
是其○以名聲不白　32/150/8
○（遇）〔過〕者化　32/150/9
爲人○疑　32/150/11

## 索 suǒ　14

思○以通之　1/4/16
通之以思○　2/6/9
養山林、藪澤、草木、魚鱉、百（○）〔索〕　9/40/5
墨子雖爲之衣褐帶○　10/45/13
○爲匹夫不可得也　11/49/14
　16/76/13
○爲匹夫而不可得也　11/54/8
故君人勞於○之　11/55/18
故君人者勞於○之　12/57/8
今女不求之於本而○之於末　15/72/6
禮之中焉能思○　19/92/17
思○孰察　23/116/14
能思○謂之能慮　27/130/8
宵爾○綯　27/135/3

## 瑣 suǒ　5

喬宇嵬○　6/21/10
嵬○逃之　8/32/12
天下之嵬、一時之○也　18/87/10
不能使嵬○化　18/87/13
何時而無○　18/87/13

## 他 tā　5

是無○故焉　2/7/15,16/77/1
（偲）〔億〕然若終身之虜而不敢有○志　8/32/21
無○道焉　8/33/12
故卒禮者、無○焉　19/95/16

## 沓 tà　1

噂○背憎　18/87/14

## 諮 tà　2

○○然而沸　22/110/23

## 臺 tái　4

爲之宮室○榭　10/43/15
○謝甚高　11/53/14
其於聲色、○榭、園囿也　11/56/8
卑其志意、大其園囿高其○（榭）　25/120/8

## 太 tài　16

食○侈　4/16/10
東面而迎○歲　8/31/16
○師維垣　12/59/8
倜然乃舉○公於州人而用之　12/62/3
周之○公　13/63/24
自○皞、燧人莫不有也　18/87/13
以僬僥而戴○山也　18/89/8
故王者天○祖　19/91/1
以歸（大）〔○〕一　19/91/9
○廟之未入尸也　19/91/11
復情以歸（大）〔○〕一也　19/92/4
立○學　27/130/25
乘輿之輪、○山之木也　27/134/2
○公誅華仕　28/138/22
賜觀於○廟之北堂　28/141/12
○廟之堂　28/141/14

## 汰 tài　2

般樂奢○　7/25/8
其事行也若是其險汙淫○也　7/25/9

## 泰 tài　8

非特以爲淫○夸麗之聲　10/43/12
非特以爲淫○也　10/43/18
齊桓公閨門之內懸樂奢○游抏之脩　11/55/1
故《○誓》曰「獨夫紂」　15/70/15
凡慮事欲孰而用財欲○　15/71/1
百姓待之而後寧○　26/124/1
請占之五（帝）〔○〕　26/125/1
〔五〕（帝）〔○〕占之曰　26/125/1

## 態 tài　9

容貌、○度、進退、趨行　2/5/14
血氣○度擬於女子　5/18/1
有○臣者　13/63/16
是○臣者也　13/63/17
用○臣者亡　13/63/21
○臣用　13/63/22
可謂○臣者也　13/63/23
讒夫多進、反覆言語生詐○　25/122/6
人之○　25/122/6

## 貪 tān　24

卑溼、重遲、○利　2/6/7
○也　4/12/23
猛○而戾　4/13/15
○利者也　6/24/6
而天下不稱○焉　8/27/15
必不以邪道爲○　8/28/1
民之○亂　8/34/11
則必有○利糾譑之名　10/42/28
是○主已　10/47/10
夫是之謂至（○）〔貧〕　10/48/5
則夫衆庶百姓亦從而成俗於不隆禮義而好○

利矣 11/56/12
上好○利 12/57/13
〔而〕無○利之心 12/57/16
○利者退而廉節者起 12/60/12
○吏亂之官 16/76/20
衆庶百姓皆以○利爭奪爲俗 16/76/20
（汗）〔汙〕漫、爭奪、○利是也 16/77/3
必禽獸行、虎狼○ 18/88/3
驕暴、○利 18/88/26
故以○鄙、背叛、爭權而不危辱滅亡者 21/103/3
○而無名 22/110/24
以出乎○利爭奪 23/115/26
所見者汙漫、淫邪、○利之行也 23/117/18
健、○也 31/147/15

## 探 tān 3

○籌、投鉤者 12/57/11
不待○籌、投鉤而公 12/57/17
故職分而民不（○）〔慢〕 12/60/14

## 倓 tán 1

○然見管仲之能足以託國也 7/25/11

## 談 tán 6

○說之術 5/20/7
愼、墨不得進其○ 8/29/1
辨其○說 8/29/10,18/89/11
其言議○說已無所以異於墨子矣 8/32/19
言○足以飾邪營衆 28/138/20

## 壇 tán 4

君子言有○宇 8/34/20
是君子之所以騁志意於○宇宮庭也 8/34/22
夫是之謂君子言有○宇 8/34/23
是君子之○宇、宮廷也 19/93/2

## 歎 tàn 3

一倡而三○也 19/91/13
孔子喟然而○曰 28/138/13
孔子慨然○曰 28/139/3

## 湯 tāng 50

則○、武在上曷益 4/16/2
○、武存 4/16/2
○偏 5/17/23
禹、○有傳政 5/19/6
故禹十年水、○七年旱而天下無菜色者 10/48/1
○、武是也 11/50/2
13/66/3,16/76/12,18/84/17
○以亳 11/50/2
故○以亳 11/54/7
故○用伊尹 11/54/23
○、武者 11/55/22,18/84/9
18/85/18
則○、武不能以必勝也 15/68/8
桓、文之節制不可以敵○、武之仁義 15/70/10
○、武之誅桀、紂也 15/70/14
○伐有夏 15/71/25
故○之放桀也 15/72/5
古者○以薄 15/74/22
俄而天下倜然舉去桀、紂而犇○、武 16/76/25
反然舉疾惡桀、紂而貴帝○、武 16/77/1
而○、武何得也 16/77/1
而○、武者善爲人之所好也 16/77/2
辟稱比方則欲自並乎○、武 16/77/4
而求有○、武之功名 16/77/4
16/77/9
威彊乎○、武 16/77/16
曷謂乎威彊乎○、武 16/77/17
○、武也者 16/77/18
此所謂威彊乎○、武也 16/77/20
古者禹、○本義務信而天下治 16/79/7
○、武篡而奪之 18/83/23
○、武非取天下也 18/84/6
反禹、○之德 18/84/7
而○、武不弒君 18/84/9
以桀、紂爲君而以○、武爲弒 18/84/10
然則以○、武爲弒 18/84/11
禹、○之後也 18/84/16
以桀、紂爲有天下而臣○、武 18/84/18
○、武不能禁令 18/85/17
○居亳 18/85/18
成○鑒於夏桀 21/102/18
則所聞者堯、舜、禹、○之道也 23/117/16
十有四世、乃有天乙是成○ 25/121/14
天乙○ 25/121/15
○、武以賢 26/123/18
○旱而禱曰 27/132/16
是以○誅尹諧 28/138/21

## 唐 táng 5

梁有○舉 5/17/10
○蔑死 15/72/15
○鞅、奚齊是也 21/103/1
○鞅蔽於欲權而逐載子 21/103/1
○鞅戮於宋 21/103/2

## 堂 táng 11

故君子不下室○而海內之情舉積此者 3/11/18
諸侯趨走○下 8/31/14
則雖爲之築明○（於塞外）而朝諸侯 16/78/7
○上不糞 16/79/11
諸侯趨走乎○下 18/86/19
處於室○ 26/125/6
重樓疏○ 26/125/15
慶者在○ 27/128/14
子貢觀於魯廟之北○ 28/141/12
賜觀於太廟之北○ 28/141/12
太廟之○ 28/141/14

## 樘 táng 1

故魯人以○ 18/85/20

慆 tāo 1

而觀其能無流○也 12/61/9

謟 tāo 8

（○）〔諂〕諛我者 2/5/5
（○）〔諂〕諛者親 2/5/7
以不善先人者謂之（○）〔諂〕 2/5/18
非（○）〔諂〕諛也 3/9/19
從命而不利君謂之（○）〔諂〕 13/63/28
無（○）〔諂〕諛 13/64/16
諫諍而不（○）〔諂〕 13/64/22
其言也○ 23/117/3

逃 táo 5

嵬瑣○之 8/32/12
故姦言、姦說、姦事、姦能、遁○反側之民 9/35/6
賢良退處而隱○ 21/102/17
（治）世曉然皆知夫為姦則雖隱竄○亡之由不足以免也 24/118/14
賢能遁○國乃蹶 25/120/7

桃 táo 1

然後瓜○棗李一本數以盆鼓 10/44/21

陶 táo 12

○誕、突盜 4/14/14
皋○之狀 5/17/22
農夫不斲削、不○冶而足械用 9/38/16
○誕比周以爭與 16/77/7
○器不成物 19/95/10
故○人埏埴而為器 23/114/9
然則器生於（工）〔○〕人之偽 23/114/9
夫○人埏埴而生瓦 23/115/20
然則瓦埴豈○人之性也哉 23/115/21
辟亦○埏而生之也 23/115/22
亦猶○埏而生之也 23/115/25
得益、皋○、橫革、直成為輔 25/121/13

綯 táo 1

宵爾索○ 27/135/3

鞉 táo 1

○、柷、拊、鞷、椌、楬似萬物 20/101/1

錭 táo 1

必將○琢、刻鏤、黼黻、文章以塞其目 10/45/18

螣 té 1

○蛇無足而飛 1/2/15

忒 tè 5

其儀不○ 10/48/18,10/48/18
15/71/27,24/119/17,24/119/17

特 tè 13

安○將學雜識志、順《詩》、《書》而已爾 1/3/23
非○以二足而無毛也 5/18/15
非○以其二足而無毛也 5/18/16
非○以為淫泰夸麗之聲 10/43/12
非○以為淫泰也 10/43/18
○墨子之私憂過計也 10/44/20
10/45/4
非○將持其有而已矣 10/48/18
豈○玄之耳哉 18/83/21
是○姦人之誤於亂說 18/88/6
寢兕、（持）〔○〕虎、蛟韅、絲末、彌龍 19/90/13
非○學為無方之民也 19/92/19
唯各○意哉 27/137/16

貣 tè 4

雖行○而食 8/29/18
（脩）〔循〕道而不（貳）〔○〕 17/79/17
（貳）〔○〕之則喪也 19/92/6
（貳）〔○〕則疑惑 21/104/15

騰 téng 1

百川沸○ 24/119/5

偍 tí 1

難進曰○ 2/6/3

提 tí 1

不由禮則勃亂○僈 2/5/13

啼 tí 1

莫不呼天○哭 5/18/3

體 tǐ 31

布乎四○ 1/3/14
○恭敬而心忠信 2/6/16
○倨固而心（執）〔埶〕詐 2/7/1
篤志而○ 2/7/18
富貴而○恭 2/8/13,2/8/14
其形○又人 4/13/10
安危利害之常○ 4/14/3
是安危利害之常○也 4/14/5
骨○膚理辨寒暑疾養 4/15/9
食之而安於○ 4/15/19
三者○此而天下服 9/41/11
萬物同宇而異○ 10/42/12
形○好佚而安重閒靜莫愉焉 11/53/18
塊然獨坐而天下從之如一○ 12/60/17
君子有常○矣 17/81/1
貫之大○未嘗亡也 17/82/21
雖珠玉滿○ 18/87/22
將恐得傷其○也 18/89/9
所以養○也 19/90/8,19/90/11

沐浴、鬠〇、飯唅、象生執也 19/95/7
夫道者、〇常而盡變 21/103/11
〇道者也 21/104/6
形〇、色理以目異 22/108/16
疾、養、滄、熱、滑、鈹、輕、重以形〇異 22/108/18
輕煖平簟而〇不知其安 22/112/11
麤布之衣、麤紃之履而可以養〇 22/112/18
骨〇膚理好愉佚 23/114/12
甚順而〇 26/123/14
銜〇正矣 31/148/6

## 悌 tì 3

興孝〇 9/36/6
愷〇君子 19/97/8,22/110/12

## 涕 tì 3

垂〇恐懼 19/93/20
曾子泣〇曰 27/137/5
潸焉出〇 28/139/14

## 倜 tì 6

則〇然無所歸宿 6/22/1
〇然乃舉太公於州人而用之 12/62/3
俄而天下〇然舉去桀、紂而犇湯、武 16/76/25
〇然莫不明通而公也 16/78/14
則〇〇然其不及遠矣 16/78/17

## 天 tiān 598

不知〇之高也 1/1/7
在〇地之閒者畢矣 1/3/11
〇子所予 1/4/9
心利之有〇下 1/4/19
〇下不能蕩也 1/4/19
〇見其明 1/4/20
橫行〇下 2/6/16,2/6/17,2/7/1,2/7/2
〇其不遂乎 2/8/10
〇地比 3/9/1
參於〇地 3/10/1
君子大心則〔敬〕〇而道 3/10/6
謂之〇德 3/11/5
〇不言而人推高焉 3/11/6
〇地爲大矣 3/11/9
〇地始者 3/11/15
總〇下之要 3/11/17
盡〇下之方也 3/11/17
知命者不怨〇 4/13/20
怨〇者無志 4/13/20
夫〇生蒸民 4/14/8
是〇子之所以取〇下也 4/14/8
上則能順〇子之命 4/14/9
陋也者、〇下之公患也 4/15/22
則〇下從而治 4/16/2
則〇下從而亂 4/16/3
彼固〇下之大慮也 4/16/11
將爲〇下生民之屬長慮顧後而保萬世也 4/16/12
夫貴爲〇子 4/16/18,11/53/12
富有〇下 4/16/18,11/53/12
故或祿〇下而不自以爲多 4/17/4
而名動〇下 5/17/17
〇下之傑也 5/17/26
爲〇下大僇 5/17/26
莫不呼〇啼哭 5/18/3
〇下之君也 5/18/20
故足以爲〇下法則矣 5/20/2
因（求）〔衆〕以成〇下之大事矣 5/20/3
〇子之功 5/20/4
以澩亂〇下 6/21/10
使〇下混然不知是非治亂之所存者 6/21/10
不知一〇下、建國家之權稱 6/21/19
而群〇下之英傑而告之以大古 6/22/13
一〇下 6/22/19,9/40/14,11/53/15
兼利〇下 6/22/19,9/39/12
則〇下之害除 6/23/2
是〇下之所棄也 6/23/10
兼服〇下之心 6/23/13
恢然如〇地之苞萬物 6/23/17
夫齊桓公有〇下之大節焉 7/25/11
是〇下之大知也 7/25/11
是〇下之大決也 7/25/12
是〇下之大節也 7/25/14
委然成文以示之〇下 7/25/22
文王載百里地而〇下一 7/26/2
厚於有〇下之勢而不得以匹夫老 7/26/3
〇下之行術 7/27/3
夫是之謂〇下之行術 7/27/6
是〇下之通義也 7/27/8
辟之是猶伏而咶〇 7/27/9,16/77/10
周公屏成王而及武王以屬〇下 8/27/14
惡〇下之倍周也 8/27/14
履〇（下）〔子〕之籍 8/27/15
聽〇下之斷 8/27/15
而〇下不稱貪焉 8/27/15
而〇下不稱戾焉 8/27/16
兼制〇下 8/27/16,8/31/14,12/62/7
而〇下不稱偏焉 8/27/16
而〇下不輟事周 8/27/17
〇子也者 8/27/18,24/118/7
能則〇下歸之 8/27/18
不能則〇下去之 8/27/19
是以周公屏成王而及武王以屬〇下 8/27/19
惡〇下之離周也 8/27/19
周公無〇下矣 8/27/21
鄉有〇下 8/27/21
今無〇下 8/27/21
成王鄉無〇下 8/27/22
今有〇下 8/27/22
因〇下之和 8/27/23
〇下厭然猶一也 8/27/24
行一不義、殺一無罪而得〇下 8/28/9,11/49/16
則〇下應之如讙 8/28/10
則貴名白而〇下治也 8/28/10
道者、非〇之道 8/28/15
圖回〇下於掌上而辨白黑 8/29/17
俄而治〇下之大器舉在此 8/29/18
〇下應之如雷霆 8/30/2
聲聞于〇 8/30/3
〇下之道管是矣 8/31/5
〇下之道畢是矣 8/31/9
履〇子之籍 8/31/14

莫不爲〇下之顯諸侯 8/31/15
12/62/8
合〇下 8/32/1
跨〇下而無蘄 8/32/2
造父者、〇下之善御者也 8/32/4
羿者、〇下之善射者也 8/32/4
大儒者、善調一〇下者也 8/32/5
而不能以調一〇下、制
强暴 8/32/7
齊一〇下 8/32/10
通則一〇下 8/32/12
〇不能死 8/32/13
〇下爲一 8/33/8,11/50/3
11/54/7,15/74/22,18/85/18
則通於神明、參於〇地矣 8/34/2
23/116/14
至高謂之〇 8/34/4
是非〇性也 8/34/8
大儒者、〇子三公也 8/34/17
夫是之謂〇德 9/35/8
〇下願 9/35/12,14/66/18
有〇有地而上下有差 9/35/22
是〇數也 9/36/1
是養〇下之本也 9/36/3
〇下無王霸主則常勝矣 9/37/3
〇下無王（霸）主 9/37/10
仁眇〇下 9/37/14,9/37/14
義眇〇下 9/37/14,9/37/14
威眇〇下 9/37/14,9/37/15
故〇下莫不親也 9/37/14
故〇下莫不貴也 9/37/15
故〇下莫敢敵也 9/37/15
甲兵不勞而〇下服 9/37/16
11/54/6
故〇之所覆 9/38/17
〇作高山 9/38/19,17/80/24
舍是而〇下以衰矣 9/39/1
〇地者、生之始也 9/39/1
故〇地生君子 9/39/3
君子理〇地 9/39/3
君子者、〇地之參也 9/39/3
則〇地不理 9/39/4
與〇地同理 9/39/5
故最爲〇下貴也 9/39/10
上察於〇 9/39/22
塞（備）〔滿〕〇地之閒 9/39/23
使〇下莫不順比從服 9/40/14
〇王之事也 9/40/14
〇下不一 9/40/15
則〇王非其人也 9/40/16
名聲未足以懸〇下也 9/40/20
〇下脅於暴國 9/40/21
而兵剸〇下〔之〕勁矣 9/41/5
而名聲剸〇下之美矣 9/41/6
夫堯、舜者、一〇下也 9/41/7
三者體此而〇下服 9/41/11
故古之人有以一國取〇
下者 9/41/16
〔〇下〕莫不願 9/41/16
〇下害生縱欲 10/42/15
弘覆乎〇 10/42/29
故〇子袾褡衣冕 10/43/1
故自〇子通於庶人 10/43/4
〇下之本利也 10/43/10
是美〇下之本也 10/43/10
是安〇下之本也 10/43/11
是貴〇下之本也 10/43/11
合〇下而君之 10/43/18,11/53/14
固以爲（王）〔一〕〇
下 10/43/19
兼制〇下者 10/43/19
〇地生之 10/44/8
兼足〇下之道在明分 10/44/15
是〇（下）之事也 10/44/17
墨子之言昭昭然爲〇下
憂不足 10/44/20
夫不足、非〇下之公患
也 10/44/20
夫〇地之生萬物也 10/45/2
非〇下之公患也 10/45/4
〇下之公患 10/45/6
則使〇下亂 10/45/6
則使〇下貧 10/45/7
墨子大有〇下 10/45/7,10/45/9
上失〇時 10/45/12
〇下敖然 10/45/12
而焦〇下矣 10/45/13
使〇下生民之屬皆知己
之所願欲之舉在于是
也 10/45/19
上得〇時 10/45/22,15/68/5
夫〇下何患乎不足也 10/45/23
則〇下大而富 10/45/23
則〇下尙儉而彌貧 10/46/2
〇方薦瘥 10/46/3
取〇下矣 10/47/6
潢然使〇下必有餘 10/47/23
故禹十年水、湯七年旱
而〇下無菜色者 10/48/1
則〇下莫之能隱匿也 10/48/11
國者、〇下之制利用也 11/49/12
人主者、〇下之利勢也 11/49/12
故人主、〇下之利勢也 11/49/14
國定而〇下定 11/49/19
不隱乎〇下 11/49/20
今亦以〇下之顯諸侯誠
義乎志意 11/49/21
則夫名聲之部發於〇地
之閒也 11/50/1
然而〇下之理略奏矣 11/50/4
刑賞已諾信乎〇下矣 11/50/4
威動〇下 11/50/6,11/50/9
而〇下莫之敢當也 11/50/8
非以一〇下也 11/50/14
爲〇下大戮 11/50/16
國者、〇下之大器也 11/50/20
則〔功〕一〇下 11/52/10
今以一人兼聽〇下 11/52/15
大有〇下 11/52/16
則雖臧獲不肯與〇子易
埶業 11/52/16
以是縣〇下 11/52/17
則〇子共己而矣 11/52/20
〇下莫不平均 11/52/20,11/54/16
可以取〇下 11/52/23
取〇下者 11/52/23
其等位爵服足以容〇下
之賢士矣 11/53/2
其官職事業足以容〇下
之能士矣 11/53/2
三者具而〇下盡 11/53/3
兩者合而〇下取 11/53/5
欲得調壹〇下 11/53/10
而〇子之禮制如是者也 11/53/15
功績如〇地 11/53/16
〇下之人應之如影響 11/53/17
合〇下之所同願兼而有
之 11/53/19
睪牢〇下而制之若制子
孫 11/53/19
功壹〇下 11/53/24

桀、紂即（序）〔厚〕於有〇下之勢 11/54/8
則〇子共己而止矣 11/54/15
故能當一人而〇下取 11/54/21
垂衣裳而〇下定 11/54/23
於〇下不見謂脩 11/55/1
一囯〇下 11/55/2
夫兼聽〇下 11/55/12
三德者具而〇下歸之 11/55/21
三德者亡而〇下去之 11/55/22
〇下歸之之謂王 11/55/22, 18/84/8
〇下去之之謂亡 11/55/22, 18/84/8
興〇下同利 11/55/23
除〇下同害 11/55/23
〇下歸之 11/55/23
所以接（〇）下之人百姓〔者〕 11/55/25
則上不失〇時 11/56/23
古者先王審禮以方皇周浹於〇下 12/57/27
其於〇地萬物也 12/58/3
仁厚兼覆〇下而不閔 12/58/6
明達（用）〔周〕〇地、理萬變而不疑 12/58/6
行義塞於〇地之閒 12/58/7
以〇下之王公莫好之也 12/59/3
以〇下之民莫（欲）〔爲〕之也 12/59/3
則〇下爲一 12/59/6
四統者俱而〇下歸之 12/59/13
四統者亡而〇下去之 12/59/15
〇子三公 12/59/16
故由〇子至於庶人也 12/60/2
〇下曉然皆知其所非以爲異也 12/60/5
故〇子諸侯無靡費之用 12/60/6
兼聽齊明則〇下歸之 12/60/11
故〇子不視而見 12/60/16
塊然獨坐而〇下從之如一體 12/60/17
以惠〇下 12/62/5
故舉〇下之大道 12/62/8
立〇下之大功 12/62/8
其下猶足以爲〇下之顯諸侯 12/62/9
遠者〇下 12/62/12
〇下之變 12/62/13
功參〇地 13/66/3
得衆動〇 14/67/1
則〇下歸之 14/67/5
無敵於〇下 15/68/10,18/86/6
使〇下之民所以要利於上者 15/70/5
非〇下之愚人莫敢試 15/70/14
故兵大齊則制〇下 15/70/15
夫是之謂〇下之將 15/71/8
皆以仁義之兵行於〇下也 15/71/25
諰諰然常恐〇下之一合而軋己也 15/72/4
所以得（夫）〔〇〕下也 15/72/9
故刑一人而〇下服 15/73/7
帝堯之治〇下也 15/73/8
蓋殺一人、刑二人而〇下治 15/73/8
故人之命在〇 16/75/9,17/82/12
高之如〇 16/75/14
〇下莫忿 16/76/12
厚於有〇下之埶 16/76/13
則〇下孰不欲合義矣 16/76/18
是一〇下也 16/76/19
必爲〇下大笑 16/76/23
（〇）〔夫〕桀、紂 16/76/24
有〇下者之世也 16/76/24
〇下之宗室也 16/76/24,18/84/1
俄而〇下倜然舉去桀、紂而犇湯、武 16/76/25
諰諰〔然〕常恐〇下之一合而軋己也 16/77/17,16/78/4
古者百王之一〇下、臣諸侯也 16/77/20
是地徧〇下也 16/78/3
案用夫端誠信全之君子治〇下焉 16/78/5
則兵不復出於塞外而令行於〇下矣 16/78/6
〇材之利多 16/78/11
然則凡爲〇下之要 16/79/7
古者禹、湯本義務信而〇下治 16/79/7
桀、紂棄義背信而〇下亂 16/79/8
〇行有常 17/79/16
則〇不能貧 17/79/17
則〇不能病 17/79/17
則〇不能禍 17/79/17
則〇不能使之富 17/79/19
則〇不能使之全 17/79/19
則〇不能使之吉 17/79/19
不可以怨〇 17/79/21
故明於〇人之分 17/79/21
夫是之謂〇職 17/80/1
夫是之謂不與〇爭職 17/80/2
〇有其時 17/80/2
夫是之謂〇〔功〕 17/80/6
唯聖人爲不求知〇 17/80/7
〇職既立 17/80/9
〇功既成 17/80/9
夫是之謂〇情 17/80/9
夫是之謂〇官 17/80/10
夫是之謂〇君 17/80/10
夫是之謂〇養 17/80/11
夫是之謂〇政 17/80/11
闇其〇君 17/80/12
亂其〇官 17/80/12
棄其〇養 17/80/12
逆其〇政 17/80/12
背其〇情 17/80/12
以喪〇功 17/80/12
聖人清其〇君 17/80/13
正其〇官 17/80/13
備其〇養 17/80/13
順其〇政 17/80/13
養其〇情 17/80/13
以全其〇功 17/80/13
則〇地官而萬物役矣 17/80/14
夫是之謂知〇 17/80/15
所志於〇者 17/80/17
官人守〇而自爲守道也 17/80/19
治亂〇邪 17/80/21
治亂非〇也 17/80/22
〇不爲人之惡寒也輟冬 17/80/27
〇有常道矣 17/81/1
而不慕其在〇者 17/81/5,17/81/6
而慕其在〇者 17/81/6
而慕（在其）〔其在〕〇者 17/81/7
是〇地之變、陰陽之化 17/81/10, 17/81/13
〇旱而雩 17/82/6

在○者莫明於日月 17/82/10
大○而思之 17/82/15
從○而頌之 17/82/15
孰與制○命而用之 17/82/15
故錯人而思○ 17/82/17
桀、紂有○下 18/83/23
以桀、紂爲常有○下之籍則然 18/83/23
親有○下之籍則（不）然 18/83/24
○下謂在桀、紂則不然 18/83/24
古者○子千官 18/83/24
有○下之後也 18/84/1
吾謂之無○下矣 18/84/3
有埶籍者罷不足以縣○下 18/84/4
○下無君 18/84/4
則可謂能用○下矣 18/84/6
能用○下之謂王 18/84/6
湯、武非取○下也 18/84/6
興○下之同利 18/84/6
除○下之同害 18/84/7
而○下歸之也 18/84/7
桀、紂非去○下也 18/84/7
而○下去之也 18/84/8
故桀、紂無○下 18/84/9
以○下之合爲君 18/84/11
則○下未嘗合於桀、紂也 18/84/11
則（○下）未嘗有說也 18/84/12
故○子唯其人 18/84/12
○下者、至重也 18/84/12
是縣○下之權稱也 18/84/14
爲○下之大僇 18/84/16
以桀、紂爲有○下而臣湯、武 18/84/18
不可以有奪（人）○下 18/84/19
不可以有竊○下也 18/84/20
〔而〕不可以有○下 18/84/21
而不可以得○下 18/84/21
○下者、大具也 18/85/1
○下者、至大也 18/85/2
至○下之善禁令者也 18/85/18
○子者、埶位至尊 18/86/6
南面而聽○下 18/86/7,18/87/8
○下無隱士 18/86/8
夫有惡擅○下矣 18/86/8
○下無聖 18/86/10
則固莫足以擅○下矣 18/86/10
○下有聖而在後者 18/86/11
則○下不離 18/86/11
○下厭然與鄉無以異也 18/86/11, 18/86/13
則○下如歸 18/86/12
故○子生則○下一隆致順而治 18/86/13
死則能任○下者必有之矣 18/86/14
○子者、埶至重而形至佚 18/86/16
動如○帝 18/87/2
○子無老 18/87/3
無擅○下 18/87/4
未可與及○下之大理者也 18/87/5
（至）○下之善教化者也 18/87/8
○下之英也 18/87/9
○下之嵬、一時之瑣也 18/87/10
○下之善射者也 18/87/11
○下之善馭者也 18/87/12
○下之善教化者也 18/87/12
匪降自○ 18/87/14
○下有道 18/87/22
則上失○性 18/88/2
○下之大隆 18/88/22
上爲○子諸侯 18/88/25
故上賢祿○下 18/89/18
故○子大路越席 19/90/11
○地者、生之本也 19/90/20
無○地惡生 19/90/20
故禮、上事○ 19/90/21
故王者○太祖 19/91/1
郊止乎○子 19/91/2
故有○下者事（十）〔七〕世 19/91/3
○地以合 19/92/4
而○下莫之能損益也 19/92/8
○下從之者治 19/92/9
故○者、高之極也 19/92/18
故○子棺槨（十）〔七〕重 19/93/11
○子之喪動四海、屬諸侯 19/93/13
一○下之功於是就也 19/95/2
○地合而萬物生 19/95/2
性僞合而○下治 19/95/3
○能生物 19/95/3
凡生乎○地之閒者 19/96/10
○地則已易矣 19/96/23
上取象於○ 19/97/4
郊者、并百王於上○而祭祀之也 19/97/13
故○子七月 19/97/16
故樂者、○下之大齊也 20/99/7
是故喜而○下和之 20/99/11
而○下順焉 20/99/26
故其清明象○ 20/100/7
○下皆寧 20/100/9
鼓○麗 20/100/19
舞意○道兼 20/100/20
故鼓似○ 20/100/20
彼國安而○下安 20/101/22
○下無二道 21/102/5
生則○下歌 21/102/21
莊子蔽於○而不知人 21/103/9
由○謂之 21/103/11
經緯○地而材官萬物 21/104/8
舜之治○下也 21/105/3
兩盡者足以爲○下極矣 21/106/22
○下有二 21/107/3
○下有不以是爲隆正也 21/107/3
則○下之治說者方多然矣 21/107/7
緣○官 22/108/15
其○官之意物也同 22/108/15
然而徵知必將待○官之當簿其類然後可也 22/109/2
○下亂 22/110/2
說行則○下正 22/110/10
所受乎○也 22/111/6
所受乎○之一欲 22/111/7
固難類所受乎○也 22/111/7
性者、○之就也 22/111/14
雖爲○子 22/111/16
○下莫之若也 22/111/18
如是而加○下焉 22/112/20
其爲○下多 22/112/21
凡性者、○之就也 23/113/17
凡古今○下之所謂善者 23/115/1
使○下皆出於治、合於善也 23/115/5
倚而觀○下民人之相與也 23/115/6

○下之悖亂而相亡不待頃矣 23/115/7
善言○者必有徵於人 23/115/10
○非私曾、騫、孝己而外衆人也 23/116/1
○非私齊、魯之民而外秦人也 23/116/2
足可以徧行○下 23/116/20
然而未嘗有能徧行○下者也 23/116/20
○下有中 23/117/6
○下知之 23/117/7
則欲與○下（同）（苦）〔共〕樂之 23/117/7
○下不知之 23/117/8
則傀然獨立○地之間而不畏 23/117/8
○子無妻 24/118/5
普○之下 24/118/8
○下曉然皆知夫盜竊之（人）不可以爲富也 24/118/11
夫故○下不與爭能而致善用其功 24/119/15
夫故爲○下貴矣 24/119/16
主誠聽之、○下爲一海內賓 25/120/6
〔人〕而有埶、直而用抴必參○ 25/120/16
尙賢推德○下治 25/121/8
以○下 25/121/10
舉舜甽畝、任之○下身休息 25/121/11
平○下 25/121/13
十有四世、乃有○乙是成湯 25/121/14
○乙湯 25/121/15
以治○下、後世法之成律貫 25/123/7
爲○下明 26/123/11
皇○隆物 26/123/17
大參于○ 26/124/1
○下待之而後平也 26/124/4
大參○地 26/124/7
卬卬兮○下之咸蹇也 26/124/9
○下失之則滅 26/124/10
功被○下而不私置者歟 26/124/13
功被○下 26/124/16,28/138/14
○下不治 26/125/13,32/150/10
○地易位 26/125/13
○下幽險 26/125/16
闇乎○下之晦盲也 26/125/17
皓○不復 26/125/18
○不忘也 26/125/18
上○ 26/126/2
故王者必居○下之中 27/126/9
○子外屏 27/126/11
○子召諸侯 27/126/14
自○子所 27/126/14
○子山冕 27/126/17
○子御珽 27/126/19
○子彫弓 27/126/21
○施然也 27/126/27
先王以禮表○下之亂 27/127/4
○子即位 27/128/11
授○子一策 27/128/11
配○而有下土者 27/128/12
授○子二策 27/128/14
授○子三策 27/128/15
故○地生之 27/129/2
○下鄉善矣 27/131/3
○下、國有（俊）〔俊〕士 27/131/5
不可以爲○子大夫 27/131/17
故○子不言多少 27/132/3
○之生民 27/132/19
○之立君 27/132/19
故舜之治○下 27/132/22
無有而求○府 27/133/3
則○府已 27/133/3
雖○子三公問正 27/133/11
爲○（子）〔下〕寶 27/134/7
爲○下列士 27/134/8
是○府也 27/134/10
○子、諸侯子十九而冠 27/135/16
則容○下而治 27/137/13
○下之人 27/137/16
○下不待亡 27/137/18
○子是庳 28/139/10
爲善者○報之以福 28/140/18
爲不善者○報之以禍 28/140/18
○下且孰肯諫汝矣 29/143/2
無刑已至而呼○ 30/143/23
刑已至而呼○ 30/143/25
怨○者無識 30/144/12
言足法於○下而不傷於身 31/146/4
富有○下而無怨財 31/146/4
布施○下而不病貧 31/146/4
是故其事大辨乎○地 31/146/9
若○之嗣 31/146/10
我欲致○下 32/148/13
而○下自來 32/148/14
執一如○地 32/148/14
○下其在一隅邪 32/148/14
○使夫子振寡人之過也 32/148/22
吾於○下不賤矣 32/149/7
以定○下 32/149/9
是以○下之紀不息、文章不廢也 32/149/13
○下冥冥 32/150/5
視○下以愚 32/150/7
足以爲○下法式表儀 32/150/9
○地不知 32/150/12

## 田 tián 37

○仲、史鰌不如盜也 3/12/12
是士大夫之所以取○邑也 4/14/10
則農以力盡○ 4/17/3
是愼到、○駢也 6/22/2
辟○野 9/37/6,9/41/19
○野什一 9/38/9
工賈不耕○而足菽粟 9/38/17
治○之事也 9/40/5
民富則○肥以易 10/42/24
○肥以易則出實百倍 10/42/24
民貧則○瘠以穢 10/42/27
○瘠以穢則出實不半 10/42/27
輕○野之稅 10/43/6
重○野之稅以奪之食 10/44/10
多糞肥○ 10/44/15
其○疇穢 10/47/10
其耕者樂○ 10/47/13
故○野縣鄙者 10/47/21
故○野荒而倉廩實 10/48/3
將辟○野 10/48/11
農分○而耕 11/52/18
然後農分○而耕 11/54/14
縣鄙將輕○野之稅 11/56/19
利其○宅 15/70/2
故齊之○單 15/70/19

故○單奪之 15/74/20
○蔵稼惡 17/81/16
葬○不妨○ 18/87/17
下賢祿○邑 18/89/18
農精於○而不可以爲○師 21/104/16,27/132/22
故家五畝宅、百畝○ 27/130/24
○常爲亂 32/150/13

恬 tián 8

輕非譽而○失民 10/46/8
譬之是由好聲色而○無耳目也 11/51/24
○然如無治者 16/78/15
休猶有安樂○愉如是者乎 18/87/3
○愉、憂戚 19/94/9
故文飾、聲樂、○愉 19/94/9
其立聲樂○愉也 19/94/11
○禍而廣解 23/117/10

塡 tián 3

○○然 6/24/20
其德音足以○撫百姓 12/62/19

靦 tián 2

有○面目 8/29/11,22/111/2

殄 tiǎn 1

財侈則○禮 27/127/1

瑱 tiàn 1

充耳而設○ 19/95/8

佻 tiāo 1

○其期日而利其巧任 11/56/19

挑 tiāo 1

其服不○ 16/78/11

苕 tiáo 2

繫之葦○ 1/1/17
風至○折 1/1/17

條 tiáo 1

非其逐之鳴○之時也 15/72/5

調 tiáo 27

則柔之以○和 2/6/6
大儒者、善○一天下者也 8/32/5
弓○矢直矣 8/32/6
而不能以○一天下、制強暴 8/32/7
和解○通 9/35/15
兼覆而○一之 9/40/13
忠信、○和、均辨之至也 10/46/14
則和○累解 10/46/14
時其事、輕其任以○齊之 10/46/21
其卿相○議 10/47/13
欲得○壹天下 11/53/10
時其事、經其任以○齊之 11/55/24
○一上下 12/61/16
○而不流 13/64/23
曉然以至道而無不○和也 13/64/23
以德○君而補之 13/65/8
○和、樂也 13/65/22
弓矢不○ 15/68/7
時其事、輕其任以○齊之、長養之 15/73/17
矜糺收繚之屬爲之化而○ 15/74/6
不○不一 16/75/8
○一之 16/75/8
上安於主而下○於民者也 16/79/6
五味○（香）〔盉〕 19/90/6
聲音、清濁、○竽奇聲以耳異 22/108/16
驗之所緣（無）以同異而觀其孰○ 22/109/18
故弓○而後求勁焉 31/147/15

窕 tiǎo 2

故其立文飾也不至於○冶 19/94/10
充盈大宇而不○ 26/124/11

跳 tiào 1

禹○ 5/17/23

鐵 tiě 1

宛鉅○鈍 15/72/14

聽 tīng 84

神之○之 1/1/9
耳不能兩○而聰 1/2/15
瓠巴鼓瑟而流魚出○ 1/3/3
說楛者勿○也 1/4/6
所○視者近 3/11/14
○斷公 4/14/9
君子不○ 5/19/10,14/66/10
○人以言 5/19/13
斯須之言而足○ 5/21/2
○其言則辭辨而無統 5/21/3
上則取○於上 6/21/22
曾是莫○ 6/24/1
○天下之斷 8/27/15
是聰耳之所不能○也 8/29/7
則不○也 8/34/23
○政之大分 9/35/10
凡○ 9/35/14
則○大事煩 9/35/16
故公平者、（職）〔○〕之衡也 9/35/17
中和者、○之繩也 9/35/18
○之盡也 9/35/19
○之辟也 9/35/19
○斷以類 9/37/19
兼○而時稽之 9/40/12
今以一人兼○天下 11/52/15
士大夫分職而○ 11/52/19, 11/54/15
不務○其所不聞 11/55/7
夫兼○天下 11/55/12
要百事之○ 11/55/17

則柔從○待 12/57/26
兼○齊明則天下歸之 12/60/11
兼○齊明而百事不留 12/60/15
不○而聽 12/60/17,24/118/6
○乎不可聞 12/63/11
不能不○ 13/64/3
有○從 13/64/16
○從而敝 13/64/21
衡○、顯幽、重明、退姦、進良之術 14/66/10
聞○而明譽之 14/66/12
夫是之謂衡○、顯幽、重明、退姦、進良之術 14/66/14
則將有百里之○ 15/69/1
則將有千里之○ 15/69/1
則將有四海之○ 15/69/2
（而）○咸陽 16/78/6
○決百事不留 16/78/14
彼將○唱而應 18/83/11
遙者諸侯不○ 18/84/2
南面而○天下 18/86/7,18/87/8
紸纊○息之時 19/93/19
則君臣上下同○之 20/98/21
則父子兄弟同○之 20/98/21
則長少同○之 20/98/22
故○其《雅》、《頌》之聲 20/99/4
則莫不○從 20/99/6
故君子耳不○淫聲 20/100/2
不此○也 20/100/16
耳○備聲 21/102/21
掩耳而○者 21/106/5
○漠漠而以爲哅哅 21/106/6
○則合文 22/110/9
有兼○之明而無奮矜之容 22/110/10
以學心○ 22/110/14
耳○鍾鼓而不知其聲 22/112/11
耳可以○ 23/113/19
可以○之聽不離耳 23/113/20, 23/114/2
無所往而不○ 24/119/10
主誠○之、天下爲一海內賓 25/120/6
不○規諫忠是害 25/122/8
進諫不○、剄而獨鹿棄之江 25/122/9
事業○上、莫得相使一民力 25/122/13
五○（循）〔脩〕領、莫不理（續）〔續〕（主執）〔執主〕持 25/123/2
○之經 25/123/3
君子○律習容而后（士）〔出〕 27/129/27
冠而○治 27/135/16
不教其民而○其訟 28/139/3
有弟而求其○令 30/144/19
平明而○朝 31/147/3
君平明而○朝 31/147/4
資衰、苴杖者不○樂 31/147/10

### 廷 tíng 12

我今將來致之、并閱之、砥礪之於朝○ 9/41/23
觀其朝○ 10/47/10,10/47/13,16/78/14
其朝○隆禮 10/47/13
以飾朝○臣下百吏之分 11/55/17
則夫朝○群臣亦從而成俗於不隆禮義而好傾覆也 11/56/11
朝○群臣之俗若是 11/56/11
朝○必將隆禮義而審貴賤 11/56/16
則朝○不頗 13/64/11
是君子之壇宇、宮○也 19/93/2
朝○之美 27/129/6

### 亭 tíng 1

桀死於（○）〔鬲〕山 21/102/17

### 庭 tíng 5

門○之間 5/19/2
是君子之所以騁志意於壇宇宮○也 8/34/22
乃身不廢在王○ 10/42/29
是其○可以搏鼠 21/105/12
諸侯之子孫必有在君之末○者 31/147/4

### 蜓 tíng 1

螭龍爲蝘○ 26/125/16

### 霆 tíng 2

天下應之如雷○ 8/30/2
豈不如日月雷○然矣哉 11/50/1

### 挺 tǐng 1

不復○者 1/1/4

### 珽 tǐng 1

天子御○ 27/126/19

### 通 tōng 79

倫類不○ 1/4/12
思索以○之 1/4/16
宜於時○ 2/5/12
由禮則治（○）〔達〕 2/5/12
○之以思索 2/6/9
事亂君而○ 2/6/13
不窮窮而○者積焉 2/8/9
知則明○而類 3/10/6
○則文而明 3/10/7
○則驕而偏 3/10/10
有○士者 3/11/20
則可謂○士矣 3/11/21
端愨生○ 3/12/3
榮者常○ 4/14/3
○者常制人 4/14/4
○則大明 4/14/22
則夫塞者俄且○也 4/16/1
廣之而可○也 4/16/15
不足以合文○治 6/21/13
○達之屬 6/22/19
齊給速○不（爭）〔以〕先人 6/23/13
以事君則必○ 7/27/3,7/27/5
是天下之○義也 7/27/8
然而○乎財萬物、養百姓之經紀 8/28/2
○於四海 8/28/10
○達之屬莫不從服 8/28/11

11/50/3,11/54/7,15/71/16
○財貨 8/28/19
取是而○之也 8/31/9
其○也 8/32/12
○則一天下 8/32/12
則速○ 8/33/17
則○於神明、參於天地矣 8/34/2
23/116/14
知○統類 8/34/16
和解調○ 9/35/15
職而不○ 9/35/16
職而○ 9/35/17
○流財物粟米 9/38/10
○溝澮 9/40/3
使（賓）〔賓〕旅安而
貨財○ 9/40/10
故自天子○於庶人 10/43/4
將以明仁之文、○仁之
順也 10/43/13
令不下○ 11/56/13
則商旅安、貨（○財）
〔財○〕 11/56/21
不卹公道○義 13/63/18
○忠之順 13/66/1
夫是之謂○忠之順 13/66/2
過而○情 13/66/3
忠言、忠說、忠事、忠
謀、忠譽、忠愬莫不
明○ 14/66/14
弟子○利則思師 14/67/22
則○於神明矣 15/71/8
必以道夫公道○義之可
以相兼容者 16/76/15
求仁厚明○之君子而託
王焉 16/76/17
倜然莫不明○而公也 16/78/14
○達之屬莫不振動從服
以化順之 18/85/19
朱紘而○越也 19/92/1
諸侯之喪動○國、屬大
夫 19/93/13
參稽治亂而○其度 21/104/8
閑居靜思則○ 21/105/15
曲期遠方異俗之鄉則因
之而爲○ 22/107/22
道行而志○ 22/108/4
故比方之疑似而○ 22/108/15
足以相○則舍之矣 22/110/21
分然各以其誠○ 24/118/18
逆斥不○孔子拘 25/120/11
北決九河、○十二渚疏
三江 25/121/13
上○利 25/123/5
○于大神 26/124/10
三者皆○ 27/128/3
○類而後應 27/131/11
士不〔言〕○貨財 27/132/4
非爲○也 28/141/5
思慮明○而辭不爭 31/146/2
知○乎大道 31/146/7

同 tóng 107

生而○聲 1/1/8
夫堅白、○異、有厚無
厚之察 2/7/10
胡爲乎其不可以○至也 2/7/13
君子絜其辯而○焉者合矣 3/10/18
不上○以疾下 3/11/21
而好惡多○ 4/13/10
是君子小人之所○也 4/14/17
凡人有所一○ 4/15/7
是禹、桀之所○也 4/15/8
4/15/10,4/15/11,5/18/14
12/60/20,17/80/21
是人情之所○欲也 4/16/18
11/53/13
不○而一 4/17/5
雖久○理 5/19/4
徐方既○ 5/20/4
莫若好○之 7/26/14
則莫若早○之 7/26/16
勇而好○ 7/26/18
堅白、○異之分隔也 8/29/6
其衣冠行僞已○於世俗矣 8/32/18
埶位齊而欲惡○ 9/36/1
與天地○理 9/39/5
與萬世○久 9/39/5
日與桀○事○行 9/41/1
萬物○宇而異體 10/42/12
○求而異道 10/42/12
○欲而異知 10/42/12
知愚○ 10/42/13
埶○而知異 10/42/13
欲惡○物 10/42/16
三軍○力 10/48/12
10/49/6,15/68/15,16/76/7
是百王之所○也 11/52/20
18/85/13,18/89/17
諸侯後○者先危 11/53/5
是又人情之所○欲也 11/53/15
11/53/17
合天下之所○願兼而有
之 11/53/19
故百王之法不○若是 11/54/9
是百王之所（以）○也 11/54/13
是百王之所○ 11/54/16,19/95/14
19/97/5
興天下○利 11/55/23
除天下○害 11/55/23
是所○也 12/60/2
是又所○也 12/60/3
有能比知○力 13/64/2
故明主好○而闇（王）
〔主〕好獨 13/64/12
不○而壹 13/66/5
受時與治世○ 17/79/20
是又禹、桀之所○也 17/80/22
17/80/23
則與無上○也 18/83/13
興天下之○利 18/84/6
除天下之○害 18/84/7
土地刑制不○者 18/85/21
故諸夏之國○服○儀 18/85/21
蠻、夷、戎、狄之國○
服不○制 18/85/21
○焉者是也 18/86/8
「堅白」「○異」之察
入焉而溺 19/92/12
則君臣上下○聽之 20/98/21
則父子兄弟○聽之 20/98/21
則長少○聽之 20/98/22
樂合○ 20/100/14
異也者、○時兼知之 21/104/2
○時兼知之 21/104/2
與所緣（有）〔以〕○
異 22/108/10
○異不別 22/108/12
下以辨○異 22/108/13
○異別 22/108/14
然則何緣而以○異 22/108/14

凡○類○情者 22/108/15
其天官之意物也○ 22/108/15
此所緣而以○異也 22/109/3
○則○之 22/109/5
猶使（異）〔○〕實者
莫不○名也 22/109/7
物有○狀而異所者 22/109/11
有異狀而○所者 22/109/12
狀○而為異所者 22/109/12
驗之所緣（無）以○異
而觀其孰調 22/109/18
其不○之徵也 23/114/14
故聖人之所以○於衆 23/114/15
其不○遠矣 23/116/22
則欲與天下（○）（苦）
〔共〕樂之 23/117/7
拒諫飾非、愚而上○國
必禍 25/120/5
文、武之道○伏戲 25/120/13
曷維其○ 26/126/2
其心○也 27/133/23
柳下惠與後門者○衣而
不見疑 27/136/4
道不○ 27/136/8
皆異世○心 28/138/22
○遊而不見愛者 30/144/11
時世不○ 32/150/14

## 彤 tóng 1

諸侯○弓 27/126/21

## 童 tóng 1

故山林不○而百姓有餘
材也 9/39/22

## 統 tǒng 25

推禮義之○ 3/11/16
仁義之○ 4/15/20,4/16/11
聽其言則辭辨而無○ 5/21/3
略法先王而不知其○ 6/22/8
壹○類 6/22/13
忠信以○之 7/27/3
脩脩兮其（用）○類之
行也 8/31/1
○禮義 8/33/2
則舉○類而應之 8/33/4
知通○類 8/34/16
禮義無○ 9/39/4
四○者俱而天下歸之 12/59/13
四○者亡而天下去之 12/59/15
端慤以為○ 13/65/19
然而未有本○也 15/70/21
未有本○也 15/72/5
其所以○之者非其道故也
5/72/16,15/72/18,15/73/1
若其所以○之 16/77/4
禮樂之○ 20/100/14
鍾○實 20/100/19
以求其○類 21/106/23
其○類一也 23/117/2

## 痛 tòng 5

○甚者其瘉遲 19/96/5
所以為至○極也 19/96/6
所以為至○飾也 19/96/6
哀○未盡 19/96/7
是君子之所以為惮詭其
所哀○之文也 19/98/6

## 偷 tōu 19

勞苦之事則○儒轉脫 2/7/1
○儒憚事 2/8/7,6/25/1
以○生反側於亂世之閒 4/14/14
今夫○生淺知之屬 4/16/9
○儒而罔 6/24/22
使百吏（免盡）〔盡免〕
而衆庶不○ 9/40/12
使人不○ 10/44/16
以○取少頃之譽焉 10/46/6
是○道也 10/46/7
是又（不可）○偏者也 10/46/9
賞（克）〔免〕罰○則
民不怠 12/60/10
○合苟容、以持祿養交
而已耳 13/63/29
○合苟容、以之持祿養
交而已耳 13/65/10
○合苟容 13/66/4
是事小敵毳則○可用也 15/69/21
以欺愚者而潮陷之以○
取利焉 18/88/6
苟怠惰○儒之為安 19/90/16
○則自行 21/104/3

## 投 tóu 5

日欲司閒而相與○藉之 11/56/3
探籌、○鉤者 12/57/11
不待探籌、○鉤而公 12/57/17
譬之若以卵○石 15/68/14
若以焦熬○石焉 15/70/10

## 頭 tóu 4

至共○而山隧 8/31/17
若手臂之扞○目而覆胸
腹也 15/68/16
此夫身女好而○馬首者
與 26/125/2
○銛達而尾趙繚者邪 26/125/9

## 禿 tū 1

突○長左 5/17/18

## 突 tū 5

陶誕、○盜 4/14/14
汙僈、○盜 4/15/4
○禿長左 5/17/18
汙漫、○盜以先之 11/56/1
汙漫、○盜以爭地 16/77/8

## 徒 tú 19

而申○狄能之 3/9/1
雖在貧窮○處之埶 7/26/11
乃始率其群○ 8/29/9
人○有數 9/38/2,11/54/17
司○知百宗、城郭、立
器之數 9/40/1
將少人○ 10/45/9
然後衆人○、備官職、
漸慶賞、嚴刑罰以戒
其心 10/45/19
（○）〔徒〕壞墮落 10/46/9

傭○鬻賣之道也 15/70/11
傭○粥賣之道也 15/73/15
今倡優、侏儒、狎○詈侮而不鬬者 18/88/12
故率其群○ 18/89/11
聚人○ 18/89/20
契爲司○、民知孝弟尊有德 25/121/12
故居處足以聚○成群 28/138/20
夫子○有所不知 29/142/23
夫子○無所不知 29/142/26
○與不衆 32/150/8

## 涂 tú 10

○巷之人也 1/4/13
巨○則讓 4/12/19
小○則殆 4/12/19
混然○之人也 8/29/15
○之人百姓 8/34/5
○薉則塞 11/50/21
揚朱哭衢○ 11/53/25
此其爲可哀甚於衢○ 11/53/26
故辟門除○以迎吾入 15/74/10
男女自不取於○ 18/87/21

## 荼 tú 2

寧爲○毒 8/34/11
諸侯御○ 27/126/19

## 途 tú 1

邪枉辟回（夫）〔失〕道○ 25/122/4

## 屠 tú 1

不○城 15/71/18

## 塗 tú 14

譬之是猶以塼○塞江海也 18/89/7
齊戒修○ 19/98/7
○之人可以爲禹 23/116/6
然而○之人也 23/116/7
將使○之人固無可以知仁義法正之質 23/116/9
然則○之人也 23/116/10
○之人者 23/116/11
其在○之人明矣 23/116/12
今使○之人者以其可以知之質、可以能之具 23/116/12
今使○之人伏術爲學 23/116/13
故○之人可以爲禹 23/116/19
○之人能爲禹 23/116/19
遇曾元於○ 27/131/22
朝士大夫遇諸○不與言 27/133/19

## 圖 tú 4

循法則、度量、刑辟、○籍 4/14/10
○回天下於掌上而辨白黑 8/29/17
以環主○私爲務 13/63/18
（○）〔決〕德而定次 18/86/9

## 土 tǔ 20

積○成山 1/2/9
上食埃○ 1/2/12
累○而不輟 2/7/13
故積○而爲山 8/34/4
今是○之生五穀也 10/44/21
建國諸侯之君分○而守 11/52/19
11/54/15
非負其○地而從之之謂也 11/52/23
則其○地且奚去我而適它 11/53/1
無○則人不安居 14/66/23
無人則○不守 14/66/23
故○之與人也 14/66/23
○地之大 16/76/25
○地刑制不同者 18/85/21
莫非王○ 24/118/8
率○之濱 24/118/8
禹溥○ 25/121/13
配天而有下○者 27/128/12
其猶○也 32/149/21,32/149/23

## 吐 tǔ 3

狗豕○菽粟 18/87/20
（○）〔咄〕而不奪 22/110/16
食桑而○絲 26/125/3

## 剸 tuán 4

好○行也 4/12/23
而兵○天下〔之〕勁矣 9/41/5
而名聲○天下之美矣 9/41/6
然後六畜禽獸一而○車 10/45/1

## 摶 tuán 2

億萬之衆而（博）〔○〕若一人 8/30/16
和（傳）〔○〕而一 15/69/2

## 塼 tuán 1

譬之是猶以○塗塞江海也 18/89/7

## 推 tuī 15

天不言而人○高焉 3/11/6
地不言而人○厚焉 3/11/6
○禮義之統 3/11/16
然而仁人不能○ 5/18/9
○賢讓能而安隨其後 7/26/16
由是○之 10/43/5
○類接譽 13/63/20
而好相○擠 21/107/6
○而共之 22/109/8
○而別之 22/109/9
○類而不悖 22/110/8
賢者敢○而尙之 23/117/9
尙賢○德天下治 25/121/8
尙得○賢不失序 25/121/10
○恩而不理 27/128/1

## 退 tuì 34

容貌、態度、進○、趨行 2/5/14
一進一○ 2/7/14
則○編百姓而愨 8/27/27
故權謀傾覆之人○ 9/41/9
進○貴賤則舉傭士 9/42/2
進○貴賤則舉佞倪 9/42/3
進○貴賤則舉幽險詐故 9/42/4
則不肖者不可得而○也 10/45/10

不肖不可得而○ 10/45/11
不肖者可得而○也 10/45/21
貪利者○而廉節者起 12/60/12
衡聽、顯幽、重明、○姦、進良之術 14/66/10
夫是之謂衡聽、顯幽、重明、○姦、進良之術 14/66/14
而欲賢者之至、不肖者之○也 14/67/4
然後進○誅賞之 14/67/9
案（角）鹿埵、隴種、東籠而○耳 15/69/4
徙舉進○ 15/70/26
聞金聲而○ 15/71/11
猶令不○而○也 15/71/11
發誡布令而敵○ 16/76/2
徙舉相攻而敵○ 16/76/3
合戰用力而敵○ 16/76/3
是以日○也 17/81/7
與小人之所以日○ 17/81/8
則得大辱而○耳 18/88/19
進○得齊焉 20/99/5
然而治俯仰、詘信、進○、遲速莫不廉制 20/101/2
賢良○處而隱逃 21/102/17
○則節求 22/111/17
進○有律、莫得貴賤孰私王 25/122/14
日昃而○ 31/147/4
○朝而有喜色 32/148/17
○朝而有憂色 32/148/19

## 蛻 tuì 1

君子之學如○ 27/133/6

## 啍 tūn 2

無取口○ 31/147/14
口○、誕也 31/147/15

## 豚 tún 2

則必有敝鼓喪○之費矣 21/106/15
錯質之臣不息雞○ 27/132/4

## 它 tuō 23

致誠則無○事矣 3/11/4
是○囂、魏牟也 6/21/14
無○故焉 9/37/12,9/39/13,10/44/2,10/44/13,10/46/14,11/50/3,11/50/9,11/54/8,11/55/27,15/73/5,15/73/8,15/75/1
是無○故焉 10/48/2,10/48/6,11/50/16,11/54/9
則其土地且奚去我而適○ 11/53/1
是亦無○故焉 11/55/2
是無○故 12/61/20
莫知其○ 13/65/16
修之者榮、離之者辱孰○師 25/122/15

## 佗 tuō 4

弟○其冠 6/24/24
此無○故焉 10/42/26,10/42/28
無○也 17/82/6

## 託 tuō 13

非蛇蟺之穴無可寄○者 1/2/13
俠然見管仲之能足以○國也 7/25/11
求仁厚明通之君子而○王焉 16/76/17
可以時（○）〔託〕也 16/78/24
故其民莫敢○爲奇辭以亂正名 22/108/5
其民莫敢○爲奇辭以亂正名 22/108/6
則禍○於欲而人以爲福 22/112/1
福○於惡而人以爲禍 22/112/1
則不知禍福之所○ 22/112/2
○於《成相》以喻意 25/122/10
行遠疾速而不可○訊（者與） 26/124/12
○地而游宇 26/124/13
不知選賢人善士〔而〕○其身焉以爲己憂 31/145/9

## 脫 tuō 4

勞苦之事則偷儒轉○ 2/7/1
然而不剝○ 16/75/6
剝○之 16/75/7
○屨升坐 20/101/18

## 鼉 tuó 3

黿○、魚鱉、鰌鱣孕別之時 9/39/19
黿○、魚鱉、鰌鱣以時別一而成群 10/45/1
夫魚鱉黿○猶以淵爲淺而堀〔穴〕其中 30/144/1

## 柝 tuò 1

或監門、御旅、抱關、擊○而不自以爲寡 4/17/4

## 侻 tuò 1

進退貴賤則舉佞○ 9/42/3

## 鼃 wā 1

坎井之○不可與語東海之樂 18/86/3

## 瓦 wǎ 2

夫陶人埏埴而生○ 23/115/20
然則○埴豈陶人之性也哉 23/115/21

## 外 wài 64

內省而○物輕矣 2/6/12
五帝之○無傳人 5/19/5
○事則詐邾、襲莒 7/25/9
故君子務脩其內而讓之於○ 8/30/1
故○闔不閉 8/32/2
內不自以誣○ 8/33/1
○不自以欺內 8/33/1
不○是矣 8/34/22

不求其○　10/43/15
○則不憚詐其與而求大利焉　11/50/11
緜緜常以結引馳○爲務　11/50/14
無有是其○矣　11/53/4
人主則○賢而偏舉　11/53/21
而又好以權謀傾覆之人斷事其○　11/56/9
○不可以隱遠人　12/61/14, 12/61/15
○以拒難　12/61/17
牆之○　12/62/12
○不足使拒難　13/63/16
○足使以拒難　13/63/19
無威內而輕○　15/71/1
然而國晏然不畏○而（明）（內）〔固〕者　15/73/5
則兵不復出於塞○而令行於天下矣　16/78/6
則雖爲之築明堂（於塞○）而朝諸侯　16/78/7
夫義者、內節於人而○節於萬物者也　16/79/6
內○、上下節者　16/79/7
內○無別　17/81/18
珠玉不（睹）〔睹〕乎○　17/82/11
○內異表　17/83/1
○則諸侯叛之　18/84/2
封○侯服　18/85/22
是榮之從○至者也　18/88/26
是辱之由○至者也　18/89/2
文理、情用相爲內○表裏　19/92/22
步驟、馳騁、厲騖不○是矣　19/93/1
○是　19/93/2,19/94/13
至于門○　20/101/8
○以惑人　21/103/13
則其正○易　21/105/8
故濁明○景　21/105/18
則○物不清　21/106/3
○是者謂之訒　22/110/22
志輕理而不〔○〕重物者　22/112/9
○重物而不內憂者　22/112/9
行離理而不○危者　22/112/10
○危而不內恐者　22/112/10
必求於○　23/114/19
必不及於○　23/114/20
天非私曾、騫、孝己而○衆人也　23/116/1
天非私齊、魯之民而○秦人也　23/116/2
○不可以知君臣之正　23/116/10
○可以知君臣之正　23/116/11
○不避仇、內不阿親賢者予　25/121/10
甚深藏而○勝敵者邪　26/124/3
天子○屏　27/126/11
○屏、不欲見○也　27/126/11
相爲內○表裏　27/130/8
小人不誠於內而求之於○　27/133/17
吳子胥不磔姑蘇東門○乎　28/141/2
無內人之疏而○人之親　30/143/23
內人之踈而○人之親　30/143/23
忠誠盛於內、賁於○　32/148/14

## 丸 wán　1

流○止於甌、臾　27/137/1

## 完 wán　8

巢非不○也　1/1/18
佝○利　9/40/8
我日積○　9/41/24
械用兵革攻○便利者強　15/69/18
可殺而不可使處不○　15/71/2
○全富足而趨趙　15/74/20
愿慤之民○衣食　18/89/18
衣則豎褐不○　27/135/21

## 抏 wán　1

齊桓公閨門之內懸樂奢泰游○之脩　11/55/1

## 玩 wán　5

○琦辭　6/22/4
○姦而澤　6/23/9
不足以是傷游○安燕之樂　11/52/8
○奇辭　21/107/5
○好曰贈　27/128/5

## 翫 wán　2

忨則○　19/94/4
○則厭　19/94/4

## 宛 wǎn　2

使民夏不○暍　10/46/12
○鉅鐵鉇　15/72/14

## 晚 wǎn　3

朝大○　27/128/19
傷其聞之○也　27/137/5
不亦○乎　30/143/25

## 輓 wǎn　1

禮者、政之○也　27/128/9

## 萬 wàn　90

不誠則不能化○物　3/11/9
不誠則不能化○民　3/11/9
故千人○人之情　3/11/15
將爲天下生民之屬長慮顧後而保○世也　4/16/12
欲知億○　5/18/21
以一知○　5/18/22
財○物　6/22/19,9/38/9
恢然如天地之苞○物　6/23/17
擅寵於○乘之國　7/26/14
然而通乎財○物、養百姓之經紀　8/28/2
○物得其宜　8/29/1
億○之衆而（博）〔摶〕若一人　8/30/16
○物莫足以傾之之謂固　8/31/4
千舉○變　8/32/11
以一持○　8/33/3
則○乘之國亡　8/33/7
則○乘之國存　8/33/7

用○乘之國 8/33/8
所以養○民也 9/38/9
以一行○ 9/39/1
○物之總也 9/39/3
與○世同久 9/39/5
裁○物 9/39/12
群道當則○物皆得其宜 9/39/17
加施○物之上 9/39/23
用○乘之國者 9/40/18
○物同宇而異體 10/42/12
治○變 10/43/19
材○物 10/43/19
養○民 10/43/19
然後昆蟲○物生其閒 10/45/2
夫天地之生○物也 10/45/2
則○物失宜 10/45/12
則○物得其宜 10/45/21
古有○國 10/48/6,12/61/20
○乘之國 11/52/2
以是（用）〔周〕挾於○物 11/54/17
其於天地○物也 12/58/3
明達（用）〔周〕天地、理○變而不疑 12/58/6
將以明分達治而保○世也 12/60/6
是以○舉不過也 12/61/8
其知慮足以應待○變然後可 12/62/20
人之衆數以億○ 16/76/25
故自四五○而往者彊勝 16/77/6
今已有數○之衆者也 16/77/7
夫義者、內節於人而外節於○物者也 16/79/6
○物各得其和以生 17/80/5
則天地官而○物役矣 17/80/14
○物之怪 17/82/2
則失○物之情 17/82/18
○物爲道一偏 17/83/3
一物爲○物一偏 17/83/3
○世不能易也 18/89/5
○物以昌 19/92/5
○物變而不亂 19/92/5
足以爲○世則 19/94/21
天地合而○物生 19/95/2
宇中○物、生人之屬 19/95/3
足以治○變 20/99/1
輈、梲、拊、㬊、椌、楬似○物 20/101/1
凡○物異則莫不相爲蔽 21/102/13
兼陳○物而中縣衡焉 21/103/17
○物莫形而不見 21/104/7
疏觀○物而知其情 21/104/8
經緯天地而材官○物 21/104/8
○物可兼知也 21/104/16
則○物官矣 21/105/3
不以事詔而○物成 21/105/3
 27/132/22
其所以貫理焉雖億○ 21/106/19
已不足以浹○物之變 21/106/19
散名之加於○物者 22/107/21
故○物雖衆 22/109/7
故嚮○物之美而不能嗛也 22/112/12
故嚮○物之美而盛憂 22/112/13
兼○物之利而盛害 22/112/13
故無○物之美而可以養樂 22/112/20
言之千舉○變 23/117/2
堯在○世如見之 25/120/12
大人哉舜、南面而立○物備 25/121/9
爲○世文 26/124/16
猶用刑罰於○民也 27/127/18
○民望之 27/128/15
其○（拆）〔折〕也必東 28/140/8
昔○乘之國有爭臣四人 29/142/10
辨乎○物之情性者也 31/146/8
大道者、所以變化遂成○物也 31/146/8
總要○物於風雨 31/146/9

汪 wāng 1

則君子（○）〔注〕錯之當 4/14/23

偃 wāng 1

是故百姓賤之如○ 11/56/2

亡 wáng 125

雖欲無滅○ 2/5/8
怏怏而○者 4/12/21
是故三代雖○ 4/14/12
然而身死國○ 5/17/26
若是而不○ 7/25/10
夫孰能○之 7/25/11
則莫之能○也 7/25/15
夫又何可○也 7/25/15
至于已斯○ 8/30/4
倍是者○ 8/31/10
倍是如不○者 8/31/10
則萬乘之國○ 8/33/7
聚斂者○ 9/36/16
○國富筐篋 9/36/17
則傾覆滅○可立而待也 9/36/18
故我聚之以○ 9/36/19
召寇、肥敵、○國、危身之道也 9/36/19
存○繼絕 9/37/7
具具而○ 9/40/18
○乎人 9/40/19,9/40/20
王、霸、安存、危殆、滅○ 9/40/19
是非功名之所就也、非存○安危之所（墮）〔隨〕也 9/41/1
存○安危之所（墮）〔隨〕 9/41/2
以其國爲危殆滅○之所 9/41/3
亦危殆滅○ 9/41/3
如是者滅○ 9/42/6
王、霸、安存、危殆、滅○之具也 9/42/6
不善擇〔之〕者○ 9/42/7
夫王者之與○者 9/42/7
故爲之出死斷○以覆救之 10/43/21
爲之出死斷○而〔不〕愉者 10/44/1,10/46/13
百姓曉然皆知其汙漫暴亂而將大危○也 10/44/11
則其傾覆滅○則可立而待也 10/48/4
權謀立而○ 11/49/15
綦之而○ 11/50/13,11/51/13
而身死國○ 11/50/16
危塞則○ 11/50/21
道○國之法 11/51/1

與○國之人爲之 11/51/1
則亦○〔矣〕 11/51/1
與權謀傾覆之人爲之則○ 11/51/8
綦小而○ 11/51/13
無一焉而○ 11/51/17,16/78/18
26/123/12
不爲則○ 11/51/21
必至於身死國○然後止也 11/52/6
乃得死○焉 11/52/7
此亦榮辱安危存○之衢
已 11/53/26
下一而○ 11/54/5
四者並○也 11/54/9
三德者○而天下去之 11/55/22
天下去之之謂○ 11/55/22
18/84/8
爲之出死斷○而不愉者 11/55/27
羿之法非○也 12/57/3
失其人則○ 12/57/4
敵至而求無危削、(不)
滅○ 12/58/17
危削滅○之情舉積此矣 12/58/17
兩者無一焉而○ 12/59/8
16/77/13
四統者○而天下去之 12/59/15
道○則國○ 12/59/16
亂則危辱滅○可立而待
也 12/61/17
俄則○矣 12/61/20
滅○無日〔矣〕 12/62/1
古之人曰○矣 12/63/1
用態臣者○ 13/63/21
失之則○ 14/66/25
反之者○ 15/69/8
臣請遂道王者諸侯强弱
存○之效、安危之埶 15/69/12
是○國之兵也 15/69/22
代存代○ 15/70/17
則必○ 15/74/21
權謀、傾覆、幽險而○ 16/75/10
傾覆滅○ 16/75/20
狂妄之威成乎滅○也 16/75/21
大荒者○ 16/78/23
○國至○而後知○ 16/78/23
○國之禍敗不可勝悔也 16/78/24
不爲桀○ 17/79/16
權謀、傾覆、幽險而盡
○矣 17/82/13
貫之大體未嘗○也 17/82/21
不至於廢易遂○ 18/84/1
則雖未○ 18/84/3
身死國○ 18/84/16
然而未必不○也 18/85/2
○於辱之與不辱也 18/88/16
三者偏○焉 19/90/21
不從者○ 19/92/10
如存如○ 19/95/6
今夫大鳥獸則失○其群
匹 19/96/10
事○如事存 19/98/9
故以貪鄙、背叛、爭權
而不危辱滅○者 21/103/3
○於情之所欲 22/111/11
而求之其所○ 22/111/11
故爭奪生而辭讓○焉 23/113/3
故殘賊生而忠信○焉 23/113/4
故淫亂生而禮義文理○
焉 23/113/5
天下之悖亂而相○不待
頃矣 23/115/7
仁之所○無富貴 23/117/7
(治)世曉然皆知夫爲
姦則雖隱竄逃○之由
不足以免也 24/118/14
國至乎○ 24/119/11
慢賢者○ 24/119/11
不用則○ 26/125/8
故○於《禮經》而順人
心者 27/127/22
有○而無疾 27/129/8
○人好獨 27/131/5
今夫○箴者 27/131/26
勇果而○禮 27/137/8
天下不待○ 27/137/18
惟惟而○者 27/138/1
其人○ 31/147/2
○國之虛則必有數蓋焉 31/147/5
怒勝計則○ 31/147/17
自爲謀而莫己若者○ 32/148/21
吾國幾於○乎 32/148/21
○於十人與三十人中 32/149/9
而身死國○也 32/150/2

王 wáng 354

不聞先○之遺言 1/1/7
將原先○、本仁義 1/4/1
道義重則輕○公 2/6/12
遵○之道 2/8/16,17/83/6
遵○之路 2/8/16,17/83/7
百○之道 3/11/15
後○是也 3/11/15,5/18/19
君子審後○之道而論於
百○之前 3/11/15
聖○之所不畜也 4/13/4
聖○又誅之 4/13/9
以持○公 4/14/11
今以夫先○之道 4/15/20
況夫先○之道 4/16/11
故先○案爲之制禮義以
分之 4/17/1
文○長 5/17/16
且徐偃○之狀 5/17/21
禮莫大於聖○ 5/18/18
聖○有百 5/18/18
欲觀聖○之跡 5/18/19
彼後○者 5/18/19
舍後○而道上古 5/18/20
凡言不合先○ 5/19/10
法先○ 5/19/10,8/33/2
上不足以順明○ 5/21/4
聖○起 5/21/5
不法先○ 6/22/4
略法先○而不知其統 6/22/8
(斂)〔歙〕然聖○之
文章具焉 6/22/14
而○公不能與之爭名 6/22/15
8/32/8,10/48/10
聖○之跡箸矣 6/23/2
勞知而不律先○ 6/23/6
聖○之所禁也 6/23/7
彼○者則不然 7/25/21
故聖○之誅也 7/26/1
文○誅四 7/26/1,27/132/8
武○誅二 7/26/1,27/132/8
至於成○則安(以)無
誅矣 7/26/2
文○載百里地而天下一 7/26/2
武○崩 8/27/14,8/31/13
成○幼 8/27/14,8/31/13

周公屏成○而及武○以屬天下 8/27/14
教誨開導成○ 8/27/17
反籍於成○ 8/27/17
是以周公屏成○而及武○以屬天下 8/27/19
成○冠 8/27/21
成○鄉無天下 8/27/22
秦昭○問孫卿子曰 8/27/26
儒者法先○ 8/27/26
勢在人上則○公之材也 8/28/2
○曰 8/28/7
15/68/5,26/123/12,26/125/8
昭○曰 8/28/13
先○之道 8/28/15,20/99/11
27/133/3
○公好之則亂法 8/29/9
脩百○之法若辨白黑 8/30/15
百○之道一是矣 8/31/5
周公屏成○而及武○ 8/31/13
武○之誅紂也 8/31/16,15/72/5
略法先○而足亂世 8/32/17
舉不知法後○而一制度 8/32/17
呼先○以欺愚者而求衣食焉 8/32/19
法後○ 8/32/21
不二後○ 8/34/21
法二後○謂之不雅 8/34/21
不及先○ 8/34/23
雖○公士大夫之子孫也 9/35/4
〔是〕○者之政也 9/35/8
則○者之事畢矣 9/35/12
明○始立而處國有制 9/35/22
先○惡其亂也 9/36/2
19/90/4,20/98/16,20/99/25
故脩禮者○ 9/36/16
故○者富民 9/36/17
○、奪之人 9/36/22
臣諸侯者○ 9/36/23
慮以○命全其力、凝其德 9/37/3
天下無○霸主則常勝矣 9/37/3
天下無○（霸）主 9/37/10
閔○毀於五國 9/37/12
非其道而慮之以○也 9/37/12
彼○者不然 9/37/14
是知○道者也 9/37/16
欲○而○ 9/37/16
○者之人 9/37/19
是○者之人也 9/37/20
○者之制 9/38/1
法不貳後○ 9/38/1
法貳後○謂之不雅 9/38/1
是○者之制也 9/38/3
○者之論 9/38/5
是○者之論也 9/38/7
○者之〔法〕 9/38/9
是○者之法也 9/38/12
大○荒之 9/38/19,17/80/24
文○康之 9/38/19,17/80/25
聖○之用也 9/39/22
天○之事也 9/40/14
則天○非其人也 9/40/16
具具而○ 9/40/18
○、霸、安存、危殆、滅亡 9/40/19
誠以其國爲○者之所 9/41/2
亦○ 9/41/3
安以其國爲是者○ 9/41/18
○、霸、安存、危殆、滅亡之具也 9/42/6
善擇之者○ 9/42/7
夫○者之與亡者 9/42/7
乃身不廢在○庭 10/42/29
古者先○分割而等異之也 10/43/11
亹亹我○ 10/43/16
固以爲（○）〔一〕天下 10/43/19
故先○聖人爲之不然 10/45/16
故先○明禮義以壹之 10/46/20
是闇（○）〔主〕已 10/47/11
是愚（○）〔主〕之極也 10/48/5
故用國者、義立而○ 11/49/15
武○以鄗 11/50/2,11/54/7
是所謂義立而○也 11/50/3
故道○者之法 11/50/22
與○者之人爲之 11/50/22
則亦○〔矣〕 11/50/22
改（○）〔玉〕改行也 11/51/5
故與積禮義之君子爲之則○ 11/51/8
如是者○ 11/51/11
綦大而○ 11/51/13
粹而○ 11/51/17,16/78/18
26/123/12
垂衣裳、不下簟席之上而海內之人莫不願得以爲帝○ 11/52/11
聖○之道也 11/52/18
是百○之所同也 11/52/20
18/85/13,18/89/17
○良、造父者 11/53/8
故○者已於服人矣 11/53/9
則莫若使○良、造父矣 11/53/10
名爲聖○ 11/53/12
而○者兼而有是者也 11/53/13
11/53/17
○業還起 11/53/24
上一而○ 11/54/5
故百○之法不同若是 11/54/9
是百○之所（以）同也 11/54/13
是百○之所同 11/54/16,19/95/14
19/97/5
上可以○ 11/54/20,12/57/7
12/63/8
文○用呂尚 11/54/23
武○用召公 11/54/23
成○用周公（且）〔旦〕 11/55/1
天下歸之之謂○ 11/55/22
18/84/8
而夏不世○ 12/57/3
唯文○敬忌 12/57/9
○猶允塞 12/57/21,15/74/7
古者先○審禮以方皇周浹於天下 12/57/27
楚莊○好細要 12/58/12
以天下之○公莫好之也 12/59/3
曉然獨明於先○之所以得之、所以失之 12/59/5
聖○財衍以明辨異 12/60/4
上在○公之朝 12/60/5
亂則不足及○公 12/60/8
而○霸之佐也 12/60/22
此明○之道也 12/61/11
夫文○非無貴戚也 12/62/2
夫文○欲立貴道 12/62/5
文○以寧 12/63/1
故用聖臣者○ 13/63/21
故明主好同而闇（○）〔主〕好獨 13/64/12
若周公之於成○也 13/65/10

○者之事畢矣 14/66/18,15/75/2
臨武君與孫卿子議兵於趙孝成○前 15/68/3
仁人之兵、○者之志也 15/68/11
武○載發 15/69/9
孝成○、臨武君曰 15/69/11
15/70/24
請問○者之兵設何道 15/69/11
凡在大○ 15/69/11
臣請遂道○者諸侯强弱存亡之效、安危之埶 15/69/12
故○者之兵不試 15/70/14
故可以霸而不可以○ 15/70/22
請問○者之軍制 15/71/10
○者有誅而無戰 15/71/17
文○伐崇 15/71/25
武○伐紂 15/71/25
此四帝兩○ 15/71/25
○公由之 15/72/9
以德兼人者○ 15/74/16
武○以滈 15/74/22
人君者隆禮尊賢而○ 16/75/9
彼先○之道也 16/76/5
古者明○之舉大事、立大功也 16/76/6
反先○之道 16/76/8
求仁厚明通之君子而託○焉 16/76/17
聖○之後子孫也 16/76/24
負三○之廟而辟於陳、蔡之閒 16/77/18
古者百○之一天下、臣諸侯也 16/77/20
然而縣之以○者之功名 16/78/17
故善日者○ 16/78/22
故○者敬日 16/78/23
○者之功名不可勝〔數〕
16/78/24
楚○後車千乘 17/81/4
則○公不以爲寶 17/82/11
君人者隆禮尊賢而○ 17/82/12
百○之無變 17/82/20
故先○明之 18/83/21
謂之○ 18/83/25
聖○之子也 18/84/1
聖○沒 18/84/4
能用天下之謂○ 18/84/6
故非聖人莫之能○ 18/84/14
武○伐有商 18/85/12
武○居鄗 18/85/18
彼○者之制也 18/85/19
荒服者終○ 18/85/23
是○者之（至）〔制〕也 18/86/1
且時享、歲貢、終○之屬也 18/86/1
則未足與及○者之制也 18/86/3
聖○在上 18/86/9,24/118/10
聖○已沒 18/86/10
○梁、造父者 18/87/12
而聖○之生民也 18/87/19
○公則病不足於上 18/88/2
○制是也 18/88/22
（是）〔莫〕非以聖○爲師 18/88/23
而聖○之分 18/88/23
聖○以爲法 18/89/5
然則先○以人之所不欲者賞 18/89/19
故○者天太祖 19/91/1
是先○之道 19/93/13
故先○聖人安爲之立中制節 19/96/21
故先○案以此象之也 19/96/24
郊者、并百○於上天而祭祀之也 19/97/13
先○恐其不文也 19/97/16
故先○案爲之立文 19/97/22
是先○立樂之方也 20/98/18
是先○立樂之術也 20/99/1
20/99/7
且樂者、先○之所以飾喜也 20/99/10
軍旅鈇鉞者、先○之所以飾怒也 20/99/10
先○〔之〕喜怒皆得其齊焉 20/99/10
故先○謹爲之文 20/99/15
是○者之始也 20/99/17
故先○貴禮樂而賤邪音 20/99/20
樂者、聖○之所非也 20/99/21
故先○導之以禮樂而民和睦 20/99/24
明○以沒 20/100/16
而知○道之易易也 20/101/6
20/101/22
此其所以代夏○而受九有也 21/102/19
文○監於殷紂 21/102/19
此其所以代殷○而受九牧也 21/102/20
故學亂術足以爲先○者也 21/103/15
名與三○並 21/103/16
○也者、盡制者也 21/106/21
故學者、以聖○爲師 21/106/22
案以聖○之制爲法 21/106/22
謂合○制與不合○制也 21/107/3
不合○制 21/107/8
後○之成名 22/107/21,22/109/14
是後○之成名也 22/108/1
故○者之制名 22/108/4
今聖○沒 22/108/8
若有○者起 22/108/9
而○業之始也 22/110/4
古者聖○以人之性惡 23/113/10
則〔有〕惡用聖○ 23/115/2
雖有聖○禮義 23/115/3
是聖○之治而禮義之化也 23/115/5
故性善則去聖○、息禮義矣 23/115/12
性惡則與聖○、貴禮義矣 23/115/12
必將待聖○之治、禮義之化 23/115/17
先○有道 23/117/6
文○之錄 23/117/12
莫非○土 24/118/8
莫非○臣 24/118/8
論法聖○ 24/119/8
故成○之於周公也 24/119/9
故尊聖者○ 24/119/11
此先○之道也 24/119/12
武○怒 25/120/8
武○善之、封〔之〕於宋立其祖 25/120/9
武○誅之、呂尙招麾殷民懷 25/120/10
至治之極復後○ 25/120/14
世無○ 25/120/16
道聖○ 25/121/7

契玄○ 25/121/14
孰公長父之難、厲○流于彘 25/122/7
進退有律、莫得貴賤孰私○ 25/122/14
敢請之○ 26/123/12,26/125/8
上飾帝○ 26/125/7
君人者、隆禮尊賢而○ 27/126/7
故○者必居天下之中 27/126/9
故○者先仁而後禮 27/126/27
先○以禮表天下之亂 27/127/4
禹學於西○國 27/127/8
○事具矣 27/131/1
武○始入殷 27/131/3
孟子三見宣○不言事 27/131/19
曷爲三遇齊○而不言事 27/131/19
言治者予三○ 27/137/16
三○既已定法度、制禮樂而傳之 27/137/17
無三○之法 27/137/18
盟詛不及三○ 27/138/6
文○誅潘止 28/138/21
故先○既陳之以道 28/139/7
○子比干不見剖心乎 28/141/1
越○勾踐霸心生於會稽 28/141/8
古之○者 31/146/14
亦嘗有以楚莊○之語聞於左右者乎 32/148/17
楚莊○之語何如 32/148/18
楚莊○謀事而當 32/148/18
○朝而有憂色 32/148/19
莊○曰 32/148/19
諸侯自爲得師者○ 32/148/20
楚莊○以憂 32/148/22
我、文○之爲子 32/149/7
武○之爲弟 32/149/7
成○之爲叔父 32/149/7
紂刳○子比干而武○得之 32/150/1
宜爲帝○ 32/150/12

## 枉 wǎng 8

○而順 4/17/5,13/66/5
辟之是猶立直木而求其影之○也 11/55/14
辟之是猶立○木而求其影之直也 11/55/15
譬之是猶立直木而恐其景之○也 12/61/1
譬之是猶立○木而求其景之直也 12/61/3
邪○辟回（夫）〔失〕道途 25/122/4
隱栝之側多○木 30/144/16

## 罔 wǎng 6

偷儒而○ 6/24/22
闒茸之子弟○不分 8/28/6
視人○極 8/29/11,22/111/2
○罟毒藥不入澤 9/39/20
讒人○極、險陂傾側此之疑 25/120/12

## 往 wǎng 17

案○舊造說 6/22/8
非○行之也 9/41/16
故自四五萬而○者彊勝 16/77/6
自數百里而○者安固 16/77/6
凡緣而○埋之 19/93/16
不慕○ 21/107/11
所惡未嘗粹而○也 22/111/24
無所○而不聽 24/119/10
國事無所○而不用 24/119/10
觀○事 25/122/10
利（○）〔隹〕卬上、莫得擅與孰私得 25/122/14
○來惛憊 26/124/9
○來惛憊而不可爲固塞者歟 26/124/12
一○一來 26/125/9
○迎爾相 27/127/12
疾今之政以思○者 27/135/8
綦三年而百姓（○）〔從〕〔風〕矣 28/139/8

## 妄 wàng 10

舍亂○無爲也 2/8/4
夫○人曰 5/18/24
○人者 5/19/1
雖譏必○ 8/33/13
有狂○之威者 16/75/12
夫是之謂狂○之威 16/75/20
狂○之威成乎滅亡也 16/75/21
倍道而○行 17/79/19
夫是之謂○人 21/106/20
○辨而幾利 21/107/6

## 忘 wàng 37

怠慢○身 1/2/3
易○曰漏 2/6/3
鬬者、○其身者也 4/13/1
○其親者也 4/13/1
○其君者也 4/13/1
是○其身也 4/13/2
是○其親也 4/13/2
是○其君也 4/13/3
憂○其身 4/13/3
內○其親 4/13/3,4/13/5
上○其君 4/13/3,4/13/5
不○其親也 4/13/4
人也、憂○其身 4/13/4
憂以○其身 4/13/7
內以○其親 4/13/7
上以○其君 4/13/7
安○其怒 7/25/12
（出）○其讎 7/25/12
信而不○處謙 7/26/8
諸侯莫不懷交接怨而不○其敵 9/37/1
而勿○棲遲薛越也 9/41/10
而○其本務 9/42/6
以遂功而○民、亦不可 10/46/10
故藉斂○費 12/57/19
事業○勞 12/57/19
寇難○死 12/57/20
無急勝而○敗 15/71/1
厭則○ 19/94/4
○則不敬 19/94/4
思慕未○ 19/96/7
則彼朝死而夕○之 19/96/15
以欲○道 20/100/10
天不○也 26/125/18
敢○命矣 27/127/13
臨患難而不○（細）〔茵〕席之言 27/133/13

## 望 wàng 12

吾嘗跂而○矣 1/1/12
又○百姓之爲己死 11/56/3
○時而（侍）〔待〕之 17/82/15
庶人隱竄莫敢視○ 18/87/1
是以能長用呂○而身不失道 21/102/20
召公、呂○仁知且不蔽 21/103/4
故從山上○牛者若羊 21/106/6
從山下○木者 21/106/7
令問令○ 22/110/11
萬民○之 27/128/15
○其壙 27/135/4
君出魯之四門以○魯四郊 31/147/5

## 危 wēi 110

○足無所履者也 4/12/19
則○莫大焉 4/13/9
安○利害之常體 4/14/3
蕩悍者常○害 4/14/4
○害者常憂險 4/14/5
是安○利害之常體也 4/14/5
是姦人之所以取○辱死刑也 4/14/14
是其所以○也 4/14/15,7/26/4
然而未必不○也 4/15/4
常○之術也 4/15/4
爲桀、跖則常○辱 4/15/12
以爲上則必○ 5/18/10
安則慮○ 7/26/17
雖欲無○ 7/26/20
是以位尊則必○ 7/26/21
其身而俞○ 8/30/4
爲小人則常○辱矣 8/34/9
凡人莫不欲安榮而惡○辱 8/34/10
召寇、肥敵、亡國、○身之道也 9/36/19
敵諸侯者○ 9/36/23
國之所以安○臧否也 9/40/19
王、霸、安存、○殆、滅亡 9/40/19
是非功名之所就也、非存亡安○之所（墮）〔隨〕也 9/41/1
存亡安○之所（墮）〔隨〕 9/41/2
以其國爲○殆滅亡之所 9/41/3
亦○殆滅亡 9/41/3
如是者○殆 9/42/4
王、霸、安存、○殆、滅亡之具也 9/42/6
百姓曉然皆知其汙漫暴亂而將大○亡也 10/44/11
○國家也 10/47/7
將以求利而○其身 10/48/5
人皆○ 10/48/17
則大○也 11/49/13
而國不免○削 11/50/13
錯（之）險則○ 11/50/20
○塞則亡 11/50/21
如是者○削 11/51/13
國○則無樂君 11/51/23
亂則國○ 11/51/23
乃得○焉 11/52/6
諸侯後同者先○ 11/53/5
此亦榮辱安○存亡之衢已 11/53/26
（在）下偏而國○ 11/54/5
社稷必○ 11/54/21,11/56/10,12/57/8
失當一人而社稷○ 11/54/22
喪其國、○其身者 11/55/4
夫是之謂○國 11/56/13
謹脩飾而不○ 12/58/2
敵至而求無○削、（不）滅亡 12/58/17
○削滅亡之情舉積此矣 12/58/17
知國之安○臧否若別白黑 12/59/6
欲安而惡○ 12/60/20
亂則○辱滅亡可立而待也 12/61/17
俄則○矣 12/61/19
〔闇主則必○其所愛〕 12/62/2
闇主則必○其所愛 12/62/10
如是其○也 12/62/14
孤獨而晻謂之○ 12/62/24
用篡臣者○ 13/63/21
則必○ 13/63/22
將○國家、殞社稷之懼也 13/64/1
以安國之○ 13/64/4
狎虎則○ 13/65/15
失之則○ 14/66/25,19/97/12
後順者○ 15/69/8
臣請遂道王者諸侯强弱存亡之效、安○之埶 15/69/12
是○國之兵也 15/70/3
使之持○城則必畔 15/73/13
好利多詐而○ 16/75/10,17/82/13,27/126/7
暴察之威成乎○弱 16/75/21
而爭己之所以○弱也 16/77/8
補漏者○ 16/78/22
僅存之國○而後戚之 16/78/23
主道幽則下○ 18/83/18
下○則賤上 18/83/18
下畏上則上○ 18/83/19
莫○乎使下畏己 18/83/20
惡之者衆則○〔矣〕 18/83/20
而盜賊擊奪以○上矣 18/88/3
○人而自安 18/88/7
（居）若者必○ 19/90/16
不從者○ 19/92/9
敵國○之 20/99/19
○削侮辱之本也 20/99/19
○其身也 20/100/16
故以貪鄙、背叛、爭權而不○辱滅亡者 21/103/3
處一之○ 21/105/3
人心之○ 21/105/4
○微之幾 21/105/4
可謂○矣 21/105/17
何○ 21/105/18,21/105/19
行離理而不外○者 22/112/10
外○而不內恐者 22/112/10
欲養其性而○其形 22/112/14
此夫安寬平而○險隘者邪 26/124/2
忠臣○殆 26/125/20
以○爲安 26/126/2
從命則親○ 29/141/21
則社稷不○ 29/142/11
未嘗知○也 31/146/18
君以此思○ 31/147/7
則○將焉〔而〕不至矣 31/147/7
未有窮其下而能無○者也 31/148/8

**威 wēi** 63

不怒而〇 3/11/7,8/29/21
勇則速〇 8/33/17
〇嚴猛厲而不好假導人 9/35/14
〇眇天下 9/37/14,9/37/15
以不敵之〇 9/37/15
〇彊之所以立也 9/40/18
夫〇彊未足以殆鄰敵也 9/40/20
則不〇 10/45/10
不〇 10/45/10
不〇不强之不足以禁暴勝悍也 10/45/17
故其罰〇 10/45/20
賞行罰〇 10/45/20
〇儀反反 10/46/1
〇乎刑罰〔矣〕 10/46/16
〇强足以捶笞之 10/49/6
〇動天下 11/50/6,11/50/9
以小人尙民而〇 11/56/7
則〇行鄰敵 12/59/7
刑〇者强 15/69/17
欲嚴以〇 15/70/25
無〇內而輕外 15/71/1
〇行諸侯 15/72/1
〇行之道也 15/72/9
嚴令繁刑不足以爲〇 15/72/11
是故刑罰省而〇〔行如〕流 15/73/8
〇厲而不試 15/73/9
彼畏我〇、劫我埶 15/74/12
〇有三 16/75/12
有道德之〇者 16/75/12
有暴察之〇者 16/75/12
有狂妄之〇者 16/75/12
此三〇者、不可不孰察也 16/75/12
罰不用而〇行 16/75/14
夫是之謂道德之〇 16/75/14
夫是之謂暴察之〇 16/75/18
夫是之謂狂妄之〇 16/75/20
此三〇者 16/75/20
道德之〇成乎安彊 16/75/21
暴察之〇成乎危弱 16/75/21
狂妄之〇成乎滅亡也 16/75/21
是主〇也 16/76/3
是將〇也 16/76/3
是衆〇也 16/76/3
臣舍不宜以衆〇受賞 16/76/3
〇彊乎湯、武 16/77/16
曷謂乎〇彊乎湯、武 16/77/17
此所謂〇彊乎湯、武也 16/77/20
〇動海內 16/78/3
節〇反文 16/78/5
諸侯有能德明〇積 18/84/4
所以養〇也 19/90/13
師旅、飾〇也 19/95/14
後有鞭策之〇 23/117/15
是故刑罪綦省而〇行如流 24/118/13
故刑當罪則〇 24/118/17
刑罰綦省而〇行如流 24/118/19
罪禍有律、莫得輕重〇不分 25/123/1
軍旅、飾〇也 27/127/24
攝以〇儀 27/135/1
是以〇厲而不試 28/139/10

**微 wēi** 32

《春秋》之〇也 1/3/11
葉公子高〇小短瘠 5/17/18
以〇知明 5/18/22
〇而明 8/30/2,9/39/23
其〇也 8/31/7
而不能以射遠中〇 8/32/6
射遠中〇則莫若羿、蠭門矣 11/53/9
人主欲得善射〔射〕遠中〇者 12/61/13
〇諫而不倦 13/65/1
知〇而論 14/67/21
則羿不能以中〇 15/68/7
諸侯有能〇妙之以節 15/70/12
〇子開封於宋 15/71/14
積〇 16/78/20
能積〇者速成 16/78/25
不能以撥弓、曲矢中〔〇〕 18/87/11
而不知〇子啓 21/102/16
養一之〇 21/105/4
道心之〇 21/105/4
危〇之幾 21/105/4
〇風過之 21/105/6
可謂〇乎 21/105/15
未可謂〇也 21/105/17
夫〇者、至人也 21/105/18
精〇而無形 26/124/1
精〇乎毫毛而〔充〕盈（大乎）〔乎大〕寓（宙） 26/124/8
所失〇而其爲亂大者 27/129/22
積〇者著 27/133/16
淖約〇達 28/140/7
行〇無怠 32/148/13
行〇如日月 32/148/14

**為 wéi** 817

冰、水〇之而寒於水 1/1/3
輮以〇輪 1/1/4
以羽〇巢 1/1/17
蘭槐之根是〇芷 1/1/20
〇善不積邪 1/3/4
其義則始乎〇士 1/3/7
終乎〇聖人 1/3/7
〇之 1/3/8,2/6/13,2/6/13,9/39/2
一可以〇法則 1/3/14
古之學者〇己 1/3/17
今之學者〇人 1/3/17
以〇禽犢 1/3/17
不免〇陋儒而已 1/4/1
以《詩》、《書》〇之 1/4/3
君子知夫不全不粹之不足以〇美也 1/4/16
〇其人以處之 1/4/16
脩正〇笑 2/5/7
至忠〇賊 2/5/8
故良農不〇水旱不耕 2/6/14
良賈不〇折閱不市 2/6/14
士君子不〇貧窮怠乎道 2/6/14
胡〇乎其不可以相及也 2/7/9
胡〇乎其不可以同至也 2/7/13
或〇之 2/7/15
或不〇爾 2/7/15
不〇不成 2/7/17
其〇人也多暇日者 2/7/17
吾安知禮之〇是也 2/8/1
舍亂妄無〇也 2/8/4
夫師、以身〇正儀而貴

自安者也 2/8/4
可以○君子者矣 2/8/7
唯其當之○貴 3/8/20,3/9/5
是行之難○者也 3/9/1
欲利而不○所非 3/9/7
治之○名 3/10/15
猶曰君子○治而不○亂 3/10/15
○脩而不○汙也 3/10/15
唯仁之○守 3/11/4
唯義之○行 3/11/4
善之○道者 3/11/7
天地○大矣 3/11/9
聖人○知矣 3/11/9
父子○親矣 3/11/10
君上○尊矣 3/11/10
○則必辱 3/12/9
此小人之所務而君子之所不○也 4/12/23
然且○之 4/13/1,4/13/2,4/13/3,22/112/7,27/131/24
凡鬭者、必自以○是而以人○非也 4/13/5
將以○智邪 4/13/8
將以○利邪 4/13/8
將以○榮邪 4/13/8
將以○安邪 4/13/9
○事利 4/13/15
舉國而與之不○改視 4/13/16
○倚事 4/14/14
疾○誕而欲人之信己也 4/14/18
疾○詐而欲人之親己也 4/14/18
足以知其有餘可以○君子之所○也 4/14/24
可以○堯、禹 4/15/10
可以○桀、跖 4/15/10
可以○工匠 4/15/10
可以○農賈 4/15/10
○堯、禹則常安榮 4/15/12
○桀、跖則常危辱 4/15/12
○堯、禹則常愉佚 4/15/12
○工匠農賈則常煩勞 4/15/12
然而人力○此而寡○彼 4/15/13, 4/15/21
成乎脩脩之○ 4/15/14
唯菽藿糟糠之○睹 4/15/17
則以至足○在此也 4/15/18
是其○相縣也 4/15/21
操瓢囊○溝壑中瘠者也 4/16/10
將○天下生民之屬長慮顧後而保萬世也 4/16/12
非〔順〕孰脩○之君子 4/16/13
以○名則榮 4/16/16
夫貴○天子 4/16/18,11/53/12
故先王案○之制禮義以分之 4/17/1
故或祿天下而不自以○多 4/17/4
或監門、御旅、抱關、擊柝而不自以○寡 4/17/4
○下國駿蒙 4/17/6
無害○君子也 5/17/12
無害○小人也 5/17/13
○天下大僇 5/17/26
婦人莫不願得以○夫 5/18/1
處女莫不願得以○士 5/18/2
然而中君羞以○臣 5/18/2
中父羞以○子 5/18/3
中兄羞以○弟 5/18/3
中人羞以○友 5/18/3
○上則不能愛下 5/18/8
○下則好非其上 5/18/8
以○上則必危 5/18/10
○下則必滅 5/18/10
人之所以○人者 5/18/13
然則人之所以○人者 5/18/14
故人之所以○人者 5/18/16
而君子○甚 5/19/12
故足以○天下法則矣 5/20/2
夫是之謂（○）能貴其所貴 5/20/9
唯君子○能貴其所貴 5/20/10
而君子○甚焉 5/20/12
足以○奇偉偃卻之屬 5/21/5
苟以分異人○高 6/21/16
不可以○治綱紀 6/22/5
以○仲尼、子游○茲厚於後世 6/22/10
莫不願以○臣 6/22/16
○詐而巧 6/23/8
然後○德 6/23/15
以不俗○俗 6/24/10
士君子之所能〔○〕不能○ 6/24/12
君子能○可貴 6/24/12,27/138/4
能○可信 6/24/12
能○可用 6/24/13,27/138/4
不○物傾側 6/24/14
遂立以○仲父 7/25/12
立以○仲父 7/25/12
則楚六千里而○讎人役 7/26/4
貴而不○夸 7/26/8
可殺而不可使○姦也 7/26/10
○重招權於下以妨害人 7/26/20
以○仁則必聖 7/27/3,7/27/6
埶不在人上而羞○人下 7/27/8
不可以假攝○也 8/27/18
非聖人莫之能○ 8/27/24
必○順下矣 8/27/27
必不以邪道○貪 8/28/1
仲尼將○魯司寇 8/28/5
儒之○人下如是矣 8/28/7
然則其○人上何如 8/28/8
其○人上也廣大矣 8/28/8
不○也 8/28/9
夫其○人下也如彼 8/28/12
其○人上也如此 8/28/12
有益於理者○之 8/29/4
不知無害○君子 8/29/8
知之無損○小人 8/29/8
無害○巧 8/29/8
無害○治 8/29/9
曾不如好相鷄狗之可以○名也 8/29/10
○鬼○蜮 8/29/11,22/111/1
上○聖人 8/29/15
下○士君子 8/29/15
所以○不亂也 8/30/8
所以○不窮也 8/30/9
以從俗○善 8/30/12
以貨財○寶 8/30/12
以養生○己至道 8/30/12
故《風》之所以○不逐者 8/31/7
《小雅》之所以○小者 8/31/8
《大雅》之所以○大者 8/31/8
《頌》之所以○至者 8/31/9
夫又誰○恭矣哉 8/31/14
莫不○天下之顯諸侯 8/31/15, 12/62/8
夫又誰○戒矣哉 8/32/2
莫不願得以○臣 8/32/9
以富利○隆 8/32/16
天下○一 8/33/8,11/50/3

11/54/7,15/74/22,18/85/18
諸侯〇臣 8/33/8,11/50/3,11/54/7,12/59/6,15/74/22,18/85/19
明之〇聖人 8/33/12
則必〇盜 8/33/16
勇則必〇賊 8/33/16
云能則必〇亂 8/33/16
察則必〇怪 8/33/16
辨則必〇誕 8/33/16
性也者、吾所不能〇也 8/33/20
然而可〇（乎）〔也〕 8/34/1
故積土而〇山 8/34/4
積水而〇海 8/34/4
〇之而後成 8/34/5
人積耨耕而〇農夫 8/34/6
積斲削而〇工匠 8/34/6
積反貨而〇商賈 8/34/7
積禮義而〇君子 8/34/7
則〇君子矣 8/34/9
則〇小人矣 8/34/9
〇君子則常安榮矣 8/34/9
〇小人則常危辱矣 8/34/9
故唯君子〇能得其所好 8/34/10
寧〇荼毒 8/34/11
志不免於曲私而冀人之以己〇公也 8/34/14
行不免於汙漫而冀人之以己〇脩也 8/34/14
甚愚陋溝瞀而冀人之以己〇知也 8/34/15
禮者、人主之所以〇群臣寸尺尋丈檢式也 8/34/18
不及〇士 8/34/23
請問〇政 9/35/3
未及〇政（者）也 9/36/15
管仲、〇政者也 9/36/16
〇政者彊 9/36/16
則日不欲〇我鬬 9/36/26
吾民日不欲〇我鬬 9/36/26
百姓曉然皆知夫〇善於家而取賞於朝也 9/38/6
〇不善於幽而蒙刑於顯也 9/38/7
故虎豹〇猛矣 9/38/17
故最〇天下貴也 9/39/10
而牛馬〇用 9/39/10
一與一是〇人者 9/39/24
而黨〇吾所不欲於是者 9/40/21
無害〇堯 9/41/1
誠以其國〇王者之所 9/41/2
以其國〇危殆滅亡之所 9/41/3
案以中立無有所偏而〇縱橫之事 9/41/3
〇是之日 9/41/5,9/41/6
豈有肯〇其所惡 9/41/13
安以其國〇是者王 9/41/18
安以其國〇是者霸 9/42/1
是其〇相懸也亦遠矣 9/42/8
無宜而有用〇人 10/42/12
不以德〇政 10/42/18
故知者〇之分也 10/42/21
非特以〇淫泰夸麗之聲 10/43/12
故〇之雕琢、刻鏤、黼黻、文章 10/43/13
〇之鍾鼓、管磬、琴瑟、竽笙 10/43/14
〇之宮室臺榭 10/43/15
非特以〇淫泰也 10/43/18
固以〇（王）〔一〕天下 10/43/19
〇莫若仁人之善也夫 10/43/19
故相率而〇之勞苦以務佚之 10/43/21
故〇之出死斷亡以覆救之 10/43/21
故〇之雕琢、刻鏤、黼黻、文章以藩飾之 10/43/22
〇之出死斷亡而〔不〕愉者 10/44/1,10/46/13
墨子之言昭昭然〇天下憂不足 10/44/20
墨子雖〇之衣褐帶索 10/45/13
故先王聖人〇之不然 10/45/16
知夫〇人主上者不美不飾之不足以一民也 10/45/16
冬日則〇之饘粥 10/46/6
故古之人〇之不然 10/46/12,12/61/6
非以〇名 10/48/9
則案以〇利也 10/48/9
則〇名者不攻也 10/48/11
則〇利者不攻也 10/48/14
則（忿之）〔〇忿〕者不攻也 10/48/15
〇名者否 10/48/16
〇利者否 10/48/16
〇忿者否 10/48/16
雖〇之逢蒙視 10/49/2
則不足以（〇）持國安身 10/49/4
索〇匹夫不可得也 11/49/14,16/76/13
仁者不〇也 11/49/17
〔之〕所與〇之者之人 11/49/17
〔之〕所以〇布陳於國家刑法者 11/49/18
緜緜常以結引馳外〇務 11/50/14
〇天下大戮 11/50/16
不可不善〇擇所而後錯之 11/50/20
不可不善〇擇道然後道之 11/50/20
與王者之人〇之 11/50/22
與霸者之人〇之 11/51/1
與亡國之人〇之 11/51/1
安與夫千歲之信士〇之也 11/51/6
故與積禮義之君子〇之則王 11/51/8
與端誠信全之士〇之則霸 11/51/8
與權謀傾覆之人〇之則亡 11/51/8
〇之則存 11/51/21
不〇則亡 11/51/21
將以〇樂 11/52/6
將以〇安 11/52/6
將以〇福 11/52/6
是所使夫百吏官人〇也 11/52/8
垂衣裳、不下簟席之上而海內之人莫不願得以〇帝王 11/52/11
人主者、以官人〇能者也 11/52/14
匹夫者、以自能〇能者也 11/52/14
人主得使人〇之 11/52/14
使人〇之也 11/52/15
必自〇之然後可 11/52/16
何故必自〇之 11/52/17
〇之者、役夫之道也 11/52/17
其〇事不勞而功名致大 11/53/11
故明君以〇寶 11/53/12
而愚者以〇難 11/53/12
名〇聖王 11/53/12

此其○可哀甚於衢涂 11/53/26
索○匹夫而不可得也 11/54/8
莫不以是○隆正 11/54/13
則身有何勞而○ 11/54/23
○五伯長 11/55/2
知者易○之興力而功名綦大 11/55/3
舍是而孰足○也 11/55/3
○之出死斷亡而不愉者 11/55/27
又望百姓之○己死 11/56/3
儒者○之不然 11/56/16
所以○信也 12/57/11
所以○公也 12/57/12
所以○平也 12/57/12
所以○嘖也 12/57/13
請問○人君 12/57/23
請問○人臣 12/57/23
請問○人父 12/57/24
請問○人子 12/57/24
請問○人兄 12/57/24
請問○人弟 12/57/25
請問○人夫 12/57/25
請問○人妻 12/57/26
其所○身也 12/58/2
請問○國 12/58/10
未嘗聞○國也 12/58/10,12/58/12
而求其○己用、○己死 12/58/15
民不○己用、不○己死 12/58/16
以天下之民莫（欲）〔○〕之也 12/59/3
然而（于是）〔是子〕獨○之 12/59/4
○之者窮 12/59/4
然而（于是）〔是子〕（獨）猶將○之也 12/59/4
不○少頃輟焉 12/59/5
則天下○一 12/59/6
上賢使之○三公 12/59/18
次賢使之○諸侯 12/59/18
下賢使之○士大夫 12/59/18
天下曉然皆知其所非以○異也 12/60/5
○人主者 12/60/20
使賢者○之 12/60/25
以○親邪 12/62/3
以○故也 12/62/4
以○好麗邪 12/62/4
其下猶足以○天下之顯諸侯 12/62/9
唯明主○能愛其所愛 12/62/9
知隆禮義之○尊君也 12/63/5
知好士之○美名也 12/63/5
知愛民之○安國也 12/63/5
知有常法之○一俗也 12/63/5
知尙賢使能之○長功也 12/63/6
知務本禁末之○多材也 12/63/6
知無與下爭小利之○便於事也 12/63/6
知明制度、權物稱用之○不泥也 12/63/7
○乎不可成 12/63/11
以環主圖私○務 13/63/18
必謹志之而愼自○擇取焉 13/63/25
以○己賊也 13/64/6
以○成俗 13/64/18
以順上○志 13/64/21
○上則明 13/65/1
○下則遜 13/65/1
故無德之○道也 13/65/5
故君子不○也 13/65/6
忠信以○質 13/65/19
端愨以○統 13/65/19
禮義以○文 13/65/19
倫類以○理 13/65/19
而一可以○法則 13/65/19
鮮不○則 13/65/20
○下國綴旒 13/66/5
用其終○始 14/67/9
可以○師 14/67/20
14/67/20,14/67/21,14/67/21
豈又肯○其所惡 15/69/6
是最○衆強長久 15/70/6
相○雌雄耳矣 15/70/17
請問○將 15/70/24
順命○上 15/71/11
常以仁義○本 15/71/21
然則又何以兵○ 15/71/21
凡所○有兵者 15/71/22
○爭奪也 15/71/22
非以仁義○之也 15/72/1
而輕○之死 15/72/3
故堅甲利兵不足以○（勝）〔武〕 15/72/10
高城深池不足以○固 15/72/11
嚴令繁刑不足以○威 15/72/11
楚人鮫革犀兕以○甲 15/72/14
楚分而○三四 15/72/15
汝、潁以○險 15/72/16
江、漢以○池 15/72/16
○炮（烙）〔格〕〔之〕刑 15/72/20
○賞慶○之 15/73/11
○人主上者也 15/73/12
故賞慶、刑罰、埶詐之○道者 15/73/14
將以○利耶 15/74/1
將以○害邪 15/74/4
所○者化 15/74/5
暴悍勇力之屬○之化而愿 15/74/6
旁辟曲私之屬○之化而公 15/74/6
矜糺收繚之屬○之化而調 15/74/6
欲○我民 15/74/10
而日○亂人之道 16/75/19
非獨一人○之也 16/76/5
是以○善者勸 16/76/7,24/118/19
○不善者沮 16/76/7,24/118/19
案獨以○私廉 16/76/9
是○是 16/76/14
非○非 16/76/14
能○能 16/76/14
不能○不能 16/76/14
則國孰敢不○義矣 16/76/17
莫不○義 16/76/18
好利之民莫不願以（○）齊○歸 16/76/19
相國舍是而不○ 16/76/19
案直○是世俗之所以○ 16/76/20
衆庶百姓皆以貪利爭奪○俗 16/76/20
則齊必斷而○四三 16/76/23
必○天下大笑 16/76/23
（曷若）兩者孰足○也 16/76/23
桀、紂者善○人之所惡 16/77/2
而湯、武者善○人之所好也 16/77/2
○人臣者不恤己行之不行 16/77/10
是仁人之所羞而不○也 16/77/11
北與胡、貉○鄰 16/77/21
則雖○之築明堂（於塞

外）而朝諸侯 16/78/7
其○積也大 16/78/21
其○積也小 16/78/22
財物貨寶以大○重 16/78/25
夫義者、所以限禁人之○惡與姦者也 16/79/3
故○人上者 16/79/5
然則凡○天下之要 16/79/7
義○本 16/79/7
故○人上者必將慎禮義、務忠信然後可 16/79/8
非不以此○務也 16/79/12
不○堯存 17/79/16
不○桀亡 17/79/16
不○而成 17/80/1
唯聖人○不求知天 17/80/7
則知其所○ 17/80/14
知其所不○矣 17/80/14
故大巧在所不○ 17/80/17
官人守天而自○守道也 17/80/19
天不○人之惡寒也輟冬 17/80/27
地不○人之惡遼遠也輟廣 17/80/27
君子不○小人之匈匈也輟行 17/80/27
非以○得求也 17/82/7
故君子以○文 17/82/7
而百姓以○神 17/82/7
以○文則吉 17/82/7
以○神則凶也 17/82/8
則王公不以○寶 17/82/11
足以○道貫 17/82/20
畸則不可○ 17/82/21
萬物○道一偏 17/83/3
一物○萬物一偏 17/83/3
愚者○一物一偏 17/83/3
而自以○知道 17/83/3
世俗之○說者曰 18/83/11
18/83/23,18/85/5,18/86/6
18/87/7,18/87/17
以桀、紂○常有天下之籍則然 18/83/23
海內之民莫不願得以○君師 18/84/4
今世俗之○說者 18/84/10
18/84/18
以桀、紂○君而以湯、武○弒 18/84/10
以天下之合○君 18/84/11
然則以湯、武○弒 18/84/11
其行（之）○至亂也 18/84/15
○天下之大僇 18/84/16
以桀、紂○有天下而臣湯、武 18/84/18
譬之是猶傴巫、跛匡大自以○有知也 18/84/19
以○治邪 18/85/6
以○人或觸罪矣 18/85/7
世俗之○說者 18/85/17
曷○楚、越獨不受制也 18/85/19
則兼以○民 18/86/10
唯其徙朝改制○難 18/86/13
而形不○勞 18/86/17
今世俗之○說者不怪朱、象而非堯、舜也 18/87/10
必以有○ 18/87/19
犀象以○樹 18/87/23
琅玕、龍茲、華覲以○實 18/87/23
人皆以見侮○辱 18/88/10
知見侮之○不辱 18/88/10
然則亦以人之情○不惡侮乎 18/88/11
必以其惡之○說 18/88/12
非以其辱之○故也 18/88/12
是豈鉅知見侮之○不辱哉 18/88/13
是豈以喪豬○辱也哉 18/88/14
雖以見侮○辱也 18/88/15
雖知見侮○不辱 18/88/15
將以○有益於人 18/88/18
（是）〔莫〕非以聖王○師 18/88/23
上○天子諸侯 18/88/25
下○卿相士大夫 18/88/25
有埶辱無害○堯 18/89/3
有埶榮無害○桀 18/89/3
聖王以○法 18/89/5
士大夫以○道 18/89/5
官人以○守 18/89/5,19/98/2
獨詘容○己 18/89/7
而皆以己之情○欲多 18/89/11
然則亦以人之情○欲 18/89/12
亦以人之情○不欲乎 18/89/14
以人之情○欲此五綦者而不欲多 18/89/14
譬之是猶以人之情○欲富貴而不欲貨也 18/89/15
古之人○之不然 18/89/17
以人之情○欲多而不欲寡 18/89/17
今子宋子以（是）〔人〕之情○欲寡而不欲多也 18/89/18
然而說不免於以至治○至亂也 18/89/20
故人苟生之○見 19/90/16
苟利之○見 19/90/16
苟怠惰偷懦之○安 19/90/16
苟情說之○樂 19/90/17
以○下則順 19/92/5
以○上則明 19/92/5
立隆以○極 19/92/8
暴慢、恣睢、輕俗以○高之屬入焉而隊 19/92/13
故學者固學○聖人也 19/92/19
非特學○無方之民也 19/92/19
禮者、以財物○用 19/92/21
27/130/12
以貴賤○文 19/92/21,27/130/12
以多少○用 19/92/21
以隆殺○要 19/92/21
文理、情用相○內外表裏 19/92/22
故死之○道也 19/93/9,19/94/3
一足以○人願 19/93/13
將以有○者也 19/94/14
足以○萬世則 19/94/21
非順孰修○之君子莫之能知也 19/94/21
所以○至痛極也 19/96/6
所以○至痛飾也 19/96/6
故先王聖人安○之立中制節 19/96/21
故三年以○隆 19/97/3
緦、小功以○殺 19/97/3
期、九月以○閒 19/97/3
固有○民父母之說焉 19/97/8
故先王案○之立文 19/97/22
以○人道也 19/98/3
以○鬼事也 19/98/3

是君子之所以○惟詭其所喜樂之文也 19/98/5
是君子之所以○惟詭其所哀痛之文也 19/98/6
是君子之所以○惟詭其所敦惡之文也 19/98/6
形而不○道 20/98/16
故先王謹○之文 20/99/15
四海之民莫不願得以○師 20/99/17
而儒者○之 20/99/22
君子以○不然 20/99/22
貧則○盜 20/101/25
富則○賊 20/101/25
此其誠心莫不求正而以自○也 21/102/7
故○蔽 21/102/12
欲○蔽 21/102/12
惡○蔽 21/102/12
始○蔽 21/102/12
終○蔽 21/102/12
遠○蔽 21/102/12
近○蔽 21/102/12
博○蔽 21/102/12
淺○蔽 21/102/12
古○蔽 21/102/13
今○蔽 21/102/13
凡萬物異則莫不相○蔽 21/102/13
身○刑戮 21/103/2
故以○足而飾之 21/103/12
故學亂術足以○先王者也 21/103/15
農精於田而不可以○田師 21/104/16,27/132/22
賈精於市而不可以○市師 21/104/17
工精於器而不可以○器師 21/104/17
其○人也 21/105/14,21/106/12
無○也 21/105/19
見寢木以○伏虎也 21/106/4
見植林以○後人也 21/106/4
以○蹞步之澮也 21/106/4
以○小之閨也 21/106/5
視一以○兩 21/106/5
聽漠漠而以○哅哅 21/106/6
以○伏鬼也 21/106/12
以○立魅也 21/106/13
兩盡者足以○天下極矣 21/106/22
故學者、以聖王○師 21/106/22
案以聖王之制○法 21/106/22
天下有不以是○隆正也 21/107/3
析辭而○察 21/107/7
言物而○辨 21/107/7
○之無益於成也 21/107/10
墨以○明 21/107/15
曲期遠方異俗之鄉則因之而○通 22/107/22
情然而心○之擇謂之慮 22/107/23
心慮而能○之動謂之僞 22/107/24
正利而○謂之事 22/107/24
正義而○謂之行 22/107/25
其罪猶○符節、度量之罪也 22/108/5
故其民莫敢託○奇辭以亂正名 22/108/5
其民莫敢託○奇辭以亂正名 22/108/6
然則所○有名 22/108/9
故知者○之分別制名以指實 22/108/13
此所○有名也 22/108/14
雖共、不○害矣 22/109/6
狀同而○異所者 22/109/12
狀變而實無別而○異者 22/109/12
驗之所（以）○有名而觀其孰行 22/109/17
四方○綱 22/110/12
而愚者拾以○己實 22/110/22
以所欲以○可得而求之 22/111/14
以○可而道之 22/111/15
故雖○守門 22/111/15
雖○天子 22/111/16
豈○夫南者之不可盡也 22/111/21
豈○夫所欲之不可盡也 22/111/22
則重縣於仰而人以○輕 22/111/25
輕縣於俛而人以○重 22/111/25
則禍託於欲而人以○福 22/112/1
福託於惡而人以○禍 22/112/1
人莫之○ 22/112/5
夫是之謂以己○物役矣 22/112/15
其○天下多 22/112/21
以○偏險而不正 23/113/11
23/115/4
是以○之起禮義、制法度以矯飾人之情性而正之 23/113/11
化師法、積文學、道禮義者○君子 23/113/12
縱性情、安恣睢而違禮義者○小人 23/113/13
故陶人埏埴而○器 23/114/9
凡人之欲○善者 23/114/18
○性惡也 23/114/18
23/114/20,23/115/14
人之欲○善者 23/114/20
故○之立君上之埶以臨之 23/115/4
○枸木也 23/115/13
○不直也 23/115/13
今將以禮義積僞○人之性邪 23/115/23
塗之人可以○禹 23/116/6
凡禹之所以○禹者 23/116/6
以其○仁義法正也 23/116/6
然則其可以○禹明矣 23/116/8
23/116/13
今以仁義法正○固無可知可能之理邪 23/116/8
今使塗之人伏術○學 23/116/13
故小人可以○君子而不肯○君子 23/116/17
君子可以○小人而不肯○小人 23/116/18
未嘗不可以相○也 23/116/18
然而不相○者 23/116/19
故塗之人可以○禹 23/116/19
塗之人能○禹 23/116/19
雖不能○禹 23/116/20
無害可以○禹 23/116/20
未嘗不可以相○事也 23/116/21
然而未嘗能相○事也 23/116/21
然則可以○ 23/116/22
無害可以○ 23/116/22
其不可以相○明矣 23/116/23
唯賢者○不然 23/117/1
以期勝人○意 23/117/5
不恤是非、然不然之情以期勝人○意 23/117/10
天下曉然皆知夫盜竊之（人）不可以○富也 24/118/11

皆知夫賊害之（人）不可以○壽也 24/118/12
皆知夫〔犯〕上之禁不可以○安也 24/118/12
（治）世曉然皆知夫○姦則雖隱竄逃亡之由不足以免也 24/118/14
高岸○谷 24/119/6
深谷○陵 24/119/6
夫故○天下貴矣 24/119/16
主誠聽之、天下○一海內賓 25/120/6
愚以重愚、闇以重闇成○桀 25/120/7
由之者治、不由者亂何疑○ 25/120/13
精神相（反）〔及〕、一而不貳○聖人 25/121/3
以○民 25/121/8
夔○樂正鳥獸服 25/121/12
契○司徒、民知孝弟尊有德 25/121/12
躬親○民行勞苦 25/121/13
得益、皋陶、橫革、直成○輔 25/121/13
阪○（先）〔之〕 25/122/2
恐○子胥身離凶 25/122/9
禁不○ 25/122/15
○天下明 26/123/11
匹夫隆之則○聖人 26/123/14
修潔之○親而雜汙之○狄者邪 26/124/2
行○動靜待之而後適者邪 26/124/3
往來惛憊而不可○固塞者歟 26/124/12
○萬世文 26/124/16
與暴○鄰 26/124/17
蛹以○母 26/125/4
蛾以○父 26/125/4
結尾以○事 26/125/9
簪以○父 26/125/10
管以○母 26/125/10
螭龍○蝘蜓 26/125/16
鴟梟○鳳皇 26/125/16
以盲○明 26/126/2
以聾○聰 26/126/2
以危○安 26/126/2
以吉○凶 26/126/2
卿○介 27/126/23
○賢人以下至庶民也 27/127/7
非○成聖也 27/127/7
禮以順人心○本 27/127/22
○政不以禮 27/128/9
能除患則○福 27/128/11
不能除患則○賊 27/128/11
○人臣下者 27/129/8
所失微而其○亂大者 27/129/22
相○內外表裏 27/130/8
以多少○異 27/130/12
以○能變也 27/130/16
勿用○笑 27/131/6
管仲之○人力功不力義 27/131/17
不可以○天子大夫 27/131/17
曷○三遇齊王而不言事 27/131/19
幾○知計哉 27/131/24
故義勝利者○治世 27/132/2
利克義者○亂世 27/132/3
大夫不○場（園）〔圃〕 27/132/5
非○君也 27/132/19
以○民也 27/132/19
善○《詩》者不說 27/133/23
善○《易》者不占 27/133/23
善○《禮》者不相 27/133/23
孝子言○可聞 27/133/25
行○可見 27/133/25,27/133/25
言○可聞 27/133/25
○蠕栥斂而不反其常 27/134/2
○天（子）〔下〕寶 27/134/7
○天下列士 27/134/8
學者非必○仕 27/134/20
賤○布衣 27/135/21
貧○匹夫 27/135/21
吾不○臣 27/136/1
小者不○ 27/136/16
此○何器 28/138/10
此蓋○宥坐之器 28/138/11
孔子○魯攝相 28/138/17
夫子○政而始誅之 28/138/17
孔子○魯司寇 28/139/1
○國家必以孝 28/139/2
夫水、（大）徧與諸生而無○也 28/140/5
則具然欲○人師 28/140/14
○善者天報之以福 28/140/18
○不善者天報之以禍 28/140/18
汝以知者○必用邪 28/141/1
女以忠者○必用邪 28/141/2
女以諫者○必用邪 28/141/2
非○通也 28/141/5
○窮而不困 28/141/5
○、不○者 28/141/6
賜以○何如 29/142/9
不○不義 29/142/12
則何（以）○而無孝之名也 29/142/17
何○而無孝之名也 29/142/20
吾以夫子○無所不知 29/142/23
吾將○汝問之 29/142/24
女謂夫子○有所不知乎 29/142/25
夫魚鱉黿鼉猶以淵○淺而堀〔穴〕其中 30/144/1
鷹鳶猶以山○卑而增巢其上 30/144/2
○夫玉之少而珉之多邪 30/144/5
舍此而○非者 31/145/1,31/145/5
不知選賢人善士〔而〕託其身焉以○己憂 31/145/9
五鑿○正 31/145/11
長不○市 31/147/11
○之柰何 32/148/13
諸侯自○得師者王 32/148/20
自○謀而莫己若者亡 32/148/21
其○人寬 32/149/1
以人惡○美德乎 32/149/2
我、文王之○子 32/149/7
武王之○弟 32/149/7
成王之○叔父 32/149/7
故上士吾薄○之貌 32/149/10
下士吾厚○之貌 32/149/10
人人皆以我○越踰好士 32/149/10
舍貴而○賤 32/149/12
舍富而○貧 32/149/13
舍佚而○勞 32/149/13
賜○人下而未知也 32/149/21
○人下者乎 32/149/21
○人下者 32/149/23
○說者曰 32/150/4
足以○天下法式表儀 32/150/9
○人所疑 32/150/11

足以○（綱紀）〔紀綱〕 32/150/11
宜○帝王 32/150/12
田常○亂 32/150/13
○惡得福 32/150/13
今○說者又不察其實 32/150/13
不得○政 32/150/14

**韋 wéi** 1

士○弁 27/126/17

**帷 wéi** 1

無帾絲歶縷翣其貆以象
菲○幬尉也 19/95/16

**惟 wéi** 8

○德之基 3/9/16
恈恈然○（利）飲食之見 4/13/14
〔故○明主能愛其所愛〕 12/62/2
汝○曰『未有順事』 14/67/10
其罪○均 15/71/12
○明君子而後能知之 21/105/5
○○而亡者 27/138/1

**唯 wéi** 39

○其當之爲貴 3/8/20,3/9/5
○其時矣 3/9/5
○仁之爲守 3/11/4
○義之爲行 3/11/4
○所居以其類至 3/11/11
○利所在 3/12/1
恈恈然○利之見 4/13/15
無師無法則○利之見爾 4/15/14
○菽藿糟糠之爲睹 4/15/17
○君子爲能貴其所貴 5/20/10
然而口舌之於噡○則節 5/21/4
無禮義而○權埶之嗜者也 6/24/6
其○學乎 8/29/14
故○君子爲能得其所好 8/34/10
○利之求 11/50/10
○其不由禮義而由權謀
也 11/50/16
安○便僻左右親比己者
之用 11/51/12
○誠能之求 11/51/14,11/53/23
○便辟親比己者之用 11/51/15
○文王敬忌 12/57/9
案○便嬖親比己者之用
也 12/61/18
○明主爲能愛其所愛 12/62/9
○堅凝之難焉 15/74/19
○聖人爲不求知天 17/80/7
故天子○其人 18/84/12
○其徙朝改制爲難 18/86/13
○君子然後兼有之 18/89/4
○小人然後兼有之 18/89/4
○恐聞其惡也 21/102/7
○恐聞其美也 21/102/8
然則○禹不知仁義法正
、不能仁義法正也 23/116/8
○賢者爲不然 23/117/1
○其偕矣 27/127/2
七十○衰存 27/127/10
○恐不能 27/127/13
○各特意哉 27/137/16
非○下流水多邪 29/143/1

**圍 wéi** 1

在魏者乃據○津 16/78/1

**違 wéi** 8

則具是○ 2/5/9
不由禮則夷固僻○ 2/5/14
辟○而不愨 2/7/2
小人能則倨傲僻○以驕
溢人 3/9/11
甚僻○而無類 6/22/9
民下○上 10/42/18
○其惡 13/64/17
縱性情、安恣睢而○禮
義者爲小人 23/113/13

**嵬 wéi** 8

禹字○瑣 6/21/10
吾語汝學者之○容 6/24/19
是學者之○也 6/24/22
○瑣逃之 8/32/12
天下之○、一時之瑣也 18/87/10
夫是之謂○說 18/87/11
不能使○瑣化 18/87/13
何世而無○ 18/87/13

**維 wéi** 17

○德之基 6/24/15,12/60/18
○此良人 8/34/11
○彼忍心 8/34/11
○齊非齊 9/36/3
○民其力懋和 10/46/17
价人○藩 12/59/8,16/77/14
太師○垣 12/59/8
大師○垣 16/77/14
曷○其同 26/126/2
○予從欲而治 27/127/7
我言○服 27/131/6
○塵冥冥 27/136/10
予○曰未有順事 28/139/6
○周之氐 28/139/9
四方是○ 28/139/9

**尾 wěi** 5

長其○而銳其剽者邪 26/125/8
頭銛達而○趙繚者邪 26/125/9
結○以爲事 26/125/9
○生而事起 26/125/10
○邅而事已 26/125/10

**委 wěi** 4

○然成文以示之天下 7/25/22
得○積足以揜其口則揚
揚如也 8/32/20
○之財貨以富之 15/74/15
紳、○、章甫 31/147/9

**僞 wěi** 45

詐○生塞 3/12/3
行○險穢而彊高言謹愨
者也 6/24/9
其衣冠行○已同於世俗矣 8/32/18
不能以○飾性 18/86/10
則不可欺以詐○ 19/92/15

○者、文理隆盛也 19/95/1
無性則○之無所加 19/95/1
無○則性不能自美 19/95/1
性○合然後成聖人之名 19/95/2
性○合而天下治 19/95/3
著誠去○ 20/100/15
心慮而能爲之動謂之○ 22/107/24
慮積焉、能習焉而後成
謂之○ 22/107/24
其善者○也 23/113/3
23/113/7,23/113/14,23/114/6
23/114/23,23/115/8,23/115/14
23/115/18,23/115/27
而不察〔乎〕人（人）
之性○之分者也 23/113/16
可學而能、可事而成之
在人者謂之○ 23/113/18
是性、○之分也 23/113/19
〔其善者○也〕 23/113/22
是生於聖人之○ 23/114/8
23/114/11
然則器生於（工）〔陶〕
人之○ 23/114/9
然則器生於工人之○ 23/114/10
聖人積思慮、習○故以
生禮義而起法度 23/114/10
謂之（生於）○ 23/114/13
是性、○之所生 23/114/13
故聖人化性而起○ 23/114/14
○起（於信）而生禮義 23/114/14
○也 23/114/16
禮義積○者 23/115/20
然則禮義積○者 23/115/22
23/115/25
今將以禮義積○爲人之
性邪 23/115/23
能起○ 23/115/24
○起而生禮義 23/115/25
然則聖人之於禮義積○
也 23/115/25
則所聞者欺誣詐○也 23/117/18
三曰言○而辨 28/138/19

## 偉 wěi 1

足以爲奇○偃卻之屬 5/21/5

## 葦 wěi 2

繫之○苕 1/1/17
柔從若蒲○ 3/10/1

## 緯 wěi 2

則禮正其經○蹊徑也 1/4/2
經○天地而材官萬物 21/104/8

## 亹 wěi 2

○○我王 10/43/16

## 未 wèi 112

雖○明 1/4/4
故○可與言而言謂之傲 1/4/8
○施而親 3/11/7
民猶若○從也 3/11/8
然而○必不危也 4/15/4
然而○必不安也 4/15/4
今使人生而○嘗睹芻豢
稻粱也 4/15/17
○可直至也 5/19/17
○能僂指也 8/29/8
其言多當矣而○諭也 8/30/13
其行多當矣而○安也 8/30/14
其知慮多當矣而○周密也 8/30/14
○嘗有也 8/31/10
聞見之所○至 8/32/22
所○嘗聞也 8/33/3
所○嘗見也 8/33/4
分○定也 9/35/4
○嘗聞也 9/35/20,14/66/26
○及取民也 9/36/15
○及爲政（者）也 9/36/15
○及脩禮（者）也 9/36/16
夫威彊○足以殆鄰敵也 9/40/20
名聲○足以懸天下也 9/40/20
則是國○能獨立也 9/40/21
則知者○得治也 10/42/14
知者○得治 10/42/14
則功名○成也 10/42/14
功名○成 10/42/15
則群眾○縣也 10/42/15
群眾○縣 10/42/15
則君臣○立也 10/42/15
○有能以此道得免焉者也 10/49/1
德雖○至也 11/50/4
義雖○濟也 11/50/4
○嘗聞爲國也 12/58/10,12/58/12
則○嘗相識也 12/62/4
○及君道也 12/63/7
○有如此而不亂者也 12/63/11
汝惟曰『○有順事』 14/67/10
○有二隆爭重而能長久
者 14/67/17
是〔其氣力〕數年而衰
而〔復利〕○可奪也 15/70/2
○有貴上、安制、綦節
之理也 15/70/11
是其巧拙強弱則○有以
相君也 15/70/19
○及和齊也 15/70/20
○免盜兵也 15/70/20
然而○有本統也 15/70/21
○有本統也 15/72/5
○有過封內千里者也 16/77/21
故水旱○至而飢 17/79/20
寒暑○薄而疾 17/79/20
祅怪○（至）〔生〕而
凶 17/79/20
貫之大體○嘗亡也 17/82/21
則雖○亡 18/84/3
則天下○嘗合於桀、紂
也 18/84/11
則（天下）○嘗有說也 18/84/12
然而○必不亡也 18/85/2
且徵其○也 18/85/9
○有知其所由來者也 18/85/13
19/95/15
則○足與及王者之制也 18/86/3
○可與及天下之大理者也 18/87/5
〔大〕昏之○發齊也 19/91/11
太廟之○入尸也 19/91/11
始卒之○小斂也 19/91/12
大路之素○集也 19/91/12
然而殯斂之具○有求也 19/93/19
然而幸生之心○已 19/93/20
持生之事○輟也 19/93/20
哀痛○盡 19/96/7
思慕○忘 19/96/7
以三年事之猶○足也 19/97/12

○嘗有之也 21/103/3
觀於道之一隅而○之能識也 21/103/12
心○嘗不臧也 21/103/25
心○嘗不滿也 21/103/26
心○嘗不動也 21/103/26
故心○嘗不動也 21/104/3
○得道而求道者 21/104/4
榮矣而○知 21/105/4
○嘗有兩而能精者也 21/105/11
○及好也 21/105/16
○及思也 21/105/17
○可謂微也 21/105/17
則○可定然否也 21/106/3
而○有俞疾之福也 21/106/15
所欲○嘗粹而來也 22/111/24
所惡○嘗粹而往也 22/111/24
○嘗不可以相爲也 23/116/18
○必然也 23/116/20
然而○嘗有能徧行天下者也 23/116/20
○嘗不可以相爲事也 23/116/21
然而○嘗能相爲事也 23/116/21
○必能也 23/116/22
前車已覆、後○知更何覺時 25/122/2
○問則不（立）〔言〕 27/134/12, 27/136/22
○成也 27/134/16
予維曰○有順事 28/139/6
今學曾○如肬贅 28/140/14
吾亦○輟 28/141/12
○可以從而從 29/142/2
其○得也 29/143/14,29/143/15
寡人○嘗知哀也 31/146/17
○嘗知憂也 31/146/17
○嘗知勞也 31/146/18
○嘗知懼也 31/146/18
○嘗知危也 31/146/18
○有窮其下而能無危者也 31/148/8
賜爲人下而○知也 32/149/21

## 位 wèi 32

靖共爾○ 1/1/9
君子○尊而志恭 3/11/14
在一大夫之○ 6/22/16,8/32/8
與之高、國之○ 7/25/13
持寵處○終身不厭之術 7/26/6
是以○尊則必危 7/26/21
君臣易○而非不順也 8/27/23
在下○則美俗 8/28/7
使賢不肖皆得其○ 8/28/21
故明主譎德而序○ 8/30/8
埶○齊而欲惡同 9/36/1
則君子不安○ 9/36/5
然后君子安○〔矣〕 9/36/7
朝無幸○ 9/38/5,10/43/5
尙賢使能而等○不遺 9/38/6
德必稱○ 10/43/2
○必稱祿 10/43/2
其等○爵服足以容天下之賢士矣 11/53/2
上下易○然後貞 13/66/3
德以敘○ 14/67/13
夫德不稱○ 18/85/11
天子者、埶○至尊 18/86/6
朝不易○ 18/86/11
即○而哭 19/98/9
莫論而失○ 21/104/7
無埶列之○而可以養名 22/112/20
天地易○ 26/125/13
天子即○ 27/128/11
○尊者君恨之 32/149/17
○滋尊而禮瘉恭 32/149/18

## 味 wèi 17

口好之五○ 1/4/18
重○而食之 10/43/18,11/53/13
必將芻豢稻梁、五○芬芳以塞其口 10/45/18
口欲綦○ 11/52/1
口好○而臭○莫美焉 11/53/17
重○而（成）（珍備）〔備珍〕〔怪〕 12/60/3
期臭○ 18/86/18
口不欲綦○ 18/89/13
五○調（香）〔盉〕 19/90/6
口食備○ 21/102/21
甘、苦、鹹、淡、辛、酸、奇○以口異 22/108/16
心憂恐則口銜芻豢而不知其○ 22/112/11
口好○ 23/114/12
言○者予易牙 27/137/16
非口不能○也 31/147/11

## 畏 wèi 33

○患而不避義死 3/9/7
不能則恭敬縛絀以○事人 3/9/11
小心則○義而節 3/10/6
○法流俗 3/11/24
不○衆彊 4/13/14
邪說○之 8/32/12
以是尊賢○法 8/33/1
則下○恐而不親 9/35/14
皆知己之所○恐之舉在于是也 10/45/20
○其仇敵 10/48/13
直將巧繁拜請而○事之 10/49/3
敵國○之 11/50/6
則百吏莫不○法而遵繩矣 11/56/17
百吏○法循繩 11/56/21
闇主妬賢○能而滅其功 13/64/13
不肖者則○而敬之 13/65/17
然而國晏然不○外而（明）（內）〔固〕者 15/73/5
彼○我威、劫我埶 15/74/12
○之如神明 16/75/14
百姓劫則致○ 16/75/17
甚○有司而順 16/78/11
而○之 17/81/11,17/81/14
人祆則可○也 17/81/16
而不可○也 17/82/2
則下○上矣 18/83/19
下○上則上危 18/83/19
莫危乎使下○己 18/83/20
是又○事者之議也 18/86/16
怒而暴亂○之 20/99/11
愚而善○ 21/106/12
則傀然獨立天地之間而不○ 23/117/8
○子路 27/133/1

尉 wèi 1

無帾絲嶌縷翣其頦以象
菲帷幬○也 19/95/16

衛 wèi 7

○靈公有臣曰公孫呂 5/17/16
○弱禁暴 9/37/7
秦之○鞅 15/70/19
○人用柯 18/85/20
侯、○賓服 18/85/22
鄭、○之音 20/100/1
晉人欲伐○ 27/133/1

謂 wèi 472

夫是之○道德之極 1/3/10
故不問而告○之傲 1/3/18
問一而告二○之囋 1/3/18
故未可與言而言○之傲 1/4/8
可與言而不言○之隱 1/4/8
不觀氣色而言○之瞽 1/4/8
此之○也 1/4/10,2/5/16
2/6/13,2/8/5,3/9/5,3/9/17
3/10/10,4/17/6,5/18/11
5/18/22,5/20/5,5/20/10
6/24/1,6/24/15,7/26/12
7/26/19,8/28/12,8/29/12
8/30/3,8/30/5,8/34/11
9/35/20,9/36/3,9/36/8
9/38/19,10/42/29,10/43/5
10/43/16,10/44/3,10/44/8
10/44/13,10/46/2,10/46/4
10/46/17,10/47/2,10/48/19
10/49/8,11/51/17,11/51/21
11/55/5,11/56/4,12/57/9
12/57/21,12/59/8,12/60/8
12/60/18,12/62/10,12/63/1
12/63/11,13/64/9,13/64/19
13/65/2,13/65/16,13/65/20
13/66/6,14/66/19,14/66/27
14/67/22,15/69/9,15/70/15
15/71/17,15/71/27,15/73/9
15/74/7,16/77/14,16/79/1
17/80/25,17/81/2,17/83/7
18/85/15,18/86/4,18/87/15
18/88/7,19/93/4,19/95/4
21/103/6,21/107/8,22/110/12
22/110/18,22/111/2,24/118/8
24/118/15,24/119/1,24/119/6
24/119/17,28/139/10,29/142/3
29/142/5,30/144/9,32/150/8
不足○善射 1/4/12
不足○善御 1/4/12
不足○善學 1/4/12
夫是之○德操 1/4/20
夫是之○成人 1/4/20
此之○也扁善之度 2/5/9
以善先人者○之教 2/5/18
以善和人者○之順 2/5/18
以不善先人者○之（謟）
〔諂〕 2/5/18
以不善和人者○之諛 2/5/18
是是、非非○之智 2/6/1
非是、是非○之愚 2/6/1
是○是、非○非曰直 2/6/1
趣舍無定○之無常 2/6/2
保利棄義○之至賊 2/6/2
夫是之○治氣養心之術也 2/6/10
則可○善少者矣 2/8/7
則可○惡少者矣 2/8/8
則可○不詳少者矣 2/8/8
夫是之○至文 3/9/16
曷○耶 3/10/12
禮義之○治 3/10/12
非禮義之○亂也 3/10/12
非案亂而治之之○也 3/10/13
非案汙而脩之之○也 3/10/14
○之天德 3/11/5
則可○通士矣 3/11/21
則可○公士矣 3/11/22
則可○直士矣 3/11/23
則可○慤士矣 3/11/24
則可○小人矣 3/12/1
所○「以狐父之戈钃牛
矢」也 4/13/7
夫是之○至平 4/17/4,12/57/21
夫是之○人倫 4/17/5
君子之○吉 5/17/13
小人之○凶 5/17/13
○之姦言 5/19/10
腐儒之○也 5/19/15
曲得所○焉 5/20/1,13/65/1
夫是之○兼術 5/20/4
夫是之○（爲）能貴其
所貴 5/20/9
夫是之○姦人之雄 5/21/5
○之五行 6/22/8
○之姦事 6/23/6
○之姦心 6/23/6
○之姦說 6/23/7
則可○訞怪狡猾之人矣 6/23/18
古之所○（士仕）〔仕
士〕者 6/24/4
今之所○（士仕）〔仕
士〕者 6/24/5
古之所○處士者 6/24/8
今之所○處士者 6/24/8
夫是之○誠君子 6/24/15
夫是之○吉人 7/26/11
夫是之○天下之行術 7/27/6
夫是○大儒之效 8/27/24
夫是之○人師 8/28/11,9/38/12
15/71/16
何○其無益於人之國也 8/28/13
曷○中 8/28/15
君子之所○賢者 8/28/16
非能徧能人之所能之○也 8/28/16
君子之所○知者 8/28/17
非能徧知人之所知之○也 8/28/17
君子之所○辨者 8/28/17
非能徧辨人之所辨之○也 8/28/17
君子之所○察者 8/28/18
非能徧察人之所察之○也 8/28/18
夫是之○中事 8/29/4
夫是之○中說 8/29/5
（行事）〔事行〕失中
○之姦事 8/29/5
知說失中○之姦道 8/29/5
夫是之○上愚 8/29/10
人○之富矣 8/29/19
然而人○之富 8/29/19
則可○勁士矣 8/30/13
則可○篤厚君子矣 8/30/15
則可○聖人矣 8/30/17
（則可○聖人矣） 8/31/3
曷○一 8/31/3
曷○神 8/31/3
盡善挾（洽）〔治〕之
○神 8/31/3

〔曷〇固〕 8/31/4
萬物莫足以傾之之〇固 8/31/4
神固之〇聖人 8/31/4
孰〇周公儉哉 8/31/16
旦暮積〇之歲 8/34/4
至高〇之天 8/34/4
至下〇之地 8/34/4
宇中六指〇之極 8/34/4
積善而全盡〇之聖人 8/34/5
可〇小儒矣 8/34/16
則可〇大儒矣 8/34/17
道過三代〇之蕩 8/34/21,9/38/1
法二後王〇之不雅 8/34/21
夫是之〇君子言有壇宇 8/34/23
夫是之〇天德 9/35/8
夫是之〇上溢而下漏 9/36/18
夫是之〇有原 9/37/19
法貳後王〇之不雅 9/38/1
夫是之〇復古 9/38/3
夫是之〇定論 9/38/7
夫是之〇大神 9/38/18
是之〇至亂 9/39/5
夫是之〇大本 9/39/6
不可少頃舍禮義之〇也 9/39/16
能以事親〇之孝 9/39/16
能以事兄〇之弟 9/39/16
能以事上〇之順 9/39/16
能以使下〇之君 9/39/17
〇之聖人也 9/39/24
〇之稱數 10/43/4
夫是之〇以政裕民〔也〕 10/43/6
知本末源流之〇也 10/48/2
夫是之〇國蹶 10/48/3
夫是之〇至（貪）〔貧〕 10/48/5
是所〇義立而王也 11/50/3
是所〇信立而霸也 11/50/9
非封焉之〇也 11/50/21
夫是之〇巨用之 11/51/14
夫是之〇小用之 11/51/16
可〇廣大、富厚矣 11/52/2
夫是之〇至約 11/52/11
非負其土地而從之之〇也 11/52/23
一人之〇也 11/53/6
夫是之〇上一 11/54/6
於天下不見〇脩 11/55/1
天下歸之之〇王 11/55/22
18/84/8
天下去之之〇亡 11/55/22
18/84/8
夫是之〇危國 11/56/13
是之〇政令行、風俗美 11/56/23
此儒之所〇曲辨也 11/56/24
夫是之〇聖人 12/58/7
夫是之〇能群 12/59/13
夫是之〇匹夫 12/59/15
夫是之〇政教之極 12/60/16
夫是之〇大形 12/60/18
夫是之〇國具 12/62/17,12/62/20
12/62/23
故人主無便嬖左右足信者之〇闇 12/62/23
無卿相輔佐足任者之〇獨 12/62/24
所使於四鄰諸侯者非人之〇孤 12/62/24
孤獨而晻〇之危 12/62/24
是〇人主之道也 12/63/8
是所〇「視乎不可見 12/63/11
可〇態臣者也 13/63/23
可〇篡臣也 13/63/24
可〇功臣矣 13/63/24
可〇聖臣矣 13/63/25
從命而利君〇之順 13/63/28
從命而不利君〇之（謟）〔諂〕 13/63/28
逆命而利君〇之忠 13/63/28
逆命而不利君〇之篡 13/63/28
〇之國賊 13/63/29
〇之諫 13/64/2
〇之爭 13/64/2
〇之輔 13/64/4
〇之拂 13/64/5
可〇諫矣 13/64/7
可〇爭矣 13/64/7
可〇輔矣 13/64/8
可〇拂矣 13/64/8
夫是之〇至闇 13/64/13
可〇大忠矣 13/65/10
可〇次忠矣 13/65/11
可〇下忠矣 13/65/11
可〇國賊矣 13/65/11
夫是之〇通忠之順 13/66/2
夫是之〇權險之平 13/66/3
夫是之〇禍亂之從聲 13/66/4
夫是之〇衡聽、顯幽、重明、退姦、進良之術 14/66/14
夫是之〇盜兵 15/70/17
是皆世俗之所〇善用兵者也 15/70/19
可〇入其域矣 15/70/21
夫是之〇六術 15/70/27
夫是之〇五權 15/71/2
夫是之〇三至 15/71/3
夫是之〇至臣 15/71/4
（失）〔夫〕是之〇大吉 15/71/5
夫是之〇五無壙 15/71/7
夫是之〇天下之將 15/71/8
女所〇便者 15/72/2
吾所〇仁義者 15/72/2
此所〇末世之兵 15/72/4
此所〇仁義之兵也 15/72/6
夫是之〇大化至一 15/74/7
夫是之〇大凝 15/75/2
夫是之〇道德之威 16/75/14
夫是之〇暴察之威 16/75/18
夫是之〇狂妄之威 16/75/20
曷〇也 16/77/16,23/116/6
秦之〇也 16/77/16
此所〇力術止也 16/77/17
曷〇乎威彊乎湯、武 16/77/17
此所〇威彊乎湯、武也 16/77/20
曷〇廣大乎舜、禹也 16/77/20
〔此所〇廣大乎舜、禹也〕 16/78/3
（此所〇廣大乎舜、禹也） 16/78/4
則可〇至人矣 17/79/21
夫是之〇天職 17/80/1
夫是之〇不與天爭職 17/80/2
夫是之〇能參 17/80/2
夫是之〇神 17/80/6
夫是之〇天〔功〕 17/80/6
夫是之〇天情 17/80/9
夫是之〇天官 17/80/10
夫是之〇天君 17/80/10
夫是之〇天養 17/80/11
順其類者〇之福 17/80/11
逆其類者〇之禍 17/80/11
夫是之〇天政 17/80/11

| | |
|---|---|
| 夫是之○大凶 | 17/80/12 |
| 夫是之○知天 | 17/80/15 |
| 夫是之○人祅 | 17/81/17,17/81/17 |
| 夫是之○人祅〔也〕 | 17/82/1 |
| 天下○在桀、紂則不然 | 18/83/24 |
| ○之王 | 18/83/25 |
| ○之君 | 18/84/1 |
| 吾○之無天下矣 | 18/84/3 |
| 則可○能用天下矣 | 18/84/6 |
| 能用天下之○王 | 18/84/6 |
| 是○惠暴而寬賊也 | 18/85/9 |
| 夫是之○視形勢而制械用 | 18/85/23 |
| 夫是之○嵬說 | 18/87/11 |
| 夫是之○大姦 | 18/88/7 |
| 夫是之○義榮 | 18/88/25 |
| 夫是之○埶榮 | 18/88/26 |
| 夫是之○義辱 | 18/89/1 |
| 夫是之○埶辱 | 18/89/2 |
| 曷○別 | 19/90/10 |
| 貴本之○文 | 19/91/9 |
| 親用之○理 | 19/91/9 |
| 夫是之○大隆 | 19/91/9 |
| ○之無方之民 | 19/92/16 |
| ○之有方之士 | 19/92/17 |
| ○之能慮 | 19/92/17 |
| ○之能固 | 19/92/17 |
| ○之野 | 19/93/10 |
| ○之瘠 | 19/93/10 |
| 夫是之○至辱 | 19/93/17 |
| 刻死而附生○之墨 | 19/96/1 |
| 刻生而附死○之惑 | 19/96/1 |
| 殺生而送死○之賊 | 19/96/1 |
| 夫是之○至隆 | 19/97/5 |
| 曲容備物之○道矣 | 19/97/17 |
| 夫是之○至盛 | 21/102/22 |
| 知賢之○明 | 21/103/5 |
| 輔賢之○能 | 21/103/5 |
| 故由用○之 | 21/103/9 |
| 由俗○之 | 21/103/10 |
| 由法○之 | 21/103/10 |
| 由埶○之 | 21/103/10 |
| 由辭○之 | 21/103/11 |
| 由天○之 | 21/103/11 |
| 何○衡 | 21/103/18 |
| 然而有所○虛 | 21/103/26, 21/104/1 |
| 然而有所○一 | 21/103/26, 21/104/2 |
| 然而有所○靜 | 21/103/26, 21/104/4 |
| 不以（已所）〔所已〕臧害所將受○之虛 | 21/104/1 |
| 不以夫一害此一○之壹 | 21/104/3 |
| 不以夢劇亂知○之靜 | 21/104/4 |
| ○之虛壹而靜 | 21/104/4 |
| ○之大清明 | 21/104/6 |
| 〔夫〕是之○大人 | 21/104/10 |
| 可○微乎 | 21/105/15 |
| 可○能自彊矣 | 21/105/16, 21/105/17 |
| 可○能自忍矣 | 21/105/16 |
| 可○危矣 | 21/105/17 |
| 未可○微也 | 21/105/17 |
| 夫是之○妄人 | 21/106/20 |
| 曷○至足 | 21/106/21 |
| 則○之（懼）〔攫〕 | 21/107/1 |
| 則○之賊 | 21/107/1 |
| 則○之篡 | 21/107/2 |
| 則○之知 | 21/107/2 |
| 則○之詍 | 21/107/2 |
| ○合王制與不合王制也 | 21/107/3 |
| 生之所以然者○之性 | 22/107/22 |
| 不事而自然○之性 | 22/107/23 |
| 性之好、惡、喜、怒、哀、樂○之情 | 22/107/23 |
| 情然而心爲之擇○之慮 | 22/107/23 |
| 心慮而能爲之動○之僞 | 22/107/24 |
| 慮積焉、能習焉而後成○之僞 | 22/107/24 |
| 正利而爲○之事 | 22/107/24 |
| 正義而爲○之行 | 22/107/25 |
| 所以知之在人者○之知 | 22/107/25 |
| 知有所合○之智 | 22/107/25 |
| 智所以能之在人者○之能 | 22/107/25 |
| 能有所合○之能 | 22/108/1 |
| 性傷○之病 | 22/108/1 |
| 節遇○之命 | 22/108/1 |
| 則○之大姦 | 22/108/5 |
| 則人莫不然○之不知 | 22/109/3 |
| 故○之物 | 22/109/7 |
| 故○之鳥獸 | 22/109/9 |
| 約定俗成○之宜 | 22/109/10 |
| 異於約則○之不宜 | 22/109/10 |
| 約定俗成○之實名 | 22/109/11 |
| ○之善名 | 22/109/11 |
| ○之二實 | 22/109/12 |
| ○之化 | 22/109/13 |
| ○之一實 | 22/109/13 |
| ○之知名 | 22/110/5 |
| 外是者○之訒 | 22/110/22 |
| 夫是之○以己爲物役矣 | 22/112/15 |
| 夫是之○重己役物 | 22/112/21 |
| 不可學、不可事（而）〔之〕在人者○之性 | 23/113/18 |
| 可學而能、可事而成之在人者○之僞 | 23/113/18 |
| 所○性善者 | 23/114/1 |
| ○之（生於）僞 | 23/114/13 |
| 凡古今天下之所○善者 | 23/115/1 |
| 所○惡者 | 23/115/1 |
| ○之聖 | 24/119/15 |
| 曷○罷 | 25/120/5 |
| 曷○賢 | 25/120/6 |
| 夫是之○君子之知 | 26/124/5 |
| 夫是之○蠶理 | 26/125/4 |
| 夫是之○箴理 | 26/125/10 |
| （反見）〔見○〕從（撗）〔橫〕 | 26/125/14 |
| ○我來矣 | 27/126/15 |
| 夫行也者、行禮之○也 | 27/127/15 |
| 先事慮事○之接 | 27/128/12 |
| 先患慮患○之豫 | 27/128/13 |
| 事至而後慮者○之後 | 27/128/13 |
| 患至而後慮者○之困 | 27/128/13 |
| 能思索○之能慮 | 27/130/8 |
| 蔽公者○之昧 | 27/130/18 |
| 隱良者○之妒 | 27/130/18 |
| 奉妒昧者○之交譎 | 27/130/19 |
| 子○子家駒續然大夫 | 27/131/16 |
| 言而不稱師○之畔 | 27/133/19 |
| 教而不稱師○之倍 | 27/133/19 |
| ○學問也 | 27/134/6 |
| 孔子顧○弟子曰 | 28/138/12 |
| 此所○挹而損之之道也 | 28/138/15 |
| 則可○大孝矣 | 29/142/3 |
| 審其所以從之之○孝、之○貞也 | 29/142/12 |
| ○子貢曰 | 29/142/22 |
| ○子路曰 | 29/142/25 |

女○夫子爲有所不知乎 29/142/25
可○士矣 29/143/9
可○士君子矣 29/143/10
可○明君子矣 29/143/11
敢問何如斯可○庸人矣 31/145/8
所○庸人者 31/145/8
則可○庸人矣 31/145/11
敢問何如斯可○士矣 31/145/13
所○士者 31/145/13
務審其所○ 31/145/15
言既已○之矣 31/145/15
則可○士也 31/145/17
敢問何如斯可○之君子矣 31/146/1
所○君子者 31/146/1
敢問何如斯可○賢人矣 31/146/3
所○賢人者 31/146/3
則○賢人矣 31/146/5
敢問何如斯可○大聖矣 31/146/7
所○大聖者 31/146/7
則可○大聖矣 31/146/11
入○左右曰 31/148/1
周公○伯禽之傅曰 32/149/1
孰○不賢乎 32/150/14

餧 wèi 2

雖窮困凍○ 8/28/1
若食○人 13/64/24

魏 wèi 9

是它囂、○牟也 6/21/14
信陵君之於○也 13/64/8
○氏之武卒 15/70/1
故齊之技擊不可以遇○氏之武卒 15/70/9
○氏之武卒不可以遇秦之銳士 15/70/9
故○奪之 15/74/19
勁○鉤吾右 16/76/21
在○者乃據圍津 16/78/1
○武侯謀事而當 32/148/17

溫 wēn 12

然後○○然 2/7/19
○○恭人 3/9/16,6/24/15,12/60/18
其○厚矣 4/16/12
○恭朝夕 27/134/23
○潤而澤 30/144/7
○其如玉 30/144/9

文 wén 144

《禮》之敬○也 1/3/11
好（交）〔○〕也 2/8/15
夫是之謂至○ 3/9/16
通則○而明 3/10/7
○姦言 4/14/13,6/21/10
衣欲有○繡 4/16/5
○王長 5/17/16
從者將論志意、比類○學邪 5/17/23
○久而（息）〔滅〕 5/18/18
是以○久而滅 5/19/8
美於黼黻○章 5/19/13
不卹其○ 5/19/14
成○而類 5/21/2
○而致實 5/21/3
不足以合○通治 6/21/13
終日言成○典 6/21/22
（斂）〔歙〕然聖王之○章具焉 6/22/14
非綦○理也 7/25/19,11/50/7
委然成○以示之天下 7/25/22
○王誅四 7/26/1,27/132/8
○王載百里地而天下一 7/26/2
而能揜迹於○、武 8/27/17
遂○、武之業 8/27/23
綏綏兮其有○章也 8/31/2
取是而○之也 8/31/8
積○學 9/35/5
色、則凡非舊○者舉息 9/38/2
西海則有皮革、○旄焉 9/38/16
○王康之 9/38/19,17/80/25
使彫琢○采不敢專造於家 9/40/8
綦○理 9/40/14
將以明仁之○、通仁之順也 10/43/13
故爲之雕琢、刻鏤、黼黻、○章 10/43/13
故爲之雕琢、刻鏤、黼黻、○章以藩飾之 10/43/22
必將錭琢、刻鏤、黼黻、○章以塞其目 10/45/18
期○理 10/48/10
禮節將甚○ 10/48/14
必將雅○辨慧之君子也 10/48/15
故齊桓、晉○、楚莊、吳闔閭、越句踐 11/50/8
目好色而○章致繁婦女莫衆焉 11/53/18
○王用呂尙 11/54/23
唯○王敬忌 12/57/9
敬愛而致○ 12/57/24
脩冠弁、衣裳、黼黻、○章、琱琢、刻鏤 12/60/1
若夫重色而成○章 12/60/3
夫○王非無貴戚也 12/62/2
夫○王欲立貴道 12/62/5
○王以寧 12/63/1
禮義以爲○ 13/65/19
節奏陵而○ 14/67/14
上○下安 14/67/14
秦之銳士不可以當桓、○之節制 15/70/9
桓、○之節制不可以敵湯、武之仁義 15/70/10
齊桓、晉○、楚莊、吳闔閭、越句踐 15/70/21
○王伐崇 15/71/25
節威反○ 16/78/5
以○之也 17/82/7
故君子以爲○ 17/82/7
以爲○則吉 17/82/7
重○繡 18/86/17
○繡充棺 18/87/22
成○（曲）〔典〕 18/89/20
彫琢、刻鏤、黼黻、○章 19/90/6
孰知夫禮義○理之所以養情也 19/90/15
貴本之謂○ 19/91/9
兩者合而成○ 19/91/9
哭之不（○）〔反〕也 19/91/13
成乎○ 19/92/3
情○俱盡 19/92/3
情○代勝 19/92/3
至○以有別 19/92/8
以貴賤爲○ 19/92/21,27/130/12

○理繁 19/92/21
○理省 19/92/22
○理、情用相爲內外表裏 19/92/22
是君子之道、禮義之○也 19/93/7
故事生不忠厚、不敬○ 19/93/10
送死不忠厚、不敬○ 19/93/10
皆有翣菨○章之等以敬飾之 19/93/12
其○備矣 19/93/23
達愛敬之○ 19/94/8
故○飾、麤惡 19/94/8
故○飾、聲樂、恬愉 19/94/9
故其立○飾也不至於窕冶 19/94/10
非禮義之○也 19/94/14
（卑）〔弁〕絻、黼黻、○織 19/94/17
僞者、○理隆盛也 19/95/1
故生器○而不功 19/95/13
稱情而立○ 19/96/4,19/96/5
一使足以成○理 19/96/21
人道之至○者也 19/97/5
○理之原也 19/97/7
○之至也 19/97/11
先王恐其不○也 19/97/16
成足以容○ 19/97/17
○足以容備 19/97/17
故先王案爲之立○ 19/97/22
禮節○貌之盛矣 19/98/1
是君子之所以爲惲詭其所喜樂之○也 19/98/5
是君子之所以爲惲詭其所哀痛之○也 19/98/6
是君子之所以爲惲詭其所敦惡之○也 19/98/6
然而成○ 19/98/10
使其○足以辨而不（諰）〔諰〕 20/98/17
節奏合以成○ 20/99/1
故先王謹爲之○ 20/99/15
節○終遂焉 20/101/19
其○章匿而采 20/101/24
○王監於殷紂 21/102/19
墨子蔽於用而不知○ 21/103/8
○名從《禮》 22/107/21
用之大○也 22/110/4
累而成○ 22/110/5
聽則合○ 22/110/9
故淫亂生而禮義○理亡焉 23/113/5
合於犯（分）〔○〕亂理而歸於暴 23/113/5
然後出於辭讓、合於○理而歸於治 23/113/6
化師法、積○學、道禮義者爲君子 23/113/12
禮義之○理也 23/114/5
且化禮義之○理 23/114/17
然而〔秦人〕於父子之義、夫婦之別不如齊、魯之孝（具）〔共〕敬（父）〔○〕者 23/116/2
多言則○而類 23/117/2
○王之錄 23/117/12
○、武之道同伏戲 25/120/13
○理成章 26/123/11
此夫○而不采者與 26/123/12
五采備而成○ 26/124/9
爲萬世○ 26/124/16
以成○章 26/125/7
○貌情用 27/130/8
人之於○學也 27/134/6
被○學 27/134/8
其言有○焉 27/135/8
○王誅潘止 28/138/21
因麗節○ 28/141/14
蓋曰貴○也 28/141/14
○公用其盜 31/147/17
我、○王之爲子 32/149/7
是以天下之紀不息、○章不廢也 32/149/13

## 蚊 wén 3

○虻之聲聞 21/105/14
而遠○蝱之聲 21/105/15
○蝱之聲聞則挫其精 21/105/17

## 聞 wén 73

不○先王之遺言 1/1/7
而○者彰 1/1/13
故聲無小而不○ 1/3/3
安有不○者乎 1/3/4
使耳非是無欲○也 1/4/17
多○曰博 2/6/3
少○曰淺 2/6/3
而所○見者遠 3/11/14
○見之不衆 5/17/27,5/18/4
愚者○其略而不知其詳 5/19/7
○其（詳）〔小〕而不知其大也 5/19/8
○見雜博 6/22/8
聲○于天 8/30/3
不以私欲亂所○ 8/30/12
好脩正其所○以橋飾其情性 8/30/13
○見之所未至 8/32/22
所未嘗○也 8/33/3
不○不若○之 8/33/11
○之不若見之 8/33/11
故○之而不見 8/33/13
不○不見 8/33/14
名聲日○ 9/35/11
未嘗○也 9/35/20,14/66/26
則主相、臣下、百吏各謹其所○ 11/55/7
不務聽其所不○ 11/55/7
所○所見誠以齊矣 11/55/8
○脩身 12/58/10,12/58/12
未嘗○爲國也 12/58/10,12/58/12
而求安樂是〔○〕 12/58/18
耳不○也 12/62/12
聽乎不可○ 12/63/11
○聽而明譽之 14/66/12
臣所○古之道 15/68/6
○鼓聲而進 15/71/11
○金聲而退 15/71/11
故所○曰 18/88/22
耳不自○也 20/101/2
唯恐○其惡也 21/102/7
唯恐○其美也 21/102/8
雷鼓在側而耳不○ 21/102/9
蚊虻之聲○ 21/105/14
蚊蝱之聲○則挫其精 21/105/17
博○彊志 21/107/8
名○而實喻 22/110/4
不○之謀 22/112/23
則所○者堯、舜、禹、湯之道也 23/117/16

則所○者欺誣詐僞也 23/117/18
願○反辭 26/125/19
孝子言爲可○ 27/133/25
言爲可○ 27/133/25
嬰○之 27/134/1
非一日之○也 27/136/4
傷其○之晚也 27/137/5
吾○宥坐之器者 28/138/11
夫少正卯、魯之○人也 28/138/17
季孫○之不說 28/139/1
由○之 28/140/18
其聲清揚而遠○ 30/144/8
非吾子無所○之也 31/147/1
且丘○之 31/147/6,31/147/11
非耳不能○也 31/147/10
〔子亦○〕東野(子)〔畢〕之善馭乎 31/147/20
臣○之 31/148/8
亦嘗有以楚莊王之語○於左右者乎 32/148/17
○之(日)〔曰〕 32/149/5
不○ 32/149/6
吾○之也 32/149/16

## 刎 wěn 1

則劙槃盂、○牛馬 16/75/7

## 問 wèn 99

不知學○之大也 1/1/7
故不○而告謂之傲 1/3/18
○一而告二謂之囋 1/3/18
○楛者勿告也 1/4/6
告楛者勿○也 1/4/6
不知則○ 6/23/14
秦昭王○孫卿子曰 8/27/26
有不學○ 8/32/16
縱情性而不足○學 8/34/9
知而好○ 8/34/16
故諸侯○政 8/34/22
匹夫○學 8/34/23
請○爲政 9/35/3
請○爲人君 12/57/23
請○爲人臣 12/57/23
請○爲人父 12/57/24
請○爲人子 12/57/24
請○爲人兄 12/57/24
請○爲人弟 12/57/25
請○爲人夫 12/57/25
請○爲人妻 12/57/26
請○兼能之奈何 12/57/27
請○爲國 12/58/10
請○兵要 15/68/5
請○王者之兵設何道 15/69/11
請○爲將 15/70/24
請○王者之軍制 15/71/10
陳囂○孫卿子曰 15/71/21
李斯○孫卿子曰 15/72/1
應侯○孫卿子曰 16/78/10
令○令望 22/110/11
假而得(○)〔閒〕而嗛之 22/112/12
○者曰 23/114/8,23/115/20
堯○於舜曰 23/116/25,32/148/13
又何○焉 23/116/25,23/116/26
願○其名 26/124/2
○士以璧 27/126/25
聘、○也 27/129/4
三○其疾 27/129/10
一○一臨 27/129/10
諸侯非○疾弔喪 27/129/10
迷者不○路 27/131/5
溺者不○遂 27/131/5
言博○也 27/131/6
不知而○堯、舜 27/133/3
無宿○ 27/133/7
雖天子三公○正 27/133/11
行盡而聲○遠 27/133/16
謂學○也 27/134/6
學○不厭 27/134/10
未○則不(立)〔言〕 27/134/12
27/136/22
子貢○於孔子曰 27/134/23
28/140/4,30/144/5,32/149/21
孔子○於守廟者曰 28/138/10
敢○持滿有道乎 28/138/13
門人進○曰 28/138/17
子路進○之 28/140/17
出而○於孔子曰 28/141/12
魯哀公○於孔子曰 29/142/7
31/144/27,31/146/17,31/147/9
31/147/14
三○ 29/142/7,31/146/13
君○丘也 29/142/8
三○而丘不對 29/142/9
子路○於孔子曰 29/142/15
29/142/22,29/143/14
女何○哉 29/142/23
由○魯大夫練而床 29/142/24
吾將爲汝○之 29/142/24
子貢○曰 29/142/25
汝○非也 29/142/26
南郭惠子○於子貢曰 30/144/15
敢○何如〔取〕之邪 31/144/27
敢○何如斯可謂庸人矣 31/145/8
敢○何如斯可謂士矣 31/145/13
敢○何如斯可謂之君子矣 31/146/1
敢○何如斯可謂賢人矣 31/146/3
敢○何如斯可謂大聖矣 31/146/7
魯哀公○舜冠於孔子 31/146/13
寡人○舜冠於子 31/146/13
君不此○而○舜冠 31/146/15
君之所○ 31/146/18
聖君之○也 31/146/18
請○取人 31/147/14
定公○於顏淵曰 31/147/20
寡人○吾子 31/148/3
申公巫臣進○曰 32/148/19
見士○曰 32/149/6

## 絻 wèn 5

其冠○ 6/24/19
郊之麻○也 19/91/12
(卑)〔絻〕○、黼黻、文織 19/94/17
乘軒戴○ 22/112/15
夫端衣、玄裳、○而乘路者 31/145/3

## 翁 wēng 1

埧(箎)〔篪〕○博 20/100/19

## 甕 wèng 1

○廡、虛而不實 19/95/10

## 我 wǒ 79

故非○而當者 2/5/4
是○而當者 2/5/4
（謟）〔諂〕諛○者 2/5/5
彼止而待○ 2/7/12
○行而就之 2/7/12
○欲屬之狂惑疾病邪 4/13/9
○欲屬之鳥鼠禽獸邪 4/13/10
○甚醜之 4/13/11
○欲賤而貴 8/29/14
孰禁○哉 8/29/15
故○聚之以亡 9/36/19
而○以力勝之也 9/36/24
則人之民惡○必甚矣 9/36/24
人之民惡○甚 9/36/24
則日欲與○鬭 9/36/25
而○以力勝之 9/36/25
則吾民之惡○必甚矣 9/36/26
吾民之惡○甚 9/36/26
則日不欲爲○鬭 9/36/26
人之民日欲與○鬭 9/36/26
吾民日不欲爲○鬭 9/36/26
制與在○ 9/40/20
其民之親○也歡若父母 9/41/12
好○芳若芝蘭 9/41/12
何獨後○也 9/41/18
○今將脩飾之、拊循之
　、掩蓋之於府庫 9/41/21
○今將畜積并聚之於倉廩 9/41/22
○今將來致之、并閱之
　、砥礪之於朝廷 9/41/23
○日積完 9/41/24
○日積富 9/41/24
○日積佚 9/41/24
○今將頓頓焉日日相親
　愛也 9/42/1
亹亹○王 10/43/16
○任○輦 10/44/2
○車○牛 10/44/3
○行既集 10/44/3
○以墨子之「非樂」也 10/45/6
必先脩正其在○者 10/46/15
○獨治 10/48/17
○獨安 10/48/17
○按起而制之 10/48/17
使强暴之國事○易 10/48/21
10/49/8
則其土地且奚去○而適它 11/53/1
（適）人之所以來○也 11/56/4
而其民之親○ 15/69/5
其好○ 15/69/6
則莫○敢遏 15/69/9
彼貴○名聲 15/74/9
美○德行 15/74/9
欲爲○民 15/74/10
非貴○名聲也 15/74/11,15/74/13
非美○德行也 15/74/11,15/74/13
彼畏○威、劫○埶 15/74/12
虛腹張口來歸○食 15/74/14
則三國必起而乘○ 16/76/22
則是其在○者也 17/81/5
嗟○懷人 21/104/14
惡能與○歌矣 21/105/12
雖曰○得之 22/111/11
己無郵人、○獨自美豈
　（獨）無故 25/122/5
嗟○何人、獨不遇時當
　亂世 25/122/8
○出○輿 27/126/14
謂○來矣 27/126/15
成○宗事 27/127/12
○言維服 27/131/6
○先攻其邪心 27/131/19
諸侯之驕○者 27/136/1
大夫之驕○者 27/136/2
悠悠○思 28/140/1
○欲致天下 32/148/13
○、文王之爲子 32/149/7
人人皆以○爲越踰好士 32/149/10

## 沃 wò 1

終於○〔洗〕者焉 20/101/17

## 臥 wò 2

心、○則夢 21/104/3
有子惡○而焠掌 21/105/16

## 汙 wū 29

術順墨而精雜○ 2/7/1
人○而脩之者 3/10/14
非案○而脩之之謂也 3/10/14
去○而易之以脩 3/10/14
去○而非脩○也 3/10/15
爲脩而不爲○也 3/10/15
○僈、突盜 4/15/4
是以終身不免埤○傭俗 5/19/14
○漫者也 6/24/5
不恥見○ 6/24/13
其事行也若是其險○淫
　汏也 7/25/9
桀、跖之世不能○ 8/32/13
行不免於○漫而冀人之
　以己爲脩也 8/34/14
○池、淵沼、川澤 9/39/21
百姓曉然皆知其○漫暴
　亂而將大危亡也 10/44/11
○者皆化而脩 10/47/16
○漫、突盜以先之 11/56/1
則與○邪之人疑之 12/61/1
○邪之賊也 12/61/3
今使○邪之人論其怨賊
　而求其無偏 12/61/3
（汗）〔○〕漫、爭奪
　、貪利是也 16/77/3
○漫、突盜以爭地 16/77/8
其聲樂不流○ 16/78/11
流淫、○僈 18/88/26
使夫邪○之氣無由得接
　焉 20/98/18
所見者○漫、淫邪、貪
　利之行也 23/117/18
修潔之爲親而雜○之爲
　狄者邪 26/124/2
《小雅》不以於○上 27/135/8

## 巫 wū 4

傴○、跛擊之事也 9/40/9
譬之是猶傴○、跛匡大
　自以爲有知也 18/84/19
出戶而○覡有事 18/86/19
申公○臣進問曰 32/148/19

## 屋 wū 7

雖隱於窮閻漏○ 8/28/3,8/32/7
則雖在窮閻漏○ 10/48/10

（君）〔若〕盧○妾 10/49/3
故壙壠其須象室○也 19/95/15
（○）〔局〕室、（廬庾）〔蘆簾〕、（葭）槀蓐、尙机筵而可以養形 22/112/19
亟其乘○ 27/135/3

烏 wū 2

譬之是猶○獲與焦僥搏也 10/49/7
○鵲之巢可俯而窺也 31/146/15

嗚 wū 7

○呼而莫之能應 8/28/1
○呼 11/53/25,11/53/26 26/126/2,28/139/3,32/149/2 32/150/11

誣 wū 7

猶可○欺也 5/19/2
身不肖而○賢 8/30/7
內不自以○外 8/33/1
既錯之而人莫之能○也 11/51/20
臣不能而○能 12/62/1
則所聞者欺○詐僞也 23/117/18
○也 27/134/20

毋 wú 3

薦器則冠有鍪而○縱 19/95/9
○利舉爵 19/98/8
雜能、旁魄而○用 23/117/4

吾 wú 77

○嘗終日而思矣 1/1/12
○嘗跂而望矣 1/1/12
○師也 2/5/4
○友也 2/5/4
○賊也 2/5/5
○安知禮之爲是也 2/8/1
○亦惡之 3/12/11
○孰法焉 5/18/18
○語汝學者之嵬容 6/24/19
性也者、○所不能爲也 8/33/20
（情）〔積〕也者、非○所有也 8/33/20
○無觀其餘矣 9/36/13
則傷○民必甚矣 9/36/25
傷○民甚 9/36/25
則○民之惡我必甚矣 9/36/26
○民之惡我甚 9/36/26
○民日不欲爲我鬬 9/36/26
而黨爲○所不欲於是者 9/40/21
審○所以適人 11/56/4
必道○所明 15/70/27
無道○所疑 15/70/27
○所謂仁義者 15/72/2
故辟門除涂以迎○入 15/74/10
今巨楚縣○前 16/76/21
大燕鰌○後 16/76/21
勁魏鉤○右 16/76/21
楚人則乃有襄賁、開陽以臨○左 16/76/22
○謂之無天下矣 18/84/3
○觀於鄉 20/101/6,20/101/22
○慮不清 21/106/3
贈○子以言 27/134/2
○不爲臣 27/136/1
○不復見 27/136/2
無用○之所短遇人之所長 27/137/7
○聞宥坐之器者 28/138/11
○語汝其故 28/138/18
○有恥也 28/140/11
○有鄙也 28/140/11
○有殆也 28/140/11
○恥之 28/140/11
○鄙之 28/140/12
○殆之也 28/140/12
○與之 28/140/14
○已矣 28/140/14
○語汝 28/141/1 28/141/8,29/142/18,30/144/1
女庸安知○不得之桑落之下乎哉 28/141/9
○亦未輟 28/141/12
○不知也 29/142/22,29/142/24
○以夫子爲無所不知 29/142/23
○將爲汝問之 29/142/24
○語女 29/143/3,32/149/7
○必不仁也 30/144/11
○必不長也 30/144/11
○必不信也 30/144/12
（五）〔○〕欲論○國之士 31/144/27
非○子無所聞之也 31/147/1
寡人問○子 31/148/3
○子曰 31/148/3
不識○子何以知之 31/148/4
今以不穀之不肖而群臣莫○逮 32/148/21
○國幾於亡乎 32/148/21
○於天下不賤矣 32/149/7
然而○所執贄而見者十人 32/149/8
於是○僅得三士焉 32/149/9
以正○身 32/149/9
○所以得三士者 32/149/9
故上士○薄爲之貌 32/149/10
下士○厚爲之貌 32/149/10
○聞之也 32/149/16
○三相楚而心瘉卑 32/149/18

吳 wú 7

故齊桓、晉文、楚莊、○闔閭、越句踐 11/50/8
孫、○用之 15/68/10
齊桓、晉文、楚莊、○闔閭、越句踐 15/70/21
○有伍子胥而不能用 24/119/10
○子胥不磔姑蘇東門外乎 28/141/2
○起進曰 32/148/17
○起對曰 32/148/18

梧 wú 1

○鼠五技而窮 1/2/15

無 wú 678

則智明而行○過矣 1/1/5
○恆安息 1/1/9
福莫長於○禍 1/1/10
○以至千里 1/2/10
○以成江海 1/2/10

蚯螾○爪牙之利、筋骨之强 1/2/12
非蛇蟺之穴○可寄託者 1/2/13
是故○冥冥之志者 1/2/13
○昭昭之明 1/2/13
○惛惛之事者 1/2/14
○赫赫之功 1/2/14
螣蛇○足而飛 1/2/15
故聲○小而不聞 1/3/3
行○隱而不形 1/3/3
使目非是○欲見也 1/4/17
使耳非是○欲聞也 1/4/17
使口非是○欲言也 1/4/17
使心非是○欲慮也 1/4/18
好善○猒 2/5/5
雖欲○進 2/5/6
雖欲○滅亡 2/5/8
故人○禮則不生 2/5/15
事○禮則不成 2/5/15
國家○禮則不寧 2/5/15
趣舍○定謂之○常 2/6/2
將以窮○窮、逐○極與 2/7/8
2/7/10
夫堅白、同異、有厚○厚之察 2/7/10
是○他故焉 2/7/15,16/77/1
人○法 2/7/18
有法而○志其義 2/7/19
○禮何以正身 2/8/1
○師 2/8/1
是○法也 2/8/3
是○師也 2/8/3
舍亂妄○爲也 2/8/4
則有鈞○上 2/8/7
○廉恥而嗜乎飲食 2/8/8
行乎冥冥而施乎○報而賢不肖一焉 2/8/9
○有作好 2/8/15,17/83/6
○有作惡 2/8/16,17/83/6
致誠則○它事矣 3/11/4
言○常信 3/12/1
行○常貞 3/12/1
○所不傾 3/12/1
危足○所履者也 4/12/19
○廉恥 4/13/13
○辭讓 4/13/15
則○逮矣 4/13/19
則○益矣 4/13/19
怨天者○志 4/13/20
夫不知其與己○以異也 4/14/23
是○待而然者也 4/15/8
4/15/9,4/15/11,5/18/14
○師○法則唯利之見爾 4/15/14
則○由得開內焉 4/15/15
人○師○法 4/15/17
彼臭之而（○）嗛於鼻 4/15/19
（幾不）長慮顧後而恐○以繼之故也 4/16/8
相（人）古之人○有也 5/17/10
古之人○有也 5/17/11,5/17/14
○害爲君子也 5/17/12
○害爲小人也 5/17/13
面○見膚 5/17/22
面○須麋 5/17/23
非特以二足而○毛也 5/18/15
非特以其二足而○毛也 5/18/16
夫禽獸有父子而○父子之親 5/18/16
有牝牡而○男女之別 5/18/17
愚而○說 5/19/1
陋而○度者也 5/19/1
五帝之外○傳人 5/19/5
非○賢人也 5/19/5
五帝之中○傳政 5/19/5
非○善政也 5/19/5,5/19/6
故君子之於言○厭 5/19/13
○咎○譽 5/19/14
則說常○不受 5/20/9
故君子之行仁也○厭 5/20/15
聽其言則辭辨而○統 5/21/3
用其身則多詐而○功 5/21/3
尙法而○法 6/21/22
則倜然○所歸宿 6/22/1
辯而○用 6/22/4
甚僻違而○類 6/22/9
幽隱而○說 6/22/9
閉約而○解 6/22/9
○置錐之地 6/22/15,8/32/8
多少○法而流湎然 6/23/5
（言）○用而辯 6/23/8
知而○法 6/23/9
勇而○憚 6/23/9
○不愛也 6/23/16
○不敬也 6/23/17
○與人爭也 6/23/17
雖○老成人 6/24/1
○禮義而唯權埶之嗜者也 6/24/6
○能而云能者也 6/24/9
○知而云知者也 6/24/9
利心○足而佯○欲者也 6/24/9
○廉恥而忍謑詢 6/24/22
○廉恥而耆飲食 6/25/1
至於成王則安（以）○誅矣 7/26/2
必○後患之術 7/26/14
除怨而○妨害人 7/26/15
失寵則必○罪 7/26/16
是事君者之寶而必○後患之術也 7/26/16
雖欲○危 7/26/20
○怨疾之心 7/27/4
○伐德之色 7/27/5
則常○不順矣 7/27/5
周公○天下矣 8/27/21
今○天下 8/27/21
成王鄉○天下 8/27/22
儒○益於人之國 8/27/26
○置錐之地而明於持社稷之大義 8/28/1
行一不義、殺一○罪而得天下 8/28/9,11/49/16
○思不服 8/28/12,11/53/5
15/71/17
何謂其○益於人之國也 8/28/13
○益於理者廢之 8/29/4
○益於理者舍之 8/29/5
不知○害爲君子 8/29/8
知之○損爲小人 8/29/8
○害爲巧 8/29/8
○害爲治 8/29/9
故君子○爵而貴 8/29/21
○祿而富 8/29/21
民之○良 8/30/4
舍粹折○適也 8/30/7
○乃不可乎 8/31/17
故○首虜之獲 8/31/20
○蹈難之賞 8/31/20
跨天下而○蘄 8/32/2
○輿馬則○所見其能 8/32/4
○弧矢則○所見其巧 8/32/4
○百里之地則○所見其功 8/32/5

其舉事○悔 8/32/10
○正義 8/32/16
其言議談說已○所以異於墨子矣 8/32/19
○所儗怍 8/33/4
○他道焉 8/33/12
故人○師○法而知 8/33/16
○師法者 8/33/18
人○師法則隆（情）〔性〕矣 8/33/18
兼覆○遺 9/35/8
死○赦 9/35/8
好假導人而○所凝止之 9/35/15
○隱謀 9/35/17
○遺善 9/35/17,18/86/8
而百事○過 9/35/17
○法者以類舉 9/35/18,27/131/8
偏黨而○經 9/35/19
猶將○益也 9/36/12,18/88/17
吾○觀其餘矣 9/36/13
天下○王霸主則常勝矣 9/37/3
而○兼并之心 9/37/7
天下○王（霸）主 9/37/10
○它故焉 9/37/12,9/39/13,10/44/2,10/44/13,10/46/14,11/50/3,11/50/9,11/54/8,11/55/27,15/73/5,15/73/8,15/75/1
○德不貴 9/38/5
○能不官 9/38/5
○功不賞 9/38/5
○罪不罰 9/38/5
朝○幸位 9/38/5,10/43/5
民○幸生 9/38/5,10/43/5
○有滯留 9/38/10
○幽閒隱僻之國莫不趨使而安樂之 9/38/11
若環之○端也 9/39/1
○君子 9/39/4,12/57/5
禮義○統 9/39/4
上○君師 9/39/4
下○父子、夫婦 9/39/4
水火有氣而○生 9/39/9
草木有生而○知 9/39/9
禽獸有知而○義 9/39/9
故人生不能○群 9/39/15
群而○分則爭 9/39/15,10/42/17,10/43/9
○害爲堯 9/41/1
案以中立○有所偏而爲縱橫之事 9/41/3
偃然案兵○動 9/41/4
彼○與至也 9/41/12
○宜而有用爲人 10/42/12
行私而○禍 10/42/13
○君以制臣 10/42/15
○上以制下 10/42/15
職業○分 10/42/19
婚姻娉內送逆○禮 10/42/20
○所臧之 10/42/25,10/45/23
夫君子奚患乎○餘〔也〕 10/42/25
此○佗故焉 10/42/26,10/42/28
而或以○禮節用之 10/42/27
事○大小多少 10/43/5
○奪農時 10/43/6,11/56/20
不能○群 10/43/9
故○分者 10/43/9
○言不讎 10/44/13,14/67/22
○德不報 10/44/13,14/67/22
使百姓○凍餒之患 10/44/18
勞苦頓萃而愈○功 10/46/3
民言○嘉 10/46/4
必反○功 10/46/9
雖欲○明達 10/46/16
○制數度量則國貧 10/47/21
交○所藏之 10/48/1
故禹十年水、湯七年旱而天下○菜色者 10/48/1
是○它故焉 10/48/2,10/48/6,11/50/16,11/54/9
則約定而畔○日 10/48/22
則割定而欲○猒 10/48/22
有之不如○之 11/49/13
挈國以呼禮義而○以害之 11/49/16
仲尼○置錐之地 11/49/20
人○百歲之壽 11/51/6
○一焉而亡 11/51/17,16/78/18,26/123/12
國○禮則不正 11/51/19
國危則○樂君 11/51/23
國安則○憂民 11/51/23
譬之是由好聲色而恬○耳目也 11/51/24
○其具 11/52/2
則怡愉○患難矣 11/52/3
匹夫則○所移之 11/52/14
○所移之也 11/52/15
○有是其外矣 11/53/4
人主胡不廣焉○邮親疏、○（偏）〔倫〕貴賤 11/53/22
○國而不有治法 11/54/3
○國而不有亂法 11/54/3
○國而不有賢士 11/54/3
○國而不有罷士 11/54/3
○國而不有愿民 11/54/3
○國而不有悍民 11/54/4
○國而不有美俗 11/54/4
○國而不有惡俗 11/54/4
說○之有也 11/54/22
是亦○它故焉 11/55/2
能○察乎 11/55/5
能○狂乎 11/55/5
說○以取之焉 11/56/4
則商賈莫不敦愨而○詐矣 11/56/18
商賈敦愨○詐 11/56/21
○亂國 12/57/3
○治法 12/57/3
則臣下百吏乘是而後豐取刻與以○度取於民 12/57/14
〔而〕○貪利之心 12/57/16
夫○禮 12/57/26
動○不當也 12/57/28
寡怨寬裕而○阿 12/58/2
敵至而求○危削、（不）滅亡 12/58/17
使○去其疆域 12/59/7
則國終身○故 12/59/7
兩者○一焉而亡 12/59/8,16/77/13
故天子諸侯○靡費之用 12/60/6
士大夫○流淫之行 12/60/6
百吏官人○怠慢之事 12/60/6,24/118/10
眾庶百姓○姦怪之俗 12/60/7,24/118/10
○盜賊之罪 12/60/7,24/118/11
先時者殺○赦 12/60/13

不逮時者殺○赦 12/60/13
○其人而幸有其功 12/60/23
今使汙邪之人論其怨賊而求其○偏 12/61/3
而觀其能○流慆也 12/61/9
而觀其能○離守也 12/61/10
彼誠有之者與誠○之者若白黑然 12/61/10
是○它故 12/61/20
○私人以官職事業〔者〕 12/61/21
滅亡○日〔矣〕 12/62/1
夫文王非○貴戚也 12/62/2
非○子弟也 12/62/3
非○便嬖也 12/62/3
而人主○由知之 12/62/13
故人主○便嬖左右足信者之謂闇 12/62/23
○卿相輔佐足任者之謂獨 12/62/24
計數纖嗇而○敢遺喪 12/63/3
尊法敬分而○傾側之心 12/63/3
知○與下爭小利之爲便於事也 12/63/6
能論官此三材者而○失其次 12/63/7
以待○方 13/63/21
○諫爭 13/64/16
○（謟）〔諂〕諛 13/64/16
○橋拂 13/64/17
而○所避之 13/64/17
端志而○傾側之心 13/64/22
曉然以至道而○不調和也 13/64/23
○功者也 13/65/5
○德者也 13/65/5
故○德之爲道也 13/65/5
則○接而不然 13/65/18
謹慎而○鬭怒 13/65/23
出死○私 13/66/2
和而○經 13/66/4
○土則人不安居 14/66/23
○人則土不守 14/66/23
○道法則人不至 14/66/23
○君子則道不舉 14/66/23
雖振其樹○益也 14/67/5
寧僭○濫 14/67/24
○敵於天下 15/68/10,18/86/6
○本賞矣 15/69/21
傾側反覆○日 15/69/22
非鬭○由也 15/70/5
則勝不勝○常 15/70/16
行莫大乎○過 15/70/24
事莫大乎○悔 15/70/25
事至○悔而止矣 15/70/25
○道吾所疑 15/70/27
○欲將而惡廢 15/70/27
○急勝而忘敗 15/71/1
○威內而輕外 15/71/1
○見其利而不顧其害 15/71/1
敬謀○壙 15/71/7
敬事○壙 15/71/7
敬終○壙 15/71/7
敬衆○壙 15/71/7
敬敵○壙 15/71/7
夫是之謂五○壙 15/71/7
而處之以恭敬○壙 15/71/8
殷之服民所以養生之者也○異周人 15/71/14
○幽閒辟陋之國 15/71/15
王者有誅而○戰 15/71/17
是豈○堅甲利兵也哉 15/72/15
是豈○固塞隘阻也哉 15/72/17
殺戮○時 15/72/20
○禮義忠信 15/73/12
雖欲○化 15/74/5
兼兵○强 15/74/22
則○以有其下 16/75/18
○愛人之心 16/75/18
○利人之事 16/75/19
○僇乎族黨而抑卑乎後世 16/76/9
則○以異於桀、紂 16/77/4
○有私事也 16/78/13
恬然如○治者 16/78/15
則其殆○儒邪 16/78/17
莫知其○形 17/80/6
○何也 17/81/10
是○世而不常有之 17/81/12
○傷也 17/81/12
則是雖○一至者 17/81/13
○益也 17/81/13
內外○別 17/81/18
○安國〔矣〕 17/82/1
○用之辯、不急之察 17/82/3
○佗也 17/82/6
百王之○變 17/82/20
故道○不明 17/83/1
○知也 17/83/3
○見於先 17/83/4
○見於信 17/83/4
○見於畸 17/83/4
○見於多 17/83/5
有後而○先 17/83/5
則群衆○門 17/83/5
有詘而○信 17/83/5
有齊而○畸 17/83/5
有少而○多 17/83/6
唱默則民○應也 18/83/12
儀隱則下○動也 18/83/12
則上下○以相（有）〔胥〕也 18/83/12
則與○上同也 18/83/13
吾謂之○天下矣 18/84/3
天下○君 18/84/4
必傷害○罪之民 18/84/5
故桀、紂○天下 18/84/9
治古○肉刑 18/85/5
天下○隱士 18/86/8
天下○聖 18/86/10
天下厭然與鄉○以異也 18/86/11, 18/86/13
若夫知慮取舍則○衰 18/86/15
心至愉而志○所詘 18/86/17
尊○上矣 18/86/17,24/118/7
天子○老 18/87/3
○擅天下 18/87/4
何世而○嵬 18/87/13
何時而○瑣 18/87/13
上以○法使 18/88/1
下以○度行 18/88/1
不知其○益 18/88/17
知其○益也 18/88/18
則與○益於人也 18/88/19
○隆正 18/88/21
有埶辱○害爲堯 18/89/3
有埶榮○害爲桀 18/89/3
則不能○求 19/90/3
求而○度量分界 19/90/3
○天地惡生 19/90/20
○先祖惡出 19/90/21
○君師惡治 19/90/21

○安人 19/90/21
謂之○方之民 19/92/16
○窮者、廣之極也 19/92/18
非特學爲○方之民也 19/92/19
是敬其有知而慢其○知也 19/93/7
反○哭泣之節 19/93/16
○衰麻之服 19/93/16
○親疏月數之等 19/93/16
若○喪者而止 19/93/17
○性則僞之○所加 19/95/1
○僞則性不能自美 19/95/1
縉紳而○鉤帶矣 19/95/8
有簟席而○床笫 19/95/10
○帾絲歶縷翣其須以象
菲帷幬尉也 19/95/16
故卒禮者、○他焉 19/95/16
○適不易之術也 19/96/5
至死○窮 19/96/13
彼安能相與群居而○亂
乎 19/96/15
則是○窮也 19/96/18
直○由進之耳 19/97/12
愅詭、悒僾而不能○時
至焉 19/97/20
狀乎○形影 19/98/9
故人不能○樂 20/98/14
樂則不能○形 20/98/15
則不能○亂 20/98/16
使夫邪汙之氣○由得接
焉 20/98/18
夫民有好惡之情而○喜
怒之應 20/99/25
○所營也 20/100/17
知其能弟長而○遺也 20/101/17
脩爵○數 20/101/18
弟長而○遺 20/101/21
其養生○度 20/101/25
天下○二道 21/102/5
聖人○兩心 21/102/5
故○欲○惡 21/103/16
○始○終 21/103/17
○近○遠 21/103/17
○博○淺 21/103/17
○古○今 21/103/17
出令而○所受令 21/104/11
其擇也○禁 21/104/13
心枝則○知 21/104/15
○爲也 21/105/19
○彊也 21/106/1
人不以定有○ 21/106/8
安能○過乎 21/106/9
此人之所以○有而有○
之時也 21/106/14
則○以異矣 21/106/16
求可以知物之理而○所
疑止之 21/106/18
雖能之○益於人 21/107/5
不能○損於人 21/107/5
○正而恣睢 21/107/6
爲之○益於成也 21/107/10
求之○益於得也 21/107/10
憂戚之○益於幾也 21/107/10
○邑憐之心 21/107/11
明君○之有也 21/107/14
闇君○之有也 21/107/14
則志○不喻之患 22/108/14
事○困廢之禍 22/108/14
心徵之而○說 22/109/3
單與兼○所相避則共 22/109/5
至於○共然後止 22/109/8
至於○別然後止 22/109/9
名○固宜 22/109/10
名○固實 22/109/10
狀變而實○別而爲異者 22/109/12
有化而○別 22/109/13
驗之所緣（○）以同異
而觀其孰調 22/109/18
○不類於三惑者矣 22/109/20
君子○埶以臨之 22/110/2
○刑以禁之 22/110/3
百家○所竄 22/110/9
有兼聽之明而○奮矜之
容 22/110/10
有兼覆之厚而○伐德之
色 22/110/10
而○深於其志義者也 22/110/23
故窮藉而○極 22/110/24
甚勞而○功 22/110/24
貪而○名 22/110/24
○以道欲而困於有欲者
也 22/111/4
○以節欲而困於欲多者
也 22/111/4
有欲○欲 22/111/5
○之有也 22/111/20,22/112/9
22/112/10,22/112/10
22/112/10
假之有人而欲南○多 22/111/20
而惡北○寡 22/111/21
今人所欲○多 22/111/21
所惡○寡 22/111/22
故人○動而（不）可以
不與權俱 22/111/24
人曰○得亦○喪也 22/112/4
人曰○喪而有得也 22/112/4
人曰○得而有喪也 22/112/4
其與夫盜○以異 22/112/15
其與○足○以異 22/112/15
故○萬物之美而可以養
樂 22/112/20
○埶列之位而可以養名 22/112/20
○稽之言 22/112/23
今人○師法則偏險而不
正 23/113/10
○禮義則悖亂而不治 23/113/10
苟○之中者 23/114/19
固○禮義 23/114/21
則人○禮義 23/114/22
人○禮義則亂 23/114/22
○禮義之化 23/115/6
○刑罰之禁 23/115/6
○辨合、符驗 23/115/11
今以仁義法正爲固○可
知可能之理邪 23/116/8
將使塗之人固○可以知
仁義法正之質 23/116/9
而固○可以能仁義法正
之具邪 23/116/9
○害可以爲禹 23/116/20
○害可以爲 23/116/22
齊給、便敏而○類 23/117/4
仁之所在○貧窮 23/117/7
仁之所亡○富貴 23/117/7
天子○妻 24/118/5
告人○匹也 24/118/5
四海之內○客禮 24/118/5
告○適也 24/118/5
志○所詘 24/118/7
形○所勞 24/118/7
則士大夫○流淫之行 24/118/10
雖欲○亂 24/119/5

○所往而不聽 24/119/10
國事○所往而不用 24/119/10
人主○賢、如瞽○相何
倀倀 25/120/3
世○王 25/120/16
隱（諱）〔過〕疾賢、
（良）〔長〕由姦詐
鮮○災 25/122/1
心○度 25/122/4
己○郵人、我獨自美豈
（獨）○故 25/122/5
務本節用財○極 25/122/13
吏謹將之○鈹滑 25/123/6
精微而○形 26/124/1
明達純粹而○疵（也） 26/124/4
有父母而○牝牡者與 26/125/3
○知○巧 26/125/6
○羽○翼 26/125/9
公正○私 26/125/14
○私罪人 26/125/15
憂○疆也 26/125/18
使人○陷 27/127/4
使人○失 27/127/4
敬戒○怠 27/128/14
有諫而○訕 27/129/8
有亡而○疾 27/129/8
有怨而○怒 27/129/8
故人○禮不生 27/129/24
事○禮不成 27/129/24
國家○禮不寧 27/129/25
不富○以養民情 27/130/24
不教○以理民性 27/130/24
至成、康則案○誅已 27/132/8
多積財而羞○有 27/132/10
○有而求天府 27/133/3
○留善 27/133/6
○宿問 27/133/7
○以知松柏 27/133/13
○以知君子○日不在是 27/133/14
嬰貧○財 27/134/1
多知而○親 27/134/14
博學而○方 27/134/14
好多而○定者 27/134/14
○益而厚受之 27/134/20
然則賜○息者乎 27/135/3
○將大車 27/136/10
言○與小人處也 27/136/11
至○有者窮 27/136/15
○用吾之所短遇人之所
長 27/137/7
多（少）〔言〕○法而
流喆然 27/137/10
惡民之串以○分得也 27/137/13
○分義 27/137/13
○三王之法 27/137/18
劫迫於暴國而○所辟之 27/137/22
得○失乎 28/138/18
斂也○時 28/139/5
夫水、（大）偏與諸生
而○爲也 28/140/5
老○以教之 28/140/11
曾○舊言 28/140/12
非以○人而不芳 28/141/4
非○良材也 28/141/14
故勞苦彫萃而能○失其
敬 29/142/3
災禍患難而能○失其義 29/142/4
則不幸不順見惡而能○
失其愛 29/142/4
不行○禮 29/142/12
然而○孝之名 29/142/15
○此三者 29/142/17
則何（以）爲而○孝之
名也 29/142/17
非○力也 29/142/19
何爲而○孝之名也 29/142/20
吾以夫子爲○所不知 29/142/23
夫子徒○所不知 29/142/26
○一日之憂 29/143/15
○一日之樂也 29/143/16
○內人之疏而外人之親 30/143/23
○身不善而怨人 30/143/23
○刑已至而呼天 30/143/23
故君子苟能○以利害義 30/144/2
則恥辱亦○由至矣 30/144/3
怨天者○識 30/144/12
長○能也 30/144/22
死○思也 30/144/22
窮○與也 30/144/23
富有天下而○怨財 31/146/4
非吾子○所聞之也 31/147/1
竊其有益與其○益 31/147/11
○取健 31/147/14
○取詌 31/147/14
○取口啍 31/147/14
是〔以〕舜○失民 31/148/5
造父○失馬也 31/148/6
未有窮其下而能○危者
也 31/148/8
執一○失 32/148/13
行微○怠 32/148/13
忠信○� 32/148/13
出○辨矣 32/149/3
○越踰不見士 32/149/5
○乃不察乎 32/149/6
上○賢主 32/150/4
故君上蔽而○覩 32/150/6

## 五 wǔ 82

梧鼠○技而窮 1/2/15
詘○指而頓之 1/4/2
目好之○色 1/4/18
耳好之○聲 1/4/18
口好之○味 1/4/18
○寸之矩 3/11/17
恭儉者、偋○兵也 4/12/17
○帝之外無傳人 5/19/5
○帝之中無傳政 5/19/5
謂之○行 6/22/8
○尺之豎子言羞稱乎○伯 7/25/7
7/25/18
齊桓、○伯之盛者也 7/25/8
并國三十○ 7/25/9
姬姓獨居○十三人 8/27/16
12/62/7
序○種 8/28/19,9/40/4
姬姓獨居○十三人焉 8/31/15
出三日而○災至 8/31/17
偃○兵 8/31/20
○疾 9/35/7
閔王毀於○國 9/37/12
故○穀不絕而百姓有餘
食也 9/39/21
主攘擇○卜 9/40/9
戮之以○刑 9/40/11
此○等者不可不善擇也 9/42/6
而○穀以時孰 10/44/17
今是土之生○穀也 10/44/21
必將芻豢稻粱、○味芬
芳以塞其口 10/45/18

○伯是也 11/50/7
此○綦者 11/52/1,18/89/13
養○綦者有具 11/52/1
則○綦者不可得而致也 11/52/2
然後養○綦之具具也 11/52/3
卑者○伯 11/55/1
爲○伯長 11/55/2
負服矢○十个 15/70/1
○甲首而隸○家 15/70/6
夫是之謂○權 15/71/2
夫是之謂○無壙 15/71/7
愼行此六術、○權、三至 15/71/7
故自四○萬而往者彊勝 16/77/6
心居中虛以治○官 17/80/10
衣被則服○采 18/86/17
《雍》而徹〔乎〕○祀 18/86/18
以人之情爲欲此○綦者
而不欲多 18/89/14
○味調（香）〔盉〕 19/90/6
有一國者事○世 19/91/3
有○乘之地者事三世 19/91/4
諸侯○重 19/93/11
速不損○十日 19/93/22
二十○月而畢 19/96/7,19/96/18
諸侯○月 19/97/16
此○行者 20/101/21
○官簿之而不知 22/109/2
穆公得之、强配○伯六
卿施 25/120/10
○穀殖 25/121/11
君論有○約以明 25/122/12
○聽（循）〔脩〕領、
莫不理（續）〔績〕
（主執）〔孰主〕持 25/123/2
○采備而成文 26/124/9
請占之○（帝）〔泰〕 26/125/1
〔○〕（帝）〔泰〕占
之曰 26/125/1
○十不成喪 27/127/10
故吉行○十 27/128/6
故家○畝宅、百畝田 27/130/24
三月○月 27/134/2
古者匹夫○十而士 27/135/14
誥誓不及○帝 27/138/6
交質子不及○伯 27/138/6
人有惡者○ 28/138/18
○曰順非而澤 28/138/19
此○者有一於人 28/138/19
（○）〔吾〕欲論吾國
之士 31/144/27
人有○儀 31/145/7
○鑿爲正 31/145/11
樹之而○穀播焉 32/149/22

## 午 wǔ 1

○其軍 10/48/13

## 伍 wǔ 4

欲○以參 15/70/27
歌於行○ 20/99/26
吳有○子胥而不能用 24/119/10
參○明謹施賞刑 25/123/3

## 武 wǔ 77

則湯、○在上曷益 4/16/2
湯、○存 4/16/2
○王誅二 7/26/1,27/132/8
○王崩 8/27/14,8/31/13
周公屛成王而及○王以
屬天下 8/27/14
而能揜迹於文、○ 8/27/17
是以周公屛成王而及○
王以屬天下 8/27/19
遂文、○之業 8/27/23
周公屛成王而及○王 8/31/13
○王之誅紂也 8/31/16,15/72/5
於是《○》、《象》起
而《韶》、《護》廢
矣 8/32/1
湯、○是也 11/50/2
13/66/3,16/76/12,18/84/17
○王以鄗 11/50/2,11/54/7
○王用召公 11/54/23
湯、○者 11/55/22,18/84/9
18/85/18
臨○君與孫卿子議兵於
趙孝成王前 15/68/3
臨○君對曰 15/68/5
則湯、○不能以必勝也 15/68/8
臨○君曰 15/68/9,15/71/10
15/71/18
○王載發 15/69/9
孝成王、臨○君曰 15/69/11
15/70/24
魏氏之○卒 15/70/1
故齊之技擊不可以遇魏
氏之○卒 15/70/9
魏氏之○卒不可以遇秦
之銳士 15/70/9
桓、文之節制不可以敵
湯、○之仁義 15/70/10
湯、○之誅桀、紂也 15/70/14
○王伐紂 15/71/25
故堅甲利兵不足以爲
（勝）〔○〕 15/72/10
○王以滈 15/74/22
俄而天下倜然舉去桀、
紂而犇湯、○ 16/76/25
反然舉疾惡桀、紂而貴
帝湯、○ 16/77/1
而湯、○何得也 16/77/1
而湯、○者善爲人之所
好也 16/77/2
辟稱比方則欲自並乎湯
、○ 16/77/4
而求有湯、○之功名 16/77/4
16/77/9
威彊乎湯、○ 16/77/16
曷謂乎威彊乎湯、○ 16/77/17
湯、○也者 16/77/18
此所謂威彊乎湯、○也 16/77/20
湯、○簒而奪之 18/83/23
湯、○非取天下也 18/84/6
而湯、○不弒君 18/84/9
以桀、紂爲君而以湯、
○爲弒 18/84/10
然則以湯、○爲弒 18/84/11
以桀、紂爲有天下而臣
湯、○ 18/84/18
○王伐有商 18/85/12
湯、○不能禁令 18/85/17
○王居鄗 18/85/18
步中《○》、《象》 18/86/21
19/90/12,27/129/27
《韶》、《夏》、《護》
、《○》 19/98/4
舞《韶》歌《○》 20/100/1
○王怒 25/120/8

○王善之、封〔之〕於宋立其祖 25/120/9
○王誅之、呂尙招麾殷民懷 25/120/10
文、○之道同伏戲 25/120/13
湯、○以賢 26/123/18
○王始入殷 27/131/3
魏○侯謀事而當 32/148/17
○侯曰 32/148/18
○侯逡巡再拜曰 32/148/22
○王之爲弟 32/149/7
紂刳王子比干而○王得之 32/150/1

## 侮 wǔ 15

刑○者弱 15/69/17
明見○之不辱 18/88/10
人皆以見○爲辱 18/88/10
知見○之爲不辱 18/88/10
然則亦以人之情爲不惡○乎 18/88/11
今倡優、侏儒、狎徒詈○而不鬭者 18/88/12
是豈鉅知見○之爲不辱哉 18/88/13
雖以見○爲辱也 18/88/15
雖知見○爲不辱 18/88/15
夫今子宋子不能解人之惡○ 18/88/16
見○不辱 18/88/21,22/109/16
詈○捽搏 18/89/1
危削○辱之本也 20/99/19
不當罪則○ 24/118/17

## 舞 wǔ 3

○《韶》歌《武》 20/100/1
○意天道兼 20/100/20
曷以知○之意 20/101/2

## 廡 wǔ 1

甕○、虛而不實 19/95/10

## 勿 wù 18

問楛者○告也 1/4/6
告楛者○問也 1/4/6
說楛者○聽也 1/4/6
有爭氣者○與辨也 1/4/6
立隆而○貳也 7/27/3
而○忘棲遲薛越也 9/41/10
○庸以即 14/67/10,28/139/6
孰與理物而○失之也 17/82/17
而務說人以○辱也 18/88/17
禮之中焉能○易 19/92/17
正錯而○動 21/105/5
愛之而○面 27/127/20
使之而○貌 27/127/20
導之以道而○彊 27/127/20
務其業而○奪其時 27/130/24
○用爲笑 27/131/6
而能使民○踰乎 28/139/13

## 物 wù 157

善假於○也 1/1/15
○類之起 1/2/3
○各從其類也 1/2/5
內省而外○輕矣 2/6/12
君子役○ 2/6/12
小人役於○ 2/6/12
○其有矣 3/9/5
不誠則不能化萬○ 3/11/9
○至而應 3/11/21,21/107/11
則勢不能容、○不能贍也 4/16/18
觀乎雜○而不惑 5/19/4
財萬○ 6/22/19,9/38/9
恢然如天地之苞萬○ 6/23/17
不爲○傾側 6/24/14
然而通乎財萬○、養百姓之經紀 8/28/2
萬○得其宜 8/29/1
萬○莫足以傾之之謂固 8/31/4
倚○怪變 8/33/3
○不能澹則必爭 9/36/1
通流財○粟米 9/38/10
萬○之總也 9/39/3
彊則勝○ 9/39/12
裁萬○ 9/39/12
弱則不能勝○ 9/39/15
群道當則萬○皆得其宜 9/39/17
加施萬○之上 9/39/23
使國家足用而財○不屈 9/40/6
積財○ 9/41/10
則財○積 9/41/11
是以厭然畜積脩飾而○用之足也 9/41/20
萬○同宇而異體 10/42/12
欲惡同○ 10/42/16
欲多而○寡 10/42/16
重財○而制之 10/43/18,11/53/13
材萬○ 10/43/19
然後昆蟲萬○生其間 10/45/2
夫天地之生萬○也 10/45/2
則萬○失宜 10/45/12
則萬○得其宜 10/45/21
○由有可樂如是其美焉者乎 11/53/24
權○而稱用 11/54/17
以是（用）〔周〕挾於萬○ 11/54/17
其於天地萬○也 12/58/3
其知慧足使規○ 12/62/16
其端誠足使定○然後可 12/62/16
則不得不有疾病○故之變焉 12/62/17
事○之至也如泉原 12/62/18
一○不應 12/62/18,31/147/3
知明制度、權○稱用之爲不泥也 12/63/7
程者、○之準也 14/67/13
群○皆正 15/71/4
財○貨寶以大爲重 16/78/25
夫義者、內節於人而外節於萬○者也 16/79/6
萬○各得其和以生 17/80/5
則天地官而萬○役矣 17/80/14
○之罕至者也 17/81/11,17/81/13
○之已至者 17/81/16
萬○之怪 17/82/2
在○者莫明於珠玉 17/82/10
孰與○畜而（制）〔裁〕之 17/82/15
因○而多之 17/82/16
思○而○之 17/82/16
孰與理○而勿失之也 17/82/17
願於○之所以生 17/82/17

孰與有〇之所以成 17/82/17
則失萬〇之情 17/82/18
萬〇爲道一偏 17/83/3
一〇爲萬〇一偏 17/83/3
愚者爲一〇一偏 17/83/3
一〇失稱 18/85/11
故百事廢、財〇詘而禍亂起 18/88/2
使欲必不窮乎〇 19/90/5
〇必不屈於欲 19/90/5
萬〇以昌 19/92/5
萬〇變而不亂 19/92/5
禮者、以財〇爲用 19/92/21, 27/130/12
備〇者作矣 19/93/21
天地合而萬〇生 19/95/2
天能生〇 19/95/3
不能辨〇也 19/95/3
宇中萬〇、生人之屬 19/95/3
陶器不成〇 19/95/10
曲容備〇之謂道矣 19/97/17
〇取而皆祭之 19/98/8
比〇以飾節者也 20/99/1
絻、柷、拊、鞷、椌、楬似萬〇 20/101/1
凡萬〇異則莫不相爲蔽 21/102/13
兼陳萬〇而中縣衡焉 21/103/17
萬〇莫形而不見 21/104/7
疏觀萬〇而知其情 21/104/8
經緯天地而材官萬〇 21/104/8
其〇也雜博 21/104/13
萬〇可兼知也 21/104/16
〔非〕精於〇者也 21/105/1
精於〇者以〇〇 21/105/1
精於道者兼〇〇 21/105/1
故君子壹於道而以贊稽〇 21/105/2
以贊稽〇則察 21/105/2
則萬〇官矣 21/105/3
不以事詔而萬〇成 21/105/3, 27/132/22
〇莫之傾 21/105/7
小〇引之 21/105/7
凡觀〇有疑 21/106/3
則外〇不清 21/106/3
以此時定〇 21/106/9
彼愚者之定〇 21/106/9
〇之理也 21/106/18
求可以知〇之理而無所疑止之 21/106/18
已不足以浹萬〇之變 21/106/19
言〇而爲辨 21/107/7
散名之加於萬〇者 22/107/21
異〇名實（玄）〔互〕紐 22/108/12
其天官之意〇也同 22/108/15
故萬〇雖衆 22/109/7
故謂之〇 22/109/7
〇也者、大共名也 22/109/8
〇有同狀而異所者 22/109/11
志輕理而不〔外〕重〇者 22/112/9
外重〇而不內憂者 22/112/9
故嚮萬〇之美而不能嗛也 22/112/12
故嚮萬〇之美而盛憂 22/112/13
兼萬〇之利而盛害 22/112/13
其求〇也 22/112/13
夫是之謂以己爲〇役矣 22/112/15
故無萬〇之美而可以養樂 22/112/20
夫是之謂重己役〇 22/112/21
大人哉舜、南面而立萬〇備 25/121/9
爰有大〇 26/123/11
皇天隆〇 26/123/17
有〇於此 26/124/7, 26/124/16, 26/125/6
〇其指矣 27/127/2
志卑者輕〇 27/131/22
輕〇者不求助 27/131/23
凡〇有乘而來 27/136/18
驗之以近〇 27/137/2
日選擇於〇 31/145/10
從〇如流 31/145/10
辨乎萬〇之情性者也 31/146/8
大道者、所以變化遂成萬〇也 31/146/8
總要萬〇於風雨 31/146/9
即〇少至 32/149/6
士至而後見〇 32/149/11
見〇然後知其是非之所在 32/149/11

## 芴 wù 1

故愚者之言、〇然而粗 22/110/22

## 敄 wù 1

則士大夫莫不（敬）〔〇〕節死制者矣 11/56/16

## 悟 wù 1

不覺〇 25/122/2

## 務 wù 56

此小人之所〇而君子之所不爲也 4/12/23
將何〇哉 6/23/1
以〇息十二子之說 6/23/1
故勞力而不當民〇 6/23/6
〇事理者也 6/24/5
故人主不〇得道而廣有其埶 7/26/4
俞〇而俞遠 7/27/10, 16/77/10
事必當〇 8/29/2
故君子〇脩其內而讓之於外 8/30/1
〇積德於身而處之以遵（道）〔遁〕 8/30/1
知彊（大）〔道〕者不〇彊也 9/37/2
〇本事 9/41/10
而忘其本〇 9/42/6
故相率而爲之勞苦以〇佚之 10/43/21
僓然要時〇民 10/46/8
仁人之所〇白也 11/49/16
不〇張其義、齊其信 11/50/10
緜緜常以結引馳外爲〇 11/50/14
而仁人之所以〇白也 11/50/17, 11/51/2, 11/51/9
使臣下百吏莫不宿道鄉方而〇 11/52/9
不〇聽其所不聞 11/55/7
不〇視其所不見 11/55/8
又〇治遠 11/55/13, 11/55/14
又〇見幽 11/55/13, 11/55/14

又○正百 11/55/13,11/55/15
士大夫○節死制 11/56/20
不○說其所以然而致善用其材 12/58/3
知○本禁末之爲多材也 12/63/6
以環主圖私爲○ 13/63/18
夫燿蟬者○在明其火、振其樹而已 14/67/4
益地不如益信之○也 16/78/7
然後興之○之 16/78/20
古者禹、湯本義○信而天下治 16/79/7
故爲人上者必將愼禮義、○忠信然後可 16/79/8
非不以此爲○也 16/79/12
而○說人以勿辱也 18/88/17
（類）以○象效其人 21/106/23
嚮是而○ 21/106/23
彼正其名、當其辭以○白其志義者也 22/110/20
○本節用財無極 25/122/13
舜學於○成昭 27/127/8
○其業而勿奪其時 27/130/24
（勸）〔動〕行不知所○ 31/145/9
是故知不○多 31/145/14
○審其所知 31/145/14
言不○多 31/145/15
○審其所謂 31/145/15
行不○多 31/145/15
○審其所由 31/145/15
有○而拘領者矣 31/146/14

誤 wù 1

是特姦人之○於亂說 18/88/6

騖 wù 1

步驟、馳騁、厲○不外是矣 19/93/1

夕 xī 4

月○卜（宅）〔日〕 19/93/23
則彼朝死而○忘之 19/96/15
暮不廢○ 20/101/18
溫恭朝○ 27/134/23

兮 xī 24

其子七○ 1/3/1
其儀一○ 1/3/1,1/3/1
心如結○ 1/3/1
井井○其有理也 8/30/19
嚴嚴○其能敬己也 8/30/19
（分分）〔介介〕○其有終始也 8/30/19
猒猒○其能長久也 8/30/19
樂樂○其執道不殆也 8/31/1
炤炤○其用知之明也 8/31/1
脩脩○其（用）統類之行也 8/31/1
綏綏○其有文章也 8/31/2
熙熙○其樂人之臧也 8/31/2
隱隱○其恐人之不當也 8/31/2
何恤人之言○ 17/81/2,22/110/18
長夜漫○ 22/110/17
永思騫○ 22/110/17
大古之不慢○ 22/110/17
禮義之不愆○ 22/110/17
忽○其極之遠也 26/124/8
攭○其相逐而反也 26/124/9
卬卬○天下之咸蹇也 26/124/9
皇皇○其狀 26/124/16

西 xī 15

○方有木焉 1/1/18
令尹子○、司馬子期皆死焉 5/17/19
自○自東 8/28/12,11/53/5 15/71/16
○海則有皮革、文旄焉 9/38/16
東征而○國怨 9/41/17
○足以詘秦 11/50/15
子發將（○）〔而〕伐蔡 16/76/1
○壤之不絕若繩 16/76/21
○有巴、戎 16/78/1
負○海而固常山 16/78/2
執薦者百人侍○房 18/86/19
好美而惡○施也 18/89/15
禹學於○王國 27/127/8

希 xī 1

大事之至也○ 16/78/22

析 xī 10

而惠施、鄧○能之 3/9/2
是惠施、鄧○也 6/22/5
君子不若惠施、鄧○也 8/28/21
惠施、鄧○不敢竄其察 8/29/1
○愿禁悍而刑罰不過 9/38/6
則是上下○也 11/50/12
○辭而爲察 21/107/7
故○辭擅作（名）以亂正名 22/108/4
○速、粹孰而不急 23/117/4
子產誅鄧○、史付 28/138/22

昔 xī 12

○者 1/3/3,5/17/16 18/85/12,21/105/3,29/142/28
○人君之蔽者 21/102/15
○人臣之蔽者 21/103/1
○賓孟之蔽者 21/103/8
○晉公子重耳霸心生於曹 28/141/8
○萬乘之國有爭臣四人 29/142/10
○舜巧於使民而造父巧於使馬 31/148/4
○虞不用宮之奇而晉并之 32/150/1

息 xī 36

無恆安○ 1/1/9
樹成蔭而衆鳥○焉 1/2/6
與禹、舜俱傳而不○ 3/9/3
勞而欲○ 4/15/7,5/18/13
文久而（○）〔滅〕 5/18/18
六說者立○ 6/22/19
以務○十二子之說 6/23/1
色、則凡非舊文者舉○ 9/38/2
安以靜兵○民 9/41/18
公義明而私事○矣 12/60/12
已其見宜之可以○者矣 17/80/18
紸纊聽○之時 19/93/19

勞而不敢求○者 23/114/4
故性善則去聖王、○禮義矣 23/115/12
積善而不○ 23/116/14
禮樂滅○、聖人隱伏墨術行 25/120/16
舉舜甽畝、任之天下身休○ 25/121/11
有國之君不○牛羊 27/132/4
錯質之臣不○雞豚 27/132/4
願○事君 27/134/23
事君焉可○哉 27/134/24
然則賜願○事親 27/134/24
事親焉可○哉 27/134/25
然則賜願○於妻子 27/134/25
妻子焉可○哉 27/134/26
然則賜願○於朋友 27/135/1
朋友焉可○哉 27/135/2
然則賜願○耕 27/135/2
耕焉可○哉 27/135/3
然則賜無○者乎 27/135/3
此則知所○矣 27/135/4
君子○焉 27/135/5
乃重大○ 30/143/26
是以天下之紀不○、文章不廢也 32/149/13
多其功而不（○）〔悳〕 32/149/22

## 奚 xī 16

夫君子○患乎無餘〔也〕 10/42/25
則其土地且○去我而適它 11/53/1
唐鞅、○齊是也 21/103/1
○齊蔽於欲國而罪申生 21/103/1
○齊戮於晉 21/103/2
○仲作車 21/105/10
○傷於治 22/111/10
○止於亂 22/111/10
○以損之而亂 22/111/23
○以益之而治 22/111/23
○喪 22/112/6
○得 22/112/6
○居之隱也 28/141/1
夫子有○對焉 29/142/10
○子孝 29/142/12
○臣貞 29/142/12

## 犀 xī 2

楚人鮫革○兕以為甲 15/72/14
○象以為樹 18/87/23

## 翕 xī 1

代○代張 15/70/16

## 熙 xī 2

○○兮其樂人之臧也 8/31/2

## 膝 xī 1

坐視○ 27/130/5

## 錫 xī 2

金○美 16/75/6
永○爾類 27/134/25

## 歙 xī 1

（斂）〔○〕然聖王之文章具焉 6/22/14

## 谿 xī 2

不臨深○ 1/1/7
綦○利跂 6/21/16

## 蹊 xī 1

則禮正其經緯○徑也 1/4/2

## 謑 xī 1

使其文足以辨而不（諰）〔○〕 20/98/17

## 醯 xī 1

○酸而蜹聚焉 1/2/6

## 犧 xī 1

宰爵知賓客、祭祀、饗食、○牲之牢數 9/40/1

## 席 xí 12

簟○之上 6/22/14
垂衣裳、不下簟○之上而海內之人莫不願得以為帝王 11/52/11
乘大路、趨越○以養安 18/86/20
疏房檖貌、越○、床笫、几筵 19/90/7
故天子大路越○ 19/90/11
疏房、檖貌、越○、床笫、几筵 19/94/18
屬茨、倚廬、○薪、枕塊 19/94/19
有簟○而無床笫 19/95/10
齊衰、苴杖、居廬、食粥、○薪、枕塊 19/96/6,19/98/5
臨患難而不忘（細）〔茵〕○之言 27/133/13
定公越○而起 31/148/2

## 習 xí 15

方其人之○、君子之說 1/3/21
是注錯○俗之節異也 4/15/1
在勢注錯○俗之所積爾 4/15/11
注錯○俗 8/34/1
○俗移志 8/34/2
而都國之民安○其服 8/34/7
愼○俗 8/34/8
人○其事而固 12/60/13
而博○不與焉 14/67/20,14/67/21
○其俯仰屈申 20/99/4
慮積焉、能○焉而後成謂之偽 22/107/24
聖人積思慮、○偽故以生禮義而起法度 23/114/10
君子聽律○容而后（士）〔出〕 27/129/27
致教○俗 27/131/11

覡 xí 1

出戶而巫○有事 18/86/19

隰 xí 1

鮑叔、甯戚、○朋仁知且不蔽 21/103/3

襲 xí 6

齊秦○ 3/9/2
外事則詐邾、○莒 7/25/9
使○然終始猶一也 11/50/1
詐而○之與先驚而後擊之 15/68/16
○其處 15/74/10
○三稱 19/95/8

洗 xǐ 1

絳於沃〔○〕者焉 20/101/17

徙 xǐ 12

與時遷○ 5/19/18,8/32/11
居錯遷○ 5/21/2
愼潰氏踰境而○ 8/28/5
（徒）〔○〕壞墮落 10/46/9
○舉進退 15/70/26
○舉相攻而敵退 16/76/3
唯其○朝改制爲難 18/86/13
象○之道也 19/95/12
象○道 19/95/13
遷○之 19/97/15
子胥見殺百里○ 25/120/10

喜 xǐ 22

○不過予 2/8/13,2/8/15
○則和而理 3/10/7
○則輕而翾 3/10/9
因其○也 13/64/25
則主不能○ 15/71/4
上下相○則慶之 15/71/17
莫不說○ 15/71/24
好惡、○怒、哀樂臧焉 17/80/9
○怒以當 19/92/5
是君子之所以爲愅詭其所○樂之文也 19/98/5
且樂者、先王之所以飾○也 20/99/10
先王〔之〕○怒皆得其齊焉 20/99/10
是故○而天下和之 20/99/11
夫民有好惡之情而無○怒之應 20/99/25
桀蔽於末○、斯觀 21/102/15
性之好、惡、○、怒、哀、樂謂之情 22/107/23
說、故、○、（怨）〔怒〕、哀、樂、愛、惡、欲以心異 22/108/18
○溼而惡雨 26/125/4
嫫母、刁父是之○也 26/126/1
退朝而有○色 32/148/17
而君以○ 32/148/22

諰 xǐ 8

○○然常恐天下之一合而軋己也 15/72/4
○○〔然〕常恐天下之一合而軋己也 16/77/17,16/78/4
則有其○矣 16/78/16
使其文足以辨而不（○）〔諰〕 20/98/17

係 xì 1

不憂其○壘也 27/131/23

郄 xì 1

入○穴而不偪者歟 26/124/11

細 xì 2

楚莊王好○要 12/58/12
臨患難而不忘（○）〔茵〕席之言 27/133/13

隙 xì 1

若駟之過○ 19/96/18

綌 xì 1

東海則有紫、（紶）〔○〕、魚、鹽焉 9/38/15

潝 xì 2

○○訿訿 2/5/8

謑 xì 1

無廉恥而忍○詢 6/24/22

戲 xì 1

文、武之道同伏○ 25/120/13

繫 xì 3

○之葦苕 1/1/17
所○者然也 1/1/18
其銘、誄、○世 19/95/18

狎 xiá 4

君子易（知）〔和〕而難○ 3/9/7
則是○虎也 13/65/15
○虎則危 13/65/15
今倡優、侏儒、○徒詈侮而不鬬者 18/88/12

狹 xiá 5

○隘褊小 2/6/7
○而廣 9/39/23
如是其○也 12/62/14
積薄者流澤○也 19/91/5
○願廣 23/114/19

陿 xiá 1

秦人、其生民也○阸 15/70/4

瑕 xiá 1

〇適並見 30/144/8

下 xià 620

〇飲黃泉 1/2/12
〇不能隆禮 1/3/23
心利之有天〇 1/4/19
天〇不能蕩也 1/4/19
橫行天〇 2/6/16,2/6/17,2/7/1,2/7/2
總天〇之要 3/11/17
盡天〇之方也 3/11/17
故君子不〇室堂而海內之情舉積此者 3/11/18
〇則能愛民 3/11/20,13/63/20
不〇比以闇上 3/11/21
不上同以疾〇 3/11/21
是天子之所以取天〇也 4/14/8
〇則能保百姓 4/14/9
〇則能保其職 4/14/10
陋也者、天〇之公患也 4/15/22
則天〇從而治 4/16/2
則天〇從而亂 4/16/3
彼固天〇之大慮也 4/16/11
將為天〇生民之屬長慮顧後而保萬世也 4/16/12
富有天〇 4/16/18,11/53/12
故或祿天〇而不自以為多 4/17/4
為〇國駿蒙 4/17/6
而名動天〇 5/17/17
軒較之〇 5/17/18
天〇之傑也 5/17/26
為天〇大僇 5/17/26
為上則不能愛〇 5/18/8
為〇則好非其上 5/18/8
為〇則必滅 5/18/10
莫肯〇隧 5/18/11
天〇之君也 5/18/20
故足以為天〇法則矣 5/20/2
因（求）〔眾〕以成天〇之大事矣 5/20/3
不好言者〇也 5/20/14
起於上、所以導於〇 5/20/14
起於〇、所以忠於上 5/20/14
〇不足以和齊百姓 5/21/4
以澩亂天〇 6/21/10
使天〇混然不知是非治亂之所存者 6/21/10
不知一天〇、建國家之權稱 6/21/19
（〇脩）〔不循〕而好作 6/21/22
〇則取從於俗 6/21/22
而群天〇之英傑而告之以大古 6/22/13
一天〇 6/22/19,9/40/14,11/53/15
兼利天〇 6/22/19,9/39/12
〇則法仲尼、子弓之義 6/23/1
則天〇之害除 6/23/2
是天〇之所棄也 6/23/10
兼服天〇之心 6/23/13
遇君則脩臣〇之義 6/23/15
夫齊桓公有天〇之大節焉 7/25/11
是天〇之大知也 7/25/11
是天〇之大決也 7/25/12
是天〇之大節也 7/25/14
委然成文以示之天〇 7/25/22
文王載百里地而天〇一 7/26/2
厚於有天〇之勢而不得以匹夫老 7/26/3
為重招權於〇以妨害人 7/26/20
天〇之行術 7/27/3
夫是之謂天〇之行術 7/27/6
是天〇之通義也 7/27/8
孰不在人上而羞為人〇 7/27/8
周公屏成王而及武王以屬天〇 8/27/14
惡天〇之倍周也 8/27/14
履天（〇）〔子〕之籍 8/27/15
聽天〇之斷 8/27/15
而天〇不稱貪焉 8/27/15
而天〇不稱戾焉 8/27/16
兼制天〇 8/27/16,8/31/14,12/62/7
而天〇不稱偏焉 8/27/16
而天〇不輟事周 8/27/17
能則天〇歸之 8/27/18
不能則天〇去之 8/27/19
是以周公屏成王而及武王以屬天〇 8/27/19
惡天〇之離周也 8/27/19
周公無天〇矣 8/27/21
鄉有天〇 8/27/21
今無天〇 8/27/21
成王鄉無天〇 8/27/22
今有天〇 8/27/22
因天〇之和 8/27/23
天〇厭然猶一也 8/27/24
必為順〇矣 8/27/27
在人〇則社稷之臣、國君之寶也 8/28/2
在〇位則美俗 8/28/7
儒之為人〇如是矣 8/28/7
忠信愛利形乎〇 8/28/9
行一不義、殺一無罪而得天〇 8/28/9,11/49/16
則天〇應之如讙 8/28/10
則貴名白而天〇治也 8/28/10
夫其為人〇也如彼 8/28/12
相高〇 8/28/18,9/40/4
〇為士君子 8/29/15
圖回天〇於掌上而辨白黑 8/29/17
俄而治天〇之大器舉在此 8/29/18
天〇應之如雷霆 8/30/2
能不窮於〇 8/30/9
是言上〇之交不相亂也 8/30/10
〇則能開道不已若者 8/30/14
天〇之道管是矣 8/31/5
天〇之道畢是矣 8/31/9
諸侯趨走堂〇 8/31/14
莫不為天〇之顯諸侯 8/31/15,12/62/8
合天〇 8/32/1
跨天〇而無蘄 8/32/2
造父者、天〇之善御者也 8/32/4
羿者、天〇之善射者也 8/32/4
大儒者、善調一天〇者也 8/32/5
而不能以調一天〇、制强暴 8/32/7
齊一天〇 8/32/10
通則一天〇 8/32/12
天〇為一 8/33/8,11/50/3,11/54/7,15/74/22,18/85/18
至〇謂之地 8/34/4
不〇於安存 8/34/20
不〇於士 8/34/21
高之〇之 8/34/21
天〇願 9/35/12,14/66/18
則〇畏恐而不親 9/35/14

有天有地而上〇有差 9/35/22
是養天〇之本也 9/36/3
夫是之謂上溢而〇漏 9/36/18
天〇無王霸主則常勝矣 9/37/3
天〇無王（霸）主 9/37/10
仁眇天〇 9/37/14,9/37/14
義眇天〇 9/37/14,9/37/14
威眇天〇 9/37/14,9/37/15
故天〇莫不親也 9/37/14
故天〇莫不貴也 9/37/15
故天〇莫敢敵也 9/37/15
甲兵不勞而天〇服 9/37/16
11/54/6
〇以養百姓而安樂之 9/38/18
舍是而天〇以衰矣 9/39/1
〇無父子、夫婦 9/39/4
故最爲天〇貴也 9/39/10
能以使〇謂之君 9/39/17
〇錯於地 9/39/23
使天〇莫不順比從服 9/40/14
天〇不一 9/40/15
名聲未足以懸天〇也 9/40/20
天〇脅於暴國 9/40/21
而兵剸天〇〔之〕勁矣 9/41/5
而名聲剸天〇之美矣 9/41/6
夫堯、舜者、一天〇也 9/41/7
三者體此而天〇服 9/41/11
故古之人有以一國取天
〇者 9/41/16
〔天〇〕莫不願 9/41/16
君臣上〇之間者 9/41/24
之所以接〇之百姓者則
庸寬惠 9/42/2
之所以接〇之人百姓者
則好取侵奪 9/42/3
（人）之所以接〇之人
百姓者 9/42/5
無上以制〇 10/42/15
天〇害生縱欲 10/42/15
民〇違上 10/42/18
而〇以禮節用之 10/42/24
天〇之本利也 10/43/10
是美天〇之本也 10/43/10
是安天〇之本也 10/43/11
是貴天〇之本也 10/43/11
合天〇而君之 10/43/18,11/53/14
固以爲（王）〔一〕天
〇 10/43/19
兼制天〇者 10/43/19
〇或殺其上 10/44/12
兼足天〇之道在明分 10/44/15
〇者不水 10/44/16
是天（〇）之事也 10/44/17
墨子之言昭昭然爲天〇
憂不足 10/44/20
夫不足、非天〇之公患
也 10/44/20
非天〇之公患也 10/45/4
天〇之公患 10/45/6
則使天〇亂 10/45/6
則使天〇貧 10/45/7
墨子大有天〇 10/45/7,10/45/9
〇失地利 10/45/12,18/88/2
天〇敖然 10/45/12
而焦天〇矣 10/45/13
不富不厚之不足以管〇
也 10/45/16
使天〇生民之屬皆知己
之所願欲之舉在于是
也 10/45/19
〇得地利 10/45/22,15/68/5
夫天〇何患乎不足也 10/45/23
則天〇大而富 10/45/23
則天〇尙儉而彌貧 10/46/2
上〇俱富 10/46/13
則〇應之如影嚮 10/46/16
則〇疑俗儉而百姓不一 10/46/20
上一則〇一矣 10/47/1
上二則〇二矣 10/47/1
取天〇矣 10/47/6
凡主相臣〇百吏之（俗）
〔屬〕 10/47/11
凡主相臣〇百吏之屬 10/47/14
其臣〇百吏 10/47/16
〇貧則上貧 10/47/21
〇富則上富 10/47/21
潢然使天〇必有餘 10/47/23
則上〇俱富 10/48/1
故禹十年水、湯七年旱
而天〇無菜色者 10/48/1
則天〇莫之能隱匿也 10/48/11
上〇一心 10/48/12,10/49/6
16/76/7
衆庶齊於〇 10/49/5
國者、天〇之制利用也 11/49/12
人主者、天〇之利勢也 11/49/12
故人主、天〇之利勢也 11/49/14
則〇仰上以義矣 11/49/19
國定而天〇定 11/49/19
不隱乎天〇 11/49/20
今亦以天〇之顯諸侯誠
義乎志意 11/49/21
然而天〇之理略奏矣 11/50/4
刑賞已諾信乎天〇矣 11/50/4
臣〇曉然皆知其可要也 11/50/5
威動天〇 11/50/6,11/50/9
齺然上〇相信 11/50/8
而天〇莫之敢當也 11/50/8
則臣〇百姓莫不以詐心
待其上矣 11/50/12
上詐其〇 11/50/12
〇詐其上 11/50/12
則是上〇析也 11/50/12
非以一天〇也 11/50/14
爲天〇大戮 11/50/16
國者、天〇之大器也 11/50/20
使臣〇百吏莫不宿道鄉
方而務 11/52/9
則〔功〕一天〇 11/52/10
垂衣裳、不〇簟席之上
而海內之人莫不願得
以爲帝王 11/52/11
今以一人兼聽天〇 11/52/15
大有天〇 11/52/16
以是縣天〇 11/52/17
天〇莫不平均 11/52/20,11/54/16
可以取天〇 11/52/23
取天〇者 11/52/23
其等位爵服足以容天〇
之賢士矣 11/53/2
其官職事業足以容天〇
之能士矣 11/53/2
三者具而天〇盡 11/53/3
兩者合而天〇取 11/53/5
欲得調壹天〇 11/53/10
天〇之人應之如影響 11/53/17
合天〇之所同願兼而有
之 11/53/19
睪牢天〇而制之若制子
孫 11/53/19
功壹天〇 11/53/24

（在）〇偏而國危 11/54/5
〇一而亡 11/54/5
桀、紂即（序）〔厚〕
於有天〇之勢 11/54/8
上莫不致愛其〇而制之
以禮 11/54/11
上之於〇 11/54/11
所以接〇之人百姓 11/54/11
故〇之親上歡如父母 11/54/12
君臣上〇 11/54/13,16/76/18
〇可以霸 11/54/20,12/57/7
12/63/8
故能當一人而天〇取 11/54/21
垂衣裳而天〇定 11/54/23
於天〇不見謂脩 11/55/1
一匡天〇 11/55/2
則主相、臣〇、百吏各
謹其所聞 11/55/7
夫兼聽天〇 11/55/12
以飾朝廷臣〇百吏之分 11/55/17
三德者具而天〇歸之 11/55/21
三德者亡而天〇去之 11/55/22
天〇歸之之謂王 11/55/22
18/84/8
天〇去之之謂亡 11/55/22
18/84/8
興天〇同利 11/55/23
除天〇同害 11/55/23
天〇歸之 11/55/23
所以接（天）〇之人百
姓〔者〕 11/55/25
君臣上〇之俗莫不若是 11/56/12
令不〇通 11/56/13
〇不失地利 11/56/23
則臣〇百吏誕詐之人乘
是而後欺 12/57/11
則臣〇百吏乘是而後偏 12/57/12
則臣〇百吏乘是而後險 12/57/13
則臣〇百吏乘是而後豐
取刻與以無度取於民 12/57/14
則〇亦將綦辭讓、致忠
信而謹於臣子矣 12/57/16
古者先王審禮以方皇周
浹於天〇 12/57/27
其使〇也 12/58/4
仁厚兼覆天〇而不閔 12/58/6
欲附〇一民 12/59/1
以天〇之王公莫好之也 12/59/3
以天〇之民莫（欲）
〔爲〕之也 12/59/3
則天〇爲一 12/59/6
四統者俱而天〇歸之 12/59/13
四統者亡而天〇去之 12/59/15
〇賢使之爲士大夫 12/59/18
〇以飾長幼而明親疏 12/60/5
〇在百姓之家 12/60/5
天〇曉然皆知其所非以
爲異也 12/60/5
兼聽齊明則天〇歸之 12/60/11
則臣〇百吏至于庶人莫
不脩己而後敢安正 12/60/15
塊然獨坐而天〇從之如
一體 12/60/17
調一上〇 12/61/16
臣詐於〇 12/62/1
以惠天〇 12/62/5
故舉天〇之大道 12/62/8
立天〇之大功 12/62/8
其〇猶足以爲天〇之顯
諸侯 12/62/9
遠者天〇 12/62/12
天〇之變 12/62/13
知無與〇爭小利之爲便
於事也 12/63/6
慮與臣〇爭小察而綦偏
能 12/63/10
〇善取譽乎民 13/63/18
〇愛百姓而不倦 13/63/19
刑〇如景 13/63/20
爲〇則遜 13/65/1
有〇忠者 13/65/8
〇忠也 13/65/9
可謂〇忠矣 13/65/11
上〇易位然後貞 13/66/3
爲〇國綴旒 13/66/5
則天〇歸之 14/67/5
則政令不行而上〇怨疾 14/67/10
上文〇安 14/67/14
無敵於天〇 15/68/10,18/86/6
君臣上〇之閒 15/68/13
故仁人上〇 15/68/15
〇之於上也 15/68/15
則〇可用也 15/69/14
則〇不可用也 15/69/14
〇可用則強 15/69/14
〇不可用則弱 15/69/15
〇也 15/69/15
使天〇之民所以要利於
上者 15/70/5
非天〇之愚人莫敢試 15/70/14
故兵大齊則制天〇 15/70/15
夫是之謂天〇之將 15/71/8
上〇相喜則慶之 15/71/17
皆以仁義之兵行於天〇
也 15/71/25
諰諰然常恐天〇之一合
而軋己也 15/72/4
所以得（夫）〔天〕〇也 15/72/9
臣〇懍然莫必其命 15/72/20
然而周師至而令不行乎〇 15/73/1
〔則〕〇之和上也如影
（嚮）〔響〕 15/73/6
故刑一人而天〇服 15/73/7
帝堯之治天〇也 15/73/8
蓋殺一人、刑二人而天
〇治 15/73/8
其所以接〇之〔人〕百
姓者 15/73/12
焉慮率用賞慶、刑罰、
埶詐、（除）〔險〕
阸其〇 15/73/12
〇反制其上 15/73/14
則無以有其〇 16/75/18
〇比周賁潰以離上矣 16/75/20
天〇莫忿 16/76/12
厚於有天〇之埶 16/76/13
〇則得專國 16/76/16
則天〇孰不欲合義矣 16/76/18
是一天〇也 16/76/19
必爲天〇大笑 16/76/23
有天〇者之世也 16/76/24
天〇之宗室也 16/76/24,18/84/1
俄而天〇倜然舉去桀、
紂而犇湯、武 16/76/25
諰諰〔然〕常恐天〇之一合而
軋己也 16/77/17,16/78/4
古者百王之一天〇、臣
諸侯也 16/77/20
是地徧天〇也 16/78/3
案用夫端誠信全之君子
治天〇焉 16/78/5

則兵不復出於塞外而令
行於天〇矣 16/78/6
則〇之人百姓皆有棄義
之志 16/79/4
且上者、〇之師也 16/79/5
夫〇之和上 16/79/5
上安於主而〇調於民者也 16/79/6
內外、上〇節者 16/79/7
然則凡爲天〇之要 16/79/7
古者禹、湯本義務信而
天〇治 16/79/7
桀、紂棄義背信而天〇亂 16/79/8
上〇乖離 17/82/1
上者、〇之儀也 18/83/11
儀隱則〇無動也 18/83/12
則上〇無以相（有）
〔胥〕也 18/83/12
故上者、〇之本也 18/83/13
則〇治辨矣 18/83/14
則〇愿愨矣 18/83/14
則〇易直矣 18/83/14
則〇疑玄矣 18/83/15
則〇漸詐矣 18/83/16
則〇比周矣 18/83/16
故主道明則〇安 18/83/18
主道幽則〇危 18/83/18
故〇安則貴上 18/83/18
〇危則賤上 18/83/18
則〇親上矣 18/83/19
則〇畏上矣 18/83/19
〇親上則上安 18/83/19
〇畏上則上危 18/83/19
莫危乎使〇畏己 18/83/20
明明在〇 18/83/21,21/107/17
桀、紂有天〇 18/83/23
以桀、紂爲常有天〇之
籍則然 18/83/23
親有天〇之籍則（不）
然 18/83/24
天〇謂在桀、紂則不然 18/83/24
有天〇之後也 18/84/1
吾謂之無天〇矣 18/84/3
有埶籍者罷不足以縣天〇 18/84/4
天〇無君 18/84/4
則可謂能用天〇矣 18/84/6
能用天〇之謂王 18/84/6
湯、武非取天〇也 18/84/6
興天〇之同利 18/84/6
除天〇之同害 18/84/7
而天〇歸之也 18/84/7
桀、紂非去天〇也 18/84/7
而天〇去之也 18/84/8
故桀、紂無天〇 18/84/9
以天〇之合爲君 18/84/11
則天〇未嘗合於桀、紂
也 18/84/11
則（天〇）未嘗有說也 18/84/12
天〇者、至重也 18/84/12
是縣天〇之權稱也 18/84/14
爲天〇之大僇 18/84/16
以桀、紂爲有天〇而臣
湯、武 18/84/18
不可以有奪（人）天〇 18/84/19
不可以有竊天〇也 18/84/20
〔而〕不可以有天〇 18/84/21
而不可以得天〇 18/84/21
天〇者、大具也 18/85/1
天〇者、至大也 18/85/2
至天〇之善禁令者也 18/85/18
南面而聽天〇 18/86/7,18/87/8
天〇無隱士 18/86/8
夫有惡擅天〇矣 18/86/8
天〇無聖 18/86/10
則固莫足以擅天〇矣 18/86/10
天〇有聖而在後者 18/86/11
則天〇不離 18/86/11
天〇厭然與鄉無以異也 18/86/11
18/86/13
則天〇如歸 18/86/12
故天子生則天〇一隆致
順而治 18/86/13
死則能任天〇者必有之
矣 18/86/14
諸侯趨走乎堂〇 18/86/19
無擅天〇 18/87/4
未可與及天〇之大理者也 18/87/5
（至）天〇之善教化者也 18/87/8
天〇之英也 18/87/9
天〇之嵬、一時之瑣也 18/87/10
天〇之善射者也 18/87/11
天〇之善馭者也 18/87/12
天〇之善教化者也 18/87/12
〇民之孽 18/87/14
天〇有道 18/87/22
〇以無度行 18/88/1
庶人則凍餒羸瘠於〇 18/88/3
天〇之大隆 18/88/22
〇爲卿相士大夫 18/88/25
故上賢祿天〇 18/89/18
〇賢祿田邑 18/89/18
〇事地 19/90/21
故有天〇者事（十）
〔七〕世 19/91/3
其〇 19/92/4
以爲〇則順 19/92/5
而天〇莫之能損益也 19/92/8
天〇從之者治 19/92/9
地者、〇之極也 19/92/18
〇盡其殺 19/93/1
一天〇之功於是就也 19/95/2
性僞合而天〇治 19/95/3
由九月以〇 19/97/3
〇取象於地 19/97/4
則君臣上〇同聽之 20/98/21
故樂者、天〇之大齊也 20/99/7
是故喜而天〇和之 20/99/11
而天〇順焉 20/99/26
天〇皆寧 20/100/9
彼國安而天〇安 20/101/22
天〇無二道 21/102/5
亂家之人非之〇 21/102/10
生則天〇歌 21/102/21
上以蔽〇 21/103/13
〇以蔽上 21/103/13
舜之治天〇也 21/105/3
則湛濁在〇而清明在上 21/105/5
湛濁動乎〇 21/105/6
而求羊者不〇牽也 21/106/6
從山〇望木者 21/106/7
兩盡者足以爲天〇極矣 21/106/22
天〇有二 21/107/3
天〇有不以是爲隆正也 21/107/3
則天〇之治說者方多然
矣 21/107/7
此言上幽而〇險也 21/107/15
此言上明而〇化也 21/107/17
〇以辨同異 22/108/13
天〇亂 22/110/2
說行則天〇正 22/110/10
天〇莫之若也 22/111/18
如是而加天〇焉 22/112/20

其爲天○多 22/112/21
凡古今天○之所謂善者 23/115/1
使天○皆出於治、合於善也 23/115/5
倚而觀天○民人之相與也 23/115/6
天○之悖亂而相亡不待頃矣 23/115/7
足可以徧行天○ 23/116/20
然而未嘗有能徧行天○者也 23/116/20
有○勇者 23/117/5
天○有中 23/117/6
○不俗於亂世之民 23/117/6
天○知之 23/117/7
則欲與天○（同）（苦）〔共〕樂之 23/117/7
天○不知之 23/117/8
是○勇也 23/117/10
普天之○ 24/118/8
分義行乎○ 24/118/10
天○曉然皆知夫盜竊之（人）不可以爲富也 24/118/11
則主尊○安 24/119/13
夫故天○不與爭能而致善用其功 24/119/15
夫故爲天○貴矣 24/119/16
上能尊主（愛○）〔○愛〕民 25/120/6
主誠聽之、天○爲一海內賓 25/120/6
紂卒易鄉啓乃○ 25/120/9
○以教誨子弟、上以事祖考 25/121/4
辨治上○、貴賤有等明君臣 25/121/8
尙賢推德天○治 25/121/8
以天○ 25/121/10
舉舜甽畝、任之天○身休息 25/121/11
抑○鴻 25/121/12
平天○ 25/121/13
迷惑失指易上○ 25/122/3
妬功毀賢、○斂黨與上蔽匿 25/122/7
君謹守之、○皆平正國乃昌 25/122/12
臣○識 25/122/12
○不得用輕私門 25/123/1
○不欺上、皆以情言明若日 25/123/4
○不私請、各以宜舍巧拙 25/123/6
以治天○、後世法之成律貫 25/123/7
爲天○明 26/123/11
以（示）〔施〕○民 26/123/17
天○待之而後平也 26/124/4
居則周靜致○ 26/124/7
卬卬兮天○之咸蹇也 26/124/9
天○失之則滅 26/124/10
功被天○而不私置者歟 26/124/13
功被天○ 26/124/16,28/138/14
○覆百姓 26/125/7
天○不治 26/125/13,32/150/10
日月○藏 26/125/14
天○幽險 26/125/16
闇乎天○之晦盲也 26/125/17
故王者必居天○之中 27/126/9
先王以禮表天○之亂 27/127/4
爲賢人以○至庶民也 27/127/7
配天而有○土者 27/128/12
○卿進曰 27/128/14
過十室之邑必○ 27/128/17
○衡曰稽首 27/128/21
○大夫 27/128/27
爲人臣○者 27/129/8
以高○○ 27/129/18
以男○女 27/129/18
柔上而剛○ 27/129/18
○臣事君以貨 27/130/14
天○鄉善矣 27/131/3
天○、國有（儁）〔俊〕士 27/131/5
故舜之治天○ 27/132/22
爲天（子）〔○〕寶 27/134/7
爲天○列士 27/134/8
君子進則能益上之譽而損○之憂 27/134/20
自引而居○ 27/135/8
柳○惠與後門者同衣而不見疑 27/136/4
則容天○而治 27/137/13
天○之人 27/137/16
天○不待亡 27/137/18
○殺之 28/139/3
其流也埤○裾拘 28/140/5
女庸安知吾不得之桑落之○乎哉 28/141/9
上順○篤 29/141/19
非唯○流水多邪 29/143/1
天○且孰肯諫汝矣 29/143/2
言足法於天○而不傷於身 31/146/4
富有天○而無怨財 31/146/4
布施天○而不病貧 31/146/4
未有窮其○而能無危者也 31/148/8
我欲致天○ 32/148/13
而天○自來 32/148/14
天○其在一隅邪 32/148/14
吾於天○不賤矣 32/149/7
以定天○ 32/149/9
○士吾厚爲之貌 32/149/10
是以天○之紀不息、文章不廢也 32/149/13
賜爲人○而未知也 32/149/21
爲人○者乎 32/149/21
爲人○者 32/149/23
○遇暴秦 32/150/4
天○冥冥 32/150/5
視天○以愚 32/150/7
足以爲天○法式表儀 32/150/9

## 夏 xià 22

是子○氏之賤儒也 6/25/1
居○而○ 8/34/8
春耕、○耘、秋收、冬藏 9/39/20
○日則與之（爪）〔瓜〕麮 10/46/6
使民○不宛暍 10/46/12
而○不世王 12/57/3
湯伐有○ 15/71/25
繁啓蕃長於春○ 17/80/22
令行於諸○之國 18/83/25
故諸○之國同服同儀 18/85/21
《韶》、《○》、《護》、《武》 19/98/4
○桀、殷紂是也 21/102/15
成湯鑒於○桀 21/102/18

此其所以代○王而受九有也 21/102/19
○首之南有人焉 21/106/12
故雖不在○首之南 21/106/16
則從諸○之成俗 22/107/21
○日作暑 26/124/13
冬伏而○游 26/125/3
○生而（而）惡暑 26/125/3
子○〔家〕貧 27/136/1

暇 xià 1

其爲人也多○日者 2/7/17

先 xiān 113

不聞○王之遺言 1/1/7
將原○王、本仁義 1/4/1
以善○人者謂之教 2/5/18
以不善○人者謂之（謟）〔諂〕 2/5/18
勞苦之事則爭○ 2/6/16
偶視而○俯 2/7/5
亦或遲或速、或○或後〔耳〕 2/7/9
或○或後 2/7/12
○義而後利者榮 4/14/3
○利而後義者辱 4/14/3
今以夫○王之道 4/15/20
況夫○王之道 4/16/11
故○王案爲之制禮義以分之 4/17/1
凡言不合○王 5/19/10
法○王 5/19/10,8/33/2
不○慮 5/21/1
○慮之 5/21/2
所以○誅也 5/21/5
不法○王 6/22/4
略法○王而不知其統 6/22/8
此眞○君子之言也 6/22/9
勞知而不律○王 6/23/6
齊給速通不（爭）〔以〕○人 6/23/13
然後恭敬以○之 7/27/3
儒者法○王 8/27/26
○王之道 8/28/15,20/99/11
27/133/3
略法○王而足亂世 8/32/17
呼○王以欺愚者而求衣食焉 8/32/19
不及○王 8/34/23
○王惡其亂也 9/36/2
19/90/4,20/98/16,20/99/25
然後漸慶賞以○之 9/37/6
然後漸賞慶以○之 9/41/19
古者○王分割而等異之也 10/43/11
故○王聖人爲之不然 10/45/16
必○脩正其在我者 10/46/15
故○王明禮義以壹之 10/46/20
賢齊則其親者○貴 10/47/16
能齊則其故者○官 10/47/16
○義而後利 11/51/14
○利而後義 11/51/15
故明君者必將○治其國 11/52/4
諸侯後同者○危 11/53/5
故厚德音以○之 11/55/23
15/73/16
汙漫、突盜以○之 11/56/1
失○後之施 12/57/5
古者○王審禮以方皇周浹於天下 12/57/27
曉然獨明於○王之所以得之、所以失之 12/59/5
○時者殺無赦 12/60/13
恭敬以○之 14/67/8
言○教也 14/67/11,28/139/7
○之至 15/68/6
詐而襲之與○驚而後擊之 15/68/16
諸侯○順者安 15/69/8
慮必○事而申之以敬 15/71/4
○生議兵 15/71/21
彼○王之道也 16/76/5
反○王之道 16/76/8
疾養緩急之有相○者也 16/79/12
無見於○ 17/83/4
有後而無○ 17/83/5
故○王明之 18/83/21
諸侯持輪挾輿○馬 18/87/1
盜其○變乎 18/87/22
然則○王以人之所不欲者賞 18/89/19
○祖者、類之本也 19/90/20
無○祖惡出 19/90/21
尊○祖而隆君師 19/90/22
○大羹 19/91/7
〔食〕、○黍稷而飯稻（粱）〔粱〕 19/91/8
祭、齊〔○〕大羹而飽庶羞 19/91/8
豆之○大羹也 19/91/10
喪服之○散麻也 19/91/12
是○王之道 19/93/13
故○王聖人安爲之立中制節 19/96/21
故○王案以此象之也 19/96/24
○王恐其不文也 19/97/16
故○王案爲之立文 19/97/22
是○王立樂之方也 20/98/18
是○王立樂之術也 20/99/1
20/99/7
且樂者、○王之所以飾喜也 20/99/10
軍旅鈇鉞者、○王之所以飾怒也 20/99/10
○王〔之〕喜怒皆得其齊焉 20/99/10
故○王謹爲之文 20/99/15
故○王貴禮樂而賤邪音 20/99/20
故○王導之以禮樂而民和睦 20/99/24
身不○知 21/102/18
故學亂術足以爲○王者也 21/103/15
見長而不敢○食者 23/114/3
○王有道 23/117/6
○祖當賢 24/119/4
此○王之道也 24/119/12
阪爲（○）〔之〕 25/122/2
故王者○仁而後禮 27/126/27
○王以禮表天下之亂 27/127/4
隆率以敬○妣之嗣 27/127/12
○事慮事 27/128/12
○患慮患 27/128/12
○事慮事謂之接 27/128/12
○患慮患謂之豫 27/128/13
不敢○ 27/128/25
○民有言 27/131/6
我○攻其邪心 27/131/19
故○王既陳之以道 28/139/7

上○服之 28/139/7

**銛 xiān** 1

頭○達而尾趙繚者邪 26/125/9

**鮮 xiān** 6

○不爲則 13/65/20
民○克舉之 16/79/1
隱（諱）〔過〕疾賢、（良）〔長〕由姦詐○無災 25/122/1
以就○絜 28/140/8
不亦○乎 31/145/2
雖有、不亦○乎 31/145/5

**纖 xiān** 4

計數○嗇而無敢遺喪 12/63/3
驊騮、騹驥、○離、綠耳 23/117/14
生自○○也 27/136/20

**咸 xián** 4

（而）聽○陽 16/78/6
卬卬兮天下之○蹇也 26/124/9
《易》之《○》 27/129/17
○、感也 27/129/17

**絃 xián** 1

朱○而通越也 19/92/1

**閑 xián** 2

多見曰○ 2/6/3
○居靜思則通 21/105/15

**閒 xián** 30

在天地之○者畢矣 1/3/11
口耳之○則四寸〔耳〕 1/3/15
以偷生反側於亂世之○ 4/14/14
門庭之○ 5/19/2
善者於是○也 5/19/18
奧窔之○ 6/22/13
無幽○隱僻之國莫不趨使而安樂之 9/38/11
塞（備）〔滿〕天地之○ 9/39/23
○樹藝 9/40/7
君臣上下之○者 9/41/24
然後昆蟲萬物生其○ 10/45/2
則夫名聲之部發於天地之○也 11/50/1
形體好佚而安重○靜莫愉焉 11/53/18
則雖幽○隱辟 11/55/8
日欲司○而相與投藉之 11/56/3
行義塞於天地之○ 12/58/7
君臣上下之○ 15/68/13
無幽○辟陋之國 15/71/15
得○則散 16/75/17
負三王之廟而辟於陳、蔡之○ 16/77/18
伺○ 16/77/19
其朝○ 16/78/14
雜○色 18/86/17
凡生乎天地之○者 19/96/10
期、九月以爲○ 19/97/3
○歌三終 20/101/14
必以其感忽之○、疑玄之時（正）〔定〕之 21/106/14
假而得（問）〔○〕而嗛之 22/112/12
在乎區蓋之○ 27/136/22
厄於陳、蔡之○ 28/140/17

**嫌 xián** 3

則○於禽獸矣 19/94/4
則足以定是非、決○疑矣 21/105/7
易一時之○ 22/112/6

**嗛 xián** 9

彼臭之而（無）○於鼻 4/15/19
○然而終日不言 6/25/1
則謹慎而○ 7/26/6
滿則慮○ 7/26/17
惆然不○ 19/97/22
道盡○矣 21/103/10
故嚮萬物之美而不能○也 22/112/12
假而得（問）〔閒〕而○之 22/112/12
不自○其行者言濫過 27/135/21

**銜 xián** 3

心憂恐則口○芻豢而不知其味 22/112/11
然而（前必）〔必前〕有○轡之制 23/117/14
○體正矣 31/148/6

**賢 xián** 151

致不肖而欲人之○己也 2/5/6
行乎冥冥而施乎無報而○不肖一焉 2/8/9
固有以○人矣 4/14/23
知○愚、能不能之分 4/17/1
不肖而不肯事○ 5/18/7
非無○人也 5/19/5
故君子○而能容罷 5/20/3
貴○ 6/23/4
則○者貴之 6/23/17
致○（能而）〔而能〕以救不肖 7/25/21
援○博施 7/26/14
推○讓能而安隨其後 7/26/16
必○ 7/26/19
則好專事而妬○能 7/26/19
不肖事○ 7/27/8
君子之所謂○者 8/28/16
使○不肖皆得其位 8/28/21
身不肖而誣○ 8/30/7
以是尊○畏法 8/33/1
○能不待次而舉 9/35/3
則○不肖不雜 9/35/10
○不肖不雜 9/35/11
選○良 9/36/6,9/41/5
則莫若尙○使能矣 9/36/10
尙○使能而等位不遺 9/38/6
上以飾○良 9/38/18
政令時則百姓一、○良服 9/39/18
則○良知聖之士案自進矣 9/41/9
則是聖君○相之事也 10/44/18

則○者不可得而進也 10/45/10
○者不可得而進 10/45/11
則○者可得而進也 10/45/20
尙○使能以次之 10/46/21, 15/73/16
則其貴者不○ 10/47/10
則其貴者○ 10/47/14
○齊則其親者先貴 10/47/16
其等位爵服足以容天下之○士矣 11/53/2
○士一焉 11/53/3
人主則外○而偏舉 11/53/21
人臣則爭職而妒○ 11/53/21
則人臣輕職（業）讓○而安隨其後〔矣〕 11/53/23
無國而不有○士 11/54/3
其佐○ 11/54/5
賞○使能以次之 11/55/24
使不肖臨○ 11/56/2
尙○使能 12/57/15
上○使之爲三公 12/59/18
次○使之爲諸侯 12/59/18
下○使之爲士大夫 12/59/18
上以飾○良而明貴賤 12/60/4
尙○使能則民知方 12/60/10
使○者爲之 12/60/25
吉凶、○不肖之極也 13/63/25
明主尙○使能而饗其盛 13/64/12
闇主妒○畏能而滅其功 13/64/13
凡人非○ 13/65/14
人○而不敬 13/65/14
○者則貴而敬之 13/65/17
○者則親而敬之 13/65/17
不在乎言用○ 14/67/3
而在乎〔不〕誠必用○ 14/67/3
夫言用○者、口也 14/67/3
卻○者、行也 14/67/3
而欲○者之至、不肖者之退也 14/67/4
君○者 15/69/12
人君者隆禮尊○而王 16/75/9
夫尙○使能 16/76/4
○士願相國之朝 16/76/18
君人者隆禮尊○而王 17/82/12
○者賤之 18/84/15
故至○疇四海 18/84/17
○者不得使 18/88/1, 32/150/6
故上○祿天下 18/89/18
次○祿一國 18/89/18
下○祿田邑 18/89/18
○良退處而隱逃 21/102/17
逐○相而罪孝兄 21/103/2
知○之謂明 21/103/5
輔○之謂能 21/103/5
愼子蔽於法而不知○ 21/103/8
唯○者爲不然 23/117/1
○者敢推而尙之 23/117/9
必將求○師而事之 23/117/16
擇○友而友之 23/117/16
得○師而事之 23/117/16
爵當○則貴 24/118/17
不當○則賤 24/118/17
以世舉○ 24/119/3, 24/119/5
先祖當○ 24/119/4
此以世舉○也 24/119/5
倍道失○也 24/119/11
貴○者霸 24/119/11
敬○者存 24/119/11
慢○者亡 24/119/11
故尙○使能 24/119/12
故尙○、使能 24/119/12
愚闇愚闇墮○（艮）〔良〕 25/120/3
人主無○、如瞽無相何倀倀 25/120/3
尊主安國尙○義 25/120/4
遠○近讒、忠臣蔽塞主勢移 25/120/5
曷謂○ 25/120/6
○能遁逃國乃蹶 25/120/7
妒○能 25/120/8
惡○士 25/120/10
○者思 25/120/12
辨○、罷 25/120/13
窮○良 25/120/16
宗其○良、辨其殃孽 25/121/5
堯、舜尙○身辭讓 25/121/7
堯讓○ 25/121/7
尙○推德天下治 25/121/8
雖有○聖、適不遇世孰知之 25/121/9
尙得推○不失序 25/121/10
外不避仇、內不阿親○者予 25/121/10
道古○聖基必張 25/121/15
隱（諱）〔過〕疾○、（良）〔長〕由姦詐鮮無災 25/122/1
爭寵嫉○（利）〔相〕惡忌 25/122/6
妬功毀○、下斂黨與上蔽匿 25/122/7
湯、武以○ 26/123/18
不見○良 26/125/7
君人者，隆禮尊○而王 27/126/7
爲○人以下至庶民也 27/127/7
貴貴、尊尊、○○、老老、長長 27/127/26
《春秋》○穆公 27/130/16
則○交不親 27/130/18
則○人不至 27/130/18
世有○人 27/131/5
以○易不肖 27/132/25
古之○人 27/135/21
尙○以綦之 28/139/7
○、不肖者 28/141/3
夫○、不肖者 28/141/5
雖○、其能行乎 28/141/7
出則友○ 29/142/20
此〔皆〕○乎 31/145/2
有○人 31/145/7
不知選○人善士〔而〕託其身焉以爲己憂 31/145/9
敢問何如斯可謂○人矣 31/146/3
所謂○人者 31/146/3
則謂○人矣 31/146/5
不親○用知 32/150/1
上無○主 32/150/4
○人距而不受 32/150/6
○哉 32/150/12
殺○良 32/150/12
孰謂不○乎 32/150/14

## 鹹 xián 2

口辨酸○甘苦 4/15/8
甘、苦、○、淡、辛、酸、奇味以口異 22/108/16

**險 xiǎn** 40

○賊而不弟焉 2/8/8
見閉則怨而○ 3/10/9
○莫大焉 3/12/12
危害者常憂○ 4/14/5
憂○者常夭折 4/14/5
是以小人辯言○ 5/20/12
知而○ 6/23/7
行僞○穢而彊高言謹愨者也 6/24/9
其事行也若是其○汙淫汰也 7/25/9
平則慮○ 7/26/17
其持○應變曲當 8/32/11
進退貴賤則舉幽○詐故 9/42/4
錯（之）○則危 11/50/20
則臣下百吏乘是而後○ 12/57/13
接之以聲色、權利、忿怒、患○ 12/61/9
權○之平 13/66/1
夫是之謂權○之平 13/66/3
山林○則鳥獸去之 14/66/20
汝、潁以爲○ 15/72/16
焉慮率用賞慶、刑罰、埶詐、（除）〔○〕阸其下 15/73/12
權謀、傾覆、幽○而亡 16/75/10
其國塞○ 16/78/10
上闇而政○ 17/81/12
政○失民 17/81/16
權謀、傾覆、幽○而盡亡矣 17/82/13
上幽○ 18/83/16
其知慮至○也 18/84/15
所以持○奉凶也 19/94/10
樂姚冶以○ 20/99/18
其聲樂○ 20/101/24
此言上幽而下○也 21/107/15
今人無師法則偏○而不正 23/113/10
以爲偏○而不正 23/113/11
23/115/4
偏○悖亂也 23/115/2
讒人罔極、○陂傾側此之疑 25/120/12
此夫安寬平而危○隘者邪 26/124/2
天下幽○ 26/125/16
一日心達而○ 28/138/19
歷○致遠 31/148/7

**顯 xiǎn** 18

君子隱而○ 8/30/2
莫不爲天下之○諸侯 8/31/15
12/62/8
爲不善於幽而蒙刑於○也 9/38/7
今亦以天下之○諸侯誠義乎志意 11/49/21
善○設人者也 12/59/12
善○設人者人樂之 12/59/13
不能○設人者 12/59/14
是所以○設之也 12/60/1
其下猶足以爲天下之○諸侯 12/62/9
衡聽、○幽、重明、退姦、進良之術 14/66/10
夫是之謂衡聽、○幽、重明、退姦、進良之術 14/66/14
隱○有常 17/83/1
後子孫必○ 24/119/4
重義輕利行○明 25/121/7
○者必得、隱者復○民反誠 25/123/3
耳目既○、吏敬法令莫敢恣 25/123/5

**韅 xiǎn** 1

寢兕、（持）〔特〕虎、蛟○、絲末、彌龍 19/90/13

**限 xiàn** 2

○之以鄧林 15/72/16
夫義者、所以○禁人之爲惡與姦者也 16/79/3

**陷 xiàn** 13

不由禮則觸○生疾 2/5/13
雖○刑戮可也 2/8/9
則常不大○矣 3/12/7
是以動則必○ 3/12/8
是以百舉而不○也 7/26/18
其道百舉而百○也 8/33/14
表不明則○ 17/82/22
民○乃去 17/83/1
以欺愚者而潮○之以偷取利焉 18/88/6
使人無○ 27/127/4
故民迷惑而○禍患 27/127/5
動斯○矣 27/128/19
必顛蹶○溺 27/129/22

**羨 xiàn** 1

今秦南乃有沙○與俱 16/77/21

**僩 xiàn** 1

陋者俄且○也 4/16/1

**縣 xiàn** 33

彼人之才性之相○也 2/7/14
是其爲相○也 4/15/21
幾直夫芻豢稻粱之○糟糠爾哉 4/15/21
曲直有以相○矣 5/18/9
曾不足以容辨異、○君臣 6/21/19
則群眾未○也 10/42/15
群眾未○ 10/42/15
故田野○鄙者 10/47/21
以是○天下 11/52/17
○鄙將輕田野之稅 11/56/19
衡石、稱○者 12/57/12
不待衡石、稱○而平 12/57/17
輕不得以○重 12/61/8
〔則〕○貴爵重賞以招致之 12/61/13
○貴爵重賞以招致之 12/61/15
雕雕焉○貴爵重賞於其前 15/74/4
○明刑大辱於其後 15/74/5
今巨楚○吾前 16/76/21
然而○之以王者之功名 16/78/17
其○日也博 16/78/21
其○日也淺 16/78/22
君子、小人之所以相○

者在此耳 17/81/8
有埶籍者罷不足以○天下 18/84/4
是○天下之權稱也 18/84/14
○之赤（旂）〔旆〕 18/85/12
○一鍾 19/91/13
衡誠○矣 19/92/14
紂○於赤旆 21/102/18
兼陳萬物而中○衡焉 21/103/17
則重○於仰而人以爲輕 22/111/25
輕○於俛而人以爲重 22/111/25
加日○久 23/116/14
衣若○鶉 27/136/1

憲 xiàn 4

不道禮○ 1/4/2
脩○命 9/40/2,20/99/20
脩火○ 9/40/5

獻 xiàn 7

齊湣、宋○是也 11/49/14
稱遠近而等貢○ 18/85/20
18/86/1
拜至、○、酬、辭讓之節繁 20/101/11
主人○之 20/101/14,20/101/14
享、○也 27/129/4

相 xiāng 149

其折骨絕筋、終身不可以○及也 2/7/8
胡爲乎其不可以○及也 2/7/9
彼人之才性之○縣也 2/7/14
以君子與小人○賊害也 4/13/6
父子○傳 4/14/11
以○群居 4/15/20
以○持養 4/15/20
以○藩飾 4/15/20
以○安固邪 4/15/20
是其爲○縣也 4/15/21
○（人）古之人無有也 5/17/10
○人之形狀顏色而知其吉凶妖祥 5/17/10
故○形不如論心 5/17/11
則形○雖惡而心術善 5/17/12
形○雖善而心術惡 5/17/13
故長短、小大、善惡形○ 5/17/13
長短、小大、美惡形○ 5/17/20
而○欺傲邪 5/17/24
曲直有以○縣矣 5/18/9
○高下 8/28/18,9/40/4
○美惡 8/28/19
以○薦撙 8/28/20
以○恥怍 8/28/20
若夫充虛之○施易也 8/29/6
曾不如好○鷄狗之可以爲名也 8/29/10
○怨一方 8/30/4
是言上下之交不○亂也 8/30/10
則歸之卿○士大夫 9/35/5
夫兩貴之不能○事 9/36/1
兩賤之不能○使 9/36/1
足以○兼臨者 9/36/3
○地而衰政 9/38/10
使○歸移也 9/38/11
○陰陽 9/40/8
以觀夫暴國之○（卒）〔捽〕也 9/41/4
擇士之知事者使○率貫也 9/41/20
彼將厲厲焉日日○離疾也 9/41/24
我今將頓頓焉日日○親愛也 9/42/1
是其爲○懸也亦遠矣 9/42/8
離居不○待則窮 10/42/17
皆使衣食百用出入○揜 10/43/4
金玉其○ 10/43/16
故○率而爲之勞苦以務佚之 10/43/21
以○顛倒 10/44/11
則是聖君賢○之事也 10/44/18
可以○食養者 10/45/2
胡不嘗試○與求亂之者誰也 10/45/6
凡主○臣下百吏之（俗）〔屬〕 10/47/11
其卿○調議 10/47/13
凡主○臣下百吏之屬 10/47/14
然而主○不知惡也 10/48/4
齺然上下○信 11/50/8
然則彊固榮辱在於取○矣 11/51/11
○能 11/51/11
若夫論一○以兼率之 11/52/9
則主○、臣下、百吏各謹其所聞 11/55/7
君者、論一○ 11/55/16
○者、論列百官之長 11/55/17
日欲司閒而○與投藉之 11/56/3
諸侯一○ 12/59/17
人之百事如耳目鼻口之不可以○借官也 12/60/14
在愼取○ 12/60/21
然而求卿○輔佐 12/61/18
則未嘗○識也 12/62/4
卿○輔佐 12/62/18
人主必將有卿○輔佐足任者然後可 12/62/19
四鄰諸侯之○與 12/62/20
不可以不○接也 12/62/20
然而不必○親也 12/62/21
無卿○輔佐足任者之謂獨 12/62/24
是卿○輔佐之材也 12/63/7
率群臣百吏而○與彊君橋君 13/64/3
口行○反 14/67/4
功賞○長也 15/70/6
○爲雌雄耳矣 15/70/17
是其巧拙强弱則未有以○君也 15/70/19
上下○喜則慶之 15/71/17
徙舉○攻而敵退 16/76/3
荀卿子說齊○曰 16/76/12
夫主○者、勝人以埶也 16/76/14
必以道夫公道通義之可以○兼容者 16/76/15
今○國上則得專主 16/76/15
○國之於勝人之埶 16/76/16
賢士願○國之朝 16/76/18
能士願○國之官 16/76/19
○國舍是而不爲 16/76/19
疾養緩急之有○先者也 16/79/12
各有接而不○能也 17/80/10
君子、小人之所以○縣者在此耳 17/81/8
則牛馬○生 17/81/18
則父子○疑 17/81/18
則上下無以○（有）〔胥〕也 18/83/12

以類○從者也 18/85/10
下爲卿○士大夫 18/88/25
兩者○持而長 19/90/5
本末○順 19/92/8
終始○應 19/92/8,27/130/10
文理、情用○爲內外表裏 19/92/22
禮者、謹於吉凶不○厭者也 19/93/19
○高以毀瘠 19/94/14
彼安能○與群居而無亂乎 19/96/15
○率而致隆之 19/97/7
善惡○象 20/100/5
美善○樂 20/100/9
凡萬物異則莫不○爲蔽 21/102/13
逐賢○而罪孝兄 21/103/2
是故衆異不得○蔽以亂其倫也 21/103/17
以○撓滑也 21/107/5
而好○推擠 21/107/6
是所以共其約名以○期也 22/108/16
單與兼無所○避則共 22/109/5
足以○通則舍之矣 22/110/21
則兄弟○怫奪矣 23/114/17
倚而觀天下民人之○與也 23/115/6
天下之悖亂而○亡不待頃矣 23/115/7
未嘗不可以○爲也 23/116/18
然而不○爲者 23/116/19
未嘗不可以○爲事也 23/116/21
然而未嘗能○爲事也 23/116/21
其不可以○爲明矣 23/116/23
待○者然後進 24/118/5
請成○ 25/120/3,25/121/7
25/122/12
人主無賢、如瞽無○何倀倀 25/120/3
凡成○ 25/120/13
精神○（反）〔及〕、一而不貳爲聖人 25/121/3
《成○》竭 25/121/4
爭寵嫉賢（利）〔○〕惡忌 25/122/6
託於《成○》以喻意 25/122/10
事業聽上、莫得○使一民力 25/122/13
攙兮其○逐而反也 26/124/9
諸侯○見 27/126/23
往迎爾○ 27/127/12
○爲內外表裏 27/130/8
禮者、本末○順 27/130/10
凡百事異理而○守也 27/131/8
○順而後行 27/131/11
善爲《禮》者不○ 27/133/23
友者、所以○有也 27/136/8
何以○有也 27/136/8
夫類之○從也 27/136/9
孔子爲魯攝○ 28/138/17
還贄而○見者三十人 32/149/8
繒丘之封人見楚○孫叔敖曰 32/149/16
今○國有此三者而不得罪〔於〕楚之士民 32/149/17
吾三○楚而心瘉卑 32/149/18

香 xiāng 3

五味調（○）〔盉〕 19/90/6
○、臭、芬、鬱、腥、臊、（洒）〔漏〕、（酸）〔庮〕、奇臭以鼻異 22/108/17
正君漸於○酒 27/134/3

鄉 xiāng 41

故君子居必擇○ 1/2/1
○○而飽已矣 4/15/16
○曲之儇子 5/18/1
○則不若 5/18/8
故○乎邪曲而不迷 5/19/4
遇○則脩長幼之義 6/23/15
○方略 7/25/19,11/50/7
○有天下 8/27/21
成王○無天下 8/27/22
○也 8/29/15,8/29/16,8/29/17
○是者臧 8/31/9
○是如不臧 8/31/10
鼓之而紂卒易○ 8/31/19
安樂處○ 9/40/7
○師之事也 9/40/7
（主）之所極然帥群臣而首○之者 11/49/18
使臣下百吏莫不宿道○方而務 11/52/9
其居○里也 12/58/5
天下厭然與○無以異也 18/86/11
18/86/13
修士之喪動一○、屬朋友 19/93/14
過故○ 19/96/11
○里族長之中 20/98/22
則百姓莫不安其處、樂其○ 20/99/16
則百姓不安其處、不樂其○ 20/99/19
樂行而民○方矣 20/100/11
吾觀於○ 20/101/6,20/101/22
曲期遠方異俗之○則因之而爲通 22/107/22
紂卒易○啓乃下 25/120/9
四時易○ 26/125/13
父南○而立 27/127/12
一命齒於○ 27/128/25
天下○善矣 27/131/3
去其故○ 28/140/12
○者 28/141/12,29/142/8

襄 xiāng 1

楚人則乃有○賁、開陽以臨吾左 16/76/22

薌 xiāng 1

欣驩芬○以送之 5/20/8

庠 xiáng 1

設○序 27/130/25

祥 xiáng 11

相人之形狀顏色而知其吉凶妖○ 5/17/10
人有三不○ 5/18/7
是人之三不○也 5/18/7
知其吉凶妖○ 9/40/9

若祓不○ 15/73/18
不○莫大焉 18/83/13,18/84/11
18/85/12
故作者不○ 18/87/13
郁郁乎其遇時之不○也 26/125/17
不○ 27/135/18

詳 xiáng 18

拘守而○ 2/6/17
則可謂不○少者矣 2/8/8
窮則約而○ 3/10/8
近則（論）〔俞〕○ 5/19/7
○則舉小 5/19/7
愚者聞其略而不知其○ 5/19/7
聞其（○）〔小〕而不知其大也 5/19/8
則拘守而○ 7/26/7
若夫貫日而治○ 11/52/8
（人）〔之〕主者、守至約而○ 11/52/10
故明主好要而闇主好○ 11/55/15
主好要則百事○ 11/55/16
主好○則百事荒〔矣〕 11/55/16
而親自貫日而治○ 12/63/10
約而○ 16/78/16
治盡其○ 17/82/21
百家之說誠不○ 25/120/14
世不○察 32/150/10

享 xiǎng 6

則君○其成 16/76/6
群臣○其功 16/76/6
賓服者○ 18/85/23
日祭、月祀、時○、歲貢 18/85/23
且時○、歲貢、終王之屬也 18/86/1
○、獻也 27/129/4

響 xiǎng 6

君子如○矣 1/3/18
天下之人應之如影○ 11/53/17
齊給如○ 13/63/20
〔則〕下之和上也如影（嚮）〔○〕 15/73/6
辟之猶○之應聲 16/79/5
其應佚若聲○ 28/140/6

饗 xiǎng 5

宰爵知賓客、祭祀、○食、犧牲之牢數 9/40/1
明主尙賢使能而○其盛 13/64/12
大○尙玄尊 19/91/7
〔大〕○、尙玄尊而用酒醴 19/91/7
如或○之 19/98/7

巷 xiàng 1

涂○之人也 1/4/13

象 xiàng 42

必○其德 1/2/3
亦取○於是矣 7/26/11
於是《武》、《○》起而《韶》、《護》廢矣 8/32/1
○上之志 12/57/19
曲成制○ 13/63/21
已其見○之可以期者矣 17/80/17
而有○刑 18/85/5
亦不用○刑矣 18/85/7
故○刑殆非生於治古 18/85/9
步中《武》、《○》 18/86/21
19/90/12,27/129/27
朱、○不化 18/87/7
然而朱、○獨不化 18/87/9
朱、○之罪也 18/87/9
朱、○者 18/87/10
今世俗之爲說者不怪朱、○而非堯、舜也 18/87/10
犀○以爲樹 18/87/23
分職名○之所起 18/88/22
大○其生以送其死也 19/95/6
沐浴、鬠體、飯唅、○生執也 19/95/7
○徙之道也 19/95/12
○徙道 19/95/13
故壙壠其額○室屋也 19/95/15
棺椁其額○版蓋斯○拂也 19/95/15
無帾絲歶縷翣其額以○菲帷幬尉也 19/95/16
抗折其額以○槾茨番閼也 19/95/16
大○其生以送其死 19/96/1
故先王案以此○之也 19/96/24
上取○於天 19/97/4
下取○於地 19/97/4
《汋》、《桓》、《箾》、（《簡》）、《○》 19/98/4
逆氣成○而亂生焉 20/100/4
順氣成○而治生焉 20/100/4
善惡相○ 20/100/5
故其清明○天 20/100/7
其廣大○地 20/100/8
聲樂之○ 20/100/19
（類）以務○效其人 21/106/23
心之○道也 22/110/7
心術如此○聖人 25/120/15

像 xiàng 2

○上之志而安樂之 15/74/2
影之○形也 16/79/5

嚮 xiàng 6

則下應之如影○ 10/46/16
人主之所以窺遠收衆之門戶牖○也 12/62/15
〔則〕下之和上也如影（○）〔響〕 15/73/6
○是而務 21/106/23
故○萬物之美而不能嗛也 22/112/12
故○萬物之美而盛憂 22/112/13

宵 xiāo 2

明月而○行 21/106/12
○爾索綯 27/135/3

消 xiāo 1

宴然聿○ 5/18/11

梟 xiāo 1

鴟○為鳳皇 26/125/16

蕭 xiāo 1

其聲若（○）〔簫〕 21/102/22

簫 xiāo 3

竽笙（○）〔肅〕和 20/100/19
竽笙（○和）、〔筦〕籥似星辰日月 20/101/1
其聲若（蕭）〔○〕 21/102/22

囂 xiāo 2

是它○、魏牟也 6/21/14
陳○問孫卿子曰 15/71/21

小 xiǎo 160

不積○流 1/2/10
故聲無○而不聞 1/3/3
○人之學也 1/3/15,1/3/17
○人反是 2/5/6,13/65/23
狹隘褊○ 2/6/7
○人役於物 2/6/12
事雖○ 2/7/17
○人能亦醜 3/9/10
○人能則倨傲僻違以驕溢人 3/9/11
○人能則人賤學焉 3/9/12
是君子○人之分也 3/9/13
君子、○人之反也 3/10/6
○心則畏義而節 3/10/6
○人則不然 3/10/8
○心則流淫而傾 3/10/8
○人兩廢 3/10/10
心○而道大 3/11/14
有○人者 3/11/20
則可謂○人矣 3/12/1
○涂則殆 4/12/19
此○人之所務而君子之所不為也 4/12/23
則是己君子而人○人也 4/13/6
以君子與○人相賊害也 4/13/6
有○人之勇者 4/13/13
是○人之勇也 4/13/16
君子○人一也 4/14/17
是君子○人之所同也 4/14/17
○人也者 4/14/18
○人莫不延頸舉踵而願曰 4/14/22
而○人注錯之過也 4/14/24
故孰察○人之知能 4/14/24
而○人道其怪也 4/15/5
人之生固○人 4/15/14,4/15/14
是以○重○也 4/15/15
受○共大共 4/17/6
無害為○人也 5/17/13
○人之謂凶 5/17/13
故長短、○大、善惡形相 5/17/13
葉公子高微○短瘠 5/17/18
長短、○大、美惡形相 5/17/20
詳則舉○ 5/19/7
聞其（詳）〔○〕而不知其大也 5/19/8
是以○人辯言險 5/20/12
○辯不如見端 5/20/16
○辯而察 5/20/16
有○人之辯者 5/21/1
雖辯、○人也 6/23/6
○人之傑也 7/25/21
知之無損為○人 8/29/8
故（不）能○而事大 8/30/7
《○雅》之所以為○者 8/31/8
則為○人矣 8/34/9
為○人則常危辱矣 8/34/9
○人則日徼其所惡 8/34/10
可謂○儒矣 8/34/16
○儒者、諸侯大夫士也 8/34/17
○之臣之 8/34/22
○事殆乎遂 9/35/15
〔而〕亂生乎○人 9/35/20
○節是也 9/36/12
○節非也 9/36/12
○節雖是也 9/36/13
事無大○多少 10/43/5
○人以力 10/44/5
○有一國 10/45/8,10/45/9 11/52/16
將脩○大強弱之義以持慎之 10/48/14
內則不憚詐其民而求○利焉 11/50/10
○用之則○ 11/51/13
綦○而亡 11/51/13
○巨分流者存 11/51/14
○用之者 11/51/15
夫是之謂○用之 11/51/16
○用之者若此 11/51/16
○巨分流者亦一若彼 11/51/16
以○人尚民而威 11/56/7
而好見○利 11/56/8
則雖在○民 12/57/16
○用之 12/59/7
○人變心 12/60/16
知無與下爭○利之為便於事也 12/63/6
慮與臣下爭○察而綦偏能 12/63/10
受○球大球 13/66/5
亂生乎○人 14/66/26
賞僭則利及○人 14/67/24
是事○敵毳則偷可用也 15/69/21
○齊則治鄰敵 15/70/16
凡人好敖慢○事 16/78/20
則常不勝夫敦比於○事者矣 16/78/21
則○事之至也數 16/78/21
其為積也○ 16/78/22
君子不為○人之匈匈也輟行 17/80/27
而○人計其功 17/81/1
○人錯其在己者 17/81/6,17/81/7
與○人之所以日退 17/81/8
君子、○人之所以相縣者在此耳 17/81/8
國、○具也 18/84/21
可以○人有也 18/84/21
可以○道得也 18/85/1
可以○力持也 18/85/1
不可以○人有也 18/85/1
不可以○道得也 18/85/1
不可以○力持也 18/85/2
國者、○人可以有之 18/85/2
○侯、元士次之 18/87/1

〇大、至不至之變者也 18/87/5
〇人可以有埶榮 18/89/3
唯〇人然後兼有之 18/89/4
宜〇者〇也 19/91/3
始卒之未〇斂也 19/91/12
〇人不能測也 19/92/10
〇者是燕爵 19/96/12
緦、〇功以爲殺 19/97/3
〇人樂得其欲 20/100/10
〇物引之 21/105/7
以爲〇之閨也 21/106/5
〇人邇而君子遠矣 21/107/15
君子邇而〇人遠矣 21/107/16
〇家珍說之所願皆衰矣 22/111/23
縱性情、安恣睢而違禮義者爲〇人 23/113/13
君子之與〇人 23/115/23
所賤於桀、跖、〇人者 23/115/26
故〇人可以爲君子而不肯爲君子 23/116/17
君子可以爲〇人而不肯爲〇人 23/116/18
〇人、君子者 23/116/18
有〇人之知者 23/117/1
是〇人之知也 23/117/4
君子所敬而〇人所不者與 26/123/13
此夫始生鉅其成功〇者邪 26/125/8
其《〇歌》也 26/125/19
雨〇 27/133/16
（人）〔夫〕盡〇者大 27/133/16
〇人不誠於內而求之於外 27/133/17
〇人休焉 27/135/5
《〇雅》不以於汙上 27/135/8
言無與〇人處也 27/136/11
〇者不爲 27/136/16
〇人也 27/137/11
此〇人之桀雄也 28/138/21
慍于群〇 28/138/23
〇人成群 28/138/23
〇人所視 28/139/14
與〇人處者 28/140/12
齊桓公〇白霸心生於莒 28/141/9
人之〇行也 29/141/19
〇人哉 29/142/10
色知而有能者、〇人也 29/143/4
〇人者 29/143/15
丘、〇人也 31/147/1
是所以窶〇也 32/149/3

## 曉 xiǎo 9

百姓〇然皆知夫爲善於家而取賞於朝也 9/38/6
百姓〇然皆知其汙漫暴亂而將大危亡也 10/44/11
臣下〇然皆知其可要也 11/50/5
〇然獨明於先王之所以得之、所以失之 12/59/5
天下〇然皆知其所非以爲異也 12/60/5
〇然以至道而無不調和也 13/64/23
然後百姓〇然皆知（脩）〔循〕上之法 15/74/1
天下〇然皆知夫盜竊之（人）不可以爲富也 24/118/11
（治）世〇然皆知夫爲姦則雖隱竄逃亡之由不足以免也 24/118/14

## 肖 xiào 27

致不〇而欲人之賢己也 2/5/6
行乎冥冥而施乎無報而賢不〇一焉 2/8/9
不〇而不肯事賢 5/18/7
賤不〇 6/23/4
不〇者親之 6/23/17
致賢（能而）〔而能〕以救不〇 7/25/21
不〇事賢 7/27/8
使賢不〇皆得其位 8/28/21
身不〇而誣賢 8/30/7
則賢不〇不雜 9/35/10
賢不〇不雜 9/35/11
則不〇者不可得而退也 10/45/10
不〇不可得而退 10/45/11
不〇者可得而退也 10/45/21
使不〇臨賢 11/56/2
則與不〇者規之 12/60/25
吉凶、賢不〇之極也 13/63/25
則案不〇也 13/65/14
人不〇而不敬 13/65/14
不〇者則畏而敬之 13/65/17
不〇者則疏而敬之 13/65/17
而欲賢者之至、不〇者之退也 14/67/4
不〇者敢援而廢之 23/117/9
以賢易不〇 27/132/25
賢、不〇者 28/141/3
夫賢、不〇者 28/141/5
今以不穀之不〇而群臣莫吾逮 32/148/21

## 孝 xiào 46

〇弟愿愨 4/14/12
永言〇思 7/26/12
〇弟以化之也 8/28/7
興〇悌 9/36/6
能以事親謂之〇 9/39/16
趨〇弟 9/40/7
臨武君與孫卿子議兵於趙〇成王前 15/68/3
〇成王、臨武君曰 15/69/11
15/70/24
忠臣〇子之極也 19/93/13
則夫忠臣〇子亦知其閔已 19/93/19
非〇子之情也 19/94/14
終始具而〇子之事畢、聖人之道備矣 19/95/18
則夫忠臣〇子亦憚詭而有所至矣 19/97/21
逐賢相而罪〇兄 21/103/2
然而〇子之道 23/114/5
天非私曾、騫、〇己而外眾人也 23/116/1
然而曾、騫、〇己獨厚於〇之實而全於〇之名者 23/116/1
然而〔秦人〕於父子之義、夫婦之別不如齊、魯之〇（具）〔共〕敬（父）〔文〕者 23/116/2
妻子具而〇衰於親 23/116/25
契爲司徒、民知〇弟尊有德 25/121/12

老者○焉 27/127/15
○子言爲可聞 27/133/25
○子之道也 27/133/26
○子不匱 27/134/25,29/142/5
虞舜、○己○而親不愛 27/137/22
爲國家必以○ 28/139/2
今殺一人以戮不○ 28/139/2
入○出弟 29/141/19
○子所以不從命有三 29/141/20
○子不從命乃義 29/142/1
○子不從命乃敬 29/142/1
則可謂大○矣 29/142/3
○乎 29/142/7,29/142/8
○矣 29/142/9
奚子○ 29/142/12
審其所以從之之謂○、之謂貞也 29/142/12
然而無○之名 29/142/15
則何（以）爲而無○之名也 29/142/17
何爲而無○之名也 29/142/20
有子而求其○ 30/144/18

## 效 xiào 13

大儒之○ 8/27/14
夫是謂大儒之○ 8/27/24
○門室之辨 8/29/16
歲終奉其成功以○於君 11/55/18
臣請遂道王者諸侯強弱存亡之○、安危之埶 15/69/12
隆禮○功 15/69/15
是強弱之○也 15/70/22
由此○之也 18/84/9
（類）以務象○其人 21/106/23
故其行○ 27/133/6
其立○ 27/133/6
其坐○ 27/133/6
其置顏色、出辭氣○ 27/133/6

## 笑 xiào 8

脩正爲○ 2/5/7
○語卒獲 2/5/16,19/93/4
今夫狌狌形○ 5/18/15
俗儒○之 8/32/12
必爲天下大○ 16/76/23
歌謠謸○ 19/94/15
勿用爲○ 27/131/6

## 邪 xié 89

所以防○僻而近中正也 1/2/1
○穢在身 1/2/4
爲善不積○ 1/3/4
是何○ 3/11/14,10/46/22
將以爲智○ 4/13/8
將以爲利○ 4/13/8
將以爲榮○ 4/13/8
將以爲安○ 4/13/9
我欲屬之狂惑疾病○ 4/13/9
我欲屬之鳥鼠禽獸○ 4/13/10
飾○說 4/14/13,6/21/10
以相安固○ 4/15/20
意者其是○ 4/16/16
從者將論志意、比類文學○ 5/17/23
而相欺傲○ 5/17/24
故鄉乎○曲而不迷 5/19/4
則慎比而不○ 7/26/7
必不以○道爲貪 8/28/1
○說畏之 8/32/12
使夷俗○音不敢亂雅 9/40/2, 20/99/21
防淫除○ 9/40/11
姦○不作 9/40/11
則刑繁而○不勝 10/46/19
故姦○不作 10/46/22
三○者在匈中 11/56/9
除姦○ 12/59/16
則與汙○之人疑之 12/61/1
汙○之賊也 12/61/3
今使汙○之人論其怨賊而求其無偏 12/61/3
可詘○哉 12/61/10
以爲親○ 12/62/3
以爲好麗○ 12/62/4
延則若莫○之長刃 15/69/3
兌則若莫○之利鋒 15/69/3
將以爲害○ 15/74/4
剖刑而莫○已 16/75/6
則其殆無儒○ 16/78/17
治亂天○ 17/80/21
時○ 17/80/22
地○ 17/80/23
以爲治○ 18/85/6
必齊之日祭、月祀之屬然後曰受制○ 18/86/2
然則鬭與不鬭○ 18/88/16
而以人之所欲者罰○ 18/89/19
將由夫愚陋淫○之人與 19/96/15
使夫○汙之氣無由得接焉 20/98/18
故禮樂廢而○音起者 20/99/19
故先王貴禮樂而賤○音 20/99/20
鼓、其樂之君○ 20/100/20
然而猶有能分是非、治曲直者○ 21/107/4
凡○說辟言之離正道而擅作者 22/109/20
是故○說不能亂 22/110/9
今誠以人之性固正理平治○ 23/115/2
今將以禮義積僞爲人之性○ 23/115/23
今以仁義法正爲固無可知可能之理○ 23/116/8
而固無可以能仁義法正之具○ 23/116/9
闔閭之干將、莫○、鉅闕、辟閭 23/117/13
所見者汙漫、淫○、貪利之行也 23/117/18
○枉辟回（夫）〔失〕道途 25/122/4
此夫安寬平而危險隘者○ 26/124/2
修潔之爲親而雜汙之爲狄者○ 26/124/2
甚深藏而外勝敵者○ 26/124/3
法禹舜而能弇迹者○ 26/124/3
行爲動靜待之而後適者○ 26/124/3
此夫始生鉅其成功小者○ 26/125/8
長其尾而銳其剽者○ 26/125/8
頭銛達而尾趙繚者○ 26/125/9
我先攻其○心 27/131/19
此○行之所以起 27/132/10
此家言○學之所以惡儒者也 27/137/1

言談足以飾○營衆 28/138/20
（○民）〔躬行〕不從 28/139/8
是以刑彌繁而○不勝 28/139/11
汝以知者爲必用○ 28/141/1
女以忠者爲必用○ 28/141/2
女以諫者爲必用○ 28/141/2
被有說○ 28/141/13
匠過絕○ 28/141/13
〔意者所友非仁人○〕 29/142/18
禮○ 29/142/22
29/142/24,29/142/25
非唯下流水多○ 29/143/1
爲夫玉之少而珉之多○ 30/144/5
敢問何如〔取〕之○ 31/144/27
天下其在一隅○ 32/148/14

**挾 xié** 6

盡善○（洽）〔治〕之謂神 8/31/3
政令以○ 11/53/15
以是（用）〔周〕○於萬物 11/54/17
能以禮○而貴名白 14/66/18
諸侯持輪○輿先馬 18/87/1
方皇周○ 19/93/2

**脅 xié** 6

易懼而難○ 3/9/7
不可以勢重○也 8/29/23
天下○於暴國 9/40/21
强○弱也 10/42/18
則是拘○蔽塞之端也 12/62/13
迫○於亂時 13/64/17

**偕 xié** 1

唯其○矣 27/127/2

**頡 xié** 1

而倉○獨傳者、壹也 21/105/8

**諧 xié** 1

是以湯誅尹○ 28/138/21

**泄 xiè** 2

憍○者、人之殃也 4/12/17
○而敗 21/107/14

**屑 xiè** 1

○然藏千溢之寶 8/29/18

**械 xiè** 12

百工以巧盡○器 4/17/3
喪祭○用皆有等宜 9/38/2
○用、則凡非舊器者舉毀 9/38/3
農夫不斲削、不陶冶而足○用 9/38/16
兵革器○者 9/41/20
故○數者、治之流也 12/57/14
○用兵革攻完便利者强 15/69/18
○用兵革窳楛不便利者弱 15/69/18
視形埶而制○用 18/85/20
○用備飾不可不異也 18/85/21
夫是之謂視形勢而制○用 18/85/23

**揳 xiè** 1

不○大 5/17/20

**榭 xiè** 3

爲之宮室臺○ 10/43/15
其於聲色、臺○、園囿也 11/56/8
卑其志意、大其園囿高其臺（○） 25/120/8

**懈 xiè** 2

忠順而不○ 12/57/23,12/58/4

**謝 xiè** 1

臺○甚高 11/53/14

**褻 xiè** 1

設○衣 19/95/8

**蟹 xiè** 1

○六跪而二螯 1/2/12

**心 xīn** 170

聖○備焉 1/2/9
用○一也 1/2/12
用○躁也 1/2/13
○如結兮 1/3/1
箸乎○ 1/3/14
使○非是無欲慮也 1/4/18
○利之有天下 1/4/19
○如虎狼、行如禽獸而又惡人之賊己也 2/5/7
治氣養○之術 2/6/6
凡治氣養○之術 2/6/9
夫是之謂治氣養○之術也 2/6/10
身勞而○安 2/6/13
體恭敬而○忠信 2/6/16
體倨固而○（執）〔埶〕詐 2/7/1
君子大○則〔敬〕天而道 3/10/6
小○則畏義而節 3/10/6
大○則慢而暴 3/10/8
小○則流淫而傾 3/10/8
君子養○莫善於誠 3/11/4
誠○守仁則形 3/11/4
誠○行義則理 3/11/5
不形則雖作於○ 3/11/8
○小而道大 3/11/14
則其○正其口腹也 4/15/17
故相形不如論○ 5/17/11
論○不如擇術 5/17/12
形不勝○ 5/17/12
○不勝術 5/17/12
術正而○順 5/17/12
則形相雖惡而○術善 5/17/12
形相雖善而○術惡 5/17/13
亦將志乎○爾 5/17/20
謂之姦○ 6/23/6
兼服天下之○ 6/23/13
利○無足而佯無欲者也 6/24/9
非服人之○也 7/25/19,11/50/7

詐○以勝矣 7/25/20
無怨疾之○ 7/27/4
是姦人之○也 7/27/9
志不免乎姦○ 7/27/9
四海之內莫不變○易慮以化順之 8/32/1
維彼忍○ 8/34/11
而無兼并之○ 9/37/7
必將於愉殷赤○之所 9/41/2
則民○奮而不可說也 10/42/14
然後衆人徒、備官職、漸慶賞、嚴刑罰以戒其○ 10/45/19
上下一○ 10/48/12,10/49/6
16/76/7
擽然扶持○、國 11/49/17
則臣下百姓莫不以詐○待其上矣 11/50/12
○欲綦佚 11/52/1
○好利而穀祿莫厚焉 11/53/19
〔而〕無貪利之○ 12/57/16
小人變○ 12/60/16
如四支之從○ 12/60/17
尊法敬分而無傾側之○ 12/63/3
端志而無傾側之○ 13/64/22
百將一○ 15/68/15
故民雖有離○ 15/74/12
無愛人之○ 16/75/18
不和人之○ 16/75/19
而有趨姦之○矣 16/79/4
○居中虛以治五官 17/80/10
若夫（○）〔志〕意脩 17/81/4
○至愉而志無所詘 18/86/17
是姦人之道而倍叛之○也 19/93/8
君子以倍叛之○接臧穀 19/93/8
然而幸生之○未已 19/93/20
使其曲直、繁省、廉肉、節奏足以感動人之善○ 20/98/17
而可以善民○ 20/99/24
使人之○悲 20/99/26
使人之○傷 20/99/26
使人之○淫 20/100/1
使人之○莊 20/100/1
以琴瑟樂○ 20/100/7
管乎人○矣 20/100/15
聖人無兩○ 21/102/5
此其誠○莫不求正而以自爲也 21/102/7
○不使焉 21/102/9
此○術之公患也 21/102/13
以惑其○而亂其行 21/102/15
21/102/16
故主其○而愼治之 21/102/19
21/102/20
樂帝之○ 21/102/23
聖人知○術之患 21/103/16
故○不可以不知道 21/103/18
○不知道 21/103/18
以其不可道之○取人 21/103/19
以其不可道之○ 21/103/20
○知道 21/103/21
以其可道之○取人 21/103/21
以其可道之○ 21/103/22
○ 21/103/25
○何以知 21/103/25
○未嘗不臧也 21/103/25
○未嘗不滿也 21/103/26
○未嘗不動也 21/103/26
○生而有知 21/104/2
○、臥則夢 21/104/3
故○未嘗不動也 21/104/3
○者、形之君也 21/104/10
○不可劫而使易意 21/104/12
○容 21/104/13
○枝則無知 21/104/15
人○之危 21/105/4
道○之微 21/105/4
故人○譬如槃水 21/105/5
○亦如是矣 21/105/7
其○內傾 21/105/8
此治○之道也 21/106/1
中○不定 21/106/3
無邑憐之○ 21/107/11
情然而○爲之擇謂之慮 22/107/23
○慮而能爲之動謂之僞 22/107/24
異形離○交喻 22/108/12
說、故、喜、（怨）〔怒〕、哀、樂、愛、惡、欲以○異 22/108/18
○有徵知 22/109/1
○徵之而無說 22/109/3
○之象道也 22/110/7
○也者、道之工宰也 22/110/7
○合於道 22/110/8
說合於○ 22/110/8
以仁○說 22/110/14
以學○聽 22/110/14
以公○辨 22/110/14
〔所〕受乎○也 22/111/7
制於所受乎○之多〔求〕 22/111/7
○止之也 22/111/9
○之所可中理 22/111/9
○使之也 22/111/10
○之所可失理 22/111/10
故治亂在於○之所可 22/111/11
○憂恐則口銜芻豢而不知其味 22/112/11
欲養其樂而攻其○ 22/112/14
○平愉 22/112/18
○意之於善 23/114/1
○好利 23/114/12
專○一志 23/116/14
夫人雖有性質美而○辨知 23/117/16
○至愈 24/118/7
君子執之○如結 25/120/14
○術如此象聖人 25/120/15
禹勞（○）力 25/121/10
○無度 25/122/4
人主仁○設焉 27/126/27
禮以順人○爲本 27/127/22
故亡於《禮經》而順人○者 27/127/22
我先攻其邪○ 27/131/19
○之於慮亦然 27/131/26
其○一也 27/133/22
其○同也 27/133/23
參之以平○ 27/137/2
有異○乎哉 27/137/5
一曰○達而險 28/138/19
皆異世同○ 28/138/22
憂○悄悄 28/138/23
王子比干不見剖○乎 28/141/1
知禍福終始而○不惑也 28/141/5
昔晉公子重耳霸○生於曹 28/141/8
越王勾踐霸○生於會稽 28/141/8
齊桓公小白霸○生於莒 28/141/9
○不知（色色）〔邑邑〕

31/145/8
〇從而壞 31/145/11
言忠信而〇不德 31/146/1
吾三相楚而〇痛卑 32/149/18
然則孫卿（將懷）〔懷將〕聖之〇 32/150/6
比干剖〇 32/150/12

## 辛 xīn 1

甘、苦、鹹、淡、〇、酸、奇味以口異 22/108/16

## 欣 xīn 3

〇驩芬薌以送之 5/20/8
故人之歡〇和合之時 19/97/20
不驩〇 27/127/2

## 新 xīn 6

故〇浴者振其衣 3/11/1
〇沐者彈其冠 3/11/1
故國者、世所以〇者也 11/51/4
愈厭而好〇 11/56/8
有作於〇名 22/108/9
從諸侯不與〇有昏朞不事 27/131/14

## 薪 xīn 5

施〇若「一」 1/2/4
屬茨、倚廬、席〇、枕塊 19/94/19
齊衰、苴杖、居廬、食粥、席〇、枕塊 19/96/6,19/98/5
均〇施火 27/136/9

## 信 xìn 108

禮〇是也 2/5/12
體恭敬而心忠〇 2/6/16
端慤誠〇 2/6/17
靡所不〇 3/10/2
此言君子能以義屈〇變應故也 3/10/3
庸言必〇之 3/11/23
言無常〇 3/12/1
誠〇生神 3/12/3
〇而不見敬者 4/12/23
疾爲誕而欲人之〇己也 4/14/18
〇矣 4/14/20
而亦欲人之〇己也 4/14/20
〇〇 6/23/4
〇也 6/23/4
亦〇也 6/23/4
能爲可〇 6/24/12
不能使人必〇己 6/24/12
恥不〇 6/24/13
不恥不見〇 6/24/13
主〇愛之 7/26/6
〇而不忘處謙 7/26/8
忠〇以統之 7/27/3
忠〇愛利形乎下 8/28/9
此君子義〇乎人矣 8/28/9
不言而〇 8/29/21,24/118/6
〇其友敵之道 9/37/9
忠〇、調和、均辨之至也 10/46/14
忠〇均辨 10/46/15
致忠〇以愛之 10/46/20,11/55/24
15/73/16
則其〇者不慤 10/47/11
則其〇者慤 10/47/14
已諾不〇則兵弱 10/47/19
致忠〇 10/48/10,11/53/4
約〇盟誓 10/48/22
〇立而霸 11/49/15
刑賞已諾〇乎天下矣 11/50/4
與國〇之 11/50/6
鰓然上下相〇 11/50/8
略〇也 11/50/9
是所謂〇立而霸也 11/50/9
不務張其義、齊其〇 11/50/10
援夫千歲之〇法以持之也 11/51/6
安與夫千歲之〇士爲之也 11/51/6
而有千歲之〇士 11/51/7
是乃千歲之〇士矣 11/51/7
與端誠〇全之士爲之則霸 11/51/8
則百工莫不忠〇而不楛矣 11/56/19
百工忠〇而不楛 11/56/22
所以爲〇也 12/57/11
則下亦將綦辭讓、致忠
〇而謹於臣子矣 12/57/16
不待合符節、別契券而〇 12/57/17
故人主必將有便嬖左右足〇者然後可 12/62/16
故人主無便嬖左右足〇者之謂闇 12/62/23
諸侯不〇 13/63/17
士〇之 13/63/19
〇陵君之於魏也 13/64/8
諫、爭、輔、拂之人〇 13/64/11
忠〇而不諛 13/64/22
若夫忠〇端慤而不害傷 13/65/18
忠〇以爲質 13/65/19
〇陵君似之矣 13/66/2
誠〇如神 14/67/1
耆艾而〇 14/67/20
政令〇者強 15/69/16
政令不〇者弱 15/69/16
欲必以〇 15/70/26
無禮義忠〇 15/73/12
然後民可〇也 15/74/15
其刑罰重而〇 16/75/16
禮義、辭讓、忠〇是也 16/77/3
16/77/6
隆在〇矣 16/77/6
案用夫端誠〇全之君子治天下焉 16/78/5
益地不如益〇之務也 16/78/7
其百吏肅然莫不恭儉、敦敬、忠〇而不楛 16/78/12
而〇次之 16/79/7
古者禹、湯本義務〇而天下治 16/79/7
桀、紂棄義背〇而天下亂 16/79/8
故爲人上者必將愼禮義、務忠〇然後可 16/79/8
無見於〇 17/83/4
有詘而無〇 17/83/5
所以養〇也 19/90/13
故大路之馬必（倍）〔〇〕至教順然後乘之 19/90/13
忠〇愛敬之至矣 19/98/1
然而治俯仰、詘〇、進退、遲速莫不廉制 20/101/2
故殘賊生而忠〇亡焉 23/113/4

僞起（於○）而生禮義 23/114/14
嗜欲得而○衰於友 23/116/26
大齊○焉而輕貨財 23/117/9
則所見者忠○敬讓之行也 23/117/17
○、誕以分賞罰必 25/123/4
不足於○者誠言 27/133/22
言之○者 27/136/22
而能致恭敬、忠○、端愨以慎行之 29/142/2
臨財而不見○者 30/144/11
吾必不○也 30/144/12
言忠○而心不德 31/146/1
士○愨而後求知能焉 31/147/15
士不○愨而有多知能 31/147/16
故明主任計不○怒 31/147/17
闇主○怒不任計 31/147/17
忠○無勧 32/148/13
乃○其名 32/150/13

## 星 xīng 9

列○隨旋 17/80/5
日月、○辰、瑞歷 17/80/21
○隊、木鳴 17/81/10
怪○之黨見 17/81/11
夫○之隊、木之鳴 17/81/13
○辰以行 19/92/4
竽笙（簫和）、〔筦〕籥似○辰日月 20/101/1
瞽者仰視而不見○ 21/106/8
列○隕墜 26/125/13

## 腥 xīng 2

鼻辨芬芳○臊 4/15/9
香、臭、芬、鬱、○、臊、（洒）〔漏〕、（酸）〔庮〕、奇臭以鼻異 22/108/17

## 興 xīng 13

風雨○焉 1/2/9
變化代○ 3/11/5
○孝悌 9/36/6
罕○力役 10/43/6
知者易爲之○力而功名綦大 11/55/3
○天下同利 11/55/23
墮○功之臣 16/76/8
然後○之務之 16/78/20
○天下之同利 18/84/6
讒夫○與 27/132/17
國將○ 27/135/11
夙○夜寐 29/142/15
今夙○夜寐 29/142/17

## 行 xíng 308

則智明而○無過矣 1/1/5
○有招辱也 1/2/7
○衢道者不至 1/2/14
○無隱而不形 1/3/3
心如虎狼、○如禽獸而又惡人之賊己也 2/5/7
容貌、態度、進退、趨○ 2/5/14
匿○曰詐 2/6/2
横○天下 2/6/16,2/6/17,2/7/1,2/7/2
○而供冀 2/7/5
○而俯頃 2/7/5
倚魁之○ 2/7/11
然而君子不○ 2/7/11
我○而就之 2/7/12
不○不至 2/7/17
好法而○ 2/7/18
○乎冥冥而施乎無報而賢不肖一焉 2/8/9
人有此三○ 2/8/10
其○道理也勇 2/8/12
君子○不貴苟難 3/8/20,3/9/4
是○之難爲者也 3/9/1
唯義之爲○ 3/11/4
誠心○義則理 3/11/5
輕則獨○ 3/11/11
獨○而不舍 3/11/11
庸○必慎之 3/11/24
○無常貞 3/12/1
好剸○也 4/12/23
○其少頃之怒而喪終身之軀 4/13/1
德○致厚 4/14/8
志○脩 4/14/10
禽獸之○而欲人之善己也 4/14/18
○之難安也 4/14/19
○之易安也 4/14/21,22/110/24
仁義德○ 4/15/4
是若不○ 4/16/2
○欲有輿馬 4/16/5
然而○不敢有輿馬 4/16/7
○若將不勝其衣 5/17/18
智○淺薄 5/18/9
人有此（三）數○者 5/18/10
○安之 5/19/11,5/20/15
故君子之○仁也無厭 5/20/15
禽獸○ 6/21/13
謂之五○ 6/22/8
齊言○ 6/22/13,8/33/12
○辟而堅 6/23/9
○僞險穢而彊高言謹愨者也 6/24/9
率道而○ 6/24/14
禹○而舜趨 6/24/24
內○則姑姊妹之不嫁者七人 7/25/8
其事○也若是其險汙淫汰也 7/25/9
故道豈不○矣哉 7/26/2
則慎○此道也 7/26/15
以吝嗇而不○施道乎上 7/26/20
是○也 7/27/1
天下之○術 7/27/3
慎謹以○之 7/27/4
夫是之謂天下之○術 7/27/6
○不免乎姦道 7/27/9
說必不○矣 7/27/10,16/77/10,18/89/7
○一不義、殺一無罪而得天下 8/28/9,11/49/16
比中而○之 8/28/15
凡事○ 8/29/4
（○事）〔事○〕失中謂之姦事 8/29/5
○之 8/29/14
雖○貣而食 8/29/18
○法至堅 8/30/12,8/30/13
其○多當矣而未安也 8/30/14
○禮要節而安之 8/30/16
脩脩兮其（用）統類之○也 8/31/1

其○也 8/31/7
是殆非周公之○ 8/31/13
○之日以兵忌 8/31/16
其○有禮 8/32/10
其衣冠○僞已同於世俗矣 8/32/18
其言○已有大法矣 8/32/22
知之不若○之 8/33/11
學至於○之而止矣 8/33/11
○之、明也 8/33/12
已乎○之矣 8/33/13
知之而不○ 8/33/13
○不免於汙漫而冀人之以己爲脩也 8/34/14
○忍情性 8/34/15
○安脩 8/34/16
○有防表 8/34/20
○有防表也 8/34/24
正身○ 9/35/5,9/40/13,10/48/9
才○反時者 9/35/8
令○禁止 9/35/12,14/66/18,15/75/2
其有法者以法○ 9/35/18
故明其不并之○ 9/37/9
以類○雜 9/39/1
以一○萬 9/39/1
分何以能○ 9/39/11
○水潦 9/40/3
日與桀同事同○ 9/41/1
是使群臣百姓皆以制度○ 9/41/10
非往○之也 9/41/16
事○則遵傭故 9/42/2
事○則蠲疑 9/42/3
事○則傾覆 9/42/4
○私而無禍 10/42/13
我○既集 10/44/3
不足欲則賞不○ 10/45/8
則賞罰不○ 10/45/10
賞不○ 10/45/10
罰不○ 10/45/10
故其賞○ 10/45/20
賞○罰威 10/45/20
故儒術誠○ 10/45/23
故墨術誠○ 10/46/2
加義乎身○ 11/49/20
權謀日○ 11/50/13
改（王）〔玉〕改○也 11/51/5
兩者並○而國在 11/54/4
然後○ 11/54/18
○其義 11/55/23,18/84/6
不隆本○ 11/56/10
是之謂政令○、風俗美 11/56/23
類不能自○ 12/57/4
○義塞於天地之閒 12/58/7
則威○鄰敵 12/59/7
士大夫無流淫之○ 12/60/6
使脩士○之 12/60/25
○義動靜 12/61/7
則夫人○年七十有二 12/62/4
故禮及身而○脩 14/66/18
卻賢者、○也 14/67/3
口○相反 14/67/4
則政令不○而上下怨疾 14/67/10
所○者變詐也 15/68/9
所○ 15/68/12
何○而可 15/69/11
○莫大乎無過 15/70/24
凡受命於主而○三軍 15/71/3
○如戰 15/71/6
愼○此六術、五權、三至 15/71/7
士大夫死○列 15/71/11
皆以仁義之兵○於天下也 15/71/25
威○諸侯 15/72/1
皆前○素脩也 15/72/6
威○之道也 15/72/9
由其道則○ 15/72/11
然而周師至而令不○乎下 15/73/1
是故刑罰省而威〔○如〕流 15/73/8
於是有能化善、脩身、正○、積禮義、尊道德 15/74/2
美我德○ 15/74/9
非美我德○也 15/74/11,15/74/13
罰不用而威○ 16/75/14
○勝人之道 16/76/12
不以○勝人之道 16/76/13
爲人臣者不恤己○之不○ 16/77/10
義術○ 16/77/16
則兵不復出於塞外而令○於天下矣 16/78/6
天○有常 17/79/16
倍道而妄○ 17/79/19
其○曲治 17/80/14
君子不爲小人之匈匈也輟○ 17/80/27
德○厚 17/81/5,18/88/24
（水○）〔○水〕者表深 17/82/22
令○於諸夏之國 18/83/25
令○於境內 18/83/25
令不○於境內 18/84/3
禽獸之○ 18/84/8
其○（之）爲至亂也 18/84/15
下以無度○ 18/88/1
必禽獸○、虎狼貪 18/88/3
則說必不○矣 18/89/14
星辰以○ 19/92/4
並○而雜 19/92/22
不得晝○ 19/93/16
誰得○之 19/93/24
其義○ 19/93/24
而滋成○義之美者也 19/94/8
士君子安○之 19/98/2
○其綴兆 20/99/5
而○列得正焉 20/99/5
故脩其○ 20/99/25
歌於○伍 20/99/26
故樂○而志清 20/100/8
禮脩而○成 20/100/8
樂○而民鄉方矣 20/100/11
此五○者 20/101/21
其○雜 20/101/24
以惑其心而亂其○ 21/102/15,21/102/16
偷則自○ 21/104/3
知道、○ 21/104/6
自○也 21/104/11
寘彼周○ 21/104/14
然而不可以貳周○ 21/104/15
以正志○察論 21/105/2
故仁者之○道也 21/105/19
聖人之○道也 21/105/19
冥冥而○者 21/106/3
明月而宵○ 21/106/12
正義而爲謂之○ 22/107/25
道○而志通 22/108/4
驗之所（以）爲有名而觀其孰○ 22/109/17
說○則天下正 22/110/10

說不○則白道而不冥窮 22/110/10
離南○而北走也哉 22/111/21
○離理而不外危者 22/112/10
欲養其名而亂其○ 22/112/14
不見之○ 22/112/23
此二○者 23/114/5
張而可施○ 23/115/11
張而不可施○ 23/115/12
足可以徧○天下 23/116/20
然而未嘗有能徧○天下者也 23/116/20
其○也悖 23/117/3
敢○其意 23/117/6
則所見者忠信敬讓之○也 23/117/17
所見者汙漫、淫邪、貪利之○也 23/117/18
足能○ 24/118/5
分義○乎下 24/118/10
則士大夫無流淫之○ 24/118/10
是故刑罪綦省而威○如流 24/118/13
刑罰綦省而威○如流 24/118/19
○雖如桀、紂 24/119/4
則令○而不流 24/119/13
則施○而不悖 24/119/13
禮樂滅息、聖人隱伏墨術○ 25/120/16
重義輕利○顯明 25/121/7
躬親爲民○勞苦 25/121/13
○有律 25/123/5
○義以正 26/124/1
○爲動靜待之而後適者邪 26/124/3
○遠疾速而不可託訊（者與） 26/124/12
穿窬而○ 26/125/6
拂乎其欲禮義之大○也 26/125/17
以其教（出）〔士〕畢○ 27/126/23
水○者表深 27/127/4
夫○也者、○禮之謂也 27/127/15
○之得其節 27/127/27
故○ 27/127/27
○義以禮 27/128/3
故吉○五十 27/128/6
政不○矣 27/128/9
身能○之 27/130/21,27/130/21
身不能○ 27/130/21
身○惡 27/130/22
有法者以法○ 27/131/8
相順而後○ 27/131/11
公○子之之燕 27/131/22
此邪○之所以起 27/132/10
則人民之○如此 27/132/13
苞苴○與 27/132/17
故其○效 27/133/6
善○者究其難 27/133/9
○盡而聲問遠 27/133/16
不足於○者說過 27/133/22
○爲可見 27/133/25,27/133/25
曾子○ 27/134/1
不自嗛其○者言濫過 27/135/21
二曰○辟而堅 28/138/19
（邪民）〔躬○〕不從 28/139/8
若有決○之 28/140/6
○之日久矣 28/141/1
雖賢、其能○乎 28/141/7
故君子博學、深謀、修身、端○以俟其時 28/141/7
人之小○也 29/141/19
人之中○也 29/141/19
人之大○也 29/141/19
而能致恭敬、忠信、端慤以愼○之 29/142/2
非仁人莫能○ 29/142/4
不○無禮 29/142/12
故入而○不脩 29/142/19
故君子入則篤○ 29/142/20
（奮）〔愼〕於○者〔不〕伐 29/143/3
○之至也 29/143/5
○至則仁 29/143/5
○也 30/144/7
（勤）〔動〕○不知所務 31/145/9
○不務多 31/145/15
○既已由之矣 31/145/16
○中規繩而不傷於本 31/146/3
○微無怠 32/148/13
○微如日月 32/148/14
女將○ 32/149/1
禮義不○ 32/150/5
○全剌之 32/150/5
觀其善○ 32/150/9
循道正○ 32/150/11

## 刑 xíng 106

雖陷○戮可也 2/8/9
親戚不免乎○戮 4/13/2
○法之所大禁也 4/13/3
是○法之所不舍也 4/13/3
循法則、度量、○辟、圖籍 4/14/10
是庶人之所以取煖衣飽食長生久視以免於○戮也 4/14/13
是姦人之所以取危辱死○也 4/14/14
○及之而宜 6/23/18
尙有典○ 6/24/1
懲之以○罰 9/35/7
待之以○ 9/35/10
嚴○罰以糾之 9/37/7
析愿禁悍而○罰不過 9/38/6
爲不善於幽而蒙○於顯也 9/38/7
戮之以五○ 9/40/11
○政平 9/41/9
嚴○罰以防之 9/41/19
然後衆人徒、備官職、漸慶賞、嚴○罰以戒其心 10/45/19
威乎○罰〔矣〕 10/46/16
則○繁而邪不勝 10/46/19
〔之〕所以爲布陳於國家○法者 11/49/18
○賞已諾信乎天下矣 11/50/4
○罰雖繁 11/56/13
○下如景 13/63/20
然後（士）〔出〕其○賞而還與之 14/66/12
○政平而百姓歸之 14/66/17
義○義殺 14/67/10,28/139/6
○不欲濫 14/67/24
○濫則害及君子 14/67/24
○威者强 15/69/17
○侮者弱 15/69/17
鰌之以○罰 15/70/5
慶賞○罰 15/70/25,27/131/11
嚴令繁○不足以爲威 15/72/11

爲炮（烙）〔格〕〔之〕○ 15/72/20
是豈令不嚴、○不繫也哉 15/73/1
然后（誅）〔俟〕之以○ 15/73/7
故○一人而天下服 15/73/7
是故○罰省而威〔行如〕流 15/73/8
蓋殺一人、○二人而天下治 15/73/8
○錯而不用 15/73/9,28/139/10
故賞慶、○罰、埶詐不足以盡人之力、致人之死 15/73/11
焉慮率用賞慶、○罰、埶詐、（除）〔險〕阸其下 15/73/12
故賞慶、○罰、埶詐之爲道者 15/73/14
然後○於是起矣 15/73/18
是大○之所加也 15/73/18
則大○加焉 15/74/1
縣明○大辱於其後 15/74/5
○范正 16/75/6
剄○而莫邪已 16/75/6
亦彊國之剄○已 16/75/7
其○罰重而信 16/75/16
○灼之 16/75/19
治古無肉○ 18/85/5
而有象○ 18/85/5
非獨不用肉○ 18/85/7
亦不用象○矣 18/85/7
而直輕其○ 18/85/7
然則是殺人者不死、傷人者不○也 18/85/7
罪至重而○至輕 18/85/8
凡○人之本 18/85/8
而傷人者不○ 18/85/9
故象○殆非生於治古 18/85/9
凡爵列、官職、賞慶、○罰 18/85/10
傷人者○ 18/85/13
○稱罪則治 18/85/13
故治則○重 18/85/14
亂則○輕 18/85/14
○罰世輕世重 18/85/15
土地○制不同者 18/85/21
○餘罪人之喪不得合族黨 19/93/15
○法有等 19/98/6
幾遇○也 20/100/15
身爲○戮 21/103/2
○名從商 22/107/21
禁之以○ 22/110/2
無○以禁之 22/110/3
重○罰以禁之 23/115/5
無○罰之禁 23/115/6
身且加於○戮而不自知者 23/117/19
是故○罪綦省而威行如流 24/118/13
故○當罪則威 24/118/17
古者○不過罪 24/118/17
○罰不怒罪 24/118/18
○罰綦省而威行如流 24/118/19
○罰怒罪 24/119/3
不免○均 24/119/4
禮與○ 25/121/1
○稱陳 25/123/1
參伍明謹施賞○ 25/123/3
此○罰之所以繁也 27/127/5
猶用○罰於萬民也 27/127/18
○罰之所以多也 27/132/10
○于寡妻 27/134/26
不可○也 28/139/4
然後○可即也 28/139/6
然後俟之以○ 28/139/8
繁其○ 28/139/11
是以○彌繁而邪不勝 28/139/11
關龍逢不見○乎 28/141/2
無○已至而呼天 30/143/23
○已至而呼天 30/143/25
觽於嚴○ 32/150/4

## 形 xíng 57

行無隱而不○ 1/3/3
○乎動靜 1/3/14
誠心守仁則○ 3/11/4
○則神 3/11/5
不獨則不○ 3/11/8
不○則雖作於心 3/11/8
其○體又人 4/13/10
相人之○狀顏色而知其吉凶妖祥 5/17/10
故相○不如論心 5/17/11
○不勝心 5/17/12
則○相雖惡而心術善 5/17/12
○相雖善而心術惡 5/17/13
故長短、小大、善惡○相 5/17/13
長短、小大、美惡○相 5/17/20
今夫狌狌○笑 5/18/15
忠信愛利○乎下 8/28/9
○體好佚而安重閒靜莫愉焉 11/53/18
至道大○ 12/60/10
夫是之謂大○ 12/60/18
愛利則○ 16/75/13
愛利則不○ 16/75/15
非劫之以○埶 16/75/18
○埶便 16/78/10
是○勝也 16/78/11
影之像○也 16/79/5
莫知其無○ 17/80/6
○具而神生 17/80/9
耳目鼻口○能 17/80/9
視○埶而制械用 18/85/20
夫是之謂視○勢而制械用 18/85/23
天子者、埶至重而○至佚 18/86/16
而○不爲勞 18/86/17
○埶勝 18/88/25
○不欲綦佚 18/89/13
故葬埋、敬葬其○也 19/95/17
狀乎無○影 19/98/9
○於動靜 20/98/14
樂則不能無○ 20/98/15
○而不爲道 20/98/16
○居備宮 21/102/21
萬物莫○而不見 21/104/7
孰知其○ 21/104/9
心者、○之君也 21/104/10
○可劫而使詘申 21/104/12
則不可以得大○之正也 21/105/6
是非之○不明 22/108/8
異○離心交喻 22/108/12
○體、色理以目異 22/108/16
疾、養、滄、熱、滑、鈹、輕、重以○體異 22/108/18
緣目而知○可也 22/109/2
欲養其性而危其○ 22/112/14

（屋）〔局〕室、（廬庾）〔蘆簾〕、（葭）稾蓐、尙机筵而可以養○ 22/112/19
○至佚 24/118/7
○無所勞 24/118/7
衆人貳之、讒夫棄之○是詁 25/120/15
精微而無○ 26/124/1
○於四海 32/148/14

## 鈃 xíng 1

是墨翟、宋○也 6/21/20

## 省 xǐng 20

君子博學而日參○乎己 1/1/5
必以自○也 2/5/3
內○而外物輕矣 2/6/12
綦○矣 7/26/1
○求 7/27/5
○農功 9/40/4
○商賈之數 10/43/6
○官職 10/45/9
然後皆內自○以謹於分 11/54/13
○刀布之斂 11/56/19
則法雖○ 12/57/5
○工賈 12/59/16
是故刑罰○而威〔行如〕流 15/73/8
情用○ 19/92/21
文理○ 19/92/22
使其曲直、繁○、廉肉、節奏足以感動人之善心 20/98/17
及其介○矣 20/101/11
少言則徑而○、論而法 23/117/2
是故刑罪綦○而威行如流 24/118/13
刑罰綦○而威行如流 24/118/19

## 姓 xìng 96

四時不言而百○期焉 3/11/6
下則能保百○ 4/14/9
下不足以和齊百○ 5/21/4
姬○獨居五十三人 8/27/16, 12/62/7
則退編百○而慤 8/27/27
然而通乎財萬物、養百○之經紀 8/28/2
百○好之則亂事 8/29/9
姬○獨居五十三人焉 8/31/15
涂之人百○ 8/34/5
而百○貧 9/36/18
百○曉然皆知夫爲善於家而取賞於朝也 9/38/6
下以養百○而安樂之 9/38/18
政令時則百○一、賢良服 9/39/18
故五穀不絕而百○有餘食也 9/39/21
故魚鱉優多而百○有餘用也 9/39/21
故山林不童而百○有餘材也 9/39/22
使百○順命 9/40/7
砥礪百○ 9/41/4
養百○ 9/41/6
百○和 9/41/9
是使群臣百○皆以制度行 9/41/10
慈愛百○ 9/41/18
之所以接下之百○者則庸寬惠 9/42/2
之所以接下之人百○者則好取侵奪 9/42/3
（人）之所以接下之人百○者 9/42/5
衆庶百○則必以法數制之 10/43/3
百○誠賴其知也 10/43/21
百○貴之如帝 10/44/1, 16/75/13
百○之力 10/44/5
百○之群 10/44/5
百○之財 10/44/6
百○之埶 10/44/6
百○之壽 10/44/6
百○曉然皆知其汙漫暴亂而將大危亡也 10/44/11
和齊百○ 10/44/16
使百○無凍餒之患 10/44/18
與百○均事業 10/45/9
而百○疾之 10/46/8
而百○皆愛其上 10/46/13
則下疑俗儉而百○不一 10/46/20
百○時和、事業得敘者 10/47/22
百○虛而府庫滿 10/48/3
則臣下百○莫不以詐心待其上矣 11/50/12
所以接下之人百○ 11/54/11
百○莫敢不敬分安制以（禮）化其上 11/55/8
得百○之力者富 11/55/21
得百○之死者彊 11/55/21
得百○之譽者榮 11/55/21
所以接（天）下之人百○〔者〕 11/55/25
是故百○貴之如帝 11/55/26
是故百○賤之如尪 11/56/2
又望百○之爲己死 11/56/3
則夫衆庶百○亦從而成俗於不隆禮義而好貪利矣 11/56/12
百○莫敢不順上之法 12/57/19
下在百○之家 12/60/5
衆庶百○無姦怪之俗 12/60/7, 24/118/10
治則衍及百○ 12/60/7
百○易俗 12/60/16
則周姬○也 12/62/4
而彼姜○也 12/62/4
其德音足以塡撫百○ 12/62/19
百○不親 13/63/17
下愛百○而不倦 13/63/19
刑政平而百○歸之 14/66/17
可殺而不可使欺百○ 15/71/3
凡誅、非誅其百○也 15/71/12
誅其亂百○者也 15/71/13
百○有扞其賊 15/71/13
其所以接下之〔人〕百○者 15/73/12
則百○莫不敦惡 15/73/18
然後百○曉然皆知（脩）〔循〕上之法 15/74/1
百○莫不貴敬 15/74/3
而百○皆安 15/74/10
百○劫則致畏 16/75/17
百○讙敖 16/75/19
衆庶百○皆以貪利爭奪爲俗 16/76/20
其百○樸 16/78/11
則下之人百○皆有棄義

之志 16/79/4
而百○以爲神 17/82/7
內則百○疾之 18/84/2
而百○羞拾遺 18/87/21
百○以成俗 18/89/5,19/98/2
其在百○ 19/98/3
則百○莫不安其處、樂其鄉 20/99/16
則百○不安其處、不樂其鄉 20/99/19
百○怨非而不用 21/102/17
君子以修百○寧 25/121/1
百○待之而後寧泰 26/124/1
百○待之而後寧也 26/124/4
下覆百○ 26/125/7
綦三年而百○（往）〔從〕〔風〕矣 28/139/8
百○（淺）〔淡〕然不識其鄰 31/146/10

## 幸 xìng 13

非○也 7/25/15,15/70/6,16/78/15
朝無○位 9/38/5,10/43/5
民無○生 9/38/5,10/43/5
無其人而○有其功 12/60/23
若不○而過 14/67/24
猶巧拙有○焉 15/68/14
有功如○ 15/71/6
然而○生之心未已 19/93/20
則不○不順見惡而能無失其愛 29/142/4

## 性 xìng 117

彼人之才○之相縣也 2/7/14
材○知能 4/14/17
知慮材○ 4/14/23
是非知能材○然也 4/15/1
縱情○ 6/21/13
忍情○ 6/21/16
好脩正其所聞以橋飾其情○ 8/30/13
人無師法則隆（情）〔○〕矣 8/33/18
有師法則隆（○）〔積〕矣 8/33/19
非所受乎○ 8/33/19
〔○〕不足以獨立而治 8/33/20
○也者、吾所不能爲也 8/33/20
所以化○也 8/34/1
是非天○也 8/34/8
縱情○而不足問學 8/34/9
行忍情○ 8/34/15
彼人之情○也 9/41/13
不能以僞飾○ 18/86/10
則上失天○ 18/88/2
一之於情○ 19/90/17
○者、本始材朴也 19/95/1
無○則僞之無所加 19/95/1
無僞則○不能自美 19/95/1
○僞合然後成聖人之名 19/95/2
○僞合而天下治 19/95/3
人之○也 21/106/18
以可以知人之○ 21/106/18
生之所以然者謂之○ 22/107/22
○之和所生 22/107/22
不事而自然謂之○ 22/107/23
○之好、惡、喜、怒、哀、樂謂之情 22/107/23
○傷謂之病 22/108/1
〔○之具也〕 22/111/5
○者、天之就也 22/111/14
情者、○之質也 22/111/14
（○之具也） 22/111/15
欲養其○而危其形 22/112/14
人之○惡 23/113/3,23/114/8,23/115/3
今人之○ 23/113/3,23/113/19,23/113/21,23/114/2,23/114/21
然則從人之○ 23/113/5
然則人之○惡明矣 23/113/7,23/113/13,23/113/22,23/114/6,23/115/8,23/115/14,23/115/18
今人之○惡 23/113/9,23/115/17
古者聖王以人之○惡 23/113/10
是以爲之起禮義、制法度以矯飾人之情○而正之 23/113/11
以擾化人之情○而導之也 23/113/12
縱○情、安恣睢而違禮義者爲小人 23/113/13
其○善 23/113/16
是不及知人之○ 23/113/16
而不察〔乎〕人（人）之○僞之分者也 23/113/16
凡○者、天之就也 23/113/17
不可學、不可事（而）〔之〕在人者謂之○ 23/113/18
是○、僞之分也 23/113/19
今人之○善 23/113/21
將皆失喪其○故也 23/113/21
所謂○善者 23/114/1
此人之情○也 23/114/3,23/114/16
皆反於○而悖於情也 23/114/5
故順情○則不辭讓矣 23/114/5
辭讓則悖於情○矣 23/114/6
非故生於人之○也 23/114/8,23/114/9,23/114/10,23/114/11
是皆生於人之情○者也 23/114/12
是○、僞之所生 23/114/13
故聖人化○而起僞 23/114/14
○也 23/114/16
且順情○ 23/114/17
故順情○則弟兄爭矣 23/114/18
爲○惡也 23/114/18,23/114/20,23/115/14
○不知禮義 23/114/21
人○惡明矣 23/114/23
人之○善 23/115/1
今誠以人之○固正理平治邪 23/115/2
故古者聖人以人之○惡 23/115/3
今孟子曰「人之○善」 23/115/11
故○善則去聖王、息禮義矣 23/115/12
○惡則與聖王、貴禮義矣 23/115/12
其○直也 23/115/16
以其○不直也 23/115/16
是人之○ 23/115/20
然則瓦埴豈陶人之○也哉 23/115/21
然則器木豈工人之○也哉 23/115/21
豈人之本○也哉 23/115/22
凡人之○者 23/115/22
其○一也 23/115/23,23/115/23

今將以禮義積僞爲人之〇邪 23/115/23
能化〇 23/115/24
豈人之〇也哉 23/115/26
從其〇 23/115/26
故人之〇惡明矣 23/115/27
以秦人之從情〇、安恣睢、慢於禮義故也 23/116/3
豈其〇異矣哉 23/116/4
夫人雖有〇質美而心辨知 23/117/16
〇不得則若禽獸 26/123/13
〇得之則甚雅似者歟 26/123/14
不教無以理民〇 27/130/24
則若〇命肌膚之不可易也 31/145/16
辨乎萬物之情〇者也 31/146/8
情〇者、所以理然不、取舍也 31/146/8

## 凶 xiōng 25

相人之形狀顏色而知其吉〇妖祥 5/17/10
小人之謂〇 5/17/13
非吉〇也 5/17/14
歲雖〇敗水旱 9/40/3,10/44/18
知其吉〇妖祥 9/40/9
使足以辨吉〇、合歡定和而已 10/43/14
吉〇、賢不肖之極也 13/63/25
欲勝計則〇 15/71/6
應之以亂則〇 17/79/16
祅怪不能使之〇 17/79/18
祅怪未（至）〔生〕而〇 17/79/20
夫是之謂大〇 17/80/12
以爲神則〇也 17/82/8
積其〇 18/84/8
禮者、謹於吉〇不相厭者也 19/93/19
所以持險奉〇也 19/94/10
故情貌之變足以別吉〇、明貴賤親疏之節 19/94/12
是吉〇憂愉之情發於顏色者也 19/94/15
是吉〇憂愉之情發於聲音者也 19/94/15
是吉〇憂愉之情發於食飲者也 19/94/17
是吉〇憂愉之情發於衣服者也 19/94/18
是吉〇憂愉之情發於居處者也 19/94/19
恐爲子胥身離〇 25/122/9
以吉爲〇 26/126/2

## 兄 xiōng 23

中〇羞以爲弟 5/18/3
是父〇之容也 6/24/18
前事則殺〇而爭國 7/25/8
以弟誅〇而非暴也 8/27/23
君臣、父子、〇弟、夫婦 9/39/5
君君、臣臣、父父、子子、〇〇、弟弟一也 9/39/6
能以事〇謂之弟 9/39/16
〇弟不得不順 10/44/7,27/129/1
請問爲人〇 12/57/24
大臣父子〇弟有能進言於君 13/64/1
若子之事父、弟之事〇〔也〕 15/68/15
則父子〇弟同聽之 20/98/21
逐賢相而罪孝〇 21/103/2
弟之讓乎〇 23/114/4
弟之代乎〇 23/114/4
假之人有弟〇資財而分者 23/114/16
則〇弟相怫奪矣 23/114/17
故順情性則弟〇爭矣 23/114/18
殺其〇而臣其弟 24/118/18
至于〇弟 27/134/26
有〇不能敬 30/144/19

## 匈 xiōng 3

三邪者在〇中 11/56/9
君子不爲小人之〇〇也輟行 17/80/27

## 哅 xiōng 2

聽漠漠而以爲〇〇 21/106/6

## 胸 xiōng 3

若手臂之扞頭目而覆〇腹也 15/68/16
白刃扞乎〇 16/79/11
不少頃干之〇中 21/107/11

## 雄 xióng 3

夫是之謂姦人之〇 5/21/5
相爲雌〇耳矣 15/70/17
此小人之桀〇也 28/138/21

## 休 xiū 10

故蹞步而不〇 2/7/13
而〇於使之 11/55/19,12/57/9
老者不堪其勞而〇也 18/86/16
老者、〇也 18/87/3
〇猶有安樂恬愉如是者乎 18/87/3
勞而欲〇 23/114/3
則事業捷成而有所〇 24/119/14
舉舜甽畝、任之天下身〇息 25/121/11
小人〇焉 27/135/5

## 修 xiū 10

大夫之喪動一國、屬〇士 19/93/14
〇士之喪動一鄉、屬朋友 19/93/14
非順孰〇爲之君子莫之能知也 19/94/21
齊戒〇塗 19/98/7
君子以〇百姓寧 25/121/1
〇之者榮、離之者辱孰它師 25/122/15
臣謹（〇）〔循〕 25/123/6
〇潔之爲親而雜汙之爲狄者邪 26/124/2
故君子博學、深謀、〇身、端行以俟其時 28/141/7
志〇德厚 32/150/14

## 脩 xiū 98

見善、〇然 2/5/3
〇正爲笑 2/5/7
以〇身自〔强〕 2/5/11
志意〇則驕富貴 2/6/12
然夫士欲獨〇其身 2/7/5
人汙而〇之者 3/10/14
非案汙而〇之之謂也 3/10/14
去汙而易之以〇 3/10/14
去汙而非〇汙也 3/10/15
爲〇而不爲汙也 3/10/15
志意致〇 4/14/8
志行〇 4/14/10
〇正治辨矣 4/14/20
成乎〇〇之爲 4/15/14
非〔順〕孰〇爲之君子 4/16/13
（下〇）〔不循〕而好作 6/21/22
遇君則〇臣下之義 6/23/15
遇鄉則〇長幼之義 6/23/15
遇長則〇子弟之義 6/23/15
遇友則〇禮節辭讓之義 6/23/16
遇賤而少者則〇告導寬容之義 6/23/16
〇正者也 6/24/8
故君子恥不〇 6/24/13
〇闢〔備〕 7/25/20
禮節〇乎朝 8/28/8
故君子務〇其內而讓之於外 8/30/1
好〇正其所聞以橋飾其情性 8/30/13
〇百王之法若辨白黑 8/30/15
〇〇兮其（用）統類之行也 8/31/1
行不免於汙漫而冀人之以己爲〇也 8/34/14
然後能〇 8/34/15
公、〇而才 8/34/16
行安〇 8/34/16
未及〇禮（者）也 9/36/16
故〇禮者王 9/36/16
〇友敵之道 9/37/7
〇憲命 9/40/2,20/99/20
以時順〇 9/40/2,9/40/4,9/40/7,9/40/10,9/40/12,20/99/21
〇隄梁 9/40/3
〇火憲 9/40/5
〇採清 9/40/9
案（然）〇仁義 9/41/5
〇政其所 9/41/16
是以厭然畜積〇飾而物用之足也 9/41/20
我今將〇飾之、拊循之、掩蓋之於府庫 9/41/21
必先〇正其在我者 10/46/15
汙者皆化而〇 10/47/16
將〇志意 10/48/9
將〇小大强弱之義以持慎之 10/48/14
必將〇禮以齊朝 10/49/4
〇戰備 11/50/8
內不〇正其所以有 11/50/11
非以〇禮義也 11/50/14
齊桓公閨門之內懸樂奢泰游抏之〇 11/55/1
於天下不見謂〇 11/55/1
謹〇飾而不危 12/58/2
聞〇身 12/58/10,12/58/12
欲〇政美（國）〔俗〕 12/59/1
〇冠弁、衣裳、黼黻、文章、琱琢、刻鏤 12/60/1
則臣下百吏至于庶人莫不〇己而後敢安正 12/60/15
使〇士行之 12/60/25
〇飭端正 12/63/3
故禮及身而行〇 14/66/18
所以〇政者也 15/72/3
政〇則民親其上、樂其君 15/72/3
皆前行素〇也 15/72/6
然後百姓曉然皆知（〇）〔循〕上之法 15/74/1
於是有能化善、〇身、正行、積禮義、尊道德 15/74/2
禮〇而士服 15/75/1
禮樂則〇 16/75/13
禮樂則不〇 16/75/15
隆在〇政矣 16/77/7
（〇）〔循〕道而不（貳）〔貣〕 17/79/17
若夫（心）〔志〕意〇 17/81/4
禮義不〇 17/81/18
〇其道 18/84/6
志意〇 18/88/24
將由夫〇飾之君子與 19/96/18
故〇其行 20/99/25
禮〇而行成 20/100/8
〇爵無數 20/101/18
多能非以〇蕩是 21/107/2
〇之吉 25/120/14
五聽（循）〔〇〕領、莫不理（續）〔續〕（主執）〔孰主〕持 25/123/2
君子以〇 26/123/18
〇六禮 27/130/25
冢卿不〇幣〔施〕 27/132/5
不從命則〇飾 29/142/1
故入而行不〇 29/142/19

## 羞 xiū 21

不能則人〇告之 3/9/12
然而中君〇以爲臣 5/18/2
中父〇以爲子 5/18/3
中兄〇以爲弟 5/18/3
中人〇以爲友 5/18/3
〇獨富者也 6/24/5
五尺之豎子言〇稱乎五伯 7/25/7, 7/25/18
彼誠可〇稱也 7/25/7
戰必能殆之而〇與之鬭 7/25/22
埶不在人上而〇爲人下 7/27/8
故古之人〇而不道也 15/73/15
是仁人之所〇而不爲也 16/77/11
而百姓〇拾遺 18/87/21
而犯分之〇大也 18/87/24
祭、齊〔先〕大羹而飽庶〇 19/91/8
猶且〇之 19/93/8
君子賤野而〇瘠 19/93/11
從士以上皆〇利而不與民爭業 27/132/5
多積財而〇無有 27/132/10
上好（〇）〔義〕 27/132/12

## 朽 xiǔ 1

〇木不折 1/2/11

**滫 xiǔ** 1

其漸之○ 1/1/20

**繡 xiù** 3

衣欲有文○ 4/16/5
重文○ 18/86/17
文○充棺 18/87/22

**吁 xū** 1

○ 28/138/13

**盱 xū** 2

○○然 6/24/20

**胥 xū** 11

○靡之人 8/29/17
狂生者不○時而（樂）〔落〕 12/58/18
比干、子○ 13/64/7
若子○之於夫差 13/65/11
則上下無以相（有）〔○〕也 18/83/12
吳有伍子○而不能用 24/119/10
子○見殺百里徙 25/120/10
恐爲子○身離凶 25/122/9
故《春秋》善○命 27/133/22
比干、子○忠而君不用 27/137/22
吳子○不磔姑蘇東門外乎 28/141/2

**虛 xū** 24

○殷國 8/27/15
若夫充○之相施易也 8/29/6
夸誕則○ 8/30/1
而且有空○窮乏之實矣 10/42/28
百姓○而府庫滿 10/48/3
是不○ 11/52/23
○腹張口來歸我食 15/74/14
心居中○以治五官 17/80/10
是○言也 18/87/4
甕廡、○而不實 19/95/10
此其所以喪九牧之地而○宗廟之國也 21/102/17
○壹而靜 21/103/25,21/104/6
然而有所謂○ 21/103/26
21/104/1
不以（已所）〔所已〕臧害所將受謂之○ 21/104/1
謂之○壹而靜 21/104/4
則將須道者之○ 21/104/5
〔○〕則（人）〔入〕 21/104/5
仁、非其里而（○）〔處〕之 27/127/28
○則欹 28/138/11
○而欹 28/138/12
三尺之岸而○車不能登也 28/139/11
亡國之○則必有數蓋焉 31/147/5

**須 xū** 9

不如○臾之所學也 1/1/12
若其義則不可○臾舍也 1/3/8
鉤有○ 3/9/2
面無○麋 5/17/23
斯○之言而足聽 5/21/2
○而待之 9/35/6
○孰盡察 10/47/12
皆使其○足以容事 19/97/17
則將○道者之虛 21/104/5

**鬚 xū** 1

則足以見○眉而察〔膚〕理矣 21/105/5

**徐 xú** 5

且○偃王之狀 5/17/21
○方既同 5/20/4
然後○責其在人者 10/46/15
○方既來 12/57/21,15/74/7

**許 xǔ** 2

君子不○ 14/66/11
○由、善卷 25/121/7

**序 xù** 18

變勢次○〔之〕節然也 8/27/22
○五種 8/28/19,9/40/4
故明主譎德而○位 8/30/8
故○四時 9/39/12
○官 9/40/1
桀、紂即（○）〔厚〕於有天下之勢 11/54/8
○事業 12/60/11
次定而○不亂 12/60/14
百官得○ 15/71/3
四時以○ 19/92/4
曲得其次○ 19/93/3
其在○官也 20/99/20
○長幼 24/119/12
長幼有○ 24/119/13
尙得推賢不失○ 25/121/10
禮之○也 27/127/27
設庠○ 27/130/25

**卹 xù** 5

安不○親疏 11/51/14
不○貴賤 11/51/14
安不○是非 11/51/15
不○君之榮辱 13/65/9
不○國之臧否 13/65/9

**恤 xù** 5

爲人臣者不○己行之不行 16/77/10
何○人之言兮 17/81/2,22/110/18
不○是非 23/117/5
不○是非、然不然之情以期勝人爲意 23/117/10

**邮 xù** 7

不○其文 5/19/14
不○是非、然不（然）之情 8/28/20
人主胡不廣焉無○親疏、無（偏）〔倫〕貴賤 11/53/22
不○公道通義 13/63/18

不〇君之榮辱 13/63/29
不〇國之臧否 13/63/29
不〇是非 13/66/4

敘 xù 2

百姓時和、事業得〇者 10/47/22
德以〇位 14/67/13

蓄 xù 3

又欲夫餘財〇積之富也 4/16/5
謹〇臧 9/40/4
彼或〇積而得之者不世絕 12/59/2

續 xù 3

禮者、斷長〇短 19/94/8
五聽（循）〔脩〕領、莫不理（〇）〔續〕（主執）〔孰主〕持 25/123/2
子謂子家駒〇然大夫 27/131/16

宣 xuān 5

上〇明 18/83/13
利〇不利周 18/83/17
〇而成 21/107/14
君人者〇則直言至矣 21/107/16
孟子三見〇王不言事 27/131/19

軒 xuān 2

〇較之下 5/17/18
乘〇戴絻 22/112/15

儇 xuān 3

靡之〇之 4/16/1
鄉曲之〇子 5/18/1
設掩面〇目 19/95/9

翾 xuān 1

喜則輕而〇 3/10/9

玄 xuán 13

諸侯〇裷衣冕 10/43/1
則下疑〇矣 18/83/15
疑〇則難一 18/83/16
豈特〇之耳哉 18/83/21
大饗尚〇尊 19/91/7
〔大〕饗、尚〇尊而用酒醴 19/91/7
故尊之尚〇酒也 19/91/10
水埶〇也 21/106/8
必以其感忽之閒、疑〇之時（正）〔定〕之 21/106/14
異物名實（〇）〔互〕紐 22/108/12
契〇王 25/121/14
諸侯〇冠 27/126/17
夫端衣、〇裳、絻而乘路者 31/145/3

旋 xuán 2

列星隨〇 17/80/5
其俯仰周〇有似於四時 20/100/8

琁 xuán 1

〇、玉、瑤、珠不知佩也 26/126/1

滋 xuán 3

草木榮華〇碩之時 9/39/19
而〇成行義之美者也 19/94/8
位〇尊而禮瘉恭 32/149/18

縣 xuán 3

名聲未足以〇天下也 9/40/20
是其爲相〇也亦遠矣 9/42/8
齊桓公閨門之內〇樂奢泰游抏之脩 11/55/1

選 xuǎn 10

遂〇馬而進 8/31/18
輿固馬〇矣 8/32/5
〇賢良 9/36/6,9/41/5
案謹募〇閱材技之士 9/37/6
安謹募〇閱材技之士 9/41/19
故招近募〇 15/70/12
若夫招近募〇 15/70/16
不知〇賢人善士〔而〕託其身焉以爲己憂 31/145/9
日〇擇於物 31/145/10

眩 xuàn 1

〇其辭 22/110/23

削 xuē 14

色如〇瓜 5/17/22
積斲〇而爲工匠 8/34/6
是（以）大者之所以反〇也 9/37/1
德疑則諸侯不能〇也 9/37/3
農夫不斲〇、不陶冶而足械用 9/38/16
而國不免危〇 11/50/13
如是者危〇 11/51/13
敵至而求無危〇、（不）滅亡 12/58/17
危〇滅亡之情舉積此矣 12/58/17
有補〇 13/64/17
慮敵之者〇 15/69/8
諸侯侵〇之、攻伐之 18/84/3
危〇侮辱之本也 20/99/19
則封疆不〇 29/142/10

薛 xuē 3

而勿忘棲遲〇越也 9/41/10
彼將日日捿遲〇越之中野 9/41/22
齊閔、〇公是也 11/50/13

穴 xué 4

非蛇蟺之〇無可寄託者 1/2/13
是渠衝入〇而求利也 16/77/11
入郄〇而不偪者歟 26/124/11
夫魚鱉黿鼉猶以淵爲淺而堀〔〇〕其中 30/144/1

學 xué 91

○不可以已 1/1/3
君子博○而日參省乎己 1/1/5
不知○問之大也 1/1/7
不如須臾之所○也 1/1/12
○惡乎始 1/3/7
○至乎沒而後止也 1/3/8
故○數有終 1/3/8
故○至乎《禮》而止矣 1/3/10
君子之○也 1/3/14,1/3/17
小人之○也 1/3/15,1/3/17
古之○者爲己 1/3/17
今之○者爲人 1/3/17
○莫便乎近其人 1/3/20,1/3/21
○之經莫速乎好其人 1/3/23
安特將○雜識志、順《詩》、《書》而已爾 1/3/23
不足謂善○ 1/4/12
○也者 1/4/13
固○一之也 1/4/13
然後○者也 1/4/14
故○曰遲 2/7/12
故○也者 2/8/4
加好○遜敏焉 2/8/7
君子能則人榮○焉 3/9/12
小人能則人賤○焉 3/9/12
○者不道也 5/17/10,5/17/11,5/17/14
從者將論志意、比類文○邪 5/17/23
黨○者 5/19/10
不能則○ 6/23/14
吾語汝○者之嵬容 6/24/19
是○者之嵬也 6/24/22
其唯○乎 8/29/14
彼○者 8/29/14
有不○問 8/32/16
術繆○雜 8/32/17
○至於行之而止矣 8/33/11
縱情性而不足問○ 8/34/9
匹夫問○ 8/34/23
積文○ 9/35/5
○者受其殃 18/87/14
立師○ 18/89/20
故○者固○爲聖人也 19/92/19
非特○爲無方之民也 19/92/19
愚者○之 20/100/16
弟子勉○ 20/100/17,26/125/18
故○亂術足以爲先王者也 21/103/15
○、老身長子而與愚者若一 21/106/20
故○也者、固○止之也 21/106/20
故○者、以聖王爲師 21/106/22
以○心聽 22/110/14
化師法、積文○、道禮義者爲君子 23/113/12
人之○者 23/113/16
不可○ 23/113/17
人之所○而能 23/113/18
不可○、不可事（而）〔之〕在人者謂之性 23/113/18
可○而能、可事而成之在人者謂之僞 23/113/18
不可○明矣 23/113/20
故彊○而求有之也 23/114/21
今使塗之人伏術爲○ 23/116/13
不○不成 27/127/8
堯○於君疇 27/127/8
舜○於務成昭 27/127/8
禹○於西王國 27/127/8
立太○ 27/130/25
君子之○如蛻 27/133/6
善○者盡其理 27/133/9
人之於文○也 27/134/6
謂○問也 27/134/6
被文○ 27/134/8
○問不厭 27/134/10
博○而無方 27/134/14
弟子壹○ 27/134/18
○者非必爲仕 27/134/20
而仕者必如○ 27/134/21
賜倦於○矣 27/134/23
此家言邪○之所以惡儒者也 27/137/1
幼不能强○ 28/140/11
今○曾未如肬贅 28/140/14
君子博○、深謀不遇時者多矣 28/141/3
君子之○ 28/141/5
故君子博○、深謀、修身、端行以俟其時 28/141/7
少而不○ 30/144/22
是故君子少思長則○ 30/144/23
今之○者得孫卿之遺言餘教 32/150/8

雪 xuě 2

雨○瀌瀌 5/18/11
如霜○之將將 11/51/20

血 xuè 12

凡用○氣、志意、知慮 2/5/12
○氣剛强 2/6/6
安燕而○氣不惰 2/8/13,2/8/14
○氣態度擬於女子 5/18/1
○氣和平 12/58/7,20/100/9
兵不○刃 15/71/26
○氣筋力則有衰 18/86/15
有○氣之屬 19/96/10
故有○氣之屬 19/96/13
○氣之精也 26/124/3

矞 xuè 1

則○然視之曰 4/15/18

塤 xūn 1

○（箎）〔篪〕翁博 20/100/19

巡 xún 1

武侯逡○再拜曰 32/148/22

紃 xún 3

（及）〔反〕○察之 6/22/1
布衣○屨之士誠是 10/48/10
麤布之衣、麤○之履而可以養體 22/112/18

荀 xún 1

○卿子說齊相曰 16/76/12

**尋 xún** 2

禮者、人主之所以爲群臣寸尺○丈檢式也 8/34/18
尺寸○丈 11/54/18

**循 xún** 24

○法則、度量、刑辟、圖籍 4/14/10
（下脩）〔不○〕而好作 6/21/22
我今將脩飾之、拊○之、掩蓋之於府庫 9/41/21
拊○之 10/46/6
○其舊法 11/53/2
莫得不○乎制（度數）〔數度〕量 11/54/18
○其道 11/55/22
不好○正其所以有 11/56/8
百吏畏法○繩 11/56/21
○（乎）道之人 12/61/2
守職○業 12/63/4
義者○理 15/71/21,15/71/23
○理 15/71/23
然後百姓曉然皆知（脩）〔○〕上之法 15/74/1
（脩）〔○〕道而不（貳）〔貣〕 17/79/17
故壹於道法而謹於○令矣 22/108/7
必將有○於舊名 22/108/9
上不○於亂世之君 23/117/6
五聽（○）〔脩〕領、莫不理（續）〔績〕（主執）〔孰主〕持 25/123/2
臣謹（修）〔○〕 25/123/6
必○其理 28/140/6
其事不可○ 31/146/10
○道正行 32/150/11

**詢 xún** 1

○于芻蕘 27/131/6

**訊 xùn** 1

行遠疾速而不可託○（者與） 26/124/12

**遜 xùn** 4

加好學○敏焉 2/8/7
恭敬而○ 13/64/21
爲下則○ 13/65/1
辭不○與 29/142/16

**牙 yá** 7

蚯螾無爪○之利、筋骨之强 1/2/12
伯○鼓琴〔而〕六馬仰秣 1/3/3
材技股肱、健勇爪○之士 9/41/22
彼愛其爪○ 10/48/13
爪○之士施 13/64/11
言味者予易○ 27/137/16
何異於變易○之和、更師曠之律 27/137/17

**崖 yá** 1

淵生珠而○不枯 1/3/4

**雅 yǎ** 17

由禮則○ 2/5/14
君子安○ 4/15/1
《小○》之所以爲小者 8/31/8
《大○》之所以爲大者 8/31/8
有○儒者 8/32/16
是○儒者也 8/33/2
用○儒 8/33/7
法二後王謂之不○ 8/34/21
法貳後王謂之不○ 9/38/1
聲、則凡非○聲者舉廢 9/38/2
使夷俗邪音不敢亂○ 9/40/2
20/99/21
必將○文辨慧之君子也 10/48/15
故制《○》、《頌》之聲以道之 20/98/16
故聽其《○》、《頌》之聲 20/99/4
性得之則甚○似者歟 26/123/14
《小○》不以於汙上 27/135/8

**軋 yà** 3

諰諰然常恐天下之一合而○己也 15/72/4
諰諰〔然〕常恐天下之一合而○己也 16/77/17,16/78/4

**焉 yān** 271

南方有鳥○ 1/1/17
西方有木○ 1/1/18
禽獸群（○）〔居〕 1/2/5
是故質的張而弓矢至○ 1/2/5
林木茂而斧斤至○ 1/2/6
樹成蔭而衆鳥息○ 1/2/6
醯酸而蜹聚○ 1/2/6
風雨興○ 1/2/9
蛟龍生○ 1/2/9
聖心備○ 1/2/9
一出○ 1/4/13,9/36/13
一入○ 1/4/13,9/36/13
不如事窮君而順○ 2/6/13
是無他故○ 2/7/15,16/77/1
加好學遜敏○ 2/8/7
險賊而不弟○ 2/8/8
老老而壯者歸○ 2/8/9
不窮窮而通者積○ 2/8/9
行乎冥冥而施乎無報而賢不肖一○ 2/8/9
君子能則人榮學○ 3/9/12
小人能則人賤學○ 3/9/12
君子絜其辯而同○者合矣 3/10/18
善其言而類○者應矣 3/10/18
天不言而人推高○ 3/11/6
地不言而人推厚○ 3/11/6
四時不言而百姓期○ 3/11/6
險莫大○ 3/12/12
則愚莫大○ 4/13/8
則害莫大○ 4/13/8
則辱莫大○ 4/13/8
則危莫大○ 4/13/9
必遇其所惡○ 4/14/20
必不遇其所惡○ 4/14/22
則無由得開內○ 4/15/15
○廣三寸 5/17/17
令尹子西、司馬子期皆死○ 5/17/19

後世言惡則必稽○ 5/17/27
吾孰法○ 5/18/18
而衆人惑○ 5/18/24
其所見○ 5/19/1
曲得所謂○ 5/20/1,13/65/1
而君子爲甚○ 5/20/12
(斂)〔歛〕然聖王之文章具○ 6/22/14
佛然(乎)〔平〕世之俗起○ 6/22/14
夫齊桓公有天下之大節○ 7/25/11
秩秩○莫不從桓公而貴敬之 7/25/14
而天下不稱貪○ 8/27/15
而天下不稱戾○ 8/27/16
而天下不稱偏○ 8/27/16
周公歸周反籍○ 8/27/21
敦慕○ 8/29/14
姬姓獨居五十三人○ 8/31/15
夫又惡有不可○ 8/31/18
呼先王以欺愚者而求衣食○ 8/32/19
無他道○ 8/33/12
無它故○ 9/37/12,9/39/13,10/44/2,10/44/13,10/46/14,11/50/3,11/50/9,11/54/8,11/55/27,15/73/5,15/73/8,15/75/1
北海則有走馬吠犬○ 9/38/14
南海則有羽翮、齒革、曾青、丹干○ 9/38/14
東海則有紫、(紶)〔綌〕、魚、鹽○ 9/38/15
西海則有皮革、文旄○ 9/38/16
彼將厲厲○日日相離疾也 9/41/24
我今將頓頓○日日相親愛也 9/42/1
上以法取○ 10/42/24
此無佗故○ 10/42/26,10/42/28
其所是○誠美 10/44/2
其所得○誠大 10/44/2
其所利○誠多 10/44/2
說不免○ 10/45/7
以偷取少頃之譽○ 10/46/6
而時斟酌○ 10/47/23
是無它故○ 10/48/2,10/48/6,11/50/16,11/54/9
今有十數○ 10/48/6
彼苟有人意○ 10/48/15
未有能以此道得免○者也 10/49/1
內則不憚詐其民而求小利○ 11/50/10
外則不憚詐其與而求大利○ 11/50/11
則必稽○ 11/50/16
非封○之謂也 11/50/21
然而厭○有千歲之固 11/51/5
無一○而亡 11/51/17,16/78/18,26/123/12
加有治辨、彊固之道○ 11/52/2
乃得憂○ 11/52/6
乃得危○ 11/52/6
乃得死亡○ 11/52/7
樂莫大○ 11/52/11
則勞苦耗顇莫甚○ 11/52/16
賢士一○ 11/53/3
能士官○ 11/53/3
好利之人服○ 11/53/3
口好味而臭味莫美○ 11/53/17
耳好聲而聲樂莫大○ 11/53/18
目好色而文章致繁婦女莫衆○ 11/53/18
形體好佚而安重閒靜莫愉○ 11/53/18
心好利而穀祿莫厚○ 11/53/19
人主胡不廣○無卹親疏、無(偏)〔倫〕貴賤 11/53/22
物由有可樂如是其美○者乎 11/53/24
則雖孤獨鰥寡必不加○ 11/54/12
是亦無它故○ 11/55/2
必不加○ 11/55/26
說無以取之○ 11/56/4
不爲少頃輟○ 12/59/5
兩者無一○而亡 12/59/8,16/77/13
愚莫大○ 12/60/23,16/77/13
惑莫大○ 12/61/2
亂莫大○ 12/61/4,18/85/8,18/89/20
今有數千○ 12/61/20
則不得不有疾病物故之變○ 12/62/17
必謹志之而慎自爲擇取○ 13/63/25
而博習不與○ 14/67/20,14/67/21
猶巧拙有幸○ 15/68/14
入○焦沒耳 15/68/14
若以焦熬投石○ 15/70/10
猶有巧拙○ 15/70/13
則見害傷○止矣 15/73/11
○慮率用賞慶、刑罰、埶詐、(除)〔險〕阸其下 15/73/12
霍○離耳 15/73/14
辱孰大○ 15/73/18
則大刑加○ 15/74/1
榮孰大○ 15/74/3
雕雕○縣貴爵重賞於其前 15/74/4
唯堅凝之難○ 15/74/19
求仁厚明通之君子而託王○ 16/76/17
今楚父死○ 16/77/18
國舉○ 16/77/18
案用夫端誠信全之君子治天下○ 16/78/5
霸者之善箸○ 16/78/24
其人不加慮○ 17/80/1
不加能○ 17/80/1
不加察○ 17/80/2
好惡、喜怒、哀樂臧○ 17/80/9
不祥莫大○ 18/83/13,18/84/11,18/85/12
後世之言惡者必稽○ 18/84/17
同○者是也 18/86/8
異○者非也 18/86/8
於是○桀、紂群居 18/88/3
以欺愚者而潮陷之以偷取利○ 18/88/6
則必不得所求○ 18/88/12
辱莫大○ 18/88/18
三者偏亡○ 19/90/21
「堅白」「同異」之察入○而溺 19/92/12
擅作典制辟陋之說入○而喪 19/92/12
暴慢、恣睢、輕俗以爲高之屬入○而隊 19/92/13
禮之中○能思索 19/92/17
禮之中○能勿易 19/92/17

加好〔之〕者○ 19/92/18
於是其中○ 19/93/2
兩情者、人生固有端○ 19/94/19
故卒禮者、無他○ 19/95/16
則必徘徊○ 19/96/11
鳴號○ 19/96/11
躑躅○ 19/96/11
踟躕○ 19/96/12
猶有啁噍之頃○ 19/96/12
加隆○ 19/97/1
固有爲民父母之說○ 19/97/8
兩至者俱積○ 19/97/12
惟詭、悒僾而不能無時至○ 19/97/20
使夫邪汙之氣無由得接○ 20/98/18
而志意得廣○ 20/99/4
而容貌得莊○ 20/99/4
而行列得正○ 20/99/5
進退得齊○ 20/99/5
先王〔之〕喜怒皆得其齊○ 20/99/10
而天下順○ 20/99/26
逆氣成象而亂生○ 20/100/4
順氣成象而治生○ 20/100/4
乃立司正○ 20/101/15
終於沃〔洗〕者○ 20/101/17
節文終遂○ 20/101/19
心不使○ 21/102/9
兼陳萬物而中縣衡○ 21/103/17
故知者擇一而壹○ 21/104/16
空石之中有人○ 21/105/14
聖人縱其欲、兼其情而制○者理矣 21/105/18
有人○ 21/106/8
夏首之南有人○ 21/106/12
其所以貫理○雖億萬 21/106/19
則廣○能棄之矣 21/107/10
慮積○、能習○而後成謂之僞 22/107/24
則慎率民而一○ 22/108/4
成則必得其所好而不遇其所惡○ 22/111/1
如是而加天下○ 22/112/20
生而有好利○ 23/113/3
故爭奪生而辭讓亡○ 23/113/3
生而有疾惡○ 23/113/4
故殘賊生而忠信亡○ 23/113/4
有好聲色○ 23/113/4
故淫亂生而禮義文理亡○ 23/113/5
又何問○ 23/116/25,23/116/26
大齊信○而輕貨財 23/117/9
則人得其所好○ 24/118/13
則必遇其所惡○ 24/118/13
人主仁心設○ 27/126/27
禮也者、貴者敬○ 27/127/15
老者孝○ 27/127/15
長者弟○ 27/127/15
幼者慈○ 27/127/15
賤者惠○ 27/127/15
禮之中○ 27/130/8
事君○可息哉 27/134/24
事親○可息哉 27/134/25
妻子○可息哉 27/134/26
朋友○可息哉 27/135/2
耕○可息哉 27/135/3
君子息○ 27/135/5
小人休○ 27/135/5
其言有文○ 27/135/8
其聲有哀○ 27/135/8
以友觀人○所疑 27/136/9
流言止○ 27/137/2
惡言死○ 27/137/2
有欹器○ 28/138/10
注水○ 28/138/12
而盜竊不與○ 28/138/18
其民迷惑而墮○ 28/139/11
百仞之山任負車登○ 28/139/12
百仞之山而豎子馮而游○ 28/139/12
眷○顧之 28/139/14
潸○出涕 28/139/14
君子之所以見大水必觀○者 28/140/4
是故君子見大水必觀○ 28/140/8
夫子有奚對○ 29/142/10
夫玉者、君子比德○ 30/144/6
不知選賢人善士〔而〕託其身○以爲己憂 31/145/9
其政好生而惡殺○ 31/146/14
〔則哀〕將○〔而〕不至矣 31/147/2
則憂將○〔而〕不至矣 31/147/4
則勞將○〔而〕不至矣 31/147/5
亡國之虛則必有數蓋○ 31/147/5
則懼將○〔而〕不至矣 31/147/6
則危將○〔而〕不至矣 31/147/7
故弓調而後求勁○ 31/147/15
馬服而後求良○ 31/147/15
士信愨而後求知能○ 31/147/15
於是吾僅得三士○ 32/149/9
深扣之而得甘泉○ 32/149/21
樹之而五穀播○ 32/149/22
草木殖○ 32/149/22
禽獸育○ 32/149/22
生則立○ 32/149/22
死則入○ 32/149/22

## 煙 yān 1

然後飛鳥鳧鴈若○海 10/45/2

## 鄢 yān 1

然而秦師至而○、郢舉 15/72/17

## 言 yán 214

不聞先王之遺○ 1/1/7
故○有召禍也 1/2/6
端而○ 1/3/14
故禮恭而後可與○道之方 1/4/7
辭順而後可與○道之理 1/4/7
色從而後可與○道之致 1/4/7
故未可與○而○謂之傲 1/4/8
可與○而不○謂之隱 1/4/8
不觀氣色而○謂之瞽 1/4/8
使口非是無欲○也 1/4/17
易○曰誕 2/6/2
此○君子之能以公義勝私欲也 2/8/16
○辯而不（辭）〔亂〕 3/9/8
○己之光美 3/10/1
此○君子能以義屈信變應故也 3/10/3
善其○而類焉者應矣 3/10/18
天不○而人推高焉 3/11/6
地不○而人推厚焉 3/11/6
四時不○而百姓期焉 3/11/6
出於○ 3/11/8

庸○必信之 3/11/23
○無常信 3/12/1
故與人善○ 4/12/17
傷人（之）〔以〕○ 4/12/18
凡在○也 4/12/19
文姦○ 4/14/13,6/21/10
知不幾者不可與及聖人之○ 4/16/14
後世○惡則必稽焉 5/17/27
凡○不合先王 5/19/10
謂之姦○ 5/19/10
然而不好○ 5/19/11
不樂○ 5/19/11
故君子之於（○）〔善〕也 5/19/11
樂○之 5/19/12,5/20/15
凡人莫不好○其所善 5/19/12 5/20/12
故贈人以○ 5/19/12
觀人以○ 5/19/13
聽人以○ 5/19/13
故君子之於○無厭 5/19/13
是以小人辯○險 5/20/12
君子辯○仁也 5/20/12
○而非仁之中也 5/20/13
則其○不若其默也 5/20/13
○而仁之中也 5/20/13
則好○者上矣 5/20/13
不好○者下也 5/20/14
故仁○大矣 5/20/14
故（○）君子必辯 5/20/15
斯須之○而足聽 5/21/2
聽其○則辭辨而無統 5/21/3
其○之成理 6/21/13,6/21/17 6/21/20,6/22/2,6/22/5
終日○成文典 6/21/22
此眞先君子之○也 6/22/9
齊○行 6/22/13,8/33/12
○而當 6/23/4
故知默由知○也 6/23/5
故多○而類 6/23/5
少○而法 6/23/5
（○）無用而辯 6/23/8
○辯而逆 6/23/9
行僞險穢而彊高○謹愨者也 6/24/9
嗛然而終日不○ 6/25/1
五尺之豎子○羞稱乎五伯 7/25/7 7/25/18
財利至則（○）善而不及也 7/26/8
永○孝思 7/26/12
○必（治當）〔當理〕 8/29/2
辯士之所不能○也 8/29/7
不○而信 8/29/21,24/118/6
是○上下之交不相亂也 8/30/10
其○多當矣而未諭也 8/30/13
《詩》○是 8/31/6
《書》○是 8/31/6
《禮》○是 8/31/7
《樂》○是 8/31/7
《春秋》○是 8/31/7
非孔子之○也 8/31/13
其○有類 8/32/10
其○議談說已無所以異於墨子矣 8/32/19
其○行已有大法矣 8/32/22
君子○有壇宇 8/34/20
○道德之求 8/34/20,8/34/21
○志意之求 8/34/20
夫是之謂君子○有壇宇 8/34/23
故姦○、姦說、姦事、姦能、遁逃反側之民 9/35/6
則姦○並至 9/35/15
無○不讎 10/44/13,14/67/22
墨子之○昭昭然爲天下憂不足 10/44/20
民○無嘉 10/46/4
箸之○語 11/49/20
後世○惡 11/50/16
君人者亦可以察若○矣 11/52/7 11/53/25
大臣父子兄弟有能進○於君 13/64/1
有能進○於君 13/64/2
○其所長 13/64/18,27/138/1
喘而○ 13/65/19
凡流○、流說、流事、流謀、流譽、流愬、不官而衡至者 14/66/11
則姦○、姦說、姦事、姦謀、姦譽、姦愬莫之試也 14/66/13
忠○、忠說、忠事、忠謀、忠譽、忠愬莫不明通 14/66/14
不在乎○用賢 14/67/3
夫○用賢者、口也 14/67/3
○先教也 14/67/11,28/139/7
何恤人之○兮 17/81/2,22/110/18
後世之○惡者必稽焉 18/84/17
是虛○也 18/87/4
而不察於抇不抇者之所○也 18/87/18
故凡○議期命 18/88/23
口不出惡○ 20/100/2
辨利非以○是 21/107/2
○物而爲辨 21/107/7
故君人者周則讒○至矣 21/107/14
直○反矣 21/107/15
此○上幽而下險也 21/107/15
君人者宣則直○至矣 21/107/16
而讒○反矣 21/107/16
此○上明而下化也 21/107/17
凡邪說辟○之離正道而擅作者 22/109/20
姦○起 22/110/2
君子之○涉然而精 22/110/20
故愚者之○、芴然而粗 22/110/22
故知者之○也 22/110/24
無稽之○ 22/112/23
故善○古者必有節於今 23/115/10
善○天者必有徵於人 23/115/10
故坐而○之 23/115/10
坐而○之 23/115/11
多○則文而類 23/117/2
○之千擧萬變 23/117/2
少○則徑而省、論而法 23/117/2
其○也謟 23/117/3
口能○ 24/118/5
讒夫多進、反覆○語生詐態 25/122/6
○不從 25/122/9
○治方 25/122/12
○有節 25/123/4
下不欺上、皆以情○明若日 25/123/4
○語之美 27/129/6
應對○語視面 27/130/5
口能○之 27/130/21,27/130/21
口不能○ 27/130/21

口○善 27/130/22
我○維服 27/131/6
先民有○ 27/131/6
○博問也 27/131/6
孟子三見宣王不○事 27/131/19
曷爲三遇齊王而不○事 27/131/19
故天子不○多少 27/132/3
諸侯不○利害 27/132/3
大夫不○得喪 27/132/4
士不〔○〕通貨財 27/132/4
臨患難而不忘（細）〔茵〕席之○ 27/133/13
○而不稱師謂之畔 27/133/19
朝士大夫遇諸塗不與○ 27/133/19
不足於信者誠○ 27/133/22
孝子○爲可聞 27/133/25
○爲可聞 27/133/25
君子贈人以○ 27/134/1
贈吾子以○ 27/134/2
君子疑則不○ 27/134/12
未問則不（立）〔○〕 27/134/12, 27/136/22
其○有文焉 27/135/8
不自嗛其行者○濫過 27/135/21
○無與小人處也 27/136/11
流○滅之 27/136/20
○之信者 27/136/22
疑則不○ 27/136/22
流○止於知者 27/137/1
此家○邪學之所以惡儒者也 27/137/1
流○止焉 27/137/2
惡○死焉 27/137/2
多○而類、聖人也 27/137/10
少○而法、君子也 27/137/10
多（少）〔○〕無法而流詰然 27/137/10
○味者予易牙 27/137/16
○音者予師曠 27/137/16
○治者予三王 27/137/16
三日○僞而辨 28/138/19
○談足以飾邪營眾 28/138/20
曾無舊○ 28/140/12
○以類使 29/141/20
古之人有○曰 29/142/16
（奮）〔慎〕於○者〔不〕華 29/143/3
○之要也 29/143/4
○要則知 29/143/5
是何○也 30/144/6
○念君子 30/144/9
口不能道善○ 31/145/8
○不務多 31/145/15
○既已謂之矣 31/145/15
○忠信而心不德 31/146/1
○足法於天下而不傷於身 31/146/4
何以不○也 31/146/13
其在《中蘬》之○也 32/148/20
欲○而請畢事者千有餘人 32/149/8
今之學者得孫卿之遺○餘教 32/150/8

## 延 yán 3

小人莫不○頸舉踵而願曰 4/14/22
美意○年 14/67/1
○則若莫邪之長刃 15/69/3

## 埏 yán 4

故陶人○埴而爲器 23/114/9
夫陶人○埴而生瓦 23/115/20
辟亦陶○而生之也 23/115/22
亦猶陶○而生之也 23/115/25

## 鉛 yán 2

○之重之 4/16/1
則必反○ 19/96/11

## 筵 yán 5

疏房檖貌、越席、床第、几○ 19/90/7
疏房、檖貌、越席、床第、几○ 19/94/18
几○、饋、薦、告祝 19/98/7
（屋）〔局〕室、（廬庾）〔蘆簾〕、（葭）槀蓐、尚机○而可以養形 22/112/19
俛見几○ 31/147/2

## 閻 yán 3

雖隱於窮○漏屋 8/28/3, 8/32/7
則雖在窮○漏屋 10/48/10

## 顏 yán 16

相人之形狀○色而知其吉凶妖祥 5/17/10
齊其○色 6/24/24
是吉凶憂愉之情發於○色者也 19/94/15
厚○而忍詬 21/107/6
其置○色、出辭氣效 27/133/6
仲尼、○淵知而窮於世 27/137/22
○色充盈 29/143/2
○淵入 29/143/10
○淵對曰 29/143/11, 31/147/20, 31/148/4, 31/148/8
定公問於○淵曰 31/147/20
趨駕召○淵 31/148/3
○淵至 31/148/3
○色黎黑而不失其所 32/149/13

## 嚴 yán 14

豈不至尊、至富、至重、至○之情舉積此哉 8/29/21
○○兮其能敬己也 8/30/19
威○猛厲而不好假導人 9/35/14
○刑罰以糾之 9/37/7
○刑罰以防之 9/41/19
然後眾人徒、備官職、漸慶賞、○刑罰以戒其心 10/45/19
尊○而憚 14/67/20
欲○以威 15/70/25
○令繁刑不足以爲威 15/72/11
是豈令不○、刑不繁也哉 15/73/1
今子宋子○然而好說 18/89/20
一朝而喪其○親 19/94/4
餚於○刑 32/150/4

## 鹽 yán 1

東海則有紫、（紶）〔綌〕、魚、○焉 9/38/15

**衍 yǎn** 4

是所○也 12/60/4
聖王財○以明辨異 12/60/4
治則○及百姓 12/60/7
暴人○矣 26/125/19

**匽 yǎn** 1

府然苦（渠）〔梁〕○
　㮴栝之於己也 5/20/1

**弇 yǎn** 1

法禹舜而能○迹者邪 26/124/3

**剡 yǎn** 2

案欲○其脛而以蹈秦之
　腹 16/77/19
其在趙者○然有苓而據
　松柏之塞 16/78/2

**偃 yǎn** 7

且徐○王之狀 5/17/21
與世○仰 5/20/1,8/32/11
足以為奇偉○卻之屬 5/21/5
○然如固有之 8/27/15
○五兵 8/31/20
○然案兵無動 9/41/4

**掩 yǎn** 4

我今將脩飾之、拊循之
　、○蓋之於府庫 9/41/21
（○）〔擦〕地表畝 10/44/15
設○面僨目 19/95/9
○耳而聽者 21/106/5

**揜 yǎn** 4

而能○迹於文、武 8/27/17
得委積足以○其口則揚
　揚如也 8/32/20
皆使衣食百用出入相○ 10/43/4
忠不上達、蒙○耳目塞
　門戶 25/122/3

**蝘 yǎn** 1

螭龍為○蜓 26/125/16

**黭 yǎn** 1

○然而雷擊之 16/75/16

**儼 yǎn** 1

○然 6/24/17

**晏 yàn** 4

然而國○然不畏外而
　（明）（內）〔固〕
　者 15/73/5
不如○子 27/131/16
○子、功用之臣也 27/131/16
○子從於郊 27/134/1

**宴 yàn** 1

○然聿消 5/18/11

**猒 yàn** 4

好善無○ 2/5/5
○○兮其能長久也 8/30/19
則劃定而欲無○ 10/48/22

**厭 yàn** 19

○其源 2/7/13
故君子之於言無○ 5/19/13
故君子之行仁也無○ 5/20/15
持寵處位終身不○之術 7/26/6
是持寵處身不○之術也 7/26/10
天下○然猶一也 8/27/24
（○旦）〔旦○〕於牧
　之野 8/31/19
是以○然畜積脩飾而物
　用之足也 9/41/20
然而○焉有千歲之固 11/51/5
愈○而好新 11/56/8
如牆○之 16/75/16
天下○然與鄉無以異也 18/86/11
　18/86/13
禮者、謹於吉凶不相○
　者也 19/93/19
黈則○ 19/94/4
○則忘 19/94/4
○目而視者 21/106/5
學問不○ 27/134/10

**鴈 yàn** 1

然後飛鳥鳧○若煙海 10/45/2

**燕 yàn** 15

安○而血氣不惰 2/8/13,2/8/14
北足以敗○ 11/50/15
及以○、趙起而攻之 11/50/15
不足以是傷游玩安○之樂 11/52/8
與之安○ 12/61/9
人主不能不有游觀安○
　之時 12/62/17
○之繆蟣 15/70/19
○能并齊而不能凝也 15/74/19
大○鰌吾後 16/76/21
小者是○爵 19/96/12
知其能安○而不亂也 20/101/19
安○而不亂 20/101/21
公行子之之○ 27/131/22
○君何如 27/131/22

**讌 yàn** 1

（設）〔○〕衣不踰祭
　服 27/129/15

**驗 yàn** 6

○之所（以）為有名而
　觀其孰行 22/109/17
○之所緣（無）以同異
　而觀其孰調 22/109/18
○之名約 22/109/19
凡論者貴其有辨合、有
　符○ 23/115/10
無辨合、符○ 23/115/11

〇之以近物 27/137/2

央 yāng 2

今人或入其〇瀆 18/88/14
莫如中〇 27/126/9

殃 yāng 9

憍泄者、人之〇也 4/12/17
人之大〇大害也 4/15/22
治之大〇也 6/23/8
人之大〇也 8/33/18
而〇禍與治世異 17/79/20
學者受其〇 18/87/14
世之〇 25/120/3
宗其賢良、辨其〇孽 25/121/5
善者有〇 32/150/13

鞅 yāng 4

秦之衛〇 15/70/19
唐〇、奚齊是也 21/103/1
唐〇蔽於欲權而逐載子 21/103/1
唐〇戮於宋 21/103/2

羊 yáng 5

又畜牛〇 4/16/6
沈猶氏不敢朝飲其〇 8/28/5
故從山上望牛者若〇 21/106/6
而求〇者不下牽也 21/106/6
有國之君不息牛〇 27/132/4

佯 yáng 3

利心無足而〇無欲者也 6/24/9
蒙〇狂之色 32/150/7
箕子〇狂 32/150/13

揚 yáng 8

〇人之美 3/9/19
得委積足以揜其口則〇
　〇如也 8/32/20
〇朱哭衢涂 11/53/25
〇其善 13/64/17
二人〇觶 20/101/15
〇其美 27/138/1
其聲清〇而遠聞 30/144/8

陽 yáng 10

儵鉢者、浮〇之魚也 4/13/19
相陰〇 9/40/8
趙之奉〇 13/63/23
楚人則乃有襄賁、開〇
　以臨吾左 16/76/22
（而）聽咸〇 16/78/6
陰〇大化 17/80/5
所志於陰〇者 17/80/18
是天地之變、陰〇之化 17/81/10
　17/81/13
陰〇接而變化起 19/95/2

仰 yǎng 11

伯牙鼓琴〔而〕六馬〇秣 1/3/3
與世偃〇 5/20/1,8/32/11
則下〇上以義矣 11/49/19
習其俯〇屈申 20/99/4
其俯〇周旋有似於四時 20/100/8
然而治俯〇、詘信、進
　退、遲速莫不廉制 20/101/2
瞽者〇視而不見星 21/106/8
則重縣於〇而人以爲輕 22/111/25
〇視榱棟 31/147/2
夫〇祿之士猶可驕也 32/149/12

養 yǎng 108

除其害者以持〇之 1/4/17
以治氣〇生 2/5/11
治氣〇心之術 2/6/6
凡治氣〇心之術 2/6/9
夫是之謂治氣〇心之術也 2/6/10
君子〇心莫善於誠 3/11/4
骨體膚理辨寒暑疾〇 4/15/9
以相持〇 4/15/20
長〇人民 6/22/19
然而通乎財萬物、〇百
　姓之經紀 8/28/2
以〇生爲己至道 8/30/12
上收而〇之 9/35/7
是〇天下之本也 9/36/3
所以〇萬民也 9/38/9
下以〇百姓而安樂之 9/38/18
故〇長時則六畜育 9/39/18
斬伐〇長不失其時 9/39/22
〇山林、藪澤、草木、
　魚鱉、百（索）〔素〕
　9/40/5
〇六畜 9/40/6
〇百姓 9/41/6
所以〇一人也 10/42/16
則老弱有失〇之憂 10/42/19
使足以避燥溼、〇德、
　辨輕重而已 10/43/15
〇萬民 10/43/19
以〇其知也 10/43/21
以〇其厚也 10/43/22
以〇其德也 10/44/1
老者以〇 10/44/7,27/129/1
可以相食〇者 10/45/2
垂事〇民 10/46/6
故垂事〇譽、不可 10/46/9
〇長之 10/46/21,11/55/25
故明主必謹〇其和 10/47/23
〇五綦者有具 11/52/1
然後〇五綦之具具也 11/52/3
君子〇原 12/57/15
善生〇人者也 12/59/12
善生〇人者人親之 12/59/12
不能生〇人者 12/59/14
是所以生〇之也 12/59/16
偷合苟容、以持祿〇交
　而已耳 13/63/29
若〇赤子 13/64/24
偷合苟容、以之持祿〇
　交而已耳 13/65/10
殷之服民所以〇生之者
　也無異周人 15/71/14
時其事、輕其任以調齊
　之、長〇之 15/73/17
則高爵豐祿以持〇之 15/74/4
奉〇必費 15/74/12
所以〇生、（安樂）
　〔樂安〕者莫大乎禮
　義 16/77/12
疾〇緩急之有相先者也 16/79/12
〇備而動時 17/79/17

○略而動罕 17/79/19
各得其○以成 17/80/5
以○其類 17/80/11
夫是之謂天○ 17/80/11
棄其天○ 17/80/12
備其天○ 17/80/13
○其天情 17/80/13
其○曲適 17/80/14
乘大路、趨越席以○安 18/86/20
側載睪芷以○鼻 18/86/20
前有錯衡以○目 18/86/20
騶中《韶》、《護》以○耳 18/86/21
持老○衰 18/87/2
以○人之欲 19/90/4
故禮者、○也 19/90/5,19/90/8
所以○口也 19/90/6
所以○鼻也 19/90/6,19/90/11
所以○目也 19/90/7,19/90/11
所以○耳也 19/90/7,19/90/12
所以○體也 19/90/8,19/90/11
君子既得其○ 19/90/10
所以○信也 19/90/13
所以○威也 19/90/13
所以○安也 19/90/14
孰知夫出死要節之所以○生也 19/90/14
孰知夫出費用之所以○財也 19/90/14
孰知夫恭敬辭讓之所以○安也 19/90/15
孰知夫禮義文理之所以○情也 19/90/15
不能（○）〔食〕之 19/97/9
其○生無度 20/101/25
○一之微 21/105/4
○之以清 21/105/7
疾、○、滄、熱、滑、鈹、輕、重以形體異 22/108/18
○生也 22/112/13
故欲○其欲而縱其情 22/112/14
欲○其性而危其形 22/112/14
欲○其樂而攻其心 22/112/14
欲○其名而亂其行 22/112/14
則色不及傭而可以○目 22/112/18
聲不及傭而可以○耳 22/112/18
蔬食菜羹而可以○口 22/112/18
麤布之衣、麤紃之履而可以○體 22/112/18
（屋）〔局〕室、（廬庾）〔蘆簾〕、（葭）稾蓐、尙机筵而可以○形 22/112/19
故無萬物之美而可以○樂 22/112/20
無埶列之位而可以○名 22/112/20
則知所○矣 24/119/8
○老長幼 26/124/17
不富無以○民情 27/130/24
廢疾非人不○者 27/131/13
手足胼胝以○其親 29/142/15
29/142/17

## 夭 yāo 4

憂險者常○折 4/14/5
閎○之狀 5/17/22
不○其生 9/39/19,9/39/20

## 妖 yāo 2

相人之形狀顏色而知其吉凶○祥 5/17/10
知其吉凶○祥 9/40/9

## 要 yāo 39

莫○得師 2/6/10
總天下之○ 3/11/17
行禮○節而安之 8/30/16
○時立功之巧 8/30/16
所以管分之樞○也 10/43/10
僡然○時務民 10/46/8
詘○橈膕 10/49/3
臣下曉然皆知其可○也 11/50/5
官人失○則死 11/53/16
而禮法之樞○也 11/54/14
所使○百事者誠仁人也 11/54/19
所使○百事者非仁人也 11/54/20
是君人者之○守也 11/55/2
故明主好○而闇主好詳 11/55/15
主好○則百事詳 11/55/16
○百事之聽 11/55/17
楚莊王好細○ 12/58/12
○此三欲 12/60/20
是人主之○守也 12/63/9
道法之摠○也 14/66/24
請問兵○ 15/68/5
此用兵之○術也 15/68/6
故兵○在乎（善）附民而已 15/68/8
使天下之民所以○利於上者 15/70/5
然則凡爲天下之○ 16/79/7
蠻夷○服 18/85/22
○服者貢 18/85/23
孰知夫出死○節之所以養生也 19/90/14
以隆殺爲○ 19/92/21
量○而帶之 19/94/13
○其節奏 20/99/5
盡筋骨之力以○鍾鼓俯會之節 20/101/3
治之○也 21/103/22
故治之○在於知道 21/103/25
與制名之樞○ 22/108/10
此制名之樞○也 22/109/13
言之○也 29/143/4
言○則知 29/143/5
總○萬物於風雨 31/146/9

## 祅 yāo 11

○怪不能使之凶 17/79/18
○怪未（至）〔生〕而凶 17/79/20
人○則可畏也 17/81/16
夫是之謂人○ 17/81/17,17/81/17
六畜作○ 17/81/18
夫是之謂人○〔也〕 17/82/1
○是生於亂 17/82/1
○辭不出 22/110/14
國○也 27/130/22
除其○ 27/130/22

## 訞 yāo 1

則可謂○怪狡猾之人矣 6/23/18

姚 yáo 4

其功盛○遠矣 4/16/12
莫不美麗○冶 5/18/1
樂○冶以險 20/99/18
○冶之容 20/100/1

堯 yáo 47

（名則）〔則名〕配○
、禹 2/5/11
可以爲○、禹 4/15/10
爲○、禹則常安榮 4/15/12
爲○、禹則常愉佚 4/15/12
○、禹者 4/15/13
蓋帝○長 5/17/16
○、舜參牟子 5/17/23
俄而並乎○、禹 8/29/16
無害爲○ 9/41/1
夫○、舜者、一天下也 9/41/7
雖左○而右舜 10/49/1
名配○、禹 11/52/10
以桀詐○ 15/68/14
是以○伐驩兜 15/71/24
帝○之治天下也 15/73/8
不爲○存 17/79/16
○、舜擅讓 18/86/6
以○繼○ 18/86/12,18/86/13
夫曰「○、舜擅讓」 18/87/4
○、舜不能教化 18/87/7
○、舜者 18/87/8,18/87/9
18/87/12
是非○、舜之過 18/87/9
今世俗之爲說者不怪朱
、象而非○、舜也 18/87/10
有埶辱無害爲○ 18/89/3
○、舜之與桀、跖 23/115/23
然則有曷貴○、禹 23/115/24
凡所貴○、禹、君子者 23/115/24
○問於舜曰 23/116/25,32/148/13
則所聞者○、舜、禹、
湯之道也 23/117/16
○在萬世如見之 25/120/12
○、舜尙賢身辭讓 25/121/7
○讓賢 25/121/7
○授能 25/121/8
○不德 25/121/9
○有德 25/121/11
德厚○、禹 26/124/8
○學於君疇 27/127/8
雖○、舜不能去民之欲
利 27/132/1
不知而問○、舜 27/133/3
則○、舜已 27/133/3
德若○、禹 32/150/10

搖 yáo 1

水動而景○ 21/106/7

僥 yáo 2

譬之是猶烏獲與焦○搏也 10/49/7
以僬○而戴太山也 18/89/8

遙 yáo 1

○者諸侯不聽 18/84/2

瑤 yáo 1

琁、玉、○、珠不知佩
也 26/126/1

謠 yáo 1

歌○謸笑 19/94/15

繇 yáo 1

是以○其期 19/97/16

窔 yào 1

奧○之間 6/22/13

燿 yào 1

夫○蟬者務在明其火、
振其樹而已 14/67/4

藥 yào 2

罔罟毒○不入澤 9/39/20
彼得之不足以○傷補敗 10/48/13

暍 yē 1

使民夏不宛○ 10/46/12

耶 yé 2

曷謂○ 3/10/12
將以爲利○ 15/74/1

也 yě 2715

輮使之然○ 1/1/4
不知天之高○ 1/1/7
不知地之厚○ 1/1/7
不知學問之大○ 1/1/7
教使之然○ 1/1/8
不如須臾之所學○ 1/1/12
不如登高之博見○ 1/1/12
臂非加長○ 1/1/13
聲非加疾○ 1/1/13
非利足○ 1/1/14
非能水○ 1/1/14
君子生非異○ 1/1/14
善假於物○ 1/1/15
巢非不完○ 1/1/18
所繫者然○ 1/1/18
木莖非能長○ 1/1/19
所立者然○ 1/1/19
其質非不美○ 1/1/20
所漸者然○ 1/2/1
所以防邪僻而近中正○ 1/2/1
火就燥○ 1/2/4
水就溼○ 1/2/5
物各從其類○ 1/2/5
故言有召禍○ 1/2/6
行有招辱○ 1/2/7
用心一○ 1/2/12
用心躁○ 1/2/13
故君子結於一○ 1/3/1
學至乎沒而後止○ 1/3/8
若其義則不可須臾舍○ 1/3/8
人○ 1/3/9,28/141/6
禽獸○ 1/3/9
故《書》者、政事之紀○ 1/3/9
《詩》者、中聲之所止○ 1/3/9

（群）類之綱紀○ 1/3/10
《禮》之敬文○ 1/3/11
《樂》之中和○ 1/3/11
《詩》、《書》之博○ 1/3/11
《春秋》之微○ 1/3/11
君子之學○ 1/3/14,1/3/17
小人之學○ 1/3/15,1/3/17
非○ 1/3/18,17/81/11,17/81/14
則禮正其經緯蹊徑○ 1/4/2
順者不可勝數○ 1/4/2
譬之猶以指測河○ 1/4/3
以戈（舂）〔舂〕黍○ 1/4/3
以錐飡壺○ 1/4/3
法士○ 1/4/4
散儒○ 1/4/4
問楛者勿告○ 1/4/6
告楛者勿問○ 1/4/6
說楛者勿聽○ 1/4/6
有爭氣者勿與辨○ 1/4/6
此之謂○ 1/4/10,2/5/16
2/6/13,2/8/5,3/9/5,3/9/17
3/10/10,4/17/6,5/18/11
5/18/22,5/20/5,5/20/10
6/24/1,6/24/15,7/26/12
7/26/19,8/28/12,8/29/12
8/30/3,8/30/5,8/34/11
9/35/20,9/36/3,9/36/8
9/38/19,10/42/29,10/43/5
10/43/16,10/44/3,10/44/8
10/44/13,10/46/2,10/46/4
10/46/17,10/47/2,10/48/19
10/49/8,11/51/17,11/51/21
11/55/5,11/56/4,12/57/9
12/57/21,12/59/8,12/60/8
12/60/18,12/62/10,12/63/1
12/63/11,13/64/9,13/64/19
13/65/2,13/65/16,13/65/20
13/66/6,14/66/19,14/66/27
14/67/22,15/69/9,15/70/15
15/71/17,15/71/27,15/73/9
15/74/7,16/77/14,16/79/1
17/80/25,17/81/2,17/83/7
18/85/15,18/86/4,18/87/15
18/88/7,19/93/4,19/95/4
21/103/6,21/107/8,22/110/12
22/110/18,22/111/2,24/118/8
24/118/15,24/119/1,24/119/6
24/119/17,28/139/10,29/142/3
29/142/5,30/144/9,32/150/8
學○者 1/4/13
固學一之○ 1/4/13
涂巷之人○ 1/4/13
桀、紂、盜跖○ 1/4/14
然後學者○ 1/4/14
君子知夫不全不粹之不足以爲美○ 1/4/16
使目非是無欲見○ 1/4/17
使耳非是無欲聞○ 1/4/17
使口非是無欲言○ 1/4/17
使心非是無欲慮○ 1/4/18
及至其致好之○ 1/4/18
是故權利不能傾○ 1/4/19
群衆不能移○ 1/4/19
天下不能蕩○ 1/4/19
君子貴其全○ 1/4/21
必有以自存○ 2/5/3
必以自省○ 2/5/3
必以自好○ 2/5/3
必以自惡○ 2/5/4
吾師○ 2/5/4
吾友○ 2/5/4
吾賊○ 2/5/5
致亂而惡人之非己○ 2/5/6
致不肖而欲人之賢己○ 2/5/6
心如虎狼、行如禽獸而又惡人之賊己○ 2/5/7
此之謂○扁善之度 2/5/9
禮信是○ 2/5/12
夫是之謂治氣養心之術○ 2/6/10
非漬淖○ 2/7/5
非擊戾○ 2/7/5
非恐懼○ 2/7/5
不以得罪於此俗之人○ 2/7/6
其折骨絕筋、終身不可以相及○ 2/7/8
胡爲乎其不可以相及○ 2/7/9
非不察○ 2/7/11
止之○ 2/7/11,2/7/12
非不難○ 2/7/11
胡爲乎其不可以同至○ 2/7/13
彼人之才性之相縣○ 2/7/14
其爲人○多暇日者 2/7/17
士○ 2/7/18,21/106/23
君子○ 2/7/18,6/23/5
8/29/15,21/106/23,31/146/2
聖人○ 2/7/18,6/23/5,8/29/15
禮者、所以正身○ 2/8/1
師者、所以正禮○ 2/8/1
吾安知禮之爲是○ 2/8/1
則是情安禮○ 2/8/2
則是知若師○ 2/8/2
則是聖人○ 2/8/2
是無法○ 2/8/3
是無師○ 2/8/3
以聾辨聲○ 2/8/3
舍亂妄無爲○ 2/8/4
故學○者 2/8/4
法禮○ 2/8/4
夫師、以身爲正儀而貴自安者○ 2/8/4
雖陷刑戮可○ 2/8/9
君子之求利○略 2/8/12
其遠害○早 2/8/12
其避辱○懼 2/8/12
其行道理○勇 2/8/12
隆仁○ 2/8/14
殺埶○ 2/8/14
柬理○ 2/8/14
好（交）〔文〕○ 2/8/15
是法勝私○ 2/8/15
此言君子之能以公義勝私欲○ 2/8/16
是行之難爲者○ 3/9/1
非禮義之中○ 3/9/1,3/9/3,3/9/4
是說之難持者○ 3/9/2
蕩蕩乎其有以殊於世○ 3/9/8
是君子小人之分○ 3/9/13
非（謟）〔諂〕諛○ 3/9/19
（惡）非毀疵○ 3/10/1
非夸誕○ 3/10/1
非懾怯○ 3/10/2
非驕暴○ 3/10/2
知當曲直故○ 3/10/2
此言君子能以義屈信變應故○ 3/10/3
君子、小人之反○ 3/10/6
非治亂○ 3/10/12,22/111/5,22/111/6
非禮義之謂亂○ 3/10/12
故君子者、治禮義者○ 3/10/12
非治非禮義者○ 3/10/13

非案亂而治之之謂○ 3/10/13
非案汙而脩之之謂○ 3/10/14
故去亂而非治亂○ 3/10/14
去汙而非脩汙○ 3/10/15
爲脩而不爲汙○ 3/10/15
非知○ 3/10/18,17/81/4
其勢然○ 3/11/1
人之情○ 3/11/1
以至其誠者○ 3/11/6
以愼其獨者○ 3/11/7
民猶若未從○ 3/11/8
夫誠者、君子之所守○ 3/11/10
而政事之本○ 3/11/10
則操術然○ 3/11/14,3/11/18
一人之情是○ 3/11/15
今日是○ 3/11/15
後王是○ 3/11/15,5/18/19
盡天下之方○ 3/11/17
而禹、桀所以分○ 3/12/4
見其可欲○ 3/12/6,3/12/8
則必前後慮其可惡○者 3/12/6
見其可利○ 3/12/6,3/12/8
則必前後慮其可害○者 3/12/6
偏傷之○ 3/12/8
則不慮其可惡○者 3/12/8
則不顧其可害○者 3/12/8
是偏傷之患○ 3/12/9
是非仁人之情○ 3/12/11
是姦人將以盜名於晻世者○ 3/12/12
田仲、史鰌不如盜○ 3/12/12
憍泄者、人之殃○ 4/12/17
恭儉者、偋五兵○ 4/12/17
不如恭儉之利○ 4/12/17
非地不安○ 4/12/18
危足無所履者○ 4/12/19
凡在言○ 4/12/19
怒○ 4/12/21
忮○ 4/12/21
訾○ 4/12/21,27/138/2
口○ 4/12/21,27/138/2
交○ 4/12/22
爭○ 4/12/22
勝○ 4/12/22
劌○ 4/12/23
貪○ 4/12/23
好剸行○ 4/12/23
此小人之所務而君子之所不爲○ 4/12/23
鬬者、忘其身者○ 4/13/1
忘其親者○ 4/13/1
忘其君者○ 4/13/1
是忘其身○ 4/13/2
是忘其親○ 4/13/2
君上之所惡○ 4/13/2
刑法之所大禁○ 4/13/3
是忘其君○ 4/13/3
是刑法之所不舍○ 4/13/3
聖王之所不畜○ 4/13/4
不忘其親○ 4/13/4
人○、憂忘其身 4/13/4
則是人○而曾狗彘之不若○ 4/13/5
凡鬬者、必自以爲是而以人爲非○ 4/13/5
己誠是○ 4/13/6
人誠非○ 4/13/6
則是己君子而人小人○ 4/13/6
以君子與小人相賊害○ 4/13/6
是人○ 4/13/7
所謂「以狐父之戈钃牛矢」○ 4/13/7
是狗彘之勇者○ 4/13/14
是賈盜之勇○ 4/13/15
是小人之勇○ 4/13/16
是士君子之勇○ 4/13/17
鯈鉢者、浮陽之魚○ 4/13/19
是榮辱之大分○ 4/14/4
是安危利害之常體○ 4/14/5
是天子之所以取天下○ 4/14/8
是諸侯之所以取國家○ 4/14/9
是士大夫之所以取田邑○ 4/14/10
愼不敢損益○ 4/14/11
是官人百吏之所以取祿秩○ 4/14/12
是庶人之所以取煖衣飽食長生久視以免於刑戮○ 4/14/13
是姦人之所以取危辱死刑○ 4/14/14
是其所以危○ 4/14/15,7/26/4
君子小人一○ 4/14/17
是君子小人之所同○ 4/14/17
小人○者 4/14/18
疾爲誕而欲人之信己○ 4/14/18
疾爲詐而欲人之親己○ 4/14/18
禽獸之行而欲人之善己○ 4/14/18
慮之難知○ 4/14/19
行之難安○ 4/14/19
持之難立○ 4/14/19
而亦欲人之信己○ 4/14/20
而亦欲人之親己○ 4/14/20
而亦欲人之善己○ 4/14/21
慮之易知○ 4/14/21,22/110/24
行之易安○ 4/14/21,22/110/24
持之易立○ 4/14/21,22/110/24
夫不知其與己無以異○ 4/14/23
而小人注錯之過○ 4/14/24
足以知其有餘可以爲君子之所爲○ 4/14/24
是非知能材性然○ 4/15/1
是注錯習俗之節異○ 4/15/1
常安之術○ 4/15/4
然而未必不危○ 4/15/4
常危之術○ 4/15/4
然而未必不安○ 4/15/4
而小人道其怪○ 4/15/5
是人之所生而有○ 4/15/7
5/18/14
是無待而然者○ 4/15/8
4/15/9,4/15/11,5/18/14
是禹、桀之所同○ 4/15/8
4/15/10,4/15/11,5/18/14
12/60/20,17/80/21
是又人之所常生而有○ 4/15/9
是又人之所生而有○ 4/15/11
何○ 4/15/13,4/15/22
7/25/10,8/29/20,9/39/10
11/51/6,11/51/7,11/53/21
17/82/6,19/96/4,19/97/3
19/97/7,19/97/15,23/116/2
23/116/3,23/116/17,29/142/16
30/144/5,32/148/19,32/149/17
陋○ 4/15/13,4/15/22
非生而具者○ 4/15/13
待盡而後備者○ 4/15/14
是以小重小○ 4/15/15
以亂得亂○ 4/15/15
則其心正其口腹○ 4/15/17
今使人生而未嘗睹芻豢稻粱○ 4/15/17

則以至足爲在此○ 4/15/18
此何怪○ 4/15/18
是其爲相縣○ 4/15/21
陋○者、天下之公患○ 4/15/22
人之大殃大害○ 4/15/22
則夫塞者俄且通○ 4/16/1
陋者俄且僩○ 4/16/1
愚者俄且知○ 4/16/1
豈非人之情固可與如此可與如彼○哉 4/16/3
又欲夫餘財蓄積之富○ 4/16/5
是人之情○ 4/16/6
今人之生○ 4/16/6
是何○ 4/16/8,7/25/7,7/25/18,8/28/10,12/61/21,16/77/1,16/78/17,16/78/21,17/81/10,18/84/21,18/85/17,18/87/7,18/87/23,19/93/22,19/96/23
非不欲○ 4/16/8
（幾不）長慮顧後而恐無以繼之故○ 4/16/8
收斂畜藏以繼之○ 4/16/8
曾此而不知○ 4/16/9
操瓢囊爲溝壑中瘠者○ 4/16/10
彼固天下之大慮○ 4/16/11
將爲天下生民之屬長慮顧後而保萬世○ 4/16/12
莫之能知○ 4/16/13,19/98/2
固非庸人之所知○ 4/16/14
一之而可再○ 4/16/15
有之而可久○ 4/16/15
廣之而可通○ 4/16/15
慮之而可安○ 4/16/15
反鉛察之而俞可好○ 4/16/15
是人情之所同欲○ 4/16/18,11/53/13
則勢不能容、物不能贍○ 4/16/18
是夫群居和一之道○ 4/17/2
相（人）古之人無有○ 5/17/10
學者不道○ 5/17/10,5/17/11,5/17/14
古之人無有○ 5/17/11,5/17/14
無害爲君子○ 5/17/12
無害爲小人○ 5/17/13
非吉凶○ 5/17/14
期思之鄙人○ 5/17/17
然白公之亂○ 5/17/18
豈論○哉 5/17/21
天下之傑○ 5/17/26
百人之敵○ 5/17/26
是非容貌之患○ 5/17/27,5/18/4
然則從者將孰可○ 5/18/5
是人之三不祥○ 5/18/7
是人之一必窮○ 5/18/8
是人之二必窮○ 5/18/9
是人之三必窮○ 5/18/10
何已○ 5/18/13
以其有辨○ 5/18/13,5/18/15,5/18/16
非特以二足而無毛○ 5/18/15
亦二足而毛○ 5/18/15
非特以其二足而無毛○ 5/18/16
天下之君○ 5/18/20
譬之是猶舍己之君而事人之君○ 5/18/20
陋而無度者○ 5/19/1
猶可欺○ 5/19/1
而況於千世之傳○ 5/19/1
猶可誣欺○ 5/19/2
聖人者、以己度者○ 5/19/2
古今一（度）○ 5/19/4
非無賢人○ 5/19/5
久故○ 5/19/5,5/19/5,5/19/6
非無善政○ 5/19/5,5/19/6
而不若周之察○ 5/19/6
聞其（詳）〔小〕而不知其大○ 5/19/8
則必非誠士○ 5/19/11
故君子之於（言）〔善〕○ 5/19/11
腐儒之謂○ 5/19/15
未可直至○ 5/19/17
善者於是閒○ 5/19/18
府然若（渠）〔梁〕匽檃栝之於己○ 5/20/1
君子辯言仁○ 5/20/12
言而非仁之中○ 5/20/13
則其言不若其默○ 5/20/13
其辯不若其吶○ 5/20/13
言而仁之中○ 5/20/13
不好言者下○ 5/20/14
政令是○ 5/20/14
謀救是○ 5/20/15
故君子之行仁○無厭 5/20/15
是聖人之辯者○ 5/21/2
是士君子之辯者○ 5/21/3
所以先誅○ 5/21/5
此不得變○ 5/21/6
是它囂、魏牟○ 6/21/14
是陳仲、史鰌○ 6/21/17
是墨翟、宋鈃○ 6/21/20
是愼到、田駢○ 6/22/2
是惠施、鄧析○ 6/22/5
此眞先君子之言○ 6/22/9
嚾嚾然不知其所非○ 6/22/10
是則子思、孟軻之罪○ 6/22/11
（則）六說者不能入○ 6/22/15
十二子者不能親○ 6/22/15
是聖人之不得埶者○ 6/22/17
仲尼、子弓是○ 6/22/17,8/32/13
舜、禹是○ 6/22/20
今夫仁人○ 6/23/1
信○ 6/23/4
亦信○ 6/23/4
仁○ 6/23/4,30/144/7
亦仁○ 6/23/4
知○ 6/23/4,30/144/7
亦知○ 6/23/5
故知默由知言○ 6/23/5
雖辯、小人○ 6/23/6
聖王之所禁○ 6/23/7
治之大殃○ 6/23/8
古之大禁○ 6/23/9
是天下之所棄○ 6/23/10
無不愛○ 6/23/16
無不敬○ 6/23/17
無與人爭○ 6/23/17
厚敦者○ 6/24/4
合群者○ 6/24/4
樂富貴者○ 6/24/4
樂分施者○ 6/24/4
遠罪過者○ 6/24/5
務事理者○ 6/24/5
羞獨富者○ 6/24/5
汙漫者○ 6/24/5
賊亂者○ 6/24/6
恣睢者○ 6/24/6
貪利者○ 6/24/6
觸抵者○ 6/24/6
無禮義而唯權埶之嗜者○ 6/24/6
德盛者○ 6/24/8

能靜者○ 6/24/8
脩正者○ 6/24/8
知命者○ 6/24/8
箸是者○ 6/24/8
無能而云能者○ 6/24/9
無知而云知者○ 6/24/9
利心無足而佯無欲者○ 6/24/9
行僞險穢而彊高言謹愨者○ 6/24/9
離（縱）〔縰〕而跂訾者○ 6/24/10
是父兄之容○ 6/24/18
是子弟之容○ 6/24/19
是學者之嵬○ 6/24/22
是子張氏之賤儒○ 6/24/24
是子夏氏之賤儒○ 6/25/1
是子游氏之賤儒○ 6/25/2
然後聖人○ 6/25/3
彼誠可羞稱○ 7/25/7
齊桓、五伯之盛者○ 7/25/8
其事行○若是其險汙淫汰○ 7/25/9
倓然見管仲之能足以託國○ 7/25/11
是天下之大知○ 7/25/11
是天下之大決○ 7/25/12
而貴戚莫之敢妬○ 7/25/12
而本朝之臣莫之敢惡○ 7/25/13
而富人莫之敢距○ 7/25/13
是天下之大節○ 7/25/14
則莫之能亡○ 7/25/15
夫又何可亡○ 7/25/15
其霸○宜哉 7/25/15
非幸○ 7/25/15,15/70/6,16/78/15
數○ 7/25/15,10/42/12,15/70/7,16/78/15
彼非（本）〔平〕政教○ 7/25/18
非致隆高○ 7/25/19,11/50/7
非綦文理○ 7/25/19,11/50/7
非服人之心○ 7/25/19,11/50/7
而能顛倒其敵者○ 7/25/20
依乎仁而蹈利者○ 7/25/20
小人之傑○ 7/25/21
故聖王之誅○ 7/26/1
財利至則（言）善而不及○ 7/26/8
可貴可賤○ 7/26/10
可富可貧○ 7/26/10
可殺而不可使爲姦○ 7/26/10
是持寵處身不厭之術○ 7/26/10
則愼行此道○ 7/26/15
是事君者之寶而必無後患之術○ 7/26/16
故知兵者之舉事○ 7/26/17
是以百舉而不陷○ 7/26/18
可立而待○ 7/26/21,16/75/20
可炊而傹○ 7/26/21
是行○ 7/27/1
立隆而勿貳○ 7/27/3
是天下之通義○ 7/27/8
有人○ 7/27/8,21/104/17
是姦人之心○ 7/27/9
救經而引其足○ 7/27/10,16/77/10
時伸則伸○ 7/27/10
惡天下之倍周○ 8/27/14
天子○者 8/27/18,24/118/7
不可以少當○ 8/27/18
不可以假攝爲○ 8/27/18
惡天下之離周○ 8/27/19
明不滅主之義○ 8/27/21
非擅○ 8/27/22
非奪○ 8/27/22
變勢次序〔之〕節然○ 8/27/22
故以枝代主而非越○ 8/27/22
以弟誅兄而非暴○ 8/27/23
君臣易位而非不順○ 8/27/23
天下厭然猶一○ 8/27/24
謹乎臣子而致貴其上者○ 8/27/26
勢在人上則王公之材○ 8/28/2
在人下則社稷之臣、國君之寶○ 8/28/2
（之）〔貴〕道誠存○ 8/28/3
必蚤正以待之○ 8/28/6
孝弟以化之○ 8/28/7
其爲人上○廣大矣 8/28/8
不爲○ 8/28/9
則貴名白而天下治○ 8/28/10
夫其爲人下○如彼 8/28/12
其爲人上○如此 8/28/12
何謂其無益於人之國○ 8/28/13
仁之隆○ 8/28/15
禮義是○ 8/28/15
人之所以道○ 8/28/16
君子之所道○ 8/28/16
非能偏能人之所能之謂○ 8/28/16
非能偏知人之所知之謂○ 8/28/17
非能偏辨人之所辨之謂○ 8/28/17
非能偏察人之所察之謂○ 8/28/18
君子不若惠施、鄧析○ 8/28/21
然後君子之所長○ 8/29/2
治世之所棄而亂世之所從服○ 8/29/6
若夫充虛之相施易○ 8/29/6
堅白、同異之分隔○ 8/29/6
是聰耳之所不能聽○ 8/29/7
明目之所不能見○ 8/29/7
辯士之所不能言○ 8/29/7
未能僂指○ 8/29/8
不知惡○ 8/29/10
曾不如好相雞狗之可以爲名○ 8/29/10
曰士○ 8/29/14
鄉○ 8/29/15,8/29/16,8/29/17
混然涂之人○ 8/29/15
混然曾不能決○ 8/29/16
彼寶○者 8/29/19
衣之不可衣○ 8/29/19
食之不可食○ 8/29/19
賣之不可僂售○ 8/29/19
豈不大富之器誠在此○ 8/29/20
貴名不可以比周爭○ 8/29/22
不可以夸誕有○ 8/29/22
不可以勢重脅○ 8/29/23
必將誠此然後就○ 8/29/23
辟之是猶力之少而任重○ 8/30/7
舍粹折無適○ 8/30/7
是猶傴身而好升高○ 8/30/8
所以爲不亂○ 8/30/8
所以爲不窮○ 8/30/9
治辨之極○ 8/30/9
是言上下之交不相亂○ 8/30/10
是民德○ 8/30/12
其言多當矣而未諭○ 8/30/13
其行多當矣而未安○ 8/30/14
其知慮多當矣而未周密○ 8/30/14
井井兮其有理○ 8/30/19
嚴嚴兮其能敬己○ 8/30/19
（分分）〔介介〕兮其有終始○ 8/30/19

猒猒兮其能長久〇 8/30/19
樂樂兮其執道不殆〇 8/31/1
炤炤兮其用知之明〇 8/31/1
脩脩兮其（用）統類之行〇 8/31/1
綏綏兮其有文章〇 8/31/2
熙熙兮其樂人之臧〇 8/31/2
隱隱兮其恐人之不當〇 8/31/2
聖人〇者、道之管〇 8/31/5
其志〇 8/31/6
其事〇 8/31/6
其行〇 8/31/7
其和〇 8/31/7
其微〇 8/31/7
取是以節之〇 8/31/8
取是而文之〇 8/31/8
取是而光之〇 8/31/9
取是而通之〇 8/31/9
未嘗有〇 8/31/10
非孔子之言〇 8/31/13
當是時〇 8/31/14
8/32/2,19/93/24,32/150/5
武王之誅紂〇 8/31/16,15/72/5
因殷人〇 8/31/20
造父者、天下之善御者〇 8/32/4
羿者、天下之善射者〇 8/32/4
大儒者、善調一天下者〇 8/32/5
則非造父〇 8/32/6
則非羿〇 8/32/6
則非大儒〇 8/32/7
而莫能傾〇 8/32/10
是大儒之徵〇 8/32/10
其道一〇 8/32/11
是大儒之稽〇 8/32/11
其窮〇 8/32/12
其通〇 8/32/12
是俗人者〇 8/32/17
得委積足以揜其口則揚揚如〇 8/32/20
是俗儒者〇 8/32/21
則知不能類〇 8/33/1
是雅儒者〇 8/33/2
苟仁義之類〇 8/33/3
所未嘗聞〇 8/33/3
所未嘗見〇 8/33/4
是大儒者〇 8/33/5
行之、明〇 8/33/12
聖人〇者 8/33/12
非仁〇 8/33/14
其道百舉而百陷〇 8/33/14
人之大寶〇 8/33/18
人之大殃〇 8/33/18
性〇者、吾所不能為〇 8/33/20
然而可化〇 8/33/20
（情）〔積〕〇者、非吾所有〇 8/33/20
然而可為（乎）〔〇〕 8/34/1
所以化性〇 8/34/1
所以成積〇 8/34/1
故聖人〇者 8/34/6
人之所積〇 8/34/6
是非天性〇 8/34/8
積靡使然〇 8/34/8
志不免於曲私而冀人之以己為公〇 8/34/14
行不免於汙漫而冀人之以己為脩〇 8/34/14
甚愚陋溝瞀而冀人之以己為知〇 8/34/15
是眾人〇 8/34/15
大儒者、天子三公〇 8/34/17
小儒者、諸侯大夫士〇 8/34/17
眾人者、工農商賈〇 8/34/17
禮者、人主之所以為群臣寸尺尋丈檢式〇 8/34/18
是君子之所以騁志意於壇宇宮庭〇 8/34/22
則不告〇 8/34/23
則不教〇 8/34/23
則不聽〇 8/34/23
行有防表〇 8/34/24
分未定〇 9/35/4
則有昭繆〇 9/35/4
雖王公士大夫之子孫〇 9/35/4
雖庶人之子孫〇 9/35/5
〔是〕王者之政〇 9/35/8
是又傷之〇 9/35/16
故公平者、（職）〔聽〕之衡〇 9/35/17
中和者、聽之繩〇 9/35/18
聽之盡〇 9/35/19
聽之辟〇 9/35/19
未嘗聞〇 9/35/20,14/66/26
是天數〇 9/36/1
先王惡其亂〇 9/36/2
19/90/4,20/98/16,20/99/25
是養天下之本〇 9/36/3
君者、舟〇 9/36/7,31/147/6
庶人者、水〇 9/36/7,31/147/6
是君人者之大節〇 9/36/11
猶將無益〇 9/36/12,18/88/17
大節是〇 9/36/12,9/36/12
小節是〇 9/36/12
上君〇 9/36/12
小節非〇 9/36/12
中君〇 9/36/13
大節非〇 9/36/13
小節雖是〇 9/36/13
聚斂計數之君〇 9/36/15
未及取民〇 9/36/15
鄭子產、取民者〇 9/36/15
未及為政（者）〇 9/36/15
管仲、為政者〇 9/36/16
未及脩禮（者）〇 9/36/16
則傾覆滅亡可立而待〇 9/36/18
召寇、肥敵、亡國、危身之道〇 9/36/19
故明君不蹈〇 9/36/19
而我以力勝之〇 9/36/24
是彊者之所以反弱〇 9/36/27
是（以）大者之所以反削〇 9/37/1
承彊大之敝〇 9/37/1
此彊大之殆時〇 9/37/2
知彊（大）〔道〕者不務彊〇 9/37/2
力全則諸侯不能弱〇 9/37/3
德凝則諸侯不能削〇 9/37/3
是知彊道者〇 9/37/4
以不并〇 9/37/8
以友敵〇 9/37/9
是知霸道者〇 9/37/10
非其道而慮之以王〇 9/37/12
故天下莫不親〇 9/37/14
故天下莫不貴〇 9/37/15
故天下莫敢敵〇 9/37/15
是知王道者〇 9/37/16
是王者之人〇 9/37/20
是王者之制〇 9/38/3
百姓曉然皆知夫為善於家而取賞於朝〇 9/38/6

爲不善於幽而蒙刑於顯○ 9/38/7
是王者之論○ 9/38/7
所以養萬民○ 9/38/9
使相歸移○ 9/38/11
是王者之法○ 9/38/12
若環之無端○ 9/39/1
天地者、生之始○ 9/39/1
禮義者、治之始○ 9/39/2
君子者、禮義之始○ 9/39/2
君子（之始）○ 9/39/3
君子者、天地之參○ 9/39/3
萬物之總○ 9/39/3
民之父母○ 9/39/4,18/84/9
故喪祭、朝聘、（師旅）一○ 9/39/6
貴賤、殺生、與奪一○ 9/39/6
君君、臣臣、父父、子子、兄兄、弟弟一○ 9/39/6
農農、士士、工工、商商一○ 9/39/7
故最爲天下貴○ 9/39/10
彼不能群○ 9/39/10
故宮室可得而居○ 9/39/12
得之分義○ 9/39/13
故宮室不可得而居○ 9/39/15
不可少頃舍禮義之謂○ 9/39/16
君者、善群○ 9/39/17
聖主之制○ 9/39/18
不絕其長○ 9/39/19,9/39/20
故五穀不絕而百姓有餘食○ 9/39/21
故魚鱉優多而百姓有餘用○ 9/39/21
故山林不童而百姓有餘材○ 9/39/22
聖王之用○ 9/39/22
謂之聖人○ 9/39/24
大師之事○ 9/40/3,20/99/21
司空之事○ 9/40/4
治田之事○ 9/40/5
虞師之事○ 9/40/6
鄉師之事○ 9/40/7
工師之事○ 9/40/8
傴巫、跛擊之事○ 9/40/9
治市之事○ 9/40/10
司寇之事○ 9/40/11
冢宰之事○ 9/40/13
辟公之事○ 9/40/14
天王之事○ 9/40/14
則冢宰之罪○ 9/40/15
則辟公之過○ 9/40/15
則天王非其人○ 9/40/16
威彊之所以立○ 9/40/18
名聲之所以美○ 9/40/18
敵人之所以屈○ 9/40/19
國之所以安危臧否○ 9/40/19
夫威彊未足以殆鄰敵○ 9/40/20
名聲未足以懸天下○ 9/40/20
則是國未能獨立○ 9/40/21
是非功名之所就○、非存亡安危之所（墮）〔隨〕○ 9/41/1
以觀夫暴國之相（卒）〔捽〕○ 9/41/4
夫堯、舜者、一天下○ 9/41/7
而勿忘棲遲薛越○ 9/41/10
彼無與至○ 9/41/12
必其民○ 9/41/12,15/69/5
其民之親我○歡若父母 9/41/12
彼人之情性○ 9/41/13
非往行之○ 9/41/16
何獨不來○ 9/41/17
何獨後我○ 9/41/18
擇士之知事者使相率貫○ 9/41/20
是以厭然畜積脩飾而物用之足○ 9/41/20
彼將厲厲焉日日相離疾○ 9/41/24
我今將頓頓焉日日相親愛○ 9/42/1
此五等者不可不善擇○ 9/42/6
王、霸、安存、危殆、滅亡之具○ 9/42/6
制人之與人制之○ 9/42/8
是其爲相懸○亦遠矣 9/42/8
生○ 10/42/13
皆有可○ 10/42/13
所可異○ 10/42/13
則民心奮而不可說○ 10/42/14
則知者未得治○ 10/42/14
則功名未成○ 10/42/14
則群眾未縣○ 10/42/15
則君臣未立○ 10/42/15
所以養一人○ 10/42/16
窮者、患○ 10/42/17
爭者、禍○ 10/42/17
強脅弱○ 10/42/18
知懼愚○ 10/42/18
事業所惡○ 10/42/19
功利所好○ 10/42/19
故知者爲之分○ 10/42/21
而善臧其餘〔○〕 10/42/23
夫君子奚患乎無餘〔○〕 10/42/25
生於節用裕民○ 10/42/26
猶將寡獲○ 10/42/27
不知節用裕民○ 10/42/28
貧富輕重皆有稱者○ 10/43/1 19/90/10
夫是之謂以政裕民〔○〕 10/43/6
人之大害○ 10/43/9
天下之本利○ 10/43/10
所以管分之樞要○ 10/43/10
是美天下之本○ 10/43/10
是安天下之本○ 10/43/11
是貴天下之本○ 10/43/11
古者先王分割而等異之○ 10/43/11
將以明仁之文、通仁之順○ 10/43/13
非特以爲淫泰○ 10/43/18
爲莫若仁人之善○夫 10/43/19
百姓誠賴其知○ 10/43/21
以養其知○ 10/43/21
誠美其厚○ 10/43/21
以養其厚○ 10/43/22
誠美其德○ 10/43/22
以養其德○ 10/44/1
力者、德之役○ 10/44/5
百姓曉然皆知其汙漫暴亂而將大危亡○ 10/44/11
是農夫眾庶之事○ 10/44/15
是將率之事○ 10/44/16
是天（下）之事○ 10/44/17
則是聖君賢相之事○ 10/44/18
夫不足、非天下之公患○ 10/44/20
特墨子之私憂過計○ 10/44/20 10/45/4
今是土之生五穀○ 10/44/21
不可勝數○ 10/45/2
夫天地之生萬物○ 10/45/2

麻葛、繭絲、鳥獸之羽毛齒革○ 10/45/3
非天下之公患○ 10/45/4
亂傷之○ 10/45/6
胡不嘗試相與求亂之者誰○ 10/45/6
我以墨子之「非樂」○ 10/45/6
墨子之「節用」○ 10/45/7
非將墮之○ 10/45/7
則賢者不可得而進○ 10/45/10
則不肖者不可得而退○ 10/45/10
則能不能不可得而官○ 10/45/11
知夫爲人主上者不美不飾之不足以一民○ 10/45/16
不富不厚之不足以管下○ 10/45/16
不威不强之不足以禁暴勝悍○ 10/45/17
使天下生民之屬皆知己之所願欲之舉在于是○ 10/45/19
皆知己之所畏恐之舉在于是○ 10/45/20
則賢者可得而進○ 10/45/20
不肖者可得而退○ 10/45/21
能不能可得而官○ 10/45/21
夫天下何患乎不足○ 10/45/23
是偷道○ 10/46/7
然而非長久之道○ 10/46/7
是姦治者○ 10/46/8
是又（不可）偷偏者○ 10/46/9
皆姦道○ 10/46/10
忠信、調和、均辨之至○ 10/46/14
其防表明〔○〕 10/47/1
不如利而後利之之利○ 10/47/4
不如愛而後用之之功○ 10/47/4
不如利而不利者之利○ 10/47/5
不如愛而不用者之功○ 10/47/5
利而不利○、愛而不用○者 10/47/5
危國家○ 10/47/7
其於貨財取與計數○ 10/47/12, 10/47/15
其禮義節奏○ 10/47/12
其於禮義節奏○ 10/47/15
財之本○ 10/47/22
財之末○ 10/47/22
貨之源○ 10/47/22
貨之流○ 10/47/23
是知國計之極○ 10/48/1
知本末源流之謂○ 10/48/2
然而主相不知惡○ 10/48/4
則其傾覆滅亡則可立而待○ 10/48/4
是愚（王）〔主〕之極○ 10/48/5
其所以（夫）〔失〕之一○ 10/48/6
則案以爲利○ 10/48/9
不然則忿之○ 10/48/9
則天下莫之能隱匿○ 10/48/11
則爲名者不攻○ 10/48/11
境內之聚○保固 10/48/12
則爲利者不攻○ 10/48/14
必將雅文辨慧之君子○ 10/48/15
則（忿之）〔爲忿〕者不攻○ 10/48/15
未有能以此道得免焉者○ 10/49/1
辟之是猶使處女嬰寶珠、佩寶玉、負戴黃金而遇中山之盜○ 10/49/2
由將不足以免○ 10/49/3
故非有一人之道○ 10/49/3
故明君不道○ 10/49/4
譬之是猶烏獲與焦僥搏○ 10/49/7
國者、天下之制利用○ 11/49/12
人主者、天下之利勢○ 11/49/12
則大安○ 11/49/12
大榮○ 11/49/12
積美之原○ 11/49/13
則大危○ 11/49/13
大累○ 11/49/13
及其綦○ 11/49/13
索爲匹夫不可得○ 11/49/14, 16/76/13
齊湣、宋獻是○ 11/49/14
故人主、天下之利勢○ 11/49/14
然而不能自安○ 11/49/14
安之者必將道○ 11/49/15
三者、明主之所謹擇○ 11/49/15
仁人之所務白○ 11/49/16
仁者不爲○ 11/49/17
且若是其固○ 11/49/17
則舉義士○ 11/49/17
則舉義法○ 11/49/18
則舉義志○ 11/49/19
是綦定○ 11/49/19
使襲然終始猶一○ 11/50/1
則夫名聲之部發於天地之閒○ 11/50/1
湯、武是○ 11/50/2, 13/66/3, 16/76/12, 18/84/17
皆百里之地○ 11/50/2, 11/54/7, 15/74/22, 18/85/18
是所謂義立而王○ 11/50/3
德雖未至○ 11/50/4
義雖未濟○ 11/50/4
臣下曉然皆知其可要○ 11/50/5
五伯是○ 11/50/7
非本政教○ 11/50/7
而天下莫之敢當○ 11/50/8
是皆僻陋之國○ 11/50/9
略信○ 11/50/9
是所謂信立而霸○ 11/50/9
則是上下析○ 11/50/12
齊閔、薛公是○ 11/50/13
非以脩禮義○ 11/50/14
非以本政教○ 11/50/14
非以一天下○ 11/50/14
唯其不由禮義而由權謀○ 11/50/16
三者、明主之所以謹擇○ 1/50/17, 11/51/2, 11/51/8
而仁人之所以務白○ 11/50/17, 11/51/2, 11/51/9
國者、天下之大器○ 11/50/20
重任○ 11/50/20
非封焉之謂○ 11/50/21
誰子之與○ 11/50/22
故國者、重任○ 11/51/4
故國者、世所以新者○ 11/51/4
非變○ 11/51/5
改（王）〔玉〕改行○ 11/51/5
（故）一朝之日○ 11/51/5
一日之人○ 11/51/5
援夫千歲之信法以持之○ 11/51/6
安與夫千歲之信士爲之○ 11/51/6
彼持國者必不可以獨○ 11/51/11
一若此○ 11/51/16
禮之所以正國○ 11/51/19
譬之猶衡之於輕重○ 11/51/19

猶繩墨之於曲直○ 11/51/19
猶規矩之於方圓○ 11/51/19
既錯之而人莫之能誣○ 11/51/20
譬之是由好聲色而恬無耳目○ 11/51/24
人情之所必不免○ 11/52/1
20/98/14,20/99/7
則五綦者不可得而致○ 11/52/2
然後養五綦之具具○ 11/52/3
故百樂者生於治國者○ 11/52/3
憂患者生於亂國者○ 11/52/4
非知樂者○ 11/52/4
故憂患不可勝校○ 11/52/5
必至於身死國亡然後止○ 11/52/6
是所使夫百吏官人爲○ 11/52/8
是夫人主之職○ 11/52/9
人主者、以官人爲能者○ 11/52/14
匹夫者、以自能爲能者○ 11/52/14
無所移之○ 11/52/15
使人爲之○ 11/52/15
爲之者、役夫之道○ 11/52/17
墨子之說○ 11/52/18
聖王之道○ 11/52/18
儒之所謹守○ 11/52/18
是百王之所同○ 11/52/20
18/85/13,18/89/17
而禮法之大分○ 11/52/21
11/54/16
其難者在於人主之知之○ 11/52/23
非負其土地而從之之謂○ 11/52/23
一人之謂○ 11/53/6
善服射者○ 11/53/8
善服馭者○ 11/53/8
善服人者○ 11/53/8
甚易處而綦可樂○ 11/53/11
人莫得而制○ 11/53/12
而王者兼而有是者○ 11/53/13
11/53/17
是又人情之所同欲○ 11/53/15
11/53/17
而天子之禮制如是者○ 11/53/15
其誰能睹是而不樂○哉 11/53/20
人臣不忠○ 11/53/21
是其所以不合之故○ 11/53/22
君人者千歲而不覺○ 11/53/26
四者齊○ 11/54/8
索爲匹夫而不可得○ 11/54/8
四者並亡○ 11/54/9
所歸者一○ 11/54/9
是百王之所（以）同○ 11/54/13
而禮法之樞要○ 11/54/14
則是官人使吏之事○ 11/54/18
所使要百事者誠仁人○ 11/54/19
所使要百事者非仁人○ 11/54/20
是人君者之樞機○ 11/54/21
說無之有○ 11/54/22
知一政於管仲○ 11/55/2
是君人者之要守○ 11/55/2
舍是而孰足爲○ 11/55/3
必道是者○ 11/55/3
必反是者○ 11/55/4
是治國之徵○ 11/55/9
日有餘而治不足者如此○ 11/55/12
是治之極○ 11/55/12
是過者○ 11/55/13
〔過〕、猶不及○ 11/55/13
辟之是猶立直木而求其影之枉○ 11/55/14
是悖者○ 11/55/15
辟之是猶立枉木而求其影之直○ 11/55/15
以觀其盛者○ 11/55/17
利澤誠厚○ 11/55/27
不可得○ 11/56/3,12/58/15
12/58/15,12/58/16,12/58/17
12/58/17
（適）人之所以來我○ 11/56/4
傷國者何○ 11/56/7
是傷國之大災○ 11/56/7
大國之主○ 11/56/7,11/56/10
其於聲色、臺榭、園囿○ 11/56/8
是傷國者○ 11/56/10,11/56/13
則夫朝廷群臣亦從而成俗於不隆禮義而好傾覆○ 11/56/11
此儒之所謂曲辨○ 11/56/24
羿之法非亡○ 12/57/3
法者、治之端○ 12/57/4
君子者、法之原○ 12/57/5
所以爲信○ 12/57/11
所以爲公○ 12/57/12
所以爲平○ 12/57/12
所以爲嘖○ 12/57/13
故械數者、治之流○ 12/57/14
非治之原○ 12/57/14
君子者、治之原○ 12/57/15
則恐懼而自竦○ 12/57/26
此道○ 12/57/27
審之禮○ 12/57/27,12/58/1
12/58/8
動無不當○ 12/57/28
其於事○ 12/58/2
其於人○ 12/58/2
其所爲身○ 12/58/2
其應變故○ 12/58/2
其於天地萬物○ 12/58/3
其於百官之事、技藝之人○ 12/58/3
其待上○ 12/58/4
其使下○ 12/58/4
其交游○ 12/58/5
其居鄉里○ 12/58/5
仁智之極○ 12/58/7
未嘗聞爲國○ 12/58/10,12/58/12
君者、儀○ 12/58/10
〔民者、景○〕 12/58/10
君者、槃○ 12/58/11
民者、水○ 12/58/11
君者、盂○ 12/58/11
君者、民之原○ 12/58/14
〔是〕狂生者○ 12/58/18
以天下之王公莫好之○ 12/59/3
以天下之民莫（欲）〔爲〕之○ 12/59/3
然而（于是）〔是子〕（獨）猶將爲之○ 12/59/4
是其人（者）○ 12/59/6
道者何○ 12/59/11
君〔之所〕道○ 12/59/11
君者何○ 12/59/11
能群○ 12/59/11
能群○者何○ 12/59/11
善生養人者○ 12/59/12
善班治人者○ 12/59/12
善顯設人者○ 12/59/12
善藩飾人者○ 12/59/12

人不親○ 12/59/14
人不安○ 12/59/14
人不樂○ 12/59/14
人不榮○ 12/59/15
是所以生養之○ 12/59/16
是所以班治之○ 12/59/17
是所以顯設之○ 12/60/1
是所以藩飾之○ 12/60/2
故由天子至於庶人○ 12/60/2
是所同○ 12/60/2
是又所同○ 12/60/3
是所衍○ 12/60/4
天下曉然皆知其所非以爲異○ 12/60/5
將以明分達治而保萬世○ 12/60/6
人之百事如耳目鼻口之不可以相借官○ 12/60/14
是人主之寶○ 12/60/22
而王霸之佐○ 12/60/22
譬之是猶立直木而恐其景之枉○ 12/61/1
惡者之孽○ 12/61/2
衆人之痤○ 12/61/2
汙邪之賊○ 12/61/3
譬之是猶立枉木而求其景之直○ 12/61/3
是以萬舉不過○ 12/61/8
而觀其能安敬○ 12/61/8
而觀其能應變○ 12/61/9
而觀其能無流慆○ 12/61/9
而觀其能無離守○ 12/61/10
此明王之道○ 12/61/11
是豈不必得之之道○哉 12/61/14, 12/61/16
雖聖人不能易○ 12/61/14, 12/61/16
人不能制○ 12/61/17
亂則危辱滅亡可立而待○ 12/61/17
則獨不若是其公○ 12/61/18
案唯便嬖親比己者之用○ 12/61/18
莫不失之是○ 12/61/20
本不利於所私○ 12/61/21
則是主闇○ 12/62/1
則是臣詐○ 12/62/1
俱害之道○ 12/62/2
夫文王非無貴戚○ 12/62/2
非無子弟○ 12/62/3
非無便嬖○ 12/62/3
豈私之○哉 12/62/3
則周姬姓○ 12/62/4
而彼姜姓○ 12/62/4
以爲故○ 12/62/4
則未嘗相識○ 12/62/4
而不可以獨○ 12/62/6
能愛人○ 12/62/8
目不見○ 12/62/12
耳不聞○ 12/62/12
不可不略知○ 12/62/12
則是拘脅蔽塞之端○ 12/62/13
如是其狹○ 12/62/14
如是其廣○ 12/62/14
其中不可以不知○ 12/62/14
如是其危○ 12/62/14
人主之所以窺遠收衆之門戶牖嚮○ 12/62/15
不可不早具○ 12/62/16, 12/62/19
事物之至○如泉原 12/62/18
亂之端○ 12/62/18, 18/85/11, 31/147/3
人主不可以獨○ 12/62/18
人主之基、杖○ 12/62/19
不可以不相接○ 12/62/20
然而不必相親○ 12/62/21
是官人史吏之材○ 12/63/3
可傳世○ 12/63/4
是士大夫官師之材○ 12/63/4
知隆禮義之爲尊君○ 12/63/5
知好士之爲美名○ 12/63/5
知愛民之爲安國○ 12/63/5
知有常法之爲一俗○ 12/63/5
知尚賢使能之爲長功○ 12/63/6
知務本禁末之爲多材○ 12/63/6
知無與下爭小利之爲便於事○ 12/63/6
知明制度、權物稱用之爲不泥○ 12/63/7
是卿相輔佐之材○ 12/63/7
未及君道○ 12/63/7
是謂人主之道○ 12/63/8
是人主之要守○ 12/63/9
未有如此而不亂者○ 12/63/11
是態臣者○ 13/63/17
是簒臣者○ 13/63/18
是功臣者○ 13/63/19
是聖臣者○ 13/63/21
可謂態臣者○ 13/63/23
可謂簒臣○ 13/63/24
是人臣之論○ 13/63/25
吉凶、賢不肖之極○ 13/63/25
將危國家、殞社稷之懼○ 13/64/1
社稷之臣○ 13/64/5
國君之寶○ 13/64/5
明君之所尊所厚○ 13/64/6
以爲己賊○ 13/64/6
闇君之所罰○ 13/64/6
明君之所殺○ 13/64/7
平原君之於趙○ 13/64/7
信陵君之於魏○ 13/64/8
桀、紂所以滅○ 13/64/13
不敢有以私決擇○ 13/64/21
不敢有以私取與○ 13/64/21
是事聖君之義○ 13/64/21
是事中君之義○ 13/64/23
曉然以至道而無不調和○ 13/64/23
是事暴君之義○ 13/64/24
故因其懼○ 13/64/25
因其憂○ 13/64/25
因其喜○ 13/64/25
因其怒○ 13/64/25
不疾者○ 13/65/4
不敬者○ 13/65/4
不忠者○ 13/65/4
無功者○ 13/65/5
無德者○ 13/65/5
故無德之爲道○ 13/65/5
故君子不爲○ 13/65/6
大忠○ 13/65/8
次忠○ 13/65/9
下忠○ 13/65/9
國賊○ 13/65/10
若周公之於成王○ 13/65/10
則案不肖○ 13/65/14
則是禽獸○ 13/65/14
則是狎虎○ 13/65/15
其敬一○ 13/65/18
其情二○ 13/65/18
是仁人之質○ 13/65/18
恭敬、禮○ 13/65/22

調和、樂○ 13/65/22
謹慎、利○ 13/65/22
鬭怒、害○ 13/65/22
是以百舉不過○ 13/65/23
三者、非明主莫之能知○ 13/66/1
飛廉、惡來是○ 13/66/4
則姦言、姦說、姦事、姦謀、姦譽、姦愬莫之試○ 14/66/13
川淵者、龍魚之居○ 14/66/19
山林者、鳥獸之居○ 14/66/19
國家者、士民之居○ 14/66/20
故土之與人○ 14/66/23
道之與法○者 14/66/24
國家之本作○ 14/66/24
君子○者 14/66/24
道法之摠要○ 14/66/24
不可少頃曠○ 14/66/24
夫言用賢者、口○ 14/67/3
卻賢者、行○ 14/67/3
而欲賢者之至、不肖者之退○ 14/67/4
雖振其樹無益○ 14/67/5
若蟬之歸明火○ 14/67/5
政之始○ 14/67/8
政之隆○ 14/67/9
政之終○ 14/67/9
亂所以自作○ 14/67/10
言先教○ 14/67/11,28/139/7
程者、物之準○ 14/67/13
禮者、節之準○ 14/67/13
功名之極○ 14/67/14
君者、國之隆○ 14/67/17
父者、家之隆○ 14/67/17
此用兵之要術○ 15/68/6
凡用兵攻戰之本在乎壹民〔○〕 15/68/6
則湯、武不能以必勝○ 15/68/8
是乃善用兵者○ 15/68/8
〔夫〕兵之所貴者埶利○ 15/68/9
所行者變詐○ 15/68/9
仁人之兵、王者之志○ 15/68/11
權謀埶利○ 15/68/12
攻奪變詐者、諸侯之事○ 15/68/12
不可詐○ 15/68/12
怠慢者○ 15/68/13
路亶者○ 15/68/13
（滑）〔渙〕然有離德者○ 15/68/13
臣之於君○ 15/68/15
下之於上○ 15/68/15
若子之事父、弟之事兄〔○〕 15/68/15
若手臂之扞頭目而覆胸腹○ 15/68/16
一○ 15/69/1
17/81/8,19/91/10,19/91/11
19/91/12,19/91/13,19/92/1
是猶使人之子孫自賊其父母○ 15/69/7
夫又何可詐○ 15/69/8
將率、末事○ 15/69/12,15/72/4
是强弱之本○ 15/69/14
則下可用○ 15/69/14
則下不可用○ 15/69/14
是强弱之常○ 15/69/15,15/69/19
上○ 15/69/15
次○ 15/69/15
下○ 15/69/15
是强弱之凡○ 15/69/16
其技○ 15/69/21
是事小敵毳則偷可用○ 15/69/21
是亡國之兵○ 15/69/22
是〔其氣力〕數年而衰而〔復利〕未可奪○ 15/70/2
改造則不易周○ 15/70/3
是危國之兵○ 15/70/3
秦人、其生民○陿阸 15/70/4
其使民○酷烈 15/70/4
非鬭無由○ 15/70/5
功賞相長○ 15/70/6
皆干賞蹈利之兵○ 15/70/11
傭徒鬻賣之道○ 15/70/11
未有貴上、安制、綦節之理○ 15/70/11
是漸之○ 15/70/12
是齊之○ 15/70/13
辟之猶以錐刀墮大山○ 15/70/13
湯、武之誅桀、紂○ 15/70/14
君子不由○ 15/70/17
是皆世俗之所謂善用兵者○ 15/70/19
是其巧拙强弱則未有以相君○ 15/70/19
若其道一○ 15/70/20
未及和齊○ 15/70/20
未免盜兵○ 15/70/20
是皆和齊之兵○ 15/70/21
然而未有本統○ 15/70/21
是强弱之效○ 15/70/22
成不可必○ 15/70/25
凡百事之成○ 15/71/5
其敗○ 15/71/5
猶令不退而退○ 15/71/11
凡誅、非誅其百姓○ 15/71/12
誅其亂百姓者○ 15/71/13
則是亦賊○ 15/71/13
殷之服民所以養生之者○無異周人 15/71/14
欲其至○ 15/71/18
爲爭奪○ 15/71/22
非女所知○ 15/71/22,15/72/2
故惡人之害之○ 15/71/22
故惡人之亂之○ 15/71/23
所以禁暴除害○ 15/71/23
非爭奪○ 15/71/23
皆以仁義之兵行於天下○ 15/71/25
非以仁義爲之○ 15/72/1
不便之便○ 15/72/2
大便之便○ 15/72/2
所以脩政者○ 15/72/3
諰諰然常恐天下之一合而軋己○ 15/72/4
未有本統○ 15/72/5
故湯之放桀○ 15/72/5
非其逐之鳴條之時○ 15/72/5
非以甲子之朝而後勝之○ 15/72/5
皆前行素脩○ 15/72/6
此所謂仁義之兵○ 15/72/6
此世之所以亂○ 15/72/7
禮者、治辨之極○ 15/72/9
强國之本○ 15/72/9
威行之道○ 15/72/9
功名之摠○ 15/72/9
所以得（夫）〔天〕下○ 15/72/9
所以隕社稷○ 15/72/10
是豈無堅甲利兵○哉 15/72/15
其所以統之者非其道故○ 5/72/16,15/72/18,15/73/1

是豈無固塞隘阻○哉 15/72/17
是豈令不嚴、刑不繁○哉 15/73/1
〔則〕下之和上○如影
（嚮）〔響〕 15/73/6
知罪之在己○ 15/73/7
由其道故○ 15/73/8
帝堯之治天下○ 15/73/8
凡人之動○ 15/73/11
爲人主上者○ 15/73/12
傭徒粥賣之道○ 15/73/15
故古之人羞而不道○ 15/73/15
是大刑之所加○ 15/73/18
誰睹是而不改○哉 15/74/1
是高爵豐祿之所加○ 15/74/3
生民之屬孰不願○ 15/74/4
是以德兼人者○ 15/74/11
非貴我名聲○ 15/74/11,15/74/13
非美我德行○ 15/74/11,15/74/13
是以力兼人者○ 15/74/13
然後民可信○ 15/74/15
是以富兼人者○ 15/74/16
古今一○ 15/74/17
16/76/5,18/87/4,24/119/12
兼并易能○ 15/74/19
齊能并宋而不能凝○ 15/74/19
燕能并齊而不能凝○ 15/74/19
趙不能凝○ 15/74/20
能凝之○ 15/75/1
敵國不敢嬰○ 16/75/9,20/99/16
禮義節奏是○ 16/75/9
此三威者、不可不孰察
○ 16/75/12
然而〔其〕禁暴○察 16/75/15
其誅不服○審 16/75/16
不可不孰察○ 16/75/21
狂妄之威成乎滅亡○ 16/75/21
是主威○ 16/76/3
是將威○ 16/76/3
是眾威○ 16/76/3
子發之致命○恭 16/76/4
16/76/10
其辭賞○固 16/76/4,16/76/10
非獨一人爲之○ 16/76/5
彼先王之道○ 16/76/5
一人之本○ 16/76/5
善善惡惡之應○ 16/76/5
古者明王之舉大事、立
大功○ 16/76/6
是以百事成而功名大○ 16/76/8
桀、紂是○ 16/76/13
夫主相者、勝人以埶○ 16/76/14
是勝人之道○ 16/76/15
是一天下○ 16/76/19
（曷若）兩者孰足爲○ 16/76/23
聖王之後子孫○ 16/76/24
有天下者之世○ 16/76/24
天下之宗室○ 16/76/24,18/84/1
而湯、武何得○ 16/77/1
而湯、武者善爲人之所
好○ 16/77/2
人之所惡者何○ 16/77/2
（汙）〔汙〕漫、爭奪
、貪利是○ 16/77/3
人之所好者何○ 16/77/3
禮義、辭讓、忠信是○ 16/77/3
16/77/6
必與人○ 16/77/5
必與道○ 16/77/5
道○者何○ 16/77/5
非眾之力○ 16/77/6
非大之力○ 16/77/7
今已有數萬之眾者○ 16/77/7
已有數百里之國者○ 16/77/8
而爭己之所以危弱○ 16/77/8
若是其悖繆○ 16/77/9
是渠衝入穴而求利○ 16/77/11
是仁人之所羞而不爲○ 16/77/11
辟之是猶欲壽而歾頸○ 16/77/13
曷謂○ 16/77/16,23/116/6
秦之謂○ 16/77/16
然而憂患不可勝校○ 16/77/16
16/78/3
諰諰〔然〕常恐天下之一合而
軋己○ 16/77/17,16/78/4
此所謂力術止○ 16/77/17
湯、武○者 16/77/18
是能使讎人役○ 16/77/20
此所謂威彊乎湯、武○ 16/77/20
曷謂廣大乎舜、禹○ 16/77/20
古者百王之一天下、臣
諸侯○ 16/77/20
未有過封內千里者○ 16/77/21
是乃江南○ 16/77/21
是地徧天下○ 16/78/3
〔此所謂廣大乎舜、禹
○〕 16/78/3
（此所謂廣大乎舜、禹
○） 16/78/4
益地不如益信之務○ 16/78/7
是形勝○ 16/78/11
古之民○ 16/78/12
古之吏○ 16/78/12
無有私事○ 16/78/13
倜然莫不明通而公○ 16/78/14
古之士大夫○ 16/78/14
古之朝○ 16/78/15
是所見○ 16/78/15
治之至○ 16/78/16
此亦秦之所短○ 16/78/18
則小事之至○數 16/78/21
其縣日○博 16/78/21
其爲積○大 16/78/21
大事之至○希 16/78/22
其縣日○淺 16/78/22
其爲積○小 16/78/22
亡國之禍敗不可勝悔○ 16/78/24
可以時（託）〔託〕○ 16/78/24
〔可以〕日志○ 16/78/25
以上之不貴義、不敬義○ 16/79/3
夫義者、所以限禁人之
爲惡與姦者○ 16/79/3
此姦人之所以起○ 16/79/4
且上者、下之師○ 16/79/5
影之像形○ 16/79/5
不可不順○ 16/79/6
夫義者、內節於人而外
節於萬物者○ 16/79/6
上安於主而下調於民者○ 16/79/6
義之情○ 16/79/7
此君人者之大本○ 16/79/9
非不以此爲務○ 16/79/12
疾養緩急之有相先者○ 16/79/12
其道然○ 17/79/21
各有接而不相能○ 17/80/10
官人守天而自爲守道○ 17/80/19
治亂非天○ 17/80/22
是又禹、桀之所同○ 17/80/22
17/80/23
治亂非時○ 17/80/23
治亂非地○ 17/80/24
天不爲人之惡寒○輟冬 17/80/27

地不爲人之惡遼遠〇輟廣 17/80/27
君子不爲小人之匈匈〇輟行 17/80/27
非愚〇 17/81/4
是節然〇 17/81/4
則是其在我者〇 17/81/5
是以日進〇 17/81/7
是以日退〇 17/81/7
無何〇 17/81/10
物之罕至者〇 17/81/11,17/81/13
可〇 17/81/11,17/81/14
無傷〇 17/81/12
無益〇 17/81/13
人祆則可畏〇 17/81/16
夫是之謂人祆〔〇〕 17/82/1
可怪〇 17/82/2
而不可畏〇 17/82/2
書不說〔〇〕 17/82/2
棄而不治〔〇〕 17/82/3
則日切瑳而不舍〇 17/82/4
無佗〇 17/82/6
猶不雩而雨〇 17/82/6
非以爲得求〇 17/82/7
以文之〇 17/82/7
以爲神則凶〇 17/82/8
孰與理物而勿失之〇 17/82/17
貫之大體未嘗亡〇 17/82/21
禮者、表〇 17/82/22
非禮、昏世〇 17/83/1
昏世、大亂〇 17/83/1
無知〇 17/83/3
主者、民之唱〇 18/83/11
上者、下之儀〇 18/83/11
唱默則民無應〇 18/83/12
儀隱則下無動〇 18/83/12
則上下無以相（有）〔胥〕〇 18/83/12
則與無上同〇 18/83/13
故上者、下之本〇 18/83/13
是治之所由生〇 18/83/15
是亂之所由作〇 18/83/17
以是千官〇 18/83/25
以是百官〇 18/83/25
聖王之子〇 18/84/1
有天下之後〇 18/84/1
埶籍之所在〇 18/84/1
湯、武非取天下〇 18/84/6
而天下歸之〇 18/84/7
桀、紂非去天下〇 18/84/7
而天下去之〇 18/84/8
由此效之〇 18/84/9
民之怨賊〇 18/84/10
然則是誅民之父母而師民之怨賊〇 18/84/10
則天下未嘗合於桀、紂〇 18/84/11
則（天下）未嘗有說〇 18/84/12
天下者、至重〇 18/84/12
至大〇 18/84/13
至眾〇 18/84/13
聖人備道全美者〇 18/84/14
是縣天下之權稱〇 18/84/14
其知慮至險〇 18/84/15
其至意至闇〇 18/84/15
其行（之）爲至亂〇 18/84/15
禹、湯之後〇 18/84/16
是不容妻子之數〇 18/84/17
桀、紂（者）〔是〕〇 18/84/18
譬之是猶傴巫、跛匡大自以爲有知〇 18/84/19
不可以有竊天下〇 18/84/20
國、小具〇 18/84/21
可以小人有〇 18/84/21
可以小道得〇 18/85/1
可以小力持〇 18/85/1
天下者、大具〇 18/85/1
不可以小人有〇 18/85/1
不可以小道得〇 18/85/1
不可以小力持〇 18/85/2
然而未必不亡〇 18/85/2
天下者、至大〇 18/85/2
非聖人莫之能有〇 18/85/3
然則是殺人者不死、傷人者不刑〇 18/85/7
且徵其未〇 18/85/9
是謂惠暴而寬賊〇 18/85/9
非惡惡〇 18/85/9
並起於亂今〇 18/85/10
皆報〇 18/85/10
以類相從者〇 18/85/10
治之盛〇 18/85/13
未有知其所由來者〇 18/85/13
19/95/15
犯亂之罪固輕〇 18/85/14
至天下之善禁令者〇 18/85/18
曷爲楚、越獨不受制〇 18/85/19
彼王者之制〇 18/85/19
械用備飾不可不異〇 18/85/21
是王者之（至）〔制〕〇 18/86/1
且時享、歲貢、終王之屬〇 18/86/1
是規磨之說〇 18/86/2
溝中之瘠〇 18/86/2
則未足與及王者之制〇 18/86/3
同焉者是〇 18/86/8
異焉者非〇 18/86/8
天下厭然與鄉無以異〇 18/86/11
18/86/13
老者不堪其勞而休〇 18/86/16
是又畏事者之議〇 18/86/16
老者、休〇 18/87/3
是虛言〇 18/87/4
是淺者之傳、陋者之說〇 18/87/4
小大、至不至之變者〇 18/87/5
未可與及天下之大理者〇 18/87/5
是不然〇 18/87/7
（至）天下之善教化者〇 18/87/8
朱、象之罪〇 18/87/9
天下之英〇 18/87/9
天下之嵬、一時之瑣〇 18/87/10
今世俗之爲說者不怪朱、象而非堯、舜〇 18/87/10
天下之善射者〇 18/87/11
天下之善馭者〇 18/87/12
天下之善教化者〇 18/87/12
自太皞、燧人莫不有〇 18/87/13
故不掘〇 18/87/17
故掘〇 18/87/18
而不察於抇不抇者之所言〇 18/87/18
凡人之盜〇 18/87/18
（足）則以重有餘〇 18/87/19
而聖王之生民〇 18/87/19
人猶且莫之抇〇 18/87/23
而犯分之羞大〇 18/87/24
猶且必抇〇 18/88/5
彼乃將食其肉而齕其骨〇 18/88/5
故不抇〔〇〕 18/88/6
故抇〇 18/88/6
故鬬〇 18/88/10

惡而不辱○ 18/88/11
凡人之鬭○ 18/88/12
非以其辱之爲故○ 18/88/12
不惡故○ 18/88/13
是豈以喪豬爲辱○哉 18/88/14
惡之故○ 18/88/15
雖以見侮爲辱○ 18/88/15
亡於辱之與不辱○ 18/88/16
乃在於惡之與不惡○ 18/88/16
而務說人以勿辱○ 18/88/17
知其無益○ 18/88/18
則與無益於人○ 18/88/19
必將立隆正然後可○ 18/88/21
王制是○ 18/88/22
榮辱是○ 18/88/23
是榮之由中出者○ 18/88/24
是榮之從外至者○ 18/88/26
是辱之由中出者○ 18/88/26
是辱之由外至者○ 18/89/2
是榮辱之兩端○ 18/89/2
是榮辱之分○ 18/89/4
萬世不能易○ 18/89/5
譬之是猶以塼塗塞江海○ 18/89/7
以僬僥而戴太山○ 18/89/8
將恐得傷其體○ 18/89/9
是過○ 18/89/11
將使人知情（欲之）〔之欲〕寡○ 18/89/12
譬之是猶以人之情爲欲富貴而不欲貨○ 18/89/15
好美而惡西施○ 18/89/15
故賞以富厚而罰以殺損○ 18/89/17
今子宋子以（是）〔人〕之情爲欲寡而不欲多○ 18/89/18
然而說不免於以至治爲至亂○ 18/89/20
禮起於何○ 19/90/3
是禮之所以起○ 19/90/5
故禮者、養○ 19/90/5,19/90/8
所以養口○ 19/90/6
所以養鼻○ 19/90/6,19/90/11
所以養目○ 19/90/7,19/90/11
所以養耳○ 19/90/7,19/90/12
所以養體○ 19/90/8,19/90/11
所以養信○ 19/90/13
所以養威○ 19/90/13
所以養安○ 19/90/14
孰知夫出死要節之所以養生○ 19/90/14
孰知夫出費用之所以養財○ 19/90/14
孰知夫恭敬辭讓之所以養安○ 19/90/15
孰知夫禮義文理之所以養情○ 19/90/15
故儒者將使人兩得之者○ 19/90/18
墨者將使人兩喪之者○ 19/90/18
是儒、墨之分○ 19/90/18
天地者、生之本○ 19/90/20
先祖者、類之本○ 19/90/20
君師者、治之本○ 19/90/20
是禮之三本○ 19/90/22
貴始、得之本○ 19/91/1
宜小者小○ 19/91/3
積薄者流澤狹○ 19/91/5
貴食飲之本○ 19/91/7
貴本而親用○ 19/91/8
故尊之尙玄酒○ 19/91/10
俎之尙生魚○ 19/91/10
豆之先大羹○ 19/91/10
利爵之不醮○ 19/91/10
成事之俎不嘗○ 19/91/11
三臭之不食○ 19/91/11
〔大〕昏之未發齊○ 19/91/11
太廟之未入尸○ 19/91/11
始卒之未小斂○ 19/91/12
大路之素未集○ 19/91/12
郊之麻絻○ 19/91/12
喪服之先散麻○ 19/91/12
哭之不（文）〔反〕○ 19/91/13
一倡而三歎○ 19/91/13
朱絃而通越○ 19/92/1
復情以歸（大）〔太〕一○ 19/92/4
（貳）〔貣〕之則喪○ 19/92/6
而天下莫之能損益○ 19/92/8
小人不能測○ 19/92/10
禮者、人道之極○ 19/92/15
故天者、高之極○ 19/92/18
地者、下之極○ 19/92/18
無窮者、廣之極○ 19/92/18
聖人者、道之極○ 19/92/19
故學者固學爲聖人○ 19/92/19
非特學爲無方之民○ 19/92/19
是禮之隆○ 19/92/21
是禮之殺○ 19/92/22
是禮之中流○ 19/92/22,19/94/12
是君子之壇宇、宮廷○ 19/93/2
士君子○ 19/93/2
民○ 19/93/2
是聖人○ 19/93/3
故厚者、禮之積○ 19/93/3
大者、禮之廣○ 19/93/3
高者、禮之隆○ 19/93/3
明者、禮之盡○ 19/93/3
禮者、謹於治生死者○ 19/93/6
生、人之始○ 19/93/6
死、人之終○ 19/93/6
是君子之道、禮義之文○ 19/93/7
是敬其有知而慢其無知○ 19/93/7
是姦人之道而倍叛之心○ 19/93/8
故死之爲道○ 19/93/9,19/94/3
一而不可得再復○ 19/93/9
忠臣孝子之極○ 19/93/13
禮者、謹於吉凶不相厭者○ 19/93/19
然而殯斂之具未有求○ 19/93/19
持生之事未輟○ 19/93/20
然後葬○ 19/93/24
殯其須以生設飾死者○ 19/94/1
殆非直留死者以安生○ 19/94/1
是致隆思慕之義○ 19/94/1
所以滅惡○ 19/94/5
所以遂敬○ 19/94/5
所以優生○ 19/94/5
而滋成行義之美者○ 19/94/8
是反○ 19/94/9
所以持平奉吉○ 19/94/10
所以持險奉凶○ 19/94/10
故其立文飾○不至於窕冶 19/94/10
其立麤衰○ 19/94/11
其立聲樂恬愉○ 19/94/11
其立哭泣哀戚○ 19/94/12
姦○ 19/94/13
是姦人之道○ 19/94/14
非禮義之文○ 19/94/14
非孝子之情○ 19/94/14

將以有爲者○ 19/94/14
是吉凶憂愉之情發於顏色者○ 19/94/15
是吉凶憂愉之情發於聲音者○ 19/94/15
是吉凶憂愉之情發於食飲者○ 19/94/17
是吉凶憂愉之情發於衣服者○ 19/94/18
是吉凶憂愉之情發於居處者○ 19/94/19
則是禮○ 19/94/21
非順孰修爲之君子莫之能知○ 19/94/21
性者、本始材朴○ 19/95/1
僞者、文理隆盛○ 19/95/1
一天下之功於是就○ 19/95/2
不能辨物○ 19/95/3
不能治人○ 19/95/3
待聖人然後分○ 19/95/4
卒禮者、以生者飾死者○ 19/95/6
大象其生以送其死○ 19/95/6
終始一○ 19/95/6
沐浴、鬠體、飯唅、象生執○ 19/95/7
告不用○ 19/95/11
象徙之道○ 19/95/12
明不用○ 19/95/12
又明不用○ 19/95/13
是皆所以重哀○ 19/95/13
飾歡○ 19/95/14
送死、飾哀○ 19/95/14
27/127/24
祭祀、飾敬○ 19/95/14
師旅、飾威○ 19/95/14
古今之所一○ 19/95/14,19/97/5
故壙壠其須象室屋○ 19/95/15
棺椁其須象版蓋斯象拂○ 19/95/15
無帾絲嶌縷翣其須以象菲帷幬尉○ 19/95/16
抗折其須以象槾茨番閼○ 19/95/16
送以哀敬而終周藏○ 19/95/17
故葬埋、敬葬其形○ 19/95/17
祭祀、敬事其神○ 19/95/17
敬傳其名○ 19/95/18
事生、飾始○ 19/95/18
送死、飾終○ 19/95/18
是禮義之法式○ 19/96/2
而不可益損○ 19/96/4
無適不易之術○ 19/96/5
所以爲至痛極○ 19/96/6
所以爲至痛飾○ 19/96/6
復生有節○哉 19/96/8
然後能去之○ 19/96/12
故人之於其親○ 19/96/13
則是曾鳥獸之不若○ 19/96/15
則是無窮○ 19/96/18
故先王案以此象之○ 19/96/24
然則三年何○ 19/97/1
故再期○ 19/97/1
案使不及○ 19/97/3
人道之至文者○ 19/97/5
君者、治辨之主○ 19/97/7
文理之原○ 19/97/7
情貌之盡○ 19/97/7
又善教誨之者○ 19/97/10
乳母、飲食之者○ 19/97/10
慈母、衣被之者○ 19/97/10
君、曲備之者○ 19/97/11
文之至○ 19/97/11
情之至○ 19/97/12
以三年事之猶未足○ 19/97/12
故社、祭社○ 19/97/12
稷、祭稷○ 19/97/13
郊者、并百王於上天而祭祀之○ 19/97/13
大之○ 19/97/15
重之○ 19/97/15
所致隆○ 19/97/15
所致親○ 19/97/15
離宮室而歸丘陵○ 19/97/16
先王恐其不文○ 19/97/16
足之日○ 19/97/16
祭者、志意思慕之（情）〔積〕○ 19/97/20,19/98/1
彼其所至者甚大動○ 19/97/21
以爲人道○ 19/98/3
以爲鬼事○ 19/98/3
是君子之所以爲惮詭其所喜樂之文○ 19/98/5
是君子之所以爲惮詭其所哀痛之文○ 19/98/6
是君子之所以爲惮詭其所敦惡之文○ 19/98/6
夫樂者、樂○ 20/98/14
是先王立樂之方○ 20/98/18
故樂者、審一以定和者○ 20/98/22
比物以飾節者○ 20/99/1
是先王立樂之術○ 20/99/1
20/99/7
故樂者、出所以征誅○ 20/99/5
入所以揖讓○ 20/99/5
其義一○ 20/99/6
故樂者、天下之大齊○ 20/99/7
中和之紀○ 20/99/7
且樂者、先王之所以飾喜○ 20/99/10
軍旅鈇鉞者、先王之所以飾怒○ 20/99/10
禮樂正其盛者○ 20/99/11
墨子之於道○ 20/99/12
猶瞽之於白黑○ 20/99/12
猶聾之於清濁○ 20/99/12
猶欲之楚而北求之○ 20/99/12
夫聲樂之入人○深 20/99/15
其化人○速 20/99/15
是王者之始○ 20/99/17
危削侮辱之本○ 20/99/19
其在序官○ 20/99/20
樂者、聖王之所非○ 20/99/21
樂者、聖人之所樂○ 20/99/24
故君子愼其所去就○ 20/100/5
樂者、樂○ 20/100/9
故樂者、所以道樂○ 20/100/10
金石絲竹、所以道德○ 20/100/11
故樂者、治人之盛者○ 20/100/11
且樂○者、和之不可變者○ 20/100/14
禮○者、理之不可易者○ 20/100/14
樂之情○ 20/100/15
禮之經○ 20/100/15
幾遇刑○ 20/100/15
莫之正○ 20/100/16
危其身○ 20/100/16
乃其德○ 20/100/16
不此聽○ 20/100/16
不得成○ 20/100/17

無所營○ 20/100/17
耳不自聞○ 20/101/2
而知王道之易易○ 20/101/6
20/101/22
知其能和樂而不流○ 20/101/15
知其能弟長而無遺○ 20/101/17
知其能安燕而不亂○ 20/101/19
治世反是○ 20/101/25
此其誠心莫不求正而以自爲○ 21/102/7
妬繆於道而人誘其所迨○ 21/102/7
唯恐聞其惡○ 21/102/7
唯恐聞其美○ 21/102/8
是以與治（雖）〔離〕走而是己不輟○ 21/102/8
豈不蔽於一曲而失正求○哉 21/102/8
此心術之公患○ 21/102/13
夏桀、殷紂是○ 21/102/15
此其所以喪九牧之地而虛宗廟之國○ 21/102/17
此蔽塞之禍○ 21/102/18
21/103/2,21/103/13
此其所以代夏王而受九有○ 21/102/19
此其所以代殷王而受九牧○ 21/102/20
此不蔽之福○ 21/102/23
21/103/6,21/103/16
唐鞅、奚齊是○ 21/103/1
未嘗有之○ 21/103/3
亂家是○ 21/103/8
皆道之一隅○ 21/103/11
觀於道之一隅而未之能識○ 21/103/12
故學亂術足以爲先王者○ 21/103/15
不蔽於成積○ 21/103/15
是故衆異不得相蔽以亂其倫○ 21/103/17
亂之本○ 21/103/20
治之要○ 21/103/22
心未嘗不臧○ 21/103/25
心未嘗不滿○ 21/103/26
心未嘗不動○ 21/103/26
志○者、臧○ 21/104/1
異○者、同時兼知之 21/104/2
兩○ 21/104/2
故心未嘗不動○ 21/104/3
體道者○ 21/104/6
心者、形之君○ 21/104/10
而神明之主○ 21/104/10
自禁○ 21/104/11
自使○ 21/104/11
自奪○ 21/104/11
自取○ 21/104/11
自行○ 21/104/11
自止○ 21/104/11
其擇○無禁 21/104/13
其物○雜博 21/104/13
其（情）〔精〕之至○不貳 21/104/13
頃筐、易滿○ 21/104/14
卷耳、易得○ 21/104/14
萬物可兼知○ 21/104/16
類不可兩○ 21/104/16
精於道〔者〕○ 21/105/1
〔非〕精於物者○ 21/105/1
舜之治天下○ 21/105/3
則不可以得大形之正○ 21/105/6
而倉頡獨傳者、壹○ 21/105/8
而后稷獨傳者、壹○ 21/105/9
而夔獨傳者、壹○ 21/105/9
而舜獨傳者、壹○ 21/105/10
未嘗有兩而能精者○ 21/105/11
其爲人○ 21/105/14,21/106/12
未及好○ 21/105/16
未及思○ 21/105/17
未可謂微○ 21/105/17
夫微者、至人○ 21/105/18
至人○ 21/105/18
故仁者之行道○ 21/105/19
無爲○ 21/105/19
聖人之行道○ 21/105/19
無彊○ 21/106/1
仁者之思○恭 21/106/1
聖人之思○樂 21/106/1
此治心之道○ 21/106/1
則未可定然否○ 21/106/3
見寢木以爲伏虎○ 21/106/4
見植林以爲後人○ 21/106/4
冥冥蔽其明○ 21/106/4
以爲蹞步之澮○ 21/106/4
以爲小之閨○ 21/106/5
酒亂其神○ 21/106/5
埶亂其官○ 21/106/6
而求羊者不下牽○ 21/106/6
遠蔽其大○ 21/106/6
而求箸者不上折○ 21/106/7
高蔽其長○ 21/106/7
水埶玄○ 21/106/8
用精惑○ 21/106/8
則世之愚者○ 21/106/9
以爲伏鬼○ 21/106/12
以爲立魅○ 21/106/13
凡人之有鬼○ 21/106/13
此人之所以無有而有無之時○ 21/106/14
而未有俞疾之福○ 21/106/15
人之性○ 21/106/18
物之理○ 21/106/18
則沒世窮年不能徧○ 21/106/19
故學○者、固學止之○ 21/106/20
聖○ 21/106/21
聖○者、盡倫者○ 21/106/21
王○者、盡制者○ 21/106/21
知之、聖人○ 21/106/23
謂合王制與不合王制○ 21/107/3
天下有不以是爲隆正○ 21/107/3
以相撓滑○ 21/107/5
此亂世姦人之說○ 21/107/7
爲之無益於成○ 21/107/10
求之無益於得○ 21/107/10
憂戚之無益於幾○ 21/107/10
不以自妨○ 21/107/10
明君無之有○ 21/107/14
闇君無之有○ 21/107/14
此言上幽而下險○ 21/107/15
此言上明而下化○ 21/107/17
是散名之在人者○ 22/108/1
是後王之成名○ 22/108/1
其罪猶爲符節、度量之罪○ 22/108/5
治之極○ 22/108/7
是謹於守名約之功○ 22/108/7
不可不察○ 22/108/10,22/109/14
此所爲有名○ 22/108/14
其天官之意物○同 22/108/15
是所以共其約名以相期○ 22/108/16

則緣耳而知聲可○ 22/109/1
緣目而知形可○ 22/109/2
然而徵知必將待天官之當簿其類然後可○ 22/109/2
此所緣而以同異○ 22/109/3
知異實者之異名○ 22/109/6
故使異實者莫不異名○ 22/109/6
不可亂○ 22/109/6
猶使（異）〔同〕實者莫不同名○ 22/109/7
物○者、大共名○ 22/109/8
鳥獸○者、大別名○ 22/109/9
可別○ 22/109/12
此事之所以稽實定數○ 22/109/13
此制名之樞要○ 22/109/13
殺盜非殺人○ 22/109/16
此惑於用名以亂名者○ 22/109/16
此惑於用實以亂名者○ 22/109/18
非馬○ 22/109/19
此惑於用名以亂實者○ 22/109/19
故明君知其分而不與辨○ 22/109/21
故其民之化道○如神 22/110/2
故辨說○ 22/110/3
故期、命、辨、說○者 22/110/4
用之大文○ 22/110/4
而王業之始○ 22/110/4
名之用○ 22/110/4
名之麗○ 22/110/5
名○者、所以期累實○ 22/110/5
辭○者、兼異實之名以（論）〔論〕一意○ 22/110/5
辨說○者 22/110/6,22/110/7
不異實名以喻動靜之道○ 22/110/6
期命○者 22/110/6
辨說之用○ 22/110/7
心之象道○ 22/110/7
心○者、道之工宰○ 22/110/7
道○者、治之經理○ 22/110/7
是（以）聖人之辨說○ 22/110/11
是士君子之辨說○ 22/110/17
彼正其名、當其辭以務白其志義者○ 22/110/20
彼名辭○者、志義之使○ 22/110/21
苟之、姦○ 22/110/21

而無深於其志義者○ 22/110/23
故知者之言○ 22/110/24
無以道欲而困於有欲者○ 22/111/4
無以節欲而困於欲多者○ 22/111/4
異類○ 22/111/5,22/111/5
生死○ 22/111/5
〔性之具○〕 22/111/5
情之數○ 22/111/6
所受乎天○ 22/111/6
〔所〕受乎心○ 22/111/7
固難類所受乎天○ 22/111/7
非不欲生而欲死○ 22/111/8
不可以生而可以死○ 22/111/9
心止之○ 22/111/9
心使之○ 22/111/10
性者、天之就○ 22/111/14
情者、性之質○ 22/111/14
欲者、情之應○ 22/111/14
情之所必不免○ 22/111/14
知所必出○ 22/111/15
（性之具○） 22/111/15
可以近盡○ 22/111/16
求可節○ 22/111/16
慮者欲節求○ 22/111/17
天下莫之若○ 22/111/18
知道之莫之若○而不從道者 22/111/20
無之有○ 22/111/20,22/112/9,22/112/10,22/112/10,22/112/10
豈為夫南者之不可盡○ 22/111/21
離南行而北走○哉 22/111/21
豈為夫所欲之不可盡○ 22/111/22
離得欲之道而取所惡○哉 22/111/22
凡人之取○ 22/111/24
所欲未嘗粹而來○ 22/111/24
其去○ 22/111/24
所惡未嘗粹而往○ 22/111/24
此人所以惑於輕重○ 22/111/25
此亦人所以惑於禍福○ 22/112/1
人曰無得亦無喪○ 22/112/4
人曰無喪而有得○ 22/112/4
人曰無得而有喪○ 22/112/4
明其數○ 22/112/5

猶以一易兩○ 22/112/6
是猶以兩易一○ 22/112/6
不明其數○ 22/112/7
故嚮萬物之美而不能嗛○ 22/112/12
則不能離○ 22/112/12
其求物○ 22/112/13
養生○ 22/112/13
粥壽○ 22/112/13
其善者僞○ 23/113/3,23/113/7,23/113/14,23/114/6,23/114/23,23/115/8,23/115/14,23/115/18,23/115/27
以擾化人之情性而導之○ 23/113/12
使皆出於治、合於道者○ 23/113/12
而不察〔乎〕人（人）之性僞之分者○ 23/113/16
凡性者、天之就○ 23/113/17
禮義者、聖人之所生○ 23/113/17
所事而成者○ 23/113/18
是性、僞之分○ 23/113/19
將皆失喪其性故○ 23/113/21
〔其善者僞○〕 23/113/22
不離其資而利之○ 23/114/1
目明而耳聰○ 23/114/2
此人之情性○ 23/114/3,23/114/16
將有所讓○ 23/114/3
將有所代○ 23/114/4
皆反於性而悖於情○ 23/114/5
禮義之文理○ 23/114/5
非故生於人之性○ 23/114/8,23/114/9,23/114/10,23/114/11
是皆生於人之情性者○ 23/114/12
感而自然、不待事而後生之者○ 23/114/12
其不同之徵○ 23/114/14
是聖人之所生○ 23/114/15
性○ 23/114/16
僞○ 23/114/16
為性惡○ 23/114/18,23/114/20,23/115/14
故彊學而求有之○ 23/114/21
故思慮而求知之○ 23/114/21
正理平治○ 23/115/1

偏險悖亂○ 23/115/2
是善惡之分○已 23/115/2
將曷加於正理平治○哉 23/115/3
使天下皆出於治、合於善○ 23/115/5
是聖王之治而禮義之化○ 23/115/5
倚而觀天下民人之相與○ 23/115/6
爲枸木○ 23/115/13
爲不直○ 23/115/13
其性直○ 23/115/16
以其性不直○ 23/115/16
然後皆出於治、合於善○ 23/115/17
故聖人能生之○ 23/115/20
然則瓦埴豈陶人之性○哉 23/115/21
然則器木豈工人之性○哉 23/115/21
夫聖人之於禮義○ 23/115/22
辟亦陶埏而生之○ 23/115/22
豈人之本性○哉 23/115/22
其性一○ 23/115/23,23/115/23
然則聖人之於禮義積僞○ 23/115/25
亦猶陶埏而生之○ 23/115/25
豈人之性○哉 23/115/26
天非私曾、騫、孝己而外衆人○ 23/116/1
以綦於禮義故○ 23/116/2
天非私齊、魯之民而外秦人○ 23/116/2
以秦人之從情性、安恣睢、慢於禮義故○ 23/116/3
以其爲仁義法正○ 23/116/6
然而塗之人○ 23/116/7
然則唯禹不知仁義法正、不能仁義法正○ 23/116/8
然則塗之人○ 23/116/10
可以而不可使○ 23/116/17 23/116/19
未嘗不可以相爲○ 23/116/18
未必然○ 23/116/20
然而未嘗有能偏行天下者○ 23/116/20
未嘗不可以相爲事○ 23/116/21
然而未嘗能相爲事○ 23/116/21
未必能○ 23/116/22
其統類一○ 23/117/2
是聖人之知○ 23/117/2
是士君子之知○ 23/117/3
其言○諂 23/117/3
其行○悖 23/117/3
是小人之知○ 23/117/4
是役夫之知○ 23/117/5
是上勇○ 23/117/8
是中勇○ 23/117/9
是下勇○ 23/117/10
古之良弓○ 23/117/12
此皆古之良劍○ 23/117/13
此皆古之良馬○ 23/117/14
然後一日而致千里○ 23/117/15
則所聞者堯、舜、禹、湯之道○ 23/117/16
則所見者忠信敬讓之行○ 23/117/17
身日進於仁義而不自知○者 23/117/17
靡使然○ 23/117/18,23/117/19
則所聞者欺誣詐僞○ 23/117/18
所見者汙漫、淫邪、貪利之行○ 23/117/18
告人無匹○ 24/118/5
告無適○ 24/118/5
告至備○ 24/118/6
天下曉然皆知夫盜竊之（人）不可以爲富○ 24/118/11
皆知夫賊害之（人）不可以爲壽○ 24/118/12
皆知夫〔犯〕上之禁不可以爲安○ 24/118/12
（治）世曉然皆知夫爲姦則雖隱竄逃亡之由不足以免○ 24/118/14
是以族論罪○ 24/119/4
此以世舉賢○ 24/119/5
而得失之原○ 24/119/9
故成王之於周公○ 24/119/9
知所貴○ 24/119/10
桓公之於管仲○ 24/119/10
知所利○ 24/119/10
倍道失賢○ 24/119/11
此先王之道○ 24/119/12
故仁者、仁此者○ 24/119/14
義者、分此者○ 24/119/14
節者、死生此者○ 24/119/14
忠者、惇慎此者○ 24/119/14
一自善○ 24/119/15
有而不有○ 24/119/16
血氣之精○ 26/124/3
志意之榮○ 26/124/4
百姓待之而後寧○ 26/124/4
天下待之而後平○ 26/124/4
明達純粹而無疵（○） 26/124/4
忽兮其極之遠○ 26/124/8
攭兮其相逐而反○ 26/124/9
印印兮天下之咸蹇○ 26/124/9
昭昭乎其知之明○ 26/125/16
郁郁乎其遇時之不祥○ 26/125/17
拂乎其欲禮義之大行○ 26/125/17
闇乎天下之晦盲○ 26/125/17
憂無疆○ 26/125/18
古之常○ 26/125/18
天不忘○ 26/125/18
其《小歌》○ 26/125/19
琁、玉、瑤、珠不知佩○ 26/126/1
雜布與錦不知異○ 26/126/1
閭娵、子奢莫之媒○ 26/126/1
嫫母、刁父是之喜○ 26/126/1
禮○ 27/126/9,27/126/11,27/126/13,27/126/14,27/126/17,27/126/19,27/126/21,27/129/15,27/129/22
外屏、不欲見外○ 27/126/11
內屏、不欲見內○ 27/126/11
知、其役○ 27/126/27
禮、其盡○ 27/126/27
天施然○ 27/126/27
雖指、非禮○ 27/127/2
禮者、其表○ 27/127/4
是去表○ 27/127/5
此刑罰之所以繁○ 27/127/5
爲賢人以下至庶民○ 27/127/7
非爲成聖○ 27/127/7
然而亦所以成聖○ 27/127/7
夫行○者、行禮之謂○ 27/127/15
禮○者、貴者敬焉 27/127/15
猶用慶賞於國家○ 27/127/18

| | |
|---|---|
| 猶用刑罰於萬民○ | 27/127/18 |
| （背）〔皆〕禮（者）○ | 27/127/22 |
| 事生、飾驩○ | 27/127/24 |
| 軍旅、飾威○ | 27/127/24 |
| 仁之殺○ | 27/127/26 |
| 義之倫○ | 27/127/26 |
| 禮之序○ | 27/127/27 |
| 仁、愛○ | 27/127/27 |
| 義、理○ | 27/127/27 |
| 禮、節○ | 27/127/27 |
| 非（禮）〔仁〕○ | 27/127/28 |
| 非義○ | 27/128/1 |
| 其致一○ | 27/128/2 |
| 然後仁○ | 27/128/2 |
| 然後義○ | 27/128/3 |
| 然後禮○ | 27/128/3 |
| 然後道○ | 27/128/3 |
| 賻、賵所以佐生○ | 27/128/5 |
| 贈、襚所以送死○ | 27/128/5 |
| 非禮○ | 27/128/6,27/128/19, 29/142/25 |
| 禮之大○ | 27/128/7 |
| 禮者、政之輓○ | 27/128/9 |
| 如之何憂之長○ | 27/128/11 |
| 非尊家臣○ | 27/128/23 |
| 所以辟君○ | 27/128/23 |
| 聘、問○ | 27/129/4 |
| 享、獻○ | 27/129/4 |
| 私覿、私見○ | 27/129/4 |
| 不可不正○ | 27/129/17 |
| 君臣父子之本○ | 27/129/17 |
| 咸、感○ | 27/129/17 |
| 重始○ | 27/129/20 |
| 禮者、人之所履○ | 27/129/22 |
| 禮之於正國家○ | 27/129/24 |
| 如權衡之於輕重○ | 27/129/24 |
| 如繩墨之於曲直○ | 27/129/24 |
| 以爲能變○ | 27/130/16 |
| 國之葳孽○ | 27/130/19 |
| 國寶○ | 27/130/21 |
| 國器○ | 27/130/21 |
| 國用○ | 27/130/22 |
| 國袄○ | 27/130/22 |
| 所以富之○ | 27/130/24 |
| 所以道之○ | 27/130/25 |
| 言博問○ | 27/131/6 |
| 凡百事異理而相守○ | 27/131/8 |
| 晏子、功用之臣○ | 27/131/16 |
| 子產、惠人○ | 27/131/16 |
| 野人○ | 27/131/17 |
| 氐、羌之虜○ | 27/131/23 |
| 不憂其係壘○ | 27/131/23 |
| 而憂其不焚○ | 27/131/23 |
| 非目益明○ | 27/131/26 |
| 眸而見之○ | 27/131/26 |
| 義與利者、人之所兩有○ | 27/132/1 |
| 然而能使其欲利不克其好義○ | 27/132/1 |
| 然而能使其好義不勝其欲利○ | 27/132/2 |
| 刑罰之所以多○ | 27/132/10 |
| 二者、〔治〕亂之衢○ | 27/132/12 |
| 何以不雨至斯極○ | 27/132/16, 27/132/17,27/132/17 |
| 非爲君○ | 27/132/19 |
| 以爲民○ | 27/132/19 |
| 其心一○ | 27/133/22 |
| 其心同○ | 27/133/23 |
| 所以說遠○ | 27/133/25 |
| 所以說近○ | 27/133/25 |
| 孝子之道○ | 27/133/26 |
| 乘輿之輪、太山之木○ | 27/134/2 |
| 君子之檃栝不可不謹○ | 27/134/3 |
| 可譏而得○ | 27/134/4 |
| 不可不愼○ | 27/134/4 |
| 人之於文學○ | 27/134/6 |
| 猶玉之於琢磨○ | 27/134/6 |
| 謂學問○ | 27/134/6 |
| 和〔氏〕之璧、井里之厥○ | 27/134/7 |
| 故鄙人○ | 27/134/7 |
| 是天府○ | 27/134/10 |
| 未成○ | 27/134/16 |
| 誣○ | 27/134/20 |
| 竊○ | 27/134/20 |
| 皐如○ | 27/135/4 |
| 嵮如○ | 27/135/4 |
| 鬲如○ | 27/135/4 |
| 《國風》之好色○ | 27/135/7 |
| 其教至○ | 27/135/16 |
| 君子○者而好之 | 27/135/18 |
| 其人〔○〕 | 27/135/18 |
| 其人（○）而不教 | 27/135/18 |
| 非其人○ | 27/135/18 |
| 齎盜糧、借賊兵○ | 27/135/19 |
| 非一日之聞○ | 27/136/4 |
| 友者、所以相有○ | 27/136/8 |
| 何以相有○ | 27/136/8 |
| 夫類之相從○ | 27/136/9 |
| 如此之箸○ | 27/136/9 |
| 是德之基○ | 27/136/10 |
| 言無與小人處○ | 27/136/11 |
| 仁義禮善之於人○ | 27/136/15 |
| 辟之若貨財、粟米之於家○ | 27/136/15 |
| 是棄國捐身之道○ | 27/136/16 |
| 是其反者○ | 27/136/18 |
| 〔禍之〕所由生○ | 27/136/20 |
| 生自纖纖○ | 27/136/20 |
| 不可以不誠事○ | 27/136/24 |
| 不說○ | 27/136/24 |
| 此家言邪學之所以惡儒者○ | 27/137/1 |
| 傷其聞之晚○ | 27/137/5 |
| 君子之所憎惡○ | 27/137/8 |
| 多言而類、聖人○ | 27/137/10 |
| 少言而法、君子○ | 27/137/10 |
| 小人○ | 27/137/11 |
| 惡民之串以無分得○ | 27/137/13 |
| 然而有所共予○ | 27/137/16 |
| 飲而不食者、蟬○ | 27/137/20 |
| 不飲不食者、浮蝣○ | 27/137/20 |
| 而不稱其所短○ | 27/138/1 |
| 誹○ | 27/138/2 |
| 此所謂挹而損之之道○ | 28/138/15 |
| 夫少正卯、魯之聞人○ | 28/138/17 |
| 此小人之桀雄○ | 28/138/21 |
| 不可不誅○ | 28/138/21,28/138/23 |
| 三月不別○ | 28/139/1 |
| 是老○欺予 | 28/139/2 |
| 殺不辜○ | 28/139/4 |
| 不可斬○ | 28/139/4 |
| 不可刑○ | 28/139/4 |
| 罪不在民故○ | 28/139/4 |
| 〔今〕嫚令謹誅、賊○ | 28/139/5 |
| （今）〔生○〕有時 | 28/139/5 |
| 斂○無時 | 28/139/5 |
| 暴○ | 28/139/5 |
| 不教而責成功、虐○ | 28/139/5 |

然後刑可即○ 28/139/6
三尺之岸而虛車不能登
○ 28/139/11
陵遲故○ 28/139/12,28/139/13
數仞之牆而民不踰○ 28/139/12
是何〔○〕 28/140/4
夫水、（大）徧與諸生
而無爲○ 28/140/5
其流○埤下裾拘 28/140/5
其萬（折）〔折〕○必
東 28/140/8
吾有恥○ 28/140/11
吾有鄙○ 28/140/11
吾有殆○ 28/140/11
吾殆之○ 28/140/12
奚居之隱○ 28/141/1
時○ 28/141/3,28/141/6
材○ 28/141/3,28/141/6
何獨丘○哉 28/141/4
非爲通○ 28/141/5
憂而意不衰○ 28/141/5
知禍福終始而心不惑○ 28/141/5
命○ 28/141/6
非無良材○ 28/141/14
蓋曰貴文○ 28/141/14
人之小行○ 29/141/19
人之中行○ 29/141/19
人之大行○ 29/141/19
不能加毫末於是○ 29/141/20
是不子○ 29/142/2
是不衷○ 29/142/2
君問丘○ 29/142/8
賜不識○ 29/142/10
審其所以從之之謂孝、
之謂貞○ 29/142/12
則何（以）爲而無孝之
名○ 29/142/17
非無力○ 29/142/19
勢不可○ 29/142/19
身之罪○ 29/142/19
友之過○ 29/142/20
何爲而無孝之名○ 29/142/20
吾不知○ 29/142/22,29/142/24
汝問非○ 29/142/26
是裾裾何○ 29/142/28
其始出○ 29/142/28
及其至江之津○ 29/143/1
不放舟、不避風則不可
涉○ 29/143/1
蓋猶若○ 29/143/2
色知而有能者、小人○ 29/143/4
言之要○ 29/143/4
行之至○ 29/143/5
其未得○ 29/143/14,29/143/15
無一日之樂○ 29/143/16
及其得○ 30/144/2
是何言○ 30/144/6
義○ 30/144/7
行○ 30/144/7
勇○ 30/144/8
情○ 30/144/8
辭○ 30/144/8
吾必不仁○ 30/144/11
吾必不長○ 30/144/11
吾必不信○ 30/144/12
何其雜○ 30/144/15
是以雜○ 30/144/16
非恕○ 30/144/18
30/144/19,30/144/19
而不可不思○ 30/144/22
長無能○ 30/144/22
死無思○ 30/144/22
窮無與○ 30/144/23
有思窮則施○ 30/144/23
必有率○ 31/145/14
必有處○ 31/145/14
則若性命肌膚之不可易
○ 31/145/16
故富貴不足以益○ 31/145/16
卑賤不足以損○ 31/145/16
則可謂士○ 31/145/17
辨乎萬物之情性者○ 31/146/8
大道者、所以變化遂成
萬物○ 31/146/8
情性者、所以理然不、
取舍○ 31/146/8
何以不言○ 31/146/13
烏鵲之巢可俯而窺○ 31/146/15
所以不對○ 31/146/15
寡人未嘗知哀○ 31/146/17
未嘗知憂○ 31/146/17
未嘗知勞○ 31/146/18
未嘗知懼○ 31/146/18
未嘗知危○ 31/146/18
聖君之問○ 31/146/18
丘、小人○ 31/147/1
非吾子無所聞之○ 31/147/1
君號然○ 31/147/9
非耳不能聞○ 31/147/10
服使然○ 31/147/10,31/147/11
非口不能味○ 31/147/11
健、貪○ 31/147/15
詌、亂○ 31/147/15
口啍、誕○ 31/147/15
譬之其豺狼○ 31/147/16
不可以身尒○ 31/147/16
造父無失馬○ 31/148/6
今東野畢之馭〔○〕 31/148/6
是以知之○ 31/148/7
未有窮其下而能無危者
○ 31/148/8
夫有何足致○ 32/148/15
是以憂○ 32/148/20,32/148/22
其在《中蘬》之言○ 32/148/20
天使夫子振寡人之過○ 32/148/22
彼其寬○ 32/149/3
彼其好自用○ 32/149/3
是所以窶小○ 32/149/3
彼爭者、均者之氣○ 32/149/4
彼其愼○ 32/149/5
是其以淺○ 32/149/5
彼淺者、賤人之道○ 32/149/6
夫仰祿之士猶可驕○ 32/149/12
正身之士不可驕○ 32/149/12
是以天下之紀不息、文
章不廢○ 32/149/13
吾聞之○ 32/149/16
是以不得罪於楚之士民
○ 32/149/18
賜爲人下而未知○ 32/149/21
其猶土○ 32/149/21,32/149/23
而身死國亡○ 32/150/2
光輝不博○ 32/150/8
孫卿不遇時○ 32/150/10

## 冶 yě 7

莫不美麗姚○ 5/18/1
農夫不斲削、不陶○而
足械用 9/38/16
工○巧 16/75/6

故其立文飾也不至於窕○ 19/94/10
樂姚○以險 20/99/18
姚○之容 20/100/1
不（治）〔○〕觀者之耳目 22/110/15

## 野 yě 21

庸衆而○ 2/5/14
（厭旦）〔旦厭〕於牧之○ 8/31/19
辟田○ 9/37/6,9/41/19
田○什一 9/38/9
彼將日日捿遲薛越之中○ 9/41/22
輕田○之稅 10/43/6
重田○之稅以奪之食 10/44/10
故田○縣鄙者 10/47/21
故田○荒而倉廩實 10/48/3
將辟田○ 10/48/11
縣鄙將輕田○之稅 11/56/19
謂之○ 19/93/10
君子賤○而羞瘠 19/93/11
師牧○ 25/120/9
○人也 27/131/17
麟在郊○ 31/146/15
〔子亦聞〕東○（子）〔畢〕之善馭乎 31/147/20
東○畢之馬失 31/148/2
東○畢之馭 31/148/3
今東○畢之馭〔也〕 31/148/6

## 夜 yè 4

長○漫兮 22/110/17
日○合離 26/125/6
夙興○寐 29/142/15
今夙興○寐 29/142/17

## 抴 yè 1

〔人〕而有埶、直而用○必參天 25/120/16

## 業 yè 25

以敦比其事○而不敢怠傲 4/14/12
勞苦事○之中則儢儢然 6/24/21
周公卒○ 7/26/1,27/132/8
遂文、武之○ 8/27/23
事○所惡也 10/42/19
職○無分 10/42/19
與百姓均事○ 10/45/9
百姓時和、事○得敘者 10/47/22
事○窮 11/52/15
則雖臧獲不肯與天子易埶○ 11/52/16
其官職事○足以容天下之能士矣 11/53/2
則人臣輕職（○）讓賢而安隨其後〔矣〕 11/53/23
王○還起 11/53/24
事○忘勞 12/57/19
序事○ 12/60/11
無私人以官職事○〔者〕 12/61/21
守職循○ 12/63/4
而王○之始也 22/110/4
則事○捷成而有所休 24/119/14
事○聽上、莫得相使一民力 25/122/13
事○以成 26/124/1
功○甚博 26/125/7
務其○而勿奪其時 27/130/24
從士以上皆羞利而不與民爭○ 27/132/5

## 葉 yè 3

○公子高微小短瘠 5/17/18
○公子高入據楚 5/17/19
枝○必類本 10/47/2

## 謁 yè 4

俳優、侏儒、婦女之請○以悖之 11/56/1
非而○楹 22/109/19
婦○盛與 27/132/16
三日而校來○ 31/148/1

## 一 yī 316

施薪若「○」 1/2/4
平地若○ 1/2/5
騏驥○躍 1/2/10
用心○也 1/2/12
其儀○兮 1/3/1,1/3/1
故君子結於○也 1/3/1
○可以為法則 1/3/14
問○而告二謂之囋 1/3/18
百發失○ 1/4/12
仁義不○ 1/4/12
固學○之也 1/4/13
○出焉 1/4/13,9/36/13
○入焉 1/4/13,9/36/13
則○之以易良 2/6/6
莫神○好 2/6/10
夫驥○日而千里 2/7/8
○進○退 2/7/14
○左○右 2/7/14
行乎冥冥而施乎無報而賢不肖○焉 2/8/9
○人之情是也 3/11/15
若使○人 3/11/17
君子小人○也 4/14/17
凡人有所○同 4/15/7
○之而可再也 4/16/15
是夫群居和○之道也 4/17/2
不同而○ 4/17/5
是人之○必窮也 5/18/8
則審○二 5/18/21
以○知萬 5/18/22
古今○（度）也 5/19/4
不知○天下、建國家之權稱 6/21/19
在○大夫之位 6/22/16,8/32/8
則○君不能獨畜 6/22/16,8/32/8
○國不能獨容 6/22/16,8/32/8
○天下 6/22/19,9/40/14,11/53/15
諸侯有○節如是 7/25/14
文王載百里地而天下○ 7/26/2
則全○而不倍 7/26/7
媚茲○人 7/26/11
立七十○國 8/27/16,8/31/15,12/62/7
天下厭然猶○也 8/27/24
行○不義、殺○無罪而得天下 8/28/9,11/49/16
四海之內若○家 8/28/11,9/38/11

15/71/15
相怨○方 8/30/4
應當世之變若數○二 8/30/15
億萬之衆而（博）〔摶〕若○人 8/30/16
此其道出乎○ 8/31/3
曷謂○ 8/31/3
百王之道○是矣 8/31/5
大儒者、善調○天下者也 8/32/5
○日而千里 8/32/6,12/61/15
而不能以調○天下、制强暴 8/32/7
齊○天下 8/32/10
其道○也 8/32/11
通則○天下 8/32/12
舉不知法後王而○制度 8/32/17
○制度 8/32/21,8/33/2
以○持萬 8/33/3
卒然起○方 8/33/4
天下爲○ 8/33/8,11/50/3 11/54/7,15/74/22,18/85/18
○朝而伯 8/33/9
并○而不二 8/34/1,8/34/2
道有○隆 8/34/20
田野什○ 9/38/9
以○行萬 9/39/1
故喪祭、朝聘、（師旅）○也 9/39/6
貴賤、殺生、與奪○也 9/39/6
君君、臣臣、父父、子子、兄兄、弟弟○也 9/39/6
農農、士士、工工、商商○也 9/39/7
和則○ 9/39/11
○則多力 9/39/12
政令時則百姓○、賢良服 9/39/18
○與○是爲人者 9/39/24
兼覆而調○之 9/40/13
天下不○ 9/40/15
夫堯、舜者、○天下也 9/41/7
故古之人有以○國取天下者 9/41/16
所以養○人也 10/42/16
固以爲（王）〔○〕天下 10/43/19
○歲而再獲之 10/44/21
然後瓜桃棗李○本數以盆鼓 10/44/21
然後六畜禽獸○而剸車 10/45/1
黿鼉、魚鱉、鰌鱣以時別○而成群 10/45/1
小有○國 10/45/8,10/45/9 11/52/16
知夫爲人主上者不美不飾之不足以○民也 10/45/16
則下疑俗儉而百姓不○ 10/46/20
其政令○ 10/47/1
上○則下○矣 10/47/1
其所以（夫）〔失〕之○也 10/48/6
上下○心 10/48/12,10/49/6 16/76/7
故非有○人之道也 10/49/3
使襲然終始猶○也 11/50/1
○日而白 11/50/2
國○綦明 11/50/6
非以○天下也 11/50/14
（故）○朝之日也 11/51/5
○日之人也 11/51/5
小巨分流者亦○若彼 11/51/16
○若此也 11/51/16
無○焉而亡 11/51/17,16/78/18 26/123/12
○日而曲（列）〔別〕之 11/52/8
若夫論○相以兼率之 11/52/9
則〔功〕○天下 11/52/10
百畝○守 11/52/15
今以○人兼聽天下 11/52/15
○四海 11/52/17
賢士○焉 11/53/3
○人之謂也 11/53/6
上○而王 11/54/5
下○而亡 11/54/5
夫是之謂上○ 11/54/6
所歸者○也 11/54/9
故能當○人而天下取 11/54/21
失當○人而社稷危 11/54/22
不能當○人而能當千人百人者 11/54/22
既能當○人 11/54/22
○匡天下 11/55/2
知○政於管仲也 11/55/2
治○不治二 11/55/11
主能當○則百事正 11/55/12
既能當○ 11/55/13
不能當○ 11/55/15
君者、論○相 11/55/16
陳○法 11/55/16
明○指 11/55/16
○人以擇 12/57/9
四海之民不待令而○ 12/57/20
欲附下○民 12/59/1
則天下爲○ 12/59/6
兩者無○焉而亡 12/59/8 16/77/13
諸侯○相 12/59/17
塊然獨坐而天下從之如○體 12/60/17
調○上下 12/61/16
○物不應 12/62/18,31/147/3
知有常法之爲○俗也 12/63/5
○（內）〔日〕而曲辨之 12/63/10
內不足使○民 13/63/16
內足使以○民 13/63/18
人知其○ 13/65/16
其敬○也 13/65/18
而○可以爲法則 13/65/19
故○年與之始 14/67/9
隆○而治 14/67/17
百將○心 15/68/15
○也 15/69/1 17/81/8,19/91/10,19/91/11 19/91/12,19/91/13,19/92/1
和（傳）〔摶〕而○ 15/69/2
權出○者强 15/69/18
得○首者則賜贖錙金 15/69/21
若其道○也 15/70/20
終始如○ 15/71/5,19/93/7
諰諰然常恐天下之○合而軋己也 15/72/4
故刑○人而天下服 15/73/7
蓋殺○人、刑二人而天下治 15/73/8
風俗以○ 15/73/17
夫是之謂大化至○ 15/74/7
古今○也 15/74/17 16/76/5,18/87/4,24/119/12
不調不○ 16/75/8
調○之 16/75/8
非獨○人爲之也 16/76/5

〇人之本也 16/76/5
是〇天下也 16/76/19
是〇國作謀 16/76/22
諰諰〔然〕常恐天下之〇合而軋己也 16/77/17,16/78/4
古者百王之〇天下、臣諸侯也 16/77/20
則是雖無〇至者 17/81/13
〇廢〇起 17/82/20
萬物爲道〇偏 17/83/3
〇物爲萬物〇偏 17/83/3
愚者爲〇物〇偏 17/83/3
治辨則易〇 18/83/14
易〇則彊 18/83/15
疑玄則難〇 18/83/16
難〇則不彊 18/83/17
近者境內不〇 18/84/2
而不得〇人之與 18/84/16
〇物失稱 18/85/11
齊人用〇革 18/85/20
故天子生則天下〇隆致順而治 18/86/13
天下之嵬、〇時之瑣也 18/87/10
慮〇朝而改之 18/89/7
次賢祿〇國 18/89/18
故人〇之於禮義 19/90/17
〇之於情性 19/90/17
有〇國者事五世 19/91/3
以歸（大）〔太〕〇 19/91/9
〇倡而三歎也 19/91/13
縣〇鍾 19/91/13
復情以歸（大）〔太〕〇也 19/92/4
〇而不可得再復也 19/93/9
使生死終始若〇 19/93/12
〇足以爲人願 19/93/13
大夫之喪動〇國、屬修士 19/93/14
修士之喪動〇鄉、屬朋友 19/93/14
〇朝而喪其嚴親 19/94/4
〇天下之功於是就也 19/95/2
終始〇也 19/95/6
古今之所〇也 19/95/14,19/97/5
〇使足以成文理 19/96/21
人所以群居和〇之理盡矣 19/97/4
故樂者、審〇以定和者也 20/98/22
足以率〇道 20/99/1
其義〇也 20/99/6
蔽於〇曲而闇於大理 21/102/5
豈不蔽於〇曲而失正求也哉 21/102/8
皆道之〇隅也 21/103/11
〇隅不足以舉之 21/103/12
觀於道之〇隅而未之能識也 21/103/12
〇家得周道 21/103/15
然而有所謂〇 21/103/26
21/104/2
不以夫〇害此〇謂之壹 21/104/3
故知者擇〇而壹焉 21/104/16
處〇之危 21/105/3
養〇之微 21/105/4
視〇以爲兩 21/106/5
與愚者若〇 21/106/19
學、老身長子而與愚者若〇 21/106/20
則愼率民而〇焉 22/108/4
謂之〇實 22/109/13
夫民易〇以道而不可與共故 22/110/1
辭也者、兼異實之名以（論）〔諭〕〇意也 22/110/5
所受乎天之〇欲 22/111/7
易者以〇易〇 22/112/4
以〇易兩 22/112/4
以兩易〇 22/112/4,22/112/5
猶以〇易兩也 22/112/6
是猶以兩易〇也 22/112/6
易〇時之嫌 22/112/6
其性〇也 23/115/23,23/115/23
專心〇志 23/116/14
其統類〇也 23/117/2
然後〇日而致千里也 23/117/15
〇人有慶 24/119/1
故〇人有罪而三族皆夷 24/119/3
〇自善也 24/119/15
主誠聽之、天下爲〇海內賓 25/120/6
治復〇 25/120/14
精神相（反）〔及〕、〇而不貳爲聖人 25/121/3
事業聽上、莫得相使〇民力 25/122/13
諸侯隆之則〇四海者歟 26/123/14
〇往〇來 26/125/9
其致〇也 27/128/2
授天子〇策 27/128/11
〇命齒於鄉 27/128/25
〇問〇臨 27/129/10
內十日〇御 27/130/3
八十者〇子不事 27/131/13
〇人不事 27/131/13
其心〇也 27/133/22
〇佩易之 27/134/3
非〇日之聞也 27/136/4
則〇妻〇妾而亂 27/137/13
〇曰心達而險 28/138/19
此五者有〇於人 28/138/19
今殺〇人以戮不孝 28/139/2
無〇日之憂 29/143/15
無〇日之樂也 29/143/16
執〇無失 32/148/13
執〇如天地 32/148/14
天下其在〇隅邪 32/148/14

## 衣 yī 56

食飲、〇服、居處、動靜 2/5/13
故新浴者振其〇 3/11/1
是庶人之所以取煖〇飽食長生久視以免於刑戮也 4/14/13
〇欲有文繡 4/16/5
然而〇不敢有絲帛 4/16/7
行若將不勝其〇 5/17/18
奇〇婦飾 5/18/1
其〇逢 6/24/17,6/24/18
正其〇冠 6/24/24
〇之不可〇也 8/29/19
逢〇淺帶 8/32/17
其〇冠行僞已同於世俗矣 8/32/18
呼先王以欺愚者而求〇食焉 8/32/19
官施而〇食之 9/35/7
〇服有制 9/38/1
然而中國得而〇食之 9/38/15
故天子袾裷〇冕 10/43/1
諸侯玄裷〇冕 10/43/1
皆使〇食百用出入相揜 10/43/4

若夫重色而○之 10/43/18
固有餘足以○人矣 10/45/3
將蹙然○麤食惡 10/45/8
墨子雖爲之○褐帶索 10/45/13
布○紃屨之士誠是 10/48/10
垂○裳、不下簟席之上而海內之人莫不願得以爲帝王 11/52/11
重色而○之 11/53/13
使○服有制 11/54/17
垂○裳而天下定 11/54/23
脩冠弁、○裳、黼黻、文章、琱琢、刻鏤 12/60/1
○煖而食充 12/60/3
○三屬之甲 15/70/1
殺、赭○而不純 18/85/6
○被則服五采 18/86/17
○衾三領 18/87/17,19/93/15
愿慤之民完○食 18/89/18
然後皆有○（衾）〔食〕多少厚薄之數 19/93/12
是吉凶憂愉之情發於○服者也 19/94/18
設褻○ 19/95/8
慈母、○被之者也 19/97/10
麤布之○、麤紃之履而可以養體 22/112/18
足○食 25/122/13
善治○裳 26/125/6
顛倒○裳而走 27/126/13
○服日襚 27/128/5
（設）〔譏〕○不踰祭服 27/129/15
賤爲布○ 27/135/21
○則豎褐不完 27/135/21
○若縣鶉 27/136/1
柳下惠與後門者同○而不見疑 27/136/4
○與 29/142/17
今汝○服既盛 29/143/1
夫端○、玄裳、絻而乘路者 31/145/3
黼○、黻裳者不茹葷 31/147/10

## 伊 yī 6

○尹之狀 5/17/22
故湯用○尹 11/54/23
殷之○尹 13/63/24
○尹、箕子 13/64/7
是以能長用○尹而身不失道 21/102/19
○稽首 28/140/1

## 依 yī 4

則具是○ 2/5/9
○乎法而又深其類 2/7/19
○乎仁而蹈利者也 7/25/20
負○而坐 18/86/19

## 揖 yī 6

拱○指麾 10/49/7
拱○指麾而強暴之國莫不趨使 15/70/14
入所以○讓也 20/99/5
征誅、○讓 20/99/6
入所以○讓 20/99/6
三○至于階 20/101/11

## 壹 yī 26

○統類 6/22/13
埶齊則不○ 9/35/22
故先王明禮義以○之 10/46/20
道足以○人而已矣 11/53/1
彼其人苟○ 11/53/1
欲得調○天下 11/53/10
功○天下 11/53/24
不同而○ 13/66/5
凡用兵攻戰之本在乎○民〔也〕 15/68/6
虛○而靜 21/103/25,21/104/6
不以夫一害此一謂之○ 21/104/3
謂之虛○而靜 21/104/4
將事道者之○ 21/104/5
〔○〕則盡 21/104/5
故知者擇一而○焉 21/104/16
故君子○於道而以贊稽物 21/105/2
○於道則正 21/105/2
而倉頡獨傳者、○也 21/105/8
而后稷獨傳者、○也 21/105/9
而夔獨傳者、○也 21/105/9
而舜獨傳者、○也 21/105/10
故○於道法而謹於循令矣 22/108/7
好而○之神以成 25/121/3
君子○教 27/134/18
弟子○學 27/134/18

## 醫 yī 1

且夫良○之門多病人 30/144/16

## 夷 yí 9

干、越、○、貉之子 1/1/8
不由禮則○固僻違 2/5/14
雖困四○ 2/6/16,2/6/17
使○俗邪音不敢亂雅 9/40/2, 20/99/21
蠻、○、戎、狄之國同服不同制 18/85/21
蠻○要服 18/85/22
故一人有罪而三族皆○ 24/119/3

## 宜 yí 27

○於時通 2/5/12
君子○之 3/10/3
皆使人載其事而各得其○ 4/17/2
刑及之而○ 6/23/18
曲得其○ 6/25/2
其霸也○哉 7/25/15
則勢在本朝而○ 8/27/27
萬物得其○ 8/29/1
喪祭械用皆有等○ 9/38/2, 11/54/17
群道當則萬物皆得其○ 9/39/17
無○而有用爲人 10/42/12
則萬物失○ 10/45/12
則萬物得其○ 10/45/21
皆使（其）人載其事而各得其所○ 12/59/18
臣舍不○以眾威受賞 16/76/3
已其見○之可以息者矣 17/80/18
皆使民載其事而各得其○ 18/86/9
○大者巨 19/91/3
○小者小也 19/91/3

使死生終始莫不稱○而好善 19/96/2
名無固○ 22/109/10
約定俗成謂之○ 22/109/10
異於約則謂之不○ 22/109/10
下不私請、各以○舍巧拙 25/123/6
不時○ 27/127/2
○爲帝王 32/150/12

## 怡 yí 1

則○愉無患難矣 11/52/3

## 移 yí 12

群衆不能○也 1/4/19
習俗○志 8/34/2
安久○質 8/34/2
使相歸○也 9/38/11
匹夫則無所○之 11/52/14
無所○之也 11/52/15
與之舉錯遷○ 12/61/9
其○風易俗 20/99/24
○風易俗 20/100/9
遠賢近讒、忠臣蔽塞主勢○ 25/120/5
莫不說教名不○ 25/122/15
○而從所仕 27/137/7

## 疑 yí 36

雖從必○ 3/11/9
○○ 6/23/4
事行則蠲○ 9/42/3
則下○俗儉而百姓不一 10/46/20
與國○之 11/50/13
明達（用）〔周〕天地、理萬變而不○ 12/58/6
纂論公察則民不○ 12/60/10
則與汙邪之人○之 12/61/1
故人主必將有足使喻志決○於遠方者然後可 12/62/21
其智慮足以決○ 12/62/22
知莫大乎棄○ 15/70/24
無道吾所○ 15/70/27
則父子相○ 17/81/18
則下○玄矣 18/83/15
○玄則難一 18/83/16
兩○則惑矣 21/102/5
（貳）〔貣〕則○惑 21/104/15
則足以定是非、決嫌○矣 21/105/7
凡觀物有○ 21/106/3
以○決○ 21/106/9
必以其感忽之閒、○玄之時（正）〔定〕之 21/106/14
求可以知物之理而無所○止之 21/106/18
使民○惑 22/108/5
故比方之○似而通 22/108/15
讒人罔極、險陂傾側此之○ 25/120/12
由之者治、不由者亂何○爲 25/120/13
與愚以○ 26/125/19
君子○則不言 27/134/12
柳下惠與後門者同衣而不見○ 27/136/4
以友觀人焉所○ 27/136/9
○則不言 27/136/22
是非○則度之以遠事 27/137/1
得○者存 32/148/21
爲人所○ 32/150/11

## 儀 yí 23

其○一兮 1/3/1,1/3/1
禮○卒度 2/5/15,19/93/4
夫師、以身爲正○而貴自安者也 2/8/4
威○反反 10/46/1
其○不忒 10/48/18,10/48/18
15/71/27,24/119/17,24/119/17
君者、○也 12/58/10
○正而景正 12/58/10
秦之張○ 13/63/23
上者、下之○也 18/83/11
視○而動 18/83/12
○隱則下無動也 18/83/12
故諸夏之國同服同○ 18/85/21
表○既設民知方 25/122/14
君法○ 25/122/15
攝以威○ 27/135/1
人有五○ 31/145/7
足以爲天下法式表○ 32/150/9

## 遺 yí 11

不聞先王之○言 1/1/7
兼覆無○ 9/35/8
無○善 9/35/17,18/86/8
尙賢使能而等位不○ 9/38/6
計數纖嗇而無敢○喪 12/63/3
而百姓羞拾○ 18/87/21
知其能弟長而無○也 20/101/17
弟長而無○ 20/101/21
國法禁拾○ 27/137/13
今之學者得孫卿之○言餘教 32/150/8

## 乙 yǐ 3

十有四世、乃有天○是成湯 25/121/14
天○湯 25/121/15
管仲誅付里○ 28/138/22

## 已 yǐ 96

學不可以○ 1/1/3
安特將學雜識志、順《詩》、《書》而○爾 1/3/23
不免爲陋儒而○ 1/4/1
鄉鄉而飽○矣 4/15/16
何○也 5/18/13
是杅杅亦（當）〔富〕人○ 8/29/20
其衣冠行僞○同於世俗矣 8/32/18
其言議談說○無所以異於墨子矣 8/32/19
其言行○有大法矣 8/32/22
○乎行之矣 8/33/13
筐篋○富 9/36/17
府庫○實 9/36/17
使足以辨貴賤而○ 10/43/13
使足以辨吉凶、合歡定和而○ 10/43/14
使足以避燥溼、養德、辨輕重而○ 10/43/15

不然而○矣 10/44/11
至於疆易而端○見矣 10/47/9
是亂國○ 10/47/9
是貪主○ 10/47/10
是闇（王）〔主〕○ 10/47/11
是辱國○ 10/47/12
是治國○ 10/47/13
是明主○ 10/47/14
是榮國○ 10/47/16
是明主之功○ 10/47/17
○諾不信則兵弱 10/47/19
非特將持其有而○矣 10/48/18
必至於資單國舉然後○ 10/49/1
刑賞○諾信乎天下矣 11/50/4
政令○陳 11/50/5
約結○定 11/50/5
道足以壹人而○矣 11/53/1
故王者○於服人矣 11/53/9
此亦榮辱安危存亡之衢○ 11/53/26
分○定 11/55/7
偷合苟容、以持祿養交而○耳 13/63/29
偷合苟容、以之持祿養交而○耳 13/65/10
夫燿蟬者務在明其火、振其樹而○ 14/67/4
故兵要在乎（善）附民而○ 15/68/8
以便從事而○ 15/72/1
古之兵、戈矛弓矢而○矣 15/73/4
獲其功用而○矣 15/73/13
○朞三年 15/74/15
剖刑而莫邪○ 16/75/6
亦彊國之剖刑○ 16/75/7
大事○博 16/76/6
大功○立 16/76/6
今○有數萬之衆者也 16/77/7
○有數百里之國者也 16/77/8
苟富利而○矣 16/77/11
○其見象之可以期者矣 17/80/17
○其見宜之可以息者矣 17/80/18
○其見數之可以事者矣 17/80/18
○其見（知）〔和〕之可以治者矣 17/80/19
物之○至者 17/81/16
聖王○沒 18/86/10
人之情欲是○ 18/89/14
○葬埋 19/93/17
則夫忠臣孝子亦知其閔○ 19/93/19
然而幸生之心未○ 19/93/20
豈不以送死有○ 19/96/7
天地則○易矣 19/96/23
四時則○徧矣 19/96/23
君者、○能食之矣 19/97/9
案屈然○ 19/97/21
不以（○所）〔所○〕臧害所將受謂之虛 21/104/1
○不足以浹萬物之變 21/106/19
故知者論道而○矣 22/111/23
然則生而○ 23/114/21,23/114/22
是善惡之分也○ 23/115/2
靡而○矣 23/118/1,23/118/1
前車○覆、後未知更何覺時 25/122/2
事乃大○ 26/125/4
尾邅而事○ 26/125/10
至成、康則案無誅○ 27/132/8
非以貴諸侯而○ 27/132/19
非以尊大夫而○ 27/132/20
則堯、舜○ 27/133/3
則天府○ 27/133/3
三王既○定法度、制禮樂而傳之 27/137/17
○此三者 28/139/6
吾○矣 28/140/14
既○得之 29/143/14,29/143/15
無刑○至而呼天 30/143/23
刑○至而呼天 30/143/25
轂○破碎 30/143/25
事○敗矣 30/143/26
故知既○知之矣 31/145/15
言既○謂之矣 31/145/15
行既○由之矣 31/145/16
然猶求馬不○ 31/148/7
其美德○ 32/149/2

## 以 yǐ 1580

學不可○已 1/1/3
輮○爲輪 1/1/4
○羽爲巢 1/1/17
而編之○髮 1/1/17
所○防邪僻而近中正也 1/2/1
無○至千里 1/2/10
無○成江海 1/2/10
一可○爲法則 1/3/14
曷足○美七尺之軀哉 1/3/15
○美其身 1/3/17
○爲禽犢 1/3/17
則尊○徧矣 1/3/21
○《詩》、《書》爲之 1/4/3
譬之猶○指測河也 1/4/3
○戈（春）〔舂〕黍也 1/4/3
○錐飡壺也 1/4/3
不可○得之矣 1/4/4
君子知夫不全不粹之不足○爲美也 1/4/16
故誦數○貫之 1/4/16
思索○通之 1/4/16
爲其人○處之 1/4/16
除其害者○持養之 1/4/17
必有○自存也 2/5/3
必○自省也 2/5/3
必○自好也 2/5/3
必○自惡也 2/5/4
○致惡其賊 2/5/5
○治氣養生 2/5/11
○脩身自〔强〕 2/5/11
利○處窮 2/5/12
○善先人者謂之教 2/5/18
○善和人者謂之順 2/5/18
○不善先人者謂之（諂）〔謟〕 2/5/18
○不善和人者謂之諛 2/5/18
則柔之○調和 2/6/6
則一之○易良 2/6/6
則輔之○道順 2/6/7
則節之○動止 2/6/7
則廓之○廣大 2/6/7
則抗之○高志 2/6/8
則刦之○師友 2/6/8
則炤之○禍災 2/6/8
則合之○禮樂 2/6/9
通之○思索 2/6/9
不○得罪於此俗之人也 2/7/6
將○窮無窮、逐無極與 2/7/8, 2/7/10
其折骨絕筋、終身不可○相及也 2/7/8

胡爲乎其不可○相及也 2/7/9
胡爲乎其不可○同至也 2/7/13
禮者、所○正身也 2/8/1
師者、所○正禮也 2/8/1
無禮何○正身 2/8/1
譬之是猶○盲辨色 2/8/3
○聾辨聲也 2/8/3
夫師、○身爲正儀而貴自安者也 2/8/4
可○爲君子者矣 2/8/7
此言君子之能○公義勝私欲也 2/8/16
蕩蕩乎其有○殊於世也 3/9/8
君子能則寬容易直○開道人 3/9/10
不能則恭敬縛絀○畏事人 3/9/11
小人能則倨傲僻違○驕溢人 3/9/11
不能則妬嫉怨誹○傾覆人 3/9/11
○義變應 3/10/2
此言君子能○義屈信變應故也 3/10/3
去亂而被之○治 3/10/14
去汙而易之○脩 3/10/14
其誰能○己之潐潐受人之掝掝者哉 3/11/1
○至其誠者也 3/11/6
○愼其獨者也 3/11/7
唯所居○其類至 3/11/11
不下比○闇上 3/11/21
不上同○疾下 3/11/21
不○私害之 3/11/22
不○悖君 3/11/22
不○取賞 3/11/23
○情自竭 3/11/23
而不敢○其所獨（甚）〔是〕 3/11/24
而禹、桀所○分也 3/12/4
是○動則必陷 3/12/8
是姦人將○盜名於晻世者也 3/12/12
傷人（之）〔○〕言 4/12/18
凡鬬者、必自○爲是而○人爲非也 4/13/5
○君子與小人相賊害也 4/13/6
憂○忘其身 4/13/7
內○忘其親 4/13/7
上○忘其君 4/13/7
所謂「○狐父之戈钃牛矢」也 4/13/7
將○爲智邪 4/13/8
將○爲利邪 4/13/8
將○爲榮邪 4/13/8
將○爲安邪 4/13/9
有所○取之 4/14/8
是天子之所○取天下也 4/14/8
是諸侯之所○取國家也 4/14/9
是士大夫之所○取田邑也 4/14/10
○持王公 4/14/11
是官人百吏之所○取祿秩也 4/14/12
○敦比其事業而不敢怠傲 4/14/12
是庶人之所○取煖衣飽食長生久視○免於刑戮也 4/14/13
○偷生反側於亂世之閒 4/14/14
是姦人之所○取危辱死刑也 4/14/14
是其所○危也 4/14/15,7/26/4
若其所○求之之道則異矣 4/14/17
固有○賢人矣 4/14/23
夫不知其與己無○異也 4/14/23
足○知其有餘可○爲君子之所爲也 4/14/24
可○爲堯、禹 4/15/10
可○爲桀、跖 4/15/10
可○爲工匠 4/15/10
可○爲農賈 4/15/10
又○遇亂世、得亂俗 4/15/15
是○小重小也 4/15/15
○亂得亂也 4/15/15
君子非得勢○臨之 4/15/15
則○至足爲在此也 4/15/18
今○夫先王之道 4/15/20
○相群居 4/15/20
○相持養 4/15/20
○相藩飾 4/15/20
○相安固邪 4/15/20
○夫桀、跖之道 4/15/20
（幾不）長慮顧後而恐無○繼之故也 4/16/8
收斂畜藏○繼之也 4/16/8
是其所○不免於凍餓 4/16/10
短綆不可○汲深井之泉 4/16/13
○治情則利 4/16/16
○爲名則榮 4/16/16
○群則和 4/16/16
○獨則足樂 4/16/16
故先王案爲之制禮義○分之 4/17/1
則農○力盡田 4/17/3
賈○察盡財 4/17/3
百工○巧盡械器 4/17/3
士大夫○上至於公侯 4/17/3
莫不○其仁厚知能盡官職 4/17/4
故或祿天下而不自○爲多 4/17/4
或監門、御旅、抱關、擊柝而不自○爲寡 4/17/4
而○楚霸 5/17/18
婦人莫不願得○爲夫 5/18/1
處女莫不願得○爲士 5/18/2
然而中君羞○爲臣 5/18/2
中父羞○爲子 5/18/3
中兄羞○爲弟 5/18/3
中人羞○爲友 5/18/3
曲直有○相縣矣 5/18/9
○爲上則必危 5/18/10
人之所○爲人者 5/18/13
○其有辨也 5/18/13,5/18/15,5/18/16
然則人之所○爲人者 5/18/14
非特○二足而無毛也 5/18/15
故人之所○爲人者 5/18/16
非特○其二足而無毛也 5/18/16
○近知遠 5/18/22
○一知萬 5/18/22
○微知明 5/18/22
其〔所〕○治亂者異道 5/18/24
聖人何○不〔可〕欺 5/19/2
聖人者、○己度者也 5/19/2
故○人度人 5/19/3
○情度情 5/19/3
○類度類 5/19/3
○說度功 5/19/3
○道觀盡 5/19/3
○此度之 5/19/4
是○文久而滅 5/19/8
故贈人○言 5/19/12
觀人○言 5/19/13
聽人○言 5/19/13
是○終身不免埤汙傭俗 5/19/14

○至高遇至卑 5/19/17
○至治接至亂 5/19/17
故君子之度己則○繩 5/20/2
度己○繩 5/20/2
故足○爲天下法則矣 5/20/2
因（求）〔眾〕○成天下之大事矣 5/20/3
矜莊○莅之 5/20/7
端誠○處之 5/20/7
堅彊○持之 5/20/7
（分別）〔譬稱〕○諭之 5/20/7
（譬稱）〔分別〕○明之 5/20/8
欣驩芬薌○送之 5/20/8
是○小人辯言險 5/20/12
起於上、所○導於下 5/20/14
起於下、所○忠於上 5/20/14
上不足○順明王 5/21/4
下不足○和齊百姓 5/21/4
足○爲奇偉偃卻之屬 5/21/5
所○先誅也 5/21/5
○梟亂天下 6/21/10
不足○合文通治 6/21/13
足○欺惑愚眾 6/21/13,6/21/17,6/21/20,6/22/2,6/22/5
苟○分異人爲高 6/21/16
不足○合大眾、明大分 6/21/16
曾不足○容辨異、縣君臣 6/21/19
不可○經國定分 6/22/1
不可○爲治綱紀 6/22/5
○爲仲尼、子游爲茲厚於後世 6/22/10
而群天下之英傑而告之○大古 6/22/13
教之○至順 6/22/13
莫不願○爲臣 6/22/16
○務息十二子之說 6/23/1
高上尊貴不○驕人 6/23/13
聰明聖知不○窮人 6/23/13
齊給速通不（爭）〔○〕先人 6/23/13
剛毅勇敢不○傷人 6/23/14
大命○傾 6/24/1
○不俗爲俗 6/24/10
是○不誘於譽 6/24/14
○齊之分奉之而不足 7/25/9
倓然見管仲之能足○託國也 7/25/11
遂立○爲仲父 7/25/12
立○爲仲父 7/25/12
詐心○勝矣 7/25/20
彼○讓飾爭 7/25/20
致賢（能而）〔而能〕○救不肖 7/25/21
致彊而能○寬弱 7/25/22
委然成文○示之天下 7/25/22
至於成王則安（○）無誅矣 7/26/2
厚於有天下之勢而不得○匹夫老 7/26/3
則百里之國足○獨立矣 7/26/3
是○百舉而不陷也 7/26/18
○吝嗇而不行施道乎上 7/26/20
爲重招權於下○妨害人 7/26/20
是○位尊則必危 7/26/21
○事君則必通 7/27/3,7/27/5
○爲仁則必聖 7/27/3,7/27/6
然後恭敬○先之 7/27/3
忠信○統之 7/27/3
慎謹○行之 7/27/4
端愨○守之 7/27/4
頓窮則（從之）疾力○申重之 7/27/4
周公屏成王而及武王○屬天下 8/27/14
不可○少當也 8/27/18
不可○假攝爲也 8/27/18
是○周公屏成王而及武王○屬天下 8/27/19
故○枝代主而非越也 8/27/22
○弟誅兄而非暴也 8/27/23
必不○邪道爲貪 8/28/1
必蚤正○待之也 8/28/6
孝弟○化之也 8/28/7
人之所○道也 8/28/16
○相薦撙 8/28/20
○相恥怍 8/28/20
曾不如好相鷄狗之可○爲名也 8/29/10
○極反側 8/29/11,22/111/2
貴名不可○比周爭也 8/29/22
不可○夸誕有也 8/29/22
不可○勢重脅也 8/29/23
務積德於身而處之○遵（道）〔遁〕 8/30/1
煩勞○求安利 8/30/4
所○爲不亂也 8/30/8
所○爲不窮也 8/30/9
○從俗爲善 8/30/12
○貨財爲寶 8/30/12
○養生爲己至道 8/30/12
不○私欲亂所聞 8/30/12
好脩正其所聞○橋飾其情性 8/30/13
萬物莫足○傾之之謂固 8/31/4
故《風》之所○爲不逐者 8/31/7
取是○節之也 8/31/8
《小雅》之所○爲小者 8/31/8
《大雅》之所○爲大者 8/31/8
《頌》之所○爲至者 8/31/9
行之日○兵忌 8/31/16
四海之內莫不變心易慮○化順之 8/32/1
而不能○至遠 8/32/6
而不能○射遠中微 8/32/6
而不能○調一天下、制彊暴 8/32/7
莫不願得○爲臣 8/32/9
○富利爲隆 8/32/16
其言議談說已無所○異於墨子矣 8/32/19
呼先王○欺愚者而求衣食焉 8/32/19
得委積足○揜其口則揚揚如也 8/32/20
內不自○誣外 8/33/1
外不自○欺內 8/33/1
○是尊賢畏法 8/33/1
○淺持博 8/33/2
○古持今 8/33/2
○一持萬 8/33/3
〔性〕不足○獨立而治 8/33/20
所○化性也 8/34/1
所○成積也 8/34/1
志不免於曲私而冀人之○己爲公也 8/34/14
行不免於汙漫而冀人之○己爲脩也 8/34/14
甚愚陋溝瞀而冀人之○己爲知也 8/34/15
禮者、人主之所○爲群臣寸尺尋丈檢式也 8/34/18

是君子之所○騁志意於
壇宇宮庭也 8/34/22
勉之○慶賞 9/35/6
懲之○刑罰 9/35/7
○善至者 9/35/10
待之○禮 9/35/10
○不善至者 9/35/10
待之○刑 9/35/10
其有法者○法行 9/35/18
無法者○類舉 9/35/18,27/131/8
故制禮義○分之 9/36/2,19/90/4
足○相兼臨者 9/36/3
入不可○守 9/36/18
出不可○戰 9/36/18,16/75/8
故我聚之○亡 9/36/19
敵得之○彊 9/36/19
而我○力勝之也 9/36/24
而我○力勝之 9/36/25
是彊者之所○反弱也 9/36/27
所○守者損 9/36/27
是（○）大者之所○反
削也 9/37/1
慮○王命全其力、凝其德 9/37/3
然後漸慶賞○先之 9/37/6
嚴刑罰○糾之 9/37/7
○敬接諸侯 9/37/8
所○親之者 9/37/8
○不并也 9/37/8
所○說之者 9/37/9,10/48/15
○友敵也 9/37/9
非其道而慮之○王也 9/37/12
○不敵之威 9/37/15
飾動○禮義 9/37/19
聽斷○類 9/37/19
所○養萬民也 9/38/9
山林澤梁○時禁發而不稅 9/38/10
上○飾賢良 9/38/18
下○養百姓而安樂之 9/38/18
○類行雜 9/39/1
○一行萬 9/39/1
舍是而天下○衰矣 9/39/1
人何○能群 9/39/11
分何○能行 9/39/11
（○）義 9/39/11
故義○分則和 9/39/11
能○事親謂之孝 9/39/16
能○事兄謂之弟 9/39/16
能○事上謂之順 9/39/16
能○使下謂之君 9/39/17
神明博大○至約 9/39/24
○時順脩 9/40/2,9/40/4,9/40/7
9/40/10,9/40/12,20/99/21
○時決塞 9/40/3
○時禁發 9/40/6
戮之○五刑 9/40/11
使暴悍○變 9/40/11
威彊之所○立也 9/40/18
名聲之所○美也 9/40/18
敵人之所○屈也 9/40/19
國之所○安危臧否也 9/40/19
夫威彊未足○殆鄰敵也 9/40/20
名聲未足○懸天下也 9/40/20
誠○其國為王者之所 9/41/2
○其國為危殆滅亡之所 9/41/3
案○中立無有所偏而為
縱橫之事 9/41/3
○觀夫暴國之相（卒）
〔捽〕也 9/41/4
是使群臣百姓皆○制度行 9/41/10
彼○奪矣 9/41/14
故古之人有○一國取天
下者 9/41/16
如是而可○誅暴禁悍矣 9/41/16
安○其國為是者王 9/41/18
安○靜兵息民 9/41/18
然後漸賞慶○先之 9/41/19
嚴刑罰○防之 9/41/19
是○厭然畜積脩飾而物
用之足也 9/41/20
○是待其敝 9/42/1
安○其國為是者霸 9/42/1
之所○接下之百姓者則
庸寬惠 9/42/2
之所○接下之人百姓者
則好取侵奪 9/42/3
（人）之所○接下之人
百姓者 9/42/5
無君○制臣 10/42/15
無上○制下 10/42/15
所○養一人也 10/42/16
不○德為政 10/42/18
節用○禮 10/42/23
裕民○政 10/42/23
民富則田肥○易 10/42/24
田肥○易則出實百倍 10/42/24
上○法取焉 10/42/24
而下○禮節用之 10/42/24
民貧則田瘠○穢 10/42/27
田瘠○穢則出實不半 10/42/27
而或○無禮節用之 10/42/27
由士○上則必○禮樂節之 10/43/2
眾庶百姓則必○法數制之 10/43/3
利足○生民 10/43/4
夫是之謂○政裕民〔也〕 10/43/6
所○管分之樞要也 10/43/10
非特○為淫泰夸麗之聲 10/43/12
將○明仁之文、通仁之
順也 10/43/13
使足○辨貴賤而已 10/43/13
使足○辨吉凶、合歡定
和而已 10/43/14
使足○避燥溼、養德、
辨輕重而已 10/43/15
非特○為淫泰也 10/43/18
固○為（王）〔一〕天
下 10/43/19
故其知慮足○治之 10/43/20
其仁厚足○安之 10/43/20
其德音足○化之 10/43/20
故相率而為之勞苦○務
佚之 10/43/21
○養其知也 10/43/21
故為之出死斷亡○覆救
之 10/43/21
○養其厚也 10/43/22
故為之雕琢、刻鏤、黼
黻、文章○藩飾之 10/43/22
○養其德也 10/44/1
君子○德 10/44/5
小人○力 10/44/5
少者○長 10/44/7,27/129/1
老者○養 10/44/7,27/129/1
厚刀布之斂○奪之財 10/44/10
重田野之稅○奪之食 10/44/10
苛關市之征○難其事 10/44/10
○相顛倒 10/44/11
○靡敝之 10/44/11
是○臣或弒其君 10/44/12
而五穀○時孰 10/44/17
然後瓜桃棗李一本數○
盆鼓 10/44/21

然後葷菜百疏〇澤量 10/45/1
黿鼉、魚鱉、鰌鱣〇時別一而成群 10/45/1
可〇相食養者 10/45/2
固有餘足〇食人矣 10/45/3
固有餘足〇衣人矣 10/45/3
我〇墨子之「非樂」也 10/45/6
既〇伐其本 10/45/13
知夫爲人主上者不美不飾之不足〇一民也 10/45/16
不富不厚之不足〇管下也 10/45/16
不威不强之不足〇禁暴勝悍也 10/45/17
故必將撞大鐘、擊鳴鼓、吹竽笙、彈琴瑟〇塞其耳 10/45/17
必將錭琢、刻鏤、黼黻、文章〇塞其目 10/45/18
必將芻豢稻粱、五味芬芳〇塞其口 10/45/18
然後衆人徒、備官職、漸慶賞、嚴刑罰〇戒其心 10/45/19
〇偷取少頃之譽焉 10/46/6
可〇少頃得姦民之譽 10/46/7
〇遂功而忘民、亦不可 10/46/10
故先王明禮義〇壹之 10/46/20
致忠信〇愛之 10/46/20,11/55/24
15/73/16
尙賢使能〇次之 10/46/21
15/73/16
爵服慶賞〇申重之 10/46/21
時其事、輕其任〇調齊之 10/46/21
〇國持之而不足〇容其身 10/48/4
將〇求富而喪其國 10/48/5
將〇求利而危其身 10/48/5
其所〇（夫）〔失〕之一也 10/48/6
君人者亦可〇覺矣 10/48/6
百里之國足〇獨立矣 10/48/7
非〇爲名 10/48/9
則案〇爲利也 10/48/9
〇國載之 10/48/11
彼得之不足〇藥傷補敗 10/48/13
將脩小大强弱之義〇持愼之 10/48/14
事之〇貨寶 10/48/21
割國之錙銖〇賂之 10/48/22
未有能〇此道得免焉者也 10/49/1
由將不足〇免也 10/49/3
則不足〇（爲）持國安身 10/49/4
必將脩禮〇齊朝 10/49/4
正法〇齊官 10/49/4
平政〇齊民 10/49/5
名聲足〇暴炙之 10/49/6
威强足〇捶笞之 10/49/6
得道〇持之 11/49/12
不得道〇持之 11/49/13
挈國〇呼禮義而無〇害之 11/49/16
〔之〕所〇爲布陳於國家刑法者 11/49/18
則下仰上〇義矣 11/49/19
今亦〇天下之顯諸侯誠義乎志意 11/49/21
箸之〇政事 11/49/21
案申重之〇貴賤殺生 11/49/21
〇國齊義 11/50/2
湯〇亳 11/50/2
武王〇鄗 11/50/2,11/54/7
〇濟義矣 11/50/3
挈國〇呼功利 11/50/10
內不脩正其所〇有 11/50/11
則臣下百姓莫不〇詐心待其上矣 11/50/12
非〇脩禮義也 11/50/14
非〇本政教也 11/50/14
非〇一天下也 11/50/14
緜緜常〇結引馳外爲務 11/50/14
南足〇破楚 11/50/15
西足〇詘秦 11/50/15
北足〇敗燕 11/50/15
中足〇舉宋 11/50/15
及〇燕、趙起而攻之 11/50/15
三者、明主之所〇謹擇也 1/50/17,11/51/2,11/51/8
而仁人之所〇務白也 11/50/17
11/51/2,11/51/9
不〇積持之則不立 11/51/4
故國者、世所〇新者也 11/51/4
援夫千歲之信法〇持之也 11/51/6
〇夫千歲之法自持者 11/51/7
彼持國者必不可〇獨也 11/51/11
禮之所〇正國也 11/51/19
將〇爲樂 11/52/6
將〇爲安 11/52/6
將〇爲福 11/52/6
君人者亦可〇察若言矣 11/52/7
11/53/25
不足〇是傷游玩安燕之樂 11/52/8
若夫論一相〇兼率之 11/52/9
垂衣裳、不下簟席之上而海內之人莫不願得〇爲帝王 11/52/11
人主者、〇官人爲能者也 11/52/14
匹夫者、〇自能爲能者也 11/52/14
今〇一人兼聽天下 11/52/15
〇是縣天下 11/52/17
可〇取天下 11/52/23
道足〇壹人而已矣 11/53/1
其等位爵服足〇容天下之賢士矣 11/53/2
其官職事業足〇容天下之能士矣 11/53/2
足〇順服好利之人矣 11/53/3
故百里之地足〇竭埶矣 11/53/4
足〇竭人矣 11/53/4
故明君〇爲寶 11/53/12
而愚者〇爲難 11/53/12
制度〇陳 11/53/15
政令〇挾 11/53/15
是其所〇不合之故也 11/53/22
故湯〇亳 11/54/7
上莫不致愛其下而制之〇禮 11/54/11
所〇接下之人百姓 11/54/11
莫不〇是爲隆正 11/54/13
然後皆內自省〇謹於分 11/54/13
是百王之所（〇）同也 11/54/13
〇是（用）〔周〕挾於萬物 11/54/17
上可〇王 11/54/20,12/57/7
12/63/8
下可〇霸 11/54/20,12/57/7
12/63/8
固〇多矣 11/55/4
有〇守少 11/55/4

固○少矣 11/55/5
有○守多 11/55/5
所聞所見誠○齊矣 11/55/8
百姓莫敢不敬分安制○（禮）化其上 11/55/8
○兼覆之 11/55/17
○觀其盛者也 11/55/17
○飾朝廷臣下百吏之分 11/55/17
歲終奉其成功○效於君 11/55/18
故厚德音○先之 11/55/23, 15/73/16
明禮義○道之 11/55/23,15/73/16
賞賢使能○次之 11/55/24
爵服賞慶○申重之 11/55/24
時其事、經其任○調齊之 11/55/24
所○接（天）下之人百姓〔者〕 11/55/25
汙漫、突盜○先之 11/56/1
權謀傾覆○示之 11/56/1
俳優、侏儒、婦女之請謁○悖之 11/56/1
說無○取之焉 11/56/4
審吾所○適人 11/56/4
（適）人之所○來我也 11/56/4
○小人尙民而威 11/56/7
○非所取於民而巧 11/56/7
不好循正其所○有 11/56/8
而又好○權謀傾覆之人斷事其外 11/56/9
○守則固 11/56/23,15/75/2
○征則彊 11/56/24
足○徧矣 12/57/5
足○亂矣 12/57/6
一人○擇 12/57/9
所○爲信也 12/57/11
所○爲公也 12/57/12
所○爲平也 12/57/12
所○爲嘖也 12/57/13
則臣下百吏乘是而後豐取刻與○無度取於民 12/57/14
○禮分施 12/57/23
○禮待君 12/57/23
其足○稽矣 12/57/27
古者先王審禮○方皇周浹於天下 12/57/27
不務說其所○然而致善用其材 12/58/3
○天下之王公莫好之也 12/59/3
○天下之民莫（欲）〔爲〕之也 12/59/3
曉然獨明於先王之所○得之、所○失之 12/59/5
是所○生養之也 12/59/16
是所○班治之也 12/59/17
是所○顯設之也 12/60/1
是所○藩飾之也 12/60/2
聖王財衍○明辨異 12/60/4
上○飾賢良而明貴賤 12/60/4
下○飾長幼而明親疏 12/60/5
天下曉然皆知其所非○爲異也 12/60/5
將○明分達治而保萬世也 12/60/6
其能○稱義徧矣 12/60/7
人之百事如耳目鼻口之不可○相借官也 12/60/14
參之○禮 12/61/6
禁之○等 12/61/7
度之○禮 12/61/7
稽之○成 12/61/7
校之○功 12/61/7
故卑不得○臨尊 12/61/7
輕不得○縣重 12/61/8
愚不得○謀知 12/61/8
是○萬舉不過也 12/61/8
故校之○禮 12/61/8
接之○聲色、權利、忿怒、患險 12/61/9
故伯樂不可欺○馬 12/61/11
而君子不可欺○人 12/61/11
〔則〕縣貴爵重賞○招致之 12/61/13
內不可○阿子弟 12/61/13, 12/61/15
外不可○隱遠人 12/61/14, 12/61/15
縣貴爵重賞○招致之 12/61/15
將內○固（誠）〔城〕 12/61/17
外○拒難 12/61/17
故明主有私人○金石珠玉 12/61/20
無私人○官職事業〔者〕 12/61/21
○爲親邪 12/62/3
○爲故也 12/62/4
○爲好麗邪 12/62/4
○惠天下 12/62/5
而不可○獨也 12/62/6
非（于是）〔是子〕莫足○舉之 12/62/6
其下猶足○爲天下之顯諸侯 12/62/9
其中不可○不知也 12/62/14
然則人主將何○知之 12/62/15
人主之所○窺遠收衆之門戶牖嚮也 12/62/15
人主不可○獨也 12/62/18
其德音足○塡撫百姓 12/62/19
其知慮足○應待萬變然後可 12/62/20
不可○不相接也 12/62/20
其（辨）〔辯〕說足○解煩 12/62/21
其智慮足○決疑 12/62/22
其齊斷足○拒難 12/62/22
然而應薄扞患足○持社稷然後可 12/62/23
文王○寧 12/63/1
○環主圖私爲務 13/63/18
內足使○一民 13/63/18
外足使○拒難 13/63/19
○待無方 13/63/21
足○稽矣 13/63/25
偷合苟容、○持祿養交而已耳 13/63/29
遂○解國之大患 13/64/3
○安國之危 13/64/4
功伐足○成國之大利 13/64/5
○爲己賊也 13/64/6
桀、紂所○滅也 13/64/13
○爲成俗 13/64/18
不可○告人 13/64/18
不敢有○私決擇也 13/64/21
不敢有○私取與也 13/64/21
○順上爲志 13/64/21
曉然○至道而無不調和也 13/64/23
○德復君而化之 13/65/8
○德調君而補之 13/65/8
○是諫非而怒之 13/65/9
偷合苟容、○之持祿養

交而已耳 13/65/10
忠信○爲質 13/65/19
端慤○爲統 13/65/19
禮義○爲文 13/65/19
倫類○爲理 13/65/19
而一可○爲法則 13/65/19
是○百舉不過也 13/65/23
方起○尙盡矣 14/66/14
能○禮挾而貴名白 14/66/18
○綏四方 14/66/19
臨事接民而○義 14/67/8
恭敬○先之 14/67/8
然後中和察斷○輔之 14/67/8
亂所○自作也 14/67/10
勿庸○即 14/67/10,28/139/6
程○立數 14/67/13
禮○定倫 14/67/13
德○敘位 14/67/13
能○授官 14/67/13
不可○加矣 14/67/14
可○爲師 14/67/20
14/67/20,14/67/21,14/67/21
則羿不能○中微 15/68/7
則造父不能○致遠 15/68/7
則湯、武不能○必勝也 15/68/8
故○桀詐桀 15/68/13
○桀詐堯 15/68/14
譬之若○卵投石 15/68/14
〔若〕○指撓沸 15/68/14
○度取之 15/70/1
劫之○埶 15/70/4
隱之○阸 15/70/4
忸之○慶賞 15/70/4
鰌之○刑罰 15/70/5
使天下之民所○要利於上者 15/70/5
多地○正 15/70/6
故齊之技擊不可○遇魏氏之武卒 15/70/9
魏氏之武卒不可○遇秦之鋭士 15/70/9
秦之鋭士不可○當桓、文之節制 15/70/9
桓、文之節制不可○敵湯、武之仁義 15/70/10
若○焦熬投石焉 15/70/10
諸侯有能微妙之○節 15/70/12
故○詐遇詐 15/70/13
○詐遇齊 15/70/13
辟之猶○錐刀墮大山也 15/70/13
是其巧拙强弱則未有○相君也 15/70/19
故可○霸而不可○王 15/70/22
欲嚴○威 15/70/25
欲必○信 15/70/26
欲周○固 15/70/26
欲安○重 15/70/26
欲疾○速 15/70/26
欲潛○深 15/70/26
欲伍○參 15/70/27
〔將〕所○不受命於主有三 15/71/2
慮必先事而申之○敬 15/71/4
而處之○恭敬無壙 15/71/8
○故順刃者生 15/71/13
殷之服民所○養生之者也無異周人 15/71/14
常○仁義爲本 15/71/21
然則又何○兵爲 15/71/21
所○禁暴除害也 15/71/23
是○堯伐驩兜 15/71/24
皆○仁義之兵行於天下也 15/71/25
非○仁義爲之也 15/72/1
○便從事而已 15/72/1
所○脩政者也 15/72/3
非○甲子之朝而後勝之也 15/72/5
此世之所○亂也 15/72/7
所○得（夫）〔天〕下也 15/72/9
所○隕社稷也 15/72/10
故堅甲利兵不足○爲（勝）〔武〕 15/72/10
高城深池不足○爲固 15/72/11
嚴令繁刑不足○爲威 15/72/11
楚人鮫革犀兕○爲甲 15/72/14
其所○統之者非其道故也
5/72/16,15/72/18,15/73/1
汝、潁○爲險 15/72/16
江、漢○爲池 15/72/16
限之○鄧林 15/72/16
緣之○方城 15/72/17
然后（誅）〔俟〕之○刑 15/73/7
故賞慶、刑罰、埶詐不足○盡人之力、致人之死 15/73/11
其所○接下之〔人〕百姓者 15/73/12
不足○合大衆、美國家 15/73/15
爵服慶賞○申之 15/73/16
時其事、輕其任○調齊之、長養之 15/73/17
政令○定 15/73/17
風俗○一 15/73/17
將○爲利耶 15/74/1
將○爲害邪 15/74/4
則高爵豐祿○持養之 15/74/4
有○德兼人者 15/74/9
有○力兼人者 15/74/9
有○富兼人者 15/74/9
故辟門除涂○迎吾入 15/74/10
是○德兼人者也 15/74/11
是○力兼人者也 15/74/13
則必發夫（掌）〔稟〕窌之粟○食之 15/74/14
委之財貨○富之 15/74/15
立良有司○接之 15/74/15
是○富兼人者也 15/74/16
○德兼人者王 15/74/16
○力兼人者弱 15/74/16
○富兼人者貧 15/74/16
古者湯○薄 15/74/22
武王○滈 15/74/22
故凝士○禮 15/75/1
凝民○政 15/75/1
○征則强 15/75/2
則不可○斷繩 16/75/6
則入不可○守 16/75/8
非劫之○形埶 16/75/18
非振之○誅殺 16/75/18
則無○有其下 16/75/18
下比周賁潰○離上矣 16/75/20
臣舍不宜○衆威受賞 16/76/3
是○爲善者勸 16/76/7,24/118/19
是○百事成而功名大也 16/76/8
案獨○爲私廉 16/76/9
不○行勝人之道 16/76/13
夫主相者、勝人○埶也 16/76/14
必○道夫公道通義之可○相兼容者 16/76/15
好利之民莫不願○（爲）齊爲歸 16/76/19

案直爲是世俗之所○爲 16/76/20
衆庶百姓皆○貪利爭奪爲俗 16/76/20
曷若是而可○持國乎 16/76/21
楚人則乃有襄賁、開陽○臨吾左 16/76/22
人之衆數○億萬 16/76/25
若其所○統之 16/77/4
則無○異於桀、紂 16/77/4
陶誕比周○爭與 16/77/7
汙漫、突盜○爭地 16/77/8
然則是棄己之所○安彊 16/77/8
而爭己之所○危弱也 16/77/8
損己之所○不足 16/77/9
○重己之所○有餘 16/77/9
所○養生、（安樂）〔樂安〕者莫大乎禮義 16/77/12
案欲剡其脛而○蹈秦之腹 16/77/19
然而縣之○王者之功名 16/78/17
可○時（託）〔記〕也 16/78/24
〔可○〕日志也 16/78/25
財物貨寶○大爲重 16/78/25
凡姦人之所○起者 16/79/3
○上之不貴義、不敬義也 16/79/3
夫義者、所○限禁人之爲惡與姦者也 16/79/3
此姦人之所○起也 16/79/4
非不○此爲務也 16/79/12
應之○理則吉 17/79/16
應之○亂則凶 17/79/16
不可○怨天 17/79/21
舍其所○參 17/80/3
萬物各得其和○生 17/80/5
各得其養○成 17/80/5
皆知其所○成 17/80/6
心居中虛○治五官 17/80/10
○養其類 17/80/11
○喪天功 17/80/12
○全其天功 17/80/13
已其見象之可○期者矣 17/80/17
已其見宜之可○息者矣 17/80/18
已其見數之可○事者矣 17/80/18
已其見（知）〔和〕之可○治者矣 17/80/19
禹○治 17/80/21,17/80/23
17/80/24
桀○亂 17/80/21,17/80/23
17/80/24
是○日進也 17/81/7
是○日退也 17/81/7
故君子之所○日進 17/81/7
與小人之所○日退 17/81/8
君子、小人之所○相縣者在此耳 17/81/8
非○爲得求也 17/82/7
○文之也 17/82/7
故君子○爲文 17/82/7
而百姓○爲神 17/82/7
○爲文則吉 17/82/7
○爲神則凶也 17/82/8
則王公不○爲寶 17/82/11
願於物之所○生 17/82/17
孰與有物之所○成 17/82/17
足○爲道貫 17/82/20
應之○貫 17/82/20
而自○爲知道 17/83/3
則上下無○相（有）〔胥〕也 18/83/12
○桀、紂爲常有天下之籍則然 18/83/23
○是千官也 18/83/25
○是百官也 18/83/25
有埶籍者罷不足○縣天下 18/84/4
海內之民莫不願得○爲君師 18/84/4
○桀、紂爲君而○湯、武爲弒 18/84/10
○天下之合爲君 18/84/11
然則○湯、武爲弒 18/84/11
○桀、紂爲有天下而臣湯、武 18/84/18
譬之是猶傴巫、跛匡大自○爲有知也 18/84/19
故可○有奪（人）國 18/84/19
不可○有奪（人）天下 18/84/19
可○有竊國 18/84/20
不可○有竊天下也 18/84/20
（可○）奪之者可○有國 18/84/20
〔而〕不可○有天下 18/84/21
竊可○得國 18/84/21
而不可○得天下 18/84/21
可○小人有也 18/84/21
可○小道得也 18/85/1
可○小力持也 18/85/1
不可○小人有也 18/85/1
不可○小道得也 18/85/1
不可○小力持也 18/85/2
國者、小人可○有之 18/85/2
○爲治邪 18/85/6
○爲人或觸罪矣 18/85/7
○類相從者也 18/85/10
通達之屬莫不振動從服○化順之 18/85/19
故魯人○榶 18/85/20
生民之屬莫不振動從服○化順之 18/86/7,18/87/8
不能○義制利 18/86/10
不能○僞飾性 18/86/10
則兼○爲民 18/86/10
則固莫足○擅天下矣 18/86/10
天下厭然與鄉無○異也 18/86/11
18/86/13
○堯繼堯 18/86/12,18/86/13
加飾之○珠玉 18/86/17
乘大路、趨越席○養安 18/86/20
側載睪芷○養鼻 18/86/20
前有錯衡○養目 18/86/20
騶中《韶》、《護》○養耳 18/86/21
不能○撥弓、曲矢中〔微〕 18/87/11
不能○辟馬毀輿致遠 18/87/12
必○有爲 18/87/19
不○備不足 18/87/19
（足）則○重有餘也 18/87/19
而不得○有餘過度 18/87/20
而農賈皆能○貨財讓 18/87/21
加之○丹矸 18/87/22
重之○曾青 18/87/22
犀象○爲樹 18/87/23
琅玕、龍茲、華覲○爲實 18/87/23
上○無法使 18/88/1
下○無度行 18/88/1
而盜賊擊奪○危上矣 18/88/3
○欺愚者而潮陷之○偷取利焉 18/88/6
人皆○見侮爲辱 18/88/10

然則亦○人之情爲不惡侮乎 18/88/11
必○其惡之爲說 18/88/12
非○其辱之爲故也 18/88/12
是豈○喪豬爲辱也哉 18/88/14
雖○見侮爲辱也 18/88/15
而務說人○勿辱也 18/88/17
直○欺人 18/88/18
將○爲有益於人 18/88/18
（是）〔莫〕非○聖王爲師 18/88/23
故君子可○有埶辱 18/89/2
而不可○有義辱 18/89/3
小人可○有埶榮 18/89/3
而不可○有義榮 18/89/3
聖王○爲法 18/89/5
士大夫○爲道 18/89/5
官人○爲守 18/89/5,19/98/2
百姓○成俗 18/89/5,19/98/2
譬之是猶○塼塗塞江海也 18/89/7
○僬僥而戴太山也 18/89/8
而皆○己之情爲欲多 18/89/11
然則亦○人之情爲欲 18/89/12
亦○人之情爲不欲乎 18/89/14
○人之情爲欲此五綦者而不欲多 18/89/14
譬之是猶○人之情爲欲富貴而不欲貨也 18/89/15
○人之情爲欲多而不欲寡 18/89/17
故賞○富厚而罰○殺損也 18/89/17
今子宋子○（是）〔人〕之情爲欲寡而不欲多也 18/89/18
然則先王○人之所不欲者賞 18/89/19
而○人之所欲者罰邪 18/89/19
然而說不免於○至治爲至亂也 18/89/20
○養人之欲 19/90/4
是禮之所○起也 19/90/5
所○養口也 19/90/6
所○養鼻也 19/90/6,19/90/11
所○養目也 19/90/7,19/90/11
所○養耳也 19/90/7,19/90/12
所○養體也 19/90/8,19/90/11
所○養信也 19/90/13
所○養威也 19/90/13
所○養安也 19/90/14
孰知夫出死要節之所○養生也 19/90/14
孰知夫出費用之所○養財也 19/90/14
孰知夫恭敬辭讓之所○養安也 19/90/15
孰知夫禮義文理之所○養情也 19/90/15
所○別貴始 19/91/1
所○別〔尊卑〕 19/91/2
所○別積厚 19/91/4
○歸（大）〔太〕一 19/91/9
復情○歸（大）〔太〕一也 19/92/4
天地○合 19/92/4
日月○明 19/92/4
四時○序 19/92/4
星辰○行 19/92/4
江河○流 19/92/5
萬物○昌 19/92/5
好惡○節 19/92/5
喜怒○當 19/92/5
○爲下則順 19/92/5
○爲上則明 19/92/5
立隆○爲極 19/92/8
至文○有別 19/92/8
至察○有說 19/92/9
暴慢、恣睢、輕俗○爲高之屬入焉而隊 19/92/13
則不可欺○曲直 19/92/13
則不可欺○輕重 19/92/14
則不可欺○方圓 19/92/14
則不可欺○詐僞 19/92/15
禮者、○財物爲用 19/92/21,27/130/12
○貴賤爲文 19/92/21,27/130/12
○多少爲用 19/92/21
○隆殺爲要 19/92/21
君子○倍叛之心接臧穀 19/93/8
而況○事其所隆親乎 19/93/8
臣之所○致重其君 19/93/9
子之所○致重其親 19/93/9
皆有翣菨文章之等○敬飾之 19/93/12
一足○爲人願 19/93/13
○昏殣 19/93/16
遠者可○至矣 19/93/22
百求可○得矣 19/93/22
百事可○成矣 19/93/22
殯其須○生設飾死者也 19/94/1
殆非直留死者○安生也 19/94/1
而所○送葬之者不哀不敬 19/94/4
所○滅惡也 19/94/5
所○遂敬也 19/94/5
所○優生也 19/94/5
所○持平奉吉也 19/94/10
所○持險奉凶也 19/94/10
故情貌之變足○別吉凶、明貴賤親疏之節 19/94/12
相高○毀瘠 19/94/14
將○有爲者也 19/94/14
足○爲萬世則 19/94/21
卒禮者、○生者飾死者也 19/95/6
大象其生○送其死也 19/95/6
飯○生稻 19/95/8
唅○槁骨 19/95/8
具生器○適墓 19/95/12
是皆所○重哀也 19/95/13
無帾絲歶縷翣其須○象菲帷幬尉也 19/95/16
抗折其須○象槾茨番閼也 19/95/16
送○哀敬而終周藏也 19/95/17
大象其生○送其死 19/96/1
因○飾群 19/96/4
所○爲至痛極也 19/96/6
所○爲至痛飾也 19/96/6
然而禮○是斷之者 19/96/7
豈不○送死有已 19/96/7
一使足○成文理 19/96/21
然則何○分之 19/96/23
至親○朞斷 19/96/23
故先王案○此象之也 19/96/24
由九月○下 19/97/3
故三年○爲隆 19/97/3
緦、小功○爲殺 19/97/3
期、九月○爲閒 19/97/3
人所○群居和一之理盡矣 19/97/4
君之喪所○取三年 19/97/7
○三年事之猶未足也 19/97/12
是○繇其期 19/97/16

皆使其須足○容事 19/97/17
事足○容成 19/97/17
成足○容文 19/97/17
文足○容備 19/97/17
○爲人道也 19/98/3
○爲鬼事也 19/98/3
是君子之所○爲惲詭其所喜樂之文也 19/98/5
是君子之所○爲惲詭其所哀痛之文也 19/98/6
是君子之所○爲惲詭其所敦惡之文也 19/98/6
故制《雅》、《頌》之聲○道之 20/98/16
使其聲足○樂而不流 20/98/17
使其文足○辨而不（諰）〔諰〕 20/98/17
使其曲直、繁省、廉肉、節奏足○感動人之善心 20/98/17
故樂者、審一○定和者也 20/98/22
比物○飾節者也 20/99/1
節奏合○成文 20/99/1
足○率一道 20/99/1
足○治萬變 20/99/1
故樂者、出所○征誅也 20/99/5
入所○揖讓也 20/99/5
出所○征誅 20/99/6
入所○揖讓 20/99/6
且樂者、先王之所○飾喜也 20/99/10
軍旅鈇鉞者、先王之所○飾怒也 20/99/10
○至足其上矣 20/99/17
四海之民莫不願得○爲師 20/99/17
樂姚冶○險 20/99/18
君子○爲不然 20/99/22
而可○善民心 20/99/24
故先王導之○禮樂而民和睦 20/99/24
君子○鍾鼓導志 20/100/7
○琴瑟樂心 20/100/7
動○干戚 20/100/7
飾○羽毛 20/100/7
從○磬管 20/100/7
○道制欲 20/100/10
○欲忘道 20/100/10
故樂者、所○道樂也 20/100/10
金石絲竹、所○道德也 20/100/11
明王○沒 20/100/16
曷○知舞之意 20/101/2
盡筋骨之力○要鍾鼓俯會之節 20/101/3
三讓○賓升 20/101/11
少長○齒 20/101/17
是足○正身安國矣 20/101/21
此其誠心莫不求正而○自爲也 21/102/7
倚其所私○觀異術 21/102/8
是○與治（雖）〔離〕走而是己不輟也 21/102/8
○惑其心而亂其行 21/102/15
21/102/16
此其所○喪九牧之地而虛宗廟之國也 21/102/17
是○能長用伊尹而身不失道 21/102/19
此其所○代夏王而受九有也 21/102/19
是○能長用呂望而身不失道 21/102/20
此其所○代殷王而受九牧也 21/102/20
故○貪鄙、背叛、爭權而不危辱滅亡者 21/103/3
一隅不足○舉之 21/103/12
故○爲足而飾之 21/103/12
內○自亂 21/103/13
外○惑人 21/103/13
上○蔽下 21/103/13
下○蔽上 21/103/13
故學亂術足○爲先王者也 21/103/15
是故衆異不得相蔽○亂其倫也 21/103/17
故心不可○不知道 21/103/18
人孰欲得恣而守其所不可○禁其所可 21/103/19
○其不可道之心取人 21/103/19
○其不可道之心 21/103/20
夫何○知 21/103/20
然後能守道○禁非道 21/103/21
○其可道之心取人 21/103/21
○其可道之心 21/103/22
人何○知道 21/103/25
心何○知 21/103/25
不○（已所）〔所已〕臧害所將受謂之虛 21/104/1
不○夫一害此一謂之壹 21/104/3
不○夢劇亂知謂之靜 21/104/4
然而不可○貳周行 21/104/15
○贊稽之 21/104/15
農精於田而不可○爲田師 21/104/16,27/132/22
賈精於市而不可○爲市師 21/104/17
工精於器而不可○爲器師 21/104/17
精於物者○物物 21/105/1
故君子壹於道而○贊稽物 21/105/2
○贊稽物則察 21/105/2
○正志行察論 21/105/2
不○事詔而萬物成 21/105/3
27/132/22
則足○見鬚眉而察〔膚〕理矣 21/105/5
則不可○得大形之正也 21/105/6
故導之○理 21/105/7
養之○清 21/105/7
則足○定是非、決嫌疑矣 21/105/7
則不足○決（麤）〔庶〕理矣 21/105/8
是其庭可○搏鼠 21/105/12
善射○好思 21/105/14
是○闢耳目之欲 21/105/15
見寢木○爲伏虎也 21/106/4
見植林○爲後人也 21/106/4
○爲蹞步之澮也 21/106/4
○爲小之閨也 21/106/5
視一○爲兩 21/106/5
聽漠漠而○爲哅哅 21/106/6
人不○定美惡 21/106/8
人不○定有無 21/106/8
○此時定物 21/106/9
○疑決疑 21/106/9
○爲伏鬼也 21/106/12
○爲立魅也 21/106/13

必○其感忽之閒、疑玄之時（正）〔定〕之 21/106/14
此人之所○無有而有無之時也 21/106/14
而己○正事 21/106/15
則無○異矣 21/106/16
凡○知 21/106/18
可○知 21/106/18
○可○知人之性 21/106/18
求可○知物之理而無所疑止之 21/106/18
其所○貫理焉雖億萬 21/106/19
已不足○浹萬物之變 21/106/19
兩盡者足○爲天下極矣 21/106/22
故學者、○聖王爲師 21/106/22
案○聖王之制爲法 21/106/22
○求其統類 21/106/23
（類）○務象效其人 21/106/23
故有知非○慮是 21/107/1
有勇非○持是 21/107/1
察孰非○分是 21/107/1
多能非○脩蕩是 21/107/2
辨利非○言是 21/107/2
天下有不○是爲隆正也 21/107/3
○相撓滑也 21/107/5
不○自妨也 21/107/10
墨○爲明 21/107/15
生之所○然者謂之性 22/107/22
所○知之在人者謂之知 22/107/25
智所○能之在人者謂之能 22/107/25
故析辭擅作（名）○亂正名 22/108/4
故其民莫敢託爲奇辭○亂正名 22/108/5
其民莫敢託爲奇辭○亂正名 22/108/6
與所緣（有）〔○〕同異 22/108/10
故知者爲之分別制名○指實 22/108/13
上○明貴賤 22/108/13
下○辨同異 22/108/13
然則何緣而○同異 22/108/14
是所○共其約名○相期也 22/108/16
形體、色理○目異 22/108/16
聲音、清濁、調竽奇聲○耳異 22/108/16
甘、苦、鹹、淡、辛、酸、奇味○口異 22/108/16
香、臭、芬、鬱、腥、臊、（洒）〔漏〕、（酸）〔庮〕、奇臭○鼻異 22/108/17
疾、養、滄、熱、滑、鈹、輕、重○形體異 22/108/18
說、故、喜、（怨）〔怒〕、哀、樂、愛、惡、欲○心異 22/108/18
此所緣而○同異也 22/109/3
單足○喻則單 22/109/5
單不足○喻則兼 22/109/5
約之○命 22/109/10
約之○命（實） 22/109/10
此事之所○稽實定數也 22/109/13
此惑於用名○亂名者也 22/109/16
驗之所（○）爲有名而觀其孰行 22/109/17
此惑於用實○亂名者也 22/109/18
驗之所緣（無）○同異而觀其孰調 22/109/18
此惑於用名○亂實者也 22/109/19
○其所受悖其所辭 22/109/20
夫民易一○道而不可與共故 22/110/1
故明君臨之○勢 22/110/1
道之○道 22/110/1
申之○命 22/110/1
章之○論 22/110/1
禁之○刑 22/110/2
君子無埶○臨之 22/110/2
無刑○禁之 22/110/3
名也者、所○期累實也 22/110/5
辭也者、兼異實之名○（論）〔諭〕一意也 22/110/5
不異實名○喻動靜之道也 22/110/6
○正道而辨姦 22/110/9
猶引繩○持曲直 22/110/9
是（○）聖人之辨說也 22/110/11
○仁心說 22/110/14
○學心聽 22/110/14
○公心辨 22/110/14
彼正其名、當其辭○務白其志義者也 22/110/20
足○相通則舍之矣 22/110/21
故名之足○指實 22/110/21
辭足○見極 22/110/21
而愚者拾○爲己實 22/110/22
無○道欲而困於有欲者也 22/111/4
無○節欲而困於欲多者也 22/111/4
不可○生而可○死也 22/111/9
○所欲○爲可得而求之 22/111/14
○爲可而道之 22/111/15
可○近盡也 22/111/16
奚○損之而亂 22/111/23
奚○益之而治 22/111/23
故人無動而（不）可○不與權俱 22/111/24
則重縣於仰而人○爲輕 22/111/25
輕縣於俛而人○爲重 22/111/25
此人所○惑於輕重也 22/111/25
則禍託於欲而人○爲福 22/112/1
福託於惡而人○爲禍 22/112/1
此亦人所○惑於禍福也 22/112/1
易者○一易一 22/112/4
○一易兩 22/112/4
○兩易一 22/112/4,22/112/5
猶○一易兩也 22/112/6
是猶○兩易一也 22/112/6
其與夫盜無○異 22/112/15
其與無足無○異 22/112/15
夫是之謂○己爲物役矣 22/112/15
則色不及傭而可○養目 22/112/18
聲不及傭而可○養耳 22/112/18
蔬食菜羹而可○養口 22/112/18
麤布之衣、麤紃之履而可○養體 22/112/18
（屋）〔局〕室、（廬庾）〔蘆簾〕、（葭）稾蓐、尚机筵而可○養形 22/112/19
故無萬物之美而可○養樂 22/112/20
無埶列之位而可○養名 22/112/20
古者聖王○人之性惡 23/113/10
○爲偏險而不正 23/113/11
23/115/4

是○爲之起禮義、制法度○矯飾人之情性而正之 23/113/11
○擾化人之情性而導之也 23/113/12
目可○見 23/113/19
耳可○聽 23/113/19
夫可○見之明不離目 23/113/20
可○聽之聰不離耳 23/113/20
23/114/2
若夫可○見之明不離目 23/114/2
聖人積思慮、習僞故○生禮義而起法度 23/114/10
故聖人之所○同於衆 23/114/15
所○異而過衆者 23/114/16
今誠○人之性固正理平治邪 23/115/2
故古者聖人○人之性惡 23/115/3
故爲之立君上之埶○臨之 23/115/4
明禮義○化之 23/115/4
起法正○治之 23/115/5
重刑罰○禁之 23/115/5
○其性不直也 23/115/16
今將○禮義積僞爲人之性邪 23/115/23
○出乎貪利爭奪 23/115/26
○綦於禮義故也 23/116/2
○秦人之從情性、安恣睢、慢於禮義故也 23/116/3
塗之人可○爲禹 23/116/6
凡禹之所○爲禹者 23/116/6
○其爲仁義法正也 23/116/6
皆有可○知仁義法正之質 23/116/7
皆有可○能仁義法正之具 23/116/7
然則其可○爲禹明矣 23/116/8
23/116/13
今○仁義法正爲固無可知可能之理邪 23/116/8
將使塗之人固無可○知仁義法正之質 23/116/9
而固無可○能仁義法正之具邪 23/116/9
且內不可○知父子之義 23/116/10
外不可○知君臣之正 23/116/10

皆內可○知父子之義 23/116/11
外可○知君臣之正 23/116/11
然則其可○知之質、可○能之具 23/116/11
今使塗之人者○其可○知之質、可○能之具 23/116/12
可○而不可使也 23/116/17
23/116/19
故小人可○爲君子而不肯爲君子 23/116/17
君子可○爲小人而不肯爲小人 23/116/18
未嘗不可○相爲也 23/116/18
故塗之人可○爲禹 23/116/19
無害可○爲禹 23/116/20
足可○徧行天下 23/116/20
未嘗不可○相爲事也 23/116/21
然則可○爲 23/116/22
無害可○爲 23/116/22
其不可○相爲明矣 23/116/23
終日議其所○ 23/117/2
若佚之○繩 23/117/3
○期勝人爲意 23/117/5
不恤是非、然不然之情○期勝人爲意 23/117/10
加之○造父之馭 23/117/15
天下曉然皆知夫盜竊之（人）不可○爲富也 24/118/11
皆知夫賊害之（人）不可○爲壽也 24/118/12
皆知夫〔犯〕上之禁不可○爲安也 24/118/12
（治）世曉然皆知夫爲姦則雖隱竄逃亡之由不足○免也 24/118/14
分然各○其誠通 24/118/18
○族論罪 24/119/3,24/119/5
○世舉賢 24/119/3,24/119/5
是○族論罪也 24/119/4
此○世舉賢也 24/119/5
○義制事 24/119/8
愚○重愚、闇○重闇成爲桀 25/120/7
君子○修百姓寧 25/121/1
君子誠之好○待 25/121/2
好而壹之神○成 25/121/3
君子由之佼○好 25/121/3

下○教誨子弟、上○事祖考 25/121/4
君子道之順○達 25/121/4
○爲民 25/121/8
妻○二女任○事 25/121/9
○天下 25/121/10
所○敗 25/122/8
○自戒 25/122/10
託於《成相》○喻意 25/122/10
君論有五約○明 25/122/12
信、誕○分賞罰必 25/123/4
下不欺上、皆○情言明若日 25/123/4
下不私請、各○宜舍巧拙 25/123/6
○治天下、後世法之成律貫 25/123/7
生者○壽 26/123/11
死者○葬 26/123/11
城郭○固 26/123/11
三軍○强 26/123/12
○（示）〔施〕下民 26/123/17
桀、紂○亂 26/123/17
湯、武○賢 26/123/18
君子○脩 26/123/18
跖○穿室 26/123/18
行義○正 26/124/1
事業○成 26/124/1
可○禁暴足窮 26/124/1
動則綦高○鉅 26/124/7
禮樂○成 26/124/16
貴賤○分 26/124/16
蛹○爲母 26/125/4
蛾○爲父 26/125/4
○成文章 26/125/7
○能合從 26/125/7
結尾○爲事 26/125/9
簪○爲父 26/125/10
管○爲母 26/125/10
既○縫表 26/125/10
又○連裏 26/125/10
與愚○疑 26/125/19
○盲爲明 26/126/2
○聾爲聰 26/126/2
○危爲安 26/126/2
○吉爲凶 26/126/2
○其教（出）〔士〕畢

行 27/126/23
聘人○珪 27/126/25
問士○璧 27/126/25
召人○瑗 27/126/25
絕人○玦 27/126/25
反絕○環 27/126/25
先王○禮表天下之亂 27/127/4
此刑罰之所○繁也 27/127/5
為賢人○下至庶民也 27/127/7
然而亦所○成聖也 27/127/7
隆率○敬先妣之嗣 27/127/12
導之○道而勿彊 27/127/20
禮○順人心為本 27/127/22
君子處仁○義 27/128/2
行義○禮 27/128/3
賻、賵所○佐生也 27/128/5
贈、襚所○送死也 27/128/5
為政不○禮 27/128/9
治民不○禮 27/128/19
所○辟君也 27/128/23
○高下下 27/129/18
○男下女 27/129/18
○多少為異 27/130/12
下臣事君○貨 27/130/14
中臣事君○身 27/130/14
上臣事君○人 27/130/14
○為能變也 27/130/16
不富無○養民情 27/130/24
不教無○理民性 27/130/24
所○富之也 27/130/24
所○道之也 27/130/25
有法者○法行 27/131/8
○其本 27/131/8
○其左 27/131/8
不可○為天子大夫 27/131/17
從士○上皆羞利而不與民爭業 27/132/5
此邪行之所○起 27/132/10
刑罰之所○多也 27/132/10
何○不雨至斯極也 27/132/16
27/132/17,27/132/17
○為民也 27/132/19
非○貴諸侯而已 27/132/19
非○尊大夫而已 27/132/20
○賢易不肖 27/132/25
○治伐亂 27/132/25
○是非對 27/133/11
無○知松柏 27/133/13
無○知君子無日不在是 27/133/14
所○說遠也 27/133/25
所○說近也 27/133/25
君子贈人○言 27/134/1
庶人贈人○財 27/134/1
贈吾子○言 27/134/2
○御于家邦 27/134/26
攝○威儀 27/135/1
《小雅》不○於汙上 27/135/8
疾今之政○思往者 27/135/8
君人者不可○不慎取臣 27/136/8
匹夫不可○不慎取友 27/136/8
友者、所○相有也 27/136/8
何○相有也 27/136/8
○友觀人焉所疑 27/136/9
不可○不誠事也 27/136/24
說之不○道 27/136/24
此家言邪學之所○惡儒者也 27/137/1
是非疑則度之○遠事 27/137/1
驗之○近物 27/137/2
參之○平心 27/137/2
惡民之串○無分得也 27/137/13
守之○愚 28/138/14
守之○讓 28/138/14
守之○怯 28/138/14
守之○謙 28/138/15
故居處足○聚徒成群 28/138/20
言談足○飾邪營眾 28/138/20
強足○反是獨立 28/138/21
是○湯誅尹諧 28/138/21
為國家必○孝 28/139/2
今殺一人○戮不孝 28/139/2
冉子○告 28/139/3
故先王既陳之○道 28/139/7
尚賢○綦之 28/139/7
廢不能○單之 28/139/8
然後俟之○刑 28/139/8
是○威厲而不試 28/139/10
是○刑彌繁而邪不勝 28/139/11
君子之所○見大水必觀焉者 28/140/4
○出○入 28/140/7
○就鮮絜 28/140/8
老無○教之 28/140/11
為善者天報之○福 28/140/18
為不善者天報之○禍 28/140/18
汝○知者為必用邪 28/141/1
女○忠者為必用邪 28/141/2
女○諫者為必用邪 28/141/2
非○無人而不芳 28/141/4
故君子博學、深謀、修身、端行○俟其時 28/141/7
若夫志○禮安 29/141/20
言○類使 29/141/20
孝子所○不從命有三 29/141/20
故可○從而不從 29/142/1
未可○從而從 29/142/2
而能致恭敬、忠信、端愨○慎行之 29/142/2
○語子貢曰 29/142/8
賜○為何如 29/142/9
審其所○從之之謂孝、之謂貞也 29/142/12
手足胼胝○養其親 29/142/15
29/142/17
則何（○）為而無孝之名也 29/142/17
吾○夫子為無所不知 29/142/23
其源可○濫觴 29/142/28
是○有終身之樂 29/143/15
是○有終身之憂 29/143/16
不（○）〔亦〕（反）〔遠〕乎 30/143/24
夫魚鱉黿鼉猶○淵為淺而堀〔穴〕其中 30/144/1
鷹鳶猶○山為卑而增巢其上 30/144/2
必○餌 30/144/2
故君子苟能無○利害義 30/144/2
君子之所○貴玉而賤珉者 30/144/5
君子正身○俟 30/144/15
是○雜也 30/144/16
則可○端身矣 30/144/19
不知選賢人善士〔而〕託其身焉○為己憂 31/145/9
故富貴不足○益也 31/145/16
卑賤不足○損也 31/145/16
大道者、所○變化遂成萬物也 31/146/8
情性者、所○理然不、取舍也 31/146/8

何○不言也 31/146/13
是○鳳在列樹 31/146/14
所○不對也 31/146/15
何足○知之 31/147/1
君○此思哀 31/147/2
君○此思憂 31/147/4
君○此思勞 31/147/5
君出魯之四門○望魯四郊 31/147/5
君○此思懼 31/147/6
君○此思危 31/147/7
不可○身尒也 31/147/16
不識吾子何○知之 31/148/4
臣○政知之 31/148/4
是〔○〕舜無失民 31/148/5
是○知之也 31/148/7
亦嘗有○楚莊王之語聞於左右者乎 32/148/17
是○憂也 32/148/20,32/148/22
今○不穀之不肖而群臣莫吾逮 32/148/21
楚莊王○憂 32/148/22
而君○喜 32/148/22
○慎 32/149/2
○人惡爲美德乎 32/149/2
君子好○道德 32/149/2
是所○窶小也 32/149/3
是其○淺也 32/149/5
○正吾身 32/149/9
○定天下 32/149/9
吾所○得三士者 32/149/9
人人皆○我爲越踰好士 32/149/10
女○魯國驕人 32/149/11
是○天下之紀不息、文章不廢也 32/149/13
是○不得罪於楚之士民也 32/149/18
視天下○愚 32/150/7
○保其身 32/150/7
是其所○名聲不白 32/150/8
足○爲天下法式表儀 32/150/9
足○爲（綱紀）〔紀綱〕 32/150/11

矣 yǐ 556

則智明而行無過○ 1/1/5
吾嘗終日而思○ 1/1/12
吾嘗跂而望○ 1/1/12
故學至乎《禮》而止○ 1/3/10
在天地之閒者畢○ 1/3/11
君子如嚮○ 1/3/18
則尊以徧○ 1/3/21
周於世○ 1/3/21
不可以得之○ 1/4/4
內省而外物輕○ 2/6/12
駑馬十駕則亦及之○ 2/7/8
其出（入）〔人〕不遠○ 2/7/17
則可謂善少者○ 2/8/7
可以爲君子者○ 2/8/7
則可謂惡少者○ 2/8/8
則可謂不詳少者○ 2/8/8
物其有○ 3/9/5
唯其時○ 3/9/5
君子絜其辯而同焉者合○ 3/10/18
善其言而類焉者應○ 3/10/18
致誠則無它事○ 3/11/4
神則能化○ 3/11/5
明則能變○ 3/11/5
天地爲大○ 3/11/9
聖人爲知○ 3/11/9
父子爲親○ 3/11/10
君上爲尊○ 3/11/10
則濟○ 3/11/12
則化○ 3/11/12
則可謂通士○ 3/11/21
則可謂公士○ 3/11/22
則可謂直士○ 3/11/23
則可謂慤士○ 3/11/24
則可謂小人○ 3/12/1
則常不大陷○ 3/12/7
豈不過甚○哉 4/13/7,11/51/24,12/61/19,16/76/9,18/84/18,18/87/10,18/88/17,18/89/21,23/115/12
則無逮○ 4/13/19
則無益○ 4/13/19
若其所以求之之道則異○ 4/14/17
信○ 4/14/20
忠○ 4/14/20
脩正治辨○ 4/14/20
固有以賢人○ 4/14/23
鄉鄉而飽已○ 4/15/16
則莫不棄此而取彼○ 4/15/19
幾不甚善○哉 4/16/9
俄則屈安窮○ 4/16/10
其流長○ 4/16/12
其溫厚○ 4/16/12
其功盛姚遠○ 4/16/12
曲直有以相縣○ 5/18/9
則於其粲然者○ 5/18/19
故足以爲天下法則○ 5/20/2
因（求）〔衆〕以成天下之大事○ 5/20/3
則好言者上○ 5/20/13
故仁言大○ 5/20/14
聖人士君子之分具○ 5/20/16
有人○ 6/21/11
聖王之跡箸○ 6/23/2
則可謂訞怪狡猾之人○ 6/23/18
詐心以勝○ 7/25/20
而暴國安自化○ 7/25/22
綦省○ 7/26/1
至於成王則安（以）無誅○ 7/26/2
故道豈不行○哉 7/26/2
則百里之國足以獨立○ 7/26/3
亦取象於是○ 7/26/11
則墮之者衆而持之者寡○ 7/27/1
則常無不順○ 7/27/5
說必不行○ 7/27/10,16/77/10,18/89/7
周公無天下○ 8/27/21
抑亦變化○ 8/27/24
必爲順下○ 8/27/27
儒之爲人下如是○ 8/28/7
其爲人上也廣大○ 8/28/8
此君子義信乎人○ 8/28/9
有所（正）〔止〕○ 8/28/18
豈不賤而貴○哉 8/29/16
豈不愚而知○哉 8/29/17
豈不貧而富○哉 8/29/18,8/29/20
人謂之富○ 8/29/19
則可謂勁士○ 8/30/13
其言多當○而未諭也 8/30/13
其行多當○而未安也 8/30/14
其知慮多當○而未周密也 8/30/14
則可謂篤厚君子○ 8/30/15
則可謂聖人○ 8/30/17
（則可謂聖人○） 8/31/3
天下之道管是○ 8/31/5

百王之道一是○ 8/31/5
故《詩》、《書》、《禮》、《樂》之〔道〕歸是○ 8/31/5
天下之道畢是○ 8/31/9
夫又誰爲恭○哉 8/31/14
於是《武》、《象》起而《韶》、《護》廢○ 8/32/1
夫又誰爲戒○哉 8/32/2
輿固馬選○ 8/32/5
弓調矢直○ 8/32/6
其衣冠行僞已同於世俗○ 8/32/18
其言議談說已無所以異於墨子○ 8/32/19
其言行已有大法○ 8/32/22
學至於行之而止○ 8/33/11
已乎行之○ 8/33/13
人無師法則隆（情）〔性〕○ 8/33/18
有師法則隆（性）〔積〕○ 8/33/19
則通於神明、參於天地○ 8/34/2, 23/116/14
則爲君子○ 8/34/9
則爲小人○ 8/34/9
爲君子則常安榮○ 8/34/9
爲小人則常危辱○ 8/34/9
可謂小儒○ 8/34/16
則可謂大儒○ 8/34/17
人倫盡○ 8/34/18
不外是○ 8/34/22
則王者之事畢○ 9/35/12
故有良法而亂者有之○ 9/35/19, 14/66/25
亂則窮○ 9/36/2,10/43/9
則庶人安政○ 9/36/6
然后君子安位〔○〕 9/36/7
則莫若平政愛民○ 9/36/10
則莫若隆禮敬士○ 9/36/10
則莫若尙賢使能○ 9/36/10
則其餘莫不當○ 9/36/11
吾無觀其餘○ 9/36/13
則傷人之民必甚○ 9/36/24
則人之民惡我必甚○ 9/36/24
則傷吾民必甚○ 9/36/25
則吾民之惡我必甚○ 9/36/26
天下無王霸主則常勝○ 9/37/3
則諸侯親之○ 9/37/7
則諸侯說之○ 9/37/8
則諸侯疏（之）○ 9/37/8
則諸侯離○ 9/37/9
則常勝○ 9/37/10
欲彊而彊○ 9/37/17
故虎豹爲猛○ 9/38/17
彼作○ 9/38/19,17/80/25
舍是而天下以衰○ 9/39/1
而兵剸天下〔之〕勁○ 9/41/5
而名聲剸天下之美○ 9/41/6
不能加毫末於是○ 9/41/7
則賢良知聖之士案自進○ 9/41/9
敵國案自詘○ 9/41/10
國家案自富○ 9/41/11
暴國之君案自不能用其兵○ 9/41/11
彼以奪○ 9/41/14
如是而可以誅暴禁悍○ 9/41/16
則好用其死力○ 9/42/5
好用其籍斂○ 9/42/5
是其爲相懸也亦遠○ 9/42/8
寡則必爭○ 10/42/16
則莫若明分使群○ 10/42/18
而壯者有分爭之禍○ 10/42/19
而有爭功之禍○ 10/42/20
而有爭色之禍○ 10/42/21
而且有富厚丘山之積○ 10/42/26
而且有空虛窮乏之實○ 10/42/28
則國富○ 10/43/6
不然而已○ 10/44/11
固有餘足以食人○ 10/45/3
固有餘足以衣人○ 10/45/3
而焦天下○ 10/45/13
事進○ 10/46/8
速乎急疾〔○〕 10/46/15
說乎賞慶○ 10/46/15
威乎刑罰〔○〕 10/46/16
而化善者勸勉○ 10/46/22
上一則下一○ 10/47/1
上二則下二○ 10/47/1
取天下○ 10/47/6
保社稷○ 10/47/6
至於疆易而端已見○ 10/47/9
君人者亦可以覺○ 10/48/6
百里之國足以獨立○ 10/48/7
非特將持其有而已○ 10/48/18
則下仰上以義○ 11/49/19
豈不如日月雷霆然○哉 11/50/1
以濟義○ 11/50/3
然而天下之理略奏○ 11/50/4
刑賞已諾信乎天下○ 11/50/4
則臣下百姓莫不以詐心待其上○ 11/50/12
則亦王〔○〕 11/50/22
則亦霸〔○〕 11/51/1
則亦亡〔○〕 11/51/1
是乃千歲之信士○ 11/51/7
然則彊固榮辱在於取相○ 11/51/11
可謂廣大、富厚○ 11/52/2
則怡愉無患難○ 11/52/3
君人者亦可以察若言○ 11/52/7, 11/53/25
則天子共己而○ 11/52/20
道足以壹人而已○ 11/53/1
其等位爵服足以容天下之賢士○ 11/53/2
其官職事業足以容天下之能士○ 11/53/2
足以順服好利之人○ 11/53/3
無有是其外○ 11/53/4
故百里之地足以竭埶○ 11/53/4
足以竭人○ 11/53/4
故王者已於服人○ 11/53/9
射遠中微則莫若羿、蠭門○ 11/53/9
則莫若使王良、造父○ 11/53/10
則莫若聰明君子○ 11/53/11
則人臣輕職（業）讓賢而安隨其後〔○〕 11/53/23
則天子共己而止○ 11/54/15
固以多○ 11/55/4
固以少○ 11/55/5
所聞所見誠以齊○ 11/55/8
主好詳則百事荒〔○〕 11/55/16
則夫衆庶百姓亦從而成俗於不隆禮義而好貪利○ 11/56/12
則士大夫莫不（敬）〔敄〕節死制者○ 11/56/16
則百吏莫不畏法而遵繩○ 11/56/17

則商賈莫不敦愨而無詐○ 11/56/18
則百工莫不忠信而不楛○ 11/56/19
則農夫莫不朴力而寡能○ 11/56/20
而國求給○ 11/56/22
則器用巧便而財不匱○ 11/56/22
足以徧○ 12/57/5
足以亂○ 12/57/6
則下亦將綦辭讓、致忠信而謹於臣子○ 12/57/16
而安樂之○ 12/57/19
其足以稽○ 12/57/27
危削滅亡之情舉積此○ 12/58/17
其能以稱義徧○ 12/60/7
則公道達而私門塞○ 12/60/12
公義明而私事息○ 12/60/12
道莫徑是○ 12/60/21
俄則弱○ 12/61/19
俄則危○ 12/61/19
俄則亡○ 12/61/20
滅亡無日〔○〕 12/62/1
齳然兩齒墮○ 12/62/5
有弛易齵差者○ 12/62/13
古之人曰亡○ 12/63/1
可謂功臣○ 13/63/24
可謂聖臣○ 13/63/25
足以稽○ 13/63/25
可謂諫○ 13/64/7
可謂爭○ 13/64/7
可謂輔○ 13/64/8
可謂拂○ 13/64/8
可謂大忠○ 13/65/10
可謂次忠○ 13/65/11
可謂下忠○ 13/65/11
可謂國賊○ 13/65/11
災及其身○ 13/65/15
信陵君似之○ 13/66/2
方起以尚盡○ 14/66/14
王者之事畢○ 14/66/18,15/75/2
不可以加○ 14/67/14
無本賞○ 15/69/21
兵莫弱是○ 15/69/22
是其出賃市、傭而戰之幾○ 15/69/22
相爲雌雄耳○ 15/70/17
可謂入其域○ 15/70/21
事至無悔而止○ 15/70/25
則通於神明○ 15/71/8
古之兵、戈矛弓矢而已○ 15/73/4
則見害傷焉止○ 15/73/11
獲其功用而已○ 15/73/13
然後刑於是起○ 15/73/18
然後賞於是起○ 15/74/3
則必能并之○ 15/74/21
下比周賁潰以離上○ 16/75/20
其不如勝人之道遠○ 16/76/14
亶有之○ 16/76/16
則國孰敢不爲義○ 16/76/17
則天下孰不欲合義○ 16/76/18
隆在信○ 16/77/6
隆在脩政○ 16/77/7
苟富利而已○ 16/77/11
則兵不復出於塞外而令行於天下○ 16/78/6
殆可○ 16/78/7
秦類之○ 16/78/16
則有其諰○ 16/78/16
則倜倜然其不及遠○ 16/78/17
則常不勝夫敦比於小事者○ 16/78/21
而有趨姦之心○ 16/79/4
則可謂至人○ 17/79/21
則惑○ 17/80/3
知其所不爲○ 17/80/14
則天地官而萬物役○ 17/80/14
已其見象之可以期者○ 17/80/17
已其見宜之可以息者○ 17/80/18
已其見數之可以事者○ 17/80/18
已其見（知）〔和〕之可以治者○ 17/80/19
天有常道○ 17/81/1
地有常數○ 17/81/1
君子有常體○ 17/81/1
無安國〔○〕 17/82/1
權謀、傾覆、幽險而盡亡○ 17/82/13
則下治辨○ 18/83/14
則下愿愨○ 18/83/14
則下易直○ 18/83/14
則下疑玄○ 18/83/15
則下漸詐○ 18/83/16
則下比周○ 18/83/16
則下親上○ 18/83/19
則下畏上○ 18/83/19
惡之者衆則危〔○〕 18/83/20
吾謂之無天下○ 18/84/3
則可謂能用天下○ 18/84/6
亦不用象刑○ 18/85/7
以爲人或觸罪○ 18/85/7
庸人不知惡○ 18/85/8
夫有誰與讓○ 18/86/6
夫有惡擅天下○ 18/86/8
則固莫足以擅天下○ 18/86/10
夫又何變之有○ 18/86/12
18/86/13
猶復而振之○ 18/86/12
死則能任天下者必有之○ 18/86/14
夫禮義之分盡○ 18/86/14
擅讓惡用○哉 18/86/15
尊無上○ 18/86/17,24/118/7
而盜賊擊奪以危上○ 18/88/3
故脯巨人而炙嬰兒○ 18/88/4
則有何尤扫人之墓、抉人之口而求利○哉 18/88/4
則不鬬○ 18/88/11
說莫病是○ 18/88/19
是有兩端○ 18/88/23
蹎跌碎折不待頃○ 18/89/8
則說必不行○ 18/89/14
則兩得之○ 19/90/17
則兩喪之○ 19/90/17
禮豈不至○哉 19/92/8
禮之理誠深○ 19/92/12
其理誠大○ 19/92/12
其理誠高○ 19/92/13
故繩墨誠陳○ 19/92/13
衡誠縣○ 19/92/14
規矩誠設○ 19/92/14
斯聖人○ 19/92/18
步驟、馳騁、厲騖不外是○ 19/93/1
人道畢○ 19/93/6
於是盡○ 19/93/10
卒○ 19/93/20
然後告遠者出○ 19/93/21
備物者作○ 19/93/21
遠者可以至○ 19/93/22
百求可以得○ 19/93/22

百事可以成○ 19/93/22
其忠至○ 19/93/23
其節大○ 19/93/23
其文備○ 19/93/23
則嫌於禽獸○ 19/94/4
期止○ 19/94/13
反生術○ 19/95/8
縉紳而無鉤帶○ 19/95/8
鬠而不冠笄○ 19/95/9
則名不見而柩獨明○ 19/95/9
終始具而孝子之事畢、聖人之道備○ 19/95/18
儒者是○ 19/96/2
則舍之○ 19/96/21,22/110/22
天地則已易○ 19/96/23
四時則已徧○ 19/96/23
莫不更始○ 19/96/24
人所以群居和一之理盡○ 19/97/4
君者、已能食之○ 19/97/9
三年畢○哉 19/97/10
曲容備物之謂道○ 19/97/17
則夫忠臣孝子亦惵詭而有所至○ 19/97/21
尊尊親親之義至○ 19/97/22
忠信愛敬之至○ 19/98/1
禮節文貌之盛○ 19/98/1
聲音、動靜、生術之變盡〔於〕是○ 20/98/15
以至足其上○ 20/99/17
則民流慢鄙賤○ 20/99/18
不足其上○ 20/99/19
過○ 20/99/22
樂行而民鄉方○ 20/100/11
管乎人心○ 20/100/15
貴賤之義別○ 20/101/8
及其介省○ 20/101/11
隆殺之義辨○ 20/101/12
是足以正身安國○ 20/101/21
兩疑則惑○ 21/102/5
道盡利○ 21/103/10
道盡嗛○ 21/103/10
道盡數○ 21/103/10
道盡便○ 21/103/10
道盡論○ 21/103/11
道盡因○ 21/103/11
而不合於不道之人○ 21/103/22
而宇宙裏○ 21/104/9
夫惡有蔽○哉 21/104/10
則萬物官○ 21/105/3
榮○而未知 21/105/4
則足以見鬚眉而察〔膚〕理○ 21/105/5
心亦如是○ 21/105/7
則足以定是非、決嫌疑○ 21/105/7
則不足以決（麤）〔庶〕理○ 21/105/8
故好書者衆○ 21/105/8
好稼者衆○ 21/105/9
好樂者衆○ 21/105/9
好義者衆○ 21/105/10
惡能與我歌○ 21/105/12
可謂能自彊○ 21/105/16
21/105/17
可謂能自忍○ 21/105/16
可謂危○ 21/105/17
聖人縱其欲、兼其情而制焉者理○ 21/105/18
則必有敝鼓喪豚之費○ 21/106/15
則無以異○ 21/106/16
兩盡者足以為天下極○ 21/106/22
則天下之治說者方多然○ 21/107/7
則廣焉能棄之○ 21/107/10
昭然明○ 21/107/12
故君人者周則讒言至○ 21/107/14
直言反○ 21/107/15
小人邇而君子遠○ 21/107/15
君人者宣則直言至○ 21/107/16
而讒言反○ 21/107/16
君子邇而小人遠○ 21/107/16
故壹於道法而謹於循令○ 22/108/7
則其迹長○ 22/108/7
雖共、不為害○ 22/109/6
則能禁之○ 22/109/17
22/109/19,22/109/20
無不類於三惑者○ 22/109/20
辨執惡用○哉 22/110/2
辭讓之節得○ 22/110/14
長少之理順○ 22/110/14
足以相通則舍之○ 22/110/21
生甚○ 22/111/8
死甚○ 22/111/8
失之○ 22/111/11
故知者論道而已○ 22/111/23
小家珍說之所願皆衰○ 22/111/23
夫是之謂以己為物役○ 22/112/15
其（和）〔私〕樂少○ 22/112/21
然則人之性惡明○ 23/113/7
23/113/13,23/113/22,23/114/6
23/115/8,23/115/14,23/115/18
不可學明○ 23/113/20
則過○ 23/113/21
故順情性則不辭讓○ 23/114/5
辭讓則悖於情性○ 23/114/6
則兄弟相怫奪○ 23/114/17
則讓乎國人○ 23/114/18
故順情性則弟兄爭○ 23/114/18
化禮義則讓乎國人○ 23/114/18
人性惡明○ 23/114/23
惡用禮義○哉 23/115/3
天下之悖亂而相亡不待頃○ 23/115/7
故性善則去聖王、息禮義○ 23/115/12
性惡則與聖王、貴禮義○ 23/115/12
曷貴君子○哉 23/115/24
故人之性惡明○ 23/115/27
豈其性異○哉 23/116/4
然則其可以為禹明○ 23/116/8
23/116/13
其在塗之人明○ 23/116/12
人之所積而致○ 23/116/15
其不同遠○ 23/116/22
其不可以相為明○ 23/116/23
靡而已○ 23/118/1,23/118/1
則知所貴○ 24/119/8
則知所利○ 24/119/8
則知所養○ 24/119/8
則（動）知所出○ 24/119/9
備○ 24/119/15
不矜○ 24/119/15
夫故為天下貴○ 24/119/16
時幾將○ 26/125/18
何其塞○ 26/125/19
暴人衍○ 26/125/19
讒人服○ 26/125/20
于彼牧○ 27/126/14
謂我來○ 27/126/15

物其指○ 27/127/2
唯其偕○ 27/127/2
敢忘命○ 27/127/13
政不行○ 27/128/9
動斯陷○ 27/128/19
食之則食○ 27/129/13
王事具○ 27/131/1
天下鄉善○ 27/131/3
貧窶者有所竄其手〔○〕 27/132/6
則民闇飾○ 27/132/12
則民死利○ 27/132/12
忍恥○ 27/132/13
傾絕○ 27/132/13
絕故舊○ 27/132/13
與義分背○ 27/132/13
道遠日益○ 27/134/12
賜倦於學○ 27/134/23
此則知所息○ 27/135/4
斯足憂○ 28/138/23
綦三年而百姓（往）〔從〕〔風〕○ 28/139/8
則民知罪○ 28/139/9
今夫世之陵遲亦久○ 28/139/13
吾已○ 28/140/14
行之日久○ 28/141/1
君子博學、深謀不遇時者多○ 28/141/3
不遇世者眾○ 28/141/4
則儒道畢○ 29/141/20
則可謂大孝○ 29/142/3
孝○ 29/142/9
貞○ 29/142/9
天下且孰肯諫汝○ 29/143/2
夫惡有不足○哉 29/143/5
可謂士○ 29/143/9
可謂士君子○ 29/143/10
可謂明君子○ 29/143/11
事已敗○ 30/143/26
則恥辱亦無由至○ 30/144/3
則可以端身○ 30/144/19
敢問何如斯可謂庸人○ 31/145/8
則可謂庸人○ 31/145/11
敢問何如斯可謂士○ 31/145/13
故知既已知之○ 31/145/15
言既已謂之○ 31/145/15
行既已由之○ 31/145/16
敢問何如斯可謂之君子○ 31/146/1
敢問何如斯可謂賢人○ 31/146/3
則謂賢人○ 31/146/5
敢問何如斯可謂大聖○ 31/146/7
則可謂大聖○ 31/146/11
有務而拘領者○ 31/146/14
〔則哀〕將焉〔而〕不至○ 31/147/2
則憂將焉〔而〕不至○ 31/147/4
則勞將焉〔而〕不至○ 31/147/5
則懼將焉〔而〕不至○ 31/147/6
則危將焉〔而〕不至○ 31/147/7
君其知之○ 31/147/12
善則善○ 31/147/20,31/148/4
銜體正○ 31/148/6
朝禮畢○ 31/148/6
馬力盡○ 31/148/7
出無辨○ 32/149/3
吾於天下不賤○ 32/149/7
幾○ 32/149/12

## 倚 yǐ　6

○魁之行 2/7/11
爲○事 4/14/14
○物怪變 8/33/3
屬茨、○廬、席薪、枕塊 19/94/19
○其所私以觀異術 21/102/8
○而觀天下民人之相與也 23/115/6

## 扆 yǐ　1

負○而坐 8/31/14

## 亦 yì　79

○孔之哀 2/5/8
駑馬十駕則○及之矣 2/7/8
○或遲或速、或先或後〔耳〕 2/7/9
意○有所止之與 2/7/10
則○或遲或速 2/7/12
君子能○好 3/9/10
不能○好 3/9/10
小人能○醜 3/9/10
不能○醜 3/9/10
吾○惡之 3/12/11
而○欲人之信己也 4/14/20
而○欲人之親己也 4/14/20
而○欲人之善己也 4/14/21
○呥呥而噍 4/15/16
○將志乎心爾 5/17/20
○二足而毛也 5/18/15
○必遠舉而不繆 5/19/18
○信也 6/23/4
○仁也 6/23/4
○知也 6/23/5
○取象於是矣 7/26/11
抑○變化矣 8/27/24
是杅杅○（當）〔富〕人已 8/29/20
○是率從 8/30/10
○且有義 9/39/9
○王 9/41/3
○危殆滅亡 9/41/3
是其爲相懸也○遠矣 9/42/8
以遂功而忘民、○不可 10/46/10
君人者○可以覺矣 10/48/6
今○以天下之顯諸侯誠義乎志意 11/49/21
則○王〔矣〕 11/50/22
則○霸〔矣〕 11/51/1
則○亡〔矣〕 11/51/1
小巨分流者○一若彼 11/51/16
君人者○可以察若言矣 11/52/7, 11/53/25
此○榮辱安危存亡之衢已 11/53/26
是○無它故焉 11/55/2
則夫朝廷群臣○從而成俗於不隆禮義而好傾覆也 11/56/11
則夫眾庶百姓○從而成俗於不隆禮義而好貪利矣 11/56/12
則下○將綦辭讓、致忠信而謹於臣子矣 12/57/16
〔不○難乎〕 12/58/18
不○難乎 14/67/4
則是○賊也 15/71/13
○彊國之剖刑已 16/75/7

彼國者〇有砥厲 16/75/9
此〇秦之所短也 16/78/18
〇不用象刑矣 18/85/7
然則〇以人之情爲不惡侮乎 18/88/11
然則〇以人之情爲欲 18/89/12
〇以人之情爲不欲乎 18/89/14
則夫忠臣孝子〇知其閔已 19/93/19
不〇可乎 19/97/8
則夫忠臣孝子〇憚詭而有所至矣 19/97/21
心〇如是矣 21/105/7
〇皆亂 22/108/9
此〇人所以惑於禍福也 22/112/1
人曰無得〇無喪也 22/112/4
辟〇陶埏而生之也 23/115/22
〇猶陶埏而生之也 23/115/25
治亂是非〇可識 25/122/10
然而〇所以成聖也 27/127/7
心之於慮〇然 27/131/26
雖桀、紂〇不能去民之好義 27/132/2
工賈〇然 27/132/23
今夫世之陵遲〇久矣 28/139/13
吾〇未輟 28/141/12
〇（常）〔嘗〕有說 28/141/14
君子〇有憂乎 29/143/14
不〇（遠）〔反〕乎 30/143/24
不（以）〔〇〕（反）〔遠〕乎 30/143/24
不〇晚乎 30/143/25
則恥辱〇無由至矣 30/144/3
豈不〇迂哉 30/144/13
不〇鮮乎 31/145/2
雖有、不〇鮮乎 31/145/5
〔子〇聞〕東野（子）〔畢〕之善馭乎 31/147/20
〇嘗有以楚莊王之語聞於左右者乎 32/148/17

## 佚 yì 22

爲堯、禹則常愉〇 4/15/12
〇而不惰 6/25/2
審勞〇 7/25/19,11/50/7
我日積〇 9/41/24
或〇（或）樂 10/43/12
故相率而爲之勞苦以務〇之 10/43/21
心欲綦〇 11/52/1
事至〇而功 11/52/10
形體好〇而安重閒靜莫愉焉 11/53/18
則身〇而國治 11/54/20,12/57/7 12/63/8
〇而治 16/78/15
天子者、埶至重而形至〇 18/86/16
形不欲綦〇 18/89/13
骨體膚理好愉〇 23/114/12
若〇之以繩 23/117/3
形至〇 24/118/7
其應〇若聲響 28/140/6
身不〇者志不廣 28/141/9
舍〇而爲勞 32/149/13

## 邑 yì 9

是士大夫之所以取田〇也 4/14/10
都〇露 10/47/10
及都〇官府 16/78/12
下賢祿田〇 18/89/18
無〇憐之心 21/107/11
過十室之〇必下 27/128/17
禮、居是〇不非其大夫 29/142/26
心不知（色色）〔〇〇〕 31/145/8

## 抑 yì 4

〇有功而擠有罪 7/26/19
〇亦變化矣 8/27/24
無僇乎族黨而〇卑乎後世 16/76/9
〇下鴻 25/121/12

## 役 yì 15

君子〇物 2/6/12
小人〇於物 2/6/12
程〇而不錄 2/7/2
則楚六千里而爲讎人〇 7/26/4
罕興力〇 10/43/6
力者、德之〇也 10/44/5
爲之者、〇夫之道也 11/52/17
罕舉力〇 11/56/20
是能使讎人〇也 16/77/20
則天地官而萬物〇矣 17/80/14
夫是之謂以己爲物〇矣 22/112/15
夫是之謂重己〇物 22/112/21
有〇夫之知者 23/117/1
是〇夫之知也 23/117/5
知、其〇也 27/126/27

## 易 yì 96

〇言曰誕 2/6/2
〇忘曰漏 2/6/3
則一之以〇良 2/6/6
君子〇（知）〔和〕而難狎 3/9/7
〇懼而難脅 3/9/7
君子能則寬容〇直以開道人 3/9/10
去汙而〇之以脩 3/10/14
安利者常樂〇 4/14/5
樂〇者常壽長 4/14/5
慮之〇知也 4/14/21,22/110/24
行之〇安也 4/14/21,22/110/24
持之〇立也 4/14/21,22/110/24
故《〇》曰 5/19/14
君臣〇位而非不順也 8/27/23
若夫充虛之相施〇也 8/29/6
鼓之而紂卒〇鄉 8/31/19
四海之內莫不變心〇慮以化順之 8/32/1
〇道路 9/40/10
民富則田肥以〇 10/42/24
田肥以〇則出實百倍 10/42/24
則其道〇 10/46/22
至於疆〇而端已見矣 10/47/9
寬饒簡〇 10/47/15
持國之難〇 10/48/21
使強暴之國事我〇 10/48/21 10/49/8
則雖臧獲不肯與天子〇埶業 11/52/16
甚〇處而綦可樂也 11/53/11
知者〇爲之興力而功名綦大 11/55/3
百姓〇俗 12/60/16
雖聖人不能〇也 12/61/14

| | |
|---|---|
| | 12/61/16 |
| 有弛○鷸差者矣 | 12/62/13 |
| 而能化○ | 13/64/24 |
| 上下○位然後貞 | 13/66/3 |
| 改造則不○周也 | 15/70/3 |
| 兼并○能也 | 15/74/19 |
| 則下○直矣 | 18/83/14 |
| 治辨則○一 | 18/83/14 |
| 愿愨則○使 | 18/83/14 |
| ○直則○知 | 18/83/15 |
| ○一則彊 | 18/83/15 |
| ○使則功 | 18/83/15 |
| ○知則明 | 18/83/15 |
| 故上○知 | 18/83/18 |
| 不至於廢○遂亡 | 18/84/1 |
| 朝不○位 | 18/86/11 |
| 萬世不能○也 | 18/89/5 |
| 禮之中焉能勿○ | 19/92/17 |
| 無適不○之術也 | 19/96/5 |
| 天地則已○矣 | 19/96/23 |
| 反○服 | 19/98/9 |
| 其移風○俗 | 20/99/24 |
| 移風○俗 | 20/100/9 |
| 禮也者、理之不可○者也 | 20/100/14 |
| 瑟○良 | 20/100/20 |
| 而知王道之○○也 | 20/101/6 |
| | 20/101/22 |
| 心不可劫而使○意 | 21/104/12 |
| 頃筐、○滿也 | 21/104/14 |
| 卷耳、○得也 | 21/104/14 |
| 則其正外○ | 21/105/8 |
| 愨則○使 | 22/108/6 |
| ○使則（公）〔功〕 | 22/108/6 |
| 徑○而不拂 | 22/109/11 |
| 夫民○一以道而不可與共故 | 22/110/1 |
| ○者以一○一 | 22/112/4 |
| 以一○兩 | 22/112/4 |
| 以兩○一 | 22/112/4,22/112/5 |
| 猶以一○兩也 | 22/112/6 |
| 是猶以兩○一也 | 22/112/6 |
| ○一時之嫌 | 22/112/6 |
| 政令致明而化○如神 | 24/118/19 |
| 紂卒○鄉啓乃下 | 25/120/9 |
| 迷惑失指○上下 | 25/122/3 |
| 是非反○、比周欺上惡正直 | 25/122/4 |
| 簡然○知而致有理者歟 | 26/123/13 |
| 天地○位 | 26/125/13 |
| 四時○鄉 | 26/125/13 |
| 《○》之《咸》 | 27/129/17 |
| 《○》曰 | 27/130/16 |
| 以賢○不肖 | 27/132/25 |
| 善爲《○》者不占 | 27/133/23 |
| 一佩○之 | 27/134/3 |
| 偄弱○奪 | 27/136/13 |
| 言味者予○牙 | 27/137/16 |
| 何異於變○牙之和、更師曠之律 | 27/137/17 |
| 則若性命肌膚之不可○也 | 31/145/16 |

## 羿 yì　9

| | |
|---|---|
| ○者、天下之善射者也 | 8/32/4 |
| 則非○也 | 8/32/6 |
| ○、蠭門者 | 11/53/8,18/87/11 |
| 射遠中微則莫若○、蠭門矣 | 11/53/9 |
| ○之法非亡也 | 12/57/3 |
| 而○不世中 | 12/57/3 |
| 則○不能以中微 | 15/68/7 |
| 而○精於射 | 21/105/10 |

## 枻 yì　2

| | |
|---|---|
| 接人則用○ | 5/20/2 |
| 接人用○ | 5/20/2 |

## 益 yì　44

| | |
|---|---|
| 則無○矣 | 4/13/19 |
| 愼不敢損○也 | 4/14/11 |
| 則湯、武在上曷○ | 4/16/2 |
| 儒無○於人之國 | 8/27/26 |
| 何謂其無○於人之國也 | 8/28/13 |
| 有○於治者立之 | 8/29/4 |
| 無○於理者廢之 | 8/29/4 |
| 有○於理者爲之 | 8/29/4 |
| 無○於理者舍之 | 8/29/5 |
| 猶將無○也 | 9/36/12,18/88/17 |
| 雖守者○ | 9/36/27 |
| 不敢損○ | 12/63/4 |
| 雖振其樹無○也 | 14/67/5 |
| 士大夫○爵 | 16/76/7 |
| 官人○秩 | 16/76/7 |
| 庶人○祿 | 16/76/7 |
| ○地不如○信之務也 | 16/78/7 |
| 無○也 | 17/81/13 |
| 不知其無○ | 18/88/17 |
| 知其無○也 | 18/88/18 |
| 將以爲有○於人 | 18/88/18 |
| 則與無○於人也 | 18/88/19 |
| 而天下莫之能損○也 | 19/92/8 |
| ○不足 | 19/94/8 |
| ○之損之 | 19/94/20 |
| 而不可○損也 | 19/96/4 |
| 雖能之無○於人 | 21/107/5 |
| 爲之無○於成也 | 21/107/10 |
| 求之無○於得也 | 21/107/10 |
| 憂戚之無○於幾也 | 21/107/10 |
| 奚以○之而治 | 22/111/23 |
| 得○、皐陶、橫革、直成爲輔 | 25/121/13 |
| 非目○明也 | 27/131/26 |
| 道遠日○矣 | 27/134/12 |
| 君子進則能○上之譽而損下之憂 | 27/134/20 |
| 無○而厚受之 | 27/134/20 |
| 其云○乎 | 30/143/26 |
| 故富貴不足以○也 | 31/145/16 |
| 有○於仁乎 | 31/147/9 |
| 竊其有○與其無○ | 31/147/11 |
| 每○祿而施瘉博 | 32/149/18 |

## 挹 yì　2

| | |
|---|---|
| 弟子○水而注之 | 28/138/12 |
| 此所謂○而損之之道也 | 28/138/15 |

## 悒 yì　1

| | |
|---|---|
| 悍詭、○僈而不能無時至焉 | 19/97/20 |

## 埶 yì　67

| | |
|---|---|
| 體倨固而心（執）〔○〕詐 | 2/7/1 |
| 殺○也 | 2/8/14 |
| 是聖人之不得○者也 | 6/22/17 |

無禮義而唯權○之嗜者也 6/24/6
故人主不務得道而廣有其○ 7/26/4
雖在貧窮徒處之○ 7/26/11
○不在人上而羞爲人下 7/27/8
○齊則不壹 9/35/22
○位齊而欲惡同 9/36/1
○同而知異 10/42/13
百姓之○ 10/44/6
則雖臧獲不肯與天子易○業 11/52/16
故百里之地足以竭○矣 11/53/4
而闇主急得其○ 12/57/7
不急得其人而急得其○ 12/57/8
安值將卑○出勞 12/63/9
〔夫〕兵之所貴者○利也 15/68/9
權謀○利也 15/68/12
臣請遂道王者諸侯强弱存亡之效、安危之○ 15/69/12
劫之以○ 15/70/4
隆○詐 15/70/12
隆○詐、尙功利之兵 15/70/16
故賞慶、刑罰、○詐不足以盡人之力、致人之死 15/73/11
焉慮率用賞慶、刑罰、○詐、（除）〔險〕阸其下 15/73/12
故賞慶、刑罰、○詐之爲道者 15/73/14
彼畏我威、劫我○ 15/74/12
非劫之以形○ 16/75/18
處勝人之○ 16/76/12,16/76/12
厚於有天下之○ 16/76/13
然則得勝人之○者 16/76/13
夫主相者、勝人以○也 16/76/14
相國之於勝人之○ 16/76/16
然則胡不敺此勝人之○ 16/76/16
○籍之所存 16/76/24
形○便 16/78/10
○籍之所在也 18/84/1
有○籍者罷不足以縣天下 18/84/4
視形○而制械用 18/85/20
天子者、○位至尊 18/86/6
天子者、○至重而形至佚 18/86/16
有○榮者 18/88/24
有○辱者 18/88/24
形○勝 18/88/25
夫是之謂○榮 18/88/26
夫是之謂○辱 18/89/2
故君子可以有○辱 18/89/2
小人可以有○榮 18/89/3
有○辱無害爲堯 18/89/3
有○榮無害爲桀 18/89/3
義榮、○榮 18/89/4
義辱、○辱 18/89/4
申子蔽於○而不知知 21/103/9
由○謂之 21/103/10
○亂其官也 21/106/6
水○玄也 21/106/8
辨○惡用矣哉 22/110/2
君子無○以臨之 22/110/2
不賂貴〔者〕之權○ 22/110/15
無○列之位而可以養名 22/112/20
貴而不顧○ 23/114/20
故爲之立君上之○以臨之 23/115/4
今當試去君上之○ 23/115/6
○至重 24/118/7
〔人〕而有○、直而用抴必參天 25/120/16
後○富 25/121/2
失輔○ 25/122/7

## 異 yì 82

長而○俗 1/1/8
君子生非○也 1/1/14
夫堅白、同○、有厚無厚之察 2/7/10
若其所以求之之道則○矣 4/14/17
夫不知其與己無以○也 4/14/23
是注錯習俗之節○也 4/15/1
古今○情 5/18/24
其〔所〕以治亂者○道 5/18/24
苟以分○人爲高 6/21/16
曾不足以容辨○、縣君臣 6/21/19
堅白、同○之分隔也 8/29/6
其言議談說已無所以○於墨子矣 8/32/19
萬物同宇而○體 10/42/12
同求而○道 10/42/12
同欲而○知 10/42/12
所可○也 10/42/13
埶同而知○ 10/42/13
古者先王分割而等○之也 10/43/11
聖王財衍以明辨○ 12/60/4
天下曉然皆知其所非以爲○也 12/60/5
殷之服民所以養生之者也無○周人 15/71/14
則無以○於桀、紂 16/77/4
而殃禍與治世○ 17/79/20
外內○表 17/83/1
械用備飾不可不○也 18/85/21
○焉者非也 18/86/8
天下厭然與鄉無以○也 18/86/11 18/86/13
「堅白」「同○」之察入焉而溺 19/92/12
禮別○ 20/100/14
今諸侯○政 21/102/6
百家○說 21/102/6
倚其所私以觀○術 21/102/8
凡萬物○則莫不相爲蔽 21/102/13
是故衆○不得相蔽以亂其倫也 21/103/17
知而有○ 21/104/2
○也者、同時兼知之 21/104/2
則無以○矣 21/106/16
曲期遠方○俗之鄉則因之而爲通 22/107/22
與所緣（有）〔以〕同○ 22/108/10
○形離心交喻 22/108/12
○物名實（玄）〔互〕紐 22/108/12
同○不別 22/108/12
下以辨同○ 22/108/13
同○別 22/108/14
然則何緣而以同○ 22/108/14
形體、色理以目○ 22/108/16
聲音、清濁、調竽奇聲以耳○ 22/108/16
甘、苦、鹹、淡、辛、酸、奇味以口○ 22/108/16
香、臭、芬、鬱、腥、臊、（洒）〔漏〕、（酸）〔庮〕、奇臭

以鼻○ 22/108/17
疾、養、滄、熱、滑、鈹、輕、重以形體○ 22/108/18
說、故、喜、（怨）〔怒〕、哀、樂、愛、惡、欲以心○ 22/108/18
此所緣而以同○也 22/109/3
○則○之 22/109/5
知○實者之○名也 22/109/6
故使○實者莫不○名也 22/109/6
猶使（○）〔同〕實者莫不同名也 22/109/7
○於約則謂之不宜 22/109/10
物有同狀而○所者 22/109/11
有○狀而同所者 22/109/12
狀同而爲○所者 22/109/12
狀變而實無別而爲○者 22/109/12
驗之所緣（無）以同○而觀其孰調 22/109/18
辭也者、兼○實之名以（論）〔論〕一意也 22/110/5
不○實名以喻動靜之道也 22/110/6
辨○而不過 22/110/8
○類也 22/111/5,22/111/5
其與夫盜無以○ 22/112/15
其與無足無以○ 22/112/15
其不○於衆者 23/114/15
所以○而過衆者 23/114/16
豈其性○矣哉 23/116/4
雜布與錦不知○也 26/126/1
以多少爲○ 27/130/12
凡百事○理而相守也 27/131/8
有○心乎哉 27/137/5
何○於變易牙之和、更師曠之律 27/137/17
皆○世同心 28/138/22

## 詍 yì 1

則謂之○ 21/107/2

## 溢 yì 3

小人能則倨傲僻違以驕○人 3/9/11
屑然藏千○之寶 8/29/18
夫是之謂上○而下漏 9/36/18

## 意 yì 42

凡用血氣、志○、知慮 2/5/12
志○脩則驕富貴 2/6/12
○亦有所止之與 2/7/10
志○致脩 4/14/8
○者其是邪 4/16/16
從者將論志○、比類文學邪 5/17/23
志○定乎內 8/28/8
言志○之求 8/34/20
是君子之所以騁志○於壇宇宮庭也 8/34/22
將脩志○ 10/48/9
彼苟有人○焉 10/48/15
誠義乎志○ 11/49/20
今亦以天下之顯諸侯誠義乎志○ 11/49/21
志○廣大 12/58/7
美○延年 14/67/1
若夫（心）〔志〕○脩 17/81/4
其至○至闇也 18/84/15
志○脩 18/88/24
祭者、志○思慕之（情）〔積〕也 19/97/20,19/98/1
則其於志○之（情）〔積〕者 19/97/21
而志○得廣焉 20/99/4
舞○天道兼 20/100/20
曷以知舞之○ 20/101/2
衆積○（謘謘）〔謘謘〕乎 20/101/3
心不可劫而使易○ 21/104/12
其天官之○物也同 22/108/15
辭也者、兼異實之名以（論）〔論〕一○也 22/110/5
心○之於善 23/114/1
以期勝人爲○ 23/117/5
敢行其○ 23/117/6
禮恭而○儉 23/117/8
不恤是非、然不然之情以期勝人爲○ 23/117/10
卑其志○、大其園囿高其臺（榭） 25/120/8
託於《成相》以喻○ 25/122/10
志○之榮也 26/124/4
請測○之 26/124/11
唯各特○哉 27/137/16
憂而○不衰也 28/141/5
○者身不敬與 29/142/16
〔○者所友非仁人邪〕 29/142/18
則樂其○ 29/143/14

## 義 yì 316

其○則始乎爲士 1/3/7
若其○則不可須臾舍也 1/3/8
將原先王、本仁○ 1/4/1
仁○不一 1/4/12
保利棄○謂之至賊 2/6/2
道○重則輕王公 2/6/12
利少而○多 2/6/13
術禮○而情愛人 2/6/16
有法而無志其○ 2/7/19
此言君子之能以公○勝私欲也 2/8/16
非禮○之中也 3/9/1,3/9/3,3/9/4
畏患而不避○死 3/9/7
正○直指 3/9/19
以○變應 3/10/2
此言君子能以○屈信變應故也 3/10/3
小心則畏○而節 3/10/6
禮○之謂治 3/10/12
非禮○之謂亂也 3/10/12
故君子者、治禮○者也 3/10/12
非治非禮○者也 3/10/13
唯○之爲行 3/11/4
誠心行○則理 3/11/5
推禮○之統 3/11/16
○之所在 4/13/16
重死持○而不橈 4/13/17
先○而後利者榮 4/14/3
先利而後○者辱 4/14/3
不知其○ 4/14/11
仁○德行 4/15/4
安知禮○ 4/15/16
仁○之統 4/15/20,4/16/11
故先王案爲之制禮○以分之 4/17/1
仁○功名善於後世 5/17/20
不順禮○ 5/19/10

順禮○ 5/19/10
不是禮○ 6/22/4
下則法仲尼、子弓之○ 6/23/1
辯說譬諭、齊給便利而
　不順禮○ 6/23/7
遇君則脩臣下之○ 6/23/15
遇鄉則脩長幼之○ 6/23/15
遇長則脩子弟之○ 6/23/15
遇友則脩禮節辭讓之○ 6/23/16
遇賤而少者則脩告導寬
　容之○ 6/23/16
無禮○而唯權埶之嗜者也 6/24/6
必將盡辭讓之○然後受 7/26/9
是天下之通○也 7/27/8
明不滅主之○也 8/27/21
明枝主之○ 8/27/24
隆禮○ 8/27/26
無置錐之地而明於持社
　稷之大○ 8/28/1
行一不○、殺一無罪而得天下
　8/28/9,11/49/16
此君子○信乎人矣 8/28/9
禮○是也 8/28/15
俄而原仁○ 8/29/16
無正○ 8/32/16
不知隆禮○而殺《詩》
　、《書》 8/32/18
隆禮○而殺《詩》、
　《書》 8/32/21
統禮○ 8/33/2
苟仁○之類也 8/33/3
本仁○ 8/33/12
積禮○而為君子 8/34/7
不能屬於禮○ 9/35/4
能屬於禮○ 9/35/5
故制禮○以分之 9/36/2,19/90/4
○�天下 9/37/14,9/37/14
飾動以禮○ 9/37/19
禮○者、治之始也 9/39/2
君子者、禮○之始也 9/39/2
禮○無統 9/39/4
禽獸有知而無○ 9/39/9
亦且有○ 9/39/9
（以）○ 9/39/11
故○以分則和 9/39/11
得之分○也 9/39/13
不可少頃舍禮○之謂也 9/39/16
案（然）脩仁○ 9/41/5
則必有仁○聖良之名 10/42/25
故先王明禮○以壹之 10/46/20
其禮○節奏也 10/47/12
其於禮○節奏也 10/47/15
將脩小大強弱之○以持
　慎之 10/48/14
故用國者、○立而王 11/49/15
挈國以呼禮○而無以害
　之 11/49/16
則舉○士也 11/49/17
則舉○法也 11/49/18
則舉○志也 11/49/19
則下仰上以○矣 11/49/19
誠○乎志意 11/49/20
加○乎身行 11/49/20
今亦以天下之顯諸侯誠
　○乎志意 11/49/21
加○乎法則度量 11/49/21
以國齊○ 11/50/2
以濟○矣 11/50/3
是所謂○立而王也 11/50/3
○雖未濟也 11/50/4
不務張其○、齊其信 11/50/10
非以脩禮○也 11/50/14
唯其不由禮○而由權謀
　也 11/50/16
故與積禮○之君子為之
　則王 11/51/8
先○而後利 11/51/14
先利而後○ 11/51/15
嗜仁○ 11/53/4
行其○ 11/55/23,18/84/6
明禮○以道之 11/55/23,15/73/16
則夫朝廷群臣亦從而成
　俗於不隆禮○而好傾
　覆也 11/56/11
則夫衆庶百姓亦從而成
　俗於不隆禮○而好貪
　利矣 11/56/12
朝廷必將隆禮○而審貴
　賤 11/56/16
不知法之○而正法之數者 12/57/6
故上好禮○ 12/57/15
緣○而有類 12/58/5
行○塞於天地之閒 12/58/7
其能以稱○徧矣 12/60/7
公○明而私事息矣 12/60/12
行○動靜 12/61/7
知隆禮○之為尊君也 12/63/5
不卹公道通○ 13/63/18
故正○之臣設 13/64/11
是事聖君之○也 13/64/21
是事中君之○也 13/64/23
是事暴君之○也 13/64/24
禮○以為文 13/65/19
奪然後○ 13/66/2
禮○備而君子歸之 14/66/17
○及國而政明 14/66/18
臨事接民而以○ 14/67/8
○刑○殺 14/67/10,28/139/6
隆禮貴○者 15/69/13
簡禮賤○者 15/69/13
桓、文之節制不可以敵
　湯、武之仁○ 15/70/10
禮○教化 15/70/13
常以仁○為本 15/71/21
○者循理 15/71/21,15/71/23
皆以仁○之兵行於天下
　也 15/71/25
遠方慕其（德）〔○〕 15/71/26
非以仁○為之也 15/72/1
吾所謂仁○者 15/72/2
彼仁○者 15/72/3
此所謂仁○之兵也 15/72/6
無禮○忠信 15/73/12
於是有能化善、脩身、
　正行、積禮○、尊道
　德 15/74/2
禮○節奏是也 16/75/9
分○則明 16/75/13
分○則不明 16/75/15
必以道夫公道通○之可
　以相兼容者 16/76/15
則國孰敢不為○矣 16/76/17
莫不為○ 16/76/18
則天下孰不欲合○矣 16/76/18
禮○、辭讓、忠信是也 16/77/3
　16/77/6
所以養生、（安樂）
　〔樂安〕者莫大乎禮
　○ 16/77/12
人知貴生樂安而棄禮○ 16/77/12
○術行 16/77/16

以上之不貴〇、不敬〇也 16/79/3
夫〇者、所以限禁人之爲惡與姦者也 16/79/3
今上不貴〇、不敬〇 16/79/4
則下之人百姓皆有棄〇之志 16/79/4
夫〇者、內節於人而外節於萬物者也 16/79/6
〇之情也 16/79/7
〇爲本 16/79/7
古者禹、湯本〇務信而天下治 16/79/7
桀、紂棄〇背信而天下亂 16/79/8
故爲人上者必將愼禮〇、務忠信然後可 16/79/8
〔禮〇之不愆〕 17/81/2
禮〇不脩 17/81/18
若夫君臣之〇、父子之親、夫婦之別 17/82/3
在人者莫明於禮〇 17/82/10
禮〇不加於國家 17/82/12
亂禮〇之分 18/84/7
不能以〇制利 18/86/10
夫禮〇之分盡矣 18/86/14
有〇榮者 18/88/24
有〇辱者 18/88/24
夫是之謂〇榮 18/88/25
夫是之謂〇辱 18/89/1
而不可以有〇辱 18/89/3
而不可以有〇榮 18/89/3
〇榮、埶榮 18/89/4
〇辱、埶辱 18/89/4
孰知夫禮〇文理之所以養情也 19/90/15
故人一之於禮〇 19/90/17
是君子之道、禮〇之文也 19/93/7
其〇止 19/93/24
其〇行 19/93/24
是致隆思慕之〇也 19/94/1
而滋成行〇之美者也 19/94/8
非禮〇之文也 19/94/14
明死生之〇 19/95/17
是禮〇之法式也 19/96/2
尊尊親親之〇至矣 19/97/22
其〇一也 20/99/6
貴賤之〇別矣 20/101/8
隆殺之〇辨矣 20/101/12
賤禮〇而貴勇力 20/101/25
好〇者衆矣 21/105/10
正〇而爲謂之行 22/107/25
禮〇之不愆兮 22/110/17
彼正其名、當其辭以務白其志〇者也 22/110/20
彼名辭也者、志〇之使也 22/110/21
而無深於其志〇者也 22/110/23
故淫亂生而禮〇文理亡焉 23/113/5
故必將有師法之化、禮〇之道 23/113/6
得禮〇然後治 23/113/10
無禮〇則悖亂而不治 23/113/10
是以爲之起禮〇、制法度以矯飾人之情性而正之 23/113/11
化師法、積文學、道禮〇者爲君子 23/113/12
縱性情、安恣睢而違禮〇者爲小人 23/113/13
禮〇者、聖人之所生也 23/113/17
禮〇之文理也 23/114/5
則禮〇惡生 23/114/8
凡禮〇者 23/114/8
聖人積思慮、習僞故以生禮〇而起法度 23/114/10
然則禮〇法度者 23/114/11
23/114/15
僞起（於信）而生禮〇 23/114/14
禮〇生而制法度 23/114/14
且化禮〇之文理 23/114/17
化禮〇則讓乎國人矣 23/114/18
固無禮〇 23/114/21
性不知禮〇 23/114/21
則人無禮〇 23/114/22
不知禮〇 23/114/22
人無禮〇則亂 23/114/22
不知禮〇則悖 23/114/22
惡用禮〇矣哉 23/115/3
雖有聖王禮〇 23/115/3
明禮〇以化之 23/115/4
是聖王之治而禮〇之化也 23/115/5
無禮〇之化 23/115/6
故性善則去聖王、息禮〇矣 23/115/12
性惡則與聖王、貴禮〇矣 23/115/12
明禮〇 23/115/13
必將待聖王之治、禮〇之化 23/115/17
禮〇積僞者 23/115/20
夫聖人之於禮〇也 23/115/22
然則禮〇積僞者 23/115/22
23/115/25
今將以禮〇積僞爲人之性邪 23/115/23
僞起而生禮〇 23/115/25
然則聖人之於禮〇積僞也 23/115/25
以綦於禮〇故也 23/116/2
然而〔秦人〕於父子之〇、夫婦之別不如齊、魯之孝（具）〔共〕敬（父）〔文〕者 23/116/2
以秦人之從情性、安恣睢、慢於禮〇故也 23/116/3
以其爲仁〇法正也 23/116/6
然則仁〇法正有可知可能之理 23/116/6
皆有可以知仁〇法正之質 23/116/7
皆有可以能仁〇法正之具 23/116/7
今以仁〇法正爲固無可知可能之理邪 23/116/8
然則唯禹不知仁〇法正、不能仁〇法正也 23/116/8
將使塗之人固無可以知仁〇法正之質 23/116/9
而固無可以能仁〇法正之具邪 23/116/9
且內不可以知父子之〇 23/116/10
皆內可以知父子之〇 23/116/11
本夫仁〇之可知之理、可能之具 23/116/13
身日進於仁〇而不自知也者 23/117/17
分〇行乎下 24/118/10
以〇制事 24/119/8
〇者、分此者也 24/119/14
尊主安國尙賢〇 25/120/4

重○輕利行顯明 25/121/7
行○以正 26/124/1
拂乎其欲禮○之大行也 26/125/17
○之倫也 27/127/26
○、理也 27/127/27
○有門 27/127/28
○、非其門而由之 27/127/28
非○也 27/128/1
不成○ 27/128/1
仁、○、禮、樂 27/128/2
君子處仁以○ 27/128/2
行○以禮 27/128/3
然後○也 27/128/3
聘士之○ 27/129/20
管仲之爲人力功不力○ 27/131/17
○與利者、人之所兩有也 27/132/1
然而能使其欲利不克其好○也 27/132/1
雖桀、紂亦不能去民之好○ 27/132/2
然而能使其好○不勝其欲利也 27/132/2
故○勝利者爲治世 27/132/2
利克○者爲亂世 27/132/3
上重○則○克利 27/132/3
上重利則利克○ 27/132/3
上好（羞）〔○〕 27/132/12
與○分背矣 27/132/13
服禮○ 27/134/8
非○不受 27/135/22
仁○禮善之於人也 27/136/15
有（夫）分○ 27/137/13
無分○ 27/137/13
似○ 28/140/6
今夫子累德、積○、懷美 28/140/18
從○不從父 29/141/19,29/142/3
孝子不從命乃○ 29/142/1
明於從不從之○ 29/142/2
災禍患難而能無失其○ 29/142/4
不爲不○ 29/142/12
故君子苟能無以利害○ 30/144/2
○也 30/144/7
仁○在身而色不伐 31/146/2
禮○不行 32/150/5

**偯 yǐ** 1

（○）〔億〕然若終身之虜而不敢有他志 8/32/21

**毅 yì** 2

剛彊猛○ 3/10/2
剛○勇敢不以傷人 6/23/14

**億 yì** 5

欲知○萬 5/18/21
○萬之衆而（博）〔摶〕若一人 8/30/16
人之衆數以○萬 16/76/25
其所以貫理焉雖○萬 21/106/19
暴至殺傷而不○忌者歟 26/124/12

**劓 yì** 1

〔○〕慅嬰 18/85/5

**翼 yì** 3

壽於旗、○ 10/48/16
其○若干 21/102/22
無羽無○ 26/125/9

**億 yì** 1

（偯）〔○〕然若終身之虜而不敢有他志 8/32/21

**瞖 yì** 1

知尙○使能之爲長功也 12/63/6

**藝 yì** 4

閒樹○ 9/40/7
其於百官之事、技○之人也 12/58/3
耕耘樹○ 29/142/15,29/142/17

**議 yì** 17

若端（拜）〔拜〕而○ 3/11/16
論○之卑爾 5/17/27
（而）論○之卑爾 5/18/4
其言○談說已無所以異於墨子矣 8/32/19
故法而不○ 9/35/16
故法而○ 9/35/17
其卿相調○ 10/47/13
三公總方而○ 11/52/19,11/54/15
臨武君與孫卿子○兵於趙孝成王前 15/68/3
先生○兵 15/71/21
是又畏事者之○也 18/86/16
凡○ 18/88/21
故凡言○期命 18/88/23
終日○其所以 23/117/2
主好論○必善謀 25/123/2
壯不論○ 27/134/16

**因 yīn** 14

○（求）〔衆〕以成天下之大事矣 5/20/3
○天下之和 8/27/23
○殷人也 8/31/20
故○其懼也 13/64/25
○其憂也 13/64/25
○其喜也 13/64/25
○其怒也 13/64/25
○其民 15/74/10
○與之參國政 16/78/5
○物而多之 17/82/16
○以飾群 19/96/4
道盡○矣 21/103/11
曲期遠方異俗之鄉則○之而爲通 22/107/22
○麗節文 28/141/14

**姻 yīn** 1

婚○娉內送逆無禮 10/42/20

**音 yīn** 15

而耳辨○聲清濁 4/15/8

使夷俗邪○不敢亂雅 9/40/2
20/99/21
其德○足以化之 10/43/20
故厚德○以先之 11/55/23
15/73/16
其德○足以塡撫百姓 12/62/19
是吉凶憂愉之情發於聲○者也 19/94/15
樂則必發於聲○ 20/98/14
聲○、動靜、生術之變盡〔於〕是矣 20/98/15
故禮樂廢而邪○起者 20/99/19
故先王貴禮樂而賤邪○ 20/99/20
鄭、衛之○ 20/100/1
聲○、清濁、調竽奇聲以耳異 22/108/16
言○者予師曠 27/137/16

殷 yīn 14

○不用舊 6/24/1
虛○國 8/27/15
遂乘○人而誅紂 8/31/19
因○人也 8/31/20
必將於愉○赤心之所 9/41/2
○之日 9/41/3,9/41/18
○之伊尹 13/63/24
○之服民所以養生之者也無異周人 15/71/14
夏桀、○紂是也 21/102/15
文王監於○紂 21/102/19
此其所以代○王而受九牧也 21/102/20
武王誅之、呂尚招麾○民懷 25/120/10
武王始入○ 27/131/3

茵 yīn 1

臨患難而不忘（細）〔○〕席之言 27/133/13

陰 yīn 6

相○陽 9/40/8
○陽大化 17/80/5
所志於○陽者 17/80/18
是天地之變、○陽之化 17/81/10
17/81/13
○陽接而變化起 19/95/2

蔭 yīn 1

樹成○而衆鳥息焉 1/2/6

吟 yín 1

盜跖○口 3/9/3

淫 yín 20

小心則流○而傾 3/10/8
○大而用之 6/23/10
其事行也若是其險汙○汰也 7/25/9
禁○聲 9/40/2,20/99/20
防○除邪 9/40/11
非特以爲○泰夸麗之聲 10/43/12
非特以爲○泰也 10/43/18
士大夫無流○之行 12/60/6
不若利○ 14/67/25
男女○亂 17/81/18
流○、汙優 18/88/26
不至於流○惰慢 19/94/11
將由夫愚陋○邪之人與 19/96/15
使人之心○ 20/100/1
故君子耳不聽○聲 20/100/2
其俗○ 20/101/24
故○亂生而禮義文理亡焉 23/113/5
所見者汙漫、○邪、貪利之行也 23/117/18
則士大夫無流○之行 24/118/10

銀 yín 1

守其○ 25/123/1

引 yǐn 6

救經而○其足也 7/27/10
16/77/10
緜緜常以結○馳外爲務 11/50/14
小物○之 21/105/7
猶○繩以持曲直 22/110/9
自○而居下 27/135/8

尹 yǐn 8

令○子西、司馬子期皆死焉 5/17/19
伊○之狀 5/17/22
故湯用伊○ 11/54/23
殷之伊○ 13/63/24
伊○、箕子 13/64/7
是以能長用伊○而身不失道 21/102/19
是以湯誅○諧 28/138/21
○氏大師 28/139/9

飲 yǐn 19

下○黃泉 1/2/12
食○、衣服、居處、動靜 2/5/13
無廉恥而嗜乎○食 2/8/8
爭○食 4/13/13
恈恈然惟（利）○食之見 4/13/14
無廉恥而耆○食 6/25/1
沈猶氏不敢朝○其羊 8/28/5
嚽菽○水 10/45/13
○食甚厚 11/53/14
君子啜菽○水 17/81/4
食○則重大牢而備珍怪 18/86/18
貴食○之本也 19/91/7
是吉凶憂愉之情發於食○者也 19/94/17
乳母、○食之者也 19/97/10
立○ 20/101/12
○酒之節 20/101/18
○之食之 27/131/1
○而不食者、蟬也 27/137/20
不○不食者、浮蝣也 27/137/20

靷 yǐn 1

金革轡○而不入 19/95/12

隱 yǐn 38

行無○而不形 1/3/3
可與言而不言謂之○ 1/4/8

故君子不傲、不○、不瞽 1/4/9
是故窮則不○ 4/14/22
幽○而無說 6/22/9
雖○於窮閻漏屋 8/28/3,8/32/7
君子○而顯 8/30/2
○○兮其恐人之不當也 8/31/2
無○謀 9/35/17
故近者不○其能 9/38/11
無幽閒○僻之國莫不趨使而安樂之 9/38/11
則天下莫之能○匿也 10/48/11
不○乎天下 11/49/20
則雖幽閒○辟 11/55/8
外不可以○遠人 12/61/14, 12/61/15
然後○其所憐所愛 12/62/9
○其敗 13/64/18
○忌雍蔽之人 14/66/11
○之以阸 15/70/4
○顯有常 17/83/1
儀○則下無動也 18/83/12
天下無○士 18/86/8
庶人○竄莫敢視望 18/87/1
賢良退處而○逃 21/102/17
○而敗 21/107/14
有嘗試深觀其○而難（其）察者 22/112/9
（治）世曉然皆知夫爲姦則雖○竄逃亡之由不足以免也 24/118/14
禮樂滅息、聖人○伏墨術行 25/120/16
○（諱）〔過〕疾賢、（良）〔長〕由姦詐鮮無災 25/122/1
顯者必得、○者復顯民反誠 25/123/3
○遠至 25/123/5
○良者謂之妒 27/130/18
奚居之○也 28/141/1
故居不○者思不遠 28/141/9
○栝之側多枉木 30/144/16

**螾 yǐn** 1

蚯○無爪牙之利、筋骨之强 1/2/12

**檃 yǐn** 7

府然若（渠）〔梁〕匽○栝之於己也 5/20/1
故枸木必將待○括、烝、矯然後直 23/113/9
故○栝之生 23/115/13
直木不待○栝而直者 23/115/16
枸木必將待○栝、烝、矯然後直者 23/115/16
示諸○栝 27/134/2
君子之○栝不可不謹也 27/134/3

**英 yīng** 5

而群天下之○傑而告之以大古 6/22/13
○傑化之 8/32/12
則○傑至 9/35/11
天下之○也 18/87/9
恐失世○ 26/125/16

**嬰 yīng** 9

辟之是猶使處女○寶珠、佩寶玉、負戴黃金而遇中山之盜也 10/49/2
○之者斷 15/69/3
敵國不敢○也 16/75/9,20/99/16
〔劓〕慅○ 18/85/5
故脯巨人而炙○兒矣 18/88/4
帶甲○軸 20/99/26
○聞之 27/134/1
○貧無財 27/134/1

**應 yīng** 62

能定然後能○ 1/4/20
能定能○ 1/4/20
以義變○ 3/10/2
此言君子能以義屈信變○故也 3/10/3
善其言而類焉者○矣 3/10/18
故馬鳴而馬○之 3/10/18
物至而○ 3/11/21,21/107/11
○變不窮 5/21/2
宗原○變 6/25/2
○侯順德 7/26/12
嗚呼而莫之能○ 8/28/1
則天下○之如讙 8/28/10
事變得其○ 8/29/1,10/45/21
天下○之如雷霆 8/30/2
○當世之變若數一二 8/30/15
○之曰 8/31/13,18/88/11, 18/88/21,18/89/12,23/114/8, 23/115/20
其持險○變曲當 8/32/11
則舉統類而○之 8/33/4
舉錯○變而不窮 9/37/19
事變失○ 10/45/12
則下○之如影嚮 10/46/16
天下之人○之如影響 11/53/17
不能○事之變 12/57/6
並遇變○而不窮 12/58/1
其○變故也 12/58/2
而觀其能○變也 12/61/9
一物不○ 12/62/18,31/147/3
其知慮足以○待萬變然後可 12/62/20
然而○薄扞患足以持社稷然後可 12/62/23
○卒遇變 13/63/20
變○寬裕而多容 14/67/8
善善惡惡之○也 16/76/5
○侯問孫卿子曰 16/78/10
辟之猶響之○聲 16/79/5
○之以理則吉 17/79/16
○之以亂則凶 17/79/16
孰與○時而使之 17/82/16
○之以貫 17/82/20
不知○變 17/82/20
彼將聽唱而○ 18/83/11
唱默則民無○也 18/83/12
不○不動 18/83/12
終始相○ 19/92/8,27/130/10
夫民有好惡之情而無喜怒之○ 20/99/25
凡姦聲感人而逆氣○之 20/100/4
正聲感人而順氣○之 20/100/4
唱和有○ 20/100/5
精合感○ 22/107/23
欲者、情之○也 22/111/14
○對言語視面 27/130/5
通類而後○ 27/131/11

其○佚若聲響 28/140/6
○變而不窮 31/146/8

纓 yīng 1

其○禁緩 6/24/19

鷹 yīng 1

○鳶猶以山爲卑而增巢其上 30/144/2

迎 yíng 5

東面而○太歲 8/31/16
故辟門除涂以○吾入 15/74/10
親○之禮 27/127/12
往○爾相 27/127/12
親○之道 27/129/20

盈 yíng 8

志驕○而輕舊怨 7/26/20
不○頃筐 21/104/14
爵祿○而忠衰於君 23/116/26
精微乎毫毛而〔充〕○（大乎）〔乎大〕寓（宙） 26/124/8
充○大宇而不窕 26/124/11
○其欲而不愆其止 27/135/7
○不求概 28/140/7
顏色充○ 29/143/2

楹 yíng 1

非而謁○ 22/109/19

贏 yíng 2

緩急○絀 5/20/1
○則敖上 16/75/17

營 yíng 2

無所○也 20/100/17
言談足以飾邪○衆 28/138/20

羸 yíng 1

○三日之糧 15/70/2

郢 yǐng 1

然而秦師至而鄢、○舉 15/72/17

影 yǐng 8

則下應之如○嚮 10/46/16
天下之人應之如○響 11/53/17
辟之是猶立直木而求其○之枉也 11/55/14
辟之是猶立枉木而求其○之直也 11/55/15
〔則〕下之和上也如○（嚮）〔響〕 15/73/6
○之像形也 16/79/5
狀乎無形○ 19/98/9
俯見其○ 21/106/12

潁 yǐng 1

汝、○以爲險 15/72/16

庸 yōng 17

○衆而野 2/5/14
○衆駑散 2/6/8
○言必信之 3/11/23
○行必愼之 3/11/24
固非○人之所知也 4/16/14
中○雜民不待政而化 9/35/3
之所以接下之百姓者則○寬惠 9/42/2
勿○以即 14/67/10,28/139/6
○人不知惡矣 18/85/8
親親、故故、○○、勞勞 27/127/26
女○安知吾不得之桑落之下乎哉 28/141/9
有○人 31/145/7
敢問何如斯可謂○人矣 31/145/8
所謂○人者 31/145/8
則可謂○人矣 31/145/11

傭 yōng 11

是以終身不免埤汙○俗 5/19/14
近（世）〔舉〕則病○ 5/19/17
近（世）〔舉〕而不○ 5/19/18
立身則從○俗 9/42/2
事行則遵○故 9/42/2
進退貴賤則舉○士 9/42/2
是其出賃市、○而戰之幾矣 15/69/22
○徒鬻賣之道也 15/70/11
○徒粥賣之道也 15/73/15
則色不及○而可以養目 22/112/18
聲不及○而可以養耳 22/112/18

雍 yōng 2

隱忌○蔽之人 14/66/11
《○》而徹〔乎〕五祀 18/86/18

壅 yōng 1

上○蔽 25/122/7

雝 yōng 1

不○不塞 30/143/25

顒 yóng 2

○○卬卬 22/110/11

永 yǒng 3

○言孝思 7/26/12
○思騫兮 22/110/17
○錫爾類 27/134/25

勇 yǒng 31

○膽猛戾 2/6/6
其行道理也○ 2/8/12
○而不見憚者 4/12/23
有狗彘之○者 4/13/13
有賈盜之○者 4/13/13
有小人之○者 4/13/13
有士君子之○者 4/13/13

是狗彘之○者也 4/13/14
是賈盜之○也 4/13/15
是小人之○也 4/13/16
是士君子之○也 4/13/17
○而無憚 6/23/9
剛毅○敢不以傷人 6/23/14
○而好同 7/26/18
○則必爲賊 8/33/16
○則速威 8/33/17
材技股肱、健○爪牙之士 9/41/22
暴悍○力之屬爲之化而愿 15/74/6
賤禮義而貴○力 20/101/25
有○非以持是 21/107/1
有上○者 23/117/5
有中○者 23/117/5
有下○者 23/117/5
是上○也 23/117/8
是中○也 23/117/9
是下○也 23/117/10
似○而非 27/136/13
○果而亡禮 27/137/8
○力撫世 28/138/14
似○ 28/140/7
○也 30/144/8

## 蛹 yǒng 1

○以爲母 26/125/4

## 用 yòng 259

○心一也 1/2/12
○心躁也 1/2/13
凡○血氣、志意、知慮 2/5/12
不是師法而好自○ 2/8/3
於是又節○禦欲 4/16/8
接人則○枻 5/20/2
接人○枻 5/20/2
○其身則多詐而無功 5/21/3
上功○ 6/21/19
辯而無○ 6/22/4
（言）無○而辯 6/23/8
淫大而○之 6/23/10
般不○舊 6/24/1
能爲可○ 6/24/13,27/138/4
不能使人必○己 6/24/13, 27/138/4
不恥不見○ 6/24/14
必曰君子固不○力 6/25/1
故善○之 7/26/3
不善○之 7/26/3
貧則○節 7/26/10
人主○之 8/27/27
不○ 8/27/27
便備○ 8/28/20,9/37/6, 9/40/8,9/41/19,10/48/12
炤炤兮其○知之明也 8/31/1
脩脩兮其（○）統類之行也 8/31/1
○百里之地 8/32/7
○百里之地而千里之國莫能與之爭勝 8/32/9
故人主○俗人 8/33/7
○俗儒 8/33/7
○雅儒 8/33/7
○大儒 8/33/8
○萬乘之國 8/33/8
○彊者 9/36/23
喪祭械○皆有等宜 9/38/2, 11/54/17
械○、則凡非舊器者舉毀 9/38/3
然而中國得而○之 9/38/16
農夫不斲削、不陶冶而足械○ 9/38/16
然而君子剝而○之 9/38/17
莫不盡其美、致其○ 9/38/18
而牛馬爲○ 9/39/10
故魚鱉優多而百姓有餘○也 9/39/21
聖王之○也 9/39/22
使國家足○而財物不屈 9/40/6
○萬乘之國者 9/40/18
暴國之君案自不能○其兵矣 9/41/11
是以厭然畜積脩飾而物○之足也 9/41/20
則好○其死力矣 9/42/5
好○其籍斂矣 9/42/5
無宜而有○爲人 10/42/12
節○裕民 10/42/23
節○以禮 10/42/23
而下以禮節○之 10/42/24
故知節○裕民 10/42/25
生於節○裕民也 10/42/26
不知節○裕民則民貧 10/42/26
而或以無禮節○之 10/42/27
不知節○裕民也 10/42/28
祿必稱○ 10/43/2
皆使衣食百○出入相揜 10/43/4
墨子之「節○」也 10/45/7
不愛而○之 10/47/4
不如愛而後○之之功也 10/47/4
愛而後○之 10/47/5
不如愛而不○者之功也 10/47/5
利而不利也、愛而不○也者 10/47/5
利而後利之、愛而後○之者 10/47/6
不利而利之、不愛而○之者 10/47/6
仁人之○國 10/48/9
故仁人之○國 10/48/17
國者、天下之制利○也 11/49/12
故○國者、義立而王 11/49/15
故○彊齊 11/50/13
安唯便僻左右親比己者之○ 11/51/12
國者、巨○之則大 11/51/13
小○之則小 11/51/13
巨○之者 11/51/14
夫是之謂巨○之 11/51/14
小○之者 11/51/15
唯便辟親比己者之○ 11/51/15
夫是之謂小○之 11/51/16
巨○之者若彼 11/51/16
小○之者若此 11/51/16
擇其善者而明○之 11/53/3
其○知甚簡 11/53/11
權物而稱○ 11/54/17
以是（○）〔周〕挾於萬物 11/54/17
故湯○伊尹 11/54/23
文王○呂尚 11/54/23
武王○召公 11/54/23
成王○周公（且）〔旦〕 11/55/1
○國者 11/55/21
則器○巧便而財不匱矣 11/56/22
故賞不○而民勸 12/57/18, 16/75/14
罰不○而民服 12/57/18
不務說其所以然而致善

〇其材 12/58/3
不與之爭能而致善〇其功 12/58/4
明達（〇）〔周〕天地、理萬變而不疑 12/58/6
而求其爲己〇、爲己死 12/58/15
民不爲己〇、不爲己死 12/58/16
大〇之 12/59/6
小〇之 12/59/7
縱不能〇 12/59/7
事時制明而〇足 12/60/3
故天子諸侯無靡費之〇 12/60/6
得而不〇 12/60/22
其〇人有法 12/61/6
〇人之法 12/61/6
案唯便嬖親比己者之〇也 12/61/18
倜然乃舉太公於州人而〇之 12/62/3
然而〇之者 12/62/5
故舉（于是）〔是子〕而〇之 12/62/6
知明制度、權物稱〇之爲不泥也 12/63/7
故〇聖臣者王 13/63/21
〇功臣者彊 13/63/21
〇篡臣者危 13/63/21
〇態臣者亡 13/63/21
態臣〇 13/63/22
篡臣〇 13/63/22
功臣〇 13/63/22
聖臣〇 13/63/22
〇則可 13/64/1,13/64/2
不〇則去 13/64/2
不〇則死 13/64/2
君子不〇 14/66/11
不在乎言〇賢 14/67/3
而在乎〔不〕誠必〇賢 14/67/3
夫言〇賢者、口也 14/67/3
〇其終爲始 14/67/9
此〇兵之要術也 15/68/6
凡〇兵攻戰之本在乎壹民〔也〕 15/68/6
是乃善〇兵者也 15/68/8
善〇兵者 15/68/10
孫、吳〇之 15/68/10
且仁人之〇十里之國 15/69/1
〇百里之國 15/69/1
〇千里之國 15/69/2
故仁人〇 15/69/8
則下可〇也 15/69/14
則下不可〇也 15/69/14
下可〇則强 15/69/14
下不可〇則弱 15/69/15
械〇兵革攻完便利者强 15/69/18
械〇兵革窳楛不便利者弱 15/69/18
重〇兵者强 15/69/18
輕〇兵者弱 15/69/18
是事小敵毳則偷可〇也 15/69/21
陒而〇之 15/70/5
是皆世俗之所謂善〇兵者也 15/70/19
凡慮事欲孰而〇財欲泰 15/71/1
不能〇其民 15/73/1
刑錯而不〇 15/73/9,28/139/10
焉慮率〇賞慶、刑罰、埶詐、（除）〔險〕陒其下 15/73/12
獲其功〇而已矣 15/73/13
〇貧求富 15/74/14
〇飢求飽 15/74/14
罰不〇而威行 16/75/14
合戰〇力而敵退 16/76/3
案〇夫端誠信全之君子治天下焉 16/78/5
彊本而節〇 17/79/16
本荒而〇侈 17/79/18
無〇之辯、不急之察 17/82/3
孰與制天命而〇之 17/82/15
則可謂能〇天下矣 18/84/6
能〇天下之謂王 18/84/6
非獨不〇肉刑 18/85/7
亦不〇象刑矣 18/85/7
視形埶而制械〇 18/85/20
衛人〇柯 18/85/20
齊人〇一革 18/85/20
械〇備飾不可不異也 18/85/21
夫是之謂視形勢而制械〇 18/85/23
擅讓惡〇矣哉 18/86/15
孰知夫出費〇之所以養財也 19/90/14
〔大〕饗、尙玄尊而〇酒醴 19/91/7
貴本而親〇也 19/91/8
親〇之謂理 19/91/9
禮者、以財物爲〇 19/92/21, 27/130/12
以多少爲〇 19/92/21
情〇省 19/92/21
情〇繁 19/92/22
文理、情〇相爲內外表裏 19/92/22
然而禮兼而〇之 19/94/9
薄器不成（內）〔〇〕 19/95/10
告不〇也 19/95/11
明不〇也 19/95/12
又明不〇也 19/95/13
明器貌而不〇 19/95/13
百姓怨非而不〇 21/102/17
是以能長〇伊尹而身不失道 21/102/19
是以能長〇呂望而身不失道 21/102/20
墨子蔽於〇而不知文 21/103/8
故由〇謂之 21/103/9
舉而〇之 21/103/15
〇精惑也 21/106/8
此惑於〇名以亂名者也 22/109/16
此惑於〇實以亂名者也 22/109/18
此惑於〇名以亂實者也 22/109/19
辨埶惡〇矣哉 22/110/2
〇之大文也 22/110/4
名之〇也 22/110/4
〇、麗俱得 22/110/5
辨說之〇也 22/110/7
〇此觀之 23/113/7,23/113/13,23/113/22,23/114/6,23/114/20,23/114/23,23/115/8,23/115/14,23/115/17,23/115/25,23/116/21
則〔有〕惡〇聖王 23/115/2
惡〇禮義矣哉 23/115/3
雖能、旁魄而毋〇 23/117/4
國事無所往而不〇 24/119/10
吳有伍子胥而不能〇 24/119/10
夫故天下不與爭能而致善〇其功 24/119/15
〔人〕而有埶、直而〇抴必參天 25/120/16
干戈不〇三苗服 25/121/11

聖知不○愚者謀　25/122/2
任○讒夫不能制　25/122/7
務本節○財無極　25/122/13
下不得○輕私門　25/123/1
時○則存　26/125/8
不○則亡　26/125/8
猶○慶賞於國家也　27/127/18
猶○刑罰於萬民也　27/127/18
文貌情○　27/130/8
國○也　27/130/22
任其○　27/130/22
勿○爲笑　27/131/6
晏子、功○之臣也　27/131/16
無○吾之所短遇人之所長　27/137/7
有不○而改自作　27/137/17
比干、子胥忠而君不○　27/137/22
汝以知者爲必○邪　28/141/1
女以忠者爲必○邪　28/141/2
女以諫者爲必○邪　28/141/2
桓公○其賊　31/147/16
文公○其盜　31/147/17
好自○　32/149/2
彼其好自○也　32/149/3
昔虞不○宮之奇而晉并之　32/150/1
萊不○子馬而齊并之　32/150/1
不親賢○知　32/150/1
方術不○　32/150/11

## 攸 yōu　1

朋友○攝　27/135/1

## 幽 yōu　22

○隱而無說　6/22/9
爲不善於○而蒙刑於顯也　9/38/7
無○閒隱僻之國莫不趨使而安樂之　9/38/11
進退貴賤則舉○險詐故　9/42/4
公侯失禮則○　11/53/16
則雖○閒隱辟　11/55/8
治明不治○　11/55/11
主能治明則○者化　11/55/11
又務見○　11/55/13,11/55/14
衡聽、顯○、重明、退姦、進良之術　14/66/10
夫是之謂衡聽、顯○、重明、退姦、進良之術　14/66/14
無○閒辟陋之國　15/71/15
權謀、傾覆、○險而亡　16/75/10
權謀、傾覆、○險而盡亡矣　17/82/13
上○險　18/83/16
故主道利明不利○　18/83/17
主道○則下危　18/83/18
此言上○而下險也　21/107/15
周○、厲　25/122/8
○（晦）〔闇〕登昭　26/125/13
天下○險　26/125/16

## 悠 yōu　3

感忽○闇　15/68/10
○○我思　28/140/1

## 憂 yōu　55

○則靜而理　3/10/7
○則挫而懾　3/10/9
○忘其身　4/13/3
人也、○忘其身　4/13/4
○以忘其身　4/13/7
危害者常○險　4/14/5
○險者常夭折　4/14/5
則老弱有失養之○　10/42/19
則人有失合之○　10/42/21
墨子之言昭昭然爲天下○不足　10/44/20
特墨子之私○過計也　10/44/20
　10/45/4
○戚而非樂　10/45/8
愀然○戚非樂而日不和　10/46/3
而上不○不足　10/48/1
國安則無○民　11/51/23
○患者生於亂國者也　11/52/4
故○患不可勝校也　11/52/5
乃得○焉　11/52/6
因其○也　13/64/25
然而○患不可勝校也　16/77/16
　16/78/3
恬愉、○戚　19/94/9
麤（衰）〔惡〕、哭泣、○戚　19/94/10
○戚萃惡　19/94/15
是吉凶○愉之情發於顏色者也　19/94/15
是吉凶○愉之情發於聲音者也　19/94/15
是吉凶○愉之情發於食飲者也　19/94/17
是吉凶○愉之情發於衣服者也　19/94/18
是吉凶○愉之情發於居處者也　19/94/19
○戚之無益於幾也　21/107/10
外重物而不內○者　22/112/9
心○恐則口銜芻豢而不知其味　22/112/11
故嚮萬物之美而盛○　22/112/13
○無疆也　26/125/18
如之何○之長也　27/128/11
不○其係壘也　27/131/23
而○其不焚也　27/131/23
君子進則能益上之譽而損下之○　27/134/20
○心悄悄　28/138/23
斯足○矣　28/138/23
○而意不衰也　28/141/5
君子亦有○乎　29/143/14
無一日之○　29/143/15
則○不得　29/143/15
是以有終身之○　29/143/16
不知選賢人善士〔而〕託其身焉以爲己○　31/145/9
未嘗知○也　31/146/17
君以此思○　31/147/4
則○將焉〔而〕不至矣　31/147/4
退朝而有○色　32/148/19
王朝而有○色　32/148/19
是以○也　32/148/20,32/148/22
楚莊王以○　32/148/22

## 優 yōu　6

故魚鱉○多而百姓有餘用也　9/39/21
俳○、侏儒、婦女之請謁以悖之　11/56/1

皆使（當）〔富〕厚、○猶（不）知足 18/87/19
今倡○、侏儒、狎徒詈侮而不鬬者 18/88/12
所以○生也 19/94/5
接則事○成 27/128/12

## 尤 yóu 1

則有何○抇人之墓、抉人之口而求利矣哉 18/88/4

## 由 yóu 75

故必○其道至 1/4/6
生乎○是 1/4/19
死乎○是 1/4/19
○禮則治（通）〔達〕 2/5/12
不○禮則勃亂提僈 2/5/13
○禮則和節 2/5/13
不○禮則觸陷生疾 2/5/13
○禮則雅 2/5/14
不○禮則夷固僻違 2/5/14
莫徑○禮 2/6/9
見○則恭而止 3/10/7
見○則兌而倨 3/10/9
則無○得開內焉 4/15/15
故知默○知言也 6/23/5
○士以上則必以禮樂節之 10/43/2
○是推之 10/43/5
○將不足以免也 10/49/3
唯其不○禮義而○權謀也 11/50/16
譬之是○好聲色而恬無耳目也 11/51/24
物○有可樂如是其美焉者乎 11/53/24
故○天子至於庶人也 12/60/2
而人主無○知之 12/62/13
非鬬無○也 15/70/5
君子不○也 15/70/17
王公○之 15/72/9
不○〔之〕 15/72/10
○其道則行 15/72/11
不○其道則廢 15/72/11
有不○令者 15/73/6
○其道故也 15/73/8
治必○之 16/76/5
是治之所○生也 18/83/15
是亂之所○作也 18/83/17
○此效之也 18/84/9
未有知其所○來者也 18/85/13
職競○人 18/87/14
是榮之○中出者也 18/88/24
是辱之○中出者也 18/88/26
是辱之○外至者也 18/89/2
將○夫愚陋淫邪之人與 19/96/15
將○夫脩飾之君子與 19/96/18
○九月以下 19/97/3
直無○進之耳 19/97/12
使夫邪汙之氣無○得接焉 20/98/18
故○用謂之 21/103/9
○俗謂之 21/103/10
○法謂之 21/103/10
○埶謂之 21/103/10
○辭謂之 21/103/11
○天謂之 21/103/11
○其道 24/118/12
不○其道 24/118/13
（治）世曉然皆知夫爲姦則雖隱竄逃亡之○不足以免也 24/118/14
○之者治、不○者亂何疑爲 25/120/13
君子○之佼以好 25/121/3
許○、善卷 25/121/7
隱（諱）〔過〕疾賢、（良）〔長〕○姦詐鮮無災 25/122/1
義、非其門而○之 27/127/28
〔禍之〕所○生也 27/136/20
○聞之 28/140/18
○不識 28/141/1
○是觀之 28/141/4
○ 28/141/8,29/142/18,29/142/28,29/143/2,29/143/8
○問魯大夫練而床 29/142/24
則恥辱亦無○至矣 30/144/3
務審其所○ 31/145/15
行既已○之矣 31/145/16
譽何○生 32/150/14

## 肬 yóu 1

今學曾未如○贅 28/140/14

## 斿 yóu 1

龍旗九○ 19/90/12

## 庮 yóu 1

香、臭、芬、鬱、腥、臊、（洒）〔漏〕、（酸）〔○〕、奇臭以鼻異 22/108/17

## 郵 yóu 2

罪人不○其上 15/73/7
己無○人、我獨自美豈（獨）無故 25/122/5

## 游 yóu 12

以爲仲尼、子○爲茲厚於後世 6/22/10
是子○氏之賤儒也 6/25/2
不足以是傷○玩安燕之樂 11/52/8
齊桓公閨門之內懸樂奢泰○抏之脩 11/55/1
其交○也 12/58/5
居安而○樂 12/60/3
人主不能不有○觀安燕之時 12/62/17
浮○作矢 21/105/10
莫○食 25/122/12
託地而○宇 26/124/13
冬伏而夏○ 26/125/3
百仞之山而豎子馮而○焉 28/139/12

## 猶 yóu 79

譬之○以指測河也 1/4/3
譬之是○以盲辨色 2/8/3
○曰君子爲治而不爲亂 3/10/15
民○若未從也 3/11/8
治法○存 4/14/12

譬之是○舍己之君而事人之君也 5/18/20
○可欺也 5/19/1
○可誣欺也 5/19/2
然而○材劇志大 6/22/8
世俗之溝○瞀儒 6/22/10
○恐及其禍 7/26/18
辟之是○伏而咶天 7/27/9, 16/77/10
天下厭然○一也 8/27/24
沈○氏不敢朝飲其羊 8/28/5
辟之是○力之少而任重也 8/30/7
是○傴身而好升高也 8/30/8
○將無益也 9/36/12,18/88/17
○將寡獲也 10/42/27
辟之是○使處女嬰寶珠、佩寶玉、負戴黃金而遇中山之盜也 10/49/2
譬之是○烏獲與焦僥搏也 10/49/7
使襲然終始○一也 11/50/1
譬之○衡之於輕重也 11/51/19
○繩墨之於曲直也 11/51/19
○規矩之於方圓也 11/51/19
〔過〕、○不及也 11/55/13
辟之是○立直木而求其影之枉也 11/55/14
辟之是○立枉木而求其影之直也 11/55/15
禹之法○存 12/57/3
王○允塞 12/57/21,15/74/7
然而（于是）〔是子〕（獨）○將爲之也 12/59/4
譬之是○立直木而恐其景之枉也 12/61/1
譬之是○立枉木而求其景之直也 12/61/3
其下○足以爲天下之顯諸侯 12/62/9
○巧拙有幸焉 15/68/14
是○使人之子孫自賊其父母也 15/69/7
○有巧拙焉 15/70/13
辟之○以錐刀墮大山也 15/70/13
○令不退而退也 15/71/11
辟之是○欲壽而歾頸也 16/77/13
辟之○響之應聲 16/79/5
○不雩而雨也 17/82/6
譬之是○傴巫、跛匡大自以爲有知也 18/84/19
○復而振之矣 18/86/12
○有善於是者、（與不）〔不與〕 18/87/2
休○有安樂恬愉如是者乎 18/87/3
皆使（當）〔富〕厚、優○（不）知足 18/87/19
人○且莫之抇也 18/87/23
○且必抇也 18/88/5
譬之是○以塼塗塞江海也 18/89/7
譬之是○以人之情爲欲富貴而不欲貨也 18/89/15
○且羞之 19/93/8
○有啁噍之頃焉 19/96/12
以三年事之○未足也 19/97/12
○瞽之於白黑也 20/99/12
○聾之於清濁也 20/99/12
○欲之楚而北求之也 20/99/12
○不知錯 21/106/20
然而○有能分是非、治曲直者邪 21/107/4
其罪○爲符節、度量之罪也 22/108/5
○使（異）〔同〕實者莫不同名也 22/109/7
○引繩以持曲直 22/110/9
求者○近盡 22/111/17
○以一易兩也 22/112/6
是○以兩易一也 22/112/6
亦○陶埏而生之也 23/115/25
○用慶賞於國家也 27/127/18
○用刑罰於萬民也 27/127/18
○玉之於琢磨也 27/134/6
蓋○若也 29/143/2
夫魚鱉黿鼉○以淵爲淺而堀〔穴〕其中 30/144/1
鷹鳶○以山爲卑而增巢其上 30/144/2
故○然如將可及者 31/146/2
然○求馬不已 31/148/7
夫仰祿之士○可驕也 32/149/12
其○土也 32/149/21,32/149/23

## 遊 yóu 3

○必就士 1/2/1
乳狗不遠○ 4/13/4
同○而不見愛者 30/144/11

## 蝣 yóu 1

不飲不食者、浮○也 27/137/20

## 輶 yóu 1

德○如毛 16/79/1

## 友 yǒu 34

吾○也 2/5/4
故君子隆師而親○ 2/5/5
則刦之以師○ 2/6/8
中人羞以爲○ 5/18/3
遇○則脩禮節辭讓之義 6/23/16
奪之與者○諸侯 9/36/22
○諸侯者霸 9/36/23
脩○敵之道 9/37/7
以○敵也 9/37/9
信其○敵之道 9/37/9
慈愛而見○ 12/57/25
修士之喪動一鄉、屬朋○ 19/93/14
嗜欲得而信衰於○ 23/116/26
擇賢○而○之 23/117/16
得良○而○之 23/117/17
不知其子視其○ 23/117/19
○風而子雨 26/124/13
君若父之○ 27/129/13
士有妒○ 27/130/18
然則賜願息於朋○ 27/135/1
朋○攸攝 27/135/1
朋○難 27/135/2
朋○焉可息哉 27/135/2
匹夫不可以不愼取○ 27/136/8
○者、所以相有也 27/136/8
以○觀人焉所疑 27/136/9
取○善人 27/136/10
士有爭○ 29/142/12
〔意者所○非仁人邪〕 29/142/18
○之過也 29/142/20
出則○賢 29/142/20
得○者霸 32/148/20

有 yǒu 744

雖○槁暴 1/1/4
南方○鳥焉 1/1/17
西方○木焉 1/1/18
必○所始 1/2/3
故言○召禍也 1/2/6
行○招辱也 1/2/7
安○不聞者乎 1/3/4
故學數○終 1/3/8
○爭氣者勿與辨也 1/4/6
心利之○天下 1/4/19
必○以自存也 2/5/3
將○所止之 2/7/9
意亦○所止之與 2/7/10
夫堅白、同異、○厚無厚之察 2/7/10
○法而無志其義 2/7/19
則○鈞無上 2/8/7
人○此三行 2/8/10
雖○大過 2/8/10
無○作好 2/8/15,17/83/6
無○作惡 2/8/16,17/83/6
鉤○須 3/9/2
卵○毛 3/9/2
物其○矣 3/9/5
蕩蕩乎其○以殊於世也 3/9/8
君子○之 3/10/3
夫此○常 3/11/6
○通士者 3/11/20
○公士者 3/11/20
○直士者 3/11/20
○慤士者 3/11/20
○小人者 3/11/20
雖○戈矛之刺 4/12/17
人之○鬭 4/13/9,4/13/10
○狗彘之勇者 4/13/13
○賈盜之勇者 4/13/13
○小人之勇者 4/13/13
○士君子之勇者 4/13/13
○所以取之 4/14/8
固○以賢人矣 4/14/23
足以知其○餘可以爲君子之所爲也 4/14/24
凡人○所一同 4/15/7
是人之所生而○也 4/15/7, 5/18/14
是又人之所常生而○也 4/15/9
是又人之所生而○也 4/15/11
俄而粲然○秉芻豢而至者 4/15/18
食欲○芻豢 4/16/5
衣欲○文繡 4/16/5
行欲○輿馬 4/16/5
然而食不敢○酒肉 4/16/6
○囷窌 4/16/7
然而衣不敢○絲帛 4/16/7
約者○筐篋之藏 4/16/7
然而行不敢○輿馬 4/16/7
○之而可久也 4/16/15
富○天下 4/16/18,11/53/12
相（人）古之人無○也 5/17/10
古者○姑布子卿 5/17/10
梁○唐舉 5/17/10
古之人無○也 5/17/11,5/17/14
衛靈公○臣曰公孫呂 5/17/16
俄則束乎○司而戮乎大市 5/18/3
人○三不祥 5/18/7
人○三必窮 5/18/8
曲直○以相縣矣 5/18/9
人○此（三）數行者 5/18/10
以其○辨也 5/18/13,5/18/15
5/18/16
夫禽獸○父子而無父子之親 5/18/16
○牝牡而無男女之別 5/18/17
故人道莫不○辨 5/18/17
聖王○百 5/18/18
守法數之○司極禮而褫 5/18/19
禹、湯○傳政 5/19/6
○小人之辯者 5/21/1
○士君子之辯者 5/21/1
○聖人之辯者 5/21/1
○人矣 6/21/11
然而其持之○故 6/21/13,6/21/16,6/21/20,6/22/1,6/22/5
尙○典刑 6/24/1
夫齊桓公○天下之大節焉 7/25/11
諸侯○一節如是 7/25/14
桓公兼此數節者而盡○之 7/25/15
○災繆者然後誅之 7/26/1
厚於○天下之勢而不得以匹夫老 7/26/3
故人主不務得道而廣○其埶 7/26/4
○寵則必榮 7/26/16
抑○功而擠○罪 7/26/19
○人也 7/27/8,21/104/17
而求○君子聖人之名 7/27/9
偃然如固○之 8/27/15
鄉○天下 8/27/21
今○天下 8/27/22
○親者取多 8/28/6
○所（正）〔止〕矣 8/28/18
○益於治者立之 8/29/4
○益於理者爲之 8/29/4
雖○聖人之知 8/29/7
○靦面目 8/29/11,22/111/2
今○人於此 8/29/18
不可以夸誕○也 8/29/22
井井兮其○理也 8/30/19
（分分）〔介介〕兮其○終始也 8/30/19
綏綏兮其○文章也 8/31/2
未嘗○也 8/31/10
客○道曰 8/31/12
夫又惡○不可焉 8/31/18
其言○類 8/32/10
其行○禮 8/32/10
故○俗人者 8/32/16
○俗儒者 8/32/16
○雅儒者 8/32/16
○大儒者 8/32/16
○不學問 8/32/16
（傯）〔億〕然若終身之虜而不敢○他志 8/32/21
其言行已○大法矣 8/32/22
人○師○法而知 8/33/17
故○師法者 8/33/18
○師法則隆（性）〔積〕矣 8/33/19
（情）〔積〕也者、非吾所○也 8/33/20
君子言○壇宇 8/34/20
行○防表 8/34/20
道○一隆 8/34/20
夫是之謂君子言○壇宇 8/34/23
行○防表也 8/34/24
則○昭繆也 9/35/4
其○法者以法行 9/35/18
故○良法而亂者○之矣 9/35/19,14/66/25

○君子而亂者 9/35/19,14/66/26
○天○地而上下○差 9/35/22
明王始立而處國○制 9/35/22
使○貧、富、貴、賤之等 9/36/2
夫是之謂○原 9/37/19
衣服○制 9/38/1
宮室○度 9/38/2,11/54/17
人徒○數 9/38/2,11/54/17
喪祭械用皆○等宜 9/38/2 11/54/17
無○滯留 9/38/10
北海則○走馬吠犬焉 9/38/14
南海則○羽翮、齒革、曾青、丹干焉 9/38/14
東海則○紫、（紶）〔綌〕、魚、鹽焉 9/38/15
西海則○皮革、文旄焉 9/38/16
水火○氣而無生 9/39/9
草木○生而無知 9/39/9
禽獸○知而無義 9/39/9
人○氣、○生、○知 9/39/9
亦且○義 9/39/9
故五穀不絕而百姓○餘食也 9/39/21
故魚鱉優多而百姓○餘用也 9/39/21
故山林不童而百姓○餘材也 9/39/22
使民○所耘艾 9/40/3
案以中立無○所偏而爲縱橫之事 9/41/3
豈○肯爲其所惡 9/41/13
故古之人○以一國取天下者 9/41/16
孰能○與是鬬者與 9/41/18
無宜而○用爲人 10/42/12
皆○可也 10/42/13
則老弱○失養之憂 10/42/19
而壯者○分爭之禍矣 10/42/19
則人○樹事之患 10/42/20
而○爭功之禍矣 10/42/20
則人○失合之憂 10/42/21
而○爭色之禍矣 10/42/21
則必○仁義聖良之名 10/42/25
而且○富厚丘山之積矣 10/42/26
則必○貪利糺譑之名 10/42/28
而且○空虛窮乏之實矣 10/42/28
禮者、貴賤○等 10/43/1
長幼○差 10/43/1,19/90/10
貧富輕重皆○稱者也 10/43/1 19/90/10
○分者 10/43/10
○掎挈伺詐 10/44/11
固○餘足以食人矣 10/45/3
固○餘足以衣人矣 10/45/3
夫○餘不足 10/45/4
墨子大○天下 10/45/7,10/45/9
小○一國 10/45/8,10/45/9 11/52/16
而○疾 10/46/17
觀國之强弱貧富○徵 10/47/19
潢然使天下必○餘 10/47/23
而陳積○餘 10/48/2
古○萬國 10/48/6,12/61/20
今○十數焉 10/48/6
彼苟○人意焉 10/48/15
非特將持其○而已矣 10/48/18
未○能以此道得免焉者也 10/49/1
故非○一人之道也 10/49/3
○之不如無之 11/49/13
內不脩正其所以○ 11/50/11
〔啖啖〕然常欲人之○ 11/50/11
然而厭焉○千歲之固 11/51/5
而○千歲之信士 11/51/7
養五綦者○具 11/52/1
加○治辨、彊固之道焉 11/52/2
故治國○道 11/52/7
人主○職 11/52/7
日○餘而治不足者 11/52/15
大○天下 11/52/16
無○是其外矣 11/53/4
而王者兼而○是者也 11/53/13 11/53/17
四方之國○侈離之德則必滅 11/53/16
合天下之所同願兼而○之 11/53/19
物由○可樂如是其美焉者乎 11/53/24
無國而不○治法 11/54/3
無國而不○亂法 11/54/3
無國而不○賢士 11/54/3
無國而不○罷士 11/54/3
無國而不○愿民 11/54/3
無國而不○悍民 11/54/4
無國而不○美俗 11/54/4
無國而不○惡俗 11/54/4
桀、紂即（序）〔厚〕於○天下之勢 11/54/8
○不理者如豪末 11/54/12
使衣服○制 11/54/17
說無之○也 11/54/22
則身○何勞而爲 11/54/23
故古之人○大功名者 11/55/3
○以守少 11/55/4
○以守多 11/55/5
日○餘而治不足者如此也 11/55/12
○非理者如豪末 11/55/26
卒○寇難之事 11/56/3
不好循正其所以○ 11/56/8
啖啖常欲人之○ 11/56/9
居則○名 11/56/24
動則○功 11/56/24
○亂君 12/57/3
○治人 12/57/3
故○君子 12/57/5
○司不勞而事治 12/57/18
寬惠而○禮 12/57/24
致臨而○辨 12/57/25
夫○禮 12/57/26
緣義而○類 12/58/5
是故窮則必○名 12/58/5
達則必○功 12/58/6
故朝○餓人 12/58/12
故○社稷者而不能愛民、不能利民 12/58/14
皆○等差 12/60/1
隆禮至法則國○常 12/60/10
無其人而幸○其功 12/60/23
今人主○六患 12/60/25
其取人○道 12/61/6
其用人○法 12/61/6
彼誠○之者與誠無之者若白黑然 12/61/10
故○社稷者莫不欲彊 12/61/19
今○數千焉 12/61/20
故明主○私人以金石珠玉 12/61/20
則夫人行年七十○二 12/62/4
○弛易齵差者矣 12/62/13

故人主必將○便嬖左右足信者然後可 12/62/16
人主不能不○游觀安燕之時 12/62/17
則不得不○疾病物故之變焉 12/62/17
人主必將○卿相輔佐足任者然後可 12/62/19
故人主必將○足使喻志決疑於遠方者然後可 12/62/21
知○常法之爲一俗也 12/63/5
未○如此而不亂者也 12/63/11
○態臣者 13/63/16
○纂臣者 13/63/16
○功臣者 13/63/16
○聖臣者 13/63/16
君○過謀過事 13/64/1
大臣父子兄弟○能進言於君 13/64/1
○能進言於君 13/64/2
○能比知同力 13/64/2
○能抗君之命 13/64/4
○聽從 13/64/16
○諫爭 13/64/16
○補削 13/64/17
國○大命 13/64/18
不敢○以私決擇也 13/64/21
不敢○以私取與也 13/64/21
○功而不順者 13/65/5
○大忠者 13/65/8
○次忠者 13/65/8
○下忠者 13/65/8
○國賊者 13/65/8
敬人○道 13/65/17
今人主○能明其德 14/67/5
汝惟曰「未○順事」 14/67/10
未○二隆爭重而能長久者 14/67/17
師術○四 14/67/20
故師術○四 14/67/21
（滑）〔涣〕然○離德者也 15/68/13
猶巧拙○幸焉 15/68/14
則將○百里之聽 15/69/1
則將○千里之聽 15/69/1
則將○四海之聽 15/69/2
○虔秉鉞 15/69/9
故四世○勝 15/70/6,16/78/15
○遇之者 15/70/10
未○貴上、安制、綦節之理也 15/70/11
諸侯○能微妙之以節 15/70/12
猶○巧拙焉 15/70/13
是其巧拙强弱則未○以相君也 15/70/19
然而未○本統也 15/70/21
〔將〕所以不受命於主○三 15/71/2
○功如幸 15/71/6
○功次之 15/71/11
百姓○扞其賊 15/71/13
王者○誅而無戰 15/71/17
凡所爲○兵者 15/71/22
舜伐○苗 15/71/24
湯伐○夏 15/71/25
秦四世○勝 15/72/1,15/72/4
未○本統也 15/72/5
○不由令者 15/73/6
○離俗不順其上 15/73/17
於是○能化善、脩身、正行、積禮義、尊道德 15/74/2
凡兼人者○三術 15/74/9
○以德兼人者 15/74/9
○以力兼人者 15/74/9
○以富兼人者 15/74/9
故民雖○離心 15/74/12
不敢○畔慮 15/74/12
立良○司以接之 15/74/15
不能并之又不能凝其○ 15/74/21
彼國者亦○砥厲 16/75/9
威○三 16/75/12
○道德之威者 16/75/12
○暴察之威者 16/75/12
○狂妄之威者 16/75/12
則無以○其下 16/75/18
賞○功 16/76/4
罰○罪 16/76/4
厚於○天下之埶 16/76/13
亶○之矣 16/76/16
楚人則乃○襄賁、開陽以臨吾左 16/76/22
○天下者之世也 16/76/24
而求○湯、武之功名 16/77/4
16/77/9
今已○數萬之衆者也 16/77/7
已○數百里之國者也 16/77/8
以重己之所以○餘 16/77/9
未○過封內千里者也 16/77/21
今秦南乃○沙羨與俱 16/77/21
西○巴、戎 16/78/1
在韓者踰常山乃○臨慮 16/78/1
即去大梁百○二十里耳 16/78/2
其在趙者剡然○苓而據松柏之塞 16/78/2
甚畏○司而順 16/78/11
無○私事也 16/78/13
則○其諰矣 16/78/16
兼是數具者而盡○之 16/78/16
則下之人百姓皆○棄義之志 16/79/4
而○趨姦之心矣 16/79/4
疾養緩急之○相先者也 16/79/12
天行○常 17/79/16
天○其時 17/80/2
地○其財 17/80/2
人○其治 17/80/2
各○接而不相能也 17/80/10
天○常道矣 17/81/1
地○常數矣 17/81/1
君子○常體矣 17/81/1
夫日月之○食 17/81/11
是無世而不常○之 17/81/12
道路○死人 17/81/17
孰與○物之所以成 17/82/17
隱顯○常 17/83/1
愼子○見於後 17/83/3
老子○見於詘 17/83/4
墨子○見於齊 17/83/4
宋子○見於少 17/83/4
○後而無先 17/83/5
○詘而無信 17/83/5
○齊而無畸 17/83/5
○少而無多 17/83/6
則上下無以相（○）〔胥〕也 18/83/12
桀、紂○天下 18/83/23
以桀、紂爲常○天下之籍則然 18/83/23
親○天下之籍則（不）然 18/83/24

〇天下之後也 18/84/1
〇埶籍者罷不足以縣天下 18/84/4
諸侯〇能德明威積 18/84/4
則（天下）未嘗〇說也 18/84/12
以桀、紂爲〇天下而臣湯、武 18/84/18
譬之是猶傴巫、跛匡大自以爲〇知也 18/84/19
故可以〇奪（人）國 18/84/19
不可以〇奪（人）天下 18/84/19
可以〇竊國 18/84/20
不可以〇竊天下也 18/84/20
（可以）奪之者可以〇國 18/84/20
〔而〕不可以〇天下 18/84/21
可以小人〇也 18/84/21
不可以小人〇也 18/85/1
國者、小人可以〇之 18/85/2
非聖人莫之能〇也 18/85/3
而〇象刑 18/85/5
武王伐〇商 18/85/12
未〇知其所由來者也 18/85/13
19/95/15
夫〇誰與讓矣 18/86/6
夫〇惡擅天下矣 18/86/8
天下〇聖而在後者 18/86/11
夫又何變之〇矣 18/86/12
18/86/13
死則能任天下者必〇之矣 18/86/14
血氣筋力則〇衰 18/86/15
出戶而巫覡〇事 18/86/19
出門而宗祀〇事 18/86/20
前〇錯衡以養目 18/86/20
猶〇善於是者、（與不）〔不與〕 18/87/2
休猶〇安樂恬愉如是者乎 18/87/3
諸侯〇老 18/87/3
〇擅國 18/87/3
自太皞、燧人莫不〇也 18/87/13
非者〇慶 18/87/14
必以〇爲 18/87/19
（足）則以重〇餘也 18/87/19
而不得以〇餘過度 18/87/20
天下〇道 18/87/22
則〇何尤扣人之墓、抉人之口而求利矣哉 18/88/4
將以爲〇益於人 18/88/18
是〇兩端矣 18/88/23
〇義榮者 18/88/24
〇埶榮者 18/88/24
〇義辱者 18/88/24
〇埶辱者 18/88/24
故君子可以〇埶辱 18/89/2
而不可以〇義辱 18/89/3
小人可以〇埶榮 18/89/3
而不可以〇義榮 18/89/3
〇埶辱無害爲堯 18/89/3
〇埶榮無害爲桀 18/89/3
唯君子然後兼〇之 18/89/4
唯小人然後兼〇之 18/89/4
人生而〇欲 19/90/3
貴賤〇等 19/90/10,24/119/13
前〇錯衡 19/90/11
禮〇三本 19/90/20
大夫士〇常宗 19/91/1
故〇天下者事（十）〔七〕世 19/91/3
〇一國者事五世 19/91/3
〇五乘之地者事三世 19/91/4
〇三乘之地者事二世 19/91/4
至文以〇別 19/92/8
至察以〇說 19/92/9
謂之〇方之士 19/92/17
人〇是 19/93/2
是敬其〇知而慢其無知也 19/93/7
然後皆〇衣（衾）〔食〕多少厚薄之數 19/93/12
皆〇翣菨文章之等以敬飾之 19/93/12
然而殯斂之具未〇求也 19/93/19
損〇餘 19/94/8
將以〇爲者也 19/94/14
兩情者、人生固〇端焉 19/94/19
薦器則冠〇鍪而毋縰 19/95/9
〇簟席而無床笫 19/95/10
豈不以送死〇已 19/96/7
復生〇節也哉 19/96/8
〇血氣之屬 19/96/10
必〇知 19/96/10
〇知之屬 19/96/10
猶〇啁噍之頃焉 19/96/12
故〇血氣之屬 19/96/13
固〇爲民父母之說焉 19/97/8
則夫忠臣孝子亦惟詭而〇所至矣 19/97/21
師旅〇制 19/98/6
刑法〇等 19/98/6
主人〇尊 19/98/8
夫民〇好惡之情而無喜怒之應 20/99/25
唱和〇應 20/100/5
其俯仰周旋〇似於四時 20/100/8
而靡〇悖逆者 20/101/3
此其所以代夏王而受九〇也 21/102/19
〇（鳳）〔凰〕〇（凰）〔鳳〕 21/102/23
未嘗〇之也 21/103/3
然而〇所謂虛 21/103/26
21/104/1
然而〇所謂一 21/103/26
21/104/2
然而〇所謂靜 21/103/26
21/104/4
人生而〇知 21/104/1
知而〇志 21/104/1
心生而〇知 21/104/2
知而〇異 21/104/2
夫惡〇蔽矣哉 21/104/10
未嘗〇兩而能精者也 21/105/11
空石之中〇人焉 21/105/14
〇子惡臥而焠掌 21/105/16
凡觀物〇疑 21/106/3
人不以定〇無 21/106/8
〇人焉 21/106/8
夏首之南〇人焉 21/106/12
凡人之〇鬼也 21/106/13
此人之所以無〇而〇無之時也 21/106/14
則必〇敝鼓喪豚之費矣 21/106/15
而未〇俞疾之福也 21/106/15
故〇知非以慮是 21/107/1
〇勇非以持是 21/107/1
天下〇二 21/107/3
天下〇不以是爲隆正也 21/107/3
然而猶〇能分是非、治曲直者邪 21/107/4
明君無之〇也 21/107/14
闇君無之〇也 21/107/14
知〇所合謂之智 22/107/25

能○所合謂之能 22/108/1
若○王者起 22/108/9
必將○循於舊名 22/108/9
○作於新名 22/108/9
然則所爲○名 22/108/9
與所緣（○）〔以〕同異 22/108/10
則志必○不喻之患 22/108/12
而事必○困廢之禍 22/108/13
此所爲○名也 22/108/14
心○徵知 22/109/1
○時而欲徧舉之 22/109/7
共則○共 22/109/8
○時而欲（徧）〔偏〕舉之 22/109/8
別則○別 22/109/9
名○固善 22/109/11
物○同狀而異所者 22/109/11
○異狀而同所者 22/109/12
○化而無別 22/109/13
驗之所（以）爲○名而觀其孰行 22/109/17
○牛馬 22/109/19
○兼聽之明而無奮矜之容 22/110/10
○兼覆之厚而無伐德之色 22/110/10
無以道欲而困於○欲者也 22/111/4
○欲無欲 22/111/5
然而人○從生成死者 22/111/8
無之○也 22/111/20,22/112/9,22/112/10,22/112/10,22/112/10
假之○人而欲南無多 22/111/20
人曰無喪而○得也 22/112/4
人曰無得而○喪也 22/112/4
○嘗試深觀其隱而難（其）察者 22/112/9
生而○好利焉 23/113/3
生而○疾惡焉 23/113/4
生而○耳目之欲 23/113/4
○好聲色焉 23/113/4
故必將○師法之化、禮義之道 23/113/6
將○所讓也 23/114/3
將○所代也 23/114/4
假之人○弟兄資財而分者 23/114/16
苟○之中者 23/114/20
故彊學而求○之也 23/114/21
則〔○〕惡用聖王 23/115/2
雖○聖王禮義 23/115/3
故善言古者必○節於今 23/115/10
善言天者必○徵於人 23/115/10
凡論者貴其○辨合、○符驗 23/115/10
然則○曷貴堯、禹 23/115/24
然則仁義法正○可知可能之理 23/116/6
皆○可以知仁義法正之質 23/116/7
皆○可以能仁義法正之具 23/116/7
然而未嘗○能徧行天下者也 23/116/20
○聖人之知者 23/117/1
○士君子之知者 23/117/1
○小人之知者 23/117/1
○役夫之知者 23/117/1
○上勇者 23/117/5
○中勇者 23/117/5
○下勇者 23/117/5
天下○中 23/117/6
先王○道 23/117/6
然而（前必）〔必前〕○銜轡之制 23/117/14
後○鞭策之威 23/117/15
夫人雖○性質美而心辨知 23/117/16
一人○慶 24/119/1
故一人○罪而三族皆夷 24/119/3
吳○伍子胥而不能用 24/119/10
親疏○分 24/119/13
長幼○序 24/119/13
則事業捷成而○所休 24/119/14
○而不○也 24/119/16
〔人〕而○埶、直而用抴必參天 25/120/16
處之敦固、○深藏之能遠思 25/121/2
辨治上下、貴賤○等明君臣 25/121/8
雖○賢聖、適不遇世孰知之 25/121/9
堯○德 25/121/11
契爲司徒、民知孝弟尊○德 25/121/12
禹○功 25/121/12
十○四世、乃○天乙是成湯 25/121/14
後必○ 25/122/5
君論○五約以明 25/122/12
厚薄○等明爵服 25/122/13
論○常 25/122/14
進退○律、莫得貴賤孰私王 25/122/14
罪禍○律、莫得輕重威不分 25/123/1
明○（基）〔祺〕 25/123/2
言○節 25/123/4
行○律 25/123/5
爰○大物 26/123/11
簡然易知而致○理者歟 26/123/13
○物於此 26/124/7,26/124/16,26/125/6
○父母而無牝牡者與 26/125/3
若則○常 27/127/13
仁○里 27/127/27
義○門 27/127/28
配天而○下土者 27/128/12
○諫而無訕 27/129/8
○亡而無疾 27/129/8
○怨而無怒 27/129/8
○酒醴則辭 27/129/13
士○妒友 27/130/18
君○妒臣 27/130/18
天下、國○（儁）〔俊〕士 27/131/5
世○賢人 27/131/5
先民○言 27/131/6
○法者以法行 27/131/8
從諸侯不與新○昏朞不事 27/131/14
義與利者、人之所兩○也 27/132/1
○國之君不息牛羊 27/132/4
貧窶者○所竄其手〔矣〕 27/132/6
多積財而羞無○ 27/132/10
無○而求天府 27/133/3

執事○恪 27/134/24
其言○文焉 27/135/8
其聲○哀焉 27/135/8
則人○快 27/135/12
人○快 27/135/12
友者、所以相○也 27/136/8
何以相○也 27/136/8
多○之者富 27/136/15
少○之者貧 27/136/15
至無○者窮 27/136/15
凡物○乘而來 27/136/18
○餘 27/137/4
○異心乎哉 27/137/5
○（夫）分義 27/137/13
然而○所共予也 27/137/16
○不用而改自作 27/137/17
○攲器焉 28/138/10
惡○滿而不覆者哉 28/138/13
敢問持滿○道乎 28/138/13
富○四海 28/138/15
人○惡者五 28/138/18
此五者○一於人 28/138/19
而少正卯兼○之 28/138/20
○父子訟者 28/139/1
（今）〔生也〕○時 28/139/5
予維曰未○順事 28/139/6
不其○來乎 28/140/2
若○決行之 28/140/6
吾○恥也 28/140/11
吾○鄙也 28/140/11
吾○殆也 28/140/11
弟子皆○飢色 28/140/17
今○其人不遇其時 28/141/6
何難之○ 28/141/7
被○說邪 28/141/13
亦（常）〔嘗〕○說 28/141/14
孝子所以不從命○三 29/141/20
夫子○奚對焉 29/142/10
昔萬乘之國○爭臣四人 29/142/10
千乘之國○爭臣三人 29/142/11
百乘之家○爭臣二人 29/142/11
父○爭子 29/142/11
士○爭友 29/142/12
○人於此 29/142/15
古之人○言曰 29/142/16
雖○國士之力 29/142/19
夫子徒○所不知 29/142/23
女謂夫子爲○所不知乎 29/142/25
色知而○能者、小人也 29/143/4
夫惡○不足矣哉 29/143/5
君子亦○憂乎 29/143/14
是以○終身之樂 29/143/15
是以○終身之憂 29/143/16
故雖○珉之雕雕 30/144/8
君子○三恕 30/144/18
○君不能事 30/144/18
○臣而求其使 30/144/18
○親不能報 30/144/18
○子而求其孝 30/144/18
○兄不能敬 30/144/19
○弟而求其聽令 30/144/19
君子○三思 30/144/22
○而不施 30/144/23
○思窮則施也 30/144/23
雖○、不亦鮮乎 31/145/5
人○五儀 31/145/7
○庸人 31/145/7
○士 31/145/7
○君子 31/145/7
○賢人 31/145/7
○大聖 31/145/7
必○率也 31/145/14
必○處也 31/145/14
富○天下而無怨財 31/146/4
○務而拘領者矣 31/146/14
諸侯之子孫必○在君之末庭者 31/147/4
亡國之虛則必○數蓋焉 31/147/5
○益於仁乎 31/147/9
竊其○益與其無益 31/147/11
士不信慤而○多知能 31/147/16
未○窮其下而能無危者也 31/148/8
夫○何足致也 32/148/15
退朝而○喜色 32/148/17
亦嘗○以楚莊王之語聞於左右者乎 32/148/17
退朝而○憂色 32/148/19
王朝而○憂色 32/148/19
貌執之士者百○餘人 32/149/8
欲言而請畢事者千○餘人 32/149/8
今相國○此三者而不得罪〔於〕楚之士民 32/149/17
善者○殃 32/150/13

## 牖 yǒu 1

人主之所以窺遠收衆之門戶○嚮也 12/62/15

## 又 yòu 54

心如虎狼、行如禽獸而○惡人之賊己也 2/5/7
依乎法而○深其類 2/7/19
聖王○誅之 4/13/9
其形體○人 4/13/10
是○人之所常生而有也 4/15/9
是○人之所生而有也 4/15/11
○以遇亂世、得亂俗 4/15/15
○欲夫餘財蓄積之富也 4/16/5
○畜牛羊 4/16/6
於是○節用禦欲 4/16/8
夫○何可亡也 7/25/15
夫○誰爲恭矣哉 8/31/14
夫○惡有不可焉 8/31/18
夫○誰爲戒矣哉 8/32/2
是○傷之也 9/35/16
是○（不可）偷偏者也 10/46/9
○將兼人 10/48/18
是○人情之所同欲也 11/53/15, 11/53/17
○務治遠 11/55/13, 11/55/14
○務見幽 11/55/13, 11/55/14
○務正百 11/55/13, 11/55/15
○望百姓之爲己死 11/56/3
而○好以權謀傾覆之人斷事其外 11/56/9
是○所同也 12/60/3
豈○肯爲其所惡 15/69/6
夫○何可詐也 15/69/8
然則○何以兵爲 15/71/21
不能并之○不能凝其有 15/74/21
是○禹、桀之所同也 17/80/22, 17/80/23
是○不然 18/86/9, 18/86/15
夫○何變之有矣 18/86/12, 18/86/13
是○畏事者之議也 18/86/16
○好其別 19/90/10

〇明不用也　19/95/13
〇善教誨之者也　19/97/10
人〇莫之諫　21/102/18
〇何問焉　23/116/25,23/116/26
〇善連衡　26/125/7
〇以連裏　26/125/10
〇舍之　28/139/2
〇樂其治　29/143/15
〇恐失之　29/143/16
女〇美之　32/149/3,32/149/5
女〇美之乎　32/149/7
今爲說者〇不察其實　32/150/13

幼 yòu　14

長〇之差　4/17/1
〇而不肯事長　5/18/7
遇鄉則脩長〇之義　6/23/15
成王〇　8/27/14,8/31/13
長〇有差　10/43/1,19/90/10
貴賤長〇　11/54/13
下以飾長〇而明親疏　12/60/5
序長〇　24/119/12
長〇有序　24/119/13
養老長〇　26/124/17
〇者慈焉　27/127/15
〇不能强學　28/140/11

右 yòu　17

一左一〇　2/7/14
〇之〇之　3/10/3
平平左〇　8/30/10
雖左堯而〇舜　10/49/1
安唯便僻左〇親比己者之用　11/51/12
便嬖左〇者　12/62/15
故人主必將有便嬖左〇足信者然後可　12/62/16
故人主無便嬖左〇足信者之謂闇　12/62/23
勁魏鉤吾〇　16/76/21
使〇案〇　16/77/19
不知其君視其左〇　23/118/1
知其〇　27/131/8
君入廟門而〇　31/147/1
入謂左〇曰　31/148/1

亦嘗有以楚莊王之語聞於左〇者乎　32/148/17

囿 yòu　3

園〇甚廣　11/53/14
其於聲色、臺榭、園〇也　11/56/8
卑其志意、大其園〇高其臺（榭）　25/120/8

宥 yòu　2

此蓋爲〇坐之器　28/138/11
吾聞〇坐之器者　28/138/11

誘 yòu　3

是以不〇於譽　6/24/14
妬繆於道而人〇其所迨也　21/102/7
彼〇其名　22/110/23

迂 yū　2

豈不〇乎哉　4/13/20
豈不亦〇哉　30/144/13

于 yú　29

鶴鳴〇九皐　8/30/3
聲聞〇天　8/30/3
至〇己斯亡　8/30/4
使天下生民之屬皆知己之所願欲之舉在〇是也　10/45/19
皆知己之所畏恐之舉在〇是也　10/45/20
則國安〇盤石　10/48/16
至〇庶人　11/54/13,16/76/18
然而（〇是）〔是子〕獨好之　12/59/3
然而（〇是）〔是子〕獨爲之　12/59/4
然而（〇是）〔是子〕（獨）猶將爲之也　12/59/4
則臣下百吏至〇庶人莫不脩己而後敢安正　12/60/15

非（〇是）〔是子〕莫足以舉之　12/62/6
故舉（〇是）〔是子〕而用之　12/62/6
置〇其重　19/95/9
至〇門外　20/101/8
三揖至〇階　20/101/11
至〇眾賓升受　20/101/11
居於砥石遷〇商　25/121/14
孰公長父之難、厲王流〇彘　25/122/7
大參〇天　26/124/1
通〇大神　26/124/10
〇彼牧矣　27/126/14
詢〇芻蕘　27/131/6
刑〇寡妻　27/134/26
至〇兄弟　27/134/26
以御〇家邦　27/134/26
晝爾〇茅　27/135/2
慍〇群小　28/138/23

杅 yú　2

是〇〇亦（當）〔富〕人已　8/29/20

盂 yú　3

君者、〇也　12/58/11
〇方而水方　12/58/11
則劙槃〇、刎牛馬　16/75/7

於 yú　563

青、取之〇藍而青〇藍　1/1/3
冰、水爲之而寒〇水　1/1/3
神莫大〇化道　1/1/9
福莫長〇無禍　1/1/10
善假〇物也　1/1/15
生〇高山之上而臨百仞之淵　1/1/18
故君子結〇一也　1/3/1
周〇世矣　1/3/21
宜〇時通　2/5/12
小人役〇物　2/6/12
不以得罪〇此俗之人也　2/7/6
蕩蕩乎其有以殊〇世也　3/9/8

擬○禹、舜 3/10/1
參○天地 3/10/1
君子養心莫善○誠 3/11/4
不形則雖作○心 3/11/8
見○色 3/11/8
出○言 3/11/8
君子審後王之道而論○百王之前 3/11/15
分爭○中 3/11/21
是姦人將以盜名○晻世者也 3/12/12
煖○布帛 4/12/18
深○矛戟 4/12/18
不傾○權 4/13/16
胠○沙而思水 4/13/19
挂○患而欲謹 4/13/19
窮者常制○人 4/14/4
是庶人之所以取煖衣飽食長生久視以免○刑戮也 4/14/13
以偷生反側○亂世之閒 4/14/14
夫起○變故 4/15/13
彼臭之而（無）嗛○鼻 4/15/19
嘗之而甘○口 4/15/19
食之而安○體 4/15/19
○是又節用禦欲 4/16/8
是○己長慮顧後 4/16/9
是其所以不免○凍餓 4/16/10
士大夫以上至○公侯 4/17/3
仁義功名善○後世 5/17/20
血氣態度擬○女子 5/18/1
辨莫大○分 5/18/17
分莫大○禮 5/18/17
禮莫大○聖王 5/18/18
則○其粲然者矣 5/18/19
而況○千世之傳也 5/19/1
而況○千世之上乎 5/19/2
故君子之○（言）〔善〕也 5/19/11
重○金石珠玉 5/19/12
美○黼黻文章 5/19/13
樂○鍾鼓琴瑟 5/19/13
故君子之○言無厭 5/19/13
善者○是閒也 5/19/18
府然苦（渠）〔梁〕匽檃栝之○己也 5/20/1
起○上、所以導○下 5/20/14
起○下、所以忠○上 5/20/14
然而口舌之○噡唯則節 5/21/4
上則取聽○上 6/21/22
下則取從○俗 6/21/22
以爲仲尼、子游爲茲厚○後世 6/22/10
是以不誘○譽 6/24/14
不恐○誹 6/24/14
○乎 7/25/10,11/52/7
至○成王則安（以）無誅矣 7/26/2
厚○有天下之勢而不得以匹夫老 7/26/3
亦取象○是矣 7/26/11
擅寵○萬乘之國 7/26/14
爲重招權○下以妨害人 7/26/20
使論○道 8/27/17
而能揜迹○文、武 8/27/17
反籍○成王 8/27/17
儒無益○人之國 8/27/26
無置錐之地而明○持社稷之大義 8/28/1
雖隱○窮閻漏屋 8/28/3,8/32/7
居○闕黨 8/28/6
通○四海 8/28/10
何謂其無益○人之國也 8/28/13
有益○治者立之 8/29/4
無益○理者廢之 8/29/4
有益○理者爲之 8/29/4
無益○理者舍之 8/29/5
圖回天下○掌上而辨白黑 8/29/17
今有人○此 8/29/18
故君子務脩其內而讓之○外 8/30/1
務積德○身而處之以遵（道）〔遁〕 8/30/1
分不亂○上 8/30/9
能不窮○下 8/30/9
朝食○戚 8/31/18
（厭旦）〔旦厭〕○牧之野 8/31/19
○是《武》、《象》起而《韶》、《護》廢矣 8/32/1
其衣冠行僞已同○世俗矣 8/32/18
其言議談說已無所以異○墨子矣 8/32/19
學至○行之而止矣 8/33/11
則通○神明、參○天地矣 8/34/2, 23/116/14
志不免○曲私而冀人之以己爲公也 8/34/14
行不免○汙漫而冀人之以己爲脩也 8/34/14
不下○安存 8/34/20
不下○士 8/34/21
是君子之所以騁志意○壇宇宮庭也 8/34/22
不能屬○禮義 9/35/4
能屬○禮義 9/35/5
閔王毀○五國 9/37/12
桓公劫○魯莊 9/37/12
百姓曉然皆知夫爲善○家而取賞○朝也 9/38/6
爲不善○幽而蒙刑○顯也 9/38/7
上察○天 9/39/22
下錯○地 9/39/23
使彫琢文采不敢專造○家 9/40/8
天下脅○暴國 9/40/21
而黨爲吾所不欲○是者 9/40/21
必將○愉殷赤心之所 9/41/2
不能加毫末○是矣 9/41/7
我今將脩飾之、拊循之、掩蓋之○府庫 9/41/21
我今將畜積并聚之○倉廩 9/41/22
彼將日日挫頓竭之○仇敵 9/41/23
我今將來致之、并閱之、砥礪之○朝廷 9/41/23
生○節用裕民也 10/42/26
故自天子通○庶人 10/43/4
至○疆易而端已見矣 10/47/9
其○貨財取與計數也 10/47/12, 10/47/15
其○禮義節奏也 10/47/15
壽○旗、翼 10/48/16
必至○資單國舉然後已 10/49/1
然後節奏齊○朝 10/49/5
百事齊○官 10/49/5
衆庶齊○下 10/49/5
〔之〕所以爲布陳○國家刑法者 11/49/18
則夫名聲之部發○天地之閒也 11/50/1
然則彊固榮辱在○取相

矣 11/51/11
譬之猶衡之〇輕重也 11/51/19
猶繩墨之〇曲直也 11/51/19
猶規矩之〇方圓也 11/51/19
故百樂者生〇治國者也 11/52/3
憂患者生〇亂國者也 11/52/4
必至〇身死國亡然後止也 11/52/6
其難者在〇人主之知之
也 11/52/23
故王者已〇服人矣 11/53/9
此其爲可哀甚〇衢涂 11/53/26
桀、紂即（序）〔厚〕
〇有天下之勢 11/54/8
上之〇下 11/54/11
然後皆內自省以謹〇分 11/54/13
以是（用）〔周〕挾〇
萬物 11/54/17
不足數〇大君子之前 11/54/19
〇天下不見謂脩 11/55/1
知一政〇管仲也 11/55/2
歲終奉其成功以效〇君 11/55/18
故君人勞〇索之 11/55/18
而休〇使之 11/55/19,12/57/9
以非所取〇民而巧 11/56/7
其〇聲色、臺榭、園囿也 11/56/8
則夫朝廷群臣亦從而成
俗〇不隆禮義而好傾
覆也 11/56/11
則夫衆庶百姓亦從而成
俗〇不隆禮義而好貪
利矣 11/56/12
故君人者勞〇索之 12/57/8
則臣下百吏乘是而後豐
取刻與以無度取〇民 12/57/14
則下亦將綦辭讓、致忠
信而謹〇臣子矣 12/57/16
古者先王審禮以方皇周
浹〇天下 12/57/27
故君子之〇禮 12/58/1
其〇事也 12/58/2
其〇人也 12/58/2
其〇天地萬物也 12/58/3
其〇百官之事、技藝之
人也 12/58/3
行義塞〇天地之閒 12/58/7
曉然獨明〇先王之所以
得之、所以失之 12/59/5
故由天子至〇庶人也 12/60/2
本不利〇所私也 12/61/21
主闇〇上 12/62/1
臣詐〇下 12/62/1
倜然乃舉太公〇州人而
用之 12/62/3
〇是乎貴道果立 12/62/7
故人主必將有足使喻志
決疑〇遠方者然後可 12/62/21
所使〇四鄰諸侯者非人
之謂孤 12/62/24
知無與下爭小利之爲便
〇事也 12/63/6
大臣父子兄弟有能進言
〇君 13/64/1
有能進言〇君 13/64/2
成〇尊君安國 13/64/4
平原君之〇趙也 13/64/7
信陵君之〇魏也 13/64/8
迫脅〇亂時 13/64/17
窮居〇暴國 13/64/17
若周公之〇成王也 13/65/10
若管仲之〇桓公 13/65/10
若子胥之〇夫差 13/65/11
若曹觸龍之〇紂者 13/65/11
臨武君與孫卿子議兵〇
趙孝成王前 15/68/3
無敵〇天下 15/68/10,18/86/6
臣之〇君也 15/68/15
下之〇上也 15/68/15
使天下之民所以要利〇
上者 15/70/5
〔將〕所以不受命〇主
有三 15/71/2
凡受命〇主而行三軍 15/71/3
則通〇神明矣 15/71/8
微子開封〇宋 15/71/14
曹觸龍斷〇軍 15/71/14
皆以仁義之兵行〇天下
也 15/71/25
德盛〇此 15/71/26
凡在〇軍 15/72/4
今女不求之〇本而索之
〇末 15/72/6
然而兵殆〇垂沙 15/72/15
然後刑〇是起矣 15/73/18
〇是有能化善、脩身、
正行、積禮義、尊道
德 15/74/2
然後賞〇是起矣 15/74/3
雕雕焉縣貴爵重賞〇其前 15/74/4
縣明刑大辱〇其後 15/74/5
厚〇有天下之埶 16/76/13
相國之〇勝人之埶 16/76/16
則無以異〇桀、紂 16/77/4
負三王之廟而辟〇陳、
蔡之閒 16/77/18
東在楚者乃界〇齊 16/78/1
則兵不復出〇塞外而令
行〇天下矣 16/78/6
則雖爲之築明堂（〇塞
外）而朝諸侯 16/78/7
出〇其門 16/78/13
入〇公門 16/78/13
出〇公門 16/78/13
歸〇其家 16/78/13
則常不勝夫敦比〇小事
者矣 16/78/21
夫義者、內節〇人而外
節〇萬物者也 16/79/6
上安〇主而下調〇民者也 16/79/6
故明〇天人之分 17/79/21
所志〇天者 17/80/17
所志〇地者 17/80/17
所志〇四時者 17/80/18
所志〇陰陽者 17/80/18
繁啓蕃長〇春夏 17/80/22
畜積收臧〇秋冬 17/80/22
生〇今而志乎古 17/81/5
袄是生〇亂 17/82/1
在天者莫明〇日月 17/82/10
在地者莫明〇水火 17/82/10
在物者莫明〇珠玉 17/82/10
在人者莫明〇禮義 17/82/10
禮義不加〇國家 17/82/12
願〇物之所以生 17/82/17
愼子有見〇後 17/83/3
無見〇先 17/83/4
老子有見〇詘 17/83/4
無見〇信 17/83/4
墨子有見〇齊 17/83/4
無見〇畸 17/83/4
宋子有見〇少 17/83/4
無見〇多 17/83/5

令行〇諸夏之國 18/83/25
令行〇境內 18/83/25
不至〇廢易遂亡 18/84/1
令不行〇境內 18/84/3
則天下未嘗合〇桀、紂也 18/84/11
故象刑殆非生〇治古 18/85/9
並起〇亂今也 18/85/10
猶有善〇是者、（與不）〔不與〕 18/87/2
而不察〇抇不抇者之所言也 18/87/18
男女自不取〇涂 18/87/21
王公則病不足〇上 18/88/2
庶人則凍餒羸瘠〇下 18/88/3
〇是焉桀、紂群居 18/88/3
是特姦人之誤〇亂說 18/88/6
亡〇辱之與不辱也 18/88/16
乃在〇惡之與不惡也 18/88/16
將以爲有益〇人 18/88/18
則與無益〇人也 18/88/19
二三子之善〇子宋子者 18/89/8
然而說不免〇以至治爲至亂也 18/89/20
禮起〇何也 19/90/3
物必不屈〇欲 19/90/5
故人一之〇禮義 19/90/17
一之〇情性 19/90/17
而社止〇諸侯 19/91/2
君子審〇禮 19/92/14
〇是其中焉 19/93/2
禮者、謹〇治生死者也 19/93/6
〇是盡矣 19/93/10
禮者、謹〇吉凶不相厭者也 19/93/19
則嫌〇禽獸矣 19/94/4
故其立文飾也不至〇窕冶 19/94/10
不至〇瘠棄 19/94/11
不至〇流淫惰慢 19/94/11
不至〇隘懾傷生 19/94/12
是吉凶憂愉之情發〇顏色者也 19/94/15
是吉凶憂愉之情發〇聲音者也 19/94/15
是吉凶憂愉之情發〇食飲者也 19/94/17
是吉凶憂愉之情發〇衣服者也 19/94/18
是吉凶憂愉之情發〇居處者也 19/94/19
一天下之功〇是就也 19/95/2
莫知〇人 19/96/13
故人之〇其親也 19/96/13
上取象〇天 19/97/4
下取象〇地 19/97/4
中取則〇人 19/97/4
郊者、并百王〇上天而祭祀之也 19/97/13
則其〇志意之（情）〔積〕者 19/97/21
其〇禮節者 19/97/22
樂則必發〇聲音 20/98/14
形〇動靜 20/98/14
聲音、動靜、生術之變盡〔〇〕是矣 20/98/15
墨子之〇道也 20/99/12
猶瞽之〇白黑也 20/99/12
猶聾之〇清濁也 20/99/12
然後名聲〇是白 20/99/17
光暉〇是大 20/99/17
歌〇行伍 20/99/26
其俯仰周旋有似〇四時 20/100/8
〇乎哀哉 20/100/17
吾觀〇鄉 20/101/6,20/101/22
終〇沃〔洗〕者焉 20/101/17
蔽〇一曲而闇〇大理 21/102/5
妬繆〇道而人誘其所迨也 21/102/7
豈不蔽〇一曲而失正求也哉 21/102/8
況〇使者乎 21/102/9
桀蔽〇末喜、斯觀 21/102/15
紂蔽〇妲己、飛廉 21/102/16
桀死〇（亭）〔鬲〕山 21/102/17
紂縣〇赤旆 21/102/18
成湯鑒〇夏桀 21/102/18
文王監〇殷紂 21/102/19
唐鞅蔽〇欲權而逐載子 21/103/1
奚齊蔽〇欲國而罪申生 21/103/1
唐鞅戮〇宋 21/103/2
奚齊戮〇晉 21/103/2
墨子蔽〇用而不知文 21/103/8
宋子蔽〇欲而不知得 21/103/8
慎子蔽〇法而不知賢 21/103/8
申子蔽〇埶而不知知 21/103/9
惠子蔽〇辭而不知實 21/103/9
莊子蔽〇天而不知人 21/103/9
觀〇道之一隅而未之能識也 21/103/12
不蔽〇成積也 21/103/15
則必合〇不道人 21/103/19
而不（知）合〇道人 21/103/20
則合〇道人 21/103/22
而不合〇不道之人矣 21/103/22
故治之要在〇知道 21/103/25
坐〇室而見四海 21/104/7
處〇今而論久遠 21/104/7
農精〇田而不可以爲田師 21/104/16,27/132/22
賈精〇市而不可以爲市師 21/104/17
工精〇器而不可以爲器師 21/104/17
精〇道〔者〕也 21/105/1
〔非〕精〇物者也 21/105/1
精〇物者以物物 21/105/1
精〇道者兼物物 21/105/1
故君子壹〇道而以贊稽物 21/105/2
壹〇道則正 21/105/2
清明亂〇上 21/105/6
而羿精〇射 21/105/10
而造父精〇御 21/105/11
故傷〇溼而擊鼓鼓痺 21/106/15
雖能之無益〇人 21/107/5
不能無損〇人 21/107/5
爲之無益〇成也 21/107/10
求之無益〇得也 21/107/10
憂戚之無益〇幾也 21/107/10
散名之加〇萬物者 22/107/21
故壹〇道法而謹〇循令矣 22/108/7
是謹〇守名約之功也 22/108/7
必將有循〇舊名 22/108/9
有作〇新名 22/108/9
至〇無共然後止 22/109/8
至〇無別然後止 22/109/9
異〇約則謂之不宜 22/109/10
此惑〇用名以亂名者也 22/109/16
此惑〇用實以亂名者也 22/109/18

此惑○用名以亂實者也 22/109/19
無不類○三惑者矣 22/109/20
心合○道 22/110/8
說合○心 22/110/8
辭合○說 22/110/8
而無深○其志義者也 22/110/23
無以道欲而困○有欲者也 22/111/4
無以節欲而困○欲多者也 22/111/4
制○所受乎心之多〔求〕 22/111/7
奚傷○治 22/111/10
奚止○亂 22/111/10
故治亂在○心之所可 22/111/11
亡○情之所欲 22/111/11
則重縣○仰而人以爲輕 22/111/25
輕縣○俛而人以爲重 22/111/25
此人所以惑○輕重也 22/111/25
則禍託○欲而人以爲福 22/112/1
福託○惡而人以爲禍 22/112/1
此亦人所以惑○禍福也 22/112/1
必出○爭奪 23/113/5
合○犯（分）〔文〕亂理而歸○暴 23/113/5
然後出○辭讓、合○文理而歸○治 23/113/6
使皆出○治、合○道者也 23/113/12
使夫資朴之○美 23/114/1
心意之○善 23/114/1
皆反○性而悖○情也 23/114/5
辭讓則悖○情性矣 23/114/6
是生○聖人之僞 23/114/8
23/114/11
非故生○人之性也 23/114/8
23/114/9,23/114/10,23/114/11
然則器生○（工）〔陶〕人之僞 23/114/9
然則器生○工人之僞 23/114/10
是皆生○人之情性者也 23/114/12
謂之（生○）僞 23/114/13
僞起（○信）而生禮義 23/114/14
故聖人之所以同○衆 23/114/15
其不異○衆者 23/114/15
必求○外 23/114/19
必不及○外 23/114/20
將曷加○正理平治也哉 23/115/3
使天下皆出○治、合○善也 23/115/5
故善言古者必有節○今 23/115/10
善言天者必有徵○人 23/115/10
然後皆出○治、合○善也 23/115/17
夫聖人之○禮義 23/115/22
然則聖人之○禮義積僞也 23/115/25
所賤○桀、跖、小人者 23/115/26
然而曾、騫、孝己獨厚○孝之實而全○孝之名者 23/116/1
以綦○禮義故也 23/116/2
然而〔秦人〕○父子之義、夫婦之別不如齊、魯之孝（具）〔共〕敬（父）〔文〕者 23/116/2
以秦人之從情性、安恣睢、慢○禮義故也 23/116/3
堯問○舜曰 23/116/25,32/148/13
妻子具而孝衰○親 23/116/25
嗜欲得而信衰○友 23/116/26
爵祿盈而忠衰○君 23/116/26
上不循○亂世之君 23/117/6
下不俗○亂世之民 23/117/6
身日進○仁義而不自知也者 23/117/17
身且加○刑戮而不自知者 23/117/19
故成王之○周公也 24/119/9
桓公之○管仲也 24/119/10
武王善之、封〔之〕○宋立其祖 25/120/9
居○砥石遷于商 25/121/14
託○《成相》以喻意 25/122/10
有物○此 26/124/7,26/124/16
26/125/6
生○山阜 26/125/6
處○室堂 26/125/6
堯學○君疇 27/127/8
舜學○務成昭 27/127/8
禹學○西王國 27/127/8
猶用慶賞○國家也 27/127/18
猶用刑罰○萬民也 27/127/18
君子之○子 27/127/20
故亡○《禮經》而順人心者 27/127/22
一命齒○鄉 27/128/25
再命齒○族 27/128/25
君○大夫 27/129/10
○士 27/129/10
禮之○正國家也 27/129/24
如權衡之○輕重也 27/129/24
如繩墨之○曲直也 27/129/24
遇曾元○塗 27/131/22
心之○慮亦然 27/131/26
小人不誠○內而求之○外 27/133/17
不足○行者說過 27/133/22
不足○信者誠言 27/133/22
晏子從○郊 27/134/1
請假○君子 27/134/2
漸○蜜醴 27/134/3
正君漸○香酒 27/134/3
人之○文學也 27/134/6
猶玉之○琢磨也 27/134/6
子貢問○孔子曰 27/134/23
28/140/4,30/144/5,32/149/21
賜倦○學矣 27/134/23
然則賜願息○妻子 27/134/25
然則賜願息○朋友 27/135/1
其誠可比○金石 27/135/7
其聲可內○宗廟 27/135/7
《小雅》不以○汙上 27/135/8
仁義禮善之○人也 27/136/15
辟之若貨財、粟米之○家也 27/136/15
知者明○事、達○數 27/136/24
流丸止○甌、臾 27/137/1
流言止○知者 27/137/1
何異○變易牙之和、更師曠之律 27/137/17
仲尼、顏淵知而窮○世 27/137/22
劫迫○暴國而無所辟之 27/137/22
孔子觀○魯桓公之廟 28/138/10
孔子問○守廟者曰 28/138/10
此五者有一○人 28/138/19
則不得免○君子之誅 28/138/20
孔子觀○東流之水 28/140/4
厄○陳、蔡之閒 28/140/17
且夫芷蘭生○深林 28/141/4
昔晉公子重耳霸心生○

曹 28/141/8
越王勾踐霸心生○會稽 28/141/8
齊桓公小白霸心生○莒 28/141/9
子貢觀○魯廟之北堂 28/141/12
出而問○孔子曰 28/141/12
賜觀○太廟之北堂 28/141/12
不能加毫末○是也 29/141/20
明○從不從之義 29/142/2
魯哀公問○孔子曰 29/142/7
31/144/27,31/146/17,31/147/9
31/147/14
子路問○孔子曰 29/142/15
29/142/22,29/143/14
有人○此 29/142/15
江出○岷山 29/142/28
（奮）〔慎〕○言者
〔不〕華 29/143/3
（奮）〔慎〕○行者
〔不〕伐 29/143/3
公輸不能加○繩〔墨〕 30/143/20
聖人莫能加○禮 30/143/20
南郭惠子問○子貢曰 30/144/15
士明○此三恕 30/144/19
志不在○食葷 31/145/3
志不在○酒肉 31/145/4
日選擇○物 31/145/10
行中規繩而不傷○本 31/146/3
言足法○天下而不傷○
身 31/146/4
總要萬物○風雨 31/146/9
魯哀公問舜冠○孔子 31/146/13
寡人問舜冠○子 31/146/13
寡人生○深宮之中 31/146/17
長○婦人之手 31/146/17
有益○仁乎 31/147/9
定公問○顏淵曰 31/147/20
昔舜巧○使民而造父巧
○使馬 31/148/4
忠誠盛○內、賁○外 32/148/14
形○四海 32/148/14
亦嘗有以楚莊王之語聞
○左右者乎 32/148/17
吾國幾○亡乎 32/148/21
伯禽將歸○魯 32/149/1
吾○天下不賤矣 32/149/7
○是吾僅得三士焉 32/149/9
亡○十人與三十人中 32/149/9
今相國有此三者而不得
罪〔○〕楚之士民 32/149/17
是以不得罪○楚之士民
也 32/149/18
孫卿迫○亂世 32/150/4
鰌○嚴刑 32/150/4

## 俞 yú 18

清之而○濁者 4/12/21,27/138/2
豢之而○瘠者 4/12/22
反鉛察之而○可好也 4/16/15
傳者久則（論）〔○〕略 5/19/6
近則（論）〔○〕詳 5/19/7
○務而○遠 7/27/10,16/77/10
比周而譽○少 8/30/3
鄙爭而名○辱 8/30/3
其身而○危 8/30/4
兼人而兵○強 15/74/11
則戎甲○衆 15/74/12
兼人而兵○弱 15/74/13
兼人而國○貧 15/74/16
而未有○疾之福也 21/106/15

## 臾 yú 3

不如須○之所學也 1/1/12
若其義則不可須○舍也 1/3/8
流丸止於甌、○ 27/137/1

## 竽 yú 8

爲之鍾鼓、管磬、琴瑟
、○笙 10/43/14
故必將撞大鐘、擊鳴鼓
、吹○笙、彈琴瑟以
塞其耳 10/45/17
鍾鼓管磬、琴瑟、○笙 19/90/7
（竽）〔○〕笙具而不
和 19/95/11
琴瑟、○笙 19/98/3
○笙（簫）〔肅〕和 20/100/19
○笙（簫和）、〔筦〕
籥似星辰日月 20/101/1
聲音、清濁、調○奇聲
以耳異 22/108/16

## 雩 yú 3

○而雨 17/82/6
猶不○而雨也 17/82/6
天旱而○ 17/82/6

## 魚 yú 18

○栝生蠹 1/2/3
瓠巴鼓瑟而流○出聽 1/3/3
儵鉢者、浮陽之○也 4/13/19
東海則有紫、（紶）
〔綌〕、○、鹽焉 9/38/15
山人足乎○ 9/38/16
黿鼉、○鱉、鰌鱣孕別
之時 9/39/19
故○鱉優多而百姓有餘
用也 9/39/21
養山林、藪澤、草木、
○鱉、百（索）〔素〕
9/40/5
黿鼉、○鱉、鰌鱣以時
別一而成群 10/45/1
川淵深而○鱉歸之 14/66/17
川淵者、龍○之居也 14/66/19
川淵枯則龍○去之 14/66/20
俎〔尚〕生○ 19/91/7
俎之尚生○也 19/91/10
芻豢、稻粱、酒醴、
（餰鬻）〔○肉〕 19/94/16
（○肉）〔餰鬻〕 19/94/16
曾子食○ 27/137/4
夫○鱉黿鼉猶以淵爲淺
而堀〔穴〕其中 30/144/1

## 愉 yú 19

爲堯、禹則常○佚 4/15/12
必將於○殷赤心之所 9/41/2
爲之出死斷亡而〔不〕○者
10/44/1,10/46/13
則怡○無患難矣 11/52/3
形體好佚而安重閒靜莫
○焉 11/53/18
爲之出死斷亡而不○者 11/55/27
心至○而志無所詘 18/86/17
休猶有安樂恬○如是者乎 18/87/3

恬○、憂戚 19/94/9
故文飾、聲樂、恬○ 19/94/9
其立聲樂恬○也 19/94/11
是吉凶憂○之情發於顏色者也 19/94/15
是吉凶憂○之情發於聲音者也 19/94/15
是吉凶憂○之情發於食飲者也 19/94/17
是吉凶憂○之情發於衣服者也 19/94/18
是吉凶憂○之情發於居處者也 19/94/19
心平○ 22/112/18
骨體膚理好○佚 23/114/12

## 隅 yú 5

安知廉恥○積 4/15/16
皆道之一○也 21/103/11
一○不足以舉之 21/103/12
觀於道之一○而未之能識也 21/103/12
天下其在一○邪 32/148/14

## 愚 yú 63

非是、是非謂之○ 2/6/1
○款端愨 2/6/9
○則端愨而法 3/10/7
○則毒賊而亂 3/10/9
則○莫大焉 4/13/8
○者俄且知也 4/16/1
知賢○、能不能之分 4/17/1
○而無說 5/19/1
○者聞其略而不知其詳 5/19/7
知而能容○ 5/20/3
欺惑○衆 6/21/10
足以欺惑○衆 6/21/13,6/21/17,6/21/20,6/22/2,6/22/5
○者反是 7/26/19
夫是之謂上○ 8/29/10
○而知 8/29/14
豈不○而知矣哉 8/29/17
呼先王以欺○者而求衣食焉 8/32/19
甚○陋溝瞀而冀人之以己為知也 8/34/15
知○同 10/42/13
知○分 10/42/13
知懼○也 10/42/18
是○（王）〔主〕之極也 10/48/5
而○者以為難 11/53/12
○者之知 11/55/5
使○詔知 11/56/2
○莫大焉 12/60/23,16/77/13
則與○者論之 12/60/25
○不得以謀知 12/61/8
非天下之○人莫敢試 15/70/14
非○也 17/81/4
○者為一物一偏 17/83/3
○不足與謀知 18/86/3
以欺○者而潮陷之以偷取利焉 18/88/6
將由夫○陋淫邪之人與 19/96/15
○者學之 20/100/16
則世之○者也 21/106/9
彼○者之定物 21/106/9
○而善畏 21/106/12
與○者若一 21/106/19
學、老身長子而與○者若一 21/106/20
而○者拾以為己實 22/110/22
故○者之言、芴然而粗 22/110/22
而○者反是 22/111/1
○闇○闇墮賢（艮）〔良〕 25/120/3
○而自專事不治 25/120/4
拒諫飾非、○而上同國必禍 25/120/5
○以重○、闇以重闇成為桀 25/120/7
世之○ 25/120/11
聖知不用○者謀 25/122/2
臣○不識 26/123/12,26/125/8
臣○而不識 26/124/2,26/125/1
與○以疑 26/125/19
守之以○ 28/138/14
視天下以○ 32/150/7

## 虞 yú 3

○師之事也 9/40/6
○舜、孝己孝而親不愛 27/137/22
昔○不用宮之奇而晉并之 32/150/1

## 窬 yú 1

穿○而行 26/125/6

## 嵎 yú 1

無帾絲○縷翣其貊以象菲帷幬尉也 19/95/16

## 諛 yú 6

（諂）〔諂〕○我者 2/5/5
（諂）〔諂〕○者親 2/5/7
以不善和人者謂之○ 2/5/18
非（諂）〔諂〕○也 3/9/19
無（諂）〔諂〕○ 13/64/16
忠信而不○ 13/64/22

## 餘 yú 31

足以知其有○可以為君子之所為也 4/14/24
又欲夫○財蓄積之富也 4/16/5
○刀布 4/16/7
則其○莫不當矣 9/36/11
則其○雖曲當 9/36/11
吾無觀其○矣 9/36/13
故五穀不絕而百姓有○食也 9/39/21
故魚鱉優多而百姓有○用也 9/39/21
故山林不童而百姓有○材也 9/39/22
而善臧其○〔也〕 10/42/23
故多○ 10/42/23
○若丘山 10/42/25
夫君子奚患乎無○〔也〕 10/42/25
必時臧○ 10/43/4
不求其○ 10/43/14
固有○足以食人矣 10/45/3
固有○足以衣人矣 10/45/3
夫有○不足 10/45/4
潢然使天下必有○ 10/47/23

而陳積有○ 10/48/2
日有○而治不足者 11/52/15
日有○而治不足者如此也 11/55/12
以重己之所以有○ 16/77/9
（足）則以重有○也 18/87/19
而不得以有○過度 18/87/20
刑○罪人之喪不得合族黨 19/93/15
損有○ 19/94/8
有○ 27/137/4
貌執之士者百有○人 32/149/8
欲言而請畢事者千有○人 32/149/8
今之學者得孫卿之遺言○教 32/150/8

踰 yú 13

愼潰氏○境而徙 8/28/5
在韓者○常山乃有臨慮 16/78/1
故雖備家、必○日然後能殯 19/93/21
越月○時 19/96/11
爵不○德 24/118/17
爵賞不○德 24/118/18
爵賞○德 24/119/3
寢不○廟 27/129/15
（設）〔讌〕衣不○祭服 27/129/15
數仞之牆而民不○也 28/139/12
而能使民勿○乎 28/139/13
無越○不見士 32/149/5
人人皆以我爲越○好士 32/149/10

輿 yú 17

假○馬者 1/1/13
行欲有○馬 4/16/5
然而行不敢有○馬 4/16/7
無○馬則無所見其能 8/32/4
○固馬選矣 8/32/5
馬駭○ 9/36/5,9/36/5
則君子不安○ 9/36/5
諸侯持輪挾○先馬 18/87/1
不能以辟馬毀○致遠 18/87/12
○藏而馬反 19/95/11
趨○而藏之 19/95/12
輦○就馬 27/126/14
我出我○ 27/126/14
○馬曰賵 27/128/5
乘○之輪、太山之木也 27/134/2
接○辟世 32/150/12

歟 yú 8

簡然易知而致有理者○ 26/123/13
性得之則甚雅似者○ 26/123/14
諸侯隆之則一四海者○ 26/123/14
此夫大而不塞者○ 26/124/11
入郄穴而不偪者○ 26/124/11
往來惛憊而不可爲固塞者○ 26/124/12
暴至殺傷而不億忌者○ 26/124/12
功被天下而不私置者○ 26/124/13

予 yǔ 13

天子所○ 1/4/9
喜不過○ 2/8/13,2/8/15
外不避仇、內不阿親賢者○ 25/121/10
維○從欲而治 27/127/7
賜○其宮室 27/127/18
然而有所共○也 27/137/16
言味者○易牙 27/137/16
言音者○師曠 27/137/16
言治者○三王 27/137/16
是老也欺○ 28/139/2
語○曰 28/139/2
○維曰未有順事 28/139/6

宇 yǔ 12

餟○嵬瑣 6/21/10
○中六指謂之極 8/34/4
君子言有壇○ 8/34/20
是君子之所以騁志意於壇○宮庭也 8/34/22
夫是之謂君子言有壇○ 8/34/23
萬物同○而異體 10/42/12
是君子之壇○、宮廷也 19/93/2
○中萬物、生人之屬 19/95/3
其在○中者 19/96/24
而○宙裏矣 21/104/9
充盈大○而不窕 26/124/11
託地而游○ 26/124/13

羽 yǔ 5

以○爲巢 1/1/17
南海則有○翮、齒革、曾青、丹干焉 9/38/14
麻葛、繭絲、鳥獸之○毛齒革也 10/45/3
飾以○毛 20/100/7
無○無翼 26/125/9

雨 yǔ 14

風○興焉 1/2/9
○雪瀌瀌 5/18/11
若時○之降 15/71/24
風○博施 17/80/5
風○之不時 17/81/11
雩而○ 17/82/6
猶不雩而○也 17/82/6
友風而子○ 26/124/13
喜溼而惡○ 26/125/4
何以不○至斯極也 27/132/16
27/132/17,27/132/17
○小 27/133/16
總要萬物於風○ 31/146/9

禹 yǔ 61

（名則）〔則名〕配堯、○ 2/5/11
與○、舜俱傳而不息 3/9/3
擬於○、舜 3/10/1
而○、桀所以分也 3/12/4
是○、桀之所同也 4/15/8
4/15/10,4/15/11,5/18/14
12/60/20,17/80/21
可以爲堯、○ 4/15/10
爲堯、○則常安榮 4/15/12
爲堯、○則常愉佚 4/15/12
堯、○者 4/15/13
○跳 5/17/23
○、湯有傳政 5/19/6
舜、○是也 6/22/20

上則法舜、〇之制 6/23/1
〇行而舜趨 6/24/24
俄而並乎堯、〇 8/29/16
故〇十年水、湯七年旱
　而天下無菜色者 10/48/1
名配堯、〇 11/52/10
則（〇、舜）〔舜、〇〕
　還至 11/53/23
名配舜、〇 11/53/24
〇之法猶存 12/57/3
〇伐共工 15/71/25
廣大乎舜、〇 16/77/16
曷謂廣大乎舜、〇也 16/77/20
〔此所謂廣大乎舜、〇
　也〕 16/78/3
（此所謂廣大乎舜、〇
　也） 16/78/4
古者〇、湯本義務信而
　天下治 16/79/7
〇以治 17/80/21,17/80/23
17/80/24
是又〇、桀之所同也 17/80/22
17/80/23
反〇、湯之德 18/84/7
〇、湯之後也 18/84/16
然則有曷貴堯、〇 23/115/24
凡所貴堯、〇、君子者 23/115/24
塗之人可以為〇 23/116/6
凡〇之所以為〇者 23/116/6
然則其可以為〇明矣 23/116/8
23/116/13
然則唯〇不知仁義法正
　、不能仁義法正也 23/116/8
故塗之人可以為〇 23/116/19
塗之人能為〇 23/116/19
雖不能為〇 23/116/20
無害可以為〇 23/116/20
則所聞者堯、舜、〇、
　湯之道也 23/117/16
舜授〇 25/121/10
〇勞（心）力 25/121/10
〇有功 25/121/12
〇溥土 25/121/13
法〇舜而能弇迹者邪 26/124/3
德厚堯、〇 26/124/8
〇學於西王國 27/127/8
〇見耕者耦立而式 27/128/17

德若堯、〇 32/150/10

## 庾 yǔ 1

（屋）〔局〕室、（廬
　〇）〔蘆簾〕、（葭）
　稾蓐、尚机筵而可以
　養形 22/112/19

## 寓 yǔ 1

精微乎毫毛而〔充〕盈
　（大乎）〔乎大〕〇
　（宙） 26/124/8

## 傴 yǔ 3

是猶〇身而好升高也 8/30/8
〇巫、跛擊之事也 9/40/9
譬之是猶〇巫、跛匡大
　自以為有知也 18/84/19

## 與 yǔ 209

〔〇之俱黑〕 1/1/20
有爭氣者勿〇辨也 1/4/6
故禮恭而後可〇言道之方 1/4/7
辭順而後可〇言道之理 1/4/7
色從而後可〇言道之致 1/4/7
故未可〇言而言謂之傲 1/4/8
可〇言而不言謂之隱 1/4/8
將以窮無窮、逐無極〇 2/7/8
2/7/10
意亦有所止之〇 2/7/10
豈若跛鱉之〇六驥足哉 2/7/14
〇禹、舜俱傳而不息 3/9/3
〇時屈伸 3/10/1
然則國亂將弗治〇 3/10/13
故〇人善言 4/12/17
以君子〇小人相賊害也 4/13/6
舉國而〇之不為改視 4/13/16
夫不知其〇己無以異也 4/14/23
豈非人之情固可〇如此
　可〇如彼也哉 4/16/3
知不幾者不可〇及聖人
　之言 4/16/14
〇時遷徙 5/19/18,8/32/11

〇世偃仰 5/20/1,8/32/11
而王公不能〇之爭名 6/22/15
8/32/8,10/48/10
好姦而〇眾 6/23/10
無〇人爭也 6/23/17
〇之高、國之位 7/25/13
〇之書社三百 7/25/13
戰必能殆之而羞〇之鬭 7/25/22
用百里之地而千里之國
　莫能〇之爭勝 8/32/9
霸、奪之〇 9/36/22
奪之〇者友諸侯 9/36/22
則日欲〇我鬭 9/36/25
人之民日欲〇我鬭 9/36/26
〇天地同理 9/39/5
〇萬世同久 9/39/5
貴賤、殺生、〇奪一也 9/39/6
一〇一是為人者 9/39/24
制〇在此 9/40/19
制〇在我 9/40/20
日〇桀同事同行 9/41/1
彼無〇至也 9/41/12
彼其所〇至者 9/41/12,15/69/5
孰能有〇是鬭者〇 9/41/18
夫王者之〇亡者 9/42/7
制人之〇人制之也 9/42/8
胡不嘗試相〇求亂之者
　誰也 10/45/6
〇百姓均事業 10/45/9
夏日則〇之（爪）〔瓜〕
　麮 10/46/6
其於貨財取〇計數也 10/47/12
10/47/15
〇之遠舉極戰 10/48/12
譬之是猶烏獲〇焦僥搏也 10/49/7
〔之〕所〇為之者之人 11/49/17
不欺其〇 11/50/5
〇國信之 11/50/6
外則不憚詐其〇而求大
　利焉 11/50/11
〇國疑之 11/50/13
誰子之〇也 11/50/22
〇王者之人為之 11/50/22
〇霸者之人為之 11/51/1
〇亡國之人為之 11/51/1
安〇夫千歲之信士為之也 11/51/6
故〇積禮義之君子為之

則王 11/51/8
○端誠信全之士爲之則霸 11/51/8
○權謀傾覆之人爲之則亡 11/51/8
則雖臧獲不肯○天子易埶業 11/52/16
日欲司閒而相○投藉之 11/56/3
則臣下百吏乘是而後豐取刻○以無度取於民 12/57/14
不○之爭能而致善用其功 12/58/4
則○不肖者規之 12/60/25
則○愚者論之 12/60/25
則○汙邪之人疑之 12/61/1
○之舉錯遷移 12/61/9
○之安燕 12/61/9
彼誠有之者○誠無之者若白黑然 12/61/10
四鄰諸侯之相○ 12/62/20
知無○下爭小利之爲便於事也 12/63/6
慮○臣下爭小察而綦偏能 12/63/10
率群臣百吏而相○彊君橋君 13/64/3
不敢有以私取○也 13/64/21
然後（士）〔出〕其刑賞而還○之 14/66/12
故土之○人也 14/66/23
道之○法也者 14/66/24
故一年○之始 14/67/9
三年○之終 14/67/9
而博習不○焉 14/67/20,14/67/21
○其害善 14/67/25
臨武君○孫卿子議兵於趙孝成王前 15/68/3
詐而襲之○先驚而後擊之 15/68/16
將誰○至哉 15/69/5
○之參國政 16/76/17
必○人也 16/77/5
必○道也 16/77/5
陶誕比周以爭○ 16/77/7
今秦南乃有沙羨○俱 16/77/21
北○胡、貉爲鄰 16/77/21
因○之參國政 16/78/5
夫義者、所以限禁人之爲惡○姦者也 16/79/3
受時○治世同 17/79/20
而殃禍○治世異 17/79/20
夫是之謂不○天爭職 17/80/2
○小人之所以日退 17/81/8
孰○物畜而（制）〔裁〕之 17/82/15
孰○制天命而用之 17/82/15
孰○應時而使之 17/82/16
孰○（聘）〔騁〕能而化之 17/82/16
孰○理物而勿失之也 17/82/17
孰○有物之所以成 17/82/17
則○無上同也 18/83/13
而不得一人之○ 18/84/16
則未足○及王者之制也 18/86/3
淺不可○測深 18/86/3
愚不足○謀知 18/86/3
坎井之鼃不可○語東海之樂 18/86/3
夫有誰○讓矣 18/86/6
天下厭然○鄉無以異也 18/86/11, 18/86/13
猶有善於是者、（○不）〔不○〕 18/87/2
未可○及天下之大理者也 18/87/5
然則鬬○不鬬邪 18/88/16
亡於辱之○不辱也 18/88/16
乃在於惡之○不惡也 18/88/16
則○無益於人也 18/88/19
將由夫愚陋淫邪之人○ 19/96/15
彼安能相○群居而無亂乎 19/96/15
將由夫脩飾之君子○ 19/96/18
是以○治（雖）〔離〕走而是己不輟也 21/102/8
故能持管仲而名利福祿○管仲齊 21/103/4
故能持周公而名利福祿○周公齊 21/103/4
故德○周公齊 21/103/16
名○三王並 21/103/16
○不可道之人論道人 21/103/20
○道人論非道 21/103/22
惡能○我歌矣 21/105/12
○愚者若一 21/106/19
學、老身長子而○愚者若一 21/106/20
謂合王制○不合王制也 21/107/3
○所緣（有）〔以〕同異 22/108/10
○制名之樞要 22/108/10
單○兼無所相避則共 22/109/5
故明君知其分而不○辨也 22/109/21
夫民易一以道而不可○共故 22/110/1
故人無動而（不）可以不○權俱 22/111/24
其○夫盜無以異 22/112/15
其○無足無以異 22/112/15
倚而觀天下民人之相○也 23/115/6
性惡則○聖王、貴禮義矣 23/115/12
堯、舜之○桀、跖 23/115/23
君子之○小人 23/115/23
然則能不能之○可不可 23/116/22
則欲○天下（同）（苦）〔共〕樂之 23/117/7
今○不善人處 23/117/18
夫故天下不○爭能而致善用其功 24/119/15
比周還主黨○施 25/120/5
禮○刑 25/121/1
妬功毀賢、下斂黨○上蔽匿 25/122/7
利（往）〔隹〕卬上、莫得擅○孰私得 25/122/14
此夫文而不采者○ 26/123/12
君子所敬而小人所不者○ 26/123/13
行遠疾速而不可託訊（者○） 26/124/12
○暴爲鄰 26/124/17
此夫身女好而頭馬首者○ 26/125/2
屢化而不壽者○ 26/125/2
善壯而拙老者○ 26/125/2
有父母而無牝牡者○ 26/125/3
○愚以疑 26/125/19
雜布○錦不知異也 26/126/1
禍○福鄰 27/128/15
從諸侯不○新有昏朞不事 27/131/14
義○利者、人之所兩有

也 27/132/1
從士以上皆羞利而不〇
民爭業 27/132/5
〇義分背矣 27/132/13
政不節〇 27/132/16
使民疾〇 27/132/16
宮室榮〇 27/132/16
婦謁盛〇 27/132/16
苞苴行〇 27/132/17
讒夫興〇 27/132/17
朝士大夫遇諸塗不〇言 27/133/19
君子不〇 27/134/14
柳下惠〇後門者同衣而
不見疑 27/136/4
言無〇小人處也 27/136/11
而盜竊不〇焉 28/138/18
夫水、（大）徧〇諸生
而無為也 28/140/5
〇小人處者 28/140/12
吾〇之 28/140/14
意者身不敬〇 29/142/16
辭不遜〇 29/142/16
色不順〇 29/142/16
衣〇 29/142/17
繆〇 29/142/17
窮無〇也 30/144/23
〇之治國 31/144/27
竊其有益〇其無益 31/147/11
不〇牛爭力 32/149/4
不〇馬爭走 32/149/4
不〇士爭知 32/149/4
亡於十人〇三十人中 32/149/9
乃在百人〇千人之中 32/149/10
徒〇不眾 32/150/8

語 yǔ 27

笑〇卒獲 2/5/16,19/93/4
吾〇汝學者之嵬容 6/24/19
箸之言〇 11/49/20
〇曰 12/61/2,18/86/3
27/137/1,31/147/16,32/149/16
坎井之鼃不可與〇東海
之樂 18/86/3
凡〇治而待去欲者 22/111/4
凡〇治而待寡欲者 22/111/4
讒夫多進、反覆言〇生
詐態 25/122/6
言〇之美 27/129/6
應對言〇視面 27/130/5
民〇曰 27/132/13
吾〇汝其故 28/138/18
〇予曰 28/139/2
吾〇汝 28/141/1
28/141/8,29/142/18,30/144/1
以〇子貢曰 29/142/8
吾〇女 29/143/3,32/149/7
亦嘗有以楚莊王之〇聞
於左右者乎 32/148/17
楚莊王之〇何如 32/148/18

嵎 yǔ 1

械用兵革〇楛不便利者
弱 15/69/18

玉 yù 20

〇在山而（草）木潤 1/3/4
重於金石珠〇 5/19/12
金〇其相 10/43/16
辟之是猶使處女嬰寶珠
、佩寶〇、負戴黃金
而遇中山之盜也 10/49/2
改（王）〔〇〕改行也 11/51/5
故明主有私人以金石珠
〇 12/61/20
在物者莫明於珠〇 17/82/10
珠〇不（睹）〔睹〕乎
外 17/82/11
加飾之以珠〇 18/86/17
雖珠〇滿體 18/87/22
琁、〇、瑤、珠不知佩
也 26/126/1
〇帛云乎哉 27/127/1
〇貝曰唅 27/128/5
猶〇之於琢磨也 27/134/6
〇人琢之 27/134/7
君子之所以貴〇而賤珉
者 30/144/5
為夫〇之少而珉之多邪 30/144/5
夫〇者、君子比德焉 30/144/6
不若〇之章章 30/144/9
溫其如〇 30/144/9

聿 yù 1

宴然〇消 5/18/11

育 yù 2

故養長時則六畜〇 9/39/18
禽獸〇焉 32/149/22

郁 yù 2

〇〇乎其遇時之不祥也 26/125/17

浴 yù 3

故新〇者振其衣 3/11/1
沐〇、鬠體、飯唅、象
生執也 19/95/7
不〇則濡巾三式而止 19/95/7

欲 yù 245

使目非是無〇見也 1/4/17
使耳非是無〇聞也 1/4/17
使口非是無〇言也 1/4/17
使心非是無〇慮也 1/4/18
雖〇無進 2/5/6
致不肖而〇人之賢己也 2/5/6
雖〇無滅亡 2/5/8
然夫士〇獨脩其身 2/7/5
此言君子之能以公義勝
私〇也 2/8/16
〇利而不為所非 3/9/7
〇惡取舍之權 3/12/6
見其可〇也 3/12/6,3/12/8
然後定其〇惡取舍 3/12/7
雖〇不謹 4/12/19
我〇屬之狂惑疾病邪 4/13/9
我〇屬之鳥鼠禽獸邪 4/13/10
挂於患而〇謹 4/13/19
疾為誕而〇人之信己也 4/14/18
疾為詐而〇人之親己也 4/14/18
禽獸之行而〇人之善己也 4/14/18
而亦〇人之信己也 4/14/20
而亦〇人之親己也 4/14/20
而亦〇人之善己也 4/14/21
飢而〇食 4/15/7,5/18/13

寒而○煖 4/15/7,5/18/13
23/114/3
勞而○息 4/15/7,5/18/13
食○有芻豢 4/16/5
衣○有文繡 4/16/5
行○有輿馬 4/16/5
又○夫餘財蓄積之富也 4/16/5
非不○也 4/16/8
於是又節用禦○ 4/16/8
是人情之所同○也 4/16/18
11/53/13
然則從人之○ 4/16/18
棄其親家而○奔之者 5/18/2
○觀聖王之跡 5/18/19
○觀千歲 5/18/20
○知億萬 5/18/21
○知上世 5/18/21
○知周道 5/18/21
利心無足而佯無○者也 6/24/9
雖○無危 7/26/20
我○賤而貴 8/29/14
不以私○亂所聞 8/30/12
凡人莫不○安榮而惡危辱 8/34/10
埶位齊而○惡同 9/36/1
故君人者○安 9/36/10
○榮 9/36/10
○立功名 9/36/10
則日○與我鬬 9/36/25
則日不○爲我鬬 9/36/26
人之民日○與我鬬 9/36/26
吾民日不○爲我鬬 9/36/26
○王而王 9/37/16
○霸而霸 9/37/16
○彊而彊矣 9/37/17
而黨爲吾所不○於是者 9/40/21
同○而異知 10/42/12
縱○而不窮 10/42/13
天下害生縱○ 10/42/15
○惡同物 10/42/16
○多而物寡 10/42/16
瘠則不足○ 10/45/8
不足○則賞不行 10/45/8
使天下生民之屬皆知己之所願○之舉在于是也 10/45/19
故君國長民者○趨時遂功 10/46/14
雖○無明達 10/46/16
則割定而○無猒 10/48/22
〔啖啖〕然常○人之有 11/50/11
目○綦色 11/51/24
耳○綦聲 11/52/1
口○綦味 11/52/1
鼻○綦臭 11/52/1
心○綦佚 11/52/1
故人主○得善射 11/53/9
○得善馭 11/53/10
○得調壹天下 11/53/10
是又人情之所同○也 11/53/15
11/53/17
○是之主並肩而存 11/53/20
日○司閒而相與投藉之 11/56/3
啖啖常○人之有 11/56/9
故人主○彊固安樂 12/59/1
○附下一民 12/59/1
○脩政美（國）〔俗〕 12/59/1
以天下之民莫（○）〔爲〕之也 12/59/3
莫不○彊而惡弱 12/60/20
○安而惡危 12/60/20
○榮而惡辱 12/60/20
要此三○ 12/60/20
雖○成功 12/61/1
人主○得善射〔射〕遠中微者 12/61/13
○得善馭〔及〕速致遠者 12/61/14
○治國馭民 12/61/16
故有社稷者莫不○彊 12/61/19
莫不○安 12/61/19
莫不○存 12/61/19
夫文王○立貴道 12/62/5
○白貴名 12/62/5
而○賢者之至、不肖者之退也 14/67/4
凡節奏○陵 14/67/14
而生民○寬 14/67/14
賞不○僭 14/67/24
刑不○濫 14/67/24
○嚴以威 15/70/25
○必以信 15/70/26
○周以固 15/70/26
○安以重 15/70/26
○疾以速 15/70/26
○潛以深 15/70/26
○伍以參 15/70/27
無○將而惡廢 15/70/27
凡慮事○孰而用財○泰 15/71/1
計勝○則從 15/71/6
○勝計則凶 15/71/6
○其至也 15/71/18
雖○無化 15/74/5
○爲我民 15/74/10
併己之私○ 16/76/15
則天下孰不○合義矣 16/76/18
辟稱比方則○自並乎湯、武 16/77/4
辟之是猶○壽而歾頸也 16/77/13
案○剡其脛而以蹈秦之腹 16/77/19
人之情○寡 18/89/11
而皆以己之情爲○多 18/89/11
將使人知情（○之）〔之○〕寡也 18/89/12
然則亦以人之情爲○ 18/89/12
目不○綦色 18/89/13
耳不○綦聲 18/89/13
口不○綦味 18/89/13
鼻不○綦臭 18/89/13
形不○綦佚 18/89/13
亦以人之情爲不○乎 18/89/14
人之情○是已 18/89/14
以人之情爲○此五綦者而不○多 18/89/14
譬之是猶以人之情爲○富貴而不○貨也 18/89/15
以人之情爲○多而不○寡 18/89/17
今子宋子以（是）〔人〕之情爲○寡而不○多也 18/89/18
然則先王以人之所不○者賞 18/89/19
而以人之所○者罰邪 18/89/19
人生而有○ 19/90/3
○而不得 19/90/3
以養人之○ 19/90/4
使○必不窮乎物 19/90/5
物必不屈於○ 19/90/5
猶○之楚而北求之也 20/99/12
小人樂得其○ 20/100/10

以道制〇 20/100/10
以〇忘道 20/100/10
〇爲蔽 21/102/12
唐鞅蔽於〇權而逐載子 21/103/1
奚齊蔽於〇國而罪申生 21/103/1
宋子蔽於〇而不知得 21/103/8
故無〇無惡 21/103/16
人孰〇得恣而守其所不可以禁其所可 21/103/19
耳目之〇接 21/105/14
是以闢耳目之〇 21/105/15
闢耳目之〇 21/105/17
聖人縱其〇、兼其情而制焉者理矣 21/105/18
說、故、喜、（怨）〔怒〕、哀、樂、愛、惡、〇以心異 22/108/18
有時而〇徧舉之 22/109/7
有時而〇（徧）〔偏〕舉之 22/109/8
情〇寡 22/109/17
凡語治而待去〇者 22/111/4
無以道〇而困於有〇者也 22/111/4
凡語治而待寡〇者 22/111/4
無以節〇而困於〇多者也 22/111/4
有〇無〇 22/111/5
〇之多寡 22/111/5
〇不待可得 22/111/6,22/111/6
所受乎天之一〇 22/111/7
人之所〇 22/111/8
非不〇生而〇死也 22/111/8
故〇過之而動不及 22/111/9
則〇雖多 22/111/9
〇不及而動過之 22/111/10
則〇雖寡 22/111/10
亡於情之所〇 22/111/11
〇者、情之應也 22/111/14
以所〇以爲可得而求之 22/111/14
〇不可去 22/111/15
〇不可盡 22/111/16
〇雖不可盡 22/111/16
〇雖不可去 22/111/16,22/111/17
所〇雖不可盡 22/111/16
慮者〇節求也 22/111/17
假之有人而〇南無多 22/111/20
今人所〇無多 22/111/21
豈爲夫所〇之不可盡也 22/111/22
離得〇之道而取所惡也哉 22/111/22
所〇未嘗粹而來也 22/111/24
則禍託於〇而人以爲福 22/112/1
其累百年之〇 22/112/6
故〇養其〇而縱其情 22/112/14
〇養其性而危其形 22/112/14
〇養其樂而攻其心 22/112/14
〇養其名而亂其行 22/112/14
生而有耳目之〇 23/113/4
飢而〇飽 23/114/2
勞而〇休 23/114/3
夫好利而〇得者 23/114/16
好利而〇得 23/114/17
凡人之〇爲善者 23/114/18
人之〇爲善者 23/114/20
嗜〇得而信衰於友 23/116/26
則〇與天下（同）（苦）〔共〕樂之 23/117/7
雖〇無亂 24/119/5
〇（衷對）〔對衷〕 25/122/9
拂乎其〇禮義之大行也 26/125/17
〇近四旁 27/126/9
外屏、不〇見外也 27/126/11
內屏、不〇見內也 27/126/11
維予從〇而治 27/127/7
雖堯、舜不能去民之〇利 27/132/1
然而能使其〇利不克其好義也 27/132/1
然而能使其好義不勝其〇利也 27/132/2
〇富乎 27/132/13
齊人〇伐魯 27/133/1
晉人〇伐衛 27/133/1
盈其〇而不愆其止 27/135/7
則具然〇爲人師 28/140/14
〇來者不距 30/144/15
〇去者不止 30/144/16
（五）〔吾〕〇論吾國之士 31/144/27
我〇致天下 32/148/13
〇言而請畢事者千有餘人 32/149/8

## 御 yù 11

不足謂善〇 1/4/12
或監門、〇旅、抱關、擊柝而不自以爲寡 4/17/4
造父者、天下之善〇者也 8/32/4
〇死轡 15/71/10
四時代〇 17/80/5
時舉而代〇 19/94/9
而造父精於〇 21/105/11
天子〇珽 27/126/19
諸侯〇荼 27/126/19
內十日一〇 27/130/3
以〇于家邦 27/134/26

## 域 yù 2

使無去其疆〇 12/59/7
可謂入其〇矣 15/70/21

## 馭 yù 10

善服〇者也 11/53/8
欲得善〇 11/53/10
欲得善〇〔及〕速致遠者 12/61/14
欲治國〇民 12/61/16
若〇其樸馬 13/64/24
天下之善〇者也 18/87/12
加之以造父之〇 23/117/15
〔子亦聞〕東野（子）〔畢〕之善〇乎 31/147/20
東野畢之〇 31/148/3
今東野畢之〇〔也〕 31/148/6

## 喻 yù 15

嘿然而〇 3/11/7
故人主必將有足使〇志決疑於遠方者然後可 12/62/21
異形離心交〇 22/108/12
則志必有不〇之患 22/108/12
則志無不〇之患 22/108/14
單足以〇則單 22/109/5
單不足以〇則兼 22/109/5
實不〇然後命 22/110/3
命不〇然後期 22/110/3

期不〇然後說 22/110/3
說不〇然後辨 22/110/4
名聞而實〇 22/110/4
不異實名以〇動靜之道也 22/110/6
質請而〇 22/110/8
託於《成相》以〇意 25/122/10

裕 yù 12

節用〇民 10/42/23
〇民以政 10/42/23
彼〇民 10/42/23
〇民則民富 10/42/24
故知節用〇民 10/42/25
生於節用〇民也 10/42/26
不知節用〇民則民貧 10/42/26
不知節用〇民也 10/42/28
若德〇 10/42/29
夫是之謂以政〇民〔也〕 10/43/6
寡怨寬〇而無阿 12/58/2
變應寬〇而多容 14/67/8

矞 yù 1

〇宇嵬瑣 6/21/10

愈 yù 8

指其頂者〇衆 8/30/8
身貴而〇恭 8/31/12
家富而〇儉 8/31/12
勝敵而〇戒 8/31/12
勞苦頓萃而〇無功 10/46/3
其侵人〇甚 10/49/1
〇厭而好新 11/56/8
心至〇 24/118/7

遇 yù 43

必〇其所惡焉 4/14/20
必不〇其所惡焉 4/14/22
又以〇亂世、得亂俗 4/15/15
以至高〇至卑 5/19/17
〇君則脩臣下之義 6/23/15
〇鄉則脩長幼之義 6/23/15
〇長則脩子弟之義 6/23/15
〇友則脩禮節辭讓之義 6/23/16
〇賤而少者則脩告導寬容之義 6/23/16
辟之是猶使處女嬰寶珠、佩寶玉、負戴黃金而〇中山之盜也 10/49/2
並〇變應而不窮 12/58/1
應卒〇變 13/63/20
故齊之技擊不可以〇魏氏之武卒 15/70/9
魏氏之武卒不可以〇秦之銳士 15/70/9
有〇之者 15/70/10
故以詐〇詐 15/70/13
以詐〇齊 15/70/13
〇敵決戰 15/70/27
〇敵處戰則必北 15/73/14
幾〇刑也 20/100/15
節〇謂之命 22/108/1
成則必得其所好而不〇其所惡焉 22/111/1
則必〇其所惡焉 24/118/13
舜〇時 25/121/8
雖有賢聖、適不〇世孰知之 25/121/9
嗟我何人、獨不〇時當亂世 25/122/8
郁郁乎其〇時之不祥也 26/125/17
曷爲三〇齊王而不言事 27/131/19
〇曾元於塗 27/131/22
朝士大夫〇諸塗不與言 27/133/19
無用吾之所短〇人之所長 27/137/7
卒〇故人 28/140/12
夫〇、不〇者 28/141/3
君子博學、深謀不〇時者多矣 28/141/3
不〇世者衆矣 28/141/4
〇、不〇者 28/141/6
今有其人不〇其時 28/141/6
苟〇其時 28/141/7
下〇暴秦 32/150/4
所（〇）〔過〕者化 32/150/9
孫卿不〇時也 32/150/10

瘉 yù 4

痛甚者其〇遲 19/96/5
吾三相楚而心〇卑 32/149/18
每益祿而施〇博 32/149/18
位滋尊而禮〇恭 32/149/18

獄 yù 1

〇犴不治 28/139/4

蜮 yù 2

爲鬼爲〇 8/29/11,22/111/1

禦 yù 2

於是又節用〇欲 4/16/8
困則禍不可〇 27/128/14

豫 yù 7

曲重其〇 7/26/17
魯之粥牛馬者不〇賈 8/28/5
故說〇娩澤 19/94/14
先患慮患謂之〇 27/128/13
〇則禍不生 27/128/13
〇哉 27/128/15,27/128/15

論 yù 5

（分別）〔譬稱〕以〇之 5/20/7
辯說譬〇、齊給便利而不順禮義 6/23/7
使〇於道 8/27/17
其言多當矣而未〇也 8/30/13
辭也者、兼異實之名以（論）〔〇〕一意也 22/110/5

譽 yù 19

無咎無〇 5/19/14
是以不誘於〇 6/24/14
比周而〇俞少 8/30/3
以偷取少頃之〇焉 10/46/6
可以少頃得姦民之〇 10/46/7
輕非〇而恬失民 10/46/8

故垂事養○、不可　10/46/9
得百姓之○者榮　11/55/21
下善取○乎民　13/63/18
推類接○　13/63/20
朋黨比周之○　14/66/10
凡流言、流說、流事、流謀、流○、流愬、不官而衡至者　14/66/11
聞聽而明○之　14/66/12
則姦言、姦說、姦事、姦謀、姦○、姦愬莫之試也　14/66/13
忠言、忠說、忠事、忠謀、忠○、忠愬莫不明通　14/66/14
莫不親○　15/74/3
不動乎衆人之非○　22/110/15
君子進則能益上之○而損下之憂　27/134/20
○何由生　32/150/14

**鬻 yù**　3

傭徒○賣之道也　15/70/11
芻豢、稻粱、酒醴、（餰○）〔魚肉〕　19/94/16
（魚肉）〔餰○〕　19/94/16

**鬱 yù**　1

香、臭、芬、○、腥、臊、（洒）〔漏〕、（酸）〔庮〕、奇臭以鼻異　22/108/17

**淵 yuān**　20

生於高山之上而臨百仞之○　1/1/18
積水成○　1/2/9
○生珠而崖不枯　1/3/4
山○平　3/9/1,22/109/17
汙池、○沼、川澤　9/39/21
如臨深○　13/65/16
川○深而魚鱉歸之　14/66/17
川○者、龍魚之居也　14/66/19
川○枯則龍魚去之　14/66/20
仲尼、顏○知而窮於世　27/137/22
顏○入　29/143/10
顏○對曰　29/143/11, 31/147/20,31/148/4,31/148/8
夫魚鱉黿鼉猶以○爲淺而堀〔穴〕其中　30/144/1
定公問於顏○曰　31/147/20
趨駕召顏○　31/148/3
顏○至　31/148/3

**鳶 yuān**　1

鷹○猶以山爲卑而增巢其上　30/144/2

**元 yuán**　6

○惡不待教而誅　9/35/3
小侯、○士次之　18/87/1
遇曾○於塗　27/131/22
曾○曰　27/131/22
曾○持足　30/144/1
○　30/144/1

**垣 yuán**　3

○窌倉廩者　10/47/22
太師維○　12/59/8
大師維○　16/77/14

**爰 yuán**　1

○有大物　26/123/11

**原 yuán**　16

將○先王、本仁義　1/4/1
宗○應變　6/25/2
俄而○仁義　8/29/16
夫是之謂有○　9/37/19
彼將日日暴露毀折之中○　9/41/21
竭其○　10/45/13
積美之○也　11/49/13
君子者、法之○也　12/57/5
非治之○也　12/57/14
君子者、治之○也　12/57/15
君子養○　12/57/15
君者、民之○也　12/58/14
事物之至也如泉○　12/62/18
平○君之於趙也　13/64/7
文理之○也　19/97/7
而得失之○也　24/119/9

**員 yuán**　1

○者中規　26/124/7

**援 yuán**　4

○賢博施　7/26/14
○夫千歲之信法以持之也　11/51/6
則○劍戟而逐之　18/88/14
不肖者敢○而廢之　23/117/9

**源 yuán**　12

厭其○　2/7/13
財貨渾渾如泉○　10/45/22
貨之○也　10/47/22
開其○　10/47/23
知本末○流之謂也　10/48/2
竭其○　10/48/3
○清則流清　12/57/15,12/58/14
○濁則流濁　12/57/15,12/58/14
其○可以濫觴　29/142/28
涓涓○水　30/143/25

**圓 yuán**　5

猶規矩之於方○也　11/51/19
槃○而水○　12/58/11
則不可欺以方○　19/92/14
規矩者、方○之至　19/92/15

**園 yuán**　4

○囿甚廣　11/53/14
其於聲色、臺榭、○囿也　11/56/8
卑其志意、大其○囿高其臺（榭）　25/120/8
大夫不爲場（○）〔圃〕　27/132/5

緣 yuán 10

〇義而有類 12/58/5
〇之以方城 15/72/17
凡〇而往埋之 19/93/16
與所〇（有）〔以〕同異 22/108/10
然則何〇而以同異 22/108/14
〇天官 22/108/15
則〇耳而知聲可也 22/109/1
〇目而知形可也 22/109/2
此所〇而以同異也 22/109/3
驗之所〇（無）以同異而觀其孰調 22/109/18

圜 yuán 1

〇居而方正 15/69/4

黿 yuán 3

〇鼉、魚鱉、鰌鱣孕別之時 9/39/19
〇鼉、魚鱉、鰌鱣以時別一而成群 10/45/1
夫魚鱉〇鼉猶以淵爲淺而堀〔穴〕其中 30/144/1

遠 yuǎn 79

而見者〇 1/1/13
則千里雖〇 2/7/9
其出（入）〔人〕不〇矣 2/7/17
其〇害也早 2/8/12
而所聞見者〇 3/11/14
乳狗不〇遊 4/13/4
其功盛姚〇矣 4/16/12
以近知〇 5/18/22
〇舉則病繆 5/19/17
亦必〇舉而不繆 5/19/18
〇罪過者也 6/24/5
主踈〇之 7/26/7
俞務而俞〇 7/27/10,16/77/10
〇者竭蹶而趨之 8/28/11, 15/71/15
而不能以至〇 8/32/6
而不能以射〇中微 8/32/6
理道之〇近而致貢 9/38/10
〇者不疾其勞 9/38/11
是其爲相懸也亦〇矣 9/42/8
與之〇舉極戰 10/48/12
〇方致願 10/49/6
射〇中微則莫若羿、蠭門矣 11/53/9
及速致〇 11/53/10
主道治近不治〇 11/55/11
主能治近則〇者理 11/55/11
又務治〇 11/55/13,11/55/14
人主欲得善射〔射〕〇中微者 12/61/13
外不可以隱〇人 12/61/14, 12/61/15
欲得善馭〔及〕速致〇者 12/61/14
〇者天下 12/62/12
人主之所以窺〇收衆之門戶牖嚮也 12/62/15
故人主必將有足使喻志決疑於〇方者然後可 12/62/21
則君過不〇 13/64/11
則造父不能以致〇 15/68/7
〇方慕其（德）〔義〕 15/71/26
〇邇來服 15/71/26
其不如勝人之道〇矣 16/76/14
則倜倜然其不及〇矣 16/78/17
地不爲人之惡遼〇也輟廣 17/80/27
稱〇近而等貢獻 18/85/20, 18/86/1
不能以辟馬毀輿致〇 18/87/12
然後告〇者出矣 19/93/21
〇者可以至矣 19/93/22
動而〇 19/94/3,19/94/5
〇爲蔽 21/102/12
〇方莫不致其珍 21/102/21
無近無〇 21/103/17
處於今而論久〇 21/104/7
而〇蚊䖟之聲 21/105/15
〇蔽其大也 21/106/6
小人邇而君子〇矣 21/107/15
君子邇而小人〇矣 21/107/16
曲期〇方異俗之鄉則因之而爲通 22/107/22
其不同〇矣 23/116/22
〇賢近讒、忠臣蔽塞主勢移 25/120/5
處之敦固、有深藏之能〇思 25/121/2
隱〇至 25/123/5
忽兮其極之〇也 26/124/8
行〇疾速而不可託訊（者與） 26/124/12
念彼〇方 26/125/19
行盡而聲問〇 27/133/16
所以說〇也 27/133/25
〇者說則附 27/133/26
親近而附〇 27/133/26
道〇日益矣 27/134/12
貨色〇之 27/136/20
是非疑則度之以〇事 27/137/1
道之云〇 28/140/1
故居不隱者思不〇 28/141/9
不亦（〇）〔反〕乎 30/143/24
不（以）〔亦〕（反）〔〇〕乎 30/143/24
其聲清揚而〇聞 30/144/8
歷險致〇 31/148/7

怨 yuàn 33

〇之所構 1/2/4
不能則妬嫉〇誹以傾覆人 3/9/11
見閉則〇而險 3/10/9
自知者不〇人 4/13/19
知命者不〇天 4/13/20
〇人者窮 4/13/20,30/144/12
〇天者無志 4/13/20
則恐懼而不〇 7/26/8
除〇而無妨害人 7/26/15
志驕盈而輕舊〇 7/26/20
無〇疾之心 7/27/4
相〇一方 8/30/4
諸侯莫不懷交接〇而不忘其敵 9/37/1
故周公南征而北國〇 9/41/17
東征而西國〇 9/41/17
寡〇寬裕而無阿 12/58/2
今使汙邪之人論其〇賊而求其無偏 12/61/3
而除其〇 13/65/1
則政令不行而上下〇疾 14/67/10

不可以○天 17/79/21
民之○賊也 18/84/10
然則是誅民之父母而師民之○賊也 18/84/10
生民○之 18/84/15
百姓○非而不用 21/102/17
說、故、喜、(○)〔怒〕、哀、樂、愛、惡、欲以心異 22/108/18
有○而無怒 27/129/8
無身不善而○人 30/143/23
身不善而○人 30/143/24
曷○人 30/144/12
○天者無識 30/144/12
富有天下而無○財 31/146/4
祿厚者民○之 32/149/16

瑗 yuàn 1

召人以○ 27/126/25

愿 yuàn 10

孝弟○愨 4/14/12
析○禁悍而刑罰不過 9/38/6
悍者皆化而○ 10/47/16
無國而不有○民 11/54/3
其民○ 11/54/5
○愨拘錄 12/63/3
暴悍勇力之屬爲之化而○ 15/74/6
則下○愨矣 18/83/14
○愨則易使 18/83/14
○愨之民完衣食 18/89/18

願 yuàn 38

小人莫不延頸舉踵而○曰 4/14/22
婦人莫不○得以爲夫 5/18/1
處女莫不○得以爲士 5/18/2
莫不○以爲臣 6/22/16
莫不○得以爲臣 8/32/9
天下○ 9/35/12,14/66/18
〔天下〕莫不○ 9/41/16
使天下生民之屬皆知己之所○欲之舉在于是也 10/45/19
遠方致○ 10/49/6
垂衣裳、不下簟席之上而海內之人莫不○得以爲帝王 11/52/11
合天下之所同○兼而有之 11/53/19
生民之屬孰不○也 15/74/4
賢士○相國之朝 16/76/18
能士○相國之官 16/76/19
好利之民莫不○以(爲)齊爲歸 16/76/19
而○其所參 17/80/3
○於物之所以生 17/82/17
海內之民莫不○得以爲君師 18/84/4
一足以爲人○ 19/93/13
四海之民莫不○得以爲師 20/99/17
小家珍說之所○皆衰矣 22/111/23
夫薄○厚 23/114/19
惡○美 23/114/19
狹○廣 23/114/19
貧○富 23/114/19
賤○貴 23/114/19
故富而不○財 23/114/19
貴而不○埶 23/114/20
○陳辭 25/122/1
○問其名 26/124/2
此之○陳 26/124/10
○聞反辭 26/125/19
○息事君 27/134/23
然則賜○息事親 27/134/24
然則賜○息於妻子 27/134/25
然則賜○息於朋友 27/135/1
然則賜○息耕 27/135/2

曰 yuē 524

君子○ 1/1/3
《詩》○ 1/1/8
1/2/15,1/4/9,2/5/8,3/9/5
3/9/16,3/10/3,4/17/6,5/18/10
5/20/4,7/26/11,8/28/12
8/29/11,8/30/2,8/30/4,8/30/9
8/34/10,9/38/19,10/43/15
10/44/2,10/44/13,10/46/1
10/46/3,10/48/18,11/51/20
11/53/5,12/57/21,12/59/8
12/60/18,12/63/1,13/64/18
13/65/15,13/65/20,13/66/5
14/66/19,14/67/22,15/69/9
15/71/16,15/71/27,15/74/7
16/77/14,16/79/1,17/80/24
17/81/1,18/83/21,18/87/14
19/93/4,19/95/4,19/97/8
21/102/22,21/107/16
22/110/11,22/110/17,22/111/1
24/118/7,24/119/5,24/119/16
27/126/13,27/126/14,27/127/2
27/130/25,27/131/6,27/134/6
27/136/10,28/138/23,28/139/9
28/139/14,28/140/1,29/142/5
30/143/25,30/144/9,32/150/7
名○蒙鳩 1/1/17
名○射干 1/1/18
○ 1/3/7,3/10/12
3/10/13,4/15/13,4/15/22
5/18/13,5/19/2,7/25/7
7/25/10,7/25/18,8/28/15
8/29/14,8/31/3,8/31/3,9/35/3
9/39/10,9/39/11,9/39/11
9/41/17,9/41/17,11/51/6
11/51/7,11/53/21,11/53/25
11/56/7,12/57/23,12/57/23
12/57/24,12/57/24,12/57/25
12/57/25,12/57/25,12/57/26
12/57/27,12/58/10,12/59/11
12/59/11,12/59/11,12/60/21
12/61/21,12/62/15,16/77/2
16/77/3,16/77/6,16/77/16
16/77/20,16/78/5,17/80/21
17/80/22,17/80/23,17/81/10
17/81/10,17/82/6,18/84/21
18/85/17,18/86/8,18/86/15
18/86/16,18/87/7,18/88/11
18/88/12,18/89/14,18/89/14
19/90/3,19/90/10,19/93/22
19/96/4,19/96/23,19/96/23
19/97/1,19/97/3,19/97/7
19/97/15,20/99/20,20/101/2
21/103/18,21/103/25
21/103/25,21/105/1,21/106/21
21/106/21,22/108/15
23/113/16,23/113/21,23/115/1
23/116/6,23/116/17,23/116/17

26/124/2,26/124/11,27/131/22
27/133/3,27/134/1,27/136/1
27/137/4,28/139/2,28/140/18
29/142/8,31/147/1,31/148/2
31/148/2,32/148/20
故〇 1/3/21,3/9/4,3/9/12
3/12/12,4/15/22,4/16/13
4/16/15,4/17/5,5/18/19
5/18/20,5/18/22,8/29/22
8/30/2,9/39/24,10/43/5
10/44/5,10/44/8,10/47/1
10/49/7,11/50/2,11/51/17
12/58/12,12/59/15,12/60/7
12/62/9,12/62/18,15/72/3
15/74/16,16/76/9,16/78/15
16/78/17,18/87/3,19/95/1
19/95/2,19/96/5,19/98/1
20/99/12,20/100/9,20/101/22
21/104/12,21/104/15,23/114/2
27/128/2,27/136/24
傷良〇讒 2/6/1
害良〇賊 2/6/1
是謂是、非謂非〇直 2/6/1
竊貨〇盜 2/6/2
匿行〇詐 2/6/2
易言〇誕 2/6/2
多聞〇博 2/6/3
少聞〇淺 2/6/3
多見〇閑 2/6/3
少見〇陋 2/6/3
難進〇偍 2/6/3
易忘〇漏 2/6/3
少而理〇治 2/6/3
多而亂〇秏 2/6/4
《傳》〇 2/6/12,3/10/10
5/20/9,9/35/20,9/36/7
11/52/18,13/64/8,13/66/5
14/66/26,15/73/9,17/82/2
18/83/20,18/88/7,21/103/5
21/107/3,21/107/7,23/117/19
24/119/1,27/135/7,29/142/3
故學〇遲 2/7/12
《書》〇 2/8/15,9/36/3
10/46/17,12/57/9,12/60/13
13/65/1,14/67/10,17/83/6
18/83/20,18/85/14,24/118/14
28/139/6
猶〇君子爲治而不爲亂 3/10/15
小人莫不延頸舉踵而願〇 4/14/22
則瞲然視之〇 4/15/18
衛靈公有臣〇公孫呂 5/17/16
（故）〇 5/18/18
夫妄人〇 5/18/24
故《易》〇 5/19/14
案飾其辭而祗敬之〇 6/22/9
必〇君子固不用力 6/25/1
孔子〇 7/26/18,8/31/12
9/36/12,11/56/4,27/134/23
27/134/24,27/134/26,27/135/1
27/135/2,27/135/4,28/138/11
28/138/14,28/138/18,28/140/5
28/140/11,28/140/14,28/141/1
28/141/8,28/141/13,29/142/10
29/142/16,29/142/18
29/142/22,29/142/25
29/142/28,29/143/3,29/143/14
30/144/6,30/144/18,30/144/22
31/145/7,31/146/18,31/147/1
32/149/21
秦昭王問孫卿子〇 8/27/26
孫卿子〇 8/27/26,15/68/6
15/68/11,15/69/11,15/70/24
15/71/10,15/71/22,15/72/2
16/78/10
王〇 8/28/7
15/68/5,26/123/12,26/125/8
孫卿〇 8/28/8
昭王〇 8/28/13
〇士也 8/29/14
〔〇〕 8/31/4
客有道〇 8/31/12
應之〇 8/31/13,18/88/11
18/88/21,18/89/12,23/114/8
23/115/20
霍叔懼〇 8/31/17
周公〇 8/31/17,32/149/2
知之〇知之 8/33/1
不知〇不知 8/33/1,29/143/4
《康誥》〇 10/42/29
故孔子〇 11/55/4,18/87/21
語〇 12/61/2,18/86/3
27/137/1,31/147/16,32/149/16
古之人〇亡矣 12/63/1
是案〇是 13/64/22
非案〇非 13/64/23
汝惟〇『未有順事』 14/67/10
臨武君對〇 15/68/5
臨武君〇 15/68/9,15/71/10
15/71/18
孝成王、臨武君〇 15/69/11
15/70/24
故《泰誓》〇『獨夫紂』
15/70/15
陳囂問孫卿子〇 15/71/21
李斯問孫卿子〇 15/72/1
公孫子〇 16/76/1
歸致命〇 16/76/1
子發辭〇 16/76/2
譏之〇 16/76/4
荀卿子說齊相〇 16/76/12
應侯問孫卿子〇 16/78/10
世俗之爲說者〇 18/83/11
18/83/23,18/85/5,18/86/6
18/87/7,18/87/17
必齊之日祭、月祀之屬
然後〇受制邪 18/86/2
夫〇「堯、舜擅讓」 18/87/4
夫〇 18/88/5
子宋子〇 18/88/10,18/88/21
18/89/11
故所聞〇 18/88/22
墨子〇 20/99/21
〔孔子〇〕 20/101/6
（〇） 21/103/21
故《道經》〇 21/105/4
曾子〇 21/105/11,27/133/25
30/143/23,30/144/1,30/144/11
其名〇觙 21/105/14
〇涓蜀梁 21/106/12
雖〇我得之 22/111/11
人〇無得亦無喪也 22/112/4
人〇無喪而有得也 22/112/4
人〇無得而有喪也 22/112/4
孟子〇 23/113/16
23/113/20,23/115/1,27/131/19
問者〇 23/114/8,23/115/20
今孟子〇「人之性善」 23/115/11
堯問於舜〇 23/116/25,32/148/13
舜對〇 23/116/25
〔五〕（帝）〔泰〕占
之〇 26/125/1

《聘禮》志○ 27/127/1
舜○ 27/127/7
子○ 27/127/13,28/140/1
29/143/8,29/143/9,29/143/9
29/143/10,29/143/10
29/143/11
貨財○賻 27/128/5
輿馬○賵 27/128/5
玩好○贈 27/128/5
玉貝○唅 27/128/5
上卿進○ 27/128/11
中卿進○ 27/128/12
下卿進○ 27/128/14
平衡○拜 27/128/21
下衡○稽首 27/128/21
至地○稽顙 27/128/21
《易》○ 27/130/16
門人○ 27/131/19,27/137/4
曾元○ 27/131/22
民語○ 27/132/13
湯旱而禱○ 27/132/16
子貢問於孔子○ 27/134/23
28/140/4,30/144/5,32/149/21
子貢○ 27/135/4,29/142/9
29/142/23,29/142/24
30/144/15
人○ 27/136/1
曾子泣涕○ 27/137/5
孔子問於守廟者○ 28/138/10
守廟者○ 28/138/10
孔子顧謂弟子○ 28/138/12
孔子喟然而歎○ 28/138/13
子路○ 28/138/13,29/142/23
門人進問○ 28/138/17
一○心達而險 28/138/19
二○行辟而堅 28/138/19
三○言僞而辨 28/138/19
四○記醜而博 28/138/19
五○順非而澤 28/138/19
語予○ 28/139/2
孔子慨然歎○ 28/139/3
予維○未有順事 28/139/6
出而問於孔子○ 28/141/12
蓋○貴文也 28/141/14
魯哀公問於孔子○ 29/142/7
31/144/27,31/146/17,31/147/9
31/147/14
以語子貢○ 29/142/8
子路問於孔子○ 29/142/15
29/142/22,29/143/14
古之人有言○ 29/142/16
謂子貢○ 29/142/22
夫子○ 29/142/24
子貢問○ 29/142/25
謂子路○ 29/142/25
故君子知之○知之 29/143/4
能之○能之 29/143/4
不能○不能 29/143/5
子路對○ 29/143/8
子貢對○ 29/143/9
顏淵對○ 29/143/11
31/147/20,31/148/4,31/148/8
南郭惠子問於子貢○ 30/144/15
孔子對○ 31/145/1,31/145/3
31/145/8,31/145/13,31/146/1
31/146/3,31/146/7,31/146/14
31/147/14
哀公○ 31/145/2,31/145/5
31/145/7,31/145/13,31/146/1
31/146/3,31/146/7,31/146/11
31/146/13
孔子蹴然○ 31/147/9
定公問於顏淵○ 31/147/20
入謂左右○ 31/148/1
定公○ 31/148/3,31/148/7
吾子○ 31/148/3
對○ 32/148/13,32/149/1
吳起進○ 32/148/17
武侯○ 32/148/18
吳起對○ 32/148/18
申公巫臣進問○ 32/148/19
莊王○ 32/148/19
武侯逡巡再拜○ 32/148/22
周公謂伯禽之傅○ 32/149/1
聞之（日）〔○〕 32/149/5
見士問○ 32/149/6
繒丘之封人見楚相孫叔
敖○ 32/149/16
孫叔敖○ 32/149/17
爲說者○ 32/150/4

約 yuē 28

《春秋》○而不速 1/3/20
窮則○而詳 3/10/8
故操彌○而事彌大 3/11/17
○者有筐篋之藏 4/16/7
大儉○ 6/21/19
閉○而無解 6/22/9
神明博大以至○ 9/39/24
○信盟誓 10/48/22
則○定而畔無日 10/48/22
○結已定 11/50/5
（人）〔之〕主者、守
至○而詳 11/52/10
夫是之謂至○ 11/52/11
貧窮而不○ 12/57/28
○而詳 16/78/16
是謹於守名○之功也 22/108/7
是所以共其○名以相期
也 22/108/16
○之以命 22/109/10
○定俗成謂之宜 22/109/10
異於○則謂之不宜 22/109/10
○之以命（實） 22/109/10
○定俗成謂之實名 22/109/11
驗之名○ 22/109/19
君論有五○以明 25/122/12
致明而○ 26/123/14
仁人絀○ 26/125/15
仁人詘○ 26/125/19
淖○微達 28/140/7
仁者詘○ 32/150/5

月 yuè 44

名聲若日○ 3/9/3,11/53/16
則貴名起如日○ 8/30/2
豈不如日○雷霆然矣哉 11/50/1
如日○之光明 11/51/20
日○積久 12/61/7
○不勝日 16/78/20
時不勝○ 16/78/20
日○遞炤 17/80/5
日○、星辰、瑞歷 17/80/21
夫日○之有食 17/81/11
日○食而救之 17/82/6
在天者莫明於日○ 17/82/10
故日○不高 17/82/11
日祭、○祀、時享、歲
貢 18/85/23

必齊之日祭、○祀之屬
然後曰受制邪 18/86/2
日○以明 19/92/4
無親疏○數之等 19/93/16
然後○朝卜（日）〔宅〕
19/93/23
○夕卜（宅）〔日〕 19/93/23
故三○之葬 19/93/24
二十五○而畢 19/96/7,19/96/18
越○踰時 19/96/11
由九○以下 19/97/3
期、九○以爲閒 19/97/3
而三○ 19/97/10
而九○ 19/97/11
三○之殯 19/97/15
故天子七○ 19/97/16
諸侯五○ 19/97/16
大夫三○ 19/97/17
竽笙（簫和）、〔筦〕
籥似星辰日○ 20/101/1
明參日○ 21/104/10
明○而宵行 21/106/12
非日非○ 26/123/11
日○下藏 26/125/14
三○不事 27/131/14
三○五○ 27/134/2
三○不別也 28/139/1
瞻彼日○ 28/140/1
明察乎日○ 31/146/9
行微如日○ 32/148/14

## 悅 yuè 2

終乎○校 19/92/3
定公不○ 31/148/1

## 越 yuè 26

干、○、夷、貉之子 1/1/8
譬之○人安○ 4/15/1
筋力○勁 5/17/26
故以枝代主而非○也 8/27/22
居○而○ 8/34/8
而勿忘棲遲薛○也 9/41/10
彼將日日捿遲薛○之中野 9/41/22
故齊桓、晉文、楚莊、
吳闔閭、○句踐 11/50/8
齊桓、晉文、楚莊、吳
闔閭、○句踐 15/70/21
師不○時 15/71/18
楚、○不受制 18/85/17
曷爲楚、○獨不受制也 18/85/19
彼楚、○者 18/86/1
乘大路、趨○席以養安 18/86/20
疏房檖貌、○席、床笫
、几筵 19/90/7
故天子大路○席 19/90/11
朱絃而通○也 19/92/1
疏房、檖貌、○席、床
笫、几筵 19/94/18
○月踰時 19/96/11
醉者○百步之溝 21/106/4
○王勾踐霸心生於會稽 28/141/8
定公○席而起 31/148/2
無○踰不見士 32/149/5
人人皆以我爲○踰好士 32/149/10

## 鉞 yuè 2

有虔秉○ 15/69/9
軍旅鈇○者、先王之所
以飾怒也 20/99/10

## 閱 yuè 4

良賈不爲折○不市 2/6/14
案謹募選○材技之士 9/37/6
安謹募選○材技之士 9/41/19
我今將來致之、并○之
、砥礪之於朝廷 9/41/23

## 樂 yuè 162

《○》之中和也 1/3/11
《禮》、《○》法而不說 1/3/20
則合之以禮○ 2/6/9
饒○之事則能讓 2/6/17
饒○之事則佞兌而不曲 2/7/2
不能則人○告之 3/9/12
安利者常○易 4/14/5
○易者常壽長 4/14/5
《詩》、《書》、《禮》
、《○》之分乎 4/16/11
夫《詩》、《書》、
《禮》、《○》之分 4/16/14
以獨則足○ 4/16/16
不○言 5/19/11
○言之 5/19/12,5/20/15
○於鍾鼓琴瑟 5/19/13
○富貴者也 6/24/4
○分施者也 6/24/4
般○奢汰 7/25/8
故近者歌謳而○之 8/28/10
15/71/15
獨居而○ 8/29/21
○○兮其執道不殆也 8/31/1
熙熙兮其○人之臧也 8/31/2
故《詩》、《書》、
《禮》、《○》之
〔道〕歸是矣 8/31/5
《○》言是 8/31/7
立聲○ 8/32/1
無幽閒隱僻之國莫不趨
使而安○之 9/38/11
下以養百姓而安○之 9/38/18
安○處鄉 9/40/7
論禮○ 9/40/13
由士以上則必以禮○節之 10/43/2
或佚（或）○ 10/43/12
我以墨子之「非○」也 10/45/6
憂戚而非○ 10/45/8
愀然憂戚非○而日不和 10/46/3
其耕者○田 10/47/13
國危則無○君 11/51/23
今君人者急逐○而緩治
國 11/51/23
故百○者生於治國者也 11/52/3
急逐○而緩治國者 11/52/4
非知○者也 11/52/4
然後百○得其中 11/52/5
闇君者必將（急）〔荒〕
逐○而緩治國 11/52/5
將以爲○ 11/52/6
不足以是傷游玩安燕之○ 11/52/8
○莫大焉 11/52/11
甚易處而綦可○也 11/53/11
聲○甚大 11/53/14
耳好聲而聲○莫大焉 11/53/18
其誰能睹是而不○也哉 11/53/20
物由有可○如是其美焉
者乎 11/53/24

齊桓公閨門之內懸○奢泰游抗之脩 11/55/1
而安○之矣 12/57/19
而求安○是〔聞〕 12/58/18
狂生者不胥時而（○）〔落〕 12/58/18
故人主欲彊固安○ 12/59/1
善顯設人者人○之 12/59/13
人不○也 12/59/14
安○其事 12/60/2
居安而游○ 12/60/3
故伯○不可欺以馬 12/61/11
併耳目之○ 12/63/9
調和、○也 13/65/22
故君子安禮○（利）〔○〕 13/65/22
莫不趨使而安○之 15/71/15
故亂者○其政 15/71/18
政脩則民親其上、○其君 15/72/3
像上之志而安○之 15/74/2
禮○則脩 16/75/13
禮○則不脩 16/75/15
莫○乎安 16/77/12
所以養生、（安○）〔○安〕者莫大乎禮義 16/77/12
人知貴生○安而棄禮義 16/77/12
其聲○不流汙 16/78/11
好惡、喜怒、哀○臧焉 17/80/9
坎井之鼃不可與語東海之○ 18/86/3
休猶有安○恬愉如是者乎 18/87/3
苟情說之爲○ 19/90/17
聲○、哭泣 19/94/9
故文飾、聲○、恬愉 19/94/9
其立聲○恬愉也 19/94/11
是君子之所以爲悖詭其所喜○之文也 19/98/5
夫○者、○也 20/98/14
故人不能無○ 20/98/14
○則必發於聲音 20/98/14
故人不能不○ 20/98/15
○則不能無形 20/98/15
使其聲足以○而不流 20/98/17
是先王立○之方也 20/98/18
故○在宗廟之中 20/98/21
故○者、審一以定和者也 20/98/22
是先王立○之術也 20/99/1
20/99/7
故○者、出所以征誅也 20/99/5
故○者、天下之大齊也 20/99/7
且○者、先王之所以飾喜也 20/99/10
禮○正其盛者也 20/99/11
夫聲○之入人也深 20/99/15
○中平 20/99/15
○肅莊 20/99/15
則百姓莫不安其處、○其鄉 20/99/16
○姚冶以險 20/99/18
則百姓不安其處、不○其鄉 20/99/19
故禮○廢而邪音起者 20/99/19
故先王貴禮○而賤邪音 20/99/20
○者、聖王之所非也 20/99/21
○者、聖人之所○也 20/99/24
故先王導之以禮○而民和睦 20/99/24
正其○ 20/99/25
以琴瑟○心 20/100/7
故○行而志清 20/100/8
美善相○ 20/100/9
○者、○也 20/100/9
君子○得其道 20/100/9
小人○得其欲 20/100/10
則○而不亂 20/100/10
則惑而不○ 20/100/10
故○者、所以道○也 20/100/10
○行而民鄉方矣 20/100/11
故○者、治人之盛者也 20/100/11
且○也者、和之不可變者也 20/100/14
○合同 20/100/14
禮○之統 20/100/14
○之情也 20/100/15
君子明○ 20/100/16
聲○之象 20/100/19
鼓、其○之君邪 20/100/20
合○三終 20/101/14
工告○備 20/101/14
知其能和○而不流也 20/101/15
和○而不流 20/101/21
其聲○險 20/101/24
○帝之心 21/102/23
好○者衆矣 21/105/9
聖人之思也○ 21/106/1
性之好、惡、喜、怒、哀、○謂之情 22/107/23
說、故、喜、（怨）〔怒〕、哀、○、愛、惡、欲以心異 22/108/18
大鐘不加○ 22/109/18
欲養其○而攻其心 22/112/14
故無萬物之美而可以養○ 22/112/20
其（和）〔私〕○少矣 22/112/21
則欲與天下（同）（苦）〔共〕○之 23/117/7
禮○滅息、聖人隱伏墨術行 25/120/16
夔爲○正鳥獸服 25/121/12
禮○以成 26/124/16
不成○ 27/128/2
仁、義、禮、○ 27/128/2
和（○）〔鸞〕之聲 27/129/27
○分施而恥積臧 27/132/5
三王既已定法度、制禮○而傳之 27/137/17
則○其意 29/143/14
又○其治 29/143/15
是以有終身之○ 29/143/15
無一日之○也 29/143/16
資衰、苴杖者不聽○ 31/147/10

## 嶽 yuè 1

及河喬○ 19/95/4

## 躍 yuè 1

騏驥一○ 1/2/10

## 籥 yuè 2

筦○發猛 20/100/19
竽笙（簫和）、〔筦〕○似星辰日月 20/101/1

云 yún 27

《詩》○ 2/5/15,2/8/5,6/23/18
6/24/15,21/104/13,21/107/15
27/134/23,27/134/25
27/134/26,27/135/1,27/135/2
師○而○ 2/8/2
若○不使 4/12/19
無能而○能者也 6/24/9
無知而○知者也 6/24/9
○能則必爲亂 8/33/16
○能則速成 8/33/17
蓋○歸哉 10/44/3
故口可劫而使墨○ 21/104/12
禮○禮○ 27/127/1
玉帛○乎哉 27/127/1
道之○遠 28/140/1
曷○能來 28/140/1
其○益乎 30/143/26
○非聖人 32/150/10

芸 yún 1

則郊草不（瞻曠）○ 16/79/11

耘 yún 5

春耕、夏○、秋收、冬藏 9/39/20
使民有所○艾 9/40/3
○耨失薉 17/81/16
耕○樹藝 29/142/15,29/142/17

雲 yún 2

請歸之○ 26/124/14
○ 26/124/14

允 yǔn 2

王猶○塞 12/57/21,15/74/7

隕 yǔn 2

所以○社稷也 15/72/10
列星○墜 26/125/13

殞 yǔn 1

將危國家、○社稷之懼也 13/64/1

齳 yǔn 1

○然兩齒墮矣 12/62/5

孕 yùn 1

黿鼉、魚鱉、鰌鱣○別
之時 9/39/19

慍 yùn 1

○于群小 28/138/23

雜 zá 19

安特將學○識志、順
《詩》、《書》而已
爾 1/3/23
術順墨而精○汙 2/7/1
觀乎○物而不惑 5/19/4
粹而能容○ 5/20/4
聞見○博 6/22/8
術繆學○ 8/32/17
中庸○民不待政而化 9/35/3
則賢不肖不○ 9/35/10
賢不肖不○ 9/35/11
以類行○ 9/39/1
○閒色 18/86/17
並行而○ 19/92/22
其行○ 20/101/24
其物也○博 21/104/13
○能、旁魄而毋用 23/117/4
修潔之爲親而○汙之爲
狄者邪 26/124/2
○布與錦不知異也 26/126/1
何其○也 30/144/15
是以○也 30/144/16

囋 zá 2

問一而告二謂之○ 1/3/18
傲、○ 1/3/18

災 zāi 10

禍○乃作 1/2/4
則炤之以禍○ 2/6/8
有○繆者然後誅之 7/26/1
出三日而五○至 8/31/17
是傷國之大○也 11/56/7
○及其身矣 13/65/15
主忌苟勝、群臣莫諫必
逢○ 25/120/4
世之○ 25/120/8
隱（諱）〔過〕疾賢、
（良）〔長〕由姦詐
鮮無○ 25/122/1
○禍患難而能無失其義 29/142/4

哉 zāi 113

曷足以美七尺之軀○ 1/3/15
得乎○ 2/5/6,2/5/8,7/26/21
10/46/16,12/61/1,12/61/3
24/119/5
豈若跛鱉之與六驥足○ 2/7/14
其誰能以己之潐潐受人
之掝掝者○ 3/11/1
豈不過甚矣○ 4/13/7,11/51/24
12/61/19,16/76/9,18/84/18
18/87/10,18/88/17,18/89/21
23/115/12
何○ 4/13/9,4/13/10
豈不迂乎○ 4/13/20
幾直夫芻豢稻粱之縣糟
糠爾○ 4/15/21
豈非人之情固可與如此
可與如彼也○ 4/16/3
幾不甚善矣○ 4/16/9
豈論也○ 5/17/21
將何務○ 6/23/1
（如）彼固曷足稱乎大
君子之門○ 7/25/10
其霸也宜○ 7/25/15
彼固曷足稱乎大君子之
門○ 7/25/21
故道豈不行矣○ 7/26/2
昭○嗣服 7/26/12
孰禁我○ 8/29/15
豈不賤而貴矣○ 8/29/16

豈不愚而知矣○ 8/29/17
豈不貧而富矣○ 8/29/18,8/29/20
豈不至尊、至富、至重、至嚴之情舉積此○ 8/29/21
夫又誰爲恭矣○ 8/31/14
孰謂周公儉○ 8/31/16
夫又誰爲戒矣○ 8/32/2
賊其所好者○ 9/41/13,15/69/7
蓋云歸○ 10/44/3
豈不如日月雷霆然矣○ 11/50/1
豈不哀○ 11/51/24
11/52/6,11/52/7,21/102/10
21/106/13,28/139/15
其誰能睹是而不樂也○ 11/53/20
哀○ 11/53/26
可詘邪○ 12/61/10
是豈不必得之之道也○ 12/61/14
12/61/16
豈私之也○ 12/62/3
豈必待附民○ 15/68/10
將誰與至○ 15/69/5
是豈無堅甲利兵也○ 15/72/15
是豈無固塞隘阻也○ 15/72/17
是豈令不嚴、刑不繁也○ 15/73/1
誰睹是而不改也○ 15/74/1
能乎○ 15/74/5
豈特玄之耳○ 18/83/21
豈必齊○ 18/85/20
擅讓惡用矣○ 18/86/15
則有何尤抇人之墓、抉人之口而求利矣○ 18/88/4
安得葬薶○ 18/88/5
是豈鉅知見侮之爲不辱○ 18/88/13
是豈以喪豬爲辱也○ 18/88/14
禮豈不至矣○ 19/92/8
復生有節也○ 19/96/8
三年畢矣○ 19/97/10
三年畢乎○ 19/97/11
於乎哀○ 20/100/17
豈不蔽於一曲而失正求也○ 21/102/8
夫惡有蔽矣○ 21/104/10
辨執惡用矣○ 22/110/2
離南行而北走也○ 22/111/21
離得欲之道而取所惡也○ 22/111/22
惡用禮義矣○ 23/115/3
將曷加於正理平治也○ 23/115/3
然則瓦埴豈陶人之性也○ 23/115/21
然則器木豈工人之性也○ 23/115/21
豈人之本性也○ 23/115/22
曷貴君子矣○ 23/115/24
豈人之性也○ 23/115/26
豈其性異矣○ 23/116/4
大人○舜、南面而立萬物備 25/121/9
患難○ 25/122/2
玉帛云乎○ 27/127/1
豫○ 27/128/15,27/128/15
幾爲知計○ 27/131/24
事君焉可息○ 27/134/24
事親焉可息○ 27/134/25
妻子焉可息○ 27/134/26
朋友焉可息○ 27/135/2
耕焉可息○ 27/135/3
大○死乎 27/135/5
有異心乎○ 27/137/5
唯各特意○ 27/137/16
惡有滿而不覆者○ 28/138/13
何獨丘也○ 28/141/4
女庸安知吾不得之桑落之下乎○ 28/141/9
小人○ 29/142/10
女何問○ 29/142/23
夫惡有不足矣○ 29/143/5
夫君子豈多而賤之、少而貴之○ 30/144/6
豈不亦迂○ 30/144/13
戒之○ 32/149/11
賢○ 32/150/12

## 宰 zǎi 4

○爵知賓客、祭祀、饗食、犧牲之牢數 9/40/1
冢○之事也 9/40/13
則冢○之罪也 9/40/15
心也者、道之工○也 22/110/7

## 再 zài 7

一之而可○也 4/16/15
一歲而○獲之 10/44/21
一而不可得○復也 19/93/9
士○重 19/93/11
故○期也 19/97/1
○命齒於族 27/128/25
武侯逡巡○拜曰 32/148/22

## 在 zài 135

〔白沙○涅〕 1/1/19
邪穢○身 1/2/4
功○不舍 1/2/11
尸鳩○桑 1/2/15
玉○山而（草）木潤 1/3/4
○天地之閒者畢矣 1/3/11
善○身、介然 2/5/3
不善○身、菑然 2/5/4
唯利所○ 3/12/1
凡○言也 4/12/19
義之所○ 4/13/16
○勢注錯習俗之所積爾 4/15/11
則以至足爲○此也 4/15/18
則湯、武○上曷益 4/16/2
桀、紂○上曷損 4/16/2
故仁人○上 4/17/3,10/44/1
○一大夫之位 6/22/16,8/32/8
雖○貧窮徒處之埶 7/26/11
埶不○人上而羞爲人下 7/27/8
則勢○本朝而宜 8/27/27
勢○人上則王公之材也 8/28/2
○人下則社稷之臣、國君之寶也 8/28/2
儒者○本朝則美政 8/28/7
○下位則美俗 8/28/7
俄而治天下之大器舉○此 8/29/18
豈不大富之器誠○此也 8/29/20
雖○鳥獸之中 8/33/3
制與○此 9/40/19
制與○我 9/40/20
乃身不廢○王庭 10/42/29
兼足天下之道○明分 10/44/15
使天下生民之屬皆知己之所願欲之舉○于是也 10/45/19

皆知己之所畏恐之舉○
　于是也 10/45/20
必先脩正其○我者 10/46/15
然後徐責其○人者 10/46/15
則雖○窮閻漏屋 10/48/10
雖末○僻陋之國 11/50/6
然則彊固榮辱○於取相
　矣 11/51/11
其難者○於人主之知之
　也 11/52/23
兩者並行而國○ 11/54/4
（○）下偏而國危 11/54/5
三邪者○匈中 11/56/9
則雖○小民 12/57/16
上○王公之朝 12/60/5
下○百姓之家 12/60/5
○愼取相 12/60/21
不○乎言用賢 14/67/3
而○乎〔不〕誠必用賢 14/67/3
夫燿蟬者務○明其火、
　振其樹而已 14/67/4
凡用兵攻戰之本○乎壹
　民〔也〕 15/68/6
故兵要○乎（善）附民
　而已 15/68/8
凡○大王 15/69/11
必○敬之 15/71/5
必○慢之 15/71/5
凡○於軍 15/72/4
知罪之○己也 15/73/7
故人之命○天 16/75/9,17/82/12
國之命○禮 16/75/9,17/82/12
隆○信矣 16/77/6
隆○脩政矣 16/77/7
東○楚者乃界於齊 16/78/1
○韓者踰常山乃有臨慮 16/78/1
○魏者乃據圍津 16/78/1
其○趙者剡然有苓而據
　松柏之塞 16/78/2
故大巧○所不爲 17/80/17
大知○所不慮 17/80/17
則是其○我者也 17/81/5
故君子慕其○己者 17/81/5
而不慕其○天者 17/81/5,17/81/6
小人錯其○己者 17/81/6,17/81/7
而慕其○天者 17/81/6
君子敬其○己者 17/81/6
而慕（○其）〔其○〕
　天者 17/81/7
君子、小人之所以相縣
　者○此耳 17/81/8
○天者莫明於日月 17/82/10
○地者莫明於水火 17/82/10
○物者莫明於珠玉 17/82/10
○人者莫明於禮義 17/82/10
明明○下 18/83/21,21/107/17
天下謂○桀、紂則不然 18/83/24
埶籍之所○也 18/84/1
聖王○上 18/86/9,24/118/10
天下有聖而○後者 18/86/11
聖不○後子而○三公 18/86/12
乃○於惡之與不惡也 18/88/16
其○宇中者 19/96/24
其○君子 19/98/3
其○百姓 19/98/3
故樂○宗廟之中 20/98/21
其○序官也 20/99/20
則白黑○前而目不見 21/102/9
雷鼓○側而耳不聞 21/102/9
故治之要○於知道 21/103/25
則湛濁○下而清明○上 21/105/5
故雖不○夏首之南 21/106/16
赫赫○上 21/107/17
散名之○人者 22/107/22
所以知之○人者謂之知 22/107/25
智所以能之○人者謂之
　能 22/107/25
是散名之○人者也 22/108/1
故治亂○於心之所可 22/111/11
不求之其所○ 22/111/11
不可學、不可事（而）
　〔之〕○人者謂之性 23/113/18
可學而能、可事而成之
　○人者謂之僞 23/113/18
則悖亂○己 23/114/22
其○塗之人明矣 23/116/12
仁之所○無貧窮 23/117/7
堯○萬世如見之 25/120/12
慶者○堂 27/128/14
弔者○閭 27/128/15
無以知君子無日不○是 27/133/14
○乎區蓋之閒 27/136/22
罪不○民故也 28/139/4
三者○身 30/144/12
志不○於食葷 31/145/3
志不○於酒肉 31/145/4
仁義○身而色不伐 31/146/2
是以鳳○列樹 31/146/14
麟○郊野 31/146/15
諸侯之子孫必有○君之
　末庭者 31/147/4
天下其○一隅邪 32/148/14
其○《中蘬》之言也 32/148/20
乃○百人與千人之中 32/149/10
見物然後知其是非之所
　○ 32/149/11

## 載 zài 13

皆使人○其事而各得其宜 4/17/2
文王○百里地而天下一 7/26/2
水則○舟 9/36/7,31/147/7
地之所○ 9/38/18
以國○之 10/48/11
皆使（其）人○其事而
　各得其所宜 12/59/18
武王○發 15/69/9
皆使民○其事而各得其宜 18/86/9
側○睪芷以養鼻 18/86/20
側○睪芷 19/90/11
地能○人 19/95/3
唐鞅蔽於欲權而逐○子 21/103/1

## 簪 zān 1

○以爲父 26/125/10

## 贊 zàn 3

以○稽之 21/104/15
故君子壹於道而以○稽
　物 21/105/2
以○稽物則察 21/105/2

## 臧 zāng 25

謀之其○ 2/5/8
謀之不○ 2/5/9
熙熙兮其樂人之○也 8/31/2
鄉是者○ 8/31/9
鄉是如不○ 8/31/10

安水○ 9/40/3
謹蓄○ 9/40/4
國之所以安危○否也 9/40/19
而善○其餘〔也〕 10/42/23
無所○之 10/42/25,10/45/23
必時○餘 10/43/4
觀國之治亂○否 10/47/9
則雖○獲不肯與天子易埶業 11/52/16
知國之安危○否若別白黑 12/59/6
不邺國之○否 13/63/29
不衈國之○否 13/65/9
處舍收○ 15/70/26
好惡、喜怒、哀樂○焉 17/80/9
畜積收○於秋冬 17/80/22
君子以倍叛之心接○穀 19/93/8
心未嘗不○也 21/103/25
志也者、○也 21/104/1
不以（已所）〔所已〕○害所將受謂之虛 21/104/1
樂分施而恥積○ 27/132/5

葬 zàng 14

大古薄○ 18/87/17,18/88/5
○田不妨田 18/87/17
亂今厚○ 18/87/18,18/88/6
安得○薶哉 18/88/5
已○埋 19/93/17
然後○也 19/93/24
故三月之○ 19/93/24
而所以送○之者不哀不敬 19/94/4
故○埋、敬○其形也 19/95/17
死者以○ 26/123/11
既○ 27/129/13

傮 zāo 1

○然要時務民 10/46/8

糟 zāo 3

唯菽藿○糠之為睹 4/15/17
幾直夫芻豢稻粱之縣○糠爾哉 4/15/21
暴人芻豢仁（人）○糠 25/120/16

早 zǎo 6

其遠害也○ 2/8/12
不○謀 5/21/1
○謀之 5/21/2
則莫若○同之 7/26/16
不可不○具也 12/62/16,12/62/19

蚤 zǎo 4

必○正以待之也 8/28/6
殺大○ 27/128/19
爭利如○甲而喪其掌 27/136/6
是故君子○絕之 27/136/20

棗 zǎo 1

然後瓜桃○李一本數以盆鼓 10/44/21

造 zào 14

案往舊○說 6/22/8
○父者、天下之善御者也 8/32/4
則非○父也 8/32/6
使彫琢文采不敢專○於家 9/40/8
王良、○父者 11/53/8
則莫若使王良、○父矣 11/53/10
則○父不能以致遠 15/68/7
改○則不易周也 15/70/3
王梁、○父者 18/87/12
而○父精於御 21/105/11
加之以○父之馭 23/117/15
昔舜巧於使民而○父巧於使馬 31/148/4
○父不窮其馬 31/148/5
○父無失馬也 31/148/6

燥 zào 3

火就○也 1/2/4
使足以避○溼、養德、辨輕重而已 10/43/15
火就○ 27/136/9

躁 zào 2

用心○也 1/2/13
○者皆化而愨 10/47/17

則 zé 1296

故木受繩○直 1/1/4
金就礪○利 1/1/4
○智明而行無過矣 1/1/5
其數○始乎誦經 1/3/7
其義○始乎為士 1/3/7
眞積力久○入 1/3/8
若其義○不可須臾舍也 1/3/8
一可以為法○ 1/3/14
口耳之閒○四寸〔耳〕 1/3/15
○尊以徧矣 1/3/21
○（末）〔沒〕世窮年 1/4/1
○禮正其經緯蹊徑也 1/4/2
非其道○避之 1/4/7
○具是違 2/5/9
○具是依 2/5/9
○後彭祖 2/5/11
（名○）〔○名〕配堯、禹 2/5/11
由禮○治（通）〔達〕 2/5/12
不由禮○勃亂提優 2/5/13
由禮○和節 2/5/13
不由禮○觸陷生疾 2/5/13
由禮○雅 2/5/14
不由禮○夷固僻違 2/5/14
故人無禮○不生 2/5/15
事無禮○不成 2/5/15
國家無禮○不寧 2/5/15
○柔之以調和 2/6/6
○一之以易良 2/6/6
○輔之以道順 2/6/7
○節之以動止 2/6/7
○廓之以廣大 2/6/7
○抗之以高志 2/6/8
○刦之以師友 2/6/8
○炤之以禍災 2/6/8
○合之以禮樂 2/6/9
志意脩○驕富貴 2/6/12
道義重○輕王公 2/6/12
勞苦之事○爭先 2/6/16
饒樂之事○能讓 2/6/17

勞苦之事○偷儒轉脫 2/7/1
饒樂之事○佞兌而不曲 2/7/2
駑馬十駕○亦及之矣 2/7/8
○千里雖遠 2/7/9
○亦或遲或速 2/7/12
○倀倀然 2/7/19
○渠渠然 2/7/19
○是情安禮也 2/8/2
○是知若師也 2/8/2
○是聖人也 2/8/2
順帝之○ 2/8/5
○可謂善少者矣 2/8/7
○有鈞無上 2/8/7
○可謂惡少者矣 2/8/8
○可謂不詳少者矣 2/8/8
君子能○寬容易直以開道人 3/9/10
不能○恭敬繜絀以畏事人 3/9/11
小人能○倨傲僻違以驕溢人 3/9/11
不能○妒嫉怨誹以傾覆人 3/9/11
君子能○人榮學焉 3/9/12
不能○人樂告之 3/9/12
小人能○人賤學焉 3/9/12
不能○人羞告之 3/9/12
君子大心○〔敬〕天而道 3/10/6
小心○畏義而節 3/10/6
知○明通而類 3/10/6
愚○端慤而法 3/10/7
見由○恭而止 3/10/7
見閉○敬而齊 3/10/7
喜○和而理 3/10/7
憂○靜而理 3/10/7
通○文而明 3/10/7
窮○約而詳 3/10/8
小人○不然 3/10/8
大心○慢而暴 3/10/8
小心○流淫而傾 3/10/8
知○攫盜而漸 3/10/8
愚○毒賊而亂 3/10/9
見由○兌而倨 3/10/9
見閉○怨而險 3/10/9
喜○輕而翾 3/10/9
憂○挫而懾 3/10/9
通○驕而偏 3/10/10
窮○棄而儑 3/10/10
然○國亂將弗治與 3/10/13
致誠○無它事矣 3/11/4
誠心守仁○形 3/11/4
形○神 3/11/5
神○能化矣 3/11/5
誠心行義○理 3/11/5
理○明 3/11/5
明○能變矣 3/11/5
不誠○不獨 3/11/8
不獨○不形 3/11/8
不形○雖作於心 3/11/8
不誠○不能化萬物 3/11/9
不誠○不能化萬民 3/11/9
不誠○疏 3/11/10
不誠○卑 3/11/10
操之○得之 3/11/11
舍之○失之 3/11/11
操而得之○輕 3/11/11
輕○獨行 3/11/11
○濟矣 3/11/12
○化矣 3/11/12
○操術然也 3/11/14,3/11/18
上○能尊君 3/11/20,13/63/20
下○能愛民 3/11/20,13/63/20
○可謂通士矣 3/11/21
○可謂公士矣 3/11/22
○可謂直士矣 3/11/23
○可謂慤士矣 3/11/24
○可謂小人矣 3/12/1
○必前後慮其可惡也者 3/12/6
○必前後慮其可害也者 3/12/6
○常不大陷矣 3/12/7
○不慮其可惡也者 3/12/8
○不顧其可害也者 3/12/8
是以動○必陷 3/12/8
爲○必辱 3/12/9
夫富貴者、○類傲之 3/12/11
夫貧賤者、○求柔之 3/12/11
巨涂○讓 4/12/19
小涂○殆 4/12/19
○是人也而曾狗彘之不若也 4/13/5
○是己君子而人小人也 4/13/6
○愚莫大焉 4/13/8
○害莫大焉 4/13/8
○辱莫大焉 4/13/8
○危莫大焉 4/13/9
○不可 4/13/9,4/13/10,10/48/12
○無逮矣 4/13/19
○無益矣 4/13/19
上○能順天子之命 4/14/9
下○能保百姓 4/14/9
上○能順上 4/14/10
下○能保其職 4/14/10
循法○、度量、刑辟、圖籍 4/14/10
若其所以求之之道○異矣 4/14/17
成○必不得其所好 4/14/19
成○必得其所好 4/14/21
是故窮○不隱 4/14/22
通○大明 4/14/22
○君子（汪）〔注〕錯之當 4/14/23
爲堯、禹○常安榮 4/15/12
爲桀、跖○常危辱 4/15/12
爲堯、禹○常愉佚 4/15/12
爲工匠農賈○常煩勞 4/15/12
無師無法○唯利之見爾 4/15/14
○無由得開內焉 4/15/15
○其心正其口腹也 4/15/17
○以至足爲在此也 4/15/18
○瞲然視之曰 4/15/18
○莫不棄此而取彼矣 4/15/19
○夫塞者俄且通也 4/16/1
○湯、武在上曷益 4/16/2
○天下從而治 4/16/2
○天下從而亂 4/16/3
俄○屈安窮矣 4/16/10
以治情○利 4/16/16
以爲名○榮 4/16/16
以群○和 4/16/16
以獨○足樂 4/16/16
然○從人之欲 4/16/18
○勢不能容、物不能贍也 4/16/18
○農以力盡田 4/17/3
○形相雖惡而心術善 5/17/12
後世言惡○必稽焉 5/17/27
俄○束乎有司而戮乎大市 5/18/3
然○從者將孰可也 5/18/5
爲上○不能愛下 5/18/8
爲下○好非其上 5/18/8
鄉○不若 5/18/8
偝○謾之 5/18/8
以爲上○必危 5/18/10
爲下○必滅 5/18/10

然〇人之所以爲人者 5/18/14
〇於其粲然者矣 5/18/19
〇數今日 5/18/21
〇審一二 5/18/21
〇審周道 5/18/21
〇審其人、所貴君子 5/18/21
傳者久〇（論）〔俞〕略 5/19/6
近〇（論）〔俞〕詳 5/19/7
略〇舉大 5/19/7
詳〇舉小 5/19/7
〇必非誠士也 5/19/11
遠舉〇病繆 5/19/17
近（世）〔舉〕〇病傭 5/19/17
故君子之度己〇以繩 5/20/2
接人〇用枻 5/20/2
故足以爲天下法〇矣 5/20/2
〇說常無不受 5/20/9
〇其言不若其默也 5/20/13
〇好言者上矣 5/20/13
聽其言〇辭辨而無統 5/21/3
用其身〇多詐而無功 5/21/3
然而口舌之於噡唯〇節 5/21/4
上〇取聽於上 6/21/22
下〇取從於俗 6/21/22
〇偶然無所歸宿 6/22/1
是〇子思、孟軻之罪也 6/22/11
（〇）六說者不能入也 6/22/15
〇一君不能獨畜 6/22/16,8/32/8
〇是聖人之得勢者 6/22/20
上〇法舜、禹之制 6/23/1
下〇法仲尼、子弓之義 6/23/1
〇天下之害除 6/23/2
不知〇問 6/23/14
不能〇學 6/23/14
遇君〇脩臣下之義 6/23/15
遇鄉〇脩長幼之義 6/23/15
遇長〇脩子弟之義 6/23/15
遇友〇脩禮節辭讓之義 6/23/16
遇賤而少者〇脩告導寬容之義 6/23/16
〇賢者貴之 6/23/17
〇可謂託怪狡猾之人矣 6/23/18
雖〇子弟之中 6/23/18
酒食聲色之中〔〇〕瞞瞞然 6/24/20
禮節之中〇疾疾然 6/24/21
勞苦事業之中〇儢儢然 6/24/21
彼君子〇不然 6/25/2
前事〇殺兄而爭國 7/25/8
內行〇姑姊妹之不嫁者七人 7/25/8
外事〇詐邾、襲莒 7/25/9
〇莫之能亡也 7/25/15
彼王者〇不然 7/25/21
至於成王〇安（以）無誅矣 7/26/2
〇百里之國足以獨立矣 7/26/3
〇楚六千里而爲讎人役 7/26/4
〇恭敬而僔 7/26/6
〇謹慎而嗛 7/26/6
〇拘守而詳 7/26/7
〇慎比而不邪 7/26/7
〇全一而不倍 7/26/7
〇恐懼而不怨 7/26/8
財利至〇（言）善而不及也 7/26/8
福事至〇和而理 7/26/9
禍事至〇靜而理 7/26/9
富〇施廣 7/26/9
貧〇用節 7/26/10
〇慎行此道也 7/26/15
〇莫若早同之 7/26/16
有寵〇必榮 7/26/16
失寵〇必無罪 7/26/16
滿〇慮嗛 7/26/17
平〇慮險 7/26/17
安〇慮危 7/26/17
〇好專事而妬賢能 7/26/19
是以位尊〇必危 7/26/21
任重〇必廢 7/26/21
擅寵〇必辱 7/26/21
〇墮之者衆而持之者寡矣 7/27/1
以事君〇必通 7/27/3,7/27/5
以爲仁〇必聖 7/27/3,7/27/6
頓窮〇（從之）疾力以申重之 7/27/4
〇常無不順矣 7/27/5
故君子時詘〇詘 7/27/10
時伸〇伸也 7/27/10
能〇天下歸之 8/27/18
不能〇天下去之 8/27/19
〇勢在本朝而宜 8/27/27
〇退編百姓而慤 8/27/27
勢在人上〇王公之材也 8/28/2
在人下〇社稷之臣、國君之寶也 8/28/2
儒者在本朝〇美政 8/28/7
在下位〇美俗 8/28/7
然〇其爲人上何如 8/28/8
法〇度量正乎官 8/28/8
〇天下應之如讙 8/28/10
〇貴名白而天下治也 8/28/10
王公好之〇亂法 8/29/9
百姓好之〇亂事 8/29/9
〇不可得 8/29/11,22/111/1
爭之〇失 8/29/23
讓之〇至 8/29/23
遵（道）〔遁〕〇積 8/29/23
夸誕〇虛 8/30/1
〇貴名起如日月 8/30/2
〇可謂勁士矣 8/30/13
上〇能大其所隆 8/30/14
下〇能開道不己若者 8/30/14
〇可謂篤厚君子矣 8/30/15
〇可謂聖人矣 8/30/17
（〇可謂聖人矣） 8/31/3
無輿馬〇無所見其能 8/32/4
無弧矢〇無所見其巧 8/32/4
無百里之地〇無所見其功 8/32/5
〇非造父也 8/32/6
〇非羿也 8/32/6
〇非大儒也 8/32/7
通〇一天下 8/32/12
窮〇獨立貴名 8/32/13
得委積足以揜其口〇揚揚如也 8/32/20
〇知不能類也 8/33/1
〇舉統類而應之 8/33/4
〇晻然若合符節 8/33/4
〇萬乘之國亡 8/33/7
〇萬乘之國存 8/33/7
〇千乘之國安 8/33/7
〇百里之地久 8/33/8
〇舉錯而定 8/33/8
〇雖當 8/33/14
〇必爲盜 8/33/16
勇〇必爲賊 8/33/16
云能〇必爲亂 8/33/16
察〇必爲怪 8/33/16
辨〇必爲誕 8/33/16
〇速通 8/33/17

勇〇速威 8/33/17
云能〇速成 8/33/17
察〇速盡 8/33/17
辨〇速論 8/33/17
人無師法〇隆（情）〔性〕矣 8/33/18
有師法〇隆（性）〔積〕矣 8/33/19
〇通於神明、參於天地矣 8/34/2, 23/116/14
〇爲君子矣 8/34/9
〇爲小人矣 8/34/9
爲君子〇常安榮矣 8/34/9
爲小人〇常危辱矣 8/34/9
小人〇日徼其所惡 8/34/10
〇可謂大儒矣 8/34/17
〇不告也 8/34/23
〇不教也 8/34/23
〇不聽也 8/34/23
〇有昭繆也 9/35/4
〇歸之庶人 9/35/5
〇歸之卿相士大夫 9/35/5
安職〇畜 9/35/7
不安職〇棄 9/35/7
〇賢不肖不雜 9/35/10
〇英傑至 9/35/11
〇國家治 9/35/11
〇王者之事畢矣 9/35/12
〇下畏恐而不親 9/35/14
〇大事殆乎弛 9/35/14
〇姦言並至 9/35/15
〇聽大事煩 9/35/16
〇法之所不至者必廢 9/35/16
〇職之所不及者必隊 9/35/16
分均〇不偏 9/35/22
埶齊〇不壹 9/35/22
眾齊〇不使 9/35/22
物不能澹〇必爭 9/36/1
爭〇必亂 9/36/2
亂〇窮矣 9/36/2, 10/43/9
〇君子不安輿 9/36/5
〇君子不安位 9/36/5
〇莫若靜之 9/36/5
〇莫若惠之 9/36/6
〇庶人安政矣 9/36/6
水〇載舟 9/36/7, 31/147/7
水〇覆舟 9/36/8, 31/147/7
〇莫若平政愛民矣 9/36/10
〇莫若隆禮敬士矣 9/36/10
〇莫若尙賢使能矣 9/36/10
〇其餘莫不當矣 9/36/11
〇其餘雖曲當 9/36/11
〇傾覆滅亡可立而待也 9/36/18
〇傷人之民必甚矣 9/36/24
〇人之民惡我必甚矣 9/36/24
〇日欲與我鬭 9/36/25
〇傷吾民必甚矣 9/36/25
〇吾民之惡我必甚矣 9/36/26
〇日不欲爲我鬭 9/36/26
力全〇諸侯不能弱也 9/37/3
德凝〇諸侯不能削也 9/37/3
天下無王霸主〇常勝矣 9/37/3
〇諸侯親之矣 9/37/7
〇諸侯說之矣 9/37/8
〇諸侯疏（之）矣 9/37/8
〇諸侯離矣 9/37/9
〇常勝矣 9/37/10
聲、〇凡非雅聲者舉廢 9/38/2
色、〇凡非舊文者舉息 9/38/2
械用、〇凡非舊器者舉毀 9/38/3
北海〇有走馬吠犬焉 9/38/14
南海〇有羽翮、齒革、曾青、丹干焉 9/38/14
東海〇有紫、（紶）〔綌〕、魚、鹽焉 9/38/15
西海〇有皮革、文旄焉 9/38/16
始〇終 9/39/1, 9/39/5
終〇始 9/39/1, 9/39/5
〇天地不理 9/39/4
故義以分〇和 9/39/11
和〇一 9/39/11
一〇多力 9/39/12
多力〇彊 9/39/12
彊〇勝物 9/39/12
群而無分〇爭 9/39/15, 10/42/17, 10/43/9
爭〇亂 9/39/15, 10/43/9, 19/90/4
亂〇離 9/39/15
離〇弱 9/39/15
弱〇不能勝物 9/39/15
群道當〇萬物皆得其宜 9/39/17
故養長時〇六畜育 9/39/18
殺生時〇草木殖 9/39/18
政令時〇百姓一、賢良服 9/39/18
〇斧斤不入山林 9/39/19
正法〇 9/40/12, 9/41/5
〇冢宰之罪也 9/40/15
〇辟公之過也 9/40/15
〇天王非其人也 9/40/16
〇是國未能獨立也 9/40/21
〇賢良知聖之士案自進矣 9/41/9
〇兵勁城固 9/41/9, 11/50/6, 16/75/8, 20/99/16
〇財物積 9/41/11
何〇 9/41/11, 28/139/12
反顧其上〇若灼黥 9/41/13
〇彼日積敝 9/41/23
立身〇從傭俗 9/42/2
事行〇遵傭故 9/42/2
進退貴賤〇舉傭士 9/42/2
之所以接下之百姓者〇庸寬惠 9/42/2
如是者〇安存 9/42/2
立身〇輕（楛）〔楛〕 9/42/3
事行〇蠲疑 9/42/3
進退貴賤〇舉佞侻 9/42/3
之所以接下之人百姓者〇好取侵奪 9/42/3
立身〇憍暴 9/42/4
事行〇傾覆 9/42/4
進退貴賤〇舉幽險詐故 9/42/4
〇好用其死力矣 9/42/5
〇民心奮而不可說也 10/42/14
〇知者未得治也 10/42/14
〇功名未成也 10/42/14
〇群眾未縣也 10/42/15
〇君臣未立也 10/42/15
寡〇必爭矣 10/42/16
離居不相待〇窮 10/42/17
〇莫若明分使群矣 10/42/18
〇老弱有失養之憂 10/42/19
〇人有樹事之患 10/42/20
〇人有失合之憂 10/42/21
裕民〇民富 10/42/24
民富〇田肥以易 10/42/24
田肥以易〇出實百倍 10/42/24
〇必有仁義聖良之名 10/42/25
不知節用裕民〇民貧 10/42/26
民貧〇田瘠以穢 10/42/27
田瘠以穢〇出實不半 10/42/27
〇必有貪利糾譑之名 10/42/28

由士以上○必以禮樂節之 10/43/2
衆庶百姓○必以法數制之 10/43/3
○國富矣 10/43/6
得之○治 10/43/20,14/66/24,19/97/11
失之○亂 10/43/20,14/66/25,19/97/11
○是聖君賢相之事也 10/44/18
○畝數盆 10/44/21
○使天下亂 10/45/6
○使天下貧 10/45/7
○瘠 10/45/8
瘠○不足欲 10/45/8
不足欲○賞不行 10/45/8
○不威 10/45/10
○賞罰不行 10/45/10
○賢者不可得而進也 10/45/10
○不肖者不可得而退也 10/45/10
○能不能不可得而官也 10/45/11
○萬物失宜 10/45/12
○賢者可得而進也 10/45/20
○萬物得其宜 10/45/21
○天下大而富 10/45/23
○天下尚儉而彌貧 10/46/2
冬日○爲之饘粥 10/46/6
夏日○與之（爪）〔瓜〕麩 10/46/6
○和調累解 10/46/14
○下應之如影嚮 10/46/16
○刑繁而邪不勝 10/46/19
○姦民不懲 10/46/19
○勤屬之民不勸 10/46/19
○下疑俗儉而百姓不一 10/46/20
○其道易 10/46/22
上一○下一矣 10/47/1
上二○下二矣 10/47/1
○其貴者不賢 10/47/10
○其治者不能 10/47/11
○其信者不愨 10/47/11
○其貴者賢 10/47/14
○其治者能 10/47/14
○其信者愨 10/47/14
賢齊○其親者先貴 10/47/16
能齊○其故者先官 10/47/16
上不隆禮○兵弱 10/47/19
上不愛民○兵弱 10/47/19
已諾不信○兵弱 10/47/19
慶賞不漸○兵弱 10/47/19
將率不能○兵弱 10/47/20
上好（攻取）功○國貧 10/47/20
上好利○國貧 10/47/20
士大夫衆○國貧 10/47/20
工商衆○國貧 10/47/21
無制數度量○國貧 10/47/21
下貧○上貧 10/47/21
下富○上富 10/47/21
○上下俱富 10/48/1
○其傾覆滅亡○可立而待也 10/48/4
○案以爲利也 10/48/9
不然○忿之也 10/48/9
○雖在窮閻漏屋 10/48/10
○天下莫之能隱匿也 10/48/11
○爲名者不攻也 10/48/11
○爲利者不攻也 10/48/14
○（忿之）〔爲忿〕者不攻也 10/48/15
○國安于盤石 10/48/16
○貨寶單而交不結 10/48/21
○約定而畔無日 10/48/22
○割定而欲無猒 10/48/22
○不足以（爲）持國安身 10/49/4
○近者競親 10/49/5
○大安也 11/49/12
○大危也 11/49/13
○舉義士也 11/49/17
○舉義法也 11/49/18
○舉義志也 11/49/19
○下仰上以義矣 11/49/19
加義乎法○度量 11/49/21
○夫名聲之部發於天地之閒也 11/50/1
內○不憚詐其民而求小利焉 11/50/10
外○不憚詐其與而求大利焉 11/50/11
○臣下百姓莫不以詐心待其上矣 11/50/12
○是上下析也 11/50/12
○敵國輕之 11/50/13
○必稽焉 11/50/16
錯（之）險○危 11/50/20
涂薉○塞 11/50/21
危塞○亡 11/50/21
○亦王〔矣〕 11/50/22
○亦霸〔矣〕 11/51/1
○亦亡〔矣〕 11/51/1
不以積持之○不立 11/51/4
故與積禮義之君子爲之○王 11/51/8
與端誠信全之士爲之○霸 11/51/8
與權謀傾覆之人爲之○亡 11/51/8
然○彊固榮辱在於取相矣 11/51/11
國者、巨用之○大 11/51/13
小用之○小 11/51/13
國無禮○不正 11/51/19
爲之○存 11/51/21
不爲○亡 11/51/21
國危○無樂君 11/51/23
國安○無憂民 11/51/23
亂○國危 11/51/23
治○國安 11/51/23
○五綦者不可得而致也 11/52/2
○怡愉無患難矣 11/52/3
○〔功〕一天下 11/52/10
匹夫○無所移之 11/52/14
○勞苦秏顇莫甚焉 11/52/16
○雖臧獲不肯與天子易埶業 11/52/16
○天子共己而矣 11/52/20
○其土地且奚去我而適它 11/53/1
射遠中微○莫若羿、蠭門矣 11/53/9
○莫若使王良、造父矣 11/53/10
○莫若聰明君子矣 11/53/11
官人失要○死 11/53/16
公侯失禮○幽 11/53/16
四方之國有侈離之德○必滅 11/53/16
人主○外賢而偏舉 11/53/21
人臣○爭職而妒賢 11/53/21
○人臣輕職（業）讓賢而安隨其後〔矣〕 11/53/23
○（禹、舜）〔舜、禹〕還至 11/53/23
○不戰而勝 11/54/6
○雖孤獨鰥寡必不加焉 11/54/12
○天子共己而止矣 11/54/15
○是官人使吏之事也 11/54/18
○身佚而國治 11/54/20,12/57/7

12/63/8
○身勞而國亂 11/54/21,12/57/8
○身有何勞而爲 11/54/23
○主相、臣下、百吏各謹其所聞 11/55/7
○雖幽閒隱辟 11/55/8
主能治近○遠者理 11/55/11
主能治明○幽者化 11/55/11
主能當一○百事正 11/55/12
主好要○百事詳 11/55/16
主好詳○百事荒〔矣〕 11/55/16
當○可 11/55/18
不當○廢 11/55/18
生民○致寬 11/55/25
使民○綦理 11/55/25
○雖孤獨鰥寡 11/55/26
生民○致貧隘 11/56/2
使民○綦勞苦 11/56/2
○權輕名辱 11/56/10
○夫朝廷群臣亦從而成俗於不隆禮義而好傾覆也 11/56/11
○夫眾庶百姓亦從而成俗於不隆禮義而好貪利矣 11/56/12
○地雖廣 11/56/12
○士大夫莫不（敬）〔敄〕節死制者矣 11/56/16
百官○將齊其制度 11/56/17
○百吏莫不畏法而遵繩矣 11/56/17
○商賈莫不敦愨而無詐矣 11/56/18
○百工莫不忠信而不楛矣 11/56/19
○農夫莫不朴力而寡能矣 11/56/20
○商旅安、貨（通財）〔財通〕 11/56/21
○器用巧便而財不匱矣 11/56/22
○上不失天時 11/56/23
以守○固 11/56/23,15/75/2
以征○彊 11/56/24
居○有名 11/56/24
動○有功 11/56/24
得其人○存 12/57/4
失其人○亡 12/57/4
○法雖省 12/57/5
○法雖具 12/57/5
○臣下百吏誕詐之人乘是而後欺 12/57/11
○臣下百吏乘是而後偏 12/57/12
○臣下百吏乘是而後險 12/57/13
○臣下百吏乘是而後豐取刻與以無度取於民 12/57/14
源清○流清 12/57/15,12/58/14
源濁○流濁 12/57/15,12/58/14
○下亦將綦辭讓、致忠信而謹於臣子矣 12/57/16
○雖在小民 12/57/16
○柔從聽待 12/57/26
○恐懼而自竦也 12/57/26
是故窮○必有名 12/58/5
達○必有功 12/58/6
君射○臣決 12/58/11
○莫若反之民 12/59/1
○莫若反之政 12/59/1
○莫若求其人 12/59/2
○天下爲一 12/59/6
○威行鄰敵 12/59/7
○國終身無故 12/59/7
道存○國存 12/59/15
道亡○國亡 12/59/16
治○衍及百姓 12/60/7
亂○不足及王公 12/60/8
隆禮至法○國有常 12/60/10
尙賢使能○民知方 12/60/10
纂論公察○民不疑 12/60/10
賞（克）〔免〕罰偷○民不怠 12/60/10
兼聽齊明○天下歸之 12/60/11
○公道達而私門塞矣 12/60/12
○德厚者進而佞說者止 12/60/12
○臣下百吏至于庶人莫不脩己而後敢安正 12/60/15
○與不肖者規之 12/60/25
○與愚者論之 12/60/25
○與汙邪之人疑之 12/61/1
〔○〕縣貴爵重賞以招致之 12/61/13
治○制人 12/61/17
亂○危辱滅亡可立而待也 12/61/17
○獨不若是其公也 12/61/18
俄○弱矣 12/61/19
俄○危矣 12/61/19
俄○亡矣 12/61/20
○是主闇也 12/62/1
○是臣詐也 12/62/1
〔闇主○必危其所愛〕 12/62/2
○周姬姓也 12/62/4
○未嘗相識也 12/62/4
○夫人行年七十有二 12/62/4
闇主○必危其所愛 12/62/10
○是拘脅蔽塞之端也 12/62/13
然○人主將何以知之 12/62/15
○不得不有疾病物故之變焉 12/62/17
○必死 13/63/22
○必危 13/63/22
○必榮 13/63/22
○必尊 13/63/22
用○可 13/64/1,13/64/2
不用○去 13/64/2
不用○死 13/64/2
○朝廷不頗 13/64/11
○君過不遠 13/64/11
○仇讎不作 13/64/12
○疆垂不喪 13/64/12
○崇其美 13/64/17
爲上○明 13/65/1
爲下○遜 13/65/1
○案不肖也 13/65/14
○是禽獸也 13/65/14
○是狎虎也 13/65/15
禽獸○亂 13/65/15
狎虎○危 13/65/15
賢者○貴而敬之 13/65/17
不肖者○畏而敬之 13/65/17
賢者○親而敬之 13/65/17
不肖者○疏而敬之 13/65/17
○無接而不然 13/65/18
而一可以爲法○ 13/65/19
鮮不爲○ 13/65/20
○姦言、姦說、姦事、姦謀、姦譽、姦愬莫之試也 14/66/13
川淵枯○龍魚去之 14/66/20
山林險○鳥獸去之 14/66/20
國家失政○士民去之 14/66/20
無土○人不安居 14/66/23

無人○土不守 14/66/23
無道法○人不至 14/66/23
無君子○道不舉 14/66/23
得之○安 14/66/25,19/97/11
失之○危 14/66/25,19/97/12
得之○存 14/66/25,26/124/10
失之○亡 14/66/25
○天下歸之 14/67/5
○政令不行而上下怨疾 14/67/10
樹落○糞本 14/67/22
弟子通利○思師 14/67/22
賞僭○利及小人 14/67/24
刑濫○害及君子 14/67/24
○羿不能以中微 15/68/7
○造父不能以致遠 15/68/7
○湯、武不能以必勝也 15/68/8
○將有百里之聽 15/69/1
○將有千里之聽 15/69/1
○將有四海之聽 15/69/2
故仁人之兵聚○成卒 15/69/2
散○成列 15/69/3
延○若莫邪之長刃 15/69/3
兌○若莫邪之利鋒 15/69/3
○若盤石然 15/69/4
○若灼黥、若仇讎 15/69/6
○莫我敢遏 15/69/9
○下可用也 15/69/14
○下不可用也 15/69/14
下可用○强 15/69/14
下不可用○弱 15/69/15
得一首者○賜贖錙金 15/69/21
是事小敵毳○偷可用也 15/69/21
事大敵堅○渙然離耳 15/69/22
中試○復其戶 15/70/2
改造○不易周也 15/70/3
○作而兼殆之耳 15/70/12
故兵大齊○制天下 15/70/15
小齊○治鄰敵 15/70/16
○勝不勝無常 15/70/16
是其巧拙强弱○未有以相君也 15/70/19
○主不能喜 15/71/4
故敬勝怠○吉 15/71/6
怠勝敬○滅 15/71/6
計勝欲○從 15/71/6
欲勝計○凶 15/71/6
○通於神明矣 15/71/8
○是亦賊也 15/71/13
上下相喜○慶之 15/71/17
然○又何以兵爲 15/71/21
政脩○民親其上、樂其君 15/72/3
由其道○行 15/72/11
不由其道○廢 15/72/11
〔○〕下之和上也如影（嚮）〔響〕 15/73/6
○見害傷焉止矣 15/73/11
大寇○至 15/73/13
使之持危城○必畔 15/73/13
遇敵處戰○必北 15/73/14
勞苦煩辱○必犇 15/73/14
○百姓莫不敦惡 15/73/18
○大刑加焉 15/74/1
○高爵豐祿以持養之 15/74/4
○戎甲俞衆 15/74/12
○必發夫（掌）〔稟〕窌之粟以食之 15/74/14
○必奪 15/74/21
○必亡 15/74/21
○必能并之矣 15/74/21
得之○凝 15/74/22
以征○强 15/75/2
○不可以斷繩 16/75/6
○劙槃盂、刎牛馬 16/75/7
○入不可以守 16/75/8
禮樂○脩 16/75/13
分義○明 16/75/13
舉錯○時 16/75/13
愛利○形 16/75/13
禮樂○不脩 16/75/15
分義○不明 16/75/15
舉錯○不時 16/75/15
愛利○不形 16/75/15
百姓劫○致畏 16/75/17
嬴○敖上 16/75/17
執拘○（最）〔冣〕 16/75/17
得閒○散 16/75/17
敵中○奪 16/75/17
○無以有其下 16/75/18
○從而執縛之 16/75/19
○君享其成 16/76/6
然○得勝人之埶者 16/76/13
今相國上○得專主 16/76/15
下○得專國 16/76/16
然○胡不敺此勝人之埶 16/76/16
○國孰敢不爲義矣 16/76/17
○天下孰不欲合義矣 16/76/18
○女主亂之宮 16/76/20
楚人○乃有襄賁、開陽以臨吾左 16/76/22
○三國必起而乘我 16/76/22
○齊必斷而爲四三 16/76/23
辟稱比方○欲自並乎湯、武 16/77/4
○無以異於桀、紂 16/77/4
然○是棄己之所以安彊 16/77/8
然○奈何 16/78/4
○兵不復出於塞外而令行於天下矣 16/78/6
○雖爲之築明堂（於塞外）而朝諸侯 16/78/7
○有其諰矣 16/78/16
○倜倜然其不及遠矣 16/78/17
○其殆無儒邪 16/78/17
○常不勝夫敦比於小事者矣 16/78/21
○小事之至也數 16/78/21
○下之人百姓皆有棄義之志 16/79/4
然○凡爲天下之要 16/79/7
○郊草不（瞻曠）芸 16/79/11
○目不見流矢 16/79/11
○十指不辭斷 16/79/11
應之以理○吉 17/79/16
應之以亂○凶 17/79/16
○天不能貧 17/79/17
○天不能病 17/79/17
○天不能禍 17/79/17
○天不能使之富 17/79/19
○天不能使之全 17/79/19
○天不能使之吉 17/79/19
○可謂至人矣 17/79/21
○惑矣 17/80/3
○知其所爲 17/80/14
○天地官而萬物役矣 17/80/14
得地○生 17/80/23
失地○死 17/80/23
○是其在我者也 17/81/5
○是雖並世起 17/81/12
○是雖無一至者 17/81/13
人祅○可畏也 17/81/16
○牛馬相生 17/81/18

○父子相疑 17/81/18
○日切瑳而不舍也 17/82/4
以爲文○吉 17/82/7
以爲神○凶也 17/82/8
○光輝不赫 17/82/11
○煇潤不博 17/82/11
○王公不以爲寶 17/82/11
○功名不白 17/82/12
○失萬物之情 17/82/18
中○可從 17/82/21
畸○不可爲 17/82/21
匿○大惑 17/82/21
表不明○陷 17/82/22
表不明○亂 17/82/22
○群衆無門 17/83/5
○貴賤不分 17/83/5
○政令不施 17/83/6
○群衆不化 17/83/6
唱默○民無應也 18/83/12
儀隱○下無動也 18/83/12
○上下無以相（有）〔胥〕也 18/83/12
○與無上同也 18/83/13
○下治辨矣 18/83/14
○下愿愨矣 18/83/14
○下易直矣 18/83/14
治辨○易一 18/83/14
愿愨○易使 18/83/14
易直○易知 18/83/15
易一○彊 18/83/15
易使○功 18/83/15
易知○明 18/83/15
○下疑玄矣 18/83/15
○下漸詐矣 18/83/16
○下比周矣 18/83/16
疑玄○難一 18/83/16
漸詐○難使 18/83/16
比周○難知 18/83/16
難一○不彊 18/83/17
難使○不功 18/83/17
難知○不明 18/83/17
故主道明○下安 18/83/18
主道幽○下危 18/83/18
故下安○貴上 18/83/18
下危○賤上 18/83/18
○下親上矣 18/83/19
○下畏上矣 18/83/19
下親上○上安 18/83/19
下畏上○上危 18/83/19
惡之者衆○危〔矣〕 18/83/20
以桀、紂爲常有天下之籍○然 18/83/23
親有天下之籍○（不）然 18/83/24
天下謂在桀、紂○不然 18/83/24
內○百姓疾之 18/84/2
外○諸侯叛之 18/84/2
○雖未亡 18/84/3
○可謂能用天下矣 18/84/6
然○是誅民之父母而師民之怨賊也 18/84/10
○天下未嘗合於桀、紂也 18/84/11
然○以湯、武爲弒 18/84/11
○（天下）未嘗有說也 18/84/12
○人固莫觸罪 18/85/6
然○是殺人者不死、傷人者不刑也 18/85/7
刑稱罪○治 18/85/13
不稱罪○亂 18/85/14
故治○刑重 18/85/14
亂○刑輕 18/85/14
○未足與及王者之制也 18/86/3
○兼以爲民 18/86/10
○固莫足以擅天下矣 18/86/10
○天下不離 18/86/11
○天下如歸 18/86/12
故天子生○天下一隆致順而治 18/86/13
死○能任天下者必有之矣 18/86/14
血氣筋力○有衰 18/86/15
若夫知慮取舍○無衰 18/86/15
衣被○服五采 18/86/17
食飲○重大牢而備珍怪 18/86/18
居○設張容 18/86/19
（足）○以重有餘也 18/87/19
○求利之詭緩 18/87/23
○上失天性 18/88/2
王公○病不足於上 18/88/2
庶人○凍餒羸瘠於下 18/88/3
○有何尤扣人之墓、抉人之口而求利矣哉 18/88/4
○不鬭矣 18/88/11
然○亦以人之情爲不惡侮乎 18/88/11
○必不得所求焉 18/88/12
○援劍戟而逐之 18/88/14
不惡○不鬭 18/88/15
惡之○必鬭 18/88/15
然○鬭與不鬭邪 18/88/16
○不知 18/88/18
○不仁 18/88/18
○與無益於人也 18/88/19
○得大辱而退耳 18/88/19
○是非不分而辨訟不決 18/88/21
然○亦以人之情爲欲 18/89/12
○說必不行矣 18/89/14
然○先王以人之所不欲者賞 18/89/19
○不能無求 19/90/3
○不能不爭 19/90/4
亂○窮 19/90/4
○兩得之矣 19/90/17
○兩喪之矣 19/90/17
以爲下○順 19/92/5
以爲上○明 19/92/5
（貳）〔貣〕之○喪也 19/92/6
○不可欺以曲直 19/92/13
○不可欺以輕重 19/92/14
○不可欺以方圓 19/92/14
○不可欺以詐僞 19/92/15
○夫忠臣孝子亦知其閔已 19/93/19
不飾○惡 19/94/3
惡○不哀 19/94/3
尒○翫 19/94/4
翫○厭 19/94/4
厭○忘 19/94/4
忘○不敬 19/94/4
○嫌於禽獸矣 19/94/4
足以爲萬世○ 19/94/21
○是禮也 19/94/21
無性○僞之無所加 19/95/1
無僞○性不能自美 19/95/1
不沐○濡櫛三律而止 19/95/7
不浴○濡巾三式而止 19/95/7
○名不見而柩獨明矣 19/95/9
薦器○冠有鍪而毋縱 19/95/9
今夫大鳥獸○失亡其群匹 19/96/10

〇必反鉛 19/96/11
〇必徘徊焉 19/96/11
〇彼朝死而夕忘之 19/96/15
〇是曾鳥獸之不若也 19/96/15
〇三年之喪 19/96/18
〇是無窮也 19/96/18
〇舍之矣 19/96/21,22/110/22
然〇何以分之 19/96/23
天地〇已易矣 19/96/23
四時〇已徧矣 19/96/23
然〇三年何也 19/97/1
中取〇於人 19/97/4
〇夫忠臣孝子亦惲詭而有所至矣 19/97/21
〇其於志意之（情）〔積〕者 19/97/21
樂〇必發於聲音 20/98/14
樂〇不能無形 20/98/15
〇不能無亂 20/98/16
〇君臣上下同聽之 20/98/21
〇父子兄弟同聽之 20/98/21
〇長少同聽之 20/98/22
〇莫不聽從 20/99/6
〇莫不從服 20/99/6
〇民和而不流 20/99/15
〇民齊而不亂 20/99/16
〇百姓莫不安其處、樂其鄉 20/99/16
〇民流慢鄙賤矣 20/99/18
流慢〇亂 20/99/18
鄙賤〇爭 20/99/18
亂爭〇兵弱城犯 20/99/18
〇百姓不安其處、不樂其鄉 20/99/19
〇亂 20/99/25
〇樂而不亂 20/100/10
〇惑而不樂 20/100/10
貧〇為盜 20/101/25
富〇為賊 20/101/25
治〇復經 21/102/5
兩疑〇惑矣 21/102/5
〇必惑是惑非 21/102/6
〇白黑在前而目不見 21/102/9
凡萬物異〇莫不相為蔽 21/102/13
生〇天下歌 21/102/21
死〇四海哭 21/102/22
〇不可道而可非道 21/103/18
〇必合於不道人 21/103/19
〇合於道人 21/103/22
心、臥〇夢 21/104/3
偷〇自行 21/104/3
使之〇謀 21/104/3
〇將須道者之虛 21/104/5
〔虛〕〇（人）〔入〕 21/104/5
〔壹〕〇盡 21/104/5
〔靜〕〇察 21/104/6
是之〇受 21/104/12
非之〇辭 21/104/12
心枝〇無知 21/104/15
傾〇不精 21/104/15
（貳）〔貣〕〇疑惑 21/104/15
身盡其故〇美 21/104/16
壹於道〇正 21/105/2
以贊稽物〇察 21/105/2
〇萬物官矣 21/105/3
〇湛濁在下而清明在上 21/105/5
〇足以見鬚眉而察〔膚〕理矣 21/105/5
〇不可以得大形之正也 21/105/6
〇足以定是非、決嫌疑矣 21/105/7
〇其正外易 21/105/8
〇不足以決（麤）〔庶〕理矣 21/105/8
〇敗其思 21/105/14
〇挫其精 21/105/15
閑居靜思〇通 21/105/15
蚊蝱之聲聞〇挫其精 21/105/17
〇外物不清 21/106/3
〇未可定然否也 21/106/3
〇世之愚者也 21/106/9
〇必有敝鼓喪豚之費矣 21/106/15
〇無以異矣 21/106/16
〇沒世窮年不能徧也 21/106/19
〇謂之（懼）〔攫〕 21/107/1
〇謂之賊 21/107/1
〇謂之篡 21/107/2
〇謂之知 21/107/2
〇謂之詌 21/107/2
〇天下之治說者方多然矣 21/107/7
〇廣焉能棄之矣 21/107/10
當時〇動 21/107/11
故君人者周〇讒言至矣 21/107/14
君人者宣〇直言至矣 21/107/16
〇從諸夏之成俗 22/107/21
曲期遠方異俗之鄉〇因之而為通 22/107/22
〇慎率民而一焉 22/108/4
〇謂之大姦 22/108/5
愨〇易使 22/108/6
易使〇（公）〔功〕 22/108/6
〇其迹長矣 22/108/7
〇雖守法之吏 22/108/8
然〇所為有名 22/108/9
〇志必有不喻之患 22/108/12
〇志無不喻之患 22/108/14
然〇何緣而以同異 22/108/14
〇緣耳而知聲可也 22/109/1
〇人莫不然謂之不知 22/109/3
同〇同之 22/109/5
異〇異之 22/109/5
單足以喻〇單 22/109/5
單不足以喻〇兼 22/109/5
單與兼無所相避〇共 22/109/5
共〇有共 22/109/8
別〇有別 22/109/9
異於約〇謂之不宜 22/109/10
〇能禁之矣 22/109/17
22/109/19,22/109/20
聽〇合文 22/110/9
辨〇盡故 22/110/9
說行〇天下正 22/110/10
說不行〇白道而不冥窮 22/110/10
足以相通〇舍之矣 22/110/21
成〇必得其所好而不遇其所惡焉 22/111/1
〇欲雖多 22/111/9
〇欲雖寡 22/111/10
道者、進〇近盡 22/111/17
退〇節求 22/111/17
〇重縣於仰而人以為輕 22/111/25
〇禍託於欲而人以為福 22/112/1
〇不知禍福之所託 22/112/2
心憂恐〇口銜芻豢而不知其味 22/112/11
〇不能離也 22/112/12
〇色不及傭而可以養目 22/112/18
然〇從人之性 23/113/5
然〇人之性惡明矣 23/113/7
23/113/13,23/113/22,23/114/6

23/115/8,23/115/14,23/115/18
今人無師法○偏險而不正 23/113/10
無禮義○悖亂而不治 23/113/10
○過矣 23/113/21
故順情性○不辭讓矣 23/114/5
辭讓○悖於情性矣 23/114/6
○禮義惡生 23/114/8
然○器生於（工）〔陶〕人之僞 23/114/9
然○器生於工人之僞 23/114/10
然○禮義法度者 23/114/11
23/114/15
○兄弟相怫奪矣 23/114/17
○讓乎國人矣 23/114/18
故順情性○弟兄爭矣 23/114/18
化禮義○讓乎國人矣 23/114/18
然○生而已 23/114/21,23/114/22
○人無禮義 23/114/22
人無禮義○亂 23/114/22
不知禮義○悖 23/114/22
○悖亂在己 23/114/22
○〔有〕惡用聖王 23/115/2
○夫彊者害弱而奪之 23/115/7
故性善○去聖王、息禮義矣 23/115/12
性惡○與聖王、貴禮義矣 23/115/12
然○瓦埴豈陶人之性也哉 23/115/21
然○器木豈工人之性也哉 23/115/21
然○禮義積僞者 23/115/22
23/115/25
然○有曷貴堯、禹 23/115/24
然○聖人之於禮義積僞也 23/115/25
然○仁義法正有可知可能之理 23/116/6
然○其可以爲禹明矣 23/116/8
23/116/13
然○唯禹不知仁義法正、不能仁義法正也 23/116/8
然○塗之人也 23/116/10
然○其可以知之質、可以能之具 23/116/11
（然○）〔○然〕 23/116/19
然○可以爲 23/116/22
然○能不能之與可不可 23/116/22
多言○文而類 23/117/2
少言○徑而省、論而法 23/117/2
○欲與天下（同）（苦）〔共〕樂之 23/117/7
○傀然獨立天地之間而不畏 23/117/8
然而不得排檠○不能自正 23/117/12
然而不加砥厲○不能利 23/117/13
不得人力○不能斷 23/117/14
○所聞者堯、舜、禹、湯之道也 23/117/16
○所見者忠信敬讓之行也 23/117/17
○所聞者欺誣詐僞也 23/117/18
○士大夫無流淫之行 24/118/10
○人得其所好焉 24/118/13
○必遇其所惡焉 24/118/13
（治）世曉然皆知夫爲姦○雖隱竄逃亡之由不足以免也 24/118/14
故刑當罪○威 24/118/17
不當罪○侮 24/118/17
爵當賢○貴 24/118/17
不當賢○賤 24/118/17
亂世○不然 24/119/3
○知所貴矣 24/119/8
○知所利矣 24/119/8
○知所養矣 24/119/8
○（動）知所出矣 24/119/9
○主尊下安 24/119/13
○令行而不流 24/119/13
○施行而不悖 24/119/13
○事業捷成而有所休 24/119/14
性不得○若禽獸 26/123/13
性得之○甚雅似者歟 26/123/14
匹夫隆之○爲聖人 26/123/14
諸侯隆之○一四海者歟 26/123/14
居○周靜致下 26/124/7
動○綦高以鉅 26/124/7
天下失之○滅 26/124/10
時用○存 26/125/8
不用○亡 26/125/8
幣厚○傷德 27/127/1
財侈○殄禮 27/127/1
若○有常 27/127/13
能除患○爲福 27/128/11
不能除患○爲賊 27/128/11
接○事優成 27/128/12
豫○禍不生 27/128/13
後○事不舉 27/128/13
困○禍不可禦 27/128/14
食之○食矣 27/129/13
有酒醴○辭 27/129/13
○賢交不親 27/130/18
○賢人不至 27/130/18
上重義○義克利 27/132/3
上重利○利克義 27/132/3
至成、康○案無誅已 27/132/8
○民闇飾矣 27/132/12
○民死利矣 27/132/12
○人民之行如此 27/132/13
○堯、舜已 27/133/3
○天府已 27/133/3
近者說○親 27/133/26
遠者說○附 27/133/26
君子疑○不言 27/134/12
未問○不（立）〔言〕 27/134/12
27/136/22
君子進○能益上之譽而損下之憂 27/134/20
然○賜願息事親 27/134/24
然○賜願息於妻子 27/134/25
然○賜願息於朋友 27/135/1
然○賜願息耕 27/135/2
然○賜無息者乎 27/135/3
此○知所息矣 27/135/4
○法度存 27/135/11
○人有快 27/135/12
○法度壞 27/135/12
食○饘粥不足 27/135/21
衣○豎褐不完 27/135/21
疑○不言 27/136/22
是非疑○度之以遠事 27/137/1
○容天下而治 27/137/13
○一妻一妾而亂 27/137/13
○崇其善 27/138/1
虛○欹 28/138/11
中○正 28/138/11
滿○覆 28/138/11
○不得免於君子之誅 28/138/20
○民知罪矣 28/139/9

今之世○不然 28/139/10
○從而制之 28/139/11
○具然欲爲人師 28/140/14
○儒道畢矣 29/141/20
從命○親危 29/141/21
不從命○親安 29/141/21
從命○親辱 29/141/21
不從命○親榮 29/141/21
從命○禽獸 29/142/1
不從命○脩飾 29/142/1
○可謂大孝矣 29/142/3
○不幸不順見惡而能無失其愛 29/142/4
○封疆不削 29/142/10
○社稷不危 29/142/11
○宗廟不毀 29/142/11
○何（以）爲而無孝之名也 29/142/17
故君子入○篤行 29/142/20
出○友賢 29/142/20
不放舟、不避風○不可涉也 29/143/1
言要○知 29/143/5
行至○仁 29/143/5
○樂其意 29/143/14
○憂不得 29/143/15
○恥辱亦無由至矣 30/144/3
○可以端身矣 30/144/19
是故君子少思長○學 30/144/23
老思死○教 30/144/23
有思窮○施也 30/144/23
然○夫章甫、絇屨、紳〔帶〕而搢笏者 31/145/2
○可謂庸人矣 31/145/11
○若性命肌膚之不可易也 31/145/16
○可謂士也 31/145/17
○謂賢人矣 31/146/5
○可謂大聖矣 31/146/11
〔○哀〕將焉〔而〕不至矣 31/147/2
○憂將焉〔而〕不至矣 31/147/4
○勞將焉〔而〕不至矣 31/147/5
亡國之虛○必有數蓋焉 31/147/5
○懼將焉〔而〕不至矣 31/147/6
○危將焉〔而〕不至矣 31/147/7
計勝怒○强 31/147/17
怒勝計○亡 31/147/17
善○善矣 31/147/20,31/148/4
鳥窮○啄 31/148/8
獸窮○攫 31/148/8
人窮○詐 31/148/8
少至○淺 32/149/6
生○立焉 32/149/22
死○入焉 32/149/22
然○孫卿（將懷）〔懷將〕聖之心 32/150/6

## 責 zé 3

○之神之 5/20/8
然後徐○其在人者 10/46/15
不教而○成功、虐也 28/139/5

## 賊 zé 48

吾○也 2/5/5
以致惡其○ 2/5/5
心如虎狼、行如禽獸而又惡人之○己也 2/5/7
至忠爲○ 2/5/8
害良曰○ 2/6/1
保利棄義謂之至○ 2/6/2
險○而不弟焉 2/8/8
愚則毒○而亂 3/10/9
以君子與小人相○害也 4/13/6
然後盜○次之 5/21/5
盜○得變 5/21/5
○而神 6/23/7
○亂者也 6/24/6
勇則必爲○ 8/33/16
謹盜○ 9/40/10
○其所好者哉 9/41/13,15/69/7
盜○不起 10/46/22
禁盜○ 12/59/16
無盜○之罪 12/60/7,24/118/11
汙邪之○也 12/61/3
今使汙邪之人論其怨○而求其無偏 12/61/3
謂之國○ 13/63/29
以爲己○也 13/64/6
賞其○ 13/64/13
有國○者 13/65/8
國○也 13/65/10
可謂國○矣 13/65/11
不僭不○ 13/65/20
殘○加累之譖 14/66/10
是猶使人之子孫自○其父母也 15/69/7
百姓有扞其○ 15/71/13
則是亦○也 15/71/13
民之怨○也 18/84/10
然則是誅民之父母而師民之怨○也 18/84/10
是謂惠暴而寬○也 18/85/9
故盜不竊、○不刺 18/87/20
而盜○擊奪以危上矣 18/88/3
殺生而送死謂之○ 19/96/1
富則爲○ 20/101/25
則謂之○ 21/107/1
故殘○生而忠信亡焉 23/113/4
皆知夫○害之（人）不可以爲壽也 24/118/12
不能除患則爲○ 27/128/11
齎盜糧、借○兵也 27/135/19
〔今〕嫚令謹誅、○也 28/139/5
桓公用其○ 31/147/16

## 嘖 zé 3

所以爲○也 12/57/13
不待斗、斛、敦、概而○ 12/57/17
○然而不類 22/110/23

## 澤 zé 15

玩姦而○ 6/23/9
山林○梁以時禁發而不稅 9/38/10
故○人足乎木 9/38/16
罔罟毒藥不入○ 9/39/20
汙池、淵沼、川○ 9/39/21
養山林、藪○、草木、魚鱉、百（索）〔素〕 9/40/5
然後葷菜百蔬以○量 10/45/1
利○誠厚也 11/55/27
○被生民 13/66/3
積厚者流○廣 19/91/5
積薄者流○狹也 19/91/5
故說豫娩○ 19/94/14

德至者色○洽　27/133/16
五曰順非而○　28/138/19
溫潤而○　30/144/7

**擇 zé　31**

故君子居必○鄉　1/2/1
其○之不謹　4/14/15
論心不如○術　5/17/12
主攘○五卜　9/40/9
○士之知事者使相率貫也　9/41/20
此五等者不可不善○也　9/42/6
善○者制人　9/42/7,11/50/17
不善○者人制之　9/42/7,11/50/17
善○之者王　9/42/7
不善○〔之〕者亡　9/42/7
三者、明主之所謹○也　11/49/15
三者、明主之所以謹○也　1/50/17,11/51/2,11/51/8
不可不善爲○所而後錯之　11/50/20
不可不善爲○道然後道之　11/50/20
善○之者制人　11/51/9
不善○之者人制之　11/51/9
○其善者而明用之　11/53/3
一人以○　12/57/9
必謹志之而愼自爲○取焉　13/63/25
不敢有以私決○也　13/64/21
其○也無禁　21/104/13
故知者○一而壹焉　21/104/16
情然而心爲之○謂之慮　22/107/23
離道而內自○　22/112/2,22/112/6
○賢友而友之　23/117/16
日選○於物　31/145/10

**昃 zè　1**

日○而退　31/147/4

**譖 zèn　1**

殘賊加累之○　14/66/10

**曾 zēng　26**

則是人也而○狗彘之不若也　4/13/5
○此而不知也　4/16/9
○不足以容辨異、縣君臣　6/21/19
○是莫聽　6/24/1
○不如好相鷄狗之可以爲名也　8/29/10
混然○不能決也　8/29/16
南海則有羽翮、齒革、○青、丹干焉　9/38/14
重之以○青　18/87/22
則是○鳥獸之不若也　19/96/15
○子曰　21/105/11,27/133/25,30/143/23,30/144/1,30/144/11
天非私○、騫、孝己而外衆人也　23/116/1
然而○、騫、孝己獨厚於孝之實而全於孝之名者　23/116/1
○不崇日　26/123/18
遇○元於塗　27/131/22
○元曰　27/131/22
○子行　27/134/1
○子食魚　27/137/4
○子泣涕曰　27/137/5
○無舊言　28/140/12
今學○未如肬贅　28/140/14
○子病　30/144/1
○元持足　30/144/1

**增 zēng　1**

鷹鳶猶以山爲卑而○巢其上　30/144/2

**憎 zēng　2**

噂沓背○　18/87/14
君子之所○惡也　27/137/8

**繒 zēng　1**

○丘之封人見楚相孫叔敖曰　32/149/16

**贈 zèng　7**

故○人以言　5/19/12
玩好曰○　27/128/5
○、襚所以送死也　27/128/5
賵、○及事　27/128/6
君子○人以言　27/134/1
庶人○人以財　27/134/1
○吾子以言　27/134/2

**詐 zhà　49**

匿行曰○　2/6/2
體倨固而心（執）〔埶〕○　2/7/1
○僞生塞　3/12/3
疾爲○而欲人之親己也　4/14/18
用其身則多○而無功　5/21/3
爲○而巧　6/23/8
外事則○邾、襲莒　7/25/9
○心以勝矣　7/25/20
進退貴賤則舉幽險○故　9/42/4
有掎挈伺○　10/44/11
內則不憚○其民而求小利焉　11/50/10
外則不憚○其與而求大利焉　11/50/11
則臣下百姓莫不以○心待其上矣　11/50/12
上○其下　11/50/12
下○其上　11/50/12
而好○故　11/56/11
則商賈莫不敦慤而無○矣　11/56/18
商賈敦慤無○　11/56/21
則臣下百吏誕○之人乘是而後欺　12/57/11
則是臣○也　12/62/1
臣○於下　12/62/1
所行者變○也　15/68/9
攻奪變○者、諸侯之事也　15/68/12
不可○也　15/68/12
彼可○者　15/68/12
故以桀○桀　15/68/13
以桀○堯　15/68/14
○而襲之與先驚而後擊之　15/68/16

夫又何可○也 15/69/8
隆埶○ 15/70/12
故以○遇○ 15/70/13
以○遇齊 15/70/13
隆埶○、尙功利之兵 15/70/16
掎契司○ 15/70/20
故賞慶、刑罰、埶○不足以盡人之力、致人之死 15/73/11
焉慮率用賞慶、刑罰、埶○、（除）〔險〕阸其下 15/73/12
故賞慶、刑罰、埶○之爲道者 15/73/14
好利多○而危 16/75/10,17/82/13,27/126/7
○臣亂之朝 16/76/20
則下漸○矣 18/83/16
漸○則難使 18/83/16
則不可欺以○僞 19/92/15
則所聞者欺誣○僞也 23/117/18
隱（諱）〔過〕疾賢、（良）〔長〕由姦○鮮無災 25/122/1
讒夫多進、反覆言語生○態 25/122/6
人窮則○ 31/148/8

## 宅 zhái 5

定廛○ 9/40/6
利其田○ 15/70/2
然後月朝卜（日）〔○〕 19/93/23
月夕卜（○）〔日〕 19/93/23
故家五畝○、百畝田 27/130/24

## 占 zhān 4

○祲兆 9/40/9
請○之五（帝）〔泰〕 26/125/1
〔五〕（帝）〔泰〕○之曰 26/125/1
善爲《易》者不○ 27/133/23

## 噡 zhān 1

然而口舌之於○唯則節 5/21/4

## 邅 zhān 1

尾○而事已 26/125/10

## 瞻 zhān 4

目可○馬 5/17/21
則郊草不（○曠）芸 16/79/11
○彼日月 28/140/1
還復○被（九）〔北〕蓋 28/141/13

## 饘 zhān 2

冬日則爲之○粥 10/46/6
食則○粥不足 27/135/21

## 鱣 zhān 2

黿鼉、魚鱉、鰌○孕別之時 9/39/19
黿鼉、魚鱉、鰌○以時別一而成群 10/45/1

## 展 zhǎn 1

○禽三絀、春申道綴基畢輸 25/120/11

## 斬 zhǎn 7

○而齊 4/17/5,13/66/5
○伐養長不失其時 9/39/22
百工將時○伐 11/56/18
○、斷、枯、磔 18/89/1
不可○也 28/139/4
○衰、菅屨、杖而啜粥者 31/145/4

## 湛 zhàn 2

則○濁在下而清明在上 21/105/5
○濁動乎下 21/105/6

## 戰 zhàn 21

○必能殆之而羞與之鬬 7/25/22
出不可以○ 9/36/18,16/75/8
人之出○ 9/36/23,9/36/25
故不○而勝 9/37/15
其○士安難 10/47/13
與之遠舉極○ 10/48/12
脩○備 11/50/8
則不○而勝 11/54/6
○○兢兢 13/65/16
凡用兵攻○之本在乎壹民〔也〕 15/68/6
是其出賃市、傭而○之幾矣 15/69/22
遇敵決○ 15/70/27
○如守 15/71/6
行如○ 15/71/6
王者有誅而無○ 15/71/17
遇敵處○則必北 15/73/14
合○用力而敵退 16/76/3
不待○而後知克 27/132/25

## 章 zhāng 23

美於黼黻文○ 5/19/13
（斂）〔歙〕然聖王之文○具焉 6/22/14
綏綏兮其有文○也 8/31/2
故爲之雕琢、刻鏤、黼黻、文○ 10/43/13
雕琢其○ 10/43/15
故爲之雕琢、刻鏤、黼黻、文○以藩飾之 10/43/22
必將錭琢、刻鏤、黼黻、文○以塞其目 10/45/18
目好色而文○致繁婦女莫衆焉 11/53/18
脩冠弁、衣裳、黼黻、文○、琱琢、刻鏤 12/60/1
若夫重色而成文○ 12/60/3
彫琢、刻鏤、黼黻、文○ 19/90/6
皆有翣菨文○之等以敬飾之 19/93/12
紳端○甫 20/100/1
其文○匿而采 20/101/24
○之以論 22/110/1

文理成○ 26/123/11
以成文○ 26/125/7
出而名不○ 29/142/20
不若玉之○○ 30/144/9
然則夫○甫、約屨、紳〔帶〕而搢笏者 31/145/2
紳、委、○甫 31/147/9
是以天下之紀不息、文○不廢也 32/149/13

## 張 zhāng 14

是故質的○而弓矢至焉 1/2/5
是子○氏之賤儒也 6/24/24
○法而度之 8/33/4
不務○其義、齊其信 11/50/10
秦之○儀 13/63/23
韓之○去疾 13/63/23
代翕代○ 15/70/16
機變不○ 15/73/5
虛腹○口來歸我食 15/74/14
居則設○容 18/86/19
琴瑟○而不均 19/95/11
○而可施行 23/115/11
○而不可施行 23/115/12
道古賢聖基必○ 25/121/15

## 彰 zhāng 1

而聞者○ 1/1/13

## 璋 zhāng 1

如珪如○ 22/110/11

## 掌 zhǎng 4

圖回天下於○上而辨白黑 8/29/17
則必發夫（○）〔稟〕窌之粟以食之 15/74/14
有子惡臥而焠○ 21/105/16
爭利如蚤甲而喪其○ 27/136/6

## 丈 zhàng 3

禮者、人主之所以爲群臣寸尺尋○檢式也 8/34/18
尺寸尋○ 11/54/18
三○六尺 27/130/6

## 杖 zhàng 5

人主之基、○也 12/62/19
齊衰、苴○、居廬、食粥、席薪、枕塊 19/96/6,19/98/5
斬衰、菅屨、○而啜粥者 31/145/4
資衰、苴○者不聽樂 31/147/10

## 招 zhāo 8

登高而○ 1/1/12
行有○辱也 1/2/7
爲重○權於下以妨害人 7/26/20
〔則〕縣貴爵重賞以○致之 12/61/13
縣貴爵重賞以○致之 12/61/15
故○近募選 15/70/12
若夫○近募選 15/70/16
武王誅之、呂尙○麾殷民懷 25/120/10

## 昭 zhāo 16

無○○之明 1/2/13
○○然 6/24/18
○哉嗣服 7/26/12
秦○王問孫卿子曰 8/27/26
○王曰 8/28/13
則有○繆也 9/35/4
墨子之言○○然爲天下憂不足 10/44/20
○然明矣 21/107/12
生○明 25/121/14
幽（晦）〔闇〕登○ 26/125/13
○○乎其知之明也 26/125/16
舜學於務成○ 27/127/8

## 朝 zhāo 54

而本○之臣莫之敢惡也 7/25/13
然而周公北面而○之 8/27/18
則勢在本○而宜 8/27/27
沈猶氏不敢○飲其羊 8/28/5
儒者在本○則美政 8/28/7
禮節脩乎○ 8/28/8
○食於戚 8/31/18
一○而伯 8/33/9
○無幸位 9/38/5,10/43/5
百姓曉然皆知夫爲善於家而取賞於○也 9/38/6
故喪祭、○聘、（師旅）一也 9/39/6
我今將來致之、并閱之、砥礪之於○廷 9/41/23
觀其○廷 10/47/10,10/47/13,16/78/14
其○廷隆禮 10/47/13
必將脩禮以齊○ 10/49/4
然後節奏齊於○ 10/49/5
（故）一○之日也 11/51/5
故君人者、立隆政本○而當 11/54/19
立隆政本○而不當 11/54/20
以飾○廷臣下百吏之分 11/55/17
則夫○廷群臣亦從而成俗於不隆禮義而好傾覆也 11/56/11
○廷群臣之俗若是 11/56/11
○廷必將隆禮義而審貴賤 11/56/16
故○有餓人 12/58/12
上在王公之○ 12/60/5
則○廷不頗 13/64/11
非以甲子之○而後勝之也 15/72/5
賢士願相國之○ 16/76/18
詐臣亂之○ 16/76/20
則雖爲之築明堂（於塞外）而○諸侯 16/78/7
其○閒 16/78/14
古之○也 16/78/15
○不易位 18/86/11
唯其徙○改制爲難 18/86/13
慮一○而改之 18/89/7
然後月○卜（日）〔宅〕 19/93/23
一○而喪其嚴親 19/94/4
則彼○死而夕忘之 19/96/15
○不廢○ 20/101/18
○大晚 27/128/19
○廷之美 27/129/6

○士大夫遇諸塗不與言 27/133/19
溫恭○夕 27/134/23
○七日而誅少正卯 28/138/17
平明而聽○ 31/147/3
君平明而聽○ 31/147/4
○禮畢矣 31/148/6
退○而有喜色 32/148/17
退○而有憂色 32/148/19
王○而有憂色 32/148/19

爪 zhǎo 5

蚯螾無○牙之利、筋骨之強 1/2/12
材技股肱、健勇○牙之士 9/41/22
夏日則與之（○）〔瓜〕麩 10/46/6
彼愛其○牙 10/48/13
○牙之士施 13/64/11

沼 zhǎo 1

汙池、淵○、川澤 9/39/21

召 zhào 9

故言有○禍也 1/2/6
○寇、肥敵、亡國、危身之道也 9/36/19
武王用○公 11/54/23
○公、呂望仁知且不蔽 21/103/4
諸侯○其臣 27/126/13
自公○之 27/126/13
天子○諸侯 27/126/14
○人以瑗 27/126/25
趨駕○顏淵 31/148/3

兆 zhào 3

占祲○ 9/40/9
行其綴○ 20/99/5
○人賴之 24/119/1

炤 zhào 5

則○之以禍災 2/6/8
○○兮其用知之明也 8/31/1
兼○之 11/55/17
日月遞○ 17/80/5

詔 zhào 5

若○四時 8/30/16
使愚○知 11/56/2
不以事○而萬物成 21/105/3
27/132/22
待官人然後○ 24/118/6

趙 zhào 8

及以燕、○起而攻之 11/50/15
○之奉陽 13/63/23
平原君之於○也 13/64/7
臨武君與孫卿子議兵於○孝成王前 15/68/3
完全富足而趨○ 15/74/20
○不能凝也 15/74/20
其在○者剡然有苓而據松柏之塞 16/78/2
頭銛達而尾○繚者邪 26/125/9

折 zhé 15

風至苕○ 1/1/17
朽木不○ 1/2/11
良賈不爲○閱不市 2/6/14
其○骨絕筋、終身不可以相及也 2/7/8
憂險者常夭○ 4/14/5
然而不○傷 5/20/1
舍粹○無適也 8/30/7
彼將日日暴露毀○之中原 9/41/21
橋然剛○ 13/64/22
蹎跌碎○不待頃矣 18/89/8
抗○其頦以象槾茨番闕也 19/95/16
而求箸者不上○也 21/106/7
其萬（折）〔○〕也必東 28/140/8
○而不橈 30/144/7
好肆不守○ 31/147/11

哲 zhé 1

既明且○ 32/150/7

喆 zhé 1

多（少）〔言〕無法而流○然 27/137/10

磔 zhé 2

斬、斷、枯、○ 18/89/1
吳子胥不○姑蘇東門外乎 28/141/2

謫 zhé 1

若夫（○）〔譎〕德而定次 8/28/21

者 zhě 1646

不復挺○ 1/1/4
而見○遠 1/1/13
而聞○彰 1/1/13
假輿馬○ 1/1/13
假舟楫○ 1/1/14
所繫○然也 1/1/18
所立○然也 1/1/19
所漸○然也 1/2/1
非蛇蟺之穴無可寄託○ 1/2/13
是故無冥冥之志○ 1/2/13
無惛惛之事○ 1/2/14
行衢道○不至 1/2/14
事兩君○不容 1/2/14
昔○ 1/3/3,5/17/16,18/85/12,21/105/3,29/142/28
安有不聞○乎 1/3/4
故《書》○、政事之紀也 1/3/9
《詩》○、中聲之所止也 1/3/9
《禮》○、法之大分 1/3/9
在天地之閒○畢矣 1/3/11
古之學○爲己 1/3/17
今之學○爲人 1/3/17
順○不可勝數也 1/4/2
問楛○勿告也 1/4/6
告楛○勿問也 1/4/6

說栝○勿聽也 1/4/6
有爭氣○勿與辨也 1/4/6
學也○ 1/4/13
其善○少 1/4/13
不善○多 1/4/13
然後學○也 1/4/14
除其害○以持養之 1/4/17
故非我而當○ 2/5/4
是我而當○ 2/5/4
（諂）〔謟〕諛我○ 2/5/5
（諂）〔謟〕諛○親 2/5/7
諫爭○疏 2/5/7
以善先人○謂之教 2/5/18
以善和人○謂之順 2/5/18
以不善先人○謂之（諂）〔謟〕 2/5/18
以不善和人○謂之諛 2/5/18
不識步道○ 2/7/10
其為人也多暇日○ 2/7/17
禮○、所以正身也 2/8/1
師○、所以正禮也 2/8/1
故學也○ 2/8/4
夫師、以身為正儀而貴自安○也 2/8/4
則可謂善少○矣 2/8/7
可以為君子○矣 2/8/7
則可謂惡少○矣 2/8/8
則可謂不詳少○矣 2/8/8
老老而壯○歸焉 2/8/9
不窮窮而通○積焉 2/8/9
是行之難為○也 3/9/1
然而君子不貴○ 3/9/1,3/9/3,3/9/4
是說之難持○也 3/9/2
故君子○、治禮義○也 3/10/12
非治非禮義○也 3/10/13
國亂而治之○ 3/10/13
人汙而脩之○ 3/10/14
君子絜其辯而同焉○合矣 3/10/18
善其言而類焉○應矣 3/10/18
故新浴○振其衣 3/11/1
新沐○彈其冠 3/11/1
其誰能以己之潐潐受人之掝掝○哉 3/11/1
以至其誠○也 3/11/6
以慎其獨○也 3/11/7
善之為道○ 3/11/7
夫誠○、君子之所守也 3/11/10
所聽視○近 3/11/14
而所聞見○遠 3/11/14
天地始○ 3/11/15
故君子不下室堂而海內之情舉積此○ 3/11/18
有通士○ 3/11/20
有公士○ 3/11/20
有直士○ 3/11/20
有慤士○ 3/11/20
有小人○ 3/11/20
此六生○ 3/12/3
則必前後慮其可惡也○ 3/12/6
則必前後慮其可害也○ 3/12/6
則不慮其可惡也○ 3/12/8
則不顧其可害也○ 3/12/8
人之所惡○ 3/12/11
夫富貴○、則類傲之 3/12/11
夫貧賤○、則求柔之 3/12/11
是姦人將以盜名於晻世○也 3/12/12
憍泄○、人之殃也 4/12/17
恭儉○、偋五兵也 4/12/17
危足無所履○也 4/12/19
快快而亡○ 4/12/21
察察而殘○ 4/12/21
博之而窮○ 4/12/21
清之而俞濁○ 4/12/21,27/138/2
豢之而俞瘠○ 4/12/22
辯而不說○ 4/12/22
直立而不見知○ 4/12/22
廉而不見貴○ 4/12/22
勇而不見憚○ 4/12/23
信而不見敬○ 4/12/23
鬬○、忘其身○也 4/13/1
忘其親○也 4/13/1
忘其君○也 4/13/1
凡鬬○、必自以為是而以人為非也 4/13/5
有狗彘之勇○ 4/13/13
有賈盜之勇○ 4/13/13
有小人之勇○ 4/13/13
有士君子之勇○ 4/13/13
是狗彘之勇○也 4/13/14
鯈鉢○、浮陽之魚也 4/13/19
自知○不怨人 4/13/19
知命○不怨天 4/13/20
怨人○窮 4/13/20,30/144/12
怨天○無志 4/13/20
先義而後利○榮 4/14/3
先利而後義○辱 4/14/3
榮○常通 4/14/3
辱○常窮 4/14/3
通○常制人 4/14/4
窮○常制於人 4/14/4
材慤○常安利 4/14/4
蕩悍○常危害 4/14/4
安利○常樂易 4/14/5
危害○常憂險 4/14/5
樂易○常壽長 4/14/5
憂險○常夭折 4/14/5
小人也○ 4/14/18
故君子○ 4/14/20
是無待而然○也 4/15/8,4/15/9,4/15/11,5/18/14
堯、禹○ 4/15/13
非生而具○也 4/15/13
待盡而後備○也 4/15/14
俄而粲然有秉芻豢而至○ 4/15/18
陋也○、天下之公患也 4/15/22
仁○好告示人 4/15/22
則夫塞○俄且通也 4/16/1
陋○俄且僩也 4/16/1
愚○俄且知也 4/16/1
如是○ 4/16/3,12/62/8,17/80/1
約○有筐篋之藏 4/16/7
操瓢囊為溝壑中瘠○也 4/16/10
知不幾○不可與及聖人之言 4/16/14
意○其是邪 4/16/16
學○不道也 5/17/10,5/17/11,5/17/14
古○有姑布子卿 5/17/10
從○將論志意、比類文學邪 5/17/23
古○桀、紂長巨姣美 5/17/26
棄其親家而欲奔之○ 5/18/2
然則從○將孰可也 5/18/5
人有此（三）數行○ 5/18/10
人之所以為人○ 5/18/13
然則人之所以為人○ 5/18/14
故人之所以為人○ 5/18/16
則於其粲然○矣 5/18/19
彼後王○ 5/18/19

其〔所〕以治亂○異道 5/18/24
彼衆人○ 5/18/24
陋而無度○也 5/19/1
妄人○ 5/19/1
聖人○、以己度○也 5/19/2
傳○久則（論）〔俞〕略 5/19/6
愚○聞其略而不知其詳 5/19/7
黨學○ 5/19/10
善○於是閒也 5/19/18
則好言○上矣 5/20/13
不好言○下也 5/20/14
有小人之辯○ 5/21/1
有士君子之辯○ 5/21/1
有聖人之辯○ 5/21/1
是聖人之辯○也 5/21/2
是士君子之辯○也 5/21/3
使天下混然不知是非治亂之所存○ 6/21/10
（則）六說○不能入也 6/22/15
十二子○不能親也 6/22/15
是聖人之不得埶○也 6/22/17
六說○立息 6/22/19
十二子○遷化 6/22/19
則是聖人之得勢○ 6/22/20
此三姦○ 6/23/7
遇賤而少○則脩告導寬容之義 6/23/16
則賢○貴之 6/23/17
不肖○親之 6/23/17
如是而不服○ 6/23/18
古之所謂（士仕）〔仕士〕○ 6/24/4
厚敦○也 6/24/4
合群○也 6/24/4
樂富貴○也 6/24/4
樂分施○也 6/24/4
遠罪過○也 6/24/5
務事理○也 6/24/5
羞獨富○也 6/24/5
今之所謂（士仕）〔仕士〕○ 6/24/5
汙漫○也 6/24/5
賊亂○也 6/24/6
恣睢○也 6/24/6
貪利○也 6/24/6
觸抵○也 6/24/6
無禮義而唯權埶之嗜○也 6/24/6
古之所謂處士○ 6/24/8
德盛○也 6/24/8
能靜○也 6/24/8
脩正○也 6/24/8
知命○也 6/24/8
箸是○也 6/24/8
今之所謂處士○ 6/24/8
無能而云能○也 6/24/9
無知而云知○也 6/24/9
利心無足而佯無欲○也 6/24/9
行僞險穢而彊高言謹愨○也 6/24/9
離（縱）〔縰〕而跂訾○也 6/24/10
吾語汝學○之嵬容 6/24/19
是學○之嵬也 6/24/22
齊桓、五伯之盛○也 7/25/8
內行則姑姊妹之不嫁○七人 7/25/8
桓公兼此數節○而盡有之 7/25/15
而能顚倒其敵○也 7/25/20
依乎仁而蹈利○也 7/25/20
彼王○則不然 7/25/21
有災繆○然後誅之 7/26/1
是事君○之寶而必無後患之術也 7/26/16
故知兵○之舉事也 7/26/17
愚○反是 7/26/19
則墮之○衆而持之○寡矣 7/27/1
天子也○ 8/27/18,24/118/7
儒○法先王 8/27/26
謹乎臣子而致貴其上○也 8/27/26
魯之粥牛馬○不豫賈 8/28/5
有親○取多 8/28/6
儒○在本朝則美政 8/28/7
故近○歌謳而樂之 8/28/10, 15/71/15
遠○竭蹶而趨之 8/28/11, 15/71/15
道○、非天之道 8/28/15
君子之所謂賢○ 8/28/16
君子之所謂知○ 8/28/17
君子之所謂辨○ 8/28/17
君子之所謂察○ 8/28/18
有益於治○立之 8/29/4
無益於理○廢之 8/29/4
有益於理○爲之 8/29/4
無益於理○舍之 8/29/5
彼學○ 8/29/14
彼寶也○ 8/29/19
指其頂○愈衆 8/30/8
下則能開道不己若○ 8/30/14
聖人也○、道之管也 8/31/5
故《風》之所以爲不逐○ 8/31/7
《小雅》之所以爲小○ 8/31/8
《大雅》之所以爲大○ 8/31/8
《頌》之所以爲至○ 8/31/9
鄉是○臧 8/31/9
倍是○亡 8/31/10
倍是如不亡○ 8/31/10
周之子孫苟不狂惑○ 8/31/15, 12/62/7
蓋殺○非周人 8/31/20
造父○、天下之善御○也 8/32/4
羿○、天下之善射○也 8/32/4
大儒○、善調一天下○也 8/32/5
彼大儒○ 8/32/7
故有俗人○ 8/32/16
有俗儒○ 8/32/16
有雅儒○ 8/32/16
有大儒○ 8/32/16
是俗人○也 8/32/17
然而不知惡（○） 8/32/18
呼先王以欺愚○而求衣食焉 8/32/19
是俗儒○也 8/32/21
是雅儒○也 8/33/2
是大儒○也 8/33/5
聖人也○ 8/33/12
故有師法○ 8/33/18
無師法○ 8/33/18
而師法○ 8/33/19
性也○、吾所不能爲也 8/33/20
（情）〔積〕也○、非吾所有也 8/33/20
故聖人也○ 8/34/6
大儒○、天子三公也 8/34/17
小儒○、諸侯大夫士也 8/34/17
衆人○、工農商賈也 8/34/17
禮○、人主之所以爲群臣寸尺尋丈檢式也 8/34/18
才行反時○ 9/35/8
〔是〕王○之政也 9/35/8
以善至○ 9/35/10

以不善至○ 9/35/10
兩○分別 9/35/10
則王○之事畢矣 9/35/12
則法之所不至○必廢 9/35/16
則職之所不及○必隊 9/35/16
故公平○、（職）〔聽〕之衡也 9/35/17
中和○、聽之繩也 9/35/18
其有法○以法行 9/35/18
無法○以類舉 9/35/18,27/131/8
故有良法而亂○有之矣 9/35/19 14/66/25
有君子而亂○ 9/35/19,14/66/26
足以相兼臨○ 9/36/3
君○、舟也 9/36/7,31/147/6
庶人○、水也 9/36/7,31/147/6
故君人○欲安 9/36/10
是君人○之大節也 9/36/11
三節○當 9/36/11
三節○不當 9/36/11
鄭子產、取民○也 9/36/15
未及爲政（○）也 9/36/15
管仲、爲政○也 9/36/16
未及脩禮（○）也 9/36/16
故脩禮○王 9/36/16
爲政○彊 9/36/16
取民○安 9/36/16
聚斂○亡 9/36/16
故王○富民 9/36/17
霸○富士 9/36/17
聚斂○ 9/36/19
奪之人○臣諸侯 9/36/22
奪之與○友諸侯 9/36/22
奪之地○敵諸侯 9/36/22
臣諸侯○王 9/36/23
友諸侯○霸 9/36/23
敵諸侯○危 9/36/23
用彊○ 9/36/23
是彊○之所以反弱也 9/36/27
雖守○益 9/36/27
所以守○損 9/36/27
是（以）大○之所以反削也 9/37/1
知彊（大）〔道〕○不務彊也 9/37/2
是知彊道○也 9/37/4
彼霸○不然 9/37/6
所以親之○ 9/37/8
所以說之○ 9/37/9,10/48/15
是知霸道○也 9/37/10
彼王○不然 9/37/14
是知王道○也 9/37/16
知此三具○ 9/37/16
王○之人 9/37/19
是王○之人也 9/37/20
王○之制 9/38/1
聲、則凡非雅聲○舉廢 9/38/2
色、則凡非舊文○舉息 9/38/2
械用、則凡非舊器○舉毀 9/38/3
是王○之制也 9/38/3
王○之論 9/38/5
是王○之論也 9/38/7
王○之〔法〕 9/38/9
故近○不隱其能 9/38/11
遠○不疾其勞 9/38/11
是王○之法也 9/38/12
天地○、生之始也 9/39/1
禮義○、治之始也 9/39/2
君子○、禮義之始也 9/39/2
致好之○ 9/39/2
君子○、天地之參也 9/39/3
君○、善群也 9/39/17
四○不失時 9/39/21
一與一是爲人○ 9/39/24
用萬乘之國○ 9/40/18
而黨爲吾所不欲於是○ 9/40/21
誠以其國爲王○之所 9/41/2
權○重之 9/41/6
兵○勁之 9/41/6
名聲○美之 9/41/6
夫堯、舜○、一天下也 9/41/7
三○體此而天下服 9/41/11
彼其所與至○ 9/41/12,15/69/5
賊其所好○哉 9/41/13,15/69/7
故古之人有以一國取天下○ 9/41/16
孰能有與是鬭○與 9/41/18
安以其國爲是○王 9/41/18
擇士之知事○使相率貫也 9/41/20
兵革器械○ 9/41/20
貨財粟米○ 9/41/21
君臣上下之閒○ 9/41/24
安以其國爲是○霸 9/42/1
之所以接下之百姓○則庸寬惠 9/42/2
如是○則安存 9/42/2
之所以接下之人百姓○則好取侵奪 9/42/3
如是○危殆 9/42/4
（人）之所以接下之人百姓○ 9/42/5
如是○滅亡 9/42/6
此五等○不可不善擇也 9/42/6
善擇○制人 9/42/7,11/50/17
不善擇○人制之 9/42/7,11/50/17
善擇之○王 9/42/7
不善擇〔之〕○亡 9/42/7
夫王○之與亡○ 9/42/7
則知○未得治也 10/42/14
知○未得治 10/42/14
窮○、患也 10/42/17
爭○、禍也 10/42/17
而壯○有分爭之禍矣 10/42/19
故知○爲之分也 10/42/21
禮○、貴賤有等 10/43/1
貧富輕重皆有稱○也 10/43/1 19/90/10
故無分○ 10/43/9
有分○ 10/43/10
而人君○ 10/43/10
故美之○ 10/43/10
安之○ 10/43/11
貴之○ 10/43/11
古○先王分割而等異之也 10/43/11
兼制天下○ 10/43/19
爲之出死斷亡而〔不〕愉○ 10/44/1,10/46/13
力○、德之役也 10/44/5
少○以長 10/44/7,27/129/1
老○以養 10/44/7,27/129/1
而不死其事○ 10/44/12
高○不旱 10/44/16
下○不水 10/44/16
可以相食養○ 10/45/2
胡不嘗試相與求亂之○誰也 10/45/6
則賢○不可得而進也 10/45/10
則不肖○不可得而退也 10/45/10
賢○不可得而進 10/45/11
知夫爲人主上○不美不

飾之不足以一民也 10/45/16
則賢○可得而進也 10/45/20
不肖○可得而退也 10/45/21
是姦治○也 10/46/8
是又（不可）偷偏○也 10/46/9
故君國長民○欲趨時遂功 10/46/14
必先脩正其在我○ 10/46/15
然後徐責其在人○ 10/46/15
三德○誠乎上 10/46/16
而化善○勸勉矣 10/46/22
不如利而不利○之利也 10/47/5
不如愛而不用○之功也 10/47/5
利而不利也、愛而不用也○ 10/47/5
利而後利之、愛而後用之○ 10/47/6
不利而利之、不愛而用之○ 10/47/6
則其貴○不賢 10/47/10
則其治○不能 10/47/11
則其信○不愨 10/47/11
其耕○樂田 10/47/13
則其貴○賢 10/47/14
則其治○能 10/47/14
則其信○愨 10/47/14
賢齊則其親○先貴 10/47/16
能齊則其故○先官 10/47/16
汙○皆化而脩 10/47/16
悍○皆化而愿 10/47/16
躁○皆化而愨 10/47/17
故田野縣鄙○ 10/47/21
垣窌倉廩○ 10/47/22
百姓時和、事業得敘○ 10/47/22
等賦府庫○ 10/47/22
故禹十年水、湯七年旱而天下無菜色○ 10/48/1
君人○亦可以覺矣 10/48/6
凡攻人○ 10/48/9
則爲名○不攻也 10/48/11
則爲利○不攻也 10/48/14
則（忿之）〔爲忿〕○不攻也 10/48/15
爲名○否 10/48/16
爲利○否 10/48/16
爲忿○否 10/48/16
未有能以此道得免焉○也 10/49/1
則近○競親 10/49/5
國○、天下之制利用也 11/49/12
人主○、天下之利勢也 11/49/12
安之○必將道也 11/49/15
故用國○、義立而王 11/49/15
三○、明主之所謹擇也 11/49/15
仁○不爲也 11/49/17
〔之〕所與爲之○之人 11/49/17
〔之〕所以爲布陳於國家刑法○ 11/49/18
（主）之所極然帥群臣而首鄉之○ 11/49/18
三○、明主之所以謹擇也 1/50/17,11/51/2,11/51/8
國○、天下之大器也 11/50/20
彼國錯○ 11/50/21
故道王○之法 11/50/22
與王○之人爲之 11/50/22
道霸○之法 11/50/22
與霸○之人爲之 11/51/1
故國○、重任也 11/51/4
故國○、世所以新○也 11/51/4
以夫千歲之法自持○ 11/51/7
善擇之○制人 11/51/9
不善擇之○人制之 11/51/9
彼持國○必不可以獨也 11/51/11
如是○王 11/51/11
知恐懼而求能○ 11/51/12
如是○彊 11/51/12
不知恐懼而求能○ 11/51/12
安唯便僻左右親比己○之用 11/51/12
如是○危削 11/51/13
國○、巨用之則大 11/51/13
小巨分流○存 11/51/14
巨用之○ 11/51/14
小用之○ 11/51/15
唯便辟親比己○之用 11/51/15
巨用之○若彼 11/51/16
小用之○若此 11/51/16
小巨分流○亦一若彼 11/51/16
今君人○急逐樂而緩治國 11/51/23
此五綦○ 11/52/1,18/89/13
養五綦○有具 11/52/1
則五綦○不可得而致也 11/52/2
故百樂○生於治國○也 11/52/3
憂患○生於亂國○也 11/52/4
急逐樂而緩治國○ 11/52/4
非知樂○也 11/52/4
故明君○必將先治其國 11/52/4
闇君○必將（急）〔荒〕逐樂而緩治國 11/52/5
君人○亦可以察若言矣 11/52/7
11/53/25
（人）〔之〕主○、守至約而詳 11/52/10
人主○、以官人爲能○也 11/52/14
匹夫○、以自能爲能○也 11/52/14
日有餘而治不足○ 11/52/15
爲之○、役夫之道也 11/52/17
論德使能而官施之○ 11/52/18
其難○在於人主之知之也 11/52/23
取天下○ 11/52/23
擇其善○而明用之 11/53/3
三○具而天下盡 11/53/3
兩○合而天下取 11/53/5
諸侯後同○先危 11/53/5
羿、蠭門○ 11/53/8,18/87/11
善服射○也 11/53/8
王良、造父○ 11/53/8
善服馭○也 11/53/8
聰明君子○ 11/53/8
善服人○也 11/53/8
故王○已於服人矣 11/53/9
而愚○以爲難 11/53/12
而王○兼而有是○也 11/53/13
11/53/17
而天子之禮制如是○也 11/53/15
人苟不狂惑戇陋○ 11/53/20
物由有可樂如是其美焉○乎 11/53/24
此夫過舉蹞步而覺跌千里○夫 11/53/25
君人○千歲而不覺也 11/53/26
兩○並行而國在 11/54/4
而四○齊 11/54/6
四○齊也 11/54/8
四○並亡也 11/54/9
所歸○一也 11/54/9
有不理○如豪末 11/54/12

故君人○、立隆政本朝而當 11/54/19
所使要百事○誠仁人也 11/54/19
所使要百事○非仁人也 11/54/20
是人君○之樞機也 11/54/21
不能當一人而能當千人百人○ 11/54/22
卑○五伯 11/55/1
是君人○之要守也 11/55/2
知○易爲之興力而功名綦大 11/55/3
故古之人有大功名○ 11/55/3
必道是○也 11/55/3
喪其國、危其身○ 11/55/4
必反是○也 11/55/4
知○之知 11/55/4
愚○之知 11/55/5
治國○ 11/55/7
主能治近則遠○理 11/55/11
主能治明則幽○化 11/55/11
日有餘而治不足○如此也 11/55/12
是過○也 11/55/13
是悖○也 11/55/15
君○、論一相 11/55/16
以觀其盛○也 11/55/17
相○、論列百官之長 11/55/17
用國○ 11/55/21
得百姓之力○富 11/55/21
得百姓之死○彊 11/55/21
得百姓之譽○榮 11/55/21
三德○具而天下歸之 11/55/21
三德○亡而天下去之 11/55/22
湯、武○ 11/55/22,18/84/9
18/85/18
所以接（天）下之人百姓〔○〕 11/55/25
有非理○如豪末 11/55/26
爲之出死斷亡而不愉○ 11/55/27
傷國○何也 11/56/7
三邪○在匈中 11/56/9
是傷國○也 11/56/10,11/56/13
儒○爲之不然 11/56/16
則士大夫莫不（敬）〔敄〕節死制○矣 11/56/16
法○、治之端也 12/57/4
君子○、法之原也 12/57/5
不知法之義而正法之數○ 12/57/6
故君人○勞於索之 12/57/8
合符節、別契券○ 12/57/11
探籌、投鉤○ 12/57/11
衡石、稱縣○ 12/57/12
斗、斛、敦、概○ 12/57/13
故械數○、治之流也 12/57/14
君子○、治之原也 12/57/15
古○先王審禮以方皇周浹於天下 12/57/27
君○、儀也 12/58/10
〔民○、景也〕 12/58/10
君○、槃也 12/58/11
民○、水也 12/58/11
君○、盂也 12/58/11
君○、民之原也 12/58/14
故有社稷○而不能愛民、不能利民 12/58/14
〔是〕狂生○也 12/58/18
狂生○不胥時而（樂）〔落〕 12/58/18
彼或蓄積而得之○不世絕 12/59/2
彼其人○ 12/59/2
好之○貧 12/59/4
爲之○窮 12/59/4
是其人（○）也 12/59/6
故君人○愛民而安 12/59/7
16/77/13
兩○無一焉而亡 12/59/8
16/77/13
道○何也 12/59/11
君○何也 12/59/11
能群也○何也 12/59/11
善生養人○也 12/59/12
善班治人○也 12/59/12
善顯設人○也 12/59/12
善藩飾人○也 12/59/12
善生養人○人親之 12/59/12
善班治人○人安之 12/59/12
善顯設人○人樂之 12/59/13
善藩飾人○人榮之 12/59/13
四統○俱而天下歸之 12/59/13
不能生養人○ 12/59/14
不能班治人○ 12/59/14
不能顯設人○ 12/59/14
不能藩飾人○ 12/59/15
四統○亡而天下去之 12/59/15
則德厚○進而佞說○止 12/60/12
貪利○退而廉節○起 12/60/12
先時○殺無赦 12/60/13
不逮時○殺無赦 12/60/13
爲人主○ 12/60/20
使賢○爲之 12/60/25
則與不肖○規之 12/60/25
使智○慮之 12/60/25
則與愚○論之 12/60/25
惡○之孽也 12/61/2
彼誠有之○與誠無之○若白黑然 12/61/10
人主欲得善射〔射〕遠中微○ 12/61/13
能中是○取之 12/61/14
欲得善馭〔及〕速致遠○ 12/61/14
能致是○取之 12/61/16
案唯便嬖親比己○之用也 12/61/18
故有社稷○莫不欲彊 12/61/19
無私人以官職事業〔○〕 12/61/21
然而用之○ 12/62/5
遠○天下 12/62/12
近○境內 12/62/12
有弛易齵差○矣 12/62/13
便嬖左右○ 12/62/15
故人主必將有便嬖左右足信○然後可 12/62/16
如是國○ 12/62/18
人主必將有卿相輔佐足任○然後可 12/62/19
故人主必將有足使喻志決疑於遠方○然後可 12/62/21
故人主無便嬖左右足信○之謂闇 12/62/23
無卿相輔佐足任○之謂獨 12/62/24
所使於四鄰諸侯○非人之謂孤 12/62/24
能論官此三材○而無失其次 12/63/7
人主不能論此三材○ 12/63/9
未有如此而不亂○也 12/63/11
有態臣○ 13/63/16
有篡臣○ 13/63/16

有功臣○ 13/63/16
有聖臣○ 13/63/16
是態臣○也 13/63/17
是篡臣○也 13/63/18
是功臣○也 13/63/19
是聖臣○也 13/63/21
故用聖臣○王 13/63/21
用功臣○彊 13/63/21
用篡臣○危 13/63/21
用態臣○亡 13/63/21
可謂態臣○也 13/63/23
事聖君○ 13/64/16
事中君○ 13/64/16
事暴君○ 13/64/16
事人而不順○ 13/65/4
不疾○也 13/65/4
疾而不順○ 13/65/4
不敬○也 13/65/4
敬而不順○ 13/65/4
不忠○也 13/65/4
忠而不順○ 13/65/4
無功○也 13/65/5
有功而不順○ 13/65/5
無德○也 13/65/5
有大忠○ 13/65/8
有次忠○ 13/65/8
有下忠○ 13/65/8
有國賊○ 13/65/8
若曹觸龍之於紂○ 13/65/11
仁○必敬人 13/65/14
故仁○必敬人 13/65/16
賢○則貴而敬之 13/65/17
不肖○則畏而敬之 13/65/17
賢○則親而敬之 13/65/17
不肖○則疏而敬之 13/65/17
三○、非明主莫之能知也 13/66/1
凡流言、流說、流事、流謀、流譽、流愬、不官而衡至○ 14/66/11
王○之事畢矣 14/66/18,15/75/2
川淵○、龍魚之居也 14/66/19
山林○、鳥獸之居也 14/66/19
國家○、士民之居也 14/66/20
道之與法也○ 14/66/24
君子也○ 14/66/24
夫言用賢○、口也 14/67/3
卻賢○、行也 14/67/3
而欲賢○之至、不肖○之退也 14/67/4
夫燿蟬○務在明其火、振其樹而已 14/67/4
程○、物之準也 14/67/13
禮○、節之準也 14/67/13
君○、國之隆也 14/67/17
父○、家之隆也 14/67/17
未有二隆爭重而能長久○ 14/67/17
故善附民○ 15/68/8
是乃善用兵○也 15/68/8
〔夫〕兵之所貴○埶利也 15/68/9
所行○變詐也 15/68/9
善用兵○ 15/68/10
仁人之兵、王○之志也 15/68/11
攻奪變詐○、諸侯之事也 15/68/12
彼可詐○ 15/68/12
怠慢○也 15/68/13
路亶○也 15/68/13
（滑）〔渙〕然有離德○也 15/68/13
嬰之○斷 15/69/3
當之○潰 15/69/3
觸之○角摧 15/69/4
諸侯先順○安 15/69/8
後順○危 15/69/8
慮敵之○削 15/69/8
反之○亡 15/69/8
請問王○之兵設何道 15/69/11
臣請遂道王○諸侯强弱存亡之效、安危之埶 15/69/12
君賢○ 15/69/12
君不能○ 15/69/13
隆禮貴義○ 15/69/13
簡禮賤義○ 15/69/13
治○强 15/69/13
亂○弱 15/69/13
好士○强 15/69/16
不好士○弱 15/69/16
愛民○强 15/69/16
不愛民○弱 15/69/16
政令信○强 15/69/16
政令不信○弱 15/69/16
民齊○强 15/69/17
〔民〕不齊○弱 15/69/17
賞重○强 15/69/17
賞輕○弱 15/69/17
刑威○强 15/69/17
刑侮○弱 15/69/17
械用兵革攻完便利○强 15/69/18
械用兵革窳楛不便利○弱 15/69/18
重用兵○强 15/69/18
輕用兵○弱 15/69/18
權出一○强 15/69/18
權出二○弱 15/69/19
得一首○則賜贖錙金 15/69/21
使天下之民所以要利於上○ 15/70/5
有遇之○ 15/70/10
兼是數國○ 15/70/11
故王○之兵不試 15/70/14
是皆世俗之所謂善用兵○也 15/70/19
請問王○之軍制 15/71/10
服○不禽 15/71/12
格○不舍 15/71/12
犇命○不獲 15/71/12
誅其亂百姓○也 15/71/13
以故順刃○生 15/71/13
蘇刃○死 15/71/13
犇命○貢 15/71/14
殷之服民所以養生之○也無異周人 15/71/14
王○有誅而無戰 15/71/17
故亂○樂其政 15/71/18
仁○愛人 15/71/21,29/143/10
義○循理 15/71/21,15/71/23
凡所爲有兵○ 15/71/22
彼仁○愛人 15/71/22
彼兵○ 15/71/23
所存○神 15/71/24,15/74/5,32/150/9
所過○化 15/71/24
故近○親其善 15/71/26
女所謂便○ 15/72/2
吾所謂仁義○ 15/72/2
彼仁義○ 15/72/3
所以脩政○也 15/72/3
禮○、治辨之極也 15/72/9
其所以統之○非其道故也 5/72/16,15/72/18,15/73/1

然而國晏然不畏外而（明）（內）〔固〕○ 15/73/5
有不由令○ 15/73/6
古○ 15/73/8
爲人主上○也 15/73/12
其所以接下之〔人〕百姓○ 15/73/12
故賞慶、刑罰、埶詐之爲道○ 15/73/14
所爲○化 15/74/5
凡兼人○有三術 15/74/9
有以德兼人○ 15/74/9
有以力兼人○ 15/74/9
有以富兼人○ 15/74/9
是以德兼人○也 15/74/11
是以力兼人○也 15/74/13
是以富兼人○也 15/74/16
以德兼人○王 15/74/16
以力兼人○弱 15/74/16
以富兼人○貧 15/74/16
古○湯以薄 15/74/22
彼國○ 16/75/7
彼國○亦有砥厲 16/75/9
人君○隆禮尊賢而王 16/75/9
有道德之威○ 16/75/12
有暴察之威○ 16/75/12
有狂妄之威○ 16/75/12
此三威○、不可不孰察也 16/75/12
此三威○ 16/75/20
古○明王之舉大事、立大功也 16/76/6
是以爲善○勸 16/76/7,24/118/19
爲不善○沮 16/76/7,24/118/19
然則得勝人之埶○ 16/76/13
夫主相○、勝人以埶也 16/76/14
必以道夫公道通義之可以相兼容○ 16/76/15
（曷若）兩○孰足爲也 16/76/23
有天下○之世也 16/76/24
桀、紂○善爲人之所惡 16/77/2
而湯、武○善爲人之所好也 16/77/2
人之所惡○何也 16/77/2
人之所好○何也 16/77/3
今君人○ 16/77/3
故凡得勝○ 16/77/5
凡得人○ 16/77/5
道也○何也 16/77/5
故自四五萬而往○彊勝 16/77/6
自數百里而往○安固 16/77/6
今已有數萬之衆○也 16/77/7
已有數百里之國○也 16/77/8
爲人臣○不恤己行之不行 16/77/10
所以養生、（安樂）〔樂安〕○莫大乎禮義 16/77/12
湯、武也○ 16/77/18
乃能使說己○使耳 16/77/18
古○百王之一天下、臣諸侯也 16/77/20
未有過封內千里○也 16/77/21
東在楚○乃界於齊 16/78/1
在韓○踰常山乃有臨慮 16/78/1
在魏○乃據圍津 16/78/1
其在趙○剡然有苓而據松柏之塞 16/78/2
順○錯之 16/78/6
不順○而後誅之 16/78/6
恬然如無治○ 16/78/15
兼是數具○而盡有之 16/78/16
然而縣之以王○之功名 16/78/17
則常不勝夫敦比於小事○矣 16/78/21
故善日○王 16/78/22
善時○霸 16/78/22
補漏○危 16/78/22
大荒○亡 16/78/23
故王○敬日 16/78/23
霸○敬時 16/78/23
霸○之善箸焉 16/78/24
王○之功名不可勝〔數〕 16/78/24
能積微○速成 16/78/25
凡姦人之所以起○ 16/79/3
夫義○、所以限禁人之爲惡與姦○也 16/79/3
且上○、下之師也 16/79/5
故爲人上○ 16/79/5
夫義○、內節於人而外節於萬物○也 16/79/6
上安於主而下調於民○也 16/79/6
內外、上下節○ 16/79/7
古○禹、湯本義務信而天下治 16/79/7
故爲人上○必將愼禮義、務忠信然後可 16/79/8
此君人○之大本也 16/79/9
疾養緩急之有相先○也 16/79/12
順其類○謂之福 17/80/11
逆其類○謂之禍 17/80/11
所志於天○ 17/80/17
已其見象之可以期○矣 17/80/17
所志於地○ 17/80/17
已其見宜之可以息○矣 17/80/18
所志於四時○ 17/80/18
已其見數之可以事○矣 17/80/18
所志於陰陽○ 17/80/18
已其見（知）〔和〕之可以治○矣 17/80/19
則是其在我○也 17/81/5
故君子慕其在己○ 17/81/5
而不慕其在天○ 17/81/5,17/81/6
小人錯其在己○ 17/81/6,17/81/7
而慕其在天○ 17/81/6
君子敬其在己○ 17/81/6
而慕（在其）〔其在〕天○ 17/81/7
君子、小人之所以相縣○在此耳 17/81/8
物之罕至○也 17/81/11,17/81/13
則是雖無一至○ 17/81/13
物之已至○ 17/81/16
三○錯 17/82/1
在天○莫明於日月 17/82/10
在地○莫明於水火 17/82/10
在物○莫明於珠玉 17/82/10
在人○莫明於禮義 17/82/10
君人○隆禮尊賢而王 17/82/12
（水行）〔行水〕○表深 17/82/22
治民○表道 17/82/22
禮○、表也 17/82/22
愚○爲一物一偏 17/83/3
世俗之爲說○曰 18/83/11
18/83/23,18/85/5,18/86/6
18/87/7,18/87/17
主○、民之唱也 18/83/11
上○、下之儀也 18/83/11

故上〇、下之本也 18/83/13
惡之〇衆則危〔矣〕 18/83/20
古〇天子千官 18/83/24
近〇境內不一 18/84/2
遙〇諸侯不聽 18/84/2
甚〇 18/84/3
有埶籍〇罷不足以縣天下 18/84/4
桀、紂〇 18/84/9,18/84/14
今世俗之爲說〇 18/84/10
18/84/18
天下〇、至重也 18/84/12
此三至〇、非聖人莫之能盡 18/84/13
聖人備道全美〇也 18/84/14
親〇疏之 18/84/15
賢〇賤之 18/84/15
後世之言惡〇必稽焉 18/84/17
桀、紂（〇）〔是〕也 18/84/18
（可以）奪之〇可以有國 18/84/20
天下〇、大具也 18/85/1
國〇、小人可以有之 18/85/2
天下〇、至大也 18/85/2
然則是殺人〇不死、傷人〇不刑也 18/85/7
殺人〇不死 18/85/9
而傷人〇不刑 18/85/9
以類相從〇也 18/85/10
殺人〇死 18/85/13
傷人〇刑 18/85/13
未有知其所由來〇也 18/85/13
19/95/15
世俗之爲說〇 18/85/17
至天下之善禁令〇也 18/85/18
彼王〇之制也 18/85/19
土地刑制不同〇 18/85/21
甸服〇祭 18/85/22
侯服〇祀 18/85/22
賓服〇享 18/85/23
要服〇貢 18/85/23
荒服〇終王 18/85/23
是王〇之（至）〔制〕也 18/86/1
彼楚、越〇 18/86/1
則未足與及王〇之制也 18/86/3
天子〇、埶位至尊 18/86/6
同焉〇是也 18/86/8
異焉〇非也 18/86/8

天下有聖而在後〇 18/86/11
死則能任天下〇必有之矣 18/86/14
老〇不堪其勞而休也 18/86/16
是又畏事〇之議也 18/86/16
天子〇、埶至重而形至佚 18/86/16
執薦〇百人侍西房 18/86/19
猶有善於是〇、（與不）〔不與〕 18/87/2
老〇、休也 18/87/3
休猶有安樂恬愉如是〇乎 18/87/3
是淺〇之傳、陋〇之說也 18/87/4
小大、至不至之變〇也 18/87/5
未可與及天下之大理〇也 18/87/5
堯、舜〇 18/87/8,18/87/9
18/87/12
（至）天下之善教化〇也 18/87/8
朱、象〇 18/87/10
今世俗之爲說〇不怪朱、象而非堯、舜也 18/87/10
天下之善射〇也 18/87/11
王梁、造父〇 18/87/12
天下之善馭〇也 18/87/12
天下之善教化〇也 18/87/12
故作〇不祥 18/87/13
學〇受其殃 18/87/14
非〇有慶 18/87/14
而不察於抇不抇〇之所言也 18/87/18
知〇不得慮 18/88/1,32/150/6
能〇不得治 18/88/1,32/150/6
賢〇不得使 18/88/1,32/150/6
以欺愚〇而潮陷之以偷取利焉 18/88/6
今倡優、侏儒、狎徒詈侮而不鬬〇 18/88/12
然而不鬬〇 18/88/13
然而不憚鬬〇 18/88/15
有義榮〇 18/88/24
有埶榮〇 18/88/24
有義辱〇 18/88/24
有埶辱〇 18/88/24
是榮之由中出〇也 18/88/24
是榮之從外至〇也 18/88/26
是辱之由中出〇也 18/88/26
是辱之由外至〇也 18/89/2

二三子之善於子宋子〇 18/89/8
以人之情爲欲此五綦〇而不欲多 18/89/14
然則先王以人之所不欲〇賞 18/89/19
而以人之所欲〇罰邪 18/89/19
兩〇相持而長 19/90/5
故禮〇、養也 19/90/5,19/90/8
若〇必死 19/90/16
若〇必害 19/90/16
（居）若〇必危 19/90/16
若〇必滅 19/90/17
故儒〇將使人兩得之〇也 19/90/18
墨〇將使人兩喪之〇也 19/90/18
天地〇、生之本也 19/90/20
先祖〇、類之本也 19/90/20
君師〇、治之本也 19/90/20
三〇偏亡焉 19/90/21
故王〇天太祖 19/91/1
尊〇事尊 19/91/2
卑〇事卑 19/91/2
宜大〇巨 19/91/3
宜小〇小也 19/91/3
故有天下〇事（十）〔七〕世 19/91/3
有一國〇事五世 19/91/3
有五乘之地〇事三世 19/91/4
有三乘之地〇事二世 19/91/4
持手而食〇不得立祭廟 19/91/4
積厚〇流澤廣 19/91/5
積薄〇流澤狹也 19/91/5
兩〇合而成文 19/91/9
天下從之〇治 19/92/9
不從〇亂 19/92/9
從之〇安 19/92/9
不從〇危 19/92/9
從之〇存 19/92/9
不從〇亡 19/92/10
故繩〇、直之至 19/92/15
衡〇、平之至 19/92/15
規矩〇、方圓之至 19/92/15
禮〇、人道之極也 19/92/15
加好〔之〕〇焉 19/92/18
故天〇、高之極也 19/92/18
地〇、下之極也 19/92/18
無窮〇、廣之極也 19/92/18

聖人○、道之極也 19/92/19
故學○固學爲聖人也 19/92/19
禮○、以財物爲用 19/92/21
27/130/12
故厚○、禮之積也 19/93/3
大○、禮之廣也 19/93/3
高○、禮之隆也 19/93/3
明○、禮之盡也 19/93/3
禮○、謹於治生死○也 19/93/6
若無喪○而止 19/93/17
禮○、謹於吉凶不相厭
○也 19/93/19
然後告遠○出矣 19/93/21
備物○作矣 19/93/21
遠○可以至矣 19/93/22
殯其須以生設飾死○也 19/94/1
殆非直留死○以安生也 19/94/1
而所以送葬之○不哀不敬 19/94/4
禮○、斷長續短 19/94/8
而滋成行義之美○也 19/94/8
將以有爲○也 19/94/14
是吉凶憂愉之情發於顏
色○也 19/94/15
是吉凶憂愉之情發於聲
音○也 19/94/15
是吉凶憂愉之情發於食
飲○也 19/94/17
是吉凶憂愉之情發於衣
服○也 19/94/18
是吉凶憂愉之情發於居
處○也 19/94/19
兩情○、人生固有端焉 19/94/19
性○、本始材朴也 19/95/1
僞○、文理隆盛也 19/95/1
卒禮○、以生○飾死○也 19/95/6
故卒禮○、無他焉 19/95/16
儒○是矣 19/96/2
創巨○其日久 19/96/5
痛甚○其瘉遲 19/96/5
然而禮以是斷之○ 19/96/7
凡生乎天地之間○ 19/96/10
小○是燕爵 19/96/12
其在宇中○ 19/96/24
人道之至文○也 19/97/5
君○、治辨之主也 19/97/7
彼君子○ 19/97/8
君○、已能食之矣 19/97/9
又善教誨之○也 19/97/10
乳母、飲食之○也 19/97/10
慈母、衣被之○也 19/97/10
君、曲備之○也 19/97/11
兩至○俱積焉 19/97/12
郊○、并百王於上天而
祭祀之也 19/97/13
祭○、志意思慕之（情）〔積〕
也 19/97/20,19/98/1
彼其所至○甚大動也 19/97/21
則其於志意之（情）
〔積〕○ 19/97/21
其於禮節○ 19/97/22
夫樂○、樂也 20/98/14
故樂○、審一以定和○
也 20/98/22
比物以飾節○也 20/99/1
故樂○、出所以征誅也 20/99/5
故樂○、天下之大齊也 20/99/7
且樂○、先王之所以飾
喜也 20/99/10
軍旅鈇鉞○、先王之所
以飾怒也 20/99/10
禮樂正其盛○也 20/99/11
是王○之始也 20/99/17
故禮樂廢而邪音起○ 20/99/19
樂○、聖王之所非也 20/99/21
而儒○爲之 20/99/22
樂○、聖人之所樂也 20/99/24
此三○、君子愼之 20/100/2
樂○、樂也 20/100/9
故樂○、所以道樂也 20/100/10
故樂○、治人之盛○也 20/100/11
且樂也○、和之不可變
○也 20/100/14
禮也○、理之不可易○
也 20/100/14
愚○學之 20/100/16
而靡有悖逆○ 20/101/3
終於沃〔洗〕○焉 20/101/17
此五行○ 20/101/21
況於使○乎 21/102/9
昔人君之蔽○ 21/102/15
昔人臣之蔽○ 21/103/1
故以貪鄙、背叛、爭權
而不危辱滅亡○ 21/103/3
昔賓孟之蔽○ 21/103/8
此數具○ 21/103/11
夫道○、體常而盡變 21/103/11
故學亂術足以爲先王○
也 21/103/15
志也○、臧也 21/104/1
異也○、同時兼知之 21/104/2
未得道而求道○ 21/104/4
則將須道○之虛 21/104/5
將事道○之壹 21/104/5
（盡）將思道○〔之〕
靜 21/104/5
體道○也 21/104/6
心○、形之君也 21/104/10
故知○擇一而壹焉 21/104/16
精於道〔○〕也 21/105/1
〔非〕精於物○也 21/105/1
精於物○以物物 21/105/1
精於道○兼物物 21/105/1
故好書○衆矣 21/105/8
而倉頡獨傳○、壹也 21/105/8
好稼○衆矣 21/105/9
而后稷獨傳○、壹也 21/105/9
好樂○衆矣 21/105/9
而夔獨傳○、壹也 21/105/9
好義○衆矣 21/105/10
而舜獨傳○、壹也 21/105/10
未嘗有兩而能精○也 21/105/11
夫微○、至人也 21/105/18
聖人縱其欲、兼其情而
制焉○理矣 21/105/18
故仁○之行道也 21/105/19
仁○之思也恭 21/106/1
冥冥而行○ 21/106/3
醉○越百步之溝 21/106/4
厭目而視○ 21/106/5
掩耳而聽○ 21/106/5
故從山上望牛○若羊 21/106/6
而求羊○不下牽也 21/106/6
從山下望木○ 21/106/7
而求箸○不上折也 21/106/7
瞽○仰視而不見星 21/106/8
則世之愚○也 21/106/9
彼愚○之定物 21/106/9
比至其家○ 21/106/13
與愚○若一 21/106/19
學、老身長子而與愚○
若一 21/106/20

故學也〇、固學止之也 21/106/20
聖也〇、盡倫〇也 21/106/21
王也〇、盡制〇也 21/106/21
兩盡〇足以爲天下極矣 21/106/22
故學〇、以聖王爲師 21/106/22
然而猶有能分是非、治曲直〇邪 21/107/4
則天下之治說〇方多然矣 21/107/7
故君人〇周則讒言至矣 21/107/14
君人〇宣則直言至矣 21/107/16
散名之加於萬物〇 22/107/21
散名之在人〇 22/107/22
生之所以然〇謂之性 22/107/22
所以知之在人〇謂之知 22/107/25
智所以能之在人〇謂之能 22/107/25
是散名之在人〇也 22/108/1
故王〇之制名 22/108/4
若有王〇起 22/108/9
故知〇爲之分別制名以指實 22/108/13
凡同類同情〇 22/108/15
知異實〇之異名也 22/109/6
故使異實〇莫不異名也 22/109/6
猶使（異）〔同〕實〇莫不同名也 22/109/7
物也〇、大共名也 22/109/8
鳥獸也〇、大別名也 22/109/9
物有同狀而異所〇 22/109/11
有異狀而同所〇 22/109/12
狀同而爲異所〇 22/109/12
狀變而實無別而爲異〇 22/109/12
此惑於用名以亂名〇也 22/109/16
此惑於用實以亂名〇也 22/109/18
此惑於用名以亂實〇也 22/109/19
凡邪說辟言之離正道而擅作〇 22/109/20
無不類於三惑〇矣 22/109/20
故期、命、辨、說也〇 22/110/4
名也〇、所以期累實也 22/110/5
辭也〇、兼異實之名以（論）〔論〕一意也 22/110/5
辨說也〇 22/110/6,22/110/7
期命也〇 22/110/6
心也〇、道之工宰也 22/110/7
道也〇、治之經理也 22/110/7
不（治）〔治〕觀〇之耳目 22/110/15
不賂貴〔〇〕之權埶 22/110/15
不利傳辟〇之辭 22/110/15
彼正其名、當其辭以務白其志義〇也 22/110/20
彼名辭也〇、志義之使也 22/110/21
外是〇謂之訒 22/110/22
而愚〇拾以爲己實 22/110/22
故愚〇之言、芴然而粗 22/110/22
而無深於其志義〇也 22/110/23
故知〇之言也 22/110/24
而愚〇反是 22/111/1
凡語治而待去欲〇 22/111/4
無以道欲而困於有欲〇也 22/111/4
凡語治而待寡欲〇 22/111/4
無以節欲而困於欲多〇也 22/111/4
而求〇從所可 22/111/6
求〇從所可 22/111/7
然而人有從生成死〇 22/111/8
性〇、天之就也 22/111/14
情〇、性之質也 22/111/14
欲〇、情之應也 22/111/14
求〇猶近盡 22/111/17
慮〇欲節求也 22/111/17
道〇、進則近盡 22/111/17
知道之莫之若也而不從道〇 22/111/20
豈爲夫南〇之不可盡也 22/111/21
故知〇論道而已矣 22/111/23
道〇、古今之正權 22/112/2
易〇以一易一 22/112/4
計〇取所多 22/112/5
謀〇從所可 22/112/5
有嘗試深觀其隱而難（其）察〇 22/112/9
志輕理而不〔外〕重物〇 22/112/9
外重物而不內憂〇 22/112/9
行離理而不外危〇 22/112/10
外危而不內恐〇 22/112/10
如此〇 22/112/13,22/112/14
其善〇僞也 23/113/3
23/113/7,23/113/14,23/114/6
23/114/23,23/115/8,23/115/14
23/115/18,23/115/27
古〇聖王以人之性惡 23/113/10
使皆出於治、合於道〇也 23/113/12
化師法、積文學、道禮義〇爲君子 23/113/12
縱性情、安恣睢而違禮義〇爲小人 23/113/13
人之學〇 23/113/16
而不察〔乎〕人（人）之性僞之分〇也 23/113/16
凡性〇、天之就也 23/113/17
禮義〇、聖人之所生也 23/113/17
所事而成〇也 23/113/18
不可學、不可事（而）〔之〕在人〇謂之性 23/113/18
可學而能、可事而成之在人〇謂之僞 23/113/18
〔其善〇僞也〕 23/113/22
所謂性善〇 23/114/1
見長而不敢先食〇 23/114/3
勞而不敢求息〇 23/114/4
此二行〇 23/114/5
問〇曰 23/114/8,23/115/20
凡禮義〇 23/114/8
然則禮義法度〇 23/114/11
23/114/15
是皆生於人之情性〇也 23/114/12
感而自然、不待事而後生之〇也 23/114/12
夫感而不能然、必且待事而後然〇 23/114/13
其不異於衆〇 23/114/15
所以異而過衆〇 23/114/16
夫好利而欲得〇 23/114/16
假之人有弟兄資財而分〇 23/114/16
凡人之欲爲善〇 23/114/18
苟無之中〇 23/114/19
苟有之中〇 23/114/20
人之欲爲善〇 23/114/20
凡古今天下之所謂善〇 23/115/1
所謂惡〇 23/115/1
故古〇聖人以人之性惡 23/115/3
則夫彊〇害弱而奪之 23/115/7
衆〇暴寡而譁之 23/115/7

| | |
|---|---|
| 故善言古○必有節於今 | 23/115/10 |
| 善言天○必有徵於人 | 23/115/10 |
| 凡論○貴其有辨合、有符驗 | 23/115/10 |
| 直木不待檃栝而直○ | 23/115/16 |
| 枸木必將待檃栝、烝、矯然後直○ | 23/115/16 |
| 禮義積僞○ | 23/115/20 |
| 然則禮義積僞○ | 23/115/22 |
| | 23/115/25 |
| 凡人之性○ | 23/115/22 |
| 凡所貴堯、禹、君子○ | 23/115/24 |
| 所賤於桀、跖、小人○ | 23/115/26 |
| 然而曾、騫、孝己獨厚於孝之實而全於孝之名○ | 23/116/1 |
| 然而〔秦人〕於父子之義、夫婦之別不如齊、魯之孝（具）〔共〕敬（父）〔文〕○ | 23/116/2 |
| 凡禹之所以爲禹○ | 23/116/6 |
| 塗之人○ | 23/116/11 |
| 今使塗之人○以其可以知之質、可以能之具 | 23/116/12 |
| 故聖人○ | 23/116/14 |
| 小人、君子○ | 23/116/18 |
| 然而不相爲○ | 23/116/19 |
| 然而未嘗有能徧行天下○也 | 23/116/20 |
| 唯賢○爲不然 | 23/117/1 |
| 有聖人之知○ | 23/117/1 |
| 有士君子之知○ | 23/117/1 |
| 有小人之知○ | 23/117/1 |
| 有役夫之知○ | 23/117/1 |
| 有上勇○ | 23/117/5 |
| 有中勇○ | 23/117/5 |
| 有下勇○ | 23/117/5 |
| 賢○敢推而尙之 | 23/117/9 |
| 不肖○敢援而廢之 | 23/117/9 |
| 則所聞○堯、舜、禹、湯之道也 | 23/117/16 |
| 則所見○忠信敬讓之行也 | 23/117/17 |
| 身日進於仁義而不自知也○ | 23/117/17 |
| 則所聞○欺誣詐僞也 | 23/117/18 |
| 所見○汙漫、淫邪、貪利之行也 | 23/117/18 |
| 身且加於刑戮而不自知○ | 23/117/19 |
| 待相○然後進 | 24/118/5 |
| 古○刑不過罪 | 24/118/17 |
| 二○、是非之本 | 24/119/9 |
| 故尊聖○王 | 24/119/11 |
| 貴賢○霸 | 24/119/11 |
| 敬賢○存 | 24/119/11 |
| 慢賢○亡 | 24/119/11 |
| 故仁○、仁此○也 | 24/119/14 |
| 義○、分此○也 | 24/119/14 |
| 節○、死生此○也 | 24/119/14 |
| 忠○、惇愼此○也 | 24/119/14 |
| 賢○思 | 25/120/12 |
| 由之○治、不由○亂何疑爲 | 25/120/13 |
| 外不避仇、內不阿親賢○予 | 25/121/10 |
| 聖知不用愚○謀 | 25/122/2 |
| 修之○榮、離之○辱孰它師 | 25/122/15 |
| 顯○必得、隱○復顯民反誣 | 25/123/3 |
| 生○以壽 | 26/123/11 |
| 死○以葬 | 26/123/11 |
| 此夫文而不采○與 | 26/123/12 |
| 簡然易知而致有理○歟 | 26/123/13 |
| 君子所敬而小人所不○與 | 26/123/13 |
| 性得之則甚雅似○歟 | 26/123/14 |
| 諸侯隆之則一四海○歟 | 26/123/14 |
| 此夫安寬平而危險隘○邪 | 26/124/2 |
| 修潔之爲親而雜汙之爲狄○邪 | 26/124/2 |
| 甚深藏而外勝敵○邪 | 26/124/3 |
| 法禹舜而能弇迹○邪 | 26/124/3 |
| 行爲動靜待之而後適○邪 | 26/124/3 |
| 員○中規 | 26/124/7 |
| 方○中矩 | 26/124/7 |
| 此夫大而不塞○歟 | 26/124/11 |
| 入郄穴而不偪○歟 | 26/124/11 |
| 行遠疾速而不可託訊（○與） | 26/124/12 |
| 往來惽憊而不可爲固塞○歟 | 26/124/12 |
| 暴至殺傷而不億忌○歟 | 26/124/12 |
| 功被天下而不私置○歟 | 26/124/13 |
| 此夫身女好而頭馬首○與 | 26/125/2 |
| 屢化而不壽○與 | 26/125/2 |
| 善壯而拙老○與 | 26/125/2 |
| 有父母而無牝牡○與 | 26/125/3 |
| 此夫始生鉅其成功小○邪 | 26/125/8 |
| 長其尾而銳其剽○邪 | 26/125/8 |
| 頭銛達而尾趙繚○邪 | 26/125/9 |
| 君人○、隆禮尊賢而王 | 27/126/7 |
| 故王○必居天下之中 | 27/126/9 |
| 故王○先仁而後禮 | 27/126/27 |
| 水行○表深 | 27/127/4 |
| 治民○表亂 | 27/127/4 |
| 禮○、其表也 | 27/127/4 |
| 今廢禮○ | 27/127/5 |
| 夫行也○、行禮之謂也 | 27/127/15 |
| 禮也○、貴○敬焉 | 27/127/15 |
| 老○孝焉 | 27/127/15 |
| 長○弟焉 | 27/127/15 |
| 幼○慈焉 | 27/127/15 |
| 賤○惠焉 | 27/127/15 |
| 故亡於《禮經》而順人心○ | 27/127/22 |
| （背）〔皆〕禮（○）也 | 27/127/22 |
| 三○皆通 | 27/128/3 |
| 禮○、政之輓也 | 27/128/9 |
| 配天而有下土○ | 27/128/12 |
| 事至而後慮○謂之後 | 27/128/13 |
| 患至而後慮○謂之困 | 27/128/13 |
| 慶○在堂 | 27/128/14 |
| 弔○在閭 | 27/128/15 |
| 禹見耕○耦立而式 | 27/128/17 |
| 爲人臣下○ | 27/129/8 |
| 禮○、人之所履也 | 27/129/22 |
| 所失微而其爲亂大○ | 27/129/22 |
| 禮○、本末相順 | 27/130/10 |
| 蔽公○謂之昧 | 27/130/18 |
| 隱良○謂之妒 | 27/130/18 |
| 奉妒昧○謂之交譎 | 27/130/19 |
| 治國○敬其寶 | 27/130/22 |
| 迷○不問路 | 27/131/5 |
| 溺○不問遂 | 27/131/5 |

有法〇以法行 27/131/8
八十〇一子不事 27/131/13
九十〇舉家不事 27/131/13
廢疾非人不養〇 27/131/13
志卑〇輕物 27/131/22
輕物〇不求助 27/131/23
今夫亡箴〇 27/131/26
義與利〇、人之所兩有也 27/132/1
故義勝利〇爲治世 27/132/2
利克義〇爲亂世 27/132/3
貧窶〇有所竄其手〔矣〕 27/132/6
二〇、〔治〕亂之衢也 27/132/12
故古〇列地建國 27/132/19
善學〇盡其理 27/133/9
善行〇究其難 27/133/9
（人）〔夫〕盡小〇大 27/133/16
積微〇著 27/133/16
德至〇色澤洽 27/133/16
不足於行〇說過 27/133/22
不足於信〇誠言 27/133/22
善爲《詩》〇不說 27/133/23
善爲《易》〇不占 27/133/23
善爲《禮》〇不相 27/133/23
近〇說則親 27/133/26
遠〇說則附 27/133/26
好多而無定〇 27/134/14
學〇非必爲仕 27/134/20
而仕〇必如學 27/134/21
然則賜無息〇乎 27/135/3
疾今之政以思往〇 27/135/8
古〇匹夫五十而士 27/135/14
君子也〇而好之 27/135/18
不自嗛其行〇言濫過 27/135/21
諸侯之驕我〇 27/136/1
大夫之驕我〇 27/136/2
柳下惠與後門〇同衣而不見疑 27/136/4
君人〇不可以不慎取臣 27/136/8
友〇、所以相有也 27/136/8
多有之〇富 27/136/15
少有之〇貧 27/136/15
至無有〇窮 27/136/15
故大〇不能 27/136/16
小〇不爲 27/136/16
（乘）其出〇 27/136/18
是其反〇也 27/136/18
言之信〇 27/136/22
知〇明於事、達於數 27/136/24
流言止於知〇 27/137/1
此家言邪學之所以惡儒〇也 27/137/1
言味〇予易牙 27/137/16
言音〇予師曠 27/137/16
言治〇予三王 27/137/16
飲而不食〇、蟬也 27/137/20
不飲不食〇、浮蝣也 27/137/20
惟惟而亡〇 27/138/1
博而窮〇 27/138/2
孔子問於守廟〇曰 28/138/10
守廟〇曰 28/138/10
吾聞宥坐之器〇 28/138/11
惡有滿而不覆〇哉 28/138/13
人有惡〇五 28/138/18
此五〇有一於人 28/138/19
此七子〇 28/138/22
有父子訟〇 28/139/1
已此三〇 28/139/6
君子之所以見大水必觀焉〇 28/140/4
與小人處〇 28/140/12
爲善〇天報之以福 28/140/18
爲不善〇天報之以禍 28/140/18
汝以知〇爲必用邪 28/141/1
女以忠〇爲必用邪 28/141/2
女以諫〇爲必用邪 28/141/2
夫遇、不遇〇 28/141/3
賢、不肖〇 28/141/3
君子博學、深謀不遇時〇多矣 28/141/3
不遇世〇眾矣 28/141/4
夫賢、不肖〇 28/141/5
爲、不爲〇 28/141/6
遇、不遇〇 28/141/6
死生〇 28/141/6
故居不隱〇思不遠 28/141/9
身不佚〇志不廣 28/141/9
鄉〇 28/141/12,29/142/8
意〇身不敬與 29/142/16
無此三〇 29/142/17
〔意〇所友非仁人邪〕 29/142/18
（奮）〔愼〕於言〇〔不〕華 29/143/3
（奮）〔愼〕於行〇〔不〕伐 29/143/3
色知而有能〇、小人也 29/143/4
知〇若何 29/143/8,29/143/9 29/143/11
仁〇若何 29/143/8,29/143/9 29/143/11
知〇使人知己 29/143/8
仁〇使人愛己 29/143/8
知〇知人 29/143/10
知〇自知 29/143/11
仁〇自愛 29/143/11
小人〇 29/143/15
禮〇、眾人法而不知 30/143/20
君子之所以貴玉而賤珉〇 30/144/5
夫玉〇、君子比德焉 30/144/6
同遊而不見愛〇 30/144/11
交而不見敬〇 30/144/11
臨財而不見信〇 30/144/11
三〇在身 30/144/12
怨天〇無識 30/144/12
欲來〇不距 30/144/15
欲去〇不止 30/144/16
舍此而爲非〇 31/145/1,31/145/5
然則夫章甫、絇屨、紳〔帶〕而搢笏〇 31/145/2
夫端衣、玄裳、絻而乘路〇 31/145/3
斬衰、菅屨、杖而啜粥〇 31/145/4
所謂庸人〇 31/145/8
所謂士〇 31/145/13
所謂君子〇 31/146/1
故猶然如將可及〇 31/146/2
所謂賢人〇 31/146/3
所謂大聖〇 31/146/7
辨乎萬物之情性〇也 31/146/8
大道〇、所以變化遂成萬物也 31/146/8
情性〇、所以理然不、取舍也 31/146/8
古之王〇 31/146/14
有務而拘領〇矣 31/146/14
諸侯之子孫必有在君之末庭〇 31/147/4
資衰、苴杖〇不聽樂 31/147/10

黼衣、黻裳○不茹葷 31/147/10
未有窮其下而能無危○
也 31/148/8
亦嘗有以楚莊王之語聞
於左右○乎 32/148/17
諸侯自為得師○王 32/148/20
得友○霸 32/148/20
得疑○存 32/148/21
自為謀而莫己若○亡 32/148/21
此三○ 32/149/2
彼爭○、均○之氣也 32/149/4
彼淺○、賤人之道也 32/149/6
然而吾所執贄而見○十
人 32/149/8
還贄而相見○三十人 32/149/8
貌執之士○百有餘人 32/149/8
欲言而請畢事○千有餘
人 32/149/8
吾所以得三士○ 32/149/9
處官久○士妬之 32/149/16
祿厚○民怨之 32/149/16
位尊○君恨之 32/149/17
今相國有此三○而不得
罪〔於〕楚之士民 32/149/17
為人下○乎 32/149/21
為人下○ 32/149/23
為說○曰 32/150/4
仁○詘約 32/150/5
今之學○得孫卿之遺言
餘教 32/150/8
所（遇）〔過〕○化 32/150/9
善○有殃 32/150/13
今為說○又不察其實 32/150/13

**赭 zhě** 1

殺、○衣而不純 18/85/6

**貞 zhēn** 7

行無常○ 3/12/1
上下易位然後○ 13/66/3
○乎 29/142/7,29/142/8
○矣 29/142/9
奚臣○ 29/142/12
審其所以從之之謂孝、
之謂○也 29/142/12

**珍 zhēn** 6

寶之○之 5/20/8
重味而（成）（○備）
〔備○〕〔怪〕 12/60/3
食飲則重大牢而備○怪 18/86/18
遠方莫不致其○ 21/102/21
小家○說之所願皆衰矣 22/111/23

**眞 zhēn** 2

○積力久則入 1/3/8
此○先君子之言也 6/22/9

**斟 zhēn** 1

而時○酌焉 10/47/23

**箴 zhēn** 3

夫是之謂○理 26/125/10
○ 26/125/11
今夫亡○者 27/131/26

**枕 zhěn** 3

屬茨、倚廬、席薪、○
塊 19/94/19
齊衰、苴杖、居廬、食粥、席
薪、○塊 19/96/6,19/98/5

**振 zhèn** 14

故新浴者○其衣 3/11/1
果敢而（○）〔很〕 4/13/15
明○毫末 9/37/19
○毫末 9/40/14
若○槁然 11/50/15,15/72/17
夫燿蟬者務在明其火、
○其樹而已 14/67/4
雖○其樹無益也 14/67/5
非○之以誅殺 16/75/18
通達之屬莫不○動從服
以化順之 18/85/19
生民之屬莫不○動從服以化順
之 18/86/7,18/87/8
猶復而○之矣 18/86/12
天使夫子○寡人之過也 32/148/22

**征 zhēng** 12

關市幾而不○ 9/38/9,11/56/18
故周公南○而北國怨 9/41/17
東○而西國怨 9/41/17
平關市之○ 10/43/6
苛關市之○以難其事 10/44/10
以○則彊 11/56/24
以○則强 15/75/2
夫○暴誅悍 18/85/12
故樂者、出所以○誅也 20/99/5
○誅、揖讓 20/99/6
出所以○誅 20/99/6

**爭 zhēng** 76

有○氣者勿與辨也 1/4/6
諫○者疏 2/5/7
勞苦之事則○先 2/6/16
辯而不○ 3/9/15
分○於中 3/11/21
○也 4/12/22
○飲食 4/13/13
○貨財 4/13/15
而王公不能與之○名 6/22/15
8/32/8,10/48/10
齊給速通不（○）〔以〕
先人 6/23/13
無與人○也 6/23/17
前事則殺兄而○國 7/25/8
彼以讓飾○ 7/25/20
貴名不可以比周○也 8/29/22
○之則失 8/29/23
鄙○而名俞辱 8/30/3
用百里之地而千里之國
莫能與之○勝 8/32/9
物不能澹則必○ 9/36/1
○則必亂 9/36/2
群而無分則○ 9/39/15,10/42/17
10/43/9
○則亂 9/39/15,10/43/9,19/90/4
寡則必○矣 10/42/16
○者、禍也 10/42/17
而壯者有分○之禍矣 10/42/19
而有○功之禍矣 10/42/20

而有○色之禍矣 10/42/21
非鬬而日○ 10/46/2
人臣則○職而妒賢 11/53/21
不與之○能而致善用其功 12/58/4
知無與下○小利之爲便
　於事也 12/63/6
慮與臣下○小察而綦偏
　能 12/63/10
謂之○ 13/64/2
故諫、○、輔、拂之人 13/64/5
可謂○矣 13/64/7
諫、○、輔、拂之人信 13/64/11
無諫○ 13/64/16
有諫○ 13/64/16
○然後善 13/66/1
未有二隆○重而能長久
　者 14/67/17
爲○奪也 15/71/22
非○奪也 15/71/23
衆庶百姓皆以貪利○奪
　爲俗 16/76/20
（汙）〔汙〕漫、○奪
　、貪利是也 16/77/3
陶誕比周以○與 16/77/7
汙漫、突盜以○地 16/77/8
而○己之所以危弱也 16/77/8
夫是之謂不與天○職 17/80/2
則不能不○ 19/90/4
鄙賤則○ 20/99/18
亂○則兵弱城犯 20/99/18
故以貪鄙、背叛、○權
　而不危辱滅亡者 21/103/3
貴公正而賤鄙○ 22/110/16
故○奪生而辭讓亡焉 23/113/3
必出於○奪 23/113/5
故順情性則弟兄○矣 23/114/18
以出乎貪利○奪 23/115/26
夫故天下不與○能而致
　善用其功 24/119/15
○寵嫉賢（利）〔相〕
　惡忌 25/122/6
從士以上皆羞利而不與
　民○業 27/132/5
○利如蚤甲而喪其掌 27/136/6
昔萬乘之國有○臣四人 29/142/10
千乘之國有○臣三人 29/142/11
百乘之家有○臣二人 29/142/11
父有○子 29/142/11
士有○友 29/142/12
思慮明通而辭不○ 31/146/2
不與牛○力 32/149/4
不與馬○走 32/149/4
不與士○知 32/149/4
彼○者、均者之氣也 32/149/4

## 烝 zhēng 2

故枸木必將待檃括、○
　、矯然後直 23/113/9
枸木必將待檃栝、○、
　矯然後直者 23/115/16

## 蒸 zhēng 1

夫天生○民 4/14/8

## 徵 zhēng 11

是大儒之○也 8/32/10
觀國之强弱貧富有○ 10/47/19
是治國之○也 11/55/9
且○其未也 18/85/9
亂世之○ 20/101/24
心有○知 22/109/1
○知 22/109/1
然而○知必將待天官之
　當簿其類然後可也 22/109/2
心○之而無說 22/109/3
其不同之○也 23/114/14
善言天者必有○於人 23/115/10

## 正 zhèng 134

好是○直 1/1/9
所以防邪僻而近中○也 1/2/1
則禮○其經緯蹊徑也 1/4/2
脩○爲笑 2/5/7
禮者、所以○身也 2/8/1
師者、所以○禮也 2/8/1
無禮何以○身 2/8/1
夫師、以身爲○儀而貴
　自安者也 2/8/4
○義直指 3/9/19
脩○治辨矣 4/14/20
則其心○其口腹也 4/15/17
術○而心順 5/17/12
博而黨○ 5/21/3
脩○者也 6/24/8
端然○己 6/24/14
○其衣冠 6/24/24
必蚤○以待之也 8/28/6
法則度量○乎官 8/28/8
有所（○）〔止〕矣 8/28/18
好脩○其所聞以橋飾其
　情性 8/30/13
平○和民之善 8/30/16
無○義 8/32/16
○身行 9/35/5,9/40/13,10/48/9
○法則 9/40/12,9/41/5
必先脩○其在我者 10/46/15
○是四國 10/48/19,24/119/17
○法以齊官 10/49/4
內不脩○其所以有 11/50/11
國無禮則不○ 11/51/19
禮之所以○國也 11/51/19
莫不以是爲隆○ 11/54/13
主能當一則百事○ 11/55/12
又務○百 11/55/13,11/55/15
不好循○其所以有 11/56/8
不知法之義而○法之數者 12/57/6
儀○而景○ 12/58/10
則臣下百吏至于庶人莫
　不脩己而後敢安○ 12/60/15
公○之士 12/61/2
脩飭端○ 12/63/3
故○義之臣設 13/64/11
圜居而方○ 15/69/4
多地以○ 15/70/6
群物皆○ 15/71/4
於是有能化善、脩身、
　○行、積禮義、尊道
　德 15/74/2
刑范○ 16/75/6
○是非 16/76/17,16/78/5
○其天官 17/80/13
上公○ 18/83/14
必將立隆○然後可也 18/88/21
無隆○ 18/88/21
而行列得○焉 20/99/5
禮樂○其盛者也 20/99/11
○其樂 20/99/25

○聲感人而順氣應之 20/100/4
莫之○也 20/100/16
乃立司○焉 20/101/15
是足以○身安國矣 20/101/21
此其誠心莫不求○而以自爲也 21/102/7
豈不蔽於一曲而失○求也哉 21/102/8
壹於道則○ 21/105/2
以○志行察論 21/105/2
○錯而勿動 21/105/5
則不可以得大形之○也 21/105/6
則其○外易 21/105/8
必以其感忽之閒、疑玄之時（○）〔定〕之 21/106/14
而己以○事 21/106/15
天下有不以是爲隆○也 21/107/3
無○而恣睢 21/107/6
○利而爲謂之事 22/107/24
○義而爲謂之行 22/107/25
故析辭擅作（名）以亂○名 22/108/4
故其民莫敢託爲奇辭以亂○名 22/108/5
其民莫敢託爲奇辭以亂○名 22/108/6
凡邪說辟言之離○道而擅作者 22/109/20
○名而期 22/110/8
以○道而辨姦 22/110/9
說行則天下○ 22/110/10
貴公○而賤鄙爭 22/110/16
彼○其名、當其辭以務白其志義者也 22/110/20
衡不○ 22/111/25
權不○ 22/112/1
道者、古今之○權 22/112/2
必將待師法然後○ 23/113/9
今人無師法則偏險而不○ 23/113/10
以爲偏險而不○ 23/113/11
23/115/4
是以爲之起禮義、制法度以矯飾人之情性而○之 23/113/11
○理平治也 23/115/1
今誠以人之性固○理平治邪 23/115/2
將曷加於○理平治也哉 23/115/3
起法○以治之 23/115/5
去法○之治 23/115/6
以其爲仁義法○也 23/116/6
然則仁義法○有可知可能之理 23/116/6
皆有可以知仁義法○之質 23/116/7
皆有可以能仁義法○之具 23/116/7
今以仁義法○爲固無可知可能之理邪 23/116/8
然則唯禹不知仁義法○、不能仁義法○也 23/116/8
將使塗之人固無可以知仁義法○之質 23/116/9
而固無可以能仁義法○之具邪 23/116/9
外不可以知君臣之○ 23/116/10
外可以知君臣之○ 23/116/11
然而不得排檠則不能自○ 23/117/12
夔爲樂○鳥獸服 25/121/12
是非反易、比周欺上惡○直 25/122/4
○（是）〔直〕惡 25/122/4
君謹守之、下皆平○國乃昌 25/122/12
行義以○ 26/124/1
公○無私 26/125/14
不可不○也 27/129/17
禮之於○國家也 27/129/24
雖天子三公問○ 27/133/11
○君漸於香酒 27/134/3
中則○ 28/138/11
中而○ 28/138/12
朝七日而誅少○卯 28/138/17
夫少○卯、魯之聞人也 28/138/17
而少○卯兼有之 28/138/20
似○ 28/140/7
君子○身以俟 30/144/15
五鑿爲○ 31/145/11
衡體○矣 31/148/6
以○吾身 32/149/9
○身之士不可驕也 32/149/12
彼○身之士 32/149/12
循道○行 32/150/11

## 政 zhèng 94

故《書》者、○事之紀也 1/3/9
而○事之本也 3/11/10
○令法 4/14/9
五帝之中無傳○ 5/19/5
非無善○也 5/19/5,5/19/6
禹、湯有傳○ 5/19/6
○令是也 5/20/14
彼非（本）〔平〕○教也 7/25/18
儒者在本朝則美○ 8/28/7
飛廉、惡來知○ 8/31/18
故諸侯問○ 8/34/22
請問爲○ 9/35/3
中庸雜民不待○而化 9/35/3
〔是〕王者之○也 9/35/8
聽○之大分 9/35/10
庶人駭○ 9/36/5,9/36/5
則庶人安○矣 9/36/6
庶人安○ 9/36/7
則莫若平○愛民矣 9/36/10
未及爲○（者）也 9/36/15
管仲、爲○者也 9/36/16
爲○者彊 9/36/16
○事 9/38/9
相地而衰○ 9/38/10
○令時則百姓一、賢良服 9/39/18
本○教 9/40/11
故○事亂 9/40/15
案平○教 9/41/4
刑○平 9/41/9
脩○其所 9/41/16
不以德爲○ 10/42/18
裕民以○ 10/42/23
夫是之謂以○裕民〔也〕 10/43/6
其○令一 10/47/1
其竟關之○盡察 10/47/9
平○以齊民 10/49/5
箸之以○事 11/49/21
○令已陳 11/50/5
非本○教也 11/50/7
非以本○教也 11/50/14
○令以挾 11/53/15
○令制度 11/54/11
故君人者、立隆○本朝

而當 11/54/19
立隆○本朝而不當 11/54/20
知一○於管仲也 11/55/2
辯○令制度 11/55/25
是之謂○令行、風俗美 11/56/23
○令不煩而俗美 12/57/18
則莫若反之○ 12/59/1
欲脩○美（國）〔俗〕 12/59/1
夫是之謂○教之極 12/60/16
○令教化 13/63/20
刑○平而百姓歸之 14/66/17
義及國而○明 14/66/18
國家失○則士民去之 14/66/20
○之始也 14/67/8
○之隆也 14/67/9
○之終也 14/67/9
則○令不行而上下怨疾 14/67/10
○令信者強 15/69/16
○令不信者弱 15/69/16
故制號○令 15/70/25
故亂者樂其○ 15/71/18
所以脩○者也 15/72/3
○脩則民親其上、樂其君 15/72/3
○令以定 15/73/17
凝民以○ 15/75/1
○平而民安 15/75/1
與之參國○ 16/76/17
隆在脩○矣 16/77/7
因與之參國○ 16/78/5
○教功名反是 16/78/25
夫是之謂天○ 17/80/11
逆其天○ 17/80/12
順其天○ 17/80/13
上明而○平 17/81/12
上闇而○險 17/81/12
○險失民 17/81/16
○令不明 17/81/17
則○令不施 17/83/6
今諸侯異○ 21/102/6
○令致明而化易如神 24/118/19
飛廉知○任惡來 25/120/8
禮者、○之輓也 27/128/9
為○不以禮 27/128/9
○不行矣 27/128/9
○不節與 27/132/16
疾今之○以思往者 27/135/8
夫子為○而始誅之 28/138/17
其○好生而惡殺焉 31/146/14
臣以○知之 31/148/4
不得為○ 32/150/14

## 諍 zhèng 1

諫○而不（諂）〔諂〕 13/64/22

## 鄭 zhèng 2

○子產、取民者也 9/36/15
○、衛之音 20/100/1

## 支 zhī 2

其候徼○繚 10/47/9
如四○之從心 12/60/17

## 之 zhī 3975

青、取○於藍而青於藍 1/1/3
冰、水為○而寒於水 1/1/3
輮使○然也 1/1/4
不知天○高也 1/1/7
不知地○厚也 1/1/7
不聞先王○遺言 1/1/7
不知學問○大也 1/1/7
干、越、夷、貉○子 1/1/8
教使○然也 1/1/8
神○聽○ 1/1/9
不如須臾○所學也 1/1/12
不如登高○博見也 1/1/12
而編○以髮 1/1/17
繫○葦苕 1/1/17
生於高山○上而臨百仞
○淵 1/1/18
〔與○俱黑〕 1/1/20
蘭槐○根是為芷 1/1/20
其漸○滫 1/1/20
物類○起 1/2/3
榮辱○來 1/2/3
怨○所構 1/2/4
鍥而舍○ 1/2/11
蚯螾無爪牙○利、筋骨
○強 1/2/12
非蛇蟺○穴無可寄託者 1/2/13
是故無冥冥○志者 1/2/13
無昭昭○明 1/2/13
無惛惛○事者 1/2/14
無赫赫○功 1/2/14
為○ 1/3/8,2/6/13,2/6/13
9/39/2
舍○ 1/3/9
故《書》者、政事○紀也 1/3/9
《詩》者、中聲○所止也 1/3/9
《禮》者、法○大分 1/3/9
（群）類○綱紀也 1/3/10
夫是○謂道德○極 1/3/10
《禮》○敬文也 1/3/11
《樂》○中和也 1/3/11
《詩》、《書》○博也 1/3/11
《春秋》○微也 1/3/11
在天地○閒者畢矣 1/3/11
君子○學也 1/3/14,1/3/17
小人○學也 1/3/15,1/3/17
口耳○閒則四寸〔耳〕 1/3/15
曷足以美七尺○軀哉 1/3/15
古○學者為己 1/3/17
今○學者為人 1/3/17
故不問而告謂○傲 1/3/18
問一而告二謂○囋 1/3/18
方其人○習、君子○說 1/3/21
學○經莫速乎好其人 1/3/23
隆禮次○ 1/3/23
詘五指而頓○ 1/4/2
以《詩》、《書》為○ 1/4/3
譬○猶以指測河也 1/4/3
不可以得○矣 1/4/4
然後接○ 1/4/7
非其道則避○ 1/4/7
故禮恭而後可與言道○方 1/4/7
辭順而後可與言道○理 1/4/7
色從而後可與言道○致 1/4/7
故未可與言而言謂○傲 1/4/8
可與言而不言謂○隱 1/4/8
不觀氣色而言謂○瞽 1/4/8
此○謂也 1/4/10,2/5/16
2/6/13,2/8/5,3/9/5,3/9/17
3/10/10,4/17/6,5/18/11
5/18/22,5/20/5,5/20/10
6/24/1,6/24/15,7/26/12
7/26/19,8/28/12,8/29/12
8/30/3,8/30/5,8/34/11
9/35/20,9/36/3,9/36/8

9/38/19,10/42/29,10/43/5
10/43/16,10/44/3,10/44/8
10/44/13,10/46/2,10/46/4
10/46/17,10/47/2,10/48/19
10/49/8,11/51/17,11/51/21
11/55/5,11/56/4,12/57/9
12/57/21,12/59/8,12/60/8
12/60/18,12/62/10,12/63/1
12/63/11,13/64/9,13/64/19
13/65/2,13/65/16,13/65/20
13/66/6,14/66/19,14/66/27
14/67/22,15/69/9,15/70/15
15/71/17,15/71/27,15/73/9
15/74/7,16/77/14,16/79/1
17/80/25,17/81/2,17/83/7
18/85/15,18/86/4,18/87/15
18/88/7,19/93/4,19/95/4
21/103/6,21/107/8,22/110/12
22/110/18,22/111/2,24/118/8
24/118/15,24/119/1,24/119/6
24/119/17,28/139/10,29/142/3
29/142/5,30/144/9,32/150/8
固學一〇也 1/4/13
涂巷〇人也 1/4/13
全〇盡〇 1/4/14
君子知夫不全不粹〇不足以爲美也 1/4/16
故誦數以貫〇 1/4/16
思索以通〇 1/4/16
爲其人以處〇 1/4/16
除其害者以持養〇 1/4/17
及至其致好〇也 1/4/18
目好〇五色 1/4/18
耳好〇五聲 1/4/18
口好〇五味 1/4/18
心利〇有天下 1/4/19
夫是〇謂德操 1/4/20
夫是〇謂成人 1/4/20
致亂而惡人〇非己也 2/5/6
致不肖而欲人〇賢己也 2/5/6
心如虎狼、行如禽獸而又惡人〇賊己也 2/5/7
亦孔〇哀 2/5/8
謀〇其臧 2/5/8
謀〇不臧 2/5/9
此〇謂也扁善〇度 2/5/9
以善先人者謂〇教 2/5/18
以善和人者謂〇順 2/5/18
以不善先人者謂〇（諂）〔諂〕 2/5/18
以不善和人者謂〇諛 2/5/18
是是、非非謂〇智 2/6/1
非是、是非謂〇愚 2/6/1
趣舍無定謂〇無常 2/6/2
保利棄義謂〇至賊 2/6/2
治氣養心〇術 2/6/6
則柔〇以調和 2/6/6
則一〇以易良 2/6/6
則輔〇以道順 2/6/7
則節〇以動止 2/6/7
則廓〇以廣大 2/6/7
則抗〇以高志 2/6/8
則刦〇以師友 2/6/8
則炤〇以禍災 2/6/8
則合〇以禮樂 2/6/9
通〇以思索 2/6/9
凡治氣養心〇術 2/6/9
夫是〇謂治氣養心〇術也 2/6/10
勞苦〇事則爭先 2/6/16
饒樂〇事則能讓 2/6/17
勞苦〇事則偷儒轉脫 2/7/1
饒樂〇事則佞兌而不曲 2/7/2
不以得罪於此俗〇人也 2/7/6
駑馬十駕則亦及〇矣 2/7/8
將有所止〇 2/7/9
意亦有所止〇與 2/7/10
夫堅白、同異、有厚無厚〇察 2/7/10
止〇也 2/7/11,2/7/12
倚魁〇行 2/7/11
我行而就〇 2/7/12
彼人〇才性〇相縣也 2/7/14
豈若跛鱉〇與六驥足哉 2/7/14
然而跛鱉致〇 2/7/15
或爲〇 2/7/15
吾安知禮〇爲是也 2/8/1
譬〇是猶以盲辨色 2/8/3
順帝〇則 2/8/5
君子〇求利也略 2/8/12
遵王〇道 2/8/16,17/83/6
遵王〇路 2/8/16,17/83/7
此言君子〇能以公義勝私欲也 2/8/16
唯其當〇爲貴 3/8/20,3/9/5
是行〇難爲者也 3/9/1
而申徒狄能〇 3/9/1
非禮義〇中也 3/9/1,3/9/3,3/9/4
是說〇難持者也 3/9/2
而惠施、鄧析能〇 3/9/2
不能則人樂告〇 3/9/12
不能則人羞告〇 3/9/12
是君子小人〇分也 3/9/13
夫是〇謂至文 3/9/16
惟德〇基 3/9/16
君子崇人〇德 3/9/19
揚人〇美 3/9/19
舉人〇過 3/9/19
言己〇光美 3/10/1
左〇左〇 3/10/3
君子宜〇 3/10/3
右〇右〇 3/10/3
君子有〇 3/10/3
君子、小人〇反也 3/10/6
禮義〇謂治 3/10/12
非禮義〇謂亂也 3/10/12
國亂而治〇者 3/10/13
非案亂而治〇〇謂也 3/10/13
去亂而被〇以治 3/10/14
人汙而脩〇者 3/10/14
非案汙而脩〇〇謂也 3/10/14
去汙而易〇以脩 3/10/14
治〇爲名 3/10/15
故馬鳴而馬應〇 3/10/18
人〇情也 3/11/1
其誰能以己〇潐潐受人〇掝掝者哉 3/11/1
唯仁〇爲守 3/11/4
唯義〇爲行 3/11/4
謂〇天德 3/11/5
善〇爲道者 3/11/7
夫誠者、君子〇所守也 3/11/10
而政事〇本也 3/11/10
操〇則得〇 3/11/11
舍〇則失〇 3/11/11
操而得〇則輕 3/11/11
故千人萬人〇情 3/11/15
一人〇情是也 3/11/15
百王〇道 3/11/15
君子審後王〇道而論於百王〇前 3/11/15
推禮義〇統 3/11/16

分是非○分 3/11/16
總天下○要 3/11/17
治海內○衆 3/11/17
五寸○矩 3/11/17
盡天下○方也 3/11/17
故君子不下室堂而海內○情舉積此者 3/11/18
不以私害○ 3/11/22
身○所長 3/11/22
身○所短 3/11/22
庸言必信○ 3/11/23
庸行必愼○ 3/11/24
君子愼○ 3/12/3,14/66/12,22/112/23
欲惡取舍○權 3/12/6
而兼權○ 3/12/7
孰計○ 3/12/7
凡人○患 3/12/7,21/102/5
偏傷○也 3/12/8
是偏傷○患也 3/12/9
人○所惡者 3/12/11
吾亦惡○ 3/12/11
夫富貴者、則類傲○ 3/12/11
夫貧賤者、則求柔○ 3/12/11
是非仁人○情也 3/12/11
憍泄者、人○殃也 4/12/17
雖有戈矛○刺 4/12/17
不如恭儉○利也 4/12/17
傷人（○）〔以〕言 4/12/18
故薄薄○地 4/12/18
不得履○ 4/12/18
博○而窮者 4/12/21
清○而俞濁者 4/12/21,27/138/2
豢○而俞瘠者 4/12/22
此小人○所務而君子○所不為也 4/12/23
行其少頃○怒而喪終身○軀 4/13/1
然且為○ 4/13/1,4/13/2,4/13/3,22/112/7,27/131/24
君上○所惡也 4/13/2
刑法○所大禁也 4/13/3
是刑法○所不舍也 4/13/3
聖王○所不畜也 4/13/4
則是人也而曾狗彘○不若也 4/13/5
所謂「以狐父○戈钃牛矢」也 4/13/7
人○有鬬 4/13/9,4/13/10
我欲屬○狂惑疾病邪 4/13/9
聖王又誅○ 4/13/9
我欲屬○鳥鼠禽獸邪 4/13/10
我甚醜○ 4/13/11
有狗彘○勇者 4/13/13
有賈盜○勇者 4/13/13
有小人○勇者 4/13/13
有士君子○勇者 4/13/13
恈恈然惟（利）飲食○見 4/13/14
是狗彘○勇者也 4/13/14
恈恈然唯利○見 4/13/15
是賈盜○勇也 4/13/15
是小人○勇也 4/13/16
義○所在 4/13/16
舉國而與○不為改視 4/13/16
是士君子○勇也 4/13/17
鯈鉢者、浮陽○魚也 4/13/19
失○己 4/13/20
反○人 4/13/20
榮辱○大分 4/14/3
安危利害○常體 4/14/3
是榮辱○大分也 4/14/4
是安危利害○常體也 4/14/5
有所以取○ 4/14/8
是天子○所以取天下也 4/14/8
上則能順天子○命 4/14/9
是諸侯○所以取國家也 4/14/9
是士大夫○所以取田邑也 4/14/10
是官人百吏○所以取祿秩也 4/14/12
是庶人○所以取煖衣飽食長生久視以免於刑戮也 4/14/13
以偷生反側於亂世○閒 4/14/14
是姦人○所以取危辱死刑也 4/14/14
其慮○不深 4/14/15
其擇○不謹 4/14/15
是君子小人○所同也 4/14/17
若其所以求○○道則異矣 4/14/17
疾為誕而欲人○信己也 4/14/18
疾為詐而欲人○親己也 4/14/18
禽獸○行而欲人○善己也 4/14/18
慮○難知也 4/14/19
行○難安也 4/14/19
持○難立也 4/14/19
而亦欲人○信己也 4/14/20
而亦欲人○親己也 4/14/20
而亦欲人○善己也 4/14/21
慮○易知也 4/14/21,22/110/24
行○易安也 4/14/21,22/110/24
持○易立也 4/14/21,22/110/24
則君子（汪）〔注〕錯○當 4/14/23
而小人注錯○過也 4/14/24
故孰察小人○知能 4/14/24
足以知其有餘可以為君子○所為也 4/14/24
譬○越人安越 4/15/1
是注錯習俗○節異也 4/15/1
常安○術也 4/15/4
常危○術也 4/15/4
是人○所生而有也 4/15/7,5/18/14
是禹、桀○所同也 4/15/8,4/15/10,4/15/11,5/18/14,12/60/20,17/80/21
是又人○所常生而有也 4/15/9
在勢注錯習俗○所積爾 4/15/11
是又人○所生而有也 4/15/11
成乎脩脩○為 4/15/14
人○生固小人 4/15/14,4/15/14
無師無法則唯利○見爾 4/15/14
君子非得勢以臨○ 4/15/15
今是人○口腹 4/15/16
唯菽藿糟糠○為睹 4/15/17
則瞲然視○曰 4/15/18
彼臭○而（無）嗛於鼻 4/15/19
嘗○而甘於口 4/15/19
食○而安於體 4/15/19
今以夫先王○道 4/15/20
仁義○統 4/15/20,4/16/11
以夫桀、跖○道 4/15/20
幾直夫芻豢稻粱○縣糟糠爾哉 4/15/21
陋也者、天下○公患也 4/15/22
人○大殃大害也 4/15/22
告○示○ 4/16/1
靡○儇○ 4/16/1
鈆○重○ 4/16/1
豈非人○情固可與如此可與如彼也哉 4/16/3

人○情 4/16/5,15/69/6
又欲夫餘財蓄積○富也 4/16/5
是人○情也 4/16/6
今人○生也 4/16/6
約者有筐篋○藏 4/16/7
（幾不）長慮顧後而恐無以繼○故也 4/16/8
收斂畜藏以繼○也 4/16/8
今夫偷生淺知○屬 4/16/9
況夫先王○道 4/16/11
《詩》、《書》、《禮》、《樂》○分乎 4/16/11
彼固天下○大慮也 4/16/11
將爲天下生民○屬長慮顧後而保萬世也 4/16/12
非〔順〕孰脩爲○君子 4/16/13
莫○能知也 4/16/13,19/98/2
短綆不可以汲深井○泉 4/16/13
知不幾者不可與及聖人○言 4/16/14
夫《詩》、《書》、《禮》、《樂》○分 4/16/14
固非庸人○所知也 4/16/14
一○而可再也 4/16/15
有○而可久也 4/16/15
廣○而可通也 4/16/15
慮○而可安也 4/16/15
反鉛察○而俞可好也 4/16/15
是人情○所同欲也 4/16/18, 11/53/13
然則從人○欲 4/16/18
故先王案爲○制禮義以分○ 4/17/1
使貴賤○等 4/17/1
長幼○差 4/17/1
知賢愚、能不能○分 4/17/1
然後使（愨）〔穀〕祿多少厚薄○稱 4/17/2
是夫群居和一○道也 4/17/2
夫是○謂至平 4/17/4,12/57/21
夫是○謂人倫 4/17/5
相（人）古○人無有也 5/17/10
今○世 5/17/10
相人○形狀顏色而知其吉凶妖祥 5/17/10
世俗稱○ 5/17/11
古○人無有也 5/17/11,5/17/14
君子○謂吉 5/17/13
小人○謂凶 5/17/13
楚○孫叔敖 5/17/17,13/63/24
期思○鄙人也 5/17/17
軒較○下 5/17/18
然白公○亂也 5/17/18
且徐偃王○狀 5/17/21
仲尼○狀 5/17/21
周公○狀 5/17/21
皋陶○狀 5/17/22
閎夭○狀 5/17/22
傅說○狀 5/17/22
伊尹○狀 5/17/22
天下○傑也 5/17/26
百人○敵也 5/17/26
是非容貌○患也 5/17/27,5/18/4
聞見○不衆 5/17/27,5/18/4
論議○卑爾 5/17/27
今世俗○亂君 5/18/1
鄉曲○儇子 5/18/1
棄其親家而欲奔○者 5/18/2
（而）論議○卑爾 5/18/4
是人○三不祥也 5/18/7
是人○一必窮也 5/18/8
倩則謾○ 5/18/8
是人○二必窮也 5/18/9
是人○三必窮也 5/18/10
人○所以爲人者 5/18/13
然則人○所以爲人者 5/18/14
故人○所以爲人者 5/18/16
夫禽獸有父子而無父子○親 5/18/16
有牝牡而無男女○別 5/18/17
守法數○有司極禮而褫 5/18/19
欲觀聖王○跡 5/18/19
天下○君也 5/18/20
譬○是猶舍己○君而事人○君也 5/18/20
而況於千世○傳也 5/19/1
門庭○閒 5/19/2
而況於千世○上乎 5/19/2
以此度○ 5/19/4
五帝○外無傳人 5/19/5
五帝○中無傳政 5/19/5
而不若周○察也 5/19/6
謂○姦言 5/19/10
故君子○於（言）〔善〕也 5/19/11
志好○ 5/19/11,5/20/15
行安○ 5/19/11,5/20/15
樂言○ 5/19/12,5/20/15
故君子○於言無厭 5/19/13
腐儒○謂也 5/19/15
凡說○難 5/19/17
府然苦（渠）〔梁〕匽檃栝○於己也 5/20/1
故君子○度己則以繩 5/20/2
因（求）〔衆〕以成天下○大事矣 5/20/3
夫是○謂兼術 5/20/4
天子○功 5/20/4
談說○術 5/20/7
矜莊以莅○ 5/20/7
端誠以處○ 5/20/7
堅彊以持○ 5/20/7
（分別）〔譬稱〕以諭○ 5/20/7
（譬稱）〔分別〕以明○ 5/20/8
欣驩芬薌以送○ 5/20/8
寶○珍○ 5/20/8
貴○神○ 5/20/8
夫是○謂（爲）能貴其所貴 5/20/9
言而非仁○中也 5/20/13
言而仁○中也 5/20/13
故君子○行仁也無厭 5/20/15
聖人士君子○分具矣 5/20/16
有小人○辯者 5/21/1
有士君子○辯者 5/21/1
有聖人○辯者 5/21/1
發○而當 5/21/2
是聖人○辯者也 5/21/2
先慮○ 5/21/2
早謀○ 5/21/2
斯須○言而足聽 5/21/2
是士君子○辯者也 5/21/3
然而口舌○於噡唯則節 5/21/4
足以爲奇偉偃卻○屬 5/21/5
夫是○謂姦人○雄 5/21/5
然後盜賊次○ 5/21/5
假今○世 6/21/10,16/78/7
使天下混然不知是非治亂○所存者 6/21/10
然而其持○有故 6/21/13,6/21/16, 6/21/20,6/22/1,6/22/5

其言○成理 6/21/13,6/21/17,6/21/20,6/22/2,6/22/5
不知一天下、建國家○權稱 6/21/19
（及）〔反〕紃察○ 6/22/1
謂○五行 6/22/8
案飾其辭而祗敬○曰 6/22/9
此眞先君子○言也 6/22/9
子思唱○ 6/22/10
孟軻和○ 6/22/10
世俗○溝猶瞀儒 6/22/10
遂受而傳○ 6/22/10
是則子思、孟軻○罪也 6/22/11
而群天下○英傑而告○以大古 6/22/13
教○以至順 6/22/13
奧窔○間 6/22/13
簟席○上 6/22/14
（斂）〔歙〕然聖王○文章具焉 6/22/14
佛然（乎）〔平〕世○俗起焉 6/22/14
無置錐○地 6/22/15,8/32/8
而王公不能與○爭名 6/22/15,8/32/8,10/48/10
在一大夫○位 6/22/16,8/32/8
是聖人○不得埶者也 6/22/17
通達○屬 6/22/19
則是聖人○得勢者 6/22/20
上則法舜、禹○制 6/23/1
下則法仲尼、子弓○義 6/23/1
以務息十二子○說 6/23/1
則天下○害除 6/23/2
仁人○事畢 6/23/2
聖王○跡著矣 6/23/2
謂○姦事 6/23/6
謂○姦心 6/23/6
謂○姦說 6/23/7
聖王○所禁也 6/23/7
治○大殃也 6/23/8
古○大禁也 6/23/9
淫大而用○ 6/23/10
是天下○所棄也 6/23/10
兼服天下○心 6/23/13
遇君則脩臣下○義 6/23/15
遇鄉則脩長幼○義 6/23/15
遇長則脩子弟○義 6/23/15
遇友則脩禮節辭讓○義 6/23/16
遇賤而少者則脩告導寬容○義 6/23/16
恢然如天地○苞萬物 6/23/17
則賢者貴○ 6/23/17
不肖者親○ 6/23/17
則可謂訞怪狡猾○人矣 6/23/18
雖則子弟○中 6/23/18
刑及○而宜 6/23/18
古○所謂（士仕）〔仕士〕者 6/24/4
今○所謂（士仕）〔仕士〕者 6/24/5
無禮義而唯權埶○嗜者也 6/24/6
古○所謂處士者 6/24/8
今○所謂處士者 6/24/8
士君子○所能〔爲〕不能爲 6/24/12
夫是○謂誠君子 6/24/15
維德○基 6/24/15,12/60/18
士君子○容 6/24/17
是父兄○容也 6/24/18
是子弟○容也 6/24/19
吾語汝學者○嵬容 6/24/19
酒食聲色○中〔則〕瞞瞞然 6/24/20
禮節○中則疾疾然 6/24/21
勞苦事業○中則儢儢然 6/24/21
是學者○嵬也 6/24/22
是子張氏○賤儒也 6/24/24
是子夏氏○賤儒也 6/25/1
是子游氏○賤儒也 6/25/2
仲尼○門（人） 7/25/7
五尺○豎子言羞稱乎五伯 7/25/7,7/25/18
齊桓、五伯○盛者也 7/25/8
內行則姑姊妹○不嫁者七人 7/25/8
閨門○內 7/25/8,20/98/21
以齊○分奉○而不足 7/25/9
（如）彼固曷足稱乎大君子○門哉 7/25/10
夫齊桓公有天下○大節焉 7/25/11
夫孰能亡○ 7/25/11
倓然見管仲○能足以託國也 7/25/11
是天下○大知也 7/25/11
是天下○大決也 7/25/12
而貴戚莫○敢妬也 7/25/12
與○高、國○位 7/25/13
而本朝○臣莫○敢惡也 7/25/13
與○書社三百 7/25/13
而富人莫○敢距也 7/25/13
秩秩焉莫不從桓公而貴敬○ 7/25/14
是天下○大節也 7/25/14
則莫○能亡也 7/25/15
桓公兼此數節者而盡有○ 7/25/15
然而仲尼○門（人） 7/25/18
非服人○心也 7/25/19,11/50/7
小人○傑也 7/25/21
彼固曷足稱乎大君子○門哉 7/25/21
戰必能殆○而羞與○鬬 7/25/22
委然成文以示○天下 7/25/22
有災繆者然後誅○ 7/26/1
故聖王○誅也 7/26/1
桀、紂舍○ 7/26/2
厚於有天下○勢而不得以匹夫老 7/26/3
故善用○ 7/26/3
則百里○國足以獨立矣 7/26/3
不善用○ 7/26/3
持寵處位終身不厭○術 7/26/6
主尊貴○ 7/26/6
主信愛○ 7/26/6
主專任○ 7/26/6
主安近○ 7/26/7
主疏遠○ 7/26/7
主損絀○ 7/26/7
必將盡辭讓○義然後受 7/26/9
是持寵處身不厭○術也 7/26/10
雖在貧窮徒處○埶 7/26/11
夫是○謂吉人 7/26/11
擅寵於萬乘○國 7/26/14
必無後患○術 7/26/14
莫若好同○ 7/26/14
（能）耐任○ 7/26/15
則莫若早同○ 7/26/16
是事君者○寶而必無後患○術也 7/26/16
故知兵者○舉事也 7/26/17
則墮○者眾而持○者寡矣 7/27/1
天下○行術 7/27/3

然後恭敬以先○ 7/27/3
忠信以統○ 7/27/3
慎謹以行○ 7/27/4
端愨以守○ 7/27/4
頓窮則（從○）疾力以申重○ 7/27/4
無怨疾○心 7/27/4
無伐德○色 7/27/5
夫是○謂天下○行術 7/27/6
是天下○通義也 7/27/8
是姦人○心也 7/27/9
而求有君子聖人○名 7/27/9
辟○是猶伏而咶天 7/27/9, 16/77/10
大儒○效 8/27/14
惡天下○倍周也 8/27/14
履天（下）〔子〕○籍 8/27/15
聽天下○斷 8/27/15
偃然如固有○ 8/27/15
然而周公北面而朝○ 8/27/18
能則天下歸○ 8/27/18
不能則天下去○ 8/27/19
惡天下○離周也 8/27/19
明不滅主○義也 8/27/21
變勢次序〔○〕節然也 8/27/22
因天下○和 8/27/23
遂文、武○業 8/27/23
明枝主○義 8/27/24
非聖人莫○能爲 8/27/24
夫是謂大儒○效 8/27/24
儒無益於人○國 8/27/26
人主用○ 8/27/27
無置錐○地而明於持社稷○大義 8/28/1
嗚呼而莫○能應 8/28/1
然而通乎財萬物、養百姓○經紀 8/28/2
勢在人上則王公○材也 8/28/2
在人下則社稷○臣、國君○寶也 8/28/2
（○）〔貴〕道誠存也 8/28/3
魯○粥牛馬者不豫賈 8/28/5
必蚤正以待○也 8/28/6
闕黨○子弟罔不分 8/28/6
孝弟以化○也 8/28/7
儒○爲人下如是矣 8/28/7
則天下應○如讙 8/28/10
故近者歌謳而樂○ 8/28/10, 15/71/15
遠者竭蹶而趨○ 8/28/11, 15/71/15
四海○內若一家 8/28/11,9/38/11, 15/71/15
通達○屬莫不從服 8/28/11, 11/50/3,11/54/7,15/71/16
夫是○謂人師 8/28/11,9/38/12, 15/71/16
何謂其無益於人○國也 8/28/13
先王○道 8/28/15,20/99/11, 27/133/3
仁○隆也 8/28/15
比中而行○ 8/28/15
道者、非天○道 8/28/15
非地○道 8/28/15
人○所以道也 8/28/16
君子○所道也 8/28/16
君子○所謂賢者 8/28/16
非能偏能人○所能○謂也 8/28/16
君子○所謂知者 8/28/17
非能偏知人○所知○謂也 8/28/17
君子○所謂辨者 8/28/17
非能偏辨人○所辨○謂也 8/28/17
君子○所謂察者 8/28/18
非能偏察人○所察○謂也 8/28/18
不卹是非、然不（然）○情 8/28/20
然後君子○所長也 8/29/2
有益於治者立○ 8/29/4
無益於理者廢○ 8/29/4
夫是○謂中事 8/29/4
有益於理者爲○ 8/29/4
無益於理者舍○ 8/29/5
夫是○謂中說 8/29/5
（行事）〔事行〕失中謂○姦事 8/29/5
知說失中謂○姦道 8/29/5
治世○所棄而亂世○所從服也 8/29/6
若夫充虛○相施易也 8/29/6
堅白、同異○分隔也 8/29/6
是聰耳○所不能聽也 8/29/7
明目○所不能見也 8/29/7
辯士○所不能言也 8/29/7
雖有聖人○知 8/29/7
知○無損爲小人 8/29/8
王公好○則亂法 8/29/9
百姓好○則亂事 8/29/9
而狂惑戇陋○人 8/29/9
夫是○謂上愚 8/29/10
曾不如好相鷄狗○可以爲名也 8/29/10
行○ 8/29/14
知○ 8/29/15
混然涂○人也 8/29/15
效門室○辨 8/29/16
胥靡○人 8/29/17
俄而治天下○大器舉在此 8/29/18
屑然藏千溢○寶 8/29/18
人謂○富矣 8/29/19
衣○不可衣也 8/29/19
食○不可食也 8/29/19
賣○不可僂售也 8/29/19
然而人謂○富 8/29/19
豈不大富○器誠在此也 8/29/20
豈不至尊、至富、至重、至嚴○情舉積此哉 8/29/21
爭○則失 8/29/23
讓○則至 8/29/23
故君子務脩其內而讓○於外 8/30/1
務積德於身而處○以遵（道）〔遁〕 8/30/1
天下應○如雷霆 8/30/2
民○無良 8/30/4
辟○是猶力○少而任重也 8/30/7
治辨○極也 8/30/9
是言上下○交不相亂也 8/30/10
脩百王○法若辨白黑 8/30/15
應當世○變若數一二 8/30/15
行禮要節而安○ 8/30/16
要時立功○巧 8/30/16
平正和民○善 8/30/16
億萬○眾而（博）〔摶〕若一人 8/30/16
炤炤兮其用知○明也 8/31/1
脩脩兮其（用）統類○行也 8/31/1
熙熙兮其樂人○臧也 8/31/2
隱隱兮其恐人○不當也 8/31/2
盡善挾（洽）〔治〕○謂神 8/31/3

萬物莫足以傾○○謂固 8/31/4
神固○謂聖人 8/31/4
聖人也者、道○管也 8/31/5
天下○道管是矣 8/31/5
百王○道一是矣 8/31/5
故《詩》、《書》、《禮》、《樂》○〔道〕歸是矣 8/31/5
故《風》○所以爲不逐者 8/31/7
取是以節○也 8/31/8
《小雅》○所以爲小者 8/31/8
取是而文○也 8/31/8
《大雅》○所以爲大者 8/31/8
取是而光○也 8/31/9
《頌》○所以爲至者 8/31/9
取是而通○也 8/31/9
天下○道畢是矣 8/31/9
應○曰 8/31/13,18/88/11,18/88/21,18/89/12,23/114/8,23/115/20
是殆非周公○行 8/31/13
非孔子○言也 8/31/13
履天子○籍 8/31/14
周○子孫苟不狂惑者 8/31/15,12/62/7
莫不爲天下○顯諸侯 8/31/15,12/62/8
武王○誅紂也 8/31/16,15/72/5
行○日以兵忌 8/31/16
（厭旦）〔旦厭〕於牧○野 8/31/19
鼓○而紂卒易鄉 8/31/19
故無首虜○獲 8/31/20
無蹈難○賞 8/31/20
四海○內莫不變心易慮以化順○ 8/32/1
造父者、天下○善御者也 8/32/4
羿者、天下○善射者也 8/32/4
無百里○地則無所見其功 8/32/5
用百里○地 8/32/7
用百里○地而千里○國莫能與○爭勝 8/32/9
是大儒○徵也 8/32/10
是大儒○稽也 8/32/11
俗儒笑○ 8/32/12
英傑化○ 8/32/12
嵬瑣逃○ 8/32/12
邪說畏○ 8/32/12
衆人愧○ 8/32/12
桀、跖○世不能汙 8/32/13
非大儒莫○能立 8/32/13
（偯）〔僡〕然若終身○虜而不敢有他志 8/32/21
然而明不能齊法教○所不及 8/32/22
聞見○所未至 8/32/22
知○曰知○ 8/33/1
苟仁義○類也 8/33/3
雖在鳥獸○中 8/33/3
則舉統類而應○ 8/33/4
張法而度○ 8/33/4
則萬乘○國亡 8/33/7
則萬乘○國存 8/33/7
則千乘○國安 8/33/7
則百里○地久 8/33/8
用萬乘○國 8/33/8
不聞不若聞○ 8/33/11
聞○不若見○ 8/33/11
見○不若知○ 8/33/11
知○不若行○ 8/33/11
學至於行○而止矣 8/33/11
行○、明也 8/33/12
明○爲聖人 8/33/12
已乎行○矣 8/33/13
故聞○而不見 8/33/13
見○而不知 8/33/13
知○而不行 8/33/13
人○大寶也 8/33/18
人○大殃也 8/33/18
旦暮積謂○歲 8/34/4
至高謂○天 8/34/4
至下謂○地 8/34/4
宇中六指謂○極 8/34/4
涂○人百姓 8/34/5
積善而全盡謂○聖人 8/34/5
彼求○而後得 8/34/5
爲○而後成 8/34/5
積○而後高 8/34/5
盡○而後聖 8/34/6
人○所積也 8/34/6
工匠○子莫不繼事 8/34/7
而都國○民安習其服 8/34/7
民○貪亂 8/34/11
志不免於曲私而冀人○以己爲公也 8/34/14
行不免於汙漫而冀人○以己爲脩也 8/34/14
甚愚陋溝瞀而冀人○以己爲知也 8/34/15
禮者、人主○所以爲群臣寸尺尋丈檢式也 8/34/18
言道德○求 8/34/20,8/34/21
言志意○求 8/34/20
道過三代謂○蕩 8/34/21,9/38/1
法二後王謂○不雅 8/34/21
高○下○ 8/34/21
小○臣○ 8/34/22
是君子○所以騁志意於壇宇宮庭也 8/34/22
百家○說 8/34/23
夫是○謂君子言有壇宇 8/34/23
雖王公士大夫○子孫也 9/35/4
則歸○庶人 9/35/5
雖庶人○子孫也 9/35/5
則歸○卿相士大夫 9/35/5
故姦言、姦說、姦事、姦能、遁逃反側○民 9/35/6
職而教○ 9/35/6
須而待○ 9/35/6
勉○以慶賞 9/35/6
懲○以刑罰 9/35/7
上收而養○ 9/35/7
材而事○ 9/35/7
官施而衣食○ 9/35/7
夫是○謂天德 9/35/8
〔是〕王者○政也 9/35/8
聽政○大分 9/35/10
待○以禮 9/35/10
待○以刑 9/35/10
則王者○事畢矣 9/35/12
好假導人而無所凝止○ 9/35/15
嘗試○說鋒起 9/35/15
是又傷○也 9/35/16
則法○所不至者必廢 9/35/16
則職○所不及者必隊 9/35/16
故公平者、（職）〔聽〕○衡也 9/35/17
中和者、聽○繩也 9/35/18
聽○盡也 9/35/19
聽○辟也 9/35/19
故有良法而亂者有○矣 9/35/19

14/66/25
夫兩貴○不能相事 9/36/1
兩賤○不能相使 9/36/1
故制禮義以分○ 9/36/2,19/90/4
使有貧、富、貴、賤○等 9/36/2
是養天下○本也 9/36/3
則莫若靜○ 9/36/5
則莫若惠○ 9/36/6
是君人者○大節也 9/36/11
聚斂計數○君也 9/36/15
僅存○國富大夫 9/36/17
夫是○謂上溢而下漏 9/36/18
故我聚○以亡 9/36/19
敵得○以彊 9/36/19
召寇、肥敵、亡國、危
身○道也 9/36/19
王、奪○人 9/36/22
霸、奪○與 9/36/22
彊、奪○地 9/36/22
奪○人者臣諸侯 9/36/22
奪○與者友諸侯 9/36/22
奪○地者敵諸侯 9/36/22
人○城守 9/36/23,9/36/25
人○出戰 9/36/23,9/36/25
而我以力勝○也 9/36/24
則傷人○民必甚矣 9/36/24
傷人○民甚 9/36/24
則人○民惡我必甚矣 9/36/24
人○民惡我甚 9/36/24
而我以力勝○ 9/36/25
則吾民○惡我必甚矣 9/36/26
吾民○惡我甚 9/36/26
人○民日欲與我鬭 9/36/26
是彊者○所以反弱也 9/36/27
是（以）大者○所以反
削也 9/37/1
伺彊大○間 9/37/1
承彊大○敝也 9/37/1
知彊大○敝 9/37/2
此彊大○殆時也 9/37/2
案謹募選閱材技○士 9/37/6
然後漸慶賞以先○ 9/37/6
嚴刑罰以糾○ 9/37/7
而無兼并○心 9/37/7
則諸侯親○矣 9/37/7
脩友敵○道 9/37/7
則諸侯說○矣 9/37/8
所以親○者 9/37/8
并○見 9/37/8
則諸侯疏（○）矣 9/37/8
所以說○者 9/37/9,10/48/15
臣○見 9/37/9
故明其不并○行 9/37/9
信其友敵○道 9/37/9
非其道而慮○以王也 9/37/12
以不敵○威 9/37/15
輔服人○道 9/37/15
王者○人 9/37/19
夫是○謂有原 9/37/19
是王者○人也 9/37/20
王者○制 9/38/1
法貳後王謂○不雅 9/38/1
夫是○謂復古 9/38/3
是王者○制也 9/38/3
王者○論 9/38/5
夫是○謂定論 9/38/7
是王者○論也 9/38/7
王者○〔法〕 9/38/9
理道○遠近而致貢 9/38/10
無幽閒隱僻○國莫不趨
使而安樂○ 9/38/11
是王者○法也 9/38/12
然而中國得而畜使○ 9/38/14
然而中國得而財○ 9/38/15
然而中國得而衣食○ 9/38/15
然而中國得而用○ 9/38/16
然而君子剝而用○ 9/38/17
故天○所覆 9/38/17
地○所載 9/38/18
下以養百姓而安樂○ 9/38/18
夫是○謂大神 9/38/18
大王荒○ 9/38/19,17/80/24
文王康○ 9/38/19,17/80/25
若環○無端也 9/39/1
天地者、生○始也 9/39/1
禮義者、治○始也 9/39/2
君子者、禮義○始也 9/39/2
貫○ 9/39/2
積重○ 9/39/2
致好○者 9/39/2
君子（○始）也 9/39/3
君子者、天地○參也 9/39/3
萬物○總也 9/39/3
民○父母也 9/39/4,18/84/9
是○謂至亂 9/39/5
夫是○謂大本 9/39/6
得○分義也 9/39/13
不可少頃舍禮義○謂也 9/39/16
能以事親謂○孝 9/39/16
能以事兄謂○弟 9/39/16
能以事上謂○順 9/39/16
能以使下謂○君 9/39/17
聖主○制也 9/39/18
草木榮華滋碩○時 9/39/19
黿鼉、魚鱉、鰌鱣孕別
○時 9/39/19
聖王○用也 9/39/22
塞（備）〔滿〕天地○閒 9/39/23
加施萬物○上 9/39/23
謂○聖人也 9/39/24
宰爵知賓客、祭祀、饗
食、犧牲○牢數 9/40/1
司徒知百宗、城郭、立
器○數 9/40/1
司馬知師旅、甲兵、乘
白○數 9/40/1
大師○事也 9/40/3,20/99/21
司空○事也 9/40/4
治田○事也 9/40/5
虞師○事也 9/40/6
鄉師○事也 9/40/7
工師○事也 9/40/8
傴巫、跛擊○事也 9/40/9
治市○事也 9/40/10
戮○以五刑 9/40/11
司寇○事也 9/40/11
兼聽而時稽○ 9/40/12
冢宰○事也 9/40/13
兼覆而調一○ 9/40/13
辟公○事也 9/40/14
天王○事也 9/40/14
則冢宰○罪也 9/40/15
則辟公○過也 9/40/15
用萬乘○國者 9/40/18
威彊○所以立也 9/40/18
名聲○所以美也 9/40/18
敵人○所以屈也 9/40/19
國○所以安危臧否也 9/40/19
是非功名○所就也、非
存亡安危○所（墮）
〔隨〕也 9/41/1

功名○所就 9/41/2
存亡安危○所（墮）
〔隨〕 9/41/2
必將於愉殷赤心○所 9/41/2
誠以其國爲王者○所 9/41/2
以其國爲危殆滅亡○所 9/41/3
殷○日 9/41/3,9/41/18
案以中立無有所偏而爲
縱橫○事 9/41/3
以觀夫暴國○相（卒）
〔捽〕也 9/41/4
爲是○日 9/41/5,9/41/6
而兵剸天下〔○〕勁矣 9/41/5
而名聲剸天下○美矣 9/41/6
權者重○ 9/41/6
兵者勁○ 9/41/6
名聲者美○ 9/41/6
故權謀傾覆○人退 9/41/9
則賢良知聖○士案自進矣 9/41/9
暴國○君案自不能用其
兵矣 9/41/11
其民○親我也歡若父母 9/41/12
彼人○情性也 9/41/13
故古○人有以一國取天
下者 9/41/16
非往行○也 9/41/16
安謹募選閱材技○士 9/41/19
然後漸賞慶以先○ 9/41/19
嚴刑罰以防○ 9/41/19
擇士○知事者使相率貫也 9/41/20
是以厭然畜積脩飾而物
用○足也 9/41/20
彼將日日暴露毀折○中原 9/41/21
我今將脩飾○、拊循○
、掩蓋○於府庫 9/41/21
彼將日日捿遲辟越○中野 9/41/22
我今將畜積并聚○於倉廩 9/41/22
材技股肱、健勇爪牙○士 9/41/22
彼將日日挫頓竭○於仇敵 9/41/23
我今將來致○、并閱○
、砥礪○於朝廷 9/41/23
君臣上下○閒者 9/41/24
○所以接下○百姓者則
庸寬惠 9/42/2
○所以接下○人百姓者
則好取侵奪 9/42/3
（人）○所以接下○人
百姓者 9/42/5
王、霸、安存、危殆、
滅亡○具也 9/42/6
不善擇者人制○ 9/42/7,11/50/17
善擇○者王 9/42/7
不善擇〔○〕者亡 9/42/7
夫王者○與亡者 9/42/7
制人○與人制○也 9/42/8
則老弱有失養○憂 10/42/19
而壯者有分爭○禍矣 10/42/19
則人有樹事○患 10/42/20
而有爭功○禍矣 10/42/20
男女○合 10/42/20
夫婦○分 10/42/20
則人有失合○憂 10/42/21
而有爭色○禍矣 10/42/21
故知者爲○分也 10/42/21
足國○道 10/42/23
而下以禮節用○ 10/42/24
無所臧○ 10/42/25,10/45/23
則必有仁義聖良○名 10/42/25
而且有富厚丘山○積矣 10/42/26
而或以無禮節用○ 10/42/27
則必有貪利糾譑○名 10/42/28
而且有空虛窮乏○實矣 10/42/28
由士以上則必以禮樂節○ 10/43/2
眾庶百姓則必以法數制○ 10/43/3
謂○稱數 10/43/4
由是推○ 10/43/5
輕田野○稅 10/43/6
平關市○征 10/43/6
省商賈○數 10/43/6
夫是○謂以政裕民〔也〕 10/43/6
人○生 10/43/9
人○大害也 10/43/9
天下○本利也 10/43/10
所以管分○樞要也 10/43/10
故美○者 10/43/10
是美天下○本也 10/43/10
安○者 10/43/11
是安天下○本也 10/43/11
貴○者 10/43/11
是貴天下○本也 10/43/11
古者先王分割而等異○
也 10/43/11
非特以爲淫泰夸麗○聲 10/43/12
將以明仁○文、通仁○
順也 10/43/13
故爲○雕琢、刻鏤、黼
黻、文章 10/43/13
爲○鍾鼓、管磬、琴瑟
、竽笙 10/43/14
爲○宮室臺榭 10/43/15
若夫重色而衣○ 10/43/18
重味而食○ 10/43/18,11/53/13
重財物而制○ 10/43/18,11/53/13
合天下而君○ 10/43/18,11/53/14
爲莫若仁人○善也夫 10/43/19
故其知慮足以治○ 10/43/20
其仁厚足以安○ 10/43/20
其德音足以化○ 10/43/20
得○則治 10/43/20,14/66/24
19/97/11
失○則亂 10/43/20,14/66/25
19/97/11
故相率而爲○勞苦以務
佚○ 10/43/21
故爲○出死斷亡以覆救
○ 10/43/21
故爲○雕琢、刻鏤、黼
黻、文章以藩飾○ 10/43/22
百姓貴○如帝 10/44/1,16/75/13
親○如父母 10/44/1,11/55/27
16/75/14
爲○出死斷亡而〔不〕愉者
10/44/1,10/46/13
力者、德○役也 10/44/5
百姓○力 10/44/5
待○而後功 10/44/5
百姓○群 10/44/5
待○而後和 10/44/6
百姓○財 10/44/6
待○而後聚 10/44/6
百姓○埶 10/44/6
待○而後安 10/44/6
百姓○壽 10/44/6
待○而後長 10/44/7
天地生○ 10/44/8
聖人成○ 10/44/8,27/129/2
今○世而不然 10/44/10
厚刀布○斂以奪○財 10/44/10
重田野○稅以奪○食 10/44/10
苛關市○征以難其事 10/44/10
以靡敝○ 10/44/11

人主自取○ 10/44/13
兼足天下○道在明分 10/44/15
是農夫衆庶○事也 10/44/15
是將率○事也 10/44/16
是天（下）○事也 10/44/17
若夫兼而覆○ 10/44/17
兼而愛○ 10/44/17
兼而制○ 10/44/17
使百姓無凍餒○患 10/44/18
則是聖君賢相○事也 10/44/18
墨子○言昭昭然爲天下憂不足 10/44/20
夫不足、非天下○公患也 10/44/20
特墨子○私憂過計也 10/44/20, 10/45/4
今是土○生五穀也 10/44/21
人善治○ 10/44/21
一歲而再獲○ 10/44/21
夫天地○生萬物也 10/45/2
麻葛、繭絲、鳥獸○羽毛齒革也 10/45/3
非天下○公患也 10/45/4
天下○公患 10/45/6
亂傷○也 10/45/6
胡不嘗試相與求亂○者誰也 10/45/6
我以墨子○「非樂」也 10/45/6
墨子○「節用」也 10/45/7
非將墮○也 10/45/7
墨子雖爲○衣褐帶索 10/45/13
惡能足○乎 10/45/13
故先王聖人爲○不然 10/45/16
知夫爲人主上者不美不飾○不足以一民也 10/45/16
不富不厚○不足以管下也 10/45/16
不威不强○不足以禁暴勝悍也 10/45/17
使天下生民○屬皆知己○所願欲○舉在于是也 10/45/19
皆知己○所畏恐○舉在于是也 10/45/20
拊循○ 10/46/6
唲嘔○ 10/46/6
冬日則爲○饘粥 10/46/6
夏日則與○（爪）〔瓜〕麮 10/46/6
以偷取少頃○譽焉 10/46/6
可以少頃得姦民○譽 10/46/7
然而非長久○道也 10/46/7
而百姓疾○ 10/46/8
故古○人爲○不然 10/46/12, 12/61/6
人歸○如流水 10/46/13
親○歡如父母 10/46/13
忠信、調和、均辨○至也 10/46/14
則下應○如影嚮 10/46/16
則勤屬○民不勸 10/46/19
故先王明禮義以壹○ 10/46/20
致忠信以愛○ 10/46/20, 11/55/24, 15/73/16
尙賢使能以次○ 10/46/21, 15/73/16
爵服慶賞以申重○ 10/46/21
時其事、輕其任以調齊○ 10/46/21
潢然兼覆○ 10/46/21, 11/55/24
養長○ 10/46/21, 11/55/25
辟○若中木 10/47/1
不利而利○ 10/47/4
不如利而後利○○利也 10/47/4
不愛而用○ 10/47/4
不如愛而後用○○功也 10/47/4
利而後利○ 10/47/4
不如利而不利者○利也 10/47/5
愛而後用○ 10/47/5
不如愛而不用者○功也 10/47/5
利而後利○、愛而後用○者 10/47/6
不利而利○、不愛而用○者 10/47/6
觀國○治亂臧否 10/47/9
其竟關○政盡察 10/47/9
凡主相臣下百吏○（俗）〔屬〕 10/47/11
凡主相臣下百吏○屬 10/47/14
是明主○功已 10/47/17
觀國○强弱貧富有徵 10/47/19
財○本也 10/47/22
財○末也 10/47/22
貨○源也 10/47/22
貨○流也 10/47/23
交無所藏○ 10/48/1
是知國計○極也 10/48/1
十年○後 10/48/2
知本末源流○謂也 10/48/2
夫是○謂國蹶 10/48/3
而并○其末 10/48/3
以國持○而不足以容其身 10/48/4
夫是○謂至（貪）〔貧〕 10/48/5
是愚（王）〔主〕○極也 10/48/5
其所以（夫）〔失〕○一也 10/48/6
百里○國足以獨立矣 10/48/7
不然則忿○也 10/48/9
仁人○用國 10/48/9
布衣紃屨○士誠是 10/48/10
以國載○ 10/48/11
則天下莫○能隱匿也 10/48/11
與○遠舉極戰 10/48/12
境內○聚也保固 10/48/12
彼得○不足以藥傷補敗 10/48/13
將脩小大强弱○義以持愼○ 10/48/14
必將雅文辨慧○君子也 10/48/15
夫誰能忿○ 10/48/15
則（忿○）〔爲忿〕者不攻也 10/48/15
人皆失喪○ 10/48/17
我按起而制○ 10/48/17
故仁人○用國 10/48/17
持國○難易 10/48/21
事强暴○國難 10/48/21, 10/49/7
使强暴○國事我易 10/48/21, 10/49/8
事○以貨寶 10/48/21
割國○錙銖以賂○ 10/48/22
事○彌煩 10/48/22
辟○是猶使處女嬰寶珠、佩寶玉、負戴黃金而遇中山○盜也 10/49/2
雖爲○逢蒙視 10/49/2
故非有一人○道也 10/49/3
直將巧繁拜請而畏事○ 10/49/3
名聲足以暴炙○ 10/49/6
威强足以捶笞○ 10/49/6
而强暴○國莫不趨使 10/49/7
譬○是猶烏獲與焦僥搏也 10/49/7

國者、天下○制利用也 11/49/12
人主者、天下○利勢也 11/49/12
得道以持○ 11/49/12
積美○原也 11/49/13
不得道以持○ 11/49/13
有○不如無○ 11/49/13
故人主、天下○利勢也 11/49/14
安○者必將道也 11/49/15
三者、明主○所謹擇也 11/49/15
仁人○所務白也 11/49/16
挈國以呼禮義而無以害○ 11/49/16
〔○〕所與爲○者○人 11/49/17
〔○〕所以爲布陳於國家刑法者 11/49/18
（主）○所極然帥群臣而首鄉○者 11/49/18
仲尼無置錐○地 11/49/20
箸○言語 11/49/20
濟○日 11/49/20
今亦以天下○顯諸侯誠義乎志意 11/49/21
箸○以政事 11/49/21
案申重○以貴賤殺生 11/49/21
則夫名聲○部發於天地○閒也 11/50/1
皆百里○地也 11/50/2
11/54/7,15/74/22,18/85/18
然而天下○理略奏矣 11/50/4
敵國畏○ 11/50/6
與國信○ 11/50/6
雖末在僻陋○國 11/50/6
而天下莫○敢當也 11/50/8
是皆僻陋○國也 11/50/9
唯利○求 11/50/10
〔啖啖〕然常欲人○有 11/50/11
則敵國輕○ 11/50/13
與國疑○ 11/50/13
綦○而亡 11/50/13,11/51/13
及以燕、趙起而攻○ 11/50/15
三者、明主○所以謹擇也
1/50/17,11/51/2,11/51/8
而仁人○所以務白也 11/50/17
11/51/2,11/51/9
國者、天下○大器也 11/50/20
不可不善爲擇所而後錯○ 11/50/20

錯（○）險則危 11/50/20
不可不善爲擇道然後道○ 11/50/20
非封焉○謂也 11/50/21
何法○道 11/50/21
誰子○與也 11/50/22
故道王者○法 11/50/22
與王者○人爲○ 11/50/22
道霸者○法 11/50/22
與霸者○人爲○ 11/51/1
道亡國○法 11/51/1
與亡國○人爲○ 11/51/1
不以積持○則不立 11/51/4
（故）一朝○日也 11/51/5
一日○人也 11/51/5
然而厭焉有千歲○固 11/51/5
援夫千歲○信法以持○也 11/51/6
安與夫千歲○信士爲○也 11/51/6
人無百歲○壽 11/51/6
而有千歲○信士 11/51/7
以夫千歲○法自持者 11/51/7
是乃千歲○信士矣 11/51/7
故與積禮義○君子爲○則王 11/51/8
與端誠信全○士爲○則霸 11/51/8
與權謀傾覆○人爲○則亡 11/51/8
善擇○者制人 11/51/9
不善擇○者人制○ 11/51/9
安唯便僻左右親比己者○用 11/51/12
國者、巨用○則大 11/51/13
小用○則小 11/51/13
巨用○者 11/51/14
唯誠能○求 11/51/14,11/53/23
夫是○謂巨用○ 11/51/14
小用○者 11/51/15
唯便辟親比己者○用 11/51/15
夫是○謂小用○ 11/51/16
巨用○者若彼 11/51/16
小用○者若此 11/51/16
禮○所以正國也 11/51/19
譬○猶衡○於輕重也 11/51/19
猶繩墨○於曲直也 11/51/19
猶規矩○於方圓也 11/51/19
既錯○而人莫○能誣也 11/51/20
如霜雪○將將 11/51/20
如日月○光明 11/51/20

爲○則存 11/51/21
譬○是由好聲色而恬無耳目也 11/51/24
夫人○情 11/51/24
人情○所必不免也 11/52/1
20/98/14,20/99/7
萬乘○國 11/52/2
加有治辨、彊固○道焉 11/52/2
然後養五綦○具具也 11/52/3
一日而曲（列）〔別〕○ 11/52/8
不足以是傷游玩安燕○樂 11/52/8
若夫論一相以兼率○ 11/52/9
是夫人主○職也 11/52/9
（人）〔○〕主者、守至約而詳 11/52/10
垂衣裳、不下簟席○上而海內○人莫不願得以爲帝王 11/52/11
夫是○謂至約 11/52/11
人主得使人爲○ 11/52/14
匹夫則無所移○ 11/52/14
無所移○也 11/52/15
使人爲○也 11/52/15
必自爲○然後可 11/52/16
何故必自爲○ 11/52/17
爲○者、役夫○道也 11/52/17
墨子○說也 11/52/18
論德使能而官施○者 11/52/18
聖王○道也 11/52/18
儒○所謹守也 11/52/18
建國諸侯○君分土而守 11/52/19
11/54/15
是百王○所同也 11/52/20
18/85/13,18/89/17
而禮法○大分也 11/52/21
11/54/16
百里○地 11/52/23
其難者在於人主○知○也 11/52/23
非負其土地而從○○謂也 11/52/23
故百里○地 11/53/1
其等位爵服足以容天下○賢士矣 11/53/2
其官職事業足以容天下○能士矣 11/53/2
擇其善者而明用○ 11/53/3

足以順服好利○人矣 11/53/3
好利○人服焉 11/53/3
故百里○地足以竭埶矣 11/53/4
一人○謂也 11/53/6
人服而勢從○ 11/53/9
人不服而勢去○ 11/53/9
重色而衣○ 11/53/13
是又人情○所同欲也 11/53/15
11/53/17
而天子○禮制如是者也 11/53/15
四方○國有侈離○德則必滅 11/53/16
天下○人應○如影嚮 11/53/17
故人○情 11/53/17
合天下○所同願兼而有○ 11/53/19
睪牢天下而制○若制子孫 11/53/19
欲是○主並肩而存 11/53/20
能建是○士不世絕 11/53/20
是其所以不合○故也 11/53/22
哀哭○ 11/53/26
此亦榮辱安危存亡○衢已 11/53/26
夫是○謂上一 11/54/6
桀、紂即（序）〔厚〕於有天下○勢 11/54/8
故百王○法不同若是 11/54/9
上莫不致愛其下而制○以禮 11/54/11
上○於下 11/54/11
所以接下○人百姓 11/54/11
故下○親上歡如父母 11/54/12
是百王○所（以）同也 11/54/13
而禮法○樞要也 11/54/14
是百王○所同 11/54/16,19/95/14
19/97/5
則是官人使吏○事也 11/54/18
不足數於大君子○前 11/54/19
是人君者○樞機也 11/54/21
說無○有也 11/54/22
齊桓公閨門○內懸樂奢泰游抏○脩 11/55/1
是君人者○要守也 11/55/2
知者易爲○興力而功名綦大 11/55/3
故古○人有大功名者 11/55/3
知者○知 11/55/4
愚者○知 11/55/5
是治國○徵也 11/55/9
是治○極也 11/55/12
辟○是猶立直木而求其影○枉也 11/55/14
辟○是猶立枉木而求其影○直也 11/55/15
以兼覆○ 11/55/17
兼炤○ 11/55/17
相者、論列百官○長 11/55/17
要百事○聽 11/55/17
以飾朝廷臣下百吏○分 11/55/17
故君人勞於索○ 11/55/18
而休於使○ 11/55/19,12/57/9
得百姓○力者富 11/55/21
得百姓○死者彊 11/55/21
得百姓○譽者榮 11/55/21
三德者具而天下歸○ 11/55/21
三德者亡而天下去○ 11/55/22
天下歸○○謂王 11/55/22
18/84/8
天下去○○謂亡 11/55/22
18/84/8
天下歸○ 11/55/23
故厚德音以先○ 11/55/23
15/73/16
明禮義以道○ 11/55/23,15/73/16
賞賢使能以次○ 11/55/24
爵服賞慶以申重○ 11/55/24
時其事、經其任以調齊○ 11/55/24
所以接（天）下○人百姓〔者〕 11/55/25
是故百姓貴○如帝 11/55/26
爲○出死斷亡而不愉者 11/55/27
汙漫、突盜以先○ 11/56/1
權謀傾覆以示○ 11/56/1
俳優、侏儒、婦女○請謁以悖○ 11/56/1
是故百姓賤○如尪 11/56/2
惡○如鬼 11/56/2
日欲司閒而相與投藉○ 11/56/3
去逐○ 11/56/3
卒有寇難○事 11/56/3
又望百姓○爲己死 11/56/3
說無以取○焉 11/56/4
（適）人○所以來我也 11/56/4
是傷國○大災也 11/56/7
大國○主也 11/56/7,11/56/10
啖啖常欲人○有 11/56/9
而又好以權謀傾覆○人斷事其外 11/56/9
朝廷群臣○俗若是 11/56/11
君臣上下○俗莫不若是 11/56/12
夫是○謂危國 11/56/13
儒者爲○不然 11/56/16
縣鄙將輕田野○稅 11/56/19
省刀布○斂 11/56/19
是○謂政令行、風俗美 11/56/23
此儒○所謂曲辨也 11/56/24
羿○法非亡也 12/57/3
禹○法猶存 12/57/3
法者、治○端也 12/57/4
君子者、法○原也 12/57/5
失先後○施 12/57/5
不能應事○變 12/57/6
不知法○義而正法○數者 12/57/6
故君人者勞於索○ 12/57/8
則臣下百吏誕詐○人乘是而後欺 12/57/11
故械數者、治○流也 12/57/14
非治○原也 12/57/14
君子者、治○原也 12/57/15
〔而〕無貪利○心 12/57/16
百姓莫敢不順上○法 12/57/19
象上○志 12/57/19
而勸上○事 12/57/19
而安樂○矣 12/57/19
四海○民不待令而一 12/57/20
請問兼能○奈何 12/57/27
審○禮也 12/57/27,12/58/1
12/58/8
故君子○於禮 12/58/1
敬而安○ 12/58/1
其於百官○事、技藝○人也 12/58/3
不與○爭能而致善用其功 12/58/4
行義塞於天地○閒 12/58/7
仁智○極也 12/58/7
夫是○謂聖人 12/58/7
君者、民○原也 12/58/14
而求民○親愛己 12/58/15
民（○）不親不愛 12/58/15

而求兵○勁、城○固 12/58/16
而求敵○不至 12/58/16
危削滅亡○情舉積此矣 12/58/17
則莫若反○民 12/59/1
則莫若反○政 12/59/1
彼或蓄積而得○者不世絕 12/59/2
生乎今○世而志乎古○道 12/59/2
以天下○王公莫好○也 12/59/3
然而（于是）〔是子〕獨好○ 12/59/3
以天下○民莫（欲）〔爲〕○也 12/59/3
然而（于是）〔是子〕獨爲○ 12/59/4
好○者貧 12/59/4
爲○者窮 12/59/4
然而（于是）〔是子〕（獨）猶將爲○也 12/59/4
曉然獨明於先王○所以得○、所以失○ 12/59/5
知國○安危臧否若別白黑 12/59/6
大用○ 12/59/6
小用○ 12/59/7
君〔○所〕道也 12/59/11
善生養人者人親○ 12/59/12
善班治人者人安○ 12/59/12
善顯設人者人樂○ 12/59/13
善藩飾人者人榮○ 12/59/13
四統者俱而天下歸○ 12/59/13
夫是○謂能群 12/59/13
四統者亡而天下去○ 12/59/15
夫是○謂匹夫 12/59/15
是所以生養○也 12/59/16
是所以班治○也 12/59/17
上賢使○爲三公 12/59/18
次賢使○爲諸侯 12/59/18
下賢使○爲士大夫 12/59/18
是所以顯設○也 12/60/1
是所以藩飾○也 12/60/2
上在王公○朝 12/60/5
下在百姓○家 12/60/5
故天子諸侯無靡費○用 12/60/6
士大夫無流淫○行 12/60/6
百吏官人無怠慢○事 12/60/6, 24/118/10
衆庶百姓無姦怪○俗 12/60/7, 24/118/10
無盜賊○罪 12/60/7, 24/118/11
兼聽齊明則天下歸○ 12/60/11
人○百事如耳目鼻口○不可以相借官也 12/60/14
姦怪○屬莫不反愨 12/60/16
夫是○謂政教○極 12/60/16
塊然獨坐而天下從○如一體 12/60/17
如四支○從心 12/60/17
夫是○謂大形 12/60/18
是人主○寶也 12/60/22
而王霸○佐也 12/60/22
使賢者爲○ 12/60/25
則與不肖者規○ 12/60/25
使智者慮○ 12/60/25
則與愚者論○ 12/60/25
使脩士行○ 12/60/25
則與汙邪○人疑○ 12/61/1
譬○是猶立直木而恐其景○枉也 12/61/1
好女○色 12/61/2
惡者○孽也 12/61/2
公正○士 12/61/2
衆人○痤也 12/61/2
循（乎）道○人 12/61/2
汙邪○賊也 12/61/3
今使汙邪○人論其怨賊而求其無偏 12/61/3
譬○是猶立枉木而求其景○直也 12/61/3
取人○道 12/61/6
參○以禮 12/61/6
用人○法 12/61/6
禁○以等 12/61/7
度○以禮 12/61/7
稽○以成 12/61/7
校○以功 12/61/7
故校○以禮 12/61/8
與○舉錯遷移 12/61/9
與○安燕 12/61/9
接○以聲色、權利、忿怒、患險 12/61/9
彼誠有○者與誠無○者若白黑然 12/61/10
此明王○道也 12/61/11
〔則〕縣貴爵重賞以招致○ 12/61/13
能中是者取○ 12/61/14
是豈不必得○○道也哉 12/61/14, 12/61/16
縣貴爵重賞以招致○ 12/61/15
能致是者取○ 12/61/16
案唯便嬖親比己者○用也 12/61/18
莫不失○是也 12/61/20
彼不能而主使○ 12/61/21
俱害○道也 12/62/2
倜然乃舉太公於州人而用○ 12/62/3
豈私○也哉 12/62/3
然而用○者 12/62/5
非（于是）〔是子〕莫足以舉○ 12/62/6
故舉（于是）〔是子〕而用○ 12/62/6
故舉天下○大道 12/62/8
立天下○大功 12/62/8
其下猶足以爲天下○顯諸侯 12/62/9
牆○外 12/62/12
里○前 12/62/12
而人主○守司 12/62/12
天下○變 12/62/13
境內○事 12/62/13
而人主無由知○ 12/62/13
則是拘脅蔽塞○端也 12/62/13
耳目○明 12/62/14
人主○守司 12/62/14
然則人主將何以知○ 12/62/15
人主○所以窺遠收衆○門戶牖嚮也 12/62/15
夫是○謂國具 12/62/17, 12/62/20, 12/62/23
人主不能不有游觀安燕○時 12/62/17
則不得不有疾病物故○變焉 12/62/17
事物○至也如泉原 12/62/18
亂○端也 12/62/18, 18/85/11, 31/147/3
人主○基、杖也 12/62/19
四鄰諸侯○相與 12/62/20
故人主無便嬖左右足信者○謂闇 12/62/23

無卿相輔佐足任者○謂獨 12/62/24
所使於四鄰諸侯者非人○謂孤 12/62/24
孤獨而晻謂○危 12/62/24
古○人曰亡矣 12/63/1
是官人史吏○材也 12/63/3
尊法敬分而無傾側○心 12/63/3
是士大夫官師○材也 12/63/4
知隆禮義○爲尊君也 12/63/5
知好士○爲美名也 12/63/5
知愛民○爲安國也 12/63/5
知有常法○爲一俗也 12/63/5
知尙賢使能○爲長功也 12/63/6
知務本禁末○爲多材也 12/63/6
知無與下爭小利○爲便於事也 12/63/6
知明制度、權物稱用○爲不泥也 12/63/7
是卿相輔佐○材也 12/63/7
是謂人主○道也 12/63/8
是人主○要守也 12/63/9
併耳目○樂 12/63/9
一（內）〔日〕而曲辨○ 12/63/10
人臣○論 13/63/16
民親○ 13/63/19
士信○ 13/63/19
故齊○蘇秦 13/63/22
楚○州侯 13/63/23
秦○張儀 13/63/23
韓○張去疾 13/63/23
趙○奉陽 13/63/23
齊○孟嘗 13/63/23
齊○管仲 13/63/24
晉○咎犯 13/63/24
殷○伊尹 13/63/24
周○太公 13/63/24
是人臣○論也 13/63/25
吉凶、賢不肖○極也 13/63/25
必謹志○而愼自爲擇取焉 13/63/25
從命而利君謂○順 13/63/28
從命而不利君謂○（諂）〔諂〕 13/63/28
逆命而利君謂○忠 13/63/28
逆命而不利君謂○篡 13/63/28
不邮君○榮辱 13/63/29
不邮國○臧否 13/63/29
謂○國賊 13/63/29
將危國家、殞社稷○懼也 13/64/1
謂○諫 13/64/2
謂○爭 13/64/2
遂以解國○大患 13/64/3
除國○大害 13/64/3
謂○輔 13/64/4
有能抗君○命 13/64/4
竊君○重 13/64/4
反君○事 13/64/4
以安國○危 13/64/4
除君○辱 13/64/4
功伐足以成國○大利 13/64/5
謂○拂 13/64/5
故諫、爭、輔、拂○人 13/64/5
社稷○臣也 13/64/5
國君○寶也 13/64/5
明君○所尊所厚也 13/64/6
而闇主惑○ 13/64/6
故明君○所賞 13/64/6
闇君○所罰也 13/64/6
闇君○所賞 13/64/7
明君○所殺也 13/64/7
平原君○於趙也 13/64/7
信陵君○於魏也 13/64/8
故正義○臣設 13/64/11
諫、爭、輔、拂○人信 13/64/11
爪牙○士施 13/64/11
邊境○臣處 13/64/12
夫是○謂至闇 13/64/13
而無所避○ 13/64/17
是事聖君○義也 13/64/21
端志而無傾側○心 13/64/22
是事中君○義也 13/64/23
時關內○ 13/64/24
是事暴君○義也 13/64/24
故無德○爲道也 13/65/5
以德復君而化○ 13/65/8
以德調君而補○ 13/65/8
以是諫非而怒○ 13/65/9
不卹君○榮辱 13/65/9
不卹國○臧否 13/65/9
偷合苟容、以○持祿養交而已耳 13/65/10
若周公○於成王也 13/65/10
若管仲○於桓公 13/65/10
若子胥○於夫差 13/65/11
若曹觸龍○於紂者 13/65/11
賢者則貴而敬○ 13/65/17
不肖者則畏而敬○ 13/65/17
賢者則親而敬○ 13/65/17
不肖者則疏而敬○ 13/65/17
是仁人○質也 13/65/18
通忠○順 13/66/1
權險○平 13/66/1
禍亂○從聲 13/66/1
三者、非明主莫○能知也 13/66/1
夫是○謂通忠○順 13/66/2
信陵君似○矣 13/66/2
夫是○謂權險○平 13/66/3
夫是○謂禍亂○從聲 13/66/4
衡聽、顯幽、重明、退姦、進良○術 14/66/10
朋黨比周○譽 14/66/10
殘賊加累○譖 14/66/10
隱忌雍蔽○人 14/66/11
貨財禽犢○請 14/66/11
聞聽而明譽○ 14/66/12
然後（士）〔出〕其刑賞而還與○ 14/66/12
則姦言、姦說、姦事、姦謀、姦譽、姦愬莫○試也 14/66/13
夫是○謂衡聽、顯幽、重明、退姦、進良○術 14/66/14
川淵深而魚鱉歸○ 14/66/17
山林茂而禽獸歸○ 14/66/17
刑政平而百姓歸○ 14/66/17
禮義備而君子歸○ 14/66/17
王者○事畢矣 14/66/18,15/75/2
川淵者、龍魚○居也 14/66/19
山林者、鳥獸○居也 14/66/19
國家者、士民○居也 14/66/20
川淵枯則龍魚去○ 14/66/20
山林險則鳥獸去○ 14/66/20
國家失政則士民去○ 14/66/20
故土○與人也 14/66/23
道○與法也者 14/66/24
國家○本作也 14/66/24
道法○摠要也 14/66/24
得○則安 14/66/25,19/97/11

失○則危 14/66/25,19/97/12
得○則存 14/66/25,26/124/10
失○則亡 14/66/25
人主○患 14/67/3
而欲賢者○至、不肖者○退也 14/67/4
則天下歸○ 14/67/5
若蟬○歸明火也 14/67/5
恭敬以先○ 14/67/8
政○始也 14/67/8
然後中和察斷以輔○ 14/67/8
政○隆也 14/67/9
然後進退誅賞○ 14/67/9
政○終也 14/67/9
故一年與○始 14/67/9
三年與○終 14/67/9
程者、物○準也 14/67/13
禮者、節○準也 14/67/13
功名○極也 14/67/14
君者、國○隆也 14/67/17
父者、家○隆也 14/67/17
觀敵○變動 15/68/5
後○發 15/68/5
先○至 15/68/6
此用兵○要術也 15/68/6
臣所聞古○道 15/68/6
凡用兵攻戰○本在乎壹民〔也〕 15/68/6
〔夫〕兵○所貴者埶利也 15/68/9
孫、吳用○ 15/68/10
臣○所道 15/68/11
仁人○兵、王者○志也 15/68/11
君○所貴 15/68/11
攻奪變詐者、諸侯○事也 15/68/12
仁人○兵 15/68/12
君臣上下○閒 15/68/13
譬○若以卵投石 15/68/14
臣○於君也 15/68/15
下○於上也 15/68/15
若子○事父、弟○事兄〔也〕 15/68/15
若手臂○扞頭目而覆胸腹也 15/68/16
詐而襲○與先驚而後擊○ 15/68/16
且仁人○用十里○國 15/69/1
則將有百里○聽 15/69/1
用百里○國 15/69/1
則將有千里○聽 15/69/1
用千里○國 15/69/2
則將有四海○聽 15/69/2
故仁人○兵聚則成卒 15/69/2
延則若莫邪○長刃 15/69/3
嬰○者斷 15/69/3
兌則若莫邪○利鋒 15/69/3
當○者潰 15/69/3
觸○者角摧 15/69/4
且夫暴國○君 15/69/4
而其民○親我 15/69/5
是猶使人○子孫自賊其父母也 15/69/7
彼必將來告○ 15/69/7
慮敵○者削 15/69/8
反○者亡 15/69/8
請問王者○兵設何道 15/69/11
臣請遂道王者諸侯强弱存亡○效、安危○埶 15/69/12
是强弱○本也 15/69/14
是强弱○常也 15/69/15,15/69/19
是强弱○凡也 15/69/16
是亡國○兵也 15/69/22
是其出賃市、傭而戰○幾矣 15/69/22
魏氏○武卒 15/70/1
以度取○ 15/70/1
衣三屬○甲 15/70/1
操十二石○弩 15/70/1
贏三日○糧 15/70/2
是危國○兵也 15/70/3
劫○以埶 15/70/4
隱○以阸 15/70/4
忸○以慶賞 15/70/4
鰌○以刑罰 15/70/5
使天下○民所以要利於上者 15/70/5
阸而用○ 15/70/5
得而後功○ 15/70/5
故齊○技擊不可以遇魏氏○武卒 15/70/9
魏氏○武卒不可以遇秦○銳士 15/70/9
秦○銳士不可以當桓、文○節制 15/70/9
桓、文○節制不可以敵湯、武○仁義 15/70/10
有遇○者 15/70/10
皆干賞蹈利○兵也 15/70/11
傭徒鬻賣○道也 15/70/11
未有貴上、安制、綦節○理也 15/70/11
諸侯有能微妙○以節 15/70/12
則作而兼殆○耳 15/70/12
是漸○也 15/70/12
是齊○也 15/70/13
辟○猶以錐刀墮大山也 15/70/13
非天下○愚人莫敢試 15/70/14
故王者○兵不試 15/70/14
湯、武○誅桀、紂也 15/70/14
拱挹指麾而强暴○國莫不趨使 15/70/14
隆埶詐、尙功利○兵 15/70/16
夫是○謂盜兵 15/70/17
故齊○田單 15/70/19
楚○莊蹻 15/70/19
秦○衛鞅 15/70/19
燕○繆蟣 15/70/19
是皆世俗○所謂善用兵者也 15/70/19
是皆和齊○兵也 15/70/21
是强弱○效也 15/70/22
夫是○謂六術 15/70/27
夫是○謂五權 15/71/2
夫是○謂三至 15/71/3
夫是○謂至臣 15/71/4
慮必先事而申○以敬 15/71/4
（失）〔夫〕是○謂大吉 15/71/5
凡百事○成也 15/71/5
必在敬○ 15/71/5
必在慢○ 15/71/5
夫是○謂五無壙 15/71/7
而處○以恭敬無壙 15/71/8
夫是○謂天下○將 15/71/8
請問王者○軍制 15/71/10
有功次○ 15/71/11
殷○服民所以養生○者也無異周人 15/71/14
無幽閒辟陋○國 15/71/15
莫不趨使而安樂○ 15/71/15
上下相喜則慶○ 15/71/17
故惡人○害○也 15/71/22

故惡人○亂○也 15/71/23
故仁人○兵 15/71/24
若時雨○降 15/71/24
皆以仁義○兵行於天下也 15/71/25
非以仁義爲○也 15/72/1
不便○便也 15/72/2
大便○便也 15/72/2
而輕爲○死 15/72/3
諰諰然常恐天下○一合而軋己也 15/72/4
此所謂末世○兵 15/72/4
故湯○放桀也 15/72/5
非其逐○鳴條○時也 15/72/5
非以甲子○朝而後勝○也 15/72/5
此所謂仁義○兵也 15/72/6
今女不求○於本而索○於末 15/72/6
此世○所以亂也 15/72/7
禮者、治辨○極也 15/72/9
强國○本也 15/72/9
威行○道也 15/72/9
功名○揔也 15/72/9
王公由○ 15/72/9
不由〔○〕 15/72/10
其所以統○者非其道故也 5/72/16,15/72/18,15/73/1
限○以鄧林 15/72/16
緣○以方城 15/72/17
爲炮（烙）〔格〕〔○〕刑 15/72/20
古○兵、戈矛弓矢而已矣 15/73/4
明道而（分鈞）〔鈞分〕○ 15/73/5
時使而誠愛○ 15/73/6
〔則〕下○和上也如影（嚮）〔響〕 15/73/6
然后（誅）〔俟〕○以刑 15/73/7
知罪○在己也 15/73/7
帝堯○治天下也 15/73/8
凡人○動也 15/73/11
爲賞慶爲○ 15/73/11
故賞慶、刑罰、埶詐不足以盡人○力、致人○死 15/73/11
其所以接下○〔人〕百姓者 15/73/12
使○持危城則必畔 15/73/13
故賞慶、刑罰、埶詐○爲道者 15/73/14
傭徒粥賣○道也 15/73/15
故古○人羞而不道也 15/73/15
爵服慶賞以申○ 15/73/16
時其事、輕其任以調齊○、長養○ 15/73/17
是大刑○所加也 15/73/18
然後百姓曉然皆知（脩）〔循〕上○法 15/74/1
像上○志而安樂○ 15/74/2
是高爵豐祿○所加也 15/74/3
則高爵豐祿以持養○ 15/74/4
生民○屬孰不願也 15/74/4
故民歸○如流水 15/74/5
暴悍勇力○屬爲○化而愿 15/74/6
旁辟曲私○屬爲○化而公 15/74/6
矜糺收繚○屬爲○化而調 15/74/6
夫是○謂大化至一 15/74/7
則必發夫（掌）〔稟〕窌○粟以食○ 15/74/14
委○財貨以富○ 15/74/15
立良有司以接○ 15/74/15
唯堅凝○難焉 15/74/19
故魏奪○ 15/74/19
故田單奪○ 15/74/20
韓○上地 15/74/20
故秦奪○ 15/74/20
故能并○而不能凝 15/74/20
不能并○又不能凝其有 15/74/21
能凝○ 15/74/21
則必能并○矣 15/74/21
得○則凝 15/74/22
能凝○也 15/75/1
夫是○謂大凝 15/75/2
剝脫○ 16/75/7
砥厲○ 16/75/7
亦彊國○剖刑已 16/75/7
教誨○ 16/75/8
調一○ 16/75/8
故人○命在天 16/75/9,17/82/12
國○命在禮 16/75/9,17/82/12
有道德○威者 16/75/12
有暴察○威者 16/75/12
有狂妄○威者 16/75/12
高○如天 16/75/14
畏○如神明 16/75/14
夫是○謂道德○威 16/75/14
黭然而雷擊○ 16/75/16
如牆厭○ 16/75/16
非劫○以形埶 16/75/18
非振○以誅殺 16/75/18
夫是○謂暴察○威 16/75/18
無愛人○心 16/75/18
無利人○事 16/75/19
而日爲亂人○道 16/75/19
則從而執縛○ 16/75/19
刑灼○ 16/75/19
不和人○心 16/75/19
夫是○謂狂妄○威 16/75/20
道德○威成乎安彊 16/75/21
暴察○威成乎危弱 16/75/21
狂妄○威成乎滅亡也 16/75/21
蔡侯奉其社稷而歸○楚 16/76/1
譏○曰 16/76/4
子發○致命也恭 16/76/4
16/76/10
非獨一人爲○也 16/76/5
彼先王○道也 16/76/5
一人○本也 16/76/5
善善惡惡○應也 16/76/5
治必由○ 16/76/5
古者明王○舉大事、立大功也 16/76/6
反先王○道 16/76/8
亂楚國○法 16/76/8
墮興功○臣 16/76/8
恥受賞○屬 16/76/9
處勝人○埶 16/76/12,16/76/12
行勝人○道 16/76/12
不以行勝人○道 16/76/13
厚於有天下○埶 16/76/13
然則得勝人○埶者 16/76/13
其不如勝人○道遠矣 16/76/14
併己○私欲 16/76/15
必以道夫公道通義○可以相兼容者 16/76/15
是勝人○道也 16/76/15
相國○於勝人○埶 16/76/16
亶有○矣 16/76/16
然則胡不敺此勝人○埶 16/76/16
赴勝人○道 16/76/17
求仁厚明通○君子而託

王焉 16/76/17
與○參國政 16/76/17
賢士願相國○朝 16/76/18
能士願相國○官 16/76/19
好利○民莫不願以（爲）齊爲歸 16/76/19
案直爲是世俗○所以爲 16/76/20
則女主亂○宮 16/76/20
詐臣亂○朝 16/76/20
貪吏亂○官 16/76/20
西壤○不絕若繩 16/76/21
聖王○後子孫也 16/76/24
有天下者○世也 16/76/24
埶籍○所存 16/76/24
天下○宗室也 16/76/24,18/84/1
土地○大 16/76/25
人○衆數以億萬 16/76/25
桀、紂者善爲人○所惡 16/77/2
而湯、武者善爲人○所好也 16/77/2
人○所惡者何也 16/77/2
人○所好者何也 16/77/3
若其所以統○ 16/77/4
而求有湯、武○功名 16/77/4
16/77/9
非衆○力也 16/77/6
非大○力也 16/77/7
今已有數萬○衆者也 16/77/7
已有數百里○國者也 16/77/8
然則是棄己○所以安彊 16/77/8
而爭己○所以危弱也 16/77/8
損己○所以不足 16/77/9
以重己○所以有餘 16/77/9
爲人臣者不恤己行○不行 16/77/10
是仁人○所羞而不爲也 16/77/11
辟○是猶欲壽而歾頸也 16/77/13
秦○謂也 16/77/16
諰諰〔然〕常恐天下○一合而軋己也 16/77/17,16/78/4
負三王○廟而辟於陳、蔡○閒 16/77/18
案欲剡其脛而以蹈秦○腹 16/77/19
古者百王○一天下、臣諸侯也 16/77/20
其在趙者剡然有苓而據
松柏○塞 16/78/2
案用夫端誠信全○君子治天下焉 16/78/5
因與○參國政 16/78/5
順者錯○ 16/78/6
不順者而後誅○ 16/78/6
則雖爲○築明堂（於塞外）而朝諸侯 16/78/7
益地不如益信○務也 16/78/7
天材○利多 16/78/11
古○民也 16/78/12
古○吏也 16/78/12
古○士大夫也 16/78/14
古○朝也 16/78/15
治○至也 16/78/16
秦類○矣 16/78/16
兼是數具者而盡有○ 16/78/16
然而縣○以王者○功名 16/78/17
此亦秦○所短也 16/78/18
然後興○務○ 16/78/20
則小事○至也數 16/78/21
大事○至也希 16/78/22
僅存○國危而後戚○ 16/78/23
亡國○禍敗不可勝悔也 16/78/24
霸者○善箸焉 16/78/24
王者○功名不可勝〔數〕 16/78/24
民鮮克舉○ 16/79/1
凡姦人○所以起者 16/79/3
以上○不貴義、不敬義也 16/79/3
夫義者、所以限禁人○爲惡與姦者也 16/79/3
則下○人百姓皆有棄義○志 16/79/4
而有趨姦○心矣 16/79/4
此姦人○所以起也 16/79/4
且上者、下○師也 16/79/5
夫下○和上 16/79/5
辟○猶響○應聲 16/79/5
影○像形也 16/79/5
義○情也 16/79/7
然則凡爲天下○要 16/79/7
而信次○ 16/79/7
此君人者○大本也 16/79/9
疾養緩急○有相先者也 16/79/12
應○以理則吉 17/79/16
應○以亂則凶 17/79/16
故水旱不能使○飢（渴） 17/79/18
寒暑不能使○疾 17/79/18
袄怪不能使○凶 17/79/18
則天不能使○富 17/79/19
則天不能使○全 17/79/19
則天不能使○吉 17/79/19
故明於天人○分 17/79/21
夫是○謂天職 17/80/1
夫是○謂不與天爭職 17/80/2
夫是○謂能參 17/80/2
夫是○謂神 17/80/6
夫是○謂天〔功〕 17/80/6
夫是○謂天情 17/80/9
夫是○謂天官 17/80/10
夫是○謂天君 17/80/10
夫是○謂天養 17/80/11
順其類者謂○福 17/80/11
逆其類者謂○禍 17/80/11
夫是○謂天政 17/80/11
夫是○謂大凶 17/80/12
夫是○謂知天 17/80/15
已其見象○可以期者矣 17/80/17
已其見宜○可以息者矣 17/80/18
已其見數○可以事者矣 17/80/18
已其見（知）〔和〕○可以治者矣 17/80/19
是又禹、桀○所同也 17/80/22
17/80/23
天不爲人○惡寒也輟冬 17/80/27
地不爲人○惡遼遠也輟廣 17/80/27
君子不爲小人○匈匈也輟行 17/80/27
〔禮義○不愆〕 17/81/2
何恤人○言兮 17/81/2,22/110/18
故君子○所以日進 17/81/7
與小人○所以日退 17/81/8
君子、小人○所以相縣者在此耳 17/81/8
是天地○變、陰陽○化 17/81/10
17/81/13
物○罕至者也 17/81/11,17/81/13
怪○ 17/81/11,17/81/14
而畏○ 17/81/11,17/81/14
夫日月○有食 17/81/11
風雨○不時 17/81/11

怪星○黨見 17/81/11
是無世而不常有○ 17/81/12
夫星○隊、木○鳴 17/81/13
物○已至者 17/81/16
夫是○謂人祅 17/81/17,17/81/17
夫是○謂人祅〔也〕 17/82/1
萬物○怪 17/82/2
無用○辯、不急○察 17/82/3
若夫君臣○義、父子○親、夫婦○別 17/82/3
日月食而救○ 17/82/6
以文○也 17/82/7
大天而思○ 17/82/15
孰與物畜而（制）〔裁〕○ 17/82/15
從天而頌○ 17/82/15
孰與制天命而用○ 17/82/15
望時而（侍）〔待〕○ 17/82/15
孰與應時而使○ 17/82/16
因物而多○ 17/82/16
孰與（聘）〔騁〕能而化○ 17/82/16
思物而物○ 17/82/16
孰與理物而勿失○也 17/82/17
願於物○所以生 17/82/17
孰與有物○所以成 17/82/17
則失萬物○情 17/82/18
百王○無變 17/82/20
應○以貫 17/82/20
貫○大體未嘗亡也 17/82/21
故道○所善 17/82/21
世俗○為說者曰 18/83/11
18/83/23,18/85/5,18/86/6
18/87/7,18/87/17
主者、民○唱也 18/83/11
上者、下○儀也 18/83/11
故上者、下○本也 18/83/13
是治○所由生也 18/83/15
是亂○所由作也 18/83/17
惡○者衆則危〔矣〕 18/83/20
故先王明○ 18/83/21
豈特玄○耳哉 18/83/21
湯、武篡而奪○ 18/83/23
以桀、紂為常有天下○籍則然 18/83/23
親有天下○籍則（不）然 18/83/24
令行於諸夏○國 18/83/25
謂○王 18/83/25
謂○君 18/84/1
聖王○子也 18/84/1
有天下○後也 18/84/1
埶籍○所在也 18/84/1
內則百姓疾○ 18/84/2
外則諸侯叛○ 18/84/2
諸侯侵削○、攻伐○ 18/84/3
吾謂○無天下矣 18/84/3
海內○民莫不願得以為君師 18/84/4
然而暴國獨侈安能誅○ 18/84/5
必傷害無罪○民 18/84/5
誅暴國○君若誅獨夫 18/84/5
能用天下○謂王 18/84/6
興天下○同利 18/84/6
除天下○同害 18/84/7
而天下歸○也 18/84/7
反禹、湯○德 18/84/7
亂禮義○分 18/84/7
禽獸○行 18/84/8
而天下去○也 18/84/8
由此效○也 18/84/9
民○怨賊也 18/84/10
今世俗○為說者 18/84/10
18/84/18
然則是誅民○父母而師民○怨賊也 18/84/10
以天下○合為君 18/84/11
直墮○耳 18/84/12
非至彊莫○能任 18/84/13
非至辨莫○能分 18/84/13
非至明莫○能和 18/84/13
此三至者、非聖人莫○能盡 18/84/13
故非聖人莫○能王 18/84/14
是縣天下○權稱也 18/84/14
其行（○）為至亂也 18/84/15
親者疏○ 18/84/15
賢者賤○ 18/84/15
生民怨○ 18/84/15
禹、湯○後也 18/84/16
而不得一人○與 18/84/16
為天下○大僇 18/84/16
後世○言惡者必稽焉 18/84/17
是不容妻子○數也 18/84/17
譬○是猶傴巫、跛匡大自以為有知也 18/84/19
（可以）奪○者可以有國 18/84/20
國者、小人可以有○ 18/85/2
非聖人莫○能有也 18/85/3
凡刑人○本 18/85/8
縣○赤（旂）〔旆〕 18/85/12
治○盛也 18/85/13
犯治○罪固重 18/85/14
犯亂○罪固輕也 18/85/14
世俗○為說者 18/85/17
至天下○善禁令者也 18/85/18
通達○屬莫不振動從服以化順○ 18/85/19
彼王者○制也 18/85/19
故諸夏○國同服同儀 18/85/21
蠻、夷、戎、狄○國同服不同制 18/85/21
夫是○謂視形勢而制械用 18/85/23
是王者○（至）〔制〕也 18/86/1
且時享、歲貢、終王○屬也 18/86/1
必齊○日祭、月祀○屬然後曰受制邪 18/86/2
是規磨○說也 18/86/2
溝中○瘠也 18/86/2
則未足與及王者○制也 18/86/3
坎井○鼃不可與語東海○樂 18/86/3
生民○屬莫不振動從服以化順○ 18/86/7,18/87/8
死而擅○ 18/86/8
夫又何變○有矣 18/86/12
18/86/13
猶復而振○矣 18/86/12
死則能任天下者必有○矣 18/86/14
夫禮義○分盡矣 18/86/14
是又畏事者○議也 18/86/16
加飾○以珠玉 18/86/17
和鸞○聲 18/86/21,19/90/12
大夫次○ 18/87/1
小侯、元士次○ 18/87/1
是淺者○傳、陋者○說也 18/87/4
不知逆順○理 18/87/5

小大、至不至○變者也 18/87/5
未可與及天下○大理者也 18/87/5
（至）天下○善教化者也 18/87/8
是非堯、舜○過 18/87/9
朱、象○罪也 18/87/9
天下○英也 18/87/9
天下○嵬、一時○瑣也 18/87/10
今世俗○爲說者不怪朱、象而非堯、舜也 18/87/10
夫是○謂嵬說 18/87/11
天下○善射者也 18/87/11
天下○善馭者也 18/87/12
天下○善教化者也 18/87/12
下民○孽 18/87/14
而不察於扣不扣者○所言也 18/87/18
凡人○盜也 18/87/18
而聖王○生民也 18/87/19
風俗○美 18/87/21
加○以丹矸 18/87/22
重○以曾青 18/87/22
人猶且莫○扣也 18/87/23
則求利○詭緩 18/87/23
而犯分○羞大也 18/87/24
則有何尤扣人○墓、抉人○口而求利矣哉 18/88/4
雖此倮而埋○ 18/88/5
是特姦人○誤於亂說 18/88/6
以欺愚者而潮陷○以偷取利焉 18/88/6
夫是○謂大姦 18/88/7
明見侮○不辱 18/88/10
知見侮○爲不辱 18/88/10
然則亦以人○情爲不惡侮乎 18/88/11
凡人○鬭也 18/88/12
必以其惡○爲說 18/88/12
非以其辱○爲故也 18/88/12
是豈鉅知見侮○爲不辱哉 18/88/13
則援劍戟而逐○ 18/88/14
惡○故也 18/88/15
惡○則必鬭 18/88/15
亡於辱○與不辱也 18/88/16
乃在於惡○與不惡也 18/88/16
夫今子宋子不能解人○惡侮 18/88/16
天下○大隆 18/88/22
是非○封界 18/88/22
分職名象○所起 18/88/22
而聖王○分 18/88/23
是榮○由中出者也 18/88/24
夫是○謂義榮 18/88/25
是榮○從外至者也 18/88/26
夫是○謂埶榮 18/88/26
是辱○由中出者也 18/88/26
夫是○謂義辱 18/89/1
是辱○由外至者也 18/89/2
夫是○謂埶辱 18/89/2
是榮辱○兩端也 18/89/2
唯君子然後兼有○ 18/89/4
唯小人然後兼有○ 18/89/4
是榮辱○分也 18/89/4
慮一朝而改○ 18/89/7
譬○是猶以塼塗塞江海也 18/89/7
二三子○善於子宋子者 18/89/8
殆不若止○ 18/89/8
人○情欲寡 18/89/11
而皆以己○情爲欲多 18/89/11
將使人知情（欲○）〔○欲〕寡也 18/89/12
然則亦以人○情爲欲 18/89/12
亦以人○情爲不欲乎 18/89/14
人○情欲是已 18/89/14
以人○情爲欲此五綦者而不欲多 18/89/14
譬○是猶以人○情爲欲富貴而不欲貨也 18/89/15
古○人爲○不然 18/89/17
以人○情爲欲多而不欲寡 18/89/17
愿愨○民完衣食 18/89/18
今子宋子以（是）〔人〕○情爲欲寡而不欲多也 18/89/18
然則先王以人○所不欲者賞 18/89/19
而以人○所欲者罰邪 18/89/19
以養人○欲 19/90/4
給人○求 19/90/4
是禮○所以起也 19/90/5
故大路○馬必（倍）〔信〕至教順然後乘○ 19/90/13
孰知夫出死要節○所以養生也 19/90/14
孰知夫出費用○所以養財也 19/90/14
孰知夫恭敬辭讓○所以養安也 19/90/15
孰知夫禮義文理○所以養情也 19/90/15
故人苟生○爲見 19/90/16
苟利○爲見 19/90/16
苟怠惰偷懦○爲安 19/90/16
苟情說○爲樂 19/90/17
故人一○於禮義 19/90/17
則兩得○矣 19/90/17
一○於情性 19/90/17
則兩喪○矣 19/90/17
故儒者將使人兩得○者也 19/90/18
墨者將使人兩喪○者也 19/90/18
是儒、墨○分也 19/90/18
天地者、生○本也 19/90/20
先祖者、類○本也 19/90/20
君師者、治○本也 19/90/20
是禮○三本也 19/90/22
貴始、得○本也 19/91/1
有五乘○地者事三世 19/91/4
有三乘○地者事二世 19/91/4
貴食飲○本也 19/91/7
貴本○謂文 19/91/9
親用○謂理 19/91/9
夫是○謂大隆 19/91/9
故尊○尚玄酒也 19/91/10
俎○尚生魚也 19/91/10
豆○先大羹也 19/91/10
利爵○不醮也 19/91/10
成事○俎不嘗也 19/91/11
三臭○不食也 19/91/11
〔大〕昏○未發齊也 19/91/11
太廟○未入尸也 19/91/11
始卒○未小斂也 19/91/12
大路○素未集也 19/91/12
郊○麻絻也 19/91/12
喪服○先散麻也 19/91/12
三年○喪 19/91/13
19/96/4,19/96/5,19/96/7
哭○不（文）〔反〕也 19/91/13
《清廟》○歌 19/91/13

倚拊（○）膈 19/92/1
（貳）〔貣〕○則喪也 19/92/6
而天下莫○能損益也 19/92/8
天下從○者治 19/92/9
從○者安 19/92/9
從○者存 19/92/9
禮○理誠深矣 19/92/12
「堅白」「同異」○察入焉而溺 19/92/12
擅作典制辟陋○說入焉而喪 19/92/12
暴慢、恣睢、輕俗以爲高○屬入焉而隊 19/92/13
故繩者、直○至 19/92/15
衡者、平○至 19/92/15
規矩者、方圓○至 19/92/15
禮者、人道○極也 19/92/15
謂○無方○民 19/92/16
謂○有方○士 19/92/17
禮○中焉能思索 19/92/17
謂○能慮 19/92/17
禮○中焉能勿易 19/92/17
謂○能固 19/92/17
加好〔○〕者焉 19/92/18
故天者、高○極也 19/92/18
地者、下○極也 19/92/18
無窮者、廣○極也 19/92/18
聖人者、道○極也 19/92/19
非特學爲無方○民也 19/92/19
是禮○隆也 19/92/21
是禮○殺也 19/92/22
是禮○中流也 19/92/22,19/94/12
是君子○壇宇、宮廷也 19/93/2
故厚者、禮○積也 19/93/3
大者、禮○廣也 19/93/3
高者、禮○隆也 19/93/3
明者、禮○盡也 19/93/3
生、人○始也 19/93/6
死、人○終也 19/93/6
是君子○道、禮義○文也 19/93/7
是姦人○道而倍叛○心也 19/93/8
君子以倍叛○心接臧穀 19/93/8
猶且羞○ 19/93/8
故死○爲道也 19/93/9,19/94/3
臣○所以致重其君 19/93/9
子○所以致重其親 19/93/9
謂○野 19/93/10
謂○瘠 19/93/10
然後皆有衣（衾）〔食〕多少厚薄○數 19/93/12
皆有翣菨文章○等以敬飾○ 19/93/12
是先王○道 19/93/13
忠臣孝子○極也 19/93/13
天子○喪動四海、屬諸侯 19/93/13
諸侯○喪動通國、屬大夫 19/93/13
大夫○喪動一國、屬修士 19/93/14
修士○喪動一鄉、屬朋友 19/93/14
庶人○喪合族黨 19/93/14
刑餘罪人○喪不得合族黨 19/93/15
凡緣而往埋○ 19/93/16
反無哭泣○節 19/93/16
無衰麻○服 19/93/16
無親疏月數○等 19/93/16
夫是○謂至辱 19/93/17
紸纊聽息○時 19/93/19
然而殯斂○具未有求也 19/93/19
然而幸生○心未已 19/93/20
持生○事未輟也 19/93/20
然後作、具○ 19/93/20
誰得行○ 19/93/24
誰得止○ 19/93/24
故三月○葬 19/93/24
是致隆思慕○義也 19/94/1
卒禮○凡 19/94/3
而所以送葬○者不哀不敬 19/94/4
君子恥○ 19/94/5
達愛敬○文 19/94/8
而滋成行義○美者也 19/94/8
然而禮兼而用○ 19/94/9
故情貌○變足以別吉凶、明貴賤親疏○節 19/94/12
雖難、君子賤○ 19/94/13
故量食而食○ 19/94/13
量要而帶○ 19/94/13
是姦人○道也 19/94/14
非禮義○文也 19/94/14
非孝子○情也 19/94/14
是吉凶憂愉○情發於顏色者也 19/94/15
是吉凶憂愉○情發於聲音者也 19/94/15
是吉凶憂愉○情發於食飲者也 19/94/17
是吉凶憂愉○情發於衣服者也 19/94/18
是吉凶憂愉○情發於居處者也 19/94/19
若夫斷○繼○ 19/94/20
博○淺○ 19/94/20
益○損○ 19/94/20
類○盡○ 19/94/20
盛○美○ 19/94/20
非順孰修爲○君子莫○能知也 19/94/21
無性則僞○無所加 19/95/1
性僞合然後成聖人○名 19/95/2
一天下○功於是就也 19/95/2
宇中萬物、生人○屬 19/95/3
象徙○道也 19/95/12
趨輿而藏○ 19/95/12
古今○所一也 19/95/14,19/97/5
明死生○義 19/95/17
終始具而孝子○事畢、聖人○道備矣 19/95/18
刻死而附生謂○墨 19/96/1
刻生而附死謂○惑 19/96/1
殺生而送死謂○賊 19/96/1
是禮義○法式也 19/96/2
別親疏、貴賤○節 19/96/4
無適不易○術也 19/96/5
然而禮以是斷○者 19/96/7
凡生乎天地○閒者 19/96/10
有血氣○屬 19/96/10
有知○屬 19/96/10
然後能去○也 19/96/12
猶有啁噍○頃焉 19/96/12
然後能去○ 19/96/12
故有血氣○屬 19/96/13
故人○於其親也 19/96/13
將由夫愚陋淫邪○人與 19/96/15
則彼朝死而夕忘○ 19/96/15
然而縱○ 19/96/15
則是曾鳥獸○不若也 19/96/15
將由夫脩飾○君子與 19/96/18
則三年○喪 19/96/18

若駟○過隙 19/96/18
然而遂○ 19/96/18
故先王聖人安爲○立中制節 19/96/21
則舍○矣 19/96/21,22/110/22
然則何以分○ 19/96/23
故先王案以此象○也 19/96/24
案使倍○ 19/97/1
人所以群居和一○理盡矣 19/97/4
故三年○喪 19/97/4
人道○至文者也 19/97/5
夫是○謂至隆 19/97/5
君○喪所以取三年 19/97/7
君者、治辨○主也 19/97/7
文理○原也 19/97/7
情貌○盡也 19/97/7
相率而致隆○ 19/97/7
民○父母 19/97/8
固有爲民父母○說焉 19/97/8
父能生○ 19/97/9
不能（養）〔食〕○ 19/97/9
母能食○ 19/97/9
不能教誨○ 19/97/9
君者、已能食○矣 19/97/9
又善教誨○者也 19/97/10
乳母、飲食○者也 19/97/10
慈母、衣被○者也 19/97/10
君、曲備○者也 19/97/11
文○至也 19/97/11
情○至也 19/97/12
以三年事○猶未足也 19/97/12
直無由進○耳 19/97/12
郊者、并百王於上天而祭祀○也 19/97/13
三月○殯 19/97/15
大○也 19/97/15
重○也 19/97/15
將舉錯○ 19/97/15
遷徙○ 19/97/15
足○日也 19/97/16
曲容備物○謂道矣 19/97/17
祭者、志意思慕○（情）〔積〕也 19/97/20,19/98/1
故人○歡欣和合○時 19/97/20
則其於志意○（情）〔積〕者 19/97/21
故先王案爲○立文 19/97/22
尊尊親親○義至矣 19/97/22
忠信愛敬○至矣 19/98/1
禮節文貌○盛矣 19/98/1
聖人明知○ 19/98/2
士君子安行○ 19/98/2
是君子○所以爲愅詭其所喜樂○文也 19/98/5
是君子○所以爲愅詭其所哀痛○文也 19/98/6
是君子○所以爲愅詭其所敦惡○文也 19/98/6
如或饗○ 19/98/7
物取而皆祭○ 19/98/8
如或嘗○ 19/98/8
如或觴○ 19/98/8
如或去○ 19/98/9
而人○道 20/98/15
聲音、動靜、生術○變盡〔於〕是矣 20/98/15
故制《雅》、《頌》○聲以道○ 20/98/16
使其曲直、繁省、廉肉、節奏足以感動人○善心 20/98/17
使夫邪汙○氣無由得接焉 20/98/18
是先王立樂○方也 20/98/18
而墨子非○ 20/98/18,20/99/2,20/99/8,20/99/12,20/100/11
故樂在宗廟○中 20/98/21
則君臣上下同聽○ 20/98/21
則父子兄弟同聽○ 20/98/21
鄉里族長○中 20/98/22
則長少同聽○ 20/98/22
是先王立樂○術也 20/99/1
20/99/7
故聽其《雅》、《頌》○聲 20/99/4
故樂者、天下○大齊也 20/99/7
中和○紀也 20/99/7
且樂者、先王○所以飾喜也 20/99/10
軍旅鈇鉞者、先王○所以飾怒也 20/99/10
先王〔○〕喜怒皆得其齊焉 20/99/10
是故喜而天下和○ 20/99/11
怒而暴亂畏○ 20/99/11
墨子○於道也 20/99/12
猶瞽○於白黑也 20/99/12
猶聾○於清濁也 20/99/12
猶欲○楚而北求○也 20/99/12
夫聲樂○入人也深 20/99/15
故先王謹爲○文 20/99/15
四海○民莫不願得以爲師 20/99/17
是王者○始也 20/99/17
敵國危○ 20/99/19
危削侮辱○本也 20/99/19
樂者、聖王○所非也 20/99/21
而儒者爲○ 20/99/22
樂者、聖人○所樂也 20/99/24
故先王導○以禮樂而民和睦 20/99/24
夫民有好惡○情而無喜怒○應 20/99/25
故齊衰○服、哭泣○聲 20/99/26
使人○心悲 20/99/26
使人○心傷 20/99/26
姚冶○容 20/100/1
鄭、衛○音 20/100/1
使人○心淫 20/100/1
使人○心莊 20/100/1
此三者、君子愼○ 20/100/2
凡姦聲感人而逆氣應○ 20/100/4
正聲感人而順氣應○ 20/100/4
故樂者、治人○盛者也 20/100/11
且樂也者、和○不可變者也 20/100/14
禮也者、理○不可易者也 20/100/14
禮樂○統 20/100/14
樂○情也 20/100/15
禮○經也 20/100/15
墨子非○ 20/100/15
莫○正也 20/100/16
愚者學○ 20/100/16
聲樂○象 20/100/19
鼓、其樂○君邪 20/100/20
曷以知舞○意 20/101/2
盡筋骨○力以要鍾鼓俯會○節 20/101/3
而知王道○易易也 20/101/6
20/101/22

而眾賓皆從○ 20/101/8
貴賤○義別矣 20/101/8
拜至、獻、酬、辭讓○節繁 20/101/11
隆殺○義辨矣 20/101/12
主人獻○ 20/101/14,20/101/14
飲酒○節 20/101/18
亂世○徵 20/101/24
亂國○君 21/102/6
亂家○人 21/102/6
德道○人 21/102/10
亂國○君非○上 21/102/10
亂家○人非○下 21/102/10
此心術○公患也 21/102/13
昔人君○蔽者 21/102/15
此其所以喪九牧○地而虛宗廟○國也 21/102/17
人又莫○諫 21/102/18
此蔽塞○禍也 21/102/18
21/103/2,21/103/13
故主其心而愼治○ 21/102/19
21/102/20
夫是○謂至盛 21/102/22
樂帝○心 21/102/23
此不蔽○福也 21/102/23
21/103/6,21/103/16
昔人臣○蔽者 21/103/1
未嘗有○也 21/103/3
知賢○謂明 21/103/5
輔賢○謂能 21/103/5
勉○彊○ 21/103/5
昔賓孟○蔽者 21/103/8
故由用謂○ 21/103/9
由俗謂○ 21/103/10
由法謂○ 21/103/10
由埶謂○ 21/103/10
由辭謂○ 21/103/11
由天謂○ 21/103/11
皆道○一隅也 21/103/11
一隅不足以舉○ 21/103/12
曲知○人 21/103/12
觀於道○一隅而未○能識也 21/103/12
故以爲足而飾○ 21/103/12
舉而用○ 21/103/15
聖人知心術○患 21/103/16
見蔽塞○禍 21/103/16
以其不可道○心取人 21/103/19
以其不可道○心 21/103/20
與不可道○人論道人 21/103/20
亂○本也 21/103/20
以其可道○心取人 21/103/21
而不合於不道○人矣 21/103/22
以其可道○心 21/103/22
治○要也 21/103/22
故治○要在於知道 21/103/25
不以（已所）〔所已〕臧害所將受謂○虛 21/104/1
異也者、同時兼知○ 21/104/2
同時兼知○ 21/104/2
不以夫一害此一謂○壹 21/104/3
使○則謀 21/104/3
不以夢劇亂知謂○靜 21/104/4
謂○虛壹而靜 21/104/4
作○ 21/104/4
則將須道者○虛 21/104/5
將事道者○壹 21/104/5
（盡）將思道者〔○〕靜 21/104/5
謂○大清明 21/104/6
〔夫〕是○謂大人 21/104/10
心者、形○君也 21/104/10
而神明○主也 21/104/10
是○則受 21/104/12
非○則辭 21/104/12
其（情）〔精〕○至也不貳 21/104/13
以贊稽○ 21/104/15
舜○治天下也 21/105/3
處一○危 21/105/3
養一○微 21/105/4
人心○危 21/105/4
道心○微 21/105/4
危微○幾 21/105/4
惟明君子而後能知○ 21/105/5
微風過○ 21/105/6
則不可以得大形○正也 21/105/6
故導○以理 21/105/7
養○以清 21/105/7
物莫○傾 21/105/7
小物引○ 21/105/7
空石○中有人焉 21/105/14
耳目○欲接 21/105/14
蚊虻○聲聞 21/105/14
是以闢耳目○欲 21/105/15
而遠蚊蝱○聲 21/105/15
闢耳目○欲 21/105/17
蚊蝱○聲聞則挫其精 21/105/17
故仁者○行道也 21/105/19
聖人○行道也 21/105/19
仁者○思也恭 21/106/1
聖人○思也樂 21/106/1
此治心○道也 21/106/1
醉者越百步○溝 21/106/4
以爲蹞步○澮也 21/106/4
以爲小○閨也 21/106/5
十仞○木若箸 21/106/7
則世○愚者也 21/106/9
彼愚者○定物 21/106/9
夏首○南有人焉 21/106/12
凡人○有鬼也 21/106/13
必以其感忽○閒、疑玄○時（正）〔定〕○ 21/106/14
此人○所以無有而有無○時也 21/106/14
則必有敝鼓喪豚○費矣 21/106/15
而未有俞疾○福也 21/106/15
故雖不在夏首○南 21/106/16
人○性也 21/106/18
物○理也 21/106/18
以可以知人○性 21/106/18
求可以知物○理而無所疑止○ 21/106/18
已不足以浹萬物○變 21/106/19
夫是○謂妄人 21/106/20
故學也者、固學止○也 21/106/20
惡乎止○ 21/106/21
案以聖王○制爲法 21/106/22
知○、聖人也 21/106/23
則謂○（懼）〔攫〕 21/107/1
則謂○賊 21/107/1
則謂○篡 21/107/2
則謂○知 21/107/2
則謂○詛 21/107/2
雖能○無益於人 21/107/5
此亂世姦人○說也 21/107/7
則天下○治說者方多然矣 21/107/7
君子賤○ 21/107/8,21/107/8
爲○無益於成也 21/107/10
求○無益於得也 21/107/10

憂戚○無益於幾也 21/107/10
則廣焉能棄○矣 21/107/10
不少頃干○胸中 21/107/11
無邑憐○心 21/107/11
明君無○有也 21/107/14
闇君無○有也 21/107/14
後王○成名 22/107/21,22/109/14
散名○加於萬物者 22/107/21
則從諸夏○成俗 22/107/21
曲期遠方異俗○鄉則因○而爲通 22/107/22
散名○在人者 22/107/22
生○所以然者謂○性 22/107/22
性○和所生 22/107/22
不事而自然謂○性 22/107/23
性○好、惡、喜、怒、哀、樂謂○情 22/107/23
情然而心爲○擇謂○慮 22/107/23
心慮而能爲○動謂○僞 22/107/24
慮積焉、能習焉而後成謂○僞 22/107/24
正利而爲謂○事 22/107/24
正義而爲謂○行 22/107/25
所以知○在人者謂○知 22/107/25
知有所合謂○智 22/107/25
智所以能○在人者謂○能 22/107/25
能有所合謂○能 22/108/1
性傷謂○病 22/108/1
節遇謂○命 22/108/1
是散名○在人者也 22/108/1
是後王○成名也 22/108/1
故王者○制名 22/108/4
則謂○大姦 22/108/5
其罪猶爲符節、度量○罪也 22/108/5
治○極也 22/108/7
是謹於守名約○功也 22/108/7
是非○形不明 22/108/8
則雖守法○吏 22/108/8
誦數○儒 22/108/9
與制名○樞要 22/108/10
則志必有不喻○患 22/108/12
而事必有困廢○禍 22/108/13
故知者爲○分別制名以指實 22/108/13
則志無不喻○患 22/108/14
事無困廢○禍 22/108/14
其天官○意物也同 22/108/15
故比方○疑似而通 22/108/15
然而徵知必將待天官○當簿其類然後可也 22/109/2
五官簿○而不知 22/109/2
心徵○而無說 22/109/3
則人莫不然謂○不知 22/109/3
然後隨而命○ 22/109/5
同則同○ 22/109/5
異則異○ 22/109/5
知異實者○異名也 22/109/6
有時而欲徧舉○ 22/109/7
故謂○物 22/109/7
推而共○ 22/109/8
有時而欲（徧）〔偏〕舉○ 22/109/8
故謂○鳥獸 22/109/9
推而別○ 22/109/9
約○以命 22/109/10
約定俗成謂○宜 22/109/10
異於約則謂○不宜 22/109/10
約○以命（實） 22/109/10
約定俗成謂○實名 22/109/11
謂○善名 22/109/11
謂○二實 22/109/12
謂○化 22/109/13
謂○一實 22/109/13
此事○所以稽實定數也 22/109/13
此制名○樞要也 22/109/13
驗○所（以）爲有名而觀其孰行 22/109/17
則能禁○矣 22/109/17
22/109/19,22/109/20
驗○所緣（無）以同異而觀其孰調 22/109/18
驗○名約 22/109/19
凡邪說辟言○離正道而擅作者 22/109/20
故明君臨○以勢 22/110/1
道○以道 22/110/1
申○以命 22/110/1
章○以論 22/110/1
禁○以刑 22/110/2
故其民○化道也如神 22/110/2
君子無埶以臨○ 22/110/2
無刑以禁○ 22/110/3
用○大文也 22/110/4
而王業○始也 22/110/4
名○用也 22/110/4
名○麗也 22/110/5
謂○知名 22/110/5
辭也者、兼異實○名以（論）〔論〕一意也 22/110/5
不異實名以喻動靜○道也 22/110/6
辨說○用也 22/110/7
心○象道也 22/110/7
心也者、道○工宰也 22/110/7
道也者、治○經理也 22/110/7
有兼聽○明而無奮矜○容 22/110/10
有兼覆○厚而無伐德○色 22/110/10
是（以）聖人○辨說也 22/110/11
辭讓○節得矣 22/110/14
長少○理順矣 22/110/14
不動乎眾人○非譽 22/110/15
不（治）〔冶〕觀者○耳目 22/110/15
不賂貴〔者〕○權埶 22/110/15
不利傳辟者○辭 22/110/15
是士君子○辨說也 22/110/17
大古○不慢兮 22/110/17
禮義○不愆兮 22/110/17
君子○言涉然而精 22/110/20
彼名辭也者、志義○使也 22/110/21
足以相通則舍○矣 22/110/21
苟○、姦也 22/110/21
故名○足以指實 22/110/21
外是者謂○訒 22/110/22
是君子○所棄 22/110/22
故愚者○言、芴然而粗 22/110/22
故知者○言也 22/110/24
〔性○具也〕 22/111/5
欲○多寡 22/111/5
情○數也 22/111/6
所受乎天○一欲 22/111/7
制於所受乎心○多〔求〕 22/111/7
人○所欲 22/111/8
人○所惡 22/111/8
故欲過○而動不及 22/111/9

心止○也 22/111/9
心○所可中理 22/111/9
欲不及而動過○ 22/111/10
心使○也 22/111/10
心○所可失理 22/111/10
故治亂在於心○所可 22/111/11
亡於情○所欲 22/111/11
不求○其所在 22/111/11
而求○其所亡 22/111/11
雖曰我得○ 22/111/11
失○矣 22/111/11
性者、天○就也 22/111/14
情者、性○質也 22/111/14
欲者、情○應也 22/111/14
以所欲以爲可得而求○ 22/111/14
情○所必不免也 22/111/14
以爲可而道○ 22/111/15
（性○具也） 22/111/15
天下莫○若也 22/111/18
知道○莫○若也而不從道者 22/111/20
無○有也 22/111/20,22/112/9,22/112/10,22/112/10,22/112/10
假○有人而欲南無多 22/111/20
豈爲夫南者○不可盡也 22/111/21
豈爲夫所欲○不可盡也 22/111/22
離得欲○道而取所惡也哉 22/111/22
故可道而從○ 22/111/22
奚以損○而亂 22/111/23
不可道而離○ 22/111/23
奚以益○而治 22/111/23
小家珍說○所願皆衰矣 22/111/23
凡人○取也 22/111/24
道者、古今○正權 22/112/2
則不知禍福○所託 22/112/2
人莫○爲 22/112/5
其累百年○欲 22/112/6
易一時○嫌 22/112/6
故嚮萬物○美而不能嗛也 22/112/12
假而得（問）〔閒〕而嗛○ 22/112/12
故嚮萬物○美而盛憂 22/112/13
兼萬物○利而盛害 22/112/13
夫是○謂以己爲物役矣 22/112/15
麤布○衣、麤紃○履而可以養體 22/112/18
故無萬物○美而可以養樂 22/112/20
無埶列○位而可以養名 22/112/20
夫是○謂重己役物 22/112/21
無稽○言 22/112/23
不見○行 22/112/23
不聞○謀 22/112/23
人○性惡 23/113/3,23/114/8,23/115/3
今人○性 23/113/3,23/113/19,23/113/21,23/114/2,23/114/21
生而有耳目○欲 23/113/4
然則從人○性 23/113/5
順人○情 23/113/5
故必將有師法○化、禮義○道 23/113/6
用此觀○ 23/113/7,23/113/13,23/113/22,23/114/6,23/114/20,23/114/23,23/115/8,23/115/14,23/115/17,23/115/25,23/116/21
然則人○性惡明矣 23/113/7,23/113/13,23/113/22,23/114/6,23/115/8,23/115/14,23/115/18
今人○性惡 23/113/9,23/115/17
古者聖王以人○性惡 23/113/10
是以爲○起禮義、制法度以矯飾人○情性而正○ 23/113/11
以擾化人○情性而導○也 23/113/12
今○人 23/113/12
人○學者 23/113/16
是不及知人○性 23/113/16
而不察〔乎〕人（人）○性僞○分者也 23/113/16
凡性者、天○就也 23/113/17
禮義者、聖人○所生也 23/113/17
人○所學而能 23/113/18
不可學、不可事（而）〔○〕在人者謂○性 23/113/18
可學而能、可事而成○在人者謂○僞 23/113/18
是性、僞○分也 23/113/19
夫可以見○明不離目 23/113/20
可以聽○聰不離耳 23/113/20,23/114/2
今人○性善 23/113/21
必失而喪○ 23/113/22
不離其朴而美○ 23/114/1
不離其資而利○也 23/114/1
使夫資朴○於美 23/114/1
心意○於善 23/114/1
若夫可以見○明不離目 23/114/2
此人○情性也 23/114/3,23/114/16
夫子○讓乎父 23/114/4
弟○讓乎兄 23/114/4
子○代乎父 23/114/4
弟○代乎兄 23/114/4
然而孝子○道 23/114/5
禮義○文理也 23/114/5
是生於聖人○僞 23/114/8,23/114/11
非故生於人○性也 23/114/8,23/114/9,23/114/10,23/114/11
然則器生於（工）〔陶〕人○僞 23/114/9
然則器生於工人○僞 23/114/10
是皆生於人○情性者也 23/114/12
感而自然、不待事而後生○者也 23/114/12
謂○（生於）僞 23/114/13
是性、僞○所生 23/114/13
其不同○徵也 23/114/14
是聖人○所生也 23/114/15
故聖人○所以同於衆 23/114/15
假○人有弟兄資財而分者 23/114/16
且化禮義○文理 23/114/17
凡人○欲爲善者 23/114/18
苟無○中者 23/114/19
苟有○中者 23/114/20
人○欲爲善者 23/114/20
故彊學而求有○也 23/114/21
故思慮而求知○也 23/114/21
人○性善 23/115/1
凡古今天下○所謂善者 23/115/1
是善惡○分也已 23/115/2
今誠以人○性固正理平治邪 23/115/2
故古者聖人以人○性惡 23/115/3

故爲○立君上○埶以臨○ 23/115/4
明禮義以化○ 23/115/4
起法正以治○ 23/115/5
重刑罰以禁○ 23/115/5
是聖王○治而禮義○化也 23/115/5
今當試去君上○埶 23/115/6
無禮義○化 23/115/6
去法正○治 23/115/6
無刑罰○禁 23/115/6
倚而觀天下民人○相與也 23/115/6
則夫彊者害弱而奪○ 23/115/7
衆者暴寡而譁○ 23/115/7
天下○悖亂而相亡不待頃矣 23/115/7
故坐而言○ 23/115/10
今孟子曰「人○性善」 23/115/11
坐而言○ 23/115/11
故檃栝○生 23/115/13
繩墨○起 23/115/13
必將待聖王○治、禮義○化 23/115/17
是人○性 23/115/20
故聖人能生○也 23/115/20
然則瓦埴豈陶人○性也哉 23/115/21
然則器木豈工人○性也哉 23/115/21
夫聖人○於禮義也 23/115/22
辟亦陶埏而生○也 23/115/22
豈人○本性也哉 23/115/22
凡人○性者 23/115/22
堯、舜○與桀、跖 23/115/23
君子○與小人 23/115/23
今將以禮義積僞爲人○性邪 23/115/23
然則聖人○於禮義積僞也 23/115/25
亦猶陶埏而生○也 23/115/25
豈人○性也哉 23/115/26
故人○性惡明矣 23/115/27
然而曾、騫、孝己獨厚於孝○實而全於孝○名者 23/116/1
天非私齊、魯○民而外秦人也 23/116/2
然而〔秦人〕於父子○義、夫婦○別不如齊、魯○孝（具）〔共〕敬（父）〔文〕者 23/116/2
以秦人○從情性、安恣睢、慢於禮義故也 23/116/3
塗○人可以爲禹 23/116/6
凡禹○所以爲禹者 23/116/6
然則仁義法正有可知可能○理 23/116/6
然而塗○人也 23/116/7
皆有可以知仁義法正○質 23/116/7
皆有可以能仁義法正○具 23/116/7
今以仁義法正爲固無可知可能○理邪 23/116/8
將使塗○人固無可以知仁義法正○質 23/116/9
而固無可以能仁義法正○具邪 23/116/9
然則塗○人也 23/116/10
且內不可以知父子○義 23/116/10
外不可以知君臣○正 23/116/10
塗○人者 23/116/11
皆內可以知父子○義 23/116/11
外可以知君臣○正 23/116/11
然則其可以知○質、可以能○具 23/116/11
其在塗○人明矣 23/116/12
今使塗○人者以其可以知○質、可以能○具 23/116/12
本夫仁義○可知○理、可能○具 23/116/13
今使塗○人伏術爲學 23/116/13
人○所積而致矣 23/116/15
故塗○人可以爲禹 23/116/19
塗○人能爲禹 23/116/19
然則能不能○與可不可 23/116/22
人○情乎 23/116/26,23/116/26
有聖人○知者 23/117/1
有士君子○知者 23/117/1
有小人○知者 23/117/1
有役夫○知者 23/117/1
言○千舉萬變 23/117/2
是聖人○知也 23/117/2
若佚○以繩 23/117/3
是士君子○知也 23/117/3
是小人○知也 23/117/4
是役夫○知也 23/117/5
上不循於亂世○君 23/117/6
下不俗於亂世○民 23/117/6
仁○所在無貧窮 23/117/7
仁○所亡無富貴 23/117/7
天下知○ 23/117/7
則欲與天下（同）（苦）〔共〕樂○ 23/117/7
天下不知○ 23/117/8
則傀然獨立天地○間而不畏 23/117/8
賢者敢推而尙○ 23/117/9
不肖者敢援而廢○ 23/117/9
不恤是非、然不然○情以期勝人爲意 23/117/10
古○良弓也 23/117/12
桓公○葱 23/117/12
大公○闕 23/117/12
文王○錄 23/117/12
莊君○曶 23/117/13
闔閭○干將、莫邪、鉅闕、辟閭 23/117/13
此皆古○良劍也 23/117/13
此皆古○良馬也 23/117/14
然而（前必）〔必前〕有銜轡○制 23/117/14
後有鞭策○威 23/117/15
加○以造父○馭 23/117/15
必將求賢師而事○ 23/117/16
擇賢友而友○ 23/117/16
得賢師而事○ 23/117/16
則所聞者堯、舜、禹、湯○道也 23/117/16
得良友而友○ 23/117/17
則所見者忠信敬讓○行也 23/117/17
所見者汙漫、淫邪、貪利○行也 23/117/18
四海○內無客禮 24/118/5
普天○下 24/118/8
率土○濱 24/118/8
則士大夫無流淫○行 24/118/10
莫敢犯（大）上○禁 24/118/11
天下曉然皆知夫盜竊○

| | |
|---|---|
| （人）不可以爲富也 | 24/118/11 |
| 皆知夫賊害○（人）不可以爲壽也 | 24/118/12 |
| 皆知夫〔犯〕上○禁不可以爲安也 | 24/118/12 |
| （治）世曉然皆知夫爲姦則雖隱竄逃亡○由不足以免也 | 24/118/14 |
| 兆人賴○ | 24/119/1 |
| 哀今○人 | 24/119/6 |
| 二者、是非○本 | 24/119/9 |
| 而得失○原也 | 24/119/9 |
| 故成王○於周公也 | 24/119/9 |
| 桓公○於管仲也 | 24/119/10 |
| 此先王○道也 | 24/119/12 |
| 兼此而能○ | 24/119/15 |
| 謂○聖 | 24/119/15 |
| 世○殃 | 25/120/3 |
| 主誠聽○、天下爲一海內賓 | 25/120/6 |
| 主○孽 | 25/120/7 |
| 世○災 | 25/120/8 |
| 武王善○、封〔○〕於宋立其祖 | 25/120/9 |
| 世○衰 | 25/120/9 |
| 武王誅○、呂尚招麾殷民懷 | 25/120/10 |
| 世○禍 | 25/120/10 |
| 穆公得○、强配五伯六卿施 | 25/120/10 |
| 世○愚 | 25/120/11 |
| 堯在萬世如見○ | 25/120/12 |
| 讒人罔極、險陂傾側此○疑 | 25/120/12 |
| 文、武○道同伏戲 | 25/120/13 |
| 由○者治、不由者亂何疑爲 | 25/120/13 |
| 至治○極復後王 | 25/120/14 |
| 百家○說誠不詳 | 25/120/14 |
| 脩○吉 | 25/120/14 |
| 君子執○心如結 | 25/120/14 |
| 衆人貳○、讒夫棄○形是詰 | 25/120/15 |
| 治○經 | 25/121/1 |
| 治○志 | 25/121/2 |
| 君子誠○好以待 | 25/121/2 |
| 處○敦固、有深藏○能遠思 | 25/121/2 |
| 志○榮 | 25/121/2 |
| 好而壹○神以成 | 25/121/3 |
| 治○道 | 25/121/3 |
| 君子由○佼以好 | 25/121/3 |
| 君子道○順以達 | 25/121/4 |
| 雖有賢聖、適不遇世孰知○ | 25/121/9 |
| 舉舜甽畝、任○天下身休息 | 25/121/11 |
| 阪爲（先）〔○〕 | 25/122/2 |
| 人○態 | 25/122/6 |
| 孰公長父○難、厲王流于彘 | 25/122/7 |
| 進諫不聽、剄而獨鹿棄○江 | 25/122/9 |
| 君謹守○、下皆平正國乃昌 | 25/122/12 |
| 修○者榮、離○者辱孰它師 | 25/122/15 |
| 聽○經 | 25/123/3 |
| 吏謹將○無鈹滑 | 25/123/6 |
| 以治天下、後世法○成律貫 | 25/123/7 |
| 敢請○王 | 26/123/12,26/125/8 |
| 性得○則甚雅似者歟 | 26/123/14 |
| 匹夫隆○則爲聖人 | 26/123/14 |
| 諸侯隆○則一四海者歟 | 26/123/14 |
| 請歸○禮 | 26/123/15 |
| 百姓待○而後寧泰 | 26/124/1 |
| 修潔○爲親而雜汙○爲狄者邪 | 26/124/2 |
| 行爲動靜待○而後適者邪 | 26/124/3 |
| 血氣○精也 | 26/124/3 |
| 志意○榮也 | 26/124/4 |
| 百姓待○而後寧也 | 26/124/4 |
| 天下待○而後平也 | 26/124/4 |
| 夫是○謂君子○知 | 26/124/5 |
| 忽兮其極○遠也 | 26/124/8 |
| 卬卬兮天下○咸蹇也 | 26/124/9 |
| 天下失○則滅 | 26/124/10 |
| 此○願陳 | 26/124/10 |
| 請測意○ | 26/124/11 |
| 請歸○雲 | 26/124/14 |
| 待○而後存 | 26/124/17 |
| 請占○五（帝）〔泰〕 | 26/125/1 |
| 〔五〕（帝）〔泰〕占○曰 | 26/125/1 |
| 夫是○謂蠶理 | 26/125/4 |
| 夫是○謂箴理 | 26/125/10 |
| 昭昭乎其知○明也 | 26/125/16 |
| 郁郁乎其遇時○不祥也 | 26/125/17 |
| 拂乎其欲禮義○大行也 | 26/125/17 |
| 闇乎天下○晦盲也 | 26/125/17 |
| 古○常也 | 26/125/18 |
| 閭娵、子奢莫○媒也 | 26/126/1 |
| 嫫母、刁父是○喜也 | 26/126/1 |
| 故王者必居天下○中 | 27/126/9 |
| 顛○倒○ | 27/126/13 |
| 自公召○ | 27/126/13 |
| 先王以禮表天下○亂 | 27/127/4 |
| 此刑罰○所以繁也 | 27/127/5 |
| 故禮○生 | 27/127/7 |
| 親迎○禮 | 27/127/12 |
| 醮而命○ | 27/127/12 |
| 隆率以敬先妣○嗣 | 27/127/12 |
| 夫行也者、行禮○謂也 | 27/127/15 |
| 君子○於子 | 27/127/20 |
| 愛○而勿面 | 27/127/20 |
| 使○而勿貌 | 27/127/20 |
| 導○以道而勿彊 | 27/127/20 |
| 禮○大凡 | 27/127/24 |
| 仁○殺也 | 27/127/26 |
| 義○倫也 | 27/127/26 |
| 行○得其節 | 27/127/27 |
| 禮○序也 | 27/127/27 |
| 仁、非其里而（虛）〔處〕○ | 27/127/28 |
| 義、非其門而由○ | 27/127/28 |
| 禮○大也 | 27/128/7 |
| 禮者、政○輓也 | 27/128/9 |
| 如○何憂○長也 | 27/128/11 |
| 先事慮事謂○接 | 27/128/12 |
| 先患慮患謂○豫 | 27/128/13 |
| 事至而後慮者謂○後 | 27/128/13 |
| 患至而後慮者謂○困 | 27/128/13 |
| 萬民望○ | 27/128/15 |
| 過十室○邑必下 | 27/128/17 |
| 大夫○臣拜不稽首 | 27/128/23 |
| 故天地生○ | 27/129/2 |
| 言語○美 | 27/129/6 |
| 朝廷○美 | 27/129/6 |
| 不○臣○家 | 27/129/10 |

君若父〇友 27/129/13
食〇則食矣 27/129/13
《易》〇《咸》 27/129/17
夫婦〇道 27/129/17
君臣父子〇本也 27/129/17
聘士〇義 27/129/20
親迎〇道 27/129/20
禮者、人〇所履也 27/129/22
禮〇於正國家也 27/129/24
如權衡〇於輕重也 27/129/24
如繩墨〇於曲直也 27/129/24
和（樂）〔鸞〕〇聲 27/129/27
立視前六尺而（大）〔六〕〇 27/130/5
禮〇中焉 27/130/8
能思索謂〇能慮 27/130/8
蔽公者謂〇昧 27/130/18
隱良者謂〇妒 27/130/18
奉妒昧者謂〇交譎 27/130/19
交譎〇人、妒昧〇臣 27/130/19
國〇薉孽也 27/130/19
口能言〇 27/130/21,27/130/21
身能行〇 27/130/21,27/130/21
所以富〇也 27/130/24
所以道〇也 27/130/25
飲〇食〇 27/131/1
教〇誨〇 27/131/1
表商容〇閭 27/131/3
式箕子〇囚 27/131/3
哭比干〇墓 27/131/3
父母〇喪 27/131/13
晏子、功用〇臣也 27/131/16
管仲〇爲人力功不力義 27/131/17
公行子〇〇燕 27/131/22
氐、羌〇虜也 27/131/23
終日求〇而不得 27/131/26
其得〇 27/131/26
眸而見〇也 27/131/26
心〇於慮亦然 27/131/26
義與利者、人〇所兩有也 27/132/1
雖堯、舜不能去民〇欲利 27/132/1
雖桀、紂亦不能去民〇好義 27/132/2
有國〇君不息牛羊 27/132/4
錯質〇臣不息鷄豚 27/132/4
此邪行〇所以起 27/132/10
刑罰〇所以多也 27/132/10
二者、〔治〕亂〇衢也 27/132/12
則人民〇行如此 27/132/13
天〇生民 27/132/19
天〇立君 27/132/19
故舜〇治天下 27/132/22
六貳〇博 27/133/3
君子〇學如蛻 27/133/6
幡然遷〇 27/133/6
臨患難而不忘（細）〔茵〕席〇言 27/133/13
小人不誠於內而求〇於外 27/133/17
言而不稱師謂〇畔 27/133/19
教而不稱師謂〇倍 27/133/19
倍畔〇人 27/133/19
孝子〇道也 27/133/26
嬰聞〇 27/134/1
乘輿〇輪、太山〇木也 27/134/2
君子〇檃栝不可不謹也 27/134/3
愼〇 27/134/3
一佩易〇 27/134/3
君子〇所漸 27/134/4
人〇於文學也 27/134/6
猶玉〇於琢磨也 27/134/6
和〔氏〕〇璧、井里〇厥也 27/134/7
玉人琢〇 27/134/7
君子進則能益上〇譽而損下〇憂 27/134/20
不能而居〇 27/134/20
無益而厚受〇 27/134/20
《國風》〇好色也 27/135/7
疾今〇政以思往者 27/135/8
君子也者而好〇 27/135/18
非君子而好〇 27/135/18
非其人而教〇 27/135/19
古〇賢人 27/135/21
諸侯〇驕我者 27/136/1
大夫〇驕我者 27/136/2
非一日〇聞也 27/136/4
夫類〇相從也 27/136/9
如此〇箸也 27/136/9
是德〇基也 27/136/10
仁義禮善〇於人也 27/136/15
辟〇若貨財、粟米〇於家也 27/136/15
多有〇者富 27/136/15
少有〇者貧 27/136/15
是棄國捐身〇道也 27/136/16
流言滅〇 27/136/20
貨色遠〇 27/136/20
〔禍〇〕所由生也 27/136/20
是故君子蚤絕〇 27/136/20
言〇信者 27/136/22
在乎區蓋〇閒 27/136/22
說〇不以道 27/136/24
此家言邪學〇所以惡儒者也 27/137/1
是非疑則度〇以遠事 27/137/1
驗〇以近物 27/137/2
參〇以平心 27/137/2
（泔）〔洎〕〇 27/137/4
（泔）〔洎〕〇傷人 27/137/4
不若奧〇 27/137/5
傷其聞〇晚也 27/137/5
無用吾〇所短遇人〇所長 27/137/7
君子〇所憎惡也 27/137/8
惡民〇串以無分得也 27/137/13
天下〇人 27/137/16
三王既已定法度、制禮樂而傳〇 27/137/17
何異於變易牙〇和、更師曠〇律 27/137/17
無三王〇法 27/137/18
劫迫於暴國而無所辟〇 27/137/22
孔子觀於魯桓公〇廟 28/138/10
此蓋爲宥坐〇器 28/138/11
吾聞宥坐〇器者 28/138/11
弟子挹水而注〇 28/138/12
守〇以愚 28/138/14
守〇以讓 28/138/14
守〇以怯 28/138/14
守〇以謙 28/138/15
此所謂挹而損〇〇道也 28/138/15
夫少正卯、魯〇聞人也 28/138/17
夫子爲政而始誅〇 28/138/17
則不得免於君子〇誅 28/138/20
而少正卯兼有〇 28/138/20
此小人〇桀雄也 28/138/21
孔子拘〇 28/139/1
孔子舍〇 28/139/1

季孫聞○不說 28/139/1
又舍○ 28/139/2
上失○ 28/139/3
下殺○ 28/139/3
故先王既陳○以道 28/139/7
上先服○ 28/139/7
尙賢以綦○ 28/139/7
廢不能以單○ 28/139/8
然後俟○以刑 28/139/8
維周○氐 28/139/9
秉國○均 28/139/9
今○世則不然 28/139/10
則從而制○ 28/139/11
三尺○岸而虛車不能登也 28/139/11
百仞○山任負車登焉 28/139/12
數仞○牆而民不踰也 28/139/12
百仞○山而豎子馮而游焉 28/139/12
今夫世○陵遲亦久矣 28/139/13
眷焉顧○ 28/139/14
道○云遠 28/140/1
孔子觀於東流○水 28/140/4
君子○所以見大水必觀焉者 28/140/4
若有決行○ 28/140/6
其赴百仞○谷不懼 28/140/6
老無以教○ 28/140/11
吾恥○ 28/140/11
吾鄙○ 28/140/12
吾殆○也 28/140/12
吾與○ 28/140/14
厄於陳、蔡○閒 28/140/17
子路進問○ 28/140/17
由聞○ 28/140/18
爲善者天報○以福 28/140/18
爲不善者天報○以禍 28/140/18
行○日久矣 28/141/1
奚居○隱也 28/141/1
由是觀○ 28/141/4
君子○學 28/141/5
何難○有 28/141/7
女庸安知吾不得○桑落○下乎哉 28/141/9
子貢觀於魯廟○北堂 28/141/12
賜觀於太廟○北堂 28/141/12
太廟○堂 28/141/14
人○小行也 29/141/19
人○中行也 29/141/19
人○大行也 29/141/19
明於從不從○義 29/142/2
而能致恭敬、忠信、端愨以愼行○ 29/142/2
昔萬乘○國有爭臣四人 29/142/10
千乘○國有爭臣三人 29/142/11
百乘○家有爭臣二人 29/142/11
審其所以從○○謂孝、○謂貞也 29/142/12
然而無孝○名 29/142/15
古○人有言曰 29/142/16
則何（以）爲而無孝○名也 29/142/17
志○ 29/142/18,29/143/3
30/144/1
雖有國士○力 29/142/19
身○罪也 29/142/19
友○過也 29/142/20
何爲而無孝○名也 29/142/20
吾將爲汝問○ 29/142/24
及其至江○津也 29/143/1
故君子知○曰知○ 29/143/4
言○要也 29/143/4
能○曰能○ 29/143/4
行○至也 29/143/5
既已得○ 29/143/14,29/143/15
是以有終身○樂 29/143/15
無一日○憂 29/143/15
又恐失○ 29/143/16
是以有終身○憂 29/143/16
無一日○樂也 29/143/16
聖人法而知○ 30/143/20
無內人○疏而外人○親 30/143/23
內人○疏而外人○親 30/143/23
君子○所以貴玉而賤珉者 30/144/5
爲夫玉○少而珉○多邪 30/144/5
夫君子豈多而賤○、少而貴○哉 30/144/6
扣○ 30/144/8
故雖有珉○雕雕 30/144/8
不若玉○章章 30/144/9
失○己而反諸人 30/144/12
夫子○門 30/144/15
且夫良醫○門多病人 30/144/16
隱栝○側多枉木 30/144/16
（五）〔吾〕欲論吾國○士 31/144/27
與○治國 31/144/27
敢問何如〔取〕○邪 31/144/27
生今○世 31/145/1,31/145/4
志古○道 31/145/1,31/145/4
居今○俗 31/145/1,31/145/4
服古○服 31/145/1,31/145/5
故知既已知○矣 31/145/15
言既已謂○矣 31/145/15
行既已由○矣 31/145/16
則若性命肌膚○不可易也 31/145/16
敢問何如斯可謂○君子矣 31/146/1
辨乎萬物○情性者也 31/146/8
若天○嗣 31/146/10
古○王者 31/146/14
烏鵲○巢可俯而窺也 31/146/15
寡人生於深宮○中 31/146/17
長於婦人○手 31/146/17
君○所問 31/146/18
聖君○問也 31/146/18
何足以知○ 31/147/1
非吾子無所聞○也 31/147/1
諸侯○子孫必有在君○末庭者 31/147/4
君出魯○四門以望魯四郊 31/147/5
亡國○虛則必有數蓋焉 31/147/5
且丘聞○ 31/147/6,31/147/11
君其知○矣 31/147/12
譬○其豺狼也 31/147/16
〔子亦聞〕東野（子）〔畢〕○善馭乎 31/147/20
東野畢○馬失 31/148/2
東野畢○馭 31/148/3
不識吾子何以知○ 31/148/4
臣以政知○ 31/148/4
今東野畢○馭〔也〕 31/148/6
是以知○也 31/148/7
臣聞○ 31/148/8
爲○柰何 32/148/13
亦嘗有以楚莊王○語聞於左右者乎 32/148/17
楚莊王○語何如 32/148/18

其在《中蘬》○言也 32/148/20
今以不穀○不肖而群臣莫吾逮 32/148/21
天使夫子振寡人○過也 32/148/22
周公謂伯禽○傅曰 32/149/1
女又美○ 32/149/3,32/149/5
彼爭者、均者○氣也 32/149/4
聞○（日）〔曰〕 32/149/5
彼淺者、賤人○道也 32/149/6
女又美○乎 32/149/7
我、文王○爲子 32/149/7
武王○爲弟 32/149/7
成王○爲叔父 32/149/7
貌執○士者百有餘人 32/149/8
乃在百人與千人○中 32/149/10
故上士吾薄爲○貌 32/149/10
下士吾厚爲○貌 32/149/10
見物然後知其是非○所在 32/149/11
戒○哉 32/149/11
夫仰祿○士猶可驕也 32/149/12
正身○士不可驕也 32/149/12
彼正身○士 32/149/12
是以天下○紀不息、文章不廢也 32/149/13
繒丘○封人見楚相孫叔敖曰 32/149/16
吾聞○也 32/149/16
處官久者士妬○ 32/149/16
祿厚者民怨○ 32/149/16
位尊者君恨○ 32/149/17
今相國有此三者而不得罪〔於〕楚○士民 32/149/17
是以不得罪於楚○士民也 32/149/18
深扫○而得甘泉焉 32/149/21
樹○而五穀播焉 32/149/22
昔虞不用宮○奇而晉并○ 32/150/1
萊不用子馬而齊并○ 32/150/1
紂刳王子比干而武王得○ 32/150/1
行全刺○ 32/150/5
然則孫卿（將懷）〔懷將〕聖○心 32/150/6
蒙佯狂○色 32/150/7
今○學者得孫卿○遺言餘教 32/150/8
世少知○ 32/150/10

枝 zhī 5

故以○代主而非越也 8/27/22
明○主之義 8/27/24
若生四○ 8/30/16
○葉必類本 10/47/2
心○則無知 21/104/15

知 zhī 476

不○天之高也 1/1/7
不○地之厚也 1/1/7
不○學問之大也 1/1/7
君子○夫不全不粹之不足以爲美也 1/4/16
凡用血氣、志意、○慮 2/5/12
吾安○禮之爲是也 2/8/1
則是○若師也 2/8/2
○若師 2/8/2
不識不○ 2/8/5
君子易（○）〔和〕而難狎 3/9/7
○當曲直故也 3/10/2
○則明通而類 3/10/6
○則攫盜而漸 3/10/8
非○也 3/10/18,17/81/4
聖人爲○矣 3/11/9
上雖不○ 3/11/22,3/11/23
直立而不見○者 4/12/22
不○是非 4/13/14
自○者不怨人 4/13/19
○命者不怨天 4/13/20
不○其義 4/14/11
材性○能 4/14/17
慮之難○也 4/14/19
慮之易○也 4/14/21,22/110/24
○慮材性 4/14/23
夫不○其與己無以異也 4/14/23
故孰察小人之○能 4/14/24
足以○其有餘可以爲君子之所爲也 4/14/24
是非○能材性然也 4/15/1
安○禮義 4/15/16
安○辭讓 4/15/16
安○廉恥隅積 4/15/16
愚者俄且○也 4/16/1
然而窮年累世不○不足 4/16/5
方○畜雞狗豬彘 4/16/6
今夫偷生淺○之屬 4/16/9
曾此而不○也 4/16/9
莫之能○也 4/16/13,19/98/2
○不幾者不可與及聖人之言 4/16/14
固非庸人之所○也 4/16/14
○賢愚、能不能之分 4/17/1
莫不以其仁厚○能盡官職 4/17/4
相人之形狀顏色而○其吉凶妖祥 5/17/10
○士不能明 5/18/9
欲○億萬 5/18/21
欲○上世 5/18/21
欲○周道 5/18/21
以近○遠 5/18/22
以一○萬 5/18/22
以微○明 5/18/22
愚者聞其略而不○其詳 5/19/7
聞其（詳）〔小〕而不○其大也 5/19/8
○而能容愚 5/20/3
使天下混然不○是非治亂之所存者 6/21/10
不○一天下、建國家之權稱 6/21/19
略法先王而不○其統 6/22/8
嚾嚾然不○其所非也 6/22/10
○也 6/23/4,30/144/7
亦○也 6/23/5
故○默由○言也 6/23/5
勞○而不律先王 6/23/6
○而險 6/23/7
○而無法 6/23/9
聰明聖○不以窮人 6/23/13
不○則問 6/23/14
○命者也 6/24/8
無○而云○者也 6/24/9
是天下之大○也 7/25/11
故○兵者之舉事也 7/26/17
○而好謙 7/26/19
君雖不○ 7/27/4
君子之所謂○者 8/28/17
非能徧○人之所○之謂也 8/28/17
凡○說 8/29/4

○說失中謂之姦道 8/29/5
雖有聖人之○ 8/29/7
不○無害爲君子 8/29/8
○之無損爲小人 8/29/8
工匠不○ 8/29/8
君子不○ 8/29/8
不○惡也 8/29/10
愚而○ 8/29/14
○之 8/29/15
豈不愚而○矣哉 8/29/17
其○慮多當矣而未周密也 8/30/14
炤炤兮其用○之明也 8/31/1
飛廉、惡來○政 8/31/18
舉不○法後王而一制度 8/32/17
不○隆禮義而殺《詩》、《書》 8/32/18
然而不○惡（者） 8/32/18
則○不能類也 8/33/1
○之曰○之 8/33/1
不○曰不○ 8/33/1,29/143/4
見之不若○之 8/33/11
○之不若行之 8/33/11
見之而不○ 8/33/13
○之而不行 8/33/13
故人無師無法而○ 8/33/16
人有師有法而○ 8/33/17
故人○謹注錯 8/34/8
甚愚陋溝瞀而冀人之以己爲○也 8/34/15
○而好問 8/34/16
○通統類 8/34/16
○彊大之敝 9/37/2
○彊（大）〔道〕者不務彊也 9/37/2
是○彊道者也 9/37/4
是○霸道者也 9/37/10
是○王道者也 9/37/16
○此三具者 9/37/16
百姓曉然皆○夫爲善於家而取賞於朝也 9/38/6
草木有生而無○ 9/39/9
禽獸有○而無義 9/39/9
人有氣、有生、有○ 9/39/9
宰爵○賓客、祭祀、饗食、犧牲之牢數 9/40/1
司徒○百宗、城郭、立器之數 9/40/1
司馬○師旅、甲兵、乘白之數 9/40/1
○其吉凶妖祥 9/40/9
則賢良○聖之士案自進矣 9/41/9
擇士之○事者使相率貫也 9/41/20
同欲而異○ 10/42/12
○愚同 10/42/13
○愚分 10/42/13
埶同而○異 10/42/13
則○者未得治也 10/42/14
○者未得治 10/42/14
○懼愚也 10/42/18
故○者爲之分也 10/42/21
故○節用裕民 10/42/25
不○節用裕民則民貧 10/42/26
不○節用裕民也 10/42/28
故其○慮足以治之 10/43/20
百姓誠賴其○也 10/43/21
以養其○也 10/43/21
百姓曉然皆○其汙漫暴亂而將大危亡也 10/44/11
○夫爲人主上者不美不飾之不足以一民也 10/45/16
使天下生民之屬皆○己之所願欲之舉在于是也 10/45/19
皆○己之所畏恐之舉在于是也 10/45/20
是○國計之極也 10/48/1
○本末源流之謂也 10/48/2
然而主相不○惡也 10/48/4
臣下曉然皆○其可要也 11/50/5
○恐懼而求能者 11/51/12
不○恐懼而求能者 11/51/12
非○樂者也 11/52/4
其難者在於人主之○之也 11/52/23
其用○甚簡 11/53/11
○一政於管仲也 11/55/2
○者易爲之興力而功名綦大 11/55/3
○者之○ 11/55/4
愚者之○ 11/55/5
使愚詔○ 11/56/2
不○法之義而正法之數者 12/57/6
○國之安危臧否若別白黑 12/59/6
天下曉然皆○其所非以爲異也 12/60/5
尙賢使能則民○方 12/60/10
不慮而○ 12/60/17,24/118/6
故○而不仁 12/60/21
仁而不○ 12/60/21
既○且仁 12/60/22,29/143/5
○慮取舍 12/61/7
愚不得以謀○ 12/61/8
不可不略○也 12/62/12
而人主無由○之 12/62/13
其中不可以不○也 12/62/14
然則人主將何以○之 12/62/15
其○慧足使規物 12/62/16
其○慮足以應待萬變然後可 12/62/20
○隆禮義之爲尊君也 12/63/5
○好士之爲美名也 12/63/5
○愛民之爲安國也 12/63/5
○有常法之爲一俗也 12/63/5
○尙賢使能之爲長功也 12/63/6
○務本禁末之爲多材也 12/63/6
○無與下爭小利之爲便於事也 12/63/6
○明制度、權物稱用之爲不泥也 12/63/7
不○道此道 12/63/9
有能比○同力 13/64/2
人○其一 13/65/16
莫○其它 13/65/16
三者、非明主莫之能○也 13/66/1
○微而論 14/67/21
莫○其所從出 15/68/10
○莫大乎棄疑 15/70/24
非女所○也 15/71/22,15/72/2
○罪之在己也 15/73/7
然後百姓曉然皆○（脩）〔循〕上之法 15/74/1
人○貴生樂安而棄禮義 16/77/12
亡國至亡而後○亡 16/78/23
至死而後○死 16/78/23
皆○其所以成 17/80/6
莫○其無形 17/80/6
唯聖人爲不求○天 17/80/7
則○其所爲 17/80/14
○其所不爲矣 17/80/14
夫是之謂○天 17/80/15
大○在所不慮 17/80/17

已其見（〇）〔和〕之可以治者矣 17/80/19

〇慮明 17/81/5,18/88/24

不〇貫 17/82/20

不〇應變 17/82/20

而自以爲〇道 17/83/3

無〇也 17/83/3

易直則易〇 18/83/15

易〇則明 18/83/15

比周則難〇 18/83/16

難〇則不明 18/83/17

故上易〇 18/83/18

上難〇 18/83/19

故主道莫惡乎難〇 18/83/19

其〇慮至險也 18/84/15

譬之是猶傴巫、跛匡大自以爲有〇也 18/84/19

庸人不〇惡矣 18/85/8

未有〇其所由來者也 18/85/13

19/95/15

愚不足與謀〇 18/86/3

若夫〇慮取舍則無衰 18/86/15

不〇逆順之理 18/87/5

是不及〇治道 18/87/18

皆使（當）〔富〕厚、優猶（不）〇足 18/87/19

〇者不得慮 18/88/1,32/150/6

〇見侮之爲不辱 18/88/10

是豈鉅〇見侮之爲不辱哉 18/88/13

雖〇見侮爲不辱 18/88/15

不〇其無益 18/88/17

則不〇 18/88/18

〇其無益也 18/88/18

不仁不〇 18/88/18

將使人〇情（欲之）〔之欲〕寡也 18/89/12

孰〇夫出死要節之所以養生也 19/90/14

孰〇夫出費用之所以養財也 19/90/14

孰〇夫恭敬辭讓之所以養安也 19/90/15

孰〇夫禮義文理之所以養情也 19/90/15

是敬其有〇而慢其無〇也 19/93/7

則夫忠臣孝子亦〇其閔已 19/93/19

非順孰修爲之君子莫之能〇也 19/94/21

必有〇 19/96/10

有〇之屬 19/96/10

莫〇於人 19/96/13

聖人明〇之 19/98/2

曷以〇舞之意 20/101/2

而〇王道之易易也 20/101/6

20/101/22

〇其能和樂而不流也 20/101/15

〇其能弟長而無遺也 20/101/17

〇其能安燕而不亂也 20/101/19

而不〇關龍逢 21/102/15

而不〇微子啓 21/102/16

身不先〇 21/102/18

然而不〇 21/103/2

鮑叔、甯戚、隰朋仁〇且不蔽 21/103/3

召公、呂望仁〇且不蔽 21/103/4

〇賢之謂明 21/103/5

墨子蔽於用而不〇文 21/103/8

宋子蔽於欲而不〇得 21/103/8

愼子蔽於法而不〇賢 21/103/8

申子蔽於埶而不〇〇 21/103/9

惠子蔽於辭而不〇實 21/103/9

莊子蔽於天而不〇人 21/103/9

曲〇之人 21/103/12

孔子仁〇且不蔽 21/103/15

聖人〇心術之患 21/103/16

故心不可以不〇道 21/103/18

心不〇道 21/103/18

而不（〇）合於道人 21/103/20

夫何以〇 21/103/20

心〇道 21/103/21

何患不〇 21/103/22

故治之要在於〇道 21/103/25

人何以〇道 21/103/25

心何以〇 21/103/25

人生而有〇 21/104/1

〇而有志 21/104/1

心生而有〇 21/104/2

〇而有異 21/104/2

異也者、同時兼〇之 21/104/2

同時兼〇之 21/104/2

不以夢劇亂〇謂之靜 21/104/4

〇道、察 21/104/6

〇道、行 21/104/6

疏觀萬物而〇其情 21/104/8

孰〇其極 21/104/9

孰〇其德 21/104/9

孰〇其形 21/104/9

心枝則無〇 21/104/15

萬物可兼〇也 21/104/16

故〇者擇一而壹焉 21/104/16

榮矣而未〇 21/105/4

惟明君子而後能〇之 21/105/5

凡以〇 21/106/18

可以〇 21/106/18

以可以〇人之性 21/106/18

求可以〇物之理而無所疑止之 21/106/18

猶不〇錯 21/106/20

〇之、聖人也 21/106/23

故有〇非以慮是 21/107/1

則謂之〇 21/107/2

所以〇之在人者謂之〇 22/107/25

〇有所合謂之智 22/107/25

故〇者爲之分別制名以指實 22/108/13

心有徵〇 22/109/1

徵〇 22/109/1

則緣耳而〇聲可也 22/109/1

緣目而〇形可也 22/109/2

然而徵〇必將待天官之當簿其類然後可也 22/109/2

五官簿之而不〇 22/109/2

則人莫不然謂之不〇 22/109/3

〇異實者之異名也 22/109/6

故明君〇其分而不與辨也 22/109/21

謂之〇名 22/110/5

故〇者之言也 22/110/24

〇所必出也 22/111/15

〇道之莫之若也而不從道者 22/111/20

故〇者論道而已矣 22/111/23

則不〇禍福之所託 22/112/2

心憂恐則口銜芻豢而不〇其味 22/112/11

耳聽鍾鼓而不〇其聲 22/112/11

目視黼黻而不〇其狀 22/112/11

輕煖平簟而體不〇其安 22/112/11

是不及〇人之性 23/113/16

性不○禮義 23/114/21
故思慮而求○之也 23/114/21
不○禮義 23/114/22
不○禮義則悖 23/114/22
然則仁義法正有可○可能之理 23/116/6
皆有可以○仁義法正之質 23/116/7
今以仁義法正爲固無可○可能之理邪 23/116/8
然則唯禹不○仁義法正、不能仁義法正也 23/116/8
將使塗之人固無可以○仁義法正之質 23/116/9
且內不可以○父子之義 23/116/10
外不可以○君臣之正 23/116/10
皆內可以○父子之義 23/116/11
外可以○君臣之正 23/116/11
然則其可以○之質、可以能之具 23/116/11
今使塗之人者以其可以○之質、可以能之具 23/116/12
本夫仁義之可○之理、可能之具 23/116/13
有聖人之○者 23/117/1
有士君子之○者 23/117/1
有小人之○者 23/117/1
有役夫之○者 23/117/1
是聖人之○也 23/117/2
是士君子之○也 23/117/3
是小人之○也 23/117/4
是役夫之○也 23/117/5
天下○之 23/117/7
天下不○之 23/117/8
夫人雖有性質美而心辨○ 23/117/16
身日進於仁義而不自○也者 23/117/17
身且加於刑戮而不自○者 23/117/19
不○其子視其友 23/117/19
不○其君視其左右 23/118/1
天下曉然皆○夫盜竊之（人）不可以爲富也 24/118/11
皆○夫賊害之（人）不可以爲壽也 24/118/12
皆○夫〔犯〕上之禁不可以爲安也 24/118/12
（治）世曉然皆○夫爲姦則雖隱竄逃亡之由不足以免也 24/118/14
則○所貴矣 24/119/8
則○所利矣 24/119/8
論○所貴 24/119/8
則○所養矣 24/119/8
事○所利 24/119/8
則（動）○所出矣 24/119/9
○所貴也 24/119/10
○所利也 24/119/10
飛廉○政任惡來 25/120/8
雖有賢聖、適不遇世孰○之 25/121/9
契爲司徒、民○孝弟尊有德 25/121/12
聖○不用愚者謀 25/122/2
前車已覆、後未○更何覺時 25/122/2
不○苦 25/122/3
不○戒 25/122/5
表儀既設民○方 25/122/14
簡然易○而致有理者歟 26/123/13
夫是之謂君子之○ 26/124/5
○ 26/124/5
莫○其門 26/124/10,27/128/15
無○無巧 26/125/6
昭昭乎其○之明也 26/125/16
琁、玉、瑤、珠不○佩也 26/126/1
雜布與錦不○異也 26/126/1
○、其役也 27/126/27
審節而不（○）〔和〕 27/128/1
○其末 27/131/8
○其右 27/131/8
幾爲○計哉 27/131/24
主道○人 27/132/22
臣道○事 27/132/22
不待卜而後○吉 27/132/25
不待戰而後○克 27/132/25
不○而問堯、舜 27/133/3
無以○松柏 27/133/13
無以○君子無日不在是 27/133/14
多○而無親 27/134/14
此則○所息矣 27/135/4
似○而非 27/136/13
○者明於事、達於數 27/136/24
流言止於○者 27/137/1
跣○而不法 27/137/7
仲尼、顏淵○而窮於世 27/137/22
聰明聖○ 28/138/14
則民○罪矣 28/139/9
汝以○者爲必用邪 28/141/1
○禍福終始而心不惑也 28/141/5
女庸安○吾不得之桑落之下乎哉 28/141/9
吾不○也 29/142/22,29/142/24
吾以夫子爲無所不○ 29/142/23
夫子徒有所不○ 29/142/23
女謂夫子爲有所不○乎 29/142/25
夫子徒無所不○ 29/142/26
色○而有能者、小人也 29/143/4
故君子○之曰○之 29/143/4
言要則○ 29/143/5
○者若何 29/143/8,29/143/9,29/143/11
○者使人○己 29/143/8
○者○人 29/143/10
○者自○ 29/143/11
禮者、衆人法而不○ 30/143/20
聖人法而○之 30/143/20
心不○（色色）〔邑邑〕 31/145/8
不○選賢人善士〔而〕託其身焉以爲己憂 31/145/9
（勤）〔動〕行不○所務 31/145/9
止（交）〔立〕不○所定 31/145/10
不○所貴 31/145/10
不○所歸 31/145/10
是故○不務多 31/145/14
務審其所○ 31/145/14
故○既已○之矣 31/145/15
○通乎大道 31/146/7
寡人未嘗○哀也 31/146/17
未嘗○憂也 31/146/17
未嘗○勞也 31/146/18
未嘗○懼也 31/146/18
未嘗○危也 31/146/18
何足以○之 31/147/1
君其○之矣 31/147/12
士信慤而後求○能焉 31/147/15

士不信慤而有多○能 31/147/16
不識吾子何以○之 31/148/4
臣以政○之 31/148/4
是以○之也 31/148/7
○如士 32/149/4
不與士爭○ 32/149/4
見物然後○其是非之所在 32/149/11
賜爲人下而未○也 32/149/21
不親賢用○ 32/150/1
世少○之 32/150/10
其○至明 32/150/11
天地不○ 32/150/12

### 芝 zhī 1

好我芳若○蘭 9/41/12

### 胝 zhī 2

手足胼○以養其親 29/142/15
29/142/17

### 祗 zhī 1

案飾其辭而○敬之曰 6/22/9

### 織 zhī 1

（卑）〔弇〕絻、黼黻、文○ 19/94/17

### 直 zhí 58

木○中繩 1/1/3
故木受繩則○ 1/1/4
好是正○ 1/1/9
不扶而○ 1/1/19
是謂是、非謂非曰○ 2/6/1
君子能則寬容易○以開道人 3/9/10
（寡）〔○〕立而不勝 3/9/15
正義○指 3/9/19
知當曲○故也 3/10/2
有○士者 3/11/20
則可謂○士矣 3/11/23
○立而不見知者 4/12/22
幾○夫芻豢稻粱之縣糟糠爾哉 4/15/21
○將差長短、辨美惡 5/17/23
曲○有以相縣矣 5/18/9
未可○至也 5/19/17
弓調矢○矣 8/32/6
○將巧繁拜請而畏事之 10/49/3
不治曲○ 11/51/15,13/66/4
猶繩墨之於曲○也 11/51/19
辟之是猶立○木而求其影之枉也 11/55/14
辟之是猶立枉木而求其影之○也 11/55/15
譬之是猶立○木而恐其景之枉也 12/61/1
譬之是猶立枉木而求其景之○也 12/61/3
案○爲是世俗之所以爲 16/76/20
治曲○ 16/78/5
則下易○矣 18/83/14
易○則易知 18/83/15
○墮之耳 18/84/12
而○輕其刑 18/85/7
○以欺人 18/88/18
則不可欺以曲○ 19/92/13
故繩者、○之至 19/92/15
殆非○留死者以安生也 19/94/1
○無由進之耳 19/97/12
使其曲○、繁省、廉肉、節奏足以感動人之善心 20/98/17
然而猶有能分是非、治曲○者邪 21/107/4
非治曲○ 21/107/4
案○將治怪說 21/107/5
○言反矣 21/107/15
君人者宜則○言至矣 21/107/16
猶引繩以持曲○ 22/110/9
故枸木必將待檃括、烝、矯然後○ 23/113/9
爲不○也 23/115/13
○木不待檃栝而○者 23/115/16
其性○也 23/115/16
枸木必將待檃栝、烝、矯然後○者 23/115/16
以其性不○也 23/115/16
不論曲○ 23/117/5
敢○其身 23/117/6
〔人〕而有埶、○而用抴必參天 25/120/16
得益、皋陶、橫革、○成爲輔 25/121/13
是非反易、比周欺上惡正○ 25/122/4
正（是）〔○〕惡 25/122/4
如繩墨之於曲○也 27/129/24
其○如矢 28/139/14

### 値 zhí 1

安○將卑埶出勞 12/63/9

### 執 zhí 16

體倨固而心（○）〔埶〕詐 2/7/1
樂樂兮其○道不殆也 8/31/1
○神而固 8/31/3
○拘則（最）〔冣〕 16/75/17
則從而○縛之 16/75/19
○薦者百人侍西房 18/86/19
沐浴、鬠體、飯唅、象生○也 19/95/7
○其干戚 20/99/4
君子○之心如結 25/120/14
五聽（循）〔脩〕領、莫不理（續）〔績〕（主○）〔孰主〕持 25/123/2
○事有恪 27/134/24
上車○轡 31/148/6
○一無失 32/148/13
○一如天地 32/148/14
然而吾所○贄而見者十人 32/149/8
貌○之士者百有餘人 32/149/8

### 埴 zhí 3

故陶人埏○而爲器 23/114/9
夫陶人埏○而生瓦 23/115/20
然則瓦○豈陶人之性也哉 23/115/21

殖 zhí 4

殺生時則草木○ 9/39/18
刺中○穀 10/44/15
五穀○ 25/121/11
草木○焉 32/149/22

植 zhí 2

身如○鰭 5/17/22
見○林以爲後人也 21/106/4

跖 zhí 11

桀、紂、盜○也 1/4/14
盜○吟口 3/9/3
可以爲桀、○ 4/15/10
爲桀、○則常危辱 4/15/12
以夫桀、○之道 4/15/20
桀、○之世不能汙 8/32/13
雖桀、○ 9/41/13,15/69/6
堯、舜之與桀、○ 23/115/23
所賤於桀、○、小人者 23/115/26
○以穿室 26/123/18

職 zhí 37

下則能保其○ 4/14/10
莫不以其仁厚知能盡官○ 4/17/4
忠臣誠能然後敢受○ 8/30/8
○而教之 9/35/6
安○則畜 9/35/7
不安○則棄 9/35/7
○而不通 9/35/16
則○之所不及者必隊 9/35/16
○而通 9/35/17
故公平者、（○）〔聽〕之衡也 9/35/17
○業無分 10/42/19
省官○ 10/45/9
然後眾人徒、備官○、漸慶賞、嚴刑罰以戒其心 10/45/19
觀其官○ 10/47/10,10/47/14
人主有○ 11/52/7
是夫人主之○也 11/52/9
士大夫分○而聽 11/52/19
11/54/15
其官○事業足以容天下之能士矣 11/53/2
人臣則爭○而妒賢 11/53/21
則人臣輕○（業）讓賢而安隨其後〔矣〕 11/53/23
士保○ 12/59/17
然後明分○ 12/60/11
故○分而民不（探）〔慢〕 12/60/14
誠能而後敢受○ 12/60/15
無私人以官○事業〔者〕 12/61/21
守○循業 12/63/4
百吏死○ 15/71/10
夫是之謂天○ 17/80/1
夫是之謂不與天爭○ 17/80/2
天○既立 17/80/9
凡爵列、官○、賞慶、刑罰 18/85/10
○競由人 18/87/14
分○名象之所起 18/88/22
守其○ 25/122/13
列官○ 27/132/20

蹠 zhí 1

○躅焉 19/96/11

止 zhǐ 53

學至乎沒而後○也 1/3/8
《詩》者、中聲之所○也 1/3/9
故學至乎《禮》而○矣 1/3/10
則節之以動○ 2/6/7
將有所○之 2/7/9
意亦有所○之與 2/7/10
○之也 2/7/11,2/7/12
彼○而待我 2/7/12
見由則恭而○ 3/10/7
有所（正）〔○〕矣 8/28/18
學至於行之而○矣 8/33/11
令行禁○ 9/35/12,14/66/18,15/75/2
好假導人而無所凝○之 9/35/15
必至於身死國亡然後○也 11/52/6
則天子共己而○矣 11/54/15
質律禁○而不偏 11/56/18
則德厚者進而佞說者○ 12/60/12
事至無悔而○矣 15/70/25
則見害傷焉○矣 15/73/11
力術○ 16/77/16
此所謂力術○也 16/77/17
殆不若○之 18/89/8
郊○乎天子 19/91/2
而社○於諸侯 19/91/2
若無喪者而○ 19/93/17
其義○ 19/93/24
誰得○之 19/93/24
期○矣 19/94/13
不沐則濡櫛三律而○ 19/95/7
不浴則濡巾三式而○ 19/95/7
自○也 21/104/11
求可以知物之理而無所疑○之 21/106/18
故學也者、固學○之也 21/106/20
惡乎○之 21/106/21
○諸至足 21/106/21
至於無共然後○ 22/109/8
至於無別然後○ 22/109/9
心○之也 22/111/9
奚○於亂 22/111/10
冰泮殺〔○〕 27/130/3
盈其欲而不愆其○ 27/135/7
流丸○於甌、臾 27/137/1
流言○於知者 27/137/1
流言○焉 27/137/2
文王誅潘○ 28/138/21
其父請○ 28/139/1
如丘而○ 28/140/14
其○輟然 30/144/8
欲去者不○ 30/144/16
○（交）〔立〕不知所定 31/145/10

芷 zhǐ 4

蘭槐之根是爲○ 1/1/20
側載睪○以養鼻 18/86/20
側載睪○ 19/90/11
且夫○蘭生於深林 28/141/4

**指 zhǐ** 16

詘五〇而頓之 1/4/2
譬之猶以〇測河也 1/4/3
正義直〇 3/9/19
未能僂〇也 8/29/8
〇其頂者愈衆 8/30/8
宇中六〇謂之極 8/34/4
拱揖〇麾 10/49/7
明一〇 11/55/16
〔若〕以〇撓沸 15/68/14
拱揖〇麾而强暴之國莫不趨使 15/70/14
則十〇不辭斷 16/79/11
故知者爲之分別制名以〇實 22/108/13
故名之足以〇實 22/110/21
迷惑失〇易上下 25/122/3
物其〇矣 27/127/2
雖〇、非禮也 27/127/2

**至 zhì** 227

風〇苕折 1/1/17
是故質的張而弓矢〇焉 1/2/5
林木茂而斧斤〇焉 1/2/6
無以〇千里 1/2/10
行衢道者不〇 1/2/14
學〇乎沒而後止也 1/3/8
故學〇乎《禮》而止矣 1/3/10
故必由其道〇 1/4/6
千里蹞步不〇 1/4/12
及〇其致好之也 1/4/18
〇忠爲賊 2/5/8
保利棄義謂之〇賊 2/6/2
胡爲乎其不可以同〇也 2/7/13
不行不〇 2/7/17
夫是之謂〇文 3/9/16
以〇其誠者也 3/11/6
君子〇德 3/11/7
唯所居以其類〇 3/11/11
物〇而應 3/11/21,21/107/11
則以〇足爲在此也 4/15/18
俄而粲然有秉芻豢而〇者 4/15/18
士大夫以上〇於公侯 4/17/3
夫是之謂〇平 4/17/4,12/57/21
以〇高遇〇卑 5/19/17
以〇治接〇亂 5/19/17
未可直〇也 5/19/17
教之以〇順 6/22/13
〇於成王則安（以）無誅矣 7/26/2
財利〇則（言）善而不及也 7/26/8
福事〇則和而理 7/26/9
禍事〇則靜而理 7/26/9
豈不〇尊、〇富、〇重、〇嚴之情舉積此哉 8/29/21
譲之則〇 8/29/23
〇于己斯亡 8/30/4
以養生爲己〇道 8/30/12
行法〇堅 8/30/12,8/30/13
《頌》之所以爲〇者 8/31/9
〇（氾）〔氾〕而汎 8/31/16
〇懷而壞 8/31/17
〇共頭而山隧 8/31/17
出三日而五災〇 8/31/17
而不能以〇遠 8/32/6
聞見之所未〇 8/32/22
學〇於行之而止矣 8/33/11
〇高謂之天 8/34/4
〇下謂之地 8/34/4
以善〇者 9/35/10
以不善〇者 9/35/10
則英傑〇 9/35/11
則姦言並〇 9/35/15
則法之所不〇者必廢 9/35/16
是之謂〇亂 9/39/5
神明博大以〇約 9/39/24
彼無與〇也 9/41/12
彼其所與〇者 9/41/12,15/69/5
忠信、調和、均辨之〇也 10/46/14
〇於疆易而端已見矣 10/47/9
夫是之謂〇（貪）〔貧〕 10/48/5
必〇於資單國舉然後已 10/49/1
德雖未〇也 11/50/4
必〇於身死國亡然後止也 11/52/6
（人）〔之〕主者、守〇約而詳 11/52/10
事〇佚而功 11/52/10
夫是之謂〇約 11/52/11
則（禹、舜）〔舜、禹〕還〇 11/53/23
〇于庶人 11/54/13,16/76/18
而求敵之不〇 12/58/16
敵〇而求無危削、（不）滅亡 12/58/17
故由天子〇於庶人也 12/60/2
〇道大形 12/60/10
隆禮〇法則國有常 12/60/10
則臣下百吏〇于庶人莫不脩己而後敢安正 12/60/15
事物之〇也如泉原 12/62/18
夫是之謂〇闇 13/64/13
曉然以〇道而無不調和也 13/64/23
凡流言、流說、流事、流謀、流譽、流愬、不官而衡〇者 14/66/11
無道法則人不〇 14/66/23
而欲賢者之〇、不肖者之退也 14/67/4
先之〇 15/68/6
將誰與〇哉 15/69/5
事〇無悔而止矣 15/70/25
夫是之謂三〇 15/71/3
夫是之謂〇臣 15/71/4
愼行此六術、五權、三〇 15/71/7
欲其〇也 15/71/18
然而秦師〇而鄢、郢舉 15/72/17
然而周師〇而令不行乎下 15/73/1
大寇則〇 15/73/13
夫是之謂大化〇一 15/74/7
治之〇也 16/78/16
大事〇 16/78/20
則小事之〇也數 16/78/21
大事之〇也希 16/78/22
亡國〇亡而後知亡 16/78/23
〇死而後知死 16/78/23
故水旱未〇而飢 17/79/20
袄怪未（〇）〔生〕而凶 17/79/20
則可謂〇人矣 17/79/21
物之罕〇者也 17/81/11,17/81/13
則是雖無一〇者 17/81/13
物之已〇者 17/81/16
寇難並〇 17/82/1
不〇於廢易遂亡 18/84/1
天下者、〇重也 18/84/12
非〇彊莫之能任 18/84/13

○大也 18/84/13
非○辨莫之能分 18/84/13
○衆也 18/84/13
非○明莫之能和 18/84/13
此三○者、非聖人莫之能盡 18/84/13
其知慮○險也 18/84/15
其○意○闇也 18/84/15
其行（之）爲○亂也 18/84/15
故○賢疇四海 18/84/17
○罷不容妻子 18/84/17
天下者、○大也 18/85/2
罪○重而刑○輕 18/85/8
○天下之善禁令者也 18/85/18
是王者之（○）〔制〕也 18/86/1
天子者、埶位○尊 18/86/6
天子者、埶○重而形○佚 18/86/16
心○愉而志無所詘 18/86/17
小大、○不○之變者也 18/87/5
（○）天下之善教化者也 18/87/8
是榮之從外○者也 18/88/26
是辱之由外○者也 18/89/2
然而說不免於以○治爲○亂也 18/89/20
故大路之馬必（倍）〔信〕○教順然後乘之 19/90/13
故○備 19/92/3
禮豈不○矣哉 19/92/8
○文以有別 19/92/8
○察以有說 19/92/9
故繩者、直之○ 19/92/15
衡者、平之○ 19/92/15
規矩者、方圓之○ 19/92/15
夫是之謂○辱 19/93/17
遠者可以○矣 19/93/22
其忠○矣 19/93/23
故其立文飾也不○於窕冶 19/94/10
不○於瘠棄 19/94/11
不○於流淫惰慢 19/94/11
不○於隘懾傷生 19/94/12
所以爲○痛極也 19/96/6
所以爲○痛飾也 19/96/6
○死無窮 19/96/13
○親以朞斷 19/96/23
人道之○文者也 19/97/5
夫是之謂○隆 19/97/5
文之○也 19/97/11
情之○也 19/97/12
兩○者俱積焉 19/97/12
愅詭、悒僾而不能無時○焉 19/97/20
則夫忠臣孝子亦愅詭而有所○矣 19/97/21
彼其所○者甚大動也 19/97/21
尊尊親親之義○矣 19/97/22
忠信愛敬之○矣 19/98/1
以○足其上矣 20/99/17
○于門外 20/101/8
三揖○于階 20/101/11
拜○、獻、酬、辭讓之節繁 20/101/11
○于衆賓升受 20/101/11
夫是之謂○盛 21/102/22
其（情）〔精〕之○也不貳 21/104/13
夫微者、○人也 21/105/18
○人也 21/105/18
比○其家者 21/106/13
止諸○足 21/106/21
曷謂○足 21/106/21
故君人者周則讒言○矣 21/107/14
君人者宣則直言○矣 21/107/16
○於無共然後止 22/109/8
○於無別然後止 22/109/9
告○備也 24/118/6
埶○重 24/118/7
形○佚 24/118/7
心○愈 24/118/7
國○乎亡 24/119/11
○治之極復後王 25/120/14
水○平 25/120/15
隱遠○ 25/123/5
暴○殺傷而不億忌者歟 26/124/12
爲賢人以下○庶民也 27/127/7
事○而後慮者謂之後 27/128/13
患○而後慮者謂之困 27/128/13
○地曰稽顙 27/128/21
則賢人不○ 27/130/18
○成、康則案無誅已 27/132/8
何以不雨○斯極也 27/132/16
27/132/17,27/132/17
德○者色澤洽 27/133/16
○于兄弟 27/134/26
其教○也 27/135/16
○無有者窮 27/136/15
及其○江之津也 29/143/1
行之○也 29/143/5
行○則仁 29/143/5
無刑已○而呼天 30/143/23
刑已○而呼天 30/143/25
則恥辱亦無由○矣 30/144/3
〔則哀〕將焉〔而〕不○矣 31/147/2
則憂將焉〔而〕不○矣 31/147/4
則勞將焉〔而〕不○矣 31/147/5
則懼將焉〔而〕不○矣 31/147/6
則危將焉〔而〕不○矣 31/147/7
顏淵○ 31/148/3
即物少○ 32/149/6
少○則淺 32/149/6
然故士○ 32/149/11
士○而後見物 32/149/11
其知○明 32/150/11

## 志 zhì 94

是故無冥冥之○者 1/2/13
安特將學雜識○、順《詩》、《書》而已爾 1/3/23
凡用血氣、○意、知慮 2/5/12
則抗之以高○ 2/6/8
○意脩則驕富貴 2/6/12
篤○而體 2/7/18
有法而無○其義 2/7/19
君子貧窮而○廣 2/8/12,2/8/13
君子位尊而○恭 3/11/14
怨天者無○ 4/13/20
○意致脩 4/14/8
○行脩 4/14/10
亦將○乎心爾 5/17/20
從者將論○意、比類文學邪 5/17/23
○好之 5/19/11,5/20/15
然而猶材劇○大 6/22/8
○驕盈而輕舊怨 7/26/20
○不免乎姦心 7/27/9
○意定乎內 8/28/8

其○也 8/31/6
（德）〔億〕然若終身之虜而不敢有他○ 8/32/21
習俗移○ 8/34/2
○不免於曲私而冀人之以己爲公也 8/34/14
○忍私 8/34/15
○安公 8/34/16
言○意之求 8/34/20
是君子之所以騁○意於壇宇宮庭也 8/34/22
將脩○意 10/48/9
則舉義○也 11/49/19
誠義乎○意 11/49/20
今亦以天下之顯諸侯誠義乎○意 11/49/21
象上之○ 12/57/19
○意廣大 12/58/7
生乎今之世而○乎古之道 12/59/2
得其○ 12/60/2
故人主必將有足使喻○決疑於遠方者然後可 12/62/21
必謹○之而愼自爲擇取焉 13/63/25
以順上爲○ 13/64/21
端○而無傾側之心 13/64/22
仁人之兵、王者之○也 15/68/11
像上之○而安樂之 15/74/2
〔可以〕日○也 16/78/25
則下之人百姓皆有棄義之○ 16/79/4
所○於天者 17/80/17
所○於地者 17/80/17
所○於四時者 17/80/18
所○於陰陽者 17/80/18
若夫（心）〔○〕意脩 17/81/4
生於今而○乎古 17/81/5
心至愉而○無所詘 18/86/17
○意脩 18/88/24
祭者、○意思慕之（情）〔積〕也 19/97/20,19/98/1
則其於○意之（情）〔積〕者 19/97/21
而○意得廣焉 20/99/4
君子以鍾鼓導○ 20/100/7
故樂行而○清 20/100/8
其○利 20/101/24
知而有○ 21/104/1
○也者、臧也 21/104/1
以正○行察論 21/105/2
博聞彊○ 21/107/8
道行而○通 22/108/4
則○必有不喻之患 22/108/12
則○無不喻之患 22/108/14
彼正其名、當其辭以務白其○義者也 22/110/20
彼名辭也者、○義之使也 22/110/21
而無深於其○義者也 22/110/23
○輕理而不〔外〕重物者 22/112/9
專心一○ 23/116/14
○無所詘 24/118/7
卑其○意、大其園囿高其臺（榭） 25/120/8
治之○ 25/121/2
○之榮 25/121/2
○意之榮也 26/124/4
○愛公利 26/125/14
《聘禮》○曰 27/127/1
○卑 27/131/22
○卑者輕物 27/131/22
君子立○如窮 27/133/11
似○ 28/140/8
身不佚者○不廣 28/141/9
若夫○以禮安 29/141/20
○之 29/142/18,29/143/3,30/144/1
○古之道 31/145/1,31/145/4
○不在於食葷 31/145/3
○不在於酒肉 31/145/4
盍○而子美德乎 32/149/1
○修德厚 32/150/14

## 忮 zhì 1

○也 4/12/21

## 治 zhì 253

以○氣養生 2/5/11
由禮則○（通）〔達〕 2/5/12
少而理曰○ 2/6/3
○氣養心之術 2/6/6
凡○氣養心之術 2/6/9
夫是之謂○氣養心之術也 2/6/10
君子○○ 3/10/12
非○亂也 3/10/12,22/111/5,22/111/6
禮義之謂○ 3/10/12
故君子者、○禮義者也 3/10/12
非○非禮義者也 3/10/13
然則國亂將弗○與 3/10/13
國亂而○之者 3/10/13
非案亂而○之之謂也 3/10/13
去亂而被之以○ 3/10/14
故去亂而非○亂也 3/10/14
○之爲名 3/10/15
猶曰君子爲○而不爲亂 3/10/15
○海內之衆 3/11/17
臨官○ 4/14/10
○法猶存 4/14/12
脩正○辨矣 4/14/20
則天下從而○ 4/16/2
以○情則利 4/16/16
其〔所〕以○亂者異道 5/18/24
以至○接至亂 5/19/17
使天下混然不知是非○亂之所存者 6/21/10
不足以合文通○ 6/21/13
而好○怪說 6/22/4
不可以爲○綱紀 6/22/5
○之大殃也 6/23/8
則貴名白而天下○也 8/28/10
言必（○當）〔當理〕 8/29/2
有益於○者立之 8/29/4
○世之所棄而亂世之所從服也 8/29/6
無害爲○ 8/29/9
俄而○天下之大器舉在此 8/29/18
○辨之極也 8/30/9
盡善挾（洽）〔○〕之謂神 8/31/3
〔性〕不足以獨立而○ 8/33/20
則國家○ 9/35/11
○生乎君子 9/35/20,14/66/26
禮義者、○之始也 9/39/2
○田之事也 9/40/5
○市之事也 9/40/10
則知者未得○也 10/42/14
知者未得○ 10/42/14

○萬變 10/43/19
故其知慮足以○之 10/43/20
得之則○ 10/43/20,14/66/24
19/97/11
人善○之 10/44/21
是姦○者也 10/46/8
觀國之○亂臧否 10/47/9
則其○者不能 10/47/11
是○國已 10/47/13
則其○者能 10/47/14
我獨○ 10/48/17
不○曲直 11/51/15,13/66/4
○則國安 11/51/23
今君人者急逐樂而緩○
國 11/51/23
加有○辨、彊固之道焉 11/52/2
故百樂者生於○國者也 11/52/3
急逐樂而緩○國者 11/52/4
故明君者必將先○其國 11/52/4
闇君者必將（急）〔荒〕
逐樂而緩○國 11/52/5
故○國有道 11/52/7
若夫貫日而○詳 11/52/8
日有餘而○不足者 11/52/15
莫不○辨 11/52/20,11/54/16
無國而不有○法 11/54/3
故其法○ 11/54/5
若夫貫日而○平 11/54/16
則身佚而國○ 11/54/20,12/57/7
12/63/8
○國者 11/55/7
是○國之徵也 11/55/9
主道○近不○遠 11/55/11
○明不○幽 11/55/11
○一不○二 11/55/11
主能○近則遠者理 11/55/11
主能○明則幽者化 11/55/11
日有餘而○不足者如此
也 11/55/12
是○之極也 11/55/12
既能○近 11/55/12
又務○遠 11/55/13,11/55/14
既能○明 11/55/13
不能○近 11/55/14
有○人 12/57/3
無○法 12/57/3
法者、○之端也 12/57/4
故械數者、○之流也 12/57/14
非○之原也 12/57/14
君子者、○之原也 12/57/15
有司不勞而事○ 12/57/18
俱立而○ 12/57/27
善班○人者也 12/59/12
善班○人者人安之 12/59/12
不能班○人者 12/59/14
是所以班○之也 12/59/17
將以明分達○而保萬世也 12/60/6
○則衍及百姓 12/60/7
莫不○理 12/60/11
欲○國馭民 12/61/16
○則制人 12/61/17
而親自貫日而○詳 12/63/10
隆一而○ 14/67/17
其國○ 15/69/12,15/69/13
○者強 15/69/13
小齊則○鄰敵 15/70/16
禮者、○辨之極也 15/72/9
帝堯之○天下也 15/73/8
蓋殺一人、刑二人而天
下○ 15/73/8
舍屬二三子而○其地 16/76/2
○必由之 16/76/5
案用夫端誠信全之君子
○天下焉 16/78/5
○曲直 16/78/5
恬然如無○者 16/78/15
佚而○ 16/78/15
○之至也 16/78/16
古者禹、湯本義務信而
天下○ 16/79/7
受時與○世同 17/79/20
而殃禍與○世異 17/79/20
人有其○ 17/80/2
心居中虛以○五官 17/80/10
其行曲○ 17/80/14
已其見（知）〔和〕之
可以○者矣 17/80/19
○亂天邪 17/80/21
禹以○ 17/80/21,17/80/23
17/80/24
○亂非天也 17/80/22
○亂非時也 17/80/23
○亂非地也 17/80/24
棄而不○〔也〕 17/82/3
○盡其詳 17/82/21
○民者表道 17/82/22
則下○辨矣 18/83/14
○辨則易一 18/83/14
是○之所由生也 18/83/15
○古無肉刑 18/85/5
○古如是 18/85/6
以爲○邪 18/85/6
故象刑殆非生於○古 18/85/9
○古不然 18/85/10
○之盛也 18/85/13
刑稱罪則○ 18/85/13
故○則刑重 18/85/14
犯○之罪固重 18/85/14
故天子生則天下一隆致
順而○ 18/86/13
是不及知○道 18/87/18
能者不得○ 18/88/1,32/150/6
然而說不免於以至○爲
至亂也 18/89/20
君師者、○之本也 19/90/20
無君師惡○ 19/90/21
天下從之者○ 19/92/9
禮者、謹於○生死者也 19/93/6
性僞合而天下○ 19/95/3
不能○人也 19/95/3
君者、○辨之主也 19/97/7
足以○萬變 20/99/1
順氣成象而○生焉 20/100/4
故樂者、○人之盛者也 20/100/11
然而○俯仰、詘信、進
退、遲速莫不廉制 20/101/2
○世反是也 20/101/25
○則復經 21/102/5
惑○惑亂 21/102/6
是以與○（雖）〔離〕
走而是己不輟也 21/102/8
故主其心而愼○之 21/102/19
21/102/20
○之要也 21/103/22
故○之要在於知道 21/103/25
參稽○亂而通其度 21/104/8
不能此三技而可使○三
官 21/104/17
舜之○天下也 21/105/3
此○心之道也 21/106/1
然而猶有能分是非、○

曲直者邪 21/107/4
非○曲直 21/107/4
非辨○亂 21/107/4
非○人道 21/107/4
案直將○怪說 21/107/5
則天下之○說者方多然矣 21/107/7
○亂可否 21/107/12
○之極也 22/108/7
道也者、○之經理也 22/110/7
不（○）〔冶〕觀者之耳目 22/110/15
凡語○而待去欲者 22/111/4
凡語○而待寡欲者 22/111/4
奚傷於○ 22/111/10
故○亂在於心之所可 22/111/11
奚以益之而○ 22/111/23
然後出於辭讓、合於文理而歸於○ 23/113/6
得禮義然後○ 23/113/10
無禮義則悖亂而不○ 23/113/10
悖亂而不○ 23/113/11,23/115/4
使皆出於○、合於道者也 23/113/12
正理平○也 23/115/1
今誠以人之性固正理平○邪 23/115/2
將曷加於正理平○也哉 23/115/3
起法正以○之 23/115/5
使天下皆出於○、合於善也 23/115/5
是聖王之○而禮義之化也 23/115/5
去法正之○ 23/115/6
必將待聖王之○、禮義之化 23/115/17
然後皆出於○、合於善也 23/115/17
（○）世曉然皆知夫爲姦則雖隱竄逃亡之由不足以免也 24/118/14
愚而自專事不○ 25/120/4
由之者○、不由者亂何疑爲 25/120/13
至○之極復後王 25/120/14
○復一 25/120/14
○之經 25/121/1
明德愼罰、國家既○四海平 25/121/1
○之志 25/121/2
○之道 25/121/3
辨○上下、貴賤有等明君臣 25/121/8
尙賢推德天下○ 25/121/8
世亂惡善不此○ 25/122/1
○亂是非亦可識 25/122/10
言○方 25/122/12
以○天下、後世法之成律貫 25/123/7
前亂而後○ 26/125/3
善○衣裳 26/125/6
天下不○ 26/125/13,32/150/10
○民者表亂 27/127/4
維予從欲而○ 27/127/7
○民不以禮 27/128/19
○國者敬其寶 27/130/22
故義勝利者爲○世 27/132/2
二者、〔○〕亂之衢也 27/132/12
故舜之○天下 27/132/22
以○伐亂 27/132/25
冠而聽○ 27/135/16
則容天下而○ 27/137/13
言○者予三王 27/137/16
獄犴不○ 28/139/4
又樂其○ 29/143/15
與之○國 31/144/27

## 制 zhì 111

通者常○人 4/14/4
窮者常○於人 4/14/4
故先王案爲之○禮義以分之 4/17/1
上則法舜、禹之○ 6/23/1
兼○天下 8/27/16,8/31/14,12/62/7
而不能以調一天下、○强暴 8/32/7
擧不知法後王而一○度 8/32/17
一○度 8/32/21,8/33/2
明王始立而處國有○ 9/35/22
故○禮義以分之 9/36/2,19/90/4
王者之○ 9/38/1
衣服有○ 9/38/1
是王者之○也 9/38/3
聖主之○也 9/39/18
○與在此 9/40/19
○與在我 9/40/20
是使群臣百姓皆以○度行 9/41/10
善擇者○人 9/42/7,11/50/17
不善擇者人○之 9/42/7,11/50/17
○人之與人○之也 9/42/8
無君以○臣 10/42/15
無上以○下 10/42/15
衆庶百姓則必以法數○之 10/43/3
重財物而○之 10/43/18,11/53/13
兼○天下者 10/43/19
兼而○之 10/44/17
無○數度量則國貧 10/47/21
我按起而○之 10/48/17
國者、天下之○利用也 11/49/12
善擇之者○人 11/51/9
不善擇之者人○之 11/51/9
○秦、楚 11/53/10
兼○人 11/53/12
人莫得而○也 11/53/12
而天子之禮○如是者也 11/53/15
○度以陳 11/53/15
睪牢天下而○之若○子孫 11/53/19
上莫不致愛其下而○之以禮 11/54/11
政令○度 11/54/11
使衣服有○ 11/54/17
莫得不循乎○（度數）〔數度〕量 11/54/18
百姓莫敢不敬分安○以（禮）化其上 11/55/8
辯政令○度 11/55/25
則士大夫莫不（敬）〔敄〕節死○者矣 11/56/16
百官則將齊其○度 11/56/17
士大夫務節死○ 11/56/20
事時○明而用足 12/60/3
治則○人 12/61/17
人不能○也 12/61/17
知明○度、權物稱用之爲不泥也 12/63/7
曲成○象 13/63/21
秦之銳士不可以當桓、文之節○ 15/70/9

桓、文之節○不可以敵湯、武之仁義 15/70/10
未有貴上、安○、綦節之理也 15/70/11
故兵大齊則○天下 15/70/15
故○號政令 15/70/25
請問王者之軍○ 15/71/10
下反○其上 15/73/14
孰與物畜而（○）〔裁〕之 17/82/15
孰與○天命而用之 17/82/15
楚、越不受○ 18/85/17
曷爲楚、越獨不受○也 18/85/19
彼王者之○也 18/85/19
視形埶而○械用 18/85/20
土地刑○不同者 18/85/21
蠻、夷、戎、狄之國同服不同○ 18/85/21
夫是之謂視形勢而○械用 18/85/23
是王者之（至）〔○〕也 18/86/1
必齊之日祭、月祀之屬然後曰受○邪 18/86/2
則未足與及王者之○也 18/86/3
不能以義○利 18/86/10
國不更○ 18/86/11
唯其徙朝改○爲難 18/86/13
王○是也 18/88/22
擅作典○辟陋之說入焉而喪 19/92/12
故先王聖人安爲之立中○節 19/96/21
師旅有○ 19/98/6
故○《雅》、《頌》之聲以道之 20/98/16
以道○欲 20/100/10
磬廉○ 20/100/19
然而治俯仰、詘信、進退、遲速莫不廉○ 20/101/2
○割大理 21/104/8
聖人縱其欲、兼其情而○焉者理矣 21/105/18
王也者、盡○者也 21/106/21
案以聖王之○爲法 21/106/22
謂合王○與不合王○也 21/107/3
不合王○ 21/107/8
故王者之○名 22/108/4
與○名之樞要 22/108/10
故知者爲之分別○名以指實 22/108/13
此○名之樞要也 22/109/13
○於所受乎心之多〔求〕 22/111/7
是以爲之起禮義、○法度以矯飾人之情性而正之 23/113/11
禮義生而○法度 23/114/14
然而（前必）〔必前〕有銜轡之○ 23/117/14
以義○事 24/119/8
任用讒夫不能○ 25/122/7
君○變 25/123/6
○禮反本成末 27/128/3
三王既已定法度、○禮樂而傳之 27/137/17
則從而○之 28/139/11

## 炙 zhì 2

名聲足以暴○之 10/49/6
故脯巨人而○嬰兒矣 18/88/4

## 致 zhì 79

而○千里 1/1/14
色從而後可與言道之○ 1/4/7
及至其○好之也 1/4/18
以○惡其賊 2/5/5
○亂而惡人之非己也 2/5/6
○不肖而欲人之賢己也 2/5/6
六驥不○ 2/7/14,2/7/15
然而跛鱉○之 2/7/15
○誠則無它事矣 3/11/4
志意○脩 4/14/8
德行○厚 4/14/8
智慮○明 4/14/8
文而○實 5/21/3
非○隆高也 7/25/19,11/50/7
○賢（能而）〔而能〕以救不肖 7/25/21
○彊而能以寬弱 7/25/22
謹乎臣子而○貴其上者也 8/27/26
理道之遠近而○貢 9/38/10
莫不盡其美、○其用 9/38/18
○好之者 9/39/2
○隆高 9/40/14
我今將來○之、并閱之、砥礪之於朝廷 9/41/23
○忠信以愛之 10/46/20,11/55/24,15/73/16
○忠信 10/48/10,11/53/4
遠方○願 10/49/6
則五綦者不可得而○也 11/52/2
及速○遠 11/53/10
其爲事不勞而功名○大 11/53/11
目好色而文章○繁婦女莫衆焉 11/53/18
上莫不○愛其下而制之以禮 11/54/11
生民則○寬 11/55/25
生民則○貧隘 11/56/2
則下亦將綦辭讓、○忠信而謹於臣子矣 12/57/16
敬愛而○文 12/57/24
○功而不流 12/57/25
○臨而有辨 12/57/25
不務說其所以然而○善用其材 12/58/3
不與之爭能而○善用其功 12/58/4
〔則〕縣貴爵重賞以招○之 12/61/13
欲得善馭〔及〕速○遠者 12/61/14
縣貴爵重賞以招○之 12/61/15
能○是者取之 12/61/16
○忠而公 13/66/2
則造父不能以○遠 15/68/7
故賞慶、刑罰、埶詐不足以盡人之力、○人之死 15/73/11
百姓劫則○畏 16/75/17
歸○命曰 16/76/1
子發之○命也恭 16/76/4,16/76/10
故天子生則天下一隆○順而治 18/86/13
不能以辟馬毀輿○遠 18/87/12
故君子上○其隆 19/93/1
臣之所以○重其君 19/93/9
子之所以○重其親 19/93/9
是○隆思慕之義也 19/94/1

相率而〇隆之 19/97/7
所〇隆也 19/97/15
所〇親也 19/97/15
遠方莫不〇其珍 21/102/21
人之所積而〇矣 23/116/15
聖可積而〇 23/116/17
然後一日而〇千里也 23/117/15
政令〇明而化易如神 24/118/19
夫故天下不與爭能而〇善用其功 24/119/15
簡然易知而〇有理者歟 26/123/13
〇明而約 26/123/14
居則周靜〇下 26/124/7
其〇一也 27/128/2
〇教習俗 27/131/11
官〇良工 28/141/14
而能〇恭敬、忠信、端愨以慎行之 29/142/2
歷險〇遠 31/148/7
我欲〇天下 32/148/13
夫有何足〇也 32/148/15

## 秩 zhì 6

是官人百吏之所以取祿〇也 4/14/12
〇〇焉莫不從桓公而貴敬之 7/25/14
重其官〇 11/56/17
不還（〇）〔私〕 12/62/22
官人益〇 16/76/7

## 智 zhì 14

則〇明而行無過矣 1/1/5
是是、非非謂之〇 2/6/1
〇慮漸深 2/6/6
將以爲〇邪 4/13/8
〇慮致明 4/14/8
〇行淺薄 5/18/9
仁〇之極也 12/58/7
不〇 12/60/22
使〇者慮之 12/60/25
其〇慮足以決疑 12/62/22
〇惠甚明 18/86/7
知有所合謂之〇 22/107/25
〇所以能之在人者謂之能 22/107/25
力〇不力仁 27/131/17

## 彘 zhì 7

乳〇不觸虎 4/13/4
則是人也而曾狗〇之不若也 4/13/5
有狗〇之勇者 4/13/13
是狗〇之勇者也 4/13/14
方知畜雞狗豬〇 4/16/6
竊其豬〇 18/88/14
孰公長父之難、厲王流于〇 25/122/7

## 置 zhì 8

無〇錐之地 6/22/15,8/32/8
無〇錐之地而明於持社稷之大義 8/28/1
仲尼無〇錐之地 11/49/20
〇戈其上 15/70/1
〇于其重 19/95/9
功被天下而不私〇者歟 26/124/13
其〇顏色、出辭氣效 27/133/6

## 寘 zhì 1

〇彼周行 21/104/14

## 滯 zhì 1

無有〇留 9/38/10

## 質 zhì 15

其〇非不美也 1/1/20
是故〇的張而弓矢至焉 1/2/5
安久移〇 8/34/2
〇律禁止而不偏 11/56/18
是仁人之〇也 13/65/18
忠信以爲〇 13/65/19
〇請而喻 22/110/8
情者、性之〇也 22/111/14
皆有可以知仁義法正之〇 23/116/7
將使塗之人固無可以知仁義法正之〇 23/116/9
然則其可以知之〇、可以能之具 23/116/11
今使塗之人者以其可以知之〇、可以能之具 23/116/12
夫人雖有性〇美而心辨知 23/117/16
錯〇之臣不息雞豚 27/132/4
交〇子不及五伯 27/138/6

## 贄 zhì 2

然而吾所執〇而見者十人 32/149/8
還〇而相見者三十人 32/149/8

## 櫛 zhì 2

不沐則濡〇三律而止 19/95/7
君昧爽而〇冠 31/147/3

## 觶 zhì 1

二人揚〇 20/101/15

## 中 zhōng 119

木直〇繩 1/1/3
其曲〇規 1/1/4
蓬生麻〇 1/1/19
所以防邪僻而近〇正也 1/2/1
《詩》者、〇聲之所止也 1/3/9
《樂》之〇和也 1/3/11
非禮義之〇也 3/9/1,3/9/3,3/9/4
分爭於〇 3/11/21
操瓢囊爲溝壑〇瘠者也 4/16/10
然而〇君羞以爲臣 5/18/2
〇父羞以爲子 5/18/3
〇兄羞以爲弟 5/18/3
〇人羞以爲友 5/18/3
五帝之〇無傳政 5/19/5
言而非仁之〇也 5/20/13
言而仁之〇也 5/20/13
雖則子弟之〇 6/23/18
酒食聲色之〇〔則〕瞞瞞然 6/24/20
禮節之〇則疾疾然 6/24/21

勞苦事業之○則儢儢然 6/24/21
比○而行之 8/28/15
曷謂○ 8/28/15
夫是之謂○事 8/29/4
夫是之謂○說 8/29/5
（行事）〔事行〕失○
　謂之姦事 8/29/5
知說失○謂之姦道 8/29/5
而不能以射遠○微 8/32/6
雖在鳥獸之○ 8/33/3
宇○六指謂之極 8/34/4
○庸雜民不待政而化 9/35/3
○和者、聽之繩也 9/35/18
○君也 9/36/13
然而○國得而畜使之 9/38/14
然而○國得而財之 9/38/15
然而○國得而衣食之 9/38/15
然而○國得而用之 9/38/16
案以○立無有所偏而爲
　縱橫之事 9/41/3
彼將日日暴露毀折之○原 9/41/21
彼將日日捿遲薛越之○野 9/41/22
○失人和 10/45/12,18/88/2
○得人和 10/45/22,11/56/23
辟之是猶使處女嬰寶珠
　、佩寶玉、負戴黃金
　而遇○山之盜也 10/49/2
彊殆○國 11/50/9,16/78/3
○足以舉宋 11/50/15
然後百樂得其○ 11/52/5
射遠○微則莫若羿、蠭
　門矣 11/53/9
三邪者在匈○ 11/56/9
而羿不世○ 12/57/3
人主欲得善射〔射〕遠
　○微者 12/61/13
能○是者取之 12/61/14
其○不可以不知也 12/62/14
事○君者 13/64/16
是事○君之義也 13/64/23
惠此○國 14/66/19
然後○和察斷以輔之 14/67/8
則羿不能以○微 15/68/7
日○而趨百里 15/70/2
○試則復其戶 15/70/2
敵○則奪 16/75/17
心居○虛以治五官 17/80/10
○則可從 17/82/21
然而不材不○ 18/84/2
溝○之瘠也 18/86/2
步○《武》、《象》 18/86/21
　19/90/12,27/129/27
騶○《韶》、《護》以
　養耳 18/86/21
不能以撥弓、曲矢○
　〔微〕 18/87/11
是榮之由○出者也 18/88/24
是辱之由○出者也 18/88/26
趨○《韶》、《護》 19/90/12
　27/129/27
禮之○焉能思索 19/92/17
禮之○焉能勿易 19/92/17
是禮之○流也 19/92/22,19/94/12
而○處其○ 19/93/1
於是其○焉 19/93/2
宇○萬物、生人之屬 19/95/3
故先王聖人安爲之立○
　制節 19/96/21
其在宇○者 19/96/24
○取則於人 19/97/4
故樂在宗廟之○ 20/98/21
鄉里族長之○ 20/98/22
○和之紀也 20/99/7
樂○平 20/99/15
兼陳萬物而○縣衡焉 21/103/17
空石之○有人焉 21/105/14
○心不定 21/106/3
不少頃干之胸○ 21/107/11
心之所可○理 22/111/9
苟無之○者 23/114/19
苟有之○者 23/114/20
有○勇者 23/117/5
天下有○ 23/117/6
是○勇也 23/117/9
員者○規 26/124/7
方者○矩 26/124/7
莫如○央 27/126/9
故王者必居天下之○ 27/126/9
○卿進曰 27/128/12
○大夫 27/128/27
禮之○焉 27/130/8
○臣事君以身 27/130/14
○則正 28/138/11
○而正 28/138/12
人之○行也 29/141/19
夫魚鱉黿鼉猶以淵爲淺
　而堀〔穴〕其○ 30/144/1
行○規繩而不傷於本 31/146/3
寡人生於深宮之○ 31/146/17
其在《○蘬》之言也 32/148/20
亡於十人與三十人○ 32/149/9
乃在百人與千人之○ 32/149/10

## 忠 zhōng 74

至○爲賊 2/5/8
體恭敬而心○信 2/6/16
○矣 4/14/20
起於下、所以○於上 5/20/14
○信以統之 7/27/3
○信愛利形乎下 8/28/9
○臣誠能然後敢受職 8/30/8
○信、調和、均辨之至
　也 10/46/14
○信均辨 10/46/15
致○信以愛之 10/46/20,11/55/24
　15/73/16
致○信 10/48/10,11/53/4
人臣不○也 11/53/21
則百工莫不○信而不楛
　矣 11/56/19
百工○信而不楛 11/56/22
則下亦將綦辭讓、致○
　信而謹於臣子矣 12/57/16
○順而不懈 12/57/23,12/58/4
上不○乎君 13/63/17
上○乎君 13/63/19
逆命而利君謂之○ 13/63/28
罰其○ 13/64/13
○信而不諛 13/64/22
不○者也 13/65/4
○而不順者 13/65/4
有大○者 13/65/8
有次○者 13/65/8
有下○者 13/65/8
大○也 13/65/8
次○也 13/65/9
下○也 13/65/9
可謂大○矣 13/65/10
可謂次○矣 13/65/11
可謂下○矣 13/65/11

若夫○信端愨而不害傷 13/65/18
○信以爲質 13/65/19
通○之順 13/66/1
致○而公 13/66/2
夫是之謂通○之順 13/66/2
○言、○說、○事、○謀、○譽、○愬莫不明通 14/66/14
無禮義○信 15/73/12
禮義、辭讓、○信是也 16/77/3, 16/77/6
其百吏肅然莫不恭儉、敦敬、○信而不楛 16/78/12
故爲人上者必將慎禮義、務○信然後可 16/79/8
故事生不○厚、不敬文 19/93/10
送死不○厚、不敬文 19/93/10
○臣孝子之極也 19/93/13
則夫○臣孝子亦知其閔已 19/93/19
其○至矣 19/93/23
則夫○臣孝子亦悼詭而有所至矣 19/97/21
○信愛敬之至矣 19/98/1
故群臣去○而事私 21/102/16
故殘賊生而○信亡焉 23/113/4
爵祿盈而○衰於君 23/116/26
則所見者○信敬讓之行也 23/117/17
○者、惇慎此者也 24/119/14
遠賢近讒、○臣蔽塞主勢移 25/120/5
○不上達、蒙揜耳目塞門戶 25/122/3
不聽規諫○是害 25/122/8
○臣危殆 26/125/20
比干、子胥○而君不用 27/137/22
女以○者爲必用邪 28/141/2
而能致恭敬、○信、端愨以慎行之 29/142/2
言○信而心不德 31/146/1
○信無� 32/148/13
○誠盛於內、賁於外 32/148/14

## 衷 zhōng 4

欲（○對）〔對○〕 25/122/9
不從命乃○ 29/141/21
是不○也 29/142/2

## 終 zhōng 56

吾嘗○日而思矣 1/1/12
惡乎○ 1/3/7
○乎讀禮 1/3/7
○乎爲聖人 1/3/7
故學數有○ 1/3/8
其折骨絕筋、○身不可以相及也 2/7/8
行其少頃之怒而喪○身之軀 4/13/1
是以○身不免埤汙傭俗 5/19/14
○日言成文典 6/21/22
嗛然而○日不言 6/25/1
持寵處位○身不厭之術 7/26/6
（分分）〔介介〕兮其有○始也 8/30/19
（億）〔僡〕然若○身之虜而不敢有他志 8/32/21
始則○ 9/39/1,9/39/5
○則始 9/39/1,9/39/5
使襲然○始猶一也 11/50/1
歲○奉其成功以效於君 11/55/18
則國○身無故 12/59/7
政之○也 14/67/9
三年與之○ 14/67/9
用其○爲始 14/67/9
慎○如始 15/71/4
○始如一 15/71/5,19/93/7
敬○無壙 15/71/7
荒服者○王 18/85/23
且時享、歲貢、○王之屬也 18/86/1
○乎悅校 19/92/3
○始相應 19/92/8,27/130/10
死、人之○也 19/93/6
○始俱善 19/93/6
故君子敬始而慎○ 19/93/6
使生死○始若一 19/93/12
使本末○始莫不順比純備 19/94/20
○始一也 19/95/6
送以哀敬而○周藏也 19/95/17
送死、飾○也 19/95/18
○始具而孝子之事畢、聖人之道備矣 19/95/18
使死生○始莫不稱宜而好善 19/96/2
升歌三○ 20/101/14
笙入三○ 20/101/14
閒歌三○ 20/101/14
合樂三○ 20/101/14
○於沃〔洗〕者焉 20/101/17
節文○遂焉 20/101/19
○爲蔽 21/102/12
無始無○ 21/103/17
○日議其所以 23/117/2
悖亂昏莫不○極 25/122/3
○日求之而不得 27/131/26
知禍福○始而心不惑也 28/141/5
是以有○身之樂 29/143/15
是以有○身之憂 29/143/16

## 鍾 zhōng 10

樂於○鼓琴瑟 5/19/13
爲之○鼓、管磬、琴瑟、竽笙 10/43/14
○鼓管磬、琴瑟、竽笙 19/90/7
縣一○ 19/91/13
故○鼓、管磬 19/98/3
君子以○鼓導志 20/100/7
○統實 20/100/19
○似地 20/101/1
盡筋骨之力以要○鼓俯會之節 20/101/3
耳聽○鼓而不知其聲 22/112/11

## 鐘 zhōng 4

故必將撞大○、擊鳴鼓、吹竽笙、彈琴瑟以塞其耳 10/45/17
撞○擊鼓而和 10/46/1
○鼓喤喤 10/46/1
大○不加樂 22/109/18

## 冢 zhǒng 4

○宰之事也 9/40/13
則○宰之罪也 9/40/15

山○崒崩 24/119/6
○卿不脩幣〔施〕 27/132/5

**種 zhǒng** 3

序五○ 8/28/19,9/40/4
案（角）鹿埵、隴○、東籠而退耳 15/69/4

**踵 zhǒng** 1

小人莫不延頸舉○而願曰 4/14/22

**仲 zhòng** 27

田○、史鰌不如盜也 3/12/12
○尼長 5/17/16
○尼之狀 5/17/21
是陳○、史鰌也 6/21/17
以為○尼、子游為茲厚於後世 6/22/10
○尼、子弓是也 6/22/17,8/32/13
下則法○尼、子弓之義 6/23/1
○尼之門（人） 7/25/7
倓然見管○之能足以託國也 7/25/11
遂立以為○父 7/25/12
立以為○父 7/25/12
然而○尼之門（人） 7/25/18
○尼將為魯司寇 8/28/5
管○、為政者也 9/36/16
○尼無置錐之地 11/49/20
知一政於管○也 11/55/2
齊之管○ 13/63/24
若管○之於桓公 13/65/10
故能持管○而名利福祿與管○齊 21/103/4
奚○作車 21/105/10
桓公之於管○也 24/119/10
不如管○ 27/131/17
管○之為人力功不力義 27/131/17
○尼、顏淵知而窮於世 27/137/22
管○誅付里乙 28/138/22

**重 zhòng** 102

卑溼、○遲、貪利 2/6/7
道義○則輕王公 2/6/12
○死持義而不橈 4/13/17
是以小○小也 4/15/15
鈆之○之 4/16/1
不權輕○ 5/17/20
○於金石珠玉 5/19/12
任○而不敢專 7/26/8
求善處大○ 7/26/14
曲○其豫 7/26/17
處○擅權 7/26/19
為○招權於下以妨害人 7/26/20
任○則必廢 7/26/21
頓窮則（從之）疾力以申○之 7/27/4
豈不至尊、至富、至○、至嚴之情舉積此哉 8/29/21
不可以勢○脅也 8/29/23
辟之是猶力之少而任○也 8/30/7
積○之 9/39/2
權者○之 9/41/6
貧富輕○皆有稱者也 10/43/1
19/90/10
使足以避燥溼、養德、辨輕○而已 10/43/15
若夫○色而衣之 10/43/18
○味而食之 10/43/18,11/53/13
○財物而制之 10/43/18,11/53/13
○田野之稅以奪之食 10/44/10
爵服慶賞以申○之 10/46/21
案申○之以貴賤殺生 11/49/21
○任也 11/50/20
故國者、○任也 11/51/4
譬之猶衡之於輕○也 11/51/19
○色而衣之 11/53/13
形體好佚而安○閑靜莫愉焉 11/53/18
爵服賞慶以申○之 11/55/24
○其官秩 11/56/17
若夫○色而成文章 12/60/3
○味而（成）（珍備）〔備珍〕〔怪〕 12/60/3
輕不得以縣○ 12/61/8
〔則〕縣貴爵○賞以招致之 12/61/13
縣貴爵○賞以招致之 12/61/15
竊君之○ 13/64/4
衡聽、顯幽、○明、退姦、進良之術 14/66/10
夫是之謂衡聽、顯幽、○明、退姦、進良之術 14/66/14
未有二隆爭○而能長久者 14/67/17
○祿貴節 15/69/15
賞○者強 15/69/17
○用兵者強 15/69/18
欲安以○ 15/70/26
雕雕焉縣貴爵○賞於其前 15/74/4
是故得地而權彌○ 15/74/11
○法愛民而霸 16/75/10,17/82/13
27/126/7
其刑罰○而信 16/75/16
以○己之所以有餘 16/77/9
財物貨寶以大為○ 16/78/25
天下者、至○也 18/84/12
罪至○而刑至輕 18/85/8
故治則刑○ 18/85/14
犯治之罪固○ 18/85/14
刑罰世輕世○ 18/85/15
天子者、埶至○而形至佚 18/86/16
○文繡 18/86/17
食飲則○大牢而備珍怪 18/86/18
（足）則以○有餘也 18/87/19
○之以曾青 18/87/22
則不可欺以輕○ 19/92/14
臣之所以致○其君 19/93/9
子之所以致○其親 19/93/9
故天子棺槨（十）〔七〕○ 19/93/11
諸侯五○ 19/93/11
大夫三○ 19/93/11
士再○ 19/93/11
置于其○ 19/95/9
是皆所以○哀也 19/95/13
○之也 19/97/15
疾、養、滄、熱、滑、鈹、輕、○以形體異 22/108/18
則○縣於仰而人以為輕 22/111/25
輕縣於俛而人以為○ 22/111/25
此人所以惑於輕○也 22/111/25
志輕理而不〔外〕○物者 22/112/9
外○物而不內憂者 22/112/9

夫是之謂○己役物 22/112/21
○刑罰以禁之 23/115/5
輕身而○貨 23/117/9
孰至○ 24/118/7
愚以○愚、闇以○闇成
爲桀 25/120/7
○義輕利行顯明 25/121/7
罪禍有律、莫得輕○威
不分 25/123/1
○樓疏堂 26/125/15
○始也 27/129/20
如權衡之於輕○也 27/129/24
上○義則義克利 27/132/3
上○利則利克義 27/132/3
○民任而誅不能 27/132/10
必貴師而○傅 27/135/11
貴師而○傅 27/135/11
昔晉公子○耳霸心生於
曹 28/141/8
乃○大息 30/143/26

## 衶 zhòng 1

○禪其辭 6/24/24

## 眾 zhòng 81

樹成蔭而○鳥息焉 1/2/6
群○不能移也 1/4/19
庸○而野 2/5/14
庸○駑散 2/6/8
治海內之○ 3/11/17
不畏○彊 4/13/14
聞見之不○ 5/17/27,5/18/4
而○人惑焉 5/18/24
彼○人者 5/18/24
因（求）〔○〕以成天
下之大事矣 5/20/3
欺惑愚○ 6/21/10
足以欺惑愚○ 6/21/13,6/21/17
6/21/20,6/22/2,6/22/5
不足以合大○、明大分 6/21/16
好姦而與○ 6/23/10
則墮之者○而持之者寡矣 7/27/1
指其頂者愈○ 8/30/8
億萬之○而（博）〔摶〕
若一人 8/30/16
○人愧之 8/32/12
是○人也 8/34/15
○人者、工農商賈也 8/34/17
○齊則不使 9/35/22
使百吏（免盡）〔盡免〕
而○庶不偷 9/40/12
則群○未縣也 10/42/15
群○未縣 10/42/15
○庶百姓則必以法數制之 10/43/3
是農夫○庶之事也 10/44/15
然後○人徒、備官職、
漸慶賞、嚴刑罰以戒
其心 10/45/19
士大夫○則國貧 10/47/20
工商○則國貧 10/47/21
○庶齊於下 10/49/5
目好色而文章致繁婦女
莫○焉 11/53/18
則夫○庶百姓亦從而成
俗於不隆禮義而好貪
利矣 11/56/12
人雖○ 11/56/13
○農夫 12/59/16
○庶百姓無姦怪之俗 12/60/7
24/118/10
○人之痤也 12/61/2
人主之所以窺遠收○之
門戶牖嚮也 12/62/15
得○動天 14/67/1
是最爲○彊長久 15/70/6
敬○無壙 15/71/7
不留○ 15/71/18
不足以合大○、美國家 15/73/15
則戎甲俞○ 15/74/12
是○威也 16/76/3
臣舍不宜以○威受賞 16/76/3
○庶百姓皆以貪利爭奪
爲俗 16/76/20
人之○數以億萬 16/76/25
非○之力也 16/77/6
今已有數萬之○者也 16/77/7
則群○無門 17/83/5
則群○不化 17/83/6
惡之者○則危〔矣〕 18/83/20
至○也 18/84/13
○積意（謘謘）〔謘謘〕
乎 20/101/3
而○賓皆從之 20/101/8
而○賓皆入 20/101/8
至于○賓升受 20/101/11
介酬○賓 20/101/17
是故○異不得相蔽以亂
其倫也 21/103/17
故好書者○矣 21/105/8
好稼者○矣 21/105/9
好樂者○矣 21/105/9
好義者○矣 21/105/10
故萬物雖○ 22/109/7
不動乎○人之非譽 22/110/15
故聖人之所以同於○ 23/114/15
其不異於○者 23/114/15
所以異而過○者 23/114/16
○者暴寡而譁之 23/115/7
天非私曾、騫、孝己而
外○人也 23/116/1
○人貳之、讒夫棄之形
是詰 25/120/15
言談足以飾邪營○ 28/138/20
不遇世者○矣 28/141/4
禮者、○人法而不知 30/143/20
徒與不○ 32/150/8

## 州 zhōu 4

順○里 9/40/6
倜然乃舉太公於○人而
用之 12/62/3
楚之○侯 13/63/23
動○里 19/93/15

## 舟 zhōu 8

假○楫者 1/1/14
君者、○也 9/36/7,31/147/6
水則載○ 9/36/7,31/147/7
水則覆○ 9/36/8,31/147/7
不放○、不避風則不可
涉也 29/143/1

## 周 zhōu 76

○於世矣 1/3/21
○公短 5/17/16
○公之狀 5/17/21

則審○道 5/18/21
欲知○道 5/18/21
而不若○之察也 5/19/6
○公卒業 7/26/1,27/132/8
○公屏成王而及武王以屬天下 8/27/14
惡天下之倍○也 8/27/14
○公歸○ 8/27/17
而天下不輟事○ 8/27/17
然而○公北面而朝之 8/27/18
是以○公屏成王而及武王以屬天下 8/27/19
惡天下之離○也 8/27/19
○公歸○反籍焉 8/27/21
○公無天下矣 8/27/21
貴名不可以比○爭也 8/29/22
比○而譽俞少 8/30/3
其知慮多當矣而未○密也 8/30/14
○公其盛乎 8/31/12
是殆非○公之行 8/31/13
○公屏成王而及武王 8/31/13
○之子孫苟不狂惑者 8/31/15
12/62/7
孰謂○公儉哉 8/31/16
○公曰 8/31/17,32/149/2
蓋殺者非○人 8/31/20
○閉而不竭 9/35/14
故○公南征而北國怨 9/41/17
以是（用）〔○〕挾於萬物 11/54/17
成王用○公（且）〔旦〕 11/55/1
古者先王審禮以方皇○浹於天下 12/57/27
明達（用）〔○〕天地、理萬變而不疑 12/58/6
則○姬姓也 12/62/4
朋黨比○ 13/63/18
○之太公 13/63/24
若○公之於成王也 13/65/10
朋黨比○之譽 14/66/10
改造則不易○也 15/70/3
欲○以固 15/70/26
殷之服民所以養生之者也無異○人 15/71/14
然而○師至而令不行乎下 15/73/1
下比○賁潰以離上矣 16/75/20
陶誕比○以爭與 16/77/7
不比○ 16/78/14
主道利○ 18/83/11
上○密 18/83/15
則下比○矣 18/83/16
比○則難知 18/83/16
利宜不利○ 18/83/17
方皇○挾 19/93/2
送以哀敬而終○藏也 19/95/17
其俯仰○旋有似於四時 20/100/8
故能持○公而名利福祿與○公齊 21/103/4
一家得○道 21/103/15
故德與○公齊 21/103/16
寘彼○行 21/104/14
然而不可以貳○行 21/104/15
○而成 21/107/14
故君人者○則讒言至矣 21/107/14
爵名從○ 22/107/21
故成王之於○公也 24/119/9
比○還主黨與施 25/120/5
是非反易、比○欺上惡正直 25/122/4
○幽、厲 25/122/8
○流四海 26/123/18
居則○靜致下 26/124/7
○公誅管叔 28/138/22
維○之氐 28/139/9
○道如砥 28/139/14
○公謂伯禽之傅曰 32/149/1

## 啁 zhōu 1

猶有○噍之頃焉 19/96/12

## 粥 zhōu 9

魯之○牛馬者不豫賈 8/28/5
○其城 10/44/12
冬日則爲之饘○ 10/46/6
傭徒○賣之道也 15/73/15
齊衰、苴杖、居廬、食○、席薪、枕塊 19/96/6,19/98/5
○壽也 22/112/13
食則饘○不足 27/135/21
斬衰、菅屨、杖而啜○者 31/145/4

## 宙 zhòu 2

而宇○裏矣 21/104/9
精微乎毫毛而〔充〕盈（大乎）〔乎大〕寓（○） 26/124/8

## 紂 zhòu 48

桀、○、盜跖也 1/4/14
桀、○在上曷損 4/16/2
桀、○存 4/16/3
古者桀、○長巨姣美 5/17/26
桀、○舍之 7/26/2
武王之誅○也 8/31/16,15/72/5
鼓之而○卒易鄉 8/31/19
遂乘殷人而誅○ 8/31/19
桀、○即（序）〔厚〕於有天下之勢 11/54/8
桀、○所以滅也 13/64/13
若曹觸龍之於○者 13/65/11
湯、武之誅桀、○也 15/70/14
誅桀、○若誅獨夫 15/70/15
故《泰誓》曰「獨夫○」 15/70/15
武王伐○ 15/71/25
○刳比干 15/72/20
桀、○是也 16/76/13
（天）〔夫〕桀、○ 16/76/24
俄而天下倜然舉去桀、○而犇湯、武 16/76/25
反然舉疾惡桀、○而貴帝湯、武 16/77/1
夫桀、○何失 16/77/1
桀、○者善爲人之所惡 16/77/2
則無以異於桀、○ 16/77/4
桀、○棄義背信而天下亂 16/79/8
桀、○有天下 18/83/23
以桀、○爲常有天下之籍則然 18/83/23
天下謂在桀、○則不然 18/83/24
桀、○非去天下也 18/84/7
故桀、○無天下 18/84/9
桀、○者 18/84/9,18/84/14
以桀、○爲君而以湯、武爲弒 18/84/10
則天下未嘗合於桀、○

也 18/84/11
桀、○（者）〔是〕也 18/84/18
以桀、○爲有天下而臣湯、武 18/84/18
誅○ 18/85/12
於是焉桀、○群居 18/88/3
夏桀、殷○是也 21/102/15
○蔽於妲己、飛廉 21/102/16
○縣於赤旆 21/102/18
文王監於殷○ 21/102/19
行雖如桀、○ 24/119/4
○卒易鄉啓乃下 25/120/9
桀、○以亂 26/123/17
雖桀、○亦不能去民之好義 27/132/2
○刳王子比干而武王得之 32/150/1
善桀、○ 32/150/12

**晝 zhòu** 2

不得○行 19/93/16
○爾于茅 27/135/2

**軸 zhòu** 2

冠○帶劍 15/70/2
帶甲嬰○ 20/99/26

**驟 zhòu** 2

步○、馳騁、厲騖不外是矣 19/93/1
步○馳騁 31/148/6

**朱 zhū** 7

揚○哭衢涂 11/53/25
○、象不化 18/87/7
然而○、象獨不化 18/87/9
○、象之罪也 18/87/9
○、象者 18/87/10
今世俗之爲說者不怪○、象而非堯、舜也 18/87/10
○紘而通越也 19/92/1

**侏 zhū** 2

俳優、○儒、婦女之請謁以悖之 11/56/1
今倡優、○儒、狎徒詈侮而不鬬者 18/88/12

**邾 zhū** 1

外事則詐○、襲莒 7/25/9

**珠 zhū** 9

淵生○而崖不枯 1/3/4
重於金石○玉 5/19/12
辟之是猶使處女嬰寶○、佩寶玉、負戴黃金而遇中山之盜也 10/49/2
故明主有私人以金石○玉 12/61/20
在物者莫明於○玉 17/82/10
○玉不（睹）〔睹〕乎外 17/82/11
加飾之以○玉 18/86/17
雖○玉滿體 18/87/22
琁、玉、瑤、○不知佩也 26/126/1

**袾 zhū** 1

故天子○裷衣冕 10/43/1

**誅 zhū** 58

聖王又○之 4/13/9
○白公 5/17/19
所以先○也 5/21/5
有災繆者然後○之 7/26/1
故聖王之○也 7/26/1
文王○四 7/26/1,27/132/8
武王○二 7/26/1,27/132/8
至於成王則安（以）無○矣 7/26/2
以弟○兄而非暴也 8/27/23
武王之○紂也 8/31/16,15/72/5
遂乘殷人而○紂 8/31/19
元惡不待教而○ 9/35/3
如是而可以○暴禁悍矣 9/41/16
故不教而○ 10/46/19
教而不○ 10/46/19
○而不賞 10/46/19
○賞而不類 10/46/20
然後進退○賞之 14/67/9
湯、武之○桀、紂也 15/70/14
○桀、紂若○獨夫 15/70/15
凡○、非○其百姓也 15/71/12
○其亂百姓者也 15/71/13
王者有○而無戰 15/71/17
然后（○）〔俟〕之以刑 15/73/7
其○不服也審 16/75/16
其○殺猛而必 16/75/16
非振之以○殺 16/75/18
不順者而後○之 16/78/6
然而暴國獨侈安能○之 18/84/5
○暴國之君若○獨夫 18/84/5
然則是○民之父母而師民之怨賊也 18/84/10
○紂 18/85/12
夫征暴○悍 18/85/12
故樂者、出所以征○也 20/99/5
征○、揖讓 20/99/6
出所以征○ 20/99/6
審○賞 20/99/20
武王○之、呂尚招麾殷民懷 25/120/10
至成、康則案無○已 27/132/8
重民任而○不能 27/132/10
朝七日而○少正卯 28/138/17
夫子爲政而始○之 28/138/17
則不得免於君子之○ 28/138/20
不可不○也 28/138/21,28/138/23
是以湯○尹諧 28/138/21
文王○潘止 28/138/21
周公○管叔 28/138/22
太公○華仕 28/138/22
管仲○付里乙 28/138/22
子產○鄧析、史付 28/138/22
〔今〕嫚令謹○、賊也 28/139/5

**諸 zhū** 92

是○侯之所以取國家也 4/14/9
成名況乎○侯 6/22/16,8/32/9
○侯有一節如是 7/25/14

○侯趨走堂下 8/31/14
莫不爲天下之顯○侯 8/31/15, 12/62/8
○侯爲臣 8/33/8, 11/50/3, 11/54/7, 12/59/6, 15/74/22, 18/85/19
小儒者、○侯大夫士也 8/34/17
故○侯問政 8/34/22
奪之人者臣○侯 9/36/22
奪之與者友○侯 9/36/22
奪之地者敵○侯 9/36/22
臣○侯者王 9/36/23
友○侯者霸 9/36/23
敵○侯者危 9/36/23
○侯莫不懷交接怨而不忘其敵 9/37/1
力全則○侯不能弱也 9/37/3
德凝則○侯不能削也 9/37/3
則○侯親之矣 9/37/7
以敬接○侯 9/37/8
則○侯說之矣 9/37/8
則○侯疏（之）矣 9/37/8
則○侯離矣 9/37/9
○侯俗反 9/40/15
○侯玄褖衣冕 10/43/1
今亦以天下之顯○侯誠義乎志意 11/49/21
建國○侯之君分土而守 11/52/19, 11/54/15
○侯後同者先危 11/53/5
臣使○侯 11/53/14
然九合○侯 11/55/2
○侯一相 12/59/17
次賢使之爲○侯 12/59/18
故天子○侯無靡費之用 12/60/6
其下猶足以爲天下之顯○侯 12/62/9
四鄰○侯之相與 12/62/20
所使於四鄰○侯者非人之謂孤 12/62/24
○侯不信 13/63/17
攻奪變詐者、○侯之事也 15/68/12
○侯先順者安 15/69/8
臣請遂道王者○侯强弱存亡之效、安危之埶 15/69/12
○侯有能微妙之以節 15/70/12
威行○侯 15/72/1
古者百王之一天下、臣○侯也 16/77/20
則雖爲之築明堂（於塞外）而朝○侯 16/78/7
○侯百官 18/83/25
令行於○夏之國 18/83/25
外則○侯叛之 18/84/2
遠者○侯不聽 18/84/2
○侯侵削之、攻伐之 18/84/3
○侯有能德明威積 18/84/4
故○夏之國同服同儀 18/85/21
○侯趨走乎堂下 18/86/19
○侯持輪挾輿先馬 18/87/1
○侯有老 18/87/3
上爲天子○侯 18/88/25
○侯不敢壞 19/91/1
而社止於○侯 19/91/2
○侯五重 19/93/11
天子之喪動四海、屬○侯 19/93/13
○侯之喪動通國、屬大夫 19/93/13
○侯五月 19/97/16
今○侯異政 21/102/6
止○至足 21/106/21
則從○夏之成俗 22/107/21
○侯隆之則一四海者歟 26/123/14
○侯內屏 27/126/11
○侯召其臣 27/126/13
天子召○侯 27/126/14
○侯玄冠 27/126/17
○侯御荼 27/126/19
○侯彤弓 27/126/21
○侯相見 27/126/23
○侯非問疾弔喪 27/129/10
從○侯不與新有昏朞不事 27/131/14
○侯不言利害 27/132/3
非以貴○侯而已 27/132/19
朝士大夫遇○塗不與言 27/133/19
示○櫽栝 27/134/2
天子、○侯子十九而冠 27/135/16
○侯之驕我者 27/136/1
夫水、（大）偏與○生而無爲也 28/140/5
失之己而反○人 30/144/12
○侯之子孫必有在君之末庭者 31/147/4
○侯自爲得師者王 32/148/20
○侯大傾 32/150/5

## 豬 zhū 3

方知畜雞狗○彘 4/16/6
竊其○彘 18/88/14
是豈以喪○爲辱也哉 18/88/14

## 竹 zhú 1

金石絲○、所以道德也 20/100/11

## 逐 zhú 13

將以窮無窮、○無極與 2/7/8, 2/7/10
故《風》之所以爲不○者 8/31/7
今君人者急○樂而緩治國 11/51/23
急○樂而緩治國者 11/52/4
闇君者必將（急）〔荒〕○樂而緩治國 11/52/5
夸誕○魂 14/67/1
非其○之鳴條之時也 15/72/5
則援劍戟而○之 18/88/14
唐鞅蔽於欲權而○載子 21/103/1
○賢相而罪孝兄 21/103/2
辟除民害○共工 25/121/12
讒兮其相○而反也 26/124/9

## 躅 zhú 1

躑○焉 19/96/11

## 钃 zhú 1

所謂「以狐父之戈○牛矢」也 4/13/7

## 主 zhǔ 143

故人○不務得道而廣有其埶 7/26/4
○尊貴之 7/26/6

○信愛之 7/26/6
○專任之 7/26/6
○安近之 7/26/7
○跣遠之 7/26/7
○損絀之 7/26/7
明不滅○之義也 8/27/21
故以枝代○而非越也 8/27/22
明枝○之義 8/27/24
人○用之 8/27/27
故明○譎德而序位 8/30/8
故人○用俗人 8/33/7
禮者、人○之所以爲群
　臣寸尺尋丈檢式也 8/34/18
天下無王霸○則常勝矣 9/37/3
天下無王（霸）○ 9/37/10
聖○之制也 9/39/18
○攘擇五卜 9/40/9
人○自取之 10/44/13
知夫爲人○上者不美不
　飾之不足以一民也 10/45/16
是貪○已 10/47/10
是闇（王）〔○〕已 10/47/11
凡○相臣下百吏之（俗）
　〔屬〕 10/47/11
是明○已 10/47/14
凡○相臣下百吏之屬 10/47/14
是明○之功已 10/47/17
故明○必謹養其和 10/47/23
然而○相不知惡也 10/48/4
是愚（王）〔○〕之極也 10/48/5
人○者、天下之利勢也 11/49/12
故人○、天下之利勢也 11/49/14
三者、明○之所謹擇也 11/49/15
（○）之所極然帥群臣
　而首鄉之者 11/49/18
三者、明○之所以謹擇也
　1/50/17,11/51/2,11/51/8
人○有職 11/52/7
是夫人○之職也 11/52/9
（人）〔之〕○者、守
　至約而詳 11/52/10
人○者、以官人爲能者
　也 11/52/14
人○得使人爲之 11/52/14
其難者在於人○之知之
　也 11/52/23
故人○欲得善射 11/53/9
欲是之○並肩而存 11/53/20
人○不公 11/53/21
人○則外賢而偏舉 11/53/21
人○胡不廣焉無卹親跣
　、無（偏）〔倫〕貴
　賤 11/53/22
則○相、臣下、百吏各
　謹其所聞 11/55/7
○道治近不治遠 11/55/11
○能治近則遠者理 11/55/11
○能治明則幽者化 11/55/11
○能當一則百事正 11/55/12
故明○好要而闇○好詳 11/55/15
○好要則百事詳 11/55/16
○好詳則百事荒〔矣〕 11/55/16
大國之○也 11/56/7,11/56/10
故明○急得其人 12/57/6
而闇○急得其埶 12/57/7
故人○欲彊固安樂 12/59/1
爲人○者 12/60/20
是人○之寶也 12/60/22
今人○有六患 12/60/25
人○欲得善射〔射〕遠
　中微者 12/61/13
故明○有私人以金石珠
　玉 12/61/20
彼不能而○使之 12/61/21
則是○闇也 12/62/1
○闇於上 12/62/1
〔故惟明○能愛其所愛〕 12/62/2
〔闇○則必危其所愛〕 12/62/2
唯明○爲能愛其所愛 12/62/9
闇○則必危其所愛 12/62/10
而人○之守司 12/62/12
而人○無由知之 12/62/13
人○之守司 12/62/14
然則人○將何以知之 12/62/15
人○之所以窺遠收眾之
　門戶牖嚮也 12/62/15
故人○必將有便嬖左右
　足信者然後可 12/62/16
人○不能不有游觀安燕
　之時 12/62/17
人○不可以獨也 12/62/18
人○之基、杖也 12/62/19
人○必將有卿相輔佐足
　任者然後可 12/62/19
故人○必將有足使喻志
　決疑於遠方者然後可 12/62/21
故人○無便嬖左右足信
　者之謂闇 12/62/23
是謂人○之道也 12/63/8
是人○之要守也 12/63/9
人○不能論此三材者 12/63/9
以環○圖私爲務 13/63/18
而闇○惑之 13/64/6
故明○好同而闇（王）
　〔○〕好獨 13/64/12
明○尙賢使能而饗其盛 13/64/12
闇○妬賢畏能而滅其功 13/64/13
三者、非明○莫之能知也 13/66/1
人○之患 14/67/3
今人○有能明其德 14/67/5
〔將〕所以不受命於○
　有三 15/71/2
凡受命於○而行三軍 15/71/3
則○不能喜 15/71/4
爲人○上者也 15/73/12
是○威也 16/76/3
夫○相者、勝人以埶也 16/76/14
今相國上則得專○ 16/76/15
則女○亂之宮 16/76/20
上安於○而下調於民者也 16/79/6
○道利周 18/83/11
○者、民之唱也 18/83/11
故○道利明不利幽 18/83/17
故○道明則下安 18/83/18
○道幽則下危 18/83/18
故○道莫惡乎難知 18/83/19
君者、治辨之○也 19/97/7
○人有尊 19/98/8
○人拜送 19/98/8,20/101/18
○人親速賓及介 20/101/8
○人拜賓及介 20/101/8
○人獻之 20/101/14,20/101/14
賓酬○人 20/101/17
○人酬介 20/101/17
故○其心而愼治之 21/102/19
　21/102/20
而神明之○也 21/104/10
則○尊下安 24/119/13
人○無賢、如瞽無相何
　倀倀 25/120/3
○忌苟勝、群臣莫諫必

逢災 25/120/4
尊○安國尙賢義 25/120/4
比周還○黨與施 25/120/5
遠賢近讒、忠臣蔽塞○勢移 25/120/5
上能尊○（愛下）〔下愛〕民 25/120/6
○誠聽之、天下爲一海內賓 25/120/6
○之孽 25/120/7
○好論議必善謀 25/123/2
五聽（循）〔脩〕領、莫不理（續）〔績〕（○執）〔孰○〕持 25/123/2
人○仁心設焉 27/126/27
○道知人 27/132/22
○量必平 28/140/7
故明○任計不信怒 31/147/17
闇○信怒不任計 31/147/17
上無賢○ 32/150/4

渚 zhǔ 1

北決九河、通十二○疏三江 25/121/13

助 zhù 2

輕物者不求○ 27/131/23
苟不求○ 27/131/23

注 zhù 9

則君子（汪）〔○〕錯之當 4/14/23
而小人○錯之過也 4/14/24
是○錯習俗之節異也 4/15/1
在勢○錯習俗之所積爾 4/15/11
○錯習俗 8/34/1
故人知謹○錯 8/34/8
平地○水 27/136/9
○水焉 28/138/12
弟子挹水而○之 28/138/12

柱 zhù 1

強自取○ 1/2/4

柷 zhù 1

鞉、○、拊、鞷、椌、楬似萬物 20/101/1

祝 zhù 1

几筵、饋、薦、告○ 19/98/7

紸 zhù 1

○纊聽息之時 19/93/19

著 zhù 2

○誠去僞 20/100/15
積微者○ 27/133/16

箸 zhù 10

○乎心 1/3/14
聖王之跡○矣 6/23/2
○是者也 6/24/8
○之言語 11/49/20
○之以政事 11/49/21
○仁義 11/53/4
霸者之善○焉 16/78/24
十仞之木若○ 21/106/7
而求○者不上折也 21/106/7
如此之○也 27/136/9

築 zhù 1

則雖爲之○明堂（於塞外）而朝諸侯 16/78/7

專 zhuān 8

主○任之 7/26/6
任重而不敢○ 7/26/8
則好○事而妬賢能 7/26/19
使彫琢文采不敢○造於家 9/40/8
今相國上則得○主 16/76/15
下則得○國 16/76/16
○心一志 23/116/14
愚而自○事不治 25/120/4

轉 zhuǎn 1

勞苦之事則偷儒○脫 2/7/1

莊 zhuāng 18

矜○以莅之 5/20/7
桓公劫於魯○ 9/37/12
故齊桓、晉文、楚○、吳闔閭、越句踐 11/50/8
楚○王好細要 12/58/12
楚之○蹻 15/70/19
齊桓、晉文、楚○、吳闔閭、越句踐 15/70/21
○蹻起 15/72/15
而容貌得○焉 20/99/4
樂肅○ 20/99/15
使人之心○ 20/100/1
○子蔽於天而不知人 21/103/9
○君之曶 23/117/13
忌卞○子 27/133/1
亦嘗有以楚○王之語聞於左右者乎 32/148/17
楚○王之語何如 32/148/18
楚○王謀事而當 32/148/18
○王曰 32/148/19
楚○王以憂 32/148/22

壯 zhuàng 5

老老而○者歸焉 2/8/9
○然 6/24/17
而○者有分爭之禍矣 10/42/19
善○而拙老者與 26/125/2
○不論議 27/134/16

狀 zhuàng 15

相人之形○顏色而知其吉凶妖祥 5/17/10
且徐偃王之○ 5/17/21
仲尼之○ 5/17/21
周公之○ 5/17/21
皋陶之○ 5/17/22
閎夭之○ 5/17/22
傅說之○ 5/17/22
伊尹之○ 5/17/22

○乎無形影 19/98/9
物有同○而異所者 22/109/11
有異○而同所者 22/109/12
○同而爲異所者 22/109/12
○變而實無別而爲異者 22/109/12
目視黼黻而不知其○ 22/112/11
儢儢兮其○ 26/124/16

撞 zhuàng 2

故必將○大鐘、擊鳴鼓、吹竽笙、彈琴瑟以塞其耳 10/45/17
○鐘擊鼓而和 10/46/1

戇 zhuàng 4

而狂惑○陋之人 8/29/9
人苟不狂惑○陋者 11/53/20
身苟不狂惑○陋 15/74/1
悍○好鬭 27/136/13

隹 zhuī 1

利（往）〔○〕卬上、莫得擅與孰私得 25/122/14

錐 zhuī 6

以○飡壺也 1/4/3
無置○之地 6/22/15,8/32/8
無置○之地而明於持社稷之大義 8/28/1
仲尼無置○之地 11/49/20
辟之猶以○刀墮大山也 15/70/13

綴 zhuì 5

○○然 6/24/19
爲下國○旒 13/66/5
行其○兆 20/99/5
展禽三絀、春申道○基畢輸 25/120/11

墜 zhuì 2

負石而○ 6/23/10
列星隕○ 26/125/13

贅 zhuì 1

今學曾未如肬○ 28/140/14

肫 zhūn 2

繆繆○○ 31/146/9

準 zhǔn 2

程者、物之○也 14/67/13
禮者、節之○也 14/67/13

拙 zhuō 5

猶巧○有幸焉 15/68/14
猶有巧○焉 15/70/13
是其巧○強弱則未有以相君也 15/70/19
下不私請、各以宜舍巧○ 25/123/6
善壯而○老者與 26/125/2

汋 zhuó 1

《○》、《桓》、《箾》、（《簡》）、《象》 19/98/4

灼 zhuó 3

反顧其上則若○黥 9/41/13
則若○黥、若仇讎 15/69/6
刑○之 16/75/19

酌 zhuó 1

而時斟○焉 10/47/23

啄 zhuó 1

鳥窮則○ 31/148/8

琢 zhuó 10

使彫○文采不敢專造於家 9/40/8
故爲之雕○、刻鏤、黼黻、文章 10/43/13
雕○其章 10/43/15
故爲之雕○、刻鏤、黼黻、文章以藩飾之 10/43/22
必將錭○、刻鏤、黼黻、文章以塞其目 10/45/18
脩冠弁、衣裳、黼黻、文章、琱○、刻鏤 12/60/1
彫○、刻鏤、黼黻、文章 19/90/6
猶玉之於○磨也 27/134/6
如○如磨 27/134/6
玉人○之 27/134/7

斲 zhuó 5

積○削而爲工匠 8/34/6
農夫不○削、不陶冶而足械用 9/38/16
木器不成○ 19/95/10
故工人○木而成器 23/114/10
工人○木而生器 23/115/21

濁 zhuó 12

清之而俞○者 4/12/21,27/138/2
而耳辨音聲清○ 4/15/8
源○則流○ 12/57/15,12/58/14
猶聾之於清○也 20/99/12
則湛○在下而清明在上 21/105/5
湛○動乎下 21/105/6
故○明外景 21/105/18
聲音、清○、調竽奇聲以耳異 22/108/16

茲 zī 3

以爲仲尼、子游爲○厚於後世 6/22/10
媚○一人 7/26/11
琅玕、龍○、華覲以爲實 18/87/23

**菑 zī** 3

不善在身、○然 2/5/4
身如斷○ 5/17/22
其○甚慘 17/82/2

**資 zī** 7

必至於○單國擧然後已 10/49/1
○麤、衰絰、菲繐、菅屨 19/94/18
離其○ 23/113/22
不離其○而利之也 23/114/1
使夫○朴之於美 23/114/1
假之人有弟兄○財而分者 23/114/16
○衰、苴杖者不聽樂 31/147/10

**錙 zī** 2

割國之○銖以賂之 10/48/22
得一首者則賜贖○金 15/69/21

**齍 zī** 1

○衰大功 27/131/14

**子 zǐ** 746

君○曰 1/1/3
君○博學而日參省乎己 1/1/5
干、越、夷、貉之○ 1/1/8
嗟爾君○ 1/1/8
君○生非異也 1/1/14
卵破○死 1/1/17
君○不近 1/1/20,14/66/11
故君○居必擇鄉 1/2/1
君○愼其所立乎 1/2/7
其○七兮 1/3/1
淑人君○ 1/3/1
10/48/18,15/71/27,24/119/16
故君○結於一也 1/3/1
君○之學也 1/3/14,1/3/17
君○如嚮矣 1/3/18
方其人之習、君○之說 1/3/21
故君○不傲、不隱、不瞽 1/4/9
天○所予 1/4/9
君○知夫不全不粹之不足以爲美也 1/4/16
君○貴其全也 1/4/21
故君○隆師而親友 2/5/5
君○役物 2/6/12
士君○不爲貧窮怠乎道 2/6/14
然而君○不辯 2/7/11
然而君○不行 2/7/11
君○也 2/7/18,6/23/5
8/29/15,21/106/23,31/146/2
可以爲君○者矣 2/8/7
君○之求利也略 2/8/12
君○貧窮而志廣 2/8/12,2/8/13
此言君○之能以公義勝私欲也 2/8/16
君○行不貴苟難 3/8/20,3/9/4
然而君○不貴者 3/9/1,3/9/3
3/9/4
君○易（知）〔和〕而難狎 3/9/7
君○能亦好 3/9/10
君○能則寬容易直以開道人 3/9/10
君○能則人榮學焉 3/9/12
是君○小人之分也 3/9/13
君○寬而不僈 3/9/15
君○崇人之德 3/9/19
君○宜之 3/10/3
君○有之 3/10/3
此言君○能以義屈信變應故也 3/10/3
君○、小人之反也 3/10/6
君○大心則〔敬〕天而道 3/10/6
君○兩進 3/10/10
君○治治 3/10/12
故君○者、治禮義者也 3/10/12
猶曰君○爲治而不爲亂 3/10/15
君○絜其辯而同焉者合矣 3/10/18
君○養心莫善於誠 3/11/4
君○至德 3/11/7
父○爲親矣 3/11/10
夫誠者、君○之所守也 3/11/10
君○位尊而志恭 3/11/14
君○審後王之道而論於百王之前 3/11/15
故君○不下室堂而海內之情擧積此者 3/11/18
君○愼之 3/12/3,14/66/12
22/112/23
此小人之所務而君○之所不爲也 4/12/23
則是己君○而人小人也 4/13/6
以君○與小人相賊害也 4/13/6
有士君○之勇者 4/13/13
是士君○之勇也 4/13/17
是天○之所以取天下也 4/14/8
上則能順天○之命 4/14/9
父○相傳 4/14/11
君○小人一也 4/14/17
是君○小人之所同也 4/14/17
故君○者 4/14/20
則君○（汪）〔注〕錯之當 4/14/23
足以知其有餘可以爲君○之所爲也 4/14/24
君○安雅 4/15/1
故君○道其常 4/15/5
君○非得勢以臨之 4/15/15
非〔順〕孰脩爲之君○ 4/16/13
夫貴爲天○ 4/16/18,11/53/12
古者有姑布○卿 5/17/10
無害爲君○也 5/17/12
君○之謂吉 5/17/13
○弓短 5/17/16
葉公○高微小短瘠 5/17/18
令尹○西、司馬○期皆死焉 5/17/19
葉公○高入據楚 5/17/19
堯、舜參牟○ 5/17/23
鄉曲之儇○ 5/18/1
血氣態度擬於女○ 5/18/1
中父羞以爲○ 5/18/3
然而君○啜其羹 5/18/15
夫禽獸有父○而無父○之親 5/18/16
則審其人、所貴君○ 5/18/21
君○不聽 5/19/10,14/66/10
故君○之於（言）〔善〕也 5/19/11
故君○必辯 5/19/12
而君○爲甚 5/19/12
故君○之於言無厭 5/19/13
故君○之度己則以繩 5/20/2
故君○賢而能容罷 5/20/3
天○之功 5/20/4

唯君○爲能貴其所貴 5/20/10
君○必辯 5/20/12
而君○爲甚焉 5/20/12
君○辯言仁也 5/20/12
故君○之行仁也無厭 5/20/15
故（言）君○必辯 5/20/15
聖人士君○之分具矣 5/20/16
有士君○之辯者 5/21/1
是士君○之辯者也 5/21/3
此眞先君○之言也 6/22/9
○思唱之 6/22/10
以爲仲尼、○游爲茲厚於後世 6/22/10
是則○思、孟軻之罪也 6/22/11
十二○者不能親也 6/22/15
仲尼、○弓是也 6/22/17,8/32/13
十二○者遷化 6/22/19
下則法仲尼、○弓之義 6/23/1
以務息十二○之說 6/23/1
遇長則脩○弟之義 6/23/15
雖則○弟之中 6/23/18
士君○之所能〔爲〕不能爲 6/24/12
君○能爲可貴 6/24/12,27/138/4
故君○恥不脩 6/24/13
夫是之謂誠君○ 6/24/15
士君○之容 6/24/17
是○弟之容也 6/24/19
是○張氏之賤儒也 6/24/24
是○夏氏之賤儒也 6/25/1
必曰君○固不用力 6/25/1
是○游氏之賤儒也 6/25/2
彼君○則不然 6/25/2
五尺之豎○言羞稱乎五伯 7/25/7, 7/25/18
（如）彼固曷足稱乎大君○之門哉 7/25/10
彼固曷足稱乎大君○之門哉 7/25/21
孔○曰 7/26/18,8/31/12, 9/36/12,11/56/4,27/134/23, 27/134/24,27/134/26,27/135/1, 27/135/2,27/135/4,28/138/11, 28/138/14,28/138/18,28/140/5, 28/140/11,28/140/14,28/141/1, 28/141/8,28/141/13,29/142/10, 29/142/16,29/142/18, 29/142/22,29/142/25, 29/142/28,29/143/3,29/143/14, 30/144/6,30/144/18,30/144/22, 31/145/7,31/146/18,31/147/1, 32/149/21
而求有君○聖人之名 7/27/9
故君○時詘則詘 7/27/10
履天（下）〔○〕之籍 8/27/15
天○也者 8/27/18,24/118/7
秦昭王問孫卿○曰 8/27/26
孫卿○曰 8/27/26,15/68/6, 15/68/11,15/69/11,15/70/24, 15/71/10,15/71/22,15/72/2, 16/78/10
謹乎臣○而致貴其上者也 8/27/26
闕黨之○弟罔不分 8/28/6
此君○義信乎人矣 8/28/9
君○之所道也 8/28/16
君○之所謂賢者 8/28/16
君○之所謂知者 8/28/17
君○之所謂辨者 8/28/17
君○之所謂察者 8/28/18
君○不如農人 8/28/19
君○不如賈人 8/28/19
君○不如工人 8/28/20
君○不若惠施、鄧析也 8/28/21
然後君○之所長也 8/29/2
不知無害爲君○ 8/29/8
君○不知 8/29/8
老身長○ 8/29/10
下爲士君○ 8/29/15
故君○無爵而貴 8/29/21
故君○務脩其內而讓之於外 8/30/1
君○隱而顯 8/30/2
則可謂篤厚君○矣 8/30/15
非孔○之言也 8/31/13
履天○之籍 8/31/14
周之○孫苟不狂惑者 8/31/15, 12/62/7
刳比干而囚箕○ 8/31/18
其言議談說已無所以異於墨○矣 8/32/19
隨其長○ 8/32/20
積禮義而爲君○ 8/34/7
工匠之○莫不繼事 8/34/7
則爲君○矣 8/34/9
爲君○則常安榮矣 8/34/9
故唯君○爲能得其所好 8/34/10
大儒者、天○三公也 8/34/17
君○言有壇宇 8/34/20
是君○之所以騁志意於壇宇宮庭也 8/34/22
夫是之謂君○言有壇宇 8/34/23
雖王公士大夫之○孫也 9/35/4
雖庶人之○孫也 9/35/5
非君○莫能 9/35/17
有君○而亂者 9/35/19,14/66/26
治生乎君○ 9/35/20,14/66/26
則君○不安輿 9/36/5
則君○不安位 9/36/5
然后君○安位〔矣〕 9/36/7
鄭○產、取民者也 9/36/15
然而君○剸而用之 9/38/17
君○者、禮義之始也 9/39/2
君○（之始）也 9/39/3
故天地生君○ 9/39/3
君○理天地 9/39/3
君○者、天地之參也 9/39/3
無君○ 9/39/4,12/57/5
下無父○、夫婦 9/39/4
君臣、父○、兄弟、夫婦 9/39/5
君君、臣臣、父父、○○、兄兄、弟弟一也 9/39/6
夫君○奚患乎無餘〔也〕 10/42/25
故天○袾裷衣冕 10/43/1
故自天○通於庶人 10/43/4
君○以德 10/44/5
父○不得不親 10/44/7,27/129/1
墨○之言昭昭然爲天下憂不足 10/44/20
特墨○之私憂過計也 10/44/20, 10/45/4
我以墨○之「非樂」也 10/45/6
墨○之「節用」也 10/45/7
墨○大有天下 10/45/7,10/45/9
墨○雖爲之衣褐帶索 10/45/13
如保赤○ 10/46/22, 11/54/11,11/55/25,15/73/17
必將雅文辨慧之君○也 10/48/15
誰○之與也 11/50/22
故與積禮義之君○爲之則王 11/51/8

則雖臧獲不肯與天○易埶業 11/52/16
墨○之說也 11/52/18
則天○共己而矣 11/52/20
聰明君○者 11/53/8
則莫若聰明君○矣 11/53/11
而天○之禮制如是者也 11/53/15
罼牢天下而制之若制○孫 11/53/19
則天○共己而止矣 11/54/15
不足數於大君○之前 11/54/19
故孔○曰 11/55/4,18/87/21
君○者、法之原也 12/57/5
故有君○ 12/57/5
君○者、治之原也 12/57/15
君○養原 12/57/15
則下亦將綦辭讓、致忠信而謹於臣○矣 12/57/16
請問爲人○ 12/57/24
故君○恭而不難 12/57/28
故君○之於禮 12/58/1
然而（于是）〔是○〕獨好之 12/59/3
然而（于是）〔是○〕獨爲之 12/59/4
然而（于是）〔是○〕（獨）猶將爲之也 12/59/4
天○三公 12/59/16
故由天○至於庶人也 12/60/2
故天○諸侯無靡費之用 12/60/6
故天○不視而見 12/60/16
而君○不可欺以人 12/61/11
內不可以阿○弟 12/61/13
12/61/15
非無○弟也 12/62/3
非（于是）〔是○〕莫足以舉之 12/62/6
故舉（于是）〔是○〕而用之 12/62/6
大臣父○兄弟有能進言於君 13/64/1
伊尹、箕○ 13/64/7
比干、○胥 13/64/7
若養赤○ 13/64/24
故君○不爲也 13/65/6
若○胥之於夫差 13/65/11
故君○安禮樂（利）〔樂〕 13/65/22
君○不用 14/66/11
君○不許 14/66/11
禮義備而君○歸之 14/66/17
無君○則道不舉 14/66/23
君○也者 14/66/24
弟○通利則思師 14/67/22
刑濫則害及君○ 14/67/24
臨武君與孫卿○議兵於趙孝成王前 15/68/3
若○之事父、弟之事兄〔也〕 15/68/15
是猶使人之○孫自賊其父母也 15/69/7
君○不由也 15/70/17
微○開封於宋 15/71/14
陳囂問孫卿○曰 15/71/21
李斯問孫卿○曰 15/72/1
非以甲○之朝而後勝之也 15/72/5
囚箕○ 15/72/20,18/84/16
公孫○曰 16/76/1
○發將（西）〔而〕伐蔡 16/76/1
舍屬二三○而治其地 16/76/2
○發辭曰 16/76/2
○發之致命也恭 16/76/4
16/76/10
今○發獨不然 16/76/8
荀卿○說齊相曰 16/76/12
求仁厚明通之君○而託王焉 16/76/17
聖王之後○孫也 16/76/24
案用夫端誠信全之君○治天下焉 16/78/5
應侯問孫卿○曰 16/78/10
君○不爲小人之匈匈也輟行 17/80/27
君○有常體矣 17/81/1
君○道其常 17/81/1
君○啜菽飲水 17/81/4
故君○慕其在己者 17/81/5
君○敬其在己者 17/81/6
故君○之所以日進 17/81/7
君○、小人之所以相縣者在此耳 17/81/8
則父○相疑 17/81/18
若夫君臣之義、父○之親、夫婦之別 17/82/3
故君○以爲文 17/82/7
愼○有見於後 17/83/3
老○有見於詘 17/83/4
墨○有見於齊 17/83/4
宋○有見於少 17/83/4
古者天○千官 18/83/24
聖王之○也 18/84/1
故天○唯其人 18/84/12
是不容妻○之數也 18/84/17
至罷不容妻○ 18/84/17
天○者、埶位至尊 18/86/6
聖不在後○而在三公 18/86/12
故天○生則天下一隆致順而治 18/86/13
天○者、埶至重而形至佚 18/86/16
天○無老 18/87/3
○宋○曰 18/88/10,18/88/21
18/89/11
夫今○宋○不能解人之惡侮 18/88/16
上爲天○諸侯 18/88/25
故君○可以有埶辱 18/89/2
唯君○然後兼有之 18/89/4
今○宋○案不然 18/89/7
二三○之善於○宋○者 18/89/8
今○宋○以（是）〔人〕之情爲欲寡而不欲多也 18/89/18
今○宋○嚴然而好說 18/89/20
君○既得其養 19/90/10
故天○大路越席 19/90/11
郊止乎天○ 19/91/2
君○審於禮 19/92/14
故君○上致其隆 19/93/1
是君○之壇宇、宮廷也 19/93/2
士君○也 19/93/2
故君○敬始而愼終 19/93/6
是君○之道、禮義之文也 19/93/7
君○以倍叛之心接臧穀 19/93/8
○之所以致重其親 19/93/9
君○賤野而羞瘠 19/93/11
故天○棺槨（十）〔七〕重 19/93/11
忠臣孝○之極也 19/93/13
天○之喪動四海、屬諸侯 19/93/13

獨屬妻○ 19/93/15
則夫忠臣孝○亦知其閔已 19/93/19
君○恥之 19/94/5
雖難、君○賤之 19/94/13
非孝○之情也 19/94/14
非順孰修爲之君○莫之能知也 19/94/21
終始具而孝○之事畢、聖人之道備矣 19/95/18
將由夫脩飾之君○與 19/96/18
愷悌君○ 19/97/8,22/110/12
彼君○者 19/97/8
故天○七月 19/97/16
則夫忠臣孝○亦慅詭而有所至矣 19/97/21
士君○安行之 19/98/2
其在君○ 19/98/3
是君○之所以爲慅詭其所喜樂之文也 19/98/5
是君○之所以爲慅詭其所哀痛之文也 19/98/6
是君○之所以爲慅詭其所敦惡之文也 19/98/6
而墨○非之 20/98/18,20/99/2,20/99/8,20/99/12,20/100/11
則父○兄弟同聽之 20/98/21
墨○之於道也 20/99/12
墨○曰 20/99/21
君○以爲不然 20/99/22
故君○耳不聽淫聲 20/100/2
此三者、君○愼之 20/100/2
故君○愼其所去就也 20/100/5
君○以鍾鼓導志 20/100/7
君○樂得其道 20/100/9
墨○非之 20/100/15
君○明樂 20/100/16
弟○勉學 20/100/17,26/125/18
〔孔○曰〕 20/101/6
而不知微○啓 21/102/16
唐鞅蔽於欲權而逐載○ 21/103/1
墨○蔽於用而不知文 21/103/8
宋○蔽於欲而不知得 21/103/8
愼○蔽於法而不知賢 21/103/8
申○蔽於埶而不知知 21/103/9
惠○蔽於辭而不知實 21/103/9
莊○蔽於天而不知人 21/103/9
孔○仁知且不蔽 21/103/15
故君○壹於道而以贊稽物 21/105/2
惟明君○而後能知之 21/105/5
曾○曰 21/105/11,27/133/25,30/143/23,30/144/1,30/144/11
孟○惡敗而出妻 21/105/16
有○惡臥而焠掌 21/105/16
學、老身長○而與愚者若一 21/106/20
君○賤之 21/107/8,21/107/8
小人邇而君○遠矣 21/107/15
君○邇而小人遠矣 21/107/16
君○無埶以臨之 22/110/2
是士君○之辨說也 22/110/17
君○之言涉然而精 22/110/20
是君○之所棄 22/110/22
雖爲天○ 22/111/16
化師法、積文學、道禮義者爲君○ 23/113/12
孟○曰 23/113/16,23/113/20,23/115/1,27/131/19
夫○之讓乎父 23/114/4
○之代乎父 23/114/4
然而孝○之道 23/114/5
今孟○曰「人之性善」 23/115/11
君○之與小人 23/115/23
曷貴君○矣哉 23/115/24
凡所貴堯、禹、君○者 23/115/24
然而〔秦人〕於父○之義、夫婦之別不如齊、魯之孝（具）〔共〕敬（父）〔文〕者 23/116/2
且內不可以知父○之義 23/116/10
皆內可以知父○之義 23/116/11
故小人可以爲君○而不肯爲君○ 23/116/17
君○可以爲小人而不肯爲小人 23/116/18
小人、君○者 23/116/18
妻○具而孝衰於親 23/116/25
有士君○之知者 23/117/1
是士君○之知也 23/117/3
不知其○視其友 23/117/19
天○無妻 24/118/5
故殺其父而臣其○ 24/118/18
後○孫必顯 24/119/4
吳有伍○胥而不能用 24/119/10
比干見刳箕○累 25/120/9
○胥見殺百里徙 25/120/10
逆斥不通孔○拘 25/120/11
君○執之心如結 25/120/14
君○以修百姓寧 25/121/1
君○誠之好以待 25/121/2
君○由之佼以好 25/121/3
下以教誨○弟、上以事祖考 25/121/4
君○道之順以達 25/121/4
恐爲○胥身離凶 25/122/9
君○所敬而小人所不者與 26/123/13
君○以脩 26/123/18
夫是之謂君○之知 26/124/5
弟○不敏 26/124/10
君○設辭 26/124/11
友風而○雨 26/124/13
孔○拘匡 26/125/16,32/150/12
閭娵、○奢莫之媒也 26/126/1
天○外屏 27/126/11
天○召諸侯 27/126/14
自天○所 27/126/14
天○山冕 27/126/17
天○御珽 27/126/19
天○彫弓 27/126/21
○北面而跪 27/127/12
○曰 27/127/13,28/140/1,29/143/8,29/143/9,29/143/9,29/143/10,29/143/10,29/143/11
君○之於○ 27/127/20
君○處仁以義 27/128/2
天○即位 27/128/11
授天○一策 27/128/11
授天○二策 27/128/14
授天○三策 27/128/15
君臣父○之本也 27/129/17
君○聽律習容而后（士）〔出〕 27/129/27
式箕○之囚 27/131/3
八十者一○不事 27/131/13
○謂○家駒續然大夫 27/131/16
不如晏○ 27/131/16
晏○、功用之臣也 27/131/16
不如○產 27/131/16

○產、惠人也 27/131/16
不可以爲天○大夫 27/131/17
孟○三見宣王不言事 27/131/19
公行○之之燕 27/131/22
故天○不言多少 27/132/3
忌卞莊○ 27/133/1
畏○路 27/133/1
君○之學如蛻 27/133/6
君○立志如窮 27/133/11
雖天○三公問正 27/133/11
君○隘窮而不失 27/133/13
無以知君○無日不在是 27/133/14
孝○言爲可聞 27/133/25
孝○之道也 27/133/26
曾○行 27/134/1
晏○從於郊 27/134/1
君○贈人以言 27/134/1
請假於君○ 27/134/2
贈吾○以言 27/134/2
君○之檃栝不可不謹也 27/134/3
君○之所漸 27/134/4
爲天（○）〔下〕寶 27/134/7
○贛、季路 27/134/7
君○疑則不言 27/134/12
君○不與 27/134/14
君○壹教 27/134/18
弟○壹學 27/134/18
君○進則能益上之譽而損下之憂 27/134/20
○貢問於孔○曰 27/134/23
28/140/4,30/144/5,32/149/21
孝○不匱 27/134/25,29/142/5
然則賜願息於妻○ 27/134/25
妻○難 27/134/26
妻○焉可息哉 27/134/26
○貢曰 27/135/4,29/142/9
29/142/23,29/142/24
30/144/15
君○息焉 27/135/5
天○、諸侯○十九而冠 27/135/16
君○也者而好之 27/135/18
非君○而好之 27/135/18
○夏〔家〕貧 27/136/1
○何不仕 27/136/1
是故君○蚤絕之 27/136/20
君○難說 27/136/24
曾○食魚 27/137/4
曾○泣涕曰 27/137/5
君○之所憎惡也 27/137/8
少言而法、君○也 27/137/10
比干、○胥忠而君不用 27/137/22
交質○不及五伯 27/138/6
孔○觀於魯桓公之廟 28/138/10
孔○問於守廟者曰 28/138/10
孔○顧謂弟○曰 28/138/12
弟○挹水而注之 28/138/12
孔○喟然而歎曰 28/138/13
○路曰 28/138/13,29/142/23
孔○爲魯攝相 28/138/17
夫○爲政而始誅之 28/138/17
則不得免於君○之誅 28/138/20
○產誅鄧析、史付 28/138/22
此七○者 28/138/22
孔○爲魯司寇 28/139/1
有父○訟者 28/139/1
孔○拘之 28/139/1
孔○舍之 28/139/1
冉○以告 28/139/3
孔○慨然歎曰 28/139/3
天○是庳 28/139/10
百仞之山而豎○馮而游焉 28/139/12
君○所履 28/139/14
孔○觀於東流之水 28/140/4
君○之所以見大水必觀焉者 28/140/4
是故君○見大水必觀焉 28/140/8
孔○南適楚 28/140/17
弟○皆有飢色 28/140/17
○路進問之 28/140/17
今夫○累德、積義、懷美 28/140/18
王○比干不見剖心乎 28/141/1
吳○胥不磔姑蘇東門外乎 28/141/2
君○博學、深謀不遇時者多矣 28/141/3
君○之學 28/141/5
故君○博學、深謀、修身、端行以俟其時 28/141/7
昔晉公○重耳霸心生於曹 28/141/8
○貢觀於魯廟之北堂 28/141/12
出而問於孔○曰 28/141/12
孝○所以不從命有三 29/141/20
孝○不從命乃義 29/142/1
孝○不從命乃敬 29/142/1
是不○也 29/142/2
魯哀公問於孔○曰 29/142/7
31/144/27,31/146/17,31/147/9
31/147/14
○從父命 29/142/7,29/142/8
29/142/9
孔○不對 29/142/7,31/146/13
孔○趨出 29/142/7
以語○貢曰 29/142/8
夫○有奚對焉 29/142/10
父有爭○ 29/142/11
故○從父 29/142/12
奚○孝 29/142/12
○路問於孔○曰 29/142/15
29/142/22,29/143/14
故君○入則篤行 29/142/20
○路出 29/142/22
謂○貢曰 29/142/22
吾以夫○爲無所不知 29/142/23
夫○徒有所不知 29/142/23
夫○曰 29/142/24
○貢問曰 29/142/25
○貢出 29/142/25
謂○路曰 29/142/25
女謂夫○爲有所不知乎 29/142/25
夫○徒無所不知 29/142/26
○路盛服見孔○ 29/142/28
○路趨而出 29/143/2
故君○知之曰知之 29/143/4
○路入 29/143/8
○路對曰 29/143/8
○貢入 29/143/9
○貢對曰 29/143/9
可謂士君○矣 29/143/10
可謂明君○矣 29/143/11
君○亦有憂乎 29/143/14
君○ 29/143/14
曾○病 30/144/1
故君○苟能無以利害義 30/144/2
君○之所以貴玉而賤珉者 30/144/5
夫君○豈多而賤之、少而貴之哉 30/144/6
夫玉者、君○比德焉 30/144/6

言念君○ 30/144/9
南郭惠○問於○貢曰 30/144/15
夫○之門 30/144/15
君○正身以俟 30/144/15
君○有三恕 30/144/18
有○而求其孝 30/144/18
君○有三思 30/144/22
是故君○少思長則學 30/144/23
孔○對曰 31/145/1,31/145/3
31/145/8,31/145/13,31/146/1
31/146/3,31/146/7,31/146/14
31/147/14
有君○ 31/145/7
敢問何如斯可謂之君○矣 31/146/1
所謂君○者 31/146/1
魯哀公問舜冠於孔○ 31/146/13
寡人問舜冠於○ 31/146/13
非吾○無所聞之也 31/147/1
諸侯之○孫必有在君之末庭者 31/147/4
孔○蹴然曰 31/147/9
〔○亦聞〕東野（○）〔畢〕之善馭乎 31/147/20
君○固讒人乎 31/148/1
寡人問吾○ 31/148/3
吾○曰 31/148/3
不識吾○何以知之 31/148/4
天使夫○振寡人之過也 32/148/22
盍志而○美德乎 32/149/1
君○好以道德 32/149/2
君○力如牛 32/149/4
我、文王之爲○ 32/149/7
萊不用○馬而齊并之 32/150/1
紂刳王○比干而武王得之 32/150/1
孫卿不及孔○ 32/150/4
孔○弗過 32/150/9
箕○佯狂 32/150/13

**姊 zǐ** 1

內行則姑○妹之不嫁者七人 7/25/8

**紫 zǐ** 1

東海則有○、（紶）〔綌〕、魚、鹽焉 9/38/15

**笫 zǐ** 3

蹠房檖貌、越席、床○、几筵 19/90/7
蹠房、檖貌、越席、床○、几筵 19/94/18
有簟席而無床○ 19/95/10

**訾 zǐ** 6

○也 4/12/21,27/138/2
離（縱）〔縰〕而跂○者也 6/24/10
○然 6/24/19
○○然 6/24/21

**訿 zǐ** 2

潝潝○○ 2/5/8

**自 zì** 112

强○取柱 1/2/4
柔○取束 1/2/4
而神明○得 1/2/9
必有以○存也 2/5/3
必以○省也 2/5/3
必以○好也 2/5/3
必以○惡也 2/5/4
以脩身○〔强〕 2/5/11
不是師法而好○用 2/8/3
夫師、以身爲正儀而貴○安者也 2/8/4
以情○竭 3/11/23
凡鬬者、必○以爲是而以人爲非也 4/13/5
○知者不怨人 4/13/19
故或祿天下而不○以爲多 4/17/4
或監門、御旅、抱關、擊柝而不○以爲寡 4/17/4
而暴國安○化矣 7/25/22
○西○東 8/28/12,11/53/5
15/71/16
○南○北 8/28/12,11/53/5
15/71/16
○古及今 8/31/10,9/35/19
12/63/10,14/66/26,14/67/17
21/103/3,21/105/11,31/148/8
內不○以誣外 8/33/1
外不○以欺內 8/33/1
則賢良知聖之士案○進矣 9/41/9
敵國案○詘矣 9/41/10
國家案○富矣 9/41/11
暴國之君案○不能用其兵矣 9/41/11
故○天子通於庶人 10/43/4
人主○取之 10/44/13
然而不能○安也 11/49/14
以夫千歲之法○持者 11/51/7
匹夫者、以○能爲能者也 11/52/14
必○爲之然後可 11/52/16
何故必○爲之 11/52/17
然後皆內○省以謹於分 11/54/13
類不能○行 12/57/4
則恐懼而○竦也 12/57/26
而親○貫日而治詳 12/63/10
必謹志之而愼○爲擇取焉 13/63/25
亂所以○作也 14/67/10
是猶使人之子孫○賊其父母也 15/69/7
辟稱比方則欲○並乎湯、武 16/77/4
故○四五萬而往者彊勝 16/77/6
○數百里而往者安固 16/77/6
官人守天而○爲守道也 17/80/19
而○以爲知道 17/83/3
譬之是猶傴巫、跛匡大○以爲有知也 18/84/19
○太皞、燧人莫不有也 18/87/13
匪降○天 18/87/14
男女○不取於涂 18/87/21
危人而○安 18/88/7
害人而○利 18/88/7
無僞則性不能○美 19/95/1
目不○見 20/101/2
耳不○聞也 20/101/2
此其誠心莫不求正而以

○爲也　21/102/7
內以○亂　21/103/13
偷則○行　21/104/3
○禁也　21/104/11
○使也　21/104/11
○奪也　21/104/11
○取也　21/104/11
○行也　21/104/11
○止也　21/104/11
必○見　21/104/13
可謂能○彊矣　21/105/16
21/105/17
可謂能○忍矣　21/105/16
不以○妨也　21/107/10
不事而○然謂之性　22/107/23
離道而內○擇　22/112/2,22/112/6
感而○然、不待事而後生之者也　23/114/12
然而不得排檠則不能○正　23/117/12
身日進於仁義而不○知也者　23/117/17
身且加於刑戮而不○知者　23/117/19
凡人○得罪　24/118/15
一○善也　24/119/15
愚而○專事不治　25/120/4
己無郵人、我獨○美豈（獨）無故　25/122/5
以○戒　25/122/10
○公召之　27/126/13
○天子所　27/126/14
復○道　27/130/16
○引而居下　27/135/8
不○嗛其行者言濫過　27/135/21
生○纖纖也　27/136/20
有不用而改○作　27/137/17
不能○舉其身　29/142/19
知者○知　29/143/11
仁者○愛　29/143/11
登○胙階　31/147/2
而天下○來　32/148/14
諸侯○爲得師者王　32/148/20
○爲謀而莫己若者亡　32/148/21
好○用　32/149/2
彼其好○用也　32/149/3

## 恣 zì　9

安○睢　6/21/13,23/115/26
○睢者也　6/24/6
暴慢、○睢、輕俗以爲高之屬入焉而隊　19/92/13
人孰欲得○而守其所不可以禁其所可　21/103/19
無正而○睢　21/107/6
縱性情、安○睢而違禮義者爲小人　23/113/13
以秦人之從情性、安○睢、慢於禮義故也　23/116/3
耳目既顯、吏敬法令莫敢○　25/123/5

## 胾 zì　1

食其○　5/18/16

## 漬 zì　1

非○淖也　2/7/5

## 宗 zōng　12

○原應變　6/25/2
司徒知百○、城郭、立器之數　9/40/1
天下之○室也　16/76/24,18/84/1
出門而○祀有事　18/86/20
大夫士有常○　19/91/1
故樂在○廟之中　20/98/21
此其所以喪九牧之地而虛○廟之國也　21/102/17
○其賢良、辨其殃孽　25/121/5
成我○事　27/127/12
其聲可內於○廟　27/135/7
則○廟不毀　29/142/11

## 揔 zǒng　2

道法之○要也　14/66/24
功名之○也　15/72/9

## 總 zǒng　6

○天下之要　3/11/17
若夫○方略　6/22/13
萬物之○也　9/39/3
三公○方而議　11/52/19,11/54/15
○要萬物於風雨　31/146/9

## 縱 zòng　12

○情性　6/21/13
離（○）〔縱〕而跂訾者也　6/24/10
○情性而不足問學　8/34/9
案以中立無有所偏而爲○橫之事　9/41/3
○欲而不窮　10/42/13
天下害生○欲　10/42/15
○不能用　12/59/7
薦器則冠有鍪而毋○　19/95/9
然而○之　19/96/15
聖人○其欲、兼其情而制焉者理矣　21/105/18
故欲養其欲而○其情　22/112/14
○性情、安恣睢而違禮義者爲小人　23/113/13

## 騶 zōu　1

○中《韶》、《護》以養耳　18/86/21

## 鰡 zōu　1

○然上下相信　11/50/8

## 走 zǒu　10

諸侯趨○堂下　8/31/14
北海則有○馬吠犬焉　9/38/14
○不若馬　9/39/10
諸侯趨○乎堂下　18/86/19
是以與治（雖）〔離〕○而是己不輟也　21/102/8
背而○　21/106/13
離南行而北○也哉　22/111/21
顛倒衣裳而○　27/126/13

〇如馬 32/149/4
不與馬爭〇 32/149/4

奏 zòu 11

審節〇 9/41/4
其禮義節〇也 10/47/12
其於禮義節〇也 10/47/15
然後節〇齊於朝 10/49/5
然而天下之理略〇矣 11/50/4
凡節〇欲陵 14/67/14
節〇陵而文 14/67/14
禮義節〇是也 16/75/9
使其曲直、繁省、廉肉、節〇足以感動人之善心 20/98/17
節〇合以成文 20/99/1
要其節〇 20/99/5

足 zú 202

非利〇也 1/1/14
螣蛇無〇而飛 1/2/15
曷〇以美七尺之軀哉 1/3/15
不〇謂善射 1/4/12
不〇謂善御 1/4/12
不〇謂善學 1/4/12
君子知夫不全不粹之不〇以爲美也 1/4/16
豈若跛鱉之與六驥〇哉 2/7/14
危〇無所履者也 4/12/19
〇以知其有餘可以爲君子之所爲也 4/14/24
則以至〇爲在此也 4/15/18
然而窮年累世不知不〇 4/16/5
以獨則〇樂 4/16/16
非特以二〇而無毛也 5/18/15
亦二〇而毛也 5/18/15
非特以其二〇而無毛也 5/18/16
故〇以爲天下法則矣 5/20/2
斯須之言而〇聽 5/21/2
上不〇以順明王 5/21/4
下不〇以和齊百姓 5/21/4
〇以爲奇偉偃卻之屬 5/21/5
不〇以合文通治 6/21/13
〇以欺惑愚衆 6/21/13,6/21/17,6/21/20,6/22/2,6/22/5
不〇以合大衆、明大分 6/21/16
曾不〇以容辨異、縣君臣 6/21/19
利〇而迷 6/23/10
利心無〇而佯無欲者也 6/24/9
以齊之分奉之而不〇 7/25/9
（如）彼固曷〇稱乎大君子之門哉 7/25/10
倓然見管仲之能〇以託國也 7/25/11
彼固曷〇稱乎大君子之門哉 7/25/21
則百里之國〇以獨立矣 7/26/3
救經而引其〇也 7/27/10, 16/77/10
萬物莫〇以傾之之謂固 8/31/4
略法先王而〇亂世 8/32/17
得委積〇以揜其口則揚揚如也 8/32/20
〔性〕不〇以獨立而治 8/33/20
縱情性而不〇問學 8/34/9
〇以相兼臨者 9/36/3
故澤人〇乎木 9/38/16
山人〇乎魚 9/38/16
農夫不斲削、不陶冶而〇械用 9/38/16
工賈不耕田而〇菽粟 9/38/17
使國家〇用而財物不屈 9/40/6
夫威彊未〇以殆鄰敵也 9/40/20
名聲未〇以懸天下也 9/40/20
是以厭然畜積脩飾而物用之〇也 9/41/20
〇國之道 10/42/23
利〇以生民 10/43/4
使〇以辨貴賤而已 10/43/13
使〇以辨吉凶、合歡定和而已 10/43/14
使〇以避燥溼、養德、辨輕重而已 10/43/15
故其知慮〇以治之 10/43/20
其仁厚〇以安之 10/43/20
其德音〇以化之 10/43/20
兼〇天下之道在明分 10/44/15
墨子之言昭昭然爲天下憂不〇 10/44/20
夫不〇、非天下之公患也 10/44/20
固有餘〇以食人矣 10/45/3
固有餘〇以衣人矣 10/45/3
夫有餘不〇 10/45/4
瘠則不〇欲 10/45/8
不〇欲則賞不行 10/45/8
惡能〇之乎 10/45/13
知夫爲人主上者不美不飾之不〇以一民也 10/45/16
不富不厚之不〇以管下也 10/45/16
不威不强之不〇以禁暴勝悍也 10/45/17
夫天下何患乎不〇也 10/45/23
而上不憂不〇 10/48/1
以國持之而不〇以容其身 10/48/4
百里之國〇以獨立矣 10/48/7
彼得之不〇以藥傷補敗 10/48/13
由將不〇以免也 10/49/3
則不〇以（爲）持國安身 10/49/4
名聲〇以暴炙之 10/49/6
威强〇以捶笞之 10/49/6
南〇以破楚 11/50/15
西〇以詘秦 11/50/15
北〇以敗燕 11/50/15
中〇以舉宋 11/50/15
不〇以是傷游玩安燕之樂 11/52/8
日有餘而治不〇者 11/52/15
道〇以壹人而已矣 11/53/1
其等位爵服〇以容天下之賢士矣 11/53/2
其官職事業〇以容天下之能士矣 11/53/2
〇以順服好利之人矣 11/53/3
故百里之地〇以竭埶矣 11/53/4
〇以竭人矣 11/53/4
不〇數於大君子之前 11/54/19
舍是而孰〇爲也 11/55/3
日有餘而治不〇者如此也 11/55/12
〇以徧矣 12/57/5
〇以亂矣 12/57/6
其〇以稽矣 12/57/27
事時制明而用〇 12/60/3
亂則不〇及王公 12/60/8
非（于是）〔是子〕莫〇以舉之 12/62/6
其下猶〇以爲天下之顯諸侯 12/62/9

故人主必將有便嬖左右○信者然後可 12/62/16
其知慧○使規物 12/62/16
其端誠○使定物然後可 12/62/16
人主必將有卿相輔佐○任者然後可 12/62/19
其德音○以填撫百姓 12/62/19
其知慮○以應待萬變然後可 12/62/20
故人主必將有○使喻志決疑於遠方者然後可 12/62/21
其（辨）〔辯〕說○以解煩 12/62/21
其智慮○以決疑 12/62/22
其齊斷○以拒難 12/62/22
然而應薄扞患○以持社稷然後可 12/62/23
故人主無便嬖左右○信者之謂闇 12/62/23
無卿相輔佐○任者之謂獨 12/62/24
內不○使一民 13/63/16
外不○使拒難 13/63/16
內○使以一民 13/63/18
外○使以拒難 13/63/19
○以稽矣 13/63/25
功伐○以成國之大利 13/64/5
上○印 15/69/14
上不○印 15/69/14
故堅甲利兵不○以爲（勝）〔武〕 15/72/10
高城深池不○以爲固 15/72/11
嚴令繁刑不○以爲威 15/72/11
故賞慶、刑罰、埶詐不○以盡人之力、致人之死 15/73/11
不○以合大衆、美國家 15/73/15
完全富○而趨趙 15/74/20
（曷若）兩者孰○爲也 16/76/23
損己之所以不○ 16/77/9
○以爲道貫 17/82/20
有埶籍者罷不○以縣天下 18/84/4
則未○與及王者之制也 18/86/3
愚不○與謀知 18/86/3
則固莫○以擅天下矣 18/86/10
不以備不○ 18/87/19
（○）則以重有餘也 18/87/19
皆使（當）〔富〕厚、優猶（不）知○ 18/87/19
王公則病不○於上 18/88/2
然而不法禮、不（○）〔是〕禮 19/92/16
法禮、（○）〔是〕禮 19/92/16
一○以爲人願 19/93/13
益不○ 19/94/8
故情貌之變○以別吉凶、明貴賤親疏之節 19/94/12
○以爲萬世則 19/94/21
一使○以成文理 19/96/21
以三年事之猶未○也 19/97/12
○之日也 19/97/16
皆使其須○以容事 19/97/17
事○以容成 19/97/17
成○以容文 19/97/17
文○以容備 19/97/17
使其聲○以樂而不流 20/98/17
使其文○以辨而不（諰）〔諰〕 20/98/17
使其曲直、繁省、廉肉、節奏○以感動人之善心 20/98/17
○以率一道 20/99/1
○以治萬變 20/99/1
以至○其上矣 20/99/17
不○其上矣 20/99/19
是○以正身安國矣 20/101/21
一隅不○以舉之 21/103/12
故以爲○而飾之 21/103/12
故學亂術○以爲先王者也 21/103/15
則○以見鬚眉而察〔膚〕理矣 21/105/5
則○以定是非、決嫌疑矣 21/105/7
則不○以決（麤）〔庶〕理矣 21/105/8
已不○以浹萬物之變 21/106/19
止諸至○ 21/106/21
曷謂至○ 21/106/21
兩盡者○以爲天下極矣 21/106/22
單○以喻則單 22/109/5
單不○以喻則兼 22/109/5
○以相通則舍之矣 22/110/21
故名之○以指實 22/110/21
辭○以見極 22/110/21
其與無○無以異 22/112/15
○可以偏行天下 23/116/20
○能行 24/118/5
（治）世曉然皆知夫爲姦則雖隱竄逃亡之由不○以免也 24/118/14
○衣食 25/122/13
可以禁暴○窮 26/124/1
立視○ 27/130/5
不○於行者說過 27/133/22
不○於信者誠言 27/133/22
食則饘粥不○ 27/135/21
故居處○以聚徒成群 28/138/20
言談○以飾邪營衆 28/138/20
强○以反是獨立 28/138/21
斯○憂矣 28/138/23
手○胼胝以養其親 29/142/15
29/142/17
夫惡有不○矣哉 29/143/5
曾元持○ 30/144/1
故富貴不○以益也 31/145/16
卑賤不○以損也 31/145/16
言○法於天下而不傷於身 31/146/4
何○以知之 31/147/1
夫有何○致也 32/148/15
○以爲天下法式表儀 32/150/9
○以爲（綱紀）〔紀綱〕 32/150/11

## 卒 zú 24

禮儀○度 2/5/15,19/93/4
笑語○獲 2/5/16,19/93/4
周公○業 7/26/1,27/132/8
鼓之而紂○易鄉 8/31/19
○然起一方 8/33/4
以觀夫暴國之相（○）〔捽〕也 9/41/4
○有寇難之事 11/56/3
應○遇變 13/63/20
故仁人之兵聚則成○ 15/69/2
魏氏之武○ 15/70/1
故齊之技擊不可以遇魏氏之武○ 15/70/9
魏氏之武○不可以遇秦

之銳士 15/70/9
○如飄風 15/72/15
始○之未小斂也 19/91/12
○矣 19/93/20
○禮之凡 19/94/3
○禮者、以生者飾死者也 19/95/6
始○ 19/95/7
故○禮者、無他焉 19/95/16
紂○易鄉啓乃下 25/120/9
○遇故人 28/140/12

**族 zú** 12

節○久而絕 5/18/18,5/19/8
無僇乎○黨而抑卑乎後世 16/76/9
庶人之喪合○黨 19/93/14
刑餘罪人之喪不得合○黨 19/93/15
鄉里○長之中 20/98/22
以○論罪 24/119/3,24/119/5
故一人有罪而三○皆夷 24/119/3
是以○論罪也 24/119/4
再命齒於○ 27/128/25
○人雖七十 27/128/25

**崒 zú** 1

山冢○崩 24/119/6

**阻 zǔ** 1

是豈無固塞隘○也哉 15/72/17

**俎 zǔ** 3

○〔尙〕生魚 19/91/7
○之尙生魚也 19/91/10
成事之○不嘗也 19/91/11

**祖 zǔ** 8

則後彭○ 2/5/11
先○者、類之本也 19/90/20
無先○惡出 19/90/21
尊先○而隆君師 19/90/22
故王者天太○ 19/91/1
先○當賢 24/119/4
武王善之、封〔之〕於宋立其○ 25/120/9
下以教誨子弟、上以事○考 25/121/4

**組 zǔ** 1

其服○ 20/101/24

**詛 zǔ** 1

盟○不及三王 27/138/6

**鑽 zuān** 1

○龜陳卦 9/40/9

**纂 zuǎn** 1

○論公察則民不疑 12/60/10

**最 zuì** 3

故○爲天下貴也 9/39/10
是○爲衆强長久 15/70/6
執拘則（○）〔冣〕 16/75/17

**罪 zuì** 50

不以得○於此俗之人也 2/7/6
是則子思、孟軻之○也 6/22/11
遠○過者也 6/24/5
失寵則必無○ 7/26/16
抑有功而擠有○ 7/26/19
行一不義、殺一無○而得天下 8/28/9,11/49/16
無○不罰 9/38/5
則冢宰之○也 9/40/15
無盜賊之○ 12/60/7,24/118/11
其○惟均 15/71/12
○人不郵其上 15/73/7
知○之在己也 15/73/7
罰有○ 16/76/4
必傷害無○之民 18/84/5
則人固莫觸○ 18/85/6
以爲人或觸○矣 18/85/7
○至重而刑至輕 18/85/8
罰不當○ 18/85/11
刑稱○則治 18/85/13
不稱○則亂 18/85/14
犯治之○固重 18/85/14
犯亂之○固輕也 18/85/14
朱、象之○也 18/87/9
刑餘○人之喪不得合族黨 19/93/15
莫不稱○ 19/98/6
奚齊蔽於欲國而○申生 21/103/1
逐賢相而○孝兄 21/103/2
其○猶爲符節、度量之○也 22/108/5
是故刑○綦省而威行如流 24/118/13
莫不服○而請 24/118/14
凡人自得○ 24/118/15
故刑當○則威 24/118/17
不當○則侮 24/118/17
古者刑不過○ 24/118/17
刑罰不怒○ 24/118/18
刑罰怒○ 24/119/3
以族論○ 24/119/3,24/119/5
故一人有○而三族皆夷 24/119/3
是以族論○也 24/119/4
○禍有律、莫得輕重威不分 25/123/1
無私○人 26/125/15
○不在民故也 28/139/4
則民知○矣 28/139/9
身之○也 29/142/19
今相國有此三者而不得○〔於〕楚之士民 32/149/17
是以不得○於楚之士民也 32/149/18

**醉 zuì** 2

既○既飽 10/46/2
○者越百步之溝 21/106/4

**尊 zūn** 49

則○以徧矣 1/3/21
君上爲○矣 3/11/10
君子位○而志恭 3/11/14
上則能○君 3/11/20,13/63/20

高上〇貴不以驕人 6/23/13
主〇貴之 7/26/6
是以位〇則必危 7/26/21
豈不至〇、至富、至重、至嚴之情舉積此哉 8/29/21
以是〇賢畏法 8/33/1
故卑不得以臨〇 12/61/7
〇法敬分而無傾側之心 12/63/3
知隆禮義之爲〇君也 12/63/5
則必〇 13/63/22
成於〇君安國 13/64/4
明君之所〇所厚也 13/64/6
〇嚴而憚 14/67/20
於是有能化善、脩身、正行、積禮義、〇道德 15/74/2
人君者隆禮〇賢而王 16/75/9
君人者隆禮〇賢而王 17/82/12
天子者、埶位至〇 18/86/6
〇無上矣 18/86/17,24/118/7
爵列〇 18/88/25
〇先祖而隆君師 19/90/22
所以別〔〇卑〕 19/91/2
〇者事〇 19/91/2
大饗尙玄〇 19/91/7
〔大〕饗、尙玄〇而用酒醴 19/91/7
故〇之尙玄酒也 19/91/10
〇〇親親之義至矣 19/97/22
主人有〇 19/98/8
列從必〇 24/119/5
故〇聖者王 24/119/11
則主〇下安 24/119/13
〇主安國尙賢義 25/120/4
上能〇主（愛下）〔下愛〕民 25/120/6
契爲司徒、民知孝弟〇有德 25/121/12
君人者、隆禮〇賢而王 27/126/7
貴貴、〇〇、賢賢、老老、長長 27/127/26
非〇家臣也 27/128/23
吉事尙〇 27/128/29
君臣不得不〇 27/129/1
非以〇大夫而已 27/132/20
位〇者君恨之 32/149/17
位滋〇而禮瘉恭 32/149/18

遵 zūn 8

〇王之道 2/8/16,17/83/6
〇王之路 2/8/16,17/83/7
〇（道）〔遁〕則積 8/29/23
務積德於身而處之以〇（道）〔遁〕 8/30/1
事行則〇傭故 9/42/2
則百吏莫不畏法而〇繩矣 11/56/17

繜 zūn 1

不能則恭敬〇絀以畏事人 3/9/11

僔 zǔn 1

則恭敬而〇 7/26/6

撙 zǔn 1

以相薦〇 8/28/20

噂 zǔn 1

〇沓背憎 18/87/14

捽 zuó 2

以觀夫暴國之相（卒）〔〇〕也 9/41/4
詈侮〇搏 18/89/1

左 zuǒ 17

一〇一右 2/7/14
〇之〇之 3/10/3
突禿長〇 5/17/18
平平〇右 8/30/10
雖〇堯而右舜 10/49/1
安唯便僻〇右親比己者之用 11/51/12
便嬖〇右者 12/62/15
故人主必將有便嬖〇右足信者然後可 12/62/16
故人主無便嬖〇右足信者之謂闇 12/62/23
楚人則乃有襄賁、開陽以臨吾〇 16/76/22
然而秦使〇案〇 16/77/19
不知其君視其〇右 23/118/1
以其〇 27/131/8
入謂〇右曰 31/148/1
亦嘗有以楚莊王之語聞於〇右者乎 32/148/17

佐 zuǒ 8

其〇賢 11/54/5
而王霸之〇也 12/60/22
然而求卿相輔〇 12/61/18
卿相輔〇 12/62/18
人主必將有卿相輔〇足任者然後可 12/62/19
無卿相輔〇足任者之謂獨 12/62/24
是卿相輔〇之材也 12/63/7
賻、賵所以〇生也 27/128/5

作 zuò 38

禍災乃〇 1/2/4
無有〇好 2/8/15,17/83/6
無有〇惡 2/8/16,17/83/6
不形則雖〇於心 3/11/8
（下脩）〔不循〕而好〇 6/21/22
〇此好歌 8/29/11,22/111/2
天〇高山 9/38/19,17/80/24
彼〇矣 9/38/19,17/80/25
姦邪不〇 9/40/11
故姦邪不〇 10/46/22
則仇讎不〇 13/64/12
國家之本〇也 14/66/24
亂所以自〇也 14/67/10
則〇而兼殆之耳 15/70/12
是一國〇謀 16/76/22
六畜〇祅 17/81/18
是亂之所由〇也 18/83/17
故〇者不祥 18/87/13
擅〇典制辟陋之說入焉而喪 19/92/12
然後〇、具之 19/93/20
備物者〇矣 19/93/21
〇之 21/104/4

倕○弓 21/105/10
浮游○矢 21/105/10
奚仲○車 21/105/10
（乘）〔桑〕杜○乘馬 21/105/11
故析辭擅○（名）以亂正名 22/108/4
有○於新名 22/108/9
凡邪說辟言之離正道而擅○者 22/109/20
冬日○寒 26/124/13
夏日○暑 26/124/13
藍苴路○ 27/136/13
有不用而改自○ 27/137/17

坐 zuò 12

負扆而○ 8/31/14
塊然獨○而天下從之如一體 12/60/17
負依而○ 18/86/19
○祭 20/101/12
脫屨升○ 20/101/18
○於室而見四海 21/104/7
故○而言之 23/115/10
○而言之 23/115/11
○視膝 27/130/5
其○效 27/133/6
此蓋爲宥○之器 28/138/11
吾聞宥○之器者 28/138/11

怍 zuò 2

以相恥○ 8/28/20
無所儗○ 8/33/4

胙 zuò 1

登自○階 31/147/2

酢 zuò 1

不○而〔降〕 20/101/12

鑿 zuò 1

五○爲正 31/145/11

# 附　　錄

# 全書用字頻數表

全書總字數 = 75,815
單字字數 = 2,726

| | | | | | | | | | | | | | | | |
|---|---|---|---|---|---|---|---|---|---|---|---|---|---|---|---|
| 之 | 3975 | 此 | 277 | 賢 | 151 | 立 | 102 | 亦 | 79 | 力 | 67 | 居 | 56 | 弟 | 48 |
| 也 | 2715 | 焉 | 271 | 何 | 150 | 重 | 102 | 我 | 79 | 獨 | 67 | 甚 | 56 | 紂 | 48 |
| 不 | 2453 | 上 | 265 | 相 | 149 | 死 | 101 | 致 | 79 | 埶 | 67 | 務 | 56 | 馬 | 48 |
| 而 | 2432 | 用 | 259 | 公 | 146 | 長 | 101 | 通 | 79 | 合 | 66 | 終 | 56 | 喪 | 48 |
| 者 | 1646 | 莫 | 258 | 文 | 144 | 侯 | 101 | 猶 | 79 | 桀 | 66 | 家 | 55 | 慎 | 48 |
| 以 | 1580 | 乎 | 255 | 主 | 143 | 問 | 99 | 遠 | 79 | 辱 | 66 | 勞 | 55 | 賊 | 48 |
| 則 | 1296 | 治 | 253 | 雖 | 142 | 求 | 98 | 聲 | 79 | 察 | 66 | 憂 | 55 | 十 | 47 |
| 人 | 1260 | 如 | 249 | 功 | 137 | 脩 | 98 | 和 | 78 | 數 | 66 | 辭 | 55 | 存 | 47 |
| 其 | 1206 | 民 | 245 | 仁 | 135 | 詩 | 98 | 吾 | 77 | 賞 | 66 | 入 | 54 | 强 | 47 |
| 是 | 937 | 欲 | 245 | 在 | 135 | 已 | 96 | 武 | 77 | 命 | 65 | 又 | 54 | 堯 | 47 |
| 爲 | 817 | 明 | 242 | 正 | 134 | 姓 | 96 | 反 | 76 | 變 | 65 | 平 | 54 | 傷 | 47 |
| 子 | 746 | 後 | 232 | 日 | 131 | 易 | 96 | 本 | 76 | 外 | 64 | 始 | 54 | 稱 | 47 |
| 有 | 744 | 亂 | 232 | 今 | 130 | 服 | 96 | 兵 | 76 | 常 | 64 | 豈 | 54 | 二 | 46 |
| 故 | 691 | 若 | 229 | 時 | 130 | 志 | 94 | 周 | 76 | 敢 | 64 | 財 | 54 | 孝 | 46 |
| 無 | 678 | 生 | 227 | 從 | 126 | 政 | 94 | 官 | 76 | 威 | 63 | 殺 | 54 | 弱 | 46 |
| 下 | 620 | 至 | 227 | 亡 | 125 | 敬 | 94 | 爭 | 76 | 流 | 63 | 朝 | 54 | 處 | 46 |
| 所 | 620 | 百 | 223 | 世 | 125 | 皆 | 93 | 兼 | 76 | 愚 | 63 | 舜 | 54 | 貧 | 46 |
| 天 | 598 | 言 | 214 | 說 | 124 | 辨 | 93 | 凡 | 75 | 類 | 63 | 止 | 53 | 極 | 46 |
| 於 | 563 | 與 | 209 | 分 | 121 | 諸 | 92 | 內 | 75 | 應 | 62 | 水 | 53 | 敵 | 46 |
| 矣 | 556 | 使 | 208 | 情 | 120 | 學 | 91 | 由 | 75 | 觀 | 62 | 起 | 53 | 哀 | 45 |
| 君 | 545 | 善 | 207 | 中 | 119 | 萬 | 90 | 富 | 75 | 禹 | 61 | 群 | 53 | 僞 | 45 |
| 能 | 526 | 利 | 202 | 性 | 117 | 積 | 90 | 化 | 74 | 飾 | 61 | 輕 | 53 | 患 | 45 |
| 然 | 526 | 足 | 202 | 地 | 116 | 邪 | 89 | 父 | 74 | 厚 | 60 | 思 | 52 | 辟 | 45 |
| 曰 | 524 | 安 | 190 | 身 | 116 | 彼 | 88 | 固 | 74 | 姦 | 60 | 容 | 52 | 權 | 45 |
| 可 | 505 | 惡 | 189 | 先 | 113 | 失 | 87 | 忠 | 74 | 害 | 60 | 教 | 52 | 口 | 44 |
| 知 | 476 | 法 | 181 | 哉 | 113 | 己 | 86 | 勝 | 74 | 彊 | 60 | 蔽 | 52 | 月 | 44 |
| 謂 | 472 | 心 | 170 | 未 | 112 | 孔 | 84 | 隆 | 74 | 少 | 59 | 儒 | 52 | 比 | 44 |
| 夫 | 388 | 好 | 168 | 自 | 112 | 舉 | 84 | 盡 | 74 | 暴 | 59 | 進 | 51 | 去 | 44 |
| 道 | 383 | 士 | 166 | 德 | 112 | 聽 | 84 | 賤 | 74 | 方 | 58 | 榮 | 51 | 益 | 44 |
| 大 | 362 | 成 | 165 | 制 | 111 | 出 | 83 | 及 | 73 | 直 | 58 | 具 | 50 | 高 | 44 |
| 王 | 354 | 三 | 162 | 危 | 110 | 古 | 83 | 愛 | 73 | 持 | 58 | 孰 | 50 | 惑 | 44 |
| 禮 | 344 | 樂 | 162 | 信 | 108 | 取 | 83 | 聞 | 73 | 動 | 58 | 術 | 50 | 禁 | 44 |
| 國 | 340 | 臣 | 161 | 養 | 108 | 俗 | 83 | 誠 | 72 | 誅 | 58 | 湯 | 50 | 奪 | 44 |
| 非 | 331 | 貴 | 161 | 同 | 107 | 五 | 82 | 四 | 71 | 論 | 58 | 罪 | 50 | 謹 | 44 |
| 事 | 328 | 小 | 160 | 理 | 107 | 多 | 82 | 耳 | 71 | 形 | 57 | 目 | 49 | 讓 | 44 |
| 一 | 316 | 物 | 157 | 刑 | 106 | 異 | 82 | 待 | 71 | 定 | 57 | 里 | 49 | 曲 | 43 |
| 義 | 316 | 聖 | 157 | 親 | 106 | 師 | 81 | 食 | 71 | 度 | 57 | 尊 | 49 | 備 | 43 |
| 行 | 308 | 名 | 154 | 節 | 105 | 衆 | 81 | 當 | 70 | 難 | 57 | 詐 | 49 | 遇 | 43 |
| 得 | 283 | 見 | 154 | 齊 | 105 | 窮 | 81 | 過 | 68 | 守 | 56 | 令 | 48 | 歸 | 43 |
| 必 | 277 | 將 | 153 | 順 | 103 | 美 | 80 | 慮 | 68 | 衣 | 56 | 色 | 48 | 屬 | 43 |

| 且 | 42 | 覆 | 37 | 曷 | 29 | 等 | 24 | 玉 | 20 | 決 | 18 | 奚 | 16 | 削 | 14 |
|---|---|---|---|---|---|---|---|---|---|---|---|---|---|---|---|
| 舍 | 42 | 尚 | 36 | 滅 | 29 | 虛 | 24 | 卑 | 20 | 俞 | 18 | 執 | 16 | 勁 | 14 |
| 象 | 42 | 卿 | 36 | 六 | 28 | 禽 | 24 | 怪 | 20 | 計 | 18 | 婦 | 16 | 怠 | 14 |
| 意 | 42 | 息 | 36 | 任 | 28 | 農 | 24 | 冠 | 20 | 除 | 18 | 鳥 | 16 | 倍 | 14 |
| 離 | 42 | 博 | 36 | 老 | 28 | 達 | 24 | 南 | 20 | 敗 | 18 | 就 | 16 | 宮 | 14 |
| 綦 | 42 | 疑 | 36 | 來 | 28 | 福 | 24 | 室 | 20 | 莊 | 18 | 幾 | 16 | 振 | 14 |
| 千 | 41 | 工 | 35 | 約 | 28 | 管 | 24 | 省 | 20 | 陳 | 18 | 斯 | 16 | 般 | 14 |
| 私 | 41 | 女 | 34 | 恐 | 28 | 審 | 24 | 風 | 20 | 魚 | 18 | 賓 | 16 | 索 | 14 |
| 施 | 41 | 友 | 34 | 氣 | 28 | 慶 | 24 | 悖 | 20 | 損 | 18 | 輔 | 16 | 耕 | 14 |
| 疾 | 41 | 木 | 34 | 深 | 28 | 魯 | 24 | 畜 | 20 | 經 | 18 | 廟 | 16 | 側 | 14 |
| 鄉 | 41 | 便 | 34 | 欺 | 28 | 兄 | 23 | 淵 | 20 | 詳 | 18 | 顏 | 16 | 商 | 14 |
| 實 | 41 | 苟 | 34 | 廢 | 28 | 它 | 23 | 淫 | 20 | 寬 | 18 | 弓 | 15 | 堅 | 14 |
| 罰 | 41 | 退 | 34 | 爵 | 28 | 棄 | 23 | 盛 | 20 | 衡 | 18 | 西 | 15 | 張 | 14 |
| 兩 | 40 | 塞 | 34 | 獸 | 28 | 清 | 23 | 設 | 20 | 識 | 18 | 役 | 15 | 造 | 14 |
| 門 | 40 | 寡 | 34 | 云 | 27 | 章 | 23 | 稽 | 20 | 顯 | 18 | 折 | 15 | 頃 | 14 |
| 楚 | 40 | 怨 | 33 | 仲 | 27 | 鼓 | 23 | 稷 | 20 | 徧 | 18 | 狂 | 15 | 智 | 14 |
| 嘗 | 40 | 既 | 33 | 免 | 27 | 儀 | 23 | 擅 | 20 | 北 | 17 | 並 | 15 | 塗 | 14 |
| 禍 | 40 | 畏 | 33 | 肖 | 27 | 靜 | 23 | 詘 | 20 | 右 | 17 | 狀 | 15 | 葬 | 14 |
| 請 | 40 | 傾 | 33 | 宜 | 27 | 斷 | 23 | 七 | 19 | 左 | 17 | 侮 | 15 | 歌 | 14 |
| 險 | 40 | 縣 | 33 | 書 | 27 | 共 | 22 | 代 | 19 | 石 | 17 | 軍 | 15 | 漸 | 14 |
| 霸 | 40 | 位 | 32 | 語 | 27 | 佚 | 22 | 交 | 19 | 全 | 17 | 面 | 15 | 貌 | 14 |
| 山 | 39 | 或 | 32 | 調 | 27 | 城 | 22 | 并 | 19 | 宋 | 17 | 音 | 15 | 瘠 | 14 |
| 良 | 39 | 庶 | 32 | 臨 | 27 | 幽 | 22 | 社 | 19 | 味 | 17 | 戚 | 15 | 賜 | 14 |
| 要 | 39 | 微 | 32 | 關 | 27 | 夏 | 22 | 前 | 19 | 往 | 17 | 推 | 15 | 靡 | 14 |
| 神 | 39 | 愨 | 32 | 接 | 26 | 畢 | 22 | 急 | 19 | 陋 | 17 | 略 | 15 | 嚴 | 14 |
| 唯 | 39 | 白 | 31 | 壹 | 26 | 喜 | 22 | 苦 | 19 | 桓 | 17 | 習 | 15 | 驕 | 14 |
| 視 | 39 | 勇 | 31 | 曾 | 26 | 復 | 22 | 徒 | 19 | 送 | 17 | 喻 | 15 | 九 | 13 |
| 傳 | 39 | 恭 | 31 | 越 | 26 | 期 | 22 | 恥 | 19 | 庸 | 17 | 量 | 15 | 予 | 13 |
| 墨 | 39 | 偏 | 31 | 祿 | 26 | 趨 | 22 | 偷 | 19 | 淺 | 17 | 質 | 15 | 牛 | 13 |
| 乃 | 38 | 對 | 31 | 路 | 26 | 疏 | 22 | 率 | 19 | 短 | 17 | 凝 | 15 | 丘 | 13 |
| 加 | 38 | 餘 | 31 | 精 | 26 | 干 | 21 | 祭 | 19 | 絕 | 17 | 澤 | 15 | 玄 | 13 |
| 作 | 38 | 擇 | 31 | 凶 | 25 | 母 | 21 | 惠 | 19 | 雅 | 17 | 燕 | 15 | 汝 | 13 |
| 近 | 38 | 錯 | 31 | 吉 | 25 | 伐 | 21 | 愉 | 19 | 廉 | 17 | 繁 | 15 | 步 | 13 |
| 海 | 38 | 體 | 31 | 次 | 25 | 似 | 21 | 飲 | 19 | 爾 | 17 | 聽 | 15 | 幸 | 13 |
| 端 | 38 | 闇 | 31 | 殆 | 25 | 告 | 21 | 勢 | 19 | 維 | 17 | 黨 | 15 | 保 | 13 |
| 謀 | 38 | 怒 | 30 | 秦 | 25 | 表 | 21 | 厭 | 19 | 興 | 17 | 讒 | 15 | 俄 | 13 |
| 隱 | 38 | 乘 | 30 | 衰 | 25 | 帝 | 21 | 慢 | 19 | 議 | 17 | 匹 | 14 | 俱 | 13 |
| 願 | 38 | 貨 | 30 | 貢 | 25 | 參 | 21 | 諫 | 19 | 懼 | 17 | 火 | 14 | 冥 | 13 |
| 田 | 37 | 閒 | 30 | 統 | 25 | 羞 | 21 | 薄 | 19 | 太 | 16 | 布 | 14 | 哭 | 13 |
| 別 | 37 | 器 | 30 | 業 | 25 | 速 | 21 | 雜 | 19 | 列 | 16 | 幼 | 14 | 射 | 13 |
| 忘 | 37 | 辯 | 30 | 臧 | 25 | 野 | 21 | 繩 | 19 | 均 | 16 | 申 | 14 | 差 | 13 |
| 受 | 37 | 久 | 29 | 兮 | 24 | 歲 | 21 | 寶 | 19 | 攻 | 16 | 各 | 14 | 悍 | 13 |
| 孫 | 37 | 于 | 29 | 末 | 24 | 賈 | 21 | 譬 | 19 | 東 | 16 | 因 | 14 | 效 | 13 |
| 案 | 37 | 吏 | 29 | 卒 | 24 | 遂 | 21 | 譽 | 19 | 金 | 16 | 伯 | 14 | 特 | 13 |
| 盜 | 37 | 年 | 29 | 貪 | 24 | 戰 | 21 | 勿 | 18 | 指 | 16 | 呼 | 14 | 託 | 13 |
| 廣 | 37 | 汙 | 29 | 循 | 24 | 土 | 20 | 司 | 18 | 昭 | 16 | 妻 | 14 | 假 | 13 |
| 職 | 37 | 材 | 29 | 發 | 24 | 巧 | 20 | 序 | 18 | 原 | 16 | 雨 | 14 | 貫 | 13 |

| 逐 | 13 | 慕 | 12 | 尺 | 10 | 克 | 9 | 嬰 | 9 | 開 | 8 | 背 | 7 | 孌 | 7 |
|---|---|---|---|---|---|---|---|---|---|---|---|---|---|---|---|
| 陵 | 13 | 戮 | 12 | 犯 | 10 | 劫 | 9 | 濟 | 9 | 愈 | 8 | 胡 | 7 | 檃 | 7 |
| 陷 | 13 | 誰 | 12 | 休 | 10 | 旱 | 9 | 壙 | 9 | 毀 | 8 | 貞 | 7 | 鰌 | 7 |
| 敦 | 13 | 適 | 12 | 妄 | 10 | 沒 | 9 | 魏 | 9 | 煩 | 8 | 郊 | 7 | 郵 | 7 |
| 載 | 13 | 樹 | 12 | 肉 | 10 | 車 | 9 | 寵 | 9 | 置 | 8 | 降 | 7 | 卜 | 6 |
| 鄙 | 13 | 濁 | 12 | 否 | 10 | 邑 | 9 | 懷 | 9 | 解 | 8 | 倉 | 7 | 刃 | 6 |
| 厲 | 13 | 縱 | 12 | 忍 | 10 | 叔 | 9 | 關 | 9 | 違 | 8 | 悔 | 7 | 川 | 6 |
| 穀 | 13 | 顧 | 12 | 改 | 10 | 奉 | 9 | 鷩 | 9 | 漫 | 8 | 晉 | 7 | 仇 | 6 |
| 誕 | 13 | 竊 | 12 | 災 | 10 | 拂 | 9 | 嗛 | 9 | 趙 | 8 | 校 | 7 | 元 | 6 |
| 興 | 13 | 介 | 11 | 走 | 10 | 朋 | 9 | 黻 | 9 | 影 | 8 | 骨 | 7 | 引 | 6 |
| 擊 | 13 | 氏 | 11 | 奇 | 10 | 注 | 9 | 黼 | 9 | 緩 | 8 | 偃 | 7 | 戈 | 6 |
| 斂 | 13 | 尼 | 11 | 屈 | 10 | 河 | 9 | 貌 | 9 | 閭 | 8 | 帶 | 7 | 仞 | 6 |
| 踰 | 13 | 市 | 11 | 府 | 10 | 祀 | 9 | 寸 | 8 | 纂 | 8 | 敝 | 7 | 示 | 6 |
| 巨 | 12 | 矢 | 11 | 析 | 10 | 虎 | 9 | 尹 | 8 | 遵 | 8 | 救 | 7 | 伊 | 6 |
| 甲 | 12 | 仰 | 11 | 律 | 10 | 附 | 9 | 手 | 8 | 隨 | 8 | 斬 | 7 | 早 | 6 |
| 宇 | 12 | 江 | 11 | 秋 | 10 | 拜 | 9 | 毛 | 8 | 歟 | 8 | 猛 | 7 | 朴 | 6 |
| 血 | 12 | 戒 | 11 | 負 | 10 | 春 | 9 | 充 | 8 | 藩 | 8 | 傅 | 7 | 妒 | 6 |
| 困 | 12 | 孟 | 11 | 俯 | 10 | 星 | 9 | 伏 | 8 | 繼 | 8 | 報 | 7 | 床 | 6 |
| 坐 | 12 | 拘 | 11 | 修 | 10 | 柔 | 9 | 光 | 8 | 觸 | 8 | 棺 | 7 | 狄 | 6 |
| 廷 | 12 | 肯 | 11 | 倫 | 10 | 殃 | 9 | 舟 | 8 | 歡 | 8 | 登 | 7 | 男 | 6 |
| 技 | 12 | 奏 | 11 | 授 | 10 | 紀 | 9 | 佐 | 8 | 卬 | 8 | 結 | 7 | 享 | 6 |
| 宗 | 12 | 封 | 11 | 被 | 10 | 羿 | 9 | 即 | 8 | 扣 | 8 | 絲 | 7 | 昏 | 6 |
| 征 | 12 | 胥 | 11 | 琢 | 10 | 恣 | 9 | 完 | 8 | 栝 | 8 | 鳴 | 7 | 果 | 6 |
| 昔 | 12 | 病 | 11 | 陽 | 10 | 旅 | 9 | 忌 | 8 | 僈 | 8 | 溝 | 7 | 罔 | 6 |
| 林 | 12 | 芻 | 11 | 馭 | 10 | 珠 | 9 | 赤 | 8 | 嵬 | 8 | 煖 | 7 | 肥 | 6 |
| 革 | 12 | 酒 | 11 | 感 | 10 | 荒 | 9 | 刻 | 8 | 諰 | 8 | 睢 | 7 | 芬 | 6 |
| 首 | 12 | 堂 | 11 | 境 | 10 | 迷 | 9 | 忿 | 8 | 讎 | 8 | 資 | 7 | 勉 | 6 |
| 席 | 12 | 御 | 11 | 愿 | 10 | 飢 | 9 | 招 | 8 | 麤 | 8 | 漏 | 7 | 泉 | 6 |
| 逆 | 12 | 祥 | 11 | 箸 | 10 | 敖 | 9 | 枉 | 8 | 謟 | 8 | 箕 | 7 | 珍 | 6 |
| 基 | 12 | 規 | 11 | 粹 | 10 | 梁 | 9 | 垂 | 8 | 妬 | 8 | 蒙 | 7 | 眇 | 6 |
| 徙 | 12 | 黑 | 11 | 儉 | 10 | 單 | 9 | 恬 | 8 | 牙 | 7 | 裳 | 7 | 倦 | 6 |
| 族 | 12 | 傭 | 11 | 憚 | 10 | 景 | 9 | 皇 | 8 | 冬 | 7 | 誣 | 7 | 倚 | 6 |
| 望 | 12 | 楛 | 11 | 緣 | 10 | 琴 | 9 | 盈 | 8 | 再 | 7 | 誨 | 7 | 剛 | 6 |
| 械 | 12 | 試 | 11 | 輟 | 10 | 粥 | 9 | 竽 | 8 | 匠 | 7 | 嗚 | 7 | 徑 | 6 |
| 移 | 12 | 豢 | 11 | 導 | 10 | 給 | 9 | 飛 | 8 | 夸 | 7 | 稻 | 7 | 挾 | 6 |
| 累 | 12 | 聚 | 11 | 選 | 10 | 須 | 9 | 泰 | 8 | 式 | 7 | 罷 | 7 | 畝 | 6 |
| 陶 | 12 | 鼻 | 11 | 彌 | 10 | 傲 | 9 | 砥 | 8 | 朱 | 7 | 衛 | 7 | 留 | 6 |
| 寒 | 12 | 徵 | 11 | 獲 | 10 | 瑟 | 9 | 祖 | 8 | 冶 | 7 | 諂 | 7 | 矩 | 6 |
| 游 | 12 | 操 | 11 | 避 | 10 | 壽 | 9 | 笑 | 8 | 吳 | 7 | 橫 | 7 | 秩 | 6 |
| 貳 | 12 | 遲 | 11 | 鍾 | 10 | 寧 | 9 | 臭 | 8 | 防 | 7 | 磬 | 7 | 脅 | 6 |
| 源 | 12 | 遺 | 11 | 舊 | 10 | 態 | 9 | 草 | 8 | 泣 | 7 | 豫 | 7 | 鬼 | 6 |
| 溫 | 12 | 龍 | 11 | 勸 | 10 | 僻 | 9 | 寇 | 8 | 況 | 7 | 雕 | 7 | 崇 | 6 |
| 裕 | 12 | 繆 | 11 | 涂 | 10 | 履 | 9 | 專 | 8 | 牧 | 7 | 還 | 7 | 淑 | 6 |
| 滿 | 12 | 藏 | 11 | 仕 | 9 | 遷 | 9 | 惟 | 8 | 狗 | 7 | 贈 | 7 | 符 | 6 |
| 竭 | 12 | 籍 | 11 | 召 | 9 | 鄰 | 9 | 笙 | 8 | 采 | 7 | 麗 | 7 | 陰 | 6 |
| 蓋 | 12 | 祅 | 11 | 夷 | 9 | 曉 | 9 | 揚 | 8 | 屏 | 7 | 獻 | 7 | 揖 | 6 |
| 墮 | 12 | 跖 | 11 | 收 | 9 | 蕩 | 9 | 散 | 8 | 屋 | 7 | 堯 | 7 | 暑 | 6 |

| 稅 | 6 | 他 | 5 | 逃 | 5 | 竄 | 5 | 委 | 4 | 測 | 4 | 藉 | 4 | 米 | 3 |
|---|---|---|---|---|---|---|---|---|---|---|---|---|---|---|---|
| 粟 | 6 | 旦 | 5 | 配 | 5 | 薦 | 5 | 帛 | 4 | 策 | 4 | 邇 | 4 | 舌 | 3 |
| 菽 | 6 | 甘 | 5 | 冕 | 5 | 闔 | 5 | 忽 | 4 | 華 | 4 | 廬 | 4 | 艾 | 3 |
| 逮 | 6 | 后 | 5 | 匿 | 5 | 闕 | 5 | 狎 | 4 | 菜 | 4 | 懲 | 4 | 伺 | 3 |
| 新 | 6 | 宅 | 5 | 唱 | 5 | 壞 | 5 | 盲 | 4 | 隊 | 4 | 曠 | 4 | 伸 | 3 |
| 涇 | 6 | 羊 | 5 | 敏 | 5 | 疆 | 5 | 芷 | 4 | 募 | 4 | 疇 | 4 | 兌 | 3 |
| 罣 | 6 | 羽 | 5 | 毫 | 5 | 顛 | 5 | 阿 | 4 | 嗟 | 4 | 藝 | 4 | 卵 | 3 |
| 粱 | 6 | 呂 | 5 | 絀 | 5 | 覺 | 5 | 青 | 4 | 嗣 | 4 | 譎 | 4 | 抗 | 3 |
| 聘 | 6 | 壯 | 5 | 郭 | 5 | 護 | 5 | 叛 | 4 | 園 | 4 | 孽 | 4 | 沐 | 3 |
| 號 | 6 | 尾 | 5 | 閉 | 5 | 饗 | 5 | 咸 | 4 | 塊 | 4 | 醴 | 4 | 灼 | 3 |
| 詭 | 6 | 投 | 5 | 痲 | 5 | 衢 | 5 | 姚 | 4 | 弒 | 4 | 鐘 | 4 | 牢 | 3 |
| 訾 | 6 | 杖 | 5 | 傑 | 5 | 忒 | 5 | 客 | 4 | 慈 | 4 | 攝 | 4 | 甫 | 3 |
| 鉅 | 6 | 罕 | 5 | 惰 | 5 | 苴 | 5 | 昧 | 4 | 滑 | 4 | 讐 | 4 | 辰 | 3 |
| 隘 | 6 | 侈 | 5 | 渠 | 5 | 慬 | 5 | 毒 | 4 | 落 | 4 | 纖 | 4 | 乳 | 3 |
| 頓 | 6 | 卹 | 5 | 焦 | 5 | 絻 | 5 | 衍 | 4 | 遁 | 4 | 扞 | 4 | 佯 | 3 |
| 飽 | 6 | 奈 | 5 | 痛 | 5 | 斵 | 5 | 赴 | 4 | 酬 | 4 | 拊 | 4 | 佩 | 3 |
| 網 | 6 | 孤 | 5 | 筐 | 5 | 蹞 | 5 | 倒 | 4 | 雷 | 4 | 貢 | 4 | 刺 | 3 |
| 韶 | 6 | 戾 | 5 | 筋 | 5 | 驩 | 5 | 倀 | 4 | 頌 | 4 | 埏 | 4 | 卷 | 3 |
| 蔡 | 6 | 拒 | 5 | 詔 | 5 | 犇 | 5 | 冢 | 4 | 僭 | 4 | 揜 | 4 | 咎 | 3 |
| 談 | 6 | 拙 | 5 | 費 | 5 | 几 | 4 | 剖 | 4 | 圖 | 4 | 猒 | 4 | 妾 | 3 |
| 諛 | 6 | 枝 | 5 | 跛 | 5 | 刀 | 4 | 匪 | 4 | 屢 | 4 | 剸 | 4 | 姑 | 3 |
| 鄧 | 6 | 玩 | 5 | 閔 | 5 | 夕 | 4 | 姬 | 4 | 槁 | 4 | 瞀 | 4 | 季 | 3 |
| 齒 | 6 | 芳 | 5 | 隅 | 5 | 才 | 4 | 宰 | 4 | 槃 | 4 | 葳 | 4 | 延 | 3 |
| 穆 | 6 | 迎 | 5 | 圓 | 5 | 夭 | 4 | 挐 | 4 | 瘉 | 4 | 簞 | 4 | 房 | 3 |
| 錐 | 6 | 侵 | 5 | 睹 | 5 | 占 | 4 | 挫 | 4 | 臺 | 4 | 戇 | 4 | 枕 | 3 |
| 優 | 6 | 俟 | 5 | 腹 | 5 | 史 | 4 | 晏 | 4 | 豪 | 4 | 裹 | 4 | 欣 | 3 |
| 歷 | 6 | 契 | 5 | 補 | 5 | 囚 | 4 | 桑 | 4 | 遜 | 4 | 迹 | 4 | 沸 | 3 |
| 總 | 6 | 宣 | 5 | 鉤 | 5 | 弗 | 4 | 班 | 4 | 酸 | 4 | 陀 | 4 | 盂 | 3 |
| 鮮 | 6 | 建 | 5 | 瑣 | 5 | 穴 | 4 | 皋 | 4 | 閨 | 4 | 蠹 | 4 | 秉 | 3 |
| 嚮 | 6 | 恢 | 5 | 筵 | 5 | 伍 | 4 | 蚤 | 4 | 鞅 | 4 | 恈 | 4 | 空 | 3 |
| 饔 | 6 | 恤 | 5 | 綴 | 5 | 匡 | 4 | 衷 | 4 | 暮 | 4 | 乙 | 3 | 臾 | 3 |
| 蹶 | 6 | 枯 | 5 | 誦 | 5 | 回 | 4 | 啖 | 4 | 稼 | 4 | 丈 | 3 | 軌 | 3 |
| 鏤 | 6 | 炤 | 5 | 赫 | 5 | 州 | 4 | 宿 | 4 | 豎 | 4 | 尸 | 3 | 俎 | 3 |
| 蘭 | 6 | 矜 | 5 | 領 | 5 | 戎 | 4 | 巢 | 4 | 閱 | 4 | 切 | 3 | 囿 | 3 |
| 響 | 6 | 突 | 5 | 鳳 | 5 | 池 | 4 | 康 | 4 | 駕 | 4 | 卞 | 3 | 垣 | 3 |
| 襲 | 6 | 英 | 5 | 億 | 5 | 佗 | 4 | 彫 | 4 | 冀 | 4 | 弔 | 3 | 拾 | 3 |
| 驗 | 6 | 凍 | 5 | 樞 | 5 | 佞 | 4 | 掩 | 4 | 壇 | 4 | 毋 | 3 | 枸 | 3 |
| 驥 | 6 | 唐 | 5 | 膚 | 5 | 妨 | 4 | 產 | 4 | 奮 | 4 | 卯 | 3 | 界 | 3 |
| 剳 | 6 | 埋 | 5 | 篤 | 5 | 巫 | 4 | 紳 | 4 | 憲 | 4 | 弁 | 3 | 迫 | 3 |
| 倜 | 6 | 庫 | 5 | 諭 | 5 | 快 | 4 | 脫 | 4 | 橋 | 4 | 永 | 3 | 香 | 3 |
| 廩 | 6 | 庭 | 5 | 濫 | 5 | 抑 | 4 | 訟 | 4 | 謁 | 4 | 瓜 | 3 | 毫 | 3 |
| 惛 | 6 | 徐 | 5 | 薪 | 5 | 更 | 4 | 逢 | 4 | 錄 | 4 | 矛 | 3 | 倨 | 3 |
| 閒 | 6 | 恕 | 5 | 蹈 | 5 | 沙 | 4 | 割 | 4 | 頭 | 4 | 兆 | 3 | 剃 | 3 |
| 井 | 5 | 狹 | 5 | 騁 | 5 | 谷 | 4 | 掌 | 4 | 駭 | 4 | 冰 | 3 | 悌 | 3 |
| 升 | 5 | 畔 | 5 | 殯 | 5 | 依 | 4 | 援 | 4 | 默 | 4 | 匈 | 3 | 旁 | 3 |
| 戶 | 5 | 純 | 5 | 瞥 | 5 | 典 | 4 | 殘 | 4 | 醜 | 4 | 吐 | 3 | 格 | 3 |
| 爪 | 5 | 耘 | 5 | 穢 | 5 | 夜 | 4 | 殖 | 4 | 瞻 | 4 | 牟 | 3 | 涕 | 3 |

| | | | | | | | | | | | | | | | |
|---|---|---|---|---|---|---|---|---|---|---|---|---|---|---|---|
| 涓 | 3 | 僅 | 3 | 銳 | 3 | 逢 | 3 | 束 | 2 | 茂 | 2 | 悲 | 2 | 漢 | 2 |
| 浮 | 3 | 僇 | 3 | 鶩 | 3 | 埴 | 3 | 李 | 2 | 苗 | 2 | 愀 | 2 | 熙 | 2 |
| 浴 | 3 | 嗜 | 3 | 麾 | 3 | 第 | 3 | 汰 | 2 | 苞 | 2 | 植 | 2 | 監 | 2 |
| 烈 | 3 | 塡 | 3 | 擄 | 3 | 跂 | 3 | 牡 | 2 | 郁 | 2 | 椒 | 2 | 碩 | 2 |
| 狼 | 3 | 嫌 | 3 | 樸 | 3 | 晻 | 3 | 甸 | 2 | 限 | 2 | 湛 | 2 | 腐 | 2 |
| 珪 | 3 | 愆 | 3 | 橈 | 3 | 欹 | 3 | 育 | 2 | 借 | 2 | 渾 | 2 | 蒲 | 2 |
| 破 | 3 | 搏 | 3 | 燒 | 3 | 畚 | 3 | 角 | 2 | 倡 | 2 | 渙 | 2 | 裨 | 2 |
| 素 | 3 | 概 | 3 | 磨 | 3 | 傴 | 3 | 迂 | 2 | 宵 | 2 | 犀 | 2 | 誥 | 2 |
| 耆 | 3 | 溢 | 3 | 窺 | 3 | 愬 | 3 | 侍 | 2 | 悄 | 2 | 菅 | 2 | 劇 | 2 |
| 胸 | 3 | 溺 | 3 | 諾 | 3 | 裾 | 3 | 併 | 2 | 悅 | 2 | 著 | 2 | 墜 | 2 |
| 茲 | 3 | 畸 | 3 | 闔 | 3 | 儇 | 3 | 侏 | 2 | 捐 | 2 | 蛟 | 2 | 彈 | 2 |
| 蚊 | 3 | 盟 | 3 | 戴 | 3 | 劌 | 3 | 兕 | 2 | 涉 | 2 | 裁 | 2 | 慧 | 2 |
| 躬 | 3 | 祺 | 3 | 燥 | 3 | 憍 | 3 | 券 | 2 | 浹 | 2 | 跌 | 2 | 憐 | 2 |
| 健 | 3 | 綏 | 3 | 牆 | 3 | 潢 | 3 | 宙 | 2 | 烏 | 2 | 軻 | 2 | 憎 | 2 |
| 凰 | 3 | 葷 | 3 | 環 | 3 | 篋 | 3 | 宛 | 2 | 員 | 2 | 郵 | 2 | 撞 | 2 |
| 啜 | 3 | 葉 | 3 | 矯 | 3 | 賵 | 3 | 岸 | 2 | 紛 | 2 | 閑 | 2 | 撥 | 2 |
| 奢 | 3 | 虞 | 3 | 糠 | 3 | 鼃 | 3 | 念 | 2 | 耗 | 2 | 間 | 2 | 撓 | 2 |
| 崩 | 3 | 虜 | 3 | 糞 | 3 | 鯨 | 3 | 怯 | 2 | 胼 | 2 | 階 | 2 | 播 | 2 |
| 悠 | 3 | 賂 | 3 | 糟 | 3 | 鷩 | 3 | 放 | 2 | 茨 | 2 | 集 | 2 | 撫 | 2 |
| 探 | 3 | 遊 | 3 | 翼 | 3 | 鼉 | 3 | 斧 | 2 | 記 | 2 | 雲 | 2 | 毅 | 2 |
| 啓 | 3 | 鄗 | 3 | 薛 | 3 | 朞 | 3 | 昌 | 2 | 軒 | 2 | 馮 | 2 | 盤 | 2 |
| 晚 | 3 | 馳 | 3 | 謙 | 3 | 珉 | 3 | 松 | 2 | 鬲 | 2 | 勤 | 2 | 瞑 | 2 |
| 晦 | 3 | 鼠 | 3 | 韓 | 3 | 勸 | 3 | 泄 | 2 | 域 | 2 | 嗇 | 2 | 緯 | 2 |
| 曹 | 3 | 匱 | 3 | 璧 | 3 | 椁 | 3 | 沮 | 2 | 埤 | 2 | 奧 | 2 | 褐 | 2 |
| 混 | 3 | 嘖 | 3 | 簫 | 3 | 覩 | 3 | 炙 | 2 | 密 | 2 | 嫉 | 2 | 賦 | 2 |
| 笞 | 3 | 墓 | 3 | 繚 | 3 | 八 | 2 | 狐 | 2 | 捷 | 2 | 愷 | 2 | 輝 | 2 |
| 責 | 3 | 寢 | 3 | 繡 | 3 | 丹 | 2 | 糾 | 2 | 掘 | 2 | 會 | 2 | 輦 | 2 |
| 赦 | 3 | 榭 | 3 | 藍 | 3 | 允 | 2 | 肫 | 2 | 敘 | 2 | 準 | 2 | 鄭 | 2 |
| 連 | 3 | 種 | 3 | 蟬 | 3 | 巴 | 2 | 肩 | 2 | 斛 | 2 | 碎 | 2 | 醉 | 2 |
| 都 | 3 | 舞 | 3 | 豐 | 3 | 支 | 2 | 臥 | 2 | 旋 | 2 | 筮 | 2 | 鋒 | 2 |
| 雩 | 3 | 蓄 | 3 | 繫 | 3 | 斗 | 2 | 亟 | 2 | 晝 | 2 | 腥 | 2 | 霆 | 2 |
| 最 | 3 | 暫 | 3 | 贅 | 3 | 斤 | 2 | 卻 | 2 | 淡 | 2 | 葦 | 2 | 餓 | 2 |
| 戟 | 3 | 誘 | 3 | 懸 | 3 | 付 | 2 | 宥 | 2 | 球 | 2 | 貉 | 2 | 餒 | 2 |
| 捶 | 3 | 銜 | 3 | 礪 | 3 | 句 | 2 | 恨 | 2 | 疵 | 2 | 跡 | 2 | 髮 | 2 |
| 滋 | 3 | 劍 | 3 | 蘇 | 3 | 央 | 2 | 拱 | 2 | 窕 | 2 | 跪 | 2 | 嬴 | 2 |
| 焚 | 3 | 歎 | 3 | 饒 | 3 | 弘 | 2 | 括 | 2 | 細 | 2 | 鈹 | 2 | 憊 | 2 |
| 程 | 3 | 潛 | 3 | 騫 | 3 | 氐 | 2 | 柩 | 2 | 莖 | 2 | 隕 | 2 | 懈 | 2 |
| 肅 | 3 | 潰 | 3 | 懾 | 3 | 氾 | 2 | 柏 | 2 | 莒 | 2 | 雍 | 2 | 機 | 2 |
| 萃 | 3 | 潤 | 3 | 續 | 3 | 瓦 | 2 | 津 | 2 | 荼 | 2 | 鳩 | 2 | 歷 | 2 |
| 菲 | 3 | 箴 | 3 | 聾 | 3 | 皮 | 2 | 洽 | 2 | 蛇 | 2 | 僥 | 2 | 瞞 | 2 |
| 賁 | 3 | 練 | 3 | 攫 | 3 | 伉 | 2 | 洸 | 2 | 許 | 2 | 像 | 2 | 禦 | 2 |
| 距 | 3 | 編 | 3 | 鷺 | 3 | 夙 | 2 | 洎 | 2 | 豚 | 2 | 兢 | 2 | 耨 | 2 |
| 鈞 | 3 | 誹 | 3 | 俛 | 3 | 弛 | 2 | 盆 | 2 | 販 | 2 | 夢 | 2 | 諱 | 2 |
| 雄 | 3 | 豬 | 3 | 紃 | 3 | 牝 | 2 | 穿 | 2 | 雪 | 2 | 幣 | 2 | 賴 | 2 |
| 飯 | 3 | 賣 | 3 | 唅 | 3 | 助 | 2 | 耐 | 2 | 鹿 | 2 | 慘 | 2 | 輸 | 2 |
| 黄 | 3 | 踐 | 3 | 窌 | 3 | 妖 | 2 | 耶 | 2 | 寐 | 2 | 旗 | 2 | 錫 | 2 |
| 黍 | 3 | 輪 | 3 | 衾 | 3 | 扶 | 2 | 胝 | 2 | 尋 | 2 | 漠 | 2 | 錙 | 2 |

| | | | | | | | | | | | | | | | |
|---|---|---|---|---|---|---|---|---|---|---|---|---|---|---|---|
| 隧 | 2 | 泔 | 2 | 睍 | 2 | 乏 | 1 | 辛 | 1 | 姻 | 1 | 根 | 1 | 惇 | 1 |
| 霍 | 2 | 狌 | 2 | 寠 | 2 | 冉 | 1 | 巡 | 1 | 巷 | 1 | 栗 | 1 | 措 | 1 |
| 覗 | 2 | 盱 | 2 | 鞣 | 2 | 半 | 1 | 邦 | 1 | 帥 | 1 | 桃 | 1 | 採 | 1 |
| 頸 | 2 | 咶 | 2 | 餧 | 2 | 孕 | 1 | 阪 | 1 | 庠 | 1 | 殊 | 1 | 排 | 1 |
| 擠 | 2 | 呴 | 2 | 駮 | 2 | 斥 | 1 | 乖 | 1 | 很 | 1 | 消 | 1 | 梧 | 1 |
| 擬 | 2 | 柮 | 2 | 儢 | 2 | 禾 | 1 | 供 | 1 | 徊 | 1 | 涅 | 1 | 條 | 1 |
| 櫛 | 2 | 柰 | 2 | 幬 | 2 | 刎 | 1 | 佻 | 1 | 恆 | 1 | 烙 | 1 | 梟 | 1 |
| 濡 | 2 | 苕 | 2 | 檖 | 2 | 吁 | 1 | 兒 | 1 | 恪 | 1 | 狸 | 1 | 渚 | 1 |
| 營 | 2 | 剡 | 2 | 臊 | 2 | 扣 | 1 | 到 | 1 | 扁 | 1 | 盍 | 1 | 爽 | 1 |
| 績 | 2 | 挹 | 2 | 謘 | 2 | 朽 | 1 | 卦 | 1 | 按 | 1 | 眩 | 1 | 牽 | 1 |
| 臂 | 2 | 烝 | 2 | 餰 | 2 | 汗 | 1 | 咄 | 1 | 挑 | 1 | 祝 | 1 | 琅 | 1 |
| 谿 | 2 | 笏 | 2 | 漉 | 2 | 汎 | 1 | 奔 | 1 | 挂 | 1 | 祗 | 1 | 瓠 | 1 |
| 賻 | 2 | 哼 | 2 | 穟 | 2 | 竹 | 1 | 妹 | 1 | 柱 | 1 | 秣 | 1 | 眷 | 1 |
| 鍥 | 2 | 捽 | 2 | 謳 | 2 | 考 | 1 | 姊 | 1 | 柬 | 1 | 紐 | 1 | 眸 | 1 |
| 霜 | 2 | 掝 | 2 | 贄 | 2 | 聿 | 1 | 岷 | 1 | 柯 | 1 | 納 | 1 | 粗 | 1 |
| 瀆 | 2 | 掎 | 2 | 顒 | 2 | 肌 | 1 | 弧 | 1 | 柳 | 1 | 罟 | 1 | 紘 | 1 |
| 瞿 | 2 | 涫 | 2 | 蹻 | 2 | 艮 | 1 | 弩 | 1 | 柝 | 1 | 翁 | 1 | 組 | 1 |
| 簡 | 2 | 淖 | 2 | 藿 | 2 | 串 | 1 | 怡 | 1 | 洞 | 1 | 般 | 1 | 聊 | 1 |
| 糧 | 2 | 喤 | 2 | 饋 | 2 | 佛 | 1 | 怫 | 1 | 洗 | 1 | 茵 | 1 | 脯 | 1 |
| 蟲 | 2 | 惕 | 2 | 嚾 | 2 | 劬 | 1 | 承 | 1 | 炮 | 1 | 茹 | 1 | 舂 | 1 |
| 觴 | 2 | 絜 | 2 | 饘 | 2 | 吝 | 1 | 拔 | 1 | 爰 | 1 | 荀 | 1 | 蚯 | 1 |
| 軀 | 2 | 罥 | 2 | 臺 | 2 | 吹 | 1 | 抵 | 1 | 牲 | 1 | 虔 | 1 | 途 | 1 |
| 鎗 | 2 | 詌 | 2 | 囋 | 2 | 吶 | 1 | 抱 | 1 | 狡 | 1 | 訕 | 1 | 部 | 1 |
| 犢 | 2 | 鈆 | 2 | 穰 | 2 | 吠 | 1 | 拆 | 1 | 眉 | 1 | 訊 | 1 | 竟 | 1 |
| 簿 | 2 | 亶 | 2 | 鬠 | 2 | 吟 | 1 | 昆 | 1 | 竿 | 1 | 豺 | 1 | 頂 | 1 |
| 藥 | 2 | 僄 | 2 | 鱣 | 2 | 坎 | 1 | 泥 | 1 | 范 | 1 | 豹 | 1 | 傀 | 1 |
| 醮 | 2 | 僂 | 2 | 讙 | 2 | 夾 | 1 | 沼 | 1 | 茅 | 1 | 軔 | 1 | 創 | 1 |
| 競 | 2 | 筦 | 2 | 緜 | 2 | 妣 | 1 | 炊 | 1 | 苛 | 1 | 郢 | 1 | 厥 | 1 |
| 籌 | 2 | 粲 | 2 | 噍 | 2 | 妙 | 1 | 版 | 1 | 苓 | 1 | 酌 | 1 | 啼 | 1 |
| 躁 | 2 | 訛 | 2 | 揔 | 2 | 局 | 1 | 甽 | 1 | 虐 | 1 | 偉 | 1 | 喘 | 1 |
| 鹹 | 2 | 鉞 | 2 | 擘 | 2 | 希 | 1 | 的 | 1 | 迪 | 1 | 偶 | 1 | 喟 | 1 |
| 囂 | 2 | 摶 | 2 | 鷄 | 2 | 彤 | 1 | 肱 | 1 | 迨 | 1 | 偕 | 1 | 喬 | 1 |
| 孌 | 2 | 瑳 | 2 | 蝨 | 2 | 忸 | 1 | 股 | 1 | 韋 | 1 | 兜 | 1 | 圍 | 1 |
| 闘 | 2 | 瑲 | 2 | 軸 | 2 | 抉 | 1 | 芝 | 1 | 值 | 1 | 區 | 1 | 堪 | 1 |
| 露 | 2 | 翣 | 2 | 呥 | 2 | 攸 | 1 | 芸 | 1 | 候 | 1 | 曼 | 1 | 場 | 1 |
| 鰥 | 2 | 蜮 | 2 | 儀 | 2 | 杜 | 1 | 初 | 1 | 俳 | 1 | 啄 | 1 | 壺 | 1 |
| 囊 | 2 | 裷 | 2 | 謘 | 2 | 每 | 1 | 阜 | 1 | 哲 | 1 | 售 | 1 | 媚 | 1 |
| 籥 | 2 | 墝 | 2 | 刁 | 1 | 沈 | 1 | 阻 | 1 | 員 | 1 | 啁 | 1 | 媒 | 1 |
| 蠶 | 2 | 幝 | 2 | 丸 | 1 | 汪 | 1 | 陂 | 1 | 圃 | 1 | 婚 | 1 | 廄 | 1 |
| 驟 | 2 | 憯 | 2 | 巾 | 1 | 沃 | 1 | 佳 | 1 | 埃 | 1 | 寄 | 1 | 彭 | 1 |
| 蠻 | 2 | 潐 | 2 | 互 | 1 | 汲 | 1 | 亭 | 1 | 娩 | 1 | 尉 | 1 | 慨 | 1 |
| 屮 | 2 | 滃 | 2 | 什 | 1 | 禿 | 1 | 俊 | 1 | 娉 | 1 | 屠 | 1 | 揣 | 1 |
| 尒 | 2 | 磔 | 2 | 勾 | 1 | 究 | 1 | 係 | 1 | 宴 | 1 | 崖 | 1 | 提 | 1 |
| 价 | 2 | 甋 | 2 | 午 | 1 | 芒 | 1 | 剌 | 1 | 展 | 1 | 帷 | 1 | 普 | 1 |
| 杅 | 2 | 諮 | 2 | 厄 | 1 | 豆 | 1 | 勃 | 1 | 恩 | 1 | 庾 | 1 | 棗 | 1 |
| 汸 | 2 | 儌 | 2 | 尤 | 1 | 豕 | 1 | 姜 | 1 | 悟 | 1 | 徘 | 1 | 棟 | 1 |
| 怍 | 2 | 澮 | 2 | 犬 | 1 | 貝 | 1 | 姣 | 1 | 挺 | 1 | 惆 | 1 | 棲 | 1 |

| | | | | | | | | | | | | | | | |
|---|---|---|---|---|---|---|---|---|---|---|---|---|---|---|---|
| 款 | 1 | 蛾 | 1 | 頗 | 1 | 滄 | 1 | 獵 | 1 | 籠 | 1 | 殄 | 1 | 琱 | 1 |
| 渴 | 1 | 蜕 | 1 | 餌 | 1 | 瓢 | 1 | 甕 | 1 | 讀 | 1 | 洒 | 1 | 甯 | 1 |
| 湎 | 1 | 裘 | 1 | 駁 | 1 | 甌 | 1 | 簪 | 1 | 贖 | 1 | 神 | 1 | 痤 | 1 |
| 滑 | 1 | 詰 | 1 | 魁 | 1 | 盧 | 1 | 織 | 1 | 躑 | 1 | 胠 | 1 | 喬 | 1 |
| 琦 | 1 | 詢 | 1 | 魂 | 1 | 築 | 1 | 繒 | 1 | 鑒 | 1 | 胙 | 1 | 祲 | 1 |
| 番 | 1 | 詬 | 1 | 蔦 | 1 | 縛 | 1 | 臏 | 1 | 鬢 | 1 | 郗 | 1 | 竦 | 1 |
| 皓 | 1 | 賃 | 1 | 嘿 | 1 | 縉 | 1 | 覲 | 1 | 纓 | 1 | 倓 | 1 | 羡 | 1 |
| 童 | 1 | 跨 | 1 | 增 | 1 | 翮 | 1 | 謬 | 1 | 驚 | 1 | 倛 | 1 | 截 | 1 |
| 紫 | 1 | 跳 | 1 | 幡 | 1 | 蕃 | 1 | 謫 | 1 | 麟 | 1 | 庮 | 1 | 萋 | 1 |
| 絰 | 1 | 較 | 1 | 撩 | 1 | 蕭 | 1 | 贅 | 1 | 蠹 | 1 | 悒 | 1 | 袾 | 1 |
| 翕 | 1 | 遏 | 1 | 撙 | 1 | 褫 | 1 | 甓 | 1 | 贛 | 1 | 扆 | 1 | 詍 | 1 |
| 舒 | 1 | 鉗 | 1 | 槨 | 1 | 諦 | 1 | 轉 | 1 | 靈 | 1 | 旆 | 1 | 軥 | 1 |
| 萊 | 1 | 鉛 | 1 | 樓 | 1 | 諧 | 1 | 醫 | 1 | 鷹 | 1 | 旄 | 1 | 軶 | 1 |
| 詛 | 1 | 隔 | 1 | 漿 | 1 | 諷 | 1 | 釐 | 1 | 鹽 | 1 | 旂 | 1 | 酢 | 1 |
| 辜 | 1 | 靖 | 1 | 潦 | 1 | 踵 | 1 | 雞 | 1 | 鑽 | 1 | 盉 | 1 | 鈃 | 1 |
| 鈍 | 1 | 僩 | 1 | 潔 | 1 | 輻 | 1 | 鞭 | 1 | 鑿 | 1 | 祓 | 1 | 僐 | 1 |
| 鈇 | 1 | 嘔 | 1 | 潸 | 1 | 辦 | 1 | 儵 | 1 | 鬱 | 1 | 笄 | 1 | 塤 | 1 |
| 閔 | 1 | 嘉 | 1 | 潮 | 1 | 遼 | 1 | 禱 | 1 | 机 | 1 | 訒 | 1 | 寘 | 1 |
| 隄 | 1 | 塵 | 1 | 潘 | 1 | 錦 | 1 | 簾 | 1 | 汜 | 1 | 偪 | 1 | 慅 | 1 |
| 飭 | 1 | 廓 | 1 | 熬 | 1 | 駢 | 1 | 藺 | 1 | 汋 | 1 | 偋 | 1 | 慆 | 1 |
| 傻 | 1 | 弊 | 1 | 熱 | 1 | 鮑 | 1 | 羸 | 1 | 犴 | 1 | 偝 | 1 | 搯 | 1 |
| 剽 | 1 | 彰 | 1 | 牖 | 1 | 龜 | 1 | 藪 | 1 | 忮 | 1 | 偍 | 1 | 楛 | 1 |
| 嫁 | 1 | 徹 | 1 | 璋 | 1 | 壑 | 1 | 蟹 | 1 | 抃 | 1 | 倕 | 1 | 楬 | 1 |
| 慍 | 1 | 摧 | 1 | 耦 | 1 | 嶽 | 1 | 譁 | 1 | 抗 | 1 | 唲 | 1 | 滈 | 1 |
| 愧 | 1 | 構 | 1 | 膝 | 1 | 儒 | 1 | 譏 | 1 | 玕 | 1 | 堀 | 1 | 煇 | 1 |
| 搖 | 1 | 槐 | 1 | 蔬 | 1 | 懋 | 1 | 蹴 | 1 | 佼 | 1 | 娵 | 1 | 瑗 | 1 |
| 斟 | 1 | 漬 | 1 | 蔭 | 1 | 戲 | 1 | 邊 | 1 | 佹 | 1 | 崒 | 1 | 綆 | 1 |
| 暉 | 1 | 滯 | 1 | 蔑 | 1 | 檢 | 1 | 隴 | 1 | 囷 | 1 | 帾 | 1 | 綌 | 1 |
| 暇 | 1 | 獄 | 1 | 蓬 | 1 | 檠 | 1 | 鶩 | 1 | 妲 | 1 | 庳 | 1 | 誺 | 1 |
| 暍 | 1 | 瑤 | 1 | 衝 | 1 | 濱 | 1 | 鵜 | 1 | 抴 | 1 | 淈 | 1 | 鞘 | 1 |
| 楫 | 1 | 綠 | 1 | 褊 | 1 | 燧 | 1 | 鶘 | 1 | 拑 | 1 | 琁 | 1 | 覍 | 1 |
| 楹 | 1 | 翟 | 1 | 諍 | 1 | 縷 | 1 | 壤 | 1 | 昃 | 1 | 珽 | 1 | 僔 | 1 |
| 溥 | 1 | 膈 | 1 | 赭 | 1 | 縫 | 1 | 攘 | 1 | 昭 | 1 | 窆 | 1 | 僬 | 1 |
| 煙 | 1 | 蒸 | 1 | 趣 | 1 | 膽 | 1 | 纂 | 1 | 歾 | 1 | 絓 | 1 | 塼 | 1 |
| 猾 | 1 | 蒼 | 1 | 踟 | 1 | 褻 | 1 | 蘆 | 1 | 杳 | 1 | 紶 | 1 | 嫚 | 1 |
| 瑕 | 1 | 蜜 | 1 | 鞏 | 1 | 襄 | 1 | 警 | 1 | 泮 | 1 | 絇 | 1 | 嫫 | 1 |
| 瑞 | 1 | 誡 | 1 | 頡 | 1 | 謠 | 1 | 羸 | 1 | 玦 | 1 | 脛 | 1 | 榎 | 1 |
| 痺 | 1 | 誤 | 1 | 駟 | 1 | 謝 | 1 | 贍 | 1 | 矸 | 1 | 般 | 1 | 榶 | 1 |
| 睦 | 1 | 輓 | 1 | 駒 | 1 | 蹊 | 1 | 躅 | 1 | 芴 | 1 | 訞 | 1 | 殞 | 1 |
| 稟 | 1 | 遙 | 1 | 魅 | 1 | 轂 | 1 | 飄 | 1 | 俔 | 1 | 逡 | 1 | 滫 | 1 |
| 肆 | 1 | 遞 | 1 | 魄 | 1 | 隸 | 1 | 騰 | 1 | 剄 | 1 | 凔 | 1 | 瑱 | 1 |
| 腳 | 1 | 酷 | 1 | 黎 | 1 | 駿 | 1 | 犧 | 1 | 匽 | 1 | 埵 | 1 | 窬 | 1 |
| 葛 | 1 | 銀 | 1 | 劓 | 1 | 鮫 | 1 | 躍 | 1 | 垤 | 1 | 揳 | 1 | 篪 | 1 |
| 葭 | 1 | 銘 | 1 | 壅 | 1 | 鴻 | 1 | 鐵 | 1 | 弇 | 1 | 旒 | 1 | 緰 | 1 |
| 蛹 | 1 | 銖 | 1 | 懍 | 1 | 禦 | 1 | 鰭 | 1 | 恀 | 1 | 椌 | 1 | 薴 | 1 |
| 蜓 | 1 | 隙 | 1 | 歙 | 1 | 壘 | 1 | 鶴 | 1 | 斿 | 1 | 毳 | 1 | 覘 | 1 |
| 蜀 | 1 | 雌 | 1 | 激 | 1 | 擾 | 1 | 儼 | 1 | 柷 | 1 | 焠 | 1 | 鄜 | 1 |

| 字 | 次數 | 字 | 次數 | 字 | 次數 | 字 | 次數 |
|---|---|---|---|---|---|---|---|
| 銛 | 1 | 隰 | 1 | 麯 | 1 | 幽 | 1 |
| 僾 | 1 | 擽 | 1 | 郄 | 1 | 繹 | 1 |
| 嗕 | 1 | 燿 | 1 | 鼁 | 1 | 謸 | 1 |
| 塵 | 1 | 縛 | 1 | 鞉 | 1 | 壠 | 1 |
| 廡 | 1 | 繐 | 1 | 个 | 1 | 諰 | 1 |
| 撗 | 1 | 臑 | 1 | 稟 | 1 | 嵮 | 1 |
| 毆 | 1 | 蘳 | 1 | 稾 | 1 | 糂 | 1 |
| 槾 | 1 | 蟣 | 1 | 倮 | 1 | 弆 | 1 |
| 殣 | 1 | 謾 | 1 | 莡 | 1 | 屑 | 1 |
| 頛 | 1 | 賢 | 1 | 遫 | 1 | | |
| 瘥 | 1 | 醯 | 1 | 悳 | 1 | | |
| 皞 | 1 | 雝 | 1 | 寊 | 1 | | |
| 嶲 | 1 | 騏 | 1 | 踈 | 1 | | |
| 盌 | 1 | 齕 | 1 | 頯 | 1 | | |
| 箾 | 1 | 翾 | 1 | 刲 | 1 | | |
| 緦 | 1 | 藜 | 1 | 旆 | 1 | | |
| 膕 | 1 | 蟺 | 1 | 陙 | 1 | | |
| 蝣 | 1 | 蠆 | 1 | 偄 | 1 | | |
| 蝘 | 1 | 觶 | 1 | 羗 | 1 | | |
| 蝡 | 1 | 譖 | 1 | 莅 | 1 | | |
| 軨 | 1 | 譎 | 1 | 糺 | 1 | | |
| 鴈 | 1 | 覃 | 1 | 釶 | 1 | | |
| 儗 | 1 | 頪 | 1 | 肬 | 1 | | |
| 傫 | 1 | 蘄 | 1 | 飡 | 1 | | |
| 圜 | 1 | 騶 | 1 | 睹 | 1 | | |
| 篪 | 1 | 騮 | 1 | 詢 | 1 | | |
| 蕘 | 1 | 嘖 | 1 | 猧 | 1 | | |
| 薌 | 1 | 礐 | 1 | 葱 | 1 | | |
| 滕 | 1 | 纊 | 1 | 溴 | 1 | | |
| 輶 | 1 | 驩 | 1 | 寓 | 1 | | |
| 鋼 | 1 | 驂 | 1 | 捿 | 1 | | |
| 閼 | 1 | 騂 | 1 | 齎 | 1 | | |
| 鴡 | 1 | 齋 | 1 | 蛃 | 1 | | |
| 麮 | 1 | 纙 | 1 | 冣 | 1 | | |
| 憝 | 1 | 藭 | 1 | 貿 | 1 | | |
| 瞲 | 1 | 覬 | 1 | 拜 | 1 | | |
| 禫 | 1 | 蹢 | 1 | 鉢 | 1 | | |
| 繇 | 1 | 驊 | 1 | 噲 | 1 | | |
| 縰 | 1 | 齟 | 1 | 諆 | 1 | | |
| 蓽 | 1 | 劙 | 1 | 傹 | 1 | | |
| 螾 | 1 | 齺 | 1 | 㑌 | 1 | | |
| 螭 | 1 | 讌 | 1 | 偲 | 1 | | |
| 螫 | 1 | 韅 | 1 | 億 | 1 | | |
| 蹎 | 1 | 攙 | 1 | 賨 | 1 | | |
| 蹇 | 1 | 齵 | 1 | 孜 | 1 | | |
| 邅 | 1 | 齸 | 1 | 紨 | 1 | | |
| 鍪 | 1 | 鐲 | 1 | 詰 | 1 | | |

代理商 聯合出版
電話 02-25868596
NT: 2480.

ISBN 962 07 4309 1
9 789620 743092